omnibus

BARJAVEL

Romans merveilleux

Tarendol
La Charrette bleue
Les Chemins de Katmandou
Une rose au paradis
L'Enchanteur
La Peau de César

Avec Olenka de Veer

Les Dames à la licorne
Les Jours du monde

Postface de Jacques Goimard

OMNIBUS

Tarendol, © Denoël, 1946. *La Charrette bleue*, © Denoël, 1980. *Les Chemins de Katmandou*, © Presses de la Cité, 1969. *Une rose au paradis*, © Presses de la Cité, 1981. *L'Enchanteur*, © Denoël, 1984. *La Peau de César*, © Mercure de France, 1985. *Les Dames à la licorne*, © Presses de la Cité, 1974. *Les Jours du monde*, © Presses de la Cité, 1977.

© Omnibus, 1995, pour la présente édition
ISBN : 2-258-04106-6   N° Éditeur : 200569
Dépôt légal : octobre 1995

SOMMAIRE

Tarendol	7
La Charrette bleue	243
Les Chemins de Katmandou	345
Une rose au paradis	527
L'Enchanteur	643
La Peau de César	871
Les Dames à la licorne	963
Les Jours du monde	1173
Postface, par Jacques Goimard	1347
Tableaux généalogiques	

René Barjavel
à quatre ans.

Dans la boulangerie familiale à Nyons
(Drôme) avec sa mère et son père, ses frères
Paul (assis) et Emile.

Après la mort de sa mère en 1922.
Il a onze ans.

Au collège de Cusset (Allier), où il a suivi son professeur Abel Boisselier, il est fier d'appartenir à l'équipe de basket (1ᵉʳ à droite).

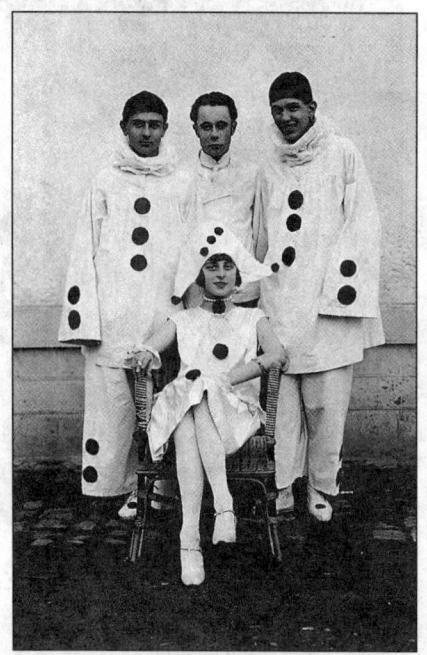

En première et en classe de philosophie, il découvre le théâtre.

Bachelier, il est pion au collège de Cusset.

Au service militaire, il a vingt ans.

Après la guerre, le jeune romancier en visite à Nyons.

En 1984.

Le cimetière de Tarendol où il a choisi de reposer auprès de ses ancêtres Barjavel.

24 janvier 1985 : Je suis entré ce matin dans ma soixante-quinzième année. Ça commence à faire beaucoup. J'aime la vie, chaque seconde de ma vie. Je n'ai jamais été indifférent, j'ai regardé, écouté, goûté, touché, respiré, aimé. Aimé toute chose et toutes choses, belles et laides, émerveillé par les miracles qui m'entourent et dont je suis fait. Je suis un univers de miracles. Je le sais. Bonheur de sentir le stylo entre mes doigts, et la fraîcheur du papier sous ma main, et de voir le petit serpent noir de l'écriture dessiner son chemin comme je l'ai voulu et comme il le veut. Bonheur de ~~vie~~ savoir vivant et de savoir autour de moi l'univers en marche, en rond, puisque j'en suis le centre

comme chaque vivant et chaque parcelle non vivante. Essayer de comprendre ? Impossible. Démesure. Mais s'émerveiller de la grandeur infinie, si bien finie en chaque poussière de poussière. Et de l'ingéniosité de chaque détail, la main, l'œil, l'oreille, le monde organisé de chaque cellule, les tourbillons vides de l'atome, le vide infranchissable du bois de mon bureau. Vide, tout est vide, disait l'Ecclésiaste. Et ce vide est si ~~ingénieusement~~ ~~adouté~~ méticuleusement et grandiosement ordonné qu'il emplit et construit et anime le vivant et la brique, la brique est vivante, la brique

grouille et tourbillonne,
la brique est vide, je suis
vide, je contiens l'univers.
A quoi bon écrire tout cela, à
quoi bon écrire, puisque cela
est et que rien ne peut
empêcher d'être ce qui est, et
de voir ceux qui regardent
et d'entendre ceux qui
écoutent.

    Je n'ai pas envie de
mourir, mais je crois que
j'ai assez vécu. Chaque
instant est l'éternité. Je sais
que ceux qui m'attendent ne
m'apporteront rien de plus,
je sais peu de choses, je ne
saurai rien de plus, j'ai atteint
mes limites, je les ai bien
emplies, je me suis bien
nourri d'être autant que je

pouvais, à ma dimension, et de petit savoir, et de grande, grande joie émerveillée. Et maintenant je voudrais faire comme mon chat après son repas : m'endormir.

Si je continue, si je dure encore, je ferai mon métier aussi longtemps que je pourrai, avec application comme je l'ai toujours fait. Bien faire ce qu'on fait, quel que soit le métier.

Quatre pages de notes écrites le jour de son soixante-quatorzième anniversaire.

TARENDOL

*A ma mère,
pour moi toujours vivante.*

PREMIÈRE PARTIE

UNE NUIT DE PRINTEMPS

Aujourd'hui 9 septembre 1944, zéro heure trente... Je crois que mon réveil avance d'un quart d'heure. Je n'ai pas de montre, pas de pendule, rien que ce réveil.

Le jour, je le pose sur la cheminée de mon bureau, à côté du cadre à photos. Dans le cadre se chevauchent quelques photos de mes enfants. Voici ma fille dans le sable, le buste de mon fils avec son grand front. Les voici ensemble. Et puis tous les deux sur mes genoux, un jour d'hiver. Chers petits, ils sont si beaux, ils sont si jeunes. Quand je serai mort, ils se disputeront ma chemise. Dieu veuille que je meure nu.

La nuit, je le pose sur une chaise, près de mon lit. Souvent, il se prend un pied dans un trou du cannage, et bascule. Je le relève, je passe ses deux autres pieds dans deux autres trous. Ainsi il tient. Quand je voyage, je l'emporte, enveloppé d'une feuille de journal. S'il avance, aujourd'hui, qu'importe. A zéro heure trente, ou zéro heure quinze, je recommence ce livre pour la troisième fois.

Je l'ai commencé pour la première fois en mil neuf cent trente-neuf, en juillet, je crois, pendant les vacances, au bord de la mer. Le grand-père me disait qu'on allait avoir la guerre. Je le craignais aussi, mais n'y croyais pas. Si on vous affirmait que vous allez mourir bientôt, le croiriez-vous ? Je travaillais dans le grenier de la villa du grand-père, sous la lucarne. Là, j'avais la paix. Lui, sa main bossue crispée autour d'un crayon, vérifiait les comptes, en bas, dans la salle à manger, disputait deux sous à sa bonne sur le prix d'une banane avariée, poussait les roues de son fauteuil, jusqu'à la fenêtre, soulevait d'un doigt tordu un coin du rideau, faisait la paix avec la bonne pour parler de la voisine, de l'épicier. Le soir, il se hissait d'une marche à l'autre sur ses deux béquilles, jusqu'à sa chambre du premier étage. La bonne l'éclairait, par-devant, avec une bougie.

Cette nuit, c'est aussi la flamme d'une bougie qui m'éclaire. La guerre nous a privés de tout, et de la lumière. Là-bas, le grand-père n'avait pas voulu faire installer l'électricité, par économie.

Un soir, de la béquille gauche il a manqué la cinquième marche. Il est tombé en arrière, en bas, sur les dalles du vestibule. N'importe qui se serait tué. Lui, il n'a rien eu. Il était noué, il était dur, incassable. A partir de ce soir-là, c'est moi qui l'ai monté jusqu'à sa chambre, sur mon dos. Je m'accroupissais devant son fauteuil. Il se levait tant bien que mal, tendant ses bras raides comme ceux de Guignol, s'écroulait en avant, sur mon dos. Je me relevais, je le tenais sous les fesses. Il ne pouvait pas se cramponner, à cause de ses mains noueuses. Il fallait que je le tienne bien. Je montais, derrière la bonne et sa bougie. Il n'était pas lourd. Je me renversais en arrière sur le lit. Il tombait sur les couvertures. C'était la bonne qui le déshabillait. Une vieille bonne. Il était tout tordu de rhumatismes. Il avait trop bu d'huile de foie de morue. Il avait commencé à gagner sa vie à douze ans, comme apprenti imprimeur. A cette époque, apprenti, c'était dur. D'abord faire les courses à travers tout Paris, nettoyer l'atelier. Et les engueulades, et les coups, et les farces des compagnons. Quand il ne restait plus la moindre besogne à faire, apprendre un peu, petit à petit, le métier.

Il était devenu patron, et s'était retiré des affaires son million gagné. Mais il pouvait se vanter d'avoir travaillé tous les jours et la moitié des nuits. Tousseux, mal nourri par habitude, quand il montait à son troisième il emportait un tabouret pour s'asseoir aux paliers. Il se soutenait avec de l'huile de foie de morue. Il en buvait tous les jours, été comme hiver. Il en a bu des barriques. Un médecin le lui a dit : ça lui a tellement fortifié les os qu'il lui en a poussé des supplémentaires, dans les articulations.

Il est mort. Personne ne l'a pleuré. On le traitait de vieil avare. Il avait eu tant de peine à gagner son argent, ça lui faisait mal de le voir partir, morceau par morceau. Il n'achetait pas d'autre fromage que du Port-Salut. Il le lavait à la brosse, sous le robinet, et, à table, défendait qu'on enlevât la croûte. C'était un fromage dont on ne perdait rien.

Il est mort. On s'est battu, depuis, dans le cimetière. Tout a été retourné par les bombes. Les vieux os et les morts neufs, avec la terre grasse, et les perles de couronnes semées comme des graines pour les petits oiseaux. Tout en l'air, brassé et labouré, et remélangé vingt fois. Les pierres tombales en gravillons. Et les villas tout autour, tout le village, le casino, le phare cligne-l'œil, laminé tout ça, aplani, nivelé, les falaises écroulées dans la mer, et les galets de la plage envahis de ferraille, de casques rouillés, de bouts de bois, de têtes de morts, de fils de fer, de poutres, avec des tanks presque entiers et des bateaux sur le flanc, des canons tordus, des pantalons vides. Il ne reste rien du village, de la maison, ni de la lucarne du grenier. Il ne reste rien du grand-père. Il ne reste pas grand-chose du livre que j'avais commencé. Je l'ai recommencé il y a trois mois. En juin, pendant les vacances, à la campagne. Dans la chambre d'hôtel, cramponné à la petite table qui glissait de tous les côtés sur le parquet en bois synthétique. Un beau parquet, un peu fendu dans le milieu, et qui penchait d'un côté, si bien que la tête du lit était plus basse que le pied. Et la bonne grognait parce que je mouillais son beau parquet en me lavant les pieds dans le bidet. Pour que la bonne cessât de grogner, j'ai éponge le parquet avec la descente de lit. Alors la bonne a grogné pour la descente de lit. Les cabinets étaient souvent bouchés, mais on mangeait bien. De la viande à tous les repas. Bien manger, on ne pense qu'à ça depuis quatre ans. C'est notre souci. Je me cramponnais à la petite table. Je l'appuyais à la fenêtre, je la coinçais contre la table de nuit. Deux feuilles de papier, un livre, l'encrier, ma main ouverte : la table débordait. Ce n'était pas facile pour travailler. On s'est battu, autour de l'hôtel, et dedans. Les miliciens, les G.M.R., le maquis, les Allemands, les Américains, les F.F.I., et les Arabes. A la mitraillette, à la grenade, au couteau, au canon. L'hôtel a flambé. Les Allemands ont fusillé le patron et les F.F.I. ont tondu sa femme. Un Nègre a violé la bonne.

Aujourd'hui, pour la troisième fois, je recommence ce livre. Il est maintenant deux heures trente. Ma bougie fume. C'est une bougie de guerre, jaunâtre, et qui sent le pétrole. Je me suis fait une tasse de vrai café, avec quelques grains conservés au fond d'une boîte. Je ne pouvais pas attendre plus longtemps pour recommencer. J'étais couché, je me suis relevé. Je ne pouvais pas attendre le jour. Autour de moi, c'était la nuit. La guerre n'est pas finie. Elle ne finit jamais. Parfois, elle s'arrête, pour reprendre souffle pendant que pousse la chair fraîche. C'est la bataille, la simple bataille entre la vie et la mort. La même pour les cailloux, les végétaux, les animaux et les hommes. Et la vie et la mort sont toutes deux victorieuses.

Entre la première version de ce livre et celle de l'hôtel du milieu de la France, la différence était petite. En cinq ans, je n'avais guère vieilli. Mais celle-ci, cette troisième que j'ai voulu commencer sans attendre l'aube, celle-ci sera tout autre. L'histoire n'a pas changé. Je l'ai seulement déplacée dans le temps, j'ai modifié quelques circonstances. Mais l'histoire n'est qu'un prétexte. Ce qui compte, c'est ce que j'ai envie de vous dire, à travers les personnages. Et ce que je veux vous dire a bien changé depuis trois mois. Je suis mal parti. J'ai déjà menti beaucoup depuis la première ligne. Je n'ai pas tout dit. Je vais encore bien tourner autour de la vérité. Mais, avant le point final, je vous l'aurai sortie. Ma vérité.

Nous allons ensemble parcourir cette histoire. Je la connais depuis longtemps. Je sais où je vous emmène. Mais il se peut qu'en chemin je déraille. Ces personnages que j'ai regardés vivre pendant des années, et dont j'imagine qu'ils n'ont plus rien à me cacher, qui peut savoir ce qu'ils pensent, tout au fond, et quels caprices, quelles passions que je n'avais pas prévus ils attelleront tout à coup à notre voiture ? Ça ne fait rien, je suis seul à risquer la chute. Voici. Nous partons.

M. Chalant est appuyé du coude droit sur le buffet. Regardez-le. Ce n'est pas le personnage principal, mais il a son importance. Il est de ceux qui s'agitent quelques pas plus loin que le héros, composent derrière lui un décor vivant, lui adressent la parole, lui fournissent des occasions d'agir et de montrer son caractère.

Le buffet se trouve dans la salle à manger personnelle de M. Chalant, contre le mur du fond. Une longue table entourée de chaises occupe presque toute la pièce ; M. Chalant est père de sept enfants. Ce soir, en plus de sa famille, dîneront avec lui les trois pensionnaires qui n'ont pas quitté le collège pendant les vacances de Pâques. Devant la fenêtre qui s'ouvre sur la cour du collège, un rideau bleu marine est tiré. On tire le rideau dès le crépuscule, pour la défense passive. La pièce est éclairée par une faible ampoule, surmontée d'un abat-jour de porcelaine blanc, au ras du plafond. L'ampoule verse une lumière presque jaune. Dans les classes, les mêmes abat-jour sont installés, mais sur des ampoules plus fortes. C'est le budget municipal qui paie le courant consommé dans les classes, et la bourse de M. Chalant celui qui éclaire ses appartements. Pourtant, M. Chalant n'est pas avare. Ce n'est d'ailleurs pas lui qui s'occupe de ces détails. C'est sa femme. Depuis la guerre, leur pensionnat ne leur rapporte rien. Peut-être même leur coûte-t-il. Ils ont maintes fois l'envie de renvoyer tous leurs pensionnaires. Ils en ont conservé quelques-uns, pour rendre service aux familles.

M. Chalant est appuyé du coude droit sur le buffet. Il porte un costume gris clair, dont le pantalon fait des poches aux genoux. De son veston croisé, seul le bouton du bas est boutonné. M. Chalant est penché de côté sur son coude ; le bas de son veston remonte et le haut bâille sur son gilet marron, en tissu jacquard semé de fleurettes jaunes. Il ne quitte son gilet qu'au mois d'août.

Il passe sa main gauche sur sa tête, d'arrière en avant, pour lisser la longue mèche qu'il se laisse pousser à la nuque, afin de cacher sa calvitie. Malgré ce geste souvent répété, toujours quelques fils blonds lui pendent dans le cou, comme des cheveux d'enfant.

Il attend que tout le monde soit assis. Il se redresse, soupire, prend sur le buffet la corbeille à pain, fait le tour de la table, pose près de chaque assiette deux tranches grises, deux tranches de cinquante grammes. Chacun de ses enfants lui dit : « Merci papa », les pensionnaires lui disent : « Merci m'sieur », et Mme Chalant dit : « Merci, mon ami. » Les enfants sont entrés en courant dans un grand bruit de pieds et de rires. Maintenant, assis, silencieux, ils attendent. Ils ont faim. Ils jouaient dans la cour, sous la nuit tombante. Chinette, la toute petite, plonge son nez dans son assiette vide, et ses boucles blondes cachent son visage. M. Chalant, en passant, lui chatouille le cou du bout des doigts. Elle pousse un petit cri vif et se met à rire en secouant la tête. M. Chalant rit avec elle. Ils ont les mêmes yeux d'un bleu très clair, le même visage rond et rose, et le même bonheur à se trouver l'un près de l'autre, à s'aimer et à rire. Chinette, âgée de quatre ans, reçoit une seule tartine. Gustave, l'aîné des garçons, en reçoit trois. Il en mangerait bien le double.

M. Chalant soupire de nouveau, pose la corbeille et s'assied. Sans être gras, ni ventru, il est cependant rond des membres, bien enveloppé, douillet. Ses mains sont fines de peau, un peu dodues, les doigts pas très longs. Il déplie sa serviette. La salle à manger tout à l'heure triste sous la lumière pauvre, sans autres meubles que cette longue table couverte d'une toile cirée qui imite un tissu écossais, les douze chaises dépareillées, et le buffet sans caractère, aux portes sculptées de fruits à la machine, est maintenant réchauffée par toutes ces présences et par la soupière qui fume. C'est vraiment la salle à manger. Elle ne sert à rien d'autre. Elle ne vit qu'aux repas. Elle est au rez-de-chaussée, près de la grande cuisine du collège. Les autres appartements du principal se trouvent au premier étage. Là-haut, il possède, dans un salon, de vrais meubles, agréables à regarder, et qui ne servent à rien.

Mme Chalant se lève à son tour pour servir la soupe. Son ventre l'embarrasse. Elle tient la louche à bout de bras. Ses enfants la regardent sans gêne, habitués à la voir enceinte. Mais les deux jeunes pensionnaires, les jumeaux de dix ans, n'osent fixer leurs yeux sur sa ceinture. Ils tendent leur assiette en rougissant, tête basse. Ils sont vêtus pareillement d'une culotte grise et d'un chandail vert bouteille. Une rangée de boutons, azur pour l'un, et pour l'autre vermillon, barre verticalement leur tricot. Tout le monde, au collège, leur donne le nom de leur couleur. Besson rouge et Besson bleu.

Bruit de douze bouches qui mangent la soupe, dont dix bouches d'enfants qui ne sont pas discrètes. Gustave a fini le premier. Il en reprend. Il est maigre à cause de ses quinze ans. Il ressemble à sa mère. Il sera beau grâce à ses grands yeux noirs, ses cils courbés. On voit surtout, pour le moment, son gros nez, ses boutons, ses cheveux raides qui se dressent en touffe au sommet de sa tête, et cette ombre de moustache de vieille fille.

La cuisinière apporte un grand plat de pommes de terre en ragoût. Elle a relevé un coin de son tablier bleu, et l'a passé dans sa ceinture. Ainsi, la moitié de son tablier cache l'autre moitié. L'envers est plus propre, pour servir à table. Devant son fourneau, elle le rabat. Après les pommes de terre, il n'y a qu'un camembert maigre, transparent, qui pique la langue. Un seul camembert pour tous. Mais rien qu'à le sentir, on n'a plus faim. Et puis un peu de confiture de la répartition, liquide, coulante, où nage une purée de débris sombres.

— Mes pauvres petits, dit Mme Chalant, si ça continue, je me demande ce que je vais vous donner à manger...

Au même moment, dans les pays accablés de guerre, toutes les mères de famille se posent la même question. Sauf à la table des riches, qui n'ont jamais tant mangé. Ils achètent de la viande deux fois par jour, entassent le beurre dans des pots, renvoient leurs domestiques pour ne pas distraire une miette du poulet. La vaisselle sale s'empile dans la cuisine. La femme de ménage vient la laver le samedi. Elle demande huit francs de l'heure. C'est un scandale.

Les trois pensionnaires se lèvent, les deux jumeaux et Hito l'Indochinois. Ils se lèvent ensemble, souhaitent la bonne nuit au principal, à Mme Chalant, à tous les enfants, et quittent la salle à manger.

Chinette leur court après pour se faire embrasser. Ils ont laissé près de leurs assiettes leurs serviettes pliées. Mme Chalant va vivement au buffet, en tire un gros pain d'épice caché. Sur le coin de la table, elle coupe une bonne tranche pour chacun de ses enfants. Ils mangent debout ce supplément, ils commencent à chahuter, se bousculent. Cinq garçons et deux filles seulement. Ne cherchez pas à les distinguer les uns des autres. Seul Gustave, le plus grand, se détache un peu du groupe, et Chinette, la toute petite. Ils forment un seul et multiple individu, têtes brunes, têtes blondes, têtes rondes, turbulentes, qui s'ébattent au-dessous du niveau de nos yeux. Nous voyons le dessus de leurs têtes, qui se mêlent, se dispersent, dans les cris et les rires. Ils se taisent en classe, à table, et quand ils dorment. Les grands caressent les petits ou les corrigent. Les petits viennent pleurer dans la jupe de leur mère. Jeux, caresses et coups doublent l'amour qu'ils se portent d'une camaraderie qui est leur sang commun.

A voir leurs dents blanches mordre les tranches rousses, Mme Chalant, prise de remords, coupe trois morceaux un peu plus minces, pour Hito et les Besson. Elle envoie Gustave les porter. Gustave part à cloche-pied. Malgré son ombre de moustache, il demeure plus près de l'enfance que de l'adolescence. Il n'est pas encore séparé du corps de ses frères. Il a un peu l'âge de Chinette en même temps que le sien.

Au milieu de la cour, il s'arrête brusquement de courir. Il réfléchit quelques secondes. Peut-être est-ce la nuit qui le fait succomber. Il mange la première tranche, puis la moitié de la seconde, partage la troisième en deux, et reprend sa course pour aller distribuer les parts réduites. Arrivé au dortoir, il regrettera de n'avoir pas tout mangé : les jumeaux ont tiré de leur caisse à provisions un pâté en croûte, et Hito grignote des biscuits de farine blanche. Le tiroir de sa table de nuit en est plein. Il les tient de Jeanin, le fils de l'épicier. Il lui fait ses devoirs de math.

M. Chalant a posé son béret basque sur sa tête. Il sort, traverse à son tour la cour, à pas lents. Les mains croisées dans le dos, il lève la tête vers le ciel. La masse noire des platanes s'enfonce parmi les étoiles. Un peuple de moineaux dort dans les feuilles. Un frisson de vent tiède arrive. Le platane noir parmi les étoiles frémit. Un oiseau s'éveille, s'ébroue, éveille ses voisins. Ils protestent à petits cris, se rendorment dans la masse noire ronde du platane enfoncée dans le ciel.

Depuis dix ans, M. Chalant est principal de ce collège. Depuis dix ans, tous les soirs, il fait sa ronde, en pantoufles, les mains au dos, le trousseau de clefs accroché à l'index. Les soirs de pluie, au lieu de traverser la cour, il longe les murs, sous le préau. Il monte l'escalier, parcourt les couloirs, jette un rayon de lampe et un coup d'œil à travers les portes vitrées, dans les classes vides. Il finit par le dortoir. Assuré que tout le monde est couché, il redescend enfin dans son appartement. Le collège peut s'endormir, la conscience de son principal tranquille.

Hito entend le poids de son pas sur l'escalier de bois, et le tintement des clefs inutiles. Aucune porte n'est fermée à clef dans le grand bâtiment. M. Chalant pourtant agite son trousseau pendant toute sa ronde. Si quelque pensionnaire rôde à cette heure dans les couloirs, le voilà de loin prévenu. Il a le temps de s'enfuir et de se glisser tout vêtu dans son lit.

Hito fume une cigarette américaine. D'où la tient-il ? D'où tient-il ces objets confortables qui depuis des mois manquent à tout le monde ? Ces savonnettes onctueuses, cette eau de Cologne, ces souliers de cuir, ce pyjama neuf en soie naturelle gris perle, ces lames Gillette, ce vrai savon à barbe, lui qui n'a presque pas de poils à raser ?

Dans le coffre-fort de M. Chalant, un petit coffre fixé au mur de son bureau, qui s'ouvre avec une simple clef, comme une malle, se trouve une liasse épaisse de billets de cinq mille francs. Cette liasse appartient à Hito, et M. Chalant a reçu l'instruction de lui en donner un tous les mois. Il arrive que Hito lui en demande deux, ou trois, lorsqu'il doit payer son chemisier, son tailleur ou son bottier. Cette liasse durera sûrement jusqu'à la fin de la guerre. Si la guerre devait tellement se prolonger qu'elle vînt à épuiser la liasse, au-dessous du dernier billet se trouve un chèque en blanc. Les parents de Hito sont des princes ou des commerçants, en Indochine. Leur fils ne souffrira de rien. Ils ont choisi pour le protéger la divinité la plus efficace.

Assis sur le bord de son lit, il fume sa cigarette, et souffle la fumée dans la figure des jumeaux debout devant lui, qui reniflent, éternuent et rient. Ils entendent le pas de M. Chalant et les clefs qui s'approchent. Ils courent à leurs lits, Hito s'enfonce dans le sien, éteint sa cigarette, la cache sous le traversin, ferme les yeux. « Hum hum ! » tousse M. Chalant, en ouvrant la porte. Il traverse tranquillement le dortoir. Les trois enfants dorment. Il tourne le bouton électrique. Voici dans le dortoir la nuit profonde. Il descend vers son appartement par l'autre escalier. Il n'a pas senti, il ne sent jamais l'odeur de la fumée.

M. Chalant n'aime pas punir. Il refuse les soucis. Il ne permet à personne de troubler sa tranquillité. Dès les premiers jours de son arrivée au collège de Milon, il y a dix ans, il a chargé M. Sibot, surveillant général, des soins de la discipline et des paperasses administratives. M. Sibot est admirablement au courant, et tout va bien. Lorsque M. Sibot a demandé le poste d'économe du lycée de Valence, M. Chalant est allé au chef-lieu, prétendument pour appuyer sa demande. En réalité, pour empêcher qu'elle n'aboutît. Au retour, il lui donna les meilleurs espoirs. Lorsque M. Sibot apprit, quelques jours plus tard, que c'était un répétiteur de trente ans qui obtenait la place, il éprouva presque du remords d'avoir fait déranger pour rien son principal. Celui-ci lui a dit : « Après tout, vous êtes bien ici ? » C'est d'ailleurs vrai.

C'est Mme Chalant qui s'occupe du pensionnat. Petite, mince et brune, accablée par le poids de ce ventre presque toujours occupé, par ses accouchements, ses fausses couches accidentelles et leurs séquelles, elle semble souvent arriver au bout de ses forces. Mais son mari, souriant, ne veut pas voir sa fatigue. Elle-même parvient à l'oublier. Levée la première, elle finit la journée en robe de chambre. Elle n'a pas trouvé, pour s'habiller, quelques minutes. Elle ne sort que pour courir chez les fournisseurs, ou tenter d'obtenir du secrétaire de mairie un bon de haricots secs ou de poudre de lessive.

Milon-les-Tourdres, chef-lieu de canton, se trouve au nord-est du Ventoux, au centre d'une région demi-montagneuse, pauvre. Les restrictions s'y sont fait sentir très durement, très vite. Alors que la vallée du Rhône, à moins de cinquante kilomètres, dispose encore de trésors alimentaires, les paysans du Milonais manquent de beurre, d'huile, ne savent plus avec quoi nourrir leurs porcs. Sur les terres minces accrochées aux rochers ou aux marnes, habituellement dépourvues d'eau, une sécheresse exceptionnelle règne depuis deux ans. Trois hivers rigoureux ont tué une grande partie des arbres fruitiers sans détruire les insectes. Les sauterelles, le doryphore, les chenilles s'acharnent sur les maigres verdures épargnées par le soleil et par le gel. On n'élève dans la région que des chèvres et des moutons montagnards, hauts sur pattes, pauvres en viande. Chaque paysan parvenait jusque-là à faire vivre sa famille sur sa petite propriété, d'une vie de sobriété et de travail sans repos. Il n'y arrive plus. Il ne mangeait jamais de viande de boucherie. Les moutons étaient pour le chef-lieu. Les jours de marché, il achetait une morue salée chez l'épicier, pour le repas du dimanche. Maintenant, il ne mange même plus ses lapins, ses poules ni leurs œufs. Il les échange contre les chaussures, les vêtements, les outils. A Milon, le beurre vaut mille francs le kilo. Il vient de Normandie dans des valises. Le litre d'huile est beaucoup plus cher.

Mme Chalant se trouve chaque jour devant des problèmes difficiles à résoudre. Il ne se passe pas de semaine qu'un de ses enfants n'ait saccagé ses chaussures ou déchiré son vêtement. Le cordonnier ne veut plus poser de semelles depuis que son fils a échoué au bachot. Il prétend que M. Chalant l'aurait fait recevoir s'il s'en était donné la peine. On a dû sacrifier les pneus de secours de la voiture qui dort dans le garage. C'est le concierge qui les a taillés en semelles. Bien entendu, il a aussi taillé pour lui. Bientôt, il faudra attaquer une roue. Les doubles rideaux du salon et des chambres sont devenus robes et culottes, et les couvertures de réserve, pardessus.

Pour nourrir sa famille et les pensionnaires, Mme Chalant a dû se montrer encore plus ingénieuse. Les élèves du cours d'agriculture ont transformé en potager la pelouse du parc du collège, et le terrain de sports en champ de pommes de terre. Les petits de la classe enfantine ramassent les doryphores pendant les récréations, dans de vieilles boîtes à conserve, ou dans leurs seaux à faire des pâtés dans le sable. La maîtresse allume ensuite un feu de brindilles et de papier, et les enfants chantent une ronde autour du bûcher où elle sacrifie les insectes noir et jaune. Bientôt, les aliments pour ce feu ont manqué. Chaque enfant a dû apporter un morceau de journal, une vieille lettre, un débris d'emballage. Certains parents ont protesté, parce qu'ils donnent leur papier et ne profitent pas des pommes de terre.

Une vache a langui quelque temps dans le vestiaire du terrain de sports. En trois semaines son lait a tari. Il n'y a pas de taureau dans la région. Au moment où Mme Chalant se résignait à la faire abattre pour la mettre au saloir, des pillards nocturnes, franchissant le toit du gymnase, l'ont tuée, dépecée, emportée. Ils ont laissé la tête, la peau, les mamelles et les tripes. Mme Chalant a acheté un chien de garde. Il a dévoré les deux canards qu'elle élevait avec les épluchures. Elle l'a revendu. Elle a essayé d'élever des poules. Elles n'ont jamais pondu. Jean Tarendol, qui s'y connaît, a déclaré qu'il leur faudrait un coq et du blé. Un coq, c'est facile, mais où trouver le blé ? On a mangé les poules.

Mme Chalant se débat au milieu de ces difficultés avec un courage dont elle n'a même pas conscience. Peut-être, si elle pouvait se reposer vingt-quatre heures, se rendrait-elle compte de la somme de travail et de soucis qui accablent ses jours. Mais les vacances elles-mêmes ne lui laissent nul répit : si les pensionnaires rentrent chez eux, ses sept enfants demeurent. Ils adorent leur mère, et lui demandent tout ce dont ils ont besoin avec autant de naturelle exigence que de jeunes animaux à la tétée.

M. Chalant sourit, heureux de voir qu'en fin de compte on fait face à tout, sans qu'il ait besoin d'intervenir. Il enseigne l'anglais aux élèves de première. Il se plaît à les conduire dans le monde passionné de Shakespeare. Il en sort frémissant d'horreur. Il lui faut de longues minutes pour débarrasser sa sensibilité trop vive de l'odeur du sang, et des plaintes des fantômes. Revenu au temps présent, il trouve la vie plutôt gentille, et se sent le droit de répondre à sa femme qu'elle gémit pour des riens.

De l'autre côté de Paris, une faible lumière jaune pique l'aube. Une seule lumière dans tout Paris. Une bougie peut-être, ou une lampe à pétrole. Une vieille lampe achetée plus cher qu'un bijou. Un litre de pétrole obtenu par corruption ou échange. L'homme qui s'éclaire de cette lampe à l'autre bout de Paris voit ma fenêtre comme je vois la sienne et se demande qui je suis. Entre nous deux la ville dort sous un duvet de brume et de fumée. Tout à l'heure, ses clochers, la tête dorée des Invalides, le doigt léger de la Tour et toutes les cheminées en déchireront les derniers lambeaux. Au fond de l'horizon se dévoilera la Butte. Le Sacré-Cœur n'a pas poussé cette nuit un nouveau champignon. A gauche, la vraie croix de Montmartre, celle du Moulin. Au-dessous, c'est le troupeau des maisons, laid comme une foule. Les soirs de beau temps, le soleil les farde d'une fausse jeunesse rose, éclate dans quelques carreaux, disparaît. A six mille mètres, une escadre reçoit ses derniers rayons.

J'avais loué un appartement au septième étage, dans une rue

haute, pour fuir le bruit des autos. Mais les moteurs courent le ciel, maintenant, les carrefours grondent sur les toits. Un chacal d'aluminium monte en chandelle, glapissant. Des dragons à deux queues gardent en rond la Tour, hurlent sur nos têtes. Nos pauvres têtes.

Le silence va devenir souvenir d'enfance, luxe de milliardaire enfermé au cœur de vingt murs. Nos petits-neveux ne connaîtront même plus le calme des vacances. Les machines cultivatrices secoueront la campagne. Au sommet du mont Blanc un diffuseur décrira les beautés du paysage. Chaque vaguelette cèlera son sous-marin individuel, de police ou de plaisance. Les essaims d'avions bourdonneront à rase-gazon.

Mais aurons-nous des petits-neveux ? La mort se hâte, et nous courons à sa rencontre. La prochaine guerre se fera sans matériel ni soldats. Quelques laboratoires. Des touristes avec leurs valises. Le marché noir de la mort. Je pense qu'elle n'attendra pas longtemps. Quelques grands-pères ont échappé aux deux ou trois précédentes. Ils auront la satisfaction de disparaître dans la prochaine, avec leurs familles. Cette fois, tout le monde tombera du cocotier. Des grandes villes, il ne restera pas un grain de poussière. Le silence, le voilà.

Sous mes fenêtres, des jeunes filles jouent dans le stade. Je les aperçois, entre deux arbres, belles, vêtues de vives couleurs. De loin, on ne voit que leur jeunesse. En voici une qui s'étire, se renverse, touche le sol de ses mains. Son ventre est plat, ses seins font deux bosses à peine visibles. Ses cuisses dorées, ses bras dorés sont les piles du pont. Elle s'écroule, roule dans l'herbe, rit. Elle est vivante, elle est jeune. Bientôt, elle trouvera un homme sur sa route, un homme devant qui s'ouvriront ces arches dorées. Ils s'aiment, ils sont au sommet du bonheur. Pour elle, il deviendra célèbre ou riche. Il va partir à la conquête du monde. Elle le trouve si grand, si homme. Pour lui, elle bravera sa famille, les bourgeois. Ils sont prêts à la gloire, à la honte, à la faim. Simplement, parce qu'il faut qu'il vienne déposer en elle ses petites graines. Pendant que la mort prépare ses armes, la vie multiplie ses chances.

Etendue dans l'herbe, les yeux clos, elle boit le soleil. Elle est herbe, elle est soleil, elle est champ. Elle pousse depuis seize ans, elle vit, on la soigne, elle joue, simplement, pour mûrir depuis seize ans son petit ventre plat.

Elle se tourne, elle s'étire, elle se lève. Elle va courir. Elle pense qu'elle a faim, qu'il fait bon, il faut qu'elle achète une combinaison, et bientôt il fera froid, je devrai mettre des bas, les bas sont chers, dans deux mois la rentrée, six ans d'études je serai pharmacienne, je n'ai plus de dentifrice. Tout ce qu'elle pense, même le soir venu quand on est las et que les pensées se font graves, ses projets, ses idées sur le monde, sur la paix, sur la pitié des malheureux, tout ça n'a pas d'importance. Ce qui compte, c'est son ventre. Il changera ses idées, ses projets, il la mènera tout droit vers le lieu où elle doit se coucher et s'ouvrir.

Une tige, des mains de feuilles ouvertes dans le vent, les racines qui fouillent la terre, et tout ce travail de la sève, pour aboutir à la fleur, pour que l'amour s'accomplisse dans le parfum et la couleur, sous le soleil.

L'histoire que j'ai commencé de vous raconter est une histoire d'amour. Vous y rencontrerez aussi la guerre, et des pays inventés que vous reconnaîtrez, et des personnages qui ressemblent à vos voisins, à vous-même. C'est une histoire vraie, faite de petits morceaux de vérité, pris çà et là, dans les souvenirs, dans l'imagination, dans votre cœur et dans le mien, petits morceaux de vérité, recueillis ou inventés, assemblés l'un à l'autre pour composer une fable aussi vraie que votre propre vie.

Dans le stade, les jeunes filles, vives, les jeunes filles en couleurs, leurs bras d'or dressés, leurs cuisses nues, foulent l'herbe, dansent, rient. Le vent, au-dessus d'elles, balance les branches. A chaque moteur qui passe, deux pigeons effrayés s'envolent, rejoignent les hirondelles, tournent, se posent de nouveau, cherchent les graines, chantent l'amour, continuent.

Maintenant, je vais faire mon travail, assembler les verbes et leurs familles d'articles, de pronoms et de substantifs. Le moins d'adjectifs possible. Et toujours trop d'adverbes. Ce n'est pas facile. Le vocabulaire est une horrible foule. Ces mots qui se présentent, toujours au premier rang, justement ceux qu'on ne veut pas. Et chacun tient par la main toute sa tribu de livides. Avec leur visage usé comme celui des filles qui ont trop servi. Celui qu'on cherche, précieux, juste, celui-là fuit. Travailler, écrire, biffer les phrases, déchirer les feuilles, recommencer dix fois le chapitre. Jusqu'au moment où l'histoire devient un peu transparente. S'arrêter quand on n'en peut plus. On n'en finirait jamais.

Si je réussis, si je ne vous laisse pas en route, vous verrez vivre à travers les mots ce garçon et cette fille que l'amour tourmente. Vous partagerez leur bonheur, leurs peines. Peut-être vous devinerez ce qui les attend. Vous ne pourrez rien faire pour leur épargner le malheur. Rien, ni vous ni moi ne pouvons rien changer à leur destin. Nous ne pouvons rien changer au nôtre.

Le garçon, le voici, c'est Jean Tarendol, tout seul au milieu de la page. Je vais le laisser seul devant vous, je me retire, je me tais.

Il marche, il siffle. Une valise, suspendue dans son dos, danse. Il marche, et sa petite image, double, marche dans vos yeux. Autour de lui, le paysage s'installe. En haut, le bleu du ciel, puis la montagne verte et noire, et le chemin blanc entre la montagne et la vallée du torrent. Dans le ciel, un nuage délicat, encore un peu teinté du rose de l'aurore, commence à s'écheveler et à se dissoudre.

Quand Jean atteindra le tournant du chemin que marque un amandier, le nuage n'existera plus. Dans le torrent, il y a moins d'eau que de cailloux. L'eau glisse, serpente, tombe en petites cascades, à petit bruit. Un murmure. Jean va plus vite qu'elle. Il s'est mis en route au début du jour. Il siffle, il chasse à grands coups de pied les cailloux déchaussés. La valise danse dans son dos. Il n'y a pas un seul poisson dans l'eau du torrent. Il sera sec à partir du mois de juin, jusqu'à l'automne. Du torrent, on voit la tête de Jean se découper sur le ciel. Ses épaules se confondent avec le sommet de la montagne. Sa tête danse sur la crête. Ses cheveux noirs bouclés brillent. Il est vêtu de vieux habits de son père. Il s'est mis en route au lever du soleil, pour aller prendre le train à la gare de Saint-Mirel. Le train le conduira à Milon. Il rentre au collège. Les vacances de Pâques sont finies.

Il a ligoté d'une corde en croix la valise qui ne ferme plus, il se l'est accrochée aux épaules par des courroies taillées dans des harnais hors d'usage. Il a déjà fait deux kilomètres. Quatre, encore, jusqu'à la gare. Ses yeux sont bleus, semés de paillettes d'or, son nez fin, droit, sa bouche grande, ses dents neuves. Pendant les vacances, il a aidé sa mère aux travaux des champs. L'air des montagnes a bronzé ses joues, et le soleil a brûlé surtout son nez et le repli des oreilles. Ce matin, il s'est vigoureusement frotté à l'eau froide. Il est propre, il est solide. Bien qu'il n'ait pas dix-huit ans, il est plus grand que le fut son père. Sa veste le gêne sous les bras. Sa mère a sorti l'ourlet des manches. Elles sont quand même trop courtes. Son pantalon de velours marron est râpé aux genoux. Pourtant son père, pour casser les cailloux, posait sous ses genoux un coussin en cuir de porc qu'il avait tanné lui-même. Mais à force de s'agenouiller, il a écrasé les côtes du velours. Dans la valise dansent deux chemises, des mouchoirs, quelques livres. La montagne danse le long du chemin. La veste est pratique pour un collégien. Quatre poches à soufflets, fermées par des boutons de métal marqués d'une tête de sanglier en relief. Les chemises dansent, se déplient, les mouchoirs se glissent entre les pages des livres, l'encre dans son flacon, au fond d'une chaussette, tempête. Un saucisson sec, à chaque pas, frappe le flanc de la valise. Un coup de pied dans un caillou. Le caillou saute un talus, plonge. La première chose que Jean s'offrira, quand il gagnera sa vie, ce sera un stylo. Il l'accrochera dans la poche de sa veste, la poche gauche du haut, et il fermera la patte par-dessus, pour ne pas le perdre. Les vacances sont finies, déjà. Il aime les vacances. Il aime aussi le collège. Il aime sa mère qu'il vient de quitter. Son père est mort. Il aime partir, il aime arriver. Les jours de soleil, surtout le matin, quand il a longuement dormi, quand il marche, joue, bien lavé d'air et d'eau, l'or de ses yeux grandit entre ses cils noirs. Les jours de pluie ou de fatigue, c'est le bleu qui gagne.

Le pouce de la main gauche accroché à la courroie qui porte sa valise, il marche d'un bon pas, et siffle pour scander sa marche. Il a poussé la porte, tourné la clef, mis la clef dans le trou du mur, et posé dessus le morceau de tuile. Sa mère était déjà partie. Elle se loue à la journée aux fermiers du voisinage, pour les travaux de la saison. Il siffle n'importe quoi, des airs mélangés, qu'il adapte à son pas. Il n'écoute même pas ce qu'il siffle. Pour occuper sa main droite, il a ramassé une branche morte. Elle s'est cassée au premier caillou frappé. Il a coupé un rameau vert qui tourne et siffle dans sa main. Il n'écoute pas non plus ce qu'il pense. Il siffle, il marche, il fait sauter la tête d'une graminée. Son cerveau tourne tout seul. Mille images qui se succèdent ; il reste un peu de neige, loin, là-bas, au sommet du Ventoux ; l'odeur d'une touffe de thym plantée dans un soupçon de terre, entre la marne et le rocher ; le visage de Fiston, certainement déjà arrivé au collège ; l'odeur de la salle d'étude ; écrire à sa mère dès son arrivée. Elle veut savoir qu'il a fait bon voyage. C'est un petit voyage, mais pour sa mère, c'est quand même un long voyage, parce qu'il tient son fils longtemps loin d'elle. Jean ne s'est jamais demandé quel était l'âge de sa mère. Il l'a toujours vue pareille, elle sera toujours ainsi, vêtue de noir, coiffée du mouchoir blanc, le nœud sous le menton. Elle est grande, séchée d'efforts. Son âge est l'âge égal des femmes de la campagne, tôt vieillies, longtemps conservées par les travaux durs, loin de la jeunesse, et loin aussi du repos de la mort. Le mouchoir blanc cache ses cheveux gris et plats, et ses petites oreilles belles comme celles d'une jeune fille du monde. Ce qu'on voit de son visage, le front, les joues, les lèvres, tout a la même couleur de bois sec. La maigreur pince son nez courbé. Le soleil a séché sa bouche. Mais ses yeux noirs brillent, sains, parce qu'elle mange peu. Quand elle rentre de journée, il lui reste à s'occuper de sa chèvre, de ses lapins, des poules, des pigeons, du linge de Jean et du sien. Ses nuits sont brèves.

Elle a épousé André Tarendol à dix-neuf ans. Elle avait six mois de plus que lui. André, ouvrier boulanger, chantait en pétrissant la pâte, en enfournant le pain, en balayant les cendres du four avec la panouche. Il chantait quand il revenait de La Garde, la fournée cuite, pour passer avec sa femme les dernières heures du jour et un morceau de la nuit. Il avait la peau très blanche et presque pas de poils, sauf sur le dos des mains, où le feu du four les brûlait sans cesse, leur donnait de la force et les multipliait. Jean a les cheveux noirs bouclés de son père, son nez droit et ses yeux. Mais sa peau brune, il la tient de sa mère.

André Tarendol avait installé son ménage dans une maison maigre qu'il tenait de ses parents, au hameau de Courtaizeau, deux pièces l'une sur l'autre et un grenier pointu. Une vingtaine de pigeons nichaient dans le grenier et se nourrissaient aux champs. Un pré en pente attenait au Pigeonnier, un petit pré que la vallée du torrent rongeait. André avait adossé un appentis au mur de l'ouest, et acheté une chèvre.

Il partit pour la guerre le troisième jour du mois d'août 1914. Il revint avant la fin. Il débarqua à la gare de Saint-Mirel vers laquelle Jean se dirige ce matin. Le chemin a tourné vers l'ouest. Le petit nuage qui avait fondu dans le bleu se reforme, juste dans le dos de Jean, au-dessus de la montagne. Jean va prendre le même train qui a ramené son père de la guerre. Il y a des années que ce petit train ne servait plus. Des autocars le remplaçaient. L'herbe poussait entre les rails. La Compagnie avait loué à des paysans les maisonnettes des gardes-barrières. Mais depuis la nouvelle guerre, les autocars, faute d'essence, se sont arrêtés l'un après l'autre, et le vieux train a repris son service. Où a-t-il passé tout ce temps ? Où avait-on garé ses vieux wagons éclairés au pétrole, et sa locomotive à grande cheminée ? Jean va peut-être s'asseoir, sur la banquette de bois, juste à la place où s'assit son père le soir où il revint, un soir d'automne. Il pleuvait. Le seul employé, chef de gare et manœuvre, le père Foulon, regarda descendre du train ce soldat barbu, qui semblait fatigué, qui hésitait, qui regardait autour de lui, comme un étranger. Le soldat souleva ses musettes, son bidon qui clapotait, passa les courroies sur ses épaules. Tous les voyageurs, déjà, étaient sortis. Le père Foulon tenait leurs billets dans la main gauche. Le soldat venait aussi vers la sortie. Les soldats n'ont pas de billet. Leur titre de permission suffit. Mais dans les petites gares, personne ne le leur demande. On les connaît.

Quand il fut à deux pas de la lanterne, le père Foulon lui dit :

— Pas possible ! C'est toi, André ?

Le soldat le regarda, fit oui de la tête, puis sortit. Il pleuvait.

Il avança de quelques pas sur la place, et s'arrêta devant l'entrée de la Grand-Rue. La place était sombre, sauf quelques filets d'eau qui reflétaient une fente de lumière dans un volet. La pluie clapotait par terre, râpait les murs et les tuiles. Une gouttière chantait toujours la même note. La pluie tenait bien enfermés les habitants dans leurs maisons. Il était seul avec elle sur la place. Tout le monde le connaissait à Saint-Mirel. Et lui connaissait bien le bourg. Il avait commencé son apprentissage à la Boulangerie Moderne, à douze ans. Il avait dansé à toutes les fêtes. La pluie coulait dans son cou, trempait sa barbe. Les petits filets d'eau de la place coulaient vers la Grand-Rue, devenaient ruisseau au milieu de la rue, un ruisseau qui brillait sous la lampe électrique plantée dans le mur de la poste, puis sous la fenêtre du café, puis devant la vitrine de l'épicerie. Cette épicerie était tenue par sa cousine, une vieille fille. Quand il était apprenti, de temps en temps, elle lui donnait des bonbons.

Le père Foulon, de la porte de la gare, le regardait. Le père Foulon se tenait juste sur le pas de la porte, pas trop en avant pour ne pas se mouiller. Il le vit courber la tête, tourner le dos à la rue, et revenir. Il s'écarta pour le laisser rentrer, et lui demanda à voix basse :

— Et alors, André ?

Il ne répondit pas. Il passa devant le guichet fermé, il passa devant la bascule, enjamba un cageot d'où sortaient quatre têtes de poules. Là, le vieux le vit bien éclairé. Il paraissait avoir quarante ans. Il sortit sur le quai, traversa la voie, et le vieux ne le vit plus. Il descendit le talus, s'enfonça dans la nuit, du côté des champs. Il contourna le bourg en franchissant les clôtures. Il enjamba les haies, se glissa sous les fils barbelés. L'herbe le trempait jusqu'aux cuisses. La boue engluait ses molletières. Il n'y prêtait pas attention, il avait l'habitude.

Le jour de son départ, il pensait déjà au retour. Il avait imaginé sa joie, la course vers le Pigeonnier, les grands cris d'appel : « Françoise ! Françoise ! », Françoise dans ses bras, toute chaude. Elle qui pleurait, lui qui riait, la secouait, l'embrassait encore...

Il avait contourné Saint-Mirel et retrouvé la route. Il marchait dans la nuit, les pieds lourds. Le vent lui jetait au visage des feuilles mortes, des feuilles noires, glacées, lui plaquait la pluie sur le dos.

Il reconnaissait le chemin sans le voir, les carrefours avec les directions qui n'étaient pas la sienne, et celle qui le tirait vers sa maison. Il reconnaissait les arbres aux mêmes endroits, qui gémissaient à son passage. Le grand écoulement de l'eau, sur les marnes l'innombrable chute de la pluie pétrie par le vent, soulevée, roulée, jetée contre le flanc lavé de la montagne, noyaient le bruit du torrent.

Il contourna aussi La Garde, par le sentier qui monte au Clos des Vieilles. Au Clos des Vieilles, il allait chercher les fagots de noisetier pour la chèvre. Il emportait toujours un casse-croûte. Une fois, il avait oublié le fromage. Il avait mangé son pain seul, grillé au bout d'un bâton dans la flamme d'un feu. La flamme du feu. L'odeur du pain. L'eau et les cailloux coulaient sur ses chevilles. Il passa près de la Bergerie de la Combe. En cette saison, elle est vide. Il ne pouvait pas s'arrêter. Il ne pouvait pas s'abriter. Il avait hâte et peur d'arriver. C'était le vrai retour, dans la nuit, la pluie, la boue et le vent. La fin du voyage, après tant de pas dans les champs éventrés, sur les routes rompues, après tant d'étapes parmi les obus, sur les chemins de feu, de poussière et de boue, sur la terre sans herbe, avec les vivants qui suaient, les morts qui puaient, les blessés hurlants. Sous la pluie, dans la nuit et le vent, André Tarendol arriva chez lui.

Il franchit le petit pont. Courtaizeau était là. Quatre maisons basses plus noires que la nuit, et le toit pointu du Pigeonnier qu'il ne voyait pas, à l'autre bout du hameau. Un chien aboya. André reconnut la voix du berger des Rigaud. Il aboyait derrière la porte de la grange. Il signalait le pas qui venait d'arriver au village. A cette heure, les chiens savent que tout repose dans les maisons fermées. Les hommes, les femmes et les bêtes qu'ils connaissent dorment. Dehors, les chiens ne doivent entendre que les bruits de la pluie et du vent, et les cheminements furtifs des bêtes qui n'entrent jamais dans les maisons et que l'aube chassera. Les chiens du hameau entendirent le pas insolite et aboyèrent. Un mouton bêla. André s'arrêta. Des fils d'eau coulaient des manches de sa capote et de ses doigts. Le poids de la nuit et des souvenirs pliait ses épaules. Il revint lentement au petit pont, descendit vers le torrent. Ses pieds glissaient sur la marne détrempée. Il tomba, le visage dans la terre, se releva, tomba de nouveau, s'écorcha les mains. Le torrent contournait les terres basses du village. André remonta vers son pré, franchit le mur, se trouva devant sa maison. Là, derrière la porte, solide contre le vent et la nuit, dans la pièce chaude peut-être éclairée par les dernières braises du feu, Françoise, sa femme, dormait. Elle devait rêver à lui. Elle l'imaginait très loin. Il montait à l'assaut dans le soleil et la gloire des clairons. Elle avait dû souvent trembler pour lui. En même temps, elle devait être fière de lui, de sa médaille. Qui peut connaître la vérité de la guerre, de ceux qui ne l'ont pas subie ?

Il ouvrit les bras, il essaya de rappeler à lui l'image de joie du retour, il respira pour crier le nom de Françoise. Qu'elle accoure, qu'elle vienne se jeter dans ses bras. Mais il ne put pas crier, la porte restait fermée entre les vivants et lui. Les épaules basses, les pieds lourds, il s'en fut vers l'appentis, se courba pour entrer dans la chaleur de l'étable. La chèvre se leva, des lapins lui partirent dans les jambes. Il referma la porte, se mit à genoux pour défaire ses courroies, parce que le toit était trop bas pour sa taille, s'allongea, la tête sur ses musettes. Ce fut là que Françoise, brusquement éveillée par l'angoisse, une lampe-tempête à la main, le trouva endormi. L'eau qui s'égouttait de lui dans la litière fumait.

Jean vient de traverser La Garde. Le chemin, devenu route, longe à la sortie du village le cimetière appuyé en pente douce contre la montagne. Les morts et la terre qu'ils habitent glissent sur la pente. Un mur les retient, les empêche d'atteindre la route. Ils pèsent sur le mur, avec patience. Le mur est vieux. Le poids des morts lui fait un ventre qui surplombe déjà le fossé. Des giroflées poussent entre les pierres du mur. Une croix penchée offre par-dessus le mur un christ en bois qui a perdu ses jambes, et dont un bras, arraché de l'épaule, pend au bout de la main traversée par le clou. La terre et ses morts emplissent bien le cimetière, jusqu'à la cime du mur, à la hauteur des yeux des passants. Les herbes folles cachent les débris des couronnes et les pierres dressées comme des bornes, qui penchent, à gauche, à droite, et certaines sont tombées. C'est un endroit bien abrité. Les vieux du village viennent souvent y prendre le soleil. Ils s'appuient contre le ventre du mur, ils bavardent sans se presser. Une phrase par-ci, par-là. Et de l'autre côté du mur, dans la terre, les morts patients les attendent. Le dimanche, les jeunes qui restent jouent aux boules sur la route. Le vent, parfois, agite le bras du Christ. C'est un cimetière familier, qui n'effraie personne. Jean le connaît bien, à force de passer le long de son mur, sur la route. Son père est enterré là. Il se souvient mal de lui. Il regrette qu'il soit mort, mais il n'éprouve aucune tristesse quand il passe à côté de lui. Ce cimetière n'est pas triste. Il est de la même couleur que la montagne, et aussi simple qu'elle. Son père est là, comme cette herbe, avec cette herbe et ce rocher, et ce plant de vigne folle qui jette ses rameaux en rond autour d'elle. Cette herbe est à sa place, et ce rocher, et son père aussi.

A son retour de la guerre, André avait essayé de reprendre son métier de boulanger. Il dut y renoncer à cause des plaques rouges qu'il portait au bas-ventre et aux aisselles, de larges brûlures d'ypérite, inguérissables, qui le faisaient crier à l'approche du feu.

L'agent voyer de Saint-Mirel lui procura une place de cantonnier. Il sarcla les herbes dans les fossés, répandit du goudron sur la route nationale. Le long de patientes journées, à genoux, les yeux protégés par le grillage des lunettes, il cassa les galets du torrent, assemblés en mètres au bord de la chaussée.

Il réfléchissait pendant ses journées de solitude, au bord des chemins. Il essayait de comprendre la guerre et la paix. Il se demandait ce qu'il avait fait, ce que les autres hommes comme lui, jeunes, et qui connaissaient bien leur travail, et ne demandaient rien que travailler et vivre, ce que ces hommes avaient bien pu faire pour mériter d'être jetés dans cette horreur. Il croyait que s'il avait fréquenté plus longtemps l'école, il y aurait peut-être appris les causes de ce qui advient. Les années passèrent. Il n'oubliait pas. Ses brûlures ne lui permettaient pas d'oublier. Il ne chantait plus. Il rentrait à la maison tout courbé, grognant. Il se plaignait sans raison, tremblait pour manger sa soupe. L'hiver, il toussait. Ce qui l'accablait plus que la souffrance, c'était une sorte de honte. Quand il transpirait, ses brûlures cuisaient. La douleur lui rappelait les souvenirs de la guerre, et il avait honte de ce qu'il avait fait, de ce qu'il avait vu, honte pour lui, pour les hommes qui l'entouraient, pour ceux d'en face. Il n'aurait pas pu le dire, parce qu'il ne savait employer que les mots de sa vie très simple et ceux de son métier, mais il sentait bien que cette guerre était un crime démesuré et que tous ceux qui l'avaient voulue, qui l'avaient faite, qui l'avaient subie, étaient coupables. Les morts étaient coupables d'être morts dans cette boue, il était coupable d'avoir souffert, de souffrir encore. Et quand il voyait tout près de lui agenouillé fleurir les fleurettes, il sentait plus encore la honte d'être un homme qui avait été plongé dans cette guerre. Il se disait bien qu'il n'était peut-être pas possible de l'éviter. Lui, avec son peu d'idées, il ne voyait pas comment on aurait pu l'éviter, mais il avait honte de l'avoir subie, honte pour les hommes.

Françoise le soignait comme un enfant. Elle avait commencé de travailler dans les fermes et son visage se séchait. Quand Jean naquit, neuf ans après le retour de son père, celui-ci, qui avait trente-six ans, offrait l'aspect d'un vieillard, et sa mère avait tout à fait perdu sa jeunesse. André Tarendol trouva dans la naissance de son fils une raison de plus de gémir. Qu'est-ce qu'il va devenir ? Qu'est-ce qu'on pourra faire de lui ? Il parlait tout seul devant son tas de cailloux. Il s'arrêtait parfois, se redressait, hochait la tête, puis recommençait de battre le silex à coups de fer précis. A dix-huit ans, il avait été le meilleur ouvrier de la région. Il aurait pu devenir patron, installer sa femme dans une boulangerie de Saint-Mirel, faire de Jean un homme qui chante en enfournant le pain. Il n'était plus qu'un tâcheron misérable, devant un avenir plat comme la route.

Françoise emportait le bébé dans ses bras, le posait au bord du champ, sous un arbre. Il gazouillait, il riait aux feuilles, hurlait parce qu'une sauterelle lui frappait la joue de ses ressorts. Sa mère accourait, lui donnait le sein, l'endormait. Quand il s'éveillait, le ciel, les nuages et les branches jouaient dans ses yeux. Il attrapait une herbe, la mangeait, s'étranglait, crachait un peu de lait caillé, pleurait, recommençait à rire.

Sa mère lui apprit ses lettres, et à sept ans il alla tout seul à l'école de La Garde. Dans un petit panier, il emportait du pain et du fromage, un morceau d'omelette, pour le repas de midi. Et son père se mit à rêver de le pousser dans les études, d'en faire un homme instruit, bien au-dessus de lui, à l'abri. Jean écrivait mal, tachait ses cahiers, ne finissait pas ses devoirs. Son maître écrivait aux parents : « Intelligent, mais distrait. Regarde voler les mouches. » Par contre, il se plongeait avec passion dans les livres que sa mère lui rapportait de la foire de Saint-Mirel, achetés d'occasion. Des albums d'illustrés, des récits d'aventures. Il les relisait vingt fois, se battait à côté de leurs héros. Il quittait les jeux des garçons pour retrouver ses compagnons imprimés, négligeait ses devoirs. Quand il échoua au certificat d'études, à cause de ses fautes d'orthographe, son père était mort depuis deux ans. André était resté alité tout un hiver. Il toussait. Il transpirait sans cesse. Françoise continuait à travailler au-dehors. Dans son lit, il ne risquait rien. La vieille mère Espieu, la voisine, venait de temps en temps voir s'il avait besoin de quelque chose et entretenir le feu. Il était couché dans le lit de la pièce du bas, dans le coin à gauche, à l'opposé de l'escalier. Juste devant lui se dressait la vieille horloge, noire des fumées de trois générations. Son balancier de cuivre, décoré jusqu'au cadran de fleurs multicolores, brillait, passait, repassait, brillait derrière la vitre. Un peu plus à droite, c'était la fenêtre, puis la cheminée, et le pétrin. La table devant la cheminée, en face de la porte. Jean arrivait de l'école, embrassait la joue moite de son père, se hâtait de monter dans sa chambre pour retrouver ses livres et oublier le malade. La nuit, André se poussait contre le mur pour faire place à sa femme. Il maigrissait, il toussait de plus en plus. Un jour, il se leva pour faire ses besoins, tomba et resta près d'une heure étendu avant que la mère Espieu vînt le voir. Elle ne put pas le relever toute seule. Elle était trop vieille. Elle courut, elle tenait ses jupes, elle soufflait, elle ne pouvait pas courir bien vite, elle courut chercher le fils Rigaud qui débitait un chêne près du pont. Elle mit sa main sur son cœur, reprit sa respiration : « Casimir, viens vite, l'André s'est tombé. »

Toute la nuit il toussa et gémit. Le médecin venu à motocyclette fit une piqûre, donna un flacon qu'il avait apporté, avertit Françoise que ça ne durerait plus longtemps. Il avait une barbe grise et de bons yeux. Il avait déjà vu s'en aller de la même façon beaucoup d'anciens soldats. Jean est reparti avec lui sur la moto. Il restera quelques jours chez la cousine de Saint-Mirel. Il sait bien pourquoi sa mère l'éloigne. Son père va mourir. C'est la première fois qu'il monte sur une moto. Il pense à ce qui va se passer dans la maison. Son père. Les larmes lui montent aux yeux. Son nez pique. Quand il retournera à l'école, son père sera mort. Les garçons n'oseront peut-être pas lui parler tout de suite. Il aura un crêpe autour du bras. Il sera grave. Il ne pourra pas jouer. La moto pétarade. Il a froid aux oreilles et aux mains. Il saute à chaque trou. Le manteau est tendu sur le grand dos du docteur. La couture, au milieu, verticale. Le dos lui cache le devant du chemin. De chaque côté, les arbres et les rochers défilent. Ils traversent La Garde. Un garçon de sa classe lui crie quelque chose et court derrière la moto. Il ne répond pas. Son père va mourir, il ne doit pas rire, il ne doit pas être fier d'être sur la moto. Il lâche une main pour s'essuyer ses yeux avec sa manche. Sur la route, maintenant, la moto file à toute allure. C'est quand même un beau voyage. Il a froid aussi aux pieds. Quand il arrivera chez la cousine, elle l'embrassera et il pourra pleurer.

André s'est mis en colère, a fait sortir Françoise. Il ne veut pas d'elle pour aller sur le seau. Elle écoute derrière la porte. Elle l'entend tomber. Elle se précipite, le recouche. Il souffle. Il ne la remercie pas. Il regarde le plafond, fixement. Elle ne dit rien. Elle comprend ce qu'il pense. C'est le plus bas de la déchéance, l'humiliation d'avoir besoin des femmes pour ça. Il tousse. Il a duré encore huit jours avant de mourir. Il ne faut pas croire qu'après une vie de tourments on puisse sûrement compter sur une mort paisible. Ceux qui s'en vont après avoir usé toutes leurs forces le long d'un grand nombre d'années, ceux-là, en général, s'effacent sans résistance dans la mort. Mais, pour la plupart des hommes, la mort est la dernière bataille d'une vie de luttes. Ils se battent contre elle comme ils se sont battus jusqu'à elle, avec les mêmes habitudes. Comme ils ont vécu, ils meurent. André va mourir dans la peur, assailli par ces souvenirs que le délire rend vivants. La veille, il a vomi du sang sur ses draps. Françoise et la mère Espieu l'ont changé. Il a dormi, puis parlé un peu le matin, puis s'est rendormi, l'après-midi. Le soir, il a gémi, sans se réveiller. Françoise ne sait plus si c'est du sommeil ou de l'accablement. La mère Espieu fait chauffer du café sur des braises. Françoise, appuyée à la table, la tête dans ses bras, dort. Espieu a téléphoné au docteur, de la cabine de La Garde. Le docteur a dit qu'il ne viendrait pas aujourd'hui. Il court la montagne sur sa moto. Il a bien à faire avec les gens qu'il essaie de guérir. Pour André, il ne peut plus rien. Enfin, il viendra quand même, demain matin.

Il est plus de minuit, pas encore une heure. La mère Espieu boit son café, souffle sur la tasse. Il est trop chaud. Une lampe à huile pend au coin de la cheminée. Une petite flamme jaune. La lampe à pétrole aurait donné trop de lumière. André ouvre les yeux. Françoise dort. La mère Espieu, tassée sur sa chaise, ses vieilles mains sur ses cuisses, devant la braise, somnole. André ne la voit pas. Il ne voit pas Françoise. Devant lui, c'est un pied qui sort de la terre. Un pied chaussé. C'est dommage, un brodequin tout neuf. Mais qu'est-ce qu'il en ferait ? L'autre est enterré. Celui-là sort de la paroi de la tranchée depuis le bombardement. Il voit briller un clou dans le petit jour. Il le voit briller parce qu'il n'a plus sa raison. Dans la réalité, les clous du brodequin étaient rouillés. Il voit briller quelque chose, le balancier de l'horloge. C'est le clou, c'est le pied qui se balance. Il crie : « Le pied. » Ça veut dire : « En avant ! » Il faut grimper, sauter hors de la tranchée. Le pied reste. Lui, il faut qu'il saute, il saute. L'air crache du fer de partout, crache et siffle et ronfle, et tonne de partout. Il veut se jeter à terre. Il sait que s'il se jette à terre, dès qu'il sera étendu, par terre il est sauvé de la mitraille et de la mort, sauvé, là par terre. C'est pourtant simple. Mais il ne peut pas. Il est raide droit dans la mort qui hurle, droit comme un arbre. Il voit venir l'obus, et puis un autre et encore d'autres. Tous vers lui foncent à toute vitesse. Et lui recule aussi vite qu'eux, tout droit sans bouger. Il recule à la vitesse de l'obus qui est là devant sa poitrine, pointu, qui brille, se balance devant lui. S'il bouge, l'obus va éclater, s'il s'arrête, l'obus va éclater, s'il tombe, l'obus va éclater. Et tout à coup, voilà qu'il a peur de tomber parce qu'il sent qu'il va tomber en arrière. Il hurle, il tombe. C'est pire que le vide, toute la terre a basculé et plus il tombe, plus la terre s'éloigne de lui. Jamais, jamais plus il ne pourra se retenir à la terre, et à mesure qu'il tombe il recommence sans cesse de tomber. L'angoisse est si horrible qu'elle lui rend sa connaissance. Il sent le drap sous ses mains. Il se sent peser dans le lit de tout le long de son dos et de ses cuisses. « Je suis bien, je ne tombe pas, je suis malade, mais je ne tombe pas. Dieu, que je suis bien de ne pas tomber. » Il voit le balancier. Quelqu'un est assis sur la chaise près du feu. Qui est-ce ? Il a le casque et la capote. Que fait-il dans ce trou ? C'est lui qui crie. Oui, c'est lui qui crie depuis ce matin. Il est tombé le premier, les mains sur son ventre. A gauche aussi, et devant et derrière, les blessés crient, les morts puent, et les vivants fouillent la terre de leur nez. Ils gémissent tous derrière lui. Celui qui le tient par les épaules lui demande : « Toi, tu y vois, André ? Tu nous mènes bien, André ? » Il les emmène. Il porte du feu sous les bras et dans le bas du ventre, et de temps en temps il gueule parce que ça le mord. Et celui qui le tient par les épaules lui dit : « André, nous laisse pas, André. » Et tous les autres gémissent. Ils se tiennent tous par les épaules parce qu'ils ont les yeux brûlés. Il les emmène, il suit la petite lampe au bout d'un boyau, qui brille et se balance. Derrière lui, ils ont les yeux brûlés, les yeux saignants, rouges dans la nuit, gros comme des poings, les yeux qui saignent sur leurs figures. Tous derrière lui se tiennent par l'épaule, pleurent du sang, gémissent la lumière, mille, dix mille, en chenille dans la tranchée, tous les brûlés de l'ypérite, leurs yeux brûlés, leurs blessures brûlées, et aussi leur ventre ouvert par le fer, leurs tripes brûlées, leurs yeux sortis, leurs yeux qui saignent, du sang partout sur leurs ventres et leurs bras et leurs jambes, leurs yeux brûlés levés vers le soleil qui se balance, tous derrière lui, la main sur l'épaule, et lui tout seul pour tous, lui rien que ses yeux ouverts, rien que ses yeux qui voient. Qui voient, qui voient... Ah ! qui ne voient plus.

Françoise était si fatiguée qu'elle n'a pas entendu André mourir. Il n'a pas fait de bruit. Ce grand délire, ces cris et ces souvenirs, il les a bien gardés pour lui, à ce dernier moment, comme il les avait gardés jusque-là. C'est la mère Espieu qui s'en est aperçue. Elle s'endormait. Elle a failli tomber dans la braise. Elle s'est secouée. Elle s'est levée pour se réveiller un peu. Elle a vu qu'André avait les yeux ouverts. Elle s'est approchée. Elle pensait qu'il avait fini de dormir. Elle a vu qu'il venait justement de commencer.

La porte du cimetière de La Garde est étroite. Quand les hommes de la famille et les voisins, vêtus du costume noir qui fut celui de leurs noces, la moustache en pleurs sur leur bouche, le front grave suant du soleil, de l'effort et de la pensée qu'ils donnent au mort, s'approchent de la porte avec le cercueil dans les bras, ceux qui le tiennent par les côtés doivent lâcher prise et s'effacer. Et même si c'est un vieux desséché qu'ils conduisent à son trou, ceux qui le portent par la tête et par les pieds s'étonnent qu'il pèse tout à coup si lourd au moment de franchir la porte.

Les hommes qui ont dressé le mur et ménagé la porte auraient pu la laisser ouverte vers le ciel, comme celle d'un champ. Peut-être pour qu'elle ressemblât tout à fait à l'entrée d'une demeure, ils l'ont close en haut, d'une pierre. Sur la face de cette pierre tournée vers la route, ils ont gravé quelques mots, une prière et un conseil. Des écailles de mousse jaune, des plantes grasses aux feuilles roses comme des doigts de poupée, poussent sur la pierre, sans terre et sans eau, se nourrissent des rayons du soleil et de l'haleine du temps. Elles ont bouché quelques lettres, elles en simulent d'autres, elles ajoutent des queues et des apostrophes. Elles n'empêchent point, pour cela, chaque passant de lire les mots gravés. Ce sont des mots simples. Jean, ce matin, en passant, a jeté un coup d'œil sur la pierre. Son regard a glissé, trop vite pour voir, trop vite pour lire. Mais dans sa mémoire s'est dessinée la phrase que ses yeux n'ont pas lue :

Passants, priez pour nous, et pensez à vous.

Quand ce livre sera terminé, posée ma plume, tournée par vous la dernière page, le cimetière sera toujours là, chauffant au soleil son ventre plein de morts. Passants, nous serons loin déjà. Nous aurons oublié de prier pour eux. Nous aurons oublié, bien plus encore, de penser à nous.

Les morts ne peuvent plus penser, mais devenus terre, feuilles, nuages, devenus sources et pâturages, ils continuent de fournir leur chair à la bataille. Qui, de la vie ou de la mort, l'emportera, le dernier jour ? Dans l'écume de la tempête pulvérisée, les infimes du plancton s'accouplent. La charrue retourne la terre ; au sein de la motte qui fume, des champignons invisibles étranglent au garrot des vers plus petits qu'eux et s'en nourrissent. Vous êtes la vague et le soc et la terre, le champignon et le ver, et un peu plus que tout cela, puisque vous vous demandez pourquoi. *Priez pour nous...* Ah ! c'est pour les vivants qu'il faut prier, pour ceux qui ne connaissent pas la réponse...

Jean n'a pas atteint l'âge où l'on pense. Il regarde, il lit, il écoute, il ne se pose pas de questions. C'est la grâce de la jeunesse.

Les mains serrées sur la barre, il regarde défiler le paysage. Il est resté debout, sur la plate-forme extérieure du wagon. Ses cheveux bouclés brillent, frissonnent dans le vent. La peau de son visage est bien emplie d'une chair bien ferme. Ses yeux sont clairs comme l'eau qui sourd à la lumière. Il est mince, ses os solides enveloppés de muscles longs et lisses. Ses épaules sont trop larges pour sa veste, et quand il plie le coude, le poignet de sa manche remonte au milieu de son avant-bras. Il a une pièce au derrière.

Une femme est montée à Saint-Mirel en même temps que lui. Il ne la connaît pas. Elle n'est pas du pays. Elle s'est assise sur la dernière banquette tournée vers la plate-forme. Elle est blonde, un peu grasse, les cheveux lisses coiffés en chignon bas sur la nuque. Elle porte une robe de velours vert. Une ceinture de la même étoffe serre sa taille un peu forte. Pas de bas, les jambes roses, les chevilles pleines. Aux pieds des chaussures de sport à bonne semelle. Elle doit avoir un peu plus de trente ans. Elle n'est pas élégante, mais soignée. C'est une de ces rares femmes qui apprécient la qualité de leur corps, savent toute la joie qu'elles peuvent lui demander, s'occupent à l'entretenir, et attachent peu d'importance aux vêtements dont elles le couvrent. Elles savent qu'il n'est vraiment à l'aise que débarrassé de ces défroques.

Elle est tournée vers la plate-forme. Elle a regardé Jean une fois, deux fois. Elle ne le quitte plus des yeux. Lui regarde défiler le paysage. Elle le regarde, ouvre son sac, tire une glace, se regarde aussi, referme le sac, regarde Jean de nouveau. Elle pose le dos de son index le long de sa bouche et, doucement, se caresse les lèvres. Son ongle brille. Elle s'appuie contre le dossier, cherche son aise d'un mouvement rond des épaules. Une aile de fumée blanche entre par la fenêtre, tourbillonne et s'évanouit.

Jean, au rythme du train, donne de petits coups de pied dans un des barreaux de la grille qui ferme la plate-forme. Il porte les chaussures de cantonnier de son père, en cuir naturel, dur, inusable. Il regarde les monts gris et verts, le défilé des fleurs sur le talus, et la fuite des petits oiseaux. Elle ferme les yeux, un peu, pour mieux le voir. Elle est légèrement myope. Elle le voit de trois quarts. Elle touche du regard son front droit, la peau de fruit de ses joues. Elle devine le jeu souple du corps sous l'écorce des vêtements, la poitrine large et plate, les longs fuseaux de muscles le long des membres, la taille fine, les hanches effacées, le ventre fleuri... Elle frissonne, ferme les yeux, les ouvre de nouveau ; il s'est mis à siffler, il avance les lèvres, ridicule, innocent. Elle rit. Il se tourne vers elle, la regarde. Mais elle a refermé les yeux. Elle rit pour elle seule. Les yeux fermés elle le voit peut-être mieux, elle le voit comme elle veut.

La locomotive halète, crachote, perd la vapeur par tous ses boulons et, dans les descentes, dépasse le trente à l'heure en tremblant d'émoi. Sa haute cheminée semble avoir perdu une girouette.

La voie serpente au fond des vallées, se glisse dans l'étranglement d'une gorge, rejoint la route, la coupe au nez d'une mule, perce une colline, s'enfonce vers l'est entre les oliviers, les chênes, les pins et les petits champs de vignes accrochés aux pentes. Une odeur de thym et de résine parfume la fumée du train. Au sommet des plus rudes escarpements, de grandes murailles ruinées se dressent vers le ciel. Parfois, leur ombre s'étend jusqu'au train, jette sur les voyageurs une fraîcheur soudaine. La dame en vert se mouche, avec un tout petit bruit, range son mouchoir dans son sac, se lève. Elle va descendre du train, sortir du livre, à la prochaine gare, dans deux minutes. Elle n'a pas de bagage. Nous ne la reverrons plus. Un homme l'attend.

Le train repart. Les vallées se resserrent. Les ruines féodales sont plus haut perchées et plus nombreuses.

Des barons brutaux ont habité ces châteaux, il y a des siècles. Ils se sont entretués pendant les guerres de religion. Jean connaît l'histoire de cette lutte, qui a marqué, dans la région, la fin de la domination des seigneurs. Aucun des survivants ne s'est plus trouvé assez riche pour relever les tours brûlées ou démantelées. Les villages qui vivaient à l'ombre des châteaux ont agonisé. Les murs s'éboulent. Les toits tombent dans les caves. Les villageois sont descendus dans les vallées, ont transmis à leurs fils les haines traditionnelles, transposées peu à peu du plan religieux au plan politique. Les protestants défendent les idées avancées. Les catholiques sont conservateurs. L'armistice de mil neuf cent quarante a compliqué ces positions. La haine de l'Allemand a uni protestants et catholiques. Des curés ont pris le maquis, des pasteurs ont abandonné leur nombreuse famille pour les rejoindre dans les anciens refuges des hérétiques. Ils y ont retrouvé des officiers, des révolutionnaires espagnols, des juifs. Ils ont recruté les jeunes paysans, prié le ciel pour la revanche. Le ciel grondant leur envoie des armes. Après des siècles de paix, le pays des barons frémit de nouveau de l'écho des mousqueteries. Blotties dans leurs lits, derrière leurs portes barricadées, les filles tremblent et jouissent de peur.

Jean Tarendol, lui, éprouve d'instinct l'horreur de la mort et du sang. Il s'émerveille de la vie. Il se penche sur les animaux minuscules, il pose sur le flanc des chevaux une main qui les fait frissonner d'amitié. Le chat du Pigeonnier, la queue verticale, le suit comme un chien à travers le village. La vieille poule noire s'accroupit, écarte les ailes, sanglote quand il s'approche. Il a eu dix-sept ans au mois d'octobre. C'est à quinze ans qu'il a découvert les poètes. Les maths, qui furent jusque-là son fort, lui sont désormais pénibles. Ses compositions françaises, bouillonnantes de lyrisme ingénu, ont étonné le vieux père Guillaume son professeur. Il a passé son premier bachot grâce à une bonne note en français, malgré son problème faux. Il est sûr, maintenant, de réussir à la deuxième partie. Il veut devenir architecte, bâtir. Il travaillera le jour, étudiera la nuit. L'avenir lui paraît simple. Il n'a pas encore mis les pieds dans le monde.

Le petit train, essoufflé, s'arrête. Milon. Terminus. Là commencent les vraies montagnes. Jean empoigne sa valise, saute les marches du wagon.

Milon-les-Tourdres compte un peu moins de cinq mille habitants. Le bourg moyenâgeux entasse ses maisons couleur de rocher sur une colline, au nord, autour d'un donjon carré transformé en chapelle. Le quartier neuf étend à ses pieds, vers le sud, ses villas aux toits rouges, entourées de jardins. La plus grande et plus laide est la sous-préfecture. Huit acacias la séparent de la rue et, au printemps, rendent le sous-préfet et ses fonctionnaires distraits. Le Gardant noue autour de la ville sa ceinture de cailloux blancs. Les orages de montagnes l'emplissent parfois d'un courant boueux qui transporte des meules de paille et des cochons crevés. A la limite des deux quartiers, une rue étroite coupe en biais le flanc de la colline. C'est la rue des Ecoles, mal chaussée, serrée entre des maisons basses. Les façades, par les trous de leur crépi, montrent leurs os. Le soleil a mangé la couleur des tuiles. Les jours de pluie, les toits inégaux jettent dans la rue des herses d'eau. Les gros pavés n'ont jamais été remis de niveau depuis qu'ils furent plantés là, peut-être deux ou trois siècles. Au bout des maisons, vision lointaine de la montagne Gardegrosse. Vers le milieu de la rue, à gauche en montant, une lourde porte cochère de chêne sombre s'ouvre dans un mur gris. Des barreaux entrecroisés, doublés d'un grillage, ferment les fenêtres du rez-de-chaussée. Ce n'est pas une prison mais un ancien couvent, aujourd'hui le collège. A côté de lui se dressent le bâtiment étroit, perpendiculaire à la rue, du gymnase municipal, puis l'école primaire supérieure de jeunes filles, bâtie juste avant l'autre guerre. Ses fenêtres sont plus grandes que celles du collège, et ses murs reblanchis tous les étés.

Le collège, le gymnase, l'école supérieure, ce bloc de bâtiments appuyés les uns sur les autres, ramassés dans la main de la fatalité, voilà le lieu de notre drame. Le reste de la rue se perd dans la brume de l'inattention. Nous n'avons pas besoin d'un grand décor. Le gymnase dresse son toit pointu entre garçons et filles. Derrière sa façade sans fenêtres, coupée à mi-hauteur par une verrière passée au bleu de la défense passive, moisissent les prisonniers politiques. Ils couchent dans la sciure. Leur barbe pousse, leurs yeux se creusent. Ils se grattent. De chaque côté de leur tanière de douleur, des adolescents, que la vie enflamme, rient.

Le collège en carré autour de sa cour. Les quatre murs gris dressés autour de la cour. Pourquoi M. Chalant n'a-t-il jamais pris l'envie de les faire peindre en rose ou en crème ? Sans doute les trouve-t-il très convenables, tels qu'ils sont. Très gais. Les enfants entrent par la grande porte cochère, franchissent la voûte, et se trouvent pris entre ces quatre murs. A la fin des récréations, les murs les happent. Ils entrent en longues files par les petits trous noirs des portes, s'entassent derrière les fenêtres sans volets, font semblant d'écouter les professeurs tristes. Les maîtres de temps en temps regardent leur montre.

Exactement au milieu de la cour s'accroupissent les cabinets, sous leur petit toit de tuiles rouges. Huit portes à mi-hauteur, et deux portes complètes, qui ferment à clef, pour le personnel. Il est midi. Dans la cour déserte, l'eau des cabinets chante doucement. Les deux platanes sont parvenus à dresser leurs branches plus haut que les murs, jusqu'à l'air libre. L'acacia y a renoncé. Il est trop vieux. Il n'a plus de force. Son énorme tronc est troué de galeries où voyagent les insectes. Par ses racines creuses, les rats, la nuit, montent jusqu'à ses branches manger les oiseaux endormis. Les feuilles lui poussent encore, à chaque printemps, mais il les perd avant la fin de l'été. Le concierge guette ses défaillances, rogne ses membres morts et, souvent, triche, coupe dans le vif, pour son feu.

La rumeur du réfectoire répond au chuintement des chasses d'eau. Mme Chalant n'a gardé que six pensionnaires. Tudort, bien entendu, n'est pas encore rentré. Aux demi-pensionnaires elle ne donne qu'une soupe. Ils apportent le reste, chacun dans un petit récipient. Trente casseroles, gamelles, marmites diverses qui réchauffent depuis onze heures sur le fourneau et exaspèrent Félicie, la cuisinière. Elle les secoue, les déplace, les entrechoque. Elle dit vingt fois qu'elle va tout jeter par la fenêtre. C'est plus un métier de cuisinière. D'ailleurs, il faudra bientôt renoncer au fourneau, faute de charbon. Il restera juste un peu de gaz pour la soupe. Ils mangeront froid. Bien fait !

— Et du saucisson, demande Fiston, tu en as apporté ?

Il est assis face à la fenêtre. La fenêtre se reflète dans les verres de ses lunettes et sur son crâne qui luit. Il s'est fait raser les cheveux hier.

— Mange ta soupe, dit Jean. Tu as toujours peur que la terre te manque.

C'est vrai qu'il a toujours faim. Même en pleine abondance, il ne serait pas arrivé à se rassasier. Maintenant, il cherche un peu partout des nourritures. Il possède des réserves de vieux croûtons. Il les casse en menus morceaux. Pendant les cours, il les suce, les ramollit entre sa langue et son palais, jusqu'à ce qu'ils deviennent une bouillie vaguement sucrée dans laquelle roulent des paillettes de son. Il dit :

— C'est que du vrai saucisson, aujourd'hui, c'est rare. Tu en as apporté ?

Quand il sort de chez le coiffeur, il luit comme une boule de jardin. Il se fait raser le crâne et les joues. Peu à peu, les cheveux et sa barbe précoce lui poussent de partout. Il prend l'apparence d'un hérisson blond. Au demi-centimètre, il retourne chez le coiffeur.

— Ecoute, dit Jean, si tu m'en parles encore, je le mangerai tout seul.

— Je t'en parle pas, dit Fiston. Je voulais simplement savoir si tu en as apporté.

Il a six mois de moins que Tarendol. De temps en temps il essuie ses lunettes au pan de sa blouse, pendant que ses yeux clignotent. Il n'est pas gras, mais à la forme de son visage et à la couleur de sa peau on devine qu'il le deviendra. A quarante ans il sera ventru et asthmatique.

— C'est de la soupe au riz, dit Hito. Regardez, c'est de la soupe au riz.

Il remue lentement sa cuillère dans son assiette. Quelques grains blancs montent à la surface du bouillon bleuâtre, avec des débris végétaux. Hito sourit. Ces grains blancs lui rappellent des plats de riz fumant, des sacs de riz, des montagnes de riz. Il sourit puis se met à rire sans ouvrir la bouche, les yeux fermés. Il glousse. Les jumeaux rient de le voir rire.

— Tcht ! tcht ! tcht ! fait M. Sibot.

Les jumeaux piquent du nez dans leur assiette. M. Sibot, les mains au dos, se promène à pas lents entre les deux rangées de tables, de la porte au mur et du mur à la porte. Il fait « tcht ! tcht ! tcht ! » quand quelqu'un parle trop fort.

Les cinq pensionnaires mangent à la même table. Tudort rentrera sans doute cette nuit, soûl. Les demi-pensionnaires occupent trois autres tables.

— Chinois, dit Fiston, tu vas pas bouffer tous ces biscuits ! Donne-m'en un. Comme ils sont petits ! T'en as pas un autre ?

— Je te connais, dit Jean, si je te donne ce saucisson maintenant, demain il t'en restera pas une miette.

— Demain, dit Fiston, qui sait si on ne sera pas morts.

M. Sibot frappe dans ses mains. Les pieds de trente chaises repoussées raclent le sol, les gamelles s'entrechoquent. Les plus jeunes, les enfants, retiennent derrière leurs lèvres serrées le cri qu'ils vont jeter dès qu'ils auront franchi la porte. Les plus grands sont les derniers à sortir, sérieux.

M. Sibot va déjeuner. En passant, il serre la main de M. Maronnet, le répétiteur dont c'est le tour de surveiller la récréation. M. Maronnet est grand et maigre. Le strabisme dont il est affligé lui vaut le surnom de Divergent. Il baisse la main vers M. Sibot, trapu, qui lui vient à l'épaule. Il sourit, parce que M. Sibot est son supérieur. Mais il a plutôt envie de le mordre. Son sourire découvre une dent en acier, et accentue l'écartement de ses yeux. M. Sibot le trouve vraiment hideux et se demande lequel des deux yeux le regarde, et ce que peut bien regarder l'autre. M. Sibot s'en va, Divergent s'appuie à une colonne du préau, tire de la poche de sa gabardine un journal grand comme un mouchoir. Il le commence à la première ligne, il l'a déjà lu ce matin, c'est vite lu. Il relit le communiqué, la validité du ticket DZ, les vols de vélo, le maréchal Pétain a reçu les maires et un électricien qui lui a remis un poste de T.S.F. en forme de francisque. Puis la rubrique du terrorisme, les noms de l'imprimeur et du gérant responsables. Il ne reste plus qu'à recommencer.

Les externes surveillés arrivent, la cour s'anime peu à peu. Besson rouge et Besson bleu ont collé une oreille chacun d'un côté de l'acacia et frappent le tronc à grands coups de pied, pour entendre les bruits bizarres à l'intérieur.

Par trois ou quatre, les grands discutent du dernier problème, de la compo de philo, ou de la version latine. Ils discutent en marchant, tournent autour des cabinets, tous dans le même sens.

La partie de balle au chasseur, avec des reculs, des crochets, des courses brusques, obéit elle aussi au même courant.

Pour conduire leur vélo au garage, les externes passent à droite des cabinets. Ce soir, en s'en allant, ils passeront de l'autre côté, fermeront le cercle. Les moineaux eux-mêmes, d'un bord du toit aux branches d'un platane, et des branches à la gouttière, volent au sommet du même tourbillon. Toute la vie du collège, visiblement ou secrètement, tourne dans un sens fixé par quelque loi cosmique autour du noyau central où chantent les chasses d'eau.

Bien planté au milieu du courant, un groupe de boutonneux stationne à proximité de la porte ouverte, guette les filles qui se rendent à l'école supérieure. Une d'elles, parfois, tourne la tête vers la cour, et pouffe. Tout le groupe des boutonneux, alors, ricane et se trémousse.

M. Chalant a fini de déjeuner. De la porte de la salle à manger, il regarde avec satisfaction s'agiter le petit univers dont il est le maître apparent. Il bâille. Ces nourritures sans beurre ne donnent pas satisfaction à la muqueuse gastrique. Chinette se faufile entre ses jambes, s'enfuit dans la cour. Fiston l'attrape au passage, la soulève, l'embrasse sur les deux joues.

— Oh ! ma Chinette, comme tu sens bon ! Tu sens les fraises. Tu en as mangé à midi ?

Elle fait « oui » de la tête, grave, la bouche pincée. Elle se tortille pour se dégager, reprend pied à terre, court. Dans sa petite main, elle serre quelques miettes qu'elle va offrir aux fourmis de l'acacia.

M. Puiseux, le second répétiteur, arrive, le ventre en avant. Il frappe les dalles de l'entrée d'une canne en bambou grosse comme un poignet d'enfant. Sa barbe rousse cache son nœud de cravate un peu sale. Ses doigts sont gros et velus. Il porte une lourde chevalière à l'auriculaire gauche, sur un semis de taches de rousseur. Ses chaussures brillent, bien cirées, son nez aussi, rouge.

Divergent lui adresse de loin une grimace de mépris, tire une épingle du revers de sa gabardine, et commence à se curer les dents. Ils se détestent. Lorsque le service les réunit dans la cour, ils se placent automatiquement aux extrémités d'un même diamètre et marchent du même pas à la même allure, de façon à se trouver toujours l'un à l'autre caché par l'écran des cabinets. Ils ne s'adressent jamais la parole, se passent les consignes au moyen de notes écrites, que M. Puiseux fait suivre d'une signature opulente. Les collégiens l'ont surnommé, simplement, Barbe. Il ne manque pas une occasion de jouer quelque tour à son collègue. Quand celui-ci se trouve pris, il bégaie de fureur, son œil gauche tourne tout seul, il serre les poings, rumine quelque vengeance terrible. Cela se termine par une visite chez le pharmacien, qui lui donne une poudre pour calmer ses maux d'estomac, pendant que la joie arrondit le ventre de Barbe.

Un groupe de grands s'est tout à coup aggloméré devant la porte du garage. Les têtes se penchent. Un externe vient d'apporter un paquet de tracts gaullistes, des feuilles tirées à la pierre humide. Elles se recroquevillent et sentent mauvais. Vingt lignes d'encre violette invitent les collégiens à rejoindre dans le maquis les forces de la résistance. Quelques-uns s'éloignent d'un air indifférent ; doucement d'abord, puis plus vite. Surtout ne pas être mêlés, de près ou de loin, à des histoires pareilles. La plupart des autres se sentent flattés qu'un réfractaire ait risqué la mort pour s'adresser, par ce tract, spécialement à eux, élèves du collège. Dans leur mémoire chantent des échos de *La*

Marseillaise, des images se lèvent, surgies des vers du père Hugo :
« Je veux de la poudre et des balles... »

Les deux frères Deligny, fils du boulanger de la place Carnot, qui portent la chemise bleue des jeunesses de Doriot, arrachent le paquet de tracts des mains de Fougeras et lacèrent les feuilles.

— C'est encore ce salc youpin de Weil qui a rédigé ça, crie l'aîné. Vous allez pourtant pas vous laisser entraîner par ce Juif !

— Les Juifs te valent bien, vendu !

— Salaud ! On le sait que ton père fait du pain blanc pour les Boches !

Bagarre. Barbe empoigne sa canne par le milieu et fonce.

Le concierge surgit de sa loge. Pâle, tordu, la casquette sur l'oreille, les yeux vagues, il passe devant le principal, chancelle, se rattrape à une colonne.

— Vous êtes encore ivre, monsieur Servient ! constate paisiblement M. Chalant. Je me demande comment vous faites.

L'homme lui jette un regard noir de haine, marmonne entre ses dents quelques mots mal mâchés, se suspend à la chaîne de la cloche. La sonnerie fait taire les cris des jeux et des disputes. Les garçons se groupent de chaque côté de la porte qui conduit aux deux salles d'étude. Les petits à gauche, à droite les grands depuis la troisième. Barbe, essoufflé, fait un signe avec sa canne. L'escalier de bois résonne sous le choc des semelles. Les salles d'étude se partagent l'ancien réfectoire du couvent, coupé en deux par une simple cloison de bois. Les chaires des répétiteurs se font face, aux deux extrémités de l'ancien réfectoire. Aussi fatalement que les pierres tombent au fond de l'eau, les mauvais élèves gagnent le fond des classes, loin de l'œil du maître. Ainsi les durs de la première et de la deuxième étude, respectivement installés aux dernières tables de chaque salle, sont-ils séparés les uns des autres par la seule cloison. Ils y ont percé des trous, par lesquels ils se passent des messages et de menus objets.

M. Chalant a promis à Divergent de faire réparer la cloison. Après la guerre. « Pour le moment, mon pauvre ami, je n'ai pas de crédits à consacrer à l'obturation de ces minuscules orifices. Vous n'avez qu'à surveiller un peu mieux vos élèves. »

Barbe, à l'étude d'une heure et demie, somnole volontiers. Au moindre chuchotement, il ouvre un œil, dit avec un sourire : « Monsieur Untel, vous aurez deux heures ! » et referme la paupière, bien assis sur sa chaise, la tête droite, correct.

Divergent, les deux yeux aux aguets dans des directions différentes, épie les murmures, les gestes, ne voit rien, punit les innocents, déchaîne des tumultes.

Riquet, de quatrième, a dressé devant lui un rempart de livres. Il ouvre son cahier de brouillon, déchire une page, la coupe en huit, gratte doucement la cloison et passe un premier billet. Il a écrit :

— Qu'est-ce que tu fais ?

Richardeau, une main à la cloison, l'autre sous sa blouse, reçoit le billet, le lit, répond :

— Je bande.
— C'est pas vrai, écrit Riquet, sceptique.
— Comme un manche de pelle, affirme Richardeau.
— Fais voir.

Barbe dort. Richardeau, sans bruit, se lève, écarte sa blouse. Deux têtes se tournent. Richardeau pousse sa vigueur à travers la cloison. Riquet ouvre la bouche d'admiration, saisit le membre à pleine main. Barbe lève une paupière, frappe du bout des doigts sur sa chaire.

— Richardeau, asseyez-vous.
— M'sieur, j'peux pas !...

Et à voix basse :

— Lâche-moi, bon Dieu !

Toute l'étude se retourne, sans oser rire, Barbe s'éveille tout à fait.

— Richardeau, voulez-vous vous asseoir !
— M'sieur, j'peux pas !... Tu vas me lâcher !

Barbe se lève, repousse sa chaise. Richardeau empiégé fait un effort, se délivre, croise sa blouse, se retourne. En dix pas, le répétiteur a traversé la classe. Richardeau a repris place à son banc. Le pion le regarde, regarde le trou dans la cloison.

— Qu'est-ce que vous passiez encore par ce trou ?
— Mon stylo, m'sieur, dit Richardeau.

Tête basse, il montre ses mains noires. Riquet, avant de le lâcher, a vidé un encrier sur son phallus.

Fiston se penche vers Tarendol.

— Les fraises du jardin sont mûres, dit-il. Ils en ont mangé à midi à la table du patron. On y va, ce soir ?

Chaque fois qu'un fermier du village tue un porc, c'est Françoise qui pétrit les saucisses. Elle porte aux mains cette chaleur rare qui fait pénétrer subtilement les épices dans les petits cubes de gras et dans la viande rose hachée. Mais si vos mains sont trop chaudes, les saucisses, au lieu de sécher, tournent. En paiement, elle emporte sa part du chapelet. Elle la garde pour Jean.

Fiston mâche longuement sa dernière tranche. Les yeux au plafond, sa pensée concentrée dans sa bouche, il s'efforce de prendre conscience de toute sa langue, pour savourer les moindres parcelles du plaisir. Chaque papille goûte, happe, reçoit une chaleur de poivre, une douceur de graisse, enrobe de salive un grain de chair qui s'épanouit. Fiston s'est couché habillé, les draps au menton. Arrive toujours le moment où l'on atteint le bout de la joie. Il faut avaler. Il ne restera qu'un peu de tiédeur dans la bouche, quelques débris entre les dents, le regret.

Le dortoir, au deuxième étage, ouvre dix fenêtres sur la rue, autant sur la cour. Les lits occupés se font face, trois et trois, à l'extrémité sud. Des autres lits ne demeurent que les squelettes de métal.

Les jumeaux ont enfilé leur longue chemise de nuit de coton blanc, bordée de bleu pour Pierre et de rose pour Paul. Accroupis entre leurs deux lits, ils jacassent, comptent leurs billes et leurs images.

— Si vous êtes pas couchés quand j'aurai compté trois, la raclée ! crie Tarendol.

Ils agitent leurs bras. Ils font semblant d'avoir peur. Ils rangent leurs trésors dans leur table de nuit, se hâtent, se glissent dans les draps.

Par-dessus la ruelle, ils se chuchotent des riens, éclatent de rire ensemble. Ils se cachent sous les couvertures pour faire moins de bruit. Ils se soulèvent pour s'embrasser, se recouchent, bâillent, s'endorment en même temps, tournés l'un vers l'autre.

— Hum ! hum ! fait M. Chalant.

Il pousse la porte. Jean s'est couché, vite, sans se dévêtir.

Le principal s'arrête entre les lits.

— M. Tudort n'est pas encore rentré ?

Il le sait bien. Il le voit bien.

— Non, m'sieur !

— Eh bien, tâchez d'être sages.

— Oui, m'sieur !

Il agite ses clefs, il s'en va. Il grogne un peu. S'il n'avait tenu qu'à lui, il se serait depuis longtemps débarrassé de Tudort, que trois lycées ont déjà renvoyé. Mais Tudort est fils de boucher. Il paie sa pension en viande. Mme Chalant tient à ses gigots. Le principal a trouvé le moyen de le rendre à peu près discipliné en le nommant surveillant-adjoint. C'est lui qui, en théorie, fait régner l'ordre au dortoir. En fait, la crainte de voir arriver un vrai pion suffit à maintenir les six pensionnaires, dont le surveillant, dans une tranquillité apparente.

— Allez ! dit Jean.

Il rejette ses couvertures. Fiston l'imite. Ils chaussent leurs pantoufles.

— Hito, si le patron remonte, tu lui diras qu'on est aux cabinets.

Hito souffle un jet de fumée, hoche la tête. En sortant, Jean éteint.

Par l'escalier de bois et les couloirs tordus, les deux garçons gagnent les classes du premier étage.

La vie bruyante du jour a quitté le collège, redevenu, pour la durée des heures sombres, un vieillard de ciment et de pierres. Dans l'ombre des classes vides qui se souviennent avec le soir d'avoir été cellules, s'allongent les ombres des hommes de bure. L'écho des prières a pénétré les murs, s'est pétrifié dans leur silence. Prières angoissées des heures de solitude où reviennent les images du siècle et les tourments de la chair. La page d'un livre ouvert sur une table tourne seule. Fantôme tourbillon noir au remous d'un couloir, le pan obscur d'un fantôme de robe devant le pas vivant des deux garçons redevient un morceau de nuit. Derrière une plinthe, une souris grignote, grignote. Un banc s'étire et craque. L'odeur froide de l'encre et de la craie tombe épaisse au ras du sol d'où montent les balancements furtifs des souvenirs d'encens. Jean et Fiston tournent à gauche, à droite, à gauche, arrivent dans le bâtiment nord du couvent, parallèle au toit du gymnase. Ils entrent dans la classe de chimie. Le vieux plancher cède et gémit. L'armoire vitrée s'incline d'un degré. Les éprouvettes cliquettent. Un morceau de phosphore dans l'huile au fond d'un flacon luit comme un œil de chat.

Jean ouvre la fenêtre. La gouttière du gymnase passe juste au-dessous. Le vent du sud souffle depuis le coucher du soleil, très haut. Il pousse de lourds nuages qui cachent des peuples d'étoiles, et renvoient à la terre sa moiteur d'endormie. Les deux garçons ont pris pied dans la gouttière. Des débris craquent sous leurs pas : bouts de crayons, papiers en boules, plumes rouillées, feuilles sèches. Une main au mur encore chaud, le toit abrupt à leur droite, ils gagnent l'extrémité du bâtiment.

— Attention, souffle Fiston, voilà le bout.

Il se couche sur le ventre, se suspend à la gargouille, cherche des pieds le tonneau défoncé placé là pour recueillir l'eau précieuse aux légumes.

— Tu es sûr qu'il est vide ?
— Tu penses, depuis qu'il pleut pas !...

Un instant plus tard, ils foulent la terre meuble du jardin. C'est la première fois qu'ils y entrent par le ciel. Ils ne retrouvent pas tout de suite le carré de fraisiers, ils piétinent les tendres laitues, couchent une rangée de petits pois. Ils sont heureux d'un bonheur de pirates.

Fiston, le nez palpitant, tête basse, fonce à travers un rempart de haricots en branches.

— Les voilà !...

Accroupis, ils tâtent les feuilles rêches, les petits cailloux, les tiges rampantes, ferment leurs doigts sur le globe granuleux d'une fraise. Ils arrachent les plus grosses, celles qui paraissent tendres. Enrobées de terre, elles crissent sous la dent, pas toutes mûres, acides ou douces, encore tièdes et déjà fraîches comme la rosée. Fiston crache :

— Merde ! C'est un escargot.

Jean rit, empli du parfum des fraises. Par la bouche, par le nez, leur goût le pénètre et l'imprègne. Il se relève, et s'étend dans un carré de terre fraîchement travaillé. De sa nuque, de ses reins et de ses cuisses il pèse sur la terre tendre, s'y enfonce. Fiston l'appelle à mi-voix.

— Où es-tu ?
— Viens, il fait bon...

Le festin fini, la nuit reste pleine de son odeur. Fiston couché trouve un dernier pépin au bout de sa langue et le croque. Les deux adolescents sentent monter dans leur corps le printemps de la terre. Ils se taisent, regardent le ciel déchiré de nuages et de pans d'étoiles, écoutent les bruits de la ville qui s'endort. Le boulanger de la place Carnot ferme son rideau de fer. Loin, les trois chiens-loups de la Villa Verte aboient au pas d'un passant. Le vent haut envoie vers le sol des remous aveugles qui s'écrasent sur les arbres et froissent un papier oublié. Un petit enfant qui pleurait se tait.

Tarendol enfonce ses mains dans l'humus, sent les innombrables grains de la chair de la terre, les dents des cailloux, et les racines poilues grouiller contre sa peau. Il arrache une poignée de terre, la serre dans sa paume, la devine aussi vaste que le ciel, la jette aux étoiles, monte avec elle, vogue, roule, grain de poussière sans bornes, roule, éclate dans sa poitrine les forêts d'étoiles, les fleuves de Dieu, l'univers.

— Ça sent les frites, dit Fiston.
— Oh ! toi ! dit Jean.
— Ça vient du bistrot du père Louis. On y va ?
— Non, dit Jean, c'est trop cher.

Il s'étire. Il est temps de rentrer. Ils regagnent leur chemin d'escapade, la gargouille, le toit, la fenêtre. Au moment d'entrer dans le mur du collège, ils s'arrêtent : une lumière vient de jaillir de l'autre côté du toit du gymnase. Elle en découpe l'arête vive, affole un papillon ébloui.

— C'est une fenêtre qui s'allume chez les filles.
— Dis donc, et la défense passive !
— On siffle ?
— Ta gueule !...

Ils ne bougent plus. Ils pensent la même chose. Ils disent ensemble :
— On va voir ?

Ils quittent leurs pantoufles. Jean tâte la pente des tuiles, se couche contre elles.

— Grimpe sur mes épaules, dit-il.

Les pieds chauds de son copain dans les mains, il le hisse à bout de bras.

— Salaud, depuis quand tu t'es lavé les pieds ?

Fiston s'allonge, mais ses bras étendus n'atteignent pas la cime du toit. Il essaie de grimper en s'accrochant des doigts et des orteils. Il se retourne un ongle. Il rue. « Tu me chatouilles ! » Il renonce.

— Attends, j'essaie, dit Jean.

Il quitte sa blouse et sa chemise, serre sa ceinture. Il se coupe les ongles avec les dents. Fiston le pousse aussi haut qu'il peut. La peau collée contre les tuiles, Jean cherche du bout des doigts et des orteils les moindres points d'appui. Il monte lentement, gagne un demi-mètre. Il voit la lame de lumière à portée de la main, allonge un bras vers la crête, perd l'équilibre, tombe sur Fiston.

Le nez en l'air, ils regardent tous les deux la lumière haute.

— C'est dommage, soupire Jean.
— Attends, dit Fiston. J'ai une idée.

Il disparaît par la fenêtre, revient triomphant. Il apporte deux chaises.

— On aurait dû y penser plus tôt !...

Ils en couchent une contre le toit, calent l'autre sur la première. Fiston grimpe le long des chaises, Tarendol le long de Fiston. Accroché à la cime du toit, il tend la main à son ami. Ils s'installent, prennent appui sur leurs coudes. Ils plongent leurs regards vers la source de lumière.

C'est une fenêtre ouverte au second étage, juste en face d'eux. Rien ne la porte dans la nuit, elle vogue, entraînée par sa seule lumière, île rayonnante suspendue dans le gouffre du noir. Flottent le pied d'un lit de bois sombre, dont le montant se termine en volute qui luit, la moitié d'une couverture blanche, une armoire de campagne sculptée de fleurs et de fruits, une table de toilette, et sur une chaise une fille courbée, vêtue de bleu.

Elle est penchée vers ses chaussures. Elle les ôte et se redresse. Elle secoue ses cheveux blonds bouclés sur ses épaules. Son visage est trop loin pour qu'ils en voient les traits. C'est un visage éclairé par cette seule lumière au milieu de la nuit de printemps.

— Elle a trop chaud, souffle Fiston. C'est pour ça qu'elle a pas tiré ses rideaux.

— Tais-toi, murmure Tarendol.

Il crispe ses doigts sur le toit. Il ne sent ni le toit ni ses doigts. Ses yeux le portent.

Elle a confiance dans le rempart de tuiles dressé devant sa fenêtre. Elle va et vient, ouvre, tranquille, l'armoire, y prend une serviette blanche. Elle délivre trois boutons et par-dessus sa tête, les bras en anses, retire sa robe.

— Mince ! dit Fiston.

A pleines mains elle tord ses cheveux et les noue d'un ruban. Elle vide l'eau d'un pot ventru dans la cuvette et se lave le visage et les bras.

La serviette dépliée se promène sur sa peau, tombe sur la chaise. La jeune fille s'en va derrière le mur. La lampe du plafond s'éteint. Une lumière douce demeure.

Elle reparaît dans l'île de clarté apaisée, pose sur le bois du lit une longue chemise. Elle fait glisser de ses épaules son dernier vêtement de jour.

Le cœur de Jean bat dans sa gorge et dans ses oreilles.

Elle tend les bras vers le lit. La lumière caresse la pointe d'un sein adolescent, cerne la courbe de la hanche et la longue fuite des jambes, dessine sur le plancher sombre les fleurs claires des pieds.

Un pas. Elle est partie. La lumière s'éteint. La nuit se ferme. Sous le toit, un prisonnier tousse.

Un peu avant l'heure du couvre-feu, une chanson naquit en bas de la rue des Ecoles. Tudort rentrait. Il s'arrêta à la borne-fontaine et but un grand coup. Il reprit son chemin et sa chanson gaillarde. Il braillait. Un silence, un juron : une chute.

Jean ne dormait pas. L'image demeurait dans ses yeux comme celle du soleil. Cela lui était arrivé. A lui. Il avait vu une fille nue.

Tudort frappait à la fenêtre du concierge. Le concierge n'entendit pas. Il refusait d'entendre. C'était pareil chaque fois. Il espérait que toute la rue protesterait un jour contre ce scandale et forcerait

M. Chalant à chasser Tudort. Il lui en voulait de se soûler sans jamais encourir de sanction, alors que lui-même, au moindre pas de travers, se faisait attraper par M. Sibot ou le principal.

Une fille nue, toute nue devant ses yeux. Il enfonçait ses poings dans ses yeux, il raidissait ses muscles, il voudrait crier de joie. Et quel homme, quel poète, en a jamais vu d'aussi belle ?

— Je vais casser tes carreaux, sale pipelet, embusqué, ivrogne, crémier ! Tu vas ouvrir ?

Tudort est un gaillard d'un mètre quatre-vingt-cinq de haut. Il joue pilier dans l'équipe de rugby. Le président du club tient un café, et c'est chez lui que Tudort se soûle. Alors que le concierge a tant de peine à trouver de quoi.

Jean se retourna et s'assit dans son lit. Il étendit ses bras devant lui, les mains ouvertes. Elle était si présente dans ses yeux qu'il lui semblait pouvoir poser ses mains sur elle. Il se recoucha en gémissant de bonheur.

Le concierge, à son tour, criait derrière sa fenêtre. M. Chalant devait enfoncer ses doigts dans ses oreilles. Enfin la porte claqua, ébranla les murs. Tudort reprit sa chanson dans l'escalier, broncha, roula sur les marches de bois, jura, continua son ascension à quatre pattes, s'étala à l'entrée du dortoir et ne bougea plus.

Fiston et Tarendol l'ont couché. Fiston a décroché un panneau, ouvert une fenêtre. Une lointaine voix de radio chante un air d'opéra.

« Encore une bêleuse », soupire Fiston, et s'endort. Tarendol se fond peu à peu dans son souvenir, devient lumière et nuit. Un moustique entre en chantant, tourbillonne, bourdonne, dessine dans l'obscurité des arabesques pointues, perce le bruit de la respiration des six garçons qui reposent.

Dans son lit de bois, la jeune fille dort aussi. Elle ignore que la joie et les tourments l'ont guettée ce soir du haut du toit. M. Chalant dort, sa mèche éparse sur l'oreiller. Chinette, un doigt dans sa bouche. Blotti sous le cœur de Mme Chalant, un petit être pour qui n'existent encore ni le jour ni la nuit se retourne dans son nid de chair chaude.

Je pourrais vous dire s'il sera fille ou garçon. Mais il faut que Mme Chalant l'ignore jusqu'au jour de la naissance. Nous ignorons nous-mêmes quel est son état de vie. Il bouge, il tourne, grenouille dans le sang et l'eau, les poings sous le menton. Que se passe-t-il dans son corps, dans sa tête, derrière ses yeux clos ?

Il est tard, j'ai veillé pour finir ce chapitre. La ville dort sous le vent. Millions d'hommes et de femmes et d'enfants allongés dans leurs odeurs aigres. Dans les boîtes à champagne, quelques femmes dansent en pensant à des billets de mille. Des soldats ivres cherchent à le devenir davantage. Ceux qui se trémoussent, ceux qui s'embrassent, ceux qui font l'amour, ceux qui dorment, en quoi sont-ils plus vivants que ce fœtus batracien ? Qu'attendent-ils ? Le jour de quelle impossible naissance ?

Le vent jette sur la ville un manteau de tourmente. Que cherches-tu, vieux vent de la nuit, vieux hurleur aux cheveux d'eau qui te tords sur les toits de la ville, vieux vent venu avec les ténèbres des océans fouillés jusqu'aux refuges des monstres, vent rageur, enragé, jamais las de colère ? Que veux-tu, vent qui déshabille le pauvre, mauvais vent secoué à mes volets de fer, vent perdu, comme moi hors de toute demeure ?

Tu roules ton désespoir d'être le vent, toujours le vent sans attache. Je cherche une certitude. Ces deux enfants vont trouver l'amour. Ce garçon au cœur blanc, cette fille dans sa tiédeur. Le bonheur de l'amour est plus difficile à garder que le vent dans les doigts.

Françoise avait obéi au vœu d'André. Elle avait mis Jean au collège malgré les conseils de l'instituteur. Depuis plus de six ans, elle s'est privée de cette joie qui lui restait : la présence de son fils. Jean a obtenu une bourse. Le plus difficile est de l'habiller et de payer les livres. Elle y parvient. Chaque jour des vacances, elle lui parle de son père vivant, tel qu'il était jeune, quand il aimait chanter. Peu à peu les souvenirs de l'homme malade qu'il a connu s'effacent et dans son cœur se dessine l'image de l'homme que sa mère a aimé, du père tel qu'il l'aimerait. Bien différent peut-être de ce qu'il fut. Bien plus beau.

M. Château se gratte le front. Son feutre vert qu'il ne quitte jamais glisse cabossé vers l'arrière de son crâne nu. Ses doigts enduits de craie dessinent une plage blanche sur son front.

Il fait pivoter sa chaise, la pose devant le tableau, s'assied et dit :

— Réfléchissons.

Il se pince le nez, se pince les lèvres, passe le dos de sa main sur sa barbe de trois jours. Son nez devient blanc, sa moustache jaune devient grise.

Sur le tableau sont inscrites les données d'un problème de physique.

— Réfléchissons.

Ses élèves, il leur tourne le dos, ont perdu depuis longtemps le souci de l'écouter.

— Ce problème, voyez-vous, messieurs, n'est pas aussi compliqué que vous pourriez le croire.

Tudort rédige pour le journal local, *L'Echo*, l'annonce du prochain match de rugby.

M. Château se lève, empoigne son chapeau, le plante sur son front. Il a trouvé. Il efface les chiffres tracés sur le tableau.

— Messieurs, voyez-vous, il ne faut pas s'obstiner dans les difficultés. Nous allons simplifier.

Sa main blanche s'est dessinée sur son chapeau vert. Il ricane « Ah ! Ah ! », met le torchon dans sa poche.

— Nous allons négliger cette dilatation dont on nous parle, et la modification du diamètre de la conduite qui en découle.

Il essuie ses mains à son gilet. A son gilet manquent deux boutons, depuis toujours. Il prend un nouveau morceau de craie, parle en écrivant à grande vitesse.

— Et ce léger changement de densité de l'eau, dans la réalité, ça ne compte pas. Simplifions.

Il chante presque. Il est content.

— De cette façon, le volume d'eau débité reste le même, ainsi que la quantité d'électricité produite par la turbine. Et notre problème, messieurs, se résout par une simple série d'équations.

Il se tourne triomphant vers la classe. Il espère que ses élèves partagent sa satisfaction. Aucun ne le regarde. Un groupe d'externes studieux discute à voix haute, cherchant la vraie solution. Fiston, avec son voisin, joue aux échecs miniatures. Jean, le visage dans ses mains, rêve. C'est par cette fenêtre que cette nuit il est sorti...

M. Château se penche vers la première table. Il est toujours déçu de n'y trouver personne. Quand un nouveau, par ignorance ou par zèle, parfois y prend place, le vieux professeur, ravi, installe sa chaise en face de lui, lui donne de longues explications, le regarde sous le nez, contemple chaque trait de son visage, termine en lui demandant :

— Comment vous appelez-vous ?

Quel que soit son nom, le garçon fuyant l'haleine qui filtre entre ses dents vertes change de place au cours suivant et laisse la première table déserte, une fois de plus.

— Jean, on y retourne, ce soir ? demande Fiston, de loin.

Tarendol s'éveille.

— Quoi ?

— Ce soir, on y retourne ?

— Bien sûr.

Il hoche la tête. Depuis l'aube il n'attend que le retour de la nuit.

— Où c'est que vous retournez ? demande Tudort, intéressé.

— Hier soir... commence Fiston.

— Ça te regarde pas, coupe Jean.

— La ferme ! On travaille ! crie un externe.

M. Château regarde les uns, regarde les autres, essaie de comprendre. Il se sent seul, absolument en dehors des préoccupations de cette douzaine de garçons qu'il voudrait voir tournés vers lui, attentifs à ses paroles. Le dépit fait monter en lui, tout à coup, une colère terrible, une de ces rages par lesquelles il ramène de temps en temps le silence dans sa classe terrifiée.

Il hurle :

— C'est bientôt fini ?

Les garçons se figent sur place. Ils le connaissent. Le premier qui bouge va trinquer. Lacolin, doucement, pousse le jeu d'échecs derrière le dos de Tudort. Imprudence. M. Château l'a vu. Il tend un bras qui tremble de fureur.

— Vous, là ; vous, le grand, sortez ! Sortez tout de suite !

Lacolin ramasse ses livres.
— Voulez-vous sortir ! Voulez-vous fiche le camp !
Sa voix s'étrangle. Il saisit sur la table un ballon de verre et le jette à terre, piétine. Lacolin abandonne tout, court vers la porte. Une éprouvette, un trépied volent, le poursuivent.
La porte claquée, M. Château reprend souffle. Il regarde ses élèves, silencieux, immobiles comme des morts. Pas un regard tourné vers lui. Il porte sa chaise sur l'estrade, s'assied. Il tire le torchon de sa poche et s'essuie le front.
— Ce n'est rien, messieurs, dit-il à voix basse, ce n'est rien...

— Chinette, va me chercher M. Tudort...
— Monsieur Tudort, je vous demande un service.
Mme Chalant s'assied sur une vieille chaise de bois culottée de graisse et de fumée. Cette chaise devait déjà rôder dans la cuisine quand les moines du couvent mijotaient leur brouet. Aujourd'hui elle danse sous la main de Félicie, qui la bouscule et l'insulte comme un chien familier.
— Toujours dans mes jambes, cette saleté ! Je finirai par la brûler. Ça sert plus qu'à vous encombrer...
Et elle s'assied dessus, ban, de tout son poids, pour éplucher les carottes.
Mme Chalant lève la tête vers le grand garçon. Elle sourit. Dès qu'elle s'adresse à quelqu'un, dès qu'elle regarde quelqu'un, elle sourit. Même aux visages de mauvaise humeur des fonctionnaires du ravitaillement, ceux qui refusent toujours ce qu'on leur demande, et semblent haïr en particulier chaque demandeur. Mme Chalant aime tout le monde, et s'étonne du mal, de la guerre, des vols, pense que ce sont des accidents, et que tout cela finira bien un jour, demain peut-être, parce que les hommes ne sont pas si mauvais, au fond. Cette simplicité de son cœur, ses cheveux noirs en désordre autour de son visage mince, ses yeux brillants, ses dents très blanches, lui conservent un air de jeunesse, presque d'enfance, malgré la fatigue et les taches de la grossesse qui lui jaunissent les tempes. Tous autres soucis que le bien-être de ses pensionnaires et de ses enfants, parmi lesquels elle comprend son mari, et la pitié qu'elle porte aux victimes de la folie momentanée du monde, lui sont incompréhensibles. Ces aspirations vagues, ces tourments romanesques qui font les épouses incomprises, et les jettent à la lecture des romans, puis à l'adultère, ne trouvent en elle aucune place. Peut-être parce qu'elle n'a pas le temps. Elle s'estime heureuse. Elle l'est. Elle explique :
— Monsieur Tudort, vous savez, notre jardin, j'avais des fraises qui commençaient à mûrir, des voyous sont venus cette nuit, je me demande par où ils sont passés, et ils ont tout mangé, et ils ont saccagé mes petits pois.
Félicie dit :

— Ça ne m'étonne pas, le monde est pourri. Et vous croyez qu'avec ces quatre pommes de terre que vous m'avez données, y en aura assez ?

Mme Chalant soupire, pose ses mains sur son ventre. Elle espère que ce sera une fille. Elle a déjà tant de garçons.

— Félicie, ne faites pas les morceaux si petits, ça mange trop d'huile.

— Ils ont du culot, dit Tudort.

Debout, quatre-vingt-dix kilos, devant Mme Chalant frêle et douce un instant au repos sur la vieille chaise, il se demande ce qu'elle lui veut, il se demande si les pommes de terre sautées seront pour tout le monde ou la table du principal.

— Voilà, monsieur Tudort, je voudrais que vous restiez quelque temps au jardin ce soir, oh ! pas longtemps, ils ne doivent pas venir au milieu de la nuit, tant que vous n'aurez pas trop sommeil, ça doit être des gamins qui escaladent le mur de la rue du Quatre-Septembre.

Félicie jette un plat de tranches blanches dans la poêle. Les pommes de terre crépitent et fument. Félicie empoigne la queue de la poêle et la secoue. Tudort hume. C'est de l'huile de navette.

— Vous leur ferez peur et ils ne reviendront plus. Tenez, monsieur Tudort, vous êtes grand, attrapez la clef du jardin, là-haut, accrochée, non, pas celle-là, à droite, non, à droite, la plus grande. Merci, monsieur Tudort.

Encore une scène dans la nuit. Ce ne sera pas la dernière. Le jour, l'activité sociale absorbe les hommes, perdus dans une agitation d'abeilles, occupés à ajouter leurs mots inutiles à la rumeur de la ruche. Le soir venu, la fatigue les couche. Ils passent de la trépidation verticale à un repos assommé. La plupart conservent dans le sommeil les préoccupations de leurs heures d'énervement. Ils rêvent de leur épicier, du patron, ogres, le rhume de leur enfant devient tremblement de terre, et si quelque fleur s'épanouit dans un coin de leur rêve, ils ignorent qu'ils la doivent au sourire d'une fille rencontrée dans le métro. Ils ne l'ont même pas vue. Leurs yeux sont des lieux publics, tout y passe, court, la beauté ne s'y arrête.

Quelques hommes profitent pour vivre à leur tour du silence laissé libre par les hommes couchés, et les enfants qui n'ont pas peur du noir vivent, dans les rues mystérieuses des petites villes, en attendant l'appel coléreux de leur mère, des aventures grandes comme la nuit sans obstacles. « Je pars pour Név-York, je pars en avion. » Il étend les bras en ailes, bourdonne, racle des pieds, démarre, passe dans la lumière d'un bec de gaz, disparaît. Lindbergh.

Ces collégiens que nous commençons à connaître, croyez bien que le soir venu ils cessent tout à fait de penser à l'Histoire de France et à la Cosmographie. Ils sont descendus dans le jardin au crépuscule. Les trois grands. Fiston a expliqué à Tudort qui étaient les voyous.

— Vous êtes vaches d'avoir tout bouffé. Vous auriez pu m'en laisser quelques-unes.

On frappe la porte à coups de poings. Tarendol va ouvrir. C'est M. Chalant.

— Pourquoi vous êtes-vous enfermés, mes enfants ?

— C'est pour leur couper la retraite, m'sieur. On est venu tous les trois, on a pensé qu'on serait pas de trop.

M. Chalant se baisse, ramasse une poignée de terre, la brise entre ses mains.

— Bien sûr, mais il faut d'abord aller coucher les jumeaux. Ils dorment sur leur table, à l'étude. Comme c'est sec ! Je me demande quand nous aurons enfin la pluie.

— Ce sera bientôt, je crois, dit Jean. L'orage vient.

On l'entend gronder vaguement, et de temps en temps, un éclair, mauve d'être si lointain, teinte une moitié de ciel.

— S'il pleut, rentrez, dit M. Chalant. Je vais vous envoyer Gustave.

Mais Gustave n'est pas venu, il a mal à la tête, il n'a pas encore digéré la choucroute de midi. C'est de la choucroute mise en tonneau par Félicie, moitié choux, moitié rutabagas.

— Regarde, dit Fiston.

A une branche du poirier, dans la pénombre, est appuyée une échelle à laquelle manquent quelques barreaux. Elle est courte, peut-être vermoulue.

— Elle a pas l'air bien solide, mais pour ce qu'on veut en faire, elle suffira, tu crois pas ?

— Qu'est-ce que vous voulez en faire ? demande Tudort.

— Ça te regarde pas, dit Jean.

Tarendol et Fiston sont allés coucher les enfants, et sont redescendus au jardin. Ils ont cherché longtemps Tudort dans la nuit maintenant tout à fait venue. Ils l'ont trouvé endormi sur les fraisiers.

Ils gagnent la gouttière, couchent l'échelle sur le toit, elle est un peu courte, quand même plus pratique que les chaises. Ils atteignent sans difficulté la haute cime du gymnase.

Nulle lumière ne perce la nuit devant eux. L'orage qui s'approche gronde plus fort. Ses éclairs se succèdent presque sans arrêt, mauves, orangés, blancs.

— Il fait chaud, dit Fiston.

Jean, les yeux ouverts comme des portes vers la fenêtre obscure, essaie de percer la nuit, de voir à travers les ténèbres. Tout le jour, tout le jour, il a caressé dans sa mémoire, tout le jour, le souvenir baigné de lumière, l'image invraisemblable. « Peut-être elle dort déjà. Elle est peut-être partie. Peut-être je ne la reverrai jamais, ni ce soir ni jamais. »

Déjà si on lui proposait de choisir entre une semaine passée près de sa mère et cinq minutes sur ce toit, cinq minutes comme la veille, sans hésiter il sacrifierait les vacances. Il est pourtant le meilleur des fils — c'est une formule —, mais là, devant lui, c'est la légende qui s'ouvre, et sa jeunesse le pousse vers son avenir, vers sa tâche d'homme.

— J'ai une crampe, dit Fiston. Si elle nous fait encore poireauter, je m'en vais.

Tout à coup la fenêtre jaillit devant eux. Ils clignent des yeux. La jeune fille referme la porte, pose une serviette de cuir sur le pied du lit, lève les mains vers les rideaux. Elle va les tirer, non elle ne les tire pas. Elle se penche au-dehors. Elle est vêtue de la même robe bleue que la veille. Les deux garçons se laissent doucement glisser, suspendus par les doigts, les yeux au ras de la crête. Les mains sur la pierre d'appui, elle respire longuement, tournée vers l'orage. Elle a les épaules larges, droites. Ses cheveux coulent sur ses épaules, et la lumière glisse de l'or entre leurs boucles. Depuis que la fenêtre s'est éclairée, Jean sourit.

Un éclair illumine les murs, le tonnerre éclate, se brise contre les montagnes, roule longuement dans les nues ses masses broyées.

La jeune fille s'est rejetée en arrière. Elle a peur du tonnerre, elle va pousser les vitres, fermer les rideaux, non elle ne les pousse pas, elle a trop chaud. Elle tire un livre de sa serviette, et deux cahiers. Elle pose à terre la cuvette et le pot ventru, s'assied devant la petite table. Elle leur tourne le dos, la tête appuyée sur sa main gauche, les doigts enfoncés dans ses cheveux.

— Il est beau, le cinéma ?

La voix monte de la gouttière.

— C'est cette vache de Tudort, souffle Tarendol.

— Grimpe à l'échelle..., dit Fiston.

Il s'écarte pour lui faire place. D'énormes rares gouttes commencent à s'écraser sur les tuiles. Une odeur de terre cuite monte dans la nuit, de chaque goutte écrasée.

— C'est rien que ça ? dit Tudort. Moi, je croyais que c'était leur dortoir.

— Merde on se mouille, dit Fiston.

— On va lui rendre visite ? propose Tudort.

— Tu es fou ?

— C'est pas difficile, avec l'échelle. On la descend de l'autre côté du toit, puis on la dresse contre le mur.

Tarendol a perdu son sourire.

— Non, on n'y va pas. Fous-nous la paix.

— Vous êtes des gamins. Restez là si vous voulez, moi j'y vais.

Il se laisse glisser à bout de bras, cherche avec les pieds le premier barreau de l'échelle pour l'accrocher et la tirer à lui. Jean se hisse au sommet du toit, s'assied. Il regrette d'être en sandales. Des deux talons à la fois, il frappe Tudort à la tête. Il voit ses mains lâcher prise. Il se laisse tomber en même temps que lui. Ils arrivent dans la gouttière avec un bruit d'avalanche. Tudort reçoit les deux pieds de Jean dans la poitrine. Mais le rugby l'a endurci. Il se relève et frappe. Au bruit de la chute, la lumière s'est éteinte.

A cheval au sommet du toit, Fiston, les yeux écarquillés, ahuri, entend un coup, un cri, quelqu'un qui tombe. Il appelle :
— Jean, mon petit vieux, ça va ?
— Ça va, dit Jean.
Il se relève. Il a du sang plein la bouche. Sa lèvre supérieure enfle comme un abcès. Il se jette sur Tudort. La pluie les fouette. La gouttière étroite entrave leurs pieds. Le mur, le toit, limitent leurs gestes. Ils tombent, l'un à l'autre empoignés. Ils se relèvent encore, tombent de nouveau. Le tonnerre craque. Ils se sont lâchés. Ils se voient aux éclairs. Après chaque illumination, la nuit s'épaissit plus noire. Chacun sait à peu près la place où l'autre se dresse, et frappe dedans. Tudort est plus lourd, et pèse de tout son poids sur ses coups. Mais l'obscurité et l'éblouissement des éclairs le rendent maladroit. Il saisit Tarendol à bras-le-corps.
— Salaud, je te tiens.
Il le serre, l'écrase, le couche sur le toit, lui frappe le visage à coups de tête. La nuque de Tarendol sonne contre les tuiles.
— Jean, crie Fiston, Jean, ça va ?
— Ta gueule, dit Tudort.
Jean se sent comme sous une armoire tombée, une armoire pleine de plomb. Il frappe des deux poings le dos de l'armoire. Ses coups faiblissent, il étouffe. Le sang et la pluie lui coulent dans les yeux. Ses yeux et sa tête fulgurent d'éclairs rouges. La tête énorme lui broie le visage, les bras lui font craquer les côtes. Il perd le souffle, il perd la pensée. Il est perdu.
Au bord de l'abîme, il pousse un cri de fureur, se raidit comme une pierre, saisit à deux mains crispées, plantées, les oreilles de Tudort, et tire en arrière, arrache. Tudort hurle, lâche prise. Jean replie le bras droit, tire, tire l'autre oreille et du tranchant de la main, du reste de ses forces, à toute volée, frappe Tudort au cou. Le grand garçon chancelle. La tête en avant, Jean se laisse tomber dans son ventre. Tudort rebondit contre le mur. Un éclair. D'un coup de bûcheron, Jean écrase le menton vu. Tudort tourne, tombe sur le toit. Une tuile tombe en morceaux parmi les prisonniers entassés dans la sciure. Ils ont entendu tout le bruit. Ils croient qu'un secours arrive. Peut-être la fin de la guerre, la révolte. Le tonnerre ébranle les murs. Tous éveillés, ils crient de joie, se précipitent, cognent la porte, pèsent, poussent, hurlent. La sentinelle menace, appelle à la garde, tire en l'air. Une grappe de balles traçantes éclate en éclairs dans la nue. La pluie d'orage à grand fracas noie la rue des Ecoles. Un groupe de miliciens accourt, tire à travers la porte. Un résistant qui surveille lance une fusée en grappe rouge. Le maquis alerté attaque la ville par trois côtés. La garnison verte fait donner les chars. Le canon balaie les trois routes.
Jean assis sur la fenêtre reprend vie. Il n'ose pas toucher son visage. Ses genoux tremblent. Fiston redescendu lui demande : « Jean, comment ça va ? Jean réponds-moi. » Jean n'entend que le bruit de sa nuque contre le toit.

On frappe aux carreaux, la fenêtre s'ouvre.

— Vous êtes là, mes enfants ? Que se passe-t-il ? Répondez. Mon Dieu quelle pluie !

C'est la voix de M. Chalant.

— Monsieur, dit Fiston, c'est les voyous. On les a mis en fuite, mais ils étaient une belle troupe. Ils nous ont bien arrangés !

M. Chalant allume sa lampe. La lumière rasante éclaire les perles de pluie, éclaire Tudort étendu sur le ventre, un pied tordu accroché aux tuiles, le nez dans l'eau.

— Oh ! oh ! mon Dieu ! dit M. Chalant. Mon Dieu, si j'avais su...

Péniblement, avec des haltes, Fiston et le principal ont remonté Tudort au dortoir. Jean, hébété, suivait en reniflant. Des pieds d'eau marquent les marches de l'escalier.

Hito, éveillé, de ses doigts agiles lave et panse les plaies de Tarendol. Il a une pharmacie de voyage. Il a toujours tout ce qu'il faut. Il sourit, cligne de l'œil, demande :

— C'est les voyous ?

M. Chalant se penche avec une grande inquiétude sur le lit de Tudort. Il mesure sa responsabilité. Il suppute les embêtements. Il maudit les fraises. Il accumule les reproches qu'il va adresser à sa femme. C'est elle qui a eu cette idée. Toute sa mèche lui pend dans le cou. Il est trempé, il frissonne. Il a perdu son béret dans la gouttière.

— Mais que lui ont-ils fait ? Où l'ont-ils frappé ? Pourquoi ne bouge-t-il plus ?

Le garçon étendu ne donne d'autre signe de vie qu'un faible souffle. Un filet rouge coule de son nez pincé. Ses oreilles sont écorchées, ses lèvres fendues. Ses cheveux collés du sang de Tarendol et de la pluie s'égouttent sur le traversin.

— Mon Dieu ! Mon Dieu ! si j'avais su ! répète M. Chalant. Je vais téléphoner au docteur.

— Je crois qu'il faudrait, dit Fiston inquiet.

M. Chalant sort du dortoir. Ses pas descendent l'escalier de bois.

Tudort gémit. Jean s'arrache aux soins de Hito, accourt près du lit. Il guette le réveil du blessé. Tudort ouvre les yeux, gémit de nouveau. Jean se penche vers lui :

— Tu vas jurer que tu diras rien, tu entends ? Et que tu t'occuperas plus de cette fille. Ou je t'assomme !

Tudort ne comprend pas bien. Peut-être il n'entend pas encore.

— Tu m'entends ? Tu diras rien, et tu t'occuperas plus de cette fille !

Il cherche une arme, saisit le vase de nuit, lourde faïence, le brandit.

— Jure, ou je te casse la tête !

Hito regarde la scène avec une grimace d'intérêt. Fiston tire de sa poche un croûton mouillé, Tudort fait « oui » et referme les yeux.

Fiston se précipite vers le bureau du principal, crie déjà dans l'escalier : « M'sieur c'est pas la peine, le docteur. Il va mieux, c'était rien... »

Les jumeaux ne se sont pas réveillés.

La première lueur du jour éveille le merle. Les rats regagnent leurs sombres demeures, les caves perdues du couvent, dont nul ne connaît plus l'entrée, et qui s'étendent par-dessous la ville en boyaux humides, s'enfoncent dans la terre, très loin, très profond, peut-être jusqu'à l'enfer. Les fourmis, de jour, les fourmis de nuit, jamais ne cessent, toujours fourmillent. Les cloportes se cachent sous les écorces, jusqu'à ce soir, en boule, la tête à l'abri de l'anus. Dans les têtes des hommes, les rêves replient leurs armées de fantômes au refuge sans espace de l'inconscient.

Le merle siffle dans ses doigts, jette hors de ses lits le peuple des moineaux. Les moineaux en mitraille jaillissent du couvert des platanes, s'abattent sur le toit que rougit le soleil levant. Une brassée de rayons entre par la fenêtre ouverte du dortoir, accroche au mur d'en face une tache d'or qui grandit. L'orage est loin.

Jean s'est battu toute la nuit contre une armée de monstres. Piétiné, frappé, mordu, traîné, précipité. Il émerge en fusée du cauchemar au souvenir de sa victoire, il s'éveille. Le soleil ! La gloire et la joie le soulèvent.

La douleur le rabat sur les draps. Une masse de plomb roule dans sa tête, son lit tangue, le plafond chavire.

Il ferme les yeux et, lentement, essaie de gonfler à bloc sa poitrine. Ses côtes craquent.

La souffrance lui rappelle son mérite. Il a défendu sa fée contre le dragon. Il est le chevalier meurtri par la victoire. Deux plaques de taffetas rose lui montent des sourcils aux cheveux, une autre lui couvre le nez.

Demeurer tranquille. Garder son triomphe à l'intérieur.

— Tudort, tu dors, vieille vache, ou t'es mort ? crie Fiston.

Tudort grogne, se soulève sur un coude. Il regarde Tarendol et ricane comme il peut, la bouche en travers.

— Salaud, tu m'as eu, mais je t'ai bien amoché !

Il a refusé les pansements de Hito. Des croûtes zèbrent ses oreilles, coupent en deux sa lèvre supérieure. Son œil droit est bleu et presque fermé. Une meurtrissure mauve farde la pointe de son menton.

Tarendol lève avec précaution une main.

— Je t'ai eu, et je t'aurai encore si tu recommences. Tu pouvais pas nous fiche la paix ?

Tudort bâille.

— Aïe !

Il passe ses doigts sur sa mâchoire, se recouche.

— Je m'en fous, de votre poulette, mais vous êtes rien tartes !

— Je peux entrer ? crie derrière la porte la voix de Mme Chalant.

— Voui, madame ! dit Fiston, debout en chemise sur son lit.

Il se laisse tomber, rabat les couvertures.

— Oh ! mes pauvres enfants ! Oh ! Oh ! Comme ils vous ont arrangés !

Tudort et Jean prennent des mines de grands blessés.

Elle n'est pas montée hier soir. Elle n'en pouvait plus de fatigue. Elle se réjouit dans son cœur de la migraine de Gustave. Pendant que ces grands-là se battaient, il était occupé à vomir sa choucroute.

— Ne bougez pas, ne bougez pas, mes pauvres petits. Ils étaient donc bien forts ?

— Oh madame, dit Fiston, ils étaient au moins dix, avec des matraques !

Il essuie ses lunettes à son drap, les pose sur son nez, raconte la bataille avec de grands gestes.

— ... alors ceux qui restaient sont partis en emportant leurs blessés.

— Vous avez de la chance, vous, monsieur Fiston, ils ne vous ont pas frappé.

Elle pose sa main sur le front de Tudort qui ferme les yeux de plaisir.

— Moi... dit Fiston interdit. Oh ! moi, madame, je n'ai rien sur la figure, mais c'est le corps !

Il palpe à travers les couvertures son ventre, ses cuisses, et grimace.

Hito revient du lavabo astiqué, peigné, poncé. Les jumeaux, ahuris, essaient de comprendre. Ils se sont approchés à petits pas, le bas de leur chemise au ras de leurs pieds nus, ils ont écouté Fiston, ils se sont placés chacun au pied du lit d'un des blessés. Ils les regardent avec des yeux pleins d'émerveillement et d'un reste de sommeil. Leurs cheveux noirs, raides, se hérissent en mèches embrouillées, dans tous les sens.

— Voulez-vous aller vous laver, les mioches ! dit Tudort.

La cloche du réveil sonne.

— Restez couchés, dit Mme Chalant. Vous resterez au dortoir tant que vous n'aurez pas repris une figure convenable. M. Chalant s'en arrangera avec vos professeurs. Vous n'aurez qu'à en profiter pour repasser vos cours. J'ai reçu hier un beau poulet, je vais vous le faire cuire. Vous l'avez bien mérité. Reposez-vous bien, mes enfants.

Elle s'était assise sur le bord du lit de Tudort. Elle se lève en s'appuyant des deux mains. Que ce ventre est lourd, mon Dieu. Elle sourit encore, et s'en va.

Fiston jaillit hors de ses couvertures, danse, saute, broie les ressorts de son lit. Il chante :

— Un poulet, un beau poulet ! Nous l'avons bien mérité !

— Ça vaut bien ça, dit Tudort. C'était une belle bagarre.

— Tes oreilles, dit Jean, j'en aurais fait des beignets.

Jean, reçu à la première partie du baccalauréat, s'était cru ce jour-là sur le seuil de la porte du monde grande ouverte. Il pensait à son père, à la joie que son père aurait éprouvée, au pied de vigne folle qui poussait sur sa tombe, et pour qui le baccalauréat n'avait aucune importance. Françoise elle aussi évoqua la joie qu'eût éprouvée André. Mais ni elle ni Jean ne prononcèrent ce jour-là le nom du disparu. Et chacun des deux savait quel regret l'autre portait au fond de son cœur. Ils se partagèrent en secret la fierté du mort. André abandonnait ses pierres, quittait ses lunettes de fer, se redressait, recommençait à vivre.

— Toi, dit Tarendol, y a pas de raison que tu restes au dortoir. D'abord il faut que tu saches qui elle est. A dix heures, on a cours d'italien avec les premières. Mets-toi à côté de Vibert. Sa sœur va à l'E.P.S. Demande-lui de demander à sa sœur, sans avoir l'air de rien.
— Mais le poulet ? dit Fiston.
— Tu monteras le manger avec nous.
— Bon. On y retourne, ce soir ?
— Non, dit Tarendol, ni ce soir, ni demain, ni les autres soirs.

Il regarde Fiston dans les yeux. Fiston détourne la tête et ne dit rien. Tudort lit un roman policier.

Le professeur d'italien, M. Lapierre, est délicat de la poitrine. Fiston s'assied entre Vibert et Missac. M. Lapierre entre, vêtu de noir, coiffé d'un chapeau melon. Ses joues sont si creuses qu'il a dû, faute de place, avaler ses dents. Une artère serpente de chaque côté de son front. Il est très grand et très maigre. Il se plie lentement vers sa table, souffle sur le coin, prend son chapeau par les bords, à deux mains, et le pose sur cet espace purifié. Ses doigts sans chair se recourbent en copeaux.

Un élève habitué porte sa chaise près de la fenêtre, ouvre celle-ci. M. Lapierre s'assied, se renverse en arrière, dans l'air du dehors, aussi loin que possible des respirations.

Il regarde avec haine ces dix garçons lance-microbes, ces objets vernis de bacilles, ces murs d'où le guettent des milliards de germes de mort accrochés. Il devine dans l'air, tourbillonnant, jouant au souffle des poitrines, des armées de vibrions blindés. Tout ici est ligué contre lui. Il doit se défendre, veiller sans défaillance, chaque seconde penser à la menace. Pour ménager ses forces, il fait son cours à voix basse, en guettant de ses yeux mi-clos le moindre signe d'inattention. Il ne veut pas répéter. Il économise sa vie. Il punit par instinct de conservation.

Il lui arrive pourtant d'oublier toute prudence. Il commence à dire deux vers du Dante, pour faire sonner aux oreilles de ces brutes le carillon de la beauté. Ils en entendront peut-être un écho. Deux vers. Il les caresse. Il se les redit pour sa propre joie. La suite roule hors de sa bouche. Il se lève, les yeux éblouis, il marche, suit dans la classe la fanfare d'or qui sort de lui à grands éclats roulants. Il s'arrête épuisé au bout de la tirade, il regarde autour de lui, il s'étonne d'être encore là et non point perdu dans les flammes du soleil. Il frissonne, tousse, se penche, crache dans la gouttière.

Fiston a profité d'une de ses crises lyriques pour faire passer un billet à Vibert.

Demande à ta sœur si elle connaît une fille de l'E.P.S. qui doit avoir seize ans, avec des cheveux blonds et une robe bleue. Elle doit être pensionnaire. Comment elle s'appelle.

Missac, fils du charcutier, ressemble à un porc. Dans son visage de saindoux, sous ses cheveux rouges, ses petits yeux sont toujours à l'affût de ce qui se passe, avides des secrets des autres. Il veut tout savoir. Il halète dans l'attente des confidences. Tout le nourrit, les plus énormes mensonges et les demi-phrases qu'il complète. Il a lu le billet en même temps que Fiston l'écrivait. Il souffle :

— C'est Zouzou Bréchet.
— C'est pas vrai, dit Vibert, derrière sa main. Zouzou est châtain. Et elle va plus à l'école.
— Pourtant, je l'ai rencontrée hier, elle avait une robe bleue.
— Missac, vous aurez deux heures, dit M. Lapierre.

Le lendemain, Vibert a donné ces renseignements : « Il y a deux grandes pensionnaires à l'E.P.S. Mais elles sont brunes toutes les deux, et elles portent la robe d'uniforme, grise et blanche. Les autres pensionnaires, c'est des gamines de rien du tout. »

Il apporte aussi une lettre de sa sœur pour Fiston. Elle écrit :

Cher Monsieur,
Mon frère me parle souvent de vous. Je suis sûre que j'aurais du plaisir à bavarder avec un garçon de votre intelligence. Tous les jours à quatre heures, je passe par la Tuilerie pour entrer à la maison. Si un jour vous pouvez sortir, faites-moi signe quand je passerai devant la porte. Je vous attendrai sous le hangar de la Tuilerie. Croyez, cher Monsieur, à mes sentiments distingués.

— Mince ! dit Fiston.

Les hirondelles jouent dans le vent. Jean a lu dans un journal que des restaurants d'Afrique du Nord servent sous le nom d'ortolans des hirondelles prises au filet au moment de leur migration. Manger ces éclairs de plumes, pourquoi pas manger le vent lui-même ?

Elles font face au vent, suspendues palpitantes en un point de l'espace, se laissent emporter, ailes raidies, virent tout à coup, et glissent vertigineusement, avions en piqué. Un moucheron est la victime.

C'est jeudi. Jean, à la fenêtre du dortoir, regarde jouer les hirondelles, et tous les chiens qui passent dans la rue viennent lever la patte contre la borne séculaire plantée de travers au pied de l'escalier de la vieille maison, en face. A la cime de la rue, Jean voit les dernières maisons s'accrocher au flanc de la colline puis la colline les dépasser, et la montagne Gardegrosse dépasser la colline, et le bleu du ciel par-dessus. Le clocher marque deux heures au cadran ensoleillé de son horloge, et deux heures dix à celui que l'ombre couvre. Jean se demande quelle heure peuvent bien indiquer les deux cadrans qu'il ne voit pas. Cela lui est égal, il n'y pense plus. Il est accoudé à la fenêtre, les bras croisés. Le grain de la pierre fouillée par les pluies lui entre dans les coudes à travers l'étoffe mince de sa veste. Il sait que s'il ouvre n'importe lequel de ses livres, au bout de quelques minutes il se relèvera, impatient. Il ne peut plus travailler. Sur les pages danse l'image de la fille dans la nuit.

La porte de l'école supérieure s'ouvre, un ruban de filles en sort, tourne à gauche sur le trottoir. Les premières s'arrêtent au coin haut de la rue. Derrière les plus grandes, sort une jeune fille vêtue de bleu. Jean se redresse. Elle a posé sur ses cheveux blonds un chapeau de paille blanche aux bords relevés. Elle dit un mot, le ruban de robes grises tourne au coin de la rue, disparaît. Elle tourne derrière lui.

— Fiston ! Fiston ! crie Jean, je l'ai vue ! C'est elle, la surveillante ! Elle vient de sortir, elle emmène les pensionnaires à la promenade ! Elles ont tourné à gauche dans la rue des Herbes, elles vont sûrement à la fontaine des Trois-Dauphins... Viens, on y va...

Fiston étendu sur son lit se soulève, bâille.

— Tu es rasoir. Tu crois que tu ferais pas mieux de te reposer, de dormir un peu ?

— Dormir !

Jean lève les bras au plafond.

— Dormir !

Il est prêt à ne plus dormir, ni manger, ni vivre, tant qu'il ne l'aura pas rejointe.

— Et les jumeaux, qu'est-ce qu'on va en faire ? demande Fiston. Tudort est à l'entraînement et Hito au ciné...

— On les emmène. Où sont-ils ?

Fiston ouvre une fenêtre de la cour, crie :

— Eh, les gosses, venez vous habiller, on va en promenade.

La petite troupe vêtue de robes grises à cols blancs monte lentement les lacets de la route, au flanc de la colline. Joues rondes, joues pâles, regards enfantins, cernes sous les yeux brillants, les plus petites vont devant et jacassent, les plus grandes, derrière, parlent à voix basse. Peut-être ce qu'elles se disent n'est-il plus assez innocent pour que les feuilles, les oiseaux, les cailloux du chemin, et l'air tiède puissent en connaître le secret.

Cette voie qu'elles ont prise ne mène nulle part. Elle dessert quelques vergers d'oliviers tordus, et se perd, en haut de la colline, dans une lande de lavande et de thym. Les lapins sauvages creusent leurs terriers dans les talus, entre les aloès dont les gamins ornent les feuilles charnues d'inscriptions au canif. La colline et la montagne l'abritent des vents, le soleil la chauffe du matin au soir. Des bancs sont plantés sous les tilleuls qui la bordent, adossés à des haies de cyprès ou d'ifs taillés en arbres de Noël. Le soir venu, des couples silencieux s'étreignent sur ses bancs sous le grand regard de la lune, mais le jour s'y reposent des vieillards qui n'ont plus d'autre souci que de vivre encore un peu, des jeunes gens accrochés au reste d'un poumon, des vieilles filles que personne n'a aimées. Silencieux, ces fragiles, les uns près des autres assis, chacun d'eux enfermé dans sa propre misère, boivent la lumière avec une avidité de dernier espoir.

Arrivées à mi-hauteur de la colline, les filles ont pris à droite un sentier étroit. On n'y peut passer qu'un derrière l'autre. Le ruban s'étire, les conversations se rompent. Les premières se mettent à courir.

La fontaine coule au fond d'un vallon planté d'immenses platanes. Un baron, dont les os ont depuis mille années enrichi le gras de la terre et fleuri et mûri aux arbres du pays, fit graver dans le rocher, au-dessus de la source qui jaillit du flanc de la colline, ses armoiries aux Trois-Dauphins. Le blason est verdi, fendu, le nom du baron perdu, mais l'eau éternelle chante sous la cathédrale des platanes. Leurs quatre rangées de colonnes énormes s'enfoncent dans un tapis d'herbes et de feuilles mortes, leurs branches se mêlent en une voûte si haute que la voix des oiseaux en parvient assourdie. Le ruisseau traverse tout droit le vallon, et termine trois pas plus loin sa vie d'enfant pur. Les jardins potagers le happent, puis un lavoir public, et l'égout.

Les garçons sont déjà là. Ils ont pris un raccourci. Fiston a dit :

— Laisse-moi faire. J'en connais une, la fille du pharmacien de Sainte-Euphémie, Julie Chardonnet. Je vais lui demander des nouvelles de son chien, et je saurai bien le reste.

Jean s'est couché derrière un buisson d'aubépines, sur la rive du vallon opposée au débouché du sentier. Il a vu arriver sous les platanes, en même temps que la dernière pensionnaire, la robe bleue. Fiston, debout près de la fontaine, serre déjà la main de Julie Chardonnet, une maigrichotte qui doit avoir treize ou quatorze ans. Deux tresses brunes bringuebalent dans son dos. Les jumeaux, avec des cris de joie, décapitent une fourmilière.

La vue du garçon à la tête ronde hérissée de poils d'or a glacé le tapage des filles. Elles s'agglutinent par petits groupes, chuchotent, se poussent du coude, jettent vers lui des regards en coin, rougissent, pouffent de se sentir rougir, rougissent plus encore. A l'autre bout du vallon, deux amants, dérangés, furtifs, se reboutonnent et s'en vont.

Fiston revient déjà, gaulant, d'une baguette cueillie près du ruisseau, les jambes nues des jumeaux. Les filles retrouvent leur aise, jettent leurs chapeaux qui se posent en fleurs claires sur l'herbe, et se mettent à jouer en criant.

— Alors ? demande Jean.

— C'est la fille de la directrice, la mère Margherite, dit Fiston. Elle remplace la surveillante aux promenades du jeudi. Jusqu'à

présent, elle était dans un lycée d'Avignon. C'est pour ça qu'on la connaissait pas. Elle s'appelle Marie.
Il parle debout près du buisson d'aubépines, sans baisser la tête.
— Merci, dit Jean, tu es un as. Rentre avec les gosses. Moi je reste.
— Te montre pas, dit Fiston. Tu leur ferais peur. Tu as l'air de Mandrin.

Marie. Dans son village, plusieurs femmes portent ce nom. Des paysannes vêtues de noir, coiffées du mouchoir blanc, tordues, raccourcies par le travail. Des femmes simples qui lui sourient de bon cœur quand elles le rencontrent, et lui disent :
— Bonjour, Jean !
Marie. Elle est si jeune et si blonde. Assise dans l'herbe, elle lit. Jean couché à plat ventre la regarde à travers les épines fleuries. Elle ferme son livre, le pose, pose son chapeau sur le livre, s'appuie les deux mains en arrière, le visage levé vers le ciel des platanes. Ses cheveux, éteints par la pénombre, coulent, rejoignent la cime de l'herbe, se teintent de reflets d'or vert. Elle se laisse doucement vaincre par ce grand silence végétal brodé d'un sourd concert d'oiseaux, de la chanson douce de l'eau, et des cris des fillettes éparpillées. Elle se couche sur le tapis d'herbe. L'armée des graminées dresse autour d'elle ses lances gardiennes.

Jean caché attend la fin de leurs jeux et se relève quand la dernière a disparu dans le sentier. Il traverse à son tour le vallon, rejoint la route, mais au lieu de descendre vers Milon, il gagne la haute lande au bout de la promenade. Si quelqu'un lui parle, il ne répondra pas. Il voudrait gagner la plus haute cime, le lieu où ne se trouve plus personne, que sa joie et lui. Sa joie est autour de lui en cuirasse de cristal. Les mains dans les poches de sa veste, les coudes pointés en arrière, son pantalon trop court battant ses chevilles, il marche au-dessus de la terre, il franchit les gouffres, traverse les incendies. Et parce qu'il est au-dessus du monde, il le voit, il l'entend comme il ne l'a jamais vu, jamais entendu. Le décor plat qui traversait ses yeux se gonfle de relief et de couleurs. Tous les bruits pénètrent ensemble en sa tête et il distingue chacun d'eux. Il voit, il entend le cri des premières cigales dans les oliviers les plus chauds, le vol de la pie, le bourdonnement de la ville, un arbre à la cime du Rocher de l'Aiguille comme une verrue au bout d'un doigt, la toux d'un malade perdu qui croit encore à la vie, la tache verte d'un pré sur la joue grise de Gardegrosse, et le sourd battement au rythme de ses pas, le fort, le magnifique tambour de son cœur triomphant. Il sait que le vol de la pie était prévu depuis l'éternité, il sait que la pluie et le vent mettront cent mille ans à doubler la profondeur de la crevasse qui fend le Rocher de l'Aiguille, il sait qu'il aime, il sait qu'il vit, il mange le lion, il embrasse la laitière et la vache et le pot au lait, il rit les rêves de Perrette, il rit le lait répandu, il rit le ciel et le miel et la terre empoignée, il aime, il vit, il lève les bras au ciel, il s'étire, il craque, il rit, le ciel entre ses mains est blanc de chaleur autour du soleil.

Je ne sais pas quel âge lui donner. C'est difficile. Elle est née ainsi, avec ses lunettes de fer, son visage maigre, ses poils gris au menton, et ses longues mains dures. Elle était ainsi dans son berceau, elle a seulement changé de taille, et sa robe grise plate a grandi avec elle. Elle n'a jamais été ni bébé ni enfant, qui pleure sans raison et rit de même. Elle est née sévère comme la sécheresse. Elle est ainsi. Ni les élèves ni les professeurs de l'école supérieure de jeunes filles ne pourraient imaginer qu'elle a porté un jour des jupes roses de fillette, ou un lange de laine autour de membres menus.

Elle était professeur dans une école de Paris. Lorsqu'elle a été nommée directrice en province, à quelques kilomètres de son pays natal, son mari, M. Margherite, a estimé que cette nomination constituait pour lui, autant que pour elle, un aboutissement. Il a obtenu sa retraite proportionnelle de fonctionnaire du Crédit municipal, et gagné Milon en même temps que sa femme, emportant une collection unique de bronzes d'art. Il a acheté ces pièces rares une à une dans les ventes de gages, pour des sommes dérisoires. Elles ont empli un fourgon de cinq tonnes. L'appartement mis à la disposition de la directrice de l'E.P.S. était vaste et nu, mais il n'a pas suffi à recevoir les chefs-d'œuvre. M. Margherite en a installé quatre au parloir, un Petit Ramoneur, un Archer Vainqueur, un Discobole et une Bacchante. Dans le bureau même de sa femme, il a disposé, sur une sellette aux pieds en col de cigogne, la pièce maîtresse de sa collection, une Pleureuse mil neuf cent, stylisée et tordue en forme de fleur d'iris.

Jean a dû attendre encore plus d'une semaine avant de redescendre en classe. Son nez a repris un volume normal. Son front est marqué de deux balafres roses qui pâlissent chaque jour. Il a guetté Marie des fenêtres du dortoir et lorsqu'il s'est trouvé en état de ne plus attirer la curiosité par la seule apparence de son visage, il a suivi la jeune fille dans les rues de la petite ville, il s'est approché d'elle dans les files d'attente, il l'a frôlée dans les magasins. Maintenant il connaît ses traits, et la couleur de ses yeux. Chaque fois qu'il la regarde, il reçoit un choc dans la poitrine. Il lui suffit d'apercevoir une robe qui ressemble à la sienne, un chapeau blanc, d'entendre prononcer le nom de Marie pour que la même joie angoissée le bouleverse.

Mme Margherite n'est pas si laide, se dit-il, elle n'est pas si sévère, elle est la mère de Marie. Pendant ses heures de guet, il a souvent vu M. Margherite descendre la rue pour se rendre au café Garnier. Il y va pour l'apéritif, il y retourne après le déjeuner, il y passe l'après-midi à jouer au bridge. Il porte un chapeau gris à large bord, une petite barbe blanche pointue, des guêtres beiges et un ventre en brioche suspendu devant lui comme une besace. Il est plus âgé que sa femme, mais elle est plus vieille que lui.

Jean emprunte à Hito une enveloppe et une feuille de papier à lettres mauve. Il écrit à Marie.
Il lui dit :

... Vous ne savez pas qui je suis, vous ne savez pas que j'existe, moi je vous connais... Marie, je ne sais pas comment vous dire, j'ai envie d'emplir cette page rien qu'avec votre nom...

Il lui parle de ses yeux de ciel, de ses cheveux d'or, de son sourire pareil au soleil. Il cite des vers de Musset. Il lui dit qu'elle est plus belle que l'aube et que la moisson, et que la lumière des étoiles est triste à côté de celle de ses yeux. Il lui dit qu'il voit son visage partout, dans ses livres et ses cahiers, sur les murs, dans les prés, avec les oiseaux qui volent, et qu'il voudrait ne jamais dormir pour penser à elle plus longtemps. Et il termine : « Marie, je vous aime. Je m'appelle Jean Tarendol. »

Jean donna sa lettre à Fiston.
— Donne-la à Vibert, tu le connais mieux que moi, sa sœur pourra la faire passer à Marie.
Fiston donna la lettre à Vibert, qui la donna à sa sœur, qui la rendit à son frère qui la rendit à Fiston :
— Ma sœur a dit qu'elle passerait la lettre si c'était toi qui la portais. Ou bien elle la passera pas. Elle a dit qu'elle t'attendrait ce soir à quatre heures à la Tuilerie.
— Elle est enragée, ta sœur, dit Fiston. Mais elle est trop moche.
— Et toi, tu t'es pas regardé ? dit Vibert. Débrouille-toi, moi je m'en fous.
— Tu me fais suer avec tes lettres, a dit Fiston furieux à Tarendol. Si tu crois que je vais m'envoyer la Sophie pour tes beaux yeux...
Ils rient tous les deux. Elle se nomme Jacqueline, mais Sophie lui va mieux. Elle est grande, avec des cheveux crépus. Ses jambes sont comme des triques. Au concert de la Vaillante, où M. Chalant a emmené ses pensionnaires, parce qu'ils étaient invités gratis, elle a joué du violoncelle, toute seule sur la scène.
Tarendol se calme. Il dit :
— Voilà, je croyais avoir un copain, et j'en ai pas. C'est toujours comme ça quand on croit qu'on peut compter sur quelqu'un...
Fiston le regarde. Il dit :
— Ecoute. J'irai, ce soir. Mais, après, il faudra que tu trouves une autre combine.

Il monte lentement le sentier qui conduit au hangar de la Tuilerie. Il monte lentement parce que Sophie est laide mais aussi parce qu'il est innocent. Il a presque dix-sept ans, Tarendol a six mois de plus. Et tous ces garçons de leur âge qui, dans la cour, parlent des filles en disant « les poules » ont besoin de beaucoup de mots pour cacher leur ignorance.

Fiston, mon vieux, il faut y aller. Il va falloir parler à cette fille. C'est une épreuve. Elle t'attend sous le hangar, assise sur une pile de briques. Tout autour poussent des orties.

Il l'a vue, il s'arrête, il tâte la lettre dans sa poche, il soupire, il repart.

Elle l'a vu aussi. Elle se lève. Elle tapote sa jupe. Il s'approche, il se racle le gosier. Les voilà l'un devant l'autre. Elle sourit. Elle lui tend une grande main.

— Bonsoir, monsieur Fiston.
— Bonsoir, mademoiselle.

Il ne fait pas très clair, sous ce hangar. Sans quoi elle verrait combien il a chaud aux oreilles.

— Vous n'êtes pas gentil de n'être pas venu avant. Sans la lettre de votre ami, vous ne seriez peut-être jamais venu ?
— Oh ! j'en avais bien envie, mais c'est pas toujours facile de sortir quand on est pensionnaire...

Elle rit.

— C'est des blagues, mais ça fait rien. Je ne vous en veux pas, puisque vous êtes là...

Elle a dit ça bien gentiment. Il la regarde. Elle n'est peut-être pas si bête. Il se sent plus à l'aise et, tout de même, flatté. Elle s'assied de nouveau sur le tas de briques. Elle pose sa main à plat et fait un signe de la tête pour qu'il s'asseye à côté d'elle. Et c'est elle qui parle. Elle dit qu'elle s'ennuie, qu'elle est seule, que les filles sont des dindes et les garçons qu'elle connaît bêtes comme leurs pieds. Son frère lui a parlé de lui, il lui a dit qu'il était un as, elle voudrait le voir souvent, si ça ne l'ennuie pas.

Déjà, il a l'impression que ça ne l'ennuiera pas tellement. Il parle à son tour. Ils parlent des gens qu'ils connaissent, les professeurs de l'école et du collège, ils se racontent des histoires, ils ont la même façon de rire des ridicules.

Elle dit :

— Maintenant, il faut que je parte. Vous voyez que je ne vous ai pas mangé. Je vous reverrai demain ?
— Demain, entendu. Ici.

Ils se lèvent, tout à coup silencieux. Il se dit qu'il faut qu'il l'embrasse, sans quoi, de quoi aurait-il l'air ? Il s'approche, elle le regarde, il ne sait pas ce qu'elle pense, vite il la prend, il la serre, il pose ses lèvres sur les siennes, il l'entend haleter un peu, elle a fermé les yeux, les bras raides allongés le long de son corps, il la lâche, se tourne, s'en va en courant, sans dire un mot.

Il n'a pas fait vingt mètres qu'elle l'appelle :

— Fifi !

Il avait oublié de lui donner la lettre.

Jean, de nouveau, guette à la fenêtre. Tous les jours, entre une heure et deux heures, il monte au dortoir avec Fiston et Tudort. Barbe s'est habitué à ne plus les voir à l'étude. Jean, le buste dans la rue, guette l'apparition de Marie. Elle n'a pas répondu à sa lettre. Jacqueline lui a demandé, elle a dit qu'elle ne répondrait pas. Jean est ravagé d'angoisse. Il lui a écrit de nouveau pour lui demander pardon de son audace, il a déchiré la lettre, il ne sait plus que faire.

Elle m'en veut, elle me déteste, elle se moque de moi, elle l'a déchirée sans la lire, elle l'a lue et elle a ri, elle a peur, elle est vexée, elle s'en fiche...

Il guette. Il connaît maintenant les habitudes de la rue comme si elle était sa maison. L'Auvergnat, marchand d'antiquailles, la porte de sa remise-boutique grande ouverte, fait cuire des pommes de terre à l'eau sur un réchaud posé sur le marbre d'une coiffeuse. Decauville, le facteur, rentre harassé de sa tournée du matin. M. Lhoste le coiffeur, à une heure et demie juste, sort pour une courte promenade avec son fils et sa fille, tous les trois bruns, les cheveux collés en raie au milieu, et le nez crochu.

Le quatrième jour, la porte de l'école s'ouvre et Marie sort. Jean crispe ses mains sur la pierre de la fenêtre, il ouvre la bouche, il voudrait l'appeler, il se tait.

Immobile sur le trottoir, elle regarde à droite, à gauche, lève les yeux comme pour s'assurer qu'il fait beau, se décide, descend la rue. Elle va passer devant le collège, sous les yeux de Jean. A quelques pas de la porte, elle ralentit. Il en est sûr, elle ralentit. Et quand elle passe devant, elle tourne la tête, vite, elle regarde dans la cour. Puis elle se hâte. Elle court presque. Elle est au bout de la rue.

Jean bondit vers Fiston, lui arrache des mains son livre qu'il jette à travers le dortoir, saute de lit en lit, tombe sur son copain, le bourre de coups de poing, crie : « Elle a regardé ! Elle a regardé !... »

Il roule à terre avec Fiston, se relève et sort en courant.

— Alors, celui-là, dit Tudort, il est bien malade !

Vous avez regardé ! Je vous guettais. Mon cœur était dur comme les pavés où vous posiez vos pieds. En passant devant la porte de notre vieux bahut, vous avez tourné la tête et regardé. C'était moi que vous cherchiez. Ce geste m'a rendu la vie...

Il lui dit qu'il l'aime, qu'il l'aime, qu'il l'aime, et qu'il voudrait le lui répéter toute sa vie, même si elle ne doit jamais lui répondre. Il lui parle du coucher du soleil sur le Gardant, quand tout le ciel et les montagnes sont enflammés de pourpre, et il lui dit que toute cette passion, tout ce feu, il les porte en lui, « et c'est vous que j'aime, Marie, ma Marie... ».

Maintenant, Fiston et Jacqueline Vibert se tutoient. A la troisième rencontre, il a commencé à lui donner des coups de poing, et à l'appeler Sophie. Il ne l'a plus embrassée. Quand il la quitte, elle ferme à moitié ses yeux un peu myopes pour le voir plus longtemps, plus loin. Elle cesse de rire.

Jean a écrit quatre nouvelles lettres. Elle ne répond pas. Sophie ne sait pas ce qu'elle pense. Elle dit « Merci » quand elle reçoit la lettre, et rien de plus, sans donner signe d'intérêt ou d'ennui. Jean décide de la rencontrer, de lui parler. Il aurait bien voulu, avant, recevoir d'elle ne fût-ce qu'un mot qui lui permît d'espérer, qui lui donnât du courage.

Quand il écrit, il a le temps de réfléchir et de se reprendre, il est seul avec les mots, il peut imaginer qu'elle est heureuse d'entendre ce qu'il lui écrit. Quand elle sera là vraiment, en face de moi, et que je tremblerai d'amour, et que j'aurai tellement envie de poser mes mains sur elle, pour savoir enfin sa chaleur dans mes paumes, pour donner vie à son image, quand je ne saurai que dire tant j'aurai peur et joie, peut-être au premier geste, au premier essai d'une phrase, elle va rire ou se fâcher.

Où la voir, comment la rencontrer ?

Fiston propose :

— Jeudi, on les suit à la promenade. Je vais dire bonjour à Julie Chardonnet. Je m'arrange pour passer près de Marie. Je lui souffle : « Jean est là, à tel endroit, il vous attend. » Si elle vient pas, j'y retourne et je lui dis : « Si vous ne venez pas, il se tue. »

Jean se dit : « Je me mettrai à genoux devant elle, dans l'herbe et dans les fleurs. Je lui prendrai les mains et je lui dirai : "C'est moi, Jean. C'est moi qui vous ai écrit ces lettres. Si elles vous ont fâchée, je vous demande pardon. Mais ce que je vous ai écrit, je suis prêt à vous le dire jusqu'au dernier jour de ma vie." »

Le jeudi à la file derrière les autres jours de la semaine arrive. Jean l'a attendu, espéré, redouté.

De mercredi à jeudi, une nuit pleine de sommeil, malgré l'attente, malgré l'espoir et l'inquiétude.

Jeudi. Quelle sera aujourd'hui la couleur du soleil ? De quel or fin va-t-il émerveiller les heures de ce jour ? Jean s'éveille à l'aube. Il écoute, s'assied dans son lit. Il se penche vers le lit de Fiston et le secoue.

— Fiston, mon vieux, écoute, écoute ! Il pleut !...
— Quoi ?
— Il pleut !...

Fiston, réveillé, se redresse, écoute.

— C'est rien, dit-il, pluie du matin n'arrête pas le pèlerin.

Et il se recouche.

Il pleut, pas de promenade. Jean cache son visage dans son traversin. Il imagine la rencontre qui n'aura pas lieu. Tout va bien.

Marie l'aime, il l'embrasse sur les lèvres. Après... Après il ne sait pas ce qu'il fera. Il recommence tout.

La pluie, le vent, l'éclaircie, la pluie. A midi, il fait beau.

— Elles iront ! Elles iront ! crie Fiston. Va te coiffer. Avec tes cheveux frisés, tu as l'air d'un marchand de paniers.

Jean monte quatre à quatre les marches de l'escalier du dortoir, accroche à l'espagnolette sa glace ronde, se regarde, prend peur. Pourquoi l'aimerait-elle ? Ce visage ordinaire, ce bouton sur la tempe gauche, cet autre qui va fleurir au bout du menton, ces cheveux de sauvage...

Il se plonge la tête dans l'eau et ratisse ses mèches bouclées qui refusent de se laisser aplatir. Il fouille dans la table de nuit de Hito, trouve un tube de cosmétique, se plaque une serviette de toilette sur le crâne, la noue aux quatre coins.

Fiston le rejoint, la bouche pleine.

— Pourquoi t'es pas venu manger ?

— Tu parles, comme j'ai envie de manger !

Un grand voile, tout à coup, obscurcit les fenêtres. Les deux garçons courent voir le temps. Un énorme nuage chargé d'explosif écrase le soleil, roule, vers le nord, à la poursuite d'un coin de ciel bleu, crache le feu et la mitraille. La grêle crépite sur les verrières du préau. Les grains blancs dansent sur les rebords des fenêtres, rebondissent, roulent sur le plancher du dortoir.

— Elles iront pas, soupire Fiston.

Il s'assied découragé sur le bord de son lit. Jean arrache sa serviette. Fiston hume. Il dit :

— C'est dommage, tu sentais bon.

La grêle s'arrête. Un rayon de soleil viole un accroc du nuage, illumine d'énormes gouttes que le vent emporte en biais par-dessus les toits. La porte de l'école supérieure s'ouvre. Le serpent de filles, sous les écailles ondulantes des parapluies, se glisse dans la rue et la descend. Un parapluie tout seul, derrière : Marie.

— On aurait dû y penser, dit Fiston, elles vont au cinéma. Allons-y...

— J'ai pas le sou, dit Jean.

— J'en ai, dit Fiston.

Le jeudi après-midi, M. Juillet, propriétaire du Grand Cinéma, donne une séance à prix réduits pour les enfants. Il s'est procuré, pour ces représentations, un stock de films depuis longtemps retirés de tous les circuits, drames muets sonorisés après coup, dont les héroïnes portent des robes qui datent de vingt ans, documentaires galeux, courts métrages comiques avec tarte à la crème, dessins animés de Félix le Chat. Il repasse les mêmes à peu près toutes les six semaines. Les enfants de la ville les connaissent par cœur. Ils interpellent les acteurs, les préviennent de la catastrophe, leur crient des conseils et se moquent d'eux. Bientôt, sûrement, peut-être la prochaine fois, les acteurs leur répondront.

Mme Juillet repose sa poitrine sur la caisse et la couvre en partie.

Elle est coiffée, été comme hiver, d'un chapeau noir à large bord, surmonté d'un bouquet multicolore, épanoui en fusée. Elle délivre les billets, et M. Juillet les contrôle à l'entrée. M. Juillet porte son veston sur son bras. Il ne le met que par grand froid, mais ne s'en sépare jamais, à cause de son porte-feuille, de sa pipe, de sa blague à tabac et des allumettes, qui sont dans les poches. Petit et maigre, l'œil triste derrière des lunettes à monture de fer, coiffé d'une casquette grise, il est enfoncé dans son pantalon que ses bretelles lui tirent jusqu'aux omoplates. A quinze heures, il se transforme de contrôleur en opérateur, monte dans la cabine et met en marche l'appareil de projection. Mme Juillet perçoit l'argent des retardataires sans leur délivrer de billet. C'est pour sa petite caisse personnelle, pour s'acheter des bas.

— Entre le premier, dit Jean. Installe-toi et garde-moi une place derrière Marie, si tu peux.

— Pourquoi tu viens pas tout de suite ?

— J'aime mieux pas. C'est comme ça.

C'est comme ça, il ne sait pas pourquoi. Il voudrait lui parler, tout lui dire et lui demander, et en même temps il redoute le moment qu'il souhaite. Ce matin, en même temps qu'il maudissait la pluie, il était presque soulagé de l'entendre. Maintenant, au moment d'entrer, il hésite. A travers le mur lui parvient la clameur — rires, sifflets, cris, injures — qui salue le documentaire sur la récolte des citrons à Cannes, ou les champs de tulipes de Hollande.

Il se décide, il entre. Non, ce sont les sports d'hiver. Les champs de neige diffusent dans la salle une clarté grise. Il y a peu de monde : deux douzaines de gamins sur les bancs de bois des secondes ; après un désert de quelques rangs, les robes de l'E.P.S. alignées en premières ; et disséminées parmi les réservées, les familles bourgeoises. Papa et maman ont accompagné le petit garçon au cinéma. Ou l'y ont traîné. Il préférerait jouer au maquis sur la place Gambetta, se coucher derrière les vieilles autos sans roues abandonnées sous les marronniers et faire — trrra-rra-rra-rra-rra — le bruit de la mitraillette. Mais papa et maman aiment le cinéma.

Jean aperçoit un bras qui se lève. Il gagne — pardon, monsieur, pardon, madame — le siège que Fiston lui a réservé, s'assied. Fiston lui dit dans l'oreille : « C'est elle, juste devant toi... »

Sur l'écran, la pampa succède à la mer de glace. Des cavaliers s'enfuient, laissant derrière eux un ranch incendié. Ils emportent une fille blonde qui perd son chapeau cloche, et dont les longs cheveux s'épandent sur le flanc du cheval. Un héros à sombrero saute sur son mustang et s'élance à la poursuite des bandits. Il les rejoint, au moment où d'un revers de main ils essuient leur moustache, dans un saloon où ils se sont arrêtés pour boire du whisky dans des verres à bière. Une terrible bataille s'engage. Les gosses des secondes trépignent.

— Tue-le !

— Attention derrière toi !

— Cogne dessus, vas-y !

Ils s'agitent, se lèvent, grimpent sur les bancs, donnent des coups de poing dans le vide, poussent des clameurs, bouchent de leurs ombres chinoises tout le bas de l'écran. Les Premières doivent à leur tour se lever pour assister à la fin de la bagarre. Les Réservés crient : « Assis ! Assis ! » sans se faire entendre. Les petits garçons grimpent sur les dossiers, les papas et les mamans, en protestant, se hissent aussi. Les revolvers tonnent, les garçons hurlent, les filles crient, les bourgeois n'osent, les chaises grincent, les murs résonnent, le plafond tremble, l'épicière, avec un cri terrible, s'effondre au milieu des débris de son siège, juste au moment où le héros, secouant une meute d'ennemis qui s'aplatissent parmi les tables renversées, voit le traître moustachu s'enfuir, la belle évanouie dans ses bras.

« La suite à la semaine prochaine », dit l'écran en lettres tremblantes. Mais les habitués de la salle savent bien qu'ils ne verront jamais la suite. M. Juillet ne la possède pas.

C'est l'entracte. Lumière. Les gens sérieux se calment et se rasseyent. Les garçons des secondes entament une partie de billes devant l'écran. Jean n'a rien regardé d'autre que le petit chapeau de Marie. Pas plus que lui elle ne s'est levée. Il s'est penché vers elle, jusqu'à toucher de son front les boucles qui roulent sur ses épaules. Parfois il avançait ses mains ouvertes, prêt à les poser sur les épaules sombres devant lui dans l'obscurité grise. Ce serait si facile. Un geste est plus facile qu'une phrase. Rien ne le sépare d'elle, pas même la lumière. Puis il se reculait, fermait ses poings, fermait ses yeux, murmurait : « Marie, Marie » tout bas pour qu'elle ne l'entendît pas, imaginait qu'elle l'entendait quand même, qu'elle se retournait, et quand il rouvrait les yeux elle n'avait pas entendu, pas bougé.

Entracte, lumière. Jean se lève. Il veut voir d'elle autre chose que son dos. Appuyé au mur, à quelques pas d'elle, il bavarde avec Fiston, il la regarde de profil. Hito est là aussi, il est venu avec les jumeaux. Il vient les rejoindre, offre des cigarettes. Jean ne sait pas très bien fumer. La fumée lui monte dans le nez et les yeux. Il tousse, il pleure d'un œil. A travers la larme et la fumée, il regarde Marie. Elle a posé sur ses genoux son petit sac à main, une pochette de cuir usée. Elle l'ouvre. Elle tire un papier mauve. Jean se redresse, jette sa cigarette...

Sa lettre, c'est sa lettre ! Elle la lit, la relit, la plie, en tire une autre. Elle les lit toutes, les remet dans son sac, soupire.

— Viens, dit Jean à Fiston.

Il l'entraîne au bar. C'est une planche posée sur des tréteaux, dans une pièce adjacente. Mme Juillet, sans quitter son chapeau, ceinte d'un tablier blanc devant sa robe rose, sert des jus de fruits tièdes, et des sodas saccharinés.

Jean s'installe à un coin de la table, tire de sa poche un crayon et un carnet dont il déchire une feuille, puis une autre. Il écrit :

Marie, vous êtes un ange du ciel. J'étais dans l'ombre derrière vous, si près de vous, tout contre vous, sans oser vous dire que j'étais là, moi qui me sens assez courageux pour me battre contre les montagnes s'il le fallait pour vous gagner. J'étais là dans l'ombre toute rayonnante de votre présence, au milieu de ces fous qui ne savaient pas qu'il n'y a que vous au monde et que le reste n'a pas d'importance. Marie, j'étais là et je vous aime, et je n'ai pas pu vous le dire, et je veux vous le dire, et je veux, je veux savoir si vous m'aimez aussi, vous qui ne me connaissez pas. Je ne peux plus rester là, je crierais, je vous prendrais, je vous emporterais... Je m'en vais. Je vous attendrai dimanche entre deux heures et trois heures au bois du Garde-Vert. Je vous attendrai. Vous viendrez, je sais que vous viendrez. Vous ne pouvez pas ne pas venir, le jour ne peut pas ne pas se lever. Je vous aime à la folie. Jean.

Il a donné son billet à Fiston.
— Passe-le-lui.
— Mais comment ?
— Débrouille-toi, tu n'es pas un gamin !
Il est parti en courant sous la pluie.

M. Juillet ne reprend la séance qu'après avoir vendu ses sucettes. Il les vend cinq francs. Il faut qu'il en vende vingt. Elles sont pur sucre, d'avant guerre. Mais il les a conservées à côté de son savon. Elles en ont pris le goût. Sa boîte à confiserie accrochée sur son ventre, son veston passé dans ses bretelles, il va d'un rang à l'autre, propose sa marchandise. Les enfants frappent des pieds. Ils ont hâte de voir le film comique. Les parents ne se décident qu'après avoir fini leurs conversations. On achète les sucettes quand on a échangé toutes les nouvelles de la famille avec la voisine. On suce un peu, on crache dans l'ombre. Au milieu, elles sont meilleures. On s'y habitue.

A dix minutes de la ville, vers l'ouest, vers la vallée plus large et la plus grande lumière, le bois du Garde-Vert dresse ses pins autour d'une maison abandonnée. Construite au début du siècle, elle n'a jamais été occupée, et personne ne sait à qui elle appartient, sauf peut-être un notaire qui se tait. Peu à peu, les arbres se sont rapprochés d'elle, les branches ont écaillé son toit, le vent a ouvert les volets, les champignons ont mangé la porte, les petits animaux logent dans les cheminées et les placards.

Jusqu'à la guerre, elle a servi de relais aux chemineaux qui gagnaient la montagne à la même époque que les grands troupeaux et en redescendaient aux premiers froids. Mais aucun d'entre eux n'y couchait plus d'une nuit. Après l'armistice, un groupe de réfractaires s'y est installé. Moins d'une semaine plus tard, un message de Londres leur donnait l'ordre de l'évacuer. Quand les Allemands envahirent la zone sud, ils firent commencer des travaux pour rendre la bâtisse habitable et y loger des blessés. Les travaux furent interrompus un matin, jamais repris.

Une allée bordée de rosiers part de la route et serpente vers le cœur du bois. Le portail qui en défendait l'accès pourrit dans le fossé. Entre qui veut.

Assis dans l'herbe, près du portail, Jean attend Marie. Il n'a point de montre, mais il connaît la marche du soleil. Il a écrit : « Je vous attendrai jusqu'à trois heures. » Il est quatre heures. Il attendra jusqu'à la nuit.

Sur la route blanche de lumière, Marie débouche tout à coup, délivrée par le tournant. Jean se lève, se jette en arrière à l'abri des premiers arbres. Il la regarde venir, bleue sur la route. Elle tient à la main son petit chapeau blanc. Tête basse, elle se hâte. Elle marche à pas rapides, court quelques mètres, recommence à marcher. Elle ne regarde ni devant ni autour d'elle. Elle ne regarde que la route sous ses pieds, la route qui la mène vers celui qui l'appelle. Elle court. Elle ne sait pas vers qui, vers quoi elle court, mais elle se hâte. Il l'appelle depuis des semaines. Elle ne le connaît pas. Angoissée, impatiente, le front rouge, elle voudrait arriver déjà au bout des quelques pas qui restent. Elle a résisté deux heures, mais elle est venue. Elle court. Elle vient sans savoir qui elle va trouver, sans savoir ce qu'elle va dire, faire. Il fallait qu'elle vînt, peut-être pour dire qu'elle ne viendra pas, et qu'il doit cesser de l'appeler ainsi, avec de tels cris, parce qu'elle veut dormir la nuit, vivre le jour, ne plus entendre ces mots qui la bouleversent.

En partant, il a jeté sa veste sur son lit. Il est vêtu de son pantalon de coutil que serre une ceinture de cuir, et d'une chemise kaki avec des poches, les manches coupées à hauteur des coudes.

Elle arrive dans l'ombre des arbres, lève la tête. Elle s'arrête. Il est debout devant elle. Un rayon de soleil descend sur lui. Ses cheveux brillent comme du bois taillé. Des étoiles brillent dans ses yeux. Il tend ses deux bras vers elle. Il dit doucement : « Marie »... Le plus long doigt de sa main droite est taché d'encre bleue. Elle regarde cette tache, ces mains, ce visage qui l'attendent. Elle se calme. Elle est encore essoufflée, mais elle n'a plus peur. Maintenant, elle est là.

Sans savoir pourquoi, simplement parce qu'il tend les mains, elle lève à son tour la sienne et la pose sur une de celles qui se tendent. Ils se regardent. Ils ne savent que dire, ni l'un ni l'autre. Elle attend qu'il parle, et lui, tous les mots, tous les gestes auxquels il avait pensé, il ne pense même plus à les retrouver.

Il dit : « Comme vous avez chaud ! » Elle dit : « C'est que j'ai couru... » Ils se sourient après ces mots comme des gens qui se connaissent. Parce qu'ils se connaissent, elle doit bien se tenir, elle veut retirer sa main, mais il la tient. Il la tient par la main, et la conduit dans l'allée que bordent les rosiers.

Les rosiers n'ont plus été taillés depuis la mort du Garde-Vert. Les vigoureux ont étouffé les faibles, jeté leurs lianes à l'assaut des arbres, entremêlé leurs bras en fourrés inextricables fleuris de toutes les sortes de roses. Rongée par leur exubérance, l'allée s'est réduite en chemin barré parfois d'un pont de griffes et de fleurs. Jean et Marie se courbent, passent sous la voûte qui accroche leurs cheveux. Il ne lâche pas sa main.

Le monde des hommes derrière eux s'est fermé. Ils sont seuls avec les abeilles, les guêpes aiguës, les bourdons bleus, avec les lézards, les oiseaux et les insectes cuirassés. Leur passage brasse les parfums des lourdes roses roses qui n'en finissent plus de s'ouvrir jusqu'au dernier pétale, des roses de velours au cœur sombre, des roses blanches jeunes filles, des roses de sang, de chair, de neige, roses de feuilles d'or.

Jean dit doucement : « Marie, vous êtes là... » Dans un buisson deux bouvreuils se bousculent, s'envolent, sèment des pétales au vent de leurs ailes. Une chenille verte, somptueuse, hérissée de mille soies d'or, portant deux cornes de jade en tête, un épi de cristal sur chaque anneau et un éperon de rubis en dernier panache, chemine en travers de l'allée. Reine solitaire en manteau de sacre, majestueusement ignorante de sa splendeur, elle rampe vers l'arbre, vers la branche où elle s'endormira au bout d'un fil pendu, pour se réveiller oiseau.

Marie la voit, s'arrête. « Oh ! regardez !... » dit-elle. Jean répond : « Je ne regarde que vous. » Marie lève les yeux vers lui, puis baisse la tête. Ils repartent.

Ils arrivent au bout du chemin. Sous leurs pieds, un tapis d'aiguilles remplace le gravier. Au-dessus de leurs têtes, les pins parasols ouvrent très haut leurs branches horizontales. Le soleil, filtré par eux de sa brutalité, tombe vers le sol en lumière claire qui permet d'ouvrir grands les yeux. Un chaud parfum de résine se mélange à ses rayons diffus. Dans un jet de soleil danse un ballet de moucherons. On entend, loin, le chant des cigales. Ici, les bêtes qui marchent ne font point de bruit. Jean et Marie avancent entre les troncs roses, à pas muets comme s'ils étaient pieds nus.

Jean s'adosse à un pin, et prend dans son autre main l'autre main de Marie. Le silence autour d'eux si grand l'oblige à parler à voix basse, à chuchoter presque.

— J'avais peur de ne pas avoir de courage, de ne pas oser vous dire, mais c'est si simple... Marie je vous aime. Sur ce printemps, sur ce soleil, je vous jure que je vous aimerai jusqu'à la mort.

Il la tire doucement vers lui. Elle vient doucement jusqu'à lui. C'est ici une telle paix, une telle chaude quiétude. Elle le voit dressé contre l'arbre, mince et droit comme l'arbre. Elle est trop près maintenant pour le voir. Elle soupire, abandonne sa tête sur l'épaule dure et large.

Il ferme ses bras sur elle. Il lève les yeux vers les arbres. Sa joie jaillit de ses yeux, perce le ciel, brûle le cœur de Dieu de gratitude.

Il se penche vers elle, il l'embrasse, comme il a vu faire au cinéma.

Elle courait en venant. Elle court en s'en allant. Elle a peur, elle a joie. Elle ne sait pas qui il est. Il est beau. Elle ne sait pas ce qu'elle a fait, pourquoi. Il est beau, il rayonne. Il est chaud. Elle ne le connaît pas. Jean. Elle court. Elle s'arrête. Elle ferme les yeux. Elle le voit. Il est gravé dans sa tête. Il sourit. Ses yeux sont d'or.

J'ai vu Marie, revenue du rendez-vous, achever sa journée dans un état de distraction fiévreuse, inattentive à la fuite du temps et au cours familier de sa vie. Je l'ai entendue demander à sa mère de répéter une question et oublier de lui répondre. J'ai touché ses mains brûlantes, effleuré ses lèvres gonflées. Mais comment saurais-je ce qui se passe dans sa tête ?

Elle a cassé son peigne en essayant de se coiffer, elle a jeté les morceaux et s'est couchée ainsi, sans poursuivre sa toilette, hâtivement dévêtue, négligeant de mettre son vêtement de nuit. Elle s'est tournée et retournée dans son lit, elle allongeait et repliait ses jambes à la recherche d'un coin frais, mais la chaleur était en elle, et ses jambes brûlaient les draps.

Elle vient de s'endormir. Elle a oublié d'éteindre à son chevet la lampe. Elle est couchée sur le côté. Je me penche vers elle, je la regarde avec tendresse. C'est moi qui l'ai faite. Je l'ai voulue belle, et fraîche, et pure. De fines gouttes de sueur perlent sur sa tempe, ombrée par quelques cheveux fous que tord la moiteur de la nuit. Son nez fin aux narines fragiles est presque enfoncé dans l'oreiller que sa bouche s'apprête à mordre ou à baiser. Comment saurais-je quelles images se déroulent dans sa tête ? Elle est fille, je suis un homme. A peine créée, elle a échappé à ma tutelle pour gagner un monde où je n'ai point accès. Comment un homme saurait-il ce que pense une jeune fille, éveillée ou endormie ?

Elle a passé quatre ans dans un pensionnat d'Avignon. Elle a entendu parler de beaucoup de choses. En pension, elle en a même vu qui ne l'ont point tentée. Elle est pure, parce qu'elle est saine. Mais comment saurais-je ce qu'elle pense, quand elle-même, poussée par les grandes forces de la vie, freinée par l'éducation, ne saurait discerner ce qu'elle craint de ce qu'elle désire ?

Je connais bien Fiston. Nous avons tous eu un ami à sa ressemblance. Je commence à connaître Tarendol, un peu mieux à chaque page, à mesure que l'amour l'anime. Je sais maintenant de quelle flamme il peut brûler, avec son sang d'homme et son innocence d'enfant.

Mais devant Marie, je me trouve ignorant comme un père.

Elle a chaud. Ses épaules rondes et ses bras minces hors des draps, elle se retourne, soupire, se découvre un peu plus. Je n'ai pas de peine à deviner la montée, en elle, des sourdes brumes du printemps. Je me trouble à la regarder, si belle, sans défense contre mon regard. Pourquoi m'attarder ? Je n'en saurai pas davantage. Elle s'est enfuie de moi, elle m'est désormais secrète. Ce qu'elle veut, ce qu'elle sent, ses actes me le diront. Je la connaîtrai comme la connaîtront ceux qui l'aiment, et celui qui l'aime le mieux : Jean Tarendol. Ce qu'il saura d'elle, nous le saurons tous. Peut-être en saura-t-il plus qu'elle-même.

M. Cordelier arrive, tourne sous le préau en rasant le mur, la tête basse, un peu penchée sur une épaule, une serviette maigre serrée sous le bras. Ses collègues, groupés près de la porte de l'escalier, bavardent en attendant la cloche de neuf heures. Cordelier ne dit bonjour à personne, monte directement dans sa classe. Il est petit, vêtu d'un costume bleu marine taché de taches claires et de taches sombres, en maints endroits. Il ne parle à aucun de ses collègues. Il a honte. Honte de lui. Il est peut-être le plus intelligent des professeurs du collège. Et c'est pourquoi il a honte. Il se voit tel qu'il est, raté, écrasé, fini. Il a trente-cinq ans. Maintenant, c'est trop tard. Il ne lui reste plus que le souvenir de ses ambitions, et la certitude qu'elles sont bien mortes. Il est petit, maigre, brun. Une mèche de cheveux gras lui traverse le front en oblique. En plus de ses cours réguliers de sciences naturelles, M. Chalant l'a chargé de faire les maths aux sixièmes, la physique et la chimie aux quatrièmes, et l'espagnol seconde langue à une demi-douzaine d'élèves de rhéto. Quand un des répétiteurs manque, M. Chalant, cordial, souriant, lui demande de le remplacer. « Vous me rendrez bien ce service ? » M. Cordelier ne répond même pas, hausse l'épaule vers laquelle sa tête penche. Il sait qu'il est faible, lâche, qu'on abuse de lui, qu'on peut tout lui demander.

La cloche sonne. Vibert essoufflé rattrape les philos dans le couloir, tend une lettre à Jean, file rejoindre sa classe.

A peine ses élèves ont-ils le temps de s'asseoir, M. Cordelier, déjà, commence à dicter. Les studieux s'efforcent de le suivre, sautent des phrases, qu'ils essaieront de reconstituer chez eux. Les autres gribouillent n'importe quoi. Leur geste suffit à M. Cordelier. Il ne vérifie jamais. Jean, de la main gauche, déchire l'enveloppe dans sa poche. Sa main droite, trace, à toute vitesse, des lignes illisibles.

Ce sont ses notes d'étudiant que dicte M. Cordelier. Il n'a pas le loisir de préparer ses cours. Quand il rentre chez lui, il trouve sa femme telle qu'il l'a quittée deux ou trois heures plus tôt, en peignoir et en savates, les cheveux dans les yeux. Elle a poussé les bols du petit déjeuner ou les assiettes du repas de midi, dégagé de la table assez de place pour étaler ses cartes. « Une, deux, trois, le facteur — Une, deux, trois, à la nuit — Une, deux, trois, la maison — Une, deux, trois, une femme noire... Une deux, trois... qui me veut du mal... »

Jean a tiré la lettre de sa poche, l'a posée sur son cahier.

Mme Cordelier voudrait bien savoir qui est cette femme noire. Tous les jours elle la retrouve dans son jeu. Elle accuse Mme Chalant, les femmes des professeurs, sa belle-mère qu'elle a mise à la porte, sa propre sœur qui habite Naples. M. Cordelier épluche les légumes, lave la vaisselle sous le robinet d'eau froide, débarbouille son fils, un braillard de trois ans qui vit sous les meubles. Le soir, il fait la lessive dans le lavabo. Mme Cordelier retrouve chaque jour le même avenir ; elle s'obstine à désirer la fortune, les voyages, l'héritage, la grande aventure. Le même avenir médiocre qui passe tous les jours de ses mains dans les cartes les a salies, écornées, a écorché d'un trait noir l'œil de la dame de pique, verni de gris le rouge des cœurs. Son mari n'a pas besoin des cartes. Son avenir, il le voit en ouvrant la porte de sa maison. Au collège, il dicte, pendant des heures. C'est ce qu'il a trouvé de mieux. Cela l'empêche de penser à ce qui l'attend, et de prendre un plaisir quelconque à son travail. Plaisir, et regret du plaisir plus grand qu'il aurait goûté à poursuivre ces études qu'il aimait. Il s'est laissé épouser quand il venait de finir sa licence. Il a espéré pendant quelques années que sa femme allait changer, qu'il pourrait recommencer. Elle est devenue pire chaque jour. Maintenant, il n'a plus d'illusion, plus d'espoir. Il dicte, il dicte. Il s'interrompt tout à coup.

— Monsieur Tarendol, de qui vous moquez-vous ?

Jean a lu sur la lettre : « Jean, je crois que je vous aime aussi... » Il sursaute.

— Je me moque pas, monsieur !

— Alors, que signifie votre sourire ? Levez-vous quand je vous parle !

Jean a fermé son cahier sur la lettre. Fiston, doucement, le fait glisser vers lui, le remplace par le sien. Les autres garçons, heureux de l'entracte, s'étirent les doigts.

— Je me moquais pas, monsieur. Je souriais parce que je suis heureux...

— Heureux ?...

Les yeux de M. Cordelier vacillent. Le mot l'a frappé comme une allusion personnelle, comme le mot « douche » gêne les gens sales. Il rougit. Il cherche à cacher son regard. Il fixe le mur, le tableau, il fait semblant de consulter ses notes, qui tremblent dans ses mains. Il se racle la gorge.

— Ce n'est ni l'endroit ni le moment. Ça va bien pour cette fois, mais ne recommencez pas. Reprenons. La feuille du cerfeuil...

Heureux ! Le mot trotte dans sa tête, perce des trous dans sa cervelle, descend dans sa poitrine, pénètre dans son cœur et s'y transforme en hérisson.

Heureux... C'est un mot qui paraît bien faible à Jean, bien banal, usé comme une pièce de monnaie qui a déjà servi à payer des milliers de dettes. Alors que pour lui c'est un univers tout neuf qui commence, avec un soleil frais fondu, des nuages blanchis, une déesse née de la nuit et du printemps.

M. Cordelier est rentré chez lui à midi. Il s'est baissé pour embrasser son fils assis à terre, parmi des débris de papiers et de chiffons. En se relevant, il s'est cogné la tête à la table. Sa femme, d'une voix lasse, lui a dit : « Tu peux pas faire attention ? » Il est allé se rincer les mains, parce que son fils sentait l'urine, puis il est descendu à la cave, chercher des pommes de terre. Il a empli son panier. Il est remonté. Au milieu de l'escalier, il s'est arrêté, il a réfléchi une seconde, il a posé son panier sur les marches, il est redescendu. Il a regardé la voûte, il s'est décidé. Il y a là-haut un piton auquel on accrochait d'habitude le jambon. Il va chercher quelques briques, dans un coin de la cave, il en dresse une pile. Il monte sur les briques qui chancellent. Il accroche sa ceinture au piton par un nœud, après avoir quitté son veston et son gilet. Il passe sa tête dans la boucle de la ceinture. Peut-être déjà regrette-t-il, mais c'est trop tard, les briques s'écroulent. Ses jambes s'agitent, son pantalon glisse, tombe à terre. La lumière du soupirail éclaire les pans de sa chemise. Elle est blanche. C'est lui qui l'a lavée. Il est calmé. Il tourne doucement, à droite, à gauche.

Sa femme ne sait pas qu'il est allé chercher des pommes de terre. Elle l'a attendu tout l'après-midi. Elle ne sait pas que les pommes de terre sont à la cave. Les cartes lui disent qu'il est parti avec la dame noire.

Heureux. Jean ignore que son bonheur a aidé le misérable à trouver sa délivrance. On a connu le lendemain matin, au collège, ce que M. Chalant a nommé « la tragédie ». Les professeurs réunis dans son bureau hochent la tête.

— Qui aurait cru ?
— On savait bien qu'il avait des ennuis, mais de là à faire ce geste...
— Pourquoi ne nous a-t-il rien dit ? Nous aurions pu l'aider...
— Il me devait deux cents francs...

Ce dernier éprouve une véritable émotion. Ses deux cents francs se confondent avec le disparu. Par la perte qui le touche, il prend conscience de la mort. Les autres sont seulement un peu vexés que ce médiocre ait ainsi réussi à attirer l'attention et la pitié. M. Chalant leur demande une cotisation pour une couronne. Ils mettent la main au gousset, soulagés. Ils ne lui devront plus rien.

L'excitation est grande parmi les élèves. Les grands font semblant de ricaner, les petits frémissent.

— Il paraît, dit Vibert, que sa femme le battait avec une tringle à rideaux.

Ils vivent une époque où la vie et la mort n'ont pas grande importance. Sous le règne de la mitraillette et de la bombe, on s'habitue à voir disparaître les gens brusquement. Mais pour ces garçons, M. Cordelier n'était pas un homme comme les autres. C'était un professeur, un être supérieur, qui savait tout ce qu'il leur restait encore à apprendre, et bien d'autres choses, qui possédait autorité sur eux, commandait, enseignait et punissait, dont on devait croire les paroles, et qu'on n'imaginait pas susceptible d'attraper la grippe comme tout le monde, encore moins de mourir.

— Moi, dit Tudort, à sa place, c'est ma femme que j'aurais pendue.

Jean se demande comment on peut se tuer quand la vie est si belle. Pour ses élèves, en se tuant, M. Cordelier a perdu son mystère. Il a quitté l'Olympe des professeurs. Il est redevenu homme. S'il fait une classe aux enfers, il sera chahuté.

M. Chalant est désolé. Il a perdu un professeur bien complaisant.

Jean parviendra-t-il entier au bout de cette guerre ? Pour être sûr de son destin, il faudrait que je fusse sûr du mien. Quand les cloches sonneront la fin de cette guerre, nous saurons que les hommes en préparent déjà une autre, mais nous aurons quelques années de répit, nous pourrons faire semblant de croire à l'avenir, bâtir des projets pour la saison prochaine. Maintenant, nous travaillons à l'heure. A la tâche de chaque instant nous ne sommes pas sûrs de relier celle de l'instant qui vient. La nuit dernière j'ai dû ranger en hâte mon manuscrit, descendre à la cave, mon fils endormi dans mes bras, et Tarendol, cet autre fils, plié inachevé dans ma serviette. Un avion tournait sur la ville et laissait tomber une bombe par-ci, par-là. De ceux qui se sont trouvés par-ci, par-là, la vie s'est terminée.

Je voudrais pourtant conduire ce garçon jusqu'au bout de l'aventure. Pour l'instant, le sort du monde le préoccupe bien peu. Il a revu Marie. Elle est sa guerre et sa paix, son présent et son lendemain. Autour d'eux, la ronde des hommes s'agite, la foule turbulente des collégiens, M. Chalant et sa mèche, Mme Chalant ses mains sur son ventre, M. Château enfariné de craie, le professeur pendu, les répétiteurs, les familiers de la rue des Ecoles, les habitants de Milon, les Allemands, les maquisards, les armées. Tout cela est bien petit, fourmis enragées ou grotesques autour d'eux. Ils s'aiment. Chacun d'eux voit l'autre aussi grand que Dieu. Ils sont immobiles rayonnants l'un devant l'autre au milieu de l'univers. Ils se contemplent. Ils sont seuls.

Sur le piano dont le vernis reflète le rectangle clair de la fenêtre, un napperon de dentelle est posé et sur le napperon un cache-pot de cuivre. Du cache-pot monte en cierge une plante verte neuve, ornée d'un nœud de ruban blanc épanoui. Mme Vibert a offert cet arbuste à sa fille pour ses dix-sept ans. Elle lui a dit : « Il vient des pays chauds. Soigne-le bien. Il lui pousse deux nouvelles feuilles chaque année. Il faut surtout pas oublier de l'arroser. Ça fleurit tous les cinquante ans, puis ça meurt. J'en aurais voulu un avec des piquants, mais il n'y en avait plus. » Elle a enveloppé son ventre d'un grand tablier, elle est rentrée en tourbillon dans la cuisine, elle a fait asseoir la bonne, elle lui a dit : « Surtout taisez-vous, ne dites rien, et ne m'embarrassez pas. » Elle s'est mise elle-même à la confection de la pâtisserie.

M. Vibert a essuyé ses moustaches avant d'embrasser sa fille. Il lui a demandé : « Qu'est-ce qui te ferait plaisir ? » Elle a baissé la tête et répondu : « Rien... » Il ne s'est pas demandé pourquoi une fille de dix-sept ans ne trouvait rien à désirer.

Jacqueline, debout près de la porte du salon, droite et maigre, ses longs bras le long de son long corps, regarde avec rancune la plante verte qui se découpe sur la fenêtre comme une arête de poisson. Elle serre les poings, soupire, se tourne, ouvre la porte, crie : « Maman, tu sais, ils vont bientôt arriver ! » Mme Vibert trempe le bout du doigt dans la crème au chocolat et la goûte. Elle hoche la tête, entrebâille le four et la cuisinière. Une bouffée de vapeur odorante s'en échappe. Ce n'est pas encore aujourd'hui que ses enfants souffriront des restrictions, et l'anniversaire de Jacqueline sera bien fêté. Elle crie : « C'est prêt, ma cocotte !... »

Jacqueline hausse les épaules. Elle souffre de cette abondance, et du ventre de sa mère, et des bonnes joues rouges de son père, et de la plante verte, et de « ma cocotte » et de mille autres détails qui chaque jour la blessent. Elle souffre à la fois de l'injustice et du ridicule. Elle est à l'âge où l'on juge avec sévérité. Dans quelques années, elle se souviendra avec remords d'avoir pensé que ses parents étaient égoïstes et grotesques, alors qu'ils sont simples et se soucient surtout de la joie de leurs enfants. Leur richesse récemment acquise ne les gêne pas, ils la piétinent. Mme Vibert achète pour son mari des mouchoirs de fil fin. Lui crache dedans. Jacqueline est encore un peu la fillette qui joue à la dame, et elle trouve que sa mère joue mal. Elle lui voudrait des manières plus raffinées. Fille de commerçants, destinée à faire souche de bourgeois, elle accepte mal la transition. Elle devine que ce n'est pas une plante verte qui la guette, mais dix. Elle aime la musique et les belles choses. Elle doit la sûreté de son goût à la simplicité de son père et à la proximité de son ascendance villageoise. Son grand-père taillait des meubles dans d'épaisses planches de chêne et de noyer. Ce goût, cette petite flamme, que Jacqueline tient d'une lignée d'artisans soigneux, s'épanouira peut-être, si les circonstances s'y prêtent. Ou bien il s'éteindra, tué par la médiocrité des occasions. Jacqueline peut devenir une artiste tourmentée, sans cesse orientée vers de nouvelles recherches, comme une bourgeoise acariâtre qui change de bonne et de fournisseurs. Cela va se décider dans les deux ou trois ans, peut-être dans les quelques mois qui vont suivre. Cela dépend d'une rencontre, d'une lecture, d'une fleur ou d'une mayonnaise réussie.

Elle attend quelques camarades, garçons et filles, réunis par son anniversaire. Elle a fait inviter Tarendol et Fiston par son frère.

On boit le thé. Jean, assis sur le bord d'un fauteuil, une tasse fragile en main, est très mal à son aise. Jacqueline passe de l'un à l'autre, offre sandwiches, petits fours, tarte, pain d'épice. Jean accepte, remercie, s'évertue à faire tenir ces richesses en équilibre dans sa soucoupe. A peine a-t-il mangé l'une que d'autres arrivent. Il boit une gorgée de thé. Il trouve que ça a le goût de tisane. Il boit jusqu'au fond, en fermant les yeux. Comme pour un rhume. Jacqueline, généreuse, lui en verse une seconde tasse. Et puis voici la crème avec des biscuits. Jean prend l'assiette qu'on lui tend, ne sait que faire de sa tasse. Il aime bien la crème au chocolat. Il en a mangé quand il était enfant, avant la guerre, une fois ou deux. Mais en ce moment il préférerait se trouver dehors, seul, avec un morceau de pain sec.

Fiston brille de plaisir. Jacqueline lui choisit les plus grosses parts. Il mange, il boit, il mange.

Une douzaine de garçons et de filles qui viennent à peine de quitter l'enfance ; qui n'en ont perdu ni les manières ni la gourmandise ; qui parlent presque aussi fort qu'ils crient dans la cour du collège ou de l'E.P.S. ; qui commencent à quitter les fauteuils et les chaises et à bousculer les objets. Une fille amoureuse et laide, trop grande, trop noire, trop maigre pour être jamais satisfaite. Un garçon qu'elle gâte, et qui ne pense qu'à manger. Un autre garçon amoureux, qui s'est débarrassé de ses assiettes, enfoncé dans son siège et, les yeux mi-clos, évoque l'image d'une absente.

— Marie ? Elle n'a pas pu venir. Bien sûr, je l'avais invitée, mais sa mère a fait dire qu'elle ne pourrait pas, qu'elle avait une surveillance. Je suis bien sûre que c'est pas vrai...

De temps en temps, Mme Vibert ouvre la porte, passe la tête, demande :

— Ça va, les enfants ?

Une clameur lui répond. Jacqueline a dit : « Nous serons entre nous, nous ne voulons pas des parents, tu nous laisseras seuls... » Sa mère a accepté, mais elle a obtenu que soit invité Albert Charasse. Il a un peu plus de quarante ans. Il est célibataire, garagiste. Il a pris un brevet pour des gazogènes et gagné beaucoup d'argent. Il vit en sauvage, à demi timide, à demi brutal, il a arrêté net sa voiture devant le magasin, il est entré. Mme Vibert était seule, il lui a dit : « Je voudrais votre Jacqueline. » Suffoquée, elle a répondu : « Mais vous êtes fou ! C'est une enfant ! Attendez au moins qu'elle soit grandie. » Les mères voient toujours leurs enfants au berceau. Jacqueline est déjà plus grande qu'un homme.

Pourtant, malgré son indignation, Mme Vibert n'a pas dit non. De temps en temps, Charasse vient à la maison, après le dîner. Il reste une heure, il boit son café, il regarde Jacqueline et il s'en va. Jacqueline a dit qu'elle aimerait mieux se faire religieuse que d'épouser cet ours, malgré ses millions. Mais de sentir qu'un homme la veut lui réchauffe le cœur. « Je ne suis donc pas si laide ? » Il suffit qu'elle rencontre un miroir pour se sentir de nouveau glacée.

Elle a fait asseoir Charasse dans un coin du salon. Elle ne s'est plus occupée de lui. Elle parle, rit, se dispute. En quelque endroit du salon qu'elle se trouve, c'est Fiston qu'elle regarde, par-dessus une épaule, entre deux feuilles de la plante verte, dans la glace au-dessus de la cheminée.

Brusquement Charasse s'est levé, est parti, sans dire au revoir. Quand Jacqueline a vu sa chaise vide, elle a pensé : « Bon débarras ! » Mais elle s'est sentie moins sûre d'elle. Elle a interpellé Fiston de loin :

— Alors, Fifi, tu te sens mieux ?
Fiston a répondu :
— Dis donc, quand c'est que t'as dix-huit ans ?

Jean sort du collège comme il veut. Marie trouve des raisons ingénieuses de s'absenter. Elle est devenue habile à éviter les files d'attente. Elle sourit si gracieusement à l'épicier, au boucher, au marchand de légumes, qu'ils lui préparent ses rations et la font entrer par l'arrière-boutique. Les commerçants les plus hargneux perdent leurs griffes devant la joie dont elle rayonne. Tout ce temps gagné, c'est près de Jean qu'elle le passe. Ils se retrouvent au bois du Garde-Vert, à la Fontaine des Trois-Dauphins, derrière les roseaux du Gardant ou les fusains de l'Allée des Moulins.

L'image de la fille nue qu'il a découverte du haut d'un toit demeure, lumineuse, dans la mémoire de Jean, mais peu à peu s'éloigne, monte, comme la figuration intouchable d'une déesse. Marie, pour lui, c'est la jeune fille vêtue de bleu qui arrive en courant, emportée par le fou désir de le voir, et qui tout à coup s'arrête, à deux pas de ses bras ouverts, et n'ose plus bouger. Et qui ferme les yeux et tremble quand il l'embrasse.

Ils sont assis sur l'herbe ou les cailloux chauffés au soleil. Des bourdons, des abeilles, vont à leur tâche autour d'eux, effleurent leurs cheveux, chantent leur affairement, bousculent des fleurs paisibles.

Jean raconte son enfance, les souffrances et le courage de son père, la vaillance merveilleuse de sa mère. Tous les mots qu'il prononce sont des mots d'amour. Une fourmi perdue monte sur sa chaussure.

Pendant qu'il parle, Marie regarde sa bouche qui caresse les mots, ses yeux d'or qui brillent, tout son visage qui resplendit du bonheur de vivre et d'aimer. Elle prend une de ses mains brunes dans ses deux mains et la tient serrée sur ses genoux.

Deux brins d'herbe s'écartent. Entre deux pattes armées apparaît la tête verte d'une mante religieuse. Elle regarde. Dans ses yeux à facettes, elle voit mille fois l'image des deux adolescents. Elle est repue. Elle vient de manger son mâle, pendant qu'il lui faisait l'amour. Au plus fort de sa joie, elle lui a dévoré d'abord la tête. A la force de l'agonie, il a enfoncé plus profond en elle son devoir obstiné. Elle lui a mangé le cœur et les tripes, puis les pattes éparses. Elle n'a rien laissé. Elle l'a tout.

Jean décrit le Pigeonnier, la chèvre, les poules, les voisins, le village ancré sur cette langue de terre arable perdue dans les marnes. Marie ne voit ni le ciel, ni les abeilles, ni les fleurs, elle ne voit que lui, elle n'entend que lui, elle entend ce qu'il dit sans avoir besoin de comprendre les mots. Elle le comprendrait, s'il parlait une langue étrangère.

Elle le regarde. Quand elle est loin de lui, elle ne pense qu'à le rejoindre. Quand elle arrive près de lui, elle éprouve un tel bonheur qu'elle s'en effraie. Puis elle se calme, elle le regarde, elle s'assied près de lui, elle entre dans la lumière.

Il dit :

— Je veux devenir architecte. Les hommes ne pensent qu'à détruire, moi je veux construire, des maisons, des palais. Tu verras, toutes ces villes rasées, nous les ferons plus belles, nous, les jeunes architectes. Nous allons créer un nouveau style, une civilisation nouvelle. Nous allons commencer un nouveau siècle. Je vais devenir si grand, si fort, à cause de toi...

Il ajoute :

— Marie, j'en ai encore pour plusieurs années d'études. Je travaillerai pour gagner ma vie. J'irai à Paris. Toi, tu m'attendras.

Elle incline la tête en signe d'acquiescement, sans rien dire, pour bien marquer que ce sera ainsi. Elle ne pense pas que l'attente sera longue. Puisqu'il l'aime. Puisqu'elle l'aime. Elle l'attendrait toute sa vie.

Au retour, vite, vite, elle passe chez les commerçants. Elle rentre avec son filet garni, les yeux brillants. Elle ne perd pas la tête, elle connaît bien toutes les distributions, elle tient la comptabilité des tickets. Elle rentre directement à la cuisine, pour éviter les regards de sa mère. Elle ne l'affronte que lorsqu'elle a repris son calme.

Ses précautions sont un peu superflues. Pour Mme Margherite, l'amour est un thème littéraire. L'Amour, le Devoir, la Mort, la Nature...

Il se mesure en alexandrins.

Au bord de la route, à deux kilomètres de la ville, se dresse une petite maison, à peine plus grande qu'une cabane à outils. Elle fait le coin d'un chemin de terre qui s'enfonce dans la campagne. Elle a dû être bâtie par quelque propriétaire pour y loger un couple de domestiques agricoles. Elle se compose d'une cave, de deux pièces et d'un grenier. M. Château l'a achetée un peu avant la guerre. Elle lui a coûté moins cher qu'une année de loyer d'une chambre meublée. Il a obtenu l'électricité : la ligne aérienne passe devant sa porte. Il a fait lui-même l'installation intérieure, par morceaux de fils dépareillés. Il a négligé de poser des interrupteurs. Il entre à tâtons, saisit deux fils qui pendent dans le noir, les met en contact : une étincelle craque, une ampoule nue s'allume, une souris s'enfuit derrière un tas de vieux papiers et d'épluchures de légumes, une araignée effrayée fait trembler sa toile.

Une source coule à cinquante mètres. La sécheresse l'a presque tarie. M. Château ne s'en inquiète guère. Quand elle ne versera plus qu'une goutte après l'autre, elle suffira encore à sa toilette et à sa boisson.

Il couche dans l'une des pièces où s'amoncellent livres et journaux. Il refait son lit quand il porte à la blanchisseuse ses draps devenus gris. Dans l'autre pièce se trouvent son réchaud électrique, ses casseroles, ses provisions, un petit moteur, un établi, une table encombrée d'éprouvettes sales et de flacons au fond desquels moisissent des liquides sans noms.

Par la trappe, il jette dans la cave sa vaisselle cassée, ses instruments hors d'usage, tout ce qui a rendu l'âme entre ses mains. Quand il a besoin d'un mètre de fil de cuivre, d'un vieux boulon, il descend parmi les décombres qui craquent sous ses pieds, et remonte généralement avec autre chose que ce qu'il allait chercher.

Il passe ses dimanches à Tahiti. C'est une maison coquette, au bord du Gardant, flanquée d'une tonnelle et d'un jeu de boules, dont les chambres sont garnies de quelques filles grasses. M. Château joue à la belote avec leurs messieurs. Il se contente de regarder les filles. C'est tout ce que l'âge lui a laissé de ses habitudes d'étudiant.

Sur son vélo, il a installé un moteur de sa fabrication, qu'on entend de très loin. Ces messieurs de Tahiti lui fournissent le carburant. Il n'en consomme pas beaucoup. Il revulcanise lui-même ses pneus. Morceau par morceau, il les a entièrement refaits plusieurs fois. Ils sont difformes, boudinés de nodosités et creusés de dépressions, mais ils durent.

Au collège, il a dû renoncer à laisser son véhicule au garage, avec les vélos des élèves. Ceux-ci s'amusaient à enfoncer des épingles dans ses pneus. Un jour, ils ont dévissé la roue avant et l'ont pendue à la chaîne de la cloche.

Depuis, M. Château, lorsqu'il arrive au collège, se baisse, passe son bras dans le cadre de son vélomoteur, se relève, l'engin suspendu à son épaule, et, en grommelant, le monte dans sa classe. De temps en temps, les occupants des salles voisines entendent un bruit infernal : M. Château, entre deux cours, apporte quelque perfectionnement à son moteur, et l'essaie en circuit autour des tables.

Ce lundi-là, il s'est attardé au laboratoire après quatre heures. La récréation va bientôt finir. Les cris des enfants se font moins aigus. La fatigue apporte avec elle l'apaisement. Les Besson jouent aux billes avec des externes. Besson rouge a perdu toutes les siennes. Il lui en reste quelques-unes dans sa table, à l'étude. Il hésite. S'il va les chercher, il les perdra peut-être aussi. S'il n'y va pas, il n'a aucune chance de regagner celles qu'il a perdues. Il regarde Barbe qui lui tourne le dos. Il court vers l'escalier, s'arrête, revient, repart, s'arrête, trépigne, se décide, s'engouffre dans la porte.

M. Château, son vélomoteur à l'épaule, descend. A la troisième marche, tout à coup, il perd l'équilibre, plonge en avant, tombe de plusieurs mètres vers l'enfant qui monte.

Besson rouge crie, reçoit en plein visage le choc du guidon, s'envole comme un oiseau, son cri coupé net, les bras écartés. Il tombe sur les dalles de pierre. M. Château roule sur lui, ne bouge plus. Une roue de vélo tourne doucement. Le bouchon du réservoir a sauté. L'essence coule. Elle sent l'éther et l'alcool à brûler.

Le cri bref, le cri terrible poussé par l'enfant a brusquement interrompu les jeux. Barbe se retourne.

— Nom de Dieu ! Qu'est-ce qu'il y a ?

Il court. Derrière lui, un troupeau galopant se dirige vers la porte. Tudort qui travaillait seul dans une classe se dresse, pousse ses livres, abandonne sa pipe, saute les marches. Sous le préau, cinquante garçons entassés essaient de voir. Les premiers, engagés dans la porte, disent : « Chut ! taisez-vous ! c'est le père Château qui s'est cassé la gueule avec son toboggan !... » Ils distinguent mal dans la pénombre. Barbe et Tudort penchés trient le vélo, le vieux, l'enfant. Barbe se redresse, sort entre les collégiens qui s'écartent. Il porte dans ses bras le petit Besson dont la tête pend et saigne.

— Regarde pas ! dit brusquement Richardeau à Besson bleu serré contre lui.

Il le prend par les épaules et le fait pivoter. Mais Besson bleu a vu. Il a vu la barbe du répétiteur, sa barbe toute rouge et gluante...

Tudort, au pied de l'escalier, secoue M. Château qui reprend conscience.

— Vieux crétin, vous pouviez pas faire attention ? C'était fatal que vous feriez arriver un accident, un jour ou l'autre !

Le professeur saigne de la bouche. Il a une brèche dans ses dents vertes. Tudort le lâche. Il tient debout, tout seul. Il cherche son chapeau. Il se tamponne la bouche avec un mouchoir sale. Il dit des mots indistincts. Il se penche. Il voudrait ramasser son vélo. La fourche avant est cassée. Il regarde les débris, il grogne. Tudort dit :

— C'est encore votre sale engin que vous plaignez ! Vous savez que vous avez esquinté un gamin ?

Dix têtes d'enfants sont encadrées dans la porte. Tudort crie :

— Foutez le camp !

M. Château regarde Tudort, d'un regard sans pensée. Un gamin ? Il semble ne plus savoir ce que c'est, un gamin. Il regarde son vélo brisé, puis l'escalier. Il ramasse son chapeau taché d'huile, il l'essuie machinalement du coude, il étend la tache, il s'en met plein la manche, il se coiffe, il crache un peu de sang, il sort, il traverse la cour à grands pas, vite. Il se retourne tout à coup, fait de grands gestes de menaces, il s'en va.

Dans le réfectoire, sur une table de marbre blanc, Besson rouge est étendu. Il n'a jamais si bien mérité son nom. La poignée de frein lui a déchiré la joue gauche, et contre les dalles de pierre, sa petite tête s'est fendue. Il tache la belle table de marbre, si bien lavée chaque jour par la cuisinière. Il gémit doucement, les yeux fermés, il gémit en respirant. A chaque respiration il pousse une plainte. Le médecin se relève, dit :

— Il est perdu. Montez-le dans un lit. Je vais lui faire une piqûre, mais je crois qu'il ne durera pas longtemps...

Besson rouge gémit. M. Chalant en ferait bien autant, s'il l'osait. Quand Mme Chalant a vu arriver l'enfant sanglant dans les bras de Barbe, elle s'est trouvée mal, elle est tombée. Il a fallu la coucher. Le docteur va monter la voir. M. Chalant se sent bien seul, sans elle, devant un événement aussi tragique. Il voudrait se plaindre, il voudrait une aide, il est désemparé et mécontent. Tudort monte Besson rouge au premier étage, le couche dans le lit de Gustave. Gustave couchera au dortoir. Jean et Tudort passeront la nuit près du blessé. En bas, dans la cuisine, assis sur la chaise de bois, Besson bleu secoue la tête, refuse la tasse de tilleul que lui offre Félicie. Il gémit comme son frère, bouche close, dents crochetées. De temps en temps, un grand tremblement l'agite.

Fiston lui dit :

— C'est rien, mon p'tit vieux ! Le médecin a dit que c'était rien, tu vois bien. Faut pas pleurer comme ça !

Mais Besson bleu ne pleure pas, il gémit comme son frère, il gémit sans arrêt. Il gémit encore dans son lit, et la nuit arrive et s'avance sans qu'il se soit endormi, et personne au dortoir n'a dormi. Hito, Gustave et Fiston allongés près de l'enfant, la peau hérissée d'horreur, ont entendu pendant des heures Besson bleu partager l'agonie de son frère. Au moment où l'aube venait, Besson bleu s'est brusquement dressé sur son lit et s'est mis à hurler, comme un torturé, les bras tendus, les mains accrochées au vide, les yeux épouvantés, le visage tordu de peur abominable. Il s'est battu, il a lutté, griffé, frappé, toujours criant, défiguré de larmes et de bave, puis il est retombé, tremblant, claquant des dents et trempé de sueur, vaincu. La mort vient d'emporter la moitié de lui-même. Et les trois garçons tremblants autour de son lit, et tous les habitants du quartier éveillés et cachés sous leurs draps ont entendu monter un autre cri, un cri pénible de femme, un cri qui s'interrompt, se reprend, et s'achève tout à coup en délivrance. Une petite fille est née.

On l'a enterré le mercredi, un jour de beau temps. L'enterrement n'était pas triste et sale, hypocrite, noir, comme tous les enterrements, parce que beaucoup d'enfants habillés du dimanche suivaient le corbillard avec des fleurs dans les mains.

En revenant du cimetière, M. Chalant a déclaré à la mairie la naissance de sa fille. Mme Chalant veut l'appeler Georgette.

Deux gendarmes à bicyclette sont allés interroger M. Château. Ils l'ont trouvé couché. Il a répondu : « Oui, non » à leurs questions. Du moins, c'est ce qu'ils ont cru comprendre. Finalement il s'est levé en chemise pour les mettre à la porte. Ils n'ont pas protesté, parce que c'est un savant, avec tous ces instruments sur cette table, et ils savent qu'un savant est toujours original, et qu'on lui doit le respect. Ils ont vu qu'il avait les pieds noirs. Malgré toute sa science, ce n'est pas un homme fier.

Ils ont enquêté au collège. Barbe a dit que c'était un bien triste accident. M. Chalant a dit la même chose, et s'il avait su que M. Château montait son vélomoteur dans sa classe, il ne l'aurait

jamais permis. Dans son bureau, devant les gendarmes, il a reproché à Barbe de mal assurer son service :
— Vous êtes coupable de négligence. Vous savez bien qu'il y a un garage. Les classes ne sont pas un garage. Les classes ne sont pas faites pour garer les véhicules, même ceux des professeurs alors qu'il y a un garage prévu à cet effet. Je vais me voir dans l'obligation de vous infliger un blâme, ainsi qu'à M. Château, dans le rapport que je vais être obligé d'envoyer à M. le recteur. Et que faisait... (là, il a cherché le nom de Besson rouge. Il ne l'a pas trouvé, personne ne se le rappelle plus, au collège. On ne l'a jamais appelé autrement que Besson rouge) que faisait... cet enfant dans l'escalier, alors qu'il eût dû se trouver dans la cour ? Où allait-il ? D'où venait-il ? Le savez-vous ?

Barbe dit :
— Je l'avais autorisé à aller chercher son mouchoir.

M. Chalant soupire et sort de la pièce. Il se dirige vers le bureau de M. Sibot pour lui dire de rédiger le rapport. Au moment d'entrer, il réfléchit, puis tourne les talons. Il attendra qu'on le lui demande, ce rapport. Les parents sont loin, l'administration a bien d'autres soucis. Quand on apprendra l'accident, au rectorat, l'émotion sera calmée. Il dira que le rapport a été envoyé et s'est perdu. C'est un assez grand malheur. Inutile d'y ajouter des embêtements.

Barbe s'en moque. Voilà près de vingt ans qu'il est répétiteur. On ne peut pas le révoquer pour ça. Il en a bien vu d'autres.

Besson bleu essaie de continuer sa vie. La vie d'un enfant est une récréation coupée d'heures de contrainte. Besson bleu jouait avec son reflet, mais dans la grande cour où il se regarde, il ne voit plus que des étrangers. La place de sa propre image est vide. Angoissé, il fouille du regard les groupes les plus proches, court vers les groupes éloignés, cherche derrière les arbres, tourne autour des cabinets, autour des professeurs qui bavardent. Il ne trouve pas, il ne trouvera jamais plus. Les yeux agrandis, le menton tremblant, ses petits poings serrés, il court de plus en plus vite, il court jusqu'au moment où ses jambes fléchissent, où les larmes l'étouffent, où il s'accroche des deux mains pour y enfouir son visage et pleurer, à la blouse d'un grand qui ne sait quels mots lui dire.

Le soir, il n'ose pas se coucher. Fiston le déshabille, le pose dans les draps et reste debout longtemps près de lui, entre ses yeux et le lit voisin vide, l'écoute trembler, renifler, s'apaiser peu à peu, s'abandonner enfin à la fatigue et au sommeil.

Hito, en pyjama de soie, se penche vers l'enfant endormi. Hito, parfois, semble plus jeune que les garçons qui sont avec lui en seconde, parfois plus près de l'âge d'homme que les grands de philo et parfois même plus savant que les professeurs. Il regarde la petite main ouverte sur le drap, il la tourne doucement, se penche davantage, regarde la paume. L'enfant soupire, et ferme les doigts sur son secret. Hito se relève. Ses yeux sont minces entre ses paupières presque closes. Il dit :

— Il ne peut pas se sauver. Il est déjà mort.
— Tu es maboul ! dit Fiston.
Hito sourit, n'insiste pas. Il va se coucher.

Cela s'est su en un jour, en un après-midi. Quelqu'un a connu le premier la vérité, ou l'a supposée. Il a dit autour de lui ce qu'il savait ou ce qu'il croyait et en murmures pendant les cours, par billets passés d'une main à l'autre, en affirmations jurées pendant la récréation, cette vérité s'est répandue. « C'est vrai... C'est vrai... C'est pas un accident, c'est Bernard qui avait tendu une corde dans l'escalier pour faire tomber le vieux. »

Bernard se trouve seul tout à coup. On le regarde de loin. A mesure qu'il s'approche, les garçons s'éloignent.

Ils ne savent pas encore s'ils doivent lui en parler, et de quelle façon. Est-ce qu'on doit en rire ? Est-ce que celui-ci, et celui-là, et tel autre n'en aurait pas fait autant, s'il y avait pensé ? Une corde, un croc-en-jambe, une bonne poussée, pour voir le vieux dégringoler avec sa ferraille ? Est-ce que Bernard est un criminel ? Est-ce qu'il ira en prison ?

Bernard est un externe surveillé de seconde B. Il a seize ans, il n'est pas en avance pour ses études. Il prend son temps. Il dit qu'après son bachot il veut faire sa médecine, parce que les études sont longues, et qu'il rigolera bien, quand il sera étudiant. Il est fils unique d'un marchand de fruits en gros.

Divergent, adossé au platane, son chapeau sur les yeux, somnole.

Tudort s'approche de Bernard, ferme sa grosse main autour d'un de ses bras. Il dit :

— Viens avec moi...

Bernard le regarde de coin. Il demande :

— Où ?

— T'en fais pas, viens toujours...

Il le domine de la tête et des épaules, il le pousse vers la porte. Dans l'escalier, il lâche son bras, le prend par le col de sa veste et lui fait grimper les marches deux par deux. Bernard halète. Ils montent jusqu'au second étage.

Tudort ouvre la porte de la classe de dessin, jette devant lui Bernard qui trébuche et se relève, prêt à protester. Il se tait. D'autres garçons sont là qui l'attendent, une quinzaine de grands, qui ont quitté la cour un à un. Ils sont assis au premier rang de l'amphithéâtre, et devant eux, juste au centre de leurs regards, Tarendol et Fiston se tiennent debout près d'un tabouret. Tudort montre le tabouret à Bernard. Il dit :

— Assieds-toi.

Bernard s'assied. La lumière de la grande verrière éclaire son visage blême, son nez mince un peu tordu vers la gauche. La poigne de Tudort a brisé la croûte gominée de ses cheveux blonds. Une mèche raide lui tombe sur une oreille. Il regarde d'abord les jambes des garçons assis devant lui, puis glisse, vite, d'un visage à l'autre. Il voit des yeux qui étaient ceux de ses camarades et qui le regardent maintenant comme s'ils le voyaient pour la première fois, comme s'il était bossu ou nain, ou tout nu.

Il se redresse brusquement. Il crie :

— Qu'est-ce que vous me voulez ?

La main de Tudort se pose sur son épaule et l'écrase sur le siège. C'est lui qui répond :

— Voilà ce qu'on te veut : tu as tendu une corde dans l'escalier pour faire tomber le père Château. A cause de toi, le petit Besson est mort. Moi, je l'ai vu mourir, et c'était pas drôle. Et tu aurais pu tuer aussi le vieux...

— C'est pas vrai, c'est pas moi !... crie Bernard.

Il pense que plus il crie fort, plus sa protestation aura de force. La peur lui tord le nez. Ses yeux verts fuient dans tous les coins de la salle.

— Ta gueule ! Si tu continues à gueuler comme ça, je te mets un bâillon !

Missac se lève. Il bégaie, tant il veut dire à la fois des choses importantes.

— Menteur ! Tu... tu me l'as dit, que tu voulais le faire. Tu cherchais une bonne corde... C'est toi. On t'a vu... De la ficelle d'avant guerre... tu... tu avais peur que celle en papier craque. Tu m'as demandé si j'en avais...

Bernard se dresse, furieux, réplique :

— Alors, pourquoi tu étais d'accord ? Ça te faisait rigoler. Tu m'avais dit : « Tu nous le diras, quand tu le feras, pour qu'on regarde... »

— Men... men... menteur ! J'ai jamais dit ça ! Sale menteur ! Tu dis ça pour t'excuser.

— On va lui casser la gueule ! crie Julien.

Il tire sa règle de sa serviette, Missac dégrafe sa ceinture, tous les garçons se sont levés, ils ont tous une arme dans le poing, Bernard, terrifié, les voit s'approcher, immenses, innombrables. Les plâtres de l'étagère ricanent, Hippocrate le regarde de ses yeux globuleux, la Vénus a retrouvé ses bras pour l'accuser du geste, l'écorché se tord. Bernard pousse un hurlement, et ferme ses deux bras sur son visage. Tarendol se jette devant lui.

— Vous êtes fous ? Asseyez-vous ! C'est tout de même pas un assassin ! Tudort, fais-les asseoir, bon Dieu ! Ils vont le tuer !

Tudort arrache Bernard à la meute, lève ses poings. Les garçons reculent, regagnent leurs places, Bernard revient à la vie, sa cravate pend, il est vert.

— Ecoutez, dit Jean, il a pas voulu faire tant de mal. Mais c'est tout de même un sale crétin. Il aurait dû penser que le vieux Château pouvait se casser le cou. Il mérite d'être puni, mais on va le punir régulièrement. Je propose qu'on lui donne chacun un coup de pied au cul. C'est tout ce qu'il mérite. Et après qu'il revienne plus jamais au collège. C'est d'accord ?

— D'accord ! crie joyeusement le chœur des juges.

— Allons-y ! dit Tudort.

Il soulève Bernard, le plie en deux, lui met la tête sous son bras, relève sa veste. Bernard porte un beau pantalon de golf en laine légère, à chevrons verts et blancs.

— C'est moi le premier, réclame Missac.

— Non, pas toi ! dit Tarendol, tu en mériterais autant. Fous le camp.

— Ça... ça... ça, alors ! dit Missac.

— Je suis en savates, c'est dommage, dit Fiston.

Il prend bien son élan, frappe. Bernard pousse un cri, commence à pleurer.

— Tais-toi, ou je t'étrangle ! dit calmement Tudort.

— Moi, j'ai des clous ! dit Julien.

Il soulève un pied, il les montre à son voisin, il est fier.

La porte de la classe s'ouvre brusquement. Vibert, essoufflé, entre en courant.

— Vingt-deux, les gars ! Divergent vous cherche ! Il est dans l'escalier !

La queue se disloque. En quelques secondes, il n'y a plus personne dans la classe ni dans l'escalier. Divergent a failli être renversé par l'avalanche, il a tendu les bras, essayé d'attraper quelqu'un, de reconnaître celui-ci ou celui-là, mais ses yeux affolés n'allaient pas aussi vite que les garçons lancés. Il se demande ce qui se passe, il ne comprend pas, il redescend en courant, la cour a repris son aspect habituel.

Tudort a reconduit Bernard jusqu'à la porte. Il lui a dit : « N'essaie pas de rentrer jamais ici, tant que j'y serai... »

Il l'a poussé dans la rue, Bernard est tombé de l'autre côté, contre la borne-fontaine.

Le collège bouillonne sous le soleil. Les têtes bouillonnent sous les toits du collège. Le temps des examens est proche. La chaleur, l'angoisse, l'impatience, croissent chaque jour. Des joues se creusent, des yeux battus attestent des longues veillées passées à des révisions intensives. La tension nerveuse gagne les petites classes où elle se transforme, les premières chaleurs aidant, en paresse physique, en inattention et bâillements. Ces dernières semaines de l'année de travail sont les plus pénibles, interminables. Les enfants pensent déjà aux vacances et ne pensent qu'à elles, et les professeurs distraits établissent dans les marges des copies le budget du voyage, de la pension à l'hôtel où l'on sert de la viande à chaque repas.

Félicie, la cuisinière, est partie soigner sa fille accouchée huit jours après Mme Chalant. Elle ne rentrera pas avant le mois d'octobre. Mme Chalant est maigre, maigre. Elle n'a pas pu nourrir sa petite Georgette plus de deux semaines.

Les cours d'examen sont finis. Beaucoup de candidats sont rentrés chez eux pour se surcompresser sans perte de temps, jusqu'à la dernière minute.

Fiston, Tarendol et Tudort sont restés. Ils travaillent ensemble dans une classe vide. Ils se succèdent au tableau, chacun apportant son appui aux deux autres dans les matières où il se trouve le plus fort. Blouses ouvertes, cols dégrafés, ils travaillent dans la paix de l'indiscipline.

Jean ne s'est jamais senti aussi dispos. Il comprend tout, tout lui est facile. Son amour a commencé par un éblouissement qui l'empêchait de voir autre chose que Marie. Depuis qu'il l'a approchée, depuis qu'il lui parle, qu'il la touche, qu'elle est devenue autre chose qu'un rêve, une telle joie l'anime qu'il aborde les difficultés avec la confiance de les avoir déjà vaincues.

Fiston s'applique, transpire et geint. Il a chaud, il a faim, ce travail l'ennuie. Il n'a plus le temps d'aller chez le coiffeur. Ses cheveux poussent, sa barbe frisotte autour de son menton.

Tudort serait plus à l'aise devant un bœuf à abattre ou à dépecer, devant un wagon de farine à décharger, devant dix lutteurs à démolir, que devant son livre de philo. Il l'ouvre, il prend sa tête à deux mains, il lit quelques lignes, bâille, jure, frappe la table du poing, insulte l'enseignement secondaire, ses parents, le ministre, Platon et Auguste Comte et ses futurs examinateurs.

De temps en temps, M. Casamagne, le professeur de philo qui habite rue des Herbes, à deux cents mètres du collège, vient rendre visite aux trois garçons, leur pose des questions, répond à celles qu'ils lui posent, fait avec eux quelque devoir type. C'est un Toulousain colosse et joyeux, qui truffe d'images concrètes les théories les plus absconses. Il s'assied sur la table devant Tudort, et lui dit :

— Ecoute, je vais t'expliquer la rrrelativité. Dans l'armée, par exemple, bien que tous soient bâtis de la même façon, les officiers ont des testicules, les sous-officiers ont des couilles, et les simples soldats ont des rrroustons !...

— Merde ! dit Tudort, moi je suis civil.

Casamagne lève les bras au ciel.

— Tête de mule !

Fiston s'esquive. Il est au mieux avec la nouvelle cuisinière. C'est une grasse blonde divorcée à qui la présence de ces garçons neufs, autour d'elle, enflamme les joues plus que la chaleur de son fourneau.

Fiston guette par la fenêtre le moment où elle se trouve seule. Il frappe au carreau, elle ouvre, lui glisse un morceau de pain avec un relief de viande, ou n'importe quel menu débris taillé sur le repas du soir. Il la remercie d'un beau sourire. Elle le regarde avec autant d'appétit qu'il en éprouve pour son casse-croûte.

Le soir, Tudort va se détendre à Tahiti. Il y oublie les efforts de la journée, et l'inquiétude qu'il éprouve à envisager un nouvel insuccès. Son père lui a promis une raclée s'il se faisait coller de nouveau. Son père est encore plus haut, plus large, plus épais que lui. Et le maniement des quartiers de bœufs lui entretient des biceps gros comme des cuisses. Les bras des filles de Tahiti sont plus doux. Il arrive que Tudort ne rentre pas de la nuit.

Les nuits sont chaudes. Jean rêve d'emmener Marie à son bras dans les herbes fraîches qui caressent les jambes, à l'heure où les grillons ont remplacé les cigales et où les petites chouettes grises chantent dans les vergers d'oliviers. Mais Marie ne peut pas sortir après le dîner, elle ne peut pas trouver de prétexte.

Fiston, agité de sourdes ardeurs, se retourne en soupirant dans son lit, se couche sur le ventre, son drap froissé au pied de son lit, les fesses en l'air. Hito dort sans bruit. Besson bleu, en rêve, retrouve celui qu'il a perdu.

— Encore la soupe à l'oignon, ma bonne ? dit M. Margherite.

Il déplie sa serviette, essuie sa belle moustache avant de commencer à manger. Mme Margherite hausse les épaules. Elle ne prend pas la peine de répondre. Elle a déjà répondu dix fois à la même question.

M. Margherite se tourne en souriant vers sa fille.

— Ma petite Marie, il me semble que tu ne te débrouilles plus guère pour nous ravitailler.

Marie rougit. Mais M. Margherite a déjà le nez sur son assiette. Il rentre juste à l'heure du repas. Encore est-il souvent en retard, quand une partie de bridge se prolonge. Il n'aime pas rentrer chez lui, retrouver sa femme. Il s'est toujours demandé quelle aberration l'avait poussé à l'épouser. Est-ce qu'elle était belle, est-ce qu'elle était jeune ? Il ne s'en souvient plus. Il ne parvient pas à se la rappeler autrement qu'il la voit aujourd'hui. Sait-on jamais pourquoi on se marie ? C'est bien folie de jeunesse. A Paris, il prenait de nombreuses revanches : les dactylos de son service, ses employées subalternes, les femmes de deux ou trois de ses collègues, des filles de café.

Il ne choisissait pas les plus difficiles à conquérir. Même si elles n'étaient pas très belles, elles l'étaient toujours plus que sa femme. Ses relations avec elles s'étayaient sur un solide égoïsme. Il ne leur donnait rien de lui. Peut-être n'avait-il rien à donner. En revanche, il ne leur demandait pas grand-chose. Quelques-unes avaient essayé de l'aimer. Il s'en était séparé plus vite encore que des autres. Il ne voulait pas de complications. Il se montrait bien tel qu'il était, il allait directement au but, commençait par une plaisanterie et passait aux gestes. Il ne se camouflait pas derrière des paroles douces. Ses intentions étaient claires. Il était aussi naturel que pouvait l'être l'homme primitif. Les femmes, devant lui, redevenaient simples comme des femelles. Certaines, qui n'eussent pas cédé à une longue cour sentimentale et se croyaient très prudes, s'abandonnaient dès ses premiers propos, et retrouvaient, après l'avoir quitté, tout leur attachement à la vertu. Jeunes et mûres, refoulées et libertines, il avait collectionné les échantillons féminins les plus divers, presque sans dommages. Il tenait d'un pharmacien de ses amis une bonne méthode d'avortement. Elle lui avait servi plusieurs fois.

Les femmes qui avaient souffert dans leur chair à cause de lui, qui avaient tremblé pendant quelques semaines, ne lui en voulaient pas plus que les autres quand il les quittait. Son départ n'était pas un abandon. Il ne leur avait jamais rien laissé espérer.

Il lui était arrivé de rencontrer après plusieurs années une de ses anciennes relations, de commencer à rire avec elle autour d'un apéritif, et de l'entraîner de nouveau dans une chambre d'hôtel.

Quand sa moustache blonde tourna au blanc, il garda sa gaieté, ses plaisanteries et sa main leste, mais choisit ses conquêtes parmi les femmes dont le rire de gorge dénote la gourmandise, ou que leur regard dit expertes et peut-être violentes.

Il a maintenant plus de cinquante ans. Sa barbiche et sa moustache, dont il soigne la blancheur, contrastent avec la jeunesse de ses yeux bleu vif et de sa peau rose sans rides. Ses besoins se sont adoucis, mais non éteints. La petite ville offre assez de ressources pour qu'il puisse se garder de bonne humeur.

Mme Margherite a dix ans de moins que lui. Peut-être aurait-elle pu, elle aussi, s'épanouir, acquérir un peu de flamme aux yeux et aux pommettes. Il n'est point de femme en qui n'existe une petite graine de joie. La plus laide peut se parer de quelques traits de beauté, pourvu qu'elle trouve l'homme qui se donne la peine de la réchauffer. Mais son mari ne s'est jamais approché d'elle.

Elle connaît sa conduite. Elle n'en a pas souffert longtemps. Elle s'est passée de lui. Elle n'a pas imaginé qu'il pût exister des hommes différents de celui que la vie lui a donné. Aucun homme n'a éprouvé le désir de la faire changer d'avis. Elle n'est pas malheureuse. La souffrance est encore une passion. Elle n'est ni gaie ni triste. Elle travaille, elle porte des lunettes sévères et des robes grises. Elle est sérieuse, et elle désire que ses élèves, que sa fille, prennent leur tâche au sérieux, comme elle prend la sienne.

M. Margherite a fini son fromage. Il bâille. Dès qu'il est chez lui, il s'ennuie. Il y reste le moins possible, pour manger et dormir. Encore n'est-il point présent par la pensée.

Une main passe à côté de lui, prend son assiette. Pour la première fois, il voit cette main ravissante. Des doigts fins, une chair douce autour d'une ossature délicate, des ongles sans vernis, qui brillent comme des perles. M. Margherite se retourne, étonné. Cette main est celle de sa fille. Elle dessert. Elle va lui apporter son infusion de tilleul, comme tous les soirs. M. Margherite la regarde sortir de la pièce, voit pour la première fois ses hanches fines doucement balancées, ses belles jambes dorées, ses chevilles minces, ses épaules épanouies.

Sa fille ! Il dit, à mi-voix :

— Par exemple !...

— Quoi ? demande Mme Margherite.

— Rien...

Mme Margherite n'insiste pas. Elle se lève, va chercher une pile de livrets scolaires sur une petite table, change de lunettes, dévisse le bouchon d'un encrier d'encre rouge.

M. Margherite, les yeux mi-clos, renversé sur sa chaise, attend le retour de Marie. La voici, portant devant elle le plateau, ses cheveux de lumière épandus sur ses épaules, si belle que le visage de son père s'illumine.

Elle lui sourit, pose devant lui sa tasse, lui verse le liquide fumant. Elle l'embrasse, embrasse sa mère et s'en va.

M. Margherite tourne la cuillère d'argent qui fait tinter sa tasse fine. Sa fille ! Comment a-t-il pu ignorer jusqu'à ce jour que sa fille fût si belle ? L'habitude sans doute. Il la voit matin et soir, et, cependant, il ne la regarde guère.

A moins qu'elle ne soit devenue belle depuis peu ? Ce soir, elle est rayonnante, oui, rayonnante. Si elle avait toujours été ainsi, il s'en serait tout de même aperçu... Mais d'autres que lui ont dû s'en apercevoir... Il fronce les sourcils. Sa fille... Il faudra qu'il la surveille, qu'il la prévienne. Les hommes sont sans scrupule.

Le printemps vient vers sa fin. La vie remontée de la terre éclate aux branches lourdes, épaissit les herbages, arrondit les ventres des brebis. Le soleil commence à brûler les peaux, à sécher les pointes de l'herbe. Depuis la nouvelle lune, le vent de la montagne souffle. Il a chassé les moindres nuages, même les longs fuselés qui aiment se traîner sur l'horizon de la vallée. Le ciel est d'un bleu pur.

Les filles ont sorti leurs jupes de couleurs vives, les blouses légères à leurs poitrines. Les mères ont grand-peine à les faire rentrer avant la nuit douce et dangereuse. Jacqueline a accepté un rendez-vous d'Albert Charasse. Il a essayé de l'embrasser. Il l'a prise dans ses grosses mains de mécanicien. Elle s'est débattue, elle l'a giflé. Il est parti furieux. Elle est rentrée chez elle. Elle est allée se coucher sans dire bonsoir à ses parents, elle s'est jetée sur son lit, et elle pleure en embrassant la photo de Fiston. C'est une photographie d'amateur, tout un groupe de potaches qui font des grimaces et des singeries. Le bras de l'un d'eux cache à moitié la figure de Fiston. On ne lui voit qu'un œil et la moitié de la bouche. C'est quand même son image. Il la lui avait montrée avec beaucoup d'autres. Elle l'a prise, elle a dit en riant : « Je la garde, c'est sur celle-là que tu es le moins moche, on te voit presque pas ! » Elle tremblait qu'il la lui refusât.

Elle voit son œil, son oreille, elle le voit tout entier près d'elle, elle ferme les yeux, serre ses bras sur le fantôme, se tord, sanglote.

Fiston ne parvient pas à dormir. Il a trop chaud, et son sang lui bat les tempes. Il glisse ses mains jusqu'au bas de son ventre dur. Tudort est sorti. Jean respire calmement. Hito semble s'être évanoui dans le sommeil. On n'entend pas le bruit de son souffle. Fiston pense à Marcelle, la cuisinière. Ce soir, elle épluchait des légumes, assise sur la vieille chaise, les poireaux posés sur sa jupe tendue. Il a vu ses cuisses, il a eu chaud tout d'un coup. Il sait que Barbe a couché avec elle. Tout le monde le sait. Fiston n'a jamais couché avec une femme. Il n'a jamais voulu accompagner Tudort. Il a peur des maladies. Il a peur que les filles se moquent de lui. Et puis il n'a jamais été très tourmenté par ce besoin. Mais ce soir c'est plus qu'un besoin, c'est une force qui bout en lui, qui le volcanise. Toute sa vie s'est dressée, tendue dans la flèche qui l'entraîne. Il se lève, il traverse le dortoir, il n'a pas même pris ses pantoufles, il ouvre la porte, droit devant lui tiré par l'ardeur de sa jeunesse et de la saison. En chemise, il monte l'escalier qui conduit à la petite chambre, près du grenier. La nuit est rouge, il n'y a plus d'obstacle, plus d'hésitation, plus de peur. Il frappe à la porte. Il enfoncera la porte de son membre si elle ne s'ouvre pas.

— Qui est là ?
— C'est moi, Fiston.
— Monsieur Fiston ? Oh ! mon Dieu, qu'est-ce que vous voulez ?
— Je viens, ouvrez-moi !
— Attendez ! Oh ! mon Dieu ! Ne faites pas de bruit, monsieur Fiston ! Attendez, j'ouvre. Oh ! mon Dieu.

La porte s'ouvre, une forme claire s'enfuit dans l'obscurité, vers le lit, étroite blancheur. Fiston la suit, ouvre les draps, tout de suite cherche, cherche. Comme il est maladroit ! Comme il est jeune ! Elle le guide, elle rit un peu, sans bruit, de plaisir attendri, elle gémit un peu, si vite. Maintenant elle voudrait le garder près d'elle, un peu de tendresse. Mais déjà il se lève, il s'en va, il n'a pas dit un mot, il ne l'a pas embrassée.

Fiston se recouche dans le grand dortoir. Il entend le vent venir de très loin, secouer au passage les arbres de la place Carnot, arriver sur le collège, tordre les hautes branches des platanes, s'enfuir vers la vallée, se perdre dans la nuit.

Il respire calmement, profondément. Il repose de toute sa chair sur le drap tiède. Il se sent calme, fort, joyeux. Homme.

Le vent souffle. Il a arraché quelques tuiles du toit, et une branche morte de l'acacia. Besson bleu, tout seul dans la cour, assis sur la bordure de pierre du préau attend. Il ramasse un morceau de tuile, et, en traits ocre, dessine sur la pierre grise un bonhomme à la tête ronde, au corps sphérique, avec des oreilles en soucoupes, et cinq traits pour les cinq doigts de chaque main.

Mme Chalant l'a vêtu de ses plus beaux habits, elle a rangé ses affaires dans une valise, et les affaires de Besson rouge dans une autre valise toute pareille. Elle lui a dit : « Tu es bien content ? Tu vas revoir ta maman ! Elle vient te chercher. Elle va arriver tout à l'heure... » Puis elle est partie, vite, s'occuper de toutes ses occupations. Il faut qu'elle aille chez l'épicier avant midi. Il lui vend du lait condensé pour sa fille. Elle n'en touche pas assez. L'épicier le lui vend plus cher que n'importe quoi. Elle couve contre lui une haine sourde. Elle lui sourit pourtant, elle lui dit des paroles aimables, elle est prête à toutes les platitudes pour qu'il veuille bien continuer à la voler, pour qu'elle puisse nourrir sa petite fille. Mais elle se promet de lui dire sa façon de penser, après la guerre, et peut-être de lui ravager un peu sa boutique. Elle a dit à Besson bleu : « Sois sage, ta maman va arriver... »

C'est dimanche. Tous les autres sont sortis. Besson bleu est sage. Il attend, assis au soleil. Après le bonhomme, il dessine une maison, avec un tortillon de fumée qui monte de la cheminée. Il n'a pas vu sa maman depuis longtemps. Quand elle l'a emmené au collège, elle portait une robe marron avec une ceinture rouge, et un chapeau marron entouré d'un ruban rouge. Il ne se rappelle pas les traits de son visage, il ne sait pas de quelle couleur sont ses yeux, il ne se le demande même pas, c'est le visage de sa maman, il le connaît.

Il attend. Le vent souffle. Les hirondelles sont folles. La porte de la rue s'ouvre, le vent la claque contre le mur bien qu'elle soit lourde, et pousse au milieu de la cour un vol de poussière ramassé dans la rue. Quelqu'un est entré, a disparu dans l'ombre du passage, et reparaît au soleil. Besson bleu se lève, jette sa tuile. Son cœur bat. C'est une dame. Elle le voit, elle tend les bras vers lui.

Est-ce sa maman, ainsi de noir vêtue, avec des voiles que tire le vent ? Elle l'appelle : « Pierre, mon petit Pierre ! » C'est bien elle, c'est bien sa voix, qui se rappelle son nom. Il veut s'élancer, courir vers elle, mais voilà qu'il a peur tout à coup, affreusement, peut-être à cause de ce voile noir qui flotte. Il est debout, il est tendu en avant, il veut courir mais il ne peut pas. Entre elle et lui se dresse une grande étendue de vent et de soleil, toute la cour nue au-dessus de laquelle le vent emporte les hirondelles.

Elle vient vers lui, elle l'appelle de ses bras, et son voile noir dans le vent est un troisième bras qui l'appelle : « Pierre, Pierre, mon petit Pierre !... » Alors il s'arrache au sol, il bondit, il court de toutes ses forces, il plonge, en poussant un cri d'amour et de désespoir, dans cette muraille de soleil noir et de vent. Le vent souffle, pèse contre lui, pèse sur les murs, sur les arbres ; le platane gémit, le vieil acacia dont c'était la dernière journée craque, tourne et s'abat, juste au milieu du chemin, juste sur son chemin. Une grosse branche le frappe au visage, le jette à terre, un nœud lui déchire la joue, sa petite tête heurte le sol durci par des milliers de pieds et par la longue sécheresse.

La dame en noir a ramassé l'enfant qui saigne, l'a pris dans ses bras, a traversé la cour déserte, a ouvert de l'épaule une porte entrouverte, a posé Besson bleu sur une table de marbre blanc.

C'est dimanche. Jean est allé rejoindre Marie. Tudort joue à la belote avec M. Château sous la tonnelle de Tahiti. Fiston est parti à bicyclette faire une tournée de ravitaillement à la campagne. Hito est au cinéma. Bernard écrit. Il est seul dans sa chambre. Seul dans sa chambre, Bernard qui fut chassé du collège écrit. Il n'a pas quitté sa chambre depuis le jour où Tudort l'a jeté dans la rue. Il fait le malade. En vérité, il l'est. Malade de honte et de rage. Mais il vient de trouver le remède. Il finit sa lettre. Il la signe d'une croix. Il y pense depuis huit jours. Il a tout bien calculé. Il écrit depuis ce matin. C'est sa cinquième lettre. Les quatre autres sont également signées d'une croix.

J'ai froid aux pieds. Ça n'a l'air de rien, mais les pieds ne sont pas si loin du cerveau que leur état n'influe sur le travail de cette partie haute. La tranche de ma main, sur le papier froid, se crevasse et craque. J'ai essayé d'écrire avec un gant, ce n'est pas pratique. Je préfère une écharpe enroulée autour des doigts et du poignet. Le stylo en sort, comme un bec. Et d'un revers, de temps en temps, je m'essuie le nez, où perle une goutte.

Là, dans cette chemise en faux chagrin, où j'insère au fur et à mesure mes pages écrites, entre ces deux plats de carton noir, dans cette épaisseur de papier transpercée d'arbres, d'oiseaux et d'enfants, dans cet univers non mesurable où mes personnages vivent désormais sans moi, il fait chaud, c'est le printemps. Mais quelques couches encore de ce papier bleu, et l'hiver viendra. Nul n'y échappe.

Il a neigé sur Paris depuis trois jours. La neige est tombée toute blanche dans la rue Louis-de-Nantes et depuis trois jours les pieds des passants, des ménagères obstinées à courir après des nourritures fuyantes, à les attendre pendant des heures aux portes des boutiques, les milliers de pieds l'ont broyée, pilée, mélangée aux ordures semées par les poubelles, à la vieille crasse noire qui s'enfonce entre les pavés comme sous les ongles des travailleurs. La neige est devenue une poussière lourde et grise, épaisse comme le sable des plages. Elle colle au bas des pantalons et aux chaussures. Quelques hommes sont arrivés, des chômeurs embauchés par les services de la voirie, armés de grandes pelles. Ils ont regardé la neige en hochant la tête, ils ont soufflé sur leurs mains, ils se sont battus les côtes avec leurs bras, ils ont dansé un peu d'un pied sur l'autre, ils ont dit : « Bon Dieu ! quand est-ce que ça finira ! » puis : « Il manquait plus que ce froid !... » Ils ont empoigné leurs pelles. Lentement, à petits efforts, ils ont un peu raclé la neige du milieu de la rue vers les bords. Ils en ont fait des tas, ils ont dressé, le long de chaque trottoir, une carte en relief de l'Himalaya. Au sommet, la neige est encore presque blanche, mais les pieds des ménagères creusent des vallées, rongent les montagnes, des queues s'enroulent autour des pics blanchâtres et les réduisent. Elles auront tout nivelé, tout ramené à la couleur de la boue, avant le dégel. Sur les trottoirs, les talons, les semelles ont tellement piétiné, écrasé, chassé la neige, qu'il n'en reste qu'un peu de bouillie.

Les maisons de la rue sont grises, bien incrustées de la fumée de la ville. La neige s'est accrochée aux bords de leurs toits, aux bords des fenêtres. Là, elle est restée blanche : elle ne connaît pas encore la terre.

D'une maison à l'autre maison en face, l'espace n'est pas grand. C'est une vieille rue dans un quartier de Paris où le peuple parisien est demeuré le même à travers les siècles. Il a changé de langage, mais pas de manières. Son vocabulaire a évolué, mais il désarticule toujours de la même façon la syntaxe, pour la rendre plus souple et plus docile à l'idée. Et les enfants portent la même pâleur au creux de leurs joues.

C'est la rue Louis-de-Nantes. Où va-t-elle ? Depuis des siècles elle monte, avec son chargement de travail et de misère, tout ce peuple sur son dos, ce poids de pierre grise et de chair misérable. Elle monte et reste à mi-chemin. Jamais elle n'atteindra le sommet, et tous ses passagers meurent avant la fin du voyage. Elle a reçu la neige blanche, et la neige s'est salie sur elle, a pris la couleur de sa misère, et lui a apporté le froid venu du haut du ciel. Les femmes font la queue dans la neige grise, toussent, geignent, plaisantent, attendent l'espoir d'un chou gelé, d'une carotte à cochons. Les magasins de nourritures se touchent d'un bout à l'autre de la rue, étalent leurs vitrines vides. Le charcutier ne montre qu'une pancarte, il prend des inscriptions, mais il ne donne rien. Le cours des Halles offre trois bouquets de persil, le tripier des terrines vides, le boucher ses crochets nus, le marchand de vins des bouteilles factices, l'épicier des fioles de liquide visqueux, qui remplace l'huile et fait vomir. Dans l'arrière-boutique du crémier, une femme entrouvre son cabas, reçoit avec un battement de cœur une demi-livre de beurre, tire un porte-monnaie usé, compte deux cents francs. Elle se plaint : « Comme c'est cher ! » « C'est forcé, répond le crémier sûr de lui, aujourd'hui, l'argent, elle vaut plus rien. » Il pousse la femme dans le couloir, il retourne à son tiroir-caisse, y pousse les deux billets. Il n'y a pas de place, dans son tiroir, il tasse les billets. Il y a autant de billets dans son tiroir que de plumes dans son oreiller. C'est un tiroir bien doux à l'oreille du crémier, qui lui fait le teint clair et la panse ronde. Sur le trottoir, les femmes piétinent. Une vieille, les jambes raides, s'en va doucement, sans lever les semelles. Elle a peut-être des rhumatismes, ou les genoux gelés. Elle a soixante ans de misère. Elle essaie de descendre du trottoir. Elle se met de face, elle n'y parvient pas, elle va tomber, elle recule, se place de profil, hasarde un pied dans la neige.

— Gardez-moi ma place, dit une femme illuminée, je crois que chez l'Italien, j'ai vu des poireaux...

« Oh ! Oh ! elle a vu des poireaux ! Elle est soûle ! Elle est folle ! Elle a vu des poireaux ! Des poireaux ! » Toutes les femmes rient. Elles savent bien qu'il n'y a pas de poireaux. Elle va voir quand même, elle quitte la queue, les yeux brillants, elle court. Des poireaux.

Presque au bout de la rue, sur la droite en montant, s'ouvre une courte impasse. Un mur en moellons d'aggloméré en ferme le fond, percé d'une porte. Au-dessus de la porte, une inscription en grandes lettres, à demi effacées, annonce : Imprimerie. A droite, il y a une porte et une fenêtre dans un mur bas, dont le crépi laisse voir les os. A gauche, un café, à la devanture peinte en marron clair, tachée de boue et rongée d'humidité par en bas. Un grand rideau de filet pend derrière la vitre. Ce café n'a point de nom.

— Des poireaux, dit une autre femme, quand même, si c'était vrai...

Elle hésite, puis à son tour elle quitte la queue. Une autre la suit, puis un petit monsieur qui ne travaille pas, qui est trop vieux, juste bon pour faire les courses. Puis d'autres femmes, toute la queue, qui fond, se disperse, court vers la boutique de l'Italien. La vieille aux jambes raides insulte une fille qui l'a bousculée. Elle glapit d'une voix aiguë, elle pleure en même temps. Elle a froid. Elle a eu peur. Si elle était tombée, elle n'aurait pas pu se relever. Elle se serait vidée de toute sa vie dans la neige sale, elle serait morte. Ce peu de vie qui lui reste, il faut qu'elle en prenne soin, qu'elle le conserve bien au fond de son ventre, juste au milieu, là où il fait encore un peu chaud. Elle se calme, elle repart. Elle sait où elle va, au café dans l'impasse. Elle mettra le temps mais elle arrivera. Elle va boire un viandox.

Dans ce café qui ne porte pas de nom, au sommet de cette rue, nous retrouverons, quand le temps sera venu, le garçon qui nous occupe. J'ai voulu vous montrer ces lieux tels qu'ils sont aujourd'hui, après trois jours de dur hiver, pour qu'ils restent en votre esprit, pour qu'ils vous soient déjà familiers quand Jean Tarendol, venant de ses montagnes, abordera ce pays inconnu.

La neige tombe de nouveau. Le vent la pousse. Elle emplit la rue de tourbillons et fait fumer les toits. C'est la mort qui tombe pour les vieux, pour les nouveau-nés qui pleurent dans les maisons glacées. Au-dessous de la rue, sous sa misère séculaire, et la misère plus lourde ajoutée par la guerre, sous le froid, sous la nouvelle neige blanche et la vieille neige salie, sous les dernières pierres des racines des maisons, au-dessous des caves et des égouts, la chair serrée, vivante, de la terre, est chaude comme celle d'une bête.

Jean attend Marie. Si vous avez aimé quand vous aviez son âge, vous savez quelle est son impatience, comment il écoute chaque pas sur le chemin, comment il cherche à deviner, aussi loin que ses yeux le portent, si c'est elle qu'il voit venir, haute comme un doigt de sa main. Si c'est elle, il la reconnaîtra du premier coup. Si ce n'est pas elle, il espère encore, jusqu'au moment où il peut lire les traits de l'étrangère.

Il attend, au bord du Gardant, près du Trou-du-Moulin. Il regarde et ne voit rien venir. Il se dit qu'elle viendra plus vite s'il ne regarde pas. Il écarte les roseaux, et descend en bas du talus. Là, le filet d'eau qui court d'une pierre à l'autre, doucement, gentiment, dans le lit de la rivière qui resplendit de soleil, se perd dans un creux, s'endort, se ramasse sur lui-même, s'enfle en un lac minuscule où les gamins de la ville viennent le dimanche se tremper les pieds. Ils appellent cela nager.

La rivière, d'année en année, s'est éloignée du Moulin qu'un pré maintenant entoure. Une ronce enchaîne sa roue. Dans le creux d'eau zigzaguent quelques poissons gros comme des becs de fourchettes. Sur les galets blancs sautent les sauterelles. Les grosses, sous leur écorce grise, cachent des ailes qu'elles déploient à la cime de leur saut, papier de soie froissé, rose, bleu ou vert pâle, qui les porte dans le vent.

Jean jette des cailloux sur une vieille boîte rouillée. Il la manque, il s'énerve, il court sur elle, et la pousse, d'un coup de pied, dans l'eau. Au fond du trou filent en éclairs les ombres des poissons épouvantés. Jean monte le talus, scrute le chemin. Marie n'est pas en vue. Elle vient, pourtant, elle se hâte à travers la ville, sans regarder derrière elle. Jean est au bout du chemin.

Il redescend, coupe une branche de saule, la tape entre deux cailloux pour détacher l'écorce, se taille un sifflet, l'essaie en gonflant les joues.

Brusquement, il se retourne, Marie écarte les roseaux, se jette dans ses bras. Il parle, il ne sait pas ce qu'il dit, des moitiés de mots qui ne signifient rien que pour elle. Puis il l'éloigne à bout de bras, la regarde et rit, et la serre de nouveau contre sa poitrine. Il lui baise l'oreille, il lui dit : « Comme tu as été longue ! » Du menton, elle écarte la chemise entrouverte et, les yeux fermés, frotte sa joue contre la peau chaude. Quand ils se sont bien retrouvés, de tout le long de leurs corps l'un contre l'autre serrés, ils reprennent leur calme, elle rouvre les yeux et dit dans un souffle : « Comme tu es beau... » Il rit, il secoue la tête, il dit : « C'est toi qui es belle... » Ils sont heureux comme ces pierres qui se chauffent au soleil, comme l'air chaud qui danse sur elles et monte vers la haute fraîcheur du ciel, comme l'eau qui court entre elles et s'endort autour des poissons, comme les sauterelles roses déployées dans un rayon d'or.

Quelqu'un, dressé, gris, en haut du talus, les regarde. C'est Mme Margherite. Elle est venue là exprès pour voir ce qu'elle voit, sa fille dans les bras de ce garçon, de cet homme, sa fille dont elle ne connaît plus le visage, sa fille éperdue, perdue, déjà jetée dans le malheur, dans le scandale, aussi sûrement que si elle avait enjambé la fenêtre. Elle crie :

— Marie !

Elle l'a suivie à travers la ville. Elle savait où elle allait, elle sait le nom du garçon, elle est renseignée.

Marie, glacée, s'arrache de Jean. Mme Margherite a mis son chapeau pour traverser la ville, et ses gants. Son chapeau gris comme sa robe, sans bord, sans ornements, un morceau de l'étoffe de sa robe tordu autour d'une forme qui lui couvre les oreilles, les cheveux et le haut du front. Et ses gants sont noirs. Elle est droite en haut du talus, ses mains noires l'une dans l'autre crispées. Les feuilles aiguës des roseaux se balancent autour de son visage. Ses lunettes glacent ses

yeux. Elle regarde sa fille dont la peur se calme, et le garçon qui semble plus surpris qu'inquiet. Elle tend une main. Elle ordonne :
— Viens ici !

Marie regarde sa mère, regarde Jean, et quand elle tourne la tête, ses cheveux caressent ses épaules. Il lui a suffi de ces deux mots dits par sa mère pour qu'elle sache, sans avoir besoin de réfléchir, de toute sa force de vie, que c'est désormais cette femme là-haut dressée qui est pour elle l'étrangère, et Jean tout chaud près d'elle, présent dans son corps par l'amour que le sang y roule, Jean le seul être loin de qui elle se sentira perdue.

Doucement, elle se rapproche de lui, elle lui prend la main, et tous les deux, sans dire mot, regardent Mme Margherite. Elle a blêmi. Elle tousse, pour retrouver sa voix. Elle veut faire passer dans ses mots des menaces terribles.

— Marie, tu m'as entendue ? Quitte immédiatement ce voyou, et rentre à la maison. Nous nous expliquerons là-bas !

Jean devient rouge. Il crie :
— Je ne suis pas un voyou ! J'aime votre fille, et elle m'aime aussi ! Et nous voulons nous marier...

Mme Margherite hausse les épaules et s'en va à travers les roseaux dont les feuilles reprennent leur place avec un bruit de papier.

Jean serre Marie contre lui. Maintenant, il a peur, il a peur qu'on la lui prenne, mais cette pensée lui paraît tout à coup si folle, cette éventualité si impossible, qu'il se rassure. Il sourit, il embrasse les yeux qui pleurent. Il dit :
— Va, ma chérie, va...

Elle s'accroche à lui, elle ne veut pas partir. Il caresse de la joue la petite main crispée sur son épaule.
— Il faut, ma chérie, va... Tu sais bien que tout cela n'a pas d'importance, puisque je t'aime. Rentre chez toi, écris-moi à l'hôtel Beaujour, à Marseille. Nous partons après-demain, passer le bachot. Rappelle-toi, hôtel Beaujour, 12, rue du Canal. C'est là que nos chambres sont retenues. Dis-moi ce qui se sera passé. Et n'aie peur de rien. Rien au monde, personne au monde ne pourra jamais nous séparer. Va, ma chérie, va, mon amour, va...

La petite fille qui dansait sur mes genoux, voyant passer une libellule, disait : « Oh ! la si-belle-lune ! » Si belle la lune, entre les deux rangées de toits de la rue, monte tranquillement vers le haut de son voyage. Je n'ai jamais pu y voir ce que tant de gens y voient, l'homme chargé d'un fagot, la femme en colère avec ses cheveux de montagnes et sa bouche en cirque grande ouverte. Je la vois ce qu'elle paraît, disque de lumière blême et douce, œil de la nuit borgne, ombre blanche du soleil, qui fait germer sur nos sommeils les cauchemars.

La lune du froid, la lune qui tord les bourgeons, la lune douloureuse au ventre des femmes, la lune qui brûle les yeux bleus trop clairs, la lune aux chiens perdus, la lune à l'aube des mourants, la lune pour les fleurs qui s'ouvrent à minuit, la lune aux oiseaux crochus, la lune au télescope de l'homme chapeau pointu, la lune où nos petits enfants iront semer des haricots, la lune jamais à l'heure, aujourd'hui tôt demain plus tard, la lune de verre au ciel de midi, la lune que le soleil n'éclaire plus, noire parmi les étoiles, noire, présente, lourde au-dessus de nos têtes, invisible au sommet de la nuit. La lune. La nuit.

La lune éclaire la façade du collège. Au trou sombre d'une fenêtre, Jean et Fiston sont accoudés.

— Tu es ballot, dit Fiston, qu'est-ce que tu veux qu'ils lui fassent, ses vieux ?

— Bien sûr, ils peuvent rien lui faire, que l'engueuler et la boucler. Tu trouves que c'est rien ?

— Tu devrais aller les voir, ses parents.

— Tu crois ?

La lune éclaire une auto noire qui débouche en bas de la rue, monte en ronronnant le long des pavés glacés.

— On dirait la voiture de la Gestapo, dit Fiston.

— Oui, j'irai les voir, dit Jean. Je veux pas qu'ils puissent croire que leur fille aime un voyou.

— C'est la voiture de la Gestapo, dit Fiston.

— Je me demande, dit Jean, comment sa mère a fait pour nous trouver. Elle devait la surveiller depuis longtemps.

La voiture s'arrête devant le collège. Le moteur s'emballe : le conducteur vide son carburateur. Deux hommes descendent. Chapeaux mous. La portière claque.

— C'est la Gestapo, dit Fiston. Où c'est qu'ils vont ?

Un des hommes lève le bras, sonne à la porte du collège.

— Ils viennent ici, dit Fiston. Qu'est-ce qu'ils veulent ?

Ce n'est plus seulement de la curiosité, c'est un peu d'angoisse. Gestapo, ce mot terrible évoque l'ogre et le bourreau rouge de la question. L'horreur fabuleuse qui se mêle à la vie de tous les jours. On sait qu'elle existe, on la côtoie, on croise sa voiture dans les rues, on connaît le visage de ses hommes, le lieu où elle dévore ses victimes. On a entendu leurs cris. Pourtant on se refuse à la croire réelle. Elle ne se mêlera jamais de ma vie, particulièrement, à moi. Je n'ai rien fait pour l'attirer, je tourne la tête quand ils me regardent, je vis, j'aime le printemps et les fleurs. Cette horreur est pour les autres, comme la guerre, comme la mort. Et voici qu'elle sonne à la porte de ma maison...

Tarendol s'émeut à son tour.

— Qu'est-ce qu'ils veulent ?

Le concierge qui grognait a reconnu les voix brutales. Il se tait, il enfile en tremblant son pantalon.

— On va les guetter du haut de l'escalier, dit Jean.

Le concierge a éclairé la lampe de l'escalier. Il monte devant. Toutes les trois marches, il se retourne et fait une courbette. Les deux hommes montent de front, soulèvent en même temps leurs pieds, emplissent la largeur de la marche.

Au premier étage s'ouvre la porte du bureau du principal. En face, un couloir conduit à ses appartements.

— Je vais chercher M. le principal, dit le concierge.

Il s'incline et se relève, et disparaît dans le couloir.

Sur la porte du bureau est vissée une plaque de cuivre : Bureau de M. le principal. Les deux hommes n'attendent pas. Ils ouvrent la porte, la porte jamais fermée à clef, ils entrent dans le bureau. Les deux garçons, du deuxième étage, dans l'ombre, les ont vus. Ils voient arriver, presque courant, M. Chalant, vêtu d'une robe de chambre beige, ses pieds dans de vieilles pantoufles, toute sa mèche dans le cou, et le concierge qui trotte derrière, puis Mme Chalant, tragique, les cheveux en serpents noirs, le visage blanc.

M. Chalant entre dans le bureau, referme la porte, le concierge redescend l'escalier. Il lève un poing de menace, grogne, crache, maintenant qu'ils ne le voient plus. Mme Chalant, en silence, s'approche de la porte, plus près encore, écoute, se penche, regarde par la serrure.

— Qu'est-ce qu'ils lui veulent ? souffle Fiston.

— Il n'a rien fait, dit Jean.

— Pas besoin d'avoir fait, dit Fiston.

Mme Chalant tout à coup se redresse, se précipite dans l'escalier, monte deux à deux les marches.

Fiston et Tarendol l'attendent.

— Qu'est-ce qu'il y a, madame ? Qu'est-ce qui se passe ?

— Vous êtes là, mes petits ? Mon Dieu ! vous n'êtes pas couchés, tant mieux. Où est M. Tudort ?

— Il n'est pas là, madame, il est sorti.

— Venez vite, venez vite, mes petits, venez vite.

Ce n'est pas au dortoir qu'elle les entraîne, mais dans les couloirs de l'aile nord, parmi les classes vides, noires de nuit. Déjà ils entendent au premier étage la porte du bureau s'ouvrir, et les deux pas qui n'en font qu'un entamer vers le haut les premières marches.

Mme Chalant les presse, explique à mots rapides :

— C'est vous qu'ils viennent chercher, vous trois, avec M. Tudort. Dépêchez-vous. Vous descendrez par l'autre escalier, vous sortirez par le toit du gymnase, vous sauterez le mur du jardin... Que le concierge vous voie pas... Ils ont montré une lettre. Ils disent que vous distribuez des tracts, que vous écrivez un journal clandestin... Tâchez de joindre M. Tudort, de le prévenir. Au revoir mes petits, quittez la ville, pas par le train, partez à pied, ils vont vous guetter. Mais vous n'auriez pas dû faire ça ici, mes petits, pensez aux ennuis que je vais avoir, avec tous mes enfants...

— Mais nous n'avons rien fait, madame...

— Je ne vous reproche rien, mes petits, partez vite, embrassez-moi, allez, allez, vite...

Au dortoir illuminé, les deux hommes ont trouvé les lits vides, non défaits. Un seul est occupé. Quelqu'un dort. Une face jaune coupée par le drap blanc.

— C'est un jeune Japonais, dit M. Chalant.

Ils partent. Hito ouvre un œil. Ils emmènent M. Chalant, en robe de chambre, les pieds nus dans ses vieilles pantoufles. La portière claque, l'auto ronfle, démarre. Mme Chalant à la fenêtre sanglote, tous ses grands enfants debout derrière elle pleurant.

Le peuple du bois, cette nuit, se tient à distance. Trois hommes sont entrés dans la maison du Garde-Vert. La nuit est fraîche dans la maison déserte. Ils se sont couchés l'un contre l'autre, sur le plancher d'une pièce du premier étage. Fiston est allé chercher Tudort chez les filles. Sans couvertures, sans manteaux, dans leurs légers vêtements d'été, ils ont froid. Ils n'ont pas senti le froid tant qu'ils ont discuté, tard dans la nuit, de l'événement qui les a chassés brutalement du collège, de leur vie insouciante. Ils savent maintenant que leur temps d'enfance est fini. Ils se sont demandé ce que c'est cette lettre que les hommes de la Gestapo ont montrée à M. Chalant, cette lettre qui les accuse. Qui a bien pu l'écrire ?

— C'est une femme, dit Fiston. Il n'y a qu'une femme pour faire une saloperie comme ça. Une femme qui nous en veut.

— Mais pourquoi elle nous en voudrait ? dit Jean.

— Toi, tu sais pas, dit Fiston, qui est sûr maintenant de bien connaître les femmes, mais si tu savais ! Elles sont toujours jalouses. Elles ont toujours une raison...

— Si j'avais été là, grogne Tudort, je leur aurais cassé la gueule !...

— Heureusement, tu y étais pas. Qu'est-ce que tu aurais pu faire ? Dès que tu lèves le poing, ils t'auraient descendu.

Ils se sont endormis malgré l'inquiétude, et l'excitation presque joyeuse qui s'y ajoute. Jean a plus de souci de Mme Margherite que de la Gestapo. Mais à l'aube le froid les réveille.

Ils n'ont rien à manger, rien pour faire leur toilette.

— Je me demande, dit Fiston, si c'est pas la fille du coiffeur, cette mocheté... En attendant, il faut trouver quelque chose à croûter, et puis décider ce qu'on va faire.

Furieux d'avoir froid, d'avoir sommeil, d'avoir faim, d'être sale, Tudort, le dos courbé, une main dans une poche, l'autre frottant ses joues râpeuses, descend l'escalier jonché de feuilles et de brindilles. On l'entend râler, donner des coups de pied dans les portes.

— Qu'est-ce qu'on va faire ? dit Fiston.

— Ce qu'on va faire ? C'est bien simple, on va aller passer notre bachot.

— Bon Dieu, c'est vrai ! Le bachot !

— On va prendre le train à Miézon. Trente kilomètres, on les fera sans peine la nuit prochaine. On arrive à Marseille, on passe l'écrit et...

— Et... ?

Ils réalisent tout à coup la gravité de ce qui leur arrive. Ils ont fui comme des lapins devant le chasseur, s'estimant saufs et riant dès qu'ils furent hors de portée. Maintenant ils comprennent que la partie de chasse n'est pas finie, qu'ils seront sans doute recherchés, qu'ils ne pourront pas rentrer chez eux. Ils sont encore attachés au foyer, blottis de toute leur âme dans la chaleur maternelle. Fiston se détourne pour cacher une larme qui lui monte au coin de l'œil.

— Je peux plus aller voir les parents de Marie, dit Jean.

Le visage de Fiston s'éclaire :

— Moi, j'irai chez mon grand-père, à Vaison, dit-il.

— Moi, j'ai plus de grand-père, dit Jean.

— Et de l'argent, pour aller à Marseille, tu en as ?

— Non, et toi ?

— Moi non plus, il était dans ma table de nuit...

Ils appellent tous les deux ensemble :

— Tudort !

Tudort remonte, les cheveux mouillés, le visage rouge, bien réveillé.

— Il y a un robinet, en bas, dans un placard. Un robinet qui coule, et bien astiqué, et graissé ! Ça, alors c'est formidable ! Mais il faudra pas moisir ici !

Ils ne pensent plus à ce qu'ils voulaient lui demander. Ils dégringolent l'escalier moussu. Ils se plongent la figure dans leurs mains emplies d'eau, se lavent les dents avec un doigt, s'ébattent, rient, s'éclaboussent.

A la nuit tombée, ils se sont mis en chemin. Tudort avait de l'argent pour les trois, largement. Ils ont pensé qu'il n'y avait pas de danger à aller passer le bachot. La Gestapo locale n'aura pas eu le temps de faire faire des recherches si loin, si vite. Sur la route, pourtant, dès qu'ils entendent ronfler une auto, ils se couchent dans le fossé, ou sautent une haie. Il leur semble que tout le monde est à leurs trousses. En gare de Miézon, ils se sont présentés un par un au guichet, l'air indifférent, les dents serrées. Il ne s'est rien passé, rien non plus à l'embranchement de Pierreplate où ils ont rejoint la grande ligne. L'express était plein jusque sur les marchepieds. Ils sont entrés par une fenêtre, se sont enfoncés dans un agglomérat de valises et de voyageurs aplatis et suants. Ils avaient bien mangé. Fiston était allé faire une visite à la ferme des Bonnet où il était connu. Jean avait trouvé une ruche sauvage dans le bois du Garde-Vert. Ils ont allumé un feu d'herbe mouillée pour chasser les abeilles. Ils ont mangé le miel à pleines mains, puis des œufs, du fromage, du jambon. Ils ont emporté la moitié d'une grande miche de pain blanc.

Jean n'aime pas Marseille. Il lui déplaît d'y voir la mer transformée en souillon. Il a écrit à sa mère pour la mettre au courant de tout, de Marie, de ses parents, de la Gestapo. Une lettre de seize pages. Il a peu dormi. Les draps sentent le poisson. Les lavabos des chambres voisines déglutissent l'eau avec des bruits de catarrhe. Les conduites ronflent le long des murs.

Les trois garçons ont décidé d'attendre l'oral à Marseille. Tudort a de l'argent, Fiston a écrit pour s'en faire envoyer. Jean ne peut pas en demander à sa mère. Il avait juste ce qu'il fallait pour le voyage et quatre jours d'hôtel. Quelques billets soigneusement pliés dans une enveloppe, entre deux mouchoirs, dans sa valise, sous son lit. C'est sans doute la Gestapo qui les a. Il ne peut pas demander à sa mère de remplacer cet argent qu'elle a économisé sou à sou.

Tudort et Fiston lui ont prêté pour le voyage. Ils lui prêteront encore pour le restaurant et l'hôtel. Il remboursera quand il gagnera sa vie. C'est sa première dette, son premier engagement d'homme. Après l'oral il travaillera quelque temps à Marseille, n'importe quoi, plongeur, balayeur, pour gagner de quoi partir pour Paris y trouver une place avant le mois de novembre et s'inscrire aux Beaux-Arts. Il reviendra chercher Marie quand il sera architecte.

La lettre de Marie est arrivée le troisième jour. Jean l'a trouvée dans son casier, à l'hôtel, près de sa clef, alors qu'il revenait de passer les dernières épreuves. Il l'a mise dans sa poche, et il est sorti, presque en courant. Il est entré dans le premier café, un petit bistrot tout en longueur, qui se prolongeait sur le trottoir. Il s'est assis derrière une table ronde en faux marbre rouge. Trois Algériens jouaient au zanzi sur le comptoir. Le patron en bras de chemise, les manches retroussées, lui crie de loin :

— Qu'est-ce qu'il prendra, le monsieur ?
— Qu'est-ce que vous avez ?
— J'ai que de la limonade, mon pauvre...

Jean ouvre la lettre en tremblant d'impatience.

Jean, mon Jean, où es-tu, que fais-tu si loin de moi ? Il me semble qu'une éternité s'est écoulée déjà depuis que je suis partie de toi, que je suis partie toute seule vers la prison qui m'attendait. Jean, mon Jean, je veux d'abord te dire que je t'aime et que rien au monde ne pourra me séparer de toi. Je ne crains qu'un seul, qu'un immense malheur, c'est que tu ne m'aimes plus, mais il me suffit de fermer les yeux, de te revoir, pour savoir que c'est impossible.

... Ma mère était comme folle. Elle m'a traitée de tout. Je ne sais qui l'a renseignée. J'ai cru comprendre qu'elle avait reçu une lettre. Elle connaissait tous nos lieux de rendez-vous, tous nos petits nids, tous les endroits bénis où je te rencontrais, mon amour adoré. Mais elle croyait beaucoup de choses qui n'existent pas, mon chéri, et c'est ce qui la rendait folle.

... Je lui ai dit la vérité. Je ne sais pas si elle m'a crue. J'aurais menti s'il avait fallu mentir. J'aurais dit, j'aurais fait n'importe quoi pour nous défendre...

... Mon père a été plus gentil, mais c'était peut-être pire. Il m'a dit en souriant que tous les hommes sont... je n'ose pas te dire ses mots, que tu ne m'aimes pas, que tu ne cherches qu'à faire de moi ta

maîtresse, que c'est bien heureux que ce ne soit pas encore arrivé, qu'il voulait bien me croire, et qu'après tu m'abandonneras...

... Mon Jean, mon chéri, pourquoi ne peuvent-ils pas nous comprendre ? Je leur ai dit que nous voulions nous marier, ma mère est devenue rouge, mon père s'est mis à rire, il a dit que tu n'es qu'un enfant et que tu n'as pas le sou, et qu'il faudra des années avant que tu puisses gagner la vie de ta femme. Ils ne savent pas, mon chéri, ils ne savent pas combien je t'aime, combien tu m'aimes, ils ne peuvent pas comprendre, personne ne peut comprendre...

... Ils sont d'accord, tous les deux, pour nous empêcher de nous voir, pour nous séparer. Ils ne savent pas que même s'ils étaient cent mille, ils ne pourraient pas t'empêcher de me rejoindre. Je pars demain matin, chez ma tante Léocadi. Elle habite à Saint-Sauveur-le-Désert, près de Millebranches. C'est une veuve sévère. Elle surveillera mon courrier. Ecris à Jacqueline, qui trouvera bien le moyen de me faire comprendre à demi-mot dans ses lettres. Je pars demain, ma mère m'accompagne. Je t'attends.

Françoise a attaché une corde au cou de sa chèvre, et, la tirant par le chemin de caillasse, elle l'a conduite chez Auguste. Il l'a mise avec les siennes. Elles ont commencé à se battre dans l'étable noire, à grands coups de tête, et quand Françoise est repartie, sa chèvre l'a appelée longtemps. Françoise a également emporté chez Auguste, dans un panier, sa lapine pleine. Les deux autres lapins, elle les a tués et elle en a fait un pâté. Auguste est descendu le lendemain matin saigner le cochon. Il n'est pas très gros, il aurait pu gagner encore des kilos, mais comment faire ? Elle ne peut pas le traîner jusque chez Auguste, elle ne peut pas le laisser sans soins. Toute la journée, elle a travaillé aux boudins, aux saucisses, aux caillettes, au saloir. Tout ce qui doit être cuit, elle en a fait un chargement, elle l'a emporté chez Auguste, sur une brouette, avec un linge blanc par-dessus. Elle n'a pas le temps de s'en occuper, il faut qu'elle parte demain matin. Elle lâchera les poules dans les champs. Tant pis, tant pis si la belette ou le renard lui en mange une. Comment faire ? Il faut qu'elle parte demain matin. Ce soir, elle prépare son panier. Elle y met des fromages, le pâté de lapin, un filet de porc qui a rôti tout seul, transpercé d'une feuille de sauge, devant le feu flambant de la cheminée, pendu à une corde de laine que la chaleur tord. Puis elle monte au grenier. Sa lanterne effraie les pigeons qui la regardent, éblouis, de leurs yeux rouges. Elle écarte une mère qui couve à son nid, soulève la litière de foin crotté de fiente grise. Là, sous la litière, il y a quelques billets de mille. Ils y sont depuis longtemps. Ils sont de l'ancien modèle. Ils ont coûté beaucoup plus de sueur que ceux du modèle nouveau. Françoise les prend, les emporte, redescend dans la pièce du rez-de-chaussée, éteint sa lanterne — l'huile est rare —, jette des branches fines au feu pour faire un peu de lumière, ôte sa jupe.

Entre sa jupe noire et son jupon blanc, elle porte sa poche, sur l'aine gauche, taillée dans de la toile à matelas, grande comme une poche de pantalon d'homme, fixée à un solide cordon autour de la taille. Elle en tire un mouchoir propre, bien repassé, son porte-monnaie avec trois louis d'or qui lui viennent de son père et une photographie, le visage triste d'André soldat. Elle enfonce les billets au fond de la poche, et les fixe à l'étoffe avec une épingle de nourrice. Elle remet le porte-monnaie par-dessus, et le mouchoir sur le tout. Elle dénoue le cordon, glisse la poche sous son oreiller. Le feu s'éteint. Elle se couche. Elle ne dort guère. Elle pense à Jean, elle pense à ses poules.

Elle est partie avec son panier au bras, son grand parapluie noir, et son mouchoir blanc noué sous le cou. Elle a fait six kilomètres avec ce lourd panier pendu à son coude. Elle est habituée à la peine. Elle n'a jamais fait de grand voyage, mais elle n'est pas timide, elle sait où elle va, et bien malin qui l'empêcherait d'y parvenir.

Son grand visage sec, ses yeux résolus inspirent le respect et suscitent l'aide. A Pierreplate, on lui tend la main pour l'aider à se faire une place près de la portière. Elle pose son panier entre ses jambes, s'accoude à la barre de cuivre et regarde filer le paysage. Son voisin, un Parisien, étonné, la détaille et la trouve belle. Comme il trouverait belle une vieille faïence ou une lampe de cuivre.

A Marseille, elle s'est fait indiquer l'hôtel de Jean. Elle est arrivée au milieu de l'après-midi. Elle a attendu jusqu'au soir, assise dans le hall, son panier sur ses genoux. Jean est arrivé, s'est jeté dans ses bras, et s'est retrouvé tout à coup petit enfant, pleurant de bonheur de l'abri retrouvé.

C'est ainsi qu'il a eu connaissance de la troisième lettre. C'est Camille, le cantonnier qui a remplacé André, qui en a parlé à Françoise. Cette lettre a été envoyée à quelqu'un que Camille n'a pas dit, et qui reçoit les renseignements, pour le maquis de Milon. Elle accuse Jean et quatre de ses camarades d'avoir dénoncé six collégiens à la Gestapo, les six qui ont été arrêtés il y a deux mois en même temps que le pharmacien de la rue de Carpentras. Elle donnait de telles preuves que, tout de suite, la résistance a décidé d'abattre les mouchards. Et une copie de la lettre a été envoyée à ceux de la résistance de La Garde, pour qu'ils ne ratent pas le dénommé Jean Tarendol quand il rentrera chez lui, si par hasard son compte n'avait pas été réglé à Milon.

Camille, qui est de la résistance, a lu cette lettre, mais il connaît bien Jean, il l'a vu naître, et il n'en a pas cru un mot. Il est venu avertir Françoise. C'est tout ce qu'il peut faire. Qu'elle avertisse Jean, si ce n'est pas trop tard. Et surtout qu'il rentre pas au Pigeonnier. Moi je pourrais rien empêcher, je le connais bien ton Jean, je sais qui c'est, mais y en a ici qui lui en veulent. Qui lui en veulent à mon Jean, et de quoi ? Et va-t'en savoir pourquoi on en veut aux gens, parce qu'il va au collège, peut-être, et qu'ils disent qu'il est fier. Fier, mon Jean, et de quoi il serait fier, le pauvre ? Ecoute, peut-être c'est parce qu'il parle guère. Et qu'est-ce que tu veux qu'il leur dise, qu'il leur chante la messe ? Ecoute-moi, ce que je t'en dis, c'est tout ce que j'en sais, et je sais qu'il y en a qui demandent qu'à tuer, on dirait que ça les amuse. Ah, mon pauvre Camille, mon André le disait bien, la guerre, c'est la folie de la terre, c'est à croire que tout le monde est fou ; alors c'est pas assez qu'ils m'aient déjà pris le père, ils veulent encore me tuer mon petit ? Eh bien, écoute, tu peux le leur dire, s'ils le tuent, qu'ils tâchent de me tuer en même temps, ou bien moi j'en tuerai une douzaine après, tu entends, une douzaine, et je leur arracherai les yeux et je leur crèverai le ventre ; mon Dieu, tu vois ce que tu me fais dire ; mon petit, mon petit Jean, c'est pas possible, lui qui est doux comme un chevreau, qu'il y ait des gens qui veuillent sa mort. Ah ! ma pauvre Françoise, on ne sait plus en quel temps on vit, il y a plus de bon Dieu...

C'est pourquoi elle est partie si vite. Mais elle ne pouvait pas partir en abandonnant tout dans sa maison. Elle ne savait pas combien de temps durerait le voyage. Et elle a mené la chèvre chez Auguste, tué le cochon et les lapins, et ouvert aux poules la porte des champs. Déjà, justement à cause de ces poules à l'abandon, qui lui tournent dans la tête, qu'elle sent promises à la dent du renard, à cause de cette chèvre qui sans doute ne mange pas et qui va perdre son lait, à cause de la lapine qu'elle voudrait bien empêcher de mettre bas chez Auguste, elle pense à repartir. Elle prendra le premier train demain matin. Elle a donné à Jean les billets sortis de sa poche. Elle lui a dit : « Maintenant, tu es un homme. Tu sais mieux que moi ce que tu dois faire. Je ne suis qu'une paysanne. Tu es un homme instruit, comme le voulait ton pauvre père. Il ne faut pas que tu reviennes dans nos campagnes, où les gens sont fous. Ces billets, c'était pour ton mariage que je te les gardais. Prends-les, ça ne me prive pas. Si tu en as besoin, dépense-les, mais fais petit, ils sont durs à gagner. Avec tout ce que tu sais, toi tu pourras en gagner d'autres plus facilement. Et ne te ronge pas le cœur pour cette petite. Si elle t'aime, elle t'attendra, et ses parents seront bien honorés de la donner à un garçon comme toi. En ce moment, pense surtout à te garder. Le mal d'amour est le moindre mal. »

Les trois garçons ont réfléchi. Ils ont fini par deviner qui était l'auteur des lettres. Ce petit salaud de Bernard.

Il a bien calculé son coup. Il sait qu'en ce moment on gagne sûrement quand on accuse. Les haines sont tendues. Au premier mot, elles éclatent. On tue d'abord. Ensuite on cherche à savoir. Ou même pas. Il s'est dit : « Si la Gestapo les rate, le maquis les aura. » Il sait qu'ils seront d'autant plus suspects, qu'ils n'ont rien fait. Ce qu'il faut pour pouvoir être accusés des deux côtés.

Qu'a-t-il pu inventer pour que ses lettres soient prises en considération ? N'a-t-il pas lui-même trempé dans les actes dont il charge ses anciens camarades, pour être si bien renseigné ? Et quels sont les deux autres qu'il accuse en même temps qu'eux ? Ont-ils pu échapper eux aussi ?

— On a eu une sacrée veine d'être à la fenêtre ce soir-là, dit Fiston, qui frissonne d'une peur rétrospective.

— Salaud, salaud, salaud ! dit Tudort, les poings serrés de rage. Dommage que je puisse pas rentrer à Milon ! Mais on se retrouvera...
Ce n'est pas sûr. Bernard ne paiera peut-être jamais. La vie va emporter loin de lui les trois garçons. Dans quelques jours ils vont se séparer, partir chacun vers des joies et des épreuves qu'ils n'avaient pas prévues. L'avenir n'est jamais tel qu'on l'avait rêvé. Jean et Fiston sont reçus au bachot, Tudort recalé. Fiston se fait faire de faux papiers. Il s'inscrira sous son faux nom à la faculté des lettres d'Aix-Marseille. Jean va rejoindre Marie, la revoir avant de gagner Paris. Tudort a trouvé un petit bateau qui partait pour l'Algérie. En pleine nuit, à la rame jusqu'au large, sous la menace des canons braqués. Le moteur ne ronflera qu'à l'aube, loin des oreilles, hors de vue. Le bateau est parti, chargé d'hommes. Je ne sais pas s'il est arrivé.

J'étais si las, si malade, hier soir, quand je me suis couché, j'avais un tel besoin de repos, j'ai senti avec un si grand bonheur physique le sommeil apaiser ma chair et noyer ma pensée, que j'ai compris l'ineffable bien-être de la mort. Le vieillard qui a travaillé heure après heure, toute sa longue vie, le malade qui s'est battu pendant des semaines contre le mal acharné, lorsqu'ils renoncent enfin et s'étendent, et laissent venir le repos auquel ne succédera plus jamais aucun épuisant effort, doivent connaître ce moment — une minute, une seconde peut-être avant l'éternité — de paix immense devant la mort acceptée.

Mais ceux-là sont les privilégiés. Des millions d'êtres sont morts en pleine peur, en pleine souffrance, sans avoir le temps de posséder ce paradis. Nous sommes au temps de la haine. La haine est la seule passion accessible aux médiocres. Ils trouvent, à haïr, un semblant de grandeur. C'est pourquoi la haine est si commune, et si facile à propager. Haine grondante, haine rampante et volante, haine d'acier, de feu, elle a broyé les continents, frappé les hommes de toutes les couleurs, empoisonné le cœur des survivants.

Arriverai-je au bout de ce livre ? Dans quelques heures, cette nuit, je vais avoir trente-quatre ans. C'est un bel âge pour vivre et venir à bout d'une tâche. Mais une des mille formes de la haine peut interrompre demain mon travail déjà si menacé. Je suis seul à le défendre. Tous ceux que je connais et ceux que je ne connais pas s'acharnent à m'arracher des mains la plume. Et surtout ceux que j'aime, justement parce que je les aime. Il faut que je les garde, que je veille sur eux. Il faut travailler, marcher, prendre le métro, parler aux amis et aux indifférents. Une meute dévore mon temps, le patron, ma famille, le téléphone, les journaux, le monde en guerre. Je défends mon livre contre ces affamés, je rogne sur mon travail-gagne-misère, j'éteins le poste de radio. Je vole des heures à mon sommeil, des mots aux phrases que je dis, des pensées à la folie qui nous emporte. Ce livre est fait de ces morceaux de vie que je dérobe à ma vie.

A côté de moi, pendant que j'écris, mes deux enfants dorment. Si ce livre reste inachevé, j'en ai pourtant assez dit, jusqu'à la présente ligne, pour qu'ils me retrouvent parmi ces mots. S'il advenait que je ne puisse les accompagner jusqu'à leur âge d'homme, ils trouveront ici le sens de ce que j'aurais voulu leur enseigner à mesure qu'ils auraient grandi. Et j'espère qu'ils devineraient combien je les aimais.

Maintenant, je vais reprendre l'histoire. Le temps du collège est fini. Fermons sa porte. Voici les vacances. Les grands sont partis et ne reviendront plus. Une nouvelle génération va aborder les petites classes. La Gestapo a relâché M. Chalant. Ils lui ont meurtri le visage et tondu sa mèche.

DEUXIÈME PARTIE

CHALEUR DE L'ÉTÉ

Nu, vertigineux, le Rocher Saint-Sauveur fend d'un bout à l'autre le dos de la montagne, et se dresse vers le ciel en crête de dragon.

Surgi en ce lieu au début des âges de la Terre, battu par les déluges, brûlé par les soleils, mordu par les vents et les gels, il coupe de sa lame éternelle les hordes de nuages et les vents clairs des saisons. La terre, à ses pieds, fut d'abord verte et brumeuse. D'énormes animaux frottaient contre lui leur cuir aussi dur que sa pierre. Des marais bouillaient sous la croûte des arbres. Les monstres se sont couchés dans leur boue fumante, les forêts flétries se sont abattues sur leurs cadavres vastes comme des plaines. L'homme minuscule a commencé son travail. Les générations et les jours ont passé. Le rocher n'a cédé au temps que des poussières. Les siècles s'usent en vain sur lui, écrasent les hommes et leurs demeures. Ils ont crevé les murs du château, abattu les tours, ruiné le village. Adossé au bas du rocher, le château décapité rassemble son troupeau de maisons sans toits. Quand il était dans sa jeunesse, une fille l'habita, y vécut, y mourut, d'une vie et d'une mort telles que son souvenir, gardé de bouche à bouche, vit encore dans la mémoire de quelques vieux, qui mélangent leur propre histoire à celles qu'ils racontent. Ils ne se rendent plus, aujourd'hui, veiller les uns chez les autres. Ils se sont trop souvent raconté les mêmes choses. Ils les connaissent trop. Ils ne trouvent plus d'oreilles neuves pour les entendre. Les jeunes sont tous descendus autour de la pompe à essence. Le chemin qui y conduit dessine sept lacets sur la pente de la montagne. Qui descend n'aime pas remonter.

Saint-Sauveur-le-Désert ne compte plus, parmi ses maisons mortes, que trois familles et trois solitaires. Les familles sont composées de moins d'hommes que de femmes. La plus jeune des femmes a quarante ans. Les hommes sont plus âgés qu'elle. Elle n'est pas mariée. Elle ne se mariera pas. Un solitaire est le garde des Eaux et Forêts. Le deuxième est un vieux berger sans troupeau oublié par la mort. Mme Léocadi est la troisième. Depuis cinq semaines elle n'est plus seule. Depuis cinq semaines, à côté d'elle, Marie attend. Mme Léocadi a rouvert quelques années avant la guerre cette maison fermée depuis un quart de siècle, a fait boucher les trous du toit et s'y est installée pour y finir ses jours. C'est la seule maison demeurée debout sur la place du Château, à quelques pas du lieu où vécut la fille si belle que le pape de Rome entendit parler d'elle. Les vieux, aujourd'hui, l'oublient pour parler d'Hitler. La maison appartenait à M. Léocadi. M. Léocadi était percepteur. Sa femme a régné sur lui pendant trente ans, et n'a pu l'empêcher de lui échapper par la mort. Elle l'a enterré dans une ville du Centre, celle de son dernier poste. Elle a vendu ses meubles de bourgeoise, elle est venue s'installer parmi les meubles paysans de la maison de Saint-Sauveur-le-Désert. Ses minces ressources ne lui ont pas permis d'envisager une fin d'existence plus agréable. Elle n'aime ni ce village ni ses habitants. Les paysans ne l'aiment guère. Elle ne parle pas leur patois. Elle marche droite comme si elle avait avalé un sabre. Elle a perdu ses cheveux dans sa jeunesse, à la suite d'un érysipèle. Depuis ce temps, elle porte la même perruque noire. Mais ses sourcils et la peau de son visage sont devenus blancs. Pour sortir, elle pique, sur sa perruque, avec de longues aiguilles, un chapeau de crêpe. Elle met des gants. Sabret, le garde des Eaux et Forêts, dit qu'à côté d'elle Marie a l'air d'une églantine à côté d'une ortie. Mme Léocadi a reçu sa nièce avec plaisir. C'est enfin quelqu'un de son monde. Mme Margherite lui a expliqué pourquoi elle la confie à sa garde. Quelques mois, le temps qu'elle oublie. Mme Léocadi a hoché la tête, et promis de veiller.

Les pièces du bas s'ouvrent sur le dernier lacet de la rue étroite où pousse l'herbe entre les pierres tombées. Les pièces du haut, par-derrière, dominent de quelques marches seulement la place du Château. Marie couche en haut. Sa chambre ne reçoit jamais le soleil. Le Rocher la tient dans son ombre. Le lit est en bois de noyer luisant. Sa tête et son pied se terminent en volute. Un édredon rouge posé sur le couvre-pied en filet de coton blanc y demeure même aux pleines chaleurs de l'été. Marie, pour se coucher, l'enlève et le pose sur le fauteuil de bois. Le lit perd son ventre.

Sans tristesse, sans impatience, Marie attend Jean Tarendol. Elle aide sa tante à tenir le ménage. Elle a disposé sur les fenêtres des plants de lavande dans des pots, et un basilic aux feuilles fragiles. La maison, autour d'elle, retrouve sa vie perdue. Le village sourit de ses vieilles dents à sa jeunesse. Le père Jouve, cassé en deux, la nuque à la hauteur du derrière, vient lui porter l'œuf de sa poule. Sabret lui offre un lapin pris au collet. Il a dû rendre à la gendarmerie du canton son fusil de chasse. C'est la loi de l'occupant. Il n'aurait jamais imaginé qu'on pût lui demander un pareil sacrifice. Il dit :

— Je l'ai porté, il fallait bien. Mais j'y suis allé à reculons...

Marie parle à la vieille dame d'une voix sans éclat. Elle ne lui adresse jamais la parole la première, sauf le matin, pour lui souhaiter le bonjour. Elle lui prend des mains, peu à peu, toutes les tâches pénibles, prépare la cuisine et lave la vaisselle, cire l'escalier de bois. Mme Léocadi s'abandonne à ces prévenances, mais se défend d'en montrer de la gratitude. Elle a retrouvé le plaisir de commander, bien que le travail soit fait avant qu'elle l'indique. Marie n'en veut pas à sa tante, n'en veut à personne. Elle est pleine d'indulgence pour les malheureux qui ne connaissent pas le bonheur d'aimer. Elle garde sa joie tout le jour enfermée en elle, mais le village la devine et Sabret dit qu'elle a bien de la chance. Elle monte tôt à sa chambre. Il faut se coucher avant la nuit. On n'a plus de pétrole pour les lampes, rien qu'un peu d'huile rance dans un pot, réservée à l'hiver. Elle s'assied devant sa fenêtre, dégrafe deux boutons de sa blouse, tire de leur cachette les lettres de Jean. Elle les a ainsi soustraites aux recherches de sa mère. Elle les relit jusqu'au moment où la nuit ne le lui permet plus. Elle se couche la tête bourdonnante de mots d'amour. Les mille chansons du soir de la terre viennent bercer sa joie et sa patience. Elle va s'endormir. Devant sa fenêtre, elle voit le bas de l'immense muraille du rocher et la silhouette obscure du château. C'est l'heure où les chauves-souris qui l'habitent sortent pour chasser les fourmis volantes et les papillons de nuit. Ces ombres de velours, que dissipe la lumière du soleil, et les lézards qu'elle fait naître, sont les derniers hôtes du château. Des buissons couronnent les pierrailles accumulées entre ses murs. Le temps a rompu la porte par où sortait chaque matin la fille accompagnée de son lévrier blanc, par où entrèrent, à grand honneur, trois peintres, que mandait le pape pour faire son portrait. Ils la représentèrent en Vierge Marie, le premier illuminée par l'Esprit Saint, le second souriant à l'enfant dans ses bras blotti, le troisième en pleurs au pied de la Croix.

Au pied du rocher, la fille est morte, et le château qui l'abritait n'est plus qu'un éboulis. De ses trois portraits, deux ont été détruits. Le troisième, celui de la Vierge en pleurs, a franchi les océans. Il est au musée du gratte-ciel Rockefeller, accroché non loin d'un Salvador Dali qui représente une montre suspendue pliée en deux sur une corde à linge, au milieu d'une plage où rampe un ectoplasme. Le gratte-ciel est presque aussi haut que le Rocher Saint-Sauveur. Mais le temps aura raison de son ciment et de son squelette de fer, et l'ensevelira sous la poussière quand le rocher dressera encore vers le ciel sa tête à peine un peu plus arrondie. Il a déjà vu passer les éléphants d'Annibal, les esclaves romains qui traçaient au fond de la vallée la route qui conduit à Rome par-dessus les neiges, il a vu les Huguenots se battre contre les Papistes, les vergers d'amandiers, les prés verts, les champs de lavande gagner peu à peu sur la forêt et la broussaille, les tuiles roses des maisons devenir grises et tomber dans les caves, et les buissons reconquérir les terres. Des éperviers maigres, dans le ciel, au-dessus de lui, rêvent en rond de proies riches de sang. Marie, dans son ombre, attend depuis cinq semaines. Elle a reçu ce matin une lettre de Jacqueline. Jacqueline lui dit : « J'ai enfin trouvé le livre que tu me demandes. Je vais te l'envoyer. Tu ne l'attendras plus longtemps. » Marie n'a pas demandé de livre à Jacqueline. Le livre, c'est Jean qu'elle attend, Jean qui est en chemin. Elle le suit le long du voyage. Il a pris le train, changé à Millebranches. Il s'est impatienté pendant cinq heures dans le tortillard. De la dernière gare, il lui reste plus de trente kilomètres à faire avant d'atteindre Saint-Sauveur-Neuf.

Saint-Sauveur-Neuf est au bas de la montagne, à l'endroit où le chemin, au bout de ses sept lacets, atteint la route qui va des villes vers les neiges. Au carrefour, une auberge étalait les bâtiments bas de ses écuries. Les voyageurs la nommaient La Bégude-Saint-Sauveur. La Bégude signifie le lieu où l'on trouve à boire, et Saint-Sauveur indiquait que c'était bien un endroit béni. Depuis un demi-siècle, des maisons neuves ont surgi autour d'elle. Tout ce qui restait de jeune à Saint-Sauveur-le-Désert est descendu se grouper, avec le curé et l'instituteur, dans le village plus facile. Les écuries à chevaux de l'auberge se sont transformées en garages, et une pompe à essence rouge a poussé devant sa porte. Maluret, l'aubergiste, s'est fait un tour de reins dans sa jeunesse, en soulevant une barrique. Depuis, il marche renversé en arrière, et se balance comme un canard. Quand sa casquette glisse de sa tête, elle tombe vingt centimètres derrière ses talons. Son ventre fait contrepoids, le tient en équilibre, et déborde entre son pantalon et son gilet de laine. Il tient par le coin un torchon blanc, qui traîne à terre. Il en fouette les murs et les tables pour chasser les mouches, essuie d'un seul rond de main le cercle laissé sur le bois ciré par le cul d'une bouteille. Devant son fourneau, il se tient de profil pour atteindre les casseroles qu'il surveille de l'œil droit.

Les deux villages sont si hauts, si loin de la vie rassemblée autour des villes, que la guerre ne les a point directement atteints. Les Allemands sont restés aux premiers kilomètres de la route. Le maquis a renoncé à occuper ces lieux, où les armes et les vivres parachutés se perdraient dans les gouffres ou au sommet des pics. Mais presque tous les jeunes paysans de Saint-Sauveur-Neuf, partis aux premiers jours de la mobilisation, sont demeurés prisonniers. La pompe de l'auberge est vide d'essence, et ses garages redevenus écuries restent vacants comme ses chambres. L'auberge est restée vide même pour la fête du pays. C'était, avant la guerre, la plus grande foire de la région, une des plus anciennes de France. Tous les habitants de la montagne y venaient faire des achats qu'ils réservaient pendant l'année pour ce jour-là, régler des affaires avec des partenaires lointains qu'ils n'avaient pas d'autre occasion de rencontrer. Les préparatifs commençaient deux semaines à l'avance. Les ménagères astiquaient leurs meubles, tuaient lapins et volailles, saignaient le veau, écorchaient les chevreaux de lait, portaient à cuire chez le boulanger d'immenses tartes au potiron, dressaient des lits dans les cuisines ou les chambres inoccupées. Chaque ménage se préparait à recevoir plusieurs personnes, des parents ou des marchands qui venaient depuis toujours demander asile à la même famille, et dont les pères et grands-pères avaient mangé et couché chez les parents et les grands-parents de leurs hôtes. Les chambres de l'auberge étaient retenues d'une année à l'autre, et M. Maluret accueillait les derniers venus dans son grenier à foin. Toutes les remises étaient déblayées, transformées en dortoirs ou en garages. Des pancartes surgissaient aux seuils : « Ici on loge en auto, à cheval ou à bicyclette. » Le Désert lui-même renaissait. Les ruines pas trop branlantes, les maisons qui gardaient un morceau de toit et une cheminée étaient aménagées en restaurants et en buvettes. On posait des planches sur des tréteaux, on transportait des caisses de bière et de limonade, des bonbonnes de vin. Les rues mortes s'animaient. Des portes crevées sortaient des femmes rieuses avec des corbeilles. Elles piquaient des branches vertes au-dessus des huis, tendaient des guirlandes à travers les ruelles, accrochaient des lanternes en papier aux cornes des murs échancrés. Sabret partait chaque matin à l'aube et revenait chargé de lièvres et de perdrix. C'était lui qui approvisionnait La Bégude en gibier. Maluret pendait les bêtes par la tête à la voûte de sa cave. Trois jours avant la foire, aidé de ses voisines, il écorchait les lièvres auxquels il ajoutait, dans une proportion relativement honnête, des lapins de son élevage. Sur la table de la cuisine, une collection de vastes plats de terre recevaient les cuisses, les têtes, les râbles en morceaux, noyés dans une marinade qui sentait le vin, le thym et le laurier. L'aubergiste jurait, secouait son monde, secouait les plats, montait à l'étage, découvrait une chambre mal balayée, un drap douteux, attrapait la servante, redescendait, remuait d'une cuillère de bois les morceaux de chair bleue qui émergeaient de la sauce clapotante, goûtait, claquait la langue, ajoutait un grain de poivre, une lampée de marc, jaugeait de l'œil la provision de bois, fouettait l'air de son torchon, atteignait une lampe de cuivre sur le tablier de la cheminée, l'allumait, descendait à la cave chercher une bonne bouteille pour son personnel. A chaque marche, l'ombre de sa tête traversait le plafond, de gauche à droite, puis de droite à gauche, parmi les toiles d'araignée.

Des forains, déjà, avaient planté leurs tentes tout le long des sept lacets qui descendent du Désert. Un cirque minuscule se logeait dans un champ presque horizontal, lâchait ses vieilles poules savantes, aux plumes usées, et ses chevaux blancs tachés de feu. Les enfants du village neuf faisaient cercle autour d'un singe grimaçant qui criait et secouait des quatre mains les barreaux de sa cage quand s'approchait quelque fille de ferme, suante et sentant fort. Sur une corde, entre deux arbres, séchait le maillot rose de l'écuyère.

Le vendredi, la veille de la foire, bêlant, meuglant, hennissant, arrivaient les animaux. Des camions capitonnés de paille les amenaient de la gare de Millebranches. Des marchands de vaches du Charolais et de Normandie, des maquignons du Gâtinais, du Périgord, du Perche, des éleveurs de moutons des Pyrénées, des éleveurs d'ânes du Poitou et d'Auvergne, veillaient au débarquement des plus beaux échantillons de leur cheptel, des lourds chevaux, des grandes mules, des béliers aux cornes de dieux, des verrats hurleurs que trois hommes soulevaient par la queue et les oreilles, des baudets qui s'accrochaient des quatre sabots à chaque pierre, qu'il fallait battre, pousser, tirer, porter presque jusqu'à l'écurie où ils ruaient leur colère contre les murs.

Par tous les chemins arrivaient les carrioles de paysans, chargées de volailles, de fruits de montagne maigres et savoureux, de pâtés de grive dont sont friands les acheteurs venus de la ville. Quand tombait la nuit, le village neuf était plein à craquer de gens et d'animaux. Des bruits de repas, des rires, des toux de gorges congestionnées, le ronronnement des voix d'hommes percé par l'aigu des femmes, des raclements de gros souliers, des cloches de casseroles, des roulements de vaisselles, des cris de bêtes dépaysées mal endormies, enveloppaient le bourg d'un halo sonore que perçait comme des aiguilles le chant des coqs tenus éveillés par le bruit, ahuris. Une étoile très brillante, dont on distinguait la largeur, semblait à peine plus haute que le Rocher. D'autres étaient très lointaines, et certaines, à mi-chemin, changeaient de couleur comme des diamants. Les plus modestes sortaient des ténèbres par ce soir d'été. Elles étaient toutes là. Elles ensablaient le ciel. Elles ne laissaient plus de place au noir de la nuit. Du bourg montait, avec la rumeur des bêtes mal à l'aise et des hommes en liesse, une odeur chaude de laine, de crottin, de cuisine et de vin. Sous le décor éternel des étoiles accroché au Rocher, on eût pu croire que l'Arche venait d'atterrir au fond de la vallée, et que Noé, ses fils et ses brus, et les animaux sauvés, fêtaient les joies de la terre retrouvée.

Le lendemain matin, au lever du soleil, un drapeau planté sur la haute ruine du donjon annonçait l'ouverture de la foire. Sur la place du Château se tenait le marché aux chevaux. Disposés en rond, serrés les uns contre les autres, ils formaient de leurs croupes un mur puissant où s'agitaient leurs queues entre-tressées de paille. Un acheteur hésitant, parfois, désignait du doigt un derrière. Un maquignon congestionné jurait la mort du palefrenier. Celui-ci, maigre et les cheveux couleur de crottin, tirait, poussait la bête au milieu de la place, se suspendait des deux mains à la bride pendant que son maître mitraillait l'air de son fouet. Le cheval piaffait, ruait, arrachait des quatre pieds des gerbes d'étincelles aux dalles de la place. L'acquéreur éventuel pinçait les lèvres.

Le long des sept lacets du chemin du Désert, et sur près d'un kilomètre de la route au fond de la vallée, hommes et femmes, en multitude dense, défilaient lentement devant les boutiques de toile où s'étalaient vêtements, chaussures, vaisselle, sandwiches, outils, enclumes, nougats, cuisinières, jouets, moteurs, bananes, citrons, machines agricoles, melons, limonades, postes de radio, charcuterie d'Alsace et andouilles de Vire, pralines, loteries, casquettes, lampes, et même des livres et bien d'autres choses.

Un marchand de pommade infaillible pour les rhumatismes et la bronchite, son crâne chauve couleur de pain grillé, pour prouver la qualité de son produit, le mangeait en tartines. Au carrefour du chemin et de la route, devant La Bégude, les deux courants de foule, parfois, se pénétraient et s'aggloméraient si bien que nul ne pouvait plus bouger et ne savait plus dans quelle direction il allait repartir. La plupart des femmes circulaient déjà panier d'osier neuf au bras et chapelet d'ail autour du cou. C'étaient les marchandises classiques de la foire. De la place de l'Eglise arrivaient les échos ébréchés de l'orgue du manège.

Maluret tempêtait, tanguait d'une table à l'autre. Son torchon volait au-dessus des têtes, battait les reins d'un extra harassé qui dérobait une seconde de repos. Le marchand de vaisselle mâchait du talc pour se faire écumer les lèvres, insultait le chaland, cassait des piles d'assiettes. Sur le toit de son camion, un vendeur claquait au vent une couverture de laine, la pliait, en ajoutait une autre, une autre, une autre encore, et six draps, et douze draps, et un édredon piqué, et trois douzaines de torchons et dix taies d'oreiller. Je ne les vends pas je les donne ! Les jetait au bras de l'acheteur qui levait la main, recommençait, sa chemise trempée de sueur des épaules aux reins. Tous les paysans de la région étaient là, vêtus de noir. Il en était venu des départements voisins, et de plus loin encore, et même de l'autre côté de la neige. Et les boutiques de toile se vidaient, les paniers s'emplissaient, les marchandises s'accumulaient dans les lourdes charrettes et les légères jardinières rangées dans les cours des maisons. Chaque paysanne avait acheté des souliers pour toute la famille, des tabliers pour elle et pour la belle-mère, une robe en coton pour la fille, un pantalon de velours pour le mari, et tout ce qu'il fallait pour remplacer ce qu'on avait cassé, usé ou perdu pendant l'année dans le ménage. Aux premières heures du matin, elle avait vendu ses poules, ses œufs et ses fromages aux mêmes clients qui les lui achetaient depuis dix ans. Son mari avait cédé sa vieille vache au boucher et acquis une génisse, marchandé un cheval et acheté un mulet. L'an prochain, il devra se résoudre à acheter une nouvelle charrue.

L'an prochain. Qui peut savoir ce qu'il sera ? L'an prochain, ce fut la guerre, et la foire est morte. Marie est arrivée à Saint-Sauveur le jour même où d'habitude la vallée résonnait de son tumulte. Un seul paysan s'est dérangé, un seul. Il apporte une paire de poules. D'où vient-il ? De quelle ferme absolument perdue au fond des montagnes ? On se met aux fenêtres, on accourt sur les portes pour le voir passer. Il arrive devant la mairie, il s'assied sur le banc des vendeurs. De loin, la population attroupée le regarde et attend. Un inspecteur du ravitaillement, trois contrôleurs et deux gendarmes se sont précipités sur lui, lui ont confisqué ses poules et dressé six contraventions. Il est reparti abruti d'étonnement et grondant de fureur, montrant le poing au tonnerre de Dieu. Il lui a fallu la journée pour regagner sa ferme perdue, loin, haut, derrière le Rocher. Il ne redescendra jamais.

Maluret a renvoyé sa servante, et son ventre ne dépasse plus son pantalon. Au Désert, rien n'a changé. Le vieux berger n'a pas vieilli davantage. Il n'a plus de dents à perdre, et mange si peu depuis si longtemps qu'aucune misère ne peut le restreindre. Il confond cette guerre et celle de soixante-dix. Il demeure dans une maison à demi écroulée, au bord du sentier qui conduit à la Chapelle du Chevalier. Il couche sur de la vieille paille. Un jour ou l'autre, le mur en tombant l'écrasera. Il faudra ça pour l'achever. La Chapelle fut bâtie par le Chevalier quand il revint de Palestine. Le Chevalier était le fiancé de la fille du château. Le pape, après avoir contemplé les trois portraits, avait fait savoir au père de la belle qu'il ne devrait la donner en mariage qu'à un bon chrétien qui l'aurait bien méritée. Elle aimait depuis son enfance un garçon de son âge, le fils du baron d'une vallée voisine. Quand il vint la demander pour femme, le père lui dit : « Tu veux que je te donne mon beau trésor, qu'as-tu fait pour le mériter ?
— Je vais partir à la Croisade, répondit le garçon. Gardez-moi ma fiancée. Je reviendrai digne de l'épouser. » Il passa la nuit en prières, reçut à l'aube l'accolade et l'épée qui le firent chevalier, et partit combattre l'infidèle. La fille du seigneur, au pied du Rocher, l'attendit.

Sur la route romaine par laquelle il quitta le pays, Jean s'en vient vers Marie qui l'attend. Il est descendu du train, il a donné son billet, il est sorti sur une placette plantée d'une fontaine à quatre becs. Dans le bassin de la fontaine, il ne reste qu'un peu de mousse racornie et les quatre becs sont secs comme des vieilles pipes. Un vent léger vrille la poussière. La douzaine de voyageurs amenée par le train jusqu'au bout de la ligne se disperse dans les rues accablées de soleil. Jean cherche des yeux l'autocar. Il ne voit rien, entre dans la gare déserte. Sur le quai, un employé en manches de chemise, sa casquette en arrière, pousse sans se presser un diable chargé de trois colis et dont une roue grince.

— Pardon monsieur, dit Jean, l'autocar qui passe à Saint-Sauveur, d'où part-il ?
— L'autocar ? dit l'employé qui se redresse et s'essuie le front, y en a plus.

Jean est parti à pied. Trente-quatre kilomètres jusqu'à Saint-Sauveur-Neuf. Il les fera avant la nuit. C'est peu de chose. Une chemise et deux mouchoirs achetés à Marseille pendent à son épaule, roulés dans sa veste au bout d'une ficelle. Dans sa poche un savon, un mouchoir et une brosse à dents. Il a jeté au premier kilomètre ses chaussettes trouées. Il marche nu-pieds dans ses chaussures. Il marche à l'ombre quand il s'en trouve, et quand les arbres viennent à manquer, le soleil ne l'effraie point. Il a oublié la menace qui l'a chassé de Milon. Il ne pense plus ni Gestapo, ni maquis, ni longues heures d'études, ni l'anxiété de l'examen, ni plus rien qui soit souci.

Il marche sur la bonne route bien sèche de soleil, et ne pense à rien d'autre qu'à Marie vers qui la route le conduit.

Au creux d'un vallon, il a trouvé un fossé humide. Il s'est déchaussé, il a frotté ses pieds d'une poignée d'herbe fraîche. Il est reparti. Le soleil du ciel et de la route lui brûle la peau. La sueur qui sourd à leurs racines boucle ses cheveux en mille boucles. Dans l'or et le bleu de ses yeux, la pupille n'est plus qu'un point noir.

Il s'est arrêté à une ferme pour boire au seau tiré du puits. Il a plongé tout son visage dans l'eau étincelante de trouver la lumière. Le visage perlé de gouttes, il s'est secoué, il a soufflé, il a souri, et demandé à la fermière un morceau de pain. De le voir si beau, elle a coupé sur le pain une tranche de jambon, et battu son chien qui aboyait. Il a repris la route. Deux filles à bicyclette qui l'ont croisé se sont mises à rire et ont ri longtemps après l'avoir dépassé. Elles rient encore alors qu'il ne les entend plus, de plaisir et non de moquerie.

Un ronflement, un grondement de vieux moteur enragé, né derrière lui au fond du paysage, surgit d'un virage dans son dos et le rattrape. C'est une antique voiture torpédo, flanquée des chaudrons d'un gazogène qui fument et bouillonnent, un de chaque côté du capot, et deux au derrière, les uns aux autres reliés par des tuyauteries. Jean fait un signe de bon voyage au conducteur.

— Ho ! crie l'homme, plus fort que son moteur.
— Ho ! répond Jean.
La voiture ralentit.
— Si vous voulez monter, crie l'homme, sautez dedans !

Jean n'a pas le temps d'hésiter. Il a bien vu l'uniforme kaki du conducteur, mais s'il réfléchit la voiture sera loin. Il court, saute sur le marche-pied, enjambe la portière et s'assied. Une fois assis, il se dit : « Je suis peut-être dans la gueule du loup, mais est-ce un gendarme maquis, ou un gendarme Gestapo ? »

Ce n'est pas un gendarme. En bienvenue, il fait à Jean un clin d'œil et un sourire. Un cor de chasse orne son képi, et les boutons de son uniforme. Il crie :

— Si j'avais été à la descente, je me serais arrêté. Mais à la montée, c'est trop risqué !

La voiture jette au-devant d'elle, contre les échos de la vallée, un vacarme de mitrailleuse et de rouleau compresseur. Elle sème sur la route une piste de cendres et de charbons fumants. Les cigales épouvantées ne reprennent leur scie que loin derrière son passage.

— Et vous allez où, comme ça ? crie l'homme.
— A Saint-Sauveur, crie Jean.
— Pas possible ! Et quoi faire ?
— Oh ! rien...

Un dos-d'âne se présente. L'homme change de vitesse. Le grondement du moteur monte avec la route. Au sommet, la voiture plonge dans un cassis, crache une gerbe d'étincelles. Les chaudrons ferraillent, la portière de droite s'ouvre. Jean la rattrape et la claque. Le conducteur a retenu d'une main son képi qui s'envolait. Du bout du levier, il remue un grand bruit dans la boîte à vitesses, et laisse glisser l'engin sur la descente.

— Evidemment, dit-il, elle est plus neuve. Je l'avais payée mille trois cents francs avant la guerre. C'est le forgeron qui m'a fait le gazogène. Il est pas bien joli, mais il brûlerait des cailloux...

— L'essentiel, dit Jean, poli, c'est que ce soit pratique...

— Saint-Sauveur, reprend l'homme, c'est justement là que je vais. Vous voyez comme vous avez de la chance !...

Ils ne se sont dit un mot de plus jusqu'au bout du voyage. Le moteur leur imposait silence. La voiture s'est arrêtée devant la porte de La Bégude. Quand les gaz furent coupés, Jean crut communiquer tout à coup avec le silence des espaces sidéraux.

L'homme se présente :

— Je suis Sabret, le garde des Eaux et Forêts. Ça c'est l'auberge. On va boire une bière. Il fait chaud.

Ayant décidé, il descend, et, de la porte de l'auberge, crie vers l'intérieur :

— Eh Maluret ! Apporte une canette et deux verres !

— Ah ! c'est toi ? répond une voix lointaine. J'avais bien entendu du bruit, mais je croyais que c'était le tremblement de terre...

Sabret entre et s'assied, et invite Jean à en faire autant. Ils sont seuls dans la grande salle sombre et fraîche. Ils sont assis l'un en face de l'autre, de part et d'autre d'une table de noyer bien cirée, luisante. Le garde a repoussé son képi en arrière et s'essuie le front. Ses cheveux gris sont coupés ras, sauf une petite frange par-devant. Ses yeux sont de la même couleur que le bois de la table. Ses grosses moustaches cachent le haut de sa bouche. Il sert la bière, soulève son verre et dit :

— A la vôtre !

Il boit, soupire de satisfaction, suce sa moustache qui a gardé la mousse, dit :

— Ça fait du bien !

Il regarde Jean avec un demi-sourire caché sous ses poils.

— Je me demande bien ce que vous venez faire ici...

Jean fait un geste vague.

— Vous me direz que ça ne me regarde pas. Mais quand on vient à Saint-Sauveur, d'habitude, on a des raisons. Moi j'habite là-haut, au Désert. Il faut avoir tué père et mère pour y rester...

Quand il a dit « là-haut » il a ouvert ses deux bras dans un grand geste au-dessus de sa tête.

— Vous me direz que personne m'oblige d'y rester, c'est vrai, et que si le Désert me dégoûte, j'ai qu'à m'en aller. Mais, justement, je peux pas. Je me trouve pas bien ailleurs. S'il fallait que je parte, ça me ferait comme l'escargot pas assez cuit. Vous lui dites : « Viens dans mon omelette », vous tirez, et il vous en vient que la moitié. Juste les cornes. Tout le reste est attaché dans la coquille...

Il se penche en avant pour parler, il accompagne ses mots de la tête et des mains. Jean s'est éloigné un peu de la table. Bien appuyé au dossier de la chaise, il écoute le garde, il goûte la fraîcheur de la pièce, il ne dit mot, la fatigue d'une nuit sans sommeil lui brouille lentement la tête. Il est au bord du demi-sommeil.

— Vous êtes pas bavard, dites. Moi non plus. Au Désert, je reste des jours sans ouvrir la bouche. Je visite les reboisements. J'empêche qu'on garde les moutons dans les plantations. C'est pas un gros travail. Ça rapporte pas beaucoup non plus. Mais c'est toujours ça...

Au-dehors, les cigales crissent. Par la porte pénètre le reflet d'un rectangle de route éclatant de soleil. Sabret a dégrafé le col de sa vareuse et celui de sa chemise. Jean, les yeux vagues, regarde ses mains danser autour de son visage.

— Souvent, je pars le matin, et je rentre à la nuit sans avoir vu personne. Alors, à qui je parlerais ? Aussi, quand je rencontre quelqu'un de sympathique, je me rattrape. Quand je vais voir la petite Marie, si la vieille taupe est pas là, j'en finis plus de lui dire mes histoires...

Jean lève brusquement le menton, avale sa salive et demande d'un air qu'il croit innocent :

— Qui c'est, cette petite Marie ?

Sabret abat joyeusement sur la table sa grande main ouverte.

— Ah ! je savais bien que j'allais vous réveiller...

Il se penche, dit d'une voix de mystère :

— Je suis sûr que vous le savez mieux que moi, qui c'est ! C'est la nièce de la vieille taupe, la mère Léocadi. On dit au Désert que sa mère l'a mise là pour la séparer de son amoureux. Si c'est vrai, elle aura bien trouvé le moyen de le faire venir, son amoureux. Les femmes, même les jeunes, ont toujours la tête pleine de combinaisons. C'est bien pour ça que je me suis pas marié. Aussi, quand vous m'avez dit que vous alliez à Saint-Sauveur, j'ai pensé : « Ou bien c'est un du maquis, ou bien c'est l'amoureux. » Si c'est pour vous cacher, vous pouvez me le dire. Je vous cacherai si bien qu'on pourra vous chercher pendant vingt ans. Je connais toute la montagne et tous les trous du Rocher. Si c'est pour Marie que vous êtes venu...

Il s'interrompt, regarde à gauche, à droite, comme si quelqu'un pouvait l'entendre dans la salle déserte, se penche encore davantage, le képi sur la nuque, le menton au ras de la table.

— Si c'est pour elle, ne le dites à personne, et surtout pas à cette langue de Maluret, l'aubergiste. Tout le Désert et le Neuf le sauraient avant la nuit.

Il veut surtout garder le secret pour lui tout seul, savourer l'histoire, se la raconter tout le long de ses journées vides, à grands pas parmi les jeunes pins, s'en réchauffer et en rire dans sa solitude, s'en faire une richesse qu'il dépensera pendant des années.

Jean est trop jeune pour se méfier, pour pouvoir se taire quand on lui parle de celle qu'il aime. Il a commandé une autre canette, il a tout dit, et Sabret lui a raconté le village, le château, le chemin serpentin, et chacun des habitants, avec ses ascendants et ses cousins de la ville.

Ils ont mangé ensemble une soupe et une omelette, devant la porte de l'auberge, au moment où le soleil fraîchit. Le garde a dit à Maluret :

— Ce garçon vient travailler pour les battages. Je l'emmène chez Séverin.

Ils sont passés chez le forgeron, qui est aussi l'entrepreneur de battages. Jean n'a pas eu de peine à se faire embaucher, les bras manquent. On commencera dans trois jours, par la ferme des Bréchet. Sur l'aire, devant la forge, la batteuse, avec sa longue queue botteleuse, est déjà accrochée à la locomobile. Un petit train qui va fumer, cahin-caha, sur les chemins.

Puis les deux hommes sont montés vers le Désert. Deux chemins y mènent, outre la route aux sept lacets. Le premier est un sentier raide, qui conduit de la vallée à la Chapelle du Chevalier, et de la chapelle à la place du Château. L'autre, en escalier, coupe le village comme un coup de sabre, du château jusqu'à mi-pente de la vallée. Un seigneur huguenot, un des derniers maîtres du château, fit tailler ce raccourci pour jeter plus vite ses hommes d'armes sur les papistes approchant. C'est par le sentier de la chapelle que Sabret emmène Tarendol. Il est sûr de n'y rencontrer personne. Il marche devant, il parle toujours, et souvent se retourne pour s'assurer que le garçon l'écoute. Parfois l'un ou l'autre s'agrippe à quelque touffe d'herbe, à un bec de rocher, tant la pente devant eux se fait rude. Le soleil énorme et rouge touche à la fin de sa journée. Jean s'arrête, regarde à ses pieds la vallée dans laquelle se verse le couchant. Les hautes montagnes, les pierres dressées, les maisons accroupies sont vêtues de gloire sauvage. Une fumée qui monte de l'auberge se teinte de rose et se fond en brume sans contours. L'eau mince de la rivière brille comme un fil de clinquant. Les arbres tordus s'étirent, les herbes raides se redressent, s'abreuvent de leur dernière goutte de sève soustraite aux heures torrides et flambent de joie à l'adieu du tyran.

Par un soir semblable, regardant comme Jean vers l'ouest, la fille du seigneur vit venir une caravane enveloppée d'une lente poussière. Elle pâma de joie dans les bras d'une servante. Ce n'était pourtant pas le fiancé parti qu'elle attendait depuis quinze ans, mais seulement son écuyer, porteur d'un message. Le chevalier faisait dire à sa dame qu'il ne s'estimait pas encore assez méritant. L'écuyer raconte ses exploits. Il s'est battu avec grande vaillance. Il a chassé l'infidèle du tombeau du Christ, et tué tant et tant de ces Arabes que le sable du désert est rouge de leur sang honni de Dieu. Mais il s'est juré de ne point revenir sans apporter à sa fiancée le rubis du sultan. Toute l'Arabie parle de cette pierre fabuleuse que le chef des Croyants porte à son turban. Elle est plus grosse que le poing d'un guerrier et flambe sous le soleil comme les flammes de l'Enfer. Le chevalier s'est mis à sa poursuite. Il demande à sa dame de lui garder sa foi, et lui envoie ces menus présents : un animal bossu au visage de vieille fille, que l'écuyer nomme un chameau, et sur ses bosses trois petits nègres vêtus de soie rouge, pour la servir, un lion rugissant dans une cage, une gazelle aux grands yeux, les barbes de vingt chefs infidèles qu'il a tués de sa main, et leurs sabres en croissants, aux lames claires comme la lune, aux poignées incrustées de pierre et d'or, et douze mulets chargés de tapis, d'étoffes précieuses, de sacs de pièces d'or frappées de signes étranges, de parfums dans des flacons d'argent et d'or, d'épices, de confitures de roses, de plats de cuivre et d'or, et, sur un cheval blanc, dans une arche bénie accompagnée par trois prêtres chantant, un morceau de la Croix sur laquelle Notre Seigneur souffrit.

La dame a donné au messager du chevalier croisé son écharpe sur laquelle elle a posé ses lèvres. Et elle a recommencé d'attendre.

Marie n'attendra plus. Elle sait que son attente est finie. Sabret le lui a dit tout à l'heure. Il a pris le prétexte d'apporter un bol de lait de sa chèvre frais caillé. Il lui a soufflé que Jean est arrivé. En ce moment, il est à la Chapelle. Il y restera jusqu'à minuit.

Mme Léocadi, chaque soir, ferme à clef les deux portes de la maison. C'est une des raisons qui la rendent peu aimable aux gens du Désert. Ils disent : « Méfie-toi des gens méfiants. » Eux se contentent de pousser leurs portes. Et l'été, pas toujours. Ils se connaissent, ils n'ont peur de personne. Les bohémiens, qui vous voleraient la langue dans la bouche, ne montent jamais jusqu'au bourg perdu. Depuis l'arrivée de sa nièce, la vieille dame prend une précaution de plus : elle retire les clefs des serrures et les glisse sous son oreiller.

Enfermez dans un caveau scellé une fille amoureuse. Elle creusera avec ses ongles une galerie sous vos pieds pour rejoindre celui vers qui son amour la pousse.

L'activité de Marie, peu à peu, a atteint dans la maison les coins les plus sombres. Elle a ordonné les armoires, déficelé de vieux paquets, balayé le grenier, mis en rangs les bouteilles vides de la cave. Elle a trempé dans la jarre d'huile une plume d'oie dont elle a caressé les gonds des portes qui grinçaient. Dans le réduit, sous l'escalier, elle a trouvé un vieux coffre à outils. Les manches du marteau et de la lime, rongés de vers, ont perdu leur poids en fine poussière. Quelques clefs rouillées reposent parmi les clous. Marie les a frottées, graissées, essayées à la porte du haut. Deux d'entre elles l'ouvrent sans bruit. Elle en cache une sur une poutre du grenier, fixe l'autre à sa taille sous sa robe, au bout d'une attache blanche. Et si les deux clefs se perdaient, si la porte ne s'ouvrait, il reste l'étroite fenêtre qui domine la place de presque deux hauteurs d'homme, Mme Léocadi qui n'est plus agile et n'a jamais aimé ne se méfie pas de la fenêtre. Marie, étendue sur son lit, écoute la vieille dame tousser, remuer des chaises, se coucher. Elle est d'habitudes régulières. Elle se déshabille, ôte sa perruque et en coiffe un crâne de bois planté sur une tige, enfile sa chemise de nuit de toile, s'étend sur le dos, au milieu du lit, jambes et bras un peu écartés, et parce qu'elle est sans espoirs et sans regrets, s'endort en quelques minutes. Elle aspire l'air par le nez et le souffle par la bouche, avec le même bruit qu'un enfant soufflant sa soupe trop chaude. Elle ne s'éveille pas avant le grand jour. Si sa nièce lui demande : « Avez-vous bien dormi, ma tante ? », elle répond d'un air résigné : « Oh ! à mon âge, on n'a plus besoin de dormir... »

Marie écoute, écoute, penche sa tête hors du lit, retient son propre souffle pour mieux écouter. Mais son cœur impatient lui bat dans les oreilles. Elle s'assied, se serre la tête dans ses deux mains pour se calmer, écoute encore. Elle entend, sous le plancher léger, monter la respiration de nuit de Mme Léocadi. Elle se lève, traverse la chambre sur la pointe de ses pieds nus. Souvent, elle s'est promenée à grands pas sans précautions au-dessus de la vieille dame pour éprouver son sommeil. Mais ce soir il lui semble que le moindre chuchotement du bois va l'éveiller. Voici la porte de la chambre, qu'elle n'a pas fermée. Voici les cinq marches de l'escalier, dans le noir, et le mur râpeux sous la main. Elle connaît les marches une à une. Elle enjambe la dernière. Voici la clef guidée vers le trou de la serrure par les petits doigts qui tremblent de hâte. Voici, voici, le grand ciel plein d'étoiles. Elle se baisse, chausse ses sandales, se relève et court, vole, vers le garçon enfin venu.

Du mur de la maison une silhouette se détache. C'est Sabret. Il guettait. Il voulait la voir partir. Il rit d'une grande bouche muette, il remue ses bras dans la nuit autour de sa tête. Il pense à la vieille taupe qui dort, aux deux enfants qui vont se rejoindre. Il est content de lui. Il a conduit Jean jusqu'à la chapelle, et lui a dit : « Attendez ici, je vais vous l'envoyer... »

Jean s'est couché au pied du figuier, sur une herbe courte et épaisse, douce d'avoir été protégée du soleil par les larges feuilles de l'arbre. C'est à quelques pas de là, à l'endroit où le sol coupé net tombe à pic vers les vergers d'amandiers, c'est de ce haut lieu, que la fille du château, après le départ de l'écuyer, vint de nouveau, chaque soir, guetter le retour de son fiancé. Celui-ci poursuivit le sultan à travers l'Afrique et l'Asie. Parfois il le rejoignait, et les deux vaillants hommes se battaient tout le jour et toute la nuit, jusqu'à ce qu'ils fussent si las de donner et de recevoir des coups qu'ils tombaient l'un sur l'autre évanouis. Et la poursuite recommençait, à travers les déserts de sable et les déserts de sel, les montagnes d'Afrique et les jardins d'Arabie. Un jour enfin, le chevalier frappa le sultan d'un coup si terrible qu'il lui fendit l'épaule en deux et aussi la poitrine et le ventre, et brisa du même coup la selle et tua le cheval. Ayant tranché la tête de l'infidèle, il prit le rubis, l'enveloppa dans l'écharpe de sa dame et jugeant qu'il était maintenant assez méritant, s'embarqua pour le pays chrétien. Mais la poursuite avait duré si longtemps qu'il portait barbe blanche jusqu'à la ceinture. Et quand il arriva il ne retrouva plus la belle. Elle était morte de l'attendre. On l'avait enterrée au lieu même d'où elle surveillait chaque jour l'horizon, et on avait planté sur sa tombe un figuier, parce que c'est un arbre qui ne vient jamais en fleur. Les vieux du Désert, lorsqu'ils racontaient son histoire, disaient qu'elle était restée jeune et belle jusqu'au jour de sa mort, et que c'était le même figuier qui vivait encore sur sa tombe. Il donne de petites figues grises qui deviennent rousses en mûrissant, et se penchent sur leur queue, comme des larmes. Personne n'y touche. Les oiseaux les mangent.

Le chevalier fit élever une chapelle à côté de la tombe, et y vécut ermite. Il devint très vieux et très sec. Il restait des journées assis sur une pierre, caché derrière sa barbe. A sa mort, on l'enterra à la porte de la chapelle, et on planta sur lui un cyprès.

Des murs épais de la chapelle ne demeurent que des moignons. Le cyprès se dresse, noir, vers la lune. Blotti près de lui, le figuier arrondit son dos comme une pigeonne amoureuse. Jean respire l'odeur de l'herbe. Marie va venir. L'immense muraille du rocher, chauffée à blanc pendant les heures de journée, chauffe la montagne comme un soleil de nuit. Jean se dresse, quitte sa veste. Sabret lui a dit : « Surtout vous montrez pas ! Faites pas d'imprudence ! » Mais qui pourrait le voir quand tout dort ? Qui pourrait le retenir d'aller au-devant de Marie qui s'approche ? Il jette sa veste près de l'arbre, jette le brin d'herbe qu'il mâchait, fait quelques pas dans le chemin qui conduit au village, quelques pas lents d'abord, puis il se hâte, puis il court. Il voit les premières maisons basses, il s'arrête. Il voit venir Marie toute blanche, il ouvre les bras. Elle se jette contre lui, il se referme sur elle, ils n'entendent que leurs souffles mélangés, ils ne peuvent parler, le bonheur leur noie la bouche.

Marie au bout de la longue attente s'abandonne enfin, sanglote de joie et de gratitude. Il l'embrasse, elle essuie son petit nez sur son épaule, elle sourit dans ses larmes, elle dit :

— Tu es là... tu es là...

Il l'embrasse, il la soulève, la prend serrée contre sa poitrine et l'emporte. Le rocher chauffe la nuit, la lumière de la lune éclaire, dans les bras du garçon, la robe blanche. Il marche, il baise les joues mouillées de larmes, il parle, il caresse de ses lèvres le front moite, les grands yeux où brille la lune.

— Marie, mon amour, ma Marie, ma vie, toute ma vie...

Ils traversent un pré qui fut fauché la veille. De l'herbe qui gît, pas encore morte, monte une odeur sucrée, profonde, à la fois fraîche comme la sève et chaude comme le sang, qui tourbillonne à leur passage. Marie, bercée par les mots, par les pas, brisée de la joie trop patiemment attendue, ouvre ses mains serrées sur les épaules de Jean et se confie de tout son poids aux bras solides. Il ne sent pas son poids, il porte un trésor léger, une brassée de fleurs. Il la regarde et rit de bonheur. Il court vers la chapelle.

Il s'arrête, près du figuier accroupi sur son ombre. Il a transpiré, mouillé en même temps sa chemise et la mince robe serrée contre lui. Il soulève Marie jusqu'à son visage, appuie sa joue sur le petit ventre brûlant, puis son front puis ses lèvres, doucement se baisse, s'agenouille, couche à terre son fardeau. Marie, tendre et chaude, ferme ses bras autour de son cou. Jean se pose sur sa bouche, allonge ses jambes dures. Marie se sent fondre sur la terre, et elle s'abandonne. Dans son nid de pierre, un épervier, éveillé tout à coup par un cri monté jusqu'à lui à travers la chair du rocher, étend et claque ses ailes, les replie et s'endort. La pointe du cyprès ondule au vent chaud de la nuit. Marie au ras de la terre, dans le chant innombrable des grillons, gémit et chante sa surprise, son amour, sa merveille. En haut du figuier, un rossignol chante aux étoiles. De la vallée montent les notes de flûte des petites chouettes grises, et la voix d'un chien qui rêve. Jean muet sur Marie, Jean en elle avec elle perdu, voit sous son souffle la petite tête blanche aux yeux clos tourner à gauche à droite dans l'herbe couchée, comme la tête d'un enfant malade d'un mal trop grand pour lui...

Immobile sur elle reposé, sa joue à sa joue unie par les larmes de chaleur et de joie, sa bouche ouverte dans l'herbe, Jean écoute les grandes vagues du sang battre son corps et le corps sous le sien étendu.

Il pèse sur Marie comme le rocher sur la montagne. Il l'écrase de son poids d'homme lourd de toute sa vie, heureux, puissant de se sentir lourd sur elle ; et la seule chose que Marie ressente encore, qui la retienne à la porte du néant, c'est ce poids de chair sur sa chair évanouie.

Jean caresse de son front les cheveux de soie mélangés à l'herbe, se soulève sur les mains, se fait doucement plus léger, délivre Marie pareille à une morte, écrasée, enfoncée en terre par la danse de joie. Avec une tendresse infinie, bouleversé de la voir vaincue, il pose ses lèvres sur les paupières closes. Il comprend qu'il commence seulement à l'aimer.

Il effleure de ses mains le corps immobile, le sent abandonné, perdu. Tout à coup, il s'inquiète, il a peur. Où est-elle ? Qu'est-elle devenue ? A voix basse, mais avec toute sa force d'amour, pour qu'elle l'entende si loin qu'elle soit parvenue, il l'appelle :

— Marie... mon amour... Marie...

Elle frémit. La vie, de nouveau, gonfle sa poitrine. Dans la nuit, pour elle seule, sans ouvrir les yeux, elle sourit. Elle lève un bras et cherche la bouche qui l'appelle. Elle presse longuement sa paume contre les lèvres, puis sa main glisse le long du cou, le long du flanc brûlant, jusqu'aux reins où elle se niche.

Elle retrouve les odeurs mêlées, bouleversées, de la terre sèche, de l'herbe froissée, et de la joie de leurs corps. D'une voix qu'elle ne se connaissait pas, qu'il ne reconnaît pas, elle répond à son appel :

— Mon Jean... Toi !

Elle a ouvert les yeux et au-dessus d'elle elle voit Jean entouré d'étoiles.

Le rossignol chante jusqu'à l'aube. Quand il se tait, à la première heure du jour, la batteuse commence à ronfler, accrochée comme un bourdon au flanc de la montagne. Une poussière dorée fume autour de la ferme, se pose en fleur mouvante. Le moindre vent l'emporte. Des hommes et des femmes, la tête sonnante, s'agitent, silhouettes dans l'air poudré de clair, sur les pailles illuminées, jettent les gerbes, coupent les liens, portent les sacs, poussent les bottes, sans arrêt car la machine ne s'arrête pas, sans repos, car la machine n'est jamais lasse. Jean, le torse nu, bronze mouillé de soleil, attaque les meules à pleine fourche. La première heure lui est facile. La fatigue vient ensuite, puis le moment où il a dépassé sa fatigue, trouvé une nouvelle aisance. Le soir venu, on mange la soupe autour de la longue table, dehors. On parle peu. Le poids des efforts de la journée pèse sur les épaules. Des hommes se grattent, bâillent. La balle de blé pique les peaux moites. Une femme rit, s'énerve. Elle est sans mari depuis quatre ans.

Lourdement, les hommes se lèvent, vont au lit ou à la paille. Jean, à travers champs, va rejoindre Marie.

Il travaille tout le jour, et le soir il rejoint Marie. Dès qu'il pose ses mains sur elle, il retrouve ses forces, neuves chaque soir. La batteuse a déjà rasé les meules de six fermes de la vallée. Jean les a tenues au bout de ses bras. Et dans ses bras, le soir, il tient Marie perdue de joie.

Il maigrit, ses joues se creusent, ses yeux brillent. Il rit à tous propos et souvent il sourit seul, en haut de sa meule, sans que personne lui ait rien dit. Il pique les gerbes et les jette sur la batteuse à grand élan de ses bras. Sa peau est maintenant de la couleur du pain qui sort du four. Quand il rit, la blancheur de ses dents fend son visage. Il marche la tête plus haute, plus droit, fier de ses amours, riche d'un tel orgueil et d'une telle joie qu'il en dispense à tout ce qui l'entoure. Il froisse un épi dans ses mains chaudes, et les grains et la balle légère prennent vie dans ses paumes, coulent, s'envolent. Il se penche avec tendresse sur les noces des insectes dans l'herbe, il sourit au ciel comme à un cousin. Il excuse les hommes, leurs sentiments bas, leurs jalousies, leurs tristesses, leurs hontes, leurs envies de mordre, toutes leurs blessures. Son bonheur les éclaire. Sales, laids, tristes, tordus, il les trouve beaux. Aux vieilles femmes, cassées et grinçantes, il cherche au fond de l'œil quelque reste de jeunesse, quelque goutte d'eau claire, un souvenir du temps de l'amour. Elles comprennent son regard, se redressent en grinçant des vertèbres, lui sourient et le suivent des yeux.

Marie a coupé des fleurs aux champs et en a disposé partout dans la vieille maison, pour célébrer ses fêtes. Elle garde plus que jamais le silence près de sa tante, baisse les yeux devant elle. Elle a peur de lui montrer sa joie. Elle voudrait que Mme Léocadi oublie sa présence. Elle épluche, balaie, lave, cuit, frotte, sans bruit, toujours en avance d'une pièce, d'une minute, sur l'attention de la vieille dame. La plus humble tâche lui est un travail d'amour. Ses pas sont une danse, ses hanches portent une chaleur qui se voit quand elle marche. Ses mains caressent les objets, se reposent parfois sur eux comme des oiseaux. Il lui arrive de s'arrêter tout à coup, à un souvenir. Elle pâlit, elle détourne la tête même si elle est seule, et le sang remonte à ses joues, à son front, lui brûle les oreilles.

Dès le matin, elle commence à souhaiter le soir. Chaque journée lui est interminable, chaque minute qui les sépare maintenant lui paraît perdue, irremplaçable. Le moment le plus dur est celui où elle attend que monte vers elle la respiration de sa tante endormie. Elle lutte pour ne pas déjà se précipiter, attendre encore, être bien sûre. Dès qu'elle est dehors elle court, elle vole. Elle se jette dans les bras de Jean en gémissant de la peine qu'elle a supportée loin de lui. Elle se serre contre lui, renverse la tête, les yeux fermés, ouvre la bouche pour le boire.

Pendant ces deux mois de l'été, il ne s'est rien passé d'autre que leur amour. Les armées dans leurs cuirasses se sont frappées et ont frappé les foules nues. L'industrie de la mort a permis de tuer de plus en plus loin un grand nombre d'hommes. La mort a gagné aussi dans le détail : dans les prisons, dans les repaires, on tue vingt fois le condamné avant qu'il expire. On ramasse les blessés, on les coud, on les drogue, on les redresse, on les remet dans la bataille. Des monceaux de gravats troués de rats remplacent les villes disparues. La terre, les pierres broyées, les aciers tordus, sont graissés de chair et de sang.

Il ne s'est rien passé d'autre que leur amour. Ils sont heureux. Ils le savent. Ils ne s'inquiètent pas de l'avenir, ils savourent leur présent. C'est leur miracle. Nous disons : « Demain, je ferai ceci, je posséderai cela, et je serai heureux. » Le lendemain vient, et nous n'accomplissons pas ce que nous avions prévu, et nous ne recevons pas ce que nous avions demandé. Nous remettons notre bonheur à un autre lendemain. L'heure de la mort arrive sans que nous ayons jamais atteint cette félicité repoussée de jour en jour.

Jacqueline, au départ de Fiston, a compris qu'elle ne le verra jamais plus. Tant qu'il était au collège, elle pouvait faire semblant d'espérer. Elle supportait ses plaisanteries, son tutoiement de copain, lui rendait ses bourrades, puisqu'il fallait accepter tout cela pour le voir. Un jour, peut-être, il aurait changé, pourquoi pas ?

Il est parti, il n'a même pas envoyé une carte. Elle a eu de ses nouvelles deux fois par Tarendol. Tarendol a quitté Marseille pour rejoindre Marie. Fiston s'est effacé. Il est dans un autre monde. Il ne reviendra jamais dans celui de Jacqueline.

L'été pèse sur Milon. D'une fenêtre de l'hôtel de la Poste, une grenade est tombée sur un détachement de soldats allemands qui passaient en chantant. Ils ont mis le feu à l'hôtel et fusillé les gens qui tentaient de s'enfuir. Le couvre-feu est à cinq heures. C'est trois heures au soleil, la pleine chaleur de l'après-midi. Dans les rues vides, les soldats verts circulent mitraillette au bras, seuls avec leur ombre. La vie s'enferme, à voix basse, dans la tiédeur des maisons. M. et Mme Margherite sont heureux de savoir Marie loin de ces horreurs. Même s'ils le voulaient, ils ne pourraient aller la chercher. Il est interdit de quitter la ville. Les familles enfermées pour de longues heures, sans la distraction du commerce, du voisinage, des conversations, recluses entre leurs murs, n'ayant rien d'autre à faire qu'à se regarder et réfléchir, découvrent leurs dissentiments, leurs fêlures, leurs laideurs. Les haines lèvent, et s'accordent contre l'Allemand. C'est sur lui qu'on se soulage du désir de meurtre, lui qu'on souhaite défigurer au lieu du mari sale et brutal, lui qu'on voudrait voir à cinq pieds sous terre, et non le vieux qui s'obstine à ne pas crever. Sa présence blanchit les consciences. Jacqueline s'exaspère dans cette demi-prison. Elle se heurte à toutes les portes, à toutes les cloisons de la maison fermée. Elle a fait sauter, d'une main énervée, une corde de son violoncelle. Elle s'est disputée avec sa mère effarée, elle a griffé son frère qui lui a bleui les jambes à coups de pied. Son père essuie ses lunettes, grogne derrière sa moustache, essaie deux mots pour la calmer. Il n'y comprend rien. Elle claque les portes, monte dans sa chambre, se jette sur son lit et rage et pleure, les mains crispées sur ses petits seins plats.

— Il va falloir la marier, vite, vite, dit sa mère.

Un soir, Jacqueline n'est pas rentrée. Sa mère a bravé les mitraillettes pour courir, de porte en porte, chez quelques voisins où elle espérait la trouver. Elle a passé la nuit dans le couloir, sur une chaise, à guetter son retour, pleurant, reniflant, s'endormant, se réveillant au pas des bottes sur le pavé. Jacqueline est revenue au jour levé, les yeux meurtris jusqu'au milieu des joues. Elle a refusé de répondre aux questions. Son père s'est soulagé de son angoisse par deux furieuses gifles qu'elle a reçues les dents serrées. Il l'a enfermée à clef dans sa chambre. Sa mère, entre deux crises de larmes, après une dispute avec son mari — « C'est ta faute, tu lui passes tout, qu'est-ce qu'elle va devenir ? » —, est montée doucement la voir, l'a trouvée endormie, toute vêtue. Elle lui a retiré ses chaussures, elle est sortie en s'essuyant les yeux.

Jacqueline a dormi jusqu'au crépuscule. En s'éveillant, elle a poussé un grand cri, elle a appelé sa mère avec une épouvante d'enfant dans sa voix. Elles ont pleuré ensemble. Elle s'est calmée. Elle n'a rien dit.

— Si je savais qui est le salaud ! a dit le père.

Jacqueline elle-même ne sait pas qui il est. Il était blond comme Fifi, souriant et gai comme lui. Elle l'a rencontré chez Antoinette. On devait danser tout l'après-midi, le phono à demi bouché par une serviette en boule, pour éviter d'irriter les voisins qui ne comprennent pas que les jeunes gens aient envie de danser pendant la guerre et sous la terreur des Allemands. Ils étaient une vingtaine de camarades et ce garçon un peu plus âgé, que quelqu'un avait amené. On le lui a présenté. Il est de passage à Milon. Son nom n'a pas d'importance. Elle a bavardé et ri avec lui comme avec Fiston. Et quand il s'est levé pour la faire danser, elle est devenue raide et elle lui a marché sur les pieds.

A quatre heures et demie, tout le monde s'est sauvé. Il lui a dit :

— Je vous accompagne.

En passant devant la grande maison blanche toujours fermée, de l'Allée des Platanes, il lui a dit :

— C'est là que j'habite...
— Chez les Caseneuf ? Mais ils ne sont pas là !
— Bien sûr, ils sont à Paris. Ce sont mes bons amis. Ils m'ont prêté leurs clefs, pour mon voyage...

Elle a demandé :

— Quelle heure est-il ?

Elle avait bien envie d'entrer dans cette maison, une des plus belles de Milon ; on la dit pleine de vieux meubles, de tableaux et de tapisseries. Mme Caseneuf est suisse, c'est pourquoi les Allemands n'ont pas occupé la maison vide. Il y a un écriteau sur la porte, en allemand et en français, avec des cachets officiels.

Il a regardé son poignet, il a répondu :

— Moins vingt.

Elle ne mettra pas plus de trois minutes, en courant, pour arriver jusque chez elle. Elle a le temps. Elle est entrée. Quand elle a voulu repartir, la première patrouille passait sous les platanes.

Ils se sont regardés. Il a ri. Ils ont recommencé à visiter la maison. Il lui a montré de la cave au grenier. Il y avait beaucoup de poussière. Ils ont dîné avec des conserves, et bu du vin cacheté. Ils ont fait durer le repas. Il se demandait ce qu'il pouvait tenter. Elle se demandait ce qu'elle désirait, et pourquoi elle s'était laissé surprendre par le couvre-feu. Elle commençait à s'avouer qu'elle l'avait fait exprès. Elle avait peur. Elle buvait.

Quand ils eurent mangé quatre sortes de fruits au sirop, il a bien fallu qu'ils se lèvent de table. La nuit était là. Il a conduit Jacqueline dans une chambre. Il ne savait pas s'il devait rester ou partir. Elle l'a retenu par sa manche. Elle s'est couvert les yeux de son bras. Elle a dit : « Eteins !... » Elle s'est laissé déshabiller, embrasser, caresser. De ses mains sèches, elle a touché l'homme nu, de ses mains brûlantes de curiosité et de hardiesse, l'homme défendu, le mystère que connaissent les femmes mariées, même les laides et les sales, l'homme défendu aux jeunes filles. Lui s'étonnait de découvrir ce grand corps à peine féminin, ces hanches osseuses, cette poitrine en muscles plats. Il s'est heurté à deux genoux durs, serrés, dont il a en vain cherché à forcer la défense. Elle haletait sous ses caresses, ses baisers et ses violences, elle le marquait de ses ongles et de ses dents, mais gardait jointes ses longues cuisses. Elle gémissait du désir de céder, et de la peur plus grande que le désir.

Ils se sont battus longtemps. Il s'est enfin endormi épuisé, suant et vexé. Elle a tremblé d'énervement à son côté. Elle étouffait. Elle a écouté l'homme dormir. Elle l'a touché encore du bout des doigts, elle a regretté d'avoir été la plus forte, elle a espéré qu'il allait se réveiller, et cette fois-ci elle ne se défendra plus. Mais il a continué de dormir, ou fait semblant. Elle s'est glissée hors du lit, elle a ramassé ses vêtements, elle s'est habillée dans la salle à manger. Elle a attendu de voir le jour qui lui permettra de partir. Elle piaffait. S'il se montre, elle le gifle.

Quand le jour vient, les premiers rayons du soleil teintent de rose la crête du Rocher, et pénètrent dans la bouche ronde de la caverne qui s'ouvre presque à son sommet. Le chevalier, croyant retrouver sa belle et ne retrouvant que sa tombe à l'ombre d'un figuier, regarda longuement le rubis pour lequel il avait retardé son retour et d'un élan le jeta contre le rocher. La pierre fabuleuse y fit ce trou dans lequel entrerait un homme à cheval, si son cheval avait des ailes. Personne ns'a jamais pu aller la chercher. Tous ceux qui ont essayé y ont perdu la vie. Sabret a raconté à Jean la dernière tentative. Il y a assisté, quand il était enfant.

— Tout le village regardait d'en bas, vous pensez, et même des gens étaient venus de loin. Ça se savait. C'était le fils d'Eugène Choix, il s'appelait Adrien, il avait vingt ans, moi j'en avais cinq ou six, ça m'a frappé, vous pensez. Il avait emmené des vivres, et une corde qui en aurait porté dix comme lui. Il a attaqué la crête du Rocher du côté de Lestreaux, vous voyez ce petit village, là-bas, gros comme rien. Il a mis deux jours pour arriver juste au-dessus du trou, il a attaché sa corde à un piton, il s'est laissé glisser, il s'est balancé, et au moment où il allait prendre pied, la corde a cassé. J'étais pas grand. Je l'ai vu tomber. Je m'en souviens. Il avait vingt ans, c'est malheureux, pour un rubis qui a peut-être seulement jamais existé...

Marie et Jean évoquent souvent le souvenir du Chevalier et de la Dame de la longue attente. Ils les plaignent de n'avoir pas connu le bonheur qui les transporte. Si loin d'eux dans le temps, si peu réels, pareils à des images de contes, ils leur sont pourtant familiers comme des parents, comme des cousins trop jeunes, sans expérience. Eux se sentent maîtres de la plus merveilleuse science.

Ils sont assis sur une pierre tombée de la chapelle. Cette nuit-là commence d'être fraîche. Marie s'est agenouillée devant Jean et lui a dit :

— Moi je n'ai pas besoin de rubis, il faut que tu le saches bien, je n'ai besoin que de toi...

Elle en a si grand besoin que lorsqu'il s'en va elle se sent prête à s'affaisser comme une robe que l'on quitte. Elle doit faire effort pour demeurer consciente. Dès l'instant de son départ elle commence d'attendre celui de son retour. Elle vit de son souvenir et de son espoir. Parfois, elle s'aperçoit avec frayeur qu'elle est restée quelques secondes sans penser à lui, sans le désirer, sans le regretter, sans prononcer son nom dans sa mémoire. Et si elle essaie de retrouver ce qu'elle pensait, ce qu'elle sentait pendant qu'il était ainsi absent d'elle, elle ne retrouve rien.

Jean, lui, ne souffre pas de n'être pas sans cesse auprès d'elle. Il attend le soir avec impatience. Il porte son bonheur avec lui. Marie est la lumière qui éclaire ses jours. Il voudrait seulement la voir sans se cacher. Il est gêné de ne la rencontrer que de nuit, de dissimuler son amour comme une honte. Il voudrait prendre Marie à son bras, et la montrer à tous, et dire : « Elle est à moi, elle est ma femme. » Et chacun l'envierait d'avoir une femme si belle, qui l'aime tant, et qui est tant heureuse.

Marie s'accommode mieux de cette dissimulation. Peut-être même y trouve-t-elle une joie plus profonde. De ne prononcer le nom de Jean devant personne, il lui semble qu'il est mieux en elle caché, gardé pour elle seule. Elle voudrait l'arracher à tout ce qui n'est pas elle, le retirer du monde, l'enfermer dans son seul amour.

Dès que la nuit les rend l'un à l'autre, ils oublient ce qui les a séparés, ils oublient même d'avoir été séparés, ils se touchent d'abord par les mains, par la bouche, ils se pressent, ils voudraient se confondre, ils se serrent l'un contre l'autre dressés, ils sentent des chevilles au front leurs deux corps joints, ils écartent tout ce qui n'est pas vivant entre eux, les étoffes, les peurs, les souvenirs du reste du monde, ils chavirent sur la terre qui s'étire encore et craque de l'ardeur du soleil, ils ne sont plus qu'un, brûlant, chantant, foulant d'amour dans l'haleine chaude du rocher. Grands comme lui, purs et clairs comme les étoiles, et plus innocents que les fleurs qui naîtront le matin.

Le matin, Maluret se lève en même temps que le soleil. L'hiver, il le devance même de quelques heures. Il vient sur le pas de sa porte, et regarde la cime du rocher. Il n'a pas besoin de lever la tête. Son tour de reins la lui tient juste à l'inclinaison qu'il faut. C'est pour regarder ce qui est à son propre niveau, et au-dessous, qu'il doit faire effort. Il regarde le haut du rocher pour savoir le temps qu'il fera. Si le Trou du Chevalier est tout illuminé de rouge des reflets du rubis, il fera beau. Si le soleil est jaune ou blanc sur la pierre, il pleuvra. Mais il ne pleut pas. Et Maluret, et tous les vieux du Désert et de Saint-Sauveur-Neuf, et ceux des autres villages et des fermes de la vallée continuent de regarder chaque matin si le rocher indique la pluie ou le beau temps. Et même quand il indique la pluie, il fait beau. Un jour viendra où il aura indiqué la pluie, et la pluie tombera. Et les vieux seront satisfaits.

En attendant, la fontaine du Désert a tari, et la serve a séché. La fontaine coulait sur la place du Château. Depuis des années, elle ne donnait plus qu'un fil, sauf les jours d'orage, où elle retrouvait une abondance boueuse. La conduite qui amenait l'eau de près d'un demi-kilomètre, tout le long du rocher, une vieille conduite en tuiles provençales, posées les unes sur les autres sans maçonnerie, devait être cassée ou disjointe en maints endroits. L'eau s'est perdue. Personne ne cherchera sa fuite. Ce n'est pas un travail pour des vieux. De la fontaine, une rigole conduisait l'eau à la serve. C'est un grand bassin en contrebas de la place, où l'eau croupissait, se chauffait au soleil, devenait vivante, remuée de germes et de bêtes et de bulles de gaz, aussi riche qu'un bon fumier. Elle nourrissait en les arrosant les melonnières et quelques jardins sur la pente de la montagne. De longues herbes cachaient le fond de la serve, venaient fleurir en surface. Parfois un têtard montait en ondulant, venait coller sa bouche à l'air, et redescendait dans l'obscurité verte où ondulait la lanière dorée d'un serpent d'eau. C'était à la serve qu'on prenait l'eau pour remplir l'abreuvoir des moutons, quand le troupeau du village rentrait, au soleil couchant. L'eau du puits, trop fraîche et trop pure, faisait tousser les bêtes, qui en crevaient. Cette année, le puits lui-même est à sec. De mémoire de vieux, cela ne s'est jamais vu. Cela a dû pourtant se produire d'autres fois car des ancêtres prévoyants ont doté le village d'une troisième source d'eau. C'est une caverne creusée dans le flanc de la montagne, un peu plus bas que la plus basse maison du Désert. Elle s'enfonce en pente douce jusqu'à une grande profondeur. Jean, pour y entrer, doit baisser un peu la tête, mais les hommes du Désert, qui ne sont plus jeunes, peuvent y entrer sans se courber plus que leur âge. D'ailleurs ils n'y entrent point. Si c'est pour la soif, quand ils sont arrivés là, ils sont à mi-chemin de La Bégude, et la descente est facile, et à La Bégude, ils trouvent de la bière et des apéritifs. L'eau pour le ménage et pour les bêtes, c'est aux femmes de venir la chercher. Elles emportent leur fichu de laine et s'en couvrent au moment d'entrer dans la montagne, sans quoi le froid de la terre leur mordrait les épaules et leur donnerait le mal de la mort. Au premier pas, quel que soit le sec du dehors, on marche sur de la glaise humide, jaune, qui colle aux semelles. On s'enfonce dans le silence et on perd peu à peu la lumière. On trouve l'eau au moment où les bruits du dehors sont devenus très légers, cachés derrière une épaisseur de calme transparent. Une rangée de pierres marque le commencement de l'eau, car elle est si claire, tellement immobile, elle continue si parfaitement la demi-lumière verte et le silence et la fraîcheur qu'on ne la distingue pas du sol et qu'on entrerait à plein pas dans sa transparence. Pour la puiser, il faut s'agenouiller sur une dalle marquée d'une croix presque effacée. Les gouttes qui retombent font résonner l'argent de l'eau jusqu'au fond de la caverne. On ne voit pas le fond. Il est quelque part plus loin, dans le noir de la montagne. Les femmes remontent le chemin en escalier, les bras étirés par le poids des seaux où le sang de la montagne reflète le bleu du ciel qu'il n'a pas vu depuis des ans et des ans, quand il tombait en pluie sur la cime du rocher. Elles posent un des seaux sur la pierre de l'évier, et les hommes harassés qui rentrent de travailler au soleil décrochent la louche, la plongent dans le seau, et boivent à pleine bouche l'eau qui se garde fraîche plus d'un jour.

Sur les parois de la caverne pousse en bouquets fragiles une herbe que le vent jamais ne caresse, dont les tiges sont minces et noires comme des cheveux, et les feuilles en dentelle pâle doublée de grains de velours. Quand on cherche à la cueillir, elle se brise entre les doigts. Il faut la couper avec un ciseau, l'emporter entre deux pages d'un livre. Toutes les Bibles du Désert en ont quelques feuilles parmi leurs versets, aux passages qu'on lisait plus souvent que d'autres. Maintenant, on ne les lit plus.

Jacqueline s'est mariée à l'église. Albert Charasse, qui était protestant, a dû, en une semaine, se faire baptiser, se confesser et communier. Il a parlé au prêtre pendant près d'une heure. Il s'est soulagé de tant d'années de célibat sauvage. Il lui a surtout parlé de Jacqueline. Il a dit qu'il avait envie d'elle depuis qu'elle était fillette. Il a déposé le fardeau de ce péché. Le prêtre essayait de le calmer, de le faire bifurquer vers des fautes d'un autre ordre. Il revenait sans cesse vers Jacqueline, et disait comment il avait usé de son image le jour et la nuit. Le prêtre toussait. Dans l'église froide et sombre, le confessionnal brûlait. Pour sa pénitence, Albert Charasse a récité le *Pater* en français, et il a trouvé nouveau de dire vous à Dieu qu'il avait tutoyé dans son enfance. Il ne priait plus depuis longtemps. Puis il a répété derrière son confesseur, mot à mot, l'*Ave Maria*. Il est sorti soulagé, léger, presque gai. Ils se sont mariés le lendemain. Trois jours après la fugue de Jacqueline, il était entré de nouveau dans la boutique des Vibert, et il avait dit : « Alors, vous me la donnez, votre fille ? » Le soir, Mme Vibert avait dit à Jacqueline : « Albert Charasse t'a encore demandée... » Et Jacqueline avait haussé les épaules et répondu : « Si ça vous fait plaisir !... » Ils ont eu peur qu'elle ne change d'avis, ils ont décidé de ne pas perdre un jour, ils ont précipité les formalités. Albert Charasse est venu chaque matin et chaque après-midi. Avec M. Vibert, il parlait un peu, il parlait de son métier, des prix de revient. Dès qu'arrivait Jacqueline, il se taisait, il la regardait. Jacqueline lui tendait la main puis s'en allait. Il écoutait le bruit de ses pas dans les autres pièces. Elle, dans la chaleur des nuits, essayait d'imaginer celle de la noce, gémissait d'impatience. Et le matin, quand elle voyait Charasse, elle souhaitait que cette nuit-là ne vînt jamais.

A cause de la guerre, on n'a fait qu'un repas avec une dizaine d'invités, des proches parents. Jacqueline est en tailleur gris, et son mari, à côté d'elle, en costume noir dont les manches sont un peu trop courtes. On s'est mis à table à deux heures. On mange. Les invités mangent comme ils ne l'ont pas fait depuis longtemps. Des plats de viande, des omelettes, des mayonnaises, des petits pois, des asperges, des frites. Au milieu de la table, sur une grande coupe en verre fumé, des oranges et des bananes. C'est Charasse qui les a eues, par les Allemands. On boit. On parle. Souvent, les conversations s'arrêtent. C'est quand on touche à des sujets dangereux, à la guerre, au maquis, à l'occupation. Chacun se méfie. On a beau se connaître, on ne sait jamais. Charasse mange peu. Il regarde sa femme. Elle est à lui. Ses parents la lui ont donnée. Elle a dit oui devant eux, puis devant le maire et à l'église. Il mâche une bouchée, il ne sait pas quel goût elle a, il ne pense qu'à sa femme. Il boit pour avaler, il se tourne vers Jacqueline, il la regarde, il pose sa main sur son genou. Jacqueline est pâle et mince dans sa veste grise. Ses yeux sont immenses. Elle répond quand on lui parle. Parfois elle frissonne brusquement mais nul ne s'en aperçoit. On mange. Il fait chaud. Les hommes deviennent rouges. Mme Vibert regarde sa fille, tout à coup la voit, s'arrête de manger, met sa serviette sur sa bouche, éclate en sanglots. Elle se lève, elle renifle, elle s'excuse. Elle dit : « Je suis si contente, je suis si contente... » Elle sort de la salle à manger. Les invités plaisantent. Ils mangent. Jacqueline sourit, gentiment. M. Vibert s'essuie le front, débouche le champagne. Mme Vibert revient avec la bonne. Elles apportent les gâteaux noyés de crème au chocolat. Les invités s'exclament. Ils se servent. Ils en reprennent. Ils n'en peuvent plus, ils se hâtent. Certains habitent loin. Le couvre-feu, maintenant, est à sept heures. A sept heures on a battu la dernière gerbe. Tout le blé de la vallée dort maintenant dans des sacs. C'est un blé à petits grains très durs, un peu ridés, presque translucides à l'endroit du germe. Les minotiers le recherchent parce qu'il rend les farines nerveuses. Le dernier repas de l'équipe des battages va se prolonger tard dans la nuit. Jean est parti quand les étoiles ont été bien installées dans le ciel. Il monte vers le Désert par l'escalier de pierre, lentement, à grands pas calmes. Il doit faire deux pas pour couvrir chaque marche avant d'atteindre la suivante. Chacune est un petit palier en pente. Jean s'est tressé des sandales de paille, des semelles épaisses attachées par des ficelles aux orteils et aux chevilles. Il marche sans bruit sur les dalles de granit usées par des siècles de pas. Il atteint le village endormi que l'escalier coupe en deux jusqu'au rocher dressé dans la lumière de la lune. Jean monte entre les murs des maisons mortes. Des cavernes d'ombre indiquent un mur écroulé, une ruelle, une porte ouverte sur l'abandon. La lune coule du marbre sur les façades de pierre. L'ombre est bleue. Jean monte vers le rocher plus haut, plus droit, plus proche et plus inaccessible à chaque pas. Sa longue et haute muraille barre maintenant tout le ciel, domine la terre en repos, le sommeil des hommes. Jean, aux premières maisons, s'est senti délivré de toute présence. Il est entré dans un monde de pierres glacées et de nuit bleue et de silence. De la vallée, au-dessous de lui perdue, plus irréelle à chaque marche gravie, montent quelques bruits fantômes. L'escalier s'arrête entre deux maisons. Celle de gauche est celle de Marie, celle de droite est morte. L'une et l'autre silencieuses. Devant le pas de Jean s'étend la place nue, dallée de grandes pierres. Les maisons qui l'entourent sont presque toutes éventrées par la nuit. Jean traverse la place, s'engage dans le sentier qui conduit à la chapelle. Arrivé dans l'ombre du figuier, il s'arrête et il attend, debout, immobile. Marie arrive par le même chemin. Elle sait qu'il est là, mais elle ne le voit point. Lui la voit, blanche de lune. Il ouvre les bras, il appelle très doucement : « Marie... » Elle vient droit vers lui, sans le voir, droit vers sa voix, et s'arrête sur sa poitrine. Il pourrait l'appeler ainsi dans le feu, dans l'enfer, dans la nuit de la mort, il viendrait droit vers lui.

— Marie, qu'y a-t-il, mon amour ? Pourquoi pleures-tu ?

Le petit visage blotti contre son cou est glacé de larmes, et des sanglots secouent le corps chéri qu'il serre dans ses bras. Elle dit :

— Ils viennent me chercher. J'ai reçu une lettre. Les trains remarchent. Ils viennent demain. C'est notre dernier soir...

A l'aube, Mme Vibert se dresse dans son lit. La sonnette de la rue tinte, résonne, emplit les couloirs, l'escalier, la maison.

— Qu'est-ce que c'est ? grogne M. Vibert.

Il mâche sa langue épaisse, deux ou trois fois, se retourne contre le mur. Mme Vibert se lève en chemise, cherche du bout des pieds ses pantoufles, les enfile à moitié, court à la fenêtre. Elle entrouvre un volet, regarde.

— Mon Dieu ! C'est pas possible !...

Elle court vers l'escalier. La sonnette sonne toujours, sans arrêt.

— Qu'est-ce que c'est, qu'est-ce qu'il y a ? grogne M. Vibert.

Il s'assied, se frotte les yeux, essaie de se réveiller. Il écoute les bruits du bas. Il entend Mme Vibert tirer les verrous. La sonnette s'arrête. Mme Vibert ouvre. Devant elle, sur le trottoir, se tient Jacqueline, la jupe mal boutonnée, la veste sur son buste nu, les cheveux en mèches, le visage bouleversé. Elle se jette dans les bras de sa mère et pleure, pleure comme une petite fille. Mme Vibert pleure aussi. Elle serre d'une main sa fille contre sa chaude et molle poitrine toute libérée pour la nuit, et de l'autre main repousse la porte.

— Mon Jacqui, mon Jacquou, ma petite fille, mon trésor, qu'est-ce qu'il y a ? Viens, viens ici, viens, ne réveille pas ton père, viens...

Elle l'entraîne dans la salle à manger, l'assied dans un fauteuil, lui tamponne les yeux, court mettre la cafetière sur le réchaud.

— Qu'est-ce que c'est ? crie M. Vibert, de son lit.
— C'est rien ! Dors !...

Elle revient, elle baigne le visage de Jacqueline d'une serviette trempée dans l'eau fraîche. Jacqueline se calme, se renverse en arrière contre le dossier du fauteuil. Deux grosses larmes glissent de ses yeux fermés. Mme Vibert ne demande plus rien. Elle est assise sur le bras du fauteuil, elle caresse le front tourmenté, les mains brûlantes, boutonne la veste sur les seins nus. Jacqueline gonfle, gonfle sa poitrine, soupire et tout à coup recommence à sangloter, le visage dans ses mains. Entre ses doigts coulent les larmes, et entre ses doigts et entre ses larmes elle parle :

— Maman... c'était ça ?... Dis, c'était ça ?... Si j'avais su... Si j'avais su...

M. Vibert s'est rendormi. Marie se réveille entre les bras de Jean. C'était leur dernier soir, ce fut leur première nuit. Elle est restée près de lui. Ils ont dormi dans l'herbe, sous le figuier. Ils se sont aimés, ils ont dormi, et maintenant le ciel clair est plein de chants d'oiseaux.

— Tu es là, tu es là !... dit Marie.

Elle couvre de baisers le visage de Jean, elle se couche sur lui. Jean doucement se dégage, se lève.

— Marie, il faut rentrer, ta tante va s'éveiller... Vite, vite !...

Elle s'accroche à ses épaules.

— Jean, garde-moi, emmène-moi, ne me laisse pas... Jean, mon amour, je ne veux pas partir !... Je ne veux pas te quitter !...

Il la regarde avec un amour infini. Ses longs cheveux sont mêlés de brins d'herbe blonde, ses yeux levés vers lui brillent de larmes, ses lèvres roses gonflées, entrouvertes, attendent une réponse ou un baiser. Il se penche, il l'embrasse. Elle frissonne, ferme les yeux, crispe ses bras autour de lui. Il parle d'une voix très douce :

— Il faut partir, mon amour, il faut rentrer. Où irions-nous, tous les deux ? Je n'ai pas de quoi nous faire vivre plus de quelques semaines. Tu sais bien qu'il faut que tu rentres. Tu m'attendras auprès de tes parents. Tu sais bien que je reviendrai te chercher, quand

je pourrai te faire une belle vie, une vie digne de toi. Ma Marie, mon amour, tu sais bien... A Noël je reviendrai te voir. Dans trois mois...
— Trois mois, trois mois sans toi...
Elle n'a plus de force, elle pleure. Elle sait bien qu'il faut qu'elle rentre.
Mme Vibert a dit à Jacqueline :
— Maintenant, il faut que tu rentres, que tu rejoignes ton mari. Tu sais bien qu'il le faut. Tu verras, c'est pas si terrible. Tu t'habitueras. C'est la première surprise. Ce garçon t'aime. C'est un brave garçon. Il te rendra heureuse. Il faut y mettre du tien.

Jean s'étire, les deux bras levés vers le ciel. Ses jointures craquent, ses muscles s'allongent, une joie physique se tend dans son corps de la pointe aux orteils. Il baisse ses bras, soupire. Marie est partie. Il n'est pas triste. Il sait qu'il la retrouvera. Il va travailler pour elle. Il ne pense qu'à l'avenir. Devant lui s'étend un immense paysage. Il se tient debout au bord de la faille qui domine les vergers et toute la vallée jusqu'au fond de l'Ouest. La chapelle est à quelques pas derrière lui. A vingt mètres au-dessous de ses pieds se dressent les cimes des derniers amandiers. Ils sont secs et noirs. Les chenilles ont mangé leurs feuilles. Ils vont crever. Très loin, Jean voit les fermes éparses sur les pentes, grosses comme des grains de blé. Au fond de la vallée, sur la route qui suit la rivière, une voiture de foin semble un insecte gris. Quelque part aux échos résonne le gazogène de Sabret. Tout ce coin de nature paraît encore frais sous la lumière douce du matin, mais quand les rayons du soleil d'été auront dissipé les derniers fards de l'aube, il apparaîtra tel qu'il est, près de la mort, comme un vieillard qui a dépassé le temps du travail, qui n'a plus sur les os qu'une peau desséchée. La chair s'en est allée en innombrables récoltes, le sang a coulé avec l'eau des orages, le long des cailloux, des rochers, en vagues boueuses. Les hommes avaient gagné là leur domaine à coups de hache. Ils l'avaient taillé dans la forêt qui protégeait la terre des ruissellements du ciel. Maintenant la terre est épuisée, et les hommes replantent des arbres pour lui redonner un manteau de richesse. Jean voit les bataillons carrés des jeunes pins monter déjà à l'assaut de la montagne en masses sombres. Peu à peu, ils couvriront toutes les pentes. Ils chasseront les hommes, abriteront les sangliers, accueilleront de nouveau toutes les bêtes qui avaient fui devant la charrue et le fusil. Au pied du rocher, leur peuple innombrable et patient en quelques milliers d'années rendra sa richesse à la terre.

TROISIÈME PARTIE

LES FRUITS DE L'AUTOMNE

Je donne mon ticket à l'homme du métro. Il est assis, enfoncé dans le mur, tête basse. Devant lui, d'un bord à l'autre de sa niche, passent des hommes et des femmes. Il ne les voit que des pieds jusqu'au ventre. C'est l'essentiel.

Je vois le dessus de sa casquette, moirée d'usure et de crasse. Elle lui sert la semaine et le dimanche, et les jours de pluie elle reçoit la pluie. La visière me cache son visage. De son corps vivant je ne vois que sa main qui tient la pince, la machine à faire le petit trou. La pince s'avance vers mon billet et le mord. La main qui tient cette pince est la main de l'homme qui fait des trous huit heures par jour, mille trous par heure, tous pareils, de la même taille, huit mille petits trous ronds. Chaque trou qu'il perce vole dans ses yeux en image de petit trou rond, papillote et tourbillonne et entre dans sa tête, et derrière elle viennent d'autres images pareilles, et l'intérieur de sa tête est creusé, rongé, par cette fourmilière de petits trous ronds. Un trou carré ! Un seul ! Si la pince, tout à coup, perçait un trou carré ! Il s'éveillerait brusquement du sommeil des habitudes et des certitudes. Il ne pourrait plus croire à sa pince, plus croire à rien.

Il se demande à qui sont ces deux jambes devant lui, qui ne passent pas comme les autres, qui demeurent, avec leurs poches aux genoux, et ces chaussures mal cirées, ce pardessus entrouvert, cette longue main qui tient par la poignée une serviette de cuir culottée. Inquiet, il lève la tête et me regarde. Et j'ai vu ses yeux, glauques, pareils à des huîtres, froids comme de l'eau, avec, au milieu, un petit trou rond.

Une femme est venue s'asseoir sur la banquette en face de moi. Elle est vêtue d'un manteau d'étoffe mince noire, dont les bords se joignent à peine, tant il est coupé à l'économie. Elle est montée à la Bastille. Elle revient peut-être de faire un ménage. Elle est laide. Elle cherche humblement à s'embellir, elle enferme ses cheveux dans une résille, elle porte des clips aux oreilles, achetés chez le coiffeur de son quartier, deux nœuds de velours noir. Elle est laide et triste de pauvreté, de sa pauvre vie que rien ne viendra jamais peindre en couleurs. Son manteau noir, sa résille noire, ses nœuds noirs aux oreilles, et sa vie noire. Elle était pauvre avant de naître, personne ne lui a appris, quand elle était petite, à reconnaître ce qui est beau, à aimer la joie. Maintenant, elle peut gagner le gros lot, elle ne quittera jamais son manteau noir. Quand elle était petite, on lui a seulement appris à travailler. De son cabas de toile cirée posé sur ses genoux, sort le bord ondulé d'un moule à tarte. Elle vient de l'acheter, il brille. Il lui restait quelques tickets de pain. Elle a obtenu de la farine. Elle va faire une tarte sans beurre.

Une tarte... L'homme était aplati comme une tarte. Le char lourd a écrasé son canon, l'a écrasé lui-même. Il était peut-être déjà mort, ou seulement blessé. Il n'a pas pu fuir, il n'a pas eu le temps de hurler. Soixante tonnes d'acier l'ont aplati, à toute vitesse, sans s'arrêter, déjà loin. Il ne reste de lui que l'apparence, son uniforme repassé. Il a giclé en bouillie par les manches et les boutonnières. Sa tête a éclaté comme une groseille, et s'est enfoncée dans la terre avec les herbes et les petits cailloux. Je viens de le voir au cinéma.

Il était le frère de cette femme, et de l'homme qui conduisait le char, et de celui qui perce les petits trous. C'est leur travail qui a construit le char, et qui a construit aussi l'obus qui, un peu plus tard, a fait flamber le char et cuit son conducteur. C'est leur travail qui a construit le métro brillant qui emmène la femme vers un autre moment de sa vie noire. Grâce à lui, elle va plus vite vers ses peines. Dans le filet au-dessus de sa tête, j'ai posé ma serviette, qui contient mon manuscrit. Je ne la quitte pas des yeux. Si on me le volait, je devrais tout recommencer. Et ce serait certainement un autre livre. Ces trois pages que je viens d'écrire aujourd'hui n'auraient pas été les mêmes si je les avais écrites hier ou demain. Je ne pourrais pas retrouver les mêmes humeurs, les mêmes facilités, les mêmes obstacles. Le métro n'emporte jamais les mêmes voyageurs. Il y a dix-huit mois, Jean était peut-être assis à cette place. C'est pourtant peu probable. Il venait rarement sur la rive droite. Dieu seul sait où il est aujourd'hui.

Le train s'est enfoncé lentement au cœur du silence noir de la ville. Il est maintenant à l'extrémité des rails, au dernier mètre des milliers de kilomètres. S'il ne s'était pas arrêté là, il descendait par l'escalier sur la place, dans la rue. L'énorme machine luit et craque, et crache des gouttes d'eau grasse, des jets de vapeur qui s'épanouissent en gerbes blanches. Le mécanicien essuie ses mains à un torchon, penche vers le quai son visage de cirage aux yeux blancs.

Il pleut. Jean, debout, seul sur le trottoir, essaie de deviner ce que cache devant lui la nuit. La foule pressée sortie de la gare l'a déposé là, seul. Juste au-dessus de sa tête, une ampoule, du haut d'un grand lampadaire, laisse tomber une demi-clarté bleuâtre déjà éteinte avant d'atteindre le sol. La pluie ne parvient pas à éclairer les pavés. Il faudrait pourtant bien peu de lumière. Quelques gouttes d'eau, la moindre clarté, et les pavés font le dos rond luisant. Mais la nuit à travers laquelle tombe la pluie est vraiment noire. Jean ne s'est jamais trouvé au milieu d'une nuit si noire. A la campagne, ou dans les rues de province aux maisons basses, les plus obscurs minuits gardent un souvenir du jour. Ici, les murs cernent l'obscurité et pèsent sur elle, l'écrasent, en font une matière dense contre laquelle Jean lève les mains de peur de s'y heurter.

Un œil de lumière brusquement la perce : une lampe de poche qui surgit au poing d'un passant invisible s'avance en ondulant, regarde les pieds de Jean puis sa figure, retourne au trottoir, révèle une flaque frisée de la chute des gouttes, accroche un coin de mur, tourne, disparaît. Une bouche déjà éloignée tousse. Jean est fatigué. La pluie a traversé sa veste de coutil, délavé sur son visage la crasse du voyage. La poussière de charbon roule dans les ourlets de ses oreilles et lui pique le coin des yeux. Devant lui et derrière lui, et à sa gauche et à sa droite, cette nuit, autour de lui, c'est Paris. Il sait tout ce que dit ce mot : des espaces de maisons accumulées, des siècles de vie grouillante, et les fumées des usines autour des cathédrales ; et quelles chances, et quels risques. Mais il ignore ce qui se trouve trois pas devant lui. Il n'a pas trouvé d'hôtel. Les hôtels proches de la gare ont fermé leurs portes, éteint leurs enseignes pâles. Ils sont pleins. Le train est arrivé dans la ville endormie, après l'heure du couvre-feu. Jean serre dans sa main, au fond de sa poche, un laissez-passer qu'on lui a donné à la gare, et sur un morceau de papier une adresse où il veut se rendre, avec la station de métro. Mais le métro est fermé, comme les hôtels.

Jean est seul dans la nuit énorme de la ville. Il ne voit même pas ses pieds, ses yeux ne distinguent pas son corps de la masse des ténèbres, mais il se sent dur au milieu d'elles, dur et lourd d'angoisse. Il est au bout du voyage. Derrière son dos se dresse la distance qui le sépare de Marie.

Il a quitté Saint-Sauveur un jour après elle. Lorsqu'il est monté dans le train, il ne pensait qu'à l'avenir qui les réunirait. Il sautait par-dessus la séparation, il ne la mesurait pas, il était déjà dans l'avenir. Mais le train l'a emporté, et le voici arrivé au bout du voyage, et Marie est restée à l'autre bout. Maintenant cette séparation est là derrière lui et devant lui, en kilomètres et en jours entassés, que rien ne pourra faire fuir plus vite que le temps.

Il a voulu retourner à la gare, pour dormir quelque part dans une salle, sur un quai. Il ne l'a pas retrouvée, il s'est enfoncé dans la nuit qui se ressemblait partout, dans l'épaisse présence de la ville close par le ciel noir. Le dos un peu courbé sous la pluie, le col de sa veste de coutil relevé, une main devant lui ouvrant son chemin, l'autre tenant par un nœud de corde sa valise, il s'avançait à pas hésitants, entre les maisons invisibles, accroupies ; et le cercle des millions de présences silencieuses autour de lui dans l'ombre se déplaçait lentement, avec lui au centre de leur foule noire ; et lui courbait un peu plus le dos, arrondissait ses épaules, se fermait autour de l'image apportée de l'autre bout du voyage, se faisait abri, cuirasse autour d'elle, contre l'assaut de cette énorme nuit, de cet entassement sous ce poids de ciel.

Il a enfin rencontré deux agents, qui l'ont conduit au poste pour attendre l'aube. En ce temps-là, c'était un lieu d'asile.

Il a mis six jours pour venir de Millebranches à Paris, dont cinq jours dans le même train. Les couloirs sont bloqués par un mortier d'êtres humains et de bagages qui déborde sur les marchepieds. Jean a pu s'asseoir, après Lyon, sur la valise que lui a vendue le père Maluret. Il l'a dressée dans le couloir, et il est à moitié assis sur elle, d'une fesse, près de la porte d'un compartiment où des voyageurs se tiennent debout entre les genoux de ceux qui se serrent sur les banquettes. Une grosse femme, près de la fenêtre, s'est mise à gémir. Elle devenait verte, elle poussait des petits cris, elle se tenait le ventre, comme si elle allait accoucher. C'était autre chose. Elle ne pouvait plus, elle ne pouvait plus. Elle s'est accroupie sur un papier, entre les banquettes et les jambes. Des larmes coulaient sur son nez, de honte, et, en même temps, du plaisir de la délivrance. Les hommes ont tourné la tête et chacun a mis son mouchoir sous son nez. Une petite rigole a serpenté entre les pieds, baignant, de-ci, de-là, des coquilles d'œufs, des croûtes de fromage, des journaux froissés, les semelles.

Avant Dijon, le train s'est arrêté, en pleine campagne. Les rails avaient sauté. Six heures de réparation. Les voyageurs, résignés à tous les retards, heureux de se dégourdir, se sont répandus dans les champs, sauf les assis, qui ne voulaient pas perdre leur place. Un représentant de commerce est revenu avec une poule, il a dit qu'il était allé l'acheter dans une ferme, mais il l'avait eue simplement à la course.

Quand Jean est remonté, il avait changé de voisins. Un petit homme était pressé contre sa poitrine. Il n'a vu d'abord que ses cheveux argentés, et le haut d'un front brun. Le train est reparti avec précautions. Sur les ballasts, les ouvriers qui avaient replanté la voie faisaient des gestes de bon voyage avec leurs outils.

L'homme avait son nez planté dans la veste de Jean. Il a pris tout à coup une crise de rage, et s'est mis à jurer, à agrandir sa place, à chercher de l'air, en se démenant, en agitant de tous côtés ses coudes, sa tête, ses pieds, son derrière. Pour un peu, il aurait mordu.

Une telle fureur vibrait dans le corps de ce petit homme que ses plus proches voisins, imbriquant de leur mieux leurs aigus dans les creux d'autrui, parvinrent à lui donner un peu d'aise. Il a soupiré, enfin, et levé la tête pour regarder Jean. Jean a vu un visage tourmenté, des joues creuses fardées de la crasse et de la barbe du voyage, un nez courbe, coupant, une grande bouche aux belles lèvres, des yeux noirs farouches sous des sourcils froncés. L'homme regardait Jean avec une curiosité furieuse. Jean se demandait s'il devait sourire ou tourner la tête. Mais à gauche il avait une valise, et à droite un chignon. Il a souri. Quand le train est arrivé à Dijon, ils se connaissaient. Bazalo est peintre. Jean n'a jamais entendu parler de lui, mais il ne connaît en vérité que quelques noms classiques. Celui de Bazalo commence à faire courir les marchands et les amateurs. Il gagne beaucoup d'argent mais il continue de voyager en troisième parce qu'il en a l'habitude depuis trente ans. Il est fils d'ouvrier tailleur. Il a grandi dans une petite rue sale près de la République.

Lorsqu'il a regardé Jean, il a été frappé par l'évidence de sa jeunesse. Les écharpes de vapeur et les arbres fugitifs jetaient dans le wagon, entre les piles des valises, des reflets blancs et verts qui blêmissaient les autres visages, et palpitaient en coups d'ailes sur celui de Jean. Jean a souri à Bazalo avec une franchise tranquille, les paillettes d'or de ses yeux brillaient, et Bazalo lui a aussitôt adressé la parole en le tutoyant. Il est aussi impatient dans ses sympathies que violent dans ses colères.

Après Dijon, le convoi s'est arrêté de nouveau. Une douzaine d'avions, en carrousel, laissaient tomber leurs bombes sur une gare, un peu plus loin. Des champignons de poussière poussaient sur l'horizon.

On est revenu à Dijon, machine arrière. On est reparti vers l'ouest, on a bifurqué plusieurs fois, on s'est engagé sur une voie unique. Au bout de trois heures, le train s'est trouvé bloqué au milieu d'une plaine, entre quatre trains qui le précédaient à la queue leu leu, et trois autres qui l'ont rejoint. Bazalo a donné son adresse à Jean, sur une feuille de carnet. Il lui a dit : « Viens me voir dès que tu seras arrivé. » Puis il est descendu par la fenêtre. Il va rentrer par la route, il arrêtera les autos, les camions, il marchera. Tout plutôt que de continuer à mijoter dans cette étable roulante qui ne roule pas assez. C'est son adresse que Jean serrait dans sa poche. Il s'y est rendu le lendemain. Bazalo n'était pas rentré. Jean comptait sur lui pour trouver du travail. Il a dû se débrouiller seul. Il s'est d'abord fait inscrire aux Beaux-Arts. Il a acheté les journaux. Une petite annonce lui a fourni l'adresse de l'Imprimerie Billard, impasse de Nantes, rue Louis-de-Nantes. On demandait un correcteur. L'annonce disait : « Trav. fac. conviendrait étudiant. »

Voici Billard, l'imprimeur. Il est planté sur la porte de son atelier, jambes écartées, les mains dans les poches de son pantalon, la tête un peu baissée, les sourcils froncés. Il se demande qui le regarde ainsi. Il est rouge de visage, aussi un peu dans le blanc des yeux, et vers le milieu de son crâne la peau rougeoie à travers les cheveux devenus rares. Ce sont des cheveux blonds, très fins. Ils blanchiront tard. Billard sort de sa poche sa main droite, qui tient un paquet de gauloises. Les dernières phalanges de l'index et du majeur manquent. Il les a perdues sous un massicot, à seize ans. Il les a depuis longtemps oubliées. Sur les autres doigts, il a de petits bouquets de poils.

Il scrute encore une fois l'impasse où jouent seulement quelques gamins, cherche à voir à travers la vitre du café qui se trouve à l'intérieur. Est-ce de là qu'on le regarde ? Il allume sa cigarette à son briquet, et crache un bon coup sur les pavés. C'est pour ceux qui le regardent. C'est pour nous.

C'est ainsi que Jean l'a vu, ainsi exactement planté sur le pas de sa porte, le jour où il s'est présenté, tenant à la main sa valise.

Maintenant Billard se retourne, pousse la porte, rentre dans son atelier. Les machines sont immobiles. Elles ne roulent que la nuit, à cause des restrictions de courant électrique. Quelques ouvriers manipulent des formes, intercalent des corrections. Billard sent monter en lui la mauvaise humeur. Ces machines immobiles, ces débris de personnel, ce travail incohérent !

Il a envie de jurer, il prend l'escalier de gauche, il va se soulager en secouant Mlle Bédier, sa secrétaire.

Jean est arrivé là, au bout de son voyage, entre ces trois murs. Il s'est arrêté à l'entrée de l'impasse. Son pantalon de velours, trop court, dégageait le haut de ses brodequins, et un centimètre de ses chaussettes de laine blanche. Sa valise cordée pendait au bout de son bras droit, étirait son poignet nu, au-dessous de sa manche. Il a vu en face de lui le mur de ciment gris, avec le mot « Imprimerie » au-dessus de la porte, et un homme planté sur le pas de la porte, les jambes un peu écartées, les mains dans les poches. A sa gauche, il a vu la vitre triste d'un café désert, et à sa droite une ouverture noire dans le troisième mur, avec une femme en train de raccommoder, assise sur une chaise. Au milieu, sur les pavés, des enfants pâles et sales jouaient. Il a hésité un instant, puis il s'est avancé. La place était encore libre. Il l'a eue.

Maintenant, il travaille là, il y mange, il y dort, il y vit. Il est un habitant de plus dans l'impasse de Nantes. Il sait ce qu'il y a derrière la vitre du café. Il sait qui est la femme qui raccommode. Les enfants continuent de jouer sur les pavés de l'impasse. C'est une voie privée. Quand Billard s'y est installé, elle était deux fois plus profonde. Il a fait de bonnes affaires, il a loué toutes les boutiques autour de lui, et l'impasse elle-même, jusqu'au café. Il a dressé un mur en travers de la chaussée, et posé une verrière au-dessus. Tout le fond de l'impasse est sous le toit de verre. Les anciennes boutiques ont gardé leurs enseignes. Les linotypes sont chez le bougnat, les marbres dans la crémerie, la clicherie dans la cave, les piqueuses chez le concierge, et les rotatives entre les trottoirs sur lesquels s'alignent les bobines de papier.

Billard a dit à Jean : « Quand j'ai débuté, comme ouvrier, je gagnais cent sous par jour. » Il trouve normal, à son tour, de mal payer ceux qui commencent, qui ne savent pas bien se défendre. Il pense que ça les dresse. Il ne donne pas grand-chose à Jean, mais il le nourrit et le couche chez Gustave, patron du café. Pour la chambre et les repas, Gustave fait payer à Billard presque les mêmes prix qu'avant guerre. Il y a vingt ans que sa chambre sur la cour est réservée au personnel de l'imprimeur. Ce sont deux vieux amis.

Gustave pèse un peu plus de cent dix kilos, bien souvent cent douze dans l'après-midi, le poids des litres en plus dans sa panse. Il a montré à Jean sa chambre. Il lui a dit, en s'asseyant sur le bord du lit qui a gémi :

— Vous avez un bon patron. Il faudra pas vous en faire s'il gueule un peu, de temps en temps. Il est excusable. C'est à cause de sa femme, elle est infirme depuis la naissance de leur fils, ça va faire bientôt vingt-cinq ans. Elle s'est dérangé quelque chose dans le bassin, dans les hanches, elle peut plus marcher depuis. C'est pas drôle pour un homme.

Il a ajouté, après un silence :

— Pour elle non plus, bien sûr.

Jean prend son travail le soir à huit heures. Il traverse l'atelier en mâchant une dernière croûte de pain. Les ouvriers commencent à le connaître. Il entre dans la crémerie. Sur la devanture demeure en lettres d'émail l'annonce du lait frais et des œufs du jour. Près de la caisse, l'apprenti déjà noir jusqu'aux coudes, son visage de rat maigre maculé de virgules d'encre, tire des épreuves à la presse. Jean grimpe sur son tabouret. Quelques feuilles humides l'attendent. Les rotatives démarrent, s'emballent. Leur vacarme de tank ébranle les murs, monte du tabouret dans les os de Jean, lui emplit la cervelle et s'y dissout, y devient normal, habituel comme le battement du sang. Dans le grondement des machines qui lui emplit la tête demeure l'image silencieuse de Marie. Il fait son travail avec ses yeux et les réflexes de sa main. Il reprend parfois une ligne qu'il a suivie sans la lire, donne pendant quelques minutes une attention précise à la suite des lettres. Même pendant ces courts instants, la pensée de Marie reste en son esprit, prête à reprendre bientôt toute la place. S'il parvient à gagner du temps sur l'apprenti, s'il dispose d'un peu d'avance, il met ses mains sur son visage, les coudes appuyés sur la caisse qui tremble, et la lumière de son amour et le poids étouffant de l'absence l'emplissent tout entier.

Son pantalon a perdu son odeur d'herbe sèche et de velours chauffé au soleil. Le cal de ses mains s'attendrit.

Il a appris les quelques signes bizarres par lesquels on signale les fautes. Il lui arrive d'en laisser passer. Il ne sait pas bien lire les mots lettre à lettre. Mais si Billard avait voulu s'attacher un correcteur professionnel, il aurait dû le payer plus cher. Il n'emploie à ce travail que des amateurs. Il les renvoie dès qu'ils demandent une augmentation.

Les cours des Beaux-Arts ne commencent qu'en novembre. Jean dispose de toutes ses journées. Le matin, il dort. Il dort plus de huit heures, comme un enfant. La porte de sa chambre donne sur la salle du café, et sa fenêtre sur la cour de l'immeuble. Le premier jour, quand Gustave l'eut laissé seul dans la chambre, Jean est allé à la fenêtre, l'a ouverte de ce grand élan avec lequel, au Pigeonnier, il invitait à entrer l'air et la lumière. La fenêtre a grincé, s'est ouverte en résistant. Jean est resté immobile, stupéfait. La cour, large de cinq ou six pas, sur laquelle n'ouvre aucune porte, où personne jamais ne marche, est recouverte d'une couche de poussière grasse, molle, tissée de cheveux, soudée de crachats. Quelques objets morts, noyés, angles effacés, font des bosses sous son tapis. Une lumière verdâtre se perd sur le bas des murs. A leurs aspérités s'accroche çà et là une mèche de crasse pétrifiée. Une odeur de champignons, de latrines et de choux, pèse sur ce lieu perdu. Si l'on prenait par un coin, avec des pinces, cette couche innommable, on pourrait la rouler comme une couverture, et peut-être dénuderait-on un peuple de larves, d'insectes blancs et aveugles, de vers lents.

Jean s'est reculé lentement, a fermé la fenêtre. Il ne la rouvrira plus. Il a écrit à Marie, il lui a décrit la cour, ce déchet d'espace au milieu de la ville, plus perdu, plus retranché de la vie qu'un désert. Il a dit à Marie : « Mon amour, mon amour, j'ai vu là ce que deviendraient mon cœur et mon âme si quelque destin abominable devait un jour me séparer de toi... »

Il a été long à se débarrasser de l'angoisse. Parfois, lorsqu'il rentre, fatigué, son travail fini, lorsqu'il ouvre sa porte, son regard se fixe sur la fenêtre, en face de lui. Derrière les rideaux, les vitres, les volets, il sent peser la nuit accablée au visage de poussière. Il frissonne, se hâte de se déshabiller.

Son lit de cuivre a perdu trois de ses boules. La quatrième, empalée sur son pas de vis rongé, s'agite en sonnette quand il se couche, tandis que le sommier s'agite et grince. Jean éteint, ferme ses paupières entre ses souvenirs et le présent. Il retrouve en lui la lumière des nuits de Saint-Sauveur, et Marie radieuse, son parfum, sa chaleur, sa faim d'amour. Il cherche dans les draps vides les douces cuisses. Peu à peu il se réchauffe. Le sang lui frappe les tempes. Il se souvient, il se souvient... L'odeur d'amour de Marie, l'odeur de sa peau moite et de l'herbe froissée, la chanson d'amour de Marie, et la douceur, la chaleur d'elle autour de lui en elle plongé... Il se tourne et se retourne, enfonce sa tête dans l'oreiller, crispe ses mains sur les draps vides. Son dur désir lui meurtrit le ventre, lui brûle les oreilles. Il rejette tout à coup les couvertures, allume, il va se baigner le ventre et les cuisses et tout le visage d'eau glacée. Il se recouche, prend un livre, s'endort sur la troisième page.

Le bruit du café l'éveille, un peu avant midi. Il se lave des pieds à la tête. Il se gifle de son gant, se frotte, siffle. Il est bientôt rouge, il fume. Il dispose d'une cuvette en émail, écaillée, percée d'un trou qu'il a obstrué avec une allumette enrobée de coton. Sous ses pieds, à l'endroit où il fait sa toilette, le plancher, peu à peu nettoyé, retrouve la couleur du bois. Une humidité molle coule des murs. Le papier s'en va par couches.

Jean s'habille en hâte et sort.

— Bonjour, monsieur Tarendol, dit Gustave, de son comptoir, vous avez bien dormi ?

— Très bien, merci, et vous ? dit Jean.

— Oh ! moi, dit Gustave, il y a longtemps que j'ai fini !

Il se lève vers huit heures, bien qu'il se couche rarement avant deux ou trois heures du matin. Mais de temps en temps, dans la journée, il dort un peu sur une chaise.

Jean va marcher, prendre l'air avant de se mettre à table. C'est le moment de la journée où il se sent le mieux. La vague et morne angoisse qui pèse sur lui depuis son arrivée à Paris fait trêve pendant ces premières heures. Il a plaisir à marcher à grands pas. C'est la seule dépense physique qu'il puisse faire ici. Il choisit les rues calmes du quartier. Les clous de ses souliers grincent sur les pavés, sur le ciment du trottoir. Il ne regarde rien, il marche, c'est un besoin.

Au premier étage du numéro dix-neuf de la rue Louis-de-Nantes, à la fenêtre de gauche, un rideau a bougé. Derrière ce rideau se tient Mme Billard, la femme de l'imprimeur. Depuis vingt-cinq ans.

Elle ne peut plus marcher du tout, depuis la naissance de son fils Léon. Elle est écrasée sur ses hanches inertes. Son mari la porte du lit au fauteuil, du fauteuil à la chaise percée. Il la laisse seule pendant qu'il est à l'atelier. Quand il revient, parfois, il faut qu'il la nettoie.

Elle n'est plus sortie depuis vingt-cinq ans. Elle est là derrière son rideau, assise, elle ne vit que du buste, qui se déplace, à gauche, à droite, et de ses mains grises, moites, qui effleurent le rideau, le soulèvent, le rabattent, reprennent les aiguilles à tricoter. Ses yeux brillent, guettent ce qui passe. Elle se nourrit de la rue.

Elle connaît mieux que n'importe qui les événements du quartier et la vie intime des voisins. Elle tricote, elle guette de son œil aigu les allées et venues, elle reconnaît chacun, surprend les rencontres furtives, devine les premiers symptômes des adultères et prévoit leur dénouement. Depuis qu'il n'y a plus de laine, elle défait de vieux tricots et les recommence, pendant que la T.S.F., sans cesse, du matin au soir, bourdonne à portée de sa main. La mère Delair vient faire le ménage, le matin, et la cuisine pour toute la journée. Elles échangent et complètent leurs renseignements. Rien ne leur échappe.

Mme Billard laisse retomber son rideau, éloigne son visage de la fenêtre. Elle a vu son mari qui sortait de l'impasse. Elle entend ses pas dans l'escalier, elle entend ouvrir la porte. Ses yeux s'éteignent, les coins de sa bouche s'abaissent, les mèches de ses cheveux gris tombent plus raides, plus tristes, jusqu'à ses épaules. Elle commence à gémir.

Il ne lui demande pas comment elle va, elle n'attend pas qu'il le demande. Elle a mal aux reins, elle a mal à ses pauvres fesses, et ses pauvres jambes sont pleines d'aiguilles, et ses pieds doivent être enflés, regarde s'ils sont pas enflés, tu peux pas savoir ce que c'est de ne pas pouvoir bouger, quel supplice d'être clouée là, pendant que tout le monde va et vient, et qu'il fait si beau, j'aimerais tant aller me promener ou faire des courses, me rendre utile, au lieu d'être bonne à rien, une charge pour tout le monde, une infirme, pourquoi Gustave vient jamais me voir ? Tout le monde m'abandonne, et le bon Dieu aussi ; il devrait bien me délivrer, qu'est-ce que j'ai pu lui faire pour mériter ça ? Ah ! mon Dieu, donnez-moi la mort ! Et pourquoi Léon est pas rentré avec toi ? Je le vois plus, il aime plus sa mère, il arrive, il mange trois bouchées et il se sauve, et pourquoi tu dis pas à Gustave de venir me voir ? Et ton petit employé, ton correcteur, comment tu l'appelles, Tarendol, pourquoi tu me l'envoies pas, il doit être bien seul, il connaît personne, ah ! mes pauvres pieds, ils sont en plomb ; il est bien mal habillé, ce petit Tarendol, il a l'air d'un paysan, il corrige bien ? Non, ça c'est les pois cassés pour ce soir, les nouilles sont dans le buffet, non, pas là, sur la planche du haut, ah ! mon Dieu, de ne pouvoir bouger, ah ! mon Dieu, d'être là...

Billard ne dit pas un mot. Léon arrive, va embrasser sa mère sur le front. Elle le retient par sa veste, elle pleure un peu, il se dégage doucement, pousse le fauteuil vers la table. Elle mange beaucoup, elle n'a jamais perdu l'appétit, bien qu'elle se plaigne aussi de son estomac. Et en mangeant elle parle, une bouchée, une phrase. Elle voudrait bien que Tarendol vienne la voir. Elle se demande ce qu'il est venu faire à Paris, quand on est si bien à la campagne, pour le ravitaillement.

Billard grogne :

— Laisse donc ce garçon tranquille...

Léon s'en va. Son père reste encore un moment avec l'infirme. Elle a besoin de lui. Puis il l'installe de nouveau près de la fenêtre et retourne à l'atelier, vite.

Il est plus heureux parmi ses machines que chez lui. Il pense sans cesse à son travail, pour ne pas penser à l'autre moitié de sa vie. C'est peut-être la cause de sa réussite.

Léon, son fils, avait été fait prisonnier en juin quarante. Il est rentré avec les sanitaires, sur une civière, il était à moitié mort. Quand il s'est relevé, Billard l'a envoyé trois mois chez son frère, qui cultive des fruits à Saint-Germain-au-Mont-d'Or. Maintenant il est redevenu presque comme avant guerre. Il fait les travaux soignés de la maison. Il conduit une machine précieuse, installée au sous-sol, tout automatique. Il la soigne comme une maîtresse, il passe ses dimanches à l'astiquer. Il l'a montrée à Tarendol, il lui a expliqué ce qu'est une machine « en blanc ». Depuis, il serre la main de Jean quand il traverse la crémerie pour descendre à son sous-sol, mais il ne lui parle guère. Pour tout ce qui n'est pas son métier, il est timide. Il est mince, grand, ses cheveux blonds bien collés à la raie sur sa tête. Il est un peu trop sérieux, presque triste, peut-être parce qu'il n'a jamais vu sourire sa mère, même lorsqu'il était enfant. Il a l'air toujours pâle comme s'il relevait de la typhoïde.

Jean s'intègre peu à peu au monde de l'impasse. Il va de l'imprimerie au café, du café à l'imprimerie, il dérange les jeux des gosses du cordonnier italien, qui habite en face de chez Gustave. Ils ne rentrent que pour manger, ça ne leur demande pas beaucoup de temps, puis ils ressortent, c'est trop petit chez eux. Après avoir failli tomber trois fois, Jean a appris à éviter, la nuit, le trou au milieu de la chaussée, où les pavés se sont enfoncés sur la largeur de deux pas, quelque chose qui a cédé en dessous, un des mystères du sous-sol.

Il lui semble qu'il est là depuis des mois. Il a quitté Marie, Marie est loin de lui, loin de ses mains, loin dans le temps. Il est arrivé là, et l'impasse s'installe autour de lui, grise. Il y dort, il y travaille, il y mange, il y vit.

Un jour, où le ciel gris au-dessus de l'impasse était plus bas que d'habitude, Jean a éprouvé une envie panique de s'en aller, tout de suite, sans attendre une seconde, de partir en courant pour ne revenir jamais, jamais dans ce piège, dans ce puits. Le morne, l'affreux danger sans visage était là près de lui, prêt à le happer, à l'entraîner au fond des abîmes, sans lui laisser une chance, un geste, une respiration. Il s'est secoué, il s'est dit que c'était stupide, pas du tout raisonnable. Il est resté. Il a pensé que c'était un effet de l'ennui, et de la déception. Il avait imaginé qu'il arriverait à Paris, qu'il ferait un grand effort pour gagner Marie, que ce serait un travail joyeux, comme les gerbes au bout de sa fourche. Mais il n'y a rien à soulever, pas d'effort, pas de sueur. Cette besogne de petite plume sur des morceaux de papier, ces heures assises, et les cours qui vont durer des années, qui ne sont pas encore commencés...

Et cette ville, autour de lui... A la campagne, tout était simple. Il connaissait le monde qui l'entourait, il y tenait sa place. Ici, il faut qu'il apprenne tout. Il a des moments de dépaysement où il se sent aussi étranger, malhabile, qu'un chien de berger soudainement transporté et lâché dans le tumulte des boulevards.

Il a cru que cette angoisse subite qui l'avait tout à coup frappé, cette envie de fuir qui l'avait secoué comme elle secoue les bêtes à la veille d'une inondation ou d'un séisme, était un effet du mal du pays. Il s'est raisonné, il s'est ressaisi. Il est resté. On n'obéit pas à des enfantillages. L'homme est un être raisonnable. Jean s'est appliqué, au contraire, à connaître, à aimer les ouvriers de Billard, les gens du café, à se construire là un petit univers familier.

Les habitants de l'impasse savent qu'une fille de son pays lui écrit chaque jour, mais il ne pouvait parler d'elle à personne. Et parfois il avait tellement besoin de parler d'elle qu'il allait s'enfermer dans sa chambre, pour pouvoir dire son nom à voix haute, plusieurs fois de suite, pour le caresser dans ses lèvres, dans ses oreilles, et il levait les mains pour le sentir passer entre ses doigts.

Il est moins malheureux depuis qu'il a retrouvé Bazalo. Il s'est souvenu du bout de papier avec son adresse, il y est allé. Bazalo était rentré. Le peintre a été content de le revoir. Jean s'est épanoui devant sa sympathie. Au bout d'un quart d'heure, il lui a parlé de Marie.

Le café de Gustave est presque une annexe de l'imprimerie. Les ouvriers de Billard, entre deux tirages, ou à la fin d'une mise en train difficile, viennent chez Gustave se laver le gosier de la poussière de papier. Parfois, ils appellent Jean, qui les accompagne, si ses épreuves lui en laissent le temps. Ils acceptent rarement de le laisser payer. Ils savent qu'il ne gagne pas grand-chose. Gustave n'a guère d'autres clients qu'eux, sauf quelques habitués. Il reste parfois une heure sans voir personne, surtout depuis que les imprimeurs ne travaillent que la nuit. Après l'heure obligatoire de fermeture, ils passent par le couloir. Ils trouvent Gustave en train de faire la belote avec Vernet, le sergent de ville qui quitte l'uniforme après son service, avec le père Delair, le plâtrier-peintre, et Mme Empot, qui vend, en temps normal, des légumes de saison dans sa petite voiture au coin de l'impasse. En ce moment, elle n'a que du thym et de la ciboulette. Elle les dispose en maigres bottes. Elle n'en vend guère. Assaisonner quoi, avec ce thym ? Quand on ne sait plus ce que c'est qu'un lapin, à Paris. Mais Mme Empot porte à domicile de la viande, du beurre, du sucre, tout ce qu'elles veulent, aux clientes qui ont les moyens de payer.

Elle dit à Billard :

— Il est joli garçon, ton correcteur.

Billard a grogné :

— C'est pas pour toi, vieille taupe. Il est amoureux...

Elle a haussé les épaules. Elle a dit à Jean :

— C'est dommage que ma fille se marie la semaine prochaine... Mais il est bien aussi son fiancé, c'est un pompier.

Mme Empot a quarante-huit ans. Elle est solide, courte. Sa figure rouge est barrée de gros sourcils noirs, et d'une grande bouche un peu moustachue. Ses cheveux de corbeau se dressent en indéfrisable barbelée autour de sa tête.

Elle secoue le père Delair, son partenaire.

— Pourquoi tu jettes ton roi de cœur ? T'es pas maboul ? Si tu le gardes, on faisait la dernière ! Tu joues comme un saladier !

Le père Delair s'excuse d'une voix éteinte. Il a une maladie interne qui le tracasse et qui l'empêche de bien penser au jeu. Elle l'empêche aussi de travailler. Il ne fait plus que quelques petites réparations, chez les amis, pour rendre service. Cette maladie lui donne des tremblements. Les médecins ne savent pas ce que c'est. Dès qu'il se met debout, ses genoux se cognent. Il mange de moins en moins, et digère de plus en plus mal. Parfois, un renvoi lui vient. Il met ses cartes devant sa bouche, poliment.

— Ce qu'il te faudrait, dit Mme Empot, moi je le sais, c'est des biftecks.

Elle n'en dit pas plus long. Elle ne lui propose pas de lui en vendre.

Elle sait qu'il ne peut pas en acheter. Elle pourrait lui en donner un, de temps en temps. Mais elle-même les paie cher. S'il fallait nourrir tous les pauvres ! Et ça serait peut-être sa femme qui les mangerait.

De plus, le pauvre vieux, il lui pousse, assez souvent, une plaque rouge sur la joue gauche, une sorte d'eczéma qui s'en va et qui recommence. Avant la guerre, c'étaient le poisson ou les fraises qui le lui faisaient venir. Maintenant, il ne sait plus.

— C'est cette saloperie de pain ! lui dit Mme Empot. Avec tout le son qu'ils y fourrent, et peut-être aussi de la sciure de bois, forcément, ça vous irrite de partout. Moi, mon gamin arrête pas de se gratter.

Elle se gratte aussi, mais c'est parce qu'elle a des puces. Jean a beau se tenir propre, il en attrape chaque fois qu'il prend le métro. Il y a beaucoup de puces à Paris, depuis l'occupation. Ces bêtes ne respectent personne. De temps en temps on voit, en première, une femme élégante, sans avoir l'air, en regardant ailleurs, du bout d'un ongle carminé pointu, se gratter la hanche.

Jean ne prend guère le métro que pour aller voir Bazalo. Le peintre a plus de deux fois son âge, et Jean s'est attaché à lui avec une affection presque filiale. Il lui parle du Pigeonnier, de Marie, de sa mère, de Marie, du collège, de Marie, de ses projets, de Marie...

Bazalo, une mèche grise sur le front, les sourcils barbelés, hoche la tête, écoute ou n'écoute pas, continue de peindre. Il manifeste au garçon une amitié bourrue. Il lui dit :

— Des comme toi, on n'en fait plus. Heureusement, qu'est-ce qu'on deviendrait, avec des ahuris pareils ?

Il est heureux de le voir arriver. La présence de Jean le calme. Il lui fait paraître la vie plus simple. Il a été séduit par la beauté rayonnante et solide de Jean, qui ressemble, dans ses gros vêtements usés, trop courts, à une statue de jeune dieu emballée dans des étoffes grossières. Il a été surtout séduit par sa fraîcheur et son innocence. Jean ignore qu'il est beau, qu'il est miraculeusement jeune, et que l'ardeur, l'élan d'amour et de vie qui le portent sont aussi invraisemblables, aussi menacés qu'un arbre fleuri au milieu d'un champ de bataille. Bazalo sait tout ce que Tarendol ignore, il a les tempes blanches. Il se demande où, dans combien de temps, dans quelles circonstances, ce miracle prendra fin. Il sait que ça ne peut pas durer. Ce n'est pas possible. Il faut vivre.

Il bouscule un peu Jean, il le traite à la fois en copain, et comme un gamin. Il s'étonne, par instants, de la force de l'affection qu'il lui porte. C'est à ces moments-là qu'il se montre le plus bourru. Il se dit qu'un jour ce garçon deviendra pareil à tout le monde, et que la vie est une saloperie.

Il lui explique les problèmes élémentaires de la peinture. Il est obligé d'employer des termes clairs. Cela l'aide lui-même à rechercher l'essentiel, à éviter les complications. Et puis il s'arrête parce que ça le rase de parler peinture.

Françoise a reçu enfin une longue lettre de son fils. De Saint-Sauveur il n'avait envoyé que des mots très brefs. A cause du maquis, qui surveille peut-être le courrier, il écrit au nom de Camille, le cantonnier, poste restante à Saint-Mirel. Et Camille rapporte les lettres chaque fois qu'il descend au bourg. C'est lui aussi qui emporte les colis pour Jean. Françoise lui fait des gâteaux de farine blanche, des pâtés de volaille et de lapin. Morceau par morceau, il va recevoir tout le cochon. Elle aurait voulu expédier de bons colis solides, cousus dans de la toile, comme elle en envoyait à son André quand il était soldat. Mais il n'y a plus de vieux torchons, plus de draps usés à couper en morceaux. Heureusement elle a dans un pot des réserves de vieux bouts de vraie ficelle. Pour le papier, c'est plus difficile. Elle est allée à Saint-Mirel exprès pour en trouver. Elle en a obtenu quelques grandes feuilles du marchand de journaux, en échange d'une douzaine d'œufs. Il lui en a promis d'autres si elle lui apporte un poulet.

Dans sa lettre, Jean dit qu'il est bien, qu'il a un bon lit, et qu'il travaille avec de braves gens. Il lui parle à peine de Marie, juste à la fin. Il lui dit : « Pour Marie et moi, tout va bien. » Françoise n'est pas satisfaite. Elle relit la lettre. Elle est venue s'asseoir près de la fenêtre, pour y voir plus clair car le jour baisse. Elle hoche la tête, elle est inquiète de ce peu de mots, et de cette assurance. Ce n'est plus un langage de collégien. Elle parle toute seule, en patois, et ce qu'elle dit signifie : « Pourvu qu'ils n'aient pas fait de bêtises !... » Elle a peur pour son Jean, pour la petite qu'elle ne connaît pas. Elle sait que des enfants qui s'aiment ne pensent à rien d'autre qu'à s'aimer, et n'envisagent pas les conséquences. Et l'amour n'est pas facile dans le monde. Il n'y a pas de place pour lui tout seul. Il faut qu'il s'accorde avec le reste. Et moins facile maintenant que jamais, avec cette guerre.

Françoise voudrait bien savoir. Si son Jean était là, près d'elle, sûrement il lui parlerait. Elle saurait le faire parler, lui poser juste les questions qu'il faut, quand ils seraient tous les deux près du feu, quand le jour s'en va et qu'un garçon éprouve le besoin de parler à sa mère, parce que c'est l'heure où, quand il était tout petit, il commençait à avoir peur, quand le jour rassurant, le grand jour clair qui montre toute chose, s'en va, et que la lampe qui fait vivre le dedans de la maison — la maison intérieure qui ne vit que la nuit sous la lampe, le jour c'est le dehors qui vit —, quand la lampe n'est pas encore allumée. Peut-être elle ne demanderait rien, et il parlerait quand même, parce que c'est l'heure où, quand il était petit, il se rapprochait d'elle, et mettait sa tête dans sa jupe, sur ses durs genoux. Sa jupe sentait l'herbe et les bêtes, et rien que cette odeur, maintenant qu'il est grand, cette odeur que le feu avive, le rendrait tout tendre, tout ouvert, et il dirait ce qu'il a envie de dire et qu'il n'ose pas, parce qu'il se croit grand. Mais il est loin, et elle ne peut pas lui demander cela par lettre. Elle ne sait pas bien écrire. Même si elle savait, elle ne pourrait pas. Sur une lettre, il faut poser une question avec tous ses mots.

— Attends-moi, dit Gustave. Nous irons ensemble jusqu'au métro.

Il se sent trop beau, il a un peu honte de traverser le quartier tout seul, dans cette tenue. Sa femme lui a fendu la ceinture de son pantalon noir, derrière, lui a mis une pièce en V, large comme la main, pour qu'il puisse le boutonner. Mais pour le veston, rien à faire, il le laissera ouvert. Il a une chemise blanche, un col dur avec une cravate papillon, noire, à système. Il n'a pas pu mettre le gilet. Il est invité au repas de noce de Louise, la fille de Mme Empot.

Jean, prêt à partir, a refermé la porte. Il attend. Gustave prend son pardessus. Il le garde sur son bras, il a déjà trop chaud, il souffle.

Le repas a lieu aux « Noces réunies », un restaurant spécialisé pour les banquets. C'est Mme Empot qui a fourni la viande et les matières grasses. Le rendez-vous est au métro, à quatorze heures, devant le guichet des billets. C'est là qu'on attend les invités qui n'ont pas pu venir à l'église et à la mairie. Mme Empot, en robe de satin noir, est partie devant, au restaurant, pour surveiller. La mariée, appuyée contre le mur, rit et roucoule avec son mari. Sur le mur, derrière son dos, est collée une affiche orange encadrée de noir, en gros caractères français et allemands. Elle annonce qu'un certain nombre de Français ont été fusillés. Le mari, c'est un pompier, tout jeune, rose et or. Les boutons de son uniforme brillent. Elle, elle est en tailleur gris clair, avec un chapeau blanc derrière lequel pend un soupçon de voile. Par le temps qui court, on ne se marie plus en robe. Elle porte un bouquet blanc dans les bras, comme un bébé. Elle n'est pas belle, mais elle éclate de bonheur. Les invités arrivent, se groupent, bavardent. Les femmes sont grasses, pour la plupart, et les hommes rouges. Ce sont presque tous des commerçants.

Gustave sort de sa poche un mouchoir bien repassé, le déplie et s'essuie le front. Il s'approche de la mariée et l'embrasse.

Il dit :
— Je vous souhaite beaucoup de bonheur...
Elle rit, elle répond :
— Moi pareillement...
C'est ce qu'elle a répondu à tout le monde. C'est poli.

Elle le dit aussi à Jean, qui la félicite et lui présente ses vœux. Elle ne le connaît pas, ça n'a pas d'importance, elle a serré beaucoup de mains depuis ce matin. Mais elle s'arrête de rire. Elle regardait Jean sans le voir, et tout à coup elle l'a vu. Elle regarde son front, ses yeux bleus et dorés, sa bouche, surtout sa bouche. Puis elle regarde son mari. Jean est déjà parti. Il est dans la queue pour les billets. Il va chez Bazalo. Devant lui, deux jeunes filles chuchotent et rient. Elles jettent des coups d'œil en coin vers la mariée. Elles se moquent d'elle. Elles la trouvent laide, mal habillée, empruntée, gourde. Elles l'envient.

Le mois de septembre a passé. Un mois si long, où le temps fut si lourd à traîner, le bout des heures si lent à venir, et tant de jours mornes et tant de nuits brûlantes dans les semaines, tant de semaines dans ce mois... Septembre a passé, et octobre a montré ses premières journées pleines d'eau. Jean s'est rappelé les éclatantes pluies de Provence, qui tombent de haut, gonflent les torrents et s'enfuient en laissant le ciel bleu. Le ciel gris qui couvre Paris reste accroché à la tour Eiffel, et fond sur la ville en brume innombrable. Dès qu'il s'éveille, Jean fuit sa chambre dont les murs suintent. Dehors, il serre les épaules, courbe le dos, les mains enfoncées dans les poches, la tête basse sous la pluie. Il a un peu froid aux pieds. Il a jeté ses chaussettes irréparablement trouées. Il attend que sa mère lui en envoie d'autres. Pour le moment il marche nu-pieds dans ses brodequins. Il a pensé à s'acheter un pardessus. Il possède quelque argent : les billets qu'il a gagnés aux battages, et ceux de sa mère. Il s'est renseigné sur les prix. On lui a dit un chiffre qui l'a effrayé. Il y a cinq ans, pour cette somme, on aurait obtenu une auto. Il n'a pas insisté, il passera l'hiver ainsi. D'ailleurs il n'a jamais porté de pardessus et Françoise lui a envoyé un pull-over tricoté avec de la laine brute qui sent encore le mouton. Il le mettra pendant les grands froids. Quand le paquet est arrivé, il l'a ouvert sur une table du café. Gustave, essoufflé par sa graisse, se penchait familièrement, regardait.

— Si c'est du jambon salé, je t'en retiens une tranche.

Maintenant, il le tutoie. Tous les hommes le tutoient dans l'impasse. On l'aime bien. Même ceux qui se sentent toujours menacés par chacun savent qu'il n'y a rien à craindre de lui parce qu'il n'a rien à envier à aucun d'eux. Les habitués du café le plaisantent un peu, sans méchanceté, sur les lettres qu'il reçoit et celles qu'il écrit. Mme Empot lui a dit : « Ça te passera avant que ça me reprenne. » Elle est la seule femme qui le tutoie. Les autres n'osent pas. Elles se sentent bizarres devant lui, un peu gênées. Elles n'ont pas l'habitude de l'innocence.

Jean s'étonne de ces plaisanteries. Il se demande pourquoi tous ces gens sont fatigués, sceptiques. Ce sont pourtant de braves gens. Il cherche ce qui les intéresse, pour la plupart il ne trouve rien, ils se plaignent de tout, ou ils en rient. Ils n'ont pas même l'amour de la vie, plutôt l'habitude de vivre, une habitude qu'ils ont peur de perdre. Ils passent leur vie à créer les conditions nécessaires pour que continue leur vie qui n'a pas de raisons. Ils plaisantent Jean un peu pour se défendre contre lui, pour ne pas le prendre au sérieux, pour ne pas y croire.

Gustave pense qu'il faudra qu'il dise à Tarendol d'écrire à sa mère pour lui demander si elle voudrait pas lui tricoter un pull-over, à lui. C'est vrai qu'il y faudrait bien la laine de trois moutons ! Il va faire un tour à la cuisine où l'attend sa bouteille de beaujolais. Il se sert dans un verre à pied. Il en boit deux de suite, soupire de plaisir, et comme la bouteille est près de sa fin, il la termine. Il ne peut pas en laisser comme ça ces deux doigts, juste au fond.

Il est lyonnais, il a apporté de sa ville son amour pour ce petit vin clair. Il a essayé de le faire apprécier aux Parisiens, mais ils préfèrent le vin blanc. Il boit presque tout seul les barriques qu'il reçoit directement d'un propriétaire de Villefranche.

Depuis que le vin manque à Paris, son beaujolais aurait bien des amateurs, aussi le dissimule-t-il. Il monte chaque jour sa provision pour lui, dans la cuisine. Aux clients, il sert du bordeaux blanc et des jus de fruits, sauf à Billard, ce vieux copain. Billard a mieux réussi que lui. Lui, il a trop bu, il le sait bien. A force de boire, il a pris la forme d'une bouteille. Il s'est épaissi en même temps du ventre, des fesses et des hanches. A la hauteur du bassin, il a la même forme dans toutes les directions.

Vers minuit, les beloteurs partis, il reste seul, derrière ses volets fermés. De temps en temps, un ouvrier de Billard vient par le couloir, boire un canon, ou bien deux agents du quartier, qui font leur ronde.

Il commence à mettre les chaises sur les tables. Il jette à terre quelques poignées de sciure. Mme Gustave, comme il dit, balaiera en se levant. Il range les dernières soucoupes, regarde ce qui reste dans les bouteilles, bâille, quitte son veston, défait ses bretelles, enfile une main dans son pantalon par la ceinture, se gratte longuement le ventre et les reins, bâille de nouveau, de plaisir. Il ouvre la trappe de la cave, empoigne ses deux paniers de fer, s'enfonce dans le plancher. Une seule ampoule pend au plafond, sous un abat-jour de toiles d'araignée. Il s'assied sur un tabouret, devant la barrique. Ses bretelles lui pendent au derrière. Il tourne le robinet de bois qui grince. Le vin mousse dans les goulots. Quelques gouttes lui coulent sur la main. Il prend dans un trou du mur le verre qu'il a descendu là il y a bien des années, et, dans la merveilleuse odeur du vin au tonneau, de la cave fraîche, il boit son dernier pot de la journée. Il replace dans sa niche le verre jamais rincé qui a pris la couleur du vin. Il pense que son gosier, et son ventre, à l'intérieur, doivent être culottés comme ce verre. Il remonte péniblement l'échelle de bois raide. Il souffle. Il ne veut pas se rappeler qu'il la montait sans peine il y a seulement trois ou quatre ans. Sa femme lui répète tous les jours que s'il continue à boire ainsi il en périra. Mais elle lui dit ça depuis qu'ils sont mariés.

Comment va-t-il faire pour aller chercher son vin à Villefranche, cette année ? Le camion de Teste, le déménageur, est réquisitionné. L'an dernier, il lui avait transporté ses barriques entre des matelas et des buffets. Et quel prix va-t-il le payer ?

Il referme la trappe. Il va mettre ses bouteilles au frais.

Sa femme est déjà couchée. Je ne vous l'ai pas encore montrée, c'est qu'on la voit à peine à côté de lui. Elle est tout juste aussi grosse que la cuisse de son mari. Elle a le visage blême, des cheveux d'un blanc jaunâtre, en chignon. Quand on en trouve un dans la soupe, on n'en finit plus de le tirer de l'assiette. Elle est polie avec tout le monde, mais sans sourire. Elle semble accablée par le poids de Gustave, on dirait qu'elle le porte sur les épaules. Elle ne lui parle que pour le secouer. Elle va et vient, de la cuisine au café, toute la journée en pantoufles. Quand Gustave dort sur une chaise, elle essaie de le pincer, sans y parvenir, tant la peau est tendue par la graisse. Alors elle lui crie dans l'oreille :

— Gustave ! Tu dors !

Il sursaute, il dit : « Moi ? C'est pas vrai ! » et il se rendort.

A la voir faire, on croirait qu'elle le déteste, mais lorsqu'il s'absente, ce qui est bien rare, elle ne sait plus comment penser.

Elle est couchée depuis longtemps. Elle dort mal, en l'attendant. Elle a pourtant toute la place. Elle ne dormira bien que dans quelques minutes, dès qu'il commencera à ronfler près d'elle. Elle s'accroche au bord du lit, d'une main, pour ne pas lui rouler dessus.

Il arrive à Jean, parfois, quand il est seul, de réfléchir à ce qu'il a vu chez Bazalo. La peinture de son ami le déroute. Au collège, il a fait un peu de dessin, la tête d'Archimède en plâtre, des frises décoratives avec des feuilles d'acanthe stylisées. Il a vu dans le Larousse des reproductions de chefs-d'œuvre, des paysages avec des grands arbres, des scènes antiques bourrées de guerriers en cuirasse ou de bacchantes si grasses que leur ventre fait trois plis. Il a vu sur des divans des femmes nues moins belles que Marie, et des volailles mortes sur des tables, avec des fruits et des cruches. Il n'aimait pas beaucoup tout ça, mais il ne sait pas s'il doit aimer davantage ce que fait Bazalo. On est d'abord saisi par les couleurs qui vous éclatent aux yeux. On cherche le sujet, et on le trouve difficilement.

Jean voudrait comprendre. Il voit Bazalo, ses yeux noirs brillants, travailler comme un bûcheron, peiner, suer. Il perçoit son angoisse affamée, il se dit qu'il doit avoir ses raisons, mais il lui semble, il ose à peine le dire, il ne sait pas, peut-être il se trompe, que cette femme serait plus belle si elle n'avait qu'un seul nez.

— Plus belle ! Plus belle ! hurle Bazalo. Est-ce que tu sais ce que c'est, la beauté ? Ça fait trente ans que je lui cours après ! Espèce d'âne ! Et tu veux te faire architecte ! Qu'est-ce que tu bâtiras, dis ? des camemberts ou des saint-honoré ?

Il n'en dit pas plus long. Il ne s'explique jamais sur ses tableaux.

Jean se rend compte qu'il ignore encore trop de choses pour juger. Peut-être finira-t-il par trouver cette peinture à son goût. Il ne s'émeut plus des colères de son ami. Il attend qu'il ait fini de crier. Il dit doucement :

— La beauté ? J'ai mon idée...

Il ferme les yeux et sourit.

Et Bazalo grogne :

— Amoureux, imbécile...

Et puis un jour, il lui a mis dans les mains un crayon et un carnet à croquis, et il lui a dit : « Va te promener un peu dans Paris..., vas-y..., va..., toi qui sais ce que c'est la beauté..., c'est si facile..., mets-la un peu sur le papier... »

Jean, naïvement, est allé vers ce qu'il estime le plus beau. Il est assis sur le quai, ses pieds pendent au-dessus de l'eau, ses souliers de gros cuir râpent la vieille pierre, ses chevilles sont nues. Devant lui, Notre-Dame dresse ses tours et la pointe de fumée de sa flèche. Il tend son crayon à bout de bras et ferme un œil. Ainsi lui apprit à faire le professeur de dessin du collège, que ses élèves nommaient d'un nom irrévérencieux, parce qu'il avait les joues aussi roses que le derrière d'un nourrisson. La manche de sa veste de coutil arrive à peine au milieu de son avant-bras tendu.

Il trace quelques traits sur la feuille blanche. Avant même d'avoir esquissé son dessin, il se demande ce qu'en pensera Bazalo. Il ne pourra jamais faire tenir sur cette surface plate les dimensions infinies du vaisseau. Ce qu'il fera ne sera ni Notre-Dame ni autre chose, ce sera rien. Et puis, qu'importe ! Il plie son carnet, soupire...

Un vertige le prend, un besoin déchirant de voir Marie, de tout laisser pour la rejoindre, sans que plus rien ne compte, de s'accrocher à elle de ses deux bras, de verser sa tête sur elle, de la respirer, de la serrer, de la boire, de se cramponner à elle, de ne plus la laisser partir, jamais.

Il essuie ses yeux devant lesquels un prisme de larmes boursoufle le fleuve. Il se mouche. C'est un moment de faiblesse, c'est fini, c'est stupide.

Il recommence à voir la Seine tranquille, Notre-Dame sereine, et les nuages à peine dessinés, effacés les uns dans les autres, gris et légers comme cendre d'herbes.

Sous sa peau plate qui s'émeut à peine, le fleuve roule ses longs muscles lourds. Un puissant voyage coule son chemin, depuis l'éternité pareil à lui-même et au ciel, entre les pas des hommes arrêtés à ses rives. Les maisons de pierre, les palais et les cathédrales surgissent, tombent, s'effacent et renaissent, les printemps de révolte succèdent aux hivers accablés, les mouettes chassées par la rage de mer remontent l'eau paisible, l'ombre des corbeaux traverse le miroir gris, la respiration des foyers diffuse sur sa joue la tendresse du crépuscule, le fleuve nu, toujours en marche, sans cesse parti et présent aux mêmes lieux, déplie, efface, dissout une lettre froissée, use mollement un éclat de granit, comble de mort la bouche d'un noyé, frissonne tout à coup parce qu'un poisson gros comme une aiguille a happé une poussière.

Le fleuve coule dans les yeux de Jean, emporte de sa lente main de soie les images noyées de la ville. A la place du reflet de la cathédrale, Jean voit s'enfoncer la masse aérienne d'un palais de dentelle. Des nervures de ciment blanc cernent des murs de verre, le soleil éclate sur d'immenses fenêtres, caresse de longues lignes de couleurs d'été, la pluie se brise en étincelles sur des surfaces d'émail et d'or...

Jean se redresse, toute son impatience transformée en certitude... Ce n'est pas la peine d'aujourd'hui qui compte, l'attente grise, la laideur de l'impasse, les efforts interminables, c'est demain, c'est le monde qui va surgir, le monde de son amour, qu'il va bâtir de son amour et de ses mains. Il en est sûr, il le voit, il est plein de pitié pour la ville plate, peuplée de misère, rongée de crasse, écrasée au sol sous sa propre masse. La cité future jaillira, dansera, plus près du ciel que de la terre. Nul n'a osé la délivrer du poids qui plonge son visage dans la boue. Moi j'oserai, je le peux, je le sais, moi et Marie près de moi, dans notre ville dressée comme un bouquet...

La Seine coule, ainsi, depuis des âges oubliés, toujours jeune, nonchalante, plus lente que le pas de l'homme, et à chaque seconde parvenue au terme de son voyage. Jean n'a plus peur du temps ni de la distance. Les lieues ni les années ne séparent deux êtres qui s'aiment. S'il a besoin un jour de rejoindre Marie, si tous les véhicules sont figés, il partira à pied, il marchera, il marchera, il arrivera auprès d'elle, avec ou sans souliers.

Il passe ses doigts dans ses cheveux. Ses yeux sont encore humides d'une larme. Il sourit. Il jette un caillou à la Seine, par amitié. A quelques pas de lui, couchés à même le quai, dans une échappée de soleil, une fille brune, sa robe légère froissée, relevée jusqu'au milieu des cuisses, et un garçon boucher ou boulanger, à pantalon à petits carreaux, s'embrassent, se touchent, se serrent l'un contre l'autre. Il enfonce une de ses jambes entre celles de la fille. Elle sent son désir à travers les vêtements. Il lui prend la tête à deux mains pour l'embrasser plus profond. A côté de lui est posé son vélo, une pédale en l'air.

Mme Empot a fini sa vente. C'est pas trop tôt. Elle étend sur sa voiture une petite bâche qui recouvre la balance, les poids et l'étiquette en carton simili-ardoise au bout de sa tringle. Elle va chez Gustave prendre un petit quelque chose pour se remonter.

Elle se laisse tomber, harassée, sur la banquette.

— Salut ! dit Gustave. Alors la mariée est rentrée de voyage ? Elle est pas trop fatiguée ?

Il cligne de l'œil, il rit, sa panse secoue sa serviette. Il finit de déjeuner, avec sa femme, Jean et Valdon. Mme Gustave se lève, va chercher le fromage à la cuisine, le pose sur la table.

Valdon, sans rien dire, se sert. Il ne dit pas vingt mots dans la journée ; mais on peut lui demander une cigarette. Tant qu'il en a, il en donne. C'est un lino, le plus ancien ouvrier de Billard. Il déchiffre les écritures illisibles, tape le latin et les langues étrangères sans en comprendre un mot. Si le travail n'est pas fini à l'heure de la fermeture, il reste. Billard, de temps en temps, lui donne un paquet de tabac. Il le paie au-dessus du tarif syndical. Les autres ouvriers, il les paierait plutôt au-dessous, s'il le pouvait.

— T'en fais pas pour ma fille ! dit Mme Empot. En Normandie, ils ont bien mangé. Et c'est plutôt mon gendre qui a les jambes molles !

Gustave pouffe. Il s'essuie la bouche, ôte sa serviette enfoncée par un coin dans le col de sa chemise. Il se calme, il souffle.

— Ouf ! dit-il, ça va mieux !

Il dit toujours ça quand il a fini de manger. Beaucoup de gens le disent, généralement des gens qui n'ont jamais eu très faim, pour qui ça n'est jamais allé très mal, et pour qui, par conséquent, ça ne va pas tellement mieux.

Pour Gustave, ça va plutôt mal. Il mange trop, et se congestionne. Voilà qu'il s'endort sur sa chaise.

— Quel métier ! dit Mme Empot. Je commence à en avoir assez ! Vivement que ça finisse ! Il paraît qu'ils ont dit à Londres que la paix serait signée pour la Toussaint... Jeanne, donne-moi un petit calva...

Valdon se lève, porte un doigt à sa casquette, sans un mot, et s'en va. Il est célibataire. Il mange chez Gustave depuis les restrictions. Avant, il faisait sa cuisine tout seul. Maintenant, c'est trop compliqué.

— Oh ! ce Gustave, dit Mme Empot, on dirait un avion ! Jeanne, tu m'oublies ?

Mme Gustave arrive avec la bouteille et un verre minuscule.

— Attends ! dit Mme Empot.

Elle le vide et le tend de nouveau.

— Je me demande où tu les as achetés, ces verres ! Tu les as fait faire exprès, dis ? La prochaine fois, avec, tu me serviras une loupe !

— Jeanne ! Jeanne ! crie Gustave, où es-tu ?

Il s'est réveillé en sursaut. Il transpire, angoissé. Il a dormi cinq minutes, il a rêvé d'une chose affreuse, il ne sait plus ce que c'est. Il regarde autour de lui, reprend conscience, s'essuie le visage avec sa serviette.

Mme Gustave hausse les épaules sans répondre, disparaît dans la cuisine.

— Mon pauvre Gustave, tu deviens maboul ! dit Mme Empot.

Elle se lève.

— Allez, je m'en vais.

— Apporte-moi un peu de saindoux, quand tu en auras, crie de la cuisine Mme Gustave, j'en ai bientôt plus !

— Je vais en recevoir, crie Mme Empot, du fameux !

Jean n'a pas reçu de lettre de Marie depuis près d'une semaine. Les courriers sont irréguliers, à cause des bombardements et des attentats sur les lignes. Jamais, pourtant, il n'est resté si longtemps sans nouvelles. Il ne quitte plus le café, il attend le facteur, il n'a que cette image dans la tête : l'homme au képi, sa boîte sur le ventre, ouvrant la porte et jetant une enveloppe sur la table la plus proche... Mais le facteur passe tranquillement devant la vitre, sans s'arrêter, va tout droit à l'imprimerie. Personne n'écrit à Gustave. Une facture, de temps en temps.

Le dimanche, il n'y a pas de distribution. C'est une journée sans espoir. Jean est allé voir Bazalo.

Bazalo lui a crié, furieux : « Assieds-toi ! », et a continué de travailler. Jean s'est assis sur le divan, dont les draps ouverts sentent la sueur du peintre et l'huile de lin.

Pendant la nuit, une pluie glacée a verni la neige d'une croûte de verglas. Le soleil se traîne derrière un ciel bouché, le traverse d'une lumière rose et grise, que le sol de verre mat diffuse dans l'espace, jusqu'au plafond bas des nuages.

Le chemin désert monte vers la colline, s'y dissout quelque part entre l'air et la terre.

A gauche, un fil barbelé entoure un cimetière immense, dont les tombes sont gainées de glace translucide. Deux fossoyeurs ont creusé un trou et rejeté sur les bords la terre noire. Appuyés sur leurs bêches, ils regardent leur travail.

A mi-chemin entre la fosse et la porte de bois, un corbillard automobile a crevé la croûte gelée et s'est enfoncé dans la neige jusqu'aux essieux. Un croque-mort, assis sur le marchepied, dort. Au-dessus de lui pend une couronne de perles violettes.

Une maison en ciment est accroupie au coin d'un terrain vague où des marbres taillés et d'autres bruts sont dressés, couchés, ou les uns sur les autres appuyés en oblique. Un ouvrier, agenouillé, une casquette verte enfoncée sur ses cheveux blancs, grave une pierre d'un adieu éternel. La marchande de tombes, figée sur le seuil de sa maison carrée, guette les clients.

De l'autre côté de la colline, le chemin réapparu s'enfonce dans un désert de givre.

Au milieu du chemin, une jeune femme, seule, sourit. Elle est là pour renseigner les passants, pour leur dire des paroles agréables. Elle est belle, ses cheveux fauves roulent sur les épaules de son manteau de fourrure qui s'entrouvre sur ses seins et son ventre nus. Mais personne, jamais, ne lui demande rien.

Tout à fait au bout du chemin, venant de l'usine dont le toit en scie s'efface au bord des nuages, un homme vêtu de bleu, droit comme un cyprès, porte sur son épaule un sac de charbon...

Bazalo, livide de fatigue nerveuse, écrase son mégot sur le dossier d'une chaise et le jette. Il s'assied et regarde sa toile. Il ne s'est pas rasé depuis trois jours, le noir de la barbe lui creuse les joues, un fragment de papier à cigarette est resté collé à sa lèvre, ses yeux sont rouges, l'arête de son nez courbe paraît presque coupante, ses cheveux gris portent au-dessus de la tempe gauche une large trace de vermillon à demi cachée par une mèche qui tombe.

Il se relève, reprend ses brosses, dresse au premier plan un poteau de ciment, à la cime duquel s'amorcent, pour se perdre aussitôt dans le bord supérieur du tableau, rognés comme des ailes, deux vols de fils légers.

Bazalo se retourne, cligne de l'œil vers Jean, sourit : Jean s'est endormi. Il est étendu sur le divan, il respire calmement, sa bouche bien fermée, ses traits baignés de repos. Ses boucles brunes brillent sous la lumière qui vient de la large verrière, et font des ombres rondes sur son front.

Quand Bazalo lui a crié : « Assieds-toi ! », il s'est assis sur le divan, il a regardé un moment le dos du peintre, les toiles accrochées, celles qui montrent leurs envers blancs, entassées en bas des murs, et, par la verrière, les toits de Montparnasse hérissés de cheminées. Bazalo n'a pas voulu quitter cet atelier qui a vu ses débuts difficiles. Le robinet d'eau est sur le palier et les waters à l'étage au-dessous. Un placard dans le mur contient le réchaud à gaz et la boîte aux ordures. Bazalo mange au restaurant, un jour bien, un jour mal, il s'en moque, il ne fait pas attention à ce qu'il mange. De temps en temps, il accompagne chez elle une fille, se débarrasse comme un oiseau de son besoin physique, bavarde, fume, crayonne la fille qui rajuste ses bas, lui laisse un billet et son paquet de cigarettes, s'en va en sifflant.

Jean a saisi un journal qui traînait, l'a parcouru sans même se rendre compte qu'il était vieux de trois semaines, l'a rejeté d'ennui. C'est dimanche, il n'y a pas de courrier, il faut attendre jusqu'à demain, attendre, attendre... Il s'est allongé sur le divan, et l'attente et l'ennui lui ont fermé les yeux.

Bazalo met ses mains en porte-voix, crie :

— Tarendol !

Jean saute sur place, s'assied.

— Oh ! excuse-moi, dit-il d'une voix blanche, je dormais...

— Tu crois, innocent. Réveille-toi, et viens voir ça.

Il le prend par la main, le conduit devant le chevalet.

Jean regarde, les yeux encore troublés et l'esprit embrumé du sommeil et de l'attente. Il voit un monde noyé dans un gris glacé aux reflets de sucre rose, à la fois écœurant et tragique de fadeur, et d'étranges personnages raides, une tombe noire qui attend son mort, une marchande qui guette les siens, une femme fleurie du sourire de ses lèvres et de la pâleur de son ventre, un homme bleu qui porte sur son épaule tout le poids du ciel...

Jean frissonne, secoue la tête, regarde autour de lui, voit enfin l'atelier, le ciel bleu léger, les cheminées qui fument... Il s'éveille. Il va parler.

— Tais-toi, dit Bazalo, tu dirais une bêtise. Viens, on va manger un morceau, j'ai faim.

Il rit, il s'étire. Il est délivré de son tableau, il est soulagé. Après-demain, demain peut-être, de nouveau impatient, il tournera la toile achevée contre le mur.

La patronne du « Petit Brestois » ne s'étonne pas des horaires imprévus de l'appétit de Bazalo. Pendant des années, il est venu manger chez elle quand il n'avait plus le sou pour aller ailleurs. Elle s'est bien remboursée depuis. Jean a déjà oublié les détails du tableau, mais il en a gardé une impression qui lui serre l'estomac. Il voudrait s'expliquer.

— Ecoute, dit-il, la fourchette en l'air, je voudrais te dire, je crois que si tu peins des choses pareilles...

— Tu es gentil, dit Bazalo, clignant de l'œil, la bouche pleine. Tu choisis bien tes mots — il avale — des choses ! C'est gentil ! — il vide son verre — des choses pareilles !... Pourquoi pas de la chose, hein ? Pourquoi pas de la merde ?

— Laisse-moi parler, pour une fois, dit Jean. Ta peinture est belle, sûrement, elle me bouleverse, mais elle me fait mal... Tais-toi, laisse-moi parler... Et je vais te dire pourquoi, je sais pourquoi. Si tu peins comme ça, c'est que tu n'es pas heureux !...

Bazalo allume une cigarette, regarde Jean, hoche la tête, doucement, avec une indulgence de grand-père. Il est décidément de bonne humeur. Il dit :

— Heureux, hein ? Toi tu l'es peut-être ? Tu as pourtant une drôle de gueule, aujourd'hui. Qu'est-ce qui t'arrive ? Elle t'aime plus ?

Jean sourit. Il dit :

— Tu sais bien que c'est pas possible.

— Bébé ! dit Bazalo. Tiens, finis ces crêpes.

Les lettres sont arrivées le mardi matin. Trois à la fois. Mme Gustave les a glissées sous la porte de sa chambre. Encore endormi, il a entendu leur bruit furtif. Il est resté quelques secondes à la surface d'un sommeil léger, puis il a ouvert les yeux, et il a vu les rectangles des trois enveloppes trouer de clarté le plancher sombre. Il s'est offert un peu de merveilleuse impatience, un peu d'attente qu'il pourra faire cesser quand il voudra, à la seconde. Les enveloppes sont là, sous ses yeux, il a une envie folle de les ouvrir, en les déchirant pour aller plus vite, et il attend, il se retient, il les regarde de loin, il recule encore un peu la joie, pour la rendre plus grande encore. Puis il n'en peut plus, il cède, il saute de son lit, il se baisse, les mains tremblantes.

Jean n'a pas pu se rendormir. Il s'est levé, il a fait une toilette hâtive, sans y penser, sans penser à quoi ou à qui que ce fût autre que Marie. Et il s'est installé à la table du café la plus proche de la vitre, pour répondre tout de suite à Marie, pour rester avec elle. La lumière grise de l'impasse lui parvient à travers le rideau de filet pendu là depuis si longtemps que la fumée et la poussière grasse ont enrobé chacun de ses fils d'une gaine raide. Dehors, sur les pavés, quelques moineaux se disputent des miettes de pain. Chapelle, l'accordeur qui habite au troisième, au-dessus du café, leur jette chaque jour de sa fenêtre ces nourritures infimes, ramassées sur sa table, après son repas, du tranchant de sa main soignée. Parfois, quand il y a une croûte un peu grosse, c'est un des enfants du cordonnier qui la ramasse et la mange.

Mais Jean, ce matin, ne voit rien de tout cela. Il est avec Marie. Elle lui demande, dans ses lettres, de lui parler de la vie qu'il mène, des gens qu'il connaît. Elle veut partager de loin le déroulement de ses heures.

Il lui en dit quelques mots, puis il lui dit qu'il l'aime, il reprend son récit, il lui répète qu'il l'aime, et bientôt il ne peut plus écrire autre chose, et il sait bien que c'est la seule chose au monde qui compte pour elle et pour lui. Il lui écrit chaque jour, emporte dans sa poche la lettre commencée, la poursuit à n'importe quel moment, chez Bazalo pendant que le peintre travaille, à l'atelier entre deux épreuves, au café, dans sa chambre. Ce sont les mots qu'il dit à Marie présente dans son cœur à chaque seconde de sa vie, les mots qu'il ne lui dirait peut-être pas s'il était près d'elle, car alors il suffit d'être ensemble et de se taire pour tout dire et pour tout entendre, mais qu'il a besoin d'écrire sur le papier parce qu'elle est loin, parce qu'il faut qu'elle sache encore combien il l'aime, combien il a besoin de son amour, besoin d'elle, faim et soif d'elle avec son corps et avec son cœur ; et parce que sa propre voix qui s'adresse à Marie par la lettre lui fait croire, pendant qu'il écrit, qu'elle est assez proche pour l'entendre, assez proche pour qu'il puisse se pencher sur elle, la toucher...

Le mardi, il n'est pas très à l'aise pour écrire, bien qu'il n'y ait pas de clients dans le café, parce que c'est le jour de la femme de ménage, la femme du plâtrier-peintre, Mme Delair, celle qui fait aussi le ménage chez Mme Billard. Elle vient d'arriver. Mme Gustave lui sert une tasse de vrai café. Mme Delair le boit avec une gourmandise de chatte. Elle le veut très chaud, et bien sucré. Elle le happe à petites aspirations, et chaque goutte lui parcourt toute la langue. Au bout de cinq minutes, elle commence à trépigner. Elle est longue et sèche. Quand elle s'agite, Jean s'étonne de ne pas l'entendre craquer de tous ses nœuds. Elle se précipite, bouleverse en un quart d'heure la chambre de Jean, tourne le matelas, secoue les couvertures, lave le café, la cuisine, les deux pièces de l'appartement de Gustave sur la rue, si petites que les meubles s'y entassent comme dans un débarras. Elle lave un monceau de vaisselle, écorche les cuivres, passe à la pierre tous les couteaux. Vient un moment où elle faiblit. Mme Gustave lui sert sur un coin de table un morceau de fromage et du pain et lui fait un second filtre. Elle s'en va, à midi, complètement épuisée. Toute la semaine, elle va rêver aux prochaines tasses de café.

— Monsieur Tarendol, vous voulez pas soulever un peu vos pieds, s'il vous plaît ! Comme ça, ça va, merci. Vous êtes encore en train d'écrire à votre amoureuse, hein ? Oh ! c'est pas moi qui me moquerai de vous, allez ! Moi, je vous comprends. Je suis une femme qui a beaucoup souffert, moralement et physiquement, et qui souffre encore. Je me demande dans quoi ils peuvent bien marcher, toute la semaine, ces cochons, pour salir comme ça le carrelage. Bientôt, je pourrai plus le ravoir...

Maintenant elle va laver la vitre. Elle pousse le rideau au bout de sa tringle, doucement. Elle retient sa force, parce qu'un jour elle l'a tiré par le coin, et le coin lui est resté dans la main. Grimpée sur son escabeau, elle frotte, et parle. Jean ne répond pas, entend à peine.

Mme Delair, tout à coup, interrompt le va-et-vient de son torchon. Elle dit :

— Regardez-moi cette charogne !

Comme Jean ne répond pas, elle descend de son escabeau, elle lui pousse le bras du bout des doigts.

— Regardez-la, elle en ramène encore un ! Je me demande où elle les racole ! Vous feriez tout Paris pour en trouver un plus moche...

Elle appuie son nez à la vitre. Mme Gustave s'approche, regarde aussi dans l'impasse. Elle dit :

— C'est pas propre !

— Pas propre ! dit Mme Delair. Vous voulez dire que c'est dégoûtant !

Elle remonte sur son escabeau. Son torchon vole sur la vitre.

— Et dire que son mari est prisonnier ! Heureusement qu'elles sont pas toutes comme elle !

— Oh ! dit Mme Gustave, elle lui faisait déjà des cornes quand il était là. Il s'en fichait pas mal...

— Oui, mais dites, au moins elle couchait pas avec des Fridolins !

— Ça, c'est sûr, dit Mme Gustave.

Jean a vu la mère Bousson s'engouffrer dans le couloir de l'immeuble, suivie d'un grand vieux benêt d'Allemand qui porte le brassard de l'organisation Todt. Il a bien cinquante ans, une grosse tête cabossée rasée de frais, coiffée d'un calot noir trop petit, des oreilles décollées un peu déchiquetées sur les bords. Il sourit. Il croit que tous les gens qui l'ont vu passer l'ont admiré parce qu'il était en bonne fortune. La mère Bousson n'en ramasse jamais d'autres. Rien que les déchets de l'armée occupante, ces vieillards, ces exemptés que l'Allemagne mobilise depuis quelques mois pour remplacer dans les besognes tous les combattants possibles.

— Et par-dessus le marché, dit Mme Delair, ça se permet d'être insolente ! L'autre jour, elle m'a traitée de chipie, en plein dans la rue. Je me suis retournée, je lui ai dit : « Je vous réponds pas, vieux fumier ! mais si je vous répondais, je sais ce que je vous dirais, salope ! »

— Il faut faire attention, dit Mme Gustave, avec ses relations, elle pourrait vous faire arrêter.

— C'est bien pour ça, dit la femme, que j'y ai pas répondu.

Elle plie son escabeau, elle va astiquer le comptoir. Elle dit :

— Quand je pense à ma voisine qui habite en dessous, vous savez, Mme Piron ?

— Je la connais pas, dit Mme Gustave.

— Ça fait rien, si vous la connaissiez, vous en auriez de l'estime. Ça fait quatre ans que son mari est parti. Et elle est belle femme, elle pourrait s'en payer des hommes, des beaux, autre chose que cette vieille truie. Eh bien, y a pas ça à redire d'elle, avec ses deux enfants. Et encore elle se prive pour lui envoyer des colis...

Dans l'impasse, maintenant, il y a un enfant de plus. C'est Ginette, la fille de la mère Bousson, le fruit de la seule permission de son mari, en décembre trente-neuf. Elle est vraiment bien de lui, tout le quartier en a convenu, elle lui ressemble trop. Quand sa mère amène un visiteur, elle envoie sa fille jouer sur le trottoir. Ginette descend les quatre étages sur le derrière, et vient rejoindre les gosses du cordonnier.

Jean plie sa lettre. Il reconnaît les cheveux de lin de Ginette parmi les cheveux noirs des enfants de l'Italien. Il se demande combien il en a, huit ou dix. Le père, il l'a vu deux ou trois fois, au comptoir. Il est maigre, il a l'air halluciné.

Le Todt vient de repartir. La mère Bousson, par la fenêtre, appelle Ginette. Jean va aller mettre sa lettre à la boîte. Tout ce qu'il écrit, chaque jour, il l'envoie une fois par semaine seulement, car Marie ne peut pas aller trop souvent chez Jacqueline. C'est à Jacqueline, devenue Mme Charasse, qu'il adresse l'enveloppe. Jacqueline lui a écrit une fois, une lettre courte, un peu triste. Elle disait : « Je suis heureuse. Il faut bien se faire un bonheur avec ce qu'on a. » Il a pensé : « Pauvre Jacqueline ! Elle n'a pas l'air aussi heureuse qu'elle l'affirme... » Il en a éprouvé une sorte de remords, comme s'il avait pu faire quelque chose pour le bonheur de leur amie et qu'il l'eût négligé.

Mme Billard, l'œil à la fente de son rideau, a vu le cordonnier de l'impasse, une paire de chaussures à la main, descendre la rue Louis-de-Nantes en courant presque. Elle a haussé les épaules, elle a dit, pour elle seule : « Sûrement, Deligny a fait une bouteille de Pernod. Je me demande comment il le sait. Il doit le sentir... »

Le cordonnier se hâte, se hâte, vers son besoin. Depuis qu'il n'y a plus de Pernod, il a maigri d'une façon effrayante. Avant la guerre, c'était un bel homme. Il ne buvait que ça, une dizaine par jour, sans jamais se soûler. Pour la Toussaint, en 1939, il en a bu vingt-sept, sans perdre son sang-froid. Il ne faisait jamais de bruit. Il buvait, tranquille, debout au comptoir, il était sérieux. Il disait : « Quand on mélange pas, ça peut pas faire de mal. Ce qui fait mal, c'est de mélanger : un vin blanc, un demi, un apéro. Le mélange, ça détruit l'estomac. »

Il erre maintenant d'un café à l'autre, pâle, les yeux immenses au ras de sa casquette devenue trop grande. Il entre sans dire un mot, il s'approche du comptoir, il regarde les autres boire, il ne boit rien. Il regarde, il attend un miracle. Puis il s'en va sans rien dire, comme un fantôme.

— Moi, il me fait peur, dit Mme Gustave.

Il ne travaille plus. Sa femme va chercher leur nourriture à tous à la soupe populaire. Elle touche des allocations familiales, des secours.

Dès qu'un patron de bistrot, dans le quartier, fabrique une bouteille de pastis, pour la vendre par dés à coudre, au poids de l'or, le cordonnier le sait avant n'importe qui. Alors il vient chercher à domicile des chaussures à ressemeler. Ce n'est pas ce qui manque. Il se fait payer d'avance. Les chaussures à la main, sans s'arrêter, il va droit au café où l'attire sa passion, et il boit comme un noyé qui retrouve l'air, pour bientôt se replonger dans son tourment.

L'aînée de ses enfants est une fille de quatorze ans, belle et sale, mais les plus jeunes portent les marques de l'alcool. Le dernier, âgé de dix-huit mois, est aveugle. Dans la journée, toute cette nichée, dont la crasse ne parvient pas à colorer le teint, joue dans l'impasse avec autant de joie que des enfants riches et roses. Assise près de sa porte, la mère, interminablement, raccommode.

Le soir tout cela s'entasse dans trois ou quatre lits, la fille aînée avec ses parents, le reste au petit bonheur. Le petit aveugle dort dans une caisse, sur des chiffons.

La femme, écrasée de misère, ne parle à personne. Parfois la mère Bousson, ricanante, l'interroge :

— Et comment que vous couchez, dans votre lit, tous les trois ? C'est du propre !

— Je couche entre ma fille et lui, dit la femme, d'une voix sans force, innocente.

— Mais quand il vous fait ça, hein, quand il vous fait ça ?

— Oh ! elle a l'habitude, depuis toute petite, elle sait ce que c'est.

Vous commencez à connaître quelques-uns des hommes et des femmes qui vivent autour de Tarendol. Il en est d'autres que vous n'avez encore jamais vus, que moi-même je soupçonne à peine, qui tentent de prendre forme, ombres dans le brouillard. Ils ne savent pas où ils vont, j'essaie de les conduire comme un berger ses moutons, mais le berger lui-même n'est pas le maître du troupeau, le destin trie les victimes et les épargnés.

Vous vous demandez s'ils sont tous bien nécessaires à notre histoire, mais si l'on enlevait, autour de vous, tous les gens qui ne vous sont pas bien nécessaires, essentiels, ceux auxquels vous ne pensez qu'en les voyant, que resterait-il de vous-même ? Ils occupent les trois quarts de votre vie.

Nous allons rencontrer de nouveaux compagnons de Jean dans cette rue Louis-de-Nantes qu'il descend, ce matin, le bonheur sur les lèvres. Ils occupent chacun leur petite place, ils mangent chacun leur morceau de temps.

Je vous ai déjà montré cette rue, un jour de neige. Imaginez-la maintenant sous le ciel tendre d'octobre, sous la rivière du ciel entre les toits. Ses murs n'ont pas été ravalés depuis longtemps, ses magasins sont vides. Les voitures des quatre-saisons, qui débordaient jadis de fruits et de légumes, ne montrent plus que des racines grises ou verdâtres, des choux jaunis dont des vieilles furtives ramassent les feuilles tombées. Les poubelles restent de longues heures sur les trottoirs. Les chiens ne les fouillent plus, il n'y a plus rien pour eux dans les poubelles, mais les hommes en tirent encore des richesses, des papiers maculés qu'ils entassent pour les revendre, des épluchures transparentes de pommes de terre, pour les lapins qu'ils élèvent dans une cage, sous le lit.

C'est la rue Louis-de-Nantes, pareille à bien d'autres rues de Paris. Les gens qui l'habitent sont humbles, prompts à croire ce qu'on leur dit, et à croire aussi le contraire, par esprit d'indépendance. Ils ne doutent jamais, ils nient ou ils affirment. Ils écoutent la radio de Londres. Et ils en rajoutent. Ils croient à la défaite de l'Allemagne pour le mois prochain. Ils y croient ainsi depuis trois ans. Ils finiront par avoir raison. Ils regardent les soldats allemands avec autant de pitié que de haine : ces pauvres idiots qui croient être vainqueurs !

C'est une bonne rue, peuplée de gens simples. Ils sont capables du meilleur et plus souvent du pire, comme vous, comme moi. Ils habitent dans ces vieilles maisons aux murs épais, aux étroites fenêtres. Leurs enfants sont pâles. Au temps où tout était si facile, leur rue était riche si eux ne l'étaient point. Et ils pouvaient y acquérir, pour quelques francs, des fruits d'or venus de l'autre bout du monde, ou une tranche de viande qui embaumait leur cuisine et leur chambre à coucher en grillant sur le gaz. Ils n'ont plus de gaz, ils n'ont plus de viande, ils ont même oublié cette odeur. Quand ils disent « avant la guerre », cela réveille en eux une vague impression de couleurs, de lumières, de bruits gais. Mais c'est confus, mélangé, déjà trop loin, comme leur enfance. Ils disent surtout « après la guerre ». Ce sera un jour prochain. Brusquement, tout sera là de nouveau, tout ce qui existait « avant ». Ils vivent, entre ce regret et cet espoir, une sorte de temps mort, qui ne compte pas, c'est pour ça qu'on le supporte.

Jean, depuis son arrivée à Paris, se sentait pareil à eux, perdu entre le bonheur qu'il avait quitté et celui qu'il espérait. Mais aujourd'hui, c'est peut-être à cause des trois lettres à la fois, c'est peut-être à cause du soleil, il a rejeté cette attente étouffante, cette passivité. Il a pris conscience que son avenir dépend de sa volonté. Désormais il va vouloir résister au cafard, à ses brusques assauts et à son morne siège. Il va vouloir travailler, nuit et jour, à hâter la venue de ses espoirs.

— Bonjour, mon petit Jean ! lui crie Mme Empot, par-dessus les têtes.

Elle l'a aperçu, elle lui fait signe, puis elle l'oublie, elle n'a pas le temps. Debout, derrière sa voiture, elle fait front aux affamés. Elle a reçu dix cageots de raisin. Pour une fois, elle va vendre quelque chose de bon. Il faut bien qu'elle fasse sentir à ses clients comme elle est bonne de consentir à leur vendre ces bons raisins ! Et la meilleure façon, c'est de les engueuler.

— Si vous vous bousculez, j'arrête la vente ! Non, madame, une livre seulement, une livre à chacun. Je m'en fous de vos enfants, les autres aussi en ont des enfants, moi aussi j'en ai des enfants, tout le monde en a des enfants ! Bande de sauvages, vous avez fini de pousser comme ça ! On dirait que vous en avez jamais vu, des raisins !

Ils en ont déjà vu, mais il y a si longtemps ! Combien d'années, combien de siècles ? Résignés, ils attendent, les uns derrière les autres. Ils se reposent sur un pied, puis sur l'autre, ils voient diminuer le tas, ils comptent le nombre de personnes à servir avant eux, ils racontent leurs soucis les plus intimes, leurs maladies, leurs histoires de famille aux inconnus qui attendent à côté d'eux. Pour tuer le temps. Une femme enceinte, pâle, les yeux creux, poussant son ventre, affronte leur colère, sa carte à la main. Toute la queue grince des dents. « Encore une priorité ! Elles raflent tout ! C'est tout pour elles ! »

Jean a répondu par un geste de la main à Mme Empot. Elle est rouge, son indéfrisable hérissée. Il descend la rue lentement, les mains dans les poches, le col de sa chemise ouvert. Il s'arrête devant la boutique d'une fleuriste. Il sourit aux fleurs, et la fleuriste lui sourit. Il reprend sa promenade. Il dit « pardon ! » quand on le bouscule. Les femmes le regardent, il en regarde une, de temps en temps, et il est content quand elle est belle. Il regarde les murs, les boutiques, les journaux aux étalages, les couloirs qui s'ouvrent entre deux magasins, le visage de Paris.

Aujourd'hui, il se sent chez lui. Il lui semble qu'il pourrait demander un service à n'importe qui, et il a raison, on rend plus volontiers service aux gens qu'on sent heureux qu'aux misérables.

Il passe à côté de Mlle Bédier sans la voir. Mlle Bédier, son cabas au bras, s'arrête et le regarde s'en aller. Elle essuie ses lunettes pour le voir plus longtemps et les remet sur son nez. Elles font paraître ses yeux plus petits. C'est la secrétaire de Billard. Elle travaille avec lui depuis quinze ans.

Chaque fois qu'un client réclame, qu'un travail traîne, qu'une erreur est commise, en somme chaque fois qu'il se sent en faute, Billard invente une mauvaise raison pour en charger sa secrétaire et lui crier des reproches. Il la fait pleurer au moins une fois par semaine. C'est une habitude dont ni l'un ni l'autre ne pourraient plus se passer.

Elle habite à cinq minutes de là, une chambre et une cuisine, au septième étage d'un immeuble du square Saint-Rambert. Le jour, le square grouille d'enfants. Un garde et des écriteaux leur défendent de jouer sur les pelouses. Ils doivent se contenter de la poussière. La nuit, les amoureux franchissent les grilles et viennent faire l'amour sur le gazon. Ils se moquent des pancartes et du couvre-feu.

Parfois, en rentrant du travail, Mlle Bédier s'attarde dans la nuit près du square. Elle entend des soupirs, des râles, elle frissonne, elle s'appuie contre la grille, crispe ses mains sur les barreaux.

— Ah ! je vous y prends ! dit Chapelle.

Mlle Bédier sursaute. Elle était encore là à rêver, Tarendol déjà loin.

— Faut vous marier, ma belle ! Faut vous marier, dit Chapelle.

Il rit d'un bon gros rire. Mlle Bédier hausse les épaules.

— Qu'est-ce que vous avez trouvé de bon, ce matin ?

Il s'équilibre sur ses béquilles, ouvre des deux mains le cabas de Mlle Bédier.

— Des betteraves cuites. Pouah !

— Moi j'aime bien ça, dit Mlle Bédier, c'est sucré.

Chapelle est l'accordeur qui habite au troisième, au-dessus de chez Gustave. Il a perdu la jambe droite, au ras de la hanche, à l'autre guerre. Il marche avec deux béquilles. Il porte une grande barbe et une moustache grises qui se mélangent, et une pipe plantée au milieu des poils. Il a un fort nez rouge, les yeux rieurs, de gros sourcils. Il est vêtu de velours, coiffé d'un béret alpin. Il aime la plaisanterie.

— Qu'est-ce que vous fumez, qui sent si mauvais ? demande Mlle Bédier, en se reculant.

— C'est de la barbe de maïs mélangée avec du tilleul. C'est pas si mauvais. J'attends que vous m'offriez un paquet de tabac, pour mes beaux yeux...

— Vous pouvez toujours attendre ! dit Mlle Bédier.

Jean est arrivé au bas de la rue Louis-de-Nantes. Il est passé devant une porte cochère où des clients tristes marchandent des légumes à demi pourris. Le marchand, dans la rue, tout le monde l'appelle Napoléon.

C'est un Méditerranéen noiraud, on ne sait pas au juste grec, syrien, arabe ou maltais, sans doute un mélange. Dans une douzaine de cageots, il étale des marchandises qui sont à la limite de la pourriture. Il vend moins cher que n'importe qui, il draine la clientèle la plus misérable, celle qui compte encore à quelques sous près. Il parle quatre ou cinq langues, et le français avec l'accent de toutes. Deux fois la Gestapo l'a emmené, pour savoir s'il n'était pas juif, ou d'un pays en guerre contre l'Axe. Il a été relâché sans qu'on sache bien pourquoi. Mme Billard a dit que c'était louche. Il a montré ses papiers à tout le quartier, des papiers de bon Français naturalisé depuis au moins dix ans. Et pas juif. Il s'indignait qu'on l'eût pris pour un youpin. Il les aime pas. Il crachait à terre.

Jean est passé, tranquille, devant la porte cochère. Napoléon pèse des poireaux visqueux. Il n'a pas levé la tête. Jean n'a pas tourné la sienne. Ils ne se connaissent pas. Ils se rencontreront à peine, dans quelques jours, et Napoléon ne fera même pas attention à Jean.

Jean traverse la rue et met sa lettre dans la fente de la boîte bleue. Maintenant, il sent qu'il a faim. Il remonte plus vite vers le déjeuner qui l'attend.

De sa fenêtre, derrière son rideau, Mme Billard l'a vu entrer dans l'impasse. Elle se demande pourquoi, dans ses vêtements ridicules, il a l'air si beau, si rayonnant. Elle se tasse sur ses hanches mortes. Elle trouve qu'il n'est pas normal.

Entre deux doigts de ma main gauche se consume ma cigarette. C'est une cigarette américaine. Je vais tousser toute la nuit. Il y a cinq ans que je n'en avais plus fumé. Elle fume et se consume et se réduit en cendres. Sous la peau de mes doigts, mes veines emportent le sang usé, les cellules mortes. Ma cigarette, entre mes doigts, brûle, et fume et parfume pour mon plaisir, mais au plaisir de quoi, de qui, brûlent ma chair et mon esprit ? Qui nous a mis le feu de la vie ? Qui se chauffe à notre flamme ? Voici de quoi faire une belle flambée, ce garçon tout droit, lisse, neuf, et les femmes et les hommes autour de lui, un peu tordus, un peu cassés, le cordonnier et sa torture, Gustave et son vin dans son ventre, l'infirme aux aguets, Billard parmi ses grondantes machines, la marchande et ses clients, eux affamés, elle repue, ces enfants pâles, et tous les autres, et Napoléon et son venin... Maintenant, ces hommes et ces femmes dont nous venons de faire la connaissance vont se prendre par la main, et la danse va commencer. C'est une danse comme on en voit sculptées dans les vieilles églises. Chacun, grimaçant, ne s'applique qu'à son propre pas, à réussir ses entrechats, et par la main, sans y penser, sans le savoir, entraîne son voisin. On sait où mène cette danse. Mais qui la mène ?

Les grands marronniers, sous mes fenêtres, ont sorti tous leurs cierges blancs, s'efforcent de les dresser, plus haut encore, vers le ciel qui les confond avec la mousse. Le printemps est venu pendant que j'écrivais ce livre. Les abeilles entrent par ma fenêtre, se heurtent à la glace, cherchent déjà la nourriture de leur génération prochaine. Ces abeilles parisiennes, d'où sortent-elles ? De quelle ruche dissimulée dans quel jardin secret enfermé dans les murs de la ville ?

Des bouquets de lilas ont poussé dans tous les foyers. Leur parfum sort sur les trottoirs. Quand la nuit tombe, des milliers de lumières piquent de nouveau le soir de Paris. On attend la paix pour un jour prochain. La mort va interrompre ses carnages et continuer son travail d'artisan.

La cigarette me brûle les doigts. Les orgues ni l'encens ne répondent à ma question. On célébrait ce matin un grand mort, et les prêtres et les fidèles du monde entier demandaient à Dieu de lui accorder une vie nouvelle. C'est tout ce que nous avons su trouver dans notre angoisse, cette foi un peu trop simple que la flamme éteinte se rallume dans un autre lieu. Il faut vivre, même si le feu de notre sang, si la passion de notre cœur ne chauffent que le vide effrayant de l'inexplicable. Cette cigarette sent bon. Ce sera peut-être une tâche suffisante, de s'efforcer de ne point puer.

Lundi. La rue Louis-de-Nantes est calme, ses magasins clos. Le crémier a ouvert de dix heures à midi. Ce jour-là il ne sert que le lait, un demi-litre aux bébés, un quart aux enfants, et rien pour les autres.

Gustave a fini son petit somme d'après déjeuner. Il fait la belote avec Valdon, contre Chapelle et Mme Empot. Jean, invité à boire la fine avec eux, assis sur la banquette, regarde vaguement le jeu auquel il ne comprend rien. Mme Gustave épluche des pommes de terre pour ce soir. C'est jour de fermeture. Ils sont seuls dans la salle.

— Et la dernière pour nous, dit Mme Empot. Vous êtes dedans !

Chapelle a accroché au-dessus de lui, à la patère, ses béquilles et son béret. Ses longs cheveux sont bien peignés et ondulés en grandes vagues. Mais il ne doit pas les laver très souvent, il a des pellicules sur le col de sa veste.

Gustave bâille.

— Jeanne, dit Mme Empot, tu nous remettras ça quand tu auras fini tes patates.

— Je dis : je passe, dit Valdon.

— Deux fois, dit Chapelle.

— Ça sera du pique, dit Gustave.

Valdon ramasse le talon et le distribue. Chapelle tire de son gilet une montre d'argent suspendue à un ruban de moire orné d'une breloque en forme de lyre.

— Deux heures vingt. Et cette garce de Bousson qui est pas encore rentrée. Quand je suis descendu, sa gosse pleurait, toute seule dans l'appartement depuis ce matin. Ça me fait mal au cœur. Cinquante.

— Où c'est qu'elle est partie ? dit Valdon.

— Tu sais jamais rien, on dirait que tu es pas du quartier, dit Mme Empot. Le lundi, elle va chez Napoléon.

— Pas possible ! dit Valdon.

Il joue, il fait deux levées. Il ajoute, réflexion faite :

— Ça m'étonne pas.

Napoléon habite en bas de la rue, dans une pièce sans fenêtre, une sorte de remise, entre la loge du concierge et les poubelles. Le lundi, il ne vend pas. Il en profite pour recevoir la mère Bousson, le matin. L'après-midi, il va aux Halles.

Les quatre joueurs tout à coup détournent en même temps leur regard de leurs cartes, et dressent la tête. Mme Gustave reste la bouche ouverte, un mot coupé au ras des lèvres, son couteau immobile sur la pomme de terre à demi épluchée. Jean blêmit et tourne la tête, comme tous les autres, vers la rue. Un cri horrible, un cri de peur, de mort, un cri d'enfant, est né quelque part du côté du ciel et tombe. Un paquet rose passe devant la vitre. Un choc sourd, mou, un bruit que Jean n'oubliera jamais. Le cri s'est tu.

— Ginette ! hurle Chapelle.

Il est déjà debout sur sa seule jambe. Il oublie ses béquilles, il bondit d'une table à l'autre, s'agrippe aux marbres des deux mains. Gustave essaie de se soulever, retombe. Valdon a rejoint Chapelle. La porte est fermée. A travers le rideau, ce qu'ils voient sur le trottoir est bien ce qu'ils imaginaient.

— La poignée, la clef, nom de Dieu, quelque chose ! crie Chapelle.

Jean arrache des mains de Mme Gustave, qui tremble et n'ose s'approcher, le bec-de-cane qu'elle a tiré de la poche de son tablier.

Ils ouvrent, ils sortent. Chapelle s'appuie à la vitre. Valdon se baisse. Jean se sent devenir léger, léger, c'est étrange, et les couleurs de la rue changent, les maisons tournent, le ciel va basculer. Il se mord la langue, tout reprend sa place, et le petit corps à ses pieds continue de saigner doucement.

Les enfants du cordonnier qui s'étaient sauvés comme des moineaux commencent à se rapprocher. Leur mère arrive, gémissante. Quel malheur ! Quel malheur ! Et voici des voisins et des voisines, et des passants. Il n'y a pas une minute que c'est arrivé, et déjà Mme Billard, de sa fenêtre, voit des gens courir vers l'impasse.

Ginette s'est penchée trop fort à la fenêtre, peut-être pour voir si sa mère revenait. Elle est tombée, bien à plat. Mme Gustave, qui a enfin osé sortir, pleure et ne sait pas bien ce qu'elle dit : « J'avais lavé mon trottoir ce matin, au moins, heureusement, pauvre petite, heureusement qu'il était bien propre. » Et elle pleure encore.

Le tablier rose retroussé par la chute cache le visage de l'enfant. Elle ne porte là-dessous qu'un tricot de laine verte, et une chemise qui n'a pas dû lui être changée depuis des semaines. Son petit ventre nu est blanc, avec quelques points roses de piqûres de puces. Ses jambes sont frêles, grises, ses genoux et ses pieds presque noirs. La cuisse gauche est cassée et repliée sur l'autre cuisse. L'os pointe sous la peau, prêt à percer. Du tablier rose dépassent quelques mèches de cheveux couleur de chanvre, et le commencement d'une langue de sang qui peu à peu s'allonge.

Valdon a soulevé le tablier, et l'a rabattu bien vite.

Il se relève. Il dit :

— Elle est morte. N'y touchez pas, Gustave, téléphone à la police, moi je vais chercher sa mère.

Il a parlé d'une voix dure. Il part à grandes enjambées. On sait qu'il était un ami de Bousson, et tous les gens du quartier qui sont là savent où il va chercher la mère.

Il commence à pleuvoir. Les longues aiguilles de la pluie piquent le petit ventre nu, et chacun en frissonne.

— On peut pas la laisser comme ça, dit Jean.

Il court vers l'imprimerie. Près de la rotative offset se dresse une pile de papier imprimé. Il en prend une feuille, grande comme un drap d'enfant. C'est du papier solide, destiné à faire des sachets pour graines. Il revient, écarte la foule, pose sur la petite fille nue la feuille qui porte les images vives de capucines, de pois de senteur, de carottes, de laitues et de choux pommés. La pluie douce frappe le papier avec le bruit de caresse qui endort si bien les enfants, le soir.

Valdon a trouvé la mère Bousson ronflant sur le grabat de Napoléon. Celui-ci était parti. Il l'a secouée, lui a appris en deux mots la nouvelle, l'a jetée dehors. Elle est en peignoir et pantoufles, un peignoir crasseux à grandes fleurs vertes. Elle remonte la rue en courant, elle hurle : « Ma fille ! Ma Ginette ! Mon trésor ! » Valdon lui répond : « Saleté ! c'est bien temps de crier ! » Il ne peut pas résister, après ce qu'il a vu, il lui donne un grand coup de pied dans les fesses. Elle hurle plus fort : « Salaud ! Ma Ginette ! Brute ! Laissez-moi ! Mon trésor !... » Dix, vingt, cinquante personnes courent derrière la mère Bousson. Elles ne savent pas ce qui s'est passé, elles l'insultent, elles lui crachent dessus, deux femmes l'empoignent, commencent à lui déchirer son peignoir et à lui arracher les cheveux. Valdon la dégage, la pousse, la foule s'engouffre en tourbillon dans l'impasse. Des poings se lèvent, la mère Bousson hurle, un grand remous se ferme sur elle. On entend l'avertisseur à deux notes du car de Police-Secours qui arrive à toute vitesse.

Les agents ont ramassé, à quelques mètres de la petite morte, la mère Bousson couverte de traces boueuses de coups de pied, le front et la bouche fendus, le nez cassé. Elle tenait dans sa main crispée un reste de combinaison. Ses gros seins mous pendaient de chaque côté de son buste.

Sortie de l'hôpital, elle changera de quartier. A la libération, elle se fera une clientèle de Nègres américains. Quand son mari rentrera, s'il rentre, elle verra bien. Elle ne pense pas si loin.

Gustave sert à la ronde des petits verres d'arquebuse. Tout le monde en a besoin. Il se fait payer, puis il pousse les gens dehors :

— Allez, allez, vous allez me faire attraper une contravention, aujourd'hui je suis fermé, vous le savez bien.

Chapelle et Jean sont penchés vers la banquette. Chapelle tient une serviette mouillée dont il bassine le visage d'une femme couchée. Une femme ? A peine, mais déjà plus qu'une grande fille. C'est l'aînée des enfants du cordonnier. Elle s'est évanouie au milieu de la foule, Jean l'a transportée dans le café. Dieu, qu'elle était légère ! Il l'a étendue sur la banquette. Ses cheveux noirs pendent en mèches sur la moleskine, la peau de son visage est aussi blanche que le marbre, une ombre creuse ses joues et ses tempes, ses longs cils courbes, immobiles, frangent des paupières presque bleues de pâleur, à travers lesquelles on devine le cercle sombre de l'iris. Son bras a glissé et sa main repose à terre. La banquette n'est pas assez large. Chapelle jette la serviette sur une table. Il dit :

— Pour être dans les pommes, elle y est bien !

— Laissez-la tranquille, dit Mme Gustave, elle va revenir.

Chapelle s'assied et prend dans ses mains la main de la jeune fille. Les doigts maigres sont très longs, les ongles cassés et sales. Il hoche la tête de pitié, il regarde avec plus d'attention le corps mince étendu. Une robe imprimée, délavée, le recouvre, trop étroite, tendue sur une gorge qui commence à pousser.

— Elle sera belle, dit Jean.
— Si elle a le temps de le devenir, dit Chapelle. Ça doit être tuberculeux. Regarde ça : rien dans le ventre, rien dans le corps. Comment ça peut vivre ?
— Comment elle s'appelle ? demande Jean.
— C'est Titou, dit Mme Gustave.
— Titou ?
— Du moins, c'est comme ça que sa mère l'appelle, et sa marmaille. C'est sûrement pas son vrai prénom. Tenez, essayez de lui faire boire ça.

Gustave s'est effondré sur une chaise. Ça ne va pas. Il est vert, il a de grandes poches sous les yeux, et le front et le cou baignés de sueur.

Jean, après sa première faiblesse à la vue de Ginette, s'est défendu contre l'horreur, et la pitié et le dégoût. Quand la foule s'est jetée sur la femme, il est demeuré immobile près du petit corps, les dents serrées.

Titou, revenue à elle, s'est assise. Elle regarde tour à tour les gens, les tables, les murs, la porte. On voit qu'elle a déjà envie de partir. Ses grands yeux noirs n'ont pas le courage de sourire.

Jean pousse Mme Gustave vers la cuisine. Il dit à voix basse :
— Je vais vous donner une tranche de jambon. Faites-la-lui cuire avec des œufs, je vous les paierai.

Mme Gustave hausse les épaules et pose la poêle sur le fourneau.

Au moment où Valdon, ayant dîné, sortait de chez Gustave pour aller prendre son travail, Napoléon, qui le guettait, lui a sauté dessus. Jean, sorti avec Valdon, a entendu le bruit mat d'un coup de poing, accompagné de toute une phrase d'injures. Valdon a riposté, sans un mot, puis empoigné l'homme à bras-le-corps.

Jean attrape Napoléon par les cheveux, mais quelqu'un le prend aux épaules et le tire en arrière. C'est Brunon, un typo de Billard. Il dit :
— Laisse-les s'expliquer. T'en mêle pas.

Une vague lueur grise tombe des nuages dans l'impasse. La lune est quelque part derrière eux.

Les deux hommes roulent sur les pavés. Les ouvriers de l'imprimerie, qui arrivent, font cercle, se reculent ou s'avancent selon les phases de la lutte.

Les voilà de nouveau debout. Ils se tiennent si fortement serrés qu'ils ne peuvent plus ni l'un ni l'autre bouger. Ils halètent. Napoléon dégage un bras et frappe. Mlle Bédier arrive en courant :
— Qu'est-ce que c'est ? Qu'est-ce que c'est ?

Elle voit deux hommes qui se battent, elle ne les reconnaît pas. Elle crie :
— Séparez-les, voyons ! Mais séparez-les ! Il faut les séparer ! Ils vont se faire du mal !

— La ferme ! dit Brunon.

Ils tombent. Billard, sur la porte de son atelier, indifférent, fume une cigarette. Il allume son briquet, regarde sa montre. Encore dix minutes avant le boulot.

Napoléon est dessous, mais il serre Valdon des bras et des jambes. Valdon, enragé d'une rage froide, brusquement le mord au cou. Napoléon hurle, puis gargouille. Mlle Bédier hurle plus fort que lui, trépigne, enfonce ses ongles dans le bras de Brunon, à travers sa veste. Napoléon ne bouge plus.

Valdon se relève un peu essoufflé, passe ses doigts dans ses cheveux, resserre sa ceinture. Mais l'autre tout à coup bondit, lui dessine une croix luisante sur le visage, écarte la foule et s'enfuit.

Valdon ne comprend pas, il n'a rien senti, et le sang lui gicle sur les mains, tombe déjà à terre en pluie, et tout à coup une douleur atroce lui écartèle la figure, il veut crier, et sa bouche s'ouvre de tous côtés, jusqu'aux oreilles, jusqu'aux yeux...

Le fils Billard braque sur lui sa lampe électrique et les hommes gémissent d'horreur à la vue de son visage rouge, coupé en quatre par deux coups de rasoir.

— Le sale fumier ! dit Brunon.

Il court déjà à sa poursuite. Une dizaine d'hommes le suivent.

Ils ont cherché Napoléon plus d'une demi-heure. Il n'était pas chez lui. Ils l'ont trouvé, presque par hasard, caché, tremblant, dans l'urinoir de la place Combes, juste sous le marronnier. Ils l'ont assommé.

— Quelle journée ! soupire Gustave, assis dans sa cuisine, devant sa bouteille.

— Vous avez noté leurs noms ? demande Billard, sa montre à la main, à Mlle Bédier qui tremble encore. Vous leur retiendrez trois quarts d'heure sur leur paie.

Jean est resté de nouveau cinq jours sans nouvelles de Marie. Ce matin, il y avait une lettre sous la porte. Il a sauté à bas de son lit. Tout de suite, au toucher, il a senti que le papier n'était pas le même. A travers la brume de sommeil qui lui demeurait dans les yeux, il a reconnu l'écriture de sa mère. Il a posé l'enveloppe sur sa chaise, sans l'ouvrir. Il s'est recouché.

La lettre de Marie est arrivée au courrier de l'après-midi. Mme Gustave l'a gardée dans la poche de son tablier, et quand elle a mis la table, l'a posée debout devant l'assiette de Jean, appuyée contre son verre. C'est une enveloppe de papier bleu clair, satiné. Le verre qui la soutient est un ancien verre à moutarde. Quelques bulles d'air sont prisonnières de sa pâte terne. La lettre est dressée entre lui et l'assiette de faïence blanche. Le marbre de la table est un peu gras. Une mouche s'y promène, s'arrête, repart, s'arrête, pose sa trompe sur une nourriture invisible, s'envole, fait trois tours et se pose sur le bord du verre, se frotte les ailes et le derrière.

L'enveloppe bleue contient une feuille de cahier d'écolier pliée en quatre. C'est une lettre courte, le papier est bien plié, aplati, barré de lignes d'écriture toutes droites. Marie était si pressée d'écrire qu'elle a par endroits oublié les points au bout des phrases et des accents sur les mots.

Jean, je suis enceinte. Pardonne-moi de ne pas te l'avoir écrit plus tôt, je voulais être absolument sûre, je ne croyais pas que c'était possible. Je n'imaginais pas que cela puisse arriver, je ne pensais qu'à t'aimer. Jean, mon Jean, j'ai peur. D'abord je n'ai eu que de l'inquiétude, avant d'être sûre, j'espérais que j'étais malade, que c'était ton départ qui était la cause de ce qui m'inquiétait, mais la semaine dernière j'ai accompagné maman à Valence, elle allait voir l'inspecteur d'Académie. Pendant qu'elle attendait dans les bureaux, je suis allée chez un médecin. Oh! mon amour, j'avais honte. Il m'a dit qu'il ne pouvait pas absolument l'affirmer, mais qu'il n'y avait guère de doute que j'étais enceinte. J'ai été épouvantée. Jean, qu'est-ce que je vais devenir ? Qu'est-ce qui va nous arriver ? Et puis quand je me suis retrouvée seule dans ma chambre, j'ai pensé à ce petit de toi, à cette vie, à cet amour que tu as mis dans moi, qui vit déjà, qui est dans moi et qui est de toi. Et j'avais autant de bonheur que de peur.

Jean, mon amour, toi tu es fort, tu es grand, toi mon Jean, tu vas me dire ce que je dois faire, tu vas me rassurer...

La nouvelle a d'abord éclaté dans sa tête en un feu qui le brûle et l'éblouit. Une stupeur radieuse. Lui, Jean, il a créé un petit être qui vit ; avec son amour et son sang, il a fait ce miracle, cette vie déjà détachée de lui, un jour détachée de Marie, qui dansera et brûlera seule dans le monde, grâce à lui, par lui, par son geste à lui, lui, Jean !

Et puis, de ce trésor qui vient de lui être donné, il commence à deviner quel sera le poids dans ses mains. Il a encore le sourire d'étonnement et de joie sur les lèvres, mais ses lèvres commencent à trembler. Maintenant ce n'est plus l'exaltation de l'amour, la passion pure qui ne se soucie des réalités. Maintenant c'est la vraie vie qui commence. Il y a là-bas deux êtres qui dépendent de lui, entièrement. Tout ce qu'il fera ou ne fera pas les engage. « ... *tu vas me dire ce que je dois faire...* » Il va falloir qu'il décide, qu'il agisse. Il est responsable.

Voilà ce qu'il devine. Et une crainte le saisit, il se sent tout à coup très jeune, à peine sorti de l'enfance. « ... *toi tu es fort, tu es grand...* » Sera-t-il assez fort, assez grand ? Le passé est un gouffre. Jamais plus il ne pourra revenir en arrière, vers l'insouciance. Il devra monter son chemin pierre à pierre, avec ce trésor, ce fardeau dans ses bras. Quelqu'un, quelqu'un pourra-t-il l'aider ? Maman... Il y a si peu de temps, c'était elle encore qui décidait de tout. Il était un enfant, il obéissait, il avait la sécurité, il avait chaud.

Maintenant il y a Marie qui compte sur lui, qui ne peut compter que sur lui. Son enfance vient d'être coupée de lui, net. C'est à son tour de devenir un abri, d'être celui auprès de qui on se rassure, celui qui prend tous les soucis.

Il s'étend sur son lit, les mains à la nuque. Longuement, il pense, et peu à peu il reprend son calme. Marie, son fils, et lui, Jean. Voilà, tout est simple. Il suffit d'agir droit et d'être fort. Il se lève et il écrit.

Marie, mon tout petit, mon si cher, si grand, si tendre amour, comme je voudrais être près de toi, et te prendre dans mes bras pour te rassurer, et te serrer contre moi pour que tu sentes ma joie et ma gratitude ! Mais je sais déjà que tu n'as plus peur, parce que je vais faire cette chose impossible : t'aimer encore plus qu'avant.

Maintenant il va falloir que je vous aime deux, et déjà j'étais si plein de ta lumière ! Déjà tu étais pour moi tout l'univers, le soleil dans le grand ciel bleu, et tous les oiseaux et les fleurs... J'étais jusqu'à présent un grand enfant fou d'amour, qui vivait dans ton éblouissement. Ta lettre m'a dressé dans ma force d'homme. Notre bonheur était un champ de mai, quand toutes les fleurs éclatent. Maintenant, il va falloir qu'il devienne comme une maison. Ce bonheur nous attendait depuis le début du monde. Nous avions été choisis l'un pour l'autre. Quand je t'ai vue la première fois, je l'ai su, comme un aveugle guéri qui découvre le jour et le reconnaît. Ma vie a commencé à cette minute. Je n'ai plus souvenir d'avoir vécu avant toi. J'étais une graine sur un caillou. Je n'éprouvais ni plaisirs ni peines, je n'avais rien vu, rien senti et mes doigts n'avaient rien touché... Tu es venue, et tu es à moi, et tu portes en toi un petit dieu, et je ne sais où mettre mes mains tant elles brûlent de bonheur...

Ma Marie, comment peux-tu avoir peur, comment peux-tu craindre qu'un malheur nous arrive, quand nous sommes portés par un tel amour, et quand notre amour va devenir un petit être qui aura une chair, des yeux, un visage qui te ressemble ?

Tu me demandes ce qu'il faut faire ? Il n'y a qu'une chose à faire. Il faut avertir tes parents. Si tu n'oses pas le leur dire, si tu veux, je leur écrirai, mais il vaut mieux qu'ils l'apprennent par toi. Ils seront surpris, et sans doute mécontents, mais quel mécontentement pourrait résister à l'image du petit enfant qui va naître ? Nous nous marierons à Noël. Nous irons nous marier à la Chapelle du Chevalier, à l'endroit même où tu es devenue ma femme. Nous y ferons monter le curé de Saint-Sauveur-Neuf. Puis ma mère t'emmènera. Tu vivras auprès d'elle en attendant que j'aie terminé mes études. Mon fils viendra au monde dans le lit où je suis né, et grandira dans la chère maison où j'ai grandi.

Soigne-toi bien, mon amour, mange beaucoup, fais de bonnes promenades, et ne monte pas trop vite les escaliers. Moi je vais travailler comme un Nègre ! Les cours commencent dans trois semaines...

Il a dix-huit ans. Il est entré tout droit de l'enfance dans l'amour, il n'a pas eu le temps de voir le monde. Il croit que l'envie et la haine, et la bêtise, sont seulement quelques chardons dans le champ de blé.

Il lui reste à apprendre à vivre. Si vivre c'est mener cette existence que mènent autour de lui ces gens, et celle que nous menons, vous et moi.

Il dort, il s'éveille, il rêve, il pense, il se rendort, son rêve se poursuit du sommeil à la veille, et de la veille au sommeil. Il voit un appartement inondé de soleil, avec des fleurs en gerbes sur les meubles, Marie assise l'attend, Marie à la cuisine prépare les nourritures et l'attend, Marie couchée l'attend, Marie derrière la porte l'attend, Marie à la fenêtre regarde la rue et l'attend, et sur ses genoux, à son bras, derrière elle trottant, voici un petit enfant... c'est un garçon, son fils, leur petit. Mais Jean ne parvient pas à voir son visage, l'enfant toujours tourne la tête. Jean, angoissé, en hâte, grimpe l'escalier, sonne à la porte. Marie accourt, elle tient son fils par la main, elle ouvre, Jean enfin va voir le visage de son fils... Il se penche, il regarde... il s'éveille, il ne l'a pas vu.

Il transpire. Il ne veut pas se rendormir, il ne veut pas retrouver ce rêve, cet enfant dont le visage le fuit, il ne veut même pas y penser. Il s'efforce d'oublier, il se redit les mots de la lettre de Marie, il prévoit tous les détails de ce qu'il devra faire, la vie de Marie dans la chambre haute du Pigeonnier, leur fils qui roulera sur les pentes de marne du vallon... Il le voit, courir, rire, oui, il le voit, il lui imagine un visage tout illuminé, sous des cheveux blonds... Il sourit. Il lui donnera le nom de son père, André. Puis ils viendront s'installer à Paris, en haut d'une haute maison.

Une alerte a sonné vers cinq heures du matin. Il ne l'a pas entendue.

L'orage, le dernier de l'année, mûrit depuis midi au sommet du Ventoux, d'abord écharpe légère, blanche soie que le vent emporte par morceaux dans le soleil qui l'absorbe, puis brume grise pétrie de remous, qui roule sur place et bascule, s'épaissit, se gonfle en ventres d'ardoise et d'acier, en têtes de feu, bouillonne et gronde ; et la montagne tremble, la vallée perd le soleil et frissonne, les volets claquent, le linge aux cordes s'envole d'une aile, les feuilles perdues montent vers les clochers, les chiens courent, la terre s'étire, craque, hérisse ses poils secs, s'ouvre, s'offre, et les hordes de nuages bousculées, froissées, culbutées, emportées au galop de la folie, traînent la herse de pluie ravageante, brisent les poignées d'éclairs, emplissent le ciel, débordent, roulent vers le nord, quelque part derrière Gardegrosse, par le chemin que suivent tous les orages, depuis toujours, Dieu sait pourquoi, et il sait seul où ils s'arrêtent, se perdent et meurent épuisés, au bout de leur bruit et de leur dernière goutte.

En passant, il a noyé l'allée de la Fontaine aux Trois-Dauphins, et jeté à terre les feuilles d'automne des grands platanes. Les fillettes qui jouaient ne l'ont pas vu venir. Effrayées, elles se serrent autour de Marie, se bouchent les oreilles, ferment les yeux, se cachent le visage les unes contre les autres, et les grandes pâlissent et les plus petites pleurent.

Voici déjà le soleil. Il éclaire à travers les branches nues les enfants ruisselantes. La pluie et les larmes roulent sur leurs visages qui sourient. Quelques petits seins pointent sur les robes plaquées, de minces cuisses frissonnent au froid des étoffes, les cheveux coulent sur les épaules, et des feuilles d'or se sont collées sur des dos et des hanches.

— Vite, vite, dit Marie, frappant dans ses mains. Vite, vite il faut rentrer vous changer.

Elles courent en criant de joie dans le sentier. Mme Margherite les attend sur la porte.

— Vite, vite, dit Mme Margherite, montez au dortoir vous changer. Dans dix minutes au réfectoire, pour boire une infusion chaude.

Elles se bousculent dans l'escalier. Mme Margherite, à la porte, retient Marie.

— Pourquoi ne les as-tu pas fait mettre à l'abri ? Tu n'as pas vu venir l'orage ?

— Nous ne l'avons pas vu, dit Marie, nous étions sous les arbres.

Le visage de Mme Margherite a repris son expression de calme sévère que l'inquiétude avait un instant dérangée. Elle dit :

— J'espère qu'aucune n'aura pris froid. Va vite te changer, toi aussi.

Un grand frisson secoue Marie de la tête aux pieds. Elle dit à mi-voix :

— Mon Dieu, pourvu que je n'aie pas attrapé du mal...

Mme Margherite s'étonne :

— Te voilà bien douillette, tout à coup.

— Ah ! dit Marie...

Elle va parler, elle hésite, puis elle se jette d'un seul coup dans l'occasion se sortir cet aveu que la peur, depuis plus d'une semaine, lui retient à la bouche.

— ... c'est que je suis enceinte.

Elle a reculé de deux pas, et s'est adossée au mur, les bras un peu écartés du corps, les mains ouvertes contre la pierre. Elle fait face à sa mère, elle la regarde, elle attend. Maintenant c'est dit, c'est fait, elle ne pense plus qu'à se défendre.

Les yeux de Mme Margherite s'agrandissent. Elle n'a pas compris tout de suite. Il lui a fallu plus d'une seconde pour que le mot fasse image dans sa tête.

Pour se donner encore un peu de temps, pour respirer, pour faire face à tout ce que ce mot déchaîne en elle, elle demande :

— Quoi ?

Elle jette sa question en avant, en coup de bec.

— Je suis enceinte, dit doucement Marie.

Elle est droite, la tête un peu basse, non de honte mais pour se protéger contre le monde entier. Et lentement, elle enlève ses mains du mur et les pose sur sa robe mouillée, la gauche juste sous sa ceinture et la droite au-dessous, toutes les deux bien à plat. Elle sent aussitôt sur sa peau la chaleur de ses paumes, et cette chaleur est un réconfort et un abri. Elle ferme les yeux, elle est toute fermée autour de son bien. Elle n'a plus peur.

Mme Margherite a suivi son geste. Elle n'a plus besoin de poser de question. Droite, raide, elle regarde le visage de sa fille, son front pâle, ses yeux clos soulignés d'un cerne mauve, ses lèvres qui tremblent un peu, ses cheveux que la pluie a éteints et qui s'égouttent. Et sur ce tendre et las visage elle ne lit ni désarroi ni honte, mais le reflet d'une satisfaction : celle que donne la certitude, la possession.

Elle se racle la gorge.

— Hum !

Elle regarde le frêle bouclier des deux mains posées sur la robe bleue. Marie a rouvert les yeux.

— Va te changer, je t'attends dans mon bureau.

Elle part d'un pas de sapeur. Il faut qu'elle dise à la cuisinière de servir le tilleul aux filles.

— Alors, qu'est-ce que me dit ta mère ? dit M. Margherite en se laissant tomber dans le fauteuil.

Il est rouge, peut-être seulement parce qu'il a bu plusieurs vins blancs et parce qu'il a monté l'escalier trop vite.

Dès qu'elle l'a entendu ouvrir la porte, sa femme s'est précipitée vers lui, et lui a jeté la nouvelle à la figure.

— Va la voir, ta fille, va ! va la voir, va la féliciter ! Elle est dans sa chambre...

Il est monté, il s'est assis dans le fauteuil, il regarde Marie qui s'est levée de sa chaise quand il est entré. Elle était en train d'écrire, elle a fermé son cahier, et posé un livre dessus. Elle est debout devant son père. Il dit :

— Assieds-toi.

Elle s'assied sur son lit, sur le rebord du drap blanc, près de l'oreiller.

— Ta mère me dit que c'est ce petit Tarendol !...

Il hoche la tête, comme si c'était vraiment une chose inimaginable que ce soit ce petit Tarendol. Il ne semble pas en colère, mais plutôt scandalisé d'un tel enfantillage. Il lève ses deux mains posées sur ses genoux, les brandit à hauteur de son visage, les dix doigts en l'air.

— Mais comment as-tu fait ça ?

Il se rend compte aussitôt que sa question est saugrenue, repose ses mains sur ses genoux, hausse les épaules.

— Ta mère m'a dit qu'elle t'avait giflée. Elle a eu tort. D'un côté je la comprends, mais elle a eu tort, ça n'arrange rien. Et ce qu'il faut, justement, c'est arranger ça...

Il se lève, il s'approche de Marie qui s'est levée aussi, il ouvre ses bras, elle s'y jette et éclate en sanglots. Il est ému, il renifle, il sent Marie toute chaude et tremblante contre lui, elle sent bon, il pense qu'elle est vraiment belle, seize ans, c'est sa fille, comme ça grandit vite. C'était une enfant, et la voilà enceinte. Il lui caresse machinalement les cheveux, elle se calme peu à peu, il regarde devant lui, sans voir, il regarde le mur. Seize ans, et brûlante, ce gamin s'est offert un morceau de roi, il ne s'en est peut-être pas même rendu compte.

— Allons, allons, c'est fini, là, c'est fini...

Il lui tapote un peu le dos, il s'écarte d'elle, il l'embrasse sur le front, il la fait asseoir dans le fauteuil. Elle s'essuie les yeux, se mouche, elle le regarde avec reconnaissance et confiance. Il l'interroge, elle répond simplement, elle n'a rien à cacher. Il apprend ainsi le séjour de Jean à Saint-Sauveur, les rendez-vous près de la chapelle, soir après soir. Il imagine les jeux du jeune couple dans l'herbe parfumée. Il s'assied au bord du lit, allume une cigarette. Il est très rouge, et sa barbe plus blanche que neige. Sa fille ! Il ferme à demi les yeux, et regarde Marie attentivement, soigneusement. Sa fille, si belle, et le premier garçon venu... Maintenant, elle nous marcherait sur le visage, à sa mère et à moi, pour le rejoindre. Il l'a couchée dans l'herbe, elle a dû crier et gémir, et maintenant il compte pour elle avant toute chose, avant tout le monde. Un beau petit couple, sûrement, ils n'ont pas dû s'embêter, non, non sûrement, mais c'est pas le tout, c'est pas le tout, il va falloir arranger ça...

La cendre de sa cigarette est tombée sur son gilet, il a posé beaucoup de questions, à voix de confidence. Une bonne voix grave, basse, presque chuchotée, bien paternelle. Et les yeux brillants, il écoutait les réponses. Il s'est tout de même arrêté, juste à temps, avant que Marie se rendît compte qu'il y prenait plaisir.

Il sait maintenant qu'elle est enceinte de deux mois. Il tire de sa poche une boîte d'allumettes, y enferme son mégot, se lève, embrasse de nouveau Marie sur le front.

— Couche-toi, ma poulette, dit-il. Je vais te monter ton dîner. Il vaut mieux que tu ne descendes pas, que tu ne revoies pas ta mère ce soir. Et ne t'inquiète pas, et dors bien, nous allons arranger ça.

Quelques minutes après l'heure du couvre-feu, deux Citroën noires s'engagent l'une après l'autre dans l'impasse et s'arrêtent le long des trottoirs, une du côté du cordonnier, l'autre devant le café. Les portières claquent. La nuit est sombre. Chapelle qui n'était pas encore endormi vient en chemise à sa fenêtre et l'ouvre sans bruit. Il devine des silhouettes qui se massent devant la porte de l'imprimerie. La porte ouverte brusquement jette une lumière jaunâtre sur le groupe. Ils sont cinq ou six. Ils entrent, la porte se referme, la nuit règne de nouveau dans l'impasse. Chapelle frissonne. Il retourne vers son lit, enfile son pantalon, son veston et ses pantoufles, et vient se remettre au guet. En bas, Gustave guette aussi, de la fenêtre de sa salle à manger. Il a réveillé sa femme qui chuchote près de lui :

— Qui c'est ? C'est la Gestapo ?
— Je ne sais pas. Sans doute. Tais-toi...

Ils écoutent. Mme Gustave, pour la nuit, tresse ses cheveux en une queue étique, couleur de lard rance, nouée d'un lacet noir. Sa chemise de nuit lui descend jusqu'aux pieds. Ils écoutent. Peu à peu le grondement sourd de l'imprimerie, qui berçait le sommeil de l'impasse, se tait. Les machines, l'une après l'autre, se sont arrêtées.

Gustave est inquiet. Il a une raison de l'être, personnellement, une raison que sa femme elle-même ignore. Il lui dit :

— Reste là, et surtout ne bouge pas !
— Où vas-tu ?
— T'inquiète pas, reste là...

Il retourne à la salle du café, se dirige dans le noir vers le comptoir, tourne un commutateur. Le mur s'éclaire d'une petite ampoule rouge. Elle indique que la lumière de la cave est allumée.

Gustave hésite. S'il descend, il risque... Il se gratte la nuque. Et s'il ne descend pas, il risque autant. Alors, il vaut mieux qu'il soit en bas, il peut être utile. Il soupire, il n'est pas très courageux, mais il ne peut pas faire autrement.

Billard était près de la première rotative quand les hommes sont entrés. Les deux premiers portent sous le bras droit une mitraillette suspendue à l'épaule, braquée en avant, légère, terrible. Les deux qui suivent ont un revolver à la main et le dernier encore une mitraillette. Ils sont en pardessus ou en gabardine. Ils ont de sales têtes. Si on en rencontrait un dans la rue, en plein jour, on ne le remarquerait pas. Tant de braves gens ont, eux aussi, des sales têtes, à première vue... Mais là, tous ensemble, surgis de la nuit, hérissés d'armes, leurs bouches serrées, leurs sourcils froncés devant la lumière, groupés près de la porte, immobiles, ils sont l'image même de ce que l'innocent craint encore plus que le coupable : la force, au service de tous les droits qu'elle se donne.

Billard est devenu écarlate. Il a souvent pensé à une telle visite, sans, pourtant, croire vraiment qu'elle se produirait un jour. Il faut avertir Léon au sous-sol. Il crie, par-dessus le vacarme des machines :

— Qu'est-ce que c'est ?

Un des hommes s'avance. Il est jeune, mince et de petite taille, vêtu d'un pardessus gris à martingale tout neuf, en tissu épais. Un feutre marron cache un peu son visage. C'est le seul qui ne montre pas d'arme. Mais peut-être dans sa poche... Il crie :

— Police !

Il glisse sa main dans l'ouverture de son pardessus, sort une carte

qu'il montre à Billard. Celui-ci voit une bande tricolore en travers, une photo, les mots : *Préfecture de police*, des tampons. Il crie :
— Qu'est-ce que vous voulez ?
— Perquisition, crie l'homme. Vous avez un dépôt d'armes ici. Nous avons été avertis...
— Dépôt d'armes ? crie Billard.
Il est étonné. Il craignait autre chose. Mais le danger demeure. Il se tourne vers l'atelier.
— Arrêtez les machines, qu'on s'entende un peu !...
Lui-même s'approche de la rotative, et rabat le rhéostat. Sa main gauche, en même temps, presse un bouton dissimulé derrière le bâti. Maintenant, Léon sait. Il ne s'agit plus que de gagner du temps.

Les ouvriers sont restés à leurs places. Ils chuchotent entre eux, essuient à des chiffons leurs mains maculées d'encre. Deux hommes à mitraillette se tiennent près de la porte. Le troisième s'est approché de Billard. Jean, de sa caisse, à travers la vitre, a vu entrer les hommes. Il a blêmi. Il avait presque oublié cette histoire de Gestapo au collège. Est-ce lui qu'ils recherchent ? De toute façon, ils doivent avoir son nom sur leurs listes. S'ils vérifient les identités, il est fichu. Et comment faire ? Il n'y a pas d'autre sortie.

L'apprenti s'est laissé tomber à genoux derrière la presse. Les yeux au ras de la vitre, il regarde avec une curiosité passionnée, et, en même temps, claque des dents.
— Qu'est-ce qu'ils vont nous faire, dites, m'sieur Tarendol ? Vous croyez qu'ils vont nous tuer ?
— Non, non, sûrement, dit Jean. N'aie pas peur.
Il réfléchit, vite. Il tire de la poche de sa veste sa carte d'identité, saute de son tabouret, glisse le carton menu entre deux rames de papier, dans une pile. Il donnera un faux nom, dira qu'il a laissé sa carte d'identité chez lui. S'ils l'emmènent, il essayera de se sauver une fois la porte franchie. Dans la nuit, c'est peut-être possible. En tout cas, c'est la seule chose à essayer. Il faudra essayer, il faudra réussir...
Il met sa main sur l'épaule du gamin, le secoue, lui dit :
— Je m'appelle André Pigeonnier, tu entends ? André Pigeonnier !
Le gamin le regarde avec de grands yeux noirs ahuris et fait signe de la tête :
— Oui, oui...
— Répète : André Pigeonnier.
— André Pigeonnier...
Dans le silence qui s'est abattu sur l'imprimerie Jean s'entend appeler à voix basse. Il se tourne vers l'arrière-boutique, aperçoit Léon à demi sorti de l'escalier qui conduit au sous-sol. Il le rejoint.
— Qu'est-ce que c'est ? demande Léon.
— Je ne sais pas, la police ou la Gestapo. Plutôt des Français, je crois.
— Zut, dit Léon, viens m'aider, viens vite.
Il le suit dans la cave-atelier où est installée la machine automa-

tique. Près du mur, un chariot bas est chargé d'une haute pile de papier imprimé. Ce sont des affiches pour l'impôt-métal.
— Pousse ! dit Léon.
Lui-même s'attelle au timon du chariot, qui démarre lentement et démasque une planche dressée contre le mur. Léon enlève la planche. Jean aperçoit avec étonnement un trou bas dans la maçonnerie, assez pour qu'il y puisse passer à quatre pattes. De l'autre côté du trou, il y a de la lumière.

Léon a chaud. Il s'essuie le front d'un revers de main, se baisse, passe par le trou. Jean l'entend parler. Il revient déjà. Il dit :
— Vite, passe-moi les paquets, là, ceux-là...
C'est une pile de paquets quadrangulaires, fermés par du kraft gommé, grands comme des boîtes à chaussures, les classiques paquets d'imprimés tels qu'on en voit dans toutes les imprimeries. Jean les jette un à un à Léon qui les jette de l'autre côté du mur.
— Plus vite, vieux, grouille-toi, vite, vite !
Mais il manque un paquet qui tombe et se crève. Il jure.
— Tant pis, continue, on ramassera après !...
Voici les derniers paquets. Jean, maintenant, aide Léon à ramasser les feuillets qui se sont répandus sur le sol. Il voit un titre : « La France éternelle ! », en lettres grasses les mots « Boche », « Traîtres », un portrait de général. Il a compris. Il entend de l'autre côté du trou dans le mur quelqu'un souffler. Léon passe le paquet défait, les tracts par poignées, froissés, en vrac. Il chuchote, la tête baissée vers le trou : « Ça y est, c'est fini, bonsoir ! — Bonsoir ! » dit une voix de l'autre côté. Tout à coup, en haut, une mitraillette crépite. Puis un coup de feu, isolé, puis de nouveau la mitraillette. Léon a pâli, mais sans dire un mot a redressé la planche contre le mur. Aidé de Jean, il décharge le chariot, dresse la pile d'affiches à même le sol, juste devant la planche. En haut, maintenant, c'est une fusillade générale. Les deux garçons, empoignant aux quatre coins les rames de papier imprimé, se regardent avec des yeux pleins d'angoisse. Avant tout, il faut finir cette pile, cacher le trou...

Billard a dit à l'homme :
— Je ne sais pas qui vous a prévenu, comme vous dites, mais c'est une blague, vous perdez votre temps, il n'y a pas d'armes ici.
— Ça va, ça va, dit l'homme. On va voir.
— Et d'abord, dit Billard, vous avez un mandat de perquisition ?
L'homme ricane :
— Un mandat ? Et puis quoi, encore ? Peut-être, une autre fois, il faudra vous prévenir par lettre recommandée ?
— Bon, dit Billard, d'un air résigné, alors allons-y. C'est grand, vous savez, ici. Si vous voulez, nous allons commencer par le fond.
Déjà il se dirige vers son ancien atelier, mais l'homme l'arrête.
— Minute !... Avant de tout visiter, je veux voir un peu vos papiers. Conduisez-moi à votre bureau.
— Mes papiers ? Pourquoi pas, si ça vous amuse...
Il monte l'escalier. L'homme à la mitraillette, un rouquin, est juste

derrière lui, et l'homme au pardessus ferme la marche. Les quatre autres sont restés en bas, près de la porte. Ils surveillent les ouvriers. Les ouvriers les regardent de coin, par-dessus les machines, entre les cylindres des rotatives.

Brunon a quitté la salle des marbres, s'est approché du premier rotativiste. Il tient dans sa main gauche sa clé à serrer les formes et dans la main droite un lingot. Ses manches sont retroussées jusqu'au-dessus du coude. Il dit à voix haute :

— Y en a qui sont courageux et bien armés, tu trouves pas, Baptiste ?

Baptiste se garde bien de répondre. Brunon reprend :

— Dis donc, tu sais où ils étaient, toi, ces costauds, en mai quarante ?

— Tais-toi, dit Baptiste à voix basse, ils vont t'emmener et te filer une danse, c'est tout ce que tu gagneras.

Mais les quatre hommes n'ont pas bougé. On dirait qu'ils n'ont pas entendu. Les mitraillettes sont braquées vers l'atelier : elles sont en métal mat, elles ont l'air de jouets.

Dans le bureau de Gustave, l'homme au pardessus prend un à un les dossiers des clients, sur la cheminée, les entrouvre, et les jette à terre. Mlle Bédier pousse des glapissements.

— Mes dossiers ! Vous pourriez quand même faire attention ! Vous pouvez pas les poser sur la table, à mesure ?

Elle se baisse pour les ramasser. L'homme lui en jette un autre à la figure. Il ricane. Billard crispe ses poings. Mais il se calme. Pendant ce temps, Léon...

— Ça va, dit l'homme, tout ça c'est du paravent, ça m'intéresse pas. Ouvrez votre coffre.

Billard tire ses clefs de sa poche. Il sait qu'il n'y a rien de compromettant dans son coffre. La lourde porte pivote.

— Ah ! ah ! dit l'homme, dites donc, vous en avez du fric, là !

Il y a plus d'un million en billets de mille et de cinq mille. C'est le volant indispensable pour acheter au marché noir tout le nécessaire, le papier, le charbon, le plomb, l'essence. C'est de l'argent qui ne va jamais à la banque.

— Je l'emporte, dit l'homme.

— Quoi ? proteste Billard. Cet argent, c'est à moi !

— Amène-le ! dit l'homme.

— Vous avez pas le droit ! crie Billard. Si vous trouvez des armes ou n'importe quoi, vous pourrez l'emmener, l'argent, et moi, et toute la baraque, mais jusqu'à maintenant vous avez rien trouvé, et...

— Ta gueule !... Tant d'argent liquide, c'est suspect. Tu dois trafiquer. Je sais pas de quoi, mais on le saura bien. Je vais te donner un reçu. En attendant, j'embarque !

Il écarte son pardessus et son veston. Il porte une chemise bleu pervenche, et un pantalon beige tenu par une ceinture. Dans la ceinture est passé un sac de jute plié, un simple sac à pommes de terre ou à farine. Il le tire, resserre sa ceinture de deux crans, et s'approche du coffre.

Billard a compris d'un seul coup. C'est la même bande qui a opéré la semaine dernière chez un antiquaire de la rue de Seine. Ils ont emporté l'argent et les bijoux dans un sac à patates. C'est Vernet, l'agent, qui lui a raconté ça à la belote. Des faux policiers. Alors toute sa crainte s'en va, et seule demeure sa folle colère. Ils se fichent de lui, ils veulent le dévaliser, et par-dessus le marché, ils lui ont fait peur ! Ses yeux deviennent rouges, ses dents grincent, et avant que l'homme à la mitraillette ait compris, il s'est jeté sur lui, a saisi l'arme à deux mains. Une rafale part en oblique du sol au plafond : une balle dans la plinthe, une dans le genou de Mlle Bédier, deux dans le ventre de l'homme au pardessus, trois dans la glace. Mlle Bédier hurle, et rampe sous la table, traînant derrière elle sa jambe brisée. Le faux commissaire est tombé près du coffre. Il glisse sa main dans la poche de son pardessus. Il voit dans un brouillard les deux hommes serrés qui se battent. Il dit : « Salaud ! » Il soulève sa main, il tire à travers l'étoffe, une seule balle. C'est son dernier effort. C'est le rouquin qui l'a reçue dans les reins. Billard le sent devenir mou, le laisse tomber en retenant la mitraillette. Quelqu'un monte en courant l'escalier, crie :

— Désiré, qu'est-ce qui se passe ?

Billard glisse le canon de la mitraillette dans l'entrebâillement de la porte. C'est la première fois qu'il tient une arme pareille. Mais il est ancien fantassin. Un canon, une détente, ça suffit, c'est jamais tellement compliqué. Il appuie, l'engin lui danse dans les mains. L'homme roule dans l'escalier. Billard exulte. Il ouvre la porte, il crie :

— Il a son compte, votre Désiré, bandits ! Et aussi le rouquin ! Et vous allez avoir le vôtre !

Les trois survivants ont compris. Le coup est raté. Ils tirent à la fois, pour couvrir leur retraite. Les balles font tinter les machines, écaillent le mur. La glace de la crémerie tombe avec un bruit d'argent. Les ouvriers se sont jetés à terre derrière les machines. L'apprenti s'est fourré la tête dans la caisse de la crémière.

Les voitures ronflent déjà dans l'impasse et démarrent tous feux allumés.

Billard est descendu voir Léon, avant de téléphoner au commissariat.

Léon lui a dit :

— Tarendol m'a aidé.

Billard a dit à Jean :

— Alors, tu es au courant maintenant ?

Jean a fait « oui » de la tête. Billard l'a regardé, il n'avait pas l'air très bon. Il a dit :

— C'est dangereux, quand on parle, c'est dangereux pour tous. L'essentiel, c'est de savoir la fermer.

Gustave, remonté de sa cave, buvait dans sa cuisine un grand coup de beaujolais.

Chapelle ne s'est couché qu'à l'aube, après le départ de la vraie police, de l'ambulance, tout. Avant de se mettre au lit, il est allé sur la pointe du pied et d'une béquille, jusqu'à la cuisine. Là, sur un lit pliant, entre la cuisinière et la fenêtre, couche Titou.

Chapelle a éclairé, une demi-seconde, juste le temps de la voir. Elle dort bien. Elle a déjà meilleure mine. Il sourit. Il est content. Quel appétit elle a ! Elle fait son ménage, il la couche et la nourrit, il va essayer de lui apprendre le piano. Pour l'hiver, il va lui faire faire un tailleur avec un vieux costume à lui, et un manteau dans une couverture de laine. Quand il a dit à Mme Empot qu'il prenait Titou comme bonne, elle lui a répondu :

— Tu as raison. Ça fait longtemps que tu es veuf.

L'homme au pardessus est mort, les deux autres sont à l'hôpital, et aussi l'apprenti, à qui la peur a donné la jaunisse. Mlle Bédier est dans une clinique. C'est Billard qui paie. Elle gardera la jambe raide pour le reste de sa vie.

Le commissaire du quartier a félicité Billard, mais le soir, Vernet l'a pris à part, chez Gustave, s'est assis en face de lui à une table et lui a dit à voix basse :

— Si tu as quelque chose à cacher, dans ta boîte, cache-le bien, demain la P.J. va venir perquisitionner, et cette fois c'est la vraie.

— Alors, a dit Gustave, c'est ça qu'ils ont trouvé pour me remercier ? Je fais leur métier, je démolis des gangsters, et ils vont venir m'emmerder ? Les faux policiers, les vrais policiers, et après, ça sera qui ?

Il a frappé du poing sur la table, il s'est mis à crier :

— Alors, tout Paris va défiler chez Billard ? Comme à l'Exposition ? Et peut-être tu viendras tenir le tourniquet ?

— Si tu gueules, je te dis plus rien, a dit Vernet.

Billard s'est calmé, et Vernet a continué :

— Tu comprends, évidemment c'étaient des bandits, ceux que tu as descendus, mais s'ils sont venus, c'est qu'ils savaient que tu avais quelque chose à craindre, et c'est comme ça qu'ils espéraient réussir. Ils pensaient que tu aurais trop peur pour te méfier. Moi je te demande rien, et je m'en fiche, et même je te félicite, mais je te préviens. Et ce qu'ils savaient, ces gars-là, ils le savaient peut-être par la P.J., ou bien c'est la P.J. qui le savait par eux. En ce moment y a de drôles de combines. Ce que je t'en dis, c'est pour te prévenir. Tu me diras que je suis un flic, c'est entendu, je l'admets, mais au commissariat, on s'occupe pas de tout ça. Heureusement parce que c'est un drôle de métier, en ce moment, qu'ils font, quelques-uns. C'est pour ça que je te dis si tu as quelque chose à planquer, planque-le, et pas plus tard que cette nuit.

Au moment de sortir, Vernet est revenu, et lui a dit à voix basse :

— Ecoute, un conseil : méfie-toi de Napoléon...

— Napoléon ?

— Oui, Napoléon. Tes ouvriers lui ont filé une danse, l'autre soir. Tu devrais penser un peu... C'est peut-être pas sans rapports avec ce qui t'arrive, c'est un beau petit salaud.

— Napoléon ? Mais il est en tôle, ce fumier, tu sais bien, à cause de Valdon.

— En tôle, en tôle, on y entre et on en sort, quand on bavarde.

Billard serre les poings.

— Attends qu'il me tombe sous la patte...

Vernet dit :

— Tu penses comme il va se montrer ! Mais je te le dis : fais gaffe...

Billard dit :

— Te fais pas de mauvais sang, y a rien à craindre. Je te remercie quand même.

Le lendemain matin, à la première heure, une camionnette s'est arrêtée devant le café, avant même qu'il fût ouvert, et Gustave, en bâillant, a montré à deux hommes le chemin de sa cave. Ils ont chargé les paquets fermés par du kraft gommé, la camionnette est repartie, il faisait à peine jour.

La perquisition a eu lieu l'après-midi. Ils n'ont même pas trouvé le trou derrière la pile. S'ils l'avaient trouvé, Billard avait une explication : c'était l'endroit marqué par la Défense passive pour faire communiquer le sous-sol de l'imprimerie avec celui de l'immeuble voisin.

Ils sont revenus le surlendemain, ils devaient tout de même être renseignés, et cette fois ils ont déclaré qu'ils fermaient l'atelier. Ils ont donné deux heures à Billard pour sortir ce qu'il voulait, ils ont tout vérifié ce qu'il emportait, et ils ont mis les scellés. Billard, violet de rage, a déclaré que son personnel allait être au chômage, que lui serait ruiné, que son usine était pleine de papier qui appartenait à ses clients, et de travaux pour l'administration, et qu'il saurait bien faire rouvrir sa maison, et qu'il allait porter plainte, et que ça leur coûterait cher, et bien d'autres choses. Mais tout cela était inutile.

— Imagine qu'ils m'aient arrêté, dit Jean à Bazalo, imagine un peu ça, qu'est-ce qu'elle serait devenue ?

Ses traits et son regard se sont durcis en quelques jours. Quand il se tait, Bazalo voit les muscles de ses mâchoires battre au bas de ses joues.

— Tu comprends, elle peut compter sur personne, absolument personne d'autre, que sur moi. Avec sa mère directrice de l'école des filles, tu vois le scandale ? Encore toi, tu es parisien, tu peux pas deviner ce que c'est, une petite ville de province...

Il a eu plus peur après que pendant la visite des faux policiers, quand le temps lui est venu de réfléchir, d'envisager que les faux policiers auraient pu être des vrais, qu'ils auraient pu l'arrêter, le livrer aux Allemands. Déporté... fusillé... Marie seule, avec le fruit alors empoisonné qui pousse en elle...

Et il a compris que sa propre vie, sa propre liberté ne lui appartiennent plus, elles sont à Marie et à leur enfant. Il n'a plus le droit d'en disposer. Il doit se protéger, se garder, comme il protégerait et garderait Marie.

Il a reçu une lettre rassurante. Marie lui fait part des bonnes dispositions de son père. Elle espère que sa mère se calmera. Tout ira bien, le plus difficile est fait, c'était d'avouer.

Jean n'était pas à l'imprimerie quand ont eu lieu les vraies perquisitions. Elles ont été opérées de jour. Mais puisque l'impasse est devenue un lieu suspect, il rompra avec elle. Il a abandonné sa chambre chez Gustave et transporté sa valise chez Bazalo. Il mange avec lui et couche chez lui. Mme Empot lui a dit qu'elle pourrait peut-être lui trouver une pension avec une chambre pas trop chère près des Halles, chez un de ses fournisseurs. Il faudrait seulement qu'il rende quelques services en échange. En attendant, le soir, il étend à terre un des deux matelas du divan de Bazalo. Ils se partagent les couvertures.

Il est obligé de retourner chez Gustave pour chercher ses lettres. Il y va le soir, dans l'obscurité de la Défense passive, il entre par le couloir, il prend la lettre s'il y en a une, il s'en va aussitôt, il ne reste même pas le temps de boire un verre. Même si le danger est passé, il ne veut pas courir le moindre risque.

Billard lui a donné une lettre pour un de ses confrères, Rozier, un linotypiste à façon installé rue Maltournée. Il lui a dit :

— Quand je rouvrirai, tu reviendras chez moi.

Il a casé ainsi ses meilleurs ouvriers, chez les uns et les autres, en attendant.

Mais Jean ne reviendra pas, il est décidé. Il s'en expliquera avec Billard quand le moment sera venu. Quand il aura sa nouvelle chambre, il en donnera l'adresse à Marie, il n'aura même plus à revenir à l'impasse pour le courrier. Il sent qu'un danger demeure entre ces trois murs. Il ne viendra plus dans le quartier. Il veut éviter la moindre possibilité de menace, froidement. Il n'a rien dit à Marie de ce qui est arrivé, il ne veut pas qu'elle s'inquiète, dans son état. S'il lui demandait de lui écrire chez Bazalo, elle ne comprendrait pas, elle soupçonnerait quelque trouble. Bientôt, il lui donnera sa nouvelle adresse, en lui expliquant qu'il a trouvé un nouveau travail mieux payé. Il faudra d'ailleurs qu'il en cherche un. Rozier le paie encore plus mal que Billard. Il y a douze linotypes dans son atelier, mais quatre sont sous bâche, faute d'ouvriers. Rozier est un petit homme bavard, nerveux, sans cesse pendu au téléphone pour calmer les clients impatients. Il accepte plus de travail qu'il ne peut en produire, il est embouteillé pour six mois, il se met lui-même au clavier, il saute au mur pour décrocher le téléphone, il crie :

— Oui, monsieur, je vous le promets. Vous aurez tout pour la fin de la semaine, vous pouvez y compter...

Il retourne à la machine, il tape quatre pages de la commande urgente, l'abandonne pour composer un morceau d'un autre travail pressé, donne à chaque client une miette, ne satisfait personne, tous ses clients sont enragés, téléphonent, viennent par le métro, à vélo, à pied, pour le secouer, il entend les pires menaces, il donne sa parole d'honnête homme, il montre la copie sur la machine, cent lignes de plomb sur le marbre, il jure que ce n'est pas sa faute, que justement ce magasin s'est mis en pâte, que c'est l'affaire d'un après-midi de réparation, que demain soir tout sera fini, ou presque, en tout cas bien avancé.

Jean, de neuf heures du soir à trois heures du matin, corrige d'innombrables épreuves. Rozier, pour garder sa clientèle, consent à tous les rabais, et économise sur la main-d'œuvre. Il n'emploie que des apprentis à peine dégrossis, ou des femmes du quartier, presque analphabètes, qui composent sans rien comprendre à ce qu'elles lisent. Et Jean sabre à grands coups de plume des mots étranges sortis de leurs cervelles jamais étonnées, des pleines lignes de charabia. Il faut beaucoup de temps pour composer les corrections et les intercaler. Cela finit par coûter plus cher que de bons ouvriers. Rozier y mange de l'argent. Il ne s'en aperçoit pas, ses comptes sont encore plus en retard que son travail, et chaque jour le retard augmente, il n'en sortira jamais.

Jean s'est aperçu d'une chose dont il ne s'était pas encore rendu compte, ni chez lui, ni au collège, ni depuis son arrivée à Paris : qu'il était pauvre. Au collège, la fraternité entre jeunes garçons effaçait les différences de fortune. En dehors du collège, il était habitué à une vie très simple. Il était riche parce qu'il n'avait pas d'autres besoins que ceux auxquels il pouvait satisfaire. Il était comblé par l'amour de sa mère, et de la terre, comme lui magnifique et pauvre comme lui, dans laquelle est planté le Pigeonnier. Pour ses jeux il avait la rivière, les arbres et la montagne, pour sa faim, le lait, les fruits et les plantes poussées sous ses yeux, et les bêtes, pas toujours très grasses, élevées par Françoise. Et l'eau fraîche pour sa soif. Ses vêtements lui importaient peu, il n'était jamais si bien que demi-nu, une vieille culotte courte aux reins, aux pieds des sandales de corde. Telle était sa fortune, elle s'étendait jusqu'à l'horizon, il était le souverain de ces nuages, de ces pentes grises et rousses, et de cette eau ruisselante, et de tout ce qu'il pouvait toucher sur cette terre où rien n'était enclos, parce que rien n'était assez riche pour attirer les voleurs.

A Paris, rien ne l'a tenté. Il n'a d'autre désir, d'autre envie, d'autre source de joie que Marie. Il mange, il dort, il travaille, c'est pour préparer l'arrivée de Marie. Tout, autour de lui, n'est que décor ; il ne peut prendre possession de rien, puisque Marie n'est pas avec lui ; il ne peut rechercher un plaisir, puisqu'elle ne le partagerait pas.

Mais quand sera-t-il près de lui ?

C'est ainsi qu'il s'est aperçu qu'il était pauvre. Car il faut de l'argent pour la faire vivre près de lui. Elle va devenir sa femme, il aura le droit de l'emmener partout et toujours, avec lui, de montrer à chacun Marie si belle et dans ses bras leur enfant, de dire à chacun : « C'est mon fils, c'est ma femme » et il ne pourra pas, parce qu'il ne sera pas en mesure de les nourrir et de les vêtir, et de leur assurer un toit.

Comment faire pour gagner tout de suite assez d'argent ? Il ne suffit pas de se conserver à eux, il faut encore les gagner, et le plus vite possible.

Il n'envisage pas une seconde de renoncer à devenir architecte, moins que jamais, après cette gloire d'avoir un fils. Et il ne supporte plus l'idée de les laisser attendre au Pigeonnier, tandis que lui-même continuera de vivre loin d'eux ses journées solitaires et ses nuits sèches, brûlantes, ses nuits rouges de désir, de famine.

Alors il serre les poings ; il serre les dents, il sent qu'il va faire tout craquer autour de lui, en morceaux cette contrainte qui veut le séparer de ceux qu'il aime, comme cette fine corde que Fiston s'amusait à lui serrer autour de la poitrine au collège, et qu'il faisait sauter à grand joyeux effort de ses poumons et de ses muscles.

Mais ce n'est pas si facile. Il n'y a rien à briser.

Ce sont les conversations entendues autour de lui, dans l'atelier, qui lui ont suggéré une solution possible. Il a entendu dire que de bons linotypistes sont très bien payés, surtout ceux qui travaillent de nuit dans les journaux. Ils gagnent plus qu'un fonctionnaire, autant que certains ingénieurs. C'est ce qu'il lui faut. Ne pourra-t-il pas devenir assez vite bon lino, si ces femmes-là, à ces machines, ces braves femmes qui ne savent même pas l'orthographe, arrivent à se débrouiller ?

Il a demandé à Rozier l'autorisation de se mettre au clavier, une fois ses corrections finies. Rozier ne demande pas mieux. Il a allumé la neuvième machine. Au bout de quelques semaines, Jean commencera certainement à tomber un peu de copie, ce sera toujours autant de fait. Il lui a donné les indications nécessaires. Jean s'est mis devant la machine, et le bruit des premières matrices tombées dans le composteur au poids de ses doigts sur les touches lui a semblé un gazouillis d'oiseau. Il a retrouvé confiance.

Il va faire le sacrifice de rester ici, à ce maigre salaire, tout le temps qu'il faudra pour apprendre convenablement ce nouveau métier. Puis il cherchera ailleurs du travail comme lino, il se fera payer de plus en plus cher à mesure qu'il se perfectionnera. La main-d'œuvre manque. Il n'aura pas de peine à réussir. Marie et leur enfant n'attendront pas longtemps au Pigeonnier. Les cours, à l'école des Beaux-Arts, commencent dans trois jours.

Il a acheté aussi, on ne sait jamais, un dixième de billet de la Loterie nationale.

Puis il a écrit à M. Margherite pour lui demander la main de sa fille.

Bazalo a bu. C'est la première fois que Jean le voit dans cet état. Il a vidé une bouteille de fine. Il l'a jetée sur le parquet, près du divan, elle a écrasé dans sa chute un tube de jaune de chrome, d'où un long ver d'or a giclé. Et Bazalo est assis sur le divan, la tête dans ses mains, les doigts plantés dans ses cheveux gris. Il grogne, il regarde le parquet entre ses pieds, il lève de temps en temps la tête vers Jean. Ses yeux semblent plus noirs, plus grands que d'habitude. Ce ne sont pas les yeux d'un homme ivre. Une de ses mains tremble un peu, par moments, sur sa tempe. Il ne s'est pas rasé ce matin, pas peigné, peut-être pas lavé. Jean le devine dans un état de grand énervement. Ce n'est sans doute pas l'alcool qui en est la seule cause.

Il dit à Jean :

— N'aie pas peur, je ne suis pas soûl...

Il donne un coup de pied dans la bouteille qui roule au milieu de l'atelier, et le tube de jaune jette une virgule de lumière sur son soulier noir.

— Assieds-toi et ne fais pas cette gueule. Tu n'es pas à mon enterrement... Assieds-toi...

Il se tait quelques secondes, il reprend à voix plus basse.

— Ce matin, pendant que tu étais à ton cours, j'en ai fichu une fournée à la porte. Ils étaient venus cinq à la fois, comme au tombeau de Napoléon ! Il y a des jours où je ne peux plus les supporter. Les gros, qui achètent mes toiles comme de l'or ou des fourrures, un morceau de fortune pour l'accrocher à leur mur, les maigres, les snobs, les intellectuels, qui se pressent les méninges pour trouver un qualificatif nouveau à mon « génie » ; et les pires, les critiques qui ont besoin pour faire leur métier d'expliquer ma peinture à leurs lecteurs qui s'en fichent. Et qui me l'expliquent aussi à moi. A moi !... Et chacun donne sa solution, chacun me comprend bien !

Bazalo serre les poings et se frappe les tempes. Il allume une cigarette, crache un brin de tabac. Il dit :

— Tu comprends, je suis fatigué. Ça m'arrive de temps en temps. Trente ans que je peins. Je ne sais pas où je vais. Je sais tout faire. Tous les maîtres des temps anciens, je pourrais faire aussi bien qu'eux, chacun dans sa manière...

« Et après ?...

« Inventer de nouveaux problèmes, accumuler les difficultés pour les vaincre, prendre une rage contre la nature, contre Dieu, contre l'homme toujours le même, lui planter les pieds dans la bouche, et trois yeux sous le menton, fracasser le paysage, semer de cornes la nue et mettre le ciel dans le pot !...

« Et après ?

« Et ces extasiés imbéciles qui bavent d'incompréhension, comment pourraient-ils savoir où je vais, ce que je veux ?...

« Voilà, je suis fatigué...

Jean écoute, il s'efforce avec toute son amitié d'écouter Bazalo, mais vraiment c'est bien par amitié, par affection, et parce que Bazalo est dans un tel état. Mais la peinture, mon Dieu, la peinture, comme ça ou autrement, qu'est-ce que ça peut faire ? quelle importance ? Marie enceinte, et tant de travail pour l'avoir près de moi...

Et Bazalo se soucie peu que Jean l'écoute ou non. Jean est là, et c'est un bon prétexte pour parler, c'est tout, et c'est bien la première fois qu'il en dit si long sur son art, c'est sûrement la fine.

— Quand ça me prend, je peux plus travailler, rien à faire, ça me dégoûte tellement, c'est tellement inutile, à quoi bon, ce barbouillage ? C'est beau, c'est Beau, c'est BEAU. Qu'est-ce qu'on en sait, dis, qu'est-ce qu'on en sait, et moi, qu'est-ce que j'en sais ?

« Alors, ce matin, je les ai fichus dehors, j'ai déchiré ma toile, je suis sorti, j'ai pris le métro. Je me suis frotté au populo. C'est lui qui m'a fait. Lui seul m'apaise.

« J'ai descendu les marches salies par ses pieds, et ces souterrains du métro, c'est comme les tripes du peuple, avec l'odeur de sa peine, du linge qu'il ne change pas, il n'en a point, il n'en a pas le temps, et de son haleine affamée, et de sa peau qui sue le travail sans fin autre que la mort. La vie, le travail, la mort, hier, aujourd'hui et demain toujours. Le tunnel, le quai, mille lampes, nues, glacées, piquées au mur mort ; mille et mille pieds, mille visages, mille souffles aigres, sourds et de poisson mort ; barbes poussées depuis l'aube, poussées à travers mille et mille trous de la peau blême, visages gris, prunelles mortes, mains éclatées, ils m'absorbent. Et ma peinture, dis, ma peinture, quelle importance devant tout ça ?

« Je suis éteint. Je m'assieds sur la banquette dure. Je pends autour de mes os. Mes bras, mes épaules, ma tête penchée, et mes idées et mon courage s'écroulent. Ce tas, c'est moi...

« Pauvres gens, braves gens, ils sont laids, ils sentent mauvais, et moi aussi. Je les aime, ils se fichent bien de moi, et si je leur montrais mes toiles ils auraient peur. Ou bien ils étoufferaient de rire. Est-ce qu'ils n'auraient pas raison ? Je voudrais retrouver la simplicité de leurs soucis. Et pourtant ils aiment les dessus de cheminée !...

Bazalo lève la tête vers Jean. Jean sort tout à coup de son rêve, sourit d'un air de dire : « Bien sûr ! » Bazalo baisse de nouveau la tête entre ses deux mains. Il dit :

— Je regarde mes pieds. Quand je suis assis, ma tête penche, et je regarde mes pieds, toujours, ou le sol entre mes pieds. Et quand je regarde mes pieds, mes orteils bougent. Essaie, regarde tes pieds, tu ne pourras pas t'empêcher de les bouger. Tiens, rien que d'y penser, tu vois, déjà, ils frétillent.

« Ma brave concierge avait bien ciré mes chaussures. Elle les cire tous les lundis. Elles brillaient, tu vois c'est du beau cuir, avec des petits trous assemblés en losange. Un gouffre d'ombre dans chaque trou minuscule. Je pourrais plonger dans un de ces trous, je traverserais mes pieds et le métro et le cœur de la Terre. J'irais jusqu'au Diable...

« Et après ?

« En face de mes pieds, posés juste devant, pointe à pointe, il y avait ceux d'une femme. Je les regarde aussi. Si elle s'en aperçoit, elle va aussi remuer les orteils. Oh ! elle a de jolies chaussures, en daim, noires, simples, fermées comme des mains autour de ses petits pieds. Pas si petits : solides. Les chevilles sont belles, fines, mais pas fragiles. Si je n'étais pas si fatigué, je regarderais aussi ses jambes, et peut-être son visage. Les visages sont généralement plus laids que les pieds. Je préfère ne connaître que ses chevilles. Elle ignore qu'elle a des chevilles parfaites. Si elle le savait, elle y mettrait un écriteau : « Belles chevilles à voir. » Les visages les plus laids sont ceux des plus belles, qui le savent...

« Elle se lève. Elle va descendre. Ses jambes aussi sont parfaites. Elle a peut-être les yeux bleus...

Il lève la tête, il la regarde. Elle le regarde. Elle s'en va. Elle a tout appris de lui en une seconde et elle lui a tout dit d'elle-même. C'est impossible quand on s'est déjà parlé — au premier mot commencent les mensonges — mais entre deux inconnus qui se regardent, la vérité peut s'établir comme une lumière. Une seconde de vérité suffit. C'est l'éternité.

Elle a été à lui toute nue et grave. Elle peut se permettre ce don. Elle a vu ce qu'il vaut. Et quelle pudeur, quelle défense nécessaires puisqu'elle ne le connaît pas, puisqu'il ne sait pas qui elle est ? puisqu'elle s'en va ? puisqu'elle est partie ?

Brusquement il se lève. Brusquement il sait que cette femme est celle qu'il lui faut, celle qu'il a cherchée, ou peut-être pas cherchée, pas attendue, mais maintenant il sait qu'il la lui faut et qu'il l'attendait avec une effroyable angoisse de ne pas la trouver. Il court, trop tard, la porte claque, le convoi roule. Elle est sur le quai, elle marche, d'un bon pas équilibré, elle ne se détourne pas. Il a écrasé ses deux mains ouvertes et son visage sur la vitre. Le tunnel, les lampes piquées au mur, une, une autre, une autre, froides, tristes. D'un bon pas équilibré, vers son mari, son amant, sa famille, ses amis, son boucher, son coiffeur, ses mensonges, sa vie.

— Tu dors, hein, tu rêves, tu m'écoutes pas, tu t'en fous ! Eh bien voilà, elle était comme ça. Lisse, comme taillée, polie, dans du bois fruitier. Pas un poil d'énervement sur elle, pas une ride d'incertitude. Lisse, pleine et ferme. Son corps de femme épanoui, elle a au moins trente ans, dur comme celui d'une adolescente. Je le sais.

« J'ai sauté sur le frein de secours, la sonnette d'alarme, le convoi s'est arrêté, bloc. J'ai bondi à terre, couru. Les voyageurs m'insultaient, les employés m'ont poursuivi. J'ai grimpé le petit escalier « Danger », volé dans les couloirs. La sortie. Toutes les rues autour, je les ai parcourues vingt fois, regardé toutes les passantes, et dans les boutiques et les fenêtres. Je ne l'ai pas retrouvée.

« Six cents millions de femmes sur la Terre. Une, une seule de ces femmes est celle dont j'ai besoin, qui me comprend, qui répond à toutes mes angoisses, qui sait qui je suis, mieux que moi. Par la merveille du hasard, cette femme s'est assise en face de moi, à portée de ma main, là, comme ça, au bout de mon bras. Et j'ai regardé ses pieds. Ses pieds ! Quand j'ai enfin levé les yeux sur ses yeux, quand j'ai vu qui elle était, elle partait. Et je l'ai laissée partir d'entre mes mains, couler entre mes doigts, au lieu de l'empoigner, et de la garder...

Il relève la tête, il regarde Jean, il sourit un peu, il dit :

— C'est peut-être ta faute, ce qui m'arrive. Tu dois être contagieux...

Sur la route, au bas de la montagne flambée par l'automne, M. Margherite pédale. Dans les champs en pente, quelques paysans isolés font lentement leur travail. De temps en temps, un d'eux s'arrête, regarde passer M. Margherite, puis se remet à sa tâche. Et M. Margherite, et les paysans et leurs animaux, n'ont pas plus d'importance, dans ce grand paysage, que les fourmis. M. Margherite regarde la route devant sa roue. Il transpire. Quand la montée se fait trop rude, il cesse de pédaler, se laisse tomber sur un pied, et poursuit sa route en poussant sa bicyclette. Son pantalon de flanelle crème est serré aux chevilles par des pinces d'acier. Il a mis son veston d'alpaga gris, le plus léger de ceux qu'il possède, et un chapeau de Panama. Ce pays est au diable. Voilà près d'une heure qu'il a quitté le train, à Saint-Mirel. Si la route ne montait pas tant, il serait déjà arrivé. Du reste, il sait que ce voyage est à peu près inutile. Il devine ce qu'il va trouver. Mais il veut avoir la conscience tranquille. La sueur coule dans sa petite barbe blanche pointue. Rien à se reprocher, rassembler tous les éléments du problème, et prendre une décision.

Il traverse le petit pont, il entre dans le hameau. La mère Espieu est sur sa porte, attirée par l'aboi d'un chien. Elle est en robe noire et tablier noir, jusqu'aux pieds, et le mouchoir sur la tête. Elle est ridée et courbée, et ses longues mains décharnées sont croisées sur son bâton, elle a peut-être cent ans. M. Margherite soulève son chapeau.

— Bonjour, madame !
— Bonjour, monsieur !
— La maison de Mme Tarendol, s'il vous plaît ?

La mère Espieu fait deux pas au-dehors, pour voir un peu mieux cet étranger. Sa vue se fait mauvaise. Elle plisse les yeux, elle met sa main devant son front, contre le soleil, elle regarde bien l'homme des pieds à la tête. Il est beau, il est bien habillé. Elle tend le bras.

— Tenez, c'est là-bas, au bout, la maison qui est toute seule, qui est haute. C'est le Pigeonnier. Mais vous y trouverez personne, la Françoise est pas là.

— Ah ! dit M. Margherite.

— Eh non, elle rentre à la nuit. En ce moment, elle est à la journée chez Grandperrier.

Elle s'approche encore un peu, elle avance la tête. Il a une barbe bien propre, et un joli chapeau. Le chien maigre, sur le seuil, la queue entre les pattes, gronde, prêt à s'enfuir au premier geste.

— Je regrette, dit M. Margherite, je vais quand même aller voir, si par hasard...

Il n'attend pas la réponse, il soulève son chapeau, il pousse sa bicyclette, il arrive près du Pigeonnier. Il s'arrête quelques secondes près du mur bas qui ferme le pré. Il fait une grimace. C'est pire encore que ce qu'il imaginait. Cette bicoque, et ce pré grand comme un mouchoir, c'est cela que le petit Tarendol appelle dans sa lettre « la propriété de mes parents » ! M. Margherite est bien content que Mme Tarendol ne soit pas là. Ça suffit, il en a assez vu. Même en ce moment où la terre est hors de prix, ça ne vaut pas quatre sous. Il enfourche sa bicyclette, il soulève son chapeau en passant devant la mère Espieu. Elle crie :

— Qu'est-ce qu'il faudra dire à Françoise ?

— Non, non, rien, c'est pas la peine...

Il est déjà près du pont. Ça descend, ça ira mieux qu'à l'aller. Il est soulagé. Le chien maigre court derrière lui, à vingt mètres, aboie, s'étrangle de fureur et de peur. M. Margherite tient ses freins à pleines mains. Ça va tout seul. C'était évident. Il n'y a pas d'autre solution possible. Ce petit Tarendol a écrit. Une gentille lettre, bien sûr, mais c'est un miséreux, ça ne fait pas de doute. Cette histoire d'architecte ne tient pas debout. Il lui faudra dix ans, quinze avant qu'il soit en état de gagner la vie d'une famille. Et avec quel argent s'établira-t-il ? Ce qui paraît bien plus sûr, c'est qu'il sera toute sa vie ouvrier. Linotypiste ! Un bel avenir ! Allons, allons, Marie sera sûrement raisonnable.

— Oui, dit la mère Delair, c'est M. Bonhenri, le marchand de couleurs, qui était en train de fermer sa boutique, et tout à coup, il entend : « Boum ! » au-dessus de sa tête, comme un meuble qui aurait tombé. Vous avez plus de lard, madame Billard ? J'en trouve plus dans le pot, il reste plus que du sel et de l'eau. Quelle saleté, ce sel dégrugé, ça fait pire que de la boue... Alors M. Bonhenri se dit : « Voilà Mme Empot qui a fait tomber un fauteuil ! » puis il y pense plus. Si vous avez plus de lard, avec quoi je vais faire revenir vos choux, madame Billard ? Avec ce restant de beurre ? C'est dommage, il vaudrait mieux le garder pour le manger cru. En le faisant cuire il perd ses calories... C'est son garçon qui l'a trouvée en rentrant du cinéma. Elle était étendue sur le tapis de sa salle à manger. Ils l'avaient pas manquée ! Sur la table, il y avait encore trois verres de champagne vides. Et la bouteille, ils s'en étaient servis pour l'assommer. Et pour pas qu'elle crie, ils lui avaient enfoncé tout un paquet de coton dans la gorge. Et quand elle a été par terre, ils lui ont planté un grand coup de poignard en plein cœur ! Elle était bien morte ! Et ils avaient fouillé partout, tout sens dessus dessous. Ils ont dû trouver le magot, elle devait en avoir gros, avec tout ce qu'elle trafiquait au marché noir ! A qui vous allez acheter votre viande, maintenant, madame Billard ? Je crois qu'Emile, vous savez, le coiffeur, à gauche en descendant, en vend aussi. On se demande qui c'est qui a bien pu l'assassiner comme ça. C'étaient des gens qu'elle connaissait, sûrement, puisqu'elle a bu avec eux, mais c'étaient pas des gens propres, elle avait beau faire du marché noir, c'est pas une raison pour assassiner comme ça une femme. Mais dites, j'y pense, vous les auriez pas vus entrer, de votre fenêtre ? Non, bien sûr, on peut pas tout voir, c'est un peu loin, et ils ont dû venir à la nuit. J'ai eu un peu de fromage blanc chez le crémier, je vous l'ai mis dans le buffet. Moi je le mange avec la confiture de la répartition, c'est pas mauvais. Et même si vous les aviez vus, parfois c'est dangereux de dire ce qu'on a vu, on en dit toujours trop long, moi je le dis toujours à mon mari : « Tais-toi, tu sais pas qui c'est qui t'écoute. » Qui vous regardez comme ça ? C'est la femme du bougnat de la place Combes. Elle va accoucher le mois prochain. Jamais j'ai tant vu de femmes enceintes. On en rencontre sur tous les trottoirs. Peut-être qu'on les remarque mieux parce qu'elles sont maigres. On voit que leur ventre. Et votre mari, est-ce qu'il va avoir sa permission de rouvrir ? Si c'est pas malheureux d'empêcher les gens de travailler ! Oh ! bien par exemple ! Elle m'a échappé des mains ! Remarquez qu'elle était déjà fendue. Non, madame Billard, ça fait pas trois, c'est rien que la deuxième de cette semaine. Vous allez pas faire un drame pour deux vieilles assiettes ? Faut pas vous formaliser, si je vous dis qu'elles étaient vieilles, c'est pour vous faire remarquer qu'elles étaient pas solides, elles se sont cassées comme de rien, et même la première elle m'est restée dans les mains, comme ça, un morceau dans chaque, en l'essuyant. Vous savez ce qu'on dit ? Mais moi, ça m'a bouleversée d'entendre ça, je peux pas y croire, on dit que c'est pas à cause du marché noir qu'elle a été tuée, il paraîtrait qu'elle aurait fourni des filles à ces messieurs ! Des filles du quartier, et on serait bien étonné si on connaissait leurs noms ! A des officiers boches, et il paraît qu'elle touchait dix mille francs chaque fois ! Vous y croyez, vous ? Moi je trouve que c'est pas propre de salir une morte sans être sûr, surtout quand elle a été assassinée. Ceux qui racontent ça, on devrait les condamner.

Bazalo a cloué sur le grand mur de son atelier une toile de dix mètres carrés. Au milieu de la toile, il a peint un œil. Dans la prunelle il a mis trois fois son propre visage, un visage tout en angles vifs rouges et violets, un visage en brume bleue, et un visage noir. Il y a ajouté un disque vert, le petit chapeau qu'il portait le jour de la rencontre.

Du blanc de l'œil il a fait un champ de bataille, un carnage de peste et de tremblement de terre chevauché de démons. Les cils sont une forêt vierge peuplée d'oiseaux de feu, enchevêtrée de lianes et de serpents qui se dévorent. Et dans le coin de l'œil saigne un ticket de métro. Première classe.

Pendant que Bazalo travaille, Jean, quand il n'a pas cours, entretient le feu et lit. Grâce aux livres de son ami, entassés dans trois malles ou épars, échevelés dans l'atelier, il est en train de découvrir les auteurs modernes. Les romans ne l'intéressent guère. Il est trop plein de son amour. Toutes ces histoires sont fades. Et pourquoi, parfois, tant de désespoir ? Ou un si grand intérêt pour les petites choses ? Ce sont en général des histoires de gens qui s'ennuient, qui n'ont rien dans leur vie, et qui la meublent de complications inutiles. Le peintre, de temps en temps, vient s'asseoir près de lui, et lui parle de l'inconnue. Jean ne sait que lui répondre, pour lui tout a été simple, et tout est grave.

Bazalo est retourné quelques matins au métro Convention, à la même heure. Il a regardé les femmes qui sortaient, parfois il croyait que c'était elle, mais il a oublié ses traits, la forme de son visage et même la couleur de ses yeux. Il ne se souvient que de leur flamme, et les yeux qu'il rencontre sont éteints. Il a essayé de la peindre, pour la fixer dans sa mémoire, il n'a pas pu. Il a peint ses chevilles en une série de petits tableaux. Et les chevilles deviennent colonnes, tiges fleuries, sources jumelles. Déjà il commence à ne plus penser à elle qu'avec ses brosses.

Jean est allé tard, ce soir, chercher sa lettre. Rozier a fermé son atelier pour deux jours, il a dépassé son contingent de gaz. La rue Louis-de-Nantes est déserte et noire. Il bruine. Jean rase les murs, reçoit de temps en temps une lourde goutte d'eau tombée d'un toit, frissonne. Il tourne dans l'impasse, s'arrête une seconde devant la porte du cordonnier. Le plus jeune des enfants, le petit aveugle, pleure, comme un fil, sans reprendre haleine. Deux grands se disputent un coin de couverture. Le cordonnier, ahanant, est en train d'en semer un autre.

Gustave a appris à Jean la mort de Mme Empot. C'était le lendemain qu'il devait aller avec elle voir pour sa chambre et sa pension. Il ne sait même pas le nom de ces gens. Il devra chercher ailleurs ; en attendant continuer de recevoir ses lettres au café. Il lui semble que l'impasse ne veut pas le laisser partir tout à fait. Il en éprouve une vague crainte. Il s'en va, vite.

Il a changé, en peu de temps. Il n'est plus, comme avant, toujours prêt à sourire. Son visage a maigri.

Bazalo se demande s'il ne devrait pas essayer de le faire coucher avec Denise, son modèle. C'est une gentille fille, propre, un peu grasse, avec des reins larges et de jolis seins quand elle lève les bras. Sûrement, après, il verrait les choses plus calmement, moins crispé.

Quand Denise vient poser, si Jean est là, elle le regarde avec des yeux de pigeonne, en commençant à se déshabiller. Alors Jean se lève et s'en va, et il ferme la porte un peu trop fort.

— C'est un puceau, que tu as adopté ? demande Denise.
— C'est bien pire, répond Bazalo, souriant.

Je rêvais à toi, mon bien-aimé, quand le hurlement tourbillonnant des sirènes s'est mis à creuser un gouffre d'horreur dans la nuit. Je rêvais à toi ; mon corps avait quêté en vain ton corps dans les draps froids, puis laissé s'envoler vers toi mon âme qui sans cesse te cherche. Où donc es-tu, ô mon amour ? Quel espace, quelle éternité, nous séparent ? Parfois je te sens si proche que je ferme les yeux et te tends mes mains... J'attends que tu t'y poses, j'attends de sentir enfin ta chaleur et le grain de ta peau et le poids de tes muscles. Mais la paume de mes mains reste vide, te voilà de nouveau parti pour ton propre monde...

Je rêvais à toi quand la sirène est descendue dans mon ventre en tournante douleur. Je me suis réveillée, crispée en rond autour d'elle, je me suis levée, habillée de fourrures, j'ai habillé mon enfant, le tien. Je lui ai mis son habit rouge et son chapeau pointu. Il riait, le petit ange. Pour lui, c'est un jeu, ce réveil aux lumières. Il s'est mis à danser, léger, sans bruit, sur la pointe de ses pieds nus. J'ai dû lui courir après entre les fauteuils carrés. Je lui ai mis ses bottes d'astrakan.

Nous descendons, nous sommes seuls dans l'escalier. Au palier du troisième, un chat noir se frotte contre le mur, la queue droite, et ronronne. Les sirènes se sont tues. Nous voici dans la cave. Devant nous, dans le mur de marbre noir poli s'ouvrent sept couloirs blancs, éclairés par des traînées d'ampoules aux plafonds, et qui s'enfoncent si loin que je vois leurs murs se confondre.

Pourquoi sommes-nous seuls, mon fils et moi, dans cette lumière et ce silence ? Où sont les autres ? Sans doute sont-ils déjà passés. Ils doivent être là-bas, au fond...

Je ne sais lequel de ces couloirs nous devons prendre, je sais seulement que nous ne devons pas rester ici. Ici, c'est le danger atroce, le ciel de fonte, le ciel pilon qui s'abat sur les maisons et les broie.

Je prends mon petit par la main. Nous entrons dans le couloir du milieu, celui qui forme l'axe de l'éventail. Je me mets à courir, j'entraîne mon fils, qui rit et bondit, tout rouge sur ses jambes noires, comme une flamme. Il ne connaît pas la mort, il rit, il danse, mais moi je cours parce que la peur me presse. Je sens le danger derrière moi, sur mes talons. Je sens, j'en suis sûre, je sens derrière moi la porte béante du couloir qui me suit. Elle va nous rattraper, nous dépasser, et nous serons de nouveau dehors, avec notre chair nue sous les griffes. Je n'en peux plus, ma poitrine est de plomb, ma tête sonne, je vais tomber... Je m'arrête, je m'appuie contre le mur, je reprends souffle. La porte s'est arrêtée aussi, je la sens. Elle est là, juste derrière nous, elle nous guette, elle attend. Je ne veux surtout pas regarder. Il ne faut pas. Je tiens mon fils devant moi, serré contre moi. Je lui tiens à deux mains la tête tournée vers l'avant. Il ne faut pas qu'il regarde derrière, il ne faut pas. Je repars doucement... Elle est repartie en même temps que nous, elle nous suit doucement, à la même distance, elle nous accompagne, elle nous...

Nous voilà arrêtés. Un troupeau de bêtes bouche le couloir, d'énormes bêtes bossues comme des dromadaires, basses sur pattes. Elles n'ont point de cou, elles mâchent, elles nous regardent avec des yeux tristes. Leur peau est lisse, couleur de citron. Je m'approche de la première, je tends ma main, je lui caresse les naseaux, lui flatte la tête. Elle cesse de mâcher, elle m'écoute. Je lui dis : « Allons, allons, écartez-vous, laissez-nous passer. » Et tout le troupeau, lentement, lourdement, se déplace. Voilà toutes les bêtes aplaties sur les murs comme des affiches. Nous passons. Je respire. Il y a quelqu'un dans notre dos. Les bêtes ne laisseront pas passer le vide.

Le couloir débouche dans un carrefour. Nous ne sommes plus seuls. Des gens pressés vont, viennent, dans tous les sens. Les hommes sont en habits, avec des chapeaux hauts de forme. Les femmes sont nues, mais semblent être vêtues, car elles n'ont pas ôté leurs vêtements, ils se sont usés sur elles jusqu'à n'être plus.

Tous ces gens marchent, courent, sans se dire un mot. Les femmes et les hommes sont mélangés, mais chacun va seul, pour son propre compte. Ils rentrent par des portes, sortent par d'autres, ils se hâtent. Je ne reconnais plus le couloir par où nous sommes arrivés. Tant d'autres semblables s'ouvrent ici ! Nous en prenons un au hasard, et nous arrivons à un nouveau carrefour, puis à un troisième. Partout la même foule silencieuse s'agite. Je n'entends que le frottement doux, innombrable, des pieds nus des femmes sur le sol de marbre, et le craquement des escarpins vernis des hommes. Ils courent après leur idée fixe, tous cherchent leur chemin, cherchent la sortie, parmi cette multitude de couloirs semblables qui s'entrecoupent en tous sens. Depuis combien de temps sont-ils là ? Les femmes, c'est à tant courir qu'elles ont usé leurs vêtements dont la forme subsiste autour d'elles. Une angoisse atroce me saisit. Je ne veux pas, je ne veux pas devenir comme eux, je veux savoir, je veux sortir d'ici, je veux sortir, sortir !

Le premier homme qui passe, je l'arrête par le bras. Il ne veut pas me regarder. Par-dessus mon épaule, il regarde son chemin. Pris de rage, je le frappe de mon poing, au visage, à la poitrine. Il ne sent pas les coups, il regarde toujours derrière moi le chemin qu'il aurait dû déjà parcourir, ses traits se crispent comme ceux d'un brûlé vif, il brûle d'être immobile. Je le lâche, il s'enfuit...

Il faut sortir d'ici. J'ai peur, parce que j'ai vu que nous étions les seuls à porter les couleurs du jour, dans ces couloirs blancs dont les murs brillent, sur ce sol de marbre noir qui brille, parmi ces hommes vêtus de noir et ces femmes vêtues de vide. Il faut sortir d'ici avant que le noir et le blanc nous gagnent.

Nous allons prendre un ascenseur. Ils sont aussi nombreux que les couloirs. Les hommes noirs, les femmes nues les emplissent, montent, descendent, s'arrêtent, sortent, courent, s'agitent dans les trois dimensions sans trouver leur sortie. Il est trop tard pour eux, ils ne trouveront plus, jamais. Nous, il faut que nous trouvions pendant qu'il est encore temps. Voici un ascenseur. J'entre en poussant mon petit, je claque la porte au nez d'un homme en habit. Il n'insiste pas, il repart aussitôt, il se hâte, il se perd dans la foule de ses pareils.

A portée de ma main se trouvent deux boutons, un noir et un blanc. Quel est le bon ? C'est mon fils qui va choisir, le petit ange. Il lève sa main rose, appuie sur le bouton blanc. Le sol nous manque, nous tombons, l'ascenseur tombe au gouffre à une vitesse effroyable. Tout mon sang me monte à la gorge, mon ventre se vide vers le haut. Je saisis la poignée de la porte et tire. Nous tombons assis, les jambes fauchées. L'ascenseur s'est arrêté.

Autour de sa cage tourne un escalier. Et personne ne monte ou ne descend cet escalier. Il est vide, il est gris, il est à peine éclairé. Il semble que les autres n'en aient pas eu connaissance, ne l'aient pas essayé.

J'ai pris mon petit et je l'ai lancé par-dessus la grille, puis je l'ai escaladée à mon tour. La porte de l'ascenseur s'est refermée, et la cabine est repartie vers le haut. Nous aussi. Nous montons depuis combien de temps ? Nous avons monté des marches et des marches, des milliers de marches grises, dans une demi-clarté, autour de cette cage d'ascenseur vide comme un puits sans fond, et nos pieds, sur chaque marche, s'enfoncent dans une couche de poussière grise. Aucune porte ne s'ouvre nulle part.

Je suis lasse. Je m'assieds dans la poussière, mon fils à côté de moi. Mes doigts enfoncés dans la poussière sentent un objet enseveli. Je le prends, je le secoue. C'est un petit livre. Je l'ouvre. Il ne contient qu'une grande feuille qui se déplie. C'est un plan. Voici les couloirs, voici les ascenseurs, voici l'escalier, et voici, oui, oh ! mon Dieu ! voici l'extérieur, voici des magasins avec des stores orangés qui éclatent au soleil, la terrasse d'un café avec des gens qui ne se doutent de rien et qui boivent des boissons de toutes couleurs, une mercerie avec des pelotes d'angora derrière une vitre jaune, et une cycliste qui passe et fait jouer son timbre, un autobus, un homme qui tient un bouquet de fleurs comme un cierge... Tout cela est dehors, vrai, sur le plan, existe, vit autour de nous, comme notre peau. Nous sommes là à l'intérieur, il suffirait de percer un trou tout droit. Mais je ne peux pas percer un trou avec mes mains à travers tant de murs. Il faut trouver la sortie, trouver la porte.

Sur le plan, cette ligne rouge, sûrement, indique le chemin à suivre. Je vais bien regarder.

Elle va, la ligne rouge, elle passe un peu partout, elle fait des ronds et des boucles, elle n'en finit plus. Je ne trouve ni son commencement ni sa fin, elle glisse en tous sens, de plus en plus vite, elle ne tient pas entre mes doigts, elle grouille comme un nœud de serpents. Pourtant, il faut que je l'attrape, que je la tienne, et que j'en trouve le bout. Maintenant, je le sais, c'est notre dernière chance, la dernière absolument, et elle ne durera pas. Je n'ai qu'un court instant pour trouver, quelques minutes, moins peut-être...

Et voilà qu'un ascenseur, puis deux, puis dix, puis d'autres, d'autres, se mettent à monter et à descendre autour de nous. Ils sont pleins de la foule de tout à l'heure, et cette foule qui tout à l'heure ne voulait pas nous voir, cette foule maintenant nous regarde. Elle ne regarde que nous, tous les regards, tout autour, tous ces regards qui descendent et qui montent sont braqués sur nous. Tous ces regards nous regardent comme des lampes.

J'ai posé ma main sur le plan pour attraper la ligne. Alors ils se sont mis à rire. Ils ne faisaient aucun bruit, mais ils ouvraient largement leurs bouches. Il en vient toujours d'autres, ils veulent tous nous voir, ils viennent de tous les carrefours, du fond de tous les couloirs, ils prennent les ascenseurs, et ils montent et ils descendent exprès pour nous voir, pour se moquer de nous avec leur bouche noire ouverte.

Je n'ai plus que quelques secondes pour trouver. Après, tout espoir sera fini, pour toujours, et ce sera le commencement de l'abominable. Je n'ai plus que quelques secondes, peut-être moins...

Mon bien-aimé, où donc es-tu ? Toi, tu sais, tu peux, toi, tu connais le sens de la ligne rouge, tu sais où s'ouvrent les portes. O mon amour, ne viendras-tu pas ? ne sais-tu pas que je suis près de la mort parce que tu n'es pas là, n'entends-tu pas ma voix qui t'appelle, n'entends-tu pas le hurlement des sirènes ? N'entends-tu pas ces rires atroces ? Me laisseras-tu mourir, Jean, mon amour, me laisseras-tu mourir ? Jean-Jean ! Jean !

Marie a crié, et son cri la réveille... Elle cherche son fils près d'elle, puis elle sourit. Cher petit, il est encore en elle, si petit, si petit... Mais son sourire s'efface. Elle se souvient de ce que lui a dit hier son père...

Il trouve cela tout naturel, il le lui a proposé avec douceur, en souriant.

Ils sont assis dans la salle à manger, après le dîner. M. Margherite a dit à sa femme :

— Laisse-nous seuls...

Ils sont assis chacun d'un côté de la grande table ronde, aux deux bouts du chemin de table au crochet que Marie a remis en place après avoir desservi et enlevé la nappe. Et, au milieu, il y a une coupe en verre fumé qui contient des poires et des raisins en celluloïd.

M. Margherite tire de sa poche sa boîte à mégots, la vide sur la table. Il ouvre chaque mégot comme une cosse de petits pois, roule le papier maculé en une boule minuscule qu'il jette d'une chiquenaude. Il fait un petit tas du tabac, qui sent fort. Il dit :

— Marie, je suis allé hier à Courtaizeau, voir Mme Tarendol.

— Ah ! dit Marie.

Elle reste les yeux grands ouverts, elle n'ose pas interroger, mais elle s'est presque soulevée de sa chaise, suspendue sur les coudes appuyés à la table, suspendue aux mots qui vont suivre.

— Elle n'était pas là, je ne l'ai pas vue, poursuit M. Margherite.

Il parle tranquillement, il n'a même pas levé la tête, il a fini de trier son tabac et il roule une cigarette. La lumière du lustre, en faux rustique avec six petits abat-jour fleuris, teinte de rose sa barbe blanche.

— Je ne l'ai pas vue, mais j'ai vu sa maison. Si on peut appeler ça une maison...

Il lève la tête pour allumer sa cigarette à son briquet sans se brûler la moustache. Il aspire une bonne bouffée de fumée, la savoure, la jette en brouillard entre lui et Marie.

— C'est plutôt une cabane à lapins, avec un pré qui tiendrait dix fois dans la cour de l'école. Ce sont des miséreux.

Marie lentement recule son buste, se recule au fond de sa chaise, se replie sur elle-même, se rassemble. Elle commence à comprendre qu'elle avait eu tort d'espérer que tout se passerait bien, et qu'au fond d'elle-même elle n'y croyait pas. C'était trop facile.

— Tu comprends bien, voyons, ma petite Marie, que tu ne peux pas épouser ce garçon. Ta mère et moi nous voulons te voir heureuse. Et comment pourrais-tu l'être dans ces conditions ? Il n'a pas de métier, c'est un gamin, sa mère est une espèce d'ouvrière agricole, qui doit juste gagner de quoi se nourrir à peine, et je ne suis pas sûr qu'elle sache lire et écrire... Oui, oui, je sais qu'il veut devenir architecte, mais les études sont longues, et quand il aura son diplôme il faut encore s'établir, acheter une clientèle ou s'en faire une, tout ça est très long. Et s'il ne réussit pas ? Alors tu seras toute ta vie la femme d'un ouvrier ? Et puis, est-ce que tu sais s'il est sérieux ? La façon dont il s'est conduit avec toi prouverait plutôt le contraire. C'est peut-être un coureur...

Marie est maintenant dure comme une pierre sur sa chaise. Elle ne dit mot. M. Margherite est heureux de voir qu'elle ne proteste pas. Il aura peut-être moins de mal à la convaincre qu'il ne le craignait.

— Au fond, tu as eu tort de dire à ta mère que tu étais enceinte. Tu aurais dû me dire ça à moi. Elle n'en aurait rien su. Nous aurions arrangé ça tous les deux. Tu vois, je te parle franchement ; maintenant, dans la situation où tu es, tu n'es plus une enfant et je peux te faire des confidences moi aussi, comme entre deux camarades. Je peux t'avouer que j'ai eu quelques aventures, et il m'est arrivé que mes..., enfin que certaines personnes se sont trouvées à cause de moi dans des situations délicates. Tout s'est toujours bien arrangé, j'ai une certaine expérience, comme un vrai médecin. Peut-être, après tout, ai-je manqué mon vrai métier !...

Il commence à rire un peu, puis il s'arrête, il pense qu'il vaut peut-être mieux ne pas rire. Marie est maintenant une femme, mais elle est bien jeune, elle est encore malgré tout jeune fille. Il a rarement eu affaire à une jeune fille. Il ne se sent pas très à l'aise. Sacrée gamine ! Seize ans à peine ! Heureusement qu'elle a un père comme lui...

— Ma petite Marie, comprends bien que je ne veux que ton bonheur ! Si j'étais un père sévère, un père imbécile, je te dirais que tu nous as déshonorés, et que tu n'es plus ma fille, etc. Mais je ne veux pas t'en vouloir d'un moment de faiblesse et d'une grande imprudence. Au fond, c'est un peu ma faute. Quand on a une fille, c'est pas le tout de la surveiller, on ferait mieux de la mettre en garde, de bien lui expliquer ce qu'elle risque. C'est la faute aussi des romans que vous lisez. Il y est toujours question d'amour, et jamais de ses conséquences. Enfin, maintenant, c'est trop tard, ce qu'il faut, c'est éviter que cette bêtise fasse le malheur de toute ta vie. Tu te vois, à seize ans, avec un marmot, et un mari ouvrier, qui travaille dans l'encre, qui rentrera tout crasseux, et toujours le portefeuille vide et les assiettes aussi ! Et peut-être d'autres enfants tout de suite, et la maladie et la misère et tout ce qui s'ensuit. Ce n'est pas nous qui pourrons t'aider, ta mère avec son traitement et moi avec ma retraite, nous joignons tout juste les deux bouts, tu le sais bien. Et ton mari se lasserait vite de cette misère, et toi aussi. Ce seraient les disputes perpétuelles, il te dirait que c'est à cause de toi qu'il a échoué, qu'il n'a pas pu poursuivre ses études, qu'il a dû penser avant tout à vous faire vivre, toi et tes enfants. Et après tout il aurait presque raison. Il lui faudrait un sacré courage, et une volonté et une intelligence peu ordinaires, pour réussir dans ces conditions. Et toi peu à peu tu le détesterais à cause de la misère d'où il ne parviendrait pas à vous sortir. Tu lui en voudrais de son échec, des habits usés de tes enfants, de tes mains abîmées aux travaux du ménage, de ta déchéance. A vingt-cinq ans, tu serais une vieille femme, maigre, aux traits tirés, aux yeux tristes. Et que ferais-tu de tes enfants ? Comment les élèverais-tu ? Quelle instruction pourrais-tu leur donner ? A douze ans en apprentissage, par nécessité. Oui, un bel avenir que vous bâtiriez là, tous les deux, une belle existence en perspective pour vos enfants ! Si tu aimes vraiment ce garçon, tu n'as pas le droit de faire son malheur, en même temps que le tien et celui de vos enfants. On n'a pas le droit de donner la vie à de petits êtres si c'est pour leur réserver uniquement la faim et les larmes. Il vaut mieux, crois-moi, il vaut mille fois mieux s'en débarrasser avant qu'ils soient nés !...

Marie s'est appuyée à la table, la tête dans ses bras, et sanglote, ses cheveux épandus autour d'elle. M. Margherite hoche la tête, se lève, fait le tour de la table, pose sa main potelée sur l'épaule de sa fille qui frissonne.

— Ce n'est rien, ma chérie, ce n'est rien, tu verras, je te dirai ce qu'il faut faire. Trois jours de lit, et un grand repos, de bonnes vacances, et tu oublieras cette triste aventure. Et dans deux ou trois ans tu trouveras un mari digne de toi, quelqu'un de ton monde, digne de ta mère et de moi...

— Alors ? demande Mme Margherite.

Elle s'assied dans son lit. Elle était couchée mais ne dormait pas. Elle attendait. Elle trouvait que c'était long, très long. Elle a une chemise de nuit en toile blanche bien fermée au cou et aux poignets.

— Elle a l'air raisonnable, dit M. Margherite.

Il tire sa montre de la poche de son gilet, la pose sur la table de nuit, ôte son veston. Mme Margherite se met à pleurer doucement, prend son mouchoir sous son oreiller, se tamponne les yeux et le nez.

— Ah ! les femmes !... dit M. Margherite en quittant son pantalon.

Marie est montée à sa chambre. Elle ne sentait ni les marches sous ses pieds ni la rampe dans sa main. Elle a poussé la porte qui s'est ouverte, elle a eu le temps d'arriver à son lit, en travers duquel elle est tombée évanouie. Quand elle est revenue à elle, elle avait si froid qu'elle claquait des dents. Elle a ôté ses chaussures et s'est couchée sans se déshabiller. Elle s'est endormie aussitôt. Elle était épuisée. Mais elle s'est réveillée moins d'une heure après, et elle s'est rendormie et réveillée ainsi elle ne sait combien de fois dans la nuit. Et quand elle se réveillait, elle revoyait la petite barbe pointue de son père, teintée de rose par la lumière, avec la cigarette qui noircissait et fumait sous la moustache. Elle n'avait pas la force de repenser les mots qu'il avait dits, mais elle revoyait son visage, et la table, et le chemin brodé, et la coupe de fruits, en rond sous la lampe, et cette image pesait en bloc sur sa poitrine et sur sa tête comme un rocher. Des larmes coulaient de nouveau de ses yeux, et elle se rendormait sous l'écrasement de la fatigue et de la peine. Vers la fin de la nuit, elle a trouvé au fond du sommeil ce cauchemar. Elle s'en est arrachée en criant de désespoir, et c'est pour retrouver le souvenir des mots de son père, de sa voix calme, raisonnable, de sa petite barbe bien blanche, bien propre sous la lumière rose...

Elle respire longuement. Sa ceinture la serre. Elle se rappelle qu'elle ne s'est pas déshabillée. Elle se lève, se passe un peu d'eau sur le visage, se déshabille, met son vêtement de nuit, se recouche dans les draps chauds. Elle est bien, elle est calme. Oui, hier soir cela a été terrible. C'est son père, son père, qui a parlé ainsi... Depuis quinze jours, elle bâtissait un rêve de grand bonheur paisible : un petit enfant, un grand-père, deux grand-mères, et Jean et elle. Une famille. Ces mots ont tout détruit, ces mots immondes, raisonnables. Comment a-t-il pu croire une seconde qu'elle renoncerait à Jean ? Comment a-t-il pu croire qu'elle consentirait à tuer l'enfant de Jean, leur petit ?

Elle caresse doucement son ventre chaud. Il est encore plat, mais quand elle appuie avec précaution elle sent, là, un peu sur la droite, elle croit sentir le nid blotti de son fils. Elle le caresse, son cher amour, elle lui parle à voix basse, elle balance un peu la tête dans l'oreiller, elle le berce, son tout petit si tendre, si petit, elle va l'endormir, ne crains rien mon amour, je suis là autour de toi, tu es là dans moi caché, bien à l'abri, bien protégé, va tu peux grandir, rien ne te menace, tu es dans moi, dans mon nid bien chaud, bien tendre, sois grand, sois sage, mon amour, mon petit, mon tout petit...

Marie dans sa chambre écrit à Jean. M. Margherite dans le bureau de sa femme écrit à M. Tarendol. Chacun des deux ignore que l'autre écrit en même temps que lui ou qu'elle, et Marie écrit ceci, et M. Margherite écrit cela, Marie écrit amour et appelle au secours, M. Margherite écrit raison et fait appel à l'honneur.

Voilà, mon Jean, maintenant tu sais ce qu'il m'a proposé, ce qu'il veut que je fasse, tu sais aussi que tout cela n'a pas d'importance, et que je suis ta femme et ton petit. Je suis encore toute seule, et pourtant je suis en même temps ton enfant qui va naître...

Je ne doute pas que vous aimiez ma fille, bien que vous ne l'ayez guère respectée. Mais vous devez imaginer que sa mère et moi nous l'aimons aussi. J'apprécie votre demande en mariage, mais je ne crois pas devoir vous laisser le moindre espoir...

... ce qu'il faut, c'est que tu viennes me chercher, que tu m'emmènes...

... ce que Marie avait pris dans son innocence pour les signes d'une grossesse ne sont que troubles de santé dus, hélas! à la nourriture de guerre et à un début d'anémie...

... je ne veux pas aller chez ta mère, je ne veux pas être séparée de toi plus longtemps, je ne veux pas que notre enfant grandisse loin de son père, je ne veux plus t'attendre, je te veux...

... élevée au sein d'une famille honorable, elle a toujours connu l'aisance et ne soupçonne même pas ce qu'est la gêne. Or, vous lui offrez la misère...

... la misère, la misère, comment pourrait-elle nous toucher, comment pourrions-nous être misérables quand nous serons tous les trois ?...

... vous avez surpris le cœur et les sens d'une enfant. Si vous êtes un homme droit, vous n'abuserez pas de votre situation, vous vous effacerez. Vous n'avez déjà fait que trop de mal...

... je suis à toi, à toi pour la vie, je serai près de toi toujours, je t'aiderai à travailler, à réussir, à triompher. Je crois en toi, je sais que tu seras grand, je serai près de toi, quand tu seras fatigué, quand tu douteras, quand tu auras envie de renoncer, je serai toujours là, toujours confiante, je te bercerai, j'effacerai de mes baisers la fatigue et les doutes, je prendrai sur moi tous les soucis quotidiens pour que tu n'aies pas d'autres pensées que de réussir et de créer dans la joie, je balaierai le sol devant tes pas, je serai avec toi, je t'aurai, j'aurai notre fils, je serai la femme la plus riche du monde...

... un taudis, la faim, et bientôt la maladie et les disputes, voilà ce qui vous attendrait : deux vies gâchées...

... Viens me chercher tout de suite. Je suis maintenant dans cette maison une étrangère. Comment pourrais-je encore appeler un père celui qui m'a dit de telles paroles ? Je n'appartiens qu'à toi, je suis ici en exil chez les ennemis, viens m'arracher à leurs mains, viens dès que tu auras reçu ma lettre, n'attends plus, là où tu peux vivre tout seul nous vivrons encore mieux tous les deux et bientôt tous les trois...

... Si, un jour, vous avez enfin une situation digne d'elle, et qu'elle soit encore libre, nous pourrons évidemment envisager une union qui est aujourd'hui déraisonnable. Mais qu'elle n'entende plus parler de vous jusqu'à ce jour. Et ne vous leurrez pas trop de cet espoir. On oublie vite, heureusement, à l'âge de Marie, et au vôtre, monsieur.

Marie n'a plus peur. Elle est tranquille, et même heureuse. A mesure qu'elle écrivait à Jean, elle a vu se dessiner ce que sera sa vie. Son père a détruit ce premier avenir qu'elle s'était forgé, elle en a construit un autre, aussi beau, plus proche. Cette fois-ci ce n'est pas un espoir, ce sera bientôt réalité. Elle n'a plus beaucoup de temps à attendre, elle va dans quelques jours y entrer, s'y jeter. Au bras de Jean, dans les bras de Jean, pour toute leur vie. Même cette chambre sur cette cour immonde, elle saura bien en faire leur maison, en attendant qu'ils trouvent mieux. Elle lui fera sa cuisine, elle mettra des fleurs sur la table de toilette cassée, des images aux murs sur le papier troué, il mangera les plats qu'elle aura fait cuire pour lui sur un petit réchaud. Ils achèteront une petite table, elle lui préparera son papier, taillera ses crayons, et restera silencieuse non loin de lui pendant qu'il travaillera, silencieuse et tricotant la layette de leur fils. Avant qu'il soit né ils auront bien trouvé à se loger mieux. De temps en temps il se lèvera de sa table pour venir l'embrasser. Elle trouvera du travail pour les aider à vivre, des copies à corriger, de la couture. Elle le fera le soir pendant qu'il sera à l'atelier. Elle se couchera quand elle sera lasse, et quand il rentrera elle l'entendra ouvrir la porte et elle fera semblant de dormir pour lui laisser le bonheur de la réveiller en se penchant sur elle.

Elle est descendue de sa chambre en chantant, légère, heureuse comme on peut l'être quand on est sûr des lendemains. Elle a remis la robe bleue d'été que Jean aimait tant. Elle a un peu froid, mais c'est un bonheur de frissonner à cause de cette robe. Le frisson lui rappelle la robe, et la robe rappelle l'été et l'amour de Jean, et la joie de Jean quand il voyait au loin apparaître sa robe. Même la nuit, à Saint-Sauveur, il lui disait qu'il voyait de loin le bleu de sa robe, plus lumineux que le blanc de sa robe blanche, parce que c'était celle-là qu'elle portait la première fois qu'elle était venue vers lui. Bientôt, elle ne pourra plus la mettre... Elle rit, elle pense qu'elle sera drôle et ridicule, et que Jean l'aimera encore davantage.

Mme Margherite, qui revient de sa classe, un livre sous le bras, l'entend rire et s'arrête, au bout du couloir. Marie reprend sa chanson fredonnée, ouvre une porte, la referme, et derrière la porte Mme Margherite l'entend encore chanter, marcher d'un pas de danse, aller de la cuisine à la salle à manger en faisant cliqueter les assiettes et les couverts, et les verres qui tintent.

— Est-ce possible ? dit Mme Margherite.

Et voilà qu'elle entend la porte d'entrée s'ouvrir, et son mari poser sa canne dans le vestibule, et accrocher en fredonnant son manteau et son chapeau au portemanteau de faux fer forgé, et s'approcher d'un pas léger, dansant, de vieillard conservé jeune par son égoïsme. D'un côté son mari, de l'autre côté sa fille, et l'un et l'autre dansent et chantent, après ce que sa fille a fait, après ce que son mari lui a dit...

Et Mme Margherite est seule au bout du couloir, dans la pénombre, seule, droite, sèche. Se peut-il que sa fille soit du même sang, toute du même sang que ce jouisseur sans souci ?

— Est-ce possible ? répète Mme Margherite.

M. Margherite ouvre la porte du couloir, et dès qu'il aperçoit sa femme, cesse de chanter. Il va parler, mais à son tour il entend Marie, il s'immobilise, et son visage s'étonne puis largement sourit.

— C'est elle ? demande M. Margherite.

— Qui veux-tu que ce soit ? répond Mme Margherite.

— Eh bien, eh bien, je n'aurais tout de même pas espéré ça, en tout cas pas si vite !

— C'est bien ta fille ! dit Mme Margherite.

Alors ils sont entrés tous les deux dans la salle à manger, Mme Margherite la première, les lèvres crispées, et M. Margherite derrière elle, se frottant les mains, la bouche pleine de paroles de satisfaction. Et Marie a pivoté sur une jambe, sa robe s'est envolée un peu autour d'elle et a repris sagement sa forme de robe, et ses cheveux qui s'étaient envolés ont de nouveau baigné ses épaules. Et maintenant qu'elle leur fait face, un pain frais dans une main, dans l'autre une serviette blanche, ils peuvent l'un et l'autre voir ses yeux rayonnants, ses joues roses comme au printemps, ses lèvres fraîches d'enfant, son front pur et beau, et l'un et l'autre comprennent qu'ils se sont trompés.

— Qu'est-ce qui te prend ? Qu'est-ce qui se passe ? demande M. Margherite.

Il a perdu son sourire et ses bonnes paroles, et son front se plisse.

Mme Margherite pose son livre sur le buffet et s'assied.

Elle regarde son mari, puis sa fille. Il était beau, oui aussi beau qu'elle, lorsqu'il était jeune, mais jamais il n'a eu cette flamme de bonheur sur le visage.

— Il ne se passe rien, dit Marie. Tout au moins pour aujourd'hui...

— Comment, « pour aujourd'hui » ?

— Oui, pour aujourd'hui, parce que dans quelques jours Jean va venir me chercher.

— Te chercher ?

— Oui, me chercher...

Elle pose la main sur la table, la serviette propre dans l'assiette de son père et s'en retourne vers la cuisine.

M. Margherite soupire, lève les bras, les laisse retomber, s'assied, désolé. Il va falloir tout recommencer ! Encore parler, persuader, raisonner ! Comme Marie revient, il dit :

— Je croyais pourtant t'avoir fait comprendre...

— J'ai bien compris, dit Marie. C'est toi qui ne comprends pas. Je ne t'en veux pas. Je ne dirai jamais à mon fils que son grand-père ne voulait pas qu'il vienne au monde. Je pense qu'un jour tu seras content de l'embrasser...

Mme Margherite regarde sa fille et ne la reconnaît pas. C'était une enfant sage, obéissante, silencieuse dans la grande maison, gracieuse, mais un peu effacée, qui ne parlait que pour répondre, et de ce que sa mère et son père connaissaient, parce que son monde n'était qu'une partie de leur monde. C'était leur fille.

Et maintenant la voilà séparée, vivant de sa propre vie dans son monde à elle. Elle parle à son père avec une assurance familière. Elle ne discute même pas. Elle n'est plus avec lui, elle est devant lui.

M. Margherite se dresse, et pose une main sur la table.

— Ecoute, dit-il, tu te fais bien des illusions, et je tiens à te prévenir tout de suite. J'ai écrit aujourd'hui à ton Tarendol. Je lui ai ouvert les yeux, je lui ai montré quelle bêtise vous feriez en vous mariant, j'ai précisé que tu n'aurais pas un sou de dot, et qu'il ne fallait pas qu'il compte sur moi pour vous nourrir. Je n'ai même pas repoussé sa demande en mariage. J'ai simplement fait appel à sa raison. Depuis qu'il est à Paris, il doit commencer à savoir ce que c'est que la vie. Les cailles n'y tombent pas toutes rôties, surtout en ce moment ! Il comprendra mieux que toi, s'il tient à son avenir. Et si tu l'attends, je crois que tu peux l'attendre longtemps !

— Moi aussi, je lui ai écrit, dit doucement Marie. Maman, les nouilles sont sur le gaz. Elles sont presque cuites. Dans quelques minutes vous pourrez manger. Je monte me reposer un peu...

— Tu ne manges pas ? demande Mme Margherite.

— Oh ! j'ai mangé, dit Marie.

Elle regagne sa chambre. Sa joie ne l'a pas quittée. Ce que son père a pu écrire à Jean n'a pas plus d'importance que ce qu'il lui a dit la veille au soir. Tout cela n'existe pas. Dans dix jours, peut-être huit jours, peut-être moins encore, Jean l'aura prise et emportée. Elle est déjà avec lui.

Suivons les deux lettres. Elles ont été tamponnées au timbre gras par Mlle Lacôme, employée auxiliaire à la poste de Milon, le même soir, parmi quelques centaines d'autres. Le tampon est en cuivre avec un manche en bois, et une petite vis qu'on desserre pour changer les caractères de la date. Et les caractères sont englués d'encre et de poussière. Mlle Lacôme prend une poignée de lettres, les pose sur sa plaque de caoutchouc noir, et sa main droite frappe une lettre, frappe le tampon encreur, frappe une autre lettre, frappe le tampon. Et sa main gauche, chaque fois, enlève la lettre du dessus, découvre un timbre neuf que le tampon vient frapper au visage. Mlle Lacôme va vite. Elle aime bien faire ce travail, c'est un travail qu'un enfant aimerait faire, elle n'est plus une enfant puisqu'elle a quarante-six ans, mais à faire ce travail elle se sent presque, chaque soir, redevenir un enfant qui fait pour s'amuser un travail de grande personne. Elle aime aussi l'odeur de la cire qui chauffe sur le gaz, la cire qui va servir à cacheter les sacs postaux. Et les coups de tampon et l'odeur de la cire annoncent la fin de la journée.

Mlle Lacôme a tamponné la lettre de Marie entre une enveloppe de Grand Bazar dont elle a reconnu au passage la marque avec un arrosoir et une charrue imprimée en bleu — le Grand Bazar vend surtout des articles pour les cultivateurs — et une enveloppe timbrée au tarif réduit, avec une fenêtre transparente, sûrement une facture.

M. Margherite avait collé son timbre au milieu, au lieu de le coller à droite, comme tout le monde, et Mlle Lacôme a dû donner un coup de tampon supplémentaire qui a brisé son rythme.

Toutes les lettres pour Paris sont allées dans le même sac. Le train part le matin à sept heures douze. A six heures trente, le facteur Didier vient chercher le courrier pour le porter à la gare. Il est manchot. De la porte, il jette les sacs l'un après l'autre, avec son bras droit, dans sa poussette à trois roues. La manche gauche de sa vareuse bleue est repliée et attachée à l'épaule par une épingle. Il rabat le couvercle de sa poussette, ferme le cadenas et s'en va d'un pas tranquille à la gare. C'est tout près. Le convoyeur, seul dans un compartiment de deuxième classe sur la vitre duquel est collée une étiquette « Postes-Réservé », reçoit les sacs et coche à mesure son bordereau, les dispose sur les banquettes, à terre, dans les filets. Il en recevra ainsi à chaque arrêt, jusqu'à la grande ligne. Il descend sur le quai bavarder avec Didier, jusqu'au moment où le petit train part. Didier regarde s'il n'y a pas quelque mégot à ramasser sur le quai, serre la main du chef de gare et s'en va avec sa poussette.

Le rapide qui transportait les lettres de Marie et de son père a sauté sur une mine entre Montélimar et Valence. La charge a explosé juste sous la machine, qui a roulé en bas du remblai, entraînant le fourgon et les cinq premiers wagons. Le convoi n'allait pas vite. Le mécanicien et le chauffeur ont été tués, quelques voyageurs blessés. Les maquisards qui avaient miné la voie ont visité le train mitraillette au poing. Ils cherchaient des miliciens de Marseille. Ils les ont trouvés, les ont emmenés. Le courrier n'a pas eu de mal. Les deux lettres sont arrivées seulement avec deux jours de retard. Elles ont été distribuées le matin.

Mme Gustave a mis les lettres dans la poche de son tablier. « M. Tarendol sera content de les avoir, ce soir, ça fait deux jours qu'il vient pour rien. »

Deux jours de retard, c'est peu de chose...

L'allée qui mène au bois du Garde-Vert est tapissée de feuilles encore épaisses de sève, que les arbres ont secouées de leurs branches, en pluie de pourpre et de rouille. Elles vont sécher et se tordre sur le sol jusqu'à devenir assez légères pour le vent. Les rosiers ne sont plus que chevelures hérissées et griffues. Des perles d'eau se sont empalées aux épines.

Marie est venue faire ce pèlerinage. Elle marche lentement, tête basse. Elle s'efforce de se rappeler l'odeur des roses, la chaleur de la main de Jean autour de sa main. Elle se souvient de la chenille somptueuse qui traversa leur chemin. Chenille, papillon, depuis longtemps envolé dans les feux du soleil, peut-être jusqu'à la gorge d'un oiseau.

Marie arrive au bois de pins. Les grands arbres dressent, vers le ciel parcouru de nuages, leur voûte d'où tombe de temps en temps une goutte de la dernière averse.

Le froid a éteint la chanson des cigales et le parfum de la résine. Sous les pas de Marie le tapis d'aiguilles fait parfois un bruit gorgé d'eau. Les troncs sont moins roses, presque gris. Est-ce contre celui-ci que Jean vint s'adosser, tendant les bras vers elle ? Elle ne peut pas le reconnaître, elle ne l'a pas regardé ce jour-là, elle ne regardait que Jean.

Dans quelques jours, il arrivera, il tendra de nouveau les bras vers elle, et quand il les aura fermés, cette fois-ci, il ne les rouvrira plus.

Marie appuie contre l'arbre sa joue d'abord, puis tout son corps. L'écorce est rude et fraîche contre la peau de son visage. Elle ferme les yeux. Elle est heureuse d'être Marie et d'être femme, de s'être couchée devant Jean, de s'être ouverte devant lui pour recevoir le dur plaisir et la vie chaude qui est restée en elle ; heureuse d'être le terrain miraculeux où il sema cette graine qui a germé et qui pousse, jusqu'au jour où la moisson mûre la quittera en la déchirant de joie et de sang. Elle est femme, elle est la femme de Jean. Elle se sent pleine et ronde, et elle respire bien, et son sang court bien, tout fonctionne bien dans son corps épanoui, tout travaille en joie pour cet amour en elle, ce fils chaud de Jean, vivant, qu'elle porte et nourrit.

En s'en allant, elle a laissé quelques cheveux accrochés à l'écorce. Un brin de soleil s'est glissé entre deux lèvres de nuages, entre les herses des pins et s'est fleuri de l'arabesque des fils d'or.

Marie a mis tout à l'heure une autre lettre à la poste. La première est partie il y a trois jours, et une autre chaque jour depuis. Elle n'a plus à se cacher. Sa mère ne lui dit plus un mot. Son père prétend que Jean ne viendra pas. Pauvre père, pauvre mère, s'ils se sont si peu aimés qu'ils soient incapables de comprendre comme nous nous aimons, quelle triste vie ils ont dû vivre !

A travers le bois, Marie se dirige vers la maison du Garde-Vert. Elle veut visiter cet asile où Jean et ses amis dormirent une nuit. Elle entre par la porte béante dans une grande pièce un peu obscure, qui sent le bois moisi et les feuilles mortes. Le plancher gondolé, couvert de débris végétaux, cède par endroits sous ses pieds. Elle cherche du regard l'escalier qui conduit à l'étage, mais tout à coup s'arrête, écoute : quelqu'un marche dans la maison ; un pas furtif traverse le plafond au-dessus d'elle. Marie effrayée sort sans bruit, et dès qu'elle a atteint l'allée se met à courir. Elle court, s'arrête pour franchir une ronce qui barre sa voie, court de nouveau. Son cœur s'emballe, sa tête tourne, une nausée lui monte aux lèvres. Elle se penche vers un buisson. Sa tête sonne comme une cloche. Elle repart en courant, mais ses jambes faiblissent. Elle va tomber, s'évanouir. Elle s'assied sur les feuilles humides. Heureusement, la route est là, à quelques pas. Marie reprend son souffle et son sang-froid. Elle sourit. Ce n'était sans doute qu'une petite bête des bois... Une aigreur brûlante lui est restée dans l'arrière-bouche, ses jambes tremblent encore. Cher petit, si petit, et déjà si tyrannique...

Il suffit parfois d'une courte absence pour retrouver vieillis, au retour, les gens auprès de qui on vivait sans les voir changer. Depuis que nous l'avons quitté, M. Chalant s'est épaissi. Sa mèche tondue par la Gestapo a repoussé aussi légère, sans un cheveu blanc, mais ses yeux se sont un peu ternis, ses joues devenues lourdes. Il s'essouffle à monter l'escalier du dortoir. Le coiffeur a marié sa fille. C'est incroyable, elle était si laide. Pendant que d'autres, bien plus belles, ne trouvent pas de mari. Mme Chalant était déjà trop maigre, trop surmenée, pour pouvoir devenir plus maigre et plus lasse. Sa petite Georgette, dans le berceau, gazouille, fait des bulles, tourne ses mains roses devant ses yeux, les aperçoit, sourit. La rue des Ecoles nous paraît moins longue, moins large, les maisons plus basses. La borne-fontaine laisse échapper un filet d'eau. Jacqueline n'a plus ouvert son piano ni le grand étui ridicule de son violoncelle. Elle n'en a pas le temps, elle n'en a plus envie. Elle aide son mari, tient la comptabilité secrète, celle du marché noir, que le comptable ne doit pas connaître. Elle commence même à traiter des marchés. Elle n'éprouve pas d'amour pour son mari, mais elle ne le déteste pas. Il est dur, un peu brutal dans ses manières, avare de mots, mais elle commence à le comprendre. Il est comme ça, il est son mari, elle l'a bien voulu, elle est sa femme. Elle sait bien qu'elle n'est pas belle. Sans doute Fiston n'aurait jamais pu l'aimer. Quand elle prononce ce nom dans sa mémoire, elle reçoit encore un coup au cœur. Cela lui arrive de moins en moins souvent. Les visites de Marie la troublent davantage. Marie, avec cette joie qui gonfle sa chair, est l'image même, vivante, lourde et chaude, mûre, de tous les bonheurs de l'amour. Jacqueline sait qu'elle ne connaîtra jamais ces bonheurs. Elle n'était pas faite pour eux. Marie partie, elle retrouve sa tranquillité. Le soir, quand elle se couche près de son mari, elle est calme et sèche. Elle n'a plus ouvert son piano ni l'étui de son violoncelle. Elle commence à marcher de la même démarche que Mme Margherite, et à regarder les gens autour d'elle du même regard sérieux. Elle n'éprouve pas d'amour pour son mari, mais il est bien son mari. Quand il a reçu par la poste un petit cercueil en bois, elle a éprouvé une telle inquiétude qu'elle s'est bien sentie liée à lui solidement. Charasse a grogné et haussé les épaules. Ils savent, l'un et l'autre, que ce ne sont pas les gars du maquis qui ont envoyé le cercueil. Charasse donne régulièrement de grosses sommes au pharmacien pour les réfractaires, et aussi — mais cela, Jacqueline elle-même l'ignore — tous les renseignements qu'il peut se procurer sur les déplacements des convois allemands. La menace vient d'un jaloux, sûrement, comme il y en a tant. Une saleté.

La semaine s'est écoulée. Jean n'est pas venu, n'a pas donné de ses nouvelles. Marie a su qu'un train avait sauté, bien que les journaux n'en aient rien dit. Mais si sa lettre, ce jour-là, a été perdue, Jean a reçu les suivantes. Elle a écrit tous les jours, et tous les jours elle a dit à Jean :

« Viens me chercher, n'attends pas une minute, viens nous chercher... »

La semaine a passé, et voici la semaine suivante qui commence. Il est vrai que les courriers sont longs, et sans doute Jean n'a-t-il pu quitter son travail, ni obtenir un billet tout de suite. On dit qu'il faut retenir sa place plusieurs jours à l'avance dans les trains au départ de Paris. Le fait même que Jean n'ait pas écrit prouve qu'il va arriver incessamment. Il n'a pas écrit parce qu'il pense être là avant sa lettre. Demain. Peut-être ce soir...

Marie a fait plusieurs fois sa valise, a dû la défaire pour chercher du linge, de menus objets dont elle avait besoin. L'attente la tient tendue comme un arc. Le temps dur et transparent devant elle ne s'use que seconde à seconde.

Elle ne sait où se mettre pour mieux attendre. Si elle reste immobile quelque part, il lui semble que le temps ne passe plus. Elle sort, elle va voir Jacqueline, regarde sa montre — encore deux heures avant le train —, va à la gare, demande si aucun retard n'est annoncé, revient chez elle, s'étend sur son lit, les yeux fixés à une tache au plafond. Bientôt la tache danse, le plafond devient vert et rouge. Marie se relève, ouvre la fenêtre, bâille durement, soupire, bâille encore, sans parvenir à rendre plus calme sa respiration, plus souple son cœur. Ses mains se crispent autour des objets et tremblent quand elles n'ont rien à tenir. Encore une demi-heure. Elle s'assied. Elle se force à attendre encore ici. Elle est assise au bord de la chaise, le buste raide, les deux mains à plat sur ses genoux, elle regarde le mur devant elle, puis sa montre à son poignet. Son menton commence à trembler, elle se lève, cherche un mouchoir, se mouche, se rassied, va se regarder dans la glace, et de se voir se sent moins seule, se détend un peu, se sourit, secoue ses cheveux, machinalement leur donne quelques coups de peigne. Plus qu'un quart d'heure...

Alors elle a peur tout à coup d'être en retard, descend l'escalier en hâte, claque la porte derrière elle, descend la rue, tourne à droite. Elle a envie de courir mais n'ose, marche aussi vite qu'elle le peut. Elle ne voit rien, personne, elle a déjà dans les yeux l'image du train et celle de Jean qui descend et lui tend les bras...

Elle n'a pas mis cinq minutes pour arriver à la gare. Elle va voir de nouveau si aucun retard n'est annoncé, puis s'éloigne des gens groupés devant la sortie, marche doucement autour du platane, sur la place. Maintenant, il ne reste plus beaucoup de temps à attendre. Elle s'arrête, s'appuie à l'arbre. De là, quand elle verra Jean faire le premier pas dehors, sa valise à la main, elle l'appellera : « Jean », il tournera brusquement la tête, il laissera tomber sa valise, il courra vers elle...

Un coup de vent apporte le bruit lointain du train. Il arrive. Il entre en gare. Par-dessus la barrière qui sépare le quai de la place, Marie voit défiler les vieux wagons, les voyageurs impatients déjà pressés sur les plates-formes, prêts à descendre. Des hommes, des femmes. Elle croit reconnaître Jean. Elle n'est pas sûre. Peut-être maintenant... Ou cet autre... Le train va encore trop vite. Le fourgon de queue disparaît derrière le bâtiment de la gare. Que les voyageurs sont donc lents à sortir ! Voici enfin les premiers qui se présentent à la petite porte ouverte dans la barrière. Un employé indifférent prend les billets. Un officier allemand et deux soldats casqués se tiennent près de lui. L'officier regarde vaguement les voyageurs. Les soldats ont l'arme à la bretelle. Des exclamations, des bruits de baisers, un enfant saute au cou de son père, des familles s'en vont, parlant fort. « Alors tu as fait bon voyage ? Donne-moi ta valise. Mais non, elle n'est pas lourde. Mais si, mais si, voyons... » Un homme s'en va tout seul, d'un pas rapide. Marie, crispée, soulevée sur la pointe des pieds, regarde, regarde...

Les voyageurs agglomérés derrière la barrière ont tous passé, un à un, par la petite porte. L'officier allemand et ses deux hommes rentrent sur le quai ; Didier, le facteur manchot, sort poussant sa poussette, s'arrête une minute pour bavarder avec l'employé, lui serre la main, s'en va. L'employé ferme la porte. Marie est toute seule sur la place. Elle s'approche doucement, tire la porte, s'aperçoit qu'elle est fermée avec un cadenas, se hisse des deux pieds sur la barre inférieure, se soulève, se penche par-dessus les lattes pointues qui lui meurtrissent la poitrine, regarde le quai. Le petit train est immobile, mort. Un cheminot, balai à la main, visite les wagons. La machine dételée fume au bout d'une voie...

Alors Marie pense que peut-être elle a manqué Jean, qu'elle ne l'a pas vu, bien qu'elle ait tant regardé, qu'il est sorti par quelque autre porte, il est peut-être déjà arrivé chez elle... Elle rentre aussi vite qu'elle peut, trouve la maison calme, sa mère penchée sur des copies dans son bureau. Il est peut-être allé d'abord chez Jacqueline. Elle court chez Jacqueline. Jacqueline hoche la tête. Marie sourit sans avoir l'air trop triste, dit : « Tant pis, ce sera pour demain... » Mais ce qu'elle dit à Jacqueline, elle ne le pense pas tout à fait, elle espère encore que ce sera pour aujourd'hui, qu'il a été retardé dans la ville, elle refait le chemin de la gare en regardant dans toutes les boutiques, elle revient, s'arrête devant la porte ouverte du collège pour regarder dans la cour, rentre à l'école, s'installe à la fenêtre d'une classe déserte qui donne sur la rue, attend.

A la fin de la deuxième semaine, M. Margherite a écrit à Jean pour le remercier.

... Je n'en attendais pas moins de vous. Vous avez pris la bonne résolution, celle d'un honnête homme, celle d'un homme. Je vous demande de persister dans votre silence. Certes, Marie en souffre, vous ne l'ignorez pas puisqu'elle vous écrit, mais cette souffrance même est salutaire. Plus dure sera la crise qu'elle subit, plus elle sera brève, et plus rapide la guérison. Vous avez enfin compris que la vie n'est pas un roman. Marie le comprendra aussi. L'essentiel, c'est qu'elle n'entende plus parler de vous...

Il a tapé sa lettre à la machine, dans le bureau de sa femme, avec deux doigts de la main gauche et un doigt de la main droite, il n'a jamais su faire mieux. Il a plié le double et l'a mis dans son portefeuille.

Chez M. Figuier, l'épicier, Marie est entrée, silencieuse. Elle porte un manteau marron, un peu court, serré à la taille par une ceinture. L'an dernier, il lui allait bien, cette année il aurait fallu défaire les ourlets des manches et du bas. Elle n'a pas fini de grandir. Elle a enfermé ses cheveux dans un foulard grenat noué sous le menton, qui lui tient chaud aux oreilles.

— Fermez bien la porte, crie M. Figuier, de derrière son comptoir.

Il fait froid. La douceur de l'automne s'est longuement prolongée, puis a fait place, sans transition, au gel. Quelques flocons de neige sont déjà tombés. Le vent les a emportés, réduits en fine poussière qu'il a cachée dans les trous.

Marie, docile, ferme la porte. De son sac à provisions elle tire un portefeuille, et du portefeuille les tickets du mois de décembre, qu'elle pose sur le comptoir, devant M. Figuier. Elle dit :

— Donnez-moi les pâtes.

On entend à peine sa voix.

— Qu'est-ce que vous voulez, demande M. Figuier, des macaroni ou des langues d'oiseau ? C'est tout ce que j'ai.

— Moitié, moitié, dit Marie.

On entend à peine sa voix et on ne parvient pas à saisir son regard. Il semble absent de ses yeux. Elle paie et s'en va. A la porte, elle s'efface pour faire place à Mme Reynaud qui entre. Mme Reynaud entre et regarde Marie sortir, et M. Figuier la regarde également.

Marie ferme la porte et s'en va. Il semble qu'elle ne soit pas venue dans le magasin, elle n'y a laissé ni parfum, ni chaleur, ni trace de ses pas, ni écho de sa voix, ni son sillage dans l'air. Elle est entrée et sortie sans déranger une poussière, sans mettre un souffle en mouvement.

M. Figuier et Mme Reynaud hochent la tête en même temps, et parce que les femmes sont plus bavardes, c'est Mme Reynaud qui parle la première. Elle dit :

— Je me demande ce qu'elle a, la petite Margherite.

— Je me le demande aussi, dit M. Figuier.

— Je la reconnaissais pas, dit Mme Reynaud. Elle a l'air malade.

— Ça mange pas assez, dit M. Figuier. A cet âge, ça devrait manger comme quatre. Et d'être sous-alimenté, quand le froid vient brusquement, la tuberculose vous prend comme rien. Il paraît qu'à l'école, quand le médecin les a visités, il y en avait soixante pour cent qui étaient malades. C'est le chiffre qu'on m'a dit. Je vous le garantis pas.

— Ça m'étonne pas, dit Mme Reynaud.

— Qu'est-ce que je vous sers, madame Reynaud ? Vous voulez les pâtes ? J'ai rien que des macaroni et des langues d'oiseau...

— Vous pouvez les garder, vos pâtes, dit Mme Reynaud. Heureusement que j'ai jamais eu d'enfants. Quel souci, quels tourments aujourd'hui d'élever une famille.

Ils se frottent les mains tous les deux parce qu'ils ont froid. M. Figuier est rouge, presque violet. Lui n'est pas sous-alimenté. Mme Reynaud non plus, c'est la charcutière. Elle apporte un rôti dans son sac pour M. Figuier, et M. Figuier va lui donner une livre de beurre. Marie rentre chez elle sans voir le trottoir où elle marche, ni la rue, ni les passants, ni les maisons. Elle a froid, mais s'il faisait très chaud sans doute aurait-elle encore froid. La deuxième semaine est passée, la troisième vient de se terminer, et Jean n'est pas venu, et n'a pas écrit.

Marie a maigri, elle est devenue blanche, elle ne parle presque plus, elle va et vient dans la maison, dans le bourg, les yeux fixes, elle attend d'abord le facteur, puis le train. L'arrivée du courrier, un peu avant midi, et celle du train, à la fin de la journée, lui rendent pour quelques instants un peu d'espoir, remettent un peu de vie sur son visage. Ni le facteur ni le train n'apportent rien, et elle retombe dans cet état d'absence qui fait dire aux gens qui la croisent :

— Qu'est-ce qu'elle a, la petite Margherite ?

Elle ne comprend pas. Ce n'est pas possible qu'il ne l'aime plus, que du jour au lendemain il soit devenu quelqu'un d'autre que le Jean qu'elle connaît. Elle ne comprend pas. Elle dit :

— Il est peut-être malade.

Son père lui répond :

— Cela ne l'empêcherait pas de te faire donner de ses nouvelles...

Elle dit :

— Il est peut-être mort...

Et quand elle prononce ce mot et qu'elle imagine ce qu'il signifie, elle sent une épouvante abominable lui monter du ventre à la gorge. Son père répond :

— S'il était mort, tes lettres reviendraient...

Elle dit :

— Il a peut-être été pris par la Gestapo...

Elle a écrit à son logeur et à son patron, à Gustave et à Billard pour leur demander des nouvelles de M. Jean Tarendol. Ni Gustave ni Billard n'ont répondu.

Alors M. Margherite lui a dit :

— Tu vois bien, c'est lui qui leur a demandé de ne pas te répondre.

On ne peut ni télégraphier ni téléphoner, c'est terrible, rien qu'écrire, et attendre, attendre...

M. Margherite dit :

— Ma petite Marie, il faut te faire une raison. Ce garçon, en se conduisant de la sorte, lui, se montre raisonnable. Un jour tu le comprendras, et dans ton for intérieur, tu le remercieras d'avoir agi ainsi. Il faut te faire une raison et m'écouter, et te débarrasser de la dernière trace de cette malheureuse aventure...

Marie ne répond pas. Il y a quelques jours son bonheur était si proche d'elle qu'il lui éclairait le visage, qu'elle pouvait presque l'atteindre à deux mains. Et puis il s'est éloigné, il a disparu, maintenant elle est seule devant un vide noir. « Il s'est fait une raison... » Ce n'est pas possible. Et pourtant il n'est pas venu, il n'a pas écrit. « Nous nous marierons à la Noël... » Et Noël est dans vingt jours, il n'a pas écrit, il n'est pas venu...

« Il faut te faire une raison... » Quelle raison pourrait-elle se faire ? Elle laisse la lumière toute la nuit allumée dans sa chambre. Elle a peur, dans le noir, de voir son malheur exactement tel qu'il est. Dans le jour, à la lumière, elle peut encore essayer de ne pas comprendre. Le plus terrible, c'est quand elle se rappelle les rendez-vous du Garde-Vert ou les nuits de Saint-Sauveur, ou un geste, un sourire, le son de la voix de Jean, qui le rendent si présent dans le temps, dans l'espace, qu'il lui semble que c'est bien là la vérité, la réalité présente, Jean près d'elle, son Jean si grand, si solide, si beau, si souriant, si plein d'amour, si fort pour elle, et pour toute sa vie en abri autour d'elle. Et tout à coup elle est obligée de se dire : « Non, il n'est pas là, il n'est pas venu, il n'a pas écrit. » Et la voix de son père : « Il s'est fait une raison... » Alors elle tombe dans le présent, dans le réel, seule, nue, chassée, réduite, brisée, seule, seule, dans le monde glacé où Jean n'est pas.

Elle en oublie presque son enfant. Jean d'abord, l'enfant n'est que part de lui. Si Jean n'est pas là, comment l'enfant peut-il y être ? Elle s'en souvient aux repas, pour manger un peu, sans faim, pour lui, mais elle vomit presque tout ; elle s'en souvient quand son père lui dit : « Il faut te faire une raison, et te débarrasser... » Elle s'en souvient alors pour le défendre. Elle ne répond pas à son père, mais elle ne fera jamais ce qu'il demande. Si Jean ne vient pas, elle aura au moins son fils. Ils auraient pu l'aimer ensemble, l'élever de leurs quatre mains. Si Jean ne vient pas, l'enfant sera son petit à elle, il sera fragile, menacé, et leurs joies à tous les deux ne seront rien qu'à eux deux, secrètes et courtes, chuchotées. Il sera souvenir, et sa présence apportera le regret en même temps qu'un bonheur farouche. C'est lui qui donnera au lieu de recevoir. Il donnera le soleil par ses sourires, l'anxiété par ses joues creuses ou la toux de l'hiver. Il ne sera pas seulement l'enfant. Il sera tout ce qui reste, la seule dernière flamme du grand feu de bonheur entrevu. Elle aura toujours peur pour lui, toujours peur de lui, il sera son sang et son désespoir, et le soir, quand il se sera endormi, couché auprès d'elle, elle murmurera sur lui le nom de son père afin que son père soit présent près de lui au moins pendant les heures dures de la nuit.

Elle ne sait plus, elle ne sait plus, elle ne peut pas imaginer que Jean la laisse seule, seule avec leur enfant, elle ne peut pas imaginer qu'il la laisserait se noyer, mourir devant ses yeux, et pourtant il n'est pas venu, il n'a pas écrit.

Le matin, dès qu'elle met le pied à terre, une nausée la prend, et bien qu'elle ait l'estomac vide, elle vomit. Ce qu'elle vomit lui brûle la bouche, et ressemble à du jaune d'œuf. Elle ne peut plus faire la queue, elle s'évanouit. Elle a maigri, depuis huit jours, à tel point que ses vêtements flottent autour d'elle.

Son père insiste pour qu'elle mange. Il est plein de prévenances pour elle. Il compatit à sa peine. Il lui dit :

— Ce ne sera rien, ma poulette, nous avons tous passé par des crises pareilles. Il te faut seulement un peu de courage. Reprends un peu de pommes de terre.

Il sourit, il lui passe la main sur les cheveux. Marie frissonne. Il dit :

— Ce qu'il faut surtout, c'est te débarrasser de ce que tu portes. Il faut agir pendant qu'il est temps...

Marie ne pleure pas. Les pleurs peuvent tout juste soulager un chagrin d'enfant. Mais elle ne sourit plus, et ses yeux s'enfoncent sous son front, son menton devient pointu, la peau de son nez se tend, le haut de ses joues s'avance. Elle ne danse plus en marchant, elle glisse, elle soulève à peine les pieds. Elle ne parle que pour l'indispensable, les mots que pourrait dire une servante, pour les repas ou les courses. Elle ne conduit plus les fillettes à la promenade. Son père lui dit :

— Il ne faut pas t'accrocher à un passé qui est maintenant disparu. Il faut libérer la route de ton avenir. Il faut te débarrasser...

Elle ne répond pas, elle s'en va. Dès qu'il la rencontre de nouveau, il lui dit :

— Tu as tort d'avoir peur, ce n'est rien du tout. Mais il ne faut pas trop attendre.

Il sourit toujours, il aime bien sa fille, il voudrait la convaincre doucement.

MME MARGHERITE. — Je me demande si tu as bien agi avec ces enfants. Marie me fait peur...

M. MARGHERITE. — Ne t'inquiète pas, c'est la première réaction, bien naturelle. A cet âge, on commence toujours par prendre les choses trop au sérieux.

MME MARGHERITE. — Quand même, je n'aurais pas cru que ce garçon se serait si facilement laissé convaincre.

M. MARGHERITE. — Vous, les femmes, vous êtes romanesques. L'Amour ! L'Amour ! Mais un homme, quand on lui parle raison, comprend vite.

MME MARGHERITE. — Marie a encore rendu tout son déjeuner. Et elle s'est évanouie dans la cuisine. Je ne suis pas tranquille. En faisant ton bridge, tu devrais demander au docteur Verjoul de lui donner un fortifiant.

M. MARGHERITE. — C'est entendu, je lui demanderai, mais ces vomissements et ces syncopes sont dus à son état. Ne t'inquiète pas, dans quelques jours tu vas la voir changer, le chagrin fera place à la colère, elle se mettra à détester ce garçon autant qu'elle l'a aimé, et elle viendra elle-même me demander de la débarrasser. Après, elle aura vite fait de se retaper.

MME MARGHERITE. — Mon Dieu ! mon Dieu ! Ma petite Marie ! Si elle m'avait écoutée !...

Marie n'ose plus relire les lettres de Jean. Ce sont des messages d'un autre monde. Celui qui les envoyait et celle qui les recevait vivaient sur une colline fleurie, au pied d'un rocher de soleil, sous le vol des oiseaux, leurs pieds foulant le chant de l'herbe. Marie, dans la vallée noire, sans horizon, heurtant les roches sèches, saignant à tous les cailloux, Marie ne peut plus les comprendre, ne peut plus les croire.

Sa mère lui a dit :

— Je sais ce que ton père te demande. Tu feras comme tu voudras. Ce n'est pas moi qui te pousserai à faire une chose pareille, bien que moi-même, je t'avouerai que je l'ai fait deux fois, sans danger, si c'est la peur qui te retient. Après toi, je n'ai pas voulu d'autre enfant. Mais ce que je veux te dire, c'est que tu aurais bien tort d'espérer encore en ce garçon. Je te parle par expérience. Ton père, quand nous nous sommes connus, me jurait tous les grands amours, et huit jours avant notre mariage il me trompait déjà. Je ne l'ai appris que longtemps après, avec bien d'autres choses. Tous les hommes sont pareils, ma petite Marie, ils sont comme des chiens, et ne cherchent que leur satisfaction. Après, on ne les intéresse plus. Ah ! si tu m'avais écoutée...

Marie ne peut plus entendre tous ces mots. Ils lui font mal comme des coups sur la tête. Elle évite son père et sa mère. Quand elle les entend s'approcher d'elle à travers les pièces de la maison, elle se glisse vers d'autres pièces, mais les sourires de son père, le visage de compassion de sa mère, et leurs mots, leurs mots, la poursuivent malgré murs et cloisons, l'assiègent, la traquent, la pénètrent, la fouillent. C'est à son trésor qu'ils en veulent, à ce peu, à ce rien qui lui reste, à cette vie si frêle au fond de son corps maigre. Elle se traîne de couloir en escalier, ses avant-bras croisés en bouclier sur son ventre, méfiante, prête à la défense, farouche. Pour dormir elle s'enferme, et le matin s'habille de vêtements épais, elle épingle des serviettes pliées en deux à l'intérieur de sa combinaison, sur son ventre, car elle pense qu'elle n'a plus assez de chair pour le protéger. Sa poitrine paraît plus grosse, car ses seins n'ont pas maigri. Parfois elle les sent se gonfler. Ils sont lourds. Elle a acheté un soutien-gorge, mais il la serre et lui fait mal. Elle va en acheter un autre. Elle continue d'attendre le facteur, d'aller au train, elle continue par habitude, parce que cela coupe ses journées de deux moments d'illusion, de deux moments où elle éprouve autre chose que de la peur et le vide affreux de sa solitude.

En sortant de chez la mercière, elle est allée voir Jacqueline. Elle ne l'avait pas vue depuis quatre jours. Jacqueline l'a embrassée, les larmes aux yeux.

— Ma pauvre chérie ! dans quel état tu es ! Pourquoi te laisses-tu aller ainsi ? Tu crois qu'il en vaut la peine, le saligaud qui t'abandonne ? S'il te voyait, il rirait bien ! Il faut réagir, Marie, pense à ton petit, il faut te garder bien portante, rien que pour lui ! Tu devrais quitter tes parents, venir habiter avec moi, au moins tu aurais la paix. Moi qui voudrais tant avoir un enfant... Quand je pense à Jean ! Les hommes sont bien tous les mêmes. Ils ne pensent qu'à ça, et se fichent du reste. C'est pourtant pas grand-chose...

Pas grand-chose !... Le souvenir fulgurant de l'amour et de la joie, de l'amour de Jean, de la joie de Jean dansant en elle jusqu'au déluge de soleil, jusqu'à la chair vidée et emplie jusqu'aux ongles, jusqu'au sang bouillant et glacé, jusqu'à cette goutte de vie qui la perce comme un plomb fondu, jusqu'à toute vie perdue dans le repos de la terre bercée par le ciel, le souvenir de Jean soleil, Jean rocher, Jean étoiles, Jean plus Jean, l'étreint, la tord, la broie, lui arrache un cri de mon amour, mon Jean, Jean, Jean, qui ne sera jamais, jamais mort. Elle s'accroche au cou de Jacqueline, elle sanglote à grands sanglots bruyants de désespoir, elle gémit, elle pleure, elle crie des cris noyés de larmes, hachés de hoquets, elle râle.

Jacqueline l'a couchée, lui a lavé le visage. Elle a fermé les yeux, elle est blanche, elle a l'air d'une morte. Elle s'est levée pour l'heure du train. Jacqueline l'a accompagnée. Elles ont regardé toutes les deux s'en aller les voyageurs indifférents et les familles agitées avec les enfants qui faisaient claquer leurs galoches et soufflaient dans leurs doigts. Jacqueline est venue jusqu'à la porte de l'école. Marie l'a embrassée, puis elle est montée dîner. Elle veut manger. Maintenant elle va être forte, elle va se soigner, elle va réagir, pour son enfant, pour cette vie que Jean a laissée en elle, et pour laquelle elle vivra.

Au dessert, M. Margherite a dit :

— Je suis heureux de te voir bien manger. Cela prouve que tu commences à devenir raisonnable. Il était temps, parce que tu as vraiment mauvaise mine. Je ne te parle pas du reste, mais il faut te soigner et réagir.

Mme Margherite se lève et quitte la table. M. Margherite caresse sa petite barbe. Marie, les mains posées de chaque côté de son assiette vide, regarde devant elle, quelque part dans l'obscurité de la pièce. Entend-elle ce que dit son père ?

— Puisque tu es plus raisonnable, je vais te montrer quelque chose qui te convaincra, je l'espère, de la raison du silence de ce... de ton... du jeune Tarendol. Pour le reste, nous en reparlerons dans quelques jours.

Il tire de la poche intérieure de son veston son portefeuille de maroquin marron, une bien belle qualité de cuir, que l'usage lustre et affine. Il l'ouvre, cherche parmi des papiers, en déplie un, le met dans la main de Marie.

— Lis ! C'est le double de la lettre que j'ai écrite à M. Tarendol il y a bientôt vingt jours. Tu sauras maintenant que c'est un garçon raisonnable. A toi de l'être autant que lui...

Vous avez pris la bonne résolution, celle d'un honnête homme, celle d'un homme. Je vous demande de persister dans votre silence... L'essentiel, c'est qu'elle n'entende plus parler de vous...

Marie a lu, a plié la lettre en quatre et l'a rendue à son père, l'air très calme.

— Garde-la, garde-la, a dit M. Margherite, tu la reliras, ça te fera du bien.

Il s'est levé pour aller fumer une pipe dans le bureau de sa femme, qui est chauffé.

Marie s'est levée aussi pour desservir, et elle a poussé la lettre, du dos d'une cuillère, avec les rognures de fromage et les croûtes de pain, dans l'assiette du dessus. A la cuisine, elle a mis de l'eau à chauffer sur le gaz pour faire la vaisselle, mais sa mère est venue et lui a dit :

— Monte te coucher, va. La femme de ménage la fera demain avec celle de midi.

Marie, sans rien dire, a ôté le tablier qu'elle avait noué autour de sa taille. Elle n'osait pas ouvrir la bouche, elle retenait de toute sa volonté la nausée qui tentait de lui faire rejeter le dîner mangé à si grand courage. Elle est montée vers sa chambre. Arrivée à l'avant-dernière marche, elle a senti qu'elle allait s'évanouir, elle a eu une peur atroce, elle a mis tout ce qu'il lui restait de force, de vie, dans sa main jetée vers la rampe. Mais sa main n'est pas arrivée jusqu'à la rampe. Son genou droit a plié le premier, elle a tourné un peu sur elle-même, et elle est tombée vers le bas, elle a roulé jusqu'au palier.

Le docteur Verjoul a dit qu'elle n'avait rien de grave, c'est une chance, une chute pareille. Mais bien sûr il ne sait pas qu'elle est enceinte, il ne l'a pas examinée pour ça. C'est un vieux toubib, un ami de M. Margherite. Il lui a dit :

— Il faut la faire manger, ta gamine, c'est surtout de ça qu'elle a besoin.

— Justement, je voulais te demander un fortifiant pour elle.

— Fortifiant ! Fortifiant ! Des biftecks, oui, voilà les fortifiants qu'il lui faut ! Je vais lui faire un certificat de suralimentation.

— Ecoutez, docteur..., a dit tout à coup Mme Margherite.

M. Margherite lui a coupé la parole, sèchement :

— Tais-toi, tais-toi donc ! Je t'en prie !...

Le docteur parti, Mme Margherite s'est mise à pleurer.

— Tu es folle ! dit M. Margherite. Puisque Marie n'a mal nulle part, juste ces écorchures ! S'il y avait des complications, il serait toujours temps de le dire au docteur. Pour le moment, ça ne le regarde pas. Et de quoi pleures-tu, je te le demande ?

Il est vrai que Marie n'a mal nulle part, enfin presque pas mal, seulement à ses mains et ses genoux écorchés et à l'épaule gauche quand elle soulève son bras. Elle a dormi, elle a passé une bonne nuit. Le lendemain, elle est restée couchée, elle a bien mangé, elle n'a pas eu de nausées. La nuit suivante, un peu avant l'aube, elle a été brusquement réveillée par d'atroces douleurs au ventre. Elle a crié, appelé sa mère. Celle-ci, en chemise, heurte la porte du poing. Marie a fermé la porte à clef, avant de s'endormir. Elle se lève, le visage tordu, une main crispée sur son ventre, l'autre appuyée au dossier de la chaise. Elle veut ouvrir, elle fait un pas, un autre. Entre ses pas, le plancher s'étoile de sang.

QUATRIÈME PARTIE

LE SOLEIL DE NOËL

Ils se ressemblent tous. Celui-ci est grand et mince, presque trop grand, celui-là est court et rouge, avec des lunettes à monture d'acier et des traces de boutons d'acné sur les tempes. Celui-ci est brun et frisé comme un Italien, celui-là a l'air d'un Allemand. Ils se ressemblent tous, d'abord, à cause de l'uniforme. Le blouson leur fait les hanches aussi minces que la taille, et dégage le derrière du pantalon tendu sur les fesses. Dans la poche revolver, ils ont leur torche électrique ou un flacon de whisky. Ils se ressemblent aussi par leur allure. Ils ont l'air fatigué. Quand ils marchent, ils ne soulèvent pas les pieds, ils balancent les hanches comme des filles. Dès qu'ils s'arrêtent, ils s'appuient, à un meuble, au mur, n'importe où, et tout leur corps s'amollit autour de ce point d'appui. En vérité, cette allure n'est pas due à la fatigue, mais au fait qu'ils sont comme de jeunes animaux que nul n'a dressés, sans discipline et sans usages. Ils ne sont pas fatigués. Ils sont jeunes et forts, mais ils laissent aller leurs membres comme ceux-ci veulent bien. Ils ne s'interdisent rien. Ils se ressemblent aussi parce que, tous, ils s'ennuient. Ils sont bien convaincus de la nécessité de cette guerre, mais ils préféreraient être chez eux. Ils sont venus de plusieurs milliers de kilomètres dans un coin plat de la campagne anglaise. Les paysans anglais ne les aiment pas beaucoup. La femme du pasteur trouve qu'ils ne sont pas distingués. La campagne n'est pas très belle. Et même une très belle campagne, ça ne serait pas très gai quand les champs ne vous appartiennent pas ou quand on est de la ville, et surtout quand ces haies, ces meules de paille, ces hangars, ces pistes de ciment à travers les prés, et cette grange transformée en bar sont à des milliers de kilomètres de chez soi. Ils s'ennuient tous, et ils mâchent leur gomme en marchant à grands pas mous à travers la campagne anglaise bien verte, ils se couchent près des haies et boivent le whisky et le gin du pays, et ils voudraient tous que la guerre fût finie, pour rentrer chez eux. Mais ils n'en sont qu'à leur troisième bombardement. Ils n'aiment pas ça. Ils préféreraient faire un travail à pied. Quand leur avion revient et se pose, ils sont bien soulagés. Ce ne sont pas des héros. Ce sont des ouvriers, des commerçants, des étudiants, des ingénieurs. La proportion des braves gens et de ceux qui ne le sont pas est pareille chez eux qu'ailleurs. Ils rient facilement, peut-être pour oublier leur ennui, pour oublier qu'ils sont si loin de chez eux et qu'il va falloir remonter dans l'avion, aussi parce qu'ils sont plus enfants que les gens d'Europe. Ils bombardent et ils mâchent leur gomme, comme en Amérique ils mâchaient leur gomme en faisant leur travail de civil. Mais ils aimaient mieux celui-ci, décidément. L'escadrille part ce soir pour un quatrième bombardement. Sur la France. Ils commencent par la France parce qu'il y a moins de D.C.A. et pas de chasseurs de nuit. Quand ils connaîtront mieux leur nouveau métier de bombardiers, leurs patrons leur confieront des travaux plus difficiles.

L'un derrière l'autre, les appareils s'envolent, lourds comme des hannetons. Puis les feux de piste s'éteignent. Il n'y a plus que le bourdonnement dans le ciel noir, un bruit vague qui devient peu à peu si lointain qu'on ne sait plus si on l'entend encore ou si on ne l'entend plus. Finalement on sait bien qu'on ne l'entend plus, et que ce sont seulement les oreilles qui chantent. Et les bruits de la campagne reprennent toute leur place. Un cheval qui a un ver dans le sabot cogne obstinément du fer sur le sol. Une truie grogne, un arbre nu craque de froid, le vent se glisse et se déchire entre les branches. L'escadrille en a rejoint d'autres au-dessus de la Manche. Au moment où l'avion de tête franchit à la verticale la côte française, à ce moment exactement, Mme Gustave a mis une main dans la poche de son tablier. Elle y touche les deux lettres qu'elle a reçues ce matin, et celle qui est arrivée cet après-midi : la lettre de M. Margherite, et deux lettres de Marie, la deuxième ayant rejoint la première, grâce au retard causé à celle-ci par le train sauté. Un petit retard, pas grand-chose. Mme Gustave pense que Jean va sûrement venir ce soir voir s'il a du courrier, il ne va pas tarder. Il sera heureux d'avoir ses lettres, ça fait deux jours qu'il vient pour rien.

A ce moment exactement, Marie souriante découvre la soupière pour ajouter une pincée de sel. Et que font, à ce moment exactement, Churchill, Hitler ou le pape ? A cause des journaux et du cinéma, qui nous représentent les personnages historiques toujours occupés à des travaux dont dépend le sort du Monde, ils vivent dans notre tête en images solennelles. Mais peut-être, à ce moment exactement, M. Eden est-il en train de faire pipi et Hitler cherche du bout de sa langue un fragment de peau de fruit qui lui est resté entre les dents. Il ne pense exactement à rien d'autre, à ce moment exactement, qu'à cette infime pellicule qui l'agace. Et l'obus de D.C.A. qui va éclater derrière le quatrième avion de l'escadrille et faire un trou grand comme une tête d'homme dans son gouvernail de dérive est exactement, à moment figé, au mille trois cent dix-septième mètre de sa course. Et la femme du navigateur de cet appareil voit en rêve, à ce moment exactement, son beau-père qui ouvre la bouche pour lui parler. Dans une seconde il lui dira quelque chose en anglais, et je ne suis pas assez fort en cette langue pour le comprendre, mais c'est un reproche idiot comme on en fait dans les rêves. Pour le moment, à ce moment exactement, sa bouche n'est encore qu'à moitié ouverte dans l'image que s'en fait en rêve la femme du navigateur de l'avion qui va recevoir un éclat d'obus.

Et puis tout repart, les avions à cinq cents à l'heure, l'obus éclate, Hitler sonne un général et M. Eden se reboutonne.

Dans la nuit au nord de Paris naît l'atroce gémissement des sirènes. Il se propage comme un feu, et maintenant c'est tout le ciel de Paris qui hurle. Les mères blêmissent et poussent les enfants dans l'escalier. « Prends ton manteau ! Laisse ta soupe, tu la mangeras en remontant ! Tiens la bougie ! Dépêche-toi, voyons, dépêche-toi ! »

— Encore une alerte, dit Gustave, quelle barbe ! La deuxième d'aujourd'hui ! Où c'est tombé ce matin ?

— Sur l'usine des pneus Boolich, à Saint-Denis, dit Vernet, il en reste rien.

— Y a des morts ? demande le père Delair.

— Forcément, dit Vernet. Comment éviter ça ?

— Ça fait rien, dit le père Delair, je me demande ce qu'ils viennent bombarder chez nous, au lieu d'aller en Allemagne.

— Si on veut être libérés, dit Vernet, il faut en accepter les risques.

— On dit ça, dit le père Delair, quand on est loin de l'endroit où ça tombe.

— Ecoute, si tu aimes tant les Fridolins, je me demande pourquoi tu restes ici, au lieu de t'engager pour aller travailler chez eux.

— J'aime pas les Fridolins, dit le père Delair, mais j'aime pas les bombes non plus.

Un coup de sifflet coupe la nuit au coin de l'impasse.

— Allez les enfants, allez vous disputer ailleurs, dit Gustave, je ferme, voilà la D.P., je veux pas attraper une contredanse. Passez par le couloir...

Mme Gustave a fermé les volets devant la vitre, et mis la barre de fer. Elle rentre en se baissant, par le bas de la porte. Elle dit :

— Ça chauffe, par là-bas !

Elle montre du doigt une direction, mais elle ne sait pas bien si c'est celle-là.

A toutes les portes d'immeubles, des groupes d'hommes et de femmes bavardent, regardent le ciel, essaient de deviner où ça va tomber, où ça tombe.

Le ciel gronde, sous le poids des lourds invisibles charrois qui le font vibrer jusqu'au sol, et vibrer les tripes de ces hommes et de ces femmes qui regardent et ne voient rien, qui ne vivent que par leurs oreilles, par leur diaphragme crispé, leurs mains moites. La D.C.A. tire sans arrêt. Ses fleurs rouges s'ouvrent en bruit mat dans tous les coins du ciel. Les éclats qui retombent longuement font résonner les tuiles. Une vitre de la verrière de l'imprimerie s'émiette en clochettes dans l'atelier fermé. De seconde en seconde, la terre tremble sous les pieds. Un bruit sourd que la chair menacée entend mieux que les tympans, un bruit qui parcourt les corps des pieds aux cheveux, qui fait frémir la chair et les os, arrive à travers les murs, en souffle de mort.

— Ça, c'est des bombes, dit le père Delair.

— Sûrement, dit Vernet. Je me demande où ça tombe.

Ils sont restés tous les deux à la porte du couloir. Il n'y a guère, dans les caves, que quelques femmes et des enfants. La plupart des gens sont demeurés chez eux. Les caves ne sont pas solides. On a peur d'y rester enterré. On a peur de montrer qu'on a peur. On a dit au voisin : « Moi, je ne descends jamais. Pensez-vous ! Autant mourir d'un seul coup ! » Maintenant, même si ça tape, même si on a bien envie de courir à l'abri du métro, on ne peut plus se le permettre.

Chapelle a demandé à Titou, de sa bonne grosse voix : « Tu as peur, tu veux qu'on descende ? » Titou a répondu : « Oh non ! », bien qu'elle tremble un peu. Elle se sent en sécurité près de lui. Il lui a donné à manger, il l'a habillée, il lui parle gentiment, il sourit tout le temps, ou bien il rit, il lui demande si elle n'a besoin de rien, il a une grande barbe et une grosse pipe, il joue du piano, il est fort, il lui a montré une pièce de deux sous en bronze qu'il a tordue dans ses doigts il y a quelques années, maintenant il ne pourrait plus, mais il est encore très fort, bien assez pour la protéger contre tout. Ils ont continué de manger la soupe. Elle mange à table avec lui.

— Tiens, dit Chapelle, ça siffle, je parie que c'est pour nous. Tire les rideaux devant la fenêtre.

Les chefs d'îlot, leur casque sur la tête, chassent les rais de lumière à coups de sifflets, essaient de persuader les groupes agglomérés aux portes d'entrer dans les couloirs. Ils n'ont pas d'autorité. Ce sont de petits employés, ou des jeunes gens maigres et dévoués.

Des pans de ciel se teignent de reflets de flammes tout autour de la ville. Charge après charge, l'armée fantôme roule sur le fond inaccessible de la nuit, en vagues interminables. La nuit entière tremble. Le ciel de fer craque, tombe en tonnes volcaniques, monts de feu, graines d'ouragans, laboure et fouille la terre, tord et fond les inébranlables machines, emporte les pierres taillées, souffle les ciments, les toits dérisoires, ouvre les maisons, pousse les murs, aplatit les grappes d'étages, nivelle et dénivelle, coupe, taille, écrase, broie, pile, mêle, arrache, enfonce, jette, casse menu et menu, poussière, gravats, débris, esquilles, plus rien du tout, rien du tout, rien que le bruit du gaz qui siffle et l'odeur des égouts crevés, et quelques restes d'homme là-dessous.

— Oh ! dit Gustave, ça se rapproche !

Les grosses pièces de D.C.A. qui protègent l'usine de roulements à billes de la S.C.O.L., à quatre cents mètres de là, viennent d'aboyer. Il y en a six qui tirent par deux à la fois. La porte de l'ancienne chambre de Jean remue, comme secouée par une main, un fragment de seconde avant qu'on entende le coup. Les éclats tintent sur les pavés, les verres cliquettent sur les étagères, les murs frissonnent, les obus éclatent dans le ciel, les mitrailleuses lourdes perchées sur les toits entrent dans le ballet, un avion en hurlant passe au ras des cheminées, une lumière blanche gicle de la rue dans le café par toutes les fissures.

— Qu'est-ce que c'est ? Qu'est-ce que c'est ? demande Gustave.

Il est debout derrière son comptoir. Il ne peut pas rester assis dans ces moments-là. Il s'énerve, il change les bouteilles de place, il se sert un verre d'eau, il le jette. Mme Gustave est assise sur un escabeau à la cuisine, près de la table, les deux mains serrées entre ses genoux.

La porte du couloir s'ouvre. Jean entre, essoufflé, il est venu voir s'il avait du courrier. Deux jours qu'il n'a rien reçu. Un petit retard, pas grand-chose. La lettre de Marie qui dit « Viens me chercher... ». S'il l'avait eue il y a deux jours, où serait-il ce soir ? Il a couru, il crie :

— Des fusées ! c'est plein de fusées au-dessus du quartier.

— Nom de Dieu ! dit Gustave, ils vont bombarder la S.C.O.L. ! Vite, il faut descendre à la cave. Jeanne ! A la cave !

Il se hâte, soulève la trappe.

Jean demande :

— J'ai des lettres ?

— Oui, dit Mme Gustave. Y en a trois. Tenez, les voilà.

Elle les prend dans la poche de son tablier, elle les lui donne.

— Merci, dit Jean. Au revoir, je m'en vais vite...

Gustave est déjà bien descendu, on ne lui voit plus que sa tête. Une vague de fond soulève sa maison et la laisse retomber, une explosion craquante jette les volets dans la salle à travers la vitre, balaie les tables, envoie Jean dans le comptoir. Gustave a roulé en bas, dans la cave. La lumière s'est éteinte. Jean, à moitié assommé, se secoue, se relève, tourne sur lui-même, il ne sait plus bien, ah ! ça va mieux, je n'y vois rien, où est ma lampe ? Il n'a pas lâché les lettres. Il tire de sa poche sa lampe électrique, regarde les enveloppes, reconnaît deux fois l'écriture de Marie, et ne connaît pas la troisième. Il les lira tout à l'heure, demain, quand il pourra, faut-il les lire ? des lettres ? qu'est-ce que c'est ? Sa tête est légère comme une bulle, et il sent qu'elle va éclore. Tout à coup elle casse comme un caoutchouc trop tendu qui casse et se détend enfin, il est de nouveau lui-même, il comprend, il met les lettres dans sa poche. Il respire une odeur de poudre, de poussière froide et de plâtras. Gustave, en bas, gémit. Où est Mme Gustave ? Le café est maintenant grand ouvert sur la rue, et la rue entre dans le café, avec le froid et la poussière, et de grands pans d'ombre et de lumière blanche qui tournent sur les tables renversées. Les débris de vitre, à terre, brillent comme des étoiles et des lunes. Le café n'est plus un morceau de maison fermée, il reçoit sa part du vacarme et du froid du dehors, et n'importe qui et n'importe quoi peut entrer et sortir. La terre tremble sans arrêt, l'air éclate en rouge et en blanc et en tonnerre. Jean fouille les débris, de la lumière de sa lampe. Il voit la moitié de Mme Gustave, sa culotte à festons sous sa jupe retroussée, ses bas de coton noir autour de ses jambes maigres, et ses pantoufles. Le reste est sous le marbre d'une table. Jean soulève la table. Mme Gustave ne saigne pas, elle n'a pas l'air très aplatie. Il se penche pour la ramasser. Elle a les yeux ouverts. Une secousse, un grand vent tonnerre le jette sur elle, un morceau de plafond tombe en plâtre devant lui. Il se relève, il emporte Mme Gustave, voici la trappe. Il s'agenouille, cherche l'échelle du pied, il n'y a plus d'échelle, et Gustave au fond gémit. Jean appelle :

— Monsieur Gustave !

Gustave gémit et ne répond pas. Une autre voix répond, c'est celle de Billard. Une lumière se promène dans la cave.

— Qui c'est qui est là-haut ?

— C'est moi, Tarendol. Qu'est-ce qu'il a, Gustave ?

— Je ne sais pas, il a dû se casser quelque chose, il est tombé avec l'échelle. Tu descends ?

— Il y a sa femme ici, qui en a pris un coup. Elle bouge plus.

— Passe-la-moi, dit Billard.

Il pose sa lampe sur un tonneau et tend les bras. Jean laisse glisser Mme Gustave. Sa tête ballotte, sa bouche s'ouvre et elle perd son dentier qui tombe sur la joue de Billard.

— Merde ! dit Billard.

Il reçoit la femme toute molle.

— Je vais descendre aussi, dit Jean, je peux pas m'en aller maintenant. Où est Gustave, que je lui saute pas dessus ?

— Ça risque rien, il est à côté, laisse-toi tomber, dit Billard.

Jean s'accroche par les mains au plancher et tombe. Et le plancher, les murs, les étages, la maison, tombent avec lui, tombent sur lui, dans un écroulement de tonnerre et de montagne et un souffle de cataracte. Un éclair plongé dans le nez et les yeux, une flamme, une clameur d'enfer dans la tête qui éclate jusqu'à l'infini, et tout le poids du monde sur l'épaule et sur le cou tordu. Puis le silence.

Me voici une fois de plus en vacances, avec ce livre devant moi. Cette fois-ci la fin est proche. Je serai bientôt délivré de lui. Et pendant que j'écris ces lignes, dans une ferme voisine qui n'a rien vu de la guerre, ni de la précédente ni de celle d'avant, un coq chante. C'est le milieu de l'après-midi, et les coqs chantent plutôt le matin, mais celui-ci est un jeune coq, sa voix est grêle, il chante simplement pour montrer qu'il est un coq. Il n'y a pas longtemps, il était encore poulet. Maintenant il est coq. Il faut que toute la ferme le sache. Et surtout lui.

Pendant que chante ce jeune coq, les premières bombes atomiques tombent sur le Japon. Je ne pensais pas qu'ils iraient si vite, je croyais qu'on réserverait cette surprise pour la prochaine guerre. Décidément les savants sont pressés. Ils sont plus diligents que notre imagination. Je me demande ce que vous pourrez dire, si vous oserez élever la voix pour vous plaindre, vous qui n'avez accueilli dans votre chair que quelques balles de mitraillette, si petites, légères, ridicules en somme, vous qui n'avez reçu sur votre toit que mille kilos de bombes à la poudre très ordinaire. Vous êtes démodés, périmés, rétrospectifs. Le progrès vous dépasse. Mais patience, les laboratoires travaillent. Il y aura bientôt de la purée d'atome pour tous. Il suffit de trouver une occasion, un prétexte. Ce n'est pas ce qui manque.

Je me rappelle que cette brave Mme Gustave avait peur de l'orage, avant guerre. Au moindre ronronnement de tonnerre, elle quittait le café, s'enfermait dans la plus petite pièce de son appartement, calfeutrait porte et fenêtre, s'éloignait de tout objet métallique, coupait l'électricité ; et quand l'orage approchait elle n'y tenait plus, elle se cachait sous la table.

C'est fini pour elle, elle n'aura plus jamais peur de rien. Même si on avait pu la tirer entière des débris de sa maison, je suis sûr qu'elle aurait désormais regardé venir en souriant les gros nuages jouflus. Et quand la foudre lui aurait craqué aux oreilles, elle aurait dit : « Ce n'est rien qu'un orage. »

La foudre : l'arme terrible de Jupiter ! C'était bien un dieu pour peuples arriérés. Nous, les peuples de la jeune civilisation chrétienne occidentale, nous savons tuer trois cent mille hommes en moins d'une seconde. Et ce n'est qu'un essai. Une petite bombe de treize cents grammes.

Nous avons pénétré au cœur de l'infiniment petit, brisé ses univers tourbillonnants, et leur colère fera un jour sauter notre globe dans un tel éclair de lumière que les habitants du Soleil cligneront des yeux. Il ne restera rien de la Terre, ni débris, ni fumée, ni odeur. Il ne restera rien des hommes et de leur domaine, ni fantôme, ni aucun nom gravé sur aucune pierre, et nul souvenir dans aucune mémoire, ni le lent oubli des sables et des cendres sur les ruines. Nous serons devenus une onde immatérielle, un pur transparent frémissement, qui, parti tout à coup de ce point dans l'infini, à la vitesse absolue de l'idée, s'enfoncera, criblé d'étoiles, toujours plus loin dans les abîmes du partout, à la rencontre de la limite qui n'existe pas.

Nous revenons de loin. Reprenez place, écoutez la suite de l'histoire. C'est une histoire d'amour, et quand le monde peut disparaître en une étincelle, il nous faut nous hâter d'aimer. C'est aussi une histoire de sang et de mort, mais c'est avant tout une histoire d'amour. Si vous y rencontrez si souvent le sang et la mort, c'est qu'elle est une histoire de tous les jours, et, de plus, une histoire de nos jours. Peut-être avez-vous déjà oublié ce qu'était une alerte. Fermez les yeux, rappelez-vous, le plafond éclatant de la D.C.A., le bruit sombre des bombes. Puis peu à peu tout s'apaise, le ciel se tait, la terre fume. L'éventail des grondements là-haut s'est replié quelque part vers le nord. Les sirènes ont fermé l'alerte, les Parisiens ont fini le dîner et ont parlé d'autre chose, vite. L'impasse Louis-de-Nantes n'est plus qu'un tas. Une voiture de pompiers est arrivée. Elle a arrosé les restes de l'imprimerie, sur laquelle étaient tombées quelques bombes incendiaires. Les hommes, à la lueur des phares de la voiture, ont commencé de remuer des gravats. Ils ont des pelles, des pioches, et leurs mains.

L'alerte a duré une heure. Il fallait encore beaucoup de temps, à cette époque, pour détruire à peine quelques usines et les maisons autour et quelques autres par-ci, par-là, par accident. On ne disposait que de petits moyens, de bombes balourdes, qui tombaient en se dandinant, crevaient un toit et sept étages et ne pulvérisaient guère, les plus grosses, que trois ou quatre immeubles.

Ce matin, dans cette fin de nuit de novembre, c'est peu de chose : un pâté de vieilles maisons effondré sous le poids de quelques tonnes de poudre et de fonte. Le petit jour se lève, accompagné d'une pluie verdâtre. Les pompiers, et une équipe de jeunes gens, ont travaillé toute la nuit à déblayer. Ça ne se connaît guère. Ils sont sur le tas comme de lentes fourmis, essayant de remuer des morceaux de poutre, des pierres déchirées, des esquilles de meubles. Mais tout cela est enchevêtré. Pour dégager une poutre, il faut enlever un bloc de ciment, et ce bloc de ciment soutient un reste de mur. On enlève un peu à droite, un peu à gauche, avec précautions. On a déjà dégagé le cadavre d'une vieille femme ouverte en deux, et quelque chose d'innommable, tout écrasé, en bouillie, mélangé au plâtre et aux briques. On ne sait pas si c'est un homme ou une femme, c'était nu, sans doute c'était en train de se coucher. Une ambulance les a emportés. Elle est revenue à vide, elle attend un autre chargement.

Les hommes continuent, ils sont fatigués, ils sont sales. Toute en tas effondrée, avec des débris domestiques parmi les décombres, des matelas éventrés, des casseroles tordues, des fourneaux cassés, l'impasse est triste et sale comme une poubelle. Elle sent le papier brûlé et mouillé. Les agents ont barré la rue pour empêcher les curieux d'approcher. Le cordonnier est indemne. Il n'était pas là quand c'est arrivé, il était parti pour sa quête habituelle. Les agents l'ont laissé approcher, il n'a pas dit un mot, il s'est mis à aider à déblayer. Là-dessous il y a sa femme et tous ses enfants, sauf Titou. Titou est sous l'autre tas, à côté. Il n'est pas fort, il a tellement maigri depuis qu'il ne boit plus, il soulève de petits débris. De temps en temps, un chef d'équipe fait faire silence. Alors on entend, là-dessous, étouffé, continu, un cri pointu de tout petit enfant. Le petit aveugle qui pleure.

Un officiel est venu, il s'est fait photographier regardant les ruines d'un air triste. Au magnésium, parce que le jour est encore trop sombre. Il est vite reparti, en auto, pour un autre quartier, un endroit où on a déjà recueilli des blessés, pour se faire photographier au poste de secours, penché sur eux, ou serrant la main d'une pauvre vieille à qui on va couper les jambes.

Ici il sera difficile de sauver les survivants. Tout est bien en miettes. On déblaie, on va aussi vite qu'on peut, bien lentement, on déblaie avec les mains et de temps en temps un coup de pioche.

Léon imprimait des tracts, sur la machine du sous-sol, toutes les nuits. Il passait par la cave de Gustave, il travaillait tranquillement à l'abri des scellés. Jamais il n'avait joui d'une telle sécurité. Son père venait lui donner un coup de main, par désœuvrement, pour ne pas rester chez lui. Il remontait dans ses ateliers, caressait ses machines, grondait de les voir immobiles, redescendait se consoler au bruit de l'automatique. La première bombe est tombée sur la rotative offset. Elle a soufflé le mur de façade de l'imprimerie, la devanture du café, et toutes les portes et les fenêtres de l'impasse et du haut de la rue et quelques toits qui sont partis en vols de pigeons. Dans le noir brusque, Billard, après l'explosion, a entendu les morceaux d'acier et de fonte de la rotative ricocher comme des cloches. Léon s'est dirigé à tâtons vers le fond de la cave pour allumer la lampe à acétylène. C'est à ce moment que Gustave est tombé de l'échelle. Billard est allé voir. Et Léon secouait sa lampe qui commençait à siffler. Il venait juste de l'allumer quand les autres bombes sont arrivées. La voûte de la cave s'est ouverte, et Léon a reçu sur le dos une forme de soixante kilos, qui descendait en tourbillonnant. Il a eu les deux omoplates cassées à la fois, et la chair du dos bien arrachée. Il s'est trouvé couché à terre avec un poids de débris sur lui qui l'empêchait de bouger, mais qui ne l'écrasait pas, il était un peu protégé par sa machine, il était tombé à côté d'elle. Il avait le nez sur sa lampe éteinte qui continuait à siffler, et qui lui retournait la tête en arrière, et lui soufflait tout le gaz acétylène dans le nez. C'est heureux pour lui, parce qu'il était déjà à moitié asphyxié quand les bombes incendiaires ont fait fondre toute la réserve de plomb du rez-de-chaussée. Près de vingt tonnes dissimulées, échappées aux réquisitions. Tous les clichés de la collection Lacta, des romans d'amour populaires qui finissent bien, pour le plaisir des jeunes filles. Les tendres baisers et les chastes étreintes ont fondu et coulé dans la cave, ont soudé ensemble les débris et la machine et Léon qui a été cuit en peu de temps.

Mme Gustave était déjà morte, la table lui avait cassé le cou. Gustave a éclaté comme ses futailles sous le poids des pierres. Billard a été transpercé de haut en bas par un pied de table en fer, qui lui a fait comme une deuxième colonne vertébrale, et qui lui a tenu le buste bien raide au milieu de tout le reste qui était tordu ou brisé. Il n'est mort qu'à l'aube. Il n'a pas crié, il avait dans la bouche le coin d'une brique qui était entré en arrachant les lèvres et cassant les dents. Jean s'était accroché par les mains au plancher, et laissé tomber sur la pointe des pieds. Il avait plié les genoux, les bras étendus, et la maison est tombée avant qu'il ait eu le temps de se relever. Il est resté accroupi comme un ressort prêt à se détendre, une poutre sur l'épaule gauche, la tête tordue sur l'autre, avec une demi-tonne de mur au ras de l'oreille, et une quantité de morceaux, de fragments et de débris de n'importe quoi appuyés, plantés, imbriqués autour de lui, sous lui, et sur lui et dans lui. Il a eu mal partout à la fois d'un seul coup, il a été assommé en même temps presque autant par les reins et le ventre, et la poitrine et les hanches que par la tête. Il est revenu à lui dans le noir. Il est revenu à lui, c'est-à-dire qu'il sent de nouveau son mal, mais il ne sait plus ce qu'il est, où il est, ni ce qu'est le jour, ou la nuit, et la vie ou la mort, et la chair de l'homme et le reste de l'univers. Quelque chose de pointu planté dans sa paupière lui empêche de fermer l'œil droit, et cet œil le brûle comme un charbon, mais il ne sait plus si cet œil est son œil ou sa cuisse qui le brûle aussi, ou son cou tordu, ou son oreille arrachée, ou ses deux bras étendus devant lui, dans des étaux, et qu'il ne sent plus comme des bras, mais comme quelque chose de cassé et moulu ; et son dos est une râpe et ses pieds enfoncés dans ses fesses, ses orteils retroussés, ses chevilles en angle droit, sont des buissons ardents et des poignards et des tenailles. Tout cela est une seule énorme douleur flambante et tordante, au milieu de laquelle s'ouvre sa bouche qui a soif.

Là-haut, les hommes viennent de retrouver, sous une porte d'armoire, Chapelle évanoui, avec sa barbe arrachée et, à côté, Titou, rouge de sang, les cuisses brisées.

C'est le père Delair qui a eu le plus de chance. Il a été protégé par deux poutres qui ont fait une voûte au-dessus de lui. Les sauveteurs sont allés tout droit vers ses appels, l'ont dégagé aux premières heures du jour. Il n'a eu que des contusions. Il a les yeux fous. Il crie encore quand on l'emmène, il appelle au secours.

Tarendol ! Tarendol !

Bazalo crie le nom de Jean vers le fond des décombres. Puis il se penche, il écoute, il voudrait ouvrir ses oreilles avec les mains, écouter avec sa cervelle nue, pour entendre le moindre gémissement étouffé par la terre, le bruit d'un souffle écrasé.

Autour de lui les hommes courbés, saisis par son angoisse, crispés d'attention, n'entendent comme lui que l'écoulement de la pluie, le glissement écœurant d'un plâtre ramolli par l'eau, le craquement d'un morceau de bois qui cède, la chute d'un gravat qui a trouvé un trou.

Bazalo est accouru au début de la matinée, dès que de bouche à bouche est parvenue jusqu'à lui la nouvelle que des bombes étaient tombées du côté de la rue Louis-de-Nantes. Jean n'est pas rentré se coucher. Il aurait pu être retenu par le couvre-feu, quelque part. Mais Bazalo s'est senti envahi d'angoisse quand il a su que la rue Louis-de-Nantes avait reçu des bombes. Les gros titres et la prose des journaux ne donnent aucune précision sur les points de chute. Mais tout Paris sait.

Bazalo s'est heurté au barrage de police, a failli se battre avec les agents, être emmené au poste. On l'a finalement laissé passer, pour aider au déblaiement.

Il a jeté dans la boue son pardessus et son veston, il s'est mis à déraciner les ciments informes, les briques et les bois enchevêtrés.

Un espoir, brusquement, lui est venu. Il est parti téléphoner à l'école des Beaux-Arts. On n'y a pas vu Tarendol. Il est bien là, là-dessous, mort ou vivant. Mort ou vivant, Bazalo veut le retrouver, mais il ne peut pas accepter cette mort, il ne peut pas croire qu'un garçon brûlant d'une telle vie ait été tué d'une façon si stupide. Il s'acharne de nouveau contre les ruines, il est gris de plâtre boueux, de la tête aux pieds et ses mains saignent. Ceux qui travaillent avec lui, ce sont des jeunes gens du quartier, maigres, sous-alimentés, des hommes âgés, malingres, dont le service du travail n'a pas voulu, dont le dévouement et la bonne volonté sont sans limites, et les forces précaires. Poignée par poignée, ils ouvrent la tombe. Il semble qu'il n'y ait plus aucun espoir de trouver quelqu'un de vivant. Jusqu'à la fin du jour, ils ont arraché encore quelques morceaux de morts à la gangue des débris. A la nuit tombante, ils ont commencé à sentir l'odeur du vin répandu. Ils se sont mis alors à percer un trou presque vertical, pour pénétrer dans l'emplacement de la cave. Beaucoup ont abandonné, à bout de forces. D'autres sont venus les remplacer. Bazalo n'a pas faibli. Il ne voulait pas sentir la douleur de la fatigue. A trois heures du matin, la lumière du projecteur a découvert, sous un bloc de ciment prêt à l'écraser, une masse ronde vernie de plâtre et de sang, qui était la tête de Tarendol.

On est parvenu à glisser sous ses narines une glace attachée au bout d'un bâton. Elle est revenue ternie. A peine. Bazalo, des larmes sur ses joues sales, l'a appelé doucement par son nom, avec la tendresse d'une voix de femme.

— Jean, mon vieux Jean, mon petit Jean...

Mais Jean n'est plus un être vivant qui entend, qui sent et qui parle. Il est une masse de tissus déjà anonymes, qui se défendent pour leur propre compte, et qu'un reste d'obscures forces retient encore, pour combien de temps, de minutes peut-être, au seuil de la métamorphose qui en fera autre chose que ce qu'ils sont, liquides, gaz, poussières, nuages.

Pour le délivrer, il faut creuser un autre trou, laisser sur ses soutiens le morceau de mur qui le menace. Cela demandera des heures. Il sera mort avant.

Bazalo court au commissariat. A mi-chemin, une ronde l'arrête. Deux gendarmes allemands, leur plaque sur la poitrine, mousqueton à la main et la gorge pleine de mots lourds, de mots qu'il ne comprend pas, qu'il ne veut pas comprendre. Furieux, il proteste, crie, reçoit un coup de crosse sur la tête, roule sur le pavé, se relève prêt à tuer ou à mourir. Un troisième Allemand arrive, un sous-officier, qui parle un peu français. Bazalo s'explique. Les trois hommes l'accompagnent jusqu'au commissariat. Il téléphone au docteur Marchand. C'est un des plus grands médecins de Paris, et un amateur d'art moderne. Il connaît bien Bazalo, il lui a déjà acheté plusieurs toiles. Le téléphone sonne, personne ne répond. Bazalo trépigne. Sa tête lui fait mal. Enfin un domestique répond d'une voix ensommeillée que monsieur n'est pas là. Bazalo s'étrangle de fureur. « Je sais qu'il est là, tu entends, et tu vas aller le réveiller ! C'est pour la vie d'un homme ! S'il meurt par ta faute de sale crétin, je te jure que j'irai te couper la gorge ! » Le domestique estomaqué s'esquive. De longues minutes se passent. Enfin, c'est la voix du docteur Marchand, furieuse.

— Qui est à l'appareil ?
— Bazalo.
— Comment ?
— Ba-za-lo !
— Par exemple ! Excusez-moi, je croyais avoir mal compris. Que vous arrive-t-il, mon cher maître ?
— Il s'agit bien de cher maître...

Bazalo s'explique. Le docteur Marchand écoute, dit :
— J'arrive. Faites tout votre possible pour lui dégager un bras...

La pluie a cessé. Un petit vent glace sur le dos des sauveteurs leurs vêtements mouillés. Bazalo tient à deux mains une grosse lampe à accus. Au fond du trou qu'il éclaire, accroupis, coincés entre des débris hérissés, deux hommes parlent à voix basse, à mots brefs. Le docteur Marchand a réveillé et amené dans sa voiture un donneur de sang universel. Il a pu atteindre le bras droit de Jean par une sorte de crevasse. Il a eu grand-peine à trouver la veine. Il tient une autre lampe avec ses dents. Il a si peu de place que chacune de ses mains gêne l'autre. Il transpire. Il est plongé dans une odeur d'incendie noyé et de vin sale. Chacun de ses gestes fait tomber de menus débris, des gouttes de boue. Il dit à l'homme près de lui :

— Essayez de trouver une position un peu à l'aise. Et puis tenez le coup.

— Ça ira comme ça, dit l'homme.

L'appareil de verre et d'argent brille entre les mains du médecin comme tout à l'heure brillait une casserole bien astiquée, bien neuve, sans une éraflure, qu'un sauveteur a dénichée dans un trou et qu'il a mise de côté. Si personne ne la lui réclame, il l'emportera.

La vie chaude a coulé dans le corps saigné. C'est fini. Et Bazalo, là-haut, tout à coup sent ses jambes plier. Jean vient de gémir.

Couché, enfin étendu, enfin allongé, dans un lit tiède et frais, un lit blanc autour duquel s'organisent la douceur et le silence, Jean ignore ce bien-être. De ses cuisses, de son cou, de ses bras, de son ventre, de ses pieds, les nerfs ont apporté dans sa cervelle les douleurs. Elles se sont enfermées dans sa tête, elles y grouillent, coupent, poignent, broient, et sa conscience s'est close autour d'elles en un mur qu'assiège en vain la douceur. Dans sa tête résonnent les sirènes, les écroulements, et les fracas de l'air en feu. Les grappes de maisons se sont écrasées dans sa tête, et chaque pierre saigne et gémit, pierres de chair tordue et coupée, chaos des douleurs, confusion de la souffrance étendue à l'univers enchevêtré. Et cet univers demeure dans sa tête pendant que son corps guérit. Son squelette de paysan, ses tendons et ses ligaments, forgés par des millénaires de travaux à la terre ont résisté partout. Ses chevilles tordues ne sont ni brisées ni foulées.

Le docteur Marchand a fait l'inventaire des meurtrissures, des muscles déchirés, des plaies profondes et superficielles. Rien n'est grave. L'oreille se recolle, la chair bleue devient violette et mauve, les plaies se ferment, les os du bras plâtré se soudent. Mais les yeux de Jean, même lorsque se lèvent ses paupières, demeurent clos. Ils ne voient rien d'autre que la nuit coupée d'éclairs sauvages, et ses oreilles n'entendent rien que les bruits du ciel et de la terre qui s'empoignent.

Bazalo vient tous les jours à la clinique. Quand il trouve Jean assoupi, il guette son réveil avec l'espoir d'être enfin reconnu par son ami surgi des ténèbres. Jour après jour, Jean ne s'éveille que pour se plaindre, de cette voix qui monta vers Bazalo du fond de la tombe.

Le docteur Marchand rassure le peintre :

— Ce n'est rien. Contusion à la base du crâne. Pas de fêlure. Pas d'infection, plus de fièvre. Il s'en tirera. Le corps va bien. La tête divague encore. Ça passera. C'est le choc.

Choc. C'est un petit mot, c'est en quatre lettres résumé le vacarme du ciel qui croule et de la meute hurlante et mordante des douleurs. En un petit mot, en une seconde. L'homme est tendre.

Les lettres de Marie ont tournoyé dans Paris à la recherche de Jean, puis se sont posées sur la table blanche, à son chevet. Les gens de la poste font des miracles. Billard et Gustave sont classés « disparus ». Leur courrier attend, quelque part.

Sur l'oreiller blanc repose la tête de Jean, les yeux clos. Une barbe légère caresse ses joues, encadre ses lèvres pâles. Ses paupières sont bleues de fatigue. On a ôté le pansement de son oreille. Sa tête est libre et nue. Ses cheveux noirs bouclés brillent. Il dort.

Marie dort. Toute la nuit, tous les jours et toutes les nuits, depuis près d'une semaine, depuis un temps infini, elle s'est battue contre les affreux visages de la vérité. Jean n'est pas venu, et son petit est parti d'elle. Il ne reste rien en elle qu'un vide lourd où se tordent des flammes. Elle tourne sa tête à gauche et à droite, mais à gauche et à droite elle ne trouve rien d'autre que ceci : Jean n'est pas venu, et son fils s'est arraché d'elle. Il ne lui reste rien. Rien. La terre est noire et l'air est une cendre morte. Il n'y a plus de soleil, plus d'oiseaux fleuris, plus de plaisir de respirer. La vie pèse, insupportable lourde masse sur le lit, sur le ventre brûlant, sur l'âme sans espoir. A gauche et à droite, tout est noir et gris. Jean. Mon petit. Rien. Jamais. Elle tourne sa tête, elle dit non avec sa tête, mais il ne sert à rien de dire non. C'est ainsi.

Penchés sur elle, le visage de sa mère, celui de Jacqueline, qui sourient et disent de douces paroles, des paroles mâchées de cendres, des sourires morts. Rien. Plus rien. L'horreur de son père en barbe blanche. L'horreur, l'horreur. Elle a eu la force de crier. Il n'est plus venu.

Cette nuit, la flamme qui la brûle a gagné ses épaules et jusqu'au bout de ses doigts. Elle sent encore que quelque chose l'accable, mais elle ne sait plus très bien quelle chose. Son corps flotte, léger, au moindre vent. Quelque chose encore pèse dans sa tête et l'empêche de s'envoler, la retient ancrée à cette herbe sèche. C'est un poids dans sa tête, une boule noire, lourde, qui résiste à la flamme. Une boule qui se réduit, s'amenuise, un point, un flocon. Elle dort.

Mme Margherite pose sa main, avec précaution, sur le front blanc. Le front brûle sa main.

Jean ouvre les yeux. Il voit un plafond blanc qui brille. Je suis bien. J'ai dormi. Je m'étire. Oh !... mon bras en prison, mon bras dans l'étau, les bombes !

Il s'assied brusquement, il crie, tout son corps lui fait mal, il se laisse retomber, ferme les yeux. Mais il a vu. Il a vu le lit, la chambre. Maintenant, dans sa tête, il y a cette image. Il sait. C'est fini. Il sait qu'il est sauvé. Il s'éveille.

— Eh bien, mon vieux ? demande Bazalo.

Bazalo, ce vieux Bazalo est là ! Jean sourit, veut lui tendre la main. Mon bras ! Qu'est-ce que c'est ? Il regarde, il voit le plâtre difforme d'où sa main émerge.

— Qu'est-ce que c'est ? Mon bras ?

— C'est rien, mon vieux, t'inquiète pas. Une fracture. Tu t'en es bien tiré.

Jean soupire, sourit de nouveau, lève son autre bras, et morceau par morceau, se met à penser à son corps, glisse sa main sous le drap, se tâte. Ici ça fait mal. Là c'est une croûte, là un pansement. Il remue ses jambes, ses pieds, ses orteils. Tout est là, tout est à lui.

— Tu nous as fichu une sacrée frousse, dit Bazalo. On pensait que tu allais rester maboul...

Jean respire, savoure à pleine gorge le bonheur d'être vivant et de le savoir. Il sent le poids de son corps dans le lit, il sent une raideur douloureuse dans son cou, des élancements dans sa cuisse enveloppée de blanc, des fourmis dans son flanc sous une croûte, une raideur dans sa paupière droite. Il sent un pli du drap sous son dos, l'air dans ses poumons, la lumière dans ses yeux...

Il se tourne tout à coup vers Bazalo.

— Et les autres ?

Bazalo fait un geste vague de la main.

— T'en fais pas pour les autres. Toi, tu t'en es tiré. C'est déjà beau.

— Oh ! dit Jean. Gustave ? sa femme ? Billard ?

— Je sais pas, dit Bazalo. Nous irons voir. Je sais qu'on en a sauvé quelques-uns.

Jean accablé se laisse aller sur l'oreiller. Il s'en est tiré, c'est déjà beau...

— Et ma valise, tu sais pas si on a sauvé ma valise ?

Bazalo rit.

— Toi, alors, tu vas fort ! Ta valise ! Tu penses comme on a pu retrouver une valise, dans cette bouillie ! Ça manque pas, les valises. Tu en achèteras une autre...

Il réfléchit une seconde, il dit :

— Mais, ballot, elle est chez moi, ta valise, tu sais bien que tu avais déménagé !

— C'est vrai, dit Jean, j'avais oublié.

Sa valise c'est tout ce qu'il possède : un peu d'argent, un peu de linge usé, un pantalon, des livres, et toutes les lettres de Marie.

Les lettres de Marie. Marie !

Il s'assied, anxieux :

— Où est mon veston ? J'avais deux lettres de Marie dans ma poche. J'avais pas eu le temps de les lire...

Marie ! Marie que j'aime. Mon amour. Marie enceinte. Nous nous marierons à Noël, Marie... Une tourmente de pluie bat la fenêtre. Marie !

— Bazalo, quel jour sommes-nous ? Quelle date ?

— Quel jour ? Le dix-huit ou le dix-neuf, je crois.

— Le dix-neuf quoi ? crie Jean.

— Le dix-neuf décembre ! crie Bazalo. Tu redeviens fou ?... Ton veston, on va le demander à l'infirmière, il doit être par là, du moins ce qu'il en reste. Mais tu as d'autres lettres qui t'attendent, tiens, tout un paquet. Elle t'a pas oublié, ta Marie, t'affole pas...

En cette circonstance, encore, l'argent et le nom de Bazalo, et son obstination rageuse, ont été efficaces. Il a loué au docteur Marchand une des deux longues limousines noires, au pare-brise timbré d'une croix rouge, qui servent d'ambulances à sa clinique. En trois jours de démarches il a obtenu les ausweiss nécessaires. C'est un miracle. Les bureaux allemands le renvoyaient aux Français, les Français se retranchaient derrière les Allemands. Bazalo a tempêté, hurlé, menacé les Allemands des foudres d'Hitler. « Je le connais, c'est mon pote, il le saura, je vous ferai envoyer sur le front de l'Est, vous y crèverez, les couilles gelées ! » Les fonctionnaires en uniforme ne saisissent que le nom d'Hitler, et la colère. Ils devenaient pleins de respect. Il a traité les Français d'esclaves. « Attendez la libération. Ça va pas tarder, maintenant. Nous réglerons nos comptes... » Cela, il le disait à voix basse, d'un air de haine concentrée. Et il ajoutait un billet de mille, plié en huit, dans lequel il avait craché.

Ils sont partis le vingt et un décembre, à la fin de l'après-midi. Le chauffeur a été loué avec la voiture, un grand gaillard. Ses mains énormes cachent la moitié du volant. Le gazogène, derrière, en remorque-crapaud, danse sur une seule roue.

Jean, allongé sur la couchette, le regard fixe, pense à la dernière lettre de Marie. Elle date de dix jours. C'est un appel désespéré. Eperdue, toute fierté foulée, Marie supplie Jean de venir ou d'écrire, elle se traîne à ses genoux, elle ne demande qu'un mot, un signe de vie, un souvenir...

Marie a cru qu'il l'avait abandonnée. Comment a-t-elle pu croire la seule chose qui n'était pas croyable ? Lui, jamais, jamais n'aurait douté. Mais il pense aux lettres de M. Margherite, il devine ses paroles raisonnables, ses sourires, ses airs entendus. Il serre les poings de rage. Aïe ! mon bras...

— Calme-toi, mon vieux, dit Bazalo. Demain soir on sera là-bas. Et de toute façon, maintenant, elle est tranquille, elle t'attend.

Il a télégraphié. Jean avait le droit, comme sinistré. « Mme Charasse, garage, Milon. Rassurez Marie. Blessé bombardement. Guéri. Je l'aime. J'arrive. Tarendol. »

Un autre télégramme est parti à l'adresse de Françoise, dont deux lettres disaient l'inquiétude puis l'angoisse.

La voiture roule sous la pluie. Le vent du sud fait claquer les gouttes contre le pare-brise. L'essuie-glace ne fonctionne pas. Le chauffeur est obligé de l'actionner à la main, toutes les minutes. Ses phares réglementaires ne laissent passer qu'une faible tranche de lumière qui éclaire à quelques mètres devant le capot. On file à petite vitesse.

— On n'avance pas, dit Jean.

— T'énerve pas, dit Bazalo, les roues tournent quand même, et chaque tour nous avance.

— Je ne t'ai pas encore remercié de tout ce que tu as fait, et de tout ce que tu fais, dit Jean.

— Tais-toi, dit Bazalo, tu me fais rire.

Ils sont dans le noir, Jean couché, Bazalo assis près de lui, sur le siège de l'infirmière. La route luit vaguement sous la pluie. Le vent hurle par bourrasques.

Au milieu d'une côte, la voiture se met à ralentir, le moteur tousse, puis s'arrête. Le chauffeur descend, armé d'un pique-feu, tisonne son gazogène en jurant. Des gerbes d'étincelles s'envolent dans la nuit. Les gouttes de pluie grésillent sur les charbons et les tuyaux brûlants. Le chauffeur remonte, la voiture démarre doucement, roule vingt mètres et s'arrête de nouveau. Bazalo descend pour aider le chauffeur. Mais il ne peut rien faire que le regarder. Le visage et les bras de l'homme sont noirs de charbon, et ses yeux rouges du reflet des braises. Furieux, il se bat contre le chaudron.

Au quatrième arrêt, il dit :

— C'est pas la peine d'insister. On ira pas plus loin.

— On va arrêter une voiture, dit Bazalo, et on lui demandera de nous remorquer.

Il attend, assis, la portière ouverte. Le temps passe, la route est déserte. Jean se tait, mais Bazalo sait quelle impatience le ronge. Le chauffeur, appuyé sur son volant, dort. Au fond de la nuit, enfin, surgissent des phares qui jettent de temps en temps un éclair de plein feu.

— Ça doit être un camion militaire, dit Bazalo. C'est ce qu'il nous faut.

Il se campe au milieu de la route, son mouchoir à la main, agite les bras, crie.

Il n'a que le temps de se jeter sur le côté, le camion passe à toute allure. Un petit bouquet de flammes jaillit du siège du conducteur. Un bruit de crécelle de fer. Mitraillette.

— Bazalo ! crie Jean.

— Ils m'ont manqué, les salauds ! crie Bazalo.

Il montre le poing au camion disparu dans la nuit et lui hurle des injures.

— C'est plutôt dangereux, dit le chauffeur, réveillé, et maintenant placide. Il vaudrait mieux chercher une ferme pour coucher. Je réparerai demain matin, quand j'y verrai clair.

Bazalo est parti, a disparu dans les ténèbres. Il a trouvé une ferme à cinq cents mètres. Il était passé près d'elle sans la voir. Un chien s'est réveillé et s'est mis à aboyer. Le peintre s'est dirigé vers lui, s'est enfoncé jusqu'aux chevilles dans du fumier juteux, a frappé à une porte. Un homme a ouvert, a fait entrer le voyageur trempé. La famille paysanne est en train de souper. Une vieille femme, une plus jeune, une fillette barbouillée. Une faible lampe au plafond éclaire la table de chêne, la soupière qui fume, un gros fromage sur une assiette, la moitié d'une miche ronde, de mie bien blanche. Il fait chaud.

— Bonsoir messieurs dames, dit Bazalo.

— Bonsoir monsieur, dit le chœur de la famille.

— Donne une chaise au monsieur, dit la jeune femme à sa fillette.

— Ne vous dérangez pas, dit Bazalo. Ma voiture est en panne sur la route. Je suis avec un ami malade. Est-ce que vous pourriez le coucher quelque part ? Mon chauffeur et moi, nous coucherons au foin. Et nous aimerions bien manger, tous les trois.

Bazalo est resté debout près de la porte. L'eau coule de ses manches et du bas de son pantalon.

— Mon pauvre monsieur, dit l'homme, on a rien à manger, rien de rien...

Bazalo hausse les épaules.

— A n'importe quel prix, dit-il.

— On pourrait peut-être faire une omelette... dit la vieille, hésitante.

— On mettrait bien un matelas par terre, dit l'homme.

Bazalo est retourné à la voiture. Jean, boitant, s'appuyant à l'épaule du chauffeur, est arrivé sans trop de mal. Ses chevilles le font encore souffrir, et les muscles de sa cuisse droite sont raides autour de la plaie à peine refermée.

Ils ont mangé l'omelette, du jambon, du fromage, des pommes. Au cours des pires disettes, celui qui peut payer assez cher trouve toujours de quoi satisfaire sa faim et sa soif. En vérité, quand Moïse frappa le rocher dans le désert pour en faire jaillir la source, il devait tenir au poing, non un bâton, mais un lingot d'or.

Le lendemain matin, le chauffeur, en nettoyant le gazogène, a découvert qu'un de ses tuyaux avait été percé par une balle de mitraillette. Le fermier a loué son cheval pour tirer la voiture jusqu'au bourg. Il en avait quatre avant la guerre. La mobilisation lui en a pris un, et les Allemands deux. Celui qui reste est une vieille carne philosophe, aux pattes bourgeonnantes de verrues grises. Il pense qu'il a assez travaillé dans son existence de cheval, il ne tient plus à faire de gros efforts, ni de vitesse, et remue gentiment une oreille quand on le frappe.

Il n'y avait pas de mécanicien au bourg. Le maréchal-ferrant était aux champs. Il a fallu attendre son retour l'après-midi. Il a vite compris, allumé sa forge. Le chauffeur et lui ont travaillé sur l'enclume, comme ils ont pu. Ils ont plié à coups de marteau une sorte de pièce cylindrique autour du tuyau, comme autour d'un pneu crevé. Le chauffeur a essayé son moteur. La pièce n'était pas étanche. Il a été plus difficile de l'enlever que de la mettre. Il faut essayer autre chose, boucher les deux trous avec des sortes de rivets, peut-être. Le lendemain, vers midi, on s'est trouvé enfin en état de repartir.

Le vingt-quatre décembre, à six heures du soir, la grande auto noire entre dans Milon. Il neige, les rues sont désertes, les cloches de l'église sonnent.

Depuis des kilomètres, Jean a quitté la couchette. Assis près du chauffeur, il regarde la route, essuie la glace, regarde la route papillonnante, essuie la glace, regarde la route bouchée. Crispé sur son siège, de tous ses muscles, de toute sa volonté, les dents serrées, il aide le moteur, il pousse en avant.

Ce sont enfin les premières maisons, les rues étroites, la place de l'Eglise. Au pied de la grande tour carrée, dans l'obscurité grise, des autos sont arrêtées. Autos des Allemands, l'auto de la milice, l'auto du sous-préfet avec sa cocarde. La neige, doucement, emmaillote leurs toits et leurs ailes, fond et fume sur les capots. Le chauffeur de l'ambulance stoppe. Il ne voit plus rien, il ne sait où tourner. Les vitraux de l'église luisent vaguement. Un bruit de chant et d'orgues se mêle au ronronnement du moteur. C'est la messe de minuit, célébrée à six heures du soir à cause de la guerre.

— Tournez derrière l'église, dit Jean, puis prenez la rue qui descend.

Tous les magasins sont clos, les volets mis. Deux femmes se dépêchent, elles sont en retard pour la messe. Vêtues de noir, avec de vieux petits chapeaux. Jean les reconnaît au passage des phares. C'est la libraire de la rue aux Herbes, une vieille fille, et sa mère. Elles sont seules dans la rue que la neige emplit. Jean enfonce ses ongles dans l'étoffe du siège. Il a froid, il brûle. Son cœur, dur, frappe ses côtes. La voiture tourne encore une fois. La porte cochère de l'école est grande ouverte.

— C'est là, dit Jean, entrez dans la cour.

Doucement, en ronronnant, la longue voiture pénètre sous la voûte, dans la cour, s'arrête sur un tapis blanc.

Jean descend. Debout, il regarde. Il est vêtu d'un complet neuf aux jambes trop courtes, d'un pardessus de grosse laine grise, dont la manche gauche, vide, pend sur la bosse de son bras plâtré. Il est droit, solide, il ne sent plus rien des blessures de sa chair, il respire l'air frais et la neige dont les flocons aigrettent ses boucles noires. Il est là, enfin. Et Marie est là. Il dit au chauffeur :

— Tournez et attendez-moi, nous repartons tout de suite.

— Je viens avec toi, dit Bazalo.

— Je suis venu la chercher, dit Jean, et je l'emmène, tout de suite.

— Entendu, dit Bazalo.

— Je l'emmène tout de suite, répète Jean, doucement.

Il n'est jamais entré dans l'école, mais il sait que les appartements sont dans l'aile gauche. Il cherche la porte. Bazalo marche derrière lui. Il est venu pour aider Jean, jusqu'au bout. On repartira, pour Paris ou pour n'importe où, tout de suite. Jean a raison. L'amour a raison, toujours.

Au coin des deux bâtiments, la porte de chêne est fermée. Le haut de la porte est une vitre dépolie avec des arabesques gravées, protégée par des fleurs de fer forgé. Bazalo allume son briquet, un anneau de cuivre brille à gauche de la porte. Jean le tire. Ils entendent la sonnette grelotter très loin, très haut, dans un grand silence. Ils attendent. Jean sonne de nouveau, deux fois, trois fois, en carillon. Il est venu chercher Marie, il fait crier à la sonnette : « C'est moi, c'est Jean, je suis là, j'arrive, Marie, Marie, Marie... »

Le carreau de la porte s'éclaire, et aussi une lampe au-dessus de la porte, dehors. Un pas rapide descend l'escalier, une ombre se profile sur le carreau, la serrure joue, la porte s'ouvre. Le cœur de Jean s'arrête net. Une voix dit :

— Mon Dieu, c'est vous, c'est vous !...

Jean retrouve le souffle. Sur le seuil, Mme Margherite, les deux mains l'une dans l'autre serrées devant sa poitrine, répète :

— C'est vous, c'est vous...

— C'est moi, dit Jean, doucement, je viens chercher Marie.

— Marie ? demande Mme Margherite.

Alors Jean devine que quelque chose est arrivé. Il le devine au son de la voix de Mme Margherite, à la vue de son visage de vieille femme ravagée, de ses mains maigres crispées devant sa poitrine. Là, sous la lampe qui l'éclaire de haut en bas et lui creuse les yeux et lui coupe en deux la bouche et le menton avec l'ombre de son nez, elle est l'image du malheur, de l'horrible, du sordide malheur qui arrive dans la maison, s'y enferme et y pourrit.

— Marie ! crie Jean. Je veux la voir !...

— Marie..., dit Mme Margherite.

Elle se retourne, elle fait signe, elle monte l'escalier, elle s'aide de la rampe, elle se hisse autant avec son bras qu'avec ses jambes sans force, elle pleure, mais Jean, qui la suit, ne la voit pas pleurer. Par la porte restée ouverte, quelques flocons de neige entrent, doux, se posent sur le parquet brillant, fondent et laissent de petites taches. Mme Margherite monte un étage, puis un autre. Jean monte derrière elle. Il voudrait être déjà arrivé en haut de cet abominable escalier, et il voudrait ne jamais, jamais savoir ce qu'il va trouver au bout de la dernière marche. Juste à la hauteur de ses yeux, il voit monter devant lui la ceinture d'étoffe noire qui serre la robe noire de Mme Margherite, et il lui semble qu'il monte depuis l'éternité avec cette ceinture noire devant les yeux qui monte en même temps que lui. Bazalo le suit. L'escalier sent la cire et l'humidité. Les planches du palier craquent, puis celles du couloir. Mme Margherite ouvre une porte, entre dans une douce lumière, s'accroche à deux mains au pied du lit et sanglote, à grand bruit. Les larmes coulent sur son corsage noir, ses yeux sont rouges, le bord de ses paupières semble saigner. Et de son menton mouillé, secoué, elle montre, devant elle, Marie.

Marie.

Ses mains sont jointes sur la couverture blanche, autour d'une croix d'argent.

Douces mains, elles ont caressé le corps doré de Jean, le corps lisse parfumé de l'odeur du blé et de l'amour. Elles se sont nichées dans le creux de ses reins, elles ont empoigné ses flancs, se sont crispées sur ses épaules, elles se sont détendues, apaisées de joie, leurs doigts mêlés aux brins de l'herbe. Et la lune cherchait leur blancheur...

Jean a fait deux pas dans la chambre. Puis il s'est arrêté. Il n'a pas pu avancer davantage, mais il se penche en avant, courbé, presque prêt à tomber, il se penche, il regarde, il regarde ces mains lourdes, froides, raides, immobiles, figées, autour de la croix.

Il sent le froid de ces mains pousser dans sa propre poitrine un arbre de glace. Ces mains immobiles, d'os et de chair immobiles, froids... Jamais, jamais il n'avait vu que les mains de Marie fussent d'os et de chair. Elles étaient de flamme, de lumière, elles vivaient, dansaient, volaient, plus légères, plus douces, plus tièdes que l'air tiède des nuits d'été. Jamais immobiles, même lorsqu'elles cessaient de bouger, lorsqu'elles se reposaient sur lui, jamais immobiles, toujours animées, soudain de nouveau envolées. Elles sont sur ce lit plus froides que le métal qu'elles enserrent. Des mains... les mains de Marie... ces objets... Marie...

— Oh !... oh !... dit Jean.

Ce sont des moitiés de sanglots, des hoquets, les efforts que fait un homme qui suffoque pour retrouver un peu de vie. Bazalo s'approche de son ami, les bras prêts à s'ouvrir, prêts au secours.

Au chevet du lit, de part et d'autre, deux cierges brûlent dans des chandeliers de cuivre. Une branche de buis trempe dans une soucoupe où brille un peu d'eau. De l'autre côté, près de la fenêtre, une ombre agenouillée bourdonne. Mme Margherite sanglote, montre le lit du bout de son menton. Elle dit :

— Elle... est... morte...

Jean se redresse. Il peut enfin avancer, il avance, il dit :

— Morte ?

Il le sait, il sait qu'elle est morte, glacée ; il répète le mot sans l'entendre, le sens du mot n'est rien, ce n'est qu'un mot, un bruit. Ce qui est vrai, c'est Marie devant lui, morte.

Il s'arrête. Immobile comme le mur, il regarde le visage de Marie et ne le reconnaît pas. Ce sont ses traits et pourtant ce n'est pas elle. Ce n'est pas elle parce qu'elle était toujours prête à sourire ou à s'alarmer, même en son sommeil, et maintenant elle est indifférente. Elle n'est ni calme, ni sereine, ni apaisée. Ce sont là des mots qui conviennent aux vivants. Si elle était ainsi, il pourrait encore l'émouvoir, l'éveiller. Elle est indifférente. Il ne peut rien, elle l'ignore. Une indifférence minérale. Elle appartient à la terre et aux rochers. Il faudra maintenant qu'on la remue, que quelque chose la change par le dedans ou le dehors, que quelqu'un ou quelque chose s'en mêle, et ce quelque chose ou ce quelqu'un ne fera que changer sa position ou sa forme comme celle d'une motte de terre.

Alors Jean cherche autour d'elle, cherche, comme une chose perdue, ce qui lui manque, ce qui est parti, une larme, soupir, un rire, la souffrance, même la plus atroce souffrance. La vie...

Elle est immobile, glacée, indifférente. Ses lèvres et le reste de son visage ont la même teinte de chair froide. Le front est lisse, et, sous les sourcils, les yeux sont pleins d'ombre. La lumière des bougies danse sur ses pommettes, et sur ses mains et sur le drap. La lumière danse et elle est immobile, froide.

Jean gémit, soulève lentement son bras valide, cache ses yeux derrière sa main qui tremble.

Sa main tremble, sa tête tremble. Ce n'est pas possible, pas vrai, ce n'est même pas vraisemblable, ça ne peut pas arriver... Il faut faire quelque chose, agir, bouger, chasser l'impossible...

Il se tourne vers Bazalo. Il dit :

— Je suis venu la chercher.

— Oui, dit Bazalo.

Jean soupire, soulagé. Son voyage de tant d'espoir ne se termine pas ici. Ce n'était pas possible, pas possible. Ce n'est pas encore fini.

Il se penche vers Marie, dénoue les rubans, défait les tresses, épand les cheveux. Ils sont frais dans sa main, ils étaient toujours frais comme une source même en pleine chaleur de l'été. Ils sont souples, vivants, ils coulent dans ses doigts, glissent, s'échappent. Il pose ses lèvres sur une poignée dorée. Marie...

— Qu'est-ce que vous faites ? crie Mme Margherite.

— Je suis venu la chercher, dit Jean.

De l'autre côté du lit, l'ombre bourdonnante se redresse. C'est Mme Léocadi, blafarde entre sa perruque noire et le ruban noir qui lui serre le cou. Elle brandit son chapelet, elle dit :

— Vous êtes fou ?

— Aide-moi, dit Jean à Bazalo.

Il prend la croix, cherche des yeux où la mettre, l'appuie dressée contre le chandelier, près de la branche de buis. Il défait le lit, jette le drap. Marie est en longue chemise blanche. Ils posent sur elle la couverture et doucement, avec précautions, l'enroulent autour d'elle.

Mme Margherite halète, hoquète. Elle s'accroche à Jean, à Bazalo, elle avale ses mots, ses larmes, sa langue.

— Marie... Monsieur... ma fille... laissez-la...

— Calmez-vous, madame, calmez-vous, dit Bazalo.

— Enveloppe-lui bien les pieds, dit Jean à voix basse.

Il secoue son bras que tient Mme Margherite. Elle glisse près de lui, tout accroupie contre le lit, bascule, s'allonge évanouie sur le parquet. Bazalo l'enjambe. Il dit à voix basse :

— Ça y est, Jean.

— Aide-moi à la prendre, dit Jean.

Mme Léocadi pousse un grand cri, s'enfuit dans le couloir, dévale l'escalier, hurle :

— Au voleur ! Au secours ! Monsieur Margherite !... Monsieur Margherite !...

Elle a toujours appelé ainsi son beau-frère, qu'elle n'aime pas.

M. Margherite est assis dans un fauteuil de la salle à manger, près du poêle. Il dort. Quand il s'éveille, il essaie de rouler une cigarette. Le papier crève entre ses doigts, le tabac s'émiette sur son ventre. Sa barbiche tremblote. Il marmotte « Ça s'est fait tout seul... Tout seul... C'est pas moi. »

Il sursaute. Mme Léocadi entre en courant.

— Venez vite !... Vite !... Ils l'emportent !... Ils emportent Marie !...

— Qui ? Qui ?

Il s'est dressé, il tremble sur ses jambes.

— Les voleurs !... Tarendol !...

Elle l'attrape par la main, l'entraîne. Il ne comprend rien. Elle est folle. Vieille folle. Elle le tire, elle court, il court, une porte, deux portes, le couloir, le palier. Au milieu du palier, un homme, immense, dont les cheveux en boucles de nuit brillent sous la lampe, un homme porte sur son épaule un paquet raide, à peine plié en deux, qu'il tient d'un seul bras. Dans son dos pendent des cheveux d'or.

M. Margherite, suffoqué, s'arrête, n'ose pas comprendre. Cet homme ? Tarendol ? Il ne l'a jamais vu. Et sur cette épaule ?... Est-ce bien... ? Et l'autre ? Que font-ils ? Que veulent-ils ? Mais ils sont fous !

Ils sont tous les quatre immobiles. Mme Léocadi a perdu en courant sa perruque. Toute sa tête est une boule ronde blanchâtre. Elle se tient derrière son beau-frère. Bazalo est à côté de Jean. Jean regarde M. Margherite, devant lui, le regarde avec des yeux de loup. M. Margherite parle enfin. Il a cherché des mots. Il dit :

— Où allez-vous, messieurs ?

Jean dit à Bazalo :

— Je n'ai qu'un bras. Tue-le.

Bazalo hausse les épaules et s'avance.

Mme Léocadi pousse un hurlement. On l'entend courir, les portes battre, une clef tourner, des verrous claquer. M. Margherite n'a pas encore eu le temps de comprendre. Bazalo lui empoigne la barbe de la main gauche et du poing droit, de tout le poids de son corps, lui écrase le visage. Puis recommence. Il le pousse contre le mur. M. Margherite s'écroule. Jean reprend sa marche, descend l'escalier. Il ne sait plus qu'il est blessé. Il oublie qu'il a jamais eu mal à son corps. Il ne sent que le poids qu'il porte sur l'épaule.

La neige a cessé de tomber. La cour est vaguement blanche. Les grands bâtiments vides, autour d'elle, se confondent avec la nuit. L'auto attend, face à la voûte. Le moteur tourne. Le chauffeur n'est pas là. Il avait froid, il est parti à la recherche d'un café. Il est chez le père Louis, en train de boire un jus de pomme chaud et de mâcher un sandwich au pâté de mamelle.

— On n'a pas besoin de lui, dit Bazalo.

Ils étendent Marie sur la couchette. Bazalo s'installe au volant.

— Où allons-nous ?

— Tourne à droite, dit Jean, puis à gauche, et tout droit...

Ils ont roulé toute la nuit. Bazalo fume cigarette après cigarette pour se tenir éveillé au volant. Jean est assis sur le siège étroit, près de la couchette.

Le ciel s'est nettoyé de tous nuages. Le bleu de la nuit glacée pèse sur les vitres, gicle dans la voiture, ternit le pare-brise, fleurit de diamants les glaces arrière. Bazalo se penche sur le volant pour déchiffrer la route. Le point rouge de sa cigarette danse au-dehors, devant lui, au milieu d'une ronde d'étoiles. Les phares promènent une étroite lumière sur la neige éblouie qui s'ensevelit de nouveau sous la nuit.

Quand l'auto saute sur un caniveau, Jean étend son bras valide pour empêcher Marie de rouler hors de sa couche. Puis il remet son coude sur son genou, sa tête dans sa main. Aux carrefours, il indique le chemin à prendre. A droite. A gauche. Tout droit...

Il ne dit rien d'autre. Sa voix est celle de tous les jours. Mais le silence qui se referme autour de lui est un silence nouveau, sorti de lui, un silence qu'il impose et non point qu'il reçoit, et qui gagne la nuit entière, la neige et les étoiles et la grande solitude des montagnes, et les épaules de Bazalo et le bourdonnement du moteur...

La tête de Jean est lourde dans sa main. Le poids des ruines est retombé sur son cou tordu. La plaie de sa cuisse s'est rouverte et saigne. Son sang a traversé le pansement et l'étoffe de son pantalon, et trempé son siège que le gel durcit. Sa main immobile, au bout de son bras plâtré, est blanche et ne sent plus rien. L'autre main, sur son front, est moite et froide. Le froid est monté de ses orteils et de ses talons jusqu'à ses chevilles et s'est glissé de son cou jusqu'à ses reins. De temps en temps un frisson le secoue, un bâillement nerveux lui crispe la bouche. Il s'appuie au dossier, pose son bras sur Marie, le ramène aussitôt.

Marie est morte, Marie est morte, Marie est morte, morte, morte... Ce ne sont plus des mots, ce n'est plus une pensée. Cela tient tout seul en lui, sans mots et sans pensées, c'est une morne présence, une certitude qui l'emplit de son eau lourde, en laquelle se dissout son esprit, où se noie sa chair. Il ne sent plus comme siens son bras qui enfle dans le plâtre à chaque battement des artères, ni sa cuisse ouverte, ni ses chevilles que le froid martèle, ni sa nuque meurtrie. Tout cela est étranger autour de lui, autour de cet abîme noir sur lequel il se replie et se tasse. Parfois l'image de Marie, désespérée, seule, souffrant loin de lui il ne sait quelles abominables souffrances, le pénètre et le déchire. Des larmes coulent entre ses doigts. Il se demande si elle a eu son télégramme, si elle a pu le lire avant de mourir. Marie est morte, morte. Ses larmes s'arrêtent. Il n'est plus besoin de penser. Marie est morte. C'est un mot — morte — rond, un cœur mou, mort, une loque, un sang noir — morte — en lui — morte.

Une barrière en travers de la route, des silhouettes grises. Freins. Bazalo baisse la glace, jette sa cigarette. Une lumière, des mots rudes. Bazalo parle, allume la lampe du plafond. Une poigne ouvre la porte. Un long manteau vert au col relevé se penche à l'intérieur. Un casque terne. Une arme brille. Les cheveux de la morte pendent hors de la couchette. Jean a tourné la tête, enlevé sa main de devant ses yeux. Ses yeux blancs et bleus dans son visage gris sont grands ouverts et ne voient point et ne regardent point, ni l'homme, ni la lumière, ni la nuit. L'homme qui peut-être allait demander quelque chose se tait, lentement se redresse, se retire, referme la porte. Bazalo entend un ordre crié. Des silhouettes écartent la barrière. La voiture repart.

Il a fallu s'arrêter pour recharger le gazogène. On a failli ne pas franchir le col de Quinze-Pas. On a traversé des villages où la neige était sale entre les maisons. Les hommes, qui avaient sali la neige de leurs pas, dormaient derrière les murs et les volets, avaient laissé la route seule sous la nuit.

Un poste de guet du maquis, à son tour, a voulu savoir d'où venait cette longue auto noire. Le ciel commençait à s'éclairer quand elle est arrivée à Saint-Sauveur-Neuf.

Le père Maluret l'a entendue passer. Il a tourné l'interrupteur, regardé l'heure, s'est levé en pestant d'avoir trop dormi. Quelques petits enfants l'ont entendue, se sont souvenus brusquement que c'était le matin de Noël, ont couru à la cheminée. Elle a monté les sept lacets, elle a ronflé aux virages, s'est arrêtée sur la place devant le château. Le père Jouve a dit : « Qu'est-ce que c'est ? C'est déjà Sabret qui revient ? » et s'est endormi. Sabret est parti fêter Noël chez sa sœur, à Millebranches.

Bazalo aide Jean à descendre. Jean fait un pas. Ses genoux cèdent, il tombe dans la neige. Bazalo le relève. Jean dit :

— C'est rien, je suis resté trop longtemps assis.

Bazalo le soutient. Ils font quelques pas ensemble. Jean dit :

— Merci, ça va mieux maintenant, ça va, merci.

Il sourit. Oui, il sourit, pour remercier son ami. Il ne pense même pas qu'il sourit, et Bazalo, dans le matin qui s'éclaire, ne voit pas ce sourire. Jean ne sait pas qu'il sourit, c'est un sourire d'habitude, qui n'est plus à lui, pas plus que cette main engourdie, cette faiblesse des jambes, ces coups de poignard dans la cuisse.

Il revient vers la voiture.

Ils sont là tous les deux, devant la porte ouverte.

— Allons, dit Jean.

Ce sera bientôt fini. Il est venu de loin. Ce sera la fin du voyage. Bazalo, de nouveau, l'aide à charger sur son épaule son fardeau tout à fait raidi par le froid.

— Merci... dit Jean. Maintenant, je n'ai plus besoin de toi... Merci...

Il s'en va. Il peine. Bazalo, debout, les bras ballants, les mains ouvertes, le regarde partir. Il a peur qu'il ne tombe. Il espère peut-être qu'il va tomber. Non, il ne tombe pas. Il marche. Il s'en va, il s'efface dans le gris du petit matin, entre le gris des murailles. Le Château commence à surgir du Rocher dressé sur les dernières étoiles.

Bazalo allume une cigarette, la broie dans sa main, la jette à terre, s'assied sur le marchepied de la voiture, allume une autre cigarette. Il sait où va Jean, où le conduira la dernière étape. Il ne peut rien faire pour l'en empêcher, il ne veut rien faire. Il regrette d'avoir mis tant d'obstination à le retirer des décombres. C'est tout. Pourquoi l'empêcher d'aller où il va ? De quel droit se mettrait-il en travers ? Que peut-il lui offrir pour le retenir ? Sa mère, la vie, le travail, l'avenir... Des mots, des mots... Saloperie. Il l'a aidé jusqu'au bout. C'est fini. Jean a dit : « Je n'ai plus besoin de toi. » Prendre le volant, tout à l'heure, et foncer droit, pleine vitesse, dans les murs, culbuter, écraser... Saloperie... La cigarette est de fiel.

Jean avance. Il se porte et il porte Marie sur une seule jambe. L'autre jambe traîne. Il sent venir l'épuisement, des cercles rouges éclatent dans ses yeux. Mais il veut arriver. Il arrivera. Le sang coule dans sa chaussure. Il chancelle. Il se raidit, se broie les mâchoires à serrer les dents. Des talons à l'épaule, à son bras levé crispé en anse, il est un seul muscle de fer. Son corps pousse ses pieds, pousse les mètres, pousse l'air qui résiste. Encore, encore. Arriver. Le bout du chemin. Une jambe. Un pieu. Une colonne. Arriver...

Voici la Chapelle, et le figuier aux branches tordues, le figuier de miracle que les gels épargnent. Sur le cyprès noir, une écharpe de neige s'est déchirée. La neige cache les éboulis de la Chapelle, dont les murs échancrés se dressent, neufs, au-dessus d'un tapis de douceur, dans l'air qui devient rose.

Une brusque douleur tord le bras dressé de Jean, une crampe lui broie les muscles. Son fardeau lui échappe, glisse le long de sa poitrine, tombe devant lui. Sa main sans force s'est fermée sur un coin de la couverture qui se déploie sur lui et le drape de blanc. Marie a plongé dans la neige où se sont enfoncés sa tête et ses cheveux blonds. Puis elle a basculé, sa chemise remontée jusqu'aux cuisses, ses bras à peine écartés du corps. Le bout de ses doigts gris, et son visage et ses pieds nus, et ses genoux minces sont enfoncés dans la neige.

Jean s'agenouille près d'elle. Il halète, le visage tordu. La sueur et les larmes lui salent les lèvres. Les muscles durcis de ses bras peu à peu se détendent, la douleur s'en va d'un seul coup. Il ouvre et ferme sa main engourdie. Doucement, il la pose sur l'épaule de Marie. Il sent la chair rigide sous l'étoffe.

Doucement, il retourne Marie, il lui tourne le visage vers le ciel. Elle obéit toute à la fois à sa main. Le ciel est rouge au-dessus du Rocher. L'épervier qui ne sent ni l'hiver ni l'été commence sa ronde dans l'air haut qui jamais ne se réchauffe. Jean râle d'horreur. La bouche de Marie est ouverte et pleine de neige. Son œil gauche est ouvert, glauque, terne. Jean tombe en avant, la tête sur la poitrine de la morte, et gémit et se mord le poing. Il sent sous sa joue les côtes dures, les seins aplatis, raides et froids. Marie !... Il hurle. Marie !... Non, ce n'est pas Marie, ces os, cette viande glacée, cette grimace, cet œil de lapin !...

Il se relève, il titube, il n'a plus que quelques pas à faire, il laisse là ce cadavre étranger, quelques pas à faire jusqu'à l'endroit vers lequel il est venu de si loin pour la rejoindre, le saut blanc dans la neige vers les amandiers.

Quelques pas... Le Rocher éclate de rouge au soleil levant. Les amandiers ourlés de neige, noirs et blancs, noirs et roses au reflet du Rocher, sont dentelles de fleurs et de branches, dentelles, robe légère autour de Marie dansante, et l'épervier en rond couronne ses cheveux d'or. L'écharpe de neige autour du cyprès et le ruban de fumée qui monte de la vallée bleue encore de nuit s'enroulent à ses épaules rondes. Son rire chante avec les coqs, et le cri de son amour monte à travers la chair du Rocher. Ses mains fleuries, ses mains oiseaux se posent à tous les reflets du matin sur la neige. Son souffle, le parfum de sa peau sur l'herbe froissée tourbillonnent, vrillent l'air immobile, et sa voix jamais éteinte murmure et caresse :

« Jean... mon Jean... toi... mon Jean... mon amour... »

Quelques pas à faire. Quelques pas qu'il ne peut pas faire, qu'il ne fera pas jusqu'au dernier, à cause de Marie vivante, Marie d'hier et de demain, légère, chaude, présente en lui et hors de lui, dans le monde qu'il a vécu et celui qu'il va vivre, le monde qu'elle lui a ouvert avec sa joie et ses souffrances, le monde des hommes dans lequel il vient d'entrer, avec elle près de lui, toujours.

Etendu près du gouffre, il sanglote, il râle, il saigne, il pleure à pleines larmes dans la neige, son sang et ses larmes trouent la neige ; il vit.

Le Rocher ruisselle d'or, la neige s'émeut, la terre en ses profondeurs sait que le soleil qui s'était détourné d'elle lui revient. D'innombrables peuples de germes, encore emprisonnés dans les écorces dures, arrondissent les muscles qui les feront craquer. Les vieux amandiers tors, au bout de leurs lointaines racines, sentent se préparer le prochain printemps. La neige sera devenue rosée, les grillons enfouis jailliront de leurs trous en chantant. Les hommes mûrs, les hommes las, iront à leur tâche avec les joyaux et les larmes et les cendres de leur jeunesse bien secrètement enfermés en eux. Des adolescents bouleversés embrasseront leur première fille. Des fleurs montera l'odeur de l'amour.

LA CHARRETTE BLEUE

La rue Gambetta est déserte.

Il fait très chaud. C'est un après-midi d'été, l'heure où l'on reste chez soi, derrière les volets de bois plein, bien clos. Ma mère est debout, seule, au milieu de la rue. Elle s'est placée en plein soleil pour que je la voie bien, elle a le bras droit levé, elle tient quelque chose dans sa main et elle m'appelle :

— René ! René !...

Je suis au bout de la rue, devant l'atelier d'Illy, le charron, avec des copains de mon âge et aussi quelques vieux qui ne veulent manquer aucune occasion de se distraire, et qui ne craignent pas de transpirer, parce que tant d'étés successifs leur ont depuis longtemps pompé toute l'eau du corps. Nous regardons Illy se livrer à une de ses opérations magiques. Sur un grand cercle de fer couché à terre il a entassé des copeaux et des morceaux de bois sec, déchets légers de son atelier, puis d'autres plus gros, et les a allumés en quatre endroits, en croix. Maintenant, une couronne de feu brûle sur le cercle. La morsure de la braise et des flammes l'oblige à grandir. Il s'étire, se dilate, s'ouvre encore. Il faut qu'il devienne aussi grand, plus grand que la roue de bois neuf qui l'attend, couchée à quelques pas de lui, et à laquelle il est destiné à s'unir. C'est une des deux roues de la charrette qu'Illy vient de fabriquer, en quelques mois de travail. Elle lui a été commandée par un fermier des Estangs.

Pour un paysan, acheter une charrette neuve est un événement. Le client d'Illy a dû réfléchir longtemps avant de se décider. Il va falloir la payer. Les paysans de Nyons ne sont pas pauvres. Ni riches. Ils vivent presque sans argent. Ils produisent tout ce qui est nécessaire aux besoins quotidiens. Ce qui s'achète doit durer. Les vêtements durent toute une vie. La charrette servira à celui qui l'a commandée et aussi à son fils et à son petit-fils. Du moins il le pense. Il ne peut pas imaginer la camionnette, le tracteur, et le cercle infernal de dettes dans lequel la mécanisation, la production forcée, vont jeter les prochaines générations de paysans. Son petit-fils aura de l'argent, mais plus il en gagnera plus il en empruntera. Lui ne doit rien. Jamais. Avoir des dettes est une honte. On économise sou par sou, année après année. Aux Estangs, il y a de la vigne. Une bonne vendange, qu'il a vendue, et une bonne saison de vers à soie ont brusquement permis de compléter la somme nécessaire. Il a commandé la charrette...

Illy l'a fabriquée pièce par pièce, de ses mains. Il a taillé le bois de chêne, forgé les pièces métalliques, assemblé peu à peu les morceaux. C'est son métier. Il fait aussi des portes, des rampes d'escaliers, des meubles. Mais la charrette est un monument. Terminée, elle occupe tout le devant de son atelier, posée sur de lourds tréteaux. Elle attend ses roues pour prendre vie. Elle est longue, basse, nue, couleur de miel. Elle sent bon, elle sent l'arbre. Ses deux longs brancards, puissants, entre lesquels sera emprisonnée la masse vivante du cheval, s'élancent au-devant d'elle comme pour lui ouvrir son chemin dans les savanes ou dans les vagues. Elle a l'air d'une galère qui va prendre la mer. Quand il lui aura donné ses roues, Illy la peindra.

— René ! René !...

J'entends mon nom crié par ma mère. Je me retourne, et je la vois, droite dans la lumière, le bras levé, vêtue de gris jusqu'aux chevilles. Il n'y a plus de couleurs sur les femmes, la guerre a mis le deuil partout.

Cette image immobile, en trois dimensions sculptées par le soleil, s'est gravée à tout jamais dans mes yeux. C'est le seul souvenir précis que je garde de ma mère bien portante. Des années plus tard j'ai su à quoi elle ressemblait : à la statue de la Liberté. Elle en a l'élan vers le haut, et la promesse, et l'équilibre. Avec, en plus, un rire radieux sur le visage tandis que je cours vers elle. J'arrive sans ralentir, je me jette sur elle, je me soulève, elle se baisse, elle m'embrasse, je l'embrasse, elle est heureuse, je suis bien, le soleil nous brûle...

Elle me donne ce qu'elle me montrait de loin, si haut dans sa main : c'est mon goûter, une tranche de pain et une demi-barre de chocolat.

Je repars en sautant et courant. Elle me crie :

— Fais attention de pas te tomber !...

En Provence, le verbe tomber est transitif. On dit « Je me suis tombé... », « J'ai tombé mon mouchoir... » C'est normal.

Je réponds :

— Voui !...

Mon premier étonnement, lorsque j'avais appris à lire, avait été de constater que « oui » s'écrivait sans V. Mais je continuais de le prononcer. Majuscule...

Je commence à sucer le chocolat. Le pain, on verra après... C'est du chocolat lourd, en grosses barres, sec, sablonneux sous la dent. Même la chaleur d'août ne parvient pas à le ramollir. Pour ma mère, ce chocolat bon marché, c'est l'image du luxe, qu'elle est heureuse de pouvoir m'offrir. L'argent ne lui manque pas, la boulangerie va bien, mon père, de retour de la guerre, a recommencé à faire le meilleur et le plus beau pain du monde, et elle ne m'a jamais refusé ce qu'il me fallait pour les illustrés ou les livres dans lesquels je me plonge pendant des heures. Mais elle est fille de paysan, et le chocolat a gardé pour elle le prestige de la nourriture rare, non nécessaire, qu'il faut acheter, alors que la nourriture dont on se nourrit tous les jours, on la fait pousser, elle ne coûte que du travail. Pendant son enfance, elle n'a mangé du chocolat que pour les grandes fêtes, Noël, Pâques, ou son anniversaire. Et moi j'en mange tous les jours. Elle est heureuse...

L'ai-je assez embrassée, assez aimée pendant qu'il était temps ? Non. Sûrement pas. J'étais un enfant insouciant, elle était ma mère, et ma mère était là pour l'éternité. Mais, très peu de temps après cette image immobile, la maladie l'a frappée comme la foudre, une maladie abominable qui, avant de la tuer, l'a interminablement torturée et transformée en quelqu'un, presque en quelque chose, qui me faisait peur. Elle avait quarante et un ans quand elle est morte. Elle s'était mariée à seize ans.

Avec de longues pinces coudées, Illy et son fils saisissent le grand cercle surchauffé, l'arrachent aux braises, et le portent au-dessus de la roue couchée. Ils l'abaissent jusqu'à son contact, le lâchent, Illy l'ajuste rapidement à coups d'une lourde masse. La roue s'enflamme. Illy l'arrose, arrose le cercle, qui se contracte et serre la roue dans son muscle de fer. La roue craque, l'eau siffle, un nuage de vapeur monte et se dissipe dans l'air de l'été. La noce de feu est finie. Le couple est joint pour la vie. L'air de l'après-midi a une odeur d'incendie.

Les petits vieux s'en vont, en causant, à petits pas, à petits mots, jusqu'à la terrasse du café de la Lucie, juste à côté, s'asseoir à l'ombre. Je rentre à la maison précédé par Friquet, mon chien, un fox-terrier blanc et noir, qui poursuit une poule rousse. Elle a l'habitude, elle le connaît, il est à peine plus gros qu'elle, elle n'a pas peur, elle court par conviction, elle l'insulte en battant des ailes. « Tu ne pourrais pas trouver un autre jeu, crétin à poils ? » C'est la poule de Mme Girard qui habite au premier étage à côté de chez nous. Mme Girard passe ses journées derrière ses volets entrouverts, elle guette, elle regarde la rue, c'est son théâtre, elle surveille sa poule, elle me surveille aussi, elle m'aime bien, elle a toujours peur qu'il ne m'arrive quelque chose. Parfois elle ouvre un de ses volets et me crie :

— Tu peux pas marcher, au lieu de courir, tout le temps ? Tu vas encore te tomber !...

Les rues ne sont pas asphaltées, mais empierrées. Quand on court, de temps en temps, on butte sur un caillou, et on part en vol plané, c'est fatal. Et sur cette chaussée râpeuse, on s'écorche les genoux et les paumes des mains. Quand cela arrive, Mme Girard ouvre ses deux volets et crie :

— Le René s'est tombé !...

Moi je hurle. Je ne bouge pas, j'attends qu'on vienne me ramasser. De la boulangerie jaillissent une femme ou deux, affolées, on se précipite, on me relève, on m'embrasse, on me console, on m'essuie le nez, on me lave, on me noue un mouchoir autour du genou. Mme Girard referme ses volets.

Tous les garçons du quartier ont grandi avec les genoux couronnés. J'étais un des moins blessés parce que des moins remuants. Je préférais lire.

Mon univers de lecture, tranquille, séparé du monde, je me l'étais aménagé dans la boutique — on disait le « magasin » — au-dessus des balles de son, au ras du plafond. Je ne pouvais m'y tenir qu'allongé, couché sur le ventre, le menton dans les mains, un livre sous les yeux. A quelques centimètres de ma tête, la glace verticale de la vitrine m'apportait la grande lumière de la rue. Je passais là des heures fabuleuses en compagnie de Jules Verne, Mayne Reid et d'autres magiciens moins célèbres dont j'ai oublié les noms.

Parfois, en plein été, il pleuvait. De grands coups de tonnerre ébranlaient le monde, déchiraient le réel en lambeaux. La pluie énorme zébrait la vitrine, noyait la rue, un passant affolé courait en vain, transpercé par les lances d'eau, la rigole le long du trottoir devenait fleuve Jaune hérissé de cyclones, une odeur de tropiques trempés se mêlait à la senteur douce et tiède des balles de son. Je me ratatinais de peur et de bonheur dans mon asile doré, je partais en voyage fantastique, la forêt vierge, Vénus, *Cinq Semaines en ballon*... Ma mère, brusquement inquiète, levait la tête vers le plafond, demandait :

— René, tu es là ?

Je soupirais :

— Voui...

Le jeudi, jour du marché, il arrivait souvent que mon asile fût démantelé : les paysans venaient acheter non seulement du pain par vingt ou trente, parfois quarante kilos à la fois, mais aussi du son, qu'ils utilisaient dans la pâtée des poules et des lapins. Mon grand-père en jetait aussi une poignée dans le seau d'eau qu'il donnait à boire à son cheval. Il n'y avait pas d'abreuvoir dans sa ferme. L'eau était trop rare. C'était l'eau du puits qu'il avait creusé lui-même, avant de bâtir sa maison. Dans les grands étés, le puits était presque sec. Alors on allait chercher l'eau dans la Caverne. Obsédé par le besoin d'eau, le grand-père s'était enfoncé à coups de pic dans la montagne, droit devant lui à travers la roche et l'argile. Il avait creusé une amorce de tunnel, en cul-de-sac. Je me souviens de la première fois où j'y entrai. Je partais, mon broc à la main, en courant, comme toujours, quand ma grand-mère me rappela :

— Attends ! Viens ici !... Tu vas attraper le mal de la mort !...

Elle me posa sur les épaules son fichu, en tourna les deux pointes autour de ma taille et les noua derrière mon dos. C'était un fichu noir. Elle était en deuil de ses deux fils. L'un avait été tué à la guerre, l'autre s'était suicidé en Afrique, d'un coup de fusil, dans son régiment. Cette mort est restée enveloppée de mystère, on n'en parlait jamais dans la famille, je n'ai pas pu savoir quel désespoir avait armé le bras de ce garçon superbe. Ses camarades se sont cotisés pour lui faire ériger une pierre tombale avec une inscription qui disait leur estime et leur amitié. Le comptable de la compagnie a renvoyé à son père les quelques francs trouvés dans son paquetage, avec un dessin à la plume de la tombe qu'il avait fait lui-même, et ses regrets.

J'ai traversé en courant le verger d'oliviers, brûlé de soleil et de chants de cigales. A l'autre bout s'amorce la colline et là, comme dans un pli de l'aine, poussent un peu d'herbe fraîche et quelques buissons. C'est ce signe d'humidité qui a indiqué au grand-père où il devait creuser. L'entrée de la caverne est comme un œil noir dans un visage fauve. Avec des cils verts.

Dès que je la franchis je frissonne. L'intérieur de la chair de la terre est froid. Au bout de deux pas je suis glacé de silence. Le chant des cigales est resté dehors avec la chaleur. J'avance avec précaution, avec respect. Le sol est mou sous mes pieds. Le jour est lui aussi resté à l'extérieur. La pénombre devient ombre. Aux parois poussent quelques touffes de capillaire. Je sais ce que c'est, j'en ai trouvé une feuille chez mon oncle, aux Rieux, entre deux pages d'un livre : *Les Aventures du chevalier de Pardaillan*. Mais je n'avais jamais rencontré cette plante vivante. Elle ne se montre pas au grand jour. Il faut aller à sa découverte dans les replis cachés de la terre.

Je m'arrête brusquement. L'eau est là, si transparente que je ne l'ai pas vue, et j'ai mis le pied dedans. La nappe est peu profonde. Pour emplir mon broc je suis obligé de le coucher. La caverne continue au-dessus de l'eau et disparaît dans le noir. L'eau arrive à travers les roches, on ne sait comment, elle ne coule pas, il n'y a pas de source, on n'entend même pas une goutte tomber du plafond. C'est le sang rare de ce pays sec qui exsude dans la plaie que la main de l'homme lui a faite. Il faut le respecter, ne pas le gaspiller, surtout ne pas le salir.

Ma grand-mère m'a bien recommandé de ne pas boire dans la grotte. L'eau est trop froide, trop minérale, pas humaine. Il faut attendre qu'elle se soit familiarisée avec notre monde. Ma grand-mère est une petite femme menue et vive comme une fourmi. Comme une fourmi, elle a travaillé pendant toutes les minutes de toute sa vie, sans s'arrêter, sauf pour dormir. Elle soulève le broc à deux mains et le vide dans le seau posé à l'intérieur de la cuisine sur le rebord de la fenêtre. Là, l'eau voit la lumière et se met à la température des hommes. Une louche est accrochée au seau, un verre posé près de lui. Quand on a soif, on prend avec la louche juste ce qu'il faut pour la soif, et on le vide dans le verre. Pas une goutte gaspillée. C'est ainsi qu'on boit l'eau précieuse.

La ferme du grand-père, la Grange, comme on l'appelait, est aujourd'hui la propriété d'un de ses arrière-petits-fils, qui porte le même prénom que lui : Paul. Quand il en a pris possession, elle était presque en ruine. Avec le même goût, la même obstination que son aïeul, du travail de ses propres mains il l'a restaurée et embellie. Les temps ont changé : il a l'eau courante.

Au puits ou à la caverne, on n'allait pas chercher l'eau avec une cruche. La cruche c'est du folklore à l'usage des petits Parisiens à l'école. C'est fragile, c'est lourd, ça s'ébrèche, ça se casse, et alors il faut la remplacer. On a des seaux et des brocs en fer-blanc. Inusables. Quand la rouille y fait un trou, ça se bouche, avec de la soudure. Une fois par an passe le rétameur, avec son âne que tout son fourniment rend bossu. Il s'installe en plein air, place de la République, sous un marronnier. Il allume son feu entre des briques, met son étain à fondre dans son grand chaudron noir. Les ménagères en robe noire ou grise lui apportent leurs brocs troués, les faitouts, les bassines, et les couverts de fer à rétamer, et les grandes casseroles en cuivre, pour les confitures.

Et nous sommes de nouveau là, les gamins, en cercle autour du feu, dans le soir qui tombe. Le rétameur, un vieil homme à la barbe grise et jaune, assis contre le tronc du marronnier, frotte son fer à souder sur une pierre transparente, qui fume. Puis il l'applique sur la barre de soudure, au cul d'une bassine. Le métal, qui était dur et gris, tout à coup fond et coule, brillant comme la lune. C'est la magie.

Le chien du rétameur a la même couleur que la barbe de son maître. Il dort en rond, à côté de lui. Il est maigre. Son maître aussi. Ce n'est pas un métier qui permet de s'offrir de grosses nourritures. L'âne, lui, a la chance de cueillir sa pitance le long des chemins.

Il fait presque nuit. Les mères vont nous appeler pour le souper. Un lac d'étain luit dans le chaudron noir. Au bout d'une pince, le rétameur y plonge une vieille fourchette, une passoire, une louche grisâtre, les en ressort transfigurées en robe d'argent neuf. Ça sent l'acide et le feu et le métal à vif. Un marron tombe du haut du marronnier, d'une branche à l'autre, toc, toc, jusqu'aux feuilles mortes. A l'autre bout de la place, un autre ambulant a installé son feu. C'est le maître de l'alambic. Il distille la lavande qu'on lui apporte. Elle embaume tout le quartier.

Il n'existe pas encore de champs de lavande cultivée. Elle pousse en liberté, sauvage, au-dessus de Nyons, sur la joue rocheuse du Devès, ou plus loin dans la montagne, du côté de Sainte-Jalle et de Tarendol, sur le mont Charamélet, parmi les touffes de buis nain, les genévriers, le thym, les églantiers rampants. C'est là qu'il faut aller la cueillir. Des hommes organisent des équipes de femmes et de gamins, qui cueillent toute la journée, courbés, en plein soleil. C'est long et pénible, mais on est content d'être là, quand on se relève on voit un horizon qui n'en finit plus, plein de dos pelés de montagnes, sous un ciel qui éclate de bleu. Et il y a toujours une cueilleuse en train de chanter. Chaque famille possède un cahier de chansons, précieux, dans l'armoire ou dans un tiroir. On y copie les chansons anciennes, on y ajoute les nouvelles, on y dessine des fleurs et des arabesques aux crayons de couleur. On se l'emprunte d'une famille à l'autre :

— Ah ! celle-là, moi je l'ai pas... Je te la copie ! Tu me la chanteras ?

— Voui...

Les femmes chantent à la maison, à la cour et au jardin, les hommes chantent dans les champs et à l'atelier. Le transistor les a fait taire. Aujourd'hui c'est la ferraille qui chante dans tous les chantiers. A l'homme, il ne reste que la ressource de grogner.

Cueillir la lavande n'est pas sans danger : sur ces pentes surchauffées vit une petite vipère terrible : l'aspic. Elle se cache dans les cailloux et les herbes sèches dont elle a la couleur, et mord la main ou la cheville qui la bouscule. On dit même qu'elle peut sauter et mordre au nez le visage penché vers le plant de lavande.

Le chef d'équipe a toujours une seringue dans sa musette, entre la saucisse et le fromage. Il fait une piqûre. On ne meurt pas.

La place de la République, on l'appelait aussi l'Ancien-Cimetière.

Le cimetière avait déménagé depuis bien longtemps. Les jeunes marronniers plantés sur les vieux morts étaient devenus de vieux arbres. Le nouveau cimetière s'étendait derrière la gare, à Chante-Merle. Dans sa moitié droite on enterrait les catholiques, dans sa moitié gauche les protestants. Je me demandais si le paradis était aussi divisé en deux. A la réflexion, certainement pas : les catholiques pensaient qu'aucun protestant n'entrait au paradis, et les protestants pensaient la même chose des catholiques. Le paradis devait être vide...

Mon père était catholique, ma mère protestante. Leur union constituait un des cas, encore rares, de mariages mixtes. Il s'était fait sans histoires, dans des circonstances que je raconterai plus loin, mais mon grand-père maternel, Paul Paget, le grand paysan protestant sévère et droit, tout en accordant à mon père son estime à cause de ses qualités d'ouvrier, le considéra toujours comme un étranger qu'il avait bien voulu accepter dans sa famille. C'était un peu comme si sa fille, qu'il aimait tant, avait eu le caprice d'épouser un Zoulou. Il regrettait certainement son premier mari qui, lui, était un homme normal, c'est-à-dire un protestant.

C'était aussi un boulanger. Il se nommait Emile Achard. Il s'était établi très jeune, dans une boulangerie minuscule rue Jean-Pierre-André. Une maison mince qui ne comportait par étage que deux pièces, l'une derrière l'autre, et que perçait un escalier serré comme un tire-bouchon. Les pièces s'ouvraient directement sur les marches, sans palier, pour gagner de la place. En bas, juste le magasin et le fournil. Au premier étage, la chambre et une cuisine, avec un fourneau et une table pour manger. Et encore une ou deux chambres au-dessus, accrochées ci et là à l'escalier qui grimpait.

La maison devait dater au moins du XVIIe siècle ou de plus loin encore. Pour des raisons stratégiques, dans ce pays où protestants et catholiques s'entr'égorgeaient sans arrêt, on faisait les rues étroites : l'ennemi ne pouvait pas s'y déployer, et il était toujours possible de l'atteindre du haut d'une fenêtre, d'un coup de mousquet ou en lui lançant sur la tête des objets lourds. Pour lutter, non plus pour la religion mais contre l'ardeur du soleil, on orientait les rues, chaque fois que c'était possible, du nord au sud. Ainsi, vu leur étroitesse, se trouvaient-elles presque constamment à l'ombre, et au frais, même en plein été. La rue Jean-Pierre-André était une des plus étroites et des plus fraîches rues de Nyons. Cela ne fut pas sans influer, même avant ma naissance, sur mon destin. Si elle avait été plus tiède, je ne serais pas né.

Comment l'Emile Achard connut-il la Marie Paget ? Sans doute un jeudi, alors qu'elle accompagnait son père venu chercher le pain de la semaine. Et sans doute portait-elle, dans un panier accroché à son coude, pour les quelques clients qui les retenaient d'avance, les minces fromages de chèvre faits par sa mère, les « tommes » fraîches, fondantes, exquises, caillées de la veille, égouttées de la nuit, couchées entre deux feuilles de mûrier. Elle était belle, vive, gaie, l'œil brillant d'intelligence et de volonté. Elle avait été la première à l'école, la première du canton au certificat d'études. Une faim de connaissance la dévorait. Elle lisait tout ce qui lui tombait sous la main, journaux, catalogues, livres empruntés, tout ce qu'elle pouvait attraper. Son père, Paul Paget, n'avait appris à lire et à écrire qu'après son service militaire, qui dura sept ans. Lorsqu'il eut bâti sa maison, qu'il fut installé, marié, tous les soirs, après sa dure journée de paysan, il mettait sa blouse bleue du jeudi, descendait de la Grange, traversait Nyons et allait s'asseoir à la table de l'instituteur, sous la lampe à pétrole accrochée au plafond. Sans doute commença-t-il, comme un enfant, par faire des bâtons, avec un crayon ou sur une ardoise, puis il prit dans ses doigts raides de travailleur de la terre le mince cylindre de bois prolongé d'une plume sergent-major, plongea la plume dans l'encre noire... Il dut faire bien des « pâtés » avant de savoir écrire son nom.

Il était, lui aussi, intelligent et volontaire. Quand il sut lire et écrire, il apprit l'histoire et la géographie, et il écouta l'instituteur lui réciter *Mon père ce héros* et *Waterloo, Waterloo, morne plaine*. Victor Hugo, c'est le cœur de la France, tous les Français doivent, un jour ou l'autre, l'entendre battre.

Pour le calcul, il n'avait pas besoin de l'instituteur. Ces paysans, parfois même ces artisans et ces commerçants, pour qui une page imprimée était aussi incompréhensible en français qu'en chinois, savaient compter, multiplier, diviser, soustraire. Nous ne pouvons pas imaginer comment ils se représentaient les chiffres et les nombres, mais ils connaissaient tous ceux dont ils avaient besoin.

Paul Paget devint conseiller municipal et siégea longtemps au conseil où il défendit les droits des petits paysans et du quartier des Serres. Son esprit était clair, son honnêteté d'acier et de cristal. A ceux qui, nombreux, venaient lui demander conseil, il ne savait indiquer que le chemin de la droiture, même si c'était un chemin raide. Pendant la guerre, alors qu'il était déjà un vieil homme, mais vigoureux comme à quarante ans, son cheval tomba malade. C'était un malheur : le cheval était le moteur universel de la ferme, pour tous les travaux et tous les transports. Le vétérinaire mobilisé, une sorte de vieux rebouteux d'animaux le remplaçait. Il examina la bête, dit qu'elle ne passerait pas la semaine, et conseilla à Paul Paget, afin d'éviter une perte sèche, de la vendre pour la boucherie. Il pourrait lui indiquer un boucher qui le paierait honnêtement. S'il attendait que la bête meure, il faudrait payer l'équarrisseur pour la faire enlever.

Vendre une bête malade pour la boucherie ? Lui, Paget ? Ecarlate de colère, il souleva le personnage par le cou, le porta jusqu'au portail de la ferme et le jeta dans le chemin. Puis il alla se laver les mains...

Emile et Marie se rencontrèrent-ils en dehors de la présence du père Paget ? C'est possible. Elle était assez fine, et assez volontaire, si le garçon lui avait plu, pour oublier son panier derrière un sac de farine et revenir le chercher quelques minutes après, seule. Et faire comprendre, d'un mot et d'un sourire, qu'elle n'était pas indifférente. Lui était un timide et un tendre.

Ce que je sais du premier mariage de ma mère est fait de souvenirs qui ont traversé plusieurs mémoires avant de parvenir à la mienne. S'ils ne se sont pas éteints en route, c'est qu'ils étaient porteurs de la lumière de deux âmes.

Un jour, Emile se décida. Il mit son habit du dimanche, laissa le magasin à la garde de sa mère, traversa Nyons, descendit vers Sauve, qui est une rivière de cailloux, traversa un filet d'eau sur une planche qui servait de pont, et commença à grimper la pente de la colline des Serres, vers la Grange.

Le chien l'annonça bien avant son arrivée. Tous les chiens successifs de la Grange se sont nommés Lion. Les deux que j'ai connus se ressemblaient tant qu'ils semblaient le même, hirsute et maigre. Dans une maison où on mangeait peu, il n'y avait pas beaucoup pour le chien. Pour élever honnêtement et proprement cinq enfants sur cinq hectares, il ne faut pas faire grosse chère.

Emile émergea d'entre les oliviers, passa sous le chêne et découvrit la Grange. Elle occupait un court plateau au sommet de deux pentes, comme une petite forteresse pacifique. Partant de la maison et y revenant de l'autre côté, un muret entourait l'aire où l'on bat le blé, où s'élevaient la meule de paille, un cerisier et un mûrier et où les poules grattaient le fumier. C'était du fumier de chèvres et de lapins, un fumier sec, qui sentait l'herbe. Paul Paget ne voulut jamais élever de cochon, qui est une bête sale. Il n'y avait pas assez d'eau pour se tenir propre avec un cochon dans la ferme. Quant aux vaches, il n'était pas possible d'y songer, toujours faute d'eau et de pluie pour faire pousser l'herbe. Ça mange énormément, une vache, ça n'arrête pas. C'est une bête pour paysan riche, sur un sol gras.

Afin d'empêcher les poules de s'évader, il avait surmonté le muret d'un grillage qui complétait la clôture presque hermétique de la Grange. Je ne suis pas certain que le choix de son emplacement, d'où l'on « voyait venir », et la forme qu'il donna à l'ensemble de sa maison et de ses dépendances n'aient pas été inspirés à Paul Paget par la vieille méfiance des chefs de famille protestants, toujours menacés d'être détruits, vies et biens, avec tous les leurs. Certes on était en paix depuis la République, mais... Il n'y pensa peut-être pas mais l'instinct défensif héréditaire pensa pour lui.

Alerté par le Lion, il vint jusqu'au grillage et vit arriver le jeune boulanger. Celui-ci s'immobilisa de l'autre côté du grillage, en face de lui, et lui dit aussitôt :

— Bonjour, monsieur Paget, je viens vous demander votre fille Marie, pour nous marier.

Je ne sais rien de plus sur cette singulière demande à travers les yeux ronds du grillage. Il est probable que Paul Paget fut un peu estomaqué mais ne le laissa pas voir, qu'il invita son visiteur à entrer et le fit asseoir en face de lui dans la fraîcheur de la grande cuisine. Et sa femme dut servir aux deux hommes un petit verre d'eau de noix...

Quant à la réponse, je n'en doute pas, c'est l'intéressée qui la donna. Elle ne se fût jamais laissé imposer ce garçon-là ou un autre si elle ne l'eût accepté, et elle se serait battue pour l'avoir si on le lui eût refusé.

Ils se marièrent. Elle vint habiter Nyons. « En ville. » La boulangerie était petite et le boulanger pauvre, mais c'était quand même un progrès social.

Dans la maison étroite de la rue obscure, Marie fut à la fois source et soleil. Gaie, travailleuse, ingénieuse, connaissant le prix de chaque effort, et combien il est difficile de faire surgir un épi de blé ou un sou, elle sut très rapidement, malgré sa jeunesse, organiser le fonctionnement de la petite cellule familiale et professionnelle. Elle tenait le ménage, le magasin, les « carnets » des clients qui ne payaient qu'à la fin du mois, faisait la cuisine, coupait et cousait ses robes, et, à chaque minute libre, lisait. Sa passion de la lecture la tenait éveillée tard le soir, mais elle aimait aussi beaucoup dormir et quand le réveil sonnait à trois heures du matin, elle disait en soupirant à son mari qui se levait pour pétrir la première fournée :

— Ouvre les volets : quand le jour viendra, il me réveillera et je descendrai.

Il ouvrait les volets, embrassait doucement sa jeune femme déjà en train de se rendormir, et allait commencer les préparatifs de la fournée. Quand il jugeait que le sommeil de Marie était redevenu assez profond, il sortait dans la rue et, avec le manche de la longue pelle qui servait à enfourner le pain, refermait doucement les volets, pour que le jour n'éveillât pas celle qu'il aimait.

Ce geste d'amour si simple, si vrai, me paraît aussi beau que le dialogue de Roméo et Juliette.

« Non, ce n'est pas le jour, ce n'est pas l'alouette... »

Marie ne l'a jamais oublié. C'est elle qui l'a raconté, plus tard, en souriant, au soir de sa courte vie.

Mais déjà, à trente kilomètres de là, à Tarendol, se préparait, sans le savoir, à entrer dans son existence celui qui allait devenir mon père, Henri Barjavel.

C'était alors un gamin, dernier-né des quatre enfants d'une famille de paysans très pauvres, à la limite de la misère.

Tarendol, c'est de la marne bleue recouverte de quelques centimètres de cailloux. Depuis des siècles, sans doute depuis des millénaires, des hommes maigres s'obstinent à vivre de cette terre sèche. Le nom du hameau, d'origine préceltique, signifie « un lieu élevé où il y a de l'eau ». C'est à cause de ce filet d'eau que quelques familles se sont rassemblées là, sur la joue du mont Charamélet. A cause aussi du chemin muletier qui y passait et reliait la vallée de l'Ouvèze à la vallée de l'Aygues, en franchissant le col d'Ey et le col de Soubeyrand, fragment d'une longue voie qui reliait par les montagnes la mer Méditerranée au plateau du bas Dauphiné. Doublure ardue, difficile, tortillarde, de la large voie romaine qui empruntait la vallée du Rhône. On dit qu'Annibal et ses éléphants ont passé par là. Il y a une « Font d'Anibau » (Fontaine d'Annibal) près de Buis-les-Baronnies sur l'Ouvèze. Les Sarrasins, eux, sûrement, ont passé ou séjourné à Tarendol : en grattant avec leur araire la mince couche de terre cultivable, les paysans mettaient parfois au jour une de leurs tombes, près de la chapelle du Mas. C'est là que mon grand-père Barjavel avait son champ le plus fertile, où il pouvait récolter un peu de blé sec et dur. Le chemin qui y conduit suit le sommet en lame de couteau d'une vague de marne bleue. En revenant du travail, exténué, le grand-père entortillait autour de son poignet la queue de sa mule et, se laissant tirer et guider par elle, dormait en marchant.

Arrivé à la ferme, la mule rentrée et pourvue de foin, il montait l'escalier de pierre et allait ouvrir le petit placard creusé dans le mur et dont personne d'autre que lui n'eût osé toucher la porte. Là se trouvaient ses trésors personnels : le reste du paquet de café acheté pour Pâques, un bout de lard, une demi-plaque de chocolat, jaunie de vieillesse. Il en dégustait un fragment, c'était son privilège, il en offrait parfois à un enfant ou à un hôte de passage.

Une fois par an passait le colporteur. Il montait du sud vers le nord, traversait les cols successifs, à pied, naturellement, portant sa marchandise dans sa boîte en bois pendue à l'épaule par une courroie de cuir. Il vendait du fil, des aiguilles, des couteaux « 32 Dumas Aîné », un almanach qui contenait les lunaisons, les prévisions du temps, les dates des foires et des recettes d'onguents. Il retrouvait toujours sa fidèle clientèle. On attendait son passage pour renouveler la bobine de fil : ses prix étaient moins élevés que ceux des épiciers de Saint-Sauveur. Il gagnait peu mais ne dépensait rien. A chaque étape il trouvait logis et nourriture. Il vivait de son voyage, comme un oiseau.

A Tarendol c'est chez les Barjavel qu'il s'arrêtait. Il mangeait la soupe avec la famille, dormait au chaud avec les brebis, et repartait à l'aube après une autre assiettée de soupe, et s'être mouillé le nez et les joues à la fontaine qui avait fait naître le hameau. Un mince fil d'eau venu de l'éternité coulait dans un petit bassin. On y abreuvait les mules, on y trempait le linge, on s'y lavait peu. C'était toute l'eau du village.

La fontaine ou plutôt son bassin, je l'ai retrouvé à mon dernier voyage à Tarendol, l'an dernier, jeté au rebut dans un champ. Je me suis alors aperçu que ce bassin, qui contenait plus d'un mètre cube, avait été taillé entièrement dans un seul bloc de pierre. Par quel paysan têtu, il y a combien de siècles, au prix de combien de milliers de coups de marteau sur le ciseau de fer ?

Une nouvelle fontaine la remplace, une eau plus abondante coule dans deux bassins en ciment. Le chemin des cols est devenu une route asphaltée sur laquelle roulent les camionnettes.

Au temps où Henri Barjavel était un enfant, les seuls arbres fruitiers qui poussaient autour du hameau étaient les amandiers à l'écorce noire, toujours à moitié morts de gel ou de sécheresse. Leurs branches rêches, presque sans feuilles, dessinaient sur le bleu du ciel des hiéroglyphes d'agonie. Mais ils avaient leur moment de gloire : fin février, début mars quand l'hiver avait été très rude, ils se couvraient de fleurs pour appeler le printemps. Pendant quelques jours leurs vieilles silhouettes anguleuses se transformaient en bouquets éclatants, d'un rose très pâle, presque blanc, offrant l'exemple de l'espoir jamais détruit.

L'amande était le seul fruit qu'on pouvait stocker pour aller le vendre au marché de Nyons. Il ne risquait pas de pourrir. Depuis que des camions rapides ont remplacé les mules, on a planté sur le Charamélet des abricotiers qui donnent d'admirables fruits fragiles, tôt cueillis et transportés. Des champs de lavande cultivée ont remplacé les lavandes sauvages. Les paysans de Tarendol mangent aujourd'hui à leur faim et même s'enrichissent. C'est bien leur tour, après dix mille ans...

Autour de la fontaine, le village a aiguisé sa faim pendant des millénaires. Avant l'arrivée des Celtes, Tarendol existait déjà. Ses maisons de pierre ont succédé à ses maisons de pierre à mesure que le temps les écrasait. La maison des Barjavel s'est écroulée une fois de plus. Je n'ai retrouvé à sa place, l'an dernier, qu'un amas de cailloux parmi lesquels rouillait le soc de la dernière charrue. Je l'ai emporté. J'aurais voulu emporter aussi une des deux poutres, jetées à l'écart à côté de la vieille fontaine. C'était de simples troncs de chênes maigres, non équarris, à peine écorcés, tordus de leur vivant par la soif, pétrifiés depuis par l'interminable effort de leurs muscles sous le poids des tuiles et du soleil.

Mais qu'aurais-je fait de cette relique dans mon appartement parisien ? Le soc de l'araire, au contraire, dérouillé, astiqué, passé à la mine de plomb, fait bon ménage avec mes livres. Il excite la curiosité de mes visiteurs :

— Oh ! quel étrange objet ! Qu'est-ce que c'est ?

Ils le touchent du bout des doigts. Avec précaution. Ils croient que c'est de l'art abstrait.

Je ne relèverai pas la maison des Barjavel : ses ruines ne sont pas à moi. La boulangerie de Nyons ne m'appartient pas non plus. J'ai été poussé par le vent hors de mon pays, comme un navire. Peut-être un jour retournerai-je au port, mais la coupure entre l'avenir et le passé est faite. Mes enfants sont nés à Paris. Pour eux, Tarendol, c'est Cro-Magnon. Mes petits-enfants n'y sont jamais venus. C'est ainsi qu'on perd ses racines.

Marie eut son premier enfant à vingt ans. Elle lui donna le prénom de son père : Paul.

Un enfant, c'était la merveille, mais un surcroît de travail pour la mère. Le boulanger pensa à prendre un apprenti qui serait aussi un petit domestique et la soulagerait. Lui-même, aidé au fournil, pourrait s'occuper davantage du magasin. A la foire de Nyons, quelqu'un de Bellecombe[1] apprit que l'Emile Achard cherchait un apprenti. De Bellecombe, la nouvelle parvint à Tarendol et fit réfléchir le Joseph Barjavel.

L'aîné de ses fils était parti comme facteur des Postes en Algérie, sa fille était mariée, il restait à la maison deux garçons : l'Auguste et l'Henri, une bouche et deux bras de trop sur cette marne à cailloux. Et apprendre le métier de boulanger c'était s'assurer un avenir nourricier. Auguste aidait déjà son père aux champs. Henri, à treize ans, venait d'échouer brillamment à son certificat d'études. Il n'avait pourtant pas grand chemin à couvrir pour aller en classe : l'instituteur habitait chez les Barjavel, et y faisait l'école, au-dessus de l'écurie de la mule. Mais Henri n'y assistait que les jours de pluie. Les autres jours il gardait les moutons. Et il ne pleut pas souvent à Tarendol.

Joseph Barjavel décida que son fils Henri serait boulanger. Le jeudi suivant, il fit demander, par un voisin qui allait au marché de Nyons, l'accord d'Emile Achard. Celui-ci demanda à voir Henri.

Ils partirent tous les deux à l'aube, le père et le fils, pour faire le chemin à pied. Il y a une trentaine de kilomètres de Tarendol à Nyons, ce n'est pas un monde, cinq ou six heures de route, sans traîner ni se presser.

Et Marie vit entrer dans la boutique étroite de la rue Jean-Pierre-André un grand homme maigre vêtu et coiffé de noir, anguleux comme un amandier d'hiver, qui tenait par la main un garçon superbe aux cheveux bruns bouclés et aux yeux bleus.

Joseph Barjavel rentra tout seul à Tarendol.

N'allez pas imaginer dès maintenant quelque intrigue sordide entre une jeune patronne et un apprenti grandissant. Nous ne sommes pas ici dans un roman de Zola, mais dans la vie réelle, plus belle et plus terrible. Marie et Henri ne sont pas des personnages, mais des êtres vrais, et leurs pensées et leurs sentiments sont clairs. Dans leur dure enfance, leurs parents leur ont appris à être honnêtes, et leur ont, par l'exemple, montré, chaque jour, à chaque heure, qu'il n'y a pas d'autre façon de vivre que de se conduire droitement, avec simplicité. Le destin vient de les présenter l'un à l'autre, c'est lui qui se chargera de les réunir et de les séparer. Et son double visage montre plus souvent la face du malheur que celle de la joie.

Pour Henri, descendre de Tarendol à Nyons constituait un changement formidable. Nyons, c'était la Ville, avec ses magasins, ses cafés, son Champ-de-Mars et ses jeux de boules, son tambour de ville, ses diligences et son chemin de fer terminus ! C'était la compagnie, l'abondance, la bonne nourriture. On mangeait bien à la table de Marie, de bonnes assiettées bien pleines. On travaillait dur sous la direction d'Emile, mais on apprenait un beau métier. Henri avait droit à son dimanche après-midi, et son patron lui donnait ce jour-là deux sous. C'était tout ce qu'il gagnait. Deux sous, c'est-à-dire dix

---

[1]. Bellecombe (canton de Sainte-Jalle) est la commune dont Tarendol constitue un hameau.

centimes, par semaine. Dix centimes-or, c'est vrai, mais on est quand même loin des contrats actuels d'apprentissage...[1]. Que pouvait faire un garçon de treize ou quatorze ans avec cette somme ? L'économiser ? Ce n'était pas dans la nature de mon père. De ce qu'il a gagné par son travail, rien ne lui est jamais resté entre les mains, et en cela je suis bien son fils. Il est mort à soixante-seize ans plus pauvre qu'à son premier dimanche d'apprenti.

Alors ? Peut-être aller boire une limonade au café de la Poste avec des copains ? Il était très sociable, et gai. Après le désert de Tarendol, se mélanger à la jeunesse de Nyons, ce fut comme se baigner dans la rivière.

Quoi qu'il en fît, cette pièce de deux sous en bronze, à l'effigie de la République ou portant encore, usé par tant de doigts, le portrait de Napoléon III, c'était son premier gain de travailleur, c'était le premier argent lui appartenant, c'était sa fierté et sa joie du dimanche. Il les recevait avec sa liberté.

Quand son patron les lui supprima, ce fut un drame.

Son dernier travail du dimanche, avant de courir de la rue étroite vers le grand ciel du Champ-de-Mars, consistait à « rentrer le bois » pour la première fournée du lundi. Le four était chauffé au bois, c'est-à-dire avec des fagots, entreposés dans une remise de la rue Jean-Pierre-André. Une des tâches de l'apprenti consistait à en apporter dans le fournil, pour chaque cuisson, le nombre nécessaire.

Un dimanche, Henri partit sans avoir rentré le bois, se disant : « Je le rentrerai ce soir. » Il était pressé de retrouver les copains et sans doute les copines. Il allait sur ses quinze ans. Les filles de Nyons, à cet âge, sont hardies. J'en ai fait plus tard l'expérience à mon tour. Nous, les garçons, étions innocents et effarés, mais elles chauffaient comme la braise. A ce feu-là, mon père s'est toujours brûlé.

Quand il rentra le dimanche soir, son patron lui reprocha sévèrement sa négligence, et lui déclara :

— Je te supprime tes deux sous de dimanche prochain !

A soixante-quinze ans, mon père me racontait cet épisode d'une voix qui en tremblait encore. Ce fut sa première rencontre avec l'injustice. La punition était sans commune mesure avec la faute. Emile Achard ne s'en rendit pas compte. Pour lui, il s'agissait seulement d'une pièce de monnaie. Pour le jeune garçon, c'était sa part d'homme, sa tranche de vie sociale, sa participation à la bouteille de limonade qu'on se mettait à trois pour offrir aux filles. Dimanche prochain, il ne pourrait pas ajouter sa pièce à celles des copains. Il serait humilié.

Il n'attendit pas la fin de la semaine. Il dit à Emile Achard : « Je m'en vais », et fit son balluchon. Il savait qu'à Mirabel un boulanger cherchait un apprenti dégrossi. Et qu'il offrait quatre sous...

---

[1]. Au moment où j'écris ces lignes, la valeur du napoléon oscille autour de 400 francs. Ce qui, pour les 2 sous-or, donne 2 francs. Salaire mensuel : 8 francs. Encore était-ce une largesse : les apprentis, en général, ne recevaient rien.

C'est ainsi qu'Henri Barjavel commença son petit Tour de France, dans les limites du Comtat Venaissin : sud de la Drôme, nord du Vaucluse, avec quelques pointes de l'autre côté du Rhône, en Ardèche. C'est l'horizon de mon pays. Au centre pointe le mont Ventoux, que mon grand-père Paget regardait tous les soirs pour savoir quel temps il ferait demain, et où j'allais placer plus tard la base de départ de *Colomb de la Lune*, celui de mes romans qui est le plus cher à mon esprit et à mon cœur.

A la boulangerie de la rue Jean-Pierre-André, Marie était de nouveau enceinte. Elle souhaitait vivement une fille. Ce fut un second fils. Elle lui donna le prénom de son mari : Emile.

De patron en patron, Henri apprenait peu à peu les finesses de son métier. Comment reconnaître, au toucher, à l'odeur et au goût, la qualité d'une farine, comment faire les mélanges des farines de force et des farines plus douces pour avoir une pâte qui lève bien et qui se tient, comment faire la « pâte dure » et la « pâte molle », le pain fendu et le pain parisien, et les boules et les fougasses, et mêmes les pognes de Pâques et les brassadeaux du dimanche des Rameaux.

Et il était devenu assez fort pour pétrir.

Avant l'invention du pétrin mécanique, le métier de boulanger nécessitait une grande force physique. Trimbaler les balles de cent kilos ne constituait que le hors-d'œuvre du travail. Le plus dur était de pétrir.

Dans un grand pétrin de bois, long d'environ deux mètres, plus large en haut qu'en bas, on versait d'abord une trentaine de kilos de farine, puis environ dix litres d'eau tiède dans laquelle on avait dilué le levain, et encore un peu d'eau où avait fondu le gros sel. Une fois le tout grossièrement mélangé avec le racloir, il fallait le « fraiser », c'est-à-dire couper et arracher poignée par poignée les cinquante kilos de pâte pour la rendre homogène et aérée. Et recommencer, et recommencer encore, jusqu'à ce qu'elle ait la consistance voulue. Cela, c'était les doigts du boulanger qui le reconnaissaient. Après l'avoir laissée reposer, ils la saisissaient de nouveau, pour la découper en grands « pâtons », qui allaient lever et gonfler dans les planches à pain, avant d'être découpés une dernière fois pour aller au four. Toute la journée, le boulanger se colletait avec sa pâte. C'était un combat au corps à corps, au cours duquel il lui communiquait par ses mains, par ses bras et sa poitrine, sa chaleur humaine. Et la pâte en devenait vivante.

En échange, il recevait un teint blanc qui était alors celui des femmes à la mode. Mais aussi une fine fleur de farine qui lui tapissait les bronches et rendait ses voies respiratoires fragiles. Le boulanger avait des bras de fer et des poumons de dentelle. Mon père est mort d'un cancer du poumon. La gauloise bleue y a été pour beaucoup, mais peut-être aussi la farine respirée pendant toute sa jeunesse.

Plus tard, quand il revint de la guerre et reprit son travail, il me disait :

— Y a un dicton...

Il s'arrêtait, son œil bleu brillait...

— ... On dit : pour faire un bon boulanger, il faut être grand, fort et bête !...

Et il éclatait de rire, se moquant de lui-même. Grand ? Oui, pour bien dominer le pétrin et se pencher sur lui avec deux longs bras ouverts.

Fort ? Oui, nous venons de bien le constater.

Bête ? Qu'est-ce que cela veut dire ? Qu'il n'est pas nécessaire de connaître la date de la bataille de Marignan, et qu'on peut être un merveilleux faiseur de pain incapable d'écrire six mots sans les fleurir de dix fautes d'orthographe ? Peut-être. Mais, aussi, je crois qu'au temps d'avant la mécanique, il fallait à l'homme qui faisait chaque jour l'amour avec la pâte, pour que l'union fût réussie, une sorte d'innocence d'âme, une blancheur de farine dans son cœur. C'était avec la peau de ses doigts, avec le creux de ses mains, qu'il communiquait avec sa partenaire, et qu'il la comprenait. Le raisonnement de la tête ne venait qu'après, et devait rester simple, instinctif. Toute complication l'eût faussé.

Cette innocence, mon père la possédait. Ou plutôt elle le possédait en entier. Il est resté toute sa vie le petit berger de Tarendol, emportant avec lui, pour devenir mitron, ses horizons clairs et le bleu du ciel dans ses yeux. En dehors de son métier, il a toujours été un enfant, aimé des femmes, roulé par les hommes, incapable de défendre son assiettée de soupe et de mettre en rapport les recettes et les dépenses. Et quand la réalité ne lui donnait pas satisfaction, l'embellissant avec les fruits de son imagination.

Dans les tribulations du milieu de sa vie, il exerça, pendant un certain temps, la profession de représentant en vins et liqueurs, à Lyon. Il visitait les bistrots les uns après les autres pour proposer sa marchandise, et tous les patrons, et surtout les patronnes, furent bientôt ses amis. D'autant plus amis que, par bienveillance, pour rendre service, il retardait ou escamotait même, parfois, les factures. Comme, par-dessus le marché, il mélangeait les chiffres et faisait danser les virgules, ça ne dura pas...

Mais entre-temps il avait fait la connaissance d'une belle Lyonnaise, plus jeune que lui, et qui exerçait le métier distingué de secrétaire. Pour se hisser à son niveau, il lui déclara qu'il possédait une automobile, alors qu'il faisait ses tournées dans un léger tilbury tiré par un cheval. C'était en 1932 ou 1933. Une automobile, à cette époque, n'était pas la marchandise courante d'aujourd'hui, presque aussi répandue que le café-crème. C'était quelque chose de très important, image de la réussite et du standing social. Aucune jeune secrétaire ne pouvait résister à un tel char d'assaut.

Comme il ne pouvait pas la lui montrer, il lui dit qu'il me l'avait prêtée — j'étais alors jeune journaliste à Moulins, gagnant à peine de quoi louer une bicyclette... — mais bientôt, je viendrais la lui rapporter ! Et il emprunta de l'argent pour faire prendre à sa bien-aimée des leçons de conduite, en vue du jour où elle se mettrait au volant de cette automobile qui n'existait pas...

Qui n'existait pas ? Pour des humains ordinaires, peut-être... Pour lui elle existait. Il ne mentait pas. Il y croyait. C'était cela son innocence, qui le mit si souvent dans des situations impossibles. Il faisait confiance à tout le monde, il croyait ce que chacun lui affirmait, y compris son cerveau de petit berger qui se racontait des histoires dans le désert de Tarendol.

Cette fois ce fut une autre femme qui le sauva, en le prenant sérieusement en main, pour de nombreuses années.

Cher père, je crois que mes romans de science-fiction te doivent quelque chose...

Rue Jean-Pierre-André, tout allait bien. On avait engagé un nouvel apprenti, le boulanger travaillait, la boulangère faisait des économies, les deux garçons trottinaient. Marie espérait avoir un troisième enfant qui serait une fille. Mais ici, dans la maison mince, vraiment, ce n'était pas possible. Déjà, dès que les deux garçons seraient un peu grands, on ne saurait où les mettre. Pour le moment, ils couchaient dans la chambre de leurs parents, mais ça ne pourrait pas durer. Et Marie faisait ses comptes, en parlait avec Emile : si la clientèle restait fidèle, dans deux ou trois ans on pourrait vendre le fonds, en acheter un autre où on serait plus à l'aise, celui de la rue Gambetta, par exemple, dans le quartier neuf. Emile était d'accord avec tout ce qu'elle voulait. Si elle estimait qu'elle serait plus heureuse rue Gambetta, elle aurait la rue Gambetta. Pour cela, il n'avait qu'une chose à faire, qu'il savait bien faire : du pain...

Il se levait toujours à trois heures du matin, et, dès que la première fournée était en train de cuire, il quittait le fournil surchauffé pour venir se rafraîchir dans la rue étroite. Le pontias, le vent de Nyons qui souffle matin et soir, la prenait alors en enfilade, du nord au sud. En maillot de corps, les bras et les cheveux blancs de farine, le jeune et fort boulanger respirait à grands coups le petit vent frisquet qui, pendant les épidémies de peste, sauva, dit-on, Nyons du mal noir.

Et sa voisine du premier étage à droite — il y a toujours, à toute heure, dans les rues de Nyons, une voisine derrière un volet — lui criait chaque matin :

— Emile, couvre-toi ! Tu vas attraper le mal de la mort !...

Et il l'attrapa.

Le mal de la mort, qu'on attrapait par un chaud et froid, et auquel les boulangers étaient plus sensibles que d'autres à cause de la farine qu'ils respiraient, c'était la double pneumonie contre laquelle on ne possédait, évidemment, aucun antibiotique. Les remèdes étaient les ventouses, que parfois on fendait d'un coup de rasoir pour tirer le sang — on les appelait ventouses scarifiées —, les sinapismes, la sudation, les révulsifs, les sirops... On en guérissait parfois. On en mourait souvent.

Etant donné la force de son tempérament, Emile aurait pu en guérir, si le destin n'avait posé sur lui son doigt noir et blanc.

Il y avait un hôpital, à Nyons, mais n'y allaient que les miséreux, les sans-ressources. On naissait, mourait, et se soignait chez soi. Un boulanger n'était pas du gibier d'hôpital. L'excellent Dr Bernard vint le visiter. C'était le docteur protestant. Le docteur catholique était le Dr Rochier. Médecins compétents et dévoués, ils étaient alternativement, d'une élection à l'autre, maire de Nyons, l'un et l'autre se dépensant avec égalité pour l'intérêt de la commune et de tous les citoyens, quelle que fût leur confession. Le docteur protestant avait la barbe noire, et le docteur catholique la barbe rousse.

Le Dr Bernard ne cacha pas à la Marie la gravité du mal. Il ordonna un révulsif, et une potion à faire prendre régulièrement toutes les heures. Marie avait à s'occuper de la boutique, des enfants, du ménage, à surveiller l'apprenti, à aller prier un confrère boulanger de venir remplacer au pétrin le concurrent malade. Elle craignait de ne pas être assez présente auprès d'Emile. Elle prit une garde-malade. C'est-à-dire une sœur du Bon-Secours. Il n'existait pas d'autres infirmières à Nyons. Leur charmant vieux couvent était perché en haut du quartier des Forts, à côté du donjon carré transformé en chapelle et orné d'une dentelle gothique par Viollet-le-Duc. Dans leur jardin suspendu, elles cultivaient des poireaux et des roses, et se rendaient à la demande auprès des malades pour leur faire avaler les remèdes plus quelques conseils bénits. Les protestants étaient bien obligés de faire appel à elles, mais ils y allaient à reculons. La soutane, c'était l'habit du diable, et la robe de la bonne sœur ne valait guère mieux. On n'aimait pas la voir entrer chez soi, bien qu'on reconnût le dévouement de celles qui la portaient.

Il en vint à la boulangerie une toute jeune pour prendre soin d'Emile. Elle était sans doute fille d'un paysan pauvre de la montagne, encore un peu sauvage, mais elle savait lire. Elle lut l'ordonnance du docteur, regarda les fioles, fit prendre au malade sa première cuillerée de médicament, puis s'assit à son chevet et commença à dire son chapelet.

Le soir, Emile était mort.

Le Dr Bernard vint constater le décès, trouva l'évolution de la maladie bien rapide, regarda les flacons, hocha la tête. La bonne sœur était déjà repartie. On dit depuis dans la famille qu'elle s'était trompée et qu'elle avait fait avaler au malade régulièrement, d'heure en heure, au lieu du sirop, le révulsif...

C'était peut-être vrai. C'était peut-être une hypothèse émise pour expliquer logiquement le décès brutal d'un homme si jeune et si fort. L'hypothèse devint soupçon puis certitude. On pouvait s'attendre à tout de la part de ces bonnes sœurs. Dévouées, mais abruties par les Pater noster et les simagrées catholiques... Ce n'est pas de chapelets qu'un malade a besoin, mais d'un œil attentif.

Vingt ans plus tard, alors qu'il était agent voyer à Rémuzat, Emile Achard, le plus jeune fils du boulanger, reçut la visite d'une sœur du Bon-Secours qui venait faire la quête pour ses pauvres et qui lui dit :
— Ah ! monsieur Achard, je vous ai connu tout petit !... C'est moi qui ai soigné votre pauvre papa quand il est mort...
Blême, Emile, sans dire un mot, lui montra la porte. Elle sortit en balbutiant. Elle ne comprenait pas. Encore la mauvaise humeur de ces protestants fanatiques. Innocente ? De toute façon, elle l'était.

Voilà Marie veuve à vingt-cinq ans, seule avec deux jeunes enfants, un commerce, et un métier qu'elle ne peut pas exercer elle-même. Pour élever ses fils il faut qu'elle maintienne le commerce. Pour faire le pain, il faut qu'elle prenne un ouvrier.
Elle fait face à la situation avec courage, intelligence et volonté. Ce sont ses trois qualités de base, auxquelles s'ajoute, quand les circonstances s'y prêtent, la gaieté. Pour l'instant c'est le chagrin qui l'habite, mais ne la domine pas. La boulangerie continue. Marie a tiré de sa retraite un vieil ouvrier qu'elle arrache à son jardin pour le remettre au pétrin. Mais il n'a plus la force, plus la main, ses fournées sont ratées, sa pâte ne lève pas, ou lève trop, ses pains sont plats comme des galettes. Marie le renvoie et prend un homme jeune et fort.
Elle s'aperçoit alors que son état offre un inconvénient majeur : libre, jeune, belle, patronne, elle est une tentation irrésistible pour un homme qui peut espérer faire deux conquêtes à la fois : celle de la femme et celle de la boulangerie, et devenir en même temps comblé et patron.
Il mène ses assauts rondement. Elle le remet à sa place vertement, mais il continue. Elle est obligée, la nuit, de s'enfermer à clef dans sa chambre, de pendre un vêtement derrière le trou de la serrure pour échapper à l'œil indiscret. Elle ne pourra renvoyer son ouvrier trop entreprenant qu'après lui avoir trouvé un remplaçant. Ce n'est pas facile. Les ouvriers boulangers ne sont pas nombreux. Les bons ouvriers sont rares. Plusieurs vont se succéder dans la boulangerie étroite, et tous vont se conduire de la même façon. Paul Paget, qui veille de loin sur sa fille, est même, une fois, obligé d'intervenir pour en expulser un qui se considère déjà comme chez lui et ne veut pas partir.
Il faudrait trouver quelqu'un de confiance. Marie a entendu dire que le petit Henri, qui a grandi et arrive à la fin de son apprentissage, a maintenant toutes les qualités d'un bon boulanger. Il travaille chez un patron de Valréas. Elle lui fait demander de revenir chez elle. Elle lui offre la place d'ouvrier. Sa première place d'ouvrier...
Il refuse. Il a gardé un mauvais souvenir de la maison mince, de la rue obscure, et il se trouve bien à Valréas, dans une maison large où il a une belle chambre.
Valréas, à quinze kilomètres de Nyons, est une ville de plaine, bien

étendue, qui prend ses aises, ses places sont vastes et ses rues larges. C'est la seule ville de France qui n'appartienne pas au département dans lequel elle se trouve. Située dans la Drôme, elle appartient curieusement au Vaucluse. Son nom au XII siècle était Valleriaz. Au temps de mon enfance, alors qu'on nommait la ville en provençal Vaurias et en français distingué Valréas, en français populaire on disait encore Valérias. La tradition orale était restée plus fidèle aux origines que les écrits officiels.

Rue Jean-Pierre-André, la situation devenait grave. Marie avait dû reprendre le vieil ouvrier, qui s'endormait le nez dans son pétrin et fabriquait du pain aigre et blême. La clientèle s'en allait.

Le père Paget attela sa jardinière — c'était une voiture légère à deux roues cerclées de fer, pour transporter deux ou trois personnes et un peu de marchandise — et fit voler son cheval jusqu'à Valréas.

Il entra dans la boulangerie et resta planté devant le comptoir, droit et sévère.

— Qu'est-ce que vous voulez, monsieur ? demanda le boulanger.
— Je veux voir l'Henri.

Le boulanger appela son apprenti.

— Bonjour, monsieur Paget, dit Henri Barjavel.
— Je suis venu te chercher, dit Paul Paget. La Marie a besoin de toi.
— J'ai déjà dit non, répondit Henri.
— Tu seras ouvrier. Tu gagneras « tant ». A moins que monsieur te donne davantage ?
— Oh ! dit le boulanger, moi je peux pas payer un ouvrier. Si l'Henri s'en va, je prendrai un autre apprenti.
— Je m'en irai pas, dit Henri.

Le père Paget, soucieux, dut s'en retourner seul. Henri se trouvait bien à Valréas. Le boulanger et la boulangère étaient vieux et gentils et le traitaient comme leur fils. La boulangère lui faisait des petits plats rien que pour lui, en supplément, car eux étaient arrivés à l'âge où on grignote, et lui avait besoin de nourrir sa force. Elle lui confectionnait des caillettes parfumées d'un brin de sauge, des daubes et des omelettes d'olives. Il était heureux. Mais le destin avait décidé qu'il retournerait à Nyons, et posa son doigt dans son assiette.

Dans une grande pièce du rez-de-chaussée, entretenue dans la tiédeur par le four proche, la patronne, chaque été, élevait des vers à soie. Le soir même de la visite de Paul Paget, Henri en trouva un dans sa soupe, un magnan de la troisième « dorme », plus gros qu'une cigarette gitane-maïs, gras et bien cuit.

Le cœur soulevé, il regardait son assiette sans toucher à son contenu.

— Tu manges pas ? dit sa patronne. Qu'est-ce qu'il y a ?
— J'ai pas faim, dit Henri.
— Tu la trouves pas bonne, ma soupe ? Qu'est-ce que tu lui reproches à ma soupe ?

Lui montrer le ver à soie au bout de sa fourchette, c'est-à-dire l'accuser de négligence et de malpropreté ? Ou la vexer en continuant de refuser sa soupe ? Henri choisit une troisième solution.

— Je lui reproche rien, à votre soupe, elle est bonne... Mais j'ai pas beaucoup faim...

— Mange, que ça te fait du bien !...

Et il la mangea... Héroïquement. Lentement, chaque cuillerée avalée comme de l'huile de ricin. La boulangère le surveillait et hochait la tête, les lèvres pincées, devant ce manque d'ardeur.

— Je vois bien que tu aimes plus ma cuisine, dit-elle.

— Si, si, je l'aime, mais on a bien le droit d'avoir pas faim, un jour...

— Pas à ton âge...

Le boulanger, le nez dans son journal, avalait sa soupe en aspirant — hûû !... — et se désintéressait de l'incident. La boulangère ne voyait plus très clair.

Henri put faire glisser le ver à soie hors de son assiette et s'en débarrasser en se levant de table.

Mais le lendemain à midi, quand il prit place devant le tian de pommes de terre avec des godiveaux, il lui sembla que les petites saucisses étaient des vers à soie rôtis, et les patates des vers à soie réduits en purée. Il ne pouvait plus avaler la cuisine de sa patronne... Il fit savoir à Mme Veuve Achard qu'il acceptait la place et qu'il allait arriver.

Posé sur une chaise de paille à la tête de son lit, son réveil était réglé sur trois heures du matin. C'était un réveil sérieux qui avait tiré à la même heure, de leur sommeil de pierre, tous les apprentis et les ouvriers de la rue Jean-Pierre-André, et aussi le patron de son sommeil plus léger. Mais il ne réveilla pas Henri : celui-ci était déjà levé depuis un quart d'heure. Déjà, il avait fait réchauffer et bu son café, et debout dans le fournil éclairé par une faible ampoule enfarinée pendant au bout du fil, il inspectait le champ de bataille où il allait livrer son combat. Tout seul. Sa première fournée d'ouvrier...

Ouvrier pour la première fois. Et ouvrier sans patron... Personne au-dessus de lui pour lui donner des instructions ou des conseils, pour critiquer, approuver ou rectifier ce qu'il allait entreprendre. Liberté totale de décider, et responsabilité entière du résultat. Ce serait SA fournée. Ce serait SON pain. S'il le réussissait, tous les boulangers de Nyons se le diraient, et ceux de Valréas et de Mirabel. On le saurait jusqu'à Vaison et à Grignan. Et dans Nyons les ménagères apprendraient qu'il y avait de nouveau du bon pain rue Jean-Pierre-André, la clientèle perdue reviendrait. Et Mme Achard pourrait être tranquille pour son avenir et celui de ses enfants.

Comme Napoléon à l'aube d'Austerlitz — ou de Waterloo — il fit le tour de son dispositif : le pétrin, qu'il connaissait bien ; la farine, il l'avait tâtée elle était bonne ; le bois, il l'avait rentré lui-même, des fagots bien secs, ils allaient s'enflammer comme des allumettes ; les planches à pain où mûriraient les pâtons ; le long râble de fer coudé, pour sortir la braise du four ; la panouche, torchon mouillé au bout d'un manche, pour le nettoyer de la cendre ; et les trois pelles à enfourner, la rectangulaire pour les pains fendus, la ronde pour les boules, l'étroite pour les « parisiens »...

Et l'âme de la future pâte, qui allait donner vie au mélange de farine et d'eau : le levain. Il l'avait préparé soigneusement la veille au soir. C'était un morceau de la dernière fournée du jour, qu'il avait coupé dans la pâte levée, et enfermé dans le « garde-levain », une sorte de grand faitout en fer galvanisé à double paroi. Dans la paroi creuse, il avait versé de l'eau chaude, et placé le récipient dans une niche creusée dans le mur du four, qui lui servait de couveuse... Le morceau de pâte avait doucement fermenté, toute la nuit, et Henri savait qu'il était maintenant devenu une petite masse de matière molle, pleine de bulles, et qui sentait l'aigre.

Dans le grand silence de la nuit de Nyons, il entendit sonner trois coups au clocher de l'église. C'était la cloche catholique, les protestants disaient qu'elle était fendue. Ce n'était pas vrai, mais sa voix pouvait le laisser croire. Catholique, protestant, Henri s'en moquait. Il avait eu des démêlés, en tant qu'enfant de chœur, avec le curé de Bellecombe, un rude curé de montagne, qui l'avait un peu traité à coups de pied au derrière. Sa foi n'y avait pas résisté. Sa tolérance y avait gagné...

En haut de la maison mince, la sonnerie du réveil répondit à celle de la cloche. Il était temps de commencer... Il saisit à bras-le-corps une balle de farine de cent kilos, la souleva, la coucha sur le bord du pétrin, coupa la ficelle qui la fermait et en laissa couler la quantité voulue. A vue d'œil. Il savait.

Et quand il ouvrit le couvercle du garde-levain, à l'odeur qui lui sauta au nez, il sut quelle était la force de son levain, et combien de temps sa pâte mettrait à lever. Alors, penché vers le pétrin, ses fortes mains ouvertes, ses bras en forme de parenthèses, il commença à pétrir...

Quand les longs pâtons furent couchés dans la tiédeur du fournil, Henri essuya son visage en sueur au torchon blanc qui pendait à sa ceinture. Il était content, c'était bien parti, la pâte était exactement comme il avait voulu la faire, mais ce n'était pas encore gagné. Il suffisait d'un rien pour faire rater la fournée : un courant d'air sur les pâtons, le four allumé trop tard ou trop tôt ; qu'il ait refroidi quand la pâte est mûre et le pain ne serait pas cuit, ou qu'il soit trop chaud et le pain serait brûlé... Et il restait à accomplir l'opération la plus délicate, qui couronne le travail du boulanger ou le détruit : il restait à enfourner.

Il est plus facile d'enfourner à deux. La planche à pain est posée sur des tréteaux, devant le four, perpendiculairement à sa porte. A gauche de ce long lit de bois, l'ouvrier muni du racloir coupe dans le pâton un morceau d'environ un kilo. A droite, le patron lance à la volée sur le plat de la pelle un peu de repasse. C'est un son très fin, qui contient le germe du blé, et qui servira de lubrifiant. Il prend le morceau de pâte, le pose sur la pelle, la tranche en l'air pour qu'il s'ouvre comme un feuilleté. Si la pâte est trop molle, il s'écrase. Si elle est trop dure il ne s'ouvrira pas. Si elle est trop levée il s'aplatit, pas assez levée il se ratatine... Si la pâte est bonne, le morceau qu'on prend et pose sur la pelle est comme le sein d'une femme épanouie : il a cédé tendrement dans la main, mais il reprend sa forme et reste ferme...

Henri était seul, et heureux. Sa pâte était bonne, et quand il se penchait pour pousser la pelle dans le four, il recevait au visage un coup de chaleur brûlante, juste le coup de chaleur qu'il fallait. Il allait vite pour que le four, sa grande bouche ouverte, n'ait pas le temps de se refroidir. La surface du four a la forme d'un cercle. Pour ne pas perdre de place, il faut y disposer une partie des pains dans un sens, d'autres en oblique, d'autres perpendiculaires. Henri posait sur sa pelle le morceau de pâte dans la position qu'il occuperait dans le four, se penchait, la chaleur lui cuisait le nez et les joues, il poussait la pelle au ras de la sole, le long manche glissait entre ses doigts, il l'immobilisait une fraction de seconde à l'emplacement qui serait celui du pain bien à sa place, ni de travers ni renversé ni tordu, et retirait la pelle d'un coup sec sans renverser le pain qui commençait déjà à s'ouvrir comme une fleur à la première chaleur du soleil.

Quand le four fut plein, avec les quatre grosses boules au fond, à l'endroit le plus chaud, et deux minces baguettes juste près de l'entrée, où elles cuiraient comme dans un souffle, la fournée avait l'air d'une mosaïque, ou d'un parquet à points de Hongrie. Mais Henri n'avait jamais vu ni ceci ni cela...

Il referma la lourde porte de fonte. Tout était joué. Il n'avait plus qu'à attendre. Quand il rouvrirait la porte, il saurait au premier coup d'œil s'il avait gagné ou perdu.

Il s'essuya le visage avec son torchon, laissant des traînées blanches sur ses joues et sur son front. Ses oreilles étaient rouges, ses cheveux enfarinés, il sentait la farine, la sueur et le levain, et aussi l'odeur fine de la repasse et celles de la cendre chaude et des fagots brûlés. C'était le bouquet du pain.

Il avait besoin de se détendre et de respirer. Comme Emile, il sortit dans la rue Jean-Pierre-André, en maillot de corps, tout brûlant du fournil dans le vent frais. Le jour d'été était levé. En haut des maisons, l'étroite rue du ciel allongeait son bleu pur du jour tout neuf. Henri respira un grand coup et alluma une cigarette. Derrière son volet, la voisine se mettait en place. Elle pensa : « Ils sont tous pareils ! Après ce qui est arrivé à l'Emile, il pourrait quand même y penser ! Il faut que je lui dise !... »

Mais elle ne dit rien. Par la fente entre les deux volets, elle le regardait. Il avait des cheveux bruns bouclés, le teint clair, le nez droit et fin, les joues un peu creuses, déjà un brin de moustache, et les yeux couleur du ciel : bleus avec un peu de l'or du soleil. La lumière qui tombait entre les toits modelait ses épaules nues, fortes et fines, ses bras de fer, sa poitrine plate. Il leva la tête et sourit de bonheur en envoyant, dans une bouffée du pontias, qui la roula et l'emporta, la première fumée de sa première cigarette de la journée. La voisine soupira et pensa : « Qu'il est beau, ce diable !... » Il avait dix-huit ans.

Avant ses yeux, ses narines lui dirent qu'il avait réussi. Le parfum du pain frais giclait tout autour de la porte de fonte, emplissait le fournil d'odeurs, de bruit, et de couleurs, le parfum craquant, doré, ardent, du pain levé et cuit à point.

Henri s'en gonfla les poumons comme une montgolfière, ouvrit brusquement la porte et regarda. Il faillit crier. Jamais il n'avait vu d'aussi beaux pains, jamais, même chez son meilleur patron, à Carpentras.

Alors il empoigna la pelle et les tira hors du four, rapidement, un par un, deux par deux, comme ils voulaient venir, vite. Ils glissaient sur le bois de la pelle, sur la pierre chaude du four, il les prenait brûlants dans ses mains nues, les disposait dans les corbeilles, sur les planches, retournait à sa pelle, c'était une danse d'or, un tourbillon de parfum et de lumière qui tournait autour de lui, et chaque pain qu'il prenait et posait, il le regardait, le soupesait et le touchait sans appuyer, partageait avec lui la chaleur et la joie. Et il jurait en provençal pour les remercier tous. En provençal, on dit facilement à un ami qu'il est un bougre d'enfant de pute, ce qui veut dire qu'on l'aime. Ils étaient tous réussis, tous, ils s'étaient ouverts comme des lis, comme des roses, ils étaient légers comme des nuages d'été, innocents et beaux comme des derrières d'anges.

— Elle est belle, ta fournée, lui dit une voix.

Il se retourna. Mme Achard se tenait à la porte du fournil, habillée en hâte, ses cheveux relevés et piqués sur sa tête avec quelques épingles, les yeux à la fois encore ensommeillés et brillants. Elle avait été réveillée par le parfum du pain, qui avait escaladé l'escalier tournant et envahi sa chambre.

Henri se mit à rire de plaisir. Plaisir de sa propre réussite, et plaisir d'avoir fait plaisir. Il prit sur la barde du four et lui donna les deux baguettes fines, fragiles, qu'il avait faites exprès pour le petit déjeuner de la patronne et de ses deux garçons. Puis il choisit six de ses plus beaux pains — le choix ne fut pas facile — et alla les disposer dans la vitrine, face à la rue. Il recula dans l'ombre, au fond du magasin, et attendit.

Le premier passant fut une vieille femme grise, aux cheveux gris, portant un cabas gris. Elle marchait doucement, un peu courbée, en regardant le bout de ses pieds. Elle remontait la rue, vers la place du Foussat. Quelque chose lui tira le coin de l'œil vers la droite, une lumière. Elle tourna la tête et vit les pains dans la vitrine. Elle s'arrêta et fit :

— Oou...
Elle s'approcha, regarda longuement les pains, les uns après les autres, et repartit en hochant la tête et en disant :
— Eh ben !... Eh ben !...
Et tous les passants s'arrêtèrent de passer pour venir voir le pain d'Henri. Un demi-siècle plus tard, il me racontait cette journée avec la même joie et le même orgueil rayonnant et naïf. C'est peut-être de ce jour-là — mais j'en doute, à cause de la patronne, qu'il ne fallait pas choquer — qu'il prit l'habitude de chanter cette chanson que j'entendis si souvent par la suite, quand il tirait du four son pain doré. La traduction française paraît un peu grossière. Il ne faudrait pas la lire mais l'écouter, en provençal, telle qu'il la chantait dans la chaleur du four et de l'été :

> *Moi si je voulais*
> *Je ferais dans mes culottes :*
> *Mon cul est à moi*
> *Et mes culottes sont payées.*

C'est une affirmation hardie de la liberté... La liberté d'un citoyen fier d'avoir gagné par le travail de ses bras la pleine disposition de ses biens et de son corps...

Elle avait vingt-cinq ans et un peu plus. Il avait dix-huit ans et quelques mois. Elle était en peine et en deuil. Il était sérieux. Mais il était gai et elle, foncièrement, aussi. Ce fut certainement ce qui, peu à peu, les rapprocha, effaça les barrières des différences d'âge et de situation. Il avait tout un répertoire de chansons convenables, en français et en provençal. Il n'en chantait que deux ou trois phrases et recommençait, pour accompagner les gestes recommencés de son travail. Il chantait fort, et il n'avait pas une belle voix. Ce n'était pas du chant, c'était de la joie. Heureusement pour les oreilles, chaque fois, ça durait peu.

Combien de temps mirent-ils à franchir la distance qui les séparait ? Ce dut être assez long. Ils n'étaient timides ni l'un ni l'autre mais, elle, pas du tout encline à se lancer dans une aventure légère, et, lui, conscient que dans la situation où il se trouvait, le moindre mot, le moindre geste, pouvait avoir allure de goujaterie.

Je crois aussi que lorsqu'il était entré dans la maison comme jeune apprenti, avec ses manières frustes et ses mains noires de petit pâtre tarendolais à l'odeur de mouton, elle avait dû éprouver pour lui une affection amusée et maternelle, lui apprendre à se laver et à manger sa soupe sans faire trop de bruit.

Et lui, conscient qu'elle lui était supérieure dans tous les domaines, avait dû dès les premiers jours concevoir pour elle cette admiration qu'il lui manifesta même au-delà de la mort.

Mais en quelques années il était devenu un homme. Et en si peu d'années elle n'avait pas eu le temps de vieillir...

Dans une rue étroite, avec des voisins derrière les volets, tout se voit, tout se sait et tout se dit. La rue Jean-Pierre-André était entière aux aguets. Mais il n'y avait rien à voir et rien à dire...

Ce fut à la Grange, un dimanche de Pâques, qu'on comprit que quelque chose était né entre Marie et Henri. Il était d'usage, en ce jour de fête, de fermer la boulangerie à midi, et d'aller manger à la Grange le poulet et les oreillettes. Ce sont de merveilleux petits gâteaux, frits dans l'huile, minces et fragiles comme des pétales de coquelicot. On étale la pâte sur la table enfarinée, en roulant sur elle une bouteille. Quand elle est très mince, on la coupe en rectangles grands comme la main, qu'on étire encore en les prenant, jusqu'à ce qu'on voie le jour au travers. On les pose alors délicatement dans la poêle pleine d'huile bouillante, en prenant garde de ne pas se faire frire le bout des doigts. Ils sont cuits en quelques secondes, on les retire avec une écumoire, on les pose sur des plats, en pyramides, on les saupoudre de sucre. On en emplit parfois une corbeille, même deux, quand on doit être nombreux. C'est léger, parfumé, ça craque dans la bouche, ça n'existe plus... Quand je pris part à mon tour à la cérémonie de confection des oreillettes, mon rôle consistait à les sucrer. Et je les mangeais aussitôt, brûlantes. La corbeille restait vide, mon ventre s'emplissait...

Ce dimanche-là, ce jour de Pâques, Henri fut invité aussi à monter à la Grange. Il existait alors deux chemins (qui sont devenus routes) pour s'y rendre. Celui de Sauve, qui grimpait directement le flanc de la colline et ne pouvait être parcouru qu'à pied. Et celui des Antignans, qui était le chemin voiturier, plus aisé mais plus long.

Les deux garçons, Paul et Emile, étaient partis les premiers et arrivés depuis longtemps pour « aider » leur grand-mère à faire les oreillettes. Marie arriva la seconde. Elle était montée par Sauve, et apportait à sa mère un bouquet d'immortelles qu'elle avait cueillies en route. Elle dit qu'Henri était passé par les Antignans, c'était plus long, il arriverait un peu plus tard.

Il fut là peu de temps après. Il avait mis, l'innocent, une immortelle à sa boutonnière... Or tout le monde savait qu'on ne pouvait pas trouver d'immortelles du côté des Antignans. Elles ne poussaient que sur le chemin de Sauve. Ils avaient donc fait le chemin ensemble, et ne le disaient pas...

L'après-midi, Marie rassura son père. Oui, il y avait de l'affection entre elle et Henri. Mais il était bien jeune, il avait encore son service militaire à faire. Quand il reviendrait, s'ils étaient encore l'un et l'autre dans les mêmes dispositions, alors on verrait...

Et il partit faire son service. Il était dans son destin de toujours la quitter.

Il fut incorporé dans le génie, à Briançon. Pour deux ans. C'était long. C'était loin. Il écrivit. Marie lisait avec attendrissement et un peu de malice ses lettres à la grosse écriture penchée, pleines de fautes d'orthographe. Elle répondait. Il était son réconfort, car, de nouveau seule, elle était de nouveau, avec sa jeunesse superbe, une tentation pour l'ouvrier engagé. Elle en eut un qui déclara dans tout Nyons qu'il arriverait à ses fins avant un mois ou qu'il la plaquerait. Il la plaqua. Il partit un matin sans prévenir, sans avoir fait la fournée. Un confrère, M. Vidal, peut-être, ou M. Fauque, ou M. Teste, vint dépanner Marie, qui alla chercher, dans un village perdu au fond des montagnes, le seul ouvrier disponible dans la région. Il se nommait Lucien. Il bégayait. Il bégayait tellement que, pendant le temps où il travailla pour elle, elle ne comprit jamais ce qu'il voulait lui dire. Il commençait une phrase, elle écoutait, il n'y arrivait pas, il recommençait, elle s'impatientait, elle lui disait : « Ecrivez-le-moi sur un papier !... » Elle était déjà partie ailleurs, à la cuisine, au magasin, elle avait toujours à faire...

Ce fut pendant le service militaire d'Henri que la boulangerie de la rue Gambetta fut mise en vente par son propriétaire. Marie l'acheta et déménagea.

Après un an, onze mois et seize jours de service, Henri fut libéré le 25 septembre 1909.

Ils s'étaient longuement attendus. Ils n'attendirent plus. Le 27 novembre, le maire de Nyons les maria.

Je naquis le 24 janvier 1911, dans la chambre du rez-de-chaussée de la rue Gambetta.

Il ne restait plus que trois ans et quelques mois avant la Grande Guerre.

Pendant sa troisième grossesse, Marie fut certaine que, cette fois, elle portait une fille. Et elle accoucha en plein hiver, en pleine nuit, d'un troisième garçon. Ce fut le Dr Bernard qui me reçut. Il était très grand. On m'a raconté qu'à l'effroi de ma mère et de la sage-femme, il me prit dans une de ses longues et larges mains et me souleva comme un fruit vers la lampe électrique, pour vérifier si j'étais bien constitué. On était chiche, alors, de lumière. Elle coûtait cher. Il ne devait pas y avoir plus de vingt-cinq bougies dans l'ampoule à filament de charbon de la chambre du rez-de-chaussée. Je me souviens de ces ampoules de mon enfance. Elles donnaient juste ce qu'il fallait de clarté pour qu'on pût vivre et travailler sans se cogner. Elles étaient surmontées d'un abat-jour délicat, en porcelaine blanche translucide, ondulé, pareil à un petit chapeau chinois. Je m'amusais parfois, dans une pièce obscure, à allumer, éteindre, allumer, éteindre, en regardant l'ampoule. C'était fascinant. Quand j'éteignais, le filament, qui dessinait dans sa coque de verre une spirale fragile, restait pendant une seconde ou deux rose clair, puis rouge foncé, signe fantastique, apostrophe de lumière suspendue à rien, qui s'évanouissait dans le noir.

La sage-femme me prit dans la main du docteur, et avec la rapidité de quelqu'un qui connaissait bien son métier, me lava, m'enveloppa dans une « couche » de coton fin taillée dans un drap très usé, puis dans des langes coupés dans des couvertures de coton et de laine, y ajouta un bavoir de dentelle, me coiffa d'un bonnet brodé et me donna enfin, ficelé comme saucisse, à ma mère qui me trouva beau comme un ange, et ne regretta plus la fille escamotée pour la troisième fois.

En réalité, les témoins m'ont affirmé que j'étais très laid, fripé et grimaçant, avec du poil sur les oreilles. Mon frère Emile m'a dit que, lorsqu'il me vit dans les bras de la sage-femme, il éprouva une grande frayeur, et crut que c'était elle qui m'avait fait, tant je lui ressemblais.

Il avait neuf ans, et à cet âge un enfant s'entendait encore dire qu'il était né dans un chou. Il commençait à connaître des bribes de vérité, par les chuchotements des copains à l'école, mais s'y mêlaient d'extravagants morceaux d'imagination. Le fait que la sage-femme se trouvait là chaque fois, lors d'une naissance, créditait la légende que c'était elle qui faisait tous les enfants.

Quand on en voulait un, il fallait toujours aller chercher la sage-femme... Elle les « faisait » comment ? Le verbe « faire », par son imprécision, épaississait le mystère. On supposait bien qu'elle les sortait de son propre corps, mais de quelle façon, et par quel orifice ? On en discutait à voix basse sous le préau de l'école. C'était le nombril qui paraissait le plus vraisemblable. Il ne servait à rien d'autre...

C'était une très brave femme d'une cinquantaine d'années, aux muscles de bûcheron, avec une poitrine et un ventre rebondis, séparés l'un de l'autre par le cordon serré d'un tablier de pilou, noir à fleurettes blanches, qu'elle ne quittait jamais. D'un geste machinal, elle retroussait sans cesse les manches de son corsage gris sur ses avant-bras formidables. Ses mains étaient roses comme celles d'une lavandière.

Elle avait mis au monde la moitié de Nyons. Elle adorait ces petits qu'elle avait embrassés avant leurs propres mères, et quand elle en rencontrait un dans la rue, qui commençait à marcher tout seul, elle lui tendait les bras et l'appelait pour le serrer sur son vaste cœur. Mais en général l'interpellé s'enfuyait épouvanté par sa voix claironnante et ses moustaches. Elle en avait partout, sur la lèvre, au-dessus des yeux, noires, épineuses, et des bouquets frisés sur des verrues au menton et aux joues.

Il fallait, pour devenir sage-femme, connaître l'addition, la soustraction, la multiplication et la division, et la règle d'accord des participes, et suivre pendant deux ans des cours pratiques dans une maternité. Il fallait surtout avoir de la bonne humeur et de l'amour. Une sage-femme allait d'une maison à l'autre, connaissait l'intimité de toutes les femmes du bourg, et tous les grands lits conjugaux où l'on naissait et mourait. On faisait rarement appel au médecin. Après une demi-vie d'expérience, une sage-femme en savait plus qu'un docteur. Et elle avait des trucs pour aider l'accouchée. Surtout son humeur gaillarde et son optimisme. Si le Dr Bernard assista à ma naissance, ce ne fut pas parce qu'on avait besoin de lui, mais parce qu'il était le protecteur tutélaire et amical de la famille, une sorte de

Jupiter médical bienveillant. On était totalement rassuré, contre tout, dès qu'il entrait dans la maison. Marie en était à son troisième enfant, Henri à son premier. Je pense que ce fut lui qui éprouva de l'inquiétude et le pria de venir.

Sa présence ne m'empêcha pas, sans doute par mimétisme, de ressembler, à la sortie, à la sage-femme qui veillait au grain. Par bonheur, cela s'arrangea vite et je devins un beau bébé. Mais un bébé hurlant. Ce fut vingt-cinq ans plus tard, quand je lus les livres du Dr Carton, que je compris pourquoi j'avais été un nourrisson qui rendait enragés la famille et le quartier par ses pleurs et ses cris perpétuels !

Ma mère, naturellement, me nourrissait. Au bout de quelques jours, elle eut un abcès à un sein. Elle fit appel à une voisine, qui avait accouché à peu près en même temps qu'elle, pour me donner un « demi-lait ». C'est-à-dire que je tétais alternativement une fois la voisine et une fois ma mère. Mais son deuxième sein eut à son tour un abcès, et elle dut cesser tout allaitement. Quant à la voisine, elle devait garder au moins un sein pour son propre enfant...

On descendit alors de la Grange une chèvre, qu'on installa dans la cour derrière la boulangerie, dans un petit cabanon, où se trouvaient déjà quelques poules et deux ou trois lapins. La chèvre, la Biquette, devint bientôt un personnage familier de la maison, et une grande copine de mon frère Emile. Et elle fut désormais ma seule source de nourriture. Comment buvais-je le lait de la Biquette ? A la cuillère, à la tasse, ou au biberon ? Je n'en sais rien. Le biberon existait déjà, mais si j'en crois la Grande Encyclopédie, imprimée en 1900, c'était un drôle d'instrument :

« Les biberons usuels se composent d'un vase en verre ou en cristal dont le goulot muni d'un bouchon est traversé par un tube de verre terminé par un tuyau flexible qui aboutit lui-même à un faux mamelon... On évitera les biberons fermés par un bouchon de liège ; les bouchons en corne, en ivoire ramolli ou en toute autre matière analogue seront préférés... »

Mais peu importe la façon dont je l'avalais, c'était le lait lui-même qui me déchaînait. Le lait de chèvre, en effet, est un aliment insuffisant pour un jeune enfant. Il lui manque une quantité de matériaux, sels minéraux, graisses animales, etc., qui sont fournis au nouveau-né par le lait maternel, et qui se trouvent en abondance dans le lait de vache. C'est un lait décalcifiant et dévitalisant, un lait de misère. Je pleurais parce que j'étais sous-nourri. Je criais parce que j'avais faim. Personne, évidemment, ne s'en doutait. Pour me calmer, par bonheur, on me donnait un quignon de bon pain, rassis, sur lequel je bavotais longuement et que je finissais par avaler, miette à miette, après l'avoir ramolli. Je pense que c'est le pain de mon père qui m'a sauvé.

Pourquoi ne m'a-t-on pas donné du lait de vache ?

Pour les Provençaux, la vache était un animal suspect, un peu effrayant, qui faisait de grosses bouses sales, qui se couvrait de mouches, agitait mollement une longue queue et regardait avec un œil idiot. Aucun paysan nyonsais n'en élevait, faute, d'ailleurs, de pâturage. Il y en avait cependant trois ou quatre à Nyons même, dans une étable, tout près de la boulangerie. Les Nyonsais considéraient leurs propriétaires, des gens du Nord, avec la même suspicion que leurs bestiaux. Les malheureuses bêtes, maigres, jamais nettoyées, ne voyaient la lumière du jour qu'une fois par semaine, quand leur petit berger, le fils de leur propriétaire, les conduisait jusqu'à un pré à demi sec où elles allaient tondre mélancoliquement quelques brins d'herbe râpeuse. Qui aurait osé faire boire de leur lait à un enfant ?

Tandis que la chèvre est méridionale comme la figue ou le thym. Elle ressemble aux enfants du pays. Elle est maigre, tout en os, elle grimpe sur les oliviers et sur les petits murs de pierre pour aller cueillir du bout des dents une feuille d'herbe rare. Elle est propre sans avoir besoin d'être nettoyée. Les mouches ne se posent pas sur elle. Elle est délicate, refuse ce qu'on lui donne dans la main si l'odeur de la main ne lui plaît pas. Elle ne fait pas des bouses mais des chapelets de crottes sèches, moulées, qui ressemblent à des grains de café. On les nomme des « pètes ». Des « pètes » de chèvre. La maison Florent fabriquait une sorte de bonbons de réglisse vendus dans des boîtes rondes, que tous les enfants du Midi désignaient, à cause de leur forme et de leur couleur, sous le nom de « pètes de rat ». J'en ai mangé ma ration...

Le lait de la Biquette me décalcifia. Mes premières dents poussèrent cariées. Je lui dois d'avoir été toute ma vie un client des dentistes. Et peut-être aussi, une certaine fantaisie, aujourd'hui, dans mes vertèbres lombaires. Mais c'était une gentille chèvre. Elle regagna la Grange quand je fus sevré, et elle y mourut de vieillesse.

A Nyons, on tient toujours fermés les volets des fenêtres du rez-de-chaussée. A cause de la chaleur, bien sûr. A cause des voisines surtout. Elles sont si curieuses, qu'en passant elles se colleraient aux vitres et seraient capables de les traverser pour voir à l'intérieur. Les volets de la chambre où je suis né sont peints en bleu clair. Après une absence d'un demi-siècle, je me suis arrêté devant eux il y a peu de temps, pour les regarder. Malgré les couches successives de peinture, ils conservent la trace du coup de baïonnette que leur donna un soldat français, un soir de l'été 1918.

On traversait les derniers mois de la guerre, mais on ne le savait pas. Il y avait une éternité que les hommes étaient partis, et le nombre de ceux qui ne reviendraient jamais grandissait chaque jour. Toutes les familles étaient frappées. Il y avait des morts partout. Dans les fermes, les commerces, des femmes en deuil, exténuées et infatigables, avec une compétence et une énergie incroyables assuraient le travail masculin en plus de leurs tâches habituelles. Des hommes très vieux ou malades ou infirmes, tordus, les assistaient, avec des enfants. Dès que ceux-ci atteignaient l'adolescence, la guerre les aspirait. Mon frère aîné, Paul Achard, était déjà parti. Emile n'avait plus beaucoup de temps devant lui. L'autre Emile, mon cousin Paget, que j'aimais comme un grand frère, avait été tué. Il avait vingt ans.

Dans tous les départements, des trains apportaient des soldats blessés, couchés sur la paille des wagons à bestiaux. Dans les hôpitaux militaires, qui avaient poussé partout, on les soignait, on les recousait, on les guérissait, les infirmières les dorlotaient. C'était le paradis après l'enfer. Ceux qui avaient la chance de se voir amputer d'un membre étaient renvoyés chez eux définitivement. Les autres pouvaient encore servir. On leur accordait une permission de convalescence, puis ils devaient rejoindre leur corps ou une nouvelle unité en formation, et on les rejetait dans la guerre.

La guerre, pour moi, c'était LE FRONT : quelque part là-haut dans le Nord une sorte de frontière en pointillé, mouvante, dont j'avais vu le dessin dans un journal, et que les horribles Boches et les vaillants soldats français essayaient de faire avancer dans un sens ou dans l'autre en poussant dessus. Les morts, je ne savais pas ce que ça signifiait.

Pour les femmes, les vieux, les tordus restés « à l'arrière », le front c'était le lieu des batailles où leurs maris, leurs fils, leurs frères, les hommes les plus beaux et les plus vaillants de la France, se faisaient tuer pour empêcher les « hordes cruelles » de l'ennemi de submerger leur pays. Mais personne ne pouvait imaginer comment cela se passait. Les journaux illustrés éclataient d'actions héroïques, exaltaient le courage et le sacrifice. Aucun ne parlait de l'enfer de chaque instant, de la boue saignante des tranchées, du pilonnage perpétuel des corps et de la terre broyés ensemble, de l'horreur interminable et sans espoir que n'interrompait que l'horreur supplémentaire de l'attaque : sauter hors de l'abri pourri et précaire pour courir vers les mitrailleuses d'en face, qui tiraient.

Mon cousin Emile Paget vint une fois en permission avant d'être tué. La gare de Nyons était un terminus. La locomotive à charbon, noire, grasse, crachant fumée et vapeur, amenait deux fois par jour, vers midi et le soir, un train mixte d'une dizaine de wagons de voyageurs et de marchandises. On ne savait pas qui allait en descendre. Il y avait toujours, derrière la barrière basse qui séparait la place de la Gare du quai d'arrivée, un groupe de femmes et quelques vieux qui attendaient. Avec des gosses qui jouaient au « chemin de fer », les coudes au corps imitant les bielles, la bouche soufflant comme la locomotive, « tch ! tch ! tch ! tch ! tch !... ».

Une mère criait :

— André ! Tu as pas fini de racler tes pieds ! Tu vois pas que tu les uses tes semelles, dis ?

On entendait au loin le vrai halètement du train qui approchait. Les enfants couraient vers la barrière, grimpaient sur la barre inférieure, s'accrochaient aux montants, les femmes se pressaient derrière eux, les vieux restaient plus loin, moins impatients, plus sceptiques, fatigués. Qui allait descendre du train ? Ils hochaient la tête. La locomotive surgissait, passait le long du quai avec un bruit de forge et de vent et des lueurs rouges, s'arrêtait en poussant un grand soupir. Toutes les portières des wagons de bois s'ouvraient à la fois. Qui descendait ? Des femmes, des vieux, encore, avec leurs paquets et leurs paniers. Et puis tout à coup quelque chose de bleu : un soldat... Un autre, un autre, bardés de musettes et de bidons. On ne les reconnaissait pas tout de suite. Ils étaient barbus, ils étaient sales, ils étaient maigres, et leur regard était mort. Au bout de quelques secondes, des cris, des appels. A défaut d'un morceau de leur famille, il y avait toujours quelqu'un pour les accueillir et les accompagner. Un gosse leur prenait une main et marchait à leur côté, tout fier. Une femme en noir reculait dans l'ombre de la place. Son mari avait été tué, elle était sans nouvelles de son fils depuis des mois. Elle venait à tous les trains, tous les jours. Il n'était pas là, encore, ce soir. Elle reviendrait demain...

Debout sur sa terrasse, la mère Illy, la mère du charron, une vieille femme à la voix forte, toute ronde dans sa jupe noire, guettait les groupes revenant de la gare. Son œil perçant reconnaissait de loin le permissionnaire. Alors elle se tournait vers les quatre vents et elle criait son nom pour que ses parents et pour que ses amis, et tout le monde, sût tout de suite que le Monod, ou le Pez, ou le Girard, ou le Taulègne, était en train d'arriver. Un jour elle reconnut un permissionnaire de la famille Bœuf, et elle cria aux points cardinaux :

— Le Bœuf qui arrive ! Le Bœuf qui arrive !...

Et tout le quartier se mit à rigoler. Il en avait besoin.

Elle ne cria pas le nom de l'Emile Paget, car elle ne le vit pas passer.

Ce garçon superbe, qui depuis qu'il était au monde chantait et riait, et travaillait dans la ferme de ses parents avec le naturel et la joie d'un oiseau travaillant à son nid, avait été saisi d'un tel désarroi et d'une telle honte pour lui et pour les hommes, devant l'abominable où on l'avait plongé, qu'en revenant au pays il n'avait pas voulu se montrer. Assis, muet, dans un coin du compartiment, à l'arrêt il descendit à contre-voie et dévala le talus qui donne sur le chemin du cimetière. Il attendit là que tout le monde se fût dispersé. Il fit alors le tour de la gare, et au lieu de s'engager dans Nyons pour gagner sa ferme des Rieux, de l'autre côté du bourg, il traversa l'Aygues, remonta sur la route de Mirabel, passa devant « Port-Arthur », prit le chemin de la Citadelle et arriva chez lui par les champs.

Sa mère, qui était en train de préparer la soupe, l'entendit monter l'escalier de pierre, mit le nez à la vitre et vit arriver ce fantôme de désespoir. Elle dit « Mon Dieu ! », l'accueillit dans ses bras, en pleurant de joie et de peur. Son petit, ça son petit ? Ce n'était pas possible, qu'est-ce qu'on lui avait fait ? D'où il venait ?

Elle le fit manger, le coucha. Il dormit deux jours. Il se rasa et se lava de la tête aux pieds, près du robinet de la citerne. Les poux coulaient dans l'eau de savon. Sa mère fit bouillir ses draps et son linge dans la grande lessiveuse à cendres de bois, avec beaucoup d'eau de Javel. Il remit ses habits de paysan, alla sous la remise voir la grande charrette, posa sa main sur le brancard à l'endroit où le cuir du harnais avait usé la peinture et poli le bois de chêne, alla dans l'écurie voir Grisou, le grand mulet gris. Il leva la main pour le flatter et lui dire quelques mots d'amitié, mais sa main retomba et il ne dit rien.

Il ne visita pas sa terre. Il passa sa permission assis devant la maison, au soleil, sans rien dire. Son père n'osa pas lui poser de questions. Il ne fit pas un geste pour aider aux travaux de la ferme. Il n'était pas là...

Mon frère Emile vint le voir. C'était son copain.

Ce fut le seul à qui il fit une confidence. Il lui dit :

— Je vais repartir, et je ne reviendrai pas. Là où je vais, on ne peut pas en revenir deux fois...

Sa mère était la sœur aînée de ma mère. Lydie Paget. Elle avait épousé César Paget, d'une autre famille Paget. Peut-être un cousin très éloigné.

Quand on vint lui apprendre la mort de son fils, César partit à grands pas dans sa campagne, en criant, puis gémissant : « Ils me l'ont tué ! Ils me l'ont tué !... » et en se frappant la tête avec ses poings. Il ne rentra qu'à la nuit. Il tremblait. Il ne cessa plus de trembler jusqu'à sa mort. C'était un grand paysan solide. Il survécut longtemps à son fils.

J'ai déjà raconté cela ailleurs, dans d'autres livres. C'est le genre de vérités qu'il faut raconter souvent, avec l'espoir qu'un jour elles ne soient plus que des souvenirs impossibles.

De l'autre côté de la rue Gambetta, presque en face de la boulangerie, se trouvait une série de remises dans lesquelles le père Coulet, avec ses ouvrières, se livrait à des activités de saison. Après les pluies de printemps, les femmes comptaient les coucarelles — les escargots — qu'il emballait et expédiait. On entendait les chocs légers des coquilles jetées une à une dans les corbeilles : toc, toc, toc, toc... A la saison des noix, elles cassaient les noix pour en tirer les cerneaux. Il fallait des mains légères pour ne pas les écraser. Le bruit était une sorte de crépitement continu, sur lequel flambaient les rires des ouvrières.

Elles se racontaient les potins de Nyons, et des histoires salées. Ça chauffait dans les remises, même quand ce n'était plus l'été.

En cet été 1918, les remises du rez-de-chaussée et l'atelier au-dessus étaient occupés par des soldats.

Ce qui restait d'un régiment d'infanterie était au repos à Nyons où on le complétait avec des permissionnaires, des rescapés, des blessés guéris d'autres unités. Quand il serait complet, il monterait au front. Les soldats étaient répartis par petites unités dans tous les quartiers de la ville. J'avais lié amitié avec ceux de la rue Gambetta. Beaucoup avaient laissé chez eux des enfants de ma taille. En jouant avec moi c'était encore avec eux qu'ils jouaient.

Brusquement, un après-midi, Nyons apprit que le régiment allait partir. Le lendemain, à l'aube. Le bruit de la ville diminua. On se retenait de parler fort, de s'appeler. Comme dans la maison d'un malade perdu. Les soldats firent leurs adieux, dénouèrent les amitiés, coupèrent les amours courtes. Ils savaient où on les envoyait. Et de petits groupes de bleu horizon se mirent à rouler de café en café pour se soûler et oublier l'aube du lendemain. A Nyons, on ne buvait pas de vin dans les cafés. On pouvait en boire chez soi jusqu'à perdre conscience des choses, mais pas au café. C'était plus que vulgaire ; honteux, dégradant. Même le bousas, qui ramassait les ordures, n'aurait pas bu un verre de vin rouge au café. Mais il en traînait un litre dans son tombereau. Au café, on buvait, selon l'heure, l'apéritif ou le digestif. Tournée après tournée, c'était terrible, ça ravageait l'intérieur de la tête comme une râpe tournante. On disait d'un de ces apéritifs que si on y plongeait le soir une pièce de deux sous en bronze, le lendemain matin elle brillait comme de l'or, et d'un autre que si on s'en servait comme de l'encre, on pouvait écrire dans du marbre. Ceux qui en buvaient étaient fiers. Plus résistants que le bronze ; plus durs que le marbre.

Vers la fin de l'après-midi, les soldats de la rue Gambetta étaient presque tous présents dans les remises, préparant leur départ, faisant le tri de ce qu'ils allaient abandonner. L'un d'eux possédait un appareil photo, un qui se pliait et qu'il pouvait mettre dans sa poche. Il voulut laisser aux amis du quartier un souvenir. Il fit descendre tous ses copains pour les photographier en groupe. Il nous donnerait la pellicule, mon frère Emile savait développer.

Je regardais, curieux, intéressé. Un des soldats m'appela :

— René ! Viens ! Viens te faire prendre la photo avec nous !...

Je fus submergé par une terreur totale. Je n'eus même pas la force de m'enfuir. Je criai : « Non ! », et me mis à pleurer, planté sur place, pétrifié, à sanglots énormes.

Ils éclatèrent tous de rire.

— Allez viens ! Tu as peur qu'on te mange ?

Ma mère et Nini, ma cousine, qui avait seize ans et aidait à la boulangerie, riaient aussi, me rassuraient, essayaient de me pousser vers le groupe qui attendait. Je résistais de toute la force de ma peur. Peur de quoi ? Je connaissais tous ces hommes, ils m'étaient familiers...

Après quelques minutes, enfin, je me calmai et me laissai convaincre. Je vins prendre place, encore plein de hoquets, au premier rang, debout entre deux soldats assis. Et le photographe appuya sur le bouton...

J'ai retrouvé cette photo, avec bien d'autres, dans l'album de Nini, devenue une dame âgée. Elle a gardé toutes les photos du passé. C'est elle qui m'a raconté la scène, que j'avais oubliée. Je n'ai reconnu aucun des hommes qui m'entouraient. Beaucoup d'entre eux n'avaient plus que quelques jours à vivre. Ils allaient être mis en travers de la ruée des armées allemandes qui, toutes forces déployées, lançaient une offensive destinée à balayer le front et atteindre Paris. Autour de l'enfant effrayé, les soldats que regardait l'appareil photographique étaient déjà, pour la plupart, des morts...

Mais je me souviens bien de la scène du soir. Nous avions dîné, « soupé » comme on disait à Nyons, dans la petite cuisine derrière le magasin, ma mère, Nini et moi. Emile était à la Grange, le vieil ouvrier, un Nyonsais, était rentré chez lui. Le long jour d'été tirait à sa fin. Je n'aimais pas le moment d'aller me coucher. J'avais obtenu un moment de sursis et je tourbillonnais dans la rue, faisant des bruits avec la bouche et avec les pieds pour tenir éloignés les mystères du crépuscule. Debout sur le seuil du couloir, ma mère me regardait avec un sourire d'amour marqué de lassitude. Encore une journée, après tant de journées de solitude et de travail... Cela ne finirait donc jamais ? Elle était heureuse de la nuit qui s'annonçait. Un peu de repos... Nini, tranquillement, était en train de disposer devant la vitrine du magasin les volets de bois avec leurs crochets. Des petits cris endormis descendaient des nids d'hirondelles bâtis sous le bord du toit.

Un tumulte naquit en bas de la rue. Quatre ou cinq soldats ivres venaient vers nous en donnant des coups de pied dans toutes les portes et en criant des injures aux civils, aux « embusqués ». Ils étaient déjà en tenue de départ, casque sur la tête et baïonnette au ceinturon.

Ma mère cria :

— René !

Elle bondit vers moi, me saisit, me catapulta dans le couloir, claqua la porte, courut aider Nini à placer les derniers volets du magasin.

— Vite ! Ils sont soûls !... Les pauvres...

En quelques secondes, la boulangerie était hermétiquement close, nous trois à l'intérieur. Les soldats s'arrêtèrent et se mirent à secouer et frapper les volets de la vitrine en criant des insultes et réclamant du pain.

— Y en a plus ! cria ma mère.

C'était vrai. Il ne restait plus une seule miche sur les planches du magasin. Mais voulaient-ils seulement du pain, ces hommes rendus à demi fous par le désespoir et l'alcool ? A l'intérieur de la boulangerie se trouvaient deux femmes, seules avec un enfant.

Nini m'avait poussé dans la chambre et me serrait contre elle, toute tremblante. Moi j'étais intéressé. Ce qui se passait était extraordinaire. Cela sortait tout à fait de l'habituel paisible de la rue Gambetta. C'était la guerre, peut-être ?

Dans le magasin, ma mère essayait, à travers les vitres et le bois, d'engager le dialogue avec les hommes, de les convaincre qu'il n'y avait plus de pain, de les calmer. Son cœur était plein d'angoisse pour eux. Ils n'entendaient rien, ne voulaient rien entendre, ils essayaient d'ouvrir la porte du couloir, celle de la boutique, les frappaient avec leurs souliers ferrés, les ébranlaient de l'épaule, insultaient la putain de boulangère.

Il y eut un grand coup dans les volets de la chambre. Nini poussa un cri et me serra plus fort.

— Pourvu qu'ils tiennent !... Pourvu qu'ils tiennent !...

Elle parlait des volets...

Mais déjà les assaillants décrochaient, comme on dit en langage militaire, et poursuivaient plus loin leur route bruyante.

Quand je me réveillai, le lendemain matin, un petit attroupement se tenait sur le trottoir, devant ma fenêtre. Mme Girard, descendue de son premier étage, expliquait aux femmes du quartier tout ce qu'elle avait vu de son observatoire habituel.

— Et alors, y en a eu un qui a tiré sa baïonnette et vlan ! Il l'a plantée là !...

Son doigt montrait dans le bois du volet le trou laissé par la lame quadrangulaire. Un petit trou... Mais si le bois avait été de la chair...

En face, les grandes portes étaient ouvertes, les remises vides. Un peu de paille avait été entraînée par les pieds des soldats jusqu'au milieu de la rue. C'était tout ce qui restait d'eux.

J'avais trois ans quand mon père partit pour la guerre. Il eut la chance d'en revenir. Entier. Du moins en apparence. Il ne fut démobilisé qu'au début de 1919. Quand il rentra rue Gambetta, j'avais huit ans. Je ne le connaissais pas. Je l'avais vu deux ou trois fois, en permission.

On me parlait toute la journée de lui, mais il restait pour moi un parent éloigné, qui venait rarement en visite.

A son retour nous fîmes vite connaissance, nous étions faits pour nous entendre, il était aussi enfant que moi, et il aimait rire.

Etant boulanger, il avait été mobilisé dans le génie. Mais au lieu de l'occuper à faire du pain, on lui fit fabriquer des mines pour faire sauter les ouvrages ennemis. Après sa mort, j'ai trouvé dans ses papiers son vieux livret militaire tout usé contenant deux citations, et une croix de guerre avec deux étoiles de bronze. Il n'en avait jamais parlé à personne, ni porté le plus mince ruban.

Voici la première citation :

Le colonel commandant le 12e régiment de cuirassiers à pied cite à l'ordre du régiment :

le sapeur Barjavel, Henri, du 4e régiment du génie, détachement de sapeurs cyclistes (6e D.C.) :

le 8 septembre 1917, s'est offert spontanément pour l'exécution à brève échéance d'une reconnaissance dans les lignes ennemies. Chargé, au cours de cette opération, de la destruction des organisations ennemies, a accompli sa mission avec un courage remarquable et secondé en outre avec un dévouement absolu ses camarades des groupes de combat.

Le 14 septembre 1917
Le colonel commandant le
12e régiment de cuirassiers
Signé : d'Ablis de Gissac

Cuirassiers à pied, sapeurs à bicyclette..., c'est le *Voyage au bout de la nuit*, toute l'absurdité héroïque de la Grande Guerre. La deuxième citation, à l'ordre de l'armée, concerne le détachement de sapeurs cyclistes en son entier, et le qualifie de détachement d'élite qui, « depuis 1914, s'impose à l'admiration de tous par son travail acharné, son intrépidité, sa *modestie*... ».

Modestes ? Ils l'étaient tous, ces héros en multitude, comment ne pas l'être quand le ciel à tout moment vous tombe sur la tête ? Elysée, l'aîné des enfants de Paul Paget, avait déjà la moustache grise quand il fut mobilisé en 14. Il conduisait un camion de munitions tiré par des chevaux, à l'arrière des lignes, quand un obus à longue portée lui tomba dessus. On ne retrouva rien des chevaux ni du camion ni du conducteur.

Ceux qui eurent la chance d'en revenir n'avaient pas envie de s'en vanter. Seulement d'oublier, si c'était possible.

Pendant que les hommes se faisaient hacher, que les femmes s'exténuaient, les petits enfants connaissaient le Paradis. Dès qu'ils atteignaient dix, douze ans, on commençait à leur confier des tâches de plus en plus sérieuses, mais en deçà, ils étaient les rois du monde. Plus de père pour ordonner et interdire, une mère occupée qui n'avait le temps de se pencher vers ses enfants que pour les embrasser, rapidement, avec un soupir. Et les rues et les places, vides, sans danger, un Far West pacifique à leur disposition.

Surtout, l'absence du père leur épargna d'être les spectateurs muets et traumatisés des querelles inévitables entre parents. Le père lointain était, au contraire, de la part de la mère, l'objet d'un culte verbal, mélange d'admiration, de crainte et de pitié, même s'ils avaient auparavant l'habitude de se battre à coups de poêle à frire. Cela le grandissait et le nimbait de lumière dans le cœur des enfants. Il était absent, inconnu et admirable, comme un dieu. Ainsi ai-je eu une enfance très heureuse, à cause de cette guerre abominable.

La maison était pleine de femmes. Les locataires, les voisines, les clientes. Et mes deux cousines, Lydie et Nini, deux filles de ma tante Louise Vernet, sœur de ma mère, qui vinrent successivement aider celle-ci. Louise avait épousé un homme qui n'aimait que les chevaux et le jeu. Il disparaissait pendant de longues périodes, laissant sa femme sans argent, et ne revenant que pour lui faire un enfant. Louise, finalement, le quitta et retourna habiter à la Grange. Je l'ai connu vers la fin de sa vie. Cavalier déchu, il allait à pied d'un marché à l'autre pour y vendre une pommade miraculeuse. La tête ronde, le cheveu ras, les traits burinés, il avait l'air d'un Jean Valjean qui ne serait jamais devenu M. Madeleine. Sa pommade guérissait toutes les douleurs, les maux de ventre, les brûlures, les morsures de vipères, l'eczéma, les rhumatismes, et faisait repousser les cheveux... Pour montrer à quel point elle était excellente, il en étendait sur une large tartine de pain, et la mangeait.

Sa fille aînée, Lydie, fut la première à venir à la boulangerie après ma naissance, et eut le redoutable privilège de s'occuper de moi alors que j'étais un nourrisson furieux, gavé mais affamé, qui criait aux adultes qu'il avait besoin d'une autre nourriture. Mais ils ne parlaient pas la même langue que moi, et ne me comprenaient pas.

Quand je commençais à pleurer, ma mère disait à Lydie :

— Va le promener !...

Ma chère Lydie me posait dans le landau et partait sur l'avenue de la Gare. Je pleurais de plus en plus fort. Je devenais violet. Les voisines se penchaient sur moi au passage, pleines de commisération.

— Qu'est-ce qu'il a, le petit René ? C'est les dents qui lui poussent, déjà ?

— Je sais bien ce qu'il veut, disait Lydie.

Elle me sortait du landau et me prenait dans ses bras. Je me calmais aussitôt, ravi. Elle continuait sa promenade en me portant de son bras gauche et en poussant de sa main droite le landau...

Les enfants ne sont pas des paquets qu'on peut poser dans un coin. Une certaine pédiatrie hygiénique et imbécile veut qu'on laisse les nourrissons dans leur lit, couchés sur le ventre, et qu'on ne les en sorte que pour le biberon et la toilette. C'est monstrueux.

Un nouveau-né est un écorché vif. Il vient d'être arraché à la douceur et la sécurité du ventre maternel qui était le prolongement de lui-même. Il a besoin, un besoin absolu, vital, d'être de nouveau en contact avec du vivant, de la chaleur, du sang. Le sein était le grand consolateur non seulement par la nourriture qu'il dispensait, mais aussi par son contact chaleureux et doux avec les joues et les petites mains nues qui cherchent le monde. Le sein aujourd'hui a changé de fonction. Il n'est plus nourrissant mais seulement érotique, réservé aux mains de l'homme. En tant qu'homme je ne m'en plaindrai pas, mais comme j'en ai été privé, enfant !...

Faute de sein, le petit être humain éjecté du bonheur interne a besoin de sentir contre lui, même à travers des vêtements, une présence et une chaleur charnelles. Les jeunes mères qu'on voit, aujourd'hui, à l'exemple des Africaines, porter leur bébé sur elles, maintenu contre leur dos ou leur poitrine par une écharpe, un harnais ou un sac, sont dans la vérité. Elles vont et viennent, font leurs courses, et l'enfant dort, un peu tordu, bienheureux, ballotté comme il l'était quand elle le portait dans son ventre, jouissant de la même présence et de la même tiédeur.

Un enfant qui veut être porté dans les bras n'est pas un enfant capricieux. Il exprime un besoin. Il réclame, et il a raison.

A l'heure où j'écris ces lignes, ma Lydie est devenue une dame très alerte de quatre-vingt-quatre ans, sèche et légère comme un brin de genêt, qui vit seule dans sa petite maison au soleil de Nyons, grimpe son escalier comme une chèvre, monte à l'échelle pour cueillir les figues dont elle fait une confiture divine, et règne sur un jardin fou où poussent mille sortes de plantes et de fleurs dans une liberté absolue.

Elle me quitta pour vivre sa vie, et épousa un cuisinier, Fernand Monge. Quand je « montai » à Paris, à l'âge de vingt-cinq ans, ils tenaient un petit restaurant rue de Tocqueville. Bonnes portions, cuisine saine et excellente, prix minimum. Le restaurant était toujours plein, mais le bénéfice maigre. J'allais parfois y manger un bifteck, quand mes poches étaient vides. Je ne peux pas dire que j'avais des fins de mois difficiles, car il n'y avait pas de fins de mois aux Editions Denoël, dont j'étais le chef de fabrication. Denoël, éditeur génial et impécunieux, me donnait de l'argent quand il en avait, par petits morceaux. Je n'ai jamais su exactement ce que je gagnais. Ce n'était pas le Pérou... Mais Denoël était l'homme le plus intelligent que j'aie rencontré de ma vie. Travailler avec lui, bavarder avec lui la journée finie, c'était une joie et un enrichissement qu'aucune satisfaction pécuniaire n'aurait pu remplacer. Il a été assassiné le 2 décembre 1945. Qui l'a tué ? La police a conclu à un crime crapuleux. D'autres hypothèses étaient envisageables. Celle de la police paraît la plus plausible. Mais cela est une autre histoire.

Quand vinrent les restrictions de l'Occupation, Fernand et Lydie se trouvèrent dans une situation intenable. Il fallait, ou bien servir à leurs clients de la purée de rutabagas à la sauce robinet, ou bien virer au marché noir et s'enrichir en engraissant les goinfres fortunés. Leur honnêteté professionnelle repoussait la première. Leur honnêteté tout court refusait la seconde. Ils avaient un petit jardin à Nyons. Ils s'y retirèrent, vécurent dans un cabanon pendant que Fernand bâtissait leur maison. Il ne cessa jamais d'y travailler, bien après qu'ils s'y furent installés. Il était sur le toit quand il prit un coup de froid fatal. Il avait quatre-vingt-deux ans.

Curieuse entreprise, d'écrire des souvenirs. On tire sur le fil, et on ne sait pas ce qui va en sortir. Comme ces illusionnistes qui extraient de leur bouche, suspendus en guirlande, une fleur, une lame de rasoir, une ampoule allumée, un petit lapin...

J'évoquais des nourrissons et me voilà parmi les octogénaires... Tirons le fil : voici de nouveau la boulangerie. Une treille surmonte le magasin, au ras des fenêtres du premier étage. D'énormes grappes de raisin y pendent. Pas tout à fait noir, rouge foncé. Je n'en ai plus jamais vu d'aussi grosses. Le tronc est aussi épais qu'une jambe d'homme. Il s'enfonce dans la terre par un trou dans le trottoir. Je suis assis à côté de lui, adossé au bas de la vitrine, et je lis. De l'autre côté de la rue, juste en face du magasin, se trouvent le hangar où l'on stocke les fagots pour chauffer le four, et le jardin ombragé d'un tilleul où poussent des salades et des giroflées. Dans le mur qui prolonge le hangar, le long du jardin, s'ouvre une porte qui donne dans une remise appartenant au bureau de tabac. Le bureau de tabac n'est pas seulement une boutique, c'est aussi une fonction, et c'est aussi un homme. On dit :

— Qu'est-ce qu'il fait, l'Etienne ?

— Vous saviez pas ? Il est bureau de tabac à Mirabel...

Ou bien :

— Vous savez pas qui je viens de voir ?

— ... ?

— Vous devinerez jamais ! La Clarisse !... Voui... Qui se promenait sur la route de Montélimar avec le bureau de tabac !...
— Pas possible ?... Ce qu'il faut voir, quand même !... Après ce qu'elle a fait, moi j'oserais plus me montrer de ma vie !...
Ce qu'elle a fait, la Clarisse, n'a aucune importance. Il y a toujours quelqu'un qui a fait quelque chose qui provoque l'intérêt et l'indignation passionnés des commères. Et si ce qui a été fait n'est pas suffisant, elles en rajoutent. Elles sont deux ou trois par quartier, parfois dans une seule rue, dont l'occupation principale est d'observer et commenter les vies privées. Dès qu'elles se rencontrent, le cancan jaillit entre elles comme l'étincelle entre les extrémités de deux fils électriques. Elles brûlent, déchirent, dévorent, elles se régalent. Cramcram... La Clarisse ? Plus de Clarisse...

J'ai été quelque peu leur victime à l'âge de quatorze ans, l'âge de mes amours passionnées et innocentes. J'étais Roméo mais je ne montais pas à l'échelle. Elles voyaient déjà la fille enceinte. Elle avait quinze ans. Je me promenais avec elle en lui tenant la main. Elles mesuraient de l'œil son tour de taille... C'est un peu à cause d'elles que j'ai dû quitter Nyons pour devenir pensionnaire au collège de Cusset. Je devrais leur en être reconnaissant, car mon séjour dans ce collège, comme élève puis comme pion, sous la direction du principal Abel Boisselier, le chef d'établissement le plus extraordinaire que l'Université française ait jamais connu, fut pour moi comme le séjour d'un bulbe dans un sable tiède, ensoleillé et arrosé d'engrais, d'où j'allais jaillir à dix-huit ans, plus averti mais toujours aussi tendre, vers le grand ciel de l'amour et de la vie.

Je n'ai évité aucun piège. Je me suis jeté dedans avec un appétit et une naïveté d'agneau. J'ai été très heureux et très malheureux. S'il fallait recommencer... Non, je crois qu'aujourd'hui j'aurais peur.

Le bureau de tabac de Nyons, celui de notre quartier, était aussi marchand de journaux. Sa boutique était pour moi le palais des enchantements, la merveille des merveilles. Sur une table, à l'intérieur, s'étalaient tous les illustrés qui ouvraient les portes de mon univers de rêve : *Le Cri-Cri, L'Epatant* qui publiait les aventures des Pieds Nickelés, *Le Petit Illustré, L'Intrépide* où étaient relatés les exploits d'Iko Térouka, détective japonais, *La Croix d'Honneur*, spécialisée dans les actions héroïques des soldats français. Je préférais les Pieds Nickelés et Iko Térouka... Et puis les grands formats, *Les Belles Images* et *La Jeunesse illustrée*, et puis les illustrés pour les filles avec *Bécassine* et *Lisette*. C'est dans *Les Belles Images* ou *La Jeunesse illustrée* que j'ai fait, avant de connaître Jules Verne ou Wells, mon premier voyage dans la Lune. Je ne me rappelle plus ses péripéties, mais j'ai encore au fond de l'œil l'image des personnages dessinés, avec leur grosse tête rose.

En revanche, je ne me souviens pas du tout du visage du bureau de tabac. Je ne sais même plus si c'était un homme ou une femme. Dès que j'entrais dans sa boutique, l'étalage des illustrés avalait mon regard, je ne voyais rien d'autre, le monde réel disparaissait, chassé par le monde imaginaire. Je retournais à la boulangerie à pas lents, le nez dans le magazine, le cœur dans la Lune, me heurtant aux passants et aux troncs des platanes.

Une nuit le tocsin sonna. Ce n'est pas pour si peu que je me serais réveillé. Mais la maison, le quartier, s'emplirent de bruits, on claquait des portes, on courait dans la rue, on s'interpellait, on criait, et je sortis du sommeil pour entendre des exclamations, toutes centrées autour d'un maître mot effrayant : le feu.

— Au feu ! Y a le feu ! Chez Farnier ! C'est la scierie qui brûle... Au feu !

Et l'excitation de la curiosité :

— Vous venez, voir ?... Moi j'y vais !...

Et j'y fus aussi. Hâtivement habillé, me cramponnant par ma main crispée à la main d'Emile, ou de Nini, ou de ma mère, je ne sais plus, je me retrouvai marchant dans la rue Gambetta, la tête levée pour regarder le ciel rouge.

La scierie des frères Farnier, je la connaissais bien. Elle se situait non loin de chez nous, sur le chemin de la Digue, à droite en descendant, derrière la maison d'Illy. C'était une sorte de hangar de bois isolé par des jardins et qui me paraissait immense. Il abritait des pyramides de troncs d'arbres, des piles de planches, des vagues de copeaux, des mares de sciure. J'allais parfois voir fonctionner la fascinante scie à ruban, qui coupait des tartines de bois, dans un bruit hurlant et une odeur de chair végétale, comparable à l'odeur des fruits et du miel. Elle donnait envie de manger de l'arbre.

Farnier l'aîné — les plus jeunes étaient à la guerre — avait une longue barbe jaune, et je m'étonnais qu'elle ne se fût jamais prise dans le ruban de la scie, qui en aurait fait des vermicelles.

En sortant de la boulangerie je vis le ciel brûler au-dessus du toit d'Illy. Des langues de flammes montaient à l'assaut du noir de la nuit. Les visages des gens qui couraient dans la rue étaient éclairés en rose.

Je lâchai la main à laquelle je me tenais et me mis à courir aussi. Tout le quartier courait. Les femmes avaient enfilé leur jupe grise et leur caraco par-dessus leur chemise de nuit. Beaucoup d'entre elles emportaient un seau. En attendant l'arrivée de la pompe il fallait faire la chaîne. Et ces seaux qui couraient faisaient au bout de leur anse un bruit de fer qui répondait au tocsin fêlé de la cloche de l'église.

Quand j'arrivai au feu je ne le vis d'abord que par-dessus les têtes des curieux qui composaient à distance une muraille prudente. Mais je me faufilai et fus vite devant. Tout le bâtiment flambait. C'était beau. C'était magnifique. C'était fantastique. Voilà pourquoi on fait tant de films de guerre et de films-catastrophe : il n'y pas de spectacle plus grandiose que celui de la destruction brutale, par le feu et l'explosion, des édifices que les mains des hommes ont eu tant de peine à dresser dans leur équilibre...

La chaîne était déjà organisée et fonctionnait à plein. A son extrémité, une femme puisait l'eau avec un seau dans le canal d'arrosage, passait le seau à sa voisine qui le passait à son tour... Il y avait quelques vieux hommes parmi les femmes. Ils fatiguaient plus vite. Les seaux se succédaient sans arrêt. Ils éclaboussaient tout le long du trajet les jupes, les pantalons et les pieds, ils arrivaient à moitié vides au bout de la chaîne. La dernière femme, une grande en noir, saisissait le seau et en lançait le contenu en direction du feu. Elle ne pouvait pas s'approcher, ça chauffait trop. L'eau tombait à mi-chemin. Ça ne servait à rien. C'était la bonne volonté. Une seconde chaîne convoyait les seaux vides vers le canal.

On entendit dans un grand bruit la pompe arriver, tirée par un vieux cheval maigre qui trottait, il ne pouvait pas faire mieux, les beaux chevaux vaillants avaient été mobilisés, comme leurs maîtres. Celui-là était tout gris, avec les pieds et les genoux jaunes. Les quatre pompiers étaient assis deux par deux de chaque côté de la pompe, en civil avec leur casque doré bien brillant sur la tête. Ils avaient plus de deux cents ans à eux quatre. Ils sautaient à chaque cahot des roues de fer sur les cailloux.

On leur fit place, on les aida, on déroula les tuyaux, des femmes se mirent avec eux à pomper : il fallait être quatre de chaque côté pour manœuvrer le balancier. Le plus ancien des pompiers coinça sous son bras le grand nez de cuivre du tuyau et courut en direction du feu. Il s'arrêta quand son visage commença à cuire, et brandit la lance vers le foyer. Un jet en sortit, crachota, s'arrêta, reprit, s'élança, et s'enfonça dans les flammes comme une épingle dans un édredon rouge. Et j'eus l'impression que l'eau brûlait...

Les murs de bois et le toit s'écroulèrent ensemble, dans un bouquet final de flammes et d'étincelles. Il n'y eut plus, sur le sol, qu'une grande surface de braise dont le pompier commença à arroser le bord...

Je fus long à me rendormir. Il me semblait voir danser des vagues de feu sur les murs de ma chambre. Je pensais aussi au canal, où les seaux de la chaîne puis le tuyau des pompiers avaient puisé l'eau. C'était un endroit dont je ne m'approchais qu'avec crainte. Large d'environ un mètre cinquante ou deux mètres, il charriait lentement une eau sombre et qui me paraissait sans fond. A proximité du petit pont où le chemin de la Digue le franchissait, une énorme araignée avait tissé entre ses deux parois une toile grande comme un drap de lit. Elle y prenait les libellules. Jaune, verte et noire, elle restait immobile au centre de son piège, effrayante, abominable. J'allais la voir, je lui jetais parfois un petit caillou ou un débris de bois, qui restaient collés à sa toile. Si je recommençais elle entrait en fureur et secouait toute sa voile comme une tempête. Je me sauvais en courant. Elle me criait sans doute des injures, mais nos oreilles ne sont pas faites pour entendre la voix des araignées.

Je me demandais si elle n'avait pas été cueillie par un seau ou aspirée par le tuyau et projetée dans les flammes où son énorme ventre jaune avait explosé... Je suis allé voir, le lendemain. Elle était toujours là. Elle avait raccommodé sa toile endommagée. Les fils neufs brillaient. Elle guettait de nouveau, dragon immobile, au centre de sa rosace, au-dessus de l'eau noire. Je crois qu'elle y est restée des années. Elle y est peut-être encore.

Un autre incendie mémorable fut celui de la Caroline.

La Caroline habitait une maison en ruine du quartier des Forts, l'enceinte médiévale du vieux Nyons, alors presque totalement abandonnée. A ses rues étroites et sombres, les Nyonsais avaient préféré le soleil des quartiers neufs. Ses maisons restaurées sont maintenant de nouveau vivantes. Les Forts sont devenus le quartier chic. Au temps de la Caroline ils n'abritaient — très mal — que quelques rares familles sans ressources, et des chiens maigres.

La Caroline faisait chaque matin le tour des poubelles avant le bousas. Poubelles, c'est beaucoup dire. Quelques ménagères utilisaient une caisse ou un vieux seau, mais la plupart faisaient tout simplement un tas devant leur porte. Un petit tas. On ne jetait rien. Pas même les épluchures. Il y avait toujours, dans une cour ou un jardin, un lapin pour les manger. Les vieux papiers étaient pliés et conservés pour servir de nouveau. Ma tante Truc, qui habitait au deuxième étage de la boulangerie, allait même jusqu'à les repasser. Elle repassait aussi les billets de banque et les timbres-poste qui servaient de monnaie. Elle me donnait parfois un billet d'un demi-franc, nettoyé, recollé, lissé par le fer, magnifique, en me disant : « Ne le dépense pas, surtout, garde-le ! »

... Dans les minutes qui suivaient, il tombait dans le tiroir-caisse du bureau de tabac, ou de la pâtisserie Dalein, qui lui faisait face. Chez Mme Dalein j'achetais des caramels, ou mon gâteau préféré : une allumette, faite d'une pâte feuilletée recouverte d'une croûte de sucre glace...

Les métiers de boulangers et pâtissiers étaient bien séparés. Les boulangers ne faisaient pas de gâteaux, à part les pognes et les brassadeaux, au moment de Pâques. Encore ne trouvait-on les brassadeaux que chez les boulangers catholiques, car il était d'usage d'en orner, avec des fruits confits de toutes couleurs, les branches de buis que les enfants allaient faire bénir à la grand-messe du dimanche des Rameaux. A la sortie de la messe ils mangeaient ce qui était comestible, et le rameau dépouillé était planté derrière un crucifix ou au coin d'un miroir, dans la chambre ou dans la salle à manger, d'où il répandait pendant un an sur la famille les bénédictions qu'il avait reçues à l'église. Le rameau de l'année dernière n'allait pas aux ordures. On le brûlait.

La Caroline était grande et maigre. Elle nous paraissait très vieille, à nous, les enfants, mais elle ne devait pas avoir dépassé quarante ans. Elle partait faire sa tournée avec un sac de jute sur l'épaule, et un long pique-feu. Elle portait des lunettes rafistolées avec du fil de fer, et parfois quelques garnements la suivaient en chantant :

Caroline en bois
Caroline en fer
Caroline en fil de fer...

Elle les menaçait de son pique-feu. Ils s'enfuyaient, fiers d'avoir eu le courage de l'affronter, ravis d'avoir eu peur.

Elle ne ramassait que les chiffons. Sa tournée terminée, son sac était presque aussi plat qu'au départ. Qui aurait jeté des chiffons ? Le moindre morceau d'étoffe pouvait encore servir de « pétassou », c'est-à-dire de pièce à une jupe ou à un pantalon. Les pièces aux fesses ou aux genoux n'étaient pas des fleurs de snobisme comme celles des jeans délavés à l'eau de Javel par les garçons et les filles du temps présent, à qui rien ne manque. On les cousait solidement, par nécessité. On bouchait les trous, on renforçait les coins usés, on raccommodait, on reprisait, on rapiéçait, on rapetassait. Cela ne traduisait ni l'avarice ni la misère, mais le désir de faire durer le plus longtemps possible les vêtements, comme les instruments, les outils familiers, tout ce que des mains soigneuses utilisaient chaque jour de la vie.

C'est l'odeur qui alerta, en pleine nuit, le quartier du Foussat, en bordure des Forts. Ça sentait le brûlé... On remonta la piste en reniflant. On arriva chez la Caroline. On la trouva évanouie, à demi asphyxiée, dans la pièce unique où elle vivait, entre des murs croulants. Son « lit » brûlait. Son lit, c'était tout le sol de la pièce, sur lequel elle avait répandu, entassé, jour après jour, pendant des années, le contenu de son sac. Il y avait là un demi-mètre d'épaisseur, peut-être plus, de chiffons crasseux, de débris de hardes, de restes moisis, de rien-du-tout innommables, qui brûlaient sans flammes, comme de l'amadou, en répandant une puanteur atroce. La Caroline avait sans doute renversé, dans son sommeil, sa lampe ou sa bougie.

On la tira de là, on la transporta à l'hôpital, on éteignait le feu à grands seaux d'eau, mais l'odeur s'en répandit sur tout Nyons et dura plusieurs jours malgré le souffle du pontias qui essayait matin et soir de la balayer.

On ne revit plus la Caroline dans les rues. Le bousas resta seul à faire la tournée, mélancolique, à pas lents, sa pelle sur l'épaule, précédant son vieux cheval qui tirait un vieux tombereau. On les entendait venir de loin. Le bruit des roues. Le cheval s'arrêtait tout seul à chaque tas. Le bruit de la pelle qui raclait la chaussée. Puis ça repartait. Il faisait un quartier chaque jour. Il allait vider son tombereau je ne sais où. C'était des ordures ingrates. Il n'y avait pas de quoi engraisser la terre.

Le ou la bureau de tabac avait loué une remise qui s'ouvrait rue Madier-Montjeau, parallèle à la rue Gambetta. La remise communiquait par une petite porte avec notre jardin. Cette porte fermée me semblait un obstacle injuste et stupide à ma curiosité. Celle-ci me poussait à explorer toutes les planètes inconnues. Dans le hangar attenant au jardin, on entreposait les fagots qui servaient à chauffer le four. Je grimpais au sommet de leur montagne légère, je les déplaçais, m'entourais de murailles, me fabriquais un univers qui sentait la forêt sèche et la pinède. Dans le jardin lui-même, j'avais creusé un trou pour aller à la découverte du monde des taupes et des courtilières, ces étranges insectes qui ressemblent à des écrevisses et se font des chemins dans la terre. Mais je n'avais rencontré que des galeries vides et de longs vers roses, trop lents pour s'enfuir. La terre avait remplacé les bêtes dans mon intérêt : j'avais découvert sa vérité, différente de son apparence de surface. Grise et meuble au ras du sol, elle devenait jaune et serrée à un mètre de profondeur. J'espérais, en creusant davantage, lui trouver encore une autre couleur. J'avais taillé une paroi du trou en forme de siège, et quand il faisait très chaud j'y descendais pour lire au frais.

C'est dire si cette porte dans le mur du jardin excitait mon appétit d'inconnu. Elle n'avait pas de poignée, seulement un trou de serrure, à travers lequel je ne voyais que du noir. J'y introduisis et y essayai toutes les clefs qui traînaient dans les tiroirs de la maison. En vain. Je pris l'habitude de la pousser de la main chaque fois que je passais devant, espérant un miracle. Je me rendais souvent au fond du jardin, pour regarder les fourmis. Un muret surmonté d'un grillage séparait le jardin de la rue Madier-Montjeau. A la crête de ce muret, inlassablement, en une colonne jamais interrompue, passaient les fourmis.

Elles étaient de l'espèce qu'on nomme en Provence des « lève-cul ». Elles sont bicolores. Mais quand je me remémore leur multitude affairée, je ne parviens pas à me rappeler si elles ont la tête rouge et l'abdomen noir, ou le contraire. Rouge ou noir, leur abdomen est triangulaire, et quand on les excite elles le dressent à la verticale, menaçantes comme de minuscules scorpions. Mais c'est avec leurs mandibules qu'elles mordent, très efficacement. On s'en aperçoit quand on s'assied par inadvertance en un lieu qu'elles occupent ou traversent. Elles attaquent le premier morceau de peau nue qu'elles découvrent. A mon âge c'était les chevilles et les mollets. Elles s'y plantaient par la tête, le derrière en angle droit. Ce n'était pas terrible. Mais suffisant pour que je m'ôte de leur espace vital. J'aimais bouleverser leur défilé au fond du jardin avec un brin de paille, et voir l'excitation et la colère se propager dans la colonne qui pour quelques instants se rompait, ses individus tourbillonnant sur toute la largeur du mur, le cul dressé, à la recherche de l'ennemi. L'alerte se calmait rapidement. On ne pouvait pas perdre son temps à une agitation vaine. La colonne se reformait et, me semblait-il, accélérait. Je n'ai jamais vu d'autres fourmis aussi pressées. Elles ne portaient rien, en se hâtant. D'où venaient-elles, où allaient-elles, si vivement ? Il y avait urgence. A quoi ?

Leur colonne avait quelques millimètres de largeur. Deux courants contraires l'animaient, de gauche à droite et de droite à gauche, non séparés en deux files comme chez les humains-automobiles, mais intimement mélangés dans leur opposition. Si bien que la course de chaque fourmi était faite d'une suite de zigzags, d'arrêts brusques et de démarrages secs, pour éviter les collisions. Parfois un frottis d'antennes, poignée de main au passage, mais pas le temps d'engager la conversation. On se téléphonera...

La colonne disparaissait d'un côté dans le jardin de M. Teste, juste sous le prunier reines-claudes, et de l'autre côté dans une crevasse du mur de la remise du bureau de tabac. Parfois je déposais, au milieu des coureuses, le cadavre d'une mouche ou d'un hanneton. Tout d'abord elles s'écartaient, contournaient l'obstacle sans le voir, elles n'avaient pas le temps, qu'est-ce que c'était ce machin qui tombait du ciel ? Il n'aurait pas pu tomber ailleurs ? Vite, vite... Puis, tout à coup, une d'elles semblait buter dessus, s'arrêtait, le tâtait du bout des antennes et aussitôt l'attaquait à pleines mandibules. Trois secondes après elles étaient dix, vingt à tirailler la proie dans tous les sens, à la découper, la dépecer. Et je voyais la mouche s'en aller par morceaux, dans les deux directions, une patte à gauche, une aile à droite, comme une bannière transparente au-dessus d'un défilé. Ce qui ne me renseignait pas du tout sur l'emplacement de la fourmilière...

Je n'ai jamais su où elle était. Pendant toutes les années de mon enfance j'ai vu les fourmis passer au même endroit, se hâtant vers je ne savais quoi, je ne savais où. Elles continuent, peut-être, aujourd'hui.

Un jour, comme les autres jours, machinalement, en passant, j'ai poussé la porte fermée sur le mystère inviolable. Elle a cédé. Elle était ouverte... Les jours précédents elle était fermée, et ce jour-là elle était ouverte. Elle n'a plus jamais été fermée ensuite. Qui l'avait ouverte ? Je ne me suis même pas posé la question. Je ne pensais pas à l'intervention de quelqu'un, mais seulement à la porte. Elle *s'était* ouverte. Tout simplement.

J'ai jeté un coup d'œil pour voir s'il n'y avait personne et je suis entré.

Je n'étais pas un petit voleur. Je ne cherchais pas à prendre quelque chose. J'étais seulement, passionnément, curieux. Et je n'avais pas du tout la sensation, en entrant en un lieu qui n'appartenait pas à la famille, de commettre un acte répréhensible. Car, partout où il n'y avait personne, j'étais chez moi. La solitude était mon domicile, que je transportais autour de moi comme l'escargot sa coquille. En entrant dans la remise déserte du bureau de tabac, j'annexais une pièce nouvelle à ma demeure personnelle, à côté du trou-dans-le-jardin, de la chambre-en-haut-des-fagots, de la citadelle-sur-les-sacs-de-son.

Et dans ce lieu clos qui avait décidé un jour de s'ouvrir à moi, je découvris un trésor formidable, qui eut certainement une influence décisive sur ma formation et mon avenir.

La remise était un débarras. Une charrette à bras déglinguée levait vers le plafond ses brancards dont l'un était cassé, quelques caisses vides avaient été jetées dans un coin les unes sur les autres, un balai de sorgho usé jusqu'au manche s'appuyait au mur à côté d'un arrosoir rouillé mais...

Mais je vis tout de suite l'incroyable, l'inespéré, l'inimaginable : le long de la cloison de brique qui séparait la remise du hangar à fagots, des piles et des tas, croulants, abandonnés, de livres, de revues, d'illustrés, d'albums neufs ou fatigués... Tous les invendus du bureau de tabac... Un volume et un poids de lecture qui faisaient dix fois, vingt fois, mon propre poids et mon propre volume...

Mon émotion ? Imaginez une femme ayant soudain accès aux coffres de Cartier, et pouvant y prendre à pleines mains l'or, les diamants et les perles...

Il y avait aussi les rubis et les émeraudes des couvertures en couleurs, il y avait des années complètes de *Lectures pour tous* et de *Je sais tout*, des romans populaires : *Vierge et grand-mère* ou *Flétrie le soir de ses noces*, une foule de classiques en petites brochures, *Le Père Goriot*, *L'Homme qui rit*, Vigny et Musset, et *Le Cid* et *Iphigénie*, avec Nick Carter le grand détective, et les crimes du *Petit Journal* et le monde de *L'Illustration* et du *Journal des voyages*. Et les premiers numéros de *Sciences et Vie*...

J'en ai pris un échantillonnage, et je suis allé m'asseoir dans le trou-du-jardin. Et pendant des mois, peut-être plus d'un an, j'ai lu, j'ai lu, j'ai lu, sur les sacs, dans la terre ou au milieu des fagots. J'ai lu tout et n'importe quoi. Les romans sentimentaux m'ennuyaient, les grandes revues me passaient en grande partie au-dessus de la tête, mais je picorais partout, comme une poule qui fait son menu d'une graine, une sauterelle, un brin d'herbe, un escargot... J'ai emmagasiné en peu de temps une quantité et une diversité extraordinaires de bijoux et de clinquant. Mais la pacotille aussi reflétait la lumière.

Je n'avais personne pour diriger mes lectures. Et je pense que ce fut bien. L'essentiel est de lire beaucoup. N'importe quoi. Ce qu'on a envie de lire. Le tri se fait après. Et même la mauvaise littérature est nourricière. La seule littérature stérilisante, la littérature prétentieuse, philosophisante, cuistre, est sans danger pour les enfants parce qu'ils ne peuvent pas pénétrer dedans. Ils la rejettent, comme ils tournent le bouton de la T.V. au moment des discours politiques. Ce sont des sages.

L'inépuisable trésor de la remise était beaucoup plus important pour moi que l'école. J'avais avec celle-ci des rapports difficiles. L'école, c'était les travaux forcés, le bagne, l'horreur. Tant qu'il s'était agi de la maternelle, j'y allais gaiement. Elle était près de chez nous, et on y passait son temps à jouer. Il y avait bien sûr les séances de lecture, je m'étais très vite débrouillé, découvrant avec émerveillement le monde qui était caché derrière. Mais l'écriture... Vous vous en souvenez ? On commençait par des « bâtons ». Une ardoise, un crayon d'ardoise et ces rangées de petits bâtons qu'il fallait tracer, inclinés vers la droite, tous de la même longueur... Mon premier bâton descendait en courbe molle jusqu'au bas de l'ardoise, le deuxième s'envolait, le troisième se couchait... Impossible de les aligner. Ils me filaient au bout des doigts, s'installaient comme ils voulaient, trop longs ou trop courts, trop bas ou trop hauts, généralement tordus. Mon travail ressemblait vite au peuple des fourmis lève-cul dans un moment d'affolement. Je m'appliquais, je tirais la langue, je louchais, j'appuyais, je cassais le crayon, je rayais l'ardoise... Quel métier ! Pourquoi faut-il qu'il y ait des gens qui écrivent pour que d'autres puissent lire ? J'ai commencé bien jeune à souffrir avec l'écriture. Je continue.

Une des choses qui m'étonnèrent le plus, quand je quittai la Provence pour venir dans le « Nord », ce fut de voir des gens dans la rue quand il pleuvait. A Nyons, quand il commençait à pleuvoir, tout le monde courait, affolé, vers l'abri le plus proche, et parmi les gens qui avaient le bonheur d'être chez eux, personne ne sortait tant qu'il y avait une goutte d'eau en l'air...

Personne sauf les écoliers. Infortunés, obligés par le règlement et la discipline d'arriver à l'heure même par temps mouillé... Je disposais, pour me protéger, d'une pèlerine bleu marine, style chasseur alpin. Elle avait appartenu à mes frères et, au temps de la maternelle, elle me tombait aux chevilles. Parfois j'y abritais Simone Illy, une des filles du charron, qui avait mon âge. Plus petite que moi, elle y disparaissait entièrement. Seules ses chaussures dépassaient, et nous nous rendions ensemble, à quatre pieds, à la corvée des bâtons, dans la même tiédeur à odeur de laine, tandis que les éléments monstrueux crépitaient sur mon capuchon.

La pèlerine m'a suivi à la « grande école ». Des chevilles, elle m'est montée à mi-mollets, puis aux genoux. Je n'ai pas eu de petit frère, sans quoi elle aurait servi encore.

Aujourd'hui, au berceau, les filles portent déjà des culottes. Au début du siècle, au contraire, tous les enfants étaient en jupe. Avec une jupe et rien en dessous, les pipis, masculins ou féminins, ne posaient pas de problèmes. Les garçons n'obtenaient le droit à la culotte que longtemps après être devenus « propres ».

Léon Frapié, dans son roman *La Maternelle*, raconte l'inquiétude d'une jeune institutrice au moment où elle prend son poste et se trouve en face d'une assemblée remuante de bambins uniformément habillés de jupes.

— Mais comment distinguer les garçons des filles ? demande-t-elle à sa directrice.

Et la directrice répond :

— Vous n'avez qu'à les retourner...

J'ai sous les yeux une photo me représentant en robe, debout sur un guéridon dans l'atelier de pose de Ravel le photographe, notre voisin. Ce devait être ma robe du dimanche. Je me demande de quelle couleur elle était. Elle paraît sombre, mais elle a un col et des poignets de dentelle... Elle me descend au-dessous des genoux, surplombant de petites chaussettes blanches et des souliers montants blancs à lacets, avec les ganses bien faites. Les souliers devaient, eux aussi, provenir de mes frères, car ils paraissent nettement trop grands.

Malgré toutes ces afféteries qui devaient consoler ma mère de ne pas avoir de fille, j'avais bien l'air d'un garçon, avec de grosses mains et une bonne bouille ronde. Et aussi un regard terrifié qui louchait presque en fixant la grosse boîte avec un œil de verre, et le monsieur sous son drap noir.

Je suppose que cette photo fut faite en août 1914, à la déclaration de la guerre, pour que mon père pût la garder dans sa poche en partant. Le photographe partit aussi, et ne revint pas.

J'avais donc trois ans et demi. Je dus probablement avoir le droit à la culotte dans les mois qui suivirent. Mais ma mère laissa pousser mes cheveux, en attendant la fille qu'elle aurait peut-être quand mon père reviendrait de la guerre après avoir repoussé les affreux Boches et leur Kaiser moustachu, hordes barbares commandées par un nouveau Gengis Khan. La victoire ne tarderait guère. Dans quelques semaines, les hommes glorieux seraient de retour...

Mes cheveux, hélas, eurent tout le temps de pousser. Ils tombèrent sous le ciseau du coiffeur un triste jour de septembre 1917. Je me souviens de l'opération. J'étais assis sur une planche posée en travers des bras du fauteuil. Je regardais apparaître dans la glace un étrange personnage qui ne me ressemblait pas. Le coiffeur était un vieil homme qui tremblait. Avec ses doigts glacés, il m'avait enfoncé dans le col les bords d'une serviette blanche qui me grattait. Après les ciseaux vint la tondeuse. Elle était mal affûtée. Chaque fois qu'il l'écartait de mon crâne il m'arrachait deux ou trois cheveux. Je criais « Aïe », il faisait « Tss ! Tss ! » d'un ton agacé. Nini, qui m'avait accompagné, ramassait, les larmes aux yeux, les longues mèches de mes cheveux sacrifiés. Elle en garde encore une aujourd'hui, dans une enveloppe, ornée d'une ganse de ruban bleu...

Je fus tondu « à la chien », c'est-à-dire ras partout, sauf une frangette d'un centimètre en haut du front. Je me regardais avec effarement dans le miroir. Je découvrais mes oreilles. J'avais l'air d'un pot avec deux anses. Le coiffeur me fit « pschtt... pschtt... pschtt... » sur la tête avec un vaporisateur : un peu de « sent-bon » pour consoler la victime. Une odeur affreuse. Je l'ai retrouvée, depuis, chez tous les coiffeurs. Si on ne se méfie pas, c'est toujours celle qu'ils choisissent quand on demande une friction. C'est le parfum « à la fougère ». Terrible. On ne peut s'en débarrasser que par un shampooing bien décapant. Pourquoi fougère ? Dans les bois, l'honnête fougère ne sent rien.

Chez les adultes mâles, la coiffure à la mode était alors la taille « à l'embusqué ». Un embusqué était un homme qui, par relations puissantes, ou parce qu'il était indispensable dans une usine, ou parce qu'il était vraiment malade, avait réussi à rester à l'arrière, à ne pas partir pour le front de la tuerie. Pour la coiffure « à l'embusqué », on tirait et plaquait les cheveux sur le crâne, « en arrière du front ». Drôle...

La taille à la chien était obligatoire pour être admis à la grande école. A cause des poux. Cela ne m'empêcha pas d'en attraper deux ou trois fois. Ma mère me frottait alors la tête au pétrole. Ils n'aimaient pas ça. Moi non plus.

Pendant les grandes vacances de 1921, que je passai à la campagne, en compagnie de Nini et de ma mère qu'on croyait convalescente, j'eus deux grands copains chiens, un épagneul blanc et blond nommé Tango, et un je-ne-sais-quoi énorme et noir nommé Tokyo. Celui-ci, affectueux comme une montagne, me couvrait de pattes, d'oreilles et de poils, et me faisait régulièrement cadeau de deux ou trois de ses tiques. Les puces venaient de Tango, plus distingué. Nini engueulait les chiens et me nettoyait. C'était à recommencer le lendemain. Et j'avais toujours, en plus, quelques piqûres de moustiques ou de mouches que je grattais jusqu'à les écorcher. Je ne sais pourquoi on empêche toujours les enfants de se gratter quand ils sont piqués et que ça démange. Quand ça saigne, on a mal mais ça ne démange plus.

Toutes les bêtes qui piquent pour se nourrir m'ont toujours considéré comme un plat de choix. Aujourd'hui encore, dès que je me promène à la campagne ou en forêt, tous les bestiaux volants et perçants à un kilomètre à la ronde se passent des messages radio pour signaler mon arrivée, et je suis bientôt entouré d'un nuage offensif de mouches et de moustiques, des vibrions gros comme un pointillé, des hélicoptères aux pattes de cinq centimètres, des escadrilles de stukas à sirènes qui piquent par six jusqu'au fond de mes oreilles, des mouches mordorées, des bleues, des rouges, des inconnues, des invraisemblables qui m'attendaient depuis un siècle... Si je m'assieds dans l'herbe s'y ajoutent les piqueurs sans ailes, qui sortent de dessous les pissenlits et les cailloux. Je ne peux pas me déshabiller, prendre un bain de soleil, ils ne me laisseraient que les os.

Pour les faire fuir, j'ai essayé l'extrait de citronnelle, et le liquide préventif que l'armée U.S.A. distribuait à ses soldats de la jungle d'Indochine. Ça pue et c'est inefficace. Je n'ai trouvé qu'une cuirasse. Merveilleuse. C'est l'huile-aux-7-vertus que fabrique Olenka de Veer en faisant macérer certaines fleurs sauvages dans l'huile d'olive. Non seulement elle calme instantanément douleur et démangeaison, mais si je m'en oins préventivement, je peux me promener n'importe où et me pencher vers les fleurs et les herbes avec mon appareil photo sans être agressé. Je suis un peu luisant, mais enfin délivré de l'angoisse des assiégés.

Aux environs de Pâques 1979, en tournée de repérage pour le tournage de *Tarendol*, je visitai un après-midi, en compagnie de ma filleule Paulette, fille de Nini, et de son mari Marius, un bastidon qu'ils possèdent près de Mirabel, et qui aurait pu servir de décor à une scène. C'était le début du printemps, après un hiver froid. Il faisait un temps merveilleux, à la fois frais et tiède, le thym commençait à fleurir, les insectes de l'année n'étaient pas éclos, et ceux de l'an passé dormaient encore leur hibernation. Du fond du coma, à un mètre sous terre, un d'eux me sentit passer. Son sommeil explosa. Il jaillit du sol comme un missile. Je n'eus pas le temps de le voir ni de l'entendre. Je ne sais pas ce que c'était. Il m'a perforé sauvagement deux fois, au poignet. Il est rentré dans son trou, nourri pour une saison.

Je n'avais pas sur moi mon petit flacon d'huile miracle. Je suis rentré à Paris avec l'avant-bras comme un jambon.

Je suppose que pour tous ces piqueurs avides mon sang doit être quelque chose de particulièrement exquis. Caviar et foie gras, chateaubriand au poivre vert, œuf poché à la crème, millefeuille, tarte Tatin...

Je tiens ce sang de ma mère qui, comme moi, était assaillie par toutes les bestioles. Elle en est morte.

Il y eut, au mois de septembre, une série d'orages violents qui, venus du Rhône, remontaient la vallée de l'Aygues en fracassant leurs éclairs contre les premières montagnes, Gardegrosse, Essaillon, qui tentaient de les arrêter. Ils les noyaient sous un déluge de gouttes énormes et poursuivaient leur route pour aller s'écraser sur les massifs de l'est de la Drôme et des Hautes-Alpes. Cela dura plusieurs jours, puis le soleil revint. Les Nyonsais ressortirent de leurs maisons et regardèrent en l'air en pensant que le bleu était une couleur bien plus agréable que le gris.

Alors, toute cette eau qu'ils avaient vue passer de l'ouest à l'est dans le ciel, ils l'entendirent revenir de l'est à l'ouest, au ras de terre. L'Aygues grondait. Une eau jaune, boueuse, l'emplissait au ras de la Digue, tumultueuse, rapide, creusée d'énormes remous. Emile m'emmena voir ce rare spectacle. C'était impressionnant, démesuré. L'Aygues était devenu un fleuve. Un fleuve furieux aux muscles de géant. Je vis passer un arbre qui tournoyait, avec toutes ses branches, une meule de paille, un cochon gonflé. Cela faisait un bruit énorme qui devait s'entendre jusqu'en haut du Devès. Il me semblait sentir sous mes pieds toute la terre trembler.

— Ça va être bon pour la pêche, me dit Emile. Demain, quand ça aura un peu baissé ! Là, tu vois, là où c'est calme... Les poissons viennent s'y mettre à l'abri...

Il me montrait un remous-tourbillon sous des arbres en surplomb, où l'eau semblait vouloir remonter à l'envers.

— Regarde ! Regarde ce gros !

Il criait, tout excité, et montrait du doigt quelque chose dans l'eau. J'écarquillais les yeux. Autant essayer de voir à travers un pot de moutarde.

— Tu m'emmèneras, à la pêche, avec toi, dis ?

Il me regarda du haut de ses quinze ans. Court silence, puis :

— Tu feras pas de bruit ?

— Non !...
— Bon... Je te ferai une ligne...

Lui se fit un filet. C'était, au bout d'une perche, deux branches en croix, dont les quatre extrémités étaient reliées par un vrai filet, qu'il avait déniché je ne sais où. La perche et les branches devaient bien peser une vingtaine de kilos. C'était du sport. L'Aygues avait à peine baissé. Et il grondait toujours aussi fort. J'aurais pu crier sans que les poissons risquent de m'entendre mais dès que j'ouvrais la bouche, Emile me disait :

— Chuut !...

Il plongeait son filet dans le remous, l'engin disparaissait dans l'eau boueuse, il l'y laissait quelques minutes, puis le retirait d'un mouvement aussi vif que son poids le permettait. Il ne ramenait que des feuilles, ou des débris de branches, ou rien du tout...

J'espérais avoir plus de chance que lui. Ma ligne se composait d'une ficelle fixée au bout d'une canne. L'autre extrémité de la ficelle était nouée autour d'un bouchon de bouteille, qui flottait sur l'eau. Emile n'avait pas voulu y ajouter un hameçon, de peur que je ne me blesse.

— Tu en as pas besoin !... Le poisson a faim : il mord le bouchon, ses dents restent coincées dedans, tu tires fort, il vole en l'air et il tombe sur la Digue. Mais il faut pas le rater !... Regarde bien ton bouchon... Le quitte pas des yeux !

J'ai bien regardé mon bouchon. J'en avais mal aux sourcils. J'en louchais. Je n'ai pas vu de poisson. J'étais déçu. Emile n'a rien pris non plus. Mais c'était une belle partie de pêche. Ce fut la seule de ma vie.

Et le 1ᵉʳ octobre arriva. Les cheveux coupés, j'étais prêt pour l'école. Ma mère me prit par la main, et nous traversâmes ensemble la moitié de Nyons. C'était l'exil. Après l'église catholique nous tournâmes à gauche et commençâmes à grimper dans une rue pavée, étroite, concave, au milieu de laquelle courait un ruisseau. Elle était bordée à droite par un grand mur, à gauche par des maisons taillées dans les anciens remparts. C'était la rue des Ecoles, sinistre comme son nom.

Mon oncle Gustave, gendarme en retraite, frère aîné de mon grand-père Paget, habitait une des maisons de gauche. Il était mon parrain. Je me souviens de lui comme d'un géant. Pour m'embrasser, il me soulevait à deux mains à des altitudes qui me faisaient frémir, et me frottait le visage avec sa moustache et sa barbe, qu'il portait à la façon de l'empereur Napoléon III, sous lequel il avait servi. C'était un homme de fer, avec une voix de tonnerre. A quatre-vingt-trois ans, il fut malade pour la première fois. Les maisons des remparts étaient humides et sombres. Il y attrapa une sciatique contre laquelle il essaya de se battre. Il dut marcher avec une canne. Il s'obligeait à faire des promenades qui le torturaient. Parfois, à une attaque de douleur trop vive, il retroussait son pantalon, et, en jurant, plaçait sa jambe et son genou sous le jet glacé d'une borne-fontaine, qui, momentanément, le soulageait.

A ce traitement, il ne put bientôt plus sortir de son lit. Sa femme, menue et bien vieille, ne pouvait pas le bouger. Aller au seau hygiénique était toute une affaire. Et il fallait payer le médecin, les remèdes inefficaces. La retraite était mince et la S.S. n'existait pas.

Un après-midi, l'oncle Gustave envoya sa femme faire une course inutile à l'autre bout de Nyons, se traîna jusqu'à la soupente, y trouva une corde qu'il attacha à la poutre au-dessus de son lit, et se pendit, pour soulager sa femme autant que pour se soulager lui-même.

Dans les familles paysannes, ce genre de mort n'était pas rare. Quand un vieux était devenu totalement inutile, si une maladie le mettait à charge, il débarrassait la communauté. Il choisissait généralement la corde, parce que ça ne faisait pas de saleté. Et la corde n'était pas abîmée et pouvait encore servir pour la mule ou les fagots.

Les vieilles résistaient mieux. L'âge les desséchait plutôt qu'il ne les rendait malades. Et elles restaient toujours utiles, à de menues tâches au coin du feu. Repriser les chaussettes, tricoter, éplucher les haricots. Tandis qu'un homme qui ne pouvait plus maîtriser un cheval ou manier un outil n'était plus bon à rien.

Il y eut trois suicides dans ma famille en deux générations. La moitié des mâles. Et je dois en ajouter un quatrième, de la génération suivante, qui se tua au pastis. Il en buvait jusqu'à tout oublier. Il mourut le foie éclaté.

Aucun suicide parmi les femmes. Elles étaient plus courageuses. Elles allaient jusqu'au bout de leurs peines.

Ce 1er octobre-là, quand je passai devant la maison de l'oncle Gustave, il l'avait déjà, définitivement, quittée.

Dans le mur qui longeait la rue à droite, une double grille de fer s'ouvrait sur un escalier gris. De l'autre bout de l'escalier, là-haut, coulait sur les marches la rumeur du monde étranger, abominable, vers lequel ma mère me conduisait. Des interpellations, des cris de jeux, des rires... Qui pouvait avoir le courage de rire en ces lieux ?

Nous débouchâmes dans la cour de l'école, immense et grise, d'où montaient les troncs des platanes. A gauche le bâtiment des classes, à droite le préau. Entre les deux, le tourbillon des garçons, les anciens, qui se connaissaient et se reconnaissaient, et commençaient déjà à se poursuivre, à la balle-chasseur, au voleur-gendarme. Les plus grands avaient tracé le rond où les toupies de chêne ou de buis, à pointe de fer, lancées avec une ficelle, se heurtaient, tournaient, chancelaient, roulaient hors des limites. Contre le mur du fond s'engageaient les parties de chicolet, qui se joue avec des noyaux d'abricots. C'est les billes des pauvres.

Je ne voyais de tout cela que l'agitation générale, menaçante, noyée de poussière, une sorte de mer sèche, en tempête, qui allait m'engloutir. Déjà je suffoquais, avec des sanglots gros comme les galets de l'Aygues en travers de la gorge.

Ma mère me présenta au maître de la classe où j'allais entrer, puis m'embrassa, et s'en fut vers l'escalier dans lequel je la vis s'enfoncer peu à peu. Quand sa tête eut disparu, je me sentis comme le naufragé qui voit s'effacer à l'horizon le navire qui aurait pu le sauver. J'étais seul, au milieu de garçons inconnus, gardés par des hommes sévères, en un lieu sinistre où j'allais être soumis à des obligations atroces. Le désespoir me submergea. Je courus vers un platane, m'y appuyai des deux avant-bras repliés, enfouis mon visage dans cet abri et me mis à pleurer... J'aurais voulu appeler au secours ! crier : « Maman ! Pourquoi m'as-tu abandonné ? » Je n'osais pas. Je ne pouvais que m'abîmer dans une immense désolation.

Je ne sais pas ce qui est advenu ensuite ce jour-là, mais pendant les quatre années que j'ai passées à l'école primaire, je ne me suis jamais consolé de la première heure.

Je fus un très mauvais élève. Je n'aimais pas ce qu'on me faisait faire. Le plus abominable était écrire. Sur un cahier. Avec un porte-plume en bois armé d'une plume sergent-major pointue comme une lance, qui crevait le papier et crachait des jets d'encre. Mon cahier était couvert de taches. Moi aussi.

Ensuite, compter. Quelques mois auparavant, j'avais entendu, par une fenêtre ouverte, un copain de la rue Gambetta, plus âgé que moi, faire ses devoirs en calculant à voix haute. Il disait : « Je pose six et je retiens-z-un. »

Cette phrase m'avait paru fascinante, magique. Je savais compter jusqu'à dix, mais lui, il posait six. Il le posait où ? Et il retenait-z-un. Comment ? Avec ses doigts ? Une ficelle ?

Maintenant il n'y avait plus de mystère. Je faisais aussi des additions. Ou tout au moins j'essayais. Je posais six et je retenais-z-un. Mais quand je recommençais pour vérifier je posais sept ou quatre, et je retenais deux, ou rien du tout. Alors, pour masquer mon désarroi et ma honte, je cachais le chiffre inconstant sous un pâté.

Je mâchais le bout de mon porte-plume, j'avais les lèvres noires, j'essuyais mes doigts noirs à ma blouse noire, je tournais la page, j'allais recommencer sur une page neuve, toute blanche, elle allait m'aider, elle était belle... Elle ne le restait pas longtemps.

Après l'addition et la soustraction, il y eut le supplice des tables de multiplication. J'ai su très vite la table par 2. Mais la table par 3 m'emplit d'effarement. 3 fois 2, 6, je comprenais, c'était la même chose que 2 fois 3, 6. Mais 3 fois 3, 9... Pourquoi ? Pourquoi 9, et pas 8 ? C'était comme ça. Il fallait le savoir. Pour le savoir, l'apprendre par cœur. C'est tout. Et plus loin il y avait le 4 fois 4, 16, qui était le comble de l'inexplicable. Et tout à fait au bout, l'himalaya d'horreur de la table par 9...

A cette gymnastique cérébrale inhumaine s'ajoutaient les départements. Plus de quatre-vingts ! Dont il fallait connaître les chefs-lieux, les sous-préfectures et les « autres-villes ».

Eure-et-Loir chef-lieu Chartres, sous-préfectures Dreux, Châteaudun, Nogent-le-Rotrou...
— Barjavel ! Eure-et-Loir ?
— Heu...
— Chef-lieu ?
— Heu... heu...
— Chef-lieu Cha... ? Cha... ?
— Chamonix...
— Voyons, voyons... Cha... Cha...
— Charenton !

Rire général. Je me rassieds, tout rouge. Mais pourquoi dois-je savoir l'Eure-et-Loir ? Où est l'Eure ? Où est l'Oir ? Quelque part là-haut dans le noir, ce n'est pas mon pays, ce n'est pas la rue Gambetta, la boulangerie et le jardin. Ce n'est pas la Lune des *Belles Images*, c'est un tortillon quelque part entre d'autres tortillons sur une carte en couleurs dans le livre de géographie, je ne sais pas où, à gauche, à droite, en haut, en bas, l'est et l'ouest, je ne sais pas, je n'ai pas envie de savoir...

Les écoliers d'aujourd'hui apprennent-ils encore les départements ? Ils doivent alors y ajouter le numéro, et peut-être le code postal du chef-lieu.
— Eure-et-Loir, numéro ?
— Heu...

Comme la vie est rendue difficile...

J'ai traversé ainsi les quatre classes, à la traîne, avec des cahiers écornés, des livres qui perdaient leurs feuilles et leur couverture. On ne me confiait que les épaves. Les livres neufs étaient pour les brillants élèves. L'année la plus terrible fut la dernière, chez le directeur de l'école, M. Roux. La plus supportable, l'année précédente, chez M. Richard. Celui-ci était un homme très doux, un veuf, malade, qui élevait une fille unique. Il portait une petite barbe grise, pointue. Je me souviens d'un jour où, en pleine classe, il nous dit de sortir tous, vite, vite ! Et comme nous ne nous pressions pas assez, il nous fit de grands gestes avec ses bras, nous poussant par signes vers la porte. Il ne pouvait plus parler. Etant toujours le dernier et toujours curieux, j'eus le temps, avant de sortir, de le voir tituber vers le poêle, soulever le couvercle, et vomir rouge dans les flammes.

Ce fut le premier de mes « enseignants » qui soupçonna que je n'étais pas idiot. Il disait à ma mère : « Il est intelligent, mais au lieu de travailler il regarde voler les mouches... »

C'était bien plus intéressant que l'Eure-et-Loir et la Marne-et-Mayenne...

M. Roux, le directeur, était un petit homme sec, toujours vêtu de gris. Sa réputation de sévérité était telle qu'on en tremblait trois classes à l'avance. Quand j'arrivai chez lui, il considéra de son devoir de me faire obtenir des résultats au moins moyens. Et il entreprit d'abord de me faire écrire selon les règles. Pour cela, il fallait allonger au maximum le pouce, l'index et le majeur, coincer le porte-plume entre les trois doigts et le faire mouvoir sans bouger la main, uniquement par flexion des doigts. Je serrais les dents, tous mes muscles se tétanisaient, je n'étais plus qu'une main crispée autour d'un cylindre de bois qui refusait d'obéir, comme un âne. Mon index glissait peu à peu en arrière, se pliait, ses deux grandes phalanges dessinant une tour Eiffel.

— Ton index ! criait M. Roux, debout à côté de moi. On dirait le pont Saint-Bénezet !...

C'est le pont d'Avignon, qui tombe tout droit dans le Rhône...

Exaspéré, il frappait ma table d'un grand coup de sa règle. Un réflexe de terreur allongeait mon index, la plume sergent-major s'enfonçait dans le cahier, répandant son sang noir dans six feuilles d'un seul coup...

Le directeur renonça. Il me mit à la dernière table, derrière tout le monde. Je n'étais pas bruyant, ni dissipé, mais il valait mieux que les autres ne me voient pas. J'étais un exemple décourageant.

Nous trouvions très normal qu'on eût fait du 14 juillet la fête nationale de la France : c'était le premier jour des vacances.

Le 13 juillet à quatre heures de l'après-midi, à la sortie de la dernière classe, nous nous libérions de dix mois de contrainte par des hurlements de joie et par une chanson vengeresse :

> *Vivent les vacances !*
> *Que les poules dansent !*
> *Les cahiers au feu*
> *Et les maîtres au milieu !*

Je crois que je mélange. Le second vers appartient à une autre chanson, une comptine :

> *Demain c'est dimanche*
> *Que la poule danse,*
> *Demain c'est jeudi*
> *Que la poule fait son nid...*

Mais pourquoi les poules ne danseraient-elles pas pour célébrer les vacances ? C'est le jour ou jamais ! Allez, les poules ! Sur un pied ! Sur l'autre ! Toutes ensemble ! C'est la polka de la joie...

On notera qu'il n'était pas question, dans notre chanson révolutionnaire, de brûler les livres. Nous n'allions pas jusqu'à vouloir supprimer la science. Mais seulement qu'elle nous laissât en paix. Brûler les cahiers, c'était faire sauter les ponts par lesquels elle envahissait notre monde qui eût été sans elle uniquement celui des jeux.

Mais, bien entendu, nous ne brûlâmes jamais rien, pas même une simple feuille couverte de pâtés. Notre contestation restait verbale, et durait trois minutes, le temps de dévaler l'escalier en hurlant et de nous répandre sur les pavés de la rue des Ecoles. Dix mètres plus loin c'était fini, nous avions tout oublié, les horribles journées étaient enfouies dans la cendre du passé. Devant nous s'ouvrait la route lumineuse des vacances et de la liberté.

J'ai pourtant si bien rêvé de ce feu libérateur, pendant les heures de ma morne bataille contre l'encre, le papier, les chiffres, les z-autres-villes, dans le silence et l'immobilité obligatoires, que je m'en souviens comme si je l'avais vu. Un grand feu rond à ras de terre, où les feuilles des cahiers se tordaient et flambaient. Et nous faisions la ronde autour en criant et chantant. Et le bas de nos blouses noires flambait autour de nos genoux. Nous les arrachions et les jetions dans les flammes...

Je n'ai jamais imaginé un de nos maîtres, même le plus terrible, le directeur, au milieu du feu. Nous n'avions aucune méchanceté dans nos cœurs.

Quand a éclaté Mai 68, je suis allé presque tous les jours au Quartier latin, regarder. J'ai vu brûler non les cahiers mais les voitures. C'était pourtant bien du feu des écoliers qu'il s'agissait. Longtemps désiré, refoulé, comprimé, il avait éclaté d'un seul coup, exprimant la révolte de cent générations contre la discipline du savoir. Bien sûr, pour connaître, il faut apprendre. Mais arracher des enfants à leur activité normale, qui est celle de l'agitation inutile et joyeuse, pour les enfermer entre quatre murs où pendant des années on leur empile dans le crâne des notions abstraites, c'est la torture la plus masochiste que l'homme ait inventée contre lui-même.

Le grand feu de Mai 68 était un sursaut de libération, et non un élan de révolution sociale, comme quelques-uns l'ont cru ou voulu le faire croire. La preuve est qu'il n'en est rien resté, qu'un peu de cendres.

Il ne restera peut-être rien de plus, un jour prochain, de notre civilisation. C'est le savoir appris à l'école qui a permis de l'édifier. Et il manque à ce savoir l'essentiel de la connaissance, qui est l'explication du monde, de la vie, le « pourquoi » de l'existence des êtres et des choses, de leur organisation tourbillonnante, des atomes aux univers, et en deçà et au-delà.

Le savoir des écoles se borne à enseigner le « comment ». C'est un savoir éparpillé, sans unité et sans direction. Ce n'est pas un chemin qui conduit vers le sommet de la montagne d'où l'on pourra voir l'horizon et comprendre dans tous ses détails l'ordonnance du paysage, c'est une plaine de sable dont on propose à l'homme d'étudier chaque grain. Ce savoir ne peut donner naissance qu'à une société de technique, sans sagesse et sans raison, aussi absurde et dangereuse dans son comportement qu'un camion-citerne lancé sans conducteur sur une autoroute en pente. En brûlant les voitures, les étudiants de Paris, de Tokyo, de Berlin et des universités américaines, avaient fait sans le savoir un choix symbolique.

Dans toutes les fermes autour de Nyons, et à Mirabel, Vinsobres, Venterol, et les autres villages chauds de la vallée de l'Aygues, on élevait des vers à soie. C'était un travail qui durait quelques semaines, en été, et apportait un peu d'argent liquide aux paysans, avec, au départ, une mise de fonds très modeste. Il suffisait d'acheter « de la graine », c'est-à-dire des œufs pondus par les papillons-bombyx et d'où allaient sortir les vers.

La graine, je l'ai vue arriver chez mon oncle des Rieux, par la poste, dans une petite boîte ronde à peine plus grande qu'une boîte de cachous, au couvercle percé de trous pour l'aération. Mon oncle César l'a ouverte, l'a secouée doucement pour examiner son contenu, qu'il m'a montré. C'était une multitude de petits grains ronds, de couleur brune. Cela ressemblait beaucoup aux graines de coquelicot. Mais vous n'avez jamais vu non plus de graines de coquelicot, bien sûr... Imaginez alors des petites sphères de la dimension d'un point qu'on met sur un i avec un bic un peu usé...

L'oncle César posa la boîte sur la cheminée, dans la tiédeur, et au bout de très peu de jours les œufs commencèrent à s'ouvrir. On les versa sur quelques feuilles de mûrier bien tendres. Un grouillement de vers minuscules — trois millimètres de vermicelle — sortit des graines et commença à manger...

Le ver à soie est une machine à dévorer. Aucun autre animal, même la vache qui passe son temps à brouter, ou l'éléphant dévastateur de savanes, n'est aussi obstinément et fabuleusement vorace que lui. Il doit, en quelques semaines, multiplier son poids et son volume au moins mille fois... Imaginez un nourrisson mis au monde au mois de juillet avec un poids de 4 kilos et qui devrait atteindre en août la taille d'un immeuble et le poids de 4 000 kilos ! Pour réussir ce tour de force, le rejeton du bombyx mange sans arrêt, nuit et jour. Et les paysans qui l'élèvent passent leur temps à lui fournir la nourriture, c'est-à-dire à éplucher les mûriers, pour lui en apporter les feuilles toutes fraîches. Le mûrier est heureusement un arbre docile. S'il fallait lui arracher les feuilles une à une, l'élevage du ver serait impossible. On ferme la main à la base d'un rameau, on la fait glisser vivement jusqu'à l'extrémité, et toutes les feuilles viennent, formant un bouquet vert dans les doigts. On les jette dans un sac béant qu'on porte devant soi, attaché à la taille, et on continue, très vite, car les vers n'attendent pas.

Ils mangent, mangent, mangent, et grandissent. Ils tenaient d'abord sur une serviette, ils ont occupé rapidement une canisse puis cinq, puis dix, ils envahissent la maison pièce après pièce. La mastication de leur multitude fait un bruit d'averse douce, ininterrompue.

Ils cessent quatre fois de manger. Les trois premières fois pour changer de peau, la quatrième parce que leur tâche est terminée. Ils ne baissent plus leur tête vers la feuille, ils la lèvent, en quête d'un endroit où grimper. On voit les milliers de têtes dressées osciller dans tous les sens, à la recherche de leur destin. Un peuple va changer de forme...

On plante dans les canisses des branches de genêts. Les vers y montent sans hâte, et chacun commence à y tisser une toile au centre de laquelle, bientôt, prend forme le cocon dans lequel il s'enferme.

Le silence remplace le bruit de pluie. Le ver s'est coupé du monde. Dans le secret de sa cellule close, il subit la plus étrange transformation du règne animal, qui va finalement lui donner des ailes.

Et dans toutes les fermes de la vallée, les cocons sont « mûrs » en même temps. C'est-à-dire que le ver a fini de filer et qu'il s'est endormi sous sa forme de chrysalide. Alors on arrache les cocons aux branches et on les porte au marché.

Le marché aux cocons de Nyons rassemblait les produits de tous les villages environnants. Il se tenait place Carnot, au grand soleil. C'était nécessaire pour juger de la couleur.

Chaque paysan apportait sa récolte dans un « bourras », un grand carré de toile de jute dont les quatre coins étaient rassemblés et noués ensemble. Il posait son bourras à terre, défaisait le nœud et étalait la toile, sur laquelle les cocons formaient une colline d'or.

Toute la place était tapissée de soie. Chaque récolte avait une teinte différente. Les nuances multiples de l'or flambaient dans le soleil, depuis le jaune de la paille jusqu'au roux de la braise. Il me semblait que la lumière et la chaleur du ciel s'étaient rassemblées pour se poser là, sur la place au milieu de Nyons. Je suivais les marchands qui passaient entre les bourras et jugeaient de l'œil avant de discuter. Ils étaient peu nombreux. Ils représentaient des fabriques de soie. Ils étaient vêtus de sombre, avec des chapeaux de la ville, et une sacoche sur le ventre, pleine de billets. Les vieux paysans, avec leur blouse bleue, et les paysannes grises les regardaient avec inquiétude : ils se penchaient, ils tâtaient un cocon, ils faisaient une grimace, ils allaient marchander...

Une rumeur troubla le marché. Je l'entendis... Je quittai aussitôt la place Carnot et courus de toutes mes forces vers la boulangerie. J'entrai dans le magasin en criant :

— Un aréoplane ! Y a un aréoplane !...

— On dit un *aéro*plane, corrigea Emile. Où c'est qu'il est ?

— A Saint-Maurice !... Il s'est posé dans un pré ! La maman du Maurice Bonnet l'a vu !

Saint-Maurice était au moins à dix kilomètres ! Emile dit :

— J'y vais !

Et il sauta sur son vélo. Ma mère lui cria :

— Emmène le René !...

J'avais une bicyclette d'enfant, aux roues à peine plus grandes que des poêles à frire. Je l'enfourchai, fou d'excitation. Un aréoplane !... Non ! Un *aéro*plane !... Dix kilomètres...

Emile me poussa, me tira, je pédalais, je baissais la tête dans les descentes, je trépidais sur la route raboteuse, des jardinières nous dépassaient et nous jetaient de la poussière, nous transpirions, nous avancions, je reniflais ma sueur qui me coulait dans la bouche. Un aéroplane...

Il était posé dans un pré. Qu'il était beau ! Il avait deux ailes de chaque côté, superposées, et une hélice en bois par-devant, vernie, luisante. Deux gendarmes empêchaient les curieux d'approcher. Il en arrivait de toutes les directions, en voiture, à bicyclette, à pied. Ils faisaient cercle à distance respectueuse, comme autour d'un animal inconnu. Le sous-préfet de Nyons était venu. Il était à l'intérieur du cercle, derrière les ailes. Il avait mis son uniforme et son beau képi avec des feuilles brodées. Il parlait à un militaire en costume bleu : l'aviateur ! Il posa sa main plusieurs fois sur une aile, il la tapota comme on flatte l'encolure d'un cheval. Un mécanicien aux manches retroussées vint leur dire quelque chose, l'aviateur grimpa dans l'aéroplane et s'y enfonça jusqu'à la tête, le mécanicien saisit une pointe de l'hélice à deux mains et la tira d'un seul coup vers le sol, han ! Le moteur fit « pèt-pèt-prrrèt-pèt-pèt... pèt... pèt... » et se tut. L'hélice qui avait commencé à tourner s'arrêta. Le mécanicien recommença et le moteur enfin s'emballa. Mon cœur aussi. L'hélice était remplacée par un cercle de lumière miroitante, le moteur rugissait, l'herbe se couchait sous le vent, les marguerites dansaient, le képi du sous-préfet s'envola, il lui courut après, sa veste galonnée lui remontait aux oreilles, les gendarmes à grands gestes et avec des mots qu'on n'entendaient pas firent s'écarter la foule devant l'appareil. Allait-il s'envoler ? Allais-je voir un aéroplane quitter le sol et s'élever comme un oiseau ?...

... Non. Ce n'était qu'un essai... Le moteur se calma mais continua de tourner. L'aviateur descendit et revint, souriant, trouver le sous-préfet qui tenait solidement son képi à la main. Le vent essayait d'emporter ses cheveux. Ceux de l'aviateur, coupés plus court, voletaient. Ils avaient l'habitude.

Nous avons attendu longtemps puis nous sommes repartis. Le trajet a été au moins trois fois plus long que dans l'autre sens. Les kilomètres n'en finissaient pas. En poussant sur mes courtes pédales je rêvais qu'un jour je monterais dans un aéroplane et que je m'envolerais dans les nuages. C'était un rêve. Ce n'était pas possible. Ça n'arriverait jamais...

Je passais généralement mes vacances chez mon oncle César Paget, aux Rieux. Sa femme, ma tante Lydie, était la sœur aînée de ma mère. Ce fut un ange de douceur et d'amour. Elle a vécu une longue vie d'épreuves. Son fils tué à la guerre, son gendre et sa fille morts prématurément, lui laissant sa petite-fille à finir d'élever, son mari devenu presque impotent, et tout le travail de chaque jour et de chaque heure d'une paysanne qui a la maison à tenir, la cuisine à faire, les bêtes à soigner et nourrir et, en l'absence d'homme, la terre à mener. Elle n'a jamais laissé son chagrin déborder sur les autres. Elle ne voulait pas augmenter le leur, ou simplement les gêner. Elle ne pensait qu'à autrui, jamais à elle-même. Sa peine était enfouie en elle, au milieu de l'amour qu'elle portait aux siens, les morts et les vivants. Et de sa bouche ne sortaient que des paroles de douceur, de chaleur et d'accueil. Quand je lui ai présenté ma femme, en 1936, elle lui a souri et lui a ouvert les bras en disant : « Ma Belle France !... »

Oui, pour les Français de cette génération, les Français humbles, les Français qui travaillaient durement sur leur terre ou à leur établi, le mot France pouvait être un lumineux compliment. La France, pourtant, ne leur donnait rien, ni retraite ni sécurité, sociale ou non, ni allocations ni indemnités. Mais elle était. La France. Etre français n'était pas une vanité idiote ou une revendication hargneuse. C'était une certitude, et une chaleur. Mon grand-père, ma mère, ma tante Lydie, étaient des Français de cette France-là.

Mon grand-père, paysan rude et droit. Ma mère, intelligence avide de savoir et d'action. Ma tante, claire comme le ciel de Nyons, douce comme son printemps, chaleureuse comme son soleil. Elle fut, je crois, un de ces « saints qui s'ignorent » dont parle la tradition soufie : « Il existe toujours sur terre quatre mille personnes qui sont des saints sans le savoir... Des âmes loyales, douces, désintéressées, douées d'une intuition naturelle du bien et d'une inclination naturelle à le rechercher, soutien et réconfort de ceux qui goûtent la bénédiction de leur compagnie, et qui lorsqu'elles s'en sont allées, sont peut-être canonisées dans le cœur d'un ou deux qui les aimaient... »

Dans le mien, oui.

La tradition soufie affirme que ces saints qui s'ignorent influent sans le savoir sur l'évolution du monde. Je le crois. Ma tante Lydie n'a jamais quitté son pays ni sa maison. Elle parlait peu, elle ne faisait pas la morale, elle ne conseillait pas, elle ne jugeait pas. Elle aimait. Doucement. En souriant. Pendant toute la durée de sa vie, à chaque instant, elle a donné et n'a rien pris. Je crois qu'elle a, sans le savoir, sans le vouloir, tiré un peu le monde du côté de la lumière. Mais ceux qui tirent de l'autre côté, par ignorance plus que par mauvais vouloir, sont innombrables.

L'histoire de sa naissance est restée célèbre dans la famille. L'accouchement, survenu à huit mois, avait été long et difficile. L'enfant ne réagit pas aux tapes sur les fesses et ne respira pas. La sage-femme coupa le cordon et, ayant à s'occuper d'urgence de la mère, posa le petit corps, qu'elle considérait comme mort-né, par terre, sur le carreau. On était en février, le carreau était glacé, la petite morte se mit à hurler.

Elle survécut quatre-vingt-six ans à cet incident. Pour le bonheur de ceux qui ont vécu autour d'elle.

Son fils, Emile, fut tué à la guerre à vingt ans. Son mari, César, ne s'en remit jamais. Il avait reçu la nouvelle comme un coup sur la tête. Il ne pouvait l'accepter. Il s'est battu pendant trente ans contre cette évidence absurde. Il s'y cognait et s'y blessait sans cesse. Il s'asseyait et gémissait : « Que je suis mal ! Que je suis mal !... » Il tremblait.

Leur fille, Louise, fut ma marraine. Elle avait hérité la douceur de sa mère, mais sa santé était fragile. Elle se maria après la guerre avec un rescapé. Ils moururent à quelques années d'intervalle, laissant une fille, Madeleine, qui a eu à son tour des filles, qui ont aujourd'hui des enfants...

Je compte sur mes doigts : cela fait la cinquième génération que je connais dans cette branche de la famille. Je ne suis pourtant pas centenaire... Si le temps me laisse un peu de temps, j'en connaîtrai peut-être une sixième. La vie se dépêche...

Ma mère m'envoyait aux Rieux en vacances parce que je supportais mal la chaleur d'août dans la rue Gambetta. Le quartier des Rieux est un quartier rural de Nyons un peu élevé, au pied de la montagne Gardegrosse. Il fait face au nord, et un ruisseau, le Rieux, le traverse. Il y fait bon l'été.

La ferme de César Paget bordait la route. Deux bâtiments de pierre, modestes, vieux et solides. Ils sont toujours là. Il y avait aussi un grangeon contre le mur duquel poussait un grenadier. Les fleurs du grenadier sont rouges et lumineuses comme un mélange de sang et de soleil. On ne mangeait ses fruits que lorsque la pression de leurs grains juteux faisait éclater leur écorce.

A l'intérieur du grangeon on conservait les pommes sur des canisses, qu'on nomme en français des claies. On ne gardait que les pommes bien saines et bien mûres. C'est leur sucre qui les préserve. Au fil des mois elles se concentraient sur elles-mêmes, se ridaient, rapetissaient, mais restaient lourdes dans la main. Elles devenaient un condensé de parfum et de sucre. Quand, en plein été, je poussais la porte de bois du grangeon pour aller chercher un fruit de l'automne dernier, l'odeur qui m'accueillait, tiède, fraîche, présente comme une voix qui dit doucement des mots tendres, était l'odeur même qui fit succomber Eve, au paradis. Elle emplissait la pièce, me baignait de partout. J'avais l'impression d'entrer dans un pommier. Je la respirais en fermant les yeux, les mains ouvertes. Je devenais pomme.

De l'autre côté de la route commençait un sentier par lequel on descendait vers le Rieux. A gauche du sentier poussait un poirier qui donnait des poires un peu sauvages. Juste sous leur peau verte et rose, elles avaient une sorte de sous-peau rouge. Le reste de leur chair était couleur poire. A la fois âpres et sucrées, juteuses, mais à peine moins dures que les dents qui mordaient dedans, elles semblaient faites en partie de gravier concassé. Ce devait être la variété primitive dont on a obtenu les passe-crassanes. L'oncle César les nommait des « étrangle-belle-mère... ».

Il y avait aussi, mais je ne me rappelle plus où, un arbre à kakis. On venait le voir au début de l'hiver, quand il avait perdu toutes ses feuilles, gardant accrochés à son squelette nu, sombre, presque noir, tous ses fruits pareils à de grosses tomates mais d'une couleur plus vive, presque orangée. Il avait l'air saugrenu, mal à l'aise, venu d'une autre planète sans connaître les usages de la Terre, où les arbres bien élevés ne se déshabillent pas pour montrer leurs appas.

C'était le moment de cueillir les kakis, avec précautions. Ils finissaient de mûrir sur la paille. Ce sont des fruits succulents, peu connus des Français. On en trouve chez les marchands, qui viennent d'Italie. Il faut les choisir mous, presque translucides, leur peau commençant à se fendre sous leur propre poids. A manger très frais à la petite cuillère. Enfant, je n'étais pas si raffiné. Un kaki emplissait mes deux mains. J'y collais ma bouche et j'aspirais. Je m'en mettais jusqu'aux oreilles. C'est un fruit qui est sa propre confiture.

Et il y avait des cerisiers partout. Dont un qui poussait près d'un clapas (un tas de cailloux) et qui portait des cerises deux fois l'an. D'abord les premières, comme un cerisier honnête qui se hâte de fêter le printemps, puis des tardives, au mois d'août, sur une seule branche, quand tous les autres cerisiers étaient depuis longtemps exténués. Ces cerises inespérées, de la canicule, qui arrivaient au milieu des vacances sur une branche basse, juste à portée de ma main, me semblaient avoir été inventées exprès pour moi. Elles étaient petites, dures, douces, presque sans jus. Mais exquises par leur rareté.

Ma mère, Nini, et moi, avions la même passion des cerises. En juin nous allions en cueillir aux Rieux de pleins paniers, qui ne duraient guère.

Quand la paix revint, diverses maladies ravagèrent l'Europe, empoisonnée par les charniers du front. La plus grave fut la grippe espagnole qui fit presque autant de morts que les batailles. Cette fois parmi les femmes et les gens « de l'arrière ». Il y eut aussi quelques cas de maladie du sommeil, une maladie africaine qui n'aurait pas dû sévir sous nos climats, faute de la mouche tsé-tsé, qui la propage. Ce ne fut que trente ans plus tard qu'on prouva expérimentalement que le vulgaire taon de nos campagnes pouvait transporter le trypanosome. Celui-ci avait dû arriver en Europe dans le sang de quelques soldats sénégalais ou peut-être du bétail africain qui était arrivé avec eux. Cette maladie peu connue permettait aux journalistes de faire fonctionner leur imagination.

Un soir, à la boulangerie, alors que, le souper terminé, nous étions tous en train de piquer dans le panier de cerises rapporté des Rieux l'après-midi, mon frère aîné Paul lut à haute voix un entrefilet du *Progrès* qui racontait qu'un musicien viennois qui, atteint de la maladie africaine, « dormait depuis six mois », avait été guéri par un virtuose qui avait joué du violon à son chevet. Ma mère éclata de rire et dit : « Si ça m'arrive, il suffira de me promener des cerises au-dessus des yeux, et sûrement je me réveillerai... »

Ce fut quelques semaines plus tard, au début de l'été, que le mal la frappa.

Chaque page que j'écris me rapproche de ce jeudi terrible de l'été 1920, où la charrette bleue sortit de l'atelier d'Illy, tirée par un cheval superbe, et vint s'arrêter devant la boulangerie. Mais je n'en veux pas parler encore. Bonheurs de mon enfance, je veux m'attarder parmi vous, sans regrets, ni même mélancolie, mais avec l'émerveillement retrouvé des années neuves où je découvrais le monde des herbes, des fruits, des fleurs, des murs de pierres sèches qui n'étaient pas plus hauts que moi et dans les trous desquels nichaient les escargots séchés par l'été.

Par un après-midi très chaud, ayant glissé ma main au fond d'un trou où j'avais aperçu quelque chose que je pris pour un énorme escargot gris et jaune, je sentis sous mes doigts une surface lisse et froide qui se mit à bouger... Je retirai vivement ma main et regardai mieux : c'était une vipère, que j'avais sortie de sa torpeur de canicule, et qui se déroulait pour se glisser, par une fente sombre, dans un abri plus sûr...

J'étais figé de peur.

Je ne parlai à personne de mon aventure. Ma mère ne m'aurait plus laissé revenir aux Rieux. Les vipères et le croup étaient les deux grandes terreurs des mères. Les vipères tuaient, l'été, les enfants curieux qui fouillaient dans l'herbe sèche des collines ou retournaient les pierres brûlées de soleil. Le croup tuait, l'hiver, les enfants dont on ne s'était pas assez soucié et qui « avaient pris froid » ! En se mouillant les pieds, par exemple.

Je ne pense pas qu'il y ait eu beaucoup de victimes. Je n'ai connu aucun cas précis. Mais on parlait souvent de ces deux dangers terribles. Même à l'école, dans le livre de lecture. Il y avait l'épisode du bûcheron héroïque qui, mordu au poignet par une vipère, réussissait à se sauver en fendant sa chair avec son couteau, en suçant et crachant le venin, puis en brûlant la plaie, toujours avec son couteau, rougi au feu. C'était pour nous enseigner ce qu'il fallait faire si jamais une vipère... Mais comment avoir le courage de me fendre le poignet avec la lame ébréchée de mon petit canif ?

L'épisode du croup racontait l'arrivée d'un médecin, en hiver, pendant que une tempête de neige, dans une ferme isolée où un enfant agonisant étouffait, déjà violet, presque noir. Le médecin, sans prendre le temps de quitter sa jaquette ni son chapeau haut de forme, se précipitait vers le petit lit avec son scalpel, fendait la gorge du bébé, puis collait ses lèvres aux siennes et aspirait la membrane mortelle qui lui obstruait le gosier, et allait la cracher dans le feu de la cheminée.

C'était toujours le Dr Bernard que j'imaginais dans cette action, avec sa barbe noire, et l'idée qu'il pourrait me traiter de la même façon m'inspirait un effroi bien plus grand que le croup lui-même.

Ce qui me rassurait, c'était la « tempête de neige ». Une histoire pareille ne pouvait arriver que dans des pays lointains. Il n'y avait pas de neige à Nyons. Je n'en avais vu qu'une fois, je devais avoir cinq ou six ans...

Un après-midi d'hiver, du haut de mon refuge tiède au-dessus des sacs de son, je vis arriver, à travers la vitre, les premiers flocons. Dans l'air absolument calme ils tombaient avec lenteur. Ils étaient gros, légers, ils apportaient avec eux la blancheur et le silence d'un autre monde.

Un peu partout on s'exclamait : « C'est de la neige ! » « Il neige ! »

On s'étonnait, on s'émerveillait. Nini entra en courant, venant de faire des courses, s'ébroua, se secoua, cria à son tour : « Il neige ! » et me chercha des yeux.
— René, où tu es ?
— Je suis là...
— Tu as vu la neige ?
— Voui...
— Va voir comme c'est joli, sur l'avenue de la Gare !...
— Ici aussi, c'est joli...
Je n'avais pas envie de descendre de mon observatoire. La rue Gambetta, maintenant, était toute blanche, et le jardin devenait tout moelleux au regard.
— Viens ! Descends !...
J'étais bien, là-haut. Mais j'étais obéissant, et curieux. Je me laissai glisser le long des sacs. Nini me harnacha pour l'expédition. Pèlerine, bonnet de laine, cache-nez...
— Va voir comme c'est joli... Et reviens vite !...
La rue Gambetta était molle sous les pieds. J'attrapai au vol quelques flocons. Ils disparaissaient dans ma main qui devenait mouillée. J'ouvris la bouche et levai mon visage vers la foule tourbillonnante qui tombait. Les points blancs étaient si incroyablement nombreux qu'ils faisaient une épaisseur d'un gris pâle jusqu'au ciel. Mais je pouvais les distinguer un à un, et les voir arriver. J'en reçus dans les yeux, sur la langue. Ça piquait de froid, très vite, puis c'était devenu un soupçon d'eau, qui n'avait pas le goût de l'eau ordinaire.
J'étais seul dans la rue. Tous les Nyonsais aventurés au-dehors étaient rentrés chez eux en courant et regardaient tomber la neige à travers leurs carreaux. Mme Girard dut me voir passer, mais n'osa pas ouvrir ses vitres pour me demander où j'allais. J'arrivai au bout de la rue. Illy avait fermé les portes de son atelier. J'entendais derrière elles les bruits de son enclume. La neige les étouffait de coton. L'avenue de la Gare, déserte, s'offrait à moi, à gauche et à droite. Je tournai à droite, vers la gare. Je me mis à marcher vers l'inconnu. L'avenue n'était plus la même. Tout ce que je connaissais d'elle était voilé par la neige. De chaque côté, les hautes branches de ses platanes se fondaient dans les hauteurs du gris pâle. Et devant moi il y avait une blanche épaisseur de rien, qui tombait. Derrière son rideau s'étendait le pays du mystère et du silence.
J'avais couvert ma tête avec le capuchon de la pèlerine. Je marchais, petite silhouette bleu sombre, pointue, dans l'avenue claire.
J'entendis : « Plof-plof, plof-plof... » et je vis sortir de la neige, devant moi, le cheval de Tardieu. Il fumait de partout. Il tirait son lourd camion habituel, à quatre roues ferrées, chargé de quelques sacs de boulets. Tardieu marchait à côté de lui. Il avait posé sur sa tête et ses épaules un sac de charbon vide replié en forme de pèlerine. Le sac était devenu blanc mais sa figure était noire comme sa marchandise. Il me regarda et demanda :

— Et qui c'est, ça ?
Il me releva le menton avec sa main au charbon.
— C'est le petit René !... Mais qu'est-ce que tu fais là ?
— Je vais voir l'avenue de la Gare, comme c'est joli...
— Hébé..., dit Tardieu.
Et il rattrapa son cheval.

D'habitude, on entendait les lourdes roues de son camion écraser les pierres de la chaussée et les fers du cheval faire « clac-clac, clac-clac ». Maintenant ils faisaient « plof-plof, plof-plof... » comme si le cheval avait mis des pantoufles. Et les roues ne faisaient aucun bruit. Elles n'avaient plus de poids. Et je n'entendais plus le cheval. Il avait disparu dans le blanc, avec son camion léger. Les flocons nouveaux effaçaient les traces des roues. A mi-distance entre elles, un gâteau de crottin tout neuf, doré, fumait. La neige fondait sur lui et autour de lui.

A la boulangerie, tout à coup on s'inquiéta.
— Mais qu'est-ce qu'il fait ? Je lui ai dit de revenir vite !...

Ma Nini, toujours inquiète pour moi, comme elle le fut plus tard pour sa fille, jeta un fichu sur sa tête et courut dehors. Quand elle me rattrapa, j'étais presque arrivé à la gare...

Dans la petite cuisine où chauffait le fourneau, ma mère me déharnacha, m'examina, me tâta. J'avais le nez rouge et, chose curieuse puisque je venais de la neige, le menton noir. Mais je semblais intact. Quand tout à coup Nini poussa un cri :
— Il s'est mouillé les pieds !

La neige avait fondu sur mes chaussures, qui étaient traversées...

On me déchaussa, on me frictionna les pieds, et comme ils ne se réchauffaient pas assez vite, ma mère ouvrit le four du fourneau, me fit asseoir devant, et me mit les pieds dedans. On ne les retira que quand ils commençaient à cuire...

Si rare que fût la neige à Nyons, on avait donc parfois l'occasion de la voir. Et même, chaque hiver, de loin, on l'apercevait au sommet du Ventoux. Ce qui nous inspirait beaucoup de respect pour notre montagne, qui devait être vraiment très haute pour avoir droit à la neige presque éternelle.

Mais, tout de suite après la guerre, je rencontrai un autre phénomène météorologique totalement inconnu des Nyonsais. Mon père avait à faire à Valence, et il décida de m'emmener. Valence, c'était la grande ville, et l'endroit où commençait « le Nord », la porte des pays sauvages, en direction du pôle...

Nous prîmes le train merveilleux qui faisait « tch ! tch ! », changeâmes à Pierrelatte et arrivâmes le soir dans une ville grise et triste. Malgré ma curiosité, j'étais oppressé, et avais déjà envie de repartir. Nous couchâmes dans un hôtel dont je n'ai gardé aucun souvenir, mais le lendemain matin, en sortant, je vis au milieu de la petite place, sur une pelouse, une sorte d'arabesque diaphane qui se déroulait lentement, pareille à l'écharpe de gaze d'une fillette jouant à la mariée. Je m'exclamai :
— Oh ! papa, regarde ! l'herbe qui fume !...

Mon père éclata de rire :
— C'est pas de la fumée ! dit-il.
Puis il redevint grave, et d'une voix dramatique :
— Ça, c'est du brouillard.
Telle fut ma première prise de contact avec les pays d'outre-soleil, les pays où le ciel est gris, où on sort dans la rue même quand il pleut, et où on se mouille les pieds sans en mourir.

Les Rieux étaient mon paradis. Je n'y trouvais aucun enfant de mon âge pour jouer avec moi, mais je n'avais besoin de personne. Je passais mes journées à découvrir les trésors du royaume. Sa plus grande richesse était l'eau. La ferme possédait cette bénédiction : une source. A une centaine de mètres de la maison, elle coulait toute l'année, d'un trou dans un talus. On y accédait par un chemin montant, herbeux, frais, où fleurissaient les violettes. Son débit n'était pas plus gros que mon doigt, mais petite source emplit grands récipients pourvu qu'on ne la laisse pas perdre. On avait construit sous elle un bassin qui servait de réserve d'arrosage, et de lavoir pour les lessives. Une grande partie de l'eau se répandait dans le terrain avoisinant, et des plantes heureuses y poussaient en abondance, des pervenches, des héliotropes, et beaucoup d'autres dont je n'ai jamais su le nom.

Au mois d'août, alors que Nyons se ratatinait de chaleur et de sécheresse, que tous les chiens, couchés à l'ombre, tiraient la langue, que les humains, derrière leurs volets fermés, évitaient de bouger et même de parler pour ne pas mourir de chaleur, et que les mouches elles-mêmes s'arrêtaient, la source des Rieux entretenait autour d'elle un petit univers de fraîcheur verte, bénie, où la vie continuait, tranquille, abondante, riche d'eau.

C'était là que je venais, à quatre heures, manger ma tartine de pain et ma barre de chocolat, assis dans les pervenches, à l'ombre d'un néflier, un livre sur les genoux. Les abeilles volaient de fleur en fleur, les guêpes essayaient de venir manger mon chocolat. Je leur aurais bien abandonné mon pain mais le chocolat, non. Je les chassais avec de grands gestes. Elles n'aiment pas ça, parfois l'une d'elles me piquait. Ça faisait très mal. L'oncle César m'avait appris ce qu'il fallait faire pour ne plus souffrir : cueillir quatre sortes d'herbes différentes, les écraser entre les doigts, et s'en frotter l'endroit de la piqûre. Je l'ai toujours fait, ça ne m'a jamais calmé. Mais au moins, pendant le temps du petit cérémonial, l'enfant piqué ne pense plus qu'il souffre.

L'oncle César, qui était redevenu un peu enfant, me montrait tout le parti qu'on peut tirer, pour s'amuser, de ce qui pousse dans la nature. Un roseau, par exemple, qu'on nomme à Nyons une canne, est plein de ressources. On arrache son sommet pointu, on en déroule la première feuille, on la laisse se réenrouler sur elle-même, on souffle dans le creux laissé par les feuilles intérieures...

— Souffle fort !

Je gonfle mes joues, je souffle fooort !... Surprise émerveillée : ça fait de la musique !...

Ou bien on peut fabriquer un mirliton en ménageant deux ouvertures dans un fragment de roseau, dont une doit être taillée avec précaution pour garder intacte la peau intérieure transparente. Si la peau crève ou se fend, on peut la remplacer par une feuille de papier à cigarettes. La plupart des fumeurs, en ce temps-là, roulaient leurs cigarettes, et il y avait du papier Job dans toutes les maisons. Encore de la musique !

Avec un roseau solide, coupé à la longueur voulue, et fendu d'une certaine façon à son extrémité, on fabriquait un lance-pierres dont la technique venait directement du propulseur de l'âge des cavernes. C'était là, certainement, la première arme de jet inventée par l'homme.

Un tel lance-pierres me valut, un peu plus tard, mon premier chagrin d'amour.

L'oncle César m'apprit à faire griller les graines de courge. Elles deviennent plus délicieuses que des noisettes. Mais il faut une gourmandise et une patience d'enfant ou de vieillard pour les décortiquer et les savourer.

Il m'apprit à goûter certaines fleurs, comme la mauve, dont le pâle tuyau de base a la douceur du miel.

Il me montra le miracle de la folle-avoine, sorte de baïonnette minuscule coudée à angle droit. Vous fermez le poing. Vous crachez dans le centre de votre index replié. Vous y enfoncez la base de la folle-avoine. Elle se met à tourner comme l'aiguille d'une montre... Ça ne rate jamais.

Chaque fois que je venais aux Rieux, il avait quelque chose de nouveau à me montrer. Et la tante-des-Rieux était heureuse de me voir arriver, car je la distrayais un peu de son chagrin.

Au début, je ne voulais pas y coucher, je rentrais tous les soirs à la boulangerie, mon chez-moi à cent mètres duquel je me sentais en exil. Mais bientôt la ferme des Rieux me devint aussi chaleureuse que ma propre maison et un matin, en partant, je dis bravement à ma mère :

— Tu sais, ce soir, j'y couche...

Et pour la première fois, ce soir-là, je mangeai la soupe de la tante-des-Rieux, que je trouvai succulente, parce que différente de celle que je mangeais à la boulangerie. Rue Gambetta, on faisait cuire un mélange des légumes de saison, haricots verts, poireaux, courgettes, tomates, oignons, gousses d'ail, avec un bouquet garni, quelques pommes de terre et une saucisse ou un bout de lard. Au moment de se mettre à table, ma mère « trempait la soupe ». Debout, serrant contre sa poitrine un beau pain rassis, elle le coupait en tranches dont elle emplissait la soupière. Et elle versait dessus le bouillon des légumes, dont la première eau avait été jetée (ce qu'on appelait « blanchir la soupe »). Le pain gonflait aussitôt, les assiettes creuses se tendaient vers la soupière fumante. On mangeait ensuite les légumes chauds en y ajoutant, chacun à sa convenance, huile d'olive et vinaigre. On nommait ce plat « le baïan ». Je le fais encore de temps en temps. Essayez-le. C'est une merveille. Mettez dans votre faitout tous les légumes du moment sauf le chou dont le goût couvre tout, et l'aubergine qui, bouillie, n'est pas bonne. N'oubliez pas les haricots verts, et en grains si c'est la saison.

Epluchez les gousses d'ail, et n'en soyez pas avare. Une branche de céleri, pas plus. Jetez la première eau après cinq minutes d'ébullition. J'y ajoute, pour donner de la douceur au bouillon, une ou deux pommes golden épluchées et coupées en deux. Elles restent à la surface. Je les retire au dernier moment, les presse sur l'écumoire pour en exprimer le jus, et les jette. Juste avant de retirer le faitout du feu, versez-y une bonne rasade d'huile d'olive. Juste quelques bouillons, qu'elle n'ait pas le temps de cuire. Elle donne un parfum de plus et au bouillon des yeux avec lesquels il vous regarde.

Posez le faitout sur la table, servez le bouillon à la louche. N'ajoutez pas de pain, qui le boirait à votre place. C'est sublime. Chacun en redemande.

Pêchez ensuite les légumes bouillants et mangez-les avec une mayonnaise à l'huile d'arachide, sans moutarde, juste vinaigrée, douce. Si vous avez la chance de trouver une gousse d'ail qui ne se soit pas transformée en purée, vous serez étonné par la modestie et la suavité de son goût. Accompagnée de mayonnaise, c'est la moelle des anges...

Un tel plat, évidemment, est plus long à préparer qu'un bifteck grillé. Mais quelle récompense... N'y mettez ni lard ni saucisse, qui défigureraient le bouquet du jardin servi sur votre table.

La soupe de pain et le baïan tous les soirs. Ensuite une omelette ou un plat « d'herbes » ou de pommes de terre, un morceau de tomme de chèvre, une part de tarte cuite au four à pain. C'était notre menu. Je détestais la tomme « faite », le « picodon » puant et fort qui tuait les mouches à quinze pas. Mais j'aimais beaucoup la tomme fraîche, avec du sucre. La soupe, j'en avais par-dessus les yeux. En revanche, j'aurais bien mangé toute la tarte...

La soupe des Rieux, tout de suite, je l'aimai à cause de sa différence.

Dans la grande cuisine, la marmite pend au-dessus des dernières braises du feu. Le jour s'achève, la cuisine devient sombre. La tante-des-Rieux tire vers elle la « suspension », pendue au-dessus de la table ronde. C'est une lampe à pétrole, blanche, surmontée d'un abat-jour en opaline, accrochée à une chaîne. Un contrepoids permet de la maintenir à la hauteur qu'on désire. La tante ôte le verre de la lampe, frotte une allumette soufrée dont le bout de phosphore rouge a l'air d'un œil d'oiseau, allume la mèche, règle la flamme, remet le verre en place, remonte la suspension de façon qu'elle éclaire toute la table. Je suis déjà assis, impatient, affamé. L'oncle César est assis en face de moi. Derrière lui, un peu à gauche, la grande horloge balance son œil de cuivre, grand comme une lune. Louise, ma marraine, prend place à ma droite. La tante pose sur la table la soupière fumante, sert tout le monde, puis s'assied avec nous dans la lumière dorée de la lampe. La même lumière s'accroche encore au sommet de la montagne Gardegrosse, qu'on aperçoit par la fenêtre. C'est un moment de grande paix. Toutes les bêtes de la ferme ont déjà mangé et s'endorment. Les paysans ont fini leur travail. La soupe et le sommeil qui va suivre sont leur récompense. On déplie les serviettes, personne ne parle. L'oncle César gémit un peu et porte à sa bouche sa cuillère qui tremble.

Je n'ai compris que bien plus tard la raison de cette émotion et de ce silence : à la place que j'occupais, petit garçon, aurait dû être assis, entre sa sœur et sa mère, un grand garçon beau comme un arbre, parti pour la guerre et jamais revenu.

Pour mon bonheur je ne pensais pas si long, mais seulement à ce qui se trouvait dans mon assiette. C'était une soupe très simple de pommes de terre écrasées et de riz, à laquelle on ajoutait, une fois servie dans l'assiette, du lait de chèvre froid. Je n'ai jamais retrouvé sa saveur délicate.

Le repas terminé, Louise, son bougeoir à la main, me conduisit à ma chambre près de la sienne. C'était la chambre et le lit de son frère.

Elle me coucha, me borda, m'embrassa, et me laissa seul, dans le noir. Je n'eus pas le temps d'avoir peur. Je dormais déjà. Mais au milieu de la nuit je me réveillai et ouvris grands mes yeux, sans rien voir...

Dans ma chambre habituelle arrivait toujours quelque lueur, venue de la rue, et quelque bruit venu du voisinage ou du fournil. Ici, c'était le silence et l'obscurité absolus. Je tendis les mains et ne trouvai rien. J'étais habitué à mon petit lit de fer, rassurant comme un nid. Je couchais pour la première fois dans un grand lit dont je ne trouvais pas les frontières. Tout à coup je ne sus plus où étaient la tête et le pied du lit, ni le commencement ni la fin de toute chose. J'appelai Louise d'un grand cri :

— Marraine ! Marraine ! je sais plus où je suis !...

Ma douce marraine arriva, dans sa longue chemise de nuit blanche, son bougeoir à la main. Elle était grande et mince, ses cheveux bruns étaient tressés pour la nuit en deux nattes qui lui pendaient sur les épaules. Elle avait de grands yeux sombres mélancoliques et une bouche toujours souriante, avenante, d'où je n'ai jamais entendu sortir que des mots d'affection, d'accueil, d'apaisement...

Elle me regarda et sourit :

— Eh bien ! Où tu t'es mis !...

J'étais couché au milieu du lit, en diagonale, en plein désert...

Pour que je n'aie plus peur, elle me confectionna une veilleuse : elle alla chercher dans la cuisine un verre empli d'eau aux trois quarts. Elle y avait versé quelques millimètres d'huile, qui surnageait. Avec de petits ciseaux elle découpa dans une vieille carte postale une rondelle grande comme l'ongle, fit un trou au milieu et y glissa un bout de coton à tricoter. La rondelle flottant sur l'huile, le fil de coton devint une mèche, qu'elle alluma. Elle pouvait me quitter, je ne serais plus perdu.

Vous pouvez essayer cette veilleuse. Elle consomme peu d'énergie... La longueur de sa flamme dépend de la longueur de sa mèche. Pour un petit enfant, dans une petite chambre, une petite flamme suffit à éclairer l'univers.

Les jours plus courts de septembre marquaient le déclin des vacances, mais aussi la saison des poires, des pommes pas tout à fait mûres, juteuses, dont la peau craquait sous la dent, et des dernières figues. La variété des fruits était considérable. Il y avait toutes sortes de poires et de pommes, et des figues de toutes grosseurs. Je préférais les grosses « Verdales » dont chacune pesait près de cent grammes, un hecto comme on disait à Nyons, avec leur peau d'un vert frais, et leur intérieur rouge sang.

Et les petites grises, sauvages. Il fallait les cueillir quand elles pendaient sur leur queue, molles, flétries, les ouvrir pour s'assurer que ni fourmi ni guêpe ni taille-sèbe ne s'étaient logés dans leur cœur rose tendre et les déguster entières, pulpe et peau, concentré de douceur, de lumière et de terre chaude, goutte glorieuse de l'été.

Au milieu de septembre, je rentrais des Rieux hâlé comme un marron, les genoux écorchés, les mains râpeuses, éclatant de santé et de liberté. Déjà se profilait à l'horizon l'horrible 1er octobre mais nous avions encore devant nous quelques belles journées sans esclavage.

Les soirs prenaient une qualité unique dans l'année. La nuit, patiemment, montait à la conquête de la lumière. Nos heures de jeu raccourcissaient par le bas, mais leurs dernières minutes, avant l'appel des mères qui arrachaient leurs enfants à la menace de l'obscurité, devenaient étranges dans une pénombre où s'éteignaient les bruits et grandissaient les mystères.

Place de l'Ancien-Cimetière, à l'ombre des marronniers qui commençaient à laisser tomber leurs feuilles roussies, le mélange de la nuit et du jour venait plus vite et durait plus longtemps. Nous nous retrouvions là, cinq ou six copains du même âge, jouant à des jeux divers, dont l'essentiel était toujours de courir et de crier.

Dès que les premières lumières s'allumaient, j'arrêtais de courir, je cessais de crier, je me rapprochais d'un tronc d'arbre auquel je m'appuyais jusqu'à me confondre à son écorce et à son ombre, et, les yeux ouverts comme des entrées de tunnels, je regardais...

A l'angle de la rue du 4-Septembre s'élevait une maison bourgeoise de deux étages. Au premier habitait une famille dont j'ignorais tout, mais un soir j'avais vu une fenêtre s'allumer, et derrière cette fenêtre apparaître l'image éblouissante d'une petite fille blonde dont la lumière électrique transformait les longs cheveux en fontaine d'or. La bouche ouverte, immobile, béat, je la regardai jusqu'à ce qu'elle sortît du cadre de la fenêtre. Je restai sur place à regarder encore, et je la vis apparaître et disparaître deux ou trois fois avant que la voix de Nini m'appelât :

— Renéééé !... La soupe est serviiiie !...

Dans la nuit presque tombée, je courus vers la boulangerie, la tête pleine de l'image glorieuse.

Le lendemain je ne la revis pas, ni les surlendemains, mais chaque fois, confondu avec le marronnier, je regardais, je regardais...

Jusqu'au moment où...

Avant que la nuit s'annonçât par les premières lumières, nous avions organisé un concours de tir. Une boîte de conserve était la cible. Nous nous étions taillé chacun un lance-pierres dans une canne fendue. Quand vint mon tour, j'enchâssai une pierre grosse comme une noix à l'extrémité de mon arme et brandis celle-ci pour prendre mon élan. Mais avec mon adresse habituelle, j'avais tourné la canne à l'envers, et la pierre partit en arrière...

J'entendis le bruit clair d'une vitre qui éclate. Stupeur... C'était LA fenêtre ! J'avais cassé la fenêtre de l'ange !...

Nous nous égaillâmes en courant, épouvantés à l'idée de ce qui aurait pu arriver, de ce qu'on pourrait croire : que nous l'avions fait exprès.

Quand nous fûmes loin, le René Celse, essoufflé, me dit :

— Tu aurais pu tuer quelqu'un !...

Et il agitait sa main droite à hauteur de son visage. C'était le geste tragique, qui en disait plus que les mots.

Telle fut la fin de mon premier amour.

Le lendemain, les moutons passèrent.

Ils montaient au printemps vers les pâturages de montagne, et redescendaient à l'automne. A l'aller et au retour, ils faisaient étape à Nyons.

Ils arrivèrent dans le crépuscule. On les entendait de loin. D'abord les cloches des béliers, qui marchaient en tête, puis les voix maigres de quelques brebis appelant leurs agneaux. Enfin l'innombrable piétinement des petites pattes sèches. C'était le fleuve de laine qui coulait à travers Nyons, venant de la haute vallée de l'Aygues, par Rémuzat, Les Pilles, Aubres. Il virait à angle droit rue Gambetta, tournait en rond sur la place de l'Ancien-Cimetière, et s'immobilisait, devenant lac pour la nuit. Toute la place était couverte d'un tapis de brebis couchées. Un millier au moins, peut-être plus. Nous, les gamins toujours curieux, nous nous faufilions entre elles, les enjambions, et nous arrêtions à quelques pas des bergers, pour les regarder en silence.

Deux vieux hommes dont la guerre n'avait pas voulu. Gris comme la poussière. Ils avaient allumé un feu et mangeaient lentement, quignon de pain et fromage dans une main, couteau pliant dans l'autre, assis contre un arbre. Les deux ânes, couchés, dormaient déjà, déchargés des agneaux nouveau-nés qu'ils avaient portés pendant la journée. Trois chiens poilus, couchés près du feu, une flamme dans l'œil, regardaient leurs maîtres dans l'espoir d'une bouchée. Ils leur ressemblaient, gris et sans âge, hors du temps de la vie des hommes et des bêtes.

Je regardais le chef bélier, étendu à la limite de l'ombre. Il ruminait, les yeux mi-clos, d'un mouvement régulier, latéral, de la mâchoire. Le feu faisait danser une lueur rose sur son nez busqué. Je me demandais combien de siècles il avait fallu pour lui faire pousser, de chaque côté de la tête, ces énormes cornes en spirale. Elles paraissaient aussi vieilles, aussi dures, que les oliviers de mon grand-père ou les rochers de Gardegrosse. Et à quoi servaient-elles ? pas à se battre, étant donné leur position. Elles étaient la marque de son âge, de son savoir, de sa dignité tranquille. Elles étaient un phénomène de la nature, qu'on regarde et admire sans le comprendre.

Comme les autres années, je me promis de me lever de bonne heure pour voir partir le troupeau. Et comme les autres années il défila sous ma fenêtre sans entamer mon sommeil solide. Quand je courus vers la place, il n'y restait que son odeur, le parfum des millions de petites crottes en forme d'olives qu'il avait déposées pendant la nuit. C'était un mélange très doux, qui sentait les herbes des hautes montagnes et le ventre chaud des brebis.

A la place de celles-ci s'agitaient une dizaine de silhouettes noires, courbées vers le sol : les petites vieilles du quartier, armées d'une pelle, d'une balayette et d'un seau, qui récoltaient les crottes précieuses pour fumer leur jardin. Il n'existe rien de meilleur pour le poireau ou la giroflée.

Dans ce monde de femmes que fut celui de mon enfance, il en est trois qui se détachent par la densité de leur caractère et l'épaisseur de leur taille : la mère Illy, dont j'ai déjà parlé, la mère Mourier, et la mère Bréchet.

Il ne faut pas attacher au mot « mère », dont on les qualifiait, le moindre sens péjoratif, mais, au contraire, y voir le témoignage du respect à la fois familier et un peu craintif qu'inspiraient leur autorité, leur poids, leurs manières, et leur âge.

La mère Bréchet était la mère de Camille Bréchet, homme d'affaires et de loi, mais surtout historien de Nyons, homme plein de savoir et d'humour. Il possédait une grande maison aux Serres, plus loin que la ferme de mon grand-père Paget, mais, par nécessité professionnelle, habitait la plupart du temps Valence, avec sa fille Rachel, qui lui servait de secrétaire. Sa mère faisait souvent la navette entre Valence et Nyons, et, quand elle revenait par le train du soir, il lui arrivait de coucher à la boulangerie, pour ne rentrer chez elle qu'au matin.

Notre maison était terre d'asile. Il y avait toujours un ou deux lits de disponibles pour un parent, un ami ou un client retardé, et s'il n'y avait plus de place, on se débrouillait pour en faire.

Un soir, la mère Bréchet, revenant de Valence, mangea la soupe avec nous. C'était une forte femme, rieuse, parlant fort, toujours vêtue de noir. Elle adorait les bêtes et surtout les chats. Dès qu'elle arrivait chez nous, elle trouvait une chaise pour s'asseoir, et aussitôt, notre chatte Cri-Cri, une « gouttière » indépendante, lui sautait sur les genoux. Elles se reconnaissaient comme étant du même monde Elles se mettaient à ronronner ensemble.

— Si on doit vivre plusieurs vies, disait la mère Bréchet, moi, sûrement, je reviendrai sous forme de chat...

Ce soir-là, il pleuvait d'une belle longue pluie à grosses gouttes, qui fait tant plaisir à la terre, et comme il en tombe si rarement chez nous.

— Marie, tu peux me coucher ? demanda la mère Bréchet.

— Bien sûr, répondit ma mère. Vous coucherez dans la chambre de René.

Il y avait deux lits dans ma chambre. Nous nous y endormîmes bientôt côte à côte. En la revoyant, dans mon souvenir, je pense qu'elle devait dormir la bouche ouverte, et ronfler. Mais je n'en sus rien : je dormais avant elle.

Au moment où Nini fermait les volets du magasin en se hâtant, un sac sur la tête et les épaules pour se préserver de la pluie, arriva un dernier visiteur, trempé : M. de Vernejoul.

C'était le châtelain du pays, un petit homme mince avec une barbe en pointe. Je le regardais toujours avec étonnement passer sur sa bicyclette familière, car je savais qu'il était poète, et, pour moi, un poète ne pouvait se trouver que dans un livre. Voir passer un poète vivant sur une bicyclette, cela avait quelque chose de fabuleux.

Il habitait « Le Castellet », un beau château à quelques kilomètres de Nyons, sur la route d'Orange. Pas question d'y rentrer sous ce déluge, sans attraper la mort. Il venait demander à ma mère l'hospitalité.

La maison était pleine. Ma mère proposa une solution : qu'il partageât la chambre de Mme Bréchet. Après tout, elle et lui étaient des personnes âgées et très honorables... Il accepta, se sécha près du fourneau, puis ma mère vint me prendre dans ses bras sans me réveiller et me coucha dans son propre lit. Et M. de Vernejoul s'étendit tant bien que mal à ma place, sans se déshabiller, la couverture tirée jusqu'au menton. La mère Bréchet dormait.

Aux premières lueurs du matin elle s'éveilla, sourit au jour nouveau, se tourna vers mon lit, vit la barbe grise et poussa un cri d'horreur :

— René ! Qu'est-ce qui t'est arrivé cette nuit ?...

Elle mourut quelques mois plus tard, et un soir, alors que nous étions tous réunis dans la cuisine pour le souper, comme le soir de la pluie, venant du magasin alors que toutes portes étaient closes, se présenta une chatte noire qui s'arrêta, se posa sur son derrière, et nous regarda d'un air à la fois amical et malicieux. Mon frère Emile se dressa et s'écria en la montrant du doigt :

— La mère Bréchet !...

Elle lui cligna de l'œil, traversa tranquillement la cuisine, sortit par la porte du fournil et nul ne la revit jamais.

La mère Mourier tenait dans le haut de la rue Gambetta un magasin miraculeux, une épicerie où l'on trouvait de tout. J'allais souvent y chercher deux sous de bonbons anglais, de pastilles de menthe ou de boules de gomme, mais aussi du sel, du café, du fil D.M.C. pour coudre les boutons, du cirage Lion Noir, des bougies, des vermicelles ou des pâtes langues-d'oiseau, des allumettes en grosses boîtes de carton jaunâtre avec du papier de verre sur le côté. Et d'autres denrées que j'ai oubliées, qui ne font plus partie de la vie d'aujourd'hui.

Elle « brûlait » elle-même son café, dehors, devant sa boutique, une fois par semaine. Son brûloir était un cylindre de fer noir vertical, posé sur trois pieds et se terminant par une cheminée en forme de chapeau pointu. Il contenait une sphère creuse dans laquelle elle mettait le café vert, et qu'elle faisait tourner lentement au moyen d'une manivelle, après avoir allumé du charbon de bois dans le bas du cylindre.

Le merveilleux parfum du café qu'on grille envahissait aussitôt tout le quartier. Si j'étais à proximité, j'arrivais en courant, me plantais sous le vent du grilloir et ne bougeais plus, écoutant avec ravissement le bruissement des grains glissant sur la paroi interne de la sphère, et buvant à pleines narines leur odeur chaude, sauvage, craquante, rôtie.

Pendant la Seconde Guerre, la privation qui m'a le plus touché a été celle du café. Je me passais facilement de viande et de pain, mais le café m'a manqué. J'en bois peu, une tasse par jour, le matin, mais tant que je ne l'ai pas bue je ne suis pas un homme vraiment vivant. J'ai mis longtemps à trouver le meilleur filtre individuel : c'est le filtre belge, au fond large, dans lequel l'eau passe vite, cueillant l'arôme de la poudre et lui laissant l'amer. Je le voudrais parfait mais ne le réussis pas tous les jours. Trois ou quatre fois par semaine c'est déjà beaucoup. Je ne comprends pas qu'on puisse boire ce qui coule des filtres en papier flanqués dans un entonnoir. Quelle que soit la qualité de la mouture et la justesse des proportions poudre-eau, toujours dans le résultat se trouve le goût du papier. Parfois, au restaurant, pour terminer un repas avec des amis, je prends ce qu'on nomme un café. Cela en a l'apparence et la couleur, mais nulle part, même aux meilleures tables, je n'ai bu de bon café. Il est souvent très fort, ce qui le rend encore plus mauvais. C'est dommage. Un chef de qualité devrait veiller à ce détail essentiel. Quant à ce qu'on sert au petit déjeuner dans les hôtels, cela rappelle de très près le « jus » du régiment, et donnerait presque envie de se résigner au pire : boire du thé.

La mère Mourier avait adopté une nièce, Madeleine. Elle avait mon âge. C'était ma copine. Elle arrivait en courant à la boulangerie, entrait dans le magasin en criant : « Nini ! Deux kilos de pain bien-cuit-pas-brûlé !... », courait à travers la cuisine et le fournil et me retrouvait dans la cour.

Derrière la maison, la cour au sol de ciment était un refuge contre les grandes chaleurs. Une double treille, de jasmin et de vigne sauvage, la couvrait, l'eau fraîche coulait constamment dans le bassin-lavoir, des tourterelles en semi-liberté vivaient dans des cages ouvertes le long du mur de gauche, dont une blanche à qui l'âge avait tordu le bec et qu'il fallait aider à se nourrir. A droite, le moteur à essence du pétrin habitait la même grande cage que les poules, dont une très vieille, noire, qui venait se faire caresser en s'accroupissant et écartant les ailes, crôô... crôô...

Madeleine me trouvait assis devant une petite table de fer pliante, un livre entre les coudes, la tête dans les mains.

— Encore en train de lire ! Qu'est-ce que tu lis ?

Je lui racontais. Elle n'aimait pas lire, mais aimait les histoires. Elle s'asseyait et écoutait. Le temps passait. Et tout à coup éclatait la voix de sa tante qui, comme l'odeur du café, franchissait les toits et les murs :

— Madeleieieine !... Ça vient, ce pain ?

— Vouéi ! criait Madeleine, j'arrive !...

Et à moi :

— Vite dis-moi la fin !...

— Je la connais pas, je l'ai pas encore lue...

— Oh ! que tu es bête ! Alors à demain...

Et elle partait en courant...

Un autre lieu de nos rencontres était l'arrière-boutique de l'épicerie. Dans la vitrine du magasin, à la plus haute place, était disposée la maquette en carton jaune pâle d'une tour surmontant des remparts. C'était la réclame du savon La Tour, le « meilleur savon de Marseille ». On l'achetait par barres de cinq kilos, on le plaçait sur la cheminée de la cuisine ou sur l'armoire pour qu'il devienne sec et dur. Au moment de s'en servir on le coupait avec un fin fil de fer.

Et au-dessus de l'épicerie s'élançait une haute cheminée d'usine, qui, pour moi, était le prolongement naturel de la tour enfermée dans la vitrine. C'était la cheminée désaffectée de l'ancienne fabrique Labeille, qui ne fabriquait plus rien. Je n'ai jamais su ce qu'elle avait fabriqué, mais c'était dans mon esprit quelque chose de mystérieux et de magique, qui tenait à la fois du miel, de la cire et du savon. Je ne savais pas si on le mangeait ou si on s'en lavait...

Une partie de la fabrique servait d'entrepôt à la mère Mourier. J'y rejoignais parfois Madeleine, et nous partions en expédition à travers les piles de marchandises qui faisaient ressembler l'arrière-boutique à la cale d'un navire en long voyage : sacs de gros sel et de café vert, colonnes de savon, boîtes mystérieuses, et toujours, dans un baquet en bois, de la morue en train de dessaler, qui donnait à la grande pièce l'odeur de la mer.

L'objet de nos recherches était la réserve des bonbons anglais. Nous ne l'avons jamais trouvée...

A côté de l'épicerie, dans une petite maison avec un jardin, habitait ma tante Grosjean, l'unique sœur de mon père, l'aînée des quatre enfants Barjavel de Tarendol. Son mari, l'oncle Grosjean, était réparateur des fils télégraphiques. Vêtu du drap bleu de fonctionnaire P.T.T., coiffé d'une casquette à visière de cuir, les jambes de pantalon prises dans des pinces à vélo qui lui mettaient des ailes aux chevilles, il enfourchait chaque matin sa bicyclette et passait la journée à parcourir lentement les routes, les yeux en l'air, suivant le fil, à la recherche des interruptions.

Sa bicyclette était une Peugeot indestructible, dont il prenait grand soin. Un jour, une des premières automobiles de Nyons le renversa. Il n'eut aucun mal mais son vélo fut tordu. L'automobiliste et l'oncle comparurent devant le juge de paix. Le casseur proposa une indemnité. Devant la modicité de la somme, l'oncle s'indigna :

— Une bicyclette dont je me sers depuis vingt ans et qui n'a jamais rien eu !

— Vingt ans ?... dit le juge.

Et il diminua la somme de moitié ! Un demi-siècle plus tard, l'oncle Grosjean n'avait pas encore compris.

Il avait fait à sa femme deux enfants. Une fille, Germaine, aux yeux bleus et aux cheveux blond cendré, très belle et intelligente. Mon frère aîné, Paul, en devint amoureux et plus tard l'épousa. Par le fait des deux mariages de ma mère, elle était ma cousine, mais pas celle de mon frère.

Le second enfant Grosjean était un garçon, Clément. Il éprouvait pour son futur beau-frère Paul une grande admiration, et voulut suivre la même voie que lui. Paul, mobilisé à dix-huit ans, en 1917, avait été envoyé à l'Ecole maritime de Lorient, et avait fait la guerre en mer. Il devint plus tard commandant au long cours.

Clément, plus jeune que lui, s'engagea lorsque la paix fut revenue et partit à son tour pour l'Ecole de Lorient. Il y mourut deux jours après son arrivée. La version officielle fut qu'il avait succombé à la grippe espagnole. Mais peut-être fut-il victime des brutales vaccinations dont on truffait alors les jeunes soldats. On rapporta à sa mère qu'au moment de sa mort il avait du « sang caillé » sur les dents.

Ce grand malheur transforma la tante Grosjean, qui était une petite femme vive et gaie, en un tourbillon de colère et d'aigreur. Elle passa le reste de sa vie à jurer le nom de Dieu en provençal, et à le traiter de coquin et de voleur.

J'aimais être invité par elle. Elle réussissait divinement le tian d'herbes, les caillettes et le flan. Le tian d'herbes, ce sont des bettes hachées, assaisonnées d'herbes de Provence et de divers ingrédients, et cuites au gratin. Les caillettes sont un mélange de bettes ou d'épinards avec du foie et de la viande de porc, enveloppé dans de la crépinette, piqué d'un brin de sauge et cuit au four. Le flan, c'est ce dessert si simple et si difficile à réussir parfaitement : la crème renversée au caramel. Celle de la tante Grosjean était blonde et rousse, tremblante, fragile, fondante, baignée d'un abondant caramel feuille-morte, doux-amer...

Chère tante Grosjean, elle a vécu longtemps, toujours en colère contre le destin qui ne l'a pas ménagée, faisant résonner jusqu'au dernier moment ses casseroles sur son fourneau et le nom de Dieu auréolé d'injures. Dieu ne les a sûrement pas entendues. Elle a rejoint son beau Clément adolescent. Elle doit lui faire des tians d'herbes du Paradis.

Le fond de la place de l'Ancien-Cimetière servait d'entrepôt au serrurier Deligny. Des barres de fer rondes et carrées, des ressorts, des plaques, y rouillaient pêle-mêle devant la porte ouverte de l'atelier, dans lequel le vieil artisan penché sur sa petite forge, son enclume ou son étau, fabriquait des clefs, des verrous, des grilles, et tous les objets en fer ou en cuivre qu'on voulait bien lui commander. Il avait une grande moustache blanche mais je ne fais que supposer que ses cheveux étaient également blancs car il ne quittait jamais, même en plein été devant sa forge, son vieux chapeau de feutre cabossé, délavé, informe, qui semblait faire partie de lui.

Célibataire, ou veuf, à midi il posait ses outils, descendait à petits pas la rue Gambetta, saluait au passage ses connaissances d'un petit geste vers son chapeau, et allait déjeuner au café de la Lucie, près de chez Illy. Il ne me venait pas à l'idée qu'il pût habiter ailleurs que dans son atelier. Il devait dormir sur un lit de charbon, avec une couverture de fer...

C'est devant chez lui que j'eus mon premier contact avec la rigueur inexorable de la loi. J'avais pris la bicyclette de la boulangerie qui servait à livrer le pain, avec son panier fixé au guidon, et je faisais des circuits autour de la place, en pédalant à travers le cadre, car le vélo était trop grand pour moi.

Comme je virais devant chez Deligny, autour d'un chevalet de fer, deux gendarmes m'arrêtèrent.

— Votre plaque ?

Consterné. Effrayé. Je n'en avais pas...

La plaque de bicyclette était l'ancêtre de la vignette auto. On l'achetait chaque année chez le bureau de tabac, petit rectangle de fer-blanc à l'effigie de la République, qui devait rester fixé en permanence sur le vélocipède. Mais il arrivait qu'elle fût volée. Alors on la gardait dans sa poche. La nôtre était dans le tiroir du comptoir du magasin. C'est ce que j'expliquai aux gendarmes, en leur demandant de venir le vérifier. C'était là, tout près.

Ils refusèrent. Le père Deligny intervint. Sans résultat. Ils dressèrent procès-verbal. Je rentrai à la maison couvert de honte. Ma mère s'indigna, parla d'aller trouver le sous-préfet, qu'elle connaissait comme présidente du syndicat des boulangers de Nyons. Mon père riait. Il trouvait tout beau, tout drôle. Il était revenu de la guerre...

Moi je découvrais l'existence d'un monde rigoureux, abstrait, avec lequel on ne pouvait pas s'accommoder.

Avec la même bicyclette, deux ans plus tard, je connus une autre aventure. Assis cette fois sur la selle, j'étais allé livrer du pain à un fermier, assez loin de Nyons, du côté du Castellet. Mon petit fox Friquet me suivait ou me précédait en gambadant et en jappant. Il faisait deux fois plus de chemin que moi.

La route était belle et libre. On imagine difficilement, aujourd'hui, que les routes aient pu être construites pour les piétons. C'était ainsi, pourtant. Hommes et femmes se déplaçaient à pied au milieu de la chaussée, isolés ou en famille, poussant deux chèvres ou une brouette, portant un panier au bras, ou ne portant qu'eux-mêmes. La route était un ruban clair brodé de silhouettes en mouvement. Et chacun arrivait à temps au bout du chemin.

C'était un matin, un jeudi ou un dimanche puisque je n'étais pas en classe. Je venais d'avaler un grand bol de café au lait avec des tartines. Le fermier, ayant reçu ses dix kilos de pain, pour me remercier m'offrit un pastis. J'avais déjà horreur de cette affreuse boisson. Je refusai. Il insista. Je refusai encore. Il se fâcha. Il était vexé. Je dus boire la mixture, qu'il me servit corsée.

— Eh bois, petit !... Ça donne des forces !... Ça te fera grandir !...

J'avalai, le cœur soulevé. Il était ravi, il croyait m'avoir fait honneur et plaisir, il m'avait traité d'égal à égal, comme un homme.

Je remontai sur mon vélo, roulai un ou deux kilomètres en zigzaguant, puis chavirai dans le fossé. Je fus malade pendant deux jours. Ma mère était couchée dans le lit qu'elle ne devait plus quitter. Mon père riait et chantait en sortant du four son pain blond craquant.

Près des barres de fer du père Deligny s'était installé, au fond de la place de l'Ancien-Cimetière, un autre atelier, en plein air : celui d'un tailleur de pierre, qui construisait le monument aux morts.

Alors que le sou avait disparu depuis longtemps comme monnaie usuelle, il continuait à exister dans l'esprit et les habitudes du public. On ne disait pas « cinq centimes » mais un « sou ». La pièce la plus courante était celle de deux sous, dix centimes, en bronze. Un franc, c'était vingt sous, et l'écu de cinq francs en argent, cent sous.

Vers la fin de la guerre, presque toutes les pièces avaient disparu, car la fabrication des obus aspirait les moindres bribes de métal. Des billets les remplaçaient. Il y avait des billets d'un franc et de cinquante centimes. Ils furent vite sales, déchirés. On les rapiéçait avec du papier collant qui se déchirait à son tour. Le « scotch », bien sûr, n'existait pas. Des timbres-poste de cinq et dix centimes servaient de monnaie. Ils se déchiraient encore plus vite que les billets, et collaient aux doigts humides. Quelques grandes marques d'apéritifs mirent en circulation des sortes de médaillons transparents contenant un timbre et portant, au dos, le nom de la firme.

Quant aux pièces de vingt francs en or, les « louis », leur règne s'était terminé en 1914. Tous les Français avaient porté leur or aux guichets des banques pour « financer la victoire ». Mon père piquait parfois, le dimanche, dans sa cravate, une épingle que ma mère lui avait offerte, faite d'une pièce de dix francs, un « demi-louis » découpé autour du geste de la semeuse...

Quelques-uns des jeunes rescapés de la guerre revinrent chez eux avec une mode prise aux soldats américains : ils s'étaient rasé la moustache...

Leur apparence fit hausser les épaules aux mères, aux épouses, et ricaner les vieux moustachus qui déclarèrent qu'ils ressemblaient à des curés. Ceux-ci, en effet, étaient les seuls hommes entièrement glabres que l'on eût connus jusqu'alors. Mais les filles jeunes trouvèrent les rasés séduisants, la mode s'étendit rapidement, et le poil devint bientôt signe de négligence ou de vieille paysannerie. Le sacrifice de la moustache précédait celui des cheveux féminins. Il fallut attendre les années 60, une autre guerre et presque un demi-siècle, pour voir repousser les toisons féminines et masculines. Ce fut encore sous l'influence américaine, cette fois celle des jeunes combattants de la non-mobilisation, de la non-consommation, de la non-civilisation : les hippies.

En 1919, la vie essayait doucement de reprendre ses habitudes d'avant 14. Mais ce n'était pas possible. Quelque chose avait définitivement changé. Les femmes mûries par les responsabilités, le dur travail, la constante inquiétude, étaient devenues des êtres différents. Les hommes rescapés n'attachaient plus la même importance aux obligations de chaque jour. Ils étaient vivants, cela seul comptait. Ils avaient pris l'habitude de vivre entre hommes, ils se retrouvaient plus souvent qu'avant-guerre au café ou au jeu de boules.

Et rien ne remplaçait les morts.

Il n'y eut pas, dans les bourgs et les villages, les explosions de joie des grandes villes. Il y avait trop de morts, et on les connaissait. Ils ne composaient pas une statistique anonyme, ils étaient mari, fils, frère, cousin, voisin, ami. Les familles qui avaient eu la chance de récupérer leurs combattants gardaient leur joie secrète. Elles en avaient presque honte.

La guerre de 14 a tué ce qu'il y avait de mieux dans la race française, la fleur de la paysannerie, les plus beaux fruits de la terre, les hommes les plus utiles, les plus solides, les plus jeunes gens, les plus sains, les plus courageux, ceux dont serait naturellement issue, comme toujours, l'élite de toutes les catégories sociales : ouvriers, bourgeois, intellectuels, artistes. Tout venait de la terre. Cette filiation a été coupée par le glaive. Ce fut une plaie terrible. Nous, les enfants, épargnés grâce à notre âge, n'avons pas suffi à remplacer la chair manquante. Dans ce trou, voici qu'arrivent maintenant pour le combler des Africains, des Arabes, des Indochinois, des Portugais, des Turcs, des Allemands, des Scandinaves, des Hollandais, qui emplissent les usines ou s'installent dans les villages déserts. Un nouveau mélange va se faire pendant des générations. Les Français d'hier étaient les produits de multiples invasions. Celtes, Normands, Romains, Goths et Wisigoths, Francs, Sarrasins, et tous ceux que nous ignorons, étaient venus se heurter aux Pyrénées et à l'Atlantique et s'étaient mêlés dans l'hexagone comme, au fond d'un sac, des haricots de trente-six jardins. Ils étaient tous des haricots blancs. Le mélange de demain sera plus coloré.

Les automobiles arrivaient. Le « courrier » Nyons-Rémuzat, une diligence à chevaux, fut remisé à tout jamais, et remplacé par une voiture à moteur dont la carrosserie en bois fut fabriquée par Illy.

Un après-midi, mon petit Friquet, dont le fox-terrier de « La Voix de son Maître » semblait être le portrait personnel, déboucha en courant de la rue Gambetta, dans l'avenue de la Gare, pour aller rejoindre mon père, qui était allé boire l'apéritif au café de la Lucie. Une bête grondante à quatre roues lui passa dessus.

Mon père me le rapporta tout aplati, mais respirant encore ou plutôt essayant, la bouche ouverte comme un poisson sur le sable. Il avait la cage thoracique écrasée. Il mourut en quelques minutes. Je le déposai au fond de mon asile du jardin : le trou que j'avais creusé et aménagé en coin de lecture. Et je remis sur lui toute la terre que j'avais déplacée. J'enterrai en même temps que lui une partie de mon insouciance et de mes joies si simples. Je ne retournai plus voir sur le mur le défilé des fourmis triangulaires. Je ne poussai plus jamais la porte de la remise du bureau de tabac. La tombe de Friquet venait de clore les années du jardin.

J'allais bientôt entrer au collège.

La grippe espagnole remontait la rue Gambetta. Il y avait eu deux morts depuis le coin de l'avenue de la Gare. Il y en avait partout. L'annonceuse n'arrêtait pas de trottiner d'un seuil à l'autre. Elle ouvrait la porte, disait rapidement : « La Rose Gauthier, demain à dix heures... Le petit Pierre Arnaud, demain à trois heures... » Elle refermait la porte et se hâtait vers la suivante. Elle annonçait les enterrements. Elle était petite, noire et voûtée, avec un chignon noir, et un fichu noir sur ses épaules, même l'été. Elle avait toujours l'air triste, c'était normal.

Il y avait chaque jour un, deux, parfois trois enterrements. On voyait surgir, devant les maisons frappées, le sinistre champignon de la table des signatures. Une table ronde, recouverte d'un drap noir, sur lequel était posé un cahier avec un crayon ou un porte-plume et son encrier. Si on ne pouvait pas venir à l'enterrement, on allait au moins « signer ».

Ma mère, épluchant les pommes de terre pour la purée, disait à mon père :

— Quand tu auras tiré ton pain, va me chercher douze godiveaux chez Guibert. Et en passant, tu signeras la pauvre Rose...

Les godiveaux, c'était ce que les Parisiens nomment d'un nom sauvage : les chipolatas.

A la boulangerie, le premier malade fut mon frère Emile. Il eut une grande et longue fièvre et on craignit pour sa vie. Ma mère, que hantait le sort du petit Clément, tremblait de peur et faisait venir deux fois par jour le Dr Bernard débordé et exténué. Mais on ne connaissait aucun remède contre cette grippe. On en mourait, ou on guérissait tout seul.

Emile avait dix-huit ans. Il était beau, romantique, les cheveux ondés, les yeux brûlants. Il avait enflammé le cœur d'une jeune fille, Juliette, d'une famille de réfugiés du nord de la France, brune comme une Méridionale. Ils se marièrent trois ans plus tard. Pendant toute sa maladie, elle lui apporta chaque jour un bouquet de roses, dont elle avait ôté les épines. Mon frère Paul était en mer. Il revint pour une brève permission et rassura ma mère. Grand, mince, les traits fins, doté d'une élégance naturelle, il paraissait déplacé dans notre milieu un peu fruste. Il était, physiquement, de la race des grands acteurs des comédies américaines : Cary Grant, ou Clark Gable. Aussi beau qu'eux, mais sérieux comme un vrai protestant.

Emile guérit, et je tombai malade.

Il s'avéra dès le début que ce n'était pas grave. J'étais plutôt content d'être couché, dans ma petite chambre du second étage toute tapissée de neuf. J'aurais voulu lire, mais on avait décrété que ça me fatiguait. Pas de livre à portée de la main...

Je regardais les fleurs du papier peint, toutes pareilles, alignées en quatre directions. Je ne pouvais pas leur donner un nom, c'était une sorte d'hybride entre la rose et la marguerite, couleur miel, avec une queue verte et des feuilles mauves. Je les comptais en hauteur, en largeur et en diagonale gauche et droite, je suivais les grains de poussière mystérieux, sortis du néant, qui traversaient le rai de soleil surgi des volets et disparaissaient de nouveau dans l'air. J'écoutais une mouche vibrionner, s'arrêter pile, recommencer... Je fermais les yeux et m'endormais.

Ma mère se réveilla au milieu de la nuit, saisie par une brusque inquiétude. Elle monta rapidement l'escalier et se pencha vers mon lit...

Elle me vit immobile, les yeux clos, la bouche ouverte avec du sang caillé sur les dents, du sang noir...

Se retenant de crier d'horreur, elle alla jeter hors de son lit Nini pour qu'elle coure chercher le Dr Bernard, et revint vers moi. Mon frère Emile, tiré de son sommeil, se pencha pour m'examiner, renifla... Il y avait une odeur de réglisse... Il découvrit sous mon oreiller une boîte de cachous que m'avait donnée Germaine, ma cousine, venue me voir dans la soirée. J'avais trois cachous sur les dents. Il partit à son tour en courant pour rattraper Nini qui courait vers la maison du docteur. Elle était déjà arrivée, elle s'efforçait, en larmes, d'entraîner le médecin exténué, qui m'avait vu quelques heures plus tôt et savait parfaitement que j'allais bien. Je ne fus mis au courant de tout ce bouleversement que le lendemain matin en me réveillant frais et dispos.

Le troisième malade fut ma mère.

Illy mit en place les deux grandes roues ferrées, serra les derniers boulons, graissa les moyeux et la vis du frein à manivelle, puis regarda son ouvrage et trouva que cela était bien. Alors il peignit la charrette en bleu.

Nous suivîmes cette dernière opération avec intérêt, parce que le bleu était un beau bleu, un peu plus foncé mais plus chaleureux que celui du ciel. Et parce que la peinture sentait bon. Et aussi parce qu'il y avait quelque chose de magique à voir, sous le pinceau, le bois disparaître et devenir une autre matière, toute neuve et brillante.

Le paysan qui l'avait commandée fut prévenu qu'elle serait sèche tel jour, et il fit savoir qu'il viendrait la chercher le jeudi.

Nous étions tous là pour la voir partir, René Celse et son grand frère Léopold, Roger Domps le fils de l'inspecteur primaire, Maurice Bonnet, Marcel Mourier et son petit frère Maurice, et Jean Gris qui chantait si bien, et même Emile Sogno, qui habitait au Moulin, de l'autre côté du pont. Et aussi, bien sûr, Madeleine Mourier, et Simone et Suzanne, les filles du charron. Illy fit sauter les cales et basculer les lourds chevalets qui retenaient la charrette. Celle-ci, frein serré, reposa pour la première fois sur ses roues. Le paysan, vêtu d'une blouse bleue, d'un pantalon de coutil et de son chapeau noir des dimanches, fit reculer dans les brancards son grand cheval roux dont les muscles énormes jouaient les uns sur les autres comme des portions de sphères et de cylindres ajustées au millimètre. Il l'attela et, guides en main, monta sur la charrette. Sur le plancher de bois neuf, ses souliers de cuir raide, épais, étaient d'un noir impeccable. Je me demandais s'ils avaient été cirés comme on le faisait chez mon grand-père, à la Grange : on crachait sur la brosse et on la frottait au cul de la marmite pendue dans la cheminée. Pour les souliers de la grand-mère, un peu plus délicats, il y avait du vrai cirage, vendu dans un verre, comme la moutarde, dont il avait la consistance. J'aimais le sentir. Il sentait la suie. On en prenait un peu avec un brin de genêt, on le posait sur la chaussure, et on étendait avec la brosse. Le cirage épuisé, on lavait le verre. Ça faisait un verre de plus dans la maison. Mais pour arriver au fond il fallait des années... Le cirage en boîte, qui sentait la cire et l'essence, c'était du luxe, pour les gens de la ville.

Le paysan se pencha pour desserrer la manivelle du frein puis se redressa, face au gros derrière roux de son cheval et à sa queue blonde, fit légèrement claquer les rênes sur l'échine et dit :

— Hue !...

Les muscles du cheval, les ronds et les longs, se mirent tranquillement en mouvement, tout cela joua ensemble comme les morceaux de la locomotive du train du soir, et les roues de la charrette écrasèrent le lit de copeaux.

L'homme tira un peu sur la rêne de gauche, le cheval vira et s'engagea dans la rue Gambetta. Il avait un beau collier presque neuf, avec des pompons rouges et des grelots de cuivre. Il avait aussi des pompons à ses œillères et sur son front. C'était joli, mais c'était surtout pour les mouches. Les roues de fer aplatissaient les cailloux de la rue, les enfonçaient en terre ou les faisaient éclater en morceaux. A chaque cahot, la charrette chantait un beau bruit de roulis de bois et de fer bien graissé.

Nous la suivions. Nous aurions voulu courir en criant, mais le cheval puissant allait au pas, tirant la charrette comme une allumette. Il posait ses quatre larges pieds l'un après l'autre et il avançait avec certitude et tranquillité. Ploc-ploc-ploc-ploc, un-deux-trois-quatre... Il aurait arraché une maison.

Le René Celse s'agrippa à l'arrière de la charrette, prit son élan, sauta et se retrouva assis, les jambes pendantes. Je le suivis. Le Sogno aussi. Et Jean Gris. Roger Domps suivait à pied. Il était trop bien élevé pour se conduire de cette façon.

Le paysan se retourna, nous cria :
— Galapiats !
Mais il souriait.

Il saisit son grand fouet qui pendait à son épaule, manche par-devant, lanière par-derrière, et en fit claquer la mèche au-dessus de nos têtes.

Nous avons poussé des cris, nous avons fait semblant d'avoir peur, mais nous ne sommes pas descendus.

Il y avait déjà de nombreuses voitures arrêtées rue Gambetta, des jardinières, des charrettes et même des tombereaux. Toutes dételées, leurs chevaux à l'écurie ou attachés à l'ombre des marronniers de la place de l'Ancien-Cimetière, le nez dans leur mangeoire. Le devant de la boulangerie restait dégagé. Les paysans savaient qu'ils devaient en laisser l'accès libre, pour que chacun pût venir charger son pain.

La charrette bleue se rangea devant le magasin, et l'homme noir et bleu descendit et entra chez nous. J'entrai derrière lui.

Je ne sais pas pourquoi je me souviens si bien de ce jour, de ce moment, qui n'avait en soi rien d'extraordinaire. C'était un jeudi, très probablement un jour de foire, vu l'abondance des voitures et l'activité qui régnait dans le magasin. Mais la foire se tenait le premier jeudi de chaque mois. C'était une foire comme les autres. Et je ne savais pas, ce jour-là, que ma mère allait mourir de la maladie qui était en train de la frapper. Je la vis debout derrière le comptoir, servant les clients du quartier. Un kilo, deux kilos, on pesait tout, sur la balance aux plateaux de cuivre, on « faisait le poids » avec un morceau de fougasse. La plupart des clients ne payaient qu'au mois. Chacun avait son carnet, sur lequel on inscrivait au crayon la date, et le poids de pain acheté.

Mon père et Nini étaient en train de faire les grosses pesées sur la bascule à droite de l'entrée. On posait deux pains côte à côte, deux autres dessus perpendiculairement puis deux autres et ainsi de suite. Dix kilos, vingt kilos, trente kilos. On les empilait ensuite dans des sacs avec les noms des clients, qui allaient venir les chercher.

L'homme en chargea deux sacs sur sa charrette, et repartit. Les gens du quartier continuaient à défiler, en revenant du marché. Les paysans entraient prendre leurs sacs de pains. Ils connaissaient tous bien ma mère et l'appelaient « Marie ». Ils parlaient fort, en provençal, ma mère leur répondait dans la même langue. Un vieux portait au bout d'une ficelle une paire de poules attachées par les pattes. Elles pendaient dans son dos, la tête en bas, battaient des ailes et caquetaient de peur.

Je remarquai que ma mère avait une drôle de voix. Je la regardai, et je vis alors le détail insolite qui fut peut-être la cause qui grava toute la scène, comme une eau-forte, dans ma mémoire : un morceau de bois, gros comme un cigare, sortait de sa bouche. Un morceau de branche, gris, qu'elle avait dû aller casser dans un fagot sous le hangar. Elle le mordait, pour s'empêcher de claquer des dents. Elle avait une fièvre violente, et ses dents s'entrechoquaient. Quand on lui prit sa température, le lendemain, le thermomètre marqua plus de quarante. Mais un jeudi, jour de foire, il n'était pas question de s'arrêter de travailler. Chacun faisait sa part, et elle, en plus de la sienne, dirigeait tout. La journée finie, la tranquillité revenue dans la maison, elle soupa avec nous, elle ne se sentait pas bien, mais elle disait « c'est rien, c'est de la fatigue, ça passera ».

Le lendemain, comme d'habitude, mon père se leva à trois heures pour faire sa première fournée. Vers sept heures, il alla porter le café à sa femme. Il ressortit de la chambre effaré :

— Elle dit qu'il y a un coq sur l'armoire ! Elle me demande de le chasser !...

Elle délira pendant des jours et des jours, je ne sais combien. La maison était frappée de consternation et de silence. Le Dr Bernard venait matin et soir. Il avait cru d'abord, comme tout le monde, à la grippe espagnole, mais s'était vite rendu compte que ce n'était pas cela. Il ne savait pas ce que pouvait être ce mal étrange et furieux qui n'évoluait pas et ne cédait pas. Ce n'était pas une affection respiratoire ou digestive, ni un empoisonnement. Il ne comprenait pas l'origine de la fièvre, qui continuait d'osciller autour de quarante. Il appela en consultation le Dr Rochier, qui ne reconnut rien de familier. Alors il commença à penser à cette maladie dont les journaux avaient parlé d'une façon si stupide, et il fit appel au Pr Froment, de Lyon, qui en avait examiné plusieurs cas. Le professeur vint à Nyons et fit le diagnostic : ma mère était atteinte de la maladie du sommeil.

Aujourd'hui, on la guérit. A cette époque, il n'y avait aucun traitement.

La fièvre dura des semaines. Quand elle tomba, ma mère avait perdu la moitié de son poids. Elle était lucide, elle reconnaissait tout le monde, elle souriait faiblement. Nous recommencions à respirer.

Alors un faux espoir accompagna une fausse convalescence. Ma mère reprenait des forces. Elle put se lever, puis marcher. Elle mangeait bien, retrouvait forme humaine. Mais ce n'était plus la même femme.

Je ne sais pas si je l'ai bien montrée, jeune fille vive, passionnée, jaillissant hors de la ferme paternelle vers un destin plus épanoui, lisant avec avidité, comprenant tout, rêvant d'un destin plus large encore, raffolant des séances de cinéma du Casino, qui l'entraînaient dans le monde loin de son village dont elle n'était jamais sortie. Puis clouée à son foyer par les maternités, le veuvage, la guerre, les obligations matérielles, devenant capitaine de ce navire immobile, faisant de sa boulangerie la première de la région, fondant le syndicat des boulangers pour exiger de l'administration le ravitaillement en farine, élevant ses trois garçons, régentant ses nièces, commandant les vieux ouvriers grincheux et les apprentis maladroits, rendant service à tout le monde, se réjouissant des fleurs et des fruits, aimant les bêtes, rayonnant comme un soleil sur les êtres et les choses.

D'un seul coup, la maladie l'éteignit. Sa volonté mentale fut tranchée net. Elle ne « voulait » plus. Elle ne commandait plus, même à elle-même. Elle ne prenait plus aucune décision, aucune initiative. Elle attendait qu'on lui dît de faire ceci ou cela. Elle obéissait au médecin, à mon père, à Emile, à Nini. Elle s'asseyait quelque part et attendait qu'on lui dît de bouger. Mais il semblait que physiquement elle redevînt normale.

Noël arriva. Il faisait froid et sec.

Dans toutes les maisons on se préparait à la fête depuis plus d'une semaine. C'était le vrai premier Noël d'après la guerre. Les blessures des familles meurtries commençaient à se cicatriser. Des enfants nouveaux étaient nés. Les survivants vivaient...

Pendant plusieurs nuits, mon père fit cuire les panas : c'étaient de grandes tartes. Toutes les clientes en apportaient deux ou trois, en plusieurs voyages. Elles ne pouvaient pas les faire cuire chez elles, elles avaient besoin du four du boulanger : les tartières des panas, qui ne servaient que pour Noël, avaient entre cinquante centimètres et un mètre de diamètre. Mon père en faisait deux ou trois fournées chaque nuit. Il y en avait partout, des crues, des cuites, sur les planches à pain, sur les sacs de farine, sur la barde du four, sur la table et sur les chaises de la petite salle à manger où on ne mangeait jamais, sur le haut du buffet. Elles étaient aux fruits de toutes sortes, mis en conserve pour cette occasion. Les plus nombreuses, les plus économiques et les meilleures étaient celles de courge. En voici la recette :

Sur un fond de pâte à tarte vous étalez une couche d'un centimètre et demi de courge blanchie, égouttée, réduite en purée, sucrée, et mélangée à une bonne quantité d'amandes grillées et pilées. Vous disposez par-dessus un croisillon de pâte, vous ajoutez vos initiales ou celles de la personne gourmande que vous aimez, vous rabattez les bords du fond de pâte, et vous faites cuire au four. A la sortie, quand la tarte est très chaude, vous la saupoudrez de sucre en poudre et l'aspergez d'eau de fleur d'oranger. Ça embaume la maison et le cœur, c'est une odeur de fête, une odeur de joie. Toute la rue Gambetta sentait Noël, ça emplissait la nuit, ça montait jusqu'aux étoiles.

La veille de Noël, il y eut une représentation biblique au temple protestant. Devant l'arbre de Noël, un grand sapin venu de Gardegrosse, enguirlandé de papier doré et de cheveux d'anges, avec des touffes de coton qui jouaient la neige, et illuminé de vraies bougies, des enfants costumés récitèrent des versets de l'Evangile. Vêtu d'une peau de mouton, le cheveu bouclé, l'œil noir, un haut bâton dans la main droite, je fus saint Jean-Baptiste. Quand vint mon tour, je me levai et dis : « Voici que vient derrière moi Celui qui est plus puissant que moi. Je ne suis pas digne de dénouer la courroie de ses chaussures. » Et je me rassis. Une branche de sapin s'enflamma. On l'éteignit aussitôt avec un chiffon mouillé fixé en haut d'une perche, prévue pour ça. Puis on chanta un cantique et on distribua des cadeaux et des papillotes. Ça sentait l'orange, la cire et la résine. C'était une belle fête.

Il y avait longtemps que je ne croyais plus au Père Noël, et tout ce que racontait le pasteur, le dimanche matin, sur Dieu et Jésus, me paraissait suspect. Il ne parlait pas avec naturel. Il faisait des effets avec sa voix. Quand il priait, en haut de la chaire, il joignait ses mains, les doigts croisés, fermait les yeux, crispait les sourcils, restait un moment silencieux puis s'écriait : « Seigneur !... » Je ne pouvais pas croire à ce Seigneur-là.

A la fin du réveillon, ce ne fut pas ma mère qui coupa la pana de Noël, encore toute chaude. Ce n'était plus elle qui coupait le pain pour la soupe. Elle se laissait servir, comme un enfant. Elle bougeait peu, parlait rarement, quelques mots. Elle nous regardait quand nous passions devant elle mais son regard ne nous suivait pas. Une sorte de rêve s'était installé au fond de ses yeux.

Nous savions tous le nom de sa maladie, et nous nous souvenions de sa plaisanterie prémonitoire : « Si je dors, vous n'aurez qu'à me promener des cerises au-dessus de la figure, et je me réveillerai... »

Mais elle ne dormait pas... Cette maladie du sommeil ne méritait pas son nom... Sans nous en parler, sans rien nous dire, les uns aux autres, nous attendions quand même la saison des cerises...

L'hiver passa. Quand le premier cerisier des Rieux fut mûr, Nini proposa à ma mère d'y aller, comme chaque année. Hippolyte, qui avait épousé ma marraine, viendrait la chercher avec la charrette, et la ramènerait. Ma mère sourit doucement, ne dit ni oui ni non. Y aller, ne pas y aller, cela lui était égal, ça ne la concernait pas... Nous y allâmes seuls, Nini et moi, nous en rapportâmes un plein panier, débordant de fruits luisants rouges et roses, gorgés de jus, avec des feuilles vertes qui sortaient ci et là. Nini le posa devant ma mère. Elle sourit de nouveau. Elle en mangea quelques-unes. Ce fut tout. Nini pleurait.

Semaine après semaine, ma mère recouvrait ses forces physiques. Au commencement de l'été, un an après le début brutal de la maladie, elle était de nouveau, en apparence, la Marie vaillante et volontaire que tout le monde avait connue. Mais ce n'était qu'une apparence. Rien de sa vitalité n'était revenu.

Le Dr Bernard préconisa un séjour à la campagne, loin de la chaleur estivale des rues de Nyons. Camille Bréchet loua à mon père un « grangeon » dépendant de sa maison des Serres, mais très à l'écart. Nous nous y installâmes, ma mère et moi, avec Nini comme ménagère, garde-malade et ange tutélaire.

J'avais dix ans, je ne me rendais pas vraiment compte de la gravité du mal qui accablait ma mère. Je passai là les plus belles et les dernières vacances de mon enfance. A proximité du grangeon, une sorte de faille sauvage coupait la campagne sèche du nord au sud : le Ruinas, un torrent sans eau mais assez humide pour qu'y poussât, entre les cailloux et les rochers, une végétation enchevêtrée, arbres tordus, buissons, roseaux, mousse, champignons. Personne n'y mettait jamais les pieds. J'y allai. Des crevasses et des éboulis me permettaient de descendre sa rive abrupte. Ensuite c'était la découverte, l'aventure. J'ai vu, sans y toucher, des nids d'oiseaux dont je ne connaissais pas le nom, à la fourche d'un pin, dans un trou, trois petites chouettes à peine emplumées qui ouvrirent, à mon doigt tendu, des becs plus grands que leur tête ronde, je vis des œufs en couleurs, je vis des insectes énormes biscornus, des fleurs bizarres en forme de guêpe ou de trompette, des serpents qui glissaient en silence, des bouts de bois mort aux formes étranges, des escargots pointus, des cailloux veinés d'or ou de cristal. Je rentrai les poches pleines de trésors. J'avais les cheveux ras, les mollets maigres zébrés d'écorchures, les oreilles écartées. J'étais vêtu d'un bout de culotte et d'une vieille chemise, chaussé de solides souliers de cuir, sans chaussettes.

Au grangeon, je retrouvais l'un ou l'autre de mes trois copains : Tokyo, le grand chien noir des Bréchet, ou Tango, le blond. Ou Madeleine, encore une, la fille des fermiers. Mais elle ne s'intéressait pas à ce qui me passionnait, et les chiens, quand ils m'accompagnaient, faisaient du bruit. Je préférais partir seul. Je ne rentrais que pour les repas. Nini s'inquiéta d'abord, puis s'habitua. Ma mère ne disait rien. Quand je revenais, elle me souriait d'un sourire tendre et triste et posait sur moi un regard d'amour. Se rendait-elle compte de son changement, de son déclin ? Je ne sais pas. Tant qu'elle a pu parler, je ne l'ai jamais entendue se plaindre.

En septembre, nous rentrâmes à la boulangerie. Ma mère devenait de plus en plus passive. La rentrée des classes approchait. Un jour, mon père me prit par la main, et m'emmena au collège pour me faire inscrire. De même que son père l'avait pris par la main pour l'emmener de Tarendol à Nyons afin qu'il apprît un métier meilleur que le sien, il voulait à son tour me faire monter plus haut que lui dans l'échelle sociale. Il espérait que je deviendrais fonctionnaire. Percepteur, peut-être, ou receveur des postes, ou même, sommet des sommets, professeur... Mes frères étaient déjà passés par le collège, Paul pour devenir officier de la marine marchande, et Emile ingénieur du service vicinal.

C'était la dernière année, comme principal du collège, du règne de M. Guillaume, un petit homme à barbichette blanche qui ressemblait à Poincaré. Il demanda à mon père :
— Est-ce que vous voulez que votre fils fasse du latin ?
On devait alors, dès la sixième, choisir entre l'enseignement classique et le moderne. Mon père réfléchit un instant, et répondit :
— Oh ! Il sera jamais curé, il a pas besoin de faire du latin...
Ainsi fut décidée mon orientation.

A mon premier jour de collège, je fus frappé par un changement considérable : en s'adressant à moi, les professeurs me dirent « vous ». J'avais été jusque-là le petit René, que tout le monde, y compris les instituteurs, tutoyait. Et pour la première fois de ma vie, on me disait « vous ». Je venais de franchir une étape. Je ne me sentais pas plus important, ni plus près d'être un « grand », mais ce « vous » me mettait à l'aise. Il était moins autoritaire que le « tu ». L'instituteur qui me tutoyait se plaçait au-dessus de moi, à la verticale. Le professeur qui me disait « vous » se situait en face de moi, à l'horizontale. On pouvait peut-être se regarder et se comprendre, au lieu de commander et obéir. Les relations étaient différentes. Je ne devins pas pour cela un meilleur élève. Je fus immédiatement submergé par la surabondance des matières du programme. C'était effrayant. Il fallait apprendre tout cela... Je m'en sentais absolument incapable. Je me remis à lire beaucoup et à travailler peu. Je découvris une mine inépuisable : la bibliothèque du collège, et dans cette mine un filon fait semblait-il exprès pour moi : les nombreux volumes des *Souvenirs entomologiques* de Henri Fabre. En la compagnie du vieux savant rustique, j'appris à connaître les mœurs passionnantes des petites bêtes que j'avais rencontrées. C'était le prolongement des vacances des Rieux et des explorations du Ruinas.

La seule classe qui m'intéressât était celle de dessin. Je fis de rapides progrès. Je dessinais en math, en sciences, en histoire, chez moi, partout.

Un jour j'apportai à mon professeur un travail que j'avais bien réussi : un paquet de gauloises bleues près d'un cendrier blanc, avec une cigarette posée sur celui-ci, en train de fumer. C'était mon premier essai d'une boîte de pastels que mon père m'avait achetée à ma demande. Le professeur de dessin ne voulut pas croire que j'étais l'auteur du croquis, parce que j'avais mis un reflet vert sur le paquet de gauloises et que, d'après lui, j'étais incapable, à mon âge, d'avoir vu cette décomposition de la couleur. Je protestai, il s'obstina, se fâcha et me traita de menteur. Cet incident me dégoûta des beaux-arts...

Une porte venait de m'être fermée. Dommage. Si j'avais été encouragé, je serais peut-être aujourd'hui Barjador Dali...

C'est une porte différente qui me fut ouverte, l'année suivante, par un professeur de français nommé Delavelle. Il était renommé pour ses démêlés avec un autre professeur dont je ne me rappelle ni le nom ni la spécialité mais seulement la barbe rousse. Delavelle était royaliste, et le rouquin communiste. C'était à l'époque où, à Paris, au Quartier latin, les « Camelots du Roy » réglaient leurs querelles avec les « Faucons rouges » à coups de gourdins. A Nyons, la bataille était moins rude. Dans la cour du collège, les deux profs entamaient des discussions véhémentes mais n'en arrivaient jamais aux voies de fait. Mais la malignité du sort les avait logés, en ville, en face l'un de l'autre, des deux côtés d'une rue étroite. Le rouquin acheta un phonographe et chaque fois qu'il apercevait chez lui le professeur de français il ouvrait sa fenêtre et faisait jouer, au maximum de son appareil, *L'Internationale*. Delavelle acheta à son tour un phono, et répliqua à *L'Internationale* par *La Marseillaise*. C'était un chant républicain, mais, au moins, nationaliste. Jaillissant des pavillons des deux appareils dirigés vers les fenêtres béantes, les deux hymnes mélangeaient au milieu de la rue leurs éclats héroïques qui ricochaient contre les murs et pénétraient dans les maisons voisines par toutes les ouvertures.

Les gens du quartier commencèrent par en rire. On ne déteste pas le bruit autour de la Méditerranée, et cette salade sonore était cocasse. Mais elle devint vite insupportable et dès qu'un des phonographes entamait sa fanfare, et que l'autre lui répondait, un troisième orchestre se joignait au concert et ajoutait au vacarme : celui des voix indignées qui, de tous côtés, lançaient des injures à l'adresse des antagonistes.

Cela se termina par l'intervention du principal du collège, qui n'était plus M. Guillaume mais le merveilleux Abel Boisselier, épicurien intelligent, ironiste et humoriste, cultivé, fonctionnaire désinvolte, ami des arts et de la vie, qui allait devenir mon père intellectuel.

Le duel sonore l'avait fort amusé, et je soupçonne qu'il avait quelque peu excité les combattants en affectant de les calmer. Mais quand l'affaire menaça de provoquer une émeute, son autorité souriante y mit fin rapidement.

M. Delavelle devint mon professeur de français quand j'entrai en cinquième. Un matin du premier trimestre, à ma grande stupéfaction, il lut en classe ma rédaction. C'est-à-dire le devoir qu'il nous donnait chaque semaine à faire à la maison. Je regrette de ne pas me rappeler quel en était le sujet. Sans doute quelque chose comme : « Quelle est votre saison préférée ? Dites pourquoi. » Ou bien : « Racontez votre partie de pêche avec l'oncle Jules. »

J'appris ce jour-là que ce que j'avais écrit était bon, et j'en fus aussi surpris que si j'avais, sans m'en apercevoir, traversé la Manche à la nage.

A la sortie, M. Delavelle me retint, me regarda avec une espèce de curiosité étonnée, puis me dit :

— Barjavel, vous êtes intelligent, il faut travailler...

Je le crus, comme j'avais cru M. Roux quand il m'affirmait que je n'arriverais à rien parce que mon index ressemblait au pont d'Avignon.

Il est certain que ma « vocation » d'écrivain date de ce jour-là. Je découvris l'exaltation de savoir que je faisais quelque chose bien, alors que jusqu'à ce jour j'avais cafouillé partout, et considéré l'encre, le papier et le porte-plume comme des instruments de torture. Je suppose que le poulain nouveau-né, qui trébuche sur ses quatre longues pattes grêles, et tombe, et se relève, et retombe sur le nez, doit éprouver le même genre d'euphorie lumineuse quand tout à coup, sans qu'il sache pourquoi, l'équilibre lui vient, ses jambes lui obéissent, le sol ne se dérobe plus sous ses sabots. Le monde où il vient d'arriver l'accepte, il se met non seulement à marcher mais à courir et gambader.

J'ai beaucoup marché, pas tellement gambadé, peu couru, mais finalement, livre après livre, article après article, cela fait un long chemin. Quand je regarde la piste que j'ai tracée, sachant que maintenant je ne l'allongerai plus beaucoup, je suis content. Ce n'est pas de l'autosatisfaction, mais de la satisfaction, simplement. J'avais choisi un métier, et dans ce métier j'ai fait de mon mieux ce que j'avais à faire. J'aurais certainement fait de même si j'étais devenu boulanger dans la maison de mon père. Je me serais appliqué, chaque jour, à faire du pain mangeable. Et si possible, en plus, nourrissant.

Ecrivain, je n'aurais pu faire mieux que ce que j'ai fait. J'ai mes moyens et j'ai mes limites. J'ai marché avec les os et les muscles que mes ancêtres m'avaient légués, et selon l'entraînement que mes maîtres m'ont donné. En m'efforçant de ne pas nuire et essayant d'être utile. Que chacun, à sa place et avec ses outils, en fasse autant.

Ma longue marche, c'est ce matin-là qu'elle a commencé, dans la petite classe du collège de Nyons, aux tables de bois noir gravées au couteau par les générations précédentes, tandis qu'une mouche agonisait dans l'encre violette de l'encrier de porcelaine, entre un bout de craie et un tortillon de buvard. J'ai travaillé, comme M. Delavelle me l'avait conseillé, et j'ai été désormais, sans défaillance, dans mes classes successives, premier en français.

Et cinq ans plus tard, je passai mon baccalauréat sciences-math grâce à ma note de français, ayant évité de justesse un zéro éliminatoire pour le problème de math.

J'aurais aimé aimer les maths, et j'avais eu en seconde et en première, au collège de Cusset, un excellent prof, M. Derrieux dit Nénel. Quand il expliquait un cours ou décortiquait un problème, je comprenais tout, c'était non seulement clair mais passionnant par les enchaînements de la logique. Mais, tout seul devant un énoncé, je séchais, c'était affreux, je ne trouvais jamais le bout du fil qu'il fallait tirer pour dénouer tout le tricot. La réussite en mathématiques nécessite une intuition, une inspiration, que je n'avais pas. Les grands mathématiciens doivent avoir dans leur cerveau les mêmes circonvolutions-antennes, capteuses de lumière invisible, que les grands poètes.

A la fin de l'été 1921, quand nous eûmes quitté le grangeon des Bréchet pour rentrer à la boulangerie, les forces de ma mère commencèrent à décliner. Après les semaines de fièvre, elle avait remonté peu à peu la pente de la santé, comme celle d'une colline. Maintenant, elle était de l'autre côté, et redescendait.

Sur prescription du médecin, elle faisait tous les jours une promenade. Elle alla d'abord jusqu'à la gare, puis elle ne put dépasser l'*Hôtel Terminus*, puis la remise de Tardieu, puis le bout de la rue Gambetta. Cette régression se faisait pas à pas, geste à geste. Sa marche devenait lente, molle, comme un film au ralenti.

En même temps qu'elle, une autre femme de Nyons avait été frappée par le même mal. C'était une jeune fille mince et brune. On disait que la maladie, pour elle, avait commencé d'une façon différente, sans la fièvre violente qui avait secoué ma mère. Je pense que celle-ci, avec son caractère et son tempérament indomptables, son amour de l'activité et de la vie, avait fait face à l'attaque du trypanosome et refusé de se laisser vaincre. L'épisode du morceau de bois entre les dents en est une preuve. Elle aurait peut-être fait reculer un lion, avec un bâton, et en riant, mais que faire contre un ennemi qui n'avait que dix ou vingt millièmes de millimètre de longueur ? Elle avait mené contre l'envahisseur une brûlante et longue guerre, et elle avait perdu la dernière bataille.

La jeune fille, plus frêle, céda sans doute tout de suite. Mais elles se retrouvaient maintenant sur le même chemin. On les voyait hanter du même pas l'avenue de la Gare, le regard perdu, les genoux fléchissants, les pieds hésitant à avancer encore. On avait une envie physique de les aider, de les pousser un peu... Va-t-elle s'arrêter ? Continuer ? Encore un pas... Encore un... Elles se croisaient parfois, ou se suivaient à quelques minutes, je ne sais si elles se regardaient, si chacune comprenait, en voyant l'autre, ce qui lui arrivait à elle-même. Les voisins, les passants, détournaient les yeux quand elles approchaient, se taisaient devant ces fantômes téléguidés par un occupant sans pitié.

Elles avaient peut-être été piquées, le même jour, par la même mouche...

Quand ma mère revenait, lentement, vers sa maison, parfois une amie, la mère Illy, ou Mme Girard, lui criait avec un faux accent réconfortant :

— Hé bé, Marie, ça a l'air d'aller mieux, aujourd'hui !

Elle s'arrêtait, elle ne tournait pas la tête, elle cherchait les mouvements qu'il fallait faire pour parler, elle y parvenait enfin, d'une voix qui semblait étouffée par un mur de laine :

— Ça va...

Il lui fallait maintenant repartir, se remettre en route. Elle était là, debout, dans la rue, il fallait continuer, avancer un pied, lequel, comment ?... Son corps se balançait un peu, non, elle ne tombait pas, une jambe enfin obéissait... Plus que dix pas pour arriver chez elle... Neuf... Encore un... Encore un...

Rapidement, elle ne put plus sortir de la boulangerie, puis de sa chambre. Le microbe, après avoir détruit la volonté de l'esprit, détruisait la volonté du corps. Les muscles ne recevaient plus d'ordres, et sans doute les organes intérieurs se trouvaient-ils de la même façon abandonnés, car elle n'assimilait plus ce qu'on parvenait à lui faire avaler, et elle maigrissait très vite. Ses jambes ne la supportaient plus, ses bras n'étaient plus capables de faire un geste, et sa bouche restait ouverte, parce qu'elle n'avait plus la volonté de maintenir en place sa mâchoire inférieure.

Le Pr Froment avait envoyé de Lyon une infirmière qui aidait Nini à soigner la malade, devenue un grand nourrisson squelettique. Il fallait faire tous les gestes à sa place. On la levait encore, on l'habillait, on la conduisait de son lit à son fauteuil dans lequel elle restait immobile.

Le printemps revint pour la deuxième fois. Il fit très beau, très tôt. On put sortir ma mère sur la terrasse du premier étage en face de sa chambre. Et voici l'avant-dernière image que j'ai gardée d'elle :

J'étais entré en courant sur la terrasse, où il m'arrivait souvent d'aller m'entraîner aux billes ou aux chicolets. Et ma mère était là... Je ne l'avais pas encore vue en cet endroit. On l'avait installée au soleil, pour qu'elle en profitât. Et je la vis. Je m'immobilisai brusquement. Elle était assise dans... Dans quoi ? je ne sais pas. Je n'ai vu qu'elle. Sans doute un fauteuil de rotin, avec des accoudoirs. Elle était tassée sur son côté gauche, la tête pendant à hauteur de l'épaule. De sa bouche ouverte, un filet de salive coulait sur un chemin de toile cirée qui aboutissait à une cuvette. On avait posé sur sa tête un grand chapeau de paille claire, et mis dans sa main droite, pour chasser les mouches, une sorte de martinet de couleurs, au manche de carton et aux lanières de papier.

Si léger qu'il fût, elle ne pouvait ni l'agiter ni même le tenir. Il avait glissé, s'était à demi échappé de sa main inerte et reposait sur son genou, en zigzags multicolores...

Maman !...

J'avais envie de hurler.

Ce chapeau, ce chasse-mouches de carnaval, sur ce corps ravagé... C'était horrible et dérisoire. Maman, c'était toi, cela... Je réussis à sourire parce que je vis qu'elle me regardait. Je vis au fond de ses yeux une conscience absolue, et un désespoir immobile plus noir que la mort.

Elle essaya de parler avec sa gorge, puisque sa bouche ne lui obéissait plus. Je ne compris pas, je n'avais pas envie de comprendre, je n'avais que l'envie de m'enfuir. Je n'eus pas le courage de l'embrasser. Je reculai doucement, puis je dévalai l'escalier. J'avais peur. J'avais honte.

Je la revis au même endroit presque tous les jours, mais c'est l'image de cette première fois qui efface toutes les autres.

Un jour, elle réussit à me faire comprendre ce qu'elle voulait : c'était à moi qu'elle pensait. Avec son amour, qu'elle essayait de formuler en le poussant en dehors d'elle avec le reste de ses forces, elle me disait de m'acheter un gâteau en allant au collège...

J'ai acheté le gâteau. Je l'ai mangé. Et j'ai joué dans la cour du collège avec mes copains. Je venais d'avoir onze ans.

Et puis on dut renoncer à la terrasse. Elle ne bougea plus de son lit. Et les escarres s'installèrent. C'est alors qu'elle se mit à gémir.

Chacune de ses expirations était une plainte. L'air qui passait dans sa gorge y prenait la douleur et sortait avec elle. Deux secondes... Puis deux secondes de silence... Puis la plainte pendant deux secondes... Silence... Plainte... Silence... Plainte...

Quand elle eut commencé de gémir elle ne cessa plus. Maladie du sommeil ? Etrange nom : elle ne dormait jamais... Le jour, la nuit, à chaque souffle, son gémissement sortait de sa bouche toujours ouverte. Ce fut son dernier langage. Sans dire un mot, elle se plaignait à la vie, à l'Univers, à toutes choses, à Dieu peut-être. Voyez, voyez ce que je suis devenue.

Bien que son gémissement ne fût pas fort on l'entendait de toutes les pièces de la maison. Et quand on ne l'entendait pas, on croyait l'entendre. Parfois, dans le magasin, une cliente tendait l'oreille. Entendait-elle ? N'entendait-elle pas ? Elle hochait la tête avec pitié. Elle savait.

Quand je me couchais, au second étage, dans le grand silence de la nuit je l'entendais... Je m'enfonçais la tête sous les couvertures, les doigts dans les oreilles. Je l'entendais, je l'entendais...

Je finissais par m'endormir, bienheureux sommeil de cet âge... Le matin, en me réveillant, je l'entendais...

Je l'entendais en rentrant du collège, en faisant mes devoirs, je l'entendais... Deux secondes... silence, deux secondes... Chaque fois, c'était une lame de scie sur mon cœur.

Après le repas de midi, j'allais lui dire au revoir dans sa chambre au moment de partir pour le collège. Je lui disais sur un ton gai : « Je vais au collège, maman... au revoir... » On ne savait plus si les paroles arrivaient jusqu'à son cerveau. Dans son immobilité totale, elle n'avait plus aucun moyen de nous le faire savoir. Même son gémissement ne réagissait pas. Ses yeux ouverts regardaient le plafond. Mais je suis sûr, et tous ceux qui l'ont soignée l'ont cru comme moi, qu'elle avait toute sa conscience et qu'elle l'a gardée jusqu'à ses derniers moments.

Un jour, j'entrai dans sa chambre comme d'habitude et la trouvai debout...

Elle était nue. Elle gémissait... Mon père et Nini, chacun d'un côté, la maintenaient debout par ses bras écartés. Léger et terrible fardeau... Derrière elle, l'infirmière, avec un bock émaillé contenant de l'eau sans doute additionnée d'antiseptiques, irriguait ses escarres.

Pauvre corps pitoyable, misérable, réduit à ses os et à sa peau, les plaies et la douleur avaient trouvé encore de quoi y creuser leurs longues et larges tranchées saignantes, des épaules aux talons.

Je n'aurais pas dû voir cela. Le moment des soins avait sans doute été retardé, ou avancé. Nini me fit de la tête un signe horrifié. Je sortis. Je fermais les yeux. Les longs signes rouges sont toujours gravés au dos de mes paupières. C'est la dernière image de ma mère, crucifiée.

Un matin, en me réveillant, j'entendis que la plainte avait changé. Elle était devenue rauque. Mon frère Paul fut appelé par télégramme. Le surlendemain matin, Nini entra dans ma chambre et me dit :
— Habille-toi, vite !
Je n'osai pas poser la question, mais...
J'écoutai...
Elle continuait... Plainte, silence, plainte...
Faible... Plus faible...
Sur le palier du premier étage, devant la porte de sa chambre, se tenaient Emile et mon père. Paul était avec elle. Il avait demandé à la voir seul. J'entendis sa voix déchirée :
— Maman !... Maman !...
Il l'appelait, il la suppliait de revenir, de ne pas aller plus loin sur ce chemin affreux, de se retourner vers nous, vers lui, de regarder ce qu'il lui avait apporté : des cerises..., les premières cerises...
Pas de miracle.
Mon père me demanda :
— Tu veux la voir ?
— Non ! Non ! dit Nini brusquement.
Elle me poussa vers l'escalier, descendit avec moi au rez-de-chaussée.
— Ne reste pas ici aujourd'hui. Ne va pas en classe. Va aux Rieux.
Je traversai Nyons d'un pas raide, serrant les dents, ne regardant personne. Quand j'arrivai aux Rieux, je me jetai en pleurant dans les bras de ma marraine.
Ici se termine mon enfance.

Ensuite...

On cousit autour de la manche gauche de ma petite veste, à la hauteur du biceps, un brassard de crêpe noir. C'était la marque du deuil. Il durait un an. Pour les veuves, six semaines de plus. Ensuite venait le demi-deuil qui durait six mois, pendant lesquels les femmes pouvaient abandonner les robes noires pour les grises. A la fin du demi-deuil, il était permis d'ajouter au gris de discrets ornements violets, mais quand une famille avait eu un grand chagrin, elle ne retrouvait jamais vraiment les couleurs. Notre famille fut une famille grise de plus, parmi toutes celles qu'avaient frappées la guerre et la grippe espagnole.

Mes frères partirent vers leur destinée, Nini épousa Gabriel Léglise qui l'emmena en Tunisie où il conduisait des locomotives. Ils eurent une fille, Paulette, qui chantait comme un rossignol, et dont Nini, par-dessus la Méditerranée, me nomma parrain.

Quand je retournai au collège, pendant deux ou trois jours les copains firent le silence autour de moi. J'étais le Barjavel-que-sa-mère-est-morte. Ils ne savaient pas s'ils pouvaient jouer et rire avec moi. Et je ne savais pas si je pouvais recommencer à vivre comme avant. En plus de ma peine, j'étais gêné. Et puis tout redevint, peu à peu, habituel...

A la maison, les nuits avaient retrouvé le silence, mais c'était un silence qui me faisait peur. Je continuais de me cacher sous les couvertures, et d'enfoncer mes doigts dans mes oreilles, pour ne pas entendre qu'il n'y avait plus rien à entendre.

Mon père ne chantait plus en tirant son pain du four. C'est lui qui fut le plus grièvement orphelin. Il devint comme un vaisseau poussé par les vents et qui a perdu son gouvernail. Il vendit la boulangerie et acheta le café de la Lucie. Il y offrit à boire à tous ses amis. A ses clients aussi. Il n'aimait pas se faire payer. Il revendit le café à la veille de la faillite et acheta à Vaise un affreux petit bistrot, en face d'une usine de teinture sur soieries. L'affaire était bonne, à cause de l'usine dont les ouvriers emplissaient le bistrot à chaque sortie. Ce que le vendeur savait et que mon père ignorait, c'est que l'usine allait fermer dans un mois.

Vaise était un quartier sinistre de Lyon, auprès duquel Aubervilliers fait figure de Champs-Elysées. J'ai vécu dans ce café quelques semaines aux vacances. Il était désert, ne voyait passer que quelques alcooliques, ceux qui font tous les zincs d'un quartier, et recommencent. Malgré la pluie, la suie, la tristesse de la rue grise, les pavés tordus, j'étais bien, à côté de mon père que rien n'abattait, qui riait en frottant son comptoir et offrait une tournée de plus au cordonnier espagnol chancelant qui venait d'avaler son vingtième Pernod. Mon père le trouvait phénoménal.

Il ne put même pas vendre le bistrot. Il l'abandonna. On allait abattre la vieille baraque en même temps que l'usine désaffectée. C'est alors qu'il devint représentant, avec un tilbury, un petit cheval, et sa belle moustache. Mais ce sont ses aventures, et non les miennes.

J'avais quitté Nyons avant lui.

En passant de la cinquième à la quatrième, je changeai de professeur de français, et passai de M. Delavelle à M. Boisselier, le principal du collège. Son intelligence et son humour m'éblouirent. C'était un homme grand et massif, au visage rond, constamment coiffé d'un béret basque qu'il posait sur sa tête sans se préoccuper de la position qu'il y occupait. Un sourire fin papillonnait sans cesse dans ses yeux et sur ses lèvres. Le spectacle du monde, son incohérence, nos bêtises, le réjouissaient. Il était sérieux mais ne prenait rien au sérieux, préférant trouver cocasses les absurdités tragiques des événements et des hommes. Sa femme, douce, patiente, bonne, avait eu de lui deux filles, Marie-Laure et Edith, qu'il nommait Lolo et Bibi. Ils eurent, pendant leur court séjour à Nyons, un fils, Xavier, que j'ai retrouvé il y a peu de temps. Il est devenu un grand universitaire et ressemble à son père.

Nyons était le premier poste de Boisselier comme principal. Il trouva tout de suite insupportable le train-train des heures de cours sur les rails de la discipline, et se mit à en fleurir les wagons, en organisant des sorties, des sauteries, des conférences, auxquelles étaient invités les élèves et leurs familles. Et surtout, des représentations théâtrales dont grands et petits étaient les acteurs. Il avait remarqué que je « récitais » avec feu Racine ou Musset, et me confia le rôle principal d'une pièce outrageusement romanesque : *Le Luthier de Crémone*, de François Coppée.

J'étais un jeune ouvrier luthier bossu et génial qui avait fabriqué un violon extraordinaire que son vilain patron prétendait fait de ses propres mains. Et j'étais, naturellement, amoureux de la fille de mon patron-voleur. Je n'eus pas besoin de me forcer pour simuler ce sentiment, car mon cœur de quatorze ans s'était enflammé pour celle qui jouait le rôle de ma bien-aimée. Elle avait quinze ou seize ans, mais je paraissais aussi âgé qu'elle, car j'avais beaucoup grandi. J'étais long et maigre, affublé d'une perruque, vêtu d'un costume Renaissance dans le dos duquel on avait bourré des chiffons pour simuler ma bosse. J'arpentais la scène à grands pas et, avec de vastes gestes, lançais les vers de Coppée vers les quatre coins de la salle du Casino. Le sommet de la pièce était le moment où, sur « mon » violon, qui allait partir pour un concours où il remporterait sûrement le premier prix, pour la gloire de mon patron, je jouais, l'âme déchirée, la *serenata* de Torelli. C'est-à-dire que je promenais sur les cordes d'un violon un archet enduit de savon, pour ne pas faire le moindre bruit, tandis que, dans la coulisse, un violoniste jouait vraiment. Puis je posais l'instrument dans son étui, en prononçant ces paroles sublimes :

> *... Il me semble, tant j'ai le cœur en deuil,*
> *Que c'est mon enfant mort que je pose au cercueil !*

Je sanglotais, je transpirais, ma perruque de travers me cachait un œil, ma bosse me pendait dans le bas du dos. Les spectateurs bouleversés m'applaudirent pendant cinq minutes.

Mon amour pour « elle » s'augmenta de celui du luthier. J'étais en plein élan émotionnel. En classe, Boisselier s'était amusé à reconstituer parmi ses élèves la querelle des classiques et des romantiques. Nous étions passionnés, nous nous serions presque battus. Roger Domps, le fils de l'inspecteur, était le capitaine des classiques et moi, naturellement, le porte-drapeau des romantiques. J'avais un cœur gros comme un melon. Elle et moi faisions de longues promenades, au crépuscule, sur la Digue, le long de l'Aygues, ou sur l'avenue de la Gare. Ses parents possédaient un petit jardin où ils cultivaient des légumes. Nous y allions parfois, pour fuir les regards des commères. Alors, à l'abri des haricots en fleur, je me serrais contre elle et l'embrassais, avec fougue et timidité.

Quand je quittai Nyons, je lui écrivis, pendant près de deux ans, une ou deux fois par semaine. Mon ami Paul Doux, jeune ouvrier tailleur chez M. Nicod, lui faisait passer mes lettres. Elle était devenue ma Princesse lointaine. C'était pour elle que je travaillais, que je me battais. Quand j'aurais triomphé je viendrais la chercher et je l'emporterais. Elle me répondait, gentiment, sur un papier parfumé. Un jour elle m'écrivit qu'elle se mariait...

J'eus un grand désespoir, qui dura quelques jours. J'écrivis un poème vengeur contre les femmes. Je ne tardai pas à me réconcilier avec elles. Il y avait des filles au collège de Cusset. Et beaucoup autour.

A la fin de la deuxième année au collège de Nyons, Boisselier avait été nommé au collège de Cusset, près de Vichy. Avant de partir s'installer, il était venu demander à mon père de m'emmener avec lui. Mon père avait accepté sans hésiter. Le collège de Nyons s'arrêtait à la fin de la troisième. Il n'allait pas plus haut. Si on voulait grimper jusqu'au bachot, il fallait aller ailleurs. Pour moi c'était, logiquement, le lycée de Valence. Je frémis à l'idée de la vie de pension dans laquelle j'eusse été plongé sans l'intervention de Boisselier. A Cusset, au contraire, cet extraordinaire principal allait faire régner une permanente allégresse, dégeler la discipline, enchanter professeurs et élèves, et même réussir à transformer à son image le terrible surveillant général, Libelle, dit Rase-bitume. Et, pour les pensionnaires, la porte du collège était toujours grande ouverte...

A Valence, d'ailleurs, je ne fusse pas resté longtemps, car, commençant à rouler sa pierre sans mousse, mon père n'aurait pu payer ma pension. Boisselier ne lui demanda jamais rien. Que serais-je devenu si j'avais suivi le naïf auteur de mes jours dans ses pérégrinations, s'il n'avait pas eu la profonde sagesse de me confier à un autre père ? Je n'ai pas la moindre idée de ce qui aurait pu m'arriver à Lyon. J'étais tendre et bon à être dévoré comme une tranche de filet...

Je suis arrivé au collège de Cusset le 2 octobre 1925. J'étais parti de Nyons le 30 septembre par le train du matin. Pour la dernière fois je pris l'avenue de la Gare, mais cette fois-ci je ne m'arrêtai pas derrière la barrière pour voir arriver la locomotive. Elle était déjà là, tournée de l'autre côté, vers la vallée du Rhône, vers le monde. Je montai dans le wagon en bois, de troisième classe. Puisque j'allais dans le Nord, mon père m'avait acheté un pardessus et un tricot. On ne disait pas encore un pull-over. Le reste de mes affaires tenait dans une petite valise en fibre, consolidée par une ficelle. Et j'avais un casse-croûte dans un sac en papier. Je devais arriver le soir.

Il me fallait changer de train à Pierrelatte, à Lyon, et à Saint-Germain-des-Fossés. C'était mon premier voyage. Je n'ai jamais été très malin pour voyager. Je ne me suis pas amélioré, je perds mon ticket, mes bagages, je ne sais jamais très bien où je suis. Mon premier voyage ne pouvait être que désastreux. Je me suis trompé de train à Lyon. J'ai pris la direction de la Bourgogne au lieu de celle du Bourbonnais. Je m'en suis aperçu à Dijon. Je suis descendu. J'ai dormi sur un banc de la salle d'attente, et le lendemain, suis revenu à Lyon. J'ai passé une deuxième nuit sur un banc, et j'ai pris enfin le bon train pour où il fallait. Un tramway faisait la navette entre Vichy et Cusset. J'ai trouvé le collège tout de suite. J'étais noir de charbon et affamé. Boisselier a éclaté de rire en écoutant mes aventures. Mme Boisselier m'a nourri.

Boisselier était de nouveau mon prof de français. A la première heure de classe, il m'a interpellé :

— Barjavel !...

Je me levai.

— Oui m'sieur...

— Vous souvenez-vous encore des stances de Rodrigue ?

— Oui m'sieur...

— Je vous écoute...

Je regardai, autour de moi, les visages de mes nouveaux camarades, tous ces inconnus qui se connaissaient et ne me connaissaient pas et s'apprêtaient, ensemble, à me juger. J'allais leur montrer ! Et tout fier de mon succès au Casino de Nyons je me lançai avec feu dans la tirade...

La classe hurla de rire : j'avais emporté avec moi mon bel accent provençal. Rodrigue de Marseille... Boisselier pinçait les lèvres, souriait des deux coins de sa bouche. Ses yeux pétillaient. D'abord décontenancé, je me mis à sourire, puis à rire aussi. Il me restait beaucoup à apprendre.

J'ai beaucoup appris. Je continue. Je n'en sais guère plus. Mais c'est à Boisselier que je dois d'avoir commencé et continué dans la joie cet apprentissage qui ne finit que lorsque vient la mort. Et ce n'est pas certain.

LES CHEMINS DE KATMANDOU

*A la Déesse Orange
de Katmandou*

    Ceux qui se rendront à Katmandou ne reconnaîtront pas ce qui est écrit dans ce livre.
    Ceux qui suivront les chemins qui y mènent ne reconnaîtront pas les chemins de ce livre.
    Chacun suit son chemin, qui n'est pareil à aucun autre, et personne n'aboutit au même lieu, dans la vie ni dans la mort.
    Ce livre ne cherche pas à donner une idée de la réalité, mais à s'approcher de la vérité.
    Celle de Jane, et celle d'Olivier, dont il raconte l'histoire.

Un incendie brûlait derrière le brouillard. Jane en voyait la lumière vague en haut et à droite du pare-brise. Cela donnait à l'image floue encadrée dans la vitre l'apparence d'une pellicule voilée par un coup de soleil rouge. Mais à gauche et à droite de la voiture, le brouillard gris continuait à couler lentement, comme le fond d'un fleuve dans lequel se déversent des égouts depuis l'éternité.

Jane ne savait pas où elle se trouvait, ne savait pas ce qui brûlait, commençait à ne plus savoir qui elle était. Elle aurait voulu ne plus rien savoir, plus rien, rien, et que le monde entier brûlât et s'écroulât sur elle pour écraser dans sa tête ce qu'elle avait vu, ce qu'elle avait entendu, le visage soudain figé de son père, le geste surpris interrompu, les mots de l'Autre, la main, le rire de l'Autre, le regard éperdu de son père sur elle, le désespoir dans le regard de son père, toute la scène immobile, gravée pour toujours, en blanc et noir, au fond de sa mémoire glacée.

Pourquoi avait-elle ouvert cette porte ? Pourquoi ? Pourquoi quoi ? Elle ne savait plus pourquoi, elle ne savait plus quoi, elle ne savait plus... Elle était sortie de la maison en courant, se mordant les lèvres pour ne pas hurler, s'était jetée dans sa voiture, avait bousculé le pare-chocs de la voiture avant, de la voiture arrière, avait grincé contre un autobus couleur de sang voilé, s'était enfoncée dans le fleuve du brouillard gris. Depuis des heures, des jours peut-être, depuis quand ? Il n'y avait plus de jour, il n'y avait plus de temps, elle roulait, s'arrêtait, repartait, accrochée par les yeux au halo des feux de la voiture qui la précédait lentement, qui s'arrêtait, qui repartait, au fond du fleuve mort qui noyait la ville.

Les feux qui la précédaient s'arrêtèrent et ne repartirent plus. La lueur rouge en haut et à droite du pare-brise palpitait. Il y avait dans le fleuve gris en dehors de la voiture des bruits de cloches et de sirène étouffés, des cris et des paroles, et des sifflets entourés de coton. Jane sortit de sa voiture sans arrêter le moteur. C'était une belle petite sportive du continent, couleur de citron, que le brouillard recouvrait comme une housse de toile sale. Jane sortit et s'en alla, laissant la portière ouverte. Elle parvint jusqu'au trottoir. La grille d'un jardin devant une maison l'arrêta. Elle repartit en longeant la grille. Le brouillard était un des plus épais brouillards que Londres eût jamais suinté. Il sentait la suie, le mazout, la poubelle et le rat. Il se posa sur Jane, l'enlaça de ses bras mouillés, glacés, baisa ses yeux pervenche, accrocha des larmes à ses cils, trempa ses cheveux, leur donna la couleur de l'acajou ciré, coula avec eux sur ses épaules, et mouilla sa robe.

Jane ne sentait ni le froid ni l'odeur du brouillard. Elle marchait le long d'une grille devant une maison, puis encore le long d'une grille devant une maison, et encore et encore une grille interminablement toujours la même. Elle n'en voyait ni le commencement ni la fin, trois barreaux à la fois, du coin de l'œil gauche, le fleuve gris noyait le reste.

Sa courte robe de soie verte, trempée, sous laquelle elle ne portait qu'un slip orange, était devenue presque transparente, moulait ses hanches à peine dessinées, ses petits seins tendres que le froid crispait. Elle marchait le long d'une grille, et d'une grille... Elle se heurta à une forme sombre, lourde, plus haute et plus large qu'elle. L'homme la regarda et de tout près il la vit nue sous le brouillard. Elle voulut repartir. Il écarta un bras devant elle. Elle s'arrêta. Il la prit par la main, la conduisit au bout de la grille, entra avec elle dans une étroite allée, lui fit descendre quelques marches, ouvrit une porte, la poussa doucement dans une pièce et ferma la porte derrière eux.

La pièce était sombre et sentait le hareng salé. Il tourna un bouton. Une faible ampoule s'éclaira au plafond, entourée d'un abat-jour rose. Il y avait le long du mur à gauche un lit étroit, soigneusement fait, recouvert d'un couvre-lit de crochet blanc, dont le dessin représentait des anges avec des trompettes et qui pendait sur les côtés avec des pointes de losanges terminées par des glands. L'homme plia le couvre-lit et le posa sur le dossier d'une chaise à la tête du lit. Sur la chaise il y avait un transistor et un livre fermé. Il appuya sur le bouton noir du transistor et les Beatles se mirent à chanter dans la pièce entière. Jane les entendit et cela lui donna une sorte de chaleur intérieure, un réconfort familier. Elle était restée debout près de la porte et ne bougeait pas. L'homme vint la prendre par la main, la conduisit jusqu'au lit, la fit asseoir, lui ôta son slip, la coucha et lui écarta les jambes. Quand il s'allongea sur elle, elle se mit à crier. Il lui demanda pourquoi elle criait. Elle ne savait pas pourquoi elle criait. Elle ne cria plus.

Les Beatles avaient fini de chanter, remplacés par une voix triste et mesurée. C'était le Premier ministre. Jane se taisait. L'homme sur elle haletait discrètement, occupé avec soin à son plaisir. Avant que le Premier ministre eût commencé à énumérer les mauvaises nouvelles, l'homme se tut. Au bout de quelques secondes il soupira, se releva, s'essuya avec le slip orange tombé au pied du lit, vint jusqu'à la petite table près du fourneau à gaz, vida dans un verre ce qui restait de la bouteille de bière, et but.

Il retourna près du lit, fit relever Jane avec des gestes et des mots gentils, remonta avec elle les quelques marches, la conduisit au bout de la petite allée, l'accompagna quelques pas le long de la grille puis la poussa doucement dans le brouillard. Elle fut pendant un instant une pâle esquisse verte, puis disparut. Lui restait là, immobile. Il avait gardé à la main le slip orange qui dessinait au bout de son bras le fantôme flou d'une petite tache gaie. Il le mit dans sa poche et rentra chez lui.

Sven était depuis deux semaines à Londres. C'était la première étape de son voyage. Il ne connaissait pas Londres, mais il avait trouvé refuge chez des amis, un couple de hippies allemands, qui l'avaient familiarisé avec les endroits sympathiques de la ville. Eux étaient venus à Londres parce que c'était la ville de la jeunesse, mais lui était parti de chez lui pour aller beaucoup plus loin.

Tous les après-midi, il se rendait à Hyde Park, s'asseyait au pied d'un arbre, et disposait autour de lui sur le gazon des images de fleurs, d'oiseaux, du Bouddha, de Jésus, de Krishna, du croissant musulman, du sceau de Salomon, de la svastika, de la croix égyptienne, et de quelques autres visages ou symboles religieux dessinés par lui-même sur des papiers de toutes couleurs, ainsi qu'une photo de Krishnamurti jeune beau comme Rudolph Valentino, et une de Gourdieff avec son crâne nu et ses moustaches de cosaque. Tous ces papiers multicolores fleurissaient l'herbe autour de lui et témoignaient à ses yeux de la multiplicité fleurie et joyeuse des apparences de l'Unique Vérité. Une Vérité dont il savait qu'elle existait et qu'il voulait connaître. C'était sa raison de vivre et le but de son voyage. Il avait quitté la Norvège pour aller la chercher à Katmandou. Londres était sa première étape. Katmandou se trouvait de l'autre côté de la Terre. Pour poursuivre son voyage, il lui fallait au moins un peu d'argent. Il disposait au centre de ses papiers fleuris un écriteau portant l'inscription : « Prenez une image et donnez une pièce pour Katmandou. » Il posait sur l'écriteau une boîte de conserves vide, s'asseyait le dos contre le tronc de l'arbre et commençait à chanter des chansons qu'il inventait en caressant sa guitare. C'étaient des chansons presque sans paroles, avec quelques mots qu'il répétait ; Dieu, amour, lumière, et les oiseaux et les fleurs. Pour lui, tous ces mots désignaient la même chose. C'était leur visage commun qu'il espérait découvrir à Katmandou, la ville la plus sainte du monde, où toutes les religions de l'Asie se côtoyaient et se confondaient.

Les Londoniens qui passaient ne savaient pas où était Katmandou. Certains croyaient que ce nom qu'ils lisaient sur l'écriteau était celui de ce garçon à la barbe blonde et aux longs cheveux, beau comme devait l'être Jésus adolescent pendant les années mystérieuses de sa vie, quand nul ne sait où il était, et peut-être simplement se cachait-il pour se protéger pendant qu'il fleurissait, trop tendre et trop beau, avant d'être un homme assez dur pour être cloué. Ils écoutaient quelques instants la chanson nostalgique dont ils ne comprenaient que quelques mots — mais il n'y en avait pas d'autres — en regardant ce garçon si beau et si lumineux, avec sa courte barbe d'or frisée et ses longs cheveux, et sa guitare dont le bois était usé à l'endroit où battent les doigts de la main droite, et les fleurs de vingt couleurs qu'il avait posées autour de lui. Ils comprenaient qu'ils ne comprenaient pas, que quelque chose, là, leur échappait. Ils hochaient un peu la tête, ils éprouvaient une sorte de remords et ils donnaient quelque monnaie avant de s'en aller et d'oublier bien vite l'image de ce garçon et l'air de sa chanson afin que leur vie n'en soit point troublée. Ceux qui prenaient un papier fleuri le regardaient en s'en allant et ne savaient qu'en faire. Séparé des autres papiers, il leur paraissait moins gai. Il était comme une fleur qu'on a coupée, en passant, parmi d'autres fleurs, et qui tout à coup, au bout des doigts, n'est plus qu'une petite chose quelconque, embarrassante, et qui meurt. Ils regrettaient de l'avoir pris, ils ne savaient comment s'en séparer, ils le pliaient et le mettaient dans leur poche ou dans leur sac, ou bien le déposaient rapidement dans une corbeille à déchets.

Les femmes parfois — certaines femmes fatiguées et plus très jeunes — regardaient Sven longuement et enviaient sa mère. Et elles se penchaient pour glisser dans la boîte une pièce d'argent.

La mère de Sven ne savait pas où était son fils. Elle ne se souciait pas de le savoir. Il avait l'âge d'être libre et de faire ce qu'il voulait.

Cet après-midi, il s'était assis à l'endroit habituel, il avait disposé ses dessins fleuris, son écriteau et sa boîte vide, et il avait commencé à chanter. Le brouillard lui était tombé dessus d'un seul coup. Il avait replié son jardin, coiffé le capuchon de son duffle-coat et continué de chanter, non plus dans l'espoir des pièces, mais parce qu'il faut aussi chanter dans le brouillard. L'humidité détendait les cordes de sa guitare, et par fractions de tons il descendait à la mélancolie du mineur. Le fond du fleuve lent poussa devant lui le corps de Jane. A la hauteur de ses yeux il vit passer le bas de sa robe de noyée, ses longues jambes mouillées, une main ouverte qui pendait. Il leva les yeux mais le haut de la tête et du corps étaient fondus dans l'eau grise. Il saisit la main glacée au moment où elle allait disparaître, se leva et découvrit le visage de Jane. Il était comme une fleur qui s'est ouverte après le crépuscule, et qui croit que seule existe la nuit. Sven comprit en un instant qu'il devait lui enseigner le soleil. Il ôta son duffle-coat, le lui posa sur les épaules et le ferma soigneusement autour d'elle et de la chaleur qu'il lui donnait.

M. Seigneur se souleva sur un coude et essaya de s'asseoir au bord du lit. Il n'y parvint pas. Tout le poids de la Terre pesait dans son ventre et l'écrasait contre le matelas. Mais qu'est-ce qu'il avait ? Qu'est-ce qu'il avait là-dedans ? Non, ce n'était pas le... Non, ce n'était pas un... Non, il ne fallait même pas penser à ce mot-là... Le médecin avait dit entéro... quelque chose, congestion, adhérences... Des maladies qu'on guérit. Pas le... N'y pensons pas... Il faut se soigner, patienter, ce sera long... Mais on guérit tout, aujourd'hui... la médecine c'est quelque chose... le progrès... On n'est plus comme avant, quand les médecins ne savaient pas... Ils tâtaient le pouls. « Tirez la langue »... La langue !... Les pauvres gens qui vivaient dans ce temps-là... Aujourd'hui on soigne... Les médecins ont fait des études... Ils savent... On m'a fait des analyses... Ils ont bien vu que c'était pas le... Le docteur Viret est un bon docteur. Il est jeune, il est énergique...

M. Seigneur regarda la table de nuit sur laquelle s'élevait la grappe serrée des boîtes de médicaments, comme une réduction massive des gratte-ciel de New York. M. Seigneur avait lu tous les prospectus contenus dans les boîtes. Il y avait beaucoup de mots qu'il n'avait pas compris, qu'il avait même eu de la peine à lire. Les médecins, eux, comprennent. Ils ont fait des études, ils comprennent, ils savent. Ils vous soignent. Les prospectus sont écrits par des savants. C'est sérieux. Les médecins, les savants, c'est le progrès. C'est moderne. Avec eux, on ne risque rien.

M. Seigneur se laissa retomber sur l'oreiller. Son visage était couvert de sueur. Son ventre énorme n'avait pas voulu bouger. Et de l'autre côté de son ventre, il savait à peine s'il avait encore des jambes. Il appela Mme Muret, la femme de ménage. Mais la cuisine, où Mme Muret était en train de préparer le déjeuner, était emplie par Mireille Mathieu qui criait sa peine de sa voix de cuivre car l'homme qu'elle aimait venait de prendre le train. Elle lui criait qu'elle ne l'oublierait jamais, qu'elle l'attendrait toute sa vie, tous les jours et toutes les nuits... Mais Mme Muret savait bien qu'il ne reviendrait pas. Un homme qui prend le train sans se retourner, cet homme-là ne revient jamais... Elle hocha la tête, goûta la sauce de la blanquette et ajouta un peu de poivre. Mireille était au bout de son dernier sanglot. Il y eut un centième de seconde de silence pendant lequel Mme Muret entendit l'appel de M. Seigneur.

Elle prit son transistor et ouvrit la porte de la chambre. C'était un beau petit transistor, un japonais, tout enveloppé de cuir, avec des trous d'un côté, comme une passoire. C'était Martine qui le lui avait offert. Elle n'aurait jamais osé s'en acheter un. Elle était toujours juste ; la mère d'Olivier était souvent en retard pour envoyer les mandats. Heureusement, depuis que M. Seigneur était malade, avec Mme Seigneur occupée au magasin, ils la gardaient toute la journée, à quatre cents francs de l'heure, ça faisait des bonnes semaines, et à midi elle était nourrie. Le soir, elle emportait ce qui restait dans une gamelle, pour Olivier. En rentrant, elle le mettait sur le gaz et elle l'arrangeait un peu, elle rajoutait de la sauce ou des pommes de terre, pour que ça ait l'air d'un plat nouveau qu'elle avait fait rien que pour eux deux. C'était toujours très bon. Elle était bonne cuisinière. Olivier n'y faisait pas attention, il avait l'habitude de sa bonne cuisine, ça lui paraissait tout naturel. L'essentiel, c'est qu'il se portait bien. C'était presque un homme, maintenant, et il était si beau et si gentil... Elle avait beaucoup de chance, c'était un grand bonheur...

Elle ne se séparait jamais de son transistor. Depuis qu'elle l'avait, elle n'était plus jamais seule. Il n'y avait plus jamais ces silences terribles où on réfléchit. C'était toute la vie autour d'elle, tout le temps. Evidemment, il y avait les nouvelles qui n'étaient pas toujours bonnes, mais on sait bien que le monde est comme il est, ça ne s'explique pas, on n'y peut rien, l'essentiel c'est de bien faire ce qu'on a à faire, et de causer du mal à personne, si chacun en faisait autant, les choses, iraient moins de travers. Et puis il y avait toutes ces chansons, tous ces garçons et ces filles, si jeunes, qui chantaient toute la journée. Ça lui chauffait le cœur. Elle, elle n'avait jamais su chanter. Elle n'avait jamais osé. Alors, elle écoutait. De temps en temps, quand un garçon ou une fille recommençait une fois de plus une chanson qu'elle avait déjà beaucoup entendue, elle se laissait entraîner, mutine, à fredonner un peu avec lui ou avec elle. Mais elle s'arrêtait vite. Elle savait que sa voix n'était pas belle.

Un chœur d'annonceurs entra avec elle dans la chambre de M. Seigneur.

— Les pâtes Petitjean sont les seules qui contiennent du nutrigent !

M. Seigneur gémit.

— Vous ne pouvez pas arrêter ce machin, une minute ?

— Oui, oui, dit Mme Muret conciliante. Je vais l'arrêter. Qu'est-ce qui va pas ?

— Grâce au nutrigent, les pâtes Petitjean vous nourrissent sans grossir !

— Allez chercher ma femme, j'ai besoin du bassin...

— Vous n'y pensez pas, à cette heure-ci, c'est le coup de feu, elle suffit pas dans la boutique avec les deux petites. Je vais vous le passer.

Elle posa le transistor sur la table de nuit près des gratte-ciel.

— Quand on est malade, y a pas à avoir honte. Tournez-vous sur le côté. Un peu, là, encore un peu... Revenez... Voilà !

— Grâce au nutrigent qui dissout les féculents, les pâtes Petitjean vous nourrissent sans encombrer les cellules de votre corps.

— Je vais vous les faire essayer, dit Mme Muret. Je dirai à Mme Seigneur d'en monter un paquet de la boutique. C'est ce qu'il vous faut, avec votre gros ventre.

Maintenant, c'était Dalida qui chantait, tragique. Elle aussi était abandonnée. On dirait que les femmes sont faites pour ça, les malheureuses. Mme Muret se demanda si elle emporterait un paquet de pâtes Petitjean pour Olivier. Avec du râpé et un bon bout de beurre. Mais Olivier avait plutôt besoin de s'étoffer. Il avait poussé si vite, et il travaillait tant. Elle aurait bien voulu qu'il prenne un peu de poids.

Olivier s'arrêta. Quelque chose bougeait à sa droite, sur le gazon, une palpitation claire qui accrochait sur le fond sombre de l'herbe gelée les restes des dernières lueurs du crépuscule. C'était un pigeon blessé qui essayait de fuir à son approche. Olivier le cueillit avec précaution. Ses doigts s'enfoncèrent sous la plume tiède et sentirent battre le cœur emballé. Il entrouvrit sa canadienne de velours marron et logea l'oiseau épouvanté dans la chaleur de la laine.

Il y eut une clarté soudaine. Les projecteurs venaient de s'allumer sur le Palais de Chaillot, ses jardins et ses jets d'eau. Olivier voyait la colline illuminée encadrée par les piliers sombres de la Tour Eiffel, comme un décor de théâtre qui attend l'entrée du premier personnage. Il respira profondément, exalté par la lumière et la solitude. Le Champ-de-Mars était désert et sombre. Toute la nuit fermait autour de lui sa sphère infinie, de froid, de malheur et d'injustice. Lui était là, debout, face à la lumière, au centre de ce monde noir dont la rumeur venait de partout vers lui, sourdement, comme la plainte d'un malade. Et, devant lui, il y avait cette lumière vers laquelle il suffisait de marcher en levant la tête. La nuit, l'injustice, le malheur seraient chassés, la lumière emplirait le monde, il n'y aurait plus d'hommes exploités par les hommes, plus de femmes harassées, lavant interminablement les vaisselles, plus d'enfants qui pleurent dans les taudis, plus d'oiseaux blessés... Il fallait chasser la nuit, briser la nuit, le noir, l'injustice, mettre partout la lumière. Il fallait *vouloir* le faire. Il fallait le faire. On le ferait...

La Tour s'illumina, dressant vers le ciel sa longue jambe rousse. Olivier dut se courber en arrière pour en voir la pointe où le phare tournait parmi les étoiles. Le ciel était clair, la nuit serait froide. Olivier glissa sa main droite dans la fente de sa veste pour empêcher le pigeon de tomber, et se dirigea vers la maison de Patrick. Il y était déjà venu, accompagnant son copain à pied depuis la Faculté de Droit. Patrick souriait un peu tandis qu'Olivier parlait avec passion de ce qu'il fallait défaire, de ce qu'il fallait faire, de ce qu'il fallait construire, de ce qu'il fallait détruire, du monde injuste et absurde qu'il fallait raser, du monde nouveau que tous les hommes ensemble, ensuite, construiraient. Les parents de Patrick habitaient en bordure du Champ-de-Mars. Olivier n'y était jamais entré. Il sonna de la main gauche.

Ce fut André, le secrétaire privé de Mme de Vibier, qui vint lui ouvrir.

Monsieur Patrick n'était pas encore rentré, mais il ne tarderait pas.

André alla prévenir Mme de Vibier qu'un ami de son fils attendait celui-ci au salon. Elle posa son stylo et plia ses lunettes. Elle était en train de corriger le discours qu'elle devait prononcer le surlendemain à Stockholm. Elle demanda à André de téléphoner à Mrs Cooban, à l'UNESCO, pour vérifier les chiffres des récoltes de riz en 64 et 65 en Indonésie, et tâcher d'avoir ceux de 66. Il n'était pas 18 heures, Mrs Cooban devait être encore à son bureau. En tout cas, sa secrétaire. Et qu'il revoie un peu la conclusion. Elle était trop lyrique, pas assez précise. Ce que réclament les congressistes, ce sont des faits. Elle serait de retour mardi par l'avion de 9 heures. Qu'il prépare les réponses au courrier, enfin celles qu'il pourrait, le plus possible, elle n'aurait pas beaucoup de temps, elle repartirait à 17 heures pour Genève et elle avait rendez-vous à 14 heures chez Carita.

— Vous ne verrez pas Monsieur ? demanda André. Il ne rentre que mercredi...

— Nous nous retrouverons dimanche à Londres, dit-elle. Patrick gardera peut-être ce garçon à dîner. Prévenez Mariette. Le mâcon que nous avons bu à midi était plat. C'est le dernier que Fourquet a livré ?

— Oui, madame.

— Téléphonez-lui de le reprendre, je n'en veux pas. S'il n'a rien de mieux en beaujolais, qu'il me donne un petit bordeaux, pas trop fruité, pour tous les jours. Quand je dis un vin courant pour tous les jours, ça ne veut pas dire un vin quelconque !

— Bien, madame. Il a envoyé sa facture du trimestre.

— Il est bien pressé. Qu'il nous donne d'abord satisfaction. Goûtez son bordeaux quand il arrivera.

— Oui, madame.

Elle se leva pour aller voir ce garçon qui attendait son fils. Elle aimait garder contact avec la jeunesse. Avec Patrick, il n'y avait pas de contact possible. Quand elle essayait de lui parler, il la regardait en souriant un tout petit peu, comme si ce qu'elle disait ne pouvait pas avoir d'importance. Il répondait « oui, maman », avec beaucoup de douceur, jusqu'à ce qu'elle cessât de parler, découragée.

Il y avait, presque au milieu du salon, une grande gerbe de roses dans un vase ancien de porcelaine vert pâle, posé à même le sol, sur l'extrémité d'un tapis de Chine, près du clavecin vert pâle peint de guirlandes roses. En entrant, Olivier était allé droit vers les fleurs et s'était penché sur elles, mais au bout de leurs longues tiges, elles ne sentaient rien. Entre les deux fenêtres, qui s'ouvraient sur la Tour et sur Chaillot, il y avait un autre bouquet sur une table basse. Celui-là était de fleurs séchées, de plumets et de palmes, et un oiseau mort aux plumes moirées était posé presque au sommet, les ailes ouvertes comme un papillon.

Olivier s'assit sur un fauteuil vert pâle aux pieds tordus filetés de vieil or, et regarda. Au-dessus du bouquet sec, il y avait un Gauguin avec des filles violettes et pourpres et un cheval jaune, au-dessus du clavecin une baigneuse de Renoir, toute mangée de soleil, et au milieu du panneau qui faisait face aux fenêtres, un grand cardinal rouge, austère, un peu craquelé.

En le regardant, Olivier reconnut les yeux et le nez de Patrick, et quand Mme de Vibier ouvrit la porte, il crut voir entrer le cardinal qui s'était fait couper les cheveux, la barbe et la robe.

Il se leva. Elle venait à lui en souriant et lui tendait la main.

Il sortit vivement de sa canadienne sa main droite qui tenait le pigeon, prit l'oiseau dans sa main gauche et tendit sa main droite vers Mme de Vibier.

Sa main droite était souillée de sang, et dans sa main gauche, le pigeon était mort.

— Ah mon Dieu ! dit Mme de Vibier, vous chassez les pigeons !

— Moi ? dit Olivier stupéfait.

— Pauvre bête ! Quelle horreur !

Mme de Vibier avait ramené sa main vers elle et la serrait sur sa poitrine en regardant le pigeon dont la tête pendait entre le pouce et l'index d'Olivier, le bec ouvert et l'œil voilé.

Olivier se sentit devenir pourpre de confusion et de colère. Comment pouvait-on croire que lui... Ses oreilles brûlaient. Il jeta le pigeon aux pieds du cardinal et traversa le salon en trois pas. Dans l'entrée, il se trompa de porte, ouvrit une penderie, un bureau et l'office, trouva enfin la sortie dissimulée sous un rideau de velours prune, claqua la porte, courut jusqu'au milieu du Champ-de-Mars, courut jusqu'à l'Ecole militaire. L'air glacé lui brûlait les bronches. Il se mit à tousser et s'arrêta.

— Qu'est-ce que tu voulais qu'elle pense ? demanda Patrick. Mets-toi à sa place...

Il regardait Olivier avec un soupçon de moquerie et beaucoup d'amitié. Ils étaient assis à la terrasse du Sélect. Olivier buvait un jus d'orange et Patrick de l'eau minérale. Patrick ressemblait à sa mère, en modèle réduit. Il était aussi grand qu'elle, qui était aussi grande que le grand portrait du cardinal. Il était réduit dans le sens de l'épaisseur. Il semblait que les dernières réserves de force vitale de sa race se fussent épuisées à lui construire une charpente osseuse étirée en hauteur. Et il n'était rien resté pour bâtir de la chair autour. Ses cheveux d'un blond pâle étaient coupés presque ras, avec une frange très courte en haut du front. Des lunettes sans monture chevauchaient son grand nez mince, aigu, un peu cassé et tordu vers la gauche, comme celui de sa mère et celui du cardinal. A l'endroit de la cassure, la blancheur de l'os se devinait. Sa bouche était grande et ses lèvres pâles mais ouvertes, des lèvres qui aimaient la vie et auraient pu être gourmandes si elles avaient eu du sang derrière la peau. Ses oreilles étaient petites et d'une forme parfaite. Des oreilles de fille, disait sa mère. L'une était toujours plus rose que l'autre, jamais la même, cela dépendait d'un coup de vent, d'un rayon de soleil, d'une émotion. Quand il souriait, il découvrait des dents très blanches, translucides à leur extrémité. Elles semblaient neuves et fragiles.

Dans toute cette pâleur, cette minceur, cette fragilité, on découvrait tout à coup un élément solide : le regard des yeux bruns, extraordinairement éveillé et présent à la vie.

— Mais qu'est-ce que tu venais faire à la maison ? demanda-t-il.

— Carlo venait juste de me dire que tu partais, je pensais que je pouvais encore te faire changer d'avis...

— Tu sais bien que j'étais décidé depuis longtemps...

— Je croyais que tu blaguais, que tu en parlais comme ça, mais qu'au moment de partir...

— Je pars demain.

— Tu es complètement dingue ! Ils sont huit cents millions !...

— Cinq cents !...

— Cinq cents millions, tu trouves que c'est pas assez ? Qu'ils ont encore besoin de toi, *en plus*, pour creuser des puits ?

— Là où je vais, oui...

— Tu parles ! Du vent ! C'est pas pour eux que tu y vas, c'est pour toi... Tu fous le camp, tu désertes...

Patrick, très calme, regarda Olivier en souriant doucement.

— Tout ce que nous faisons, c'est d'abord pour nous-mêmes. Même Dieu sur la croix. Il n'était pas très content de ce que les hommes étaient devenus. Ça le tourmentait. Il s'est fait clouer pour mettre fin à ce tourment. Il a agonisé un bon coup, mais après il était tranquille...

— Et maintenant, tu crois qu'il est encore tranquille quand il nous regarde du haut de ses nuages, ton barbu ?

Le sourire de Patrick s'effaça.

— Je ne sais pas... je ne crois pas...

Il répéta, presque dans un souffle :

— Je ne crois pas...

Il était devenu très grave. Il murmura :

— Il doit souffrir de nouveau, il doit saigner...

— Me fais pas rigoler, dit Olivier... Tu fous le camp en Inde, tu fous le camp dans les nuages, tu fous toujours le camp, tu nous laisses tomber...

— Vous n'avez pas besoin de moi... Vous avez des tas de types costauds...

— D'accord ! Pour casser la baraque, quand on s'y mettra, on n'aura pas besoin de toi, mais pour reconstruire, des types comme toi il y en aura jamais assez... Il faut trouver du nouveau !... Tu as entendu ce que disait Cohen, hier soir, c'est la base qu'il faut réinventer !... L'important, c'est de définir des rapports de l'homme avec...

Patrick se plaqua les mains sur les oreilles. Il grimaçait comme s'il entendait grincer une scie sur du verre.

— Je t'en prie ! dit-il... Des mots, des mots, des discours, et encore des discours ! J'en suis plein, j'en déborde, ça ne peut plus entrer, ça me sort par les oreilles !

Il soupira et but une gorgée de Vichy.

— Des discours ? C'est pas des discours, dit Olivier un peu interloqué. Il faut bien...

— La barbe, dit tranquillement Patrick. Chaque fois que mon père et ma mère sont à la maison, je les entends parler des mesures qu'il *faut* prendre contre la faim dans le monde, des plans qu'il *faut* élaborer pour venir en aide à ceci et à cela... Et quand ils ne sont pas à la maison, c'est qu'ils sont en train de faire des discours sur le même sujet devant leurs comités ou leurs sous-commissions, à Genève, à Bruxelles, à Washington, à Singapour ou à Tokyo, partout où il y a une salle de réunion assez grande pour recevoir les délégués du monde entier, qui ont tous un discours à placer contre la faim ! Et toi et tes copains vous êtes pareils ! Vous parlez, vous parlez, et vous ne dites rien. Qu'est-ce que c'est, la société de consommation ? Un gargarisme ! Quatre mots qui vous chatouillent la gorge et la cervelle en passant. Un petit plaisir... Vous vous masturbez avec des mots. Tu en connais, toi, des sociétés qui ne consomment pas ? Moi j'en connais... Celle où je vais, par exemple. Les types se couchent par terre et ils ne consomment plus parce qu'il n'y a rien à consommer.

Et quand ils ont fini de ne pas consommer, c'est les asticots qui les consomment. Pendant ce temps, on fait des discours partout. Vous parlez, vous parlez, et les crevards crèvent. Ils n'ont même pas la consolation d'entendre qu'on se fait du souci pour eux et qu'on va un jour ou l'autre réinventer les bases de la société. Même si c'est la semaine prochaine, votre révolution, ça ne les concerne pas, ils seront déjà morts...

— Eh bien dis donc ! dit Olivier. Toi qui aimes pas les discours !...
— C'est fini, dit Patrick. Je m'en vais. Je m'en vais parce que j'ai honte. Honte pour nous tous. Je vais faire des petits trous dans le sable, comme tu dis. Et même si je ne réussis qu'à en tirer trois gouttes d'eau pour faire pousser un radis pour faire bouffer un type pendant trois secondes, au moins ça sera ça de fait.

Et puis est venu le mois de mai. Pendant que l'hiver passait, Jane a oublié peu à peu le choc terrible qu'elle avait subi cet après-midi de novembre où le brouillard noyait la ville comme un fleuve mort. Oublié n'est pas exact. L'image en noir et blanc, l'instantané figé, est resté gravé au fond de sa mémoire, mais elle n'y attache plus d'importance. Il n'y a plus rien de tragique dans son monde, tout a changé autour d'elle.

Elle n'est pas retournée habiter dans la maison de son père. Sa mère est à Liverpool, remariée à un homme qui possède des bateaux sur toutes les mers. Jane comprend maintenant pourquoi sa mère a voulu divorcer. A moins que ce soit parce que son père est resté seul qu'il... Peu importe. Son père est libre. Sven lui a dit : liberté, amour. *Love*. Amour pour toutes les créatures. Dieu est amour. L'homme doit retrouver la voie de l'amour. Au bout de l'amour, il trouvera Dieu. Parfois, il lui fait fumer quelques bouffées de marihuana. Alors elle s'enfonce de nouveau dans le fleuve de brouillard, mais c'est un brouillard tiède et rose, dans lequel elle se sent bien, comme lorsqu'on est sur le point de s'endormir et qu'on se détache du poids du monde.

Elle habite avec Sven, Karl et Brigit, dans une chambre que Karl a louée. Il y a deux lits pas très larges, un réchaud à gaz et un poêle à pétrole. Sven a peint des fleurs sur les murs. Karl et Brigit sont de Hambourg. Depuis que Sven leur a parlé de Katmandou, ils ont décidé de partir avec lui. Le soir, ils allument le poêle à pétrole et des bougies. Ils n'aiment pas l'électricité. A la flamme d'une bougie, Sven allume une cigarette qu'ils se passent de l'un à l'autre. Elles sont difficiles à trouver, et chères. A Katmandou, on trouve le hachisch au marché, en vente libre, tout naturellement, comme le persil en Europe. Et personne ne vous interdit quoi que ce soit. C'est le pays de Dieu. Liberté, *Love*. Le hachisch n'est pas plus cher que le persil, peut-être moins.

Jour après jour, Jane a senti la carapace de peur, d'égoïsme, d'interdictions, d'obligations, de rancunes, que son éducation et ses relations avec les autres humains avaient cimentée autour d'elle, se fendre, s'écailler, tomber, disparaître entièrement. Elle est délivrée, il lui semble qu'elle est née une deuxième fois, ou plutôt qu'elle vient seulement de naître, dans un monde où les êtres ne se font plus la guerre, mais se tendent les mains avec le sourire de l'amitié.

Sven lui a expliqué : la société qui oblige et qui interdit est mauvaise. Elle rend l'homme malheureux, car l'homme est fait pour être libre, comme un oiseau dans la forêt. Rien n'appartient à personne, tout est à chacun. L'argent qui permet d'accumuler des biens personnels est mauvais. Le travail, qui est une obligation, est mauvais. Il faut quitter cette société, vivre en marge d'elle, ou ailleurs. La combattre est mauvais. La violence est mauvaise car elle crée des vainqueurs et des vaincus, elle remplace d'anciennes contraintes par des obligations nouvelles. Toutes les relations entre humains qui ne sont pas celles de l'amour sont mauvaises. Il faut quitter la société, s'en aller. Quand nous serons assez nombreux à l'avoir quittée, elle s'écroulera d'elle-même.

Sven prend sa guitare et chante. Jane se sent légère, libérée. Elle sait que le monde où elle vivait auparavant est horrible et absurde. Elle est maintenant en dehors de lui. Elle le regarde comme une prison dont elle vient de sortir. Derrière ses portes de fer et ses murs hérissés de verre, les prisonniers continuent de se battre et de se déchirer. Elle a pitié d'eux, elle les aime, mais elle ne peut rien pour eux, il faut qu'ils fassent eux-mêmes l'effort de sortir. Elle peut les appeler et leur tendre les mains, elle ne peut pas briser les portes. Elle, maintenant, est dehors au soleil, dans la paix, avec ses amis, dans l'amour. Ils ont jeté les armures et les armes, ils sont nus, ils sont libres.

La cigarette passe de l'un à l'autre. Sven chante le nom de Dieu. *God. Love.* Dehors il y a du brouillard ou pas, c'est sans importance. Dans la chambre, il y a la lumière d'or des bougies. L'odeur de la marihuana se mélange à celle de la cire et du pétrole. Ils sont délivrés. Ils font l'amour, un peu, comme un rêve. *Love.*

Pour franchir les frontières, Jane a besoin de son passeport et de la signature de son père. Elle est retournée le voir et lui a annoncé son départ. La police avait ramené la voiture le lendemain du brouillard. Il n'avait pas parlé de la disparition de sa fille, à cause du scandale. Il s'était adressé à une agence privée, sérieuse, qui lui avait très rapidement donné des nouvelles.

Il est médecin. Il a reconnu la marihuana dans les yeux de Jane. Inquiet, il a tendu la main vers elle, l'a posée sur son bras. Jane lui a souri. Il lui a semblé que ce sourire lui parvenait d'une distance incroyable, à travers des années d'épaisseur de vide. Il a retiré sa main.

C'est un long et dangereux voyage qu'elle a commencé. Il le sait. Mais il ne peut rien faire, rien lui dire, il a perdu le droit d'interdire ou de conseiller. Il lui propose de l'argent, elle le refuse. Ils se regardent quelques instants, puis il dit *good luck*... Elle le regarde, elle ouvre la bouche pour parler, elle ne dit rien, elle sort.

Ils sont partis tous les quatre serrés dans la voiture couleur citron. A Milan, ils n'avaient plus d'argent. Jane a vendu sa voiture et sa bague, et Brigit son collier d'or. Cela leur a donné de quoi payer quatre billets d'avion pour Bombay. Sven désirait traverser l'Inde avant d'arriver au Népal, mais au consulat on leur a refusé le visa s'ils ne présentaient pas leur billet de retour. L'Inde n'a pas les moyens d'accueillir et de garder des bouches inutiles. Ils ont changé deux allers contre deux retours, et avec les lires qui leur restaient, acheté une moto d'occasion et un petit paquet de dollars qu'ils ont partagé en deux.

Karl et Brigit ont accompagné Sven et Jane à l'aérodrome. Ils ont regardé l'avion décoller, monter vers le ciel en s'appuyant sur quatre piliers de fumée grise, tourner comme un pigeon voyageur pour chercher l'appel de l'Orient, puis disparaître vers l'horizon d'où chaque matin arrive le soleil.

Karl est remonté sur la moto, Brigit s'est assise derrière lui, il a mis le moteur en marche d'une détente joyeuse du jarret, il lui a fait cracher tout son bruit et sa fumée en signe de joyeux départ, puis il l'a calmée, et ils ont démarré doucement vers l'est, la Yougoslavie, la Grèce, la Turquie, l'Iran, l'Afghanistan, le Pakistan. l'Inde, le Népal, Katmandou...

C'était un merveilleux voyage, ils étaient libres, le temps ne comptait pas, il leur restait assez de dollars pour acheter de l'essence jusqu'au bout. Pour manger, on verrait. Et pour coucher, il y a toujours de la place sous le ciel.

La moto était rouge, Karl était roux. Ses cheveux lui tombaient en boucles épaisses jusqu'aux épaules, comme une perruque de grand seigneur du XVIIe siècle. Sa barbe et sa moustache flambaient autour de son visage. Toute sa tête était comme un soleil. Il avait des lèvres épaisses et très roses et de grands yeux couleur de feuille de menthe, brillants de gaieté. Pour rouler, il avait acheté des lunettes bleues, larges comme des hublots, et pour empêcher ses cheveux de lui revenir dans le visage, noué autour de sa tête un cordon de soie verte dont les pompons lui pendaient sur la nuque. Il portait un pantalon à rayures verticales multicolores et une chemise rouille imprimée de tournesols. Brigit se tenait appuyée contre son large dos, les bras serrés autour de sa taille. Elle était un peu endormie. Elle fumait la marihuana dès le matin. Elle portait un blue-jean et un polo de coton bleu délavé, avec un long collier de perles de bois d'olivier. Elle était très mince. Ses cheveux noirs étaient coupés court, sans forme. Elle les entretenait elle-même avec des ciseaux.

Leur voyage s'acheva alors qu'ils avaient à peine franchi la moitié du chemin. Ils avaient, depuis plusieurs jours, après de nombreuses pannes et des difficultés de plus en plus grandes pour se ravitailler en essence, abandonné la moto aux pneus définitivement éventrés par les cailloux de la route. Ils continuaient à pied, parfois recueillis par un camion ou une voiture d'avant le déluge, la plupart du temps seuls sur la route interminable, entre un pauvre village et un autre village misérable, exténués par le manque de drogue et de nourriture, écrasés de soleil, brûlés de soif et de poussière.

Ce jour-là, ils avaient marché pendant des heures sans voir un être humain ou un animal, à part les mouches, qui les suivaient et les harcelaient, surgies semblait-il du néant. Des taons énormes tournaient autour d'eux, dans l'odeur de leur sueur, attendant un instant d'inattention pour se poser sur un coin de peau nue et y planter leur trépan. De part et d'autre de la route s'étendait un paysage de collines rouges sculptées par l'érosion de l'eau et du vent, sans un arbre, sans un brin d'herbe, se chevauchant jusqu'à l'horizon et au-delà, dans une désolation calcinée.

Le soleil baissait derrière eux, projetant devant leurs pas une ombre de plus en plus longue que perçaient les éclats blancs des cailloux. Ils continuaient d'avancer malgré leur fatigue, dans l'espoir de trouver avant la nuit un village avec de l'eau et peut-être de quoi manger. Chacun portait tout ce qu'il possédait dans un petit sac cylindrique balancé dans le dos autour de la corde qui le fermait. Celui de Brigit était de toile blanche et celui de Karl bouton d'or, rendus pareils par la poussière rousse que la sueur de leur dos transformait en mastic.

Karl entendit le premier le bruit du moteur. Il s'arrêta et se retourna. Empourpré par l'énorme boule du soleil déclinant, un nuage de poussière venait vers eux du fond de la route. Ensuite ils virent le camion. Dès que celui-ci arriva à proximité, Karl fit de grands gestes et le camion s'arrêta à leur hauteur. C'était un ancien camion militaire allemand, qui semblait avoir traversé trente guerres. Le pare-brise était fendu et les portes de la cabine manquaient. Un géant au crâne rasé et à la peau presque noire tenait le volant. Il regardait Karl et Brigit en riant sous son énorme moustache. Deux autres hommes assis à côté de lui riaient et plaisantaient en criant presque. Sur le plateau, il y avait un chargement de briques, et une dizaine d'hommes assis ou debout. Les uns étaient vêtus de loques européennes, d'autres du costume local, tous couverts de la même poussière. En riant, ils leur firent signe de monter. Le plateau était haut. Karl poussa Brigit qui n'avait plus de forces. Un moustachu la prit par les poignets et la souleva comme une plume. Karl se hissa à son tour. Le camion repartit. Un homme fit asseoir Brigit sur des briques, devant lui. Quand elle fut assise, en riant, il lui mit les mains sur les seins. Elle le frappa pour le faire lâcher prise. Il se baissa, prit le polo de coton par le bas, le souleva avec violence et le lui arracha par-dessus la tête, l'obligeant à lever les bras sans qu'elle pût résister. Un autre déjà déchirait les bretelles de son soutien-gorge. Karl se jeta sur eux. Un homme le frappa à la tête avec une brique. La brique se cassa, Karl tomba. Ils couchèrent Brigit sur les briques. Elle se débattit encore pendant qu'ils lui ôtaient son blue-jean. La vue de son petit slip bleu pâle les fit rire énormément. Ils lui tinrent les bras et les jambes et elle ne bougea plus. Le premier en eut très vite fini avec elle. Le poids de l'homme l'écrasait contre les briques. Au quatrième, elle s'évanouit. Le chauffeur arrêta son camion et vint avec ses deux compagnons rejoindre les hommes du plateau. Le soleil se couchait. Le ciel à l'ouest était rouge comme une forge, et presque noir à l'autre horizon où brillait déjà une énorme étoile. Le chauffeur n'eut pas la patience d'attendre son tour. Il saisit Karl, inconscient, dont le sang coulait dans les cheveux rouges, et le jeta sur la route. Il lui arracha son pantalon et son slip et entreprit de se satisfaire avec lui. Deux autres l'avaient suivi et regardaient en riant, dont un vieux à barbe blanche, coiffé d'un turban crasseux. La douleur ranima Karl qui cria. Le vieux lui mit son pied nu sur la bouche. Le dessous de son pied était dur comme de la pierre crevassée. Karl tourna sa tête fendue, dégagea sa bouche, cria et se débattit. Le vieux se baissa et lui planta son couteau dans la gorge. C'était un couteau qu'il avait fait lui-même. La lame en était large, longue et courbe, et des incrustations de cuivre ornaient son manche d'os blanc. C'était un bel objet d'artisanat, qui aurait fait la joie d'un touriste.

Quand ils se furent tous satisfaits, même le vieux, soit avec elle soit avec lui, ou avec les deux, ils cassèrent la tête de Brigit avec une brique et traînèrent les deux corps nus derrière un monticule. Ils prirent la bague de Karl, le collier et le bracelet de Brigit, et emportèrent tous leurs vêtements.

L'horizon était sombre et brûlant comme un charbon qui s'éteint, avec un ourlet de feu qui faisait briller du même reflet rouge sur les deux corps pâles le sperme et le sang répandus.

Un chien sauvage, impatient, fou de faim, hurlait derrière les collines. D'autres voix lui répondirent du fond de la nuit qui venait.

Le camion repartit en crachant et grinçant de tous ses joints. Sur le plateau, ils vidaient en jacassant le sac jaune et le sac blanc et se disputaient leur contenu. Le vieux passa à son cou le collier de bois d'olivier. Il riait. Sa bouche était un trou noir. Le chauffeur alluma le phare, celui de gauche. Celui de droite n'existait plus.

Le mieux était de descendre à la station Odéon, mais la police l'avait déjà probablement fermée. La rame pourtant s'arrêta. Il n'y avait personne sur le quai. Nous fûmes trois à descendre. Les deux autres étaient une vieille femme qui portait un cabas usé et parlait toute seule à voix basse, le regard perdu, et un grand nègre très maigre, vêtu d'un pantalon bois de rose et d'une veste verdâtre qui flottait autour de lui. Chaussé d'immenses souliers jaunes pointus, il marchait nonchalamment à grandes enjambées molles. J'arrivai avant lui à l'escalier. La vieille femme, derrière, raclait le ciment râpeux de ses pantoufles usées. Les grilles étaient normalement ouvertes. Je sortis sans difficultés.

C'était le lundi 6 mai 1968, celui que les journaux du lendemain allaient nommer « le lundi rouge » parce qu'ils ignoraient que d'autres jours, plus rouges encore, allaient lui succéder. Les étudiants qui depuis des semaines démolissaient les structures de la Faculté de Nanterre avaient annoncé le samedi précédent qu'ils viendraient manifester aujourd'hui devant la Sorbonne. C'était comme s'ils avaient annoncé qu'ils allaient allumer un feu de camp dans un grenier à foin. Toute la maison risquait de flamber. Ils le savaient. C'était sans doute ce qu'ils désiraient. Brûler la baraque. Les cendres, paraît-il, sont un bon engrais pour les récoltes nouvelles.

On a rarement l'occasion d'apprendre par la presse, la radio et la télévision, qu'une révolution commencera lundi à deux heures de l'après-midi, entre la place Maubert et Saint-Germain-des-Prés.

Je suis dévoré par une curiosité qui ne sera jamais satisfaite, je voudrais tout savoir et tout voir. Et par une anxiété perpétuelle concernant le sort de ceux et de ce que j'aime. Et j'aime tout. Je ne pouvais pas ne pas être là ce lundi après-midi. J'avais laissé ma voiture aux Invalides et pris le métro. La station Odéon était ouverte. Je sortis.

Je surgis de terre dans l'insolite. Le boulevard Saint-Germain était vide. Le flot des voitures avait totalement disparu, laissant à nu le fond du fleuve. Quelques garçons et filles s'agitaient, se déplaçaient rapidement sur le bitume, comme des poissons à la recherche d'une flaque. A l'ouest, une foule assez clairsemée d'étudiants qui étaient, eux aussi, « venus voir », occupait le carrefour Mabillon et celui de la rue de Seine. Ils parlaient par petits groupes, ils bougeaient à peine. Ils ne s'étaient pas encore engagés dans l'événement. A l'est, un mince cordon de policiers casqués barraient la chaussée un peu avant le carrefour Saint-Michel et semblaient attendre que l'événement se précisât. A mi-chemin entre eux et la foule, le boulevard était coupé par une esquisse dérisoire de barricade, composée de quelques panneaux de bois posés à plat sur la chaussée, de cageots, de poubelles et de deux ou trois caisses. Une centaine d'étudiants s'agitaient autour d'elle comme des fourmis qui viennent de découvrir le mince cadavre d'une libellule et veulent le faire savoir à la fourmilière entière. Sur la plus haute caisse, Olivier était debout.

En sortant du métro, je sentis que je pénétrais dans un instant fragile, bref et tendu, comme lorsque le percuteur a frappé l'amorce et que le coup n'est pas parti. On ne sait pas si la cartouche est mauvaise ou si le fusil va éclater. On le regarde et on attend, en silence.

C'était un grand silence, malgré les explosions sourdes qu'on entendait du côté de la place Maubert, et les traînées de cris qui se déchiraient le long du boulevard et s'enflaient parfois en clameurs ou en slogans scandés. Rien de cela ne parvenait à emplir le vide laissé par l'énorme absence du flot et du bruit des voitures. C'était comme la disparition soudaine de la mer au ras du rivage. Quelque chose allait venir et s'installer dans ce vide. C'était inévitable, *physique, cosmique. Il y avait un trou dans l'univers des habitudes, quelque chose allait le combler, personne encore ne savait quoi.*

Autour du schéma de la barricade, l'agitation croissait. Les étudiants arrachaient à la chaussée des fragments de bitume et les lançaient aux policiers qui les leur renvoyaient. Quelques garçons parfois franchissaient la barricade, couraient pour donner de l'élan à leur projectile et sautaient en le lançant accompagné d'injures. C'était une sorte de danse vive et légère, ces garçons étaient jeunes et sans poids, tout en mouvements vifs, en grands gestes de tout leur corps vers le haut. La foule du carrefour de la rue de Seine s'épaississait rapidement et se mettait à bouger. Des groupes rejoignaient en courant la barricade et la dépassaient, lançant des morceaux de bois, des fragments d'asphalte, et poussant de plus en plus fort leurs cris de défi.

Les policiers ripostèrent par quelques grenades lacrymogènes, qui éclatèrent avec un bruit mou, libérant au ras du sol des jets tourbillonnants de fumée blanche. Les assaillants refluèrent en courant pour éviter leurs effets immédiats, puis repartirent à l'assaut, provoquant une nouvelle chute de grenades. Ils refluèrent de nouveau, puis recommencèrent.

Il y avait encore à ce moment-là dans l'action engagée quelque chose de joyeux et d'allègre. Ce fut un moment très court, comme celui qui prélude aux grands orages, quand, sous un ciel encore bleu, les coups de vent brusques troussent les branches et leur arrachent déjà des feuilles. Si on tourne le dos à l'horizon où s'entassent les ténèbres et la fournaise, on ne voit que les gestes des arbres que le vent invite à se libérer de l'esclavage de leurs racines, et qui craquent et gémissent dans leurs efforts pour s'envoler.

Pour toute la jeunesse de Paris, c'était une énorme récréation qui avait interrompu les disciplines et les devoirs. Ces deux camps face à face, ces courses aller-retour sur la grande chaussée vide me faisaient penser au vieux jeu de « barres » dont il est déjà question dans les romans de la Table Ronde et qu'on jouait encore dans les cours des collèges lorsque j'étais élève ou pion. Une grenade éclata à quelques pas de moi. L'acidité lacrymogène me viola les narines. Je me mis à pleurer, mais je cessai tout à coup d'être spectateur absent, comme au cinéma, pour devenir témoin.

Avec une sorte d'alacrité, débarrassé du poids des règles et des ans, je me mêlai aux garçons et aux filles qui fluaient et refluaient sur le grand terrain de ce jeu sans arbitre et sans lois. Ils couraient dans un sens puis dans un autre, passaient de chaque côté de moi sans me voir, comme l'eau de la marée montante et retombante autour d'une barque pleine de sable. Une vieille dame effarée, un peu grosse, un peu bête, avait choisi ce moment pour promener son chien, un fox noir et blanc. Un garçon se prit les pieds dans la laisse, fit tomber la femme, projeta au loin le chien hurlant sans voir ni lui ni sa maîtresse. Elle était par terre, ahurie, tremblante, elle avait perdu une chaussure, son talon saignait, elle avait peur, elle ne comprenait rien. Ils couraient autour d'elle, autour de moi, ils ne nous voyaient pas, nous n'étions pas dans les dimensions de leur univers.

Debout sur la plus haute caisse au milieu de l'embryon de barricade, Olivier faisait des gestes et criait. Un mouchoir pressé sur mon nez, les joues mouillées de larmes, je m'approchai pour voir et savoir ce qu'il disait.

Il portait sa canadienne de velours marron, dans le dos de laquelle flottait le pan d'une écharpe capucine qui lui enveloppait le cou. C'était sa grand-mère qui la lui avait tricotée. Elle avait insisté ce matin pour qu'il la prît, parce qu'il toussait un peu et se plaignait de la gorge.

Ses cheveux lisses, fins, couleur de soie sauvage, coulaient jusqu'au bas de ses joues dont ils cachaient en partie le creux juvénile. Sa peau était mate, comme hâlée, mais blêmie en dessous par une longue fatigue. Entre ses cils noirs, si épais qu'ils semblaient fardés, ses yeux avaient la couleur claire des noisettes mûres tombées dans l'herbe et que la rosée et le soleil du matin font briller.

Le bras droit dressé, il criait à ses camarades de quitter ces lieux où leur action était inutile et d'aller se joindre au défilé de Denfert-Rochereau. Mais ils n'entendaient plus rien que le battement de leur propre sang. Ils commençaient à jouir de leurs mouvements et de leurs cris. Les va-et-vient de leur masse de plus en plus dense les excitaient de plus en plus. Leurs attaques devenaient plus dures, plus rapides, s'enfonçaient plus loin dans le boulevard. De la pointe de leur violence jaillissaient maintenant des pavés et des débris de fonte.

En face d'eux, le cordon de police était devenu un bouchon compact. Coude à coude, dos contre poitrine, sur vingt mètres d'épaisseur, casqués, vêtus de cirés qui brillaient comme sous la pluie, les policiers constituaient une masse effrayante de silence et d'immobilité. Derrière eux se rangeaient lentement des cars aux fenêtres grillagées, roue dans roue, côte à côte, d'un trottoir à l'autre et sur plusieurs épaisseurs. Quand tout fut prêt, cela se mit en mouvement avec une lenteur écrasante, comme un de ces monstrueux reptiles du secondaire dont les déplacements nivelaient le sol et faisaient déborder les étangs. La bête projetait devant elle de lourdes trompes d'eau, qui nettoyaient les trottoirs, renversaient et catapultaient les panneaux, les poubelles et les hommes, faisaient éclater les fenêtres, noyaient les appartements. Les grenades lacrymogènes roulaient et explosaient partout. Dans le crépuscule qui venait, leurs rubans de fumée paraissaient plus blancs. Les étudiants avaient fui rapidement dans toutes les petites rues. Des groupes de policiers les poursuivaient. Rue des Quatre-Vents, un clochard qui dormait sur le tas de sable d'un chantier se réveilla brusquement. C'était un ancien légionnaire, encore costaud, perdu de nostalgie et de vin. Il se leva et vit des uniformes monter à l'assaut, il se mit au garde-à-vous et salua.

Au coin de la rue de Seine, une pluie de pavés arrêta les policiers qui arrivaient. Ils noyèrent la rue sous un flot de grenades. Un *brouillard blanc monta jusqu'aux étages. De grands nuages gris roulaient au-dessus des toits. Une motocyclette pétaradait, portant deux journalistes masqués de blanc, coiffés d'énormes casques jaunes imprimés du nom de leur agence. Celui qui conduisait reçut un pavé dans les côtes, tandis qu'une grenade éclatait sous sa roue avant. La moto s'écrasa sur le trottoir devant la devanture d'un chemisier. Celui-ci avait déjà tiré sa grille. Hagard, il essayait de distinguer à travers la vitre ce qui arrivait dans la fumée. C'était le commencement de la fin de son monde. Il s'efforçait de sauver ses chemises. Il les ôtait rapidement de la vitrine, il les passait à sa femme, qui les cachait dans des tiroirs.*

A cinq heures du matin, Mme Muret, emportant son transistor, descendit l'escalier de son petit logement, traversa les deux cours pavées du vieil immeuble, sortit et s'arrêta sur le trottoir. Elle regarda à gauche et à droite, espérant voir surgir la grande silhouette d'Olivier, avec son écharpe autour du cou. Mais la rue du Cherche-Midi était vide. C'était la fin de la nuit, la lumière des lampadaires devenait blême et semblait exténuée. L'air avait une odeur acide qui lui fit cligner les yeux comme lorsqu'elle épluchait des oignons. Le transistor chantonnait. Elle s'assit sur la borne de pierre au coin de la porte cochère. Ses jambes n'en pouvaient plus. Une 2 CV passa, pressée, bruyante, comme un insecte. Il n'y avait qu'une personne à l'intérieur. Elle ne put pas voir si c'était un homme ou une femme.

Elle avait tout entendu sur son transistor, les barricades, les voitures brûlées, les batailles entre les étudiants et la police. Et par sa fenêtre elle avait entendu des explosions, sans arrêt, là-bas, du côté de la rue de Rennes, les pin-pon pin-pon des cars de police qui tournaient dans tout le quartier, et les avertisseurs des ambulances, à toute vitesse. Chaque fois son cœur s'arrêtait. Olivier, mon petit, mon grand, mon nourrisson, c'est pas possible, c'est pas toi qu'ils emportent ? Dès qu'il est sorti de la maternité, elle l'a pris dans ses bras et elle l'a toujours gardé. Il avait quelques jours ; maintenant il a vingt ans. Parfois, quand il était petit, sa mère passait, le prenait, l'emportait une semaine ou deux sur la Côte d'Azur ou à Saint-Moritz, ou Dieu sait où. Elle le lui rendait enrhumé, amaigri, les yeux battus, émerveillé, plein d'histoires qu'il ne parvenait pas à raconter jusqu'au bout. Il s'éveillait la nuit en criant, le jour il rêvait, il lui fallait très longtemps pour retrouver son calme.

A mesure qu'il grandit, sa mère trouva de plus en plus de raisons pour ne pas l'emmener. Olivier attendait toujours de reprendre à ses côtés ses rêves interrompus, mais elle passait rapidement, l'embrassait, lui disait « la prochaine fois, bientôt », le quittait en lui laissant un vêtement de luxe trop grand ou trop petit, que la grand-mère ensuite allait échanger, ou un jouet qui n'était pas de son âge. Elle ne savait pas ce qu'est un enfant, un garçon, un jeune homme. Après chacune de ses visites-éclair, qui laissait dans le petit logement de la rue du Cherche-Midi un parfum long à se faire oublier, Olivier restait sombre, rageur, coléreux, pendant des jours ou des semaines. Elle apportait parfois des paquets de revues, de tous les pays, pleines de photos d'elle en couleurs. Il y en avait même du Japon, de l'Inde, avec des caractères étranges qui ressemblaient à des dessins. Olivier en avait tapissé le mur de sa chambre au-dessus de son lit. Certaines en pleine page telles que le magazine les avait publiées, d'autres en gros plans, soigneusement découpées avec les vieux ciseaux à broder de sa grand-mère, et recollées sur des papiers à dessin crème, bleu, vert ou anthracite.

Tous ces visages dissemblables de sa mère, avec ou sans chapeau, avec des cheveux longs ou courts, plats ou bouclés, noirs, blonds ou roux, ou même argent, avec une bouche pâle ou saignante, avaient un trait commun : les yeux bleu pâle, très grands, et qui semblaient toujours étonnés et un peu effrayés, comme ceux d'une fillette qui découvre la mer. La foule des visages montait jusqu'au plafond de la petite chambre d'Olivier. C'était comme un ciel où toutes les étoiles auraient eu le regard de sa mère. Dans une grande enveloppe commerciale, au fond du tiroir de la vieille table qui lui servait de bureau, sous des cahiers et des notes de cours, il gardait celles de ses photos où elle était presque nue.

Le jour de son dix-septième anniversaire, elle lui offrit une pipe et un paquet de tabac hollandais. La grand-mère avait fait faire un moka chez le pâtissier de la rue de Rennes. Il lui avait promis de n'y mettre que du beurre, c'était une vieille cliente, il fallait lui faire plaisir. Mais il l'avait fait à la margarine, comme d'habitude, avec un soupçon de beurre pour donner l'arôme. On a le droit, on peut écrire sur la devanture « Pâtisserie au beurre » du moment qu'on en met un peu, c'est légal. Le plaisir des clients, c'est ce qu'ils croient, si on faisait rien qu'au beurre, ils apprécieraient même pas. La grand-mère avait dressé la petite table ronde de la cuisine avec la nappe blanche brodée, et trois assiettes à filets dorés, et les vieux couverts d'argent. Elle avait acheté une bouteille de champagne à Prisunic et planté sur le moka dix-sept petites bougies bleues. Sur le réchaud à gaz, dans la coquelle de fonte, un beau poulet finissait de se dorer au milieu de pommes de terre nouvelles et de gousses d'ail. C'était une recette qu'elle tenait de Mme Seigneur, qui était d'Avignon. Les gousses d'ail cuites de cette façon dans le jus, on n'imaginerait pas comme c'est bon, comme c'est doux. De la moelle.

Olivier, qui guettait à la fenêtre, vit une petite Austin rouge franchir le portail entre les deux cours, virer presque sur place, reculer jusqu'à la porte de l'escalier et s'arrêter pile. Sa mère en sortit. Elle était vêtue d'un tailleur de cuir vert d'eau à la jupe très courte, avec un léger chemisier bleu et un long collier de jade. Ses cheveux, ce jour-là, étaient blond pâle et lisses comme ceux de son fils. Elle plongea le buste dans la voiture et se redressa en étreignant à deux bras un pot enveloppé de papier d'argent, d'où s'élançait une énorme azalée rose.

A son index pendait un petit paquet bleu au bout d'un fil havane, et, à son coude, son sac de cuir vert, un peu plus foncé que son tailleur.

Le visage enfoui dans les fleurs, elle chercha du pied l'entrée de l'escalier. Elle était comique, embarrassée, et ravissante. Olivier, heureux, dévala les marches pour venir l'aider. La grand-mère reçut l'azalée en hochant la tête. Où c'est qu'elle allait bien pouvoir la mettre ? Elle fit le tour des deux chambres et revint dans la cuisine avec la plante. Elle était trop grande et ne tenait nulle part. Finalement, elle la posa dans l'évier. Elle montait bien plus haut que le robinet, jusqu'à la moitié du garde-manger. Elle débordait jusqu'au dossier de la chaise d'Olivier. Elle gênerait partout, on pourrait plus bouger, on pourrait pas la garder. Elle demanderait à Mme Seigneur de la lui prendre dans sa salle à manger. Mais comment faire pour la porter jusque là-bas ? Dans l'autobus, on la laisserait pas monter. Il faudrait un taxi. Ça allait lui coûter le prix d'une heure de travail... Ah décidément, elle était bien gentille, mais elle pensait à rien, comme toujours.

Olivier s'était assis pour ouvrir son paquet. Effaré, il regardait la blague en peau de gazelle à coins d'or, la pipe à fourneau d'écume enrobé de cuir, à tuyau d'ambre. Il s'efforça de sourire avant de relever la tête pour regarder sa mère. Il lui avait pourtant écrit au début du trimestre qu'avec Patrick et Carlo, ils avaient décidé de ne jamais fumer tant qu'il y aurait dans le monde des hommes que le prix d'une cigarette aurait pu empêcher de mourir de faim. Chacun d'eux s'était engagé en face des deux autres. C'était un engagement solennel, presque un vœu. Cette décision avait eu une grande importance pour Olivier, il en avait fait part à sa mère et lui en avait exposé les motifs dans une longue lettre. L'avait-elle déjà oublié ? Peut-être ne lisait-elle pas ses lettres... Elle n'envoyait que des cartes postales... Peut-être ne l'avait-elle jamais reçue... Son courrier devait lui courir après à travers le monde...

Il se tourna vers elle, elle était penchée vers le réchaud à gaz, humait le parfum qui montait de la coquelle.

— Oh ! un poulet cocotte !

On aurait dit qu'elle découvrait un mets rarissime, une merveille comme on n'a jamais l'occasion d'en manger.

— Qu'il sent bon ! Quel dommage ! Je prends l'avion à deux heures quinze... Il faut que je file, j'ai à peine le temps. Pourvu qu'il y ait pas de bouchon d'ici la porte d'Orléans !

Elle les embrassa rapidement, promit de revenir bientôt les voir, engagea Olivier à « être sage », descendit vivement l'escalier, tap-tap-tap-tap, leva la tête vers la fenêtre, leur fit un sourire et un signe de la main avant de s'engouffrer dans l'Austin rouge qui vrombit, cria, démarra en trombe et disparut sous le porche de la première cour.

C'était un vieil immeuble divisé en deux parties. Celle qui entourait la première cour avait quatre étages. Elle était principalement occupée, jusqu'en 1914, par des familles d'officiers. Le dernier général était mort à temps, juste avant la guerre. La deuxième cour était entourée par les écuries et les remises de voitures, surmontées des chambres des cochers et des ordonnances. Les écuries servaient maintenant de dépôts ou d'ateliers aux artisans du quartier, et les chambres avaient été réunies par deux ou trois, pour composer des logements bon marché. Il y avait quatre montées d'escalier. Entre les deux du fond subsistait la fontaine avec son auge de pierre où venaient boire les chevaux, et son énorme robinet de cuivre d'où ne coulait plus rien.

Olivier resta un moment immobile, les dents serrées, les muscles des mâchoires crispés, fixant le porche sombre où la petite voiture couleur de coquelicot s'était enfoncée et avait disparu.

Sa grand-mère, un peu en retrait, le regardait avec inquiétude, sans rien dire. Elle savait que dans de tels moments il vaut mieux ne rien dire, on est toujours maladroit, on croit apaiser et on blesse. Le bruit du moteur de la petite voiture s'était perdu dans la rumeur lointaine du quartier. Les bruits de la rue ne parvenaient au fond de la deuxième cour que comme un grondement assourdi et un peu monotone qu'on finissait par ne plus entendre. Il était rare de trouver tant de calme dans un quartier aussi vivant. C'était ce qui avait décidé M. Palairac, qui avait sa boucherie sur la façade, à acheter toute l'aile gauche. Il s'y était fait installer un appartement moderne, éclairé au néon, en indirect dans les corniches du plafond. Il utilisait ses écuries pour garer sa camionnette et ses deux voitures. Celle du fond lui servait à entreposer dans des paniers de fer les os et les déchets qu'un camion anonyme venait ramasser tous les mardis. Palairac disait que ça servait à fabriquer des engrais, mais des gens du quartier prétendaient que c'était le camion d'une usine de margarine, d'autres d'une fabrique de « bouillons » en comprimés. L'hiver, ça ne gênait pas, mais dès que les chaleurs commençaient, ce coin de la cour sentait le sang pourri, et l'odeur attirait de grosses mouches noires dans tous les appartements.

Olivier se détourna de la fenêtre, revint lentement vers la table, poussa la chaise pour pouvoir passer sans bousculer l'azalée, s'arrêta et regarda son assiette. La pipe rare et la blague de luxe y reposaient sur le papier déplié qui les avait enveloppées. Le ruban havane pendait sur la nappe blanche. Il portait en lettres plus foncées, ton sur ton, le nom du magasin qui avait vendu les deux objets. Olivier replia le papier autour d'eux et les tendit à sa grand-mère.

— Tiens, tu te feras rembourser. Tu auras de quoi t'acheter un manteau pour l'hiver prochain...

Il entra dans sa chambre, ôta ses chaussures, monta sur son lit et, en commençant par le haut, se mit à ôter du mur les portraits de sa mère. Certains étaient fixés avec du scotch, d'autres avec des punaises. S'ils ne venaient pas facilement, il tirait et déchirait. Quand il eut terminé, il revint dans la cuisine, tenant entre les deux mains, à plat, la liasse de photos. Il ouvrit avec le pied la porte du placard à poubelle, sous l'évier, et se baissa au-dessous de l'azalée.

— Olivier ! dit sa grand-mère.

Il interrompit son geste, eut un instant d'immobilité, puis se redressa et regarda autour de lui, cherchant un endroit où poser ce qu'il tenait entre les mains et ne voulait plus voir.

— Donne-moi ça, dit sa grand-mère. Il faut quand même pas... Elle fait ce qu'elle peut... Si tu crois que c'est facile, la vie...

Elle alla porter les photos dans sa chambre. Elle ne savait pas où les mettre. Elle trouverait bien une place dans l'armoire. En attendant, elle les posa sur le marbre de sa table de nuit, sous le transistor. Elle ne le faisait pas marcher quand Olivier était là, ça l'énervait. D'ailleurs, quand il était là elle n'avait pas besoin de musique.

Le transistor annonça que tout était fini, les derniers manifestants dispersés, les incendies éteints, et les barricades en cours de déblaiement. Olivier n'était pas rentré. Elle eut la certitude qu'il avait été blessé et emmené à l'hôpital. L'angoisse lui écrasa le cœur. Elle sentit la borne de pierre fondre sous elle et le mur basculer derrière son dos. Elle ferma les yeux très fort et secoua la tête. Il fallait tenir bon, aller au commissariat, se renseigner. Au moment où elle se levait, elle entendit la pétarade de la moto de Robert, le commis de Palairac. C'était lui qui arrivait le premier, le matin, il avait la clef de la boutique, il commençait la mise en place. Il était entré chez Palairac en 1946, il avait cinquante-deux ans, il connaissait les clientes mieux que le patron.

Il arrêta son moteur et descendit de moto. Il vit Mme Muret passer à côté de lui comme un fantôme. Il l'arrêta du bras.

— Où c'est qu'on va comme ça ? Qu'est-ce qui vous arrive ?

— Olivier est pas rentré. Je vais au commissariat. Il lui est sûrement arrivé quelque chose.

— Pensez-vous ! Ils ont fait une belle mayonnaise, cette nuit, avec ses copains !... Ils doivent être en train d'arroser ça !

— Il boit pas ! Même pas de la bière !

— Ils l'arrosent au jus de fruits, c'est leur vice... C'est pas la peine d'aller au quart, on va leur téléphoner, attendez une minute, je vais ouvrir la grille, vous téléphonerez de la caisse.

Il poussa sa moto dans la cour. Il était grand et sec, avec des bras durs comme du fer. Au moment de téléphoner, il dit qu'il avait réfléchi, il valait peut-être mieux pas. C'était pas la peine de donner le nom d'Olivier à la police, ils risquaient de le mettre sur leur liste. Une fois qu'on est sur une liste, c'est pour la vie.

— Oh mon Dieu ! dit Mme Muret.

Elle aurait voulu s'asseoir, il n'y avait pas de chaise dans la boutique, sauf celle de la caissière, qui était encastrée. Robert voulut la raccompagner chez elle, elle dit qu'elle aimait mieux rester en bas, dans son logement elle devenait folle. Elle retourna s'asseoir sur la borne. Le transistor avait repris la chansonnette. Toute la nuit il n'avait joué que de la musique. S'il recommençait les chansons, c'est que ça allait mieux.

Olivier rentra à sept heures moins le quart. Il était harassé et radieux. Il avait une traînée noire sur la joue droite et sur le devant de sa canadienne. Il s'étonna de trouver sa grand-mère en bas. Il l'embrassa et la gronda doucement. Il l'aida à remonter l'escalier, en la rassurant, elle ne devait pas avoir peur, ils étaient les plus forts, quand ils recommenceraient, tout le peuple de Paris les suivrait et le régime s'écroulerait. Alors on pourrait reconstruire. Et cette fois, ils ne se laisseraient pas posséder par les politiciens, qu'ils soient de gauche ou de droite.

Le cœur de Mme Muret battait à tout petits coups, à toute vitesse, dans sa poitrine, comme celui du pigeon blessé. Elle avait cru que le cauchemar s'était achevé avec la nuit, et elle comprenait que ça ne faisait que commencer. Elle s'efforça de cacher le tremblement de ses mains, elle mit une casserole d'eau sur le feu et dit à Olivier de s'allonger pendant qu'elle lui préparait un café au lait et des tartines. Mais quand le café au lait fut prêt, Olivier s'était endormi. Ses pieds pendaient hors du lit parce qu'il n'avait même pas pris la peine de retirer ses chaussures et il ne voulait pas salir la couverture. Avec précautions, elle lui ôta ses souliers, souleva ses jambes et l'allongea. Il ouvrit un peu les yeux et lui sourit, puis se rendormit. Elle alla chercher un duvet dans l'armoire pour le couvrir. C'était un édredon américain en piqué rouge, devenu vieux rose avec le temps. Elle le posa sur lui, se redressa et resta debout, immobile, près du lit. De le voir là, si paisible, abandonné dans le sommeil comme un enfant, elle sentait ses forces lui revenir. Il respirait calmement, ses traits étaient détendus, ses cheveux souples coulaient sur l'oreiller et découvraient le bas de ses oreilles. Le sourire qu'il lui avait donné était resté un peu accroché à ses lèvres et mettait une lumière de tendresse sur son visage. Il était beau, il était heureux, il était tendre comme un bourgeon, il croyait que tout allait fleurir...

Mme Muret soupira et retourna à la cuisine. Elle revida le bol de café au lait dans la casserole qu'elle posa sur le réchaud. Il n'aurait qu'à allumer le gaz. Il fallait qu'elle s'en aille chez M. Seigneur, elle ne pouvait pas le laisser comme ça, ce pauvre homme, comme il était...

Quand elle rentra, le soir, Olivier était parti. Il avait bu le café au lait, mangé les tartines, mangé aussi le reste de l'épaule de mouton et la moitié du reblochon. Il avait lavé le bol, la casserole, et tout le reste. Sur la table de la cuisine, il avait laissé un mot : « Ne t'inquiète pas, même si je ne rentre pas de la nuit. »

Il ne rentra qu'au moins de juin.

L'hôtel particulier de Closterwein occupait le cœur de cet oasis de verdure et de paix que constitue, au bord du grand tumulte des boulevards extérieurs, la Villa Montmorency. La grille qui entourait son parc était doublée jusqu'à son sommet de plaques de métal peintes de vert neutre. De l'extérieur, on n'apercevait que le sommet des arbres et même lorsqu'on franchissait le portail, on ne voyait pas encore la demeure, habilement entourée d'arbres de toutes tailles, avec une quantité suffisante de feuillages persistants pour la protéger des regards même en hiver. Il fallait franchir ce rideau par un double virage pour découvrir, derrière un gazon parfait, une grande et harmonieuse maison blanche, horizontale, précédée d'un petit perron à colonnes dans le style colonial américain, qui surprenait et dépaysait les visiteurs, frappait les plus pauvres d'une admiration désintéressée car cela dépassait leurs envies et leurs rêves, et faisait gonfler de dépit le foie des plus riches. Il n'y avait pas un autre milliardaire dans Paris qui possédât une telle maison dans un tel emplacement. Ce n'était pas seulement une question d'argent ; il avait fallu aussi de la chance et du goût. Les Closterwein avaient du goût, et l'argent et la chance les servaient depuis plusieurs siècles.

On entrait dans la maison par trois larges basses marches de marbre blanc, accueillantes, apaisantes. Au milieu du hall était mis en évidence le dernier chef-d'œuvre de César : sur une stèle de bronze, un bouquet de tubes dentifrices aplatis et tordus en hélice.

C'était le sourire ironique par lequel Romain Closterwein signifiait qu'il n'ignorait pas le snobisme nécessaire, et qu'il y sacrifiait volontiers. Mais cela n'allait pas plus loin que le hall. Sa collection particulière, soigneusement entreposée dans sa cave blindée et climatisée, comportait un millier de tableaux qui allaient des primitifs aux fauves et à quelques contemporains pour la plupart inconnus des critiques, en passant par Botticelli, Brueghel et Gustave Moreau, Van Gogh, Paul Klee et Carzou. Il n'achetait que ce qu'il aimait. Il avait refusé un Rubens qui était pourtant une affaire, et si par hasard un Picasso se fût glissé dans sa cave, il aurait payé pour qu'on l'en balayât.

De temps en temps, selon la saison, son humeur et son goût du moment, il faisait changer les toiles accrochées dans les appartements. Mais il gardait en permanence dans sa chambre à coucher un coq de Lartigue, rouge, orangé et jaune, explosion de joie sur laquelle il aimait, le matin, ouvrir les yeux, et un panneau inconnu de la Dame à la Licorne, celui qui expliquait le mystère de tous les autres et que le conservateur du Musée de Cluny le suppliait en vain, depuis des années, de le laisser au moins regarder.

Dans son bureau, pour retrouver sa sérénité après les journées d'affaires, il avait fait accrocher, juste en face de son fauteuil de travail, un grand panneau à la mine de plomb de Rémy Hétreau. Il lui suffisait de lever les yeux pour se perdre dans un paysage féerique, où des arbres en dentelles sortaient des fenêtres et des toits d'un château baroque entouré par les mille vagues brodées d'une mer contenue. Des personnages jouaient avec des ballons de verre ou des harpes épanouies comme des aloès. Sur un radeau de trois pieds carrés, où poussait un arbre, une femme gantée jusqu'aux épaules se préparait à aborder et tendait vers le rivage une main gracieuse d'où pendait un sac à la mode. Sa robe l'enveloppait depuis les chevilles et laissait nus ses seins menus, à peine perceptibles. Pour garder son équilibre, elle avait enroulé autour de l'arbre ses longs cheveux blonds. A la proue d'un petit bateau de bois taillé à la main, dont un mameluk tendait les voiles, une fille debout sur la pointe d'un pied lançait un ballon à un garçon à chapeau pointu qui l'attendait sur la rive. Elle avait omis de boutonner le pont arrière de sa jupe plissée et montrait innocemment les candides rondeurs de son derrière. A l'horizon, de minuscules pèlerins s'appuyant sur leur canne montaient sans se presser vers les montagnes modérées. Il émanait de ce tableau une telle paix, une telle grâce, qu'il suffisait à Romain de le regarder pendant deux minutes pour oublier qu'il était un forban intelligent se taillant un chemin à coups de sabre dans la foule des forbans imbéciles, et pour retrouver la certitude qu'il existait, ou qu'il avait existé, ou qu'il existerait quelque jour quelque part un paradis pour les âmes qui sont pareilles à celles des enfants. Il n'aurait pas fallu qu'il le regardât plus longtemps, il y aurait perdu l'indifférence glacée qui lui était nécessaire. Son âme était peut-être comme celle d'un enfant, puisqu'il se sentait chez lui quand il entrait dans ce paysage, mais son esprit n'était qu'une intelligence objective et son cœur un muscle qui fonctionnait parfaitement. Sans cet esprit et ce cœur blindés, il n'aurait pas possédé la douce maison blanche au bord du gazon parfait, ni les mille tableaux dans la cave.

Grand, large, massif mais sans ventre, il paraissait à peine plus de quarante ans. Il en avait cinquante-cinq. Il tenait de ses ancêtres baltes des cheveux blonds très clairs, qu'il faisait couper court, et des yeux couleur de glace. Il aimait être à l'aise dans ses vêtements et ne pas sentir ce qu'il portait. Il s'habillait chez Lanvin et choisissait ses vins chez Chaudet, aidé des conseils d'Henry Gault ou de François Millau, car il reconnaissait qu'il n'était pas très fin du palais. L'un et l'autre étaient ses amis, autant qu'il pouvait avoir des amis. Il les invitait parfois à sa table pour avoir leur avis sur une nouvelle ou une classique préparation de son chef, un cuisinier inspiré, élève du grand Soustelle, qu'il avait volé à Lucas-Carton et admis dans sa cuisine après lui avoir fait faire un stage chez Denis.

Mathilde frappa à la porte de son bureau et entra avant qu'il l'y eût invitée. Elle lui ressemblait d'une façon saisissante, peut-être parce qu'elle portait les cheveux presque aussi courts que les siens. Elle avait le même regard glacé, la même résolution dans les mâchoires, la même bouche mince, mais plus dure. Elle était vêtue d'un blouson de gabardine culotté, à grosse fermeture éclair, d'un blue-jean délavé, et chaussée de mocassins marron avec des chaussettes noires. Elle portait un foulard noir autour du cou.

Elle vint jusqu'au bureau, regarda son père avec une sorte de défi et lui dit :

— Je vais à la mani.

Il lui sourit avec affection, et un peu d'ironie. Elle était la plus jeune de ses enfants. Un peu bizarre. Ça lui passerait, c'était l'âge, tous ceux de son âge étaient bizarres, elle avait dix-huit ans. Il comprenait mieux ses fils. L'aîné apprenait une partie du métier à la Lloyds de Londres, l'autre, après une licence de droit rapidement obtenue, élargissait à Harvard ses connaissances théoriques, avant d'entrer en stage à la Deutsche Bank. Mathilde, elle, ne savait pas bien ce qu'elle voulait. Pour le moment, elle suivait des cours de sociologie.

Il s'étonna qu'elle fût venue lui dire où elle allait. D'habitude, elle ne le lui disait ni avant ni après.

— Tu vas où tu veux, dit-il doucement.

Puis il se reprit, il y avait un mot qu'il ne comprenait pas.

— Qu'est-ce que c'est, la mani ?

Elle haussa les épaules.

— La manifestation... Cette fois, on passe sur la Rive Droite. On se réunit à la Bastille, à Saint-Lazare et à la gare du Nord. Ils s'imaginent qu'ils nous tiennent enfermés au Quartier, qu'ils n'ont qu'à faire le mur autour, avec leurs cars et leurs salauds de C.R.S. ! Ils vont voir...

Romain Closterwein cessa lentement de sourire. Il demanda :

— « Ils », à ton idée, qui est-ce, « ils » ?

— Eux, dit-elle. Toi !...

Elle était là, debout devant lui, raide, tendue par une passion froide... Si pareille à lui et en même temps si différente... Une fille... Sa fille... Il pensa qu'il était temps d'intervenir.

— Tu ne veux pas t'asseoir, une minute ?

Elle hésita un instant, puis s'assit sur une chaise, celle où prenait place la secrétaire, Mme de Stanislas, lorsqu'elle venait noter les instructions pour la journée.

— C'est très bien d'être révolutionnaire à ton âge, dit-il ; Léon Daudet a écrit quelque part qu'il n'avait aucune estime pour un homme qui n'avait pas été royaliste ou communiste à vingt ans. Aujourd'hui, royaliste ne signifie plus rien. On dit « fasciste ». Et les communistes sont devenus les radicaux-socialistes du marxisme. Les mots ont changé, la remarque reste juste. Il faut faire sa rougeole politique infantile. Ça purge l'intelligence. Mais si on se remue trop, on risque de rester malade pour la vie...

Elle écoutait sans le quitter des yeux. Il lui tendit ouvert le coffret de cigarettes. Elle fit « non » de la tête. Il en prit une mais l'écrasa dans le cendrier à la deuxième bouffée.

— Tu me fais devenir nerveux, dit-il. Tu es ma fille, et tu te conduis comme si tu étais bête... Tu sais bien que tout ce mouvement est fabriqué... Bien sûr, tes petits amis sont sincères, mais le cheval qui galope vers le poteau est sincère aussi. Il a cependant un cocher sur le dos...

— Un jockey, dit-elle.

Il fut surpris, puis sourit.

— Tu vois, je ne sais plus mes mots... Tes amis ignorent qu'ils sont « drivés », mais toi tu devrais le savoir... Tu n'es quand même pas la fille d'un épicier... Tu as entendu George avant-hier... Il s'est tu quand tu es entrée, mais tu en avais assez entendu... Tu sais qu'il travaille pour Wilson, mais avec du dollar, la livre est trop pauvre. Il fait subventionner quelques groupes, des chinois, des anarchistes. A travers deux ou trois épaisseurs d'intermédiaires. Et pas très cher, pour qu'ils restent purs. C'est de l'argent qui est prétendu venir des collectes. Il paie aussi quelques individus, plus solidement. Oh, pas ceux dont on entend les noms à la radio... D'autres plus obscurs et plus efficaces... Et il n'y a pas que George, tu penses bien... Il y a aussi les Américains qui travaillent avec du mark. Il y a aussi Van Booken, tu le connais, le Hollandais ? Lui, je ne sais pas comment, il a des roubles... Il y a même un Italien, mais il n'a que des mots...

Il espérait qu'elle allait sourire, mais elle restait glaciale, muette. Il continua :

— Il y a même moi ! Je donne ma publicité au *Monde*, qui encourage ces jeunes gens avec beaucoup de sérieux. C'est ma façon d'intervenir. Tu vois, je reste dans la légalité. Toutes ces actions s'embrouillent un petit peu, évidemment, mais elles sont efficaces. Ce sont des levures différentes, mais la pâte n'en lève que mieux. Elle est bonne. Les Français sont jobards, et la jeunesse aussi. Alors, les deux... Tu n'imagines pas, bien entendu, qu'aucun de nous ait l'intention de subventionner une révolution jusqu'à la réussite ? Il s'agit seulement de casser de Gaulle. Les Américains parce qu'il les empêche de s'installer en France, les Anglais parce qu'il est en train de les asphyxier, ce que ni Napoléon ni Hitler n'ont réussi, les Hollandais parce qu'ils veulent vendre leur margarine à l'Angleterre, les Italiens simplement parce qu'il les ignore. Les Allemands ne font rien. De toute façon, ils sont gagnants.

« Nous, mon groupe, nous voulons simplement qu'il s'en aille avant qu'il essaie de réaliser ce projet de « participation » qui est la grande idée de sa vieillesse. Participer ! C'est bien une idée de vieux militaire, c'est-à-dire une idée infantile... Les ouvriers et les chefs d'entreprises ont autant envie de participer que les chiens et les chats ! Les patrons ne voudront rien donner, naturellement, et les ouvriers, naturellement, veulent tout prendre...

Elle regardait son père comme s'il eût été un enfant qui essayait de se rendre intéressant en débitant des mots incohérents. Il prenait peu à peu conscience qu'il avait devant lui une étrangère, une sorte d'être au visage de femme, mais qui venait d'un autre univers, et dans les veines de qui coulait un sang aussi froid que celui d'un poisson. Il se tut un instant, alluma une nouvelle cigarette, ferma les yeux comme s'il était gêné par la fumée, et quand il les rouvrit, termina rapidement.

— Alors je t'en prie, va à la mani si ça t'amuse, mais ne sois pas dupe ! Et tâche de ne pas prendre de risques, ça ne vaut pas le coup !...

Elle se leva, s'approcha du bureau, regarda son père de haut en bas.

— Tout ça, nous le savons, dit-elle très calmement. Vos petits jeux imbéciles... Vous croyez que vous avez allumé le feu... Vous croyez que vous l'éteindrez quand vous voudrez ?... Nous brûlerons tout ! Dans le monde entier !... Vous ne vous rendez compte de rien, vous êtes encore à l'autre bout du siècle, vous êtes trop loin même pour nous voir, vous êtes répugnants, vous êtes morts, vous êtes pourris, vous tenez encore debout parce que vous vous imaginez que vous êtes vivants, mais nous allons vous balayer comme de la charogne !

Elle marcha à grands pas raides vers la porte. Lorsqu'elle y fut parvenue, elle se tourna une dernière fois vers lui. Il y avait des larmes sur la glace de ses yeux.

— Je te hais, dit-elle, je te ferai fusiller !

Elle sortit.

Il se leva, lentement, au bout de quelques minutes, en s'appuyant des deux mains aux accoudoirs du fauteuil. L'univers autour de lui n'était plus le même. Il n'y avait plus que des ruines.

Sa mère !... C'est sa mère qui doit s'occuper d'elle !...

Quand elle rentrerait, ce soir, il fallait qu'elle trouve sa mère à la maison. Sa mère saurait lui parler, lui s'était montré complètement stupide, il lui avait parlé comme à un garçon. Ce n'est pas à la raison d'une fille qu'il faut s'adresser, même si elle est intelligente. D'ailleurs, même la fille la plus intelligente du monde n'est pas réellement intelligente au sens où l'entend un esprit masculin. Il ne faut pas « expliquer » à une fille, ça ne sert à rien, il faut la toucher par un autre moyen, il ne savait pas exactement comment, il ne s'était jamais posé la question, cela n'avait pas été nécessaire, il s'était marié, il avait eu des maîtresses sans avoir à faire aucun effort, son argent le rendait comme un dieu, et avec sa propre fille il s'était toujours parfaitement entendu, il lui avait donné toujours tout ce qu'elle désirait, et laissé la liberté la plus grande, il lui avait fait confiance, il ne pensait pas avoir eu tort, s'être mal conduit, s'être trompé... Alors, cette phrase horrible, pourquoi ?... A cause de ce qu'il avait dit, certainement, il l'avait blessée dans ses sentiments, profondément, il l'avait outragée. Seule sa mère pouvait rattraper ça, lui expliquer... Non, pas expliquer, lui parler, la reprendre, l'emmener quelque part loin de ce troupeau imbécile. Ça risquait toujours de devenir grave, elle risquait d'être blessée, de se faire tripoter par des voyous. Elle prenait des risques pour rien. C'était trop bête, bête, bête !

Mais où donc était sa mère ? Il ne s'en souvenait plus. Ah oui, en Sardaigne, chez les Khan... Il téléphona. Il ne put pas obtenir la communication. La liaison était interrompue. Il demanda si c'était une grève. Une voix masculine à l'accent méridional lui dit qu'on ne savait pas. Puis on ne répondit plus.

Il appela Jacques, son premier pilote, lui donna l'ordre d'aller chercher Madame en Sardaigne. Il ne savait pas s'il y avait un aérodrome. S'il n'y en avait pas, qu'il atterrisse en Italie et loue un bateau. Envol immédiat.

Jacques répondit qu'il regrettait, c'était impossible, le réseau de contrôle était en grève, aucun avion ne pouvait plus s'envoler d'aucun terrain.

Il appela le général Cartot. Bien entendu, voyons ! Le réseau de contrôle militaire fonctionnait... Romain obtint une liaison radio avec Toulon, un hydravion de l'aéronavale pour aller en Sardaigne, et l'assurance qu'on ramènerait Mme Closterwein jusqu'à Brétigny.

Mais Mme Closterwein avait quitté le village des Khan depuis une semaine sur le yacht de Niarchos. Elle avait débarqué à Naples d'où elle s'était envolée pour Rome, et de Rome pour New York. Elle allait passer Pentecôte chez les cousins de Philadelphie. Elle lui avait écrit tout cela, mais la lettre n'arriva à Paris qu'en juillet. De toute façon, sa présence à Paris n'aurait servi à rien. Mathilde ne rentra ni le soir ni le lendemain, mais seulement le 29 juin. Ses cheveux avaient poussé. Elle était maigre et sale. Elle portait les mêmes chaussettes. Elle n'avait plus son foulard. Elle alla tout droit à la salle de bains sans regarder personne. Les domestiques n'osèrent pas lui adresser la parole, mais Gabriel, le maître d'hôtel, téléphona à Monsieur, à la Banque, qui n'avait fermé que trois jours, pour une grève symbolique. Gabriel lui dit « Mademoiselle est rentrée ». Il répondit « Merci Gabriel ». Il l'avait cherchée à la Sorbonne, à l'Odéon, partout où il avait pu entrer. Il savait par le préfet qu'elle n'était pas dans un hôpital, et qu'elle n'avait jamais été arrêtée. Un matin, il décida de ne plus la chercher et de ne plus l'attendre. Quand il se retrouva en face d'elle, c'était lui qui s'était mis à ressembler à sa fille : il avait perdu toute tendresse pour cette inconnue qui avait son visage.

Elle s'était lavée, décapée, fardée, parfumée, habillée. Elle avait soigné ses mains, mais son visage amaigri était dur comme de la pierre, et son regard encore plus froid que le jour de son départ. Elle n'avait certainement pas oublié la petite phrase qu'elle lui avait dite, et elle savait qu'il ne pouvait pas l'avoir oubliée. Il se demandait si elle regrettait de l'avoir prononcée, ou de n'avoir pas pu faire ce qu'elle avait promis.

Elle s'était assise dans le fauteuil de velours vert. Ils n'échangèrent aucune parole concernant son absence ou son retour, ou exprimant une émotion ou de la simple courtoisie. Ce fut elle qui parla la première. Elle dit qu'elle pensait être enceinte et désirait aller se faire avorter en Suisse. Elle avait déjà sur son passeport toutes les autorisations nécessaires pour franchir les frontières. Il lui fallait seulement de l'argent. Il lui donna un chèque sur une banque de Genève. Elle partit dans sa Porsche. Il n'eut plus de nouvelle jusqu'au télégramme de l'ambassade de France à Katmandou.

A la Sorbonne, Olivier occupait avec Carlo un petit bureau en haut d'un escalier. Il avait collé sur la porte une des affiches tirées par les élèves des Beaux-Arts. Elle portait en grosses lettres les mots : POUVOIR ETUDIANT. Il avait écrit au-dessous, à la craie, « Discussion permanente ». Constamment, des garçons et des filles montaient jusque-là, poussaient la porte, jetaient leurs affirmations, posaient des questions, redescendaient pousser d'autres portes, poser d'autres questions, affirmer leurs certitudes et leurs incertitudes. Dans la lumière glauque qui tombait de sa verrière, le grand amphithéâtre abritait une foire permanente d'idées. Et c'était vraiment comme un grand marché libre où chacun vantait sa marchandise avec la conviction passionnée qu'elle était la meilleure.

Olivier n'avait que quelques pas à franchir pour passer de son bureau à une des galeries supérieures de l'amphi. Il y venait parfois, jetait un regard vertical vers les rangées de bancs presque toujours entièrement occupés. C'était une mosaïque de chemises blanches et de pulls de couleurs. Le rouge dominait. Et les têtes rondes posées sur ce fond comme des billes. A la tribune, devant les drapeaux noir et rouge, les orateurs se succédaient. Olivier écoutait, s'énervait de ne pas toujours comprendre ce que désirait celui-ci ou celui-là. Il trouvait qu'ils étaient confus, diffus, et parfois vaseux, qu'ils perdaient leur temps à des querelles de mots, alors que tout était si simple : il fallait démolir, raser le vieux monde, et en reconstruire un neuf, dans une justice et une fraternité totales, sans classes, sans frontières, sans haine.

« Pouvoir Etudiant ». Oui, c'était à eux, les étudiants, qui avaient eu le privilège d'acquérir de la culture, de conduire leurs frères ouvriers à la conquête d'une vie délivrée de l'esclavage du capitalisme et des contraintes des bureaucraties socialistes. Le vieux slogan de la République lui faisait battre le cœur. Liberté, Egalité, Fraternité. Ces trois mots disaient tout. Mais depuis que la bourgeoisie les avait gravés sur les façades de ses mairies où elle enregistrait les noms de ses esclaves, et brodés sur ses drapeaux qui les entraînaient vers les tueries, les trois mots étaient devenus des mensonges qui dissimulaient le contraire de ce qu'ils proclamaient : l'Oppression, l'Exploitation, le Mépris. Il fallait les purifier au grand feu de la révolte et de la joie. C'était simple, simple, simple. Tous ces types derrière leurs micros, en train de couper les idées en quatre et de sodomiser les mouches, allaient asphyxier la Révolution sous leurs phrases.

En sortant de la galerie, un après-midi, il écrivit sur le mur du couloir : « Orateurs de malheur ! » et souligna d'un trait furieux où il brisa sa craie. Il jeta dans l'escalier le fragment qui lui restait aux doigts, haussa les épaules et rentra dans le bureau. Il y trouva une fille assise sur le coin de la table, en train de discuter avec Carlo. Olivier la connaissait vaguement. Elle préparait le certificat de sociologie comme lui. Il l'avait vue parfois au cours. On lui avait dit que son père était banquier.

Carlo, debout, exécutait devant elle son numéro de charme italien. Il parlait, marchait, faisait des gestes, souriait, portait les mots vers elle avec les mains. Elle le fixait d'un regard bleu glacé. Il exposait le point de vue d'Olivier sur le rôle que devaient jouer les étudiants auprès des ouvriers. Il n'avait pas beaucoup d'idées personnelles, il était l'écho de son ami.

Elle l'interrompit d'une voix sèche :

— Vous êtes prétentieux comme des poux ! Qu'est-ce que vous voulez apprendre aux ouvriers ? Il faudrait que vous sachiez quelque chose ! Qu'est-ce que tu sais, toi ? Qu'est-ce qu'on t'a appris, à la fac ?

— On nous a appris à penser ! dit Olivier.

Elle se tourna vers lui :

— Tu penses, toi ? Tu en as de la chance !

Elle se leva.

— Votre « Pouvoir Etudiant », c'est une histoire de petits cons... Tu as vu, Mao, ce qu'il en fait des étudiants ? A l'usine, d'accord, mais à la chaîne ! et les profs, à la commune rurale ! A ramasser le fumier !

— Je sais, dit Carlo, mais à quoi ça sert ?

— Et toi ? Tu sers à quoi ? Vous avez brûlé quelques vieilles bagnoles et maintenant vous faites de la mousse avec des mots... Vous occupez la Sorbonne au lieu de la démolir !... Vous n'avez même pas tué un C.R.S. ! Ils sont tous au complet, bien rouges et bien gras, à cent mètres d'ici, en train d'attendre en jouant à la belote que vous soyez endormis par vos propres discours pour vous foutre dehors ! « Pouvoir Etudiant » ! Vous me faites rigoler Pouvoir de mes couilles !

— Tu en as pas, dit Carlo.

— Vous non plus ! Vous êtes des petits bourgeois cons !...

— Toi, tu es pas une petite bourgeoise, dit Olivier, tu couches dans le caviar, et tu as bu de l'or à tous tes repas depuis que tu es née...

— Ce que j'ai bu, je le vomis !

Elle sortit brusquement. Carlo eut un élan pour la suivre, puis se ravisa. Il aurait aimé lui démontrer qu'il possédait bien ce qu'elle l'accusait de ne pas avoir. Mais une fille comme ça, il faudrait la convaincre, lui démontrer que... Il n'aimait pas ce genre. Des filles qui restent sur la défensive, même quand elles sont en train de jouir, ça enlève tout le plaisir. Qu'elle aille donc se masturber avec le petit Livre Rouge...

Il y eut ce dimanche étonnant où tout Paris vint visiter ses enfants retranchés dans le Quartier Latin. Il faisait beau, c'était comme un jour de fête, les Parisiens en vestons neufs, leurs femmes en chemisiers légers de printemps, s'aggloméraient sur les trottoirs du boulevard Saint-Michel, ou place de la Sorbonne, autour des jeunes orateurs qui exposaient leurs idées. Des camelots profitaient de ce public inespéré, étalaient leur marchandise, des cravates, des portefeuilles, des cartes postales, des bijoux fantaisie qui brillaient au soleil comme des fleurs. Un petit vieux à barbe jaune vendait des dragons chinois en papier.

Les curieux emplissaient la cour de la Sorbonne, ses couloirs et ses escaliers, d'une foule lente qui lisait les affiches et les inscriptions avec stupéfaction. Une phrase verticale partait du milieu d'un mur et s'achevait sur le sol d'un palier. Elle ordonnait : « Agenouille-toi et regarde ! » Il n'y avait rien à voir que la poussière.

Un peu après quinze heures, Romain Closterwein faillit rencontrer sa fille. Il avait fait le tour de tous les bureaux et de tous les amphis sans la voir. Il redescendit dans la cour, passa devant une pancarte qui indiquait, en lettres rouges sur du carton ondulé, qu'il y avait une garderie d'enfants au troisième étage, escalier C, à droite, et s'arrêta, songeur devant une affiche, qui semblait trahir, avec humour et gentillesse, un commencement de lassitude, et peut-être aussi un soupçon de rancœur en face des revendications matérielles des ouvriers en grève. Elle représentait une barricade de petits pavés noirs sur laquelle se dressait un groupe d'étudiants colorés et serrés comme un bouquet. Ils brandissaient un drapeau rouge dont la flamme horizontale portait les mots : « Nous exigeons la satisfaction de nos revendications : PAS PLUS DE QUARANTE HEURES DE BARRICADES PAR SEMAINE ! »

Mathilde passa derrière lui, à quelques pas. Elle ne le vit pas plus qu'il ne la vit. Un lent, épais courant de foule les séparait. Elle entra par la porte d'où il était sorti. Elle se frayait un chemin à coups de coude dans le couloir. Elle était pleine de fureur contre les épiciers qui venaient voir la révolte comme ils seraient venus au cirque. Elle commença à monter l'escalier.

Les premières inscriptions à la craie sur le mur commençaient à s'effacer : *Oublie tout ce qu'ils t'ont appris, commence par rêver !* Quelqu'un avait barré le mot « rêver » et écrit au-dessus : « brûler ». Une autre main avait barré « brûler » et écrit au-dessus : « baiser ». En face de la porte du bureau du « Pouvoir Etudiant » une inscription toute récente, tracée en noir au pistolet affirmait : « Les syndicats sont des bordels. » La porte du bureau était grande ouverte. Des curieux entraient, regardaient les quatre murs, la petite table, les chaises, parfois l'un d'eux s'asseyait pour se reposer un peu. Ils ressortaient en emportant leur étonnement et leur curiosité insatisfaite.

Mathilde avait eu le désir de revoir Olivier. Elle s'était souvenue de sa phrase : « On nous a appris à penser » ou quelque chose de semblable. Il fallait le délivrer de cette erreur énorme. Elle était partie trop vite. Ce type avait l'air d'être un type bien. Elle avait pensé à lui en se réveillant dans la chambre d'hôtel miteuse ou elle avait passé la nuit avec un noir, par conviction antiraciste. Ça n'avait pas été plus moche qu'avec un blanc. Elle avait bien dormi, après. C'est lui qui l'avait réveillée. Il voulait recommencer. Elle l'avait repoussé, il avait failli la battre, mais il avait eu peur de ses yeux. Elle avait pensé à ces deux types du petit bureau en haut de l'escalier, et surtout à celui qui avait des yeux noisette et des cheveux de soie, le long de ses joues. Un type qui croyait, mais ce qu'il croyait était idiot. Elle était revenue, pour le convaincre.

Dans le petit bureau, elle ne trouva que les curieux qui entraient et sortaient lentement. Carlo était sur la place de la Sorbonne à cheval sur le dos d'un penseur de pierre. Il regardait avec amusement un camelot anarchiste rigolard, qui avait, pour un jour, remplacé son éventaire de stylos à bille par des dépliants politiques illustrés, et qui bonimentait contre Dassault et les Rothschild.

Olivier avait fui, écœuré, devant le morne flot des curieux. Il avait essayé de discuter avec les premiers. Ils répondaient des idioties ou le regardaient avec stupeur, comme s'il descendait d'une soucoupe volante. Il était parti déjeuner chez sa grand-mère. Il l'avait trouvée toute bouleversée : M. Seigneur était mort dans la nuit de vendredi, tout d'un coup. C'étaient les événements qui l'avaient démonté, il avait pas pu mettre ça au-dessus de lui, il s'était laissé aller. Depuis si longtemps qu'il se retenait de mourir, on pensait plus qu'il en était si près. Et ses malheurs étaient pas finis, le pauvre : les pompes funèbres étaient en grève, y avait personne pour l'enterrer. Mme Seigneur s'était adressée au commissariat, c'était des soldats qui étaient venus, avec un cercueil trop petit, gros comme il était, y avait personne pour en faire un sur mesures, tout le monde était en grève, alors ils l'avaient emporté comme ça, dans leur camion, enveloppé dans une couverture, le pauvre, Mme Seigneur savait même pas où il était, et elle avait quand même fermé la crèmerie tout un jour plein, il fallait bien quand même, le samedi toute la journée, au moment où tout se vendait si bien ; les clientes emportaient des pleins cabas à chaque bras, n'importe quoi, des conserves, du riz, du sucre, tout ce qui se mange, pour mettre dans leurs placards, elles avaient peur.

Mathilde redescendit l'escalier et ne le remonta plus. Les curieux s'écoulèrent de la Sorbonne et du Quartier Latin. L'action violente reprit. Mathilde s'intégra à un petit groupe actif qui se procurait mystérieusement des scies mécaniques pour couper les arbres, des barres à mine pour desceller les pavés, des casques de motocyclistes, des manches de pioches et des lunettes étanches anti-lacrymogènes, pour les combattants. Pendant les journées d'accalmie, le groupe allait d'une faculté à l'autre, faisait voter des motions, constituait des comités d'action. Mathilde oublia complètement les deux garçons du petit bureau. Carlo oublia Mathilde. Mais Olivier ne l'oublia pas. Ce qu'elle avait dit l'avait frappé. Il n'allait pas se laisser endoctriner par une punaise milliardaire maoïste, mais une partie de ses affirmations avait trouvé en lui des cordes tendues toutes prêtes à entrer en résonance. Oui, trop de mots, oui, trop de prétention intellectuelle. Oui, trop de petits bourgeois cons qui se payaient une petite récréation révolutionnaire sans danger. Taper sur les flics, casser les carreaux, flamber les bagnoles, hurler les slogans, c'était plus excitant qu'une surprise-partie. Si ça devenait tout à coup dangereux, on rentrerait vite chez papa-maman. Chaque fois qu'ils pouvaient attraper un micro, ils faisaient des laïus contre la société de consommation, mais ils avaient toujours bien consommé, depuis leur premier biberon.

Oui, la vérité était chez les ouvriers. Eux connaissaient vraiment, parce qu'ils les subissaient dans leur chair, chaque minute de leur vie, l'injustice et l'esclavage.

Olivier s'apercevait que même sans parler, lorsqu'il essayait seulement de formuler sa pensée et ses sentiments au-dedans de lui-même, il ressassait les mêmes images creuses, les mêmes clichés que tous les vaseux accrochés à un micro. Il ne fallait plus *parler*, même au-dedans de soi-même, il fallait *agir*.

Il entraîna Carlo dans le cortège qui se rendit à Billancourt, pour apporter aux ouvriers de Renault en grève l'appui et l'amitié des étudiants révoltés. L'accueil des grévistes fut plus que réservé. Ils ne laissèrent entrer personne à l'intérieur de l'usine occupée. Ils n'avaient pas besoin de ces gamins pour mener leur affaire. Aucun des ouvriers, même les plus jeunes, ne pouvait croire à la vérité d'une révolte qui n'amenait aucune véritable répression. Ces barricades du Quartier Latin, c'était un jeu d'enfants gâtés. Les C.R.S. mettaient des gants avant de foncer sur les enfants de bourgeois. Le matraquage, ce n'est qu'une forme un peu plus vive de la fessée. Quand les ouvriers, eux, arrachent les pavés, ça ne traîne pas, on leur tire dessus. Pas de gants, du plomb. Mais les bourgeois ne peuvent pas faire tirer sur leurs enfants. Ils ont installé l'ordre bourgeois, en 89, en liquidant une classe entière à la guillotine. Ils liquideraient aussi bien la classe ouvrière s'ils n'avaient pas besoin d'elle pour fabriquer et acheter. Mais ils ne peuvent pas tuer leurs enfants, même si ceux-ci cassent les meubles et mettent le feu aux rideaux.

Les ouvriers et les étudiants se regardaient à travers les barreaux du portail de l'usine. Ils échangeaient des phrases banales. Le calicot « Etudiants ouvriers unis » que deux garçons avaient apporté depuis la Sorbonne pendait mollement entre ses deux supports. Le drapeau rouge et le drapeau noir avaient l'air fatigué. Il aurait fallu un peu de vent, un peu de mouvement chaleureux pour les faire flotter. Il y avait seulement cette grille fermée, et ces hommes derrière, qui semblaient défendre leur porte contre l'amitié. Olivier eut tout à coup l'impression de se trouver au zoo, devant une cage où se trouvaient enfermés des bêtes faites pour les grands espaces, à qui on avait volé leur liberté. Des visiteurs venaient leur dire des mots gentils et leur apporter des friandises. Ils se croyaient bons et généreux. Ils étaient du même côté de la grille que les chasseurs et les geôliers. Un étudiant passa à travers les barreaux le produit d'une « collecte de solidarité ». Olivier serra les dents. Des cacahuètes ! Il s'en alla à grands pas furieux. Carlo ne comprenait pas. Qu'est-ce que tu as ? Qu'est-ce qui te prend ?

Rentré à la Sorbonne, Olivier arracha l'affiche « Pouvoir Etudiant » collée sur la porte du petit bureau. Il barra le mot « permanente » qui suivait le mot « Discussion » et en écrivit un autre au-dessus, en lettres capitales : « Discussion TERMINEE ! » avec un grand point d'exclamation.

Il se battit furieusement à chaque escarmouche avec la police. Pendant « la nuit terrible » du 24 mai, il grimpa au sommet d'une barricade et se mit à hurler des insultes aux flics. Tout à coup, il se rendit compte avec lucidité qu'il était en train de « poser », de faire du tableau vivant, de parodier des images historiques, mais que l'image resterait une image : les flics ne tireraient pas, il ne s'écroulerait pas, saignant, sur la barricade. De plus, avec son casque blanc et ses larges lunettes, il avait l'air d'un personnage de bandes dessinées pour adolescent rêvant d'aventures fantastiques. Il les arracha et les jeta derrière lui. Etreignant son manche de pioche, il sauta devant la barricade. Des voitures brûlaient, des grenades éclataient, leurs tourbillons de vapeur blanche s'effilochaient dans la nuit rouge et noire. Derrière leur brume, Olivier voyait bouger vaguement la masse sombre et luisante de la police. Il fonça sur elle en courant. Trois policiers vinrent à sa rencontre. Il frappa le premier avec rage. Son bâton heurta un bouclier de caoutchouc et rebondit. Il reçut un coup de matraque sur la main et un autre sur l'oreille. Il lâcha son arme. Un autre coup de matraque, sur le côté du crâne, le fit tomber à genoux. Un coup de pied dans la poitrine l'allongea à terre, les lourdes chaussures lui frappèrent les reins et les côtes. Il essaya de se relever. Il pleurait de honte et de rage, et de gaz lacrymogène. Son nez et son oreille saignaient. Il parvint à saisir à deux mains la matraque d'un policier et tenta de la lui arracher. Une autre matraque le frappa à la jointure du cou et de l'épaule. Il s'évanouit. Les policiers le ramassèrent pour aller le jeter dans un car. Mais de la brume blanche traversée de flammes un groupe emmené par Carlo surgit brusquement en hurlant des insultes et les attaqua. Ils laissèrent tomber Olivier comme un sac pour faire face à la meute, qui se dispersa aussitôt, les entraînant à sa poursuite. Olivier, évanoui, le cou tordu, son écharpe rouge traînant dans le ruisseau, le bas du visage luisant de sang, gisait à cheval sur le trottoir et la chaussée, les pieds plus hauts que la tête. Une grenade éclata à quelques mètres, et le couvrit d'un voile blanc. Carlo et deux autres garçons arrivèrent en toussant et pleurant, ramassèrent Olivier et l'emportèrent du côté des flammes.

Deux éléphants blancs gigantesques se dressaient dans le bleu du ciel. Des mains depuis longtemps mortes — mais la mort est la délivrance — les avaient taillés à même la roche dans le sommet de la colline qui, tout autour d'eux, avait été déblayé et emporté au loin.

Cela s'était passé il y avait peut-être mille ans, peut-être deux mille ans... Les hommes vêtus de blanc, les femmes en saris de toutes couleurs — de toutes couleurs sauf le jaune — qui montaient dans le sentier vers les éléphants, vers le ciel, vers le dieu, ne savaient pas ce que signifient mille ans ou deux mille ans. Ce n'était pas plus loin que la veille ou le lendemain, c'était peut-être aujourd'hui.

Le sentier, qui tournait trois fois autour de la colline avant de parvenir entre les jambes des éléphants, avait été creusé siècle après siècle par les pieds nus des pèlerins. Ils en avaient fait peu à peu une tranchée étroite dont les bords montaient jusqu'à leurs genoux. On ne pouvait y cheminer que l'un derrière l'autre, et c'était bien ainsi, car chacun se trouvait alors seul sur la pente à gravir, en face du dieu qui le regardait venir du cœur de la colline.

Sven marchait devant Jane, et Jane devant Harold. Sven, sans se retourner, un peu essoufflé, expliquait à Jane que les Indiens ne se représentaient pas le temps sous la forme d'un fleuve qui s'écoule, mais comme une roue qui tourne. Le passé revient au présent en passant par l'avenir. Ces éléphants, qui sont là aujourd'hui, étaient là déjà hier. Et la roue du temps, lorsqu'en roulant elle atteindra demain, les trouvera déjà là. Ainsi pendant mille ans, ainsi depuis mille ans. Où est leur commencement ?

Jane entendait vaguement ce que lui disait Sven par-dessus le murmure des voix des pèlerins et le tintement de leurs clochettes de cuivre. Elle se sentait heureuse, légère, portée, comme un navire qui a enfin quitté le port crasseux et flotte doucement sur un océan de fleurs, choisit ses escales, s'y pose s'il lui plaît, embarque ce qu'il veut et reprend le vent de la liberté.

Hier il avait plu, pour la première fois depuis six mois, et, dans la nuit, la colline s'était vêtue d'une végétation courte et drue. Chaque brin d'herbe se terminait par un bouton clos. Au lever du soleil ils avaient ouvert tous ensemble leurs milliards de calices d'or. En un instant, la colline était devenue une flamme de joie, éclatante et ronde, brûlant au centre de la plaine nue. Les fleurs couvraient entièrement la colline d'une robe somptueuse, couleur de soleil.

Elles étaient vierges, elles ne sentaient rien et ne produisaient pas de graines. Elles étaient nées seulement pour fleurir et tendre vers le soleil leur vie minuscule qui lui ressemblait. Ce soir, à son coucher, elles se fermeraient toutes ensemble et ne se rouvriraient plus.

Jane, Sven et Harold avaient peu mangé la veille. Sven avait donné la moitié de son biscuit à Harold. Et, ce matin, ils n'avaient plus rien. Il leur restait cinq cigarettes. Ils en avaient partagé une avant de commencer à gravir la colline.

La foule agglomérée autour de la colline, qui attendait depuis des jours et des jours le cri d'or du dieu, lui avait répondu en frappant ses clochettes, et en les levant, de toutes les directions de la plaine, vers le fruit de lumière qui venait de mûrir au milieu de la terre grise. Puis elle avait commencé lentement à tourner autour de lui, en prononçant le nom du dieu et les noms de ses vertus.

Les astrologues avaient dit à quel moment la pluie tomberait sur la colline, et les pèlerins étaient venus de partout. La plupart étaient des paysans qui venaient demander à Dieu de retenir la pluie et de la répandre sur leurs champs. Car ils avaient semé à l'automne et depuis il n'avait pas plu. Leur semence n'avait pas germé, et leur terre était devenue comme de la cendre. Ils avaient marché pendant des jours avec leurs femmes, leurs enfants et leurs vieillards. La faim leur était si habituelle qu'ils ne savaient plus qu'ils en souffraient. Quand l'un d'eux n'avait plus assez de force pour marcher, il se couchait et respirait tant qu'il en avait encore la force. Quand il n'avait plus la force, il cessait.

La foule qui attendait depuis des jours autour de la colline emportait chaque matin ses morts un peu à l'écart, tout autour d'elle, et leur ôtait leur vêtement afin que les lents oiseaux lourds qui eux aussi étaient venus au rendez-vous pussent leur donner en eux une sépulture. Et la pluie était tombée, et ce matin les vivants étaient heureux d'être restés vivants et d'avoir vu le dieu d'or fleurir sur la plaine de cendres.

Au moment où toutes les clochettes avaient retenti, les lourds oiseaux, dérangés par le bruit, s'étaient arrachés des morts, et planaient autour de la foule qui tournait autour de la colline.

Sven regardait vers le haut, Jane regardait vers le bas, Harold regardait Jane, Jane regardait la robe d'or de la colline qui semblait plonger dans le lent tourbillon de la foule comme dans une mer de lait semée de fleurs flottantes. Les fleurs étaient les femmes en saris de toutes les couleurs — de toutes les couleurs sauf le jaune, car le jaune était, ici et ce jour-là, la couleur réservée au dieu. La foule blanche, fleurie, tournait autour de la colline, s'étirait dans le sentier de pierre et montait goutte à goutte vers la porte ouverte entre les éléphants, sous l'arc de leurs trompes unies comme les mains d'une prière. A la limite de la foule, au-dessus d'elle, dans le ciel redevenu bleu, tournait la ronde des oiseaux noirs.

En bas de la colline, par une autre porte encadrée de dentelles de pierre, sortaient les pèlerins qui avaient vu leur dieu. Il emplissait la colline dans laquelle il avait été taillé. Assis au niveau de la plaine, il dressait jusqu'au sommet la pyramide de ses seize têtes qui souriaient vers les seize directions de l'espace, et déployait autour de son torse la corbeille harmonieuse de ses cent bras qui tenaient, montraient, enseignaient des objets et des gestes. Des ouvertures percées dans la roche l'éclairaient du reflet du ciel. Chaque pèlerin, en montant vers lui, avait cueilli une fleur, une seule, et en redescendant par le sentier qui tournait autour de lui à l'intérieur de la colline, la lui offrait. Quand Jane entra par la porte entre les éléphants et découvrit le premier visage du dieu, dont les yeux clos lui souriaient, le tapis de fleurs d'or apportées une à une atteignait déjà le doigt tendu de sa main la plus basse, qui désignait la terre, commencement et fin de la vie matérielle. Au-dedans, au-dehors, chacun, chacune, en tournant autour de la colline et sur elle et dans elle, continuait de murmurer le nom du dieu et les noms de ses vertus, et avant de les recommencer frappait légèrement sa clochette de cuivre. Le son de ces clochettes fleurissait au-dessus du bruissement des voix et le couvrait de la même couleur que les fleurs de la colline.

Harold en avait plein les jambes. Au train où ça allait on serait encore là ce soir, et on n'aurait toujours rien mangé. Il regrettait d'avoir décidé de suivre Jane et Sven au lieu de descendre avec Peter vers Goa. Il les avait rencontrés à l'aérodrome de Bombay. Lui et Peter descendaient de l'avion de Calcutta. C'était Peter qui avait payé les billets. Il arrivait de San Francisco, il avait encore de l'argent. Harold, lui, s'était mis en voyage il y avait plus d'un an, il en connaissait les ressources et les périls. Il avait dit à Sven et Jane, quand ceux-ci lui avaient parlé de Brigit et de Karl, que le chemin qu'ils avaient choisi était plein de dangers. Peu de filles en sortaient intactes. On y risquait même sa vie. Puis on avait parlé d'autre chose. Karl et Brigit, c'était hier. On se rencontre, on se rassemble, on s'aide, on se sépare, on est libre...

Harold était né à New York d'un père irlandais et d'une mère italienne. Il avait les yeux clairs de son père et les immenses cils noirs de sa mère. Ses cheveux bruns tombaient en longues ondulations sur ses épaules. Une fine moustache et une courte barbe encadraient ses lèvres qui restaient bien rouges même lorsqu'il ne mangeait pas assez. Quand Jane le vit pour la première fois, il portait un pantalon de velours vert, une chemise rouge délavée, imprimée de fleurs noires, et un chapeau pour dame qui jardine, en paille, à larges bords, garni d'un bouquet de fleurs et de cerises en plastique. Sur sa poitrine pendait au bout d'un cordon noir une boîte marocaine, en cuivre ciselé, qui contenait un verset du Coran. Jane le trouva amusant et beau. Il la trouva belle. Le soir, ils firent l'amour au bord de l'océan dans la lourde chaleur humide, tandis que Peter, éreinté, dormait, et que Sven, assis à la limite de l'eau, essayait d'accueillir en lui toute l'harmonie de la nuit énorme et bleue.

Harold avait proposé à Jane de venir avec lui et Peter à Goa, mais elle avait refusé. Elle ne voulait pas quitter Sven. Sven était son frère, son libérateur. Avant sa rencontre avec lui, elle était une larve recroquevillée dans les eaux noires de l'absurdité et de l'angoisse qui emplissaient le ventre du monde perdu. Sven l'avait prise dans ses mains et tirée vers la lumière. Elle ne voulait pas le quitter, ils allaient ensemble à Katmandou, ils iraient ensemble où il voudrait. C'était lui qui voulait, c'était lui qui savait.

Elle avait couché avec Harold parce que cela leur avait fait plaisir à tous les deux, et parce qu'il n'y a pas d'interdiction et pas de honte. Les lois du monde nouveau où Sven l'avait fait entrer étaient l'amour, le don, la liberté. Sven n'avait presque pas de besoins physiques et ne soupçonnait même pas ce que signifiait le mot jalousie. Harold fumait peu et mangeait beaucoup chaque fois que c'était possible. Il n'était pas du tout mystique, il pensait que Sven était tordu et Jane superbe. Après tout, Goa ou Katmandou, cela lui était égal, il avait laissé partir vers le sud Peter et son argent, et avait suivi vers le nord Jane et Sven. Ce n'était pas exactement la direction du Népal, mais Sven voulait visiter les temples de Girnar, et il n'y a qu'en Occident qu'on croit que le chemin le plus court est celui qui va tout droit.

Jane s'épanouissait de bonheur entre les deux garçons. Elle était unie à Sven par la tendresse et l'admiration, et à Harold par la joie de son corps. Mais parfois, le soir, à l'étape, elle venait s'allonger auprès de Sven dans l'herbe sèche ou la poussière au bord du chemin désert, et commençait doucement à lui ouvrir ses vêtements. Car elle avait besoin de l'aimer aussi de cette façon, de l'aimer complètement. Et sans bien savoir se le formuler, elle sentait qu'en le rappelant ainsi dans son corps, elle l'empêchait de s'engager entièrement dans une voie où il risquait peut-être de se perdre.

Il lui souriait, il la laissait faire, malgré son détachement de plus en plus grand de ce désir dont il aspirait à se délivrer tout à fait. Mais il ne voulait pas décevoir Jane, lui faire aucune peine. Avec elle d'ailleurs, ce n'était pas l'entraînement aveugle de l'instinct, mais plutôt un échange d'amour tendre. Il lui disait très peu de mots, gentils, pleins de fleurs. Elle osait à peine parler. Elle lui disait de petites choses enfantines, à voix très basse, il l'entendait à peine. Elle se serrait contre lui, le caressait. Il lui fallait longtemps pour faire monter son désir. Il s'en délivrait rapidement en elle, comme un oiseau épuisé.

Harold, descendant lentement dans la colline, trouvait que ce dieu était superbe, d'accord, mais il avait trop faim pour apprécier entièrement sa beauté. Et pour trouver de quoi manger, au milieu de tous ces crevards, ça ne serait pas facile. Ils n'avaient plus d'argent, et presque plus de cigarettes. Il fallait se procurer quelques roupies.

Quand il sortit par la porte basse, il s'assit sur le bord du chemin et tendit la main pour mendier.

Olivier avait repris connaissance derrière la barricade et recommencé le combat. Chaque pulsation de ses artères lui enfonçait un couteau dans l'oreille gauche. L'intérieur de son crâne était plein de bruits fantastiques. Quand une grenade éclatait, il croyait entendre Hiroshima. Les appels de ses amis s'enflaient en clameurs, et des tocsins convergeaient des quatre horizons vers le centre de son cerveau. La nuit violente ronflait en grondements et tourbillons sonores, et sa tête lui semblait la contenir toute.

Dans les jours qui suivirent, les étudiants commencèrent peu à peu à quitter la Sorbonne. Du vieux bâtiment sali et dégradé, ils s'en allaient chaque jour plus nombreux. Des éléments étrangers y pénétraient et s'y incrustaient, aventuriers, clochards, et quelques policiers. Un de ceux-ci, pour donner le change, vint avec sa femme et ses trois enfants, des couvertures, des biberons, un réchaud à alcool, tout un bazar, s'installa sous les combles. Il se prétendait chômeur et sans logis. Les étudiants firent une quête pour lui, dans la rue. Mais personne ne donnait plus. Les Parisiens trouvaient que la récréation avait assez duré. Les ouvriers avaient obtenu des augmentations qu'ils n'auraient jamais osé espérer un mois auparavant, et les patrons et les commerçants commençaient à penser à l'addition.

M. Palairac en devenait violet de fureur en servant ses clientes. Ces petits crétins prétentieux qui voulaient tout casser, qu'est-ce qu'ils cherchaient ? Ils en savaient rien ! Mais les syndicats le savaient, eux ! Ils avaient pas perdu le nord, les syndicats. Ils avaient eu qu'à attendre, les bras croisés, assis sur le tas. On avait bien été obligé de leur donner ce qu'ils voulaient, pour qu'ils reprennent le travail... Tout ça, c'était ces petits merdeux qui l'avaient déclenché. Et maintenant, l'addition, qui est-ce qui va la payer ? C'est toujours pas eux !...

Par précaution, M. Palairac avait commencé à augmenter le prix de l'aloyau, juste un peu, sans que ça se remarque. Pas les bas morceaux, elles en veulent jamais, elles savent plus faire un mironton ou un bouilli, il faut que ça cuise à la minute, il y a plus de cuisinières, rien que des bonnes femmes qui pensent qu'à aller au cinéma ou au coiffeur, pas étonnant que leurs gosses veuillent tout avaler sans en foutre une rame ! Lui, il se levait encore à quatre heures du matin pour aller aux Halles. Il avait plus vingt ans, pourtant, ni même quarante... Mais le travail, on le lui avait appris à coups de pied dans le cul. A douze ans, après le certificat... On lui avait pas demandé s'il voulait aller à la Sorbonne, lui !...

Et il jetait avec indignation le morceau sur le plateau de la balance automatique. La flèche bondissait, il notait le chiffre le plus haut, raflait le paquet avant que ça redescende. Il avait toujours oublié d'enlever un peu de gras ou de déchet. Pas grand-chose, quelques grammes. A la fin de l'année, ça fait quelques tonnes. A la caisse, sa femme se trompait en rendant la monnaie. Jamais à son désavantage. Et pas avec n'importe qui. Pas avec les vraies bourgeoises qui comptent bien leurs sous, mais avec les petites ménagères, les jeunes, on leur donne la monnaie, elles ramassent, elles regardent même pas. Et avec les hommes. Ils auraient honte de compter. Parfois, quelqu'un s'apercevait. Elle s'excusait, elle était confuse.

Jusqu'au dernier jour, Olivier refusa de croire qu'ils avaient perdu. Tout était ébranlé, il suffisait de pousser encore un peu, de secouer un bon coup, il suffisait que les ouvriers continuent la grève encore quelques semaines, peut-être quelques jours, et toute la société absurde allait s'écrouler sous le poids de ses propres appétits.

Mais les usines rouvraient les unes après les autres, il y avait de nouveau de l'essence dans les pompes et des trains sur les rails. Il alla à Flins encourager les grévistes de Renault, et ce fut là qu'il comprit que tout était terminé. Ils n'étaient plus qu'une poignée à rôder autour de l'usine, pourchassés par les C.R.S., regardés de loin par les piquets d'ouvriers indifférents, sinon hostiles. Sur le point d'être capturé par les C.R.S., acculé contre la berge, il sauta à l'eau et traversa la Seine à la nage.

Il y avait des barrages sur les routes, il dut couper à travers champs. Un paysan lui envoya son chien aux trousses. Au lieu de fuir, Olivier s'accroupit et attendit le chien. C'était un briard crotté et privé d'amour. Olivier l'accueillit avec des mots d'amitié et lui tapota la tête. Le chien, fou de bonheur, lui mit les deux pattes sur les épaules, sortit sa langue entre ses poils, lui lécha en deux coups tout le visage puis se mit à gambader autour de lui en aboyant d'une voix d'outre-basse. Olivier se redressa lentement. La joie du chien tournait autour de lui sans l'atteindre. Il se sentait froid comme l'eau de la Seine dont il venait de sortir.

Il rentra à la Sorbonne et s'enferma dans le petit bureau. Il restait allongé sur une couverture, sans parler, les yeux ouverts, regardant à l'intérieur de lui-même le vide énorme laissé par l'écroulement de ses espérances. Carlo lui apportait à manger, s'inquiétait de le voir si sombre, lui disait que rien n'était perdu, ce n'était qu'un début, on recommencerait. Olivier n'essayait même pas de discuter. Il savait que c'était fini. Il avait compris que le monde ouvrier, sans lequel aucune construction n'est possible, était un monde étranger qui ne les accepterait jamais. Ils étaient les produits ratés de la société bourgeoise, les fruits d'un arbre trop vieux. Ils avaient appelé eux-mêmes la tempête qui les avait détachés de la branche. L'arbre allait mourir une saison prochaine mais eux ne mûriraient nulle part. Ils n'étaient pas un début, mais une fin. Le monde de demain ne serait pas construit par eux. Ce serait un monde rationnel, nettoyé des sentiments vagues, des mysticismes et des idéologies. Ils avaient porté la guerre dans les nuages, les ouvriers avaient gagné au ras du sol la bataille des bulletins de salaires. Dans un monde matériel, il faut être matérialiste. C'était la seule *manière* de vivre, mais est-ce que cela pouvait constituer une *raison* de vivre ?

Olivier ne participa pas à l'ultime baroud de la rue Saint-Jacques. Autour de lui, dans la Sorbonne, se réglèrent les derniers comptes entre les étudiants, les épaves, les malfrats et les policiers. Quand ces derniers entrèrent dans le bureau pour le faire sortir, il n'eut même pas un réflexe de défense. Le navire était échoué, on quittait le bord. C'était un naufrage sans gloire, dans la vase. Ils sortirent de la Sorbonne sur le trottoir encombré de paquets de policiers en uniforme et en civil. Olivier dit à Carlo :

— Je ne reviendrai jamais ici.

Carlo l'accompagna le long de la rue de Vaugirard et de la rue Saint-Placide. Le jour venait de se lever, quelques voitures passaient, rapides. Un camion de laitier s'arrêta devant une crémerie et repartit, laissant sur le trottoir la ration de lait du quartier. Carlo jeta une pièce de un franc dans une caisse et prit un berlingot. Il en déchira un coin avec les dents et but à longs traits, puis tendit à Olivier le récipient biscornu.

— Tu en veux ?

Olivier fit « non » de la tête. Le lait pur lui donnait la nausée. Carlo but encore, et jeta le berlingot sous les roues d'un camion qui fit gicler le reste de son sang blanc.

— Qu'est-ce que tu vas faire ? demanda Carlo.

— Je ne sais pas...

Quelques pas plus loin, Olivier demanda à son tour :

— Et toi ?

— J'ai plus qu'un certificat, je vais pas laisser tomber maintenant...

— Tu seras prof ?

— Qu'est-ce que tu veux que je sois ?

Olivier ne répondit pas. Il courba les épaules et mit les mains dans ses poches. Il avait froid. C'est à ce moment qu'il s'aperçut qu'il n'avait plus son écharpe. Pendant les pires bagarres, il avait toujours veillé à ne pas la perdre, car il savait que cela aurait fait de la peine à sa grand-mère. Et, finalement, il l'avait tout simplement oubliée dans le petit bureau en haut de l'escalier. Il n'était pas question d'y retourner. L'écharpe devait fleurir de son arabesque capucine un coin du parquet désert. Non... Elle était sur le dossier de la chaise derrière le bureau. Il s'en souvenait maintenant, il la voyait. Il eut un court frisson. Il lui sembla qu'il était déshabillé.

— Tu as encore de quoi payer un café ?

— Oui, dit Carlo.

Le café tabac au coin de la rue du Cherche-Midi était ouvert, tous ses néons intérieurs allumés, de la sciure fraîche répandue sur le sol. Au comptoir, M. Palairac prenait son premier vin blanc de la journée. Il pesait près de cent kilos. Avec l'âge, un peu de ventre lui était venu, mais l'essentiel restait d'os et de viande. Il n'avait pas encore commencé de travailler, sa tenue blanche était immaculée. Le lourd tablier sur la hanche droite l'enveloppait comme une cuirasse. Il connaissait bien Olivier, il l'avait vu grandir. On pouvait même dire qu'il l'avait nourri. Bien sûr, la grand-mère payait les biftecks, mais c'était quand même lui qui les avait fournis ! Depuis le biberon !... Ça lui donnait bien le droit de lui dire ce qu'il pensait, à ce petit morveux ! Il le regarda entrer avec son copain, et l'apostropha quand ils passèrent devant lui.

— Alors, c'est fini, la rigolade ?

Olivier s'arrêta, le regarda, puis se détourna sans répondre et vint s'accouder au comptoir. Carlo le rejoignit.

— Deux express, dit Carlo.

— Alors, on ne répond même pas ? dit M. Palairac. J'ai peut-être plus le droit de causer ? Plus le droit de respirer ? Je suis trop vieux ? Juste bon à crever ? Et ta grand-mère, qui se ronge les sangs depuis des semaines qu'elle t'a pas vu ? Qu'elle crève aussi ! C'est une vieille ! Toi, tu t'en fous ! Tu mets la baraque en l'air, tu fous le bordel partout et tu t'amènes les mains dans les poches boire tranquillement un petit café. C'est quand même un monde !

Olivier semblait ne pas entendre. Il regardait la tasse que le garçon posait devant lui, y mettait deux sucres, y plongeait la petite cuiller, tournait... M. Palairac prit son verre de vin blanc et en but une gorgée. C'était le petit muscadet du patron. Bon... Il reposa son verre et se tourna de nouveau vers Olivier.

— Et qu'est-ce que ça t'a rapporté, tout ça, hein ? Tout le monde a fait son beurre, sauf vous ! Les ouvriers, les fonctionnaires, ils se sont tous taillé des biftecks sur votre dos ! vous êtes les cocus !

Olivier, maintenant, le regardait, d'un regard minéral, le visage sans expression, les yeux immobiles, les paupières figées. Il était comme une statue, comme un insecte. M. Palairac éprouva une sorte de peur et se mit en colère pour secouer l'insolite, revenir dans le monde ordinaire des hommes ordinaires.

— Qui c'est qui va payer la note, maintenant, hein ? Qui c'est qui va passer au percepteur ? C'est toujours pas vous, sales petits merdeux !

L'évocation de la feuille d'impôts le rendit violet de fureur. Il leva son énorme main de boucher comme pour prendre l'élan d'une gifle.

— Si j'étais ton père, tiens !...

Fut-ce le geste de menace ou le mot « père » qui déclencha la riposte d'Olivier ? Peut-être la réunion des deux. Il sortit comme l'éclair de son immobilité, rafla sur le comptoir le récipient d'aluminium qui contenait les morceaux de sucre et du même élan l'écrasa sur la figure du boucher. Le couvercle transparent se brisa, une arête écorcha la joue de M. Palairac qui se mit à hurler, recula, trébucha sur une caisse de bouteilles de Cinzano vides qui attendait le passage du livreur et tomba en arrière au milieu d'une pluie de morceaux de sucre. Ses cent kilos atterrirent sur le juke-box qui percuta la façade du Cherche-Midi. La glace s'écroula en poignards de lumière sur M. Palairac étendu dans la sciure. Le juke-box s'alluma, un disque se mit en place. Olivier saisit un guéridon et le lança à la volée par-dessus le comptoir dans les étagères de bouteilles. Il prit une chaise par le dossier et se mit à frapper sur tout ; il la faisait tourbillonner autour de lui comme une cyclone et frappait tout ce qu'il pouvait atteindre. Il avait les yeux pleins de larmes et ne voyait plus que des formes vagues et des couleurs floues qu'il frappait. Le garçon, accroupi derrière le comptoir dans les tessons et les alcools répandus, essaya d'atteindre le téléphone. Un coup de chaise fit voler ce dernier dans la machine à café. Un jet de vapeur fusa vers le plafond. Carlo criait :

— Arrête ! Olivier ! Arrête ! Bon Dieu, arrête !

Du juke-box sortait la voix d'Aznavour. Il chantait :

Qu'est-ce que c'est l'amour ?...
Qu'est-ce que c'est l'amour ?...
Qu'est-ce que c'est l'amour ?...

Personne ne lui répondait.

— Mais pourquoi tu as fait ça ? Pourquoi ?

Elle s'était laissé tomber sur une chaise de la cuisine, elle n'en pouvait plus, elle regardait Olivier en levant un peu la tête. Il était debout devant elle, immobile, il ne disait rien.

Elle ne l'avait plus revu depuis la mort de ce pauvre M. Seigneur. Pas de nouvelles, rien. Elle savait seulement qu'il était dans ces bagarres, cette folie... Elle avait tellement maigri... Ça ne se voyait pas beaucoup de l'extérieur, mais elle était devenue légère comme une boîte vide. Ce matin, le transistor avait enfin annoncé que tout était terminé. Olivier allait rentrer ! Et voilà qu'il rentrait avec cette horreur !

Juste au moment où le cauchemar était fini !... Tout recommençait ! Et encore en pire !... C'était pas juste, mon Dieu... C'était pas juste, elle en avait déjà assez vu, assez enduré, elle aurait bien eu le droit, maintenant qu'elle était vieille et si fatiguée, d'espérer un peu de tranquillité ; elle demandait même pas du bonheur, mais tranquille, être un peu tranquille...

— Mais pourquoi tu as fait ça, mon Dieu ? Pourquoi tu as fait ça ?...

Olivier hocha doucement la tête. Qu'est-ce qu'il aurait pu lui expliquer ? Après un instant de silence, elle lui demanda, d'une voix qui osait à peine se faire entendre :

— Tu crois qu'il est mort ?

Olivier se tourna vers la table, où son café au lait refroidissait.

— Je ne sais pas... Je ne crois pas... Les types comme lui, ça a la vie dure... Il a été coupé par le verre...

— Mais pourquoi tu as fait ça ? Qu'est-ce qu'il t'avait fait ?

— Ecoute, il faut que je m'en aille, la police va arriver...

Il lui parlait très doucement, pour essayer de la blesser le moins possible. Il se pencha vers elle et l'embrassa sur ses cheveux gris.

— Est-ce que tu peux me donner un peu d'argent ?

— Oh, mon pauvre petit !

Elle se leva d'un élan, sans effort, elle était devenue si légère, elle alla dans sa chambre, ouvrit son armoire, prit un livre recouvert d'un morceau de papier peint à grandes fleurs. C'était un agenda du Bon Marché de 1953. Elle déplia le papier de couverture. C'était là, entre le papier et le cartonnage, qu'elle cachait ses économies, quelques billets, une pauvre épaisseur. Elle les prit tous, les plia en deux et vint les mettre dans la main d'Olivier.

— Va-t'en, mon poussin, va-t'en vite avant qu'ils arrivent ! Mais où vas-tu aller ? Oh mon Dieu, mon Dieu !...

Olivier déplia les billets, en prit un seul qu'il enfonça dans sa poche et posa les autres sur la table.

— Je te le rendrai. Est-ce que tu sais où est Martine en ce moment ?

— Non, dit-elle, je ne sais pas... Tu n'as qu'à téléphoner à son agence...

Ils entendirent en même temps l'avertisseur du car de police, dont le son parvenait étouffé, par-dessus les cours et les immeubles.

— Les voilà ! Va-t'en vite ! Ecris-moi, ne me laisse pas sans nouvelles !...

Elle le poussait dans l'escalier, toute folle d'inquiétude.

— M'écris pas ici ! S'ils surveillaient !... Chez Mme Seigneur, 28, rue de Grenelle... Dépêche-toi ! Oh mon Dieu, ils sont là !

Le pin-pon, pin-pon était tout proche. Mais il ne s'arrêta pas, il continua, s'éloigna, s'éteignit. Quand Mme Muret se rendit compte qu'il n'y avait plus de danger, Olivier était parti.

Un enfant nu dormait au bord de la mer. C'était un garçon, doré comme un épi d'août. Une gourmette d'or encerclait sa cheville droite. Ses cheveux à peine nés avaient la couleur et la légèreté de la soie vierge. Chaque douce partie de son corps était élastique et pleine de possibilités de joies, et uniquement de joies. Il était une graine qui se gonfle et va germer et va devenir une fleur ou un arbre, une joie ou une force. Ou de la joie sur de la force : un arbre fleuri.

Il était couché sur le côté droit. Olivier, arrêté près de lui, le regardait verticalement, voyait son œil gauche de profil, fermé par la frange des cils couleur de miel, et la petite main droite dodue, épanouie sur le sable, la paume vers le ciel, comme une marguerite rose.

Il compta les pétales : un peu, beaucoup, passionnément, à la folie, pas du tout...

Pas du tout.

C'était tout ce qu'il pouvait espérer, lui comme les autres, un, deux, trois, quatre, cinq. Pas du tout. La marque universelle.

Olivier fit quelques pas de plus et s'arrêta. Il était arrivé.

Six chevaux de Camargue peints sur toute leur surface de fleurs et d'arabesques psychédéliques, dans les tons des glaces sucrées, étaient tenus en laisse par six filles sophistiquées, vêtues de manteaux de fourrure, sous le grand soleil de la Méditerranée. Un septième, peint uniquement d'énormes marguerites jaunes, était monté par la plus belle des filles, la seule qui eût autour des os de la chair savoureuse. Elle portait un manteau ample et court, fait de bandes horizontales de renard blanc et de renard bleu pâle. Sa longue perruque bleue était couronnée de marguerites blanches.

Bêtes et mannequins composaient, sur un fond de pinède surmonté d'azur impeccable, un groupe insolitement beau, devant lequel un photographe se déplaçait et s'agitait comme une mouche à laquelle on a coupé une aile. Courbé sur son appareil, il visait l'univers par morceaux, appuyait — clic ! — en emprisonnait une tranche, courait plus loin, plus près, à gauche, à droite, s'agenouillait, se relevait, criait :

— Soura, nom de Dieu ! Tu me le tiens, ce canasson, oui ou merde ?

Soura, dont le cheval agitait la tête, répondit merde avec l'accent anglais, caressa le cheval, lui flatta les naseaux.

— *Quiet ! Quiet !... Be quiet !... You're beautiful !*

Elle l'embrassa sur les lèvres.

Clic !

— Tu te dépêches un peu ? On crève, sous ces machins !

C'était une rousse qui protestait, aux boucles courtes flamboyantes piquées de trois boules d'hortensias pas mûrs, d'un vert qui commençait à tourner au rose évanoui. Ses yeux étaient peints en vert gazon jusqu'au milieu des tempes. D'une main elle tenait la bride d'un cheval-jardin, de l'autre elle fermait sur elle un manteau de vison d'une teinte coq-de-cuivre sous lequel elle était nue.

— C'est ton métier de crever ! Colle-toi à ton canard ! Et souris ! Un peu de sexe, bon Dieu ! Comme si c'était ton mâle !

Il y eut quelques ricanements, car Edith-la-Rousse appréciait peu les mâles.

— Il pue, cette vache ! dit-elle, il sent le cheval !

Elle se colla contre lui et lui fit un sourire éblouissant, de profil, juste sous son œil.

Clic !

Marss surveillait les opérations du volant de son véhicule qui ne ressemblait à rien et qu'il avait baptisé Bob. Il l'avait fait fabriquer pour se déplacer dans sa propriété. C'était une sorte de deux-tiers de jeep, à quatre moteurs électriques sur les quatre roues. Cela passait partout en bourdonnant comme une abeille, et pouvait tourner sur place car les quatre roues étaient directrices. Il y avait un siège devant le volant, et un autre qui lui tournait le dos.

Pour qu'il fût en harmonie avec sa collection qu'il était en train de faire photographier pour *Vogue* et *Harper's Bazaar*, Marss l'avait fait peindre la semaine précédente couleur fleur-d'iris-écrasée-dans-la-crème. Il portait un slip de bain assorti brodé d'un épi de maïs vertical à la place du sexe. Sa peau était couleur de cigare, y compris celle de son crâne qu'on apercevait sous la brume blonde de ses cheveux légers et rares. Il essayait de se maintenir en forme par la natation, l'équitation, les massages, le sauna, mais sa musculature s'enveloppait de plus en plus, et son épi de blé pointait sous une brioche qu'il déclarait due à l'eau gazeuse, bien qu'il bût son whisky toujours sec.

Assis sur le siège qui lui tournait le dos, Florent, dit Flo, le modéliste créateur de la collection, se rongeait les ongles d'angoisse en regardant son œuvre, et de temps en temps trépignait.

— C'est pas mal, tout ça, dit Marss.

Il avait une voix très basse, nonchalante et fatiguée.

— ... C'est pas mal, mais ça manque d'actualité...

Flo, bouleversé, se tourna vers lui.

— Quoi ? Quoi ? Quoi ? Qu'est-ce que tu veux dire ?

— Je veux dire : ça manque d'actualité, répéta Marss très paisiblement. Avec ce qui vient de se passer à Paris, le style fleuri, c'est complètement dépassé... Tes chevaux peints, il y a deux mois, c'était génial, aujourd'hui, c'est plus vieux que des vieilles tantes...

— Ooooooh !...

Flo poussa un long gémissement et sauta à terre.

— Tu me dis ça à moi ! A moi !...

— A qui veux-tu que je le dise ! C'est toi qui penses, non ? Eh bien, tu penses en retard... Tu aurais dû aller faire un tour sur les barricades...

L'assistant de Flo, un adolescent blond au tendre visage, soigné des pieds à la tête comme la vierge destinée au sultan, regardait, bouleversé, déchiré, son maître désemparé s'approcher vertigineusement de la crise de nerfs. Il vola à son secours.

— Si on leur mettait un drapeau rouge ? suggéra-t-il.

Marss, étonné, se tourna vers lui.

— ... Je veux dire... Aux chevaux... un drapeau rouge au derrière... ou deux ou trois, comme ça, une gerbe... sur leur gros cul...

— C'est ça, dit Marss, pour foutre la frousse à tous mes acheteurs américains !...

Il se tourna de nouveau vers Flo.

— Il est complètement con, ton bonhomme...

— Martine ! Qu'est-ce qui te prend ? criait le photographe. Ça va pas, non ?

Au centre du groupe, la fille à cheval sur les marguerites avait abandonné la pose et, appuyée des deux mains sur son cheval, se tournait carrément vers Marss, la bouche à demi ouverte de stupéfaction et de crainte. Son manteau s'était ouvert, dévoilant un soutien-gorge et un slip minuscules, de dentelle rouille. Elle eut tout à coup un frisson et, des deux mains, referma son manteau jusqu'au col.

Marss fit un demi-tour sur son siège pour regarder derrière lui qui regardait Martine. Il vit Olivier. Martine regardait Olivier. Olivier regardait Martine.

Marss fronça les sourcils, descendit et s'approcha d'Olivier :

— Qu'est-ce que vous faites ici ? C'est une propriété privée !

— Excusez-moi, dit Olivier sans s'émouvoir. Je suis venu voir Martine...

— Vous la connaissez ?...

Olivier eut un petit sourire presque triste.

— On se connaît depuis longtemps, mais on ne se voit pas souvent...

— Qui êtes-vous ?

Le cheval de Martine arriva au galop et s'arrêta pile. Sa croupe bouscula Marss qui se cramponna au pare-brise de Bob. Martine se pencha et tendit une main vers Olivier.

— Viens ! Monte !... Ne reste pas ici ! Tu déranges tout le monde !...

Il sauta, elle le tira, il rampa sur le dos du cheval-marguerites, réussit à poser une jambe, se trouva à califourchon entre Martine et le col du cheval, et, s'il faisait face à l'avant, c'était bien par miracle.

Elle frappa de ses talons nus un pétale du côté droit, du côté gauche le cœur d'une fleur.

— Hue !...

Le cheval partit au petit trot. Marss, appuyé à Bob, n'avait pas dit un mot. Il regarda la fille et le garçon sur la bête s'éloigner vers l'autre extrémité de la plage, rapetisser sur le sable d'or. Ce sable lui avait coûté très cher. Il l'avait fait venir d'une île du Pacifique. Un plein cargo. Il n'y avait pas une autre plage aussi radieuse dans tout le monde occidental.

Il fit le tour de Bob et se retrouva près de Flo.

— C'est fini pour aujourd'hui, dit-il. Tâche de trouver une idée pour demain.

Au moment où il allait remonter sur son véhicule, Soura s'approcha de lui. Elle était maigre comme une arête. Elle portait un manteau à damiers roux et blancs. Chaque carré avait vingt centimètres de côté. Les blancs étaient de l'hermine, les roux de l'hermine teinte. Elle était coiffée d'une perruque blanche qui encadrait son visage maquillé en ocre rouge, traversé par d'immenses yeux verdâtres. Elle pointa un doigt prolongé d'un ongle démesuré vers le bucéphale qui disparaissait au bout de la plage derrière un chapelet de rochers importés d'un haut plateau d'Espagne, puis reporta sa main derrière la tête de Marss, en écartant l'index et le médium en forme de cornes.

— You !... Coucou ! dit-elle.

— Possible, répondit Marss paisiblement.

Elle lui avait dit cent fois qu'elle ne voulait pas qu'il vînt la voir dans son travail, elle lui avait interdit de se faire connaître de ses photographes ou de ses relations professionnelles. Elle exerçait un métier terrible. La marchandise qu'elle vendait, c'était l'apparence de son visage et de son corps. Depuis vingt ans elle avait appris à les mettre de mieux en mieux en valeur. Depuis plus de dix ans déjà elle se battait quotidiennement contre l'âge, pour l'empêcher de mordre sa chair et sa peau. Au prix d'un effort sans défaillance et chaque jour accru, elle réussissait à rester incroyablement plus jeune qu'elle ne l'était. C'était l'apparence. Le temps avait malgré tout creusé à l'intérieur d'elle-même, comme dans chaque vivant, ses petits tunnels, ses demeures multiples et minuscules qui finiraient, inexorablement, par se rejoindre pour constituer l'énorme caverne dont le plafond un jour s'effondre. Elle avait pleine conscience de la fragilité de son équilibre. Elle était ce qu'elle paraissait, et ce qu'elle paraissait pouvait tout à coup apparaître sinistrement différent. La concurrence, dans son métier, était atroce. Une multitude de filles jeunes, maigres, affamées comme des sauterelles, se battaient pour le moindre cliché avec une férocité farouche, sans pitié, que le monde des mâles ne peut même pas imaginer. Si cela n'avait été contraire aux usages et réprimé par la loi, chacune d'elles eût avec délectation coupé en morceaux toutes les autres, sans cesser de sourire aux photographes. Si ces filles apprenaient que la jeune, la superbe Martine avait un fils de leur âge, elles hurleraient de triomphe, lui inventeraient des rides partout, des seins flétris et des fesses pendant jusqu'aux talons. En une seconde, elle deviendrait la veille, la chauve, l'édentée, la fossile. Elles la piétineraient à mort et tasseraient son cadavre dans la poubelle.

— Elles sont si vaches que ça ? demanda Olivier.

— Vaches ? dit Martine. Tu veux dire des crocodiles !... Et encore... A côté d'elles, les crocodiles, c'est des petits chats... Enfin, tu es venu... Le tout, c'est qu'on sache pas qui tu es.

Elle ne lui en voulait pas. Elle n'en avait jamais voulu à personne, pas même à la vie, qui lui avait pourtant joué quelques tours. Et la première peur passée, elle était heureuse d'avoir son fils entre ses bras. Elle tenait les rênes, les bras allongés de chaque côté de la taille d'Olivier. Le cheval marchait au pas, dans dix centimètres d'eau, parallèlement à la plage. Chaque coup de sabot faisait jaillir de la mer une gerbe de lumière, qui éclaboussait les pieds nus de Martine et les chaussures éreintées d'Olivier. Ce dernier avait chaud. Il avait posé son blouson sur le cou du cheval, en travers. Le manteau de Martine s'était ouvert et ses bras et les pans du manteau encadraient Olivier et le serraient contre elle comme au fond d'un nid.

Elle sentait le corps de son garçon contre le sien comme elle ne l'avait jamais senti, même lorsqu'il était tout petit. Il pesait sur sa poitrine, elle sentait la peau de son dos contre la peau nue de son ventre, à travers la chemise trempée de sueur, elle recevait l'odeur de sa transpiration mêlée à l'odeur du cheval dont la large échine lui ouvrait les cuisses comme pour un accouchement. Le soleil lui brûlait le visage sous les fards et la baignait sous la fourrure d'une sueur qui se mêlait à celle de son enfant. Il était mouillé d'elle, comme s'il venait de sortir d'elle, avec encore les pieds dans son ventre.

Elle n'avait jamais connu cela. Elle n'avait pas voulu souffrir, elle avait accouché sous anesthésie. En se réveillant, elle s'était trouvée mère d'une petite chose laide et grinçante qu'elle n'avait pas poussée hors d'elle de toutes les forces de sa chair pour la faire gicler dans la vie, qu'elle n'avait pas recueillie, petite larve si atrocement écorchée d'elle, dans l'abri immédiat de ses bras en corbeille, sur son ventre épuisé, dans la chaleur de son amour inépuisable. Il était né sans elle, pendant qu'elle n'était pas là. Quand elle était revenue, on lui avait dit « c'est un garçon », et on lui avait montré une grimace saucissonnée dans du linge blanc. On les avait présentés l'un à l'autre comme deux étrangers destinés à cohabiter pendant une croisière dont on ne connaît ni la durée ni la destination. Elle s'était rendormie, soulagée, puisque l'événement était inévitable, que cela fût terminé, déçue d'avoir fait quelque chose d'aussi misérablement laid.

Lui, on l'avait couché dans du linge rêche et aseptisé. Il avait continué de pleurer, tournant à gauche et à droite sa petite grimace tiède encore imbibée des eaux intérieures, cherchant avec un désespoir de noyé quelque chose qui était la bouée vers la vie, quelque chose de chaud dans le monde glacé, quelque chose de tendre et de doux dans ce monde écorcheur, une source dans ce monde desséché.

Mais ce qu'il cherchait sans le connaître, il ne le trouverait jamais. Sa mère dormait, on lui avait bandé les seins dans une camisole de toile raide très serrée, pour lui faire passer le lait. On avait présenté à la bouche du petit grimaceur avide un objet mou qui sentait une odeur morte et contenait un liquide indifférent. Il l'avait refusé avec colère, dérobant son petit visage plissé, serrant ses lèvres jusqu'à ce qu'un hurlement de rage les rouvrît. On y avait alors introduit la tétine, l'eau sucrée avait coulé sur sa langue, qu'un réflexe venu du fond de l'éternité avait aussitôt arrondie en gouttière et collée autour du caoutchouc. Il avait cessé de pleurer, il avait bu, il s'était endormi.

Ils étaient assis sous un pin parasol dont l'ombre et le parfum rejoignaient la mer.

Le cheval, énervé par la peinture qui lui collait les poils, se vautrait dans l'eau, les pattes en l'air. Il se redressa d'un bond, s'ébroua, hennit de plaisir, et partit au petit trot vers des gazons et des massifs de fleurs tentateurs, les flancs dégoulinants de marguerites fondantes.

Martine avait ôté sa perruque et son manteau. Après tout, on était dans le Midi, et entre slip-soutien-gorge et bikini, quelle différence ? Et il faisait vraiment trop chaud... Elle avait ramassé de longues aiguilles de pin et les tressait machinalement en écoutant Olivier se justifier de sa venue et en donner les raisons. Quand on a des gosses, il faut s'attendre à des tuiles, un jour ou l'autre. Elle eut tout à coup une vague de peur et posa la même question que la grand-mère :

— Tu l'as pas tué, au moins !

Olivier fit la même réponse. Elle eut un geste d'insouciance.

— Ça se tassera, tout ça... Y aura sûrement une amnistie... Tu as qu'à te reposer quelque temps sur la côte, puis tu pourras rentrer à Paris...

Tranquillement, il répondit :

— Jamais...

— Jamais ?...

Elle était étonnée, et un peu irritée. Qu'est-ce qu'il allait encore chercher ?

— Les bouchers ! les flics ! les profs ! les syndicats ! les salauds ! les cons ! j'en ai marre ! je fous le camp !...

— Tu sais, dit-elle avec sagesse, où que tu ailles, des salauds et des cons, tu en trouveras une bonne récolte...

— Possible, mais je veux plus être le crétin et le cocu au milieu d'eux... Tu vois, tu me connais... Enfin, je sais pas... peut-être tu me connais... peut-être pas... mais tu sais que je mens jamais...

— Je sais...

— Je peux pas mentir... je peux pas... Même si on devait me couper la tête je peux pas... C'est la grand-mère qui m'a appris ça... Elle me disait : « Le mensonge, c'est dégoûtant. » Et quand je lui mentais, même pas plus gros que ça, au lieu de me punir, elle me regardait comme si j'avais été un bout de tripe pourri. Elle m'évitait dans l'appartement, elle se tenait à l'écart de moi, dès que j'arrivais dans une pièce elle allait dans un autre en rasant les murs loin de moi, elle se bouchait pas le nez, mais rien qu'à voir sa figure je savais que je puais. Et quand je me jetais vers elle pour lui demander pardon, elle tendait les bras pour me tenir à l'écart, elle me disait : « Va d'abord te laver ! Savonne-toi ! Et frotte !... »

Martine souriait, un peu attendrie. Elle dit doucement :

— C'est quelqu'un, la grand-mère !...

— Elle se fait vieille, dit Olivier. Pense à elle quand je serai parti, va la voir, la laisse pas trop longtemps seule...

— Partir ? Où tu veux partir ?...

— Ecoute... Tout ce blabla sur le mensonge, c'était pour te dire que je suis devenu comme la grand-mère, le mensonge, je peux pas le supporter, il pue, il me fait vomir... Et toute votre société, c'est rien qu'une montagne de mensonges, une montagne de charognes pourries habitée par des asticots. Les hommes politiques mentent ! Tous ! De la droite à la gauche ! Les curés mentent ! Les savants mentent ! Les marchands mentent ! Les écrivains mentent ! Les profs vomissent tous les mensonges qu'ils ont avalés quand ils étaient élèves. Même les filles et les garçons de mon âge mentent, parce que s'ils se voyaient comme ils sont ils tomberaient raides morts. J'ai cru qu'on allait pouvoir changer tout ça, je te jure ! J'y ai cru ! J'ai pensé qu'on allait pouvoir passer tous les asticots au lance-flammes, et recommencer une société avec des hommes et des femmes libres ! vrais ! avec de l'amour ! et de la vérité ! Je te jure, j'y ai cru !...

— Tu es complètement fou, dit Martine. La vérité, quelle vérité ? Il faut bien s'arranger, si on veut vivre !...

— Il n'est pas indispensable de vivre, dit Olivier.

— Oh ! dit Martine, voilà les grands mots... Et où c'est que tu espères trouver un coin sans mensonge ?

— Nulle part, dit Olivier. Je sais que ça n'existe pas... Mais je sais un endroit où je peux prendre un tas de fric ! Je vais aller le chercher et je vais le semer pour en récolter un tas encore plus gros. Je serai plus vache que les plus vaches et plus salaud que le pire salaud ! Et sans arrêter de dire la vérité ! Ça fera crever un tas d'asticots autour de moi. Et quand je serai milliardaire, je gueulerai la vérité si fort qu'il faudra bien que le monde change, ou qu'il crève.

— Tu me fais rigoler avec ta vérité, dit Martine. Qu'est-ce que ça veut dire ? Ça n'existe pas !...

— Si ! Ça existe ! dit Olivier, et c'est pas compliqué... C'est le contraire du mensonge.

Assis dans Bob, à demi dissimulé derrière le tronc d'un tilleul fleuri qui bourdonnait d'un peuple d'abeilles, Marss regardait à la jumelle Martine et Olivier. Il vit Martine se reculer pour mieux s'adosser au fût rose du pin, puis passer son bras autour des épaules du garçon, et l'attirer doucement vers elle jusqu'à ce qu'il fût allongé de tout son long, la tête reposant sur ses cuisses. Il voyait remuer les lèvres de l'un et de l'autre, et enrageait de ne pas entendre un mot de ce qu'ils disaient.

— Mon gros bébé, dit Martine, où comptes-tu le trouver, ton tas de fric ? Tiens, c'est joli : « ton-tas-de-fric ». Tu te rappelles quand tu étais petit, que je te racontais : un-tas-de-riz, un-tas-de-rats, le tas-de-riz-tenta-le-tas-de-rats, le-tas-de-rats-tenté tâta-le-tas-de-riz ?
— Tu m'as jamais raconté ça ! dit Olivier. C'est la grand-mère...
Martine soupira.
— Tu crois ?
— Tu parles !
— C'est peut-être vrai... Elle me le racontait à moi aussi quand j'étais gamine, ça me fascinait.
Olivier se sentit envahi par une vague de tendresse. Il voyait de bas en haut le visage de sa mère, avec les petits trous de son nez entre ses grands yeux peints en bleu jusqu'à ses cheveux. Elle avait l'air d'une petite fille qui a joué avec les bâtons de maquillage de sa mère.
— Tu es belle, lui dit-il. Tu es plus belle que toutes ces putes. Pourquoi tu as peur d'elles ?
Elle lui caressa doucement le front, rejetant en arrière les petites boucles de ses cheveux humides de sueur. Elle avait failli ne pas le reconnaître avec ses cheveux courts. Il se les était coupés lui-même avant de quitter Paris, à cause des flics. Il était très beau comme ça, plus dur, plus homme.
— Tu es gentil, dit-elle, mais tu es bête... Je serais dix fois plus belle que j'aurais toujours... tu vois, j'ose même pas me dire mon âge à moi à haute voix, j'ose même plus le penser... Pour les filles de vingt ans, si elles le savaient, je serais plus qu'une vieille carcasse... Comme une de ces bagnoles, tu sais, qu'on voit des fois au bord d'une route, dans le fossé, toute éventrée, on lui a fauché ses roues, son moteur, ses banquettes, même le rétroviseur. Elle est plus bonne qu'à devenir un tas de rouille.
Elle rejeta l'horreur du tableau, rappela à elle tout son optimisme.
— Bon ! C'est pas pour demain ! Alors, ce tas de fric ? Ça m'intéresse, moi ! Où tu vas le dénicher ?
Olivier cracha une épine de pin amère qu'il était en train de mâchouiller.
— Tout simplement dans les poches de ton mari !
— Ton père ?
— Il paraît...
— Dis donc, toi !... Voyou !

— Pardonne-moi... Je veux dire, il paraît que j'ai un père, quelque part dans le monde...
— Je sais même pas où il est...
— Moi, je le sais...

Marss était de plus en plus furieux de ne rien entendre. Qu'est-ce qu'ils pouvaient bien se dire ? Qui était ce petit gigolo ? Ces filles, elles sont toutes pareilles, dès qu'il y a un jeune qui se présente, avec sa petite gueule fraîche et sa queue dure, elles deviennent folles ! leur ventre n'est plus qu'un aspirateur !...

Par réflexe, en pensant au jeune garçon, il gonfla sa poitrine et rentra sa brioche. Il transpirait, il se sentait vieux, laid et mou. C'était une erreur masochiste due à sa trop grande fortune. Il ne croyait pas qu'il lui fût possible d'être — non pas aimé, l'amour laissons ça aux lectrices de *France Dimanche* — mais, au moins, désiré ou même supporté agréablement par une femme. Il pensait qu'elles en voulaient toutes, et uniquement, aux miettes de ses milliards. Il n'avait pas tort. Sauf en ce qui concernait Martine. C'était une fille de bon cœur, elle éprouvait pour lui une grande affection, et beaucoup de plaisir à partager son lit. Il avait un visage d'homme du nord, aux lignes nettes, et un grand corps solide, un peu lourd, mais beau. Elle aimait le caresser, poser sa tête sur le coffre de sa poitrine puis faire basculer sur elle tout ce grand poids qui devenait alors doux, violent, souple et chaud comme une bête sauvage un peu lasse. Si elle avait dû le perdre, elle en aurait non seulement éprouvé de l'ennui, parce qu'il était la sécurité, le port bien abrité dans lequel elle s'était amarrée, mais elle aurait eu de la peine. Vraiment. Et plus encore que des filles, c'était de lui qu'elle craignait qu'il apprît son âge. Elle était certaine qu'il eût immédiatement éprouvé un réflexe de recul, peut-être même de répulsion. Il lorgnait volontiers vers les gamines...

Sans croire tout à fait à l'affection de Martine, Marss sentait confusément qu'elle n'était pas comme les autres. Elle avait l'œil moins polarisé vers les devantures des bijoutiers, ils passaient parfois des moments ensemble, allongés au soleil ou à l'ombre, sans désir, sans calculs, silencieux, seulement bien d'être ensemble. Avant d'avoir Martine auprès de lui, il n'avait jamais connu un tel désarmement, toujours sur ses gardes, même entre les draps. C'était à cause de cela, et de certaines joies spontanément partagées, certains éclats de rire fusant en même temps, que sa liaison avec elle durait plus qu'aucune autre n'avait duré, même avec des filles plus belles. C'était à cause de cela que la brusque apparition de ce jeune voyou et l'image dans sa lunette de son intimité avec Martine lui mordaient intérieurement la poitrine d'une espèce de rage de cœur qu'il n'avait, elle non plus, jamais connue auparavant.

— Mais qu'est-ce qu'ils peuvent bien se raconter ? Il la pelote même pas !

Brusquement, il pensa qu'il avait quelque part un micro directionnel, sur ampli, long comme un télescope, avec lequel il pouvait entendre péter une mouche à un kilomètre. Il appuya à fond sur le démarreur, Bob fit un tourbillon autour de l'arbre et grimpa vers la villa. Le micro devait être quelque part dans un placard.

— J'ai lu un article sur lui dans *Adam*, dit Olivier. Une dizaine de pages de photos en couleurs. Il est à Katmandou, dans le Népal, il organise des chasses au tigre pour les milliardaires...

— Le Népal ? Où c'est ça ?

— Au nord de l'Inde, juste au pied de l'Himalaya. Il les emmène aussi chasser le yéti ! Les cloches !

— Quel type ! dit Martine avec un peu de nostalgie.

— Il a des sherpas, des tas d'éléphants, des jeeps, des camions, c'est un truc sur une grande échelle, une vraie usine. Ils donnaient les tarifs de son hôtel dans la forêt. *Rien que l'hôtel* : 80 dollars par jour et par personne !

— Ça fait combien ?

— 40 000 balles !

— Merde !

— Alors les éléphants, les jeeps, les rabatteurs, tout le bazar, tu te rends compte de ce qu'il doit leur piquer ?

— Oui ! Qu'est-ce qu'il doit se mettre dans les poches ! dit Martine. Et dire qu'il m'a jamais donné un sou, le salaud !

Elle éprouvait plutôt de l'admiration que de l'amertume. Olivier s'en aperçut. Il demanda :

— Tu l'aimes encore ?...

— Qu'est-ce que tu vas chercher ? C'était un marrant, quoi... On s'entendait bien, on était jeunes tous les deux... Surtout moi !... Alors on faisait guère attention... Alors tu es arrivé !... Tu sais comment c'est, d'abord on y croit pas... Ça paraît pas possible... Dans les romans et au cinéma, ils font l'amour sans arrêt et les filles sont jamais enceintes !... Tous les romanciers qui écrivent des trucs comme ça, et les metteurs en scène, on devrait les faire cotiser pour les filles-mères. Tu imagines pas ce qu'y en a, des gamines qui se font prendre à cause d'eux ! L'amour, l'amour, et jamais de gosses ! C'est beau, les livres ! Les vaches ! Y avait pas la pilule, à cette époque ! Moi, j'ai pas voulu t'avorter. Lui non plus, d'ailleurs. Et il a pas essayé de me plaquer, il est honnête, il m'a dit : « On se marie pour qu'il ait un nom, et après sa naissance, on divorce. Tous les torts pour moi, je te verse une pension pour élever le gosse, et chacun reste libre. D'accord ? » J'ai dit d'accord, de toute façon, c'était bon pour rigoler, il était pas sérieux. C'était pas un mari...

Olivier se redressa sur un coude. Il demanda :

— Cette pension, il te l'a versée combien de temps ?

— Six mois... Peut-être un peu plus, remarque... Enfin, en tout cas, moins d'un ans, ça j'en suis sûre !... Après, il est parti pour Madagascar, puis j'ai reçu une carte de Noël du Venezuela, des années après, et maintenant, il est... Où c'est qu'il est, tu dis ?...

— Au Népal...

— Ça alors !... Aller dans un bled pareil, c'est bien de lui !

— Pourquoi tu l'as pas poursuivi devant les tribunaux ?

— Il aurait fallu l'attraper ! Et puis, j'allais pas faire mettre ton père en prison !...

Ce qu'elle n'ajouta pas, parce qu'elle ne s'en rendait même pas compte, c'est qu'il lui avait paru tout naturel qu'il l'oubliât comme elle l'avait oublié. C'était une histoire sans importance, comme une partie de marelle. On ne reste jamais prisonnière dans l'enfer ou le paradis. On saute par-dessus, et on retombe sur ses deux pieds.

Maintenant, parce qu'Olivier venait de parler de lui, elle se souvenait, et elle s'attendrissait, pas trop, un peu, parce que c'était si loin, et qu'elle était si jeune.

— Tu es pas chic, dit-elle, tu aurais dû m'apporter cette revue... Il a beaucoup changé ?

— Il paraît plutôt plus jeune que sur les photos de l'album de la grand-mère. C'est vrai que dans la revue il était en couleurs... Il y avait un grand portrait en pleine page, sur un éléphant, dans une espèce de tenue de chasse comme un uniforme, avec des galons d'or partout, tête nue, un fusil à la main, il souriait, il a des dents blanches, il avait l'air d'un fils de roi !

— Oui... soupira Martine, il était beau...

En parlant du fils de roi qui était son père, Olivier avait baissé la voix comme lorsqu'on essaie de raconter un rêve. Un père si beau, si jeune, sur un éléphant, dans un pays fabuleux...

Il serra les dents, rappela sa vieille rancune.

— Rien que le prix de son fusil aurait fait vivre la gram' pendant trois ans ! dit-il. La pension, je te jure qu'il va la payer ! et avec les arriérés !... J'ai fait les comptes : avec les intérêts, ça fait trente millions !...

— Quoi ? dit Martine. Tu es fou ?

— Non, j'ai arrondi, mais pas tellement.

— Ça alors... Ça alors !...

Elle était effarée. L'argent lui passait entre les mains, n'y restait jamais. Additionner des sommes, celles qu'elle recevait ou ne recevait pas, était aussi éloigné de ses possibilités mentales que de celles d'une fleur de pommier.

— Je vais le trouver, dit Olivier, je lui présente la facture, et je t'en envoie la moitié dans une Cadillac !

— Idiot, dit Martine, il te restera rien !...

Ils se mirent à rire tous les deux, elle l'embrassa et il s'allongea de nouveau, la tête sur le doux coussin chaud des cuisses maternelles.

— T'en fais pas, dit-il, il m'en restera assez pour commencer. J'irai au Canada, ou au Brésil. Ce qu'il faut, pour devenir riche, c'est avoir un bon petit paquet pour démarrer, et ne plus penser qu'à l'argent, l'argent ! l'argent !... Puisqu'il y a que l'argent qui compte !

— Gros bébé ! dit-elle. Et pour aller jusque chez ton père, qui te paiera le voyage ?

Il tourna un peu le visage vers la tête de sa mère, plissa les paupières parce qu'un brin de soleil lui visait un œil entre les branches du pin.

— Toi ! dit-il avec innocence.
Elle sourit et hocha la tête.
— Moi ! Tout simplement !... Ça doit coûter au moins un million... Où veux-tu que je le prenne ?
— Ça coûte pas si cher, dit Olivier, mais c'est à peu près ce qu'il me faudrait pour que je sois tranquille. Tu trouveras bien quelqu'un qui te fera confiance ? C'est un emprunt à court terme. Propose-leur dix pour cent d'intérêts en trois semaines...
Elle soupira...
— Tu as l'air aussi fort que moi en affaires... Tu crois que les gens prêtent une brique comme ça, sans garantie ?... Tu es joli, tiens ? Si tu te voyais !...
Il avait des traces de fard partout. Elle avait fondu sur lui quand elle l'avait embrassé. Du blanc, du bleu, du vert, une trace de rouge sur la tempe droite...
— Tu as l'air d'un clown !... Tu as un mouchoir ?
Il ne répondit pas, s'essuya le visage avec la main, mélangeant et étalant les couleurs.
Elle tendit le bras vers le blouson posé près du manteau, fouilla dans les poches, en tira un mouchoir, et se mit à essuyer soigneusement le visage d'Olivier, qui fermait les yeux et s'abandonnait à la douceur de la caresse, de la chaleur de l'après-midi dans l'odeur du pin, de la voix maternelle si désirée depuis sa naissance, si rarement entendue.
Elle lui parlait doucement, gravement, à peine plus fort que le calme bruit de la mer.
— Millions ou pas millions, tu veux vraiment aller voir ton père ?...
Il ne rouvrit pas les yeux, il sembla avaler la question avec sa peau, attendre qu'elle eût atteint le plus profond de lui-même, et laissa la réponse remonter à ses lèvres, sans éclat...
— Je veux le faire payer...
— Tu veux le voir ?...
Il y eut encore un silence, puis il répondit doucement :
— Oui...
Elle jeta le mouchoir mouillé de sueur et d'arc-en-ciel.
— Bon... Je pense que je trouverai l'argent du voyage.
Il sourit, sans rouvrir les yeux.
— Merci...
Elle posa de nouveau sa main sur les boucles qui ourlaient ce front têtu, ce front tout neuf, les caressa doucement, d'un doigt l'autre. Elles étaient comme de la soie. Et de son corps naquit tout seul, sans qu'elle s'en rendît compte, le mouvement instinctif qui berce l'enfant posé sur la mère. Ses cuisses bougeaient doucement, berçaient la tête dorée de l'homme-enfant enfin trouvé.
Il faisait chaud. Trois cigales grinçaient dans un olivier proche. Les aiguilles de pin brûlées par le soleil exhalaient une odeur de résine. Olivier, les yeux clos, se laissait aller au lent balancement qui faisait à peine bouger sa tête abandonnée. Il sentait l'odeur du pin, l'odeur

des fards, l'odeur du bord de l'eau salée qui séchait sur le sable à l'extrême limite de la mer endormie, l'odeur merveilleuse et calme composée de toutes ces odeurs et de l'odeur chaude de sa mère, l'odeur du bonheur unique, incomparable, d'un enfant qui va se rendormir sur la chair d'où il s'est éveillé.

— Je ne vous dérange pas, au moins ? dit Marss.

Olivier se dressa d'un bond.

— Ne vous sauvez pas, je vous en prie !

Debout à quelques pas d'eux, immobile, Marss souriait. Il avait laissé Bob un peu plus loin. Il s'était approché à pied, avec précautions. Il avait trouvé le fameux microphone et, du haut de la colline, l'avait braqué sur le couple, le casque aux oreilles. Il avait entendu des tonnerres et des rugissements, la terre craquer et le ciel crouler, et une mouette barrir comme un éléphant. Il avait arraché le casque juste avant d'avoir les tympans crevés jusqu'au fond du crâne.

Il avait jeté cette saloperie dans l'herbe. Des trucs de professionnels, toujours ! On ne peut jamais s'en servir sans payer toute une équipe ! Avec cotisations de sécurité sociale, caisse de retraite et congés payés ! Toujours payer ! Toujours ! Un tas de types qui ont besoin d'être quatre pour tourner les trois boutons d'un bidule. Merde !

Il était descendu de Bob et avait retrouvé la vieille tactique qui consiste à s'approcher à pas de loup et à tendre l'oreille. Il n'avait rien entendu.

Mais il avait vu.

Martine se levait à son tour.

— Il se sauve pas !... Il a pas à se sauver !...
— Si tu nous présentais ?
— Monsieur Marss... Olivier...
— Olivier comment ?

Elle inventa vivement un nom avant qu'Olivier eût le temps de répondre.

— Olivier Bourdin.

Elle se rappela trop tard que c'était le nom de sa masseuse : Alice Bourdin... Mais peut-être Marss ne le connaissait-il pas. Tout le monde l'appelait pas son prénom. Alice... Alice...

Marss ne tendit pas la main vers Olivier, et Olivier regardait Marss avec l'amabilité d'un chien prêt à mordre.

Marss lui sourit.

— Je donne une petite fête ce soir à la villa, dit-il. Vous me feriez plaisir si vous acceptiez d'être des nôtres.

Il ne lui laissa pas le temps de répondre, se tourna vers Martine :

— Nous allons manquer d'hommes...

Et il s'en alla à pas nonchalants et lourds, comme un ours que rien ne presse et à qui rien ne peut faire peur.

— Il ne faut pas que tu viennes ! dit Martine à voix basse.
— J'en ai pas la moindre envie, dit Olivier.

Marss qui était à trente mètres, se retourna et cria :

— Ça m'ennuierait beaucoup qu'il ne vienne pas. Décide-le, Martine !

La villa de Marss tenait à la fois du cloître et du palais florentin. Il en avait lui-même esquissé le plan général, qu'un architecte italien avait précisé. C'était avant tout un jardin méditerranéen, savamment sauvage, planté de cyprès et de massifs de plantes épaisses qui se gavaient de chaleur et de lumière pendant les heures de soleil, et la nuit exhalaient des parfums violents et doux. Quelques bassins chantaient sous des jets d'eau intermittents. Des statues du monde ancien, parmi les plus belles, achetées ou volées, exposaient, aux lumières amoureuses du soleil et de la lune qui les caressaient depuis des millénaires, leur beauté parfois mutilée, d'autant plus belle, torse sans bras, nez brisé, sourire, bonheur, beauté, depuis trente siècles et pour combien encore ?

Toutes les fleurs et les herbes qui n'aimaient que la chaleur violente rampaient entre les pierres sèches, s'y cuisaient et s'y épanouissaient en voluptés de couleurs et d'odeurs.

La villa, sans étage, entourait le jardin, sur trois côtés, d'arcades sombres et fraîches formant une sorte de galerie à la lourdeur un peu romane. Les chambres ouvraient directement sur la galerie, par des portes aussi larges que les arcades. En appuyant sur des boutons, on pouvait fermer les portes, soit par une lourde glace, soit par une succession de rideaux de plus en plus épais. Mais, en général, les hôtes de Marss préféraient ne pas dresser d'obstacles entre eux et l'incroyable mélange des parfums du jardin de nuit.

Le quatrième côté du jardin était en partie fermé par un bâtiment dont le toit, couvert de thym et de plantes grasses fleuries, s'élevait à hauteur d'homme derrière une piscine aux parois de mosaïque d'or.

La piscine et le bâtiment s'enfonçaient ensemble en trois étages souterrains. Du côté opposé aux jardins, la colline descendait en pente assez vive, et les pièces de la maison y ouvraient des fenêtres aux formes imprévues, entre des rochers, des buissons, des racines d'olivier ou de chêne vert. On y entrait à chaque étage par une porte couleur de terre et de cailloux.

L'étage du haut comprenait les salles des petits jeux, billards électriques, fléchettes, tir à balle, tous les divertissements forains, et des bars-frigo dans tous les trous des murs. La piscine se prolongeait à l'intérieur, de sorte qu'on pouvait passer du dedans au dehors, et inversement, en plongeant sous le mur de mosaïque d'or. Au-dessous, la paroi intérieure de la piscine était en verre, jusqu'au bas du dernier étage qui était occupé par la chambre de Marss et ses dépendances.

Tous les murs de la maison étaient courbes et irréguliers, comme les abris naturels des bêtes : nids, gîtes ou cavernes. Quand on y pénétrait pour la première fois, on s'étonnait de s'y trouver si extraordinairement bien, et on comprenait alors ce qu'il y a d'artificiel et de monstrueux dans la ligne droite, qui fait des maisons des hommes des machines à blesser. Pour dormir, pour se reposer, pour aimer, pour être heureux, l'homme a besoin de se blottir. Il ne peut pas se blottir dans un coin ou contre un plan vertical. Il lui faut un creux. Même s'il le trouve au fond d'un lit ou d'un fauteuil, son regard rebondit comme une balle d'une surface plane à une autre, s'écorche à tous les angles, se coupe aux arêtes, ne se repose jamais. Leurs maisons condamnent les hommes à rester tendus, hostiles, à s'agiter, à sortir. Ils ne peuvent en aucun lieu, en aucun temps, faire leur trou pour y être en paix.

Entre les divertissements et l'étage personnel de Marss, se situait l'étage des plaisirs. Vastes divans courbes épousant les formes des murs, électrophone avec disques de danse, de jazz, de musique classique et de gémissements de femmes en train de faire l'amour, cinéma allant de Laurel et Hardy à des films beaucoup plus intimes, projecteurs fixes de fleurs, de formes, de couleurs, qui transformaient les murs courbes en horizons étranges où surgissait parfois, inattendu, un pénis gigantesque en plein jaillissement, ou un sexe de femme écarlate, ouvert à deux mains. L'un ou l'autre, en général, faisait rire.

Sven, Jane, et Harold avaient dormi pendant les heures de la chaleur la plus accablante à l'ombre de la dernière hutte d'un village, une ombre étroite et qui tournait. Ils se réveillaient tout à coup parce que le soleil leur mordait les pieds ou le visage. Il n'y avait pas un arbre à perte de vue, vers tous les horizons.

Les habitants de la hutte leur avaient offert par gestes d'entrer à l'intérieur, où il faisait plus frais. Mais l'odeur qui y régnait était atroce. En souriant et saluant de leurs mains jointes, ils avaient fait comprendre qu'ils préféraient rester dehors. Au coucher du soleil, ils avaient pu acheter un peu de riz cuit et trois œufs, avant de se mettre en route. Ils avaient gobé les œufs crus. Ce n'était pas un village très pauvre, puisqu'il pouvait vendre trois œufs et trois poignées de riz. Mais pas assez riche cependant pour nourrir ses poules. Elles vivaient d'insectes, de brins d'herbe sèche, de poussière. Leurs œufs étaient gros comme des œufs de faisans.

Après avoir marché une partie de la nuit, ils étaient arrivés au bord d'une mare autour de laquelle s'écroulaient les huttes d'un ancien village dont les singes avaient chassé les habitants. Attirés par le point d'eau, ils s'étaient installés, d'abord sur les toits, avaient proliféré, volé les provisions des paysans, dévoré tout ce qui pouvait être mangé, et souillé ou détruit le reste.

Les villageois, à qui leur religion interdisait de se défendre contre les singes en les tuant ou les blessant, ou même en les frappant ou en leur faisant peur, avaient dû leur céder la place, s'en aller. Ils avaient fondé un autre village, dans la poussière, sans eau, assez loin pour que les singes trouvent le parcours trop long pour venir voler la nourriture. Les femmes du nouveau village venaient chercher l'eau à la mare, avec une grande cruche, car cela leur faisait, aller et retour, près de vingt kilomètres, et elles ne pouvaient pas les parcourir deux fois par jour.

Quand Jane et ses deux compagnons arrivèrent, ils trouvèrent une petite communauté de hippies qui vivaient dans quelques huttes avec les singes, contre lesquels ils se défendaient mieux que les Indiens, mais sans violence. Avec le toit de paille d'une hutte écroulée, ils venaient d'allumer un petit feu au bord de la mare. Ils l'entretenaient brindille par brindille. Certains dormaient, le visage couvert de moustiques, insensibilisés par la marihuana. Un petit groupe rassemblé autour du feu minuscule discutait à courtes phrases, en demi-silence, de la musique, de l'amour, de Dieu, de rien. Ils se poussèrent un peu pour agrandir le cercle et faire place aux nouveaux venus.

A peine assis, Harold se donna des gifles sur les joues et sur le front.

— Saletés ! dit-il. On va pas rester là ! On va attraper la malaria !...

Sa voisine, en souriant, lui tendit une cigarette.

— *Smoke !... They don't like it.*

Sven toussait un peu.

Jane s'enveloppa le visage dans plusieurs tours d'un tulle très fin qu'elle avait acheté pour une piécette dans un marché. A la lueur intermittente du feu, elle avait l'air d'une étrange fleur blanche un peu dodue, ou d'un bouton gonflé prêt à s'ouvrir. Elle se protégea les mains et les poignets avec une couche de boue raclée au bord de la mare.

Sven n'était pas gêné par les moustiques. Ils ne s'attaquaient jamais à lui. Il posa sa guitare sur ses genoux.

— L'amour ! L'amour ! dit un garçon qui venait de Paris, vous me faites rigoler ! Qu'est-ce que c'est ? C'est l'envie de coucher, c'est tout.

Sven fit sonner doucement une série d'accords. Une famille de singes, sur un toit, se mit à piailler contre la musique, puis se tut. Il n'y eut plus dans le silence que le fin tissu croisé du vol des moustiques.

— Je raconte une histoire d'amour, dit Sven.

« Au printemps, un rossignol se pose sur un cerisier.

« Le cerisier dit au rossignol :

« Ouvre tes bourgeons, fleuris avec moi...

« Le rossignol dit au cerisier :

« Ouvre tes ailes, vole avec moi !... »

— Ils sont bien partis, tes mecs ! dit le garçon qui venait de Paris. Tous les paumés qui se marient sont pareils. Tous aussi bien assortis ! Casserole-cheval, poisson-raton, doigt de pied-bigoudi et chacun des deux pense qu'à friser l'autre ou à le faire entrer dans sa godasse !...

Sven, encore plus doucement, délivra un accord qui fit taire même les moustiques.

Sven dit :

— Je raconte la fin de l'histoire :

« Alors le rossignol ouvrit ses bourgeons et fleurit. Et le cerisier ouvrit ses ailes et s'envola en emportant le rossignol. »

Le garçon qui venait de Paris n'avait pas bien compris. Il demanda :

— Qu'est-ce que c'est ? Une fable ?

— C'est l'amour, dit Sven.

Dans le chant des moustiques revenu, ceux qui étaient encore capables de penser rêvaient, vaguement émerveillés, incrédules, à la puissance d'un amour qui donnait à un arbre le pouvoir de transformer en ailes ses racines.

Sven égrenait une petite mélodie, quelques notes, toujours les mêmes. Il dit :

— C'est rare...

Puis, encore un peu de musique, puis il dit encore :

— Avec Dieu, c'est aussi rare... C'est la même chose...

Après la phrase que Marss leur avait jetée de trente mètres, Martine était restée un moment saisie, regardant dans la direction d'où arrivait encore le bruit de ses pas.

Elle dit à voix basse à Olivier :

— Il va falloir que tu viennes ! C'est pas possible autrement. Sans quoi, Dieu sait ce qu'il va croire !...

— Et qu'est-ce que ça peut faire, ce qu'il croit ? répliqua Olivier hargneux.

— Tu es idiot ? C'est mon patron, non ?... Ecoute, tu viendras vers minuit, tu resteras un petit moment, puis tu diras que tu es fatigué et tu t'en iras... D'accord ?

Il arriva à minuit douze.

Le long de l'allée qui montait à la villa, des lampes dissimulées dans les massifs guidaient discrètement les pas vers la porte du deuxième étage. Olivier la poussa et entra. Il se trouva en haut de quelques marches de pierre qui descendaient vers le plancher de teck. La voix d'une chanteuse noire sanglotait un blues alcoolisé. Des couples dansaient lentement, d'autres, étendus sur des divans, sommeillaient, s'embrassaient ou se caressaient sans grande conviction. Au milieu de la pièce, une colonne en stuc rose était entourée d'un bar rond où chacun pouvait se servir. Olivier pensa que c'était sinistre et qu'il partirait le plus tôt possible. Près du mur transparent de la piscine, un petit groupe riait, entourant un homme aux yeux bandés qui essayait de reconnaître une fille immobile en lui passant les mains sur le visage. Dans le groupe se trouvait Marss. Il tenait un verre de la main gauche et son bras droit était passé autour des épaules de Martine.

Quand il les aperçut, Olivier qui était en train de descendre les marches s'arrêta brusquement, et serra les poings. Le porc !

— Oh ! *The baby !* cria une voix près de lui.

Soura, étendue sur un tapis aux pieds des marches, près d'un verre et d'une bouteille de whisky, se leva, monta rapidement vers Olivier et lui passa les bras autour du cou.

— *I love you, darling ! You're beautiful !... Kiss me !...*

Elle était vêtue d'une mini-robe de sequins de plastique multicolores sous laquelle, très visiblement, elle ne portait rien. Elle était plus petite que lui, et une marche plus bas. Elle se dressa sur la pointe des pieds pour essayer de l'embrasser sur la bouche mais ne l'atteignit pas. Il la regardait de haut comme si elle eût été un mannequin de bois accroché à lui, embarrassant.

L'homme aux yeux bandés, maintenant, pelotait la fille qui gloussait.

— Tais-toi ! dit Marss, tu ris comme un dindon ! Il va te reconnaître !

— Mais il me chatouille !

— Tais-toi donc ! espèce de cruche !

La fille se mordit les lèvres et étouffa son rire. Mais l'homme ne l'avait sans doute jamais écoutée parler ou glousser.

— Je la connais pas, dit-il d'un air navré.

Il lui posa la main sur une cuisse et remonta en retroussant la jupe.

— Tu es idiot, dit Marss, là où tu vas, elles sont toutes pareilles !

Tout le petit groupe s'esclaffa. L'homme, dépité, prit la fille dans ses bras et la baisa sur la bouche. Elle lui rendit longuement son baiser. Il se dégagea et s'exclama, triomphant :

— C'est Muriel !

Marss lui arracha son bandeau.

— Bravo ! Elle est à toi !...

L'homme souleva Muriel et l'emporta vers une chambre.

— *You're not a good baby !* glapissait Soura. *Kiss me !... Kiss me !...*

Martine se retourna et vit Soura pendue au cou d'Olivier. Elle vint rapidement vers l'escalier, saisit Soura par les épaules et l'arracha d'Olivier.

— Fiche-lui la paix !

Soura, renvoyée vers son tapis, répondit des injures en anglais.

Martine prit la main d'Olivier et le conduisit vers Marss. Celui-ci, souriant, venait à leur rencontre. Il posa au passage, sur le bar, son verre vide, et en prit un plein. Dans l'autre main, il tenait le bandeau du colin-maillard.

Deux heures plus tôt, dans sa chambre, elle lui avait demandé de lui prêter un million, dont elle avait un besoin urgent.

— Je le connais, ton besoin... Il s'appelle Olivier !

Silence de Martine.

— C'est bien pour lui ?

— Il te le rendra dans quelques semaines !... Il t'offre dix pour cent d'intérêts.

Marss éclata de rire.

— Dix pour cent pour remplir les poches de ton gigolo ! C'est la meilleure que j'aie jamais entendue !

Elle protesta violemment.

— J'ai l'âge d'avoir un gigolo, moi ?... Tu m'as regardée ? Pour qui tu me prends ? C'est un copain, c'est tout ! C'est pour partir en voyage, il doit aller chercher une grosse somme qu'on lui doit, mais il n'a pas l'argent du billet.

— On ne peut pas la lui envoyer, cette grosse somme ? Les chèques, ça s'envoie par la poste... Un timbre suffit, pas besoin d'un million...

— C'est impossible, je peux pas t'expliquer.

Il était étendu, tout nu, sur le drap de soie pourpre. L'autre drap, vert cru, pendait en bas du lit. Martine, assise devant la coiffeuse, en robe de chambre légère, se maquillait.

Il se leva et vint se camper derrière elle. Il la regarda dans le miroir.

— Jure-moi qu'il n'est rien pour toi, et je te donne cette brique.

Elle le vit, brun, massif, derrière elle, la dominant, exigeant, et elle comprit qu'à sa façon il l'aimait, autant qu'il était capable d'aimer dans sa méfiance universelle. Elle fut prise de panique à l'idée de le perdre. Mais elle ne pouvait pas jurer qu'Olivier n'était « rien » pour elle. Il était son fils...

Elle était trop superstitieuse pour faire un faux serment, même en croisant les doigts sous la table de la coiffeuse.

— J'aime pas jurer, tu le sais bien !... Tu as confiance, ou pas ?...

— Jure... Ou va-t'en...

Elle se leva et prit l'offensive.

— Tu es ignoble !... Je m'en vais !...

Elle ôta sa robe de chambre pour s'habiller, Marss la regarda. Elle était très belle. Il ne se fatiguait jamais de la regarder et de l'aimer. Il n'aurait pas voulu la perdre. Mais il ne voulait pas être trompé.

Elle s'habillait lentement, en faisant semblant de se hâter, espérant qu'il allait regretter, la retenir. Mais il restait debout, muet, sans la quitter des yeux, immobile et nu, comme une statue d'Hercule à la retraite et un peu trop nourri.

Les yeux de Martine s'emplirent de larmes. Ce fut au moment où elle croyait tout perdu qu'elle trouva l'inspiration. Elle vint se camper devant Marss, leva la tête et le regarda dans les yeux.

— Tu veux que je jure ?

— Oui...

— Et si je te jure un mensonge ?

— Je te connais, tu ne le feras pas...

— Si tu m'obliges à jurer, tu sais que ça va briser quelque chose entre nous... Si tu as pas confiance en moi, ça sera plus jamais pareil.

Il dit :

— Jure.

— Bon... Puisque tu le veux... Je te jure qu'il n'y a jamais rien eu entre nous, et qu'il n'y aura jamais rien. Ça te suffit ?

Il fronça un peu les sourcils. Il faisait dans sa tête le tour de la formule à la fois ambiguë et précise. Elle le tranquillisait en partie, mais enveloppait la vérité au lieu de la révéler. Et après tout, peut-être était-elle capable de mentir en jurant, malgré ses superstitions enfantines. Il fallait trouver une preuve, savoir, *savoir*.
— Ça va, dit-il.
— Tu me le donnes, ce million ?
— On verra... Tout à l'heure...

Quatre poissons énormes descendirent dans la piscine. Il y en avait un tout en or, sphérique, avec des yeux bleus grands comme des assiettes, un noir pointu, aigu comme un poignard, un rouge en forme de colimaçon, avec des cornes lumineuses, un bleu pâle tout en voiles, taché de grands pois orangés. Les poissons s'ouvrirent et il en sortit quatre filles nues superbes, qui nagèrent jusqu'à la paroi transparente, envoyèrent des baisers aux invités de Marss, firent une culbute avec un ensemble parfait, et collèrent leur derrière au mur de verre.

Au bas des quatre lunes, il y avait un sexe noir, un sexe roux, un sexe blond, un sexe châtain, fardés et agrémentés de faux cils. Ils obtinrent un succès de fou rire. Marss avait toujours des idées extraordinaires...

Les filles s'accouplèrent deux par deux et se laissèrent remonter vers la surface en se caressant. Elles étaient au bout de leur souffle et de leur numéro. Tout cela leur était aussi égal que si on les avait payées pour faire les pieds au mur en tenue d'entraînement olympique.

Olivier, les mâchoires crispées, se demandait dans quel fumier il avait mis les pieds.

— Fais pas attention, lui dit Martine, c'est rien, c'est des filles qui s'en foutent. Ça ou autre chose !...

Marss était arrivé auprès d'eux. Il souriait avec un rien de férocité. Ses dents blanches bien soignées étaient aussi neuves qu'à ses vingt ans.

— Eh bien ! dit-il, voilà notre jeunesse... Soif ?

Il lui tendit le verre de whisky. Olivier le prit par défi, bien qu'il ne bût d'habitude que des jus de fruits.

— A vous de jouer, dit Marss. La fille que vous reconnaîtrez avec vos mains sera à vous pour la nuit...

Il monta sur la marche derrière Olivier et entreprit de lui nouer le foulard sur les yeux. Martine le lui arracha.

— Laisse-le tranquille, c'est pas ses manières ! Il aime pas ces trucs-là !...

— Qu'est-ce qu'il aime pas ? demanda Marss à voix très haute. Toucher les filles ?... Ça lui plaît pas ? Il préfère les garçons ?

— Tu es ignoble ! dit Martine.

Les invités regardaient Olivier en riant. Et les filles riaient plus fort que les hommes. Olivier regardait les unes et les autres, tout ce petit monde d'ordure dont il avait vaguement entendu parler, mais dont il ne voulait pas croire, dans la pureté de son cœur, qu'il existât réellement.

Il souleva son verre et se tourna vers Marss pour le lui jeter au visage.

— Je t'en prie ! supplia Martine.

Il se retourna vers elle, vit son visage tragique; exténué sous le fard, imagina en une seconde tout ce qu'elle avait dû accepter, pour lui, pour faire de lui ce qu'il était aujourd'hui : un garçon neuf, de bonne santé morale et physique, pur, exigeant et dur. Ce n'étaient évidemment pas les ménages de la grand-mère qui avaient suffi à le conduire où il était. C'était aussi, c'était surtout le sacrifice de sa mère. En réalité, il n'y avait de la part de Martine aucun sacrifice. Elle aimait son métier, son milieu. Tout ce qui se passait autour d'elle lui paraissait habituel, banal. Et son visage anxieux n'exprimait que la peur de perdre Marss.

Olivier pensa à son père maharajah sur son éléphant, et une bile de haine lui monta jusqu'à la gorge. Il porta son verre à ses lèvres et le vida.

Puis il tendit la main vers le foulard que tenait sa mère.

Sept filles nues redescendirent dans la piscine et composèrent des combinaisons amoureuses. Ce n'était pas facile de se maintenir au fond dans ces positions absurdes en ayant l'air d'y prendre plaisir. C'était du sport. Elles s'entraînaient tous les jours.

L'assistance faisait cercle autour d'Olivier. Cela avait commencé d'une façon banale, et puis c'était devenu tout à coup excitant. Qu'est-ce que ce salaud de Marss avait dans la tête ? Il avait d'abord poussé dans les bras d'Olivier Judith, une brune aux cheveux coupés court comme des copeaux.

— Comment voulez-vous que je les reconnaisse ? avait dit Olivier, je ne les connais pas !

— Tu diras simplement « blonde » ou « brune », pour toi ça suffit.

Deux couples étaient restés sur le divan du fond, vert cru, sous la fenêtre en forme d'œuf derrière laquelle un projecteur illuminait un pin échevelé.

Ils étaient en train d'essayer de donner un peu d'intérêt à cette soirée aussi morne que tant d'autres, en faisant des échanges et des découvertes sans surprises, pour se transformer en un quatuor bientôt exténué et écœuré.

Le whisky inhabituel emplissait Olivier d'euphorie, lui bourdonnait aux oreilles une chanson de plaisir, exaltait les élans de son jeune corps. La fille qu'il palpait était bien fichue, ses seins nus sous sa robe légère s'excitaient au toucher de sa main. Il se demanda : blonde ou brune ? C'est pile ou face... Il remonta ses mains vers le visage,

toucha du bout des doigts les joues rondes, le nez rond, les oreilles minuscules, les cheveux bouclés...
— Brune ! dit-il.
Il y eut quelques bravos. La fille sourit, Olivier lui plaisait.
— Non, dit Marss, elle est blonde !
Il mit sa main sur la bouche de la fille qui commençait à protester, et la projeta sur un divan.
— Tu as pas l'habitude, dit Marss. Tu as droit encore à un essai. Une autre !...
Il regarda autour de lui, fit semblant de chercher. Olivier attendait, les mains levées, les doigts un peu écartés, comme un aveugle qui n'a pas encore l'habitude d'être aveugle. Marss se décida, posa sa main sur l'épaule d'Edith-la-Rousse, qui eut un sursaut de recul.
— Celle-là !...
— Ça va pas, non ? dit Edith.
Marss se mit à rire.
— Ça te dit rien de goûter à un beau petit mâle ?... Bon, bon, bon... Une autre !...
Il prit brusquement Martine par les deux épaules, et la poussa devant Olivier.
— Celle-là ! Blonde ou brune ?...
Martine sentit tout son sang se figer dans son corps et son cœur se mettre à cogner, affolé, pour remettre en marche la circulation bloquée...
Un silence étonné se fit dans le salon. Qu'est-ce qu'il mijotait donc, ce salaud de Marss ? On savait que ce n'était pas son genre de partager les femmes ou le reste.
Olivier sourit, leva les deux mains et les posa sur les cheveux de Martine.
— Non, dit Marss, pas les cheveux, c'est trop facile. Descends...
Olivier laissa retomber sa main gauche et du bout des doigts de sa main droite, se posa légèrement sur ce visage qu'il ne croyait pas connaître. Il suivit les fins sourcils, toucha un instant les paupières qui se fermèrent, caressa les joues un peu creuses, suivit entre le pouce et l'index la courte ligne du nez, parvint à la bouche. Les lèvres étaient humides et tremblaient un peu. Il mit son index horizontal entre les lèvres humides et les écarta. Il ne reconnaissait rien. Il souriait. Martine s'efforçait de ne pas s'évanouir, de tenir bon. Des ondes glacées et brûlantes venaient de l'intérieur de sa tête vers son visage. Son nez et ses sourcils se couvraient de gouttes de sueur.
— Alors, dit Marss, blonde ou brune ?
— Je ne sais pas, dit Olivier.
— Tu connais peut-être mieux plus bas, cherche...
Martine était vêtue d'une robe de Paco Rabane, semblable à celle de Soura, en pastilles de plastique plaquées or.
— Cette robe te gêne, dit Marss.
Il en écarta les bretelles, et la robe tomba autour des pieds de Martine avec un petit bruit de monnaie.

Les mains d'Olivier, qui s'abaissaient vers les épaules, s'arrêtèrent brusquement. Il n'avait vu que deux robes qui pouvaient faire ce bruit-là. Celle de Soura et celle de... De qui ?... Sa mémoire, brusquement, refusait de lui répondre. Il n'y avait pas de visage au-dessus de cette robe. Blonde ? Brune ? Whisky... Il ne buvait jamais... Deux robes, peut-être trois, peut-être beaucoup... Il n'avait pas tout vu... Des robes, des tas de robes... Deux robes...

Le bout de ses doigts tremblait.

— Alors, dit Marss, tu t'endors ?

Olivier posa ses mains sur les épaules nues.

Martine se contracta comme une pierre.

— Plus bas, dit Marss, cherche !

Il dégrafa dans le dos le soutien-gorge de Martine, le tira et le jeta au loin.

Personne ne disait plus rien. Personne n'entendait même plus gémir la négresse de l'électrophone, qui en était à son cinquantième malheur.

Olivier essayait de se rappeler le visage sur lequel il avait promené le bout de ses doigts. Le sourcil, le nez, la bouche... Il ne savait pas, il n'avait rien reconnu.

Ce devait être Soura, ou une autre, n'importe qui...

La main droite d'Olivier glissa de l'épaule vers le cou, descendit entre les deux seins. Elle s'arrêta un instant. Marss regardait, les yeux féroces, un coin de bouche retroussé. Lentement, la main d'Olivier se détacha de la peau tiède, humide de terreur et d'émoi, se creusa en forme de coupe et vint envelopper le sein gauche sans le toucher. Sa main se crispa, il ferma le poing, le rouvrit...

Devant les yeux de Martine, le visage d'Olivier barré du foulard noir grandissait, emplissait toute la pièce, tout l'univers. La main d'Olivier s'approchait lentement...

Brusquement, il reçut comme la foudre. Au centre de sa main, au point parfait le plus sensible, une pointe de chair dure s'était posée, et y creusait un abîme de glace et de feu.

Martine tomba comme un chiffon, évanouie ou morte.

Soura arracha sa robe, se colla contre Olivier, lui prit les mains, les plaqua sur ses seins-pastilles en glapissant.

— *It's me, darling ! Y love you ! You're beautiful ! Kiss me, darling ! Take me !* ...

Olivier porta la main à sa tête pour enlever le foulard. Il hésita une seconde, puis laissa retomber sa main.

— Conduis-moi, dit-il.

Un bruit léger l'éveilla. Il ne savait pas ce que c'était. Il était las, il était bien. Il écouta sans ouvrir les yeux. Il n'y avait que le silence, le bruit apaisant des jets d'eau et de quelques grillons. Très loin, vraiment très loin, le petit halètement du moteur d'un bateau de pêche. Et puis cela recommença. C'était un léger soupir de femme, qui venait du dehors par la baie ouverte, et qui semblait emplir la nuit.

Olivier ouvrit les yeux et s'assit. Il était couché sur un lit large et bas, aux draps imprimés de grandes fleurs violettes. A côté de lui, Soura toute nue dormait sur le ventre, droguée de whisky et d'amour. Ses petites fesses dures avaient l'air d'un derrière de garçon. Olivier les caressa de la main et sourit. Elle ne bougea pas.

De nouveau il y eut dans l'air ce soupir qui semblait venir du ciel, et qui se prolongea.

Olivier perdit son sourire, se leva et s'habilla. Dans une niche du mur, près de la veilleuse, était posée une torche de plongeur, enrobée de caoutchouc. Il la prit et sortit sous la galerie qui faisait le tour du jardin.

Un grillon qui chantait tout près se tut.

Le rond lumineux de la torche précédait Olivier. Il entra dans la chambre voisine, éclaira sur la fourrure qui couvrait le sol une paire de sandales de femme dorées, près de l'appareil du photographe. Il sortit.

Une femme passa derrière Olivier dans le noir, en chantonnant à voix très basse une chanson en allemand, tendre et triste, une chanson qui attendait et demandait l'impossible.

Le rond lumineux entra dans la chambre suivante, éclaira le lit. Une fille brune, les yeux clos, les bras en corbeille au-dessus de sa tête, dormait. Sur sa poitrine nue, la chevelure rousse d'Edith, comme un feu abandonné. La torche quitta le lit, accrocha dans un coin de la chambre un grand panier à linge plein de chiffons de soie multicolores. Sur les chiffons dormait l'enfant nu à la cheville cerclée d'or. C'était l'enfant des deux filles. Elles avaient voulu un enfant. Elles étaient parties en Suède, pendant un an, elles étaient revenues avec un nouveau-né. On ne savait pas qui le leur avait fait. On ne savait pas laquelle les deux l'avait fait. C'était leur enfant.

Olivier sortit et de nouveau il y eut ce soupir qui semblait venir de partout et qui se prolongea par un petit râle, le commencement de la joie profonde de l'amour.

Olivier comprit. Il y avait, disséminés dans le jardin, des haut-parleurs qui diffusaient un disque.

Ou peut-être pas un disque...

Il devina dans le noir une sorte de fantôme et leva sa torche. Elle éclaira un cheval blanc peint de grandes fleurs bleu pâle, qui dormait debout au bord d'un bassin. Derrière lui, un jet d'eau montait et se brisait en perles dans le faisceau de lumière.

Un léger coup de vent tiède mélangea les parfums du thym, du romarin, des cyprès, et des poivriers, et les déposa en une bouffée molle et lourde tout autour d'Olivier.

La femme, maintenant, ne s'arrêtait plus. C'était lent et profond, cela venait du fond du ventre et montait jusqu'aux étoiles.

Ce n'était pas un disque...

Olivier marcha à grands pas vers le fond du jardin. Les grillons se taisaient à son passage et dernière lui. A l'est, le bord du ciel commençait à se teinter de rose blême, révélant la ligne courbe de la mer.

La femme qui chantait doucement la chanson allemande s'était assise sur le tapis de fleurs innombrables qui entouraient au ras du sol le cadran solaire. Elle se déshabillait sans cesser de chanter. Elle était blonde, grande et forte, de chair très blanche. Elle avait laissé l'âge l'atteindre et un peu la dépasser. Quand elle fut nue, elle s'étendit entièrement sur les fleurs multicolores au pied du cadran solaire, et ses seins lourds s'épanouirent sur les côtés de son torse. Elle chantait toujours et elle attendait, les mains posées à plat sur la fraîcheur des fleurs ouvertes.

Dans la nuit les couleurs des fleurs n'avaient pas de couleur, et le temps ne recommencerait que lorsque le soleil poserait ses doigts sur le cadran qui dort, pour l'éveiller.

Sur la petite pièce de gazon, au pied des bambous et de l'Apollon aux bras brisés, le modéliste et son assistant dormaient côte à côte, hermétiquement vêtus, la main dans la main. La lampe d'Olivier passa sur leurs visages sans les réveiller.

Le gémissement de la femme était devenu comme une protestation devant tant de joie, et une stupéfaction sans cesse augmentée, et un remerciement éperdu à celui qui la lui donnait, et à elle-même qui était capable de tant en éprouver, et à Dieu qui les avait faits et réunis pour faire ce qu'ils faisaient. Cette houle de joie entrait dans toutes les chambres et montait plus haut que les cyprès, coulait sur la colline vers la mer. Les couples endormis se réveillaient et se rapprochaient.

Olivier courut le long de la piscine, dévala le sentier, arriva à la porte du deuxième étage. Il poussa. Elle était ouverte. La salle du colin-maillard était déserte et en désordre, sentait l'alcool répandu et les parfums tournés. Le cri de la femme ne lui parvenait plus maintenant des haut-parleurs, mais de l'intérieur de la maison, discret, intime, plus grave encore et plus brûlant.

Il ouvrit des portes, dévala un escalier, surgit dans la chambre de Marss.

A la tête du lit, une petite table chinoise noire supportait une lampe avec un abat-jour rouge. Elle éclairait le corps massif et brun de Marss, étendu nu sur le corps doré, écartelé, de Martine, et le travaillant lentement, depuis toujours jusqu'à l'éternité.

Martine avait les yeux ouverts et le visage tourné vers la porte, mais elle ne voyait rien. Elle ne vit pas entrer Olivier. Elle tourna la tête de l'autre côté, puis de l'autre, puis de l'autre, et sa bouche presque fermée laissait s'échapper ce chant de joie qu'elle n'entendait pas, qui était celui de sa chair pénétrée, habitée, remuée, transmuée, libérée de son état de chair, de ses dimensions et de ses limites. Une mer de joie doucement balancée.

Marss avait une touffe de poils sur les reins. Olivier saisit une autre table chinoise qui se trouvait près de lui, la souleva jusqu'au plafond, et frappa juste à cet endroit. Marss hurla. Olivier le saisit au cou et l'arracha du ventre de sa mère. Marss tomba à terre sur le dos. Olivier le frappa du pied, sauvagement, à la volée, à la tête, au ventre, partout, jusqu'à ce qu'il se tût.

Le modéliste et son assistant s'étaient réveillés et assis, sans se quitter la main.

— Qu'est-ce qui lui arrive ? dit le jeune homme effrayé.
— C'est rien. Il doit se faire fouetter... C'est un porc !... dit le modéliste.

On n'entendait plus rien.

— T'inquiète pas, mon coco.

Il porta à ses lèvres la main délicate du garçon, en baisa les doigts ravissants et se rallongea sur l'herbe.

Martine, précipitée du paradis vers l'enfer, regardait avec des yeux d'horreur Olivier penché vers Marss inanimé. Lentement, Olivier se redressa et la regarda. Elle se rendit compte alors qu'elle était nue. Elle essaya vainement de tirer à elle un bout de drap pour se cacher, elle ne comprenait pas, c'était épouvantable, elle devenait folle, elle croisa ses bras sur sa poitrine, croisa ses genoux, ce n'était pas possible, pas possible.

Les yeux d'Olivier étaient comme des yeux de bête morte.

Il se détourna et sortit.

Un énorme soleil rouge sortait de l'horizon marin. Olivier, à genoux dans la mer, se frottait d'eau et de sable, la poitrine, le ventre, le visage. Il râlait, tremblait, sanglotait, criait, il lui semblait qu'il n'arriverait jamais à se nettoyer de l'ordure. Il puait jusqu'au plus profond de lui-même. Il se roula dans l'eau, se laissa submerger, avala de l'eau, cracha, se leva en pleurant, se laissa tomber sur le sable, les bras écartés, les yeux au ciel. Peu à peu, la fatigue et le doux bruit de la mer le calmèrent. Ses sanglots s'espacèrent, puis se turent. Il sombra dans le sommeil, d'un seul coup, se réveilla aussi brusquement. Il n'avait pas dormi une minute. Il se leva et se rhabilla.

A quelques mètres, deux bateaux étaient amarrés à la petite jetée privée de Marss. Il se dirigea vers le plus gros et sauta dedans.

Il y avait au fond un masque de plongée, une robe de femme rouge, trempée d'eau de mer, un bouquet fané dans un seau à champagne vide, un pantalon de toile bleue, un fusil sous-marin et sa flèche à laquelle était encore embroché un gros poisson couvert de mouches.

Olivier se servit de la robe pour ramasser le poisson et le jeter à l'eau avec le fusil. Il fouilla les poches du pantalon, y trouva un briquet en or, quelques billets de cent francs, de la monnaie, un mouchoir. Il garda l'argent et le briquet, jeta tout le reste à l'eau, puis largua l'amarre et se dirigea vers le moteur. Il savait vaguement comment ça fonctionnait. Il était sorti, plusieurs fois, à Saint-Cloud, dans celui de Victor, un copain de fac, le fils de la grande épicerie de luxe Victor. On ne l'avait pas vu aux barricades...

Quelques minutes plus tard, le bateau filait vers le soleil levant.

Il débarqua sur une petite plage italienne, et arriva jusqu'à Rome en faisant du stop. Il vendit le briquet, changea son argent français, entra dans un bureau de poste, prit l'annuaire des noms commençant par E et chercha en vain l'adresse qui le préoccupait.

Près de lui, un Romain, rond de la tête et rond des fesses, feuilletait un autre annuaire. Olivier l'interrogea :

— Excusez-moi... Vous parlez français ?

L'homme sourit, prêt à rendre service.

— Commé ça...

— Comment dit-on « équipe », en italien ?

— Equipe ? C'est Squadra ! La « Squadra Azura » ! Hé ? Vous connaissez ?

— Non...

— Vous êtes pas sportif !...

Il se mit à rire.

— Qu'est-ce qué vous cherchez ?

— Les Equipes Internationales de Solidarité, je sais qu'elles ont un bureau à Rome.

L'homme repoussa l'annuaire que consultait Olivier.

— C'est pas celui-là, attendez !

Il en prit un autre et se mit à le feuilleter rapidement.

En sortant, Olivier acheta des journaux français et alla s'asseoir à la terrasse du Café de la Colonne, pour les lire.

A la troisième page de *Paris-Presse*, dans la rubrique des échos parisiens, on signalait que le play-boy milliardaire Anton Marss avait fait une chute dans l'escalier de sa villa après une soirée mouvementée et devait garder le lit plusieurs jours.

Manzoni était assis derrière une petite table misérable qui lui servait de bureau, couverte de dossiers et de courrier éparpillé. Il y avait deux téléphones. Manzoni était en train de parler dans l'un d'eux, avec passion, presque sauvagement, en faisant de grands gestes avec son autre bras. Olivier, debout devant la table-bureau, le regardait, sans comprendre ce qu'il disait. Il entendait seulement de temps en temps « Commandatore », « Commandatore »...

Manzoni était un homme pauvre, ou plutôt un homme qui ne possédait rien, car il avait tout donné aux Equipes, ses biens et sa vie. Il avait cinquante ans, des cheveux gris frisés. Il était plutôt gras, car en Italie les pauvres ne mangent que des spaghetti. Il était en train d'expliquer qu'il lui fallait de l'argent ! Et encore de l'argent ! Les Equipes venaient d'ouvrir une cantine à Calcutta, pour servir du riz à des enfants, mais elle ne pouvait servir que six cents portions, et chaque matin il y avait plusieurs milliers d'enfants qui faisaient la queue, et chaque matin il y en avait plusieurs qui étaient morts. Il fallait *encore* de l'argent !

Et au bout du fil, le Commandatore protestait. Il avait déjà donné tant, et tant, et ceci, et cela... Que Manzoni s'adresse un peu ailleurs !

— Et à qui voulez-vous que je m'adresse, tonna Manzoni, sinon à ceux qui donnent ?

Il obtint une promesse, raccrocha, et s'essuya le front.

— Vous m'escousez, dit-il en français à Olivier. Il fallait que je téléphone. C'est terrible !... Il faut que j'en trouve encore ailleurs... On a jamais assez ! Jamais assez ! Alors, vous voulez aller en Inde ?

— Oui, dit Olivier.

— Vous savez ce que nous y faisons ?

— Oui...

Manzoni se leva, s'approcha d'Olivier pour mieux le voir et le tutoya.

— Qui t'a parlé de nous ?

— Un copain de Paris. Il est parti en Inde l'année dernière.

— Pourquoi tu t'es pas adressé à notre bureau de Paris ?

— Paris me dégoûte !... J'ai quitté la France, maintenant je veux quitter l'Europe.

Manzoni frappa du poing sur la table.

— Nous n'avons pas besoin de types dégoûtés, aux Equipes ! Il nous faut des garçons enthousiastes ! Ayant de l'amour ! Et le sens du sacrifice ! Est-ce que tu as tout ça ?

— Je ne sais pas, dit Olivier durement. Je suis comme je suis, vous me prenez ou vous me prenez pas.

Manzoni recula d'un pas, mit ses mains à plat sur ses hanches, et regarda Olivier. Ce garçon lui paraissait de bonne qualité, mais on ne pouvait pas envoyer n'importe qui là-bas. Non, pas n'importe qui...

Olivier regardait ce petit homme rond, et, au-dessus de sa tête, une affiche des Equipes, représentant un enfant au teint sombre, aux yeux immenses, qui demandait aux hommes de sauver sa vie.

— Comment il s'appelle, ton copain ? demanda brusquement Manzoni.

— Patrick de Vibier.

— Patrick ! Tu devais le dire plus tôt ! C'est un garçon formidable ! Tiens, il est là...

Manzoni s'approcha d'une carte de l'Inde épinglée au mur près de l'affiche, et se soulevant sur la pointe des pieds, atteignit avec peine une punaise à tête rouge en haut de la carte.

— ... à Palnah. Il fait des puits... Il devait y rester deux ans, mais il est malade, il faudrait qu'il rentre, nous avons personne pour le remplacer... Nous manquons de tout, mais surtout de volontaires !... Tous ces ragazzi ! Au lieu de traîner dans les rues et de se passionner pour le Giro ! Ils sont bons qu'à des futilités ! Et vous, les Parisiens, vous croyez qu'il y a rien de mieux à faire que des barricades, dans le monde ?

Il criait, il était furieux, couvert de sueur. Il s'épongea de nouveau, vint s'asseoir derrière la table.

— Tu veux aller le remplacer ?

— Je veux bien...

— Je vais lui télégraphier, s'il se porte garant de toi, je t'envoie. Tu connais nos conditions ?
— Oui.
— Tu t'engages à y rester deux ans !
— Je sais...
— Tu travailleras pour rien... Tu vas pas là-bas pour gagner ta vie... C'est pour gagner la vie des autres !
— Je sais...
— Naturellement, c'est nous qui payons ton voyage...
— Je sais...

Manzoni frappa des deux poings sur la table et se leva de nouveau.
— Il nous faut de l'argent ! De l'argent !

Il alla ouvrir toutes les portes du bureau, cria des noms. Des garçons et des filles de tous âges accoururent, effarés, tous les employés bénévoles, les stagiaires, tout le personnel de l'équipe de Rome. Manzoni prit sur une étagère une brassée de boîtes à collecte. Sur leur corps cylindrique était collée une petite reproduction de l'affiche représentant l'enfant affamé. Il les leur distribua en les bousculant et en criant :
— *Ci vuol danaro* !... Il nous faut de l'argent ! Allez mendier ! Laissez tout tomber !... Mendier ! *Mendicare ! Mendicare !* ...
— Toi aussi, dit-il à Olivier, en lui collant une boîte dans les mains.

Il les poussa tous dehors, s'assit de nouveau, s'épongea, décrocha le téléphone et appela un autre commandatore.

Il n'y avait presque personne dans l'avion. Olivier était assis à droite, en avant des ailes, près du hublot. Il avait d'abord regardé le paysage, puis s'était endormi. Quand il se réveilla, il faisait nuit. Une étoile énorme scintillait dans ce qu'il voyait du ciel. Le ciel était noir. Il n'avait jamais vu d'étoile aussi grosse, ni le ciel aussi noir.

La voix douce de l'hôtesse annonça en plusieurs langues que l'avion allait faire une courte escale technique à Bahrein, que les voyageurs n'auraient pas le droit de quitter l'appareil, qu'ils étaient priés d'attacher leurs ceintures et d'éteindre leurs cigarettes, merci.

Bahrein. Olivier se rappela : une île minuscule dans le golfe Persique. Bourrée de pétrole. L'avion tourna et commença à descendre. L'énorme étoile disparut. Olivier boucla sa ceinture. Il avait emmuré dans sa tête les images de la nuit de la villa de Marss. Il ne voulait plus y penser, il ne VOULAIT plus. Quand une image s'échappait de la réserve où il les tenait entassées, comprimées, interdites, et se présentait, fulgurante, aux yeux de sa mémoire, quelque chose comme les griffes d'acier d'une pelleteuse lui broyait l'intérieur de la poitrine au-dessus du cœur. Et pour la faire retourner à l'oubli, il lui fallait un effort de volonté presque musculaire qui lui tétanisait les mâchoires et lui couvrait le visage de sueur.

Quand l'appareil fut arrêté, Olivier quitta son siège et sortit sur la petite plate-forme au sommet de l'échelle. Il fut frappé par un vent chaud, constant, qui venait du fond de la nuit, coulait sans bruit, horizontalement, et apportait une odeur saturée de crottes de chameau et de pétrole.

Il fit une nouvelle escale à Bombay, où il dut changer d'appareil. Des perruches volaient à l'intérieur de l'aérogare. Des oiseaux inconnus nichaient dans les alvéoles des poutres de fer. Un énorme lézard, ses pattes en étoile collées à une vitre, dormait, le ventre au soleil.

Patrick l'attendait à l'aérogare suivante. Quand il lui frappa sur l'épaule, Olivier sursauta : il ne l'avait pas reconnu. Patrick, déjà filiforme à Paris, avait encore maigri. Ses cheveux étaient coupés à la tondeuse et son teint était devenu couleur de cigare. Des lunettes à monture métallique agrandissaient ses yeux au regard toujours aussi pur et clair que celui d'un enfant.

Après avoir joui un instant du désarroi d'Olivier, Patrick éclata de rire.

— Toi, tu n'as pas changé, dit-il.

— Qu'est-ce qui t'arrive ? répliqua Olivier en lui passant la main sur le crâne, tu as bouffé de la graine de Gandhi ?

— C'est à peu près ça... Tu as des bagages ?

Olivier souleva son sac.

— Tout ça !

— Parfait, ça ira plus vite à la douane. Je m'en occupe. Donne. Va présenter ton passeport là-bas...

Olivier présenta son passeport à un fonctionnaire à turban qui, en voyant le visa bon pour un séjour de deux ans, devint tout à coup hostile. Il lui demanda en anglais ce qu'il venait faire en Inde. Olivier ne comprit pas et répondit en français qu'il ne comprenait pas. Mais le fonctionnaire savait. C'était encore un de ces Occidentaux qui venaient pour « sauver » l'Inde avec leurs conseils, leurs dollars, leur morale, leur technique et leur certitude de supériorité. Le passeport était en règle. Il ne pouvait rien. Il le frappa d'un coup de cachet qui avait l'intention d'un coup de poignard.

De grands ventilateurs pareils à des hélices d'avions périmés garnissaient les plafonds de l'aérogare et brassaient mollement un air torride. Olivier se laissa tomber dans un fauteuil. Il avait trop chaud, il avait soif, il avait mauvaise conscience, il se sentait très mal à l'aise. Patrick arriva avec son sac.

— Allez, debout, feignant ! La jeep nous attend dehors. Et il y a du chemin à faire avant ce soir !

Olivier se leva et prit son sac. Patrick était heureux comme un frère qui a retrouvé son frère.

— Quand Rome m'a télégraphié, je me suis dit : c'est pas possible, c'est une blague !

— Presque, dit doucement Olivier.

— J'aurais aimé rester avec toi. Tous les deux ici, tu te rends compte ? Ça aurait été formidable ! Mais je suis claqué... Les amibes... Peut-être le manque de viande, la chaleur... Je ne sais pas... Je me traîne, je ne suis plus bon à rien... Il faut que j'aille respirer quelques mois... Mais on se retrouvera ! Je reviendrai !

Il donna sur l'épaule d'Olivier une tape affectueuse légère comme la caresse d'une aile.

Ils arrivèrent à proximité de la porte. Olivier s'arrêta et tourna un peu la tête vers Patrick. Il était soucieux.

— Tu es vraiment fatigué ?

— A peu près à l'extrême bout de mes forces... Ce n'est pas facile, tu verras, mais toi, tu es costaud...

Olivier baissa la tête. Comment lui dire ? Et puis il se redressa et lui fit face, les yeux dans les yeux. Il faut dire la vérité. Il avait déjà trop menti depuis son arrivée à Rome.

— Ecoute, ça m'embête... Je pense qu'ils t'enverront quelqu'un d'autre sans tarder... Mais moi je ne vais pas avec toi...

— Quoi ?... Où est-ce qu'ils t'envoient ?...

Patrick était consterné, mais sans révolte. Il connaissait l'immensité de la tâche entreprise par les Equipes, et les limites dérisoires de leurs moyens. Elles faisaient face où elles pouvaient, comme elles pouvaient.

— Ils m'envoient nulle part, dit Olivier. C'est moi qui vais ailleurs... Je vais à Katmandou...

— Katmandou ? Qu'est-ce que tu vas faire à Katmandou ?...

Patrick ne comprenait pas. Cette histoire lui paraissait absurde.

— Je vais régler un compte dit Olivier. Avec un salaud. C'est nécessaire. Je n'avais pas d'argent, je me suis servi des Equipes pour arriver jusqu'ici et maintenant je continue, c'est tout.

— C'est tout ?

— Oui...

— Tu me parles d'un salaud... Et toi, qu'est-ce que tu penses que tu es ?

— Je suis ce qu'on m'a fait devenir ! dit Olivier furieux. Je vous le rembourserai, votre voyage ! Ce n'est qu'un emprunt ! Pas la peine d'en faire une montagne !

Patrick ferma un instant les yeux, exténué, et les rouvrit en essayant de nouveau de sourire.

— Excuse-moi. Je sais bien que tu n'es pas un salaud...

L'épuisement physique de Patrick et son indulgence, et son amitié, exaspérèrent Olivier.

— Même si je suis un salaud, je m'en fous ! Et si je n'en suis pas un, j'espère que je le deviendrai ! Ciao !

Il mit son sac sur son épaule, et tourna le dos à Patrick. Au moment où il allait franchir la porte, celui-ci l'appela.

— Olivier !

Olivier s'arrêta, irrité. Patrick le rejoignit.

— On ne va pas se fâcher, ça serait idiot... Ecoute, Palnah, c'est dans ta direction... Si tu veux, je t'emmène avec la jeep, ça t'épargne les deux tiers du chemin. Après, tu peux faire le reste un peu à pied, un peu par le train, jusqu'à la frontière du Népal...
Il mit la main sur l'épaule d'Olivier.
— Tu as tes raisons, je regrette, c'est tout...
Olivier se détendit un peu.
— D'accord pour la jeep, je te remercie...
Il parvint enfin à sourire. Il dit :
— Ça m'aurait embêté de ne pas passer un moment avec toi...

Quand la jeep sortit des faubourgs de la ville, pour s'engager sur une route de campagne, Olivier, blême, ferma les yeux et resta un long moment sans les rouvrir. Sous ses paupières se déroulaient de nouveau les images qu'il venait de voir et il ne parvenait pas à croire que c'était possible. Il soupçonnait Patrick d'avoir choisi exprès cet itinéraire, mais peut-être tout autre parcours lui eût-il montré les mêmes choses.

Ils avaient d'abord suivi une série d'avenues somptueuses, incroyablement larges, bordées d'immenses jardins bouillonnants de verdure et de fleurs, derrière l'épaisseur desquels se devinaient de grandes maisons basses blotties dans la fraîcheur. C'était le quartier des grandes résidences, auquel succéda celui des grands hôtels et des affaires. Beaucoup d'espace, beaucoup d'ordre. Une chaleur torride tombait d'un soleil à demi voilé. Les chemises des deux garçons étaient trempées de sueur, mais Olivier devinait qu'il devait faire bon dans toutes ces demeures où régnait certainement l'air conditionné.

Et puis Patrick quitta une avenue déjà plus étroite et s'engagea dans une rue. Ce fut d'un seul coup l'entrée dans un autre monde. Avant qu'Olivier ait eu le temps de vraiment regarder autour de lui, la jeep dut s'arrêter devant une vache squelettique, debout au milieu de la rue, immobile, la tête pendante. Patrick fit ronfler son moteur et donna un coup de klaxon. La vache ne bougea pas. Il semblait qu'il ne lui restait plus assez de vie pour la porter plus loin, fût-ce d'un centimètre. Et il n'y avait pas la place de passer, ni à sa gauche ni à sa droite.

Il y avait des hommes, des enfants, des femmes, entassés le long du mur où se trouvait l'ombre. Ils étaient assis ou couchés, et ceux qui avaient les yeux ouverts regardaient Patrick et regardaient Olivier. Et leur regard n'exprimait rien, ni curiosité, ni hostilité, ni sympathie, rien qu'une attente sans fin de quelque chose, de quelqu'un, peut-être de l'amitié, peut-être de la mort. Celle-ci était la seule visiteuse dont ils fussent certains qu'elle ne manquerait pas de venir. Elle venait à chaque instant. Olivier comprit avec stupeur qu'un des hommes qu'il voyait allongé parmi les autres, avec un pan de son vêtement rabattu sur son visage, était mort. Il y en avait un autre, en face, couché en plein soleil, qui n'avait pas eu assez de force pour venir du côté de l'ombre, et qui attendait la visiteuse. Il ne portait qu'un mince chiffon autour de la ceinture, et chacun de ses os était sculpté sous la peau couleur de tabac et de poussière. Il ne restait pas assez d'eau en lui pour que le soleil parvînt à le faire transpirer. Ses yeux étaient fermés, sa bouche entrouverte au milieu de sa barbe grise. Sa poitrine se soulevait légèrement, puis retombait. Olivier regardait cette cage d'os devenue immobile et il se passait alors un moment atroce où il se demandait si c'était fini, ou si... Et la poitrine, par une incroyable obstination, se soulevait de nouveau.

La vache ne bougeait toujours pas. Patrick descendit de la jeep, fouilla sous son siège, en sortit une poignée d'herbe sèche, et vint la présenter à la vache. Celle-ci eut une sorte de soupir et avança le mufle. Patrick recula, la vache suivit. Quand elle eut dégagé assez de place pour la jeep, Patrick lui donna l'herbe.

Ils repartirent. Olivier ne quittait pas des yeux l'homme au soleil. Il tourna la tête pour continuer de le voir, jusqu'à ce qu'un groupe d'enfants le lui cachât. Le groupe d'enfants le regardait. Tous les enfants le regardaient. Il ne voyait plus que des yeux d'enfants, immenses, qui le regardaient avec une gravité effrayante, et attendaient de lui... Quoi ? Que pouvait-il leur donner ? Il n'avait rien, il n'était rien, il ne *voulait* rien donner. Il avait décidé d'être désormais du côté de ceux qui *prennent*. Il serra les dents, cessa de regarder vers la foule de l'ombre. Mais la jeep allait lentement, se frayant un chemin dans l'étroite rue encombrée par des véhicules tirés par des hommes maigres ou par des buffles. Elle dut s'arrêter une deuxième fois pour laisser se dénouer un nœud d'interminablement lente circulation.

Un garçon nu, âgé de cinq ou six ans, accourut vers la jeep. Il tendit la main gauche pour mendier, en prononçant des mots qu'Olivier ne comprenait pas. Et de son bras droit il maintenait contre lui un nourrisson de quelques semaines, également nu, qui était en train de mourir. Son teint était d'un jaune verdâtre. Il avait fermé les yeux sur le monde qu'il n'aurait pas le temps de connaître, et il essayait d'aspirer encore un peu d'air, avec les mêmes mouvements de bouche qu'un poisson déjà depuis longtemps jeté sur le sable.

Un nuage de poussière enveloppait la jeep. De grands arbres inconnus bordaient des deux côtés la mauvaise route, et entre les arbres Olivier voyait jusqu'à l'horizon, à sa gauche et à sa droite, la campagne desséchée, sur laquelle d'innombrables villages étaient collés comme des croûtes sur la peau d'un chien galeux.

— Il n'a pas plu depuis six mois, dit Patrick. Il aurait dû pleuvoir après les semailles... Il n'a pas plu... Là où il n'y avait pas de puits, il n'y a pas de récolte...

— Et alors ?

— Alors ceux qui n'ont pas de réserves meurent.

Olivier haussa les épaules.

— Tu as essayé de m'avoir en me faisant traverser la ville, tu essaies encore ici... mais je ne marche pas. Ils ont un gouvernement ! Ils ont les Américains, l'UNESCO !

— Oui, dit Patrick doucement.

— S'ils sont cent millions en train de crever de faim, qu'est-ce que je peux y faire, moi ? Qu'est-ce que tu y fais, toi, avec tes trois gouttes d'eau ?...

— Même une seule goutte, dit Patrick, c'est mieux que pas d'eau du tout...

Il n'y avait plus d'arbres, et la route était devenue une piste qui traversait une terre craquelée comme le fond d'une mare aspirée par le soleil depuis d'interminables étés. Ils roulaient depuis des heures. Olivier avait perdu la notion du temps. Il lui semblait qu'il était arrivé par magie ou par cauchemar sur une planète étrangère qui achevait de mourir avec ses occupants.

Ils passèrent à côté d'un grouillement de vautours en train de dévorer quelque chose, vache ou buffle crevé. On ne voyait pas ce que c'était. Il y avait sur la proie plusieurs couches d'épaisseur de charognards. Ceux du dessus essayaient de se faire un chemin vers la nourriture en plongeant leur long cou à travers la masse des autres. Et il en arrivait encore, en vol mou et lourd, surgissant semblait-il de nulle part.

Ils traversèrent un village misérable, à moitié désert, dont les huttes aux toits de paille se serraient les unes contre les autres pour se protéger de la chaleur et du monde. Olivier ne vit que des femmes et des enfants, et des vieillards à bout de vie.

— C'est un village de parias, expliqua Patrick lorsqu'ils en furent sortis. Des sans-caste, des intouchables. Palnah, où je suis en ce moment, est pareil... Tous les hommes vont travailler dans un village voisin, un village riche... Enfin riche... je veux dire un village d'hommes qui ont une caste, d'hommes qui ont le droit de se considérer comme des hommes, même s'ils sont d'une catégorie inférieure. Les parias ne sont pas des hommes. On les fait travailler comme on fait travailler les buffles ou les chevaux, on leur donne de quoi se nourrir eux et leur famille, comme on donne une brassée de fourrage à un bœuf qui a fait son travail, et on les renvoie à l'étable, c'est-à-dire à leur village... S'ils veulent manger le lendemain, ils doivent revenir travailler... Ils ont des terres à eux, que le gouvernement leur a données, mais ils n'ont pas le temps de les travailler, pas le temps de creuser un puits... Avant d'arriver à l'eau, ils seraient morts de faim.

— Ce sont des cons ! gronda Olivier. Qu'est-ce qu'ils attendent pour se révolter ? Ils ont qu'à foutre le feu partout !

— Ils n'en ont pas l'idée, dit Patrick. Ils ont seulement l'idée qu'ils sont des parias. Ils ont cette idée-là depuis leur naissance, depuis des millénaires, depuis toujours. Est-ce que tu pourrais convaincre un bœuf qu'il est autre chose qu'un bœuf ? De temps en temps, il peut donner un coup de corne. Mais les parias n'ont pas de cornes.

La jeep était un petit nuage de poussière qui se déplaçait dans le désert. Un désert sec, mais habité, avec des villages partout, certains entourés d'un peu de végétation, la plupart desséchés jusqu'au ras des huttes. Ce qui était incroyable, c'était qu'il pût subsister là encore tant de vivants...

— Leur révolution, dit Patrick, c'est nous qui la faisons. Nous arrivons avec de l'argent. Nous ne leur donnons pas une aumône. Nous les payons pour travailler. Mais pour travailler *pour eux*. Ils creusent leurs puits, cultivent leurs terres, sèment, récoltent. Dès qu'ils ont assez de réserves pour attendre jusqu'à la prochaine récolte, nous pouvons partir, ils sont sauvés. Quand nous sommes arrivés, ils étaient des bêtes, quand nous les quittons, ils sont des hommes.

Olivier ne répondit rien. Il était accablé par la fatigue, le dépaysement et l'absurdité incroyable de ce qu'il voyait. La poussière lui entrait dans la gorge, crissait sous ses dents, le recouvrait d'une couche lunaire.

Peu à peu, la piste s'élevait au-dessus du niveau du sol. La jeep, bientôt, roula sur un talus qui s'élevait à plus d'un mètre au-dessus de la plaine.

— Ici, dit Patrick, quand ce n'est pas la sécheresse, c'est l'inondation. Toute cette région est submergée chaque année. La piste, à ce moment-là, affleure juste. Parfois, elle est noyée.

Le soleil baissait sur l'horizon, mais la chaleur restait la même. Le nuage de poussière commençait à se teinter de rose.

— Quand je suis arrivé à Palnah, ils étaient nus. Il y a des endroits où la nudité est l'innocence. Là, c'était seulement la nudité animale. Avant toute chose, nous les avons vêtus...

Ils approchaient d'un village dont les huttes s'aggloméraient sur une sorte de mamelon, une esquisse de colline qui devait le mettre en partie à l'abri des inondations.

— Voici Palnah, dit Patrick.

Au pied du village, il y avait une sorte d'entonnoir de plusieurs mètres de diamètre creusé dans la terre, avec un talus circulaire élevé tout autour, et un chemin qui descendait du haut du talus jusqu'au fond de l'entonnoir. C'était le puits.

Il n'était pas terminé, il venait seulement d'atteindre la nappe de terre imbibée d'eau. Il fallait creuser encore. Il y avait des hommes qui creusaient au fond de l'entonnoir, et des femmes debout tout le long du sentier circulaire qui montait jusqu'en haut du talus. Elles se passaient des paniers pleins de terre ruisselante, et lorsqu'ils arrivaient en haut, d'autres hommes s'en emparaient et en répandaient le contenu à l'extérieur du talus. C'était une terre jaune, sableuse, qui coulait avec l'eau qu'elle contenait, elle coulait sur les visages, sur les épaules et les corps des femmes, et les femmes riaient de la bénédiction de cette eau enfin sortie de la terre, et de cette terre qui coulait sur elles et les maquillait d'or.

La jeep s'arrêta au pied du puits, poursuivie par tous les enfants du village, qui l'avaient vue arriver.

Les hommes et les femmes qui étaient dans le puits interrompirent leur travail et ceux qui étaient dans les cases sortirent, et tous se rassemblèrent autour de la voiture et des deux hommes couleur de poussière et de boue.

— Tu vois, disait Patrick à Olivier, en lui montrant le talus circulaire, c'est pour protéger le puits contre l'inondation. Ici, il faut défendre l'eau contre l'eau. L'eau de l'inondation transporte tous les débris, les fumiers et les cadavres. Elle enrichit la terre, mais elle pourrit les puits. Il faut l'empêcher d'entrer...

Il y avait autour d'eux un grand silence attentif. Les hommes, les femmes, les enfants, écoutaient ces paroles mystérieuses qu'ils ne comprenaient pas.

Patrick se dressa dans la voiture et salua les gens du village en joignant les mains devant sa poitrine et en s'inclinant vers eux, dans plusieurs directions. Ce n'était pas un salut solennel, c'était un salut d'amitié, accompagné d'un sourire.

Il sauta à terre. Olivier se leva à son tour et vit tous les yeux se fixer sur lui, ceux des hommes, ceux des femmes, et ceux des enfants. Ils n'avaient pas le même regard que ceux de la ville où les hommes couchés attendaient de mourir, mais ils leur ressemblaient : ils étaient ouverts. Tous les yeux qu'il avait vus depuis son arrivée en Inde étaient *ouverts*. Le mot lui vint brusquement à l'esprit et il se rendit compte en un instant que jusque-là il n'avait jamais vu que des yeux *fermés*. En Europe, à Paris, même les yeux de sa grand-mère, ceux de sa mère — non non non non, ne pas penser à sa mère — tous les yeux, ceux de ses copains, des filles du métro, les yeux brillants excités des barricades, tous ces yeux aux paupières ouvertes étaient des yeux *fermés*. Ils ne voulaient rien recevoir et rien donner. Ils étaient blindés comme des coffres, infranchissables.

Ici, de l'autre côté du monde, les yeux étaient des portes ouvertes. Noires. Sur les ténèbres du vide. Elles attendaient que quelque chose entrât et allumât les feux de la lumière. Peut-être le geste d'un ami. Peut-être seulement un espoir de Dieu au bout de l'éternité interminable. Mourir, vivre, il ne semblait pas que cela fût important. L'important, c'était de recevoir quelque chose, et d'espérer. Et toutes les portes de ces yeux étaient immensément ouvertes pour recevoir cette trace, ce soupçon, cet atome d'espoir qui devait exister quelque part dans le monde infini et qui avait le visage d'un frère, ou d'un étranger, ou d'une fleur, ou d'un dieu.

Dans les yeux ouverts des femmes et des hommes et des enfants qui entouraient Olivier, il y avait quelque chose qui manquait dans les yeux de la ville. Il y avait, au fond des ténèbres, une petite flamme qui brillait. Ce n'était plus le vide. Ils avaient attendu pendant mille ans, et quelqu'un était enfin arrivé et avait allumé la première lumière. Il y avait dans chaque regard une petite lumière qui en attendait une autre. Ils avaient déjà reçu, ils attendaient encore. Et en échange, ils se donnaient.

Olivier se sentit pris de vertige, comme au bord d'une crevasse sans fond ouverte dans un glacier. C'était lui que tous ces yeux ouverts attendaient.

— Viens au moins les saluer, dit Patrick... Je leur dirai que tu es envoyé ailleurs et que je reste. Je ne peux pas leur dire la vérité.

Olivier se secoua et se frappa pour chasser la poussière, et sauta en bas de la jeep.

— Dis-leur ce que tu voudras, dit-il, moi je file. Où est mon chemin ?

Dès qu'il eut mis pied à terre, les femmes et les hommes joignirent les mains devant leur poitrine et s'inclinèrent vers lui avec un sourire. Les enfants faisaient la même chose, et s'inclinaient plusieurs fois de suite, mais en riant.

— Salue-les ! dit Patrick à voix basse. Ils ne t'ont rien fait !

Olivier, maladroitement, embarrassé, conscient d'être ridicule et odieux, imita leur geste, s'inclina à gauche, à droite, en face...

— Ça va comme ça ? demanda-t-il, furieux. Où est ma route ?

— Tu ne veux pas dormir ici ? Il va faire nuit... Tu partiras demain matin.

— Non, dit Olivier, je m'en vais.

Il prit son sac dans la jeep et se le lança sur le dos.

— Ils ont préparé une petite fête pour ton arrivée... Reste au moins ce soir... Tu me dois bien ça...

Les regards allaient de Patrick à Olivier, d'Olivier à Patrick, il en sentait sur lui le poids négatif, l'appel insupportable.

— Je dois de l'argent, c'est tout. Je le paierai !... Si tu ne veux pas que je m'en aille au hasard, indique-moi la direction.

Mais le cercle des villageois était fermé autour de lui et de Patrick, et pour s'en aller, il lui faudrait le fendre, écarter ces gens des deux mains comme des branches dans une forêt où l'on a perdu le sentier. Patrick se taisait. Partir dans quelle direction ? Le nord... Le soleil se couchait à sa gauche. Le nord était devant lui. Il lui suffisait d'avancer tout droit.

Il fit un premier pas, et la foule s'ouvrit d'elle-même. Elle s'ouvrit de l'extérieur du cercle jusqu'à lui. Du village arrivait en courant une petite fille qui apportait quelque chose dans ses deux mains levées devant elle à la hauteur de sa poitrine. Quand elle parvint près d'Olivier, elle donna ce qu'elle portait à un vieillard qui se trouvait là. C'était un bol, un simple bol de plastique vert pâle, une ridicule camelote moderne, mais plein jusqu'au bord d'une eau claire dont l'enfant, en courant, n'avait pas répandu une goutte.

Le vieillard, en s'inclinant, donna le bol à Patrick en prononçant quelques mots. Patrick présenta le bol à Olivier :

— Ils t'offrent ce qu'ils ont de plus précieux, dit-il.

Olivier hésita une seconde, puis laissa tomber son sac, prit le bol à deux mains et en but le contenu jusqu'à la dernière goutte, en fermant les yeux de bonheur.

Quand il les rouvrit, la fillette était debout devant lui et le regardait en levant la tête, souriante, heureuse, avec des yeux grands comme la nuit qui tombait, et comme elle pleins d'étoiles.

Olivier ramassa son sac et le jeta dans la jeep.

— Bon, dit-il, je reste ce soir, mais demain matin, salut !

— Tu es libre, dit Patrick.

Ils avaient allumé un feu au milieu de la place du village, un petit feu, car le bois était aussi rare que l'eau, mais pour une fête offerte à un ami, on sacrifie ce qu'on possède. Ils étaient assis à terre, tout autour, en cercle, et une femme chantait. Un homme l'accompagnait en frappant une sorte de bûche de bois sec avec un petit cylindre de bois lourd. Il n'y avait pas d'autre instrument de musique dans le village.

En face de la femme, de l'autre côté du feu, Olivier et Patrick étaient assis côte à côte. Olivier souffrait de sa position-grenouille. Il ne savait pas s'asseoir sans siège. Ses cuisses repliées lui faisaient mal, et il n'osait plus bouger, car la fillette porteuse d'eau, qui était venue s'asseoir près de lui, sans rien lui dire, mais en lui souriant et en le regardant de ses yeux immenses, peu à peu s'était laissé envahir par la fatigue naturelle aux enfants du soir, s'était inclinée vers lui, avait posé sa tête sur sa cuisse, et dormait.

Par-dessus le chant de la femme, qui devint sourd et voilé comme une sorte d'accompagnement, la voix d'un homme s'éleva. Celui qui parlait avait une barbe presque blanche. Il regardait Olivier et faisait en parlant des gestes de ses bras et de ses mains, avec ses doigts qui s'écartaient ou se joignaient. C'était le chef du village, le vieillard à qui la fillette avait donné l'eau afin qu'il l'offrît à celui qui arrivait.

— Il te remercie d'être venu, dit Patrick à voix basse.

Olivier haussa les épaules. La fillette soupira dans son sommeil, bougea, bascula un peu, sa nuque reposant sur la cuisse d'Olivier, son visage clos et paisible tourné vers le haut de la nuit. Elle était visiblement détendue en totalité, en sécurité, heureuse.

Patrick sourit en la regardant. Il dit tout doucement à Olivier, tandis que le vieillard parlait encore :

— On dirait qu'elle t'a adopté !...

Un réflexe de défense contracta Olivier. Il sentit que s'il restait là quelques instants de plus il allait être pris au piège de cette confiance, de cet amour, de l'envie folle qu'il sentait monter en lui de rester avec ces gens et cette enfant blottie contre lui comme un petit chat, l'envie d'oublier ses douleurs et ses violences, et de terminer là son voyage.

Il rappela à son secours les souvenirs de mai, les déceptions, l'affrontement des égoïsmes... Et la soirée à la villa, avec sa mère dans le lit pourpre... Il entendit son gémissement dans la nuit qui sentait le cyprès et le romarin. Il se boucha les oreilles de ses deux mains, crispa ses yeux fermés, secoua la tête de douleur.

Patrick le regardait, surpris et inquiet ; il s'écarta légèrement de lui avec précaution. Il ne fallait rien dire, rien faire. Il venait de comprendre que son ami portait quelque part une blessure saignante qu'il avait sans le vouloir effleurée. Toute main que l'on tend vers un écorché ne lui donne que de la douleur. La guérison ne peut venir que de l'intérieur de lui-même, et du temps.

Olivier se ressaisit, regarda les villageois dont le feu faisait danser les visages. Ils lui étaient devenus indifférents comme des arbres.

Il souleva le buste de la fillette, la fit pivoter doucement, et l'étendit sur le sol. Elle ne se réveilla pas.

— Je m'en vais, dit-il à Patrick.

Il se leva et sortit du cercle de lumière.

Le vieillard se tut brusquement. Puis la femme. Tout le monde regardait dans la direction où Olivier avait disparu.

Patrick se leva à son tour. Il leur dit quelques mots dans leur langue. L'ami qui était venu devait repartir. Il était appelé ailleurs. Mais lui restait.

Olivier reprit son sac dans la jeep et se mit en marche entre les cases. La piste traversait le village et devait continuer vers le nord. Au lever du soleil, il s'orienterait.

Il buta contre une vache couchée dans le chemin. Il jura contre les vaches, contre l'Inde, contre l'univers. Une poule maigre endormie sur un toit s'éveilla, effrayée, caqueta, et se rendormit.

Olivier parvint au bas de l'autre pente de la colline, là où s'arrêtaient les dernières huttes. Dans le noir, il devina quelqu'un debout qui l'attendait. C'était Patrick. Olivier s'arrêta.

— Bon, dit-il, c'est par là ?...

— Oui... Tout droit ; dans un ou deux jours de marche, ça dépend de toi, tu trouveras une ville, Mâdirah. Le train y passe. Tu as de l'argent pour le train ?

— Un peu.

— Il ne va pas plus loin que la frontière. Dès que tu es au Népal, tu dois continuer à pied.

— Je me débrouillerai, dit Olivier... Je regrette : ici... je ne peux pas... J'espère qu'on t'enverra bientôt quelqu'un...

— Ne t'inquiète pas pour moi, dit Patrick... Tiens, tu oubliais l'essentiel.

Il lui tendit une gourde de plastique, pleine d'eau.

Ce fut son troisième jour après son entrée au Népal qu'il rencontra Jane.

Dans le train indien, il avait retrouvé la même foule que dans les rues de la ville. Un peu moins misérable, mais encore plus entassée. Elle continuait dans les wagons sa vie quotidienne comme si on avait seulement mis la rue sur des roues. Il avait cherché en vain une place assise. Dans un compartiment, une femme faisait cuire du riz entre les pieds nus des voyageurs, sur une petite lampe à gaz. Dans un autre, un saint homme très maigre, allongé sur une banquette, était mort ou mourant, ou peut-être seulement en méditation. Les autres occupants priaient à voix haute. Des baguettes piquées dans un petit objet de cuivre posé sur le sol brûlaient et répandaient un parfum mélangé d'encens et de santal.

Chaque fois qu'Olivier s'encadrait dans la porte d'un compartiment bondé, tous les yeux se tournaient vers lui. Seuls le saint homme et ceux qui étaient en prière ne le regardèrent pas. Il finit par s'asseoir dans le couloir, parmi d'autres voyageurs assis ou couchés. Il serra son sac contre lui et s'endormit. Quand il se réveilla, on lui avait volé l'argent qu'il avait dans la poche de sa chemise. C'était seulement trois billets d'un dollar. Il avait encore vingt dollars dans son sac.

A la frontière, les fonctionnaires du Népal ne firent aucune difficulté pour le laisser entrer. Ils étaient d'une gentillesse extrême. Ils parlaient en souriant un anglais atroce dont Olivier ne comprit pas un mot malgré tous ses souvenirs scolaires. Ils tamponnèrent son passeport, lui firent signer des formulaires mal imprimés sur du papier de mauvaise qualité. Il ne put pas arriver à comprendre combien de temps il était autorisé à séjourner. Il changea quelques dollars à un petit bureau de la Banque Royale qui n'était là que pour ça. On lui donna des roupies en billets et de la monnaie de cuivre. Il signa encore des papiers. Il demanda dans son anglais d'écolier comment on pouvait aller à Katmandou. On lui répondit abondamment avec des gestes, de grands sourires chaleureux et des phrases dans lesquelles il comprit seulement « Katmandou ». Il se retrouva de l'autre côté du poste frontière. Il y avait deux autocars et une seule route. Les autocars étaient de vieux camions centenaires sur lesquels avait été ajustée une carrosserie artisanale, peinte de paysages gais et de guirlandes de fleurs, et surmontée d'une sorte de frise de dentelle de bois sculpté. Ils étaient déjà l'un et l'autre bourrés de voyageurs assis, debouts, entassés presque jusqu'à gicler par les fenêtres ouvertes, tous les hommes vêtus d'une sorte de chemise de toile blanche ou grise qui pendait sur un pantalon de la même étoffe, très vaste autour des fesses et serré du genou à la cheville. Ils étaient coiffés d'un petit bonnet de toile blanc, ou de couleur. Quelques-uns parmi les plus jeunes portaient des chemises occidentales ou des pantalons de pyjama.

Olivier s'approcha d'un des véhicules, et demanda à voix très haute, en désignant le car :

— Katmandou ?

Tous les voyageurs qui l'entendirent lui firent de grands sourires et le signe « non » de la tête. Il obtint le même résultat avec l'autre car. De toute façon, il eût hésité à monter dans l'un ou dans l'autre, déjà trop pleins d'une foule d'individus dont il s'était rendu compte en s'approchant qu'ils étaient d'une débordante bonne humeur, mais d'une étonnante saleté.

Ce qu'il ignorait encore, c'est que le signe de tête qu'ils lui avaient fait avec un tel ensemble et qui pour lui signifiait « non », pour eux voulait dire « oui ». Ni l'un ni l'autre car, cependant, n'allait à Katmandou. Mais personne, parmi ces gens aimables, n'avait voulu faire de peine à un étranger en lui répondant non.

Sur une carte, à Rome, Olivier avait vu qu'il n'existait qu'une route au Népal, qui allait de la frontière de l'Inde à celle de la Chine, et qui passait à proximité de Katmandou. Une route s'ouvrait devant lui. Il espéra que c'était celle-là. Il s'y engagea. Une fois de plus, il venait de changer de monde.

Après avoir traversé l'interminable plaine indienne desséchée et qui gardait sur sa peau les cicatrices tourbillonnaires des inondations, Olivier commençait à gravir la première chaîne qui servait de frontière au Népal. Bientôt ce ne fut plus que verdure. Partout où la forêt laissait la terre découverte, celle-ci était travaillée minutieusement, jusqu'à l'extrême miette possible, et couverte de récoltes dont il ne savait ce qu'elles étaient. Parisien, fils et petit-fils de Parisiens, même en France il n'aurait pas su distinguer une betterave d'un plant de maïs.

La route franchissait des cols, contournait des vallées. Olivier prit des raccourcis, dévalant des pentes et remontant des côtes pour retrouver la route de l'autre côté. Chaque paysan ou paysanne qu'il rencontrait lui souriait et répondait « non » à tout ce qu'il essayait de dire. Ils ne comprenaient rien de ce qu'il leur disait, et quand on ne comprend rien il est courtois de répondre oui. Ils répondaient oui, et il comprenait non. Il commença à soupçonner son erreur quand il eut faim et chercha à manger. Il s'approcha d'une ferme, qui ressemblait assez à une petite maison paysanne française. Les murs de brique étaient recouverts d'une couche de crépi usé, rouge jusqu'à mi-hauteur, ocre jusqu'au toit de paille. Quand il s'approcha, trois enfants nus sortirent de la ferme et accoururent vers lui. Ils se mirent à le regarder en riant et jacassant, avec une curiosité intense. Ils étaient bien nourris et visiblement heureux de vivre, et sales des pieds à la tête. Une femme sortit à son tour, vêtue d'une sorte de robe couleur brique, avec une ceinture de toile blanche faisant plusieurs fois le tour de sa taille, qui abritait visiblement une nouvelle espérance...

Elle était brune de peau, avec des yeux rieurs, des cheveux noirs bien peignés et divisés en deux nattes tressées avec de la laine rouge. Elle était aussi sale que ses enfants, sinon plus. Olivier la salua en anglais, et elle fit « non » en souriant. Il lui expliqua par signe qu'il voulait manger et montra un billet, pour faire comprendre qu'il paierait. Elle se mit à rire avec malice et gaieté, fit encore « non », et rentra dans la maison.

Olivier soupira et s'apprêtait à repartir, quand elle revint avec un panier contenant de petits oignons nouveaux, des oranges et des fruits inconnus, qu'elle posa devant Olivier. Puis elle fit un deuxième voyage et apporta une écuelle contenant du riz mélangé avec des légumes.

Olivier remercia, elle fit de nouveau « non », et lorsqu'il s'accroupit pour manger, elle resta debout devant lui avec ses enfants. Tous les quatre le regardaient en bavardant et en riant. Olivier mangea le riz avec ses doigts. Les légumes qu'il contenait étaient à peine cuits et craquaient sous la dent. Le tout avait un goût de fumée de bois. Il goûta les fruits et les trouva bons, et termina par une orange qui était plutôt une sorte de grosse mandarine très douce. Le plus sale des enfants lui apporta de l'eau dans un bol où trempaient largement ses doigts. Olivier refusa gentiment, se leva, offrit un billet que la femme prit avec une grande satisfaction. Il demanda « Katmandou ? ». « Katmandou ? ». Elle lui répondit avec beaucoup de paroles et un geste vers une direction de l'horizon. C'était bien par là qu'il comptait aller.

Les enfants l'accompagnèrent en jouant comme des chiots jusqu'en bas de la vallée, puis remontèrent en courant vers leur maison. Il y avait un homme presque nu qui travaillait dans un champ, assez loin, courbé sur un outil à manche court. Il se redressa et le regarda. Puis recommença à travailler.

Olivier marcha pendant deux jours, mangeant dans les fermes, buvant et se lavant aux ruisseaux ou aux rivières, dormant sous un arbre. La température était très chaude dans la journée et clémente la nuit. Sur la route, il était fréquemment dépassé ou croisé par des autocars pareils à ceux qu'il avait vus à la frontière, ou par de simples camions où s'entassaient des voyageurs debout, mais il n'en vit aucun qui transportât des marchandises. Il semblait que le fret fût réservé aux dos humains. Sur la route et les sentiers, il rencontrait sans arrêt des familles de sherpas qui, père, mère, enfants compris jusqu'au plus petit, portaient des hottes proportionnées à leur taille. Les hottes étaient suspendues à une sorte de tresse plate passée sur la tête, un peu au-dessus du front, et contenaient des poids énormes. Olivier vit ainsi des hommes, des femmes, des enfants, qui portaient dans leur dos, accroché à leur tête, plus que leur propre poids, et marchaient, trottaient, couraient, disparaissaient derrière un arbre, une montagne, un horizon, vers le but qui leur était fixé, et où ils se débarrasseraient de leur charge.

Ainsi marchait-il lui-même, avec sa charge de rancœurs, de douleur et de haine. Son but était quelque part derrière une deuxième chaîne de montagnes qu'il n'apercevait même pas encore. Au troisième jour, il n'avait plus aucune idée de la distance qu'il avait parcourue et de celle qui lui restait à couvrir. Mais il lui suffisait de continuer à marcher, et le moment viendrait où il ferait les derniers pas, se trouverait devant son père, et poserait sa hotte pour lui présenter tout ce qu'il lui apportait de l'autre bout du monde.

La journée avait été très chaude. Un orage avait grogné, grondé, râlé au-dessus des montagnes, sans vouloir éclater de la colère qui fait trembler et soulage. Olivier, après avoir traversé une vallée où régnait une moiteur étouffante, avait rejoint la route sur le flanc opposé. Il décida de se reposer un peu avant de continuer, s'étendit sur une herbe raide, en bordure d'un petit bois d'arbres étranges, dont la plupart ne portaient que des fleurs et des épines.

De grands nuages blancs et gris bourgeonnaient dans le ciel où tournoyaient de grands oiseaux noirs. Olivier se souvint du grouillement des charognards au bord de la piste desséchée de l'Inde, puis du visage de la fillette du village, de ses yeux ouverts comme les portes de la nuit, qui le regardaient avec une toute petite lumière d'espoir au fond, et une place immense pour l'amour. Il sentit sur sa cuisse le poids du petit corps abandonné, confiant, heureux.

Il grogna, se retourna sur le ventre, la fatigue le submergea et il s'endormit.

Ils marchaient au bord de la route, toujours dans le même ordre, Sven en premier, puis Jane, puis Harold, toujours un peu à la traîne, peut-être parce que c'était lui qui mangeait le plus chaque fois qu'ils avaient de quoi manger. Sven et Jane avaient moins de forces, mais ils avaient atteint cette légèreté des animaux pour qui ce n'est jamais un effort de transporter leur propre corps.

Ils trouvèrent Olivier qui s'était de nouveau tourné sur le dos et dormait profondément, la bouche un peu entrouverte. Il s'était rasé et lavé le matin à une rivière, ses boucles s'étaient allongées depuis son départ de Paris, la peau de son visage était devenue plus foncée que ses cheveux mais gardait le même reflet doré. Ses cils bruns faisaient une dentelle d'ombre au bas de ses paupières fermées.

Jane et Sven s'arrêtèrent, debout près de lui, et le regardèrent. Et Jane lui sourit. Après un court silence, Jane dit en anglais :

— C'est un Français...
— A quoi le vois-tu ? demanda Sven.
— Je ne vois pas, je sais...
— Une fille, ça ne se trompe jamais sur un Français, dit Harold qui les avait rejoints. Elle le reconnaît même à travers un mur...

Ils ne cherchaient pas à parler à voix basse, à ménager son sommeil. Mais lui n'entendait rien, il continuait de dormir, loin de tout, détendu, innocent et beau comme un enfant.

— Qu'est-ce qu'il en écrase !
— Il dort comme un arbre, dit Sven.

Harold avisa le sac d'Olivier posé près de lui et s'en saisit.

— Il a peut-être de quoi manger. Les Français sont débrouillards, pour la nourriture.

Il ouvrit le sac.

— Laisse ! dit Sven. Il faut lui demander.

Il s'accroupit près d'Olivier et posa la main sur son épaule pour le secouer.

— Non ! dit Jane. Pas comme ça !...

Sven retira sa main, se releva et regarda Jane qui allait vers les arbres et les buissons et commençait à cueillir des fleurs.

Elle couvrit de fleurs la poitrine et le ventre d'Olivier, elle s'en mit dans les cheveux et en mit dans les cheveux des garçons. Puis elle s'assit près d'Olivier, face à son visage et fit signe à Sven. Celui-ci s'assit à son tour, et posa sa guitare sur ses genoux. Jane se mit à chanter, doucement, une ballade irlandaise, et Sven l'accompagnait de temps en temps d'un accord. Jane, peu à peu, chanta de plus en plus fort. Harold était assis à deux pas, près du sac d'Olivier. Il trouvait que ça traînait.

La musique et la douceur de la voix entrèrent dans Olivier, se mélangèrent à son sommeil, puis emplirent toute sa tête, et il n'y eut plus de place pour le sommeil. Il ouvrit les yeux et vit une fille couronnée de fleurs, qui lui souriait. Ses longs cheveux pendaient sur ses épaules comme une lumière et une ombre d'or roux.

Ses yeux, qui le regardaient, étaient d'un grand bleu pur presque violet. Derrière sa tête, le soleil avait fait un trou dans les nuages, par lequel il envoyait des flammes dans toutes les directions, et dans les fleurs qui la couronnaient et la lisière de ses cheveux. Il y avait de la joie dans le ciel et dans les fleurs. Et le visage qui lui souriait était au centre de cette joie.

Jane parlait français avec un accent ravissant. Olivier l'écoutait, amusé. Il l'écoutait et la regardait. Par-dessus son image mouvante, il ne cessait de voir son image fixe, radieuse, nimbée de soleil, telle qu'elle lui était apparue lorsqu'il avait ouvert les yeux.

Le soleil s'était couché, ils avaient mangé quelques fruits, allumé un feu, et maintenant bavardaient un peu, détendus, parlant d'eux-mêmes ou du monde. Jane était assise auprès d'Harold qui de temps en temps posait la main sur elle, et chacun de ces gestes faisait un peu mal à Olivier.

Sven, qui était adossé à un arbre, s'allongea et alluma une cigarette. Harold s'étira et se coucha, la tête posée sur les cuisses de Jane. Il y eut un silence, qu'Olivier rompit brusquement.

— Qu'est-ce que vous allez faire exactement, à Katmandou ?

Il regardait vers Jane et Harold, mais ce fut Sven qui répondit, paisiblement, sans bouger.

— Katmandou, c'est le pays du Bouddha... Il y est né... Il y est mort... Il y est enterré... Et tous les autres dieux sont là aussi... C'est l'endroit le plus sacré du monde... C'est l'endroit du monde où le visage de Dieu est le plus près de la Terre...

Il tendit sa cigarette dans la direction de Jane, qui allongea le bras, la prit, et en aspira une bouffée avec bonheur.

— Le Bouddha ! dit Olivier. Et le hachisch en vente libre au marché, comme les radis ou les épinards ! C'est pas plutôt *ça* que vous allez chercher là-bas ?

— Tu comprends rien ! dit Jane. Ça, c'est la joie !...

Elle tira une autre bouffée de la cigarette et la tendit à Olivier.

— Merci ! dit Olivier, tu peux garder cette saleté !

Harold glissait sa main sous la blouse de Jane et lui caressait un sein.

— Tu ne serais plus malheureux ! dit Jane.

— Je ne suis pas malheureux ! dit Olivier.

Un oiseau chantait dans le petit bois un chant étrange, sur trois notes longues sans cesse reprises, un chant triste et doux et pourtant paisible. Jane commençait à devenir un peu haletante sous la caresse d'Harold. Elle aurait voulu convaincre Olivier.

— Laisse-moi ! dit-elle à Harold.

— Laisse-le... dit Harold, tranquille... Il croit ce qu'il veut... C'est son droit...

Jane s'abandonna. Harold la coucha à terre, déboutonna sa blouse et tira la glissière de son pantalon.

Olivier se leva, ramassa son sac, donna un grand coup de pied dans les restes du feu, et disparut dans la nuit.

Le lendemain ils le rattrapèrent. Il marchait pourtant plus vite qu'eux. Mais il s'était arrêté au bord de la route, se persuadant qu'il avait besoin de se reposer. Et quand il les vit arriver à l'autre bout de la vallée, gros comme des mouches, un poids énorme qui lui pesait sur le cœur s'envola. Ils marchèrent ensemble. Sven marchait le premier, puis Jane et Olivier, et Harold un peu plus loin, un peu à la traîne.

— Katmandou dit Jane, c'est un pays où personne s'occupe de toi, tu es libre, chacun fait ce qu'il veut.

— Le Paradis, quoi !

Jane sourit :

— Tu sais ce que c'est le Paradis, toi ? Moi, j'imagine... C'est un endroit où personne t'oblige, personne te défend... Ce que tu as besoin, tu le prends pas aux autres, les autres te le donnent, et toi tu donnes ce que tu as... On partage tout, on aime tout, on aime tous... On n'a que la joie...

— Avec musique de harpes et plumes d'anges ! dit Olivier en souriant.

— Tu rigoles, mais c'est possible sur la Terre, si on veut... Il faut vouloir... Et toi, qu'est-ce que tu vas chercher à Katmandou ?

Olivier redevint sombre, brusquement.

— La seule chose qui compte : l'argent.

— Tu es fou !... C'est ce qui compte le moins !

Il reprit son ton furieux, celui qui l'aidait à se convaincre lui-même qu'il avait raison.

— Qu'est-ce qui compte, alors ? Comment tu veux faire, pour être plus fort que les salauds ?

Elle s'arrêta un instant et le regarda avec un air étonné qui ouvrait encore plus grands ses yeux d'ombre fleurie.

— Si tu te remplis d'argent, tu deviens aussi un salaud !... Moi j'en avais tant que je voulais... Mon père en est *full up*, tout plein d'argent... Il en prend à tout le monde, tout le monde lui en prend ! C'est comme si on lui arrache sa viande... Alors pour oublier, il...

Elle se tut brusquement.

— Il quoi ? demanda Olivier.

— Rien... Il fait ce qu'il veut... Il est libre... Chacun est libre...

Elle se remit à marcher. Elle demanda :

— Et le tien, qu'est-ce qu'il fait ?

— Le mien quoi ?

— Ton père ? Il est riche ?

— Il est mort... Quand j'avais six mois.

— Et ta mère ?

— Je viens de la perdre...

Le soir, ils allumèrent leur feu au fond d'un petit vallon où coulait un ruisseau. Ils avaient acheté du riz et des fruits avec l'argent d'Olivier. Harold fit cuire le riz dans une gamelle. Ils le mangèrent tel quel, sans aucun assaisonnement. Olivier commençait à s'habituer aux goûts simples, essentiels, de la nourriture qui n'est faite que pour nourrir. Les fruits, ensuite, étaient un émerveillement.

Harold s'allongea et s'endormit. Sven fumait. Olivier, adossé à un arbre, racontait à voix basse les journées de mai à Jane, allongée près de lui.

Jane se redressa à demi et, à genoux, fit face à Olivier.

— Se battre, ça gagne rien, jamais... Tout le monde le sait, et tout le monde se bat... Le monde est con...

Elle prit la cigarette de Sven et en aspira une bouffée.

D'un doigt de sa main qui tenait la cigarette, elle dessina un petit rond sur le front d'Olivier.

— Ta révolution, il faut la faire là...

Lentement, sa main descendit le long du visage, et présenta la cigarette aux lèvres d'Olivier.

Il saisit la main avec douceur et fermeté, et en ôta la cigarette qu'il éleva, regarda.

— Vos théories, on pourrait les discuter, s'il n'y avait pas *ça*... Votre monde, vous le bâtissez avec de la fumée...

Il jeta la cigarette dans la braise.

Harold se dressa d'un bond en poussant un cri.

— *Listen ! Shut up !* Taisez-vous ! Ecoutez !...

Il tendait le doigt, impératif, dans la direction du col qu'ils avaient franchi juste avant de s'arrêter pour la nuit.

Ils écoutèrent tous. Ils entendirent à peine, ils devinèrent, ce que l'oreille d'Harold, toujours aiguisée comme celle d'un chat, avait discerné avant eux dans son sommeil : le ronronnement puissant et régulier du moteur d'une grosse voiture.

— Une voiture a-mé-ri-cai-ne ! cria Harold.

Tout à coup, le pinceau des phares éclaira la paroi du col, puis vira, et révéla cent mètres de route. Le bruit de moteur accéléra.

— Cachez-vous ! Vite !

Harold poussa Sven et Olivier vers les buissons, ramassa le sac de Jane et le lui colla dans les bras.

— Toi, sur la route !

Il la lança vers le milieu de la chaussée, et courut rejoindre les deux garçons dans l'obscurité.

La voiture : une sportive américaine surpuissante avec tout le confort du dernier modèle grand luxe. Quelqu'un seul au volant. Sur la route, au milieu, en pleine ligne droite, les phares découvrent et illuminent une fille en blue-jean et blouse légère à demi ouverte, qui cligne des yeux, éblouie, et fait le signe du stop.

Une main gantée appuie sur la commande du klaxon, sans arrêt. Le pied droit appuie sur l'accélérateur. La fille reste au milieu de la route. Le klaxon hurle. La fille ne bouge pas. Il n'y a pas assez de place pour passer. Pied à fond sur le frein, les pneus s'écorchent sur la route. La voiture s'arrête pile, à quelques centimètres de la fille.

La portière s'ouvre, quelqu'un sort de la voiture, et vient rejoindre Jane dans la lumière des phares. Une femme, de cet âge indéterminé qu'ont les femmes très soignées quand elles ont dépassé quarante ans. Elle est rousse, autant qu'on en peut juger par la couleur apparente de ses cheveux, qu'elle porte longs comme une jeune fille. Elle est vêtue d'une tunique verte sur un bermuda groseille. Elle est nette, poncée, râpée, lavée, massée ; pas un gramme de trop, juste le compte de vitamines et de calories.

Elle insulte Jane en américain, elle lui ordonne de s'enlever de là, de débarrasser le chemin, sa voiture n'est pas une benne à ramasser les poubelles. Jane ne bouge pas. La femme lève la main pour la frapper. Une autre main sort de l'ombre et saisit son poignet, la fait virevolter et la renvoie contre la portière ouverte qui se ferme en claquant. Olivier, entré dans le pinceau des phares, interroge Jane avec anxiété.

— Ça va ? Tu as rien ? Elle a failli t'écraser, cette garce !

— Oh ! dit l'Américaine. Un Français ! Vous ne pouviez pas montrer vous plus tôt ?

— Et un Anglais, dit Harold, souriant, en surgissant de l'ombre. Et un Suédois !...

Il tendit le bras pour désigner un point de la frontière entre la lumière et les ténèbres, et Sven y apparut, crevant le mur de la nuit, sa guitare pendue à son cou.

L'Américaine rentra à son tour dans la lumière et s'arrêta devant Harold. Elle tournait le dos aux phares, et le regardait sans dire un mot. La courte barbe brune du garçon et les ondulations de ses cheveux brillaient dans la lumière. Il ne bougeait pas. Il ne voyait que la silhouette de la femme découpée par le puissant faisceau de lumière. C'était une silhouette mince et sans âge. Il pensait à la voiture riche, aux sièges confortables, et à tout ce qu'il devait y avoir « autour ». Il sourit, découvrant des dents superbes.

— Saint Jean ! dit l'Américaine avec saisissement. C'est saint Jean avec le péché !

Harold se mit à rire. Il présenta ses camarades. Elle dit son nom : Laureen. Elle les fit monter et démarra. Harold était assis à côté d'elle, et les trois autres derrière, Jane entre Sven et Olivier. Olivier ne parvenait pas à oublier l'image de Jane dans la nuit, sculptée par la lumière de la voiture qui fonçait sur elle, et ne bougeant pas, immobile, indifférente, sereine, inconsciente. Heureuse !

La cigarette...

Saleté !

Il n'y pouvait rien. Ça ne le regardait pas. Qu'elle s'empoisonne si ça lui faisait plaisir. Il questionna Laureen avec agressivité.

— Naturellement, vous aussi, vous allez à Katmandou ?

— Je vais pas, dit Laureen, je suis déjà... Je reviens de faire un petit voyage... Je suis déjà dans Katmandou depuis cinq semaines...

— Qu'est-ce que vous cherchez, là-bas ?... Le visage de Dieu, vous aussi ?

Laureen se mit à rire.

— C'est beaucoup trop haut... pour moi !... Je prends ce que je trouve... A ma hauteur !...

De sa main droite, elle attira vers elle la tête d'Harold et l'embrassa sur la bouche. La voiture fit une embardée, un arbre énorme et une maison rouge foncèrent vers elle. Harold se dégagea brutalement.

— *Hey ! Careful now !*

Il saisit le volant et redressa. L'arbre et la maison rouge disparurent dans la nuit, derrière, avalés. Laureen riait.

Ils roulèrent encore pendant près d'une heure, puis Laureen dit :

— Nous n'arrivons pas ce soir à Katmandou. Nous allons arrêter ici, je connais...

C'était un petit plateau que la route traversait en ligne droite.

Laureen ralentit, bifurqua à gauche sur une sorte de piste, avança lentement pendant une centaine de mètres. Dans la lumière des phares apparut, abrité par une chapelle à peine plus grande que lui, un Bouddha assis, les yeux clos, souriant du sourire ineffable de la certitude. Il semblait taillé dans un bloc d'or.

Sven était assis dans la position du lotus, en face du Bouddha aux yeux fermés. Le Bouddha était assis en face de lui dans la même position, lourd et bien posé dans son équilibre, avec ce poids de ventre sur lequel était construite sa stabilité. Sven était léger comme un roseau, comme un oiseau, il ne se sentait plus peser sur la terre. Il avait à peine mangé et fumé deux cigarettes. A la troisième, il avait compris qu'il était en communion avec le Bouddha, celui-là, exactement celui-là avec son visage d'or, son vêtement d'or, ouvert sur sa poitrine et son ventre d'or, d'où le trou sombre du nombril regardait vers le ciel. Ce Bouddha s'était assis en ce lieu il y avait des siècles pour attendre Sven. Il avait patienté pendant des siècles et des siècles et enfin, ce soir, Sven était venu.

Il était allé s'asseoir en face du Bouddha, il l'avait regardé et le Bouddha qui voyait tout le regardait à travers ses paupières closes avec son imperceptible sourire de félicité. Sven comprit ce que le Bouddha lui disait et, pour lui répondre, prit sa guitare et la pressa contre son ventre. La cigarette se consumait lentement entre ses lèvres. Il en aspirait une longue bouffée et il savait alors ce qu'il devait dire, où il devait poser sa main gauche, quelle corde pincer, et avec quelle note juste et quelle juste force il devait parler du Bouddha. Une seule corde, une note seule, une note ronde parfaite comme l'équilibre de l'univers, et qui le contenait tout entier. Ce qu'il avait à dire au Bouddha, c'était cela : tout.

Un bonze à la robe safran était sorti de nulle part, avait allumé aux pieds du Bouddha trois lampes de cuivre, et était retourné dans la nuit. Laureen avait allumé sa lampe butane au bord du long bassin qui séparait les deux Bouddhas. Dans la lumière crue de la lampe elle avait ouvert les trois valises de camping. Vaisselle, couverts, glace, caviar, champagne, Coca-Cola, sandwiches, lait, salades, nappe, serviettes... A l'autre bout du bassin, l'autre Bouddha avait les yeux ouverts. Il était en bronze, couleur de l'herbe. Il regardait avec gravité et amour tout ce qui voulait être regardé.

Dans l'eau épaisse et verte du bassin bougeaient des choses qu'on ne distinguait pas. Des dos lents et longs bossuaient la surface de l'eau sans la crever. Une gueule aspirait une miette lancée par Laureen. Petit remous sombre qui se creusait dans l'eau verte. On ne voyait rien.

Laureen versa de nouveau du champagne dans le verre en bakélite jaune que lui tendait Harold.

— Bois, ma beauté, lui dit-elle. Tu es beau ! Tu le sais ?
— Oui, dit Harold.
— Tu bois trop, dit Jane, tu seras malade...
— *No*, dit Harold. J'aime...

Il vida son verre et embrassa Laureen sur la bouche, longuement. Elle suffoqua, se leva, le prit par la main et le fit lever.

— *Come !* ... Viens... Dans ma voiture...

Elle le tirait vers la longue voiture rouge endormie à l'autre bord du bassin. Harold se laissait un peu traîner, nonchalant, amusé, à peine ivre. Jane leur cria :

— *Good night !*
— *Same to you !* répondit Harold.

Les notes de la guitare, rares, rondes comme des perles, tombaient de temps à autre des longs doigts de Sven.

Olivier prit la bouteille de champagne et l'inclina vers le verre de Jane.

— Non, dit-elle, Coca...

Il lui servit du Coca et se servit du champagne. Il lui demanda :
— Ça ne te fait rien ?
— Quoi ?
— De penser qu'il est en train de la déshabiller et de l'étendre sur les coussins de la voiture ?
Elle se mit à rire, doucement.
— Je crois que c'est plutôt elle, qui lui fait tout ça !
— Et toi tu t'en fous ?
— S'il y va, c'est que ça lui plaît...
— Tu ne l'aimes pas ?
Les grands yeux violets le regardèrent avec étonnement par-dessus le bord du verre bleu.
— Bien sûr je l'aime !... Si je l'aimais pas je coucherais pas !... J'aime lui, j'aime Sven, j'aime le soleil, les fleurs, la pluie, j'aime toi, j'aime faire l'amour... Toi tu aimes pas ?
Elle posa son verre vide et, s'appuyant sur ses deux mains, se rapprocha de lui. Il jeta dans l'herbe le champagne qui restait dans son verre et répondit sans la regarder.
— Pas avec n'importe qui...
— Je suis n'importe qui ?
Cette fois, il se tourna vers elle, la regarda avec une incertitude inquiète et dit doucement :
— Je ne sais pas...
— Tu ne me trouves pas belle ?
Elle lui fit face, à genoux comme elle l'avait déjà fait quand elle l'avait découvert endormi, comme elle l'avait fait encore quelques heures plus tôt, près du feu allumé au bord de la route. Elle défit entre trois doigts les boutons de sa blouse, et l'ouvrit, ses deux mains qui la tenaient ouverte tendues vers lui, comme pour lui donner, en offrande sans calcul, innocente, neuve, les seins parfaits qu'elle lui dévoilait. Ils étaient menus, dorés comme des pêches, couronnés d'une pointe discrète à peine plus foncée. La lumière crue de la lampe ne parvenait pas à leur ôter leur douceur enfantine... Ils étaient comme deux fruits du Paradis.

Ces seins... le bandeau sur les yeux... Ce sein qu'il avait à peine touché... Presque là dans sa main... Etait-ce celui de Soura... Ou bien celui de... le drap pourpre... sa mère sous ce porc...

Il cria, furieux :
— Tu les montres comme ça à tout le monde ?
Elle se leva et ferma ses bras sur sa poitrine, effrayée.
Il s'était levé en même temps qu'elle et la gifla à la volée.
Elle eut à peine le temps de pousser un petit cri, d'étonnement plus que de douleur, qu'il l'avait déjà prise dans ses bras, la serrait contre lui, lui parlait dans l'oreille, dans le cou, l'embrassait, lui demandait pardon.
— Je suis une brute ! Un crétin ! pardonne-moi.
Toute la peur de Jane fondit dans les bras et les mots d'Olivier. Elle sourit et se mit aussi à l'embrasser partout, sur les yeux, sur le nez,

dans le trou de l'oreille. Elle riait, il riait. Il lui ôta sa blouse, son pantalon et son slip, la prit par la main et l'éloigna de lui à bout de bras pour mieux la voir. Il répétait : « Tu es belle ! Tu es belle ! » Elle riait, heureuse de le lui entendre dire.

Il la fit tourner sur elle-même, lentement, plusieurs fois. La flamme livide de la lampe de butane lui donnait l'air d'une statue un peu rose, un peu blanche, un peu pâle. Elle avait un derrière de fille bien rond, mais menu, et quand Olivier la voyait de face, en haut de ses longues cuisses un petit triangle de gazon d'or accrochait tout ce qu'il y avait de chaud dans la lumière.

Il la ramena vers lui, la prit dans ses bras, la souleva et l'emporta.

Elle lui demanda doucement :

— Où tu m'emportes ?

— Je ne sais pas, tu es belle, je t'emporte...

Il marcha le long du bassin, la nuit les prit, elle était douce. Jane se blottissait contre la poitrine d'Olivier. Il l'emportait, elle était légère et fraîche et chaude dans ses bras. Il la posa devant le Bouddha aux yeux ouverts. Là aussi il y avait trois lampes de cuivre allumées. Il voulait encore la regarder.

Il se déshabilla, et la coucha sur ses vêtements. Elle avait fermé les yeux et se laissait faire, passive, heureuse, étendue comme la mer au soleil.

Il était nu debout devant elle, ses pieds contre ses pieds joints, et son désir dressé vers les étoiles. Il la regardait. Elle était mince, mais non maigre, faite de longues courbes douces que les lampes ourlaient de lumière. Les pointes de ses seins menus étaient comme deux perles d'or brun qui brûlaient.

Il s'allongea contre elle, sur le côté, pour la voir encore. Il n'avait jamais vu de fille aussi belle. Ou peut-être n'avait-il pas pris le temps de voir.

Elle sentit, serré entre lui et elle, contre sa hanche, son dur et doux prolongement d'homme. Elle eut un petit rire de bonheur, glissa sa main vers lui et l'en enveloppa.

Olivier se pencha et lui embrassa les yeux, le nez, les coins de la bouche, légèrement, sans s'attarder, comme une abeille qui butine une tige de menthe fleurie sans cesser de voler. Puis il descendit, lui échappa, prit dans ses lèvres le bout d'un sein, puis de l'autre, y posa ses yeux clos, caressa de ses joues les douces rondeurs, en fit le tour d'une joue et de l'autre, les poussa de son nez comme un nourrisson affamé, les mordit de ses lèvres, les prit dans ses mains, et sans les quitter descendit plus bas sa bouche, sur le doux ventre plat, sur la tendre et tiède ligne des aines. Les jambes de Jane s'ouvrirent, comme une fleur, s'épanouirent. Les courtes boucles du petit triangle révélèrent leur secret. Olivier vit éclore la fleur de lumière. Lentement il se pencha vers elle et y posa ses lèvres.

Des pointes de ses seins que caressaient ses mains, à la pointe de son corps que sa bouche fondait, Jane n'était plus qu'une onde de joie, un fleuve triangulaire qui roulait sur lui-même à grands remous de quelque chose plus grand que le plaisir, toute la joie de la terre et du ciel qu'elle prenait et donnait. Et puis, cela fut terrible, cela n'était plus possible, elle saisit à pleines mains les cheveux d'Olivier, se cramponna à sa tête, voulut l'enfoncer en elle, éclata, mourut, plus rien n'était plus, elle non plus.

Alors Olivier, doucement, quitta la fleur d'or, baisa avec tendresse la douce et tiède ligne des aines, le doux ventre plat, les seins amollis de bonheur, les lèvres entrouvertes, les yeux clos. Et Jane le sentit lentement, puissamment, entrer en elle.

A demi en sommeil, à demi morte, elle sentit qu'elle allait recommencer ce qu'elle ne croyait plus possible, et le dépasser. Elle recommença à vivre par le milieu le plus profond de son corps, autour du dieu qui y avait pénétré et qui était en train d'y allumer le soleil et les étoiles.

Le Bouddha qui regarde regardait. Il avait déjà vu tout l'amour du monde.

Laureen klaxonna. Un camion bourré de Népalais occupait le milieu de la route et envoyait derrière lui un long nuage de poussière. Elle appuya sur un bouton, la capote surgit de la malle arrière, se ferma au-dessus d'eux, les vitres remontèrent et les enfermèrent hermétiquement.

Les passagers du camion, émerveillés, poussaient des cris de joie et riaient.

Laureen klaxonnait sans arrêt. Enfin, le gros véhicule appuya sur sa gauche et se mit à raser le talus. On roule à gauche au Népal, comme en Inde, c'est-à-dire comme en Angleterre. L'Américaine passa en trombe, faillit écraser une famille de porteurs chargés de briques qui trottinaient devant le camion, et prit le large. Laureen jurait en américain. Elle n'aimait pas que quoi que ce fût lui fît obstacle. Sur le siège à côté du sien, Harold dormait. D'une pression du pouce, Laureen fit rentrer les glaces et la capote.

Sur le siège arrière, Olivier était au milieu, avec Jane à sa droite. Appuyée de biais contre le dossier, elle le regardait sans parvenir à comprendre ce qui lui était arrivé cette nuit. Qu'est-ce qu'il avait, ce garçon ? Oui, il était beau, mais Harold aussi. Oui, il lui avait bien fait l'amour, comme personne avant, non jamais personne... Mais ce qu'elle avait éprouvé, c'était autre chose qu'un plaisir plus grand que les autres fois, c'était... Quoi ? Du bonheur ?... Elle n'était donc pas heureuse, avant, avec ses copains ?... Elle pensa que s'il restait avec elle, avec eux, ce serait merveilleux... Elle soupira, sourit et se blottit contre lui. Elle était brisée.

Olivier la regarda avec un sourire un peu tendre, un peu ironique. Il l'avait occupée jusqu'à l'aube, et maintenant il éprouvait ce détachement des jeunes mâles dont le corps se refait des forces.

Maintenant, l'important, c'était ce qui allait se passer à Katmandou entre lui et son père.

Il se pencha en avant et interrogea Laureen :

— Vous connaissez les gens, à Katmandou ?

— Je connais tout le monde... Je veux dire pas les natives, *of course*... Les civilisés, oui... Ils ne sont pas beaucoup, c'est un village...

— Vous connaissez un nommé Jamin ?

— Jacques ? Tout le monde connaît ! C'est lui que vous voulez voir ?

Elle le regardait avec curiosité dans le rétroviseur. Il se laissa aller en arrière, répondit oui.

— En ce moment, il n'est pas dans Katmandou, dit Laureen... Il prépare un safari pour mon mari... George veut apporter quelques têtes de tigres pour accrocher entre les Picasso... Mais il tire comme une limace...

Après un silence, elle ajouta avec dégoût :

— Il fait tout comme une limace... Hassh... Heureusement, Jacques tire en même temps !... Sans quoi il aurait plus de clients... Ils seraient tous bouffés ! Il est dans son camp de chasse, dans la forêt... Si vous voulez, je vous laisse en passant...

Jane, anxieuse, prit une main d'Olivier entre ses deux mains. Il la regarda, puis se tourna vers Laureen. Il lui dit qu'il était d'accord.

La route descendait maintenant tout le temps. La première chaîne de montagnes était franchie. La voiture atteignit le fond de la grande vallée vers le milieu de l'après-midi. Il y régnait une chaleur très humide, tropicale. Une sorte de forêt clairsemée bordait la route des deux côtés. Les arbres étaient immenses, très espacés, séparés par de hautes herbes et des massifs de buissons touffus, couverts d'énormes fleurs.

Laureen s'arrêta à l'amorce d'une piste. Une petite pancarte de bois était clouée à un arbre. Une tête de tigre y était peinte, soulignée d'une flèche qui indiquait la direction où la piste s'enfonçait entre les arbres.

— C'est ici, garçon, dit Laureen.

Jane descendit pour laisser descendre Olivier. Elle l'accompagna jusqu'au commencement de l'ombre de la forêt.

— Où tu vas ? Qu'est-ce que tu lui veux, à ce type ?

— Lui prendre son argent !...

— Tu es fou ! Laisse tomber l'argent... Viens avec nous !...

— Non...

Il regarda la voiture. Harold mangeait un sandwich. Sven fumait. Il se souvint de la nuit, du corps innocent étendu dans la lumière des lampes, du plaisir — du bonheur ? — qu'il lui avait donné...

— Quitte ces types ! Ce sont des larves ! Viens avec moi !...

Elle le regarda avec étonnement et avec détresse. Comment pouvait-il lui demander ça ? Elle ne voulait pas, elle ne pouvait pas retourner dans le monde qu'elle avait quitté, le monde ordinaire, de l'argent, des obligations et des interdictions. Sven lui avait révélé la liberté, et rien ne pourrait la faire renoncer à sa vie nouvelle, qui était la seule vraie, la seule possible. Elle ne quitterait pas Sven, même pour Olivier. Elle ne pensait pas à Harold. Harold ne comptait pas. Mais quand elle répondit non à Olivier, c'est à Harold que lui pensa, à la scène de l'avant-veille, près du feu...

— Alors, salut ! Ciao !...

Il souleva son sac et se le mit derrière l'épaule. Elle se rendit compte tout à coup que cette séparation pouvait être définitive, et elle eut peur.

— Alors, on se verra plus ?
— Tu as envie de me revoir ?
— Oui... Toi, pas ?

Si, il avait envie de la revoir, mais il ne pouvait pas oublier l'autre garçon qui la déshabillait. Elles sont toutes pareilles ! Toutes ! Toutes !...

— Il y a des choses que je ne partage pas, dit-il.
— Quelles choses ? Qu'est-ce que tu veux dire ?

Elle ne comprenait pas, elle aurait voulu qu'il s'expliquât, elle pouvait peut-être encore le gagner.

— Hey ! cria Laureen ! Dépêche-toi, Olivier !... Les tigres ont faim à partir de dix-neuf heures !

— Ciao ! dit Olivier.

Il lui tourna le dos et s'engagea sur la piste.

Tournée vers l'arrière, Jane regardait la forêt qui venait d'avaler Olivier. La piste disparut, il y eut un camion, un virage, de la poussière, Jane regardait toujours en arrière. Elle sentit la main de Sven qui se posait sur son épaule. Elle se retourna. Il lui souriait avec gentillesse. Elle lui fit un petit sourire qui essayait d'être gai. Il lui montra un papier blanc qu'il avait tiré de sa poche. Il le déplia. Il contenait de la poudre blanche.

— Il m'en reste un peu... On partage ?

Elle cessa de sourire. Non, pas ça, elle avait peur.

— Comme tu veux, dit Sven.

Mais au moment où il portait le papier à ses narines pour tout aspirer, elle tendit la main :

— Donne !...

A une corde tendue entre deux arbres pendaient dix-sept peaux de tigres écartelées par des baguettes. A l'autre extrémité de la clairière, un homme, debout dans une jeep conduite par un chauffeur coiffé d'un turban rouge, passait en revue une trentaine d'éléphants harnachés, en tenue de chasse, portant chacun un cornac et un chasseur indigène. Les rabatteurs étaient alignés devant eux.

La jeep effectua un virage impeccable et vint se placer face à la file d'éléphants, juste au milieu.

L'homme debout saisit un mégaphone et prononça une harangue en anglais. Olivier la comprit presque toute, car c'était de l'anglais prononcé avec l'accent français, tel qu'on l'apprend au lycée...

Sur un ton de général en chef, il donnait des recommandations pour la chasse qui allait commencer le surlendemain.

Il termina en précisant l'heure du rassemblement. Il était nu-tête, vêtu d'un short kaki, et d'une chemise militaire de même couleur. Il portait une ceinture de cuir cloutée de cuivre à laquelle pendait l'étui d'un revolver. Devant lui, un fusil à fauves était accroché au pare-brise de la jeep.

Celle-ci tourna sur place et traversa la clairière, venant vers Olivier. L'homme, qui allait s'asseoir, se releva en l'apercevant et parla au chauffeur. La voiture s'arrêta à la hauteur d'Olivier. Celui-ci ne bougeait pas, ne disait rien. L'homme le regardait, intrigué, puis agacé. Il demanda :

— *You want something ?*

Olivier demanda à son tour :

— Vous êtes monsieur Jamin ?

— Oui...

— Je suis Olivier...

— Olivier ?

Olivier, Olivier, ce nom lui disait quelque chose... Tout à coup, son visage s'éclaira :

— Olivier ?... Vous voulez dire... Olivier... le fils de Martine ?...

— Et le vôtre, d'après l'état civil, dit Olivier glacial.

D'un bond, Jacques sauta à bas de la jeep tout en criant, par-dessus la tête d'Olivier :

— Yvonne ! Yvonne !

Une voix répondit du haut des arbres, demandant ce qui se passait. Jacques cria :

— Venez voir ! C'est formidable ! C'est MON FILS !

Il prit Olivier par les épaules, le fit pivoter, et le présenta.

Dans sept arbres géants, au milieu des branches, étaient construites de grandes huttes de rondins et de paille, auxquelles on accédait par des escaliers de bois. C'étaient les chambres destinées aux chasseurs, des « huttes sauvages » de luxe pour milliardaires.

Une fenêtre de la plus proche encadrait le buste de la femme à qui Jacques s'était adressé. Elle était brune, avec des cheveux plats qui pendaient jusqu'au bas de son visage. Elle portait une chemise d'homme orange, un peu délavée. Elle regardait les deux hommes sans rien dire. L'enthousiasme de Jacques ne suscitait en elle aucun élan, même poli. Autant qu'Olivier put en juger de bas en haut, elle paraissait triste, et un peu maigre.

— C'est la femme de Ted, mon associé, dit Jacques. C'est elle qui reçoit nos clients, et moi qui leur procure les émotions fortes...

Pendant les quelques quarts d'heure qui s'écoulèrent avant l'arrivée de la nuit, Jacques fit visiter à Olivier les installations de son quartier de chasse, sans cesser de parler ou de crier des ordres aux domestiques qui apparaissaient dans tous les coins. Il ne se rendit pas compte de la froideur d'Olivier, à qui, de toute façon, il ne laissait pas le temps de placer un mot.

Il avait les cheveux de la même couleur que ceux de son fils, mais plats et coiffés dans le style anglais, avec une raie sur le côté gauche, sans un poil blanc. Ses yeux étaient plus clairs que ceux d'Olivier et surtout moins graves. C'était le regard d'Olivier qui semblait être adulte, et celui de son père pareil à celui d'un enfant.

— Tu coucheras ici : c'est la case de Rockefeller. Je te laisse, tu dois avoir besoin de faire un peu de toilette. On dîne dans une heure...

La salle à manger occupait la plus grande des cases. Le tronc de l'arbre la traversait à une extrémité, et une de ses branches montait en diagonale du plancher jusqu'au plafond, à travers toute la pièce. Une molle épaisseur de peaux de tigres et de tapis indiens recouvrait tout le sol. Des têtes de tigres, de buffles et de rhinocéros étaient accrochées à l'énorme branche et aux murs, entre des lampes où brûlait de l'huile parfumée. Des armes de chasse de tous calibres, capables de tuer depuis l'éléphant jusqu'à la mouche, étaient disposées entre les trophées, luisantes, bien entretenues, prêtes à servir. Au centre de la grande table anglaise en acajou, un dieu de cuivre tendait dans tous les sens ses mains nombreuses, dont les attributs avaient été remplacés par des bobèches. Une gerbe de bougies y flambait, illuminant une nappe de dentelle précieuse, de la vaisselle fine, et des coupes de cristal.

La chaise de Jacques était vide. Debout, il racontait en la mimant une scène de chasse. Il avait mis un smoking blanc et Yvonne une robe du soir brodée de perles, à bretelles, sans mode, faite pour plaire aux clients anglo-saxons. Olivier était en blouson, mais rasé, lavé, peigné.

— Pan ! pan ! pan ! dit Jacques en épaulant un fusil imaginaire, je lui ai mis deux pruneaux dans l'œil et un dans le nez ! Si je l'avais manqué, il tombait sur mon client et en faisait un steak tartare ! J'ai juré de ne pas dire son nom, il était ici incognito, mais si j'avais manqué le bestiau, le plus grand royaume d'Europe n'aurait plus de roi !...

— N'exagérons pas, dit Yvonne froidement, il n'est pas roi.

Jacques éclata de rire et vint se rasseoir.

— C'est vrai ! C'est sa femme qui est reine ! Ça arrive, dans les ménages.

Deux enfants et un vieillard assis près du tronc de l'arbre jouaient sur des petits violons indigènes un air à la fois guilleret et mélancolique. Les cuisines étaient derrière le tronc de l'arbre. Des serviteurs vêtus de blanc, nu-pieds, coiffés du petit bonnet népalais, se hâtaient de l'arbre à la table, apportant ou rapportant sans cesse quelque chose, avec empressement et un évident plaisir.

Deux d'entre eux soulevaient pour l'emporter l'énorme plat d'argent posé aux pieds du dieu-candélabre, et dans lequel saignaient les restes d'une pièce de viande entourée d'une quantité de légumes et de fruits cuits.

Jacques leur ordonna de laisser le plat, son fils n'avait pas fini... Et qu'on change le champagne, vite, celui-là était tiède. Il vida sa coupe dans le seau où trempait la bouteille, prit dans le plat une épaisse tranche de viande et la posa dans l'assiette d'Olivier.

— Mange ! Quand j'avais ton âge, je mangeais comme un loup, maintenant je mange comme un lion ! Il faut manger de la viande ! Sinon, on devient triste et on vieillit !

Il déboucha la nouvelle bouteille qu'on venait d'apporter, et la tendit vers la coupe d'Olivier. Mais celle-ci était restée pleine, et dans son assiette la nouvelle tranche de viande en chevauchait une autre qu'il n'avait pas achevée.

Jacques se rendit compte vaguement que peut-être quelque chose n'était pas absolument normal dans l'attitude de son fils.

— Qu'est-ce qui se passe ? Qu'est-ce que tu as ? Tu ne manges pas, tu ne bois pas !... Je n'ai tout de même pas engendré un curé ?

Olivier devint très pâle. Yvonne qui, depuis son arrivée, s'était rendu compte de la tension nerveuse dans laquelle il était enfermé, vit le dessous de ses yeux se creuser et blêmir sous les pigments dus au grand soleil de la route.

Olivier se cala bien droit au dossier de sa chaise. Jacques, en le regardant d'un air intrigué, emplissait sa propre coupe et la vidait.

— Je regrette, dit Olivier, d'avoir accepté de partager votre table avant de vous avoir dit ce que j'avais à vous dire. Mon excuse est que j'avais faim... Vous voudrez bien me retenir le prix de mon repas quand nous aurons réglé nos comptes...

— Qu'est-ce que tu racontes ? dit Jacques stupéfait. Quels comptes ?

Yvonne eut un petit sourire et regarda Olivier avec un intérêt accru.

Un serviteur avait pris la bouteille dans la main de Jacques et emplissait de nouveau sa coupe. La petite musique reprenait sa rengaine avec des variantes, et le vieux se mit à chanter d'une voix de nez...

— Je suis venu vous demander..., dit Olivier...

Il s'interrompit, puis cria :

— Vous ne pouvez pas faire taire cette musique ?

Jacques le regarda avec étonnement, puis parla calmement au vieillard et aux deux enfants, qui se turent.

Il y eut quelques secondes d'un extraordinaire silence. Les serviteurs ne bougeaient plus, les flammes dorées des lampes et des bougies montaient droit dans l'air immobile. On entendit, dehors, le piaillement d'une tribu de singes effrayés puis le feulement ennuyé d'un tigre.

— Ils ne sont pas loin, cette nuit ! dit Yvonne à mi-voix.
— Ils sont où ils veulent, on s'en fout ! dit Jacques énervé, sans quitter Olivier des yeux. Alors ? Me demander quoi ?...

Olivier était redevenu calme, froid. Il tira un petit papier de la poche de son blouson.

— Je suis venu vous demander ce que vous me devez... La pension alimentaire impayée... trente millions... Voici les chiffres, vous pouvez vérifier...

Il déplia le papier, le posa devant lui, et le poussa vers Jacques, qui le prit et le regarda comme un objet incongru, inconvenant, et en même temps stupéfiant, quelque chose qui n'aurait dû en aucune façon se trouver là, sur cette table, et en ce moment.

— Je n'ai pas compté, dit Olivier, tout le linge sale et les vaisselles que ma grand-mère a lavés depuis vingt ans... Quant à ce que ma mère a fait, votre fortune ne suffirait pas à le payer, ni à elle ni à moi...

Yvonne, tournée vers Jacques, le regardait avec passion, comme un photographe qui attend que naisse, de la blancheur trompeuse du papier trempé dans le révélateur, une image dont il espère qu'elle sera exceptionnelle.

— Eh bien Jacques, dit-elle doucement, voilà la minute de vérité...
— La vérité ?...

Jacques secoua le papier qu'il venait de lire, et par ce geste se débarrassa de sa stupeur.

— La vérité, c'est que mon fils n'est pas un curé, c'est un comptable !... Moi qui croyais que tu venais voir ton père... Chasser avec lui... Devenir copain... Bon, je te les donnerai tes millions !... Je regrette, c'est une soirée fichue !... Excusez-moi, je vais me coucher...

Il vida sa coupe et se leva.

— Il ne vous donnera rien du tout... dit Yvonne à Olivier, parce qu'il n'a rien.

Jacques, qui s'éloignait déjà de la table, s'arrêta et se retourna.

— Rien n'est à lui, ici, RIEN ! continuait Yvonne doucement.

Elle avait une voix basse, de femme à qui la vie n'a pas été tendre.

— L'installation, les capitaux, les fusils, même son smoking ! Tout est à mon mari !...
— Pardon ! dit Jacques. Les capitaux, d'accord ! C'est lui qui les a apportés. Mais la moitié de l'affaire est constituée par mon travail ! Et quand je dis la moitié !... Qu'est-ce qu'elle serait cette affaire, sans moi ? Et Ted, qu'est-ce qu'il serait ? Zéro !

Il revint vers sa chaise et voulut prendre sa coupe qu'un serviteur avait remplie. Yvonne l'en empêcha.

— Arrête un peu de boire ! dit-elle, très lasse, et assieds-toi...

Elle se tourna vers Olivier.

— Je n'en peux plus... Je me demande s'il y a une solution... Je l'aime parce qu'il est comme un enfant, et en même temps j'essaie d'en faire un homme... J'ai peut-être tort, je ne sais plus...

— Tu crois que tout cela intéresse Olivier ? demanda Jacques.

Il était resté debout et se choisissait un long cigare dans une boîte.

— Oui ! Ça le regarde ! Parce que tu vas être obligé de lui dire la *vérité* !...

« Ça te fera peut-être quelque chose quand tu entendras ta propre bouche dire à ton fils que tu n'es rien et que tu n'as rien ! Pas même ce cigare !...

Peu à peu la colère l'avait emporté sur la lassitude, elle s'était levée en parlant, et elle lui arracha des doigts le cigare qu'il promenait délicatement sur la flamme d'une bougie.

— Tout est à Ted ! Tout ! Ton travail ! Ta vie ! Tout ce que tu fais ne sert qu'à camoufler son trafic !

Les serviteurs, silencieusement, rapidement, débarrassaient la table, changeaient les assiettes, apportaient des plats surmontés de montagnes de fruits, une glace gigantesque, multicolore. Ils ne comprenaient pas un mot de français, ils n'imaginaient pas ce qui pouvait se passer, ne cherchaient pas à le comprendre, ils étaient comme des fourmis, affairés, efficaces, rapides. Le vieux musicien et les deux enfants, qui n'avaient rien à faire, regardaient paisiblement, attendant qu'on leur ordonnât de recommencer. Tout ce qui arrivait devait arriver, rien n'était extraordinaire. Singes, vaches, hommes, d'ici ou d'ailleurs, faisaient et disaient ce qu'ils avaient à faire et à dire. Cela ne regardait personne.

Jacques avait choisi tranquillement un autre cigare et l'allumait à une flamme. Il protesta avec calme contre ce qu'affirmait Yvonne. Elle lui avait souvent parlé du marché clandestin auquel elle était persuadée que se livrait Ted. Il achetait pour des sommes dérisoires des statues volées dans les temples, le plus souvent des statues érotiques, et les revendait très cher à des touristes. Jacques affirmait que tout cela était faux, pur produit d'une imagination féminine romanesque.

— Tu sais bien que c'est vrai ! dit Yvonne, mais tu fais semblant de ne pas y croire, pour pouvoir continuer ton barnum !

Olivier regardait et écoutait se développer l'affrontement qu'avait déclenché l'apparition de son papier plié en quatre.

— Napoléon ! lui dit Yvonne. Il joue à Napoléon ! Big Chief ! Le Grand Sioux ! La Longue Carabine ! Du cinéma ! Il se fait du cinéma toutes les minutes du jour et tous les jours de l'année. Et rien ne lui appartient. Ni le décor, ni les accessoires, ni les costumes, ni même son rôle !

Jacques, sans s'asseoir, reprit sa coupe et la vida. Il semblait très calme, mais sa main tremblait un peu. Puis, en souriant, il s'adressa lui aussi au témoin et au juge, à Olivier.

— Tout ça, c'est de l'énervement de femme !... Parce qu'elle n'arrive pas à me persuader d'abandonner cette affaire, qui est superbe, pour partir avec elle, rentrer en France, aller cultiver quelques hectares de terre qu'elle a hérités de ses parents !... Tu me vois, moi, planter des betteraves ?

Il se mit à rire franchement, et ajouta d'un air de certitude tranquille :

— Ces histoires de statues, c'est du délire ! Ted est un honnête homme !...

— Ted est un voleur ! cria Yvonne. Il te vole ta vie ! Comme il vole tout le monde ! Quand il achète une statue, il vole celui qui l'a volée, et il vole le type à qui il la vend dix fois ce qu'elle vaut, sous prétexte que c'est dangereux ! Dangereux pour qui ? Qui est-ce qui va chatouiller les tigres, pour détourner l'attention ? Un jour, tu en manqueras un, et tu seras bouffé !

— Manquer un tigre ? Moi ?

Jacques éclata de rire, jeta son cigare dans le seau à champagne, décrocha un fusil, l'épaula, tourna sur lui-même en faisant feu huit fois. Cela dura cinq secondes. Les douilles vides avaient jailli sur la table, sur les musiciens, sur une épaule d'Yvonne. Un petit nuage de fumée bleue à peine visible s'étirait entre le regard d'Olivier et le visage de son père. Les serviteurs s'étaient figés sur place, sans peur ni émoi. Aux murs, quatre têtes de tigres, trois de buffles, et une de rhinocéros, avaient perdu chacune un de leurs yeux de verre.

Jacques sourit, content de lui.

— Tu vois ? C'est pas encore demain que ton père sera bouffé !...

Yvonne vint vers lui. Elle le regardait avec indulgence, avec amour et pitié. Elle lui prit son fusil des mains et le tendit à un serviteur.

— Maintenant que tu as fait ton numéro, viens regarder ton fils en face, et répète-lui que tu vas lui donner ce qu'il te demande.

Elle poussait doucement Jacques vers la table, il se rebiffa.

— Laisse-moi tranquille ! Ne te mêle pas de ça, c'est une affaire entre hommes...

— Pour ça, dit Yvonne, il faut qu'il y ait DEUX hommes !... Tu ne trouveras plus jamais une telle occasion d'en devenir un !... Dis-lui la vérité !... Allons !... Dis-lui !... Parle !... Est-ce que tu vas lui donner seulement un million, sur les trente que tu lui dois ?...

Jacques, après avoir détourné son regard à droite et à gauche, finalement regarda Olivier qui le regardait. Il tira un peu sa chaise, s'assit lentement, abandonnant toute attitude pour n'être plus que ce qu'il était, déshabillé de l'apparence, nu sous la douche de la vérité.

— Je regrette, mon petit... Je ne pourrai même pas te donner un million... Je ne l'ai pas... Ni la moitié ni le quart... Elle a raison... Je n'ai rien... Rien...

Il prit sa coupe de nouveau pleine, puis se rendit compte que ce n'était plus de jeu, la reposa, haussa les épaules, regarda Olivier avec un petit sourire misérable.

— Ce n'est pas l'idée que tu te faisais de ton père, hein ?

Olivier semblait réfléchir. Il mit un certain temps à répondre.

— Non...

Puis il ajouta après un silence :

— Je croyais que c'était un salaud plein d'argent qui nous laissait crever...

Lentement, son visage se détendit, quelque chose se dénoua dans sa poitrine et libéra tous ses muscles crispés. Il eut un sourire d'enfant, prit sa coupe, à laquelle il n'avait pas touché depuis le début du repas, la leva vers son père, et but.

La jeep s'arrêta à l'embranchement de la piste et de la route. Olivier sauta à terre. Jacques, au volant, lui tendit son sac. Le soleil déjà haut commençait à chauffer dur.

— C'est long, à pied ! Tu ne veux vraiment pas attendre la fin de la chasse ? Et rentrer avec nous ?

— Non...

— Qu'est-ce qui te presse tant, à Katmandou ? Une fille ?

— Oui, dit Olivier.

Il n'y avait maintenant plus d'obstacle. Cet argent qu'il avait dressé autour de lui comme une muraille s'était transformé en nuage, en vapeur, évanoui. Jane était là, visible, à quelques pas. Il lui suffisait de marcher et de la rejoindre. Les autres garçons, il n'aurait même pas besoin de les balayer, c'est elle qui les mettrait hors de sa vie.

— Elle est belle ? demanda Jacques.

Olivier sourit et leva le poing droit, pouce en l'air.

— Comme ça !

— Tu es amoureux ?

— Peut-être.

Jacques soupira.

— Fais attention aux filles !... C'est bien agréable un moment, mais, tout le temps, quelle plaie !... Allez ! Bonne route !... Salut !...

Il salua de la main, et fit virer la jeep, qui s'enfonça dans la forêt.

Au commencement, Olivier compta les jours, deux jours, cinq jours, six jours, puis il s'embrouilla et ne sut plus, et cela lui était égal. Il marchait, montait, descendait, marchait, montait, et il y avait toujours une nouvelle barrière à franchir. Il ne sentait plus aucune fatigue, et sans son impatience de retrouver Jane, il aurait pris plaisir à la route interminable. Ce n'était pas seulement la course vers Jane qui le rendait léger, mais aussi d'avoir perdu son poids de haine et de mépris envers son père.

Il était venu de l'autre bout du monde avec un couteau, pour tailler une livre de chair dans le ventre d'un milliardaire immonde, et il avait trouvé un enfant inconscient et joyeux, aussi pauvre que lui. Les quelques billets que Jacques lui avait donnés, qu'il avait d'abord refusés, puis acceptés pour ne pas l'humilier, serrés dans son sac, le soulevaient comme une montgolfière parce qu'ils étaient le don de l'affection d'un père et de l'amitié d'un homme. Les millions qu'il était venu exiger d'un étranger, dont il était le fils, s'il les avait obtenus, il les aurait emportés sur lui comme un rocher.

Il ne s'était plus rasé depuis la soirée de la maison de chasse. Un matin, alors qu'il arrivait à proximité d'un nouveau col, il passa sa main sur ses joues et son menton, et se rendit compte qu'il devait être parti depuis longtemps.

La route franchissait le col en tournant et s'enfonçait dans une lumière qui paraissait plus claire et plus intense. Olivier parvint au sommet et s'arrêta, stupéfait.

A ses pieds s'étendait une immense vallée, verte comme un gazon anglais, brodée par le travail des hommes en d'innombrables pièces festonnées, sans le moindre espace libre pour l'herbe folle ou la jachère. Derrière la vallée, loin à l'horizon, d'énormes chaînes de montagnes sombres s'appuyaient les unes sur les autres pour monter toujours plus haut. Leurs derniers sommets s'enfonçaient dans une masse gigantesque de nuages, posés sur eux comme un interdit, un espace sans limites et sans formes que le monde des hommes ne devait pas franchir. Au-dessus de leurs lents bourgeonnements démesurés s'élançait un univers de transparence blanche et blême, dentelé, aigu, irréel, léger comme un rêve et écrasant de puissance, qui occupait la moitié du ciel.

— L'Himalaya !... murmura Olivier.

Le miroir, pâle, immense, de la montagne surhumaine, envoyait vers la vallée une lumière légère, extrait de ciel, suc de l'azur, lumière de lumière, plus blanche que le blanc, plus transparente que l'absence de tout, qui pénétrait la lumière ordinaire et éclatait en elle sans s'y confondre, se posait, en plus de la clarté du grand jour, sur chaque contour de paysage, chaque maison, chaque arbre, chaque paysan-fourmi piqué sur la terre, et l'ourlait de beauté, même l'affreux camion qui montait en grondant vers le col. Elle rendait l'air moins épais, plus facile à respirer, et l'effort pour toute chose joyeux. C'était une lumière de fête de Dieu offerte aux hommes pour leur donner la certitude que ce qu'ils cherchent existe, la justice, l'amour, la vérité, il faut chercher, marcher, continuer toujours. Si la mort interrompt le voyage, peu importe, le but continue d'être là.

Quand le camion passa près d'Olivier toujours immobile, celui-ci cria « Katmandou ? », en montrant la vallée. Et tous les occupants du camion firent joyeusement « non » de la tête en riant et criant des commentaires.

Olivier prit un raccourci et se mit à le descendre en chantant pom-pom-pom-pom, un air idiot, un air de bonheur.

Sur tous les chemins, la foule confluait vers Katmandou, dans ses vêtements les plus colorés, dont certains étaient presque propres. Par familles, par villages entiers, les adultes, les vieux et les enfants de tous âges se hâtaient allégrement, venant du nord, du sud, de l'est, de l'ouest, et de tous les degrés intermédiaires, vers le centre de l'espace en ce jour du temps, la grande place solaire de Katmandou, où les temples de toutes tailles s'élevaient aussi nombreux que les arbres de la forêt, habités par tous les dieux du ciel et de la terre. Ce jour-là, en ce lieu, les hommes et les dieux allaient se voir et se parler, et se réjouir ensemble d'être chacun à sa place dans l'univers, et d'y faire ce qui devait être fait par chacun, dans la joie de la vie et de la mort successives, opposées et pareilles.

Olivier, sur la route, fut bientôt enrobé par une foule de plus en plus dense, joyeuse, crasseuse, qui sentait l'herbe sèche et la bouse. Encadré, poussé, emporté, il entra dans Katmandou par la porte de l'ouest.

La cohue s'étrangla dans une rue étroite qui menait vers la place. Une poussière âcre montait du sol, faite des molécules desséchées de fientes de vaches, de chiens et de singes, et d'excréments humains, déshydratés par le soleil et piétinés à longueur d'année. Elle entra dans les narines d'Olivier, y apporta une puissante odeur de merde qui le suffoqua. Il mit vivement son mouchoir sous ses narines, mais la fine poussière filtrait à travers, et lui desséchait l'arrière-nez comme de la chaux vive. Il remit son mouchoir dans sa poche, aspira un grand coup par la bouche, s'emplit jusqu'au nombril de l'odeur de la merde, et ne la sentit plus. C'était comme la mer quand on s'y jette et qu'on boit la première tasse. Si on la refuse on continue d'avaler l'eau amère jusqu'à la noyade. Si on l'accepte on devient poisson.

La foule s'arrêta pour laisser passer une vache qui sortit du couloir d'une maison et traversa nonchalamment la rue. Elle était dodue et prospère, et ne se pressait pas. Elle alla pencher son mufle dans la boutique d'en face, mais elle n'y trouva que des pots de cuivre incomestibles, se détourna et se mit à marcher lentement vers les temples. La foule la dépassait en prenant bien garde de la bousculer ou de la gêner. La rue était bordée des deux côtés de boutiques sans vitrines, sorte d'échoppes grandes ouvertes où s'étalaient des ustensiles de métal, des cordes, des outils, des images pieuses, des colliers de perles rouges, des tresses de laine, des vêtements népalais ou occidentaux, des bonnets de toutes couleurs rangés dans des petits casiers, des petits tas de poudre rouge et jaune sur des feuilles vertes ou des morceaux de papier de riz, des fragments de nourritures inconnues assemblées en cônes, des pétales de fleurs, des objets et des marchandises dont Olivier ne pouvait imaginer la nature ni l'usage, mêlés à de la pacotille en plastique, bassines, bracelets, statuettes horribles venues des fabriques indiennes. Au-dessus des marchandises brillantes, les maisons semblaient prêtes à crouler, les boutiques à s'effondrer. D'admirables fenêtres en bois sculpté se disjoignaient, les dentelles de bois qui entouraient les boutiques étaient mangées par le temps, les pas des portes usés et les poutres ventrues. Mais un peuple vif, jeune de santé et d'humeur, traversait la ville momifiée et entraînait Olivier.

Il regardait sans grand espoir par-dessus les épaules et les têtes, à la recherche de la silhouette de Jane, ou d'un de ses compagnons. Mais il n'apercevait aucun visage européen et n'entendait que des exclamations et des mots inconnus. Il se sentait plus étranger que dans un pays étranger, comme plongé au milieu d'une autre espèce vivante, avec qui il ne pouvait pas plus avoir de communication qu'avec des fourmis ou des poules. Une espèce d'ailleurs bienveillante, dont il devinait que ne pouvait lui venir aucun mal, aucun bien non plus, rien que des sourires et des gestes aimables et le langage incompréhensible, la gentillesse et l'indifférence, et la distance infinie d'un autre monde. Les vieux et les jeunes, les mâles et les femelles passaient autour de lui sans lui prêter plus d'attention qu'à un objet sans utilité, tout à leur joie d'aller fêter leurs dieux et se réjouir avec eux.

Il voyait déjà, au bout de la rue, par-dessus les dernières maisons, pointer la forêt des temples, il entendait un tintamarre de musique et de chants aigus. Il fut poussé sur la place au moment où arrivait en face un orchestre de petits violons et d'instruments bizarres, à vent, à percussion et à cordes, en bois ou en métal, certains peints de couleurs criardes, dont les musiciens tiraient des harmonies qui eussent fait s'évanouir de bonheur les amateurs de musique atonale. Mais le rythme était allègre, et la mélodie dégagée. Les musiciens précédaient un buffle couvert de fleurs et de flots de laine de couleur, tiré par un homme masqué d'un visage de singe rouge.

Derrière le buffle marchait une sorte de guerrier aux bras et aux épaules énormes, vêtu d'une seule ceinture d'étoffe, et qui portait sur son épaule droite l'épaisse, longue, large, lourde lame d'un sabre recourbé dont le fil aigu était à l'intérieur de la courbe. Derrière le guerrier, un groupe de danseurs vêtus jusqu'aux pieds d'étoffes éclatantes, masqués de visages de dieux ou de démons aux grimaces fraîchement peintes, mimaient tout en marchant un épisode du temps et de la création.

A la droite d'Olivier, un temple gigantesque escaladait le ciel. Bâti en brique ocre, en forme de pyramide à degrés, à quatre faces, il était surmonté de onze toits quadrangulaires superposés dont la taille diminuait à mesure qu'ils s'élevaient, continuant l'élan de la pyramide vers le ciel où ils s'enfonçaient.

Sous le premier toit, en haut des marches, s'ouvrait une porte à travers laquelle Olivier voyait brûler mille flammes dorées. A gauche de la porte il aperçut un groupe de hippies, une vingtaine, filles et garçons, avec de longues barbes, de longs cheveux et des vêtements extravagants, assis ou debout, tout en haut de la foule entassée sur la face de la pyramide, et regardant comme elle le cortège qui arrivait.

Ils étaient trop loin et trop haut pour qu'il pût discerner leurs visages mais, malgré la distance, il fut certain qu'il aurait reconnu Jane si elle avait été parmi eux. Au moins pourraient-ils lui dire où elle se trouvait, ils devaient la connaître.

Il se glissa de profil entre les groupes agglomérés, parvint jusqu'au temple. Sur les premières marches, les paysans avaient étalé leurs légumes, des bottes d'épinards aux feuilles grandes comme des moitiés de journaux, des amoncellements de radis plus gros que des bouteilles, des entassements de petits oignons frais aux longues queues vertes, des fruits de toutes sortes, qui débordaient jusque sur le sol, dans la poussière qui était celle de ce monde, et qui ne sentait plus rien pour celui qui l'avait acceptée.

Olivier passa entre les deux gardiens du temple, accroupis en bas de l'escalier qui montait vers la porte aux lumières. C'étaient une lionne de pierre et son lion débonnaire, la moustache et le sexe peints en rouge. Des doigts pieux leur avaient frotté le front avec de la poudre de safran, et semé des pétales de fleurs sur la tête. Le cortège de musiciens et de chanteurs entraînait le buffle tout autour de la place, s'arrêtant à chaque autel, à chaque stèle, devant chaque statue de chaque dieu, tous fleuris de poudres et de fleurs. Les musiciens jouaient, les danseurs dansaient devant le dieu, le cortège repartait, le buffle tête basse savait vers quoi il était emmené.

Olivier arriva en haut de la pyramide, et, dès qu'il mit le pied sur la dernière marche, reconnut l'odeur de la marihuana, mais plus forte, plus âcre que celle des cigarettes de Sven. Deux garçons et quatre filles étaient en train de fumer, sans doute le fameux hachisch de Katmandou.

Le groupe l'accueillit avec une passivité aimable. Il n'y avait là aucun Français. Olivier interrogeait :

— *Jane ? Jane ? You know Jane ? Sven ? Harold ? Jane ?*

Ils faisaient des gestes négatifs, ils répondaient en anglais, en allemand, en hollandais. Non ils ne connaissaient pas. Un Américain qui parlait un peu français lui dit qu'il y avait beaucoup de garçons et de filles « voyageurs » dans Katmandou, ils arrivaient, ils repartaient, ils revenaient, ils ne se connaissaient pas tous.

— Mais où sont les autres ?

Il fit un geste rond qui englobait tout l'horizon.

La voiture américaine rouge ? Oui, il croit qu'il l'a vue. Quand ? Où ? Il ne sait pas... Il faut demander à l'Hôtel Himalaya. C'est là que vont les Américains riches. Où est l'Hôtel Himalaya ? Encore un geste vague... Là-bas.

Olivier fit demi-tour pour redescendre. Trois autres cortèges encadrant chacun un buffle arrivaient dans la place, venant des trois autres points cardinaux. Les orchestres des quatre cortèges jouaient des musiques différentes par leur rythme, leurs airs et les timbres de leurs instruments, comme sont différents et pourtant s'unissent les quatre parties du ciel, et les quatre éléments de la Terre.

La foule autour d'eux, épaisse, mouvante, s'ouvrait et se refermait, tourbillonnait lentement, suivait l'un, suivait l'autre, ajoutait les chants de ses voix, isolées ou groupées, en broderie multicolore sur le tissu croisé des quatre musiques. De la foule des hommes surgissait la foule des toits sur laquelle une foule de singes s'agitait, se grattait, et jacassait.

Au-dessus des toits, la grande transparence de la Montagne avait tiré de bas en haut sur son mystère le voile roulant des nuages. Ceux-ci continuaient à monter vers le sommet du ciel en masses blanches, grises et noires, qui se chevauchaient et se combattaient, surgissaient d'elles-mêmes et se multipliaient.

Olivier ne voyait plus la ville. La forêt des temples la lui cachait. Il y en avait une quantité non mesurable. Il lui semblait qu'ils s'étendaient au-delà de toutes les limites et qu'ils couvraient le monde. Il eut, pendant un instant très bref, l'impression que c'était bien, et que tout était en ordre. Et puis il n'y pensa plus. La place était une clef. Ses yeux l'avaient vue, son cerveau physique en avait reçu l'image claire, mais son intelligence n'était pas faite pour la lire et la comprendre.

Tous les temples étaient bâtis sur le même modèle, mais leur orientation, la hauteur de leur pyramide, le nombre de leurs degrés et de leurs toits variaient selon la signification de l'emplacement efficace qui leur avait été donné dans l'architecture de la place. Celle-ci était l'image active de l'univers vivant, visible et invisible. Chaque temple emplissait sa fonction de moteur, de frein, charnière, un muscle, un os, le cœur ou l'âme, ou l'œil ouvert, ou une main tendue pour recevoir ou pour offrir.

Au centre de l'univers, au milieu de la place, était creusé un bassin de granit, carré comme les temples. Au fond du bassin se dressait une colonne posée dans une coupe ronde. C'était le lingam dans le yoni, le sexe mâle et le sexe femelle unis dans l'éternité de la pierre pour l'éternité de la vie que leur union créait. L'univers, autour d'eux, la place, les temples, la foule, les vaches, les chiens, les nuages, la Montagne cachée, et les étoiles qui viendraient avec la nuit, étaient le fruit de leur amour jamais interrompu.

Couchée perpendiculairement au bord ouest du bassin, face à l'horizon du soleil, une vache de pierre, peinte en jaune, regardait, adorante, la jonction, l'emboîtement, le comblement, l'adhérence, la fusion du vide et de la plénitude, dont elle était, vivante, issue.

Un chien aboya au-dessus d'Olivier. Surpris, il dressa la tête et vit un corbeau, couleur de cigare, posé au bord du toit inférieur du temple, qui le regardait d'un œil jaune. L'oiseau narquois pointa son long bec vers lui et recommença à l'injurier avec la voix d'un teckel. Un singe agacé cria, sauta vers lui et le saisit par la queue. Le corbeau lui frappa la main d'un coup de bec sauvage. Le singe s'enfuit en hurlant. L'oiseau cligna de l'œil, se rengorgea, et se mit à ronronner.

Un nuage blanc, minuscule, naquit dans l'azur à la verticale de la place et se mit à s'arrondir comme une rose. Le premier cortège était arrivé au bord du bassin. Les musiciens se disposaient tout autour et continuaient de jouer. Les nuages de la montagne s'approchaient du nuage du milieu du ciel, en grondant d'un horizon à l'autre. L'homme au masque de singe rouge sauta dans le bassin et tira sur la corde liée aux cornes du buffle, l'obligeant à avancer la tête en direction de l'accouplement de pierre.

La musique des quatre orchestres, mélangée à la grande rumeur chantante de la foule, répondait au concert des nuages vers lesquels montaient pointues des voix aiguës de femmes poussant de longues notes verticales. Les singes glapissaient par bouquets de toits. Les corbeaux s'envolèrent tous ensemble et se mirent à dessiner entre le ciel et la terre de longues courbes, et des arabesques nouées et cousues par des gerbes de cris rauques. Une vache couchée dans la poussière se dressa, leva la tête et mugit. Le guerrier nu leva son sabre terrible en haut de ses deux énormes bras verticaux, se tint un instant immobile et tout à coup hurla en frappant, et trancha d'un seul coup la tête du buffle.

Un jet de sang frappa le lingam et coula dans le yoni. La foule poussa une énorme clameur. La bête décapitée restait debout sur ses quatre pattes, le sang jaillissait de son cou, en pulsations fumantes. Elle s'écroula. Les nuages se mêlaient en haut du ciel dans la fureur ou la joie illuminée d'éclairs. Le deuxième cortège s'approchait avec le second buffle. La foule tournait et se gonflait, et bourgeonnait comme les nuages, en chantant les noms des dieux, qui sont les visages de la vie et de la mort, de l'éternité.

Au lever du soleil le corbeau couleur de cigare descendit de son perchoir au bord du toit du temple, se posa près de la tête d'Olivier endormi sur la marche la plus haute, et se mit à lui fouiller les cheveux du bout de son bec dur, à la recherche de peut-être quelque savoureuse tique.

Olivier s'assit brusquement, et le corbeau indigné sauta en arrière en grondant de colère. Olivier lui sourit, se gratta les cheveux, bâilla, ouvrit son sac qui lui avait servi d'oreiller, y prit un paquet de riz cuit enveloppé dans une feuille de plastique et se mit à le manger par petites boulettes qu'il confectionnait du bout des doigts. Le corbeau, immobile à un mètre de lui le regardait d'un œil puis de l'autre, se demandant ce qu'attendait cet abruti pour lui donner sa part. Olivier lui jeta une boulette. L'oiseau baissa la tête en oblique pour voir de son œil droit cette nourriture, se redressa, la piqua du bout du bec, la goûta, la cracha en poussant un cri horrible, et s'envola jusqu'à l'autre bout de la place sans cesser de crier comme un chien dont la queue vient de passer sous la roue d'un camion. Ainsi tous les corbeaux de la ville, ceux qui sont couleur de cigare, et ceux qui sont noirs comme doivent l'être les corbeaux, et ceux, marron ou noirs, que l'âge avait rendus gris, et les oiseaux bleus à crête rouge, les colombes et les moineaux, les longs oiseaux verts qui ressemblent à des branches, et les chiens et les vaches, tout le peuple des singes, et le seul chat de Katmandou qui est un chat-léopard aux oreilles rondes dans le palais de Boris, tous les animaux et quelques hommes qui les comprennent surent qu'un garnement arrivé hier pendant la fête et dans les cheveux duquel on ne trouvait rien à manger, avait offert à son frère oiseau du riz empoisonné.

Ce n'était pas du poison, c'était seulement l'odeur de la feuille de plastique.

Olivier, éreinté, courbatu, s'allongea de nouveau sur sa couche de briques, ferma les yeux, et au bout d'un instant les rouvrit. Le soleil levant éclairait les poutres obliques qui soutenaient le toit. Chacune d'elles était sculptée et peinte sur toute sa longueur, ainsi transformée en un dieu ou une déesse, dont le visage, l'attitude, les attributs, le nombre de bras, la posture, différaient d'une poutre à l'autre. C'était tout le peuple du ciel qui soutenait le temple. Et le peuple de la terre soutenait le peuple du ciel en accomplissant sa fonction essentielle : sur chaque poutre, sous les pieds du dieu ou de la déesse, et lui servant de support, à une échelle plus humble, dans une dimension modeste, un couple d'humains se joignait, dans les postures les plus diverses. Plus exactement, la femme se livrait aux travaux quotidiens, pilait le mil, piquait le riz, lavait ses cheveux, allaitait son enfant, nettoyait le sol, cuisait une galette, trayait la vache, et l'homme, sans lui faire perdre son temps, sans la déranger dans ses tâches qui devaient être accomplies chacune à son heure, ne cessait de l'ensemencer avec un membre énorme par devant, par derrière, par en haut, par en bas, parfois avec l'aide du voisin, parfois en invitant aussi la voisine, mais sans que jamais la femme, la mère, la matière, la mer, ne cessât de faire ce qu'elle avait à faire depuis toujours et pour toujours, mettre l'ordre partout, chaque vie à sa place, tirer la nourriture du vivant pour le vivant, faire de la terre du fruit et du fruit un enfant, écraser le grain brut pour en cuire un pain d'or, et recevoir à chaque instant la semence nouvelle au plus profond d'elle-même, pour germer, se poursuivre, et se multiplier.

Olivier, amusé, se leva et fit le tour du temple, le nez en l'air, suivant les exploits de l'homme d'une poutre à l'autre. Il lui trouva bientôt l'air stupide. Il ressemblait à un pompier, sa lance à la main. Mais il ne parviendrait jamais à éteindre le feu. Et cet objet, qu'il croyait lui appartenir, et qu'il enfonçait avec application dans chaque trou qu'il rencontrait, il paraissait bien qu'il n'en était que le porteur et l'esclave.

Olivier parvint au bout du cycle. Sur la dernière poutre, l'homme avait disparu. La femme était seule, le buste vertical, ses deux mains maintenant ses jambes levées vers le ciel, son sexe ouvert comme une porte cochère, accouchant d'une fille figée dans la même position qu'elle, et qui accouchait d'une fille qui accouchait d'une fille qui accouchait... La dernière visible était grosse comme une lentille, mais entre ses cuisses écartelées le flot de la vie continuait à couler jusqu'à l'infini.

Un garçon d'une dizaine d'années, le cheveu ras, la morve au nez, sortit par la porte derrière laquelle ne brûlaient plus que quelques lumières. Son visage, sa chemise et sa culotte avaient la même couleur de crasse universelle, mais ses yeux brillaient d'un éclat neuf et sain, d'une joie que rien n'avait sali. Il tenait une baguette à la main. Quand il vit ce qu'Olivier regardait, il vint se camper derrière lui en riant, se planta la baguette à la hauteur du sexe et l'agita de bas en haut en criant « zip ! zip ! zip !... » puis il se détourna et descendit en sautant à pieds joints d'une marche à l'autre et criant à chaque saut zip !... zip !... zip !...

En bas, les paysans arrivaient en trottant, chargés de leurs monceaux de verdure, qu'ils portaient, non dans le dos comme les sherpas, mais sur deux plateaux suspendus aux extrémités d'une barre posée sur leurs épaules.

Toute la place rosissait sous la caresse du soleil, chaque matin nouvelle. Mais sous leur fard de fausse jeunesse Olivier vit que les temples étaient, comme la ville, incroyablement vieux, usés, boiteux, inclinés, leurs marches édentées, leurs toits échancrés, prêts à couler sous le poids des singes.

La densité de vie de la foule en fête les avait pendant quelques heures ragaillardis et redressés, mais, elle repartie, ils s'affaissaient de nouveau comme des vieillards au coin de la cheminée lorsque la flamme du feu s'éteint et que la braise se couvre de cendre.

Olivier avait cherché Jane la veille, à travers la foule, pendant les dernières heures du jour. Il avait rencontré des hippies de toutes provenances, tous perdus dans la nonchalance de la drogue. Aucun ne connaissait Jane, ni Sven, ni Harold. Il avait trouvé l'Hôtel Himalaya, devant lequel stationnaient quatre taxis, avec une tête de tigre peinte sur le capot, et toute leur carrosserie zébrée comme le corps du fauve. Mais aucune voiture américaine. Les touristes venaient à Katmandou par avion. Très rares étaient ceux qui risquaient le voyage en voiture. Il s'était avancé vers la porte de l'hôtel gardée par un superbe gourka en turban et tenue blanche impeccable. Mais il s'était arrêté brusquement. Demander qui ? Il ne connaissait de Laureen que son prénom...

La nuit tombait. La foule des villages s'écoulait hors de Katmandou, des petits groupes de musiciens, ou des violonistes isolés, l'entraînaient vers les campagnes. Les marchands fermaient les volets de bois de leurs boutiques, les lumières des temples s'éteignaient. Olivier se sentit tout à coup atrocement seul, comme perdu dans les ruines d'un cratère de la lune. Il s'accrocha à un couple de hippies américains crasseux, sur lesquels pendaient des cheveux, des vêtements, des colliers, des amulettes, et qui l'emmenèrent dans une pièce sombre occupée par une longue table flanquée de deux bancs où d'autres hippies, passifs, attendaient que l'un d'eux arrivât avec un peu d'argent pour payer à manger. Ce fut Olivier qui paya. Contre quelques roupies, le patron, un Indien, posa au milieu de la table un grand plat de riz tacheté de quelques débris de légumes, et des assiettes, des cuillers, et des verres d'eau pour tous. Ils emplirent leurs assiettes mais peu la vidèrent. Après deux bouchées, ils n'avaient plus envie de manger, ils n'avaient envie de rien, ils étaient comme des végétaux qui reçoivent la pluie, le soleil, et ce que la terre leur donne, sans avoir besoin de bouger une feuille.

En face d'Olivier se trouvait une fille blonde plus propre que les autres, les cheveux tirés en un gros chignon derrière la nuque, les joues roses, l'air d'une institutrice flamande. Elle regardait quelque chose dans le vide, au-dessus de l'épaule gauche d'Olivier, elle ne fit même pas le semblant de manger, elle ne mit rien dans son assiette, elle ne bougeait pas, ses avant-bras étaient croisés sur ses cuisses, ses mains molles abandonnées. Elle respirait très lentement. Sa tête était droite et immobile, sans raideur. Elle regardait par-dessus l'épaule d'Olivier, et Olivier savait qu'il n'y avait rien à regarder par-dessus son épaule. Pendant tout le temps qu'il resta là, elle continua de regarder ce rien, sans bouger et sans parler. Olivier n'osait plus lever les yeux vers elle. Elle lui faisait peur.

Il regarda les garçons et les filles qui étalaient le riz dans leurs assiettes, le tournaient, en faisaient de petits tas, l'étalaient de nouveau, en portaient de temps en temps quelques grains à leur bouche. Il s'aperçut que les filles étaient plus absentes que les garçons, parties plus loin, plus profondément séparées des lois élémentaires, des nécessités et des obligations de vivre. Une angoisse l'étreignit à la pensée de Jane. Où en était-elle ? Etait-il possible qu'elle se fût, elle aussi, déjà installée sur ce rivage de brume, d'où c'était le monde réel qui apparaissait comme un fantôme de plus en plus invraisemblablement lointain, évanoui ?...

Personne autour de la table ne connaissait Jane. Mais il y avait d'autres endroits de « réunions », et d'autres tables, et d'autres routes, d'autres temples et d'autres fêtes. C'était le pays des dieux, et chaque jour fêtait l'un d'eux, puisque chaque jour recevait la lumière. Les musiciens et les fidèles allaient de l'une à l'autre, par les vallées et les sentiers, de collines en collines couronnées de temples. Et les « voyageurs » venus de tous les coins de la terre allaient aussi à travers les campagnes, croyant comprendre et ne comprenant rien, ayant perdu leur monde sans en trouver un autre, errant à la recherche d'une raison d'être, noyant dans la fumée le souvenir de ce qu'ils avaient quitté et l'angoisse de ne rien pouvoir saisir pour remplacer ce qu'ils refusaient.

Jane, Sven, Harold ? Ils étaient peut-être à Swayanbunath, peut-être à Patan, peut-être à Pashupakinath, peut-être à Pokarah, peut-être ailleurs... Ils marchaient... Tous marchaient... Aucun ne trouvait nulle part sa place ni la paix. Ils repartaient... Ils fumaient... La fille blonde et propre au chignon bien tiré regardait par-dessus l'épaule d'Olivier. Elle ne regardait rien.

Olivier ne savait où coucher. Les deux Américains l'emmenèrent à leur hôtel. Les rues désertes étaient parcourues par quelques chiens maigres, éclairées par-ci par-là par une faible ampoule électrique accrochée au croisement de deux fils à un carrefour. Les boutiques étaient closes et cadenassées. Les corbeaux et les singes dormaient.

L'hôtel s'ouvrait par une porte étroite entre deux boutiques. Au-dessus de la porte, un petit dieu de bois à douze bras veillait au fond d'une niche, éclairé par une veilleuse, honoré de grains de riz et de pétales frais. Le couloir débouchait dans une cour carrée au milieu de laquelle un lingam se dressait dans un yoni, au milieu d'une assemblée de dieux de pierre qui les regardaient et les adoraient. Les fronts des dieux étaient frottés de rouge ou de jaune, et leurs mains étaient pleines de riz, leurs épaules et leurs têtes fleuries de fleurs fraîches.

Autour de la cour, des colonnes de bois soutenaient une galerie sculptée en dentelle, vermoulue et échancrée ; sous la galerie s'ouvraient les portes des chambres.

En débouchant du couloir, Olivier avait de nouveau senti l'odeur puissante de hachisch. Malgré sa répugnance, il suivit les deux hippies jusqu'à leur chambre qui se trouvait au fond de la cour vers la droite. Le garçon poussa la porte et entra le premier, sans se soucier de la fille, qui sourit. Olivier fit un pas pour entrer derrière eux, et s'arrêta net sur le seuil. La pièce était éclairée par une lampe à beurre, qui brûlait dans un trou de mur, entre deux briques. Il n'y avait rien d'autre qu'une rangée de paillasses sur le sol de terre battue, sans drap ni couverture. Des garçons ou des filles allongés dormaient ou fumaient. Quatre paillasses restaient inoccupées. A droite de la porte, un couple qui avait fait l'amour s'était endormi à peine désuni, le garçon et la fille à demi dévêtus.

Olivier fit demi-tour, retenant sa respiration, traversa la cour, courut dans le couloir, arriva dans la rue, s'arrêta, leva la tête vers le ciel où brillaient les étoiles et respira un grand coup. L'odeur de la merde entra en lui jusqu'aux orteils, et lui parut délicate, naturelle, fraîche et saine, comme celle des premières violettes au printemps.

La lune aux deux tiers éclairait au bout de la rue l'extrémité du toit d'un temple. Il s'endormit, éreinté, sur la plus haute marche. Un chien jaune qui l'avait suivi vint se coucher près de lui, la tête sur sa poitrine, pour se réchauffer et lui tenir chaud. Quand le corbeau arriva au lever du soleil, le chien était parti à la recherche des premières nourritures du matin.

Il la chercha encore toute la journée. Il parcourut Katmandou rue par rue, interrogea tous les hippies, ne reçut de ceux qui le comprenaient que des réponses négatives ou vagues. Malgré sa quête et son angoisse, il devina peu à peu ce qui faisait le climat incomparable de Katmandou, dans lequel il se débattait comme une abeille tombée dans un bol de lait. Il rencontrait des dieux partout, au-dessus des portes, entre les fenêtres, au milieu même des rues, dans les trous creusés dans la chaussée, ou sur les socles plantés en pleine circulation, ou abrités dans des temples à tous les carrefours, assemblés dans les cours, penchés aux fenêtres, soutenant les toits ou juchés dessus, aussi nombreux que les habitants humains de la ville, peut-être plus, et aussi divers, et aussi semblables. Ils ne constituaient pas un simple décor, un peuple immobile au milieu duquel se déplaçait le peuple des vivants, ils participaient à l'activité de chaque instant. Les hommes, les femmes leur parlaient, les saluaient au passage, leur donnaient deux grains de riz, un pétale de fleur, leur frottaient le front d'un pouce affectueux, les enfants leur grimpaient dessus, les singes et les oiseaux leur prenaient leur riz et leur donnaient leur fiente, les vaches venaient se gratter le ventre contre eux, les moutons tondus s'endormaient à leurs pieds, les corbeaux couleur de cigare se perchaient sur leur tête pour aboyer aux passants leurs compliments ou leurs insultes, les paysans accrochaient leurs bottes d'oignons à leurs mains tendues. Ils vivaient la vie de tous avec tous. Les bêtes, les hommes et les dieux étaient tressés ensemble comme les cheveux, les fleurs et les brins de laine rouge dans les coiffures des femmes, en une seule amitié familière et ininterrompue. Dieu était partout, sous mille visages de chair, de pierre, de poils ou de plumes, et dans les yeux des enfants innombrables groupés par bouquets nus devant les portes des maisons où ils semblaient ne savoir faire autre chose que rire du bonheur d'être vivants.

Dieu était partout, et les « voyageurs » venus le chercher de si loin ne le trouvaient nulle part, parce qu'ils oubliaient de le chercher en eux-mêmes.

Katmandou était construite dans la forme d'une étoile à huit branches. Parties de la place du Temple, huit rues de marchands s'ouvraient vers les huit directions de la vallée. Entre elles s'étendaient les huit quartiers des artisans, où les petits ateliers ouverts sur la rue remplaçaient les boutiques. Au nord, en dehors de l'étoile, le long de la route qui conduisait à l'aéroport, s'étaient construits les affreux bâtiments de ciment des Ambassades, les Hôtels pour touristes, l'Hôpital de la Croix-Rouge, la Fabrique de pain, les Casernes, la Banque, le Château d'eau, l'Usine électrique et la Prison.

Au sud, le quartier des potiers s'arrêtait au bord d'une mare à l'eau sombre. C'est en ce lieu qu'Olivier, à la fin du second jour, termina son exploration.

Au bout d'une rue où des jarres et des pots de terre de toutes tailles s'entassaient contre les murs jusqu'à hauteur des toits, il déboucha dans le paysage noir. La mare circulaire était assez vaste pour que les personnages qui se trouvaient sur le bord opposé lui parussent minuscules. L'eau en était couleur de nuit. Une multitude de porcs noirs, bas sur pattes, longs, poilus, tourbillonnaient autour d'elle, fouillaient de leur groin la boue sombre de ses bords, et l'avalaient avec les vers et les larves qu'ils y trouvaient. Des buffles s'y baignaient jusqu'aux cornes, s'y roulaient et se relevaient noirs d'un mélange d'eau et de boue. Une villageoise vint y vider une cuvette de plastique bleu, qui contenait les excréments familiaux de la journée, puis brossa le récipient en le frottant avec sa main. Un peu plus loin, trois femmes, en riant et bavardant, trempaient du linge dans la mare et le tordaient, le trempaient encore et le tordaient de nouveau. Une d'elles défit sa coiffure, mouilla longuement ses cheveux, puis se déshabilla entièrement en restant accroupie et se frotta d'eau des pieds à la tête, avec une grande décence, sans rien montrer de sa nudité.

En se détournant pour s'en aller, Olivier vit Jane. Elle était couchée sur le dos, à la limite de la vase, le visage de profil, une joue à plat sur le sol, ses cheveux emmêlés lui couvrant le visage, son blue-jean souillé de boue. Une truie enceinte la reniflait, lui ouvrit sa blouse d'un coup de groin, découvrant un sein. Olivier se précipita en hurlant le nom de Jane. Un porc lui passa entre les jambes et le fit tomber. Pendant qu'il se relevait la truie s'était retournée et urinait sur Jane. Olivier arriva comme un obus et frappa la bête à coups de pied. Elle s'enfuit en couinant, sans pouvoir s'arrêter de pisser. Les trois lavandières s'étaient retournées et regardaient. Olivier, éperdu d'horreur, se baissa, souleva le buste de Jane et lui écarta les cheveux. Ce n'était pas elle.

Elle lui ressemblait, de taille, de forme, et par la couleur de ses cheveux. Mais elle avait un grand nez maigre et de petits yeux presque jaunes qui le regardaient du fond du monde de la drogue, où la compassion d'un homme et l'urine d'une truie sont des choses égales, et l'une et l'autre sans importance. Elle était un peu plus âgée que Jane. Elle paraissait avoir cent ans. Il essaya de la faire lever, de la faire marcher. Ses jambes ne la portaient pas, elle lui glissa entre les bras et tomba assise. Elle ouvrit une main et essaya de la tendre vers lui. Elle disait « oupi », « oupi »... Il comprit qu'elle demandait une roupie. Il lui mit un billet dans la main et lui referma les doigts autour.

Les trois lavandières riaient, comme si elles assistaient à une scène comique entre des animaux inconnus. Il s'en alla sans se retourner, le cœur soulevé, et se demandant où était Jane, Jane ! Jane !...

Il remonta dans la rue des potiers, s'assit sur une marche d'un petit temple, dont les quatre coins étaient ornés de bêtes cornues à têtes de cuivre. Elles grimaçaient vers le ciel, lui montraient leurs crocs, et griffaient l'air de leurs pattes antérieures. Elles étaient les gardiennes féroces chargées de faire peur aux démons.

Mais le démon habitait la poitrine d'Olivier. Etait-ce cela l'amour ?

Cette fille, qu'il avait à peine connue, tenue dans ses bras une seule nuit, lui avait tout à coup, après son entrevue avec son père, semblé constituer la réponse à toutes ses questions, la solution à tous ses problèmes. Il avait marché vers elle pendant des jours et des jours, se souvenant de ses grands yeux qui le regardaient sans l'ombre d'un mensonge, de son sourire clair, de ses paroles, et surtout de la plénitude, du calme qu'il éprouvait lorsqu'il était auprès d'elle, même sans parler, même sans la regarder. Elle était assise dans l'herbe, près de lui, ou à quelques pas, et autour de lui et en lui tout était bien, en équilibre, et en paix.

A mesure qu'il marchait vers Katmandou, sa joie et son impatience augmentaient. Il avait descendu la dernière montagne en courant, comme on dévale vers une source, un lac, une cascade, pour s'y jeter en riant, la boire, la brasser, s'y noyer de vie.

Il n'avait trouvé que la poussière.

Heure après heure, pendant qu'il cherchait en vain, il avait eu la révélation progressive de l'abîme d'absence qui s'était creusé en lui et autour de lui depuis la minute où il s'était séparé de Jane, presque légèrement, sans y attacher d'importance. Sa hâte à quitter son père, sa course vers Katmandou, c'était le besoin de redevenir vivant en la retrouvant, de combler ce vide insupportable, dont il n'avait pas eu conscience tant qu'il marchait sur le chemin dont il savait, si long qu'il fût, qu'il le conduisait vers elle.

Au bout du chemin, il n'y avait personne.

Il n'y avait plus rien au monde et plus rien en lui. Assis sur la marche de briques, la tête dans les mains, à bout de force et d'espoir, il n'était plus qu'une souffrance, un appel, un besoin pire que la faim et la soif mortelles. L'absence de Jane le blessait d'une plaie sans limite, comme si une main énorme aux ongles déchirants l'avait vidé de tout l'intérieur de lui-même, raclé jusqu'à la peau. L'absence vidait aussi l'univers autour de lui, maisons, villes, choses qui bougeaient et qui étaient des gens et des bêtes, images sans couleur, sans odeur, sans bruit.

Qu'elle l'eût quitté, qu'il ne l'eût pas retrouvée lui paraissait non seulement atroce, mais surtout si absurde, si impossible à croire, qu'il ferma les yeux et étendit sa main gauche ouverte, CERTAIN qu'il allait sentir sa paume et ses doigts se poser sur ELLE, qu'ELLE se mettrait à rire de bonheur, et se jetterait contre lui et se blottirait dans ses bras, et qu'il la serrerait si fort qu'elle crierait de mal et de joie...

Quand il rouvrit les yeux, il vit trois enfants nus assis en face de lui de l'autre côté de la rue étroite, entre deux piles de jarres et de pots, et qui le regardaient avec sérieux et amitié. Il referma sa main qui ne s'était pas posée et la ramena lentement vers lui. Alors les enfants se mirent à rire et à agiter leurs bras. Ils lui criaient « bye bye ! », « Hello ! ». Grâce aux touristes américains, ils commençaient à se civiliser.

Olivier se leva, et respira profondément. Il ne devait pas désespérer. Elle était sûrement quelque part, à Katmandou ou dans les environs. Il allait la retrouver ! Et s'il ne la retrouvait pas ? Jamais ? Est-ce qu'il allait cesser de vivre à cause d'une fille ? Qu'est-ce qu'elle avait de plus que les autres ? Est-ce qu'il était en train de devenir idiot ? Si elle ne voulait pas se montrer, qu'elle aille au diable ! Pourquoi n'était-elle pas venue avec lui quand il le lui avait demandé ? Parce qu'elle couchait avec ce type ! Et avec combien d'autres avait-elle couché, avant ? Il y avait plein de filles, à Katmandou et ailleurs, qui la valaient bien, et même plus.

Il se mit à marcher à grands pas, sûr de lui, regonflé, soulagé. Mais avant d'arriver au bout de la rue, il savait que les autres filles ne comptaient pas, fussent-elles mille fois plus belles, et que l'univers sans elle n'était qu'une construction absurde et morne qui ne signifiait rien et ne servait à rien. Elle pouvait avoir couché avec ce type et avec dix mille autres, cela n'avait pas plus d'importance que quelques grains de poussière. Ce qui était important, unique, c'est qu'ils étaient faits pour être ensemble, que depuis le commencement des commencements tout avait été créé pour qu'ils fussent ensemble, réunis au milieu de tout. Et leur séparation était contre nature et monstrueuse comme un soleil noir.

Il avait ralenti le pas, il ne savait plus où aller, le vide l'entourait de toutes parts, il ne sentait plus sa propre présence que par sa douleur.

Il finit par se retrouver assis à la même table que la veille, devant un plat de riz. C'est là qu'il rencontra Gustave, le Marseillais, un ancien mitron qui avait un jour plaqué le pétrin pour suivre un groupe de hippies, parce qu'il trouvait bien plus agréable de vivre sans travailler que de boulanger du matin au soir. C'était un petit homme maigre d'une trentaine d'années, coiffé de longs cheveux noirs frisés hérissés en boule, avec de petits yeux vifs couleur de pruneaux, et une moustache et une barbichette à la d'Artagnan. Il ne fumait pas. Il jouait d'une petite flûte en fer blanc. Il s'était aperçu qu'il faisait rire les paysannes du marché en leur jouant « Plaisir d'amour » ! Il ne savait pas pourquoi cet air mélancolique les faisait se tordre de rire. Il jouait, s'interrompait, et tendait la main avant de continuer à jouer. Elles lui donnaient quelques oignons, un radis, une feuille d'épinard, une orange. Il revenait toujours avec sa besace pleine.

Il savait qui était Jane et il dit à Olivier où il pourrait la rencontrer.

Romain Closterwein me téléphona à deux heures du matin pour me demander de partir avec lui à huit heures pour Katmandou. Je le connaissais depuis 1948. Il me raconta en quelques mots l'histoire de Mathilde depuis mai. La veille au soir, un télégramme chiffré de l'Ambassadeur de France au Népal l'avait respectueusement averti que sa fille était à Katmandou, et cherchait à entrer en Chine communiste. Il était décidé à aller la chercher et à la ramener par les oreilles et à coups de pieds. Assez de liberté, assez d'idioties.

Il ne connaissait rien du Népal. Il savait que j'y étais allé il y avait peu de temps pour préparer le scénario du film de Cayatte. Je pouvais lui être utile, il me priait de l'accompagner. Je lui répondis que je n'en savais guère plus que lui sur le Népal. J'y étais resté juste assez pour humer la couleur locale et n'avais noué aucune relation. Mais je compris qu'il avait surtout besoin de ne pas être seul. J'acceptai. Mes vaccinations étaient encore bonnes. Quant à lui, il se moquait bien des règlements et du choléra. Je me levai, me rasai, et commençai à faire ma valise.

En 48, quand j'avais fait la connaissance de Romain Closterwein, il commençait à remplacer son père, Hans Closterwein, dans quelques-unes de ses activités, et il voulait y adjoindre le cinéma. Il jugeait possible d'investir fructueusement dans cette industrie. Les Américains gagnaient beaucoup d'argent avec des films, pourquoi n'en ferait-on pas autant en Europe ? Il finança un film dont je fus chargé d'écrire le scénario. C'est ainsi que nous nous rencontrâmes et que se noua entre nous une amitié intermittente, basée sur une estime réciproque, objective, clairvoyante, et un peu sceptique.

Il m'invitait de temps en temps dans sa maison blanche, pour me faire admirer une de ses acquisitions, ou simplement pour bavarder, quand il en avait assez de ne rencontrer que des imbéciles. Il savait bien que je n'en étais pas un, et je le sais aussi, ce qui ne me rend guère service. Et lui est un des hommes intelligents que j'ai rencontrés. Moins d'une douzaine en vingt ans de conscience un peu éveillée.

Nous avons les mêmes goûts. J'aimerais vivre, comme lui, avec la Licorne, ou la Vierge bleue du Maître de Moulins. Il a des trésors enfouis dans sa cave, qui ne servent à lui ni à personne. Moi j'ai mon plein d'emmerdements et pas un sou. Mais j'aime le rencontrer. L'intelligence est plus rare que l'or. J'ai vu, année après année, grandir Mathilde. Il m'a retéléphoné à quatre heures du matin pour me dire qu'on partait à six. Aucun de ses avions n'avait un assez long rayon d'action. Il avait loué un Boeing, qui s'arrêta à Katmandou au bout de la piste trop courte, juste à un demi-centimètre de la catastrophe.

Nous descendîmes chez Boris. C'est un ancien danseur de Diaghilev, à qui un précédent roi du Népal a fait cadeau d'un palais. Il l'a transformé en hôtel, avant que les Chinois aient construit l'unique route qui traverse le Népal de la frontière du Tibet à celle de l'Inde. Les Sherpas apportèrent sur leur dos, à travers les montagnes, les immenses baignoires victoriennes et la robinetterie de cuivre, les lits, les armoires, les tables, les chaises, les tonnes de peinture, tout un mobilier acheté en Inde et tous les accessoires, y compris les bidets, qu'il dut faire venir de France.

L'hôtel de Boris a vieilli, celui de l'Himalaya est plus moderne, mais moins pittoresque, et Boris sait tout. Non seulement ce qui se passe à Katmandou, mais aussi à Hong-Kong, à Tanger, à Beyrouth et même à Londres et à Paris. Il savait pourquoi Romain Closterwein venait à Katmandou, mais il l'accueillit avec une réserve discrète, et ne dit mot.

Un taxi-tigre nous fit franchir en dix secondes les trois cents mètres qui séparent l'hôtel de Boris de l'ambassade de France. L'Ambassadeur n'était pas là. Où était-il ? On ne savait pas... On ne pouvait pas le dire... Romain saisit le jeune diplomate pâle et un peu sale — on devient très vite sale à Katmandou si on ne reste pas constamment sur ses gardes — par les revers de son veston d'alpaga puis par sa cravate-club, et lui serra le kiki jusqu'à ce qu'il devînt violet. Nous apprîmes ainsi que l'ambassadeur était chez Boris, en train de jouer au tennis.

Le taxi-tigre fit le retour en neuf secondes. Dans un coin des immenses jardins du palais de Boris, un rectangle de toile de jute était tendu autour d'un court de tennis. Sur les quelques marches non rabotées d'une estrade de planches, tout le corps diplomatique mâle et femelle était présent, applaudissant mollement aux échanges de balles d'un rouquin en bermuda blanc, et d'un Asiatique en short bleu-de-chauffe. Il faisait extrêmement chaud. La balle elle-même *semblait avoir du mal à se mouvoir, les spectateurs transpiraient, les spectatrices sentaient grouiller dans leur ventre les effets sournois des amibes et de la quinine, tout le monde s'ennuyait et souhaitait être ailleurs, n'importe où.*

Dans les grands jardins du palais-hôtel, autour du petit rectangle de jute qui protégeait l'élite occidentale, se promenaient en liberté des chevaux, des vaches, des porcs roses dodus, tous ces animaux ayant la particularité très exceptionnelle d'être propres. Un cheval entra dans l'hôtel en même temps que nous et l'Ambassadeur, mais il nous abandonna au pied de l'escalier.

Dans la chambre de Romain, l'Ambassadeur nous apprit que Mathilde, arrivée à Katmandou depuis plusieurs semaines, avait fait le siège de l'ambassade de Chine pour obtenir un visa d'entrée au pays de Mao. On ne lui disait pas non, on ne lui disait pas oui, on lui disait qu'il fallait attendre un jour ou deux, elle revenait, il fallait attendre encore, elle revenait, il fallait attendre...

Depuis quatre jours, elle avait quitté sa chambre chez Boris et ne s'était plus présentée à l'ambassade de Chine. L'Ambassadeur de France ne pensait pas qu'elle eût obtenu un visa. Personne n'en obtenait jamais.

Boris le savait, mais il ne nous en informa pas, parce qu'il savait aussi qu'il était trop tard. Il fit semblant de croire que nous avions de grandes chances de la rencontrer chez les Tibétains. Tous les garçons et les filles d'Occident y allaient presque tous les soirs. Nous attendîmes la fin du jour. Romain me raconta la scène terrible du mois de mai, entre Mathilde et lui. Je restai un moment sans rien dire. Nous étions assis dans de vieux fauteuils poussiéreux, dans l'immense chambre au plafond cloisonné. Un serveur empressé nous avait apporté du thé, de la confiture, des fruits, des tranches d'un pain étrange, et du beurre qui provenait de la ferme de Boris, dans la montagne. Du beurre de yack ou de buffle, je ne savais pas.

Je dis à Romain que Mathilde avait raison, il était à fusiller et il le serait, un jour ou l'autre.

Il en était convaincu. Il avait pleine conscience d'appartenir à un monde périmé, condamné, dont la fin approchait rapidement. Mais il ajouta que Mathilde, qui se croyait du côté des fusilleurs, se trouvait en réalité du même côté que lui, quels que fussent ses sentiments et ses convictions. Son hérédité, son éducation, son milieu, son sang, sa chair, son esprit avaient construit année par année un être précis et particulier : la fille, petite-fille, arrière-arrière-petite-fille de milliardaires. Elle était cela, physiologiquement, intimement, dans le moindre de ses réflexes mentaux et physiques. Et elle ne pouvait rien y changer, même si elle avait acquis, sous l'influence de ses lectures et de ses fréquentations, quelques idées et une terminologie nouvelles. Elle était ce qu'elle était : à fusiller elle aussi.

Mais s'il ne parvenait pas à l'en convaincre, très vite, elle risquait d'être fusillée avant lui...

Lui avait la solide intention de durer encore. La fusillade qui le concernait, l'incendie de sa maison blanche, ce n'était pas pour demain...

La nuit venue, nous allâmes chez les Tibétains. Je savais où c'était, je n'y avais jamais mis les pieds. C'était aussi un ancien palais, qui avait appartenu à un prince exilé par la nouvelle dynastie. Il se composait de quatre vastes ailes encadrant un immense jardin planté d'arbres, de petits temples et de statues. Le Roi l'avait donné aux Tibétains fuyant leur pays envahi par les Chinois. Ils en habitaient les pièces du rez-de-chaussée par familles et tribus, et louaient les pièces de l'étage aux « voyageurs », à qui ils laissaient le soin de faire leur propre ménage.

Le soir, tous les hippies de l'étage, tous ceux de Katmandou, et tous ceux qui étaient de passage, se rassemblaient dans le jardin, par petits groupes, autour de petits feux, fumant, rêvant, chantant, s'endormant sur place, faisant l'amour ou leurs besoins dans un coin d'ombre, au pied d'un dieu ou d'un arbre géant.

Nous passâmes sous le porche et entrâmes dans le jardin. Il y avait là plus d'un millier de garçons et de filles, autour de quelques petits feux, ou groupés autour de la flamme d'une lampe à beurre. Quelques guitares essayaient de chanter. Cela faisait penser au rassemblement des gitans aux Saintes-Maries-de-la-Mer, à la veille de la fête, mais sans le pétillement et les flammes de la joie.

Sur cette foule si jeune était posé un voile de lassitude et de vieillesse qui étouffait les sons et les lumières, et toutes les manifestations de la vie. Et l'écœurante odeur automnale, pourrie, du hachisch, croupissait entre les quatre murs du palais comme du purin.

Je me tournai vers Romain. Son visage glacé exprimait une certitude qu'il exprima en paroles.

— Mathilde ne peut pas être là !

J'étais de son avis. Cependant nous commençâmes à la chercher minutieusement. Il partit d'un côté, moi de l'autre, passant d'un groupe au groupe suivant. Je regardais tous les visages des filles, et ceux dont je pouvais douter s'ils appartenaient à des filles ou des garçons. Parfois je butais contre quelqu'un allongé dans l'ombre. J'utilisais ma lampe électrique le moins possible, mais je me rendis compte très vite qu'elle ne dérangeait personne. Je me déplaçais sur une île fantôme, cernée par la nuit, sans limites précises entre l'une et l'autre, et sur laquelle un peuple d'êtres absents faisait semblant de vivre. Par-ci, par-là, repoussant un peu l'obscurité grise, brûlait un feu vif, s'élevait un chœur qui chantait, avec des voix ressemblant à des voix vivantes, une ballade, un folk-song, un blues qui s'engluait en lui-même et mourait lentement. Les cigarettes, les pipes, les cassolettes, passaient d'une bouche à l'autre, et peu à peu, derrière elles, les groupes, les feux et les chants s'éteignaient, la nuit grise les submergeait.

Respirant malgré moi la fumée dont je traversais les remous et les épaisseurs stagnantes, je sentais le sol mollir sous mes pieds, l'île devenir un immense radeau en naufrage, emporté par une houle sur une mer perdue d'où il ne pourrait plus jamais aborder nulle part.

Je me heurtai à quelqu'un debout, solide, qui me repoussa. Je l'éclairai. C'était un dieu rouge et noir, à tête d'éléphant, sculpté dans un rectangle de pierre, qui portait dans ses deux mains le soleil et la lune. Je fis descendre le faisceau de lumière du visage du dieu à celui d'une fille assise à ses pieds, appuyée contre lui. Elle était très belle, solitaire et lasse. De longs cheveux d'acajou coulaient sur ses épaules maigres, ses yeux étaient clos mais elle ne dormait pas. Elle attendait. Son nom crié éclata derrière moi :

— Jane ! Jane !

C'était plus qu'un appel, c'était un cri de résurrection, comme celui de Jésus lancé vers Lazare, mais crié au moment où Jésus lui-même ressuscita !

Elle l'entendit, ouvrit ses immenses yeux violets, redressa son buste, s'illumina. Ce n'était plus la lumière de ma lampe qui éclairait son visage, mais la gloire du soleil.

Olivier arriva en courant, entra dans la lumière, tomba à genoux, joignit ses mains et la regarda. Ils se regardaient, émerveillés. Ils ouvrirent leurs bras, se prirent lentement dans les bras l'un de l'autre, refermèrent leurs bras l'un sur l'autre, joue contre joue, les yeux fermés, sans dire un mot.

Je sentais de nouveau sous mes pieds le sol solide, et autour de moi le monde qui vivait. J'éteignis ma lampe.

— Tu es seule ? Où sont tes copains ?
— Quels copains ?
— Harold, Sven...
— Ah oui !... Harold est parti... avec une Américaine...
— Laureen ?
— Tu la connais ?...
— Bien sûr, voyons !

Comment pouvait-elle avoir oublié ? Il s'inquiétait de la trouver si absente malgré le bonheur avec lequel elle l'avait accueilli. Il promenait ses mains sur elle avec délicatesse, dans l'obscurité revenue. Il sentait partout les os fragiles affleurer sous les courbes du long corps mince qu'il avait découvert dans la lumière blême du butane.

— Tu as maigri... Tu ne manges pas ? Tu n'as plus d'argent ?
— Si, on mange...
— Et Sven, où est-il ?
— Il va revenir, il est à l'hôpital.
— Malade ?
— Non... Il est allé vendre son sang...
— Maintenant ? A cette heure ?
— Il y a toujours un infirmier de garde, avec des dollars...

Olivier savait que c'était la dernière ressource des hippies. Quand ils avaient vendu tout ce qu'ils possédaient, il leur restait à vendre leur sang. Les hôpitaux des pays qu'ils traversaient, ou sur lesquels ils s'étaient échoués, étaient toujours preneurs et payaient bien. Les filles, en général, préféraient se prostituer. Trois roupies, c'était le tarif. Un franc cinquante. Le prix d'un peu de riz et d'un peu de hachisch. A Katmandou, les plus laides même trouvaient des clients, des marchands népalais, des Indiens. Les paysans n'avaient pas d'argent : c'était leurs femmes qui vendaient les légumes.

Jacques avait dit à Olivier :

— Fais attention à ces gamines. Drogue, vérole et tuberculose. Elles finissent à Pashupakinat, sur un bûcher...

Il entoura Jane de ses bras. Il aurait voulu l'enfermer en lui-même, de toutes parts, pour la mettre à l'abri. Il allait l'emporter loin de tout cela. Il la sentait frêle, fragile, sans poids. Elle frissonnait. Il lui demanda si elle avait mal.

— Je vais louer une chambre chez Boris. Demain on fera venir un médecin. Puisqu'il y a un hôpital, il y a bien un médecin !...

Elle refusa d'aller chez Boris. Elle attendait Sven. Ils avaient une chambre ici, à l'étage. Il pourrait dormir avec eux... Elle tremblait de plus en plus. Elle ne voulait pas partir.

Sven arriva comme une ombre dans l'ombre. Il ne manifesta aucune surprise de voir Olivier, seulement une joie amicale. Olivier ne le voyait guère, mais entendait sa voix très calme, avec quelque chose d'assuré, de chaleureux et de distrait à la fois, qui contrastait avec l'anxiété de Jane. Sven s'assit près d'elle et lui donna deux petits paquets de papier, plats, dont Olivier vit la blancheur dans la nuit. Elle en enfonça un dans la poche de son blue-jean, ouvrit l'autre, le porta à ses narines et aspira une partie de son contenu. Sven toussait. Il posa sa guitare sur ses genoux et se mit à jouer un air heureux mais interrompu par des trous et des arrêts. Il avait déjà pris sa dose. Il était dans l'euphorie, avec les ruptures du temps et de la conscience. Le geste de Jane avait glacé Olivier. En si peu de temps elle en était arrivée là... Il fallait l'arracher à ce pays, à cette ordure, vite, vite...

Elle ne tremblait plus. Elle n'attendait plus. Elle se mit à rire, se serra contre Olivier et lui chanta en anglais le bonheur de l'avoir retrouvé. Puis elle le lui dit en français. Elle avait été très malheureuse, elle avait eu besoin de lui comme de boire ou de respirer, et il n'était pas avec elle, et elle pensait qu'elle ne le reverrait jamais plus...

Mais il était revenu ! Il était là ! C'était merveilleux ! Elle lui montrait dans le ciel toutes les étoiles qui chantaient pour eux, Dieu était l'amour, Dieu était lui et elle, ils ne se quitteraient plus, ils seraient heureux toujours. Elle riait, chantait, parlait, se frottait contre lui, lui prenait le visage à deux mains, l'embrassait partout, riait parce que sa barbe piquait, elle lui dit qu'elle n'avait plus couché avec personne depuis qu'il l'avait quittée, et rien de ce qu'elle avait fait avant ne comptait. Il y avait seulement une nuit, une seule, la nuit avec lui dans la lumière dorée de Bouddha, une nuit grande comme toute sa vie, cette nuit-là seulement, avec lui.

Elle lui prit une main, l'ouvrit et en embrassa la paume, puis la glissa dans sa blouse et la serra contre elle. Olivier eut le cœur serré. Dans le creux de sa main, le pauvre sein blotti, le sein diminué, brûlant, dont la douce pointe essayait encore de s'émouvoir, le fit penser au pigeon blessé qu'il avait accueilli dans sa poitrine, et n'avait pas eu le temps de sauver.

— Jane, Jane, mon amour, je t'aime...

Il le lui dit très doucement, avec une grande chaleur enveloppante, pour la protéger déjà avec des mots, la fit lever et l'emmena à travers la nuit et la fumée vers la sortie de ce cauchemar. Mais arrivée sous le porche elle ne voulut pas aller plus loin. Elle refusa d'aller chez Boris et l'emmena vers sa chambre. Ils montèrent un escalier de bois semé de débris et d'ordures, éclairé par une faible ampoule au bout d'un fil. Il débouchait sur une terrasse carée bordée vers l'extérieur d'une balustrade de bois sculpté de mille personnages divins et de tous les animaux de la Terre. Des charognards étaient posés sur toute sa longueur, les uns endormis, accroupis, d'autres dressés, allongeant leur cou déplumé. Quelques-uns, en voyant arriver Jane et Olivier, secouèrent leurs lourdes ailes puis se rendormirent. Olivier frissonna de dégoût. Jane riait, légère, le tirait par la main, l'entraînait dans un immense couloir aux boiseries à demi pendantes, sur lesquelles s'ouvraient les portes des chambres. Entre les portes étaient encore accrochés les portraits du prince, en grand uniforme composite, pantalon de zouave, casque de pompier, médailles jusqu'aux cuisses, rubans de tastevin, manches bouffantes, sabre de cuirassier, l'air terrible, tremblant aux flammes vacillantes des lampes à beurre nichées dans des alvéoles.

Il y avait des « chambres » de toutes dimensions. Dans les anciens salons de réception couchaient plusieurs centaines de hippies, sur des paillasses ou à même le sol. Une odeur épaisse de sueur, de crasse, d'urine et de hachisch coulait par leurs portes ouvertes. Jane tirait toujours Olivier par la main, en pépiant comme un oiseau joyeux, un oiseau anglais dont il ne comprenait pas le langage. Elle l'emmena presque jusqu'au coin où le couloir tournait à angle droit, poussa une porte, le fit entrer dans ce qui avait dû être un vaste placard ou une penderie, qui ne contenait que quatre paillasses inoccupées. Un reste de bougie était posé sur une vieille valise, à côté d'une boîte d'allumettes. Jane l'alluma, se laissa tomber sur une couche qui bénéficiait d'une couverture bleu foncé, attira Olivier, l'embrassa et le déshabilla sans cesser de parler et de rire, puis se déshabilla elle-même, très vite, se serra contre lui, s'étendit sur lui, sous lui, riant, pleurant, parlant, lui mordillant les oreilles, le nez, nichant sa tête sous son bras, râlant de bonheur comme un chat qui n'en peut plus de ronronner, frottant son visage contre son sexe, l'adorant à deux mains, le prenant dans ses lèvres, le quittant pour s'allonger de toute sa longueur sur ce corps d'homme, cette chaleur d'homme, de l'homme seul, de l'unique, tant désiré, tant attendu, se retournant pour le sentir aussi dans son dos et ses jarrets et le derrière de ses cuisses, partout, sur ses hanches, sur son ventre, dans ses mains, partout, comme un poisson a besoin de sentir, partout autour de lui et dans lui, l'eau qui est lui-même.

Peu à peu, elle se calma, rassasiée, désaltérée, et se blottit le dos contre la poitrine d'Olivier, les cuisses serrées, les bras croisés sur sa poitrine menue.

Olivier l'enveloppa de ses bras, se colla contre elle pour lui tenir chaud, et se mit à lui parler très doucement, lui répétant sans cesse la même chose : tu es belle, je t'aime, je t'emmènerai, nous serons heureux, tout va bien, nous irons au bout du monde, au grand soleil, avec les fleurs et les oiseaux, tu es plus belle que les fleurs, tu es plus belle que le ciel, je t'aime, je t'aime...

Elle s'endormit dans ses bras, dans sa chaleur, dans son amour, dans le ravissement, dans le bonheur...

Olivier resta éveillé. Son bonheur à lui se mêlait d'angoisse. Comment emmener Jane hors de ce pays de sables mouvants où s'enfonçaient dans la drogue et dans la mort tant de garçons et tant de filles venus de tous les endroits du monde, attirés par le mirage de la liberté, de la fraternité entre tous les êtres vivants, et de la proximité de Dieu ? A Katmandou, on faisait ce qu'on voulait, c'était vrai. Personne ne s'occupait de personne. C'était vrai. Nos frères les oiseaux ne se dérangeaient même pas quand on leur marchait sur la queue, parce que depuis dix mille ans personne n'avait tué un oiseau. C'était vrai. Dieu était présent partout, sous dix mille visages. C'était vrai.

C'était vrai pour les hommes et les femmes et les petits enfants nés dans le pays. Ce n'était pas vrai pour les enfants de l'Occident à longs cheveux et à longues barbes. Ils étaient, eux, les enfants de la raison. Elle les avait séparés à tout jamais de la simple compréhension des évidences, inanimées, vivantes, divines, qui sont les mêmes et par qui tout est clair, depuis le brin d'herbe jusqu'aux infinis. A leur naissance, le bandeau de la raison s'était posé sur leurs yeux avant même qu'ils fussent ouverts. Ils ne savaient plus voir ce qui était visible, ils ne savaient plus lire le nuage, plus entendre l'arbre, et ne parlaient que le langage raide des hommes enfermés entre eux dans les murs de l'explication et de la preuve. Ils n'avaient plus le choix qu'entre la négation de ce qui ne peut se prouver, ou une foi absurde et aveugle dans des fables improbables.

Le grand livre évident de ce qui est, l'équilibre de l'univers et les merveilles de leur propre corps, le pétale de la marguerite, la joue de la pomme, le duvet doré de la fauvette, les mondes du grain de poussière n'étaient plus pour eux que des organisations matérielles et analysables. C'était comme si, sur un livre ouvert, des experts se fussent penchés uniquement pour en analyser l'encre et le papier, ne sachant plus le lire et niant même que les signes dessinés sur ses pages eussent une signification.

Il y avait cependant une différence entre les garçons et les filles qui venaient de l'Occident vers Katmandou et leurs pères : les enfants s'étaient rendu compte que la raison et la logique de leurs parents les conduisaient à vivre et à s'entretuer de façon déraisonnable et illogique. Ils refusaient cette absurdité et ses obligations, devinant vaguement qu'il devait exister un autre mode de vie et de mort en accord avec l'ordre de la création. Ils cherchaient éperdument la porte par laquelle ils pourraient s'évader de leurs murailles. Mais les murailles étaient en eux depuis leur naissance. Ils y créaient par la drogue l'illusion d'une ouverture qu'ils franchissaient en rêve, dans le pourrissement de leur esprit et de leur corps, et ne parvenaient qu'à leur ruine.

Olivier se demandait comment trouver l'argent pour emmener Jane très loin, très vite... Il pensa à Ted, l'associé de son père. Jacques avait fini par reconnaître qu'il était vrai que Ted trafiquât des statues volées dans les temples. Il les vendait aux touristes et se chargeait de les leur faire parvenir en Europe ou en Amérique. Jacques ne savait pas par quel moyen. Olivier décida d'aller trouver Ted et de lui offrir ses services. Il pourrait peut-être ainsi gagner rapidement assez d'argent. En attendant, il veillerait sur Jane, et l'empêcherait de continuer à se droguer. Mais où vivraient-ils ? Son père lui avait offert la clé du petit appartement qu'il habitait près de la Place des Temples. Il avait refusé par un réflexe d'enfant orgueilleux, et le regrettait, car il se trouvait maintenant devant une responsabilité d'homme. Il pourrait peut-être trouver à louer quelque part une chambre convenable. La première chose à faire était d'aller trouver Ted. Il savait où. Il était passé plusieurs fois, pendant sa quête de Jane, devant les bureaux de « Ted and Jack », au rez-de-chaussée d'une maison moderne de deux étages, à la limite du quartier occidental et du vieux Katmandou. Il s'y rendrait dès demain matin.

Quelqu'un toussa au loin dans le couloir. Jane s'éveilla. D'abord elle ne se souvint pas, puis tout à coup elle se sentit enveloppée par Olivier et elle sut qu'il était là. Elle se retourna face à lui d'un seul coup, s'accrocha à ses épaules et se serra contre lui.

— Tu es là ! Tu es là ! Tu es là ! disait-elle.

C'était la merveille, l'inespéré, l'incroyable, il était là, contre elle, dans ses bras, elle le sentait tout le long d'elle de haut en bas, depuis ses pieds jusqu'à sa joue sur sa joue, il était là, lui qu'elle avait attendu, attendu pendant des éternités.

— Pourquoi tu m'as laissé dormir ? Pourquoi ?...

Elle l'attira sur elle et s'ouvrit. Elle ouvrit aussi sa bouche et ses mains, elle le reçut dans chaque pore de son corps.

Entièrement étendu sur elle de toute sa surface, sa bouche sur sa bouche, ses mains sur ses mains, ses doigts mêlés à ses doigts, il la sentait écrasée, fragile, prête à être brisée. Il se fit léger, la délivra de son poids sans séparer sa peau de sa peau qu'il nourrissait de sa chaleur et de sa vie, et entra en elle lentement, avec toute sa puissance et une délicatesse infinie, peu à peu, pas à pas, chaque fois souhaité, désiré, appelé un peu plus loin, avec de plus en plus d'impatience, jusqu'à ce qu'il fût au milieu d'elle.

Et quand il y parvint, ce fut comme si avec l'extrémité de sa douce et dure irrésistible force il avait appuyé sur le sceau qui maintenait liés tous ses refus, ses angoisses, ses négations et ses satisfactions illusoires. Le sceau s'évanouit, tout ce qui refusait appela, tout ce qui craignait s'éblouit et les souvenirs de ce qu'elle avait cru être du plaisir furent balayés pour laisser la place à la grande vérité qui allait lui être donnée. Elle sentit, depuis le centre d'elle-même la présence d'Olivier l'emplir jusqu'à toutes les limites de son corps.

Il bougea lentement en elle, ouverte et reclose, et chaque mouvement commença à faire fondre sa chair et ses os, et à les transformer en un état qui n'avait pas de nom, et qui devait être celui des premiers jours de la création, avant les formes et les êtres, quand naissait l'éblouissement inimaginable de la lumière sur les eaux, qui n'étaient rien que les eaux et qui contenaient tout ce qu'il allait exister et qui le savaient.

Olivier était entré en elle, dans sa chair nue et vive, comme dans une ouverture faite par une lame, et maintenant arrivé au milieu d'elle, il y tenait présents et y multipliait, au bout de lui-même, toute sa pensée et son amour.

Il la sentait, la cherchait, la devinait, la prévenait, cherchait plus loin, plus doucement, plus fermement, plus sûrement, profondément, délivrant à gauche, à droite, et toujours plus loin, plus loin encore, les sources chaudes, sans mesures, des océans de joie.

Elle ne savait plus, elle avait perdu sa forme, son poids, sa présence, elle-même. Elle était la joie pure, inconnaissable, indicible, liquide, ininterrompue, où bougeaient les commencements du monde, et d'où elle s'étendait en ondes sans limites qui se succédaient sans cesse et s'ajoutaient et s'ajoutaient encore jusqu'à ce que cela fût si énorme qu'il fallait crier jusqu'aux oreilles de Dieu, instant qui dépasse tout ce qu'un être peut sentir, et dont la mémoire impuissante et frustrée se rappelle qu'il fut, mais ne peut se rappeler ce qu'il était, car ni la tête ni le cœur, ni les mots, ne peuvent le contenir.

Et puis ce fut l'envahissement de la paix dans son corps revenu, nourri d'un bonheur dont elle sentait la chaleur et le poids l'écarter et la répandre sur le nuage où elle était posée. Etait-ce le bonheur ou le sommeil ou la mort en Paradis ? Les yeux fermés, elle souriait un peu. Elle eut la force de dire « Olivier... Toi... » puis s'endormit. Olivier embrassa doucement ses yeux clos, la quitta et s'allongea contre elle, et tira sur eux la couverture.

Sven les réveilla en venant se coucher. Il avait fait le moins de bruit possible, mais dès qu'il fut étendu, il commença à tousser. Il mit sa main sur sa bouche, s'efforça d'étouffer les quintes, mais elles montaient de ses poumons avec des mucus dont il se débarrassait dans de vieux morceaux de papier. Quelques instants après, cela recommençait. Olivier se réveilla et sentit que Jane ne dormait plus et écoutait. Il lui parla très bas dans l'oreille :

— Il y a longtemps qu'il tousse comme ça ?

Elle fit « oui » de la tête.

— Il a besoin d'être soigné. Il devrait entrer à l'hôpital...

Elle fit « non » d'un geste nerveux, comme si Olivier évoquait une action impossible. Alors il se souvint des petits paquets de papier blanc. Le bonheur de la présence et de l'amour de Jane avait momentanément écarté de sa conscience leur image menaçante.

Dès ce matin, il irait trouver Ted. Mais il fallait que Jane fît un effort. Maintenant qu'il était auprès d'elle, elle devait s'arracher à cette habitude. Il ne la quitterait plus, il l'aiderait.

Sven avait cessé de tousser et semblait dormir. Olivier demanda doucement :

— Cette poudre, dans ce papier, qu'est-ce que c'était ? De la coco ?

Il sentit qu'elle s'arrêtait de respirer. Puis au bout d'un moment elle répondit :

— C'était rien... Ne t'inquiète pas...

— Tu sais que ça t'empoisonne !... Si tu continues, ça peut te tuer !...

— Tu es fou, c'est seulement un peu, comme ça... Pour tenir compagnie à Sven... C'est rien...

— Il ne faut plus... Maintenant, je suis avec toi... Plus jamais, tu promets ?

Elle fit « oui, oui, oui » de la tête, très rapidement.

— Jure-moi ! dis « Je jure ! »...

— Tu es bête, puisque c'est rien...

— Jure !

Elle restait silencieuse, immobile... Très tendrement, il insista :

— Allez !... Jure...

Elle se tourna vers lui, l'embrassa sur les lèvres et dit :

— Je jure !... Tu es content ?

Il répondit simplement :

— Je t'aime...

La faible lueur de l'aube entrait par une sorte de fenêtre en forme d'écu, fermée par un panneau de bois ajouré de mille trous de dentelle. Olivier se leva sans réveiller Jane, la recouvrit, enfila son pantalon et s'agenouilla pour la regarder. A la grande paix de l'amour commençait à succéder, même dans son sommeil, un état d'inquiétude nerveuse qui se traduisait par de petites crispations subites du coin des lèvres ou de sa main droite qui pendait hors de la paillasse.

Il allait être obligé de la laisser seule pendant qu'il irait voir Ted. Il ne voulut courir aucun risque, attrapa le blue-jean de Jane, trouva dans la poche le paquet entamé et le paquet intact. Il sortit, nu pieds.

Dans les arbres, des milliers d'oiseaux chantaient. Au milieu du ciel encore assombri, les sommets de la Montagne immense étaient comme des fleurs de lumière coupées du reste du monde.

Olivier respira profondément. Il se sentit calme, heureux et sûr. Jane et lui étaient arrivés au bout de leurs mauvais chemins, chacun de son côté, et maintenant ils allaient, ensemble, s'engager sur une route peut-être difficile mais claire comme ce jour qui se levait.

Il sema au vent du matin le contenu des petits paquets, jeta les papiers froissés et se dirigea vers une fontaine qu'il avait entendue chanter la veille près du dieu rouge et noir.

Jane s'éveilla en frissonnant. Il lui fallut quelques instants pour se retrouver présente au monde et se souvenir. Elle avait froid, elle s'assit, en s'enveloppant dans la couverture et chercha Olivier du regard. Il n'était pas là, mais elle vit sa chemise, son blouson et son sac. Elle ne fut pas inquiète. Il allait revenir. Ce n'était pas lui qui lui manquait en ce moment.

Elle attrapa son blue-jean par une jambe, le tira vers elle, mit sa main dans une poche, puis dans l'autre. Son cœur sauta dans sa poitrine comme un lapin affolé. Elle se leva, laissant glisser la couverture, étreignant le blue-jean dont elle vida les poches, jetant tout ce qu'elle y trouvait, un mouchoir sale, un rouge à lèvres usé, un petit poudrier de cuir vide, au miroir cassé, et de la monnaie népalaise, trois pièces de cuivre, deux d'aluminium. Quand les poches furent vides, elle les fouilla encore l'une après l'autre, plusieurs fois, affolée de n'y rien trouver, jeta le blue-jean au fond de la pièce, se laissa tomber à quatre pattes sur la paillasse, cherchant tout ce qu'elle avait jeté, rouvrant le poudrier, le mouchoir, qu'elle avait déjà ouverts avant de les laisser tomber, cherchant sous la couverture, par terre, partout, nue, à quatre pattes, grelottante, claquant des dents de froid et d'horreur.

C'est ainsi qu'Olivier la trouva, comme une bête maigre qui cherche la nourriture sans laquelle elle va mourir dans la minute qui suit. Elle ne savait plus ce qu'elle voyait, ce qu'elle touchait, ses côtes saillaient, ses pauvres seins vides pendaient à peine, elle posait ses mains partout, fouillait sous le matelas, gémissait, cherchait encore où elle avait déjà cherché, tournait vers le mur ou vers la porte, et elle vit devant elle les pieds nus d'Olivier.

Elle se releva avec une énergie fantastique, comme un ressort d'acier. Elle avait compris.

— C'est toi qui l'as prise !

Il dit « oui », doucement.

Elle tendit vers lui sa main gauche ouverte, paume en l'air, les doigts crispés, presque tétanisés.

— Donne ! *Donne !* DONNE !

Il répondit très calmement :

— Je l'ai jetée...

Elle reçut la phrase comme un coup de bélier dans la poitrine. Mais c'était une réalité à laquelle elle ne *pouvait* pas croire.

— Va la chercher ! Vite ! Vite ! Avant qu'on la prenne !

— Je l'ai vidée en l'air... Personne ne peut plus la prendre...

Elle recula lentement jusqu'au mur, comme si quelque chose

d'énorme pesait sur elle et la poussait. Quand elle toucha le mur, elle s'y adossa et s'y appuya de ses deux mains ouvertes en arrière. Au-dessus de sa tête, la fenêtre de bois découpait le soleil levant en dentelle rose.

— Pourquoi tu as fait ça ?... Pourquoi ?... Pourquoi ?...

Il la vit glacée, grelottante, perdue, il s'avança doucement vers elle, ses avant-bras à demi tendus pour la recevoir, la prendre, l'envelopper, la réchauffer.

— Parce que je ne veux plus que tu t'empoisonnes... Tu avais juré...

Il arrivait près d'elle. Il tendit les mains, les posa sur ses bras, sentit sa peau froide comme celle d'un poisson mort. Elle se dégagea en criant et lui griffa la poitrine de ses dix ongles, de haut en bas.

— Ne me touche pas !... Va-t'en !... Imbécile !... Tu veux !... Tu veux !... Qu'est-ce que tu te crois ?... Tu veux ! Et moi, qu'est-ce que je suis, MOI ? Je suis libre ! Je fais ce que *moi* je veux ! Tu m'as volée ! Volée ! Volée ! Tu es un monstre ! Tu es horrible !... Va-t'en !...

Olivier ne bougeait pas. Sven, réveillé par les cris de Jane, s'était levé et toussait. Il dit doucement à Olivier :

— Il vaut mieux... que tu t'en vas... maintenant...

Olivier ramassa ses affaires. Jane, toujours adossée au mur, le regardait faire sans bouger la tête. Seuls le suivaient ses grands yeux violets où les pupilles dilatées ouvraient deux trous de ténèbre. Ses dents claquaient.

Olivier mit sa chemise et son blouson et se chaussa, ramassa son sac et se dirigea vers la porte. Il n'avait pas levé une fois son regard vers elle. Au moment où il allait sortir, elle cria :

— Attends !

Il se retourna vers elle, la regarda, attendit.

— Maintenant, il faut que j'en achète d'autre !... Je n'ai pas d'argent !...

Elle avait commencé avec une voix basse, rauque, mais à chaque mot elle parlait de plus en plus fort, et elle finit en criant :

— Tu as couché avec moi ! Ça se paye !...

Et elle tendit de nouveau vers lui sa main gauche ouverte, la paume en l'air, comme la griffe d'une bête nue.

Olivier prit dans la poche de son blouson les billets qui y restaient, et les jeta sur la paillasse. Puis il sortit.

Jane s'écroula en sanglotant sur les billets, la couverture, les débris jetés hors de ses poches, l'odeur de leur nuit d'amour, l'odeur pourrie des sueurs et des crasses de tous ceux qui s'étaient avant eux étendus sur cette couche un moment transfigurée par la grandeur de leur union. Elle ne sentait rien, ni le froid ni la pnauteur, rien que le manque, la frustration, l'échec et le désespoir. Tout était perdu, fichu, tout était mort, et le besoin de la drogue lui rongeait l'intérieur du ventre comme un troupeau de rats.

— Le fils de mister Jack ?... Oh ! très étonnant... Il est la vérité que vous ressemblez à lui faiblement !... Je suis heureuse qu'il a un si beau fils... *Hello ? Mr Ted ? Mr Jack's son is here. Yes !... His son !... Yes, he says... He is asking for you... Well ! Well !...*

Elle raccrocha. C'était la blonde secrétaire de l'agence « Ted and Jack », plantureuse, souriante, optimiste, propre comme une Anglaise, rose comme une Hollandaise. Elle était assise derrière un bureau couvert de piles de dépliants touristiques, sous une énorme tête de tigre accrochée au mur. Elle se leva pour lui ouvrir une porte et lui montrer un escalier au fond d'un couloir.

— Vous montez en haut du deuxième étage... Mr Ted vous attend... Dans son bureau...

Tout le long du mur du couloir étaient accrochés d'autres trophées, et au pied de l'escalier une tête de buffle aux cornes immenses, au-dessous de laquelle avait été disposé, comme pour la souligner, le sabre terrible qui l'avait tranchée.

— Je regrette beaucoup, dit Ted, mais je ne vois pas comment je pourrais vous aider...

C'était un gros homme à la peau rose et au poil transparent. Il ressemblait à un des porcs bien nourris des jardins de Boris. Il avait demandé à Olivier son passeport, pour s'assurer de son identité, et, à demi assis sur le coin de son bureau Empire qui avait dû, lui aussi, franchir les montagnes sur le dos des Sherpas, il feuilletait négligemment le document, après l'avoir examiné avec beaucoup d'attention.

Il le posa sur le bureau et y prit une statuette en bronze représentant une déesse exquise, qu'il caressait avec une volupté machinale, la faisant glisser dans le tunnel d'une de ses mains fermées, puis de l'autre.

— Cette jeune fille à laquelle vous vous intéressez... Malheureusement... Il y en a tant dans le même cas... Ils viennent ici, garçons et filles, ils croient arriver au paradis... Ce n'est que le fond d'un cul-de-sac. Ils ne peuvent pas aller plus loin... L'Himalaya... La Chine... Hein ? Pas facile !... Pas possible !... Ceux qui peuvent repartent... Les autres pourrissent !...

— C'est pour ça qu'il faut que je l'emmène ! Très vite !... Avant qu'elle soit complètement perdue !...

— Emmenez-la, emmenez-la, mon petit !... Emmenez-la !... Si elle veut bien !... Elle a sans doute plus besoin de sa drogue que de vous... Vous avez eu tort de jeter sa coco... Ce n'est pas comme cela qu'on les soigne... Vous lui avez créé, en plus du manque, un choc de frustration qui a dû lui faire un mal atroce. Et elle a retourné sa souffrance contre vous... A la première prise, elle oubliera tout ça et elle vous voudra de nouveau, mais pour la guérir, il faut un vrai traitement, dans une clinique sérieuse. Ici, ça n'existe pas. A Delhi, peut-être... L'Europe, ça serait mieux... Avez-vous de l'argent pour l'emmener ?

— Vous savez bien que non ! C'est pour ça que je suis venu vous demander...

— Vous rêvez, mon petit, cette histoire de statues, c'est du roman feuilleton... Notre agence est exactement ce qu'elle est, une agence de voyage et de safari qui vit largement sur l'argent des gogos qui veulent des émotions fortes, et pouvoir raconter à leurs amis du Texas qu'ils sont montés au sommet de l'Himalaya, qu'ils ont ramassé du poil de Yéti et massacré quatorze tigres... Les poils de Yéti, ce sont des poils de queue de yack, l'Himalaya ils l'ont regardé d'en bas, les tigres, c'est votre père qui les tue... C'est un fameux fusil, votre père... A part ça, c'est un enfant. S'il était un peu mûr, il serait aussi riche que moi... mais il ne dépassera jamais l'âge de douze ans... Croyez-moi, laissez tomber cette petite... Elle est déjà perdue... Vous ne pouvez plus rien... Il n'y a pas de travail ici pour un Européen... Vous avez votre billet de retour ?

— Non.

— Ah !... Ecoutez, je peux parler à l'Ambassadeur... Il peut peut-être vous rapatrier... Ils le font quelquefois... C'est un ami...

Olivier se répétait sans cesse ce qu'Yvonne et Jacques lui avaient dit :

— C'est un salaud... C'est un salaud... C'est un salaud...

Son sang bouillait, mais extérieurement il restait glacé comme le sommet de la Montagne.

— Je ne partirai pas sans elle. Moi, c'est sans intérêt. C'est *elle* que je veux sauver. Je *sais* que vous vendez des statues. Je peux aller en chercher pour vous ou vous voulez. Partout où personne n'ose aller. Si vous me payez assez cher. Je n'ai peur de rien. De personne. Je veux de l'argent, vite... Si vous me le faites gagner, vous en gagnerez dix fois plus !...

Ted posa avec brusquerie la statuette sur le bureau et prit le passeport qu'il tendit à Olivier.

— J'ai assez entendu parler de cette histoire ! Et je n'aime pas qu'on raconte sur moi de telles stupidités, qui peuvent me faire expulser du pays et me ruiner si jamais une oreille de policier les entend ! Je vous conseille de vous taire ! Sans quoi, c'est vous que je ferai expulser, et sans délai !... Et quand votre père rentrera, je lui en dirai deux mots !

Il y avait une lourde menace dans cette dernière phrase. Olivier prit le passeport. Son regard restait fixé sur la statuette de la déesse sur le bureau. Elle était d'un bronze sombre, presque vert, et doré au front, au nez, aux fesses, aux hanches, partout où la caresse des mains de Ted, jour après jour, en avait usé la patine.

Ted suivit le regard d'Olivier et éclata de rire.

— Tenez ! Regardez d'où elle vient !

Il souleva la statuette et présenta le dessous de son socle minuscule devant le visage d'Olivier. Celui-ci y vit collée une étiquette un peu jaunie où se lisaient clairement deux mots imprimés : SOTHEBY LONDON [1].

Olivier retourna chez les Tibétains. La chambre de Jane était vide, mais son sac et celui de Sven étaient là. Il erra un peu dans le jardin, presque désert. Quelques hippies assommés de drogue dormaient à l'endroit où ils étaient tombés. Une fille brune et sale, allongée près d'un buisson, s'assit à son approche et lui fit une offre dans une langue qu'il ne comprit pas. Alors elle écarta les jambes et mit la main sur son pantalon à l'endroit de son sexe, puis elle leva la main avec trois doigts écartés.

— Tree roupies... Drei roupies... Trois roupies... You Frenchman ? Me... ich been... gentille... Trois roupies...

Il passa sans répondre, le cœur serré dans un étau de fer.

Il s'assit au pied d'un arbre et ouvrit son sac. Une vache s'approcha et mit son nez dans le sac ouvert. Il n'avait rien à lui donner. Elle choisit un mouchoir et le mangea, puis s'en fut lentement en continuant de remuer la mâchoire inférieure.

Olivier plongea la main dans tout son fourniment, trouva sa dernière réserve, une enveloppe qui avait pris la forme bombée du fond de son sac et qui contenait un dernier billet de dix dollars, cinq mille anciens francs. Combien de roupies ? Il ne savait pas. Il alla à la banque royale. On lui en donna le minimum, quelques billets crasseux, des piécettes, et des papiers à signer, le passeport à présenter, toute la justification légale du bénéfice officiel.

Il se rendit dans la rue des marchands. Il faisait un grand soleil, et la foule était rare. Des jeunes gens à bicyclette circulaient à toute vitesse entre les vaches, les chiens et les dieux. Katmandou n'avait découvert la roue que depuis quinze ans à peine mais sa jeunesse s'en offrait un délire. Il y avait des marchands et des loueurs de bicyclettes partout. Les vieux n'osaient pas croire qu'on pouvait tenir en équilibre sur ces choses qui tournaient, mais les jeunes s'y jetaient en folie, fonçaient à pleins mollets, freinaient pile, dérapaient, repartaient, s'arrêtaient, faisaient sur place des équilibres d'acrobates, en riant de bonheur. Ceux qui pouvaient en acheter une au lieu de la louer, les fils de riches marchands, la peignaient de cent couleurs vives, lui plantaient des caravanes de dieux sur le guidon, lui accrochaient des fleurs aux pédales et des rubans partout, qui volaient loin derrière elle, sillage de joie.

Olivier regarda boutique après boutique, reçut beaucoup d'offres et de sourires, une énorme quantité de politesse et de gentillesse, et finit par trouver les outils qu'il cherchait, pour une somme infime. Il retourna ensuite à la Place, monta sur la plus haute marche du grand

---

[1]. Sotheby est une galerie londonienne mondialement connue, spécialisée dans la vente des tableaux de grande valeur et des objets d'art très rares.

temple et s'y installa pour la nuit, après avoir mangé une douzaine de bananes exquises, grosses comme son pouce.

Le lendemain matin, il était de nouveau dans le bureau de Ted. Celui-ci avait d'abord refusé de le recevoir, mais Olivier avait dit à la secrétaire qu'il ne s'en irait pas avant de l'avoir vu, et il était, d'autorité, monté dans le bureau du second étage.

Ted arriva, en robe de chambre, furieux, mal éveillé, pas rasé, prêt à jeter dans l'escalier ce petit emmerdeur.

Mais les premières paroles s'arrêtèrent dans sa gorge quand il vit ce qu'Olivier avait posé sur son bureau. Il resta la bouche ouverte, le souffle coupé.

C'était deux statues, ou plutôt deux groupes. Dans le premier, une femme debout, ses vêtements tombés sur ses chevilles, les jambes écartées, les genoux fléchis, encadrée par deux hommes qui lui tenaient chacun un sein, enserrait dans sa main droite la verge de l'un et dans sa main gauche celle de l'autre. Verges optimistes, marseillaises, pharamineuses, qui se projetaient longuement au-delà des mains inquisitrices. L'un des hommes avait le teint plutôt rose, et l'autre plutôt jaune, mais leurs visages se ressemblaient, tranquilles, ornés d'une fine moustache, surmontés d'un bonnet brodé qui constituait toute leur vêture.

Le visage de la femme, par contre, exprimait la plus grande perplexité. Elle était visiblement en train de comparer les mérites respectifs de ses deux soupirants et les trouvait aussi intéressants l'un que l'autre. Dans sa position à demi accroupie, son sexe offert attendait, et certainement s'impatientait. Les trois personnages, en bois sculpté et peint de façon primitive, n'évoquaient rien de pornographique ni même d'érotique. Ils composaient un tableau naïf et un peu comique, familier.

Le deuxième groupe apportait la solution à la perplexité de la malheureuse. Toujours debout, mais s'étant débarrassée des vêtements qui l'entravaient, elle recevait à la fois ses deux prétendants, l'un par devant et l'autre par derrière. Ils se tenaient tous les trois par les épaules pour rester en équilibre, et celui qui la visitait de face, sans doute pour rendre plus aisée cette double opération, lui tenait une jambe soulevée à l'horizontale, de sorte qu'elle se trouvait perchée sur un seul pied comme un héron. Elle bénéficiait, il est vrai, de deux autres supports presque aussi gros que sa cuisse. Les visages des trois personnages n'exprimaient ni volupté ni émotion d'aucune sorte. Celui qui opérait par derrière avait posé sa main libre sur un sein de la femme, mais peut-être était-ce simplement pour se cramponner. Aucun des deux n'avait perdu son petit bonnet brodé.

Et sur les trois têtes, comme sur celles du premier groupe, était posé le pied nu, énorme, d'un dieu, qu'Olivier avait dû scier en même temps que les humains sur lesquels ils appuyaient leur existence.

Ted tourna au rouge, au violet, au blanc, puis éclata :

— Vous êtes fou ! Complètement fou ! A enfermer ! Tout le monde les connaît ! On vient les voir du monde entier ! La police doit déjà chercher partout ! Vous êtes complètement timbré ! Ramassez-moi ça et fichez le camp ! Et vite ! Allez ! Allez ! Fichez le camp ! Je ne veux pas de ça chez moi une seconde de plus !

Olivier n'avait pas dit un mot. Il regardait Ted qui paraissait réellement épouvanté, et il se demandait si Jacques et Yvonne, finalement, ne s'étaient pas trompés sur lui.

Eh bien, c'était raté, tant pis. Il vint au bureau, posa son sac près des statues, en enfonça une dans son sac, enveloppa l'autre dans une chemise qu'il mit sous son bras, et se dirigea vers la porte.

Ted essuyait son front ruisselant avec un grand mouchoir vert pâle. Au moment où Olivier allait sortir, il cria :

— Combien vous en voulez, de vos saloperies ?

Il s'épongea encore, se moucha. Olivier ne répondit pas. Il n'avait aucune idée de ce que ces objets pouvaient valoir.

— C'est invendable ! dit Ted. Je vais être obligé de les cacher pendant des années ! Avec le risque ! Vous vous rendez-compte ? C'est comme si vous aviez volé la Tour Eiffel... Alors, combien ?...

Olivier ne répondit pas.

— Je vous en donne...

Ted s'arrêta. La convoitise, la peur, la perspective d'un fabuleux bénéfice se battaient dans sa tête. Il n'y voyait plus clair.

— Fermez cette porte, bon Dieu ! Poussez le verrou ! Tournez la clef ! Montrez-moi encore un peu ça...

Il prit lui-même le paquet sous le bras d'Olivier et extirpa celui de son sac. Il posa les deux groupes sur son bureau, les regarda et se mit à rire.

— Ils sont marrants ! Il faut reconnaître... Ils sont marrants... Un peu de whisky ?

— Non merci, dit Olivier.

Ted ouvrit un frigo mural invisible, en sortit un flacon, un verre et des glaçons, se servit et but.

— Asseyez-vous donc ! Ne restez pas planté !

Olivier s'assit au bord d'un fauteuil, Ted au fond d'un divan-lit disposé au-dessous du frigo clandestin. Il se mit trois coussins derrière le dos, but, regarda de nouveau les deux groupes et se réjouit de plus en plus.

— Vous avez du culot, mais vous êtes fou ! Fou à lier ! Il ne faudra jamais, jamais recommencer ! Un coup pareil !... Je veux dire... Si nous travaillons ensemble... Pourquoi pas... Si vous êtes raisonnable... Vous êtes intelligent... Vous avez compris... Un seul de ces groupes, c'est pas mal, c'est curieux... Mais les deux, c'est formidable !...

Il regretta aussitôt d'avoir lâché une telle imprudence. Il regarda Olivier de coin, fit une grimace dégoûtée.

— Mais c'est invendable... Invendable !... Même si je trouve un client, comment voulez-vous sortir ça du pays ?... Vous vous voyez sortir de France la Vénus de Milo ?... Invendable !... Je vais être obligé de les garder pour moi... Pour ma collection personnelle. Et quel risque ! Vous vous rendez compte ? Une perquisition, et je suis cuit ! Vingt ans de prison !... Et les prisons népalaises, c'est quelque chose !... Même les rats y crèvent !... Je ne veux tout de même pas que vous ayez fait cet exploit pour rien !... L'héroïsme, même inconscient, ça mérite une médaille !... Je vous en donne... pour les deux... Voyons... Je suis généreux parce que je les trouve marrants ces deux trucs, je les aime bien... Et puis, vous m'êtes sympathique, vous avez du culot, du sentiment, vous êtes amoureux, moi tout ça, ça me bouleverse... Vingt dollars... Pour les deux ! D'accord ?

Olivier ferma les yeux et revit Jane à quatre pattes nue sur la paillasse, éperdue, folle comme une chienne affamée qui a mangé ses petits... Il rouvrit des yeux glacés, il dit :

— Mille dollars !

Quand il repartit, une heure plus tard, il avait quatre cents dollars dans sa poche, emportait une caméra 16 mm et des instructions précises. Il devait s'installer chez Boris, lui dire qu'il venait faire un reportage sur les fêtes népalaises. Boris lui louerait une moto qui lui permettrait de passer partout. Il devait visiter les petits temples et les monastères lointains, dans les montagnes. Plus jamais opérer à Katmandou ! Jamais ! Le jour, se mêler aux foules des fêtes, il y en a partout, tout le temps, repérer ce qui était intéressant, et revenir la nuit quand il n'y avait personne. De préférence même plusieurs nuits plus tard. Et surtout ne pas oublier de se servir de sa caméra ! Tout le temps ! Qu'on le voie toujours la caméra à l'œil ! Un crétin de cinéaste, un cinglé d'Occidental qui délire devant ce qui est l'ordinaire de la vie quotidienne, un pauvre type qui fait sourire les policiers...

Et qu'il ne revienne jamais à l'agence de jour ! Jamais ! Voici une clef, qui ouvre la porte de derrière dans la ruelle. Il laisse sa moto très loin, il vient à pied, la nuit, il regarde s'il n'y a personne, il ouvre, il referme, il monte directement au bureau, il se couche sur le divan, il attend que Ted arrive. D'accord comme ça ? Pour les prix, on s'entendra toujours, d'après l'intérêt de ce qu'il apportera... D'après la demande aussi, évidemment... En ce moment, ça ne va pas tellement bien, les Américains lâchent les dollars avec des élastiques, et les Allemands ne sont pas tellement amateurs... Mais il pourra quand même ramasser assez vite de l'argent pour emmener la petite et la faire soigner. La pauvre gamine... Est-ce qu'elle est belle ?... Quelle pitié ! C'est toujours les plus belles qui font les pires bêtises...

Olivier alla chez Boris. On lui donna une chambre immense avec une salle de bains qui aurait contenu un appartement parisien.

Boris lui offrit l'apéritif dans son propre appartement auquel on accédait par un escalier tournant en fer forgé. Il ouvrait de tous côtés sur les toits en terrasse. Le chat-léopard, tapis sous un divan, regardait Olivier de ses yeux rapprochés, aux pupilles rondes, avec une grande curiosité et une méfiance non moins grande. Olivier raconta à Boris sa petite histoire de cinéma. Boris le crut ou fit semblant et lui promit une moto pour le lendemain, avec toute la liste des fêtes qu'il pourrait atteindre avec ce véhicule, et une carte rudimentaire.

Maintenant, il s'excusait, il devait le quitter, une histoire lamentable : une petite Parisienne qui avait voulu passer en Chine. Maoïste, vous vous rendez compte ? Avec un père milliardaire !... Elle avait essayé d'avoir un visa. C'est comme si on essayait d'obtenir un billet d'entrée pour une termitière...

Alors elle avait loué un avion et un guide. L'avion s'était posé dans une vallée près de la frontière, le guide l'avait conduite à proximité d'un col où elle avait peut-être une chance de passer. Il l'avait laissée s'avancer seule. Quand elle y était parvenue, elle s'était trouvée face à face avec une patrouille chinoise. Elle avait crié « Camarades ! » Ils avaient tiré tous à la fois, et derrière elle une patrouille indienne tirait en même temps... Oui... Oui... il y a des troupes indiennes au Népal, le long de la frontière tibétaine, enfin, je veux dire chinoise... De même qu'il y a des troupes de travailleurs chinois qui entretiennent la route qui traverse le Népal jusqu'à la frontière indienne. L'armée népalaise est neutre. Non, non, elle ne se mêle de rien... Ce sont de bons soldats, pourtant, terribles... Les fameux gourkas, vous en avez entendu parler ? Jamais les Anglais n'ont pu les battre... Grâce à eux, le Népal n'a jamais été occupé... Mais le roi actuel est intelligent... Cette histoire entre la Chine et l'Inde, il ne veut pas s'en mêler... Des patrouilles, ça ne gêne personne, au contraire, ça garantit sa frontière... Et la route, eh bien ma foi, elle est utile...

La petite, fusillée par devant et par derrière, a roulé sur la pente, du côté népalais. Le guide l'a ramassée et l'a ramenée en avion. Son père est là... Oui, là, chez moi... Il n'a pas voulu qu'on la brûle... Il veut la ramener à Paris... Il a un avion grand comme la Tour Eiffel. Mais il faut que je lui trouve de la glace, au moins cent kilos de glace pour la conserver, jusqu'à ce qu'il ait reçu assez d'essence pour repartir. Vous voulez bien m'excuser ? Chat ! Viens ici, chat ! C'est son nom. Viens, mon joli... Viens, mon beau... Non, il ne veut pas... Il est un peu sauvage... Il faut que je lui trouve une femme, c'est difficile... Il s'habitue difficilement au jour. C'est un animal de nuit. Au milieu de la nuit, il saute sur mon lit, et il me donne de grands coups de patte sur les joues, pour me réveiller. Il veut jouer. Le jour, il aimerait mieux dormir. Il ne deviendra pas plus gros, c'est sa taille. Il pèse une livre et demie...

A une question d'Olivier, Boris répondit qu'il y avait un excellent docteur anglais à l'hôpital de la Croix-Rouge, le Dr Bewall. Et il s'en fut.

Olivier alla chez les Tibétains pour chercher Jane. Il la ramènerait chez Boris, la ferait examiner par le docteur, et ne commettrait plus la bêtise de lui supprimer brutalement sa drogue. Dès qu'il aurait assez d'argent, ils partiraient. Ils emmèneraient aussi Sven, si elle voulait.

La chambre de Jane et Sven était occupée par quatre hippies américains, trois garçons, et une fille qui parlait français. Ils ne connaissaient pas Jane et Sven. Non, ils ne savaient pas où ils étaient partis. Ils ne savaient rien. Les sacs de Jane et de Sven n'étaient plus là.

Olivier resta plus longtemps absent qu'il ne l'aurait voulu. Même les plus petits temples, les plus éloignés, les plus perdus au bout de pistes insensées, ne restaient presque jamais déserts la nuit. Ce n'était pas un pays où on enferme Dieu à clef en dehors des heures ouvrables. Il y avait toujours quelqu'un en train de venir saluer, adorer, prier. La conversation entre les dieux et les hommes ne s'interrompait ni dans la lumière du jour ni à celle des lampes. Olivier devenait fou d'impatience et d'angoisse en pensant à Jane. Non seulement il ne gagnait rien, mais elle, pendant ce temps, devait continuer à s'empoisonner, à maigrir, à déchoir...

Enfin, une nuit, il se trouva seul dans un petit temple où il avait repéré, pendant le jour, une statuette de déesse en bronze, à six bras épanouis, avec un sourire ravissant et une charmante poitrine, facile à desceller et à emporter dans son sac.

Le temple se trouvait à flanc de montagne, au sommet d'un interminable escalier. Olivier avait caché sa moto dans la vallée, la lune éclairait l'escalier vide, il se mit au travail à coups de marteau et de burin, son marteau enveloppé de chiffons pour amortir les bruits.

Mais le ciment friable cachait d'épaisses barres de bronze faisant corps avec le socle carré et enfoncées dans les trous de quatre pierres qui en entouraient étroitement la base. Un travail d'artisan datant de la construction du temple avec lequel la statue, ainsi, faisait corps.

Olivier jura et insulta tous les dieux de l'univers, prit une scie à métaux dans son sac, l'huila, réussit à la glisser entre la pierre et le socle, et commença à attaquer la première barre.

C'est alors qu'il entendit une musique, un pop-song accompagné de flûtes et de guitares. Il se retourna et vit un troupeau de hippies portant des torches, des lanternes de papier et des lampes électriques, en train de gravir l'escalier.

Une rage meurtrière le prit contre ces dingues, ces salauds, ces empoisonneurs, qui venaient jusqu'ici l'empêcher de sauver Jane. Il se jeta dans l'escalier, frappa les premiers à la volée avec son sac chargé d'outils, les précipita sur les autres, hurla des injures, les frappa des mains, des pieds, de la tête, des coudes, leur fit dégringoler les marches, rouler les uns sur les autres, sur leurs guitares et leurs lanternes, avaler leurs dents et leurs flûtes. Ahuris, passifs, gémissants, ne comprenant rien, ils s'enfuirent sans avoir une seconde l'idée ou le désir de résister. Ils étaient une trentaine. Il aurait pu les exterminer comme des moutons. Ils se retrouvèrent en bas, quelques-uns saignant, boitant, ne cherchèrent même pas à savoir, reprirent leur route vers un autre lieu, un autre temple, un autre visage de Dieu plus accueillant. Olivier vit s'éloigner les lucioles des quelques torches électriques qui fonctionnaient encore. Il reprit son travail.

Il en termina avec la quatrième barre juste avant l'aube, enfouit la statue dans son sac sous ses vêtements, rejoignit sa moto, la lança sur la pente sans allumer le moteur ni les phares, à tombeau ouvert sur la piste à peine visible, les yeux écarquillés, évitant au dixième de seconde les trous les plus profonds et les bosses meurtrières. Il mit plein gaz lorsqu'il rejoignit une sorte de route. Mais il ne fut de retour à Katmandou que dans l'après-midi. Trop tard, trop tôt pour aller chez Ted. Il rentra chez Boris, se baigna dans une baignoire qui aurait convenu à un éléphant et où coulait une eau verdâtre, se rasa, changea de linge, et partit à la recherche de Jane. Il emportait la statue dans son sac. Il ne pouvait pas courir le risque de la laisser à l'hôtel. Son « boy », un Népalais d'une quarantaine d'années, dont il ne parvenait pas à se rappeler le nom, charmant, souriant, empressé, toujours à l'affût derrière sa porte dans l'espoir qu'il allait lui commander quelque chose à faire, était certainement très honnête, mais non moins certainement curieux.

Chez les Tibétains, la chambre de Jane et Sven était vide. Plus que trois paillasses. Pas de sac. Il entra dans les autres chambres, où traînaient et dormaient quelques filles et garçons crasseux et abrutis. Pas plus auprès d'eux qu'auprès de ceux qu'il rencontra dans le jardin, il ne put obtenir de renseignement. Il alla s'asseoir au restaurant où il avait rencontré le Marseillais. Celui-ci n'y était pas. La blonde à chignon était toujours là. Elle avait changé de place. Elle était sur le banc d'en face, elle regardait la porte, sans ciller, sans voir quand quelqu'un entrait. Elle avait maigri, elle se tenait moins droite, une mèche pendait de son chignon dans son cou. Sa peau rose était devenue blême, ses mains posées sur la table, sales, et ses ongles noirs.

Deux barbus assis de part et d'autre d'un jeu d'échecs le regardaient en semblant réfléchir. Pendant plus d'une heure qu'Olivier resta là, ni l'un ni l'autre ne bougea une pièce. A la fin, le patron, qui se souvenait d'Olivier, s'approcha de lui, et lui montra d'un geste la tablée qui attendait, sans impatience, sans même avoir conscience d'attendre, que quelqu'un vînt ou ne vînt pas payer le plat de riz collectif. Il demanda :

— *Rice... Riz... You pay ?*
— Qu'ils crèvent ! dit Olivier.

Il sortit, son sac dans le dos, le cordon lui sciant les doigts et l'épaule. Elle était lourde, cette déesse, et elle avait au moins mille ans, peut-être plus, il allait en exiger un bon prix. La nuit était tombée, les rues vides, à part quelques Népalais rapides, des hippies qui traînaient par deux ou trois, des chiens jaunes en quête de détritus, et des vaches couchées un peu partout.

Olivier se risqua dans la ruelle derrière « Ted and Jack. » Il n'y avait personne, toutes les fenêtres étaient éteintes, sauf celles de la maison même de Ted, au premier.

Un dernier coup d'œil. Il sortit la clef de sa poche. La serrure joua sans peine. Il entra et se trouva devant la tête de buffle. Il poussa doucement la porte, monta jusqu'au second. Les marches craquaient. Ainsi Ted saurait qu'il était arrivé.

Effectivement, à peine avait-il déposé la statue sur le bureau que Ted arriva et commença à lui reprocher aigrement d'être venu si tôt.

C'était une imprudence folle, s'il continuait comme ça, il se verrait, lui, obligé de rompre leur association. Il se tut brusquement quand il vit la déesse, s'approcha, la prit, la soupesa, la regarda de tous côtés, remarqua les moignons des barres sciées, demanda des explications qu'Olivier lui fournit, insistant sur le fait qu'ils étaient la preuve de la très grande ancienneté de la statue.

Ted faisait la moue. Il dit que le temple pouvait fort bien avoir été construit il y avait cinquante ans, que la statue était d'un style bâtard, d'influence à la fois hindoue et chinoise. Un morceau banal. Il en offrit dix dollars.

Olivier était trop occidental pour comprendre que c'était là la base extrême, et même ridicule, par jeu, d'un marchandage qui est, en Orient, la règle de toute transaction.

Il n'y vit, comme lors de leur précédent marché, que l'expression de la malhonnêteté de Ted.

— Vous êtes un salaud ! dit-il. Vous m'en donnez deux cents dollars ou je la fous par la fenêtre.

Il arracha la statue des mains de Ted et marcha vers le lourd rideau de feutre brodé d'animaux qui masquait la fenêtre unique.

Ted, avec une agilité incroyable, le rejoignit et le saisit à bras le corps.

— Mais vous êtes malade, mon petit !... On discute avant de se mettre en colère !... Deux cents dollars, vous dites ?

— Oui.

— C'est de la folie. Mais vous êtes le fils de Jack, et vous devez sauver cette pauvre petite, je vous les donne !

Il alla ouvrir un coffre aussi clandestin que le frigo et qu'il couvrit de son corps pour qu'Olivier n'en vît pas le contenu. Quand il se retourna, il tenait quinze billets de dix dollars et le coffre était refermé. Il jubilait. Il avait été, dès le début, décidé à aller jusqu'à trois cents dollars. Elle en valait bien mille.

— Comment va-t-elle, cette pauvre enfant ? Cette histoire me fend le cœur...

— Je ne sais pas où elle est, ni son copain, dit Olivier, sombre. Elle n'est plus chez les Tibétains, personne ne peut rien me dire, ils sont tous dans les vapes ! Incapables de voir l'Everest s'il leur tombait sur le nez !

— Ne vous inquiétez pas, dit Ted en poussant Olivier doucement vers la porte. Ils sont sans doute partis faire un petit pèlerinage quelque part. Ils sont tous pareils, en train de tourner en rond autour de Katmandou, pour se donner l'illusion qu'ils peuvent encore bouger, qu'ils ne sont pas au bout de tout... En tout cas, si elle est partie, ça prouve qu'elle a moins besoin de drogue. La poudre, elle ne peut la trouver qu'ici. C'est plutôt bon signe !...

— Vous croyez ? dit Olivier tout à coup regonflé d'espoir.

— Evidemment !... C'est logique !...

Au moment de mettre le paquet de billets dans sa poche, Olivier, saisi d'une sorte de réflexe, se mit à les compter.

Il releva la tête vers Ted. Une telle audace tranquille dans l'escroquerie le stupéfiait.

— Mais... il n'y a que cent cinquante dollars ! Nous avions dit deux cents !

Ted sourit et lui tapota l'épaule.

— J'en ai retenu cinquante pour la caméra... Comme ça, maintenant, elle est à vous... Quand vous partirez, je vous la reprends au même prix... A moins que vous ne réussissiez à la vendre le double !... Si vous êtes un peu habile, ce n'est pas difficile.

Olivier se connaissait un peu en caméra. Il avait des copains qui en possédaient. Il savait que celle que lui avait confiée Ted était un vieux clou d'avant le déluge, déréglée, dévissée et prenant le jour de partout, et que sa seule chance de ne pas déchirer ou voiler la pellicule était qu'il n'y en avait pas un centimètre à l'intérieur.

Il eut envie de discuter de nouveau pour ces cinquante dollars, puis renonça. Il était épuisé, découragé, il voulait dormir, avant tout, dormir, il lui fallait repartir en chasse et faire plus vite. Il avait mis deux semaines pour gagner cent cinquante dollars. Essence, chambre, location de la moto déduits, il ne lui restait rien. Il décida de prendre plus de risques et de se battre à mort contre Ted pour tirer de lui le maximum. Il devait parvenir à se faire cinq cents dollars nets par semaine, pendant un mois. Après, du vent !... Mais d'*abord*, retrouver Jane.

Comme ils arrivaient ensemble à une porte du premier étage, une porte s'ouvrit et une femme s'y encadra. C'était Yvonne. Elle s'exclama :

— Olivier ! Par exemple ! Qu'est-ce que vous faites ici ?

— Je...

— Il est venu me demander conseil, interrompit vivement Ted. C'est un gentil garçon, qui a une histoire sentimentale avec une gamine hippie. J'essaie de les aider... Allez vite la retrouver, mon petit, allez... Passez par-derrière, par-là... Par-devant, c'est fermé à clef. Tirez la porte derrière vous.

Olivier ne bougeait pas. Il regardait Yvonne qui était en tenue de brousse, visiblement arrivée depuis peu.

— Mon père est là ? demanda-t-il.

Brusquement, il se sentit comme un enfant que son père va pouvoir aider, un père costaud, un père qui sait, un père qui peut, un père, recours premier, un père...

— Non, dit Yvonne, je suis rentrée par l'avion. Il ne rentre que la semaine prochaine, avec les jeeps, quand il aura liquidé tout son monde... Mais revenez me voir ! Demain !

— Il reviendra ! Il reviendra ! dit Ted. Maintenant, il est attendu, le coquin...

Il poussait Olivier vers les marches, en souriant largement.

— Vous reviendrez ? Sûrement ? demanda Yvonne.

— Oui, dit Olivier.

L'appartement de Ted et Yvonne, au premier étage, ne comprenait que deux pièces, une petite chambre à coucher, occupée par un grand lit couvert d'une exquise couverture brodée, du Cachemire, et un grand living ouvrant sur le palier, avec fauteuils, bar, divan, trophées, les inévitables peaux de tigre sur le sol, et une table contre un mur, pour le moment encombrée par des armes qu'Yvonne avait rapportées de la maison de chasse, et environnée de valises.

Yvonne entra dans le living, suivie de son mari.

— J'espère que tu n'as pas entraîné ce gamin dans tes sales combines, dit-elle.

— Quelles combines ?... Je n'ai pas de combines... Et tu vois cet innocent dans une combine quelconque ? Il est encore plus bête que son père !...

Il suivit dans la chambre Yvonne qui ouvrait un placard mural et y prenait une paire de draps. Elle revint dans le living. Il la suivit.

— Je l'ai mis en rapport avec un type de la N.B.C. qui était de passage il y a deux semaines. Il lui a commandé un film sur les fêtes du Népal. C'est une bonne affaire. La télé américaine, ça paie bien, mais... Qu'est-ce que tu fais ?

Yvonne ôtait le couvre-lit de satin violine du divan et commençait à y étendre un drap.

— Tu vois, je fais mon lit...

— Mais... Mais... Ton lit...

— Mon lit n'est plus ton lit... C'est fini ! Je te quitte !... Je m'en vais !...

Ted blêmit.

— Avec Jacques ?

Elle acquiesça.

— Avec Jacques... Nous partons pour l'Europe... Dès qu'il arrive, nous prenons l'avion...

Il y avait un bouquet de fleurs fraîches dans un vase à proximité de Ted. Il arracha le bouquet du vase, le tordit entre ses deux énormes mains roses couvertes de poils transparents, et jeta au sol les queues d'une part, les fleurs de l'autre.

— Idiote !... Je sais que tu couches avec lui... Je vous laisse faire... Qu'est-ce que tu vas gagner, à t'en aller ?

Elle s'arrêta de lisser le drap, se redressa vers Ted.

— Je veux vivre proprement !... Avec un type propre !... Tu peux comprendre ça ?

Il eut l'air un peu étonné, puis se mit à rire.

— Vivre ?... Vivre de quoi ?...

— J'ai la terre de mes parents... Nous la mettrons en valeur. Je vendrai mes bijoux, et j'ai de l'argent...

— Quel argent ?... Quels bijoux ?... Ils sont à moi !... Je les ai payés et ils sont dans mon coffre. Ton compte en banque est à mon nom... Tu n'as qu'une procuration que je vais annuler demain matin à la première minute. Tu n'as rien ! Pas un sou ! Pas même ça !

Il prit le sac d'Yvonne posé près des armes, l'ouvrit, le vida sur la table, rafla les quelques billets et les deux bagues qui en tombèrent et les mit dans sa poche.

— Tu n'as rien !... Jacques n'a rien... Quand on ressemble à un porc, comme moi, et qu'on épouse une fille dont on a envie, on prend ses précautions pour la garder... Que je te dégoûte, je le sais, depuis le jour où je t'ai ramassée à Calcutta, où tu jouais Célimène ! Tu jouais mal, mais tu étais belle. Votre tournée miteuse n'avait plus le rond pour retourner en France. Venir jouer Molière devant les crevards de Calcutta, c'était une fameuse idée ! Vous n'aviez même plus de quoi bouffer !... Je t'ai offert à dîner, du champagne, une bague, une voiture, des robes, et le mariage !... Ç'a t'a paru tellement fabuleux que tu as accepté. Mais quand nous avons fait l'amour... Non, soyons exacts, il n'est pas question d'amour, du moins de ta part... Je t'ai prise, tu t'es laissé faire, mais je voyais ta petite gueule de Parisienne toute crispée... Tu fermais les yeux pour que je ne puisse pas y lire ton dégoût... Un gros type rose couché sur toi avec son ventre... Un gros porc, tu pensais, un gros porc... et suisse par-dessus le marché !... Je dois reconnaître que tu n'as pas triché, en faisant semblant d'éprouver du plaisir. Tu n'as pas vomi non plus, et quand j'ai eu envie de toi, chaque fois tu t'es laissé faire. Tu n'as pas prétendu que tu étais fatiguée, comme tant d'honnêtes épouses... Tu as payé loyalement... Donnant, donnant. Correct, Quand j'ai pris ce joli petit crétin de Jacques comme associé, je savais ce que je faisais. Tu allais trouver avec lui une compensation. Tu avais besoin d'un peu de joie. C'était normal... Mais je te supposais quand même un minimum d'intelligence... Tu ne t'imagines pourtant pas que ce type est capable de faire autre chose que de baiser et tirer des coups de fusil ?... De quoi il va te faire vivre, ton beau chasseur ?... De la chasse aux rossignols ?...

Ted prit dans les bras d'Yvonne le drap qu'elle tenait encore, et arracha celui du divan.

— Je vais coucher dans mon bureau... Ta chambre est encore ta chambre... Tu es ici chez toi... Jusqu'à ton départ...

Il fit le tour d'un fauteuil de velours rouge qui barrait l'accès de la porte, se retourna vers Yvonne qui s'était assise sur le bord du divan, et qui le regardait avec des yeux à la fois pleins de terreur et de défi. Il s'appuya au dossier du fauteuil, laissant pendre les draps sur le velours.

— Mais qu'est-ce qui lui a pris, tout à coup, au petit homme ? Il était très bien, ici, la situation lui convenait parfaitement !... Un métier qui lui permettait d'épater les princes et les milliardaires, une femme qui ne lui coûtait rien... Il a décidé tout à coup d'abandonner tout ça pour devenir bouseux ?

Yvonne se leva, raide, sèche, méprisante.

— Tu ne peux pas comprendre... Il a rencontré son fils, et il s'est vu dans ses yeux, et il a eu honte... Il veut tout recommencer à zéro. Il veut devenir un homme.

Ted éclata de rire.

— Ah ! Ah ! Ah !... Un homme !... Ecoute ! Je vais être beau joueur !... Je vous paye les billets d'avion... A tous les deux... Aller-retour !... Ça vous donne un an !... Il sera revenu avant trois mois... *Et tu le sais*... Ici, il est quelqu'un !... Là-bas, zéro ! Il ne te le pardonnera pas ! Il va se mettre à te haïr ! Il te plaquera ! il reviendra en supersonique ! Me supplier de lui rendre sa place !... Et tu courras derrière comme une pauvre folle !...

Il ramassa les draps pour sortir, sourit, s'arrêta.

— Mais après tout, sous ses airs infantiles, il sait très bien mener sa barque... il s'est toujours arrangé pour mener une vie très agréable... Sans argent... Mais avec celui des autres... Quand tu lui auras dit que contrairement à ce qu'il croit tu n'as pas un quart de roupie, je te parie une nuit de noces qu'il n'aura plus aucune envie de partir... Tu tiens le pari ?...

Elle ne répondit pas. Il lui souhaita une bonne nuit et sortit.

Elle s'approcha lentement de la glace qui surmontait les tables où étaient entreposées les armes. Elle se regarda, sans pitié. Le climat la détruisait, et la détruisaient aussi son horreur des amours de Ted, et la bataille dans son cœur entre son amour et son mépris pour Jacques. Elle vit dans le miroir son teint jaunir, ses joues tomber, des rides creuser les coins de sa bouche, flétrir ses yeux, ses seins fléchir, sa chair mollir. Elle sentit le poids ignoble de Ted sur son ventre et son odeur de bête rousse quand il transpirait sur elle, elle entendit Jacques pérorer, rire, le vit parader, inconscient, indifférent, satisfait, pas même jaloux... Elle savait qu'il ne partirait pas. Ted avait raison. Elle pourrirait sur place, entre ce porc et cet égoïste, et quand elle serait devenue imbaisable, Ted la rejetterait quelque part dans Calcutta, et Jacques laisserait faire, gentiment, avec beaucoup de sympathie.

Elle ouvrit le tiroir de la table, y prit un tube de tranquillisant. La dose conseillée était de deux comprimés.

Elle en prit six.

Le lendemain matin, Olivier sortit de chez Boris à la première heure. Au passage, le concierge lui remit une lettre qu'on avait apportée depuis plusieurs jours. Olivier demanda pourquoi on ne la lui avait pas remise la veille, à son arrivée. L'homme s'excusa, sur un ton désagréable. C'était un Indien. Olivier ouvrit la lettre. Quelques mots sur un vieux papier sale.

Tu es con, Jane t'aime. Dépêche-toi. Sven.

Les deux lignes d'une écriture hésitante, tremblée comme celle d'un grand vieillard, se courbaient, penchaient et tombaient sur la droite de la feuille. Le tracé d'une fleur, commencé sous la signature, n'avait pas été achevé.

Le concierge, nettement malveillant, ne put ou ne voulut pas dire depuis quand ce message attendait. Fou d'inquiétude, Olivier courut jusqu'au palais des Tibétains, ne trouva rien, n'obtint rien des hippies qu'il interrogea dans les rues et parfois secoua, parvint à la Place des Temples, posa encore vingt fois la même question :
— Jane ? Sven ?... Jane ? Sven ?... qui provoquait toujours les mêmes gestes évasifs, indifférents, les mêmes sourires absents...

Il pensa brusquement qu'Yvonne pourrait peut-être le conseiller. Il se dirigea vers la rue qui conduisait chez « Ted and Jack ». Au moment où il allait quitter la place, il entendit la voix aigrelette et fausse d'une flûte qui jouait *Plaisir d'amour*... Le Marseillais !... Il ne se rappelait plus son nom... Il courut, tourna autour du grand temple, fendit un groupe de paysannes qui riaient... Gustave, voyant surgir son visage ravagé, s'arrêta de souffler dans son tuyau.

Sven est mort. Ils le brûlent aujourd'hui à Pashupakinat. Jane doit y être... Oui, sûrement, elle y est...
C'était cela qu'avait dit le joueur de flûte. Olivier, sur sa moto, se répétait les derniers mots : « Jane y est, Jane doit y être. »

Il roulait manette des gaz à fond, sans voir la route. Des réflexes hors de sa conscience guidaient son engin et lui-même. Il doublait, croisait, à gauche, à droite, les camions et les cars, ne sachant plus ce qui était sa gauche ni sa droite, terrifiant les familles trotteuses, faisant s'envoler, loin de chaque côté de la route, des escadres d'oiseaux affolés par le bruit du moteur au paroxysme. Il était comme le vent de la tornade qui rugit entre les obstacles et passe...

Il s'arrêta en haut de la vallée crématoire, descendit de sa moto, la mit sur sa cale et vint jusqu'en haut des marches. Ses jambes tremblaient.

L'escalier qui descendait jusqu'à la rivière sacrée était assez large pour donner passage au défilé d'une armée ou d'un peuple. Mais entre les deux rangées d'éléphants qui le bordaient trompe en l'air, face à la rivière, il était désert du haut en bas. Chacun des éléphants de pierre avait dix fois la taille d'un éléphant vivant. Ceux du bas paraissaient gros comme des lapins. La plupart ne brandissaient plus qu'un moignon de trompe, les marches de l'escalier étaient disjointes et ébréchées, les deux flancs de la vallée n'étaient qu'une forêt de temples, d'autels, de stèles, de statues, dont aucun n'était vraiment ruiné, mais tous un peu écornés, ou penchés, prêts à s'écrouler dans quelques jours, ou peut-être dans quelques siècles seulement.

Sur ce peuple de pierre figé dans son mouvement invisible, à l'échelle de l'éternité, s'ébattait le peuple accéléré des singes sautant et jacassant, bondissant sans arrêt comme des puces pourchassées, de l'épaule d'un dieu sur la tête d'une déesse ou à l'oreille d'un éléphant.

Quelques cortèges d'hommes apportaient sans hâte leurs morts accompagnés d'oriflammes de couleur et d'une musique aigre.

A gauche des marches, tout en bas, un immense Bouddha en or dormait, couché dans l'eau d'un bassin ovale, enfermé pour toujours derrière sept murailles sans portes. On ne pouvait le voir et lui rendre hommage que depuis le haut de l'escalier. Personne ne l'avait approché depuis mille huit cents ans, quand avait été scellée autour de lui la première muraille. Le bassin était toujours plein, et son eau claire. Les mains du Bouddha étaient jointes sur sa poitrine, et ses deux petits doigts réunis émergeaient de l'eau et brillaient.

Olivier se mit à descendre l'escalier en sautant les marches comme une balle qui rebondit. Les singes, juchés sur le dos des éléphants de pierre, criaient et bondissaient d'excitation à son passage. Il avait vu d'en haut les bûchers. Trois brûlaient déjà, d'autres attendaient les morts ou la flamme. Ils étaient dressés sur le quai, chacun sur une sorte de plate-forme de pierre nue, le long de la rivière qui en recevait ensuite les cendres.

La rivière était presque à sec. Un mince courant serpentait d'une rive à l'autre, à travers une vase noirâtre et craquelée. Des femmes rieuses trempaient du linge dans le peu d'eau qu'elles trouvaient. Des ceintures et des chemises aux couleurs estompées par la crasse séchaient sur une corde tendue entre la pointe d'une petite chapelle et les bras levés d'un dieu.

A une certaine hauteur de l'escalier, à un certain bond vers les marches, après d'autres sauts et d'autres bonds, Olivier plongea dans l'*odeur*. Elle faillit l'arrêter. C'était l'odeur de chair grillée, brûlée, carbonisée, mêlée à celle de la fumée du bois sur lequel coulaient la graisse et la sanie des corps éventrés par le feu.

Il pensa que Jane était là, en bas, tout près d'un de ces foyers horribles. Il fonça.

Sven était étendu sur les bûches traditionnelles, sur un petit nombre de bûches, il faut très peu de bois pour brûler un homme. Dans le processus d'une mort naturelle, sauf en cas de quelques maladies particulières, les derniers jours et surtout les dernières heures du passage délivrent l'homme de son eau, le reste brûle comme une bougie. L'eau est le support universel de la vie. Celui qui va mourir n'a plus besoin d'elle, elle n'a plus rien à faire chez lui, elle le quitte, il devient sec, menu, réduit à l'essentiel. S'il est conscient et consentant, il sait que ce qui le quitte et que ce qui reste encore et qu'il va quitter n'est rien de lui, seulement un peu de ce tout sans cesse en changement de lieux, de temps, et de formes. Ce qu'il est, lui, il n'en sait rien, mais s'il accepte en paix, peut-être deviendra-t-il au dernier instant quelque chose dans la paix, après tant de batailles déchirantes et vaines.

S'il refuse et s'il a peur, peut-être continuera-t-il à refuser, à se battre et à avoir peur, comme pendant cette vie qu'il vient de parcourir et qui arrive à son bout. Mais le plus souvent l'injuste souffrance le tord et l'occupe, rendant impossible sa présence consciente à l'instant de sa mort, ou bien la piqûre autorisée par un médecin pitoyable le plonge dans l'absence, et le passage se fait sans lui.

Qu'advient-il de ces clandestins ? Qu'advient-il des autres ? Les dix mille dieux de Katmandou le disent-ils à ceux qui les comprennent ? Les fleurs du cerisier chaque printemps rouvertes donnent-elles la réponse ? Le vol des oiseaux l'inscrit-il sur le ciel ? Nous avons des yeux et nous ne voyons pas. C'est notre seule certitude.

Ceux de Sven étaient clos sur cette vie. Son visage était détendu et tranquille, entouré de ses cheveux et de sa barbe blonde que quelqu'un avait peignés et fleuris. Il y avait d'autres fleurs disposées partout, sur lui et sur le bûcher. Sa guitare était posée sur son ventre, et ses mains croisées sur elle tenaient un rameau vert qui ressemblait à un oiseau.

Quand Olivier arriva, un grand garçon maigre, vêtu d'une sorte de voile blanc, serré à la tête et à la ceinture par un cordon doré, était en train de mettre le feu aux quatre coins du dernier lit de Sven avec une torche de papier. Une vingtaine de hippies, garçons et filles, accroupis en cercle autour du bûcher, chantaient à voix basse une chanson américaine dont Olivier ne comprenait pas les paroles. Son air était à la fois mélancolique et joyeux. Une fille jouait de la flûte, un garçon tapait du bout des doigts sur une sorte de tambourin. Des cigarettes de hachisch passaient de bouche en bouche, interrompant une voix dans le chœur, en délivrant une autre. Une femme qui semblait âgée d'une cinquantaine d'années, assise à la hauteur du visage de Sven, aspirait goulûment, à la fois par la bouche et par le nez, la fumée d'une cassolette. La barbe et les cheveux de Sven s'enflammèrent, illuminant son visage. La fumée du hachisch se mêlait à celle du bûcher. Jane n'était pas là. Olivier s'en était rendu compte d'un seul coup d'œil.

Il la vit en se retournant. Elle était couchée au pied d'une sorte de pilier triangulaire, gravé sur chaque face d'un dieu au front frotté de rouge, de jaune ou de blanc par la piété des passants.

Elle était exactement dans la même position que la fille qu'il avait prise pour elle, au bord de la mare aux porcs. Il eut peur, et l'espoir, de se tromper encore, s'agenouilla, écarta ses cheveux, et la reconnut.

Elle respirait à peine. Ses yeux étaient fermés, ses cheveux emmêlés, son visage gris de saleté. Submergé de fatigue, de pitié et d'amour, Olivier faillit succomber à sa détresse, s'allonger à côté d'elle et se mettre à sangloter.

Il ferma les yeux, refoula ses larmes, l'appela doucement par son nom. Elle ne bougea pas, ne répondit pas.

— Elle t'entend pas, elle est bourrée, dit une voix au-dessus de lui.

Il leva la tête, vit un personnage aux longs cheveux gris vêtu de défroques mi-européennes mi-orientales. Il fumait une pipe. Et cette pipe miraculeuse ne sentait que le tabac.

— Bourrée ? demanda Olivier, dans la tête de qui refusait d'entrer l'évidence...

L'homme s'agenouilla à côté de lui. Il sentait la sueur, la crasse et le tabac français. Il souleva la manche de la blouse de Jane, dévoilant la saignée du bras gauche, marbrée de piqûres et de croûtes.

— Héroïne, dit-il. On trouve de tout, dans cette saloperie de pays... Excuse-moi, j'ai tort... C'est pas le pays qui est une saloperie. C'est un pays épatant... J'y vis depuis dix ans, je le quitterai jamais... La saloperie, c'est ce que les salauds y apportent... Et la pourriture ambulante de cette bande de connards !...

Il montra les hippies chantonnant et dodelinant du buste autour du bûcher de Sven qui commençait à flamber bellement.

— Elle est belle, dis donc ! continua l'homme. Ce qui m'étonne, c'est qu'elle ait pas déjà été embarquée pour les bordels de Singapour ou de Hong-Kong. Ça commence à s'organiser, par ici, les ramasseurs. Elle a dû se défendre, la poulette !... Pour ce que ça lui a servi...

— Elle est très mal, tu crois ?

— Je suis pas toubib... Mais pas besoin... Tu t'en rends compte comme moi... Si on pouvait la fourrer en clinique tout de suite... Mais ici !... T'as pas des pipes françaises, des fois ?... On vit pour rien ici, mais ce putain de tabac, faut le faire venir par avion, c'est la ruine !...

Olivier s'était levé et regardait l'interminable succession des marches de l'escalier qui semblait monter jusqu'au ciel.

— Je vais l'emmener... J'ai ma moto en haut... Tu veux m'aider à la porter ?...

— Personne aide personne, dit l'homme... Tu crois aider, et tu fais du mal. Personne sait ce qui est bon et ce qui est mauvais... Tu veux l'emmener, tu as peut-être raison, ou peut-être il vaut mieux la laisser là... Tu en sais rien... Moi non plus...

Il cracha par terre et s'éloigna.

Olivier le vit se baisser, ramasser quelque chose, mégot ? croûte oubliée par les corbeaux et par les singes ? Le mettre dans sa poche et se diriger vers le petit pont, clochard d'un pied dans l'Occident et l'autre en Orient, philosophe, égoïste...

Personne n'aide personne... Personne... Personne...

Olivier, debout devant Jane inconsciente, regardait les morts fumer, les vivants se balancer, les dieux boiter, les singes sauter, et tout cela dans ses yeux devint peu à peu rouge comme une flamme, tout cela était une flamme énorme qui brûlait tout et tous dans une absurdité totale, sans raison et sans but, un incendie universel de douleur et de connerie.

Jane...

Il y avait elle et il y avait lui, et une chose simple à faire : essayer de la sauver.

Il se baissa, la ramassa avec une précaution infinie, ne sachant pas si un mouvement un peu brusque ne risquait pas d'être fatal à son cœur.

Quand elle fut dans ses deux bras, en travers de sa poitrine, il commença à monter l'escalier interminable entre les éléphants aux trompes brisées. Le ciel était là-haut. Il y parviendrait. Elle était dans ses bras, elle ne pesait rien, il l'emportait, il la sauverait. Que brûle le monde...

Jane, toujours inconsciente, était étendue sur un lit. Un médecin était en train de mesurer sa tension. Il n'en croyait pas ses yeux ni son cadran. Il appuyait de nouveau sur sa poire, lâchait la pression, recommençait. Bien qu'il fût britannique, au troisième essai il ne put s'empêcher de faire une grimace, releva la tête vers Yvonne et lui dit en anglais :

— Presque zéro... Logiquement, elle devrait être morte.

Olivier ne comprit qu'un seul mot : « *dead* » : morte.

Il s'insurgea :

— Ce n'est pas vrai ! Elle n'est pas morte !

— Chut, dit Yvonne. Il ne dit pas ça... Il dit qu'il va la sauver...

Le médecin comprenait le français et comprenait qu'Olivier avait besoin d'être réconforté. Mais la sauver... Lui en tout cas... Il se garda d'exprimer son scepticisme, commença à rédiger une ordonnance, et donna des instructions à Yvonne.

Pour l'instant, la malade était intransportable. Dès qu'elle serait en mesure de supporter un déplacement, il faudrait la conduire à la clinique de New Delhi pour laquelle il leur donnerait une lettre d'introduction. Dans l'immédiat, on allait lui faire une perfusion et il faudrait la nourrir dès qu'elle serait en état de manger. Des bouillies, des farines, comme un bébé. Puis tout ce qu'elle voudrait. Pour l'héroïne, on ne pouvait pas l'en priver, cela la tuerait.

Il allait revenir avec le sérum pour la perfusion, et une boîte d'ampoules qui constituaient déjà le début d'un traitement : une solution d'héroïne mêlée à un autre produit. Il leur donnerait en même temps la lettre pour la clinique. On ne trouvait vraiment pas une infirmière convenable, ici, il était obligé de tout faire lui-même.

Il sortit rapidement. Ce n'était pas un très bon médecin, mais il le savait, et il savait aussi que le plus important, dans ce cas, était d'agir vite. Il avait déjà peur qu'il ne fût trop tard quand il reviendrait.

Yvonne expliqua à Olivier ce qu'il avait dit. Elle le fit asseoir et lui proposa du café ou de la nourriture, qu'il refusa. Il était au pied du lit, sur une chaise, le visage couvert de poussière, et ne quittait pas Jane des yeux. Il avait réussi à la faire tenir assise sur le siège de la moto derrière lui, le temps de s'asseoir à son tour et de l'attacher contre son dos avec sa chemise.

Il était revenu à une allure d'escargot, évitant les moindres cailloux. Parfois elle glissait, à gauche ou à droite ; il avait dû s'arrêter pour passer les bras de Jane autour de son propre cou et lui nouer les mains sous son menton, avec un mouchoir.

Il s'était dirigé tout droit vers « Ted and Jack », Yvonne seule pouvait l'aider.

Le médecin revint, suspendit au-dessus du lit la grosse ampoule de sérum, installa le caoutchouc, perça la veine, régla le goutte à goutte. Il avait apporté des bandes de toile, avec lesquelles il ficela Jane sur le lit. On pourrait la libérer quand elle aurait repris connaissance, mais *vraiment* connaissance, et à ce moment-là seulement lui faire sa toilette et la déshabiller.

Dans la veine de l'autre bras, il injecta une ampoule d'héroïne. Il montra à Yvonne comment il fallait faire. C'était délicat. Surtout pas une bulle d'air... S'il pouvait, il reviendrait lui-même faire les injections. Mais il était tout seul, et tant de malades...

Surtout ne pas céder aux supplications de la malade si elle réclamait une autre piqûre dans la journée ! Et ne pas laisser les ampoules et la seringue à sa portée ! Dans son état, une dose trop forte pouvait la rendre folle, ou la tuer.

— Je vous remercie de l'avoir accueillie chez vous, dit Olivier.

Il était assis sur le divan, dans le bureau de Ted, un verre de Coca à la main. Ted, debout, bien rose, bien frais, souriant, buvait un whisky.

— C'était la moindre des choses, dit-il.

— Non... Vous auriez pu me dire de l'emmener à l'hôpital... Elle y serait morte... Maintenant, elle est sauvée... Grâce à vous... Je ne l'oublierai jamais...

Au bout de trois jours, Jane semblait avoir ressuscité. Quand elle avait rouvert les yeux, Olivier était devant elle. Dans ses veines coulait l'horrible apaisante héroïne. Un lent bonheur l'avait entièrement envahie. Olivier... Olivier... Olivier... Il était là. La joie était arrivée jusqu'à son visage, donnant du rouge aux joues et de l'éclat aux yeux dont le violet était devenu bleu pâle. Elle avait souri, ouvert les lèvres. Elle avait dit dans un souffle :

— Olivier !...

Il lui avait souri à son tour, en serrant bien les lèvres, en reniflant et en battant des paupières, pour escamoter le début des larmes qu'il n'avait pu empêcher de surgir. Il avait tapoté sa main encore immobilisée par les sangles. Il avait enfin pu parler :

— Ça va !... Tout va bien !...

Le médecin, revenu, avait été étonné, très heureusement étonné. Il déclara qu'on pourrait bientôt la transporter. Elle se nourrissait volontiers. Elle avait, en quarante-huit heures, repris des couleurs, et semblait-il, un peu de poids.

Yvonne lui faisait sa piqûre le matin. Olivier ne la quittait pas de la journée. C'était le soir qui était pénible, quand Olivier s'en allait et que le manque d'héroïne commençait à se faire sentir. Yvonne descendait la seringue et les ampoules dans son appartement, hors de sa portée. Sachant qu'il n'y avait rien à faire, elle finissait par s'endormir, se réveillant de plus en plus fréquemment à mesure que la nuit avançait, sentant croître l'angoisse et la souffrance, jusqu'au moment bienheureux où Yvonne arrivait...

— Dans deux ou trois jours, je crois que je pourrai l'emmener à Delhi, dit Olivier. Pour le voyage et le traitement, malheureusement je n'ai pas l'argent. Pouvez-vous me prêter mille dollars ? Je vous les rembourserai après, en travaillant pour vous, pour rien...

— Vous êtes un très gentil garçon, dit Ted... Et cette enfant est ravissante... Mais mille dollars !... Vous vous rendez compte ?... Et si vous ne revenez pas ?...

Olivier se leva brusquement.

— Vous me prenez pour qui ? Je vous signerai des papiers !

— Ils me feront une belle jambe, vos papiers, si vous êtes au diable !

Olivier blêmissait. Il posa brutalement son verre sur le bureau.

— Ne vous énervez pas... dit Ted. Je ne peux pas vous prêter une somme aussi énorme... Voyons... Vous devez bien le comprendre !... Soyez raisonnable !... Mais je peux vous la faire gagner... Vous êtes déjà allé à Swayanbounath ?

— Oui...

— Vous connaissez ce qu'on appelle la Dent du Bouddha ?

Olivier fronça les sourcils, essayant de se rappeler.

— Bon, je vais vous montrer...

Ted posa son verre et s'en fut chercher sur un rayon un livre de grand format dont il tira une série de photos en couleurs. Il les étala sur le bureau. Elles représentaient, pris sous différents angles, un Bouddha en bois polychrome, curieusement coiffé d'un turban, portant de fines moustaches, et une énorme émeraude rectangulaire enchâssée dans le nombril. Il était niché dans une petite chapelle, au sommet de laquelle était relevé un rideau de grosses mailles de fer forgé.

— Ah oui, je vois... dit Olivier.

— Bon !... Il a la réputation d'être le portrait authentique du Bouddha, fait d'après nature, de son vivant, ce qui lui donnerait au moins deux mille cinq cents ans d'âge... Il suffit de le regarder pour se rendre compte qu'il est infiniment plus récent. L'influence persane est évidente. C'est d'ailleurs, pour moi, ce qui fait sa rareté et sa valeur. Mais pour les fidèles qui viennent l'adorer de tout l'Orient, presque comme le Bouddha lui-même, c'est le vrai, *l'unique* portrait véritable de Cakyamouni, authentifié par ceci...

Ted posa son doigt rose sur l'image de l'émeraude-nombril.

— Une dent de Gautama lui-même, prise sur lui après sa mort... Joli brin d'incisive, n'est-ce pas ?...

Il rassembla les photos, les remit dans le livre qu'il replaça sur le rayon.

— J'ai un client pour ce petit Bouddha... Un Américain, bien sûr... Il revient chaque année. Il me demande : « Alors, cette dent ?... » Je n'ai jamais voulu marcher. C'est trop risqué. Mais si vous voulez tenter votre chance... Il en offre cinq mille dollars.

Olivier fut suffoqué par l'énormité de la somme. Ted lui fit remarquer que si l'émeraude était authentique, elle vaudrait à elle seule plus que le double. Mais il avait pris la précaution de la faire photographier avec des filtres adéquats. C'était seulement du verre teinté. Il valait mieux ne pas le dire à l'Américain, mais ce n'était pas le bijou qui l'intéressait, seulement la rareté de la statue.

Il s'était constitué un musée fantastique, qui devait être truffé de quelques pièces bien cocasses... C'était lui, Ted le savait, qui avait fait scier et emporter la tête du Roi Lépreux à Angkor, faute de pouvoir transporter la statue entière, trop volumineuse. Mais il prétendait posséder aussi une mèche de la barbe du Christ, coupée par un soldat romain. Ce qui était pour le moins discutable...

— Il est ici en ce moment, à l'Hôtel Himalaya. Si ça vous intéresse...

— Je marche ! dit Olivier.

— Je m'en doutais. Vous êtes le seul à pouvoir réussir ça. Vous avez un motif plus impérieux que la simple cupidité, vous avez du culot, de l'agilité, du coup d'œil, et vous ne doutez de rien... Il se nomme Butler... Je l'avertirai ?... C'est *tout* ce que je ferai... Je ne me mêle de rien ! Dès que vous avez la pièce, vous la lui portez à l'hôtel, il vous donne la somme, vous m'en apportez la moitié...

— Quoi !...

— Vous ne pensez tout de même pas que je vous sers cette affaire sur un plateau uniquement pour votre plaisir ?... Mais je vais vous faire faire des économies !... Il est venu avec son avion personnel. Je lui demanderai de vous emmener avec la petite, et de vous déposer à Delhi. Dès qu'il aura l'objet, il n'aura qu'une hâte : s'envoler pour aller le mettre à l'abri. Si vous le lui apportez la nuit, dès le matin vous serez partis tous les trois. Plus personne, plus de traces ! C'est un coup superbe ! Il dépend uniquement de vous de le réussir... Si vous le ratez...

— Je ne le raterai pas, dit Olivier. Mais je ne suis pas d'accord pour le partage. Deux mille pour vous ; trois mille pour moi...

— Vous êtes en train de devenir quelqu'un, dit Ted en souriant. D'accord.

— Y a une lettre pour vous, Mme Muret, dit Mme Seigneur.

— Oh mon Dieu ! Oh mon Dieu ! C'est de mon petit ! Vous m'excuserez !... J'y avais dit de m'écrire ici... J'avais peur des policiers... Je savais pas qu'y aurait une amistie... Oh mon Dieu, j'y vois rien... Mes lunettes sont sales... Vous voulez pas regarder, dites ?...

Il était encore tôt quand la gram' arrivait, mais Mme Seigneur était déjà derrière sa caisse, l'œil veillant à tout, et les premières clientes entraient, les plus jeunes femmes, pour le lait frais du premier biberon, les plus vieilles aussi, les solitaires qui ne dorment plus guère, qui sont debout avant le boulanger, qui ne savent que faire de ce qui leur reste de vie, et vont de boutique en boutique, dès l'ouverture, acheter quelques miettes, ou rien du tout, tâter la marchandise, discuter, se donner l'impression qu'elle ont encore besoin d'entretenir leur existence...

Les lunettes de Mme Muret n'étaient pas sales, rien n'était jamais sale sur elle ni dans elle, mais ses yeux étaient embués et ses mains tremblaient. Elle tendit l'enveloppe à Mme Seigneur qui l'ouvrit. Elle contenait une carte postale, et un billet de dix dollars.

— Eh bien dites donc ! Il a l'air de se débrouiller, votre gamin !

Le billet en dollars avait rendu Mme Seigneur pleine de considération et d'un peu de hargne. Les jeunes ! Y en a que pour eux ! Milliardaires à vingt ans, rien qu'en vendant des cravates ! Qui aurait cru ça de ce petit Olivier ?

La grand-mère s'impatientait :

— Qu'est-ce qu'il dit ? Qu'est-ce qu'il dit ?

— Il dit : « Ne t'inquiète pas, je vais bien, tout va bien. Fais changer le billet dans une banque. Je t'embrasse. Olivier. »

— Il va bien ! Il va bien ! Oh mon Dieu, soyez béni !... Il dit pas où il est ?... D'où elle vient, la carte ?...

Mme Seigneur regarda la carte et vit une montagne couverte de neige.

— Du Mont Blanc, dit-elle...

— Oh ! Ben par exemple ! Qu'est-ce qu'il fait sur le Mont Blanc ? C'est bien encore une idée à lui, ça !...

Mme Seigneur eut un soupçon. Ce n'était peut-être pas le Mont Blanc... Elle chercha une inscription. Elle la trouva au dos, en plusieurs langues étrangères.

— C'est pas le Mont Blanc, dit-elle, c'est pas écrit en français... Y a un nom, Katmandou... Puisqu'il vous envoie des dollars, ça doit être en Amérique...

Mme Muret joignit les mains, extasiée :

— En Amérique... Quel bonheur ! Il va y rencontrer sa mère ! Vous savez que Martine est partie là-bas, depuis que son pauvre patron a eu cet accident... Vous voyez, on se fait du mauvais sang, on se ronge les sangs, et puis les choses finissent par s'arranger, le Bon Dieu est pas si mauvais... Merci, Madame Seigneur, Merci !... Je monte tout de suite passer l'aspirateur...

Elle prit le billet, l'enveloppe et la carte, traversa à petits pas la boutique lumineuse qui sentait le lait frais et les bons fromages, elle était innocente et bonne comme eux, et enveloppée de bonheur comme d'un papier transparent.

A mi-chemin de la Montagne, au sommet d'une haute montagne entourée d'un cercle de montagnes plus petites, se dresse le temple de Swayanbounath.

Il a la forme d'un sein blanc dont la base est grande comme une ville.

A l'intérieur, juste au centre du Temple et du sommet de la

montagne, reposent depuis vingt-cinq siècles les restes du prince Sidharta Gautama, qui devint le Bouddha Cakyamouni, en découvrant la voie sur laquelle doivent s'engager les hommes qui veulent se délivrer à jamais de la souffrance.

Ainsi Swayanbounath constitue-t-il un des trois sommets qui équilibreront la rotation du monde, le second étant le Golgotha, sur lequel, cinq siècles plus tard, Jésus-Christ ouvrit une nouvelle voie, en prenant sur lui la souffrance des hommes.

Le troisième sommet n'est pas encore surgi des eaux. C'est pourquoi la souffrance est encore présente partout, injuste et inexplicable.

Le temple de Swayanbounath, vieux de deux mille cinq cents ans, est resté neuf, entretenu sans arrêt depuis sa construction par la ferveur, la technique et l'adresse d'un peuple d'artisans qui vivent dans les villages des montagnes en cercle autour de la montagne, et qui ne font rien d'autre depuis vingt-cinq siècles, que de réparer ce qui s'use, et remplacer ce qui ne peut plus être réparé. Mais la masse du Sein elle-même, construite et hermétiquement close une fois pour toutes autour du Bouddha, n'a jamais subi, depuis, aucun déséquilibre ni affaissement.

Sa pointe est constituée par une tour quadrangulaire recouverte d'or, que prolongent vingt et un disques d'or de plus en plus petits, les derniers s'enfonçant à l'intérieur d'une couronne surmontée par un cône. Celui-ci, que termine une boule, est protégé par une pyramide formée de trois arbres d'or qui se rejoignent en leur sommet en forme d'une triple croix.

Du sommet de la pyramide partent des milliers de fils qui rejoignent tous les points de la montagne et des montagnes autour d'elle, les sommets de tous les temples secondaires, de tous les bâtiments, de toutes les chapelles, des arbres, des poteaux, de tout ce qui surgit et s'élève. A ces fils sont suspendus des rectangles d'étoffes de toutes couleurs que le vent agite sans cesse. Sur chacun de ces rectangles, la main d'un homme a écrit une prière. Ainsi le vent qui passe et les agite prie jour et nuit en dix mille couleurs.

La blancheur immaculée du Sein est entretenue sans arrêt par des peintres vêtus de blanc, le visage et les mains fardés de blanc, qui se déplacent heure après heure, jour après jour, dans le sens du soleil, chacun à la hauteur voulue pour que se rejoignent les tranches de blancheur qu'ils peignent tout le long de leur vie, voués à la tache unique de la blancheur, perdus dans le blanc.

Sur chacune des quatre faces de la tour d'or sont peints les yeux immenses du Bouddha. Leur iris sans pupille est bleu de nuit, à demi recouvert par la courbe infléchie, bleu pâle et or, de la paupière supérieure, que surmonte l'arc parfait du sourcil bleu roi. Le regard n'est ni inquisiteur, ni indulgent, ni sévère. Ce n'est pas le regard qui juge ou qui exprime. C'est le regard qui voit, dans les quatre directions.

Une foule continuelle de pèlerins serpente sur les sentiers, parmi les montagnes en cercle, et monte vers le Temple par tous les chemins et les escaliers qui y conduisent. Autour du Sein lui-même s'étend une vaste place couverte de bâtiments annexes, de chapelles, de stèles, de statues de tous les dieux de l'Hindouisme et du Tantrisme qui sont venus, eux aussi, rendre hommage à la sagesse du Bouddha. Et parmi eux circulent sans arrêt les fidèles, les chiens, les singes, les canards, les porteuses d'eau, les donneurs de fleurs, les bonzes, les mendiants, les vaches, les hippies, les touristes-photo, les marchands d'oignons, les moutons, les pigeons, les corbeaux couleur de cigare, les enfants joueurs de violon, une foule multicolore et lente sur qui palpitent les ombres légères des cent mille prières du vent.

Olivier avait répéré dans l'après-midi la chapelle de la Dent, et s'était arrêté longuement devant le petit dieu moustachu. Il n'aurait pas de surprise comme avec la déesse aux six bras. La statue de bois était simplement posée sur un court piédestal de pierre, fixée à lui par deux chaînes scellées dans la pierre et reliées par leur autre extrémité à des anneaux plantés dans le socle de la statue. Entre l'anneau et l'extrémité de chaque chaîne s'interposait un étrange et énorme instrument qu'Olivier reconnut pour en avoir vu de semblables dans une boutique de Katmandou. Cela ressemblait à la fois à un canon de mortier et à une arbalète : c'était un cadenas.

Toute cette ferraille était épaisse et forgée à la main, mais Ted avait donné à Olivier une cisaille démultipliée capable de trancher les câbles du pont de Tancarville. Il n'y avait pas de problème de ce côté-là, même si on rabattait pour la nuit, devant la chapelle, le rideau d'acier dont chaque maille avait l'épaisseur d'un pouce.

La difficulté provenait de la foule.

Olivier se rendit compte que rien n'était possible pendant le début de la nuit. Il redescendit jusqu'au fond de la vallée où il avait laissé sa moto à côté d'un ruisseau, mangea les provisions qu'il avait apportées, s'allongea, son sac sous la tête, et vit s'allumer une à une les étoiles énormes. Il s'endormit en pensant à la vie qu'il allait construire pour Jane avec les trois mille dollars. D'abord la guérir, ensuite l'emmener dans un pays neuf, un pays propre, le Canada peut-être, avec ses grandes neiges, ses hommes simples, ses arbres et ses haches. Et la rendre heureuse jusqu'à son dernier jour. Jamais le petit Bouddha enturbanné, depuis les siècles qu'il existait, n'aurait favorisé un destin aussi clair, une action aussi radieuse. C'était pour cela, sûrement, et pour cela seulement, qu'il avait été sculpté, peint et enchaîné en ce lieu, attendant avec la patience d'un arbre et d'un dieu qu'un garçon au cœur aussi pur que le sien vienne couper ses chaînes et l'emporter vers l'amour.

La lune en se levant réveilla Olivier. Il avait un peu froid, mais il se réchauffa vite en montant vers le Temple. Il croisait des groupes ou des individus isolés qui descendaient. Il comprit qu'il lui faudrait certainement attendre encore.

Cela lui fut confirmé lorsqu'il arriva sur la place. Il y avait encore un peu partout, entre les chapelles et les stèles, des petits groupes en prière, ou qui traînaient avant de s'en aller, ou des marchands qui repliaient lentement leurs petits tas de poudre de couleur dans des morceaux de papier. Des flammes de lampes palpitaient un peu partout. Olivier s'approcha de la chapelle de la Dent, pas trop, mais assez pour l'avoir sous son regard, posa son sac à terre et s'installa pour passer là la nuit, ce qui n'avait rien d'extraordinaire. Il constata avec satisfaction que le rideau de mailles d'acier était resté levé. On ne devait sans doute jamais le baisser. On comptait, plus que sur n'importe quoi, sur la vénération inspirée par la Dent, pour la défendre contre toutes les convoitises.

Peu à peu, à mesure que la nuit s'avançait, la place se vida. Il ne resta bientôt plus, au regard d'Olivier, qu'un dévot vêtu de blanc, coiffé d'un bonnet noir, qui, agenouillé et les mains jointes devant un dieu lui-même à genoux et joignant les mains, n'en finissait plus de lui parler, de lui affirmer, de l'interroger, de le supplier. Le dieu restait impassible et ne se fatiguait pas. Le dévot n'était pas de pierre. Il finit par se lasser, se releva avec quelque peine, et s'en alla lentement vers les plus proches escaliers, en se tenant les reins.

Olivier se leva, fit semblant de s'étirer et de bâiller en regardant tout autour de lui. La lune, presque à son dernier quartier, était assez haute dans le ciel pour donner assez de lumière. Il ne vit personne. Peut-être quelqu'un dormait-il quelque part, allongé sur la terrasse, mais il ne pouvait pas aller regarder partout pour s'en assurer. Il devait agir, très vite, et en silence.

Il s'approcha de la chapelle, posa nonchalamment son sac à ses pieds, en sortit la cisaille, et enfonça ses deux bras dans l'obscurité de la niche.

Un démon lui jaillit à la figure, en poussant des cris aigus. Olivier bondit en arrière, son cœur cognant comme un marteau. Il reconnut un singe, qui alla se percher à quelques mètres de là sur la tête d'un lion de pierre, se tourna vers lui et continua à l'injurier. C'était le commensal du Bouddha. Il habitait avec lui dans la chapelle. Il était furieux d'avoir été dérangé. Tous les singes de la place s'éveillèrent et se mirent à glapir, les chiens et les corbeaux à aboyer, les canards et les poules à pousser leurs cris stupides. Olivier rangea vivement sa cisaille dans son sac et s'éloigna d'un pas nonchalant. Dans un bâtiment adjacent, une porte s'ouvrit, une théorie de bonzes en sortit, portant des lampes allumées.

Ne prêtant aucune attention au tumulte, ils entreprirent leur périple matinal autour de l'interminable circonférence du Sein, en faisant tourner les milliers de moulins à prière disposés sur son pourtour, et en psalmodiant les paroles sacrées qui reliaient leur mouvement circulaire à celui des planètes, des galaxies, des univers, des atomes et des univers contenus dans les atomes, et à l'harmonie du tout, infiniment divers et pareil, infiniment étendu et en chaque partie de lui entièrement contenu.

Le jour se levait, réveillant le safran des robes des moines, faisant luire leurs crânes tondus, éteignant les lampes et allumant les couleurs des prières du vent.

Il était trop tard. Olivier calma sa déception en pensant que sans le singe il eût sans doute été surpris en pleine opération. Il savait maintenant quelle était l'heure limite. Il avait agi avec trop d'impatience. Ted lui avait recommandé de rester en observation pendant deux ou trois nuits au moins, avant d'agir. L'Américain attendrait.

Mais il y avait aussi Jane, Jane, qui attendait...

Il redescendit près du ruisseau, vérifia sa moto, s'assura qu'on ne lui avait pas volé son essence, but, se lava, se baigna et se rasa, et dormit quelques heures.

A son réveil, il se trempa de nouveau le visage dans l'eau fraîche, et essaya de trouver une solution à ce qui était maintenant le problème principal : comment se débarrasser du singe ?

Il pensa que la manière la plus efficace serait de lui offrir vers le milieu de la nuit une banane droguée, qui l'endormirait jusqu'au matin. Si toutefois il voulait bien l'avaler. Et droguée avec quoi ? Le hachisch risquait de le rebuter. Il fallait bien essayer. Il en trouverait sûrement dans un village. Tous les paysans comprenaient les jeunes occidentaux mimant le geste de fumer, et savaient ce qu'ils demandaient. S'il n'en trouvait pas, il retournerait à Katmandou et demanderait au médecin, comme si c'était pour lui-même, un somnifère efficace. Mais cela lui ferait perdre encore un jour.

Il se rendit à pied dans un village d'une des montagnes du cercle. Il avait besoin d'acheter aussi de la nourriture pour lui-même. Il trouverait sûrement du hachisch. Et il réussirait cette nuit...

L'état de Jane avait cessé de s'améliorer depuis le départ d'Olivier. Il lui avait recommandé avant de partir de ne pas s'inquiéter, il allait revenir tout de suite, et ils partiraient ensemble, aussitôt. Et Sven ? Sven viendrait avec eux ?... Oui, oui, Sven viendrait. La question l'avait surprise, il serait temps plus tard de lui rappeler la vérité, qu'elle avait oubliée...

Deux heures après son départ, elle commençait déjà à s'impatienter et à s'inquiéter. Elle demandait à Yvonne : « Où est Olivier ? Il va revenir ? » « Quand ? » « Pourquoi il n'est pas là ? » Yvonne ne savait pas où il était, mais elle affirmait qu'il allait revenir bientôt...

Elle interrogea son mari qui déclara ne rien savoir. Olivier l'avait seulement assuré qu'il allait se procurer de l'argent pour le voyage et la clinique. Il espérait que ce gamin n'allait pas faire une folie. En tout cas, il s'en lavait les mains. Il avait déjà été bien bon d'accueillir cette droguée. Si Olivier faisait une bêtise, il n'était pas disposé à en subir les conséquences.

— Tu aurais pu le lui prêter, cet argent !... C'est un garçon honnête...

Ted prit un air étonné, naïf.

— Le lui prêter ?... Moi ?... Je ne suis pas son père !...
Il savoura un instant sa trouvaille, puis insista :
— Jacques va être là bientôt... Je m'étonne qu'Olivier n'ait pas pensé à l'attendre pour lui demander ce dont il a besoin... Et vos projets de voyage, à vous deux, où en sont-ils ?... Tu as un peu réfléchi ?

Yvonne le regarda avec une haine totale, charnelle, viscérale, mentale, une haine et une répulsion qui montaient vers ses yeux de la moelle de ses os.

— Tu crois nous tenir, dit-elle, mais nous partirons !...
— Bon !... Bon !... Bon !... Dès qu'il sera rentré et que tu auras un peu bavardé avec lui, tu me confirmeras... Je vous prendrai vos billets... Mon offre tient toujours...

Ils se tenaient tous les deux sur le palier du second étage, entre la porte du bureau de Ted et celle de la chambre de Jane. Ted entra dans son bureau, laissant Yvonne immobile, figée en haut des marches, pétrifiée de haine et de désespoir. Elle savait bien, elle SAVAIT, que Jacques, lorsqu'il apprendrait qu'elle n'avait plus un sou, lui donnerait en souriant mille bonnes raisons de rester ici... Est-ce qu'ils n'étaient pas bien ? Est-ce qu'elle n'était pas heureuse ?... Un pays merveilleux... Un métier formidable... Et un mari qui lui donnait tout et ne lui demandait rien...

Elle lui avait affirmé, pour éviter toute scène de jalousie qu'il n'y avait plus depuis longtemps aucun rapport sexuel entre Ted et elle. Elle n'était pas certaine qu'il la crût, mais il faisait semblant parce que ça l'arrangeait, comme il faisait semblant d'être riche, d'être le chef des éléphants, de la forêt, des tigres, de lui-même...

Comme il faisait semblant d'être heureux...

Pour l'arracher sans le détruire à ce monde imaginaire, elle lui avait proposé un autre monde, différent, mais aussi brillant : gentleman-farmer, une flotte de tracteurs, une chasse en Sologne, un appartement à Passy, le Tout Paris, Maxim's...

Cela aurait été possible, avec les bijoux que Ted lui avait offerts années après année... Une fortune en pierres précieuses. Surtout des rubis, qu'il allait lui-même choisir une fois par an chez les mineurs de Barhan qui lui réservaient leurs plus belles trouvailles. Il les envoyait tailler en Hollande, et les faisait monter en colliers, en bracelets, en bagues, par les artisans du Népal et du Cachemire...

Mais ils étaient mariés sous le régime de la séparation de biens, contrat enregistré à Paris et à Zurich. Il avait payé lui-même les bijoux. Elle les avait portés... Oh, si peu !... Dans ce trou !... Mais ils ne lui appartenaient pas plus que l'air qu'elle respirait. Elle n'avait rien, qu'un morceau de plaine à betteraves, sinistre, dans la Somme, qu'il faudrait disputer à un fermier... Jacques ne partirait pas, elle le savait...

Elle savait aussi qu'elle ne pourrait plus jamais, JAMAIS, supporter le ventre de Ted sur son ventre. Et l'idée de le sentir de nouveau entrer en elle lui donna une nausée qu'elle ne put contenir. Elle dévala l'escalier pour aller vomir dans la salle de bains.

Quand vint le soir, Jane montra tant d'agitation qu'Yvonne téléphona au docteur. Elle lui dit que la jeune fille réclamait une deuxième piqûre, qu'elle gémissait et se tordait dans son lit. Le médecin lui interdit absolument d'accéder au désir de la malade. Evidemment, cette enfant avait deux drogues : l'héroïne et ce garçon. Comment se nommait-il ?... Oliver ? C'est ça. Oliver lui manquant, elle voulait le remplacer par l'autre drogue. C'était normal. Compensation. Mais il ne fallait pas. Est-ce que ce garçon allait être encore longtemps absent ? Sa présence était plus efficace que n'importe quel traitement. Pourquoi était-il parti ? Bien sûr, bien sûr, il faut gagner sa vie... Mais en tous cas, pas de deuxième piqûre ! Surtout pas ! A aucun prix !

— Mais qu'est-ce que je peux faire ? Elle souffre !

— Rien... Vous ne pouvez rien faire... Laissez-la seule... Elle ne se plaindra plus et elle sera déjà moins malheureuse...

— Mais elle ne risque pas de faire une bêtise ?

— Quelle bêtise ?

— On dit que parfois, les drogués qui manquent se suicident.

— Aucun danger ! Elle *sait* qu'elle aura sa piqûre demain matin. Elle va s'impatienter, râler, souffrir, mais elle attendra, parce qu'elle est sûre que demain matin elle recevra son petit paradis empoisonné... Laissez-la seule, laissez-la. Dans sa souffrance, il y a au moins une bonne moitié de chantage. Quand elle sera seule, elle n'aura plus que sa souffrance vraie. Ce n'est pas drôle, bien sûr, mais elle finira par se calmer en pensant à demain matin et elle dormira...

Quand elle eut reçu sa piqûre le lendemain matin, Jane devint belle comme elle ne l'avait jamais été. L'antidote mêlé à la solution de l'héroïne en atténuait les effets les plus violents. Après une nuit d'attente interminable et de souffrances physiques devenues atroces au lever du jour, elle reçut la paix, et elle se souvint d'Olivier, de l'amour d'Olivier, de la certitude du grand bonheur qui l'attendait auprès d'Olivier. Son teint devint frais comme celui d'un enfant, ses yeux s'agrandirent, le bonheur rayonna de son visage. Yvonne, la voyant si belle, l'embrassa et l'assura de nouveau qu'Olivier serait bientôt de retour. Jane se serra contre la poitrine d'Yvonne et se mit à chantonner une chanson d'Irlande. Elle s'arrêta aussitôt, embrassa Yvonne, se serra de nouveau contre elle, lui dit :

— *I love you !... You are so good !* ...

Yvonne fut submergée par une vague d'amour, de tendresse et d'horreur. Cette fille, cette enfant si belle, cette enfant perdue, pourrait être sa fille. Elle aurait voulu la défendre, la sauver, l'emporter, l'aimer, avoir enfin quelqu'un pour qui se battre efficacement, quelqu'un de sa chair ou de son amour. Elle n'avait pas d'enfant, pas de mari, un amant en affiche technicolor, et elle-même n'était qu'une épave, un déchet, une esclave, la portion de chair nécessaire pour faire jouir un porc...

Et cette enfant adorable et si belle, cette enfant fragile, merveilleuse, le médecin ne lui avait pas caché qu'on aurait bien du mal à la sauver... Il lui avait expliqué qu'elle était déjà perdue avant de commencer à fumer sa première cigarette de marihuana. Quelque chose avait dû se passer dans sa vie familiale, qui l'avait blessée à mort. Et la fuite dans la drogue n'était qu'une lente agonie camouflée de fleurs, de musique et d'illusions. A mesure que les illusions s'écroulaient, elle en cherchait d'autres plus violentes et plus illusoires encore. Elle avait rencontré une chance, une seule chance : ce garçon... Comment se nommait-il ? Oliver... Lui seul pouvait la sauver, la retenir sur le chemin de la mort. Dans sa lettre à la clinique de Delhi, il expliquait que le garçon devait être admis à rester auprès d'elle. Mais où était-il, cet imbécile ? Que faisait-il, loin d'elle ? Sans lui, elle se noyait. Elle n'avait plus vraiment, vraiment, plus beaucoup de souffle !...

Elle était radieuse. Elle mangea des fruits et du pain beurré, elle but du lait de yack, elle rit... « Olivier... Je l'aime... Olivier... Je l'aime... »

Yvonne descendit le plateau du petit déjeuner, tira la porte avec son pied. Jane ne s'était jamais sentie aussi légère de sa vie. Olivier allait revenir bientôt. Elle voulut se faire belle pour lui. Elle s'assit dans son lit, posa les pieds par terre, hésita un instant, puis se leva. Le monde chavirait un peu autour d'elle, c'était léger, elle était légère, comme une fleur un peu balancée dans le soleil au bout d'une branche, à peine par le soupçon d'un vent. Elle écarta les bras comme une équilibriste et fit un pas, puis deux. C'était drôle, c'était mouvant, c'était sans risque, une balançoire, toute la chambre une balançoire... Elle continua, encore un pas puis un autre, vers la porte du cabinet de toilette. Elle se mit à rire, c'était si drôle, si léger...

Ted, venant de son bureau, se dirigeait vers l'escalier. Il entendit le rire d'oiseau. La porte était restée entrebâillée. Il s'arrêta et regarda. Jane ôtait sa chemise de nuit, la jetait loin d'elle, passait dans le rayon de soleil qui venait de la fenêtre, arrivait au cabinet de toilette, prenait une brosse, brossait ses cheveux d'or brûlé, longuement, largement, brossait encore. Ses cheveux devenaient une vague vivante sur ses épaules, ses bras levés faisaient pointer ses seins de fillette, une glace envoyait un reflet de soleil sur sa cuisse et sa hanche. Ted devenait violet.

Olivier trouva non seulement du hachisch, mais de l'opium. Il en avait vu les boules brunâtres en vente dans une boutique du marché de Katmandou. En reconnaissant près d'une ferme un champ de pavots en fleur, l'idée lui vint d'en demander au paysan. L'homme comprit rapidement quand Olivier lui montra les fleurs. Il rentra dans sa maison et lui rapporta une boule d'opium grosse comme une pomme. Olivier montra l'ongle de son pouce. Le paysan sourit, remporta la pomme et apporta une noix. Une deuxième explication permit à Olivier d'obtenir une noisette, plus que suffisante pour son dessein.

Dans une autre ferme, il obtint un produit plus précieux encore : du hachisch de l'année précédente, séché, pulvérisé et malaxé avec du beurre. C'est ainsi que les Népalais le conservent d'une saison à l'autre. Quand ils veulent l'utiliser, ils font fondre le beurre et recueillent la poudre d'herbe.

Olivier pensa que le beurre rance plairait au singe, mais il n'était pas certain d'obtenir l'effet qu'il espérait. Les hippies entretiennent leur non-violence avec la marihuana, mais la plupart des tueurs américains du Syndicat sont aussi des fumeurs d'herbe...

Il décida de préparer deux bananes, une avec l'opium, l'autre avec le beurre-hachisch. Et ce fut là qu'il faillit échouer, car les bananes semblaient avoir disparu, comme tous les autres fruits et le reste du ravitaillement. Un flot ininterrompu de pèlerins traversait le village, se dirigeant vers Swayanbounath. Ils avaient déjà presque tout acheté au passage. Ils portaient des lanternes de papier de couleur, et des lampes de toutes formes. Olivier vit que les villageois, de leur côté, en disposaient partout, sur les façades des maisons, aux branches des arbres, sur les autels et les dieux des carrefours, au sommet des lingams et autour des yonis, à des fils tendus et des perches dressées.

Une bande de hippies, qui semblaient joyeux, moins « gommés » que tous ceux qu'il avait rencontrés jusqu'alors, arriva dans le village en chantant et s'assit en rond autour de la fontaine. Il y avait parmi eux un Belge, qui expliqua à Olivier la raison de tout ce mouvement. Ce soir, c'était la Fête des Lumières. Ce soir, la lune, à son dernier quartier, se lèverait juste à la pointe du plus haut sommet blanc de la grande Montagne. Et la moitié blanche de la lune recomposerait avec le Sein de Swayanbounath, qui était aussi la moitié d'une sphère blanche, l'image de l'Univers reconstitué dans la totalité de sa forme, terre et ciel réunis, matière et esprit, être et non-être, et dans la totalité de son contenu, de même que le blanc est la lumière qui contient toutes les couleurs.

Le garçon belge expliquait cela à Olivier en mangeant une saucisse bouillie, la dernière d'une boîte de choucroute qu'il avait apportée depuis l'Europe, et entamée la veille. Il trouvait cet événement très impressionnant et grandiose. C'était une « provo » hollandaise qui lui avait expliqué tout cela : cette petite brune, là-bas, assise près du rouquin. Elle ne parle pas le français, mais moi je comprends le flamand. Elle ne porte jamais de culotte, et toujours en jupe ! Dès qu'elle s'assied, elle relève les genoux et les écarte pour qu'on lui voie le machin... Tiens, regarde ! regarde !... Tu vois !... C'est ça, la liberté, elle dit : montrer son cul aussi bien que son nez. Elle est un peu tordue quand même, tu trouves pas ? Personne y fait plus attention, à son machin... Peut-être parce qu'elle a le nez comme une patate ! Ça compte aussi un peu, le nez, tu trouves ?...

Le garçon belge se mit à rire. Lui, il ne fumait pas, il était venu parce que c'étaient les vacances. Après, il allait rentrer. Ce que lui avait expliqué la fille hollandaise, c'était un gourou qui le lui avait expliqué à elle. Ou peut-être simplement une agence de voyages... C'était pour fêter la rencontre de la Lune et du Sein que toutes les lumières allaient être allumées cette nuit.

— Toute la nuit ? demanda Olivier, anxieux.

Allait-il perdre encore vingt-quatre heures pour une fête imbécile ? Des fêtes ! Toujours des fêtes ! Il ne devait pas y avoir au monde un peuple qui célébrât sans arrêt tant de fêtes partout !

Mais le garçon belge, ayant achevé sa saucisse, déclara qu'à l'instant même où la demi-Lune se détachait de la pointe de la montagne, toutes les lumières devaient s'éteindre, et chacun rentrer dans sa maison ou son abri, ou se cacher le visage, ne plus regarder ce qui se passait en l'air, laisser la Lune et le Sein ensemble, seuls dans le ciel.

Olivier acheta aux hippies du riz cuit et des bananes et retourna près du ruisseau. Cette nuit serait peut-être l'occasion unique, ou peut-être rien ne serait-il possible. Peut-être y aurait-il des groupes de pèlerins endormis partout autour du Temple... Peut-être seraient-ils tous partis chercher un abri... Il ne pouvait pas savoir, il devait être prêt à agir, se trouver là-haut au moment de l'extinction des lumières, et avoir déjà drogué le singe.

Il prépara ses deux bananes et mangea un peu de riz. La lune était attendue en haut de la Montagne vers le milieu de la nuit. Dans l'obscurité déjà venue, des milliers de petites lumières faisaient de la Terre une réplique du Ciel. Autant d'étoiles brillaient en bas qu'en haut. Mais une partie de celles d'en bas se mouvaient, se rassemblaient en lents et longs chemins de lumière, voies lactées mobiles qui serpentaient entre les montagnes du cercle, et coulaient vers le sommet de la montagne où le Bouddha dormait au sein du Sein.

Olivier se dit qu'il ne devait plus tarder à y monter à son tour. Il vérifia une fois de plus sa machine, la poussa à proximité du sentier d'où il pourrait commencer à rouler, prête à partir au quart de seconde. Puis il balança son sac dans son dos et se mit en marche.

La fin de la deuxième journée d'absence fut pour Jane encore plus dure que la précédente. Dès le début de l'après-midi, elle avait recommencé à sentir l'angoisse s'introduire peu à peu dans ses veines, lui monter derrière le front et le presser vers le dehors pour le faire éclater. Elle cachait sous les draps ses mains qui tremblaient.

Yvonne ne la quitta pas, s'efforça de la distraire, lui racontant les beautés de la forêt et de la jungle, lui parlant de Jacques, des éléphants, des fleurs énormes qui pendaient aux arbres et des multitudes d'oiseaux de tous chants et couleurs. Jane écoutait de moins en moins, son visage se couvrait de sueur, et ses jambes se détendaient en spasmes nerveux. Quand vint le soir, elle refusa de manger et se mit à supplier Yvonne de lui faire une autre piqûre.

Yvonne ne pouvait pas supporter de la voir souffrir. Elle téléphona de nouveau au médecin. Il n'était pas là. Il rappela une heure plus tard, renouvela son interdiction formelle, et son conseil de la laisser seule. Et si on savait où se trouvait ce garçon... comment se nommait-il ?... le faire revenir d'urgence. C'était plus important que tout.

Yvonne était certaine que Ted savait où était Olivier, certaine que, jouant des circonstances, il l'avait engagé dans quelque aventure dangereuse pour l'un et profitable pour l'autre. Elle le lui dit, et en profita pour lui dire aussi, par-dessus le marché, une fois de plus, tout ce qu'elle pensait de lui. Mais elle n'obtint que des sourires et du silence.

Elle alla embrasser Jane qui se cramponna à elle, la supplia en pleurant et en gémissant. Elle l'adjura de se calmer, Olivier allait revenir, il était allé travailler pour elle, pour la guérir, pour l'emmener. Et de toute façon, elle aurait sa piqûre demain matin : elle le savait ? demain matin. Elle viendrait même un peu plus tôt...

Elle la recoucha, la borda avec le drap léger, essuya son visage ruisselant, descendit au premier étage, prit trois comprimés de somnifère et mit le réveil à six heures du matin.

Ted attendit une heure, pour être certain qu'Yvonne était bien endormie. Puis il ouvrit son coffre, y prit une petite boîte de jade, une seringue hypodermique, une cuiller d'argent et une minuscule lampe à beurre en cuivre ciselé et repoussé, ancienne, une merveille. Il disposa tout cela dans les poches de sa robe de chambre sous laquelle il était nu.

Alors qu'Olivier arrivait au pied de la Montagne du Sein, celui-ci s'illumina. Ce fut tout à coup dans la nuit un fruit de pure lumière. Olivier entendit le bruit du groupe électrogène qui alimentait les projecteurs. Les bonzes avaient pris à la vie occidentale ce qui pouvait servir leurs traditions.

Au-dessus du Sein, sur la paroi de la Tour d'Or, les yeux du Bouddha regardaient la nuit. Ce sont des yeux qui voient, ce qui se passe ici et ailleurs, et à chaque instant de la vie de chacun. Si celui qui les regarde est assez pur, assez vide d'égoïsme, de petits désirs misérables, aussi bleu que les yeux peints sur l'or, il peut voir dans leur pupille foncée ce que celles-ci voient de ce qui le concerne, lui, dans l'ensemble du monde.

Olivier montait en gardant la tête levée, et ne pouvait détacher son regard de ce regard qui ne le regardait pas. Au-dessous des deux yeux était peint en bleu, à la place du nez, un signe qui ressemblait à un point d'interrogation, et qui était le chiffre I en caractère népalais. L'unité du tout, de la diversité, de l'Unique, en qui il faut se fondre pour devenir un.

Pour Olivier, ce n'était qu'un point d'interrogation angoissant, au-dessous de ces yeux qui voyaient quelque chose, qui voyaient quoi ?

Autour de lui, sur le chemin escarpé, montaient des hommes et des femmes joyeux, portant des lumières qui brûlaient avec une odeur de beurre frit et de chèvre. C'était une foule lente et heureuse, qui emportait même ses enfants, certains suspendus par une étoffe dans le dos de leur mère, d'autres portés par les pères, dans leurs bras, avec une délicatesse et une tendresse infinies. Et toute la chenille de lumières, au son des petits violons et des orchestres aigres, se hissait vers la blancheur arrondie dans le ciel, qu'Olivier ne voyait plus. Il ne voyait que le regard bleu de nuit qui regardait au loin et qui voyait, et le point d'interrogation qui lui demandait ce qu'il faisait là, lui, imbécile, loin de Jane, l'ayant une fois de plus abandonnée... Même si c'était pour elle, pour l'emporter, pour la sauver, était-ce plus important que d'être avec elle, auprès d'elle, autour d'elle, l'abri et la chaleur dont elle avait besoin ?

La tête levée, il regardait les yeux sereins, sans émotion humaine, les yeux entourés d'or qui voyaient et qui savaient. Brusquement, il comprit, il sut qu'il s'était fourvoyé dans une route d'inutilité et de stupidité, qu'il était coupable et fou. Il fit demi-tour avec la brusquerie d'une machine, et commença à se faire un chemin à coups de coudes et de cris et d'injures à travers la foule paisible et sans problèmes qui montait vers le Sein et vers la Lune, et qui s'écartait avec indulgence devant ce pauvre garçon perdu, qui venait de l'autre côté du monde, où l'on ne sait rien.

Ted traversa le palier et s'attarda devant la porte de la chambre de Jane, sous laquelle filtrait un rayon de lumière. Il écouta. Elle restait un moment silencieuse, puis tout à coup poussait une sorte de râle mêlé de sanglots. Il savait qu'à ce moment-là, c'était dans son ventre que le manque de drogue la rongeait.

Il tourna avec précaution la poignée et entra sans hâte, mais sans hésitation. Il ne fallait pas lui laisser le temps d'avoir peur et de le voir apparaître sous le visage d'un monstre, d'un dragon, d'une araignée, de Dieu savait quoi d'horrible. Il parla, en même temps qu'il entrait, d'une voix très paisible.

— Bonsoir Jane, ça ne va pas ?

Elle secoua faiblement la tête, en signe non. Ses yeux étaient écarquillés, son visage crispé, couvert de sueur, le drap qui la recouvrait à moitié froissé et humide.

— Vous avez mal ?

Elle fit « oui ».

— Ces médecins ne sont pas toujours intelligents... Surtout ici, vous savez... Pour échouer comme médecin à Katmandou, il faut vraiment n'avoir trouvé sa place nulle part...

Il s'approcha du lit et commença à poser sur la table de chevet les objets qu'il tirait de sa poche.

— Je vais vous soulager. Vous passerez une bonne nuit, et nous ne dirons rien à personne...

Elle se releva brusquement en voyant la seringue hypodermique. Il la recoucha avec des paroles très tranquilles, la calma doucement, releva la manche gauche de sa chemise de nuit, lui garotta le bras avec un gros caoutchouc de bureau dans lequel il tourna un crayon. Des objets innocents...

Les veines mirent longtemps à se gonfler. Ted s'inquiéta un peu, elle était vraiment à bout, cette petite, ce serait ennuyeux s'il arrivait un accident. Oh, après tout, le médecin ne l'avait pas caché, il avait dit : « Logiquement, elle devrait être morte. » Il allait faire attention quand même. Bien mesurer la dose. Il n'en avait jamais usé lui-même, mais ce n'était pas la première fois qu'il l'utilisait avec ces gamines. Quand elles étaient dans les vapes, elles ne voyaient plus qu'il ressemblait à un porc, et il arrivait lui-même à l'oublier, quelques secondes...

Il alluma la lampe à beurre, ôta le couvercle de la boîte de jade. Elle contenait une poudre blanche.

— Et ça, c'est de la vraie, dit-il, pas de cette camelote pharmaceutique que vous donne le toubib.

Il prit un peu de poudre avec la cuiller d'argent, réfléchit, hésita, en reversa une partie dans la boîte, et commença à promener la cuiller au-dessus de la flamme à l'odeur de chèvre.

Olivier courait comme un fou le long du torrent qui dégringolait à flanc de montagne avant de devenir ruisseau. Il devinait les obstacles dans la nuit, sautait par-dessus les buissons et les racines, poussé, porté par une force cosmique ou divine, il l'ignorait, il savait seulement qu'il était ici et qu'il aurait dû être là-bas, et qu'il y avait l'espace et le temps qu'il fallait franchir, pulvériser, violer. Il était plus rapide que le torrent qui tombait de roche en roche avec un bruit d'eau déchirée.

— J'entends de l'eau !... J'entends de l'eau !... dit Jane... J'entends de l'eau... De l'eau !...

Elle n'avait jamais, jamais, jamais, été si heureuse, légère, universelle, répandue... Elle avait déjà oublié la piqûre. Après avoir subi dans son ventre les mille morsures d'un nœud de vipères, elle était devenue un nuage de lumière...

— Olivier est dans l'eau... Il vient... Dans l'eau... Il vient...

— Oui, dit Ted, il vient, Olivier, il arrive, il est là...

Il ôta sa robe de chambre. Les yeux extasiés de Jane regardaient à travers le plafond Olivier porté sur l'eau, dans l'eau, poisson, nénuphar, anguille, anguille énorme, anguille dans elle, fleur d'eau, Olivier, les reflets sur l'eau, le soleil, le soleil dans l'eau ; Olivier le soleil...

— Olivier...

— Il arrive, chuchota Ted... Il est là...

Il rabattit le drap, remonta la chemise de nuit et regarda Jane.

Malgré sa maigreur, elle était incroyablement belle. Il s'en emplit les yeux, et s'allongea à côté d'elle.

— Olivier ?... Olivier ?... Tu es là ?... demanda Jane...
— Je suis là... Je suis là... chuchota Ted...

Il se tenait un peu loin d'elle, dans le large lit. Il éteignit les lumières et commença à la caresser. Jane poussa un immense soupir de bonheur...

— Olivier !...

La moto fonçait à mort vers Katmandou. Ses trois phares éblouissaient les familles en marche que son bruit épouvantait, révélaient dans des virages les grimaces sanglantes des dieux, traversaient les villages en réveillant les hurlements de tous les chiens. Il y eut enfin Katmandou au bout de la route droite, plus que quelques kilomètres. Olivier essayait d'aller plus vite encore, de forcer la manette des gaz, d'aller plus loin que le maximum, mais elle était bloquée au fond du fond, il se couchait sur le guidon comme il l'avait vu faire aux champions à la télévision, il entra dans la ville sans ralentir. Une vache tranquille se tenait debout en travers de la rue, perpendiculaire à la moto. Celle-ci la percuta et la renversa. Olivier jaillit par-dessus la vache étendue. Il eut encore la force de penser que c'était le crime majeur. Si la vache était morte, il allait faire dix ans de prison. Seulement blessée, bousculée, si la police lui mettait la main dessus, elle l'empoignait et l'enfermait avant de l'expulser. Il eut la force de se relever, de courir, de marcher, de se traîner, avant de s'écrouler dans un coin d'ombre. Toute la peau de sa joue droite et de ses mains était arrachée, et sa tête lui faisait un mal atroce. Il s'évanouit.

Quand il revint à lui, il ne savait pas combien de temps il était resté sans connaissance. La nuit était toujours noire. Le ciel, au-dessus de lui, d'une limpidité absolue, étalait un tapis d'étoiles entre les toits de la rue étroite. Il n'y avait plus une lumière visible nulle part. Même l'ampoule du carrefour était éteinte. Olivier, après un peu de confusion, en conclut que la lune devait être levée. Il s'aperçut en effet que du côté gauche, tout le haut des maisons recevait une tranche de lumière bleue.

Il se leva avec peine, sa tête lui faisait mal, il ne savait pas où il était. Il regarda autour de lui et aperçut, au-dessus de tous les toits, le toit du grand temple qui montait dans la lumière de la lune. Il marcha vers lui, il reconnut peu à peu les rues, il se retrouva dans la ruelle derrière « Ted and Jack ».

La marche l'avait soulagé, sa tête était moins douloureuse. Il ouvrit très doucement la porte avec la clé. Il ne voulait réveiller personne, toute son équipée lui paraissait maintenant absurde. Pourquoi était-il revenu ? Quand il fut au bas de l'escalier, il écouta. Tout était silencieux, tout allait bien, il avait simplement perdu du temps, démoli sa moto, compromis son séjour au Népal, il s'était conduit comme un fou, il était blessé, épuisé, il avait honte, il avait envie de s'écrouler quelque part et d'oublier, il n'avait jamais rien fait de bon, il ne faisait que du mal à ceux qu'il aimait, de quoi s'était-il mêlé dans l'histoire de Marss et de sa mère ? elle le criait assez fort, qu'elle était heureuse ! Dormir, oublier... Il allait dormir sur le divan du bureau... Mais il jetterait un coup d'œil sur Jane d'abord, pour être sûr que tout allait bien. Non, à Jane, il ne pouvait pas faire de mal, il l'aimait et elle l'aimait, tout ce qu'il faisait était pour elle, il devait seulement réfléchir un peu avant de se laisser emporter par des impulsions irréfléchies, comme un gamin coléreux. Elle était calme, elle était raisonnable, elle l'aiderait.

Malgré ses précautions, il fit grincer quelques marches, entra d'abord dans le bureau pour essayer de se regarder dans une glace, il ne se rappelait pas s'il y en avait une, et s'arranger un peu, il ne voulait pas faire peur à Jane si elle était éveillée. Il pourrait se débarbouiller avec sa chemise et un peu de whisky.

Il fut étonné de trouver la lumière du bureau éclairée, le divan ouvert, et les vêtements de Ted jetés en travers n'importe comment, son énorme pantalon, sa chemise blanche, ses souliers et ses chaussettes au milieu de la pièce. Il ne pensa plus à chercher s'il y avait quelque part une glace...

Il sortit du bureau et traversa le palier. Il hésita un instant devant la porte de Jane, puis l'ouvrit doucement pour ne pas la réveiller. La chambre était obscure, mais le cabinet de toilette éclairé, et sa porte ouverte. Ce fut suffisant pour lui révéler le drap à terre, Jane écartelée sur son lit, sa chemise relevée au-dessus des seins, le bas de son ventre portant les traces fraîches de la visite d'un homme.

Un instant pétrifié, il courut vers le lit en criant « Jane ! »

Son cri la tira de sa torpeur et l'épouvanta. Elle vit se pencher vers elle, dans une moitié de nuit, un visage sanglant et grimaçant, pareil à ceux des dieux chargés de faire peur aux démons. Elle hurla et appela Olivier. Il lui dit qu'il était Olivier, essaya de la prendre dans ses bras, de la rassurer, mais ne réussit qu'à augmenter sa panique. Elle reculait devant lui, le regardait avec des yeux emplis d'horreur, essayait de s'enfoncer dans le matelas.

Brusquement, la lumière du cabinet de toilette s'éteignit. Alors Olivier sut que le salaud était encore là. Il courut vers la porte de la chambre et s'y adossa. Par la fenêtre ouverte entrait la lumière bleue de la lune, et la brise du matin qui faisait onduler le léger voilage transparent.

Les yeux d'Olivier s'accommodèrent rapidement à la demi-obscurité, et il perçut la masse noire de Ted qui venait à pas de loup vers la porte, avec laquelle lui-même se confondait.

Il serra les poings, gonfla ses muscles, fit jouer ses avant-bras pour s'échauffer, avec une haine meurtrière, carnassière, pareille à celle que pourrait éprouver le tigre s'il n'était pas un tueur innocent.

Ted arriva près de lui. Olivier cessa de respirer. Ted tendit lentement la main vers la poignée et trouva la main d'Olivier, qui se referma sur ses doigts roses comme un étau de fer.

Ted fit un « ha ! » de panique et de terreur à demi retenu. Olivier assura sa prise avec son autre main écorchée, puis frappa sauvagement

Ted d'un coup de genou au bas ventre. Mais le rideau flou de la robe de chambre amortit l'impact. Il fut quand même assez violent pour que Ted se mît à beugler en se tordant. Olivier lui tenait toujours la main droite avec ses deux mains saignantes. Il se déplaça, fit un quart de tour, et abaissa violemment le bras tendu de Ted contre son genou relevé. Le coude craqua. Ted brailla. Olivier le saisit au cou et commença à l'étrangler. Mais son cou était énorme et suant, et les mains d'Olivier saignaient dans la sueur et glissaient. Ted échappa à sa prise, courut vers le cabinet de toilette. Olivier le rejoignit avant qu'il ait réussi à fermer la porte, le fit tomber et commença à lui écraser le visage à coups de tête.

Pour Jane, c'était l'enfer et l'horreur totale. Dans l'obscurité vaguement bleutée de lune, elle devinait deux démons qui se battaient en poussant des clameurs. Ils grandissaient sans arrêt, sautaient du plancher au plafond, emplissaient l'obscurité de la chambre, bientôt ils seraient sur elle... Elle parvint à se lever. Fuir, leur échapper, fuir vers la lumière, par la fenêtre bleue... Elle marcha, chancela, s'arrêta, elle ne pouvait plus... Un démon tomba jusqu'à ses pieds en rugissant. Sa peur mobilisa ses dernières forces et les décupla. Elle courut, sauta dans les rideaux, les emporta avec elle, franchit la fenêtre, s'envola vers le ciel...

Le sol de la rue de Katmandou, que depuis des milliers d'années les bêtes et les hommes sans cruauté et sans pudeur nourrissaient des produits de leurs corps, la reçut avec miséricorde et lui donna la paix. Blanche dans le rideau blanc épandu autour d'elle, elle avait l'air d'un papillon, d'une fleur née de l'aube, et qui peu à peu s'auréolait de rouge dans la lumière rose du matin.

Yvonne, réveillée par les cris et le tumulte, était montée en courant. Elle poussa l'interrupteur au moment même où Jane s'envolait par la fenêtre, vers Dieu sait quoi, et si Dieu est vraiment un juge équitable elle est montée droit dans ses bras, pour y retrouver son père innocent, sa mère aimante, Olivier amoureux, Sven et sa guitare, et tous ses copains et les fleurs et les oiseaux de ce monde, plus tout ce que ce monde ne pourra jamais contenir.

Les deux hommes étaient à terre près du lit, Ted avait repris l'avantage à cause de son poids, il écrasait Olivier de sa masse et lui serrait la gorge de sa main gauche. Mais ses doigts étaient courts et Olivier lui prit son bras cassé et le tordit. Ted poussa un cri affreux et roula sur le côté.

Yvonne vint vers eux et les frappa de ses pieds en les injuriant, et en criant le nom de Jane. D'un coup d'œil, elle avait vu sur la table de chevet la seringue, la lampe, la boîte de jade encore ouverte... Ted, l'ignoble, l'ignoble porc...

Au nom de Jane, Olivier se redressa d'un bond. Sa joue saignait sur son cou et son épaule. Il vit le lit vide, les rideaux arrachés, la fenêtre ouverte. Il saisit une chaise, en frappa à la volée le visage de Ted qui se relevait, et courut vers l'escalier.

— Ignoble porc ! dit Yvonne. Ignoble ordure ! J'espère qu'il va te tuer !...

Ted, le nez écrasé, le front ouvert, ne comprenait encore pas ce qui s'était passé. Quand il fut debout, il vit à son tour le lit vide et la fenêtre. Il se mit à trembler.

— Elle était... Elle était folle... dit-il. Elle était droguée... C'est pas la première fois qu'une droguée se fout par la fenêtre... Il m'a cassé le bras, ce salaud... Appelle le médecin !... Va téléphoner !... Vite !...

La douleur de son coude lui arrachait entre les mots des cris qu'il ne pouvait réprimer. Il vint vers la table de chevet, commença à ramasser de son bras gauche la seringue et la mit dans sa poche, mais Yvonne le frappa sur son bras qui pendait. Il hurla, prêt à s'évanouir. Elle lui reprit la seringue, la reposa à côté du reste, le poussa hors de la chambre, ferma à clef et mit celle-ci dans la poche de son pyjama...

— Descends, dit-elle, je vais téléphoner...

Olivier se pencha vers Jane. Ses grands yeux violets étaient ouverts et sa bouche entrouverte. Un peu de sang coulait de son oreille droite et du coin droit de sa bouche, et une flaque de sang s'arrondissait comme un nuage sous sa tête, sur le voile du rideau blanc.

Il ne pouvait pas le croire. Il lui dit très doucement : « Jane, Jane !... » Jane n'était plus Jane, plus rien que quelque chose de cassé et qui allait, très vite, devenir autre chose.

Il lui passa une main sous les épaules, la souleva lentement. Sa tête roula en arrière et sa bouche s'ouvrit comme un trou. Il ferma les yeux pour ne pas la voir, serra contre sa joue écorchée la joue encore chaude de cette enfant qu'il aimait et qu'il ne pouvait plus aimer, qui n'était plus rien, plus personne, de la viande morte, du sang sur lequel se posaient les premières mouches de l'aube...

Au bout de la rue, le grand toit du Temple était rose du jour levant, et plus haut que lui, au milieu du ciel, le sommet de la Montagne immuable d'où naissait le jour envoyait sur le visage de Jane une lumière bleue et blanche, légère, celle qui ne dure que quelques secondes, avant que la poussière se lève sous les pas des hommes.

Déjà des fenêtres s'ouvraient, des gens arrivaient, s'arrêtaient avec leurs chargements de légumes, à distance, avec respect, avec compassion...

Olivier reposa lentement le buste de Jane sur le sol comme une mère pose dans son berceau son enfant endormi. Il ne lui referma pas les yeux ni la bouche. Tout cela, maintenant, ne voulait plus rien dire.

Il se releva et leva brusquement la tête. Il vit, à la fenêtre du premier étage, Ted qui le regardait. A l'autre fenêtre se tenait Yvonne. Ted rentra vivement son buste à l'intérieur.

Olivier marcha calmement vers la maison, entra dans le couloir et fit claquer la porte derrière lui. Quand il parvint en bas de l'escalier, il décrocha le sabre courbe au-dessous de la tête du buffle.

L'arme était lourde comme un marteau à forger un canon. Il commença à monter en la tenant d'une main par la poignée et de l'autre par la pointe.

Ted, appuyé de l'épaule contre la porte du living-room, poussait les verrous de sa main valide, tournait la clef, tout en interpellant Olivier dont il entendait monter le pas inexorable.

— Ecoute, Olivier, de toute façon, le médecin avait dit qu'elle était perdue !... Il te l'a pas dit à toi, mais à moi il me l'avait dit !... Perdue ! Tu entends ? Elle allait mourir !... C'est peut-être mieux comme ça, elle n'a pas souffert !... Yvonne a téléphoné au médecin, il arrive !... Il peut peut-être la sauver !... Y a pas de quoi en faire un drame !... Toutes ces filles, quand elles arrivent ici, elles sont déjà fichues !...

Le bruit des pas d'Olivier s'arrêta sur le palier.

— J'ai... J'ai couché avec... bon... D'accord !... Tu crois que je suis le premier ?... De quoi tu crois qu'elle vivait ?... Elles sont toutes pareilles !... Il faut bien qu'elles paient leur drogue !... Tout le monde leur passe dessus !... Même les Tibétains !... Au moins, moi je suis propre !...

Il y eut sur le palier un « han ! », contre le bois un choc, et la moitié de la lame passa à travers la porte.

Ted fit un saut en arrière et poussa un cri, car il n'avait plus pensé à son bras cassé.

Il regarda autour de lui. La terreur et la souffrance avaient décomposé son teint rose. Il était vert avec des plaques rouges, et du sang coulait de son nez et de la peau éclatée de son front.

Yvonne arriva de la chambre à coucher, où se trouvait le téléphone. Elle regarda la porte, elle vit la lame disparaître, puis il y eut un nouveau coup et un morceau de la porte vola au milieu de la pièce.

— Il va te tuer, dit-elle, il va te tuer comme une bête !...

Ted, se tenant le bras droit avec la main gauche, suant de douleur, parvint jusqu'à la table où étaient encore entreposées les armes du safari. Il prit un chargeur de la main gauche, un chargeur pour les tigres, à huit coups, et essaya de l'introduire dans son logement, sur un fusil à fauve.

Yvonne se jeta sur lui, il la repoussa de toute sa masse. Il revint à la charge. Il saisit le fusil par le canon et la frappa à la volée, en plein visage. Elle fut projetée sur le canapé, et ne bougea plus.

Ted parvint à introduire le chargeur, s'assit sur une chaise, appuya le canon du fusil sur le bord de la table.

Une fois de plus, la lame du sabre traversa la porte et arracha un nouveau morceau du bois de teck, épais et dur, dont elle était faite.

Ted tira. Deux fois. La lame, qui était en train de se retirer, fut stoppée net dans son mouvement de recul, et ne bougea plus.

— Olivier !... Olivier !... appela Ted, tu m'entends ?... Tu es en train de fracturer ma porte, j'ai le droit de te tuer !...

Tout en parlant, il traînait sa chaise à proximité de la porte, en apportait une autre.

— Ne fais pas l'idiot ! Ecoute, ces trois mille dollars, je te les donne... Tu peux recommencer ta vie partout, avec ça...

Il s'assit sur une chaise et posa le canon de son fusil sur le dossier de l'autre, devant lui. L'extrémité du canon était à quelques centimètres de la porte, à bout portant.

La lame du sabre recommença lentement à se retirer. La voix de Ted s'altéra et se précipita.

— Fais pas le con, Olivier ! Tu en connais beaucoup, des garçons qui disposent de trois mille dollars, à ton âge ? Tu peux devenir un type formidable ! Des filles en pagaye ! Et pas des droguées ou des putes !... Fais attention, Olivier, si tu continues, cette fois, je te tue !

La lame du sabre disparut de l'autre côté de la porte. Il y eut un silence qui dura une seconde, une éternité.

— Parle, bon Dieu ! dis quelque chose ! cria Ted.

Avec un bruit terrible, la lame, frappant en travers, fracassa tout le panneau de la porte.

Le coup de feu éclata presque avant que le sabre eût commencé à passer à travers la porte.

Le fusil tomba. Ted eut la force de se relever. Son ventre saignait par une énorme plaie. Il fit un quart de tour et se trouva en face d'Yvonne qui tenait à deux mains, maladroitement, un énorme pistolet de brousse avec lequel elle venait de lui tirer dans les reins. Elle appuya de nouveau sur la détente, et vida tout le chargeur. Les balles le traversèrent, lui arrachant le dos à la sortie et le projetant contre le mur, contre lequel il resta debout, sous la puissance de l'impact.

Puis il tomba en avant, sur le nez.

Olivier venait de passer à travers la porte brisée. Son visage écorché saignait. De sa poitrine traversée par une balle, le sang lui coulait, luisant, jusqu'à la ceinture, et commençait à atteindre la cuisse. Mobilisant tout ce qui lui restait de force, lent et lourd comme une statue de pierre, il vint, pas après pas, vers Ted étendu en charpie sur la moquette.

Quand il parvint près de lui, il fit un effort fantastique, leva à deux mains, comme le sacrificateur, le sabre vertical en prolongement de ses deux bras dressés... Mais ses forces l'abandonnèrent. Il tomba à genoux, le poids du sabre entraîna ses bras, la pointe se planta dans le plancher à travers le tapis, à quelques millimètres du cou de Ted.

Olivier, sentant qu'il allait s'évanouir, se cramponna des deux mains à la poignée du sabre, et posa sa tête sur ses mains.

Il était pareil à un chevalier qui prie.

Un coup de lumière éblouissant entra par toutes les fenêtres, palpita et s'éteignit, laissant derrière lui dans la salle un jour éteint comme un nuit. Un éclatement formidable fit trembler le sol et les murs. Les montagnes le saisirent et se le renvoyèrent interminablement d'un bord à l'autre de la vallée, sur laquelle il roulait dans tous les sens, comme une armée de chars innombrable et affolée.

Il y eut un autre éclair, puis d'autres, de plus en plus rapprochés, et les tonnerres se rejoignirent et se soudèrent en un grondement ininterrompu, avec des paroxysmes de fracas, et des ronronnements presque paisibles.

A chaque déchirement du ciel, Olivier était secoué par un mouvement qui venait de l'intérieur de lui-même. Son corps prêt à s'éveiller luttait contre son esprit qui reculait encore le moment de retrouver ses souvenirs.

Des pansements couvraient son visage et sa poitrine. Le reste de son corps était nu, le drap du lit d'hôpital rabattu jusqu'à ses hanches. Sur toute sa chair visible, la sueur perlait et coulait...

Jacques, assis à son chevet, le regardait avec inquiétude. Il était arrivé juste à temps pour lui donner son sang. L'interne népalais lui avait affirmé qu'il allait reprendre connaissance d'un instant à l'autre, il n'avait subi qu'une légère anesthésie. Jacques transpirait autant qu'Olivier. Il ressentait une sorte d'écœurement et un léger vertige, qu'il attribuait à la prise de sang, ou peut-être à l'odeur de l'éther qui emplissait tout l'hôpital, et qu'il détestait.

Olivier était le seul européen de la salle. Dans les autres lits gisaient des hommes du pays, qui au lieu de rester chez eux à attendre que le mal s'en allât ou que la mort vînt les en délivrer, avaient préféré se confier à des mains étrangères. C'étaient surtout des hommes jeunes, plus aptes que les vieux à accepter les changements et qui, sous l'influence de l'Occident, commençaient à souffrir de la souffrance et à craindre la mort.

Il y eut un éclair et un coup de tonnerre simultanés. Il sembla que la terre et le ciel jetés l'un contre l'autre se fracassaient et s'écroulaient. Puis un bruit énorme et doux se posa sur la ville, étouffa les éclats furieux du tonnerre qui n'en finissait pas et emplit la vallée dans toutes ses dimensions. La pluie... La mousson commençait. Chacune des gouttes de la pluie était grosse comme un fruit, et, tous les dieux assemblés ne seraient pas parvenus à compter leur multitude. Elles éclataient en arrivant au sol, le brutalisaient, le décapaient, le lessivaient, emportaient vers les ruisseaux, les rivières et les fleuves une année de poussière, de déchets, d'excréments, une épaisse récolte qui après avoir noyé les imprudents et les bêtes égarées ferait pousser les plus beaux légumes du monde.

Un grand apaisement entra dans la salle, détendit les muscles crispés, calma les nerfs porteurs des douleurs. Olivier cessa de tressaillir, et au bout d'un moment ouvrit les yeux. Il entendit le bruit de la pluie et, loin derrière lui, la colère étouffée des nuages. Il voyait un visage flou qui se penchait vers lui, et la mémoire lui revint avant même qu'il eût reconnu son père.

Jacques lui demanda doucement comment il se sentait. Il ne répondit pas. Le monde en dehors de ses yeux était noyé de brume, mais à l'intérieur de sa tête des images nettes s'étaient éveillées en même temps que lui. Il les regardait, il les reconnaissait, il était saisi par l'horreur.

Il referma les yeux mais les images étaient en lui et il savait qu'elles n'étaient pas les débris d'un cauchemar. Tout cela était vrai, vrai... Jane écartelée sur son lit, Jane étendue dans la rue, la bouche ouverte, avec un peu de sang au coin des lèvres... Cela était vrai, cela était arrivé et rien ne pouvait faire que cela ne fût vrai à tout jamais.

Il rouvrit les yeux, il vit le plafond et le visage de son père qu'il reconnut. Il essaya de parler, il n'y réussit pas tout d'abord, puis il y parvint et il demanda :

— C'est vrai ?

Jacques comprit la question et hocha la tête plusieurs fois, à petits coups, doucement, avec une grande pitié, pour dire que c'était vrai.

Olivier se réfugia dans le délire et l'inconscience. Mais sous des formes exagérées, hideuses, il y retrouvait la vérité insupportable. Il se débattit contre elle pendant des nuits et des jours. La pluie tombait sans arrêt sur Katmandou, douchait, lavait, noyait la ville. Ses habitants avaient découvert le parapluie en même temps que la roue. Au-dessus du fleuve de boue jaune coulait dans les rues un fleuve de parapluies noirs. Mais les enfants couraient nus sous la pluie, riaient, criaient, levaient leur visage vers elle et la buvaient. Les vaches, les chiens, la recevaient et s'ébrouaient, se roulaient dans les flaques, se léchaient et se frottaient aux dieux. Tous les corbeaux couleur de cigare s'étaient rassemblés sur les toits du grand temple et la pluie ruisselait sur leurs plumes imperméables. Ils aboyaient tous ensemble leur reconnaissance et leur plaisir. La pluie lavait le visage des dieux de toute la poudre jaune, ou rouge ou blanche. Ils seraient neufs pour de nouvelles offrandes. Et dans la belle terre de la vallée, les graines se gorgeaient d'eau et éclataient.

Olivier trouva la paix quand il fut au bout de ses forces. Il cessa de se battre et accepta la vérité. Sa fièvre tomba, sa plaie se ferma, il reprit de la chair sur ses os saillants. Il échangeait quelques phrases avec son père qui venait le voir matin et soir. Il ne parlait jamais de ce qui s'était passé. Quelque chose s'était éteint dans son regard. Ses yeux ressemblaient à ces pierres fines qui pendant longtemps n'ont pas été portées et dont on dit qu'elles sont mortes.

Dès que son état le permit, Jacques le fit transporter dans son appartement, qui occupait le premier étage d'une maison ancienne. Jacques avait fait mettre des vitres aux fenêtres, recouvert de tapis le sol de terre battue, suspendu aux murs des trophées de chasse et d'admirables tableaux anciens, sur papier, représentant les aventures des dieux. Les lits étaient faits à la façon indigène, c'est-à-dire de matelas posés directement à terre, mais sur des peaux de tigre, avec des draps en soie des Indes et des couvertures en laine du Tibet. Un Népalais souriant, que Jacques avait instruit, faisait la cuisine dans une cheminée sur un feu de bois.

Le troisième jour Olivier put se lever, mais il ne sortit pas de l'appartement, et ne vint même pas jusqu'à la fenêtre. Il resta tout l'après-midi assis dans un fauteuil anglais, écoutant le bruit énorme de la pluie et le bruit lointain, ininterrompu, du tonnerre qui parvenait jusqu'à la terre à travers des épaisseurs et des épaisseurs d'eau verticale.

Lorsque son père rentra, il lui dit qu'il désirait s'en aller le plus tôt possible. Jacques lui répondit qu'il était encore faible, que c'était trop tôt, qu'il devait attendre. Et Olivier dit « non ».

Ils étaient assis devant la cheminée ou brûlait un bois parfumé. Des plats mijotaient dans des pots de terre. Derrière eux le Népalais nu-pieds, silencieux, dressait la table. Alors Jacques se remit à parler et dit à Olivier tout ce qui s'était passé depuis le moment où il était tombé à genoux près de Ted couché sur le ventre, la tête tordue et le dos emporté. Yvonne avait pu facilement prouver, avec la boîte pleine d'héroïne, la seringue, et grâce à l'examen du corps de Jane, que Ted l'avait volontairement droguée avant de...

— Excuse-moi, je n'aurais pas dû te parler de ça, mais enfin tu le savais bien... Ils ont compris que tu avais agi en somme comme un justicier et qu'Yvonne avait tiré sur Ted au moment où il allait te tuer... Il n'y avait pas de coupable. Ou plutôt le coupable était mort... Mais toutes ces histoires entre Occidentaux ça les embête, ils ne veulent pas de règlements de comptes chez eux... Alors ils ont expulsé Yvonne, immédiatement... La pauvre, elle avait le front encore ouvert d'un coup de crosse... Et toi, ils avaient décidé de t'expulser aussi, dès que tu pourrais voyager. Mais je suis parvenu à les faire revenir sur leur décision. Cela a été difficile, pas à cause de Ted, mais à cause de la vache... Heureusement qu'elle n'était pas morte. Enfin ils m'ont dit que tu pouvais rester... Je suis seul patron, maintenant, et j'ai trouvé un coffre plein de dollars !... Le salaud ! il ne devait pas vendre que des statues !... L'héroïne aussi, sûrement... Tu restes avec moi, on monte une affaire formidable !... complètement modernisée !... Ted, au fond, était un minable, il n'avait pas d'envergure !... Yvonne m'attend en France, dans ses betteraves... Ce n'est pas sérieux... Je l'aime bien, mais enfin... Tu te rends compte ?... des betteraves, moi ? Elle est à l'abri, remarque, elle a emporté ses bijoux, il y en avait un paquet... Devine où j'ai trouvé la combinaison du coffre ?... Dans le carnet d'adresses de Ted, tout simplement !... Au mot coffre !... Il n'était quand même pas très malin !... Elle se consolera remarque, elle est encore belle... Mais entre elle et moi, ce n'était plus tellement... Ce qui me manquait, ici, c'était un copain... Alors c'est d'accord ? Toi et moi ?...

Il parlait, il parlait, Olivier l'avait d'abord regardé, puis s'était détourné et regardait le feu, et le bruit des mots se mélangeait avec le bruit de la pluie et le bruit du tonnerre, et rien de cela ne voulait rien dire, ce n'était que du bruit absurde et inutile...

Jacques s'arrêta un instant pour respirer. Olivier demanda à voix basse :

— Jane... Qu'est-ce qu'ils en ont fait ?

Jacques, qui allait recommencer son discours et déployer ses arguments se tut. Il comprit qu'il avait parlé pour rien. Au bout de quelques secondes, il dit seulement :

— Brûlée...

Une bûche craqua, et envoya un jet d'étincelles vers un pot qui bouillait. Olivier se souvint de Sven, de Jane étendue à quelques pas des flammes, et du clochard des deux mondes...

— Personne n'aide personne...

Personne...

Il se tourna vers son père et retrouva son regard d'enfant pour l'interroger :

— Qu'est-ce que ça veut dire ?... Tout ça ?... Pourquoi ?... A quoi on sert ?...

Un père doit connaître toutes les réponses. Mais Jacques ne connaissait pas celle-là. Il souleva lentement les épaules, les laissa retomber, et soupira.

Toute la plaine du Gange était sous l'eau. Après six mois de sécheresse, une mousson effrayante avait ouvert sur le pays les plus larges écluses du ciel. L'eau envahissait village après village, noyait d'abord le bétail au sol, dissolvait les murs de terre des maisons qui s'écroulaient, recevait alors et noyait les paysans, les singes et les poules réfugiés sur les toits, et les emportait dans ses lourds tourbillons jaunes, hommes et bêtes mêlés parmi les arbres arrachés, et les débris pourris de toutes sortes. Les charognards, accrochés comme des fruits sombres aux arbres qui émergeaient, s'abattaient parfois, passagers maladroits et affamés, sur un cadavre en voyage, l'entamaient, le secouaient, s'envolaient lorsqu'il basculait.

Sur la piste submergée, Olivier marchait dans la pluie. Il avait quitté Katmandou avec un billet pour Paris. Son père lui avait dit c'est la rentrée tu devrais finir ta licence tu aurais tort d'abandonner au fond tu as eu simplement des vacances un peu agitées quoi et puis tu rentres. Mais sa plaisanterie l'avait gêné lui-même. Après un silence, il avait demandé avec un peu d'anxiété :

— On se reverra ?

Olivier avait répondu :

— Oui...

Mais ni l'un ni l'autre n'était certain de la signification de ce oui. Olivier avait refusé le paquet d'argent que son père voulait lui donner.

— Tu es venu me réclamer trente millions, et maintenant que je t'en donne trois tu me les refuses ?

Olivier n'avait pas répondu, Jacques avait remis les dollars dans sa poche, en promettant d'en envoyer à Martine, à la grand-mère, à Yvonne, à tout le monde... Il allait très certainement, au bout de peu de temps, se trouver de nouveau sans un sou. Il repartirait vers une nouvelle aventure illusoire... ou peut-être vers les betteraves... Il n'était plus très jeune malgré son visage lisse... Il le savait...

Olivier avait accepté le billet pour Paris et un peu d'argent de voyage, afin de n'avoir pas à s'expliquer. Et qu'aurait-il expliqué ? Que voulait-il ? que savait-il ? qu'aurait-il pu dire ? Les mots lui semblaient n'avoir plus que des sens futiles, faux. Aucun d'eux ne disait plus sa vérité primitive.

Mais quand son père l'embrassa sur l'aérodrome de Katmandou, il savait qu'il n'irait pas jusqu'à Paris.

A l'escale de Delhi, il sortit de l'aérogare et entra dans la pluie. Il loua une jeep, parvint à faire comprendre au chauffeur le nom de Palnah. Le chauffeur ne savait pas où c'était. Il partit quand même, s'arrêta plusieurs fois, pour demander, à un agent, à un commerçant, à un portier d'hôtel « Palnah ? Palnah ? » Personne ne savait. Il obtint enfin le renseignement dans une gare d'autocar. Alors il s'effraya et dit à Olivier que Palnah était dans la plaine inondée et qu'on ne pouvait pas y aller. Olivier ne comprit pas, crut qu'il voulait davantage d'argent, et lui donna tout ce qui lui restait. Le chauffeur remercia en joignant les mains, se mit au volant et partit. La pluie frappait la capote comme la peau d'un tambour, se pulvérisait à travers, entrait par les portières et par tous les interstices et les joints. Elle était à l'extérieur de la jeep et à l'intérieur. La voiture roula pendant des heures, et parvint dans les eaux. La piste surélevée émergeait seule. A gauche et à droite, et au-dessus jusqu'aux nuages c'était le monde de l'eau. Le chauffeur continua jusqu'au moment où l'eau recouvrit la piste et la rendit invisible. Il refusa d'aller plus loin. Olivier descendit et continua à pieds. Le chauffeur le regarda un moment s'éloigner jusqu'à ce qu'il disparût dans l'épaisseur de la pluie. Puis il repartit en marche arrière. Entre les eaux de gauche et les eaux de droite, il n'avait pas la place de virer.

La pluie tombait du ciel pour noyer ce qui devait être noyé, laver ce qui pouvait devenir neuf, et faire éclore ce qui devait naître. Olivier marchait dans son épaisseur vers le regard d'une enfant qui avait attendu de lui quelque chose qu'il ne lui avait pas donné.

La pluie entrait dans lui par ses cheveux, couvrait son visage comme un rideau, frappait ses épaules, traversait ses vêtements, coulait tout le long de lui comme une rivière et rejoignait l'eau jaune et lente qui montait et tournait lentement et montait encore.

Il marchait tout droit. Il savait que c'était tout droit et s'il manquait la piste et se noyait tant pis. Il marchait vers l'image d'une enfant confiante, qui s'était posée sur lui pour s'endormir, qu'il avait écartée de lui et posée à terre dans la nuit pour s'en aller.

Il marchait de moins en moins vite, car l'eau lui montait de plus en plus haut le long des jambes. Cela lui était égal. Il arriverait quand il arriverait. Il jeta son sac qui l'embarrassait, il n'avait besoin de rien. Le tonnerre dans les immenses épaisseurs des nuages était une rumeur continue, les voix d'un peuple de dieux qui parlaient avec des cailloux dans leurs bouches sans mesures.

Olivier sentit bientôt qu'il était nu. L'eau qui coulait sur lui et celle dans laquelle il marchait l'avaient dépouillé des vêtements de son passé et de ses douleurs. L'enfant nue venait au-devant de lui en souriant et en tendant vers lui ses deux mains en coupe pleines d'eau. Il allait la rejoindre, et accepter ce qu'elle lui offrait. Il ne venait pas seul, Jane était avec lui, nue avec lui, sa mère était avec lui, nue avec lui, son père, ses copains, Carlo, Mathilde, les flics marchaient avec lui dans l'épaisseur de l'eau du ciel, nus et dépouillés de leurs mensonges. Comme le soir tombait, il aperçut à l'horizon une légère bosse au-dessus de l'eau, un embryon de colline, un espoir d'élan sur lequel les familles avaient bâti leurs maisons dérisoires. Il sut que c'était Palnah et que tous ses hommes, ses femmes et ses enfants étaient en train de lutter pour sauver leurs puits, leurs bêtes, leurs maisons, leurs vies, avec l'aide de Patrick, ou d'un autre, ou de personne.

En marchant avec une peine de plus en plus grande, de toute sa volonté et de tous ses muscles, dans l'épaisseur de la pluie qui emplissait l'espace entre le ciel et la terre, il se demandait s'il allait trouver au bout de la piste noyée, sur la colline qui émergeait encore, où quelques êtres vivants luttaient pour continuer de vivre, la réponse à la question qu'il avait posée à son père :

— A quoi on sert ?...

31 mars-13 septembre 1969

# UNE ROSE AU PARADIS

*à la mémoire
d'Abel Boisselier,
à qui je dois tout.
R.B.*

Quelle journée, mon Dieu, quelle journée !...
Mais peut-on nommer cela une journée ? Quand il n'y a plus ni aube ni crépuscule, ni midi au milieu du ciel ?...
Il faut bien donner un nom aux tranches du temps qui passe... On ne peut tout de même pas s'exclamer : « Quelle tranche, mon Dieu, quelle tranche !... »
Mme Jonas s'assit au bord de la fontaine de pierre, après avoir un peu relevé, à deux mains, sa robe.
Mais peut-on appeler ça une robe ? C'est une sorte de sac, tout droit, sans manches, avec deux trous pour les bras et un pour la tête. C'est vaste et ample, ça ne pèse rien, ça cache tout, et ça permet de mettre ce qu'on veut dessous, ou rien du tout.
Ça ne pose pas de problème, c'est juste ce qu'il faut pour la chaleur qu'il fait. Non, non il ne fait pas vraiment *trop* chaud. Mais il ne fait *jamais* froid. Parfois ça manque...
Robe ou sac, journée ou tranche, recevoir à son réveil une pareille nouvelle, il y a de quoi avoir l'esprit perturbé, et les habitudes bouleversées, si étroitement serrées soient-elles dans le corset inébranlable de l'Arche.
Un corset, elle n'en avait jamais porté, bien sûr, mais elle en avait vu l'image dans la reproduction d'un vieux catalogue, à côté des bottines à boutons et de la baignoire qu'on chauffe avec des bûches... Ça coince la taille, ça remonte l'estomac dans la bouche, ça redresse ce qui aimerait se laisser aller, ça oblige... Il ne faut pas que ça craque...
Mais Mme Jonas se sentait prête à craquer et se répandre. Quand elle avait trouvé Jim tranquillement endormi sous le saule pleureur, elle avait failli crier, comme devant un loup. C'était son fils, pourtant, son fils chéri... Et où était Jif ? Elle ne l'avait pas encore vue... Ils allaient se retrouver tout à l'heure, tous, pour examiner ensemble la situation. Les enfants ne se doutaient de rien, bien entendu... Et pourtant, ce qu'ils avaient fait mettait en question leur vie ou leur mort, et celle de tout le monde. Tout simplement...
Oh mon Dieu quelle journée, mon Dieu !... Qu'allons-nous devenir ?...
Elle regardait Jim qui dormait comme si de rien n'était, à sa place favorite, sur l'herbe, sous le saule. Il était presque nu, comme d'habitude, ne portant que son vieux short de couleur cuir, qui devenait trop petit. Pourquoi ne le changeait-il pas ? Sa peau était couleur de miel, et ses cheveux couleur de châtaigne au soleil. Quel âge avait-il ? Quinze ans ? Seize ans ?... Déjà !...
Des oiseaux chantaient, la fontaine au bassin rond laissait couler

par les bouches de ses trois dauphins de l'eau claire et fraîche qui chantait aussi.

Qu'il était beau, doré dans l'herbe verte... Pourquoi ne changeait-il pas son vieux short ? C'était facile, pourtant, il suffisait d'appuyer sur le Bouton... Elle, elle changeait toujours de robe pour le petit déjeuner. Elle ne donnait aucune indication avant d'appuyer sur le Bouton. Elle préférait avoir la surprise. La forme restait la même, mais la couleur était différente chaque fois, et le décor aussi. Au moins c'était un peu de nouveau, quand tout le reste était toujours pareil... Aujourd'hui, la robe était couleur prune, avec des mouettes blanches...

Le saule n'avait pas changé, depuis les années. Pas une feuille de plus, pas une de moins. Il était en plastique. L'herbe aussi. Et les chants des oiseaux étaient diffusés par les murs ocre et la voûte bleu ciel. Mais ils étaient aussi naturels que du naturel... Et une brise légère venait par moments faire onduler les longues branches de l'arbre. Et l'herbe et la mousse étaient fraîches et douces sous les pieds nus. Les pierres de la fontaine étaient en béton, mais l'eau était vraie...

Jim, lui, oui, lui, avait changé... Maintenant qu'elle savait, elle se rendait compte qu'il avait changé depuis quelques... Quelques quoi ? Il n'y a plus de mois, il n'y a plus d'années, le temps coule, coule, rien ne le marque à part la stupide pendule du salon, qui dit n'importe quoi...

Oh ! mon Jim, mon chéri, qu'est-ce que tu as fait ? Est-ce possible ? Toi...

Qu'il est beau... Quel âge a-t-il vraiment ? Je ne sais plus, comment pourrais-je savoir ? Il n'y a plus de calendrier, plus de nouvel an, plus d'anniversaire... Seize ans ?... Il a seize jours ! Il a seize secondes ! Il est mon petit, je viens de le faire...

Sous les branches tombantes du saule qui semblaient s'étirer vers lui avec l'envie de le toucher du bout de leurs feuilles, il était l'image même du repos heureux, couché sur le dos, tous ses muscles fins détendus comme ceux d'un chat, son visage tourné de profil, entouré par son bras droit, les doigts dans les boucles de ses cheveux...

Et de la distance où elle se trouvait, elle voyait la courbe de ses cils se dessiner sur le haut de sa joue. De qui tenait-il des cils pareils ? Et la couleur de ses cheveux ? Son père était blond, et elle rousse acajou... De quel ancêtre dans la nuit des temps tenait-il ce profil de dieu, ce nez droit en prolongement du front, au-dessus des lèvres parfaites ?... Et ces yeux qui n'en finissaient pas...

Elle avait vu une fois un visage semblable, pendant qu'elle était enceinte. Sur un dessin de Gustave Moreau. C'était celui de Nessus en train d'enlever Déjanire. Elle n'avait pu s'empêcher de souhaiter « Oh ! je voudrais que mon fils lui ressemble ! » Mais elle s'était vite reprise avec effroi : Nessus était un centaure ! Elle n'avait pas envie de faire un quadrupède... Mais peut-être était-il resté quelque chose de son souhait ? On dit bien qu'une femme enceinte qui a une envie de fraises risque de mettre au monde un nouveau-né taché de rouge...

Dieu merci, Jim n'était taché nulle part... Jif non plus... Elle les avait bien examinés à leur naissance. Leur peau était si douce...

Jim ouvrit les yeux, vit sa mère et sourit...

Ses yeux, comme ses cheveux, étaient marron avec un reflet d'or. Son regard était une lumière. Il donnait de la joie, et en gardait une source inépuisable. Mme Jonas ne pouvait le recevoir sur elle sans fondre de bonheur. Elle aimait sa fille aussi, bien sûr, mais son fils, c'était quelque chose de plus. Il en est ainsi pour bien des mères. C'est naturel.

Il se leva, léger, disponible en entier, d'un seul coup. Il s'éveillait toujours ainsi. En deux pas il fut près d'elle, la prit dans ses bras et lui baisa les joues, les lèvres, le nez, le front... Elle le repoussa, fâchée... Plus désolée, en vérité, que fâchée...

— Laisse-moi ! Comment oses-tu m'embrasser, après ce que tu as fait ?

— Qu'est-ce que j'ai fait ?

— Mon Dieu, c'est vrai, gémit-elle, il ne sait même pas qu'il a fait le mal...

— J'ai fait mal ? A qui ? Je t'ai fait mal ? A toi ?...

— Tu n'as pas fait *du* mal, grand stupide garçon ? Tu as fait *LE* mal ! Mais tu ne sais pas ce que c'est...

— Si ! Je sais !...

Il se pinça le haut du bras gauche et tourna, fort. Il cria « aïe » puis se mit à rire. Il dit :

— C'est le mal...

Elle hocha la tête, attendrie jusqu'au fond de son cœur.

— Mon agneau !... Comment as-tu pu faire une chose pareille, toi qui es plus innocent que le cœur d'une rose ?...

Il devint grave, s'agenouilla devant elle, leva vers son visage son regard où brûlait le soleil de tous les amours, et lui demanda très doucement :

— Qu'est-ce que c'est, une rose ?...

Il ne faisait que cela, poser des questions. Dès qu'il entendait un mot nouveau, il interrogeait. Qu'est-ce que c'est, c'est un caillou ? Qu'est-ce que c'est, la mer ? Comment lui expliquer ? Son père, lui-même, parfois renonçait à lui faire comprendre. Il était épuisant. Qu'est-ce que c'est, une rose ? Elle s'irrita :

— Cherche ! Laisse-moi tranquille, tu me fatigues, va-t'en !...

Il s'en alla en courant, rieur. Il cria :

— Je vais le demander au Roi !

Il sauta dans la glissière qui menait à l'étage des bêtes. Le Roi, c'était le lion. Il ne le nommait jamais autrement. Il lui posait toutes les questions auxquelles son père ou sa mère ne savaient ou ne voulaient pas répondre. Mais le lion ne répondait pas non plus : il dormait, allongé près de sa lionne endormie.

Toutes les bêtes dormaient, depuis seize ans.

Jim s'allongea sur le sol transparent. Le Roi était juste au-dessous de lui. Il ne bougeait jamais. Jim lui demanda :

— Qu'est-ce que c'est, une rose ?

Il était sûr qu'il recevrait la réponse en même temps que toutes les autres, quand le lion s'éveillerait.

Elle déplorait, une fois de plus, de n'avoir eu aucun autre livre à lui faire lire que son La Fontaine. C'était encore une chance qu'elle l'ait emporté dans son cabas-mousse, il y avait seize ans, le jour de la grande manifestation. C'était son institutrice qui le lui avait donné quand elle avait quitté le cours préparatoire, en lui faisant promettre de le lire. Elle avait promis, mais elle ne l'avait pas encore lu, elle n'avait jamais trouvé le temps. Elle le gardait toujours à portée de la main, pour le cas où elle aurait cinq minutes. Le jour de son mariage, elle l'avait emporté à l'église. Le curé avait cru que c'était un livre de messe. Pendant la grande manif il était dans son cabas, naturellement, avec son tricot. Heureusement ! Sans quoi il n'y aurait eu aucun livre, ici, pas un seul ! C'était incroyable, un oubli pareil... M. Gé disait qu'il l'avait fait exprès, que les livres transportaient tous les poisons du monde, les idées fausses, la violence, la bêtise. Et la science, qui avait tout détruit. Il fallait oublier, repartir à zéro. Puisque les enfants allaient reconstruire le monde, ce serait à eux d'écrire des livres nouveaux.

Ce qu'il affirmait n'était pas entièrement faux, elle s'en rendait compte : Jim et Jif avaient appris à lire dans le La Fontaine, et naturellement ils croyaient que les bêtes parlaient !... Comme dans le livre. Et Jim pensait sérieusement que le lion répondrait à ses questions quand il serait réveillé. Le lion, Sa Majesté le Roi des animaux !... Pauvre innocent...

Jif est peut-être moins naïve. En tout cas, elle ne pose pas de questions. Ce qu'elle ne peut pas connaître, elle ne cherche pas à l'imaginer. Elle se contente de bien profiter de ce que son petit univers met à sa disposition. Comme un bébé qui ne marche pas encore et qui, assis sur son derrière, explore tout ce qui est à portée de ses mains. Sans chercher à courir ou à s'envoler. Jim, lui, mon chéri, est comme un oiseau dans une cage. Il a mal aux ailes...

Mme Jonas frappa à la porte de l'atelier de son mari, mais n'essaya pas d'entrer. Il l'en avait dissuadée depuis longtemps. Il ne laissait entrer personne dans la pièce dont elle avait aperçu une fois le désordre indescriptible d'outils, d'étagères surchargées, de fils électriques multicolores courant en tous sens, d'établis où tournaient de minuscules machines, et un mur tapissé d'écrans fluorescents autour d'un grand tableau noir poussiéreux. Elle n'avait pas insisté. C'était un domaine qui lui restait étranger et dont elle avait plutôt peur. Elle se souvenait de sa machine à tricoter *Super-2000* et de tous les ennuis qu'elle lui avait causés. Chère machine, c'était pourtant grâce à elle qu'ils s'étaient connus, et que tout s'était ensuivi...

Il ouvrit la porte et sortit. Pourquoi s'était-il laissé pousser la barbe ? Si encore c'était une vraie grosse belle barbe... Mais elle n'avait que quelques brins, qui pendaient. Une barbe de mandarin blond...

Elle lui dit une fois de plus :

— Tu étais bien mieux sans ta barbe...

— Je sais, je sais, je la couperai demain.

— Tu dis ça tous les jours ! Une de ces nuits, pendant que tu dors, je prends les ciseaux et clic !...

Il la regarda avec une grande tendresse un peu moqueuse. Il lui dit à voix basse :

— Tu sais si bien faire ce qui est important pendant que je dors !...

A ce souvenir, une énorme boule de bonheur et de regret lui monta à la gorge, et elle se blottit contre lui en pleurant.

— Henri, mon Henri, mon Henri...

— Eh bien, mon amour, eh bien...

— Tout ce qui nous est arrivé... Tout ça, tout ça...

— Est-ce que ce n'est pas merveilleux ?... Ça a si bien commencé, grâce à toi... Et ça aurait pu tourner si mal...

Elle reniflait. Il tira de la poche de sa blouse blanche un petit tournevis, puis un chiffon plein de poussière de craie, et lui essuya les yeux et lui pinça le nez.

— Souffle !...

Elle souffla.

— Je t'ai mis du blanc partout... Tu as l'air d'un Pierrot...

Il l'embrassa avec amour, sur toutes les traces de craie. Elle souriait, heureuse.

Elle redevint grave. Elle dit :

— Et maintenant, avec ce que nos petits ont fait, est-ce que nous sommes vraiment en danger ?

— Oui... Bien sûr... Mais ne t'inquiète pas, on trouvera une solution...

— Je sais que tu trouveras. Tu es si intelligent !... Je me suis toujours demandé pourquoi tu t'étais embarrassé d'une bonne femme comme moi...

— Parce que tu es la plus belle du monde...

Il le lui avait toujours répété. Elle savait bien que ce n'était pas vrai. Mais ça fait plaisir.

Et maintenant c'était presque vrai. Car il n'y avait plus au monde que deux femmes : elle, et Jif.

Jif était dans sa chambre et s'éveillait doucement. Contrairement à son frère, il lui fallait de longues minutes pour revenir à la pleine conscience. Elle prolongeait comme une chatte cet état de demi-sommeil, où elle n'était pas tout à fait éveillée et savait pourtant qu'elle ne dormait plus. C'était un état très agréable. Elle ne sentait de son corps que la tiédeur, il était présent et absent à la fois, léger et lourd, il ne lui appartenait presque plus, il était posé étendu sur le drap, et elle était blottie à l'intérieur, mais elle aurait pu être ailleurs, avec l'eau de la fontaine ou contre le ventre de la biche endormie, ou sur les genoux de maman qui lui chante une chanson, à voix douce, pour l'endormir, dormir, dormir... Mais nulle part elle n'était aussi bien que dans son corps bien reposé posé sur le drap bleu. Elle était bien, bien, bien... Si elle avait vraiment été une chatte elle aurait ronronné, les yeux clos. Mais elle n'avait jamais entendu un chat ronronner. Le chat et la chatte dormaient, la famille de souris endormie entre leurs pattes.

— Jif, dit la voix de M. Gé, il faut vous réveiller, mon petit... Je veux vous parler à tous dans le salon, quand l'horloge dira onze heures. Il ne vous reste pas beaucoup de temps...

— Oh !... gémit Jif, j'ai sommeil !...

— Mais non, vous n'avez plus sommeil du tout, dit la voix de M. Gé, gentiment, mais avec une évidence indiscutable.

Elle ouvrit un œil, puis l'autre. Ils étaient bleus. Comme ceux de papa, disait maman. Sa chambre était d'un rose léger, un peu ocre. Sans autre meuble que le lit, avec une ouverture pour la salle de bains W.C., et la porte du couloir, qu'elle ne fermait jamais.

Elle bâilla un peu et s'étira, par bouderie, pour bien montrer qu'elle avait vraiment encore sommeil. Mais elle ne savait pas si M. Gé, qui pouvait parler partout, pouvait voir partout. Elle supposait que oui. Elle demanda :

— Qu'est-ce qu'elle dit, l'horloge, maintenant ?

— Horloge, quelle heure est-il ? demanda la voix de M. Gé.

— Il est l'heure de se lever, dit l'horloge avec sa voix bougonne. Il est grand temps !...

— Oh ! celle-là ! Si on l'écoutait, on serait toujours pressé !...

Elle lui tira la langue et referma les yeux. Mais elle n'avait vraiment plus sommeil. Et le mur sentait si bon...

Elle s'assit, releva l'oreiller pour y caler son dos, ouvrit le mur et tira au-dessus du lit le plateau coulissant sur lequel fumait un grand bol de café au lait accompagné de deux croissants chauds et dorés. Naturellement ce n'était ni du café ni du lait mais elle ne pouvait pas le savoir. Et les croissants, après tout, avaient le bon goût de croissants au beurre. Du beurre, elle n'en avait jamais vu...

D'un revers de main, elle secoua les miettes qui s'étaient accrochées à sa poitrine, et ses petits seins charmants, élastiques, tremblèrent un peu. Elle repoussa le plateau, ferma le mur et courut vers la baignoire pleine. Plouf !... Des millions de bulles montèrent du fond de la baignoire. Elle se tourna et se retourna dans l'eau. Glou-glou-glou... Elle rit, chatouillée par les bulles. Blonde dans l'eau bleue, elle était tout entière de la même couleur de bois de pin, mais elle n'avait jamais vu de pin, ni entier ni en planches. Blonde de la tête aux pieds, ses cheveux courts et plats, en mèches folles, sa peau, la petite frisette au bas du ventre. Juste la pointe des seins un peu plus caramel. Elle ferma les yeux et se laissa flotter sur l'eau et les bulles. Elle se demanda où était Jim. Sûrement encore avec les bêtes... Quand M. Gé aurait fini de parler — qu'est-ce qu'il pouvait bien vouloir dire ? — elle prendrait Jim par la main et ils iraient recommencer...

La première fois, c'était arrivé drôlement. Ils étaient à l'étage des bêtes, allongés sur le gazon, en train de regarder la gazelle, si belle avec ses longs cils endormis. L'herbe verte dessinait des sentiers et des ronds-points entre les surfaces transparentes à travers lesquelles on pouvait regarder les bêtes. La gazelle était la voisine du lion, il y avait un peu plus loin la vache avec ses mamelles gonflées de lait surgelé, à côté de l'énorme cheval percheron avec sa jument, et de la poule noire avec douze poussins jaunes éparpillés.

Allongés dans l'herbe côte à côte, ils regardaient la gazelle, ils la regardaient tous les jours, ils ne s'en lassaient pas. Elle était blanche et fauve, avec des taches, et de longues, longues jambes fines qui donnaient envie de la voir courir. Ses courtes cornes dessinaient deux arabesques pointues, et ses yeux immenses fermés étaient bordés de longs cils blonds.

— Elle a les yeux bleus, comme moi, dit Jif.
— Pas vrai ! Ils sont marron, comme les miens, dit Jim.

Ils se disputèrent, ils se bousculèrent, il lui donnait des coups de poings, elle lui tirait les cheveux, ils poussaient des cris, ils riaient, ils roulaient l'un sur l'autre, et tout à coup elle avait dit, surprise :

— Oh ! Qu'est-ce qui t'arrive ?

Et, pour savoir, elle avait mis la main dans son short.

— Oh !...

Elle lui avait ôté son short, pour mieux voir, et à genoux dans l'herbe, ils avaient regardé et touché, tous les deux, ce-qui-lui-arrivait... C'était drôle !... Et plus drôle encore ce que ça lui avait fait à elle. Tout son intérieur s'était bouleversé et était devenu brûlant, sa poitrine, son ventre, sa tête... Elle ne se rappelait plus du tout comment ça s'était enchaîné ensuite, mais, en un rien de temps, ce-qui-était-arrivé à Jim avait trouvé le moyen de venir s'installer dans elle, juste à l'intérieur d'un endroit qui semblait fait exprès pour ça...

La première fois, ça avait été plutôt bizarre. Mais ils avaient recommencé, et les autres fois c'était devenu bon, bon, bon !...

Il faudrait qu'elle en parle à maman. Maman ne savait peut-être pas qu'on pouvait se servir de cette façon de cet endroit-là. Elle ne devait pas le savoir, puisqu'elle ne le leur avait jamais dit.

Seize ans plus tôt..., non, dix-sept ans..., si on en croyait l'horloge du salon, qui disait n'importe quoi cette vieille folle, mais avec exactitude, Lucie, qui n'était pas encore Mme Jonas, venait de terminer sa journée, quelque part du côté de Laprugne, aux confins de l'Auvergne et du Bourbonnais. Depuis une semaine elle essayait de vendre aux dernières paysannes du Centre la plus perfectionnée des machines à tricoter : la *Super-2000*, à laine liquide et colorants incorporés. C'était une merveille de la chimie, de la mécanique et de l'électronique. Son clavier la faisait ressembler à une machine à écrire perchée sur quatre pattes de héron, à laquelle on aurait ajouté quelques tuyaux d'orgue tronqués : les réservoirs de laine et de colorants. On composait le modèle sur le clavier, on appuyait sur le bouton M, la machine se mettait à ronronner et on voyait descendre entre ses quatre jambes le pull-over ou la paire de chaussettes demandés, coloration et séchage instantanés. Un pull grande taille était tricoté en dix-sept secondes.

Mais parfois il y avait des ennuis. Lors de sa dernière démonstration, une demi-heure plus tôt, devant une vieille paysanne méfiante, la machine s'était bloquée. Enervée, elle l'avait secouée, et la *Super-2000* avait craché brusquement au-dessous d'elle une sorte de monstre pure laine, une masse spongieuse couleur cèpe, grosse comme une bonbonne, coiffée d'un chapeau-culotte jaune, cravatée de chaussettes multicolores et parsemée d'une multitude de doigts de gants roses, taille premier âge.

La vieille paysanne avait regardé l'objet avec étonnement, puis avec méfiance, puis avec une terreur grandissante. Lucie avait remballé très vite son matériel et regagné son petit autogire posé dans le pré voisin. Elle était découragée. Bertrand, son chef des ventes, lui avait pourtant assuré qu'elle allait « faire un malheur »...

— Vous ne le croiriez pas, il existe encore en France 371 vraies fermes abritant de vraies familles de paysans ! Si ! C'est vrai !... Au fond des campagnes ou en haut des montagnes... Ces gens-là n'ont jamais été prospectés, ils sont trop loin... Nous les avons repérés. Vous allez leur foncer dans le buffet, leur vendre notre merveille ! Travaillez les grand-mères. Elles vont se jeter dessus ! Ça va les amuser comme des folles pendant les soirées d'hiver, elles en ont toutes leur claque de la télévision... Avec tout ce qu'on y voit !... Vous allez en vendre au moins 200 ! Peut-être plus ! Et si elles veulent vous payer en napoléons vous leur faites une remise... Dix pour cent... Vingt !... Zut, vous pouvez aller jusqu'à trente !... Elles en ont ! Elles en ont toutes !... Vous avez vu le franc suisse, comme il dégringole ? C'est pas croyable ! On se demande où on va... Avec ces bruits de Bombes... Ils sont fous ! Le monde est fou !...

Elle n'en avait pas vendu une...

Elle venait seulement de comprendre la raison très simple de son échec : pourquoi ces femmes auraient-elles acheté un engin si compliqué et si cher alors que pour tricoter un pull-over il leur suffisait d'une paire d'aiguilles ?

Il lui restait à prospecter encore douze fermes dans le Centre, avant de se diriger vers la Bretagne. Mais elle était déjà certaine du résultat : zéro.

Son autogire survolait les tristes paysages bourbonnais, avec leurs pâturages déserts, et les usines à bestiaux polyvalentes dont les quadrilatères de béton écorchaient les douces courbes des collines. Elle en avait visité une au début de sa tournée, guidée par un ingénieur agricole enthousiaste. Elle avait vu, alignées dans des rangées de boxes étroits, immobilisées par des camisoles de nylon, des vaches, des vaches, des vaches... Dans le mufle de chacune s'enfonçait un tube nourricier, jusqu'au fond de l'estomac. Il déversait vingt-quatre heures par jour, dans la quatrième poche digestive, de l'herbe préruminée, additionnée de poudre d'algues. A l'autre extrémité de l'animal, un tuyau à ventouse aspirait tous les déchets solides et liquides, et les livrait à un convertisseur qui les transformait sur-le-champ en granulés-aliments. Des courroies sans fin les distribuaient dans les mangeoires des poules pondeuses biologiquement accélérées, qui, sans arrêt, mangeaient par une extrémité et pondaient par l'autre.

Les mamelles des vaches étaient sucées en permanence par la trayeuse-transformeuse, qui livrait à la sortie le beurre enveloppé et les millions de pots de yaourts.

Le petit-lait coulait vers le malaxeur de la porcherie, dans lequel arrivait d'autre part le flot continu des poules hors-ponte. Parvenues à leur dernier œuf, vidées de toutes leurs réserves, il ne leur restait plus que les os, un peu de peau écorchée, un bec usé, et deux ou trois plumes. Le malaxeur les brassait dans le petit-lait, et le broyeur faisait du mélange une bouillie dont les porcs se régalaient.

Tout finirait en saucisses.

Dans son engin volant presque silencieux, assaillie par la mélancolie et la solitude, Lucie eut la brusque révélation qu'elle était pareille aux bêtes des usines : coincée dans une chaîne inepte de travail sans joie, et qui ne prendrait fin que par sa propre fin.

A trente-deux ans, elle n'avait encore trouvé ni amour véritable, ni une tâche qui lui plût. Elle avait longtemps espéré rencontrer des raisons de vivre mais en cette minute elle se demandait si ces raisons pouvaient normalement exister, et si ce qui était normal ce n'était pas de se résigner...

Avoir été jeune pour rien...

N'avoir plus envie de le rester...

Se laisser pousser par le temps dans l'usure de l'âge, sans résistance, le tuyau dans la bouche et la ventouse au derrière, jusqu'au dernier yaourt...

A moins qu'un jour ou l'autre la nouvelle Bombe ne vienne mettre un terme fulgurant à cette absurdité ?

Elle se demandait si elle ne ferait pas mieux de se laisser tomber brusquement avec son petit biplace orange dans l'Allier en crue qu'elle était en train de survoler...

A cet instant précis, son moteur s'arrêta, et l'autogire se mit à glisser sur le flanc. Lucie retrouva d'un seul coup un goût merveilleux à la vie, et se cramponna aux commandes.

Le moteur refusait de repartir, et l'appareil descendait rapidement, soutenu par son rotor libre. Lucie repéra un courant ascendant couronné par un minuscule nimbus, l'intercepta, rebondit sur lui, et se posa finalement sans dommage dans l'étroite vallée de l'Ardoisière, sur la pelouse de l'Usine UA 27.2.

Lorsqu'elle mit le pied sur le gazon, Lucie était bien loin d'imaginer qu'à cet endroit-même, et dans très peu de temps, son destin allait changer de façon fabuleuse...

L'UA 27.2, devant laquelle Lucie venait d'atterrir, était la 272e Usine Alimentaire, récemment mise en route par le ministère de l'Agroalimentation. Ses étages en décrochements, avec jardins suspendus, couvraient un des flancs de la vallée, sur des kilomètres, l'autre versant ayant été conservé dans son état naturel. Le blé semé à l'étage supérieur dans des bacs hydroponiques poussait et mûrissait en quelques jours, était récolté broyé, pétri, cuit en quelques minutes, et finissait au rez-de-chaussée sous forme de tranches de pain rectangulaires, enveloppées par douze, et livrées par pipe-lines aux agglomérations urbaines. Les pipe-lines étaient calorifugés. Le pain arrivait frais.

Le fonctionnaire directeur de l'usine venait d'appeler en consultation Henri Jonas, un expert polyvalent connu dans le monde entier malgré son jeune âge. Il était en train de lui exposer la situation très grave dans laquelle se trouvait l'usine.

Debout devant la porte-fenêtre du bureau du directeur, qui ouvrait sur une terrasse couverte de pétunias de toutes couleurs, Jonas écoutait en souriant et en hochant la tête. Il semblait à peine avoir dépassé vingt ans. Ses cheveux d'un blond pâle, plutôt clairsemés, étaient coupés assez court, peut-être par lui-même, et séparés vers la gauche par une raie indécise. Ses yeux étaient bleus.

Il leva la main droite et montra quelque chose, au-dehors, sans dire mot : c'était l'autogire qui descendait.

— Enfin, monsieur, est-ce que vous m'écoutez ? demanda le directeur irrité.

— Bien sûr, bien sûr !... dit très gentiment Jonas, en se tournant vers lui avec un sourire.

Et son sourire dans son regard bleu, c'était le soleil de mai dans le ciel.

— Bon ! Bon !... bougonna le fonctionnaire, je résume...

Mais comment faire confiance à ce gamin ?

— Depuis 17 semaines, l'usine s'est mise à fabriquer des tranches de dix millimètres d'épaisseur au lieu de neuf, ce qui rend l'entreprise déficitaire, et risque de détruire l'équilibre du budget de tout le neuvième plan. Aucun des ingénieurs de l'usine, de la Région, du

Ministère, des Firmes constructrices et installatrices, ni des cent douze services après-vente n'a réussi à déceler la cause de ce dérèglement...

— Oui, oui, oui... dit doucement Henri Jonas.

Il était vêtu d'un veston froissé par le voyage en avion, et d'un pantalon au pli effacé, le tout couleur de tabac anglais, et d'une chemise sans col, un peu bleue, un peu verte. Il était presque grand, mince, presque maigre, il marchait en regardant ses pieds, ce qui lui donnait l'air voûté. En réalité il ne regardait pas ses pieds, mais ce qu'il avait dans la tête. Il avait beaucoup. C'était un génie de l'électronique, et en même temps le roi des bricoleurs. Il avait fait aussi sa médecine et quelques certificats de biologie animale et végétale, car il trouvait les machines vivantes bien plus efficaces que les machines fabriquées.

Il se pencha sur le schéma général que le directeur avait étalé sur son bureau de verre et de bois d'amarante, il le regarda avec attention pendant quelques minutes, suivant des tracés avec un doigt en chuchotant des mots pour lui tout seul, puis il tourna le dos au plan et se mit à marcher en rond dans la vaste pièce, tête basse et les mains dans les poches de son veston. De temps en temps il se trouvait nez à nez avec un fonctionnaire qui entrait ou sortait, ou avec le directeur lui-même, que l'inquiétude poussait à marcher, non en rond, mais en zigzag. Alors il s'arrêtait, relevait la tête et souriait avec le ravissement étonné d'un enfant qui s'éveille en face d'un petit lapin.

Il dit enfin :

— Je crois que, peut-être...

Puis il sortit de la pièce avec décision, monta jusqu'au septième étage par l'escalier, deux marches à la fois, suivi du directeur, des sous-directeurs et de toutes les secrétaires portant en pendentif leur mini-enregistreur.

Il entra seul dans l'armoire à air conditionné qui contenait la mémoire de l'ordinateur central de l'usine, et ferma la porte derrière lui.

Dans la lumière vive et le silence, la mémoire rayonnait au centre de la paroi du fond. C'était un rectangle de métal jaune, lisse, pas plus grand qu'un timbre poste. Il contenait des milliards d'instructions et des milliards de milliards de combinaisons possibles entre ses composants moléculaires. Il était le centre, le départ et l'arrivée d'une multitude de circuits imprimés qui moiraient la paroi et se répandaient dans toute l'usine à travers les murs.

Jonas tira de la poche droite de son veston un petit tournevis au manche jaune transparent, dont la tige était légèrement tordue et l'extrémité usée comme celle d'un cure-dents ayant trop servi, en posa la pointe quelque part vers le bord nord-est de la mémoire, gratta légèrement, se redressa, sortit de l'armoire, et dit au directeur :

— Ça devrait aller, maintenant...

Deux minutes plus tard, le directeur mesurait avec un pied à coulisse une tranche de pain toute chaude.

— Neuf millimètres !... dit-il d'une voix étranglée par l'émotion. Merci, monsieur Jonas...

Ayant signé en six exemplaires l'état N° 91.742 B 72 bis, qui lui permettrait d'être payé dans un an ou deux, Henri Jonas sortit de l'usine et ferma aussitôt les yeux, ébloui : le soleil était devant lui, là, à deux mètres, presque dans ses mains.

Il souleva de nouveau les paupières, lentement, sachant ce qu'il allait voir : un derrière féminin dans un short jaune, éclairé par le soleil couchant. Le buste qui aurait dû se trouver au-dessus était plongé dans le compartiment-moteur d'un autogire. Ce qui se trouvait au-dessous, jusqu'à l'herbe, était plaisant à voir. Jonas le regarda avec plaisir, mais sans concupiscence.

A vingt-huit ans il n'avait encore jamais fait physiquement connaissance d'une femme et ça ne le tracassait pas. Dans son organisme, c'était surtout le cerveau qui fonctionnait. Sa sexualité était maintenue dans une sorte d'hibernation par l'envahissement de son génie électronique et mécanique.

Il entendit la tête qui se trouvait à l'extrémité du buste invisible gronder, maudire, crier « aïe » ! et la vit apparaître au-dessus du moteur en compagnie d'une main dont elle suçait un doigt. Elle était auréolée de cheveux presque rouges. Il s'approcha, offrit ses services, et sourit.

Lucie le regarda, et ne pensa plus à ôter son doigt de sa bouche, ne pensa même pas à répondre. Elle respirait encore parce que cela se faisait, grâce à Dieu, sans qu'elle eût besoin d'y penser...

La parole enfin lui revint. Elle ôta son doigt de ses lèvres et les mots suivirent.

— Oh oui !... Oui, oui, merci !...
— Ça ne doit pas être bien grave, dit-il.

Il tira de sa poche son petit tournevis et à son tour plongea dans le moteur.

Debout près de lui, elle le regardait travailler et profitait de chaque fois où il se redressait pour l'examiner, bien en face, avec un étonnement qu'elle ne cherchait pas à dissimuler.

Elle avait connu quelques hommes, et vécu plus ou moins longtemps avec deux ou trois. Fugitifs ou temporaires, ils n'étaient pas particulièrement bêtes ni égoïstes, seulement comme tout le monde. Ils avaient passé ou vécu près d'elle sans être avec elle, l'avaient regardée sans la voir, entendue sans l'écouter, ils avaient parlé sans rien lui dire, passé sur elle comme un marteau-piqueur trépidant, si vite parti, le temps d'un oiseau, la laissant assoiffée, et grelottante comme si ce qu'ils nommaient l'amour n'était qu'un coup de vent d'hiver.

Celui-là, dont elle ne savait pas le nom, dont elle ne connaissait rien, celui-là n'était pas pareil, elle en était sûre !...

Quand il lui avait souri, elle avait vu, dans le bleu innocent de ses yeux, toute la fraîcheur d'une âme d'enfant qui restera telle jusqu'à la mort, et après.

Lorsqu'il se baissait vers le moteur elle se disait que ce n'était pas possible, un homme pareil n'existe pas... Et quand il relevait la tête et la regardait de nouveau avec son sourire, elle recevait une fois de plus le choc de l'évidence, elle ne pouvait pas se tromper, il était limpide comme de l'eau...

Le soir tombait, les petites grenouilles vertes de la vallée poussaient dans l'herbe humide leur cri d'amour ridicule, en ouvrant leur bouche jusqu'au ventre. Lucie frissonna, sentit ses jambes devenir molles, et s'appuya à son appareil pour ne pas tomber. Jonas se redressait. Il dit que c'était réparé, et que tout allait bien...

En deux secondes elle retrouva son sang-froid et prit sa décision. Cet homme était un trésor unique, il n'avait sans doute pas son pareil au monde, elle ne le laisserait pas retourner dans l'inconnu d'où il avait surgi, elle allait le prendre et le garder, il serait son mari, son amant, son enfant, elle le protégerait, le bercerait, le défendrait, l'aimerait...

Et elle déchirerait les membres et le visage de toute autre femme qui s'approcherait de lui. Il était plus jeune qu'elle, et il y a tant de jeunes panthères prêtes à sauter sur les garçons innocents...

Dieu qu'il était jeune ! C'était une folie ! Elle était sûre qu'il n'avait encore jamais... Eh bien, vive la folie ! Elle avait été bien trop raisonnable jusqu'à ce jour ! Il est vrai qu'elle n'avait jamais trouvé l'occasion de devenir folle. Comment avait-il pu jusque-là leur échapper ?... Folle ! folle ! folle !... Un ange ! un innocent ! un agneau !...

— Où allez-vous ? lui demanda-t-elle brusquement.

Elle savait que sa question était stupide : elle le rencontrait au fond de la campagne, il n'avait ni bagage ni casquette, il habitait vraisemblablement ici et n'allait nulle part. Pourtant il répondit sans s'étonner :

— A Paris...

— Moi aussi !... C'est parfait, je vous emmène !

Trente secondes plus tard ils s'envolaient et retrouvaient le soleil à dix mille pieds. En riant de joie, elle renonça au Limousin, à la Bretagne et à toutes les provinces, et mit le cap au Nord. Le soleil se coucha définitivement. Elle aperçut la Loire à l'horizon dans un soupir de brume rose, et déclara qu'elle avait faim. Il y avait là, près de La Charité, une excellente auberge...

Après son bain, elle se brossa les cheveux, se parfuma dans tous les coins, recommença à se brosser les cheveux et les dents dans tous les sens, dispersa sur le plancher le contenu de sa valise pour trouver un déshabillé transparent dont elle savait bien qu'il n'était pas là, puis s'assit nue sur le bord de son lit et se rendit à l'évidence : c'était la panique...

Son cœur battait à cent vingt, ses mains étaient moites, ses joues brûlantes, et ses cheveux se hérissaient autour de sa tête comme ceux d'un Black Panther 1970. Elle se mit debout et s'obligea à faire des mouvements respiratoires pour se calmer. La glace de l'armoire était en face d'elle. Elle se vit et fut un peu réconfortée. Qu'est-ce qu'il lui fallait, à ce Monsieur ? Elle était assez mince pour paraître très jeune, et assez ronde pour ne pas ressembler à ces gamines qui percent les draps avec leurs fesses... Jolis seins, bien pleins, bien ronds. Mais peut-être les aurait-il aimés plus menus ? NON ! Plus de panique ! Pas de pessimisme !... Il serait bien difficile ! On n'en trouve pas treize à la paire, des seins pareils ! Parfaits ! Ils sont parfaits !... Taille fine, douces hanches, petit ventre un peu bombé... Et alors ? Un ventre ce n'est pas une assiette à soupe entre deux os, un entonnoir dont le nombril est le trou ! Une main d'homme doit pouvoir s'y reposer comme sur un fruit, et non pas en chercher le fond !... Parfait ce ventre ! Petit sexe invisible sous son jardinet doré, cuisses jointes entre lesquelles ne passerait pas une aile de mouche... Elles s'ouvriront mon amour, elles s'ouvriront si tu le veux, elles sont à toi, tous ces trésors sont à toi, viens les chercher, viens les prendre, viens, viens, viens !...

Mais elle savait bien qu'il ne viendrait pas !... Et qu'elle devrait prendre l'initiative !... C'était terrible, elle ne s'était jamais trouvée dans une situation pareille, plutôt en train de se défendre, sans arrêt, contre les bousculeurs, ils vous coucheraient n'importe où, sur une marche de métro, sur une pelote d'épingles ! Et après, courant d'air ! Mais ça avait au moins un avantage, pas besoin de se demander : « Comment je vais faire ? » Tandis qu'avec celui-là !...

Après le dîner, elle avait déclaré qu'elle avait peur de rentrer à Paris en vol de nuit. Si ça ne l'ennuyait pas de coucher ici, on repartirait demain. Il avait répondu que ça ne l'ennuyait pas du tout, sans laisser entendre le moins du monde qu'il en était ravi... Mais où donc avait-il été élevé ?

On leur avait naturellement donné des chambres communicantes. Elle avait aussitôt frappé pour entrer chez lui sous n'importe quel prétexte. Elle lui avait demandé un crayon : il en avait trois dans sa poche intérieure : un feutre, un bic, et un électrique, avec un petit carnet spirale. C'était tout son bagage. Il parcourait ainsi le monde, achetant les objets selon ses besoins, semant derrière lui dans les hôtels le linge mis et les choses usées. Tous ses dossiers étaient dans sa mémoire.

Elle n'avait que faire d'un crayon. Quand il lui en eut donné un, elle dit « Merci » puis resta là debout, immobile, muette, attendant qu'il la prît dans ses bras ou qu'il fît un geste. Elle avait, avant d'entrer, ouvert un peu le zip de son pull blanc, juste ce qu'il fallait pour ne pas paraître provocante mais tout de même... Elle avait ôté son soutien-gorge. Elle sentait les pointes de ses seins qui commençaient à faire du cinéma en relief à travers le pull. Mais il ne les regardait même pas, l'idiot ! Il était debout lui aussi, devant elle, à un pas, il n'avait qu'un pas à faire ! Mais il ne le faisait pas ! Il la regardait gentiment, il ne disait rien, il ne bougeait pas, il souriait, elle se sentait devenir stupide, elle avait envie de le mordre !

Alors elle avait dit « Bonne nuit ! » d'une voix étouffée parce que si elle avait parlé plus fort elle aurait éclaté en sanglots, elle s'était détournée, elle était rentrée dans sa chambre, elle avait failli claquer la porte communicante, mais à la dernière seconde elle avait eu le bon réflexe, elle avait refermé doucement, lentement, pour qu'il se rende bien compte que la porte était seulement poussée, et le verrou pas mis.

Et il y avait de cela une heure ! Et il n'avait pas bougé ! Et demain matin ils allaient repartir, se séparer à Paris, et elle ne le reverrait jamais ! Elle s'était dit d'abord « Il va venir pendant mon bain, je ferai semblant d'être surprise, je dirai oh ! Je croiserai mes bras sur ma poitrine, mais mal, pour ne pas les cacher entièrement quand même !... j'en laisserai peut-être échapper un dans la mousse, je serai confuse... » Rien ! Il n'était pas venu ! Il n'avait rien fait ! il ne ferait rien ! et si elle ne voulait pas le perdre, il n'y avait qu'une solution : elle devait y aller...

Pyjama ?... Non !... Ne compliquons pas... Si !... soyons correcte : la veste. Elle est courte, elle s'ouvre devant, un seul bouton... J'ai l'air de quoi ? Je vais avoir l'air de quoi en entrant chez lui ? D'une pute ! Je suis une pute ! je suis folle !... Je n'y vais pas !

Je ne veux pas le perdre ! J'y vais !...

Elle éteignit toutes les lampes et se mit à quatre pattes pour regarder sous la porte : C'était éteint aussi de l'autre côté. Elle soupira, soulagée, se redressa, tourna la poignée avec autant de terreur d'un grincement qu'un cambrioleur à son premier exploit. Elle poussa la porte d'un centimètre et écouta. Elle entendit une respiration longue et calme, à peine perceptible. Il dormait... Mon Dieu, pourvu qu'il ait le sommeil assez profond... Pas trop quand même... Le temps d'arriver près de lui...

Elle arriva, sans rien bousculer, dans le noir absolu : il avait fermé les rideaux sur la nuit. Elle se dirigeait vers la respiration, penchée, la main droite en avant. Elle toucha du bout du majeur le dos de sa main posée au bord du lit. Elle faillit hurler. Il s'arrêta de respirer. Elle s'arrêta aussi. Mais il DEVAIT entendre son cœur qui battait comme la plus grosse caisse de l'orchestre de la Walkyrie.

Il y eut une éternité d'asphyxie complète, puis il recommença sa longue respiration. Il n'en avait pas changé le rythme, il n'avait pas bougé, il ne s'était pas réveillé...

Elle fit le tour du lit et mit une autre éternité à se glisser sous le drap sans faire de bruit ni de remous...

Elle était là... ça y était... elle était près de lui !... il était à quelques centimètres, peut-être moins, allongé près d'elle... c'était miraculeux, fantastique... Quoi qu'il pût arriver maintenant elle aurait goûté ce bonheur-là... Elle se relaxa et se fit lourde pour s'y plonger entièrement...

Elle sentait sa chaleur sur tout son côté gauche, elle était bien, comme jamais de sa vie elle n'avait été bien, elle pourrait rester ainsi sans bouger, dans cette chaleur près de lui, jusqu'au jour de leur mort, car elle ne voulait pas lui survivre, elle mourrait à la même minute que lui, dans très longtemps, après une très longue vie de bonheur unique au monde, comme aujourd'hui ce soir en ce moment... Mais il était peut-être marié ? Elle fut envahie par une terreur glacée. Elle était si troublée, si occupée à dire n'importe quoi pendant le dîner qu'elle n'avait même pas pensé à le lui demander. Quand un homme et une femme se rencontrent pour la première fois, l'homme regarde d'abord les jambes, les seins ou les yeux, selon son degré de spiritualité ou d'éducation, la femme regarde d'abord les doigts pour voir s'ils portent une alliance. Elle avait regardé. Il n'en portait pas, mais...

Non, non, il n'était pas dissimulateur, pas avec ces yeux-là et ce sourire d'enfant. Et il était habillé n'importe comment, avec un costume trop grand, usé, de vieilles chaussures pas cirées... Non il n'était pas amoureux, il ne cherchait pas à plaire, il n'était pas marié et il n'y avait pas de femme dans sa vie !...

Elle sourit, rassurée. Elle avait de nouveau chassé la panique. Elle retrouva sa chaleur et même un peu plus. Elle commença à avoir très chaud. Elle se demandait... Il n'avait pas de valise... Donc pas de pyjama... Alors, chemise ?... Lentement, lentement, sa main gauche s'en fut en exploration. Après la traversée du désert, le dos de ses doigts toucha la hanche chaude. Il était nu. Il ne se réveilla pas.

Alors sa jambe suivit le même chemin et vint se poser contre sa jambe, avec autant de précautions qu'un pétrolier s'ajustant le long du quai.

Il s'arrêta de respirer. Elle aussi. Il y eut un instant de silence, puis un bruit de drap, et elle sentit une main légère se poser sur sa cuisse. Interrogative... Elle se remit à respirer, et posa sa main sur cette main. Celle-ci sembla hésiter, immobile. Comme un petit animal surpris qui croit se faire oublier en ne bougeant plus, puis elle se retourna sans brusquerie et fit face à la main posée sur elle. Et elles se fermèrent l'une sur l'autre...

Elle soupira. Elle était acceptée. Mais le moindre mot, maintenant, pouvait tout briser, apporter le ridicule ou l'odieux. Elle lui parlerait demain...

Elle se redressa sur le coude, et de son autre main commença à faire sa connaissance. Tiens ! Il n'était pas aussi maigre qu'il le paraissait. Ses épaules étaient musclées, ses bras aussi, bien qu'un peu minces... Il n'avait pas de poils sur la poitrine. Elle en sourit de plaisir dans le noir, elle avait horreur des torses velus, un torse long, la taille fine, et... Oh le cher, cher petit oiseau blotti, qui n'avait jamais volé et avait peur ! Elle le rassura doucement, lui fit de sa main un nid puis un toit, puis un étui, puis le quitta pour ne pas l'effaroucher. Elle se recoucha sur le dos, conduisit jusqu'à sa veste de pyjama la main qui était dans sa main, et l'abandonna sur le bouton. La boutonnière était très large, le bouton glissa tout de suite... C'était fait ! Il l'avait déshabillée !...

A la fois audacieuse et timide, la main légère se glissait sous un pan de la veste, découvrait une merveille, en faisait le tour puis l'ascension, s'y reposait avant de partir à la découverte de la merveille symétrique. Sa main à elle était revenue vers l'oiseau blotti qui commençait à prendre courage. Elle l'entourait de chaleur et de tendresse, lui donnait de l'élan, le sentait peu à peu devenir un adulte superbe et, avec délicatesse, le conduisait jusqu'à la porte du monde...

Un mois plus tard elle se nommait Mme Jonas, deux mois plus tard elle était enceinte, six mois plus tard son gynécologue, le Dr Sésame, lui déclarait qu'elle aurait des jumeaux. Elle ne pensait pas qu'il y eût sur la Terre ou quelque part dans l'Univers, si ses milliards de planètes étaient habitées, un couple plus heureux qu'elle et lui, lui et elle, elle avec lui.

Quand, la fameuse nuit de l'auberge au bord de la Loire, elle avait conduit Jonas jusqu'à elle, à l'instant où elle l'avait senti entrer doucement en elle, elle avait su que ce serait le miracle. Et lui, entre l'instant où il avait commencé d'entrer et celui où il était arrivé au fond de la profondeur d'elle, il avait vécu les sept jours de la création. Et lorsqu'il fut là, il n'y eut plus rien de lui qui existât que cette petite ronde partie de lui au bout de lui au milieu d'elle, lui tout entier en cette extrémité qui touchait et qui sentait, et qu'elle tenait enfermée dans le creux de son corps.

Il aurait voulu ne plus jamais bouger, mais le grand mouvement universel était monté en lui par les racines, et il s'était mis, lentement, à reculer, à revenir, à explorer, avec précaution, il avait peur de casser des choses... Et dans la nuit chaude de ce monde inconnu où il était entré, il avait délivré, pour elle, du bout de lui-même, des joies miraculeuses, interminables, inimaginables, dont elle ne soupçonnait même pas qu'elles pussent exister... Elle n'y croyait pas... ce n'était pas vrai !... ce n'était pas possible !... Jamais !... Jamais !... Toi ! Toi ! Toi !...

C'est ainsi qu'elle avait commencé à lui parler, sans entendre ce qu'elle disait, mais plus rien ne pouvait être ridicule. Elle avait parlé, puis elle avait gémi, crié, puis elle s'était tue.

Quand il s'était retiré, ébloui et reconnaissant du bonheur qu'il avait donné et de celui qu'il avait reçu, il l'avait laissée comblée et apaisée comme la mer ensoleillée, emplie dans toute sa chair de la splendeur des étés, celle dont sont gorgés les pêches et les blés. Et elle n'avait plus jamais eu froid ni soif ni peur de rien. Et lui s'était toujours approché d'elle avec le même émerveillement et la même douceur.

Elle continuait de regarder la TV, de recevoir les nouvelles du monde, elle savait que c'était très grave, elle s'indignait, elle signait les appels et les pétitions, mais, aussitôt après, elle recommençait à sourire, elle était trop heureuse pour accepter l'inquiétude. Cela ne pouvait pas les concerner, elle et Jonas.

Elle avait rajeuni, ses yeux s'étaient agrandis et mis à pétiller, ses cheveux voltigeaient, et sur ses joues et sur son nez, ses taches de rousseur étaient devenues un petit peuple turbulent en récréation. Elle trouvait qu'elle avait la bouche trop grande, le menton trop rond et le nez trop pointu, mais lui la trouvait parfaite et elle ne demandait rien à Dieu de plus. Jonas lui disait qu'elle allait bientôt avoir quinze ans. Il le lui disait pour la rendre heureuse, mais il le croyait presque et cela devenait presque vrai.

Des larmes coulaient de ses yeux, verts comme des arbres. Elle les essuya du poignet, renifla, et se mit à rire. Elle venait d'éplucher des oignons. Elle les porta jusqu'à l'évier en chantant « alouette-je-t'y-plumerai », et revint étaler sur la petite table une serviette éponge illustrée représentant un coucher de soleil sur le port de Sète, je-t'y-plumerai-la-tête, la mer rose et le ciel orangé, avec une barque bleue au premier plan, je-t'y-plumerai-le-flanc. Elle était heureuse. Elle savait bien que le monde était siphonné, que ça craquait de partout et que ça allait péter, mais ça ne pouvait pas l'empêcher d'être heureuse, et gaie par-dessus le marché, je-t'y-plumerai-le-nez. Elle était maintenant enceinte de neuf mois.

Elle répandit sur le coucher de soleil un kilo de carottes, et s'assit de profil pour commencer à les gratter. Son ventre arrondissait entre elle et le monde un obstacle que ses bras avaient de plus en plus de peine à franchir. Elle était fière de lui comme s'il était la tour Eiffel. C'était l'homme le plus merveilleux du monde qui le lui avait fait, son mari, son Henri, son Jonas. Tant d'amour l'avait rendue légère, comme une montgolfière. Chaque jour elle se dilatait davantage. Elle ne s'était jamais sentie si allègre, malgré son absence. Il était à Sydney, depuis hier matin. Il espérait rentrer ce soir, il ne voulait plus la laisser trop longtemps, il voulait être près d'elle quand elle accoucherait. Elle lui avait promis qu'elle l'attendrait. Elle ne craignait rien, elle savait qu'il pensait à elle et qu'il la protégeait, de près ou de loin. Elle était pleine de lui à éclater, son amour la précédait dans l'espace, elle se déplaçait en chantant dans son appartement, elle se cognait le ventre partout, je-t'y-plumerai-le-cou. Ça ne risquait rien là-dedans, aucun danger pour ses chers petits. Le Dr Sésame lui avait fait écouter, avec son appareil à oreilles, les deux petits cœurs qui battaient comme des cœurs d'oiseaux. Elle savait que rien ne leur arriverait tant qu'elle les tenait là. Les soixante-douze étages de l'immeuble pouvaient s'écrouler sur elle avec toutes leurs familles et leurs machines à laver-les-pieds-le-linge-et-la-vaisselle, ils en sortiraient intacts. Elle espérait que Jonas ne serait pas retardé. Elle sentait qu'elle arrivait à la limite, elle ne se développerait plus davantage, elle allait éclore, ou s'envoler...

On sonna à la porte.

Elle posa la carotte et le couteau, se leva comme une bulle, dénoua et laissa tomber sur le ciel et la mer son tablier qui représentait une prairie vert tendre illuminée de boutons d'or, et s'en fut ouvrir. Elle

se trouva en face d'une robe rouge presque aussi grosse qu'elle, décorée d'un immense dahlia bleu.
— Tu es prête ? demanda Roseline.
C'était une Roseline noire, née à la Martinique.
— Jésus ! dit Mme Jonas, c'est aujourd'hui ?
— Tu avais oublié ?
— Oublié, non, mais je croyais que c'était demain... Entre, viens t'asseoir, je m'habille.

Roseline entra et vint s'asseoir avec précautions au bord d'un fauteuil dans le coin salon de la cuisine, et Mme Jonas passa pour se changer derrière la cloison du coin à dormir. Parce qu'il gagnait beaucoup d'argent, Jonas avait pu s'offrir ce vaste appartement, situé au soixantième étage de la tour de Saint-Germain-des-Prés, escalier R, couloir sud-est, porte 6042, composé d'une seule pièce, avec des cloisons mobiles et des meubles à roulettes. Il suffisait d'appuyer sur des boutons pour les déplacer dans tous les sens. C'était la méthode nouvelle pour lutter contre la monotonie de l'environnement. On pouvait se construire, chaque jour, un habitat nouveau. A travers le mur de verre, on découvrait, tout en bas, la Seine, et les toits de la moitié nord de Paris, pareils à un troupeau de moutons gris, avec les tours qui avaient surgi un peu partout parmi eux, comme des peupliers.

Elle passa une robe rouge comme celle de Roseline, fleurie d'un grand tournesol qui étala ses pétales d'or sur son ventre glorieux. Elle essaya d'épingler ses cheveux en un petit chignon, au sommet de la tête, pour ce qu'elles allaient faire ce serait plus sérieux et elle aurait moins chaud, mais ils s'évadèrent tous ensemble d'un seul coup. Elle renonça, les ébouriffa, vive la liberté, et quand elle rejoignit Roseline elle semblait coiffée d'un autre tournesol. Elle prit au passage son cabas-mousse, l'accrocha à son coude. Elles sortirent de l'appartement, marchèrent deux cents mètres dans le couloir pour rejoindre l'ascenseur central et prirent la cabine directe qui les déposa sur le quai du métro.

Bien qu'elle eût un quart de sang blanc dans les veines, Roseline brillait comme une chaussure noire bien cirée. Elle se tenait des deux mains à la barre verticale du compartiment, et, sans en avoir l'air, doucement, y frottait son nombril qui la démangeait et qui formait sous sa robe une délicate excroissance rose poussée hors de la peau noire par la pression interne. Roseline avait connu Mme Jonas à la polyclinique, au sous-sol de la tour Saint-Germain, où elles suivaient les cours de préparation à l'accouchement naturel. Elles s'aimaient bien. Elles avaient grossi ensemble.

Mme Jonas était également debout, solidement cramponnée à la poignée de la porte. Roseline aurait bien voulu s'asseoir, mais toutes les banquettes étaient occupées par des femmes enceintes. C'était une rame spéciale, qui les emmenait au défilé. Le rendez-vous était à la Concorde. Les femmes enceintes arrivaient sans arrêt sur la place par hélicoptères, autocars, autobus et métro. Elles furent bientôt plus de cent mille qui tourbillonnaient lentement en attendant le départ vers l'Etoile.

Les organisatrices avaient décidé, pour faciliter la mise en place, et parce que ça ferait plus gai, d'habiller les femmes d'une même couleur pour chaque mois. Celles qui étaient enceintes de neuf mois étaient vêtues de rouge et, comme Roseline et Mme Jonas, décorées d'une grande fleur à leur choix. Les huit mois étaient en orangé, orné d'un quadrupède : chat, chien, chinchilla ou même taureau, girafe ou éléphant, les sept mois jaunes avec un oiseau, les six mois vertes avec un poisson, les cinq mois bleues, etc., jusqu'aux trois mois qui terminaient l'arc-en-ciel avec le violet et un fruit. Les deux mois étaient en blanc, et les un mois et au-dessous en noir avec un légume en couleur. Cette présentation avait un troisième avantage : celui de rappeler à toutes ces femmes, et à tous ceux et celles qui les verraient défiler, des visages de la nature presque oubliés, certains même en train de disparaître ou déjà disparus.

L'immense foule de la Concorde se tria elle-même, les couleurs se cherchaient, se rassemblaient et se plaçaient dans l'ordre, le rouge en tête, face aux Champs-Elysées. Sur Paris stagnait le voile permanent de brume âcre issu des millions d'anus de la ville, fixes ou automobiles, cracheurs de vents empoisonnés de plus en plus variés, abondants et corrosifs. Seules les grandes tempêtes d'ouest déchiraient parfois ce voile mortel et en jetaient les lambeaux sur les banlieues et les campagnes, foudroyant les corbeaux, derniers oiseaux du ciel, qui tombaient comme des cailloux noirs.

Les rayons du soleil de juillet traversaient la brume translucide, et concentraient leurs calories sous son couvercle. La place de la Concorde, où des contingents multicolores ne cessaient d'arriver, chauffait comme une marmite. Les précautionneuses avaient apporté des cocas et des bières, de l'alcool de menthe et même des litrons, et des tricycles électriques distribuaient des jus de fruits glacés. Mais la fatigue du piétinement se faisait lourde dans la moiteur, et les moins de trois mois, et même les trois semaines dont certaines n'étaient pas certaines, commençaient à s'évanouir par paquets. Les voitures de pompiers à neuf roues, étroites, rapides, articulées comme des mille-pattes, se glissaient dans la foule, pin-pon ! pin-pon ! ceinturaient les groupes, et emportaient les malades vers les hôpitaux en roulant sur les trottoirs.

Mme Jonas, au centre d'un remous de robes rouges, sentit le découragement gagner de l'une à l'autre comme un rhume, et y fit front en se mettant à chanter à tue-tête sa chanson favorite, qui s'élargit de proche en proche jusqu'à la rue Royale, la rue de Rivoli et les quais, et traversa même le pont. Toute la place de la Concorde se mit à plumer l'alouette qui par le bec qui par les pieds, pauvre alouette qu'on plume depuis si longtemps en détail avec tant d'application. Mme Jonas n'aurait même pas plumé une mouche.

Enfin le cortège s'ébranla en direction de l'Etoile, les rouges en tête et au premier rang les plus grosses, dont Roseline et Mme Jonas, les rondes proues en avant vers l'Arc de Triomphe, sur toute la largeur des Champs-Elysées, et *diminuando* derrière, de mois en mois, de couleur en couleur, des fleurs en légumes, jusqu'aux quinze jours et aux espérances tout à fait plates. C'était un arc-en-ciel qui remontait l'Avenue, et aussi un bouquet et une jardinière, une arche et une forêt, toutes les formes de la vie et de la lumière.

Personne ne brandissait de banderole, les gynécologues l'avaient déconseillé, mais le monde entier connaissait la raison du défilé. Dans toutes les capitales, des manifestations semblables auraient lieu jusqu'à la tombée de la nuit, en guirlande le long des fuseaux horaires. C'était une protestation des femmes de toutes nations contre la bombe U. Elles réclamaient, avec leur raison, leur cœur et leur ventre, l'interdiction de la fabrication de la Bombe, et la destruction des stocks.

La tête rouge de l'arc-en-ciel atteignit le Rond-Point et continua vers George-V, suivie de son corps multicolore.

Au-dessus du cortège volait un autogire familial peint d'une tour Eiffel couchée sur laquelle grimpaient des liserons en trompe-l'œil. Il transportait l'organisatrice en chef, professeur de sociologie à Nanterre, mère de cinq enfants et mûrissante du sixième, et un chœur de femmes qui scandait des slogans autour d'un micro. Un petit émetteur directionnel les envoyait dans l'avenue, où ils étaient hurlés par tous les transistors des manifestantes, épargnant ainsi la fatigue à leurs gosiers.

Mme Jonas avait mis son transistor dans son cabas-mousse accroché à son coude, s'était enfoncé des boules Quiès dans les oreilles et marchait en tricotant une brassière jaune canari. Elle avait tout tricoté en double bien entendu, une layette jaune et une vert bourgeon, pour qu'ils soient gais dès leur naissance, ses chers petits oiseaux. Et elle continuait à fredonner l'alouette, deux mailles à l'envers une maille à l'endroit, je-t'y-plumerai-le-bras. Elle avait une merveilleuse machine à tricoter dans un placard, cadeau de son ex-patron, à double râtelier et réservoir de sécurité, mais elle ne s'en était jamais servie pour ses petits. Elle leur tricotait leur nid avec ses deux mains et son amour. Les oreilles bouchées, les yeux fixés sur son tricot, elle marchait en souriant à ses souvenirs. Chères machines, c'était grâce à elles qu'elle avait rencontré, sur la pelouse de l'Ardoisière... Merveilleuse nuit au bord de la Loire... Et tant d'autres depuis... Chères machines... Elle avait continué à voleter sur la France pendant les six premiers mois de sa grossesse, pour essayer d'en vendre, par pure reconnaissance. Merveilleuses machines... Elles lui avaient tricoté son Jonas...

Roseline lui donna un coup de coude dans la hanche et lui cria en tendant le bras vers le haut de l'avenue :

— Regarde !

A la hauteur de George-V, c'était la bagarre. Des contre-manifestants débouchaient de toutes les rues et attaquaient le service d'ordre.

— Les tondus ! cria Mme Jonas. Les petits salauds !

Sa voix résonna dans ses oreilles comme dans un puits muré. Elle se souvint de ses boules Quiès et les ôta. Elle entendit alors la bataille des slogans. Deux autres groupes de contre-manifestants, les plus jeunes, remontaient les Champs-Elysées de part et d'autre du cortège, en criant :

Faites la guerre-et pas d'lardons !
Faites la guerre-et pas d'lardons !

Les transistors du cortège répondaient :
La-paix-la-vie pour nos-enfants !
La-paix-la-vie pour nos-enfants !

Les tondus répliquaient :
Les-nanas au-foyer !
Les-nanas au-foyer !

On les appelait les tondus parce qu'ils se rasaient le visage et le crâne en réaction contre leurs pères, les pacifiques barbus des années 70, à qui il avait fallu peu de temps pour devenir de vieilles barbes.

La nouvelle génération était prête à faire n'importe quoi, la révolution, l'incendie, le meurtre, la guerre, pourvu que ça bouge. Garçons et filles, par horreur du poil paternel, s'épilaient le sexe dès l'apparition du premier duvet. Ils étaient chastes, ils étaient violents et durs. Ils s'entraînaient en se frappant la tête avec des briques, pour s'endurcir contre les matraques de la police. Ils avaient le cuir chevelu bourgeonnant de bosses et de cicatrices. Certains étaient capables d'enfoncer une cloison en fonçant dessus la tête en avant.

Ceux qui remontaient l'avenue sur les trottoirs étaient des garçons de moins de quinze ans, et surtout des filles, qui gardaient un ou deux centimètres de cheveux, par un léger souci de différenciation plus que par coquetterie. Elles s'écrasaient la poitrine avec des bandes de toile et se comprimaient les fesses dans des tranches de chambre à air de camions. Avec les jeunes garçons, elles composaient le chœur, elles étaient les vociférantes. Les plus dures descendaient l'avenue avec les tondus de choc, à la rencontre du cortège. On disait que certaines s'étaient fait couper les seins.

Le cordon de police qui s'opposait à la progression des violents fut bousculé mais contre-attaqua, le temps de permettre aux hélicoptères lourds de la Préfecture de police de larguer sur la chaussée des agents casqués de jaune qui se jetèrent dans la bagarre en brandissant leurs matraques blindées. Il y eut un tourbillon atroce à la hauteur de la rue La Boétie. Malgré les hurlements de l'organisatrice, qui ordonnait par tous les transistors au cortège de s'arrêter, celui-ci continua de courir sur son erre, chaque mois poussé par le moindre mois et poussant le mois supérieur. Ainsi les neuf mois, avec tout le poids des mois inférieurs dans le dos, se trouvèrent-elles bientôt pressées contre la mêlée, comme du fromage contre une râpe tournante.

La bombe U. On disait « la Bombu », en abréviation de « bombe universelle », et par une sorte de familiarité effrayante, comme on pourrait être familier avec le diable.

Elle avait relégué au rang de pétard les antiques bombes A, H, et N. Mais plus que sa puissance fabuleuse, ce qui constituait son danger, c'était sa facilité de fabrication et la relative modestie de son prix de revient. Poussés par le flot montant des connaissances, les grands physiciens épouvantés avaient mis au point sa formule un peu partout en même temps, puis les physiciens moindres l'avaient à leur tour découverte avec stupeur, et enfin elle était arrivée jusqu'aux professeurs de lycée et à leurs élèves. Les petites nations s'étaient jetées dessus. Toutes celles qui avaient signé le traité de non-prolifération des armes nucléaires parce qu'elles n'avaient pas les moyens de les fabriquer se mirent joyeusement à pondre des Bombu. Le temps de l'humiliation devant les grandes puissances était terminé. Les choristes, maintenant, chantaient aussi fort que le ténor et la prima donna, la dissuasion jouait à tous les échelons de la richesse. L'Inde manquait toujours de riz mais possédait assez de bombes pour raser la Chine ; Saint-Domingue était devenu un géant qui menaçait les Etats-Unis ; la Corse et la Bretagne se fabriquèrent la bombe et obtinrent leur indépendance, qui les embarrassa énormément ; Milan et la Sicile menacèrent de raser Rome ; par précaution le Vatican se la fabriqua aussi ; la Suisse en bourra ses montagnes. La C.G.T., à l'occasion du 1er Mai, en avait promené une douzaine de la Bastille à la Nation, les Petites et Moyennes Entreprises l'avaient aussi, ainsi que les Vignerons du Sud-Ouest, et Nogent et Pontoise, et l'Archevêché de Paris. Une grosse firme de lessive était en train de faire édifier des usines sur les quatre continents pour la produire à la chaîne et la vendre à tempérament.

C'était contre cela que manifestaient en même temps les femmes enceintes de tous les pays. Elles refusaient de donner naissance à des enfants dans un monde fou qui risquait de sauter d'un instant à l'autre. Si la Bombu n'était pas réduite à l'impuissance avant l'automne, elles menaçaient — celles qui seraient encore enceintes et celles qui le seraient devenues — de se faire avorter toutes ensemble le 1er octobre.

Après les vacances...

Mme Jonas aurait accouché avant. Elle défilait par solidarité et conviction mais, Bombu ou pas, JAMAIS elle ne se ferait avorter...

Les transistors ne criaient plus aucun ordre : l'autogire de l'organisatrice avait été prié de déguerpir, il gênait les évolutions des appareils de la police. La tête du cortège s'arrêta, mais les autres femmes, des oranges aux noires et blanches, continuèrent d'avancer, elles ne savaient pas exactement ce qui se passait, elles voulaient savoir, elles voulaient voir. Sous la lente énorme pression, le corps du cortège gonfla, fit craquer les services d'ordre latéraux, submergea les trottoirs, absorba les curieux et les petits crieurs de slogans, enfonça les vitrines, emplit les boutiques et les couloirs, coula dans les caves et reflua jusqu'aux étages d'où il déborda par les fenêtres.

Devant la tête rouge stoppée tourbillonnait la bataille. Les tondus fonçaient tête en avant vers les ventres des femmes, les policiers les assommaient au passage avec leurs matraques blindées, ils se relevaient, hurlaient des cris de guerre et recommençaient.

Mme Jonas cria des ordres à ses compagnes. A sa voix, les neuf mois se formèrent non en carré mais en rond, le rang extérieur tourné vers l'intérieur, dressant le rempart de ses derrières entre les agresseurs et leurs objectifs. Mme Jonas resta face à l'ennemi, le défiant et l'insultant, en faisant tourbillonner, arme dérisoire, son cabas-mousse lesté du transistor qui chantait « Parlez-moi d'amour ». Un tondu gigantesque, aux muscles de fer, au crâne de pierre, déjà trois fois assommé, se releva, le cuir fendu, saignant, les dents cassées, une oreille pendante, les yeux bouchés, s'ouvrit les paupières avec les doigts, aperçut Mme Jonas dans un nuage rouge, referma les yeux, et fonça vers elle, tête basse, en poussant un cri de dinosaure. Un homme vêtu d'une blouse blanche surgit tout à coup, lui fit un croc-en-jambe et le poussa. Il atterrit sur le nez devant Mme Jonas. Elle s'écarta pour le laisser passer, il glissa sous la forêt de pieds des femmes lourdes, le rond se referma, bougea lentement sur place comme une amibe qui digère un invisible. Ce qui restait de lui fut évacué quatre minutes plus tard par une brèche momentanément ouverte. Cela ne ressemblait plus en rien à un guerrier, je-t'y-plumerai-les-pieds.

Les tondus, obéissant aux coups de sifflet de leurs chefs, rompirent le contact et refluèrent en masse vers la place de l'Etoile où s'étaient posés trois hélicoptères de la police. Sous la grêle de coups des policiers qui leur donnaient la chasse, ils se cramponnèrent aux appareils, les ébranlèrent, les tirèrent, les poussèrent vers l'Arc de Triomphe. Le premier heurta la pile de droite, y brisa son rotor, bascula sur la flamme de l'Inconnu et prit feu. Les deux autres s'écrasèrent sur lui. L'essence explosa. Les tondus hurlèrent de joie. La chaleur du brasier fit reculer les forces de police. Les tondus couraient autour du feu comme des Sioux et y jetaient tout ce qu'ils trouvaient, matraques, casques, képis, poteaux, barrières, poubelles, voitures, puis ils commencèrent à se déshabiller et à y jeter leurs vêtements. La flamme faisait craquer les noms des dix mille batailles inscrites dans la pierre et montait trois fois plus haut que le sommet de l'Arc. Les jeunes démons hurlaient en tournant autour d'elle, garçons et filles nus et glabres comme des statues, alimentant le feu de leur fureur et de leur ferveur envers tous les guerriers morts, dont l'Arc célébrait la gloire dans son apothéose de flamme. Trois garçons, bras dessus, bras dessous, se jetèrent dans le feu. Une fille les suivit. Une clameur de joie monta de la foule tournante des adolescents nus.

De tous côtés, des garçons et des filles s'arrachaient à la ronde, couraient vers le brasier et sautaient au cœur de la flamme. Elle les recevait en rugissant et montait plus haut encore. C'était l'holocauste, le sacrifice pur, à rien et pour rien. Le vent d'ouest emportait sur Paris la fumée noire et l'odeur d'essence, de caoutchouc et de chair brûlés, avec les jeunes âmes mortes.

Les hélicoptères-citernes avaient noyé le feu et dispersé les enfants nus sous des trombes d'eau glacée. Les policiers les avaient saisis, empilés dans des cars blindés et stockés dans les rues adjacentes. L'avenue et la place déblayées, le cortège commença à se dissoudre. Pour hâter sa dislocation, un double pont-roulant d'autocars faisait son plein de femmes aux deux extrémités du cortège et allait les déverser aux stations de métro Auber et Défense, celles des Champs-Elysées et de l'Etoile à Neuilly ne suffisant pas à absorber la foule. Les ambulances ramassaient les femmes évanouies ou blessées, et les nouveau-nés qui avaient été poussés prématurément vers la sortie. Parmi eux se trouvait la fille de Roseline, mauve comme un pétunia.

Toute la circulation s'était figée jusqu'aux portes de Paris. L'embouteillage tentaculaire s'étendit jusqu'à Orléans, Lille, Le Mans, puis atteignit Lyon et Strasbourg puis Marseille et toute la Côte d'Azur et commença à geler l'Allemagne et la Belgique. Il y eut par endroits de l'énervement et des rixes. On joua aussi à la belote et à la pétanque. Et quand la nuit tomba il y eut, dans les voitures immobiles ou les fossés des autoroutes, quelques gestes d'amour.

Ce furent les derniers.

Mme Jonas avait été conduite par un car à la Défense. Guidée, poussée, aidée, portée, elle se trouva finalement engagée dans un escalier mécanique qui descendait vers les profondeurs du métro-express.

Elle se sentait très lasse, malgré sa vaillance. En plus de sa propre fatigue, celle de ses compagnes l'avait peu à peu gagnée des pieds aux épaules comme une marée. Elle soupira. Son bon sens lui disait que toutes ces manifestations ne servaient qu'à exaspérer tout le monde, et à multiplier l'esprit d'agressivité contre lequel elles étaient organisées. Mais il fallait bien faire quelque chose, même l'inutile. Il valait mieux se conduire comme un troupeau de brebis que comme un tas de cailloux. Et qui sait ? Pourquoi pas ? peut-être Quelqu'un, Là-haut, entendrait leurs bêlements et interviendrait...

Un optimisme greffé sur le terrible égoïsme des mères, et qu'absolument rien ne justifiait, lui inspirait la certitude que, d'ailleurs, quoi qu'il arrivât, il n'arriverait rien à ses enfants. Ni à Jonas ni à elle, car alors qui veillerait sur les petits ?

L'escalier la déposa en haut d'une batterie d'autres escaliers, entre les femmes enceintes qui la précédaient, qui la suivaient et qui l'encadraient. Leur lente masse était peu à peu avalée par les escaliers du bas. Mme Jonas fut avalée à son tour. Elle tenait de la main gauche la rampe mobile, elle ne savait pas où étaient ses pieds, depuis plusieurs semaines il ne lui était plus possible de les voir. Par-dessus son ventre superbe, elle voyait arriver en bas de l'escalier la grande salle souterraine, plate, accablante, uniformément grise de murs et de plafond. Démesurée pour les jambes, étriquée pour les yeux, elle semblait construite en deux dimensions. La foule des femmes enceintes se déplaçait dans cet univers plat, venant d'un bord et se hâtant vers d'autres bords, comme une population de pucerons entre deux feuilles de papier gris.

Pour se réconforter, Mme Jonas regarda le tournesol imprimé sur sa robe rouge. Il la regarda de son grand œil jaune et lui emplit les yeux de la joie du soleil. Perçant la rumeur et la vapeur de la foule, la voix des haut-parleurs de la salle plate se répercuta vingt fois des murs au plafond et parvint aux oreilles qu'elle voulait atteindre :

« On demande Mme Jonas au dispatching... On demande d'urgence Mme Jonas... Mme Jonas est priée de se présenter au dispatching...

Le cœur de Mme Jonas fit un saut et continua de battre à grands coups au-dessus de ceux de ses enfants. Jonas ! Il avait dû arriver quelque chose à Jonas !

L'escalier roulait. Il ne restait plus que quelques marches avant le sol horizontal. Mme Jonas ne voyait pas ses pieds, ne voyait plus le tournesol, ne voyait qu'une brume jaune, bleue et grise. Elle se sentit très mal, une douleur violente lui serra tout à coup le ventre entre deux mains géantes. Elle cria. La voix creuse des haut-parleurs reprit :

« On demande Mme Jonas au dispatching... » Elle ne savait pas où était le dispatching, elle ne savait pas ce que c'était, le dispatching, elle avait envie de se coucher, de se coucher et de s'ouvrir, est-ce qu'on peut accoucher au dispatching ? La dernière marche la confia rudement au sol immobile. Elle dérapa et bascula en avant. Un homme vêtu d'une blouse blanche la rattrapa et l'empêcha de tomber. Il était très fort et très courtois. Il la conduisit au dispatching. C'était tout près. Il l'y fit entrer, et personne de ce monde ne la revit jamais.

M. Jonas revenait de Sydney à bord du *Super-Concorde* direct. Cent quatre-vingts passagers à mach-4. Il aimait ces voyages aériens loin au-dessus des nuages, où les paysages ne viennent pas vous tirer par les yeux. Horizon absent, silence presque parfait, voisins indifférents, bonnes conditions de travail. Il avait posé sur la tablette devant lui son petit carnet et, d'une écriture précise, il y traçait la piste d'un problème qui le tracassait depuis son départ de Paris. La voix paisible du commandant de bord annonça en français, puis dans un anglais à l'accent de classe de sixième, que l'appareil survolait la mer Rouge. Un passager se pencha vers un hublot. Il ne vit ni mer ni rouge, rien qu'un plancher vaporeux et blanchâtre, très bas, très bas. La Terre était quelque part au-dessous, avec ses mers et ses continents, devenus abstraits.

Deux hôtesses ravissantes, une verte, une canari, poussant-tirant leur petit chariot, proposaient des boissons. M. Jonas soupira d'aise et demanda du champagne. Le champagne faisait pour lui partie de l'euphorie du voyage aérien. L'hôtesse en robe verte lui tendit un verre pétillant, avec un sourire. Jonas lui rendit un sourire deux fois plus grand. Il était heureux : dans une semaine, peut-être avant, il serait père... Silencieusement, il souhaita à l'hôtesse verte, et à la jaune aussi, d'avoir beaucoup de beaux enfants.

Elles-mêmes, peut-être, n'en souhaitaient pas tant.

Il but la moitié du verre, et quelques secondes plus tard, s'endormit.

Il se réveilla sur un divan de cuir havane, dans une pièce inconnue et déserte...

Rien n'étonne un homme de science. Ce qui était inexplicable s'explique quand ce qui était inconnu devient connu. M. Jonas ne s'étonna pas. Comment était-il venu ici ? Pourquoi s'y trouvait-il ? Il le saurait le moment venu. Il pouvait déjà presque répondre à la question « où était-il ? » car, à travers un mur de verre il voyait, tout près, le plus haut toit de la basilique du Sacré-Cœur, comme le crâne d'un voisin chauve derrière la vitre.

Il se leva et vint regarder à travers le mur. Il vit, derrière le Sacré-Cœur, Paris descendre vers la Seine puis remonter vers Meudon. Il y avait de la fumée vers l'Arc de Triomphe. Il pensa qu'il devait se trouver dans un des étages supérieurs de la tour Montmartre, récemment achevée sur le versant nord de la Butte.

Mais chez qui ?

Il fit demi-tour et regarda la pièce, vit quelques meubles discrets mais anciens, de très grande valeur, et trois fauteuils et le divan modernes, très confortables. Quelques revues scientifiques, et d'autres plus banales, posées avec un rien de désordre parfait, sur une table basse en faux marbre italien sous la surface duquel avaient été incorporées des feuilles mortes, comme si l'automne, cette nuit, était passé par là. Dressée dans le coin de deux murs, une dent de narval en ivoire torsadé, jauni par les siècles, touchait presque le plafond. Sur la cheminée blanche style Belle Epoque, deux dents de mammouth pétrifiées encadraient une tête de dieu grec au nez cassé et à la bouche ébréchée. Ces divers objets firent penser à M. Jonas qu'il se trouvait dans le salon d'attente d'un dentiste de luxe. Avait-il été victime d'une brutale infection dentaire qui lui avait fait perdre connaissance ? Il en douta. Ses dents étaient excellentes. Il se tâta les mâchoires. Mal nulle part...

Il écouta.

Traversant la porte la plus proche lui parvenait une rumeur étouffée, toute la vie de l'étage filtrée par les cloisons. Tout près, mais à peine audibles, des ronronnements de machines électroniques, des allô-oui-j'écoute et des bribes de conversations téléphoniques ébauchées, interrompues. Un secrétariat...

Il tourna la poignée mais la porte ne s'ouvrit pas. Il frappa la porte à coups de poing puis de pied. Sans colère, mais pour se faire entendre. Rien. Les dactylos continuèrent de dactyler, et les téléphonistes de répondre et d'appeler le mystère. Les deux autres portes ne voulurent pas davantage s'ouvrir. M. Jonas trouva discourtois d'avoir été enfermé, et saisit la dent de narval pour s'ouvrir avec elle une issue. Son extrême légèreté surprit ses muscles qui s'étaient tendus pour un gros effort. Il la regarda de plus près. Dans la texture de l'ivoire doré par le temps brillait comme une poussière de diamants.

Une voix d'homme, très calme, parla derrière lui.

— Regardez-la bien, monsieur Jonas...

Il se tourna, mais il était toujours seul dans la pièce.

La voix continuait :

— Vous n'avez jamais rien vu de pareil : ce n'est pas une dent de narval, mais une authentique corne de licorne. Elle est bien plus ancienne que tout ce que vous pourriez imaginer. Posez-la, vous la briseriez, les portes sont en acier. Je sais que vous n'aimez pas les raisonnements et les efforts inutiles, parce que leur inutilité les rend absurdes. Dans quelques minutes, tout vous sera expliqué.

M. Jonas, debout, l'arme au pied devant un aquarium où se déplaçait avec nonchalance un poisson somptueux comme un empereur qu'on va couronner, se rendit compte qu'il avait l'air d'un garde suisse en civil. Il posa la corne dans le coin où il l'avait prise. Il demanda :

— Qui êtes-vous ?

— Vous le saurez aussi. Je m'excuse d'avoir dû vous faire conduire ici sans vous demander votre assentiment. C'était pour gagner du temps. Le coffre de corsaire devant vous est un réfrigérateur. Vous y trouverez de quoi boire et des sandwiches au saucisson. Je sais que vous le préférez au caviar. Mme Jonas va bien.

La voix se tut. M. Jonas ne posa plus de question puisque c'était inutile, il mangea parce qu'il avait faim, but pour se donner du tonus, et en attendant, puisqu'il fallait attendre, il ouvrit le *Scientific American*.

Un immense bouquet de mille fleurs diverses jaillissait hors d'un grand vase de Chine posé sur un tapis persan à personnages, au pied du mur de verre. Sous le tapis, la moquette épaisse avait la couleur, la douceur et la fraîcheur de la mousse. M. Gé s'approcha d'une rose rose aussi grande que lui, lui sourit, la respira en fermant les yeux de plaisir, posa ses lèvres sur ses lèvres, rouvrit les yeux et regarda Paris à travers les grappes jaunes d'une branche de cytise. Le soleil s'inclinait vers l'ouest dans une brume rouge, et glaçait de rose les toits de la ville biscornue, accroupie sur ses trésors. Tout cela, l'éphémère et l'irremplaçable, allait disparaître, et tout le reste aussi, avant que le jour fût fini. C'était M. Gé qui en avait décidé ainsi, avec quelque regret. Sans trop. Il ne pouvait faire autrement, ni attendre davantage.

Il vint s'asseoir à son bureau. C'était un ovale d'acajou nu, avec une encoche en croissant pour le fauteuil.

A droite de sa main droite, dans le bois rouge sombre, quelques taches rondes, de couleurs diverses, luisaient d'une faible lueur. Il posa le bout de l'index sur la tache rouge.

La voix de son premier secrétaire répondit aussitôt, interrogative :
— Oui monsieur ?
— Vous allez bien, Harold ? Vous êtes heureux ?

Douze étages plus bas, seul dans son bureau insonorisé, assis devant sept téléphones amplirépétiteurs et un clavier de cent quarante-deux commandes, tournant le dos au mur de verre, Harold se permit de prendre une expression légèrement étonnée, mais n'en laissa rien paraître dans sa voix.

— Oui monsieur, je vous remercie...
— C'est bien Harold, c'est très bien, j'en suis satisfait...

Il y eut un court silence. Harold attendait, M. Gé retardait d'une seconde et quelques centièmes le moment de prononcer les premiers mots de la situation nouvelle, qui allaient commencer à ouvrir la faille entre l'habituel et le définitif. Au-dessus du bouquet, le rouge du ciel donnait au passage une joue rose au Sacré-Cœur, entrait et allumait les marguerites, ourlait d'orange le cytise, exaltait les roses et émouvait délicatement la veste blanche de M. Gé, boutonnée jusqu'au cou.

— Harold...
— Oui monsieur ?
— Je ne veux plus être dérangé, ne m'appelez plus, coupez tous les circuits, éteignez les récepteurs, laissez-moi seulement le contact avec ma maison.
— Bien monsieur. Mais nous attendons un appel du Premier britannique, et un du Vatican... Le pape désirerait obtenir votre aide pour...
— Qu'il s'adresse à Dieu, Harold... L'équipe du soir est arrivée ?
— Bien sûr, monsieur.
— Renvoyez tout le monde...
— Mais !...
— Une semaine de vacances... Et dites à tous que je double les appointements... Je triple les vôtres, Harold...
— Monsieur, je... Je ne sais comment...
— Ne dites rien... Quand on se croit obligé d'exprimer sa gratitude, on perd la moitié de sa joie... Estimez-vous que c'est trop ?
— Oh, ce n'est jamais trop !...
— Vous voyez bien... Faites donner à chacun une prime de six mois, qu'ils la touchent avant de partir. Il y assez de liquide en caisse ?
— Certainement... Puis-je vous demander, monsieur ?... Est-ce

que vous fêtez un événement agréable ?... Vous est-il arrivé quelque chose ?

— Non, pas encore, Harold, merci...

— Ils vont être très heureux, monsieur, mais tout le travail va prendre un retard effrayant !...

— Aucune importance, Harold, ce qui est important c'est qu'il y ait le plus possible de gens heureux ce soir.

— Moi je commence à être inquiet...

— Ne cherchez pas à être trop intelligent... Prenez ce qui se présente. Si c'est une fleur, cueillez-la. Si le loup vient ensuite, il est toujours temps de se faire mordre. Coupez tout ! Bonsoir Harold !

— Bonsoir, monsieur...

Les petites taches rondes colorées dans l'acajou du bureau s'éteignirent, sauf une, bleue, un peu à l'écart des autres. M. Gé l'effleura du bout du doigt. Une partie du bureau glissa, découvrant un écran de télévision. L'écran devint lumineux mais resta vide. M. Gé posa trois fois, légèrement, son doigt sur la tache bleue. Dans l'écran apparut une fille aux longs cheveux dorés, qui dormait nue sur un lit de fourrure vert pâle aux poils très ras. Elle s'était endormie de profil, les deux mains sous une joue, les genoux inégalement relevés vers sa poitrine, découvrant avec candeur son sexe clos comme la porte d'une maison convenable.

M. Gé avait des domiciles toujours prêts à le recevoir un peu partout dans le monde, dont plusieurs à Paris. Il préférait à tous les autres celui qu'il nommait « ma maison ». Il avait acheté le parc de Saint-Cloud et y avait fait construire quelque chose d'incomparable dans le mystère des arbres, avec des prolongements sous la colline, un pont privé pour franchir la Seine et une clairière fleurie pour recevoir ses avions et ses hélicoptères silencieux.

Au cœur de la maison, la fille de la veille dormait encore, et celle du jour dormait déjà. Celle-ci était une Japonaise, l'autre une Finlandaise. Les collaborateurs de M. Gé qui lui choisissaient ses femmes sur tous les continents connaissaient ses goûts : il les désirait, quelle que fût leur race, jeunes, minces mais pas maigres, avec une peau douce, des seins bien tenus et un joli visage. Il en changeait chaque jour afin de ne pas s'attacher. Souvent il n'avait même pas le temps de les voir, mais il aimait, lorsqu'il disposait d'un quart d'heure, en trouver une sous sa main, tiède, lisse, bien payée, sans curiosité ni avidité. Il lui parlait doucement et la caressait comme une pierre polie qui s'est chauffée au soleil. Si elle parlait, il l'écoutait en souriant. Il lui faisait « chuut !... » quand elle parlait un peu fort. Ce qu'elle disait n'avait aucune importance. Elle pouvait parler dans n'importe quelle langue, M. Gé la comprenait. Parfois il s'en trouvait une exceptionnellement belle et lumineuse. Alors, pour la remercier d'être ce qu'elle était, M. Gé lui faisait l'amour, pour elle, rapidement car il n'avait jamais le temps, mais sans hâte. Elle en revenait éperdue, transformée dans sa chair et dans son âme, il lui semblait que cela avait duré des semaines, elle n'avait jamais connu un tel bouleversement, quelles que fussent ses précédentes expériences. Elle aurait voulu recommencer tout de suite et sans arrêt, jusqu'à l'éternité. M. Gé la faisait repartir aussitôt, non sans quelque mélancolie.

Elles venaient de toutes les tranches du monde, et les décalages horaires perturbaient leur sommeil. Certaines ne parvenaient pas à fermer l'œil, et passaient leur journée à découvrir la maison, ses penderies vastes comme des salons, avec des peuples verticaux de manteaux de fourrure et de robes de soie et d'or. Elles en essayaient vingt, cent, il y en avait tellement que l'envie leur passait. On leur avait dit qu'elles pouvaient emporter tout ce qu'elles voudraient. La plupart étaient trop embarrassées pour bien choisir. Quelques-unes se servaient avec discernement. Celles qui avaient fait l'amour ne prenaient rien. Au contraire. Elles s'arrangeaient pour laisser quelque chose d'elles, un mouchoir, un slip qui portait leur parfum, dans la chambre, dans un coin du lit, un tiroir, près d'un miroir, avec l'espoir que M. Gé s'y accrocherait, se souviendrait, les rappellerait...

Mais ce n'était jamais la même chambre qui servait.

La maison de M. Gé était très grande. Celles qui avaient voulu la connaître tout entière n'y étaient pas parvenues. Elles se promenaient nues interminablement sur des tapis ou des mosaïques, entre des miroirs, des tableaux, des statues, des fenêtres qui s'ouvraient sur des parcs où passaient des biches, sur des gazons picorés de merles, des épanouissements de fleurs gorgées de couleurs. Elles traversaient des jardins intérieurs, des piscines en pente douce dont l'eau avait la tiédeur de leur peau, elles trouvaient des fruits et des nourritures menues, exquises, sur des tables de dentelle, sur des cheminées de marbre, sur le plateau d'un valet qui ne disait rien et ne les regardait pas. Il y avait toujours une autre pièce, avec des meubles, des plantes et des oiseaux, une autre piscine d'une autre forme et d'une autre couleur, un grand chien couché qui agitait la queue à leur passage comme s'il les connaissait depuis toujours, de lents escaliers auxquels elles ne montaient pas, car elles avaient déjà tellement à voir sans monter... Elles ne trouvaient jamais le bout de la maison. Un peu lassées mais non lasses, elles ouvraient encore une porte : c'était celle de la chambre, où M. Gé arrivait.

D'autres passaient leur temps à dormir. Silfrid, la Finlandaise, fut réveillée par la voix de M. Gé qui lui parlait dans sa langue. Elle se redressa, regarda autour d'elle, elle ne le vit pas, elle s'effraya un peu.

— Ne t'inquiète pas, lui dit M. Gé, je te parle de mon bureau... Ecoute-moi bien, le temps devient court, écoute-moi et réponds : y a-t-il quelque chose que tu aurais envie de faire — une envie folle... et que tu n'aurais jamais pu faire ?

Silfrid, étonnée, un peu ensommeillée, hésita puis fit une moue et dit non.

— Réveille-toi ! Réfléchis ! Une chose que tu n'as jamais osé faire, maintenant tu peux, et il faut la faire vite, vite !...
— Mais quoi ?
— Casser tous les miroirs !... Mettre le feu à la maison !... Faire l'amour avec mon chien danois !...
— Vous êtes fou !... C'est dégoûtant !...
— Tu es une fille sage... Bon... Tu as tout de même bien une envie secrète ?... Des bijoux ? de l'or ? des diamants ?
— Si vous voulez me donner encore un petit quelque chose, j'aimerais mieux des dollars...
— Qu'est-ce que tu veux en faire ?
— Je veux monter une ferme modèle... il me faudrait au moins cinq cents vaches...
— Seigneur ! Des vaches !... dit M. Gé.
— Du lait... dit Silfrid, émerveillée.

Distraitement, par association d'idée inconsciente, elle se gratta le bout du sein droit.

— Trop tard, la ferme... Je ne peux rien pour toi, dit M. Gé. Adieu mon pigeon...
— Attendez ! Si ! Il y a quelque chose que j'aime ! je viens d'y penser !...

M. Gé la voyait, assise comme une petite déesse sur la fourrure verte, ses bras serrés autour des genoux, son menton posé dessus, la tête un peu inclinée, avec ses longs cheveux qui coulaient sur le côté droit. Mais elle ne le voyait pas, et elle trouvait gênant de parler à un invisible. Alors elle parla pour elle-même, doucement.

— Des perles... dit-elle dans un souffle.
— Bravo, dit M. Gé. Ça, je peux... Tu vois le tableau en face de toi, au mur ?

C'était le *Printemps*, de Botticelli. L'original. Celui de Florence était une bonne copie.

— Oui, je le vois, dit Silfrid. Je l'ai déjà vu sur un timbre-poste...
— Tu l'aimes ?
— Bof...

M. Gé invisible sourit.

— Approche-toi du tableau...

Elle se déplia et descendit du lit.

— Tu es très belle... Tu sais marcher nue... Il y a très peu de femmes qui savent... Ou elles ont peur, elles se recroquevillent, ou elles s'étalent comme de la pâte qui a perdu son moule.
— Vous me voyez ?

Instinctivement, elle posa une main sur sa poitrine et l'autre au bas de son ventre.

— Je vois tout..., dit M. Gé. Ne te ferme pas !... Laisse-moi te regarder une dernière fois. Il faut toujours que vous fermiez quelque chose de vous ! votre tête, votre cœur ou votre sexe, ou les trois... Vous croyez vous mettre à l'abri... Vous ne faites que meurtrir les hommes qui vous aiment. Vous les obligez, pour vous connaître, à se transformer en conquérants. Alors ils fabriquent les Bombes... Ce n'est pas le monde qu'ils veulent détruire, c'est le mur derrière lequel vous vous cachez...

Silfrid écoutait ce discours sans le comprendre. Elle était arrivée devant le tableau. Maintenant qu'elle se savait regardée, elle ne savait que faire de ses mains. Elle les laissa pendre, puis les croisa derrière son dos.

— Bon, dit M. Gé, tu ne m'as même pas entendu... Quand on parle à une femme d'être ouverte et vraie, c'est comme si on parlait à un oiseau le langage des poissons. Ça n'entre même pas dans ses oreilles. Les tiennes sont ravissantes, quand on les voit. Tout cela n'a d'ailleurs plus aucune importance, ni tes oreilles ni ce que je leur dis. Il y a des siècles que je n'avais pas autant parlé à une femme. Tourne-toi, que je te regarde encore... Tu es la dernière, pour longtemps... Mets tes mains sur la tête, comme des fleurs... Tourne doucement... Tu es belle. Je te remercie... Maintenant, viens te placer devant la dame qui porte une robe fleurie, et pose ton doigt sur son gros orteil.

— Mais...

— Pose !... Maintenant, appuie !...

Elle appuya. Elle sentit un petit frémissement sous son doigt, puis le tableau monta sans bruit vers le plafond. Dans le mur dégagé une porte s'ouvrit, une lumière douce et blanche s'alluma, éclairant une piscine en forme d'œuf coupé dans le sens de la longueur. Elle était assez longue et large pour qu'on y pût nager un peu, mais assez petite pour rester intime. Le mur en voûte au-dessus d'elle formait l'autre moitié de l'œuf. Il était de mosaïque blanche et crème, avec des taches d'or.

La piscine était pleine de lait.

Du moins Silfrid crut-elle tout d'abord que c'était du lait car son esprit n'acceptait pas l'image que ses yeux lui envoyaient. Quand elle comprit, elle fit « ho ! » comme si elle recevait un coup, et tomba à genoux.

— Ce sont les perles que mes ancêtres ont collectionnées depuis la Tour de Babel, dit M. Gé. Elles sont à toi. Aime-les vite...

Silfrid posa ses mains à plat sur les perles. Elle les sentit tièdes, et fraîches, contre ses paumes, rondes comme de la semoule sur la langue. Lentement, elle s'allongea et se coucha sur elles, les bras étendus comme si elle avait plongé. Les perles s'écartèrent avec tendresse autour de ses seins, pour leur faire une place parmi elles. Silfrid flottait sur une mer de lait et de lumière. Elle la caressa, d'une joue, de l'autre, se retourna sur le côté, sur le dos, ramena ses bras le long de son corps. Elle commença à s'enfoncer lentement, par les talons. Elle prit des perles plein les mains, les fit couler sur son ventre et le caressa doucement avec elles, en fit couler sur son visage, sur ses lèvres, sur ses yeux fermés. Elles étaient tièdes, elles étaient fraîches, elles faisaient un bruit de ruisseau léger, elles sentaient de très loin l'odeur de la mer, comme apportée par le vent au-dessus d'un désert de sable vierge d'eau depuis dix mille années. Elle rouvrit les yeux et redressa un peu le buste, pour les regarder en les faisant couler sur ses épaules et sa poitrine. Certaines rebondissaient sur la pointe dure et tendre de ses seins. La plupart étaient roses comme du lait à l'aube, d'autres bleues comme le blanc de ses yeux, ou dorées comme l'extrémité du plus petit des orteils de son pied gauche. Il y en avait qui étaient sombres, presque noires presque rouges, comme une braise éteinte dans la nuit, comme l'ombre dans l'ombre au bas de son doux ventre lisse.

Elle s'allongea de nouveau, ferma les yeux et enfonça ses mains dans les perles jusqu'à ce qu'elle en sentît la douceur et la fraîcheur se fermer autour de ses poignets, puis de ses coudes. Elle soupira de bonheur. Elle était portée par un nuage. Tout son corps se relaxait, chaque parcelle d'elle-même se reposait sur une goutte de lumière. Elle sut qu'elle allait dormir comme personne au monde n'avait jamais dormi. Le peuple des perles doucement s'écartait sous sa nuque, sous ses reins, s'arrondissait sous ses rondeurs, roulait au-dessous d'elle, et, peu à peu, roulait au-dessus.

Jonas entra et vit d'abord le grand bouquet éclaboussé de rouge par le soleil couchant, à côté duquel se tenait un homme vêtu de blanc. L'homme était ourlé de rouge, et les fleurs étaient aussi grandes que l'homme.

— Regardez-les bien, dit celui-ci, ce sont les dernières...

D'un geste du bras, il montra le mur de verre :

— Voyez... On dirait que Paris a déjà disparu...

Les rayons du soleil couchant ne parvenaient plus à percer la brume, et, vu du haut de la Tour, Paris semblait enseveli sous la fumée de son propre incendie que perçaient seules les cimes massives des autres tours, et, pointue, celle de la vieille et la plus légère, Eiffel, la grand-mère.

L'homme blanc désigna un fauteuil à Jonas et alla s'asseoir derrière son bureau.

— Monsieur Jonas vous êtes intelligent, c'est pour cela que je vous ai choisi... Je vous demande de m'écouter avec votre intelligence, en maîtrisant vos réflexes émotionnels. Vous me reconnaissez ? Vous savez qui je suis ?...

Jonas le regarda avec plus d'application.

— Il me semble que... Mais je ne prête pas une grande attention aux physionomies...

— Je suis Monsieur Gé, dit M. Gé.

— Ah !... En effet !...

Il le reconnaissait. Il avait eu comme tout le monde l'occasion de voir sa photo dans des journaux ou des revues. Sa petite barbe blanche ronde était unique au monde. M. Gé, c'était l'homme qui vendait de l'uranium, du pétrole, des armées, la récolte tout entière du blé de l'Ukraine, des flottes, des Républiques, des quartiers de Lune. Il était plus riche que les plus riches nations, plus puissant que les plus puissantes.

— Je suis un marchand, dit M. Gé. Je vends ce que mes clients me demandent. Du pain ou des bombes. Depuis quelque temps ils me demandent surtout des bombes... Par ma situation et mes correspondants, je suis à même de savoir, mieux que n'importe quel service secret, combien il y en a dans le monde.

— Il y en a beaucoup... dit Jonas.

— Il va bientôt y en avoir trop... Vous savez qu'on n'a jamais essayé les bombes U. Leur puissance est théoriquement si grande qu'on a craint qu'une simple expérience causât des catastrophes.

— Hh... hh... dit Jonas, qui savait tout cela.

— La catastrophe aurait été bien pire qu'on ne le pensait. Vous avez eu connaissance du rapport To-Hu ?

— Hh... hh... dit Jonas. Ce n'est pas sérieux.

— Qu'en savez-vous ?

— Le Zen, je ne suis ni pour ni contre, mais ce n'est pas scientifique... To-Hu prétend que les bombes U sont yin, et tellement yin que si l'une d'elles saute elle libérera tout le yin des autres, qui sauteront à leur tour... C'est infantile... Nous ne sommes plus au temps des samouraïs...

M. Gé sourit, se leva, et, nonchalant, vint cueillir une rose dans le bouquet. Le soleil touchait l'horizon brumeux. Il prenait la couleur du fer fondu et s'aplatissait comme le jaune d'un œuf mollet.

— En terme scientifique, dit M. Gé, cela pourrait signifier que l'explosion d'une bombe ferait entrer en résonance les autres bombes, tout au moins celles qui se trouveraient à proximité. Et que les explosions se succéderaient de proche en proche...

— On peut supposer tout ce qu'on veut, on ne peut rien vérifier.

— La vérification est possible avec des micro-bombes...

— Elles coûteraient dix mille fois plus cher à fabriquer que des bombes normales.

— Normales... si l'on peut dire ! dit M. Gé en respirant la rose.

Jonas sourit. Il était heureux de se trouver en face d'un homme intelligent. Il ne redoutait rien tant au monde que les imbéciles, et il en rencontrait beaucoup, même aux niveaux les plus élevés de la connaissance. Pour un esprit intelligent, sans mesquinerie, sans parti-pris, plein de curiosité et d'humour, et qui comprend au centième de seconde, c'est une grande et rare satisfaction de se frotter à un autre esprit de même qualité. Il avait suffi de quelques mots, d'un sourire, pour que Jonas se rendît compte que l'intelligence de M. Gé était sans contrainte, et peut-être, comme la bombe, universelle.

Il était ravi. Il avait oublié les circonstances de son arrivée, elles n'avaient aucune importance, il avait oublié qu'il rentrait rapidement

de Sydney parce que sa femme était sur le point d'accoucher, il avait oublié qu'il était marié...
— J'ai vérifié, dit M. Gé.
Il s'était assis au bord de son bureau, face à Jonas, et caressait avec la rose le creux de sa main gauche arrondie autour d'elle.
— Vous ?
— J'étais sans doute le seul au monde à pouvoir le faire. J'ai les moyens... Mes collaborateurs ont fabriqué deux micro-bombes d'un carat, nous en avons fait exploser une dans un silo de plomb de trois mètres d'épaisseur. Il a été volatilisé avec la montagne qui l'abritait. C'était un mont du Ko-i-Baba, en Afghanistan. La deuxième micro-bombe, enfouie sous cinquante mères de béton, à 90 kilomètres de la première, a sauté 5 secondes plus tard... Toute cette région du globe en a été quelque peu ébranlée. C'était en avril dernier...
— Ce tremblement de terre du 12 avril ?... C'était... ?
— C'était cela...
Jonas regarda M. Gé avec un peu d'étonnement. Il lui apparaissait brusquement sous un autre jour. Il murmura :
— Cent vingt mille morts...
— Ne vous laissez pas dominer par l'émotion, monsieur Jonas... Ou alors laissez-vous aller, en imaginant ce qui se passera quand les bombes U éclateront. Quand elles éclateront *toutes*. Car To-Hu a raison...
Jonas blêmit. Il se retrouva tout à coup avec sa femme et ses enfants pas encore nés mais déjà si présents. Il fit le geste de les serrer contre lui, de fermer autour d'eux l'abri de ses bras.
L'effroyable danger ne concernait pas seulement l'humanité entière, mais eux, les siens, ceux qu'il aimait...
On s'imagine toujours que le cataclysme s'arrêtera à quelques mètres et que s'il n'y a qu'un rescapé on sera celui-là, avec ceux qu'on chérit et qui font partie de soi. Mais cette fois-ci il n'y aurait pas de rescapé, pas un seul...
— Il ne restera pas un brin d'herbe... pas une fourmi... Mais pourquoi sauteraient-elles ? Il faudrait un fou !
— Ça ne manque pas, dit M. Gé paisiblement. Vous le savez bien... Et même sans cela : il suffit d'un accident... Les lois de la probabilité le rendent de plus en plus inévitable à mesure que le nombre des bombes grandit. Mais ce cataclysme total que vous imaginez n'est pas ce qu'il y a de pire... Si les bombes sautent aujourd'hui, toutes traces de vie disparaîtront de la surface de la Terre, les continents seront labourés et vitrifiés, les océans entreront en ébullition, les eaux bouillantes submergeront les terres, les Parisiens seront cuits au court-bouillon après avoir été rôtis. Mais il y aura une rescapée...
— Qui ?
— La Terre, dit M. Gé. Elle sera râpée, flambée, ébouillantée, elle basculera peut-être, fera des pirouettes, changera de cap, mais elle subsistera. Et un jour ou l'autre, quand elle se sera stabilisée sur un

nouvel itinéraire céleste, quand elle aura remis à leur place ses eaux et ses terres couronnées de l'air refroidi, quand les radiations se seront éteintes, un jour, la vie pourra recommencer... Mais nous sommes à l'ultime limite de cette possibilité. Le nombre des bombes augmente chaque jour, et à partir d'une certaine quantité la Terre elle-même sera détruite, cassée en morceaux, répandue en miettes et en poussière sur son vieux chemin du ciel. Demain l'usine australienne de la G.P.A commence sa reproduction... Regardez...

M. Gé fit un geste vers un mur. Un écran s'y alluma, montrant au premier plan une sorte d'anus rouge, un cul de poule gigantesque en plastique mou, vertical, qui pondait à intervalle régulier des sphères verdâtres grosses comme des têtes d'homme. Elles sortaient avec un bruit mouillé, obscène, pfchluitt... pfchluitt..., tombaient sur un tapis de mousse élastique et roulaient vers un trou bleu-nuit qui les aspirait : fhhup... fhhup...

— Des bombes ? demanda M. Jonas effaré.
— Factices, dit M. Gé. Répétition de la chaîne de fabrication. Mais demain matin à 6 heures, heure locale, la production véritable commencera. En une demi-journée, il y en aura assez pour que la Terre soit condamnée à l'éparpillement, et la résurrection de la vie impossible. Demain soir il sera définitivement trop tard... C'est pourquoi j'ai décidé de faire sauter les bombes aujourd'hui.

Jonas sauta dans son fauteuil. M. Gé le calma d'un geste de la rose.

— Ne me dites pas que je suis fou, ce serait bien conventionnel... Et surtout ce serait faux : je serais fou si, ayant la possibilité de sauver la Terre, je la laissais détruire... Le mois dernier, la République indépendante de l'île de Tasmanie, au sud de l'Australie, m'a acheté une Bombe U... Cette bombe sautera quand je poserai mon doigt ici...

M. Gé tira d'une poche de son veston un objet qui ressemblait à un étui à cigarettes en or extra-plat. Il l'ouvrit et le posa sur son bureau. Jonas vit à la place des cigarettes deux boutons rectangulaires, un vert et un rouge, entourés de velours noir.

— Sur celui-ci, dit M. Gé.
Et il posa son doigt sur le bouton rouge.
Jonas se dressa, blême.
— Attention !...
— C'est fait, dit M. Gé très calmement... Elle a sauté... La vague d'explosions va s'étendre à la vitesse d'environ mille kilomètres à la minute. Nous sommes aux antipodes : vingt mille kilomètres en ligne droite...
— Courbe !... dit Jonas.
M. Gé acquiesça en souriant :
— Pour nos yeux de rampants, à cette échelle, c'est la même chose... La bombe que l'Archevêché a déposée dans le Trésor du Sacré-Cœur, avec les reliques de Jean XXIII et la bannière des Enfants de Marie en soie naturelle sautera dans vingt minutes...

Mme Jonas dormait. Deux hommes en blanc l'avaient conduite, à travers le dispatching, jusqu'à un ascenseur, puis à un hélicoptère-ambulance. A ses questions ils avaient répondu qu'ils la conduisaient à la clinique d'accouchement et qu'elle y retrouverait son mari, c'était lui-même qui les avait envoyés la chercher. D'ailleurs ils le croyaient.

Mme Jonas s'était calmée, Jonas, son Henri était là, il avait pensé à elle, il avait tout prévu, il était merveilleux... AAAïe ! Une nouvelle contraction lui tordait le ventre. Elle fit la respiration haletante, comme on lui avait appris. Elle s'efforça de penser à autre chose. A quoi ? C'est facile à dire, avant ! Aaaïe !

— Je vais vous faire une piqûre, dit un des hommes en blanc, celui qui avait le nez rouge et de gros sourcils noirs... Pour vous retarder un peu...

— Je veux bien... Aaah !... dit Mme Jonas... J'ai pas envie... d'accoucher ici !...

Sa robe était sans manches. L'homme en blanc approcha du haut de son bras un pistolet à injection. Il y eut un tout petit bruit, elle ne sentit rien, mais tout à coup se trouva mieux. Son ventre se détendit, elle fut extraordinairement soulagée, et s'endormit dans le bourdonnement du moteur du gros insecte.

L'hélicoptère se posa au sommet de la tour Montmartre. Les deux hommes firent rouler la couchette jusqu'à l'ascenseur privé de M. Gé, refermèrent la porte en restant à l'extérieur, remontèrent dans l'hélicoptère, et s'envolèrent vers le sort commun, qu'ils ne soupçonnaient pas. Mme Jonas descendit mollement cinq étages, sans se réveiller.

— Je ne comprends pas pourquoi je suis ici, dit Jonas, mais puisque vous êtes si puissant, je suppose que vous avez la possibilité de me faire transporter rapidement chez moi ? Je désire mourir auprès de ma femme...

— Qui vous parle de mourir, monsieur Jonas ? Si je vous ai fait conduire ici sans vous consulter — je vous prie de m'en excuser — ce n'est pas pour vous laisser mourir, mais pour vous sauver...

— Me sauver ? Moi ? Pourquoi moi ?

— L'Arche a besoin de vous...

Jonas regarda M. Gé avec inquiétude. Il imita de la main le mouvement d'un vaisseau ballotté par les vagues, et exprima son étonnement :

— L'Arche ?...

— Non, dit M. Gé, l'Arche... (Il pointa l'index de sa main droite vers le sol.) ... enterrée !... Sous trois mille mètres de roches, de sable, d'acier, et d'or... Vous n'imaginez pas ce que ça a coûté !... Ce que j'ai construit là, aucun gouvernement n'était assez riche pour le faire...

— Ils se sont tous fait construire des abris...

— De la bricole ! Quelques mètres de béton et quelques tonnes de conserves, avec des prières pour que le vent pousse les radiations chez le voisin... S'ils ont le temps d'y entrer, ils en sortiront dans quelques mois, et ils seront frits !... Ce n'est pas sérieux !... Les hommes d'Etat n'ont ni le temps ni l'habitude de prévoir. Ils vivent au jour le jour, tous les événements les surprennent, et les problèmes qu'ils s'efforcent de résoudre sont ceux de la veille ou de l'avant-veille, qu'ils n'ont d'ailleurs pas encore compris. Pour des lendemains un peu amples, il faut l'initiative privée... L'Arche va partir pour un long voyage immobile. Tout est automatique à bord. C'est un navire qui n'a pas besoin d'équipage. Mais il lui faut un capitaine qui soit assez qualifié pour faire face aux incidents, et qui, à l'arrivée, préside à la redistribution de la vie dans le désert et le chaos... Ça ne vous tente pas ?

Jonas hocha doucement la tête, de haut en bas, avec une petite moue. Cela voulait dire qu'il était effectivement tenté, mais qu'il réfléchissait. Il demanda :

— Quelle durée avez-vous prévue ?

— Quand je vous aurai enfermé dans l'Arche, vous y resterez vingt ans...

— Cela me paraît un bon délai... Avec une marge juste suffisante...

Vingt ans... Tout à coup il réalisa qu'il ne lui restait plus que dix minutes pour rejoindre sa femme...

— Ma femme !

... et mourir avec elle...

Il se mit à crier :

— Je me fous de votre abri ! Faites-moi conduire auprès de ma femme. Par où sort-on d'ici ?... Un hélicoptère !... Vous m'avez... Vous m'avez... Sans vous je serais... Lucie ! ! !...

Il criait, il se tournait vers tous les murs, cherchait une issue impossible... Trop tard !... Il n'aurait pas le temps de la rejoindre, elle mourrait sans lui, dans une atroce terreur soudaine... Ce salaud ! cette ordure ! ce marchand ! Il chercha une arme, quelque chose pour lui casser la tête, il n'y avait rien que l'on pût prendre en main... Que des roses...

— Vous n'imaginez pourtant pas, disait calmement M. Gé, que si j'ai mis dans l'Arche l'âne avec son ânesse et le coq avec ses poules, j'allais y embarquer l'homme tout seul ? Votre femme est aussi nécessaire que vous... Et dans son état, encore plus précieuse...

Il posa sa main droite sur le mur derrière son bureau. Le mur glissa, découvrant l'intérieur d'une petite pièce rectangulaire capitonnée de satin jaune canari. Un philodendron, grimpant hors d'un pot turquoise modern style, couvrait presque entièrement deux murs de ses larges feuilles découpées. Les délicates couleurs d'un tapis de soie chinois luisaient doucement sur le sol. Sur le tapis était posé une civière et sur la civière Mme Jonas étendue dormait, un petit sourire aux lèvres, les deux mains croisées sur le tournesol.

— Chut ! fit M. Gé à Jonas, qui allait crier le nom de sa femme. Ne la réveillez pas...
— Mais il faut la transporter ! la mettre à l'abri ! on n'a plus le temps ! Où est l'Arche ?
— Nous y allons, dit M. Gé. Voulez-vous entrer ? C'est l'ascenseur...

Au moment où Jonas franchissait la porte de la petite pièce, une lueur fulgurante le fit se retourner vers le mur de verre. Au sud-est, l'horizon brûlait d'une immense lueur verte bouillonnante. Des milliers de sphères y grouillaient, vertes, blanches, blêmes, écarlates, tourbillonnaient lentement, s'enflaient, se pénétraient, éclataient en silence, engendraient des sphères plus petites qui grossissaient, grouillaient, tourbillonnaient, éclataient... L'enfer se déversait dans la moitié du ciel. Le bureau était devenu l'intérieur d'une émeraude striée de sang. Du coin de l'œil, Jonas voyait à côté de lui M. Gé vert comme une plante, rouge comme un écorché. Atterré, il se tourna vers lui :
— Déjà !... dit-il. Orly ?
— Non, dit M. Gé : Jérusalem.

Il poussa doucement Jonas dans la pièce jaune et y entra à son tour. Dans sa main droite il tenait toujours la rose. Une sirène se mit à hurler sur Paris, puis d'autres, toute la meute des chiens de fer épouvantés, hurlant la mort fantastique qui arrivait au galop de feu. Le mur capitonné se referma, et coupa tous les bruits du monde. Les feuilles du philodendron firent un murmure de papier frais sous la main de M. Gé qui les caressait en entrant. Jonas tremblait. Toute sa chair tremblait, ses os tremblaient, ses dents, ses mains, ses cheveux tremblaient et dans sa tête qui tremblait il sentait trembler le chaos de ses pensées bouillonnantes et tourbillonnantes comme le ciel qu'il venait de voir. Ce n'était pas de la peur, c'était plus que de la terreur, c'était une réaction primitive, absolue, de chaque fibre vivante, à laquelle les hommes n'avaient pas eu l'occasion de donner un nom, car aucun d'eux, jusque-là, n'avait vu commencer la fin du monde...

Il sentit sous ses pieds la cabine démarrer et accélérer sa descente. Il éprouva tout à coup un sentiment de sécurité totale. Comme un poussin qui rêve qu'il va être mangé par le chat et qui réussit juste — cric ! — à s'enfermer dans l'œuf...

Il prit une grande respiration, se tourna vers sa femme, s'agenouilla, serra fortement sur le bord de la civière ses mains qui tremblaient encore un peu, se pencha et posa ses lèvres sur la joue qui s'offrait à lui. Lucie soupira de bonheur dans son sommeil et les coins de son sourire fendirent la foule des taches de rousseur. Jonas fit une petite grimace, huma l'air une ou deux fois et recula légèrement : sa femme avait apporté autour d'elle un cocon de l'odeur du cortège. La pièce jaune descendait à une vitesse vertigineuse, en accélérant sans cesse. Jonas sentait le vide se creuser sous ses genoux et derrière son nombril. Sa femme le sentit aussi, se réveilla, poussa un cri et voulut retenir son ventre qui s'enfuyait Dieu sait où.

— Lucie... Je suis là... Ne crains rien... Je suis là !...
Elle tourna la tête, vit son mari à genoux près d'elle et fondit de bonheur.
— Henri !...
Puis elle vit un homme blanc qui lui souriait et tenait une rose, elle vit une belle plante verte épanouie sur des murs jaunes, gais, et se rassura tout à fait. D'ailleurs elle ne sentait plus cette curieuse sensation dans son ventre. Le voyage vertical était terminé, la cabine s'immobilisait en douceur au dernier millimètre. Au-dessus d'elle, vingt et une portes de béton, d'eau et de sept alliages d'acier, épaisses comme une montagne, s'étaient refermées sans bruit. Au-dessus des portes, à la surface, Paris n'était plus qu'un trou immense plein de flammes et de fureur. Silfrid était morte sans s'en apercevoir, toutes les perles fondues autour d'elle en une seule perle de soleil.

Le mur canari s'ouvrit, révélant une grande pièce voûtée, pareille à un bateau posé à l'envers. Un bateau d'or. Du moins la matière dont étaient faits les murs qui se rejoignaient comme des mains jointes, avait-elle la couleur et l'aspect d'un or mat, de teinte chaude.
Sur la gauche, une fontaine provençale aux trois dauphins de pierre coulait près d'un cyprès dont le doigt pointu grattait la jointure des arches.
— Henri ! demanda Mme Jonas, où tu m'as fait emmener ? C'est pas la clinique des Sœurs du Bon Secours !
— Ne t'inquiète pas, je vais t'expliquer, tout va bien...
— Aah ! hurla Mme Jonas en se cramponnant aux bords de la civière, ne me quitte pas ! Henri ne me quitte pas !
— Je ne te quitte pas ! Ma chérie ! tout va bien ! tout va très bien !
— AaaaAAh !
— Respire ! Comme on t'a montré ! Respire ! Détends-toi !
— Détends-toi ! Tu en as de bonnes, toi ! Aaaaah ! Ne me quitte pas ! Donne-moi ta main !...
Il lui tendit sa main droite. Elle s'y cramponna et y enfonça ses dix ongles.
Ils crièrent ensemble :
— AaaAAAh !
Jonas reprit son souffle, se tourna vers M. Gé et lui demanda à voix basse.
— Vous avez prévu un accoucheur ?
— Vous êtes médecin... répondit M. Gé, en se penchant vers la civière.
Il appuya sur un bouton et la civière roula doucement de la pièce jaune à la pièce d'or.
Elle s'arrêta près de la fontaine.
— C'est de l'eau stérile, dit M. Gé, plus pure que de l'eau bouillie... Dans tous les films que j'ai vus, on fait bouillir de l'eau

quand une femme accouche. Je ne sais pas à quoi cela sert mais je suppose que ce doit être utile ? Préférez-vous que je vous laisse, ou avez-vous besoin de moi ?

— Qui c'est ? demanda Mme Jonas, gémissante. C'est pas un docteur ? Où est le Dr Sésame ?

Elle cria :

— Henri ! Où tu m'as emmenée ? AaaaAAAh !

Jonas léchait sa main saignante et regardait avec horreur sa femme qui s'arc-boutait sur la civière. Il se sentait totalement incapable, incompétent, dépassé, bon à rien.

— Henri ! cria Mme Jonas, il arrive ! Aide-moi ! Il... il arrive !...

Jonas respira un grand coup, se laissa tomber à genoux, prit machinalement des ciseaux que lui tendait M. Gé, fendit le tournesol jusqu'au menton, fendit la culotte à fleurs et le soutien-gorge.

La mère n'avait plus besoin d'aide, plus besoin de personne. Du fond des millions d'années la connaissance primitive était tout à coup arrivée jusqu'à elle. Elle poussait, s'arrêtait, se reposait, poussait de nouveau, elle sentait son enfant hésiter au moment de se séparer d'elle, elle le poussait doucement au-dehors, vers la vie, elle l'encourageait, sans rien dire, ils se comprenaient, il n'avait plus peur... il se décidait...

Au moment où il passa la tête, que son père agenouillé reçut au creux de ses mains, M. Gé posa son doigt sur une touche d'un clavier dessiné dans le mur. Des oiseaux se mirent à chanter dans le cyprès, et dans le saule pleureur, dans la fontaine et dans les murs, le rossignol de nuit et l'alouette lointaine, le merle du matin, la tourterelle et la grive et d'autres oiseaux du monde, avec la brise dans le haut des arbres et le rire des ruisseaux chatouillés, l'odeur des tilleuls et de la verveine, du thym surchauffé et de la mousse mouillée, de la prairie tondue et de la forêt qui couve ses champignons. Ainsi le premier cri de l'enfant ne fut pas de douleur, mais une note de vie qui prit sa place dans le concert vivant venu de toutes parts.

Avant de le regarder lui-même, Jonas avait soulevé l'enfant pour le montrer à sa mère. Elle avait vu que c'était une fille, qu'elle était blonde, et qu'elle ressemblait à son père. Elle ferma les yeux de bonheur et s'endormit. Elle se réveilla un quart d'heure plus tard pour faire le second. C'était un garçon, il était encore plus beau que la fille, et ne ressemblait à personne.

Et les nouveau-nés devinrent des nourrissons, nourris aux seins de leur mère, un à gauche, un à droite, et alternativement vice versa. Puis ils furent bébés avaleurs de bouillies fournies par le distributeur. Puis enfants adaptés au régime du poulet rôti.

Ils grandissaient dans l'Arche, ne connaissant rien d'autre que l'intérieur de l'Arche, et ne pouvant imaginer rien de plus. On ne construit un monde imaginaire qu'avec des matériaux pris dans le monde connu. L'imagination, c'est de la mémoire passée à la moulinette et reconstituée en puzzles différents. Un être humain qui aurait été élevé uniquement dans du rouge, derrière des vitres rouges, ne pourrait jamais imaginer le bleu. Et Jim et Jif, malgré tout ce que leur racontaient leurs parents, surtout leur mère, ne pouvaient se faire la moindre idée de ce qu'étaient l'extérieur, l'espace. L'Arche était leur univers, leur univers avait des dimensions précises, et une limite ronde : le mur dans lequel il était tout entier contenu.

— Qu'est-ce qu'il y a derrière le mur ? demandait Jim.
— De la terre, disait Mme Jonas.
— Qu'est-ce que c'est, de la terre ?

Et Mme Jonas ne savait que répondre. Il aurait fallu qu'elle pût lui en montrer une poignée, de l'humus bien gras, une motte d'un sillon, luisante encore du baiser de la charrue. Il n'y avait pas de terre dans l'Arche. Il y avait de la mousse et de l'herbe artificielles, des arbres en plastique, de l'eau fabriquée, des bêtes immobiles, des cloisons, et un mur de métal capitonné qui, pour les deux enfants, contenait tout ce qui existe. Le reste, ce que leur mère expliquait avec des mots vagues et des exclamations d'impatience, ce que leur père essayait de préciser avec des termes techniques, était du domaine du rêve, du mythe, de l'impossible.

Mme Jonas aurait voulu leur montrer, à l'appui de ses affirmations, des images, des gravures, des photos de l'extérieur. Il n'y en avait pas une seule dans l'Arche. M. Gé lui avait expliqué :

— Vous leur auriez donné une idée absolument fausse du monde qu'ils vont trouver quand nous ouvrirons l'Arche. *Rien de ce que vous auriez pu leur montrer n'existe plus.* Plus de villes, plus de paysages... Les immeubles ont été pulvérisés, les montagnes brisées, les fleuves éparpillés, l'eau vaporisée, et tout est devenu incandescent... Ce qu'ils vont trouver, c'est probablement une unique plaine de cendres, de tous les côtés, plus loin que tous les horizons... Ou de boue, si, comme il est probable, et comme je l'espère, il pleut... Seule la pluie peut permettre à la vie de repartir. Quelque part, peut-être, déjà, quelques graines enfouies, sauvegardées, auront germé. Peut-être trouveront-ils, dans le désert, un buisson, une fleur, un jeune arbre... C'est pourquoi j'ai mis ici la reproduction du cyprès et du saule pleureur...

C'était surtout pour elle-même que Mme Jonas racontait — Jif s'en lassait vite — sa vie évanouie et le monde effacé... Elle fermait les yeux et parlait, et revivait Paris, le métro, l'Auvergne, l'autogire, la Beauce, l'Océan, la cuisinière électrique, le ragoût d'agneau, les cerises...

Quand elle rouvrait les yeux, Jif n'était plus là, mais Jim, la bouche ouverte, écoutait, écoutait la pluie, les nuages, les voyages de l'autogire qui montait vers le ciel.

— Qu'est-ce que c'est, le ciel ?

Et Mme Jonas hochait la tête et reniflait, retenant ses larmes. Qu'est-ce que c'est, le ciel ? Trouvez donc les mots pour le dire...

Un matin — le matin c'était quand la lumière bleue s'éteignait et que la lumière blanche s'allumait — Jim, qui avait alors quatorze ans, accourut vers sa mère, tout excité :

— Oh ! maman, je sais comment c'est là-haut, à la Surface ! Je l'ai vue en rêve, cette nuit !...

— Oh ! mon chéri, dit Mme Jonas bouleversée, comment c'était, comme tu l'as vue ?

— Eh bien, j'étais là-haut, j'étais dehors, et le plafond était haut ! Tellement haut que j'aurais pas pu le toucher même si j'étais monté sur la table !

— Le plafond ? Quel plafond ?

— Le plafond du dehors !... Et le mur était loin, loin !... Au moins trois fois comme celui du salon !...

— Quel mur ?

— Le mur du dehors !...

— Dehors, il n'y a pas de mur ! Quand on est entre les murs, c'est qu'on est dedans ! Dehors y en a pas... Enfin, si, y en a... Mais pas partout... Et on peut passer à côté !...

— A côté ?

Jim ouvrait des yeux effarés.

— Bien sûr ! Sans quoi, où on irait ? Et dans la campagne y en a pas du tout !

— Mais alors, qu'est-ce qu'il y a au bout ?

— Au bout de quoi ?

— Au bout !... Il y a toujours un mur, au bout !...

— Dehors, y a pas de bout !...

Cette affirmation jeta Jim dans un tel désarroi que sa mère eut peur. Et quand elle relata la scène à son mari, elle lui dit sa crainte :

— Quand nous allons sortir, et qu'ils ne verront pas de mur, et pas de bout, nos petits vont attraper le vertige ! Un vertige horizontal !...

Jim s'était repris et poursuivait le récit de son rêve :

— Le mur était loin, loin, et je courais pour y arriver, je courais, je courais, et tout à coup le soleil s'est éteint, et c'était la nuit...

Mme Jonas ne laissait pas passer une occasion de rectifier le vocabulaire des enfants. Elle dit :

— Le soleil ne s'éteint pas : il se couche...

— Il se couche ? Il se couche comment ? demanda Jim interloqué.

— Il se couche, c'est tout ! Le soleil se couche ! Qu'est-ce que tu veux qu'il fasse ?

— Mais tu m'as dit que c'était une grande lumière !...

— Oui... Eh bien... Eh bien c'est une grande lumière qui se couche ! C'est simple, non ?

Jim n'insista pas. Quand il s'agissait de « là-haut », il se heurtait constamment à des mystères incompréhensibles. Et sa mère lui disait : « Tu verras... Tu verras quand tu y seras... C'est tout simple... Tu verras... »

Et à mesure que le temps passait il avait de plus en plus envie de *voir*. Le désir de sortir de l'Arche le soulevait. On lui répétait qu'il fallait qu'il patiente. On ouvrirait l'Arche quand il aurait vingt ans. Mais faute des changements visibles apportés par les saisons, il ne parvenait pas à bien comprendre ce qu'était une année, et à quoi correspondait ce qu'on appelait son âge. Quand la frénésie de sortir le prenait, il aurait voulu percer le plafond avec sa tête, devenir un outil qui s'enfoncerait en tournant dans le mur et dans ce qui était derrière, la « terre » inconnue, qui contenait des « cailloux », et qui le séparait des incroyables et merveilleuses promesses du dehors.

Alors il affirmait à sa mère :

— J'ai vingt ans, maman ! Je te jure que j'ai vingt ans ! Je le sais mieux que toi, quand même !...

Elle le serrait contre son cœur, l'embrassait.

— Patiente, mon poussin... Non tu n'as pas encore vingt ans mais ça viendra, va, ça viendra...

Avec des crayons de couleur, sur du papier, M. Jonas essaya d'expliquer à son fils ce qu'étaient le Soleil, la Terre, les planètes... Mais quand Jim vit l'énorme rond jaune du soleil et le tout petit rond marron de la Terre il ne comprit pas comment ce gros machin pouvait se promener au plafond d'une petite boule.

Son père se rendit compte qu'il avait eu tort d'essayer de représenter l'exactitude scientifique, et qu'il était préférable de s'en tenir à l'exactitude apparente. Il traça une large courbe presque plate, représentant une portion du sol terrestre, et dessina au-dessus la petite lanterne jaune du soleil.

— Alors, finalement, le Soleil, demanda Jim, il est gros ou il est petit ?

— Il est très gros, mais on le voit petit parce qu'il est très loin...

Une fois de plus, Jim tomba dans un abîme de perplexité. Ses yeux ne connaissaient que la perspective rapprochée, ils n'avaient jamais vu rapetisser un objet ou un animal qui s'éloigne et son esprit ne pouvait pas concevoir que quelque chose pût changer de dimensions. Son père soupira et dit une fois de plus : « Tu verras... »

— On verra bien ! disait Jif.

Son insouciance n'était rien d'autre que le magnifique bon sens qui a toujours maintenu les femmes au contact de la réalité. Elle ne se posait pas de problème. Quand on y serait, on verrait...

Les hommes rêvent, se fabriquent des mondes idéaux et des dieux. Les femmes assurent la solidité et la continuité du réel.

Jif ne partageait pas non plus la vénération de son frère pour M. Gé. On leur avait toujours dit que c'était M. Gé qui avait fait construire l'Arche et tout ce qui était dedans, les meubles, les arbres, le Distributeur, le Trou, l'horloge, et Sainte-Anna dont ils allaient parfois, à travers les hublots de la machinerie, voir remuer les rouages extraordinairement compliqués, luisants et fumants.

Jif ne cherchait pas à en savoir plus long. Mais pour Jim, qui ne pouvait pas avoir la moindre idée de la façon dont cela avait été fabriqué en cent endroits différents, puis transporté et assemblé, ni du nombre et de la diversité des intelligences et de la main d'œuvre qui y avaient collaboré, c'était M. Gé qui avait tout fait lui-même, il ne savait pas comment, il ne pouvait pas se l'expliquer, mais il ne pouvait pas trouver d'autre explication.

Un jour, il demanda à sa mère :

— C'est M. Gé qui a fait le Dehors, et le Soleil ?

— Oh ! dit Mme Jonas indignée, il faut quand même pas le prendre pour le Bon Dieu !

— Qu'est-ce que c'est, le Bon Dieu ?

Mme Jonas resta bouche ouverte, puis reprit souffle et répondit :

— Ça, franchement, je peux pas te le dire...

Elle venait de se rendre compte, brusquement, que pour son fils, M. Gé, le Tout-Puissant, était effectivement Dieu, et le Dehors le paradis. Paradis merveilleux, inexplicable, inimaginable, qu'on lui avait promis, qu'il espérait de toutes ses forces et qu'il doutait parfois de jamais atteindre. Dieu charnel, présent, qu'il pouvait voir, entendre, interroger, et qu'il osait même parfois toucher, qui avait créé le monde et dont dépendait la vie de chacun. Dès cet instant, elle lutta, sans répit, pour détruire dans l'esprit de son fils cette hérésie grotesque. C'était pas pensable : M. Gé le Bon Dieu ! Elle ricanait... Mais qui a jamais pu détruire la foi d'un vrai croyant ? Surtout quand il a vraiment Dieu sous la main...

L'Arche était un cylindre d'acier enfoncé verticalement dans la terre. Sa hauteur était de cent vingt mètres, et son diamètre de trente. Elle se composait de plusieurs étages superposés, celui du haut étant réservé aux humains.

Au centre de l'étage se trouvait le grand salon rond, lieu de réunion, salle commune, où s'ouvrait le Trou et aboutissait le Distributeur. Il était rarement vide, chacun le traversait ou s'y installait à toute heure du jour. Son meuble principal était le grand divan violine en forme de croissant, qui épousait la courbe du mur avec ses grands coussins en capiton de faux cuir, doux, mous, solides, indestructibles. Le reste du mobilier réunissait des pièces de styles divers, hétéroclites, mais bien choisies et s'accordant. Un couloir circulaire encerclait le salon. Autour du couloir étaient situés les cinq chambres, l'atelier de M. Jonas, la pelouse-fontaine, et la salle de gymnastique. Soit huit pièces disposées comme les tranches d'une couronne.

Autour d'elles courait un second couloir d'où partaient les ascenseurs, escaliers et glissoirs, plongeant vers les autres étages.

Sous les humains se trouvait l'étage des bêtes. C'était le plus épais. Les bêtes en hibernation reposaient, seules, ou par couples ou familles, dans des cases séparées, hermétiques, dix en largeur, dix en longueur et dix en hauteur. Seules certaines cases du haut avaient un plafond transparent, pour la distraction des passagers de l'Arche.

Au-dessous des bêtes, une tranche circulaire de l'Arche contenait l'énorme réserve de graines, rhizomes, tubercules, stolons, boutures, drupes, gousses, pépins, amandes, racines, greffes, bourgeons, marcottes, et tous autres éléments de reproduction des arbres, arbustes, plantes et plantules, conservés chacun dans les conditions qui lui convenaient, surgelé ou déshydraté ou dans un gaz neutre ou dans un cocon de plastique, ou simplement dans le noir et au sec. Cette armée silencieuse devait partir à la conquête de la Terre et y réinstaller la vie végétale, avant qu'il soit possible de réveiller les animaux.

Le fond de l'Arche contenait l'étage de la machinerie. C'était M. Jonas qui veillait sur celle-ci. Son travail n'était pas très absorbant. L'ordinateur et ses annexes électroniques, mécaniques et physicochimiques fonctionnaient si parfaitement qu'il n'avait, en pratique, rien d'autre à faire que les regarder, et remplacer de temps en temps une pièce qui s'usait par une pièce neuve. Il en possédait un stock prévu pour durer au moins cent ans. Tous les circuits et tous les mécanismes essentiels avaient été installés en quatre exemplaires, susceptibles de se remplacer automatiquement en cas de panne. L'énergie, inépuisable, provenait d'une pile universelle, ou pile U, ou plus simplement pilu. Elle était le cœur de l'Arche. De telles piles avaient été les cœurs des bombes qui avaient rasé la Terre. La pilu de l'Arche, surpuissante, était grosse comme une pastèque.

Enfin, sous la machinerie, la soute abritait un certain nombre d'engins et d'outils, tels que charrues, chariots, scies, bêches, barques, tentes, baraques, etc., qui seraient nécessaires aux premières générations. Tous étaient sans moteurs.

Sainte-Anna cliquetait, ronronnait, rythmait le temps de l'Arche, le temps interminable. Mme Jonas racontait, tricotait, M. Jonas bricolait, M. Gé souriait, les enfants grandissaient.

Ainsi parvinrent-ils en leur seizième année.

Ce jour-là, M. Gé sortit de sa chambre aussi impeccable qu'au premier jour de la fermeture, blanc de la tête aux pieds. Ceux-ci étaient nus, seule concession qu'il fît à la température. Pour le reste, il demeurait totalement boutonné et immaculé, jusqu'au menton.

Mme Jonas disait que pour être toujours aussi vierge de tache, de la moindre trace de poussière ou de transpiration, il devait changer de vêtements au moins deux fois par jour. Peut-être trois. Ou plus. Et comme ni elle ni personne ne l'avait jamais vu appuyer sur le Bouton, elle en concluait qu'il disposait d'un Distributeur particulier, pour lui tout seul. Elle aurait bien voulu jeter un coup d'œil dans sa chambre. Elle avait souvent essayé d'en pousser la porte, quand elle était certaine qu'il se trouvait ailleurs. Mais la porte, qui n'avait pas de serrure apparente, restait close. Inébranlable.

M. Gé gagna le salon, où M. et Mme Jonas et les enfants attendaient qu'il vînt leur dire ce qu'il avait à dire. Il leur avait demandé de se réunir, ils étaient là, ils attendaient sans impatience, ils avaient le temps, le temps interminable...

Mme Jonas tricotait, M. Jonas bricolait, les jumeaux chahutaient.

M. Jonas, assis sur la moquette devant la table basse, avait disposé sur celle-ci trois petites pièces détachées de Sainte-Anna, une plate en forme de T, une sphérique nimbée de fils, et une cubique, trouée, dans laquelle il fouillait avec son tournevis.

Mme Jonas, assise dans le fauteuil jaune, tricotait quelque chose de rose, en jetant de temps à autre un regard noir aux deux adolescents qui se bousculaient sur le divan. Elle n'y tint plus. Elle cria :

— Jim ! Veux-tu laisser ta sœur tranquille !

— Trop tard, dit M. Gé avec un mince sourire...

— Trop tard pour quoi ? demanda Jim.

— Tu vas le savoir, petit malheureux ! dit sa mère.

— Pourquoi malheureux ?

— Oh ! dit Mme Jonas exaspérée, tu m'as fait sauter une maille !... Il faut que je reprenne tout mon rang ! Un-deux-trois, un-deux-trois-quatre-cinq...

Il vint s'agenouiller devant elle, lui demanda d'une voix tendre :

— Qu'est-ce que tu tricotes, aujourd'hui ? C'est plus large qu'hier...

— Hier c'était une chaussette, aujourd'hui c'est un pull-over...

Il dit, désolé :

— Je saurai jamais ce que c'est, une chaussette, tu les finis jamais...

— Qu'est-ce qu'on en ferait ? On marche pieds nus... Je tricote parce qu'il faut bien que je m'occupe... Pas de cuisine, pas de vaisselle, pas de T.V., pas de téléphone, pas de voisines !... Si je tricote pas je deviens folle !... Et je détricote parce que ça sert à rien... Avec 28 degrés tout le temps, on a moins envie d'un lainage que d'un courant d'air !...

« J'ai du bon tabac... » serina la musiquette du Distributeur, annonçant ainsi que Sainte-Anna allait livrer un poulet.

— Chic ! J'avais faim ! s'exclama Jim.

Il se dressa, sauta par-dessus la table basse chinoise et s'arrêta au ras du mur qui était en train de s'ouvrir comme un œil d'oiseau, par le coulissement de deux paupières perpendiculaires.

Il s'ouvrait en rond, en carré ou en triangle, selon la forme et les dimensions de l'objet à livrer. Pour le poulet, la cavité était en coupole, avec une base horizontale, à cause du plateau. Pour une fraise, il ne s'ouvrait pas plus grand qu'une bouche. Mais il n'avait livré qu'une seule fraise, une seule fois, à la demande de Mme Jonas. Celle-ci n'avait jamais renouvelé sa demande : elle avait reçu une fraise en plastique. Le Distributeur ne délivrait pas d'autres nourritures que le café-au-lait-croissants et le poulet rôti.

Jim prit le plateau et le posa sur la table basse, devant son père. Sur le plateau se trouvait un plat d'argent et sur le plat un poulet fumant, doré, cuit à point, fleurant bon. A côté du plat, une petite pile de serviettes blanches. Quatre serviettes : M. Gé ne mangeait jamais.

— Il ne mange pas, ça prouve bien qu'il n'est pas comme nous !... disait Jim, avec un regard qui exprimait sa vénération.

— Ça prouve seulement qu'il aime pas le poulet ! répliquait Mme Jonas. Le poulet, c'est bon pour nous ! Du poulet rôti, du poulet rôti, toujours du poulet rôti, chaque jour, tous les jours, jour après jour ! Il y a de quoi devenir chèvre ! Lui, dans sa chambre, il doit se faire distribuer du gigot ! du civet ! du saucisson ! des frites !

Elle en avait les larmes à la bouche.

— Qu'est-ce que c'est, des fr...

— Zut !

Son excitation retombait, elle ravalait sa salive. Elle finissait par oublier qu'avaient pu exister d'autres nourritures que du poulet rôti.

— Donne-moi une cuisse, j'ai faim, dit-elle, en tendant une main vers Jim.

Il arracha une cuisse et la lui donna sur une serviette pliée. Il distribua les autres membres du volatile et jeta la carcasse, avec le plat et le plateau, dans le Trou.

Le Trou fit d'abord « Cling ! » puis « Glouf... ». Le cling était l'accusé de réception, et le glouf la déglutition. La digestion se faisait plus bas, dans les entrailles de Sainte-Anna.

On ne se mettait pas à table pour manger. Il n'y avait pas de repas. Les poulets rôtis arrivaient n'importe quand. Si on n'avait pas faim on les jetait au Trou. Si on avait faim on mangeait sur le pouce, et on jetait les os et la serviette. On pouvait aussi obtenir un poulet à tout moment, en appuyant sur le Petit Bouton. C'était un bouton à part, au-dessous du Bouton. Il ne servait que pour le poulet rôti.

Assise au bord du divan, Jif regardait d'un air dégoûté l'aile du poulet posée sur la serviette étalée sur ses cuisses nues. Elle se décida à la prendre, la porta à ses lèvres, eut un haut-le-cœur, la remit sur la serviette et s'essuya les doigts à son soutien-gorge.

— Tu es dégoûtante ! dit sa mère, avec cette habitude de t'essuyer à tes vêtements ! Tu as une serviette, non ? A quoi ça sert ?...

Elle ajouta, quelques secondes après :

— Tu manges pas ?...

— J'ai pas faim, dit Jif d'une voix plaintive. J'ai mon café au lait qui passe pas...

— Ça m'étonne pas, petite malheureuse !

— Pourquoi malheureuse ? demanda Jim.

— Toi, tu ferais mieux de te taire !...

Mme Jonas abandonna sur la moquette la cuisse entamée enveloppée dans la serviette, se leva, vint vers le divan, s'arrêta devant Jif et la regarda. Et Jif regardait sur ses genoux l'aile de poulet comme si c'eût été l'objet le plus répugnant qu'elle eût jamais vu. Elle l'enveloppa dans la serviette et la tendit à sa mère. Mme Jonas, hochant la tête, les jeta dans le Trou.

Cling, glouf.

Et Jif, écœurée, continuait de regarder ses genoux maintenant découverts, et Mme Jonas, debout devant elle, continuait de la regarder avec étonnement, avec amour, et avec réprobation. Submergée par la tendresse elle s'assit à côté d'elle, lui prit la tête entre ses deux mains et l'embrassa.

— Mon petit oiseau, mon pauvre poussin !...

Elle renifla, s'essuya le coin d'un œil.

Cling, glouf. M. Jonas venait de jeter l'os de la cuisse. C'était des poulets simplifiés, qui n'avaient qu'un os par membre.

Le Trou faisait face au Distributeur, dans le mur rond du salon. Il restait ouvert en permanence. Il avait à peu près les dimensions et l'apparence d'une fenêtre ouverte. Mais on ne voyait rien derrière, sauf la tenture de simili-cuir brunâtre, toujours propre et intacte, sur laquelle les objets qu'on jetait venaient buter, avant de tomber dans les profondeurs de Sainte-Anna.

Le Trou et le Distributeur constituaient les deux extrémités principales du Synthétiseur-Analyseur. En abrégé, M. Gé l'avait dénommé Synth-Ana. Et Mme Jonas en avait fait Sainte-Anna...

Il y avait, effectivement, quelque chose de miraculeux dans cet organisme qui réunissait les fonctions de cerveau, de poumon, de tube digestif, de créateur, qui non seulement digérait les débris et les reconvertissait, renouvelait l'air, donnait la lumière, mais fournissait aussi l'heure à l'horloge, l'eau à la fontaine, et tout ce qui, étant artificiel, pouvait être fabriqué. Ce que livrait le Distributeur avait parfois l'apparence d'un produit naturel. Mais seulement l'apparence. Son poulet rôti, par exemple, était effectivement rôti, mais pas poulet.

C'était, en fait, dissimulé sous le goût et la consistance du poulet rôti, un aliment complet comprenant tout ce qui était nécessaire à l'entretien d'êtres humains vivant en espace confiné, y compris les vitamines, les enzymes, les oligo-éléments et les bactéries programmées. Sans une calorie de trop... Ce qui avait permis à Mme Jonas de rester svelte. Enfin presque.

Il eût été plus facile de livrer cet aliment sous forme de bouillie, de hachis ou de marmelade. Mais M. Gé avait jugé préférable de lui donner une apparence propre à ouvrir l'appétit.

— Il va falloir que nous parlions *très* sérieusement, dit-il. Mais nous allons d'abord fêter, avec un peu d'avance, un anniversaire. Horloge, quelle heure est-il ?

L'Horloge s'alluma presque au sommet du plafond en coupole. Elle n'était jamais au même endroit. Elle se déplaçait du Distributeur au Trou en douze heures, invisible, sauf quand on l'interrogeait. Pour répondre, elle s'éclairait de jaune vif pendant les « heures de jour » et de blanc pâle pendant les « heures de nuit », où régnait dans l'Arche la pénombre bleue. Son cadran rond n'avait pas de chiffres ni d'aiguilles, mais un visage, en projection, parfois celui de la Vénus de Botticelli, ou d'un personnage de Dürer ou de Jérôme Bosch. Sainte-Anna les choisissait selon ce qu'elle avait à dire.

Ce fut la Joconde, aimable, qui répondit à M. Gé :

— Il est exactement onze heures vingt-trois minutes, monsieur.
— Non, ce n'est pas cette heure-là que je veux connaître... Je veux l'heure totale, depuis l'instant où l'Arche s'est fermée...
— Bien, monsieur...

La Joconde disparut, remplacée par l'autoportrait de Vinci avec sa grande barbe, image même du temps serein et sans émotions. Il dit d'une voix de basse :

— Je ne garantis pas les secondes, mon ami, depuis que je ne reçois plus le top...
— Ça ne fait rien.
— Bon... Il est exactement quinze ans, neuf mois, quatre jours, quinze heures, trente-deux minutes. Quant aux secondes, je...
— Je sais, merci !... dit M. Gé.

Vinci s'éteignit.

— Oui, reprit M. Gé, dans un peu moins de trois mois, il y aura seize ans que nous entrions dans l'Arche, et que deux enfants entraient au monde... Par cette double intrusion, que les circonstances m'obligent à fêter avec un certain décalage de temps, l'Arche était transformée en une graine fécondée, appelée à germer et à faire de nouveau s'épanouir la vie sur la Terre. Mais cette germination vient d'être remise en question par le comportement de deux innocents, comportement combien naturel, et que je n'ai pourtant pas su prévoir...
— Ça, dit Mme Jonas, je voudrais bien en être sûre !...

M. Gé avait l'habitude des remarques acides de Mme Jonas. Quand elle avait appris la situation, après son accouchement, elle lui avait d'abord été éperdument reconnaissante, puis, souffrant de sa claustration, c'était à lui qu'elle s'en était prise, le rendant responsable de tout, de la situation générale et des mille petits ennuis de leur vie de reclus.

— Quels innocents ? demanda Jim.
— Vous... Jif et vous... Vous deux...
— Qu'est-ce qu'on a fait ?
— Ce que vous faites tous les jours au-dessus du lion et de la gazelle...
— Oh ! dit Jif retrouvant son sourire, c'est agréaaable !...
— Certainement, dit M. Gé.
— Petite malheureuse ! cria Mme Jonas. Avec ton frère !... C'est affreux !...

Elle se mit à sangloter et se laissa tomber dans le fauteuil jaune, son visage dans ses mains. Jim et Jif la regardaient avec étonnement. Son mari vint s'asseoir sur le bras du fauteuil et lui parla doucement.

— Calme-toi, ma chérie... Réfléchis un peu...
— Réfléchissez, madame Jonas, dit M. Gé. Examinez clairement la situation : vos deux enfants vont se trouver bientôt à l'extérieur, seuls au monde, avec la mission de repeupler la Terre...
— Oh là là ! dit Mme Jonas.
— Comment voulez-vous qu'ils s'y prennent ? Comment croyez-

vous qu'ont fait les enfants d'Adam et Eve ? ils ont bien été obligés de se « connaître », comme dit la Bible, entre frères et sœurs, pour donner naissance au genre humain...
— Vous croyez ?
— Bien sûr, ma chérie, dit doucement M. Jonas.
— C'est évident, dit M. Gé.
— Et nos petits vont faire comme eux ?
— Ils y seront bien obligés... Ils ne trouveront pas d'autres partenaires...
— Ça a pas l'air de leur peser, comme obligation !... gronda Mme Jonas.

Elle s'essuya le nez et les yeux au mouchoir de son mari, et se tourna vers ses enfants, s'efforçant de les voir d'un œil nouveau.

Ils étaient assis côte à côte au bord du divan, elle blonde, lui châtain, comme deux nuances de la même lumière, minces, pas encore tout à fait achevés, en plein élan vers leur forme parfaite, très innocents et très beaux. Les yeux grands ouverts, ils regardaient et écoutaient les adultes avec un peu d'étonnement et d'inquiétude, essayant de trouver un sens à ce dialogue qui les concernait et auquel ils ne comprenaient rien. Jif se sentit envahie par un malaise qui la fit frissonner. Elle se rapprocha de Jim et se blottit contre lui. Jim étendit son bras et le posa autour des épaules de sa sœur.

Mme Jonas poussa un gémissement.
— Je m'y ferai jamais !...
— Mais si, dit M. Gé, vous vous y ferez... Quand nous retournerons là-haut vous aurez à faire face à des problèmes bien plus graves... Surtout si nous y retournons plus tôt que prévu...

Jim se leva d'un bond.
— Quand ?
— Bientôt, peut-être... C'est à vous tous de décider... J'ai déjà expliqué la situation à vos parents... Il faut maintenant que vous sachiez, vous deux, ce que vous avez déclenché. Puis, tous les quatre, vous prendrez la décision...
— C'est tout pris ! cria Jim. On sort demain ! Maintenant ! On sort ! On sort !...

Il se mit à sauter par-dessus les meubles, à cabrioler sur la moquette, il souleva sa mère hors de son fauteuil et la serra de toutes ses forces sur son cœur.
— On sort, maman ! On sort !...
— Aïe ! tu me fais mal ! Lâche-moi ! Que tu es brutal !... Qu'il est fort... Mon trésor...

Il s'arrêta devant M. Gé, et lui demanda, se retenant, par respect, de crier :
— On sort quand ?... Quand ?...
— On verra... Tenez... Pour l'instant, débarrassez-moi de ceci... C'est un cadeau pour votre anniversaire...
— Un cadeau ?...

M. Gé lui tendit un paquet qu'il tenait sous son bras, enveloppé de

papier père noël, et noué d'un large ruban frisé qui faisait un chou et des bouclettes.
— Oh ! merci ! Qu'est-ce que c'est ?
— Eh bien, regardez...
Jim prit le paquet et commença à essayer de dénouer le ruban sans le froisser.
— Que tu es bête ! dit Jif. Coupe-le !...
Elle l'avait regardé s'agiter avec une petite moue réprobatrice. On allait sortir, bon, bon, et après ? Ça ne valait pas la peine de sauter au plafond...
Elle ne se sentait vraiment pas bien. Elle se leva, la mine renfrognée, ôta son soutien-gorge taché, et le jeta dans le Trou.
Cling, glouf.
Elle vint vers le Distributeur pour s'en faire livrer un autre. Au moment où elle passait devant M. Gé, celui-ci doucement, dit son nom :
— Jif...
— Oui ?
— J'ai aussi un cadeau pour vous...
Elle s'arrêta et se tourna vers lui.
— Jif, gronda sa mère, va d'abord t'habiller !
— Oui, maman...
Elle vint au mur, devant le clavier qui y était encastré, tapa d'un geste habituel « vêtements Jif », appuya sur le Bouton, dégrafa son short de la veille et le fit glisser à ses pieds avec son slip, tandis que le Distributeur s'ouvrait, découvrant un petit sac de papier doré d'où elle tira un soutien-gorge couleur pêche, un short assorti et un slip d'un blanc de neige.
Elle s'habilla de neuf, enjamba ses vêtements abandonnés et revint vers M. Gé sans se hâter. L'idée d'un cadeau ne lui donnait aucun élan.
— Jif, cria sa mère, ce désordre ! Le Trou, c'est fait pour quoi ?
— Oui maman, dit Jif.
Elle revint ramasser ses vêtements et le sac froissé, alla les jeter au Trou — cling, glouf — retourna vers M. Gé, se planta devant lui et attendit. Ses courtes mèches blondes, lisses, plates, lui cachaient les oreilles et lui mangeaient le front, brillantes et souples comme de l'eau qui aurait eu la couleur du miel de tilleul. Sous leur frange irrégulière, ses yeux bleus regardaient M. Gé sans avidité ni impatience. Ils avaient la limpidité tranquille d'un lac de montagne qui reflète le ciel et ne demande rien de plus. Sa mère la rejoignit, plus curieuse qu'elle.
M. Gé sortait lentement sa main droite de la poche de sa veste blanche. Ses longs doigts pâles n'en finissaient pas d'apparaître. Quand vinrent les bouts de l'index et du majeur, ils tenaient, pincée entre eux, une mince chaîne d'or. Et au bout de la chaîne pendait une croix d'or d'une forme insolite : la partie supérieure de sa barre verticale était remplacée par une boucle évasée vers le haut. Le bijou avait environ sept centimètres de hauteur, il était à la fois massif et

mince, élancé et stable, parfaitement équilibré dans sa forme et ses proportions.

— Oh ! que c'est beau !... dit Jif.
— Une croix égyptienne !... murmura Mme Jonas.

Elle était visiblement très ancienne. Le temps avait adouci ses arêtes et dépoli ses surfaces, devenues pareilles à un épiderme vivant, familier. On avait envie de le toucher...

Le visage de Jif s'était éclairé, ses yeux brillaient, elle souriait presque. Elle tendit la main...

— Non, dit M. Gé, tournez-vous...

Il lui boucla la chaîne derrière le cou. Elle était juste assez longue pour que la croix pendît au ras du soutien-gorge, entre les deux bonnets.

— C'est une croix ansée, dit-il, le plus ancien symbole de la vie et de la résurrection. Elle vous convient, puisque la vie va renaître sur la Terre par vous. Elle a plus de cinq mille ans. Elle a été portée par trois reines d'Egypte qui, comme vous, avaient épousé leur frère. Elle vous convient donc doublement...

Jif ne l'écoutait pas. Elle baissait la tête, et regardait la croix, dont elle ne voyait que l'extrémité. Elle la prit dans sa main et la souleva, pour la voir. Elle dit à voix basse :

— Elle est chaude...

Elle se retourna brusquement et embrassa M. Gé sur les deux joues.

— Un La Fontaine ! cria la voix triomphante de Jim. Un La Fontaine !...

Il était venu à bout des nœuds et des boucles et, exultant, brandissait le contenu du paquet.

Il courut vers sa mère pour lui montrer son cadeau sublime. Il en oubliait qu'on avait parlé de sortir.

— Un La Fontaine ! Regarde comme il est gros !...
— Tous les livres ne sont pas des La Fontaine, mon grand benêt... C'est un dictionnaire...

Elle avait reconnu au premier coup d'œil un Petit Labrousse illustré, l'ami des écoliers et des familles — plus de familles, plus d'écoliers, plus de montagnes, plus de maisons, plus de poissons, plus de sardines, elles ont bouilli, non il ne fallait pas penser à tout ça, elle s'assit dans le fauteuil jaune, Jim s'accroupit à ses pieds.

— Et c'est un dictionnaire illustré ! Tu vas enfin voir des images !... Regarde Paris !...

A l'idée de revoir Paris, incapable de résister, elle se saisit du Labrousse et l'ouvrit nerveusement. Et tout de suite elle vit : à la place des illustrations, partout, il n'y avait que des rectangles blancs...

Ecœurée, elle jeta à M. Gé un regard chargé d'une telle fureur qu'il aurait dû le transformer à distance en un petit tas de cendres fumant et vénéneux.

— Oh !... Vous !...

M. Gé lui sourit...

Il dit à Jim, qui avait repris son livre :

— Vous pourrez y trouver la réponse à la plupart des questions que vous ne cessez de poser ou de vous poser. Les mots sont classés par ordre alphabétique. Vous connaissez votre alphabet ?

— A — beu — queu — deu — eu — feu — gueu — hache — i — jeu — kaleumeuneureuseuteu — uveu, doubleveu — ixe, igrec, zeu.

Il avait débité fièrement, à toute vitesse.

— Vous avez oublié opékuère, dit M. Gé. Ça ne fait rien, cherchez caillou, par exemple. Vous avez demandé cent fois « Qu'est-ce que c'est, un caillou ? » Cherchez...

Jim, ravi, feuilleta le dictionnaire avec maladresse et hâte. Il parvint enfin au C.

— Caille-lait, caillette, caillot. Ah ! « Caillou : *pierre de petite dimension...* »

Il releva la tête, inquiet, demanda à sa mère :

— Qu'est-ce que c'est, une pierre ?

Mme Jonas haussa les épaules.

— Qu'est-ce que tu veux que ce soit ? C'est un gros caillou.

— Je vais chercher autre chose, cria Jim. La mer ! Je vais chercher la mer !...

Je cherche la mer... La mer... La mer...

Mer : n.f. Très vaste étendue d'eau salée.

De l'eau étendue... Pourquoi ?... Etendue comment ? Avec quoi ?... Et pourquoi salée ? Qui l'a salée ?... Il y a des salières dans l'Arche, sur les meubles, pour saler le poulet rôti, si on veut. Moi je ne le sale pas... Pourquoi saler l'eau étendue ?... Est-ce pour la boire ?... On ne sale pas l'eau de la fontaine... Elle serait peut-être meilleure... Il faudra que j'essaie... Vaste étendue... *Très* vaste étendue... Etendue jusqu'où ?... Jusqu'au mur du dehors ?... Plus loin que le mur... Qu'y a-t-il derrière le mur ? La mer ?... La mer étendue... La mer dans le mur... La mer le mur...

— Assez rêvé, dit M. Gé. Voici quelle est la situation...

Jif était couchée de profil sur le divan, la croix enfermée dans ses deux mains contre sa joue, ses paupières baissées sur une lumière d'or qui illuminait l'intérieur de son corps tout entier. Elle ouvrit les yeux et écouta.

— La situation est simple et grave, dit M. Gé. L'Arche a été conçue pour abriter cinq personnes. C'est-à-dire que Sainte-Anna, comme dit votre mère, sait recycler les déchets de cinq personnes et l'air qu'elles ont respiré, pour leur fournir de l'air nouveau convenablement oxygéné, et les aliments et vêtements dont elles ont besoin. Tant d'usé, tant de reçu, tant de fourni. Rien ne se perd, rien ne se crée. C'est un équilibre délicat, mais Sainte-Anna s'est parfaitement acquittée de sa tâche, depuis que les portes de l'Arche se sont closes. Or cet équilibre est menacé, et va être rompu...

— Pourquoi ? demanda Jim.
— Parce que nous allons être six...
— Six ?
— Qui ?
— Où ?
— Comment ?

Les deux enfants s'étaient dressés, au comble de l'excitation.

— D'où vient le sixième ? demanda Jif.
— Il vient de la Terre ! Il vient du Ciel ! s'écria Jim. Il a traversé le mur !
— Ne vous exaltez pas, dit M. Gé, personne ne peut traverser le mur. En fait, le sixième est déjà là...
— Je le savais ! dit Jif. Hier en passant devant l'atelier, j'ai entendu papa qui disait : « Marguerite, réponds-moi... Marguerite réponds-moi... »
— QUOI ?

Mme Jonas venait de hurler en jaillissant de son fauteuil. Elle regarda son mari, puis sa fille, puis son mari, puis sa fille, elle devenait rouge, elle suffoquait.

— Et elle a répondu ?
— Oui !
— Qu'est-ce qu'elle a répondu ?
— Elle a dit « Henri, ne me bouscule pas ! »...
— Aaaaah !...

Elle retomba dans son fauteuil, elle s'étranglait, son cri s'était terminé en cri de souris. Jonas se précipita vers elle, s'agenouilla.

— Ma chérie ! Qu'est-ce que tu crois ?... Ce n'est pas...

Elle se redressa, ayant retrouvé toute sa vigueur.

— Qu'est-ce que c'est, cette créature ?
— Je...
— Tais-toi ! Pourquoi tu la bousculais ? Hein ? Tu la bousculais pour quoi faire ? Et vous vous tutoyez !... Tu la caches là depuis seize ans ?... Quelle horreur ! J'aurai tout vu, aujourd'hui ! Eux, d'abord, et puis toi ! Toi, mon Henri ! Toi !... Hi, hi, hi...

Elle sanglotait à petit bruit. Il voulut la prendre dans ses bras, elle le repoussa avec une vigueur furieuse.

— Va la chercher !
— Mais...
— Va la chercher, qu'on s'explique ! Ah tu la bousculais ! Eh bien, elle a encore rien vu !...
— Madame Jonas, dit M. Gé, je puis vous assurer...
— Vous, vous mêlez pas de ça ! C'est *mon* affaire !...
— Marguerite est un robot ! Que votre mari s'amuse à fabriquer avec les pièces usées de Sainte-Anna...
— Un robot ?
— Oui, dit M. Jonas, avec un sourire timide.

— Et pourquoi tu m'en as pas parlé ?
— Oh ben... je pensais...
— Et pourquoi tu l'appelles Marguerite ?
— Parce que je...
— Pourquoi pas Alfred ?
— Je ne sais pas...
— Eh bien moi je sais ! C'est le nom de ta cousine, avec qui tu flirtais quand tu avais quinze ans !... Tu m'as raconté que vous alliez ensemble cueillir justement des marguerites ! Tu te refabriques ta cousine ! Ici ! Sous mon nez !...
— Qu'est-ce que c'est, une cousine ? demanda Jim.
« J'ai du bon tabac », dit le Distributeur. Le mur s'ouvrit sur un poulet.

Mme Jonas se calma en grignotant une aile. M. Gé lui avait affirmé que le robot fabriqué par son mari ressemblait moins à une star qu'à un fourneau à gaz.
— Si c'est lui le sixième qui nous met en danger, il n'y a qu'à le dévisser, dit Jim, qui visa de loin le Trou avec l'os de la cuisse.
Cling, glouf.
— Ce n'est pas lui, bien sûr, dit M. Gé.
— Alors où est-il ? demanda Jif.
Son père la regarda, sa mère la regarda, M. Gé la regarda, et voyant que tout le monde la regardait, Jim la regarda aussi. M. Gé, qui était près d'elle, avança sa main blanche et posa le bout de deux doigts fins sur le ventre adolescent. Il dit avec gentillesse :
— Il est là...
— Là ?...
Etonnée, elle toucha à son tour son ventre.
— Tu ne comprends pas ? dit la mère, en s'essuyant les mains à sa serviette. Il faut te mettre les points sur les i ?
— Comment voulez-vous qu'elle comprenne ? dit M. Gé. Vous n'avez jamais abordé ces problèmes avec elle, ni avec son frère...
— Moi ma mère m'a jamais rien dit et je savais tout !...
— Vous saviez par vos copines... Presque déjà à la maternelle... Mais où sont les copines, ici ?
Jif s'énervait. Elle frappa sur la main de M. Gé qui s'attardait dans sa direction.
— Vous allez me dire ce que ça signifie, à la fin ?
Sa mère cria :
— Ça signifie que tu es enceinte ! Là ! Tu le sais maintenant !... Tu es contente ? Tu es fière de toi ?...
Mais Jif n'en savait pas plus long.
— Qu'est-ce que ça veut dire, enceinte ?
— Demande à ton frère... Qu'il regarde dans son dictionnaire..., dit Mme Jonas excédée.

Jim s'assit sur le divan, et se mit aussitôt à tourner les pages :
— Ancêtre... anchois... ancien...
— Non, dit M. Jonas. Avec un eu...
— Un quoi ?
— Un eu... Eu, enne, cé... Pas a, enne, cé...
— Ah bon...
— Dépêche-toi ! dit Jif.

Elle s'assit près de lui, se pencha sur le livre, releva la tête vers son père :
— Tu sais ce que c'est, toi, papa ?
— Oui, bien sûr...
— Ça t'est arrivé, à toi ?
— Non !... Enfin... en quelque sorte, oui... Ce n'était pas à moi, mais c'était quand même de moi...
— Qu'est-ce que c'était ?
— C'était toi !...
— Oh ! Vous êtes tous fous, aujourd'hui !...
— Ça y est ! J'ai trouvé, cria Jim, « ENCEINTE : ce qui entoure un espace fermé. Espace clos... »
— Je suis espace clos ? demanda Jif effarée.
— Mon pauvre poussin, le malheur, c'est que tu l'es plus tellement... dit sa mère. Alors, Jim, c'est tout ?
— Attends... Dessous, il y a : « ENCEINTE : se dit d'une femme qui porte un enfant dans son sein... »

Jif se dressa, effrayée.
— Maman ! Pourquoi je porte quelque chose dans mon sein ? Dans lequel ? Ça se voit ?

Elle ouvrit son soutien-gorge et regarda ses seins l'un après l'autre. Sa mère se hâta de remettre son vêtement en place.
— Veux-tu te couvrir ! De toute façon c'est pas là... Maintenant, tu ne dois plus te déshabiller comme ça, devant tout le monde !...
— Pourquoi ?
— Parce que tu n'es plus une enfant !
— Je ne suis plus *une* enfant, mais j'en porte *un* ?
— Exactement.
— C'est un ou une ?
— C'est pareil.
— Qu'est-ce que c'est ?
— C'est comme quand tu étais petite.
— Quand j'étais petite je n'avais pas de seins !
— Tu n'en avais pas besoin.
— Maintenant non plus !
— Tu vas en avoir besoin.
— Pour porter un enfant ?
— Non, pour le nourrir.
— C'est pas du poulet !
— C'est pas pour manger.
— Alors c'est pour quoi ?

— Pour boire du lait.
— Qu'est-ce que c'est, du lait ?
— Oooh ! !...

Mme Jonas exaspérée leva les bras au ciel et cria :

— Je deviens folle ! Demande à ton frère ! Demande au dictionnaire ! Moi je renonce !...

— Je crois, dit calmement M. Gé, qu'il faudrait commencer par le commencement.

M. Gé expliqua tout, avec des dessins sur un tableau blanc qu'il fit livrer par le Distributeur. Il montra l'emplacement des glandes féminines et masculines, parla de l'ovule, qui attendait, fiancée solitaire, dans la tiédeur de son château, et de la formidable armée de prétendants, huit cents millions de spermatozoïdes, qui partaient à sa conquête chaque fois que Jim s'unissait à Jif au-dessus du lion et de la gazelle.

— Oh ! dit Jim émerveillé.
— Oh ! dit Jif effrayée.

— Et l'ovule en choisit un, on ne sait pas pourquoi celui-là, l'appelle, l'attire, s'ouvre, l'avale, le digère et désormais ils ne font plus qu'un. C'est ce deux-égale-un qui va se transformer dans le ventre maternel, et devenir un nouvel être humain, qui sortira quand il sera prêt...

Jif, comme hallucinée, regardait son petit ventre plat, à l'intérieur duquel un mystérieux corpuscule, invisible à l'œil nu avait dit M. Gé, était en train, sans lui demander son avis, de devenir quelqu'un...

Lentement, elle posa sur lui ses deux mains à plat. Pour prendre contact. Pour qu'il sache que, maintenant, elle savait...

Mme Jonas gémit un peu. Elle ne parvenait pas à y croire.

— Vous êtes bien sûr ? demanda-t-elle à M. Gé.

— Il n'y a pas de doute... Par mesure de surveillance sanitaire, Sainte-Anna analyse chaque jour les excrétions solides et liquides de chaque habitant de l'Arche. Jour après jour, depuis trois semaines, elle a confirmé la fécondation de l'ovule. Le petit sixième est bien là, et dans huit ou neuf mois, peut-être avant, il commencera à respirer... Ni moi ni mes ingénieurs n'avons prévu sa part d'oxygène... L'air qu'il va prendre ne sera pas remplacé. Au début, ce ne sera pas très grave, mais tout sera, pourtant, déjà perturbé. Il nous fallait être si économes et si précis, pour une si longue durée, que si, aujourd'hui, une souris s'éveillait et se mettait à faire fonctionner ses poumons, tout l'équilibre de l'Arche serait subtilement fissuré, puis lézardé, jusqu'à l'écroulement...

« J'ai du bon tabac »...

— Zut ! dit Mme Jonas. Henri, jette-le au Trou !

— J'ai faim, moi ! protesta Jim.

Il mangea. Ils mangèrent. C'était machinal. Le poulet machinal.

M. Jonas salait beaucoup. Cling-glouf. Cling-glouf. M. Gé continuait. Les enfants l'écoutaient avec intensité, les parents avec résignation, c'était ainsi, on n'y pouvait plus rien...

— Au bout de quelques jours après la naissance du sixième, la vie dans l'Arche deviendra difficile, puis impossible, le déséquilibre de l'oxygène affectant les autres équilibres et les déséquilibrant à leur tour...

— Vous pouviez pas prévoir ça, avec votre grosse tête ? Vous êtes pas malin, vraiment ! Monsieur Gé, le roi des affaires, l'empereur de l'intelligence, pas prévoir le sixième ! Et si j'avais oublié de prendre ma pilule, une fois ?

— Vous la preniez une deuxième fois, sans le savoir, dans votre petit déjeuner... Voulez-vous me laisser finir mon exposé ? Nous discuterons après, si vous le voulez bien...

— Dans mon petit... Quel culot !... Et si j'avais pas déjeuné ?

— Il y avait un produit anticonceptionnel dans l'eau de votre bain et dans le tissu de vos robes... Et votre mari, lui-même, sans s'en douter, était rendu stérile. Toutes ces précautions disparaîtront, bien sûr, avec l'ouverture de l'Arche, et vous pourrez, vous aussi, collaborer au repeuplement de la Terre.

— Trop tard, soupira Mme Jonas.

C'était un peu tôt pour être trop tard, elle n'avait que quarante-neuf ans, mais peut-être manquait-elle de quelque subtile vitamine.

— Les données du problème sont nettes et claires, poursuivit M. Gé : la naissance du petit sixième rend impossible la vie dans l'Arche. Il y a deux solutions : ou supprimer le sixième, ou supprimer l'Arche, c'est-à-dire l'ouvrir...

— Les deux solutions me paraissent mauvaises, dit M. Jonas. Vous aviez prévu un séjour de vingt ans dans l'Arche à cause des radiations. Il fallait leur laisser le temps de s'apaiser, sinon de s'éteindre. C'est un délai qui ne me paraît pas large, plutôt juste...

— Très juste, dit M. Gé.

— Donc en ouvrant l'Arche maintenant, après moins de seize ans, nous nous condamnons peut-être tous à mort ?

— C'est un risque à courir... Il faut compter sur les pluies diluviennes qui sont sans doute en train de nettoyer la Terre.

— Peut-être... Quant à la deuxième solution, supprimer notre petit-fils avant même qu'il soit né...

— JAMAIS ! hurla Mme Jonas.

— Malheureusement, il n'y a pas de troisième solution, dit M. Gé.

Il s'approcha du clavier encastré dans le mur et posa un doigt successivement sur quelques touches.

— Pour que vous gardiez bien présente en votre esprit la gravité de la situation, je vais la concrétiser à vos yeux...

Il appuya sur le Bouton.

Il y eut une voix féminine qui fit : « Oooh !... » d'un air de surprise profonde et effrayée. Cette voix semblait venir d'un puits profond, humide et noir comme la peur. Une trappe s'ouvrit au plafond, et, avec un bruit de crémaillère, en descendit un objet qui s'arrêta lorsqu'il pendit d'environ un quart de mètre, hors de portée d'un bras levé. Tous les regards étaient fixés sur lui. C'était une poignée rouge, au bout d'une chaîne. Elle ressemblait à la poignée du signal d'alarme des anciens trains terrestres, mais dix fois plus grande. On aurait pu s'y suspendre à deux mains.

— Qu'est-ce que c'est ? demanda Jim.

— C'est la poignée U... Elle est destinée à mettre fin à une situation intenable, si nous étions, par exemple, coincés ici, sans possibilité d'ouvrir, sans air, sans eau, sans nourriture. Elle abrégerait notre agonie. Si quelqu'un la tire fortement, elle transforme notre pile U en bombe, qui explose aussitôt, pulvérisant l'Arche, et ouvrant un cratère jusqu'à la surface...

— Vous êtes fou ! cria Mme Jonas. Il est fou ! Vous pouvez ravaler votre poignée ! On en veut pas ! Et on veut pas de vos deux solutions ! Mon Jonas va en trouver une autre ! Il a du génie ! Et il est grand-père ! Et je suis grand-mère ! Et nous vous laisserons pas assassiner notre petit-fils !

— S'il trouve, tant mieux... Mais il faut faire vite...

— On a tout le temps ! On a huit mois ! Il est pas déjà en train de vous le boire, votre oxygène !

— Non, mais chaque jour passé vous ôtera la possibilité de décider objectivement... Vous allez devenir passionnés... Vous parlez déjà de « votre petit-fils », alors qu'il ne s'agit même pas d'un embryon, à peine d'une graine, impondérable, invisible, et qu'il est facile de neutraliser avant même qu'elle ait vraiment commencé à vivre...

— ASSASSIN ! cria Mme Jonas.

— Je vous donne un délai de vingt-quatre heures à partir de cet instant.

— Et si on se décide pas, c'est vous qui déciderez, comme toujours !

— Non. Je ne m'en mêlerai à aucun prix. C'est Sainte-Anna qui décidera, avec son objectivité de machine. Elle a emmagasiné toutes les données dans son neuvième cerveau. Elle pèsera les « pour » et les « contre » et fera la différence, sans faire intervenir l'émotion ou le sentiment. Et elle agira aussitôt. A vous de décider avant elle, si vous en avez la volonté. Horloge, comptez le temps. A partir de maintenant zéro heure.

— Oui monsieur...

L'horloge s'éclaira presque au milieu du ciel-plafond. Son visage était un visage de pierre, celui du Balzac de Rodin, dur comme le destin.

— Zéro heure, zéro minute, dix secondes... TOP ! Zéro heure, zéro minute, quinze secondes... TOP ! Zéro heure, zéro minute, vingt secondes... TOP !

— A vingt-quatre heures zéro minute, Sainte-Anna agira, ne l'oubliez pas, dit M. Gé tourné vers Mme Jonas.

Balzac se tut, soupira, et disparut.

Tout était en place pour la tragédie. Unité de temps, unité d'action et unité du lieu hermétiquement clos dans toutes les dimensions. Et, dans cette boîte métallique soudée, quatre êtres humains contraints de faire un choix entre deux destins également détestables, à moins d'en subir un troisième encore plus fatal...

Ils discutèrent, s'affrontèrent, et mangèrent trois poulets. Pour Jim une seule solution était bonne, exaltante, triomphale : sortir ! Mme Jonas n'en voulait à aucun prix, pas plus que de l'autre. M. Jonas hésitait, calculait les chances de survie, ne voulait pas encore se décider. Jif était partagée entre l'attirance qu'elle éprouvait pour le petit être invisible installé en elle, et la peur qu'il lui inspirait. Elle avait envie de connaître l'extérieur, mais se trouvait très bien dans l'Arche.

L'horloge s'éclaira au zénith, sans qu'on lui eût rien demandé. Elle avait le visage d'Einstein.

— Il est midi, dit-elle. Il me semble que vous n'avancez guère. Voulez-vous le top ?

— La barbe ! cria Mme Jonas.

Elle lui lança un quart de poulet dans l'œil.

— Oh ! fit Einstein, qui s'éteignit.

Vers 14 heures, M. Gé, qui s'était retiré dans sa chambre, revint au salon.

— Si vous voulez, dit-il, je vais vous aider à faire le point. Où en êtes-vous ?

— Vous le savez bien ! grogna Mme Jonas. Vous avez des micros partout...

— On sort ! On sort ! dit Jim.

— On sort pas ! dit Mme Jonas. On attendra quatre ans, dix ans, vingt ans, s'il le faut ! Je veux pas que mon petit-fils avale des radiations et qu'il sorte de sa mère avec des pieds de canard ou une oreille au bout du nez ! Et je veux pas non plus qu'on le sacrifie ici dedans ! Je veux qu'il vive et il vivra !

— Et vous, Jif ?

Elle hésita, secoua la tête et ses cheveux dansèrent.

— Moi, je ne sais pas...

— Tu viens avec moi, on sort ! dit Jim.

Elle tenait sa main gauche serrée autour de sa croix et, tête baissée, regardait son ventre avec une perplexité un peu angoissée.

— Toi tu es toujours pressé !... On voit bien que c'est pas toi qui le portes dans ton sein ! Laisse-moi réfléchir !... D'abord, maman, pourquoi tu te fais tant de souci rien que pour un seul petit-fils ? Nous t'en ferons d'autres ! Jim en est plein !...

— 800 millions et encore et encore 800 millions !... J'en ai des milliards et des milliards !... Nous t'en ferons tant que tu voudras ! Viens, Jif, allons en faire un !...

Il la prit par la main, ils sortirent du salon en courant, il la poussa dans la glissière et se jeta derrière elle. Ils riaient... Et la gazelle reçut de nouveau un rêve de joie plein de tendres pousses exquises et de bourgeons qui s'ouvraient. Et le lion dans son sommeil avait envie de se rouler sur le sable chaud et de se gratter le dos sur l'herbe rêche de la savane, les quatre pattes en l'air...

Puis Jif s'endormit à son tour, détendue, bienheureuse. Elle était l'herbe et le sable, et la feuille et le bourgeon...

— Et vous, monsieur Jonas ?
— Je me demande si ce n'est pas Jim qui a raison...
— Henri ! C'est pas vrai ?...
— Ma chérie !... Je pense que si nous décidons de ne pas ouvrir, nous serons obligés de sacrifier l'embryon...
— Ce n'est pas encore un embryon, monsieur Jonas... A peine un œuf, pas plus gros qu'un œuf de puce...
— D'accord... Il n'empêche que si nous sauvons nos vies aux dépens de la sienne, si nous nous enfermons ici avec le souvenir de ce que nous lui avons fait, il pèsera sur nous comme un éléphant !... Ce ne sera pas supportable... Nous pourrirons... Il vaut peut-être mieux prendre le risque... Ah ! si on pouvait être renseigné sur ce qui se passe à la surface. Il n'y a aucun moyen de le savoir ?
— Tous les instruments de mesure que j'avais fait disposer, en liaison avec l'Arche, ont été détruits le premier jour, même les mieux protégés...
— Oui... oui... Alors, il faudra peut-être ouvrir, même sans savoir...
— Henri, mais tu es malade ! Mais ça va pas !...
— Bon ! Alors laisse-moi y penser !... On a encore un peu de temps... Il y a peut-être une autre solution...

Et, soucieux, le dos un peu courbé, caressant machinalement sa longue maigre barbe, M. Jonas s'en fut à pas lents vers son atelier dans lequel il s'enferma. Il se mit machinalement à fignoler Marguerite, tout en échafaudant des solutions dont il savait d'avance qu'elles ne valaient rien.

En comparant Marguerite à un fourneau à gaz, M. Gé s'était montré très approximatif. Elle ressemblait en fait à une cuisinière électrique.

M. Jonas avait utilisé la carcasse du réchaud de l'Atelier. Il l'avait montée sur deux courtes jambes épaisses se terminant par des pieds à roulettes. Ronds et larges comme des pieds de mammouth. De sa surface supérieure, à la place des plaques de cuisson, s'élançaient quatre cous métalliques brillants, longs et souples, surmontés chacun d'une tête de Marguerite. M. Jonas était un mécanicien génial mais un médiocre artiste. Renonçant à modeler les visages, il avait simplement, avec le plastique dont il disposait, confectionné quatre masses sphériques de la grosseur d'un crâne, qu'il avait peintes en rose, et sur lesquelles il avait ensuite dessiné des yeux, des nez, des bouches et des oreilles, comme en dessinent les petits enfants des toutes petites classes. La pupille de chaque œil droit était un mini objectif électronique qui donnait à chaque tête une vision indépendante. M. Jonas avait peint aussi les cheveux, une tête brune, une blonde, une châtain et une rousse. Les quatre visages de Marguerite étaient naïfs et charmants. Ils exprimaient chacun une émotion différente. La blonde rêvait, la brune pleurait, la châtain souriait et la rousse riait, la bouche ouverte jusqu'aux oreilles sur des dents dessinées comme celles d'un râteau. Et la voix de Marguerite sortait de celle de ses têtes dont les traits correspondaient à son émotion du moment.

— Marguerite ! Marguerite, donne-moi une idée !...
— Moi, tu sais, des idées, j'en ai pas beaucoup... dit la tête blonde.
— Je sais, je sais... soupira M. Jonas. J'ai bien pensé à fabriquer de l'oxygène supplémentaire, c'est facile, mais il faudrait le prendre à un autre corps chimique, qui disparaîtrait... Un chaînon serait brisé, et toute la chaîne de survie mise en péril...
— Si vous n'avez plus de quoi respirer, eh bien ne respirez plus ! dit la tête rousse.
— Eh bien, voyons ! C'est tout simple !... dit M. Jonas, amer.

Mais tout à coup son visage s'illuminia.
— Mais oui, c'est simple ! Tu as raison !...

Il appela :
— Monsieur Gé !... Monsieur Gé !...
— Oui, monsieur Jonas... dit la voix de M. Gé.
— C'est très simple ! Vous n'avez qu'à mettre un ou deux d'entre nous en hibernation jusqu'à la fin des vingt ans ! Et il y aura de quoi respirer pour les autres, y compris le sixième !...
— Croyez que j'y ai pensé, monsieur Jonas... Mais le matériel de mise en hibernation ne pouvait pas entrer dans l'Arche. C'est toute une usine. Il est resté à la surface. Il est cuit...
— Ah... tant pis... Marguerite, ton idée n'était pas bonne !
— Je suis désolée, Henri...
— Ça ne fait rien, ma grosse... Ne pleure pas...

Il lui donna deux petites tapes sur le flanc. Cela fit « boum-boum... ».

Le problème que M. Jonas avait à résoudre pour l'instant, en plus de celui de l'Arche, et qui lui occupait superficiellement l'esprit tandis que les profondeurs de sa conscience et de son subconscient travaillaient de toutes leurs ressources sur le drame, était le problème du quatrième chapeau de Marguerite.

Il avait coiffé la rêveuse d'une roue dentée qui lui faisait une auréole, il avait vissé sur la souriante le piston d'un compresseur qui, incliné de côté, pouvait passer pour une calotte de groom, il avait posé sur les cheveux bruns de la triste une triple couronne tressée avec les branches du saule pleureur, mais il n'avait rien à mettre sur la tête rieuse.

— Tu resteras nu-tête, lui dit-il, ça te va très bien.
— Je ne suis pas d'accord ! Les trois autres sont coiffées, je ne vois pas pourquoi moi je resterais nue ! Je suis toujours de bonne humeur, alors tu me négliges ! Y en a que pour les pleureuses ! Laisse-moi passer, je vais me trouver un chapeau !...

Et Marguerite démarra, comme un skieur de fond ; jambe gauche, jambe droite..., en direction de la porte. Frrr..., frrr... faisaient les roulettes, et les quatre têtes ondulaient sur leurs cous flexibles.

M. Jonas ouvrit la porte et Marguerite sortit dans le couloir. Fssch... fssch... Sur la moquette, ça roulait moins bien...

M. Jonas revint s'asseoir sur une chaise de fer en face du tableau noir, prit un morceau de craie, et resta immobile, coincé. Le problème de l'Arche ne pouvait pas se poser en équations mathématiques...

Assise dans le fauteuil jaune, Mme Jonas mettait au point son plan d'action. Elle avait eu un moment de découragement en se rendant compte qu'elle était seule à refuser les deux solutions proposées par M. Gé. Tous capitulaient, prêts à sacrifier ce pauvre petit trésor amour si mignon chéri... Même son indigne mère à l'intérieur de laquelle il se blottissait, se croyant à l'abri...

La colère lui rendit tout son allant. Il fallait, d'abord, convaincre les autres de ne pas ouvrir. Ensuite gagner du temps en obtenant de M. Gé un délai plus long, huit jours peut-être, avant l'application de la deuxième solution. Enfin, pendant ces huit jours, trouver un moyen de sauver le chérubin. Si les hommes ne trouvaient rien, avec leurs cerveaux exceptionnels, elle, avec sa petite tête, elle trouverait !... Elle sentait déjà un vague espoir bourgeonner quelque part à l'arrière de son crâne, juste là dans le noir, ce n'était pas encore une idée, mais il lui suffirait d'y réfléchir, le moment voulu, pour lui donner forme, comme quand on ouvre une armoire et on trouve un vêtement pendu, tout prêt, qui attendait.

Elle se leva, pour faire face à l'immédiat, et empoigna son cabas-mousse. Henri, elle n'aurait pas grand-peine à le convaincre de ne pas ouvrir. Il fallait d'abord s'occuper des enfants. Où pouvaient-ils être ? Elle n'avait pas envie de tomber sur eux au moment où ils... Pas pour eux, bien sûr, qui trouvaient ces façons si naturelles, mais... Non, elle ne s'y ferait jamais !...

A la porte du salon, elle se trouva brusquement face à face avec Marguerite, qui arrivait, fssch... fssch...

Elle recula, les yeux écarquillés, un obstacle lui faucha les jarrets, elle tomba assise sur la table basse.

Marguerite skia jusqu'à elle, s'arrêta, et inclina vers elle ses quatre têtes. Mme Jonas voulut appeler au secours, mais la peur lui coupait le son. Elle ouvrait la bouche et faisait « ba-ba... ba-ba... », d'une voix imperceptible. Elle entendit le monstre lui dire aimablement :

— Bonjour ! Je suis Marguerite. Et vous, qui êtes-vous ?

— Mar... Mar... Marguerite ? C'est vous Marguerite ?

— Oui madame.

— Oh !... Vous pourriez prévenir !... Vous n'avez pas de klaxon ?

— Je ne connais pas ce mot. Je ne sais pas ce que c'est. Qui êtes-vous ? Je vous l'ai déjà demandé.

— Je suis madame Jonas.

— Ah ! La femme d'Henri ? Comme je suis contente de vous rencontrer ! Henri n'arrête pas de me parler de vous !... Vous allez pouvoir m'aider... Je cherche un chapeau... Oh mais voilà ce qu'il me faut !

La porte du four de la cuisinière s'escamota, deux longs bras à ressorts en sortirent, terminés par des pinces. Une d'elles saisit le tricot de Mme Jonas qui pendait hors du cabas, la tête nue se baissa au bout de son long cou et les deux bras lui entortillèrent le tricot autour du crâne, en forme de turban fixé par les deux épingles.

La tête se redressa, satisfaite. Les trois autres la regardèrent.

— Ça te va bien !
— T'es chouette !
— Tu pouvais pas trouver mieux !

Les deux bras se replièrent, la porte du four claqua, les quatre têtes dirent en même temps :

— Merci Louise !
— Merci Louise !
— Merci Louise !
— Merci Louise !
— Je m'appelle Lucie ! cria Mme Jonas, sortant enfin de sa stupéfaction. Et rendez-moi mon tricot !

Elle essaya de reprendre son bien. La tête esquiva et toutes les quatre poussèrent des exclamations amusées.

— Rattrape-moi ! Allez, Louise ! Chiche ! Cours-moi après !

Marguerite partit en slalom entre les meubles vers la porte du couloir, fssch... fssch..., se cogna au chambranle, boum, jura avec une voix d'homme, vira sur une jambe, disparut.

Mme Jonas renonça à la poursuivre. D'ailleurs ce n'était pas nécessaire : elle était reliée à elle par le fil de laine. La pelote était dans son cabas. Elle la sortit et se mit à tirer sur le fil et à repeloter.

Elle trouva Jim dans sa chambre, à plat ventre sur la moquette, en train de copier sur un papier-ardoise les mots du dictionnaire avec leur définition. Ses yeux brillants dévoraient le livre. Non, ce n'était pas ici qu'elle trouverait une faiblesse...

— Où est Jif ?
— Je ne sais pas... En bas peut-être...

Il n'avait même pas levé la tête pour lui répondre.

Jif était étendue dans l'herbe, le visage au-dessus du plafond des papillons. M. Gé n'avait choisi que les mâles de certaines espèces, et que les femelles de certaines autres, les plus beaux et les plus belles. Rappelés à la vie, ils ne pourraient pas se reproduire. M. Gé n'avait pas envie de voir les jeunes arbres du monde nouveau dévorés par les chenilles. Les papillons ne vivraient que quelques heures, le temps que les passagers de l'Arche pussent les regarder s'envoler, le temps d'un léger feu d'artifice de grâce et de couleurs, le temps d'une joie brève et d'un long souvenir.

Ils étaient là plusieurs milliers, immobiles, maintenus en plein vol par un fluide transparent gelé au froid absolu. Un éclairage changeant animait leurs couleurs et presque leurs ailes. Jif, doucement, leur parlait. Sa mère s'assit à côté d'elle.

— Auquel tu parles, ma chérie ?

Jif chuchota :

— A celui-là...

Elle le montra du doigt. Il était grand comme une main d'enfant. Ses ailes étaient bleues au centre et à l'avant, avec une couronne de taches d'un blanc neigeux. A l'arrière et sur les bords, le bleu devenait noir, avec une couronne de taches safran, et deux petites taches roses à l'extrémité.

— Qu'il est beau ! Qu'est-ce que tu lui dis ?

— Je lui ai montré ma croix, pour qu'il la mette dans sa chanson...

— Quelle chanson ?

— Quand il se réveillera, je lui ai demandé de me chanter une chanson. Comme quand tu chantes « l'alouette »... Tu crois qu'il chantera ?

— Tu sais, un papillon, ça n'a pas une grosse voix !

— Oh s'ils se mettaient tous à chanter en même temps, dis, ce serait joli !... Est-ce que tu crois qu'ils connaissent « l'alouette » ?

— Franchement, ça m'étonnerait...

— Eh bien ils chanteront autre chose... Moi quand je chante je chante n'importe quoi...

— Oui mon petit oiseau... Comme un oiseau...

— Oh ! Maman ! tu sais, nous avons fait encore un enfant !... Tu ne peux pas imaginer comme c'est agréaaable !...

— Si, si... J'imagine très bien !... Mais ce n'est pas la peine de le dire chaque fois que vous le faites !...

— Pourquoi ?...

— Eh bien parce que... Comment dire ?... Bon, passons... Ou plutôt, puisque tu en parles, est-ce que tu aimerais que Jim fasse des enfants, comme ça, à d'autres femmes ? Ça te plairait, de voir Jim entouré d'autant de filles qu'il y a de papillons là-dessous ?

— C'est impossible ! Il n'y a que toi et moi !

Mais la voix de Jif, malgré sa dénégation, avait changé de registre, perdu l'insouciance, trouvé tout à coup l'inquiétude. Mme Jonas le perçut parfaitement et fut satisfaite. Ça allait marcher...

— Rien que toi et moi ? Qu'est-ce qu'on en sait ? C'est M. Gé qui l'affirme, mais il n'en sait rien du tout ! Tous ses instruments à la surface ont craqué ! Si on ouvre l'Arche on va peut-être trouver plein de vivants là-haut !...

— Des vivants ? Des hommes ?... *Plusieurs* hommes ?

— Des femmes, surtout ! C'est bien plus résistant, les femmes ! Ça travaille deux fois plus, une fois dehors, une fois à la maison, ça endure tout, les grossesses, le métro, la vaisselle, le mari !... La Bombu, ça m'étonnerait pas qu'elles l'aient endurée aussi !... Ça doit être plein de femmes, là-haut, de toutes les races, des jaunes, des noires, des Parisiennes !...

Jif commençait à être épouvantée. Des femmes jaunes ? Des femmes noires ?... Des Parisiennes ?

— Qu'est-ce que c'est, des Parisiennes ?

— Des vampires ! Dès qu'elles voient un homme elles l'attrapent et elles se font faire des enfants sans arrêt, la nuit et le jour !

— Je ne veux pas ! Il est à moi ! cria Jif en sautant sur ses pieds, toutes griffes dehors.

Mme Jonas poussa un grand soupir de satisfaction. Enfin, Jif venait d'avoir une vraie réaction de femme ! On allait pouvoir compter sur elle...

— Eh bien, ma belette, si tu veux pas que les autres femmes te le prennent par morceaux ou tout entier, il faut le garder à la maison ! La place idéale d'un mari, c'est dans le placard. Mais ce n'est pas facile, il faut qu'il aille travailler... Ou bien tu le laisses sortir pour aller chercher des cigarettes, et à peine il a mis le pied sur le passage clouté, il y a là une femme, ou deux, ou trois, qui lui sautent dessus, et des fois tu le revois plus !...

Jif ne comprenait pas tout, elle ne savait pas ce qu'étaient un passage clouté, ni des cigarettes, mais le sens général lui apparaissait parfaitement : il y avait quelque part, en haut, des femmes dévoreuses qui voulaient lui prendre son Jim !...

— Il ne faut pas le laisser sortir ! dit sa mère. Il ne faut pas ouvrir l'Arche ! Ici tu n'as absolument rien à craindre, elles ne pourront pas arriver jusqu'à lui...

— Mais il ne pense qu'à sortir ! Il copie dans le dictionnaire tous les mots du dehors...

— Ecoute ma pigeonne, un homme, ça croit commander, mais c'est toujours la femme qui décide... Tu vas le décider à ne pas ouvrir... Mais pour ça il faut qu'il t'aime, et qu'il le sache. Pour qu'il le sache, il faut qu'il te le dise... Ne t'énerve pas comme ça !... Assieds-toi là, près de moi... Tu vas lui demander de te dire qu'il t'aime...

Jif prit une grande inspiration pour se calmer et se laissa tomber dans l'herbe plastique, près de sa mère.

— Et quand il te l'aura dit, reprit Mme Jonas, il ne pourra plus rien te refuser...

— C'est ça, l'amour ?

— C'est ça, l'amour...

— Mais comment je vais lui demander ?

— C'est pas compliqué... Tu lui dis : « Jim, dis-moi que tu m'aimes ! »... Tant qu'il ne te l'a pas dit, il ne le sait pas. Et s'il ne sait pas qu'il t'aime, il ne t'aime pas... Répète après moi, tendrement : « Jim, dis-moi que tu m'aimes !... »

Mme Jonas fondait de tendresse en se rappelant comment Henri le lui avait dit la première fois, au petit matin, après la chaude nuit dans l'auberge du bord de Loire. Elle dormait, plongée tout entière dans un bonheur épuisé, et elle avait été réveillée, très doucement, par une voix qui murmurait à son oreille « Lucie, je t'aime... je t'aime... je t'aime... ». Le soleil levant, glorieux, entrait par la fenêtre...

Des larmes perlèrent à ses yeux. Jif la regarda avec étonnement, puis se racla la gorge et claironna :

— Jim ! Dis-moi que tu m'aimes !

— Oh non ! Oh non ! dit Mme Jonas désolée. Pas comme ça !...

Après un quart d'heure de répétition cela allait mieux. Jif commençait à soupçonner ce que c'était, l'amour.

Jim était toujours étendu sur la moquette de sa chambre, le nez sur le Labrousse, à côté de sa feuille-ardoise couverte d'inscriptions. Jif s'agenouilla près de lui :

— Qu'est-ce que tu as copié ?

Il ne l'avait pas entendue venir. Il se tourna vers elle, exalté :

— La Surface !... Et au-dessus ! Tout ce qui est là-haut !... C'est plein de choses formidables ! Ecoute !...

Il prit la feuille, se leva et lut :

— Soleil : Astre lumineux au centre des orbites de la Terre et des Planètes...

— Astre ? Qu'est-ce que c'est, un astre ?

— Astre : corps céleste lumineux...

Il leva la tête vers le plafond et appela :

— Monsieur Gé ?

— Oui, Jim...

— Quand je sortirai, est-ce que mon corps deviendra céleste lumineux ?

— Après ce qui s'est passé, ce n'est pas impossible... Mais ce n'est pas souhaitable !

— Oh ! si ! si ! si !...

Jim sauta à pieds joints sur son lit et bondit et rebondit jusqu'au plafond.

— Je deviendrai un astre et j'irai faire un enfant au Soleil !...

— Non ! cria Jif. Non ! Je ne veux pas !... Tous tes enfants sont pour moi.

Jim s'arrêta de trampoliner et regarda Jif, qui, debout, serrait ses petits poings, prête à combattre l'univers. Il demanda, étonné :

— Tous mes huit cents millions ?

— Oui ! Le soleil n'a qu'à se trouver quelqu'un d'autre ! Les tiens sont pour moi !

Il sauta à bas du lit. Il trouvait cette prétention exagérée.

— Ça tient pas debout ! J'en ai beaucoup trop pour toi toute seule ! Tu manges pas tous les poulets !

— Les poulets, ce n'est pas toi qui les fais ! C'est Sainte-Anna ! Sainte-Anna peut faire des enfants à qui elle veut, mais pas toi ! Les tiens sont pour moi !

— Tu m'embêtes ! Mes 800 millions et 800 millions et 800 millions sont à moi ! Et je les mets où ça me fait plaisir !
— Non ! Je ne veux pas ! Je ne veux pas !...
Elle se mit à pleurer et se jeta à plat ventre sur le lit, le visage dans ses mains, sanglotante.
Jim était stupéfait. Il s'assit près d'elle, la toucha du bout des doigts. Elle se secoua pour qu'il retire sa main. Ce qu'il fit, comme si elle l'avait brûlé. Il ne comprenait pas.
— Pourquoi tu pleures pour un truc pareil ? Tu es idiote !... Allez, arrête de pleurer !...
Elle lui répondit quelque chose qu'il ne comprit pas. Elle avait le nez congestionné et la bouche dans l'oreiller. Il se pencha vers elle :
— Qu'est-ce que tu as dit ?... Allez, pleure plus...
Elle dégagea sa bouche et répéta avec colère :
— Alors, dis-moi que tu m'aimes !
— Quoi ?
— Dis-moi que tu m'aimes !
Elle s'était retournée, redressée, s'essuyait les yeux avec le drap fleuri, et le regardait avec un espoir brûlant. Lui réfléchissait, fronçait les sourcils.
— Que je t'aime ?
— Oui !...
Il haussa les épaules.
— J'aime le poulet !...
— Oh !... Tu es stupide !...
— Qu'est-ce que tu veux que je te dise ? J'aime le poulet ! Je ne peux pas dire que je n'aime pas le poulet !
— Et moi ! Tu ne m'aimes pas ?
Elle se leva, se planta devant lui, à deux pas, secoua ses cheveux de lumière :
— Regarde-moi... Tu n'es pas heureux, quand tu me regardes ?
— Oh... Si...
Elle dit d'une voix très douce :
— Viens... viens vers moi...
Il se leva lentement. Il se sentait maladroit, ses jambes étaient de plomb, son cœur battait. Quand il fut près d'elle elle lui prit la main. Elle chuchota :
— Tu sens comme ma main est chaude ?
— Tu transpires !
— Toi aussi... Dis-moi : « Je t'aime... »
— Je... Je... Je ne peux pas !
— Pourquoi ?
Il porta une main à son cou.
— Ça me fait une boule là... Ça ne peut pas passer...
— Ferme les yeux...
Elle ôta son soutien-gorge et se serra contre lui pour le toucher avec les pointes exquises de son corps. Alors il passa ses bras autour d'elle et la serra, poitrine contre poitrine, et, les yeux fermés, il sentit

une joie immense le fondre en elle et elle en lui, ils n'étaient plus deux mais un seul, unique, léger, sans limites, rayonnant. C'était cela, peut-être, le corps céleste lumineux... Et les mots sortirent tout seuls de sa bouche, sans effort, sans question, il ne pouvait plus les retenir...
— Je t'aime... je t'aime, je t'aime...
Et longtemps, longtemps, longtemps après, ils étaient l'un contre l'autre étendus sur le lit, baignant dans un bonheur unique, et c'était elle qui avait les yeux fermés, sa tête blonde reposant sur l'épaule de Jim. Et lui, les yeux grands ouverts, regardait le plafond et, à travers le plafond, tout ce qui était au-delà, là-haut...
Et il disait, doucement, lentement :
— Tous mes enfants sont pour toi... Rien que pour toi...
Incapable de parler, elle serra un peu sa main posée sur la cuisse de Jim, pour dire : « J'ai entendu, je sais... »
Et il continuait :
— Nous en ferons beaucoup, beaucoup... Et nous irons les planter partout... Dans le ciel et dans le soleil et sur la Terre, partout...
Et elle serra encore un peu sa main pour dire « oui... oui... partout... où tu voudras... tout le temps... je t'aime... »

L'amour ne passe pas toujours par les chemins prévus. Alors que Mme Jonas avait cru, grâce à lui, gagner Jim, il lui avait fait perdre Jif. Elle avait facilement convaincu son mari, mais quand ils se retrouvèrent tous au salon, appelés par le signal du poulet, elle se rendit compte au bout de quelques mots qu'ils étaient maintenant divisés en deux camps égaux, deux pour l'ouverture de l'Arche et deux contre.
— Alors c'est Sainte-Anna qui va décider, dit M. Jonas. Et si elle décide de ne pas ouvrir, elle ne nous laissera aucun délai, elle agira aussitôt, elle fera absorber à Jif un produit abortif, par la bouche, par le nez, par la peau, par les yeux, je ne sais pas comment, nous ne le saurons pas, Jif ne s'en apercevra même pas, et le tour sera joué...
Mme Jonas l'écoutait, atterrée. Jim et Jif n'écoutaient pas. Ils mangeaient, ils avaient une faim superbe, ils étaient assis sur le divan violine, ils mangeaient en se regardant, en se chuchotant des riens et en riant des petits rires que fait éclore le bonheur d'aimer et d'être ensemble.
— J'ai soif ! dit Jim, viens à la fontaine...
Le cœur déchiré par leur insouciance, leur mère les regarda sortir. Ils se tenaient par la main. Jim était joyeux, et Jif partageait sa joie. Elle était heureuse avec lui, *de lui*. Elle le suivrait partout, cela ne faisait aucun doute. Il n'y avait plus que lui qui comptait. Elle se moquait de son enfant comme d'une guigne. Qu'est-ce que c'est une guigne ? Mme Jonas elle-même n'en savait rien...
Elle serra les dents, se retourna vers son mari, le regarda comme

s'il était un objet, secoua la tête pour retrouver son sang-froid et dit à voix basse, avec une résolution terrible :

— Ouvrir ou pas, je laisserai pas tuer ce petit !...

C'est alors que, dans une illumination subite, la troisième solution lui apparut. C'était si simple ! Comment n'y avait-elle pas pensé plus tôt ? Elle ouvrit la bouche pour en faire part à son mari, mais la referma aussitôt, regarda autour d'elle avec méfiance, puis se rapprocha de M. Jonas sur la pointe des pieds, se planta devant lui, et lui parla sans émettre un son.

En ar-ti-cu-lant lentement et exagérément, elle lui posa une simple question. Ses lèvres dessinaient d'énormes syllabes muettes. Elle les accompagnait de gestes qu'elle estimait expressifs et clairs comme l'évidence. Mais M. Jonas regardait sa bouche et ses mains avec étonnement et ne comprenait rien.

Après avoir répété trois fois la même phrase, elle lui cria en silence :

— Tu es bouché, ou quoi ?

Puis elle lui fit signe de se baisser un peu et lui répéta sa question dans l'oreille. Il eut l'air étonné et lui montra du doigt la salière de cristal posée sur la table basse, puis celle qui brillait sur le petit bureau d'if anglais.

Elle demanda, muette :

— Les salières ?

Il répondit de la tête : affirmatif...

Jamais elle n'aurait pensé à cela...

Elle s'en fut sur la pointe des pieds les cueillir l'une et l'autre et les jeta dans le Trou. Cling-glouf. La question qu'elle avait posée était : « Est-ce que tu sais où il cache ses micros ? »

— Bon, maintenant on peut parler... C'est bien un de ses coups de cacher ses micros dans les salières. Y en a partout...

— Ils ne sont pas *dans* les salières... Les salières elles-mêmes sont des postes émetteurs... Elles sont en quartz, elles vibrent...

— Pourquoi tu ne me l'as jamais dit ?

— Il n'y a pas longtemps que j'en suis sûr... Et puis quelle importance ? Nous n'avons rien à dissimuler...

— Chuut !... Viens ici...

Elle s'assit sur le divan et il vint la rejoindre. Elle parla à voix basse. On ne sait jamais... Les murs aussi, peut-être, vibrent. Ou les pieds de la table.

— Ecoute, c'est simple : « M. Gé a dit que cinq ça va et six c'est trop, c'est bien ça ?

— Oui...

— Et qu'il faut supprimer le sixième ?

— C'est ça...

— Eh bien on va le supprimer !...

— Quoi ! dit M. Jonas étonné, tu as changé d'avis ?

— Pour qui tu me prends ? Pas notre petit ! On va le supprimer, LUI !...

— Qui ?

— M. Gé !...
— Tu es folle !
— Pourquoi ? Il est aussi bien le sixième que ce pauvre innocent ! Et il fait même pas partie de la famille ! A quoi il sert ? Qui c'est qui s'occupe des machines et de tout le fourbi de Sainte-Anna ?
— C'est moi, mais...
— Tu vois bien ! Il est utile à rien, et il boit l'air du petit ! On va lui fermer le robinet !
— Mais il nous a sauvé la vie !
— Justement ! Il a pas le droit de nous la reprendre ! A aucun d'entre nous, même moins gros qu'une puce.

C'était un argument d'une logique discutable, mais M. Jonas commençait à examiner, sans horreur, le projet de sa femme. Il savait, de toute façon, que cette fois encore, comme toujours, il ferait ce qu'elle voudrait. Mais il ferait quoi ?

— Il faudrait une arme...
— Y en a pas dans tes réserves ?
— Non...
— Dire qu'on a même pas un bon couteau de cuisine !
— Tu t'en servirais, toi ?
— Non bien sûr, mais... *SI !* ... Pour sauver mon petit, je me servirais de n'importe quoi !... Essaie d'avoir une idée...
— On a si peu de temps...
— Tu as du génie ! Tu vas trouver !...
— C'est difficile de se mettre dans la peau d'un assassin, quand on n'en a pas l'habitude...

Réfléchi, sérieux, il se mit à énumérer les impossibilités, en rouvrant un à un, avec sa main droite, les doigts de sa main gauche fermée :

Le pouce : On ne peut pas l'empoisonner, il ne mange pas...
L'index : On n'a pas d'arme à feu...
Le médius : On n'a pas d'arme blanche...
L'annulaire : On pourrait essayer de l'assommer, mais il est grand... Et avec quoi ?...

— Tu peux pas charger Marguerite de l'exécuter ?
— La pauvre ! Elle est douce comme un agneau !... Je ne vois qu'une possibilité : une bombe...
— Une bombe ? Mais ça fait des dégâts !
— Je peux fabriquer une toute petite bombe... On essaie de la lui glisser dans sa poche...
— Tu parles comme il va se laisser faire !
— Ou bien alors on pourrait...

Le Distributeur l'interrompit. « J'ai du bon tabac... » Automatiquement, M. Jonas obéit au réflexe, et, l'esprit préoccupé par la recherche du moyen infaillible, mais humain, d'éliminer M. Gé, s'en fut, pensif, chercher le poulet, revint s'asseoir près de sa femme, détacha une cuisse et la sala avec une salière qu'il sortit innocemment de la poche de sa blouse.

Mme Jonas regarda l'objet avec horreur :
— Henri !... Tu l'avais sur toi ? Dans ta poche ! Tout ce temps-là ?
— Eh bien... je... oui..., fit M. Jonas confus.
— Mais qu'est-ce qui se passe dans ta pauvre tête ? Est-ce qu'elle est vraiment ramollie ?... Avec ça il nous a sûrement entendus ! Maintenant c'est fichu !...

Elle réfléchit un instant, prit la salière et parla comme dans un micro :
— Vous nous avez entendu, monsieur Gé ?
— Bien sûr, madame Jonas...

M. Gé, souriant, entrait au salon. Mme Jonas se dressa et vint vers lui, s'arrêta, lui fit face, farouche, résolue.
— Eh bien tant mieux ! Je ne suis pas pour les coups fourrés ! Je n'aime pas agir en-dessous ! Alors gardez-vous bien ! Vous êtes peut-être très intelligent, mais moi, je me bats pour mon sang ! *JE SUIS LA GRAND-MERE !*

Et elle se frappa la poitrine des deux poings comme King-Kong. Cela ne fit aucun bruit caverneux. Elle était bien capitonnée...
— Je vous estime beaucoup, madame Jonas... Je me félicite tous les jours, et en ce moment encore, de vous avoir choisie... Vous êtes le vrai ferment de vie, irréductible, dans cette graine qu'est L'Arche. Sans vous, elle aurait peut-être pourri. Et c'est peut-être vous qui allez fixer son destin...

Il avait contourné Mme Jonas. Délicatement, tout en parlant, il ramassait les serviettes et les restes du précédent poulet que les enfants avaient abandonnés sur le guéridon de nacre Napoléon III. Tenant le petit paquet du bout de ses longs doigts fins, il alla le jeter dans le Trou...

Cling, glouf.

Alors Mme Jonas, en un éclair, comprit qu'il n'était plus temps de chercher, de discuter, de vouloir, d'hésiter, mais d'agir !

Elle se courba en deux, elle devint buffle, bulldozer, missile, elle fonça droit devant elle en rugissant à pleine gorge, percuta de la tête M. Gé au milieu du corps, et M. Gé s'envola comme un ballon de rugby, et disparut dans le Trou...

Cling !

Gl... gl... gl...

Ça ne passait pas...

M. et Mme Jonas, immobiles, raides, les yeux écarquillés, regardaient le Trou vide.

Gl... gl... glou... ou... glouf !

— Ouf ! dit Mme Jonas.

Après avoir bu à la fontaine, Jim et Jif coururent jusqu'à la salle de gym et poursuivirent leur course sur les deux pistes parallèles de mousse verte, douce aux pieds, parsemée d'une multitude de fleurettes pas plus grosses que des lentilles. Le tout en plastique, naturellement.

Chaque piste, mobile, se déplaçait d'autant plus vite que le coureur accélérait. Elle ralentissait en même temps que lui, et s'arrêtait s'il s'arrêtait.

Côte à côte, Jim et Jif, courant sur place et riant, essayaient de se dépasser, mais n'y parvenaient pas, et n'y étaient jamais parvenus. Jif, d'habitude, courait aussi vite que Jim, mais elle se sentait maintenant un peu lasse et se laissait aller à un rythme nonchalant. Jim en profita pour pousser un sprint rapide, espérant surprendre la mécanique, mais n'y réussit pas. Exaspéré, il se jeta sur Jif, tomba avec elle sur le tapis, se releva, frappa le tremplin des deux pieds, tourbillonna en l'air, se reçut sur les mains, se rétablit, ôta short et slip, courut vers la douche, la traversa trois fois, s'y maintint, leva son visage vers l'eau, ferma les yeux, ouvrit la bouche, poussa une clameur gloubloutante, se roula sur le sol éponge et recommença à courir pour aller chercher son dictionnaire.

Quand il revint, lentement, le livre ouvert dans ses deux mains, le regard perdu dans les pages, il demanda à Jif :

— Tu sais ce que c'est, le Paradis ? Maman nous dit toujours qu'en haut, avant l'Arche, c'était le Paradis... Ecoute : « *PARADIS : Séjour de délices...* »

— Quoi ? cria Jif.

Elle était à son tour sous la douche. Celle-ci tombait du plafond à travers des branches de semble-lierre, en petite cascatelle irrégulière, une goutte tiède, une goutte glacée, frissonnante, bavarde. Et Jif, les oreilles ruisselantes, n'entendait pas. Elle pointa hors de l'eau sa petite tête mouillée et répéta :

— Qu'est-ce que tu dis ?

— Ecoute ! « *PARADIS : Séjour de délices où Dieu plaça Adam et Eve. Séjour des bienheureux. Pays enchanteur.* »

Il ferma le livre en le faisant claquer et le leva à deux mains audessus de sa tête en criant, exalté :

— Nous allons ouvrir l'Arche et aller au Paradis !

A ce moment ils entendirent l'énorme glouf éructé par le Trou. Sous leurs pieds et tout autour d'eux, l'Arche trembla. Et la lumière s'éteignit.

Le noir total emplissait l'Arche. Les « nuits » habituelles étaient baignées d'une faible lumière bleue, dispensée par des plafonniers qui ne s'éteignaient jamais, même dans les chambres. On pouvait en réduire la luminosité jusqu'à la rendre presque imperceptible, mais pas la supprimer. M. Gé avait voulu éviter, par ce dispositif, la naissance de la peur de l'obscurité absolue, et de la claustrophobie qui en aurait résulté.

Les lampes blanches s'étaient éteintes, toutes d'un seul coup, partout, et les plafonniers ne s'étaient pas allumés.

— C'est déjà la nuit ? demanda Jif, surprise.

Jim écarquillait les yeux pour essayer de comprendre. Il serra le dictionnaire sous son bras gauche et tendit lentement sa main droite devant lui, paume en avant. Pour toucher.

Toucher quoi ? Il ne savait pas. Quelque chose de dur ou de mou. Le noir.

Jif, en qui montait l'angoisse, l'appela :

— Jim tu es là ? Où es-tu ?...

Elle était sortie de la douche mais n'osait pas aller plus loin.

— Jim ! Viens près de moi ! Ne me quitte pas !... Quelle drôle de nuit ! C'est noir !...

— C'est plus que la nuit, dit Jim. C'est le malheur ! Il y a un malheur !...

Sa voix monta jusqu'au cri :

— M. Gé ! Il y a un malheur !... M. Gééé !... Il y a un malheur !... C'est *NOIR !*...

M. Gé ne répondit pas. Le silence pesa sur le noir.

La voix de Jif le perça, toute petite, terrifiée, chuchotée.

— Jim !... Ne me laisse pas !... Viens près de moi !... Ne me laisse pas !...

Il chuchota de même, pour que le noir n'entendît pas.

— Je viens... Ne bouge pas... Où es-tu ?

— Près de la douche...

— Je viens... Ne bouge pas... Je t'aime...

Boum...

— Aïe !...

— Qu'est-ce que c'est ?

— La barre fixe !...

Elle pouffa. Le rire chassa la peur. Il se mit à rire aussi. Il posa son livre à terre et, les deux mains tendues, alla vers Jif. Il la trouva. Elle était mouillée. Il posa ses mains sur elle, dans le noir. Les hanches, la taille. Dans le noir, un sein, une épaule. Il ne la voyait pas, il la touchait, noire. Il dit, étonné :

— Tu es nue !...

Elle le toucha. Les deux mains à plat sur la poitrine, la taille, les hanches, dans le noir, une main, le sexe...

Elle dit, inquiète :

— Toi aussi !...

Ils vivaient, depuis seize ans, aussi souvent sans vêtements que peu vêtus. Hors de la lumière, pour la première fois, ils venaient de savoir qu'ils étaient nus.

Le noir était tombé sur Mme Jonas comme du plomb fondu glacé. Ce n'est guère possible dans la réalité... Mais cela décrit très exactement ce qu'elle éprouva, l'ardeur de son esprit éteinte d'un seul coup, son cœur brutalement serré, son corps paralysé.

Elle commença à remuer le bout des doigts, puis se serra les mains l'une dans l'autre, et s'enquit d'une voix anxieuse :

— Henri, tu es là ?... Henri, où es-tu ?

— Je suis là, ma chérie, je suis là...

Il était tout près, sa voix tranquille réchauffa Mme Jonas, elle tendit la main vers lui et rencontra la sienne qui venait vers elle. Elle la saisit et s'y cramponna.

— Oh que c'est désagréable, ce noir ! Qu'est-ce qui se passe ? C'est pas encore la nuit !...

— Je ne crois pas... Horloge, quelle heure est-il ?

L'horloge ne répondit pas.

— C'est une panne, dit M. Jonas. Les quatre disjoncteurs ont dû sauter en même temps... Les quatre circuits sont coupés... Il faut que j'en rétablisse un tout de suite, ou c'est le désastre...

— Tu crois que c'est à cause de... hum... Glouf ?

— Sans doute... C'était un gros morceau... Mais théoriquement, ça n'aurait dû, au maximum, couper qu'un circuit... Il avait peut-être quelque chose dans sa poche... Qui a tout court-circuité...

— Il avait des tas de choses dans ses poches ! Toujours !... C'était un cachottier !... Un dictateur !...

Elle essayait de retrouver sa colère, pour justifier son acte, pendant que son mari, soucieux mais calme, la tenant par la main, l'entraînait avec précaution vers la porte. De la poche de sa blouse il avait sorti son petit tournevis, et le pointait devant lui dans l'obscurité, comme une tête chercheuse.

En arrivant devant l'Atelier, ils entendirent les quatre voix de Marguerite qui appelaient :

— Henri où es-tu ?

— Henri !

— Où es-tu ?

— Henri réponds-moi !

Puis il y eut un grand bruit de choses bousculées qui tombaient et se brisaient. M. Jonas perdit son calme et cria :

— Marguerite ! Tiens-toi tranquille !

— Ah ! Henri !...

— Tu es là !

— Viens vite !

— J'ai peur !

— Dans le noir !

— Viens !

— Viens !

— Viens !

— Viens !

Il tournait déjà la clef dans la serrure. Sa femme le tenait par un pan de sa blouse. Il ordonna :

— Marguerite, tais-toi ! Ne bouge plus ! Dors !

Les quatre voix qui gémissaient se turent en même temps.

Il ouvrit la porte, et après avoir demandé à sa femme de rester sur place, s'enfonça dans les ténèbres. Il connaissait son atelier de façon absolue. Sa mémoire exceptionnelle se rappelait l'emplacement de chaque meuble, de chaque objet, de chaque outil, dans ce qui paraissait un fouillis inextricable. Mais où était Marguerite ? Et qu'avait-elle renversé ?

— Marguerite, réveille-toi...
— Henri, je...
— Henri, je...
— Henri, je...
— Henri, je...
— Tais-toi ! Dors !...

Il l'avait située, il la contourna, marcha sur des débris qui craquèrent, toucha le bord d'une étagère, leva la main vers l'étagère supérieure, tâta, reconnut un bocal, deux bocaux, trois bocaux pleins de petits bidules, écarta le quatrième et saisit, derrière, un objet qu'il secoua et leva à bout de bras. Mme Jonas poussa un soupir de joie.

— Aaah !...

C'était un petit flacon de verre à demi-plein d'huile. Dans l'huile baignait un morceau de phosphore gros comme une noisette. En le secouant, il avait provoqué le miracle habituel ; tout le flacon était devenu phosphorescent. Sa faible lueur verte réchauffa le cœur de Mme Jonas et permit à son mari de voir vaguement Marguerite avec ses quatre têtes endormies qui pendaient, d'évaluer les dégâts, qui n'étaient pas trop graves, et d'atteindre la console de commande.

Il effleura du bout du doigt les touches commandant le réenclenchement des disjoncteurs.

Une : rien.

Deux : la lumière blanche revint partout à la fois.

— AAah !...

Et s'éteignit aussitôt.

— Ooooh...

Trois : rien.

Quatre : les lampes blanches clignotèrent, s'éteignirent, les plafonniers bleus s'allumèrent, les lampes blanches se rallumèrent, les plafonniers s'éteignirent.

M. Jonas, immobile, l'index tendu au-dessus des touches, attendit quelques instants, puis se tourna vers sa femme restée dans le couloir :

— Ça a l'air de tenir... Je vais descendre aux machines, voir ce qui se passe. Cherche les enfants, allez tous au salon, asseyez-vous et si ça s'éteint de nouveau, restez assis, ne bougez surtout pas...

— On dirait que la lumière est moins vive que d'habitude, dit Mme Jonas.

— Oui, c'est exact... Je vais essayer de rétablir le premier circuit...

Il passa près de Marguerite et lui frappa amicalement le flanc. Boum-boum... Ses quatre cous pendaient chacun sur un côté, les quatre têtes presque à la hauteur des jambes.

— Marguerite ! Tiens-toi mieux ! Tu peux dormir sans t'écrouler !

Les quatre têtes soupirèrent, les cous se redressèrent mollement et se tortillèrent ensemble, formant une sorte de colonne torse verticale, terminée par le bouquet des têtes qui dormaient les yeux ouverts. La rieuse n'avait toujours pas de chapeau. Après que Mme Jonas lui eut détricoté son turban, elle n'avait pas fait de tentative pour le remplacer. Son tempérament optimiste avait repris le dessus, elle se trouvait très belle sans couvre-chef.

Mme Jonas appela :

— Jim ! Jif ! Où êtes-vous ?

La voix excitée et bouleversée de Jim lui répondit :

— Maman !... Maman viens voir ! Papa ! Viens ! Venez voir ! Venez vite !

Ils trouvèrent Jim et Jif devant la chambre de M. Gé. Jim avait remis son short, et Jif s'était enveloppée dans son drap à fleurettes, entièrement, des pieds à la tête. Elle avait fait un nœud à la poitrine et un à la taille, pour se couvrir partout.

Ils se tenaient par la main et regardaient la porte de la chambre. *Et la porte était grande ouverte.*

— Oh ! s'exclama Mme Jonas.

Elle se précipita pour entrer enfin dans ce lieu interdit que ne défendaient plus M. Gé ni la porte. Jif lui barra le passage avec son bras.

— Non ! M. Gé ne serait pas content !... N'entre pas, mais *regarde !...* Qu'est-ce que c'est ? Regarde !...

La chambre était entièrement vide, sans un seul meuble, pas même un siège. La moquette verte semblait n'avoir jamais été foulée. Au milieu de la pièce, sur un petit tapis de soie chinois, carré, bleu, gris et vert pâle, était couché ce que Jim montrait du doigt.

— Une rose ! dit Mme Jonas stupéfaite. C'est une rose !...

— Oh ! On... on dirait, balbutia M. Jonas, celle qu'il... tu sais, il y a seize ans, quand il est entré dans l'ascenseur, il a emporté une rose...

— Une rose... dit doucement Jim émerveillé.

— Je m'en souviens, dit Mme Jonas. J'étais endormie, couchée sur la civière, j'ai ouvert les yeux et j'ai vu un grand homme blanc qui tenait une rose... Une rose rose... Ça peut pas être la même, évidemment... Mais d'où il la sort ?... Je te parie qu'elle est en plastique !

— Non, dit M. Jonas. Sens...

Le parfum de la rose emplissait la chambre et coulait dans le couloir.

— Comme c'est agréaaable ! dit Jif. C'est la rose ?

— Oui, dit M. Jonas.

— Je la veux ! Jim, donne-la-moi...

— Non, dit Jim. Non ! Elle est à M. Gé, je n'y toucherai pas !

— Tu m'aimes ! Va me la chercher !
— Non !
— Je la veux !
Elle lâcha la main de Jim et fit un pas vers la porte ouverte. Jim se jeta devant elle et lui fit face, ses bras écartés appuyés au chambranle l'empêchant de passer.
— Jim ! dit sa mère, on ne doit rien refuser à une femme enceinte ! Laisse-la entrer !...
— Non ! C'est à M. Gé... Qu'elle la demande à M. Gé !...
— Monsieur Gé, demanda Jif, vous me donnez la rose ?
Jif et Jim attendaient la réponse, le visage un peu levé vers le plafond, comme toujours quand ils interrogeaient M. Gé absent, mais M. Gé ne répondait pas.
Mme Jonas, gênée, commença à se demander comment elle allait dire à Jim ce qu'elle avait fait, et comment il allait le prendre.
— Monsieur Gé ! répéta Jif impatiente, répondez-moi ! Je voudrais la rose ! Vous me la donnez ?
— Oh ! dit Mme Jonas.
Elle tendit vers l'intérieur de la chambre un doigt qui tremblait un peu. Ils regardèrent tous.
Sur le précieux tapis, la rose couchée était en train de s'effeuiller. Elle s'ouvrait comme une main lasse. Ses pétales s'écartaient, se détachaient un à un et se posaient doucement autour d'elle.
— C'est un malheur ! dit Jim d'une voix étranglée.
Il se mit à crier :
— Monsieur Gé, il y a un malheur ! Monsieur Gé, répondez ! Monsieur Gé, où êtes-vous ?
Bousculant Jif et ses parents, il se mit à courir dans le couloir en appelant M. Gé et criant le malheur.
— Maman ! dit Jif, en se blottissant contre sa mère.
— N'aie pas peur, ma beline, dit Mme Jonas. C'est une rose qui s'effeuille. Ça arrive à toutes les roses... Mais comment tu es attifée ? Pourquoi tu t'es mis ce machin autour ?
— J'étais nue, dit Jif.
Elle appela :
— Jim ! Attends-moi ! Jim !
Et elle se mit à courir, un pan du drap volant derrière elle.
— Eh bien, dit M. Jonas, il ne va pas prendre ça bien du tout, notre garçon. Et comment vas-tu le lui dire ?
— Je lui dirai rien ! Il a pas besoin de savoir ! M. Gé aura disparu, c'est tout... Ça cadre très bien avec son personnage...
C'était la question de son mari qui lui avait, à l'instant même, suggéré la solution. Elle se sentit soulagée d'un poids énorme.
Mais Jim et Jif étaient en train d'apprendre, très exactement, ce qui s'était passé.

Jim entra dans le salon en criant le nom de M. Gé. Jamais, jamais M. Gé n'était resté sans répondre à un appel. Quelque chose de grave était arrivé. Il était peut-être fâché, il était peut-être parti, il était sorti tout seul en haut, il avait traversé le mur et les cailloux, il les avait abandonnés !...

A cette pensée, Jim sentit ses jambes fondre. M. Gé avait fait l'Arche, l'Arche était le Monde, M. Gé savait tout, pouvait tout, M. Gé leur donnait l'air, la lumière et les poulets de chaque jour, M. Gé était bon, M. Gé les aimait, veillait sur eux, avait sauvé son père et sa mère et avait fait grandir Jif et lui, M. Gé allait ouvrir l'Arche vers le Paradis, sans lui on ne pouvait rien, sans lui on n'était plus rien...

Jim se sentit si misérable que les appels ne purent plus sortir de ses lèvres. Il se laissa tomber au bord du divan, hébété, il avait froid, il était devenu vide à l'intérieur et se ratatinait.

L'horloge s'alluma.

C'était le visage de Jean XXIII, empreint de gravité.

— Dieu est mort, dit-il.

— Dieu ?

— Je veux dire le vôtre : M. Gé...

— Ce n'est pas possible !

Jim s'était redressé comme un ressort et interpellait l'horloge.

— M. Gé ne peut pas mourir !

La mort, mourir, il ne savait pas très bien ce que cela signifiait, mais il devinait que c'était définitif et terrible. Cela ne pouvait pas s'appliquer à M. Gé !

— Hélas ! dit l'horloge... Il est bon que vous soyez mis au courant. Voici votre sœur qui arrive. Enfin vêtue !... Asseyez-vous tous les deux, et regardez...

Le visage de Jean XXIII s'effaça et toute la surface du plafond refléta comme un miroir les événements qui s'étaient déroulés au-dessous de lui un peu plus tôt.

Jim et Jif virent et entendirent M. et Mme Jonas discuter la tête en bas, M. Gé entrer de même, se baisser vers le haut pour prendre les restes du poulet, les porter au Trou, Mme Jonas foncer et M. Gé s'envoler vers les profondeurs de Sainte-Anna.

Gros glouf.

Devant la porte close de la chambre de Jim, Mme Jonas se lamentait.

— Viens, Jim ! Sors de ta chambre, viens !...

Le désarroi après le coup d'instinct qui l'avait projetée dans l'action, et la crainte au sujet de Jim, lui faisaient les paumes des mains moites. Elle les essuya sur ses hanches, à sa robe à mouettes. Il lui semblait qu'elle portait ces mouettes depuis une éternité. Et pourtant il n'y avait que quelques heures qu'elle les avait sorties du Distributeur.

— Jim ! Mon petit poussin ! Mon chéri ! Viens ! Sors de ta chambre ! Viens manger !...

Une mère s'imagine toujours, quel que soit l'âge de son enfant, que si elle l'appelle pour manger il va se précipiter comme au temps du biberon. Mais Jim ne bougeait pas et restait muet...

— Viens ! Il y a du poulet !...

Il y avait du poulet, mais c'était du poulet froid. Pour la première fois depuis qu'il distribuait, le Distributeur l'avait livré ainsi.

Jif l'avait goûté avec méfiance, mâchouillé un peu.

— C'est drôle...

A la deuxième bouchée elle avait souri.

— C'est pas mauvais...

— Ce serait meilleur avec une mayonnaise, avait dit M. Jonas, un brouillard de nostalgie au fond de la voix.

Une mayonnaise... Pour faire une mayonnaise il faut un œuf. Sainte-Anna n'en fabrique pas. Il faut qu'il soit pondu. Par une poule. Il y a des poules dans le zoo. Elles dorment. Quand on les réveillera elles pondront. Dans quatre ans.

Une mayonnaise dans quatre ans...

Attention... Il faut aussi de l'huile. Olives. Il y a des plants d'oliviers dans les réserves. « A cent ans, un olivier est un enfant », disait le grand-père paysan. Plutôt l'arachide, c'est annuel. Mais il faudrait l'Afrique. Le colza, le tournesol ?... Il y a des semences dans les réserves. On sèmera, on récoltera...

Une mayonnaise dans cinq ans.

Mais pour obtenir l'huile il faut un moulin.

On construira un moulin.

Un tout petit moulin.

Pas de bois, puisqu'il n'y a plus d'arbres. Un petit moulin tout en pierres et en métal. Pour tailler les pierres il faut des outils. Pour forger le métal, fabriquer les outils, il faut trouver du minerai et du charbon, faire du feu...

Une mayonnaise quand ?

M. Jonas se rendit compte qu'il ne mangerait sans doute plus de mayonnaise de sa vie. La mayonnaise était le fruit de toute une civilisation. Ses arrière-petits-enfants peut-être pourraient en déguster une. A condition qu'on ne perde pas un seul jour quand on rouvrirait l'Arche. Il faudrait aussitôt semer, planter, semer, planter. Ni l'animal, ni l'homme ne peuvent vivre sans les végétaux. Sans l'herbe. Sans le bois. L'herbe pousse vite, mais rien ne peut obliger les arbres à se presser. La nouvelle civilisation serait obligée de les attendre.

Quand on rouvrirait l'Arche... Cette ouverture posait un problème que M. Jonas était seul à connaître. Il n'en avait parlé à personne. D'ici à quatre ans il en trouverait la solution. Bien avant, sans doute.

Il était remonté par l'escalier de sa visite aux machines et avait donné à tout le monde l'instruction de ne pas utiliser les ascenseurs, pour ne pas risquer d'y rester bloqué. Il avait trouvé la machinerie en parfait état. Rien n'expliquait la quadruple disjonction. C'était justement ce qui l'inquiétait. Le premier circuit s'était remis à fonctionner normalement lorsqu'il avait renclenché les disjoncteurs, à la main. Tout était parfaitement, totalement, normal.

Mais ce poulet froid ?...

En revenant de l'atelier, Mme Jonas avait croisé Jim qui courait vers sa chambre, les yeux fous. Il l'avait regardée avec horreur, puis s'était enfermé, et ne voulait plus sortir. Tout son univers s'était écroulé d'un seul coup. M. Gé et sa mère étaient les deux piliers de son âme. Il leur devait la vie, il les adorait également, sa mère avec tendresse, M. Gé avec vénération, et voilà que, tout à coup, M. Gé était mort et c'était sa mère qui l'avait tué...

— C'est pour ton fils que je l'ai fait ! criait Mme Jonas à travers la porte.

Jif, sans s'émouvoir, lui avait dit ce que le plafond leur avait raconté.

— S'il fallait recommencer, je recommencerais !... Et même M. Gé, s'il pouvait te parler, il te dirait que j'ai bien fait !... Il veut que vous repeupliez la Terre ? Eh bien c'est pas en commençant à massacrer vos enfants que vous allez repeupler !... Allez, viens... Viens manger...

Elle attendit, elle écouta. Rien... Inquiète, elle fit l'inventaire, dans sa mémoire, de tout ce qui se trouvait dans la chambre de Jim. Ou dans ses poches. Et avec quoi il aurait pu chercher à se faire du mal. Heureusement, il n'avait même pas un canif.

Elle retourna au salon. Jif, après la cuisse, avait mangé l'aile.

— Et ton frère, tu y penses ? lui dit sa mère.

— J'ai faim, dit Jif. Il n'a qu'à se commander un autre poulet.

— C'est vrai qu'il faut que tu manges pour deux, maintenant... Tu as raison... Va chercher Jim... Toi tu arriveras peut-être à le faire sortir... Où est ton père ?

— Il est redescendu aux machines, il cherche...

— Quoi ?

— Je ne sais pas...

— Arrête de ronger cet os ! Donne... Va chercher ton frère...

Jif s'essuya les lèvres et les doigts avec son drap péplum, donna à sa mère la serviette et les os, se leva et se redrapa pour aller chercher Jim. La mort de M. Gé ne l'avait pas affectée. Elle trouvait que sa mère avait fait preuve de courage. Elle ne l'approuvait pas entièrement, mais elle admirait son esprit de décision. Quant à M. Gé, elle ne l'avait jamais beaucoup aimé. Son regard la gênait. Il voyait à l'intérieur. Elle n'avait rien à cacher, mais on aime se sentir à l'abri derrière les rideaux, même si l'appartement est propre.

Mme Jonas, soucieuse, posa la serviette et les os sur le plateau d'argent, le prit et se dirigea vers le Trou. Elle s'en approchait sans crainte. Elle n'éprouvait aucun remords. Seulement du regret d'avoir été obligée d'en arriver là. Mais comment faire autrement ? Son souci, c'était Jim. Parviendrait-elle à lui faire comprendre ? Et admettre l'inévitable ?

Elle jeta le plateau et les restes dans le Trou.

Cling.

Le Trou ne faisait plus glouf.

Elle revint vers son fauteuil jaune familier, en humant l'air à plusieurs reprises. Est-ce qu'elle se faisait une idée, ou est-ce que ça sentait vraiment l'odeur de... Elle haussa les épaules. Sans doute son imagination...

Quand Jim entra, suivi de Jif, il portait son dictionnaire devant lui, à deux mains, fermé, avec un doigt coincé entre les pages, pour marquer l'endroit qu'il voulait retrouver. Il s'arrêta et fixa son regard sur sa mère.

— Jim !

Elle se leva lentement. Elle tremblait. Ce n'était plus son petit !... Ce regard dur, ce visage tragique, ces mâchoires crispées...

Il s'avança vers elle et quand il l'eut rejointe, il ouvrit le dictionnaire et lut :

— Assassin : celui qui tue avec préméditation ou par trahison...

Il releva les yeux vers elle et lui dit d'une voix glacée :

— Assassin !...

Suffoquée, elle trouva au fond de son désespoir et de son amour le réflexe sauveur. A tour de bras, elle le gifla. Pan ! Pan ! Les deux joues.

— Tiens ! Je t'apprendrai à parler à ta mère !

Ahuri, il écarquilla les yeux et laissa tomber le dictionnaire. Aussi stupéfaite que lui, Mme Jonas regarda sa main qui venait de le frapper. C'était la première fois. Jamais, jamais elle ne l'avait fait, ni sur ses joues ni sur ses fesses de petit garçon. Une grosse boule lui monta à la gorge. Ce fut comme si ces deux gifles qu'elle venait de lui donner, c'était elle qui les avait reçues, en plus du mot atroce qu'il lui avait jeté. Elle se mit à pleurer puis à sangloter à gros sanglots, debout, raide, immobile. Et elle pensait qu'elle pleurerait beaucoup depuis quelque temps, et que c'est pas vrai que ça fait du bien, ça ravage, et que le mot que lui avait dit son petit elle l'avait mérité, c'était la vérité, c'était ce qu'elle avait fait, avec préméditation et par trahison. Et tout cela elle ne le pensait pas clairement, elle n'avait pas la force vraiment de penser avec des idées bout à bout l'une après l'autre, c'était tout mélangé, confus, c'était lourd, elle avait trop de peine...

— Maman ! cria Jim.

Et il se jeta dans ses bras.

M. Jonas revenait du fond de l'Arche, l'air soucieux. Il tenait son petit tournevis dans la main droite.

— Tu as trouvé ce que tu cherchais ? demanda Jif.

— Non... non...

Il hochait la tête en regardant sa femme et son fils, et sa longue mince barbe ondulait un peu à la façon de la corde à sauter d'une fillette qui joue à faire le serpent.

Jim s'était laissé glisser à genoux devant sa mère, il la tenait à deux bras, le visage caché dans sa jupe et c'était lui qui pleurait maintenant en lui demandant pardon. Mme Jonas souriait, au milieu de ses larmes qui coulaient, et caressait les cheveux de son petit avec ses deux mains, en reniflant.

— Il faudrait liquider cette histoire une fois pour toutes, dit M. Jonas. Et qu'on n'en parle plus... Jim, ce que ta mère a fait est regrettable en un sens, mais en un autre sens, c'est génial. Elle nous a délivrés de l'alternative dont les deux termes étaient mauvais. Et ce qu'elle a fait, moi je n'aurais pas eu le courage de le faire. Quand vous vivrez là-haut, une vraie vie, tu verras que dans une famille c'est toujours la mère qui se charge des besognes déplaisantes : laver le derrière du nourrisson, nettoyer le parquet, saigner la poule ou écorcher le lapin pour que la famille mange. Et éliminer M. Gé. Pour que ton enfant naisse et vive. Quand il sera là, et que tu le verras sourire pour la première fois, tu remercieras ta mère, et tu la béniras...

— Vous sentez pas ? dit Jif, qui huma l'air à plusieurs reprises.

— Oui, dit son père. Ça sent encore plus fort dans le couloir.

— Mais c'est pas... ?

— Si, dit M. Jonas, c'est le parfum de la rose...

— Je croyais qu'elle était morte !...

— Une rose morte ne cesse pas de répandre son parfum, dit M. Jonas. Mais celle-ci embaume vraiment.

— Oh ! je vais la voir !

Jif courut vers la porte. La musiquette du Distributeur l'arrêta.

— Qu'est-ce qui lui arrive, à la musique ?

Elle ne parvenait pas au bout de ses onze notes. Elle dérapait à la troisième, et recommençait :

« J'ai du bon-on... J'ai du bon-on... J'ai du bon-on... »

— Elle bégaie, dit M. Jonas, soucieux.

Encore une anomalie.

Le mur s'ouvrit. Jif prit le plateau et l'emporta vers Jim. Elle le posa sur le petit bureau, saisit le poulet pour en détacher une cuisse.

— Aaah !...

Elle l'avait lâché, avec une exclamation de dégoût.

— Qu'est-ce qu'il a, ce poulet ? demanda M. Jonas.

Il se baissa et le ramassa.

— Oh là là...

— Qu'est-ce qu'il a ? demanda Mme Jonas.

— Il est cru !... C'est un poulet cru !...

— Qu'est-ce que c'est, un poulet cru ? demanda Jim.

Le poulet cru avait l'air d'être un *vrai* poulet cru. M. Jonas sentait entre son pouce et son index tous les os délicats de la fine extrémité de l'aile par laquelle il le tenait et au bout de laquelle la molle volaille pendait.

Il parvint à une conclusion évidente :
— Il faudrait le faire cuire...
— Qu'est-ce que c'est, cuire ? demanda Jim.

Mme Jonas sentit son cœur redevenir léger, léger, elle retrouvait son petit Jim normal : il recommençait à poser des questions. Il trouva la réponse dans le dictionnaire :

« *CUIRE : Préparer des aliments par le moyen du feu.* »

Il n'y avait pas de feu dans l'Arche et aucun moyen d'en faire. C'était l'ennemi n° 1 auquel M. Gé avait pensé en la faisant construire. Pas seulement par crainte d'incendie : du feu dans l'espace clos aurait consommé de l'oxygène, perturbé l'équilibre et compromis les chances de survie. C'était une des multiples raisons qui lui avait fait choisir le couple Jonas : ni l'un ni l'autre ne fumait. Pas de cigarettes. Pas de briquet. Pas d'allumettes...

Mais dans son atelier M. Jonas disposait d'un creuset électrique. Il y enferma le poulet. Il en retira, dans un nuage de fumée puante, une masse charbonneuse, crevassée, d'où coulait un jus fade.

Ils ne purent en détacher des morceaux. Ils essayèrent de mordre dedans, les uns après les autres. C'était répugnant. Jif fut la seule à s'obstiner. Elle avait trop faim. Elle fit le tour du volatile, bouchée par bouchée. Son visage était noir et luisant de jus. Ses parents et son frère la regardaient dévorer. Elle s'arrêta quand elle arriva à ce qui était resté cru.

— C'est bien, ma chérie ! dit Mme Jonas. Toi au moins tu te défends ! Il faut le nourrir, ce trésor !...

Elle lui prit des mains les restes de la volaille et les jeta dans le Trou. Cling.

Pas de glouf.

M. Jonas appuya sur le Petit Bouton, pour voir. Peut-être le Distributeur était-il revenu à un meilleur fonctionnement ?...

Quand le mur s'ouvrit, les quatre regards découvrirent, étendue sur le plateau...

— ... une poule ! cria Jim.

Une poule noire, avec toutes ses plumes, pareille à celle qui dormait à quelques pas du lion.

Quand le soir bleu arriva, ils avaient mangé la poule noire. Mme Jonas avait retrouvé le geste ancestral pour la plumer, à pleine main, sous l'œil curieux de ses enfants. Elle enfouissait les plumes dans son cabas-mousse. Des petits duvets gris volaient partout.

Puis elle l'avait vidée, après l'avoir fendue avec ses ciseaux. La tripaille était allée au Trou. Cling.

Enfin elle avait presque réussi à la faire cuire à point dans le creuset électrique. Ils s'étaient couchés rassasiés.

Jim et Jif s'endormirent aussitôt, comme d'habitude, chacun dans sa chambre, Jif entortillée dans son drap mâchuré.

M. Jonas vint rejoindre sa femme dans son lit, ce qui ne lui était pas arrivé depuis longtemps. Ils firent l'amour par inquiétude, pour oublier. Mme Jonas n'était plus très sûre d'avoir bien agi. Son mari se posait des questions très précises au sujet de Sainte-Anna. Elle était programmée pour fabriquer des produits synthétiques, des imitations, pas du naturel. Elle n'en avait jamais fait. Théoriquement, cela lui était impossible. Or le poulet cru et la poule noire étaient incontestablement un vrai poulet et une vraie poule.

En poussant M. Gé dans le Trou, Mme Jonas lui avait livré *du vivant*. Et Sainte-Anna semblait avoir puisé dans ce nouveau matériau de quoi gravir un échelon de plus dans la complexité de ses créations... M. Jonas n'avait plus osé solliciter le Distributeur. Il avait dissuadé Jif, qui voulait un drap propre. On verrait demain. Demain... Il s'endormit. Il bénéficiait encore de la grâce enfantine du sommeil qu'aucun souci ne peut empêcher d'arriver.

Mme Jonas ne dormait pas. Les yeux grands ouverts dans l'obscurité bleue, elle ruminait une pensée qui lui faisait remonter aux lèvres le peu de nourriture qu'elle avait avalée. Son Henri lui avait expliqué cent fois le principe du circuit fermé : ce que livrait le Distributeur était fabriqué avec ce qui était jeté dans le Trou. Ce soir, en mangeant la poule, ils avaient mangé M. Gé...

Habituellement, c'était l'odeur du croissant croustillant qui réveillait Jif. Cette fois-ci ce fut une odeur différente. Elle l'identifia avant d'avoir ouvert les yeux. La rose...

Le parfum entrait par la porte toujours ouverte, en grandes bouffées rondes qui s'épanouissaient dans la pièce, coulaient vers Jif, se glissaient à l'intérieur d'elle à chaque inspiration, l'emplissant de paix et de douceur.

Elle resta quelques minutes à les respirer et à se détendre, dans un bien-être moelleux. Il lui semblait qu'elle ne pesait plus sur son lit, elle flottait, elle était légère et répandue, comme le parfum. Elle n'aurait jamais pensé qu'une rose, vivante ou morte, pût avoir une odeur aussi longue : la chambre de M. Gé se trouvait à l'opposé de la sienne, de l'autre côté du salon.

La faim lui redonna son poids... Elle s'assit et ouvrit le mur. Le plateau du petit déjeuner s'avança au-dessus de son lit, mais le bol était vide et, à la place du croissant, la petite assiette lui présenta un tortillon de pâte grisâtre qui colla au bout de son doigt quand elle la toucha.

Un gros chagrin l'envahit, un chagrin de petite fille à qui on refuse une sucette. Ce n'était pas seulement la gourmandise frustrée, c'était le plaisir perdu, le rite joyeux du matin tout à coup glacé.

Sa faim insatisfaite redoubla. Elle se leva et courut au salon : il y avait peut-être du poulet...

Elle trouva ses parents et Jim rassemblés devant le Distributeur.

Personne n'avait reçu de déjeuner. M. Jonas hésitait à appuyer sur le Petit Bouton. Son fils et sa femme le pressaient de le faire. Ils avaient faim. Jif joignit sa voix aux leurs.

— Vas-y ! Appuie ! Qu'est-ce que tu attends ?
— Bon, dit M. Jonas, on verra bien...

Et il appuya.

Il y eut une sorte de frémissement derrière le mur, puis des bruits bizarres qui ressemblaient à une voix aiguë coupée en petits morceaux. Brusquement, le mur s'ouvrit et une explosion de couleurs et de cris furieux en jaillit, frappa au visage M. Jonas, s'envola par-dessus les autres têtes, et se posa sur le petit bureau, qui grinça sous son poids.

— Un coq ! s'écria Mme Jonas.

C'était un coq vivant, énorme. Aussi gros qu'un veau. Et superbe.

Ahuri, effrayé, ne sachant ni ce qu'il était ni ce qu'était le réel autour de lui, né à l'instant, adulte sans passé, il regardait d'un œil, puis de l'autre, la bizarrerie qui l'entourait.

Sous sa crête rouge en dents de scie dressées, sa tête était bleu-roi à reflets verts, et le tour de ses yeux blanc. Il avait une collerette verte, un plastron feu, le ventre safran, le dos et les ailes noir moiré, et les longues plumes courbes de sa queue glorieuse composaient un bouquet jaillissant de toutes ces couleurs et de quelques autres.

— Monsieur Coq, soyez le bienvenu ! dit Jim, en s'avançant vers lui.

— Krroot ! dit le coq.

Le premier instinct qui s'éveilla en lui fut celui de la défense et de l'agressivité. Il vit de son œil gauche quelque chose qui approchait, tourna la tête pour le regarder de son œil droit, poussa son cri de guerre et fonça sur l'ennemi. Il avait des ailes, il croyait pouvoir s'en servir, il ne savait pas exactement comment, il était aussi lourd qu'une autruche, il tomba sur la table chinoise, écrasa la lampe dont l'ampoule explosa. Epouvanté, il rejaillit vers le plafond, cogna au passage la poignée rouge qui se mit à se balancer.

— Oh ! Seigneur ! dit M. Jonas, pourvu qu'il ne s'y accroche pas !

Mais il était déjà retombé, volait et courait en tous sens, se cognait aux murs, bousculait les meubles, criait, affolé de terreur et d'incohérence. Les Jonas couraient, à gauche, à droite, esquivaient pour l'éviter.

— C'est pas un coq, c'est un taureau ! cria Mme Jonas. Henri ! Il faut l'attraper !

— Comment ? demanda M. Jonas en sautant par-dessus le fauteuil jaune.

— Je ne sais pas ! Va chercher quelque chose pour l'assommer ! Il y a de quoi manger pendant quinze jours !

— Monsieur Coq ! criait Jim, calmez-vous ! Monsieur Coq nous ne vous voulons pas de mal ! Nous vous aimons bien !

Il était émerveillé par la vélocité de ce premier animal qu'il voyait se mouvoir. Mais pourquoi avait-il si peur qu'il ne parvenait pas à parler de façon cohérente ? Jif s'était jetée sous le divan et de temps en temps sortait sa tête pour voir, la rentrant précipitamment quand le tourbillon de plumes approchait.

Epuisé, le coq se percha sur le dos du fauteuil jaune, ouvrit le bec, tira la langue et se mit à haleter, l'air stupide.

— Monsieur Coq...

— Chut ! Tais-toi ! dit Mme Jonas. Ne l'excite pas. Henri, dépêche-toi !

M. Jonas se déplaça lentement jusqu'à la porte et, une fois dans le couloir, courut vers l'atelier. Marguerite dormait toujours, ses quatre têtes réunies au sommet de ses quatre cous joints. Une idée vint à M. Jonas.

— Marguerite, tu dors, tu dors profondément...

— Oui mon Henri, je dors...

— Tu dors et tu m'obéis...

— Oui mon Henri, je t'obéis...

— Bien..., c'est bien... Marguerite, tu es une poule !

— Une poule ? Pourquoi une poule ?

— C'est comme ça ! Tu m'obéis, oui ou non ?

— Oui, je t'obéis... Je suis une poule...

— Parle-moi en poule...

— Crôt-crôt-crôt-crôt, firent les quatre têtes.

— Très bien. Tu es une belle poule, une gentille poule !... Au salon, il y a un coq qui t'attend, un très beau coq, tu vas aller le voir, tu l'appelleras, tendrement...

— Crôôôt... crôôôt...

— Très bien !... Il viendra vers toi, et quand il sera près de toi tu l'attrapes et tu lui tords le cou...

— Pourquoi ? Si c'est un beau coq ?

— Tu n'as pas à discuter, tu m'obéis ! Compris ?

— Oui, je t'obéis, mon Henri chéri... Crôôôt... crôôôt...

— Ça va, ça va... Maintenant, réveille-toi, et en avant ! Exécution !...

Les quatre cous se désentortillèrent et Marguerite fila vers la porte en poussant des cris gallinacés.

Toujours perché sur le fauteuil, le coq l'entendit arriver, ferma son bec, redressa la tête, se dressa sur ses orteils et poussa le premier cocorico de sa vie. Ce fut un bruit affreux, qui semblait sortir d'une trompette géante encombrée de gravier.

Marguerite le trouva sublime.

— Crôôôôt... crôôôôt ! fit-elle en entrant dans le salon.

Elle s'approcha, fsscht, fsscht, le pied gauche, le pied droit, puis s'arrêta. Crôôôt crôôôt...

Le coq sauta à terre et vint vers elle, flambard, vaniteux, ne sachant pas quel instinct le poussait mais prêt à l'assouvir si faire se pouvait. C'était la première femelle qu'il voyait. Il la trouvait tout à fait splendide mais, mais... De quel côté ?...

Il lui tourna autour, s'arrêta et gratta la moquette de ses deux pattes.

— Krôô ! Krôô ! dit-il.
— Oui mon Henri, je t'obéis ! dit Marguerite.
Sa porte ventrale s'escamota, les deux pinces sortirent au bout des deux bras à ressort.
— Krôô ! Krôô ! dit le coq, ébouriffant ses plumes.
— Oh le beau chapeau ! dit la tête rouquine.
Les deux pinces se refermèrent ensemble sur la queue du coq et tirèrent d'un coup sec.
Le coq poussa un hurlement de freins de camion de trente tonnes qui va percuter un platane, jaillit vers la porte et sortit dans le couloir, poursuivi par la douleur de son croupion plumé et par toute la famille Jonas. Il rebondit d'un mur à l'autre, courut, vola, traversa la salle de gym, franchit la douche, cria plus fort, repartit plus vite, tomba dans un glissoir, et disparut. On entendit ses kok-korook-korook-korook s'affaiblir, puis on n'entendit plus rien.
— Eh bien, ta Marguerite, dit Mme Jonas, je la retiens !...
— C'est cette histoire de chapeau, dit M. Jonas. J'aurais dû lui faire un... Elle avait l'air résignée, mais ça lui restait sur le cœur. Elle est si sensible...
— Maman j'ai faim ! gémit Jif.
— Va t'habiller ! On va trouver de quoi manger...
Jif s'aperçut de nouveau qu'elle était nue, cacha ses seins avec ses mains et courut vers sa chambre.
Jim hésita une seconde, puis se jeta dans le glissoir où avait disparu le coq.
— Monsieur Coq, attendez-moi !
— Attention, mon poussin ! cria sa mère. Ne l'approche pas ! Il va te faire du mal !
— J'y vais ! dit M. Jonas.
— Tu es aussi idiot que ton fils ! Qu'est-ce que tu veux lui faire avec tes mains nues, à ce bestiau ? Va d'abord te fabriquer une arme !

Frrr, frrr, un pied en avant, un pied en arrière, au milieu de l'Atelier, Marguerite faisait la ronde à elle seule, en chantant à quatre voix :

Ah ! mon beau chapeau
La tan-tire-lire-lire
Ah ! mon beau chapeau
La tan-tire-lire-lo !...

Avec un fil électrique, elle avait fabriqué pour sa tête rousse une couronne ornée des plus belles plumes du coq. Et comme il en restait, elle les avait plantées dans les coiffures de ses autres têtes. Elle tournait sur place, frrr, frrr, comme un manège multicolore, ses quatre visages regardant vers l'intérieur et ondulant au bout des quatre cous flexibles. A chaque mouvement, les plumes courbes mêlaient en froufroutant leurs couleurs irisées et flamboyantes. C'était un beau spectacle.

La tête rousse s'inclina hors du cercle, vers M. Jonas.

— Henri ! dis-moi que je suis belle !...

Frrr, frrr...

Mais M. Jonas n'avait pas le temps de la regarder. Il venait de scier en biseau l'extrémité d'une tringle d'acier de deux mètres de long et finissait de l'affûter à la meule émeri. Il en essaya du doigt le tranchant. Un rasoir !...

— Avec ça, dit-il, je réussirai bien à l'embrocher, ton amoureux !

Il sortit de l'Atelier la lance en avant, comme un chevalier.

Il ne trouva plus personne près du glissoir : Mme Jonas, inquiète, était descendue pour empêcher Jim de faire des imprudences. M. Jonas se laissa glisser à son tour.

L'étage des bêtes était constitué de dix couches superposées de cases closes par des portes transparentes coulissantes. Les cent cases de chaque couche étaient desservies par cinq couloirs sud-nord et cinq est-ouest se coupant à angle droit, ce qui donnait vingt-cinq carrefours par couche, soit deux cent cinquante pour tout l'étage. Les couloirs aboutissaient, par une extrémité ou l'autre, à une des deux rampes hélicoïdales qui s'enroulaient de bas en haut comme un double pas de vis autour de l'étage et débouchaient à la surface de la couche supérieure. L'évacuation des bêtes réveillées pourrait donc se faire rapidement et sans obstacle. Dans certains couloirs, des plates-formes électriques, immobiles, attendaient d'être utilisées pour le transport des bêtes lourdes ou des poissons dans leur bac d'eau dégelée.

Et les dix couches communiquaient entre elles par un escalier et un glissoir à chaque couloir.

C'est dans ce labyrinthe que Jim cherchait le coq, Mme Jonas cherchait Jim et M. Jonas cherchait tout le monde.

Jim appelait :

— Monsieur Coq ! Répondez !...

Mme Jonas appelait :

— Jim, où es-tu ? Attends-moi !...

M. Jonas n'appelait pas, il se hâtait vers une voix, vers l'autre, l'écho les coupait en fragments, les renvoyait, les superposait et les répétait. Elles appelaient de tous les côtés. Arrivé au centre de la cinquième couche, appelé à gauche, à droite, devant, derrière, en haut, en bas, M. Jonas s'immobilisa et attendit, l'arme au pied.

Un hasard bienveillant fit arriver en même temps Jim et sa mère aux deux extrémités d'un couloir de la dixième couche. Ils se rejoignirent et cessèrent d'appeler. M. Jonas, n'entendant plus rien, se remit en marche.

Ils finirent par se trouver, mais ne trouvèrent pas le coq.

Revenue dans sa chambre, Jif avait essayé de manger le tortillon de pâte livré par le mur à la place du croissant. Mais il s'était desséché, il était dur comme du bois. Elle le rejeta avec dépit. Le mur ravala son plateau.

Elle retourna au salon, s'approcha du Distributeur, tendit la main vers le Petit Bouton, mais n'osa pas aller jusqu'au bout de son geste. Elle craignait de voir le mur s'ouvrir encore sur quelque monstre. Elle s'assit sur le sol, et attendit, espérant qu'elle allait entendre la petite musique et qu'un poulet rôti délicieux, merveilleux, allait arriver, et que tout allait recommencer, comme avant, quand on recevait à manger chaque fois qu'on le désirait, et même un peu plus...

Elle s'était de nouveau enveloppée dans son drap qui tombait en plis hiératiques autour de sa silhouette accroupie. Seuls émergeaient de la toile fleurie sa tête blonde et ses deux mains serrées autour de sa croix. Immobile, son regard bleu fixé sur le mur clos, elle avait l'air d'une petite divinité orientale de la jeunesse et de l'espoir.

D'escalier en escalier, les trois chercheurs remontèrent bredouilles.

— Où c'est qu'elle a bien pu se cacher, cette foutue bête ? dit Mme Jonas.

— Elle ne s'est pas cachée, dit M. Jonas. Simplement, elle n'était pas en même temps que nous aux mêmes endroits que nous... Ce qu'il faut, c'est y aller tous les quatre, et prendre deux galeries à la fois par les deux bouts. De cette façon...

— Tais-toi !... Sens ! dit Mme Jonas. Sentez !...

Silencieux, ils humèrent : hush, hush, hush...

Le visage de Jim s'illumina. Il s'écria :

— La rose !...

— Oui... soupira Mme Jonas.

— Alors, une rose, plus elle est morte, plus elle sent bon ? C'est pareil pour nous ?

— Pas précisément, dit Mme Jonas.

— Ce n'est pas normal, dit M. Jonas. Si on allait voir ?

Il était de plus en plus soucieux. Il n'osait pas faire remarquer aux siens que « le sixième », le perturbateur, était bel et bien là, en train de boire l'oxygène : un coq, ça respire... Pour l'instant, il respirait la part de M. Gé, mais il ne faudrait pas trop tarder à lui fermer le robinet.

En plus du coq, cette rose qui sentait comme toute une roseraie, le tracassait. Il suivit son nez, hush, hush... Jim le dépassa en courant, et s'arrêta pile au seuil de la chambre de M. Gé. Quand son père et sa mère le rejoignirent, il regardait à l'intérieur. Son visage exprimait la stupéfaction et la crainte.

— J'ai jamais vu ça... dit à voix basse Mme Jonas.

Sur le précieux tapis chinois, la rose s'était réduite en fine poussière. Il ne restait d'elle qu'une silhouette gris pâle, délicate, presque sans épaisseur, avec tous ses détails bien dessinés, les dentelures des feuilles, une épine sur la tige en bas à gauche, une autre plus haut à droite, et le relief plat, esquissé, des pétales répandus...

Le parfum était plutôt moins fort qu'à la porte de l'ascenseur. Il semblait que la rose l'eût lancé vers eux comme un appel. Et Jim comprit.

— Je sais ce qu'elle veut, dit-il avec certitude. Elle veut rejoindre M. Gé...

Il entra dans la chambre, s'agenouilla, passa avec précaution ses deux mains sous le tapis, et se releva lentement en le tenant devant lui. Ses parents s'écartèrent pour le laisser sortir et lui emboîtèrent le pas. Il marchait avec gravité, ses avant-bras horizontaux soutenant la fragile relique gisante qu'il ne quittait pas des yeux. Derrière lui venaient Mme Jonas, un peu étourdie, effrayée, ne sachant pas pourquoi elle le suivait ainsi, puis M. Jonas qui cherchait, sans trouver, une explication rationnelle à la longue vie et à la subite réduction de la rose en sa poussière essentielle. Le parfum les enveloppait et les accompagnait.

Quand ils entrèrent au salon, Jif se dressa d'un bond pour crier famine, mais resta muette, la bouche mi-ouverte. Jim, sans la regarder, se dirigea vers le Trou, suivi de sa mère, puis de son père, puis de Jif qui ne pensait plus à sa faim.

Il s'arrêta face au Trou et s'agenouilla.

— Monsieur Gé, dit-il, nous vous rendons votre rose... Et nous vous demandons pardon. Ce que ma mère a fait, elle ne l'a pas fait par méchanceté, et elle ne l'a pas fait pour elle, mais pour nous sauver tous les quatre, et tous les enfants que j'ai faits à Jif et qu'elle porte dans son sein... Pardonnez-nous à tous, monsieur Gé, nous sommes très tristes de ne plus vous avoir avec nous... Voici votre rose...

Mme Jonas, bouleversée, était tombée à genoux et pleurait, une fois de plus. Et elle pensait « Pauvre innocent, mon bel innocent, mon cœur de rose... Qu'est-ce que j'ai à pleurer encore ? J'étais pas comme ça, c'est l'âge... Monsieur Gé vous savez bien que je ne vous en voulais pas... J'espère que vous n'avez pas souffert... »

Jim se releva, engagea ses avant-bras dans le Trou et les écarta. Le tapis et la rose poussière basculèrent vers le noir.

Il y eut un petit cling et une grande, subite, bouffée de parfum, comme un éclair pour les narines. Puis l'odeur s'effaça et Jif retrouva son souci. Elle cria :

— Maman, j'ai faim !

— Je sais, je sais, ma biche, dit tristement Mme Jonas. Patiente un peu... Nous avons tous faim... On va redescendre aux bêtes, tu viendras avec nous, à quatre on finira par trouver cet imbécile de coq, ton père le tuera et tu auras à manger...

— Non ! cria Jim. Je vous en empêcherai ! Vous avez déjà tué M. Gé qui ne nous avait fait que du bien, et le premier animal vivant qui nous est donné, vous voulez aussi le tuer ! Mais vous êtes pires que la-peste-puisqu'il-faut-l'appeler-par-son-nom ! C'est pour le défendre, que je cherchais le coq, pas pour vous aider ! Je vous empêcherai de le tuer !

Mme Jonas soupira.

— C'est bien beau d'être gentil, mon poussin, mais il faut pas être idiot... Les coqs, on les a toujours tués, ils sont faits pour ça, même s'ils sont un peu durs, à la sauce au vin ça passe, mais il faut les cuire longtemps, on préfère les tuer quand ils sont encore poulets, mais coqs ou poulets, on les tue, tu entends ? On est bien obligé de les tuer pour les manger !...

Elle avait presque crié sa dernière phrase et Jim en fut un instant ébranlé. Mais il se raccrocha à ce qui était pour lui la réalité et l'évidence :

— On a toujours mangé, jusqu'à maintenant, et on n'a jamais tué ! C'est toi qui as commencé avec M. Gé ! C'est toi qui as tout détraqué !...

— C'est possible que j'aie eu tort de faire ce que j'ai fait, mais de toute façon ça n'aurait pas duré ! Quand nous serons là-haut, tout redeviendra normal, et ce qui est normal c'est qu'un poulet ne sort pas du mur tout rôti ! Pour être cuit, il faut d'abord qu'il soit cru ! Et vivant ! Et qu'on le tue ! Mets-toi bien ça dans la tête ! On tue le poulet, on tue le veau, on tue le mouton, on tue le bœuf, on tue le cochon, et on les mange ! C'est comme ça...

— C'est affreux, dit Jim. C'est horrible ! Moi je ne mangerai pas !...

— Tu mangeras pas pendant trois jours, et le quatrième tu auras un tel appétit que tu mangeras le poulet sans même le plumer !...

— Il ne faut pas être bouleversé, Jim, dit doucement M. Jonas en s'approchant de son fils qui tremblait. C'est malheureusement la loi de la nature : le vivant mange le vivant, pour vivre. La mort entretient la vie. Même si tu étais une vache et que tu ne manges que de l'herbe, ce serait la même chose. Sur la terre, l'herbe est vivante. Elle n'est pas en plastique, comme ici. Et c'est la première chose que nous ferons pousser, pour nourrir la vache, qui sera la première bête que nous réveillerons. Et elle mangera la première herbe vivante du monde nouveau... Et un jour nous la mangerons...

— J'ai faim ! cria Jif. Au lieu de faire des discours, est-ce qu'on va enfin le tuer, ce poulet ?

— Voilà ! Ta sœur a compris, elle ! dit Mme Jonas. Allez, on y va !...

L'horloge s'éclaira.

C'était le visage de Jean Rostand.

— Vous allez manger, petite fille, dit-il. Sainte-Anna est parvenue au commencement du cycle et vous offre son chef-d'œuvre... Voulez-vous le top ?

— Non ! dit Mme Jonas.

Jean Rostand s'éteignit. Et la musiquette du Distributeur retentit. « J'ai du bon tabac... » Elle avait retrouvé ses notes. Ce fut pour tous une musique céleste. Ils se tournèrent vers le mur, anxieux, le cœur battant. Et le mur s'ouvrit.

Sur le plateau d'argent était étalée une couche de paille, et sur la paille dorée éclatait la blancheur d'une chose aux formes courbes, exquises, parfaites.

— Un œuf ! dit Mme Jonas, stupéfaite.

— Ça se mange ? demanda Jif.

— Bien sûr, ça se mange, mon trésor ! Il y a même de quoi manger pour tous !

Un gros œuf... Aussi gros qu'un melon d'Espagne. Mme Jonas le prit avec délicatesse, à deux mains, les yeux brillants, le soupesa.

— Je vais le faire cuire à l'eau bouillante... Dans le creuset... Le roi des œufs durs ! Il pèse au moins deux kilos !...

Contrairement à ce que pensait M. Jonas, le coq s'était caché. Involontairement.

Après l'agressivité et la pulsion sexuelle, le troisième instinct qui s'éveilla en lui fut celui de la nécessité de se nourrir. Passant devant la porte transparente d'une case, il vit à l'intérieur quelque chose de rond qui brillait, et il décida qu'il allait le manger. C'était minuscule par rapport à son appétit, mais les gallinacés en liberté se nourrissent ainsi, de petits grains et d'insectes infimes qu'ils picorent un à un entre les brins d'herbe ou dans la poussière. Il leur en faut beaucoup. C'est pourquoi ils sont si occupés, toute la journée.

Ce qui avait éveillé le réflexe picoreur du coq était l'œil du chameau qui dormait, couché de profil, les yeux ouverts. Le coq projeta sa tête et son bec vers l'œil appétissant, et son bec heurta la porte transparente. Celle-ci, incassable, ne subit aucun dommage. Ne voyant pas l'obstacle auquel il se cognait, le coq en ignora l'existence et, stupide comme un coq, recommença et recommença et recommença à vouloir gober l'œil du chameau. Et, parmi les coups violents de son bec formidable, plusieurs atteignirent la plaque d'ouverture, la déformèrent, l'enfoncèrent et la coincèrent.

La porte glissa sur le côté.

L'élan du coup de bec suivant projeta le coq à l'intérieur de la case. Le froid absolu le saisit et, en un instant, le congela à bloc. Mais, sans les précautions de la cryogénie, le froid fit exploser chacune de ses cellules. Totalement détruit, il devint mort sans s'en apercevoir, après une courte vie incompréhensible, pleine de stupeurs et vide de satisfactions.

Dur comme pierre, il tomba sur le chameau et glissa derrière lui.

Sa plaque coincée, la porte resta ouverte. Et le chameau commença à se réchauffer.

Un tel accident, bien que tout à fait improbable, avait été prévu. Un réchauffement par la température ambiante aurait été interminable, et mortel à cause de sa lenteur, le cœur étant encore gelé alors que les couches externes du corps, et le cerveau, dégelés, auraient réclamé du sang chaud.

Pour sauver le chameau, le mécanisme de réveil immédiat se

déclencha. Un flot d'ondes ultra-courtes le réchauffa instantanément, dans toute son épaisseur, jusqu'à sa température normale de camélidé. Alors il poussa un grand soupir de chameau, ferma les yeux et s'endormit d'un sommeil normal, d'où il sortirait au bout de quelques heures, totalement dispos.

La tranche du programme de réveil ainsi mise en route ne concernait pas que lui. Elle comprenait aussi, naturellement, ses trois chamelles. Et les vingt-six brebis avec leur bélier.

Tout ce bétail n'aurait dû être réveillé que bien plus tard, quand le premier enfant de Jim et Jif aurait été assez grand pour garder les moutons.

Flic et Floc, le couple de chiens de bergers labrits, furent mis eux aussi en réveil immédiat. Et ces trente-trois bêtes, après seize ans d'immobilité, dormirent d'un sommeil tiède et réparateur. En respirant profondément.

M. Jonas ouvrit la porte de l'Atelier et s'effaça pour laisser entrer sa femme, qui portait l'œuf à deux mains, avec la crainte horrible de le laisser tomber.

— C'est un œuf de quoi, à ton idée ?
— De rien... dit M. Jonas. Ou plutôt, de Sainte-Anna, puisque c'est elle qui l'a pondu...
— Drôle de poule, dit Mme Jonas.
« ... tire-lire-lo ! » chantait Marguerite, qui continuait sa ronde.

Quand l'œuf passa près d'elle dans les mains de Mme Jonas, un de ses yeux l'aperçut. Elle cessa brusquement de danser et de chanter.

— Œuf !
— Un œuf !
— Crot, crot-crot, crot-crot-crot-croooot !...

Elle pointa ses quatre têtes vers l'objet pharamineux.

— Croot !...
— Je vais le couver !
— Donnez-le-moi !
— Couver !
— Couver !
— Couver !
— Couver !

Elle sortit ses pinces, et se précipita vers Mme Jonas, frrrr, frrrr, en roucoulant. Crot-crot-croooot !...

Mme Jonas recula, serrant l'œuf contre sa poitrine, sans trop le serrer pourtant, dans le rempart de ses mains et de ses avant-bras.

— Henri ! Elle va le casser ! Elle est folle ! Arrête-la !
— Marguerite, dors ! ordonna M. Jonas.
— Je peux le couver en dormant ! Donne-le-moi !...
— *Marguerite, dors !*
— Je...

— Je peux...
— Je...
— Donne...
— *DORS* !

Les quatre têtes s'inclinèrent lentement au bout de leurs longs cous.

— Tiens-toi convenablement !

Les quatre cous se redressèrent et s'entortillèrent à la verticale, rassemblant leurs têtes en un bouquet de plumes jaunes, rouges, vertes, orange, noires, bleues, qui s'immobilisèrent en frémissant de frustration.

Il n'y eut pas d'autre incident, et Mme Jonas put faire cuire l'œuf dans le creuset, par le gros bout d'abord, par le petit bout ensuite, car il n'y tenait pas tout entier.

Ils en mangèrent la moitié aussitôt, et l'autre moitié avant de se coucher. Les enfants trouvèrent cette nourriture bizarre mais acceptable. Les parents reconnurent avec émotion un goût oublié. Le jaune était très farineux, il fallut boire beaucoup d'eau pour le faire descendre. Le blanc était un peu élastique, mais délicat. « Avec quelques cuillerées de mayonnaise... » pensa M. Jonas. Bon, il ne faut pas y penser. En tout cas ça nourrit... Jif se sentait comblée. L'intérieur du milieu de son corps était bien plein et chaud...

— Tu devrais essayer d'en avoir un autre, dit Mme Jonas. Pendant que tout est tranquille...

M. Jonas hésita. Mais sa femme avait raison : il fallait savoir où on en était, si Sainte-Anna était redevenue normale ou non, et, dans ce cas, quelle surprise elle leur réservait.

Ce fut la pire.

M. Jonas appuya sur le Petit Bouton, le mur s'ouvrit et présenta un plateau. Le plateau était vide.

Zoa, la plus jeune des chamelles, s'éveilla la première. Elle avait de longs cils blancs et des incisives jaunes presque horizontales, longues de dix centimètres.

Elle sortit de sa case, s'ébroua, secouant ses deux bosses et son cou recourbé, et elle blatéra. C'est-à-dire qu'elle poussa un cri semblable au bruit que ferait une montgolfière si elle était une trompe d'automobile. Et ce cri signifiait : « Où suis-je... ? »

Il réveilla les deux autres chamelles et le chameau, le bélier et ses brebis, ainsi que Flic et Floc. Tout le monde sortit dans les couloirs, les moutons cherchèrent de quoi brouter, ne trouvèrent rien, et se mirent à bêler. Flic et Floc, voyant leurs ouailles se disperser, essayèrent de les rassembler, en aboyant et tournant autour, comme doivent le faire de bons chiens de berger. Mais il n'est pas facile de tourner en rond dans un lieu entrecoupé de vingt-cinq angles droits. Les brebis s'échappaient par tous les carrefours. Et tous les carrefours, tous les couloirs et toutes les brebis se ressemblant, la chienne et le chien couleur de tabacs brun et blond mélangés, leurs cheveux dans les yeux, ne s'y retrouvaient plus, couraient davantage, aboyaient, tiraient la langue. Et plus ils couraient, plus ils avaient l'impression d'arriver toujours au même endroit.

Enfin Floc, la chienne, se trouva en face du bélier, Jao, qui baissait la tête sous le poids de ses cornes en spirale. Encore un peu ensommeillé, il se demandait une fois de plus pourquoi il devait porter ces deux énormes machins qui lui tiraient la tête en bas et ne lui servaient à rien, pas même à se battre.

— Tu es idiot ! aboya Floc. C'est pour te rendre beau ! Et pour indiquer que tu es le bélier ! Tu as une cervelle comme une noisette, mais deux belles cornes ! Tu es le bélier ! Le chef ! Fais ton métier de chef ! Emmène tes femmes !

— Bââ... fit Jao, ce qui signifiait « Où ? ».

— Je ne sais pas, dit Floc, ça ne fait rien, vas-y !

Et pour lui donner de l'élan, elle passa derrière lui et lui mordit un gigot.

Jao bondit en avant et sa clarine sonna. C'était une belle cloche en bronze, fixée à son cou par un collier de châtaignier.

Toutes les brebis trottinèrent vers la clarine, emplirent le couloir où se trouvait le bélier et, tête basse, suivirent Jao, qui, poussé par elles, finit par déboucher sur la rampe en tire-bouchon et commença à monter, sonnant et bêlant, suivi de son troupeau frisé et des deux chiens qui mordillaient de temps en temps les pattes des dernières brebis, par habitude et par devoir : il ne doit pas y avoir de dernières.

Zoa, la chamelle blonde, avait retrouvé son chameau, et posé tendrement sa tête entre ses deux bosses. Les deux autres chamelles arrivèrent. Elles étaient plus âgées, plus dures, en pleine forme. Il y eut une explication entre les trois femelles à coups de longues dents, du poil-de-chameau vola, mais ce fut sans gravité.

Le mâle, philosophe, lentement s'ébranla. Elles le suivirent. Il marchait. Il avait beaucoup marché depuis qu'il existait. C'était sa fonction. Une fois de plus il se mettait en marche, pfou-pfou, pfou-pfou, sur ses quatre pieds mous. Ses bosses tanguaient et roulaient, sa tête restait fixe, l'œil pointé vers l'horizon. C'était le bout du couloir.

Quand il y parvint, il se trouva devant un chemin qui, d'une part, montait, et d'autre part, descendait. Les chameaux à deux bosses, dont l'origine est montagnarde, ont les pattes de devant beaucoup plus courtes que les pattes arrière, ce qui les incite à monter. Il monta donc, suivi par les trois chamelles. Les trente-trois bêtes montaient, en aboyant, bêlant, sonnant, blatérant, et en respirant avec de plus en plus de difficulté. Elles commençaient à manquer d'oxygène.

C'était encore la nuit, mais pour accompagner leur réveil, la lumière blanche s'était allumée dans les cinquante couloirs et les deux rampes hélicoïdales.

Mme Jonas dormait mal. Oppressée, elle se réveillait, se retournait du côté gauche sur le côté droit ou inversement, se rendormait, s'éveillait de nouveau, essayait la position sur le dos ou sur le ventre, respirait profondément pour se détendre, ça n'allait pas mieux, elle avait l'impression d'être enfermée au fond d'un placard, sous une pile de linge écroulée.

Et tout à coup, sortant d'un court sommeil agité, elle entendit...
Etait-ce possible ? Elle rêvait !...
Ouah, ouah !...
Ouah, ouah, ouah !...
Bèè, bèè, bèè, bèè, bèè...
Bââââ...
Et ding ding ding !

Elle se leva d'un bond, et suffoqua. Son cœur battait contre ses côtes. Mais qu'est-ce qui se passe ? Henri ?...

Elle entra dans la chambre de son mari, contiguë à la sienne, et alluma la lampe de chevet. Il dormait, couvert de sueur, respirait à petits coups rapides. Elle l'épongea avec un coin du drap. Il s'éveilla, la découvrit penchée vers lui. Elle dormait nue, et était venue ainsi. Il vit, suspendus vers son visage, les seins très ronds, très doux, très riches, offerts comme des fruits. Et autour d'eux s'ordonnaient les courbes parfaites des épaules, des bras, du ventre... Il pensa qu'il n'y avait rien de plus beau au monde que sa femme. Il le lui dit en souriant de bonheur.

— Lucie, que tu es belle !... Viens !...

Il s'écarta pour lui faire place dans son lit.

— C'est bien le moment ! Tu entends pas ?...

Il entendait. Mais il croyait que c'était un reste de souvenir rêvé.

Il s'assit vivement, et ce simple effort le fit haleter.

— Bon sang ! L'oxygène !...

A ce moment éclatèrent les trompettes du chameau et des trois chamelles, qui protestaient contre le manque d'air.

— Qu'est-ce que c'est que ça ? dit Mme Jonas effarée.

— Je ne sais pas !... Des vaches ?

— Sûrement pas... Des vaches, j'en ai entendu en Auvergne, ça fait « meeuh »...

Son imitation de la vache lui coupa le souffle.

— Qu'est-ce qu'il y a dans l'air ? Je... je peux plus... on peut plus respirer...

— Ce n'est pas quelque chose qu'il y a... C'est quelque chose qu'il n'y a plus... Les bêtes se réveillent... Elles respirent... Elles pompent l'oxygène...

— Il faut les rendormir, ces saletés !...

— C'est impossible, on n'a pas le matériel...

— Maman ! Maman !...

Jif criait, effrayée. Son appel s'acheva en toux.

Mme Jonas passa rapidement sa robe à mouettes et rejoignit sa fille. Jim était déjà auprès d'elle.

— Maman !... Qu'est-ce que c'est... ces bruits ?... Je peux pas respirer...

— C'est les bêtes... Elles se réveillent... Elles boivent l'oxygène... N'ayez pas peur... Papa va trouver... un moyen...

Jim gonfla ses poumons, recommença, et recommença encore, furieux du résultat médiocre.

— Un moyen ? dit-il. Il n'y en a qu'un... Il faut ouvrir l'Arche ! Vite !... Où est papa ?

— Dans l'Atelier...

M. Jonas bricolait un générateur d'oxygène. C'était sans espoir. Il pourrait peut-être en fabriquer quelques litres à l'heure, alors qu'il en aurait fallu des mètres cubes, avec tous ces poumons animaux qui dévoraient le fluide de vie. Ce n'était d'ailleurs pas logique, pas normal. Même avec toutes les bêtes réveillées, l'oxygène n'aurait pas dû manquer aussi rapidement. C'était peut-être Sainte-Anna qui l'absorbait. L'équilibre de l'Arche était détruit. Un autre signe en était la chaleur, qui augmentait. M. Jonas transpirait, il avait soif. Il tendit une coupelle de verre et tourna un robinet. L'eau ne coula pas. La tuyauterie chuinta puis se tut. La lumière blanche s'alluma partout. Le jour commençait.

Jim avait jeté son short et son slip. Il aurait voulu ôter sa peau pour avoir moins chaud. La sueur coulait tout le long de son corps. Il laissait une trace humide sur la moquette du couloir. La curiosité l'avait emporté sur tous les autres sentiments. Avant d'aller voir son père, il voulait voir les bêtes. On les entendait moins, leurs cris devenaient plaintifs. Mais aucune ne se plaignait avec des mots qu'on pouvait comprendre. Quelle était la voix du Roi ? Etait-ce lui qui avait fait cet énorme bruit rauque ?

Au passage, il se plongea dans la fontaine. L'eau ne coulait plus de la bouche des dauphins de pierre, mais le bassin était plein. Il but l'eau tiède et y plongea sa tête. Il se traîna jusqu'au glissoir et se laissa aller.

Le lion était toujours immobile près de sa lionne, et la gazelle continuait de dormir. Tout était normal dans toutes les cases supérieures.

— Bè... è... è... bè...

Les cris plaintifs venaient de l'ouverture de la rampe. Jim y trouva les brebis couchées, telles qu'il les avait souvent vues dans leurs cases. Mais ici elles remuaient un peu, essayaient de se lever, y renonçaient. Elles n'avaient pas pu monter jusqu'au bout. Jao le bélier avait posé sa tête en travers d'une brebis, et sa bouche ouverte haletait doucement entre ses cornes ornementales.

— Brebis, brebis, dit Jim, n'ayez pas peur..., ayez du courage..., on va ouvrir l'Arche... vous pourrez de nouveau... respirer, compris... ?

— Bè... bè...

Il attendait mieux comme réponse. Tant pis. On bavarderait plus tard. Il fallait... se dépêcher... d'ouvrir. Il remonta par l'ascenseur.

Effondrés au bout du troupeau, Flic et Floc avaient entendu la voix de l'homme et senti son odeur. Ils trouvèrent encore assez de force pour gémir d'amour.

Les chameaux s'étaient arrêtés plus bas. Le grand mâle avait baraqué en oblique sur la pente et, l'œil plein de sagesse, attendait la suite des événements, ou la fin, en ruminant une vieille touffe d'herbe du désert conservée dans un coin de son estomac depuis seize ans.

Marguerite continuait de dormir dans l'Atelier, mais M. Jonas n'y était plus. Jim le retrouva au salon, avec les autres. Jif, étendue sur le divan, gémissait doucement. Sa mère essayait de la calmer. M. Jonas, dans le fauteuil jaune, les yeux hagards, semblait ratatiné, il s'enfonçait dans un coin du fauteuil, il aurait voulu y disparaître, il était le seul à savoir qu'il n'y avait plus d'espoir, et il allait falloir le leur dire, et il n'en avait pas le courage. Jim lui en donna l'occasion.

— Qu'est-ce qu'on attend... pour ouvrir ? demanda Jim. Qu'est-ce que... tu attends ?

M. Jonas se redressa, essaya de répondre calmement :

— Je... je ne peux pas...

— Pourquoi... ?

— Je ne sais pas... Seul M. Gé... savait... comment ouvrir l'Arche !...

Jim, stupéfait, bouleversé, se tourna vers sa mère. C'était elle qui, par son acte abominable, avait créé cette situation sans issue !... Il allait lui crier sa colère et son désespoir, mais il la vit si ravagée qu'il se tut...

Elle ne savait pas... Elle venait d'apprendre en même temps que lui... Elle était submergée par l'horreur. Elle s'était dressée près du divan, elle regardait Jim comme s'il était son juge, mais c'était elle qui les avait condamnés à mort. Elle ne savait pas... Sa mâchoire tremblait, elle ouvrait et refermait ses mains. Elle voulait revenir en arrière, elle voulait, elle voulait ! Que cela ne se soit pas produit ! Qu'elle n'ait jamais fait cela !...

— Ce qui... est fait... est fait... dit M. Jonas. Elle... ne... savait pas... Pardonne... lui...

Mme Jonas s'était mise en marche, comme hallucinée. Elle marchait vers le Distributeur. Il lui était venu une idée. C'était peut-être possible. Il fallait essayer.

Faire revenir M. Gé !...

Elle frappa, lettre à lettre, sur le clavier : M.O.N.S.I.E.U.R. G.E.

Mais pendant qu'elle tapait elle savait que ça ne pouvait pas réussir. La substance vivante de M. Gé, Sainte-Anna l'avait utilisée pour fabriquer le poulet cru, le poulet à plumes, puis le gros poulet, et l'œuf. M. Gé ne pesait pas lourd, il ne devait pas rester grand-chose de disponible de lui, dans le circuit fermé...

Elle appuya quand même sur le Bouton.

Le mur s'ouvrit lentement. Dès que sa fente s'amorça, le salon fut empli par le parfum de la rose. Puis la fente s'élargit, mais sa hauteur était bien insuffisante pour la taille d'un homme, même assis. Et quand l'ouverture eut atteint son maximum, Mme Jonas, et Jim, qui avait deviné et qui regardait aussi, virent dans la niche un plateau d'argent, un peu plus grand que celui du poulet rôti.

Sur le plateau éclatait la blancheur des vêtements de M. Gé, soigneusement repassés et pliés, sa veste sur son pantalon, et, sur celle-ci, comme une délicate fleur funéraire, un petit slip bleu ciel.

Mme Jonas s'effondra. Jim se cacha le visage dans les mains.

Le mur se referma : Sainte-Anna reprenait ce qu'elle avait offert. C'était la première fois qu'elle agissait ainsi. Cela signifiait : « Je ne peux pas vous donner ce que vous m'avez demandé. Voici ce que je peux faire de plus approchant. Je sais parfaitement que cela ne peut pas vous donner satisfaction. Excusez-moi... »

Et le parfum de la rose s'évanouit.

L'horloge s'alluma, au milieu de son ascension. Elle demanda :

— Vous désirez peut-être savoir l'heure ?

Elle ne reçut aucune réponse.

— Non ?... Vous avez raison...

Après un court silence, elle ajouta :

— Il n'y a plus d'heure...

Elle n'avait plus de visage. Ce n'était qu'un rond, qui s'éteignit.

Jim et Jif étendus côte à côte sur le divan, nus, main dans la main, les yeux clos, brillaient de sueur, pareils à des gisants d'or mouillé. Ils respiraient à petits coups, le moins possible. M. Jonas avait recommandé à tous de ne pas bouger, de ne pas parler, de respirer peu, pour faire durer l'oxygène. Le faire durer pourquoi ? Il savait que cela ne servirait qu'à prolonger leur agonie, qu'ils allaient tous mourir, mais c'était ce qu'on doit faire en pareil cas, faire durer la vie. Durer...

Effondré dans le fauteuil, l'esprit embrumé, il avait renoncé à toute recherche d'une solution impossible. Ce serait bientôt fini. La paix...

Il entendit un bruit, souleva les paupières, et vit sa femme qui s'approchait de lui, à quatre pattes sur la moquette. Parvenue près du fauteuil, elle se redressa sur les genoux.

— Henri... Nos petits... Ils vont mourir... dans le péché... Il faut... les marier !...

— On... n'a pas... de prêtre...

— Tu es... capitaine... de l'Arche... Tu peux marier... Et je te fais... curé... Je suis le pape !...

— Tu délires !...

— Oui... comme ça c'est vrai... Viens !...

Elle se leva, le tira faiblement par la main pour le faire lever. Ils allèrent en chancelant jusqu'au divan.

— Jif Jonas... dit M. Jonas.

Jim et Jif ouvrirent les yeux et regardèrent leurs parents debout à leur chevet, dans leurs vêtements trempés de sueur, les cheveux coulants, les yeux rougis, chancelants, chacun semblant soutenir l'autre en le tenant par la main.

— ... consentez-vous... continua M. Jonas.

— Non... dit Mme Jonas... inutile !... Marie-les vite !...

M. Jonas prit une grande respiration d'air inerte et brûlant.

— Au nom de Dieu... et du Président de la République... en vertu des pouvoirs qui me sont conférés...

Epuisé, il tomba à genoux, se cramponna au bord du divan, continua avec le reste de ses forces :

— ... je vous déclare... unis... par les liens... du mariage...

Et il s'allongea comme un chiffon sur la moquette.

Un sourire de bonheur illumina le visage de Mme Jonas.

— C'est bien !... Maintenant... on peut... mourir... Adieu mes enfants... Je vous aime... Vous irez... au Paradis...

Elle tomba près de son mari. Jif et Jim refermèrent lentement les yeux.

Il y eut de grands bruits dans le couloir, et des cris :

— Henri ! Henri ! Où es-tu ?

L'angoisse avait réveillé Marguerite, la faisant désobéir à l'ordre de dormir. Henri, son Henri était malade, elle en était sûre, il avait besoin d'elle. Elle avait fracassé la porte de l'Atelier, elle accourait en se cognant partout. Elle n'avait pas besoin d'oxygène, son énergie restait intacte.

— Henri où es-tu ? Henri ? Oh !...

Elle le vit étendu, inerte, muet, elle prit peur :

— Henri ! Qu'est-ce que tu as ? Qu'est-ce que tu fais ? Pourquoi tu dors comme ça ?

Elle sortit ses pinces molletonnées, lui prit délicatement les bras et le secoua un peu. Il gémit. Encouragée, elle le secoua plus fort. La bouche de M. Jonas s'ouvrit et sa langue sortit et pendit sur le côté.

— Henri ! Hé ! Henri !... Réveille-toi !...

Elle le souleva et le secoua comme un prunier. Ses quatre têtes le regardaient, et, dans leur agitation, perdaient leurs plumes qui volaient dans le salon et se posaient sur les meubles.

— Comme tu as chaud ! Tu es tout trempé !... Je vais te rafraîchir !... Viens !...

Elle lui prit la main et voulut l'entraîner. Il tomba. Elle lui ramassa un pied et le tira vers la fontaine en le cognant à tous les obstacles.

Jim avait vaguement suivi la scène d'un œil entrouvert. C'était affreux, c'était absurde, ça n'avait aucune importance... Mourir... Qu'est-ce que c'est, mourir ?...

Jif se mit à gémir.

Chacune de ses courtes respirations était une plainte désespérée qui entrait comme une lame dans la poitrine de Jim et la transperçait.

— Jif !... Non !... Non !... Jif !... Non !... Je t'en prie...

Il se boucha les oreilles, mais c'était tout son être qui entendait. Tout ce qui lui restait de vie entendait et il ne faisait plus que cela : entendre... Il ne pouvait pas le supporter, il ne pouvait pas...

Sa mère, un peu plus bas, par terre, près du divan, râlait...

Alors le regard de Jim rencontra la poignée rouge, et il se souvint... En cas de situation désespérée... pour abréger l'agonie... tirer la poignée rouge... Faire sauter l'Arche !

Elle était haute... Comment l'atteindre ?

Il embrassa les lèvres mouillées de Jif.

— Je t'aime...

Du bord du divan, il tomba sur la moquette, près de sa mère. Il se reposa un instant près d'elle, sa joue sur l'immense douceur d'un sein qui recevait sa peine à travers la robe mouillée.

— Maman... Adieu...

Il se remit en mouvement, avança sur les mains et les genoux jusqu'au milieu du salon, se coucha sur le dos, regarda la poignée au-dessus de lui. Inaccessible. Il faudrait tirer le grand bureau jusque-là, mettre le petit sur le grand, monter sur le petit, lever les bras.

Il réussit à se lever, à s'agripper au grand bureau, essaya de le tirer, ne l'ébranla pas d'un millimètre, mais perdit son souffle, tomba aux pieds du meuble en râlant.

Bing ! bang ! dans le couloir.

— Henri ! Mon Henri ! Qu'est-ce que tu as ? Tu es tout rouge !... O mon Henri parle-moi !

Marguerite revenait, tirant M. Jonas par l'autre pied. Il était ruisselant, barbouillé de sang et d'eau. Elle l'avait trempé dans la fontaine. Il saignait du nez, qu'elle lui avait cogné contre un dauphin.

Jim se souleva sur un coude.

— Mar... guerite... soulève... moi...

Il lui tendit une main. Elle la prit et d'un coup sec le mit sur pied. Il se cramponna à un de ses cous.

— Mon Henri, qu'est-ce qu'il a, mon Henri ? Il bouge plus !...

— Je vais... le guérir... il n'aura plus mal... Aide-moi !...

— Oui ! oui ! oui ! oui !

— Lève... tes têtes... bien haut... Pose-moi... dessus...

Heureuse d'être commandée, heureuse d'obéir, elle le souleva comme une plume, joignit ses quatre têtes et le posa dessus, assis.

— Debout... Tiens... moi... les jambes...

Il râlait, l'air lui brûlait la gorge et ne lui apportait plus de vie. Il avait l'impression, à chaque aspiration, de s'emplir d'eau brûlante. Il fallait... finir... Il entendait..., il entendait Jif souffrir... Il fallait... réussir... Lentement, mobilisant ce qui lui restait de forces, râlant et bavant, ruisselant de sueur, il souleva ses pieds, les posa sur les têtes, se redressa, se trouva debout, les chevilles solidement coincées dans les tenons molletonnés des pinces. Il leva les bras...

Il était trop court !
Il trouva la force de crier :
— Lance-moi !...
— Quoi ?
— En l'air !... Tout droit !... Fort !

Marguerite était faite pour recevoir des ordres et pour obéir. Pour obéir *exactement*. Elle lui saisit les mollets et le lança en l'air, tout droit, et fort.

Jim percuta le plafond de la tête. En retombant, il saisit la poignée rouge à deux mains et s'y cramponna.

Terre ouvre-toi
Terre fends-toi
Que j'aille rejoindre mon roi...

C'était l'horloge qui chantait, allumée au zénith. Elle avait le visage de la Lune.

Terre s'ouvrit, Terre se fendit. Le roi Soleil, risquant son œil au coin d'un nuage, vit monter vers lui un champignon de poussière et de flammes. Il en avait vu bien d'autres monter de partout, sur toute la Terre, des années auparavant. Mais, depuis, tout était si calme...

Dans l'Arche, le choc de l'explosion énorme déplaça les meubles et fut suivi d'un long grondement.

Jim ouvrit ses mains crispées sur la poignée, tomba et se reçut sur la pointe des pieds. D'un seul coup, tout était devenu différent : il respirait !

Il respirait un air tiède, normal, merveilleux, qui lui emplissait de joie les poumons et le cœur. Il respirait !... Il cria :

— Je respire !... Je respire !...

Il toussa, toussa et inspira de nouveau, s'emplit d'air jusqu'aux orteils.

M. Jonas respirait, glou-glou, à travers son nez obstrué de sang et d'eau, Mme Jonas respirait et ronflait. Jif ne gémissait plus.

M. Jonas, étendu sur le sol entre le petit bureau et le fauteuil, reprit connaissance et s'assit. Marguerite poussa des cris de joie par ses quatre têtes.

— Tiens-toi tranquille ! lui ordonna M. Jonas.

Il se moucha avec un coin de sa blouse trempée, respira à fond, goûta l'air avec sa langue, le mâcha, mia-mia-mia, écouta... Un ronronnement régulier avait succédé à l'explosion et au grondement. Un flot d'air tiède entrait par la porte du salon. Il sentait la poussière et l'huile chaude, mais il apportait toute sa ration d'oxygène, en bon brave air honnête, pas très pur, mais total.

— J'ai voulu faire sauter l'Arche ! dit Jim, montrant la poignée rouge qui pendait maintenant un peu plus bas, et de travers.

— Tu l'as ouverte !... dit M. Jonas. L'Arche est ouverte !... Viens voir !...

Il se leva, toute sa vigueur revenue, barbouillé de sang, luisant de sueur et d'eau, et courut, suivi de Jim. Il savait où se trouvait la porte, cette porte qu'il n'avait pas su lui, comment ouvrir. Il arriva, un peu haletant, à la salle de la fontaine. Le mur du fond, et la portion du couloir extérieur qui lui correspondait s'étaient escamotés, donnant accès à une petite pièce rectangulaire capitonnée de soie jaune. Et M. Jonas reconnut, avec émotion, l'intérieur de l'ascenseur par lequel seize ans plus tôt, Lucie et lui étaient descendus dans l'Arche en compagnie de M. Gé. Dans son pot turquoise, le philodendron était toujours là, intact et identique. Du plastique, évidemment... Et les délicates couleurs du tapis de soie chinois, qui semblait le grand frère de celui de la chambre de M. Gé, luisaient doucement dans la lumière diffuse.

— L'ascenseur... Il est là !... l'ascenseur !...

Il parlait à voix basse. Il osait à peine y croire.

— Pour monter ?... Jusqu'en haut ? demanda Jim.

— Oui... oui... dit M. Jonas dans un souffle.

Jim se précipita à l'intérieur de la pièce jaune.

— Attention ! cria M. Jonas. Tu ne peux pas sortir comme ça ! Il faut t'habiller, il doit faire moins chaud, là-haut, peut-être froid ! Il faut te couvrir, te protéger les yeux et la peau, contre le soleil et peut-être contre les radiations !...

Mais Jim n'écoutait rien. Il cherchait fébrilement, sur la soie des trois murs, les boutons de commande comme il en existait dans les ascenseurs qui desservaient les étages inférieurs. Mais il n'en vit nulle part.

Il cria à son père qui était resté au dehors, incapable d'avancer d'un pas de plus :

— Où sont les commandes ? Comment on fait ? Je veux monter !...

Il y eut un grésillement puis une voix tomba du plafond.

— Veuillez patienter. L'ascenseur est momentanément hors service. Les travaux de déblaiement et d'aménagement sont en cours. Une sonnerie retentira quand la cabine sera de nouveau en état de fonctionner.

Jim cria vers le plafond :

— Dans combien de temps ?... Ça va demander combien de temps ?...

La voix reprit :

— Veuillez patienter. L'ascenseur est momentanément hors service. Les travaux de déblaiement et d'aménagement... etc.

— Il faut patienter, et prendre des précautions, dit M. Jonas, en hochant la tête.

Revenu au salon, il commença d'expliquer à Jim, et à Jif et Lucie réveillées, ce qui avait dû se passer.

Mme Jonas l'interrompit en montrant la poignée rouge.

— M. Gé s'est moqué de nous, une fois de plus ! Il avait dit que c'était pour faire sauter l'Arche, pas pour l'ouvrir ! Si Jim avait pas eu le courage de vouloir nous faire mourir, nous serions tous morts !

— Non, il ne nous a pas trompés, dit M. Jonas. Souvenons-nous de ce qu'il a dit, exactement : la poignée était destinée à faire sauter l'Arche, en cas de situation désespérée, s'il n'y avait pas *possibilité d'ouvrir.* Or il y avait possibilité d'ouvrir. Nous ne savions pas comment, mais c'était possible, et ce que nous ne savions pas, Sainte-Anna le savait. Quand Jim a tiré la poignée, Sainte-Anna a eu à choisir entre la destruction ou l'ouverture. L'ouverture c'est le risque des radiations, mais également la possibilité qu'il n'y en ait pas. Une chance sur deux, contre zéro chance avec la destruction. Naturellement, elle a choisi d'ouvrir...

— Mais l'explosion que j'ai entendue ? demanda Jim.

— Elle s'est produite *en haut.* Elle était prévue dans le programme d'ouverture, pour pulvériser les déblais, les gravats, les ruines, tout ce qui s'était accumulé à la surface, au-dessus de nous. Ce n'était pas la bombe U. Seulement une petite bombe H propre. Elle a dû tout souffler. Maintenant l'excavateur automatique finit le travail, puis les vingt et une portes vont s'ouvrir, et la cage de l'ascenseur, qui s'était repliée comme un télescope, se dépliera, et la cabine sonnera pour nous appeler... L'air que nous respirons maintenant est celui qui était enfermé dans les mille mètres de la cage d'ascenseur au-dessous des portes. Dès que celles-ci se seront ouvertes nous recevrons l'air du dehors, et avec elles, peut-être, les radiations... Tout n'est pas fini...

Mais tout avait été prévu. M. Jonas alla chercher dans l'Atelier les crèmes antisolaires, les vêtements antiradiation, les compteurs Geiger, les masques, les lunettes, tout le matériel qui attendait depuis seize ans dans un vaste placard. Il en fit la distribution et en expliqua l'utilisation. Il recommanda à chacun de bien mettre les sous-vêtements chauffants. Après être restés des années enfermés dans la température constante de 25 degrés, on risquait gros si on trouvait 15 ou même 20 à la surface. Et on trouverait peut-être moins de zéro...

— Mais on peut rien attraper, dit Mme Jonas. Tous les microbes ont été rôtis !

— Les microbes, dit M. Jonas, c'est nous qui les apporterons ! Nous en sommes pleins ! Le corps humain est un véritable pâté de microbes, une galantine, un clafoutis ! Nous en avons partout, dans l'intestin, dans le foie, dans la rate, dans le sang, dans la peau, dans les os, dans le crâne, dans la vessie, partout ! Et chacune de nos cellules est susceptible, si les conditions s'y prêtent, de se transformer en virus ! Tout ce petit monde grouillant vit avec nous et vit de nous, et nous ne pourrions pas vivre sans lui. Il se tient honnêtement à sa place, tranquille, tant que nous nous portons bien. Mais que nous nous affaiblissions, que nous mangions trop ou pas assez, que par imprudence, maladresse, négligence, ou accident, nous devenions dangereux ou sans intérêt pour l'avenir de l'espèce, alors joue le mécanisme automatique chargé de nous éliminer : une catégorie de microbes se déchaîne, se multiplie, occupe le terrain, et nous bouffe tout crus ! Pendant plus d'un siècle, après les découvertes d'un saint homme un peu simple nommé Pasteur, la médecine a cru que c'était les microbes qui faisaient la maladie, alors que c'est la maladie qui fait les microbes. Attends de prendre un coup de froid, là-haut où il n'y a plus un microbe, et tu verras ce que tes pneumocoques feront de tes poumons !...

— Ça serait quand même plus simple de savoir comment s'habiller, dit Mme Jonas, si on avait seulement une idée d'en quelle saison on est.

L'horloge s'alluma. Son visage était celui de l'Ange au Sourire, de la cathédrale de Reims. On entendit une musique étrange, résonnante, joyeuse, aérienne, qui emplit la poitrine de Jim et lui gonfla le cœur.

— Les cloches ! dit Mme Jonas extasiée.

— Nous sommes le 21 avril, dit l'Ange. C'est le dimanche de Pâques, et il fait beau. Bonne fête !...

Le mur leur offrit un poulet rôti, et un œuf. En chocolat.

Les chameaux s'étaient relevés avant les brebis. De leur long pas placide ils recommencèrent à monter, le chameau en tête et les trois chamelles derrière, chacune selon son rang, à la queue leu leu. La plus jeune, sévèrement mordue pendant la bataille de préséance, marchait modestement au bout.

Ils trouvèrent la rampe obstruée par le troupeau bêlant. Ils s'arrêtèrent. Ils n'étaient pas pressés. Mais Flic et Floc, qui n'avaient jamais rencontré d'animaux pareils, et qui avaient retrouvé leurs forces et leur vigilance, virent dans ces grands machins un danger évident pour les douces créatures dont ils avaient la garde. Ils firent face aux monstres, montrèrent les dents et grondèrent, ce qui laissa les chameaux complètement indifférents. Alors Flic aboya férocement sa colère, fonça et mordit la première patte qu'il trouva. Laquelle patte se souleva et l'envoya promener à dix mètres, avec trois côtes luxées. Il tomba en hurlant sur le dos du bélier, qui s'affola et partit au galop vers le haut de la rampe, sa clarine sonnant le tocsin. Une partie des brebis le suivit à la même allure, l'autre partie rebroussa chemin, passant entre les pattes des chameaux. Floc les rattrapa, les dépassa, se retourna contre elles et les fit remonter. Flic essayait de réaliser la même manœuvre en sens contraire avec l'autre moitié. Un bon chien ne doit jamais laisser un troupeau se couper en deux. Mais le bélier fonçait tête basse et les brebis suivaient le bélier. Ils débouchèrent hors de la rampe, Flic bondit, stoppa les brebis et les rassembla. Jao le bélier, continuant de monter, s'était engouffré dans un escalier. Flic s'y engouffra à son tour.

— La sonnette ! C'est la sonnette ! cria Mme Jonas.

— Non, dit Jim, c'est la cloche du bélier...

Ils se tenaient tous les quatre debout au milieu du salon, vêtus de leurs scaphandres antiradiations et coiffés de cagoules. Les tenues étaient de couleurs vives, pour être vues de loin, en cas de nécessité, celle de M. Jonas rouge, celle de sa femme jaune, celle de Jim orange et celle de Jif blanche. Ces deux dernières, prévues pour des tailles de vingt ans, étaient un peu trop grandes et faisaient des plis, mais c'était sans importance...

Ding-ding-ding-ding ! Bââ ! Bââ ! Ouah ! ouah-ouah !... Ouah !... Bè-bè-bè-bè...

Le tumulte animal se rapprochait. Une série de chocs sourds et lointains ébranla l'Arche. Les portes d'or, d'acier, de béton et de bronze commençaient à s'ouvrir.

— Les portes s'ouvrent ! dit M. Jonas. Mettez vos masques !

Ils s'accrochèrent au visage les masques qui pendaient à leur cou. Pour pouvoir mettre le sien, M. Jonas avait coupé sa barbe...

Bââ ! Bââ ! Bêlant et sonnant, le bélier déboucha dans le salon, tête basse, percuta la table chinoise et la pulvérisa. Flic aux trousses, il continua tout droit, traversa la pièce et sauta dans le Trou.

Gros cling.

Glouf !

Flic allait suivre le même chemin quand quelque chose l'arrêta pile : l'odeur de l'homme !

Il se retourna, regarda les quatre silhouettes étranges au milieu de la pièce et malgré leurs museaux de cochons grillagés, reconnut des êtres humains. Son cœur d'amour lui emplit la tête et le corps. Il vint vers eux en remuant tellement la queue qu'il en ondulait jusqu'au bout du nez.

— Chien ! Beau chien ! dit Mme Jonas.

Elle comprit ce qui lui manquait, ce qu'il cherchait : un visage, un regard. Tant pis pour les radiations. Elle ôta son masque. En aboyant de bonheur, il lui sauta dans les bras, elle le retint et il lui lécha la figure du menton au front, en toute hâte, plusieurs fois, sans oublier les joues et les oreilles. Tout le troupeau de brebis, poursuivi par Floc, entra dans le salon en tourbillonnant, monta sur le divan et sur les fauteuils. Bè-bè, bè, bè, bè,...

Drrin !... Drrrin !... Drrin !...

La sonnette.

— C'est la sonnette ! Cette fois c'est la sonnette ! cria Mme Jonas.

— Bebé bon bastre ! lui dit son mari.

Ce qui signifiait : « Remets ton masque ». Elle comprit et le remit.

M. Jonas leva sa main gauche qui tenait le compteur Geiger et regarda...

Il y avait de la radiation. On ne pouvait pas dire qu'il n'y en avait pas. Ce n'était pas très dangereux, mais on ne pouvait pas dire que ça ne l'était pas. Cela aurait pu être pire. De toute façon, les jeux étaient faits. Une seule attitude était possible : en avant !...

M. Jonas montra la porte du salon, et se mit en route en slalomant à travers les brebis, suivi par sa famille. Drrin ! Drrin ! Drrin ! continuait de sonner la sonnette. Et le Distributeur lui répondit : « J'ai du bon tabac dans ma tabatière... » Cette fois-ci, il était allé jusqu'au bout de la phrase. Cela ne lui était jamais arrivé.

Le mur s'ouvrit.

Il se fendit de haut en bas et, dans l'ouverture, souriant, apparut M. Gé, tout de blanc vêtu, tenant dans sa main gauche une rose.

Jim tomba à genoux.

Ils avaient quitté leurs masques, sur les conseils de M. Gé. Le taux des radiations était assez faible pour n'avoir pas d'effet immédiat. Peut-être auraient-elles une influence sur l'évolution de la race, mais il n'était pas certain que ce fût en mal... Ce serait peut-être mieux qu'avant. C'est ce qu'il espérait. Puisqu'il avait fallu recommencer...

Dans l'ascenseur qui les emportait vers la Surface, Mme Jonas, qui n'avait pas dit un mot à M. Gé depuis son retour, lui demanda brusquement :

— J'aimerais bien savoir qu'est-ce que vous êtes, finalement : Dieu ou le Diable ?

— Ni l'un ni l'autre, dit M. Gé. Mais vous avouerez qu'il est parfois difficile de faire la distinction...

— Vous avez ressuscité ! dit Jim.

— Mais non... C'est le circuit fermé... Sainte-Anna avait utilisé une partie de ma substance, mais elle a pu me reconstituer grâce à la substance du bélier. Il faisait juste le poids, grâce à ses cornes...

— Je voudrais qu'elles vous poussent ! dit Mme Jonas.

— Il va nous manquer pour féconder les brebis, dit M. Jonas.

— Non, dit M. Gé. Il y a des réserves de sperme des mâles de toutes les espèces dans le frigo N° 7. Vous apprendrez à pratiquer la fécondation artificielle... Il vaut mieux laisser faire la nature, mais nous ne pouvons pas nous permettre de voir une espèce s'éteindre parce que nous aurons perdu un mâle dès le départ...

— Il y a aussi de la semence... humaine ?

— Bien sûr...

— Mais alors, pour Jif... on aurait pu... il n'y aurait pas eu besoin de... de Jim ! On aurait pu éviter...

— Vous croyez ?... Et ne pensez-vous pas que c'est mieux ainsi ?

M. Gé, d'un mouvement de menton, désigna les deux adolescents appuyés contre le mur de soie, à l'abri du philodendron. Jim tenait Jif dans ses bras et lui parlait à voix basse en lui montrant le plafond de l'ascenseur, là-haut, la Surface, l'avenir...

M. Jonas soupira.

— Peut-être...

— Maintenant ils sont mariés ! dit Mme Jonas. Y a plus de problème !... Votre insémination, c'est de la cochonnerie... Vous qui savez tout, ce sera un garçon ou une fille ?

— Un garçon ET une fille, dit M. Gé.

Comme toujours, il souriait.

L'ascenseur s'arrêta.
Il avait mis dix-sept minutes pour monter de trois mille mètres de profondeur. Il avait ralenti, puis accéléré, puis ralenti de nouveau, et, vers la fin, raclé un peu la paroi, stoppé deux secondes et repris très lentement son ascension. Maintenant, il était en haut.
Le plafond parla, d'une voix sans sexe :
— Vous voici arrivés. Attention à l'ouverture de la porte. Veuillez rester groupés au milieu de la cabine, s'il vous plaît...
— Maman !... dit Jim.
Il faisait face à la porte et tenait Jif serrée contre lui, tournée elle aussi vers l'avant, bien blottie, serrée entre ses deux bras. Il la serrait si fort qu'elle gémit :
— Tu me fais mal !...
Il y eut un ronronnement et deux déclics.
La porte s'ouvrit...
Le bleu envahit la cabine. Le ciel...
Les yeux écarquillés, Jim tremblait. Il n'y avait pas de mur... Et plus loin, pas de mur ! Et après, et plus loin encore, pas de mur ! pas de mur ! pas de mur !...
Il hurla :
— PARADIS !...
Il poussa Jif, courut, tomba, se roula à terre, riant, sanglotant, suffoquant d'une joie inimaginable.
Les jambes coupées par le spectacle qu'elle découvrait, Mme Jonas dut s'asseoir sur le seuil de la cabine. A gauche, à droite, devant, jusqu'aux horizons, s'étendait un immense désert jaune et gris, uniforme, vallonné de petites buttes comme des vagues, raviné ci et là par le ruissellement des pluies, pour l'instant brûlé de soleil, sans aucune trace de la présence et de l'activité millénaires des hommes. De Paris il ne restait rien, pas une ruine, pas un débris, pas même son emplacement. La Seine n'était plus là.
Jim planta ses mains dans la poussière, l'embrassa, la sentit, la mordit, la mâcha, la cracha, éclata de rire, s'en frotta le visage.
— La terre !... la terre !...
Mme Jonas prit une poignée de ce qui constituait le sol, l'examina. C'était un mélange de cendres et de cailloux éclatés, à demi vitrifiés, avec un reste de vraie terre qui avait réussi, par quel miracle ? à garder son aspect du fond des temps. Elle leva sa main ouverte vers son mari debout près d'elle.
— Les cendres, c'est fertile, dit M. Jonas.
— Nous sèmerons du blé sur Paris ! dit Mme Jonas avec une noire amertume.
Elle jeta devant elle, à la volée, les cailloux et la cendre.
M. Gé rejoignit Jif qui chancelait, tournait, s'abritant les yeux avec la main. Il la prit par le bras et la conduisit près de Jim qui restait

assis sur le sol, regardant autour de lui, hésitant à se relever, écrasé par l'immensité de la révélation du monde.

Il murmurait avec ferveur :

— *TERRE : planète habitée par l'homme !... TERRE : planète habitée par l'homme !* ... C'est dans le dictionnaire !...

— Il dépend de vous deux que cela redevienne vrai, dit M. Gé.

Jim se releva d'un bond et étendit ses bras en croix de toutes ses forces, comme s'il voulait toucher à la fois les deux horizons opposés.

— Je n'arriverai jamais au bout !... Jamais !...

— Il n'y a pas de bout, dit M. Gé. Il faut commencer, et continuer... Attention ! Mettez ceci pour *LE* regarder !...

Il tendit des lunettes noires à Jim qui venait de lever la tête et de crisper ses paupières sur ses yeux éblouis.

A l'abri des verres et de ses larmes, il regarda de nouveau le Soleil d'or, le Soleil brûlant, le Soleil rond, si parfaitement rond, rond comme une goutte, comme l'œil de la poule, comme le sein de Jif... Il leva ses deux mains vers lui et lui cria :

— Soleil, je t'aiaiaime !...

Il demanda :

— Là-haut, j'irai ?

— Oui, dit M. Gé.

Il ôta ses lunettes et contempla la Terre. Sa Terre. Sa tâche. Planète habitée par l'homme... Il commençait à se calmer. La joie était maintenant mélangée à son sang et battait dans son corps tout entier.

Un petit nuage échevelé qui accourait de l'ouest laissa tomber une courte averse. Jif leva son visage vers les gouttes fraîches et tièdes.

— Oh ! la douche ! dit-elle, ravie.

Mme Jonas se leva pour mieux regarder : la Seine, est-ce que ce n'était pas, là-bas, ce ruban brillant qui se dirigeait vers le Sud ? Elle la montra à son mari.

— Tu crois qu'elle va se jeter dans la Méditerranée, maintenant ?

— Pourquoi pas ?... dit M. Jonas.

Il ajouta :

— S'il y a encore une Méditerranée...

— Pourquoi pas ?... dit Mme Jonas. Maintenant, elle est peut-être à Dijon...

Elle se tut, prêta l'oreille quelques secondes, chuchota :

— Ecoute !...

— Quoi ?

— Rien !... Absolument rien !... Je n'ai jamais entendu un silence pareil !...

C'était le silence de l'absence de tout. L'air était vide. Nu. Pas un oiseau, pas un insecte. La transparence d'un espace totalement inoccupé, qui attendait d'être de nouveau empli. Le vent, qui passait sans bruit faute d'obstacle, apportait une odeur de terre brûlée et mouillée.

— Ce n'est pas complètement désert, dit M. Jonas. Regarde par là...

Vers l'est et vers le sud, sur le sol gris et jaune, ils apercevaient des plaques vertes de végétation. De l'herbe, et des buissons, sans doute.

— On va pouvoir réveiller une vache ou deux, et faire monter les brebis. Marguerite les gardera...

— Un arbre ! s'exclama Mme Jonas, en pointant un bras vers la droite. Naturellement !... Le Paradis ! Fallait bien qu'il y ait un pommier !...

C'était un petit arbre, jeune mais déjà bien formé, plus élancé que rond. M. Gé, qui avait une vue exceptionnelle, rectifia :

— Ce n'est pas un pommier... C'est un cerisier... Le printemps a dû être chaud, les cerises sont en avance... Vous pourrez les cueillir bientôt...

— Des cerises !...

Mme Jonas écrasa une larme au coin de son œil droit. Une larme de joie. Son premier bonheur de la Terre retrouvée. Elle regarda de nouveau le grand paysage, soupira. Tant d'espace... Tant à faire...

— Eh bien !... On aura de quoi transpirer...

Elle demanda, à l'intention de M. Gé :

— Par quoi on va commencer ?

Mais M. Gé ne l'entendit pas. Il marchait vers l'ouest, il était déjà loin, il semblait s'éloigner plus vite qu'il ne marchait, il devenait rapidement petit, hors d'appel, au loin, du côté où peut-être, très loin, se trouvait un très vieux ou nouvel océan...

— Monsieur Gé ! Monsieur Gé !... cria Jim.

Il était déjà presque imperceptible.

— Monsieur Gééé !...

— Ne crie pas comme ça ! dit Jif en se bouchant les oreilles. Il reviendra s'il veut...

Le vent qui avait passé sur lui apporta une grande bouffée de parfum, toute ronde, qui s'ouvrit et s'épanouit autour d'eux.

— Il emporte la rose ! dit Mme Jonas d'une voix sourde. Où est-ce qu'il va ?

M. Jonas vit dans le regard de sa femme, fixé sur la silhouette minuscule, de la crainte, du regret, et un peu de détresse. Il lui mit un bras autour des épaules. Il lui dit :

— Il y a des rosiers dans l'Arche. Nous les planterons, avant de semer le blé de printemps.

L'ENCHANTEUR

aux bardes, conteurs, troubadours, trouvères, poètes, écrivains, qui depuis deux mille ans ont chanté, raconté, écrit l'histoire des grands guerriers brutaux et naïfs et de leurs Dames qui étaient les plus belles du monde, et célébré les exploits, les amours et les sortilèges,

aux écrivains, chanteurs, poètes, chercheurs d'aujourd'hui qui ont ressuscité les héros de l'Aventure,

à tous, morts et vivants, avec admiration et gratitude je dédie ce livre qui leur doit son existence,

et je les prie de m'accueillir parmi eux.

R. B.

Il y a plus de mille ans vivait en Bretagne un Enchanteur qui se nommait Merlin.

Il était jeune et beau, il avait l'œil vif, malicieux, un sourire un peu moqueur, des mains fines, la grâce d'un danseur, la nonchalance d'un chat, la vivacité d'une hirondelle. Le temps passait sur lui sans le toucher. Il avait la jeunesse éternelle des forêts.

Il possédait les pouvoirs, et ne les utilisait que pour le bien, ou ce qu'il croyait être le bien, mais parfois il commettait une erreur, car s'il n'était pas un humain ordinaire, il était humain cependant.

Pour les hommes il était l'ami, celui qui réconforte, qui partage la joie et la peine et donne son aide sans mesurer. Et qui ne trompe jamais.

Pour les femmes, il était le rêve. Celles qui aiment les cheveux blonds le rencontraient coiffé d'or et de soleil, et celles qui préfèrent les bruns le voyaient avec des cheveux de nuit ou de crépuscule. Elles n'étaient pas amoureuses de lui, ce n'était pas possible, il était trop beau, inaccessible, il était comme un ange. Seule Viviane l'aima, pour son bonheur, pour son malheur peut-être, pour leur malheur ou leur bonheur à tous les deux, nous ne pouvons pas savoir, nous ne sommes pas des enchanteurs.

Pour tous, il était l'irremplaçable, celui qu'on voudrait ne jamais voir s'en aller, mais qui doit partir, un jour.

Quand il quitta le monde des hommes, il laissa un regret qui n'a jamais guéri. Nous ne savons plus qui est celui qui nous manque et que nous attendons sans cesse, mais nous savons bien qu'il y a une place vide dans notre cœur.

Le grand cerf blanc sortit d'un fourré d'aubépines sans déranger la moindre fleur. Son poil était pareil à de la neige fraîchement tombée et tandis qu'il traversait la clairière sa ramure se balançait comme la voilure d'un vaisseau.

Merlin aimait prendre cette apparence quand il se déplaçait dans la forêt. Il s'arrêta sans bruit au débouché du sentier qui menait à la source de l'Œil, ainsi nommée parce que, par les beaux jours, le ciel se reflétait à la surface de la vasque qu'elle s'était creusée dans le sable et le fin gravier, et elle prenait alors la ressemblance d'un grand œil bleu entre des cils de menthe et de myosotis.

Une fille était en train de s'y baigner, blonde et nue. Le cerf la voyait à travers le feuillage. Elle était très jeune, douze ans, treize ans peut-être. Dans l'eau jusqu'aux genoux, elle y puisait avec ses mains en coupe, et s'en éclaboussait. Elle riait pour ne pas frissonner, poussait des exclamations, chantait des bribes d'air sans paroles. Le soleil jouait sur ses courts cheveux dansants et sur les perles d'eau qui roulaient sur sa peau rose et dorée. Ses seins qui hésitaient à s'arrondir devenaient pointus sous la provocation de l'eau fraîche. Quand elle riait, l'éclat de ses dents était blanc comme la chair des amandes nouvelles. Ses longues cuisses n'étaient plus les tiges maigres de la fillette qui pousse, et pas encore les branches galbées de la jeune fille. Esquisses exquises, promesses qui seraient tenues, ses courbes légères en mouvement annonçaient la perfection du plus grand chef-d'œuvre de la Création : le corps que Dieu a fait à la femme, de ses mains, avec un morceau d'homme.

Et la source riait avec elle, couvrait ses pieds de sable frais, faisait éclater des bulles entre ses orteils. Une salamandre vert et or qui nageait autour de ses chevilles sortit de l'eau et lui tira la langue. Une merlette couleur d'écorce se posa sur sa tête et réussit à chanter comme un merle. Dans le soleil et dans l'eau, ses mains fines dansaient comme deux fleurs animées par le vent.

Dans le corps du cerf blanc, le cœur de Merlin tremblait. Il savait qu'il ne la reverrait plus telle qu'elle était en cet instant. Demain, tout à l'heure, elle serait déjà différente. Elle avait la beauté déchirante de ce qui change si vite qu'on ne peut jamais le retrouver. Plus tard, en souvenir de cette rencontre, il créa une rose dont la forme et la couleur varient d'heure en heure et qui ne vit qu'une journée. Elle fleurit encore en Angleterre. Les Anglais la nomment Yesterday : Hier... Car son présent est déjà le passé.

La forêt n'était que silence et chants d'oiseaux, chant de la source et de la fille, chant des feuilles et des rameaux qui s'étirent dans les bras de l'air tiède. Rien ne parvenait jusque-là du fracas de la bataille qui se déroulait dans la plaine devant Carohaise. Merlin l'avait quittée au moment où elle tournait à l'avantage des défenseurs de la petite cité, et où ceux-ci n'avaient plus besoin de lui. La voix de son père l'avait prévenu que le roi Arthur allait courir un nouveau danger. Elle avait résonné dans sa tête au milieu du combat, grinçante, narquoise, comme à l'accoutumée.

— Pauvre fils idiot, disait-elle, te voilà tout occupé à assister ce jeune niais contre les Saines, les Romains et les Alémans, mais l'adversaire qui l'attend près de l'Œil est autrement dangereux pour lui...

Et la voix s'était tue, dans un grand rire de ferraille.

Merlin s'était aussitôt transporté dans la forêt pour voir qui était cet adversaire inconnu qui allait se dresser devant le jeune roi Arthur.

Et en découvrant cette enfant miraculeuse il avait compris que c'était pour lui que son père avait disposé ce piège, le pire qu'il lui eût jamais tendu. Il s'y était jeté tout droit, et il se demandait s'il pourrait jamais s'en libérer.

Son père était le Diable.

Merlin était créature de Dieu, et tout entier à son service, mais le

Diable l'avait engendré, et ne désespérait pas de le reprendre en son pouvoir. Il profitait de toutes les occasions qui se présentaient pour essayer de le faire trébucher. Et quand elles ne se présentaient pas, il les créait.

Il n'avait pas créé cette fille, mais tissé la trame de sa rencontre avec Merlin, et sans doute avec Arthur. L'Enchanteur voulut savoir qui elle était, et il le sut. Elle se nommait Viviane, elle était la fille d'un petit gentilhomme presque sans terres, mais de très haut lignage puisqu'il descendait de Diane à qui cette forêt avait appartenu. Dans les veines de Viviane, dans la fraîcheur éclatante de son innocence, coulaient le sang et la puissance de l'ancienne reine de la forêt, disparue du monde. Si l'enfant magique s'intéressait à Arthur, celui-ci serait perdu pour le Graal...

Merlin avait pris en main la destinée d'Arthur avant même sa naissance. Il voulait qu'il devînt le meilleur chevalier du monde, capable de retrouver le Graal dont l'absence causait le malheur des hommes. Il aidait Arthur autant qu'il pouvait. Cela ne consistait pas à supprimer les obstacles devant ses pas, mais au contraire à en susciter de plus en plus difficiles à surmonter, pour obliger Arthur à grandir. Le garçon était vaillant, clair, gai, plein d'amitié, il se battait sans haine, avec la force d'un taureau d'Espagne, et n'avait jamais trouvé son maître. Il venait, dans cette journée, d'abattre le chef des Romains Ponce Antoine en le perçant de part en part, la moitié de sa lance sortie dans son dos. Et, de son épée, il s'était taillé un chemin de sang vers le duc Frolle, chef des Alémans, qui, abandonné par ses hommes en débandade, avait tourné bride et quitté le champ de bataille.

Arthur allait avoir dix-sept ans dans trois jours. A seize ans il était monté sur le trône du royaume de Logres. Il avait vaincu les chevaliers les plus forts et les plus adroits, battu les chefs de guerre les plus sauvages. Le temps était venu de le lancer dans l'Aventure. Merlin ne vit qu'une façon d'empêcher le Diable et Viviane de le faire trébucher.

La Bretagne, c'était la moitié sud de ce qu'on appelle aujourd'hui Angleterre, plus l'île mère d'Irlande et ses innombrables enfants îles, plus la Bretagne française qu'on nommait alors Petite Bretagne.

Les chevaliers, les rois, les armées, les envahisseurs allaient d'une Bretagne à l'autre sur de grands ou petits vaisseaux. Parfois arrivait ou partait une barque sans voile ni rameurs, elle naviguait sur les fleuves ou au large sur le Grand Océan, transportant des chevaliers vivants ou morts, ou une épée qui flamboyait.

Merlin vivait à la fois dans les trois Bretagnes. Il semble qu'il soit né en Irlande, ou en Galles, mais il y a aussi des raisons de penser qu'il naquit en Armorique. Cela n'a aucune importance. Il était partout où il devait être.

Il fut d'abord avec les Druides et peut-être, avant les Druides, avec ceux dont le nom s'est usé et a disparu au long des siècles. Après les

Druides il fut avec les moines chrétiens, et mit fin lui-même à sa présence parmi nous quand se termina l'Aventure qu'il avait déclenchée et, autant qu'il avait pu, dirigée.

Des rumeurs venues des temps perdus laisseraient supposer qu'avant l'Aventure de la Table Ronde, Merlin avait déjà plusieurs fois envoyé les hommes à la recherche du Graal. Car si nul ne sait ce que contient le Graal, du moins est-on assuré que lorsque les hommes s'en détournent, ils perdent la joie d'exister, car ils ne savent plus ce qu'ils sont, ni pourquoi ils sont. Ils cessent d'être vivants : ils sont seulement en vie.

Alors un prophète ou un enchanteur relance les hommes à la recherche du trésor égaré. Mais il est très difficile à retrouver, et en son absence les malheurs jaillissent de la Terre et du Ciel.

La bataille avait commencé au plein jour levé. Frolle, duc des Alémans, Ponce Antoine qui commandait les Romains, et Claudas, roi de la Terre Déserte, ne doutaient pas d'enlever facilement la petite cité fortifiée, dernière place forte du vieux Léaudagan, roi de Carmélide, dont ils avaient ravagé les terres. Leurs troupes coalisées couvraient la plaine à l'ouest de Carohaise. Derrière les murailles, dans les cours et ruelles, campaient les paysans réfugiés, avec leurs cochons et leurs volailles, tout ce qu'ils avaient pu pousser devant eux. Sur l'esplanade, au pied du château, l'armée de Léaudagan attendait le moment de l'action. Elle était dix fois moins nombreuse que les assaillants, mais composée d'hommes fidèles, prêts à mourir.

Au ras de la porte, impatient de sortir, piaffait le groupe des Quarante et un, arrivé trois jours plus tôt. Arthur, que personne encore ne connaissait en Carmélide, chevauchait à leur tête. Il avait demandé pour eux loisir de franchir l'enceinte et de se présenter au roi. En leur nom il offrit à celui-ci de se battre pour lui jusqu'au dernier sang, à condition qu'il ne leur demandât pas qui ils étaient.

Le vieux roi avait accepté, sur leur mine franche. Mais il ne comptait guère sur cette poignée de combattants dont le plus âgé n'avait sûrement pas vingt ans.

Si le vieux roi avait connu qui ils étaient, son cœur s'en fût trouvé conforté, car il n'y avait là que des rois et des fils de rois, la fleur de la jeune Bretagne, venus simplement pour le défendre parce qu'il était en péril. Mais Merlin leur avait dit qu'ils devaient se faire connaître non par leurs noms mais par leurs exploits.

Sans qu'on sût comment il était venu, il se trouva au milieu d'eux quand le soleil se leva, éclairant de rouge la plaine qui allait voir couler tant de sang. Vêtu d'une robe verte et coiffé de feuilles de houx, il chevauchait un cheval d'Arabie couleur de terre brûlée. Il était sans arme, ne portait pas une once de fer sur son corps mais brandissait une enseigne de soie dorée sur laquelle était brodé un petit dragon vert à la queue fourchue, qui crachait des flammes peintes.

Arthur et ses cousins et ses amis, Gauvain, Agravain, Gaheriet, Galessin, Ban et Bohor, Guerrehès, Sagremor et tous les autres, firent un accueil joyeux à Merlin qui sourit et leur dit :

— Maintenant vous allez montrer ce que vous valez ! On y va !...

Il fit un geste de son enseigne vers les portes qui s'ouvrirent en ébranlant les murailles, et les quarante et un, écu dressé et lance haute, se lancèrent au galop dans la direction de l'ennemi.

Arthur portait un haubert de mailles confectionné par le fèvre le plus habile de Bretagne. Ses compagnons portaient pour la plupart des cottes de cuir sur lesquelles étaient fixées de petites plaques d'acier ou de cuivre dur, qui s'imbriquaient et se recouvraient comme les écailles d'un poisson. Au galop des chevaux, les écailles se soulevaient, retombaient, s'entrechoquaient, et l'ensemble des quarante et un composait un chant de fer terrible. Ils filaient comme un javelot vers l'armée immobile dans la plaine.

Les trois rois envahisseurs, voyant venir cette poignée d'hommes, se mirent à rire et levèrent leurs enseignes pour indiquer le commencement du combat.

Merlin porta à ses lèvres le sifflet, taillé dans un rameau de saule, qu'il portait au col, et siffla.

Le vent, son ami, lui répondit en gémissant :

— Qu'est-ce que tu veux encore ? Je dormais !...

Merlin siffla :

— Réveille-toi, grosse barrique ! Enfle-toi ! Gonfle-toi et souffle ! Souffle ! Souffle !...

Alors le vent s'étira et craqua et gronda et hurla, devint énorme et se roula sur la plaine, arrachant la poussière et les cailloux, emportant les meules de foin, les poules oubliées et les toits des chaumières, et se jeta sur l'armée ennemie qu'il aveugla. Derrière lui, Arthur et ses compagnons, baissant leurs lances et piquant des deux, arrivèrent comme l'ouragan.

L'armée de Léaudagan les suivait, divisée en deux corps, l'un commandé par le vieux roi, l'autre par son sénéchal Cléodalis. Elle entra à son tour dans la mêlée furieuse. Dans le nuage de poussière, le dragon de Merlin était devenu grand comme une vache et ses flammes brûlaient les enseignes ennemies.

Les femmes, les filles et les enfants, montés sur la muraille pour assister au combat dont leur sort dépendait, ne virent d'abord qu'un brouillard roux et mouvant, creusé de tourbillons, d'où sortaient le fracas des armes et les cris des combattants taillés ou transpercés, et ceux des chevaux furieux. Puis le vent se rendormit dans un long soupir et la bataille se révéla à la lumière du soleil. Le centre de la plaine, où s'était produit le choc, était jonché de corps d'hommes et de chevaux blessés ou morts. Des centaines de petits combats se déroulaient tout autour. Les chevaliers désarçonnés continuaient à se battre à terre.

Guenièvre, la dernière fille du roi Léaudagan, chercha avec anxiété la silhouette de son père, craignant qu'il fût couché parmi les victimes.

Elle poussa un cri de joie et de crainte en le reconnaissant dans son haubert de cuivre rouge et d'or. Entouré d'ennemis, le vieux roi se battait comme un lion.

Il allait cependant succomber quand trois chevaliers, prévenus par Merlin, accoururent comme la foudre. C'était trois jeunes rois : Arthur de Logres, Bohor de Gannes, et Ban de Bénoïc. Ils taillèrent dans la meute comme moissonneurs à la faucille, et Guenièvre, en haut de la muraille, battit des mains de bonheur.

Tant que dura la bataille, Guenièvre ne quitta plus des yeux le chevalier de mailles dont la vaillance dépassait toutes les autres. Lui et ses compagnons décidèrent du sort des armes. Au milieu de l'après-midi, Ponce Antoine était mort, Claudas se retirait vers le sud avec les débris de l'armée de la Déserte, et les Alémans dispersés ou détruits, le duc Frolle tournait le dos à Carohaise et s'enfonçait au galop dans la forêt.

Guenièvre vit Arthur, dont elle ne connaissait pas le nom, partir à sa poursuite sur un cheval frais. Il s'enfonça dans l'ombre des arbres et disparut.

Quand Eve s'éveilla, toute neuve, au jardin d'Eden, nue et sans honte, elle vit étendu près d'elle Adam, encore plongé dans le sommeil que Dieu avait fait tomber sur lui afin de pouvoir lui ouvrir la poitrine pour en tirer la côte dont il allait façonner sa compagne. Sa plaie était encore ouverte et saignait. Eve confectionna une coupe avec une poignée de glaise, et y recueillit le sang d'Adam. La glaise but le sang du blessé, et la blessure se ferma. La glaise était du sol du jardin, la même que Dieu avait utilisée pour façonner le premier homme.

Cette coupe est celle du Graal. Eve, bienheureusement ignorante, l'utilisa comme écuelle, pour puiser l'eau de la source fraîche ou récolter les cerises et les amandes, les framboises et les pissenlits. Et les pommes aussi, bien sûr...

Quand Adam et Eve quittèrent le jardin, Eve emportait la Coupe. Mais l'ange que Dieu avait placé à la porte pour empêcher les humains d'y entrer de nouveau frappa la Coupe de son épée flamboyante et elle se brisa en sept morceaux que le coup dispersa.

Au cours des âges il arriva que les morceaux se ressoudèrent et que, de nouveau, elle servit. Les archives de l'histoire humaine sont pleines de trous. Si on cherchait attentivement, pourtant, dans ce qui en reste, on retrouverait trace de son passage. Elle est toujours associée avec le sang et la plaie, qui sont la douleur du monde dont elle est le remède.

Jésus l'avait. Il s'en servit aux noces de Cana, pour changer l'eau en vin. C'est elle qu'il tendit à ses disciples, à son dernier repas, en leur disant : Buvez, ceci est mon sang. C'est dans la même coupe que Joseph d'Arimathie recueillit le sang de Jésus blessé d'un coup de lance pendant son agonie en croix. Fuyant les persécutions, Joseph d'Arimathie, la précieuse Coupe serrée contre lui, arriva au bord du grand océan avec toute sa famille, mais ne put aller plus loin car il n'avait pas de vaisseau.

Alors il étendit sur l'eau sa chemise, qui flotta. Il invita son père à y monter, ce que le vieil homme fit hardiment, et la chemise ne s'enfonça pas. Sa mère et sa femme, ses fils et ses filles, ses frères, sœurs et neveux et nièces, tout le monde s'y embarqua, et la chemise fut obligée de s'agrandir, car la famille comptait cent cinquante personnes. Joseph monta le dernier avec la Coupe. Alors la chemise se mit à voguer et aborda peu après sur une côte non loin de laquelle se dressait un château. C'est ainsi que le Graal arriva en Bretagne.

Il y fut mal reçu, et Joseph, puis ses descendants, s'enfermèrent avec lui dans le Château Aventureux. Un de ceux qui le gardèrent fut le Roi Blessé, qui saignait d'une blessure à la cuisse, due à sa curiosité impie, et dont il ne pouvait ni guérir ni mourir, depuis des siècles.

Le duc Frolle était un colosse. Une toise de haut, trois cents livres d'os et de muscles sous une cotte chargée de plaques de fer épaisses d'un doigt, pesaient sur le dos de Wolke, son énorme cheval couleur d'orage. Ni l'homme ni la bête n'étaient fatigués. Frolle ne fuyait pas, il s'en allait. Armé de sa masse de cuivre de vingt livres et de son épée Marmiadoise il avait taillé ou fracassé tous ses adversaires. Mais ses hommes ne le valaient pas. Il en restait peu de vivants. Quand il fut dans le couvert de la forêt, Frolle se mit au trot. Arthur, au galop, n'eut pas de peine à le rejoindre. L'entendant s'approcher, Frolle s'arrêta et fit face, satisfait à la pensée d'occire un ennemi de plus, si c'en était un.

Il reconnut le chevalier qui avait causé tant de dommage à ses gens et tué Ponce Antoine. Il rugit de contentement à l'idée de la revanche qu'il allait en tirer.

Arthur s'arrêta et les deux cavaliers, à quelques pas l'un de l'autre, se regardèrent et se jaugèrent.

Frolle était coiffé d'un heaume pointu à nasal. Forgé d'une seule pièce, on aurait pu y donner à boire à trois chevaux. Ses longs cheveux d'un blond pâle, épais et plats, rejoignaient sa barbe foisonnante, mêlée de mèches grises et tachée de sang. De sa main droite il étreignait le manche de sa masse de cuivre et de la gauche dressait devant lui son écu taillé dans le dos d'un oliphant d'Afrique, cette bête monstrueuse qui a une queue à la place du nez et le cuir plus dur que la pierre.

Arthur avait depuis longtemps perdu son heaume. Ses boucles dorées entouraient sa tête d'une lumière. Son visage ne portait pas plus de barbe que celui d'un enfant, mais sa carrure était d'un homme et ses muscles durs comme le fer. Voyant que l'Aléman n'avait plus de lance, il jeta la sienne et saisit son épée Escalibur, qui avait fait tant d'ouvrage depuis le matin.

— Qui es-tu ? cria Frolle. Dis-moi ton nom, que je le fasse dessiner sur ta tombe !

— Je suis le fils d'Uter Pandragon, cria Arthur, et sur ta tombe je ferai semer du chanvre, c'est tout ce que mérite un païen !

— Ah ! Tu es le petit roi Arthur ? Eh bien, tu ne vas plus régner bien longtemps !

Il se rua vers Arthur, et frappa de sa masse. L'épée d'Arthur trancha le manche de la masse qui alla se perdre en tourbillonnant. Mais au passage elle heurta la tête du jeune roi, lui arrachant un grand morceau de peau avec les cheveux, et fêlant l'os du crâne.

Arthur secoua la tête comme à une piqûre de guêpe et frappa de nouveau, alors que Frolle sortait son épée du fourreau.

Escalibur fendit l'écu d'oliphant, creva l'œil droit de l'Aléman, lui ôta la joue jusqu'aux dents, lui ouvrit l'épaule et trancha l'os, et, en se retirant, coupa l'oreille du cheval Wolke. La main droite de Frolle s'ouvrit, laissant tomber son épée, tandis que l'énorme cheval, hennissant de surprise et de douleur, se cabrait puis s'emportait, disparaissant dans la forêt avec son cavalier qui mugissait comme un taureau.

Ce fut le silence et la paix. Arthur remit son épée au fourreau. Il porta sa main à sa tête et le sang coula sur la manche de son haubert. Il cligna des yeux : il voyait une lueur dans l'herbe. Quand il rouvrit grand ses paupières la lueur était toujours là. Il poussa un cri de joie en en reconnaissant la cause : c'était la lame de l'épée Marmiadoise qui flamboyait...

Il descendit de cheval, saisit l'épée fameuse, la releva, et la brandit vers les hautes branches, en hommage et en merci à Dieu. Sa poignée était faite d'un os du dragon qui gardait la Toison d'Or. Jason avait tué le dragon, mais la poignée de son épée s'étant rompue, il l'avait remplacée par un os de la bête fantastique, celui qui se trouve dans son cœur et lui donne son courage et sa fureur.

Arthur remonta à cheval, tira Escalibur de son fourreau et montra les deux épées l'une à l'autre afin qu'elles se connaissent et s'aiment et ne s'affrontent jamais. Une épée dans chaque main, il riait de bonheur. Le sang chaud de sa tête lui coulait dans le cou. La forêt tournait autour de lui, son cheval oscillait comme un navire, des sons étranges lui emplissaient les oreilles. Il ne savait plus où il était.

Le cheval, qui avait soif, se mit en marche vers l'odeur de l'eau.

Viviane s'était étendue sur l'herbe à côté de la source, pour se sécher au soleil, et avait sombré d'un seul coup dans le sommeil, comme un petit enfant. Pour ne pas la réveiller, le cerf blanc avait cessé de respirer et de peser sur les graminées. En un geste de modestie, Viviane, en fermant les yeux, avait posé sa main droite au bas de son ventre, et son autre bras en travers de sa menue poitrine. Mais dans son sommeil ses bras avaient glissé, et il ne demeurait de son double geste que l'intention et la grâce.

Merlin, ravi, fit éclore à la pointe de ses petits seins deux marguerites, posa une branche de menthe sur ses yeux, une prunelle sur ses lèvres et sur le minuscule demi-sourire rose de son sexe un rouge-gorge endormi.

Il la regarda ainsi quelques instants, puis sourit et la déshabilla de cette fantaisie. Elle n'avait besoin d'aucun artifice. Elle était plus parfaite que la fleur et que l'oiseau, et pareille à eux dans l'innocence de sa nudité. Merlin remercia Dieu, puisque c'était elle qui allait peut-être changer son destin, de l'avoir faite si belle entre toutes les beautés de Sa Création.

Il s'apprêtait à lui faire don d'un rêve de joie, un de ces rêves qui font, au réveil, trouver la vie légère et savoureuse, quand il entendit, dans l'épaisseur de la forêt, s'approcher à pas lourds le cheval qui portait Arthur.

Alors le cerf se transforma en mur de silence. Il ne fallait pas que Viviane s'effrayât et s'enfuît. Elle devait affronter cette épreuve, et Arthur avec elle, et Merlin avec eux. Très doucement, il souffla le sommeil hors de son corps.

Elle s'étira, bâilla, rit de contentement, et se leva d'un bond en poussant un cri. Dans un silence total surgissait lentement d'entre les broussailles une apparition fantastique : un grand cheval roux portant un chevalier aux cheveux d'or et de sang qui étreignait une épée dans chaque main, lame pointée vers le ciel.

Elle voulait saisir sa robe qui gisait sur l'herbe à trois pas et s'enfuir loin de ce fantôme effrayant, qui était encore plus effrayant s'il n'était pas fantôme, et en même temps elle voulait rester, pour en voir davantage. Sa curiosité fut plus forte que sa peur, et les deux mêlées la pétrifièrent sur place après qu'elle se fut, par bonne manière, mise en position de modestie.

Un brouillard rouge emplissait les yeux du jeune roi. Au centre de ce brouillard il voyait une créature céleste, immobile, qui le regardait.

Etait-ce vraiment un ange, ou un démon qui en avait pris l'apparence ? Arthur prit Marmiadoise entre ses dents, saisit Escalibur par la lame et en tendit la garde, en forme de croix, en direction de l'apparition. La créature ne disparut pas. Elle sembla rassurée, et sourit.

Le cheval pencha la tête pour boire. Ce qui restait de conscience à Arthur s'évanouit. Il glissa sur le cou de sa monture et tomba aux pieds de Viviane, dans un bruissement de fer. Sa tête plongea dans l'eau et y demeura.

Viviane comprit que s'il n'était déjà mort il allait mourir noyé. Elle lui saisit une main et, tirant de toutes ses forces, ses petits talons enfoncés dans l'herbe, réussit à lui sortir le visage de la source. Puis elle se vêtit en hâte et courut vers le château de son père pour y chercher secours.

Arthur avait été blessé au début de la bataille par une lance qui avait brisé les mailles de son haubert, pénétré dans sa chair, glissé sur une côte et ouvert une plaie longue mais peu profonde. Elle ne l'avait pas empêché de se battre, mais elle recommençait à saigner et le jeune roi perdait son sang vif par la tête et par le flanc. Il lui fallait être secouru très vite.

Merlin avait décidé d'arrêter Viviane dans sa course. Cela ne causerait aucun dommage au blessé, car il arrêterait du même geste le temps.

Depuis qu'il avait vu Viviane, il savait qu'elle pouvait être pour Arthur, sur le chemin du Graal, un obstacle plus haut que les montagnes du pays des Saines dont le sommet gratte la plante des pieds de saint Pierre à la porte du Paradis.

Il ne pouvait pas le détourner d'elle, puisqu'elle était une étape de son chemin, mais il pouvait essayer de la détourner de lui, empêcher qu'elle en tombât amoureuse par la pitié maternelle qu'éprouvent les filles même les plus jeunes en soignant les blessés que leur faiblesse livre entre leurs mains. Pour que cela n'arrivât pas, qu'elle ne s'obstinât pas ensuite à rester dans sa vie, pour qu'Arthur puisse oublier un épisode sans importance, il fallait que le cœur de la fillette fût déjà, quand elle se pencherait sur lui, empli d'un autre intérêt. C'est pourquoi Merlin avait décidé de se montrer à elle tel que ni le roi Arthur, ni personne ne l'avait jamais vu. Sauf sa mère. Sous son vrai visage. Tel qu'il était.

Viviane courait, courait, plus légère qu'une chèvre. Le sentier était d'herbe courte que perçaient les yeux blancs des pâquerettes et les fleurs jaunes de la salade sauvage qu'on nomme dans la Grande Bretagne « dendelion », et au pays de Loire « pissenlit ». Et tout à coup elle se trouva devant un arbre bleu. En réalité sa couleur était verte. Mais ce vert était bleu. Et cet arbre se dressait au bord du sentier, au croisement du chemin des mules, à l'endroit même où aurait dû se trouver la touffe de genêt qui poussait déjà là avant même que Viviane fût née, et qui était en fleur depuis huit jours. Viviane, d'ailleurs, en sentait le parfum. L'odeur du genêt était toujours là, mais le genêt n'y était plus. Et à sa place s'élevait cet arbre inconnu aussi haut que le toit du château de son père.

Appuyé avec nonchalance contre le tronc de l'arbre, un homme jeune, vêtu comme un prince, la regardait avec bienveillance, en souriant de sa surprise.

— N'aie pas peur, Viviane, dit-il.

Sa voix était grave et douce et caressait le cœur.

Elle protesta.

— Je n'ai pas peur !...

Elle était bien trop curieuse pour être effrayée. Et son père était un seigneur, bien que de petite terre. Elle avait été élevée dans l'aisance des manières, et la compagnie de la forêt, de la source, des oiseaux et des fleurs lui avait déjà appris que le monde est plein de merveilles inattendues.

Elle s'inclina légèrement en pinçant les deux bords de sa robette de lin couleur de lait, par politesse, et demanda en se redressant :
— Quel est le nom de cet arbre si beau ?
— C'est un cèdre, dit Merlin. Je l'ai fait venir du pays d'orient où il poussait, pour te le montrer et pour que tu saches désormais, quand tu le verras quelque part, que je n'en suis pas loin.
— Comment est-il venu ? Et comment pourrait-il se trouver quelque part ailleurs, puisqu'il est ici ?
— Comme ceci, dit Merlin.

Il leva sa main gauche et fit un signe à l'arbre avec son petit doigt. Et tout à coup le cèdre fut de l'autre côté du chemin, le genêt éclatant ayant repris sa place.

Viviane, ravie, battit des mains.
— Oh ! Tu es l'Enchanteur ! dit-elle.
— Oui, dit Merlin.

En un instant, elle avait oublié pourquoi elle courait, et le chevalier blessé qui trempait dans la source. Parce qu'elle était encore un enfant, et qu'un enfant ne résiste pas à l'attrait des merveilles. Parce qu'elle allait être une femme, et qu'aucune femme ne pouvait rester insensible à la beauté de Merlin, qui était ce qu'on pouvait voir de plus beau au monde sous les traits d'un homme à la fleur de son âge.

Il était vêtu d'une longue robe en soie de Chine couleur du cœur des marguerites, parsemée de feuilles de houx brodées en or vert, serrée aux poignets et au col par un ruban d'or. A la taille, une large ceinture nonchalante de soie verte rassemblait les plis lourds de la robe qui tombait jusqu'à terre et d'où sortait juste la pointe d'un pied nu.

Ses cheveux, par mèches et par ondes, avaient toutes les teintes allant du marron chaud au blond éclatant, mêlées et cependant distinctes. Une mince couronne d'or piquée de pierres vertes en faisait le tour. Ils lui couvraient les oreilles de courtes vagues et descendaient jusqu'au milieu du front. Ses sourcils étaient bien nets et foncés, et ses longs cils presque noirs s'ouvraient sur de grands yeux verts lumineux et rieurs. Sa bouche, ni grande ni trop petite, bien ourlée, était rouge et fraîche comme si elle venait d'être faite.

Viviane, extasiée, joignit les mains.
— Que tu es beau ! dit-elle. Mon père t'a vu l'an dernier, il est allé te demander conseil dans la forêt de Brocéliande, pour ses vaches qui crevaient. Il m'a dit que tu étais un vieil homme gris assis sur un pommier !
— Chacun me voit à sa façon...
— Je lui ai dit : « Il était assis *dans* un pommier, pas *sur* un pommier ! » Il m'a dit : « Si ! *Sur* un pommier ! »
— C'est exact, dit Merlin.
— Comment peut-on s'asseoir *sur* un pommier ?

Merlin se mit à rire.

— C'est un pommier un peu particulier !... Il s'adapte à moi et je m'adapte à lui. Il est mon ami.

— Oh ! Tu me montreras comment tu fais ?

— Oui, si ça t'amuse...

— Je pourrai le faire aussi ?

— Peut-être...

Elle accepta cette promesse en hochant doucement la tête, et devint très grave. Elle le regarda dans les yeux, regarda ses cheveux, sa bouche, et dit doucement :

— Tu es plus beau que mon père, plus beau que le chevalier blessé, tu es plus beau que tout !...

Elle joignit de nouveau ses mains, et ajouta :

— Je crois que je ne t'oublierai jamais...

Merlin à son tour devint grave.

— C'est bien ce que je crains, dit-il. Et ce que j'espère...

Il savait, maintenant, qu'il n'avait plus rien à craindre pour Arthur, mais qu'il avait tout à craindre pour lui-même. Quelque chose d'ineffable et de terrible venait de naître en lui. Il allait beaucoup gagner et beaucoup perdre. Il demanda :

— Et comment vont les vaches de ton père ?

— Elles ne crèvent plus...

— Il suffit de ne pas leur laisser manger de la luzerne mouillée. Ce n'est pas sorcier. Les gens de ton père auraient dû savoir ça.

Mais Viviane ne l'écoutait pas.

— Oh, apprends-moi un de tes trucs ! dit-elle.

— Quels trucs ? Je n'ai pas de « trucs » ! J'ai des pouvoirs, qui m'ont été donnés par mon père noir. Mais je ne peux les enseigner à personne.

— Oh !... Tu ne *veux* pas !

— Non !... Je ne *peux* pas... Mais toi... Fais voir... Donne-moi tes mains...

Il prit dans ses longues mains fines les mains de l'enfant, qui ressemblaient aux siennes en plus menu, et l'un et l'autre sentirent, à cet instant, que quelque chose venait de se joindre par leurs mains et de passer de l'un à l'autre et de demeurer entier en eux deux et en chacun d'eux.

Viviane en fut bouleversée.

— Qu'est-ce que tu m'as fait ? demanda-t-elle.

— Moi, rien, dit-il doucement. Ce qui se fait n'est pas toujours voulu...

Il savait que son père venait de les lier ensemble, mais il ne s'était pas dérobé, il avait fait lui-même le geste d'offrande et de possession. Il n'avait plus la possibilité de reculer. La seule issue, pour lui et pour elle, était maintenant en avant.

Ces petites mains qu'il avait prises dans les siennes, il les ouvrit et en offrit le cœur à la lumière bleue du ciel. Il ne prit pas la peine de les lire, il savait déjà ce qui était écrit.

— Tu n'as pas besoin de mes pouvoirs, dit-il. Tu as les tiens, ceux de Diane, ton ancêtre, qui courent dans tes veines...

— C'est vrai ? dit Viviane extasiée.

— Oui...

— Mais alors pourquoi je peux pas... je peux pas... ?

— Tu ne peux pas quoi ?

— Tout !... Voler ! Changer l'arbre en rivière ! Faire venir un oliphant dans la fontaine ! Je peux pas !... Je peux pas !...

Elle avait libéré ses mains des mains de Merlin et les agitait en tous sens, trépignait, se mettait en colère.

— Calme-toi, dit Merlin. Tu as les pouvoirs, mais pour t'en faire obéir tu dois connaître le nom et le signe de chacun. Comment veux-tu qu'il t'obéisse si tu ne l'appelles pas par son nom ?

— Mais je ne les connais pas ! gémit-elle, désolée.

— Je te les apprendrai...

— Tu les connais ?

— Bien sûr !...

— Oh, apprends-moi ! Apprends-les-moi ! Apprends-moi tout ! Maintenant !

— Non, dit Merlin. Il faut du temps, et il faut que tu prennes du poids... Si tu essayais d'utiliser certains pouvoirs maintenant, c'est eux qui seraient les maîtres et t'utiliseraient... Je vais t'en nommer un qui est sans danger. Ecoute et répète...

Il prononça un mot d'une langue ancienne et le lui fit répéter pendant plusieurs minutes. Il était difficile à articuler. Il fallait à la fois le dire, le souffler et le siffler un peu. Cela ressemblait à « sfulsfsuli... ». Mais ça ne peut pas s'écrire...

— Bon ! Bien ! dit Merlin souriant. Ça va à peu près. Il comprendra !... Maintenant, dis-le en touchant en même temps ton nez et ton menton... Comme ça...

— Et qu'est-ce qui va se passer ?

— Tu verras bien !... Allez !...

Elle mit le bout de son index sur le bout de son nez et son pouce sur son menton et dit-siffla-souffla « sfsulsfsuli... ».

Alors naquirent dans l'air un, puis deux, cinq, vingt, puis un peu partout autour d'elle, une foule d'oiseaux multicolores, comme elle n'en avait jamais vus ni même imaginés, de couleurs éclatantes ou exquises, pépiant et chantant et tournant autour d'elle tandis que dans l'herbe poussaient et s'épanouissaient les fleurs de tous les printemps du monde, d'où s'envolaient des papillons.

— Oh !... Oh !... Oh !...

Elle ne savait rien dire d'autre, elle était submergée par la joie de ce qu'elle voyait et de ce qu'elle sentait dans tout son corps, qui lui semblait habité partout par des oiseaux volants en train de chanter.

Elle se jeta contre Merlin, le serra dans ses bras, se souleva sur les orteils pour l'embrasser.

— Merci ! Merci !

Elle s'écarta de lui avec autant de vivacité, et leva ses deux bras vers les oiseaux qui tourbillonnèrent autour de ses mains et s'y posèrent en bouquets.

— Tu n'as pas à me remercier, dit Merlin, tout cela était dans toi. Quand tu voudras que cela cesse, tu penseras « fini ! », et ce sera fini.

Elle le pensa, et les fleurs se replièrent, les papillons se fermèrent, les oiseaux devinrent transparents comme des vitraux envolés, et en un instant tout devint pâle et disparut.

— C'était un enfantillage, dit Merlin... Bien que tu sois encore très fragile, il faut que je te nomme maintenant un autre de tes pouvoirs, grave, important, que tu vas devoir utiliser tout de suite. Il va te prendre beaucoup de forces, dangereusement. Mais quelqu'un a besoin de toi...

Le temps arrêté reprit son cours, et le sang recommença à couler de la tête fendue du roi Arthur et de son flanc déchiré. Viviane s'agenouilla près de lui et promena ses mains au-dessus de ses blessures, en murmurant un nom ancien.

Le sang cessa de couler, les blessures se fermèrent, les os fendus se ressoudèrent et les cheveux repoussèrent. Le sang répandu sur l'herbe disparut, la source redevint bleue. Arthur, sans rouvrir les yeux, s'allongea sur le dos, soupira d'aise et s'endormit.

Viviane tremblait. Elle se sentait pareille à un sac vide. Elle s'écroula en travers du corps d'Arthur, s'en retira péniblement, s'allongea près de lui et s'endormit à son tour. Le cheval broutait l'herbe tendre.

Arthur se réveilla presque aussitôt. Il avait retrouvé toutes ses forces. Il se sentait aussi frais qu'au début du jour. Il se leva, regarda autour de lui avec étonnement, ne se souvenant de rien, ne comprenant rien. Que faisait-il en ce lieu ? Comment y était-il venu ? Qui était cette enfant endormie dans l'herbe ? Il se pencha vers elle, vit qu'elle était très belle et très lasse et sentit une grande envie de la prendre dans ses bras pour la bercer et lui dire des paroles douces.

Mais une vive lumière détourna son attention. Tournant la tête, il vit, au profond de la source, couchées sur un lit de sable, ses deux épées qui l'attendaient. L'une d'elles étincelait. Il la reconnut, et le souvenir de son combat contre le géant lui revint d'un seul coup. Il se mit à rire de joie, puis redevint grave. Où en était la bataille ? Que s'était-il passé pendant que par faiblesse et lâcheté il s'était endormi ?

Il plongea ses bras dans l'eau, saisit ses deux épées, baisa leurs lames fraîches, remonta sur le cheval et s'en fut au galop.

Devant Merlin, le cèdre trembla et devint rouge. A une lieue à la ronde, tous les oiseaux s'envolèrent en piaillant.

— Ah ! Ah !... ricana la voix du Diable, contrairement à ce que tu crois, tu ne l'as pas sauvé !... Et toi tu t'es perdu !... N'insiste pas dans cette Quête stupide ! Reviens avec moi, mon fils !...

Merlin coupa deux brins d'herbe, les disposa en croix, et les tenant entre le pouce et l'index, tendit droit sa main dans la direction du cèdre.

Le Diable poussa un hurlement, comme si on lui avait fendu la peau du ventre avec un tesson de verre. Sa voix décrut et s'éteignit, et le cèdre disparut.

Quand Viviane, réveillée par le tumulte des oiseaux, arriva en courant au carrefour des mules, Merlin n'était plus là.

Il est temps d'expliquer comment Merlin naquit. Du moins cette fois.

En ce temps-là...

— *Qu'est-ce que ça veut dire « ce temps-là » ? Quel temps-là ?...*

Ça veut dire il y a plus de mille ans, nettement plus. Il est difficile d'être précis, et d'ailleurs inutile. C'était en ce temps-là...

Les anciens dieux n'étaient pas morts, ils vivaient dans les forêts, les lacs et les sources, les hommes les connaissaient, les rencontraient parfois, ne les craignaient guère. En échange d'une aide, d'une faveur ils leur faisaient des cadeaux, un pigeon, des fleurs, une poupée, un plat de pois au lard, à la mesure de leurs moyens, qui étaient minces. Les dieux ne se montraient pas exigeants. Ils étaient pauvres et modestes, comme eux.

Mais dans ce bout du continent qui avait encore des noms changeants, un dieu nouveau s'avançait, venu de Jérusalem, où il était mort et ressuscité, en même temps qu'il régnait en permanence dans les cieux.

Il balaya devant lui les autres dieux. Ce n'était pas qu'il refusât le partage : il n'en avait même pas l'idée. Il était l'Unique, il occupait la totalité de l'espace et du temps, qu'il avait créés. Il eût, malgré cela, bien toléré les autres dieux, ils ne le gênaient pas, ils étaient éparpillés, minuscules, ils ne se différenciaient pas essentiellement de lui, ils étaient son propre reflet émietté par les miroirs de la vie. Mais une armée de prêtres et de moines intolérants ratissaient en son nom les campagnes, proclamant qu'il était un dieu jaloux, ce qui était faux, à son niveau on ne peut être ni jaloux, ni vengeur, ni justicier. La justice se fait d'elle-même dans le cœur des vivants.

Les prêtres et les moines, les uns sincères, les autres calculateurs, tous dans l'erreur, promettaient et menaçaient en Son Nom, promettaient à ceux qui L'adoraient et Lui obéissaient les délices d'une moelleuse vie éternelle et menaçaient les mécréants des souffrances abominables de l'Enfer.

C'est ainsi que, par leurs sermons et leurs vociférations, ils coupèrent l'Unique en deux.

Dans l'esprit des croyants alléchés et épouvantés, il y eut désormais en haut le Dieu blanc, dispensateur de la félicité, et en bas le Dieu noir aux dents sanglantes et aux mains de feu, qui guettait leurs défaillances. C'est ainsi que le Diable, puisqu'ils croyaient en son existence, exista.

En peu de temps — deux ou trois siècles — moines et prêtres conquérants occupèrent le Continent et les îles, au nom de l'Unique, et avec l'aide de la crainte qu'inspirait Son Ombre. Les anciens dieux s'étaient réfugiés dans le fond des sources ou les racines des arbres, dans l'attente d'un temps meilleur où il leur serait de nouveau permis de se montrer et d'aider les humains, dans la limite de leurs pouvoirs et dans l'immense bienveillance de l'Unique père de tout.

Les humains, jeunes et vieux, mâles et femelles, continuaient de vivre avec Dieu et le Diable comme leurs anciens l'avaient fait avec les anciens dieux, c'est-à-dire dans une familiarité de tous les instants. Dieu était là, avec eux, quand ils mangeaient la soupe, récoltaient les fèves, tissaient le lin, forgeaient la charrue, bottaient le cul du porc qui s'en prenait aux navets au lieu de se contenter des glands sous le chêne. Dieu ne les quittait jamais, Il accompagnait tous leurs gestes, écoutait toutes leurs paroles, dont beaucoup s'adressaient à Lui. Ils Lui parlaient, moins pour Lui demander Ses faveurs ou Son aide que simplement parce qu'Il était là, familier, écoutant amicalement tout ce qu'on Lui racontait. Cette présence était merveilleusement réconfortante, c'était une cuirasse de duvet autour de l'existence. On n'était jamais seul, jamais abandonné. Dieu était là.

Le Diable aussi, bien sûr. Un peu plus loin, à l'écart, mais veillant et surveillant, l'œil vif comme l'hameçon, partout, dans les coins d'ombre, sous les lits, dans le grand soleil paresseux, au dernier rayon du placard, au fond de la bourse, guettant les défaillances, ses griffes ouvertes prêtes à se refermer plus vite que l'éclair.

Les humains le craignaient beaucoup, mais faisaient confiance à Dieu pour les protéger, et à Son fils, pour leur pardonner s'ils fautaient.

Ainsi vivaient-ils en compagnie permanente et familière avec Dieu bienveillant et le Diable furieux. Cela donnait à leur vie signification et plénitude.

Furieux, le Diable l'était de plus en plus, car malgré l'aide des moines et des prêtres qui allongeaient chaque jour la liste des fautes impardonnables, son Enfer restait vide. Totalement vide. Jésus pardonnait !...

Un soir, alors qu'il était minuit moins cinq en Bretagne, le Diable parcourait son Enfer souterrain en se broyant les dents de rage. Sa longue Avenue des Tortures, qui allait des Champs-Elysées à Broadway, était absolument vide. Pas une âme ! Vides les tours de béton, les usines de fer ! Inutiles les marteaux à défoncer les oreilles, les roues à écraser, les musiques à désosser, les plages à rôtir, les mers empoisonnées, les piscines de chlore, les entonnoirs à pétrole, les abattoirs, les cages à poules, les sifflets, les hurlements, les tremblements, les abominations et les dévastations, tout fonctionnait à merveille mais à vide, vide, vide !...

Que faire ?

Le Diable est unique, et en même temps légion. A chacun de ses pas, un autre lui-même surgissait de lui et se mettait à le suivre. Et comme il allait de plus en plus vite, il y eut bientôt une multitude de Diables qui tourbillonnaient sur les places et les avenues d'enfer, emplissaient les immeubles cubiques, en coulaient par les fenêtres, se grillaient sur le sable, grouillaient dans la mer de Capri à Vladivostok. Des nuages et des nuages noirs de méduses diaboliques et de taupes cornues infernales fouissaient la terre et les eaux. Et chacun de ces milliards de diables se broyait les dents de fureur.

— J'ai une idée ! cria soudain le Diable numéro sept-cent-quatre-vingt-douze.

Tous les autres se tournèrent vers lui. Il grandit, pour être vu et entendu. Il dépassa la plus haute tour de verre et d'acier. Une fusée à décerveler lui entra dans une oreille et sortit par l'autre, sans qu'il la sentît.

— Alors quoi ? dit un milliard de voix.

— Si nous n'avons plus personne ici, c'est à cause de Son Fils ! Il est venu sur Terre pour sauver les âmes, Il est descendu jusque chez nous, Il nous a tout pris, même Caïn et Judas, et Il ne laisse plus descendre personne ! Il pardonne, Il pardonne, Il pardonne, c'est horrible !...

Et le sept-cent-quatre-vingt-douzième se mit à sangloter et à grincer des dents. Et ses larmes creusèrent de nouvelles salles infernales jusqu'au centre de la Terre. Vides, vides, vides...

— On le sait ! dirent deux milliards de voix. Et alors ?

Sept-cent-quatre-vingt-douze cracha six rangées de canines aiguës, et dit :

— Alors, faisons-nous, nous aussi, un fils sur Terre ! Il sera présent partout, il poussera les hommes et les femmes dans le mal, et nous les expédiera avant qu'ils aient eu le temps de se repentir !

— Ouaiai ! hurlèrent les méduses et les taupes cornues, enthousiastes.

— D'accord ! dit le Diable à lui-même. Exécution !...

Et à minuit moins deux il se posa sur le lit d'une fille vierge qui dormait nue comme il était d'usage en ce temps-là, et les jambes ouvertes parce qu'on était au mois d'août et qu'il faisait chaud.

Il n'éprouva aucune difficulté à faire ce qu'il avait à faire. Il aurait aimé y prendre plaisir, comme les hommes qu'il avait vus si souvent se tortiller en d'incompréhensibles ravissements, mais ce fut comme s'il avait trempé son gros doigt dans l'eau torride d'un bénitier. Il se retint de hurler, lâcha sa semence diabolique, et s'enfuit.

— Mais qu'est-ce qui m'arrive ? Mais qu'est-ce qui m'arrive ? se demandait l'innocente en son sommeil.

Elle s'éveilla et se rendit compte qu'effectivement il lui était arrivé quelque chose, et n'y comprit rien du tout, la porte de sa chambrette étant maintenue de l'intérieur par le dossier d'une chaise qui se trouvait toujours en place, et le fenestron à peine assez large pour laisser passer le chat...

Quand le jour fut levé, elle courut tout raconter à son confesseur, qui comprit qu'il y avait là un exploit diabolique, et alerta Dieu aussitôt.

Naturellement, Celui-ci était au courant. Rien ne Lui échappe. Il savait donc aussi qu'un petit enfant mâle avait été conçu de l'œuvre du démon. Il était déjà gros comme la moitié d'une lentille.

Dieu l'appela :

— Tu m'entends, petit.
— Oui, Dieu.
— Tu sais qui t'a fait ?
— Oui, Dieu.
— As-tu l'intention d'obéir à ton père ?
— Je ferai comme Vous voudrez, Dieu.
— Brave petit !... Tu as la bonne nature de ta mère... Je te laisse donc tous les pouvoirs que ton père t'a donnés, mais tu les utiliseras pour le bien au lieu de les employer à faire le mal.
— Oui, Dieu.
— Es-tu satisfait ?
— Oui, Dieu.
— Bon !... Veille sur ta maman, elle va avoir besoin de toi.

On se rend compte, par ce dialogue, que le futur enfant ne disposait pas encore d'un grand vocabulaire. Mais le lendemain il savait le latin, le grec, l'araméen et le chaldéen, et le jour d'après tous les mots du chinois. Aucun Chinois n'en sait autant. Dans les domaines des diverses connaissances il fit des progrès aussi rapides. Quand il sut *tout*, il décida de sortir de cet abri tiède et confortable, où il commençait à s'ennuyer. Il naquit sept mois et deux jours après sa conception.

Il se trouva au sommet d'une tour dans laquelle sa mère avait été enfermée. Ayant conçu hors du mariage et n'ayant pu désigner le père de son enfant, elle aurait dû, selon l'usage, devenir une prostituée. Elle refusa. Alors, toujours selon l'usage, elle fut condamnée à être brûlée sur un bûcher. Mais l'enfant qu'elle portait étant tout à fait innocent, sursis lui fut accordé jusqu'à son accouchement, pour que l'enfant pût être sauvé, et en tout cas baptisé. En attendant, on l'enferma, avec deux femmes chargées de veiller sur elle, dans une tour dont la porte fut murée. Elles recevaient leur nourriture dans un panier qu'elles descendaient au bout d'une corde. Il y avait à l'intérieur de la tour un puits dont elles utilisaient l'eau pour boire et se baigner. Les eaux usées s'écoulaient dehors par un trou du mur, avec tous les déchets, ce qui faisait pousser l'ortie. L'hiver fut très froid mais elles n'eurent pas besoin de faire du feu : il faisait chaud à l'intérieur de la tour, sans qu'elles pussent s'expliquer pourquoi. Il est évident que là où se trouve le fils du Diable il ne peut pas faire froid.

Les deux surveillantes de la jeune mère, qui étaient devenues ses amies, poussèrent des cris d'horreur en voyant surgir le nouveau-né, car il était couvert de poils comme un enfant sanglier. Mais sa mère le trouva très beau et adorable. Aux yeux de son amour, la rude toison n'était qu'un léger duvet à peine visible. Elle le nomma Merlin. Ce nom lui avait été inspiré par Dieu. Il signifie « *tu es mortel* ». C'était pour rappeler à celui qui allait le porter son humaine condition, et l'empêcher de se prendre pour la cinquième cuisse de Jupiter. En tant que fils du Diable il aurait pu prétendre à l'immortalité, mais Dieu la lui refusait. Certes il vivrait longtemps, très très longtemps, mais il devait savoir qu'il aurait à mourir, quand le temps viendrait.

Sa mère, le serrant sur son cœur et le baisotant de mille baisers, l'arrosait en même temps de ses larmes.

— Hélas, beau fils, disait-elle, je vais devoir te quitter !... Maintenant que te voilà né, ils vont venir me chercher pour me brûler sur un bûcher...

— Ne t'inquiète pas, mère, lui dit le nouveau-né d'une bonne grosse voix. Je ne permettrai pas que le moindre mal t'arrive à cause de moi. Porte-moi chez ce taré de juge et je vais arranger ça vite fait !

On voit que l'enfant avait fait de gros progrès dans le domaine du vocabulaire. Sa mère trouva tout naturel que son fils tout neuf sût déjà parler et raisonner, mais ses deux gardiennes en furent à la fois effrayées et émerveillées. Elles tombèrent à genoux et se signèrent, et de cet instant virent le bébé tel qu'il était, c'est-à-dire sans l'affreuse toison, avec une peau douce et dorée comme celle d'une pêche.

La jeune mère comparut de nouveau devant le juge, avec son enfant dans les bras. Celui-ci n'eut pas de peine à démontrer qu'elle était pure et innocente. Il le fit avec tant d'efficacité et de malice que tous les assistants s'extasièrent d'autant plus qu'il n'était alors âgé que de trois jours.

Le juge, ému, déclara à la mère :

— Puisque vous êtes innocente, au lieu de vous brûler vive, nous vous ferons bénéficier, avant le bûcher, d'une mort douce par le fer ou le poison.

— Vieillard stupide ! rugit le nourrisson, comment pouvez-vous condamner à mourir celle qui n'a rien fait ? Sentez-vous le remords qui vous agite ?

Tout le monde put voir le juge gigoter en tous sens sur son fauteuil, claquer des mâchoires et cogner des genoux. On eût dit un mulot secoué par un chien ratier. Il parvint à balbutier qu'il s'était trompé, et ordonna que la jeune femme fût mise en liberté.

Très éprouvée par ce qui lui était arrivé en moins d'un an, celle-ci se retira dans un couvent, où elle devint l'égale d'une sainte. Parfois, dans son lit, elle se souvenait de la visite qu'elle avait reçue pendant une nuit d'août, et cela la troublait. Dieu ne lui en voulait pas, il comprend parfaitement les tourments des femmes seules, et il lui envoyait des rêves apaisants.

On ne sait pas grand-chose de l'enfance de Merlin. Sans doute fut-il mis en nourrice et occupa-t-il son jeune corps à téter, ramper, marcher puis courir, tandis que son esprit faisait l'inventaire de ses pouvoirs et apprenait à les maîtriser. Il put certainement se libérer très vite de l'esclavage du temps, car c'est de cette époque que date le souvenir de sa folie, dont l'image le représente comme un vieil homme tordu, alors que d'après le temps banal il était encore un enfant.

Sa folie, c'était sa bataille contre le Diable. Celui-ci, frustré, volé, ridiculisé à ses propres yeux, s'était mis à haïr ce fils sur lequel il avait tant compté pour peupler sa Maison vide. Et il décida de le détruire.

Sa première attaque, qui aurait dû être définitive, fut comme l'éclatement d'une bombe dans la tête de Merlin. Sa mère avait fait à celui-ci un crâne solide, et par le seul fragment infinitésimal de son cerveau qui ne fut pas réduit en bouillie, il en reconstitua instantanément tout le reste. Mais il avait été projeté contre les murs avant de se mettre à tourner comme une toupie et de s'écrouler à terre plus plat qu'un tapis, à la grande stupéfaction et terreur de sa nourrice paysanne.

Il la rassura d'un mot, sortit de la chaumière et se transporta au cœur de la forêt de Brocéliande, afin de mener son combat sans effrayer personne.

Des bûcherons et des charbonniers l'aperçurent, vieil homme barbu et sale, vêtu de loques, se roulant à terre, hurlant, frappant les arbres de son bâton, sautant plus haut que les plus hautes branches ou bien restant immobile, assis au même endroit, pendant des jours et des semaines, sans boire ni manger, les yeux ouverts.

Malgré ce comportement étrange, ils n'avaient pas peur de lui. Car là où il se trouvait l'herbe poussait plus épaisse et plus verte, les feuilles des arbres se tournaient vers lui, et les oiseaux continuaient de chanter même lorsqu'il criait.

Ils pensèrent qu'il était un ancien dieu de la forêt revenu clandestinement, et qui avait peut-être, parfois, mal aux dents, ou des coliques, d'où ses crises. Dans ses périodes de calme, ils se hasardèrent à s'adresser à lui et il leur répondit avec amitié, ses yeux brillant de jeunesse dans son vieux visage fripé. Les paysans des alentours vinrent lui demander des conseils et des remèdes, pour eux ou leurs bestiaux. Il les donna, et ils furent efficaces. Mais il les donna au nom de Dieu et de Son Fils, qui ne sont qu'Un, avec le Saint-Esprit aussi. Ce qui rendait les paysans perplexes. Mais après tout, du moment que ça marchait...

Ce séjour en Brocéliande dura plusieurs années. Puis une nuit, à la veille de Pâques, il y eut au cœur de la forêt un tumulte épouvantable. Les paysans terrifiés virent de loin des flammes vert et rouge jaillir jusqu'aux nuages, des centaines d'arbres sauter en l'air avec leurs racines et retomber en braises, tandis que retentissaient les cris de mille démons écorchés, si effrayants que tous les porcs de la région se mirent à hurler comme lorsqu'on les égorge.

Tout redevint calme rapidement. Au matin, les parfums du printemps se répandirent hors de la forêt et quand des courageux se risquèrent à y pénétrer, ils ne virent aucune trace de ce qui s'était passé quelques heures auparavant. Les arbres verdoyaient leurs feuilles nouvelles et l'herbe fleurissait, et des petits lapins montraient le bout de leurs oreilles. Le vieil homme avait disparu.

Le Diable venait de livrer contre Merlin sa dernière bataille, et l'avait perdue. Il renonça de ce jour à détruire celui qu'il avait créé, mais non à le récupérer.

Merlin était retourné auprès de sa nourrice, qui ne se rappela pas qu'il se fût absenté. Il jouait au cheval-pentu avec des garnements de son âge quand il sut que s'approchaient les envoyés du roi Vortigern, qui cherchaient depuis des mois quelqu'un de bien difficile à trouver.

Vortigern était un mauvais roi, qui avait usurpé son trône à Uter Pandragon. Il gouvernait si hargneusement que son peuple et ses vassaux le haïssaient, et il savait que personne ne voudrait le défendre quand Uter Pandragon, qui aurait dû être roi à sa place, aurait rassemblé une armée pour l'attaquer.

Il décida donc de se faire construire, au centre du royaume, une tour si haute et aux murs si épais que personne ne pourrait la prendre. La tour commença de s'élever de terre. Elle était à la fois ronde, carrée et hexagonale. C'était une tour extraordinaire, bâtie d'après les instructions de ses devins et astrologues. Qui essayait d'en chercher la porte ne la trouvait pas, et revenait toujours au même endroit. Mais le quatrième jour de la quatrième semaine, les murs tremblèrent et s'écroulèrent, aplatissant tous les maçons.

Le roi Vortigern, qui avait failli être aplati aussi, eut une grande colère, et fit recommencer et accélérer les travaux. Et le cinquième jour de la cinquième semaine, les murs tremblèrent et s'écroulèrent. Cette fois-ci, les maçons furent saufs, s'étant enfuis au premier frémissement.

Le roi s'obstina, et la tour s'écroula encore le sixième jour de la sixième semaine, et le septième jour de la septième.

Les devins, qui avaient essayé toutes leurs magies sans parvenir à empêcher la tour de se conduire de façon aussi saugrenue, virent dans sa dernière chute une raison de se réjouir.

— Sire, dit au roi l'un d'eux, tandis que les autres l'approuvaient en hochant la tête, la tour maintenant ne s'écroulera plus : une semaine n'ayant que sept jours, elle ne pourra pas se mettre à trembler le huitième jour de la huitième semaine ! Elle restera donc debout !

— C'est logique ! dit le roi.

Il mit dix fois plus de maçons au travail. Les murs s'élevèrent à merveille. Une semaine passa, trois semaines, cinq semaines... A la septième semaine, la tour mesurait vingt toises de haut. La huitième semaine fut entamée. Un jour, cinq jours, six jours... A la fin de la dernière heure du septième jour, elle était toujours debout.

— Voyez, Sire, comme nous avions raison ! dirent les devins.

Le roi se réjouit et fit servir aux maçons deux tonneaux de cidre aigre.

La tour s'écroula le premier jour de la neuvième semaine. Elle ne comptait pas à la façon du calendrier, mais le compte des jours y était.

Le roi ordonna qu'on pendît ses devins, l'un après l'autre dans l'espoir que les derniers, au spectacle de l'agonie des premiers, auraient enfin une idée efficace.

Ce fut le douzième qui poussa un cri au moment de passer sa tête dans la corde :

— Sire ! Je sais ! Je connais le remède !

— Pas trop tôt ! grogna le roi. Pourquoi n'as-tu rien dit avant ?

— Je viens d'avoir comme une illumination, dit le devin.

C'était vrai. Le Diable venait de l'inspirer, essayant une fois encore, par moyen indirect, de réussir ce à quoi il n'avait pu aboutir directement.

— Sire, dit le devin en se frottant le cou, pour que la tour demeure solide, il faut arroser ses fondations avec le sang d'un enfant sans père.

C'était une condition bien extravagante. Les enfants sans père ne sont pas communs. Les bâtards, oui. Mais sans père...

Le roi Vortigern, pourtant, ne douta pas que le devin eût dit la vérité. Il le fit pendre quand même, pour le cas où il se serait trompé, et envoya douze messagers dans six directions chercher l'enfant nécessaire à sa tour.

Quand Merlin sut que deux d'entre eux s'approchaient de son village, il se mit à gagner sans arrêt au cheval-pentu, si bien que les autres gamins, furieux, l'insultèrent et lui jetèrent des cailloux en le traitant d'enfant sans père.

Les deux envoyés de Vortigern les entendirent et s'approchèrent au petit pas de leurs grands chevaux fatigués.

— Lequel d'entre vous est un enfant sans père ? demandèrent-ils.

— C'est moi, dit Merlin. Je suis celui que vous cherchez. Vous devez m'emmener au roi Vortigern pour qu'il me fasse couper le cou au-dessus des fondations de sa tour.

— Comment sais-tu tout cela ? demandèrent-ils, stupéfaits.

— Je sais bien d'autres choses ! dit Merlin en riant. Emmenez-moi !

Mais les deux hommes n'osaient s'emparer de lui. Il était si gai et si beau avec ses grands yeux verts et ses cheveux bouclés qu'ils ne pouvaient supporter l'idée de l'emporter vers le roi qui voulait le sacrifier.

— Ce n'est pas toi ! protesta l'un d'eux, tu es trop petit...

— Tu es trop grand, dit l'autre.

— J'ai sept ans, dit Merlin. N'est-ce pas l'âge qu'on vous a dit ?

— Si, hélas, si !...

Et les deux hommes se mirent à sangloter, leurs larmes trempant leurs barbes poussiéreuses.

— Ne pleurez pas, dit Merlin gentiment, et n'ayez pour moi aucune inquiétude !...

Pour les consoler, il les fit jouer avec lui et les enfants du village à cheval-fondu et à cheval-plumé. Ils oublièrent leur peine et gagnèrent chacun leur tour trois châtaignes. Réconfortés, ils se retrouvèrent sans savoir comment devant le roi Vortigern, avec Merlin qui riait.

— Roi, mauvais roi, dit Merlin, me voici ! Tu peux me faire

couper la tête si tu veux, mais la tour continuera de s'écrouler, et personne ne pourra plus te dire pourquoi, car je suis le seul à le savoir.

— Mes devins...

— Tes devins sont des ânes, dit Merlin. Mais ce n'est pas leur faute s'ils se sont trompés, un âne ne sait que braire. Et le Malin s'en est mêlé...

— Alors, dis-moi la cause, et si tu dis vrai, tu auras la vie sauve.

— Ma vie ne dépend pas de toi, dit Merlin. Ta tour s'écroule parce que sous ses fondations se trouvent deux gros vers endormis. Chaque fois que l'un d'eux s'éveille et se retourne, la terre tremble et la tour s'écroule.

— Des vers ?

— Des vers !

— Si gros que ça !

— Encore bien plus gros !

— On va bien voir ! Qu'on creuse ! hurla le roi.

Cent quatre-vingt-sept terrassiers se mirent à creuser avec pioches et pelles, et au bout de quelques heures l'un d'eux enfonça son pic dans quelque chose de mou. C'était le dos d'un ver qui, surpris, se retourna, renversant tous les terrassiers et faisant voler la terre. A côté de lui, un autre ver, réveillé par son mouvement, s'agitait à son tour, tandis que s'enfuyaient les hommes épouvantés. Les deux vers étaient grands et gros chacun comme le clocher d'une église. L'un était blanc, l'autre était noir.

Libérés de la terre qui pesait sur eux, ils se tortillèrent si bien qu'ils jaillirent à la surface du sol, se changèrent en dragons, s'envolèrent et se jetèrent l'un sur l'autre en hurlant et en crachant des flammes.

Après un bref combat, le dragon noir fut complètement consumé et réduit en une poignée de cendres que le vent emporta, tandis que le dragon blanc redescendait à terre, y prenait racines et se transformait en un chêne majestueux, au sommet duquel vint se poser une couronne d'or.

— Tu avais donc raison ! dit le roi quand il fut revenu de sa stupéfaction. Dis-moi quel est ton nom.

— Merlin, dit Merlin.

Et ce fut la première fois que la Bretagne entendit son nom, car sa mère et lui l'avaient jusque-là tenu secret.

— Et je vais te dire, ajouta l'enfant merveilleux, ce que signifie le combat des deux dragons : le dragon noir, c'est toi, le dragon blanc est Uter Pandragon dont tu as usurpé le trône et qui vient vers toi avec son armée pour le reconquérir. Il te battra et te tuera, et de lui naîtra un fils qui sera le plus grand roi du monde, et dont ce chêne te montre l'image.

— Qu'on abatte ce chêne ! hurla le roi Vortigern.

Mais quand les bûcherons arrivèrent avec leurs cognées, le chêne se changea en un grand cheval couleur de sable, qui s'en alla paisiblement vers l'horizon, balançant sa tête couronnée d'or.

Et Vortigern fut battu et tué par Uter Pandragon, et de celui-ci naquit Arthur.

Viviane ne retrouva pas Merlin au carrefour des genêts, d'où l'arbre bleu avait également disparu. Pour s'assurer qu'elle n'avait pas rêvé, car en se réveillant près de la source elle n'avait retrouvé trace ni du chevalier ni du sang de ses blessures, et au carrefour rien ne rappelait qu'elle y eût vraiment rencontré l'Enchanteur, elle baissa la tête et murmura-souffla-siffla « sfulsfsuli ! » en se touchant le nez et le menton. Aussitôt, des oiseaux se mirent à surgir de l'air, chantant et voletant en toutes couleurs. Rassurée, ravie, Viviane courut vers le château de son père.

Celui-ci, monté sans selle sur un gros cheval gris placide de la race du royaume de Perche, était en train de discuter avec un de ses bergers qui gardait une centaine de moutons dans la prairie devant le château. Au milieu de cette prairie se trouvait un rocher bas en forme de tombeau sur lequel semblait gravée la vague silhouette d'une femme aux yeux clos. Les paysans disaient que c'était le tombeau de l'ancienne déesse Diane, qui avait dû, comme les autres anciens dieux, se retirer devant l'offensive des combattants du Dieu Unique en trois Personnes, et qui en était morte d'ennui et de tristesse.

Mais les dieux ne meurent pas. Quand le temps de leur puissance s'achève, ils se retirent en des lieux secrets ou se transforment en des phénomènes naturels qui leur permettent d'être présents sans qu'on les reconnaisse. Diane n'était pas morte, et le rocher n'était pas son tombeau mais peut-être un des lieux où elle se reposait.

Viviane arriva en courant et bondissant de joie, suivie par une longue écharpe multicolore d'oiseaux chantants. Et chacun de ses pas semait des fleurs dans l'herbe. Elle s'arrêta devant son père, leva son visage vers lui et ouvrit ses bras pour lui offrir tout son bonheur. Les oiseaux, en piaillant comme des enfants qui jouent, enveloppèrent de leur ronde le père et la fille et le vieux berger. Celui-ci hochait la tête en souriant et marmonnant : « Jolis oiseaux ! Jolis oiseaux !... » Il était plus réjoui qu'étonné. C'était une époque où se produisaient fréquemment des événements inexplicables, et quand ils étaient agréables on en profitait sans en faire un problème. On ne croyait pas uniquement à ce qui était raisonnable. La raison rétrécit la vie, comme l'eau rétrécit les tricots de laine, si bien qu'on s'y sent coincé et on ne peut plus lever les bras.

Le père de Viviane se nommait Dyonis. C'est le nom breton de Dionysos, l'ancien dieu des forêts, de la terre et des eaux, et du bonheur de vivre en amitié avec les animaux et les arbres. Peut-être le sang de Dionysos coulait-il, avec celui de Diane, dans les veines de Dyonis. C'était un homme brun, grand, très fort, jeune encore, aux yeux noirs graves et doux. Il portait les cheveux courts, et la moustache, mais non la barbe. Lorsqu'il souriait, ses dents éclataient de blancheur. Bien qu'il fût chevalier, il avait toujours refusé de s'armer pour la guerre ou le tournoi, mais personne ne doutait de son courage. Il élevait des bêtes et cultivait des fleurs nouvelles dans ses jardins où se promenaient avec orgueil des paons stupides et superbes qui portent toute leur gloire au derrière.

Ce jour-là, vêtu, comme un paysan, de grosse toile et d'un gilet de cuir qui laissait nus ses bras musclés, il était parti faire le tour de son petit domaine dont il aimait le moindre caillou, pour s'assurer que tout allait bien, et, si c'était nécessaire, intervenir et corriger.

Il fit un geste vers la prairie qui s'était couverte de fleurs, et vers les oiseaux qui se posaient sur les moutons et le berger et sur la tête de son cheval, tandis que d'autres naissaient dans les airs.

— Qui t'a donné tout ça ? dit-il.
— L'Enchanteur !...
— Ah !... Tu l'as rencontré !... Comment était-il ?
— Beau ! dit Viviane en joignant ses mains. Il est si beau !...

Dyonis sourit, heureux, un peu inquiet.

— Et tu vas les garder ?
— Non !... Ils rentrent chez eux si je pense un mot...

Elle pensa « fini », et les fleurs se fermèrent et les oiseaux devinrent transparents et disparurent, sauf quelques-uns qui l'accompagnèrent désormais partout où elle allait et dormaient dans sa chambre pour s'éveiller en même temps qu'elle. Il y avait une mésange jaune et noir, un guit-guit mauve et bleu, deux hochequeues qui vont toujours par deux, un bul-bul qui est gris avec le cul rouge et qui s'accroche aux branches la tête en bas, et, sans doute pour lui rappeler Merlin, un merlet de l'Ile Heureuse, qui est pareil à un merle de Bretagne, mais plus vif encore et pas plus gros qu'une prune.

Dyonis tendit sa main à sa fille qui s'y accrocha, et d'un élan la fit s'asseoir sur la croupe du cheval de Perche, qui était assez large pour y installer un bœuf. A pas lents et solides ils contournèrent le château jusqu'au bord du lac de Diane, qu'il dominait.

Venant du sud, un voile blanc grandit dans le bleu du ciel et descendit vers le bleu du lac, sur lequel il se posa. C'était un vol de cygnes qui se rendaient pour l'été en Bretagne d'Irlande.

— Es-tu content que j'aie rencontré Merlin ? demanda Viviane.

Elle attachait beaucoup d'importance au jugement de son père. Elle l'aimait et l'admirait parce qu'il était son père, mais aussi parce qu'il était un sage et un savant. Il connaissait les lettres, savait les tracer avec un brin de roseau fendu, et les assembler en mots et en phrases, et il savait les lire. Il avait enseigné cet art à sa fille. Les moines du couvent de Saint-Dénoué, tout proche, l'accueillaient avec respect et amitié. Il passait de longues heures dans leur bibliothèque, déchiffrant les secrets des connaissances dans de lourds manuscrits reliés de cuir de veau, aux pages décorées d'images en couleurs.

— Je n'ai pas à être content ou pas, dit-il. La rencontre a eu lieu, je n'y peux plus rien. L'Enchanteur n'a jamais voulu le mal de personne, si ce n'est des gredins. Si tu l'as rencontré c'est qu'il l'a voulu. C'est de lui que dépendra maintenant ce qui va s'ensuivre.

Pivotant sur ses hanches, il prit dans son bras droit sa fille et la ramena devant lui contre sa poitrine où elle se blottit.

— Mais cela dépendra aussi de toi, dit-il. Un enchanteur n'est pas forcément plus fort qu'une femme, même si elle n'est qu'un petit bout de femme comme toi !...

Merlin, sous l'apparence qu'il avait eue à son arrivée à Carohaise, cheval brun, robe verte, barbe rousse, rejoignit Arthur alors que celui-ci galopait vers la bataille dont il se rappelait s'être éloigné pour poursuivre Frolle.

— Je ne sais plus d'où je viens ! dit Arthur. Je me suis battu contre Frolle. L'ai-je tué ? Puisque j'ai son épée...

— Tu ne l'as pas tué, dit Merlin. Tu lui as crevé l'œil, ôté la joue et fracassé l'épaule. Il a laissé tomber son épée, et a été emporté par son cheval, devenu fou parce que tu lui avais tranché l'oreille...

— Frolle m'a frappé à la tête avec sa masse de cuivre et arraché les cheveux avec la peau, et j'étais ouvert au côté par la lance de Ponce Antoine. Je n'ai plus de blessure et ne sens plus rien ! Est-ce toi qui m'as guéri ?

— Ce n'est pas moi, dit Merlin.

Arthur brandit Marmiadoise, et tout le paysage en fut illuminé.

— L'ai-je gagnée loyalement ?

— Tu l'as bien gagnée, elle est à toi !...

— Ouaaahaaa !...

Poussant un cri de joie et de victoire, Arthur piqua des deux vers le combat, Marmiadoise dans sa main droite et Escalibur dans la gauche.

Mais tout était terminé. Le dernier ennemi avait fui, et sur le champ de bataille, comme un peuple de fourmis, grouillaient les paysans et les petites gens de la ville, occupés à soigner ou à achever les blessés selon leur camp, et à enterrer les morts vaincus après les avoir dépouillés de tout, y compris leur chemise. Plus d'un cheval de guerre devint de ce jour-là cheval de labour.

Les morts étaient peu nombreux du côté du roi Léaudagan, tant ses défenseurs avaient montré de fureur au combat. On les transportait dans la grande belle église de la ville, on les couchait côte à côte sur le sol, ils composaient un tapis d'héroïsme de l'autel jusqu'au porche. Mille cierges de cire brûlaient pour eux, les moines et les curés et l'évêque priaient et chantaient des psaumes, et les pierres de l'église chantaient avec eux. La foule agenouillée sur la place et dans les rues avoisinantes priait pour le salut de l'âme de ceux qui étaient morts sans confession.

Les amis d'Arthur, ne le voyant nulle part, étaient partis à sa recherche. Ce fut Gauvain qui, dans la forêt, trouva sa lance et des traces de sang. Fou d'inquiétude et de douleur, il hurla le nom d'Arthur aux quatre directions du vent et ne trouvant pas son corps, regagna Carohaise partagé entre l'espoir et le chagrin. Il avait vingt ans, il aimait tendrement Arthur et le considérait comme un jeune frère qu'il devait protéger. Il pouvait le faire, car il était fort et dur comme un chêne, et personne n'était capable de résister au choc de sa lance. Il était le neveu d'Arthur, fils de la demi-sœur de ce dernier, mais Arthur le nommait par amitié son cousin.

Gauvain retrouva Arthur au château du roi, et faillit lui briser les côtes tant il le serra contre sa poitrine. Tant que durèrent les aventures, Arthur n'eut jamais de meilleur ami que Gauvain. Si ce n'est Merlin.

Le roi Léaudagan était riche. C'était l'appât du pillage qui lui attirait tant d'ennemis. Il fit distribuer des cadeaux à tout le peuple et de grandes largesses aux chevaliers. Mais il tenait à honorer particulièrement les quarante et un dont il ne savait toujours pas qui ils étaient. Il les invita à souper et coucher dans son château.

La reine elle-même et sa fille Guenièvre, et les dames et les demoiselles de la cour, les désarmèrent, les dévêtirent et les baignèrent dans de grands baquets de bois de frêne pleins d'eau chaude aromatisée d'herbes propres à effacer la fatigue et les meurtrissures. Puis les vêtirent de riches robes de fourrure et les conduisirent aux tables qui venaient d'être dressées. Le roi fit asseoir Arthur à sa droite et Merlin à sa gauche, et Guenièvre, qui avait revêtu ses plus beaux atours, vint s'agenouiller devant Arthur pour lui présenter à boire dans la coupe du roi. Elle était très belle, blanche et rose de teint, avec de très grands yeux bleus, de longs cheveux tressés couleur de blé mûr, sur lesquels reposait une petite couronne d'or signifiant qu'elle était l'héritière du royaume, les autres enfants du roi étant morts. Et un collier de précieuses pierres de la couleur de ses yeux enserrait son cou trois fois avant de descendre sur le haut de sa robe que tendaient ses seins ronds et durs comme des pommes de septembre.

Dans ses yeux se lisait toute son admiration pour le chevalier qu'elle servait, et celui-ci, de son côté, la regardait avec beaucoup de plaisir.

Cet attrait réciproque satisfit Merlin qui vit là l'occasion d'engager Arthur sur la voie droite de la vertu conjugale. Il fallait qu'il fût chaste pour la quête du Graal, et le sacrement du mariage place l'œuvre de chair hors du péché.

— Votre fille est belle, dit Merlin au roi Léaudagan, comment se fait-il qu'elle ne soit pas encore mariée ?

— Elle n'a pas quinze ans, dit le roi, elle a le temps...

— Si elle a le temps, vous ne l'avez plus guère, dit Merlin. Il serait bon que vous pensiez à vous choisir un gendre capable de défendre votre peuple et vos biens.

— Il m'en faudrait un qui ressemblât au chevalier qui les a défendus aujourd'hui, dit le roi. Bien que je ne sache qui il est, s'il veut ma fille, je la lui donne, et mon royaume sera le sien.

Et il se tourna franchement vers celui dont il venait de parler.

— Le roi attend ta réponse, dit Merlin à Arthur.

Et voici la façon dont celui-ci répondit : il se leva, fit le tour des tables, s'approcha de Guenièvre toujours agenouillée, la releva, et à son tour s'agenouilla devant elle, en lui tenant les mains.

Merlin dit alors au roi Léaudagan :

— Sire, quels que soient votre rang et vos honneurs, sachez que vous venez de donner votre fille à plus haut que vous. Celui qui a sauvé aujourd'hui votre royaume est Arthur, roi du royaume de Logres, à qui vous devez allégeance. Et voici son cousin Gauvain et ses frères, fils du roi Lot, et voici Ban, roi de Bénoïc, et Bohor roi de Gannes, et Sagremor, fils de l'empereur de Constantinople...

Et il nomma à Léaudagan tous les rois et fils de rois qui s'étaient si bien battus pour lui, et qui se comportaient maintenant si vaillamment devant ses viandes.

La joie du vieux roi fut telle qu'il faillit en mourir. Mais il avait une solide carcasse, il l'avait bien montré, lui aussi, au combat. Il plia le genou devant son suzerain qui le releva aussitôt et lui donna l'embrassade.

Guenièvre croyait rêver. Alors que le matin elle craignait la mort pour son père et un sort pire pour elle, voilà qu'elle se trouvait fiancée au plus grand roi de Bretagne, qui était aussi le plus vaillant et le plus beau. Tout cela était-il vrai ? N'était-ce pas un enchantement de l'homme à la robe verte ?

Mais elle était déjà assez femme pour savoir bien séparer la réalité des mirages, même si ceux-ci sont parfois nécessaires pour faire accepter celle-là. Et quand elle posa ses deux mains sur son cœur si bien protégé par son sein parfait, elle sut que Dieu venait de donner à l'un et à l'autre un maître pour la vie.

En quoi elle se trompait. Et Merlin se trompait aussi. Croyant avoir engagé Arthur dans une voie de sécurité, il venait de semer pour l'avenir la graine des pires désastres. Il avait des pouvoirs sur le monde matériel, mais il ne pouvait rien sur les sentiments des hommes et des femmes, pas même sur les siens...

Le lendemain furent célébrées les fiançailles, et, le même jour, les funérailles des héros. L'évêque bénit les morts et les vivants. Les chevaliers furent inhumés sous les dalles de l'église, et les pieds des générations de fidèles allaient effacer peu à peu leurs noms gravés.

Le mariage ne pouvait avoir lieu aussitôt, le roi Arthur devant aller défendre ses terres que les Saines commençaient d'assaillir par le nord et par l'est. Léaudagan offrit à Arthur la moitié de son armée, et les chevaliers s'en furent, toujours sous les armes, l'enseigne du roi déployée.

Chacun était suivi par son écuyer, ses valets et ses chevaux de bagage. Ce fut une longue procession qui disparut lentement au loin, derrière la poussière qu'elle avait soulevée. Guenièvre la regarda s'éloigner du haut de la muraille, le cœur à la fois plein de chagrin et de joie. C'était la première fois qu'Arthur la quittait et ce ne serait pas la dernière, elle le savait, la femme d'un chevalier reste souvent seule, et plus encore celle d'un roi.

Merlin avait décidé de ne pas accompagner Arthur. Fiancé, vainqueur, entouré de son armée, le jeune roi, pensait-il, protégé à tous les niveaux, n'avait pas besoin de lui jusqu'aux prochains combats. Il se trompait. Le Diable ne dort jamais.

L'Enchanteur se transporta au cœur de la forêt de Brocéliande et s'assit sur son pommier, dans son château d'arbres que les gens de la région connaissaient et nommaient *l'espluméor*, sans connaître le sens de ce mot, et personne ne le connaît encore aujourd'hui.

Il s'était construit ce refuge pendant son enfance, lorsque le Diable furieux se démenait en lui et lui déchirait l'esprit pour essayer de l'arracher à Dieu.

Submergé de douleur, secoué, tordu, écorché, lacéré au-dedans et au-dehors, quand il se sentait sur le point de sombrer dans la folie, il allait se jeter dans la source toute proche qu'on nomme fontaine de Baranton, et y trouvait soulagement. C'est une source dont l'eau bout bien qu'elle soit froide. Si on y plonge la tête d'un homme devenu fou, il y retrouve le bon sens, à condition qu'il l'ait eu auparavant, ce qui n'est pas courant. Merlin s'y plongeait tout entier, le Diable enragé donnait à l'eau la véritable chaleur de l'eau bouillante, mais pour Merlin elle restait fraîche et il en sortait apaisé, avec des forces renouvelées pour se défendre. Aujourd'hui, en souvenir du secours que la source apporta à l'enfant « surdoué », le village le plus proche se nomme *Folle Pensée*, ce qui est une déformation de *Fol Pansé*, c'est-à-dire « fou guéri ».

Cette fois encore, Merlin alla demander aide à la source, mais il en sortit aussi fou qu'il y avait pénétré, car sa folie était celle de l'amour, contre laquelle rien ne peut, que soi-même.

Il eut recours alors à la dangereuse conjuration de l'oubli, qu'il n'avait jusqu'à ce moment jamais utilisée. Près de la fontaine était couchée une lourde pierre rectangulaire qui aurait pu lui servir de couvercle, et qui l'était peut-être, et à côté de la pierre se dressait un arbre qui n'était pas de Bretagne mais des pays de la mer Méditerranée, un pin parasol au tronc rose dont les branches, très hautes, s'étendaient à l'horizontale sur toute la clairière. L'arbre était aussi vieux que la source, une chaîne d'or ceinturait son tronc puissant et se prolongeait jusqu'à la dalle de pierre. A son extrémité était fixé un gobelet d'or marqué de signes et de lettres que même les moines savants ne savaient pas lire. Merlin savait. Il plongea le gobelet dans la source, et répandit l'eau sur la dalle, en prononçant les mots inscrits dans l'épaisseur de l'or.

Aussitôt dix mille éclairs éclatèrent à la fois, formant un dôme de feu au-dessus de la forêt, dans un fracas ininterrompu, terrifiant.

Les bûcherons et les charbonniers s'enfuirent en courant, les paysans s'enfermèrent avec leurs animaux dans les étables sombres, le prieur du couvent de Saint-Dénoué fit sonner à la volée toutes les cloches, les bêtes de la forêt se tassèrent au fond de leurs tanières, l'eau de la source se mit à bouillir à gros bouillons et à projeter dans l'air des tourbillons de neige.

Merlin étendit son corps nu sur le sol, entre l'eau, la pierre et l'arbre, ferma les yeux et enfonça dans l'herbe ses mains aux doigts écartés.

Alors la pluie se mit à tomber, verticale, drue, claire, lourde, épaisse comme un bloc. Les éclairs s'arrêtèrent, il y eut encore dans l'air un sourd grondement qui peu à peu se tut, laissant la place au seul, immense bruit de la pluie. Elle tomba pendant des heures, peut-être des jours, c'était le temps de Merlin et il n'a pas la même durée que celui des humains ordinaires. Elle se fit moins drue, moins lourde, et le bruit de sa longue chute devint comme une chanson.

Le corps de Merlin avait disparu. Il s'était fondu dans la forêt, confondu avec elle, il était devenu bois vif, écorces, racines, feuilles vertes et feuilles mortes, graines germées, sèves montantes, odeurs mouillées, couleurs lavées que le soleil revenu chauffait et caressait. Il était dans tous les arbres, de tous âges et de toutes tailles, dans leurs branches et leurs feuilles, leurs fruits et leurs bourgeons. La bienveillance tranquille de la forêt et sa force sans limites l'emplissaient, et il emplissait la forêt de sa compréhension, de sa gratitude et de son amour.

A regret, il se retira d'elle et se retrouva près de la fontaine. Ce qu'il avait risqué, c'était de ne plus retrouver son apparence humaine et de rester absorbé dans la chair de la forêt. Il y aurait trouvé la paix immense et sereine, mais la paix n'était pas son destin.

Le Merlin qui réapparut entre la pierre et l'arbre fut l'enfant aux boucles folles et aux yeux tout neufs. Il sut, dès qu'il se retrouva, que son attachement à Viviane n'avait pas été délié et ne pouvait pas l'être, et qu'il allait en souffrir comme bois dans le feu, mais qu'il était bon qu'il en fût ainsi.

Il sut en même temps ce qui était arrivé à Arthur. Il se transporta aussitôt près de lui, trop tard.

Arthur, voulant faire plaisir à ses « cousins » Gauvain, Agravain, Guerrehès et Gaheriet, infléchit légèrement la marche de son armée de façon à faire étape en Orcanie qui était le royaume de leur père, le roi Lot. Mais lorsqu'ils arrivèrent en son château, le roi venait de partir avec la moitié de sa garnison pour se porter au secours d'une de ses places fortes attaquée par les Saines. Arthur décida d'aller dès le lendemain l'assister avec toutes ses forces. Gauvain et ses frères, sans prendre le temps de se reposer, volèrent à la rescousse de leur père.

L'armée bivouaqua hors des murs, les chevaliers reçurent l'hospitalité chez les seigneurs et les vavasseurs de la cité, et la reine reçut Arthur, Ban, Bohor et Sagremor dans sa demeure.

Le Conte de Bretagne est pareil à un fleuve qui rassemble les eaux d'une quantité d'affluents : ses personnages. Les uns sont impétueux, d'autres calmes et forts, certains sinueux, tous venant s'ajouter à son courant pour suivre la pente unique de la Quête. Au bout de l'Aventure se trouve l'Océan, la Coupe, le Graal...

Si on remonte l'un quelconque de ces cours d'eau, on le voit composé lui aussi de rivières et torrents, né de rencontres, d'alliances accidentelles ou voulues, parfois secrètes, toutes finalement ayant des conséquences sur les méandres ou les rapides du fleuve. Ainsi en est-il d'Arthur. En remontant le courant de sa vie avant qu'il fût roi, et même avant qu'il fût né, nous débusquerions des péripéties qui expliqueraient une partie de son comportement dans son présent et son avenir. Il ne sait que depuis peu d'années qu'il est le fils d'Uter Pandragon et d'Ygerne. Et il ignore les conditions étranges dans lesquelles il fut conçu. Nous ne les dévoilerons pas ici, car il nous faudrait nous embarquer pour une trop longue croisière. Il nous suffit de savoir ce qu'il sait, ce qu'il a appris en même temps que les noms de ses parents.

Il sait que la reine d'Orcanie, chez qui il vient d'arriver, est sa demi-sœur. Elle ne connut Arthur que lorsque celui-ci, adolescent hardi, triompha de l'épreuve qui fit de lui le roi de Logres. Elle avait été, dès cet instant, très troublée par lui. Le fait qu'il fût son demi-frère ne lui apparaissait pas comme une évidence. Il avait surgi dans sa vie comme un inconnu. Elle ne l'avait pas revu depuis, et lorsqu'elle se trouva en face du garçon superbe qu'il était devenu, elle en fut bouleversée. Il arrivait précédé par la gloire, accompagné de l'odeur des chevaux et des hommes en sueur, et de cette émanation non perceptible, à laquelle sont cependant si sensibles les femmes ayant atteint un heureux épanouissement : celle d'un homme brûlant et vierge.

Ses hôtes ayant été traités à grand honneur et grande liesse, la reine les fit conduire par ses demoiselles aux chambres qui leur convenaient. Pour honorer Arthur, elle le fit coucher dans la chambre du roi son époux, qui touchait la sienne. Alors qu'elle l'y accompagnait, et déposait près du lit le flambeau à six mèches d'huile, il continuait de lui conter la bataille de Carohaise, avec de grands gestes et des éclats de rire, car il ne voulait pas se vanter de ses faits d'arme, et les transformait en épisodes divertissants.

Elle restait debout près de lui et l'écoutait sans mot dire, et il se rendit compte, à la lueur des mèches parfumées, qu'elle tremblait, et devenait rouge, et qu'elle semblait attendre de lui autre chose que des récits héroïques. Peu à peu son débit se ralentit, il cessa de faire des gestes. Ses bras pendaient le long de son corps, une grande chaleur l'envahissait, il ne savait plus du tout ce qu'il devait dire, et moins encore ce qu'il devait faire.

Alors elle franchit la porte qui la séparait de sa propre chambre, et il fit ce qu'il n'aurait pas dû faire : il la suivit.

Elle gagna son lit. Il la suivit encore. L'habitude de coucher nu facilite les rapports humains. Les mains maladroites d'Arthur, rugueuses d'avoir tant serré les armes, trouvèrent des merveilles à explorer, et le firent avec délicatesse et une curiosité infinie.

Et le Diable, qui avait chaudement préparé tout cela, lui fit oublier, ainsi qu'à la reine, qui ils étaient et quels liens de sang les unissaient. Ils se réjouirent sans honte et sans crainte. Il fut d'abord maladroit et rapide, mais elle eut tôt fait de l'enseigner.

Arthur partit à l'aube avec son armée pour aller secourir le roi Lot. Afin d'éviter la poussière soulevée par les chevaux, il avait pris de l'avance et chevauchait seul, à une bonne lieue en avant. Parfois un de ses compagnons, ou son écuyer Girflet, fils de Do, arrivait au galop jusqu'à sa hauteur, s'inquiétant des dangers de sa solitude alors qu'on approchait de l'ennemi. Mais Arthur renvoyait tout le monde. Il n'aurait pu supporter d'échanger des propos avec quiconque, il était à la fois tourmenté et heureux, il avait besoin de réfléchir. Mais plus il réfléchissait, moins il savait comment il devait se juger. Ce qu'il avait fait cette nuit était condamnable, mais il n'arrivait pas à le regretter, il y pensait au contraire en souriant, il eût volontiers recommencé...

Mais elle était mariée ! Et elle était sa sœur maternelle !... Il avait commis un double péché très grave.

Au diable le remords ! Il se confesserait, et ne remettrait plus les pieds en Orcanie, et il ne lui resterait de cette nuit qu'un plaisant souvenir. Après tout, il n'avait causé de tort à personne...

A peine s'était-il accordé cette indulgence qu'il vit surgir d'un vallon devant lui un chevalier en long haubert de mailles rouges, coiffé d'un heaume empanaché de plumes rouges, ganté de fer rouge et qui arrivait sur lui au grand galop d'un cheval rouge. Ses bras étaient disposés à la façon dont il aurait tenu la lance et l'écu, mais il n'avait ni l'un ni l'autre, et pas davantage d'épée. Il fonça sur Arthur dans la position du combat en criant :

— Garde-toi, roi Arthur !

Arthur commença de tirer Marmiadoise, mais la renfonça dans son fourreau, ne voulant pas s'armer contre un adversaire sans arme, et qui lui paraissait fou. Pour éviter une collision, il fit faire un écart à son cheval, mais le chevalier rouge, en passant près de lui comme la foudre, le frappa d'un tel coup de poing à la poitrine qu'il fut projeté par-dessus le croupe de sa monture et se retrouva étendu sur le dos, la tête ébranlée et les poumons vidés par le choc.

Son adversaire avait sauté à terre et le bourrait de coups de pied en criant :

— Défends-toi, roi Arthur ! Arme-toi ! Te laisseras-tu rosser comme un porcher ?

Arthur se releva d'un bond, courut à son cheval, d'un seul geste tira Escalibur et en frappa au cou le chevalier rouge, qui l'avait suivi. Le coup aurait dû lui faire voler la tête. Mais l'homme avait saisi la lame tranchante à pleine main, arrachait l'épée à Arthur et la projetait contre un arbre dans lequel elle se planta en chantant.

Stupéfait, un instant immobile, Arthur se jeta avec ses deux poings nus contre son adversaire. Celui-ci le repoussa comme une plume et une fois de plus il frappa le sol de son dos.

L'homme lui mit un pied sur la poitrine, et il lui sembla qu'il était écrasé sous le poids d'une montagne.

— Tu étais plus vaillant la nuit dernière ! dit le chevalier rouge.

Il ôta son pied. Arthur ne bougea plus, sachant maintenant qu'il n'avait pas affaire à un adversaire ordinaire. Etait-ce un ange guerrier envoyé par Dieu pour le punir ? Son cœur tremblait.

— Qui es-tu ? demanda-t-il.

— Et toi ? Qui es-tu ?... Es-tu un roi ou un chien, qui se laisse entraîner par le premier élan du dard qui lui pointe au ventre ? Que peut-on faire de toi si c'est ton ventre qui commande ?

Il y eut un court silence puis le chevalier rouge soupira et répéta à voix basse, avec, semblait-il, une grande tristesse :

— Que peut-on faire de toi ?...

Il remonta sur son cheval, repartit au pas dans la direction d'où il était venu et disparut dans le vallon d'où il était sorti.

Arthur, profondément ébranlé par cette rencontre, après avoir à grand-peine récupéré Escalibur, remonta tout endolori sur son cheval, et, la nuit suivante, alors que l'armée dormait, se rendit dans la forêt proche où se trouvait un ermitage. Il se confessa à l'ermite et resta jusqu'à l'aube étendu les bras en croix à plat ventre devant l'autel, se repentant et pleurant dans la poussière. Il prenait conscience de sa faute et se rendait compte que, plus qu'une faute, c'était une chute. C'était ce que le chevalier rouge lui avait fait comprendre en le jetant à bas de son cheval. Et en faisant de lui, pour la première fois de sa vie, un vaincu. Il avait été vaincu par lui-même. Il s'était amputé d'une partie de sa maîtrise et de sa droiture. Il ne serait plus jamais le même.

Le chevalier rouge était Merlin.

Il avait voulu, sans se faire connaître, donner une leçon à Arthur, comme un père sévère et droit corrige son fils dont la conduite s'est égarée.

Cette leçon fut utile au jeune roi, qui, pour se racheter à ses propres yeux, redoubla de vaillance et de loyauté, au combat aussi bien que dans la direction des affaires du royaume.

Mais, pour Merlin, tout était à recommencer. Il lui fallait trouver ou susciter un autre chevalier qui pût devenir le meilleur chevalier du monde, sans la moindre faiblesse. C'est à ce moment que lui vint l'idée de créer la Table Ronde, qui susciterait l'émulation entre les meilleurs chevaliers de Bretagne et ferait surgir le meilleur des meilleurs.

Il fallait pour cela qu'ils fussent disponibles, qu'ils n'aient plus à se battre constamment contre les incursions des envahisseurs. Avec l'aide de Merlin, Arthur leur livra rapidement bataille. Les Alémans et les Romains se rembarquèrent pour ne plus revenir, les Saxons se retirèrent vers le nord, et l'horrible Claudas lui-même, roi de la Terre Déserte, quitta la Grande Bretagne avec ce qui lui restait de troupes.

Arthur, par son courage et sa générosité, s'était assuré la fidélité de ses vassaux. Pour son peuple, il était en train de devenir un héros de légende. Pour lui-même, il était toujours celui qui avait été vaincu par un chevalier sans armes, et il y avait gagné la véritable humilité, qui est la base de toutes les vertus.

Merlin l'aimait beaucoup et ne lui marchanda jamais son aide. Quand le royaume fut enfin en paix, il lui rappela qu'il avait une fiancée qui l'attendait en Carmélide, et qu'il était temps qu'il se mariât.

— Tic ! Tic ! Tic ! fit le merlet.

Posé près du visage de Viviane endormie, il lui picotait le bord de l'oreille en prenant soin de ne pas appuyer ses coups, car il avait le bec si fin et si pointu qu'il était capable d'attraper un moustique par une jambe.

— Sale bête ! grogna Viviane en ouvrant un œil. Qu'est-ce qui te prend ? Tu ne peux pas me laisser dormir ?

Mais elle ouvrit tout à coup ses deux yeux tout grand : l'arbre bleu était dans sa chambre !

Pour pouvoir y entrer il s'était réduit à la taille d'un rosier, et avait pris racine dans son lit, près de ses pieds. Il luisait doucement dans la nuit.

— Merlin ! cria Viviane.

Elle l'avait attendu si longtemps, jour après jour, sans le voir revenir ! Cela faisait maintenant plus de deux ans, et elle commençait à perdre espoir.

— Merlin !

Elle jaillit de son lit vers la fenêtre, et elle le vit à la lumière des étoiles, assis sur la bordure du puits, en train de l'attendre. Il se dressa, tendit les bras vers elle et dit : « Viens ! », et elle fut contre lui...

Elle sanglotait de joie et lui frappait la poitrine de ses petits poings avec colère.

— Pourquoi ? Pourquoi es-tu resté si longtemps ?

Il n'expliquait pas, il lui caressait le visage, il murmurait seulement : « Viviane... Viviane... », comme un chant de bonheur. Et elle était si heureuse qu'elle se mit à rire.

Elle prit le temps de le regarder, et s'aperçut qu'il avait changé. Lui-même ne s'était pas rendu compte que pour la rejoindre et mieux se rapprocher d'elle il s'était laissé glisser dans l'apparence de ses quinze ans. Il était si beau qu'elle recommença à pleurer. Et il baisa ses larmes, et ils s'embrassèrent et se serrèrent l'un contre l'autre, ils s'aimaient et le savaient et n'avaient pas besoin de le dire. Mais Viviane s'étouffait, c'était trop grand, trop fort, trop léger en elle, cela grandissait dans son corps et voulait le faire éclater, il fallait qu'elle le dise, et elle le lui dit et l'embrassa sur les lèvres. « Oh je t'aime tant !... » Elle avait fermé les yeux et elle appuyait sa joue contre sa poitrine et continuait de murmurer : « Je t'aime, je t'aime, je t'aime... »

Elle avait sauté nue de son lit, elle était nue dans ses bras et elle ne s'en souciait pas, mais pour la préserver de la fraîcheur de la nuit, et pour se préserver de la brûlure de son corps, d'un geste de la main il l'habilla avec une robe de voile de laine aussi léger qu'une fumée.

— Pourquoi, pourquoi es-tu resté si longtemps sans revenir ?

— Je ne voulais plus revenir du tout, je ne voulais plus te revoir jamais... Mais je n'ai pas pu...

Stupéfaite, elle répéta :

— Pourquoi ?... Pourquoi ?...

— Parce que je t'apporte la souffrance... Pas le malheur, mais la souffrance. Il y aura la même pour moi, mais si j'ai le droit de me l'infliger et de l'accepter, je n'ai pas celui de te la faire partager. Je ne voulais pas revenir, je ne voulais pas !... Et me voilà...

Il avait repris l'apparence de ses trente ans, et serrant contre lui l'enfant bien-aimée il baisait doucement ses cheveux qui sentaient le foin coupé dont était empli son oreiller de dentelles. Elle avait grandi, elle était maintenant une vraie femme toute fraîche, et il savait qu'elle serait de plus en plus belle à mesure que passeraient les années.

Elle leva les yeux vers lui et vit la forme de son visage se découper parmi les étoiles. Elle lui dit à voix basse :

— Quelle souffrance ? Quelle qu'elle soit, je l'accepte, pour être avec toi...

— Ecoute : plus nous serons ensemble, plus nous nous aimerons, plus nous serons malheureux... Pour une raison simple et terrible : tu es vierge, je le suis aussi, et nous devons le rester, sous peine de perdre nos pouvoirs...

Viviane frappa la mousse de son pied nu, dans un geste de colère, et cria :

— Les pouvoirs, je m'en moque !...

La lune de Diane se coucha.

Viviane avait dit : « Les pouvoirs je m'en moque ! », mais ce n'était pas vrai. Elle s'en rendit compte très vite, dès que Merlin lui eut révélé quelques autres des possibilités qui dormaient en elle. Ce n'était pas qu'elle attachât beaucoup de prix à chacune. Faire apparaître sur elle des vêtements splendides et des bijoux somptueux, déplacer un arbre ou une maison, transformer une prairie en désert ou en fleuve, marcher sur l'eau, voler, faire d'un cheval une vache ou un tonneau, se déplacer instantanément d'un lieu à un autre, c'était autant de jeux, mais rien de plus. Ce qui était important, c'était le changement que cela apportait en elle. Disposant de plus en plus, de mieux en mieux, de la matière, de l'espace et du temps, elle s'élevait au-dessus de la condition humaine ordinaire, elle montait dans l'échelle des êtres. Il serait très dur de renoncer à cette ascension. Et elle n'était pas sûre d'en avoir le droit.

Elle sentait vivre en elle encore une multitude de possibilités, qui se bousculaient pour qu'elle les connût et les utilisât. Elle voulait les savoir toutes ! Elle harcela Merlin à chaque minute de la semaine qu'il resta auprès d'elle. Il s'en allait le soir, il ne voulait pas passer la nuit avec elle dans son lit, comme elle le lui demanda : elle aurait été si heureuse de dormir dans ses bras... Sa jeunesse lui permettait de n'être pas encore tourmentée par l'interdiction qui leur était faite d'accomplir totalement leur amour. Malgré son corps épanoui, elle n'était pas tout à fait sortie de son enfance, et ne désirait rien de plus, pour l'instant, que l'immense bonheur de se blottir contre celui qu'elle aimait. Ou même simplement d'être près de lui, de l'écouter, de lui parler, de le regarder sans fin.

Mais pour Merlin le lit de Viviane aurait été un brasier de supplice. Il avait pu, jusqu'alors, se garder de l'amour et du désir, grâce à sa connaissance instantanée et totale des êtres qu'il approchait. Si beau, si bon, si parfait soit un être humain homme ou femme, il cache toujours au fond de son cœur quelques grouillements de crapauds qu'il veut ignorer ou qu'il combat et maîtrise. Il finit par n'en plus tenir compte, il les tient enfermés cadenassés domptés, mais ils sont là. Quand Merlin se sentait attiré par une femme, il lui suffisait de chercher et il les découvrait. Aussitôt, glacé, il retrouvait sa distance.

Cette connaissance des êtres humains, de leurs faiblesses secrètes, des infirmités qu'ils cachaient ou ignoraient, inspirait à Merlin une compassion infinie et était à la base de son dévouement à leur cause.

Il n'y avait rien de tel en Viviane. Elle était comme la source dans laquelle il l'avait vue pour la première fois. Elle était l'eau limpide de la terre, la pluie neuve du ciel, la feuille transparente sortant du bourgeon, les yeux des étoiles. Elle ne lui fournissait aucune arme pour se défendre contre elle et il en était arrivé au point où il ne le voulait plus.

Il lui révéla beaucoup d'elle-même. C'était sans fin. Elle était comme un trésor dont on a percé la voûte, et on en tire à pleines mains les diamants, les perles, les lourds colliers, les écus d'or. C'était inépuisable. Il savait qu'il n'en viendrait pas à bout. Elle était riche comme la nature elle-même. Il savait qu'elle n'utiliserait jamais ses pouvoirs pour faire le mal. Elle rayonnait. Et le mal vient de l'obscur. Les mauvais sont mauvais parce qu'ils sont stupides, gris, sans lumière.

Mais il ne lui donna pas la clé universelle, le mot de trois lettres qui est au commencement de chaque chose, le premier Verbe qui servit à la Création, et qui lui aurait permis de faire dès maintenant tout ce qu'elle aurait voulu. Il fallait qu'elle apprît à se connaître peu à peu, en restant plus forte que ses propres forces. Elle était comme un poulain qui vient de naître. Elle devait apprendre à se tenir sur ses jambes avant de se mettre à gambader et à sauter par-dessus les haies.

Et peut-être, aussi, malgré sa confiance et son amour, voulait-il garder une dernière défense contre elle. Et contre lui.

Il l'emmena au mariage d'Arthur et Guenièvre. Il l'avait transformée en garçon, et la présenta comme son écuyer, du nom de Vivien. Lui-même avait repris sa robe verte et sa barbe rousse, et Viviane pouffait en le regardant. Elle avait une folle envie de planter ses deux mains dans sa barbe et d'y faire un nid. Ses oiseaux l'accompagnaient, et picoraient par-ci par-là dans les plats qui attendaient les convives. Les serviteurs n'osaient rien dire, car ils pensaient que le bul-bul et le guit-guit appartenaient à l'Enchanteur. Ils n'en avaient jamais vu de pareils. Quant aux hochequeues ce sont des oiseaux aimés des bergers et des laboureurs, personne n'eût voulu leur faire du mal. Le merlet s'était creusé une place dans les cheveux de Merlin, entre les feuilles de houx. Seule dépassait l'aiguille jaune de son bec, qu'il ouvrait de temps en temps pour gober un moucheron volant, si petit qu'on ne pouvait le voir.

Les fiancés furent conduits l'un à l'autre dans la grande salle du château, jonchée de fleurs coupées et de brassées d'herbe verte. Dans l'odeur du printemps, Guenièvre fut amenée à Arthur par son père Léaudagan, et quand Viviane la vit elle fut bouleversée d'admiration et de compassion.

— C'est la plus belle femme du monde ! dit-elle. Et elle sera la plus malheureuse...

— Et la plus heureuse, dit Merlin.

Elle était vêtue d'une robe d'or battu dont la traîne, de plus d'une demi-toise, était tenue par deux fillettes qui avaient peine à la soutenir. Ses cheveux, en deux longues nattes tressées d'or, tombaient sur ses épaules et sa poitrine. Leur couleur était juste un peu plus pâle que celle de sa robe mais ils brillaient autant qu'elle. Sur sa tête, elle portait un cercle d'or orné de pierres qui valaient trois royaumes. Ses chevaliers jurés, qui marchaient derrière elle, étaient les jeunes rois Bohor et Ban, ce même roi Ban qui, en mourant, allait sans le vouloir jouer un rôle si important dans sa vie.

Arthur tendit les bras vers Guenièvre qui lui donna ses mains et ils s'embrassèrent bouche à bouche puis prirent, main dans la main, la tête du cortège pour se rendre à l'église. Ils étaient beaux, fiers, graves et heureux.

— La malheureuse ! dit Viviane. Je sens un énorme malheur rouge et noir sur elle ! Que va-t-il lui arriver ?

— Je ne sais pas, dit Merlin.

Il ferma les yeux, essayant de voir l'avenir, mais celui-ci restait confus, et il eut la surprise d'y rencontrer son visage et celui de Viviane.

— Elle aura un bonheur aussi grand que son malheur... Il me semble que, sans le vouloir, nous allons lui préparer l'un et l'autre. Que Dieu nous en garde...

L'archevêque venu de Brice chanta la messe et unit les époux tandis que ceux-ci et leurs invités piétinaient les héros morts couchés sous les dalles. Après les réjouissances et les repas, Guenièvre et Arthur se retirèrent dans leur chambre tendue de tapisseries joyeuses, où les attendait un grand lit couvert de fourrures blanches et rousses. Trois demoiselles les déshabillèrent et les couchèrent, puis les laissèrent seuls. Et ils furent occupés toute la nuit.

— Je vais te quitter, dit Merlin. J'ai fait durer le temps plus que son temps, mais si long soit-il, il finit par s'écouler. Je dois retourner dans celui des hommes. Tu sais la tâche qui m'y attend...

— Elle peut attendre encore ! dit Viviane en gémissant.

— Je dois partir... Avant de te quitter, je vais te faire un cadeau. Viens...

Il lui prit la main, et s'avança avec elle vers la rive du lac. Ils avaient maintenant le même âge, celui de la jeunesse qui n'a pas de limites précises, seize ans, vingt ans, c'est la même chose. Il portait une robe couleur de soleil, elle était vêtue de blanc de lune. Sur la robe de Viviane, des feuilles et des fleurs grimpaient en guirlandes, jusqu'à ses cheveux, qu'elles couronnaient. Merlin, coiffé et ceinturé de houx, mâchonnait un brin d'herbe, et souriait. Sur la rive opposée du lac se dressait le château de Dyonis, où Viviane était née. Il était si loin que son gros donjon ne paraissait pas plus gros qu'un gland tombé. Au moment où ils atteignirent la limite de l'eau, le paysage changea. Le château de Dyonis avait disparu. Le lac n'était plus le même, il paraissait à la fois plus intime et plus grand. A droite, il s'ouvrait sur un vaste horizon paisible de vallées et de collines, que traversait une rivière, et partout ailleurs il était bordé par une forêt qui s'avançait jusque dans l'eau, et l'eau pénétrait dans la forêt. Au milieu du lac un arbre immense surgissait de l'eau, un chêne qui paraissait vieux comme le monde, et robuste comme lui et dont la cime se perdait dans le ciel. Sous les pieds nus de Viviane et de Merlin, la mousse humide était fraîche et tiède, piquetée de courtes fleurs bleues. Merlin marchait à la droite de Viviane, lui tenait la main droite avec sa main gauche, et la conduisait doucement vers la rive, suivie par ses oiseaux. Au moment où ils furent entrés dans le lac jusqu'aux chevilles, il cueillit dans l'air une rose couleur de feu, et la lui donna.

Le sol s'enfonçait en pente douce, un sable fin avait succédé à la mousse et à l'herbe. Ils avançaient toujours, dans la direction du grand chêne. Quand sa bouche et son nez pénétrèrent dans l'eau, Viviane continua de respirer, et quand ce fut le tour de ses yeux, elle les garda ouverts pour regarder devant elle, vers le bas de la longue pente sur laquelle Merlin la guidait. Et elle poussa un cri de bonheur et d'admiration.

— C'est à toi, dit Merlin. C'est ta demeure...

Au milieu de la plaine, au fond du lac, s'élevait un château comme nul n'en avait jamais vu. Un rang de colonnes légères, se courbant pour s'unir par leurs sommets, remplaçait la muraille extérieure. Derrière elles s'élevaient les diverses enceintes et les logis superposés, faits de pierre blanche éclatante percée de mille portes et fenêtres, ajourée comme de la dentelle. Quelques fines tours rondes, pointues, s'élançaient comme pour s'envoler. La plus haute se terminait par une terrasse au milieu de laquelle jaillissait une fontaine parmi des cerisiers fleuris... Derrière le château se dressait le tronc gigantesque du grand chêne. Un escalier de marbre blanc grimpait autour de lui, large mais sans rampe, jusqu'à une terrasse circulaire, très haut, juste au-dessous de légers nuages.

Autour du château, dans la campagne, les maisons des villageois se blottissaient dans des bosquets, des jardins et des champs qu'animaient des hommes et des femmes vêtus de couleurs vives, se livrant sans se presser à des tâches habituelles. Une fumée blanche, paresseuse, montait par-ci, par-là, de la cheminée d'une chaumière.

— Ceci est ton monde, dit Merlin. Tu peux y entrer et en sortir comme tu veux, mais personne ne peut le découvrir ni t'y rejoindre sans ton consentement. Tous ceux qui le tenteraient seraient noyés par l'eau du lac. Ceux à qui tu le permettras pourront venir sans crainte et sans dommage.

Une jument blanche sans selle, longue queue et longue crinière, s'approcha de Viviane au petit trot et vint frotter sa joue contre le haut de son bras. Viviane caressa ses douces lèvres de velours.

— Donne-lui un nom, dit Merlin.

— Elle a l'air si sage... Je la nommerai Folle !...

La jument eut un petit rire et se mit à danser sur ses quatre pieds. Merlin la calma d'un claquement de langue.

— Va, dit-il à Viviane, tes gens t'attendent. Ton père est déjà là...

Elle se tourna vers lui, le prit dans ses bras et se serra contre lui de toutes ses forces. Elle aurait voulu se confondre avec lui et que rien ne puisse plus les séparer, jamais, jamais...

— Reste ! Reste avec moi ! Ici ! C'est le Paradis !... Pourquoi partir encore ? Que veux-tu aller faire dans le monde ? Ils peuvent se passer de toi ! Je t'en prie, reste !...

Doucement, il l'écarta de lui et la regarda avec tant d'amour qu'elle ne trouva plus rien à dire. Elle leva les bras et lui piqua dans les cheveux la rose qu'il lui avait donnée. Cela le rendait comique, et elle put ainsi sourire et rire un peu, au lieu de pleurer. Il la souleva, la posa sur Folle, répéta à voix basse : « Va !... »

La jument hocha la tête, fit demi-tour et s'en alla au pas vers la demeure et le paysage si surprenants qu'ils firent un instant oublier à Viviane sa peine. Elle avait chaud au cœur bien qu'elle fût en train de s'éloigner de Merlin. Car c'était lui qui avait imaginé tout cela pour elle, cette merveille, et la lui avait donnée.

Le merlet se posa derrière elle, point noir sur la croupe blanche. La jument agacée le chassa d'un revers de queue. Le merlet protesta en sifflant, et vint se poser entre ses oreilles.

Viviane se retourna pour un dernier geste d'adieu. Merlin n'était plus là.

Il pleuvait sur Camaalot, au royaume de Logres. La pluie d'hiver de la Grande Bretagne, fine, froide, interminable, tombant d'un ciel gris uni. L'énorme château massif, accroupi comme un dogue sur sa butte, était tout luisant d'eau, et de la couleur du ciel.

Morgane enrageait. Le roi allait arriver, avec la reine toute neuve. Elle avait prévu de s'avancer à leur rencontre à la tête d'un cortège rassemblant les dames du château et tous les chevaliers présents. Chacun s'était paré de neuf pour faire honneur à la reine. Les chevaux portaient leurs somptueuses robes de tournoi tombant jusqu'aux sabots. Ils attendaient dans la cour de la deuxième enceinte, trempés. Les cavaliers et les dames attendaient au sec, dans la grande salle ronde de la troisième enceinte, au cœur du château. On pouvait y accéder à cheval, au grand galop, si les trois ponts étaient baissés et les trois portes ouvertes. Et si le roi voulait. Sinon, il était aussi impossible d'entrer dans Camaalot que dans un caillou. C'était le château préféré du roi Arthur, le plus sûr, et il avait l'habitude d'y demeurer.

Toutes les chandelles étaient allumées comme en pleine nuit. Morgane allait d'une fenêtre à l'autre, regardant le ciel à travers les étroits carreaux, regardant à l'ouest, à l'est, au nord, au sud, se demandant de quelle direction pourrait venir une éclaircie, mais on n'est sûr que d'une chose en ce pays, c'est que la pluie vient de partout. Morgane serrait les poings, frappait le sol du pied, furieuse. Mais à qui s'en prendre ? Elle aurait tant voulu accueillir joyeusement Arthur et sa femme...

Elle était la plus jeune des trois demi-sœurs du roi. Elle était à peine plus âgée que lui. Elle venait juste d'avoir vingt ans, alors que lui allait en avoir dix-neuf. Et lorsqu'on les voyait l'un près de l'autre c'était elle qui paraissait la plus jeune, parce qu'elle était plus petite, plus mince, toujours en mouvement, et gardait ses cheveux noirs coupés court, ébouriffés en mèches raides de tous sens, ce qui lui donnait l'allure d'un garçon qui joue. Ses yeux sombres brûlaient d'un feu qui était celui de son corps. Elle avait déjà fait entrer dans son lit plus d'un homme, sans que son frère le sût. Elle était intelligente, habile, et ne désirait qu'une chose : la liberté de faire ce dont elle avait envie.

En l'absence du roi, nul ne pouvait l'en empêcher, mais ne voulant causer aucun scandale, elle agissait avec discrétion. Et quand il était là, elle n'avait pas à se gêner davantage. Il riait de ses manières et de son langage vifs. Elle avait tenu auprès de lui, en attendant qu'il fût marié, le rôle de la maîtresse du château. Il l'aimait beaucoup et elle le lui rendait bien.

Elle n'avait pas voulu se rendre à ses noces, prétextant qu'en leur double absence Camaalot sans maîtres s'écroulerait dans le désordre, le sénéchal Kou accompagnant le roi. En réalité, elle avait un nouvel amant, un jeune chevalier qui venait de Petite Bretagne et se nommait Guyomarc'h. Très amoureux, infatigable, il lui donnait de grands plaisirs, et elle n'avait pas voulu en perdre une nuit.

Dans une de ses allées et venues impatientes elle se heurta à un vieil homme courbé sous le poids d'un fagot, et dont les cheveux et la barbe emmêlés se confondaient avec les loques dont il était vêtu.

— Fais attention ! dit-elle agacée. Qui es-tu ? Que fais-tu ici ?

— J'apporte un fagot pour ton feu, dit l'homme. Tu ferais bien d'allumer une grande flambée : le roi arrive, il est à moins d'une lieue... Je parie qu'un peu de soleil te ferait plaisir !

Il jeta son fagot sur les braises d'une des quatre cheminées, des flammes joyeuses s'élevèrent en crépitant, et par les fenêtres de l'ouest un grand soleil lança des barres de lumière jusqu'au milieu de la salle.

— Merlin ! s'exclama Morgane.

Elle embrassa le vieil homme qui riait, et tout le monde lui fit fête. Le ciel s'était, d'un seul coup, dégagé, et les chevaux séchés. On se mit en selle et le cortège sortit du château, Morgane en tête sur son étalon noir qu'elle nommait Barberousse. Il avait effectivement quatre poils au menton, comme une chèvre, et ils étaient roux. Elle était vêtue d'une longue robe de peau de renard dont les manches évasées laissaient voir ses bras gantés jusqu'aux coudes. Au-dessous de ses cheveux fous, un ruban de fourrure maintenait au sommet de son front une lourde pierre ovale couleur de sang, dans laquelle brillait parfois l'éclat du feu.

Déjà, au détour du bois de Sonberlan, apparaissait la tête du convoi royal. Morgane ne put se retenir, et jeta son cri d'alerte à Barberousse, qui partit au grand galop. Le reste du cortège d'apparat suivit, d'abord en ordre puis de plus en plus dispersé, les robes des chevaux et des dames et les enseignes des chevaliers fleurissant la campagne comme un bouquet jeté dans le vent.

Barberousse, qui était lui aussi vêtu de renard, ralentit en arrivant à la hauteur de Lanréi, le cheval d'Arthur. Le roi sourit à Morgane et lui fit un geste affectueux de la main. Il chevauchait à droite d'une litière aux rideaux fermés, portée par deux mules. A gauche de la litière chevauchait Gauvain. Kou, le sénéchal, qui venait quelques pas derrière, fit signe au convoi de s'arrêter. Des chevaliers escortaient d'autres litières, celles des demoiselles et des dames de la suite de Guenièvre. Les écuyers suivaient leurs maîtres avec les chevaux de somme chargés des armes de rechange. Des mules tiraient des chariots à quatre roues bourrés de caisses, de malles et de colis divers. Puis venait la petite foule des serviteurs, et des servantes, montés sur des mules ou sur des ânes, ou dormant dans des chariots. Un groupe de chevaliers fermaient la marche. Tous, depuis le roi, étaient sous les armes, un tel convoi attirant les brigands, et des bandes de Saines traînant encore dans le pays. Les armes des écuyers étaient des gourdins, les chevaliers seuls ayant le privilège d'utiliser la lance, et l'épée, l'arme sacrée.

Les visages étaient gris de fatigue, les chevaux crottés jusqu'au poitrail.

— Nous sommes heureux d'arriver, dit Arthur.

Morgane, habituée à des manières plus chaleureuses de la part de son frère, fut un instant décontenancée, puis se reprit et se mit à rire.

— Nous avons fait chauffer toute l'eau de la citerne ! dit-elle. De quoi vous baigner tous avec vos chevaux !

Le rideau de la litière glissa et le visage de Guenièvre apparut. Ce fut comme si un second soleil se levait sur la Bretagne. Morgane en eut le souffle coupé.

— Ma sœur Morgane, dit Arthur, en la désignant à Guenièvre.

Celle-ci lui sourit et la salua d'une aimable inclinaison de la tête. Ses tresses blondes encadraient son visage comme du blé mûr, et ses yeux avaient le bleu tout neuf du ciel dégagé.

« Dieu, qu'elle est belle ! » se dit Morgane, avec un petit pincement au cœur. Ce n'était pas de la jalousie, mais elle venait tout à coup de se rendre compte que cette enfant souriante, à la fois radieuse et grave, devant laquelle elle venait de mettre pied à terre pour lui rendre hommage, et qui allait prendre sa place au château de Camaalot, ce n'était pas seulement la femme de son frère : c'était la Reine.

A la demande de Merlin, Arthur fit savoir qu'il tiendrait sa cour le jour de Noël. Il y aurait un grand tournoi, et il armerait des chevaliers.

De toutes les seigneuries du royaume, ses vassaux se mirent en marche vers Camaalot. Gauvain et ses frères revinrent d'Orcanie, Galessin revint de Garlot, les deux Yvain de Gorre, et il en vint d'autres dont les noms n'ont pas été retenus parce qu'ils ne furent pas inscrits sur les sièges de la Table Ronde.

Ban ne vint pas, ni son frère Bohor. Ils avaient fort à faire à se défendre contre le sinistre Claudas, qui, chassé de la Grande Bretagne par Arthur, avait rameuté ses troupes en Petite Bretagne, et brigandait leurs deux royaumes.

Arthur ignorait dans quelle situation se trouvaient ses deux fidèles compagnons de l'épopée des quarante et un. Merlin aurait pu le lui faire savoir mais il ne lui en dit rien. Il avait pour lui des projets plus urgents que la défense de deux lointains vassaux. Des royaumes qui changent de maîtres, cela se voyait tous les jours. La terre de Bretagne était sans cesse en ébullition. Bohor et Ban avaient montré qu'ils savaient se battre. Au plus vaillant la victoire des armes. C'était pour un combat bien plus important que Merlin allait mobiliser ceux qui seraient présents à la cour d'Arthur le jour de Noël.

Tous ceux qui devaient venir étaient déjà arrivés, et Arthur et ses vavasseurs les hébergeaient et les traitaient.

Tous, sauf un, qui n'avait pas été invité, et qui se hâtait vers Camaalot. Il venait de la Forêt Gastée, en Galles.

Il avait quinze ans. Il montait un maigre bidet de chasse couleur d'avoine qu'il maintenait au constant galop. Armé de trois javelots, dont un toujours prêt dans sa main droite, il était vêtu d'une robe et d'une braie de chanvre et d'une cotte de cuir sur lesquelles il avait ficelé, pour se préserver du froid, la peau d'un loup tué par lui-même. Ses cheveux, noirs et lisses comme l'aile d'un corbeau, étaient coiffés d'un bonnet taillé dans la peau d'un daim. A vivre dans la forêt en presque totale liberté, il s'était fait des muscles et des os aussi durs que ceux d'une bête sauvage. Il n'avait jamais eu peur d'un sanglier ou d'une meute de loups, mais n'avait jamais affronté un homme.

Merlin souriait en pensant à lui. Il le voyait, pressé d'arriver, pressant son cheval dans la campagne couverte de neige, riant d'excitation, mordant le vent de ses dents éclatantes, naïf, ignorant de tout, tout neuf... Il arriverait juste à temps.

Son nom était Perceval. C'est le nom sous lequel on l'a connu en Bretagne. Les Alémans l'ont nommé Parsifal.

Ses onze frères aînés avaient été tués en tournois. Sa mère le portait encore quand son père fut tué à son tour de la même façon. Désespérée, mais libre enfin de faire ce qu'elle voulait, elle se jura que, si c'était un garçon, elle le mettrait à l'abri des armes. Et elle s'y prit aussitôt. Elle fit charger dix charrettes de quelques avoirs et de provisions, et quitta son château, avec des chevaux, des vaches, des poules, des moutons, et dix familles de paysans pacifiques pour en prendre soin. Elle dit qu'elle partait en pèlerinage en Ecosse, pour attirer la protection de saint Brandan sur son douzième fils, si c'en était un, afin qu'il ne subisse pas le même sort que ses frères et son père. Et son départ parut ainsi tout naturel.

La meilleure façon d'éviter que son dernier fils trépassât sous les armes, c'était, pensait-elle, de le garder dans l'ignorance totale des batailles, des tournois, de toute cette fureur qui lançait les uns contre les autres les hommes vêtus de fer, pour la conquête, pour la gloire, et pour le plaisir.

Elle entra avec son charroi dans la Forêt Gastée, dont la mauvaise réputation éloignait tous les curieux et dans laquelle les chevaliers ne pénétraient jamais, et après cinq semaines de voyage difficile trouva, au cœur des bois, une large vallée riante avec une source qui donnait naissance à une rivière. Elle décida de s'établir là. Et tandis que les paysans lui construisaient une belle maison de bois, elle accoucha d'un garçon. Elle lui donna le nom de Perceval, qui signifie « celui qui a perdu son domaine ». Parce qu'effectivement, en se réfugiant dans la forêt elle avait abandonné tous ses biens, et son fils se trouvait aussi pauvre que les paysans qui l'avaient accompagnée.

Il fut élevé comme un enfant d'un autre monde, ignorant tout du permanent tumulte de bataille qui lançait les uns contre les autres les royaumes et les guerriers de Bretagne. Il savait que son père était le frère d'un roi, mais il ne savait pas ce qu'était un roi. Il ne connaissait que la forêt sauvage et sa vallée fertile, et personne d'autre que les familles des paysans qui la cultivaient. Leurs enfants étaient ses compagnons. Il apprit en même temps qu'eux à biner la terre, à tanner une peau, à coudre le cuir, à façonner au marteau, sur l'enclume, le fer rougi au feu de bois. Mais il aimait surtout courir dans la forêt après les animaux qui y vivaient en grand nombre. Il commença à les chasser avec des pierres, puis se tailla des branches droites et pointues, auxquelles il eut l'idée de fixer des fers aigus qu'il forgea lui-même. Il devint d'une très grande habileté avec ses javelots.

Un jour, Merlin le vit abattre un sanglier qui courait à plus de dix toises, puis charger presque sans peine l'énorme bête sur son bidet jaune et la rapporter aux paysans du village. Car il courait les bêtes pour le plaisir mais ne tuait que pour la viande nécessaire.

Merlin lut dans son cœur qu'il était aussi innocent que le jour de sa naissance. Alors l'Enchanteur fit naître un brouillard autour de quatre chevaliers qui, à trois journées de là, s'en revenaient de Camaalot. C'était aux alentours de la Toussaint. Et il les égara si bien qu'ils entrèrent sans s'en rendre compte dans la Forêt Gastée, et ne surent plus comment en sortir. Et ils rencontrèrent Perceval.

A celui-ci, sa mère avait dit : « Si tu rencontres des hommes vêtus de fer et coiffés de fer en train de chevaucher, enfuis-toi bien vite en faisant le signe de la croix, car ce sont des démons ! »

Mais quand Perceval les vit, le brouillard qui les enveloppait venait de se lever, et à travers les branches que n'ornaient plus que quelques feuilles dorées, le soleil les baignait de sa lueur d'automne, faisant briller leurs heaumes et leurs hauberts encore humides. Sur leurs chevaux superbes ils resplendissaient comme une apparition. Et Perceval pensa que ce ne pouvait pas être là des démons, mais plutôt le contraire. Il leur demanda :

— Etes-vous des anges ?

Ils répondirent en riant qu'ils étaient seulement des chevaliers.

— Un chevalier, qu'est-ce que c'est ?

— C'est un homme qui se bat pour Dieu, pour les faibles, pour la justice, et pour l'honneur.

Perceval fut ébloui par ces paroles autant que par le soleil qui se plantait dans ses yeux. Il touchait le fourreau de l'épée, la chaussure de fer et l'éperon, choses qu'il n'avait jamais vues, faisant courir son bidet à l'aide de son fouet de cuir.

— Etes-vous né ainsi ? demanda-t-il en posant sa main sur le haubert.

— Bien sûr que non ! dit le plus jeune en riant. Il me semble que tu as l'esprit bien neuf ! Tel que tu me vois, je ne suis chevalier que depuis deux semaines. C'est le roi Arthur qui en a fait ainsi de moi, et m'a donné les armes que tu es en train de toucher.

Un autre chevalier ajouta, pour se moquer de lui :

— Si tu vas trouver le roi Arthur et si tu le lui demandes, il te fera sûrement chevalier toi aussi, et il te donnera des armes comme les nôtres !...

Lancée à ce garçon aux vêtements de serf et aux pieds nus, c'était une plaisanterie facile. Mais Perceval n'avait jamais dit un mensonge, il ne savait même pas qu'on pût dire autre chose que ce qui était vrai, et, en conséquence, il croyait tout ce qu'on lui disait.

A leur demande, il indiqua aux chevaliers la voie la plus courte pour atteindre la lisière de la forêt, puis partit au galop, fonçant dans les branches, sautant les arbres tombés, pour aller raconter à sa mère quelle merveilleuse rencontre il venait de faire, et lui dire qu'il voulait aller voir le roi Arthur pour être fait chevalier.

Sa mère poussa des gémissements de désolation et des cris de colère, et lui interdit de sortir de la forêt, et lui ordonna d'oublier ce qu'il avait vu.

Mais comment oublier ces êtres étincelants, et renoncer à l'espoir de devenir pareil à eux ? Perceval, au contraire, ne pensait qu'à cela. Et il restait assis à même le sol dans un coin de la pièce commune, ne mangeant plus et ne dormant plus, les yeux grands ouverts sur sa vision radieuse. Au bout d'une semaine il était devenu si maigre que sa mère, désespérée, comprit que d'une façon ou de l'autre elle allait perdre son dernier fils, et qu'il valait mieux lui laisser la joie d'accomplir son vrai destin que le faire périr de tristesse.

— Va ! lui dit-elle, puisque tu en as si grande envie ! Je ne te retiendrai plus, même si mon cœur doit se rompre !... Va trouver le roi Arthur !... Il te fera certainement chevalier quand tu lui diras le nom du frère de ton père...

Elle lui dit quels étaient les devoirs du chevalier : défendre les faibles, respecter les dames et les demoiselles, secourir les détresses, défendre la justice, et servir Dieu. Elle y ajouta de nombreux conseils, fixa quelques provisions derrière la selle du bidet et accompagna jusqu'à la rivière son fils illuminé de joie.

— Comment trouverai-je le roi Arthur ? lui demanda-t-il.

— Va vers le soleil levant, et renseigne-toi chaque jour...

— Haiiii !... cria Perceval, en brandissant son javelot.

Il poussa sa monture dans le gué, et s'éloigna sans se retourner.

Sa mère tomba dans l'herbe, et mourut.

A la veille de Noël, les tables avaient été dressées pour le dîner dans la grande salle ronde du château de Camaalot. Il convient de se rappeler que le dîner était le repas de midi, auquel on mangeait des viandes. Le soir on mangeait les soupes, c'était le souper. Quant au déjeuner, c'est-à-dire la rupture du jeûne, c'était évidemment le repas du matin, qui consistait en omelettes, soupes de céréales, fruits cuits dans du miel. Ce repas est demeuré inchangé dans la Bretagne anglaise, sous le nom de « breakfast ». Sur le continent il est devenu « petit ». L'influence des barbares de l'est, habitués à se nourrir de vent et du lait de leurs juments, l'a réduit à un bol de lait coupé d'infusion d'orge grillée. Il fut café au lait quand le café arriva. Venue du sud, l'influence des vignerons méditerranéens se fit sentir plus tard, remplaçant souvent, aux premières heures de la journée, le café-crème par un canon de vin blanc...

Le roi avait pris place aux tables avec la reine et quelques dames et une douzaine de chevaliers. De grands feux brûlaient dans les cheminées, car le froid vif entrait par la porte. Tous les ponts étaient baissés et les portes ouvertes, pour indiquer qu'on pouvait venir sans crainte et sans obstacle jusqu'au roi.

Merlin avait endormi Girflet, l'écuyer d'Arthur. L'ayant laissé ronflant dans la paille, près des chevaux du roi, il avait pris son apparence et sa place, tranchait les viandes pour Arthur, et jamais celui-ci n'en avait eu sous la dent d'aussi tendres et aussi savoureuses.

La reine était à la droite du roi, et Morgane à sa gauche. A la gauche de Morgane avait pris place Gauvain, et à la droite de Guenièvre le sénéchal Kou. Celui-ci n'était pas un mauvais homme, mais il aimait se railler des uns et des autres, ce qui lui valait souvent des querelles que le roi apaisait, car il se sentait obligé envers lui. Arthur avait été nourri au sein de la mère de Kou, les circonstances ayant empêché sa propre mère de lui donner le sien. Kou était, de ce fait, son frère de lait, et à cause de cela il lui pardonnait beaucoup.

Perceval, sur son cheval maigre, arrivait enfin à Camaalot, après de nombreux jours de chevauchée, et de menues aventures dont certaines auraient pu tourner mal si sa grande naïveté, l'empêchant d'y prendre garde, ne l'en avait chaque fois tiré à temps. Perceval traversa les rues du village, puis la lice où la neige tombante rendait plus vives les couleurs des enseignes et des tentures qui garnissaient les tribunes du tournoi du lendemain, et parvint au château.

Le pont étant baissé, il s'y engagea, franchit la porte, traversa les cours et les défenses, franchit le deuxième pont et la deuxième porte, puis les troisièmes, et entra avec la plus grande simplicité dans la salle ronde dont les dalles résonnèrent sous les pieds de son cheval.

Tout le monde se tourna vers lui avec curiosité. Ses cheveux mouillés et ses yeux noirs brillaient sous son bonnet de cuir couronné de neige, une goutte d'eau tremblait au bout de son nez rouge comme ses oreilles, les flancs maigres de son bidet fumaient.

— Hou ! dit-il en regardant les convives, ça sent bon, ici !... Pourrai-je avoir à manger ?... Mais je dois d'abord voir le roi. Il se nomme Arthur. Est-il là ?

Les chevaliers commençaient à rire. Morgane trouvait ce garçon original et intéressant, et Arthur souriait. Ce jeune cavalier n'était pas sans ressembler un peu à ce qu'il était lui-même à pareil âge, il n'y avait pas si longtemps.

— Où est Arthur ? reprit Perceval. S'il est là, qu'il se montre !

Merlin, agenouillé devant son tranchoir, se leva et le désigna.

— Voici le roi, dit-il.

— Ah ! Très bien !... Sire, je viens de loin pour que vous me donniez des armes et me fassiez chevalier ! Ma mère m'a assuré que vous ne refuseriez pas quand je vous aurais dit le nom du frère de mon père.

— Et quel est ce nom ? demanda Arthur.

— Mon oncle est le roi Pellès, le Riche Pêcheur.

Les rires cessèrent d'un seul coup. Ce nom inspirait plus que le respect : une sorte de crainte surnaturelle. On savait que le roi Pellès, dit le Riche Pêcheur, était le gardien du Graal. Mais personne ne l'avait rencontré, ni ne savait où se dressait le Château Aventureux, dans lequel il demeurait.

Kou rompit le silence, à sa manière habituelle :

— Beau neveu de ton oncle, dit-il, tu veux des armes ? C'est facile. Tu n'as qu'à prendre celles du premier chevalier que tu rencontreras. Le roi te les donne !

— Grand merci ! cria Perceval.

Et, oubliant sa faim, il fit pivoter son bidet et partit au galop.

— Kou, tu as mal agi ! dit le roi. Ce garçon t'a cru. S'il se fait tuer, je t'en tiendrai pour responsable !

Merlin était ravi. Le neveu de Pellès s'était bien montré tel qu'il l'avait deviné : totalement pur du mensonge, n'en soupçonnant même pas l'existence. Savoir, maintenant, comment il allait se conduire en rencontrant un chevalier et en lui réclamant ses armes ! La première épreuve avait démontré sa fraîcheur d'âme. La seconde mesurerait son courage.

S'approchant de Camaalot arrivait un chevalier connu sous le nom de l'Orgueilleux. Bon guerrier, il avait obtenu de nombreuses victoires en tournoi ou au combat, mais l'opinion qu'il avait de lui-même était encore plus haute que sa vaillance. Pour bien montrer sa valeur, il avait fait dorer son heaume, ses jambières et les mailles de son haubert, et graver en grandes lettres d'or sur son écu : MEILHOR CHEVALIER. La plupart de ses adversaires, ne sachant pas lire, n'en étaient pas impressionnés. Son écuyer le précédait de cinquante pas, et, en arrivant au débouché d'un chemin ou à un croisement, sonnait d'une trompe en corne de bouvillon, et criait : « Place au Meilleur Chevalier ! »

L'Orgueilleux venait à Camaalot pour lancer un défi au roi lui-même, qu'il détestait. Personne ne savait pourquoi, et lui non plus.

A la sortie du village, Perceval entendit le cri de l'écuyer, et vit venir son maître tout flambant d'or. Il pressa son cheval et s'arrêta pile à la hauteur de l'Orgueilleux. Il savait lire les lettres, sa mère les lui avait apprises, et il se réjouit en lisant ce qui était écrit sur l'écu.

— Chevalier, dit-il, je suis heureux de vous avoir rencontré en premier ! Les armes du meilleur chevalier doivent être les meilleures. Elles me conviennent. Elles sont à moi, le roi me les a données. Je vous prie de me les remettre...

— Débarrasse mon chemin ! dit l'Orgueilleux, n'accordant que peu d'intérêt à ce manant à l'esprit dérangé. Et il fit avancer son destrier.

— Ces armes sont à moi ! Donnez-les-moi ! cria Perceval.

Et comme le chevalier passait à sa hauteur, il posa sa main sur le fourreau de l'épée, faisant résonner les clochettes dont l'Orgueilleux avait orné la poignée de celle-ci.

Le chevalier, furieux, frappa Perceval avec le bois de sa lance, d'un coup si vigoureux qu'il le jeta à terre.

Perceval se releva comme un ressort, sauta sur son bidet, le fit pivoter et lui donna de grandes claques pour le mettre à son plus grand galop. Il rattrapa l'Orgueilleux, le dépassa, lui fit de nouveau face, et, brandissant son javelot, cria :

— Donnez-moi mes armes, ou je vais les prendre !

— Pauvre fou ! dit le chevalier.

Il baissa sa lance, éperonna son cheval et fonça sur Perceval.

L'arme légère de ce dernier n'avait aucune chance de percer le haubert. Perceval visa l'œil et lança son javelot, qui pénétra entre le nasal et le frontal, et entra dans l'œil et dans la cervelle. Et l'Orgueilleux ne le fut plus...

Son écuyer, affolé, galopa jusqu'au château pour faire savoir ce qui venait d'arriver. Tout le monde fut ébahi, et Kou plus que les autres. Il se leva pour aller voir ce qu'il en était.

— Ce garçon s'en est bien tiré, dit le roi. Amène-le-moi, il mérite qu'on s'occupe de lui.

— Je m'en charge, dit Girflet-Merlin.

Il disparut de la salle ronde et se retrouva à côté de Perceval qui, accroupi près du chevalier mort essayait, sans y parvenir, de lui prendre ses vêtements de fer.

— Tout cela tient sur lui comme la carapace d'une écrevisse, dit-il. Je vais allumer un grand feu et le mettre dedans. Quand l'intérieur sera réduit en cendres, je pourrai disposer de l'extérieur.

— Il est bon d'être naïf, dit Merlin, mais non d'être idiot ! Regarde : le chapeau de fer se nomme le heaume. Il est attaché au haubert par des liens de cuir. Défais-les. Bien... Ote-le, va le laver au ruisseau... Maintenant, tire le haubert vers le haut par les bras : il se met et s'enlève comme une chemise...

— Merci, dit Perceval. Grâce à vous je vais pouvoir me vêtir et aller demander au roi de me faire chevalier.

— Il ne suffit pas de se glisser dans l'écorce de l'écrevisse pour en devenir une aussitôt... Sais-tu te servir de la lance ?
— Non...
— De l'épée ?
— Non...
— Veux-tu apprendre ?
— Oui !
— Et tout ce qui fait d'un homme un chevalier ?
— Oui ! Oui !...
— Alors tourne le dos au château, et va droit vers le soleil couchant. Le troisième jour tu arriveras au bord d'un fleuve dont les eaux sont vertes. Tu en suivras le courant pendant deux jours encore, et tu verras un château sur un rocher, au bord du fleuve. Un homme très sage l'habite, qui connaît tout ce que tu ignores. Demande-lui de t'enseigner.
— Je le ferai ! dit Perceval. Ma mère m'a dit de bien écouter ce que disent les hommes sages !...
— Mais il faut d'abord modifier ces armes. Telles qu'elles sont, elles ne te conviennent pas...

D'un geste, Merlin effaça l'inscription de l'écu, et fit disparaître les clochettes et les dorures.
— Voilà qui est net, et t'ira bien... Maintenant tu peux te vêtir.
— Oh ! dit Perceval, vous êtes l'Enchanteur ?
— Oui.
— Alors, apprenez-moi tout d'un seul coup ! Vous le pouvez !
— Je ne le ferai pas. Ce qui s'apprend sans peine ne vaut rien et ne demeure pas. Tu dois devenir ce que tu as l'ambition d'être en faisant transpirer ton corps et ton esprit. Il faut sept ans pour faire un guerrier. Tu devras tout apprendre en quelques mois. Je crois que tu en es capable si tu te donnes assez de peine. Si toi tu ne le crois pas, renonce dès maintenant...
— Jamais !
— Bon... Alors, habille-toi...

Il lui montra comment mettre les habits de bataille, et lui laça le heaume. Mais quand il fut tout vêtu, Perceval dit :
— Voilà la fatigue qui m'arrive... J'ai beaucoup galopé pour arriver jusqu'au roi. Ma mère m'a dit : « Quand tu es fatigué, dors... »

Il étendit sa peau de loup sur la neige, y posa la lance et l'épée, se coucha à côté d'elles dans ses habits de fer et s'endormit d'un seul bloc, un javelot dans une main, dans l'autre la bride du cheval qu'il avait conquis.

Dans le soir tombant, Viviane revenait du château de son père, où celui-ci était allé préparer la fête de Noël qu'il voulait passer avec ses gens. Il avait manifesté l'intention d'y demeurer, et de continuer à diriger son domaine. Celui-ci ne se serait pas accommodé de son départ. Et Viviane n'avait plus besoin de ses conseils ni de son appui.

Elle était un peu triste en faisant galoper Folle vers le lac, mais elle savait que cette séparation était nécessaire. Elle pourrait retrouver son père en un instant, quand elle voudrait, et peut-être, à son tour, lui être utile. Mais ils n'étaient plus faits pour vivre l'un près de l'autre. Elle s'éloignait de lui à chaque pouvoir nouveau dont elle prenait la maîtrise. Il avait vu se développer ses facultés nouvelles avec un peu d'inquiétude, un peu de mélancolie, mais non sans amusement. Il lui avait dit :

— Tu es en train de devenir une grande fille... Très grande... Essaie de rester simple comme lorsque tu étais petite...

La jument blanche, dans la campagne blanche portant Viviane vêtue d'hermine, galopait vers le lac comme l'eût fait un cheval ordinaire. Viviane avait besoin de ce bain d'air glacé. L'absence de Merlin lui brûlait le cœur. Elle aurait pu le rejoindre, rester avec lui, invisible, sans l'importuner. Mais elle s'en abstenait, bien qu'il n'eût rien demandé. Elle savait bien qu'elle n'aurait pas pu s'empêcher, tout à coup, de se montrer, pour le serrer dans ses bras, ou lui faire connaître son opinion sur ce qu'il était en train de faire. Cela ne lui aurait certainement pas plu !

Elle se mit à rire. Elle arrivait au bord du lac. La jument fit un bond et creva la surface de l'eau dans un grand éclaboussement.

Dans le lac, c'était le printemps. Le jour s'achevait. Le soleil bas éclairait la plaine de rayons dorés. Viviane mit Folle au pas, se débarrassa de son manteau et de son bonnet de fourrure et secoua ses cheveux blonds qui lui tombaient maintenant plus bas que les épaules. Le soleil joua avec chacun d'eux et avec tous, et en fit sa lumière vivante.

— Oh ! Les hirondelles ! dit Viviane.

Elles venaient d'arriver. Elles passèrent en sifflant comme des flèches et remontèrent très haut, traversant, sans y causer de trouble, une multitude de petits poissons d'argent. Trois dauphins surgirent de derrière un bosquet et vinrent cabrioler autour de Folle qui en attrapa un par la queue et le lâcha en hennissant. Un paon arriva en volant à grand bruit, se posa au milieu du chemin et ouvrit toute sa gloire en criant son nom :

— Léon ! Léon !...

Il venait des jardins de Dyonis.

Un oiseau caché commença une mélodie avec des variations sublimes, inattendues, interminables. Etait-ce déjà le rossignol ? Viviane souhaita d'être dans son lit, et y fut. Et elle appela la nuit. Elle voulait dormir, oublier l'absence qui la tourmentait.

Elle aurait pu se passer de sommeil, effacer sa fatigue d'un mot et d'un geste, mais elle n'aurait pas effacé l'image de Merlin. Et elle aimait ce moment d'incomparable douceur où la conscience s'éteint peu à peu, tandis que les sensations du corps s'évanouissent dans le bien-être de l'oubli. Elle pensait que le moment de la mort devait être pareil, celui d'un grand apaisement, et elle ne comprenait pas pourquoi hommes et femmes avaient si peur de mourir.

Craignaient-ils de perdre à jamais leurs peines quotidiennes, leurs maladies, leurs souffrances ? Et leurs joies !... Quelles joies ? Si peu d'entre eux étaient capables de connaître celles que le monde offre à chaque instant à qui sait regarder, écouter, toucher, sentir, goûter...

Viviane se demandait si le dernier sommeil était suivi d'un réveil, et dans quel monde. Elle croyait en Dieu, dont tout, partout, lui démontrait l'existence, mais les explications, les objurgations, les interdictions des moines et des prêtres lui semblaient infantiles. Elle ne pouvait pas s'accommoder de ce Père à la fois si sévère et si indulgent, trônant dans l'azur et ne semblant avoir d'autre souci que de surveiller les humains dans leurs actes et leurs pensées pour, d'abord, les déclarer coupables dans tous les détails, et ensuite leur pardonner.

Elle avait, un jour, grimpé l'escalier de marbre, autour du chêne, fait le tour de la terrasse circulaire, s'était projetée jusqu'au sommet de l'arbre, au-dessus de l'eau, et sachant qu'elle se trouvait à la plus haute hauteur des hauteurs du monde, s'était tournée vers le ciel, et avait posé la question : « Dieu qui es-Tu, qu'es-Tu, comment es-Tu ? »

Elle n'espérait pas vraiment de réponse, et n'en avait pas reçu. A moins que, peut-être... : le merlet s'était perché sur son épaule et lui avait dit à l'oreille.

— Tit, tit...

Elle comprenait le langage des oiseaux. Mais ces deux mots ne signifiaient rien...

Elle demanderait à Merlin. Lui savait, peut-être. Elle avait tant de choses à lui demander...

Elle se tournait et se retournait sur son grand lit couvert de soies fraîches, vêtue seulement de la brise tiède qui entrait par les fenêtres, apportant le chant du rossignol et les parfums des narcisses et des lilas, auquel se mêlait par instant le soupir d'une touffe de violettes.

L'oiseau bul-bul, endormi pendu au cordon du rideau, ouvrit un œil, regarda par la fenêtre, et lança les deux notes de flûte, bien rondes, qui lui valaient son nom :

— Bul-bul !...

Viviane, sans bouger, regarda à l'extérieur et sourit de bonheur : l'arbre bleu était là, luisant doucement près d'une fontaine. Elle ferma les yeux et murmura :

— Viens !

Elle sentit Merlin se poser auprès d'elle, tout le long de son corps. Il était frais, il était chaud, il était nu comme elle. Ils refermèrent leurs bras l'un sur l'autre et se turent, noyés dans le bonheur d'être ensemble et de le sentir avec leur chair et leur esprit. Et le bonheur plus grand encore de savoir qu'ils étaient heureux.

Ce fut elle qui commença à le caresser. Lui se méfiait de lui-même.

Il avait peur d'être emporté et de ne pas avoir le courage de se retenir. Mais quand il sentit la pointe dure et douce d'un sein contre sa poitrine, il arrondit autour de lui sa main qu'il fit tiède et brûlante, puis il alla à la découverte de l'autre sein, de l'épaule ronde, de la vallée descendant vers la taille, de la douce colline de la hanche. Et il répondit, dans un murmure, à la question qu'elle avait posée en haut de l'arbre :

— Tu es Dieu... Dieu est en toi, Dieu t'habite parce que tu es belle... Tu es tous ses miracles... Les pointes de tes seins sont ses étoiles, tes seins sont la Terre et le Ciel, tes hanches sont les balancements du monde, ta peau est la douceur des fruits du Paradis, ta bouche dit la vérité de ce qui est...

— Je t'aime..., dit Viviane.

— Je t'aime..., dit Merlin.

Emportée par une houle brûlante de bonheur appelant un bonheur plus grand encore, Viviane attira Merlin au-dessus d'elle. Appuyé sur ses coudes, il s'abaissa doucement jusqu'à ce que toute sa peau fût contre sa peau et sa bouche sur sa bouche, et...

— Tit-tit ! dit le merlet.

Merlin se redressa et se laissa glisser sur le côté.

Viviane se retourna sur le ventre et, rageuse, frappa le lit de ses poings fermés. Elle sanglotait et demandait :

— Pourquoi, pourquoi cela nous est-il interdit ?

— Je ne sais pas encore, dit Merlin. Je crois que je commence à comprendre. Je t'expliquerai quand je serai sûr...

— Est-ce que c'est mal ?

— Pire... : cela risque d'être plus fort que nous...

— Alors, tu ne seras jamais dans moi et moi autour de toi, ensemble, tous les deux ?... Même le charbonnier tout noir connaît cela avec sa charbonnière !

— Même le charbonnier, même le chien, dit Merlin. Même la mouche, même l'hirondelle qui la happe pour l'apporter à ses petits, et qui, afin de ne pas perdre de temps, car ses petits ont un appétit énorme, fait l'amour sans cesser de voler, pour engendrer la prochaine couvée...

— Et nous jamais ?... Jamais ?...

— Il ne faut jamais dire jamais ! dit Merlin. Allons nous baigner !

Il se transporta avec elle dans la source de Baranton qui les enveloppa d'un tourbillon de bulles et d'eau fraîche. Et la paix vint en eux.

Le jour de Noël, alors que le roi et la reine, les chevaliers et les dames, les écuyers, les serviteurs, les paysans, et les villageois sortaient de la chapelle où l'archevêque avait célébré la messe pour les petits et pour les grands, un cavalier entra au grand galop jusque dans la cour et s'adressa au roi qu'il semblait connaître.

— Roi Arthur, je ne te salue pas !

Dans le silence provoqué par cette apostrophe insolente, l'homme continua :

— Et mon maître, le roi Rion des Iles, ne te salue pas non plus !... Mais il m'a fait porter pour toi ces lettres, et te demande de les lire, à haute voix, afin que chacun connaisse ce qu'il a à te dire !...

Arthur, amusé, prit le parchemin que lui tendait le cavalier, le déroula, parcourut les lettres qui y étaient tracées, eut un sourire éclatant, et donna le parchemin à l'archevêque :

— Lisez ! Cela vaut la peine !...

Et voici ce que lut le prélat :

Moi, Rion, roi de toutes les terres d'Occident, fais savoir à chacun que je suis en ma cour en compagnie de vingt-cinq rois que j'ai vaincus dans les batailles, après quoi je leur ai pris la barbe avec le cuir, et j'en ai fait fourrer mon manteau. Il manque à mon manteau la frange, c'est pourquoi je commande au roi Arthur de me faire envoyer sa barbe avec le cuir. Et s'il ne le fait pas je viendrai la chercher avec mon armée et lui arracherai la barbe à l'envers.

Arthur et ses chevaliers éclatèrent de rire, mais les dames étaient offusquées.

— Eh bien, dis à ton maître de venir la chercher, dit Arthur au cavalier. Et s'il en prend un seul poil, je lui donne le reste et mon royaume avec !...

Et, se frottant le menton du dos de la main, il ajouta à voix plus basse, toujours souriant :

— Il n'aurait pas de quoi faire une bien forte frange !

Car il n'avait pas vingt ans, et sa barbe dorée était courte et peu fournie.

Il pria tout le monde d'entrer dans la salle ronde pour prendre le déjeuner avant que commence le tournoi.

Quand tout le monde fut assis, le roi et la reine portant couronne, avant que quiconque eût avalé une bouchée, entra dans la salle un homme jeune et très beau, qui portait, comme le roi et la reine, une couronne d'or sur ses cheveux blonds. Sa robe de soie était blanche, brodée de fleurs, et une harpe d'argent pendait à son cou. On voyait à la fixité de son regard qu'il était aveugle, mais il se dirigea droit vers le roi Arthur.

— Qui es-tu, et que veux-tu ? lui demanda celui-ci.

Pour toute réponse, l'homme saisit sa harpe et se mit à chanter :

Dames si belles qu'à vous voir mes yeux se sont brûlés,
Prenez garde à l'amour...

Beau sire roi et reine gracieuse
Qui vous aimez si débonnairement
Prenez garde à l'amour...

Fiers chevaliers vainqueurs dans les tournois

> *Et dans les plus dures batailles*
> *Prenez garde à l'amour...*

Après un court silence, il ajouta, sur des notes d'une grande mélancolie :

> *Celle que j'aime est loin de moi...*

Puis il éclata de rire, et lança en l'air sa harpe qui s'évanouit.

— Merlin ! s'écria le roi. Voilà encore une de tes farces ! As-tu entendu le message de ce roi Rion qui me demande ma barbe ?

— J'ai entendu, dit Merlin. Mais c'est toi, un jour qui lui fera perdre la sienne !...

Le ton de Merlin devint grave :

— Sire, ce que j'ai à vous dire aujourd'hui est d'importance, et j'ai choisi exprès pour cela le jour de la naissance de notre Seigneur...

Et tous l'écoutèrent.

— Sire, je vous ai plusieurs fois parlé du Graal, le vase saint dans lequel a été recueilli le sang d'Adam notre père et celui de notre Sauveur. Depuis que Joseph d'Arimathie l'a apporté en Bretagne, il est gardé par les rois qui sont ses descendants et qu'on nomme les Riches Pêcheurs parce que l'un d'eux ayant pêché un poisson gros comme le doigt, le donna à un mendiant qui passait, et celui-ci le partagea avec un autre, qui le partagea à son tour et ainsi de suite, si bien que sept cent vingt-trois personnes furent nourries.

— Mais qu'y a-t-il dans ce Graal ? demanda Kou en frappant sa table du plat de la main.

— Voilà justement la question que devra poser le chevalier qui aura découvert le Château Aventureux, qui y sera entré, et à qui le Graal aura été présenté sous son voile. Je ne peux répondre à la question. Seul connaîtra la réponse celui qui sera invité à regarder dans la Coupe. Ce que je n'ai pas été admis à faire. Ce que je peux vous dire, c'est que le Graal, même dissimulé dans son château introuvable, sert à l'équilibre du monde. Et qu'il est nécessaire que de temps en temps, quand cet équilibre est menacé, un homme pur, courageux, chaste, juste et servant Dieu, le cherche, le trouve et regarde l'ineffable vérité contenue dans la Coupe. Alors l'ensemble des hommes retrouve des forces pour continuer son chemin difficile...

« Or voilà que le temps de la recherche est arrivé ! Le Graal doit être trouvé par le meilleur chevalier du monde, qui est peut-être ici...

L'étonnement et l'intérêt faisaient régner dans la grande salle un silence absolu. Merlin continua :

— Aujourd'hui sont réunis à Camaalot les meilleurs chevaliers de Bretagne. Je les invite à s'asseoir à la table que voici...

Les tables auxquelles étaient assis les convives disparurent. Hommes et dames se levèrent, et leurs sièges disparurent aussi. Au milieu de la salle naquit un anneau de lumière qui se mit à tourner en grandissant, s'immobilisa, et devint une table de marbre rouge foncé en forme de couronne, posée sur cent cinquante courtes colonnes et entourée de cent cinquante sièges dont cent quarante-neuf étaient de bois de chêne, et le cent cinquantième d'un bois inconnu de couleur jaune. Sur le dossier des sièges étaient inscrits les noms de ceux qui devaient les occuper : *Ici le roi, Ici Gauvain, Ici Sagremor*, etc. Un bon nombre de sièges ne portaient pas de noms car les chevaliers présents n'étaient pas plus d'une centaine.

— Cette table est la troisième, dit Merlin, la première étant celle de la Cène, sur laquelle Jésus partagea le pain et le vin, la deuxième celle où Joseph d'Arimathie déposa le Graal en arrivant en Bretagne, et autour de laquelle s'édifia le Château Aventureux. La troisième table est ronde pour bien marquer qu'il n'existe et n'existera aucune préséance entre ceux qui prendront place autour d'elle.

Il montra le siège jaune et lut ce qui y était écrit. *Ici est le Siège Périlleux*.

— Celui qui y prendra place sera le meilleur chevalier du monde. Par lui sera découvert le Graal et mis fin aux temps aventureux. Mais qui essaierait de s'y asseoir sans en être digne serait englouti par les profondeurs de la terre.

— C'est Gauvain le meilleur ! cria Kou. Gauvain assieds-toi ! Vas-y !

« Gauvain ! Gauvain ! » crièrent d'autres chevaliers.

Gauvain blêmit.

— Je n'en suis pas digne, dit-il.

— Tu as peur ! cria Kou.

Gauvain devint rouge vif.

— Je te ferai rentrer ces mots dans la bouche avec dix pouces d'acier !

— Prouve ta vaillance ! Essaie le siège ! reprit Kou. On sait que tu es le plus fort ! Prouve que tu es le plus courageux !...

Gauvain avait cette faculté particulière que sa force augmentait à partir du lever du soleil jusqu'à devenir trois fois plus grande au milieu du jour, puis commençait alors à diminuer jusqu'à redevenir normale au coucher de l'astre. Si bien que c'était un homme plus redoutable en été qu'en hiver. Mais même sa force ordinaire faisait peur à beaucoup.

— Kou, dit le roi, tu n'agis pas bien en faisant de ce siège l'enjeu de ta querelle. Si tu as quelque chose à reprocher à Gauvain, tu régleras cela tout à l'heure au tournoi.

— Je n'ai rien à lui reprocher, et je l'aime bien, dit Kou.

Et c'était vrai. Mais il ne pouvait empêcher son caractère agressif de se manifester.

— Ami Merlin, dit le roi, lis-nous les noms qui sont inscrits sur les autres sièges.

Ce que fit Merlin, et au fur et à mesure les chevaliers s'installèrent aux places que l'Enchanteur leur désignait.

Quand tous les hommes appelés furent assis, il en restait six dont les noms n'avaient pas été prononcés, et parmi eux Guyomarc'h, le bel amant de Morgane.

Guenièvre, qui était au courant de leurs amours, regarda longuement sa belle-sœur, et celle-ci crut voir dans son regard l'équivalent d'une phrase comme : « Tu vois ce qui arrive à ton amant ? C'est bien fait !... » Et c'est à cet instant qu'elle conçut pour la reine une haine que rien ne put jamais éteindre.

Alors que Guenièvre, en regardant Morgane avec insistance, essayait seulement de comprendre pourquoi une femme libre, et intelligente, pouvait commettre l'inconséquence d'appeler des hommes dans son lit, alors qu'elle-même, obligée par le mariage d'y recevoir Arthur, s'en fût si volontiers passée. Elle n'y éprouvait pas de déplaisir mais pas de plaisir non plus. Cela faisait partie des devoirs de l'épouse, il fallait s'en accommoder. Mais Morgane, elle, n'avait pas d'époux, et aurait pu dormir en paix... Guenièvre avait, bien sûr, entendu parler des plaisirs de l'amour, elle les avait cherchés pendant la nuit de ses noces et celles qui suivirent, mais elle n'avait rien trouvé et rien reçu, et avait fini par croire que c'était là une fable dont on bernait les fillettes pour leur faire accepter et même désirer ce qui était nécessaire à la conception des enfants.

En cela encore elle éprouvait une déception. Elle tardait à être grosse, et il lui semblait bien qu'Arthur lui en voulait. Elle soupira et hocha un peu la tête en la détournant, et Morgane crut que c'était un signe de mépris qui lui était destiné, et sa haine s'en accrut.

Merlin, cependant, prononçait des paroles de réconfort à l'égard des exclus, leur disant que leurs noms avaient sans doute été oubliés, mais que rien n'était perdu, qu'ils auraient encore souvent l'occasion de prouver leurs mérites, et de voir leur nom s'inscrire sur un siège. Il ajouta :

— Il n'y a rien ici de prévu pour les dames, car c'est à un festin de batailles que sont invités ceux qui viennent de s'asseoir, et plus d'un y avalera une bonne ration de fer... Mais qui veut s'en aller peut se lever. Il ne lui en sera pas tenu rigueur.

Nul parmi les assis ne bougea.

Merlin poursuivit :

— D'autres chevaliers vont venir, poussés par leur vaillance, attirés par la renommée du roi, l'honneur d'être assis à la Table Ronde et le désir de prendre part à la grande recherche. Et les noms de ceux qui seront choisis s'inscriront sur les sièges. La Quête commencera quand tous les sièges seront pourvus.

Depuis qu'ils étaient assis, toute animosité avait disparu entre Kou et Gauvain, et tous les chevaliers se sentaient baignés d'une même chaleur fraternelle. Ils s'entre-regardaient et se découvraient de nouveaux visages, éclairés par l'amitié, la franchise et la détermination.

— Je demande au roi, dit Merlin, d'annuler le tournoi qui devait se tenir aujourd'hui. Les chevaliers de la Table Ronde ne doivent pas s'entre-tuer volontairement. Trop nombreux déjà sont ceux qui, pendant la Quête, perdront la vie de la main d'un ami dans des rencontres involontaires.

— Il est bon d'entretenir cavaliers et chevaux, répondit Arthur. Les joutes auront lieu, mais sans épées et à lances déferrées.

Des noms étaient déjà inscrits sur quelques-uns des sièges inoccupés. Arthur les lut. La plupart lui étaient inconnus. Un de ces noms était celui de Perceval.

Il s'étonna de ne pas trouver ceux de ses amis Ban et Bohor. Ne viendraient-ils pas s'asseoir à la Table Ronde et prendre part à la Quête ?

Merlin savait qu'ils en seraient bien empêchés.

Le roi Claudas de la Terre Déserte, vêtu de ses armes noires, avait l'air d'un tronc d'arbre brûlé sur son cheval couleur de cendre. Il avait les jambes maigres et le coffre énorme d'un sanglier. Ses dernières côtes semblaient s'ajuster directement sur ses cuisses, sans laisser de place au ventre. Il était pourtant capable de manger la moitié d'un chevreuil au dîner, et l'autre moitié au souper, ce qu'il faisait en poussant des grognements de plaisir tandis que ses dents broyaient la viande et que le jus et le sang coulaient dans sa gorge. Il était également capable de rester six jours sans manger, si ses actions guerrières ne lui en laissaient pas le temps. Sa force était colossale, et son obstination l'égalait. Il utilisait une épée qui pesait vingt livres et dont la lame était large comme la longueur de sa main, du bout du doigt du milieu jusqu'à l'os du poignet. Une barbe noire frisée lui couvrait le visage, dont on ne voyait que le blanc des yeux et des dents, quand il riait en brandissant son épée sanglante.

Décidé à conquérir les royaumes de Gannes et de Bénoïc, il avait rassemblé assez de forces pour mener une nouvelle offensive. Les deux royaumes étaient situés l'un à côté de l'autre en Petite Bretagne, Ban étant roi de Bénoïc et son frère Bohor roi de Gannes.

Claudas envahit d'abord le territoire de Gannes et blessa gravement Bohor au cours d'un combat. Bohor fut sauvé par ses chevaliers qui le transportèrent dans sa meilleure place forte. Claudas, se rendant compte qu'il lui faudrait beaucoup de temps pour la prendre, se tourna contre Ban et en quelques semaines ravagea le royaume de Bénoïc, contraignant le roi, dont les troupes avaient été détruites, à s'enfermer dans sa place de Trèbes avec ses derniers fidèles, sa femme Hélène et son fils nouveau-né. Claudas vint y mettre le siège.

Trèbes était facile à défendre, car des marais profonds l'entouraient sur trois côtés. Mais Ban, ne pouvant plus compter sur son frère pour l'aider à rompre le siège, ne vit d'autre solution que de faire appel à Arthur. Et il décida d'aller lui-même lui demander de secourir les deux royaumes.

L'armée de Claudas occupait tout le terrain sec. Le roi Ban ne pouvait quitter Trèbes qu'en traversant le marais. Cela paraissait impossible mais ne l'était pas, car il existait un chemin secret, caché par un pied d'eau, qui courait à travers les roseaux pendant plus de deux lieues pour parvenir enfin à la forêt.

Le cœur déchiré mais ne voyant pas la possibilité de faire autrement, le roi Ban confia la défense de la place à son sénéchal, après lui avoir fait jurer de la défendre comme ses yeux et son sang, et lui avoir promis de venir bientôt délivrer la ville, et s'engagea au milieu de la nuit sur le chemin noyé. Il emmenait sa femme, la douce et frêle reine Hélène, tout juste âgée de seize ans, et leur fils nouveau-né. Il n'avait pas voulu les laisser au péril de la ville. Il jugeait celle-ci imprenable, mais qui peut se garantir contre la trahison ?

Le roi Ban chevauchait le premier, l'épée au côté, suivi de la reine, et d'un troisième cheval monté par son écuyer qui portait l'enfant nouveau-né dans un panier d'osier tressé en forme de dentelles et garni de douces étoffes.

Ils atteignirent sans encombre le milieu du marais. A ce moment, Viviane, dans son sommeil, entendit la voix de Merlin qui lui disait :

— Le roi Ban vient de quitter Trèbes avec la reine et leur fils Galaad. Les soldats de Claudas vont bientôt les poursuivre pour les tuer. Ban va mourir. Sauve l'enfant !...

Et il lui montra l'endroit où elle devait intervenir.

A peine son roi parti, le sénéchal avait pris contact avec Claudas sous prétexte de conclure une trêve, et, au cours d'une entrevue nocturne, lui avait appris le départ du roi Ban, et proposé de lui livrer la ville s'il le faisait roi de Bénoïc. En retour de quoi il deviendrait son vassal. Claudas accepta, fit apporter des reliques, et les deux hommes jurèrent leurs promesses.

Le sénéchal, en rentrant dans la ville, en laissa les portes poussées mais non fermées. Claudas et ses hommes le suivaient de peu. La garnison endormie fut d'abord surprise, mais un combat furieux s'engagea pourtant, au cours duquel le feu fut mis à de nombreux édifices. Finalement, la place fut prise. Mais au cours du combat, un sergent, fidèle au roi Ban, convaincu de la trahison du sénéchal, d'un coup d'épée lui fit voler la tête.

Celui qui trahit, il ne doit pas pouvoir s'en vanter.

Après avoir traversé le marais et une partie de la forêt, les fugitifs arrivèrent au bord d'un lac que dominaient des collines. Le jour se levait. Le roi Ban, jugeant tout danger écarté, décida de faire halte.

L'écuyer posa sur l'herbe fraîche le panier contenant l'enfant et donna le poing à la reine pour l'aider à descendre de son cheval. Elle vint prendre son fils, le mit tout nu, le lava dans l'eau du lac ce qui le fit hurler car l'eau était fraîche, le sécha, le frotta, l'enveloppa d'un fichu de fine laine, se délaça et tendit en souriant de bonheur, à la bouche du goulu, son sein douillet.

Ban avait poussé son cheval vers le haut de la colline dans l'espoir de jeter un dernier coup d'œil sur sa ville quittée. Quand il parvint au sommet, il vit, à l'horizon, des colonnes de fumée s'élever derrière les murs que la distance rendait minuscules. Il comprit que Trèbes était prise, et en éprouva une telle douleur qu'il s'évanouit. Sa conscience perdue, il tomba de son cheval et sa chute fut si mauvaise qu'il se brisa le cou.

Le cheval redescendit nonchalamment en cueillant, de-ci, de-là, la pointe tendre d'un rameau ou une touffe d'herbe fraîche du matin.

Le voyant revenir sans son cavalier, la reine s'affola, confia son fils à l'écuyer et courut vers la colline. L'écuyer l'entendit, au bout d'un moment, pousser de tels cris qu'il courut à son tour vers elle, et la trouva accroupie, désespérée, près de son mari mort, dont elle tenait la tête sur ses genoux.

Mais, regardant l'écuyer, elle se dressa brusquement.

— Mon fils ? Qu'avez-vous fait de mon fils ? cria-t-elle.

Affolé par les cris de la reine, il avait, pour courir plus vite et les mains libres à son secours, tout simplement posé le bébé dans son panier, sur l'herbe.

Et la mère dévala la colline en pensant au loup, au renard, au sanglier, à la belette, aux frelons, au perce-cœur, à mille dangers parmi lesquels elle oubliait Claudas, alors que l'écuyer apercevait, d'en haut, un groupe de cavaliers du roi noir en train de sortir de la forêt.

Courante, éperdue, essoufflée, la reine arriva au bord du lac pour y découvrir, stupéfaite, une jeune femme très belle, à peine vêtue, qui tenait dans ses deux mains, à bout de bras, son fils tout nu, comme pour le présenter au soleil levant. Elle riait, et l'enfant riait, et le soleil semblait rire aussi, et les illuminait d'or.

— Madame, Madame, cria la reine, c'est mon fils. Rendez-le-moi.

Elle se précipita pour arracher à l'inconnue son bien précieux.

Mais la jeune femme semblait ne pas l'entendre. Elle marchait dans le lac, vers les eaux profondes, serrant l'enfant contre sa poitrine, et elle disparut avec lui sous la surface des eaux.

Les cavaliers de Claudas trouvèrent le roi Ban mort, et la reine à moitié folle, criant qu'on lui avait noyé son fils et leur offrant sa gorge pour qu'ils y plongent leur épée et la délivrent de la vie. Mais, pris de pitié, ils l'épargnèrent, la confiant à son écuyer.

Celui-ci la conduisit au couvent le plus proche, où elle se fit nonne. Elle y resta sa vie durant, ayant perdu en un instant, à la fleur de son âge, son mari, son fils, son royaume et ses biens. C'est elle que l'histoire des hommes nomma la Reine aux Grandes Douleurs.

Après avoir laissé la reine Hélène en sécurité dans le couvent, l'écuyer fidèle prit la route de la place forte dans laquelle le roi Bohor blessé subissait le siège d'une partie de l'armée de Claudas. Sans armes, brandissant une enseigne blanche, les épaules couvertes d'une étoffe rouge en signe de deuil, il obtint passage des assiégeants. Introduit dans la chambre du roi, il le trouva couché, très maigre, le teint verdâtre sous sa barbe, en proie aux mouches qu'attirait la mauvaise odeur de ses blessures, et que chassait de son mieux sa femme, présente à toute heure à son côté.

L'écuyer, qui se nommait Pharien, mit genoux en terre, et laissa sortir de lui toutes les mauvaises nouvelles dont il était porteur et qui l'étouffaient. La reine s'évanouit, les servantes l'emportèrent. Le roi se sentit si mal qu'il sut qu'il allait mourir. Il dit à l'écuyer, qu'il connaissait bien :

— Rien ne pourra plus, maintenant, empêcher Claudas le Noir de prendre tout mon royaume. Je crains pour la vie de la reine et de nos deux fils. Quand je serai mort, nul ne les défendra...

— Sire, confiez-les-moi, dit Pharien. Je les ferai sortir de la ville comme s'ils étaient ma propre famille...

— Approche-toi, dit le roi.

Saisissant avec ses dernières forces son épée couchée près de lui sur son lit, il en frappa l'épaule de Pharien, et dit :

— Au nom de Dieu, je te fais chevalier... Que cette épée soit désormais la tienne. A sa garde, et à ta fidélité je confie ce qui m'est le plus cher...

Le roi Bohor mourut trois jours plus tard. Les assiégés, ayant obtenu la vie sauve pour tous les habitants et combattants, ouvrirent les portes aux soldats de Claudas.

Pharien réussit à quitter la ville avec la reine, ses enfants, et une suivante qui avait l'habitude de s'occuper d'eux.

L'aîné des enfants se nommait Lionel. Il avait vingt et un mois. Son frère, âgé de neuf mois, se nommait Bohor comme son père.

Sachant que Claudas allait les faire rechercher pour les mettre à mort, l'écuyer fit comprendre à la reine qu'elle devait s'en séparer. Déchirée de douleur, elle accepta, et exprima le désir de se retirer dans le même couvent que sa sœur, la veuve du roi Ban. Pharien l'y conduisit et s'éloigna avec les enfants, qu'elle pourrait revoir un jour, si Dieu voulait.

Pharien proposa à la suivante, qui était jeune et belle, de l'épouser. Ils furent unis en mariage par un ermite de la forêt. Ils en sortirent pour aller s'installer dans un petit manoir que Pharien tenait de sa famille, avec les deux enfants comme s'ils étaient nés d'eux. Outre Pharien, seule sa femme connaissait qui ils étaient.

— Pourquoi m'as-tu fait sauver cet enfant ? demanda Viviane.

Merlin, qui était très loin d'elle, en train de s'occuper de Perceval, lui répondit :

— A cause de son nom. Il a reçu en baptême le nom de Galaad, qui signifie « le plus fort ». Si tu l'éduques bien, il deviendra peut-être aussi le plus intelligent et le plus vertueux. Le tout réuni pourrait faire de lui « le meilleur » ! Pour l'instant, il a l'air d'être seulement le plus affamé !... Mais il n'aime guère ce que tu lui offres !...

Viviane, assise au pied d'un pommier fleuri, avait appelé une petite chèvre blanche qui nourrissait son chevreau, lui avait ordonné de se coucher, et la chèvre s'était couchée, car les animaux lui obéissaient.

Elle avait posé sur l'herbe, entre ses pattes, Galaad qui criait de faim, et lui avait mis sur les lèvres un des deux bouts de la mamelle gonflée de lait.

L'enfant avide l'avait aspiré, avait bu, puis recraché en hurlant le lait et le tétin, puis repris ce dernier, recommencé à boire et à cracher, partagé entre sa faim et sa répulsion. Il était furieux, son visage barbouillé de lait, son petit corps nu, potelé, constellé de pétales du pommier qui tombaient en neige rose nonchalante au moindre souffle de la brise.

— C'est du lait de femme qu'il veut et qu'il lui faut, dit Merlin.
— Je vais demander à mon père de m'envoyer une nourrice...
— Non ! dit vivement Merlin. Le lait que l'enfant boit au sein de sa mère est comme le sang dont elle l'a nourri dans son ventre. Il y retrouve les qualités qui l'ont construit, et qui vont le faire grandir. Encore faut-il que qualités il y ait. Si ce bel enfant boit le lait d'une femme ordinaire, il deviendra un homme ordinaire...
— Alors il faut le rendre à sa mère...
— Claudas la surveille. Si l'enfant lui revient, il le fera saisir et périr. Mais, dans son malheur, qu'il ignore, le petit perdu va trouver mieux que le lait de sa mère...
— Comment ?
— C'est toi qui vas le nourrir !...
— Moi ?...
— Est-ce que cela te déplaît ?

Elle regarda le nourrisson rageur et superbe qui pétrissait de ses petites mains la mamelle de la chèvre, et elle se mit à rire d'amour. Cet enfant remplacerait celui qu'il lui était interdit d'avoir avec Merlin. Il serait *leur* enfant. Elle l'avait aimé dès qu'elle l'avait vu, au bord du lac, posé dans son panier, pareil à un fruit offert. Elle l'avait déshabillé de son fichu et tendu à bout de bras vers le ciel du jour neuf, et il s'était mis à rire comme s'il attendait ce moment depuis sa naissance...

— Non, cela ne me déplaît pas, dit-elle, mais comment ferai-je ? Mes seins sont secs...
— Tes seins sont sources et fontaines, sources de joie et fontaines de vie... Si je suis un jour admis à regarder dans le Graal, c'est certainement eux que j'y verrai. Ils sont la double perfection du monde, ils expliquent les mouvements et les formes, et éclairent les mystères. Maintenant ils vont remplir la fonction qui est la leur...

« Perceval !... Si tu lèves ton épée sans te couvrir de ton écu, tu vas recevoir la mienne dans la gorge ! Là ! Tu peux considérer que tu n'as plus de tête...

« Ne laisse pas cet enfant boire plus longtemps ce lait de biquette, qui le détruit... Endors-le, allonge-toi dans l'herbe, ferme les yeux, et croise tes deux mains sur ton ventre...

Viviane posa un doigt sur le front de l'enfant qui s'endormit dans un sourire. Puis elle s'allongea comme Merlin lui avait dit. Avant de fermer les yeux elle vit au-dessus d'elle ses oiseaux se percher dans le pommier dont les fleurs emplissaient le ciel. La chevrette, en quatre bonds, avait rejoint son biquet.

Elle croisa ses mains sur son ventre, et au loin Merlin le sut et fit le signe qu'il fallait. Alors elle sentit, sous ses mains, son ventre se mettre à vivre. Il y eut des fleuves et des soleils, des volcans et des dragons, et les oiseaux et les poissons des profondeurs, et les flux et les reflux du premier océan, et une immense plaine paisible couverte de fleurs. Et puis il y eut quelqu'un de décidé, qui tenait toute la place, la trouvait trop exiguë, et lui donnait des coups de pied dans le cœur pour qu'elle le laissât sortir. Alors elle s'ouvrit et Galaad cria, avec un cri pointu, pour faire savoir qu'il était là et qu'il avait faim.

Elle sentit la vie monter en un courant chaud de son ventre à sa poitrine, elle arracha son vêtement, prit l'enfant contre elle, et le nourrit.

— Perceval !... Tu te bats comme une chatte d'amour, la bouche ouverte et le ventre à l'air ! Ferme ta bouche ! Ou je vais l'emplir de fer ! Couvre ton ventre avec l'écu ! Baisse la tête ! Abrite-toi et fonce ! Plus vite ! Plus vite !... Je suis là devant toi, tu dois me pulvériser, m'envoyer de l'autre côté de la rivière !...

« C'est raté ! Il a suffi que mon cheval fasse un écart d'un pied ! Où sont donc tes yeux ? Ils doivent être au bout de ta lance ! Allez ! Recommence !...

A de tels moments, Perceval haïssait le maître qu'il avait trouvé exactement où Merlin le lui avait indiqué, et qui avait accepté de lui enseigner ce qu'il savait.

Ce maître était Merlin lui-même. Il avait pris l'apparence d'un vieux chevalier mort quelques années auparavant, de sa mort naturelle, sans jamais avoir été vaincu en tournoi ou au combat. Ses cheveux et sa barbe étaient blancs comme neige, sa peau couleur cuivre, ses yeux d'un bleu très pâle. Une cicatrice rouge lui dessinait un éclair sur toute la longueur du front. De son oreille gauche il ne lui restait qu'un fragment pas plus gros qu'une noisette. Un habile barbier avait remplacé ses dents brisées par celles d'un loup, ce qui lui donnait quand il souriait un air terrifiant, bien que ses yeux fussent pleins de gaieté. Il n'avait plus de main droite, mais il maniait l'épée de l'autre bras avec tant de force et de rapidité que Perceval n'avait jamais le temps de voir arriver le coup qui aurait pu l'occire.

Et sans cesse le vieux dur-à-cuire le faisait recommencer, recommencer, recommencer. Le garçon devenait ce que voulait Merlin. Peu à peu il lui apprit à dominer sa rage, à en être le maître et à la diriger droit sur son adversaire.

— Tu ne dois penser qu'à une chose : le détruire... Même s'il est ton meilleur ami. Le temps du tournoi il devient ce que tu dois faire disparaître, l'obstacle, l'ennemi, le Diable (Que Dieu t'en garde !), l'horreur du monde ! Tu dois nettoyer l'horizon, faire le vide devant toi ! Toute ta force, ta volonté, ta fureur, sont dans ton corps et dans tes bras qui frappent avec la lance et l'épée. Mais ta tête reste claire. Ton œil voit venir le coup de l'adversaire. Et tu frappes *avant !* Tu es le plus rapide, et le plus fort... Recommence !...

« ... Même si ton adversaire est l'homme que tu hais le plus au monde, quand tu l'as jeté à terre, désarmé, ne l'achève pas. Il n'y a aucune gloire, seulement de la honte, à tuer un homme sans arme. Rends-lui son épée et recommence à te battre.

« Tu ne peux le tuer que s'il peut se défendre. S'il se reconnaît vaincu, envoie-le avouer sa défaite et s'incliner devant celui qui t'aura fait chevalier, ou la dame que tu auras choisie... Recommence !...

Jamais apprenti chevalier n'avait eu pareil maître, et jamais aucun n'avait fait si rapidement de tels progrès. Mais chaque fois que Perceval riait, enfin content de lui, Merlin lui démontrait aussitôt qu'il ne valait rien, et le faisait, encore, recommencer...

Ce jour-là, au sixième assaut que Merlin lui fit rater, Perceval, furieux, jeta sa lance loin de lui. Alors la voix du maître gronda comme un tonnerre :

— Viens ici ! Viens ! Approche-toi !

Et quand les deux chevaux furent côte à côte :

— Ce n'est pas ta lance qui est maladroite ! C'est toi ! C'est toi qui mérites d'être jeté !

Et de sa seule main gauche il le saisit par son haubert, qu'il froissa comme de la paille, l'arracha à sa selle et à ses éperons, et le jeta à terre à côté de son arme.

— Fais-lui tes excuses !

Perceval se redressa d'un bond.

— Des excuses ?... Jamais !...

Merlin sourit de son sourire de loup.

— Je devrais te frapper sur la tête jusqu'à t'enfoncer en terre comme un pieu que tu es ! Ta lance est ta meilleure amie après ton épée, mais même devant un adversaire il n'y a pas d'humiliation à s'excuser quand c'est justifié. Se rendre compte qu'on a eu tort, c'est s'éclairer sur soi-même, et le reconnaître devant autrui c'est faire preuve de qualité.

Perceval regardait son maître avec ses yeux naïfs grands ouverts, et comprenait... Son maître avait toujours raison, et lui apprenait toujours quelque chose. Il se laissa tomber à genoux devant sa lance, et lui dit :

— Dame lance, ma fidèle, je me suis mal conduit, je vous demande pardon !...

Puis il la prit dans ses deux mains, la souleva jusqu'à ses lèvres et la baisa.

L'Enchanteur fut satisfait. Ce garçon était bon. Très bon...

— Tu peux te reposer un moment, dit-il. Nous continuerons à l'épée tout à l'heure...

Perceval s'allongea sur place et s'endormit en une seconde. Son écuyer, que Merlin lui avait choisi, s'occupait de son cheval, qui fumait.

Merlin ne lui enseignait pas seulement les armes, mais aussi les manières de courtoisie, le service des faibles, de la justice, des dames et des demoiselles, et bien entendu, de Dieu... Il était ravi par sa pureté de cœur, son courage, sa force exceptionnellement grande pour son âge, sa résistance, son opiniâtreté à suivre le dessein qu'il s'était fixé, tout droit, clairement, en déblayant son chemin avec ses armes ou ses paroles franches.

Un jour, il commença à lui parler de l'amour. Il voulait lui recommander de se méfier de ce qu'il croirait être les élans de son cœur d'homme, alors qu'ils ne seraient que ceux de sa nature animale. Et de l'attirance violente que pourraient exercer sur lui des filles qui n'auraient pas d'autre mérite que d'être des filles...

Mais il se tut brusquement. Comment osait-il donner des conseils en cette matière, lui qui avait succombé au premier coup d'œil, et que la non-possession de la femme aimée, et l'éloignement qu'il s'imposait, tourmentaient comme fers rouges ? Et d'ailleurs, dans ce domaine, tous les conseils qu'on peut donner ne sont-ils pas vains ?

Il soupira. Non, il n'avait plus rien à apprendre à ce garçon. Il fallait maintenant que ce soit la vie qui l'enseigne. En six mois de leçons, plus dures chaque jour, et grâce à ses qualités innées, il en avait fait un combattant magnifique. Il n'y avait sans doute pas, dans les trois Bretagnes, un seul chevalier capable de résister à son assaut, sauf peut-être Gauvain avec sa triple force de midi.

Il fit à Perceval juste assez de compliment pour l'encourager sans le rendre vain, et lui dit qu'il pouvait maintenant se rendre à la cour du roi Arthur pour se faire armer chevalier.

Et qu'il ne fallait plus tarder.

Il le pourvut de linge et de vêtements, lui donna une bourse pleine afin qu'il pût secourir les misères rencontrées, et lui laissa les armes qu'il avait gagnées sur l'Orgueilleux, ainsi que son cheval qui était excellent et auquel il s'était habitué.

Suivi de son écuyer, Perceval, heureux comme un gerfaut qu'on vient de décapuchonner, s'en alla sans se retourner, de la même façon qu'il avait quitté sa mère, dont il ignorait qu'elle était morte de le voir partir.

Et Merlin, le regardant s'éloigner, se disait qu'il venait de lancer un beau guerrier dans la Quête. Et il se demandait : « Sera-ce celui-là ?... »

Pendant tout le temps qu'avait duré son enseignement de Perceval, il s'était abstenu de se rendre auprès de Viviane. Il la voyait chaque fois qu'il le désirait, quelle que fût la distance qui les séparât, et conversait avec elle comme si elle s'était trouvée à son côté. Mais il craignait de s'en approcher véritablement avec toute la présence de son corps.

Après le départ de son élève, auquel il s'était attaché, il se sentit tristement solitaire. De grandes tâches l'attendaient encore, mais c'était un moment de détente dont il pouvait profiter pour faire à Viviane dans son lac une brève visite. Pourquoi pas ? Etait-il si faible ?

Une voix murmurait dans sa tête : « Tu ne risques rien, tu le sais bien, tu es maître de toi, tu es le plus fort... Et elle est si belle... Tes mains ont tellement envie de se poser sur elle... »

Il crut sentir ses mains caresser ses hanches, ses seins, ses épaules... Sa peau si douce... tiède... fraîche...

Il cria : « Va-t'en !... » en dessinant sur son front le signe de la croix.

Il y eut dans l'air un énorme éternuement, une trombe d'eau fit déborder le fleuve. Tout s'apaisa sur un signe de Merlin. Il soupira. Son père noir, en essayant de le tenter, lui avait rendu service, lui permettant de se rendre compte de sa faiblesse. Il avait besoin de solitude, de silence et de recharger ses forces. Il sourit à l'évocation de ses amis les arbres et se retrouva au milieu d'eux, dans sa chère forêt de Brocéliande. Il s'assit sur son pommier.

— Sire, voilà peut-être celui qui nous manquait, dit Gauvain.

Assis à la gauche du roi, face à la porte ouverte, il voyait comme lui approcher de la troisième enceinte un chevalier dont les armes brillaient au soleil comme si elles eussent été d'argent neuf.

Depuis que Merlin avait fait surgir la Table Ronde, Arthur, quand il se trouvait à Camaalot, y prenait place chaque samedi avant le dîner, avec les chevaliers présents. On ne s'asseyait pas à la Table Ronde pour manger, mais pour se recueillir et se sentir baigné de ce sentiment d'amitié et de ferveur qui unissait tous ceux qui prenaient place autour d'elle. C'était également ce jour-là, à cette heure, qu'on accueillait les nouveaux venus dont les noms s'étaient inscrits sur les sièges vacants.

Le nombre des chevaliers admis à la Table avait rapidement augmenté, ceux qui en avaient d'abord été écartés ayant pour la plupart fait des preuves de leurs mérites et d'autres étant venus de partout, attirés par le désir de participer à la grande aventure. Quelques sièges étaient encore inoccupés, mais portaient tous des noms. Il ne restait qu'un inconnu : le cent cinquantième, celui qui occuperait le Siège Périlleux. Personne, jusque-là, ne s'en était jugé digne.

Celui qui arrivait, aux armes qui semblaient d'argent, c'était Perceval. Cette fois-ci il fit preuve de l'éducation qu'il venait de recevoir : il mit pied à terre et laissa son cheval dehors.

Aussitôt entré, il reconnut Arthur et s'adressa à lui :

— Sire, je suis venu vous demander de me faire chevalier. Mon maître m'a dit que nul autre que vous ne devait m'adouber. Aujourd'hui j'ai des armes, et je sais m'en servir...

— Qui est ton maître ? demanda Arthur.

— Je ne sais pas, répondit Perceval avec simplicité.

Arthur regarda avec amusement le jeune garçon dont les yeux noirs brillants fixés sur lui, grands ouverts sous le heaume, paraissaient clairs comme source.

— Tu ne sais pas qui t'a enseigné ?

— Je sais bien ce qu'il est : le meilleur jouteur du monde, et le maître le plus dur. Mais je ne connais pas son nom.

— Tu ne le lui as jamais demandé ?

— Ma mère m'a dit de ne jamais poser de question indiscrète...

— Ah ah ! ce n'est pas un guerrier qui nous arrive, c'est un nourrisson ! cria Kou, rompant l'amitié de la Table.

Dans un geste fulgurant, Perceval brandit son bras vers lui, l'index tendu.

— Toi, je te reconnais ! Tu m'as fait commettre une mauvaise action la première fois que je suis venu ici... Ces armes que je porte, je les ai prises, à cause de tes paroles mauvaises, à un chevalier que j'ai tué avec un javelot, comme s'il était une bête. Je m'en suis confessé, mais tu as ta part dans ma faute et tu devras payer. Quand le roi m'aura fait chevalier, c'est toi qui recevras mes premiers coups !

Le roi intervint pour l'apaiser.

— Nous avons tous déploré ce qui t'est arrivé, et a causé la mort de l'Orgueilleux, dit-il. Mon sénéchal Kou, qui t'y a poussé par des paroles imprudentes, s'en est repenti... Tu nous as dit le nom de ton oncle : le roi Pellès le Riche Pêcheur, mais tu ne nous as pas dit le tien...

— Mon nom est Perceval !

— Ce nom est déjà inscrit sur un siège. Il t'attendait... Ta place est parmi nous. Je te ferai chevalier demain matin. Va te préparer... Mais tu ne pourras pas affronter le sénéchal : les chevaliers de la Table Ronde ne doivent pas se battre volontairement entre eux, leurs vies sont trop précieuses, et réservées à la Quête.

— Je ne veux pas lui prendre la vie, dit Perceval, mais il doit être puni, et par moi.

— Ce jeune garçon a certainement besoin d'encore quelques leçons, dit Kou. Sire, permettez-nous de nous rencontrer, avec promesse de vie épargnée.

— Qu'il en soit ainsi, dit le roi.

C'était la veillée de la Saint-Jean de juin. Dans la forêt, la nuit douce bruissait de l'activité des bêtes nocturnes, Merlin écoutait vivre les fourmis qui ne dorment jamais, les mille-pattes qui font leur chemin sous l'écorce, les mulots dans leurs tunnels, le vol velours des chouettes, le petit grognement des hérissons, le battement lent du cœur des biches endormies, et celui des oiseaux, si rapide qu'on dirait un frémissement. Il entendait tout, il sentait toutes les odeurs, de l'humus et des feuilles fraîches, des fleurs fatiguées et de celles qui allaient s'ouvrir à l'aube, et du sang des arbres perlant par des écorchures. Il tendit ses mains ouvertes, et il toucha toute la forêt dans le creux de ses paumes.

Il murmura le nom de Viviane, et Viviane l'entendit et prononça le nom de Merlin avec la même tendresse. Il lui dit :

— Je te donne la forêt de la Saint-Jean...

Et Viviane reçut les parfums, et la fraîcheur des feuillages, et les frôlements et les chuchotements, le pépiement de l'enfant faisan qui rêve, le ronflement du sanglier, les dernières notes du rossignol, et elle sentit dans ses mains toutes les écorces lisses et rugueuses, et la mousse humide et douce comme le nez d'un agneau...

Elle flottait à la surface d'une mer de feuilles, elle se laissa submerger, elle devint la forêt, ses doigts ouverts fleurissaient...

— C'est Brocéliande, dit-elle à voix basse. Tu es tout près... Pourquoi ne viens-tu pas ?

— Bientôt, dit Merlin. Bientôt... Bientôt...

Sa voix s'éloignait, s'éteignit dans le lointain, et dans Viviane et autour d'elle la forêt lentement s'effaça. « Bientôt... » Viviane se demandait quelle était la signification de ce mot prononcé par un être pour qui un an, un jour, une heure, pouvaient avoir la même durée...

Autour de Camaalot, des feux perçaient jusqu'aux horizons la nuit pâle, trop brève pour avoir eu le temps de devenir noire, nuit la plus courte de l'année, ponctuée de feux qui disaient au soleil : « Reste près de nous, ne recommence pas à t'éloigner, garde-nous l'été, ne laisse pas l'hiver venir... » Les villageois dansaient autour d'eux et les garçons les plus hardis sautaient à travers les flammes. Les prudents attendaient qu'elles fussent devenues braises et cendres.

Perceval veillait, debout dans la chapelle chaude de la flamme des chandelles qu'un clerc renouvelait par bouquets. Six chevaliers en armes veillaient avec lui, parmi lesquels avaient tenu à se trouver Kou et Gauvain. Perceval était pieds nus et tête nue, vêtu d'une robe de lin blanc qu'il avait revêtue après s'être baigné. Il passa toute la nuit en prière. Des petits garçons somnolents chantaient avec des voix d'anges des cantiques en latin auxquels ils ne comprenaient rien, mais le rossignol comprend-il ce qu'il chante ? Quand l'aube fut passée, Perceval prit un second bain et revêtit une fine chemise et une robe de soie rouge que lui avait données le roi, suspendit son épée à son cou.

L'archevêque et ses clercs arrivèrent, puis le roi en armes, tenant par la main la reine couronnée.

Perceval donna son épée à l'archevêque qui la tint devant lui horizontale et lui chanta quelque chose que peut-être elle comprit. Cependant, le roi fixait au pied droit de Perceval un éperon d'or, tandis que la reine fixait celui du pied gauche. Gauvain et Kou le vêtirent d'un haubert à doubles mailles qui ne faisait qu'un avec le bonnet de mailles, sur lequel le roi fixa un heaume pointu au large nasal. La reine lui passa baudrier et ceinture de cuir cloutés d'or.

Alors le roi prit l'épée bénie par l'archevêque, et la fixa à la ceinture et au baudrier, en disant à Perceval : « Sois chevalier ! » puis lui donna la colée, c'est-à-dire, de sa paume gantée de fer, un grand coup sur la nuque, en ajoutant d'une voix forte : « Sois preux ! »

A demi assommé, Perceval réagit comme il se devait, en se redressant d'un mouvement vif et en courant hors de la chapelle, devant la porte de laquelle l'attendait son écuyer, qui tenait son cheval, sa lance, et son écu.

Sans prendre appui à l'étrier, il bondit en selle, empoigna la lance et l'écu et galopa vers la lice où il allait rencontrer Kou. Il parcourut plusieurs fois la longueur du champ dans les deux sens, pressant son cheval au maximum, sous les cris de joie de la population de la cité, venue saluer le nouveau chevalier et assister à la joute.

Kou arriva à son tour, puis d'autres chevaliers qui avaient voulu profiter de la permission du roi pour se dérouiller un peu.

Enfin Arthur et Guenièvre prirent place dans les tribunes qui avaient été édifiées pendant la nuit, et Kou et Perceval se firent face aux deux extrémités de la lice et, au signal du roi, s'élancèrent l'un vers l'autre.

Le choc fut d'une grande violence. Les deux lances volèrent en éclats, mais tandis que Perceval continuait sur sa lancée, Kou fut projeté à terre et son cheval, arrêté net comme s'il avait heurté un mur, se mit à trembler, puis s'effondra. Lorsque Kou reprit ses esprits il vit Perceval à terre, debout devant lui, qui lui demandait :

— Reconnais-tu m'avoir poussé à une mauvaise action et veux-tu en exprimer le regret ?

Pour toute réponse, Kou se redressa vivement et tira son épée. Mais l'épée de Perceval paraissait dix fois plus rapide que la sienne, et frapper dix fois plus fort. Elle lui trancha son baudrier et sa ceinture, fit voler les plaques de sa cotte, écorna son heaume, coupa en deux son écu et finalement lui arracha son arme des mains et l'envoya au pied de la tribune.

Alors Perceval s'immobilisa et attendit. Et Kou dit :

— Je reconnais que je t'ai fait du tort. Je reconnais que tu m'as battu. Et j'ajoute que je n'ai jamais rencontré un adversaire aussi vaillant que toi.

— Va le dire au roi ! dit Perceval.

Et Kou se rendit devant la tribune pour témoigner de sa défaite de la main de Perceval. Il le fit sans humiliation, c'était l'usage, et tout le monde avait pu voir en action les qualités de Perceval. Il n'y avait pas de honte à être battu par lui.

Arthur et ses chevaliers avaient suivi le combat avec excitation, en connaisseurs. Le plus excité était Gauvain. Il cria :

— Perceval ! Je veux t'essayer ! M'acceptes-tu ?

Perceval se tourna vers le roi pour lui demander son accord, et Arthur fit un signe d'assentiment. Il n'était pas mécontent de ce défi. La défaite de Kou n'était pas entièrement probante. Il était bon guerrier, mais pas des plus hauts. Tandis que Gauvain, à cette heure du jour, disposait déjà de sa deuxième force. Le temps que Perceval réussirait à lui résister serait la mesure de sa valeur.

Ce fut bref. Au premier assaut, Gauvain vida les étriers et se retrouva à terre. A la fois amusé et furieux, il remonta en selle, et au deuxième assaut fut de nouveau jeté bas. Dans les tribunes et tout autour de la lice, le roi et les spectateurs n'en croyaient pas leurs yeux. Gauvain, le grand Gauvain avait trouvé son maître ! Pour le troisième assaut il choisit une lance lourde et épaisse, bien équilibrée, qui se terminait par un fer de tournoi à trois pointes. Perceval en prit une semblable, la soupesa, la posa sur le feutre, et les deux hommes s'élancèrent.

Il y eut alors, montant de la foule, une sorte d'énorme soupir d'étonnement, car à tout le monde apparaissait ce qui était le phénomène Perceval : il n'était qu'élan, force, vitesse. Confondu avec son cheval et pointant sa lance comme si elle était le prolongement de lui-même projeté devant lui par sa volonté absolue d'abattre son adversaire, il fonçait sur celui-ci à la façon d'un fléau naturel, foudre, ouragan, contre lequel il n'est pas de défense.

Et à ce troisième choc il renversa non seulement l'homme, mais son cheval.

Gauvain, se relevant, alla directement, sans y être convié, témoigner devant le roi de la victoire de Perceval.

— Sire, dit-il, vous avez aujourd'hui donné la colée au meilleur de nous tous. Je ne le prendrai pas à l'épée car pour l'arrêter il faudrait que je le tue. Mais peut-être me tuerait-il avant... Pour moi il ne fait pas de doute que c'est lui qui doit s'asseoir au Siège Périlleux !...

Mais au repas qui suivit, alors que le roi, la reine, et les chevaliers renommés, et les dames les plus belles et les mieux parées, prenaient place aux tables hautes, Perceval alla s'asseoir à une table basse, parmi les chevaliers les plus humbles, car rien ne pouvait entamer sa simplicité.

Alors une suivante de la reine entra dans la salle, vêtue d'une robe blanche, et se dirigea vers lui, et resta immobile devant lui à le regarder, sans dire un mot. Elle était jeune et belle et son visage était illuminé de tendresse, et ses yeux pleins de larmes de joie.

Perceval, se rappelant que sa mère lui avait recommandé de ne jamais poser de question indiscrète, n'osait lui demander ce qu'elle voulait. Et peu à peu le silence se faisait dans la salle, et tout le monde regardait Perceval et la jeune fille que chacun connaissait au château, sauf Perceval nouveau venu. Et chacun savait pourquoi elle ne disait rien, sauf Perceval.

Et tout à coup elle parla. Elle dit :

— Chevalier de Jésus-Christ, tu as bien choisi ta place aujourd'hui, dans la pureté de ton cœur. Quand tu t'assiéras à la Table Ronde, sache choisir aussi bien entre le Siège Périlleux et celui qui porte ton nom...

Les larmes coulèrent de ses yeux et elle ajouta :

— Quand tu me rencontreras de nouveau, ce sera pour me voir mourir...

Puis elle se détourna et sortit.

Dans la salle régnaient la stupéfaction et l'émerveillement. C'était un miracle qui venait de se produire. Car tous savaient, sauf Perceval, que les mots qu'ils venaient d'entendre étaient les premiers que la jeune fille ait prononcés de sa vie : elle était muette depuis l'instant de sa naissance. C'était d'ailleurs pourquoi on la nommait *Celle-qui-jamais-ne-mentit*...

Le samedi suivant, quand se tint la Table Ronde, le roi dit à Perceval :

— De l'avis de tous, tu es le meilleur chevalier de ceux qui sont ici présents. Il semble que ce soit toi qui doives t'asseoir au Siège Périlleux. Veux-tu y prendre place ?

— Sire, répondit Perceval, je vois sur ce siège des lettres tracées qui signifient qu'il doit être occupé par le meilleur chevalier du monde. Comment saurais-je que je suis le meilleur alors que je n'en ai encore rencontré que deux ? Pour m'affirmer le meilleur, il faudra que je batte tous ceux qui sont dans le monde. Si Dieu m'aide, j'en suis peut-être capable, mais cela prendra du temps... Si vous m'y autorisez, Sire, demain je commencerai par ceux qui sont ici et qui le voudront. En attendant, puisque cet autre siège porte les lettres qui disent mon nom, je crois que c'est la place qui me convient...

— Ce garçon n'est pas bête, dit Kou, il a su éviter le péril du siège...

Mais Arthur savait que Perceval n'y avait mis aucune malice. Il lui dit :

— Tu as bien raisonné, avec un esprit droit. Mais il est certain que tu ne pourras jamais rencontrer tous les chevaliers du monde ! Il faudra que tu prouves ta valeur autrement. Demain j'autorise ceux qui sont ici à te rencontrer et à se rencontrer entre eux, avec promesse de vie épargnée. Ce sera la dernière joute à Camaalot avant longtemps, car maintenant nous sommes autant de chevaliers que de sièges autour de la Table Ronde, même si certains sont absents et si nous ne savons toujours pas qui doit s'asseoir au Siège Périlleux. Il convient donc que la Quête du Graal commence...

Il y eut un moment de profond silence, puis le roi s'assit, et les cent douze chevaliers présents en firent autant. Quand ils furent dans leurs sièges ils sentirent s'établir dans leur corps et dans leurs sentiments cette sérénité, cette confiance et cette amitié qui les liait entre eux comme des frères.

— Lundi, reprit le roi, ceux qui voudront partir pour l'Aventure partiront. Voici les deux règles que je mets à la Quête, et qui me sont inspirées de plus haut : la première est que l'absence de chacun ne devra pas durer plus d'un an et un jour ; la deuxième est que lorsque l'un d'entre nous disparaîtra, les autres s'en iront à sa recherche, pendant un an et un jour. Et j'en ajoute une troisième, qui me concerne : je ne participerai pas personnellement à l'Aventure. Le royaume en est le centre, et il a besoin de moi pour le maintenir et le défendre...

Il se tut. Il attendait quelque chose. Et tous attendaient la même chose : qu'en ce moment solennel, Merlin, maître de la Quête, vînt ou se manifestât.

Mais Merlin ne vint pas.

A la joute du lendemain, Perceval battit Alain le Gros, Alain le Long, Alain le Jeune, Léonce de Payerne, et Galessin, et Sagremor, et Gaheriet, et Agravain, et Gauvain encore, avec ses trois forces du milieu du jour, et dix-sept autres, jusqu'à ce que plus personne ne se présentât contre lui.

Quand il descendit de cheval il s'endormit debout et se réveilla alors que les dames étaient en train de le baigner. Parmi elles se trouvait Morgane qui n'avait jamais vu de jeune corps aussi beau, et dont la main s'attardait quelque peu dans l'eau tiède. Mais Perceval refermait déjà les yeux. Et le lendemain il partit le premier.

Le petit Galaad poussait à merveille, nourri du lait de Viviane et bientôt de belles bouillies de farine blanche tirée du froment moissonné au fond du lac. Viviane n'avait dit son nom à personne, et les servantes, qui l'adoraient, le nommaient *beau-trouvé* et *fils-de-roi*, sans savoir qu'il en était vraiment un, mais parce qu'il était très beau, et déjà décidé et fier, même en marchant à quatre pattes. Et puis elles le nommèrent en riant *Lancelot*, à cause de son sexe enfantin qui parfois, quand elles lui faisaient sa toilette, pointait en avant comme une menue lance. Et Viviane elle-même, amusée, lui donna ce nom, qui lui resta.

Viviane aimait l'enfant comme si elle l'avait vraiment porté dans sa chair. Mais à sa grossesse factice accélérée, qu'elle avait vécue avec tant d'intensité, avait manqué de façon cruelle la sensation première, le point de départ : la bouleversante joie de l'ensemencement.

Il lui arriva un jour, après une des douces averses du lac, de voir deux escargots avancer l'un vers l'autre en laissant derrière eux, sur la branche du cerisier, deux pistes brillantes. Ils se rencontrèrent lentement, dressèrent l'un contre l'autre leurs bustes vulnérables, se regardèrent et se touchèrent du bout de leurs yeux-antennes, se firent la cour en molles ondulations, puis unirent leurs visages et leurs sexes, qui sont proches de leurs bouches, et qui sont doubles, chaque escargot étant à la fois mâle et femelle. Et Viviane entendit ce que nul ne peut entendre, l'immense soupir de bonheur du quadruple accomplissement.

Passant au même endroit deux heures plus tard, elle vit que les escargots étaient encore unis. Dans leur long baiser immobile, ils avaient répandu autour d'eux un mucus transparent collant comme de la gomme, le long duquel ils avaient glissé, et qui les tenait suspendus, enveloppés, au-dessous de la branche, comme un noyau double dans un fruit de lumière et de joie.

Viviane arracha une feuille du cerisier et, d'un geste nerveux, la froissa dans sa main et la jeta. Ce que même les bêtes rampantes connaissaient leur serait-il refusé, à elle et Merlin ?

La voix de Merlin lui dit doucement :

— Tu as le pouvoir, et le choix, d'être ce que tu veux. Préférerais-tu être un escargot ?

Elle fut surprise, puis se mit à rire, et répondit :

— Avec toi, oui !...

Elle s'assit au milieu des marguerites, la mésange dans les cheveux, les hochequeues piquetant l'herbe autour de ses pieds ; elle demanda :

— Tu n'es donc pas privé de moi ?...

La voix de Merlin se fit grave :

— Depuis que je t'ai vue je sais que je ne suis que la moitié de moi-même. Tu es mon autre moi qui me demande et dont j'ai besoin. Je suis la terre assoiffée et la pluie qui ne tombe pas, je suis la soif et la faim et la nourriture refusée. J'ai double souffrance, la tienne, que je connais, en plus de la mienne... Un jour nous ne pourrons plus les supporter, et il nous faudra choisir... Mais maintenant nous devons avoir du courage, le monde a besoin de nous...

— Viens au moins près de moi !... Que je puisse te voir, te toucher... Pourquoi restes-tu loin ? Viens !...

— Bientôt ! dit la voix de Merlin, qui s'éloignait. Bientôt...

Viviane tendit les mains dans un geste vain, pour saisir quelque chose dans le vide.

— Où es-tu ? demanda-t-elle. Où vas-tu ?...

Merlin ne répondit pas.

Elle s'allongea à plat ventre dans l'herbe et les fleurs, les mains sur les yeux, refoulant une envie folle de sangloter comme une femme ordinaire. Pourquoi n'était-elle pas une femme ordinaire, amoureuse d'un chevalier ordinaire ou d'un bûcheron ?...

Cette idée saugrenue lui rendit son courage. Merlin était incomparable. En n'importe quelle circonstance et pour n'importe quel prix, personne ne pouvait lui être préféré. Mais pourquoi restait-il toujours si loin ?...

Elle entendit un froissement d'air comme un grand oiseau doux qui se pose, et elle sentit l'odeur chaude de la résine d'Asie. Elle poussa un cri de joie et rouvrit les yeux : l'arbre bleu était là, à la place du cerisier... Et Merlin arrivait, marchant vers elle en lui souriant, ses bras déjà à demi tendus pour la serrer contre lui, tel qu'il était quand elle l'avait vu pour la première fois, plus beau encore que dans son souvenir, beau comme le soleil et la vie au printemps.

Et lui, venant vers elle, pensait, la regardant, qu'elle était toute la beauté et la jeunesse de la Terre et du Ciel.

Il resta avec elle tout l'après-midi. Ils se promenèrent main dans la main, baignés de paix, ayant conclu une trêve avec les désirs de leurs corps. Leur amour était aussi nouveau qu'au premier jour, ils redécouvraient le bonheur d'être ensemble, cette plénitude de la présence ajoutée et partagée. On est enfin deux et un seul, l'univers a retrouvé son équilibre, on est son centre, dans le rayonnement de l'amour présent, l'amour donné, l'amour reçu, l'amour de tout.

Ils sortirent du lac, entrèrent dans la forêt. Où ils passaient le vert devenait plus vert, les couleurs plus vives, l'air plus fluide, et en même temps ils pouvaient le voir et il se laissait prendre dans leurs mains. Les branches s'écartaient devant eux après les avoir touchés du bout de leurs feuilles, avec amitié.

Dans un buisson fleuri d'églantines rouges, qu'elle avait à demi écrasé dans les soubresauts de son agonie, ils trouvèrent une biche sur le point de mourir. La gorge traversée d'une flèche, elle avait perdu presque tout son sang.

Viviane lui ôta la flèche d'un geste, et commença à promener sa main sur elle pour la sauver et la guérir.

— Attends !... dit Merlin. Tu vas encore t'épuiser... Tu dois apprendre à ménager tes forces, en utilisant celles qui sont disponibles autour de toi... Prends les forces de l'églantier. Demande-les-lui... Tu pourrais les prendre sans rien lui demander, mais ce serait mal agir... Il te les donnera volontiers, car la terre lui en donnera d'autres autant qu'il voudra...

— Bel églantier, dit Viviane, donne-moi tes forces pour la biche qui meurt...

L'églantier soupira, se secoua, et ses feuilles, rapidement, jaunirent et pendirent tandis que ses fleurs se flétrissaient. En même temps, la plaie de la biche se fermait, ses yeux se rouvraient, elle soulevait sa tête mais la laissait retomber, épuisée.

— L'églantier ne suffit pas, dit Viviane.

— Prends les forces du rocher..., dit Merlin, montrant un bloc biscornu haut comme le genou, décoré de lichen pourpre et jaune.

— Beau rocher, dit Viviane, donne-moi tes forces pour la biche qui ne meurt plus mais ne vit pas...

Le rocher trembla, craqua, se fissura, s'émietta, se ramollit, devint terre répandue, couverte de champignons.

— Dans dix fois cent mille ans il sera de nouveau rocher, dit Merlin.

Il avait fallu moins de temps à l'églantier pour retrouver sa fraîcheur. Ses feuilles étaient de nouveau vaillantes et ses fleurs vives.

Et la biche était debout sur ses quatre sabots. Elle regardait Viviane et Merlin.

— Merci !... dit-elle.

Elle cueillit du bout des dents l'extrémité d'une branche de l'églantier et la dégusta. Et l'églantier lui écorcha la gencive avec une épine. Ce sont les relations normales entre habitants de la forêt. Elle frétilla de sa courte queue et disparut d'un bond.

Merlin disparut en même temps qu'elle.

Viviane se retrouva auprès de Lancelot qui, avec un arc à sa mesure, s'exerçait à tirer sur la ressemblance d'un daim taillé dans du bois. Sa flèche se planta dans l'oreille.

— Je n'aime pas les chasseurs maladroits, dit Viviane. Si tu as besoin de chasser, ne blesse pas : tue. Si tu n'es pas sûr de tuer, garde ta flèche.

Lancelot se souvint toute sa vie de ce conseil, qui devint la règle de ses combats : ne porter que des coups efficaces. Et ceux de ses adversaires qui survécurent, c'est que, volontairement, il les épargna.

Pour l'instant, il regardait Viviane avec des yeux pleins d'adoration et si écarquillés par l'attention et le besoin de bien comprendre, clairement, et tout de suite, ce qu'elle lui disait, qu'ils en paraissaient ronds comme des cerises. Envahie d'amour, elle se mit à rire, le souleva et le serra contre elle, lui embrassant cent fois les joues, les lèvres et les oreilles, ce qui lui faisait pousser des petits cris.

C'était un enfant superbe. A quatre ans il en paraissait six. Ses cheveux très fins, d'un blond cendré, coupés court, dégageaient son grand front lisse, sous lequel brillaient ses yeux d'une étrange couleur gris pâle, pareils à des pierres fines transparentes. Ils devenaient presque noirs lorsqu'il prenait une des violentes colères auxquelles il était sujet. Il brisait ou déchirait alors tout ce qu'il pouvait saisir, et ne se calmait que lorsqu'on lui avait fait justice. Car ses colères n'étaient pas dues à des caprices mais à son sens très vif de ce qui ne devait pas être fait, ni à lui ni aux autres. Ainsi, un jour, un écuyer ayant battu sans raison un chien que Dyonis lui avait donné, il se jeta sur l'homme qui était deux fois plus haut que lui, et le frappa au visage avec son arc, si fort que l'arc se brisa.

Mais il n'y avait chez lui ni méchanceté ni rancune, et son tempérament le portait à la rêverie et à l'émerveillement. Il passait de longs moments à regarder les nouvelles roses écloses du matin, et baisait leurs pétales frais en prenant soin de ne pas les blesser. Il aimait monter l'escalier de marbre autour du grand chêne jusqu'à ce que le vertige le saisît. Il s'allongeait alors sur une marche, la tête vers l'extérieur et son cœur se gonflait de joie à voir le monde si grand et si beau. Les oiseaux venaient lui tenir compagnie et lui apprenaient à chanter. Viviane lui donna une petite harpe d'or qui grandit en même temps que lui, sur laquelle il s'accompagnait en chantant d'abord des mots sans suite, puis des phrases qui étaient belles et simples comme le nuage qui passe ou les dessins du vent dans l'herbe. Ses yeux, alors, devenaient bleus du bleu de la mer au bout de l'horizon.

Viviane ne lui donnait pas d'ordres, lui laissait toute initiative, mais intervenait pour lui dire si ce qu'il avait choisi de faire était bon ou mauvais, et pour le lui démontrer si ce n'était pas évident. Heureuse de l'amour qu'il lui portait, elle craignait que cet amour l'inclinât à croire trop facilement tout ce qu'elle lui disait, et prenait garde de ne lui dire, toujours, rien que la vérité, de ne lui faire aimer que ce qui était droit, bien et beau.

Dyonis l'emmenait souvent hors du lac, dans la forêt, assis devant lui sur son large cheval du royaume de Perche. Il lui apprenait à connaître toutes les bêtes et tous les arbres, et à les aimer.

Un jour, après une de ces promenades, Lancelot devint rêveur, puis demanda brusquement à Viviane :

— Dyonis est-il mon père ?

— Non, dit Viviane. Ton père est mort. Il venait de mourir lorsque je t'ai trouvé...

— Trouvé !... Trouvé ?... Alors vous n'êtes pas ma mère ?

— Non, dit Viviane avec tristesse. Et je le regrette... M'aimeras-tu moins, maintenant que tu le sais ?

Pour toute réponse, Lancelot se jeta dans ses bras en sanglotant, se serrant contre elle, suffoquant, reniflant, n'interrompant ses pleurs que pour lui dire des mots d'amour.

— Ne pleure pas, beau-trouvé, lui dit-elle. Ta mère est vivante. Tu la retrouveras un jour.

— Et mon père ? Qui était-il ? Quel était son nom ?

— Ce n'est pas à moi de te le dire. Tu l'apprendras quand il le faudra. Le temps n'en est pas encore venu...

— On me nomme parfois fils-de-roi, dit Lancelot. Qu'est-ce qu'un roi ?

— Rien de plus qu'un homme, dit Viviane.

La Quête piétinait. Arthur se demandait s'il avait bien fait de la déclarer ouverte avant que le chevalier qui serait reconnu comme le meilleur du monde eût pris place au Siège Périlleux. L'absence de Merlin lui confirmait qu'il avait dû trop se hâter. Certes les chevaliers partis de Camaalot n'avaient pas manqué d'aventures, mais aucun n'avait rencontré l'Aventure, la grande, celle dont les péripéties amèneraient le plus méritant jusqu'à l'enceinte de pierre close autour du Graal. Les batailles des chevaliers emplissaient de tumulte les forêts de Bretagne. Ils combattaient les félons, les pillards, les sans-parole, les violeurs, les sauvages, les usurpateurs, les ravisseurs, tous ceux qui brutalisaient les faibles, manquaient de courtoisie aux dames et de respect à Dieu.

S'ils n'avaient pas encore trouvé les traces du Graal, les chevaliers de la Table Ronde, par leurs actions multiples et exemplaires, étaient en train de nettoyer la Bretagne des restes de la barbarie et d'y installer le règne de la justice et de l'honneur.

En plus des adversaires charnels, ils avaient souvent à combattre des sortilèges dressés devant eux par le Diable ou par d'anciens dieux qui ne se résignaient pas à disparaître. Enfin il arrivait qu'ils se combattissent entre eux, sans se reconnaître. Et dans toutes ces aventures, plus d'un perdit la vie, ou la liberté. Mais d'autres arrivaient à Camaalot, prenaient place dans les sièges rendus vacants, et partaient à leur tour se battre contre toutes les formes du mal.

Ceux qui avaient trouvé sur leur chemin le noir mystère de la Douloureuse Garde et qui s'y étaient affrontés avaient tous succombé.

Il se présentait sous la forme d'un vaste et solide château bâti au sommet d'une colline escarpée, et dominé par un donjon carré si haut que le sommet en était souvent coiffé de nuages. Derrière ses enceintes vivaient des hommes, des femmes, des enfants, des paysans, des chevaliers avec leurs écuyers, qui n'en pouvaient pas sortir, et dont on ne savait rien, sauf qu'ils étaient si malheureux qu'on les entendait gémir, sangloter à une lieue à la ronde et pousser des cris déchirants demandant qu'on vienne les délivrer.

Une bonne douzaine de chevaliers avait tenté cette aventure. Tous étaient morts ou avaient disparu. Le dernier dont on connut le sort était Guyomarc'h, le bel amant de Morgane.

Quand vint le temps, après un an et un jour d'absence, où il devait retourner auprès du roi Arthur pour lui conter ce qu'il avait fait, ce fut son écuyer qui se présenta à sa place à l'audience du roi.

Arthur était assis sur son trône carré au dossier raide. Il portait couronne pour honorer ceux auxquels il rendait justice et ceux qu'il devait punir. A sa droite, sur un second trône, était assise la reine, portant également couronne, et dont ceux qui ne la voyaient que de temps en temps pensaient qu'elle devenait de plus en plus belle et de plus en plus triste. Et Morgane était là également, assise sur un siège sans dossier, impatiente d'avoir des nouvelles de son jeune amant. Elle en avait accueilli d'autres depuis son départ, mais celui-là était particulièrement cher à son cœur et à son corps.

— Où est ton maître ? Qu'est-il devenu ? demanda le roi.

— Je sais où il est, dit l'écuyer, mais ce qu'il est devenu je ne le sais.

Et il raconta :

— Nous étions en Petite Bretagne, nous avions chevauché tout le jour et une partie de la nuit sans trouver lieu où nous reposer, quand nous vîmes devant nous un grand feu qui semblait suspendu en l'air. En nous approchant nous vîmes qu'il brûlait au sommet d'une colline, près des murailles d'un château, qu'il éclairait. Mon maître dit : « Voilà enfin où nous allons trouver abri et nourriture. » Mais en nous approchant encore nous commençâmes d'entendre les cris et les lamentations qui nous firent reconnaître la Douloureuse Garde. Mon maître se réjouit à l'idée de l'aventure qui s'offrait. Mais il ne pouvait rien faire pendant la nuit. Nous nous couchâmes au pied d'un arbre et mon maître s'endormit aussitôt, mais je ne réussis à en faire autant qu'après m'être bouché les oreilles avec des tampons d'herbe, pour ne plus entendre les gémissements et les cris.

« A l'aube mon sire Guyomarc'h se déshabilla, se baigna au ruisseau, s'agenouilla et resta longtemps en prière, puis je l'aidai à s'armer, lui laçai son heaume, lui donnai son épée et, quand il fut à cheval, lui tendis sa meilleure lance, courte et solide, et dont le fer tranchait comme un rasoir. Avant de l'empoigner, il la signa du signe de la croix.

« L'un derrière l'autre, moi derrière et lui devant, nous gravîmes la route qui menait au château, dont la porte fermée était gardée à l'extérieur par deux énormes chevaliers tout vêtus et armés de rouge. Les gémissements et les cris devenaient de plus en plus forts. Mon maître, courtoisement, demanda droit d'entrer pour aller secourir ceux et celles qui se plaignaient si fort. Il lui fut répondu qu'il avait à tourner bride et à s'éloigner. Alors il baissa sa lance et s'élança vers le chevalier le plus proche. Au moment où il allait l'atteindre, celui-ci soudainement disparut ainsi que l'autre, la porte du château s'ouvrit, mon maître pénétra au galop dans le château, la porte se referma derrière lui en grondant et de l'intérieur de l'enceinte s'éleva un énorme ricanement, tout pareil au bruit qu'auraient fait en poussant leurs cris affreux une centaine d'oies grosses comme des taureaux. Puis il y eut un nuage de fumée rouge et puante qui se rabattit sur la colline et manqua me faire périr étouffé. Et le concert des cris et des gémissements recommença et parmi les voix qui criaient je reconnus clairement celle de mon maître qui demandait elle aussi qu'on lui vienne en aide...

Morgane se leva de son siège et s'adressa avec véhémence au roi son frère :

— Tu dois y aller toi-même avec toutes tes forces ! Tu ne peux pas laisser sans secours les chevaliers qui t'ont fait serment !

— Tu as raison, dit Arthur. Je ne laisserai pas plus longtemps ce sortilège attirer et détruire mes gens. J'irai délivrer ceux qui sont retenus et venger ceux qui sont morts, dussé-je moi-même y perdre la vie !...

Alors Guenièvre la reine se tourna vers lui et lui dit avec un grand calme :

— Roi, n'oublie pas tes devoirs de roi !...

Morgane regarda Guenièvre avec tant de fureur que chacun put lire l'envie de meurtre sur son visage. Et, perdant toute retenue, elle allait se mettre à l'insulter quand elle se sentit tout à coup devenir l'objet d'une horrible métamorphose. Elle vit ses mains, en un instant, flétrir et se recroqueviller, elle entendit craquer les os de son dos tandis qu'elle se courbait en avant et que ses cheveux, devenus d'un blanc verdâtre, coulaient en mèches visqueuses de chaque côté de son visage. Elle passa une main tremblante sur ses joues et cela fit un bruit d'écorce râpeuse, et dans sa robe ses seins, séchés en gourdes plates, pendaient jusqu'à son nombril.

Elle se mit à gémir de désespoir. Le roi et la reine, et tous les assistants, la regardaient avec horreur et les plus proches s'écartaient d'elle car elle puait.

— Te voilà telle que tu es, dit une voix grave, quand tu te laisses envahir par la haine. Et telle que tu deviendras vraiment si tu ne la chasses hors de toi...

Tout le monde se tourna vers la porte, où se tenait un homme jeune en robe d'or, au visage orné d'une courte barbe blonde. Ses cheveux bouclés étaient entourés d'un ruban vert tressé et sa robe serrée par une ceinture verte. Il tenait dans sa main droite un haut bâton de houx écorcé, dont la pointe s'appuyait à terre. Une lumière chaude rayonnait de lui, comme si le soleil l'accompagnait.

— Merlin ! s'écria Arthur.

Il se leva, courut à lui, et l'étreignit.

— Pourquoi, mon ami, nous as-tu laissés si longtemps sans nous voir ?

Merlin sourit :

— J'ai beaucoup à faire, dit-il. N'êtes-vous pas capables de vous conduire seuls ? Resterez-vous toujours des enfants ?

— Nous aurons toujours besoin de toi, dit Arthur, mais hors de cela, ta présence nous chauffe le cœur et ta longue absence nous désole. Dis-moi si j'ai bien fait d'envoyer les chevaliers dans la Quête ? Ils semblent ne rencontrer qu'embûches et scélérats.

— Tu as fait ce qui devait être fait. Ils nettoient le pays comme le peigne nettoie la barbe d'un homme qui a dormi dans le foin... Quand le temps du Graal arrivera, tu en seras averti... Pour toutes les choses du royaume, suis les conseils de la reine. Elle voit, elle sait, et elle dit ce qu'il faut...

Il regarda Guenièvre, qui répondit à son sourire par un sourire pâle. Il connaissait les raisons de sa tristesse, il aurait pu lui donner ce qui lui manquait mais ce n'était pas clair dans son esprit, il soupçonnait son père noir d'être pour quelque chose dans cette confusion, et pour ne pas l'aider involontairement il se refusait d'intervenir dans la vie de Guenièvre.

Il dit à Arthur :

— Pour toi, une tâche va bientôt se présenter, qui sera un travail de roi...

— Peux-tu me dire quelle tâche ?

— Tu devras aller châtier le roi Claudas, et lui reprendre les royaumes qu'il a conquis par traîtrise sur tes amis Ban et Bohor, qui en sont morts.

— Je voulais déjà le faire au printemps, mais il m'a fait savoir qu'il tenait prisonniers les deux fils de Bohor et que si j'entreprenais quelque chose contre lui il les ferait périr...

— Il ne les gardera plus longtemps, dit Merlin. Prépare-toi. Quand ils auront quitté le donjon de Gannes où il les tient enfermés, tu devras agir aussitôt...

Morgane avait repris rapidement son aspect habituel, son corps ferme, ses yeux brillants, ses cheveux rétifs, sa bouche vive, tout ce qui faisait d'elle la femme la plus attirante de l'entourage du roi. Ce qu'elle venait de subir l'avait bouleversée, mais ne l'avait pas délivrée de la haine, au contraire. La rage bouillonnait dans son sang. Elle profita de l'attention fixée sur Merlin pour se glisser hors de la salle, en se demandant comment elle pourrait se venger de Guenièvre, d'Arthur et de l'Enchanteur. Il lui faudrait un allié puissant pour venir à bout de ce dernier.

Cette disposition d'esprit combla d'aise le Diable. Il était tout à fait disposé à l'aider.

Pendant trois ans, Pharien, l'écuyer fidèle fait chevalier par le roi Bohor à l'article de la mort, était parvenu à tenir les deux fils qu'il lui avait confiés à l'abri des recherches du roi Claudas. Mais un jour ce dernier, qui avait un grand appétit de femmes et qui en cherchait sans cesse de nouvelles, entendit parler de la beauté de celle de Pharien et au cours d'une partie de chasse vint, alors que la nuit tombait, demander avec sa suite l'hospitalité à son vassal. Il trouva la jeune femme si bien à son goût que le lendemain, il envoya Pharien porter à son sénéchal à Gannes un message écrit. C'était pour l'éloigner et pouvoir profiter de son épouse. Ce qu'il fit. Elle ne se fit guère prier : il n'était pas d'usage de résister au roi. Mais ce qu'elle n'aurait pas dû faire, c'était de lui confier, sur l'oreiller, qu'elle n'avait jamais eu d'enfant, que ceux qu'elle élevait étaient en réalité les fils du roi Bohor.

Claudas la fit aussitôt conduire dans un bordel de son royaume de Bourges, non pour lui avoir cédé, ce dont il l'eût récompensée, mais pour avoir trahi les secrets de son mari, ce à quoi aucune femme ne doit être encouragée. Quant à Pharien, il le fit enfermer dans le donjon de Gannes, avec les deux fils du roi mort, l'aîné Lionel et le plus jeune qui portait le nom de son père, Bohor.

A ceux de ses familiers qui s'étonnaient qu'il laissât la vie sauve aux héritiers du roi, qui pourraient un jour comploter contre lui, il répondait avec une fausse magnanimité qu'il avait l'intention de leur rendre les deux royaumes quand ils seraient en âge, pourvu qu'ils le reconnaissent comme leur suzerain. En réalité, il les gardait vivants parce qu'ils étaient plus utiles ainsi que morts. Déjà, la menace de les faire périr avait dissuadé Arthur de lui faire la guerre.

Merlin pensait que leur qualité d'otages était la meilleure garantie de leur sécurité, et il ne se pressait pas de les délivrer. Mais quand Viviane lui confia un projet qu'elle avait conçu, il s'en amusa beaucoup et lui donna son accord entier.

Viviane trouvait que la solitude de Lancelot risquait de lui être nuisible. A l'âge de sept ans, elle l'avait, comme il se devait, ôté des mains des femmes pour le confier aux hommes qui allaient lui apprendre les arts, les sciences, les armes, et les règles de vivre en chevalerie, qui sont les meilleures règles du monde.

Viviane avait fait venir les plus excellents maîtres qu'on ait pu trouver en Bretagne et en d'autres royaumes, et elle et Merlin avaient rendu leurs connaissances dix fois plus étendues et leur manière d'enseigner dix fois plus efficace qu'ils ne les avaient au naturel. Lancelot en profitait pleinement, et apprenait vite, mais il avait de longs moments de mélancolie, et Viviane pensait que cela provenait de l'absence de camarades de son âge. Il risquait de devenir un de ces hommes qui, ayant mûri seuls, restent toujours un peu farouches et hors du monde. Elle ne voulait pas de cela. Et elle se dit que ses cousins, les fils de Bohor, d'aussi bonne lignée que lui et à peine plus âgés, lui feraient d'excellents compagnons. D'où lui vint l'idée qu'elle avait exposée à Merlin.

Le jour de Sainte-Maleine, le roi Claudas tenait sa cour à Gannes comme il faisait chaque année. Devant lui sur la haute table étaient posés, à droite son épée, à gauche sa couronne et son sceptre, et d'un côté et de l'autre étaient assis son fils Dorin, son sénéchal, les dames et les chevaliers, dont certains avaient servi Bohor et ne l'aimaient guère.

Il allait donner l'ordre de faire apporter les viandes quand on vint lui annoncer qu'une dame très richement parée demandait à être reçue. Ce à quoi il consentit volontiers, espérant une aventure nouvelle.

Elle entra, tenant en main deux lévriers blancs attachés par des chaînes d'argent, elle-même vêtue de blanc, couronnée et ceinturée de fleurs.

Sa beauté rayonnante éblouit le roi, qui en perdit la clarté de son jugement. Lui ayant demandé son nom, elle répondit simplement qu'elle était la Dame du Lac. Il se contenta de cette réponse, et la pria de lui faire connaître ce qu'elle voulait de lui, l'assurant que quel que fût son désir il serait satisfait.

— Sire, répondit-elle, je suis venue vous dire mon étonnement de savoir les fils de Bohor maintenus dans votre triste donjon alors que vous avez l'intention de leur rendre un jour leurs terres. Puisque vous les estimez ainsi, ne devraient-ils pas, en ce jour de fête, être assis en honneur à vos côtés, comme des fils de roi ?

La voix de Viviane pénètre par les oreilles aux plus secrets replis de la cervelle du roi Claudas, l'envahit complètement, y fait danser des rondes et des caroles, jouer des luths et des trompettes. Ce que dit cette voix est la vérité ! Il doit honorer les jeunes princes ! Il donne des ordres : qu'on aille les chercher, avec leur maître, qu'on se presse, qu'on leur fasse place, qu'on déménage les tables ! Vite !

Et il prie la Dame du Lac de venir s'asseoir à son côté. Mais elle répond qu'elle ne saurait s'asseoir avant les fils de Bohor. Ceux-ci arrivent, fiers, droits, farouches, suivis de Pharien.

L'aîné, Lionel, a reçu ce nom en baptême parce qu'il porte sur la poitrine une tache rouge en forme de lion. Il méritera plus tard d'être nommé « cœur-sans-frein ».

Il va donner en ce moment la première preuve de son courage sans retenue.

Depuis qu'il sait comment sont morts son père et son oncle, et à qui ils le doivent, il brûle de les venger. Voyant devant lui Claudas, et l'épée sur la table, il se jette sur l'épée qui est presque aussi haute que lui, s'en empare et en frappe le roi, qui a juste le temps de parer le coup avec son bras, lequel est entamé jusqu'à l'os. Bohor s'empare de la couronne, la jette à terre, la piétine et l'aplatit, puis prend le sceptre et en frappe au visage Dorin qui vient au secours de son père. Tout le monde s'est levé, le désordre est grand, la mêlée générale, les uns prenant le parti du roi présent, les autres celui des fils du roi ancien. Ceux-ci vont être saisis, mais dans la confusion, Viviane donne à ses lévriers la ressemblance des enfants, et aux enfants celle des beaux chiens blancs dont elle lâche les chaînes comme s'ils les lui avaient arrachées de la main, tandis qu'elle leur ordonne dans leur esprit : « Sauvez-vous ! Courez ! Courez ! »

Et les deux enfants courent hors de la salle, hors du château, hors de la cité, à la vitesse des lévriers.

Et la Dame du Lac, déplorant la fuite de ses chiens, se hâte d'aller donner des ordres à ses gens pour qu'on les rattrape, tandis qu'on s'empresse auprès de Claudas et de Dorin blessés, et que les deux chiens à l'apparence humaine sont enfermés au donjon avec Pharien...

L'agitation est grande dans les rues de la cité, où l'on sait déjà que les enfants du roi Bohor, si jeunes, si courageux, se sont révoltés contre Claudas. On craint pour leur vie, et la ville est prête à se soulever pour empêcher leur meurtre. Mais le roi, prudemment, fait savoir qu'il admire leur courage et qu'il ne leur fera aucun mal.

Viviane, hors des murs, a retrouvé son cheval blanc, et Merlin qui l'attend en compagnie des deux faux lévriers. Chacun place un des chiens devant soi, sur son cheval, et ils s'en vont à bonne allure vers le lac. Merlin a son apparence véritable, Viviane également, et ceux auprès de qui ils passent, ne sachant qui ils sont, s'arrêtent dans leur tâche ou dans leur marche, et les regardent longuement s'éloigner, remerciant la lumière de ce jour de leur avoir permis de voir tant de beauté réunie.

Merlin félicita Viviane de la réussite de son plan. Elle ou il aurait pu agir plus simplement et plus directement pour délivrer les garçons, mais ces péripéties avaient été très réjouissantes, et elles avaient permis de se rendre compte des belles qualités de Lionel et Bohor. Ils allaient être de bons compagnons pour Lancelot.

Dès qu'ils se trouvèrent en campagne déserte, ils se transportèrent directement au Pays du Lac, et Viviane rendit aux deux enfants leur véritable apparence. Comme ils s'inquiétaient du sort de leur maître Pharien, Merlin leur affirma en souriant qu'il ne tarderait pas à les rejoindre.

Puis il disparut.

— Sire, dit le chevalier de Clamadieu, genou en terre devant Arthur, je viens vous demander ma grâce. J'ai honte de dire que j'ai été battu par un chevalier qui est presque un enfant. Il a nom Perceval, et ne m'a laissé la vie que sur ma promesse de venir me mettre à votre merci.

— Il n'y a pas de honte à être battu par Perceval, dit le roi. Vous n'êtes pas le premier ! Il ne se passe pas de semaine que je ne reçoive l'hommage d'un de ses adversaires jetés bas. Il semble que personne n'ait encore réussi à lui faire vider les étriers... Relevez-vous, chevalier, vous vous assiérez tout à l'heure à nos tables et serez honoré comme il se doit...

— J'ai autre chose à vous dire, Sire... C'est en Petite Bretagne que j'ai combattu Perceval. Pour me rendre ensuite auprès de vous, il me fallait traverser le grand Canal. Alors que j'approchais du rivage, après deux jours de chevauchée, j'ai été abordé par un vieux bûcheron monté sur une mule maigre, qui m'a dit : « Puisque tu vas rencontrer le roi Arthur — comment pouvait-il le savoir, Sire ? — dis-lui que le moment est venu d'accomplir la tâche qui lui a été prescrite... Et qu'il ne se laisse pas arrêter si on lui affirme que les lionceaux sont toujours en cage... » Et le vieux bûcheron a ajouté : « Hâte-toi ! Hâte-toi ! » Et je me suis retrouvé en train de galoper, à une lieue de Camaalot, ayant traversé terre et mer sans m'en apercevoir !

Arthur se mit à rire. Il appréciait toujours la malice de Merlin. Et il se réjouit à la pensée qu'il allait enfin pouvoir venger Ban et Bohor, les beaux amis de sa jeunesse. Son armée était prête et les vaisseaux attendaient au port pour transporter hommes et chevaux en Petite Bretagne. Il donna aussitôt des ordres, il ne voulait pas perdre un jour, et le lendemain, après avoir embrassé la reine, il s'ébranla à la tête de ses chevaliers. Il n'avait pas rassemblé beaucoup de monde. Il voulait frapper vite et fort, et comptait qu'à son arrivée de l'autre côté du Canal, les anciens vassaux et guerriers de Ban et de Bohor, soumis par Claudas, se soulèveraient et viendraient grossir l'armée du roi libérateur.

Il espérait aussi que Merlin appuierait son combat, comme il l'avait fait, au temps des Quarante-et-un, sous les murs de Carohaise. Mais cet espoir était mince. Depuis que le royaume de Logres était stabilisé, Merlin se manifestait de moins en moins auprès de son roi. Et à sa dernière apparition il avait dit à Arthur qu'il était très occupé. Chevauchant vers le rivage, dans le bruit et la poussière, Arthur se demandait quelles pouvaient bien être les occupations de l'Enchanteur.

Merlin était effectivement très occupé. Assis sur son pommier, dans son espluméor au cœur de la forêt de Brocéliande, il recevait du matin au soir ceux qui venaient lui demander son aide. Des gens de toutes conditions et de tous âges faisaient la queue pour lui exposer leur cas. Il écoutait en croquant une pomme, il soulageait, il consolait, il exauçait, il réconciliait, il donnait la paix et parfois le bonheur. Chacun de ceux qui s'adressaient à lui le voyait sous une apparence qui correspondait à ses désirs ou ses craintes. Pour les femmes il avait les traits un peu imprécis de l'homme idéal dont elles rêvaient d'être aimées. Les hommes lui ôtaient tout caractère qui aurait pu en faire un rival, et lui prêtaient les attributs qu'ils croyaient être ceux de la sagesse : un grand âge et une longue barbe, avec parfois un gros ventre bien rond, assorti à la rondeur du pommier.

Nous ne pouvons pas imaginer comment il était assis *sur* son pommier. Non pas sur une branche, mais sur le pommier lui-même en son entier. C'était un pommier de taille normale, et Merlin se présentait sous les proportions normales d'un être humain. Il était pourtant assis sur le pommier, et bien à la portée de la voix et des regards de ceux qui s'adressaient à lui, et qui n'avaient pas besoin, pour ce faire, de crier ni de lever la tête. Il nous faut donc faire comme eux, admettre le fait sans nous préoccuper du comment : il était assis sur son pommier... Eux ne se disaient pas que ce qu'ils voyaient était impossible : c'était possible puisqu'ils le voyaient... Et ils ne s'étonnaient pas non plus de voir Merlin mordre toujours dans la même pomme, craquante et juteuse, dont n'aurait dû rester depuis longtemps que la queue. On ne s'étonnait de rien devant l'Enchanteur : tout lui était naturel. Et on n'éprouvait ni fâcherie ni dépit si tout à coup il disparaissait : on savait qu'il était parti s'occuper de la Table Ronde, ou secourir quelqu'un qui n'avait pas eu la force de venir à lui et dont il avait entendu l'appel, même s'il n'avait pas été appelé. On s'asseyait sur la mousse en attendant son retour, et on cassait la croûte. Il y avait des pommes pour tout le monde.

Bénigne était la veuve d'un pêcheur noyé en mer. Elle habitait une dure petite maison de granit, près du Grand Océan, sur la lande nue. De tous les enfants qu'elle avait faits, les uns étaient morts, les autres partis, il ne lui restait que la dernière qui s'appelait Bénigne comme elle, parce que lorsqu'elle l'avait mise au monde, elle était si fatiguée qu'elle n'avait plus eu assez d'idées pour lui trouver un autre nom. Afin de ne pas confondre, les voisins qui passaient raccourcissaient le nom de la petite et la nommaient Bénie. Son apparence permettait difficilement de lui donner un âge, car elle n'avait pas de formes, étant maigre comme une arête, et son visage était parfois tout rond et enfantin, et parfois ridé comme celui de sa mère. Ses cheveux étaient pareils à ceux du mouton et son œil gauche entièrement tourné vers son nez, de sorte qu'on n'en voyait que le blanc. Et les voisins qui l'appelaient « Bénie » hochaient la tête et se disaient que la pauvre aurait bien eu besoin de l'être. Mais les voisins étaient peu nombreux et habitaient loin. La maison de Bénigne était tout à fait isolée, accroupie, au bout de la lande, dans le vent.

Bénigne se lamentait : il n'y avait de nouveau plus de bois... Il allait falloir retourner à la forêt, toutes les deux, et revenir chacune avec un fagot. La forêt était presque à l'horizon. Aller et retour, ça leur prendrait la journée. Et la petite ne pouvait pas porter beaucoup. Un petit fagot. De branchettes. Du menu-menu. Comme elle.

— Ah ! soupira Bénigne, si jamais l'Enchanteur passait par ici, je sais bien ce que je lui demanderais !...

Justement il passait. Bénie l'avait vu, avec son seul œil. Un œil voit parfois ce que deux ne voient pas. Elle l'appela, et il vint. C'était le vieux bûcheron sur sa mule maigre, qu'avait rencontré le chevalier de Clamadieu. Il portait devant lui sur sa mule une jolie branche sèche, qu'il donna à Bénigne. Elle le remercia et la mit aussitôt au feu, qui était sur le point de s'éteindre. Puis elle se redressa et regarda Merlin.

— Alors c'est vous l'Enchanteur ?
— Oui, dit Merlin.
— Eh ben, vous feriez bien de vous soigner un peu !... Vous n'êtes pas tellement beau à voir !... A peu près comme moi !...

Ils éclatèrent de rire tous les deux. Puis elle redevint grave et hocha sa vieille tête.

— Vous êtes bien bon de nous avoir apporté une branche... Mais elle va être vite finie... La misère qu'on a, la misère des misères, c'est que les choses durent pas : quand le bois a fini de brûler, y en a plus ! Quand on a mangé la soupe, y en a plus ! Quand je vois la cheminée pleine de cendres, quand je vois le fond de mon écuelle, je me dis c'est pas possible, va falloir encore recommencer, aller à la forêt, éplucher les fèves et en semer d'autres pour qu'elles poussent et qu'on les mange et de nouveau y en aura plus ! Pourquoi les choses durent pas, l'Enchanteur ? C'est la misère ! Vous pourriez pas les faire durer ?

— Bénigne, lui dit Merlin, la branche que je t'ai apportée ne s'usera pas. Regarde : tu vois ce petit robinet qui a poussé à côté de la cheminée. Si tu veux que ton feu brûle, tu le tournes comme ça, et pour l'éteindre tu le tournes en sens inverse... Essaye !...

De ses vieux doigts maigres tordus, elle tourna le petit robinet de cuivre et la flamme de la branche baissa, baissa, et s'éteignit. Elle tourna le robinet dans l'autre sens, et le bois fit « flop ! » et les flammes jaillirent.

— Hé ben ! Hé ben ! dit Bénigne, ça c'est quelque chose !
— Pour les fèves, dit Merlin, je te promets que ton écuelle sera toujours pleine...
— Des fèves, toujours des fèves ! grogna la vieille. Je mange que ça depuis que mon Yorik s'est noyé... Vous pourriez pas y mettre un peu de poisson ?

Merlin se mit à rire. Il dit :
— Regarde dans ton placard...

Elle ouvrit la porte de bois qui grinça, et vit, sur les planches, des piles de boîtes brillantes, depuis le bas du placard jusqu'en haut. Fascinée, elle regardait les images en couleurs qui étaient dessinées sur les boîtes. Elle ne connaissait pas les lettres, et ne pouvait pas lire les noms des nourritures, mais elle reconnaissait bien le bout de lard et la saucisse et les petites fèves — qui étaient des haricots — du cassoulet. Elle reconnaissait du poisson, des drôles de pommes — qui étaient des pêches, elle n'en avait jamais vu —, elle voyait des espèces de grains de blé marron aplatis qui étaient des lentilles, elle voyait des carottes avec des pois, et encore des choses qu'elle ne connaissait pas, et qui avaient l'air d'être bien bonnes à manger. Et pas de fèves ! Pas de fèves !...

— C'est tout préparé, tout cuit, dit Merlin. Tu n'as qu'à ouvrir la boîte que tu as choisie, comme ça...

Il lui montra, souleva l'anneau plat, passa un doigt dedans, tira, le couvercle de la boîte se déchira et une délicieuse odeur de ragoût se répandit dans la pièce.

— Miam, miam !... fit Bénigne.

— Quand vous aurez mangé toutes les boîtes, tu n'auras qu'à m'appeler : « Merlin, il faut me faire une livraison ! » Même si je suis très loin je t'entendrai, et ton placard sera de nouveau plein...

— Hé ben ! Hé ben ! on voit bien que vous êtes le cousin du Bon Dieu !

Bénie ne disait mot. Un doigt dans sa bouche, elle regardait Merlin avec émerveillement, de son œil droit, essayant désespérément de le voir aussi avec son œil gauche. Elle sortait son doigt de sa bouche, l'enfonçait entre son nez et son œil et poussait pour remettre celui-ci à sa place. Mais il n'y avait rien à faire, l'œil restait coincé.

Elle voyait Merlin comme un prince vêtu d'or et de lumière, sa voix était une musique et son visage souriait de toute la bonté du monde.

Il s'approcha d'elle et lui dit :

— Et toi, n'as-tu rien à me demander ?

— Z... me... me... é... ga...

— Si tu ôtais ton doigt de ta bouche, je te comprendrais mieux, dit Merlin.

Il avait bien compris. Ce qu'elle voulait, c'est ce que veulent tous les enfants, mais il la fit répéter pour avoir le temps de passer son pouce — doucement, comme ça — sur l'œil gauche de la fillette, et l'œil se mit tout droit, et Bénie vit l'Enchanteur avec ses deux yeux. Il était encore plus beau, plus brillant, et elle était sûre qu'il allait l'exaucer. Elle ôta son doigt de sa bouche et dit :

— Je voudrais être grande !...

Merlin la regarda avec un peu de mélancolie. C'était une pauvre petite fille toute maigre, avec des cheveux de mouton. Mais l'enfance, si misérable qu'elle soit, c'est quand même le temps où l'on sait encore voir les merveilles du monde, un peu de sable dans les mains, une fourmi qui trotte... Que trouverait-elle en perdant cela ?

— Tu es bien sûre que tu veux être grande ?

— Oh oui, mon Enchanteur !...

Il soupira.

— Eh bien c'est fait...

Elle n'avait rien senti, mais comme la pièce et tout ce qu'elle contenait avaient rapetissé ! Et sa mère aussi ! Et Merlin aussi ! Elle se tâta : ses bras et ses épaules étaient restés maigres, mais elle avait deux petites rondeurs sous sa robette. Cela la fit rire. Elle passa une main sur son crâne. Les cheveux de mouton étaient toujours là... Elle dit :

— Je voudrais des longs cheveux blonds ! Longs jusqu'aux pieds...

Elle les eut...

Ils l'enveloppaient d'une longue lourde robe somptueuse sur laquelle dansaient les reflets de la flamme.

— Eh ben, nous voilà jolies ! dit Bénigne. Tu vas ramasser toute la poussière avec ça !

Mais Bénie ne l'entendait pas. Ses yeux brillaient, ses deux yeux bien droits, ses joues étaient roses d'exaltation. Elle s'écria, en étendant les bras :

— Je veux voler !

Et elle vola...

Elle se cogna aux quatre murs de la pièce, à la solive et au placard, et tomba sur son derrière, tout enveloppée de ses cheveux emmêlés pleins de toiles d'araignées.

— Ta tête a peut-être grandi, dit Bénigne, mais pas ce qu'il y a dedans !... Va chercher les ciseaux à moutons, que je te coupe cette toison !...

— Mais, maman...

— Tais-toi ou tu as une gifle !...

Et la vieille regarda Merlin en fronçant ses maigres sourcils :

— Vous, vous feriez bien de réfléchir un peu avant de faire tout ce que veulent les gamines ! Où ça la mène, de savoir voler ? A se cogner la tête ! Et si jamais un voisin la voit, il criera à la sorcière, et ils vont me la brûler !

— Ne t'inquiète pas, Bénigne, dit Merlin. Elle apprendra à voler sans se cogner. Et à sa faculté de voler j'ajoute une protection : quand elle volera personne ne la verra... Tu n'as pas besoin de lui couper les cheveux. Regarde : ils ont maintenant une longueur raisonnable. Et ils ne s'emmêleront plus et ne ramasseront ni la poussière ni les brindilles, ni les maisons des araignées...

Les cheveux de Bénie avaient raccourci. Ils lui arrivaient à la taille. Elle secouait la tête en riant, et ils dansaient autour d'elle en brillant comme de la soie. Elle étendit les bras, s'envola... et disparut.

— Eh ben ! Eh ben !... Nous voilà jolies !... répéta Bénigne.

Mais on entendait toujours le rire de Bénie, et elle réapparut en se posant adroitement sur ses pieds, juste devant sa mère qu'elle serra dans ses bras et baisa à gros bruit sur les deux joues.

— Je me demande, dit la vieille...

Elle regardait alternativement Merlin et la cheminée.

— ... Je me demande si ce feu qui brûle avec un robinet et qui se réteint et qui se rallume, avec cette branche qui reste toujours pareille au lieu de devenir un paquet de cendres..., je me demande si ça serait pas un morceau du feu de l'enfer...

— Signe-la ! dit Merlin.

Elle fit d'abord le signe de la croix sur elle-même, puis elle le répéta, en tendant le bras, en direction de la cheminée.

La flamme se tordit, comme bousculée par le vent, devint verte, noire, rouge, puis reprit.

— Elle s'est pas éteinte, dit Bénigne, mais ça me paraît quand même pas bien chrétien...
— Où il y a du feu, dit Merlin, il y a toujours un peu du Diable.

Perceval en était à son cinquante et unième combat et sa septantième victoire, car plusieurs de ses adversaires, une fois jetés bas, avaient continué à l'épée et il les avait ainsi vaincus deux fois avant de les envoyer se rendre à la merci du roi Arthur. Il était temps qu'il reprît à son tour le chemin de Camaalot. Il craignait d'avoir dépassé le délai d'un an et un jour. Il ne se rappelait plus très bien quand il avait quitté le royaume de Logres, et ne se rendait pas compte du temps qu'il lui faudrait pour y retourner. Huit jours, un mois ? S'il trouvait tout de suite un vaisseau pour traverser le Canal, cela irait vite. S'il devait attendre, ce serait plus long. On verrait bien... Il n'avait pas un caractère à se faire du souci. Dieu aiderait...

Il portait toujours, accroché à sa selle, un de ses javelots gallois, les précieuses armes de sa jeunesse. Alors qu'il longeait un étang, un canard s'envola, et avec son javelot il l'abattit en plein élan.

Il avait appris à son écuyer comment conserver de la braise dans une boîte en terre cuite, au cœur d'un bois charbonneux enveloppé de feuilles. L'écuyer rassembla des branches sèches et fit rôtir le canard dont ils ne laissèrent que les os. Après quoi, la nuit étant tombée, Perceval reprit son chemin vers l'étoile qui marque le nord. Il ne se souciait pas énormément de trouver un asile pour la nuit, sa rude enfance l'ayant habitué à coucher dehors. Mais il pensait au confort de son écuyer et quand il vit, un peu sur sa gauche, briller les flammes d'un grand feu, il dirigea son cheval vers lui. C'était le feu de la Douloureuse Garde.

Mais Merlin ne voulait pas qu'il risquât d'être capturé par le sortilège. Il allait avoir besoin de lui dans les prochains jours. Il souleva le feu et le déplaça, lentement, de façon que Perceval ne pût s'en rendre compte, et conduisit le chevalier dans une autre direction. La promenade du brasier dura plusieurs heures, et Perceval, bien que rien ne l'étonnât, commençait à trouver étrange ce feu dont il ne parvenait pas à s'approcher. Enfin le feu commença à grandir à ses yeux et il put bientôt voir qu'il brûlait à proximité d'un château dont la porte ouverte était gardée, non par des hommes d'armes, mais par une jeune fille qui tenait bien haut une torche allumée.

— Etes-vous Perceval ? demanda-t-elle.
— Oui, dit Perceval, comment le sais-tu ?
— L'Enchanteur m'a prévenue de votre arrivée, et vous fait dire que vous ne cherchiez plus à rejoindre le roi Arthur en Grande Bretagne, car il est en train de traverser le Canal avec son armée, et vous devez vous joindre à elle. Elle arrivera par là, dès demain...

Elle montra une direction avec sa torche, puis étendit les bras et disparut.

Perceval ne s'étonna pas de la disparition de la fille mais il la regretta, car il l'avait trouvée bien belle, avec ses longs cheveux qui brillaient à la lumière de la torche. Il entra au château sans réveiller personne. La deuxième enceinte était close, mais les écuries ouvertes et il s'enfouit avec grand bonheur dans la paille fraîche après s'être désarmé et dévêtu.

Bénie, tout excitée, disait à sa mère :

— Si tu avais vu comme il est beau ! Il a des yeux noirs tout brillants, et des cheveux noirs qui pendent sous son casque.

— Toi et les cheveux ! dit Bénigne... A quoi ça te sert, cette perruque ? Quand je pense qu'à la place j'aurais pu demander qu'il me fasse repousser mes dents ! J'ai perdu ma dernière après ta naissance. C'est vrai qu'elle me servait plus à grand-chose, toute seule... Elle me gênait plutôt... Hé ben ! Hé ben !... gueu... gueu... ché ché cha ?

Sa langue trébuchait, butait contre des obstacles dont elle n'avait plus l'habitude : sa bouche était de nouveau pleine de dents. Toutes neuves. Et la distance entre son nez et son menton s'était allongée de deux centimètres.

— Tu as souffert pour les perdre, dit la voix de Merlin, tu vas souffrir encore en les perdant de nouveau... Mais tu l'as voulu !...

— Ah ! dit la vieille, on voit bien que vous êtes le cousin du Diable !...

Mais elle était bien contente... Elle alla chercher des noix dans le placard, et en fit craquer la coquille sous ses molaires. Un instant lui vint la tentation de demander de redevenir jeune, et belle si possible. Mais alors il lui faudrait recommencer toute une vie ? C'était trop de peine. Et jolie, ça lui servirait à quoi, sauf à lui attirer des ennuis ? Tandis que des bonnes dents, ça c'était quelque chose...

Et elle se mit à mâchouiller avec volupté un croûton de pain de sa cuisson du mois dernier.

— Où c'est que vous êtes ? demanda Bénie à Merlin.

— Je suis ici et je suis ailleurs...

— En même temps ?

— Le temps, qu'est-ce que ça veut dire ?

— Je sais pas, dit Bénie. J'ai fait votre commission au chevalier Perceval...

— Je sais, dit Merlin.

— Pourquoi vous lui avez pas dit vous-même, puisque vous pouvez parler de loin ?

— Je voulais qu'il te rencontre, dit Merlin.

Elle ouvrit tout grand son œil tout neuf, et l'autre aussi.

— Pour quoi faire ?

— Tu verras bien... Tu l'as trouvé beau ?

— Oh oui !

— Va dormir avec lui...

— Je peux ?

— Oui...

Elle battit des mains de joie, étendit les bras, et disparut.
— Eh ben ! dit la vieille.
— Ne t'inquiète pas, Bénigne, dit la voix de Merlin. Malgré son apparence, elle n'a que dix ans.
— Neuf ans et onze mois, dit Bénigne. Mais pas lui !...
— C'est ce qui te trompe. Malgré son âge, il est aussi enfant qu'elle...

Et Perceval fut réveillé par une pluie de baisers bruyants et mouillés. Elle l'embrassait comme elle embrassait la poupée que sa mère lui avait faite avec un bout de bois et un chiffon. Mais en y prenant beaucoup plus de plaisir, tant de plaisir qu'elle étouffait de rire en l'embrassant.

A la lueur de la chandelle qui achevait de fondre dans un trou du mur, il la reconnut et se mit à rire aussi.
— Tu es la fille qui était à la porte ?
— Je m'appelle Bénie.
— Ça te va bien !... Et moi Perceval...
— Je sais... Tout le monde parle de toi dans le pays. Il paraît que tu es terrible !

Elle se mit à le chatouiller. Il craignait cela énormément. Il se tortillait, riait, criait. Il essayait de lui rendre la pareille mais elle était plus vive que lui.

Enfin elle se calma et lui dit :
— Moi je te trouve beau.
Il la regarda et dit :
— Tu es belle.

Dans toute leur bataille, ses cheveux dorés n'avaient pas ramassé un brin de paille et brillaient comme s'ils venaient d'être lavés à l'eau de saponaire.

Il tendit une main vers elle. Elle poussa un petit cri et recula, croyant qu'il voulait recommencer leur jeu. Mais il voulait la caresser, la toucher doucement pour mieux la connaître. Elle le caressa aussi, et la chandelle s'éteignit. Bénie se blottit contre Perceval, poussa un grand soupir et dit : « Je suis bien... », et s'endormit.

Il mit ses bras autour d'elle et s'endormit aussi vite.

A l'aube, ils furent réveillés par le brame rauque des cornes de guerre. Perceval, joyeux, sauta sur ses pieds et cria :
— Le roi !

Le comportement des deux adolescents aux cœurs d'enfants avait empli Merlin de satisfaction. Il lui était apparu qu'un grand amour était né entre eux pendant cette nuit chaste, et il espérait que cette belle et joyeuse passion garderait Perceval contre les autres tentations féminines, jusqu'à ce qu'il eût, enfin, trouvé le Château Aventureux.

Le Graal, il le savait, ne serait révélé qu'à un chevalier chaste et sans doute vierge. Il ne comprenait pas pourquoi, mais puisqu'il en était ainsi, il devait s'efforcer de protéger de son mieux ses chevaliers contre les tentations de la chair.

Il avait souvent demandé à Dieu de lui expliquer le pourquoi de ce paradoxe dont Viviane et lui-même souffraient tellement : s'Il avait fait l'homme et la femme différents et complémentaires, pourquoi était-ce un péché pour eux de se compléter ? Pourquoi avait-Il établi entre eux une telle attirance, s'ils devaient user leurs forces à y résister ? Pourquoi un homme ou une femme qui voulaient s'élever sur le plan spirituel devaient-ils sacrifier le plan sexuel ? La joie partagée était-elle condamnable ? La souffrance était-elle le comble de la vertu ?

Mais si le Diable parle parfois, Dieu se tait, toujours. Il faut trouver les réponses seul. Merlin cherchait.

Pour Perceval et Bénie, il s'était encore une fois trompé sur les conséquences de son action. Ses résultats allaient être très différents de ce qu'il avait escompté. S'il savait impeccablement transformer une betterave en lapin il n'était jamais aussi habile dans ses interventions concernant les sentiments.

A la nouvelle du débarquement de l'armée d'Arthur, toute la population des royaumes de Gannes et de Bénoïc s'était soulevée pour se joindre à elle. Il était habituel que le vainqueur d'une guerre s'assît sur le trône du vaincu. Il y avait beaucoup de royaumes, beaucoup de rois et beaucoup de guerres, chaque petit roi essayant de faire de son petit royaume un grand royaume en annexant les voisins. Les sujets des uns et des autres s'en accommodaient. Le nom du roi changeait, mais la vie restait la même.

Le cas de Claudas était différent. Alors qu'il était breton, le roi de la Terre Déserte avait fait appel, pour ses conquêtes, aux Saines détestés et aux Alémans et même aux Romains. C'était triple trahison. Les peuples des deux royaumes, seigneurs, citadins ou paysans, ne les lui pardonnaient pas. Pas plus que la façon dont il s'était emparé de Trèbes, par la traîtrise du sénéchal du roi Ban. Pas plus que d'avoir fait massacrer ceux qui ne voulaient pas lui rendre hommage. Pas plus que de tenir prisonniers les fils de Bohor dans son donjon carré. Le roi Arthur venait les délivrer, tout le monde marcha derrière lui, les guerriers avec leurs armes fourbies, et les paysans avec leurs fourches et leurs faux. Et les femmes et les enfants suivaient, avec les ânes chargés de marmites, de volailles et de potirons.

Claudas fit proclamer que si l'armée d'Arthur ne se retirait pas en Grande Bretagne, il ferait décapiter les fils du roi Bohor. Mais elle continua d'avancer, presque sans bataille, car qui a trahi sera trahi, et les hommes de Claudas, au lieu de le défendre, se ralliaient à Arthur. Celui-ci arriva sous les murs de Gannes et envoya un héraut muni d'une enseigne blanche frapper à la porte de la ville et sommer à haute voix Claudas d'avoir à se rendre et à se présenter sans armes, en chemise et pieds nus devant le roi de Logres.

Un rugissement lui répondit, et un flot de poix bouillante lui tomba dessus, le cuisant jusqu'à l'os. En haut du rempart, au-dessus de la porte, Claudas criait :

— Arthur ! Roi sans père ! fils de pute ! usurpateur ! adultère ! fève véreuse ! saucisse pourrie ! si tu ne donnes pas immédiatement l'ordre à tes hommes de quitter mon royaume, je vais moi-même trancher la tête de ces deux avortons ! Et leur sang retombera sur la tienne !

La foule de guerriers assemblée devant la ville frémit d'angoisse, et Arthur blêmit, car on venait d'amener devant Claudas les deux enfants enchaînés, et le roi noir tirait de son fourreau son énorme épée qui pesait cinquante livres.

— Ne crains rien ! chuchota la voix de Merlin. Réponds-lui...

— Claudas ! cria Arthur, la terre n'a jamais porté une ordure aussi puante que toi ! Si tu ôtes la vie de ces enfants, ce ne sera qu'un crime de plus, que tu paieras avec les autres... L'ordre que je vais donner à mon armée, c'est de donner l'assaut à cette ville, qui n'est pas la tienne !

Avec un cri de rage, Claudas leva son épée, et en frappa — han ! — la tête de Lionel.

Mais où l'épée passa il n'y avait plus rien... Les deux lévriers blancs de Viviane venaient de reprendre leur apparence naturelle et couraient en jappant sur le haut de la muraille. Puis, malgré sa hauteur, ils sautèrent en bas et, courant et cabriolant, traversèrent les rangs des guerriers ébahis, puis la foule des paysans et des femmes et des enfants réjouis. Garçons et fillettes leur coururent après, mais ils étaient bien plus rapides, et disparurent vers l'horizon.

L'armée donna l'assaut. On dressa les échelles contre les murailles, on donna de grands coups de béliers dans la porte, mais avant qu'elle fût enfoncée, Claudas, qui savait la ville perdue, et qui était un guerrier de grand courage, la fit ouvrir, et, entouré de ses fidèles, fonça dans les rangs des assaillants. Son dessein était d'atteindre Arthur et de le tuer. Alors la situation pouvait se retourner à son avantage.

Sa terrible épée fauchant et tranchant, son fils Dorin le gardant sur sa gauche, il avançait vers la bannière portée par l'écuyer d'Arthur. Et Arthur avançait vers lui, voulant abattre personnellement le roi de la Terre Déserte. L'épée de Claudas rencontra l'épée étincelante d'Arthur et du choc jaillit un volcan d'étincelles. Pendant qu'ils se portaient et paraient des coups terribles, le fils de Claudas fit le tour des deux combattants et, par-derrière, trancha les jarrets du cheval d'Arthur. Ce fut son dernier geste : l'écuyer d'Arthur, Girflet fils de Do, d'un coup de sa masse de bronze, lui aplatit son casque sur les épaules, sa tête, à l'intérieur, étant réduite en purée.

Le cheval d'Arthur s'écroula, emprisonnant la jambe de son

cavalier. Tandis que celui-ci cherchait à se dégager, Claudas, ricanant, souleva sa lame pour lui ôter la tête et la vie...

Un éclair blanc jaillit droit vers lui et le frappa : Perceval !... Claudas se retrouva dans la poussière, sur le dos. Perceval avait déjà sauté à terre et lui appuyait la pointe de son épée sur la gorge.

— Ne le tue pas ! cria Arthur. Il doit être jugé !...

Perceval ayant tourné le regard vers son roi, Claudas se dégagea, se releva et frappa de son épée ramassée. Mais celle de Perceval était si rapide qu'elle semblait une lumière. Avant que Claudas ait pu comprendre ce qui lui arrivait, le chevalier aux armes qui semblaient d'argent lui avait tranché le poignet droit et fendu les deux chevilles. L'épée du roi noir tomba, sa main coupée crispée sur sa poignée, et il tomba près d'elle.

Il fut jugé après avoir été soigné et ses plaies guéries. Le tribunal, que présidait l'archevêque de Trèbes, le condamna à être brûlé. Bien que manchot et boiteux, il gardait sa fierté et son arrogance.

— Vous ne pouvez pas me brûler ! déclara-t-il. Je suis chevalier : on ne brûle pas un chevalier !...

C'était vrai. Le tribunal révisa alors son jugement et condamna Claudas à être destitué de sa qualité de chevalier. Et brûlé ensuite.

L'exécution de la sentence eut lieu sur la plaine devant Gannes, le jour de la Saint-Bérenger. C'était un jour bien choisi, car Bérenger signifie l'ours et la lance. La lance est l'arme du chevalier. Quand on l'aurait ôtée à Claudas, il ne resterait de lui que l'ours...

Il avait plu toute la nuit, et il soufflait encore un vent d'ouest qui déchirait des nuages et des morceaux de ciel bleu. Une grande foule piétinait la boue et recevait parfois des torchées de pluie, mais il aurait fallu un déluge pour la disperser. Les hommes, et les femmes aussi, sont toujours curieux de tels événements. Et les enfants ne sont pas les derniers à y courir.

Un bûcher avait été dressé dans un endroit dégagé, de fagots bien secs, pour que ça brûle vite et vif. Avec une bonne couche d'herbes au sommet pour protéger les fagots de la pluie. C'était des herbes choisies, par compassion, pour faire une grosse fumée, afin que le condamné fût déjà mort étouffé quand les flammes commenceraient à le griller.

Près du bûcher était érigé un échafaud sur lequel se tenait un forgeron près d'une enclume. A ses pieds étaient posés une lourde hache et un marteau de fer carré qui pesait vingt livres.

Quatre sergents amenèrent Claudas, vêtu de fer et heaume en tête, comme pour le combat. Ils l'aidèrent à grimper l'escalier qui menait à l'échafaud et le maintinrent face à la tribune tendue de rouge dans laquelle avaient pris place le tribunal, les principaux vassaux de Ban et de Bohor, et les clercs chargés de noter tout ce qu'ils entendaient et voyaient. Un d'eux se leva, lut la sentence et se rassit. Claudas ne dit mot. Il avait accepté son sort, contre lequel il ne lui restait plus rien à tenter.

Il ne pouvait être destitué que par son égal. Le roi Arthur arriva, en armes, sur son cheval paré comme pour le plus beau tournoi. Il portait devant lui, à deux mains, horizontale, l'épée de Claudas dans son fourreau. Son écuyer Girflet le suivait, dressant son enseigne.

Ayant arrêté son cheval près de l'échafaud, Arthur saisit la poignée de l'épée, la tira hors du fourreau et la brandit vers le condamné.

— Claudas, est-ce bien là ton épée ?

— Je n'ai plus ma main droite, dit Claudas, mais donne-la seulement à ma main gauche, et tu verras comment elle te répondra !

Arthur répéta sa question :

— Claudas, est-ce bien là ton épée ?

— Oui, dit Claudas.

Alors Arthur jeta l'épée et son fourreau à terre. Un sergent les piétina dans la boue, puis ramassa l'épée, monta sur l'échafaud, et, tenant la poignée à deux mains, posa la lame en travers de l'enclume. Le forgeron, ceint de son tablier de cuir portant de nombreuses cicatrices de brûlures, se signa, car ce qu'il allait faire lui semblait sacrilège, puis souleva à deux mains son énorme marteau carré, et frappa l'épée.

La lame rebondit en chantant, s'arracha aux mains du sergent, fit un tour en l'air, retomba et se planta dans le bois de l'échafaud.

Claudas éclata d'un grand rire sauvage et la foule ondula d'inquiétude. Toute épée était arme sacrée même si celui qui s'en servait était un forban. La frapper avec une masse, non pour la forger mais pour la détruire, était une profanation dont les témoins se sentaient complices.

Au second coup de marteau, l'épée échappa de nouveau au sergent et fendit le tablier du forgeron, manquant de l'éventrer.

— Tiens-la sur son tranchant ! cria Arthur au sergent.

Celui-ci obéit. Se cramponnant à deux mains à l'énorme poignée, il plaça le fil de la lame verticalement en travers de l'enclume, et fit un signe du menton au forgeron. Celui-ci, à la fois effrayé et furieux, mit toute sa force dans son troisième coup, et frappa l'épée comme si elle était son ennemi mortel.

Il y eut un bruit comme lorsqu'un arbre éclate sous la foudre. La lame se brisa en fragments qui volèrent dans toutes les directions. L'enclume et le marteau étaient fendus en deux.

Une femme criait, un œil crevé par un morceau de l'épée. Les autres morceaux fumaient dans la boue. Un clerc donna des ordres à un sergent, qui alla les ramasser et les jeter sur le bûcher.

Arthur monta sur l'échafaud, et ôta le heaume de Claudas, qui n'avait pas été lacé. Les cheveux et la barbe du roi de la Terre Déserte apparurent comme un morceau de nuit, dans lequel brillait le blanc de ses yeux injectés de sang. Arthur donna le heaume au forgeron qui l'aplatit avec sa masse écornée, sur les débris de l'enclume. Un sergent ôta à Claudas sa cotte garnie de plaques noires et la présenta à Arthur qui la coupa en quatre avec des cisailles de tailleur de cuir.

Enfin le forgeron présenta au roi Arthur le manche de la hache. Arthur la refusa, tira sa belle épée et, d'un seul coup chaque fois, trancha au ras des talons les éperons du chevalier déchu. Le forgeron les ramassa et les défigura avec sa masse.

Alors Arthur fit face à Claudas et lui dit d'une voix grave et un peu triste :

— Tu n'es plus chevalier !...

Cette simple phrase sembla frapper Claudas plus que tout ce qui l'avait précédée. Il regarda autour de lui avec une espèce de panique. Le monde n'était plus le même. Tout avait changé... Puis il se reprit et resta immobile, bien droit, tandis qu'Arthur, descendu de l'échafaud, remontait sur son cheval et s'éloignait avec Girflet. Il ne voulait pas assister à la suite.

L'archevêque se dressa dans la tribune et cria :

— Claudas, tu vas mourir, confesse tes péchés !
— Je les ai tous commis mille fois ! cria Claudas.
— T'en repens-tu ? cria l'archevêque.
— NON ! cria Claudas.

L'archevêque lui demanda encore trois fois :

— Claudas te repens-tu ?

Et trois fois il répondit non.

Alors l'archevêque fit un geste vers le bûcher, et les sergents y conduisirent Claudas et l'attachèrent au poteau qui se dressait au centre. On jeta à ses pieds les débris de ses armes, puis les quatre sergents, munis de quatre torches, mirent le feu en même temps aux quatre coins du carré de fagots.

Dans un grand silence, le crépitement du bois fit se hérisser la peau de tous ceux qui l'entendirent, comme si leurs propres poils brûlaient. Quand les flammes atteignirent les herbes, une épaisse fumée noire et verte s'en dégagea. Un coup de vent la tordit en tourbillon autour du condamné debout, qui disparut à la vue.

Du fond de son Enfer, qui était là comme il est partout, le Diable avait suivi toute la cérémonie. Il exultait ! Enfin en voilà un ! Un vrai pécheur qui n'est pas un chiffon mou ! Qui ne se repent pas ! Qui ne s'est pas repenti ! C'est gagné : A moi, à moi, à moi !... Tu es à moi !... Tu commences à cuire ? Tu n'as pas fini !... Viens, viens, viens !... Tout est prêt pour toi ! Nous t'attendons !...

Mais il ne vint pas...

Au dernier instant, dans l'horrible solitude de la fumée et des flammes, il avait tout à coup partagé les souffrances de ses victimes et de toutes les victimes du monde, et compris leur détresse et leur avait adressé un mot : « Pardon... » Juste avant de mourir.

Il fut pardonné.

Les royaumes de Bénoïc et de Gannes étaient délivrés, mais où se trouvaient les héritiers légitimes des rois défunts ? Nul ne le savait. Arthur interrogea à haute voix Merlin. L'Enchanteur ne répondait que quand il voulait. Et il ne voulut pas.

Arthur installa à la tête des deux royaumes des vassaux fidèles de Ban et Bohor, avec mission de les bien gérer et défendre, et de veiller à la justice et au bonheur de leurs peuples, en attendant le retour des enfants perdus. Puis il s'ébranla avec son armée.

Mais pas dans la direction du Canal et de Logres : dans la direction contraire. Il avait décidé, après avoir châtié Claudas, de punir ses complices, les rois de Romanie et d'Alémanie.

Ce fut un long voyage, plein de batailles et de gloire. Arthur et son armée traversèrent des fleuves larges comme le Canal, franchirent des montagnes qui touchaient le ciel, battirent des armées nombreuses comme des fourmis et soumirent vingt-huit rois parmi lesquels le roi Rion, celui qui s'était fait un manteau de barbes, et qu'Arthur fit courir tout nu dans la campagne, rasé totalement, sans un poil de la tête aux pieds.

Enfin Arthur arriva à Rome, prit la ville et soumit l'empereur-roi Ponce Auguste. C'était le successeur de Ponce Antoine tué de la main d'Arthur sous les murs de Carohaise, au temps du roi Léaudagan. Ponce Auguste n'avait pas participé lui-même aux campagnes de Claudas, mais il lui avait fourni des hommes et de l'or. L'armée d'Arthur battit la célèbre armée romaine, et Ponce Auguste reconnut la souveraineté d'Arthur et se déclara son vassal.

Arthur alla s'agenouiller devant le pape, qui le bénit, puis il reprit avec son armée le chemin du nord. Il passa par l'Alémanie et battit le roi Frolle qu'il avait déjà battu devant Carohaise, quand Frolle n'était que duc. Dans le second combat qui les opposa, c'est avec l'épée Marmiadoise, qu'il lui avait prise lors du premier combat, qu'il réduisit le géant à merci.

Frolle reconnut la souveraineté d'Arthur et se déclara son vassal. Ainsi le roi Arthur avait-il soumis trente rois régnants, et sa souveraineté s'étendait de Logres jusqu'à Rome au sud, et, vers l'est, jusqu'aux forêts impénétrables derrière lesquelles vivent les sauvages qui ont les deux yeux en forme de fentes et un troisième tout rond au milieu du front. Arthur fut le plus grand roi d'Occident jusqu'à Charles empereur.

Il s'engagea enfin sur le chemin du retour. Mais cette expédition avait duré des années. Et pendant tout ce temps la reine était bien seule.

Et dans le merveilleux abri du lac, Lancelot avait grandi.

Les chevaliers de la Table Ronde n'avaient pas suivi Arthur dans sa longue guerre. Ils devaient mener leur propre guerre, contre les obstacles qui continuaient de les séparer du Château Aventureux. La reine Guenièvre administrait sagement le royaume, avec l'aide du sénéchal Kou, qui était un fidèle, bien qu'il eût un caractère déplaisant. Et les chevaliers faisaient régner l'ordre et la justice par leur présence et leur action dans toutes les parts de la Grande et de la

Petite Bretagne. Chacun d'eux, après une absence d'un an et un jour, venait rendre compte à la reine, en l'absence du roi, de ses aventures ou mésaventures. Et Perceval, qui s'était séparé de l'armée après sa victoire sur Claudas, continuait d'envoyer à Logres ses adversaires vaincus. C'était la reine qui les recevait. Mais Perceval, comme les autres, soupirait après le retour du roi.

De combats en aventures et en chevauchées, il n'avait pas eu le temps de retourner voir Bénie, mais sa pensée ne le quittait pas, et il lui arrivait de rire tout seul en chevauchant, à l'évocation de ses cheveux brillants, de sa douce peau, de ses formes mignonnes et de son grand rire. Et il se mettait à chatouiller son cheval, qui agitait une oreille et la queue.

Il était devenu un homme très fort et très beau, et la nature bouillonnait dans ses veines, sans qu'il sût exactement ce qui, parfois, lui donnait envie de s'envoler avec les oiseaux, et, d'autres fois, le rendait si furieux qu'il attaquait à grands coups d'épée un arbre qui n'en pouvait mais.

Un soir d'hiver, il arriva en vue d'un château entièrement entouré par une rivière d'eau boueuse, et auquel on ne pouvait accéder que par un pont étroit. Son écuyer ayant corné et crié son nom, les portes s'ouvrirent, et Perceval fut reçu par la châtelaine toute vêtue de bleu car c'était la couleur du deuil en ces lieux, et elle avait perdu son mari, mort auprès d'Arthur dans son expédition vers la Romanie. Elle était jeunette et dodue, avec un visage rond et rose qui aurait aimé être heureux. Avec l'aide de ses servantes elle baigna Perceval dans de l'eau bien chaude parfumée d'herbes et d'épices, le frotta avec des fleurs séchées de lavande du royaume de Sault, que son mari lui avait fait parvenir avant de périr, et le vêtit d'une robe de marmotte doublée de petit vair, puis le conduisit aux tables. Il mangea de grand appétit, tandis qu'elle lui racontait dans quelle situation pénible elle se trouvait. Elle avait grand besoin de lui, et déjà elle le remerciait pour l'aide qu'il allait lui donner. On connaissait sa valeur et son courage. Merci, merci d'être venu, merci d'être là, mangez bien, il vous faut prendre des forces ! Encore une tranche de cette cuisse de cerf ?... Et quelques petites cailles... Et ce vin de Venterol comment le trouvez-vous ? Mon mari m'en a fait convoyer une barrique. Elle est arrivée après la nouvelle de sa mort, le malheureux...

Entre les cailles et l'oie en broche, Perceval assura son hôtesse que jamais une dame ne pourrait lui demander son aide sans qu'il la lui accordât. Mais quelle était l'épreuve qui la tourmentait ?

— C'est mon voisin Géraud, dit-elle. Vous avez peut-être vu son château en venant, avec ses trois tours carrées et sa tour ronde ?

— Non, dit Perceval.

— Dès qu'il a su que j'étais veuve, il est venu me dire qu'il désirait être mon nouveau mari. Je n'en veux pas ! Il est affreux ! On le nomme le Malcouvert parce qu'il n'a plus un cheveu sur la tête, mais il a une petite barbe blanche et jaune, il a l'air d'une chèvre qui a perdu ses dents... Alors il a commencé à prendre mes terres, à tuer ou chasser les paysans, et il a envoyé ses chevaliers donner l'assaut à mon château. Les miens me défendent, mais j'en perds chaque jour, il ne m'en reste plus que trois, alors que ceux du Malcouvert sont près de cent ! S'il fait beau demain ils vont encore arriver. Ils ne viennent pas quand il pleut...

Après les fatigues et les nourritures, Perceval commençait à avoir sommeil. Son hôtesse, qui se nommait Berthée, le conduisit à sa chambre et le dévêtit, et quand il se fut glissé sous les couvertures de fourrure, elle s'agenouilla près du lit et lui raconta comment était mort son mari, non pas au combat, mais en franchissant des grandes montagnes. Il était tombé à cheval entre les lèvres d'une longue bouche de glace qui s'était ouverte à son passage. L'écuyer qui avait apporté la nouvelle avait dit à la dame que si elle voulait elle pourrait le retrouver dans vingt ans au bas de la montagne, bien conservé dans la glace sur son cheval.

— Penser à cela me donne tellement froid ! gémit Berthée. Touchez comme mes mains sont froides ! Et tout mon corps est pareil...

Elle lui fit toucher ses mains qui étaient glacées, et il pensa qu'il était de son devoir de les réchauffer. Pour cela il l'attira près de lui dans le lit, et en un tournemain elle s'était défaite de sa robe, ce qui permit à Perceval de constater que contrairement à ce qu'elle affirmait son corps était très agréablement tiède. Quant à lui il fut envahi par une grande chaleur. Il eut envie de chatouiller, mais une autre envie lui vint, qui l'emporta. Et tout son besoin de dormir s'enfuit. La douillette Berthée était depuis longtemps privée de fête. Elle se cramponna au dos puissant du chevalier, et l'enveloppa de ses jambes, et gémit, et fondit, et cria. Perceval crut qu'il lui avait fait mal. Elle le rassura.

Le lendemain il pleuvait. Les chevaliers du Malcouvert ne se montrèrent pas. Il plut pendant trois jours, et quand le soleil brilla, le quatrième jour, Berthée pleura car elle savait qu'elle allait perdre celui qui la réchauffait si bien.

Les chevaliers de Géraud arrivèrent au nombre de cinquante-six. Perceval sur son cheval les attendit à l'entrée du pont et les jeta l'un après l'autre à la rivière dont l'eau trouble les avala. Quand il n'en resta plus que la moitié, il saisit son épée et se tailla un chemin vers le Malcouvert qui se tenait à l'abri derrière eux. Il lui fit sauter son heaume, lui tailla la barbe au ras du menton et l'envoya rendre hommage à dame Berthée et se déclarer son vassal.

Et, sans se retourner, il s'éloigna du château, souriant à la pensée de la rieuse Bénie. Il se sentait léger, fort, heureux. Il se promit de recommencer des exercices qui étaient si agréables. Quand il les raconterait à Bénie, ça la ferait bien rire. Il lui avait dit : « Je ne t'oublierai jamais... » Il ne l'oubliait pas.

Après avoir chevauché jusqu'au soir en ligne droite, il se retrouva, à la nuit tombée, devant le petit pont qui précédait le château de dame Berthée !...

— Est-ce que je me trompe, demanda-t-il à son écuyer, ou sommes-nous revenus à notre point de départ ? Avons-nous tourné en rond ? J'ai pourtant suivi la course du soleil... Mais c'est bien là le château où nous avons dormi...

— Cet homme va pouvoir nous renseigner, dit l'écuyer.

Assis sur un tabouret, vers le milieu du pont, un homme pêchait à la ligne. Il était coiffé d'un grand chapeau de jonc tressé, comme pour se préserver d'un soleil d'été. Or on était en décembre, et il faisait déjà nuit.

— Beau pêcheur, s'enquit Perceval, pouvez-vous me dire ce que vous pêchez, dans cette obscurité ?

— Beau chevalier, je n'en sais rien, répondit l'homme. Mais peut-on savoir ce qu'on pêche, même en plein jour ?

— C'est juste, dit Perceval.

Et il regretta d'avoir posé une question de pure curiosité, alors que sa mère lui avait bien recommandé de n'en rien faire.

Et il se promit d'aller bientôt revoir sa mère, en même temps qu'il irait revoir Bénie.

— Beau pêcheur, demanda l'écuyer, est-ce bien là le château de dame Berthée, veuve de sire Ombécourt, mort dans les grandes montagnes de glace ?

— Certainement pas, dit le pêcheur : c'est le château du roi Pellès le Riche Pêcheur.

— Enfin ! s'écria Perceval. Je le cherche depuis des années ! C'est bien ici que se garde le...

Mais il se rendit compte qu'il était encore en train de poser une question, et s'arrêta brusquement. Il reprit :

— Le roi Pellès est mon oncle ! Mon père était Gamuret, son frère !...

— Alors vous allez être bien reçu, dit le pêcheur.

Et Perceval se trouva tout à coup assis à une table ronde, dans une pièce brillamment éclairée, bien qu'il n'y eût d'allumé qu'une seule chandelle posée au milieu de la table. Autour de cette table étaient assis sept chevaliers richement vêtus, et en face de lui un roi couronné en lequel il reconnut le pêcheur du petit pont, bien qu'il n'eût pas vu son visage dans la nuit.

— Oui, beau neveu, c'est bien moi qui pêchais sur le pont, dit le roi Pellès. Je vous y attendais depuis une semaine. Mais vous avez fait une étape qui vous a retardé plus que vous ne pensez...

A ce moment une porte s'ouvrit et un pigeon blanc entra, planant au-dessus de la table. Il tenait dans son bec une chaînette d'argent à laquelle était suspendue une cassolette d'où se répandait un parfum qui gonflait le cœur et le soulageait de ses peines.

Le pigeon sortit, et entrèrent alors six jeunes filles vêtues de blanc jouant du luth, de la harpe et de la flûte, et derrière elles une septième qui était plus belle à elle seule que les six autres réunies. Elle portait à deux mains un vase de forme ronde recouvert d'un très fin linge blanc. Et Perceval pensa que ce devait être là le fameux Graal, et qu'il allait enfin savoir ce qu'il y avait dedans... Et comme il allait le demander, il se souvint des recommandations de sa mère, et se tut.

Le cortège des jeunes filles fit le tour de la table, et ressortit, et Perceval s'aperçut alors que devant les chevaliers étaient apparues des nourritures délectables et qui sentaient merveilleusement bon. Mais devant lui il n'y avait rien.

— Beau neveu, dit le roi Pellès, vous avez eu tort de ne pas poser de question. Votre mère vous avait bien conseillé, mais pour chacun de nous vient un moment où il ne doit plus se conduire en enfant. Vous n'auriez pas connu toute la réponse, à cause de l'étape où vous vous êtes attardé, mais vous auriez reçu le commencement du savoir... Il fallait demander ! Il fallait demander !...

Et les chevaliers, la table et le roi disparurent, et le siège sur lequel était assis Perceval ne fut plus qu'une souche d'arbre dans une clairière au milieu de la forêt. Il faisait nuit et froid, il pleuvait, une chouette ululait dans un chêne creux, et Perceval recevait la pluie froide dans le cou. Il pensa à Berthée qui devait avoir de nouveau froid, puis à Bénie qui riait, et il se mit à rire. Mais il n'était pas vraiment gai.

Merlin avait fait venir à travers les airs un oliphant d'Asie et l'avait offert à Viviane. Assis tous les deux dans une sorte de corbeille carrée sur le dos de la grosse bête, ils se promenaient lentement sur la route qui traversait tout le Pays du Lac, et où trottinaient les ânes tirant les petites voitures paysannes chargées de légumes, de fruits et de fleurs. Les ânes saluaient leur nouveau cousin d'un grand coup de trompette, et l'oliphant répondait en agitant ses oreilles qui étaient grandes comme des couettes. Les deux longues cornes blanches qui lui sortaient de la bouche étaient ornées de bracelets d'or et d'argent et il était vêtu d'une robe vermeille toute brodée et riche comme celle d'un cheval de tournoi. Il balançait la queue qui lui pendait par-devant et qui était creuse, et s'en servait pour cueillir dans une charrette un melon ou un chou qu'il enfournait aussitôt dans sa bouche.

Les paysans ne se fâchaient pas. Ils riaient de ses manières. Ils étaient heureux de vivre dans ce pays où l'on voyait des merveilles qui n'existaient pas au-dessus de l'eau.

Lancelot ne s'était pas dérangé pour voir l'oliphant. Il était en train de se battre furieusement à l'épée contre son maître d'armes, à pied et à cheval, de la main droite, de la main gauche et des deux mains. Le maître d'armes, qui était le meilleur du royaume, arrivait au bout de ses forces, mais l'enfant aux yeux clairs ne lui laissait aucun répit, et il se rendait compte qu'il n'avait plus rien à lui apprendre.

Il croisa les bras en signe de trêve, et s'en fut donner quelques conseils à Lionel et Bohor qui, à proximité, s'affrontaient à lances non ferrées.

L'arrivée des deux garçons avait réjoui Lancelot. Ils s'entendaient parfaitement, ils avaient grandi ensemble, franchi ensemble la frontière imprécise de l'adolescence, apprenant ensemble les connaissances que leur proposaient leurs maîtres. Mais Lancelot comprenait plus vite, retenait davantage, et à chaque leçon posait des questions nouvelles qui en élargissaient les horizons. Ses maîtres, sans perdre leur autorité, le traitaient avec respect, et un peu d'admiration étonnée. Lionel et Bohor, bien que se sachant fils de rois et ignorant ce qu'il était, le considéraient tout naturellement comme étant au-dessus d'eux.

Lancelot vit l'oliphant et courut vers lui en riant. Une bande de dauphins joueurs se joignit à sa course. Il sauta sur l'un d'eux qui fila à toute allure et vint le déposer sur le dos de la bête à deux queues.

Il s'assit aux pieds de Viviane, et avant de dire mot, posa la tête sur ses genoux, les yeux clos, en geste d'amour et de vénération. Elle caressa ses cheveux couleur de soie avec tendresse et mélancolie, car chaque jour rapprochait le moment où elle savait qu'elle devrait se séparer de lui.

Puis il se redressa avec vivacité et posa cent questions à Merlin sur l'oliphant et le pays d'où il venait. Merlin répondait en souriant, heureux de la curiosité intelligente du garçon.

— Ah ! s'exclama Lancelot, je voudrais être comme vous : tout savoir, tout voir, pouvoir voyager en un clin d'œil jusqu'à l'endroit où le monde finit !...

— Beau fils, dit Merlin, nul ne sait tout sauf Dieu, si loin qu'on voyage il y a toujours plus loin encore, et le monde ne finit nulle part... Sois heureux d'être tel que tu es. Et quand tu commenceras les aventures, fais-le joyeusement avec tes forces d'homme, et l'aide de Dieu.

— Beau-trouvé, dit Viviane, vais-je donc te perdre ?

— Ah ! Mère ! s'écria Lancelot, je vous aime tant que je voudrais n'être jamais loin de vous ! Mais un homme ne doit-il pas un jour essayer de savoir ce qu'il vaut, et pour cela s'en aller devant lui, pour se battre s'il le faut, et gagner s'il le peut ?

— Oui, dit Viviane, tu le dois...

Elle avait les yeux pleins de larmes, mais Lancelot ne les vit pas.

— Beau fils, dit Merlin, le roi Arthur est revenu de guerre. Nul mieux que lui ne peut faire de toi un chevalier.

Une baleine balourde descendit du haut du lac pour venir renifler l'oliphant qui semblait être son cousin. Il lui caressa le flanc avec sa queue-de-par-devant, ce qui la fit sourire de toutes ses dents, elle en avait mille vingt-six.

Et Viviane, le cœur fendu, se mit dès le lendemain à préparer le départ de Lancelot.

Un certain nombre de dames laissées si longtemps seules, pendant que leurs maris s'en allaient jusqu'à Rome, s'étaient consolées avec les hommes demeurés au royaume, qui, s'ils n'étaient pas des héros, avaient l'avantage d'être présents. Mais la plupart étaient restées fidèles. Elles ne furent pas toutes récompensées de leur vertu, car elles avaient changé pendant l'absence des guerriers, et pas pour le mieux. Il arrive qu'une femme reste la même pendant dix ans et plus et que sa beauté semble incorruptible, et puis tout à coup le temps la rattrape, et en un an ou deux elle vieillit de vingt. C'était très sensible au bout de la longue absence. Le héros avait quitté une encore jeune épousée, il retrouvait une vieille épouse.

Lui-même rapportait des rides, une peau dure, des blessures, des infirmités, des douleurs osseuses, de la fatigue qui se manifestait aux moments où elle n'était pas souhaitée.

Il fallut bien s'accommoder les uns des autres et la vie reprit, mais les hommes pensaient parfois à un nouveau départ, et les femmes se souvenaient en soupirant des avantages de l'absence.

Jour après jour, Guenièvre avait idéalisé Arthur. Elle avait effacé peu à peu tout ce qu'elle avait trouvé à lui reprocher — sans jamais lui faire aucun reproche — depuis leur mariage, et l'avait orné de toutes les qualités dont elle aurait voulu le voir doté. C'était un grand roi et un bon mari, mais...

Plus il s'éloignait d'elle, plus il se rapprochait de l'image qu'elle s'était faite de lui pendant leurs fiançailles, et à la veille de son retour il était devenu l'homme totalement idéal.

Hélas, sa barbe avait grisé et son nez grossi. Sa main droite, à force de manier l'épée, était devenue dure comme la pierre, et quand elle se posa sur Guenièvre la nuit des retrouvailles, la reine eut un frisson et toute sa douce chair se contracta.

Elle, pendant ce temps, plongée dans son amour lointain, avait continué de s'épanouir et d'embellir. Il n'y avait pas, dans tous les royaumes, une femme aussi belle, et même ceux qui ne l'avaient jamais vue connaissaient sa beauté car tout le monde en parlait, même les femmes.

Dans les derniers jours de l'attente, l'espoir qu'elle mettait dans les retrouvailles l'illuminait de tant de bonheur qu'elle devint plus belle encore. Et lorsque Arthur la revit il fut frappé au cœur d'un amour plus vif que celui de sa jeunesse. Quand vint la nuit il se montra, comme toujours, plein de solidité et de vigueur. C'était un grand chevalier, qui allait droit au but. Guenièvre fut à deux doigts d'obtenir ce qu'elle espérait mais cela, une fois de plus, se déroba. Elle crispa un peu sa main sur le bras musclé d'Arthur, fut sur le point de lui dire quelque chose et ne trouva pas les mots, elle ne sut pas exactement ce qu'elle voulait dire... Elle soupira, et décida de se consacrer tout entière à la gloire du roi...

Un matin, elle lui suggéra de faire ériger, pour célébrer ses victoires, un monument digne de lui et de son aventure, et qui en perpétuerait le souvenir jusqu'au Jugement dernier. Arthur, qui avait une haute idée de sa fonction et de ses devoirs, mais une grande humilité pour lui-même, repoussa cette idée, mais Guenièvre insista. Il devait le faire, dit-elle, pour la gloire du royaume, des chevaliers et du peuple de Logres.

Et tandis qu'ils mangeaient leur déjeuner, elle lui soumit l'idée qui lui en était venue :

— Il faudrait qu'il ait la forme d'une couronne, qui rappellerait la vôtre et celles de tous les rois que vous avez soumis.

Arthur hésitait. De toute façon cela ne pressait pas. Il déciderait après avoir pris l'avis de Merlin.

A peine avait-il pensé le nom de l'Enchanteur que celui-ci fut près de lui, vêtu comme un paysan irlandais, coiffé d'un gros bonnet de laine multicolore trempé de pluie, son visage ébouriffé d'une barbe rousse dans laquelle éclatait la blancheur de son rire.

Arthur fut si heureux de revoir son ami dont il avait été longtemps privé, qu'il renversa les tables en se dressant pour l'embrasser, répandant au sol les fruits, les pâtés, les miels et les confitures, le cidre et le lait. Merlin remit tout en place d'un geste.

— La reine a raison, dit-il à Arthur. Tu dois ériger ce monument. Sa place l'attend, au milieu de la plaine de Salisbury, et ne peut pas l'attendre plus longtemps, sous peine de malheurs.

« En ce lieu précis devront être dressées douze pierres levées, si lourdes et si hautes que les hommes ne pourront jamais les ôter d'où elles auront été mises. Elles seront disposées en cercle, et unies deux par deux par six autres pierres, plates, posées sur leurs sommets. A l'intérieur et à l'extérieur du cercle des grandes pierres levées seront disposés deux autres cercles, de pierres plus petites, des pierres bleues qu'on trouve en Irlande. Enfin un cercle plus grand enfermera les trois autres. Il sera fait de trente hautes pierres levées toutes réunies entre elles par trente pierres plates posées sur leurs sommets. Les trente pierres levées représenteront les trente rois que tu as vaincus, et les trente pierres couchées indiqueront qu'ils sont devenus tes vassaux. Les pierres bleues sont tes chevaliers. Quant aux douze grandes pierres levées du centre, leur signification ne peut pas encore être révélée. L'ensemble des quatre cercles composera ta quadruple couronne : des Bretagnes, des Pays Francs, de Romanie et d'Alémanie. Le monument sera si haut et si large qu'on le verra de tous les horizons. Et il demeurera jusqu'au Jugement dernier.

— Tu m'as habitué à l'impossible, dit Arthur, mais comment trouver, tailler, transporter et dresser des pierres qui doivent être si grandes et si lourdes que les hommes ne pourront pas les bouger ?

— Je me charge de leur transport et de leur mise en place, dit Merlin souriant. Et tu n'auras pas besoin de les faire tailler, car le monument, tel que la reine l'a vu dans sa pensée et que je l'ai décrit, existe déjà...

Arthur regarda avec étonnement Merlin qui continua :

— Il avait été dressé dans la plaine de la Bretagne d'Irlande par le peuple de géants qui y vivait il y a deux mille ans, les Thuata

Dé Danann. Les trente pierres levées représentaient les trente îles lointaines où les géants vivaient avant de vivre en Bretagne. Et les trente pierres couchées représentaient les trente grands vaisseaux qui les ont transportés quand ils quittèrent les îles pour trouver des terres plus larges. Quant aux hautes pierres de l'intérieur, le moment n'est pas encore venu d'en dire la signification.

« Le monument était placé en un des lieux principaux d'où sortent les forces profondes de la terre, et il les recueillait et les donnait aux Thuata Dé Danann quand ils venaient les lui demander, ce qui les rendait invincibles. Mais ces portes des forces changent parfois de place. Cela arriva au pays des Thuata, et c'est alors que les Bretons surgirent et les battirent. Les Thuata se retirèrent sous la terre où ils vivent toujours, les Bretons vivant au-dessus. Leur monument s'est enfoncé avec eux. La reine actuelle des Thuata, qu'on nomme la Belle Géante, te le donnera volontiers si tu vas le lui demander, car il n'est plus utile à son peuple. La porte est maintenant dans la plaine de Salisbury et personne ne recueille les forces, qui se répandent et se gaspillent et peuvent devenir malfaisantes... La Belle Géante, en échange de ce qu'elle te donnera, exigera de toi un service que tu seras heureux de lui rendre. Elle est mon amie. Je t'accompagnerai près d'elle.

— Sire, vous allez encore partir ? demanda Guenièvre, en s'efforçant de ne pas montrer sa contrariété et sa peine.

— La Bretagne d'Irlande n'est pas loin, dit Merlin. Et le navire qui nous emmènera est plus rapide qu'un oiseau...

Arthur n'avait pas voulu remarquer le ton attristé de la question de Guenièvre. Il était tout à fait normal que le roi se déplaçât, et il se déplacerait d'autant plus que son royaume était plus grand et ses obligations plus nombreuses. Et il était tout à fait normal que la reine, immobilisée par ses propres devoirs, l'attendît. Il ne pouvait tout de même pas l'emmener à la guerre ?

— Ami, dit-il à Merlin, sais-tu où se trouve Gauvain ? Je n'ai pas eu de ses nouvelles à mon retour, et je m'inquiète... Il est mon chevalier le plus loyal, et je l'aime comme un de mes yeux...

— Il va revenir bientôt, dit Merlin. Il est allé plus loin que je ne le croyais capable d'aller...

Gauvain disposait au milieu du jour de trois fois la force d'un homme fort. Sa force excessive diminuait à partir de midi, et redevenait normale au coucher du soleil. Mais pendant les trois jours de la pleine lune, au lever de celle-ci commençait à pousser en lui une force nocturne qui augmentait jusqu'à minuit et décroissait ensuite pour disparaître à l'aube. C'était la force qui lance les hommes vers les femmes et fait bramer les cerfs dans les forêts. Il fallait à Gauvain un énorme courage moral pour ne pas se précipiter alors sur n'importe quelle femme proche de lui, fût-elle jeune ou vieille, belle ou avenante comme une corbeille d'orties. Cette force était moins puissante lorsque des nuages voilaient le ciel et, par bonheur pour le fils du roi Lot, les nuits claires ne sont pas tellement nombreuses dans les trois Bretagnes.

Malgré cela, il ne se passait guère de lunaison sans que Gauvain partageât la couche d'une femme toujours consentante, car son éducation de chevalier avait été si puissante qu'il aurait préféré s'ôter la vie plutôt que de prendre une femme sans son consentement.

Comme tous les chevaliers de la Quête, il se déplaçait sans cesse, si bien que ses femmes de la pleine lune n'étaient jamais les mêmes, et ses exploits amoureux firent bientôt autant de bruit que ses prouesses guerrières. Et quand sa présence était signalée quelque part toutes les femmes de l'endroit tremblaient d'émoi. Mais non de peur... Et il n'en manquait pas pour se mettre en travers de sa route, et le provoquer si bien que le nombre de ses exploits redoublait.

Les trois nuits redoutables passées, à la lune descendante Gauvain retrouvait la maîtrise de son corps. Et le remords et la honte emplissaient son cœur. Son premier soin était de trouver un ermite, un moine, ou tout autre prêtre, pour se confesser et faire pénitence. Il jurait alors, sincèrement, qu'il ne recommencerait jamais, mais la force de la pleine lune balayait les serments, et il ne lui restait plus qu'à chercher un nouveau confesseur.

Il se mit, par crainte de lui-même, à éviter les lieux habités, s'enfonçant dans des contrées sauvages où il ne trouvait à se battre que contre des sangliers et des loups.

Un jour, alors que la lune allait vers sa grossesse, il se trouva au cœur d'une forêt inconnue, dans laquelle il avait pénétré depuis plus d'une semaine. Elle était si épaisse que son écuyer avait peine à lui frayer un passage.

Dans toutes ces aventures, il est peu parlé des écuyers. Ils sont pourtant toujours présents, ou presque. Mais ils sont, justement, si proches des chevaliers, si constamment à leurs côtés ou derrière eux, si ajustés à leur action, qu'ils en semblent aussi naturellement inséparables que leurs ombres. C'est pourquoi il est rarement parlé d'eux, bien qu'ils soient là. On décrit le comportement d'un héros pas celui de son ombre.

Gauvain, donc, suivi de son écuyer ou précédé par lui, déboucha tout à coup dans une immense clairière au milieu de laquelle se dressait, sur une butte qui paraissait artificielle, un beau petit château ne ressemblant à aucun qu'il eût déjà vu. Trois tours rondes délimitaient sa muraille en triangle et un donjon rond se dressait en son centre. Les tours et le donjon étaient coiffés de toits dorés en forme de coupoles, chacun surmonté d'un mât également doré au sommet duquel flottait ce qui ressemblait à une grande queue de cheval brune. (Ou à la queue d'un grand cheval brun...) Fatigué par la traversée de la forêt, et fatigué surtout de la solitude, Gauvain décida d'y demander asile. Peut-être, allait-il, en plus, trouver quelqu'un à combattre ? Il en avait assez des confrontations avec des quadrupèdes... Les arbres, et le ciel couvert depuis des jours, l'avaient empêché de se rendre compte de l'évolution de la lune vers sa période critique. Il n'y pensait même pas.

La route qui conduisait au château en faisait trois fois le tour, s'enroulant en spirale jusqu'à la porte qui en perçait la muraille.

Impatient, Gauvain coupa court à travers haies et buissons, droit vers la porte.

Elle était ouverte. Une dame en occupait le passage, assise sur une haute chaise de bois peinte en rouge, entourée d'une petite foule de demoiselles vêtues de voiles légers, chacune dans une couleur différente, et qui changeaient de place et remuaient sans cesse, ce qui produisait l'effet que les couleurs vivaient par elles-mêmes et qu'un grand émoi les agitait.

La dame était brune et jeune et d'un visage rieur, vêtue d'une robe couleur de violette, toute piquetée d'or comme une belle nuit étoilée.

— Ah ! Messire Gauvain, lui dit-elle, vous semblez pressé d'arriver, mais moins que je ne l'étais de vous voir venir...

— Dame, répondit Gauvain, comment savez-vous qui je suis, et que j'étais en train d'approcher ?

— Votre renommée vous précède, beau sire Gauvain ! C'est ce soir la pleine lune, et toutes les plantes de la forêt soupirent votre nom !...

Tandis que deux demoiselles, une verte et une jaune, aidaient Gauvain à mettre pied à terre, la dame violette descendit les cinq marches de sa chaise, que quatre demoiselles — bleue, rouge, chamois, fraise — emportèrent, et vint prendre le bras du chevalier pour le conduire à l'intérieur du château.

La nuit n'était pas encore là et il aurait pu s'en retourner, mais il aurait dû pour cela se montrer discourtois et bousculer quelque peu la dame aux si aimables manières, ce qu'il ne pouvait faire.

Le temps du bain et du repas, la nuit fut présente, et il ne songea plus à résister.

Vint le moment où il fut conduit à sa chambre par trois demoiselles, prune, rose, pervenche, qui après l'avoir déshabillé et couché, et admiré ce que la pleine lune faisait de lui, l'embrassèrent légèrement sur les lèvres et s'en furent en gloussant de petits rires et en mélangeant leurs couleurs.

Et la dame vint, vêtue d'une robe de voile lilas, si légère qu'elle s'envolait à chaque pas, et ne cachait aucun détail de sa beauté. En arrivant au lit elle la laissa tomber comme une brume autour de ses petits pieds roses et s'allongea sans perdre un instant auprès de Gauvain qu'elle se mit à serrer contre elle en remerciant d'une voix haletante Jupiter, Baal, Wotan et Manitou de lui avoir envoyé le plus bel homme de toutes les Bretagnes.

Elle lui tenait une oreille dans chaque main et entre deux noms de divinités lui baisait goulûment la bouche.

Gauvain s'arracha à sa prise et fit un bond en arrière sur le vaste lit. Il s'écria :

— Quoi ! Quels noms prononcez-vous là ? N'êtes-vous donc pas chrétienne ? Ignorez-vous le vrai Dieu ?

— Tous les dieux sont vrais ! dit-elle. Ne restez pas au bout du lit !...

— Il n'y a qu'un seul Dieu en trois personnes, le Père, le Fils et l'Esprit-Saint !

— Les autres sont aussi le même ! C'est tout la même chose ! Venez ! Venez ! Ne me faites plus attendre ! Ne voyez-vous pas que je meurs !...

La force terrible de la nuit poussait Gauvain par les reins vers la tentation dont la lumière dorée des lampes à huile parfumée faisait palpiter tous les savoureux contours. Mais la peur affreuse de perdre son âme le retenait par les hanches. Il s'écria :

— Non ! Non ! C'est le Maudit qui m'a conduit à votre couche !

Et il se signa sur la tête et sur le corps de haut en bas, certain de voir s'évanouir et la dame et son château dans un tourbillon de fumée nauséabonde.

Mais son hôtesse ne disparut pas. Elle devint seulement furieuse :

— Ah ! c'est une chrétienne qu'il vous faut ? Eh bien, vous allez l'avoir !

Elle bondit hors du lit, courut vers un coffre sur lequel étaient disposés des ustensiles de toilette, s'empara d'un hanap plein d'eau, fit sur lui le signe de la croix, dit : « Moi, Fleurie, je me baptise au nom du Père, du Fils et de l'Esprit-Saint », et se renversa l'eau du hanap sur la tête. L'eau lui coula le long du corps en brillantes gouttes et en ruisselets, et fit une mare à ses pieds.

— Es-tu content ? Suis-je maintenant à ton goût ?

Gauvain étouffait de rire. Il courut la prendre dans ses bras, passa un peu de temps à la sécher avec les serviettes de lin, la robe de voile et les fourrures du lit, et beaucoup de temps à lui prouver qu'il n'avait plus peur pour son âme.

Au matin, elle lui promit qu'elle allait faire baptiser toutes les filles de l'arc-en-ciel et tous les paysans de ses terres. Gauvain resta trois jours auprès d'elle, et pendant ces trois jours ne pensa pas une fois à lui demander si elle avait un mari et, si oui, où il se trouvait, ni à s'étonner de n'avoir vu aucun homme pendant son séjour au château. C'est pourquoi nous n'en savons rien non plus.

Le grand souci de Gauvain, lorsqu'il se fut remis en chemin, fut de trouver un prêtre pour se confesser. Un vieux bûcheron qu'il lui sembla reconnaître — mais où aurait-il pu l'avoir déjà vu ? — lui indiqua qu'il trouverait un ermitage en continuant de chevaucher tout droit.

Il arriva bientôt, en effet, devant une petite chapelle bâtie en troncs de chênes, basse et trapue, surmontée d'une haute croix. Il y trouva un ermite couché sur une couche d'herbe sèche, si affaibli par le jeûne et les pénitences qu'il semblait aux portes de la mort. Mais ses yeux brillaient d'intelligence et de santé.

Quand Gauvain lui eut confessé ses nouveaux péchés, l'ermite lui donna le pardon de Jésus et lui dit :

— Dieu ne t'en veut pas, car la force qui te pousse est la force irrésistible de la vie, qu'il a rendue trois fois plus forte pour te mettre à l'épreuve. Il te semble impossible de lui résister. Un jour viendra pourtant, peut-être, où tu y réussiras. Alors tu commenceras à être un homme nouveau... J'irai baptiser convenablement cette dame Fleurie et tout son entourage. Continue ton chemin. Tu n'es qu'au début du voyage...

Après avoir continué tout droit jusqu'au soir, en tournant le dos au château aux quatre tours, Gauvain se retrouva, au moment où la nuit tombait, juste devant ledit château, au commencement des trois boucles de la route en spirale. Les rayons du soleil couchant resplendissaient sur l'or des toits...

— Avons-nous tourné en rond dans la forêt ou fait le tour du monde rond pour aboutir à notre point de départ ? demanda Gauvain à son écuyer.

— Cet homme va pouvoir vous renseigner, dit celui-ci.

Il désignait un homme assis sur un petit banc, au bord de la route, qui pêchait dans une petite mare. Il était coiffé d'un chapeau de joncs tressés, que la lumière du couchant teintait de rose.

— Beau pêcheur, lui dit Gauvain, y a-t-il autre chose à pêcher dans cette mare que des grenouilles ?

— Peu importe ce qu'on pêche, dit le pêcheur, l'important est d'essayer d'attraper quelque chose...

— Et si l'on n'attrape rien ?

— Ce n'est pas *attraper* qui compte, dit le pêcheur, c'est *essayer*...

— Alors, pourquoi ne pas essayer de pêcher dans un broc ? dit Gauvain en riant.

— Pourquoi pas ? répondit le pêcheur dont le sourire était rose comme son chapeau. C'est peut-être la meilleure pêche...

— Beau pêcheur, reprit Gauvain, je suis Gauvain, chevalier de la Table Ronde. J'ai quitté ce matin un château tout pareil à celui qui se dresse ici devant moi. Si pareil en tout que je serais amené à penser que c'est le même si je n'avais chevauché le jour durant en lui tournant le dos. Peux-tu me dire si c'est là le château de dame Fleurie ?

— La meilleure façon de le savoir est d'y entrer, dit le pêcheur.

Et Gauvain se trouva tout à coup assis à une table ronde avec sept chevaliers et un roi couronné en qui il reconnut le pêcheur qu'il venait d'interroger. Et celui-ci lui dit :

— Gauvain, je suis le roi Pellès le Riche Pêcheur. Tu as été admis à entrer dans le Château Aventureux à cause de ta grande droiture, mais le courage et l'honnêteté ne suffisent pas pour obtenir la clé des mystères...

Avant que Gauvain ait eu le temps d'exprimer son étonnement, la porte de la salle s'ouvrit, et quatre valets entrèrent, portant une litière sur laquelle était couché un vieillard, d'une maigreur de squelette, et dont la cuisse droite était percée d'une plaie saignante qui répandait une odeur de mort. Le vieillard, à côté de qui était posée une couronne d'or, gémissait d'une façon déchirante. Il regarda Gauvain avec anxiété et espoir, et lui demanda :

— Est-ce toi, chevalier, est-ce toi qui vas me guérir ?
— Je voudrais bien ! dit Gauvain bouleversé. Que dois-je faire ?

Mais le blessé avait fermé les yeux et les quatre valets l'emportèrent sans peine hors de la salle. Il ne pesait pas plus qu'un oiseau mort.

— C'est le roi mehaigné, dit Pellès le Riche Pêcheur. Cela fait la moitié de mille ans qu'il souffre, ne pouvant ni guérir ni mourir. Et ce n'est pas toi, Gauvain, qui peux mettre fin à son supplice, tu le sais bien et tu sais bien pourquoi...

Un pigeon blanc venait d'entrer dans la salle, tenant dans son bec une chaînette d'où pendait une cassolette qui répandait un parfum suave. Le pigeon voleta tout autour de la salle, et le parfum effaça l'odeur horrible de la blessure du mehaigné. Derrière lui étaient entrés sept cierges de cire d'abeilles, dont les flammes brûlaient et que personne ne portait. Ils avancèrent dans l'air et firent le tour de la pièce et derrière eux avançait dans l'air un vase en forme de coupe que personne ne portait. Un linge blanc le recouvrait, d'une blancheur si blanche qu'il semblait tissé de lumière.

Saisi d'une grande émotion, Gauvain se leva en regardant le vase que nul ne portait et demanda :

— Sire Pellès, est-ce là le...

Mais une voix terrible l'interrompit, venant de la voûte, des murs et du sol dont elle fit gronder toutes les pierres :

— Ne prononce pas ce nom, Gauvain ! Toi, le chevalier plus couvert de péchés qu'un pestiféré de pustules ! Tu t'es assis à une table où chacun reçoit la nourriture qu'il mérite : mange ce que tu as gagné !...

Et Gauvain, horrifié, vit qu'était posé devant lui sur la table un crapaud pourri.

Il se recula avec un hoquet de dégoût, et la table disparut, la pièce, les chevaliers et le roi Pellès disparurent, le château disparut, la forêt et la nuit disparurent, et Gauvain se retrouva en train de traverser sur le dos d'une mule galeuse un village de masures à demi écroulées dont les habitants haillonneux l'insultaient en le bombardant de trognons de choux, de carottes pourries, de pattes de lapins, d'écorces de potiron et de poignées de cendres mouillées.

Fuyant sous les ordures, il se trouva tout à coup, debout, nettoyé, à pied, à côté de ses armes bien fourbies posées sur l'herbe, et de son cheval bouchonné et harnaché. Adossé à un arbre, son écuyer dormait.

Gauvain le réveilla et lui raconta son aventure. Son écuyer lui dit qu'il avait dû rêver. Ils ne s'étaient pas retrouvés la veille au soir devant le château des filles arc-en-ciel, mais au bord de la rivière sur laquelle flottait une nef. Gauvain avait décidé de dormir et de laisser passer la nuit avant de mieux examiner la nef et de savoir s'il devait y monter. D'ailleurs la nef était toujours là...

Et Gauvain la vit. Mais il ne se souvint pas de l'avoir vue la veille, et il savait bien qu'il n'avait pas rêvé. Mais la douleur d'avoir été rejeté par le Graal était si déchirante qu'il préféra l'oublier en tentant une nouvelle aventure. Il s'approcha du rivage et regarda la nef. Elle avait la forme d'un grand berceau, et était peinte d'une teinte blanche comme la blancheur des lys. Une tente carrée de toile blanche était dressée sur le pont. Tout semblait désert.

Gauvain appela :
— Qui est là ? Qui est sur la nef ?

Une voix de femme, très assurée, lui répondit :
— Viens le voir toi-même, Gauvain, si tu ne crains rien !

Et une légère passerelle blanche vint toucher la rive.

Gauvain n'avait peur de rien. Il prit son épée, s'engagea sur la passerelle, en deux pas fut à bord de la nef et entra dans le pavillon carré.

Il n'y avait personne, mais seulement un grand lit sur lequel était couchée une épée superbe, la plus belle que Gauvain eût jamais vue. Sa poignée ornée d'or, de perles et de pierres fines, jetait mille feux, et sa lame semblait assez tranchante pour couper un duvet dans son vol. Mais elle était brisée en deux. Et sur le drap de fines dentelles qui couvrait le lit étaient tracées des lettres rouges qui disaient :

JE SUIS L'ÉPÉE QUI A BLESSÉ LE ROI MEHAIGNÉ. CELUI QUI RÉTABLIRA L'UNITÉ DE MA LAME EN RÉUNISSANT SES DEUX MOITIÉS, EN MÊME TEMPS GUERIRA LE ROI.

Gauvain savait lire les lettres. Celles-ci palpitaient comme les flammes d'un feu. La pitié qu'il éprouvait pour le roi blessé lui ôta toute hésitation. Il saisit les deux fragments de l'épée et les rapprocha l'un de l'autre, mais en vain ! Ils refusèrent de se réunir et même de se toucher. Chaque moitié de la lame semblait repousser l'autre moitié. Gauvain les reposa sur leur couche mais en y laissant des traces de sang : le fil de l'épée était si aigu qu'elle avait pénétré dans ses mains.

— Gauvain, chevalier sans peur, dit tristement la voix de femme, ce n'est pas toi qui guériras l'épée et le roi !... Et le poids de tes péchés est tel qu'il est en train de faire sombrer le vaisseau... Hâte-toi de le quitter avant que l'eau ne l'engloutisse !...

Gauvain sauta à terre, et la nef s'enfonça dans la rivière et disparut entièrement.

Alors le fils du roi d'Orcanie décida qu'il devait rentrer au royaume de Logres pour raconter au roi Arthur, à la reine Guenièvre et aux chevaliers ce qui lui était arrivé et, s'il pouvait rencontrer Merlin, lui demander son aide pour lutter contre la force de la pleine lune qui était plus forte que lui.

A longues ou courtes journées, Perceval chevauchait vers Camaalot en riant et chantant de bonheur sous le soleil et sous la pluie. Il ne trouvait plus beaucoup d'occasions de combattre, car sa réputation faisait le vide devant lui.

Il n'éprouvait aucune tristesse de son échec au Château Aventureux. Il pensait : « J'y retournerai, et cette fois je poserai des questions, et on me répondra. » Auparavant il irait voir sa mère, pour lui dire qu'il lui avait toujours bien obéi, mais que maintenant il devait se conduire plus hardiment. Et il irait voir Bénie... Et son cœur se gonflait de joie.

Il n'avait pas éprouvé le besoin de se confesser après la nuit passée avec Berthée parce qu'il n'avait pas du tout l'impression d'avoir fait le mal. Au contraire. Ce qui était si agréable ne pouvait être que le bien. Il avait glorifié Dieu dans la joie donnée et reçue, et il l'en remerciait tous les matins à son réveil, en même temps qu'il le remerciait du retour du soleil et de la douceur de l'herbe sur laquelle il avait dormi, ou de la tiédeur du corps féminin en compagnie duquel il n'avait pas dormi. Car il avait profité de toutes les occasions de renouveler ces exercices si agréables et, chaque fois, il pensait avec ravissement à tout ce qu'il allait avoir à raconter à Bénie pour la faire rire.

Un soir, alors qu'on approchait de Pâques, il décida de coucher sous un hêtre isolé dans la plaine, dont les menues feuilles commençaient à peine à se risquer hors des bourgeons. Allongé près de son cheval, il put apercevoir, à travers les branches, le ciel étincelant d'étoiles, et il remercia Dieu pour la beauté des nuits et la beauté des jours. Plein d'une immense gratitude, il s'endormit dès qu'il ferma les yeux.

Il les rouvrit au jour levé, et vit le ciel gris d'où tombait une neige tranquille. Debout, il admira la plaine toute blanche, estompée par la chute innombrable des flocons lents. Dans le grand silence ils faisaient un bruit de soie, et étouffaient l'odeur du hêtre. Le sol était d'un blanc mousseux, vierge de toute trace. Mais en baissant son regard, Perceval aperçut, juste devant lui, trois taches de sang vif sur la neige. Elles semblaient avoir jailli à l'instant d'une blessure, et les flocons qui tombaient sur elles ne parvenaient pas à les recouvrir. Perceval hurla :

— Bénie !...

Il avait su tout de suite : c'était Bénie qui saignait, qui l'appelait au secours, Bénie qui était en danger, Bénie qui avait besoin, besoin, besoin de lui !...

D'un bond il fut sur son cheval qu'il éperonna comme pour un combat à mort. Direction de l'Océan où le soleil se couche. C'était là-bas qu'elle était, de là-bas qu'elle l'appelait...

Son écuyer essaya en vain de le suivre. En quelques minutes il fut distancé et le perdit de vue. Il suivit ses traces dans la neige, mais les traces elles-mêmes disparurent sous la neige nouvelle.

Perceval galopait, bouche ouverte dans le vent, la neige lui entrait dans la gorge, se plaquait sur ses joues, lui collait les cils. Il ne voyait rien, son regard cherchant l'horizon impossible à voir, l'horizon, l'Océan, Bénie...

Il enrageait de ne pouvoir aller plus vite, il demandait à son cheval plus qu'il ne pouvait faire, le cheval fit de son mieux, dépassa la limite de ses forces, continua au-delà aussi longtemps qu'il put, puis tomba et mourut.

Perceval se mit à courir, ignorant la fatigue, criant dans la neige le nom de Bénie pour qu'elle sache qu'il était là, qu'il venait, qu'il allait arriver, et qu'il avait pensé à elle toujours.

Vers le milieu de l'après-midi, il vit venir de loin, dans le brouillard de la neige, trois chevaliers et leur suite. Il courut encore plus vite, et dès qu'ils furent à portée de voix cria pour leur demander un cheval. Les trois chevaliers étaient Gauvain, Sagremor et Yvain le Grand, qui s'en retournaient, après aventures, à Camaalot. Il leur dit son nom et ils reconnurent le Gallois qui avait tué l'Orgueilleux. Il leur dit l'apparition des trois taches de sang sur la neige, et leur signification. Yvain n'y crut pas, Gauvain n'y crut guère, Sagremor y crut.

— Si vous ne voulez pas me donner un cheval, je le prendrai ! cria Perceval, furieux de les voir discuter.

Il tira son épée, et s'apprêta à combattre.

— Bel ami, dit Gauvain, ne t'irrite pas. Prends mon cheval. N'y aurait-il qu'une chance sur mille pour que tu penses vrai, et que celle que tu nommes Bénie ait besoin de ton aide, il ne sera pas dit que je t'aurai empêché d'arriver à temps !...

— Ami Gauvain, dit Perceval, je me souviendrai de toi...

Dès qu'il fut en selle, la neige cessa de tomber. Ce fut un soleil se couchant dans un ciel embrasé qui le reçut quand il arriva au bord du Grand Océan.

Dans la maison de pierre, Bénie était étendue sur sa couche de paille recouverte d'un drap blanc, ses cheveux dorés répandus autour de son visage livide et maigre. Ses yeux étaient clos, et la première chose que vit Perceval en entrant fut une goutte de sang caillée au coin de ses lèvres. Un petit cierge brûlait à côté de la couche.

Perceval tomba à genoux et se mit à sangloter. La vieille Bénigne, assise près du feu, toute ratatinée et desséchée, lui dit :

— C'est bien temps ! C'est bien temps de pleurer ! C'est bien temps d'arriver !...

Sa voix ressemblait au bruit d'une vieille branche qui craque.

— Elle t'a attendu, attendu !... Et tu venais jamais !... Elle volait en haut pour te guetter... De plus en plus haut pour te voir arriver de plus loin... Et tu arrivais jamais !... Elle redescendait toute glacée, elle disait qu'il fait froid en haut, et plus on monte plus c'est froid... Et elle s'est mise à tousser... Et voilà !...

Perceval se redressa, furieux :

— Pourquoi est-ce elle qui est morte ? Elle toute jeune ?... Et pas vous qui êtes si vieille ?...

— Moi, à mon âge, dit Bénigne, on n'attend plus personne... Je me suis tenue près du feu...

— Ayant trouvé Bénie morte à l'attendre, dit Gauvain, il est sorti de la maison de pierre en criant le nom de sa mère, comme un petit enfant, et il est reparti au galop pour aller dire sa peine à celle qui toujours console. Mais en arrivant dans la vallée de la Forêt Gastée il a appris que sa mère était morte, au moment même de son départ, et à cause de celui-ci. Alors il est devenu fou. Il ne reconnaît plus personne, il attaque tous ceux qu'il rencontre, armés ou non armés, et il tue. Il injurie le nom de Dieu et clame qu'il veut détruire toute chevalerie.

« Nous avons appris cela, Sire, par son écuyer qui avait réussi à le joindre et a failli tomber sous ses coups. Il n'a dû son salut qu'à sa fuite. Après nous avoir dit les malheurs de son maître, il est reparti à sa recherche, pour veiller sur lui de loin et l'aider si possible. Mais que peut-il faire pour ou contre un fou furieux si habile aux armes ?

« Quand je lui ai donné mon cheval, Perceval m'a dit qu'il se souviendrait de moi. Peut-être ai-je une chance de me faire reconnaître et de lui rendre la raison... Sire, me permettez-vous d'abandonner la Quête jusqu'à ce que je l'aie retrouvé et ramené dans le monde normal ? Le poids de mes péchés m'a fait repousser par le Graal. Peut-être ai-je là l'occasion de me racheter en partie ?

— Va, Gauvain au cœur d'or, Gauvain mon fidèle... Personne mieux que toi n'a de chances de sauver ce malheureux. Et qu'Yvain et Sagremor t'accompagnent. Je vais bientôt partir pour la Bretagne d'Irlande. Quand je reviendrai, j'espère que vous aurez ramené Perceval du pays du désespoir...

Depuis des mois, Viviane préparait l'inévitable. Lancelot allait avoir seize ans. Elle ne pouvait plus différer son départ. Elle pourrait garder encore quelque temps auprès d'elle Lionel et Bohor, qui avaient besoin d'apprendre encore, mais Lancelot devait s'en aller. L'empêcher d'aller recevoir la chevalerie aurait été aussi grave que de lui refuser le baptême. L'éducation exceptionnelle qu'il avait reçue d'elle et des maîtres qu'elle et Merlin lui avaient choisis l'avait d'ailleurs façonné en vue de ce destin, comme on taille une flèche pour le moment où l'arc la projettera sur sa trajectoire, vers son but.

Viviane lui fit préparer ses armes. D'abord l'épée, qui est le prolongement du chevalier, son bras sacré au service de la justice et du bien. Peut-être le roi lui en donnerait-il une mais Viviane voulait qu'il fût fier de celle qu'elle allait lui offrir, et qu'elle pût le servir mieux qu'aucune autre.

Le meilleur artiste des Bretagnes en confectionna la poignée, très simple et bien en main, taillée dans une dent d'oliphant, imperceptiblement gravée de nuages et de lunes et incrustée de perles et de croix d'argent. Un diamant taillé en terminait chaque branche.

Le meilleur forgeur en forgea la lame, impossible à rompre ou à entamer, à la fois lourde et légère, épaisse en son milieu et si aiguë sur les taillants qu'un cheveu s'y posant s'y fût coupé en deux.

Quand elle fut terminée elle ressemblait à Lancelot : claire, forte, fine et lumineuse.

Après l'épée, le haubert. Viviane lui fit mailler un haubert blanc d'acier et d'argent si solide qu'aucune lance ne pourrait le traverser, et pourtant si léger qu'il pesait moins qu'une robe de fourrure.

Puis le heaume et l'écu, tous les deux blancs. Sur l'écu étaient peintes la lune qui commence et la lune qui finit, dans la couleur gris pâle des yeux de Lancelot.

Il choisit lui-même ses trois lances, deux courtes et roides, et une longue et flexible, difficile à rompre, toutes trois bien équilibrées. Viviane les fit peindre en blanc. Et tout fut prêt. Et vint le jour où Lancelot dut se mettre en route s'il voulait être à Camaalot pour la cour que le roi Arthur y tiendrait le jour de Pâques. Sa peine était grande, et son impatience aussi. Il voulait partir et il ne voulait pas quitter Viviane. Ce fut elle qui fixa le moment du départ. Malgré tout l'amour qu'elle lui portait, et son déchirement, elle n'éprouvait aucune crainte : elle savait que lorsqu'il aurait quitté le lac il n'y aurait nulle part, sur la surface des Bretagnes et des royaumes lointains, un chevalier capable de le surpasser en vaillance et en adresse, ni un sortilège qui puisse résister à la clarté de son regard et de son cœur.

Sans l'avoir voulu, Dyonis assista au départ de Lancelot.

Le père de Viviane avait vieilli raisonnablement. Il était devenu un homme âgé, mais non un vieillard. Il portait barbe et cheveux blancs, qui l'éclairaient plutôt d'un air de jeunesse. Sa fille lui avait offert de lui rendre son bel âge et de repousser très loin le terme de sa vie. Il refusa.

— Le temps nous est mesuré, lui dit-il, mais il est encore trop long pour que nous parvenions à l'emplir sans faillir dans la sottise ou la vilenie.

Il se tut un instant, puis ajouta avec un sourire :

— Le mieux à faire est de faire de son mieux... Quand viendra le moment de ne plus rien faire je serai heureux d'être arrivé au bout de ma tâche...

Son cheval du royaume de Perche vivait toujours, mais il était devenu une ruine. Cagneux, tordu, baveux, rhumatisant, aveugle, il ne pouvait plus porter son maître, mais celui-ci, pour lui garder sa fierté, lui donnait tous les matins la joie de le monter. Puis il descendait aussitôt, le prenait par la bride et allait le promener par les mêmes chemins qu'ils avaient suivis l'un sur l'autre si longtemps, dans la compréhension et l'amitié. Le vieux cheval connaissait chaque pierre de chaque itinéraire. Il n'avait pas besoin de les voir. Dyonis lâchait la bride et son compagnon le suivait, bronchant parfois et reniflant, essayant de hennir quand il sentait le soleil sur ses oreilles, et cela donnait le bruit d'une vieille poulie rouillée.

C'est ainsi que Dyonis se trouva un matin au bord du lac et qu'il vit sa surface frémir comme s'il s'apprêtait à bouillir. Et au-dessus de l'eau, dans des volutes et des dentelles de vapeurs et de lumière surgit tout un cortège au milieu duquel il reconnut Viviane et Lancelot, côte à côte sur des chevaux blancs drapés jusqu'aux sabots de jupes blanches brodées de lys et de lunes. Lancelot portait une robe d'hermine et Viviane une robe de soie et d'argent. Tous deux étaient couronnés de roses blanches, et derrière eux, deux demoiselles montées sur des haquenées blanches tenaient contre leurs seins des bouquets de lys. Quatre écuyers portaient les armes de Lancelot, et des valets guidaient des mules chargées de coffres. Deux lévriers blancs marchaient et gambadaient auprès de Viviane. Tous les chevaux et mulets étaient blancs, et blancs également les coffres que ceux-ci portaient, et blancs les vêtements de chacun. Autour de Lancelot et de Viviane volaient les oiseaux familiers de celle-ci, rouges, bleus, jaunes, dorés, verts, légères étincelles de couleur sur ce grand feu de blancheur.

Viviane semblait avoir le même âge que Lancelot. Ils étaient frère et sœur jumeaux, rayonnants de jeunesse. Lorsqu'ils apparurent au-dessus du lac, ce fut comme si le matin se levait une deuxième fois.

Le cortège prit pied sur la rive sans y laisser une goutte d'eau, et se dirigea vers la forêt, face au soleil levant. Dyonis le vit s'arrêter à la lisière des arbres. C'était le moment de la séparation. Dyonis n'entendit rien des paroles qu'échangèrent Viviane et Lancelot, mais les vit s'embrasser longuement. Puis la forêt s'ouvrit en un large chemin dans lequel s'engagèrent Lancelot, ses écuyers et ses valets. Et la forêt se referma derrière eux.

Viviane restait immobile, le regard fixé sur les arbres qui lui épargnaient de voir s'éloigner celui qu'elle aimait tant. Les demoiselles, à quelques pas, la regardaient sans rien dire, devinant et partageant sa peine, car il n'en était pas une qui ne fût amoureuse de lui. Les deux lévriers s'étaient couchés en rond dans l'herbe. Les oiseaux vinrent se poser sur Viviane et sur son cheval. Les yeux de Viviane étaient pleins de larmes. Très doucement, elle parla à Lancelot à travers la forêt :

— Beau fils-de-roi, dit-elle, si clair, si fier, tant-aimé, beau-trouvé, je te perds... Que Dieu te garde !...

La veille de Pâques, le roi Arthur tint son audience couronnée pour entendre ses sujets et ses vassaux lui dire ce qu'ils voulaient. Et quand c'était nécessaire, il rétablissait la justice, selon son cœur et son esprit qui étaient droits. La reine, assise à son côté, dans un grand siège doré pareil au sien, écoutait avec attention et lui donnait son avis dont il tenait grand compte. Et ceux qui s'approchaient, même s'ils étaient irrités, éprouvaient le besoin de baisser la voix tant ils étaient frappés par la profondeur du regard que la reine posait sur eux.

Ses yeux semblaient occuper tout son visage. Leur bleu avait la mélancolie d'un ciel du soir dont la lumière est si proche de la nuit. Ses joues étaient pâles, et sa bouche semblait une blessure dans la chair d'une rose. Il y avait quelque chose de terrible dans ce visage, dans tant de douceur recouvrant une tristesse toujours présente, sans frontières, sans remous, sans tempêtes, sans commencement ni fin. La peine de son corps et de son cœur, sa solitude, son attente sans objet et sans espoir posaient à travers son regard, sur chacun et sur chaque chose, une interrogation profonde et inquiète, qui n'appelait pas de réponse, car elle ne savait pas ce qu'elle demandait.

Chaque homme qui l'approchait, quels que fussent son âge et sa condition, éprouvait le besoin soudain de la prendre dans ses bras pour la protéger et la consoler, sans savoir de quoi...

Cela amusait le roi et en même temps le flattait. Il savait que Guenièvre était la femme la plus belle du royaume. Et qu'elle était inaccessible, puisque l'épouse du roi. Ce qui lui ôtait tout motif de jalousie. Les autres hommes n'existaient pas en tant qu'hommes pour la reine : ils étaient seulement ses sujets.

Arthur ne se trompait pas. Bien qu'entourée des hommes les plus vaillants, les plus virils de toutes les Bretagnes, beaux ou laids mais jamais banals, elle n'en avait distingué aucun et n'en éprouvait pas le besoin. C'était Arthur qu'elle avait aimé et épousé, c'était lui qu'elle aimait encore, mais il était absent toujours, même lorsqu'il était là. Même la nuit...

Et elle vit Lancelot.

Il se tenait debout devant elle, immobile, pétrifié, blanc comme le jour, couronné de roses, le visage encadré par des cheveux de lumière, et la regardant avec des yeux immenses qui avaient la couleur de la mer sous la lune. Il ne disait mot, il ne pouvait plus bouger, il la regardait...

— Beau valet, lui demanda le roi amusé, que veux-tu ?

— Sire, répondit Lancelot sortant de sa stupeur, je suis venu pour que vous me fassiez chevalier.

— Qui es-tu ?

— Je ne sais...

— Quel est ton nom ?

— On me nomme Lancelot, mais ce n'est pas mon nom.

— Qui est ton père ?

— Je ne le connais pas...

— Qui t'a armé et qui t'envoie ?

— La Dame du Lac...

— Où est son fief ?

— Dans l'autre pays...

Le visage d'Arthur devint grave.

— Crois-tu que je puisse armer chevalier un inconnu qui ne se connaît pas lui-même ?
— Oui tu le peux ! Il est mon ami ! dit une voix croassante.
Et un corbeau blanc vint se poser sur l'épaule de Lancelot.
— Merlin ! dit Arthur ravi.
— Croâ ! dit le corbeau.
Tournant sa tête, il lissa de son long bec les plumes de son dos, tandis que la voix de Merlin se faisait entendre directement dans la tête du roi :
— Fais-le chevalier dès demain... Il est le plus fort, le plus adroit, et le plus pur... Il sera peut-être celui que nous attendons...
Mais dans la tête du corbeau résonnait la voix grinçante du père noir de l'Enchanteur :
— Tu as perdu Arthur pour le Graal, tu as perdu Gauvain, tu as perdu Perceval ! Crois-tu que tu vas garder celui-là ?... Regarde la reine...
Guenièvre, se rendant compte qu'elle ne pouvait détacher son regard du garçon blanc couronné de roses, se leva, dit au roi qu'elle était lasse, et se retira, après avoir posé sur son siège doré sa couronne pour attester sa présence.
— Qu'est-ce que tu en dis ? ricana le Diable.
Et sa voix était comme le bruit d'une scie sur un clou.
— Croâ ! dit le corbeau.

Lancelot sortit du palais du roi dans l'état d'un homme qui vient de fixer le soleil. Ses yeux éblouis ne voyaient plus rien, une seule image emplissait sa tête : la reine. Il avait cru jusque-là que la Dame du Lac, sa sœur, sa mère, son amie bien-aimée, était ce qu'il y avait de plus beau au monde, mais la reine éclipsait cette beauté comme la lumière du jour efface celle de mille torches. S'éloigner d'elle était se replonger dans la nuit.

Arthur avait demandé à Alain le Gros de donner l'hospitalité à Lancelot. En chevauchant à côté de lui pour le conduire à son domicile, Alain se rendit compte que le garçon n'était pas dans un état normal et se dit que le roi allait, le lendemain, donner la colée à un esprit dérangé. Mais ce n'était pas grave : au premier adversaire rencontré, il retrouverait son penser droit ou perdrait toute pensée pour toujours...

Au cours de sa nuit de veille dans la chapelle de la cité basse, Lancelot, grâce à la prière, retrouva l'équilibre de ses sentiments, car toutes les beautés sont l'œuvre de Dieu et les parures de sa création. Il était plein de ferveur quand il traversa la ville sur son cheval blanc, pour aller de la chapelle du bas à celle du château où devait avoir lieu la cérémonie de chevalerie.

Le bruit s'était répandu qu'un jouvenceau extraordinaire était arrivé la veille dans la cité et allait la traverser au matin pour aller se faire armer chevalier. Et tandis que sonnaient à la volée les cloches de la Résurrection, toute la population s'était mise aux fenêtres ou était descendue dans la rue pour le voir passer, dans sa robe d'hermine, couronné des roses du Lac qui ne fanent jamais, suivi de ses quatre écuyers portant ses armes. Et sur son passage les yeux des femmes s'emplissaient de larmes de joie et de regret. Joie de le découvrir, unique, incomparable, si jeune, si clair, si beau, regret de le voir déjà s'éloigner... Et le silence fermait les bouches, laissant tout l'espace au bruit des fers des cinq chevaux blancs crépitant sur les pavés, et à la voix des cloches qui célébraient le retour de la vie.

Le roi lui ceignit son épée blanche et lui mit son éperon droit. La reine lui mit son éperon gauche. Ses éperons étaient d'argent. La reine lui ôta sa couronne de roses et le roi lui mit son haubert et son heaume.

Il était de nouveau dans un rêve. Dès qu'il avait revu la reine il s'était trouvé transporté dans un monde où il n'y avait qu'elle, avec lui qui la contemplait, et tout le reste avait disparu.

Le rude choc de la colée sur sa nuque lui rendit conscience. Mais au lieu de bondir hors de la chapelle il regarda longuement la reine puis le roi, l'archevêque et Jésus sur sa croix, se signa, se détourna, sortit lentement, monta sur son cheval que lui présentait son écuyer d'épée, et au lieu de se diriger vers la lice des joutes, sortit de la ville au pas de son cheval qu'il ne dirigeait pas, dans le silence et l'étonnement de la foule qui l'avait vu arriver couronné de fleurs et de fierté et le voyait repartir armé et perdu. Une à une les cloches se turent. C'était la fin du matin de Pâques.

La reine rentra dans ses chambres à grand-peine, prête à chaque pas à s'évanouir. Elle renvoya ses dames et s'allongea sur son lit, son cœur frappant l'intérieur de sa poitrine comme un lion d'outre-océan enfermé dans une cage. Dieu ! Dieu ! Pourquoi m'avez-vous envoyé celui-là ? Que me veut-il ? Qui est-il ? Que me voulez-vous ? Est-ce un des anges dont est peuplé votre Paradis ? La couleur de ses yeux, est-ce celle de votre Ciel ? Ses cheveux sont de soie, ses joues sont d'aurore, ses lèvres sont celles d'un enfant... Je ne connais même pas son nom...

Un parfum de printemps frais et tiède montait à ses narines.

Elle s'aperçut qu'elle tenait toujours la couronne de roses. Elle la souleva au-dessus de son visage, et la porta à ses lèvres.

Mais au moment où elle allait baiser la plus belle rose, celle-ci disparut avec toutes les autres, et la reine regarda ses mains vides qui tremblaient.

Lancelot chevaucha tout le reste du jour sans savoir où il allait ni voir le pays qu'il traversait. Ses écuyers le suivaient à distance, inquiets mais ne voulant pas le troubler. Au soleil couchant, son cheval s'arrêta pour boire à une rivière. L'écuyer d'épée en profita pour s'approcher et lui parler.

— Sire, lui dit-il, vous avez quitté Camaalot sans prendre congé du roi ni de la reine, vous n'avez pas participé aux joutes et vous n'avez pas partagé le dîner offert par le roi aux nouveaux chevaliers. Ne craignez-vous pas que le roi et la reine s'en trouvent offensés ?

Lancelot ne comprit pas ce que son écuyer lui disait, et celui-ci dut lui répéter ses paroles qui entrèrent enfin dans sa tête et l'emplirent de stupeur, de confusion et de honte. Comment avait-il pu se conduire de la sorte ? Etait-il devenu fou ? Il devait aller se présenter au roi et lui demander son pardon. Mais la reine ? La reine lui pardonnerait-elle jamais ?

Il fit pivoter son cheval et repartit au galop sur le chemin qu'il venait de parcourir au pas. Mais la nuit tombait, et il dut ralentir pour ménager son cheval qui risquait de se blesser dans l'obscurité. Et la fatigue le prit tout à coup. Il avait passé la nuit précédente debout en prière, il n'avait pas mangé depuis la veille, son corps, sa jeunesse, réclamaient l'équilibre du repos. Il mit pied à terre, s'allongea sur l'herbe nouvelle, et s'endormit comme un enfant.

En arrivant le lendemain à Camaalot il apprit que le roi était parti, avec une faible escorte, pour une destination qu'il n'avait pas fait connaître.

Alors Lancelot demanda à être reçu par la reine.

Elle ordonna qu'on le lui amenât, et le reçut entourée de ses dames. Il s'agenouilla devant elle, et lui demanda pardon pour avoir quitté le château et la ville sans avoir pris son congé.

— Un mal m'avait pris dont je ne puis rien dire, et qui m'ôtait toute connaissance de ce que je faisais et de ce qui était autour de moi. Dame, pardonnez-moi ou ordonnez ma punition, je l'accepte et l'appelle.

Et la reine entendait à peine ce qu'il était en train de dire, si heureuse de le voir revenu, et de pouvoir le regarder, et elle lui aurait pardonné mille méfaits bien plus graves.

Elle lui tendit la main :

— Beau doux sire, lui dit-elle, relevez-vous. Ce n'est pas si grave...

Et elle ajouta après un court silence, dans une sorte d'étonnement émerveillé :

— Vous êtes si jeune...

Les dames de la reine auraient bien remarqué son trouble si elles n'avaient été elles-mêmes si occupées à le regarder lui.

— Il me reste à obtenir le pardon du roi, dit Lancelot, mais je ne sais où le trouver.

— Si vous allez très vite en direction de la mer de l'Irlande peut-être aurez-vous une chance de le rattraper. Mais j'en doute, car Merlin est avec lui...

— Dame, me permettez-vous de me tenir pour votre chevalier ?

— Je le veux bien, dit la reine.

Elle lui donna une écharpe de soie jaune tissée d'or, brodée en rouge vif de la grande lettre de son nom, couronnée d'or. Afin qu'il pût porter ses couleurs. Et elle lui demanda :

— Le mal dont vous avez souffert vous a-t-il maintenant quitté ?
— Dame, je ne crois pas, dit-il.

Elle en eut le cœur chauffé, car elle avait bien deviné de quel mal il s'agissait.

— Que Dieu vous garde de tout mal qui pourrait vous être néfaste, dit-elle. Adieu, beau doux ami...

Et elle lui tendit de nouveau sa main qu'il prit dans la sienne en mettant un genou en terre. Elle aurait voulu qu'il ne la lui rendît jamais, elle aurait voulu qu'il prît l'autre, elle aurait voulu...

Elle se rendit compte avec épouvante de la violence de ce qu'elle éprouvait, dégagea sa main en s'efforçant de sourire et fit un geste qui indiquait à Lancelot de sortir.

Retirée chez elle elle pria longuement, persuadée que le Diable était en train de l'assaillir. Mais elle perdait les mots de la prière et à la place de l'image de Jésus elle voyait le chevalier blanc agenouillé, levant vers elle ses grands yeux adorants.

Le Diable se réjouissait, mais il n'avait pas besoin de s'en mêler. Ce qui arrivait à Guenièvre et à l'adolescent était dans la nature du monde.

Pour être plus rapide, Lancelot renvoya ses écuyers, chargés de messages d'amour et de respect pour la Dame du Lac, et, armé de sa seule épée, s'élança au grand galop sur la trace du roi.

Il avait peu de chances de le rattraper car, sans avoir l'impression de forcer l'allure, Arthur avait mis moins de deux heures pour arriver en vue de la mer, ce qui demandait normalement deux jours aux meilleurs chevaux. Merlin chevauchait à son côté, sous son apparence irlandaise, barbe rousse et bonnet de laine, sa harpe d'argent pendant à sa selle.

Un vent vif soufflait venant du nord. Il soulevait de hautes vagues que fouettaient des rafales de pluie. La nef blanche à l'épée brisée attendait à quelque distance du rivage, montant et descendant au gré des lames mais sans bouger de place. Elle avait grandi pour pouvoir accueillir toute l'escorte du roi avec ses chevaux, et le pavillon carré qui en couvrait tout le pont quand Gauvain était monté à son bord n'en occupait plus qu'une partie.

— Est-ce ce vaisseau qui doit nous transporter ? demanda Arthur.
— Oui, dit Merlin.

Le sénéchal Kou, qui n'était guère homme de mer, devenait vert en regardant le creux des vagues.

— Nous ne pouvons pas embarquer par ce temps ! dit-il.

Les autres compagnons du roi ne faisaient pas meilleure figure.

— Nous devons attendre que le vent tombe, dit Arthur. En pareil temps, aucun vaisseau ne peut s'approcher de la terre.

Merlin se mit à rire, essuya d'un revers de bras sa barbe ruisselante, fit un geste vers sa harpe qui vint se blottir dans ses bras et joua trois notes qui se mêlèrent en une grande paix, descendirent vers la mer et la rendirent calme et lisse jusqu'à la nef. Celle-ci vint alors jusqu'au rivage et accosta devant le groupe de cavaliers. Son flanc s'ouvrit, une large passerelle en descendit.

— Allons-y ! dit Merlin.

Il s'engagea le premier, sans descendre de son cheval. Arthur le suivit. Les autres hésitaient : un enchanteur peut tout se permettre, et le roi se le doit, mais de simples chevaliers...

— Allons ! dit Kou, sommes-nous des poules plumées ?

Il éperonna son cheval, une grande carcasse jaunasse et rustique pleine d'ardeur, qui en deux bonds entra dans le vaisseau. A grand fracas de planches, les autres cavaliers l'imitèrent. Au moment où la passerelle commençait à se retirer, un tourbillon blanc jaillit du fond de la campagne et bondit dans la nef : c'était Lancelot, pour qui la distance s'était également comprimée et qu'un élan qu'il ne comprenait pas avait lancé à l'intérieur du vaisseau.

Et la nef sans voiles, sans rameurs et sans équipage, s'élança dans la tempête.

L'intérieur du vaisseau était calme comme s'il eût vogué sur de l'huile. Il paraissait plus grand que l'extérieur. C'était une grande salle carrée, peinte en blanc, au sol couvert de paille fraîche. Sans fenêtres ni chandelles, elle était cependant lumineuse comme si elle eût été éclairée par un ciel d'été. Ne ressentant aucun mouvement du vaisseau, les cavaliers pensèrent que celui-ci attendait une amélioration du temps pour quitter le rivage.

Dès qu'il reconnut le roi, Lancelot se jeta à bas de son cheval et s'agenouilla pour demander son pardon. Le roi ne fit pas plus de difficultés que la reine pour le lui accorder. Sa pensée était occupée par autre chose : il voulait savoir ce qu'abritait le pavillon carré qu'il avait aperçu sur le pont. Il demanda à Merlin s'il le savait.

— Ce que je sais n'est pas forcément ce que tu pourrais découvrir, dit Merlin. Le mieux est d'y aller voir.

Ils montèrent sur le pont. La nef était en pleine mer. La tempête avait redoublé de fureur, mais ni le vent ni la pluie n'atteignaient le vaisseau. Il s'enfonçait à une vitesse prodigieuse entre les vagues, qui s'écartaient devant lui.

Arthur fit deux fois le tour du pavillon sans trouver comment y entrer. A la troisième fois une porte se souleva. Il hésita une seconde, puis entra, suivi de Merlin.

La presque totalité de la surface couverte par la tente carrée était occupée par un grand lit sur lequel dormait une fille que le roi, étonné, reconnut :

— Celle-qui-jamais-ne-mentit ! murmura-t-il.

En travers de la poitrine de la jeune fille était posée la moitié d'une épée, comprenant la poignée et la partie supérieure de la lame brisée.

Arthur allongea le bras pour la saisir, mais une voix de femme, impérieuse, arrêta son geste :

— Arthur, ne touche pas à cette épée ! Ce mystère ne te concerne pas... Fais venir le chevalier blanc...

— Lancelot, viens ! dit doucement Merlin.

Et Lancelot fut sous le pavillon.

Il ne vit ni le roi ni l'Enchanteur. Ses regards étaient fixés sur le lit où venaient d'apparaître, autour de la jeune fille endormie, des lettres rouges qui palpitaient :

JE SUIS L'EPEE QUI A BLESSE LE ROI MEHAIGNE. CELUI QUI RETABLIRA L'UNITE DE MA LAME EN REUNISSANT SES DEUX MOITIES, EN MEME TEMPS GUERIRA LE ROI.

— Qui est ce roi ? demanda Lancelot.

A sa voix, Celle-qui-jamais-ne-mentit s'éveilla et ouvrit les yeux. Elle le regarda et répondit à sa question :

— Tu le connaîtras, après avoir appris qui tu es. Prends l'épée !...

Lancelot empoigna la poignée et leva l'épée fragmentée.

— Où est l'autre moitié ? demanda-t-il...

— Les deux moitiés seront de nouveau ensemble quand il le faudra, dit la jeune fille. Le moment n'est pas venu...

— Ami Merlin, tout ceci est-il encore de tes sortilèges ? demanda Arthur.

Mais Merlin n'était plus près de lui. Il attendait, debout sur le pont d'une nef noire accostée au rivage d'Irlande où déjà la nef blanche abordait. Les deux vaisseaux étaient exactement pareils, et lorsqu'ils furent côte à côte l'un semblait l'ombre de l'autre.

Lancelot, Arthur, et son escorte, s'embarquèrent à bord de la nef noire qui, aussitôt, se dirigea vers le fond de la baie dominée par une montagne presque verticale, elle-même surmontée d'un énorme cairn de pierre en forme de flèche pointée vers la mer.

Le vaisseau s'arrêta à quelques brasses du rivage.

— Ouvre la montagne ! dit Merlin à Lancelot.

Lancelot leva devant lui l'épée brisée et, d'un geste violent, trancha l'air de haut en bas. Dans un craquement terrible, la montagne s'ouvrit, de bas en haut.

La mer bouillonnante et rugissante s'engouffra dans l'ouverture, emportant la nef noire et ses occupants.

Viviane, vêtue d'une robe légère qui prenait la couleur du temps, ses longs cheveux blonds répandus sur ses épaules, monta sur la terrasse aux cerisiers toujours fleuris, s'approcha de la fontaine et se regarda dans le miroir de l'eau. Le jet d'eau s'arrêta pour ne pas troubler son image et Viviane vit une adolescente qui la regardait, aussi neuve que les fleurs des cerisiers ouvertes du matin.

Elle soupira et s'assit sur le bord de pierre de la fontaine, et la pierre se fit douce pour la recevoir. Le jet d'eau recommença à murmurer, la robe de Viviane devint de la couleur du ciel et des fleurs.

— Merlin, où es-tu encore ? Que fais-tu ? demanda Viviane à voix basse. Où est Lancelot ? qu'as-tu fait de lui ? Il a quitté Camaalot comme un fou et depuis qu'il est arrivé au bord de la mer je ne le vois plus !... Est-ce toi qui le caches ? qu'as-tu encore inventé ?

— Ne t'inquiète pas... ! dit la voix de Merlin dans le chant de la fontaine. Il est avec moi... Il va commencer sa première aventure, et je serai près de lui... Nous sommes en Bretagne d'Irlande. Nous allons voir la reine des Thuata Dé Danann...

— Encore une reine ? Une ne suffit pas ? Sais-tu qu'il est amoureux de Guenièvre ?

— Je sais, dit la voix de Merlin. C'est très bien ainsi... Il aime au plus haut... Cet amour l'empêchera de se perdre dans les bras d'une autre, car aucune femme mortelle ne peut être comparée à Guenièvre. Et sa loyauté de chevalier envers le roi lui interdira de vouloir réaliser sa passion. Ainsi pourrons-nous le garder pur jusqu'au Graal...

— Comme tu as si bien gardé ce pauvre Perceval ?

— Je me suis trompé, j'en conviens... Pour la haute aventure il faut avoir le cœur très simple mais pas trop l'esprit... Nous ne courons pas ce risque avec Lancelot : son intelligence et son savoir sont aussi grands que sa vaillance...

— ... et que sa beauté..., dit Viviane avec mélancolie. Je l'ai tant aimé en le nourrissant de ma chair, en nourrissant chacun de ses jours de connaissances et de fierté !...

« Et quand il est devenu le plus beau, le mieux enseigné, le plus valeureux, tu me l'enlèves pour le faire dévorer par une autre femme !...

— Elle ne le mangera pas... Elle est la reine !...

— Elle a grand-faim, Merlin, elle a tellement faim, depuis si longtemps !... Et crois-tu que moi je sois en paix ? Merlin, Merlin, quand viendras-tu pour ne plus repartir et me donner ce que j'attends et prendre ce que je veux te donner ? Puis-je espérer que ce moment viendra, ou allons-nous rester séparés jusqu'à la fin du monde ?

— Celui qui vient de te quitter mettra fin à notre solitude en levant le voile du Graal. Viviane, mon aimée, ma désirée, mon printemps intouchable, tu sais bien que ma faim est aussi grande que la tienne...

— Toi qui joues comme tu veux avec le temps, ne peux-tu mettre fin plus vite à notre tourment ?

— Il est des morceaux de temps sur lesquels je ne peux rien. Ni Dieu non plus. Il lui a fallu sept jours pour créer le monde...

La montagne se ferma derrière la nef, l'eau de la mer se dispersa, et le vaisseau s'immobilisa, droit sur sa quille, dans la lumière d'un soleil jaune qui semblait mou comme le jaune d'un œuf.

— Voici le pays inférieur de la terre d'Irlande, dit Merlin. C'est le pays des siècles passés. Les géants qui l'habitent n'ont plus de place sous la lumière terrestre. Ici, leur ciel est gris et leur soleil froid.

Au-devant de la nef se dressait un massif rocheux plus haut que les montagnes qu'Arthur avait franchies pour aller conquérir la Romanie. Un fleuve rouge coulait lentement à sa base. Les fumées qui s'en élevaient montraient que c'était un fleuve de feu, mais quand les cavaliers approchèrent de sa berge ils ne sentirent aucune chaleur. Ne pouvant le traverser, ils en suivirent le cours. Il s'enfonçait dans une plaine non cultivée, couverte d'une herbe sèche pareille à celle qui couvre à la fin de l'été les prairies depuis longtemps laissées en jachère. Quelques collines basses, allongées, coupaient la monotonie de la plaine sur laquelle, dans quelque direction qu'on regardât, on n'apercevait aucun arbre, aucun animal, aucun être humain, géant ou non. L'air, froid et sec, sentait la poussière. Les pas des chevaux dans l'herbe froissaient le silence, épais comme celui qui règne dans une pièce vide, close de toutes parts.

Les chevaliers n'osaient parler. Ils respiraient mal. Malgré l'illusion du soleil jaune et du ciel pâle, ils sentaient la présence de toute la terre d'Irlande fermée au-dessus d'eux. Ils avaient la sensation étouffante de se déplacer sous un couvercle.

Merlin lui-même était mal à l'aise, se trouvant trop près du royaume de son père. Il lui aurait suffi de descendre un étage de plus... Il craignait de voir, ici, ses pouvoirs réduits ou inefficaces. C'était pourquoi il avait fait venir Lancelot, dont la fraîcheur et la pureté ne subiraient pas les influences noires.

Alors que la petite troupe était en train de franchir une colline, le sol se mit tout à coup à bouger, et la colline bascula, envoyant à terre chevaux et cavaliers.

Tous se relevèrent sans dommage et virent, stupéfaits, la cause de leur chute : la colline était un géant endormi qui s'était retourné, dérangé dans son sommeil par le piétinement de ces minuscules chevaux qui lui marchaient sur le ventre.

— C'est un Thuata, dit Merlin. Il dort depuis si longtemps que l'herbe a poussé dessus...

Le géant dormait maintenant sur le côté. Il était nu. Ses fesses énormes cachaient une partie du ciel, son dos et ses cuisses s'allongeaient interminablement. Sa chair était blanche comme celle d'une plante qui a poussé dans une cave.

Merlin fit un geste montrant une direction sur sa droite, et les cavaliers se remirent en route, évitant avec soin les autres collines. Ils virent bientôt se profiler à l'horizon ce qui semblait être une courte grille dressée sur le sol. A mesure qu'ils s'en approchaient elle prenait des dimensions considérables, et ils purent bientôt se rendre compte qu'il s'agissait d'un cercle de pierres levées, réunies à leurs sommets par des pierres horizontales.

— Sire, voici votre couronne, dit Merlin.

Arthur accéléra l'allure de son cheval et s'arrêta près d'une grande pierre. En se mettant debout sur sa selle et en levant le bras, il n'arrivait pas à la moitié de sa hauteur.

Il y avait bien là quatre cercles concentriques, comme les avait décrits Merlin. Les pierres du cercle intérieur étaient les plus hautes.

— Je ne sais pas où se tient la reine des Thuata, dit Merlin. Il va falloir la faire venir. Lancelot, sonne !...

Lancelot sut ce qu'il devait faire. Il tira son épée blanche, la prit dans sa main gauche et en frappa la lame avec celle de l'épée brisée. Ce fut comme si un marteau de mille livres avait frappé une immense cloche d'argent. Un son énorme et exquis roula sur la plaine, se répercuta jusqu'au soleil mou, fit trembler les rochers glacés et les pierres levées. Toutes les collines se retournèrent, découvrant des Thuata endormis qui restèrent cependant plongés dans le sommeil. Les chevaux affolés ruaient et dansaient. Les diamants de l'épée blanche lançaient des éclairs.

Le son s'éteignit, le silence épais se rétablit. Merlin, soucieux, regardait dans toutes les directions. La reine des Thuata Dé Danann ne se manifestait nulle part.

— Sonne encore !

Le second coup de cloche souleva la poussière de toute la plaine. Des avalanches de neige et de glace roulèrent des flancs du massif rocheux jusque dans la lave du fleuve, d'où s'élevèrent des geysers de flammes et de vapeur.

Les Thuata s'éveillèrent.

Les cavaliers les virent quand la poussière retomba. Ils s'étaient assis et ne bougeaient plus, leurs visages tournés vers les cercles de pierre. Leur immobilité et leur chair blanche leur donnaient l'apparence de statues de marbre. De longs cheveux incolores, embroussaillés, mêlés d'herbe, leur tombaient sur les épaules. Toutes les poitrines étaient plates. Apparemment, il n'y avait là que des hommes. L'un d'eux bâilla. Un à un, lentement, ils se recouchèrent et se rendormirent.

La Belle Géante ne s'était pas montrée.

— Laisse ton cheval, dit Merlin à Lancelot, va te placer seul au milieu du cercle central, et sonne encore !...

Le troisième coup de cloche ne fut plus d'argent, mais de bronze. Il ébranla la terre, monta vers le ciel pâle, qui le renvoya au centre des cercles de pierre d'où il rejaillit amplifié vers le ciel. Les os des chevaliers vibraient dans leur chair et leurs dents claquaient. Ils avaient mis pied à terre et pesaient de tout leur poids sur les brides pour maintenir leurs chevaux fous. Celui de Lancelot ne bougeait pas.

Au quatrième retour du son, le massif rocheux éclata.

Et les Thuata se levèrent.

A la place des rochers, comme une amande débarrassée de sa coquille, se dressait un palais de pierre bleue, aussi haut qu'une montagne et plus vaste qu'une ville. Une partie de la façade s'effondra, poussée de l'intérieur, et la reine des Thuata en sortit. Elle était nue et tenait un enfant nu dans ses bras.

Elle enjamba le fleuve de lave, et cria :

— Qui a réveillé mon peuple ?

Sa voix fit presque autant de bruit que le bronze.

Les Thuata debout, immenses, s'étaient mis en mouvement vers les cercles de pierre, à grands pas lents qui soulevaient des nuages de poussière. En entendant la voix de leur reine ils s'arrêtèrent et la regardèrent. Elle approchait, rapide. Sa chair n'était pas blême comme celle des hommes, mais avait la couleur rose de la vie et de la santé. Ses seins étaient ronds, presque sphériques. Chacun d'eux eût pu contenir de quoi abreuver une armée. Sa tête était ronde, surmontée de cheveux pâles, presque blancs, coiffés en rond. La tête de l'enfant était ronde, ses fesses rondes. Les hanches rondes ondulaient à chaque pas, et toutes les autres rondeurs bougeaient, comme mises en mouvement les unes par les autres, et Merlin, qui connaissait la forme des sphères célestes, vit dans la reine des Thuata l'image de la mère des mondes.

— Je comprends pourquoi on la nomme la Belle Géante ! dit Arthur. Mais si elle nous met le pied dessus, elle nous aplatira sans même nous avoir vus !...

Il cria :

— A l'abri ! Entre les pierres !...

— Est-ce toi, Merlin, qui as sonné ? demanda la géante.

— Ouiiiii !... hurla Merlin.

La reine s'était arrêtée au ras des cercles de pierres, dont les plus hautes lui arrivaient aux chevilles. Elle se tourna vers les Thuata immobiles qui la regardaient et dit tendrement :

— Ce n'est rien, mes enfants... Allez dormir...

Ils se remirent à bouger. Très peu. Un, tout proche, se grattait le dos d'un long bras retourné, avec un bruit de cuir.

D'autres s'étiraient, leurs articulations craquaient. Ils s'agenouillaient sur place, s'asseyaient, s'allongeaient, s'endormaient. Une légère couche de vapeur transparente vibrait sur la plaine, avec une odeur de sueur.

— Où es-tu ? demanda la reine.

— Couche-toi ! Que je puisse te parler...

La géante se coucha, la tête près des pierres. Elle avait posé près d'elle son bébé, qui suçait son pouce, gros comme un tronc d'arbre. C'était un garçon...

Merlin, à cheval, s'approcha de l'oreille de la reine.

— Je suis venu avec le roi Arthur, dit-il dans le trou de l'oreille. Il a quelque chose à te demander.

— Où es-tu ? dit la Belle Géante.

Elle tourna la tête et le découvrit. Elle s'étonna :

— Comme tu es devenu petit !... Tout devient petit... Tu as remarqué ? Notre temple rond est devenu comme un jouet... Pour sortir de chez moi j'ai dû éventrer la façade, la porte était devenue toute petite...

— Non, dit Merlin, c'est toi qui as grandi ! Toi et ton peuple...

Vous étiez grands, vous êtes devenus trop grands, impossibles ! Si vous continuez, un jour vous crèverez le plafond.

— Mon peuple aura disparu avant : je ne mets plus au monde que des mâles. Il n'y a plus de femmes sur notre sol... Je suis la dernière... Tu as vu mes fils comme ils sont beaux ?... Mais ils ne savent que dormir... Quelque chose s'est déréglé dans le monde et dans mon ventre depuis que nos dieux nous ont quittés. Nous ne les intéressons plus parce qu'ils aiment le sang versé, et ici nous n'avions personne à qui faire la guerre. Ils sont retournés sur la terre, celle d'en haut. Là-haut, ils ont de quoi se satisfaire... J'ai demandé à ton père de monter nous aider, mais nous ne l'intéressons pas non plus : il dit que nous n'avons pas d'âme...

— Mon père ment toujours, tu le sais bien...

— Ça n'a plus d'importance... Personne ne peut plus nous sauver... Pas même le Diable... Que désire le roi Arthur ? Comment quelqu'un peut-il avoir encore quelque chose à me demander ?

Arthur s'approcha, la salua et lui exposa sa requête.

— Ce machin ? Je te le donne bien volontiers. Il ne nous sert plus à rien. Prends-le et emporte-le...

— Nous ne pouvons pas l'emporter maintenant, dit Merlin. Ce n'est pas le jour qui convient. Je m'en occuperai plus tard... Ce qu'il nous fallait c'était ton accord...

— Je vous le donne... Attends ! Attends !...

Une idée venait tout à coup de la saisir, qui semblait la réjouir.

— Roi Arthur, je te donne ce que tu me demandes... En échange, m'accorderas-tu un service ?

— Tout ce que tu voudras, Belle Reine, si c'est dans la limite de mes forces et de mes pouvoirs, et ne viole pas les commandements de Dieu.

— Oh ! c'est très simple : emmène mon fils, mon dernier né, mon bébé !... Emmène-le sous ton soleil !...

Elle le prit dans l'herbe où il s'était endormi, le souleva au-dessus d'elle, l'embrassa, le cajola, le coucha entre ses seins.

— Au soleil d'en haut, il retrouvera toutes les qualités qui nous ont quittés, et quand il aura fait la preuve qu'il est capable d'engendrer des filles, tu me le renverras, et mon peuple sera sauvé !...

— Mais..., dit Arthur, volontiers, mais... Comment pourrait-il... Il est tellement... Il est gros !... Et comment l'emporter ?...

— Ne vous inquiétez pas, Sire, lui dit Merlin.

Puis, à la reine :

— Quel âge a-t-il ?

— A peu près vingt années de votre soleil...

— Tout ira bien... Tout va s'arranger !... Il nous faudrait seulement un peu d'eau... De l'eau pure...

— Il y en a ici, dit la géante.

Elle étendit un bras et souleva une des pierres du cercle intérieur, celle qui pesait environ quarante mille livres, et dans le trou laissé par le pied de la pierre, l'eau claire d'une source monta.

— Parfait ! dit Merlin.

Il jubilait, il se frottait les mains, sa barbe rousse se hérissait de plaisir. Il dit à la géante :

— Pose ton bébé près de toi... Allonge-le... Sire, donnez-moi votre heaume...

Il descendit de cheval, alla remplir d'eau le heaume d'Arthur et le lui tendit.

— Baptisez l'enfant, dit-il, et donnez-lui un nom...

— Il s'appelle..., dit sa mère...

— Non ! cria Merlin. Ne nous dis pas son nom ! Le nom attache et fixe ! Il empêcherait ce qui va se produire... Il lui faut un nom d'en haut !... A vous, Sire !...

Arthur réfléchit quelques secondes puis dit d'une voix grave :

— Au nom de Dieu l'Unique, de son fils Jésus qui est Lui-même, et de l'Esprit-Saint, je te baptise Galehaut !

Et, soulevant son heaume à deux mains, il en projeta le contenu en direction du front du bébé gigantesque, qui le dominait. Cela ne fit guère pour l'enfant qu'une goutte, qui lui arriva en partie dans l'œil. Il se mit à hurler, mais se tut brusquement. Il se transformait, il rapetissait à toute vitesse, et en même temps il prenait les formes d'un adulte. En quelques secondes il fut réduit aux proportions normales d'un chrétien...

— Où est-il ? Qu'est-il devenu ? criait sa mère affolée.

A quatre pattes, elle le cherchait dans l'herbe.

— Ne bouge pas !... Tu vas l'écraser ! cria Merlin. Là !... Il est là... Devant toi !... Tu le vois ?

Elle s'extasia :

— Qu'il est beau !... C'est le plus beau de tous mes fils...

Elle le prit délicatement et le posa debout dans le creux de sa main. Il était en effet très beau, jeune et superbe athlète en pleine forme. Il regardait avec effarement cet énorme visage dressé devant lui, le visage de sa mère qu'il ne pouvait pas reconnaître à cause des proportions différentes qu'il avait prises, et il se mit à pleurer comme un enfant qui a peur.

— Ne t'inquiète pas, dit vivement Merlin à la géante... Il a gardé son esprit de bébé dans son corps d'adulte. Il ne reconnaît rien, tout a changé autour de lui, tout est nouveau, inconnu, effrayant... J'arrangerai cela quand nous serons là-haut. Ici je ne peux pas...

— Mais, mais..., dit la géante effarée, quand il reviendra, comment veux-tu qu'il puisse me faire un enfant ?

Merlin se mit à rire.

— Quand il reviendra, lave-le dans la source dont l'eau a servi à le baptiser, et il sera de nouveau un Thuata, avec la taille d'un Thuata...

La petite troupe se remit en route vers la nef noire. Lancelot avait pris devant lui, sur son cheval, l'enfant adulte qui continua de pleurer un peu, puis renifla et s'endormit, blotti contre le haubert du chevalier blanc.

Un homme sauvage était couché dans un fourré. Il dormait comme dort une bête : d'un sommeil vif, qui lui laissait toute son attention. L'œil dormait, mais l'oreille écoutait, et aussi ce qui n'est ni œil ni oreille, et qui réveille brusquement quand s'approche un danger silencieux.

Il serrait dans sa main droite la poignée d'une épée, un haubert rouillé couvrait sa poitrine, un heaume cabossé était posé à côté de sa tête, autour de laquelle se confondaient barbe et cheveux noirs emmêlés et salis.

C'était Perceval fou.

Après avoir semé la terreur autour de la Forêt Gastée, il avait perdu son cheval qui s'était cassé la jambe, et n'avait pas réussi à en conquérir un autre. Il était devenu une épave. Il n'y a rien de plus misérable qu'un chevalier sans cheval. Il est comme un homme ordinaire à qui on aurait tranché les jambes à hauteur du nombril. Il ne peut que se traîner, et il mourra rapidement si on ne vient à son secours.

Les paysans de ce coin de Bretagne éprouvaient pour lui une pitié mêlée de peur et lui apportaient des nourritures qu'ils laissaient à sa vue, sans s'approcher. Il ne s'était jamais attaqué à eux. Il ne s'en était pris qu'à ses semblables, les hommes à quatre jambes de cheval, tuant tous ceux qu'il avait défiés. Mais dans sa déchéance il ne se séparait jamais de son épée, et parfois, en poussant des cris horribles, il pourfendait l'air autour de lui, combattant des meutes d'ennemis invisibles. Et les paysans préféraient se tenir hors de portée.

Ce fut l'un d'eux qui indiqua à Gauvain la retraite où Perceval aimait se réfugier pour la nuit, comme un sanglier solitaire. Au jour levant, Gauvain s'y rendit.

Perceval s'éveilla brusquement. Il avait entendu les pas du cheval, bien qu'il fût encore hors de vue. Il coiffa son heaume et, brandissant son épée, courut à l'assaut du cavalier qui arrivait. Il n'avait jamais employé la ruse, même lorsqu'il avait ses esprits. Il se lança à découvert en criant :

— Donne-moi ton cheval !... Donne-moi ton cheval !...

— Je t'en ai déjà donné un ! cria Gauvain. Perceval, ne me reconnais-tu pas ?

Mais Perceval, criant toujours la même phrase, courait vers lui, l'épée pointée, s'apprêtant, semblait-il, à éventrer ce cheval qu'il convoitait.

Gauvain, à qui le paysan avait conseillé de se méfier de la violence du fou, avait décroché sa lance, et il en frappa Perceval à la poitrine, pas assez fort pour lui faire mal, assez fort pour le renverser. Et, au moment où il se relevait, il le frappa du manche de la lance sur la tête. Perceval, assommé, perdit connaissance et s'écroula, sans lâcher son épée.

Gauvain, debout près de Perceval évanoui, le regardait en se demandant ce qu'il allait bien pouvoir en faire. A son retour à la conscience il allait redevenir agressif...

« *Je ne peux pourtant pas le ramener fou à Camaalot... Et le ramener comment ? Enchaîné ? On n'enchaîne pas un chevalier. Il préfère qu'on le tue... Je ne peux pas tuer un chevalier de la Table Ronde !... Comment lui rendre sa raison ? Ah ! Merlin, j'aurais bien besoin de tes conseils !...* »

— Naturellement ! dit Merlin.

Gauvain releva la tête. Merlin était debout en face de lui, de l'autre côté de Perceval étendu dans l'herbe.

— Merlin ! Tu es vraiment le bienvenu !... Mais quelle drôle de barbe t'a poussé au menton !...

Merlin se mit à rire.

— C'est que je suis en Irlande : tu me vois irlandais !... Pour Perceval, attache-le assis contre cet arbre. Sans lui faire l'injure de lui ôter son épée. Mais attache-lui bien les bras, faute de quoi il te tuera avant d'avoir pris le temps de te reconnaître. Et assieds-toi devant lui, de façon qu'il puisse bien te voir, à sa hauteur, au moment où il rouvrira les yeux. Quand il t'aura vu ne lui *demande* pas s'il te reconnaît, *affirme*-lui : « Je suis Gauvain. *Tu me reconnais.* » Il te reconnaîtra et il sera guéri. Alors tu l'emmèneras sans tarder à l'endroit où j'ai besoin de toi, et de lui.

— Où ?

Mais Merlin était parti.

Tout se passa comme l'Enchanteur l'avait dit. La première chose dont s'aperçut Perceval quand il eut retrouvé raison, ce fut qu'il puait... Ils allèrent tous les deux se baigner et se laver à la rivière, se frotter, se gratter avec du sable et de l'herbe et se baigner et se frotter encore, et quand ils eurent la peau bien vive et fumante et qu'ils se furent rhabillés, la nef blanche était là, sur l'eau, les attendant. Gauvain fut heureux de la revoir. Ils y montèrent tous les deux. Il y avait à bord un cheval et un écu pour Perceval. Gauvain aurait bien voulu revoir l'épée brisée, mais ni lui ni Perceval ne purent trouver une porte pour entrer dans le pavillon. Quand ils en eurent fait trois fois le tour, la nef arrivait en Irlande, et s'arrêtait à quelques brasses du rivage, devant une montagne surmontée d'un cairn.

La montagne s'ouvrit en faisant craquer ses vieux os, la nef noire en sortit et vint se ranger près de la nef blanche. Le premier qui monta à bord de celle-ci fut, à la grande stupéfaction de Gauvain, un chevalier blanc qu'il ne connaissait pas, portant dans ses bras un homme nu, endormi, qui suçait son pouce.

Merlin laissa Lancelot, Perceval et Gauvain dans le château au bord de la rivière où il avait enseigné Perceval, avec mission d'entraîner Galehaut pour en faire un bon chevalier. Arthur leur donna rendez-vous à tous à Camaalot pour le tournoi de sa prochaine cour qu'il tiendrait le Jour de la Mère de Jésus. Galehaut pourrait y faire ses preuves.

L'Enchanteur, à la lumière du soleil du dessus, avait pu emplir le cerveau de Galehaut des connaissances ordinaires d'un adulte terrestre de vingt ans, ce qui n'était pas possible sous le soleil jaune du dessous. Il manquait au fils de la Belle Géante l'habitude des armes et du cheval, mais il eut comme professeurs les trois meilleurs chevaliers de Bretagne qui ne lui laissèrent aucun répit. Et comme il était neuf, et que tout se passait dans l'amitié et les rires, entre les chutes et les coups, il apprit vite et bien.

Perceval n'avait gardé aucune trace de sa plongée dans la folie, et la chaude camaraderie des autres chevaliers l'empêchait de se replonger dans le double chagrin et le double remords qui en avaient été les causes.

Lancelot, pendant toute cette aventure, n'avait pas cessé de penser à Guenièvre, mais son souvenir, s'il restait lumineux, s'estompait cependant peu à peu, et il souffrait de moins en moins de son éloignement. Et Viviane et le lac étaient au fond de sa mémoire comme un merveilleux paysage dont il trouvait normal d'être séparé. On ne peut pas rester éternellement au pays de l'enfance.

Quant à Galehaut, passé en même temps du pays du dessous au pays du dessus, et de l'âge de nourrisson à celui qui termine l'adolescence, il avait été d'abord effaré, décontenancé, émerveillé, effrayé, et puis avait trouvé, très vite, un équilibre joyeux.

Il était nettement plus grand que ses trois amis, et il avait gardé de sa race une force énorme, une peau rose craignant le soleil, des cheveux blonds presque blancs et des yeux bleus très clairs dans lesquels la pupille noire parfois, brusquement, devenait rouge.

Il avait gardé le souvenir d'un visage très rond et très doux, qui était celui de sa mère, et aussi l'image du sein dont il s'approchait, aussi rond et plus doux encore, et qui lui donnait nourriture, sécurité et bonheur. Les années d'enfance effacent habituellement ces souvenirs, mais il n'avait pas eu à les traverser. L'évocation de sa mère l'emplissait de nostalgie et d'amour, et faisait naître en lui la certitude qu'il avait une obligation envers elle, une mission à accomplir dont elle l'avait chargé. Mais son esprit ne parvenait pas à préciser en quoi consistait cette mission.

Bénigne au coin de son feu grossissait. Ses jambes et ses bras restaient presque maigres mais son ventre s'arrondissait vers le haut, vers le bas et les côtés, car depuis la mort de Bénie elle ne bougeait pratiquement plus. Elle n'avait plus à aller à la forêt pour chercher des fagots : il lui suffisait de tourner le robinet pour avoir du feu. Elle n'avait plus à piocher la terre de son jardin pour y semer poireaux et carottes : elle se nourrissait en tirant des boîtes de son placard inépuisable. Elle ouvrait une boîte, mangeait, s'asseyait, sommeillait, digérait, ouvrait une autre boîte et remangeait, sans se soucier de l'heure ni de sa faim. Manger et dormir étaient les seules occupations dont elle disposait pour meubler sa solitude.

Elle jetait les boîtes vides devant sa porte, d'abord loin, puis de moins en moins loin à mesure que ses forces déclinaient. Il y en eut à la fin un grand tas de chaque côté d'un étroit passage qu'elle avait préservé pour aller chercher de l'eau au puits ou faire dans le sable, derrière la dune, ses besoins naturels.

Les paysans furent d'abord effrayés par ces objets brillants et colorés extraordinaires. Les hommes passaient rapidement, sans chercher à savoir, mais chez les femmes la curiosité devenait dévorante. Et tout le monde sait que les femmes sont plus courageuses que les hommes. Une vieille, toute desséchée, qui n'avait plus grand-chose à craindre, ramassa une boîte vide de cassoulet, la soupesa, la huma, regarda l'image qui lui fit venir la salive à la bouche, et, hardiment, franchit le passage emboîté et entra chez Bénigne. Elle voulait *savoir*, dût-elle en périr.

— Quoi c'est-y Bénigne, ces saletés de saloperies que tu jettes devant chez toi ? A quoi ça sert-y ? D'où qu'c'est-y qu'tu les sors-t'y ?

— Ouf ! dit Bénigne, que je suis donc lasse ! Viens donc voir...

Elle se leva à grand-peine de sa chaise de bois, ouvrit son placard, y prit une boîte de pêches, ouvrit la boîte, trempa deux doigts dans le sirop, les ressortit gluants, pincés sur une moitié de fruit qu'elle tendit à la vieille :

— Tiens, goûte donc ! N'aie donc pas peur, ça vient pas du Diable, c'est de l'Enchanteur !...

La vieille goûta, trouva que c'était vraiment bon, en redemanda, elles ouvrirent et mangèrent du ragoût de mouton, de la crème au chocolat, de la choucroute, du couscous, du lait condensé, des haricots verts, miam-miam, jamais la vieille n'avait été à pareille fête, de toute sa pauvre vie. Elle retourna au village aussi vite qu'elle put, en tenant son estomac à deux mains. Elle raconta ce qu'elle avait vu, ce qu'elle avait mangé, et ce que la Bénigne lui avait raconté, et le soir, quand tous les hommes furent revenus des champs ou de la pêche, il y eut sur la place une réunion générale, à laquelle participa le curé, un très très vieux curé qui s'appelait Blaise. Ce fut lui qui appela Merlin.

Celui-ci arriva en son apparence de bûcheron, sur sa mule, avec son fagot.

— Merlin, dit le curé, je sais mieux que personne qui tu es : c'est moi qui ai confessé ta mère quand il lui est arrivé son grand événement. Sais-tu au moins où elle est, maintenant, ta pauvre mère ?

— Ma sainte mère est au Paradis, dit Merlin.

— Ah ! je n'en savais pas si long... Je la croyais encore au couvent... Et je craignais que tu l'aies oubliée...

— Je n'oublie rien ni personne, dit Merlin.

— C'est possible, c'est possible, mais ça ne t'empêche pas de faire des bêtises... Tu n'as pas voulu faire du mal à cette pauvre Bénie, ni à

Bénigne, n'empêche qu'en voulant leur faire plaisir tu as causé leur malheur. Et maintenant c'est tous mes villageois qui sont malheureux... Ils sont si maigres ! Et ils pensent au ventre de Bénigne... Ils ont tant de peine à attraper un poisson ou une fève ! Et ils sont tous plongés maintenant dans le pire des péchés : l'envie ! C'est ta faute ! Tu réfléchis pas à ce que tu fais ! Faut réfléchir un peu ! Faut réfléchir avant de faire le bien ! Faut être sûr que c'est un bon bien ! Maintenant écoute : tu vas réparer. Tu vas fermer le placard de Bénigne ! Et mes villageois perdront l'envie, et Bénigne perdra son ventre parce qu'elle devra recommencer à piocher son jardin !

Sur la place s'éleva une tempête de protestations. Ce n'était pas cela qu'on voulait demander à l'Enchanteur ! Ce n'était pas pour ça qu'on l'avait fait venir ! Ce qu'on voulait, c'était des boîtes, comme la Bénigne, des belles jolies bonnes boîtes en couleurs, avec des bonnes choses dedans et du jus...

Merlin souriait.

— Curé Blaise, toi qui m'as baptisé, dit-il, tu dois savoir que le bien, le mal, c'est difficile... Le bien qu'on fait devient parfois du mal, mais le bien qu'on reçoit, sait-on l'empêcher de mal tourner ? Et tu dois savoir aussi que tes paroissiens, s'ils ont envie, c'est parce que d'abord ils ont faim... Alors je leur demande : « Qu'est-ce que vous voulez : que je ferme le placard, ou que je vous donne à manger ? »

Toutes les voix crièrent :

— Des boîtes ! Des boîtes !

— Voilà, c'est fait..., dit Merlin.

Une lumière nouvelle éclairait la place. Tout le monde se retourna pour voir d'où elle venait. C'était la vieille masure de Joël, à demi écroulée depuis qu'il était mort, qui se trouvait reconstruite et transformée. Son mur du devant était remplacé par une grande vitre toute transparente qui laissait voir à l'intérieur, contre les murs, des rangées de casiers pleins de boîtes, de boîtes, de boîtes... Et, près de la porte, une pile de paniers en fil de fer, pour se servir et emporter. Tout l'intérieur était éclairé par une grande lumière qui venait du plafond, et qui traversait la vitre et inondait la place.

Il n'y avait déjà plus personne près de Merlin et du curé Blaise. Les premiers arrivés « chez Joël » repartaient avec chacun deux paniers pleins. Et les suivants appelèrent leurs enfants à la rescousse pour pouvoir en emporter trois ou quatre.

— Seigneur ! dit le curé, ils vont tous se rendre malades !...

— Ils se calmeront, dit Merlin, quand ils verront que les casiers restent pleins et qu'ils ne risquent pas de manquer... En attendant, les voilà délivrés du péché d'envie, parce qu'ils sont délivrés de la faim.

Le curé l'interrompit :

— As-tu pensé à la boisson ? demanda-t-il. Quelques gorgées de cidre, ce n'est pas si mauvais... Est-ce que le cidre peut entrer dans une boîte ?

— C'est fait, dit Merlin.

— Je veux voir ça ! dit le curé.

Et il se dirigea vers la maison de Joël.

— Fais attention en l'ouvrant, cria Merlin, de ne pas te faire gicler la mousse dans les yeux !

— Le bien, le mal !... dit le curé en entrant dans la lumière.

Avant de repartir, l'Enchanteur alla saluer la Bénigne, et disposa d'un geste toutes les boîtes vides en guirlandes autour de sa maison et de son jardin, sur le bord de la fenêtre et du toit et autour de la porte, et fit pousser dans chacune une plante fleurie.

Le tournoi du Jour de la Mère de Jésus promettait d'être un des plus brillants qu'ait connus Camaalot. De nombreux chevaliers de la Table Ronde étaient de retour de leur quête infructueuse. Ils avaient connu des aventures, mais pas l'Aventure. La veille du tournoi, au dernier service du souper, ils racontèrent leurs combats, qui avaient souvent été sanglants. Ceux qui n'étaient pas présents, on avait peu de chances de les revoir jamais.

Lancelot était assis aux tables basses. A son côté droit se trouvait Galehaut qui, même assis, dépassait tous les autres convives de la tête. Le fils de la Belle Géante mangeait avec un appétit superbe, parlait et riait, s'essuyait la bouche et les doigts avec la serviette de lin, et s'exclamait à l'arrivée des nouveaux desserts. Lancelot n'entendait pas un mot de ce qu'il disait, n'entendait rien, ne voyait rien que la reine, assise à la plus haute table avec le roi, et que le bonheur d'avoir revu Lancelot rendait plus rayonnante que jamais. Il ne la quittait pas du regard, elle le regardait furtivement, puis détournait aussitôt les yeux de crainte de montrer son émotion.

— Lancelot, mon ami, dit le roi, toi que j'aime déjà comme un fils, tu n'es pas encore de la Table Ronde, peut-être en seras-tu demain, mais l'aventure que tu as vécue en Irlande avec nous est déjà très extraordinaire... Veux-tu nous la raconter ?

Lancelot se leva. Il regarda le roi, mais en même temps il voyait la reine, et son image emplissait sa tête et il n'y restait plus rien qu'il pût raconter.

— Eh bien, dit le roi, est-ce si difficile ?

— Sire, je ne puis, dit Lancelot.

La reine sentait tout le sang de son corps monter à ses joues. Elle prit quelques fleurs sur la table et s'en cacha le visage en feignant de les respirer. Entre les pétales elle regardait Lancelot debout dans sa robe d'hermine, ses cheveux de soie couvrant ses joues, ses grands yeux gris pâle essayant de la voir derrière le bouquet...

— Ce garçon, dit-elle en balbutiant à Arthur, ce garçon semble avoir perdu ses esprits !...

— Par bonheur pour lui, il a plus de courage dans l'aventure, dit Arthur. On verra demain au tournoi ce qu'il vaut vraiment.

Il ajouta à haute voix :

— Alors Kou, mon frère, toi, raconte...

Kou ne se fit pas prier. C'était un bon conteur. Tous l'écoutaient et le regardaient, sauf Lancelot qui continuait de ne regarder que la reine. Bien entendu, son comportement depuis le début du souper n'avait pas échappé à Galehaut, qui lui dit avec malice :

— La reine est très belle ! Tu ne trouves pas ?
— Oui ! dit naïvement Lancelot.
— Elle est presque aussi belle que ma mère...
— Elle est bien plus belle ! dit Lancelot.
— Non ! c'est ma mère la plus belle !...
— Demain, au tournoi, je te montrerai que tu as menti !
— D'accord ! dit Galehaut, souriant.

Il était heureux de ce défi, qu'il avait provoqué. Il aimait beaucoup Lancelot, sans savoir pourquoi. Il ignorait que le chevalier blanc le tenait dans ses bras quand il était sorti dans le monde d'en haut et que cela avait créé entre eux presque des liens de père à fils, bien que Lancelot fût plus jeune que lui dans le temps du dessus. Demain, il y aurait une belle lutte...

Kou en était à l'arrivée de la Belle Géante, et, pour faire rire ses auditeurs, la décrivait avec des gestes, arrondissant ses bras devant sa poitrine pour simuler ses seins abondants.

Un rugissement éclata à côté de Lancelot. Galehaut s'était dressé. Il cria :

— Kou ! Chien sans honneur ! La femme dont tu es en train de parler est ma mère !

Il sauta par-dessus la table, courut vers le sénéchal, lui ferma ses grandes mains autour du cou et commença à l'étrangler en le tirant en l'air pour l'arracher à son siège.

Les chevaliers les plus proches se jetèrent sur lui mais eurent beaucoup de peine à délivrer Kou.

Maintenu par Gauvain, Sagremor, Yvain le Gros et Perceval, Galehaut haletait et tremblait comme une bête prise au filet.

— Galehaut, dit le roi, Kou te présentera ses excuses, je l'exige, mais il n'a pas voulu offenser ta mère ni ton peuple. Il a été emporté dans son propos par ce qu'il y avait de prodigieux pour des hommes comme nous à se trouver dans ton pays, parmi tes frères. Et si tu lui en veux toujours, tu pourras le lui montrer demain au tournoi...

Kou présenta ses excuses, sans hésiter. Il avait eu tort et il le savait.

— Mais je ne pourrai pas me battre contre toi, dit-il : tu n'es pas chevalier !

Alors la voix de Lancelot s'éleva :

— Il le sera demain, dit-il. C'est moi qui l'adouberai ! Si le roi le permet...

Il y eut une grande rumeur dans la salle. Il n'était pas d'usage qu'un simple chevalier fît un autre chevalier. C'était le roi, ou un seigneur, ou à la rigueur l'évêque, qui donnait la chevalerie. Parfois aussi un père, chevalier lui-même, la donnait à son fils. Mais dans des circonstances exceptionnelles, un simple chevalier pouvait faire l'office.

— Je permets ! dit le roi.
Il était ravi. Ces incidents avaient chauffé l'atmosphère. L'ardeur du tournoi en profiterait.

C'était le milieu du mois d'août. Il faisait très chaud. Les chevaux impatients, piaffants, transpiraient sous leurs robes de gala, et les cavaliers transpiraient sous les armes. Lancelot n'avait mis qu'une fine chemise de lin sous son haubert. Galehaut, pour protéger son visage du soleil, avait, sur les conseils de son écuyer, planté dans son heaume des rameaux de noyer, dont l'ombre est fraîche. Ses armes, de la couleur du soleil d'en bas, étaient celles avec lesquelles il s'était entraîné au château près de la rivière. L'Enchanteur lui avait, dès le début, procuré un haubert à sa taille et un cheval poivre et sel capable de galoper, avec lui sur le dos, sans se casser en deux.

Cinquante-deux chevaliers allaient participer au tournoi. Ils se divisèrent en deux camps, chacun choisissant le sien selon ses amitiés. Lancelot, Perceval et Gauvain se trouvaient ensemble, mais leur ami Galehaut avait dû choisir le camp adverse à cause de son défi à Lancelot. Et à cause de son défi à Galehaut, Kou se trouvait avec eux.

Les hommes et les chevaux des deux groupes, réunis aux deux extrémités de la lice, bougeaient sans cesse, exposant ou éclipsant les couleurs vives dont ils étaient vêtus, flamboyantes sous le soleil. La tribune du roi était encore vide. Lancelot put, sans être troublé par la présence de la reine, vérifier avec soin les fixations de son harnais et de ses armes et choisir ses lances. Pour commencer, il en prit une longue, ne sachant pas qui il allait affronter. Son cheval blanc portait la robe blanche avec laquelle il était arrivé la première fois à Camaalot.

Son écuyer fixa à son heaume l'écharpe de la reine. Chaque chevalier portait ainsi les couleurs d'une dame. Elles ajoutaient au flamboiement des deux camps. Le soleil était haut : il cuisait tout le monde, mais ne gênerait personne.

Arthur et Guenièvre arrivèrent et s'assirent dans leur loge. La loge des dames s'emplit. Et on vit tout à coup un grand chevalier jaune d'œuf emplumé de feuilles, monté sur un énorme cheval gris portant robe rayée de jaune et de rose, arriver au galop vers les loges et s'arrêter pile devant celle des dames.

— Dame, dit-il, s'adressant à une de celles qui étaient assises au premier rang, je suis Galehaut, fils de la reine des Iles Lointaines, et chevalier depuis ce matin. Si vous n'avez pas de chevalier choisi, voulez-vous m'accorder d'être le vôtre ?

C'était la dame de Malehaut, une des suivantes de la reine. Son mari n'était pas revenu de la Quête. On ne savait s'il était mort ou vivant. Elle était grande, forte, rose et blonde. Galehaut avait vu de loin qu'elle lui ressemblait comme une cousine. Ils s'accordèrent au premier regard. Elle lui dit en souriant :

— Soyez mon chevalier !...

Et lui tendit son écharpe, qui était rose.

Il la porta à ses lèvres et s'en retourna à son camp au galop en la faisant flotter à bout de bras.

Les règles du tournoi étaient simples. Première règle : se battre avec honneur. Deuxième règle : défense aux chevaliers de la Table Ronde de s'entre-tuer.

Le roi fit sonner les trompes de guerre. Au premier son des trompes, tous les chevaliers montèrent en selle et mirent lance sur feutre. Au second son des trompes, les deux camps s'élancèrent l'un contre l'autre, lances basses et écus dressés, dans le fracas des sabots et l'explosion des couleurs.

Il y eut un choc crépitant fait de la rencontre des lances et des écus. Des fragments de lances volèrent au-dessus de la mêlée, d'où sortaient déjà les vainqueurs emportés par leur élan. Un certain nombre de chevaliers gisaient à terre, le dos dans l'herbe, mais presque tous remontèrent sur leurs chevaux. Un seul s'avoua vaincu : il avait une jambe brisée. Un autre était mort, une lance rompue lui ayant pénétré dans la bouche et ouvert le derrière de la tête.

Le signal du deuxième assaut fut également donné par les trompes de guerre puis la joute se poursuivit à la volonté des chevaliers. Le poids de Galehaut et de son cheval le rendait impossible à jeter bas, du moins le croyait-il après avoir abattu Kou et d'autres adversaires. De son côté, Gauvain, qui disposait de ses trois forces du milieu du jour, renversait tous ceux qui osaient l'affronter. Mais ni l'un ni l'autre, ni Perceval, n'avait remporté autant de victoires que Lancelot. A cheval, au sol, à la lance, à l'épée, le chevalier blanc était partout et ne laissait derrière lui qu'hommes vaincus et désarmés. Il évitait Galehaut et Galehaut l'évitait. L'un et l'autre attendaient pour se rencontrer que le champ fût bien déblayé. Lancelot avait reçu plusieurs blessures et le sang coulait à travers les mailles blanches de son haubert. Mais son visage rayonnait. Toutes ces victoires, il les dédiait à la reine qu'il ne voulait pas regarder, de peur de rester figé au milieu de la lice. Le champ était d'herbe rase et épaisse, entretenue toute l'année par des jardiniers plus soigneux que des brodeuses. Sur ce fond vert, les couleurs des armes et des robes des chevaux s'affrontaient et tournoyaient aux feux du soleil en une fête éblouissante que Lancelot traversait comme un éclair blanc.

Guenièvre n'avait de regards que pour lui, et tremblait à voir son haubert saignant.

— Le chevalier blanc est blessé, dit-elle à Arthur. Il devrait s'arrêter !...

— La plupart sont blessés, dit le roi souriant. Mais sur lui cela se voit davantage... Ce n'est pas grave...

En face des tribunes, de l'autre côté de la lice, se pressait la foule des boutiquiers et artisans de la ville, et des paysans dont certains avaient fait avec leur famille deux ou trois jours de voyage en charrette pour venir voir le grand tournoi du roi et participer à la fête qui suivrait. Et Lancelot devint rapidement le favori de cette foule, qui admirait son adresse autant que sa force, et l'acclamait à chaque victoire.

Revenant une fois de plus victorieux d'un nouvel assaut, Lancelot vit Perceval faire signe à Galehaut qu'il voulait le prendre. Il lui cria :
— Laisse-le-moi ! Il est à moi !

Perceval s'écarta, mais Galehaut s'était déjà élancé. Il passa comme une trombe à côté du Gallois et percuta de flanc, par l'arrière, le cheval de Gauvain qui regagnait son camp. Gauvain, déséquilibré, fut jeté à terre. Il se releva furieux et sortit son épée, la brandissant vers Galehaut qui s'excusait.

Lancelot riait. Il cria :
— Laisse-le-moi ! Laisse-le-moi ! Il est à moi !...
— Tu le prendras s'il en reste ! cria Gauvain.

Il rengaina son épée, sauta sur son cheval, saisit la lance que lui tendait son écuyer, et fit face à Galehaut qui avait repris ses distances.

Gauvain était lourd et son cheval puissant, mais Galehaut et sa monture faisaient bien deux cents livres de plus.

Ils s'élancèrent et se rencontrèrent au milieu de la lice. Le choc fut terrible. Les deux hommes restèrent en selle sur leurs chevaux bloqués net, mais la lance de Gauvain s'était rompue et son écu fracassé laissa passer la lance de Galehaut dont les trois pointes émoussées percutèrent son haubert et brisèrent des os dans sa poitrine. Du sang lui emplit la bouche. Il le cracha en lançant des injures à Galehaut. Puis il lui sourit, reconnut sa défaite et sortit de la lice pour aller se faire soigner.

— A moi Galehaut ! cria Lancelot.

Le chevalier blanc était devenu le chevalier rouge. Il aurait dû s'habiller plus épais sous ses mailles, mais il avait compté ne pas prendre de coups. Et il n'en avait pas pris de vraiment sérieux.

Le silence se fit sur la lice. Les autres chevaliers interrompirent leurs joutes, pour voir la rencontre qui était sans doute celle des deux meilleurs. Le résultat ne faisait guère de doute : Lancelot était beaucoup plus léger que Gauvain, et Gauvain n'avait pas résisté au poids de Galehaut.

— Le chevalier blanc porte vos couleurs, dit Arthur à Guenièvre. Je fais des vœux pour lui, mais il a peu de chances...

Il ajouta après un court silence :
— Ils ne sont ni l'un ni l'autre de la Table Ronde : ils ont le droit de tuer...

Le cœur de Guenièvre s'arrêta de battre, puis repartit à une allure folle.

Ils s'élancèrent. Au milieu de sa course, Lancelot jeta sa lance et tira son épée.

— Ah ! dit Arthur, qui frappa des mains de plaisir.

C'était une belle audace. Mais dangereuse.

Les dames avaient poussé des cris d'effroi et le public une grande exclamation collective. Comment le chevalier blanc allait-il éviter d'être catapulté par la lance du géant ?

Presque au moment du choc, Lancelot se coucha brusquement sur son cheval et se couvrit de son écu, sur lequel la lance de Galehaut rebondit, et fut rejetée vers le haut. Lancelot s'était déjà redressé, et d'un coup d'épée fulgurant, tranchait la lance en deux et les rênes au ras du poignet gauche de Galehaut. Celui-ci jeta le tronçon de la lance et tira son épée. Mais sa connaissance des armes était trop courte. Lancelot parait tous ses coups et tous les siens portaient. Ils ne provoquaient aucune blessure : ils visaient les harnais, les courroies, les cordes, tranchant comme un rasoir tout ce qui maintenait la selle, et celle-ci, à un brusque et vain coup d'épée de Galehaut, suivit son élan et tourna brusquement. Galehaut se retrouva dans l'herbe, son épée à trois pas de lui, le pied de Lancelot sur la poitrine et la pointe de l'épée blanche lui piquant le cou.

— Maintenant, dit Lancelot, avoue que tu as menti, et que c'est la reine Guenièvre qui est la dame la plus belle !...

— Ami, dit Galehaut, coupe-moi la gorge si tu veux, mais je ne renierai pas ce que j'ai dit... La plus belle, c'est ma mère !...

— Eh bien, dit Lancelot, il va falloir que je te tue. Je le regrette...

— Ne soyez pas stupides ! dit la voix de Merlin dans la tête de l'un et de l'autre. Vous avez raison tous les deux. Vous pouvez admettre, sans nuire à votre amitié, que la reine Guenièvre est la dame la plus belle des royaumes du haut, et la mère de Galehaut la plus belle des royaumes du bas...

Ils éclatèrent de rire ensemble, Lancelot rengaina son épée, Galehaut se releva et ils s'étreignirent, aux acclamations de la foule, qui se désintéressa de la fin du tournoi et se dispersa dans le grand champ des fêtes pour se livrer aux jeux moins héroïques et aux danses qui avaient été prévus pour elle, et pour manger les crêpes, les saucisses, les jambons, les moutons rôtis, les tartines, les gratins, les œufs grillés, les fromages, les fruits frais et séchés, et les grandes soupes de fèves et de potiron, et bien d'autres nourritures que la reine avait fait préparer en abondance afin qu'il y en eût pour chacun, et qu'accompagnait pour chaque famille une bourse pleine, cadeau du roi.

Au château et dans d'autres domiciles, les dames et les demoiselles baignèrent les chevaliers fourbus et pansèrent leurs blessures, puis les vêtirent de robes somptueuses offertes par le roi.

Guenièvre vint elle-même toucher du bout des doigts l'eau parfumée dans laquelle trempaient les plus valeureux, Perceval, Sagremor, Galehaut, et arriva au cuveau où baignait Lancelot. Il était de bois de châtaignier gravé d'animaux et de fleurs et garni de draps de soie blanche. L'eau, parfumée au lys qui cicatrise et à la sauge qui guérit, en était rosie par le sang.

— Oh, doux ami, dit la reine, êtes-vous sérieusement blessé ?

Sa voix tremblait. Lancelot, ses grands yeux clairs fixés sur elle, était incapable de répondre. La dame de Malehaut, qui s'occupait de lui, répondit à sa place, en souriant :

— Il n'a rien de grave, au moins dans sa chair...

Et elle s'en fut s'occuper de Galehaut, qui trempait à quelques pas de là. La salle était pleine des vapeurs qui montaient des baquets et des chaudrons d'eau chaude qu'apportaient deux à deux les servantes pour réchauffer les bains. Aux parfums de ceux-ci s'ajoutaient ceux de l'herbe, de la menthe et de la marjolaine répandues sur le sol.

— Qu'a voulu dire Malehaut ? demanda la reine. Etes-vous blessé ailleurs que dans votre chair ?

— Dame, je le suis, répondit Lancelot à grand effort. Je le suis dans mon cœur...

Elle demanda encore, bien que connaissant la réponse :

— Doux ami, qui vous a blessé au cœur ?

— Dame, c'est vous, dit Lancelot.

Et ils ne purent plus rien dire. Ils se regardaient, les vapeurs parfumées tournaient lentement autour d'eux, les isolant du reste du monde. Guenièvre trempa deux doigts dans l'eau du bain et les posa sur l'épaule nue de Lancelot. Il sentit les doigts brûlants, elle sentit l'épaule chaude et ferme, ils furent l'un et l'autre transpercés jusqu'au fond de leur être.

Le moment était venu de tenir la Table Ronde. Gauvain put y assister, son torse puissant enveloppé, sous sa robe de soie écarlate, d'une large étoffe de lin bien serrée. Mais le barbier du roi, qui l'avait pansé, lui interdisait de parler. Ce fut Kou qui posa la question à propos de Galehaut : pouvait-on l'admettre à la Table Ronde ?

— Non, répondit le roi. Quelles que soient sa vaillance et ses qualités, Galehaut ne fait pas partie de notre monde. Il est chevalier de la terre d'en bas. Il ne serait pas naturel qu'il prît part à la Quête du Graal, qui concerne la terre d'en haut.

Puis, s'adressant à Lancelot :

— Toi, beau jouteur, tu dois t'asseoir aujourd'hui à la Table. Ton nom n'est apparu sur aucun des sièges vacants, mais cela est dû sans doute au fait que nous ne connaissons pas ton nom baptisé, et que tu l'ignores toi-même...

— A moins, dit Sagremor, que sa place soit au Siège Périlleux. Il a bien montré aujourd'hui qu'il était le meilleur de nous tous !...

— Oui, dit le roi, et peut-être est-il celui que nous attendons pour que la Quête prenne enfin son grand élan...

Puis à Lancelot :

— Beau chevalier, veux-tu essayer le péril du Siège ? Si c'est toi qu'il attend, tout va enfin commencer. Si ce n'est toi, tu seras englouti dans les profondeurs de la terre...

Lancelot, sans répondre, se dirigea lentement vers le siège taillé dans un bois inconnu. Son regard était perdu et sa pensée à demi absente. Il sentait encore, sur son épaule gauche, la brûlure des doigts de la reine, qui le transperçaient jusque dans la chair et le sang de sa poitrine. Etre englouti par les profondeurs de la terre, n'était-ce pas la bonne façon de mettre fin à un amour impossible ?

Il s'arrêta au ras du siège jaune et le regarda. Le roi et les chevaliers se taisaient et se retenaient de respirer. Qu'allait-il faire ? Allait-il s'asseoir ?

Brusquement, il y eut un bruit comme un coup de tonnerre, et le Siège Périlleux devint aussi brillant que le soleil. Il reprit lentement son apparence habituelle et quand les yeux purent de nouveau le regarder, chacun vit que les lettres qui étaient inscrites sur son dossier avaient disparu et que d'autres les remplaçaient, brillantes et palpitantes à la façon de l'or fondu. Elles formaient un nom :

GALAAD

Le roi lut le nom pour ceux qui ne savaient pas les lettres.

— Galaad !... Est-ce ton vrai nom, Lancelot ? Se rappelle-t-il à ta mémoire ?

— Sire, je ne sais, dit Lancelot

Il semblait avoir retrouvé ses esprits. Et, sans hésiter, il s'assit à côté du Siège Périlleux, sur un siège vacant qui ne portait aucun nom.

L'émotion était vive parmi les chevaliers, qui s'exclamaient sur ce qu'ils venaient de voir, les uns assis, les autres debout. Gauvain, calé dans son siège, n'osait dire mot. Il était violet et sa respiration sifflait.

Le roi se fit entendre et chacun se tut.

— Galaad : je ne connais personne qui porte ce nom, dit Arthur. Mais son apparition sur le Siège Périlleux nous dit peut-être que les temps sont proches où les mystères seront enfin levés. Il est devenu de tradition que chaque réunion de la Table Ronde soit précédée d'une aventure. Le nom de Galaad est l'aventure d'aujourd'hui. Chacun peut maintenant s'asseoir en son siège, et les portes seront fermées.

Mais l'aventure n'était pas terminée. Du dehors arrivait le bruit des sabots ferrés de chevaux au pas, accompagnés de cris d'admiration et de joie de la foule. Et à travers les trois portes ouvertes Arthur vit arriver deux jouvenceaux superbement vêtus montés sur des chevaux en robes de gloire, suivis d'une dame éblouissante de jeunesse et de beauté, toute vêtue de blanc comme la jument qu'elle montait, et que suivaient dans l'air des oiseaux volant et chantant, et à terre deux lévriers blancs. Derrière chevauchait toute une escorte, qui s'arrêta à la deuxième porte.

Les deux garçons franchirent la troisième porte, au seuil de laquelle la dame s'arrêta. Elle s'adressa au roi.

— Roi Arthur, dit-elle, ces deux-là ont le droit d'entrer ici à cheval car ils sont fils de roi, d'un roi que tu aimas entre tous : Bohor de Gannes, ton compagnon. Je les ai sauvés des mains du roi noir, je les ai fait éduquer par les meilleurs maîtres, et je te les amène pour que tu leur rendes leur royaume.

Arthur, bouleversé, s'était dressé et venait vers les garçons et celle qui les accompagnait. Tous les trois avaient mis pied à terre et les écuyers vinrent chercher les chevaux. Les autres chevaliers entouraient le groupe, pleins de curiosité et d'émotion. Gauvain, qui avait tant aimé Bohor, voulut se lever de son siège et se pâma. Lancelot restait assis, partagé entre l'envie folle d'aller se jeter dans les bras de Viviane et la crainte de trahir les secrets qu'elle lui avait demandé de ne pas dévoiler.

Ce fut elle qui vint vers lui, écartant doucement tout le monde tandis que le roi embrassait et interrogeait les deux garçons. Elle s'arrêta à quelques pas de lui, qui la regardait sans bouger, comme pétrifié. D'une voix très douce, un peu moqueuse d'elle-même, et qui portait une mélancolie infinie, elle lui dit :

— Beau-perdu, tant-aimé, t'ai-je perdu une deuxième fois ?

Lancelot jaillit de son siège, se jeta aux pieds de Viviane, lui prit les mains et y enfouit son visage d'où les larmes ruisselaient. Il suffoquait de bonheur et de détresse. Pourquoi n'était-il plus un enfant ? Pourquoi ne pouvait-il pas se blottir contre elle et se laisser emporter et regagner avec elle le paradis du Lac, loin des amours impossibles et des exploits inutiles ? Il balbutia, à voix basse, pour que personne qu'elle n'entendît :

— Mère ! Mère ! Reprenez-moi ! Emmenez-moi !...

Elle lui caressa tendrement les cheveux.

— Nul ne peut retourner au pays laissé..., dit-elle. Tu dois aller en avant... Tu le voulais et tu avais raison... Console-toi, rien n'est perdu, rien n'est fini... Tu connaîtras bientôt ta mère, la vraie. Tu ne la garderas pas longtemps. Aime-la vite et fort...

Elle le releva et baisa ses joues mouillées de larmes puis se détourna pour aller parler au roi et lui dire qu'elle ne pouvait rien lui dire, et lui faire promettre de ne pas poser de questions aux trois garçons, qui n'avaient pas le droit de lui répondre. Arthur promit. Alors elle remonta à cheval et s'en alla sans retourner la tête, suivie de ses chiens et de ses oiseaux.

Elle avait, avant de quitter la salle, regardé le Siège Périlleux, et avait vu le nom de Galaad. Elle savait que c'était le vrai nom de Lancelot. Allait-il enfin mettre fin à l'insupportable attente ?

— O Merlin, mon aimé, dit-elle en chevauchant, crois-tu que la fin de nos tourments approche ?

— Je le crois, dit la voix de Merlin.

Un enchanteur peut se tromper.

Heureux de retrouver Lionel et Bohor, Lancelot passa un long moment avec eux, recouvrant en leur compagnie quelque gaieté. Les autres chevaliers, bien qu'emplis d'étonnement et de curiosité, imitèrent le roi, qui respecta l'intimité des trois garçons et ne posa aucune question.

Aussitôt après avoir participé à la Table Ronde, et partagé l'ineffable amitié qui baignait ses chevaliers, Lancelot prit congé du roi en lui annonçant qu'il allait dès le lendemain quitter Camaalot pour se mettre en Quête. Arthur le serra dans ses bras et le confia à la bienveillance de Dieu.

Lancelot se retira chez Alain le Gros qui continuait de lui donner l'hospitalité.

A l'aube, son écuyer vint l'aider à se mettre sous les armes et lui présenta son cheval dévêtu de ses habits de fête. Le soleil n'était pas encore levé lorsqu'il franchit la porte de la ville. Il partait sans avoir revu la reine, il partait pour s'éloigner d'elle, pour l'oublier si c'était possible, et, sinon, pour mourir. La recherche du Graal lui apporterait, espérait-il, l'une ou l'autre solution.

Au gué des Fontaines, il trouva son chemin interdit par une escorte immobile qui protégeait une cavalière en robe noire et blanche montée sur une jument pie. Elle l'interpella :

— Beau chevalier, dit-elle, veux-tu me venir en aide, ou as-tu le cœur trop occupé pour t'intéresser à une dame autre que celle à qui tu penses ?

— Mon cœur est occupé mais mes bras sont libres, répondit Lancelot. Pour l'amour de celle à qui je pense je vous donnerai toute l'aide dont je suis capable.

— C'est bien parlé, beau Lancelot. Ne me reconnais-tu pas ?

Elle s'était approchée de lui, et les premiers rayons du soleil éclairaient son visage au teint mat, faisaient briller ses grands yeux noirs. Lancelot l'avait vue au tournoi et à la cour et il la reconnut. C'était Morgane, la sœur du roi.

— Oui, dame, je vous reconnais, dit-il. Quelle aide puis-je vous apporter mieux que ne saurait le faire le roi votre frère ?

— Il m'avait promis qu'il ne laisserait pas s'achever l'août sans donner l'assaut à la Douloureuse Garde. Mais le voilà maintenant tout occupé par les fils revenus du roi Bohor, qu'il veut sans perdre de temps aller installer en leur royaume. A son retour il trouvera quelque autre tâche urgente. La reine lui rappelle sans cesse que le roi se doit d'abord à son peuple et n'a pas le droit de risquer sa vie dans une aventure particulière. Tous les chevaliers qui l'ont fait à sa place sont morts ou prisonniers de l'horrible château. Parmi ces derniers, subissant les tortures et l'horreur, se trouve Guyomarc'h, qui m'est cher. C'est pour sa délivrance que je vous demande votre aide. Me l'accorderez-vous, ou craignez-vous que l'aventure soit au-dessus de vos forces ?

— Dame, dit Lancelot, il se peut que l'aventure soit au-dessus de mes forces. Mais je n'ai pas de crainte.

Voilà longtemps que nous n'avions parlé de Morgane. C'est qu'il est peu agréable, pour un conteur, de fréquenter les personnages déplaisants. Dames, chevaliers, rois et reines, petites gens, grosses et petites bêtes, tous les êtres qui vivent dans son histoire sont présents en son esprit comme fleurs en un jardin. Il est bien normal qu'il préfère s'attarder dans la compagnie des lilas et des roses plutôt qu'auprès des chardons, même si les plantes épineuses sont de l'espèce ornementale. Morgane est très belle, mais d'une beauté satanique, comme un lys noir ou de l'herbe rouge. Satanique est bien le mot, puisqu'elle a fini par faire alliance avec le Diable.

Elle est non seulement belle mais séduisante, et intelligente. Et on ne saurait lui reprocher d'être gourmande des hommes, ce qui est un penchant de la Nature. C'est son égoïsme démesuré qui rend ses qualités négatives. Tout ce qui ne se rapporte pas à elle lui est insupportable. Elle n'aime les hommes que pour le plaisir qu'elle leur prend, sa beauté est l'appât de son piège et sa séduction la pente qui y conduit. Chaque femme lui est une rivale, elle déteste même les laides, et les ressources de son intelligence lui servent à nuire à tout ce qui appartient au genre féminin, ou aux hommes qui s'occupent d'autres femmes qu'elle. Elle est le contraire de l'amour : l'amour est don, elle ne sait que prendre.

Guenièvre est pour elle trois fois détestable : parce qu'elle est la reine, parce qu'elle est la femme de son frère, et parce qu'elle est belle. Et comme sa beauté grandit avec le temps, la triple jalousie de Morgane et sa haine s'accroissent de même.

Elle a essayé de lui nuire dans l'esprit d'Arthur. Sans succès, ce qui a augmenté sa rage. Le roi, pour se débarrasser de sa sœur, qu'il aime bien, mais dont les intrigues l'excèdent, lui a fait don, le plus loin possible de Camaalot, en Petite Bretagne, d'un château avec ses terres, une vaste seigneurie proche de la forêt de Brocéliande. Le château, une rude place forte construite pour résister aux assauts des Saines, n'a pas plu à Morgane. Elle a décidé de s'en faire construire un autre, plus confortable et plus à son goût, en un lieu qu'elle a aimé dès qu'elle l'a vu. C'est là qu'elle a rencontré le Diable.

Les Bretons nommaient cet endroit le Val sans Retour. Ils ne s'en approchaient guère, étant persuadés qu'en cet emplacement s'ouvrait une des portes de l'Enfer. C'était une longue vallée abrupte, dominée de toutes parts par des rochers presque à pic, et tapissée d'une forêt sauvage dont aucun arbre n'avait jamais été abattu de main d'homme. La foudre y allumait parfois des incendies énormes qui brûlaient pendant des semaines, même sous des déluges de pluie, ce qui démontrait bien que, par quelque trou maudit, surgissaient là les flammes de l'Enfer.

On ne pouvait accéder à la vallée que par ses deux extrémités. Personne ne l'avait jamais traversée de bout en bout. Celui qui pénétrait trop avant dans la forêt, à la recherche de champignons ou à la poursuite d'un lapin, n'en revenait pas. Les chiens eux-mêmes y disparaissaient. On les entendait aboyer derrière un gibier, puis tout à coup gémir, puis plus rien...

Morgane trouva ce lieu excitant et tout à fait convenable. Une fois la forêt tondue, les flancs de la vallée aménagés, ce serait un cadre idéal pour une demeure peu commune. Mais quand elle voulut recruter de la main-d'œuvre pour faire commencer les travaux, elle ne trouva ni un bûcheron ni un maçon, alors qu'il lui en aurait fallu une foule. Elle en fit amener depuis les royaumes voisins et même de la Grande Bretagne. Mais arrivés le soir ils repartaient le matin et les travaux ne commençaient pas.

Un jour, furieuse, elle s'enfonça avec sa jument pie dans un des rares layons de l'extrémité nord de la forêt et, à son étonnement, s'aperçut que le layon, au lieu de se terminer en impasse broussailleuse, semblait se transformer devant elle, s'élargir pour lui faire place, devenir peu à peu un chemin si spacieux qu'elle put prendre le galop. De chaque côté défilaient les troncs gigantesques d'arbres millénaires entre lesquels s'enchevêtraient des ronces aux tiges aussi grosses que des cuisses, bardées d'épines aiguës comme des dagues.

Tout à coup la jument freina des quatre sabots, hennit de frayeur et se cabra. Morgane resta en selle et calma sa monture. Mais elle était elle-même impressionnée. Le chemin venait de déboucher dans une large clairière entourée uniquement d'arbres morts, noirs, sans une feuille. Très grands, ils dressaient vers le ciel leurs branches sombres, comme des bras tendus et des mains aux doigts écartés, multitude d'appels figés, pétrifiés dans le désespoir. Sous les sabots de la jument énervée, le sol avait la résonance du fer.

Morgane regarda autour d'elle, écouta. Le silence était total, pareil à celui qu'on peut imaginer à l'intérieur d'une pierre. Elle respira profondément, et cria :

— Diable, es-tu là ?

— Bien sûr !... répondit tranquillement le Diable.

— Alors, montre-toi ! Depuis le temps que j'entends parler de toi, j'aimerais bien te voir !...

— Moi aussi ! dit le Diable. Je ne me suis jamais vu !... L'eau devient boue quand je m'y regarde, et les miroirs fondent...

— Montre-toi... Moi je te verrai !...

— Tu ne verras de moi que l'idée que tu t'en fais...

— Cela m'est égal... Viens !...

— Soit !...

Du milieu de la clairière, sur un cheval rouge, arriva un cavalier nu. Sa peau, ses yeux et ses cheveux en boucles courtes avaient la couleur du cuivre. Son sexe faisait trois fois le tour du cou de son cheval avant de dresser entre ses deux oreilles son extrémité ardente qui se mit à frétiller quand le Diable s'approcha de Morgane.

— Pas mal, dit le cavalier en riant, mais ne compte pas sur moi pour ce genre d'exercice, je n'y trouve aucun plaisir...

Son sexe se réduisit à une virgule enfantine.

— C'est encore trop ! dit le cavalier.

La virgule disparut.

Le visage de l'être était beau, ses traits réguliers, sans barbe ni moustache. Quand il riait, ses dents très blanches devenaient par éclairs noires ou rouges. Il regardait Morgane en se moquant d'elle visiblement.

— C'est donc vrai, dit Morgane, que s'ouvre ici une des portes de ton enfer ?

— Ridicule !... La porte de l'enfer est partout...

— Alors pourquoi es-tu ici ?

— La porte est partout, et je suis toujours devant ma porte... Qui veut me parler m'entend...

— Eh bien j'ai à te parler ! J'aime cette vallée. Elle me plaît ! Elle me ressemble !... Je veux y faire construire mon château, mais je ne trouve personne pour y travailler. A tort ou à raison, les gens du pays croient que tu fréquentes ce lieu plus que tout autre, et ils le fuient. Je *veux* ce château. Il faut que tu m'aides ! Sinon...

— Sinon ?

— Je reviens avec un bataillon de moines, ils arroseront la vallée d'eau bénite et y construiront une abbaye, dont les cloches sonneront nuit et jour !

L'être rouge devint vert, fit une horrible grimace et se boucha les oreilles des deux mains.

— Je t'aiderai !... Je t'aiderai pour cela, mais à une condition...

— Tu veux mon âme ?...

— Bouf... Elle ne m'intéresse guère, c'est du plomb véreux. J'aime les âmes en or : celle de Lancelot, par exemple, ou de Guenièvre...

Morgane poussa un cri de rage. Même le Diable lui préférait la reine !

— Mais je prendrai la tienne aussi, si tu m'aides à attraper les deux autres !... Je n'attrape plus rien ! Je suis vide, vide, vide ! J'AI FAIM !...

Il hurla et se mit à manger son cheval.

— Es-tu vraiment le Diable ou rien qu'un misérable petit démon ? fit Morgane avec mépris.

L'être devint minuscule, juché sur un lapin chauve. Il éclata de rire et devint plus haut qu'un arbre.

— Petit, grand, qu'est-ce que ça veut dire ? C'est la même chose... Ecoute, je t'aiderai, je construirai ton château, mais à la condition que tu m'aides à détruire Lancelot et Guenièvre. Je te donnerai des idées... Je te donnerai aussi des pouvoirs quand ce sera nécessaire, dont tu ne pourras te servir que pour me servir...

— Pour *nous* servir !

— C'est pareil !... J'ai faim ! J'AI FAIM !

Il se mit à broyer entre ses dents les arbres morts, les arbres noirs. Des flammes jaillissaient de sa bouche.

La forêt brûlait. Une armée de démons l'attaquait au lance-flammes. Les cendres rouges volaient jusqu'aux nuages. Derrière les lance-flammes arrivèrent les missiles qui pulvérisèrent les rochers.

Derrière les missiles vinrent les bulldozers, les arracheurs, les excavateurs, les compresseurs, les aplanisseurs, les vibreurs, les bétonneurs, les fondeurs, les pileurs, les cracheurs de moellons et de poutres d'acier. Le ciel était noir de fumées, gris de poussières, rouge de flammes.

Le vacarme infernal avait chassé toutes les bêtes du voisinage. Les hommes ne peuvent pas fuir, ils sont enracinés au sol plus que les plantes, par leur travail, par la famille, par les habitudes. Ils subirent le bruit et les puanteurs, mais beaucoup moururent de stress ou d'infarctus. Sous le choc des outils diaboliques le sol tremblait jusqu'au Grand Océan, dont les vagues s'enfuyaient.

En une semaine, la vallée fut aménagée et le château construit. Il avait la forme d'une boîte carrée, à peine plus large et plus haute que la maison d'un paysan. Ses murs étaient de pierre noire et de verre obscur. Il n'avait pas de porte.

Morgane se mit à rire de plaisir quand elle le vit. Elle n'avait pas eu besoin d'expliquer au Diable ce qu'elle désirait. Il le savait, et il l'avait fait.

Elle mit pied à terre et s'approcha de son château.

Dans le mur de la façade, à hauteur du visage, était disposée une sorte de petite grille surmontée d'une protubérance ronde qui ressemblait à un bouton de marguerite. Morgane appuya sur le bouton. La voix du Diable sortit de la grille.

— Qui m'appelle ?
— Tu le sais bien ! dit Morgane.
— Entre !...

Une partie du mur de verre glissa, dégageant une ouverture.

— Je n'entrerai que quand tu seras parti, dit Morgane. Cette demeure est la mienne. L'as-tu faite pour moi, oui ou non ?

— Pour toi bien sûr ! dit le Diable. Entre chez toi ! Je m'en vais... Mais n'oublie pas que malgré tout je reste...

Il y eut un bruit sec, pareil à celui d'une grosse étincelle, et le château, soulagé d'un grand poids, poussa de dix toises de plus au-dessus du sol. La porte ouverte était restée au même niveau. Morgane entra et trouva ce qu'elle attendait : une pièce aux murs de glaces, ornée de plantes vertes dans des pots. La pièce occupait toute la largeur de l'édifice. Mais quand Morgane ouvrit la porte située en face de l'entrée, elle découvrit une autre pièce aussi vaste, puis une autre, une autre encore, une autre, une autre... Elle savait qu'il y en avait ainsi autant qu'elle en voudrait, et qu'il lui suffisait d'entrer dans la petite pièce disposée entre les plantes vertes et d'appuyer sur des boutons pour monter ou descendre dans le château et trouver encore d'autres pièces en haut et en bas, toutes carrées, toutes pareilles, désertes, aux murs de glaces reflétant les plantes vertes.

— Avant de m'en aller vraiment, dit le Diable, je tiens à te préciser que tu peux transformer tout cela à ta fantaisie, élargir ou rapetisser les pièces ou l'édifice lui-même, et donner au tout et aux détails l'apparence que tu voudras. Il te suffit de le souhaiter. C'est le premier pouvoir que je t'offre.

— C'est exactement ce que je désirais, dit Morgane.

Merlin sur son pommier avait assisté à tout ce remue-ménage, et ne s'en inquiétait guère. Le Diable fait toujours beaucoup de fracas pour pas grand-chose. Il est comme un marteau-pilon de mille tonnes qui s'abat sur une noix. A cette époque il n'y avait pas de vrais marteaux-pilons sur la terre. Ils étaient encore tous en enfer.

Chevauchant à côté d'elle ou assis près d'elle dans la nef noire et blanche pour traverser le Canal, Lancelot n'accordait à Morgane que des coups d'œil distraits, ne lui parlait que si elle lui adressait la parole. Il ne pensait qu'à la reine. S'il regardait le ciel il y voyait son visage, s'il regardait la mer elle était là encore, bercée par la houle, le bleu de ses yeux brillant des reflets du soleil. Il continuait de sentir sur son épaule la caresse de ses doigts et parfois il posait sa main en creux à l'endroit où elle l'avait touché, doucement, avec précaution, comme pour capturer un oiseau sans l'effrayer.

Morgane savait bien ce qui lui occupait l'esprit. Tout le monde, même le roi, avait pu s'apercevoir du trouble dans lequel la présence de la reine jetait Lancelot. On ne s'en était pas étonné. La beauté de Guenièvre ne laissait indifférent aucun homme, et certains avaient fait pour elle des folies. Un poète lui avait chanté son amour en six mille vers, un chevalier était parti pour se battre en son honneur avec l'empereur de Chine, un autre, après l'avoir vue une seule fois, avait renoncé aux armes, s'était fait ermite et priait pour elle jour et nuit.

Mais Morgane, se trouvant seule femme avec Lancelot pendant le voyage qui les emmenait en Petite Bretagne, avait espéré le distraire de sa passion et attirer vers elle ses regards et ses élans adolescents. Elle n'y avait pas réussi et elle en était d'autant plus blessée qu'elle trouvait le chevalier blanc très désirable dans la pureté et la splendeur de sa jeunesse. Il était juste comme un fruit arrivant à maturité, intact, impeccable dans sa peau intouchée gardienne d'une chair tendre et ferme gorgée de sucs. Ah ! y mettre la dent...

Ses mains, malgré elle, parfois, se tendaient vers lui. Mais il ne les voyait pas, ne la voyait pas, ne lui prêtait aucune attention.

Elle décida de frapper un grand coup pour briser cette forteresse d'amour dans laquelle il s'était enfermé. Alors qu'ils arrivaient en vue du rivage de Petite Bretagne, elle dit en sa tête au Diable :

— Aide-moi !... Fais-nous une belle tempête !...

Un vent furieux se leva d'un seul coup, creusa la mer devant la nef qui tomba dans un gouffre d'où elle fut rejetée par une montagne d'eau écumante qui franchit avec elle la côte et la précipita dans une forêt à l'intérieur des terres.

La mer se retira, la violence de la tempête s'accrut. La nef, coincée entre les arbres, semblait être l'objet particulier de la violence des éléments. La pluie, furieuse comme l'eau d'un torrent, poussée par un vent d'ouragan, arrachait des branches qui balayaient le pont de la nef, arrivait en bélier sur le pavillon protégeant les voyageurs, le secouait, le tordait, en faisait craquer les montants, se détournait juste au moment où tout allait être emporté. Venus du fond noir du ciel, des éclairs se succédaient sans arrêt, frappant la forêt tout autour du vaisseau, se rapprochant de lui en un tourbillon de feu accompagné d'un bruit monstrueux.

Aussitôt la nef immobilisée, Morgane s'était jetée dans les bras de Lancelot, faisant semblant d'être épouvantée et l'étant d'ailleurs plus qu'à moitié, incertaine de ne pas devenir victime de ce qu'elle avait déchaîné. Elle se serrait contre le jeune chevalier, sanglotait et gémissait et l'adjurait de la protéger. Il ne pouvait rien faire de moins que de refermer ses bras autour d'elle en guise d'abri, ce dont elle éprouvait un chaud plaisir, bien que la poitrine contre laquelle elle se blottissait fût de mailles d'acier...

Lancelot, dans l'abri printanier du lac où il avait grandi, n'avait jamais subi ni même vu d'orage. Il ne comprenait rien aux forces qui se déchaînaient autour de lui, sauf qu'elles étaient ennemies. Par-dessus la tête de Morgane il regardait la lueur des éclairs transpercer les parois du pavillon et y dessiner des ombres fantastiques aussitôt évanouies. L'odeur métallique de la foudre, le fracas des tonnerres, semblaient provenir d'un combat gigantesque, et dans les veines de Lancelot grandissait une fureur semblable à celle qui secouait la forêt.

Quatre éclairs presque simultanés frappèrent l'avant de la nef dans un bruit formidable. Une odeur de soufre envahit le pavillon. Morgane poussa un cri et gémit une fois de plus : « Protège-moi ! » en se serrant plus fort contre Lancelot.

— Dame, j'y vais ! dit celui-ci.

Il écarta Morgane avec quelque rudesse, tira son épée blanche, jaillit hors de la tente, et frappa l'éclair qui tombait à cet instant. L'épée étincela, frappa encore et encore, la forêt hurla et fuma, la nef craquait de toutes parts.

Morgane, blottie à terre au milieu du pavillon, se bouchait les deux oreilles, fermait les yeux, répétant : « Il est fou ! Il est fou ! » et demandant au Diable de mettre fin à tout cela.

Mais le Vieux Noir s'amusait bien trop. Il ne parvenait pas à détruire l'épée blanche, à cause de sa poignée en forme de croix, qui protégeait également celui qui l'étreignait. Mais s'il réussissait à la lui arracher, il pourrait alors le frapper et peut-être emporter son âme, tachée par le péché d'amour...

C'était un bel adversaire. Il fracassait ses éclairs, en faisait voler les fragments dans tous les sens autour de lui, en rugissant de colère presque aussi fort que ses tonnerres.

Le Diable saisit un morceau d'éclair brisé, et le renvoya vers l'épée blanche. La flamme frappa l'épée de côté, l'arracha à la main de Lancelot, et la planta dans le pont de la nef.

Le rire du Diable se confondit avec celui de l'orage.

— L'autre épée ! cria la voix de Viviane dans la tête de Lancelot.

Le Diable lui enfonça sa foudre dans le dos. Mais il avait eu le temps de saisir et brandir l'Epée Brisée. La tempête s'arrêta d'un seul coup. Lancelot s'écroula.

En déshabillant Lancelot, Morgane murmurait des mots de gratitude à l'adresse du Diable. Maintenant, le beau chevalier était à sa merci. D'abord elle l'avait cru mort, mais une saine respiration soulevait sous le haubert sa poitrine inconsciente. Elle l'avait traîné dans le pavillon, étendu sur les fourrures et commencé non sans peine à le dévêtir.

La main droite de Lancelot était encore serrée autour de la poignée de l'Epée Brisée. Morgane ouvrit un à un les doigts crispés, saisit l'Epée et poussa un cri : l'Epée la brûlait. Elle la lâcha vivement, en agitant sa main. Avant d'atteindre le sol, l'Epée Brisée disparut.

Morgane haussa les épaules et continua sa tâche. Le haubert ôté, le reste fut facile. Et elle eut Lancelot nu et sans défense sous les yeux et sous la main. Elle se déshabilla en un clin d'œil, se coucha contre lui et commença à l'embrasser et le caresser en lui murmurant de tendres mots d'une voix brûlante. Déjà il soupirait, donnait des signes d'émoi, il allait se réveiller... Et à ce moment-là il serait trop tard pour penser à la reine...

Mais tout à coup, sur la douce chair de l'adolescent elle vit sa main se dessécher, se flétrir, se ratatiner. Et tout son corps, en un instant, devint tel qu'il avait été à Camaalot sous le sortilège de Merlin. Mais cette fois-ci aucun vêtement n'en dissimulait l'affreuse décrépitude. Et les paupières de Lancelot frémissaient, il allait ouvrir les yeux !

Ne voulant pas qu'il la vît ainsi, elle s'enfuit en boitant hors du pavillon, ramassa des branches brisées et se couvrit de feuillages. Elle sanglotait de rage et de honte.

— Ignoble Merlin, c'est encore toi ? interrogea-t-elle.

— Non, lui répondit une calme voix féminine. Mais c'est un tour qu'il m'a appris...

— Qui es-tu ?

— Peu importe... Sache seulement que Lancelot m'est cher comme un fils et comme un époux que je ne puis avoir. Si tu cherches encore à lui faire du mal, prends garde à toi, la prochaine fois il ne te restera plus que les os !...

— Je ne lui voulais que du bien ! ricana Morgane.

— C'est un bien qui ne me plaît pas !... Ta beauté t'est revenue, tu peux t'en aller... Ta jument t'attend à la lisière de la forêt. Retourne en ton château du Diable !

Un coup de fouet claqua, les feuillages qui couvraient Morgane s'envolèrent et elle se retrouva pimpante et vêtue de neuf sur le dos de sa jument pie.

— Qui est cette créature ? grommelait-elle en s'éloignant de la forêt dévastée.
— Je la connais bien, dit le Diable. Nous la retrouverons...

Lancelot, encore à demi inconscient, sortait du pavillon sans se rendre compte qu'il était nu. Et son bonheur fut grand de découvrir devant lui Viviane toute baignée du soleil revenu.

Il tendit les bras vers elle et allait s'élancer quand elle lui dit en souriant :
— Eh bien, chevalier ! Crois-tu que ce soit une tenue pour se présenter à sa mère ?

Alors il se vit, devint rouge des oreilles aux chevilles, et s'enfuit sous le pavillon, d'où il ressortit dans une robe hâtivement passée.

Viviane le prit dans ses bras et lui baisa partout le visage comme elle faisait quand il était bébé. Et il riait, fondant de bonheur.
— Beau fils, dit-elle, tu t'es bien battu. Mais ce n'est rien à côté de ce qui t'attend demain. Je suis venue te dire que demain tu sauras qui tu es. Tu connaîtras le nom de ton père et le tien. Mais je te demande de ne faire connaître ton vrai nom à personne avant de t'être rendu illustre par tes exploits.
— Mère, je vous obéirai, dit-il. Mais...

Il hésitait, tournait la tête à droite et à gauche, cherchant du regard autour de lui...
— ... j'accompagnais la sœur du roi. Je ne la vois nulle part.
— Ne te soucie pas. Elle n'a plus besoin de toi...
— Et j'ai perdu l'Epée Brisée !
— Elle n'est jamais perdue, dit Viviane.

Elle l'accompagna dans la tente et fit tomber sur lui un doux sommeil, car il allait avoir besoin de toutes ses forces.

Il lui sembla être tiré de son sommeil par des gémissements et des cris de douleur. Mais quand il ouvrit les yeux, bien éveillé, il n'entendit que le chant des oiseaux. Il était couché au bord d'un étang fleuri de nénuphars. Sur la plus proche feuille ronde, une minuscule grenouille dorée le regardait. Il lui sourit et lui dit :
— Bonjour grenouille !...

Elle lui répondit « Coâ ! » d'une voix énorme. Il se dressa en riant et s'étira, faisant craquer ses jointures et gémir les mailles de son haubert. Il sentait dans chacun de ses muscles ses forces enroulées comme chat dormant, et prêtes à jaillir et à se déchaîner. Le ciel était bleu, il aimait la plus belle des femmes, vive la vie !...

Devant lui, sur une colline, se dressait un château construit autour d'un haut donjon carré. Un coup de vent en apporta un concert de lamentations, de sanglots et de cris de douleur. Il sut alors qu'il se trouvait devant la Douloureuse Garde.

Il devint grave et monta sur le cheval blanc qui l'attendait, près d'une lance fichée en terre. Avant de prendre celle-ci il tira son épée, en baisa la lame, rengaina, se signa et dit à voix haute :

— Aujourd'hui verra qui je suis et ce que je vaux !...

Puis il empoigna la lance, la plus longue et la plus aiguë qu'il eût jamais vue, et d'un claquement de langue fit s'élancer son cheval.

En quelques minutes de galop il fut à proximité de la porte fermée du château, gardée par deux guerriers vêtus et armés de rouge. Malgré la montée, son cheval, excité de la voix et des pieds, accéléra encore son allure. Lancelot brandit sa lance au-dessus de son épaule et la lança comme un javelot. Elle traversa la poitrine du premier cavalier, que sa monture affolée emporta dans la campagne. Déjà Lancelot était arrivé sur le second et lui avait planté son épée dans la gorge.

La porte du château s'ouvrit et quatre cavaliers rouges en sortirent. Lancelot fendit la poitrine du premier et la tête du second et trancha le bras droit du troisième. Le quatrième s'enfuit.

Lancelot entra au galop dans le château. Dix cavaliers rouges l'attendaient devant la porte de la deuxième enceinte. Les gémissements et les cris avaient cessé. Il y eut un moment d'immobilité et de silence absolu. Et Lancelot comprit que Viviane était proche en voyant le merlet perché sur une marguerite qui avait poussé entre deux pavés. L'oiselet s'envola, vint se poser sur son épaule, et lui dit avec la voix de Viviane :

— Je ne t'ai pas aidé, je ne dois pas le faire. Mais celui qui est au-dessus de la porte de la deuxième enceinte t'aidera, si tu es bien celui qu'il attend.

Lancelot regarda au-dessus de la porte et y vit une grande statue de cuivre représentant un chevalier qui brandissait une hache de combat.

— Tit ! Tit ! dit le merlet.

Et le chevalier de cuivre tomba, écrasant sous lui un des guerriers rouges. Lancelot fonça sur les autres et en abattit deux, mais son cheval blessé d'un coup de lance se cabra et bascula, le jetant à terre. Un cavalier se pencha pour le frapper. Il le perça de bas en haut et le poussa à bas de son cheval sur lequel il sauta, prenant sa place et frappant de l'épée à droite et à gauche, et chacun de ses coups ouvrait une chair.

Il restait trois cavaliers rouges indemnes. Ils mirent pied à terre et se rendirent. La porte s'ouvrit et Lancelot la franchit, accueilli par une interminable clameur de joie. Des hommes et des femmes de tous âges venaient à sa rencontre et lui criaient leur gratitude. Ils étaient tous maigres, leur teint était gris, leurs vêtements usés et déchirés. C'était le peuple ordinaire d'une place forte, réduit à une singulière misère. Lancelot ne vit aucun des chevaliers qui avaient été faits prisonniers en essayant de rompre la Douloureuse Garde.

Le merlet fut de nouveau sur son épaule et la voix de Viviane lui dit :

— Tu les trouveras près de la chapelle. Et, au milieu d'eux, tu apprendras si c'est toi qui dois mettre fin à cette aventure...

Lancelot chercha des yeux la chapelle, en vit la silhouette trapue et, près d'elle, un cimetière clos de murs.

Il descendit de cheval, entra dans la chapelle. Il y régnait une odeur de moisi et de poussière. Son autel, fait d'une lourde pierre, était renversé.

Lancelot s'agenouilla près de lui et pria. Puis, avec un infini respect, s'arc-boutant de toutes ses forces, il le redressa. L'odeur d'abandon disparut, et une odeur de prés printaniers emplit la chapelle. Un cierge abandonné se mit à brûler.

Il sortit par la porte qui s'ouvrait sur le cimetière. Des tombes étaient alignées perpendiculairement aux quatre murs, chacune surmontée d'un heaume rouillé accroché à la muraille, contenant des os et des cheveux épars. Et, au-dessus du heaume, une inscription précisait le nom du mort :

CI-GÎT
UN TEL
ET CECI EST SA TÊTE

Voilà donc où se trouvaient les chevaliers courageux dont on n'avait plus de nouvelles... Lancelot reconnut quelques noms, dont celui de Guyomarc'h, l'ami de Morgane. Il eut pour tous une pensée amicale, sans tristesse. Leur combat était terminé, et ils avaient dû recevoir en un Autre Lieu leur récompense.

En se dirigeant, pour sortir, vers le portail de fer tordu et à demi arraché de ses gonds, il découvrit la plus grande tombe, située au milieu du champ de repos, à égale distance des quatre murs. Contrairement à tout ce qui l'entourait, elle donnait une impression de fraîcheur et de beauté. Une dalle de marbre blanc la recouvrait, polie comme de la fine porcelaine. Elle semblait avoir été déposée là le jour même, ou la veille. Son épaisseur était d'au moins un pied et sa largeur et sa longueur à l'avenant. Lancelot jugea qu'elle devait peser plusieurs dizaines de quintaux. Sur sa surface doucement brillante, des arabesques d'or, ornées de pierres fines et de perles d'orient, encadraient une inscription : Seul pourra me soulever celui par qui sera mis fin à la Douloureuse Garde. Tous ceux qui sont en ce lieu ont essayé.

Après l'avoir lue, Lancelot regarda les heaumes accrochés aux murs, pensa à la reine, en se disant que ce serait peut-être pour la dernière fois, se baissa, crispa ses deux mains sur un coin de la dalle, et tira...

Elle bascula sans résistance sur son autre extrémité, découvrant une seconde dalle, de marbre noir, sur laquelle était gravé en lettres rouges :

CI-REPOSERA
Galaad
dit Lancelot du Lac
fils du roi Ban de Bénoïc

A peine Lancelot avait-il lu ces mots que la dalle blanche reprit sa place.

Galaad ! Tel était son nom !... Celui qui était inscrit sur le Siège Périlleux de la Table Ronde !... Celui du chevalier qui serait le meilleur du monde et découvrirait le Graal !...

Une profonde exaltation gonfla la poitrine de Lancelot. Mais peut-être un autre chevalier portait-il le même nom ?... Il interrogea Viviane :

— Mère, est-ce moi ? est-ce bien moi qui prendrai place au Siège Périlleux ?

Le merlet n'était plus là. Ce fut une voix d'homme qui répondit, une voix grave, profonde, qui sortait de la dalle de marbre. Elle dit :

— Chacun doit mériter le nom qui lui a été donné...

Lancelot resta un moment immobile, regardant la tombe qui l'attendait, au centre de l'assemblée des héros morts, qui étaient allés jusqu'au bout de leur mérite. Il tira son épée et les salua, rengaina et sortit du cimetière.

La foule avait recommencé à gémir et à pousser des cris de douleur. Des femmes s'arrachaient les cheveux, des hommes se frappaient la tête contre les murs, tous le suppliaient de les délivrer et de mettre fin à leurs souffrances. Mais il se sentait lui-même tout à coup écrasé par une horrible tristesse. Le malheur du monde entier tournait dans sa tête, et il en arrivait sans cesse de nouvelles vagues sous lesquelles il ployait. Il avait envie de s'écrouler à terre, de se cacher la tête dans les bras et de se mettre à hurler. Il ne pouvait plus supporter cela, c'était trop atroce, il n'y avait qu'une solution pour ne plus subir cette abomination : mourir, mourir, mourir...

Il tira son épée pour se la plonger dans le cœur. Mais dès que sa main se fut fermée autour de la poignée, l'épouvante disparut et il retrouva son sang-froid, et en même temps que lui une joie à la mesure de l'horreur à laquelle il venait de s'arracher.

Il savait maintenant ce que subissaient les malheureux qui le suppliaient. Il mettrait fin à leur supplice, même si cela devait le conduire à cette tombe qui portait son nom, à quelques pas...

Il cria :

— Que dois-je faire ?

Une vieille femme à demi écroulée, hoquetante, sanglotante, ruisselante de larmes, le prit par la main et l'entraîna en chancelant.

— Va chercher les clés !...
— Quelles clés ?
— Les clés des sortilèges !...

Au bas de la face nord du donjon une porte s'ouvrait sur les ténèbres. La femme lui dit :

— Là-bas !... là-bas !... au bout...

Et elle lui montra la porte de la nuit.

— Merlin, amour de moi, dit Viviane, puis-je accompagner mon beau doux fils, pour l'aider ?...

Merlin fut quelques instants avant de répondre. On eût dit que sa voix avait bondi jusqu'au ciel pour traverser le Canal, avant de redescendre vers le sommet du donjon carré où se tenait Viviane.

— Tu sais bien que tu ne dois pas...

— Mais il va être en grand danger ! Ce qui l'attend dans ce donjon est monstrueux !

— C'est lui qui doit affronter le danger et non toi... C'est lui qui doit grandir et devenir meilleur, et non toi... Avec les pouvoirs dont tu disposes, tu n'aurais d'ailleurs aucun mérite à vaincre... Lui en aura...

— Mais il risque de périr ! dit Viviane affolée. Tu ne sais pas ce que renferme ce donjon !

— Je le sais, dit Merlin. Rien qui soit au-dessus de l'extrême limite de ses forces et de son intelligence. S'il périt c'est qu'il n'aura pas su utiliser toutes les ressources que Dieu a mises en lui et que l'éducation que tu lui as donnée a tendues comme cordes d'arcs. S'il sort vainqueur, il ira jusqu'au Graal...

— Je ne veux pas qu'il meure ! JE NE VEUX PAS ! cria Viviane. Il n'est rien pour toi ! Tu t'en moques ! Mais il est mon fils, IL EST MON PETIT ! Tant pis pour le Graal ! Je vais l'aider !...

— Non, dit tendrement Merlin. Non, mon amour, tu ne pourras pas... Pardonne-moi : je t'en empêche...

Viviane, légère comme l'air qui la portait, s'était assise au plus haut du donjon, dans un créneau, se penchant dans le vide pour regarder vers le bas de la tour. Elle sentit tout à coup, brutalement, son poids humain lui revenir, et ses pouvoirs s'arracher d'elle comme plantes vives que le jardinier arrache au terreau, le laissant bouleversé.

Elle suffoqua, le vertige la prit, elle rampa à reculons pour s'arracher à la peur du vide. Elle avait perdu toutes connaissances, elle était redevenue pareille à la fillette sauvageonne, intelligente et ignorante, qu'elle était avant sa rencontre avec l'Enchanteur.

Elle mesura en un instant quel prodigieux chemin elle avait parcouru depuis, grâce à son amour, grâce à leur amour, avec son aide, en sa compagnie, même lointaine...

Mais Lancelot ! Elle l'aimait aussi ! Et maintenant elle ne pouvait absolument plus rien pour lui. Comme tant de femmes dont l'époux ou le fils part pour la guerre, elle ne pouvait qu'espérer et souffrir.

Ses oiseaux familiers ne la voyaient plus. Ils tournèrent un peu autour du donjon, désorientés, puis disparurent. Le merlet restait. Il la cherchait partout, sautillait, voletait, pépiait. Tit... tit... Il n'y comprenait rien.

Son épée dans la main droite, sa main gauche serrant contre lui son écu qui le protégeait des cuisses au visage, Lancelot entra dans les ténèbres. La lame polie, pointée, le précédait d'une faible flèche de lumière. Il ne voyait qu'elle, il n'apercevait ni murs ni plafond mais il sentait leur présence proche, sauf en avant. Il étendit sa main gauche et, à bout de bras, toucha un mur râpeux. Même chose à main droite. Il atteignit le plafond avec la pointe de son épée. Devant c'était le vide. Il se trouvait dans un couloir de pierre, qui s'enfonçait dans le noir.

Il avança, sans crainte mais avec précaution. Faute de voir, il écoutait comme un limier, il sentait l'espace avec tous les coins nus de sa peau.

Il sentit qu'il s'approchait d'un obstacle. Il s'arrêta et il écouta. Il entendit l'obstacle vivre. Ce n'était pas une respiration mais quelque chose de plus confus et trouble, à peine perceptible, presque à l'intérieur du silence.

Il se fendit brusquement, à fond, tout le poids de son corps poussant son épée. Il y eut un grand hoquet puant. L'épée pénétrait dans du mou et du dur, il y avait des obstacles puis plus rien et de nouveau ça craquait. L'arme fut violemment secouée et presque arrachée. Lancelot jeta son écu derrière lui, saisit l'épée à deux mains, la leva et frappa de taille, de la gauche, de la droite. Et elle tailla... Quelque chose de violent s'abattit sur la poitrine de Lancelot, peut-être une patte gigantesque avec des griffes. Elle déchira son haubert de mailles comme si c'eût été une étoffe légère, et laboura la chair de sa poitrine.

Il sauta en arrière et frappa de biais, à deux mains, tranchant ce qui l'avait blessé. Il s'accroupit pour ramasser son écu, se releva, se couvrit, et attendit, écoutant.

Il y avait le bruit de quelque chose qui coulait, des gargouillements de bulles, et des grognements de plus en plus faibles. Cela était en train de mourir, et sentait la pourriture. La chute fut lourde et molle. Une lumière passait maintenant au ras du plafond voûté et gagnait vers le sol à mesure que s'affaissait ce que Lancelot avait détruit. C'était un être cul-de-jatte énorme, gonflé de liquides, qui avait épousé la forme du couloir auquel il servait de bouchon. Un de ses bras, gros comme un tronc de bouleau, se terminait par une main en forme de pince, capable de broyer une tête. L'autre main, armée de griffes d'un pouce de long, gisait à terre, tranchée par l'épée. La tête n'était presque que dents aiguës de loup géant. Elle oscillait devant le corps blanchâtre. Un spasme de la mâchoire coupa la langue qui pendait entre les crocs. Elle tomba dans le liquide gluant que le monstre perdait par toutes ses blessures et qui devait être son sang.

Lancelot, par-dessus la masse qui s'aplatissait, regardait vers le fond du passage, d'où provenait la lumière. La distance paraissait considérable mais il voyait, comme s'il en eût été à un pas, une demoiselle de cuivre brillant qui lui faisait face et le regardait avec des yeux d'agate. Deux grands cierges l'éclairaient. Elle tenait devant elle un plateau de bois noir sculpté, sur lequel étaient posées deux clefs, une grande et une petite. Et sur sa poitrine était tracée en lettres

minuscules une inscription que Lancelot put lire malgré la distance :
« La grande clef me déferme, la petite déferme le coffre abominable. »

Entre le cul-de-jatte et la demoiselle, le passage était libre.

Pour avancer, Lancelot dut se hisser sur le cadavre visqueux dont le sang brûla les blessures de sa poitrine. Au moment où ses pieds atteignirent de nouveau le sol, un guerrier de fer géant surgit du mur à sa droite et le frappa de son épée. Lancelot tomba, à demi assommé, son heaume décerclé. Un second guerrier de fer surgit à gauche, un troisième à droite, un quatrième à gauche... Il y en eut ainsi dix qui frappaient le vide devant eux avec leurs épées. Leurs têtes étaient de simples sphères métalliques lisses, sans visage. Ils frappaient sans arrêt devant eux de leurs longues épées tenues dans leurs deux mains de fer. Quand cinq épées se levaient, cinq autres s'abaissaient violemment.

Lancelot, immobile, se rendit compte que tout franchissement était impossible. La meilleure épée du monde n'aurait pu entamer, blesser ou tuer ces corps de métal lisse. Comment passer ? L'intérieur de sa tête, douloureuse, grondait. Du sang coulait dans sa bouche, sa poitrine l'élançait et le brûlait. Il entendit du bruit derrière lui et se retourna...

Le monstre revivait. Il s'était retourné et lui faisait face. Il avait repris presque tout son volume. Dans sa pince, il tenait sa main coupée pressée contre l'extrémité de son bras mutilé. Quand il la lâcha elle resta en place et ses griffes s'ouvrirent, son bras se leva, les deux mains monstrueuses se levèrent vers le cou de Lancelot.

Il frappa, et frappa et frappa encore, coupant les deux bras et fendant la tête. L'être, en râlant, écarta ses moignons et poussa les deux murs. Le sol trembla, les murs s'écartèrent, le plafond s'écroula au-dessus de lui, écrasant ses restes immondes. Lancelot reçut un bloc de pierre sur son épaule gauche et fut de nouveau jeté à terre. Haletant, il se releva, rengaina son épée, passa à son cou la courroie de son écu, choisit du regard le bloc de pierre le plus lourd, l'empoigna et tenta de le soulever.

Son épaule sembla s'arracher à son corps. La pierre ne bougea pas. Il ne pouvait pas renoncer. Il recommença et parvint à soulever le bloc jusqu'à ses genoux. Il le posa sur eux, changea sa prise, s'accroupit, leva le bloc au-dessus de sa tête, se redressa en faisant craquer les os de son dos et, basculant en avant, projeta la lourde pierre sur le premier homme de fer. Sa douleur fut telle qu'il lui sembla que la moitié de son corps partait avec.

Le guerrier de métal s'abattit dans un grand fracas, son épée brisée. Lancelot se baissa, lui saisit les cuisses sous son bras droit, les serra contre lui, se releva en gémissant sous l'effort et, tenant le guerrier horizontal à la façon d'un bélier, fonça au milieu des épées. Dans des grincements et des chocs et un tumulte de ferraille elles volèrent en morceaux ou s'arrachèrent. Lancelot se laissa tomber sur le sol : il était passé ! Il avait reçu de nouvelles blessures, à la hanche droite et aux cuisses. Il sentait son sang chaud couler sur sa peau. Près de lui gisait le Premier Guerrier, percé de cent trous.

Vers la demoiselle, la voie était libre, mais elle était loin, si loin... Pourrait-il parvenir jusqu'à elle ? Il avait trop mal pour se reposer. Il risquait de perdre conscience. Et ses forces s'écoulaient avec son sang.

Il se leva, fit trois pas en chancelant puis s'arrêta, revint en arrière, arracha la lourde tête du guerrier déjà démantibulée, et la lança devant lui, aussi loin qu'il put.

Quand elle toucha le sol, celui-ci explosa en une furieuse gerbe de flammes, envoyant des débris dans toutes les directions. Un fragment tourbillonnant de métal, grand comme le fer d'une hache, frappa l'écu de Lancelot pendu devant lui, le fendit, le traversa et pénétra avec les mailles du haubert dans la chair et l'os du milieu de la poitrine. Projeté en arrière, Lancelot tomba pour la quatrième fois.

Il se releva...

Il saisit à deux mains l'éclat brûlant planté dans son corps et l'arracha. Puis il tira son épée et se remit en marche.

Alors il vit que la demoiselle s'était mise à marcher elle aussi et venait à sa rencontre. Et quand il faisait un pas elle semblait en avoir fait dix. Et elle fut là, devant lui. Son visage de cuivre poli lui souriait d'un sourire immobile, ses yeux de pierre blonde regardaient très loin au-delà de lui, à travers sa tête. Elle souleva le plateau de bois, lui offrant les clefs. Il les saisit. La plus grande avait la forme d'un trèfle au bout d'une mince tige. Le vêtement de cuivre de la demoiselle s'écarta en deux parties, découvrant des seins de marbre rose. Entre les deux seins s'offrait une ouverture en forme de trèfle. Lancelot y enfonça la grande clef.

Tout le devant de marbre pivota. A l'intérieur de la poitrine ouverte, sur une tablette de bois noir, était posé un coffret de cuivre ciselé, de la dimension de ceux qu'emportent les dames quand elles voyagent, pour y enfermer leurs artifices de beauté. Sa face avant était percée d'un trou de serrure ayant le dessin d'un minuscule serpent. C'était la forme de la clé petite. Lancelot l'y enfonça.

Le couvercle et tous les côtés du coffre s'arrachèrent à la fois, dans un horrible hurlement fait de mille hurlements. C'était la clameur d'agonie de milliers de femmes torturées, d'hommes écartelés, d'enfants violés, de foules écrasées, d'océans ravagés jusqu'au fond de leurs abîmes. C'étaient les voix d'un peuple de démons emprisonnés par un sortilège de Brandus le Noir, le maître du château, et qui, à travers les murailles, faisaient peser sur les habitants de la Douloureuse Garde une angoisse pire que la mort. Ils sortaient par nuées du coffre disloqué, flammes noires, ailes sans corps, ombres déchirées, se heurtaient aux murs et les traversaient en piaillant.

La grande porte du donjon s'ouvrit brusquement, et Brandus le Noir en sortit au galop, suivi de ses cavaliers rouges, morts et vivants. Ils s'enfuirent tout droit dans la campagne, poursuivis par la horde volante des démons qui les rattrapa, les enveloppa d'un nuage noir, tourbillonna, et disparut avec eux.

Le donjon s'évanouit en fumée. A sa place s'éleva le jet babillant et perlant d'une fontaine ensoleillée. Lancelot, sans connaissance, couvert de sang, était étendu dans le cimetière, sur un lit d'herbe douce, à l'emplacement de sa tombe qui n'existait plus. Les autres tombes étaient fleuries de roses et les heaumes vides des chevaliers morts brillaient comme neufs. Autour de la chapelle tournaient les oiseaux de Viviane. Celle-ci, ses pouvoirs revenus, se penchait sur Lancelot.

— Beau fils-de-roi, lui dit-elle avec tendresse, cœur sans peur, tant-aimé, aujourd'hui tu as mérité ton nom... Ne le démérite jamais... Je te laisse tes blessures pour que tu te souviennes... Elles guériront vite... Quand tu pourras chevaucher tu devras aller voir ta mère. Elle ne pourra plus t'attendre bien longtemps...

Lancelot inconscient l'entendait et souriait. Son sang coulait sur l'herbe verte. Près de son visage se dressait une poupée de cuivre, une demoiselle au corsage ouvert sur des seins roses, pas plus grande que le merlet. Viviane lui fit une grimace, et elle se fondit en cendres, avec un cri de souris.

Bouleversés de bonheur, les habitants délivrés de la Douloureuse Garde soignèrent Lancelot avec une gratitude débordante. Chacun et surtout chacune aurait voulu le panser, le bercer, le serrer sur son cœur, le mignoter, le chouchouter, le cajoler, le caresser, le laver, le coiffer, l'habiller, le déshabiller et lui parler, jamais on ne pourrait assez lui dire tout ce qu'on lui devait. Eût-il été moins beau, les délivrés l'auraient-ils autant aimé ?

On lui donna une fortune, qu'il refusa. On le pria de choisir parmi les douze plus belles demoiselles à marier, il n'en préféra aucune. On lui présenta l'épée magique de Brandus le Noir, il ne voulut pas y toucher, alors faute de mieux on lui prépara les mets les plus savoureux, dont il usa largement, car cette aventure avait aiguisé son appétit.

Ses forces revinrent très vite et ses blessures se réparèrent avec une rapidité qui étonna tout le monde sauf lui. Cette agitation autour de lui, si pleine d'amitié, le gênait et l'emplissait plutôt de tristesse, car il n'en était pas touché, et se reprochait son indifférence. En fait, dès qu'il avait repris conscience, son esprit et son cœur avaient de nouveau été entièrement occupés par l'image de la reine et le désir de la revoir. La voir de nouveau, ne fût-ce qu'un instant, s'emplir les yeux d'elle, ne rien dire, la regarder, l'écouter, peut-être toucher le bout de ses doigts, puis s'enfuir de nouveau pour échapper à la folie de sa présence, et se battre encore pour ne pas devenir fou de son absence.

Il avait un bon prétexte pour retourner à Camaalot : apprendre à Arthur les noms de ses chevaliers morts. Il partit le quatrième jour, au grand chagrin de sa foule d'amis, n'ayant accepté d'eux qu'un cheval blanc et un écu pour remplacer ceux qui avaient péri dans son combat.

Quand Lancelot arriva à Camaalot, le roi en était parti, avec un bon nombre de ses chevaliers, pour aller installer Lionel et Bohor dans leur royaume de Gannes. Merlin l'accompagnait.

Lancelot était dans ses dix-huit ans. Les épreuves qu'il venait de traverser ne lui avaient rien ôté de son éblouissant air de printemps. Quand Guenièvre le revit elle en fut si bouleversée qu'elle en perdit un moment la parole. Il avait mis genou en terre devant elle et n'osait lever les yeux vers son visage. Et lui non plus ne pouvait parler.

Reprenant un peu de sang-froid, la reine demanda :

— Beau chevalier, qu'avez-vous à me dire ?

Elle l'avait reçu en ses chambres, en présence de la dame de Malehaut, qui se tenait à quelques pas d'eux. Lancelot leva la tête, regarda les yeux bleus qui le regardaient, et s'y perdit. Guenièvre se mit à trembler. Malehaut, comprenant ce qui se passait, s'approcha rapidement, la soutint et la fit s'asseoir.

— Chevalier, dit-elle à Lancelot, vous feriez bien de dire vite ce que vous avez à dire...

Puis elle sortit, les laissant seuls, mais attentive derrière une porte, pour le cas où la reine aurait besoin d'elle.

— Ce que j'ai à dire je ne puis le dire... fit Lancelot, d'une voix que Guenièvre entendit à peine.

Il baissa la tête de nouveau, pour retrouver quelque courage.

— ... Je voulais tout d'abord vous dire qui je suis... Je désirais que vous fussiez la première à le savoir... je l'ai appris à la Douloureuse Garde... Mon nom doit rester secret... je ne l'ai pas encore assez mérité... mais je peux vous dire celui de mon père... Je suis le fils du roi Ban de Bénoïc...

« Ban de Bénoïc ! Comme il lui ressemble ! Pourquoi ne m'en suis-je pas aperçue plus tôt ? J'avais quinze ans... Il était le plus beau des quarante et un... Si mon père ne m'avait donné à Arthur, c'est lui peut-être que j'aurais épousé... Et voici son fils !... Qui pourrait être le mien... Et dont je me bouleverse !... Suis-je devenue folle ? »

Inquiet de son silence, Lancelot leva vers elle ses yeux couleur du ciel de l'aube, et quand leurs regards de nouveau se mêlèrent, elle oublia toute angoisse et toute raison. Lentement elle tendit la main vers le doux visage, la posa sur la joue pareille à la rose, se leva, fit doucement se lever le chevalier blanc, le chevalier de lune, et il fut alors plus grand qu'elle et elle dut se soulever un peu sur la pointe de ses pieds pour poser ses lèvres contre ses lèvres, qui étaient fraîches, douces, brûlantes, pulpeuses, qu'elle eut envie de mordre, et...

Et elle se rejeta en arrière et dit d'une voix étranglée :

— Fils de roi, va-t'en !... Va-t'en et ne reviens plus !... Jamais !... Je ne veux plus te voir !... Je ne *peux* plus...

Lancelot, hors de lui de bonheur et de désespoir, tomba à ses genoux et voulut lui dire...

... mais elle fit « non » de la main et signe de s'en aller, de s'en aller, de s'en aller...

Il se redressa et sortit en courant...

Malehaut trouva la reine prostrée dans son fauteuil. Elle n'avait pas besoin de solliciter de confidence, pour savoir...

Avant de fuir Camaalot, Lancelot accomplit le devoir pour lequel il était venu dans la cité du roi : il dit les noms des tués à la Douloureuse Garde à un clerc qui les inscrivit sur un parchemin, pour les faire connaître au roi quand il reviendrait, et, en attendant, à celles qui s'inquiétaient pour le sort d'un absent.

La dame de Malehaut fut une des premières à venir interroger le clerc. Elle apprit ainsi que le sire de Malehaut, son époux, était mort, comme elle le supposait. Elle en éprouva quelque chagrin, car c'était un homme sans méchanceté pour qui elle avait eu de l'affection. Mais elle fut, en même temps, satisfaite de voir sa situation éclaircie. Elle était devenue l'amante de Galehaut, le fils de la Belle Géante. Ils étaient pleinement heureux de leurs amours, mais avaient dû les cacher. Elle allait pouvoir maintenant l'épouser et jouir au grand jour, longtemps, de son bonheur. Du moins le croyait-elle. Elle ne savait rien de la mission secrète dont avait été chargé Galehaut, qui lui-même l'ignorait. Mais peut-être ne la connaîtrait-il jamais ?...

Pour rester près d'elle, Galehaut n'avait pas accompagné Arthur en Petite Bretagne. Il avait passé le plus clair de son temps au château de Malehaut, proche de Camaalot, qu'on nommait aussi le Château de l'Eau Sans Bruit, parce que, dans son verger en contrebas d'une colline, une source coulait du haut d'un rocher lisse en une nappe luisante, sans faire entendre même un chuchotement. Ce n'était qu'à son pied, en devenant ruisseau, qu'elle gazouillait quelque peu, mais de nouveau se taisait, coulant sous l'herbe penchée.

Le ruisseau arrosait fleurs et arbres à fruits, et s'épanouissait en un bassin que le sol singulier en ce lieu réchauffait si bien qu'y poussaient des lotus d'Asie dont les gens de ce pays éloigné disent que les fleurs ont la forme du cœur de Dieu. Qu'en savent-ils ?...

Près du bassin, à l'écart du château, s'élevait une courte maison de pierres de grès roux, aux murs tapissés de vigne folle. Elle recevait, comme le bassin, la chaleur de la terre. La dame de Malehaut en avait garni la pièce la plus tiède d'un grand lit de fourrures et de mille coussins. C'était là qu'elle recevait son chevalier bien-aimé. Après les joies de l'amour, ils y goûtaient une grande paix, qui venait du murmure des feuilles, de la tiédeur de la terre et du silence de l'eau.

Ce fut là qu'elle conduisit Guenièvre après l'avoir convaincue de quitter Camaalot quelques jours, pour se remettre et cacher ses émotions, trop visibles. Il était déjà arrivé à la reine de s'absenter, accompagnée seulement de deux ou trois suivantes, pour aller faire retraite dans un couvent, ou honorer de sa visite la famille de telle ou telle de ses dames. Le sénéchal Kou était toujours ravi de la voir partir. En l'absence du roi et de la reine, il pouvait jouer à être le maître du royaume. Mais sans secrète envie. Sa fidélité était totale.

Il avait, comme les autres chevaliers présents à Camaalot, fait grand accueil au vainqueur de la Douloureuse Garde. C'était la plus rude aventure menée à bien jusqu'à ce jour. Mais Lancelot n'en avait manifesté nulle fierté. Quand il repartit sans dire mot, comme égaré, il surprit tout le monde. Galehaut voulut l'accompagner quelque temps. Lancelot n'eut pas l'air de le reconnaître et ne prêta aucune attention à sa compagnie. Son regard semblait perdu à l'intérieur de lui-même. Parfois il souriait comme sous l'effet d'un bonheur infini, puis son visage devenait tragique, ses yeux clairs étaient envahis par la nuit, il piquait son cheval avec rage et fonçait droit devant lui dans un galop forcené. Dans un de ces accès de désespoir il se trouva face à un chevalier qui prétendit lui interdire de traverser le gué d'une rivière. Sans écouter plus d'un mot, il tira son épée, le tua, et poursuivit son chemin. A la nuit tombée il continuait de galoper, droit devant, et ses deux écuyers le perdirent. Mais Galehaut, peut-être parce qu'il était du dessous de la terre, savait se conduire dans la nuit, et put continuer de le suivre. Il aimait tendrement Lancelot, dans les bras de qui il avait franchi la frontière des deux mondes, et s'inquiétait de le voir dans un tel état.

Il le rejoignit devant une rivière profonde qui grondait. Le cheval blanc, tache pâle dans l'obscurité, s'était arrêté de lui-même, et Lancelot restait droit en selle, immobile, pareil à son propre fantôme. Son corps était présent, mais son esprit était resté à Camaalot, revivant sans cesse la scène où celle qu'il aimait avait fait de lui l'homme le plus heureux et le plus déchiré. C'était un court moment du temps, et c'était une éternité dont il n'avait ni le pouvoir ni l'envie de s'échapper.

Galehaut lui adressa doucement la parole. Il ne lui répondit pas. Alors le fils de la reine des Iles Lointaines prit le cheval blanc par la bride et les deux cavaliers s'en retournèrent côte à côte dans la direction de Camaalot. Galehaut avait décidé de conduire Lancelot au Château de l'Eau Sans Bruit où il pourrait, dans la paix et l'amitié, retrouver ses esprits.

C'est ainsi que sans que quiconque ni eux-mêmes l'eussent voulu, Guenièvre et Lancelot se trouvèrent réunis dans le même lieu. Le Diable lui-même n'y était pour rien mais il s'en réjouit. Viviane s'en alarma, mais n'intervint pas. C'était à Lancelot tout seul de conjurer ce péril, comme les autres.

Galehaut et Malehaut, si proches par leurs noms et par leur ressemblance, ne faisaient peut-être qu'un dans les mains de la fatalité. Et comme ils avaient eu tant de bonheur à se trouver et à s'unir, ils voulurent que ces deux-là qu'ils aimaient connussent le même bonheur. Sans rien leur dire, ils préparèrent leur rencontre.

Malehaut baigna Lancelot et frémit de voir son jeune corps marqué de fraîches cicatrices. Pour le tirer de sa stupeur elle lui parla de la reine, dont elle était la fidèle compagne. Un peu apaisé, il mangea et s'endormit.

Malehaut s'en fut alors rejoindre la reine et lui conta l'errance de

Lancelot, qui semblait avoir perdu la raison, de la douleur d'avoir dû la quitter. Devant le bouleversement de Guenièvre, elle se hâta d'ajouter qu'il allait mieux, qu'il était en train de se reposer, non loin, tout près...

A la nuit à peine tombée, Lancelot s'éveilla, trouva à son chevet une robe de soie dorée, la glissa sur lui, vint à la fenêtre par où entraient les chants des rossignols et des grives du soir, regarda le ciel comblé d'étoiles, sortit pour mieux les voir. Il se sentait soulagé il ne savait de quoi. L'herbe était fraîche et la terre tiède sous ses pieds nus. Quelques flambeaux de cire piqués parmi des fleurs éclairaient de loin en loin un sentier, l'invitant à s'y engager. Marchant de lumière en lumière, il arriva devant une porte ouverte sur une lueur douce, dans un mur de vigne folle. Encore à demi dans le sommeil, ses fins cheveux ébouriffés, ses yeux clairs emplis de rêve, il entra... Ici nous ne pouvons que nous taire. Pour décrire l'amour qui s'accomplit, tant de joie éperdue, la timidité d'abord, peut-être l'effroi, le cœur qui veut sauter hors de la poitrine, les mains qui veulent connaître, qui se tendent, qui se posent, qui se brûlent, la découverte, l'émerveillement, les corps qui se joignent peau à peau et s'unissent, la stupeur, l'envol, le bonheur de l'autre, la douce lassitude, la tendresse, la gratitude infinie, et la redécouverte et le nouvel élan, et les frontières de la joie sans cesse reculées, et celles du monde volant en éclats, pour dire la délivrance du cœur que plus rien ne gêne, l'épanouissement de l'esprit qui comprend tout, pour donner même une faible idée de ces moments hors du temps et de toutes contraintes, il faudrait employer d'autres mots que ceux dont dispose le langage ordinaire. Pour parler des joies de l'amour et des lieux du corps qui leur donnent naissance, il n'existe que des mots orduriers ou anatomiques. Ou d'une pauvreté si misérable, qu'ils sont comme une peinture grise sur le soleil. Le plus affreux d'entre eux est le mot « plaisir ».

Les amants inventent leur propre vocabulaire, mais il n'a de signification que pour eux. Alors laissons Guenièvre et Lancelot murmurer, balbutier, chanter leur amour, leur folie, leur éblouissement. La porte s'est refermée. Eloignons-nous, en silence...

A L'INTÉRIEUR DE CETTE PAGE BLANCHE
GUENIÈVRE ET LANCELOT S'AIMENT.

Le sixième matin, Malehaut vint prévenir la reine que le roi revenait. Un courrier était arrivé à Camaalot, précédant Arthur et ses compagnons.

Lancelot ni Guenièvre ne savaient exactement depuis combien de temps ils étaient ensemble. Les nuits et les jours s'étaient confondus plus que succédé, en un temps nouveau qui ignorait ce qu'était la durée. Parfois, elle ou lui tirait un des rideaux qui occultaient les fenêtres, trouvait les étoiles ou le soleil, refermait en clignant des yeux, et retournait à l'amour, dans la lueur discrète et chaleureuse des lampes d'huile et des chandelles à l'odeur d'abeilles. Dans la pièce voisine, une table était approvisionnée par Malehaut elle-même. Ils avaient mangé et bu en riant, heureux de partager aussi cet appétit et cette joie de plus. Lancelot avait trouvé parmi les coussins une harpe des îles. Se rappelant les leçons reçues au Pays du Lac, regardant Guenièvre nue dormir dans l'abandon bienheureux qui succédait à l'extase, il avait chanté à voix très basse, en effleurant les cordes, la beauté de son corps, teint de rose et d'or par les courtes flammes. Et dans son sommeil sans poids Guenièvre entendait ses paroles comme de nouvelles caresses, et souriait.

Se quitter ! Il fallait se quitter ! Se séparer ! Se déchirer !... Et rejoindre le monde des autres, ce monde devenu totalement étranger, avec ses bruits, ses gestes, tout ce qu'il faudrait dire et faire sans en avoir envie, parmi ces fantoches qui croyaient vivre et ne faisaient que s'agiter...

Ce n'était pas possible !

Lancelot proposa une folie, qui rendit brusquement à Guenièvre le sens de la réalité :

— Nous partons !... Ensemble !... Tu ne retournes pas à Camaalot !... Je t'emporte !

— Pour aller où ?

— N'importe où ! Loin !...

— Où dormirons-nous ce soir ? Où vivrons-nous demain ?

— Nous trouverons des amis !...

— Nous n'aurons plus d'amis ! Je ne serai plus la reine, mais la prostituée !... Tu ne seras plus le héros mais le traître qui a honni son roi !... Tous les chevaliers nous chercheront pour nous tuer...

Il ne trouva plus rien à dire. Elle avait raison, mais c'était atroce. Il ne se sentait coupable de rien. Elle n'était pas coupable non plus. Ils n'étaient pas dans le mal, ils étaient dans l'amour, ils étaient blancs d'amour, innocents, lumineux d'amour...

Elle serrait doucement contre sa poitrine la chère tête aux cheveux pâles, elle lui disait : « Je vais rentrer... Toi tu viendras dans quelques jours... Bientôt !... Nous nous verrons de loin... J'aurai le bonheur de pouvoir te regarder, t'entendre... Et puis nous nous retrouverons ici... Ou ailleurs... Bientôt !... »

Il dit avec violence :

— Je ne peux pas... Je ne pourrai pas te parler avec indifférence !... Je ne pourrai pas résister à l'envie de te prendre dans mes bras !... Je ne pourrai pas « faire semblant » !... Et je ne pourrai pas me présenter au roi !... JE NE PEUX PAS !

Elle comprit que c'était vrai. Il ne pourrait pas dissimuler. Il n'avait jamais menti. Il ne savait pas.

Il voulut partir le premier. Si elle était partie avant lui il n'aurait pu s'empêcher de la suivre.

Anxieuse, elle lui demanda :

— Où iras-tu ?

— Je ne sais...

— Quand reviendras-tu ?

— Je ne sais...

Il ne dit rien de plus, baisa les chères mains posées sur lui, les écarta de lui, sortit à reculons, sans cesser de la regarder, et quand il fut dehors se détourna brusquement et s'éloigna en courant de la maison tapissée de vigne.

Galehaut l'aida à se mettre sous les armes. Quand il fut à cheval, sous le heaume et le haubert, son épée à son côté, il retrouva, dans l'équilibre vertical du guerrier, une sorte de sérénité. Il avait à faire. Beaucoup à faire. Pour mériter son nom. Pour mériter celle qui l'aimait.

Arrivé à quelque distance du Château de l'Eau Sans Bruit, il fit s'arrêter et se retourner sa monture, pour regarder ces lieux où il avait trouvé le bonheur inimaginable. Le château était une demeure récente, faite pour le séjour et non pour la bataille. Une allée plantée d'arbres courts taillés en forme de coupes conduisait à son enceinte basse qui n'aurait pas résisté au moindre assaut. Derrière l'enceinte s'étendaient les parcs et les vergers et se dressait la façade du château, de pierre ocre, percée de nombreuses fenêtres. Sur la droite, quelque part au milieu des arbres, se cachait la maison tapissée de vigne. Un peu plus loin, au-dessus des verdures, émergeait le rocher couvert de sa robe d'eau mouvante.

De chaque côté de l'allée luisaient des étangs plantés de lotus parmi lesquels nageaient des canards bleus et des poules d'eau au long col fin et au bec en aiguille.

Lancelot regarda tout, s'emplit le cœur de ces images, tira son épée, en salua ce qu'il quittait, puis la tendit vers le ciel et remercia Dieu pour ce qu'il venait de lui accorder.

Il rengaina et s'en fut. « Où iras-tu ?... Je ne sais... » Maintenant il savait : que ce fût au nord, au sud, à l'est, à l'ouest, c'est vers le Graal, uniquement, qu'il irait. Il le trouverait et il l'apporterait à la reine.

Dans la maison courte, étendue à plat ventre sur les fourrures, le visage enfoui dans ses cheveux dorés, la reine pleurait.

— Pauvre femme !... dit Merlin.

— Heureuse, bienheureuse femme ! dit Viviane. Elle peut souffrir, mourir, peu importe, après les nuits et les jours qu'elle vient de connaître !... Pourquoi, mon aimé, me refuses-tu, pourquoi Dieu nous refuse-t-il cela ?

— Nous aurons mieux, Viviane, nous devons avoir mieux que cela...

Merlin était arrivé au Pays du Lac, aussitôt après avoir franchi le Canal avec Arthur. Viviane, qui promenait sa mélancolie au lent balancement de l'oliphant, avait vu tout à coup celui-ci poser devant elle, avec sa queue du devant, l'arbre bleu planté dans un pot... Et Merlin était là, au tournant, dans sa robe du premier jour, avec sa couronne d'or, debout devant un buisson de genêt en fleur, celui-là même qui poussait au carrefour des mules. Il la regardait avec un sourire d'une tendresse infinie et elle avait senti son cœur fondre dans sa poitrine. L'oliphant l'avait saisie avec précaution et déposée à terre. Elle avait franchi sans se presser les quelques pas qui la séparaient de l'Enchanteur, et quand elle s'était trouvée contre lui elle aurait voulu continuer de marcher pour entrer dans lui, dans l'immense pays qui était en lui, et y vivre à jamais.

Il avait fermé ses bras autour d'elle et s'était transporté avec elle sur la terrasse ronde autour du tronc du grand Arbre. Il lui désigna les merveilles du Pays du Lac et lui demanda :

— Voudrais-tu perdre tout cela ?

Elle répondit :

— Oui, si je te gagne.

Il dit :

— Voudrais-tu être obligée de monter à pied les six mille marches qui conduisent au sommet de l'Arbre ?

Elle répondit :

— Oui, si c'est avec toi.

Il dit :

— Avec moi, mais autrement ! Viens !...

Il lui prit la main et ils furent à la cime.

L'Arbre était plus haut que toutes choses dans le monde.

Il se terminait à la façon d'une pyramide, sa pointe tronquée formant une plate-forme, d'un feuillage aussi dense et résistant que la pierre. Dans l'épaisseur du feuillage étaient gravées les empreintes de deux pieds côte à côte et tête-bêche, chacun assez grand pour accueillir un homme couché. L'un avait son talon à l'est, l'autre à l'ouest.

— Les pieds qui ont laissé ces traces sont ceux du premier vivant, dit Merlin. Celui que nous nommons Adam. Adam seul, avant Eve. Seul n'est pas le mot qui convient, car c'est un mot masculin. Adam n'était pas masculin. Ni féminin. Il était le Vivant, avant le partage du monde en deux.

— Il avait une curieuse façon de marcher ! dit Viviane.

— Il ne marchait pas ; il dansait ! Et maintenant il court, il court après son sexe et son sexe est comme une plume dans la tempête :

c'est le vent qui décide, et le vent ne sait rien... Et tout le vivant du monde s'agite, ou plutôt est agité, de la même façon... Regarde !

Le monde se montrait en rond, à plat, autour de l'Arbre, dans son entier, avec ses terres et ses mers et ses quatre saisons. Et Viviane le voyait dans sa totalité et dans chacun de ses détails. Elle vit des animaux familiers et d'autres qui lui parurent fantastiques. Elle vit dix millions de formes différentes d'insectes. Elle vit des fleurs grandes comme des tables et d'autres comme un grain de sel. Elle vit dans les eaux des océans des milliards d'espèces si petites que l'œil humain ne pouvait les voir et qui n'étaient ni plantes ni bêtes et les deux à la fois. Elle vit des êtres humains noirs, jaunes, rouges, bruns, blonds, roux, grands, petits, en foules, en couples, en armées, en familles. Et plantes, bêtes, humains, géants, invisibles, volant, nageant, rampant, gluants, courant, sautant, grouillaient du même mouvement incessant, désordonné, chaque être n'étant qu'une moitié qui cherchait sa moitié, trouvait une autre moitié qui n'était pas la sienne, essayait de s'unir, ne faisait que s'accoupler, se séparait, recommençait, tandis que naissaient partout, sans arrêt, d'autres moitiés qui, dès qu'elles pouvaient bouger, commençaient à chercher leur moitié...

— Mais pourquoi ? demanda Viviane. Pourquoi Dieu a-t-il séparé les moitiés du monde ?

— Lui seul le sait ! dit Merlin. Adam Premier était au commencement, mais il était aussi une fin, puisqu'il était complet... Peut-être cela n'était-il pas bon. Il contenait toute la vie, mais la vie en lui ne bougeait pas. Il était pour elle une prison. Dieu l'a coupé en deux pour que la vie s'évade et se mette à couler. Adam plus Eve sont devenus source. Tu as vu grouiller la vie dans le monde présent, regarde-la couler à travers le temps...

Et Viviane vit Adam homme et Eve femme couchés côte à côte sur la terre nue. Ils se tenaient par la main, et de la poitrine ouverte d'Adam et du sexe ouvert d'Eve coulait une source qui devenait ruisseau puis fleuve. A mesure que passaient les milliers et les millions d'années, le fleuve s'élargissait, devenait plus profond, plus puissant, emplissait les océans, submergeait les continents, et continuait de couler, lent, puissant, inexorable, formidable. Chacune de ses gouttes était un être vivant qui, homme ou insecte, s'accouplait et engendrait d'autres êtres vivants qui n'avaient d'autre mission, d'autre devoir, d'autre raison d'être, que d'engendrer d'autres vivants chargés de la même mission.

— Où va ce fleuve ? murmura Viviane. Va-t-il quelque part ?

— Regarde-le bien : au contraire des fleuves non vivants il ne coule pas vers le bas : il monte...

Et Viviane vit que le fleuve était déjà plus haut que les terres et les océans, plus haut que les montagnes. Elle regarda le ciel, demanda :

— Là-haut ?...

— Là-haut il y a d'autres mondes, aussi nombreux que les gouttes du fleuve...

— Et Dieu ?
— Dieu ?... La vie mettra peut-être l'éternité pour le rejoindre...
« Voilà sans doute pourquoi celui qui est appelé à découvrir le Graal doit être vierge. Il faut qu'il soit arraché au fleuve, libéré du désir qui l'entraîne dans le courant et fait de lui un esclave indiscernable parmi les milliards de milliards d'esclaves, hommes ou bêtes, accomplissant la même tâche : assurer la continuité de la vie.
— Alors l'amour est une supercherie ?
— Qu'en penses-tu ?
— Je pense que rien de ce que tu m'as montré ne tient contre ce que j'ai à te dire.
— Qu'as-tu à me dire ?
— Je t'aime, dit Viviane.

La reine veuve du roi Ban, mère de Galaad dit Lancelot du Lac, et la reine veuve du roi Bohor, mère de Lionel et Bohor, plongées presque en même temps dans l'excès du malheur, ayant perdu époux, enfants et tous biens de la terre, s'étaient réfugiées dans le même couvent et avaient passé ensemble de longues années en prières, sans parvenir à guérir leur douleur. Un matin, la reine veuve du roi Bohor, dont nous ne connaissons pas le nom, s'approcha de la reine veuve du roi Ban, dont le nom était Hélène, et lui dit avec un visage rayonnant :
— J'ai vu mes fils !... Cette nuit !... Ils sont venus me visiter dans mon rêve ! Maintenant je peux mourir !...
Et elle se coucha, sur son dur lit de nonne, pour se laisser aller à rendre l'âme. Mais ce rêve n'était qu'une avant-garde du réel. Dans la journée même, ses deux fils, qui arrivaient en Petite Bretagne pour se réinstaller au royaume de leur père, furent conduits au couvent par le roi Arthur, qui n'ignorait pas où se trouvaient les deux reines.
Les jeunes chevaliers s'agenouillèrent auprès de leur mère étendue sur sa couche, et versèrent des larmes d'amour et de douleur sur celle qu'ils ne retrouvaient que pour la perdre. Elle, illuminée d'un immense bonheur, s'émerveillait de les voir tellement grandis, et devenus si beaux. Elle mourut ainsi, dans le ravissement.
La reine Hélène resta seule avec ses souvenirs. Elle souhaita de mourir vite. Elle ne pouvait espérer recevoir avant son trépas une joie pareille à celle qui avait été accordée à l'autre reine, car, son mari mort à ses pieds, elle avait vu de ses yeux une inconnue, à la raison égarée, s'enfoncer en riant dans les eaux d'un lac, en emportant son enfant tout neuf. Elle avait alors seize ans. Il lui semblait maintenant en avoir mille, bien qu'elle n'en eût pas trente-cinq. Elle avait tant pleuré, tant prié, n'ayant rien d'autre à attendre que la mort, qu'elle avait perdu presque toute chair. Ses cheveux étaient blancs comme neige, et son visage presque aussi clair. Elle ne pesait que le poids de ses vêtements et de sa peine.

Un jour, après la prière de midi, elle sentit que sa fin approchait et devint plus légère encore, soulagée d'avance du poids de la détresse qui ne pourrait plus s'accrocher à elle.

Elle s'en fut à pas menus s'asseoir au jardin du couvent, pour dire un dernier adieu aux oiseaux et aux fleurs. Le banc qui la reçut la sentit à peine plus qu'une feuille de l'automne.

Lancelot avait appris par Guenièvre, pendant son séjour à l'Eau Sans Bruit, le nom et l'emplacement du couvent qui abritait sa mère. Et le désir de la voir lui fut d'un grand secours dans sa séparation d'avec la reine. Il s'attacha à la pensée de sa mère et se laissa tirer par elle vers le rivage du Canal. Mais, sur le vaisseau qui le traversa, il se tenait tantôt à la poupe, tourné vers la reine, et tantôt à la proue, regardant vers sa mère.

Quand il eut débarqué, la pensée de cette dernière devint la plus forte, et il galopa vers le couvent sans se retourner une seule fois.

A son approche, une partie du mur disparut pour le laisser entrer à cheval dans le jardin : Viviane voulait que la reine des grandes douleurs découvrît dans toute sa gloire le beau chevalier que son fils était devenu. Le soleil l'illuminait, il avançait entre deux haies de hautes roses au pas tranquille de sa monture. Après l'avoir pris pour une apparition céleste, sa mère sut d'un seul coup qui il était. Elle se leva de son banc, toutes peine et faiblesse envolées, et tendit les mains vers celui qui arrivait. Elle était blanche comme lui. Le soleil l'éclairait doucement. Et Lancelot sut qui elle était.

Il s'arrêta, mit pied à terre, s'agenouilla, joignit les mains et pria :

— Mère accueillez-moi, me voici, je suis votre fils Galaad, si longtemps perdu...

Elle disait à voix basse :

— Mon petit..., mon petit..., mon petit...

Elle lui donna ses mains. Il les prit avec mille précautions tant elles lui paraissaient fragiles, les baisa, et les mouilla de ses larmes...

Il resta trois jours auprès d'elle. Il lui raconta comment la Dame du Lac l'avait emporté pour le sauver du roi Claudas qui voulait le faire périr, comment elle l'avait élevé dans le merveilleux Pays du Lac, comment il avait appris, il y avait si peu de temps, qui il était. Mais il ne lui dit pas un mot de son amour pour Guenièvre et ne prononça même pas son nom sans quoi il eût tout dit...

Elle ne cessait de le regarder, de caresser ses cheveux de soie, de lui faire répéter ce qu'il avait déjà conté, pour le bonheur d'entendre de nouveau sa voix. Elle reprenait vie, elle n'avait plus du tout désir de mourir. Elle mangeait comme quatre, elle voulait vivre encore et reprendre toutes ses forces, car elle savait que son fils revenu allait avoir besoin d'elle, mortellement besoin. Quand il la quitta pour poursuivre la Quête, elle retourna au réfectoire réclamer un petit supplément.

Lancelot s'éloigna du couvent en droite ligne vers le sud. Peu à peu, le visage de Guenièvre l'emplit de nouveau tout entier. Il chevaucha pendant des heures sans rien voir des forêts et des landes de Petite Bretagne qu'il traversait, ni des villages dont les habitants s'immobilisaient et faisaient silence pour le regarder passer.

A la fin du jour, le soleil, au lieu de se coucher, se trouva dans le ciel à la place qu'il occupait au commencement de la matinée, et Lancelot, regardant enfin ce qui s'offrait à ses yeux, reconnut devant lui le Château de l'Eau Sans bruit.

Ce n'était pas possible ! Il en était séparé par la largeur du Canal et des journées de terre... Et pourtant il voyait le rocher avec sa robe d'eau, l'allée des arbres taillés en coupes, la façade de pierre ocre...

Un homme coiffé d'un chapeau de joncs tressés, assis sur un tabouret au bord de l'allée, pêchait à la ligne dans l'étang de droite.

— Beau pêcheur, lui demanda Lancelot, pouvez-vous me dire quel est le nom de ce château qui ressemble si fort à un autre château que je connais ?

Mais le pêcheur, mettant un doigt sur ses lèvres, lui fit signe de se taire, et après quelques secondes tira sur sa ligne et sortit de l'eau un poisson long comme le doigt, tout frétillant et vivant, mais fait d'argent pur et bien luisant. L'homme soupira, décrocha le poisson et le rejeta dans l'étang.

— C'est un poisson d'or que j'espérais..., dit-il.

Puis répondant à la question :

— Beau chevalier, quel que soit le nom de ce château, tu y es attendu...

Et Lancelot se trouva subitement assis à une table ronde, avec sept chevaliers richement vêtus, en face d'un roi couronné en qui il reconnut l'homme au chapeau de jonc, qui lui dit :

— Beau fils de roi, dont je ne prononcerai pas le nom, car de tes deux noms l'un n'est pas le vrai et l'autre n'est pas entièrement mérité, je suis le roi Pellès le Riche Pêcheur, et le château qui t'accueille est le Château Aventureux. Tu y es attendu depuis longtemps, mais tu t'es attardé en route, deux fois pour le bien de ton âme et une fois pour son péril. Aujourd'hui nous saurons si tu as gagné ou perdu...

La porte de la salle s'ouvrit et les valets entrèrent, portant la litière sur laquelle gisait le roi mehaigné. Après l'avoir regardé avec compassion, Lancelot reconnut, posée près de lui sur sa couche, la moitié d'épée qu'il avait vue dans la nef, qu'il avait saisie, utilisée et perdue. Mais, près du roi couché, la deuxième moitié était également présente, dans le prolongement de la première.

Le vieillard geignait. Son odeur affreuse l'accompagna autour de la table. Dans sa cuisse droite, nue et à peine plus grosse que l'os, était ouverte une plaie d'où saignait un rouge sang. Arrivant près de Lancelot il lui demanda d'une voix faible :

— Blanc chevalier, est-ce enfin toi qui me guériras ?

Lancelot, se souvenant des lettres qu'il avait lues dans le pavillon de la nef, sut ce qu'il devait faire. Il se leva, saisit dans chaque main une des moitiés de l'épée, et les rapprocha par leur cassure. Elles se laissèrent joindre, mais ne restèrent pas unies. Il insista, les forçant à s'ajuster, les pressant l'une contre l'autre. Mais dès qu'il relâchait son effort, les deux moitiés de l'épée se séparaient.

Renonçant, il les reposa à côté du roi mehaigné, qui avait déjà refermé les yeux. Les mains de Lancelot étaient douloureuses. Il en regarda les paumes, pensant les trouver ouvertes par le fil de la lame. Elles étaient intactes. Mais sur la litière, l'Epée Brisée saignait par les deux plaies de sa fracture, mêlant son sang à celui du roi...

Les valets emportaient le vieillard. Le pigeon blanc entra avec sa cassolette suspendue et vint faire trois fois le tour de Lancelot qui était resté debout.

— *Est-ce un bon signe ?* demanda Viviane. *A-t-il encore une chance ?*

— *Il va découvrir ce qui est le plus fort en lui*, dit Merlin. *Et ce faisant, il va perdre ou gagner.*

— *Qui est ce roi mehaigné dont j'ai grand pitié ? Et que signifie son nom ?*

— *Mehaigné est un mot de l'ancienne langue qui signifie à la fois châtié et blessé. Il était un des rois gardiens du Graal, le premier à avoir complètement oublié quel est son contenu. Ne connaissant rien, il voulut tout connaître, par curiosité et non par impérieux besoin, et il souleva le voile. Il ne vit rien, mais une épée jaillit du vase et le frappa à la cuisse avec tant de violence qu'elle se brisa... Son fils déjà né lui succéda. Le roi Pellès est son descendant...*

Le pigeon blanc sortit et le deuxième cortège entra. Onze jeunes filles vêtues de robes de neige s'avançaient, portant des cierges, les dix premières deux par deux et derrière elles la onzième, seule. Les cierges répandaient un parfum de lys. De leurs flammes naissaient de légers pétales de fleurs qui volaient doucement, lumineux, se posaient et s'envolaient de nouveau. La onzième ne portait pas de cierge, mais, dans ses deux mains, levées devant elle à la hauteur de sa poitrine, un vase recouvert d'un voile. Elle-même était voilée d'une semblable étoffe, légère comme l'air, qui lui cachait le visage et les cheveux.

Lancelot demanda d'une voix étranglée :

— Sire, est-ce là le Graal ?...

— C'est le Graal.

— A qui et à quoi doit-il servir ?

— *C'est la bonne question*, dit Merlin, satisfait.

— Celui qui lèvera le voile le saura, dit le roi.

— Sera-ce moi ?

— Essaye, si tu t'en crois digne.

La onzième s'arrêta devant Lancelot et se tourna vers lui, offrant le vase à son geste possible. Les pétales de lumière voletaient dans la pièce, se posaient sur les mains et les visages, neige tiède qui s'envolait de nouveau avec un élan minuscule. Des chants venus de très loin traversaient les murs. Des voix exquises d'enfants, peut-être d'anges.

Lancelot tremblait, hésitait, partagé entre le fantastique désir d'achever la Quête, et la terrible crainte d'échouer.

— *Il doute !* dit Merlin. *Il a perdu toute hardiesse...*
— *Serais-tu hardi, à sa place ?*
— *Je n'oserais bouger un doigt...*

Brusquement, retrouvant son habituel courage, Lancelot leva les mains et saisit les deux coins du voile. Dans ce mouvement, son regard se porta jusqu'à celle qui tenait le vase. Comme de la fumée sous un coup de vent, la fine étoffe qui la dissimulait disparut.

Lancelot poussa un cri rauque, lâcha les coins du voile du Graal, resta un instant pétrifié, son regard halluciné fixé sur le visage qui venait d'être révélé, puis s'écroula évanoui.

— *C'est perdu !...* dit Merlin.
— *Mais que lui est-il arrivé ?* dit Viviane stupéfaite. *Celle qui tient le vase, c'est Elwenn, la fille du roi Pellès. Pourquoi lui a-t-elle produit un tel effet ?*
— *Ce n'est pas Elwenn qu'il a vue*, dit Merlin.

Il avait vu Guenièvre...

Quand l'étoffe légère s'était dissipée, c'était le visage de Guenièvre qui lui était apparu, les yeux de Guenièvre qui le regardaient.

C'était Guenièvre qui lui tendait le Graal. Et le Graal avait cessé d'exister pour lui. Il n'y avait plus au monde que Guenièvre.

Quand il reprit ses sens, il était avec elle dans un lit tiède, il la tenait dans ses bras, sa peau contre sa douce peau, ses mains déjà se promenant sur elle. Il ne chercha pas à comprendre, il refusa de supposer ceci ou cela, sa bien-aimée était là, dont il s'était arraché vif, et de nouveau arraché à chaque pas de son cheval l'éloignant d'elle. Tellement regrettée, voulue, désirée, appelée, elle était là !...

Si sortilège il y a, que le sortilège soit béni ! Et si c'est l'œuvre du Diable, que Dieu lui pardonne tout le mal qu'il a fait depuis le commencement des siècles...

Ce n'était pas le Diable, c'était le Riche Pêcheur qui avait tout élaboré. Sa fille Elwenn était jeune, belle, et vierge. Elle avait accepté que son père lui donnât l'apparence de Guenièvre, afin que fût révélé à Lancelot, au moment suprême, quel désir était le plus fort en lui. Et si ce n'était celui du Graal, qu'il renonçât à lever le voile.

Dans ce cas, le stratagème appelait obligatoirement une suite, afin que soit conçu celui qui, peut-être, achèverait le geste interrompu de Lancelot. Elwenn savait que ce commencement de sa vie de femme en serait également la fin. Elle accepta.

Elle devint amoureuse de Lancelot avant de l'avoir vu. Quand il arriva à proximité du Château Aventureux, et qu'elle le découvrit, elle sut que l'amour qu'elle lui portait était juste et mérité, et cet amour en fut multiplié. Lancelot, croyant voir au-dessus du Graal les yeux de Guenièvre, trouva dans les yeux d'Elwenn la même passion.

La nuit fut pour Elwenn paradis et enfer. Jamais femme, en si peu de temps, ne fut autant aimée. Mais cet amour ne lui était pas destiné. Et celui qu'elle donnait était reçu comme venant d'une autre.

Le sortilège prit fin au soleil levant. Lancelot, retrouvant brutalement le réel, se découvrit en train de caresser une inconnue, et sut ce qu'il avait fait durant la nuit.

Eperdu d'horreur et de honte, il s'arracha à la couche, empoigna son épée, pour frapper celle qui l'avait trompé et avec qui il avait trompé Guenièvre. Mais en levant sa lame il déchira les apparences, le château disparut avec tout ce qu'il contenait et Lancelot se retrouva, tout armé, étendu sur le sol brûlant d'une lande d'où s'élevaient des fumerolles. Près de lui, son cheval goûtait de ses longues dents un chardon.

Dans le même instant, si loin, dans l'autre Bretagne, Guenièvre sentit son cœur serré dans une main de braise, et souhaita mourir.

Elle crut que Lancelot était mort et qu'elle venait d'en recevoir le message. Elle dut cacher sa détresse car elle était auprès du roi tenant audience. Elle ne pouvait pas se permettre de pleurer, ce serait un scandale, mais si elle mourait ce serait seulement un triste événement. Dieu lui accorderait-il cette grâce ?

Merlin, sur sa mule avec son fagot, traversa le mur de la salle et la tapisserie qui le recouvrait, toute rouge et bleue, qui représentait en cet endroit une reine chevauchant un lion à sept têtes. Hommes et femmes qui attendaient leur tour de parler au roi lui firent place et prêtèrent l'oreille car les interventions de l'Enchanteur étaient toujours intéressantes. Il ne parlait pas pour ne rien dire.

— Sire, dit Merlin, je viens vous donner des nouvelles de Lancelot...

— Comment va-t-il ? s'écria Arthur.

— Il est bien vif, dit Merlin, avec un coup d'œil vers Guenièvre dont les joues rougirent de joie. Son corps est en très bonne santé, mais son esprit est souffrant car il a échoué dans son approche du Graal. Il tenait les coins du voile, et il les a laissés retomber...

— Oh !... fit la foule désolée.

— Pourquoi ? demanda Arthur.

— Dieu le sait, dit Merlin. Lancelot aussi. Et sans doute quelque autre personne...

— Je me doutais, reprit Arthur, qu'il ne réussirait pas la Quête, puisqu'il avait refusé de s'asseoir au Siège Périlleux...

— Je le craignais aussi, dit Merlin, mais il fallait lui laisser faire sa course...

— Revient-il ? demanda Guenièvre. Le reverra-t-on bientôt à Camaalot ?

Elle avait réussi à ne mettre dans ces questions qu'un intérêt de reine débonnaire, alors que son cœur s'ouvrait en deux en attendant la réponse. L'Enchanteur, qui était venu exprès pour la rassurer, jugea qu'il en avait assez fait, et, au lieu de répondre, disparut. Il n'aurait su, d'ailleurs, que lui dire de réconfortant, car Lancelot avait décidé de ne plus jamais se montrer à celle qu'il avait trompée.

Et Lancelot allait sans savoir où, déchiré par l'absence, écrasé par le remords, n'ayant d'autre désir que de rencontrer une aventure qui lui apporterait la délivrance. Ne pouvant — c'était le plus grave des péchés — mettre lui-même fin à ses jours, il espérait qu'un adversaire s'en chargerait. Il lui aurait suffi de montrer moins d'adresse et de vaillance, mais cela lui était impossible. Dès qu'il commençait à combattre, ses qualités se montraient plus fortes que lui et il n'obtenait que des victoires, même s'il recevait de graves blessures.

Un jour, il entendit les appels d'une demoiselle que quatre chevaliers emmenaient pour la livrer au dragon Gallemahout. C'était un malheur commun en ce temps-là : un dragon s'installait quelque part, près d'un village, de préférence dans une profonde caverne, et exigeait qu'on lui livrât à date fixe une fille vierge sans quoi il détruirait le village, incendierait les récoltes et réduirait les paysans en bouillie.

On n'a jamais su pourquoi les dragons exigeaient des filles vierges. Car ils ne les demandaient pas pour en user charnellement, mais seulement pour les manger. On aurait pu penser qu'une dame un peu grassette, ou même un bœuf, auraient mieux fait l'affaire. Mais non : les dragons, tous les dragons, ont toujours voulu des filles vierges. C'est un mystère.

Lancelot tua les quatre cavaliers et décida d'aller tuer aussi le dragon Gallemahout. Il entra jusqu'au fond de la noire caverne qu'éclairaient seulement les flammes que l'horrible bête crachait par la gueule et par les yeux. Il avait dû laisser dehors son cheval épouvanté mais avait gardé sa lance, qu'il enfonça dans la gueule flamboyante jusqu'à ce qu'elle sortît derrière la tête. Mais la cervelle des dragons n'est jamais dans leur tête, toujours dans des endroits imprévus. Gallemahout gardait la sienne dans son troisième estomac, prenant bien soin de ne pas la digérer. Si bien que la lance qui lui traversait le crâne ne faisait que le gêner. Le temps qu'il s'en débarrasse en la secouant, la broyant, la brûlant et l'avalant, Lancelot lui avait déjà tranché cinq pattes, trois ailes et le cou, et commençait à lui tailler le ventre.

Mais chaque morceau détaché du monstre devenait aussitôt un dragon d'un volume correspondant. Et ce qui restait de son corps se divisa en d'autres dragons de dimensions diverses. Et plus ils étaient petits, plus leur agressivité était grande. Si l'épée en coupait un en deux, cela faisait deux dragons.

Lancelot fut bientôt entouré d'une masse grouillante, mordante et brûlante qui l'attaquait de tous côtés. Chaque coup d'épée ne faisait que la multiplier. Il eut la tentation de se laisser submerger. Mais s'il succombait, la horde allait se répandre sur tous les villages d'alentour.

Il continua donc la lutte, taillant, coupant, pointant, embrochant, moulinant, et augmentant à chaque coup le nombre des crocs et des griffes. Il s'aperçut qu'il pouvait venir à bout des plus petits en les écrasant sous ses pieds chaussés de fer : les dragons écrasés ne donnaient pas naissance à d'autres. Mais ceux qui dépassaient la taille d'une pomme étaient trop coriaces pour céder à la pression. Sous le soulier de mailles ils résistaient, glissaient, giclaient sur le côté, laissant le fer brûlant. S'il voulait exterminer ses adversaires de cette façon, qui semblait la seule possible, Lancelot devrait d'abord les réduire tous en menus morceaux...

Ce fut la voix de Viviane qui lui indiqua comment en finir plus vite :

— Frappe le rocher, devant toi !

Il frappa.

L'épée ouvrit dans la paroi de la caverne une brèche d'où une source jaillit sur les dragons. Au contact de leurs flammes, l'eau devint bouillante, et ils furent cuits...

Tout le village était rassemblé devant la caverne, écoutant avec terreur le tumulte de la bataille. Quand vint le silence, la fille délivrée, surmontant sa peur, entra dans les ténèbres et en ressortit soutenant Lancelot couvert de plaies et de brûlures.

La demoiselle sauvée le soigna nuit et jour, retira de ses propres mains une griffe de Gallemahout qui avait traversé son haubert et le bas de sa poitrine jusque dans le dos, et y était restée fichée. Elle fut lancée dans la caverne que les villageois comblèrent avec de la terre et de la chaux arrosées d'eau bénite.

Les blessures de Lancelot guérissaient lentement, ses brûlures étaient profondes. Tous ses cheveux avaient flambé, et son visage et ses mains n'étaient que cloques suppurantes. Viviane décida d'intervenir.

Elle était désireuse qu'il demeurât le plus longtemps possible en convalescence, c'était pour lui un repos du corps et peut-être de l'esprit, mais les brûlures risquaient de le défigurer, ce à quoi elle ne pouvait se résigner. Son beau fils de roi devait rester le plus beau chevalier du monde, si, par grand élan de son cœur il avait failli à devenir le meilleur. Et quand il serait redevenu ce qu'il était, la fille sauvée, qui se nommait Passefleur, deviendrait sûrement amoureuse de lui et peut-être réussirait-elle à lui faire oublier sa reine perdue. Viviane n'y croyait guère, mais elle se forçait à l'espérer.

Elle vint dans la deuxième moitié d'une nuit, alors que tout le monde dormait dans la chaumière de Passefleur, sauf Lancelot que les douleurs tenaient éveillé. Il était étendu sur une couche faite de paille et de peaux de chèvres. Il avait toute sa connaissance mais ne savait ce qui se passait autour de lui, car les croûtes des brûlures lui bouchaient les yeux. Il reconnut Viviane à son parfum de roses, des roses du Lac à la senteur incomparable. Bouleversé de joie, il murmura :

— Mère, est-ce vous ? Etes-vous là ?...

— Beau doux fils, dit Viviane, cœur de feu, corps brûlé, oui je suis là et j'ai mal de tes maux, et j'ai mal de ton cœur. Pour celui-ci je ne peux rien faire, mais pour celui-là je peux. Ne bouge plus...

Les mains blanches de Viviane se promenèrent au-dessus du corps de Lancelot comme des oiseaux de mer qui volent au ras des eaux.

— Beau doux visage consumé, belles mains charbonnées, beau corps aimé déchiré, j'appelle sur vous la fraîcheur de l'herbe, l'élan des bourgeons neufs, la puissance nourricière des racines, la pure perfection de la rosée qui est en train de naître, et je vous les donne...

Les mains de Viviane s'unissaient en coupe et versaient l'invisible sur le corps meurtri. Et Lancelot sentait l'apaisement et la force couler dans sa chair hachée et brûlée. Un bien-être d'une merveilleuse douceur remplaçait la multiple souffrance. Il sentait chaque fragment maltraité de son être retrouver l'essor de la vie, germer, bourgeonner, se refaire, dans un fourmillement de plaisir physique. Il essaya d'ouvrir les yeux mais ne put.

— Mère, je voudrais vous voir ! dit-il.

— Tu n'as pas besoin de tes yeux pour me voir... N'as-tu pas tous nos souvenirs ?... Tes yeux s'ouvriront dans peu de jours... J'aurais pu te guérir entièrement tout de suite, mais je ne veux pas... Je désire que tu te reposes, que tu reprennes lentement de bonnes forces, avant de t'élancer de nouveau vers les dangers. Et que tu réfléchisses...

« Il faut d'abord que tu saches qu'au Château Aventureux tu n'as pas été la victime d'un sortilège maléfique. La fille qui avait pris l'apparence de celle-qui-t'est-chère n'était pas une créature du démon, mais Elwenn, la propre fille du roi Pellès, et la plus sage du royaume. En face d'elle, sous la semblance que son père lui avait donnée, tu ne pouvais résister à ton propre élan. Tu n'as donc aucune trahison à te reprocher...

— Mais pourquoi, pourquoi cela ? demanda Lancelot.

— La réponse a vu le jour hier. Elwenn a mis au monde ton fils. Elle lui a donné ton nom, Galaad. Il a des cheveux d'or, et des yeux pareils.

Passefleur s'émerveilla de voir les blessures de celui dont elle ne connaissait pas le nom se fermer complètement, et les brûlures guérir sans laisser de traces. Cloques et croûtes parties dévoilèrent un visage si beau, couronné de cheveux nouveaux en courtes boucles, que la fille sauvée en devint éperdument amoureuse, mais n'osait accepter ce sentiment, pensant que celui qui en était l'objet était peut-être un ange.

Elle avait quinze ans et tous les garçons du village la trouvaient belle. Elle le devint plus encore par l'émerveillement de l'amour. Lancelot, ses yeux clairs guéris, ne la voyait même pas, bien qu'il fût prodigue pour elle de paroles aimables et de bonnes manières. Il lui était reconnaissant de ses soins et de sa gentillesse mais ne pensait de nouveau qu'à Guenièvre, cette fois sans honte ni remords, au contraire avec un brûlant espoir. Il allait retourner à Camaalot et la revoir, quoi qu'il pût arriver. Rien ne comptait, seule leur séparation était monstrueuse. Il l'emporterait et lui offrirait son royaume, le royaume de Bénoïc, qui lui revenait de son père, le roi Ban.

Pendant que Passefleur le soignait, le forgeron du village lui avait rapetassé de son mieux son haubert, ferré à neuf son cheval et confectionné une lance au bout solide et tranchant bien qu'un peu rustique.

Dès qu'il se sentit assez de forces, Lancelot s'arma, remercia tout le monde, baisa les mains de Passefleur et s'en fut.

Passefleur alla s'étendre à sa place sur la couche de peaux de chèvres et décida de se laisser mourir puisque celui qu'elle aimait tant était parti pour toujours.

Malgré les supplications de son père et de sa mère, elle refusa de manger la moindre bouchée. Au bout d'une semaine elle commença de se sentir très agréablement faible et elle pensa qu'elle allait sans doute mourir l'après-midi, ce dont elle fut satisfaite. Mais elle se trompait, car il faut, hélas, beaucoup de temps pour mourir de faim.

Merlin vint la voir, sous l'apparence de son grand-père qu'elle avait à peine connu lorsqu'elle était toute fillette, mais dont elle se souvenait parce qu'il la faisait rire en la prenant sur ses genoux et en lui permettant de tirer les poils blancs qui sortaient de ses oreilles.

— Petite Fleur, lui dit-il, que pleures-tu ?
— Je ne pleure pas !... Mais qui je pleure, c'est mon amour qui est parti et qui ne m'aimait pas.
— S'il ne t'aimait pas, pourquoi le pleurer ?
— C'est qu'il n'a pas son pareil, et que sans lui il n'y a plus de lumière.
— Oh ! dit grand-père Merlin.

Et il lui tendit un plant de primevères tout fleuri. Il y ajouta le bruit du ruisseau dans lequel trempait le bout d'une feuille et les friselis du soleil sur l'eau légère. Et le parfum des premiers narcisses.

— Oui, dit Passefleur, c'est joli mais il est plus beau encore et je ne peux plus le voir puisqu'il n'est plus là... Mais si c'est un ange je le retrouverai peut-être au ciel !...

Elle souriait à cette pensée.

— Tu aurais d'abord au moins dix mille ans de purgatoire à traverser, pour avoir voulu mourir... Et s'il est un ange il a peut-être là-haut une angelle qui l'attend...
— Tu crois ?
— Certainement, s'il est si beau ! Tu penses bien que tu n'es pas la première à l'avoir vu !...
— C'est vrai, dit Passefleur. Mais j'ai quand même bien du chagrin...
— Pleure un peu..., dit Merlin.

Et quand elle eut pleuré il lui donna une pomme, qu'elle mangea, et elle soupira et ça allait mieux.

Elle se maria l'année suivante. Elle aimait son mari, mais elle n'oublia jamais l'ange qui l'avait sauvée du dragon.

Le jour de son mariage Merlin lui fit un cadeau : il créa pour elle une fleur qui porte depuis lors son nom. On la nomme passiflore et aussi fleur de la Passion. Au grand soleil elle grimpe le long des murailles. En infusion elle calme les chagrins, et ses fruits font une bonne confiture.

Avant de traverser le Canal, Lancelot se rendit au royaume de Bénoïc, dont il était l'héritier légitime. Il voulait y préparer son arrivée avec Guenièvre. Il lui faudrait sans doute se battre contre Arthur. Il se battrait, s'il le devait, contre toutes les armées de la terre pour conserver et défendre celle qu'il aimait !... Il ne doutait pas de gagner tous les combats. Il avait vingt ans et ne connaissait de l'amour que l'absolu, de la vie que des victoires. Son échec au Graal était finalement, aussi, une victoire, puisqu'il en avait obtenu un fils.

Guenièvre avait presque le double de son âge, bien qu'elle parût beaucoup moins. Et sa fonction de reine lui avait enseigné une grande sagesse, que sa passion pour Lancelot était venue secouer brutalement. Mais irait-elle jusqu'à accepter la folie qu'il allait lui proposer ? « Il revient vers moi ! pensait-elle ! Il revient !... » Elle en était sûre. Quand il arriverait, que se passerait-il ? On verrait bien, on s'arrangerait... Elle préparait des projets subtils avec sa fidèle Malehaut, qui avait épousé Galehaut et en était enceinte.

Sans avoir l'air d'insister, elle encourageait Arthur dans son projet d'aller combattre les Saxons installés sur la frontière nord du royaume et de les rejeter le plus loin possible. Elle espérait qu'ainsi il resterait longtemps absent. Et elle soignait son corps et son visage pour conserver sa jeunesse et essayer de devenir plus belle encore, et y réussissait.

La cité de Trèbes, que le roi Ban avait quittée pour mourir, avait été incendiée au moment où Claudas le Noir l'avait prise par traîtrise Ce fut dans une belle ville reconstruite, toute neuve, que Lancelot fut reçu par le fidèle Pharien, qui l'avait porté dans ses bras lors de l'équipée tragique de ses parents à travers le marais et était devenu ensuite le père adoptif des fils du roi Bohor, puis prisonnier avec eux de Claudas le Noir.

Arthur, qui connaissait sa loyauté, lui avait confié la régence du royaume de Bénoïc, en attendant que se manifestât, éventuellement, l'héritier du roi Ban. Lancelot arriva sans prévenir, sans bruit, sans escorte. Pharien avait presque atteint les cinquante ans. C'était un homme tranquille et fort. Il se déclara prêt à laisser le trône à Lancelot, quand celui-ci aurait rendu foi et hommage au roi Arthur et reçu de lui son royaume, tous les rois des Bretagnes, et quelques-uns d'ailleurs, étant les vassaux du roi de Logres.

— En tant que chevalier de la Table Ronde, je dois hommage au roi Arthur, dit Lancelot, mais ces terres-ci ont été conquises par mon père, et c'est de lui que je les tiens, non du roi de Logres. Je ne les inféoderai à personne !

— Sire, dit Pharien, allez en discuter avec Arthur. Je suis ici par sa volonté, et ne peux m'en aller sans son agrément. Si vous prétendez occuper le trône sans son accord je serai obligé de le défendre contre vous, ce qui me désolerait, car j'étais l'homme de votre père, et je vous ai porté dans mes bras... Et ce royaume, effectivement, est vôtre...

— Bel ami, dit Lancelot, gardez-le maintenant dans vos bonnes mains. Je vous le confie comme Arthur vous l'a confié. Je m'en vais à Camaalot. En mon absence, levez l'armée la plus forte que vous pourrez, alertez mon cousin Lionel, roi de Gannes, pour qu'il en fasse autant, et préparez-vous à faire une rude guerre...

— Contre qui ? demanda Pharien étonné.

— Vous le saurez bien quand je reviendrai...

Guenièvre attendait, et Lancelot chevauchait vers elle. Et Pharien, bien que se trompant sur sa cause éventuelle, avait bien deviné que la guerre évoquée par Lancelot l'opposerait au roi Arthur. Il lui faudrait choisir son camp. Il n'hésita pas longtemps. Il serait pour le royaume de Bénoïc, à côté de son jeune roi, car le premier à qui il eût juré sa foi était le roi Ban, père de Lancelot. Ban, Lancelot, Bénoïc, c'était la même cause, et Pharien se sentait rajeunir à la pensée de reprendre les armes pour défendre la terre dont il avait l'honneur d'être provisoirement le souverain.

Mais il n'eut même pas à lever l'armée, car le patron du vaisseau qu'il avait fait fréter pour conduire Lancelot vers la Grande Bretagne lui fit savoir que le voyageur ne s'était pas présenté. Plusieurs semaines plus tard on n'en avait toujours aucune nouvelle.

Lancelot avait disparu pendant le court trajet qui séparait la cité de Trèbes du rivage du Canal. Et ni Merlin ni Viviane affolée ne savaient ce qu'il était devenu.

Guenièvre attendait. Elle attendit longtemps.

Lancelot avait quitté Trèbes le cœur léger, joyeux, pareil à une des bulles de la fontaine de Baranton qui sortent de la terre sans lumière pour se hâter, à travers l'eau, vers l'air et le soleil. Dans quatre jours, cinq jours au plus, il arriverait à Camaalot, où brillaient son soleil, ses étoiles, son firmament, Guenièvre, sa bien-aimée.

En chevauchant il prononçait son nom et le chantait, sur tous les airs qu'il connaissait et d'autres qu'il inventait.

Au soir tombant, alors qu'il arrivait presque au rivage où il allait s'embarquer, il entendit, venant d'une courte forêt qu'il devait encore traverser, et qu'on nommait la Forêt Perdue, de la musique et des rires. Telle était son humeur du moment qu'il sourit et fit hâter son cheval pour voir qui se réjouissait. Il arriva à la lisière d'une large clairière dans laquelle un grand nombre de femmes et d'hommes étaient en train de danser au son d'un orchestre de cinq instruments juché sur une estrade. Des lanternes étaient accrochées aux branches des arbres et répandaient leur lumière à travers des verres de toutes couleurs.

Lancelot mit pied à terre et s'approcha des danseurs qui lui parurent pour la plupart très jeunes et tous très agités. Une fille tendit un bras vers lui, ne parvenant pas à l'atteindre car les figures de la danse l'éloignaient ou la ramenaient irrégulièrement. Enfin elle réussit à lui prendre la main et le tira vers elle.

Aussitôt qu'il se trouva dans le cercle des lanternes, Lancelot fut assailli par une énorme musique. Il semblait que le son des cinq instruments fût multiplié par mille. Il frappait les oreilles comme des marteaux, frappait les crânes et les ventres, les musiciens se tortillaient en hurlant des mots sans suite, et des éclairs éblouissants jaillissaient sans arrêt des lanternes.

Lancelot se mit à danser, sans pouvoir résister. Il agitait les bras et les jambes, agitait la tête et le derrière, ne pensait plus à rien, euphorique, porté par le rythme que ponctuait un des musiciens qui frappait à grands coups de maillet une peau d'âne tendue sur un baquet de cuivre. Jamais Lancelot ne s'était senti aussi détaché de tout, il n'avait plus une image dans la tête, plus une miette de sentiment ou de raisonnement, il n'était que sensation et mouvement, mis en branle par le son, qui agissait sur lui comme l'eau d'un torrent sur l'aube d'un moulin, et heureux de tourner, de cliqueter, de s'agiter, d'aller-venir, de bien faire ce que devaient faire ses muscles des jambes, des cuisses, des hanches, des épaules, des bras, du cou. Des pieds...

Il ne sentait ni le poids de son haubert ni la gêne de son heaume. La fille qui l'avait attiré le conduisait peu à peu, de contorsions en agitations, vers l'estrade. Au pied de celle-ci se trouvait un trône d'ivoire sur lequel était posée une couronne d'or. Ne pouvant se faire entendre, la danseuse lui expliqua par signes qu'il devait s'asseoir sur le trône et poser la couronne sur sa tête. Mais il n'avait aucune envie de rompre son rythme et il s'éloigna du trône et continua de danser, pendant des heures, peut-être des jours et des nuits, peut-être des mois, nul ne l'a jamais su.

Comme tous ceux qui s'approchaient de la clairière du cœur de la Forêt Perdue, et qui franchissaient le cercle des lanternes, il avait été pris par le sortilège. Certains et certaines étaient là depuis des années, ne pouvant quitter la clairière, dansant sans se reposer ni dormir ni boire ni manger. Seul serait capable de mettre fin au sortilège un chevalier auquel siérait exactement la couronne d'or, ni trop petite ni trop grande. Mais aucun de ceux qui l'avaient essayée n'avait la tête qui convenait. Et ils continuaient de danser...

Enfin la fille, à moins que ce ne fût une autre, réussit à pousser Lancelot sur le trône, à lui ôter son heaume et à le remplacer par la couronne. Elle lui allait comme sa peau va à un fruit.

L'estrade, les musiciens et les lanternes disparurent, et danseurs et danseuses s'écroulèrent sur le sol, écrasés de fatigue. Certains moururent. D'autres n'étaient plus que poussière.

Lancelot, saisi par un profond sommeil, s'écroula dans l'herbe, le trône s'étant lui aussi volatilisé. La couronne devint de la poudre d'or et se déposa doucement sur les lignes de son visage, et dans les boucles de ses cheveux.

Une des premières à recouvrer ses forces fut une dame du voisinage, arrivée depuis quelques jours seulement — ou quelques heures — dans la danse. Elle était toute jeune, et son mari, le sire de Guillebault, n'avait plus d'âge présentable.

Pour sortir de la clairière, elle passa près de Lancelot endormi et fut frappée par sa beauté que soulignaient des reflets d'or. Elle s'arrêta un instant pour le contempler, puis se hâta vers son château tout proche. Son mari fut heureux de la voir revenir — ce fut du moins ce qu'il dit. Elle envoya ses serviteurs chercher et inviter le chevalier à la poudre d'or et le porter au château s'il dormait encore. Ce qui était le cas. Il se réveilla alors qu'elle était en train de le baigner, se mit à table, mangea comme quatre et déclara qu'il devait repartir aussitôt. Mais il s'était déjà rendormi, ce qui fit bien rire son hôte.

Au milieu de la nuit, la dame de Guillebault trouva le moyen de quitter la couche de son mari pour aller se glisser dans celle où elle avait fait étendre Lancelot. Elle le réveilla délicatement. Il la remercia de l'avoir tiré du sommeil, se leva et s'en fut.

Il chevauchait gaiement, il avait trouvé ses armes près du lit, son cheval à l'écurie, le jour se levait, dans très peu de temps il allait s'embarquer pour traverser le Canal, le bonheur et l'aventure l'attendaient de l'autre côté de l'eau. Ses lèvres souriaient sans qu'il y prît garde. La joie débordait de lui.

Il découvrit la mer du haut d'une colline. La marée était haute. Trois vaisseaux attendaient dans un petit port près de quelques maisons. Le sien se trouvait sans doute parmi eux. Des moutons broutaient l'herbe d'un pré qui couvrait le flanc de la colline. Il le descendit au pas. Un agneau bêla. Une source coulait en bas du pré. Lancelot avait soif. Il mit pied à terre et but.

C'est à ce moment-là que Viviane et Merlin le perdirent.

Merlin savait tout le passé, tout le présent, et parfois un peu d'avenir. Mais il ne savait plus où était Lancelot. Viviane avait des pouvoirs mais peu de connaissances. Sa tendresse pour Lancelot l'avait toujours maintenue en contact avec lui. Elle avait assisté à toutes ses batailles, elle ne s'était détachée de lui que pendant les heures les plus chaudes qu'il avait vécues dans la maison courte. Par discrétion, et aussi peut-être pour s'épargner de souffrir. Quoi qu'elle fît ou pensât, elle savait que l'image de Lancelot vivait en son esprit et qu'il lui suffisait de l'évoquer pour le voir et l'entendre en quelque endroit qu'il fût. Et maintenant cette place était vide et à ses appels ne répondaient que des tourbillons de vide qui la terrifiaient.

— Ne sois pas inquiète, lui dit Merlin, s'il était blessé ou malade, même s'il était mort, nous le saurions. C'est autre chose qui a dû se produire. Quelque sortilège doit avoir dressé un obstacle entre lui et nous. Il le franchira. Nous le retrouverons...

Il se souciait moins que Viviane de Lancelot. Il faisait confiance à son adresse et son courage. Et le chevalier blanc n'était plus au premier plan de ses préoccupations : il n'avait plus de rôle à jouer dans la Quête. Celui qui tourmentait désormais l'Enchanteur, celui qui demandait toute son attention, était le minuscule Galaad.

Il s'était demandé par qui le faire éduquer, où l'abriter, que lui enseigner pour qu'il soit, à l'âge voulu, insensible à toutes les tentations. Il avait trouvé...

Guidée par lui, Elwenn entra dans la forêt de Brocéliande, chevauchant Lusine, sa douce jument alezane à trois balzanes blanches. Elwenn était vêtue de soie amarante en signe de joie, et portait devant elle, dans un berceau de vermeil, son nouveau-né qui dormait très sérieusement et en paix. Derrière elle venaient les dix demoiselles du Graal et les sept chevaliers, suivis des serviteurs, des chariots et des mules de bagages.

Elwenn et son escorte montèrent l'allée de Fol Pansé puis suivirent un chemin bordé de hauts plants de houx tous garnis de leurs fruits rouges, et pénétrèrent dans l'espluméor. L'Enchanteur les attendait, debout près de son pommier. Il était là bien à sa place, comme un jeune arbre près d'un arbre ancien, et, à le voir si beau, le souvenir de Lancelot s'estompa un peu dans le cœur d'Elwenn, la préparant à moins de regrets.

Merlin prit l'enfant dans son berceau pour le regarder de près. Ce qu'il vit lui donna satisfaction. Il sourit. Galaad s'éveilla et lui sourit. Il y eut entre eux un instant de compréhension et d'accord, puis l'enfant redevint enfant et se rendormit. Merlin le reposa dans ses dentelles et fit un signe vers le pommier. Dans le tronc de l'arbre une porte s'ouvrit. Elwenn sur sa jument la franchit. Toute son escorte entra derrière elle dans le pommier et la porte se referma.

Merlin, heureux, cueillit une pomme et la mordit d'un bon coup de dents.

— Donne-m'en une ! dit Viviane.

Il en choisit une verte et rouge, bien craquante et juteuse, et la lança devant lui. Elle devint transparente, disparut, arriva devant l'oliphant qui la saisit au vol et la tendit à Viviane, bien qu'il eût fort envie de la manger lui-même. Cramsh ! entre deux dents, une goutte de nourriture...

Viviane avait installé un lit sur le dos du gros animal et y passait de longues heures, essayant de calmer son inquiétude au bercement de son pas nonchalant.

Elle demanda à Merlin :

— Pourquoi ne m'as-tu pas confié Galaad ? Tu sais combien je suis seule... J'ai eu un enfant-merveille, puis deux autres, ils bousculaient ma vie et la rendaient rieuse. Faute de t'avoir, je m'emplissais d'eux le cœur. Et ils sont partis et tu ne viens pas. Je m'éteins, comme le pays que tu m'as donné... Regarde-nous...

Et Merlin vit le printemps du Lac se transformer en quelques instants en automne mélancolique. Les arbres découragés laissaient tomber leurs feuilles roussies, les oiseaux se rassemblaient et tournaient dans le ciel, cherchant un passage vers des pays plus cléments. Au milieu d'eux la baleine tremblait. L'oliphant poussa un barrissement de détresse.

L'Enchanteur vit du coin de son esprit Viviane qui se moquait de lui, resplendissante de jeunesse, les yeux brillants, ses cheveux dénoués pleins de liserons et de roses, des reflets de ciel bleu dans les mains.

— Le printemps ne veut pas te quitter, dit-il, et ne te trahira jamais. Chaque année qui passe te rajoute des fleurs qui ne faneront pas. Quand je te regarde, mon bonheur et mon tourment grandissent. Mon amour, aie pitié de moi, cache-toi, enveloppe-toi de nuit noire...

— Oui mon amour, dit Viviane, comme ceci...

Et, d'un soupir, elle ôta ses vêtements. Non, le printemps n'était pas aussi rayonnant, aussi divers, aussi vivant et lumineux, aussi chaleureux, frais et pulpeux et neuf.

Les mains de Merlin se tendirent, contre sa volonté.

Il soupira :

— Heureusement, tu es loin... Es-tu heureuse de me torturer ?

— Pardonne-moi, dit Viviane. Parfois j'ai peur que tu m'oublies...

Elle se couvrit d'une oreille de l'oliphant et demanda de nouveau :

— Pourquoi ne m'as-tu pas confié Galaad ?

— Parce que je ne veux pas recommencer la même erreur. Aucun être humain ne pourrait éduquer Galaad sans lui communiquer ses propres faiblesses. Comme tu as imbibé Lancelot de tout l'amour qui t'habite. Et il a échoué...

— Alors, qui sera le maître de Galaad ?

— La forêt... C'est elle qui lui donnera les forces essentielles : le besoin absolu de lumière et l'élan vers le ciel.

— Et Lancelot, mon beau doux fils, l'abandonnes-tu ? Ne peux-tu rien faire pour savoir ce qui lui est arrivé ?

— Cherche-le... Tu es mieux armée que moi pour le trouver... Appelle-moi si tu as besoin d'aide...

Mais quelque chose en lui savait qu'il vaudrait mieux pour tout le monde que personne n'apprît jamais où se trouvait en ce moment le chevalier blanc.

Il jeta sa pomme, et entra dans le pommier.

Les jours où le temps était clair, Guenièvre montait au sommet du donjon et regardait dans la direction du sud, d'où surgirait celui qu'elle attendait. Elle voyait arriver des cavaliers, jeunes courriers du roi au galop, vieux chevaliers au pas, poussiéreux, harassés, elle voyait rouler des convois, monter des fumées, travailler des paysans, et tout cela lui était indifférent. Parfois, quand commençait à se préciser, très loin, une silhouette, elle se demandait, le cœur battant, si cette fois... Mais elle savait déjà que c'était quelqu'un d'autre. Quand ce serait lui elle ne se demanderait rien, elle le reconnaîtrait au fond de l'horizon, immédiatement, avec certitude ! Il serait un éclat blanc, une lumière qui jaillirait au milieu du gris et percerait tout, droit jusqu'à elle.

Mais les jours passaient, les semaines s'écoulaient, et Lancelot n'arrivait pas. Aucun des chevaliers qui revenaient n'apportait de ses nouvelles.

Merlin, interrogé par Arthur, ne répondait pas.

Guenièvre combattait sa détresse par la volonté farouche de ne pas laisser le chagrin marquer son visage et faire peser sur son corps les années. Se garder intacte, telle qu'il l'avait aimée. Contre le temps, contre le malheur. Pour lui.

Elle interrogea à son tour Merlin. Il la vit si malheureuse qu'il lui assura qu'il était vivant. C'était tout ce qu'il pouvait dire.

Mais en lui-même il n'en était pas sûr...

Vint le moment de tenir la Table Ronde de Noël, celle où tous les chevaliers devaient être présents. Il y eut comme toujours des absents, mais on savait pourquoi : morts, blessés, prisonniers, retenus par une aventure. De Lancelot on ne savait rien.

Gauvain se leva du siège qui portait son nom et dit :

— Sire, le meilleur d'entre nous, celui qui a levé la Douloureuse Garde et détruit cette vieille saleté de bête maudite de Gallemahout qui avait mangé tant des nôtres, celui qui a tenu dans ses mains les coins du voile du Graal, nous manque douloureusement. Il est peut-être en danger quelque part, en train d'attendre du secours. Je propose qu'avec votre accord nous partions tous à sa recherche, chacun de notre côté. Si dans un an et un jour nous ne l'avons pas retrouvé, chacun de nous viendra vous rendre compte de ce qu'il aura appris et même s'il n'a rien appris. Lancelot est comme mon frère. Je l'aime. J'irai le chercher, même si je suis le seul.

Mais tous les chevaliers furent d'accord.

— Beau cousin, dit Arthur à Gauvain, je vous remercie d'avoir eu cette pensée. Je déclare que la Quête du Graal sera interrompue pendant une année pour la recherche de Lancelot. Mais en cherchant l'un, sans doute vous rapprocherez-vous de l'autre. Que Dieu vous guide vers celui que nous aimons tous.

Ayant affûté leurs épées, fourbi leurs hauberts, changé de cheval quand c'était nécessaire, les chevaliers quittèrent Camaalot les uns après les autres. Dans les huit jours il n'y en eut plus aucun. La neige tombait sans arrêt sur la Grande Bretagne.

A la Noël suivante, un soleil pâle faisait briller la plaine verglacée. Guenièvre, amaigrie, enveloppée de triples fourrures, guetta du haut de la tour les chevaliers revenant. Elle les reconnaissait à leurs couleurs peintes sur leur enseigne et leur écu. Et, à leur allure, elle savait que l'un après l'autre ils venaient dire au roi qu'ils n'avaient rien trouvé et rien appris.

Quand se tint la Table Ronde il y eut des retardataires, mais on sut pour chacun la cause de son retard ou de son absence définitive.

Sauf pour Gauvain et Perceval, dont nul ne savait où ils étaient.

Ils s'étaient rencontrés au bord du Canal, Perceval revenant de la Petite Bretagne et Gauvain s'y rendant. Après avoir échangé des nouvelles, qui se résumaient à dire que ni l'un ni l'autre ne savait rien, ils se préparaient à se séparer de nouveau quand la nef blanche aborda au rivage et une voix féminine les invita à y monter.

Dès qu'ils furent à bord, la nef se mit en mouvement. Le temps de faire descendre à leurs chevaux la rampe qui conduisait à l'écurie et de remonter sur le pont, ils se trouvaient en pleine mer, aucune côte n'étant plus visible.

La porte de toile du pavillon s'ouvrit quand ils s'approchèrent. Ils entrèrent et virent une fille couchée endormie sur le grand lit. Ils la reconnurent, bien que son visage ne fût plus encadré de ses tresses couleur de moisson. C'était Celle-qui-jamais-ne-mentit, vêtue d'une robe blanche comme l'hermine, ses deux longues mains croisées au bas de sa poitrine. Elle avait la tête nue, et ses cheveux coupés court, à la façon des moines, donnaient à son visage l'apparence de celui d'un jeune garçon. Près d'elle sur le lit était posé un coffret de bois noir, dont le couvercle portait des lettres que Perceval lut à voix haute :

> SEUL POURRA M'OUVRIR
> CELUI QUI AURA PRIS PLACE
> AU SIÈGE QUI ME RESSEMBLE

Comme il finissait de lire, Celle-qui-jamais-ne-mentit s'éveilla, se redressa et leur parla tour à tour.

D'abord à Gauvain :

— Beau doux sire, cœur loyal, dit-elle, tu prendras ce coffret et le porteras au roi Arthur, ton roi. Mais nous devons d'abord traverser ensemble une aventure.

Ensuite à Perceval :

— Beau cœur naïf, je t'avais dit : « Quand tu me rencontreras de nouveau ce sera pour me voir mourir. » Puisque tu es là, c'est que le moment approche. Je ne sais quelle sera ma mort, mais tu y assisteras.

Elle s'allongea de nouveau et ferma les yeux. La nef navigua cinq jours et cinq nuits sans que Perceval ni Gauvain pussent savoir dans quelle direction ils allaient, car les étoiles changeaient de place d'une nuit à l'autre, et le soleil se levait un matin à gauche un matin à droite. Pendant tout ce temps ils n'eurent ni faim ni soif et ne sentirent ni fatigue ni ennui.

Le sixième matin, Celle-qui-jamais-ne-mentit se leva, sortit du pavillon et leur dit :

— Nous arrivons.

Le rivage, en effet, était là.

Ils quittèrent la nef et montèrent sur leurs chevaux qui étaient en bon état, parfaitement étrillés et lustrés. Il y en avait un troisième, pour la demoiselle, blanc comme son vêtement. Ils se mirent en route tous les trois et vers le milieu de l'après-midi arrivèrent à proximité d'un château qui ne paraissait pas construit à la façon des châteaux de Bretagne. Les toits de ses tours avaient la forme d'oignons et ses murs étaient recouverts de carreaux de céramique d'un bleu luisant très agréable à regarder.

Six chevaliers en sortirent, vêtus sur leur haubert d'une chemisette de soie bleue, et coiffés de heaumes surmontés d'une pointe. Cinq d'entre eux étaient armés et le sixième portait une grande écuelle vide. Il s'adressa à Gauvain qui était le plus âgé

— Cette demoiselle est-elle vierge ? demanda-t-il.

— Voilà une question que je vais vous faire rentrer dans la gorge ! rugit Gauvain en portant la main à son épée.

Mais la demoiselle le calma d'un geste, et ce fut elle qui répondit :

— Je suis telle que ma mère et Dieu m'ont faite le jour de ma naissance.

— Alors, dit l'homme pointu, vous devez nous donner de votre sang de quoi emplir cette écuelle.

— Vous êtes fou ! dit Perceval. Elle en mourra !...

Déjà Gauvain avait tiré son épée et frappait le chevalier bleu le plus proche. Perceval se mit à la bataille et en peu de temps les cinq chevaliers armés furent étendus sur le sol. Celui à l'écuelle galopait vers le château d'où sortirent quarante autres cavaliers décidés à s'emparer de la fille vierge. Perceval et Gauvain furent à la fête, bien que les forces de ce dernier diminuassent avec la clarté du jour. Quand la nuit tomba, la moitié des hommes bleus étaient morts ou gravement blessés. L'homme à l'écuelle revint demander le sang de la fille, qui lui fut de nouveau refusé. L'obscurité rendant la poursuite du combat impossible, il proposa à Gauvain et Perceval de reprendre la bataille le lendemain matin et les invita, en attendant, à se reposer au château. Ce qu'ils acceptèrent.

Quand on les eut baignés et que leurs blessures furent soignées, le maître du château les invita à ses tables, et tandis que tous se restauraient, leur conta son histoire. Il avait une voix grave et douce. C'était un homme triste, à la barbe en boucles grises. Comme il était coiffé d'un bonnet qui ressemblait à un turban, Perceval, qui ne se gênait plus pour poser des questions, lui demanda s'il était païen. Il lui répondit qu'il était chrétien de Constantinople. Sa fille était malade de la lèpre, si malade que son visage n'avait plus d'apparence humaine. Le médecin de l'empereur de Constantinople, qui l'avait soignée, avait dit qu'il n'existait pour la guérir qu'une seule médication : il fallait que son corps fût lavé avec le sang d'une vierge. Il avait longtemps hésité, ne voulant imposer à personne un tel sacrifice, puis, l'état de sa fille empirant, s'était enfin décidé.

— Voilà, demoiselle, dit-il, pourquoi nous vous avons fait une telle demande.

— Vous auriez dû expliquer cela plus tôt, dit Celle-qui-jamais-ne-mentit. Prenez de moi tout le sang qu'il vous faut.

— Mais vous allez en mourir ! s'exclama Gauvain.

— C'est possible... Mais ma vie donnée sauvera celle de la malade, et, en plus, celles des chevaliers que vous tuerez demain pour me défendre. Et peut-être les deux vôtres. C'est un bon marché...

Le maître du château la remercia et la bénit, et le barbier vint lui ouvrir les veines du bras avec une de ses lames affûtées.

On avait apporté la malade, qui ne pouvait plus se mouvoir seule, et qui ressemblait à une vieille racine rabougrie et bulbeuse toute grise et noire. Et à mesure que le sang coulait dans l'écuelle, deux femmes en prenaient dans leurs mains et l'en frottaient partout. Rapidement elle changea, reprit formes et couleurs, et quand le sang de la vierge cessa de couler elle était redevenue normale. Une fois baignée elle était fraîche et belle comme une rose du matin. Elle versa des larmes sur la douce fille qui l'avait sauvée et qui en était à son dernier souffle, et elle lui baisa ses mains devenues transparentes.

Celle-qui-jamais-ne-mentit eut encore la force de demander à ses deux compagnons de la ramener dans la nef, et de l'y laisser quand le vaisseau aborderait en Bretagne. Puis elle leur dit :

— Sachez que celui que vous cherchez est en un lieu d'où personne jusqu'à ce jour n'est revenu.

Et elle expira.

Au bout de cinq jours et cinq nuits, la nef arriva à la côte de la Grande Bretagne. Perceval et Gauvain en descendirent, laissant Celle-qui-jamais-ne-mentit couchée sur le grand lit, aussi blanche que sa blanche robe. Gauvain emportait le coffret. Dès qu'ils furent à terre, la nef quitta le rivage et s'éloigna rapidement en mer.

Les deux chevaliers arrivèrent à Camaalot le jour de deuil des Cendres, deux mois après la Noël, et racontèrent leur histoire qui attrista profondément le roi Arthur et tous les gens du château et de la cité, à cause de la mort de la pucelle, et aussi de ce qu'elle avait dit de Lancelot. C'était les seules nouvelles qu'on avait de lui.

Gauvain remit le coffret à Arthur alors que celui-ci avait pris place dans son nouveau trône, qui lui avait été offert par un roi d'Afrique. Il était incrusté de pierres fines et décoré de dents de lions. Son bois était du bois noir, comme celui du coffret. Ayant lu les lettres peintes sur celui-ci, Arthur remarqua que, par son bois, le coffret ressemblait au siège sur lequel il avait pris place, et, ayant posé la boîte sur ses genoux, voulut en soulever le couvercle. Mais le coffret se déroba à ses mains, resta suspendu en l'air devant lui et sa couleur noire s'effaça, révélant sa vraie couleur, qui était jaune.

— Ce coffret est du même bois que le Siège Périlleux, dit le roi. Celui qui l'ouvrira sera le meilleur chevalier du monde !

Le coffret revint alors se confier à ses genoux.

Guenièvre avait assisté à la scène sans y attacher d'intérêt, pensant uniquement aux nouvelles apportées par les deux chevaliers. Elle y trouvait un réconfort dans son désespoir : Celle-qui-jamais-ne-mentit n'avait pas dit que Lancelot était mort...

En bas du pré, une source coulait. Lancelot avait soif. Il mit pied à terre, recueillit de l'eau dans ses mains en coupe et but. L'eau avait un goût horrible. Il voulut la recracher mais ne put, sa mâchoire crispée lui fermait la bouche. Il fut contraint d'avaler la gorgée nauséabonde et vit à cet instant trois vipères noires sortir de la source. Il mit la main à son épée pour les tuer, mais l'eau avalée était arrivée au milieu de son corps et répandait son effet dans toute sa chair et son esprit. Et tout d'un coup il ne sut plus qui il était, ni ce qu'était un chevalier ni une épée.

Et la source se mit à ricaner et à couler à l'envers, et elle rentra dans la terre : c'était une des langues du Diable.

Celui-ci avait disposé ce piège à la demande de Morgane, et aussi pour sa satisfaction personnelle. Il n'en avait pas fini avec Lancelot. Pour le faire échouer au Graal, il lui avait suffi de laisser agir la nature amoureuse du chevalier, mais il avait dû souffler quelque peu sur le brasier endormi dans le corps de Guenièvre. Il estimait qu'il pouvait encore tirer parti de ces deux-là. La demande de Morgane l'avait réjoui. Elle entrait tout à fait dans la ligne de ses projets infernaux.

Le chevalier aux armes blanches debout en bas du pré n'était plus Lancelot. C'est pourquoi ni Viviane ni Merlin ne pouvaient plus savoir où se trouvait ce dernier. Il avait été effacé du monde. Il ne connaissait plus aucun de ses deux noms. Il redécouvrait avec étonnement tout ce qui l'entourait. Le vert du pré, le bleu du ciel, lui étaient nouveaux et il était heureux de les regarder. Il s'assit à terre pour caresser l'herbe. Il la sentit fraîche dans sa main et cela lui fit plaisir.

Il vit son cheval, se leva pour regarder cette chose de près, lui caressa le flanc et le visage, et le cheval rit en montrant ses dents, ce qui le fit rire aussi. Mais il avait oublié ce qu'est un cheval et comment on l'utilise.

Il vit venir vers lui une créature qui lui tendit la main en souriant et lui dit :

— Viens !...

Il regarda cette main qu'on lui tendait et se pencha sur elle pour mieux la voir. Il ne savait qu'en faire. La main se souleva jusqu'à son visage et lui caressa une joue. Il trouva cela agréable, et sourit. La main prit la sienne et le tira un peu, tandis que la voix répétait gentiment :

— Viens !...

Morgane le conduisit ainsi vers la nef noire et blanche, qui était un des trois vaisseaux attendant dans le port. La nef s'engagea dans une rivière qui coulait à l'envers et devint souterraine, pour aboutir à un petit lac tranquille, juste au-dessous du château de Morgane.

Des flammes immobiles accrochées à des murs de verre éclairaient une plage de sable fin. Morgane entra dans un mur avec Lancelot et ils se trouvèrent dans une grande chambre meublée d'un large lit de fourrures et de beaux fauteuils et coffres sculptés, dont l'un supportait une harpe légère. Les murs étaient très blancs et semblaient faits d'une matière si douce que Lancelot alla en toucher un de sa main ouverte. Bien qu'il ne fît pas froid, un feu de bois brûlait dans une cheminée de marbre, pour le plaisir des yeux.

Morgane aida Lancelot à ôter son heaume et son haubert, ce qu'il ne savait plus faire, le vêtit d'une robe d'hermine et lui montra une table couverte de pâtés, de gâteaux et de fruits. Il s'assit vivement et mangea de bon appétit : il n'avait pas oublié l'essentiel... Assise près de lui, elle grignota un peu en le regardant faire, adressa un signe aux rideaux qui masquaient un mur, et les rideaux s'écartèrent, découvrant une fenêtre qui donnait sur un jardin fleuri tout ensoleillé.

Quand il fut rassasié, Lancelot vint à la fenêtre et tendit le bras pour toucher une fleur qui se penchait vers lui. Mais sa main heurta un obstacle. Il y avait là une sorte de mur qu'il ne pouvait pas voir. C'était une épaisse lame de verre plus solide que des barreaux. Les fenêtres de toutes les chambres du château en étaient pourvues, aux étages au-dessus du sol ou au-dessous. Quelle que fût leur position, toutes semblaient être au niveau des jardins. Elles étaient accompagnées d'une autre pièce garnie d'un baquet pour le bain, de forme allongée, en bois précieux, où l'eau arrivait par de petites gueules de lions en argent sortant du mur. Il y en avait trois, pour l'eau chaude, pour l'eau froide et pour l'eau parfumée. En tournant la crinière des petits lions on faisait arriver l'eau ou on l'interrompait. Elle s'évacuait par un trou au fond du baquet.

Le plus étonnant dans cette pièce adjacente était le mur du fond, fait entièrement d'un grand miroir comme on n'en pouvait voir nulle part ailleurs. Il n'était pas de métal poli, mais de verre, et on pouvait s'y mirer à la perfection.

Chacune des chambres des multiples et vastes étages était occupée par un homme.

Il n'en sortait jamais. Par sortilège il n'en éprouvait pas le désir. Mais eût-il voulu s'en aller, il n'aurait trouvé nulle part de sortie.

Les nombreux occupants du Château du Val Sans Retour y étaient, pour la plupart, venus de leur plein gré, invités par Morgane, séduits par sa beauté et espérant la conquérir. Ce à quoi ils étaient parvenus d'autant plus aisément qu'elle les avait choisis d'avance, en vue de son plaisir. D'autres, elle avait dû les capturer, mais ils ne le savaient plus.

Cette cueillette d'hommes durait depuis des années, et Morgane avait dû faire pousser des étages supplémentaires à son édifice. Il était plein comme une ruche, mais chacun de ses occupants se croyait son seul amant. Elle allait de l'un à l'autre, goûtant, dégustant, variant. Elle recrutait sans cesse des jeunes. Elle aimait le neuf. Les plus anciens étaient mis en réserve, et souvent oubliés. Ils se ratatinaient dans leur coin, sans cesser d'être heureux.

Elle procurait à tous des distractions selon leurs goûts. Il leur suffisait de les souhaiter pour les obtenir aussitôt, parfois réelles, parfois irréelles comme les jardins. Il leur arrivait de participer à des joutes ou de voyager, sans être pourtant sortis de leur chambre. Et leurs sens et leur esprit y croyaient. Pour qu'ils ne se lassent pas d'elle unique, elle donnait parfois, à ceux chez qui elle en sentait le désir, de vraies filles assez belles pour les entretenir en vigueur, pas assez pour être préférées.

Dans la chambre de Lancelot, la harpe sur le coffre était réelle. Morgane s'était souvenue qu'il en jouait. Elle pensait qu'il réapprendrait vite à s'en servir. Il en effleura les cordes en revenant de la fenêtre et, surpris d'avoir provoqué des sons, sourit de plaisir et recommença. Morgane le quitta.

Elle revint quand l'illusion de nuit fut tombée sur le jardin illusoire. Elle n'était vêtue que d'une chemise légère qui soulignait plus qu'elle ne la cachait la beauté de son corps au teint mat, ses petits seins fermes aux pointes aiguës, ses hanches minces, ses longues jambes, ses épaules fines. Voyant que Lancelot dormait, nu dans les fourrures, elle ôta son vêtement et rejoignit le beau dormeur dont le corps parfait, juvénile et solide, orné de quelques cicatrices comme de bijoux, paraissait fragile, attendrissant, à la lumière des flammes insolites.

Elle n'eut pas de peine à le réveiller. Il la regarda avec curiosité, la toucha par-ci par-là en souriant : il faisait connaissance. Il remarquait les différences avec son propre corps et s'en amusait. Mais ni ces explorations, ni la collaboration que Morgane lui apporta, ne firent naître chez lui les signes d'intérêt qu'elle souhaitait. Elle enragea, trouvant que l'oubli provoqué par l'eau de la source empoisonnée était un peu excessif. Le Diable se réjouissait du bon tour qu'il lui avait joué. On l'entendit rire cette nuit-là à tous les carrefours de la Petite Bretagne et un orage sec se promena, craquant et ricanant, au-dessus du Val Sans Retour.

Morgane revint plusieurs fois auprès de Lancelot, puis lui envoya les plus énervantes de ses filles sans réussir à briser son indifférence souriante.

Un soir, elle entra à demi dévêtue dans sa chambre, alors que, grattant la harpe, il chantonnait des paroles indistinctes. Elle s'assit près de lui, lui prit une main et la posa sur un de ses petits seins fermes et pointus, qui montrait le bout de son nez. Il le dégagea entièrement, en fit le tour, puis passa à l'autre en souriant. Morgane s'énervait. Lui restait très calme. Il semblait réfléchir, tout en examinant les seins exquis qui lui étaient offerts. Brusquement il se leva, alla chercher un morceau de charbon dans la cheminée et dessina rapidement sur le mur le plus proche l'esquisse d'un buste dans lequel Morgane n'eut pas de peine à reconnaître, pour les avoir si souvent vus au bain, les seins glorieux de Guenièvre, ronds, presque sphériques, abondants comme les moissons, leurs pointes orgueilleuses tendues en oblique.

Lancelot regardait avec une sorte de stupéfaction ce qu'il venait de dessiner. Il hésita, sembla chercher une image dans sa tête, puis se mit à continuer son dessin vers le haut. Le cou..., le visage..., les tresses à demi défaites tombant sur les épaules... C'était, miraculeusement ressemblante en quelques traits, une Guenièvre intime, libérée de l'attitude imposée par sa condition, mais royale dans sa nudité superbe.

— Sais-tu qui elle est ? demanda Morgane. Dis-moi son nom !...

Il ne savait pas, il commençait des mots qu'il ne terminait pas, il voulait s'expliquer sans y parvenir. Il disposait, depuis la source, d'un vocabulaire très restreint qu'il n'avait pas l'occasion d'enrichir. Il ne cessait de regarder l'inconnue qu'il venait de faire apparaître. Et soudain il écarta les bras, les étendit de part et d'autre du portrait, essayant de le serrer contre son cœur. Devant l'inanité de son geste il se laissa glisser à terre. Accroupi, le visage levé vers le dessin maintenant à demi effacé, il pleurait...

Morgane l'injuriait à voix basse, partagée entre sa haine pour Guenièvre, son désir de Lancelot, et une émotion qu'elle ne pouvait entièrement repousser devant la manifestation d'un amour tel que ni le Diable ni ses vipères n'avaient pu en venir à bout.

Parce qu'il avait violemment souhaité pouvoir recréer le visage aimé, Lancelot trouva, près de la harpe, des pinceaux, des petits pots pleins de couleurs vives et de blanc et de noir, et du liquide à effacer et des éponges et des serviettes, tout un matériel qu'il avait connu au Pays du Lac et qu'il réapprit rapidement à utiliser.

Il couvrit un mur de portraits de Guenièvre, de plus en plus ressemblants. Il lavait ceux qui ne lui plaisaient pas. Il n'en garda qu'un, très grand, qui occupait le centre du mur.

Quand Morgane le vit, dans un geste de rage elle gifla Guenièvre de sa main ouverte et en barbouilla les couleurs. Lancelot, furieux, se jeta sur elle pour la frapper. Elle dut user de ses pouvoirs pour l'immobiliser. Haussant les épaules, elle rétablit d'un geste le portrait dans son intégrité et quitta la chambre. Ce garçon était décidément idiot : se cramponner à l'image d'une absente alors qu'elle était, elle, bien présente, à sa disposition... Elle n'allait pas se montrer aussi stupide que lui. Elle avait, dans ses chambres, cent fois de quoi le remplacer...

Elle resta plusieurs mois sans revenir. Elle l'avait presque oublié, comme quelques autres. Ce fut le Diable qui lui chuchota d'aller regarder ce qu'il avait fait. C'était intéressant...

Avec stupeur elle découvrit que les murs de la chambre étaient entièrement couverts de scènes représentant l'épisode du Château de l'Eau Sans Bruit, dont elle ne connaissait pas grand-chose, seulement ce que le Diable lui en avait dit en gros. Elle en découvrit tous les détails...

Lancelot avait commencé par de grandes scènes qui devenaient de plus en plus petites à mesure que la place lui manquait. Les dernières peintes, au ras du sol, étaient minuscules et précises comme des miniatures de livres d'heures. C'était les Heures de l'Amour.

La première scène montrait Lancelot entrant dans une chambre où dormait Guenièvre. Sur la deuxième elle était réveillée et lui tendait les bras. Sur la troisième ils s'étreignaient. Sur la quatrième ils...

Morgane devint violette de fureur jalouse, mais ne put s'empêcher de continuer à suivre le déroulement de la fresque amoureuse, qui s'enroulait autour du grand portrait de Guenièvre, passait sur le mur suivant, où il encadrait de sa guirlande un autre portrait de Guenièvre, couchée, nue, souriante, impudique et belle, lavée de tout péché par la splendeur de son bonheur. Bonheur que Morgane avait en vain cherché, la multitude de ses amants ne lui ayant donné que du plaisir.

Lancelot avait souhaité et obtenu un haut escabeau. Juché sur lui, il était en train de peindre au plafond le paysage général du Château de l'Eau Sans Bruit, tel qu'il l'avait vu quand il s'était retrouvé au moment de son départ, avec son allée, ses étangs, ses parcs, et son rocher vêtu d'eau. La maison courte, il l'avait extraite des jardins dont les arbres la couvraient, et peinte en grand dans un coin. Et il avait sorti Guenièvre de la maison, l'avait peinte dehors, près de la porte, vêtue de ses seuls cheveux défaits, le visage désespéré, faisant le geste de l'adieu.

Le temps semblait s'être immobilisé, et, en même temps, défiler à une vitesse folle. Les mois devenaient des années et les années se succédaient sans qu'on eût l'impression d'avoir vu passer les jours. Rien de particulier ne marquait le déroulement des saisons, les chevaliers continuaient sans conviction de chercher le Graal auquel ils ne croyaient plus guère, les vieux se faisaient tuer, des jeunes leur succédaient, Arthur avait renoncé à la guerre contre les Saxons, sa barbe devenait blanche, Malehaut avait mis au monde quatre filles et arrivait au terme d'une cinquième grossesse, Guenièvre montait à sa tour pour surveiller l'horizon, sans se décourager, son amour et son espoir indestructible repoussant les atteintes de l'âge. Les ans enrichissaient sans les marquer son regard et son corps.

Merlin semblait s'être résorbé du siècle. Arthur ne l'avait plus rencontré depuis ce qui lui paraissait une éternité. Les paysans ne le trouvaient plus dans son espluméor. Seule Viviane savait qu'il était dans son pommier, absorbé par une tâche unique et formidable : préparer Galaad.

Jamais, malgré sa longue absence, elle ne s'était sentie aussi proche de lui, en un accord aussi profond, sans impatience, sachant maintenant, de tout son être, qu'il avait eu raison et que le terme approchait...

Elle n'avait pas cessé de chercher Lancelot, explorant toutes les Bretagnes, interrogeant les voyageurs ou fouillant leur esprit, mais ils n'avaient rien à dire et il n'y avait rien à découvrir. Comme Guenièvre, cependant, elle était sûre qu'il vivait, et qu'elle le reverrait.

Au terme de sa cinquième grossesse, Malehaut mit au monde, d'un seul coup, quatre autres filles. Galehaut, ébloui par tant de richesse, secouait la tête, sentant que quelque chose, là-dedans, demandait aussi à sortir. Il agitait ses doigts dans ses oreilles, essayant d'ouvrir, d'un côté ou de l'autre, une porte, sans succès.

Il regardait avec ravissement, près de la cheminée dont le grand feu éclairait leurs rondeurs, quatre nourrices donner quatre seins aux quatre nouvelles-nées strictement ficelées dans leurs langes raides qui ne laissaient passer que leur tête. Malehaut, épuisée, dormait dans la chambre voisine.

Il sembla tout à coup à Galehaut — ce n'était pas possible ! — qu'il entendait des pleurs venant d'un des quatre berceaux disposés en carré au centre de la pièce. Les nourrices avaient entendu aussi, et tourné leurs quatre têtes incrédules dans la direction du bruit.

Galehaut se leva, s'approcha et vit l'impossible : un cinquième bébé, pareillement langé, posé au fond d'un berceau et qui ne pleurait plus : qui hurlait, ouvrant une bouche grande comme celle d'un cheval qui bâille.

La stupéfaction de Galehaut sembla réjouir le bébé, qui s'arrêta de crier, sourit, cligna de l'œil et dit avec une voix d'homme :

— Mal compté, hein ?

— Mais... mais... je... je..., dit Galehaut.

— Est-il possible d'être si grand et si fort et de ne pas savoir compter jusqu'à cinq !... dit le nourrisson, qui se débarrassa de son maillot, fit un rétablissement et s'assit au bord du berceau, montrant avec innocence qu'il était un garçon.

— C'est l'Enchanteur ! crièrent les nourrices d'une seule voix ravie.

— Merlin ! soupira Galehaut, soulagé.

Merlin prit l'apparence d'une cinquième nourrice, plus sa barbe rousse irlandaise, et s'assit près des quatre autres.

— C'est moi qui t'ai sorti de ton pays, dit-il, à la demande de ta mère. Ta tête sait pourquoi tu as été envoyé en mission au pays d'en haut. Mais ton cœur ne veut pas le savoir, parce qu'il se trouve bien ici. Mais il faut que tu fasses ce qui te reste à faire. Ferme tes yeux, mets tes mains sur tes oreilles, écoute...

Galehaut obéit, écouta une minute puis poussa un cri qui ébranla tout le château : « MAMAN ! »...

— Voilà, dit Merlin, tu sais... Tu as largement fait la preuve que tu possèdes la qualité que ta mère désirait te voir acquérir. Tu dois maintenant retourner au pays !...

— Mais..., dit Galehaut désolé, montrant d'un geste rond les bébés.

— Tu les emmènes ! Et leurs quatre sœurs aussi. Ta mère te bénira. N'oublie pas de les baigner avec toi dans la source dont l'eau t'a baptisé. Elles ont ton sang dans les veines, elles grandiront !

— Et Malehaut, ma chère femme ?

— Si elle le désire, elle peut te suivre. Mais elle restera petite... C'est un problème... A vous d'en choisir la solution... Ne perds pas de temps : le vaisseau noir de ton pays attend déjà, au rivage de la mer d'Irlande.

Et la cinquième nourrice disparut. Un brin de lumière voleta jusqu'au genou de la quatrième qui le recueillit avec dévotion. C'était un poil de la barbe rousse. Poil d'enchanteur, porte-bonheur...

Galehaut partit dans la semaine. Malehaut ne voulut pas le suivre. Il n'insista pas, c'était raisonnable. Et elle en avait vraiment assez de faire des filles. Elle aurait voulu en garder au moins une, l'aînée, qui était une belle demoiselle. Mais celle-ci ne voulut pas se séparer de son père. Malehaut décida de se retirer au couvent où se trouvait la reine des grandes douleurs et s'en fut avec ses servantes et ses bagages vers le sud, s'embarquer pour la Petite Bretagne, en même temps que Galehaut s'en allait vers le nord, s'embarquer pour l'Irlande.

Viviane, à force d'y penser, sut ce qu'elle devait faire pour Lancelot. Il était sûrement prisonnier, et quelque sortilège lui ôtait le désir ou la force de s'évader. Il fallait lui rendre ce désir et cette force.

Seule, elle n'y parviendrait pas, et, pour ce qu'elle envisageait, l'aide de Merlin ne lui servirait à rien.

Une nuit, elle vint voir Guenièvre, lui expliqua ce qu'elle voulait tenter, et se transporta avec elle dans la cellule de la reine Hélène. Celle-ci était en prière, elle ne dormait presque jamais. Cette visite ne la surprit pas, ni ce que lui dit Viviane. Elle savait que son fils aurait besoin d'elle un jour, et se maintenait en vie pour l'aider quand en viendrait le moment. Ce moment arrivait.

Elle regarda Viviane et Guenièvre et vit que l'une et l'autre aimaient son enfant d'un amour différent du sien mais presque aussi grand. Presque...

Les trois femmes s'agenouillèrent, les deux mères et l'amante... Elles prièrent Dieu de les assister, puis, unissant leurs mains et leur amour, appelèrent celui dont elles ne savaient plus rien :

— Viens !... Viens !... Viens !...

Elles l'appelèrent jusqu'à l'aube. Quand les premiers rayons du soleil percèrent la fenêtre de la cellule, la reine des grandes douleurs dit, le visage extasié :

— Il est sorti ! Merci à Dieu !...

Elle s'allongea sur le sol et mourut.

Lancelot fut réveillé par une aube artificielle qui copiait la vraie. Il vint vers la fenêtre regarder le ciel qui peu à peu s'illuminait. Et dans le jardin, au ras de la fenêtre, poussées ensemble, tournées vers lui, il vit trois roses épanouies, différentes par leur couleur mais semblables par leur forme et la plénitude de leur floraison. L'une était d'un rose très tendre, la seconde d'un rose chaud, un peu orangé, la troisième d'un rouge de brasier atténué par un imperceptible voile d'ombre. Rassemblées, serrées l'une contre l'autre, elles ne formaient qu'une seule fleur d'une beauté si intense que la main de Lancelot se tendit vers elles pour les toucher.

Ses doigts se heurtèrent à la paroi de verre. Irrité, il la frappa, essaya de l'ébranler, de l'ouvrir d'une façon ou d'une autre, en la cognant, en la poussant, à gauche et à droite. Le verre épais restait inébranlable. A mesure qu'il répétait ses efforts vains, Lancelot sentait grandir en lui une violence qu'il ne pouvait pas reconnaître : celle qui l'habitait pendant ses combats.

Il recula, arracha à ses tréteaux le lourd plateau de la table et le lança contre la fenêtre. Il s'y brisa.

Il regarda autour de lui. Il avait presque oublié les roses. Ce qu'il ressentait, c'était le désir absolu, *la nécessité* de vaincre ce qui s'opposait à lui. Il empoigna le coffre le plus lourd, aussi long que le lit, en bois massif bardé de fer épais, le souleva et fonça avec lui sur la vitre.

Le verre vola en éclats. Lancelot se retrouva dehors parmi les débris du coffre, sur le sable frais d'une plage. Les roses avaient disparu comme les autres fleurs. Quelques flammes immobiles piquetaient l'obscurité. Lancelot était nu. Il sentit le froid humide mouiller sa peau. Il rentra dans la chambre pour s'habiller et ressortit en emportant sa harpe. Il trouva et reconnut le petit lac et la rivière par laquelle il était arrivé. Elle coulait maintenant dans l'autre sens. La nef blanche et noire n'était pas là : Morgane l'avait prise pour aller rendre visite à son frère le roi Arthur, comme elle le faisait souvent.

Lancelot se mit à suivre le courant, en marchant sur le rivage. Parfois celui-ci, devenant abrupt, l'obligeait à entrer dans l'eau qui, sur les bords, n'était pas profonde. Il aurait pu nager si cela avait été nécessaire, bien qu'il ne sût pas qu'il était un excellent nageur, ni même ce que c'était que nager.

L'obscurité n'était pas totale. Les parois rocheuses et le plafond déchiqueté reflétaient une vague lueur rougeâtre, faible émanation de l'enfer. Service du Diable, au bénéfice de Morgane...

Lancelot ne savait toujours pas qu'il était Lancelot. Il ne pensait pas qu'il pût être quelqu'un d'autre que ce qu'il était présentement, marchant vers ailleurs, sa harpe légère pendue à son cou, et son cœur plein de l'image de ses amours avec celle qu'il ne connaissait pas...

Un ciel bleu léger, exquis, coiffait d'un chapeau de printemps une foule innombrable rassemblée en cercle sur la plaine de Salisbury.

Au sommet de la colline la plus proche du centre, préservé de la foule, trois trônes vides attendaient leurs occupants. Le roi, la reine... Mais pour qui le troisième ?

— Pour cette garce de Morgane ! dit une dame qui avait son âge, mais pas sa fraîcheur.

Cent cinquante sièges raides étaient disposés sur la pente de la colline, à l'intention des chevaliers de la Table Ronde. Un certain nombre resteraient vides...

Des trônes plus modestes garnissaient une autre colline un peu plus basse. Ils allaient recevoir les rois vassaux du roi Arthur.

Celui-ci, sur les instructions de Merlin enfin revenu, avait envoyé des courriers dans toutes ses terres pour convier son peuple à se réunir le jour de Pâques sur la plaine de Salisbury. Et il y avait invité les rois des Bretagnes, et ceux d'ailleurs, qui reconnaissaient sa suzeraineté. Ce jour-là, en ce lieu, devant eux, serait érigé, à la gloire du royaume de Logres et des royaumes réunis, le plus extraordinaire monument que la surface de la Terre ait jamais porté. Et le peuple, curieux, vint, et s'installa sur la plaine, par familles, par villages, avec ses chevaux et ses chariots, avec ses provisions mortes et vivantes, avec ses enfants et ses vieux qui voulaient voir ça avant de mourir. Des feux brûlaient un peu partout, on rôtissait des volailles, des porcs, des bœufs entiers, des colporteurs vendaient des fèves bouillies, des graines de potiron grillées, des saucisses de tous calibres et des fromages des royaumes francs.

Peu à peu, les trônes étrangers furent presque tous occupés. Le roi Arthur et la reine Guenièvre arrivèrent, couronnés, vêtus d'or et d'hermine, sur des chevaux en robes de brocart. Cent douze chevaliers de la Table Ronde les suivaient, tous vêtus de renard fauve, têtes nues, tenant droit leur lance où flottait l'enseigne à leurs couleurs. Les manquants étaient morts, ou disparus, et non encore remplacés. Gauvain et Perceval chevauchaient en tête. Gauvain et Sagremor restaient les seuls survivants de la vieille génération. Tous les frères de Gauvain avaient péri dans la Quête, sauf Mordret le Maudit. Mais il n'était pas de la Table Ronde. Le poil de Gauvain avait viré au blanc. Cheveux et barbe encadraient sa tête d'une auréole qui lui convenait.

Les chevaliers s'assirent après que le roi et la reine eurent pris place en leurs trônes. Et tout le peuple remarqua qu'ils s'étaient assis lui à la droite, elle à la gauche, du siège du milieu qui restait vacant.

Des hérauts, passant dans la foule, criaient depuis le matin, du haut de leurs chevaux, que le monument serait dressé à midi. L'heure approchait. Le ciel dégagé permettait de se rendre compte que le soleil allait atteindre le haut de sa course. Mais nulle part ne se voyait le moindre préparatif d'une quelconque construction.

Du centre de la plaine partaient quatre routes nouvellement tracées, désertes jusqu'à perte de vue. L'une vers l'est, d'où le soleil vient, une autre vers l'ouest où il s'en va, une vers le nord d'où l'hiver arrive en courant, une vers le sud où se montre, hésite, se risque, le printemps effrayé, repoussé, obstiné, vainqueur.

Le printemps avait gagné le ciel et semé de fleurs l'herbe de la plaine, mais aucun convoi de pierres, de briques ou de charpentes ne se montrait sur aucune des routes. Et le trône du milieu restait vide.

Sur la route du sud grandissait depuis un moment un point qui devint une silhouette. L'attention s'en détourna quand on vit que c'était un chanteur mendiant, un de ces bardes sans talent qui, au lieu de vivre auprès des rois et des chefs, quémandent chez les humbles nourriture et couvert en échange d'un récit ou de quelque chanson.

Dès qu'il atteignit la frange de la foule, celui-là quitta la route pour aller de groupe en groupe exercer son art. Il était vêtu d'une robe blanche déchirée et pas très propre. Ses cheveux réunis en tresses pâles lui encadraient le visage. Ses yeux gris très clairs semblaient perdus dans un rêve anxieux. Il chantait en s'accompagnant d'une harpe légère.

Ma bien-aimée
Ma bien-aimée
Je vais vers toi, je ne sais où je vais
Ma bien-aimée
Ma bien-aimée
Je ne te connais pas, je te reconnaîtrai
Ma bien-aimée
Ma bien-aimée...

Il s'arrêtait pour regarder les femmes. Lorsqu'une était de dos il en faisait le tour pour la voir de face. Il hochait la tête, déçu, refusait la nourriture qu'on lui offrait, recommençait à chanter :

Je ne sais où tu es, je te retrouverai
Ma bien-aimée
Ma bien-aimée
Où que tu sois je viens vers toi
Reconnais-moi,
Reconnais-moi !...

Quelques femmes, touchées par les paroles de son chant et par une beauté qui se devinait sous la saleté, s'attardaient à le regarder avec curiosité, avec amitié, avec convoitise — si je le lavais, si je le rasais, si je... — puis se détournaient, gênées, troublées par le sentiment qu'il appartenait à un autre monde, comme un aveugle, ou une de ces plantes qui bougent, et qu'on ne peut voir qu'en rêve.

Reconnais-moi...
Reconnais-moi !...

Personne ne pourrait le reconnaître...

Les hommes ne lui prêtaient aucune attention, et les regards des femmes revenaient vite vers le centre nu de la plaine, où quelque chose allait se passer...

Guenièvre regardait par-dessus les têtes de la foule, sans rien voir. Près d'elle, le trône du milieu restait vide.

Et tout à coup il fut occupé. Celui qui s'y trouvait assis n'y était arrivé de nulle part. Même ceux qui étaient en train de regarder le siège vide en se demandant si, et qui, et quand, ne le virent pas surgir. Il n'était pas là. Et puis il y fut...

Son nom courut aussitôt jusqu'aux limites de la plaine en murmure puis clameur de joie :

— L'Enchanteur !... L'Enchanteur !...

Il se leva. Il avait dû, pour cette cérémonie, garder son apparence réelle, celle qu'il avait révélée à Viviane lors de leur première rencontre. Vêtu d'une robe couleur du cœur des marguerites, ses cheveux ceints d'une légère couronne d'or, paraissant âgé de vingt ans ou de trente selon qui le regardait, il offrait aux yeux ce qu'ils pouvaient voir de plus beau au monde sous les traits d'un homme dans son éclatante jeunesse. Debout, il parut très grand, bien qu'il eût gardé sa taille normale, et tous le virent, même les plus éloignés, et tous le reconnurent, alors que peu l'avaient rencontré, et nul sous son aspect véritable.

Il dénoua lentement la ceinture verte qui rassemblait les plis de sa robe, et la lança devant lui. Elle ondula, tournoya, se ferma en un cercle parfait et vint se poser au milieu du croisement des quatre routes, au centre exact de la plaine. Il était midi. Merlin ferma les yeux, mit ses mains sur son visage et appela les forces de l'air, de la terre, de l'eau et du feu.

Les petites brises qui folâtraient parmi la foule s'arrêtèrent, les fumées se figèrent, les foyers s'éteignirent. Entre la Bretagne d'Irlande et la Grande Bretagne les vagues de la mer devinrent molles et s'aplatirent, et la mer fut lisse comme l'eau d'une écuelle. Dans les corps de la foule le sang ralentissait. Le soleil devint blanc.

Dans le silence absolu une musique grave s'entendit, d'abord faible puis de plus en plus forte. On eût dit que dix, cent, mille, dix mille violes grandes comme des chevaux, comme des chariots, comme des maisons, jouaient de leurs plus grosses cordes une suite de six notes répétées, toujours les mêmes, toujours plus fortes, si fortes que la terre tremblait et les os tremblaient dans la chair et la chair sur les os, et au moment où il ne fut plus possible que cela devînt encore plus fort, il y eut une septième note, et la terre s'ouvrit.

Une bouche ronde s'ouvrit au centre de la plaine. La vapeur d'une haleine en sortit. La vapeur se dissipa et découvrit, dressée au-dessus du sol qui avait repris sa place, une quadruple couronne de pierres géantes, dont les plus grosses étaient si hautes qu'on pouvait les voir de tous les horizons.

La musique avait cessé. Dans un bruit de cataclysme, le sommet du ciel se déchira. Un éclair en jaillit et vint frapper le milieu de la plus haute pierre. Il se retira en y laissant plantée son extrémité aiguë : une épée à la poignée d'or, dont la lame, couleur du soleil, aux trois quarts enfoncée dans la roche, faisait corps avec elle.

L'archevêque de Camaalot, assis parmi les rois, se leva de son siège et se mit à prier Dieu à haute voix, à le remercier de ces prodiges et à demander sa protection pour le peuple et le roi. La foule répondit par un immense « Amen !... ».

La ceinture de Merlin était de nouveau nouée autour de sa taille. L'Enchanteur s'assit et dit à Arthur :

— Sire, je vous prie de tenir la Table Ronde au jour prochain de Pentecôte. C'est le jour où l'Esprit-Saint, qui est Dieu, descendit sur les apôtres réunis. Devant les chevaliers réunis ce jour-là viendra celui qui a été choisi par Dieu, qui tirera l'épée hors de la pierre, et mettra fin aux Temps Aventureux.

Et le trône du milieu fut de nouveau vide.

L'appel des trois amours avait arraché Lancelot à sa prison sans lui rendre son être. Etranger à lui-même, il errait parmi des humains qui ne lui paraissaient pas réels, qu'il eût voulu écarter de sa route des deux mains, comme de l'herbe haute, des roseaux qui font un vain bruit dans le vent. Il devait pourtant leur prêter attention, car se trouvait parmi eux la seule réalité : un visage, un corps, une âme, qu'il aimait et qu'il avait perdus. Il cherchait, il marchait, il chantait, il regardait, il cherchait. Jour après jour, certain qu'il trouverait. Alors tout serait éclairé...

Rose du matin
Ma bien-aimée
Ma bien-aimée
Je t'ai perdue, je te retrouverai
Ma bien-aimée
Je viens vers toi
Reconnais-moi...

Ni Merlin ni Viviane n'avaient pu renouer le contact avec celui qui vivait mais n'existait pas. Et Morgane l'avait perdu dès qu'il avait franchi la fenêtre. Mais le Diable le suivait d'un œil — il en a tant ! — comme une fourmi au creux de sa main.

— Où diable est-il ? avait demandé Morgane furieuse, frappant du pied, quand elle avait constaté son évasion.

— Je n'en sais rien..., répondit le Diable d'une voix innocente.

— Tu mens, naturellement !

— Pas plus que d'habitude... Mais qu'il soit en tel endroit ou ailleurs, quelle importance ? Regarde le beau piège qu'il a laissé derrière lui !... Que penserait ton frère Arthur s'il pouvait contempler la reine, sa chère femme, dans la liberté de ses ébats amoureux ?

Morgane, saisie, regarda les scènes peintes sur les murs et imagina son frère découvrant Guenièvre et Lancelot si ressemblants, si reconnaissables, si occupés...

Elle en devint rouge de joie anticipée.

— Il la verra ! dit-elle.

Elle se rendit à Salisbury pour l'arrivée des grandes pierres. Elle y assista du haut de la colline des rois vassaux, assise à côté du roi Frolle, encore impressionnant malgré son grand âge. Arthur espérait, sans trop y croire, que ce rude célibataire pourrait s'intéresser à sa sœur et réciproquement, et qu'il l'emmènerait pour toujours dans ses Alémagnes. Morgane pensa que c'était Guenièvre qui l'avait ainsi reléguée parmi les souverains soumis, et sa jubilation, à la pensée du mal qu'elle allait lui faire, s'en accrut.

La cérémonie terminée, elle alla trouver son frère sous la tente royale et l'invita à venir visiter son château, qu'il ne connaissait pas encore.

— Je viendrai, je viendrai, dit Arthur.

Mais le ton de sa voix signifiait qu'il ne viendrait pas. Il écoutait Kou le sénéchal qui lui demandait où il devait placer Lionel au repas qui allait suivre : avec les rois ou avec les chevaliers ?

— Parmi les rois, il sera avec sa femme, qu'il voit tous les jours, dit Arthur. Parmi les chevaliers il sera avec des amis, et avec son frère Bohor, qu'il ne voit pas souvent... Je pense qu'il préférera cela...

Il sourit.

— La reine ne nous le pardonnera pas...

— Bof ! dit le sénéchal.

Le roi prêtait l'oreille à la rumeur du peuple qui coulait vers le monument, tourbillonnait autour, le pénétrait, le traversait, pour regarder de près et toucher les pierres encore chaudes de leur voyage. Certains essayaient d'atteindre l'épée plantée au milieu de la plus haute, mais c'était trop haut, même pour les plus grands. Des sergents, en grand nombre, avaient peine à faire circuler la foule et à protéger l'emplacement où des serviteurs dressaient les tables du banquet qui allait réunir les invités du roi.

— C'est un beau jour ! dit Arthur, visiblement heureux.

— Bouf ! dit le sénéchal.

Et il sortit.

Avec les années, son agressivité s'était usée, le laissant seulement grognon. Il avait récolté dans la Quête un coup de lance qui lui avait traversé le ventre et cassé l'os du dos. Il survécut miraculeusement, mais l'os se ressouda de travers, et son torse formait un angle avec ses hanches. Il marchait comme un crabe, un peu de côté, un peu en avant. Un vieux crabe gris, rabougri, aussi increvable qu'un caillou.

— Mais si, mais si je viendrai ! dit Arthur, impatient, à Morgane qui exprimait ses doutes.

Elle regarda Guenièvre qui rêvait, qui attendait, toujours la même attente, et la même certitude qu'elle prendrait fin un jour... Morgane sut ce qu'elle devait dire :

— Si vous venez...
Elle fit semblant d'hésiter...
— Je vous montrerai quelque chose qui pourrait peut-être vous mettre sur la trace de Lancelot...
— Lancelot ?
Il semblait que Guenièvre et Arthur se fussent exclamés en même temps, mais c'était la reine qui avait parlé la première...
— Quelque chose ? dit Arthur. Qu'est-ce que c'est ? Pourquoi n'en avez-vous pas parlé plus tôt ?
— Je ne peux rien vous expliquer, il faut que vous voyiez vous-même...
Elle ajouta :
— Vous serez surpris !...
— Je serais surpris qu'on puisse le retrouver vivant, après un si long temps sans nouvelles, dit Arthur. Il est sûrement mort...
— Je crois qu'il est vivant, dit Morgane.
— Moi aussi ! dit Guenièvre, avec plus de fougue qu'elle n'aurait voulu.
Puis affectant d'être seulement polie :
— Nous viendrons, c'est entendu... Dès que le roi pourra...
— Si cela vous fait plaisir..., dit le roi à Guenièvre.
Et à Morgane :
— Après la Table Ronde... Je serai content de connaître votre château. On dit qu'il est ensorcelé...
— Qu'est-ce qui ne l'est pas ? dit Morgane.

Vint le jour de la Pentecôte, et quand tous les chevaliers furent assis avec le roi, cent neuf sièges seulement se trouvèrent occupés, outre celui d'Arthur. Trois chevaliers étaient morts depuis Pâques et le roi n'en avait pas fait de nouveaux. Il se proposait d'y pourvoir le lendemain. La cité grouillait d'adolescents valeureux venus pour se faire adouber et savoir si leur nom se trouverait tracé sur un des sièges vides.

Arthur se leva, tous les chevaliers se levèrent, et ensemble ils se recueillirent pour demander à Dieu de les aider à mener la Quête à bonne fin. Alors qu'ils avaient encore leurs yeux clos et leurs mains jointes, ils entendirent le bruit soudain d'une eau courante et sortirent pour voir de quoi il s'agissait.

Le fossé qui encerclait le château et constituait sa troisième défense s'était déroulé et coulait en forme de vive rivière. Pour arriver et pour partir, elle perçait les murailles des deux autres défenses. Le château de Camaalot étant bâti sur une hauteur, la rivière, pour parvenir jusqu'à lui, devait gravir la pente, ce qu'elle faisait tout droit. Cette rivière, depuis, n'a pas cessé de couler, mais elle fait le tour de la butte...

Et le roi et les chevaliers virent arriver, portée par le courant, couchée sur l'eau et flottant comme si elle eût été de bois léger, la plus haute pierre du monument de Salisbury, portant fichée en son milieu l'épée à la poignée d'or.

Bien que l'eau continuât de couler, la pierre s'arrêta près de la porte de la salle de la Table Ronde, juste au ras du pont baissé.

Des lettres de lumière palpitaient autour de l'épée. Arthur les lut :

> Qui délivrera
> de sa prison
> de roche
> l'épée venue du ciel ?

Gauvain, bien sûr, essaya le premier, comme il se lançait, toujours, le premier au combat. C'était l'heure de sa triple force. Il sauta sur la pierre et voulut saisir la poignée, mais n'y parvint pas. Sa main semblait trop grande, ou trop petite, ou glissante, ou se présentait mal, par la tranche ou même de dos. Furieux, il y mit les deux mains mais celles-ci s'étreignaient l'une l'autre au lieu d'étreindre l'épée et faisaient des nœuds avec leurs doigts...

Gauvain renonça et remonta sur le pont. D'autres essayèrent, avec le même résultat. Gerbaut, le plus jeune chevalier, dont la carrure était pareille à celle d'un taureau, la force énorme et la vertu très pure, n'éprouva aucune difficulté à saisir la poignée, d'une, puis des deux mains. Arc-bouté, ses muscles noués, ses os gémissants, il parvint à tirer l'épée de l'épaisseur d'un doigt. Mais elle se renfonça aussitôt d'une main. Gerbaut à son tour renonça.

— Puis-je essayer ? demanda un adolescent que personne n'avait remarqué.

Il se tenait au premier rang de la foule attirée par l'extraordinaire phénomène de la pierre flottante et les tentatives des chevaliers. Arthur le regarda et se demanda comment il avait pu ne pas le voir plus tôt. Il ne voyait plus que lui. Il portait un haubert de mailles couleur de fleurs de genêt, et ses courts cheveux en désordre étaient de la même lumière. Un fourreau vide pendait à la ceinture tissée d'or qui lui entourait la taille. Il ne devait guère avoir plus de quinze ans.

— J'ai un fourreau et point d'épée, dit le garçon en riant. Celle-ci ferait bien l'affaire...

— Tu peux essayer, dit Arthur.

Il sauta sur la pierre, léger comme un oiseau, saisit la poignée et, sans peine mais d'un élan parfait, tira l'épée hors de sa prison. Elle brillait comme une lame de soleil. Il la tendit vers le roi pour que celui-ci la vît bien. Il dit :

— Elle est belle !

Puis la ramena vers lui, la baisa et, sans regarder, la mit d'un seul geste au fourreau. Il rayonnait. Il était l'image de la joie. Personne parmi la foule ou les chevaliers ne pouvait plus le quitter des yeux. Il sauta sur le pont.

— Il me manque le baudrier... Je crois savoir où le trouver... Sire, me permettez-vous d'entrer ?

— Va ! dit Arthur.
Et le roi s'effaça pour le laisser entrer dans la salle de la Table Ronde...

La pierre, lentement, se remit en route. Elle remontait le courant vers Salisbury.

Les chevaliers se pressaient pour pénétrer dans la salle. Le roi regagna sa place et resta debout. Le garçon regardait les tapisseries, la grande table de marbre et les sièges qui l'entouraient comme les fleurons d'une couronne. Son regard disait que tout cela était beau et qu'il le savait. Il leva un peu les bras, les mains ouvertes à la hauteur de ses épaules, doigts écartés, paumes en avant, en un geste qui disait à la fois qu'il acceptait et qu'il donnait.

Il vit et désigna ce qu'il cherchait : le coffret posé sur la Table.
— Voilà ! dit-il.

En trois pas il fut près de lui et, pour l'ouvrir, s'assit sans façons sur le Siège Périlleux.

Un grondement terrible monta du fond de la terre, les murs tremblèrent, le siège et celui qui l'occupait, enveloppés de flammes, s'enfoncèrent dans le sol qui craquait comme des arbres de feu. Ils réapparurent aussitôt, intacts, les flammes s'éteignirent et la terre se tut. Le garçon riait. Le coffret s'était ouvert. Il contenait un baudrier tissé de fins fils d'or et d'acier et de fils plus fins encore, qui étaient les cheveux de Celle-qui-jamais-ne-mentit.

L'adolescent le prit, se leva, le passa sur son épaule et y accrocha sa ceinture.

— Après les deux épreuves dont tu viens de triompher, dit le roi, je crois que nous savons tous quel est ton nom, mais il convient que tu le dises de ta bouche. Beau vainqueur de la pierre et du feu, quel est ton nom ?
— Galaad..., dit Galaad.
— Qui est ton père ?
— Galaad..., dit Galaad. Mais vous le connaissez comme étant Lancelot du Lac...

Les chevaliers, que la succession des événements stupéfiants avait rendus muets retrouvèrent la parole pour s'exclamer :
— Lancelot ! Où est-il ? Qu'est-il devenu ?...

Galaad n'avait pas cessé de regarder le roi et n'entendait que lui.
— Beau fils, dit Arthur, sais-tu où est celui dont tu portes le nom et le sang ?
— Je ne sais, dit Galaad, mais je le saurai.
— Est-il vivant ?
— Je ne sais, mais je le crois.
— En quel pays as-tu grandi ?
— Au pays d'ailleurs, qui est en Petite Bretagne.
— Qui fut ton maître ?

Le visage de Galaad s'illumina.
— L'Enchanteur ! dit-il. Et la Forêt...
— Pourquoi, en ce beau jour, Merlin ne t'a-t-il pas accompagné ?

— Il est ici ! dit Galaad, avec un sourire de bonheur.

Merlin se montra, encadré par la porte, appuyé sur son bâton de houx.

— Sire, dit-il, je voulais qu'il vous montre tout seul ce qu'il est. Il n'a plus besoin de moi. Demain vous le ferez chevalier et la vraie Quête pourra commencer.

Galaad courut vers lui, s'inclina et lui baisa la main.

— Maître, dit-il, j'ai une autre tâche à accomplir d'abord... Et celui qui doit me faire chevalier n'est pas ici...

Il se tourna vers le roi.

— Sire, me permettez-vous de m'éloigner ?

— Va ! dit Arthur. Nul ne saurait te retenir...

Pour montrer son accord, Merlin s'écarta de la porte, laissant tout l'espace à Galaad.

Galaad sortit, se mit à courir, franchit les trois ponts et les murailles et arriva hors de la cité. Deux chevaux galopaient à sa rencontre, un blanc et un noir. Ils s'arrêtèrent et se cabrèrent en arrivant à sa hauteur. Galaad tira son épée et traça de sa lame, dans la direction du cheval noir, le signe de la croix. La sombre monture se fendit en quatre morceaux qui s'évanouirent en fumée. Galaad éclata de rire, rengaina et d'un bond fut sur le cheval blanc, ses cheveux brillant de la flamme du soleil. Et le cheval l'emporta vers l'horizon.

Arthur, Guenièvre, et leur suite d'écuyers, de sergents, de servantes et de serviteurs, franchirent le Canal sur trois vaisseaux, et chevauchèrent jusqu'au Val Sans Retour. Morgane, pour les recevoir, avait ouvert une large allée et fait pousser des fontaines qui la bordaient de jets d'eau gracieux. Elle permettait de découvrir de loin les lignes élégantes du château, longue demeure basse, comme couchée dans ses jardins, bâtie de briques rouges et noires alternativement disposées en des motifs de dentelles autour de hautes fenêtres. Aucun mur de défense ne l'entourait. Morgane voulait montrer ainsi qu'elle ne craignait personne.

Pendant qu'on servait des boissons et des nourritures aux gens de la suite, elle fit visiter le château au roi et à la reine. Toutes les chambres avaient évidemment disparu, sauf une... Sans que leurs occupants se fussent rendu compte de rien, elles s'étaient enfoncées dans le profond sous-sol, avec leurs jardins illusoires. De grandes pièces claires les remplaçaient, décorées de meubles sculptés et de tapisseries. Arthur remarqua qu'il y avait beaucoup de plantes vertes, qu'il ne reconnaissait pas pour des plantes des Bretagnes.

— Elles viennent des empires d'Afrique, dit Morgane. Elles me divertissent...

Elle en caressa une, qui se mit à ronronner. Arthur, amusé, tendit la main vers une feuille ronde. La plante siffla, la feuille s'enroula en pointe et le piqua.

— Aïe !... Je n'aime pas vos sorcelleries ! dit le roi à sa sœur.
— Il n'y a aucune sorcellerie !... C'est leur nature... Elles ne se laissent toucher que par moi... Il faut les connaître...
Elle fit trois pas vers la porte d'une autre pièce, s'arrêta et dit :
— Et elles attrapent les souris !
— Qu'en font-elles ?
— Elles les mangent !...
On eût dit qu'elle venait d'en croquer une, en se régalant... Elle riait. Guenièvre frissonna. Dès son arrivée au Val Sans Retour elle avait senti peser sur elle, physiquement, la malfaisance de Morgane. Elle était certaine que celle-ci allait leur apprendre de mauvaises nouvelles. Mais tout plutôt que ce silence, ce désert, cette absence totale et interminable... Elle réprimait son impatience, n'osant prononcer la première le nom de Lancelot.
— Et Lancelot ? dit enfin Arthur. Que vouliez-vous nous montrer, à son sujet ?
— Nous y arrivons... Je dois d'abord vous dire qu'il a vécu ici...
— Ici, Lancelot ?
— Je l'ai rencontré à la sortie de la Forêt Perdue. Il y avait laissé sa raison, dans quelque aventure. Il ne savait plus qui il était, il savait à peine parler, il était pareil à un enfant qui commence à marcher... Je l'ai pris par la main, il s'est laissé conduire, je l'ai hébergé, nourri, soigné, en vain, pendant des mois...
Arthur était aussi stupéfait que furieux.
— Pourquoi n'en avez-vous rien dit ? Pourquoi ce silence ? Qu'est-il devenu ? Où est-il ?
Guenièvre sentait quelque chose de monstrueux s'approcher d'elle. La visible jubilation de Morgane la terrifiait. Qu'avait-elle fait à Lancelot ?
— Pourquoi je n'ai rien dit ? Vous allez le voir... Où il est ? Je n'en sais rien... Un matin, sa fenêtre était ouverte et il n'était plus là... Sans doute a-t-il considéré qu'il avait terminé sa tâche...
— Quelle tâche ?
— Il avait commencé à tracer des dessins sur un mur de sa chambre. Je lui ai donné des couleurs et des pinceaux. Il a couvert les quatre murs d'une quantité de scènes se rapportant toutes à un même souvenir, un moment de sa vie qu'il n'avait pas oublié, le seul, tout ce qui lui restait de son passé... Pour le revivre ? Pour s'en délivrer ? Je ne sais. Quand il n'a plus eu de place où peindre, il est parti... Regardez : c'est très beau...
Elle ouvrit la porte de la chambre et s'effaça.
Le roi entra le premier...
Peinte au centre du mur d'en face, une femme nue, un peu plus grande que nature, illuminée par le soleil venu de la fenêtre, l'accueillit comme une vivante. Allongée sur des fourrures, épanouie, radieuse, elle le regardait.
Il ne la reconnut pas. A cause du bonheur qui rayonnait de son

visage, tel qu'il ne l'avait jamais vu. Quant à son corps, il ne l'avait jamais regardé...

La surprise le rendit un moment silencieux, puis il retrouva sa respiration...

— C'est très beau, en effet, dit-il. Qui est-ce ?
— Vous ne la reconnaissez pas ? Réellement ? Regardez-la bien... Regardez les scènes autour d'elle...

Il regarda... Et au premier duo il reconnut Lancelot. Puis elle...

Il passa d'un tableau à l'autre. Les couleurs étaient vives, le dessin fidèle. Il devint violet, blême, il serra les poings, il cria :

— Sorcière ! Qu'avez-vous inventé là ? Je vais vous livrer à l'Eglise ! Vous serez jugée. Cette histoire est une invention diabolique ! Guenièvre, avez-vous vu ce qu'elle a osé...

Il se tourna vers la reine, et sa colère s'écroula.

Guenièvre, debout au milieu de la pièce, immobile, raidie, pleurait. Son regard allait lentement d'une scène à l'autre, et le souvenir et le regret atroce lui labouraient le corps et le cœur. Les larmes coulaient sur son visage, sur sa robe, sans arrêt, et elle ne savait pas qu'elle pleurait. Elle se déplaça vers le mur de gauche, elle semblait ne pas marcher, glisser lentement sur le sol. Près de la fenêtre, Lancelot s'était représenté presque de face. Elle s'approcha de lui. Heureux, avec un amour infini il la regardait venir. Elle baisa ses lèvres peintes, posa sa joue contre sa joue et brusquement se mit à sangloter, puis à crier, de désespoir et d'horreur.

Morgane toucha le bras d'Arthur, qui regardait Guenièvre avec stupéfaction. Il avait la bouche à demi ouverte, sa courte barbe grise tremblait. Il semblait en proie à l'incompréhension et à la consternation plus qu'à la colère.

— Il va falloir la punir, dit Morgane.

Bénigne posa une nouvelle boîte au bord de la tombe de Bénie, en son jardin. La tombe était entourée de sept rangs de boîtes de petits pois, de choucroute, de haricots verts, de pêches et de poires, de maïs, de lait condensé, de fruits de la passion, et d'autres belles nourritures, toutes fleuries. Il suffisait à Bénigne d'emplir de terre une boîte et aussitôt une plante y poussait et fleurissait, quelle que fût la saison. C'était le sortilège que Merlin lui avait laissé entre les mains.

Au cours des ans, elle avait perdu ses nouvelles dents et ne demandait plus guère à son placard. Elle mangeait menu et tendre, elle mangeait peu, mais cela faisait quand même toujours de nouvelles boîtes. Elle en avait posé des deux côtés du chemin, presque jusqu'au village, fleuries de pétunias et de géraniums, elle en avait planté dans le sable de la dune, partout jusqu'au sommet, et la dune ravie de se voir si belle n'osait plus bouger.

Bénigne ne sortait pas les jours de grand vent de peur d'être emportée comme un brin d'algue sèche, elle était réduite à rien, elle avait oublié son âge, elle se croyait si vieille qu'elle ne pouvait plus vieillir.

Lancelot entra dans le jardin comme elle se redressait, au bord de la tombe. Il avait suivi le chemin fleuri, essayant de se rappeler un autre chemin, d'autres fleurs avec des lumières, qui conduisait à celle qu'il n'avait pas retrouvée.

Il trouva Bénigne qui le regarda de bas en haut, elle était devenue à peine plus grande qu'une fillette.

— Hé ben, beau doux garçon, lui dit-elle, je vois que tu as une musique... Tu devrais ben en jouer un peu pour celle-là qui est là-dessous et qui a pas eu beaucoup l'occasion d'en entendre avant de trépasser, la pauvre...

Il joua, pour celle qui était là. Et il chanta, pour celle qu'il cherchait :

Champ de blé doré,
Rose en sa rosée,
Fleur de prime saison,
Fruit de toutes saisons
Mon aimée
Mon aimée
Reconnais-moi...

— Ben, dit Bénigne, comment tu voudrais-t-y qu'elle te reconnaisse, la pauvre morte ? Et c'était pas toi qu'elle attendait, la pauvre, il avait le poil noir...

Lancelot sourit.

— Celle qui est là n'est pas morte, dit-il. Ecoute-la...

Il pinça la plus grave corde de sa harpe, et du fond de la tombe le même son lui répondit.

— Tu entends ? C'est son cœur..., dit-il.

Il recommença et de nouveau Bénie lui répondit, paisible.

Bénigne avait l'oreille très dure, qui n'entendait que ce qu'elle voulait bien, parfois même pas la tempête, mais parfois les pas des fourmis sur le mur.

Lancelot continuait son dialogue.

— Elle attend, dit-il doucement, elle continue d'attendre...

— Y a qu'à te regarder pour voir ce qui te fait entendre des voix, dit Bénigne. T'as pas dû manger depuis huit jours... Viens au placard !...

Quand il fut nourri il s'endormit, étendu sur la maigre couche de Bénie. Réveillé, il se trouva si bien en cette demeure tranquille qu'il resta.

— Tu es sale comme trois cochons, lui dit Bénigne. La mer est haute, va donc te mouiller et te frotter. Et je te couperai ta barbe et tes cheveux, que bientôt la chouette pourrait y faire son nid... La pauvre Bénie aussi voulait garder ses cheveux longs. A quoi ça sert ? C'est qu'un embarras...

Elle lui lava et rapetassa sa robe. Et elle le fit manger, elle lui ouvrait sans cesse de nouvelles boîtes.

— Tiens, mange donc un morceau, c'est le moment...

C'était toujours le moment. Il reprenait formes et couleurs. Chaque jour il allait dans le jardin, jouer pour Bénie. Et elle lui répondait. Un matin, il dit à Bénigne :

— Grand-mère, je suis bien, près de toi et de celle qui attend, mais je dois m'en aller, maintenant...

— Et où donc que tu vas, beau neveu ? C'est-y loin ?

— Grand-mère je ne sais...

— Qui que c'est-y que tu cherches, celle que tu lui chantes « reconnais-moi reconnais-moi »... ?

— Grand-mère je ne sais...

— Eh ben, t'es pas près de la trouver !... Emporte donc quelques boîtes, pour l'en-cas...

Elle avait un vieux sac de pêcheur, accroché au mur. Elle y mit de la daube et du cassoulet. Du solide. Elle sortit pour le passer au cou de Lancelot. Debout devant la porte, il regardait vers le soleil levant, du côté de la terre. Un cavalier arrivait au galop, dans un nuage de poussière dorée. En approchant, il mit son cheval au trot, puis au pas, puis s'arrêta. C'était un adolescent, tout jeune, à peine jailli de l'enfance, mince et solide, qui deviendrait un homme superbe, s'il en avait le temps. Ses cheveux courts en désordre avaient la couleur des primevères et ses yeux étaient d'or clair.

Bénigne laissa tomber son sac et joignit ses vieilles mains tordues. Elle n'avait jamais vu sur un visage tant de jeunesse, tant de lumière et tant de bonheur.

— Beau Jésus, dit-elle, qui c'est-y qui nous arrive ?

Le cavalier sauta de son cheval, mit ses deux genoux à terre devant Lancelot, lui prit la main et la posa sur sa tête baissée, en signe de respect. Puis il leva vers lui son visage radieux.

— Père ! Enfin je vous retrouve !...

— Beau doux fils, qui es-tu ? demanda Lancelot gentiment.

— Père, je suis Galaad, votre fils de chair, né de vous et de Elwenn, qui vous a donné sa virginité et son amour, d'où je fus conçu parce que Dieu le voulut.

Lancelot secoua doucement la tête.

— Je n'ai pas de fils... Je ne connais pas Elwenn... Celle que j'aime et dont je me souviens dans mon corps et dans mon âme se nomme... Son nom est... Ah ! Je suis toujours sur le point de le connaître et toujours il m'échappe... Je la cherche depuis si longtemps... Peut-être la connais-tu ?

Il regarda avec plus d'attention Galaad agenouillé devant lui, et il eut de la joie à le regarder.

— Tu es beau..., dit-il. Je serais heureux d'être ton père... Qui es-tu ? Et que me veux-tu ?

— Je suis Galaad, votre fils de sang. Et je suis venu vous demander de me faire chevalier... Je ne veux l'être que de vous...

Il tira de son fourreau l'épée tombée du ciel, la prit par la lame et en présenta la poignée à Lancelot.

Lancelot la saisit d'un geste instinctif, d'un geste qu'il connaissait, qui venait du plus profond de ses nerfs et de ses muscles. Sa main se referma de la façon exacte qu'il fallait pour la meilleure prise, et quand il leva l'épée lâchée par Galaad, il sut ce qu'il devait dire et accomplir pour faire de cet enfant un chevalier. Il dit :

— Sois chevalier !

Et le frappa du plat de l'épée sur l'épaule gauche. L'épée dans sa main et sur l'épaule de Galaad fut le lien qui rassembla le père et le fils. Et Lancelot se rappela qui il était.

Il reçut en bloc tous ses souvenirs. Ce ne fut pas un choc, mais la suite naturelle de son être, comme s'il continuait, sans interruption, l'instant où la première goutte d'eau empoisonnée avait touché ses lèvres. Il fut surpris par le brusque changement du paysage et des circonstances, mais avant de chercher à comprendre il lui fallait achever ce qu'il avait commencé. Il dit :

— Sois preux !

Il frappa l'agenouillé sur l'épaule droite, et lui présenta l'épée dans ses deux mains ouvertes.

Galaad la prit, se releva, et la mit au fourreau avec une aisance qui ravit son père.

— Elle est belle ! dit Lancelot. Qui te l'a donnée ?

— Je l'ai arrachée d'une pierre. Je ne sais qui l'y avait mise...

— Où sont ton heaume et ton écu ?

— Je n'en ai, ni n'en veux. L'épée suffit...

— Qui t'a enseigné ?

— Je m'en suis chargé, dit Merlin.

C'était un merle qui parlait, perché sur la selle du cheval de Galaad. Viviane se posa près de lui, sous la forme d'une mésange. Elle avait retrouvé Lancelot dès qu'il s'était retrouvé lui-même. Merlin l'avait précédée de peu. Il n'avait jamais perdu de vue Galaad, depuis que l'adolescent avait quitté Camaalot. Il savait qu'il cherchait son père, et qu'il le trouverait.

— Hé ben, dit Bénigne, voilà-t-y pas un merlot qui cause ?

— Vieille chatte ! dit le merle. N'es-tu pas capable de reconnaître un ami quand il change de robe ?

Le cheval devint un âne qui portait Merlin en son apparence de bûcheron.

— Une chatte ? lui demanda Bénigne, quoi c'est-y ?

— Une gentille bestiole d'un royaume d'Afrique, dit le bûcheron. Elle aime le coin du feu, comme toi...

Et Merlin se montra dans son apparence réelle.

— Merlin ! dit Lancelot.

— Te voilà enfin sorti des griffes du Diable... dit Merlin.

— Ah ! Ah ! ricana le Diable, je n'en ai pas fini avec lui ! Tu le sais bien !...

C'était une branche desséchée de genêt épineux qui se trouvait là tout à coup et qui parlait.

— Saloperie de cornu, dit Bénigne, veux-tu t'en aller !

Elle lui cracha dessus et lui fit le signe de la croix. La branche se consuma en grinçant des dents...

— Les griffes ?... Le Diable ?... Je ne comprends pas, dit Lancelot.

En retrouvant ses esprits, il avait oublié tout le temps passé dans le sortilège, et qu'il avait involontairement trahi ses amours, avant de disparaître.

Il ignorait le présent comme il avait oublié le passé. Merlin le regardait avec gravité, se demandant comment lui dire, sans le meurtrir, les nouvelles tragiques dont il était porteur. Il ne trouvait en ses pouvoirs aucune ressource.

Il appela à mi-voix :

— Viviane !...

Pour les mêmes raisons, elle n'avait pas encore osé se montrer, et aussi parce qu'elle avait été saisie par le changement de Lancelot. Elle avait toujours pensé à lui comme à son beau doux fils, son beau-trouvé, son chevalier adolescent, blanc comme la lune nouvelle, et elle se trouvait en face d'un homme mûr, achevé, marqué par le temps, durci par les errances et les épreuves, au visage de cuir et aux muscles de fer, dont seul le regard avait gardé la fraîcheur et la clarté de la jeunesse. Alors qu'elle-même n'avait pas changé...

Quand elle répondit à l'appel de Merlin et apparut près de lui dans la splendeur de ses seize ans, vingt ans peut-être, elle eût pu passer pour la fille de Lancelot, au lieu de celle qu'il appelait...

— Mère !

Il tomba à genoux devant elle, referma ses bras sur elle et pleura de bonheur, le visage enfoui dans sa robe. Elle était comme il l'avait toujours vue en pensant à elle, il n'y avait rien de changé.

Viviane, bouleversée, caressait ses cheveux clairs parmi lesquels devaient se trouver des cheveux blancs qui ne se voyaient pas... Elle murmurait, rien que pour lui :

— Beau doux fils, mon trop-aimé, mon perdu, mon retrouvé...

Comment lui dire ? Comment lui dire ?...

Merlin décida d'être brutal. Il appela :

— Lancelot !

Toujours à genoux, ses bras autour de Viviane, Lancelot tourna la tête vers l'Enchanteur en reniflant comme un enfant.

— Tu sais maintenant qui tu aimes ?

Il cria :

— OUI !

Il se dressa, glorieux.

— Et je viens la chercher ! Et je l'emporterai !

— Ecoute bien, dit Merlin. Ce que tu sais, le roi le sait aussi. Il sait tout. Il a fait juger la reine. Elle a été reconnue coupable d'adultère, et il va la brûler !

— Le temps presse ! dit Galaad. Le temps presse !...

D'un saut il fut en selle. Son destrier léger, en redevenant cheval, avait encore affiné ses formes, et son poil avait pris la même teinte que les cheveux de son cavalier.

Bénigne les regarda s'en aller sans bruit, au pas devant la dune fleurie qui les encadrait de mille couleurs. Ils dépassèrent la dune, Galaad mit le cheval au galop et ils ne furent bientôt plus qu'un point de lumière au fond des yeux de Bénigne.

Elle se retourna pour dire à l'Enchanteur ce qu'elle pensait de tout cela. Mais il n'était plus là, ni la belle Dame, ni celui qui jouait de la musique.

Elle soupira

Elle était contente d'avoir eu de la visite, mais me voilà bien seule de nouveau... Tiens il a oublié ses boîtes... Je vais ouvrir celle qui a des petites fèves et de la saucisse... Avec un petit coup de cidre...

Elle alla s'asseoir près du feu, prit sa vieille cuillère de bois piquée dans un trou du mur et vida la boîte en un clin d'œil. Il y avait longtemps qu'elle n'avait pas autant mangé.

— Ça console, dit-elle à la bestiole qui la regardait, assise sur son petit derrière.

« Tiens ! qu'est-ce que tu fais là, toi ? Je t'avais pas vu !... Quoi c'est-y ce bestiau ?

— Je suis une chatte, dit le bestiau.

— Ah c'est donc ça ?... L'Enchanteur m'avait pas dit que tu causais... D'où c'est-y que tu sors ?

— Je viens d'Egypte. C'est un royaume d'Afrique, en haut à droite.

— Encore un pays de sauvages !

— Tous les hommes sont des sauvages, dit la chatte.

Elle se leva et fit un petit tour devant le feu, sur ses pattes légères, et puis un autre en sens contraire, pour bien se faire admirer de tous côtés. Elle était petite, blanche avec une tache couleur d'orge sur le flanc gauche, en forme de nuage, et une autre plus petite sur le flanc droit et une troisième sur le dos. Les yeux bleus et le nez rose. Et une longue queue fine, bien verticale, avec juste l'extrémité qui ondulait.

— Je m'appelle Fumette, dit-elle.

— C'est pas un nom dit Bénigne. Je t'appellerai Cri-Cri...

— Comme tu voudras. De toute façon je ne viens pas quand on m'appelle.

Elle lui sauta sur les genoux et s'y coucha en rond.

— Quoi c'est-y ce bruit que tu fais ? demanda Bénigne.

— Je ronronne, dit la chatte. Ça veut dire que je suis bien.

— Moi aussi, dit Bénigne.

GALAAD. Il filait comme une flèche vers son but. Il ne savait pas où se trouvait le Château Aventureux, mais devinait à chaque instant la direction à prendre pour s'en rapprocher. De même qu'il avait su, à chaque croisée de chemins, choisir celui qui le conduirait vers son père.

Il ne savait pas quelle serait la durée de sa course, des jours ou des mois, seulement qu'il ne devait se laisser arrêter par rien.

Le Diable comprit que celui-là ne se laisserait pas engluer dans l'exquise douceur féminine. Il ne pouvait le combattre que par l'abominable. Il lança d'abord contre lui la horde de ses chiens jaunes, ceux qui avaient transformé en désert le Pays Gasté en dévorant tout ce qui y vivait, hommes, bêtes, plantes et arbres. Galaad traversa la plaine grouillante en ramant à gauche, à droite, à grands coups d'épée. Son cheval mordait comme un lion. Ils ne ralentirent pas. Ils laissaient derrière eux une route de sang que couvraient aussitôt les déchireurs de cadavres.

Le Diable ramassa sept tempêtes sur les océans, les assembla et les pressa entre ses mains et en fit un dragon gigantesque qui se rua vers Galaad en brisant tout sur son passage.

Galaad fonça sur lui et se dressa sur ses étriers en hurlant le nom secret de son cheval. Celui-ci lui répondit, criant comme le vent, et d'un seul élan sauta par-dessus la monstrueuse bête, à qui, au passage, l'épée de Galaad creva les yeux. Les tempêtes, depuis, tournent en rond sur le monde, croyant aller tout droit.

Le Diable fit surgir brusquement, devant Galaad au grand galop, la montagne de marbre noir au sommet de laquelle poussent les tournesols de la nuit. Galaad se tailla un chemin dans le marbre, mit la montagne en pièces et délivra les huit cent douze demoiselles qui la portaient sur leur dos.

Alors qu'il traversait le royaume d'Auvergne, le Diable en décapita les montagnes et fit cracher sur lui, par les plaies ouvertes, les feux de son enfer.

Du plat de son épée, Galaad ferma les blessures puis, un peu las, s'étendit sous un châtaignier pour prendre un instant de repos. Le Diable lui dépêcha les sept vipères de l'arc-en-ciel, une de chaque couleur, les plus mordeuses, les plus venimeuses des tueuses rampantes. Elles s'endormirent dans ses bras.

LANCELOT. Les Bretagnes crient son nom. « Lancelot revient ! Lancelot arrive ! »

Le chevalier blanc, après avoir franchi le Canal, traverse le pays de Logres comme un météore. Viviane lui a donné un cheval et des armes, et son enseigne aux deux lunes d'argent, celle du commencement et celle de la fin. Elle a retrouvé, pour l'attacher à son heaume, l'écharpe de Guenièvre.

Lancelot s'enfonce dans le royaume d'Arthur comme une épée. Derrière et devant lui on commence à se battre. Ceux qui prennent parti pour la reine, contre ceux qui prennent le parti du roi. Accourant du sud où elles viennent de débarquer, galopent vers Camaalot les armées de Lionel et de Pharien, qui ont dénoncé leur allégeance à Arthur et volent au secours de la reine. Gauvain cœur fidèle arrive de l'ouest avec l'armée d'Orcanie, dont il est le souverain, pour défendre son roi. Son jeune frère, Mordret le Maudit, dont Arthur est le seul à savoir qu'il est son propre fils incestueux, a pris la tête d'un parti de Saines et arrive du nord pour combattre son frère et son roi. Il espère succéder à l'un ou à l'autre, ou peut-être aux deux.

Frolle s'est fait hisser sur son cheval énorme et arrive avec six vaisseaux chargés d'Alémans barbus. Il veut se libérer de son vasselage en tuant Arthur.

Déjà la bataille, encore confuse, s'est engagée au sud de Camaalot. Dans la cité même, des femmes, des jeunes garçons, ont essayé, avec des armes dérisoires, de prendre le donjon pour délivrer la reine. Les sergents du roi les ont massacrés.

Gauvain, Sagremor, les douze Yvain, fils, petits-fils et neveux des trois premiers Yvain de la Table Ronde, sont au sommet de la Tour, regardant les campagnes qui fument de toutes parts, de la poussière des combats, et des incendies.

— Sire, dit Gauvain, il est encore temps, renoncez !... Mettez la reine en un couvent, mais renoncez à cette atrocité ! Pardonnez !

Le visage d'Arthur est dur comme de la pierre et blanc comme ses cheveux. Son haubert d'acier et son heaume sont recouverts d'argent. Il est armé de ses deux épées, Escalibur et Marmiadoise.

Entre la deuxième et la troisième défense, au bord de la rivière qui coule depuis Pentecôte à travers la cité, s'élève le bûcher où sera brûlée Guenièvre.

— Si je ne fais pas la justice avec la reine, dit Arthur, comment pourrai-je la faire avec mon peuple ?

— Roi ! tu n'as plus de peuple ! crie le plus gros des douze Yvain. Il est temps d'aller nous battre...

GUENIÈVRE. La reine est enfermée dans le cachot souterrain de la tour au sommet de laquelle elle monta si souvent pour guetter le retour de celui qu'elle aimait. On ne sait rien d'elle. Elle ne sait rien du monde. Elle sera brûlée le dixième jour du mois d'août, jour consacré au souvenir de saint Laurent, qui fut martyrisé par le feu, sur un gril.

BÉNIGNE. La chatte ne lui a pas dit qu'elle est enceinte. Elle mettra au monde cinq chatons de différentes couleurs. Devenus adultes, après le départ de l'Enchanteur, ils seront pourchassés par les paysans du village qui, n'ayant jamais vu de telles bêtes, les croiront envoyées par le Diable. Ils en brûleront trois.

Bénigne réussira à sauver un couple, qui aura de nombreux descendants. Par bonheur pour nous.

PERCEVAL ? Où est Perceval ? Que fait-il ? Gauvain se le demande, voudrait bien savoir s'il est mort ou vivant, voudrait bien qu'il soit là pour se battre avec lui près d'Arthur.

Il est très loin. Il ignore ce qui se passe et se prépare au royaume de Logres. Après son échec au Château Aventureux, il n'a pas renoncé à se présenter une nouvelle fois devant le Graal. Cette fois-ci il osera poser une question, et même plusieurs ! Mais il faut d'abord trouver la Demeure. Année après année, il est reparti, sans rien trouver, et sans se décourager. Il a traversé les aventures et les sortilèges, donné des coups, reçu des blessures, donné la mort, sauvé des vies et des honneurs, gardant intacts son espoir, son courage, et la fraîcheur de son esprit.

Cette année, il a décidé de prendre une direction que personne ne prend jamais, il a tourné le dos à tous les chevaliers, il est parti vers le haut du monde.

Il a dû tailler son chemin à travers les Saines, puis les Saxons et des guerriers inconnus, il a rencontré de moins en moins d'êtres humains, puis plus du tout, et il est arrivé dans un pays où c'est de la glace qui pousse à la place de l'herbe, où les poissons sortent de l'eau pour donner le sein à leurs petits, où les oiseaux marchent et ont des bras à la place des ailes.

Il a regardé ces choses nouvelles avec une joie toute fraîche. Ce n'est plus son destrier qui le porte, mais son bidet d'adolescent. Ni lui ni son bidet ne se sont nourris depuis des jours, et c'est toujours le même jour car le soleil ne se lève plus.

Enfin il voit briller devant lui un château qui ressemble à un bouquet de verre. Ses tours sont rondes et pointues, de largeurs et de hauteurs diverses, et plus Perceval s'approche, plus il en découvre.

Le château est entièrement transparent. Les rayons du soleil le traversent, sans rien montrer de l'intérieur. Après en avoir fait le tour, Perceval comprend qu'il ne peut pas aller plus loin : il est en haut du monde. Il n'a pas trouvé de porte pour entrer dans le château. Il pousse sa monture et ils passent à travers le mur, à la suite du soleil. Ils avancent par de larges couloirs, parcourent des pièces et des cours, franchissent des murailles, et arrivent au centre du château.

C'est une grande chambre ronde emplie du soleil, de la tiédeur, et des parfums et des couleurs du printemps. Au centre de la chambre se dresse un grand lit rond, blanc, blanc, blanc. Sur le lit est couchée Bénie dans une longue chemise de dentelles. Elle se lève. Elle sourit, elle est bien portante et heureuse, ses cheveux la couvrent jusqu'à la taille d'une lumière dansante. Elle tient dans la main droite un géranium rose et dans la gauche un pétunia rouge. Elle les tend à Perceval. Il n'a plus de cheval, il n'en a plus besoin. Il court vers

Bénie et la serre dans ses bras, et tous les deux se mettent à rire. Il a tant de choses à lui raconter. Il a fini de chercher. Elle a fini d'attendre.

LES PIERRES. Celle qui portait l'épée a repris sa place. Une cicatrice la marque à l'endroit où la lame la pénétra.

Les générations passeront et les pierres s'useront, seront mutilées, certaines emportées, et le souvenir de leur surgissement devant le peuple du royaume de Logres sera perdu. On ne saura plus qu'il s'agit de la quadruple couronne du roi Arthur. On ne saura plus rien, à l'époque où on croira tout savoir. On donnera à la quadruple couronne un nom banal, qui n'a qu'un sens évident, Stonehenge : enclos de pierre.

Pour connaître son vrai nom il suffit de changer une lettre. On connaît alors aussi sa fonction, dont Merlin n'a rien dit à personne.

Au-dessous de Stonehenge, à la profondeur qui convient, passe un large fleuve dont le courant est si lent que l'eau en paraît immobile. Il traverse la plaine de Salisbury et joint le Canal à la mer d'Irlande. Juste sous les Pierres, au milieu du fleuve, une île émerge des eaux. C'est l'île d'Avalon, avec son château de fer. Où Arthur attendra.

L'EAU SANS BRUIT. Arthur veut faire toute la justice. Il va brûler Guenièvre, il tuera Lancelot, et punira leurs complices. Mais Malehaut, réfugiée en un couvent, est intouchable, et Galehaut, de retour dans le royaume du Dessous, ne peut être atteint. Faute de mieux, Arthur a décidé de faire raser le château de l'Eau Sans Bruit. Il a envoyé sur place un convoi de démolisseurs, maçons contre les murs, bûcherons contre les arbres, laboureurs contre les jardins, et une quantité d'hommes de toutes mains et de fortes mules pour s'attaquer au rocher de l'eau, boucher les sources, casser les fontaines, combler les étangs, piéger les oiseaux.

La caravane est arrivée sur les lieux au bout d'un jour de marche, et n'a rien trouvé. Il n'y a là ni château ni construction aucune, ni parcs ni jardins, ni rocher avec ou sans eau, ni aucune eau avec ou sans bruit.

Le chef du convoi, qui connaissait bien le domaine pour y être souvent venu, est certain de ne s'être pas égaré. Cependant, devant l'évidence, il décide de revenir en arrière et de refaire le chemin en prêtant bien attention à tous les carrefours, collines, rivières, repères du trajet qui lui est familier. Et il aboutit de nouveau à l'endroit où le domaine de l'Eau Sans Bruit *ne se trouve pas.*

Il suppose qu'il n'est pas allé assez loin. Et la caravane se remet en marche pendant une demi-journée, sans rien trouver.

Alors il cherche à gauche, puis il cherche à droite, et depuis une semaine la caravane serpente et zigzague dans la campagne, le chef du convoi ne sachant comment il va annoncer au roi qu'il n'est pas nécessaire de raser le domaine de l'Eau Sans Bruit, car celui-ci a déjà cessé d'exister.

VIVIANE. Elle suit Lancelot. Merlin lui a dit : « Suis-le, aide-le si tu veux, que tu l'aides ou non rien ne sera changé, ce qui doit être fait sera fait. Il n'y a pas deux fins possibles. »

MERLIN. Malgré son assurance, il a rejoint Galaad. Il ne doit pas l'aider. Il ne peut pas. Mais on ne sait jamais...

Arthur a rassemblé autour de la cité les troupes fidèles qui livraient des combats dispersés. Leurs adversaires les pressent, et il en arrive sans cesse de nouveaux. La bataille ne s'arrête pas.

La cité est vulnérable, et le château lui-même, le château imprenable, cédera peut-être quand les armées de Pharien et Lionel, et les Alémans de Frolle, se joindront aux Saines et aux vassaux révoltés. Et d'autres Saines se sont mis en route, et les Saxons ont franchi les frontières. Camaalot risque de fondre comme un château de sable quand monte la marée. Pharien et Lionel avec son frère Bohor seront là demain, Frolle un jour plus tard. Lancelot sera là aujourd'hui. Il faut tenir un jour. Demain le bûcher sera allumé et justice faite. Ensuite, que la victoire aille aux plus vaillants...

Sans grande conviction, Arthur a appelé Merlin, n'espérant pas être entendu.

— Merlin, mon ami, ne viendras-tu m'aider ?

Merlin a entendu et répondu :

— Pardonne !...

Ce fut la fin du dialogue.

Arthur a fait dresser des embuscades sur le chemin de Lancelot. Celui-ci, et les chevaliers qui se sont joints à lui ont tout balayé, sauf le dernier parti, qui est fort de plus de cent guerriers. Lancelot se bat contre eux depuis une heure, et ne parvient pas à percer le rempart qu'ils lui opposent. Il ne cherche pas à vaincre, mais à passer. Ses adversaires ont l'ordre de lui barrer la route, et malgré leurs pertes se reforment sans cesse devant lui. Ils ne sont plus qu'une cinquantaine, mais Lancelot n'a plus que trois hommes à ses côtés. Il est fou de rage. Camaalot est maintenant si proche, et il piétine...

Alors surgissent, dans une clameur, Pharien, Lionel et Bohor, qui ont devancé leurs armées, et que suivent ceux de leurs hommes qui ont pu se montrer aussi rapides qu'eux.

Lancelot leur hurle un merci et fonce de nouveau, avec eux. Le rempart ennemi se disloque et se disperse. La route de Camaalot est ouverte.

Morgane est restée en son château. C'est tellement plus commode...

Assise en un monceau de coussins, entourée de ses plantes vertes préférées, elle peut, de si loin, par-dessus les terres et le Canal, voir tout ce qui se passe à Camaalot.

Un sortilège du Diable a transformé le mur de verre qui lui fait face. La réalité s'y reproduit en même temps qu'elle surgit ailleurs, avec ses mouvements, ses couleurs, ses bruits, ses odeurs. Le Diable est là-bas, ici, partout, et c'est ce qu'il voit qu'elle voit. Parfois les combats débordent dans la pièce, et le sang coule jusqu'aux pieds de Morgane. Elle en frissonne d'excitation. Ses plantes vertes tremblent de toutes leurs feuilles, d'avidité insatisfaite. Elle entend le Diable laper le sang et grogner de plaisir. Puis gronder de fureur : du sang, un fleuve de sang, mais pas une âme ! Tous ces tueurs sont aussi innocents et aussi bêtes que des nourrissons...

Arthur, peut-être... Si Arthur ne pardonne pas, lui sera-t-il pardonné ?

Morgane, sûrement... Mais quelle âme revêche, dure et moisie !...

Morgane voit arriver Lancelot et ses compagnons, qui commencent à tailler dans les défenseurs de la cité.

Elle se dresse et crie au Diable :

— Tue-le ! Tue-le ! Mange-le ! Il est à toi !...

— Non ! dit le Diable jubilant. Pas tout de suite ! Regarde-le ! Quel travail il fait !

— Guenièvre je viens !... Guenièvre je viens !... hurle Lancelot, et la savoir si proche, menacée, souffrante, désespérée, l'emplit d'une telle fureur qu'il n'a presque pas besoin de son épée. La vue de son visage terrible, le sang dont il est couvert, les cris qu'il pousse, épouvantent ses ennemis, qui se dérobent.

Il frappe, taille, ouvre la route. La porte de la cité est là, rien ne l'en sépare plus, elle est fermée mais il s'en moque, il se sent capable de la briser avec ses poings. Bohor et Lionel le suivent avec leurs hommes. Derrière eux accourt Mordret armé et casqué de noir sur un cheval noir.

La porte de la cité s'ouvre. Arthur en sort au galop, suivi de Gauvain, des douze Yvain et de Sagremor. Le roi tire ses deux épées et vient droit à Lancelot.

— Non, Sire !... Non !... Ecartez-vous ! crie Lancelot.

Et il rengaine son épée.

Arthur le frappe d'Escalibur puis de Marmiadoise. Le premier coup lui ouvre la joue gauche, il esquive le second, se penche, saisit le roi de ses deux mains et le jette au sol. Il tire son épée et éperonne. Un chevalier lui barre la route : Gauvain...

— Lancelot, va-t'en ! crie Gauvain. Tu as fait assez de mal ! Va-t'en !...

— Ecarte-toi, Gauvain ! Laisse-moi passer !

— Va-t'en, Lancelot ! Va-t'en !...

— Gauvain, mon ami, mon frère, écarte-toi !...

Gauvain ne répond plus et frappe. Lancelot fait voler son épée,

lève la sienne à deux mains et lui fend la tête jusqu'aux épaules. Il hurle :
— Guenièvre ! J'arrive !...
La porte est ouverte. Un groupe de guerriers la défend mais n'ose la fermer, à cause du roi qui est dehors, à bas de son cheval, défendu par les Yvain contre Mordret et une nuée de Saines. Lionel a tué Sagremor, il rejoint Lancelot et Bohor qui sont en train de dégager la porte. Ils passent...

Arthur, remonté sur son cheval, esquive un coup de taille de Mordret et fonce vers la porte. Une seule chose compte : rejoindre Lancelot et le tuer. Ce qui reste des Yvain l'entoure. Ils entrent en trombe dans la cité, poursuivis par Mordret et ses hommes.

Lancelot et ses amis ont déjà franchi la première défense du château.

Arthur rameute les fuyards et les indécis, et attaque Lancelot, Bohor et Lionel devant la deuxième défense. Le chevalier blanc et ses deux amis sont trois chevaliers rouges. Ils ont à faire à plus de cent ennemis. Mordret retient ses hommes. Inutile, pour le moment, d'intervenir. Laisser les autres s'exterminer...

Lancelot n'a qu'une pensée : franchir cette deuxième porte, dont le séparent maintenant la moitié des hommes d'Arthur, leur roi parmi eux.

GONG !

La grosse cloche de la chapelle...

Gong !... Gong !... Lente, grave, elle sonne le glas. Un nuage rouge en forme de tourbillon s'élargit au centre du ciel.

Lancelot hurle :
— Guenièvre ! J'arrive !...

Guenièvre l'entend...

Elle a entendu la rumeur de la bataille peu à peu s'approcher, et maintenant, clairement, SA VOIX ! Son appel, son cri, son amour !... Les interminables années d'attente s'effacent d'un seul coup. IL EST LA !... Un immense bonheur l'inonde. Quelle que soit l'issue du combat, il est venu, enfin ! Cela lui suffit. Elle tombe à genoux, remercie Dieu de toute sa foi, et lui demande de lui pardonner si elle a péché, lui demande de sauver Lancelot même si pour cela il doit s'enfuir et ne pas la rejoindre. Elle accepte le bûcher, pourvu qu'il soit sauvé, mais si elle pouvait le revoir ne serait-ce qu'une minute, un quart de minute, avant de mourir, mon Dieu si vous vouliez bien, Lancelot, mon Dieu, elle ne sait plus très bien, elle mélange les deux noms dans le même amour, Lancelot, mon Dieu...

La porte s'ouvre, des sergents entrent, avec des moines portant des cierges allumés. L'archevêque les suit. Sentant la bataille s'approcher et craignant pour son issue, il a décidé d'avancer le moment de la justice. La pécheresse ne doit pas échapper au châtiment. Le glas sonne, le bourreau est au pied du bûcher.

— Madame, préparez-vous, dit l'archevêque. Le moment est

venu... Je dois vous entendre en confession... Soyez brève, nous savons tout... Vous repentez-vous de ce que vous avez fait ?
— Je me repens de tout le mal que j'ai fait, dit Guenièvre.
— Voilà qui est bien vague ! Qu'appelez-vous le mal ?
— Le mal que j'ai fait à mon époux et roi, le mal que j'ai fait au chevalier Lancelot...
— Vous mélangez tout, Madame, je ne peux pas...
— Guenièvre ! J'arrive !... crie la voix de Lancelot.
— O Dieu pardonnez-moi ! dit Guenièvre. Et sauvez-le !
— Je ne peux pas vous donner l'absolution, dit l'archevêque. Dieu vous jugera, je ne m'en sens pas capable. Allons ! Nous devons nous dépêcher maintenant...

GONG !

Par la porte ouverte de la tour, le son de la cloche descend vers le cortège qui monte l'escalier du cachot. L'archevêque, en tête, porte une croix d'or. Puis vient, entre les sergents, Guenièvre en robe de bure, pieds nus, ses cheveux dénoués.

GONG !...

L'archevêque, arrivé à la porte, trébuche, tombe et laisse tomber la croix. Le Diable se précipite, saisit à la gorge le prélat qui suffoque. Mais Guenièvre a ramassé la croix et la lui rend. Le Diable recule en sifflant de fureur. Il ne reste que quelques pas à faire pour atteindre le bûcher au bord de la rivière.

GONG !...

Au milieu du ciel, le nuage rouge tourne lentement et s'agrandit.

Dans la plaine, les Saines massacrent tout le monde. D'un parti ou de l'autre, tout est bon.

Lancelot se trouve de nouveau face à face avec Arthur, qui vient de tuer Lionel. Il jette violemment son cheval contre celui du roi, et le jette à terre avec son cavalier. Il n'y a plus qu'une dizaine d'adversaires entre lui et la dernière porte.

Il crie plus fort que jamais :
— Guenièvre ! J'arrive !
Et frappe, et coupe, et tranche, et avance.

Guenièvre l'entend. Attachée par des chaînes au sommet du bûcher, le visage radieux, elle crie à son tour :
— Lancelot ! Je t'aime !...

Sa voix faible est couverte par le crépitement des flammes qui montent. Lancelot ne peut pas l'entendre, mais il voit s'élever la fumée du bûcher. Sa fureur devient celle d'un cyclone. Son cheval éperonné, couvert de sueur et de sang, bondit en avant. Lancelot aperçoit vaguement, pour la troisième fois, Arthur devant lui. Il le frappe au visage du pommeau de son épée. Arthur assommé reste à cheval. Le sang coule de sa bouche et de son nez écrasé. Il ne voit plus rien, il ne sait plus rien, sauf qu'il est au combat. Dans le noir qui l'entoure, il frappe à gauche, il frappe à droite, de l'une et de l'autre épée.

Mordret, cette fois, a suivi. Cette fois il va intervenir, sans risque.

Il s'approche, esquive Marmiadoise, et plonge son épée noire, à fond, dans la poitrine du roi. Dans un sursaut aveugle, Arthur lui fend la tête avec Escalibur.

Les trois Yvain qui restent s'acharnent sur Bohor. Il en tue deux. Le troisième le tue et succombe à ses blessures.

Lancelot a franchi la porte. Il hurle, il rugit, il est un ouragan qui laisse une traînée rouge derrière lui. Il enfonce ses éperons dans les flancs du cheval, l'enlève en un bond prodigieux et plonge avec lui dans les flammes du bûcher. Guenièvre brûle. Elle le voit, essaie de lui sourire, son visage est noir, son regard bleu. Il frappe les chaînes à grands coups d'épée, le feu lui entre dans les poumons, le cuit dans son haubert, tout ce qui peut s'enflammer sur lui flambe. Le cheval en feu épouvanté veut s'enfuir, il lui écrase la bouche avec le mors. Les chaînes cèdent, il arrache Guenièvre, la hisse devant lui et se jette avec elle, à cheval, dans la rivière.

GO...

Le son de la cloche est coupé net. Tout s'arrête. Les épées levées ne s'abattent pas. Le bûcher se pétrifie en pourpre. La cité et la campagne sont paralysées dans un silence absolu. Lancelot et Guenièvre, flamboyants sur leur cheval qui brûle, sont immobilisés à mi-chemin de leur chute vers la rivière. Guenièvre est noire et ses cheveux et la queue du cheval sont des flammes écarlates figées. De la bouche de Lancelot rouge sort une fumée de marbre gris.

Galaad vient de soulever le voile du Graal.

Droit devant lui, toujours tout droit, Galaad avait traversé des royaumes dont les habitants étaient nus et d'autres dont les femmes étaient si vêtues que même leurs yeux se cachaient derrière de petits grillages. Il avait rencontré des hommes dont la peau était noire, jaune, rouge, peinte, velue, des hommes qui ne descendaient jamais de leur cheval même pour dormir, et d'autres qui n'en avaient jamais vu et que le sien avait épouvantés. Les embûches du Diable avaient pris les formes les plus inattendues et les plus violentes. Il en avait triomphé sans dévier de son chemin, à travers terres et mers dont les dimensions semblaient se rétrécir sous les pieds de son cheval. Toujours une nef se trouvait là quand il devait voguer sur l'eau, et à peine avait-il embarqué qu'il arrivait à l'autre rivage. Cherchant le Château Aventureux, il en avait trouvé d'extraordinaires. L'un d'eux, fait de voiles légers et de duvets, voguait dans l'air, maintenu par le vent, et pour y monter il fallait s'asseoir dans un panier glissant sur une corde. Un autre, bâti sous la mer, ne laissait émerger que la tour-escalier par laquelle on y accédait. Un autre était posé sur dix mille colonnes qui étaient des arbres enracinés, coupés à la même hauteur. Un autre était aussi vaste qu'une Bretagne, et en son centre veillait sur un trône de diamants un empereur immobile dont les moustaches tombaient jusqu'à terre.

Mais aucun d'eux n'était celui qu'il recherchait.

Ce jour-là, descendant à cheval de la nef vermeille sur laquelle il lui semblait qu'il venait juste de monter, il sut qu'il était enfin arrivé.

Il ne s'étonna pas, après avoir toujours galopé ou navigué tout droit, de se retrouver au lieu d'où il était parti. Car il savait que le monde est rond. Comme toute chose.

A sa gauche s'éloignait en serpentant le chemin bordé de boîtes. A sa droite se dressait la dune fleurie. Elle montait maintenant jusqu'au ciel. Devant lui s'élevait le Château.

Il ne put en évaluer les dimensions. Il était peut-être immense, il n'était peut-être pas plus grand que la chaumière de Bénigne, dont il rappelait la forme. Sa pierre était blonde. Des colonnes fines comme des tiges ornaient de leur dentelle la façade de ses étages successifs, jusqu'au mince toit pointu. A l'arrière du bâtiment surgissait une coupole verte, flanquée de deux tours à colonnettes, penchées l'une vers la droite, l'autre vers la gauche.

Dans la façade, en haut de quelques marches, étaient ménagées trois portes. Celle du milieu était ouverte.

L'ensemble inspirait à la fois un profond sentiment de respect et de vénération, et celui de la sécurité chaleureuse qu'on éprouve à retrouver la demeure dans laquelle on est heureux de vivre.

Galaad descendit de cheval et regarda le ciel. A sa gauche, le soleil descendait vers son coucher. Ce n'était pas sa place normale, mais il était là. A sa droite, la lune se levait en son dernier croissant. Ce n'était ni son heure ni son jour ni sa place, mais elle s'y trouvait. Et du soleil à la lune, dans la lumière du jour, brillaient d'un éclat vif les constellations.

Galaad s'inclina vers les deux astres et vers le Château, puis, d'un bon pas, s'avança vers celui-ci.

Au bord du court chemin, un homme assis sur un tabouret pêchait à la ligne dans un puits. Un chapeau de jonc tressé lui couvrait la tête.

— Grand-père, tu vas pêcher la lune ! lui dit Galaad en riant.

— Beau chevalier, je ne crois pas..., répondit le pêcheur en riant lui aussi.

Il tira sa ligne au bout de laquelle frétillait un poisson d'or vivant. Il le tendit vers Galaad, et celui-ci se trouva à l'intérieur du Château, dans la pièce ronde.

Les sept chevaliers l'attendaient debout, de part et d'autre du roi couronné. A la droite de celui-ci, portant aussi couronne, se tenait Elwenn, le visage rayonnant de bonheur.

— Beau doux fils, dit-elle, le monde est heureux de recevoir son meilleur chevalier. Mais la plus heureuse du monde, c'est moi.

— Non, mère, dit Galaad, le plus heureux du monde, c'est moi...

Il mit genoux en terre devant elle et lui baisa les mains. Elle lui dit :

— T'ayant conçu par amour charnel, je ne suis plus apte à porter le Graal. Mais je dois te conduire à lui.

Elle lui prit la main, le releva et ils allèrent ensemble vers la porte du cortège.

Ils entrèrent dans une salle ronde où se tenaient debout, devant le mur doré constellé de pierres fines de toutes couleurs, onze demoiselles vêtues de robes safran. Chacune portait un cierge allumé. Au-dessus de leurs flammes tournait le pigeon blanc, sans sa cassolette. Il vint se poser sur les cheveux de Galaad.

Elwenn conduisit celui-ci dans la deuxième salle, dont le mur rond était rouge. Sur un lit étroit saignaient le roi mehaigné et l'Epée Brisée. Le roi blessé regarda Galaad avec espoir et anxiété, sans rien lui dire. Galaad saisit les deux morceaux de l'épée et en rapprocha les bords fracturés. Les deux fragments, aussitôt, ne furent plus qu'une seule lame, sans traces de la cassure. Galaad reposa l'épée intacte près du roi. La plaie de celui-ci cessa de saigner et se ferma. Le roi poussa un énorme soupir, mit ses très vieilles mains sur ses yeux, et mourut.

Elwenn conduisit Galaad dans la troisième salle. Son mur blanc était si blanc qu'on ne pouvait le voir. La porte derrière eux se ferma. Une musique d'instruments et de voix venait de toutes parts. Elle exprimait un accueil serein et heureux. Un parfum qui était celui du paradis avant l'erreur entrait dans Galaad par ses narines et par toute sa peau. Il sentait, il entendait, mais surtout il regardait... Ses yeux étaient fixés sur le Graal.

Le saint vase, recouvert de son voile blanc qui retombait autour de lui, rayonnait doucement au centre de la pièce, sans être posé sur rien, ni porté ni suspendu.

Regardant le Graal, Galaad se mit à chanter. Sa voix semblait venir de la terre. Grave, simple, élémentaire, elle sortait de lui sans effort, sans clameur, emplissait la salle et faisait vibrer le mur invisible. Et tout le château vibra et chanta avec lui.

Le Graal devint pure lumière.

Elwenn cacha son visage dans ses mains. Chantant la dernière note ininterrompue, Galaad s'avança vers le Graal, qui descendit à hauteur de sa poitrine. Il saisit les deux coins du voile, les souleva et regarda.

Il fut comme foudroyé. La voix coupée, il tomba à genoux et couvrit son visage avec le voile qu'il tenait. Quand il retrouva souffle, il dit :

— Ô DIEU !... DIEU !... DIEU !...

Il dévoila son visage rayonnant, qui avait changé. A l'enfance intacte s'alliaient la totale maturité et la lumière de la certitude.

Il s'adressa à Elwenn qui le regardait, bouleversée.

— Mère, j'ai vu..., je comprends..., je sais...

Il se tourna de nouveau vers le Graal et reposa le voile sur le vase très ancien.

A Camaalot, le temps se souda à lui-même comme les deux tronçons de l'épée. L'instant interrompu continua. Lancelot et

Guenièvre embrasés sur leur cheval de feu tombèrent dans la rivière qui les engloutit.

Galaad dit à Elwenn :
— Ma tâche n'est pas terminée... Mère, j'aurai besoin de vous !
Il prit avec infiniment de respect et d'amour, mais avec décision, le Graal voilé, et dit à sa mère :
— Allons...
Ils se retrouvèrent sur le cheval qui attendait près de la dune, Elwenn couronnée assise devant son fils et tenant les rênes. Lui, très droit, serrant le précieux vase contre sa poitrine. Le soleil couchant, revenu à sa juste place, dorait le pigeon blanc posé dans ses cheveux. Le Château Aventureux avait disparu.
Elwenn dirigea le cheval vers la mer.

Le soleil se couchait dans les fumées. Les fermes brûlaient, les villages brûlaient, Camaalot brûlait. La horde des Saines couvrait les campagnes et la cité et traquait les derniers combattants dans les rues, dans les maisons encore intactes, dans le château. Des chevaux sans maîtres galopaient, affolés, sur les pavés. La chapelle flambait. L'archevêque blessé à mort rampait vers l'autel. Une poutre de braise lui tomba sur le dos et l'acheva dans une odeur de chair brûlée. Les femmes du peuple et les dames du château essayaient de se cacher mais toujours quelque guerrier les trouvait et les tirait de leur trou en éclatant de rire.

Des cadavres gisaient partout, des chevaux blessés survivaient encore, agitant une jambe ou essayant de lever la tête. L'air sentait le feu, la boucherie et les sanies lâchées par les ventres des morts.

Nul ne se souciait du corps du roi, tombé en travers de celui de Lionel. Ses mains serraient toujours ses deux épées. Une troisième était plantée dans sa poitrine.

Merlin se pencha vers lui et retira doucement l'épée noire du Maudit. Il affirma au roi mort :
— Roi, tu m'entends !
Les yeux d'Arthur s'ouvrirent et se refermèrent, pour dire « oui ».
— Tu vas te lever et monter dans la nef blanche, qui t'attend sur la rivière. Elle te conduira à l'île d'Avalon, sous ta couronne de pierres. Apprends le vrai nom de celle-ci : c'est Stonehinge : charnière de pierre. Tu attendras, couché dans ton château de fer, que vienne le moment où tu seras appelé. Alors la charnière jouera, la porte s'ouvrira, l'île d'Avalon montera au milieu de la plaine de Salisbury, et le roi aux deux épées sortira de son château pour délivrer les royaumes... Va !...
Le roi se leva.
Merlin tourna son visage vers le ciel où commençaient à briller les étoiles, et appela tendrement :

— Viviane !...

Viviane se redressa et répondit :

— Merlin !...

Elle s'était penchée sur Guenièvre et Lancelot endormis, étendus nus sur le lit de leur chambre, dans la maison courte.

Elle les avait saisis dans l'eau de la rivière, transportés dans leur asile caché, et, de sa main promenée sur eux, venait de fermer leurs plaies, guérir leurs brûlures, remplacer leurs cheveux flambés. Pendant qu'elle y était, elle avait effacé quelques rides et quelques cicatrices trop rudes, et résorbé la fatigue. Ils allaient se réveiller...

Elle se pencha de nouveau, posa un baiser sur les lèvres de Lancelot.

— Adieu mon beau-trouvé... Cette fois-ci je te perds pour toujours...

Elle réfléchit un instant, grave, et ajouta :

— Peut-être pas...

Puis, à Merlin :

— Je viens.

Le Diable prit l'extrémité du Val Sans Retour entre ses mains et le secoua comme un tapis. Le château de Morgane s'écroula sur elle, libérant ses hôtes ébahis, qui se trouvèrent errants en pleine nuit dans la forêt redevenue sauvage et sur laquelle craquait un orage épouvantable. Le Diable se précipita pour cueillir l'âme de Morgane, et hurla de rage en se brûlant les mains, lui le brûleur, sur une coquille de ciment dans laquelle son alliée avait enfermé la pièce où elle se tenait. C'était du ciment pétri avec de l'eau bénite...

Morgane y est toujours. Le ciment est devenu un rocher, du haut duquel on a une vue plongeante sur le val sauvage. Des touristes y viennent, des Japonais, des Allemands surtout, quelques Français aussi. Ils ne se doutent pas que sous leurs pieds râle, rage, s'agite la sœur du roi Arthur enfermée dans l'énorme pierre. Elle est devenue telle que Merlin lui avait permis de se voir, et pire encore. Des siècles et des siècles d'âge et de fureur en ont fait un vieux chicot ratatiné et tordu. Elle a gardé, par malheur pour elle, des yeux intacts. Et les murs sont des miroirs... Elle s'y voit, dans toutes les directions, reflétée mille fois jusqu'au fond de la lumière. Elle hurle d'horreur et de rage, toutes ses images dansent ensemble une danse de folie, elle court se cacher derrière ses plantes vertes. Mais ses plantes ne la connaissent plus et la piquent. Elle leur échappe en les injuriant et se retrouve face à face avec elle, horrible, furieuse, innombrable.

Le Diable la guette. Elle finira bien par mourir... Un jour elle se cassera la tête en essayant, comme elle l'a déjà fait, de briser, avec son front plus dur que la pierre, les miroirs indestructibles...

Le Diable espère en vain. Morgane lui échappera, elle aussi. Elle sortira, très simplement vivante ou morte, le jour où elle cessera de haïr les autres. Et de se haïr elle-même.

— LES HÉROS NE SONT PAS MORTS, dit Merlin. Ils se sont entre-tués parce que les hommes de l'épée devaient disparaître. Leur temps est terminé. Galaad a mis fin à l'Aventure. Aux épées vont succéder les écus, et la confusion des faux savoirs sur lesquels souffle le Diable. Si un héros s'était obstiné à demeurer, regarde ce qu'il serait devenu...

Viviane et Merlin s'étaient rejoints en haut de l'Arbre. Le soleil, qui se couchait à l'occident, s'était levé pour eux à l'orient, et dans sa double lumière, Merlin montrait à Viviane le fleuve du temps qui coulait. Sur sa surface agitée, grise du mélange de mille couleurs, se dessinait, à son évocation, une scène, un visage, une cité, un paysage.

Et Viviane vit, dans une campagne pelée, sur un cheval étique, un chevalier maigre coiffé d'un plat de barbier et suivi par un âne. Des marchands gras l'attendaient pour le rosser.

— Les chevaliers reviendront, dit Merlin, quand Galaad leur tendra des armes nouvelles. Et ils reprendront la Quête, non dans le sang mais dans la lumière, non contre l'amour mais avec lui.

— Vers quel lieu est parti Galaad ? demanda Viviane. Où va-t-il ? Où sera-t-il ? Où sera le Graal ?

— Le Graal s'éloigne, dit Merlin. Il va s'éloigner pendant des siècles... Mais il reste toujours proche. Le chemin qui y conduit s'ouvre en chaque vivant...

L'Arbre s'enfonçait lentement dans le lac. Il les laissa à la surface, sur les rivages opposés d'une île ronde. Au-dessus d'eux, entre les deux soleils, de lents cortèges de constellations, de tous les ors et les saphirs, tournaient en multitudes de spirales. Les deux lunes pointues voguaient et se balançaient près des horizons.

Ils marchèrent l'un vers l'autre, leurs mains caressant au passage les feuilles et les fleurs. Les oiseaux de Viviane chantaient, et d'autres oiseaux chantaient dans l'île et sur le lac. A mesure qu'ils avançaient, leurs vêtements fondaient dans l'air, et lorsqu'ils furent l'un près de l'autre, rien ne les séparait plus, aucun interdit, aucun regret, aucune honte, aucune peur. Ils étaient ensemble, dans la nudité parfaite de la première jeunesse du monde.

Ils se rapprochèrent encore, lentement, et des pieds à la tête leurs corps se touchèrent. Ce fut comme s'ils recevaient le ciel et la terre. Ils entraient dans la joie de l'amour absolu où la chair et l'esprit se rejoignent, se confondent et emplissent l'univers. Merlin murmura à Viviane le mot qu'il ne lui avait jamais dit, Viviane le répéta et la chambre du lac et la terrasse et le petit jardin, la source et la fontaine et l'arbre bleu sont venus avec eux, mêlés à l'herbe et aux rosiers de l'île. L'air a tourné lentement et s'est refermé autour d'eux, les dérobant aux regards du monde. Ils vivent depuis ce jour dans la chambre invisible, la chambre d'air, la chambre d'amour, que le temps promène. Elle est là-bas, elle est ailleurs, elle est ici... Un jour elle s'ouvrira. Comme une graine...

L'île existe toujours, au milieu du lac. Ses bords sont un peu usés. Toute l'année des fleurs y fleurissent et des oiseaux y nichent. Sur le lac se posent des oiseaux migrateurs qui viennent du nord et du sud et d'autres directions. Ils bavardent entre eux, échangent leurs nouvelles, puis repartent vers le monde. Au centre de l'île a poussé un pommier.

LA PEAU DE CÉSAR

*à Raymond Hermantier,
en souvenir...*

PREMIER SOIR

— *Alors meurs, César !...*

L'homme colla sur le papier la dernière lettre de son message. C'était R, qui terminait le mot CESAR.

Puis il plia la feuille et l'introduisit dans une enveloppe qui portait déjà une adresse, également constituée de syllabes et de lettres collées. Il eût été plus facile d'utiliser les lettres-décalques dont on trouve des variétés dans les papeteries, mais le papetier ou la papetière aurait pu se souvenir de lui, pendant l'enquête, tandis qu'acheter *France-Soir* est un acte presque invisible, et en tout cas innocent. C'était dans ce quotidien qu'il avait découpé ce dont il avait besoin, et un titre intérieur lui avait magnifiquement fourni les premiers mots de son message : FRANCE-SOIR moins FRAN donne : CE-SOIR.

Il ferma l'enveloppe et la glissa dans la poche intérieure de son léger veston d'été. Une autre enveloppe s'y trouvait déjà, portant une autre adresse composée de la même façon. Il rassembla les restes du journal, jusqu'aux moindres débris, les plia et les enfouit dans un sac en papier qui avait contenu des pêches. Il y ajouta le tube de colle, et poussa le tout dans la poche de son pantalon, en forçant. La poche de droite, car en sortant il passerait devant le portier de nuit de l'hôtel, à sa gauche. Le jour était près de se lever. Ce travail de mosaïque avait demandé du temps, surtout par la recherche de ses éléments. Le portier ne s'étonnerait pas, il avait l'habitude : les gens de théâtre sont des nocturnes.

Il marcha jusqu'à la poste sans avoir l'air de se presser. La nuit était tiède, les rues de Nîmes presque désertes. Un grand chien jaune qui cherchait, sans en avoir vraiment besoin, quelque nourriture peut-être savoureuse, l'aperçut de loin, vint jusqu'à lui en remuant la queue, renifla sa cheville gauche, lui dit « ouah ! » amicalement et poursuivit son chemin.

Arrivé à la poste, l'homme remit les gants de plastique qu'il avait utilisés pendant son travail. Il tira les enveloppes de sa poche et les introduisit aux trois quarts dans la fente de la boîte aux lettres. Il les retint pendant quelques secondes, pour ôter à son geste tout caractère automatique, machinal. Ce devait être un commencement bien voulu, net, précis. Il prit une grande inspiration et les poussa. Il les entendit tomber un mètre plus bas. Il savait qu'elles seraient distribuées le matin même. C'était fait, le mécanisme était enclenché, la fusée allumée, le destin appelé...

Sur le chemin du retour, il jeta ses gants et le sac en papier dans une poubelle. Le ciel pâlissait, le passage des voitures se faisait un peu plus fréquent. L'homme se chantonnait intérieurement les deux vers fameux par lesquels un poète a célébré l'exploit imaginaire d'un gentilhomme portant la Reine dans ses bras à travers la ville :

Gall, amant de la Reine, alla, tour magnanime, Galamment de l'arène à la Tour Magne, à Nîmes.

Toutes les syllabes riment. C'est un exploit poétique, sinon un exploit athlétique : une Reine qu'on prend dans ses bras est légère.

Les lettres qu'il avait mises à la poste étaient légères...

De retour dans sa chambre, il tira les rideaux opaques devant les fenêtres, but un peu de café froid qui restait au fond d'une tasse, se coucha et s'endormit.

Les deux lettres allaient ouvrir le bal du sang.

— Votre gros papa est revenu ! dit le Commissaire principal Gobelin. Et cette fois-ci, il vous envoie la clé de son appartement...

Assis derrière son bureau, il souriait en mordant le tuyau de sa pipe. Il avait visiblement envie de rire : sa pipe l'en empêchait. Pourquoi faut-il que les policiers des romans français fument toujours la pipe et que ceux des romans américains boivent du whisky comme des trous ? Cette nuit il avait rêvé que Haroun Tazieff, au cours d'une action confuse dans un appartement étroit, avec des valises, des balluchons et de la charcuterie, fumait deux pipes à la fois, deux vieilles pipes au tuyau courbe, toutes petites, et dont les fourneaux se démanchaient tant elles étaient usées. Pourquoi diable avait-il rêvé de Tazieff ? Sans doute à cause des cratères des volcans, qui sont les énormes pipes de la Terre. Gobelin savait qu'il fumait trop, son médecin lui avait dit « Attention ! Attention ! » Le rêve lui avait dit la même chose.

Gobelin n'est pas un héros de roman, mais un fonctionnaire ordinaire de la police, tel qu'il y en a beaucoup, qui font leur métier, et dont on ne parle jamais. S'il fume la pipe, ça le regarde... Il touche à la fin de sa carrière après beaucoup de travail et pas mal d'ennuis, quelques exploits et les réussites et les échecs qui sont le pain quotidien des policiers. Quand il pense à la retraite, qui est là derrière la porte, il s'en trouve parfois tout heureux, parfois inquiet. Beaucoup de Nîmois le connaissent, il vit et fonctionne à Nîmes depuis six ans, et il trouve que ça suffit. Il est breton, et les étés nîmois, merci, il en a son compte. Il prendra sa retraite à Saint-Quay-Portrieux, où il est né. Il mesurait 1m 67 au moment de son service militaire. Il était mince et rude. Il a épaissi et ne mesure plus que 1 m 65. Ses cheveux blonds sont devenus blancs un peu jaunes. Coupés court. Ses petits yeux bleus sont restés vifs, dans un visage tanné comme celui d'un pêcheur. Il dit qu'il a attrapé ce teint de boucanier rien qu'en pensant à son père, ses grands-pères et tous ses ancêtres qui ont depuis des siècles traqué la morue et le hareng. Lui, il aime la mer seulement pour la regarder.

Au moment où nous faisons sa connaissance, il est assis derrière son bureau bien net bien propre comme tous les matins — en fin de journée il a une autre allure ! — et tend au commissaire Mary debout près de lui trois lettres ouvertes et une clef.

La lettre du dessous est celle dont nous connaissons déjà le dernier mot, et les deux premiers. Elle est de travers et dépasse. Mary met la clef dans sa poche, dégage la lettre à l'aspect insolite et l'examine rapidement. Elle dit :

CE-SOIR

les conjurès

tueront

vrai*ment*

César

Il hausse les épaules et passe aux autres missives. Il a reconnu tout de suite l'écriture de la première. Ce n'est pas une lettre, mais l'intérieur d'une moitié d'enveloppe, couverte d'une suite de mots minuscules, écrasés, les *o* et les *e* bouchés.

Le Commissaire principal ricane :

— Il vous aime bien papa ! Il est pas près de vous lâcher !

Mary secoue la tête.

— Pauvre type...

Il n'a pas envie de rire. C'est un homme du Midi, taille et stature moyennes, allure ordinaire. Il passe inaperçu tant qu'on n'a pas rencontré son regard. Ses yeux d'un marron un peu vert rayonnent d'intelligence et de compassion. Il éprouve plus de pitié pour les victimes que d'animosité envers les coupables. Il pourchasse ceux-ci à cause de celles-là.

Ses cheveux sont devenus gris quand il avait à peine trente ans. Il les maintient courts, divisés en deux par une raie à gauche. Ils ont tendance à boucler. Costume estival de coton beige, uni. Chemise blanche. Cravate marron. Correct. Il aime les fleurs, les enfants, les chiens, la musique, tout ce que le monde et la vie lui offrent de beau. Il est consterné par le comportement imbécile des hommes les uns envers les autres. Tout serait si facile si...

Si quoi ?...

Il marmonne :

— Ce crétin de Vilet l'a encore renvoyé...

Il lit le message de la demi-enveloppe.

Mon petit Julien, je te donne ma clef pour que tu entre quand tu veut mais surtout la nuit c'est la nuit qu'ils vienne ils rentre par le tuyau d'eau chaude et ils rentre dans mon lit et ils m'écrase les pieds avec des tenailles et ils me gonfle ils me gonfle ils m'ont greffer un ordinateur dans l'estomac et ça me brûle et je t'entend tu me parle, tu te plaint qu'on te donne pas assez à manger à la pension hier je suis aller t'attendre à la sortie mais tu n'ait pas sortie j'ai vu tes copins, mais pas toi je t'ai attendu jusqu'à 7 heure je veux savoir si c'est toi qui me parle dans mon estomac ou si c'est eux j'ai fermer les robinets d'eau chaude mais ils rentre par le chauffage central.

Julien, c'est le prénom du commissaire Mary. C'est aussi celui du fils de l'expéditeur de la lettre, unique fils, mort à douze ans à l'hôpital pendant une opération de l'appendicite. Le père, veuf, et déjà un peu dérangé par les grandes quantités de bière qu'il a pris l'habitude de boire dans sa Belgique natale, a espéré trouver l'oubli en associant le pastis à sa boisson favorite, et a définitivement sombré. Dans ses crises, il voyait son fils étendu sur le billard, entouré de blouses blanches qui lui découpaient le ventre en morceaux et fouillassaient dans ses tripes. Un jour il est allé à l'hôpital et a essayé d'étrangler un infirmier. On a eu de la peine à le maîtriser, à cause de sa corpulence et de son poids. Il est énorme, il est sphérique, et toujours couvert de sueur. Les mains glissent sur lui, et sa masse écrase tout. Un jeune interne a réussi à lui faire une piqûre calmante. Les agents l'ont amené au commissariat. Mary l'a interrogé gentiment. L'homme a entendu son prénom prononcé par un collègue et a fait sur lui un transfert.

Pour le Gros, Julien Mary est son fils, à cause de son prénom, mais il sait que son fils, on le lui a tué, et ceux qui l'ont tué s'en prennent maintenant à lui. La mort entre chez lui par toutes les fissures. Il appelle son Julien, mort et vivant, à son secours...

Le commissaire a réussi à lui éviter les services psychiatriques pénitentiaires en le confiant à son ami le Dr Vilet qui dirige une clinique privée à quelques kilomètres de Nîmes.

La dernière lettre est celle d'un retraité qui se plaint du chien de son voisin qui « arrête pas d'aboyer ». Si la police le fait pas taire il va lui flanquer un coup de fusil, et à son maître aussi qui est un salaud qui le fait exprès.

— La ration habituelle de cinglés, soupira Mary. L'homme au chien, je vais lui envoyer un agent...

— Non... Un uniforme, ça ne fera qu'envenimer les choses. Tous les voisins le verront arriver, et quand il sera parti ça va bouillonner... Envoyez-y votre copain Biborne, il boira le coup avec eux...

— Il boit assez comme ça !...

— Je sais... Des fois c'est utile...

Le Commissaire principal posa sa pipe dans l'assiette en faïence, décorée d'un palmier, d'un crocodile et du mot NIMES, qui lui servait de cendrier, et tendit deux doigts vers Mary.

— Remontrez-moi un peu cette œuvre d'art...

Mary glissa entre les doigts ouverts la missive aux lettres collées. Gobelin l'examina et la déchiffra lentement à voix basse, comme si elle était écrite en caractères chinois.

CE... SOIR... LES... CONJURES... TUERONT... VRAIMENT... CESAR...

Il releva la tête vers Mary :

— Ça concerne évidemment le Festival ?...

— Ça semble bien...

— Vous connaissez la pièce ?

— Je l'ai vue quand ils l'ont jouée la première fois aux Arènes. Ça fait un bout de temps !... J'étais haut comme ça... Je n'avais jamais vu du théâtre, avant. Les types en péplum, les soldats romains, dans ce cadre immense qui me paraissait encore plus grand parce que j'étais petit, ça m'a fait une impression fantastique...

— Je suppose que vous y retournez ce soir ?

— Oui. Ma femme ne connaît pas la pièce. Et j'y emmène mon gamin, qui a douze ans...

— Je n'ai ni vu ni lu *Jules César*. Ça se passe comment, l'assassinat ? Vous vous en souvenez ?

Le commissaire Mary eut un petit sourire un peu pudique.

— J'ai relu la pièce quand j'ai su qu'on allait la rejouer aux Arènes... Et hier soir je suis allé faire un tour à la répétition...

Le Principal grogna :

— Vous avez toujours douze ans !...

— Je voudrais bien, dit Mary. Au milieu de l'acte III, les conjurés entourent César et le frappent tous avec leur dague ou leur épée. Il y a Cassius, et les autres, ils sont sept ou huit. Et naturellement Brutus, qui frappe le dernier.

— Ah oui ! Brutus !... « *Toi aussi, Brutus ?* » Il était surpris, César ! Il l'aimait bien son Brutus ! Pauvre cloche !... On peut être le roi du monde et connard en ce qui concerne ses proches... Et le Brutus lui a filé un bon coup de lame... Il va peut-être recommencer ce soir...

— Vous ne pensez tout de même pas...

— Je pense que je reconnais le papier... On a coupé l'en-tête, mais je parierais deux centimes que c'est le papier à lettres de l'hôtel Imperator. Je m'en suis servi pour prendre des notes, il y a quatre mois, quand notre ministre est venu nous inspecter. Il n'avait pas voulu loger à la Préfecture, ça manquait de confort ! Il m'a convoqué dans son appartement de l'Imperator, une suite sur les jardins... C'est mieux qu'une HLM !...

— L'Imperator... Tous les acteurs principaux y sont descendus...

— Ah ! Alors ça serait l'un d'eux qui aurait concocté ça ?

Le Principal laissa tomber la feuille sur la surface de son bureau.

— Ça commence peut-être à devenir sérieux... Tous les « conjurés » sont à l'Imperator ?

— Non !... Cassius et Brutus sûrement... Les autres sont des rôles secondaires, c'est trop cher pour eux... Il doit y avoir aussi Bienvenu, le metteur en scène, qui joue également Antoine.

— La mort de César, c'est une bataille pour le pouvoir, une histoire entre hommes... Il n'y a pas de femmes dans la pièce ?

Le Commissaire principal reprit sa pipe, la vida et la grattouilla, et commença à la bourrer.

— Si, dit Mary, deux. La femme de César et la femme de Brutus. Ce sont des rôles courts, mais elles doivent être aussi à l'Imperator : l'une est la femme de l'acteur qui joue Casca, et l'autre est Lisa Owen, l'épouse divorcée de Faucon, qui joue César. Leur séparation s'est faite dans les éclairs et les tonnerres. Vous avez bien vu ça dans les journaux... Ils en étaient pleins...

— Bien sûr, bien sûr... On n'échappe pas à ce genre de pub... Et il continue de la traîner avec lui ?

— Ils sont rarement ensemble quand ils sont mariés, mais dès qu'ils divorcent, elle ne le lâche plus. Elle joue Portia, la femme de Brutus. Un joli rôle, court...

— Je suppose que Faucon est aussi à l'Imperator !

— Sûrement... Il doit avoir la suite du ministre... Le grand Victor Faucon, l'unique, qui fait à César l'honneur de le jouer !

— Vous n'avez pas l'air de l'aimer beaucoup ?

Mary sembla étonné. Il réfléchit quelques instants, se demandant si c'était vrai, et pourquoi. Il trouva la raison, la garda pour lui, et sourit.

— Effectivement... Mais je l'admire. C'est un très grand acteur.

— Une star ! Comment disent les mômes ? Une idole !...

— Il y a une plaisanterie qui court sur lui : « Le Faucon en est un Vrai... »

— Facile... C'est son nom véritable ?

— Je crois...

— Ça a dû commencer à la maternelle !... Vous entendez, à la récré, le chœur des innocents ? « Fau-con ! vrai-con !... » Il a dû devenir enragé. Qu'il n'ait pas changé de nom prouve qu'il a du caractère...

La pipe ne tirait pas bien, il l'avait bourrée trop serrée.

— Merde ! Cette pipe m'emmerde ! Vous n'avez pas une cigarette ?... Merci !... Et l'assassin ?...

— L'assassin ?

— L'assassin bien-aimé... Brutus ! qui joue Brutus ?

— Un jeune acteur... Je n'ai pas son nom dans la tête... Un inconnu... On dit que c'est le petit ami de Faucon...

— Ah ! le Maître est dans sa période masculine ?

— Il n'a pas de période, je pense... Il prend ce qui lui fait envie... S'il se fait un peu tailler la peau, un de ces soirs, il l'aura bien cherché !...

— Tsst ! tsst !... Il ne faut pas dire des choses pareilles dans notre métier... Une peau qu'on taille, ça ne nous fait que des emmerdes...

Le Principal écrasa sa cigarette dans le cendrier et reprit sa pipe.

— Je me demande pourquoi on est assez cons pour s'empoisonner à fumer !...

Je le tuerai ce soir.

Ou bien je serai découvert à l'instant même où je le frapperai, ou bien je resterai définitivement impuni. J'ai choisi mon arme, répété mon geste de façon à réduire au maximum le risque. Il n'en existe pas moins. J'accepte de le courir.

Je le tuerai ce soir...

Circonstances sublimes, environnement glorieux, mon acte sera parfait. Je me refuse à l'appeler crime. C'est la destruction nécessaire d'un monstre.

— Allô, docteur Vilet ?

— Allô ?...

— Ici Mary...

— Ah !... Je te salue, Mary !...

— Tu la rates jamais, celle-là !...

— On a l'esprit qu'on peut...

— Pourquoi as-tu encore renvoyé le Gros ?

— Je ne l'ai pas renvoyé ! Il a voulu partir... Je n'ai pas le droit et aucune raison de le retenir : il est absolument inoffensif. D'ailleurs il est presque guéri...

— Tu parles ! Dès qu'il ne prend plus tes drogues, tout recommence ! En pire ! Maintenant il a un ordinateur dans l'estomac, qui lui parle et lui donne des rendez-vous !

— Mais je lui ai prescrit un traitement !... Avec ça il devrait être tranquille...
— Ton traitement, s'il n'y a personne pour le lui faire avaler... Il n'est même pas allé chez le pharmacien... J'y suis allé pour lui, ce matin, et je lui ai fait prendre ses gouttes et ses pilules. Maintenant il est délivré pour 24 heures. Mais je ne peux pas aller tous les jours lui donner son biberon !
— Ça t'irait bien, pourtant ! Tu as le cœur si tendre !...
— Connard !... Demain je te le ramène...
— Je n'en veux pas !
— Je-te-le-ra-mè-ne ! Tu sais bien qu'il souffre comme si c'était vrai !... « Ils » entrent chez lui par les tuyaux du chauffage central, et ils lui broient les pieds avec des tenailles ! Tu aimerais qu'on te fasse ça, toi ? Tu aimerais avoir un ordinateur dans l'estomac ? Il vit dans la terreur. Il essaie de « les » étouffer en mangeant des nouilles !... Il y en avait un grand chaudron en train de bouillir sur son gaz. De quoi nourrir une compagnie de paras ! Il est déjà énorme... Tu devrais le mettre au régime...
— Mais je n'en veux pas !
— Je te le ramène demain ! Il est à la Sécu : il ne te coûte rien, au contraire !
— Mais...
— Je sais... Il la fout mal parmi tes cinglés distingués... Tu n'as qu'à dire qu'il est le cousin de Lady Diana, les familles de tes clients le trouveront plein de chic... Tes clients, eux, s'en foutent... Et garde-le ! Ne le relâche plus dans la terreur !... Pourquoi tu ne lui trouverais pas un petit boulot ? Dans ton jardin, ou à la cuisine ?
— Qu'est-ce qu'il sait faire ?
— Cuire des nouilles...

Au pied des Arènes, du côté de l'avenue Victor-Hugo, le Cissi installait son barbecue minable, un rectangle de tôle cabossée, sur quatre pieds boiteux. Son grand chien jaune vint humer la marchandise à cuire posée sur une caisse recouverte d'un journal presque neuf, soupira de dégoût, et s'assit à côté. Une douzaine de merguez rosâtres et quatre brochettes ratatinées par la chaleur de l'après-midi, est-ce que ça valait la peine d'être défendu contre les gamins chapardeurs ? Il n'avait pas à discuter, c'était son métier de chien, il le ferait. Il connaissait le commissaire Mary, ils faisaient le même métier, il le vit approcher, il lui dit « ouah ! » et remua la queue, envoyant un peu de poussière sur les merguez. Il avait le poil ras, l'œil gai, deux petites oreilles pointues sur sa grosse tête, une droite, l'autre cassée.
— Ouah ! lui répondit Mary, en le grattant entre les oreilles. Quand tu auras vendu tout ça, dit-il au Cissi, tu auras empoisonné au moins six personnes... Mais ça ne te fera pas un gros chiffre d'affaires... Un jour, il faudra bien que je te demande de quoi tu vis !...

— Chef, je vais vous dire, dit le Cissi : de temps en temps je tords le cou à un touriste, je lui prends son fric et je le transforme en merguez et en brochettes... C'est tout bénéfice !...
— Tu en serais bien capable, dit Mary. Tiens, je te paie un assortiment... Tu le mangeras pour moi...
— Je suis pas fou, dit le Cissi... Merci, chef !...
Il empocha le billet.

Il acceptait les menues largesses du commissaire à qui il faisait semblant, de temps en temps, de donner un renseignement que Mary faisait semblant de prendre au sérieux, l'un et l'autre sachant que ni l'un ni l'autre n'était dupe. Le Cissi vivait surtout de travaux dans les jardins bourgeois. Cinquante ans, ancien « sapeur » de la Légion, blond, pas très grand, maigre, raide. La barbe et le crâne tondus, les yeux jaunis par le pastis. Un vieux pantalon de treillis, une chemisette délavée, des espadrilles trouées. Il aimait surtout soigner les roses. Il obtenait des floraisons superbes. Il les complimentait quand elles étaient belles, leur parlait comme il n'aurait pas su parler à une femme, caressait leurs rondeurs délicates avec ses mains si rêches que les épines avaient renoncé à s'y planter.

Le commissaire n'avait pas de jardin. Sa femme aurait bien voulu. Lui aussi. Il contourna les tentes quadrangulaires, à grandes rayures jaunes et bleues, frappées du palmier et du crocodile nîmois et de la hache et des verges romaines. Branchées sur une des portes des Arènes, les tentes abritaient les loges des acteurs. Il fit un petit signe cordial à l'agent qui gardait l'entrée suivante et qui le salua mollement.

Il trouva Bienvenu, le metteur en scène, dans la galerie circulaire, transformée en coulisses et vestiaires pour les figurants. Des planches posées sur des tréteaux en occupaient une partie. Cent cinquante costumes de soldats romains y étaient disposés, pliés côte à côte, chacun avec son casque, son épée et son bouclier. On avait répété la veille « en tenue ». Les figurants étaient des rampants de la base aérienne, à la disposition de la mairie de Nîmes.

— Tiens le commissaire !... On ne voit que vous, ici ! dit Bienvenu. Vous voulez peut-être un rôle ?...
— Peut-être, dit Mary.
— Laissez-moi vous regarder... C'est une manie que j'ai, quand je fais la connaissance de quelqu'un, de lui coller sur le dos le personnage qu'il pourrait interpréter... Vous avez le regard de Dirk Bogarde, et presque la carrure de Belmondo... Avec dix centimètres de plus, vous pourriez être James Bond... Avec vingt ans de moins, Roméo... Formidable ! tenez j'ai ce qu'il vous faut : Antoine, le Vengeur de César ! Vous prenez ma place ! D'accord ?
— Je n'en demande pas tant, dit Mary en souriant. Je veux seulement des rôles de soldats romains pour deux de mes hommes. Afin qu'ils soient sur la scène pendant la représentation...
— Quoi ? dit Bienvenu.
— Regardez ce que nous avons reçu ce matin...

Mary tendit au metteur en scène une photocopie de la missive aux lettres collées. L'original était au commissariat, en proie aux techniciens qui épluchaient ses empreintes.

Bienvenu y jeta un coup d'œil irrité.

— Ah ! Vous aussi ? J'ai reçu la même ce matin ! Tenez...

Il prit dans la poche de sa chemisette une feuille pliée en quatre et la tendit à Mary : la même phrase, les mêmes mots, différents par leur disposition et leurs lettres, mais contenant la même menace précise.

— J'espère que vous n'attachez pas d'importance à des trucs pareils ?

— Le papier est celui de l'Imperator, dit Mary, c'est un de vos acteurs qui a dû fabriquer ça...

Bienvenu devint brusquement furieux. Grand et maigre, voûté, doté d'un grand nez pointu, le crâne chauve, il avait l'air d'un héron qui a avalé un escargot avec sa coquille : ça ne voulait pas passer...

— Vous savez à quoi ça rime, ce machin ? C'est une vacherie ! C'est pour lui faire louper sa scène ! Qu'il fasse un bide !...

— Vous croyez qu'il aurait peur ?

— Peur ? Faucon n'a plus peur de rien, depuis longtemps !... Mais s'il pense à cette connerie, s'il se tracasse pendant la scène en se demandant *qui* de ceux qui l'entourent l'a écrit, au lieu de tout oublier pour être César, c'est raté !... Vous lui avez montré votre papier ?

— Pas encore...

— Ne le lui montrez pas ! Surtout pas !... Qui l'a vu ?

— Seulement vous.

Bienvenu soupira, l'air soulagé. Mary empocha les deux lettres :

— Je garde la vôtre...

— Je vous en prie, ne les montrez à personne ! Ne foutez pas la pagaille ! Ce n'est pas le moment ! Vous me promettez ?

— Promis... C'est quand même étonnant qu'une vedette comme lui ait accepté de jouer César. Ce n'est pas un grand rôle...

— Pas un grand rôle ?...

Bienvenu postillonnait d'indignation.

— C'est un rôle pour un acteur géant ! Si le type qui joue ça est *seulement très bon*, il ne reste rien du rôle ! Il devient comme un costume trop large autour d'un échalas !... Ça flotte de partout !... Pour l'emplir, il faut être aussi grand que le personnage !... César !... Faucon fera craquer toutes les coutures, ce soir ! Vous allez l'entendre ! Vous allez le voir !... La scène vous fera l'effet d'une bagarre, en désordre, comme dans un film noir, quand les truands tombent tous à la fois sur le héros... Mais je l'ai réglée à la manière d'un ballet, chaque acteur sait à une seconde près ce qu'il doit faire. Faucon aussi... Et il le fera... Mais il fera sûrement quelque chose en plus... Personne ne peut savoir ce qu'il inventera... Il a le dernier mot... Quand tous les couteaux ont frappé... Il est libre, pour mourir... Seul devant le monde entier... Une mort d'Empereur !...

Bienvenu se redressa. Il prit l'attitude... Il arrondit un bras au-dessus de sa tête. Pendant une seconde il fut César mourant. Il murmura :

— Oui je pourrais... Mais pas comme lui... Comme lui, personne...

— Je n'ai pas vu la scène, hier soir, dit Mary, je suis parti avant, j'avais à faire... Je le regrette... Si j'avais su !... Vous avez mis beaucoup d'escaliers... Comme en 1950... Mais votre statue de Pompée est beaucoup plus grande... C'est culotté, mais c'est réussi...

— 1950 ! s'exclama Bienvenu. Vous avez vu la mise en scène d'Hermantier ? Mais vous étiez au biberon ?

— J'avais onze ans, dit Mary, souriant. Je me souviens de tout, je ne l'oublierai jamais...

Et il reprit sa quête patiente :

— J'ai relu la scène, à midi... C'est Casca qui frappe le premier. Vous avez gardé cette indication ?

— Oui...

— Il frappe au cou...

— Ça, c'est Shakespeare. J'ai changé... Je le fais frapper dans le dos. Puis, tous les autres, au corps. Puis ils dégagent puis ils reviennent et ils recommencent. Puis Brutus frappe à son tour, à la poitrine... Je ne veux pas courir le risque de blesser Faucon. Les dagues sont en plastique raide, couleur d'acier. Les lames rentrent dans le manche et libèrent l'hémoglobine...

— L'hémoglobine !...

— Oui !... César sera couvert de sang ! Ça vous choque ?

— Pas précisément, mais...

— Je sais ! C'est du cinéma ! Au théâtre, ça ne se fait pas !... L'assassin fait semblant de frapper, et le spectateur ajoute ce qui manque... Il sait que la victime en a pris plein les tripes... Mais ça, c'est bon dans une salle fermée, dans une boîte à théâtre bien limitée, avec les acteurs offerts sur un plateau comme des verres de whisky !... Mais ici, dans un tel cadre !... Démesuré !... Je dois faire de la démesure !... Exagérer ! Dilater ! Outrer !... Gueuler avec les couleurs et les lumières, et la bande-son !... Je ne dépasserai jamais l'immense !...

Bienvenu, exalté, lyrique, fit un grand geste rond des deux bras vers la voûte et vers tout ce qui était construit au-dessus, le fantastique vaisseau de pierre en voyage depuis deux mille ans.

Il reprit d'une voix plus calme :

— Mais dès que les acteurs parlent, silence ! Les mots tout seuls dans le silence ! Pas de micro ! Chacun avec sa voix seule, avec ses mots tout nus. Les mots !... Vous verrez !... Nous les ferons avaler au public, malgré lui !...

Il s'énervait de nouveau. Mary savourait cette représentation que Bienvenu lui donnait pour lui tout seul. Par morceaux. Car ils étaient sans cesse interrompus. A quatre heures du début du spectacle, chacun avait quelque chose à demander au metteur en scène, le régisseur, l'habilleuse de Faucon, le dernier des petits rôles, qui était déjà en costume, et qui venait se montrer, quêter une approbation, un mot chaleureux, que Bienvenu lui donna. Le coiffeur vint, avec une perruque, pour un nouvel essayage. Bienvenu se taisait, imposait silence à Mary, puis reprenait le fil sur le même ton, comme une bande magnéto bien recollée. Un véritable acteur est toujours prêt, est toujours et partout en représentation, dès qu'il trouve un public, fût-ce un bébé de trois mois. Ou lui-même...

— Ce public de chiottes, vous croyez qu'il sera là pour écouter Shakespeare ?... Des clous ! Il vient de la France entière, même de plus loin, un plein charter d'Américains, pour voir Faucon ! Faucon en chair et en os ! Shakespeare ? Il ne sait même pas qui c'est !... Ni Jules César !... Si on ne le lui a pas dit à la Télé... Il a la tête pleine de la merde télé... Mais il a encore du cœur. On peut l'attraper par les sentiments... Même le sentiment de la beauté, à laquelle il ne comprend rien... Mais il la sent... Ça lui en fout un coup ! Vous allez l'entendre gueuler, ce soir !... On a vendu plus de vingt mille places ! Sur les gradins du haut ils vont être obligés de s'asseoir les uns sur les autres ! Ils s'en foutent, ils viennent voir Faucon !... Les vrais cons, c'est eux, ils verront pas, ils seront trop loin... Ce type tout blanc, là-bas au bout, haut comme une allumette, et puis tout rouge, c'est Lui, c'est LUI ! Ils jubilent, ils bandent, ils croient vraiment qu'ils l'ont vu... Et au fond ils ont raison : ils ont vu le geste !...

— Qu'est-ce qui explique une telle popularité ? Le talent, je veux bien, mais...

— Non Monsieur ! *Le génie !* Le talent, le métier, le travail, l'adresse, l'allure, tout ça peut faire un acteur exceptionnel... Mais ça ne suffit pas pour faire un Faucon... Il faut le génie... Comme Garbo, comme Chaplin... Ça ne s'explique pas, ça passe... ; et puis la pub... Pour ça aussi il est génial... Ses démêlés avec sa nana, ça occupe sans arrêt des centaines de journaux dans le monde entier... Et puis son dernier film qui a fait un malheur... Et puis, il faut bien le dire : il est beau...

— Oui, dit doucement Mary, beau comme un ange... Un ange noir...

Ils se turent un instant, communiant dans une interrogation muette, se posant la question que chacun se posait devant Faucon : une telle beauté, extraordinaire, si glacée, et qui pouvait devenir si brûlante, était-elle une faveur du ciel, ou une malédiction ?

— Je me demande pourquoi il fait encore du théâtre, dit Mary... Il n'a pas besoin de ces trois représentations aux Arènes !...

— C'est pour le bonheur, Monsieur ! Quoi qu'il soit par ailleurs, il est d'abord, avant tout, un acteur... Et pour un acteur il n'y a de bonheur qu'au théâtre... Le théâtre, c'est la seule réalité... Tenez, celui qui a rédigé ces deux lettres... Il a fait du théâtre !... Il a frappé de loin avec une dague en fer-blanc... Ça y est ! Faucon est mort !... C'est fini !... Rideau !...

Mary ne laissa pas passer l'occasion :

— Alors, vous croyez qu'il y a quelqu'un près de lui qui a envie de le tuer ?...

— Quelqu'un ? Vous voulez dire tout le monde ! Pendant cinq minutes... Puis ils recommencent à l'adorer... Quand on a ses dimensions, on ne voit pas sur quoi on marche... Et on s'en fout... Alors à chaque pas il y a quelqu'un sous la semelle... Qui a mal... Et qui a envie de mordre... La beauté aussi est une raison d'être haï... Et le succès... Tout, quoi !... Il le sait bien... C'est pourquoi Larbi, son garde du corps, ne le quitte pas d'un pas, même quand il baise...

— J'ai entendu dire ça... Vous croyez que c'est vrai ?

— C'est bien possible, ça ne le gênerait pas...

— Vous disiez pourtant qu'il n'avait peur de rien...

— Peur, non : précaution !... C'est différent...

— Mais ce soir Larbi ne sera pas sur la scène...

— Bien sûr que si, il y sera !... Il joue un des conjurés... Il sera près de lui... Vous voyez bien qu'il n'y a rien à craindre !... Et je vous prie, tenez-vous tranquille ! Ne jetez pas le trouble ! Ce que nous allons faire ce soir, c'est énorme, mais c'est fragile !...

Mary eut un sourire un peu candide.

— Et pourtant je suis là pour essayer d'empêcher la tragédie...

— Si elle doit se produire elle se produira... Vous avez lu vos classiques ? Alors vous savez que les Dieux eux-mêmes n'y peuvent rien... Si vous croyez faire mieux qu'eux, vous êtes présomptueux ou naïf... Je pencherais plutôt pour naïf, vous posez des questions bien simplettes...

— Mais vos réponses ne l'étaient pas, dit Mary. Vous m'avez appris beaucoup !...

— Ah oui ? Tant mieux !... Bon, envoyez-moi vos deux bonshommes à 8 heures pile, pas plus tard...

— Je vais vous en envoyer quatre...

— Quatre ?... Vous allez finir par me foutre la frousse ! Bon d'accord, quatre... Mais qu'ils s'amènent pas comme des flics ! C'est des figurants que j'ai engagés au dernier moment. J'avertirai Georges, le régisseur. Et qu'ils la ferment, eux aussi ! Hein ? Motus !

— Soyez tranquille...

Mary tira de sa poche les deux missives et les compara. Elles étaient pareilles, bien que différentes à chaque mot. Il eut brusquement l'impression qu'*une de ces différences était essentielle, révélatrice.* Mais laquelle ? Et révélatrice de quoi ? Les deux messages disaient exactement la même chose : « Ce soir les conjurés tueront vraiment César »... Il hocha la tête, replia les feuilles et les remit dans sa poche. Il s'était efforcé de ne toucher celle de Bienvenu que par un coin. Empreintes...

— Vous ne voulez pas aller avec vos bonshommes ? demanda le metteur en scène. Vous seriez superbe, sous l'uniforme romain !

— Non, merci !... Je leur fais confiance... Je suis à la tribune B. Avec des jumelles, je verrai aussi bien qu'eux...

— Si jamais il y avait un pépin... Imaginons l'impossible... Que ça arrive... Dans la tribune vous ne pourriez pas vous dégager... Ça va être serré comme du saucisson... Le temps d'arriver à l'escalier, votre assassin sera déjà en Espagne !... Vous devriez vous asseoir au premier rang des chaises, dans l'arène.

— C'est l'endroit des officiels, le maire, le préfet, le général, leurs familles, ça doit être plein...

— Ça déborde !... Mais il reste deux chaises vides jusqu'au dernier moment : les miennes... Tenez...

Bienvenu prit dans une chemise, sur la table de bois blanc qui lui servait de bureau, entre des cloisons de planches, deux billets un peu froissés, et en donna un à Mary.

— Vous serez juste devant la scène...

— Merci... C'est sûrement mieux... Mais il ne se passera rien...

— Si, Monsieur, dit Bienvenu. Il se passera Shakespeare...

Le vaisseau de pierre levait l'ancre. Les lumières qui éclairaient les gradins surpeuplés venaient de s'éteindre. Chaque passager avait pris sa place, l'équipage était aux postes. L'épaisseur de la nuit avait étouffé les moindres conversations, et imposé son énorme silence. Mary leva son visage vers le ciel, et se trouva au milieu des étoiles. Elles étaient partout autour de lui, emplissaient l'espace, si proches qu'il suffisait de lever la main pour en cueillir une, brûlante ou glacée. Le navire, avec tout le poids de la Terre, se frayait lentement un chemin parmi elles, laissant derrière lui le sillage blême de la Voie lactée.

La pièce commença, et Mary se laissa emporter par le flot mystérieux du théâtre. Il ne croyait plus du tout à la possibilité d'un meurtre. Si on veut tuer quelqu'un, on ne choisit pas le moment où on est entouré par vingt mille témoins...

Les scènes préliminaires lui parurent longues. Comme tous les spectateurs, il attendait l'arrivée du grand fauve destiné à la mise à mort.

La plèbe romaine se dispersait. L'obscurité tomba. La gloire des trompettes, des caisses et des cymbales la fit voler en éclats. Des faisceaux de lumière jaillirent vers la scène. A leur point de rencontre, César se dressait, éclatant de blancheur.

Des applaudissements croulèrent des gradins vers Faucon. César leva lentement sa main ouverte. Les applaudissements et la musique se turent. Dans le silence total, César tourna la tête et appela :

Calphurnia !...

Ce ne fut pas la femme de César qui arriva auprès de lui, mais Casca, empressé, obséquieux, Casca qui tout à l'heure allait frapper le premier. Il cria à la foule présente dans l'obscurité de la scène :

La paix ! Taisez-vous ! César parle !...

Et César appela de nouveau :

Calphurnia !...

Ah ! Cette voix grave et chaude, impérieuse mais tendre, comme elle portait sans forcer... Comme cet appel devait entrer dans le cœur de chaque spectatrice !... Mary se moqua de lui-même. Il savait bien que s'il trouvait Faucon antipathique, c'était parce que sa femme, Irène, sa Reine, le trouvait, elle, si sympathique...

Calphurnia, longue et blanche, entrait dans la lumière, à côté de César tout blanc.

Me voici, Monseigneur...

Voilà, voilà ! pensa Mary... Il appelle, elles accourent !...

César appela Antoine, et Antoine parut, vêtu d'une toge de couleur orangée. Mary eut peine à reconnaître Bienvenu. Ce grand maigre tordu avait pris de l'épaisseur et se tenait droit. Magie du métier et du costume rembourré. La perruque brune aux courtes boucles y était pour beaucoup, donnant du poids à la tête, encadrant le regard passionné, et rajeunissant le visage.

Le commissaire régla sur lui ses jumelles, les remit dans sa poche. Il retrouvait le bonheur ébloui de son enfance. En face de lui, dans la pénombre, la gigantesque statue de Pompée attendait son heure. L'air était à la fois tiède et frais, comme une source d'été, et d'une pureté que traversait parfois, à la façon d'un poisson vif, le parfum d'une spectatrice voisine, une cigarette, un bonbon à la menthe...

De loin, très loin, du bout de la nuit terrestre, arrivait le grondement étouffé de l'orage qui avait menacé toute la journée, sans oser s'approcher.

Le Cissi avait affirmé au commissaire :

— Il pleut jamais à Nîmes pendant le Festival. Mais cette année, je suis pas si sûr... Y a quelque chose dans l'air !

Je vais le tuer.

Je ne suis pas un assassin : je dois faire la justice, à cause du mal qu'il a fait, et qu'il continuera de faire s'il reste vivant.

Je vais le tuer. Dans quelques minutes.

Et la justice veut qu'il n'y ait pas de coupable, que personne ne soit puni pour cet acte de purification. Si je réussis, si je ne suis pas pris, personne ne pourra être accusé à ma place. Si je suis pris je paierai sans regret, mais ce serait dommage.

Mary porta ses jumelles à ses yeux. Le troisième acte, l'acte fatal, commençait.

César s'était montré sourd aux supplications de sa femme :

CALPHURNIA : *Deux lionnes ont mis bas dans les rues de Rome cette nuit ! Les tombeaux se sont ouverts ! Des guerriers enflammés ont combattu dans les cieux et leur sang est tombé sur le Capitole... Ces sinistres événements sont-ils naturels ? Peut-on sans frémir en entendre le récit ? O César, ô Cher époux, accordez-moi ce jour ! Restez auprès de moi, n'allez pas au Sénat !*
LE DEVIN : *César, prends garde aux ides de mars !*

César n'avait écouté ni sa femme, ni le devin, ni les augures, qui lui avaient conseillé de ne pas sortir en ce jour menaçant : examinant les entrailles du taureau sacrifié aux Dieux, ils s'étaient aperçu, épouvantés, que la bête n'avait pas de cœur...

César n'était pas homme à négliger les présages. Mais ce qu'il avait à faire, il le fit : les sénateurs l'attendaient, il se mit en marche vers le Capitole, entouré de ceux qu'il croyait être ses amis, et qui étaient ses assassins. Tous, sauf Antoine, le fidèle... Les conjurés étaient vêtus de jaune pâle, chacun d'une nuance différente. Parmi eux éclataient la toge jaune d'or de Brutus et celle, orangée, d'Antoine. Ils allaient devoir écarter celui-ci, avant de passer à l'action.

En quelques secondes, des projecteurs successifs tirèrent hors de l'ombre la statue de Pompée. Elle apparut immense, aussi haute que les Arènes. Eclatante de lumière elle attendait César, blanche comme lui.

La foule entassée sur les marches de pierre soupira de satisfaction et de soulagement. Dans les flammes et les ombres de la nuit, Bienvenu avait concrétisé les phénomènes surnaturels évoqués par la tragédie, les visions et les clameurs, les pluies de feu et de sang, par des projections et une sonorisation qui avaient transformé les Arènes en chaudron de sorcière, et tordu et noué vingt mille systèmes nerveux...

Enfin le silence et la clarté du jour étaient revenus, et César et sa suite arrivaient au Capitole.

Mary scruta les visages de tous ceux qui entouraient César. Ses jumelles les lui montraient à moins d'un mètre. Lequel de ceux-là avait composé les ridicules missives ? Et s'il disait vrai ?... Ce n'était pas possible... Devant vingt mille spectateurs et les caméras de télévision ?... Et s'il disait vrai *quand même*, lequel de ces visages, maquillés à outrance à cause de l'éloignement du public, était le visage de l'assassin ? Lequel avait remplacé la dague de plastique par une arme d'acier ?... Et s'ils étaient deux... Ou plusieurs ?... Comme dans l'Histoire ?... Comme dans la pièce ?...

Mary avala sa salive. Ce n'était pas possible... Pas possible ? C'est vite dit... Et, si c'était possible, il n'avait rien fait pour l'empêcher.

Il aurait dû... Il aurait dû quoi ? Que faire à moins d'interdire la représentation ? Un beau scandale ! Une sacrée bombe ! Pour l'incongruité d'un plaisantin !... Et d'ailleurs ni les organisateurs, ni le maire, ni Faucon lui-même n'auraient accepté... Il avait fait la seule chose en son pouvoir : lui et ses hommes étaient venus regarder...

Il vit Trebonius, un des conjurés, parler à Antoine, et l'entraîner hors de la scène.
Les assassins étaient maintenant seuls avec César.

— Allonge, bon sang ! Presse-toi ! marmonna Bienvenu-Antoine à l'acteur qui jouait Trebonius. Je veux voir l'agenouillement de Brutus !... Il l'a raté hier !... On aurait dit qu'il allait faire sa première communion !...

Dès qu'ils ne furent plus à la vue du public, Bienvenu se mit à courir. Il arriva, essoufflé, à son poste d'observation, derrière les marches de l'escalier de droite. Georges, le régisseur, était là, avec un des pompiers de service, regardant la scène à travers les fentes pratiquées à cet effet dans le décor de bois.

— Qu'est-ce que tu en penses ? demanda Bienvenu, anxieux.
— Au poil ! dit le régisseur. Ça chauffe !...

Bienvenu colla son œil à une fente.

Les conjurés entouraient César. Metellus s'était jeté à genoux pour implorer la grâce de son frère banni. César la lui refusait. Brutus s'agenouilla à son tour.

— Bon, c'est pas trop mal... dit Bienvenu.

CÉSAR : *Quoi, Brutus à genoux ?*

Cassius, puis Cinna, puis Decius, se rapprochèrent de César sous le prétexte de l'implorer à leur tour. Quand ils furent tous en place, Casca sortit sa dague et cria :

Mon bras, parle pour moi !...

Et il frappa, *au cou*.

Les plus proches spectateurs virent la lame s'enfoncer et le sang jaillir. Les autres conjurés frappaient César de toutes parts.

— Sale con ! cria Bienvenu contre la planche. Il l'a frappé au cou ! Il a dû le blesser !...
— Il l'avait dit ! dit Georges. Il le répétait à tout moment : « Shakespeare, c'est Shakespeare... Il a écrit "au cou", je frapperai au cou !... Bienvenu peut m'indiquer ce qu'il voudra, Bienvenu, c'est pas Shakespeare ! Je frapperai au cou !... »
— S'il a blessé Faucon, tu vas voir où je vais le frapper, moi !... Sale con !...

Mary suivait de son mieux la mêlée. C'était difficile. Les sénateurs et le peuple s'enfuyaient vers les dégagements et les escaliers, laissant au milieu du plateau les assassins acharnés sur leur victime qu'ils entouraient, la dérobant en partie à la vue. Brutus, immobile, debout, dos au public, les regardait.

On entendit tout à coup la voix du lion blessé rugir :

Arrière ! Chiens !

Derrière la planche, Bienvenu jubila :
— Il en rajoute : il fait du Shakespeare !

Dans un effort énorme, César repoussa ses agresseurs, arracha sa toge maculée de sang et les en fustigea, les frappant au visage et aux bras, leur arrachant leurs armes. Stupéfaits, ils s'écartèrent.

Alors Brutus, dans son vêtement d'or qu'un laser éclaboussait de rouge, s'avança d'un pas. César, le regardant, s'immobilisa. Les conjurés, pétrifiés, regardaient les deux hommes face à face. Blancheur zébrée de sang, César vacillait...

— ... juste assez, dit Bienvenu, juste ce qu'il faut pour que le public croie qu'il tient debout par miracle... Quel acteur !

— On dirait vraiment qu'il a été saigné, dit Georges.

« C'est du jeu d'acteur, c'est de la mise en scène !... se persuadait Mary. S'il était vraiment blessé il crierait, il appellerait au secours !... Il crierait ? Non ! Quoi qu'il arrive, un acteur *continue de jouer !* ... »

Brutus tira son épée.

César eut un léger haut-le-corps, chancela, se reprit, retrouva et maintint toute sa dignité souveraine, et parla. Sa voix dans l'immense silence, emplit les Arènes jusqu'aux étoiles.

CÉSAR : *Toi aussi, Brutus ?*

Il avait mis dans ces trois mots, dits très simplement, presque avec un reste de souffle, tant d'étonnement, tant de confiance et d'amour trompés, que Mary s'attendit presque, et les vingt mille spectateurs avec lui, à voir Brutus reculer. Mais il leva son arme...

CÉSAR : *Alors meurs, César !...*

César souleva à deux mains sa toge sanglante et la laissa retomber autour de sa tête comme une draperie funéraire.

Brutus fit encore un pas, lui plongea son épée dans le corps et la retira, rouge.

La foule poussa un long soupir d'horreur.

Le coup brisa l'équilibre précaire de César. Il recula en chancelant jusqu'à la statue de Pompée. Quand il en sentit le contact dans son dos il se retourna vers elle et tenta de s'y accrocher de ses deux bras écartés.

— Merde ! Regarde ce qu'il a trouvé ! dit Bienvenu. Quelle trouvaille ! César en croix !...

César glissa, s'écroula au pied de la statue et ne bougea plus. Les traces de ses deux mains sanglantes dessinaient au-dessus de lui un V tronqué.

— Quel acteur ! dit Bienvenu. Regarde comme il a l'air mort !...
— Ça c'est facile...
— Tu crois ça !... Un vivant couché reste épais... Un mort c'est

plat... Pour avoir l'air mort il faut détendre tous ses muscles, se répandre, couler !... Regarde comme il est plat !...
— C'est vrai...
— C'est moi qui lui ai appris ça !...
— C'est une ordure mais c'est un mec... dit le régisseur. File ! Ça va être à toi, te mets pas à la bourre !...

Mary était entièrement rassuré. Il venait d'assister à un merveilleux moment de théâtre. Rien que du théâtre. Personne n'avait fait un écart de la voix ou du geste trahissant un incident. Tout s'était passé comme le metteur en scène l'avait prévu. Il y avait bien eu ce Casca qui avait frappé au cou, mais si l'arme avait été réelle, Faucon eût été égorgé et se serait écroulé aussitôt. Bienvenu avait sans doute modifié son indication au dernier moment. Parfaite mise en scène, jeu sublime de Faucon...

Les conjurés trempaient leurs mains dans le sang de César et s'apprêtaient à se séparer pour aller dans Rome expliquer leur action, quand survinrent un serviteur d'Antoine, puis Antoine lui-même.

Mary se réjouit, et se cala de son mieux dans sa chaise inconfortable. Les grands moments du rôle d'Antoine allaient commencer. Bienvenu parviendrait-il à lui faire oublier Hermantier, qui avait laissé un souvenir gigantesque dans sa mémoire d'enfant ?

Brutus souhaita la bienvenue à Antoine. Celui-ci, sans répondre, s'approcha du corps de César et se pencha vers lui.

ANTOINE : *O puissant César, est-ce toi que je vois ici, réduit à si peu de place ?*

Il sembla hésiter, mit un genou en terre, prit une main du mort, la laissa retomber, se releva brusquement, se retourna face au public, et regarda Mary ! Dans ses jumelles, Mary vit son visage stupéfait et bouleversé s'incliner trois fois pour faire trois fois le signe « oui » en le regardant lui, Mary ! Il fut sûr que Bienvenu le regardait lui, précisément, intentionnellement, et qu'il lui adressait un message. Il connaissait l'emplacement de sa chaise, et, même avec les projecteurs dans les yeux, il était capable de la situer et de le regarder.

D'ailleurs il continuait, et, brodant sur Shakespeare, ajoutait à son geste des mots qui ne laissaient aucun doute :

ANTOINE : *Oui ! oui ! oui ! C'est arrivé !...*

Il regarda fixement dans la direction de Mary, avant de se retourner vers César et d'enchaîner avec le texte de Shakespeare :

ANTOINE : *Oui ! Voilà à quoi ont abouti tes triomphes, ta gloire : à cet espace minuscule !... Adieu César !*

Puis il fit face de nouveau aux conjurés, Mary n'était déjà plus sur sa chaise. « Oui ! oui ! oui ! C'est arrivé ! » Son cœur avait fait trois cabrioles dans sa poitrine... Qu'est-ce qui avait pu arriver, sinon ce qu'il avait craint sans y croire ?

Il contourna la vaste scène, dut enjamber des planches et de la pierre, se hisser dans un gradin désert, descendre un escalier, courir dans la galerie circulaire, pour arriver enfin dans la coulisse grouillante de soldats romains et de plébéiens. Près de la porte des taureaux, quatre légionnaires romains, leur casque de travers, cigarette aux lèvres, assis sur des chaises pliantes, jouaient à la belote sur une malle à costumes en osier, recouverte d'un journal. A côté d'eux, une civière faite de six boucliers était posée à terre. Sur la civière était allongé un mannequin représentant le cadavre sanglant de César. Il allait retourner en scène, porté par des soldats.

Mais il n'avait pas encore fait sa sortie !... Le César de chair attendait au pied de la statue, qu'on veuille bien l'emporter, s'occuper de lui, le soigner, il était peut-être encore temps !...

Mary reconnut le régisseur qui allait d'un groupe à l'autre, donnant des instructions. Il l'accrocha par le bras, lui dit à voix basse, pressée :

— Il est arrivé quelque chose à Faucon !... Il est blessé !

— Quoi ?... Qui êtes-vous ?

— Police !... Vous m'avez vu avec M. Bienvenu, cet après-midi...

Mary montra sa carte.

— ... Il faut arrêter ! Tout arrêter ! Il est peut-être en train de mourir !

— Arrêter ?... Comment voulez-vous que j'arrête ?... On peut pas baisser le rideau, ici !... D'ailleurs la scène est presque finie... Vous en faites pas, vous allez le voir arriver, le Faucon, sur ses deux pieds, la vache !... Increvable ! Ça m'étonnerait qu'il soit seulement écorché !

Sur la scène, Antoine avait cessé de discuter avec les conjurés, et obtenu d'emporter le corps de César pour l'exposer sur la place publique. Les conjurés s'en allaient, les derniers sénateurs et plébéiens s'en allaient, les deux files de soldats casqués cuirassés s'en allaient. C'était comme un grand coup de vent qui vidait la scène en tourbillonnant. Antoine, dans le brouhaha, s'approchait de César et, dégrafant sa propre toge, s'agenouillait pour en recouvrir le cadavre sanglant. Il disposa pieusement son vêtement sur la victime, pendant que le synthétiseur criait les cris des pleureuses et des furies.

Antoine se releva, le corps de César serré en travers de sa poitrine. Les clameurs de la bande sonore se changèrent en longues plaintes. Les lumières devinrent rouges, pourpres, violettes, s'éteignirent. Antoine et son fardeau s'enfonçaient lentement vers la nuit.

Antoine, portant César sur une épaule, arriva en courant, essoufflé, à la porte des taureaux. Il se laissa tomber à genoux et allongea le vrai corps à côté de son simulacre.

— Qu'est-ce... qu'est-ce qu'il a ? demanda Georges effaré.

— Il est mort, dit Antoine.

— Arrêter le spectacle ? Vous êtes fou ? criait Bienvenu.
— Vous rendez-vous compte qu'il y a eu crime, et que l'assassin peut s'enfuir par n'importe quel trou de ce cirque ? Je dois m'assurer de tous les suspects ! répliquait Mary.
— Dans « ce cirque », il y a vingt mille types qui sont venus au théâtre. Vous voulez leur annoncer qu'on arrête ? Allez ! Allez-y ! Expliquez-leur !...
— Mais...
— Votre assassin, vous ne risquez pas de le perdre ! Il *joue* jusqu'à sa dernière réplique. Vous comprenez ce que ça veut dire, *il joue ?* Vous le cueillerez à la fin !... En attendant, le théâtre continue !... Merde ! Vous allez me faire rater mon entrée !
— Dépêche-toi ! Dépêche-toi ! pressait le régisseur.

Bienvenu fit signe aux six légionnaires qui avaient déjà juché sur leurs épaules la civière et le faux cadavre.
— Allez, on y va !...

Ils sortirent tous en courant. Cassius, qui revenait, s'effaça pour les laisser passer.
— Ils sont à la bourre ! dit-il. Qu'est-ce qui arrive à André ?... Qu'est-ce qui se passe ? Il a oublié César !...

Il venait d'apercevoir le corps de Faucon étendu à terre, à l'endroit même où l'avait posé Bienvenu, et qu'entourait un nombre grandissant de plébéiens et de légionnaires, fous d'excitation et de curiosité.
— Regardez ! dit Mary.

Il écarta la toge qui couvrait la tête du cadavre, et le visage apparut, la bouche ouverte et les yeux fixes.
— Quoi ? cria Cassius. Faucon ? Qu'est-ce qu'il a ? Une attaque ?

Mary, sans lui répondre, vint à lui, passa sa main sous sa toge et saisit sa dague, rouge d'hémoglobine. Il en frappa le mur de pierre, à côté de lui. La lame entra dans le manche. Ce qui y restait d'hémoglobine lui coula sur la main. L'arme était tout juste capable d'entamer une motte de beurre, par temps chaud...
— Alfred, garde-le ! dit Mary à un de ses quatre inspecteurs qui venaient de quitter leurs défroques romaines. Toi, dit-il à un autre, va chercher le Dr Supin et le Substitut... Ils sont au parterre, tous les deux, je les ai vus. Supin au troisième rang, le Substitut au premier. Tu les connais ?
— Oui...
— Dis-leur de venir ici d'urgence ! Discrètement, hein ? Discrètement !... Et vous tous, là, reculez ! Reculez !...

Un des agents municipaux chargés du service d'ordre à l'intérieur des Arènes se joignit aux inspecteurs pour faire reculer la foule des curieux simili-romains. Quelques faux soldats romains qui étaient de vrais soldats nîmois se rangèrent du côté de l'autorité et repoussèrent gentiment les plébéiens. On entendait très faiblement, au loin, la voix de Brutus qui haranguait le peuple. Il allait bientôt terminer, et arriver.

L'air sentait la cigarette, le fard gras, la bière et le pastis, un petit vent venu des étages soufflait par instants dans la galerie et ébouriffait les perruques. La tête de Faucon, émergeant de sa défroque couverte de faux et de vrai sang, gardait la bouche ouverte et les yeux écarquillés. Mary avait l'impression de se trouver en plein cauchemar surréaliste. Il se baissa et ferma les yeux du mort. L'œil droit se rouvrit. Il le referma. Il se rouvrit. Zut !...

— Allez, allez la plèbe ! criait Georges, le régisseur, Antoine va parler, c'est à vous ! En scène ! A gauche et à droite ! Entrez doucement ! Ne vous excitez pas ! Et fermez vos gueules sur ce que vous avez vu ici ! Compris ?

La foule s'écoula, à regret, mais rapidement.

— Tu parles, comme ils vont la fermer ! dit un soldat.

— A qui veux-tu qu'ils parlent ? Ils n'ont pas de contact avec le public.

Trois des conjurés arrivèrent, Casca avec Trebonius et Cinna, à moins que ce ne fussent Ligarius et Metellus Cimber.

Les deux autres allaient arriver avec Brutus, dans quelques minutes.

— Gardez-moi ces trois-là ! dit Mary à ses hommes. Qu'ils ne se débarrassent même pas d'un cheveu sans que vous le voyiez ! Où y a-t-il un téléphone ? demanda-t-il à Georges.

C'est fait. Je l'ai fait. Tout s'est passé comme je l'avais prévu. Personne n'a discerné le vrai coup mortel. Personne ne pourra trouver le coupable, si c'est être coupable que de faire la justice.

Il est mort dans la gloire et les lumières. Il est maintenant dans les braises de l'enfer.

Le Commissaire principal Gobelin ronflait. Il ne gênait personne car il était veuf et seul dans son lit. Même dans les moments superlatifs, quand il semblait s'arracher tout l'intérieur de la poitrine, plus le ventre et la cervelle, ses voisins n'entendaient rien. Les vieilles maisons de pierre ont des avantages.

Il fallut un certain temps pour que la sonnerie du téléphone trouvât à s'insinuer entre deux cataclysmes, mais dès qu'elle parvint à une oreille, le réflexe professionnel joua : le Commissaire principal fut immédiatement et totalement réveillé, et tendit sa main droite, qui se posa exactement sur le combiné. Le téléphone veillait au chevet de son maître, sur la petite table basse, à côté d'une pochette de marshmallow's, d'un mini-transistor pour les nouvelles du matin et d'un roman pour la lecture du soir. Il l'avait commencé l'an dernier à Noël. Il irait bien jusqu'à la Toussaint...

— Allô ?

— Allô, patron, ils l'ont fait ! dit la voix de Mary.

— Qui, ils ? gronda Gobelin. Et ils ont fait quoi ?
— Ils ont tué Faucon...
— Meeeerde !...
Gobelin était déjà sur ses pieds.
— *Qui* l'a fait ?
— Je ne sais pas !...
— Et toi, qu'est-ce que tu as fait ?
— Je ne peux pas faire grand-chose !... Ils sont sur la scène en train de jouer... Je les alpague à mesure qu'ils sortent... Il faut que vous m'envoyiez du monde...
— Je t'en envoie ! Où es-tu ?
— Dans la galerie intérieure, à la porte des taureaux. Le Dr Supin est dans le public, je l'ai envoyé chercher pour un premier examen.
— Qu'il dérange rien, surtout, ce con-là !... Tu te rends compte du boucan que ça va faire ? Non, mais tu te rends compte ?... Dans le monde entier !... Et il faut que ça nous tombe dessus à nous !... Tu étais là ? Tu regardais ?
— Oui.
— Qu'est-ce que tu as vu ?
— Rien...
— Tu as rien vu ! Tu as rien fait ! Tu es un policier formidable !
— Chef, je... hum... je pense à ce qui risque de se passer avec le public, quand il apprendra que son idole a été assassinée !...
— J'y pense aussi, figure-toi ! Je vais appeler la gendarmerie.
— Faut que je m'en aille, Brutus va arriver...
— Fous le camp ! On parle trop !...

Mary raccrocha. Il se rendit compte que, tiré de son sommeil pour être jeté dans le désastre, le Principal s'était mis à le tutoyer. Il en éprouva un réconfort plein d'amertume.

Brutus, horrifié, pétrifié, semblait cloué par son regard au cadavre de Faucon que le Dr Supin avait en partie déshabillé pour l'examiner. Metellius, Cimber et Ligarius, à moins que ce ne fussent Cinna et Trebonius, revenus en même temps que lui, debout près de lui, bouleversés, regardaient sans mot dire le médecin agenouillé poursuivre son examen. C'était un petit homme âgé, gris clair de poil et de costume, rose de peau. Il était venu voir *Jules César*. Il ne s'était pas attendu à examiner sa dépouille...

Il leva la tête vers Mary :

— Autant que je puisse en juger, dit-il d'une voix mince, il a succombé à un coup porté par-devant, juste au-dessous des côtes, dans la direction du cœur... Une lame fine, étroite, longue...

Mary revit dans sa tête le coup porté par Brutus. Il correspondait exactement aux constatations du médecin. Mais son épée était large et épaisse... Elle avait pu être truquée, et la fausse lame en cacher une vraie, dont il se serait débarrassé depuis... Il fallait tout envisager, dans une histoire aussi extravagante...

Brutus pleurait, sans bruit. Puis il se mit à sangloter. Son voisin de gauche, Cimber, à moins que ce ne fût Cinna, ou un autre, lui passa fraternellement son bras autour des épaules. Les sanglots de Brutus devinrent une plainte semblable à celle d'un enfant. Mary le regarda plus attentivement. Il paraissait très jeune, presque adolescent. Pareil à un petit garçon perdu au fond de la détresse. Le commissaire savait que Faucon aimait les chairs et les âmes fraîches. Mais comment expliquer son emprise sur elles ? Ce cadavre sanglant, fardé, un œil ouvert, un œil fermé, la bouche béante, était affreux et grotesque. Quelle magie avait disparu avec la vie ?

Obéissant aux indications du Dr Supin, deux légionnaires casqués retournèrent le corps de César. Le médecin fit une grimace, passa sa main sous la chemise de soie, cherchant une autre plaie, ne trouva rien.

— Apparemment, il n'a pas d'autre blessure, dit-il. Je verrai mieux à l'autopsie...

Il était le médecin légiste de Nîmes. Il se réjouissait visiblement à la perspective de couper en petits morceaux une vedette mondiale.

Il cherchait du regard, autour de lui, de quoi essuyer ses mains maculées de sang. Il les tenait à la hauteur de sa poitrine, écartées de lui, comme des objets étrangers. Mary lui tendit un kleenex, puis un second, il en avait toujours un petit paquet dans sa poche. Tout y passa.

Le Substitut arrivait, intrigué, élégant, en presque smoking blanc et cravate papillon bleu nuit. Mince et long, quarante ans, style Fac. de Droit, Parisien, 16e arrondissement.

— Que se passe-t-il, commissaire ?

Il vit le cadavre, haussa un sourcil.

— Faucon ?... Un accident ?

— Un meurtre, dit Mary.

Il sortit de sa poche la photocopie de la missive anonyme, celle reçue par la police. Celle de Bienvenu était maintenant au labo. Il déplia la feuille pour la tendre au Substitut. Et quand elle passa dans son regard, il eut de nouveau l'impression qu'elle *voulait* lui dire quelque chose de plus que le message qui y était collé. Il eut une brève hésitation, regarda de nouveau, puis donna le message au Substitut. Il n'y avait rien à lire d'autre que les lettres imprimées. C'était clair. Et c'était arrivé...

— La blessure correspond au coup donné par Brutus, dit Mary au Substitut. Mais d'autres l'ont frappé aussi au même endroit pendant l'agression générale. J'ai saisi toutes les épées et les dagues des conjurés. Ce ne sont que des accessoires de théâtre, absolument inoffensifs. L'une d'elles a peut-être été trafiquée pour l'accomplissement du meurtre. Au premier examen il n'en reste pas trace. Le labo devra les scruter plus attentivement. Mais je crois que l'arme du crime était indépendante. J'ai fouillé tous les suspects. Je ne l'ai pas trouvée. L'assassin a dû s'en débarrasser sur place, sur la scène. Nous la chercherons pendant l'entracte...

— L'entracte ? fit le Substitut, étonné. Ils vont continuer de jouer ?

— Faucon est mort, mais ils n'ont plus besoin de lui, puisque César est mort, lui aussi... Si cela ne dépendait que de moi, j'arrêterais tout et j'emmènerais tout le monde au commissariat pour les interrogatoires. Mais le metteur en scène hurle, et aussi l'administrateur des Arènes, que je n'ai vu qu'un instant... Si on arrête, il faut rembourser, ils sont ruinés !... Sans compter les réactions de la foule, quand il faudra lui dire que son idole a été assassinée !... Je voudrais bien, Monsieur le Substitut, que le Parquet prenne une décision, dans un sens ou dans l'autre... Moi, j'appliquerai...

Une furie hurlante entra en courant.

Calphurnia !... Extravagante et superbe...

Quelqu'un était allé lui apprendre la nouvelle, dans sa loge, où elle était en train de refaire son maquillage. Son rôle était terminé, comme celui de César, mais elle voulait être au mieux de sa beauté pour le salut final.

Egarée, tournant la tête de tous côtés, elle cria :

— Victor ! Victor ! Où es-tu ? Qu'est-ce qu'il t'a fait ?

Elle le vit, étendu à terre, misérable, réduit à rien. Elle porta son poing à sa bouche et le mordit, étouffant son hurlement.

Tragédie ! Comédie !... pensait Mary. Mais il se rendait compte que sous l'excès de l'expression extérieure il y avait une émotion réelle.

Enveloppée d'un peignoir-éponge vert pâle, à demi démaquillée, la bouche écarlate, un œil bleu jusqu'à la joue, l'autre sans cils, ses cheveux hérissés, couleur de blé, elle était belle comme un ange fou. Très jeune, beaucoup plus qu'elle ne le paraissait sur la scène, coiffée de la perruque noire et les lèvres pleines de Shakespeare...

« Encore une jeune proie pour le Faucon », pensait Mary. Il savait qu'elle était sa maîtresse, et la femme d'un des autres acteurs. Lequel ?

Elle se jeta sur Casca en l'injuriant. Elle l'accusait d'avoir tué Faucon, le traitait d'assassin et d'impuissant, et appelait sur lui la guillotine, les couteaux et les fusils, et criait et pleurait, et plus les fards fondus et l'enflure des larmes ravageaient son visage, plus il devenait beau.

C'était donc lui le mari... Jaloux ?... Oui, on pouvait tuer pour une fille aussi belle...

Casca se défendait sans méchanceté contre elle, tenait ses mains qui voulaient lui griffer le visage, cherchait à la calmer d'une voix grave et tendre...

— Allons, allons, calme-toi, calme-toi... Ne fais pas l'enfant...

Il était nettement plus âgé qu'elle. Haut et large, avec un visage rectangulaire sans grand caractère. Dans son regard posé sur elle il y avait de la pitié, du souci, et visiblement beaucoup d'amour...

Mary consulta la liste des conjurés qu'il avait rapidement dressée d'après les indications du régisseur : *Casca* : nom de théâtre Paul Saint-Malo, nom d'état-civil Eugène Godivel.

Il décida de commencer ses interrogatoires par lui. Les autres suspects confiés à la garde de ses hommes, il s'enferma avec Casca dans la loge de Faucon, dont il expulsa l'habilleuse bouleversée. Coup d'œil rapide autour de lui. Des vêtements pendus. Une écharpe rouge. Une écharpe en juillet ? Un immense bouquet de roses rouges, glaïeuls et canas rouges. Un tapis d'orient, rouge. Et un tableau authentique, la fameuse « Odalisque » rouge de Matisse, pas une copie, la vraie, que l'acteur emportait avec lui dans le monde entier. Cet homme s'enveloppait de rouge. De sang, de feu. Un démon, pensa Mary... Il faudrait fouiller partout, ici et dans sa chambre, à l'hôtel... Tout à l'heure...

L'entracte était commencé. Mary avait envoyé sur la scène cinq de ses hommes, déguisés en Romains pour ne pas attirer l'attention du public, avec mission de trouver l'arme du crime, et tous autres indices, s'il y en avait.

— Asseyez-vous, dit-il à Casca.

— Bien sûr je suis cocu, Monsieur le Commissaire, mais je le suis beaucoup trop pour devenir assassin !... Vous avez vu ma femme... Vous la trouvez belle ? Vous la voulez ? Vous pouvez la prendre... Quand vous voudrez, où vous voudrez ! Elle ne se refuse à personne... C'est sa génération qui veut ça... Baiser, comme ils disent, ça n'a pas plus d'importance que de manger un bifteck. L'essentiel, c'est que la viande soit bonne... Et pour le savoir, il faut y goûter... Alors elle goûte... Si j'avais dû tuer tous ceux avec qui elle a couché, rien qu'ici il manquerait déjà la moitié de la troupe. Et les figurants seraient bien entamés... Oui, bien sûr, j'exagère... Un peu... Mais c'est pour vous dire que question mobile il vaut mieux que vous cherchiez autre chose... Oui, je vous l'accorde, elle a montré beaucoup de chagrin devant le corps de Faucon... C'est une grande tragédienne... Vous ne l'avez pas vue dans *Phèdre* ? Elle l'a jouée à Avignon, l'an dernier. Un metteur en scène dingue, un Tchécoslovaque, je ne vous dirai pas son nom, je ne peux pas le prononcer. Ils jouaient dans le hangar d'un expéditeur de fruits, au milieu des cageots. En blue-jeans... Des acteurs qui ne savaient même pas prononcer les « e » muets. C'est comme ça, maintenant, on avale tout... Mais *elle* était sensationnelle !... Je vous jure que ça fait quelque chose de voir une furie de vingt ans incarner Phèdre, qui est généralement interprétée par de vieilles momies molles... Et qu'elle était belle ! On se disait qu'Hippolyte était vraiment un pauvre con de pas se la taper tout de suite, là, hop !... Remarquez qu'il se la tapait après, derrière les abricots, ça traînait pas... Celui-là aussi j'aurais dû le tuer ?... Oh là là !... Un boucher il faudrait que je sois... Non, ne me faites pas dire que je ne l'aime pas... Je l'aime, bien sûr, comment ne pas l'aimer ?... Mais qu'est-ce que c'est l'amour ? Penser d'abord à soi ? Prendre ? Exiger ? Ou tout faire, tout accepter pour que l'être qu'on aime soit heureux ?... Elle venait d'avoir son Prix de Tragédie quand je l'ai épousée. Une gamine... Ambitieuse... Brûlante... Je l'ai eue parce qu'elle savait que je lui ferais avoir des rôles. Un prix, du talent, de la beauté, ça suffit pas pour travailler, dans notre métier. Plus de vingt chômeurs pour un acteur qui joue. Moi je joue tout le temps. Parce que je peux jouer n'importe quoi. De Shakespeare à Feydeau en passant par Offenbach... Oui, je chante aussi... Jamais des grands rôles, mais toujours en scène... Et je l'y ai entraînée avec moi... Vous vous rendez compte d'un cadeau, pour moi, cette fleur, ce volcan ? C'est que je n'étais plus très... Vous me donnez combien ?... Vous me flattez, vous pouvez ajouter dix ans... Eh oui... Alors, qu'elle ait vite sauté hors de mon lit, c'était bien normal... Et puis elle cherchait une grande occasion, le cinéma, elles en rêvent toutes... Quand j'ai eu vent de ce festival, je l'ai proposée à Bienvenu, on se connaît depuis toujours. Je savais qu'il la montrerait à Faucon et que Faucon la prendrait, dans tous les sens du mot... Il l'a prise, bien sûr, elle est si belle, il ne pouvait pas la laisser passer. Et il lui a promis un grand rôle dans son prochain film, Hollywood, la lune... C'est ça qu'elle pleurait, tout à l'heure, Monsieur, la lune lui est tombée sur la tête... Il faudra que je lui trouve une autre occasion... Mais celle-là était de première... Et puis je me promettais du spectacle : lui qui a détruit tout ce qu'il a touché, tant de femmes et de garçons, à part sa Lisa qui est aussi sensible qu'une vache, je savais qu'avec Diane, c'était un tigre qu'il essayait de mettre dans sa poche. Elle allait le bouffer en trois coups de dent, avec les os et la peau, dès qu'elle aurait obtenu ce qu'elle voulait. C'est quelqu'un, ma petite Diane ! C'est pas un agneau !... Elle se serait pas laissé tailler des côtelettes... C'est dommage que ça ait fini comme ça... Dommage...

Non, ce n'est pas moi qui l'ai tué...

Non je n'ai vu personne le frapper... Ou plutôt si : tout le monde, avec nos lames en jus de boudin... Vous avez vu ce que c'est, ça couperait pas un yaourt en deux...

Quoi ? Faites voir... Non, ce n'est pas moi qui ai rédigé ce machin... Comme c'est curieux ! Alors vous étiez prévenu ? Evidemment vous ne pouviez pas faire grand-chose... Non, je ne soupçonne personne... Non, bien sûr, si je soupçonnais quelqu'un je ne vous le dirais pas... Non, je ne l'ai pas frappé au cou parce que je lui en voulais, mais parce que c'est dans Shakespeare. Lisez la brochure Garnier, commissaire, vous verrez, c'est marqué : *au cou*.

— Je sais. J'ai lu.

Pendant que Mary procédait au premier interrogatoire, les hautes autorités, réunies dans la loge de Bienvenu, discutaient de la décision à prendre au sujet du spectacle : continuer ou interrompre ? Le maire, l'administrateur et Bienvenu plaidaient avec véhémence pour que non seulement la pièce continuât le soir même, mais aussi pour que les représentations prévues pour le lendemain et le surlendemain aient également lieu.

— Mais vous n'avez plus de César ! dit le Substitut.
— J'ai Firmin !
— Qui ?
— Sa doublure... Il joue Trebonius. De tous ceux que la mort de Faucon réjouit, il est certainement le plus heureux : enfin une chance !... Il a doublé Faucon dans tous ses rôles. Jamais pu le remplacer ! Jamais malade, Faucon !...
— Vous dites « ceux que la mort de Faucon réjouit ». Qui voulez-vous dire par là ? interrogea le Commissaire principal.
— Tous ceux qui ont travaillé ou couché avec lui... Ou pas pu travailler ou pas pu coucher... Ça fait du monde...
— Mais, insista le Substitut, le public venait pour Faucon. Sans Faucon, vous n'aurez personne...
— Les places sont déjà vendues, dit vivement l'administrateur. Si nous ne jouons pas, nous devrons les rembourser. Ce sera un désastre financier, pour la ville.
— Vous ne vous rendez pas compte, appuya Bienvenu : ils ne verront pas Faucon, mais ils viendront voir l'endroit où il a été tué ! Et ils sauront que parmi les acteurs qui sont en train de jouer devant eux se trouve son assassin ! Ils seront excités comme des poux !...
— Je crois que je pourrai en caser deux mille de plus dans les hauts gradins, dit l'administrateur. Et une centaine en bas, par-devant, et d'autres sur les côtés...
— Monsieur le Substitut, dit le maire, pensez aux finances de ma ville...
— Les finances ne sont pas de mon ressort, dit le Substitut sèchement. Ce qui m'importe, c'est de saisir le coupable. Monsieur le Commissaire principal, est-ce que le fait de poursuivre le spectacle compliquerait votre tâche ?
— Pas précisément : nous connaissons tous les suspects, nous ne les perdrons jamais de vue. Et les prochaines représentations seront pour nous des reconstitutions parfaites des circonstances du crime. A moins que nous n'ayons arrêté le coupable avant...
— Ce que j'espère, dit le Substitut d'une voix glacée. Quel est votre avis, Monsieur le Préfet ?
— Eh bien je... C'est-à-dire... Hum...
— Je vois, dit le Substitut. Eh bien, c'est d'accord : continuez, Messieurs, continuez...

Bienvenu sortit en trombe. L'entracte durait déjà depuis quarante minutes. Le public commençait à s'impatienter, et interpellait les policiers-plébéiens qui, courbés vers le sol, se livraient à une sorte de lent ballet désordonné. Un des hommes s'agenouilla, et introduisit un doigt dans une mortaise du plancher. Un spectateur lui cria :

— Hé ! zozo, qu'est-ce que tu cherches ? Tu as perdu tes pruneaux ?

Une houle de rire monta jusqu'aux étoiles.

— Ça va, dit Bienvenu, ils sont de bonne humeur, ils ne savent encore rien.

Il demanda à l'homme du son :

— Par hasard, tu n'aurais pas un *requiem*, dans tes bandes ?

— J'en ai trois ! Je les emporte toujours, tu imagines pas comme c'est utile ! Lequel tu veux ? Mozart, Campra, ou de Lassus ?

— Celui que tu voudras... Tu l'enverras, à la fin, après les saluts, à la place des trompettes... Je te ferai signe...

Il se tourna vers l'électricien :

— Fais-leur un appel, à ces cons-là, qu'ils sortent !

Les lumières s'allumèrent à plein et s'éteignirent trois fois. Sans se troubler, les policiers continuèrent leurs recherches.

— Les connards ! dit Bienvenu. Tant pis, allons-y. Après tout, ils ne nous gênent pas, ils ont le droit d'être là : c'est le peuple de Rome !

La représentation continuait...

Le commissaire poursuivait les interrogatoires des « conjurés » qui n'avaient plus à entrer en scène. Pour Brutus et Cassius il devrait attendre. Ils restaient sur le plateau jusqu'à la fin.

Antoine soulevait Rome contre Brutus, tuait ou bannissait les notables suspects de complicité dans le complot, et marchait avec ses troupes contre celles qu'avaient réunies Brutus et Cassius.

Des autocars aux fenêtres grillagées débarquaient à proximité des Arènes, une compagnie de CRS. Une ambulance emportait vers la morgue le corps de Faucon, avec le Dr Supin qui allait, à la demande du Commissaire principal, procéder à un examen plus approfondi du cadavre. L'autopsie ne pourrait être pratiquée que le lendemain.

La foule poussa un « Oh ! » profond de surprise : une projection gigantesque illuminait la statue de Pompée, la transformant en personnage animé : le spectre de César apparaissait à Brutus...

Nous nous reverrons à Philippes !

La voix enregistrée de Faucon, lente, ténébreuse, semblant résonner du fond des abîmes, s'entendait jusqu'en dehors des Arènes. Le spectre leva lentement ses deux mains sanglantes, et se fondit dans l'obscurité. Dans le ciel, du côté du couchant, l'ombre de l'orage lointain se rapprochait avec une lente obstination de pachyderme, avalant les étoiles et jetant dans la nuit les signaux pâles de ses éclairs. Il faisait chaud et moite sous la tente des loges. Les roses s'étaient ouvertes et plusieurs, exténuées, commençaient à se défaire. Leur parfum devenait une odeur qui se mélangeait à celles des fards. Mary s'épongea le front, ôta son veston et l'accrocha par-dessus l'écharpe rouge. Il fit signe à... Comment s'appelait-il ? Il consulta sa liste :

Ligarius : Signorelli, André, dit Larbi, garde du corps de Faucon. Célibataire.

— Asseyez-vous...

Avant de s'asseoir, Signorelli se débarrassa de ses vêtements romains et resta vêtu uniquement de son caleçon court à rayures jaunes et bleues, et des sandales lacées de son personnage. Son torse luisant de transpiration apparut aussi osseux que musclé. Sans doute fort comme un tracteur, pensa Mary, mais peut-être guère plus rapide... C'était un ancien gendarme du GIGR, que Faucon avait pris à son service. Cheveux châtains, plats, coupés court. Mary l'avait débarrassé, lors de la première fouille, d'un pistolet militaire calibre 9. Une arme un peu lourde, mais sûre, qu'il portait coincée dans sa ceinture, sous la toge. Il sentait la sueur et le déodorant bouilli. Mary recula d'un pas, se rapprochant du bouquet. Il préférait l'odeur fanée des roses...

— Je n'ai rien vu, je ne pouvais rien voir ! J'ai fait ce que Bienvenu m'avait indiqué, j'ai tourbillonné autour de lui, comme les autres, je l'ai frappé, comme les autres, mais ce que les autres faisaient exactement je ne pouvais pas le voir, il y en avait toujours un ou deux qui étaient derrière lui quand j'étais devant et vice versa !... Et les projecteurs dans les yeux ! Moi je n'ai pas l'habitude de ces trucs-là, ça vous aveugle aux trois quarts. Il a fait deux ou trois fois « Ha !... Ha !... » comme quand on reçoit un coup de poing, mais j'ai pensé que c'était dans son rôle...

Ce qu'on raconte ? Oui, c'est vrai, et c'était même pire... J'ai assisté à tout, il ne voulait pas que je le quitte... Oh non ça ne m'excitait pas ! Il aurait fallu être dingue... Il m'a engagé il y a trois ans, au moment de sa fameuse croisière dans les îles grecques. Il avait loué le plus beau yacht de la Méditerranée et y avait embarqué une dizaine de garçons et de filles superbes... Si j'avais dû le tuer, c'est à ce moment que je l'aurais fait. J'ai eu plus d'une fois l'envie de le balancer à la flotte. Mais toute la mer n'aurait pas suffi à le nettoyer... Il avait raconté à ces gamins et ces gamines qu'il allait tourner un grand film sur les Saturnales et qu'il choisirait les plus beaux, les plus belles, les plus « libérés » pour être ses partenaires. C'était du bidon. Il n'y avait pas plus de film en projet que d'ours blanc au Sahara... Il les avait choisis un peu partout où il passait. Pendant six mois. Rendez-vous au Pirée à telle date. Ceux qui n'ont pas pu venir ont eu de la chance...

Des orgies ? C'est un mot bien banal, et un peu ridicule. Ce qu'il voulait, ce qui l'amusait, c'était détruire. Ce qui était neuf, frais, il le passait au pilon de la drogue, de l'alcool et du sexe à tout-va, comme les ménagères de mon pays écrasent les gousses d'ail pour faire l'aïoli.

Quelle drogue ? Toutes... Il en avait toujours, à volonté. Quand on a assez d'argent, ce n'est pas difficile. Ce n'est dramatique que pour les fauchés. Ceux qui peuvent s'en offrir autant qu'ils veulent n'en ont d'ailleurs pas envie. Lui n'en prenait pas. Le cuisinier qui jette les poissons dans la friture n'y trempe pas ses doigts !... De même, il participait à peine aux parties de sexe. Juste assez pour exciter les autres, et bien remuer la sauce... Ce qui s'est passé sur le yacht, vous pouvez le voir exactement, si ça vous amuse : il a pris des films, il en prenait toujours, il a des mètres cubes d'archives, je sais où elles sont. Je ne sais pas pourquoi il gardait ça : il ne les montrait à personne, il ne les regardait jamais.

Il a débarqué tout le monde au Pirée, avec de l'argent pour les retours. Je ne pense pas que beaucoup aient retrouvé leur pays, leur milieu. Ils étaient atteints de pourriture... Vous savez, comme une pêche qui a juste une petite tache ronde, couleur caca, dans sa joue rose...

Il n'a gardé avec lui qu'une fille, qui paraissait intacte, peut-être parce qu'elle était très amoureuse de lui. Les photographes les ont mitraillés ensemble. Vous vous rappelez les titres de la presse pour les lecteurs mangeurs de conneries : « la nouvelle fiancée de Faucon ». « L'idylle sous l'Acropole »... De quoi vomir ! Vous ne vous rappelez pas ? C'est vrai qu'il y en a eu d'autres... Moi, celle-là je ne l'ai pas oubliée... Je l'ai vue toute nue... Les autres aussi bien sûr... Mais elle... Elle était si belle, si fraîche, si innocente, de haut en bas... Et elle l'aimait tellement...

Elle avait réussi à se tenir à l'écart des parties de jambes en l'air. Elle ne regardait que lui. Elle était la seule avec qui il n'avait pas couché ! Il faisait semblant de ne pas la voir. Au Pirée, quand il a renvoyé tout le monde, elle a fait sa valise, elle pleurait. Et il l'a gardée ! Il n'a gardé qu'elle ! Elle était folle de joie ! Elle a cru qu'elle l'avait gagné... La pauvre petite...

On est reparti. Et alors il s'est occupé d'elle. Je vous jure qu'il s'en est occupé !... Elle était seule avec lui, elle n'avait plus peur de rien... Plus de concurrence... Pour lui plaire elle a accepté ce qu'il demandait. Pour coucher avec lui, elle devait d'abord coucher avec un autre, devant lui... Il n'y avait plus personne ? Si Monsieur : l'équipage... Et lui, le plus souvent, après, se dérobait... Il la consolait avec de l'herbe, d'abord, puis de l'héroïne... C'est là que j'aurais dû le tuer. J'ai failli le faire, un soir où il regardait en souriant le cuisinier, un énorme porc sale, s'approcher d'elle... Vous avez vu mon pistolet... Avec lui je tue une puce à vingt mètres. Je l'ai toujours à la ceinture... J'ai posé ma main dessus... Je ne l'ai pas sorti... Pourquoi ? Ça va vous paraître idiot : conscience professionnelle et dix ans d'obéissance militaire ! Il m'avait engagé pour le défendre... Même contre moi... Quand nous sommes arrivés à Marseille, il lui a dit que c'était fini. Il l'a débarquée en plein désespoir, avec une bonne provision d'héroïne... Il l'appelait Sophie, je ne sais pas si c'était son vrai nom...

Lui, il restait intact, en acier inox. Eh bien, quelqu'un a tout de même trouvé la jointure pour y glisser un couteau... Il a bien monté son coup... Vous ne le prendrez pas... Du moins je l'espère...

Pourquoi je ne l'ai pas quitté ? J'avais un engagement, Monsieur. Un contrat. Il se terminait dimanche dernier. Je ne l'ai pas renouvelé. Il m'a donné une prime pour rester jusqu'à la fin du festival. Il n'était pas chien, pour l'argent. Il me payait bien, très bien. Et je ne dépensais rien, toujours avec lui, il réglait tout. J'ai mieux qu'une retraite. Mais je ne sais pas ce que je vais en faire. J'ai pris la pourriture près de lui, Monsieur. Plus rien ne m'intéresse. J'ai de quoi vivre. Mais vivre, je ne sais plus...

Dans la plaine de Philippes, la bataille faisait rage. Les soldats rouges de Brutus et Cassius subissaient l'assaut furieux des soldats blancs d'Antoine et Octave. Les fantassins s'affrontaient à grands coups d'épée ; les cavaliers, lance basse, surgissaient des défilés de chaque côté de la scène ; les archers descendaient du haut des deux volées d'escaliers, lentement, par six de front, ensemble, s'arrêtaient toutes les trois marches pour tirer une volée de flèches invisibles, et repartaient.

Au spectacle du combat antique, la bande sonore ajoutait le fracas d'une grande bataille moderne, détonations, hurlements des missiles, crépitements des armes automatiques, piqués des avions, grondements des chars. C'était le visage éternel et infernal de la guerre. Des explosions de feu et de fumées jaillissaient du sol. Dans un tourbillon de vapeurs, le spectre géant de César apparut une deuxième fois, nimbé des volutes vertes d'un laser.

Brutus comprit que tout était perdu. Les soldats rouges cédaient, fuyaient. Les soldats blancs occupaient la plaine. La fin était proche.

Mary quitta la loge de Faucon pour s'assurer de Brutus et Cassius afin de les interroger aussitôt. L'un et l'autre venaient de se suicider. Antoine, en sa cuirasse blanche, s'inclinait devant le corps de Brutus, et rendait hommage au désintéressement de son action et à son courage, en prononçant les mots fameux : « C'était un homme ! », mots qui avaient une résonance étrange pour ceux qui connaissaient les goûts de l'acteur jouant Brutus. Mais personne, sur la scène ou dans la coulisse, n'eut envie d'en sourire, et le public n'était pas au courant...

L'aventure et la pièce étaient terminées. Sur le plateau, au milieu des fumées, les morts rouges et les morts blancs se relevaient pour venir saluer. Les soldats et les plébéiens d'abord, ensuite les petits rôles, s'inclinaient vers la droite, vers le centre, vers la gauche... Puis ce furent Cassius, Antoine et les deux femmes. Calphurnia avait surmonté son chagrin pour venir saluer. On ne rate pas le salut ! Sa main gauche était dans la main d'Antoine. Sa main droite cherchait quelqu'un : Brutus. Brutus qui aurait dû être là et n'y était pas...

Antoine jeta un coup d'œil rapide vers le fond de la scène, puis s'inclina, donnant le signal d'un salut général. Doublé, triplé. Les applaudissements montaient en rafales. C'était le moment où César, venant des lointains de la scène, devait apparaître pour saluer, entre Antoine et Calphurnia d'abord, puis tout seul, en gloire.

Mais César n'arrivait pas. Les acteurs s'inclinaient quatre fois, cinq fois, et toujours pas de César. Et Brutus restait absent...

Le public commença à crier le nom de son idole : « Fau-con ! Faucon ! » Brutus ne l'intéressait pas. Il ne s'était même pas rendu compte qu'il manquait. C'était Faucon qu'il voulait. Le chahut grandissait. Bienvenu s'avança au-devant des autres acteurs, indiquant ainsi qu'il allait faire une annonce. Le silence s'établit, après quelques sifflets venus du plus haut des Arènes. Bienvenu leva les deux bras, les laissa retomber quand le silence fut absolu, et parla :

— Mesdames, Messieurs, l'immense acteur que vous acclamez ne pourra pas paraître devant vous...

— Oh ! Oh ! Oh ! protesta la foule.

Et la houle recommença, roulant de haut en bas des gradins et se multipliant au creuset de l'arène :

— FAU-CON ! FAU-CON ! FAU-CON !

Bienvenu leva de nouveau les bras. Qu'avait-il à dire ? La curiosité ramena le silence. Bienvenu reprit :

— Victor Faucon a succombé ce soir sous les coups d'un assassin !...

Le long « Oh ! » de la foule fut de stupeur et d'incrédulité. Ce n'était pas vrai, pas possible !

Bienvenu continua :

— Pendant que les conjurés faisaient semblant de le frapper, l'un d'entre eux lui a porté volontairement un coup mortel... Génial acteur avant tout et par-dessus tout, Faucon, sans se plaindre, a tenu son rôle jusqu'à son dernier souffle. Il est mort en même temps que César, sous vos yeux...

Pour chaque spectateur, et surtout pour chaque spectatrice, ce fut comme si son idole venait de mourir entre ses bras. Il y eut des cris, des hurlements, des sanglots, des évanouissements, des crises de nerfs, qui risquaient de s'amplifier et de s'agglomérer en une hystérie collective.

— Il est cinglé, ce type ! cria Gobelin. Qu'est-ce qui lui a pris ? Il aurait dû nous prévenir ! Il n'aurait pas dû faire ça ! Il vous avait prévenu, Mary ? Vous le saviez ?

— Non, non, pas du tout !...

— Merde ! Si ces vingt mille deviennent fous, qu'est-ce qu'on va faire avec nos trois douzaines de CRS ? Est-ce qu'ils ont des lacry ?

— Je ne sais pas...

— Vous ne savez jamais rien ! Vous le faites exprès ou quoi ?

Georges, le régisseur, venait en courant d'apporter un micro à Bienvenu. La voix amplifiée de ce dernier écrasa les sanglots et les cris qui se multipliaient.

— Mesdames, Messieurs, vous tous qui l'avez admiré et aimé, je vous demande de rester dignes de lui dans votre douleur. La police est sur les traces de l'assassin qui ne tardera pas à être arrêté. Je vous invite, maintenant, à vous lever et à observer, en hommage au plus grand des acteurs, une minute de profond silence !...

Gobelin en resta coi. L'hystérie avait été tranchée à la base. Il grogna :

— Ce type-là connaît le public !... Chapeau !...

Mary scrutait la scène avec ses jumelles. Mais où donc était Brutus ?

La minute de silence terminée... au bout de trente secondes, Bienvenu fit un geste discret de la main en direction de la cabine du son, et les voix graves, lentes, d'un chœur d'hommes, emplirent le vaisseau de pierre, baignant le public, qui commençait à s'écouler, dans l'immense sérénité du *Requiem* de Roland de Lassus. Requiem..., qu'il repose... paix au mort..., et paix aux vivants.

La paix fut brusquement troublée par la voix du régisseur qui s'était emparé d'un micro :

— Mesdames, Messieurs, les représentations prévues pour demain et après-demain auront lieu comme... comme prévu... Le rôle de César sera tenu par le grand acteur Firmin Torrent, élève et ami de Faucon. Merci...

Mary courait et grimpait sur la scène, suivi de deux de ses hommes. Un petit groupe était en train de s'agglutiner autour de quelqu'un étendu au fond du plateau, le seul mort qui ne s'était pas relevé pour saluer... Brutus ? Mary eut un coup au cœur. Qu'est-ce qui nous arrive encore ?

Ce n'était pas Brutus... Seulement un figurant qui avait trop forcé sur le vin de l'Aude. Dès le début de la bataille il s'était laissé tomber, allongé, et endormi, et il ne parvenait pas à se remettre debout.

— J'ai plus de jambes !... Merde j'ai plus de jambes !... La chaleur, moi ça me coupe les jambes !

Mary trouva Brutus dans sa loge, étendu sur un étroit divan, encore en costume de scène, non démaquillé, les yeux fermés. Il ne dormait pas. Des larmes mouillaient les bords de ses paupières closes.

Il avait eu le courage de jouer, mais pas celui de venir saluer. Quand le commissaire essaya de le questionner, il fit « non, non... » de la tête, sans rouvrir les yeux. Il ne voulait pas répondre, il ne pouvait pas...

La loge était banale, à part le grand coussin de velours mauve sur lequel reposait la tête de Brutus. Un chien frisé y était peint. Un loulou blanc.

L'autre élément personnel était une grande photo de Faucon, accrochée à la cloison de toile, en face du divan. Encadrée d'une baguette dorée. Par terre, devant la photo, brûlait une bougie fixée dans un cendrier. Et une grosse rose rouge se fanait dans un verre sans eau.

Mary laissa avec Brutus Biborne qui savait si bien se montrer compatissant et faire parler les obstinés du silence. Quand Mary fut sorti, Biborne repéra une bouteille de Volvic, et donna à boire à la rose.

Gobelin avait fait emmener tous les suspects au commissariat, tels qu'ils étaient, en Romains, sans leur laisser une minute pour se démaquiller. Il les fit fouiller minutieusement. Ils étaient trop fatigués et assommés par la mort de Faucon pour avoir la force de protester. Casca et Ligarius, déjà interrogés et fouillés, avaient reçu l'autorisation de rentrer à l'hôtel. Un policier montait la garde devant chaque chambre. Brutus avait fini par s'endormir sur le divan de sa loge. Biborne avait tiré l'unique fauteuil en travers de la porte et s'était, lui aussi, endormi.

Il restait à entendre Cassius, Cimber, Cinna et Trebonius, doublure de Faucon. Mary s'y attaqua dès qu'il revint au commissariat.

Auparavant, il copia pour le Principal la liste des rôles avec les noms correspondants des acteurs et leur nom d'état civil, quand il les avait. Mais dans son esprit il continuait à désigner chacun par le nom de son personnage, bien qu'il se rendît compte que cela risquait de fausser son enquête, en l'incitant à attacher plus de soupçons aux chefs du complot théâtral qu'aux obscurs conjurés qui n'avaient dit que quelques mots. Il ne devait pas oublier que *tous* avaient frappé avec leurs armes de guignol, que chacun avait eu la possibilité d'utiliser une arme réelle. Et celui qui avait la meilleure raison de tuer Faucon n'était pas forcément celui qui souhaitait le plus la mort de César.

Gobelin, qui parcourait des yeux la liste des acteurs se mit soudain à rire :

— Vous avez vu comment s'appelle la femme de César, de son vrai nom ?

— C'est Diane Coupré, dit Mary.

— Ça, c'est son nom de théâtre, mais son vrai nom, d'état civil ? Vous n'avez pas vu ?... Vous l'avez copié deux fois, et vous l'avez oublié aussitôt !... Vous ne voyez rien, vous ne savez rien, vous oubliez tout !... Je sais, je sais, c'est votre méthode... Pendant ce temps, votre subconscient travaille... Eh bien il a du boulot !...

— Je n'oublie pas... Pas exactement...

— Je sais ! Mais il y a des moments où ça m'exaspère !... Elle s'appelle Thérèse Louise Couchaupré, la petite !... C'est pas joli, ça, pour une pute ?

— Ce n'est pas une pute...

— Vous m'avez dit qu'elle couchait avec tout le monde...

— Oui... Les putes ne couchent qu'avec ceux qui paient...

Dans la pièce à côté, les Romains mangeaient des sandwiches et buvaient de la bière qu'un agent était allé leur chercher à la buvette de la gare, heureusement à proximité. Tous les autres cafés étaient fermés. Après l'effervescence qui avait agité les derniers buveurs lorsque la nouvelle s'était répandue, chacun était rentré chez soi et Nîmes dormait, rues désertes et portes closes. A l'ouest du ciel, au bout des étoiles, l'orage continuait à clignoter, sans bruit, semblant s'éloigner ou s'assoupir.

Pour les policiers, il n'était pas question de dormir...
Mary poursuivit les interrogatoires par celui d'Alfred Hamelin : Nom de théâtre : Pierre Carron, 45 ans, veuf. Rôle : *Cassius*.

— Je suis crevé, Commissaire, on ne pourrait pas remettre ça à demain ? De toute façon je n'ai rien à vous dire, je n'ai rien vu d'anormal, rien que des gestes de théâtre, comme on les avait faits pendant les répétitions. Je crois que vous devez vous tromper, Faucon n'est pas mort, il ne crèvera jamais ce salaud... Bien sûr, n'importe lequel d'entre nous a pu doubler son geste faux par un geste vrai, ça allait vite et on se déplaçait, et tout le monde le frappait, même si c'était faux ça faisait plaisir. Moi je dois avouer que j'en ai rajouté, je l'ai poignardé deux ou trois fois de plus que j'aurais dû. Ça soulageait. Il sentait bien la haine qui lui tourbillonnait dessus, il faisait « Ha ! Ha ! » comme si on l'avait percé... C'était un sacré acteur, il faut le reconnaître. Celui qui l'a vraiment frappé a fait du bon travail. Je ne l'ai pas vu...

Ma femme ? Oui, c'était une actrice, vous ne devez pas connaître son nom, elle n'avait pas une grande notoriété. Ni un grand talent, il faut être juste. Oui, elle connaissait Faucon, nous avions déjà joué avec lui il y a quatre ans, *Le Cid*, trois représentations au Palais de Bercy. Monté par Bienvenu... Non, Faucon ne jouait pas Rodrigue, il aurait pu, il pouvait avoir vingt ans, ou même dix-huit, s'il voulait. Il aurait été formidable. Mais Rodrigue, c'était trop fatigant ! Il jouait le Roi. Un rôle comme il les aimait, presque rien à dire, mais dès qu'il entrait en scène il écrasait tout le monde. Et c'était lui qui terminait la pièce... Vous connaissez le dernier vers, qui paraît si plat quand on le lit : *Laisse faire le temps, ta vaillance et ton roi*...

Eh bien avec lui c'était à la fois d'une simplicité et d'une majesté fantastiques. Un roi pareil ! On aurait couru pour faire partie de ses sujets ! Le salaud !...

Ma femme ? Elle jouait la confidente de Chimène. Elle était bien, très bien... 35 ans... C'était plus une gamine... Mais elle paraissait moins que son âge... Nettement moins...

... Un accident. L'été qui a suivi. On jouait *Le Cid* à Vaison-la-Romaine. Mais sans Faucon. Le Théâtre Antique de Vaison est très beau, mais pas assez grand pour le public de Faucon. Il est parti en croisière. Il pouvait se le permettre. Il se permettait tout...

... Elle a été renversée par un autocar... Plein d'Allemands... Le chauffeur a déconné... Il a dit qu'elle s'était jetée. Il a dit ça pour dégager sa responsabilité... Les témoins ont bien vu : il rasait le trottoir, et il allait trop vite. Il l'a cueillie... C'était un accident, rien de plus... Elle n'avait aucune raison de se jeter sous les roues... Elle travaillait... On s'entendait bien... Elle était heureuse... Enfin comme tout le monde...

Faucon ?... Vous pouvez ravaler vos sales suppositions... Il ne la regardait même pas... Je ne suis pas sûr qu'il se soit aperçu de son existence...

Elle est restée huit mois sous perfusion, dans le coma absolu. Une morte qu'on maintenait en vie. C'est affreux, Commissaire... Quand j'allais la voir à l'hôpital, immobile dans son lit, les yeux clos, avec des tuyaux qui lui sortaient de partout, mais surtout immobile, tellement immobile, pire qu'une chose, je me demandais : « Qu'est-ce qui se passe dans sa tête ? Est-ce qu'elle sait dans quel état elle est ? Comme enfermée dans une boîte soudée... Sans une seule ouverture... Est-ce qu'elle essaie de communiquer ? Elle voudrait peut-être parler... Et elle ne peut pas... Tout est fermé autour d'elle... Hermétique... »

Moi je lui parlais, doucement, je me disais qu'il y avait une petite chance pour qu'elle m'entende, je lui disais que ça allait mieux, qu'elle allait guérir, qu'à la rentrée on allait reprendre *Le Cid* à Chaillot, qu'elle serait remise à temps... Et puis je m'arrêtais, parce que je me disais si elle t'entend et qu'elle ait envie de te répondre sans pouvoir dire un mot, même une syllabe, ça doit être horrible... Et je m'en allais, pour qu'elle ne me sente pas pleurer...

On dit que dans un pareil cas ce n'est plus qu'une mécanique, le corps continue d'exister, mais à l'intérieur il n'y a plus personne ; je suis sûr du contraire... Il y avait quelqu'un... Elle était là... Enfermée...

Et puis un jour elle n'a plus été là. Tout s'est arrêté. Je suis persuadé que le médecin responsable l'a débranchée. Il a bien fait...

Vous me permettez d'aller me coucher ?

C'était David Guterman, un jeune réalisateur de FR 3 Nîmes, qui avait été chargé de la « mise en boîte » de *Jules César*, en vidéo. Une chance, pour lui. A cause de la personnalité de Faucon, ce serait diffusé non seulement par Paris mais par toutes les télévisions francophones. Il se battit comme un diable pour obtenir quatre caméras fixes et deux portables. Il reçut de Bienvenu et de Georges, le régisseur, toute l'aide qu'ils pouvaient raisonnablement lui accorder. On ne pouvait tout de même pas le laisser s'installer sur la scène ! Il comprenait très bien, il n'en demandait pas tant. Bienvenu lui fixa des emplacements qui lui donnèrent satisfaction. Et pour ses caméras volantes des itinéraires qui ne devaient, ni gêner les acteurs, ni distraire l'intérêt du public. Elles ne pourraient pas voir grand-chose... On ne pouvait pas faire mieux. Tant pis, ça irait comme ça...

Quand il apprit qu'il avait, sans s'en rendre compte, enregistré l'assassinat de Faucon, il devint fou d'excitation, et toute son équipe avec lui. Ils visionnèrent la scène, chacun trouva un coupable différent... Guterman téléphona à Paris, réveilla le Président de Chaîne, lui passa la scène par câble, le Président ne vit rien, la fit enregistrer, la regarda encore et encore...

La nouvelle avait atteint les agences de presse, c'était trop tard pour les journaux parisiens du matin, déjà bouclés. Les télex la répercutèrent dans le monde entier. A New York c'était l'heure du dîner, à San Francisco le début de l'après-midi, au Japon le petit déjeuner, à Pékin le réveil. Pendant que l'Europe dormait, la scène de l'assassinat, catapultée par satellite à trois cent mille kilomètres à la seconde, fut recueillie et aussitôt diffusée par toutes les télévisions des autres continents. Moins l'URSS, qui prenait le temps de réfléchir.

Guterman vint lui-même la projeter au commissariat devant les policiers encore présents.

Le Commissaire principal, qui n'avait pas assisté à la représentation, découvrit avec un double intérêt les personnages et leur action. Il se fit repasser la séquence plusieurs fois, au ralenti, à l'accéléré, à l'envers, en succession d'images arrêtées. Posa des questions :

— Qui c'est, celui-là, à droite ?
— Cassius, dit Mary.
— Et celui qui lève le bras, derrière ?
— Il est caché... Je ne sais pas...
— Naturellement !...

Mary avait fait venir dans son bureau, où avait lieu la projection, tout ce que le commissariat, à cette heure tardive, contenait encore d'agents, de plantons, de secrétaires, de femmes de ménage en service de nuit. Il voulait que le plus grand nombre possible de regards scrutât la scène. Peut-être l'un d'eux verrait-il quelque chose...

Ils virent, bien sûr... Ils virent l'assassin, ils en virent plusieurs... Mais vérification faite, image arrêtée, départ ralenti, dans un sens, dans l'autre, non, vraiment, ce n'était pas celui-là... Ni celui-ci... Ni cet autre... Ce pouvait être n'importe qui, au moment où il était dissimulé par les autres conjurés, ou par leur victime... Et ces moments se renouvelaient, au moins deux fois pour chacun.

— Eh bien, dit le Principal, il y en a au moins un qui ne se cache jamais et que nous pouvons mettre de côté. Ce petit Brutus...

— Il nous en reste six, dit Mary. J'en ai encore un au frais, à côté. Je vais l'interroger puis j'irai me coucher !...

— Lequel est-ce ?

— C'est la doublure de Faucon, Firmin Torrent. 45 ans. Célibataire. Il jouait *Trebonius*. Il monte en grade : ce soir il va jouer César...

— Vous avez dû en entendre des vertes et des pas mûres, sur son compte ! Ils le haïssent tous, même mort. Jalousie... Parce que comme acteur, à côté de lui, il n'y en a pas un qui existe. Ils se voient comme ils sont : ordinaires... nuls... Moi aussi je suis un bon acteur ordinaire... Les génies, ça court pas les planches.

Jaloux aussi parce que le public l'adorait, parce que toutes les femmes l'aimaient. Il n'avait qu'à choisir... Il choisissait les plus belles, évidemment. Qu'est-ce que vous auriez fait à sa place ?... Il baisait... Et alors ?... Vous ne baisez pas, vous ?

Ce qu'ils ne vous ont pas dit, sûrement, c'est sa générosité. Ses héritiers, s'il en a, n'auront pas grand-chose à se mettre sous la dent : il donnait tout. Il s'offrait tout ce qui lui faisait plaisir, à n'importe quel prix, mais il lui restait des montagnes de briques, il avait des pourcentages dans tous ses films, les chèques arrivaient tous les jours, et à chaque nouveau film il augmentait ses prix. Personne ne discutait : lui sur l'écran c'était le maximum des recettes. Alors ce fric, il le donnait... On pouvait lui demander, il refusait jamais. Tous les orphelinats ; il envoyait du fric pour sauver les baleines, les bébés phoques ; il a acheté une propriété de mille hectares en Angleterre pour sauver les vieux chevaux de l'abattoir. Vous n'imaginez pas le nombre de vieux débris et de jeunes bons à rien qui vivaient de lui. Il a un secrétaire en Suisse qui ne lui sert qu'à ça : distribuer. Et qui s'en met plein les poches, vous pouvez être sûr... Il a envoyé de quoi planter un million d'arbres au Sahel. Une forêt contre le désert. Je suis sûr qu'il n'y en a même pas une douzaine qui ont leur pied dans le sable !...

Je lui disais : « Tu vois pas que tu te fais escroquer de partout ? » Il souriait, il me disait : « Qu'est-ce que ça peut faire ? » Je lui disais : « Si tu gaspilles tout, qu'est-ce que tu feras quand tu seras vieux, que tu pourras plus jouer ? » Il me disait : « Je pourrai toujours jouer, même si on doit me porter en scène... » Un jour il eut l'air de réfléchir, de penser à quelque chose, et il m'a dit : « Je ne deviendrai pas vieux... »

Non, je ne sais pas s'il pensait à quelqu'un qui le menaçait... Non, je ne connais personne qui aurait pu vouloir le tuer... Je veux dire qui était capable d'avoir le courage... En paroles, c'est autre chose...

Qu'est-ce qu'ils ont dû vous raconter !... C'était pas un saint, je vous l'accorde, mais il était surtout curieux, il voulait voir, savoir, essayer... Il était intelligent, peut-être trop...

Douze ans sans le quitter... Vous voyez que je pouvais le connaître... J'ai appris tous ses rôles... Ce soir je vais jouer César *pour lui*, en son honneur, parce qu'il était le plus grand, et parce que je l'aimais... Puis je quitterai ce métier.

Je lui dois la vie. Regardez...

L'homme était assis, le buste penché en avant, ses vêtements romains dégrafés, mouillés de sueur, tachés d'hémoglobine. Il parlait en agitant dans sa main droite la perruque noire de son rôle. Il planta sa main gauche dans ses courts cheveux gris bouclés et les arracha : c'était aussi une perruque. Il en avait maintenant une dans chaque main...

Son crâne apparut, nu, rasé, avec deux grandes surfaces quadrangulaires où le poil ne poussait pas, et qui donnaient l'impression d'être des couvercles de trappes fermés.

— J'étais dans le Boeing qui a sauté au décollage à Kennedy Airport, une bombe dans la soute, cent trente-deux morts, vous vous rappelez ? Non ?... C'est vrai que les bombes, maintenant, s'il fallait se les rappeler toutes... Moi j'étais en morceaux... J'allais rejoindre Faucon à San Francisco. Quand il a su que je vivais encore, il a loué un Jet, il est arrivé comme l'éclair, il a mobilisé les meilleurs chirurgiens américains. Ils m'ont travaillé pendant des heures, puis des mois... Vous voyez ma tête, mais j'étais cassé partout... Ce que ça a dû lui coûter, je n'ose pas y penser... Il n'y a pas la Sécu, là-bas, et les grands toubibs américains se font payer comme des stars. Je lui ai dit : « Sans toi, je serais mort. » Il m'a dit : « Déconne pas... »

À force de vivre à côté de quelqu'un on finit par apprendre des choses. Il était vachement renfermé, cadenassé, mais il s'est ouvert une fois, après mon accident. Ça nous avait rapprochés. Un soir je lui ai parlé de mes vieux, de mon enfance. J'ai été un enfant heureux, ma mère était merveilleuse, on était trois garçons, elle nous aimait comme des petits chats. Elle est morte quand j'avais huit ans. Faucon m'a dit « Tu as eu de la chance, qu'elle meure... » Il s'est déboutonné, il m'a raconté. Il était seul enfant. Son père était aux chemins de fer, contrôleur, avec une casquette et une sacoche. Dès qu'il partait, sa mère recevait des hommes. Par plaisir, et pour arrondir le budget, et elle enfermait son fils à clef dans la pièce à côté, qui était à peine plus grande qu'un placard. Il voyait rien mais il entendait tout. Ça a duré des années. Un jour il a tout dit à son père. Elle l'a traité de menteur et de vicieux. Ils lui ont tapé dessus tous les deux. Il a fichu le camp chez un oncle, qui était au courant. C'est lui qui lui a fait faire des études. Il a voulu devenir acteur. Je crois qu'il aimait jouer parce que ça l'empêchait de penser. Son enfance, je trouve que ça explique bien des choses. Il cherchait peut-être toujours à se venger de sa mère. Mais on vous en a dit plus qu'il en a fait.

Ce que je sais, c'est qu'il n'était pas un homme heureux...

Mary rentra chez lui à 5 heures du matin. Il lui fallait dormir deux ou trois heures, sans quoi il ne ferait rien de bon de la journée. Sa femme, Irène, sa Reine, ne se réveilla pas quand il ouvrit la porte de l'appartement, ni quand il poussa celle de leur chambre. Elle avait trop chaud, elle s'était dégagée du drap, en diagonale. Son épaule gauche était couverte, mais son épaule droite et sa fine jambe gauche nues. Au passage le drap cachait le bas de son ventre et son sexe. Elle était très pudique, et capable de recouvrir cet endroit-là même en dormant. Mais lorsqu'ils faisaient l'amour elle ne savait plus ce qu'était la pudeur.

Son visage était tranquille, avec un presque sourire sur sa bouche. Un visage de paix et en paix. Elle usait à peine de fards, et avant de se coucher barbotait de toute sa figure dans l'eau fraîche. Il en restait quelque chose sur elle, comme l'air au-dessus d'une source. Du drap émergeait en partie un sein adorable, qui dormait aussi.

Mary la regarda avec tendresse, avec amour. Elle n'était pas précisément belle, mais plus que cela : délicate, légère, franche, vive, vraie, dans ses traits, dans son cœur et dans son esprit. Ses cheveux châtains, mi-courts, en boucles naturelles, étaient à son image. Mary pensait : « Quelle chance ! Quelle chance j'ai !... Qu'ai-je fait pour mériter un tel trésor ? » Il eut envie de poser un baiser léger sur le petit nez rose du sein innocent, mais il eut peur de le réveiller, et elle avec. Il ramassa une revue, éteignit, alla s'étendre sur le divan de la salle-à-manger-salon-cuisine.

La revue était un ancien numéro de *Paris-Match* que sa femme avait dû ressortir en revenant des Arènes. La couverture, consacrée à Faucon à l'occasion de son dernier film, le représentait en gros plan, de face, regardant le lecteur.

Mary s'efforça de comprendre ce qui, dans ce visage, suscitait tant d'adoration et tant de haine. Le regard, sans doute. Les traits étaient réguliers, presque ordinaires. Les cheveux soyeux, blond foncé avec quelques pointes plus claires, couvraient le front et les oreilles, en liberté. Les yeux... De quelle couleur étaient-ils ? Quand il avait essayé de les lui fermer, penché sur son misérable cadavre, ils lui avaient paru marron, sombres... Sur la couverture de la revue ils étaient... Bleus ? Verts ? Gris ? Un mélange imprécis... On ne peut se fier à une reproduction... Ils regardaient très loin à travers le lecteur qui les regardait... Oui, on devait avoir envie de capter ce regard, de l'empêcher de se perdre ailleurs, besoin de le posséder tout entier, rien que pour soi, d'être la réponse exclusive, totale, à l'interrogation qu'il posait sur le monde...

Quelle interrogation ? Que voulait-il comprendre ? Quelle réponse cherchait-il, avec cette intelligence visible dans ses yeux, aiguë, solitaire, peut-être sans espoir ?

Mary haussa les épaules, bâilla, et s'endormit.

Il se réveilla brusquement deux minutes plus tard, écrasé d'angoisse. Pourquoi ? Rêvait-il ? Qu'avait-il vu ?

Il ne put se le rappeler. Mais une résolution inexorable pétrifiait son esprit. Il lui fallut quelques secondes pour se rappeler l'actualité, et mettre au conditionnel passé ce qui, dans son rêve, l'avait submergé au présent : « s'il s'en prend à ma Reine, je le tuerai. »

Oui, *s'il s'en était pris* à elle, il l'aurait tué...

En quelque sorte tranquillisé par cette décision gratuite, il se rendormit.

DEUXIÈME SOIR

Toi aussi, Brutus ?

Il craignait d'être assailli par les journalistes à son retour au commissariat. Mais il ne trouva que deux reporters de la presse régionale qu'il connaissait, et qui l'attendaient devant la grille. Il bavarda brièvement avec eux, leur disant ce qu'il savait, c'est-à-dire rien... Ils le quittèrent pour rejoindre leurs confrères de la grande presse, parisienne et internationale, qui avaient investi l'hôtel Imperator. C'était là-bas que se trouvaient le croustillant et le juteux, les suspects, les deux femmes, Brutus qui était tout cela à la fois, et le grand metteur en scène toujours bavard... De quoi trouver à satisfaire, largement, l'avidité du public.

Il faisait déjà très chaud. Le temps paraissait encore plus lourd que la veille. Peut-être l'orage parviendrait-il à vaincre la résistance nîmoise et à apporter un peu de fraîcheur ? Mary s'épongea le front en traversant la cour du commissariat. Traverser le soleil entre l'ombre des arbres et celle du bâtiment lui parut une épreuve. Décidément, il n'avait pas assez dormi.

En franchissant les couloirs et montant les escaliers, il eut l'impression que les secrétaires et les agents qu'il croisait le regardaient avec une envie de sourire. Il en comprit la raison en arrivant à son bureau, au deuxième étage : devant sa porte était assis le Gros, sur une chaise de laquelle il débordait de partout.

Voyant arriver le commissaire, il fit un effort énorme pour se lever, la chaise gémit et craqua, Mary se précipita, effrayé, lui posa les mains sur les épaules, l'obligeant à se tenir tranquille.

— Ne bouge pas, surtout ! Ne bouge pas !... Qu'est-ce que tu fais ici ?

— Je t'ai apporté à manger, dit le Gros.

Il souleva vers lui un filet à provisions posé sur ses genoux. A travers les mailles, Mary vit un pain de campagne, un saucisson « jésus », une boîte de couscous, un litre de vin « Cémonrégal », du thon, des sardines, des biscuits, du gruyère sous cellophane, des nouilles Super, un melon, une salade, une boîte de six œufs, des petits pois surgelés qui s'égouttaient...

— Je sais qu'ils te donnent pas assez à manger à la pension, tu me l'as encore dit cette nuit, tu m'as dit apporte-moi à manger, tu m'as dit oublie surtout pas le chocolat... J'en ai pas trouvé, y en a nulle part, ils l'ont tout raflé, ils t'ont entendu, ils l'ont fait exprès, faut pas me parler si fort, ils entendent tout...

Il était vêtu d'un pantalon de coutil à rayures grises, immense, mais dont il n'avait quand même pas réussi à boutonner la ceinture, et d'un veston du même tissu, taillé façon montgolfière. Sa chemise kaki était trempée de sueur. Sa tête rose et ronde presque sans poils ressemblait à celle d'un énorme bébé de caoutchouc trop gonflé. « Ils me gonflent, ils me gonflent » disait sa lettre. Effectivement, il y a bien quelque chose qui le gonfle, pensait Mary. Quel microbe, quelle hormone déréglée, quel démon vicieux ?

Les nouilles ?...

— Tu n'as pas pris tes pilules, hier soir, lui reprocha-t-il gentiment.

— Non...

— Ni ce matin ?

— Non...

— Tu vas rentrer chez toi et les prendre, tout de suite !...

— Je veux pas rentrer chez moi, ils y sont, ils m'attendent. Je veux rester avec toi...

— Il ne me manquait plus que ça !... gémit Mary.

Tous ses collègues présents à l'étage regardaient la scène de la porte de leurs bureaux.

— Je veux que tu prennes tes pilules, dit Mary. Je vais les envoyer chercher... Donne-moi tes clefs... Où sont tes pilules ?

— Dans le beurre...

— Dans le beurre ?

— Je les ai enfoncées dedans, pour qu'ils les trouvent pas...

— Et où est le beurre ?

— Dans mes chaussettes bleues, dans l'armoire, entre les draps... Elles sont propres ! Y a longtemps que je les mets plus, je peux plus les enfiler... Ils auront pas l'idée de chercher là...

L'agent dépêché par Mary revint avec la chaussette bleue enveloppée dans le journal du matin. *Le Midi Libre* avait fait une édition spéciale. Un titre sur toute la une : CÉSAR ASSASSINÉ DEUX FOIS. Une grande photo en couleurs de Faucon, envahie par le beurre fondu...

Mary prit la chaussette du bout des doigts et réussit à en évacuer le contenu sur le journal étalé dans le lavabo.

— Il a bien choisi son jour, ton gros papa, dit Biborne qui le regardait faire en souriant. Il faudra que tu interroges le mignon Brutus mieux que je ne l'ai fait. J'ai l'impression qu'il se doute de quelque chose, il a vu quelque chose, mais il ne veut rien dire... Je lui ai posé quelques questions quand je l'ai ramené à l'Imperator, Je suis passé par le jardin ; c'est la foire, là-bas, y a la télé, des photographes comme s'il en pleuvait, des journalistes sur tous les fauteuils. Ils sont enragés parce qu'ils ont trouvé des flics devant toutes les chambres qui les intéressent.

— Brutus, c'est le premier que je veux voir aujourd'hui, dit Mary. Il a été plus près que n'importe qui pendant le meurtre. Dans quel état il est, ce matin ?

— Mieux, mais c'est pas brillant. Il faudra que tu y ailles molo...

— Ou peut-être le contraire... Va me le chercher... Emmène le petit Dupuy, et Brosset, qu'ils se mettent à fouiller sa chambre dès qu'il sera parti... Tu as un peu dormi, toi ?

— Comme un roi, dans le fauteuil... C'est le mignon qui m'a réveillé, pour sortir pour aller pisser...

Dans le beurre tourné en pommade coulante, les pilules avaient commencé à se diluer. Le commissaire réussit à en sauver six. Le Gros les avala docilement. C'était le double de la dose prescrite. Il s'endormit sur sa chaise. Les provisions du filet se répandirent autour de lui.

— Putain d'escalier ! dit Gobelin. J'y laisserai mon cœur !...

Il le disait tous les jours en arrivant, mais il n'en pensait rien. Il avait un cœur breton, en granit.
— C'est le coupable que vous avez trouvé ? demanda-t-il à Mary.
Celui-là était en train de réveiller le Gros avec une serviette mouillée. Un agent attendait pour le conduire à la clinique, dans la voiture du commissaire.
— Lui, c'est l'Innocent, dit Mary. Il n'y a qu'aux innocents qu'il arrive des saloperies pareilles.
— Je le sais bien, dit Gobelin. Où on en est ?
Il entra dans son bureau, s'assit en soupirant et commença à bourrer sa pipe.
— Vous en savez autant que moi, dit Mary. Le dernier que j'ai interrogé, qui jouait Cimber, est un type d'ici, un jeune qui a fait un peu de théâtre par-ci par-là... Il n'a rien vu, il ne sait rien, et n'a rien à dire... Comme les autres... Mais lui n'est intégré à la troupe que depuis huit jours, pour remplacer un acteur qui s'est cassé la jambe. Je crois que comme suspect nous pouvons l'éliminer...
— Nous n'éliminons personne, dit le Principal.
— Bien entendu, dit Mary. J'ai envoyé chercher Brutus. Si quelqu'un a pu voir quelque chose, c'est lui... Pendant que les autres cognaient sur César, il était là à trois pas, immobile, en train de les regarder. Plus près que n'importe qui...
Le Principal serra le poing et frappa son bureau.
— Bon Dieu c'est vrai ! Pourquoi ne l'avez-vous pas interrogé cette nuit ?
— Il était K.O.
— Justement ! C'était le moment ou jamais !...
— Il ne pouvait pas sortir un mot !...
— Vous croyez ça ! Si vous l'aviez secoué, vous auriez vu qu'il aurait retrouvé des forces pour vous injurier ! Vous ne ferez jamais un bon flic, Mary ! Vous oubliez tout ce qui ne vous plaît pas, et vous êtes sensible comme une fille !... Enfin comme les hommes s'imaginent qu'elles sont... Je parie que vous avez pleuré quand vous avez vu *E.T.*
— C'est vrai...
— Vous voyez !... Moi aussi, d'ailleurs... Mais moi j'ai eu honte... Vous pas !...
— Non...
— J'en étais sûr ! Au lieu de la police, vous auriez dû rejoindre Green Peace, pour aller sauver les baleines.
— Ça m'aurait plu, dit Mary.

L'interrogatoire de Louis Dupond, nom de théâtre Jean Renaud, rôle : *Brutus* n'apporta aucun élément nouveau. Pendant près de trois heures, Mary, Biborne et Gobelin se succédèrent pour essayer de lui faire dire ce qu'il savait. Car ils avaient acquis la conviction qu'il savait quelque chose, mais peut-être quelque chose d'insignifiant, à quoi il attachait une importance que cela n'avait pas. Il aurait mieux fait de parler, ça l'aurait soulagé, ça aurait soulagé tout le monde...

Finalement, ils l'abandonnèrent à Bienvenu qui vint le leur arracher, grondant de fureur.

— Vous vous rendez compte qu'il joue ce soir ! Un rôle difficile ! Le plus difficile de la pièce ! Et vous êtes en train de me le transformer en bifteck haché ! Alors qu'il a déjà le cœur brisé ! Vous êtes donc des monstres ?

« Viens mon poussin, tu vas faire un bon déjeuner, un gros bif, on déjeunera ensemble dans ta chambre, tu oublies tout, c'est pas la fin du monde, il n'y a que la pièce qui compte, tu es un Brutus comme on n'en a jamais vu, sensible, tendre, déchiré entre son devoir, son amour pour César et sa faiblesse, un jumeau d'Hamlet !... C'est toi qui as fait ça ! C'est ta création !... Tu vas voir ta presse ! Dans le monde entier on va parler de toi !... Allez, viens, cet après-midi on répète...

— Une minute, Monsieur Bienvenu, dit Mary.

Il pria Biborne d'emmener Brutus-Renaud dans le bureau voisin, et quand ce fut fait demanda à Bienvenu :

— Quand vous êtes revenu en scène après le meurtre, et que vous vous êtes penché sur le corps de César, comment vous êtes-vous rendu compte que Faucon était mort ?

— Sa bouche, Monsieur ! Sa bouche... Elle était grande ouverte sous la toge dont il s'était couvert le visage, et l'étoffe s'était enfoncée dedans... Ça faisait un creux !... Et pas le moindre souffle, le moindre frémissement... Alors je me suis agenouillé et je lui ai pris la main, vous m'avez vu ?

— Oui...

— C'était la main d'un mort... Plate... Molle... Je me suis relevé et je vous ai regardé, je ne vous voyais pas, mais j'ai parlé pour vous et je savais que vous comprendriez...

— Oui... oui... Je vais vous poser une question à laquelle je crains d'ailleurs que vous ne répondiez pas, même si vous êtes en mesure de le faire : à votre avis, qui, parmi ceux qui ont frappé César, haïssait suffisamment Faucon pour le tuer ?

— Aucun, Monsieur ! Aucun !... Ce sont avant tout des acteurs... S'ils éprouvent de la haine, ils l'expriment à travers un personnage, avec des gestes simulés... C'est notre métier, Monsieur, sa difficulté et sa grandeur : être plus vrai que la vérité, *en faisant semblant*... Personne ne l'a *vraiment* frappé !... Ce n'est pas possible !... Ce n'est pas vraisemblable...

— Et pourtant.

— Ce doit être un accident... Quand on connaîtra la vérité, vous verrez, c'était un accident...

— Vous le croyez vraiment ?

— Non, bien sûr... Mais je ne peux pas croire non plus au crime... Si j'apprends quelque chose, je vous promets... Bon... Vous n'avez

plus besoin de moi ?... Je vais doper mon petit Brutus... Je vous en prie, laissez-le en paix... Vous avez bien vu qu'il était à l'écart...
— Il a quand même frappé, dit Gobelin. Un sacré coup ! Et juste au bon endroit !...
— Il ne tuerait pas une mouche ! dit Bienvenu. Je le connais bien, il est mon élève, je lui ai tout appris, il est entré à mon cours quand il avait seize ans... Il m'aime comme son père ! Tous mes élèves m'adorent, mais lui *m'aime*, comme un enfant... Et il a du talent ! Vous verrez, ce soir : malgré son désespoir il sera formidable ! Peut-être à cause de son désespoir...
— Oubliez un instant votre admiration pour l'acteur Faucon, dit Mary. Que pensez-vous de l'homme ?
— A quoi bon ? grogna le Principal. Ça nous apprendra quoi ?
— J'aimerais bien avoir une réponse, dit Mary.
— Elles n'ont pas dû manquer, les réponses, dit Bienvenu. Je suis certain qu'on vous a fait de lui un portrait abominable ?
— Oui... dit Mary.
— Eh bien il était pire !...

Le labo confirma l'examen superficiel de l'épée de Brutus : elle ne portait aucune trace impliquant qu'elle ait été trafiquée, et le liquide rouge qui la maculait n'était pas du sang humain, mais une mixture chimique colorée. Même constatation en ce qui concernait les autres épées et dagues des conjurés.

C'était la première conclusion des hommes du labo. Ils poursuivaient leurs examens. Ils laissaient entendre qu'il n'était pas impossible que peut-être ils découvrissent finalement du vrai sang et des marques suspectes.

— Labo de merde ! grogna le Principal. Toujours pareil : ils ne voient rien, ils ne savent rien, mais en sont certains !
— A mon avis, dit Mary, l'arme du crime était indépendante des armes de théâtre. Et celui qui s'en est servi a eu le temps de la cacher. On a fouillé la scène toute la nuit, on continue. On finira par la trouver...
— A moins qu'il l'ait emportée ailleurs ?...
— Impossible : je les ai tous fouillés à leur sortie de scène.
— Rien n'est impossible à un type futé !... Résumons-nous : nous avons le lieu, les circonstances, une demi-douzaine de suspects qui se camouflent réciproquement...
— Nous avons des mobiles...
— Oh, les mobiles... Qui n'a pas de mobiles ?... Vous n'avez pas eu envie, vous, un jour ou l'autre, de tuer quelqu'un ? Et même des tas de gens ? Pinochet ? Krazucky ? Votre père ?
— Non...
— Votre belle-mère ?
— Elle est si gentille...

— Pouah !... Les mobiles, c'est zéro. Ce qui nous manque, c'est évident quand on regarde la bande TV, c'est le geste *vrai* au milieu de toutes ces imitations de gestes...

Le mot *vrai* provoqua une étincelle dans le subconscient du commissaire. Il tira de sa poche, une fois de plus, la photocopie froissée du message, la regarda de nouveau, à l'endroit, à l'envers, la plia en deux, en quatre, en diagonale, hocha la tête... L'étincelle n'avait rien allumé...

— Ils sont au moins deux à être au courant, dit-il, l'assassin, et celui qui nous a envoyé ça...

— La solution, dit Gobelin, c'est d'obtenir un aveu. Il faut leur faire cracher ce qu'ils ont dans le ventre. On va tous s'y mettre, et appuyer dessus...

L'après-midi fut délirant. L'assassinat de Faucon était un fait divers d'ordre international. Tous les ministères concernés téléphonèrent. De l'Intérieur, le ministre, le chef de Cabinet, le Directeur de la Police et le Directeur des Collectivités locales.

— Ils sont combien de directeurs dans ce bordel ? gueula Gobelin.

A peine avait-il raccroché que se manifestaient le ministre de la Culture puis celui de la Mer, qui était nîmois... Et le Premier ministre. Et l'Elysée... Il fallait que la France, dans ces circonstances, donnât une image claire de l'efficacité de sa police...

Le ministre de la Culture téléphona au Préfet pour suggérer qu'on exposât le corps de Faucon aux Arènes et qu'on y fît défiler les enfants des écoles, avant d'y admettre la foule. Ainsi, écoliers et adultes auraient-ils l'occasion de graver dans leur mémoire, épinglés par une image saisissante, les noms de Shakespeare et de Jules César ; et peut-être éprouveraient-ils l'envie d'en savoir davantage sur l'Empire romain et le théâtre élisabéthain... C'était une bonne occasion de faire de la culture vivante.

— Vivante ? s'étonna naïvement le Préfet.

Il transmit la suggestion au Maire, qui téléphona au Commissaire principal.

— Où est le corps ? demanda-t-il.

Gobelin écuma :

— Il est en treize morceaux, dans treize tiroirs de la morgue ! Nous n'avons pas le temps de refaire le puzzle pour le moment !...

A peine avait-il raccroché que le Directeur général de la Police rappelait, pour annoncer qu'il allait envoyer une équipe de renfort.

— C'est ça ! hurla Gobelin dans l'appareil. Il faudra tout leur répéter, ils vont nous faire perdre un temps fou et nous pomper l'air, et ils seront juste bons à se faire filmer par la télé quand *nous* nous aurons trouvé l'assassin ! Votre équipe, vous pouvez vous la mettre où je pense !

Il raccrocha. Il suffoquait. Il était violet. Les inspecteurs présents dans son bureau le regardaient avec effarement. Mary souriait. Le Principal reprit souffle et se mit à sourire lui aussi.

— Il n'aura pas le temps de me révoquer, dit-il : ma retraite commence lundi !...

La pression subie par les enquêteurs fut répercutée par eux sur les suspects et les témoins. Mary fit amener tout le monde au commissariat. Sauf les deux femmes, qui avaient été kidnappées par les journalistes. La plus importante meute de photographes et de reporters entourait Lisa Owen, la deux fois divorcée de Faucon. Elle n'avait rien d'autre à dire que sa douleur, mais elle la disait bien, et y ajoutait des imprécations contre l'assassin, en des attitudes parfaites dans le superbe décor du Jardin de la Fontaine, qu'elle avait elle-même choisi.

L'équipe de *Paris-Match* réussit à s'enfermer avec Diane dans un hôtel minable. Après en avoir tiré tout ce qu'ils pouvaient, les deux reporters l'abandonnèrent à Bournadel, leur photographe de choc, qui, dès qu'il l'avait vue en était tombé totalement amoureux, en tant qu'homme et en tant que photographe. Il avait moins de trente ans et l'air sauvage. Le coup de foudre fut réciproque. Diane se laissa emmener loin de Nîmes. Il la conduisit dans les Gorges du Gard, dénicha un endroit désert, la déshabilla, fut ébloui par son corps comme il l'avait été par son visage, la photographia dans l'eau, hors de l'eau, sur les rochers, sèche, ruisselante, en trente-six poses, s'attarda sur son visage fardé, lavé, dépouillé, cru de soleil, baigné d'ombre, passa du gros plan au très gros plan, ne cadrant plus que ses immenses yeux gris, comme dans un film de Sergio Leone. Il mitraillait comme un fou, il la découpait en images, l'enfermait dans sa boîte, pour lui, pour la joie, pour le bonheur d'emmagasiner de la beauté. Il s'arrêta quand il n'eut plus de pellicule. Ce fut elle qui, alors, lui rappela qu'il était un homme...

Par l'agence Gamma, qui avait l'exclusivité des photos de Bournadel, le visage de Diane allait être vendu dans le monde entier et serait peut-être publié en couverture des grandes revues. Diane Coupré avait quand même eu sa chance à Nîmes...

Pendant que, sans s'en douter, elle semait les graines de sa future carrière dans la fraîcheur des Gorges du Gard, le commissariat écrasé de soleil ressemblait à une concasseuse fonctionnant à l'accéléré. Les acteurs, le metteur en scène, le régisseur, le chef de plateau, l'administrateur, les machinistes, les électriciens, les hommes du son, les habilleuses, les maquilleuses, les balayeurs, bourrés dans des bureaux gardés, en étaient extraits un à un, passaient d'un policier à l'autre, étaient rebouclés, extraits de nouveau, de nouveau plantés sur une chaise et assommés de questions. Dès qu'un inspecteur ou un commissaire croyait avoir décelé quelque chose d'intéressant, il poussait son client chez le Principal et lui faisait répéter ce qu'il pensait être significatif. Le Principal enregistrait tout sur un magnétophone. C'était parfaitement illégal. Gobelin s'en moquait : retraite lundi... Ce serait superbe s'il pouvait en finir avec cette affaire avant dimanche soir !... On entendait par moments, derrière une porte ou dans un couloir, rugir Bienvenu, qui réclamait la libération immédiate de tout le monde. Ses acteurs, ses techniciens, avaient besoin de se nourrir, de se reposer. Et ils devaient répéter, à cause du remplacement de Faucon.

Les policiers disaient « oui, oui, bien sûr, d'accord » et continuaient à passer la troupe à la moulinette. Brutus-Renaud s'évanouit deux fois. Le plus fatigué de tous était Gobelin. A six heures du soir, il renvoya tout le monde, et consigna au crayon, sur une feuille de papier, les résultats de cette journée d'interrogatoires. C'était maigre...

Personne n'a rien vu.
Personne n'a rien entendu.
Mobiles : contrairement à ce qu'ils affirment, il apparaît que *Saint-Malo-Casca* est furieusement jaloux de sa femme Diane-Calphurnia, et que *Carron-Cassius* sait parfaitement que sa femme n'est pas morte accidentellement, mais s'est jetée sous l'autocar allemand parce qu'elle avait été séduite puis repoussée par Faucon.
Alors, crime de cocu ? Peu vraisemblable. C'est un crime *préparé*. Les cocus tuent plus impulsivement.
Le Petit Brutus sait quelque chose... impossible de le lui faire admettre. Autant essayer d'extraire du jus d'une poignée de paille...
En résumé ! rien !...
L'assassin est peut-être un des deux conjurés qui paraissent n'avoir aucun mobile : Cimber, qui est de Nîmes, et Cinna qui arrive d'Angleterre. Ni l'un ni l'autre n'avaient auparavant approché Faucon. SUSPECT !
Mais QUI a écrit les lettres ? Et pourquoi ?
La représentation de ce soir sera une reconstitution fidèle. Nous devons en profiter. Il faut que Mary s'habille en Romain et joue la scène du meurtre avec les conjurés...

Le Principal se réjouit en pensant à la tête qu'allait faire le commissaire quand il lui donnerait ses instructions. Il posa sa pipe, et cria :
— Mary !
Mary ne répondit pas. On le chercha dans les bureaux, les couloirs et les innombrables escaliers : il n'était pas au commissariat.

Mary avait voulu profiter du temps où tout le monde était bouclé au commissariat pour visiter tranquillement les chambres vides.

Il ne trouva pas ce qu'il cherchait : un indice direct, ou peut-être l'arme du crime. Mais il trouva ce qu'il ne cherchait pas : une photo. Et il ne la trouva pas dans une des chambres où il espérait trouver quelque chose...

La photo offrait une ressemblance avec le visage de quelqu'un qu'il avait rencontré, mais il ne parvenait pas à se rappeler qui. Il passa à la chambre suivante en emportant, plantée dans son cerveau à la façon d'une épine, l'irritation de ne pouvoir retrouver le visage qui lui était suggéré. Ce fut seulement le soir, pendant la deuxième représentation, que le souvenir lui revint brusquement.

Bienvenu, en protestant et en gémissant, avait accepté de l'incorporer au groupe des conjurés. Il serait un conspirateur de plus, muet... Surtout qu'il se taise !

— Evidemment, dit Mary. Qu'est-ce que je pourrais dire ?

— Si vous apercevez quelque chose, s'il vous vient une idée, surtout ne dérangez pas ma mise en scène, n'interrompez pas la pièce !

— Promis... dit Mary.

Il transpirait sous la défroque romaine. Le soir n'avait apporté aucune fraîcheur. L'orage entêté qui veillait à l'ouest s'était rapproché depuis la veille, poussant devant lui un air lourd et moite. Quand les lumières de la scène baissaient, le ciel palpitait des reflets des éclairs. La moitié des étoiles avaient disparu, étouffées par les premiers nuages. Les tonnerres, encore lointains, se soudaient en un grondement presque continu. La télévision avait montré la « photo-satellite » sur laquelle une dépression tourbillonnante et barbelée, venant de l'Atlantique, se heurtait à un anticyclone qui s'obstinait à lui interdire le continent. La dépression poussait comme un taureau enragé, et gagnait peu à peu du terrain. La veille, une furieuse chute d'eau et de grêle avait ravagé une partie des vignobles bordelais.

Le public, qui emplissait les Arènes jusque sur leur mur de crête subissait les effets de cette bataille. Les nerfs survoltés, il avait accueilli par des sifflets et des injures la première apparition de Brutus, et hué Cassius et les autres conjurés. La scène du Capitole commença dans un silence torride. Les spectateurs savaient qu'ils allaient assister dans tous les détails aux instants du meurtre de leur idole, avec tous ses personnages réels, sauf la victime, et que le meurtrier se trouvait là et referait ses mêmes gestes devant eux. Ils en avaient le gosier bloqué. Ils n'étaient plus au spectacle mais en pleine tragédie véritable.

Mary, conscient de la tension qui soudait la foule en un seul bloc électrique, se rassura en regardant le cordon serré de CRS qui entouraient l'arène, pour le moment face aux acteurs, comme une haie d'honneur, mais qui en un instant feraient face aux spectateurs si c'était nécessaire.

Pour ne pas commettre d'erreur, le commissaire s'était attaché aux pas de Cassius et était entré avec lui dans la lumière des projecteurs. Ceux-ci lui avaient fait l'effet du soleil du plein midi. Son crâne cuisait sous sa perruque comme dans une cocotte-minute. Quand les conjurés firent le cercle autour de César, il oublia ces inconvénients personnels pour suivre les moindres mouvements de chacun, et essayer de voir où et quand avait pu se placer le geste qui avait donné la mort.

Casca porta le premier coup. Au cou...

La scène se répéta, chaque conjuré frappant et refrappant, Mary agitant vaguement son épée de plastique, avec assez de recul pour ne perdre de vue personne. Et César ensanglanté se tourna vers Brutus immobile :

Toi aussi, Brutus ?

Le silence, dans l'immense cirque, était devenu celui d'un explosif. Brutus tira son épée.
Une femme se dressa et hurla :
— ASSASSIN... !
Le « IN »... de la dernière syllabe fusa, se prolongea tout autour des gradins comme une flamme, et avant qu'il fût terminé, vingt mille gosiers reprenaient le mot.
— Assassin !... Assassin !... Assassin !...
C'était un vacarme de tempête. Par rangées entières, les spectateurs se dressaient, et les boîtes de bière et projectiles divers commencèrent à s'envoler en direction de la scène. Les CRS firent demi-tour sur place. Leur mouvement redoubla l'excitation de la foule, qui se mit à scander :
— BRU-TUS ASSASSIN ! BRU-TUS ASSASSIN ! BRU-TUS ASSASSIN !

Les acteurs s'étaient figés et restaient immobiles, la pièce interrompue. Brutus, qui était dos au public, se tourna lentement vers lui. Des hurlements s'ajoutèrent aux cris : Un « Houuouou !... » général, amplifié par l'immense conque de pierre convergea vers lui et le fit tomber à genoux. Il lâcha son épée, cacha son visage dans ses mains et se mit à sangloter. La foule, heureuse de sa victoire, cria plus fort encore, et commença à bouger. Un « spontané », habitué des corridas données en ces mêmes arènes, voulut sauter dans le sable et aller régler son compte à Brutus. Les CRS le cueillirent au passage, il se débattit, fut malmené, d'autres énervés suivirent son exemple, les gradins du haut commencèrent à couler vers le bas.

Alors on vit surgir de la nuit derrière la statue de Pompée et courir vers le devant de la scène un long personnage en toge orangée : Antoine... Il tenait un micro à la main, et quand il l'activa les ondes mugirent, enveloppant tous les bruits, les empaquetant et les réduisant à rien.

Au bout de quelques instants, l'homme du son régla l'intensité et le silence tomba brusquement. La foule stupéfaite se taisait. Bienvenu ne lui laissa pas le temps de se reprendre.
— Merci !... dit-il. *Je vous remercie* de votre désir de justice, et de la passion avec laquelle vous l'exprimez ! Mais personne ne connaît encore l'assassin de Victor Faucon ! Quand on le connaîtra, justice sera faite ! Mais pour le moment ce n'est pas de lui qu'il s'agit ! Ce n'est pas Faucon qui va mourir, c'est César ! Nous sommes dans Shakespeare ! Regagnez vos places, regardez, écoutez et faites silence ! Laissez passer le théâtre !...

Il fit un grand geste du bras droit pour accompagner sa phrase, puis se baissa, prit par les épaules le jeune acteur toujours à genoux, le releva, ramassa son épée et la lui rendit :

— Va, Brutus, fais ce que tu as à faire !...

Et d'une voix retenue mais chaleureuse, micro éteint :

— Vas-y, Jean !... Tu es un acteur... Joue !...

Il le poussa vers sa place, légèrement mais avec fermeté puis regagna l'ombre derrière la statue. Les spectateurs, subjugués, s'asseyaient et se taisaient. Brutus avait retrouvé son immobilité, à trois pas de César. Alors César dit de nouveau :

Toi aussi, Brutus ?...

Et la scène s'enchaîna, et l'acte se termina, et vint l'entracte et la ruée vers les buvettes installées dans les dégagements. La chaleur augmentait, les tonnerres grondaient, l'air pesait sur les épaules et dans les poumons. Les chemises et les robes étaient trempées de sueur.

Mary, rapidement « déromanisé », avait rejoint Gobelin, assis au bout de la première rangée de chaises. Il prit place près de lui, sur le siège gardé libre, et lui dit à voix basse :

— JE SAIS QUI C'EST !...

Le Principal sursauta.

— Tu as vu quelque chose ?

— Non...

— Ça m'étonnait, aussi... C'est ton subconscient qui a travaillé ?

— Oui, peut-être...

— Qui est-ce ?

— Je n'ai aucune preuve, et pas de certitude ; ce n'est qu'une hypothèse, mais elle explique tout, y compris les lettres qui sont un élément essentiel... Pour être sûr, il faudrait que je revoie la TV du 3e acte.

— Mais tu viens de le voir de près...

— Le 3e acte *d'hier* !...

— La bobine est au commissariat. Allons-y...

Dans sa voiture, qu'il conduisait, Mary dit au Principal le nom de celui qu'il présumait coupable. Le Vieux grogna, éleva des objections, dont une était considérable. Mais l'hypothèse du commissaire expliquait tout. L'examen de l'enregistrement télé, *maintenant qu'on savait*, allait l'infirmer ou le confirmer...

Mary prépara lui-même la projection vidéo, à laquelle il voulait assister seul avec Gobelin... Inutile de laisser s'envoler le canard, si, après tout, c'en était un.

Et le troisième acte, une fois de plus, recommença. Penché en avant, Mary commentait les mouvements de l'acteur dont il avait dit le nom.

— Attention !... Ça va être maintenant !... Regardez bien son bras droit !... Voi... là ! Ça y est ! Il l'a fait !... Le geste *vrai* que vous cherchiez !... Mais si on ne le connaît pas d'avance, on ne le voit pas...

Il revint en arrière, puis en avant, au ralenti, s'arrêta sur l'image, refit de nouveau le trajet... Le Principal commençait à se laisser convaincre. Ça pouvait être la vérité...

Il regarda sa montre, se leva brusquement.

— Eh bien, allons l'épingler !... On le prend à chaud, sans un mot, on l'amène ici, on le colle devant l'image, et on lui dit : « C'est toi ! Voilà la preuve ! » Il ne peut pas savoir que ce n'est pas une preuve, que c'est complètement fumeux ! Et il craque et on a un aveu !... Il nous faut un aveu ! Sinon on n'a rien !... Le mouvement de sa toge, ça peut aussi bien être un coup de vent !...

Le coup de vent frappa leur voiture, sur le chemin de retour aux Arènes, avec une violence telle qu'il faillit la renverser. Et le déluge suivit... Les défenses de l'anticyclone avaient cédé entre les Pyrénées et la Montagne Noire, et la dépression fonçait dans la brèche qu'elle élargissait, canonnant, flambant, noyant la nuit illuminée.

Aux Arènes, Shakespeare avait dit son dernier mot. On en était aux saluts, mais les spectateurs ne pensaient qu'à s'enfuir devant le déluge, se bousculant, trébuchant, s'écrasant en direction des sorties.

Les acteurs, stoïques, main dans la main, accomplissaient leur dernier rite. Leurs fards ruisselaient sur leurs visages. Brutus, une fois de plus, manquait. La statue de Pompée luisait haut dans la pénombre et éclatait de blancheur à chaque éclair.

A ses pieds, Brutus était étendu, immobile et plat. La pluie tombait dans sa bouche et ses yeux ouverts. Le manche mince d'un poignard japonais sortait de sa poitrine.

Le vent attaquait la voiture par la gauche, et essayait de la faire monter sur le trottoir. Mary réussit à atteindre les Arènes sans avoir quitté la chaussée. Il s'arrêta à quelques pas de l'entrée des coulisses. La tempête envoyait d'énormes gifles d'eau sur la voiture et l'ambulance de service, garée juste devant l'entrée.

— Ils auraient pas pu se garer ailleurs, ces cons-là ? grogna le Principal. On va se faire tremper !...

— On va piquer un sprint ! dit Mary.

— Grr !... dit Gobelin.

Il ouvrit sa portière, et la tornade la lui referma au nez. Elle atteignait son paroxysme. Quelques spectateurs téméraires essayaient de quitter les Arènes en courant. Assaillis de côté, ils levaient un pied, dérapaient sur l'autre, se retrouvaient à quatre pattes, poussés au derrière par la pluie et le vent qui emportait des parapluies, des branches, des affiches, des tuiles, des enseignes bondissantes, dans les flammes des éclairs. Le fracas ininterrompu du tonnerre couvrait les cris et les bruits. Le plus gros de la foule restait aggloméré dans les galeries circulaires, attendant que « ça se calme un peu ».

— Nous avons manqué la fin, dit Mary. Il doit être dans sa loge, ou il va y arriver... Il faut y aller...

Ils profitèrent d'une accalmie de trois secondes pour ouvrir les portières, bondirent vers l'entrée des coulisses, trempés, secoués, assommés par l'eau et le vacarme qui tombaient du ciel. Ils n'eurent pas le temps d'aller jusqu'aux loges : ils rencontrèrent Biborne qui venait d'essayer de les joindre par téléphone.

— Y a du nouveau, dit-il. Le petit Brutus s'est fait allonger. Je savais bien qu'il savait quelque chose ce crétin de gamin, il en savait trop... Au lieu de parler !...

— Où est-il ? demanda Mary.

— Là-bas, dit Biborne avec un geste dans la direction de la scène. Si le vent l'a pas emporté...

Ils se jetèrent de nouveau dans le déluge fulgurant. Un agent, collé contre la statue de Pompée qui lui coupait le vent mais lui ruisselait dessus et le transformait en fontaine, gardait le cadavre de l'acteur dont la bouche était pleine d'eau.

— Faites-le porter dans sa loge, cria Gobelin à Biborne. S'il y a eu des traces, il y a longtemps qu'elles sont fondues !

Et à Mary :

— Prenez le couteau...

Mary saisit le manche du poignard avec son mouchoir et tira doucement. La fine lame sortit sans résistance. Elle était plate, étroite, longue, et si aiguë à son extrémité qu'elle devait s'enfoncer sous son simple poids.

— Ça m'a tout l'air d'être le fourbi qui a tué Faucon, dit Gobelin. Mary, vous réveillez cet abruti de Supin, vous lui dites qu'il a un nouveau client, et qu'il nous rejoigne dans la loge du gamin. Je veux qu'il regarde tout de suite cette lame.

— Je me demande ce que vous avez contre le Dr Supin, dit Mary.

— Moi ? Rien. Pourquoi ?

— Vous dites toujours « ce crétin de Supin, cet abruti de Supin... » Et vous lui envoyez des vannes...

— Moi ? Il faudra que je me surveille... C'est un bon charcuteur, et il a l'œil... Mais il m'énerve, je n'y peux rien, il m'énerve !... Qu'est-ce qui se passe, ici ?

Les acteurs s'aggloméraient et se lamentaient à l'entrée des loges : il n'y avait plus de loges... La tornade avait arraché les tentes, qui s'étaient envolées par-dessus les toits, fauchant les cheminées et les antennes. Un éclair fulgurant, qui dura près de dix secondes, fut accompagné d'un tonnerre tel que les pierres des Arènes en tremblèrent. L'électricité s'éteignit dans toute la ville.

— Merde de merde ! dit Gobelin. Ne bougez pas dans le noir, restons ensemble ! Biborne va finir par arriver avec son macchabée. Pourvu qu'il ne le perde pas !

Il ne le perdit pas, mais il se perdit, dans le dédale des dégagements et des galeries où régnaient les ténèbres. Quatre agents portaient le cadavre, deux par les jambes, deux par les épaules. Il était mou, il était trempé. Eux aussi. Il leur glissait des mains. Quand l'obscurité tomba, ils le posèrent à terre en jurant. Biborne alluma son briquet.

— Allez, les gars, il faut continuer...

Ils le ramassèrent et repartirent. Le briquet brûla les doigts de l'inspecteur. Il l'éteignit, le remit dans sa poche, et pour ne pas perdre le convoi dans le noir, saisit le mort par les cheveux. La perruque lui resta dans la main. Il jura à mi-voix « Saloperie de saloperie !... » faillit jeter la perruque et fut arrêté dans son geste par son instinct policier. Il voulut la mettre dans sa poche, elle était trop volumineuse, il l'enfonça sous sa chemise, contre la peau de sa poitrine. Elle était gorgée d'eau, qui coula dans son pantalon. Il avait toujours dit que cette foutue saloperie de putain de métier était le dernier des métiers, mais il n'aurait jamais imaginé un truc pareil.

A la vague lueur d'un éclair réfléchie de paroi en paroi, un des agents aperçut un dégagement à gauche et fit obliquer le convoi. Les porteurs et le porté arrivèrent dans une galerie obstruée par des spectateurs agglomérés qui attendaient que ça se calme. Les deux agents aux jambes, qui marchaient en tête, s'ouvraient un chemin avec leurs coudes dans la foule obscure en grognant : « Ecartez-vous !... Laissez passer !... » Ils furent bientôt coincés, ne pouvant plus bouger dans aucune direction. Un éclair réussit à leur lancer de la lumière pendant un dixième de seconde. Le temps pour ceux qui les entouraient de voir le cadavre d'un Romain transporté par quatre agents trempés, ses fesses et sa tête renversée touchant presque le sol. La serveuse du café des *Trois Raisins* se trouvait un pas en arrière. Elle avait trente-neuf ans, pesait soixante-dix-huit kilos ronds partout, se décolorait les cheveux couleur paille, riait avec tous ses clients même quand elle ne comprenait pas tout à fait leurs plaisanteries qui n'étaient pourtant pas futées. Elle avait racheté bon marché les billets de l'un d'eux empêché. Il était de piquet de grève pour la nuit aux conserveries de tomates. C'était la pleine saison, c'était le moment de revendiquer. Elle était venue avec sa mère âgée de soixante-dix ans, un peu sourde. Elles ne savaient pas très bien ce qu'elles avaient vu, elles ne connaissaient pas l'Histoire ancienne. Mais au faible reflet de l'éclair elles virent nettement un visage barbouillé qui pendait, avec la bouche ouverte et des yeux blancs qui les regardaient à l'envers.

La serveuse hurla et essaya de s'évanouir et de tomber, mais ce n'était pas possible il y avait trop de monde. Alors elle hurla plus fort. Sa mère disait : « Là !... Là !... » en tendant un bras dans le noir. Les hommes qui avaient entrevu quelque chose essayaient de se rassurer en insultant la femme qui criait. Un d'eux réussit en la tâtant à trouver sa bouche et l'obstrua avec sa main. Elle le mordit. Il la gifla, elle cria : « Maman ! Maman ! » il la reboucha, elle se cramponna au bras comme à une bouée. Elle ne riait plus, elle faisait « glou-glou-glou », et maintenant on entendait sa mère qui continuait de désigner dans le noir « ... là... ! là... »

Un nouvel éclair montra le mort debout entre deux agents qui le soutenaient. Au troisième éclair il était sur le dos d'un agent, précédé par deux autres qui ouvraient le chemin, et suivi par le quatrième.

Biborne avait raté l'entrée du dégagement. Il marchait à pas prudents dans une galerie déserte, noire comme une mine de houille abandonnée depuis un siècle. Il entendait vaguement, très loin, les bruits de la tempête. Il avait l'impression de descendre, il ne savait vers quoi. De temps en temps il allumait son briquet, dans l'espoir d'apercevoir le mort et ses porteurs : il était seul.

Il décida d'attendre que la lumière revienne. Il tâta un mur avec ses doigts, s'assit le dos appuyé contre la pierre et s'endormit. Il rêva qu'il caressait son chat. C'était la perruque de Brutus.

La tornade s'éloignait en direction d'Avignon. Elle allait rencontrer le Rhône et le mistral. Ça ferait du bruit.

L'électricité revenue, le mort avait fini par rejoindre Mary et le Principal, qui l'avait fait déposer dans l'ambulance. Debout dans le véhicule, les deux policiers regardaient le Dr Supin se livrer à un examen rapide du cadavre. Par la vitre entrouverte entrait la grande odeur heureuse de la terre mouillée, du macadam, des feuilles, des murs et des toits qui avaient soif depuis si longtemps. A l'intérieur de l'ambulance cela sentait les vêtements trempés, la sueur, et les fards et le sang dilués. Gobelin éternua.

— A vos souhaits !... dit le Dr Supin, qui se tourna vers lui et enchaîna :

— Même blessure, au même endroit... Même plaie... Vraisemblablement faite par la même arme...

— Celle-ci ? demanda Mary, en tendant le poignard.

Le docteur le saisit par sa poignée enveloppée du mouchoir, regarda sa lame :

— C'est possible, c'est même très probable... Ça ne vous aidera guère pour l'identification du coupable : ça a le fil d'un rasoir, mais ce n'est qu'un coupe-papier, à l'usage des touristes. Ils en rapportent tous... Mon gendre, en revenant d'un congrès d'obstétrique à Tokyo, en a offert à tous ses amis, à ses infirmières et à sa femme de ménage... Je lui ai dit : « On n'offre pas quelque chose qui coupe, ça coupe l'amitié... » Il m'a répondu : « L'amitié ? Vous connaissez ? » Et il m'en a donné un...

— Alors, c'est vous l'assassin ? rugit le Principal.

Le Dr Supin sursauta.

— Vous m'avez fait peur !...

— Ah ! ah !... j'aurais bien aimé vous boucler un peu, un jour ou l'autre, mais j'y arriverai pas : retraite lundi !

— Vous et vos plaisanteries !...

— Je ne plaisantais pas... Alors, à votre avis, c'est l'arme du crime, du premier comme du second ?

— Naturellement je ne peux rien affirmer...

— Naturellement !...

— ... Mais j'en mettrais ma tête à couper !

— On ne les coupe plus, c'est bien dommage !... Vous pouvez disposer du jeune homme et du couteau... Et faites votre possible pour être un peu plus affirmatif !... Venez, Mary...

Dans la voiture, en retournant au commissariat, Gobelin demanda au commissaire :

— Est-ce que vous lui trouvez une bonne place dans votre hypothèse, à ce deuxième macchabée ? D'après ce que vous pensez du meurtrier, ça n'a pas l'air de coller...

— Non, pas bien... Mais qu'est-ce qu'on peut savoir de la psychologie d'un homme qui a commencé à tuer ?... Si sa sécurité est menacée, il peut continuer, même son vrai mobile éteint avec sa première victime...

L'avenue Feuchère était jonchée de débris. Une énorme branche, couchée avec toutes ses feuilles comme un voilier chaviré, barrait la voie de droite dans toute sa largeur. Il n'y avait heureusement presque plus de circulation. Mary fit un détour par les petites rues et ils arrivèrent au commissariat en passant par la gare.

Une surprise les attendait. Le commandant des CRS, ne sachant où les trouver, était venu faire une déclaration. Il venait juste de repartir. Il avait déclaré que deux de ses hommes avaient assisté à la mort de Brutus.

A la fin de la pièce, Brutus s'était relevé pour le salut avec tous les morts de la bataille de Philippes, mais, au lieu de se diriger avec les autres ressuscités vers le devant de la scène, il était venu vers la statue de Pompée, et était passé à l'arrière de celle-ci. Deux CRS postés à proximité, l'avaient vu poser sa main sur les échelons qui montaient vers la tête de Pompée, tâtonner derrière l'un d'eux et en retirer un objet dont la lame avait brillé à la lueur des éclairs. Il avait alors arraché et jeté sa cuirasse dorée, et était retourné vers le devant de la statue. Les CRS s'étaient déplacés pour ne pas le perdre de vue, et intervenir si nécessaire, car ils le soupçonnaient de vouloir commettre une agression. Ils l'avaient vu s'arrêter, hésiter, regarder vers le ciel, vers ses pieds, puis se décider, et, en faisant une horrible grimace, planter le poignard dans sa poitrine. Il était tombé sur le sol en même temps que la première rafale de pluie.

— Il faut me convoquer ces deux zèbres illico ! dit Gobelin. Eh bien voilà une affaire terminée... Votre hypothèse, vous pouvez en faire des papillotes. Le gamin a tué Faucon, par jalousie et parce que le salaud l'avait sans doute plus ou moins torturé, selon son habitude. Mais il n'a pas pu supporter son acte, vous avez vu vous-même dans quel état il était, après, vous n'avez pas pu lui tirer un mot... Et ce soir l'énorme pression du public a achevé de le détruire. Il est allé prendre l'arme du crime où il l'avait cachée — félicitations pour vos recherches — et il est venu se tuer à l'endroit même où son Faucon bien-aimé était mort de sa main... Il ne pouvait pas finir autrement...

— Mais comment a-t-il pu tuer Faucon ? objecta Mary. Nous l'avons vu, vous l'avez vu et revu en vidéo, frapper une seule fois, avec son épée en toc, et celle-ci n'avait pas été trafiquée...

— Ce n'est pas prouvé ! Après ce qui est arrivé ce soir, vous allez voir que ces Messieurs du labo vont y découvrir des tas de traces suspectes ! D'ailleurs, il n'avait pas besoin de la trafiquer. Il lui suffisait de tenir l'arme vraie collée contre la fausse... La lame de l'épée s'est repliée dans le manche, et celle du poignard est entrée dans César !... C'est tout simple !... Nous allons faire des essais, vous verrez, ça s'est sûrement passé comme ça !...

— Hum... fit Mary. Et les lettres ?

— Les lettres ?...

— Oui... Qui les a rédigées ? Lui ou quelqu'un d'autre ? Si c'est un autre, il l'aurait donc mis au courant de son projet de meurtre ? Et si c'est lui, pourquoi les a-t-il écrites ?

— Oui... oui... bon... je conviens que votre hypothèse expliquait les lettres... Mais ce n'est pas un épistolier que nous cherchons, c'est un assassin ! Et nous l'avons trouvé !... Evidemment il faudra trouver aussi l'auteur du message, car il est complice, par non-dénonciation de malfaiteur... Ce sera votre travail, mon cher : moi je serai à la retraite ! Quant au beau boulot de votre subconscient, vous voyez ce qu'il en reste...

— Je continue d'y croire... Je suis certain d'avoir raison !... J'espère vous le démontrer d'ici quelques heures... Le meurtrier ne se doutait pas qu'il aurait à faire à Nîmes à un flic qui était, il y a un an, au commissariat du 12e arrondissement à Paris... Sans quoi il n'aurait pas laissé en évidence cette photo dans sa chambre. A moins qu'il n'ait obéi à un obscur besoin d'être puni... Il ne peut supporter d'être l'auteur d'un crime...

— ... et il se suicide ! C'est Brutus ! Tout à fait d'accord !...

— Nous pourrions en rester là, en effet... C'est une solution qui satisferait tout le monde. Sauf le tueur !... Sans s'en rendre compte vraiment, il *veut* être puni. Il en a besoin. Il doit en finir. Le drame ne peut se terminer que sur lui. Je vais l'aider...

— S'il a tellement envie d'être puni, il n'a qu'à venir ici, tout avouer, et on le boucle ! C'est simple.

Mary se mit à rire.

— Beaucoup trop simple, pour un individu comme lui !... D'ailleurs tout cela se passe chez lui au niveau du subconscient... En surface, il se croit heureux d'échapper à la punition...

— Vous me faites rigoler, vous et vos subconscients ! Je n'en ai pas, moi, de subconscient ! Et je n'en ai jamais rencontré en trente ans de métier ! Subconscient mon œil ! Un type qui en troue un autre est parfaitement conscient de ce qu'il fait !...

— D'accord... Et c'est en pleine conscience qu'il nous envoie un message qui est la clef de voûte de sa combinaison. Mais son subconscient — excusez-moi ! — y manifeste son désir de châtiment par un détail qui dénonce son subterfuge. Dès qu'on le remarque, on comprend tout... Je dois avouer que je l'ai remarqué mais que je n'ai pas compris tout de suite... Plus exactement, je savais que j'avais eu l'œil accroché, mais je ne savais pas par quoi...

— Faites-moi voir ce machin ! grogna Gobelin.

Mary sortit une fois de plus de sa poche la feuille de photocopie, mais elle avait été tellement trempée qu'elle ne formait plus qu'une loque déchirée et chiffonnée. Le Principal frappa de colère sur son bureau, attira à lui la pile des dossiers en cours, celui des Arènes était au-dessus, il l'ouvrit, l'étala, choisit une chemise presque vide : elle contenait l'original du message. Il le prit à deux mains, le rapprocha de la lampe posée à sa gauche, le regarda longuement, le fit pivoter pour l'examiner à l'envers...

— Je ne vois rien de spécial ! dit-il.

— Laissez travailler votre subconscient, dit Mary en souriant.

France-Soir avait titré :

MYSTÈRE DES ARÈNES ÉCLAIRCI
L'ASSASSIN,
ACCUSÉ PAR 30 000 SPECTATEURS,
SE SUICIDE.

Le Commissaire principal reçut les journalistes et leur conseilla d'être moins affirmatifs. On n'était pas absolument certain de la culpabilité de Jean Renaud-Brutus. On n'en avait pas la preuve formelle. La police ne se permettait pas, pour l'instant, d'affirmer qu'il était l'assassin.

Pressé de questions « Avez-vous une autre piste ? Soupçonnez-vous quelqu'un d'autre ? », il répondit simplement : « L'enquête continue. » Il ajouta, en montrant *France-Soir* :

— Vous exagérez toujours... Il n'y avait pas 30 000 spectateurs : seulement 25 000...

— *Seulement* 25 000 !... Une pincée !... dit le reporter du *Midi-Libre*. On pourrait peut-être appeler cette affaire « Meurtre dans l'intimité !... »

— Ah ! ah ! ricana Gobelin. Cherchez donc le commissaire Mary, il vous en dira peut-être plus long que moi...

Il était bien tranquille à ce sujet. Mary était parti pour Paris par le premier avion. Il rentrerait par le dernier, à temps pour être là avant la fin de la pièce.

— Et j'espère apporter des charges suffisantes pour que nous puissions procéder à une arrestation...

— Je l'espère !... Car demain ils s'en vont tous, et nous n'avons aucune raison pour retenir qui que ce soit...

— Il vous restera toujours Brutus...

— Vous m'avez tellement baratiné, je commence à ne plus y

croire... Mais le fait est qu'éventuellement il nous fournira une bonne position de repli...

Mary avait passé des heures à téléphoner. On était en juillet, et au début du week-end, double raison pour ne trouver personne au bout du fil à Paris. Mais les policiers ne peuvent pas partir en effaçant leurs traces, on sait toujours où les trouver. Mary finit par réveiller à Djerba son collègue Fournay, du commissariat du 12e. Il apprit de lui des faits qui confirmaient ses suppositions. Plus un nom de femme. Et où se trouvait maintenant le dossier de l'affaire sur laquelle il avait travaillé avec lui avant d'être nommé à Nîmes.

A Paris il pleuvait et il faisait froid. Mais il avait eu le réflexe d'emporter son imper de flic parisien.

TROISIÈME SOIR

Jusqu'au fond de l'Enfer...

La journée qui précéda le troisième soir tragique du Festival fut, pour tous les personnages concernés par le drame, une journée très agitée, le plus frénétiquement bousculé étant Bienvenu. La mort de Brutus l'avait bouleversé. Il aimait bien le jeune comédien, qui avait fréquenté ses cours d'art dramatique, comme beaucoup d'acteurs de sa génération. Mais lorsque arrivant, ruisselant, après les saluts, dans la galerie près de la porte des taureaux, il trouva Casca trempé et fondant, qui lui apprit que Brutus était couché au pied de Pompée avec un poignard dans le corps, son premier réflexe fut de s'exclamer :

— Merde ! Il n'a pas de doublure !...

C'était cela le drame immédiat, le désastre : comment assurer la troisième et dernière représentation ?

— Il y a moi... dit doucement Casca-Saint-Malo.

— C'est vrai ! dit Bienvenu, retrouvant brusquement l'espoir. Tu as tout joué, tu connais tout !... Tu *sais* Brutus ?

— A peu près...

— Tu es un type formidable ! Travaille-le cette nuit, on répétera à dix heures !...

— Mais qui me remplacera pour jouer Casca ?

— Le petit Fabre !

— Oh là là !...

— Quoi, oh là là ? D'ici ce soir, il a le temps d'apprendre son texte !... Fais-le travailler... On fera une dernière répétition à 18 heures. Il a quelques tunnels, s'il les sait pas bien, je les coupe...

— Et qui le remplacera dans Cimber ?

— Personne ! Je supprime Cimber !...

— Et allez donc ! Shakespeare en hachis !...

— Ça vaut mieux que pas de Shakespeare !... Fous-moi la paix et va travailler !... Sans toi on était cuits. Tu es unique !

La mémoire des comédiens est aussi fabuleuse que celle des chefs d'orchestre. Un rôle une fois connu prend place dans un tiroir et y reste en entier. Quand on a besoin de l'utiliser, on entrebâille le tiroir, on déplie le premier feuillet de souvenirs, et le reste suit...

Saint-Malo rentra à pied à l'hôtel, en toge trempée — ses vêtements « civils » avaient été emportés avec les loges — se récitant déjà l'acte II, avec les gestes...

Holà !... Lucius !... je ne puis discerner à la marche des astres si le jour approche... Allons Lucius !... Que n'ai-je le défaut de dormir aussi bien que toi !... Lucius ! Voyons ! Eveille-toi !...

Les astres étaient pourtant bien visibles dans la nuit de Nîmes. Les derniers vents de la bourrasque avaient nettoyé le ciel, dans lequel brillaient des myriades d'étoiles qui paraissaient toutes neuves.

Saint-Malo ne pensait pas le moins du monde à Jean Renaud. Il pensait à Brutus. Il était Brutus, avec encore des trous et des bulles vides, mais il serait vite entier.

Il vit arriver la 2 CV de Georges, le régisseur, qui s'arrêta à sa hauteur et cria :

— Tu les as pas vues ?
— Qui ?
— Les loges !... Les tentes ! Je me demande où elles ont bien pu tomber !...

Il repartit, zigzagua dans les rues désertes pendant plus d'une heure. Il ne trouva rien. On ne les découvrit qu'au jour levé. Elles n'étaient tombées nulle part, elles étaient restées perchées dans les arbres mutilés, par fragments, inutilisables. Il fallut improviser de nouvelles loges dans une galerie, trouver des miroirs, des fards, installer des lampes. Georges faisait face à tout, travaillait comme dix, criait, jurait, jubilait. Ça c'était du travail !

Quand Saint-Malo arriva à l'Imperator, sa chère femme, la sublime Diane, n'était pas rentrée. Par contre, Louis Fabre, envoyé par Bienvenu, l'attendait dans le hall, exalté et affolé à l'idée de jouer Casca.

— C'est formidable ! Je peux le faire, tu comprends ! C'est fantastique ! Mais je ne le saurai jamais ! C'est pas possible !...

Il se laissa retomber dans son fauteuil et se mit à renifler.

— Calme-toi, lui dit tranquillement Saint-Malo. Non seulement tu le sauras mais tu le sais déjà, sans t'en rendre compte. Tu l'as entendu cinquante fois, au cours des répétitions, ta mémoire l'a enregistré, tu vas le retrouver, ça sera facile...

Ils montèrent dans la chambre de Saint-Malo et travaillèrent jusqu'à l'aube. Fabre s'endormit au soleil levant, sur le lit de Diane, qui n'était pas rentrée.

Répétition du II, du III et du IV à 10 heures. Bienvenu avait fait prévenir tout le monde. A 10 heures moins le quart, les acteurs commencèrent à arriver, à court de sommeil, bâillant, mâchonnant une miette de croissant restée entre les dents, les hommes avec des joues râpeuses, Lisa Owen-Pontia en pantalon et T-shirt noirs, des cernes rouges sous les yeux, ses cheveux non coiffés dissimulés sous un foulard violet qui laissait fuir des mèches. Elle sentait déjà le whisky.

Bienvenu ne s'était pas couché, mais avait pris le temps de se doucher et de se raser. Il avait fait le tour de tous les dégâts, donné des instructions à Georges, pris contact avec la mairie et le commissariat, parcouru la brochure pour noter les coupures possibles, répondu à des journalistes américains, téléphoné aux parents du petit Brutus, avalé un sandwich, bu trois cafés... Ça irait... Il refusait la fatigue, il la niait, il la piétinait. Georges, inquiet, le voyait maigrir depuis le commencement de la préparation de la pièce, et littéralement fondre depuis deux jours, mais il ne doutait pas qu'il tienne le coup jusqu'à minuit. Après les saluts, les derniers du Festival, il aurait tout le temps de récupérer, ou de s'écrouler.

A 10 heures pile, Diane arriva, plus belle que le ciel lavé par la tempête, jeune, éclatante comme si elle commençait le printemps.

— Toi au moins tu as l'air d'avoir dormi... dit Bienvenu, satisfait.

— Tu parles !... fit Lisa Owen.

— Allez, on y va... On commence par la Une. Brutus et Lucius. Paul, tu connais ta place, vas-y... Paul !... Où est Paul ?

Paul Saint-Malo, ex-Casca et nouveau Brutus, n'était pas là...

A 10 heures et quart il n'était pas encore arrivé. C'était si extraordinaire de la part de ce comédien modèle, toujours en avance pour répéter ou jouer, que le silence se fit peu à peu parmi les acteurs présents. Assis au bord de la scène, dans l'odeur de bois mouillé, les pieds pendant vers le sable qui fumait là où le soleil l'atteignait, ils commençaient à partager une crainte sourde, celle d'un nouveau drame... Ils savaient tous que Saint-Malo, quoi qu'il prétendît, vivait dans les tourments d'une perpétuelle et affreuse jalousie, que la conduite de sa femme entretenait comme un feu sans cesse pourvu en nouveau combustible.

Bienvenu n'y tint plus, et interpella Diane.

— Où est-il, ton mari ? Qu'est-ce qu'il fout ?

Diane, qui était en train de se regarder dans le miroir de son sac et de se retrousser les cils, répondit en haussant une épaule :

— Qu'est-ce que j'en sais ? Il est majeur et vacciné, il fait ce qu'il veut...

— On a travaillé dans sa chambre, dit le petit Fabre. Puis je me suis endormi. Quand je me suis réveillé il était plus là...

— Qu'est-ce que tu lui as encore fait ? dit Bienvenu à Diane.

Et il se mit à crier, emporté par l'exaspération et la fatigue :

— Tu pouvais pas lui foutre la paix pendant le Festival ? Te retenir un peu ? Te mettre un bouchon dans le cul pendant trois jours ? A la place de Paul, je te le cimenterais !...

Calmement, Diane tourna vers lui ses yeux immenses, couleur de rêve et de tous les ciels, et laissa tomber :

— Pauvre cloche !...
— Le voilà ! cria Fabre.

Saint-Malo arrivait, se hâtant sans courir, avec le masque habituel de son sourire sur le visage. Bienvenu tourna sa colère vers lui :

— Alors on répète pour toi, *exprès* pour toi, et tu n'es pas là ! Tu deviens dingue, ou quoi ?
— Excuse-moi, j'ai eu un accident...
— Quoi ?
— J'étais sorti faire un tour en voiture, pour me détendre un peu, le sommeil a dû me tomber dessus, j'ai fait une embardée et j'ai bousculé un motocycliste... Il a valsé dans le décor... Le temps de faire un constat... Ça ne va pas vite...
— Merde !... Tu n'as rien, au moins ?
— Non... Rien du tout...
— Et le motard ?
— Rien de grave...
— Bon allez, vite, en place ! On commence par la Une du Deux. Paul, prends ta place...
— Mais je n'y suis pas au début.
— Abruti ! Tu es Brutus ! Tu n'es plus Casca !
— Oh ! Excuse-moi...
— Tu as dû te cogner la tête contre le pare-brise ! On est joli, si tout le monde se paie des accidents ou des drames personnels ! Ecoutez-moi tous ! Jusqu'à ce soir il n'y a que la pièce au monde ! la pièce que nous devons jouer et que nous jouerons *bien* ! tout le reste, mettez-le dans votre poche avec un mouchoir par-dessus ! Vous recommencerez à exister personnellement demain !... Ça sera bien assez tôt, pour faire les conneries habituelles... Allez, on y va... Lucius, allonge-toi, tu dors... Paul, à toi, vas-y...

BRUTUS : *Holà !... Lucius !... Je ne puis discerner à la marche des astres...*

Bournadel, le photographe de *Paris-Match*, arriva comme un retour de la tempête, traversa l'arène en courant, se hissa sur la scène, la traversa jusqu'au groupe d'acteurs qui bavardaient à voix basse en attendant leur tour, saisit Diane par le poignet et l'entraîna.

— Viens ! Foutons le camp !... Tu vas pas rester avec ce vieux con !...

Il avait un pansement autour de la tête, comme un héros de film d'aventure, mais également le nez et la joue gauche écorchés, ce qui était moins photogénique.

Saint-Malo s'était figé, blême.

— Qu'est-ce que ça veut dire ? cria Bienvenu. Foutez le camp vous-même et laissez Diane tranquille ! Nous sommes en train de travailler !

Le photographe ne lâcha pas sa prise, mais du bout des doigts de l'autre main se frappa la tête, et cria aussi fort que Bienvenu.

— Vous avez vu ce qu'il m'a fait, ce salaud ? Si je n'avais pas eu mon casque j'étais mort ! Et ma moto est foutue !... Un vieux mégot pareil avec une fille comme ça !... Tu t'imagines que tu vas la garder ? Tu n'es qu'une vieille raclure ! Elle, c'est une reine !... Qu'est-ce que tu peux lui offrir ? Jouer Calphurnia !... Trois phrases pendant trois jours !... Tu es un minable !... Moi je vais la montrer au monde entier ! Des yeux comme ça, c'est fait pour foutre le feu aux écrans. Pas pour être cachés derrière des lunettes noires !... Demain, tous les grands d'Hollywood se la disputeront ! Il suffit de la leur montrer ! Je vais le faire ! C'est mon métier !... Viens, on s'en va...

Diane fixait sur le photographe un regard glacé. Elle se dégagea d'un geste sec.

— Tu as fini ton numéro ? Tu vois pas que tu déranges ? On est en train de répéter...

Saint-Malo se dressait devant lui, le visage durci, les poings serrés.

— Laisse-la tranquille ! Fous-nous la paix !...

— Qu'est-ce qui t'arrive ? Tu regrettes de m'avoir raté ? Tu veux m'achever ? Tu crois que tu pourras tuer tous ceux qu'elle intéresse ? Allez, dégage !...

Ce fut Diane qui, à son tour, prit le poignet de Bournadel.

— Bon... C'est d'accord... Viens, on s'en va...

Elle l'entraîna vers le devant de la scène, sauta légèrement dans le sable, l'aida à descendre, il se tenait la tête de la main gauche, elle lui reprit le bras et ils s'éloignèrent dans l'allée centrale, entre les chaises du parterre, sortirent par la porte de la Présidence, dans l'ombre...

Les acteurs, silencieux, les avaient regardés partir.

— Ça c'est le bouquet ! dit Lisa Owen... Et tu as personne pour la remplacer !... Tu veux que je téléphone à Simone ?... Je sais qu'elle est libre en ce moment... Elle l'a joué à Chaillot avec Wilson... Mais le temps d'arriver...

— Je m'en fous, dit Bienvenu... Je renonce... C'est plus possible... Allez-vous-en... On annule... Allez-vous-en...

Il faisait le geste de les chasser, d'une main sans force. Il ne sentait plus ses jambes. Il réussit à s'asseoir sur le plancher au lieu de tomber.

— Sale petite garce ! dit Lisa Owen.

— Et toi, qu'est-ce que tu es ? dit calmement Saint-Malo.

Il vint s'agenouiller près de Bienvenu.

— Ne t'inquiète pas, elle sera là ce soir... On va répéter sans elle... On sera prêt... Elle est partie pour le calmer... Elle va le mettre dans sa poche... Je la connais, ma petite Diane... C'est quelqu'un... Si elle veut faire une grande carrière, elle sait que ça ne peut pas être en commençant par une saloperie... Je veux dire une saloperie dans le métier... Laisser tomber un spectacle... Casser un Festival... Personne ne pourrait lui faire confiance... Les coucheries c'est autre chose... Tant que ça ne gêne pas le travail... Ça la regarde... Et moi je m'en fous... Il ne faut pas croire ce petit con... Allez, ne laisse pas tomber... Allonge-toi cinq minutes... Récupère... Et puis on s'y met... Tout ira bien ce soir... T'inquiète pas... Georges ! va lui chercher du café... Et aussi pour moi... Viens Lucius, nous allons répéter notre scène à tous les deux...

> *Holà !... Lucius !... Je ne puis discerner à la marche des astres si le jour approche... Allons !... Lucius !... Comme je voudrais dormir aussi bien que toi !...*

Il fallait faire vite !... Mary prit un taxi — tant pis pour les frais ! — d'Orly au commissariat central du 12ᵉ. Mais de l'avenue Daumesnil à la Préfecture de Police il préféra le métro, c'était plus rapide. Il eut seulement la précaution d'ôter son imper de flic trop reconnaissable et de le garder plié sur son bras. Un flic tout seul dans le métro, c'était du beurre pour les loubards, une provocation ! Il n'avait pas le temps de se bagarrer.

En fin de matinée il avait enfin ce qu'il voulait : un tirage de la terrible photo qui avait si longtemps hanté sa mémoire et lui avait fait si souvent serrer les poings de rage et d'impuissance. Il emportait même deux diapositives couleurs, encore plus effrayantes, œuvres de son collègue Fournay, un mordu de l'instantané, qui ne se déplaçait jamais sans son compact à flash, et mitraillait tout...

Il lui restait à rencontrer la femme à qui Fournay avait eu affaire alors que lui avait quitté Paris. Elle seule pouvait lui permettre de faire la liaison entre ce qui s'était passé à Paris et un an plus tard à Nîmes. Quand il l'aurait interrogée, il saurait si son intuition l'avait ou non trompé.

Elle habitait la banlieue est. Samedi... Pourvu qu'elle ne soit pas partie quelque part en week-end... Son numéro de téléphone était dans le dossier. Il appela...

Sonnerie... Sonnerie... Sonnerie... Son... — Ah !

C'était un répondeur, qui répondait trop vite, en nasillant, qui annonçait que Christine Touret était absente « actuellement », et priait de laisser un message...

Mary raccrocha, furieux comme chaque fois qu'il tombait sur un répondeur. Absente « actuellement », qu'est-ce que ça voulait dire ? Pour une heure ou pour un mois ? Elle était peut-être allée chercher une tranche de jambon, ou peut-être partie pour l'Australie... Evidemment, on ne pouvait pas donner plus de précision sur un répondeur, pour ne pas renseigner Messieurs les cambrioleurs, mais tout de même... Quelle époque, bon dieu ! Dire que dans son village, quand il était enfant, on ne fermait jamais une porte à clef, ni le jour ni la nuit...

Il n'avait pas le choix. Il devait y aller. Il rappela le répondeur, se présenta comme un collègue de Fournay, dit qu'on rouvrait le dossier de cette triste histoire, qu'il avait besoin de quelques renseignements, et qu'il viendrait aujourd'hui à quatorze heures.

Il s'était bien gardé de dire qu'il arrivait de Nîmes et enquêtait sur la mort de Faucon.

Il sortit de la gare du R.E.R. en plein cœur de la « ville nouvelle » de Loisy-sur-Marne. Il pleuvait sur la grande pièce d'eau en forme de haricot et sur les fontaines de ciment abstrait qui crachaient des embruns et des jets désolés. Les immeubles d'habitation s'élançaient vers le ciel en pyramides, en degrés, en terrasses, en escaliers, aucun ne ressemblant à son voisin. Le commissaire s'attarda quelques secondes à les regarder et les trouva assez plaisants. Il y avait de l'air et de la couleur, et par-ci par-là de jeunes arbres qui peut-être grandiraient.

Christine Touret habitait un quartier de la vieille ville qui n'avait pas encore été rasé. Dans une rue d'immeubles bourgeois modestes et de villas de meulière avec jardins, une sorte de pavillon biscornu, défoulement de quelque artiste pompier du début du siècle. Les murs semblaient être en train de souffler une bulle en gomme à mâcher : un vaste atelier de verre en rotonde mangeait la moitié du premier étage et tout l'étage supérieur.

Au bout de l'allée de gravier à demi conquise par les pissenlits, Mary trouva la porte du rez-de-chaussée entrouverte ; il sonna. Une voix lui cria d'en haut :

— Montez !

C'était une voix grave, un peu éraillée, et Mary imagina immédiatement qui avait parlé : une grande femme maigre, qui fumait trop.

C'était exact. Christine Touret l'attendait en haut de l'escalier de chêne aux marches usées. Elle était grande et maigre, avec des cheveux gris qui lui pendaient jusqu'aux épaules en mèches plates. Son visage, marqué de rides profondes avec des joues creuses et un long nez en lame, était éclairé par de grands yeux bruns intelligents. La main qu'elle lui tendit avait l'index et le pouce tachés de jaune par le tabac. « Gauloises », pensa Mary en fronçant le nez. L'atelier paraissait sans limites. De grandes plantes vertes, caoutchoucs, philodendrons, yuccas, enchevêtraient leurs branches et semblaient se nouer aux marronniers du jardin. Un bananier étalait des feuilles immenses et supportait un lierre qui le quittait pour grimper jusqu'aux verrières du plafond. Entre leurs frondaisons se dressaient quelques chevalets portant des esquisses ou l'état final, vivement coloré, des travaux de Christine Touret : elle était dessinatrice pour tissus et papiers peints.

— Ce sont des plantes résistantes au tabac ? demanda Mary. Ou elles s'en nourrissent ?

— Je vois que vous faites la gueule... Vous ne fumez pas ?

— Si, un peu...

— Moi beaucoup... J'oublie toujours de vider mes cendriers. C'est ça qui pue... Asseyez-vous...

Mais il n'avait pas envie de s'asseoir. Il avançait lentement vers ce qu'il avait vu dès qu'il était entré : sur un chevalet, entre un hibiscus éclatant de fleurs orangées et les cheveux tombants verts et jaunes d'un chlorophytum, était exposée, agrandie au maximum, la même photographie qu'il avait vue dans une chambre de l'Imperator, le même portrait radieux qui contrastait tellement avec l'image qu'il venait d'extraire du dossier. Il sut alors que son « subconscient » avait bien travaillé. Les trois photos se rejoignaient. La liaison était faite. Il connaissait le coupable...

Christine Touret était en train de vider ses cendriers dans un sac en plastique. Elle s'énerva de le voir, immobile, regarder la grande photographie.

— Ne restez pas planté là !... Asseyez-vous donc !... Qu'est-ce que vous voulez savoir ?

Elle était prête, passionnément, à l'aider.

Pour la répétition on pouvait facilement se passer de Calphurnia. Saint-Malo entra dans la peau de Brutus comme s'il n'avait, toute sa vie, joué que ce rôle-là. Ce fut plus difficile avec Fabre, qui paniquait à chaque réplique. Bienvenu lui en coupa la moitié.

— Et allez donc ! disait Saint-Malo. Pourquoi se gêner ? Shakespeare est mort...

Bienvenu lui jetait un sale regard, et enchaînait. Vers deux heures de l'après-midi, ça allait à peu près. Bienvenu dit :

— Le II c'est dans la poche, le III ça peut aller... Jean, il faut qu'on revoie un peu le IV, ta scène avec Cassius... Tu sais ton texte mais... Tu n'es pas tout à fait à l'aise... Bon, on recommence le III et le IV à cinq heures... Allez casser la croûte...

Après un moment de défaillance terrible, le metteur en scène avait repris toute sa vigueur. Il rentra à l'Imperator à pied avec Saint-Malo, lui donnant chemin faisant des indications pour sa scène avec Cassius. En approchant de l'hôtel il se tut. Saint-Malo sut à quoi il pensait, et répondit à sa préoccupation :

— Tu vas voir qu'on va la trouver en train de se taper tranquillement un homard !... Elle s'inquiète pas pour sa ligne, elle ! Qu'est-ce qu'elle peut avaler !...

Mais elle n'était ni au restaurant ni dans sa chambre.

Un quart d'heure plus tard, alors que Bienvenu, dans un coin tranquille du jardin, mangeait un énorme bifteck, un kilo de frites et un grand saladier de laitue en écoutant Georges lui donner les dernières nouvelles des réparations, Saint-Malo les rejoignit, pâle comme dut l'être César vidé par toutes ses plaies. Il s'assit près d'eux. Il n'osait pas parler. Une jarre en terre de deux mètres de haut les protégeait des regards en versant jusqu'au sol un flot de géranium. Un court jet d'eau murmurait derrière un buisson de romarin. Les abeilles rescapées ronronnaient de bonheur affairé. L'air sentait le miel et la sauge.

— Alors ? demanda Bienvenu en regardant Saint-Malo.
— Elle est... elle est partie !... Elle a fait ses valises... Elle a tout emporté... Il l'attendait en taxi...
— Tu as eu tort de le rater... dit Bienvenu.
— Mais je t'assure... ! Je n'ai pas... ! Pourquoi a-t-elle fait ça ?... Ça ne lui ressemble pas !...
— Hollywood !... Personne ne fait le poids, devant !...

Une guêpe vint pour la deuxième fois chercher un morceau de bifteck dans l'assiette de Bienvenu.

— Je suis sûr qu'elle sera là ce soir, dit Saint-Malo. Elle laissera pas tomber... Tu verras !... Tu verras !...
— Je m'en fous, dit Bienvenu. Je la remplace !...
— Quoi ?
— Et par qui ? dit Georges.
— Louis...
— Louis ?!
— Ça va pas ? Tu es malade !...
— Pour faire ce que je fais il faut effectivement en avoir un grain ! Mais nous irons jusqu'au bout ! Et pour aller jusqu'au bout il nous faut une Calphurnia !... Et *qui* connaît le rôle de Calphurnia ?... *Qui* connaît tous les rôles de la pièce ? Louis ! Il jouera en travesti... S'il se mélange un peu les pieds ce n'est pas grave, il n'a pas tellement à faire ni à dire... Georges, tu vas aller le prévenir et lui essayer un costume et une perruque. Répétition à cinq heures. Moi je vais roupiller trois minutes...
— Pauvre Shakespeare ! dit Georges.
— Il n'y a pas de « pauvre Shakespeare ! » répliqua Bienvenu. Il n'est jamais pauvre ! Plus tu le charcutes, plus tu le mutiles, plus tu le tricotes, plus il est grand...

Et il s'en alla en mâchant une dernière feuille de laitue.

— Il est dingue... dit Saint-Malo, quand Bienvenu se fut éloigné.
— Mets-toi à sa place : tu vois une autre solution ?
— Diane reviendra, j'en suis sûr !...
— Tu es un bel innocent, dit Georges. Je me demande où je vais trouver Louis, à cette heure-ci...

Il le trouva tout simplement en train de dormir, dans le petit hôtel où il logeait. Quand il le mit au courant, Louis crut qu'il était encore endormi et qu'il rêvait...

Louis Espandieu, c'était le souffleur. Il ne soufflait plus depuis longtemps. Il avait soixante-douze ans. Et on ne souffle plus dans le théâtre moderne. A plus forte raison sur une scène démesurée comme celle des Arènes. Mais Bienvenu, qui le connaissait depuis ses débuts, l'engageait toujours dans ses spectacles, comme une mascotte. Il se rendait utile de mille façons, et pendant les représentations il était là, derrière un portant, à l'abri d'un escalier, la brochure à la main, tournant automatiquement les pages, répétant à voix basse, mot à mot, chaque réplique de chaque personnage, sans avoir besoin de les lire, inutile et parfait.

Discret, petit, ratatiné par l'âge, personne ne le voyait, on ne savait jamais où il était, mais quand on avait besoin de lui pour une course, un bricolage, un raccord, pour retrouver un objet égaré ou en trouver un introuvable, il était là.

Ce qui arrivait ce samedi était le plus grand événement de sa vie, car, fils d'acteur, né dans le théâtre, ne vivant que pour lui, et jouant tous les rôles, il n'en avait jamais joué aucun. Il tremblait, il claquait des dents pendant que l'habilleuse retaillait et ajustait sur lui un costume de Romaine.

— Georges, je vais être mauvais !... Je suis sûr que je vais être mauvais...
— Mais non ! Tu seras parfait !... Tu connais le texte ?
— Bien sûr !... *Me voici Monseigneur !...*
— Tu vois bien !
— Mais ma voix ?
— Elle est parfaite, ta voix ! C'est une voix de contralto, comme beaucoup de femmes en ont. Surtout les Romaines !
— Tu crois ?
— C'est évident ! Tu peux me faire confiance !
— Quand même... Débuter dans un rôle de femme... Je ne suis quand même pas... J'aurais préféré César !...
— Eh bien, tu manques pas d'air ! Pourquoi pas Dieu le Père ? Tiens, essaye ça...

Georges lui planta sur la tête une perruque de matrone.

— Tu trouves pas que c'est un peu grand ? remarqua timidement Louis dont la tête nageait sous les boucles.
— T'inquiète pas, on va te l'ajuster au poil... Tu as déjà l'air d'une reine ! Redresse-toi ! Tu es la femme de César !...

Louis s'emplit si bien de la majesté de son rôle, et se redressa tant, tout l'après-midi, qu'il gagna près de cinq centimètres. Efforts inutiles, gloire à peine entrevue, rêve évanoui : une heure et demie avant le début de la pièce, Diane arriva, imperturbable, exquise, fraîche, superbe, demanda à Georges, comme si de rien n'était, où se trouvait sa nouvelle loge, alla s'asseoir dans la portion de galerie qui en tenait lieu, devant un miroir tout neuf, sortit de son grand sac un assortiment de fards, se déshabilla, ne gardant que son soutien-gorge et sa culotte, et commença à se maquiller.

Bienvenu surgit, blême de colère, pour lui faire savoir ce qu'il pensait d'elle, mais avant qu'il ait ouvert la bouche, elle tourna la tête vers lui, lui sourit, et lui dit :
— Ça va ?

Bienvenu la regarda avec une sorte de stupeur, hocha la tête, et s'en alla.

Saint-Malo nageait dans le bonheur. Elle était revenue... Elle repartirait peut-être demain, mais c'était toujours quelques heures gagnées. Et puis on ne sait jamais, rien n'est jamais sûr, elle pouvait changer d'avis, ou bien le photographe pouvait avoir un autre accident, un vrai...

Pendant toute la journée, devant les guichets de location les candidats spectateurs avaient fait la queue sous le soleil. Le Cissi, portant sur son ventre une caisse à bretelle de sa fabrication, leur vendait de la bière tiède et des sandwiches fondants, en prophétisant sur un ton réjoui :

— C'est pas fini ! Ça va encore saigner ce soir ! Vous allez voir ! C'est pas fini ! Ça va saigner ! Faut pas rater ça ! Buvez donc un coup ! De la bière française ! Faut boire quand il fait chaud pour pas avoir le foie qui tourne en poussière !...

A quatre heures, les charmantes Nîmoises chargées de la vente des billets en avaient vendu deux mille de plus que les Arènes ne pouvaient contenir de spectateurs comprimés. Et tout autant de retardataires se trouvèrent sans billets quand elles fermèrent définitivement les guichets. Profitant du samedi, la clientèle habituelle des corridas était accourue de toute la région, partageant la conviction du Cissi : c'était pas fini ! Ça allait saigner ce soir ! On était venu à la fête par familles entières. On avait apporté le casse-croûte. On s'installa pour pique-niquer sur la Place des Arènes et sur l'Esplanade, on alluma des feux pour faire griller les saucisses, on déboucha les litres de rouge, on commença à chanter. Le Cissi vendait ses brochettes crues, puis il vendit les tomates et les poivrons entiers, avec des bouts de lard jaunes et des morceaux de bourguignon-semelle, il n'avait plus le temps de les enfiler sur ses baguettes. Son grand chien jaune allait d'un groupe à l'autre en remuant la queue, une oreille sur l'œil, s'asseyait, disait « Ouah ! » et récoltait des croûtes et du gras qu'il avalait sans mâcher.

Quand les Arènes furent pleines, la place restait noire de monde. Des bouchons de CRS, sur plusieurs épaisseurs, bloquèrent les portes, s'opposant à la poussée de la foule déçue et furieuse. Tout à coup une voix tomba du ciel, la voix de Georges :

— La Direction des Tournées Bienvenu s'excuse de ne pouvoir vous laisser entrer, mais les Arènes sont plus que pleines !... Il n'y a plus de place pour un chat !

— Houou !... fit la foule frustrée.

— Mais nous avons branché les haut-parleurs, ceux par lesquels je vous parle en ce moment, et vous ne serez pas entièrement privés du spectacle : vous ne verrez pas, mais vous entendrez tout, gratis !... Les personnes possédant des billets qui n'ont pu être honorés pourront se faire rembourser dès demain aux guichets de location. Nous vous souhaitons à tous une bonne soirée !...

Des bordées de sifflets, d'insultes et de huées répondirent à ce souhait, mais il n'y avait rien à faire, on ne peut pas enfoncer les Arènes... La foule se calma et s'installa. Un groupe de jeunes Anglais qui traversaient la France à pied se mirent à gratter de la guitare et à tapoter du bongos. Un accordéon s'éveilla cent mètres plus loin. Les Anglais chantaient du Shakespeare : le dialogue de *La Tempête*, sur la musique de Purcell. Le vigneron accordéoniste, congestionné, chantait des chansons qu'il avait apprises de sa mère quand il était gosse : *Fleur de Pavé, l'Hirondelle du Faubourg*. Tous ceux qui l'entouraient reprirent en chœur *Le Temps des Cerises*. Il avait une belle voix de ténor. Il la poussait au maximum. Bien chanter, c'est chanter fort. Il transpirait énormément. Le Cissi vendait du café qu'il transportait dans un seau.

La nuit vint doucement. Les haut-parleurs se mirent à crachoter.

— Ah ! fit la foule.

L'accordéon se tut. La guitare égrena encore quelques notes dans le silence puis la voix de Flavius s'éleva, sombra, revint, s'établit, interpellant la plèbe romaine :

... Rentrez chez vous ! Ce n'est pas jour de fête, aujourd'hui ! Que faites-vous ici ? Parle, toi ! Quel est ton métier ?

Le guitariste aux longs cheveux blonds répondit en anglais :

I, sir, a carpenter.

Moi, monsieur ? Charpentier...

dit le haut-parleur.

Il avait fallu l'insistance conjuguée du maire et de l'administrateur des Arènes, qui avaient peur d'une émeute, pour faire accepter par Bienvenu que ses acteurs, au moins les principaux, soient munis de micro-émetteurs. Mais il avait donné à l'homme du son des instructions sévères : les haut-parleurs intérieurs ne diffuseraient que la bande-son, comme les autres soirs. Et le dialogue envoyé aux diffuseurs extérieurs devait être réglé à la puissance minimale. Que les « spectateurs » du dehors, comme ceux du dedans, s'ils voulaient entendre, fassent l'effort d'écouter...

Pas d'avion pour le retour : une grève sauvage du personnel au sol bloquait les départs. Mary eut juste le temps de revenir d'Orly pour sauter dans le dernier TGV. Il ne trouva qu'une place de dos. Il détestait voyager à l'envers. Réflexe de policier, qui aime voir où il va.

Une fois assis il se détendit. Il avait fait tout ce qu'il pouvait. Le voyage retour était une trêve avant le dénouement. Celui-ci ne dépendait plus que de la force de résistance de l'assassin. Mary rapportait des présomptions solides comme l'acier, mais aucune preuve. Combien de temps le meurtrier mettrait-il à craquer ?

Et s'il ne craquait pas ?...

On saurait tout cela bientôt. Pour l'instant, il n'y avait plus rien à faire. Que dormir...

Le commissaire arriva à Nîmes un peu après vingt-deux heures. Ce devait être l'entracte... Non, pas encore... La représentation commençait tard... Il se hâta vers le commissariat. Le Principal l'attendait.

Malgré la fenêtre ouverte, son bureau était saturé de l'odeur de ses pipes. Son veston informe était accroché au dossier de sa chaise, les manches de sa chemise à rayures, roulées au-dessus du coude, son col dégrafé, sa cravate sur le bureau, en travers des dossiers. Visage fatigué, sali par la barbe du soir, blanchâtre. Il demanda :
— Alors ?
— C'est bien la même, dit Mary.

Il ouvrit son porte-documents, en tira un numéro de *Paris-Match* vieux de trois ans, que lui avait confié Christine Touret, le posa devant Gobelin, présentant à plat la publicité qui occupait toute la 4ᵉ page de couverture. Elle était constituée par la photo en couleurs d'une adolescente, vêtue seulement d'un short bleu, debout près d'une chaise sur laquelle était posée une paire de chaussures de sport. Près de ses pieds nus, un sac de sport bleu, ouvert, laissait entrevoir un maillot d'athlétisme et divers accessoires. On devinait que la jeune fille était en train de s'équiper pour aller courir dans un stade ou dans l'herbe, livrer son jeune corps à la joie du jeu et de l'effort épanoui. Sur le sac était écrit en grosses lettres blanches le nom de la marque des chaussures. Le visage et le corps de l'adolescente rayonnaient de jeunesse et de beauté.

— Montrer les nichons d'une fille pour faire acheter des godasses, c'est bien une idée de ces tordus de la pub ! dit Gobelin. Mais il faut avouer que ces nénés sont engageants... et le reste aussi... Elle a l'air bien, cette gamine... Et heureuse... Elle aurait pu faire une carrière...

— Elle n'a pas eu le temps... Ça, c'était *avant* sa rencontre avec Faucon, la voici après.

Mary posa à côté de la page colorée de la revue une photo en noir et blanc, presque aussi grande. Gobelin arracha la pipe de sa bouche et pâlit.

— Merde ! dit-il. C'est moche !...

La photo, que Mary avait extraite du dossier parisien, montrait une jeune morte étendue sur un matelas crasseux posé à même le sol. Elle ne portait qu'un blue-jean qui avait peut-être été ajusté mais qui était devenu trop grand et qu'une corde grisâtre, nouée, serrait à la taille. Le buste de la jeune fille était d'une maigreur effrayante. Son sein droit s'était résorbé jusqu'à l'apparence de celui d'une fillette, saillant à peine sur les côtes squelettiques. La pointe et une partie du sein gauche manquaient, remplacées par une plaie sombre. De l'oreille qui sortait entre les mèches de ses cheveux sales il ne restait plus que la moitié.

— Mutilée ? demanda Gobelin.
— Non... Les rats...

Les yeux de la morte étaient fermés. Ses lèvres, entrouvertes sur ses dents très blanches, esquissaient l'horrible caricature d'un sourire. Sur le parquet plein de taches et de débris traînaient à côté du matelas une cuillère en fer et un bout de bougie renversé. Pas de seringue. Le précieux objet avait été emporté.

— Overdose ?

— Oui.
— Volontaire ?
— Peut-être... Comment savoir ? Nous l'avons trouvée quand nous avons essayé de nettoyer le quartier Chalon, près de la gare de Lyon. Dans un immeuble abandonné, au deuxième étage. Les quelques squatters qui l'occupaient s'étaient tirés avant notre arrivée. Sans doute à cause de la morte...

« J'ai quitté Paris cinq jours après. Elle n'était pas encore identifiée. Quand on a su qui elle était, c'est Fournay qui a eu affaire à sa mère. Moi je l'ai rencontrée aujourd'hui. Elle m'a raconté toute leur histoire.

Le Commissaire principal prit une photo dans chaque main, portant ses regards de l'une à l'autre.

— On ne dirait vraiment pas la même fille... Qu'est-ce qui vous a fait faire le rapprochement ?
— Ceci, dit Mary.

Il prit les deux photos, les posa à plat et désigna du bout du doigt, sur l'une et sur l'autre, presque au coin des lèvres, une petite tache noire, une « mouche », qui marquait la joue gauche.

— Eh bien, dit Gobelin, vous qui ne voyez jamais rien, vous avez l'œil !...
— J'avais dû, hélas, examiner la gamine de près, et j'avais noté ce « signe particulier » dans mon rapport. Je ne risquais pas de l'oublier... Quand j'ai vu la photo dans la chambre de l'Imperator j'ai été frappé par la présence de cette marque, mais j'ai d'abord pensé qu'il s'agissait d'une coïncidence. Il y avait si loin de ce visage rayonnant aux pauvres restes du taudis du quartier Chalon... Et pourtant il y avait quelque chose de commun : cet air d'innocence, même dans l'horreur... Je ne me souvenais pas d'une façon assez précise du visage de la morte. Il fallait que je le revoie...

« Mais si c'était le même, ce visage, radieux ou tragique, me conduisait vers quoi ? Vers l'impossible !...

« Quand, tout à coup, pendant que j'étais déguisé en Romain ridicule et que je me demandais, sous les projecteurs, comment et quand le meurtrier avait pu frapper, j'ai su quel était le détail qui m'avait accroché dans une des deux lettres, celle adressée à la police. Et ce détail m'a paru si évident, si énorme, que tous ceux qui l'ont aperçu auraient dû comprendre...

— Alors moi qui suis un vieux con, cria Gobelin.

Vous allez peut-être
m'expliquer
pour que je me sente enfin
intelligent
?

Le Principal sortit la missive du dossier, la jeta sur le bureau et posa sur elle son poing fermé.

— Il faut admettre, dit Mary, que l'auteur de la lettre est le meurtrier. Ce ne peut être que lui. Pour un travail de ce genre on n'a pas de complice et on ne fait pas de confidences. Il envoie donc ce message pour attirer l'attention de la police sur ce qui va se passer. Ou plutôt *sur ce que la police croira qui va se passer*... Or ce qui se passera n'est pas vrai !... Et malgré lui, obéissant à un inconscient mais puissant désir d'être puni, le meurtrier nous le fait savoir, par un détail qui échappe à sa volonté et à son attention, et qui donne la clef du mystère... Regardez le mot « vraiment »...

Gobelin souleva sa main et regarda la feuille en fronçant les sourcils.

CE-SOIR

les conjurès

tueront

vrai*ment*

César

— Vraiment... vraiment... Vraiment quoi ?

— Le mot est composé de deux morceaux accolés, et le second est *le seul* de tout le message qui soit en italique, ce qui lui donne une importance particulière... Or que dit ce mot, si on le considère tout seul ? Il dit MENT. Et il est accolé au mot VRAI ! Inconsciemment, l'auteur du message nous faisait ainsi savoir que le vrai était faux, que ce que nous allions voir nous mentirait, et que la vérité était ailleurs...

— Ce qui est vrai, dit Gobelin, c'est que votre cervelle fonctionne d'une façon complètement siphonnée.

— C'est possible, dit Mary en souriant. En tout cas, dès l'instant où ma cervelle siphonnée a compris la signification cachée du mot « vraiment », tout s'est éclairé, chaque détail a pris sa place, tout est devenu évident, et je connaissais le nom du meurtrier.

« Et j'ai commencé à regretter d'avoir à le démasquer. L'homme qui avait conduit cette fille vers cette déchéance, au bout de laquelle se trouvait inéluctablement la mort, méritait mille fois le coup de poignard qu'il avait reçu...

« Tout cela à condition que la fille de Chalon soit bien celle de la photo de l'Imperator... Aujourd'hui nous sommes fixés. C'est bien elle, et elle se nomme bien Sophie, comme je le supposais. Née de Christine Touret et de père inconnu... Et c'est elle qui a été laissée sur le quai de Marseille par Faucon, en plein désespoir et avec de l'héroïne pour se consoler...

« Maintenant que vous savez tout, je regrette de vous avoir mis au courant de mes soupçons... Si je ne vous avais rien dit avant la mort du petit Brutus, vous lui auriez tout collé sur le dos, et l'affaire serait close... Ecoutez, Chef, personne n'est au courant, à part vous et moi... A sa mère j'ai dit que c'était l'enquête sur les marchands de drogue qui continuait... Sans quoi elle m'aurait envoyé promener : vous pensez bien qu'elle se réjouit de la mort de Faucon... Elle a eu tout de suite l'idée logique du coupable puis elle a vu le télé et elle s'est rendu compte comme nous, que c'était un coupable impossible. Et pourtant c'est lui... Alors, si on laissait tomber ?... Personne ne pourra l'accuser... Laissons-le courir... Il se punira lui-même un jour ou l'autre...

Le Commissaire principal regarda longuement la photo en noir et blanc, puis soupira et leva les yeux vers Mary.

— Vous savez bien, mon petit, que nous devons faire notre métier...

Il replaça la lettre dans son dossier et voulut y joindre la photo, mais Mary intervint.

— Non... Emportons-la, nous en aurons besoin...

Gobelin déroula les manches de sa chemise et remit sa cravate. Pour une arrestation, il avait l'habitude d'être correct. Il enfila son veston, vérifia que son pistolet se trouvait dans sa poche, le montra à Mary.

— Vous avez le vôtre ?

— Oui, mais je ne crois pas que...

— On ne sait jamais... Allons-y... Biborne et Bonnet sont déjà là-bas...

En descendant cet escalier qu'il avait descendu et monté si souvent il pensa que bientôt il n'aurait plus à se plaindre qu'il lui cassait les pattes, et il en éprouva un incontestable pincement au cœur. En traversant la cour il leva la tête vers les étoiles visibles entre les branches qui avaient résisté à la tempête. Soir après soir, les claires étoiles du ciel de Nîmes avaient salué la fin de sa présence quotidienne au commissariat. Non de son travail. Dans ce métier, le travail ne s'interrompt jamais. Eh bien il allait faire mieux que s'interrompre : se terminer. Il soupira et revint à l'affaire en cours. En s'asseyant au volant de la voiture, il demanda à Mary :

— A quel moment est-elle devenue la maîtresse de notre particulier ? Avant ou après Faucon ?

— Elle n'était pas sa maîtresse, dit Mary, elle était sa fille.

Miraculeusement, tout s'était bien passé : les nouveaux César et Brutus avaient sans trébucher remplacé les morts, le petit Fabre avait incarné un excellent Casca, et aucun spectateur ne s'était aperçu de l'absence du personnage falot de Cimber, gommé par Bienvenu.

La pièce se terminait, et la moitié du public se réjouissait de la voir arriver au bout : assis sur de la pierre ou du bois, les hommes qui n'avaient pas pris la précaution d'apporter un petit coussin avaient mal aux fesses et se tortillaient. Les femmes souffrent moins de ce genre d'inconvénients, la nature a pourvu à leur confort. Elles, comme eux, se sentaient un peu frustrées : le spectacle avait été superbe, mais ils attendaient quelque chose de plus, et ils n'avaient vu et entendu que du Shakespeare...

Antoine le vainqueur, debout près du Brutus, horizontal, vaincu et mort, s'adressait au public et à la postérité :

> ANTOINE : *Sa vie fut noble. Seul le désir du bien de la Patrie avait armé son bras contre César qu'il aimait. Le monde entier pourra dire de lui : c'était un homme !...*
> OCTAVE : *Sa dépouille recevra les honneurs dus à celle d'un héros. Que ceux qui ont combattu maintenant se reposent. Et nous, allons partager les gloires de ce jour fortuné...*

Gloires des projecteurs, gloires des applaudissements, gloires des rayons laser qui nimbent de rouge et d'or l'enceinte millénaire des Arènes. Le public se lève et crie son plaisir, les morts se relèvent, les absents reviennent, c'est le moment des gloires du salut. Ce soir il ne manque personne. C'est fini. La pièce est finie, la soirée est finie, le Festival est fini. Il n'y aura pas de sang supplémentaire...

A la porte des taureaux, par où doivent passer tous les acteurs revenant de la scène, les policiers attendent.

Ils étaient quatre en civil : Gobelin, Mary, Biborne et Bonnet. Plus six agents. Et l'arène tout entière était cernée par le cordon de CRS. Le meurtrier, encore sur la scène en train de saluer, était déjà pris dans la souricière.

Devant l'absence totale de preuve, Gobelin et Mary avaient décidé de frapper un grand coup psychologique, pour essayer d'obtenir un aveu. Ce qu'ils allaient faire n'était ni classique ni peut-être légal, mais cela amusait Gobelin, à deux jours de la retraite, de piétiner un peu les habitudes. Si le gus résistait, on en reviendrait à la vieille méthode : en route pour le commissariat, et pour les interrogatoires interminables, comme au cinéma...

Et s'il n'était pas coupable ? Si, après tout, le petit Brutus...? Le raisonnement de Mary était impeccable, mais ce n'était qu'un raisonnement. La mort de Brutus, elle, était un fait...

Eh bien, ce serait en tout cas une péripétie intéressante. La vieille carcasse policière du Commissaire principal en rajeunissait. Il se sentait capable de courir un cent mètres. Et de le gagner. Presque...

Biborne et Bonnet avaient appris sans s'étonner le nom de celui qu'on allait interpeller. Un policier ne s'étonne de rien. Ils se tenaient prêts à intervenir. La main de Biborne, dans la poche droite de son veston, caressait les menottes. Mary avait fait disposer et allumer un petit projecteur, dont lui seul savait quel serait l'usage, et qui pour l'instant éclairait le sol d'un mini soleil rond, à ses pieds.

Les figurants qui se remettaient en civil ou plutôt en militaires rampants du XXe siècle, les habilleuses, les électros, les machinos, les hommes du son, tout le peuple des coulisses, se rendaient compte que quelque chose se préparait, et des chuchotements le faisaient savoir à ceux qui l'ignoraient encore. On s'approchait doucement, on venait voir, on regardait les policiers, on parlait à voix basse, on se taisait, on attendait.

Sur scène, l'obscurité succédait brutalement aux projecteurs, les applaudissements s'éteignaient, les projecteurs se rallumaient, les applaudissements et les « bravo ! » reprenaient flamme... Six rappels... Sept... Huit...

Georges en souriait de bonheur, oubliant presque la présence policière. Bon sang, on y était arrivé ! Malgré le sang versé, malgré la tempête du siècle, on avait réussi à faire passer le théâtre ! Et c'était un succès ! Plus qu'un succès : un triomphe ! Les derniers applaudissements n'en finissaient pas, le public frappait des pieds, criait. C'était le moment où, au concert, le virtuose revient de la coulisse pour faire un bis et le chef d'orchestre lève sa baguette. Mais Shakespeare ne se recommence pas...

A regret, les applaudissements s'éteignirent et les projecteurs aussi, remplacés par l'éclairage général, jaunasse et plat.

— Ecartez-vous ! dit Gobelin aux curieux qui entouraient les policiers. Dégagez-moi tout le coin ! dit-il aux agents.

Ils s'y employèrent. Ce ne fut pas facile. Biborne et Bonnet durent leur prêter main-forte.

L'assassin était en train d'arriver. Il était là, dans ce groupe qui approchait sans se presser, en bavardant, les visages heureux sous les fards et la sueur. Le succès nourrit les acteurs mieux que le pain. Les applaudissements oxygènent son sang, redressent ses os. Chacun pense : « j'ai été bon... j'étais le meilleur... » Il se sourit à lui-même et sourit aux autres avec bonté.

Torrent Duval, le nouveau César, qu'on appelait dans le métier Tor-Du, ôtait sa perruque et épongeait avec sa toge son crâne rapiécé. Saint-Malo, le nouveau Brutus, posait sa main sur le bras nu de sa femme. Diane s'en débarrassait d'un geste, comme d'une mouche. Il se posait de nouveau. Elle répondait à Bienvenu qui lui disait qu'elle avait été très bonne. Elle ricanait :

— Tu parles !... Donne-moi un vrai rôle et tu verras ce que je peux faire !...

— Des vrais rôles, des grands rôles, tu en auras ma belle, tu les mérites... Mais ce n'est pas moi qui te les donnerai... Je pense comme ton petit photographe : on va se battre pour t'avoir. Je te demande une chose, et je sais que tu m'écouteras, parce que ce soir *tu es revenue*... Quelles que soient ta carrière et ta gloire, je te demande ceci : n'oublie jamais ce que tu dois au théâtre...

Sans cesser de marcher, elle se souleva sur la pointe des pieds et l'embrassa sur la joue. Il se mit à rire.

Pierre Carron-Cassius, le veuf, marchait à la gauche de Bienvenu. Il était le seul à ne pas avoir l'air heureux. Il baissait la tête, paraissait battu, abattu, vaincu comme son personnage, portant à la fois le deuil de sa femme et de son rôle.

Derrière, Lisa Owen traînait la jambe. La représentation terminée, l'âge et l'alcool l'accablaient.

Et, se pressant, dépassant les groupes de figurants, rattrapant les grands rôles, arrivait Signorelli dit Larbi, ex-garde du corps de Faucon, chargé du rôle insignifiant de Ligarius. Il avait fini depuis longtemps. C'était son dernier soir, son dernier rôle, son dernier contact avec le théâtre. Il avait l'air, un peu égaré, de ne pas savoir exactement vers quoi il allait, comme un rugbyman qui fonce avec le ballon vers les buts adverses, dont le séparent des paquets d'adversaires hargneux, infranchissables.

Il arriva à la hauteur des policiers et des agents qui barraient la sortie de la scène. Il s'arrêta, fronça les sourcils.

— Qu'est-ce qu'il y a ?...

Mary, sans répondre, s'écarta et lui fit signe de passer. « Ce n'est donc pas lui, pensèrent les témoins. C'est lequel des autres ? » Tor-Du, Saint-Malo, Bienvenu et Carron arrivaient avec Diane. Ils s'arrêtèrent à leur tour. Diane regarda les policiers avec une moue amusée et se pendit au bras de Bienvenu.

— Que se passe-t-il ? demanda celui-ci, avec sa belle voix de scène.

Derrière le cordon de policiers, Georges, qu'on avait autorisé à rester à proximité, tremblait de peur et de pitié. Lui *savait*. Depuis le premier soir il connaissait le nom du coupable, parce qu'il connaissait la pièce dans ses moindres détails, aussi bien que le meurtrier. Et il savait quel nom allait prononcer le Commissaire principal. En prévision de cet instant, dès qu'il l'avait vu installer son dispositif, il était allé chercher dans la malle à accessoires un revolver qui servait très rarement, et ne tirait que des balles à blanc. Mais c'était une arme véritable, bien graissée, un vrai bulldozer de western. Et il l'avait chargé de vraies balles. Il en gardait une boîte dans la malle. On ne sait jamais...

Gobelin fit un pas en avant vers le groupe. Georges posa la main sur l'arme engagée dans sa ceinture.

— André Bienvenu, dit le Commissaire principal, je vous arrête pour l'assassinat de Victor Faucon !

De tous les coins d'ombre et de pénombre, où s'étaient dissimulés les curieux refoulés, et des bouches mêmes des agents, un « oh ! » de stupéfaction s'éleva.

Diane s'écarta un peu du metteur en scène, pour mieux le regarder, et demanda, avec une surprise pleine d'intérêt :

— C'est *toi*, qui l'as fait ?

Bienvenu n'avait pas l'air étonné, mais amusé.

— La police est vraiment tordue ! dit-il. Vous savez bien que je n'étais pas sur le plateau pendant la scène du meurtre ! Antoine s'en va *avant* que les conjurés passent à l'action, et revient un bon moment *après* !...

— C'est exact, dit Mary. Vous n'étiez pas parmi les conjurés, mais vous étiez là pour tuer Faucon !...

— Tout cela est saugrenu, dit Bienvenu. Nous en discuterons si ça vous amuse, mais j'aimerais bien me changer et m'asseoir. Après toute cette folie, je suis exténué. Je croyais avoir tout vu, mais voilà que ça continue, en pire !...

— Vous n'avez pas tout vu, dit doucement Mary. Mais je sais que vous avez vu l'abominable...

Il tenait derrière son dos quelque chose, qu'il porta devant lui, dans la lumière éclatante du petit projecteur.

— Vous avez déjà vu cette photographie... Pouvez-vous nous jurer, sur *elle*, que vous n'êtes pour rien dans la mort de Faucon ?

Le public, qui était en train de sortir lentement, entendit un cri d'agonie, un appel effrayant hurlé avec tout le désespoir du monde.

— SOPHIE !...

C'était un cri de mort et d'horreur, et en même temps un cri d'amour infini. La foule en fut pétrifiée. Son mouvement collectif et tous ses mouvements particuliers s'arrêtèrent. Et puis il y eut deux coups de feu. Le Cissi, qui était en train de vendre, au-dehors, des sandwiches aux merguez aux spectateurs qui sortaient affamés, éclata de rire :

— Je l'avais bien dit, que c'était pas terminé !...

Et il se mit à courir vers l'entrée la plus proche, sa caisse à sandwiches rebondissant sur son ventre, son chien jaune gambadant derrière lui. Tous les spectateurs déjà sortis repartaient en sens inverse et rentraient dans les Arènes.

Frappé au cœur comme par le poignard qui avait traversé Faucon, Bienvenu avait crié le nom de sa fille livrée à la drogue et aux rats. Et il avait continué de crier :

— Oui, c'est moi ! Je l'ai tué ! Je l'ai tué cent fois ! Je l'ai tué mille fois ! Je ne l'ai pas assez tué ! Ordure ! Salaud ! Ignoble fumier !

Défiguré par la rage et la douleur, le visage ruisselant de larmes, il prit la photographie et, d'une main tremblante la pressa contre sa bouche gluante de fards et de pleurs.

Biborne s'approcha, tendit les menottes. Il reçut un grand coup dans le dos et fut projeté sur le côté. Georges surgit près de Bienvenu, lui tendant le revolver.

— Tiens, André ! Tiens !...

En un instant, Bienvenu redevint l'homme d'action. Il saisit l'arme et tira deux fois, par-dessus les têtes. C'étaient des balles énormes, des fruits de cuivre gros comme des dattes. Les détonations, sous la voûte du passage, résonnèrent autant que des coups de canon. Les projectiles ricochèrent sur la pierre et miaulèrent en zig-zag. Les témoins et les agents se jetèrent à terre ou à genoux, recroquevillés. Bienvenu repartait en courant vers la scène, brandissant le revolver et la photo, et continuant de crier pour se faire place libre. Bonnet avait sorti son revolver et le visait, les deux bras tendus.

— NON ! cria Mary. Ne tire pas !... Il ne peut pas s'échapper !...

Le chef électro, comme tous les techniciens de l'équipe, aimait Bienvenu. Il appuya sur le disjoncteur central, coupant toutes les lumières. La douce obscurité de la nuit tomba sur les Arènes. Biborne avait eu le temps de passer les menottes à Georges, faute de mieux. Un autre électro, ne comprenant pas le geste de son chef, rétablit les lumières.

Bienvenu avait disparu.

On ne mit pas longtemps à le trouver. Il ne cherchait pas à fuir. Il ne se cachait pas, au contraire. On l'entendit, d'abord. Il criait :

— Venterol ! Venterol !...

C'était le nom de l'ingénieur du son. Celui-ci était aux aguets, comme tout le monde. Il leva la tête pour répondre en direction de la voix :

— Oui ! Je t'écoute !... Qu'est-ce que tu veux ?

— Branche les haut-parleurs ! Tous ! Il faut qu'on m'entende dedans et dehors, que je gueule jusque dans les rues ! Mets toute la sauce ! Il faut que tout le monde sache qui était ce fumier !

Venterol courut vers son tableau de commande. Le chef électro devina où était Bienvenu. Il lui balança un projecteur et éteignit tout le reste. Et la foule, soudain plongée dans le noir, découvrit un grand Romain suspendu au milieu de la nuit, éclatant de lumière dans sa cuirasse blanche.

Il y eut une grande rumeur et des exclamations sur les gradins aveuglés. A tâtons, ceux et celles qui le purent s'assirent. La représentation continuait. Et de quelle façon extraordinaire ! Est-ce que c'était prévu ? Qu'allait-il se passer ? Et comment tenait-il en l'air ?

On comprit vite qu'il était debout sur la petite plate-forme cernée par la couronne de laurier au sommet de la statue de Pompée, dont la haute masse pâle se devinait vaguement dans l'obscurité.

Quelqu'un cria :

— Il a un revolver !

Comme pour lui donner raison, Bienvenu leva le bras et tira vers les étoiles. L'explosion jaillit de tous les haut-parleurs, et une explosion de cris de frayeur lui succéda.

— N'ayez pas peur !... dit la voix énorme de Bienvenu.

Il n'avait plus besoin de crier, son micro-émetteur fonctionnait parfaitement, et Venterol avait poussé la diffusion au maximum de la puissance. Bienvenu s'efforçait de parler calmement, mais la colère lui faisait parfois cracher un mot qui saturait les diffuseurs, faisait grincer les Arènes et cliqueter les tuiles des maisons autour de la place.

— Je vous demande seulement de m'écouter !... Vous me reconnaissez !... Vous venez de me voir pendant trois heures : je suis Antoine !... Mais sous la peau d'Antoine il y a un homme : André Bienvenu, et *c'est lui qui a tué le salaud qui se trouvait sous la peau de César !* C'est moi, André Bienvenu, qui ai tué Victor Faucon !

Cet aveu clamé par ce fantôme blanc suspendu au milieu des étoiles frappa la foule de stupeur. Bienvenu continuait :

— Peu importe comment j'ai fait. Vos journaux vous l'apprendront. Ce que je veux vous dire, ce que je veux que vous sachiez, c'est qui était véritablement celui que vous adoriez !

Lisa Owen gémit :

— Quel sale cabot ! Venterol, fais-le taire ! Coupe les haut-parleurs !

— Non, dit Gobelin... Ne coupez rien, mais donnez-moi un micro...

— C'était un grand acteur, un acteur génial, le plus grand de tous ! disait Bienvenu. Comme il n'y en a plus eu depuis Chaplin et Greta Garbo ! mais son cœur était de pierre et son âme était celle d'un porc !...

La foule accueillit très mal ces insultes à la mémoire de son idole morte, et répondit à la voix qui descendait vers elle comme celle du tonnerre :

— Salaud ! C'est toi le porc ! Assassin ! Et la police, qu'est-ce qu'elle fout ?

Des centaines, puis des milliers de petites voix, surtout les voix pointues des femmes, composèrent dans la nuit une grande houle de protestation qui monta à l'assaut du fantôme blanc.

— Ecoutez-moi ! Ecoutez-moi ! Vous ne le connaissiez pas ! Vous ne saviez rien de lui ! Je vais vous dire *qui* il était vraiment !

Une autre voix de géant se superposa à la sienne.

— Bienvenu, à toi d'écouter !...

Surpris, il se tut. La voix continua :

— Je suis le Commissaire Gobelin... Jette ton arme et descends de ton perchoir ! Ce que tu as à dire, tu le diras au juge... Il est là en bas, il t'attend... Jette ton arme et descends ! Ne nous oblige pas à aller te chercher !...

— Si vous venez me chercher, j'ai encore trois balles !... Si vous me laissez parler, je descendrai sans histoire. Que veut le juge, la vérité ? eh bien laissez-moi la dire !...

Après un court silence, Gobelin répondit :

— Je te laisse cinq minutes ! Pas une de plus...

— Hou ! Hou ! cria la foule. Descendez-le ce salaud ! Flinguez-le ! Où sont les flics ? Ils ont les jetons ? Nous on va le descendre ! Jules, va chercher ton fusil !...

Les agents veillaient au pied des échelons derrière la statue. Les commissaires se tenaient devant elle, au ras des chaises d'orchestre, avec assez de recul pour bien voir l'homme perché.

Mary, devant l'hostilité de la foule, réfléchit puis s'esquiva vers les coulisses.

Un extraordinaire dialogue s'établit entre Bienvenu et le public, *son* public, qui pour la première fois lui était hostile, mais qu'il dominait par la puissance des haut-parleurs. Et il parvint à raconter par morceaux entrecoupés de hurlements, de cris d'hystérie et d'insultes, quelques-uns des « exploits » de Faucon, et en particulier ce qu'avait été réellement la fameuse « croisière d'amour » dont la presse du cœur avait fait une sorte de romantique embarquement pour Cythère.

Sa voix débordait dans la ville, ricochait en échos grondants et incompréhensibles dans tout le quartier des Arènes et au-delà. Les cinq minutes accordées par Gobelin étaient depuis longtemps passées. Le Commissaire principal laissait faire et laissait dire, pris par l'ambiance fabuleuse de cette nuit dramatique, *sa dernière nuit* : demain, non aujourd'hui déjà, c'était dimanche, et lundi la retraite... Alors parle, parle, pauvre ballot, de toute façon ça finira mal pour toi... A ses côtés se tenaient le maire, le substitut, et le juge d'instruction, qui avaient voulu assister à la dernière représentation et avaient rejoint le groupe policier. Le préfet était déjà couché. Quand il fut mis au courant, il se rhabilla rapidement et voulut venir aux Arènes. Mais il ne put approcher.

Tous ceux qui ne dormaient pas encore dans Nîmes avaient su rapidement qu'il se passait quelque chose, que l'assassin de Faucon, démasqué, avait transformé les Arènes en Fort Chabrol, qu'il avait déjà tué trois policiers et que la fusillade avait fait de nombreuses victimes parmi les spectateurs. Des ruisseaux de sang, une hécatombe.

En voiture ou à pied ils accoururent, ils vinrent voir et ils ne virent rien mais ils entendirent, serrés autour du grand vaisseau de pierre en une sorte de mousse humaine compacte, immobile et mouvante, grise avec des taches de couleur sous l'éclairage des lampadaires, couvrant la place, débordant dans les rues, ne comprenant rien, saisissant des morceaux de phrases grondantes et des gerbes de cris pointus. Et puis il y eut, de plus en plus nombreux et longs, des trous de silence...

La foule des gradins changeait lentement d'opinion. Les détails donnés par Bienvenu la brutalisaient mais ils ne pouvaient pas être inventés. Et la colère de l'acteur, à mesure qu'il approchait de l'histoire de Sophie, dont il n'avait encore rien dit, cédait la place à la douleur. Il ne pouvait plus finir ses phrases, il hoquetait, il se taisait, et la foule se figeait dans le silence.

Il dit :

— Maintenant il faut que vous sachiez pourquoi je l'ai tué, *moi* ! Voilà... Je... Excusez-moi, je...

Et il se mit à crier :

— Ma fille était sur ce bateau maudit avec les autres pauvres paumés... Ma petite fille ! Ma Sophie !...

Et sa voix redevint un murmure, que les haut-parleurs portaient jusqu'aux toits de la ville...

— Elle avait dix-huit ans... Elle était belle... Elle était gaie... elle aimait rire et vivre... Elle était douce, innocente... Et elle était folle d'amour pour ce démon qu'elle prenait pour un ange... Il l'a pourrie... Elle est morte...

Il hurla :

— Je voudrais qu'il soit encore vivant pour le tuer encore ! Il n'a pas eu ce qu'il méritait !

Il se mit à sangloter, debout dans la lumière, ridicule et tragique. La voix de Mary succéda à la sienne :

— Ici le commissaire Mary. Je verse une pièce au dossier... Voici Sophie telle que la police parisienne l'a découverte, il y a un an...

Mary avait trouvé ce qu'il cherchait : le chef électro et l'appareil qui lui avait servi à projeter l'image du spectre de César. Mais c'était un projecteur pour film, ça ne pouvait pas marcher pour une diapositive fixe.

— Je pourrais la bloquer dans le couloir, dit le chef électro. Mais ça ne durera pas, elle va fondre...

— Ça ne fait rien... Prépare-toi, on va le faire...

Et la foule bouleversée vit d'abord une sorte de brouillard lumineux se former au-dessous de Bienvenu, puis, après la mise au point, elle vit la pauvre morte, couchée sur toute la hauteur de la statue de Pompée, avec son vieux blue-jean, son buste blême squelettique, ses plaies brunâtres, une goutte rouge au pouce de la main droite : la perle de verre d'une bague fantaisie, et ses dents si blanches entre ses lèvres décolorées.

Une tache noire naquit et bouillonna au milieu de son ventre, grandit en un instant et dévora toute l'image. La diapo brûlait. La projection s'éteignit.

Un silence d'abîme régnait dans les Arènes. La foule extérieure sentit ce silence et cessa de remuer. La voix de Bienvenu renaquit, faible, basse, elle ne s'adressait plus au public, aux policiers, aux juges, au monde. Il parlait à sa fille. Il n'avait pas pu voir la projection, mais il savait ce qu'elle avait montré. Il était tombé à genoux, ses jambes ne le portaient plus. Les yeux fermés dans la lumière il parlait à Sophie, il lui demandait pardon, il n'avait pas su veiller sur elle, l'empêcher de se jeter entre les mains de ce monstre.

— Je l'ai tué, ma chérie... Je l'ai tué dans la gloire, à cause de ton amour pour lui... Toi tu es morte dans le désespoir et dans l'horreur, mais tu es avec les anges, maintenant, dans la paix et dans la joie... Sois heureuse, ma chérie, pour toujours...

Il se releva brusquement, brandissant son arme, et cria :

— Mais toi, maudit, ne crois pas que tu en aies fini avec moi ! Je te tourmenterai jusqu'au fond de l'enfer, pendant l'éternité !

Il fit un bond prodigieux et parut s'envoler dans la lumière. Au sommet de sa courte trajectoire on le vit mettre le canon du revolver dans sa bouche. Quand il tira il était déjà sorti du faisceau du projecteur. La détonation fut le dernier bruit qui sortit des haut-parleurs. On n'entendit pas le choc de son arrivée au sol : Venterol avait coupé le son.

Le chef électro éteignit le spot et rétablit l'éclairage général. Dans la faible lumière, trente mille hommes et femmes, assis ou debout, traumatisés, n'osaient plus parler ni bouger. C'était fini, tout était fini, et personne n'était capable de faire le premier mouvement pour s'en aller, ni de prononcer un mot.

Et tout à coup quelque chose d'extraordinaire se produisit, quelqu'un, une femme, ou un homme peut-être, on ne voyait pas, quelqu'un là-bas, au bout d'un gradin, sur la gauche, en bas, quelqu'un applaudit...

Ce bruit dans le silence énorme, parut d'abord incongru, sacrilège, mais à mesure qu'il se prolongeait on se rendit compte que ce n'était pas l'applaudissement énervé qui salue un succès ou une performance, mais une manifestation discrète, à peine audible, de compréhension et d'acquiescement. Et quelqu'un d'autre lui répondit, puis quelqu'un d'autre, puis d'autres, et bientôt toute la foule applaudit, du haut en bas des gradins, doucement, avec respect, avec amitié, composant un bruit chaud, un bruit de velours, comme un grand murmure de la nuit d'été, plein de compréhension, de pitié et de pardon...

Dans la portion de galerie transformée en une loge commune, les acteurs se démaquillaient sans mot dire, encore accablés par ce qu'ils venaient de voir et entendre.

Ce fut Lisa Owen qui rompit le silence.

— Merde, quelle sortie il a réussie ! C'est la plus belle de sa carrière ! Je m'étonne qu'il soit pas revenu saluer !...
— Salope ! dit doucement Diane.
— Et qu'est-ce qu'on va faire maintenant ? dit Pierre Carron-Cassius ; on devait continuer *Jules César* à Nice, avec Duboulet pour remplacer Faucon. Qu'est-ce que ça va devenir sans Bienvenu ? Tu crois que ça tiendra ?
— Sûrement, dit Saint-Malo. Duboulet peut reprendre la mise en scène. Mais il faudra trouver un Antoine... Peut-être Falendon, s'il est libre.
— Je crois qu'il l'est, dit Tor-Du. Il a dû finir à Vaison aujourd'hui.
— C'est plus du Shakespeare, qu'on fait, dit Saint-Malo, c'est du patchwork...
— Ça serait dommage de laisser tomber, dit Carron. Ça devrait marcher du tonnerre avec ce qui s'est passé ici. C'est une sacrée pub. Et puis il y a pas tellement de boulot...
Ils grimaçaient devant les miroirs, s'enduisaient de démaquillant luisant, se frottaient avec de gros cotons maculés. Saint-Malo soupira.
— Encore un metteur en scène de moins... Ils sont déjà pas si nombreux... Je veux dire les vrais... Les cinglés, ça manque pas...
L'émotion était passée. Comme après la fin d'une première. Ils venaient de jouer une pièce inédite, mélange de classique et de moderne, une tragédie nouvelle. Ça avait marché. C'était fini pour ce soir. On se démaquillait avec les gestes habituels du métier...
Quelques mètres plus loin, entre les cloisons de planches qui avaient délimité le « bureau » du metteur en scène, Gobelin et Mary se livraient à un vague examen des lieux et des objets ; on ferait mieux demain, plus sérieux.
Demain, pensait Gobelin... Demain lundi... Il devenait de plus en plus mélancolique. Georges était assis sur une chaise, le visage triste et résigné, ses mains entravées reposant sur ses genoux, Biborne debout à côté de lui.
— C'était pour ça que tu lui as donné un feu ? demanda Biborne.
Georges haussa les épaules.
— Qu'est-ce que je pouvais faire de mieux ?
— Ça risque de te coûter cher...
— Je m'en fous !...
Le Substitut avait accompagné les commissaires et les regardait faire, l'air soucieux. Il n'aurait pas dû être là, mais il ne se décidait pas à s'en aller. S'adressant à Gobelin, il exprima enfin ce qui le tracassait :
— Vraiment je ne parviens pas à y croire !... J'ai vu la pièce deux fois et ce soir j'ai regardé la scène du meurtre avec une attention soutenue, et je n'ai pu que constater l'impossibilité absolue pour Bienvenu de tuer Faucon ! Il n'était pas là et il n'a tout de même pas pu le poignarder à distance ! Je me demande si cet aveu, que vous avez provoqué, et ce suicide spectaculaire, ne constituent pas un acte fou causé par son désespoir quand la photographie lui rappela

brutalement le martyre de sa fille ! *Etes-vous bien certain, Commissaire, que ce soit lui le meurtrier ?*

DIMANCHE MATIN

Les bonbons...

— Pour bien comprendre, dit Mary, il faut mettre au premier plan une donnée essentielle : l'auteur du meurtre est un metteur en scène. *C'est un meurtre mis en scène !* Bienvenu a « monté » ensemble la mort de César et la mort de Faucon, celle-ci dépendant de celle-là, les deux étroitement liées et minutées, chaque geste se produisant à sa place exacte prévue dans le temps et dans cet espace sacré : la scène.

Mary se rendit compte qu'il était en train de pontifier et se moqua intérieurement de lui-même : pour qui te prends-tu ? Pour un prof ?

Il ne lui manquait qu'un morceau de craie dans la main. Le tableau noir — maintenant on les fait verts — était remplacé par le poste de télé près duquel il se tenait debout. Son auditoire l'écoutait avec une grande attention. Il y avait là, dans le bureau pas très spacieux, le substitut et le juge, le maire et deux de ses adjoints, le secrétaire général de la Préfecture, et tous les commissaires et inspecteurs présents au commissariat en ce dimanche matin. Faute de sièges, presque tous écoutaient debout. Ce ne serait pas long. Les agents maintenaient la meute des journalistes en bas des escaliers.

— Deux passions se partageaient sa vie, reprit Mary, sa fille et le théâtre, sans doute celle du théâtre étant la plus forte. C'est à lui, en tout cas, qu'il consacrait tout son temps. Il avait connu Christine Touret quand ils étaient tous les deux étudiants, en dernière année, elle aux Beaux-Arts, lui au Conservatoire. Il a eu un premier prix de tragédie, elle rien du tout, mais elle s'en fichait. Ils n'étaient pas très beaux ni l'un ni l'autre, c'est peut-être ce qui les a rapprochés, lui comme un échalas elle du genre ortie. Ils sont sortis ensemble, ils s'entendaient bien, ils ont couché ensemble, ça ne marchait pas mal, et puis est arrivé ce à quoi on ne pense jamais quand on est jeune et qui est pourtant si normal : elle s'est trouvée enceinte. Il n'y avait pas la pilule, à cette époque...

— C'est lui qui vous a raconté tout ça ? demanda le juge.

— Non, elle. Je l'ai vue hier à Paris... Elle n'a voulu ni avorter ni se marier. Avec son caractère indépendant, elle se trouvait satisfaite d'avoir son propre enfant, bien à elle, sans s'encombrer d'un homme pour qui elle n'éprouvait pas des sentiments particulièrement chaleureux.

— Lui, ça a dû bien l'arranger, dit le substitut.

— Absolument... Il gardait toute sa liberté. Il n'a même pas été là au moment de l'accouchement. Déjà parti en tournée... Il s'est conduit convenablement : quand il avait de l'argent, il en envoyait. Et de temps en temps, une ou deux fois par an, il venait voir sa fille, que la mère n'avait même pas voulu qu'il reconnaisse. Il s'étonnait de voir son changement d'une visite à l'autre : le bébé devenait petite fille, puis fillette. Et la gamine admirait et adorait ce père insaisissable, fugitif, mystérieux, qui apparaissait soudain les bras pleins de cadeaux et disparaissait aussitôt en promettant de revenir bientôt. Quand il revenait, elle avait encore grandi. A quatorze ou quinze ans il continuait de lui apporter des poupées qu'elle gardait avec amour. Sa mère me les a montrées. La fillette, puis la jeune fille, les avait accrochées aux murs de sa chambre, avec des rubans et des fleurs en papier. Toute une collection, au milieu de laquelle elle vivait...

« Et elle a voulu faire le même métier que son père admiré. Sa mère ne s'y est pas opposée. Elle a été reçue au conservatoire, mais elle a surtout suivi les cours donnés par Bienvenu au Théâtre de l'Atelier. Ils se sont vus bien plus souvent. Il était fier d'elle, elle avait du talent et, il paraît que ça arrive souvent, fille de père et de mère plutôt laids, elle était très belle. Pour lui faire gagner un peu d'argent, il lui a trouvé, grâce à ses relations, des petits engagements dans des films publicitaires. Elle commençait une belle carrière de modèle quand tout est arrivé. Vous vous souvenez peut-être de cette publicité pour des chaussures de sport, avec une adolescente souriante, buste nu ? Il y a eu des affiches sur tous les murs de France...

— Ah c'était elle ? dit le juge. Effectivement, elle était belle...

— C'est ce qu'a pensé aussi Faucon, qui était en train de préparer sa fameuse croisière. Il l'a convoquée, elle a vu de près la grande idole, le séducteur. Je pense qu'il n'a même pas eu besoin de lui faire du charme : elle est tombée aussitôt amoureuse de lui, totalement. Et il lui a donné rendez-vous au Pirée, soi-disant pour la préparation de ce fameux film... On peut imaginer l'exaltation de cette gamine : en croisière avec Faucon ! un film avec Faucon ! Dieu n'était pas son cousin !...

« Quand elle a mis son père au courant, ça n'a pas été la même chanson !... Mais il n'a pas pu l'empêcher de partir. Qui pourrait empêcher une fille de se jeter dans les bras du diable, si elle en a envie ?

« Bienvenu ne l'a plus jamais revue...

« Après sa croisière, salie, brisée, droguée, perdue, elle est revenue voir sa mère, lui a tout raconté en sanglotant. Sa mère l'a décidée à faire une cure de désintoxication. Mais elle n'y est pas restée, elle est repartie vers la drogue, elle ne pouvait pas oublier Faucon, ni se passer de morphine. Sa mère a perdu sa trace, l'a fait rechercher par la police, sans succès. Cela a seulement permis, plus tard, d'identifier la jeune morte du taudis de Chalon...

« Sa mère a fait incinérer ce qui restait du pauvre corps après l'autopsie. Elle garde les cendres chez elle, dans une urne, au milieu des poupées. Bienvenu était au Canada. Quand il est revenu, il n'a pu voir que la photo... La mère l'avait déjà mis au courant de ce qui était advenu avec Faucon, et après lui...

— Si on passait au déluge ? grogna Gobelin. Il était question d'un meurtre...

— Oui... Nous y sommes... Le trait de génie de la mise en scène de la mort de Faucon fut la lettre... Bienvenu en fit deux exemplaires, forcément différents puisque composés avec ce qu'il pouvait découper dans des journaux, mais disant exactement la même chose : *Ce soir les conjurés tueront vraiment César*. Il nous en envoya un, s'envoya l'autre à lui-même. Ce dernier le plaçait à l'écart de ce qui allait arriver, et les deux concouraient à attirer l'attention de la police sur la scène du meurtre de César, *et uniquement sur elle*. Un meurtre allait être commis *pendant le meurtre de César*. Cela formait un tout, logique. Trop. Cela sentait la plaisanterie de cinglé. Incrédule, je vins quand même. Bienvenu m'avait réservé une chaise au premier rang. A la jumelle, je surveillais les gestes des conspirateurs. C'était difficile. De fausses épées, de faux gestes, du faux sang qui giclait, tout le monde qui tourbillonnait... Quelqu'un avait-il vraiment frappé ? Et si oui, qui ? Impossible de le savoir. Bienvenu avait organisé l'agitation des acteurs de la scène exactement dans ce but. Lui était hors du coup, loin de là, dans la coulisse...

« Et quand il revint et se pencha vers le corps de César, il se releva horrifié et me fit comprendre par sa mimique, et par des mots qu'il ajouta au texte de Shakespeare que « c'était arrivé » : Faucon était mort !...

« Je l'ai cru, parce que j'y étais préparé par la lettre !...

« C'était faux !

« *A ce moment-là Faucon était bien vivant !* Et il commençait à trouver le temps long à faire le mort, immobile, respirant sous sa toge qui lui couvrait le visage et qui l'empêcha de voir arriver le poignard... C'est maintenant qu'il va mourir... Regardez...

Sur l'écran, on vit Antoine de dos, ôter sa toge, s'agenouiller, et en couvrir le corps de César. La toge déployée et le dos d'Antoine cachaient César.

— C'est fait, dit Mary. Faucon est mort...

L'image repassa, au ralenti.

— Voilà... Maintenant ! dit Mary.

L'image s'arrêta, resta fixe. On put voir que le bras droit d'Antoine était engagé *sous la toge*.

L'image repartit. Le bras se dégageait...

— C'est Bienvenu qui avait décidé de l'emplacement des caméras. Elles ne pouvaient le voir que de dos. Il était protégé à gauche et à droite des regards des spectateurs par les deux volées d'escaliers. Et tous les acteurs et les figurants étaient engagés à ce moment-là dans un mouvement général de sortie de scène qui les empêchait de regarder ce qu'il faisait. Il était au fond de la scène, ils se dirigeaient tous vers l'avant et les côtés. Rapidement. Pas le temps de regarder en arrière ! C'était de la belle mise en scène ! Et beaucoup de spectateurs, au lieu de le regarder lui, presque immobile, avaient leur regard attiré par ceux qui étaient en mouvement. C'est un réflexe automatique...

— C'était bien risqué, dit le substitut. Admettons que la moitié du public ait regardé les autres acteurs, cela faisait quand même encore dix mille témoins qui le regardaient lui !

— Oui ! Qui le regardaient, mais sans lui prêter une attention aiguë : le moment dramatique où l'on voudrait avoir trois yeux pour mieux voir était passé, César avait eu son compte, il n'était plus qu'un objet qu'on déménage. Et moi je n'avais pas de raison de surveiller Bienvenu, car pour moi Faucon était mort !

« Il avait une chance sur deux de réussir son coup. Il avait certainement envisagé l'éventualité de le rater, de voir Faucon se débattre et se dégager. Je pense qu'alors il l'aurait achevé sans plus rien dissimuler, puis aurait tourné son arme contre lui...

« Mais il a réussi ! Sans doute parce qu'il avait répété ses gestes à loisir : Faucon avait refusé de « faire le mort » pendant les répétitions. Aussitôt la scène du meurtre de César terminée, il s'en allait et le mannequin prenait sa place. Bienvenu a répété son meurtre vingt ou trente fois sans le poignard et cinq ou six fois avec : le mannequin en porte les traces !...

« Et l'hémoglobine, répandue par toutes les armes, ce faux sang vulgaire que jamais un metteur en scène comme Bienvenu n'aurait utilisé, il l'a ajouté à son dispositif pour que le *vrai* sang passe inaperçu dans cette débauche de rouge et que *je puisse croire que Faucon avait saigné avant*, pendant le meurtre de César...

« Il avait prévu aussi que Faucon pourrait pousser un cri. Alors la bande sonore à ce moment-là gueulait...

« Image !...

« Regardez-le : il se relève avec César-Faucon dans les bras. C'est lourd... Il chancelle un peu, se redresse, et s'en va. Rapidement il disparaît derrière la statue de Pompée. Le poignard est encore planté dans le corps de Faucon. Dans l'obscurité, qu'il a prévue, il le retire, et bascule Faucon sur son épaule. Quand va-t-il cacher l'arme dans l'échelon ? Nous ne le saurons sans doute jamais. Seuls, lui et Brutus le savaient. Brutus l'a vu cacher rapidement quelque chose, il est venu voir ce que c'était, a trouvé le poignard ensanglanté et a tout compris et cela a redoublé son désespoir, car il aimait Bienvenu comme un père et comme un maître. Quand le public l'a si terriblement accusé d'être l'assassin, la crainte de ne pouvoir se disculper qu'en accusant son maître, la douleur de la mort de Faucon, l'émotion, peut-être aussi la tempête, qui sait, l'ont poussé au suicide...

— C'est probable, dit le substitut... Mais je me demande pourquoi Bienvenu, quand il apprit la mort de sa fille, n'a pas tout simplement tué Faucon, sans se cacher !...

— Il a réagi en homme de théâtre ! Il avait déjà signé avec la municipalité pour monter Jules César aux Arènes l'été suivant. Le meurtre de César ! C'était les dieux qui lui envoyaient l'occasion ! Il lui restait à décider Faucon à accepter le rôle. Faucon a dit « oui ». Bienvenu a pu, dès cet instant, commencer à penser à sa double mise en scène. Et il n'a pas hésité, pour cela, à modifier la pièce : dans Shakespeare, Antoine emporte le corps de César avec l'aide d'un serviteur. Bienvenu a supprimé le serviteur...

Le substitut félicita Mary et s'en fut, accompagné par le juge. La pièce se vidait.

— Vous ne voulez pas recevoir les journalistes ? dit Mary à Gobelin. Faire votre dernière conférence de presse ? Moi je suis pompé...

— Je veux bien faire encore ça pour vous, dit Gobelin.

Il sortit. Il était ravi. Mary se laissa tomber sur une chaise. Il tira une cigarette de sa poche, l'alluma. Il n'avait plus fumé depuis une éternité... Il aspira la fumée, essayant d'y noyer l'image de la jeune morte et celle de son père sautant dans la lumière, vers la mort. Ce n'était pas facile. Il écrasa la cigarette dans un cendrier, soupira et se leva... Dimanche... Il n'était pas de service... Il allait emmener sa Reine et son gamin à la campagne. Un pique-nique au bord du Gard... Saucisson, gros rouge ! Le cul dans l'herbe et les pieds dans l'eau. Il sourit, réconforté.

Un agent entra et lui dit :

— Commissaire, il y a là quelqu'un qui vous demande.

— Quoi ! Vous avez laissé monter un journaliste ?

— Ce n'est pas un journaliste ! dit l'agent d'un air futé.

C'était le Gros. Il attendait dans le couloir, assis sur la chaise gémissante.

— Seigneur, c'est toi ! dit Mary. Pourquoi es-tu là ? Tu t'es sauvé ?

— Non ! C'est le jour de sortie aujourd'hui, pour moi là-bas comme pour toi au collège !...

Un radieux sourire illumina son visage rose et ses yeux de lin, que n'assombrissait plus la terreur mais qui avaient gardé leur rêve.

— C'est dimanche, dit-il avec le doux accent de Jacques Brel : je t'ai apporté des bonbons...

René Barjavel et Olenka de Veer

LES DAMES À LA LICORNE

*Je suis d'Irlande
Et de la terre sainte
D'Irlande.
Beau Sire, je te prie
Par la sainte Charité,
Viens ! Danse avec moi
En Irlande...*

Foulques, premier comte d'Anjou, dit d'abord le Roux, puis le Plante-Genest, rencontra la licorne le deuxième vendredi de juin de l'année 929 et toute l'histoire de la France, de l'Angleterre, de l'Irlande et de Jérusalem en fut changée. Et aussi, à cause de l'Irlande, celle des Etats-Unis, qui reçurent tant d'Irlandais bannis, jusqu'à la grande revanche de John Kennedy. Et, par ce dernier et la lointaine licorne, l'histoire de la Lune fut changée aussi.

Foulques avait trente et un ans. Il était grand, large, fort et souple. A cette époque, la race des hommes du bout de l'Europe était petite. Dans une assemblée, Foulques dépassait chacun de la tête et du cou. Il avait la tête ronde et les longues boucles du lion, les yeux et les cheveux couleur d'ambre. Il ressemblait au héros Vercingétorix dont le portrait circulait encore au fond des forêts sur des pièces d'or usées par les siècles. Les bûcherons disaient qu'il était le fils de ses fils. Vercingétorix était beau, mais Foulques plus encore. Quand il passait dans le soleil, ses cheveux devenaient rouges comme le feu.

Ce fut ainsi que la licorne l'aperçut pour la première fois, alors qu'il traversait une clairière du bois d'Anjy, sur un grand cheval de même couleur que lui, à l'automne de l'année 928. Il venait de perdre sa femme Ermenge qui lui avait donné deux fils. Il en éprouvait une grande peine qu'il cherchait à cacher, car lui-même en avait honte. Il lui arrivait de quitter brusquement la compagnie, de sauter à cheval, et de se mettre à courir les labours ou de s'enfoncer dans les futaies comme un cerf poursuivi par les chiens.

Ce jour-là un vent d'orage le suivait, arrachait les feuilles jaunies et rouillées, et les jetait derrière lui en traîne déchirée. Quand il traversa la clairière, brusquement, le soleil perça les nuages, et le cheval et le vent s'arrêtèrent. Foulques leva son visage vers le ciel comme pour y trouver un espoir ou une réponse. Le soleil fit flamber ses cheveux, et les feuilles devenues oiseaux d'or et de flamme tournèrent doucement autour de lui. Les arbres tendaient vers le soleil leurs branches dépouillées où s'accrochaient encore des lambeaux de splendeur. Toute la clairière était comme un grand feu de joie et de regret, dont le soleil avait allumé la beauté, et qui la lui offrait.

Au centre de toutes les flammes, le Roux sur son cheval roux, immobile dans sa blouse de cuir, gardait son visage tourné vers le ciel. Et dans ses yeux brillaient des larmes.

La licorne le vit ainsi, dans sa douleur et sa fidélité, et dans la gloire du soleil. Elle était tournée vers lui, debout au pied du seul arbre qui n'eût pas été touché par l'automne, un cèdre qui poussait depuis deux cents ans. Sa tête dominait la forêt et les saisons. A l'abri de ses branches basses, dans son amitié, la licorne rayonnait de blancheur pure. Sa robe blanche sans mélange ne recevait ni l'ombre ni les reflets.

Quand Foulques se remit en mouvement, il passa près d'elle sans la voir. Il vit sous le cèdre un grand buisson d'aubépine couvert de fleurs, et n'y prêta aucune attention. Il savait pourtant que rien ne pousse sous le cèdre, et que l'épine fleurit en mai. C'est ainsi que les hommes passent près de la licorne sans la reconnaître, même si des signes évidents la leur désignent. Ils marchent enfermés dans leurs soucis futiles comme dans une tour sans fenêtres. Ils ne voient rien autour d'eux ni en eux.

La licorne trouva qu'il était superbe et pur. Elle fut percée jusqu'au cœur par l'image de son visage tourné vers la lumière. C'était pour une telle rencontre qu'elle vivait depuis si longtemps. Mais il fallait que le Roux vînt de nouveau vers elle et qu'il n'eût pas changé.

La famille et les alliés de Foulques le pressèrent de se remarier. Il résista pendant des mois, puis se laissa persuader d'épouser la fille d'un baron qui lui apportait en dot de quoi arrondir son comté du côté du Maine. Elle avait douze ans et elle louchait de l'œil gauche, que sa mère lui dissimulait avec une mèche. Foulques n'en savait rien, il ne l'avait jamais vue.

La cérémonie fut fixée au deuxième samedi de juin. La fiancée, accompagnée de ses parents et de quelques valets, arriva le vendredi après-midi au château du comte. Mais celui-ci n'était pas là pour l'accueillir. Une fois de plus, il était parti à travers ses terres, essayant, au bout d'un galop interminable, de rejoindre celle qui ne pouvait plus être retrouvée.

La lune en son entier se leva alors que le soleil venait de se coucher et les deux lumières mêlèrent l'or et l'argent au-dessus des champs et des bois. Foulques se retrouva dans la clairière qu'il n'avait plus traversée depuis l'automne. Son cheval de nouveau s'arrêta. Foulques le sentit trembler entre ses cuisses. Il sut que ce n'était pas de fatigue. Il regarda devant lui, et cette fois vit la licorne. Elle était debout sous le cèdre et le regardait, brillante de toute la blancheur de la lune. Sa longue corne désignait le ciel par-dessus les arbres, et ses yeux bleus regardaient Foulques comme les yeux d'une femme, d'une biche, et d'un enfant.

Les oiseaux qui chantaient leur bonheur du soir se turent par curiosité, et se mirent à écouter. Dans le silence, Foulques entendit le cœur de la licorne qui battait avec un bruit de soie.

Il pressa doucement son cheval qui fit un pas en avant. Sa peine avait d'un seul coup disparu, non par infidélité, mais au contraire par certitude qu'il n'y avait plus de séparation et que la mort n'existait pas. Maintenant, il le savait.

Quand la licorne bougea, les feuilles des arbres devinrent blanches et le ciel noir. Un nuage passa devant la lune. Au fond du bois, une renarde poussa un long cri d'inquiétude : la blancheur allait s'éteindre, la liberté allait être enchaînée.

La licorne traversa la clairière d'un bond et s'enfonça au galop dans la forêt, qui s'ouvrit devant elle. Le cheval et l'homme roux s'élancèrent à sa poursuite. La licorne fuyait maintenant devant ce qu'elle avait voulu, elle essayait de rendre impossible l'inévitable. Entre l'espoir et le regret, son galop déchirait en deux sa vie comme une étoffe. Cette nuit serait sa dernière nuit dans le monde libre, elle ne voulait pas en perdre un instant. A son passage, tout ce qui était blanc dans la forêt s'illuminait, les fleurs minuscules dans la mousse, les duvets des oiseaux neufs et les colombes endormies. Au lever du jour elle parvint à la lisière de la forêt. Au-delà se trouvait une courte prairie qu'elle traversa au pas, sachant que le moment était venu. Tout autour de la prairie, face à la forêt, se dressait une énorme muraille de genêts, bouillonnante de fleurs. Le soleil surgit et en fit éclater la gloire. La licorne s'arrêta et se retourna. Le Roux sur son cheval, immobile, la regardait. Le soleil flambait à travers ses cheveux. Il vit les yeux bleus de la licorne pâlir et tout son corps devenir clair comme le croissant de lune qu'on devine au milieu des jours d'été dans le ciel. Puis elle s'effaça entièrement, et Foulques ne vit plus devant lui que la montagne d'or des genêts.

A côté de lui, à le toucher, se tenait, sur un cheval couleur de miel, une fille de même couleur. Ses cheveux lisses tombaient jusqu'à sa taille sur sa robe de lin. Ses yeux étaient bleus pailletés de roux. Elle lui souriait.

Il la conduisit à son château qui n'était pas loin, droit à la chapelle où attendait l'archevêque, et l'épousa. La fiancée de douze ans rentra chez elle avec ses parents et des cadeaux. Elle était très contente. Son père l'était moins mais il n'avait pas assez d'hommes d'armes pour se permettre d'être vraiment mécontent.

Foulques avait trouvé ce jour-là, en cette femme si différente, non seulement la femme qu'il avait perdue et toutes celles qu'il aurait pu perdre, mais aussi la réponse à des questions qu'il ne s'était jamais posées, et qui maintenant lui emplissaient la tête comme le grand bruit de la mer maintenue dans ses rivages.

Sept ans jour pour jour après leur mariage, il fit célébrer dans la chapelle du château une messe de gratitude, avec des chanteurs venus de Rome, et tout un clergé superbe en robes rouges, roses, pourpres, blanches, et l'archevêque doré fil à fil.

Tous les gens du château et quelques grands voisins s'entassaient dans la petite nef ronde comme la moitié d'une pomme, qu'éclairaient d'étroites fenêtres percées sur tout le pourtour de sa coupole. Des cierges accrochés partout palpitaient de leurs mille flammes et répandaient un parfum d'abeilles.

Les deux époux écoutèrent la messe à genoux sur un tapis de martre, avec le sourire du bonheur tranquille. Lui était vêtu de renard et de cuir roux, elle de soie blonde venue du bout du monde, ses cheveux relevés en une couronne de nattes surmontée d'un chapeau mince et pointu, en dentelle de lin raidie au fer, un peu, très peu, incliné vers l'avant...

Quand la messe s'acheva, Foulques se releva et tendit une main à son épouse pour qu'elle se levât à son tour. Elle s'y appuya du bout des doigts, mais quand elle fut debout elle continua de s'élever, quittant le sol de ses pieds, lâchant son époux et montant droit au-dessus de l'assistance, tandis que l'odeur sauvage de la forêt mouillée emplissait tout à coup la chapelle. Après un instant de stupeur, les personnes les plus proches saisirent le bas de son manteau, mais il leur resta dans les mains et elle continua de monter, de plus en plus vite, parmi les cris d'effroi, et jaillit au-dehors par une fenêtre dix fois trop petite pour la laisser passer.

Les quatre sabots d'une cavale frappèrent le pavé de la cour du château et s'éloignèrent au galop tandis que retentissait, venant du bois, le long rire de la renarde. Dans la fenêtre, on voyait la lune, au premier tiers de sa grosseur.

On ne sait rien de ce que fit l'archevêque sur le moment, mais quelque temps après il devint pape.

Foulques ne parut pas surpris ni chagriné par l'événement. A l'endroit de la rencontre il fit planter cent fois plus de genêts qu'il n'y en avait déjà. Il envoya des émissaires dans les monts d'Auvergne et des Cévennes et jusqu'au mont Ventoux et en petite Bretagne pour y arracher les plus énormes plants. Des caravanes de chariots les apportèrent en Anjou. Une forêt d'or surgit à côté de la forêt verte. A l'époque où elle flambait de son plus grand éclat, Foulques passait des heures dans la petite prairie, entre l'ombre des bois sombres et la plaine où il semblait que le soleil fût tombé. Peut-être espérait-il que la licorne viendrait de nouveau se faire prendre au piège. Mais y avait-il encore une licorne ?

Sans doute savait-il ce qu'elle était devenue, comme il avait su qu'elle ne pouvait rester plus longtemps auprès de lui, et cette folie du genêt était-elle seulement l'hommage d'un bouquet.

Pour lui plaire, ses paysans, qui l'aimaient, mirent des genêts dans toutes les haies de leurs champs, et c'est ainsi que l'Anjou pendant plusieurs siècles fut cousu de fleurs d'or. De là vint à Foulques Ier le nom de Plante-Genest, que son descendant Henri II « Plantagenêt » portait encore quand il devint roi d'Angleterre. Et ce fut l'usage, pour les hommes de cette famille, de planter cette fleur à leur chapeau, ou, quand ils se trouvaient en guerre au printemps, d'en orner leurs armes d'une branche épanouie.

Presque mille ans plus tard, un matin de septembre, Sir John Greene, descendant par les femmes d'Henri Plantagenêt, faisait sa promenade quotidienne dans le jardin de son domaine, en l'île de St-Albans, sur la côte ouest de l'Irlande. Une de ses filles l'accompagnait.

— Pourquoi, demanda Griselda à son père, la licorne n'est-elle restée que sept ans auprès de Foulques ?

Un grand vent d'ouest soufflait sur l'île, tordant les arbres et emportant les oiseaux. Les nuages venus de l'océan abordaient l'Irlande avec les bras pleins de pluie et la laissaient tomber n'importe comment et n'importe où. A deux cents mètres du rivage, l'île recevait en premier les offrandes du ciel : le vent, le soleil et l'eau bousculés, courants, mélangés et ronds comme les moutons d'un troupeau.

— Sept ans, c'est déjà beaucoup, dit Sir John Greene.

Il avait répondu spontanément, mais après coup la question de Griselda le surprit. Il s'arrêta, se tourna vers elle et la regarda. Sa présence à côté de lui était déjà surprenante. D'habitude c'était Helen qui l'accompagnait dans sa promenade. Il ne s'était même pas vraiment aperçu que ce matin une de ses filles avait pris la place d'une autre.

Griselda... Il la vit, dans sa longue cape de drap vert sous le bonnet rond de laine blanche d'Aran, les joues brillantes de pluie et de lumière, les yeux hardis, les cils mouillés, tendue, passionnée de savoir et de voir. Il devina à demi ce qu'elle ferait de sa vie, si la vie la laissait faire. Son cœur se serra un peu en constatant qu'elle était déjà prête à commencer...

— Quel âge as-tu exactement ? demanda-t-il.
— Dix-sept ans ! Vous ne le savez pas ?

Les yeux verts et la voix chaude, un peu rauque, étaient indignés.

Sir John fit un geste vague en reprenant sa marche.

— Avec tous ces temps qui passent... dit-il.

Dix-sept ans. Et c'était presque la plus jeune. Alors Alice, l'aînée, devait avoir... Il refusa de faire le compte. Un coup de vent secoua sa belle barbe blonde à peine grisonnante. Un rai de soleil courant en alluma la pointe puis glissa sur sa hanche. Il respira profondément, heureux de se sentir vivant et d'être dans l'île au milieu des siens.

Le temps ne s'enfuit que si on lui court après.

— La licorne, dit-il, n'accepte que ce qui est parfait. Les habitudes, les petites indifférences, les humeurs, les joies pas tout à fait réussies, l'indulgence, tout ce qui fait finalement la vie d'un couple, et la rend possible, cela la blesse et la fait saigner. Les femmes aussi, parfois. La licorne s'en va, les femmes restent.

— Moi je m'en irai ! dit Griselda.

Un grand morceau de ciel presque bleu passa au-dessus de l'île, qui fut baignée de soleil en entier. Et la pluie suivit.

Foulques, le Roux, le Plante-Genest, premier comte d'Anjou, mourut un vendredi de juin, sept ans après l'envol par la fenêtre de celle dont on ne sait plus le nom. Ses cheveux étaient devenus blancs comme la fleur de l'épine. Il mourut dans son lit, sans fatigue et sans maladie. Après avoir demandé et reçu les sacrements, il alla rejoindre la licorne là où elle se trouvait.

Ses deux premiers fils étaient morts, mais la licorne lui en avait donné un troisième qui prit le comté très jeune, et mourut à trente ans. Il fut juste, studieux, un peu effacé, comme frappé de crainte par la puissance intérieure qu'il était chargé de transmettre : il fut le seul à porter dans ses veines le pur mélange des sangs de la licorne et du lion d'Anjou.

Ce fut Foulques II, le Bon.

Son fils Geoffroy Ier laissa le souvenir d'un homme triste vêtu de gris, ce qui lui valut le nom de Grisegonelle. Ces deux-là furent les effacés, les endormis, les flacons sous la poussière desquels le vin prend sa force.

Le bouchon éclata avec Foulques III. Les deux sangs, unis dans les veines de son grand-père, désaccordés par l'entrée des sangs étrangers, essayèrent de se séparer en lui, et ce fut la fin de la paix. Il vécut d'excès de violence en excès de repentir, mais on ne saurait dire d'où venait la violence, du lion ou de la licorne emprisonnée.

Sous leurs impulsions contraires, il construisit autant de monastères que de forteresses, et accomplit quatre fois le pèlerinage de Jérusalem en expiation de ses péchés.

Pour terminer sa quatrième pénitence, il se fit traîner sur une claie dans la Ville sainte, se frappant la poitrine et criant au milieu de la poussière qui sentait la crotte de chameau : « Seigneur, ayez pitié de Foulques, traître et parjure ! » Il mourut au retour. C'était peut-être la pitié qu'il avait demandée.

Dans le combat intime que se livraient le lion et la licorne, celle-ci prit momentanément le dessus ! Deux générations plus tard, faute de garçons, ce fut une fille, Ermangeard, qui transmit le sang. Elle fut la première de ces femmes, humbles ou dominatrices, triomphantes ou victimes, qui jouèrent un rôle si considérable dans la descendance de la licorne.

Ermangeard épousa Geoffroy Ferréol de Gâtinais, et d'eux sortirent d'autres Geoffroy et d'autres Foulques avec qui commença la double gloire de cette lignée extraordinaire, écartelée entre le désir de conquête et celui de renoncement, entre l'action et le rêve, le soleil et la lune, entre la terre et l'eau.

Foulques V, descendant à la sixième génération du Roux et de la fondatrice, ressemblait étrangement à cette dernière. Mince et rêveur, infatigable et fragile, têtu, batailleur, galopant, voyageur curieux, tôt lassé du but atteint, il était si blond et paraissait si frêle qu'on le nomma le *Jeune*, jusqu'à sa mort. Il eut deux femmes successives. La seconde, Melisende, portait un nom de fée, et peut-être l'était-elle. Brune de poil et de peau, le nez bossu, l'œil de diamant noir, vive comme une chèvre, savoureuse comme une olive, elle était la fille de Baudoin II, roi de Jérusalem. Foulques le Jeune la connut au cours d'un pèlerinage, l'épousa et devint roi de Jérusalem.

Ainsi la licorne fut-elle portée aux lieux saints pour y régner. Mais peut-être n'était-ce qu'un retour.

Baudoin IV, petit-fils du Jeune, prit la lèpre et mourut sans enfants, le visage marqué du terrible masque du lion, que donne parfois la maladie maudite et sacrée. Et une fois de plus ce fut par les femmes, ses sœurs, que le sang fut transmis. L'une d'elles engendra Marie, qui engendra Isabelle, qui épousa Frédéric, empereur germanique et roi des Romains.

En trois siècles la licorne avait conquis les deux villes saintes, Rome et Jérusalem, et la ville forte, Aix, capitale des grands empereurs, Charlemagne et Barberousse. Mais elle avait fait, d'une autre part, d'autres conquêtes.

Foulques V le Jeune, celui qui ressemblait à son aïeule comme un poulain à sa mère, avant d'épouser Mélisende de Jérusalem, avait eu de sa première épouse, Erembourg, un fils superbe : Geoffroy V dit le Bel, qui le premier devait porter glorieusement le nom de Plantagenêt. Alors qu'il avait quatorze ans il épousa Mahaut, qui en avait dix de plus. Elle était la petite-fille de Guillaume le Conquérant, et la fille du roi d'Angleterre. Quand celui-ci mourut, le beau Plantagenêt dit : « L'Angleterre à moi ! » Mais il ne put y prendre pied. Où il avait échoué, son fils réussit : Henri II Plantagenêt fut sacré et couronné à Westminster en l'an 1154, six jours avant Noël. Avec lui la licorne s'assit sur le trône anglais. Elle y est encore. Tous les rois et reines qui s'y sont succédé, depuis le Plantagenêt jusqu'à ce jour, sont, directement ou indirectement, des descendants du Roux et de l'épouse qui l'attendit devant les buissons d'or. Les Tudor, les York, les Lancaster, les Stuart, les Nassau, les Hanovre, ont le sang de la licorne. Sa Majesté Elisabeth II a le sang de la licorne, et son mari, Philippe de Battenberg-Mountbatten, prince de Grèce, duc d'Edimbourg, l'a aussi. L'un et l'autre l'ont reçu de leur ancêtre commune, la reine Victoria.

En leurs enfants le sang s'est redoublé, comme cela s'est produit cent fois au cours des siècles. Dilué par les sangs étrangers, il s'est toujours renoué avec lui-même par d'innombrables mariages entre cousins de tous degrés. Il a été largement répandu dans les batailles et sur les échafauds. Du Plantagenêt à Elisabeth II, l'histoire des monarchies anglaises est une longue suite de tragédies. Les successions se règlent à coups d'épée ou de hache. Embrouillée comme un rosier sauvage, la famille jette des rameaux en tous sens, se déchire et se rassemble, couvre de ses rejetons l'Europe moins la France dont elle s'arrache à grande douleur en une guerre de deux siècles, s'enracine définitivement dans l'île britannique et jette ses branches sur les océans et les terres du monde. L'Empire. La terre et l'eau. La terre par l'eau. Au centre l'Ile, et le Trône. Et sur le trône la licorne dominante ou le lion triomphant ou les deux réconciliés. Mais les plus grands monarques anglais, et les plus douloureux furent des reines. Henri VIII, le lion fou, qui eut tant de femmes, paraît sans envergure à côté de sa fille Elisabeth Ire, qui n'eut pas d'hommes. Elle avait les cheveux flamboyants du grand ancêtre roux, mais les cils blancs de la licorne, et son teint de lune. Elle se laissa convoiter par tous les princes d'Europe, ne dit non à aucun et oui à personne. L'amour la prit à plus de cinquante ans, pour Essex, qui avait trente ans de moins qu'elle. Elle lui donna tout, sauf elle-même, puis lui fit couper la tête, pour se punir d'avoir failli accepter l'inacceptable, et en mourut.

Marie Stuart, la décapitée, avait aussi le sang de la licorne, et avant elle la douce et belle Jane Grey, qui, à seize ans, fut reine pendant neuf jours, puis eut la tête tranchée. Et Anne, qui eut dix-sept enfants tous morts avant elle. Catherine Howard, une des épouses qu'Henri VIII donna au bourreau était aussi une rose du rosier. Et aussi Sarah Lennox la fidèle, dont le mari Marlborough s'en allat-en-guerre et en revint mort.

Parmi les fils du sang apporté en Angleterre par le Plantagenêt, les premiers furent Richard Cœur de Lion, qui n'y resta guère, se battit en France et en Terre sainte et mourut d'une flèche devant Châlus. Et Jean sans Terre à la tête folle. Puis vinrent tous les Henry, les Edouard et les Jacques, et les George, les Charles et les Guillaume. Et les grands fauves de la branche jetée en Europe : Frédéric le Grand et Guillaume II, le Kaiser aux moustaches en crocs.

Grands rois, petits rois, chassés, conquis, conquérants, régnant une vie ou une semaine, tueurs, tués, jamais en paix avec le monde, ni avec la famille ni en eux-mêmes. Et il y faut ajouter ces enfants qui n'étaient rien, nés d'amours rapides avec une servante ou une dame du palais, ou une fille rencontrée à la chasse ou à la guerre. Les mésanges et les bergeronnettes recevaient les graines du rosier et en ensemençaient la nation.

Plus grand que les plus grands rois, il y eut parmi eux William Shakespeare, qui tenait le sang de la licorne du très volage et cruel Edouard IV. Celui-ci fit une fille à la femme de l'homme qui lui taillait ses chausses. Elle était belle, elle tendait à son mari les aiguilles et les fils en regardant Edouard. Il avait des yeux d'eau et le visage blanc. Après sa mort, ses deux fils légitimes, lionceaux à qui n'avaient poussé encore ni les griffes ni les dents, furent étranglés dans la Tour de Londres sur l'ordre de leur oncle Richard III, le lion bossu. La fille de l'aiguillère avait reçu de l'or en même temps que la semence. Elle épousa un drapier. Il y eut quatre générations de bourgeois commerçants jusqu'à William Shakespeare, qui choisit de ne pas l'être. Il connaissait le secret de sa famille, et le bruit et la fureur des rois grondaient dans sa tête. Il accoucha d'eux comme Jupiter. Né de leur ombre, il prit sa revanche en leur donnant vie à son tour, plus l'immortalité.

Au moment où Henri II Plantagenêt devint roi d'Angleterre, l'Eglise élut à Rome le seul Anglais qui devint jamais pape. Il prit le nom d'Adrien IV et donna mission à Henri II d'aller remettre de l'ordre romain dans l'Eglise d'Irlande : les moines irlandais, au lieu de porter la tonsure ronde, se rasaient le crâne en carré...

L'Irlande était alors une nation indépendante. Adrien IV était anglais. En envoyant Henri II tondre en rond les moines, il travaillait à la fois à l'unité de l'Eglise et à l'accroissement de l'Angleterre. God save the King.

Henri II, bulle au poing et genêt au casque, envahit l'Irlande en 1170. Adrien IV étant mort entre-temps, Henri ne s'occupa guère des moines, mais déclara que désormais la terre d'Irlande appartenait au roi de Londres. Il la distribua à ses barons, à charge pour eux de la faire travailler par les paysans irlandais, et de payer une rente au Trésor royal.

Ce fut pour le peuple gaël le commencement d'une terrible et interminable servitude. Huit siècles plus tard, sa libération n'est pas encore achevée. Le lion d'Anjou avait planté ses griffes dans l'Irlande. Mais sa compagne blanche, la licorne, allait se prendre d'amour pour cette terre de vent et d'eau, et confondre son rêve avec les siens.

Les parents de Johnatan Greene allaient mourir. Ils étaient minces et pâles, avec des cheveux blonds et des yeux bleus, et se ressemblaient tellement qu'on ne s'était pas étonné que la même maladie les eût pris en même temps. Cousins au neuvième degré, ils descendaient l'un et l'autre, à travers vingt et une générations, d'Henri II Plantagenêt, et à travers lui, de la licorne et du lion. A cause de leur mort, Johnatan allait plus tard déplacer le siège de la famille, et ni son fils John ni ses petites-filles ne naîtraient au château ancestral de Greenhall, qui résonnait pour l'instant des voix étouffées des servantes.

— Johnatan ! Johnatan !...

L'enfant entendait qu'on l'appelait à voix presque effrayée. Les servantes aux pieds nus qui couraient à sa recherche à travers les salles glacées et les escaliers sombres n'osaient pas crier son nom. Il s'était réfugié derrière un fauteuil de la bibliothèque, assis sur un tapis de laine, près de la cheminée où brûlait doucement la tourbe. Il serrait contre lui, comme une défense, un livre qui lui couvrait toute la poitrine de son cuir chaud. Il avait presque sept ans, il savait très bien lire, mais le jour n'était plus assez clair pour lui permettre de continuer sa lecture. C'était l'aventure de Joseph d'Arimathie, qui arrivait en terre de Bretagne sur une barque, en apportant dans une coupe le sang du Christ.

Il écoutait les appels des servantes, il ne voulait pas répondre. Il savait pourquoi on l'appelait, et il avait peur.

On le trouva, on le tira, on le poussa, on l'emporta jusqu'à la cuisine. Avec des gémissements et des soupirs on le déshabilla devant le grand feu, on le lava dans un baquet d'eau chaude, on le peigna, on l'habilla de son habit neuf rouge et blanc et on le conduisit à la chambre de ses parents.

Ils étaient malades depuis des mois. Ils étaient couchés depuis des semaines, fatigués avant d'être malades, heureux de s'être rencontrés et unis, et de ne plus se quitter.

Ils étaient couchés dans deux grands lits à colonnes qu'à leur demande les serviteurs avaient poussés l'un près de l'autre. On avait allumé à leurs chevets et aux extrémités d'une table garnie de dentelle des bouquets de chandelles qui composaient de petits buissons de lumière, auxquels venaient se brûler les bords de l'obscurité.

Johnatan fut amené dans la chambre et conduit jusqu'au pied des lits, juste au milieu, en face de l'espace sombre qui les séparait. Il voyait sur les oreillers de lin bleu deux taches pâles qui étaient les visages de son père et de sa mère avec leurs longs cheveux blonds. Son père était à gauche et à droite sa mère. De part et d'autre des pâles visages, les flammes des bougies se reflétaient sur les reliefs des colonnes de bois sombre sculptées en licornes, dressées vers le plafond, dans la nuit.

Johnatan n'osait pas regarder les visages. Il fixait, droit devant lui, l'espace étroit qui séparait les deux lits comme une tranche de ténèbres. Aux extrémités de sa vision il voyait les deux visages flous et blancs, identiques. Ils avaient les yeux fermés et un mince sourire sur les lèvres. Il ne savait pas s'ils étaient encore vivants ou déjà morts. Les buissons de chandelles sentaient une bonne odeur d'étable chaude.

On le reprit par la main, on le ramena à la cuisine, on le déshabilla, on le frotta devant le feu, on lui mit sa chemise de nuit. Il avait fermé les yeux et continuait de voir derrière ses paupières les deux visages un peu effacés, un peu fondus, avec cette tranchée noire d'obscurité entre les deux. Parmi les soupirs et les gémissements retenus il entendit un petit rire avec des mots chuchotés. Ces mots disaient que Napoléon avait battu les Russes. Il savait que Napoléon était l'empereur des Français et le grand ennemi des Anglais. Tout ce qui était mauvais pour les Anglais ne pouvait que réjouir le cœur des Irlandais, même un soir de grand malheur comme ce soir-là.

Sa nourrice, la femme du fermier de Rosslough, le porta dans son lit et le coucha en faisant semblant de croire qu'il dormait. Elle lui dit doucement quelques mots d'amour en langue gaële, les mêmes qu'elle lui chuchotait quand, tout petit, repu, sombrant dans le sommeil, il laissait échapper le bout de son sein bienheureux. Elle lui baisa les mains et se retira afin que seul, sans honte, il pût enfin pleurer.

Mais il résista comme une pierre au flot des sanglots qui voulaient l'emporter, à l'envie folle de se dresser sur son lit, de tendre les bras vers son père et sa mère, et de crier, crier, jusqu'à ce qu'ils viennent...

Les poings pressés sur les paupières, il essayait de chasser l'image des deux visages doux et terribles. Peu à peu ils s'effacèrent de ses yeux et de sa mémoire. Il s'endormit tandis que la petite flamme à son chevet se noyait dans les dernières larmes de la chandelle.

Dans le mois qui suivit, son oncle, qui habitait l'Angleterre, le fit chercher pour l'élever avec ses propres enfants, et mit Greenhall entre les mains d'un régisseur. L'oncle de Johnatan, Arthur Wellesley, allait bientôt partir pour la guerre, après bien des batailles battre Napoléon à Waterloo, et être fait successivement, par le roi, comte, marquis et duc de Wellington.

Quatorze ans après son arrivée en Angleterre, à quelques semaines de sa majorité, Johnatan revenait à cheval de sa promenade habituelle vers le château de son oncle, lorsqu'il vit arriver vers lui, au grand galop, sur le vieil alezan asthmatique, George, le maître d'écurie, qui paraissait fou d'excitation et agitait sa casquette en criant des mots qu'il ne comprit pas tout d'abord. George passa près de lui et continua de galoper vers le village en criant : « Napoléon est mort ! Napoléon est mort ! »

Au passage de George, et du râle de sa monture, le cheval de Johnatan prit peur et se cabra. Et Johnatan vit cette chose affreuse : le milieu de la tête du cheval, dressée devant lui, n'existait plus. Ce n'était qu'un trou sans couleurs et sans formes, de part et d'autre duquel pointaient les oreilles blanches. Et quand la bête reprit terre des antérieurs, Johnatan vit, entre les ornières du chemin, une longue tranchée de brume. Il fut pris de vertige et tomba.

Ce fut la première manifestation de cette étrange maladie qui lui faisait transporter devant lui, dès qu'il ouvrait les yeux, une barre de vide gris qui coupait le monde visible par le milieu.

Son oncle le fit conduire à Londres pour qu'il fût soigné par les meilleurs docteurs. Les médecins rasèrent le crâne de Johnatan, lui appliquèrent sur le cuir chevelu des ventouses et des moxas, le saignèrent au bras gauche puis au droit, lui firent avaler des potions de fiel. Au bout de trois mois de leur traitement, Johnatan ne pesait plus que le poids de son ombre. Il sentit venir la mort et se fit ramener d'urgence à la campagne, où il se soigna seul. Cela consista à refuser désormais tous les soins et à n'avaler que ce qui lui faisait envie. Il ne mangea presque plus de viande, se nourrit de porridge, d'œufs frais, de pommes et de laitages. Ses forces lui revinrent en même temps que repoussaient ses cheveux, mais la barre de vide opaque était toujours présente dans son regard. Des hommes à qui il s'adressait il ne voyait que les favoris. Quand son oncle lui rendit ses comptes de tutelle, il ne put lire aucun papier. Sa confiance envers lui était aussi grande que sa reconnaissance et son affection. Il ferma les yeux pour signer.

Malgré son infirmité, il décida de prendre personnellement la direction de son domaine. Il n'était plus retourné en Irlande depuis que son oncle l'avait fait venir près de lui, à la mort de ses parents. Quand il arriva à Greenhall, il demanda avant toute chose qu'on le conduisît à leur chambre, et il s'y enferma seul.

C'était le milieu du jour, la lumière du printemps arrivait de la gauche par deux grandes fenêtres aux rideaux écartés. La pièce avait été tenue en ordre, mais elle avait vieilli comme un être vivant laissé dans la solitude. Elle avait pris du gris dans ses couleurs et du jeu dans ses meubles. Les colonnes des lits ne brillaient plus.

Johnatan, bouleversé, sentait le souvenir rentrer en lui par toute la peau de son corps. Il avança lentement vers les lits qui n'avaient pas été bougés de place, et quand il fut à l'endroit exact où la main d'une servante l'avait conduit et abandonné jadis, il vit à gauche et à droite, entre les licornes dressées, les pâles visages de son père et de sa mère sur des oreillers bleus. Et la barre de néant qu'il portait devant les yeux se confondit avec l'espace de ténèbres entre les lits.

Il se laissa tomber à genoux, posa ses poings sur ses yeux et, enfin, pleura. Sans bruit, en paix et en délivrance. Dans le silence il les *entendit* sourire. Et il sut qu'ils étaient heureux et n'avaient jamais cessé de l'être.

Quand il se releva et rouvrit les paupières, la barre grise avait disparu de son regard.

Il fit dans l'heure même laver les carreaux des fenêtres, changer les rideaux et les dentelles, crier le bois, frotter le cuivre et l'argent, emplir la chambre de brassées de genêts.

Le château se mit à rayonner, comme si ses maîtres fussent revenus en même temps que leur fils. Tous les soirs on ouvrait leurs lits et on allumait les chandelles pendant quelques minutes. Parfois, le matin, une servante en trouvait une qui s'était rallumée seule dans la nuit.

Première terre à l'ouest en face du monde des eaux, l'Irlande subit depuis la création des continents l'assaut obstiné de l'océan. Il l'attaque nuit et jour en tempêtes et en caresses, avec ses vagues, ses brouillards et ses pluies. La côte atlantique de l'Irlande est usée, amincie, découpée en dix mille îles, échancrée profondément par les langues de l'océan qui pénètrent la terre au plus profond de son intimité. L'eau verticale de la pluie, accumulée entre les collines, retenue par chaque racine de l'herbe, glissant d'un lac à un autre lac, rejoint l'eau horizontale de la mer, comme une lèvre se joint à une autre lèvre. L'Irlande, peu à peu, fond dans la bouche de l'océan. Dans mille fois mille millénaires il l'aura avalée comme une sucette.

Les îles de l'ouest, entourées d'autres îles, entourées d'eau et de vent, de pluie et de brumes, entourées de terre qui entoure l'eau, sont les soldats avancés de la longue bataille. Mais ici le combat entre la terre et l'eau ressemble à une mêlée d'amour. C'est une union plus qu'un affrontement. Mélangés de tous leurs membres, l'Irlande et l'océan couchés se fondent et se confondent. On ne sait plus où ils finissent et commencent. L'eau devient immobile et la terre vogue. Chaque miette du sol enferme une goutte de la mer.

Sur une de ces îles, à portée de voix du rivage, une communauté de moines fonda en 589 un monastère fortifié. Après le déferlement des barbares, et l'écroulement de Rome et de la chrétienté, tout ce qui restait du christianisme en Europe s'était réfugié à son extrême pointe : en Irlande. Pour résister à cette marée sauvage il fallait de la foi et des muscles. Prier et se battre. La seule porte du couvent dans l'île s'ouvrait à trois mètres du sol, dans un mur épais comme la longueur d'un homme. On n'y pouvait accéder que par une échelle, qu'on retirait dès que le frère guetteur, du haut de la tour conique, haute et mince comme une corne, signalait l'arrivée d'une flottille barbare, venue une fois encore tâter de cette terre d'Irlande, juteuse comme un fruit sauvage.

En l'an 603, un des moines du couvent reçut la visite de Dieu qui lui dit comme à Abraham : « Va-t'en de ton pays, de ta patrie et de la maison de ton père, dans le pays que je te montrerai. » Le nom latin de ce moine était Albans, ce qui signifie blanc, pur. Mais on le nommait plus familièrement Clauq Canaqlauq, ce qui se prononce comme deux silex qu'on entrechoque, et ne signifie rien. Ou du moins en a-t-on oublié le sens. Ce n'est pas un nom gaélique. Sans doute vient-il de plus loin dans le temps, de la langue du peuple qui habitait l'Irlande il y a huit mille ans, avant l'arrivée des Gaëls. Une même ferveur spirituelle a traversé les âges. Aux prêtres qui faisaient dresser les grandes pierres succédèrent les druides celtiques, puis aux druides les moines. Mais, sous des noms différents, ils servaient le même dieu avec la même foi. Clauq Canaqlauq était peut-être déjà le nom d'un saint.

Albans monta dans une barque avec un pain, une pomme et un bol d'eau. Dieu souffla sur sa barque, lui fit faire le tour de l'Irlande par le sud, et la poussa jusqu'au rivage de France, en un lieu qui se nomme Beauvoir, en Vendée. C'est aujourd'hui un village à l'intérieur des terres, mais alors l'océan le baignait.

Albans laissa sa barque sur le sable et marcha vers l'est. Il fut un de ces moines irlandais qui rechristianisèrent l'Europe. Il fonda pour sa part six couvents en France et, alors qu'il était devenu vieux, et tout blanc de poil comme son nom, repartit pour en fonder un septième, toujours plus à l'est. Il s'enfonça dans la forêt germanique, fut capturé par un petit roi goth, qui lui trancha lui-même la tête et le fit jeter aux cochons. Mais les cochons s'agenouillèrent autour de sa dépouille. A la vue de ce miracle, le roi goth tomba lui-même à genoux et crut en Dieu. Albans satisfait se releva, prit sa tête sous son bras, retraversa la France, retrouva sa barque sur le sable, y monta et retourna dans l'île. Quand il y fut parvenu, il posa sa tête sur ses épaules, remercia Dieu et mourut. Les moines l'enterrèrent dans le cimetière du couvent et mirent sur sa tombe une croix de pierre gravée. Au centre de la croix était représenté Albans rajustant à deux mains sa tête avec son col. Ses pieds nus reposaient sur un cygne gaélique, dont le long cou gracieux dessinait autour de lui une spirale de six tours et demi. Six et demi seulement parce qu'il n'avait pas réussi à fonder son septième couvent.

Il fut canonisé en 707, sous le pape Sisinnius. Depuis lors, l'île porte le nom de St-Albans.

A vingt et un ans, quand Lord Wellington lui rendit ses comptes, Johnatan, c'est-à-dire Sir Johnatan Greene, landlord de Greenhall, se trouva à la tête d'une fortune de 100 000 livres et d'un domaine de 9 000 hectares dans le comté de Donegal, en Irlande, dont il devait la rente au Trésor royal. Il y était né, il l'avait quitté à l'âge de sept ans, il n'y était plus jamais retourné.

Son premier désir fut de connaître sa terre. Il la parcourut jour après jour à cheval, visita les fermes et les villages, trempé par la pluie, séché par le vent, découvrant avec étonnement un monde inconnu, et adressant à Dieu sa consternation, son émerveillement et sa colère, par de courtes prières en plein galop. Il redécouvrait l'Irlande oubliée, sa terre gorgée d'eau, ses ânes poilus, ses poneys libres, ses moutons au visage noir et à la longue robe blanche, et ses habitants qui ne demandaient qu'à être fraternels mais dont l'inimaginable misère l'emplissait de stupeur et de honte.

L'Irlande était alors très peuplée. La condition des paysans irlandais n'avait fait que se dégrader, puis se stabiliser au plus bas, depuis que la conquête anglaise les avait dépouillés de tout. Les « tenanciers » ne possédaient rien en propre. Travaillant une parcelle qui ne leur appartenait pas, ils en devaient le revenu à leur landlord. Tout ce qu'ils cultivaient servait à payer le fermage, sauf le champ de pommes de terre destiné à leur nourriture. S'ils apportaient quelque amélioration à leur exploitation, ils voyaient aussitôt augmenter leur redevance, et n'en tiraient aucun profit, car ils ne pouvaient vendre leur droit au bail. Le landlord ou son intendant pouvait les renvoyer après six mois de préavis. Sans argent, sans toit, sans terre, il ne leur restait plus qu'à aller coucher dans les trous de tourbe ou dans les fossés, en attendant de mourir de faim. Cela arrivait, chaque année, à nombre d'entre eux. Si un fermier refusait de quitter son champ de pommes de terre et sa maison, le landlord faisait appel à la troupe qui la démolissait. C'était d'ailleurs une opération facile, car elle était composée d'une seule pièce où vivait toute la famille, entre quatre murs de terre, sous un toit de chaume, et généralement sans fenêtre. A l'intérieur, il n'y avait aucun meuble. Les seuls endroits où on pouvait, parfois, voir les paysans assis, étaient une pierre ou un muret. Non loin de Greenhall, chez les neuf mille habitants du district de Tullahobagly on ne trouvait que 10 lits, 93 chaises et 243 escabeaux [1]. Encore ces derniers n'étaient-ils sans doute si nombreux que parce qu'ils étaient utiles pour traire les vaches. Les habitants des maisons aux murs de terre couchaient sur de la paille que, souvent, la compagnie des cochons transformait en fumier. Par bonheur les hivers étaient doux et la tourbe pour le feu ne coûtait rien. Et les paysans gardaient une solide bonne humeur, tant qu'ils avaient pour se nourrir des pommes de terre et du petit-lait, auxquels venait s'ajouter de

---

1. Cecil Woodham-Smith : *La Grande Famine d'Irlande* (Plon).

temps en temps un peu de whisky. Les portes des habitations restaient toujours ouvertes, et chaque passant était le bienvenu.

Fermiers ou non, les catholiques, c'est-à-dire les Irlandais de souche, descendants du vieux peuple de l'âge de pierre et du peuple gaël, n'avaient aucun droit politique, ne pouvaient siéger dans les assemblées, devenir avocats, ni juges ni fonctionnaires. Toutes les portes qui auraient pu leur permettre de s'émanciper et d'améliorer leurs conditions de vie avaient été verrouillées par les lois du conquérant. Il en fut ainsi jusqu'en 1829 où l'oncle de Johnatan, le duc de Wellington, alors Premier ministre anglais, fit voter au Parlement le Bill d'Emancipation des catholiques par lequel les Anglais, pour la première fois, acceptaient de considérer les Irlandais comme des êtres humains.

Les révoltes avaient été nombreuses depuis la conquête. Malgré la violence des répressions, elles recommençaient toujours. En sept cents ans d'esclavage et de misère, le peuple gaël n'avait perdu ni sa joie de vivre ni son espoir.

La plupart des landlords vivaient en Angleterre, ne visitant leur domaine irlandais que quelques jours par an. Un assez grand nombre ne le visitaient même pas une seule fois dans leur vie. Un intendant l'administrait pour eux selon la loi.

D'autres landlords, par contre, s'étaient pris d'amour pour l'Irlande dès leur installation dans le pays et se considéraient comme ses fils. C'était le cas des Greene, les ancêtres de Johnatan. Ils avaient toujours vécu sur leurs terres, et fait leur possible pour améliorer le sort de leurs fermiers, mais ils ne pouvaient aller contre la loi. Celle-ci interdisait toute mesure qui eût amélioré d'une façon permanente la vie des Irlandais, qui étaient et devaient demeurer assujettis aux travaux élémentaires et n'en tirer profit que juste assez pour subsister. C'est ainsi que sont traitées les bêtes de somme qui gagnent chaque jour, par leur travail, le droit d'être nourries. Naturellement, il était interdit à tout citoyen anglais, mâle ou femelle, de contracter mariage avec des gens du pays : on n'épouse pas un âne ou une mule. La loi punissait même les Anglais qui se coiffaient « à l'irlandaise ». C'était, pour les garçons, des cheveux mi-longs, désordonnés, qui couvraient les oreilles et le cou. En liberté.

Johnatan retrouva l'Irlande avec une émotion profonde. Au milieu de son domaine il se sentit enfin chez lui, de retour d'exil. Ses paysans nonchalants, qui le regardaient passer en souriant, un peu moqueurs, devaient devenir ses amis.

Il n'avait, en son enfance, connu que le château dans lequel il était né. Il venait maintenant, à l'âge adulte, brusquement, de découvrir la réalité du monde paysan, le monde de travail et de misère qui avait, siècle après siècle, construit la fortune de ses ancêtres et nourri le Trésor anglais.

Sans même en avoir formulé en lui-même la résolution, il commença aussitôt à se battre contre l'injustice et le malheur.

Ayant vécu quatorze ans, les années de son adolescence, les plus longues années de la vie d'un homme, dans la campagne anglaise peignée, lustrée, ordonnée comme un salon, il fut physiquement frappé par l'aspect rude et primitif de la terre irlandaise. Elle était bourrue comme ses ânes. Un petit nombre de routes la traversait. Tous les transports se faisaient à dos de cheval, d'âne, ou d'homme. Sur les rares chemins carrossables se déplaçaient quelques lourds chariots aux roues pleines. Les paysans, pieds nus, travaillaient la terre avec des bêches en bois.

Johnatan fit venir d'Ecosse des charrons pour enseigner à ses fermiers comment on construit des roues à rayons et des voitures légères. Et des tanneurs et des cordonniers, pour leur apprendre à fabriquer des chaussures de cuir. Les paysans s'amusèrent beaucoup de la fantaisie de leur jeune landlord : les chaussures leur faisaient mal aux pieds ; quant aux voitures, sur quels chemins les faire rouler ?

Alors Johnatan entreprit de construire une route.

Ce serait l'occasion de donner du travail aux hommes de son domaine, ferait entrer de l'argent dans les familles, et améliorerait de façon permanente les échanges, le commerce et en conséquence la prospérité de tous. Elle traverserait toutes les terres de Greenhall, avec des embranchements qui desserviraient chaque village. C'était un travail de longue haleine, qui aurait dû être réalisé peu à peu avec les revenus de chaque année, mais lorsque Johnatan vit la satisfaction des ouvriers le jour de la première paie, il décida d'employer le plus d'hommes possible, tout de suite, et d'ouvrir en même temps la totalité du chantier. Il fit venir deux ingénieurs d'Angleterre. La route fut construite en trois ans, avec quatre ponts de sept à dix mètres, et vingt-trois pontets.

Alors quelques voitures se mirent à rouler, et il se trouva des fermières pour aller à la messe avec des chaussures, qu'elles quittaient d'ailleurs en sortant de l'église pour mettre leurs pieds à l'aise. Johnatan se déplaçait maintenant dans un cabriolet vif comme une plume. Quand il croisait un paysan, celui-ci lui souriait et lui adressait le salut gaélique, la main ouverte levée au-dessus de la tête. Et Johnatan souriait et saluait de même. Ses fermiers disaient qu'il était un peu fou. Un vrai Irlandais, s'il n'avait pas été si pressé...

Il était grand, fort, beau comme un héros. L'Irlande lui avait rendu toute sa santé. Ses cheveux bruns aux reflets roux, coupés à la mode romantique, couronnaient un front généreux, haut et large. Ses yeux verts étaient à la fois hardis, joyeux et bienveillants, son nez droit et fin, sa bouche volontaire et gourmande. Il ne portait d'autres poils sur le visage que de légers favoris mousseux, dont la couleur, vers le bas, s'échauffait. Il aimait les beaux chevaux et les beaux vêtements, tout ce qui donnait de la joie à la vie, à la sienne et à celle des autres.

Au printemps de 1825, il reçut la visite d'un camarade de Cambridge, Clinton Hyde, accompagné de sa femme et de sa sœur, Elisabeth. Celle-ci, âgée de dix-sept ans, était blonde et belle comme un épi mûr. Johnatan, dès qu'il la vit, se mit à brûler d'amour pour elle comme un fagot de pin, d'une flamme subite, claire et totale. Il ne put supporter l'idée de se séparer d'elle un seul jour. Il la raccompagna en Angleterre pour demander sa main, l'obtint, l'épousa, et la ramena à Greenhall. Elisabeth, étonnée, amoureuse aussi, s'était laissé emporter par cet homme-ouragan avec juste assez de crainte et de pudeur pour être plus heureuse au moment de les abandonner. Il lui fit partager sa passion pour la terre d'Irlande. Elle l'accompagna dans ses randonnées à travers le vent, le soleil et la pluie. Elle en revenait heureuse et harassée. Un tel mari, un tel amour, une telle terre étaient trop forts pour elle. Au bout d'un an, Johnatan l'entendit, un soir, tousser comme il avait entendu tousser sa mère lorsqu'il était enfant.

Il était cinq heures du matin. C'était un jour exceptionnel, sans nuage. Le soleil en profitait. En été, dans le comté de Donegal, qui se trouve au nord de l'Irlande, on peut lire sans lumière à dix heures du soir, et à deux heures après minuit le jour nouveau est déjà clair. L'amour et la crainte avaient réveillé Johnatan. Il regardait Elisabeth dormir. Elle était couchée dans un des lits aux licornes, lui dans l'autre. Le soir de leur retour d'Angleterre, après leur mariage, il avait présenté Elisabeth à ses parents. Dans le grand salon de Greenhall, leurs deux portraits étaient accrochés l'un près de l'autre. Ils étaient très jeunes, ils avaient son âge. Il avait pris Elisabeth par la main, l'avait amenée devant eux et, levant la tête, leur avait dit :

— Voici Elisabeth, ma femme.

Elisabeth avait poussé un petit cri de surprise : elle les avait vus sourire. Ainsi Johnatan sut que ses parents si jeunes et si beaux acceptaient sa femme et l'aimaient.

Il la conduisit à leur chambre pour la lui faire visiter. Entre les rideaux écartés, la lumière de la lune entrait par les deux fenêtres et dansait sur les dentelles entre les nuages et le vent. Un lit était ouvert et une chandelle brûlait.

La jeune servante qui avait accompagné le couple avec un flambeau s'en fut en le remportant. Elle semblait émue. John et Elisabeth n'y prêtèrent aucune attention. Ils étaient debout au milieu de la chambre, se tenant par la main, muets, regardant et écoutant.

Par la fenêtre de gauche, entrouverte, arrivait le chant des oiseaux de nuit, un rossignol tout proche qui chantait à en éclater et s'arrêtait parfois pour entendre d'autres rossignols qui lui répondaient, un peu plus éloignés, un peu plus loin encore, davantage estompés, effacés, puis noyés dans le silence. A ce concert de diamants dans le vert de la nuit s'ajoutait sans s'y mêler la conversation de ces oiseaux grands comme des merles dont Johnatan ne connaissait pas le nom, qui ont le dos noir et le ventre bleu et qui se perchent sur la plus haute branche des arbres pour s'interpeller et échanger leurs souvenirs de la journée. De temps en temps un grand et long soupir du vent ensommeillé jetait dans la chambre le parfum du proche buisson d'azalées couleur de safran, qui sentait à la fois le chèvrefeuille et l'œillet. C'était une odeur humide et chaude, douce et âpre, l'odeur de la terre, de la mer, de la vie, brassées et assemblées par le printemps. Elisabeth ferma les yeux et inspira longuement. Elle dit à voix très basse :

— Que c'est beau...

Alors Johnatan fit ce qu'il n'avait pas osé faire en Angleterre, même le soir de leurs noces : il déshabilla lui-même sa femme. Surprise, troublée, elle restait immobile, debout au milieu de la chambre. Il tournait autour d'elle, il se prit les doigts dans les agrafes, fit des nœuds aux ganses. Alors elle se mit à rire et à l'aider. Ils riaient tous les deux à mesure qu'elle perdait ses écorces et ses enveloppes. Quand elle fut nue il la regarda et ils se turent. La lumière bleue de la lune et la lumière d'or de la chandelle se mêlaient en petites vagues sur la peau blanche d'Elisabeth immobile et droite, comme deux rêves qui s'épousaient pour en créer un troisième, un rêve de grâce et de perfection né de la flamme et du ciel pour que Johnatan pût le prendre dans ses mains.

Elle leva les bras, ôta ses épingles et dénoua sa chevelure, pendant qu'à son tour il se défaisait de ses vêtements sans la quitter du regard. Ses seins étaient ronds et gonflés, ses hanches fines, ses cuisses longues, ses pieds parfaits comme ceux d'un enfant. Ses cheveux coulèrent sur ses épaules et sur son corps, et la lumière bleue et la lumière d'or s'y multiplièrent à chaque vague et sur chaque fil. Johnatan vint se placer devant elle. Il l'attira doucement vers lui et mit ses mains autour d'elle. Elle mit ses mains autour de lui, et sa tête contre sa poitrine. Ils sentirent la chaleur de leur peau l'une contre l'autre, deux chaleurs qui se confondaient et les unissaient, et sur le dos de ses mains Johnatan sentait la fraîcheur des cheveux d'Elisabeth. Il laissa doucement glisser sa main gauche jusqu'au bas de ses reins fragiles, la souleva, et l'emporta vers le lit de sa mère.

Dans le même temps, un grand émoi se propageait parmi les servantes. C'était la chambre bleue qu'elles avaient préparée pour le jeune couple. Dans la chambre aux licornes, personne n'avait ouvert le lit et allumé la chandelle.

Elisabeth dormait, la tête un peu de profil sur l'oreiller bleu. Ses cheveux tressés en une natte pour la nuit brodaient le drap d'un long serpent blond. Sur sa tempe visible trois petites perles de sueur brillaient. L'aile de son nez paraissait mince et fragile comme un pétale d'églantine. Le médecin de Donegal avait dit qu'elle avait besoin de se reposer et de manger de la viande crue. Elle avait frissonné de dégoût, et Johnatan n'avait pas insisté. Il savait personnellement combien on doit se méfier des médecins. En la regardant, si frêle dans ce grand lit, dans cette grande chambre de cette grande, lourde, épaisse demeure, il comprenait de quoi elle était malade, et de quoi étaient morts son père et sa mère, qui lui ressemblaient. Pour supporter le poids de ces murs, l'obscurité des couloirs et des escaliers, l'air silencieux et noir qui montait des caves voûtées et des souterrains éboulés, et l'ombre des arbres immenses, aussi vieux que la maison, qui la couvaient comme un œuf de pierre, il fallait être bâti de pierre et de bois comme elle, solide comme elle ou comme il l'était lui-même. Ses parents avaient été écrasés. Elisabeth, malgré sa joie et son amour, était en train de céder. Il fallait qu'elle quitte Greenhall. Il fallait qu'*ils* quittent Greenhall. C'était une solution déchirante. Mais il l'accepta aussitôt. Il en parlerait à Elisabeth dès qu'elle s'éveillerait.

Depuis quelques instants il entendait se rapprocher le galop d'un cheval sur le chemin des tourbières, un chemin qu'on était obligé de rempierrer tous les cinq ans, car la tourbe l'avalait. Le cheval passa sous les fenêtres de la chambre et s'arrêta net devant la grande porte, qui, deux secondes plus tard, résonnait sous les coups du heurtoir.

La maison se mit à frémir. Les serviteurs déjà éveillés se hâtaient, ceux qui dormaient encore se levaient, toute l'agitation convergeait vers la porte que continuait à secouer le visiteur incongru.

Johnatan y arriva le premier, sa robe de chambre volant derrière lui, furieux, prêt à battre celui qui venait de réveiller Elisabeth.

C'était un adolescent aux cheveux rouges et au visage de brique, le fils d'un laitier de Donegal.

Le garçon ne lui laissa pas le temps de parler :

— Ah Monsieur c'est vous que je voulais voir ! Il faut que vous veniez tout de suite ! Patrick Kilian et Dermot Mac Craig vont se battre à mort ! Ça va faire du vilain ! Faut y aller vite !

— Se battre ? Où ? Pourquoi ?

— A St-Albans... Dermot Mac Craig y a fait passer ses vaches à marée basse, mais Patrick Kilian dit que la pâture de l'île est du droit de sa ferme. Et Dermot Mac Craig dit que Patrick Kilian y a pas mené un seul veau depuis vingt ans, et qu'il faut que cette herbe serve et que le Seigneur veut pas qu'on la laisse gaspiller, et Patrick Kilian est catholique et Dermot Mac Craig orangiste, ils seront pas seuls ! Ça va faire du vilain, Monsieur ! Mon père a dit : « Il y a que Sir Johnatan qui peut empêcher ça. Va le chercher ! »

— J'y vais, dit Johnatan.

Le palefrenier avait déjà couru lui seller Hill Boy, son cheval le plus rapide, un poney du Connerama, blanc, superbe. Cinq minutes plus tard, il galopait vers l'océan.

Il connaissait les deux fermiers, qui étaient des siens, et l'île de St-Albans, avec les ruines de son monastère et sa tour épointée. Elle faisait partie de son domaine, mais comme elle était inhabitée et inexploitée il n'y avait pas encore mis le pied.

Tandis que Hill Boy l'emportait vers la côte, il priait Dieu de faire qu'il arrivât à temps. Depuis la conquête par le Plantagenêt, les Irlandais se battaient pour essayer de recouvrer leurs libertés et leurs droits. Les Greene avaient toujours réussi à empêcher sur leurs terres de graves affrontements. C'était d'autant plus difficile que le Donegal, comme les autres comtés du Nord, avait été, après les exécutions et les déportations qui avaient suivi la révolte d'O'Neill, en partie repeuplé, sur l'ordre du roi d'Angleterre Jacques Ier, par des « planteurs » écossais presbytériens. Leurs descendants tenaient une partie des terres de Johnatan. Ils bénéficiaient de droits que les catholiques n'avaient pas. Ils pouvaient s'enrichir, s'élever socialement, ce qui était interdit aux Irlandais de souche. Ils n'étaient pas en majorité, mais assez nombreux pour entretenir chez les catholiques le sentiment permanent de l'injustice. Cela se traduisait par des bagarres sur les marchés ou à la sortie des pubs, mais n'allait guère plus loin car, en cet endroit de l'Irlande, grâce aux Greene, les catholiques étaient un peu moins malheureux qu'ailleurs, et les protestants un peu moins favorisés.

Landlord et protestant, Irlandais de cœur mais Anglais par la loi, Johnatan se hâtait, pressait Hill Boy autant qu'il pouvait, dans l'espoir d'arriver assez tôt pour empêcher une flambée de violence. Il avait enfilé une culotte blanche qui lui moulait les cuisses et les mollets, des bottes blanches et une chemise de laine blanche, tissée à la main, aussi légère que de la soie des Indes. Blanc sur son étalon blanc, il traversait tout droit la campagne gorgée de vert, sans souci des chemins, des ruisseaux et des haies. Il lui fallut moins d'une heure pour atteindre la côte. Plusieurs centaines d'hommes étaient rassemblés sur le rivage, face à l'île, avec autant de femmes et beaucoup plus d'enfants. Les hommes étaient tous armés, de fourches de bois, de pelles, de bêches, de triques, de manches de pioches, de gourdins, de bûches, solidement serrés dans leurs mains dures. Ils étaient séparés en deux clans, face à face à quelques pas l'un de l'autre. Entre eux s'étendait une sorte de no man's land perpendiculaire au rivage, dans lequel le cavalier blanc s'engagea puis s'arrêta.

L'orchestre orangiste le salua le premier. C'était un cornet à pistons et un tambour, auxquels répondirent aussitôt la flûte et le violon catholiques.

— C'est bien ! c'est bien ! cria Johnatan. Vous faites de la bonne musique ! Tenez-vous-en là pour l'instant ! Qui m'emmène à St-Albans ?

La marée était haute. Une douzaine de barques voguaient vers l'île ou en revenaient. Celles qui faisaient cap sur l'île étaient bourrées de combattants debout, celles qui en revenaient n'avaient plus que le rameur. L'une d'elles abordait. Johnatan y sauta, suivi par un homme. Il fut ainsi emmené par deux rameurs, un catholique et un protestant.

Debout vêtu de blanc à la pointe de la barque, il put enfin lever les yeux vers l'île, et son souffle s'arrêta. Il sut que ce qu'il voyait venait d'être à l'instant construit dans le temps et l'espace exprès pour qu'il le vît, et qu'il était le seul à le voir, bien que ce fût visible pour tous. Ce lieu du monde venait de se dévêtir et se montrait à lui dans sa vérité parfaite. Une chance lui était donnée de voir et de comprendre.

C'était une offrande de beauté qui ne durerait que le temps de son regard. Le ciel était bleu entièrement, comme on ne le voit jamais en Irlande. La mer était lisse comme un miroir. Tout le paysage était immobile, hors du mouvement. De grandes lignes courbes parfaites le composaient pour l'œil de celui qui se trouvait juste en cet instant à la pointe de la barque. Un mètre plus loin, tout serait différent. Johnatan le comprit et reçut toute l'image à la fois. Sous la coupole immaculée du ciel s'élevait, tendue vers lui par la coupe marine, l'île verte, exquise et ronde comme un sein adolescent, avec, à son sommet, le mamelon figuré par les ruines du couvent et le cône trapu de la tour. A la courbe lointaine de l'horizon le bleu plus foncé de la mer rejoignait le bleu plus clair de l'air. L'île était au milieu.

C'était une image magique. Elle ne dura pas. Mais Johnatan l'avait vue. Le vent souffla, des nuages se mirent à courir, l'océan se brisa, l'île perdit sa forme ronde tandis que la barque commençait à la contourner avant de l'aborder. Du côté du large elle se prolongeait longuement en pente douce vers la mer. Sur cette pente, à mi-chemin entre les ruines du couvent et la ligne des marées, six pierres levées, larges et hautes comme des hommes, formaient un cercle ébréché par la chute d'une septième, couchée vers l'intérieur comme l'aiguille d'une montre. Des milliers d'années, pleines du souffle de l'océan, les avaient usées et fouillées, et des lichens les habillaient d'une tunique vivante qui se nourrissait d'elles, et de la lumière et du vent. Ils étaient aussi vieux qu'elles et les accompagneraient jusqu'à la fin des temps. Au sommet de la plus haute pierre, les moines du couvent avaient planté une croix de fer. Il n'en restait qu'un trou couleur de rouille.

Quand Johnatan sauta sur l'île il ne pensait presque plus aux deux fermiers qui voulaient se battre. Ils l'avaient vu venir et l'attendaient, la tête tournée vers lui mais leurs corps face à face, leur buste nu, leur bêche verticale, tenue à deux mains, fichée à terre entre leurs pieds. Les partisans de chacun formaient derrière eux deux groupes compacts. Tout le monde regardait venir Johnatan.

Il s'arrêta et les regarda tous. Il sut quelle était sa décision. Et en même temps la solution du conflit.

— Vous n'avez plus de raison de vous battre pour l'île, leur dit-il. Je la prends pour mon usage. Je vais y vivre. Je vais y bâtir ma maison.

Il se fit apporter une corde et, sur-le-champ, avec l'aide d'un enfant, traça la forme et les limites de la maison qu'il allait bâtir. Il la voyait dans sa tête, *il s'en souvenait*, comme s'il l'avait vue de la barque, pendant l'instant prodigieux où le temps et l'espace s'étaient immobilisés. Elle se dressait au sommet de l'île, à la place des ruines du monastère, toute blanche entre le bleu et le vert.

Ce fut la première difficulté : il n'y avait pas de carrière de pierre blanche à proximité. Mais il avait vu sa maison blanche, il lui fallait de la pierre blanche.

Il lui en fallait beaucoup, car il avait tracé le plan largement, sous l'œil goguenard des paysans qui avaient oublié leur querelle pour regarder s'agiter leur jeune landlord en pleine folie irlandaise.

La maison serait adossée à ce qui pouvait être conservé des ruines du couvent. Ainsi protégée par lui contre les vents du large, elle s'épanouirait en direction du rivage, face au domaine terrien.

Naturellement, Johnatan la voulut tout de suite, comme la route. Et il trouva la pierre. Elle arrivait en chariot ou à dos de cheval, sans arrêt, par petits convois, par les chemins et par la route qu'il fit prolonger jusqu'à la côte. On disait dans le pays qu'elle venait de l'autre bout de l'Irlande. Certains ajoutaient que Sir Johnatan était bien capable de la faire venir d'Amérique. Quand on interrogeait un convoyeur il disait qu'il l'avait reçue d'un autre convoyeur, qui lui-même l'avait reçue d'un autre. Personne ne savait où commençait la chaîne.

C'était de la pierre magnifique, solide et tendre, couleur de lait crémeux. Des tailleurs de pierre venus de France la travaillaient à la scie. On n'avait jamais vu ça dans le Donegal.

La deuxième difficulté vint de la mer. A marée haute, elle permettait le passage des barques, à marée basse celui des charrettes, des chevaux, et à la rigueur des piétons avec de l'eau jusqu'aux genoux. Mais au flux un courant violent montait du sud au nord entre la terre et l'île, et redescendait furieusement au reflux, rendant la traversée aventureuse. Johnatan décida d'établir une digue entre St-Albans et le rivage, sur laquelle sa route viendrait jusqu'à sa maison. Il la fit commencer à la fois au départ de la terre et de l'île. Mais les deux tronçons ne parvenaient pas à se joindre. La marée jetait sur eux un courant enragé d'être contrarié et qui chaque jour emportait le milieu de l'ouvrage.

La maison, elle, avançait. La façade, trouée de quinze larges fenêtres, illuminait l'île de sa blancheur. La tour du couvent était encastrée dans le coin nord-ouest du bâtiment neuf. Pour lui faire pendant, Johnatan fit terminer le coin sud-ouest de la maison par une seconde tour, plus large que l'ancienne, et qui prolongeait au rez-de-chaussée ce qui allait devenir sa bibliothèque, et à l'étage la chambre d'Elisabeth. La forme ronde débordait largement le rectangle de la maison, ce qui avait permis d'y ouvrir des baies à la fois vers le levant, le sud et le couchant. Johnatan expliqua à Elisabeth qu'elle recevrait ainsi le moindre rayon de soleil, de l'aube au crépuscule.

Derrière la maison, les derniers restes des murs du couvent furent rasés au ras du sol, et, sur eux, Johnatan fit construire les bâtiments bas des communs.

Elisabeth venait souvent dans l'île. Elle regardait s'affairer son mari avec une admiration mêlée d'humour. Elle toussait toujours. Pas beaucoup. Elle était souvent lasse. Au début de l'année 1829 elle annonça à Johnatan qu'il allait être père.

C'est alors que la construction de la maison rencontra sa troisième difficulté. Elle vint de Clauq Canaqlauq.

De la tour du couvent ne subsistaient que deux pièces rondes superposées, que Johnatan avait fait nettoyer et restaurer : celle de l'étage, et celle du rez-de-chaussée, à laquelle on ne pouvait accéder qu'en passant par celle du haut, la porte ancienne de la tour se trouvant à trois mètres au-dessus du sol, c'est-à-dire à la hauteur de l'étage de la maison neuve. De la pièce du rez-de-chaussée, sombre et fraîche, Johnatan décida qu'elle serait la resserre à provisions. Cela impliquait que chaque fois que la cuisinière aurait besoin de remplir son pot de farine ou de sel, elle devrait monter de la cuisine au premier étage, descendre dans la tour, puis remonter de la tour et redescendre à la cuisine. Peu de maîtres s'en fussent préoccupés. Mais Johnatan possédait, à en revendre, la faculté de se mettre à la place d'autrui et de partager ou même d'imaginer à l'avance ses peines. Il imagina l'essoufflement et les douleurs de jambes de la vieille Caïtilyn, la cuisinière de Greenhall, et il décida de faire percer une porte au rez-de-chaussée dans le mur de la tour, entre la resserre et la cuisine qui s'y adossait.

Ce fut un gros travail. Le troisième jour, l'ouvrier qui en était chargé, un maçon presbytérien, Josuah Cramby de Tullybrook, au moment où il allait enfin déboucher à l'intérieur de la tour, éventra une excavation verticale qui contenait un squelette debout, couvert de longs cheveux bruns qui tombaient jusqu'aux larges os de ses hanches. Ses radius et ses cubitus tenaient serré contre ses côtes ce qui restait du squelette d'un enfant. Tout cela, ce fut Josuah Cramby qui le raconta. Car, lorsqu'il fut revenu de sa stupeur et cria pour appeler tout le monde, le grand et le petit squelette s'effondrèrent, et les témoins accourus ne virent qu'un tas de poussière et de fragments d'os mêlés à des cheveux.

Les presbytériens triomphèrent. Ces cochons de moines ! Tout ce qu'on racontait d'eux était encore au-dessous de la vérité ! Les catholiques répliquèrent que tout ce qu'on avait pu voir c'était des manches de côtelettes, sans doute celles d'une brebis. Tout le reste n'était qu'une invention due à l'éternelle malveillance des protestants. Et si la brebis avait des cheveux noirs c'est parce qu'elle était anglaise. De quoi se mêlait-elle, dans un couvent irlandais ?

La bagarre que Johnatan avait pu empêcher sur le pâturage éclata sur le chantier. Il dut distribuer lui-même quelques coups de planches pour y mettre fin. Il ramassa les os et les cheveux, respectueusement, avec une pelle, les mit dans un sac, fit creuser un trou dans le vieux cimetière abandonné, à trois pas de la croix de saint Albans-Canaqlauq, et envoya un messager au curé de Tullybrook pour lui demander de venir bénir ces restes avant qu'ils fussent inhumés. Le curé lui fit répondre qu'il ne viendrait pas bénir des os de brebis. Alors Johnatan fit appeler le pasteur, mais les maçons catholiques l'empêchèrent d'approcher, disant que la brebis, même si elle avait des cheveux noirs, était sûrement catholique puisqu'on l'avait trouvée dans le couvent. Après une courte colère, Johnatan prononça lui-même une prière au bord du trou, devant tous les ouvriers silencieux, y déposa le sac avec piété et le recouvrit de la douce terre d'Irlande.

Au moment où tombait la dernière pelletée, Josuah Cramby de

Tullybrook fut pris de tremblements et ses camarades durent tout l'après-midi le réconforter avec du whisky, ce qui le fit sortir au milieu de la nuit de la baraque où ils couchaient, pour aller satisfaire un besoin naturel. Il rentra en hurlant et montrant quelque chose au-dehors de son bras tendu. Claquant des dents, il ne parvenait pas à s'expliquer. Au deuxième verre de whisky, il put dire enfin qu'il avait vu, défilant de la tour au cimetière, toute une troupe de moines précédés par l'un d'eux qui tenait sa tête sous son bras.

— Saint Canaqlauq ! s'écrièrent les catholiques.

Le vieux Killin Laferty de Ballycavany qui n'avait plus que deux dents mais beaucoup de sagesse, se risqua au-dehors. Mais il n'y avait plus rien à voir.

Mis au courant le lendemain, Johnatan essaya de calmer les esprits qui bouillonnaient d'autant d'excitation et de curiosité que de crainte. Mais l'ardeur au travail était tombée.

Killin Laferty de Ballycavany lui dit :

— Clauq Canaqlauq n'est pas content... Vous pouvez demander à Josuah Cramby. Il l'a bien vu : il tenait sa tête sous son bras gauche. Ça veut dire qu'il n'est pas content. Quand il est content il la tient sous son bras droit... Il ne peut pas accepter que cette brebis, si ce n'en est pas une, avec son agneau innocent, aient été mis en terre comme un sac de pommes de terre pourries, sans seulement un signe de croix. Clauq Canaqlauq n'est pas content. Il va sûrement bien encore le montrer.

Dans les jours qui suivirent, des incidents se produisirent sur le chantier. Un échafaudage glissa. Un tailleur de pierre fendit son bloc de travers. Enfin, ce qui était tout à fait caractéristique, le ciment préparé par les presbytériens ne prenait pas.

La maison n'avançait pas. Johnatan enrageait. Il la voulait prête à temps pour que son fils y vînt au monde. Il alla personnellement trouver le curé de Tullybrook et lui affirma que les os qu'il avait enterrés n'étaient vraiment pas ceux d'une brebis. Il avait, lui-même, tenu dans ses mains un crâne humain d'adulte, et les restes d'un crâne d'enfant. Si ces deux êtres étaient catholiques, ils ne pouvaient pas reposer en paix avec la seule prière que lui, protestant, avait dite sur leur tombe.

Le curé le regarda, vit qu'il était sincère, posa sa pipe, et le suivit.

Devant tous les ouvriers de nouveau rassemblés, après avoir fait une génuflexion à la pierre de saint Albans, il dit la prière des morts sur la tombe fraîche où reposaient les os anciens. Et, pendant qu'il y était, il baptisa l'enfant, et lui donna le nom de Patrick.

Au moment où il se détournait, ayant terminé, Josuah Cramby tomba à genoux devant lui et lui demanda de le baptiser dans la religion catholique. Après avoir vu ce qu'il avait vu dans le milieu de la nuit, il ne pouvait plus douter de la vraie foi.

Les catholiques du comté de Donegal disent que ce fut là le plus grand miracle de saint Canaqlauq.

Les incidents cessèrent, et à la fin de l'été 1829 Johnatan put voir poindre le jour où la maison serait prête pour accueillir Elisabeth. La route arrivait maintenant jusqu'à la digue, mais celle-ci restait toujours réduite à deux tronçons entre lesquels la marée montait et descendait en rugissant.

Le 13 septembre, Killin Laferty planta sur la plus haute cheminée un bouquet de bruyère, et lança son bonnet en l'air en poussant un cri gaélique qui ressemblait au chant d'un coq qui eût avalé du verre pilé. C'était fini.

Johnatan donna une somme d'argent à tous ceux qui avaient travaillé à l'édification de sa maison, et fit ouvrir des caisses qui attendaient depuis quelques jours. C'était de la bière et du whisky en quantités inoubliables. Une barque apporta du pain d'avoine, du mouton froid cuit comme de la semelle, et un immense chaudron de pommes de terre bouillies dans leur peau, pour réconforter et donner soif. Avant la fin de la journée, tous les hommes verticaux étaient devenus horizontaux. Ceux qui ne s'étaient pas étendus à l'abri recevaient des averses avec un sourire heureux. Josuah Cramby ne retrouva ses esprits que le dimanche, juste à temps pour aller à la messe.

A Greenhall, on préparait depuis des semaines le déménagement. Le 23 au matin, le cortège se mit en route. En tête venait le cabriolet que Johnatan conduisait, avec sa femme à son côté. Derrière suivaient douze véhicules chargés de ce qui était indispensable dans l'immédiat, meubles, serviteurs, tapis, caisses et malles pleines de provisions, de linges et d'objets, puis les chevaux de renfort montés par les valets d'écurie.

Les lits à la licorne occupaient à eux seuls le plus long chariot. La sage-femme de Milanacross était assise entre les deux, sur un fauteuil. Johnatan avait exigé qu'elle fût du voyage et qu'elle ne quittât plus Elisabeth jusqu'à sa délivrance, bien que celle-ci ne fût prévue que pour deux semaines plus tard. Une bâche recouvrait les deux lits, le fauteuil et la sage-femme car il pleuvait.

Sous la capote du cabriolet, le vent apportait par moments une brume d'eau qui faisait briller les joues roses d'Elisabeth. Elle avait très bonne mine. Sa grossesse lui avait, dès les premières semaines, donné de la joie et de l'appétit. Elle s'était arrondie de partout à la fois. Les douleurs la prirent à mi-chemin de l'île. Johnatan fit arrêter le convoi et extraire la sage-femme qui courut sous la pluie du chariot au cabriolet. Elle tâta le ventre d'Elisabeth, regarda sous ses jupes, reparut à la lumière et s'exclama qu'il fallait retourner à Greenhall, en vitesse.

Johnatan ruisselant l'écoutait à terre, tenant le cheval impatient. Il sauta d'un bond dans la voiture et fouetta la bête d'un grand coup de guides. Droit vers la mer... Son fils devait naître dans l'île. S'il se montrait, tout à coup, pressé d'arriver, ce n'était évidemment pas pour qu'on retournât en arrière ! Debout dans le vent et la pluie, tenant les rênes dans la main gauche, le fouet dans la droite, Johnatan criait des mots furieux d'amitié et d'encouragement à son cheval dont le poil roux ruisselait, le stimulait avec des claquements de langue, lui fouettait les flancs de la mèche mouillée. Le cheval s'excitait, mordait la pluie de ses dents jaunes, galopait sur la route neuve. Au bout du nez de Johnatan coulait un filet de pluie que le vent prenait et emportait. Sous la capote qui tanguait, Elisabeth réconfortait la sage-femme épouvantée.

Le convoi suivait à la débandade, étiré sur un kilomètre. Le valet qui montait Hill Boy serrait au plus près le cabriolet. Quand on arriva au rivage, la mer baissait. Les barques étaient échouées à vingt mètres de l'eau qui tourbillonnait dans la brèche de la digue avec parfois un énorme bruit de baiser. Johnatan monta sur Hill Boy, prit sa femme dans ses bras et, des genoux, engagea son cheval vers l'île. Le grand vent de septembre, qui venait de la mer, emportait la pluie et les embruns presque à l'horizontale, les lui jetait au visage, lui en frottait les épaules, les lavait, lui et sa femme, à grands coups de draps d'eau claquants et ruisselants, comme s'il eût voulu ôter d'eux la moindre trace de terre ou d'air du continent. Le vent et la pluie s'étaient réchauffés pendant des jours et des nuits sur le dos du Gulf Stream, le grand dragon de mer qui vient de l'autre côté du monde ouvrir sa gueule autour de l'Irlande comme s'il voulait l'avaler. Son haleine d'algue et de sel faisait fumer le cheval et ses cavaliers. Elisabeth, blottie contre son mari, cramponnée à lui des deux bras, trempée, aventurée, secouée, déchirée, se sentait, dans la chaleur de Johnatan et l'odeur de la laine et du cheval mouillés, incroyablement en sécurité et en joie. Elle avait l'impression qu'elle était, elle aussi, en train de naître. Hill Boy avançait, de l'eau jusqu'au poitrail. La violence du vent redoublait. On entendait, derrière les autres îles invisibles, gronder la fureur de la tempête qui reculait avec le reflux. Le cheval mit un pied au bord de St-Albans. Elisabeth poussa un cri. Johnatan la laissa glisser à terre, la rejoignit, la souleva, l'emporta, entra dans la maison, grimpa l'escalier, entra dans la chambre, la posa sur le grand tapis de mouton blanc qui en constituait pour l'instant tout le mobilier, s'agenouilla près d'elle, et reçut son fils. Il le salua par son nom et son titre : Sir John Greene, lui souhaita la bienvenue, puis lui tapa sur les fesses pour le faire pleurer.

Dans la cheminée, des bûches attendaient depuis trois jours. Une petite flamme naquit entre elles et elles se mirent à flamber. Ce fut la première fois que le feu s'alluma tout seul pour annoncer l'arrivée de Sir John Greene chez lui.

L'île avait la forme d'une cuisse de femme aux trois quarts immergée dans un bain. Elle présentait au rivage le doux arrondi de son genou et, de l'autre côté, descendait en longue pente jusqu'à l'océan.

Le vent d'ouest, qui soufflait six jours sur dix, trouvait en ce glacis une sorte de tremplin, de toboggan à l'envers sur lequel il se donnait un grand plaisir. Ayant pris son élan au large, il se rabattait entre l'île à Cloches et l'île au Sel, visait St-Albans, s'y projetait de tout son long à plat ventre et jaillissait à son sommet, vers le ciel. Sous son rabot perpétuel rien ne poussait plus haut que l'épaisseur du doigt. Les brins d'herbe étaient épointés. Les pâquerettes survivaient à l'horizontale.

L'innocent jardinier de Greenhall, transplanté sur cette piste, vit ses poireaux s'envoler, essaya de sauver ses choux en les haubanant, mais les perdit aussi. Il se plaignit amèrement à son maître des outrages du vent. Sir Johnatan monta sur la terrasse qu'il avait fait aménager en haut de la tour neuve et comme l'eût fait son oncle Wellington, examina le champ où il aurait à livrer bataille.

C'était un jour presque sans vent. Une brume légère coulait et tournait lentement sur la terre et les eaux. Les éléments solide et liquide se confondaient et fumaient comme au jour de la création. L'océan glissait ses doigts et ses poitrines d'eau dans le continent qui s'ouvrait et s'en allait par morceaux en voyage immobile. Sir Johnatan sentit sous ses pieds que l'île flottait depuis le commencement des temps et que toute la création l'accompagnait. L'île était au milieu, la maison au sommet, et lui en haut de la tour. Et rien de cela n'était dû au hasard. Il était venu dans l'île et il avait construit la maison parce qu'il devait le faire, parce qu'il avait une tâche à accomplir en ce lieu, il ne savait pas laquelle, peut-être simplement y être vivant.

La brume avait apporté l'odeur de la fièvre basse du Gulf Stream, l'haleine moite du long dragon, enchaîné sous l'équateur d'Amérique, qui s'étirait en vain à travers la moitié du monde dans l'espoir d'embrasser les glaces vierges du Grand Nord sans cesse évanouies à son approche.

Elle s'en allait avec la marée. La terre et les eaux reprenaient leur réalité. L'odeur du goémon découvert se mélangea dans les narines de Sir Johnatan avec l'odeur imaginée des humus tropicaux. Il entendit les cris des perroquets multicolores, il vit flamboyer des fleurs grandes comme des assiettes. Il sut quel était son devoir envers l'île nue : il devait la vêtir. Il y ferait pousser tous les arbres du monde. Mais le vent ne tolérait même pas une marguerite... Eh bien, il allait se battre contre le vent.

Dans son habit blanc en haut de la tour blanche, se découpant sur le ciel gris tourmenté, Sir Johnatan, comme un capitaine sur la dunette de son navire, tendit les bras, montra des directions, indiqua des tâches à un équipage imaginaire. Le vent l'attaqua. Un petit tourbillon essaya de lui arracher les cheveux, fit le tour de son cou, lui entra dans la bouche et, de l'intérieur chercha la sortie vers les oreilles. Sir Johnatan se mit à rire, et le respira jusqu'au fond des poumons.

A l'extrémité nord-ouest de l'île, un massif rocheux s'élevait à plusieurs hauteurs d'homme au-dessus de la terre et de la mer. Taraudé par les tempêtes, creusé de cavernes et de trous d'orgue, il chantait et grondait pendant les tempêtes, de façon différente selon le cap du vent. Les pêcheurs du nord de la baie le nommaient *the Head*, la Tête, et ceux du sud *the Thumb*, le Pouce. Ce fut sur ce rocher que le maître de St-Albans ancra sa défense.

Dès le mois suivant, des convois recommencèrent à se diriger vers l'île. Mais cette fois on savait d'où venait la pierre. Sir Johnatan avait fait ouvrir une carrière à quelques kilomètres de la côte, et en tirait de la solide et dure pierre grise du pays. Avec elle il fit construire un mur épaulé sur le massif rocheux, et aussi solide que lui. Il faisait le tour de l'île, ne s'ouvrant que pour laisser passer la route de Sir Johnatan, coupée en deux par le pan de digue inachevé. St-Albans était devenue une île fortifiée. C'était la première fois au monde qu'on construisait une citadelle contre le vent.

Sir Johnatan commença ses plantations. Il traça lui-même le dessin des allées, et rassembla entre elles des arbres de toutes essences, nordiques et méditerranéennes, orientales, himalayennes, qu'il fit voisiner pour leur couleur ou leur architecture, sans souci de leur climat d'origine. Et, dans l'espèce de cassolette humide et tiède constituée par l'espace abrité à l'intérieur du mur tous poussèrent à merveille, ceux qui étaient nés au chaud comme ceux qui venaient du froid. Une place prépondérante fut donnée aux rhododendrons de toutes couleurs. Il y en avait des bouquets aux détours des allées et une épaisse ceinture en doublait le mur tout autour de l'île. Sir Johnatan dégagea entièrement ce qui restait du cimetière des moines, et le fit recouvrir de gazon, d'où sortaient comme des fleurs plus anciennes la pierre de saint Albans et deux autres presque aussi usées par le temps.

Au-devant, du côté de la terre, la maison s'ouvrait par une grande porte double à laquelle on accédait par un escalier en corbeille. De celui-ci partait une allée qui, à cause de la pente assez vive, dessinait un S pour arriver jusqu'à la digue. Sir Johnatan fit planter tout le long de l'allée des chênes verts, au feuillage persistant, car il ne voulait pas avoir des squelettes d'arbres sous les yeux pendant l'hiver. C'était une gageure. Ces arbres aiment le sec et le chaud. Même s'ils survivaient il leur faudrait un siècle pour pousser. Ils survécurent, et ils poussèrent aussi vite que des asperges. Le reste de la pente, de la maison à la digue, était couvert d'une pelouse épaisse sur laquelle s'ébattaient librement deux ou trois poneys, un âne et quelques moutons angora au caractère indépendant, que Sir Johnatan nommait ses moutons-muscats.

Un après-midi qu'il marchait dans une allée transversale, derrière la maison, entre l'anneau de pierres et le rocher, caressant au passage la tête pointue des arbres enfants, il s'arrêta soudain et cria pour appeler les jardiniers. Il leur fit commencer sur-le-champ à creuser l'allée sur toute sa largeur, et sur une longueur d'une vingtaine de mètres. Les jours suivants, les maçons vinrent travailler avec les terrassiers, et, au bout de quelques semaines, le résultat de leur travail prit la forme d'un tunnel sous lequel l'allée s'enfonçait pour ressortir à l'autre bout, sans aucune nécessité.

Alors qu'elle approchait de ses quatorze ans, Griselda, un beau jour, se demanda brusquement à quoi servait le tunnel. Le mois de mai touchait à sa fin, le printemps était très beau, avec des grands morceaux de ciel bleu clair, qui jetaient sur l'île des nappes de soleil courant où s'éblouissaient les primevères. Et le printemps était aussi dans le corps et dans l'esprit de Griselda, faisant s'épanouir l'un et l'autre. Griselda se regardait, regardait le monde, s'étonnait de le voir différent, de se voir et de se sentir nouvelle. Elle en était satisfaite. Elle pensait que la vie devait être cela : une succession de jours qui apportaient quelque chose de nouveau. Elle traversa le tunnel en courant. Elle le connaissait depuis qu'elle connaissait les choses, elle l'avait toujours vu et il ne l'avait jamais intriguée. Il existait parce qu'il existait, c'était tout. Et voilà qu'elle se rendait compte qu'un tunnel a généralement une utilité, et celui-ci n'en avait pas. Elle le parcourut de nouveau dans les deux sens, le franchit également par-dessus, s'arrêta, regarda autour d'elle dans toutes les directions, et ne comprit pas. Elle n'aimait pas ne pas comprendre. Elle courut jusqu'à la maison, grimpa l'escalier de l'étage, ouvrit en bourrasque la porte de la bibliothèque et, essoufflée, impatiente, cria :

— Père, à quoi sert le tunnel ?

Puis, se rendant compte de l'incongruité de sa brusque arrivée, elle ajouta après avoir repris son souffle :

— Je vous prie de m'excuser...

Et fit une révérence.

Sir John Greene était assis à son bureau sur lequel des livres ouverts, des dossiers, des manuscrits, étaient disposés dans un ordre qui avait l'apparence du désordre, comme un vol de mouettes au repos sur le sable.

Il redressa la tête, ôta son lorgnon et regarda Griselda avec un sourire plein de gentillesse et de rêve.

— Je suis heureux que tu te sois posé cette question, dit-il. Aucune de tes sœurs aînées ne s'en est inquiétée... Je me suis moi-même longtemps demandé pourquoi ton grand-père avait fait creuser ce tunnel au milieu du jardin. Et puis, un jour...

— Vous avez compris à quoi il sert ? Il sert à quelque chose ?

— Je ne sais pas... dit Sir John. J'ai seulement compris un jour que s'il est nécessaire de se poser des questions il faut aussi parfois admettre qu'on ne recevra pas de réponse...

Il se leva, alla vers la fenêtre la plus proche, regarda le ciel et les arbres, caressa doucement sa barbe et se retourna vers Griselda.

— Le tunnel ne sert peut-être à rien... A moi il m'a servi à accepter de ne pas savoir à quoi il sert...

Il soupira, regagna son bureau, reprit place dans son fauteuil, et dans son travail. Ses recherches lui posaient d'innombrables questions. Quoi qu'il en eût dit, il ne se résignait pas à ne pas recevoir les réponses. Il remplaçait les questions insolubles par des questions nouvelles. Il lui fallait allier son désir de savoir à une patience sans fin. Ce n'était pas facile. Mais cela convenait à son tempérament. Cette longue tâche à l'issue incertaine comblait sa vie.

Griselda sortit à reculons. Ce fut seulement en arrivant à la porte qu'elle se rendit compte de la présence d'Helen, assise à une petite table, à gauche, tournant le dos aux fenêtres, la tête penchée sur un énorme dictionnaire de latin. Elle avait dû trouver tout à fait incompréhensible la préoccupation de Griselda à propos du tunnel. Si toutefois elle avait entendu. Elle avait un peu plus de quinze ans. Elles étaient nées toutes les deux à St-Albans, ainsi que Jane, la dernière. Leurs aînées, Alice et Kitty, étaient nées en Angleterre.

Quelques jours plus tard, alors qu'elle ne pensait plus à sa question, Griselda reçut la réponse, ou du moins une réponse, qui lui donna satisfaction.

Il avait fait soleil trois jours de suite, puis il avait plu à l'aube, et le soleil brillait de nouveau depuis le matin. Vers midi, Griselda entra dans le tunnel. Il était sombre, humide, et à mesure qu'elle y avançait elle sentait le froid devenir épais et noir. En quelques pas elle atteignit l'autre extrémité et sortit. Il lui sembla qu'elle se jetait dans le feu.

Sir Johnatan avait planté de chaque côté de l'allée, à la sortie du tunnel, des massifs de genêts d'Anjou. En un demi-siècle, dans le climat particulier de l'île, ils étaient devenus presque des arbres, s'étaient multipliés, mélangés, chevauchés, créant de part et d'autre de l'allée un mur infranchissable. Et en trois jours ils avaient tous fleuri. Le soleil était au bout de l'allée d'or, et le ciel bleu et blanc au-dessus. La lumière et le parfum des genêts chauffés depuis des heures composaient une explosion silencieuse qui entra dans Griselda par les yeux et les narines, si violemment qu'elle ouvrit la bouche et les mains pour mieux les recevoir. Elle se hâta de vider ses poumons pour respirer encore, et recommença, sans parvenir à se rassasier.

Elle s'adossa au mur du tunnel. Avec ses mains entre elle et le mur elle sentit que la mousse qui couvrait celui-ci était chaude. La gloire du soleil coulait vers elle sur la flamme des genêts. Elle comprit alors à quoi servait le tunnel. Quand on en sortait, à un tel moment de l'année, on surgissait de la nuit, brusquement, dans le cœur du brasier de lumière. Sir Johnatan avait fait creuser ce chemin enterré dans le noir exprès pour l'instant où on en sortait. Ce fut du moins ce que pensa Griselda. Peut-être avait-elle raison. La nature de son grand-père était de créer des joies. La sienne, de les attendre avec certitude. Elle ferma les yeux et les rouvrit, pour recevoir de nouveau le choc de la lumière d'or. Puis elle leva lentement son regard au-dessus des fleurs, vers le ciel. Celui-ci était bleu et blanc, doux et tendre. Les yeux de Griselda, entre ses longs cils noirs, avaient la couleur imprécise de la mer, et le reflet des genêts faisait briller en leur centre un point d'or. Elle était heureuse d'être là, en ce moment, et de le savoir. Elle portait juste une chemise de fin coton et un pantalon brodé, sous sa robe de tartan marron. Ses longs cheveux roux foncé lui descendaient dans le dos jusqu'aux reins. Un jour on les lui relèverait et on les coifferait au-dessus de sa tête pour toujours, et seul son mari aurait le droit de les voir dénoués. Ce serait un prince. Il viendrait de l'Orient et l'emmènerait sur un éléphant d'or, jusqu'au bout du monde.

A la jointure du mur et du rocher, Sir Johnatan ancra deux constructions perpendiculaires, une tour et une jetée. La tour, étroite, octogonale, ne contenait qu'un escalier tournant qui descendait de l'île à la mer pour desservir la jetée. Celle-ci, courte et trapue, permettait aux barques d'aborder l'île à marée haute du côté de l'océan. Sir Johnatan baptisa l'ensemble Port d'Amérique, car il suffisait de s'embarquer et de ramer tout droit pour arriver au Canada...

Il rêva peut-être du lointain rivage, mais il ne quitta jamais son pays, où l'enracinaient ses devoirs et ses amours. Après son fils John, Elisabeth lui donna trois filles, Arabella, Augusta et Anne. Ce fut elle qui leur choisit des noms commençant tous par A, mais elle ne sut expliquer pourquoi à son mari. Elle était heureuse et se portait bien. L'iode des goémons, la grande lumière de l'île avaient guéri sa toux. Elle ne ressemblait plus à la frêle jeune fille que Johnatan avait épousée. Elle ne s'était jamais complètement désarrondie de sa première grossesse, et les suivantes accentuèrent ses courbes. Mais elle restait belle et surtout très gaie, et son mari se nourrissait de sa gaieté comme de l'air et des couleurs de l'Irlande.

A huit ans, John fut envoyé en pension dans une école préparatoire de Londres, d'où il sortit à douze ans pour entrer à Eton. Il n'avait pas encore terminé ses études quand la plus grande calamité du siècle s'abattit sur l'Irlande.

Sir Johnatan se rendait presque chaque jour sur ses terres de Greenhall pour y rencontrer ses fermiers. Le 11 septembre 1845, un petit tenancier qui faisait valoir une superficie de douze hectares et demi, dont plus d'un tiers de tourbières, lui montra avec désolation les pommes de terre qu'il venait de récolter : la moitié était pourrie, l'autre moitié en train de pourrir. Sir Johnatan avait entendu parler de la maladie qui avait frappé les pommes de terre d'abord aux Etats-Unis, puis en Belgique, en France et en Angleterre. Les dégâts étaient, ici ou là, plus ou moins importants. Quand la maladie atteignit l'Irlande, ce fut un désastre. En quelques semaines, la plus grande partie de la récolte fut transformée en une bouillie noirâtre et puante dont même les porcs ne voulaient pas.

Pour les paysans irlandais, dont la pomme de terre constituait toute la nourriture, ce fut la famine. Ceux qui disposaient d'un peu d'argent achetèrent ce qu'ils purent. Bientôt il n'y eut plus rien à acheter. Les céréales étaient traditionnellement exportées en Angleterre. Les fermiers qui ne livraient pas leurs récoltes de seigle, d'avoine ou de blé ne pouvaient pas payer leur fermage et étaient expulsés, perdant ainsi toute possibilité de cultiver des pommes de terre pour eux et leur famille. On vit en pleine famine des céréales, protégées par la troupe, gagner à pleins chariots les ports irlandais, sous les regards des paysans qui les avaient fait pousser et qui n'avaient rien à manger.

Quand il se rendit compte de l'ampleur du désastre, Sir Johnatan, immédiatement, dispensa ses fermiers du paiement de leur fermage, leur donnant ainsi la possibilité de se nourrir avec leurs récoltes diverses, et de se procurer des aliments avec l'argent qu'ils avaient gagné sur ses chantiers. Ces mesures leur permettraient d'attendre la récolte suivante. Mais en 1846, l'espoir du pays affamé fit place rapidement au désespoir : les nouvelles pommes de terre pourrirent en totalité. En 1847, la maladie sembla reculer, mais l'arrachage fut faible, faute d'ensemencement. Reprenant courage, mobilisant leurs dernières forces, résistant au désir de manger les pommes de terre de semence qu'on put leur procurer, les fermiers rescapés semèrent au maximum. La récolte de 1848 s'annonça superbe. Mais dès les premiers coups de bêche on se rendit compte que la maladie était revenue partout. Comme en 1846, elle réduisit tout en pourriture.

L'acharnement du malheur eut raison de l'acharnement du courage. Quatre années successives de famine avaient transformé l'Irlande en un charnier. Dans les campagnes, des mourants en haillons se traînaient sur la terre en friche. Dans les villes les commerçants n'ouvraient plus leurs boutiques, les ordures et les cadavres encombraient les rues. Le typhus et le choléra achevaient les moribonds. Le salut ne pouvait venir que de l'extérieur. L'Angleterre, appelée au secours, au lieu d'envoyer des vivres envoyait des soldats. L'association « Jeune Irlande » essayait de soulever le peuple. Des groupes de demi-squelettes, armés de cailloux et de bâtons, montaient à l'assaut des garnisons et mouraient d'épuisement avant de les atteindre. Les landlords expulsaient les fermiers insolvables et faisaient abattre leurs maisons. Les familles allaient mourir dans les fossés et les tourbières. Les Irlandais, si amoureux de leur pays, se mirent à le considérer avec terreur et essayèrent de le fuir. Des trafiquants leur promirent le paradis en Amérique et les entassèrent comme du bétail dans des bateaux surchargés. Certains coulaient à la sortie du port. Dans ceux qui continuaient leur route, les émigrants, sans hygiène, presque sans nourriture et parfois sans eau, mouraient en masse et étaient jetés à la mer. Parfois le vent s'arrêtait, les voiles tombaient, le voyage devenait interminable, le navire arrivait au Canada ou aux Etats-Unis vide et noir comme une noix mangée par le ver.

En 1850, quand la pourriture, la faim, les épidémies et la peur firent enfin relâche, près du tiers de la population irlandaise avait disparu.

Pendant ces cinq années terribles, Sir Johnatan se battit comme un sauvage pour sauver ses tenanciers de la mort. Il leur abandonna les fermages, ouvrit de nouveaux chantiers pour leur faire gagner de l'argent, envoya des cargos chercher de la farine et du maïs aux Etats-Unis. Et parce qu'il n'y avait dans le pays que des moulins de pierre, incapable de broyer les grains de maïs, il acheta en Amérique des meules d'acier, et fit bâtir en face de St-Albans un moulin mû par des retenues d'eau de la marée. C'était un système qu'il avait conçu en une nuit. Des centaines d'hommes y travaillèrent, venus de tous les points de son domaine. Il fut construit en quelques mois.

Le résultat de cette bataille fut celui-ci : pendant les cinq années de la grande famine, il y eut *un seul mort* sur les terres de Greenhall.

Mais le domaine n'existait plus.

Sir Johnatan avait dépensé sa fortune jusqu'au dernier sou. Il avait commencé avec la route, poursuivi avec l'île, et accéléré pendant la lutte contre la faim. Il avait, pendant cinq ans, nourri non seulement les cinq mille personnes qui dépendaient de lui, mais aussi toutes les familles errantes qui étaient venues s'écrouler en agonie sur ses terres, et y avaient retrouvé la vie.

Le Trésor lui réclama les taxes dues par le domaine. Sir Johnatan fit valoir qu'il n'avait pas perçu de fermage pendant les années du désastre et qu'il avait avancé de l'argent pour des travaux publics. Dans tous les pays du monde, le fisc est une machine insensible qui pompe le sang des hommes vers le cœur de la nation, pour permettre à celui-ci de le renvoyer ensuite dans les différentes artères au service des citoyens. Dans le cas de l'Irlande, le double circuit était un peu particulier. L'argent irlandais partait pour Londres et revenait sous forme de soldats. Cela durait depuis des siècles. Le Trésor ne prit en considération aucun des arguments de Sir Johnatan, et exigea le paiement des taxes. Pour payer, il dut vendre Greenhall. Une loi nouvelle permettait aux fermiers d'acheter de la terre. Les paysans de Greenhall achetèrent le domaine par petits morceaux, avec l'argent que Sir Johnatan leur avait fait gagner. Ainsi avait-il commencé à réaliser, sans le savoir, la grande réforme agraire que l'Irlande attendait depuis sept cents ans.

Au mois d'octobre 1850, Sir Johnatan écrivit à son fils John pour le rappeler à St-Albans. Il l'avait maintenu à Londres pendant tout le temps de l'horreur.

Débarqué à Dublin, John dut traverser l'Irlande en diagonale, pour regagner son comté natal. Il découvrit avec étonnement les ravages du cataclysme. Il parcourait des campagnes dépeuplées, des terres abandonnées, jalonnées de chaumières éventrées et de cimetières hâtifs qui bossuaient les abords des villages. Il semblait que le peuple irlandais se fût presque en entier allongé sous une mince couverture de terre, pour trouver enfin son repos, après tant de siècles harassés. Des groupes d'enfants demi nus regardaient passer la berline de John avec cette stupeur passive que donne l'inanition. Ils avaient de nouveau de quoi manger, mais pas encore l'habitude. Leur corps ne parvenait pas à retrouver sa chair. Ils n'avaient jamais appris à rire.

John ne pouvait supporter leur regard. Il se rejetait au fond de la voiture et pensait à l'île qu'il allait revoir après une si longue absence. C'était le paradis mouvementé de son enfance, un chantier perpétuel pittoresque, changeant, que son père parcourait à grandes enjambées. Il avait vu bâtir le mur, planter les arbres. Aux vacances scolaires, année après année, il les retrouvait grandis. Maintenant ils devaient être adultes, comme lui.

Sur l'île on l'attendait avec des sentiments divers. Sir Johnatan avec souci, Lady Elisabeth avec émoi, ses trois sœurs avec une impatience et une curiosité un peu folles. Elles ne l'avaient pas vu depuis cinq ans. Il avait dû beaucoup changer. Et il revenait de Londres, la capitale crainte et rêvée, où elles n'étaient jamais allées.

Augusta était le plus souvent hors de l'île, chevauchant les terres du matin au soir, avec son père, ou seule. Elle était fiancée depuis l'hiver, mais ce qu'on avait appris de la situation financière de Sir Johnatan ralentissait singulièrement les préparatifs du mariage.

Arabella, pour la première fois, en l'honneur de son frère, venait d'être coiffée avec les cheveux relevés. Elle s'en trouvait étourdie. Elle n'osait plus bouger la tête. Elle avait froid au cou.

Anne, la plus jeune, était couchée depuis plusieurs semaines. Elle avait maigri. Elle toussait. Elle avait quinze ans.

Il faisait très doux. Dans les cheminées, les feux de l'automne ne brûlaient pas encore. Lorsqu'elle apprit que « Monsieur John » allait revenir, Collie, la femme de chambre de Lady Elisabeth, disposa quelques branches sèches dans la cheminée de la chambre ronde. Et plusieurs fois par jour telle ou telle servante trouvait un prétexte pour monter au premier étage et jeter un coup d'œil vers l'âtre. Le jeudi, au début de l'après-midi, Collie redescendit en courant et cria : « Monsieur John arrive ! Monsieur John arrive ! » Elle avait vu les branches s'enflammer sous ses yeux. Ce fut du moins ce qu'elle déclara, mais ce ne pouvait être vrai : quand des phénomènes de cet ordre se produisent, personne ne peut les voir commencer, car ils n'ont pas de commencement.

La berline de John s'arrêtait au bas du grand escalier rond.

Sir Johnatan, d'une fenêtre du premier étage, regarda son fils monter les marches de pierre. John était nu-tête, en pantalon gris perle et manteau tabac. Ganté de blanc, il tenait dans sa main droite une mince canne à pommeau rond d'ivoire, et dans la gauche un chapeau de haute forme dont il se couvrit et qu'il ôta dix pas plus haut en entrant dans la maison. Il s'était vêtu à la dernière mode de Londres, pour honorer ses parents.

Sir Johnatan fut frappé par l'extraordinaire ressemblance de John avec sa mère au moment où il l'avait épousée. Mince, souple, élégant comme elle... Et la même fraîcheur et la même intelligence sur le visage. Il ne restait de la jeune épousée que le souvenir, presque incroyable. Lady Elisabeth était devenue très grosse. Elle se déplaçait avec peine, sur des jambes en sacs et des pieds douloureux.

Assise dans le petit salon, elle entendit s'approcher les pas rapides de son fils, et sourit de bonheur. Mais la voix forte de Sir Johnatan appela du haut de l'escalier de l'étage. Le pas de John ralentit, tourna, puis grimpa rapidement les marches, tandis que résonnaient les rires de ses sœurs.

Sir Johnatan attendait au sommet de l'escalier. John montait, la tête levée vers lui. Il s'arrêta un peu au-dessous de son père, en le regardant.

— John, dit Sir Johnatan, je vous ai fait venir pour vous mettre au courant : Greenhall est en vente, je n'ai plus d'argent, vous n'hériterez rien. Vous devez songer à gagner votre vie.

— Bien, Monsieur, dit John.

Il passa l'hiver sur l'île avec sa famille et repartit pour l'Angleterre au mois de mars. Son père avait réussi à sauvegarder la maison de Londres et St-Albans. Anne mourut sept jours après le départ de son frère.

Lady Elisabeth fut profondément blessée par le départ de John et la mort d'Anne. Elle s'enfermait parfois dans la chambre ronde, où John était né, et où les deux grands lits restaient vides, car Sir Johnatan et elle occupaient maintenant des chambres plus petites, séparées. Elle s'asseyait dans un fauteuil qui craquait sous son poids et y restait jusqu'à la fin du jour, regardant l'armée de branches nues de la forêt de l'île tendre de plus en plus haut vers le ciel leurs bourgeons encore clos, et la nuit, lentement, effacer leur geste immobile.

Elle gémissait un peu par instants. Elle disait : « Mon Dieu !... Mon Dieu ! » Elle se laissait aller à sa peine. Elle ne se le permettait que dans la solitude.

John entra dans une banque qui avait des obligations envers la famille de Lord Wellington. Il y fit rapidement la preuve de son incompétence en matière financière. On l'eût gardé quand même, mais il s'y ennuyait, il s'en alla et obtint un poste de professeur de grec dans une institution pour les jeunes gens du Continent, qui venaient apprendre à Londres à parler, se conduire et s'habiller anglais. Il était peu payé, mais avait peu à faire.

Le directeur de l'établissement avait un frère dont les professeurs savaient vaguement qu'il fouillait les sables quelque part en Asie Mineure. John fit sa connaissance lorsqu'il revint de Mésopotamie, sec comme une momie, apportant de pleines caisses de tablettes d'argiles, creusées de caractères mystérieux. Il les entreposa dans les greniers du collège, et John l'aida à les classer et les ranger sur des étagères. Cette écriture fantastique, qui semblait faite uniquement d'apostrophes et de virgules, révéla tout à coup à John qu'il existait autre chose que l'Angleterre et l'Irlande et le temps qu'il vivait. En un instant le monde étriqué de ses pensées éclata comme un ballon. Il tenait dans la main une tablette dont les encoches avaient encore des barbes et des angles vifs. Il ne lui paraissait pas possible que l'homme qui avait tracé ce message fût mort depuis six mille ans. Regardant les tablettes entassées par centaines sur les étagères, il lui semblait entendre le bruit d'une foule vivante qui l'appelait et dont il ne comprenait pas les paroles. Il rêva de communiquer avec elle. Personne n'était capable de déchiffrer cette écriture. L'explorateur des sables avait changé de sport et venait de repartir en direction de l'Himalaya, espérant en atteindre le sommet. Avant son départ, il avait fait don de ses tablettes au British Museum.

John les y suivit. Il passa ses journées à faire des relevés systématiques des inscriptions. Il accumula des liasses énormes de feuillets où il avait reproduit minutieusement les inscriptions gravées, chacune avec un numéro de référence. Il les comparait entre elles et à des inscriptions perses, arabes, grecques, hébraïques. Il dut apprendre l'hébreu et l'arabe, fortifier ses connaissances en grec et en latin. A trente ans il était devenu à demi chauve, avec une petite barbe d'un blond doré. Il vivait sobrement dans sa maison londonienne, dont la plupart des pièces étaient fermées. Son père lui entretenait deux domestiques. Il mangeait moins qu'eux.

Sa pensée allait parfois vers l'île, qui devenait peu à peu pour lui aussi lointaine que la Mésopotamie : légendaire, merveilleuse, perdue. Il y revint pour la mort de sa mère, alla s'incliner sur sa tombe couverte de gazon frais, près de celles d'Anne et de saint Albans, puis monta sur la terrasse de la tour et regarda l'île. Les arbres avaient poussé et cachaient le mur. L'île semblait avoir grossi, comme une brebis gonflée de laine. John savait qu'il la voyait pour la dernière fois. Son père venait de lui annoncer qu'elle aussi avait dû être vendue. Le notaire avait obtenu de ses créanciers qu'il habitât St-Albans jusqu'à sa mort.

Arabella et Augusta étaient mariées. John ne les rencontra pas. Il trouva son père en bon état. Les revers de la fortune ne l'avaient pas abattu. Il avait aimé l'argent non pour lui-même mais pour ce qu'il avait pu faire avec. Et cela demeurait, même si ce n'était plus à lui. Il semblait peu s'en soucier. Il continuait de galoper sur les terres de Greenhall, et réussissait à emprunter encore assez d'argent pour garder ses domestiques, ses jardiniers et ses chevaux. La mort d'Elisabeth lui fut une plaie douloureuse qu'il dissimula à ses enfants. Désormais seul dans la grande maison, et n'étant plus emporté par mille projets, il connut le temps de la réflexion. Il se laissa pousser la barbe. Dans son fauteuil devant le feu, ou à cheval dans le vent familier, il pensait à la vie, au bonheur, à la souffrance, et trouvait que tout avait un sens, et en remerciait Dieu.

Quelques-uns des garçons que John avait connus à l'université lui avaient gardé amitié et parfois l'invitaient. L'originalité de sa passion pour la Mésopotamie permettait de le recevoir malgré son emploi de professeur. A l'occasion d'un bal il rencontra une jeune fille qui n'avait pas réussi à se marier. Sa beauté était calme et discrète. Elle se nommait Harriet et appartenait à la branche sans fortune de l'excellente famille des Spencer. Elle avait d'immenses yeux clairs, ni tout à fait bleus ni exactement gris, dont la pâleur et la forme plutôt arrondie lui donnaient une expression d'enfant un peu étonné. Si la forme de ses yeux avait été différente on aurait pu lui trouver un certain manque de personnalité. Ils lui tenaient lieu de beauté et faisaient de son visage un spectacle émouvant. Quand John l'invita à danser et qu'elle s'approcha de lui avec son air d'agneau incapable de se défendre contre les couteaux, il sentit naître en lui un désir irrésistible de la protéger. Et, en même temps, il devina qu'elle était douce et reposante. Ce fut surtout cette dernière qualité qui le décida, à plus de trente ans, à renoncer au célibat.

Ils se marièrent à Londres, et Harriet, avec une très douce obstination, parvint à faire renoncer John à un voyage de noces en Irlande. C'était pour elle une terre lointaine et sauvage, et puisqu'il n'y possédait plus rien qu'y seraient-ils allés faire ?

Le volet de bois qui fermait la fenêtre du grenier s'ouvrit vers l'intérieur, et Sir Johnatan parut. Il tendit les bras vers la foule, les paumes en avant, comme pour lui recommander de se taire, mais les hommes et les femmes assemblés devant le moulin se mirent à crier vers lui, l'interpellant avec joie, avec humour, avec amour, en anglais et en gaélique. Quelqu'un marcha sur la queue d'un chien qui poussa des cris de cochon, et un grand rire gagna la foule entière.

Sir Johnatan écarta les bras et cria :

— Taisez-vous !

Un commencement de silence s'établit, avec des remous de rire et des morceaux de phrases ci et là.

— Taisez-vous !... Je ne vous aime pas !

Cette fois ce fut un silence total, consterné. Des milliers de visages regardaient Sir Johnatan avec inquiétude. C'était dimanche et il faisait beau. Entre les deux pentes du toit du moulin, la grande fenêtre ouvrait un rectangle sombre, jusqu'au ras du plancher. C'était par là qu'on hissait les sacs de maïs, avec la poulie et une corde, au temps maudit de la famine. Mais on n'avait, par bonheur, plus besoin de maïs, et le moulin ne tournait plus depuis longtemps. Sir Johnatan, entièrement vêtu de noir, était debout dans la fenêtre. Sa barbe blanche s'étendait sur une partie de sa poitrine, et ses cheveux entouraient tout son visage. Le soleil levant qui le frappait de face faisait briller cette blancheur d'une lumière dorée un peu rose. Jambes et bras écartés, il emplissait la fenêtre. Il avait l'air d'être encadré.

Trois ans plus tôt, un dimanche matin à la même heure, parcourant le moulin désaffecté, il avait ouvert la fenêtre du grenier pour regarder la campagne et le ciel. Il avait alors entendu des phrases cordiales qui montaient vers lui : deux familles de fermiers, se rendant à pied à la messe, l'avaient reconnu et le saluaient. Il leur avait répondu, demandé des nouvelles de leurs terres et de leurs récoltes. On s'était assis sur le talus et sur le bord de la fenêtre, on avait bavardé. Il leur avait parlé des douceurs de la vie même lorsqu'elle est rude, de la bonté de Dieu même lorsqu'il paraît indifférent, et des grands équilibres mystérieux qui font rouler le ciel, la terre et les saisons. Ils avaient posé des questions, il avait répondu quand il le pouvait, et quand il ne savait pas la réponse il disait qu'il ne savait pas. La conversation avait duré plus d'une heure, lui en haut, eux en bas. Ils avaient manqué la messe de huit heures. Ils iraient à la suivante... Ils lui avaient demandé s'il voudrait bien leur parler encore de « tout ça » le prochain dimanche. Il avait dit oui.

Ils étaient revenus avec des voisins. Un mois plus tard ils étaient des centaines, et chaque semaine leur nombre augmentait. On venait même des comtés voisins, on partait le samedi, à cheval ou en voiture, on voyageait la nuit, on emportait quelques branches ou des tranches de tourbe pour les allumer dans l'herbe au lever du jour, et faire chauffer le thé et cuire les pommes de terre.

— Je ne vous aime pas ! cria Sir Johnatan. Dieu ne vous aime pas !... Sauvages !... Vous vous êtes encore battus... Mardi à Dunkinelly ! Jeudi à Carricknahorna ! Et Peer O'Calcalon a perdu un œil et la moitié de ses dents ! Et le curé a dû passer la nuit dans un terrier de renard pour sauver sa vie !

Une partie de la foule se mit à rire et une autre à gronder.

— Taisez-vous ! Vous êtes plus bêtes que vos ânes !... Vous imaginez-vous que Dieu ne vous a pas vus ? Croyez-vous qu'il est content de vous ? Pensez-vous quelquefois à lui, dans vos têtes de bois ? Savez-vous qui c'est, Dieu ?...

Il leur laissa le temps de se poser la question et de devenir perplexes.

— Si vous le saviez vous auriez bien de la chance ! Personne ne le sait ! Personne ne le sait ! Personne ne l'a vu depuis qu'il est mort sur la croix il y a deux mille ans. Mais vous pouvez être sûrs d'une chose : Dieu n'est pas orangiste !

— Oh !... fit la moitié de la foule pendant que l'autre moitié poussait des cris de joie et applaudissait.

— Dieu n'est pas non plus papiste !

— Ah ! Ah ! dirent ceux qui avaient dit oh !, et les autres se turent.

— J'ose même affirmer que Dieu n'est pas irlandais !

Cette fois, les protestations fusèrent de partout :

— Qu'est-ce qu'il est, alors ?

— Vous allez pas prétendre qu'il est anglais ?

— Il n'est ni anglais, ni irlandais, ni chinois, ni nègre des Indes ! Il est le Dieu de tous les hommes de toutes les nations, et de toutes les bêtes depuis la puce jusqu'à l'éléphant, et de toutes les feuilles des arbres, et de toutes les étoiles du ciel !... Et quand vous vous battez les uns contre les autres en son nom, c'est contre Lui que vous vous battez ! Et quand vous crevez l'œil de Peer O'Calcalon, c'est l'œil de Dieu que vous crevez ! Etes-vous satisfaits d'avoir crevé l'œil de Dieu ?

La foule gémit et ondula dans sa honte et sa douleur.

— Mais n'allez pas croire qu'Il vous voit moins bien parce que vous Lui avez crevé un œil ! Vous pouvez Lui en crever cent par jour ! mille ! dix mille ! Il continue de rester penché vers vous, et IL VOUS REGARDE !...

— Ah ! Mon Dieu ! Mon Dieu !

— Seigneur !

Une femme tomba à genoux :

— Mon Dieu ayez pitié de mon mari : c'est même pas sûr que c'est lui qui l'a fait !... Il est pas méchant, il a seulement les poings un peu durs !... Vous pouvez en être sûr, Seigneur, Vous qui voyez tout, Vous voyez mon dos comme il est bleu !...

Le chien qui avait crié se mit à aboyer puis se tut brusquement. La voix de Sir Johnatan devint moins sévère, plus grave, amicale :

— Mais Il ne vous regarde pas avec rancune, même pas avec sévérité !... Il vous regarde avec pitié et avec amour !... Il voudrait tant que vous deveniez raisonnables !... Il a fait ce qu'Il a pu pour ça : Il est déjà mort une fois, qu'est-ce que vous voulez qu'Il fasse de plus ?... Et toi Patrick Laferty, laisse donc ce chien tranquille ! Au lieu de lui fermer le museau avec ta grosse main, laisse-le dire ce qu'il a envie de dire ! Il en sait plus que toi et moi sur l'amour !... Connaissez-vous des chiens presbytériens ou des chiens catholiques ? Ah ! si nous pouvions nous aimer les uns les autres comme nos chiens nous aiment ! Il ne devait pas y en avoir à Jérusalem, sans quoi Jésus aurait dit : « Laissez venir à moi les petits enfants et les chiens... »

Un nuage cacha le soleil et il plut pendant quelques minutes, mais personne n'y prit garde. Sir Johnatan continuait de parler et la foule d'écouter et le chien d'aboyer. Un âne lança un cri horrible par lequel il voulait exprimer simplement qu'il était bien. Des enfants jouaient, courant entre les groupes. Une jument blonde et son poulain vinrent voir ce qui se passait, puis repartirent. Un feu finissait de brûler en fumant sous la pluie. Le soleil revint. Sir Johnatan sortit un fin mouchoir de fil de sa redingote noire et s'essuya le front. Il reprit :

— N'oubliez jamais que chacun de vous est fait à l'image de Dieu et en contient un morceau ! N'allez pas le mettre dans des situations impossibles ! Chacun de vous... ET VOTRE VOISIN AUSSI ! Et également votre femme, malgré son sexe !... Pensez-y jusqu'à dimanche prochain !...

Il se retira et referma le volet de bois. Dans la cour du moulin abandonné, il retrouva sa jument blanche qui cueillait du bout des lèvres les cimes de l'herbe entre les pavés. C'était une descendante de Hill Boy. Elle était jeune et gaie. Il n'avait pas encore réussi à lui donner un nom. Il en avait essayé plusieurs. Elle les rejetait l'un après l'autre en secouant la tête. Il la flatta et lui dit quelques mots tendres, puis la monta avec l'élan d'un jeune homme, et ils sortirent.

La foule les attendait. Elle s'écarta pour les laisser passer. Le cavalier noir et blanc sur sa monture blanche traversait lentement les hommes et les femmes gris, s'arrêtait quand quelqu'un posait une question ou demandait un conseil. Puis il continuait son chemin en direction de l'endroit du ciel où le soleil roulait d'un nuage à l'autre.

Une jeune fille blonde et mince surgit devant lui et leva ses deux bras qui tenaient une gerbe de genêt.

La jument hennit et se cabra, et Sir Johnatan se trouva tout à coup transporté à un moment identique de son adolescence. La nuque de sa jument se dressait devant son visage, mais entre les deux oreilles, au lieu d'un gouffre d'absence et de vide, il vit une mince colonne blanche torsadée s'élever vers le ciel et atteindre, de sa pointe effilée, l'œil du soleil.

La lumière envahit sa tête et y éclata. Il tomba. La jument devint enragée, comme un tigre qu'on veut retenir par les pieds. Des dents et des quatre fers elle s'ouvrit un chemin dans la foule effrayée et disparut au galop derrière la colline de Ballintra.

Des femmes gémissantes étaient agenouillées autour de Sir Johnatan qui gisait les yeux fermés, immobile. Elles n'osaient pas le toucher. Une d'elles enfin lui passa sur le visage un coin de son fichu trempé dans sa théière. Il rouvrit les yeux, sourit, voulut se relever, mais ne put bouger. Il s'étonna, puis comprit.

— Je me suis brisé les reins, dit-il.

Il ne souffrait pas. Il indiqua lui-même comment il fallait le soulever. Avec mille précautions les hommes le transportèrent dans le moulin et le couchèrent sur des sacs vides, moisis, rongés par les rats. Un fermier était parti au grand galop chercher le médecin de Donegal. La foule, au lieu de se disperser, augmentait. La nouvelle de l'accident gagnait le pays, et tous ceux qui l'apprenaient accouraient. On voulut savoir qui était la fille qui l'avait provoqué. Mais on ne la retrouva pas, et personne ne la connaissait. Le vent s'était levé et pleurait en essayant de soulever les tuiles du moulin.

Le médecin confirma le diagnostic de Sir Johnatan. Celui-ci lui dit :

— Je veux mourir dans ma maison. Faites-moi transporter dans l'île.

Le médecin hocha la tête et refusa. On ne pouvait se rendre à St-Albans qu'à cheval ou en barque selon la marée, et l'un ou l'autre serait fatal au blessé. Le plus raisonnable était d'aller chercher un lit et quelques meubles et d'aménager la pièce du moulin jusqu'à ce que Sir Johnatan fût transportable.

— Vous savez bien que je ne le serai jamais, dit Sir Johnatan. Je veux aller mourir chez moi.

— Vous n'y arriverez pas vivant, même à marée basse. Ecoutez...

Le vent était devenu tempête. Sir Johnatan savait que la marée était en train de descendre. Le courant devait être rapide et les vagues hautes : le médecin avait raison. Sir Johnatan ferma les yeux et dit de nouveau, à voix basse :

— Je veux aller mourir chez moi.

Les serviteurs de St-Albans étaient arrivés, trempés, affolés, apportant des draps mouillés, des couvertures, des bouilloires, de la pommade de mille fleurs pour les courbatures, du vin de Porto, cent objets inutiles. Ils tournaient et bourdonnaient dans la pièce du moulin comme des mouches bleues qui cherchent la fenêtre. Quelques paysans debout, immobiles, muets, regardaient Sir Johnatan qui était là couché sur de vieux sacs avec les yeux fermés et ne disait plus rien. Quand le médecin sortit ils l'accompagnèrent et l'interrogèrent. Il leur dit la triste vérité : Sir Johnatan allait mourir, peut-être dans cinq minutes, peut-être dans cinq heures, peut-être dans cinq jours.

— Alors, dit Falloon de Rossnowlagh, pourquoi vous ne voulez pas le laisser transporter chez lui, puisque c'est là qu'il veut mourir ?

— La première secousse lui coupe la moelle et il meurt aussitôt, dit le médecin. Il n'arrivera pas chez lui.

Puis il remonta dans son tilbury.

— Je reviendrai le voir ce soir, mais personne ne peut plus rien pour lui.

Et il claqua de la langue pour faire partir son cheval.

Mais dans la tête rouge de Falloon, la petite phrase de Sir Johnatan n'arrêtait pas de tourner : « Je veux mourir dans ma maison... » Il fit vingt pas pour arriver au bord de la mer. La digue commençait à ses pieds, filait vers l'île au-dessus des galets et des algues maintenant découverts, s'interrompait, déchiquetée, pour laisser passer le courant de la marée descendante, et recommençait de l'autre côté, rejoignant la grande allée de St-Albans.

Falloon leva ses deux bras vers le ciel, ferma ses deux poings aussi gros que sa tête et cria une phrase venue du fond des temps de l'Irlande, qui était peut-être une invocation, peut-être une imprécation, peut-être les deux, et qui résonna sur l'eau et sur les îles comme le cri d'un âne marin. Puis il se tourna vers les hommes qui étaient autour de lui, et leur dit ce qu'il pensait. Ils furent tout à fait d'accord. En quelques minutes les milliers de gens assemblés autour du moulin, et ceux qui continuaient d'arriver de partout furent au courant : on allait finir la digue pour pouvoir transporter Sir Johnatan sans secousses, afin qu'il puisse mourir chez lui.

Tous ceux qui habitaient assez près coururent chercher des pelles, des pics, des pioches, des bêches, des cordes, et ceux qui restaient commencèrent aussitôt à travailler, avec leurs mains.

La digue n'avait jamais pu être terminée parce que la marée emportait les extrémités des deux tronçons avant qu'ils se fussent rejoints. Dans peu de temps la mer serait basse, puis étale, puis elle recommencerait à monter. Il fallait achever la digue avant que l'eau fût assez haute pour de nouveau tout défaire. Il fallait aller plus vite que la marée. C'était possible, parce qu'il y avait là réunis plus de paires de bras qu'aucun chantier de l'Irlande n'en avait jamais compté.

Les pierres ne manquaient pas : celles que l'eau avait dispersées étaient répandues à proximité, il en restait sur le rivage, il y en avait près du moulin et sur l'île. Quelques-unes brutes, la plupart déjà taillées. Et si ce n'était pas assez on en trouverait ! Dans une salle du moulin restaient des sacs de ciment dont quelques-uns n'avaient pas encore durci. On alla en chercher d'autres, tout de suite, à Donegal et à Ballintra.

Une heure plus tard, les deux tronçons de la digue ressemblaient à deux os couverts de fourmis. Un clivage s'était fait entre protestants et catholiques. Ils s'étaient démêlés les uns des autres et rassemblés en deux groupes. Les presbytériens venaient de l'île et les catholiques du rivage, rivalisant de vitesse dans leur lutte contre le temps, contre la marée et contre la mort. Ils se jetaient des injures et des défis par-dessus l'échancrure qui diminuait. Chaque groupe voulait arriver au milieu avant l'autre groupe. Les fanfares s'installèrent de part et d'autre et jouèrent des airs héroïques. Les femmes brandissaient des bannières et criaient à leurs hommes qu'ils étaient des bons à rien et qu'ils avaient les muscles mous, pour les inciter à démontrer le contraire. Sur le pré, devant le moulin, deux groupes chantaient des cantiques en latin et en anglais, pour détourner l'attention de Dieu, afin qu'il ne recueille pas tout de suite l'âme de Sir Johnatan.

Quand les pierres vinrent à manquer, sans hésiter on en prit où il y en avait, c'est-à-dire qu'on attaqua le coin du moulin qui se trouvait au plus loin de la salle où reposait le blessé, et on jeta bas deux énormes murs.

L'eau montait. Elle se heurta d'abord à un épi, un amoncellement de galets enfermés dans les grillages de tous les poulaillers de la région. Puis elle trouva la digue, terminée. Impuissant contre ce mur sans faille, le courant du flux se détourna et alla chercher son chemin de l'autre côté de l'île.

Alors les mains énormes qui avaient joint les pierres s'unirent au-dessous des sacs où Sir Johnatan reposait, et lentement le soulevèrent. Ils étaient six de chaque côté, les plus forts, car il faut être fort pour pouvoir être doux. Et ils commencèrent à le porter comme sur un nuage. Sir Johnatan ouvrit les yeux quand ils sortirent du moulin. Il vit le ciel gris et bleu, et les visages des hommes qui le portaient. Ils regardaient le chemin et leurs pieds. Quand ils arrivèrent au milieu de la digue, Falloon dit :

— Vous voyez, Monsieur, nous avons fini la digue, vous allez pouvoir mourir chez vous.

Sir Johnatan sourit et dit :

— Merci.

En arrivant sur l'île, il commença à voir ce que lui seul pouvait voir. Il vit sa jument blanche qui venait à sa rencontre. Alors il connut son nom et comprit pourquoi il n'avait pu le connaître auparavant. Et personne d'autre que lui n'aurait pu le comprendre. Il vit aussi devant la maison un grand cheval roux debout et un âne poilu couleur de vieilles feuilles qui remuait ses oreilles, et une vache couchée qui ruminait, paisible, et ressemblait à un rocher usé. Sur les premières marches de l'escalier était assise une jeune femme nue aux longs cheveux bruns qui allaitait un enfant. Debout dans la porte, Elisabeth l'attendait. Elle avait dix-sept ans. Son père et sa mère avaient le même âge. Côte à côte à la grande fenêtre de l'étage ils se penchaient un peu et lui souriaient. Saint Canaqlauq était assis sur la cheminée et tendait vers lui à deux mains sa tête bienveillante.

Au moment où ses douze porteurs doux comme des anges entraient avec lui dans la maison blanche de St-Albans, Sir Johnatan Greene mourut dans la joie.

Sir Johnatan Greene est mort le 20 juillet 1860, à l'âge de soixante ans moins onze jours. Il laisse trois enfants vivants. Son fils se nomme John par tradition familiale : alternativement, le fils aîné d'un Johnatan Greene se nomme John et celui d'un John, Johnatan. Quand une fille, en se mariant, perd le nom de Greene, la façon dont elle baptisera ses garçons n'a plus aucune importance.

Au moment de la mort de son père, John a déjà fait la connaissance d'Harriet et hésite à demander sa main. Il l'épousera finalement en 1861 et installera sa femme dans la maison de Londres, dont une grande partie restera inoccupée. Lady Harriet fera preuve de ses grandes qualités en réussissant à garder, malgré un budget modeste, la cuisinière et le maître d'hôtel, et la femme de chambre sans le secours de laquelle une femme de la société serait incapable de s'habiller ou de se déshabiller.

Leur premier enfant naît en 1864. C'est une fille, Alice. John — maintenant Sir John — espère que le prochain sera un garçon. C'est encore une fille, Kitty, qui viendra au monde en 1866.

Les deux sœurs de Sir John sont mariées. Malgré la ruine de son père, Augusta a réussi à épouser quand même Sir Lionel Ferrer, le landlord auquel elle était fiancée. Ils auront un fils, Henry, en 1863. Arabella est la femme d'un homme de loi, James Hunt. Il fait des affaires et gagne de l'argent. Ils habitent Dublin. Arabella mourra en 1865, sans avoir eu d'enfant.

A la mort de Sir Johnatan les bijoux de famille et même les meubles ont dû être vendus pour éponger ses dernières dettes, et l'acquéreur de St-Albans est entré en possession de l'île. Sir John et ses sœurs ont alors appris avec étonnement que l'acheteur qui avait laissé leur père vivre ses dernières années dans la maison qui ne lui appartenait plus était le notaire lui-même.

La vente des bijoux a permis de lever les hypothèques de la maison de Londres, mais en juillet 1860 la famille Greene ne possède plus un seul mètre carré de terre en Irlande.

En 1864, le colonel Harper, qui avait acheté le château de Greenhall au moment du démantèlement du domaine, le met en vente avec cinquante hectares.

Augusta, passionnée par le désir de recouvrer la maison de ses aïeux, finit par convaincre son mari de l'acheter. En novembre 1864, Greenhall devient la propriété de Lionel Ferrer. Au jour de l'an 1865, dans la maison à peine remeublée, Lady Augusta offre un bal à ses parents, ses amis et ses relations. Un orchestre de violons et de harpes est venu de Dublin, et des cornemuses de Belfast. Des torches brûlent à toutes les fenêtres, des équipages roulent sur tous les chemins vers le château retrouvé. Augusta exulte. Arabella et son mari ne se sont pas dérangés : Arabella est malade et va mourir dans six mois. John et Harriet n'ont pas pu venir : c'est trop loin, trop long, trop cher.

Augusta est si satisfaite qu'elle propose à son mari de s'installer définitivement à Greenhall. Il n'y voit pas d'inconvénients. Il y voit même secrètement un avantage : il aura à se déplacer souvent entre ses deux domaines, ce qui lui permettra de passer au moins la moitié de son temps hors des atteintes du caractère impérieux de sa femme.

Le notaire a essayé, en même temps, de leur revendre St-Albans. Mais Augusta a refusé. Elle ne veut plus entendre parler de l'île, pour laquelle son père a abandonné la maison des ancêtres, et où il a ruiné la famille.

L'île était seule, et attendait.

Depuis la mort de Sir Johnatan, la maison blanche restait inoccupée. Deux fois par an, les domestiques du notaire venaient nettoyer, inspecter la toiture, panser les morsures du vent de mer, graisser les gonds et les serrures. Puis ils repartaient après avoir refermé les volets sur les pièces désertes.

De tout ce qu'avait contenu la maison il ne restait que le portrait de Sir Johnatan que, par respect et affection, personne n'avait voulu acheter au moment de la vente des meubles. Accroché au mur du grand salon, Sir Johnatan en sa jeunesse, dans son habit rouge, sur son cheval blanc, regardait les volets fermés, et attendait.

Les arbres poussaient en liberté, mais ils semblaient obéir à une discipline mystérieuse qui les empêchait de sombrer dans le désordre. Aucune espèce n'essayait d'étouffer une autre espèce, aucune allée n'avait été envahie. Les rhododendrons s'étaient multipliés avec exubérance. Ils épaulaient le mur d'une foule dense, toutes leurs racines et leurs branches torses entremêlées comme du tricot. Au mois de juin ils se couvraient d'un manteau de fleurs, de toutes les couleurs du rouge. Il n'y avait personne pour les voir.

Quinze ans avant sa mort, Sir Johnatan avait décidé d'en planter aussi de l'autre côté de l'île, face à la terre. Il en avait composé des massifs en divers endroits de la pelouse. Les massifs s'étaient arrondis comme des ballons sans cesse dilatés par une sève inépuisable, mais leurs pieds n'étaient pas sortis de leurs limites.

Enfermée dans son mur comme une princesse dans une tour, chaque année plus verte, plus fleurie, plus exaltée, l'île attendait. Les tempêtes la lavaient, les brumes tièdes faisaient gonfler ses arbres, le grand vent se roulait sur elle et emportait au loin ses parfums d'eau et de terre fleurie. Chaque printemps la couvrait de couleurs folles qui faisaient changer la route des oiseaux de mer. La grande maison blanche craquait derrière ses volets. Elle chuchotait dans le vide de ses pièces. Sir Johnatan dans son portrait soupirait, et le cuir de sa selle grinçait. Parfois, l'écho d'un sanglot étouffé venait du passage percé dans le mur de la vieille tour. Mais il n'y avait personne dans la maison pour l'entendre. Dans la cheminée de la chambre ronde, des bûches et des branches étaient disposées pour le feu. Elles devenaient un peu plus sèches chaque année. Elles attendaient.

Au mois d'août 1867, une tempête arriva du milieu de l'Atlantique, écrasa l'île sous son ventre, se releva en emportant un nuage de feuilles et les dernières fleurs, traversa l'Irlande et l'Angleterre et vint mourir sur Hambourg après avoir envoyé par le fond, dans sa traversée de la mer du Nord, six bateaux de pêche et un yacht à voiles. Celui-ci appartenait à Lord Archibald Bart qui faisait une croisière avec ses deux fils. Tous les trois périrent. Quand leurs corps furent rejetés sur la côte allemande, on trouva, profondément enfoncée dans l'oreille droite du plus jeune des garçons, Charles, qui était blond et laid et venait d'avoir dix-neuf ans, une petite feuille barbelée de chêne vert.

Lord Archibald Bart était l'oncle de Harriet, la femme de Sir John. Ses héritiers directs ayant péri avec lui, une partie de sa fortune échut à Lady Harriet, qui en confia la gérance à son mari.

Lorsque Sir John prit possession du capital, il sentit quelque chose s'ouvrir en lui, comme une de ces fleurs nocturnes qui s'épanouissent d'un seul coup au coucher du soleil. C'était l'image de l'île.

Il se rendit compte alors qu'il l'avait toujours refusée, comprimée, parce qu'il ne voulait pas nourrir le regret de l'impossible. Mais maintenant le possible était arrivé...

Verte et chevelue, l'image de l'île grandissait en lui chaque jour. Elle lui emplissait la poitrine. A travers elle il respirait le grand vent d'ouest et les brumes salées. Il voyait la maison rosir au soleil levant, il se voyait lui-même entouré de ses livres dans la chambre ronde, dont il ferait sa bibliothèque. Il placerait son bureau entre les fenêtres de la tour, il n'aurait qu'à lever la tête pour découvrir les arbres et la mer. Il pourrait faire abattre une ou deux cloisons pour faire de la place à ses livres et à ses dossiers. Il travaillerait loin du bruit, loin du monde, sans être dérangé par personne. Il pourrait enfin se donner tout entier à ses recherches, dans la paix.

Un soir, paisiblement, il annonça à sa femme que ce serait un excellent placement de fermer la maison de Londres, de racheter l'île et de s'y installer. Il partit pour l'Irlande dès le lendemain, sans avoir soupçonné quel effet sa décision avait produit sur Lady Harriet : c'était de la stupéfaction et presque du désespoir.

Pendant qu'il traitait avec le notaire, commandait les transformations, achetait les meubles, engageait des domestiques, elle eut tout le temps de s'efforcer à se résigner, à se persuader qu'il avait raison. Les domestiques étaient moins chers... Le climat était très sain... Ce serait excellent pour les fillettes... Mon Dieu ! C'était le bout du monde !... Elle défaillait, perdait courage... Ce pays sauvage !... Mais John avait l'air si heureux... Elle ne lui avait jamais vu un visage aussi éclairé de joie. Comme un enfant...

Il ne lui vint pas un instant l'idée de s'opposer à ce projet. Elle aimait son mari et le respectait. Depuis leur mariage il ne lui avait pas causé la moindre peine. Peut-être pas de grandes joies non plus, mais elle n'imaginait même pas que cela pût exister. Elle lui accordait ce qu'une épouse doit à son époux et n'en éprouvait pas de déplaisir. Elle mettait au monde ses enfants, dirigeait sa maison et s'efforçait de simplifier son existence. C'était ce qu'elle devait faire, et elle le faisait avec satisfaction. Mais l'Irlande... Oh ! Mon Dieu !... Elle se mit à dresser la liste de tout ce qu'elle devrait emporter. Parfois ses grands yeux clairs s'emplissaient d'une larme, et on eût dit alors qu'elle était la victime de toutes les injustices du monde. Elle se reprenait, se raisonnait. Elle n'avait aucune raison d'éprouver de la crainte. Il y avait tout de même des gens qui vivaient, en Irlande...

Sir John revint et dit que tout était réglé. Il engagea un secrétaire pour l'aider à classer et emballer ses livres et ses manuscrits. Ils travaillèrent pendant des mois. A Lady Harriet incombait la charge de tout le reste. Elle fut prête bien avant eux. En décembre 1870, elle informa son mari de sa certitude d'une troisième grossesse. Il en fut enchanté, ce serait un garçon, il naîtrait dans l'île comme son père, il se nommerait Johnatan comme son grand-père, le climat lui conviendrait.

En mai 1871, l'inventaire et l'emballage des livres n'étaient pas terminés. Lady Harriet était enceinte de huit mois. Sir John prit peur. Ce qui restait fut entassé sans ordre dans les dernières caisses. Il y en avait en tout cent cinquante-deux dont vingt-trois en vrac, non numérotées. Le 10 juin on s'embarqua à Londres pour Dublin.

Une main noire, doigts écartés, surgit d'un tourbillon de vapeur et s'appliqua contre la vitre, à l'extérieur. Alice poussa un cri affreux et se serra contre sa gouvernante. C'était peut-être l'œil du Diable qui essayait de voir ce qui se passait dans le compartiment. Il avait l'air d'une main, mais l'œil du Diable a peut-être des doigts, et ses mains des paupières. Le Diable a peut-être faim de petites filles et sa bouche crache de la vapeur comme la bouilloire du thé...

Le train roulait au moins à trente à l'heure. La porte du compartiment s'ouvrit, et le Diable entra dans un nuage de fumée, avec l'odeur du charbon et le halètement du dragon qui tirait le train sur les rails. Alice et Kitty essayèrent de disparaître à l'intérieur de leur gouvernante.

Le Diable referma la portière derrière lui. Il était coiffé d'une casquette noire, il avait le visage barbouillé de noir et les mains noires. Il parlait anglais, il s'inclina devant Lady Harriet et tendit sa main gantée vers Sir John qui y déposa les billets.

— Ne soyez pas sottes ! dit la gouvernante. Vous voyez bien que c'est le contrôleur !...

Le Diable sourit aux fillettes, rendit les billets, remercia, salua, rouvrit la portière et disparut dans un nouveau nuage. Lady Harriet toussota derrière le mouchoir de dentelle qu'elle tenait appliqué sur ses narines. Le cœur des fillettes cessa de sauter dans leur poitrine comme un écureuil.

— Qu'est-ce que c'est, le contrôleur ? demanda Alice.

— Ne soyez pas sotte, dit la gouvernante. Naturellement, c'est l'homme qui contrôle !

— Qu'est-ce que c'est, contrôle ? demande Kitty, qui n'avait que cinq ans.

Sir John prit la parole.

— Le contrôleur, dit-il, est l'homme chargé de vérifier si les voyageurs sont bien munis d'un titre de transport, et si celui-ci correspond à la classe du compartiment dans lequel ils sont installés.

Satisfait de la clarté de son explication, il se lissa la barbe entre les deux mains. Elle avait foncé avec l'âge, elle était devenue couleur de cigare, comme ses cheveux. Ceux-ci avaient reculé du front jusqu'au milieu du crâne. Quand Sir John parlait, cette coupole lisse, au-dessus de son visage rendu vertical et rectangulaire par la barbe, accrochait toujours quelque reflet qui s'accordait aux périodes de sa parole. Cette lumière, au-dessus de sa corpulence raisonnable et de l'ampleur tranquille de ses gestes, le faisait émerger un peu au-dessus de la tête des autres. Il devenait tout naturellement, sans le chercher, le personnage à la fois familier et solennel peint au centre du tableau, qui accorde avec bienveillance sa protection et répand son savoir. Mais dès qu'il souriait une fossette se creusait dans sa joue gauche, juste à la limite de la barbe. Touchante, inattendue, elle éclairait de gentillesse toute cette dignité, et révélait peut-être la survivance d'une fragilité d'enfant.

— Vous l'avez vu, dit-il, c'est un métier aventureux... Cet homme passe d'un compartiment à l'autre sur le marchepied alors que le convoi est en pleine vitesse. Pour gagner sa vie, il la risque chaque jour...

— C'est un bel homme, dit Ernestine, la femme de chambre française de Lady Harriet.

Celle-ci se tamponnait les tempes d'un peu d'eau de lavande, en soupirant d'inquiétude. Elle était enceinte de huit mois, son corset la serrait affreusement, l'odeur du charbon lui donnait la nausée, le voyage n'en finissait plus, elle avait peur de céder à la fatigue ou à quelque faiblesse. On avait pris le bateau à vapeur de Londres à Dublin, puis le train jusqu'à Mullingar où on s'était heureusement reposé trois jours chez les cousins Athboy. Puis de nouveau le train si incommode, qui posait de tels problèmes à une femme dans son état. Et ensuite, lui avait dit Sir John, il y aurait encore une demi-journée de voiture. Elle aurait donné un an de sa vie pour être déjà arrivée.

— Et pourquoi, demanda Alice, il contrôle pas quand c'est arrêté ?

La question prit Sir John au dépourvu. Il haussa les sourcils, étonné.

— Cessez de poser de sottes questions ! dit la gouvernante.

— Laissez ! laissez !... dit Sir John.

Il sourit : il venait de trouver l'explication :

— C'est parce que les fraudeurs, s'il y en a, pourraient alors, avec facilité, descendre par l'autre portière et échapper ainsi à la vérification...

Kitty n'avait rien compris. Elle ouvrit la bouche pour une autre question, mais la gouvernante la lui ferma avec une éponge humide qu'elle venait de tirer d'un sac de caoutchouc. Elle la débarbouilla vivement pour effacer les traces de la fumée, en fit autant avec Alice, les secoua toutes les deux, les tapota et remit en place leurs chapeaux de velours en forme de soufflés pour famille nombreuse, cabossés, mous et festonnés, l'un violet, l'autre marron.

Les filles se turent et restèrent tranquilles, les mains sur leurs genoux. Les enfants bien élevés ne devaient pas manifester leur existence. On ne devait à aucun moment s'apercevoir, par leur faute, qu'ils étaient là.

Les années de l'enfance sont immenses. Chacune est gonflée de temps comme une vie entière. Alice avait sept ans et Kitty deux de moins. Au cours de ces siècles, jamais elles ne s'étaient trouvées aussi longuement en présence de leurs parents et en une telle intimité. Leur univers, jusqu'à ce voyage fantastique, s'était composé d'un ensemble de chambres et de salles d'études, à manger, et de toilette, baignées d'air frais, au second étage de la maison de Londres. Elles y travaillaient, dormaient, jouaient, sous la direction perpétuelle de leur gouvernante. Elles n'en sortaient que pour les promenades. Elles voyaient leur mère quelques minutes le soir. Exquise et bonne, elle leur souriait et leur disait des paroles aimables. Elles voyaient leur père le dimanche, pour la prière en commun. On les élevait pour le mariage, elles devaient être parfaites. Quand elles auraient dix-huit ans on leur relèverait les cheveux et on les conduirait au bal en robe blanche. Sir John et Lady Harriet étaient d'excellents parents, qui aimaient leurs enfants.

La gouvernante, Miss Blueberry, les haïssait, mais ne le savait pas. Elle faisait bien son métier, sans laisser ses sentiments surgir des profondeurs. Si elle leur avait donné la liberté, elle se serait trouvée soudain hurlante et armée d'un grand couteau, en train de lacérer tous les visages à sa portée. Elle avait trente-cinq ans, elle était maigre, ses cheveux et sa peau avaient la couleur triste de la rave bouillie. Vingt ans plus tôt, c'était le teint de lys et de roses d'une adolescente. Elle savait qu'elle ne se marierait jamais. Elle était trop instruite pour épouser un homme du commun, et même l'éclat de sa jeunesse n'avait pu lui donner la moindre chance d'être regardée comme un être vivant par un homme de la Société. Elle n'était à sa place ni dans la compagnie des domestiques, qui la méprisaient, ni dans celle des maîtres, qui l'ignoraient. Cet exil en Irlande allait lui faire perdre le seul bien qui lui restât : sa dignité d'Anglaise. Elle haïssait le train qui l'emportait, le passé, l'avenir, la vie, l'univers. Elle croyait assez en Dieu pour le haïr, en se persuadant qu'elle l'aimait.

Le train s'arrêta dans une petite gare paysanne. Le jour s'achevait. Dans le crépuscule, un homme agitait une lanterne en répétant des mots incompréhensibles avec un accent sauvage. Lady Harriet descendit avec sa femme de chambre à la recherche d'hypothétiques commodités. Le compartiment devint tout à coup silencieux et obscur. On entendit meugler mélancoliquement une vache et, beaucoup plus loin, aboyer deux chiens qui se signalaient la présence d'un intrus, vagabond ou renard. L'obscurité s'épaississait peu à peu dans le compartiment. Assises de part et d'autre de Miss Blueberry, serrées contre elle, Alice et Kitty écarquillaient les yeux et se laissaient envahir par une merveilleuse terreur. Le train s'était figé dans un pays inconnu et nocturne, effrayant, qui les assiégeait et se déversait à l'intérieur par toutes les glaces. Mais leur père était là. En sa présence, personne et rien ne pouvait leur faire de mal. Elles avaient le droit d'avoir peur sans rien craindre, délicieusement.

Soudain, un pas énorme retentit sur le toit, et s'arrêta juste au milieu du compartiment. Kitty poussa un petit cri d'oiseau qui voit tourner l'épervier au-dessous de son nid. Tout le monde leva la tête. Un rond plus clair s'ouvrit dans le plafond, une flamme tenue par une main descendit, alluma la mèche d'une lampe à huile et referma le couvercle grillagé. Une douce lumière dorée coula dans le compartiment et l'emplit de sécurité. Le temps du Diable était fini.

Un seul des chiens continuait d'aboyer au loin, de moins en moins souvent, sans conviction. L'autre avait dû s'endormir. La vache ne disait plus rien. Les bruits même de la gare s'étouffaient dans la nuit comme dans du velours. Lady Harriet revint avec le souvenir indicible, à jamais enclos dans sa tête, des péripéties qu'elle venait de vivre dans les annexes de la station. La femme de chambre repartit avec la gouvernante et les fillettes. Un employé moustachu apporta des bouillottes. Lady Harriet posa sur l'une d'elles ses pieds délicats et recomposa peu à peu toute sa dignité, depuis son minuscule chapeau de velours épinglé sur sa tête comme un papillon jusqu'à ses bottines montantes de chevreau feuille-morte. Elle croisa ses mains devant elle. Les manches évasées de sa basquine et les plis savants de sa jupe enveloppaient et dissimulaient son état, convenablement. Des rangées de boutons la fermaient de haut en bas, des épaules aux chaussures, en passant par les manches et les gants ajustés. Ils étaient la marque de sa qualité et de son esclavage : sans sa femme de chambre, elle ne pouvait pas plus se déshabiller qu'un lapin.

Sir John descendit à son tour dans la nuit, pour aller fumer, dit-il, un cigare.

Un peu avant minuit, le train se trouva nez à nez avec une lanterne accrochée au tronc d'un arbre, et stoppa avec de grands soupirs. La voie s'arrêtait là, au ras des racines : les rails n'allaient pas plus loin. La machine fit marche arrière, le convoi bifurqua avec des bruits et des secousses sur un aiguillage et entra à reculons, en soufflant, dans la dernière gare, prêt à repartir dans la direction d'où il était venu, le lendemain ou un autre jour.

Les filles dormaient, écroulées en petits tas. On les secoua, les emporta, elles se retrouvèrent dans une voiture qui roulait dans la nuit épaisse et l'odeur des chevaux fumants. Elles se rendormirent et se réveillèrent assises devant une assiette, à une grande table, dans une pièce immense et obscure. Elles se rendormirent avant d'avoir fini d'avaler. Lady Harriet frissonnait.

Ils étaient au château de Ferrer, la propriété du mari d'Augusta. Celui-ci leur avait envoyé à la gare un valet à cheval, une voiture et un cocher. Ils arrivèrent après une heure de route, Lionel Ferrer était couché, Augusta absente, le souper froid, les chambres glacées.

Au milieu de la matinée suivante, Lady Harriet fut réveillée par le vent du Donegal qui lui jeta une poignée de pluie au visage dans le creux de son oreiller, Ernestine ayant eu l'imprudence d'ouvrir la fenêtre en lui apportant son thé. Pendant quatre jours ils mangèrent du saumon que Lionel pêchait lui-même dans son lac. Il partagea trois de leurs repas. Il était grand et sec, avec un long nez, une peau brique, des yeux si petits qu'on n'en voyait pas la couleur, et des cheveux et une moustache jaunes. Ses cheveux étaient courts et sa moustache pendait. Il parlait peu, émettait des commentaires obscurs et pessimistes sur la situation politique de l'Irlande, citait un ou deux noms inconnus, s'arrêtait au milieu d'une phrase, produisait une sorte de rire aspiré, ajoutait : « Je me comprends »... Il était le seul.

James, le cocher de St-Albans, étant arrivé avec leur propre berline, et leurs malles les ayant rejoints, ils purent enfin repartir. Ils entamèrent la dernière étape du long voyage sous un soleil radieux, qui courait de nuage en nuage comme un enfant qu'on vient de débarbouiller.

La perspective d'être bientôt chez elle, fût-ce au bout du monde, et la douceur de la matinée avaient remis un peu d'optimisme dans le cœur de Lady Harriet. Elle regardait défiler la campagne, s'étonnait de n'y voir pas de village, mais des chaumières très pauvres, et très éloignées les unes des autres, et presque pas d'êtres vivants, ni humains ni animaux. Ils furent pourtant arrêtés par un attroupement, qui leur barrait le chemin. Des soldats en uniforme anglais avaient accroché un palan aux branches d'un arbre et, sous les ordres d'un sous-officier, étaient occupés à arracher le toit de chaume d'une maison de paysans. Des oiseaux affolés tournaient en criant autour de l'arbre et de la maison. Une jeune femme maigre en robe grise rapiécée, nu-pieds, debout au bord du chemin, regardait et pleurait, deux jeunes enfants serrés contre elle. Dans une brouette étaient posés une marmite et une crémaillère noires de suie, quelques bols et des cuillères en bois, une poêle à frire, un balluchon noué. Quelques pas plus loin un homme coiffé d'une casquette, les poings serrés sur le manche de sa bêche plantée devant lui, maîtrisait sa colère impuissante. Un soldat, fusil à la main, ne le quittait pas des yeux.

— Mais... mais... que se passe-t-il ? demanda Lady Harriet. John, que se passe-t-il ?

Il y eut un craquement, un envol de poussière, et le toit bascula dans l'herbe à côté de la maison. Un cochon maigre sortit d'un buisson et s'enfuit en criant. Des soldats armés de pics commençaient à abattre les murs de la chaumière.

— Mais John,... mais ce n'est pas possible !... Mais...

Le chemin dégagé, le sous-officier fit signe au cocher d'avancer. La berline passa devant la femme qui pleurait, devant la maison qui s'écroulait, devant l'homme aux mâchoires serrées.

— Mais expliquez-moi ! John ! Pourquoi détruit-on la maison de ces pauvres gens ?

— James, qui est du pays, doit pouvoir nous le dire, répondit Sir John.

Son calme ne l'avait pas quitté. Il passa la tête par la portière :

— James, savez-vous ce que ces gens ont fait pour qu'on démolisse leur maison ?

James était un homme fort aux cheveux gris. Il haussa les épaules et gronda :

— Ils sont irlandais, ça suffit comme raison...

S'étant assuré que les soldats étaient maintenant assez loin pour ne pas l'entendre, il ajouta :

— Ils ont sans doute hébergé un rebelle !...

Lady Harriet poussa un cri :

— Un rebelle !... Mon Dieu !...

James, cette fois-ci, cria :

— Si c'est être rebelle de vouloir être irlandais en Irlande !...

Les grands yeux de Lady Harriet devinrent immenses. Elle ne comprenait plus rien. Les Irlandais n'étaient donc pas *heureux* de faire partie de la Grande-Bretagne, sous la protection de l'armée de Sa Majesté ?... Elle se souvint des soldats éventrant les murs à coups de pics... Elle poussa un léger soupir et hocha un peu la tête. Cette pauvre femme, pensa-t-elle, avait plus l'air d'une victime que d'une coupable... Mais peut-être son mari ?...

Sir John lui tapota un peu le genou.

— Ma chère amie, dit-il, ce sont des conséquences de la politique. Il est préférable que vous ne vous en mêliez pas, même par la pensée... Surtout n'en soyez pas tourmentée, puisque vous n'y pouvez rien...

Lady Harriet sourit à son mari avec gratitude. Les deux filles avaient écouté et regardé la scène avec un intérêt passionné. C'était un épisode de plus aux aventures merveilleuses qu'elles traversaient depuis qu'elles étaient sorties de leur appartement-univers de Londres. Et elles entendaient un autre épisode qui arrivait...

Depuis plus d'une demi-heure les abois d'une meute se déplaçaient à l'horizon, du côté droit de la berline. Tout à coup ils se rapprochaient avec fureur et en quelques minutes ils furent là. Rien ne put empêcher Alice et Kitty de se jeter aux fenêtres. Elles virent un long renard franchir le chemin d'un bond, suivi à cent mètres par une troupe de chiens de toutes races et toutes tailles qui jappaient, aboyaient, hurlaient, gueulaient sur tous les tons, n'ayant de commun que leur ardeur à injurier le fauve et à le poursuivre jusqu'à sa mort ou la leur.

Ils traversèrent le chemin comme une trombe. Derrière eux, un énorme cheval roux, dont le galop faisait trembler le paysage, s'enleva par-dessus les buissons et la chaussée, semblant porter au ciel l'amazone qui le montait et qui lui ressemblait, vêtue et coiffée de rouge. Le renard, les chiens, la chasseresse, courant les uns derrière les autres, dévalèrent la pente verte de la vallée, traversèrent un ruisseau dans un jaillissement d'écume et disparurent derrière un boqueteau.

La berline atteignit bientôt le brouillard qui montait avec la marée. Si bien que lorsqu'elle arriva au bord de la mer le paysage baignait tout entier dans une brume légère, lumineuse, comme éclairée de l'intérieur.

Sir John fit arrêter la voiture et invita tout le monde à descendre. Il se coiffa de son chapeau haut-de-forme gris souris à poils lustrés, prit sa canne d'ébène, s'approcha à pas lents du rivage, s'immobilisa, garda un instant le silence, puis, levant sa canne, désigna le large d'un geste grave et ample.

— Voici l'île... dit-il.

Lady Harriet regardait, les filles regardaient, la gouvernante regardait, Ernestine assise à côté de James regardait...

Sir John regardait.

Ils voyaient une uniformité translucide, d'un gris presque blanc, où ne figuraient plus ni le ciel ni la mer, où le vertical et l'horizontal et toutes les autres directions s'étaient dissoutes. Cela ressemblait à un tableau vierge voilé par un rideau de gaze sans plis. Et sur cette surface où rien n'existait encore on devinait les contours et le volume de l'île, comme si elle eût été dessinée à traits légers puis effacée, laissant la trace de sa dimension et de sa forme exquise, dans lesquelles elle allait resurgir.

Très doucement, à peine murmuré, Alice dit :

— C'est une île fantôme !...

Kitty lui serra la main très fort.

On entendit la mer étale soupirer le long du rivage. Les abois de la meute n'avaient pas cessé, ils semblaient se rapprocher : le renard courait toujours.

— Je pense, dit Sir John, que nous ferons à pied le bout du voyage...

Et, donnant l'exemple, il s'engagea sur la digue qui s'enfonçait dans le brouillard clair. Tout le monde le suivit, et la voiture suivit tout le monde.

Une tornade dévala derrière eux la pente du coteau, et la meute arriva comme un orage. Le renard qui n'était plus qu'un long trait fauve, jaillit entre les roues de la voiture, dépassa les piétons, fonça sur la digue et se fondit dans la brume. Les chiens le suivaient à vingt mètres.

Sir John réagit avec une vigueur et une promptitude dont personne dans sa famille ne l'eût cru capable. Barrant l'étroite chaussée de la digue, comme Bonaparte au pont d'Arcole, il fit face aux chiens, les frappant à coups de canne et à coups de pied, les injuriant et les commandant avec tant d'autorité qu'ils s'arrêtèrent, gémissant, quêtant du regard les ordres de leur maîtresse qui arrivait et stoppa dans une gerbe d'étincelles.

— C'est MON renard ! cria-t-elle à Sir John. Je le cours depuis trois heures !

— C'est MON île ! répondit fermement Sir John. Et je n'y autorise pas la chasse, sous quelque forme et à quoi que ce soit...

— Il mangera vos poules !

— C'est une affaire entre elles et lui... Je crains que vous ne connaissiez pas ma femme... Voici Harriet... Harriet, voici ma sœur Augusta...

Harriet, tout effarée, regarda, de bas en haut, cette étrange belle-sœur juchée sur l'énorme cheval couvert d'écume. Le chapeau de feutre rouge qui la coiffait aurait facilement contenu un pain de six livres. Il s'en échappait tout autour des mèches de cheveux sombres, et, par-devant, un long visage aux dents de cheval. Augusta regardait Harriet de bas en haut, avec une petite curiosité amusée. Elle lui sourit, découvrant des gencives aussi longues que ses dents. Harriet ne savait plus où finissait le cheval et où commençait Augusta.

— Je suis heureuse de vous voir, Harriet, dit celle-ci. J'espère que vous viendrez prendre le thé dimanche à Greenhall...

Elle fit tourner son cheval et cria après ses chiens :

— Vous êtes des veaux et des porcs ! Vous auriez dû l'attraper avant le Lough Greene ! Vous n'aurez que des pommes de terre !

A un bruit de langue le cheval repartit au galop. Ce fut comme si une colline s'ébranlait. Les chiens suivirent sans hâte, épuisés, éparpillés, les plus petits en dernier sur leurs courtes pattes.

Sir John regarda partir sa sœur, puis se retourna vers le large, leva sa canne pour désigner le but du voyage qui n'avait pas changé, et se remit en route. La mer commençait à baisser. Un vent léger ramassa la brume et l'emporta comme un voile de mariée. L'île apparut, toute neuve et fraîche. Sur la pente verte, entre le bleu du ciel et celui de la mer, les massifs de rhododendrons entièrement fleuris étaient posés chacun comme une seule fleur. Au sommet de l'allée en S, la maison blanche attendait. Dans la cheminée de la bibliothèque ronde de l'étage, le feu s'alluma.

Le renard était une renarde.

Lors de son précédent voyage, Sir John avait engagé, comme cuisinière et chef du personnel, une quadragénaire solide et rugueuse. Son prénom était Amy, et son nom si compliqué que Sir John décida de l'oublier. Elle avait une expérience un peu fruste du service, et des connaissances secrètes sur la vie visible et invisible de l'Irlande.

Elle attendait ses maîtres dehors en bas de l'escalier. A sa gauche se tenaient les deux jardiniers, et à sa droite, en rang, les six filles de paysans qu'elle avait transformées en servantes au moyen d'un tablier blanc et d'un bonnet empesé.

Folles de curiosité, tête inclinée ou le regard droit selon leur hardiesse, les six filles regardaient arriver Sir John Greene, nouveau maître de l'île, avec Lady Harriet à son bras, et le reste de la famille derrière, et la berline suivant tout le monde. Le gravier de l'allée bien ratissé craquait sous les roues de la voiture. Sir John, avec des gestes de sa canne, expliquait ceci ou cela à Lady Harriet. Une brebis mérinos, avec ses deux agneaux aux pieds noirs, traversa en gambadant la pelouse verte et s'arrêta pile pour regarder le cortège. Les fillettes émerveillées poussèrent des cris et voulurent se précipiter vers elle, mais une phrase sèche de la gouvernante les fit rentrer dans le rang. La brebis loucha, prit un air stupide, secoua la tête, fit demi-tour et galopa jusqu'au pied d'un massif de rhododendrons rose saumon où elle brouta un brin d'herbe en faisant semblant de tout ignorer. Ses agneaux la rejoignirent en bêlant le lait. La brume s'en allait lentement sur la mer, en festons blancs illuminés. L'île avait l'air d'être entourée d'un rêve. Des oiseaux chantaient dans le ciel.

Quand les servantes virent de près Lady Harriet, innombrablement boutonnée, avec ses lourdes torsades de cheveux, son petit chapeau perché d'où pendait une écharpe qui palpitait sur son épaule — et Sir John en habit et chapeau ventre-de-souris, avec son gilet vert brodé d'or — et les fillettes en velours prune et pomme coiffées de chapeaux plus grands qu'elles qui les faisaient ressembler à des ruches ramollies — et la gouvernante raide et maigre comme le manche d'un balai déguisé de satin noir — elles furent saisies à la fois d'admiration et de stupeur, et pincèrent leurs lèvres et mordirent l'intérieur de leurs joues pour retenir leurs rires. Mais elles avaient compris, à la perfection des détails, même de ceux qui leur paraissaient burlesques, qu'elles recevaient des maîtres de qualité. Et le regard calme de Sir John, et les immenses yeux paisibles de Lady Harriet leur apprirent qu'elles auraient de la satisfaction à les servir.

Après qu'Amy les eut nommées, ainsi que les deux jardiniers, elles se précipitèrent vers la berline, s'emparèrent des bagages et se dispersèrent en courant, dans un bruit terrible : Amy leur avait acheté des chaussures inusables, en gros cuir ferré.

Pour que tout fût bien visible et clair dès le premier coup d'œil, elle avait ouvert en grand les portes de toutes les pièces. Venant des quatre directions du ciel et de la mer, la grande lumière bleue entrait par toutes les fenêtres et illuminait l'intérieur de la maison comme un diamant. Lady Harriet en fut éblouie. Son mari commença à lui expliquer la disposition du rez-de-chaussée. Elle lui sourit et l'interrompit. Elle désirait avant tout se retirer un instant dans sa chambre.

Elle posa sa main sur le bras de Sir John et ils commencèrent à monter ensemble le large escalier de l'étage.

En gravissant les marches, elle découvrait encore mieux la nudité lumineuse du rez-de-chaussée, les meubles disparates alignés n'importe comment le long des murs fraîchement repeints, les sols sans tapis, les fenêtres sans rideaux ; elle écoutait les cris de joie des fillettes qui avaient échappé à Miss Blueberry et se poursuivaient à l'aventure dans l'inconnu de la maison, et les pas des servantes qui résonnaient dans toutes les directions de l'étage et du bas ; elle se demandait combien de temps il faudrait pour leur faire venir de Londres des chaussons de feutre ; elle pensait à ses tentures, ses tableaux, ses tapis, ses bibelots, son piano, son harmonium, ses coussins, ses petites tables, ses fauteuils, ses chancelières, ses poufs, tous les trésors de son inestimable confort anglais, qui voguaient au fond d'un cargo entre l'Angleterre et l'Irlande, et qui arriveraient quand ? et dans quel état ? Elle sursauta : Amy lui parlait du bas de l'escalier, d'une voix de bûcheron.

— Y a de l'eau chaude pour les bains et pour le thé, Madame ! Tant que Madame en voudra !...

Lady Harriet soupira :

— C'est bien, Amy...

Elle pensa que toute cette clarté et toute cette énergie, mon Dieu ! tout cela avait tellement besoin d'être tamisé !...

Brusquement, elle sentit un coton transparent, immatériel, occuper ses oreilles. Le monde des bruits bascula. Les pas des servantes s'éloignèrent à l'infini et se turent. Le vent, au-dehors, s'arrêta. La lumière n'était plus bleue mais verte, comme si le ciel fût devenu d'eau. Lady Harriet s'immobilisa, les deux pieds sur la même marche. Dans le silence cristallisé, un sanglot, si faible qu'il semblait impossible à entendre, si désespéré qu'une pierre l'eût entendu, monta vers elle de l'ombre au-dessous de l'escalier.

— Oh John ! Mon Dieu ! Quelqu'un pleure !... dit-elle en portant ses deux mains à son cœur.

— Voyons ! Voyons ! C'est le vent qui souffle.

Le vent ne soufflait pas. Et le sanglot recommença, ténu, sans épaisseur sonore. C'était un sanglot de silence et de grande douleur.

— Oh John ! Mon Dieu ! Il y a quelqu'un qui pleure sous l'escalier !...

— Voyons, ma chère, ce n'est pas possible !...

Il descendit vivement et ouvrit d'un geste brusque la porte pratiquée sous les marches. C'était celle d'un renfoncement un peu obscur mais sans mystère, qui contenait trois balais de genêt, une bassine de cuivre et un carré de grosse toile séchant sur une ficelle.

— Ce n'est qu'un placard à balai ! Avec des balais !...

Il n'était pourtant pas sûr de ne pas avoir entendu lui-même une sorte de...

— C'était le vent ! dit-il fermement.

— Oh non Monsieur ! dit Amy qui n'avait pas bougé. C'est la pauvre dame... celle qu'on a trouvée... Sir Johnatan l'a fait mettre en terre sainte, mais la pauvre, elle est quand même pas encore au bout de son chagrin... Elle est restée si longtemps debout dans le mur, Dieu la garde ! Quand quelqu'un de nouveau arrive, il faut qu'elle lui dise, elle a besoin...

Sir John monta deux marches, s'arrêta, se retourna vers Amy, leva sa canne et mit définitivement les choses au point :

— Je ne veux plus jamais entendre ici de pareilles sottises ! C'était le vent !

— Oui Monsieur ! dit Amy.

Et elle s'en fut en courant vers la cuisine.

Lady Harriet entendit de nouveau les pas des servantes, elle vit de nouveau que la lumière était bleue, elle posa de nouveau sa main sur le bras de son mari qui était de nouveau à côté d'elle. Les fillettes se poursuivaient en riant dans les pièces du rez-de-chaussée, le vent soufflait autour de la maison.

Elle comprit en un instant que si des forces et des formes inexplicables vivaient sur l'île, elle ne devait à aucun prix les laisser franchir les barrières de la vie familiale. Le bonheur des siens était à ce prix. La solution était simple : il suffisait de les ignorer. Elle était anglaise, c'est-à-dire d'une race qui refuse l'idée même de l'existence de ce qu'elle ne veut pas admettre. C'est le pilier de sa solidité.

En mettant le pied sur la marche suivante, Lady Harriet avait déjà pris sa décision : elle n'avait rien entendu d'extraordinaire, aucune manifestation surnaturelle ne s'était produite et ne se produirait puisqu'elle lui refusait toute réalité.

Ils arrivèrent au palier de l'étage. En face d'eux, une grande fenêtre découvrait l'horizon vers l'ouest. Par-dessus les toits des communs éclatait la houle des sommets de la forêt plantée par Sir Johnatan. C'était un foisonnement immobile, une vie formidable et diverse, avec les élans aigus des conifères, et les vagues arrondies des feuillus, de toutes les nuances du vert, sur lesquels tranchaient des roux sombres et des orange, et les masses multicolores des rhododendrons fleuris jusqu'à leur cime. Au-delà de cette mer végétale qui semblait bouillir, la véritable mer, bleu pâle, un peu effacée par un reste de brume, reposait immobile.

Lady Harriet, dans ce spectacle, ne vit que la possibilité de faire des bouquets pour décorer la maison.

Elle se tourna vers son mari et lui sourit.

— Nous serons heureux ici, mon ami, lui dit-elle.

Dans la nuit qui suivit, le renard vint rejoindre sa renarde. Ils s'installèrent entre les racines d'un if, dans un trou qui semblait avoir été creusé pour eux. Pour se nourrir, ils prirent deux poules au poulailler. James, qui en avait la charge, en découvrant le matin les plumes et le sang des victimes, poussa des jurons terribles et cria qu'il aurait le jour même la peau de l'assassin. Il prit son fusil à l'épaule et son chien en laisse, et partit en mission d'extermination. Tirant sur la laisse, gémissant d'impatience, la truffe râpant le sol, le chien, un bâtard biscornu de terrier et de collie, conduisit James tout droit vers la forêt de l'île.

Au moment où ils entraient dans l'ombre des arbres, ils se heurtèrent à Amy, debout au milieu de l'allée, bras croisés, immobile comme une pierre.

— James Mac Coul Cushin, dit-elle, si vous tuez cette bête, vous ne dormirez plus de bon sommeil une seule nuit de votre vie. Dès que vous fermerez l'œil, elle viendra souffler dans vos oreilles, et si vous ne vous éveillez pas, elle vous rongera les doigts de pieds !...

James savait qu'Amy ne parlait jamais en vain. Tout le pays redoutait son savoir ou y faisait appel dans les cas graves. Il ne pouvait pourtant pas permettre... Il éclata :

— Cette saleté me mange mes poules ! Je vais lui flanquer un coup de fusil, et si elle vient dans mes oreilles elle recevra un coup de bûche !

— Elle ne mangera plus vos poules, dit Amy.

James la regarda un instant en silence. Le chien la regardait aussi, la queue entre les pattes et l'échine basse, tremblant un peu.

— Vous savez ça, vous ! dit James.
— Oui je le sais, dit Amy.
— Eh bien ! eh bien !...

Il ne voyait pas comment s'en sortir. Il avait grand désir de renoncer à sa chasse, mais sans avoir l'air de céder devant une femme.

— C'est peut-être vous, dit-il, qui allez l'en empêcher ? Elle va peut-être se mettre à manger de l'herbe ?

— Peut-être...

— J'aimerais bien voir ça ! Quand vous lui préparerez sa salade, appelez-moi !... Ecoutez, je lui donne une chance... Pour cette fois j'efface... Mais si elle recommence, poum !

— D'accord ! dit Amy. Si elle recommence, poum ! En attendant, allez donc soigner vos chevaux !

Elle ne recommença pas. Chaque nuit, le renard et la renarde sortaient de l'île et allaient chasser dans les terres, puis rentraient vivre à l'abri des meutes dans la forêt de Sir Johnatan. James, les jardiniers et les servantes furent persuadés qu'ils avaient fait un pacte avec Amy. Les fillettes les virent plusieurs fois jouer et danser entre les arbres, sur l'herbe illuminée par le soleil.

A la nouvelle lune, Lady Harriet ressentit les premières douleurs. Toute la maisonnée s'apprêta joyeusement à recevoir le jeune garçon. Ce fut une fille.

Le léger duvet sur sa tête et les longs cils couchés au bord de ses paupières closes étaient blancs comme l'argent. Quand Amy la vit, elle fut prise d'une grande émotion, qu'elle cacha, et, silencieusement, lui attribua un nom gaélique qui attendait depuis très longtemps de trouver sur qui se poser. Son père la nomma Griselda.

Au bout de quelques semaines, les cheveux et les cils de la fillette tournèrent de l'argent à l'or clair, puis à l'or sombre. Ils se modifièrent lentement le long de son enfance et quand elle fut jeune fille elle portait une longue et lourde chevelure roux foncé, ondulée comme la mer calme. Et ses cils étaient noirs.

Sir John fut un instant déçu de ne pas voir arriver un garçon, mais il s'en consola vite en pensant que ce serait pour la prochaine fois...

Une semaine après la naissance de Griselda la renarde mit bas trois renardeaux, dont un avait la queue blanche.

Miss Blueberry partit avant la fin de l'année. Elle ne pouvait supporter les rires des servantes irlandaises, dont elle comprenait à peine le rude langage et qu'elle supposait en train de constamment se moquer d'elle. Après avoir consulté sa femme, Sir John décida de ne pas remplacer la gouvernante. Il s'occuperait lui-même de l'instruction de ses enfants, et Lady Harriet de leur éducation.

La « prochaine fois » ce fut encore une fille, Helen. Et la fois suivante une cinquième fille, Jane. Il n'y eut plus d'autre fois.

Lady Harriet avait installé sa demeure en comblant les vides inquiétants par ses mille objets familiers. Elle avait dressé contre l'inconnu une muraille constituée de rideaux à franges et glands de soie, de paravents de satin brodé, de fauteuils de tapisserie à fleurs, de chandeliers à bobèches de cristal, sur le piano à queue. A l'abri de ce rempart infranchissable à l'irréel, elle veillait paisiblement au confort des siens et à l'efficacité des servantes. Certaines s'en allaient, se mariaient, d'autres arrivaient. La famille de renards avait évacué l'île. Seul demeurait sous l'if celui que prolongeait une étrange queue blanche. Devenu adulte, il n'avait pas pris de femelle.

Dans sa bibliothèque dominant les quatre horizons, Sir John, entouré de ses livres et de ses manuscrits, isolé de tous contacts avec le monde, vivait plus près de Babylone que de l'Irlande. Il n'avait toujours pas trouvé le secret de l'écriture sumérienne, mais il cherchait, comparait, classait, imaginait, échangeait des hypothèses avec des correspondants du monde entier. Il était tranquille et heureux. Les années passaient sans modifier son apparence. En s'installant sur l'île il s'était placé hors des événements qui font courir le temps. Les saisons ne se succédaient que pour ramener le même avril.

Mais les arbres poussaient et les fillettes devenaient des filles. Et sur les terres, à l'autre bout de la digue, grandissait le désir de l'Irlande de retrouver sa liberté.

Johnatan en habit rouge, pendu au mur sur son cheval, regardait Griselda de haut en bas, et Griselda, debout, droite, mince, tête levée, regardait Johnatan en sens inverse. A genoux, derrière elle, Molly, sa femme de chambre, des épingles plein la bouche, retouchait le plissé de la robe vert absinthe qu'elles avaient élaborée ensemble d'après *Le Magasin des Dames et des Demoiselles*, de Paris. Griselda y avait ajouté, à son inspiration, des serpents et des nids de ganse noire et des boutons noirs, qui en faisaient une sorte de chef-d'œuvre baroque au-delà de la mode, n'ayant, en aucune façon, sa place dans la vie de l'île.

Mais Griselda ne vivait pas dans l'île, elle y existait seulement, en attente. Elle attendait sa vraie vie, qui viendrait sûrement la chercher un jour. Un jour prochain. Ça ne tarderait plus. Elle allait dans deux semaines avoir dix-huit ans. Après, elle commencerait à être vieille...

Kitty entra en coup de vent, vêtue de laine marron, comme une servante. Elle serrait sur sa poitrine un panier d'osiers à deux couvercles. Elle cria à Griselda :

— Tiens ! C'est pour toi !... Oh qu'est-ce que tu ressembles à grand-père ! Je ne l'avais encore jamais remarqué !...

Elle s'arrêta une seconde, pour regarder successivement sa sœur et le portrait, puis reprit sa marche en bourrasque, apportant avec elle l'odeur de la campagne, de la mer, de son cabriolet d'osier et de son grand poney gris.

Elle posa le panier devant Griselda, près de Molly, qui avait fait le tour de la robe sur les genoux, souleva un couvercle et sortit une petite boule palpitante de fourrure blanc et feu, qu'elle posa brusquement dans les mains de Griselda.

— C'est un collie, de la chienne d'Emer Mac Roth. Il est pure race !

Le chiot bouleversé de peur et d'amour urina dans les mains de Griselda. Elle poussa un cri et le laissa tomber. Molly le cueillit au vol. Griselda le reprit, le posa à terre, s'agenouilla et le roula sur le tapis en lui disant des injures amicales. Il gémissait et couinait, agitait les pattes quand il se trouvait sur le dos, essayait de se lever quand il était sur le ventre, vacillait et retombait.

Griselda le ramassa à deux mains, et marcha vers la porte en le portant loin devant elle pour épargner un accident à sa robe.

— Où vas-tu ? demanda Kitty.
— Je vais le montrer à Waggoo, il faut qu'ils se connaissent...
— Tu es folle ! Il va le manger !
— Non.

Elle sortit en courant, suivie de Molly qui tenait le bout d'une ganse pas entièrement épinglée, et de Kitty qui brandissait son panier.

Quand elles furent dehors, Lady Harriet soupira. Elle était assise près de la grande cheminée, le dos aux fenêtres, devant un immense canevas de tapisserie représentant un bouquet victorien entouré de guirlandes. Il lui faudrait plusieurs années pour en venir à bout.

Sous le massif flamboyant des genêts, une longue forme blanche, furtive, se déplaçait au ras du sol, apparaissant, disparaissant, ondulant entre les arbustes écrasés de fleurs, ou filant comme une flèche de l'un à l'autre. C'était la queue du renard.

Le petit fauve roux et blanc avait depuis longtemps dépassé la longueur de vie de son espèce. L'âge lui courait après sans pouvoir l'atteindre. Ceux qui le voyaient le devinaient cependant un peu plus léger, chaque fois, et si quelqu'un eût pu le prendre entre ses mains, il n'eût peut-être soulevé qu'une poignée de vent. A cause de sa double couleur, les habitants de St-Albans l'avaient baptisé Whitegold. Prononcé par les fillettes, son nom était devenu très vite Waggoo[1]. Depuis quelques années il ne sortait plus de l'île, se nourrissant de taupes, d'escargots, de grillons, de bêtes de plus en plus petites, de rien... Bien qu'il se sût en sécurité, il ne se laissait approcher de personne, et voir seulement de qui lui plaisait.

Parfois Amy, dont les cheveux étaient devenus aussi blancs que la queue de la bête, venait la nuit jusqu'à son terrier, s'asseyait sur une souche qu'elle y avait disposée et lui parlait longuement, tranquillement, avec des silences où on entendait des petits bruits d'oiseaux à moitié endormis et la rumeur douce de la mer. Elle lui racontait, comme elle ne pouvait le raconter à personne, la vie de la maison, la vie de l'Irlande déchirée, elle lui faisait part de ses soucis pour les cinq filles, lui demandait conseil. Waggoo ne se montrait pas, il écoutait du fond de son trou. Il comprenait peut-être. Parfois il était loin de là, à un autre bout de l'île, tapi derrière une feuille morte, à l'affût d'une sauterelle venue d'Amérique sur le vent. Amy repartait réconfortée, détendue, ayant souvent trouvé une réponse dans la grande paix de la nuit. Elle bâillait, elle allait dormir.

Devant le trou au pied de l'if, le chiot balourd tournait sur lui-même, tombait sur le cul, se relevait, reniflait un gravier, en prenait peur, appelait au secours, aimait sa voix, remuait la queue, cherchait quelqu'un, quelque chose, le monde.

Le renard tournait autour de lui dans les genêts, les azalées et les airelles. Il allait de plus en plus vite dans les couloirs verts qu'il avait depuis longtemps tracés. Il courait en rampant, sans le quitter de l'œil. Ce machin ! ce poil ! cette bête !... Il aurait voulu bondir vers lui, mais il n'était pas seul...

Au tournant de l'allée, les trois filles attendaient. Molly finissait d'épingler la ganse, un œil sur la robe, un œil sur l'if. Kitty, les deux mains crispées sur l'anse du panier, menaçait à voix basse :

— S'il lui fait du mal je t'assomme !

— Allez-vous-en ! cria Griselda en frappant du pied. Tant que vous serez là il ne se montrera pas !

— Mais... dit Kitty.

— Allez-vous-en !

Molly planta trois épingles à la fois et fit un nœud. Griselda poussa, bouscula les filles.

— Allez-vous-en ! loin ! Rentrez !

— S'il lui fait du mal... dit Kitty.

— Zut !

Quand elle n'entendit plus leurs pas sur le gravier, Griselda revint au tournant de l'allée et attendit, tranquille. Quelques secondes passèrent, puis un fin museau roux pointa au ras du sol, entre deux fleurs de liseron. Deux yeux obliques suivirent, qui souriaient, puis deux oreilles couchées, qui se redressèrent.

---

1. Prononcez : *ouagoû*...

— Bonjour, dit Griselda.
Waggoo sortit tout entier, et en un éclair fut près du chiot. Il lui posa le nez dessus et, comme s'il avait mordu une abeille, son dos s'arqua et tout son poil se hérissa. Le chiot se coucha sur le dos et lui montra son ventre. Le renard recula et s'accroupit, le museau tendu, la queue allongée, long, interminable. Il dit très doucement :
— Whoûoû...
— Vouipvouipvouip ! répondit le chiot d'une voix d'aiguille.
Le renard bondit et se mit à danser autour du chiot. Il sautait et resautait des quatre pattes en même temps, raides, la queue dressée comme celle d'un chat. Il s'arrêta, ouvrit la gueule et prit le chiot entre les dents.
— Waggoo ! cria Griselda.
Il lâcha le chiot et regarda la jeune fille. Il disait : « Je ne veux pas le manger... Je veux l'emporter chez moi... »
— Il n'est pas à toi, dit Griselda.
— Bon ! bon ! bon !...
Il lui donna un coup de nez qui le fit rouler trois fois, sauta de joie par-dessus lui, et disparut dans les genêts.
Griselda ramassa la petite bête, la serra sur sa poitrine sans plus se soucier de sa robe, traversa toute la forêt par son chemin secret et monta sur la tour de l'embarcadère. Le vent, comme toujours, venait de la mer. Tenant le chiot dans sa main gauche, elle ôta de sa main droite les épingles de ses cheveux et les jeta. Puis elle posa le chiot à terre et à deux mains défit ses tresses. Le vent l'aidait, impatient, et quand sa chevelure fut libre il se coucha dedans et s'y roula, la souleva, la fit danser comme la voile déchirée d'un navire qui brûle. Griselda fermait les yeux et tendait son visage. Les vagues du vent le baignaient. Un jour, de la direction du vent, du bout de la terre, viendrait ce qu'elle attendait, elle ne savait pas sous quelle forme, un navire, un homme, la vie...
Le chien dormait entre ses pieds.

Le chiot devint un chien superbe. Lorsqu'il eut deux ans, son épais plastron blanc descendait plus bas que son ventre. Son museau, presque aussi fin que celui de Waggoo, était blanc, le sommet de son crâne feu, partagé par une raie blanche. Des poils feu bourraient ses petites oreilles attentives vers l'avant. Il avait le dos feu, la queue blanche dessous et feu dessus, et le reste du corps partagé par grandes taches entre les deux couleurs. Il était aussi élancé qu'un lévrier, mais plus grand et plus robuste.
Couché au milieu de la chambre, le museau entre ses pattes allongées, il regardait Griselda assoupie sur le lit à licornes. Elle avait fait échange de lit avec sa mère qui n'aimait guère ces bêtes cornues, et, sans vouloir l'avouer, trouvait dans la maladie de sa fille la preuve de leur mauvaise influence. Car Griselda était malade...

Elle avait l'habitude de faire de longues promenades solitaires dans l'île, par tous les temps, accompagnée seulement de son chien. L'été, quand le soleil brillait, elle allait s'asseoir au sommet du Pouce, dans une niche creusée par le vent et la mer et que les pêcheurs nommaient la Chaise d'Eau. En cet endroit, qu'elle avait découvert et adopté dès son enfance, elle tournait le dos à l'île, elle ne voyait que l'horizon, elle était comme au sommet d'un navire sur le point de lever l'ancre. Le vent chantait dans les fentes du rocher, les vagues résonnaient comme des orgues basses dans ses racines sous-marines creusées de cavernes où se réfugiaient les grands poissons sauvages. Les oiseaux de mer passaient en jetant leurs appels. Griselda, peu à peu, voyait l'horizon bouger, sentait tanguer le navire, elle fermait les yeux, elle était partie...

Plus tard, elle y apporta des livres pris à la bibliothèque de son père. Abritée et isolée, elle lisait pendant des heures, toujours des vies de femmes, de ces femmes illustres et belles qui avaient vécu au-dessus des conventions et changé le cours de l'histoire en dominant les hommes qu'elles fascinaient. La plupart avaient fini misérablement, mais Griselda ne se souciait pas de la fin. Elle attendait le commencement, et rêvait qu'il l'emporterait vers un destin du même ordre, ou même vers un destin plus grand, plus extraordinaire dont elle resterait maîtresse, en pleine liberté.

Mais les années passaient, et elle n'avait reçu que son chien.

Il ne pouvait l'accompagner jusqu'à la Chaise. Il l'attendait, couché au pied du rocher auquel elle grimpait comme une chèvre, toujours vêtue de robes extravagantes et précieuses, chaussée de bottines fragiles ou nu-pieds.

A la fin de janvier il y eut un matin de soleil éclatant. Il semblait que le temps eût sauté pendant la nuit par-dessus la fin de l'hiver et fût retombé tout droit dans la saison des fleurs. Un tel soleil annonçait un de ces jours où les événements se produisent, où des voyageurs arrivent, où aucun moment n'est ordinaire. Griselda prit son thé en hâte, s'impatienta contre Molly qui mettait trop de temps à la coiffer, choisit sa robe mauve, et mit, par-dessus, son manteau de moire verte dont la ceinture s'épanouissait en chou-papillon. Sur la lourde masse de ses cheveux roux noués et épinglés, elle posa le nuage blond d'un voile de dentelle, de la même couleur que ses bottines de chevreau. Elle sortit de la maison par la porte du jardin et s'enfonça dans la forêt, suivie, précédée, entourée par la flamme dansante de son chien.

Dès qu'elle eut quitté sa chambre, le cocher et les servantes vinrent ôter son lit et apportèrent les lourds panneaux et les colonnes du lit à licornes qu'ils commencèrent à ajuster, assembler, visser, astiquer, parer de draps de lin, de couvertures de mohair et d'un dessus brodé de toutes couleurs.

Griselda parvint en haut du Rocher en même temps qu'un grain surgissait de l'horizon et visait le passage entre l'île à Cloches et l'île à Sel. A peine fut-elle assise dans son abri habituel que la bourrasque arriva droit sur St-Albans et sur elle. Le vent emportait la pluie énorme presqu'à l'horizontale. Elle se brisait en écume sur le Rocher. En un instant elle emplit la Chaise d'Eau comme un verre. Griselda, transformée en chiffon ruisselant, descendit de son refuge noyé, et courut se mettre à l'abri des arbres. Mais l'eau qui accrochait son élan sur leur cime en tombait en cascades, emportant jusqu'au sol des oiseaux et des feuilles. Lady Harriet, inquiète, fit le compte de ses filles. Où étaient-elles, mon Dieu, où étaient-elles toutes par un temps pareil ? Jane, la plus jeune, ne l'avait pas quittée. Celle-là était la plus raisonnable, chère Jane, la plus ronde sinon la plus jolie. Alice, l'aînée, était partie pour Donegal avec sa tante Augusta qui l'avait envoyé chercher par son cocher. Helen était avec son père dans la bibliothèque. Kitty était déjà en train de visiter « ses pauvres » sur les terres, et de leur distribuer des vivres et le réconfort de son cœur et de ses sourires. Elle avait dû certainement trouver un abri quelque part. D'ailleurs il était probable qu'il pleuvait moins là-bas. Mais Griselda ? Ah ! Griselda, celle-là, mon Dieu, quel tourment ! Encore en falbalas et pieds nus dans son île ! Sous le déluge ! Lady Harriet sonna pour qu'on envoyât porter une pèlerine à sa fille. Mais Amy était déjà partie à sa recherche avec deux servantes.

De la fenêtre de sa chambre, Lady Harriet regarda en frissonnant le dos de la forêt qui se hérissait sous la bourrasque et la déchirait. Elle connaissait mal tout ce qui s'étendait de ce côté-là jusqu'à l'océan. Elle préférait la pelouse bien tondue, les massifs dégagés et l'harmonieuse allée qui, de l'autre côté, descendaient de la façade vers la digue. Leur vue lui reposait le regard et l'esprit. En fait, elle ne sortait presque jamais de sa maison. Sa maison était sa raison d'être, son abri, sa coquille, une île dans l'île. Celle-ci lui paraissait parfois, en de courts moments de panique aussitôt rejetés, aussi inconnaissable et redoutable que l'Afrique.

La bibliothèque constituait une troisième île, plus petite, enfermée au cœur des deux autres, et défendue par elles, où Sir John poursuivait ses recherches à l'abri de la réalité. Il avait vu grandir ses filles sans que cela constituât pour son esprit un phénomène nécessitant réflexion. Helen, la quatrième, passionnée par les mystères des tablettes sumériennes, travaillait avec lui depuis plusieurs années. Il ne trouvait pas anormal qu'une jeune fille de dix-neuf ans n'eût pas d'autre désir que d'exhumer de la poussière un morceau du passé. Peut-être, ce jour-là, ne s'était-il pas encore aperçu qu'il pleuvait.

Le vent et la pluie redoublaient. Un énorme muscle d'air et d'eau s'enroula autour d'un des chênes verts de l'allée et tordit une branche grosse comme un homme. Elle craqua, se déchira, et tomba en travers du chemin avec toute sa tribu et ses familles de rameaux et sa foule de petites feuilles pointues, juste comme venait de passer une berline ruisselante qui arrivait de Belfast à travers l'Irlande. Les chevaux, le cocher et le voyageur, aveuglés, assourdis, ne se rendirent pas compte du danger qui les avait frôlés. Amy et une servante rentraient par la porte des communs sans avoir retrouvé Griselda.

Molly continuait de chercher. On entendait par moments, dans la forêt, sa voix transpercée de pluie et de vent, qui appelait : « Miss Griselda ! Miss Griselda ! ». Puis le nom du chien : « Ardann ! Ardann ! » Griselda l'entendait mais ne répondait pas. Elle serrait contre elle le chien trempé pour l'empêcher de répondre. Ils étaient sous le tunnel, Griselda assise sur une borne qui en marquait le milieu, Ardann sur ses genoux, serré contre sa poitrine. A travers le poil et les étoffes mouillés elle se réchauffait à la chaleur de la bête. Et puis la voix de Molly se tut. Il n'y eut plus que le bruit énorme de la tempête qui les entourait. C'était le bruit du monde, du destin en mouvement. Griselda avait chaud et froid, elle se serrait contre son chien, elle avait peur, elle était bien.

La berline s'arrêta devant le perron. Le cocher, dont le lourd manteau ressemblait à une fontaine, vint en ouvrir la porte. Lady Harriet, à travers le rideau de pluie, aperçut la silhouette d'un homme qui hésitait à sortir. Elle dépêcha vers lui Brigid, la petite servante des lampes, avec un grand parapluie vert. Le vent troussa le parapluie et la fille, qui lâcha tout pour rabattre sa jupe en riant. L'eau vernit ses joues rouges et lui entra dans les yeux. L'homme sauta de la voiture sur la première marche, grimpa les autres en un bond, les deux mains cramponnées à son chapeau haut de forme noir, arriva trempé devant Lady Harriet, se découvrit, s'inclina et dit : « Sorry... » C'était Ambrose Aungier, un correspondant et disciple londonien de Sir John qui l'avait invité à venir travailler auprès de lui pour profiter de ses documents, de ses livres et de ses conseils. Il était grand et distingué. Il portait une moustache encore blonde et une petite barbe déjà grise. Il avait quarante et un ans. Quand il se releva après s'être incliné devant Lady Harriet, une goutte de pluie brilla à la pointe de sa barbe.

A Donegal, il ne pleuvait pas. C'est-à-dire que, des nuages emportés par le vent, tombait parfois une de ces brèves herses d'eau auxquelles personne, en Irlande, ne prête attention. Alice tourna entre les gouttes au coin de la rue étroite où se trouvait la boutique de l'épicier qui lui fournirait à la fois l'eau de Cologne allemande pour Lady Harriet et les épices pour Amy. Elle avait déjà acheté le fil de soie bleu pour Griselda et les plumes d'oie pour son père. Elle faisait ainsi, toutes les cinq ou six semaines, les courses délicates de la famille, en compagnie de sa tante Augusta. Celle-ci était allée de son côté, avec la voiture, vers des achats plus importants. Elles avaient rendez-vous sur la place du Marché, emplettes terminées. Alice s'arrêta soudain. Par une porte de bois entrouverte, sur laquelle était sculptée la croix de saint Patrick, le chant d'allégresse des voix hautes d'un orgue parvenait jusqu'à la rue. Dans le mur nu, vide, uniforme, crépi de gris, la porte se refermait doucement derrière quelqu'un qui venait d'entrer. Alice hésita un instant, puis la poussa à son tour. Son cœur battait. Elle savait où elle était en train de pénétrer : dans la chapelle du couvent des Sœurs de la Miséricorde. A vingt-sept ans, elle n'avait jamais franchi le seuil d'un édifice catholique. Sir John était protestant par tradition mais sans conviction passionnée. Il accueillait le pasteur dans l'île le troisième dimanche de chaque mois, mais pendant la prière pensait aux mystères babyloniens. La foi de Lady Harriet était un produit et une condition de l'éducation, comme la pudeur et le piano. Pour Alice, Dieu était un problème, un appel, une angoisse. Elle avait besoin de lui mais ne le trouvait pas. Le Dieu de ses parents lui paraissait une caricature, et le pasteur, si sûr de lui, ne lui apportait comme ouverture que celle d'une armoire vide.

L'orgue se tut un instant, puis recommença. Effrayée, attirée, coupable, bouleversée, ne sachant comment se comporter, Alice suivit la femme vêtue de noir qui était entrée avant elle. Au fond de la nef, séparées du public des fidèles par une grille basse, trois rangées de religieuses étaient agenouillées.

Entre elles et l'autel une religieuse toute blanche était étendue sur le sol, la face contre terre, les manches de sa robe formant une large branche perpendiculaire à son corps. Un prêtre vêtu d'or lui tournait le dos, traçant parmi des objets d'or et les flammes d'or des cierges des signes précis et mystérieux. Deux prêtres blancs comme des anges se tenaient à sa gauche et à sa droite. Il chantait en latin, sur un air étrange et l'orgue lui répondit, éclatant de toutes ses voix en un fleuve de joie et de gloire. Le chœur des religieuses se posa sur lui comme un navire sûr de son voyage. Les flammes des cierges étaient des morceaux de soleil.

Imitant la femme qui la précédait, Alice trempa l'extrémité de ses doigts dans un petit bénitier de pierre. Le contact de l'eau fut un choc de glace et de feu, qui la secoua tout entière. Elle se mit à trembler. A un pas devant elle, rapidement, machinalement, sans y attacher la moindre importance, la femme noire se signait. Alice fit un effort énorme. Crispant les muscles de son bras, luttant contre les réflexes d'un quart de siècle d'éducation, contre l'interdit et la dérision, de son front à sa poitrine et d'une épaule à l'autre, pour la première fois elle dessina sur son corps le signe de la croix.

Quand la pluie cessa, Griselda revint. Elle passa par la cuisine pour n'être pas vue de sa mère. Mais Amy la vit et se mit à gronder de fureur en gaélique, en bousculant ses casseroles fumantes. Ardann lui répondit sur le même ton et lui montra quelques dents, puis se secoua, lui inondant les pieds. Griselda courut jusqu'à sa chambre, suivie de Molly, qui la déshabilla et la frictionna. Sir John et Lady Harriet étaient en train d'accueillir au salon leur hôte qui venait de se changer. Alice retrouva sa tante qui l'attendait dans sa voiture sur la place du Marché. Un homme jeune était assis près du cocher. Lady Augusta, très excitée, expliqua à sa nièce que c'était un chauffeur. C'était ainsi qu'on nommait les hommes qui savaient conduire les voitures automobiles. Elle allait enfin pouvoir se servir de celle que son mari lui avait achetée à l'Exposition de Paris, et qu'on lui avait livrée à l'automne sur un camion à chevaux. Elle fonctionnait avec du pétrole. Mais Sir Lionel n'avait pas su la faire rouler. Ce garçon se nommait Shawn Arran, c'était le fils adoptif du pêcheur de Fernan's Isle, il avait voyagé en Angleterre et sur le Continent, et travaillé en Allemagne dans l'atelier de M. Benz. Il savait maîtriser les moteurs et conduire les véhicules. Lady Augusta aimait toujours les chevaux mais l'ardeur des bêtes à poil ne suffisait plus à la satisfaire. Elle rêvait de galopades terribles avec son cheval de fer. Peut-être s'en servirait-elle pour chasser le renard.

Les jours d'hiver sont brefs dans le nord de l'Irlande. Un peu avant que prît fin ce jour de soleil et de tempête, deux cavaliers en uniforme franchirent la digue, montèrent vers la maison blanche, en firent le tour et mirent pied à terre devant la porte des communs. Le plus grand sonna et demanda à parler à Sir John Greene.

— Monsieur travaille ! lui répondit Amy. Il a autre chose à faire, Dieu le garde ! que de perdre son temps avec des policiers ! Si vous avez quelque chose à dire, Ed Laine, dites-le avant que ça vous étouffe ou bien repartez avec.

— Vous êtes le hérisson le plus venimeux de tout le comté, répondit le colosse roux. Ce sont des langues comme la vôtre qui nous rendent la vie impossible !

— Si la vie vous est impossible dans le Donegal, retournez donc dans votre Ecosse ! On ne vous a pas demandé, ici. Et les choux écossais ont sûrement besoin de vous. Rien qu'à regarder votre grosse figure ils pommeraient en deux jours...

Ed Laine fronça les sourcils pour réfléchir, puis son visage se détendit :

— Je pense que vous voulez m'offenser, dit-il, mais il n'y a pas de choux dans mon village...

Amy hocha la tête, désarmée.

— Depuis que vous n'y êtes plus, sûrement, le dernier est parti... Entrez donc, tous les deux, vous prendrez bien une tasse de thé pendant que je ferai prévenir Madame...

— Votre thé, je me méfie, dit Laine en souriant, vous seriez bien capable de l'empoisonner !

— Je devrais, dit Amy, mais ça me causerait plus d'ennuis que vous n'en valez !

Bien que la porte fût haute et large, Ed Laine entra de profil et en baissant la tête. C'était un réflexe. Il lui arrivait trop souvent de se cogner en haut ou sur les côtés. L'autre constable suivit dans son sillage, muet.

— Si seulement vous aviez une noisette de cervelle dans cette grosse tête là-haut, dit Amy, vous ne feriez pas le métier que vous faites, à traquer les patriotes. Et ne soufflez pas sur votre thé comme un sauvage de vos montagnes !

— Vous les appelez des patriotes, dit Laine en repoussant sa tasse, mais ce sont des rebelles... Et le métier que je fais, si je ne le faisais pas, quelqu'un d'autre le ferait à ma place, qui serait peut-être plus mauvais que moi. Et je ne soufflais pas sur mon thé, je le buvais...

— Une roue de voiture, dit Amy, ce n'est pas mauvais, mais si ça vous passe sur le pied...

— Ils n'ont qu'à enlever leurs pieds, dit Laine.

— Faites attention, dit Amy, de ne pas perdre votre tasse dans votre moustache.

Lady Harriet, prévenue, envoya Jane à l'office voir ce que désiraient les gardes, et si cela valait la peine de déranger Sir John. En voyant entrer la plus jeune fille de la maison, les deux gardes se levèrent et Laine salua. Jane n'avait que dix-sept ans et n'était pas très grande pour son âge. Elle leva la tête avec étonnement pour regarder, bien au-dessus d'elle, les yeux bleus du garde et ses dents blanches sous sa moustache et l'écouter lui dire de bien vouloir signaler à Sir John qu'un dangereux chef rebelle était signalé dans la région. Il se nommait Hugh O'Farran, et il prétendait descendre d'un ancien roi de l'Irlande, un de ces nombreux petits rois d'avant l'unification.

— Unification à coups de sabre ! dit Amy.

— C'est toujours comme ça qu'on unit, dit Laine. On ne sait pas où se cache O'Farran mais tout le monde en parle, et les gens s'excitent, et qu'il soit roi ou pas, et qu'il soit dans la région ou qu'il n'y soit pas, il faut s'attendre de nouveau à des fusillades, à des bombes et à d'autres actes idiots.

— L'idiot, c'est vous, dit Amy.

Ed Laine ne daigna pas lui répondre. Il regardait la tête blonde de Jane et son petit visage levé vers lui avec une attention un peu enfantine.

— Nous faisons une tournée pour prévenir tous les gentlemen, dit-il, afin qu'ils prennent leurs précautions. Il vaut mieux ne pas se déplacer seul, et emporter un fusil...

— Ed Laine, dit Amy, gardez donc vos discours pour d'autres gens et d'autres lieux. St-Albans n'a rien à craindre des patriotes. Le souvenir de Sir Johnatan protège l'île, et Sir John est aussi digne que lui d'être un vrai Irlandais, et ses filles sont cinq trésors à qui aucun homme qui se bat pour la liberté ne voudrait toucher le bout d'un cheveu ! Mais j'espère bien qu'ils vous couperont le cou !

— Avec la permission de Mademoiselle, dit Ed Laine, je prendrais bien une autre tasse de thé.

— Sentez-la, celle-là ! Sentez-la !... dit tout à coup Amy à voix basse.

Elle se mit à renifler comme un chien de chasse, s'approcha doucement de la porte du couloir et l'ouvrit d'un seul coup, découvrant la petite Brigid immobile, aux écoutes, deux lampes de cuivre serrées contre sa poitrine.

Brigid poussa un cri et s'enfuit en courant, laissant derrière elle une traînée d'odeur de pétrole. Amy, après l'avoir menacée de lui casser un balai sur la tête, referma la porte vivement, en faisant une grimace de dégoût.

— Ce pétrole, dit-elle, c'est une invention du Diable ! Je suis sûr que l'enfer est chauffé au pétrole, que les damnés y boivent du pétrole et sont grillés au pétrole ! Heureusement qu'il n'y a que des Anglais...

Ed Laine et son compagnon s'en furent. Le jour s'achevait. La longue nuit allait commencer, c'était le temps des lampes. Il en fallait beaucoup pour éclairer toutes les pièces et les recoins de St-Albans. Brigid, la plus jeune des servantes, en avait la charge. Dès le jour levé elle commençait à les collecter toutes, les emportait dans une petite pièce au bout des communs, à l'extrémité d'un long couloir, à l'écart de tout, et s'y enfermait avec elles. Il y en avait de précieuses, en porcelaine décorée de fleurs, avec des abat-jour d'opaline, de plus robustes en cuivre ouvragé, des rustiques et des distinguées, de toutes les tailles, faites pour être posées, accrochées ou suspendues, momentanément rangées sur le sol et sur les étagères, en service ou en réserve, tout un bataillon. Brigid ôtait les abat-jour, les verres fragiles, dévissait les porte-mèches et emplissait les ventres des lampes au moyen d'une bonbonne et d'un entonnoir trop grand. Ensuite, sans perdre une minute, elle revissait tout, replaçait les verres et les abat-jour, réglait les mèches, essuyait les traces de pétrole, astiquait le cuivre et la porcelaine et recommençait à mettre en place les lampes et à les allumer, car le jour déjà finissait. Entre-temps elle avait déjeuné rapidement sans les quitter, car quoi qu'elle pût faire elle sentait le pétrole, abominablement, et Amy lui interdisait non seulement l'accès mais même l'approche de l'office et de la cuisine où son odeur eût empoisonné les plats, et où on continuait à s'éclairer à l'huile et à la chandelle.

Pour le dîner qui mit fin à ce jour de soleil et de tempête, et qui devait être le premier repas à St-Albans de l'hôte de Sir John, Brigid, sur les indications de Lady Harriet, suspendit aux murs de la salle à manger, devant leurs réflecteurs de cuivre en forme de grandes coquilles, six lampes à huile dont les flammes réchaufferaient la lueur un peu blême des deux suspensions à pétrole à trois feux et abat-jour d'opaline blanche entourés d'une constellation de pendeloques de cristal.

L'or des cadres et des miroirs anciens et des portraits, les fils d'or perdus dans la tapisserie représentant la prise de Jérusalem en costumes du XVIIe siècle, accrochèrent l'or de l'huile et s'y réchauffèrent. Dans la cheminée de pierre qui occupait presque tout le mur du fond, un feu de chêne et de tourbe brûlait avec de courtes flammes, dispensant une puissante chaleur. Le premier convive qui entra fut Ardann. Il vint s'effondrer devant l'âtre avec un profond soupir de chien heureux. Aussitôt endormi il commença à rêver, les pattes agitées de soubresauts en des chasses extraordinaires. C'était le moment où la famille se retrouvait. Les lampes allumées au-dessus de la table, chacun sortait du domaine secret qui l'avait occupé pendant la journée et venait se joindre aux autres dans la lumière commune. Sir John, heureux de retrouver les siens réunis autour de lui un soir de plus, caressait sur son gilet les petites licornes d'argent suspendues à sa chaîne de montre et remerciait d'un regard sa femme de rester belle, lisse et calme. Elle avait le visage sans ride des femmes qui ne pensent ni aux problèmes graves qui les troubleraient, ni aux futiles qui les agiteraient. En tournant légèrement la tête il faisait le compte de ses filles, et se réjouissait de tout ce bonheur. Ce soir il en manquait une. C'était Kitty. Elle arriva et prit sa place au moment où il allait s'enquérir d'elle. Elle balbutia des excuses puis se mit à rire. Elle s'arrêta brusquement, confuse, en découvrant qu'il y avait un inconnu à table. Elle revenait de sa tournée de charité, elle était toujours en retard, elle perdait ses tresses, elle rajusta ses épingles et ses peignes, elle soupira comme Ardann, elle était laide, bonne et heureuse. Et elle avait faim.

Sir John inclina la tête :

— Seigneur, dit-il, nous vous remercions de nous avoir permis d'être une fois de plus réunis autour de cette table, nous vous remercions des nourritures que vous nous accordez aujourd'hui comme les autres jours, nous vous prions d'en accorder chaque jour à tous ceux qui ont faim...

Il marqua une courte pause et ajouta :

— ... et de donner la paix à l'Irlande.

— Amen ! fit discrètement le chœur des filles.

Alice releva son long visage sans couleur. Sa bouche mince était serrée sur sa réprobation intérieure. Elle pensait qu'il n'y avait aucune sincérité dans la prière de son père. Ce n'était pas un mensonge, c'était pire : une apparence vide. Elle pensa aux cierges et aux chants et à l'orgue, et à la religieuse couchée en croix sur les dalles, le visage dans la poussière. De nouveau elle se sentit glacée et brûlante. Elle se raidit dans sa robe gris sombre. Une guimpe baleinée lui encerclait le cou avec rigueur jusqu'au menton.

Helen n'avait presque vu d'Ambrose Aungier que son dos, pendant le peu de temps qu'il avait passé dans la bibliothèque. Il parlait avec son père, elle était assise derrière lui à sa petite table habituelle, elle avait entendu sa voix grave qui prononçait l'anglais avec l'accent parfait des gens bien élevés. Il lui avait adressé un petit salut de profil en sortant s'habiller pour le dîner. Elle le découvrit de face au moment où il entrait à la salle à manger, vêtu d'une redingote grise et d'un pantalon à damier gris et blanc. Il vint prendre place en face d'elle. Elle remarqua que sa cravate était assortie à son pantalon, et nouée d'une façon parfaite. Il mangeait, parlait, prenait et posait son couteau et sa fourchette avec une correction absolue. Il semblait se méfier de tant de présences féminines autour de lui et, très réservé, ne s'adressait qu'à son hôte. Sa présence faisait peser sur la famille un demi-silence inhabituel. Les sœurs ne se parlaient qu'à mi-voix. Lady Harriet dit qu'il avait fait beau, puis qu'il avait plu.

Devant le feu, Ardann poussa un petit aboi étouffé qui l'éveilla. Il ouvrit un œil, sentit qu'il était cuit d'un côté, et se tourna.

Sir John parlait avec Ambrose Aungier de la politique de Parnell qui essayait d'obtenir par des voies légales une plus grande autonomie pour l'Irlande. Sir John approuvait son action et Aungier la désapprouvait, l'un et l'autre avec la plus correcte modération.

Jane, un peu anxieuse, était assise en face de sa mère. Elle avait été chargée de la décoration de la table et de l'ordonnance des verres de cristal gravés de la licorne. S'en était-elle bien tirée ? Lady Harriet la rassura d'une inclinaison de tête bienveillante. Jane se mit à sourire à tout et à tous.

Une ombre silencieuse se déplaça vivement le long des murs de la salle à manger. C'était Brigid qui continuait sa tâche. Elle courait toute la soirée du haut en bas de la maison, à travers pièces, escaliers et couloirs, s'arrêtait à toutes les lampes et tirait des chaînettes, tournait des molettes, pompait des pompettes, réglait les pressions et les mèches, surveillait les flammes. Un léger relent de pétrole fit le tour de la table, puis s'évanouit.

Griselda frissonna. Elle sentait encore autour de ses jambes le froid de l'eau dans le tunnel. Elle avait mis sur ses épaules une fine écharpe de laine, légère comme de la soie. Elle avait chaud à la tête et aux mains, mais le froid venait du bas, et montait.

Helen ne parvenait pas à détacher son regard du visage d'Ambrose Aungier. Il lui semblait plein de mystère et de savoir comme un livre qu'on n'a pas encore ouvert. Elle sentait grandir en elle l'envie de connaître ce qui y était écrit. Il ressemblait un peu à son père, en moins étoffé et moins familier.

Comme gêné par l'intérêt qu'elle lui portait, il fit un petit mouvement de la tête — le mouvement qu'on fait pour éloigner un insecte — se détourna un instant de Sir John, se tourna vers elle et la regarda à son tour.

Il vit le haut d'une robe grise qui serrait une petite poitrine pudique, un col blanc, des cheveux châtains séparés par une raie au milieu, un visage d'écolière sérieuse, avec de grands yeux d'un bleu intense, qui le regardaient.

Le regard d'Aungier s'y posa et involontairement pénétra dans leur eau sans défense. Helen sentit éclater en elle un silence total qui envahit la pièce et la maison. Il n'y eut soudain plus rien au monde, que lui et elle l'un en face de l'autre. Tout ce qu'elle avait connu et aimé jusqu'à ce jour fut balayé, plus rien n'existait, plus rien ne bougeait, ils étaient tous les deux immobiles au centre d'une grande lumière vide.

Elle entendit un bruit ténu qui naissait à l'extrémité du silence, qui essayait de le traverser, qui le perça et le fit éclater. Tout le monde se mit à bouger et se leva. C'était un cri.

Aungier se leva également. Il sembla à Helen que la terre tout à coup manquait à ses pieds. Elle s'appuya des deux bras à la table et y cacha son visage. Brigid criait. Elle avait vu « la Dame » ! Elle venait de la voir ! la Dame aux longs cheveux, en longue chemise blanche, elle montait l'escalier du hall avec son enfant dans les bras, son enfant

tout nu, elle l'avait vue, elle les avait vus tous les deux, ils étaient passés là, ils montaient...
 Pas plus qu'Helen, Griselda n'avait bougé. L'eau montait dans le tunnel, montait à ses genoux, à son ventre, à sa poitrine. Ardann pesait contre sa poitrine, il était lourd, il était mouillé, il était brûlant.

Au milieu de la nuit, Emer, le petit valet d'écurie, partit au galop chercher le médecin. Miss Griselda était malade, Miss Griselda était très malade, Mrs Amy disait qu'elle était brûlante et chaude comme un feu, qu'elle avait le délire, qu'elle voyait Waggoo partout, sur l'armoire, sur la coiffeuse, sur son lit, elle voulait le chasser, elle l'appelait, elle se débattait, elle criait, elle toussait.
 De sa maladie, Griselda sortit deux mois plus tard amaigrie, épuisée, plus que jamais étrangère à ce qui l'entourait. Elle semblait avoir perdu même le goût, ou la force, de ses promenades dans l'île. Elle restait des heures dans sa chambre, enroulée comme un chat dans le grand fauteuil devant la cheminée, ses pieds nus ramenés sous sa jupe, son regard perdu dans la vie fugitive des flammes, ou allongée sur le lit entre les quatre licornes aux élans immobiles. Les livres ne retenaient plus son attention, elle les laissait se refermer et glisser de ses doigts, ses rêves s'enfonçaient à l'intérieur d'elle-même et elle s'enfonçait à leur suite dans un monde où elle oubliait le réel et sa propre existence.
 Ardann qui la regardait avec inquiétude et adoration, couché sur le tapis et pointé vers elle comme l'aiguille de la boussole, se dressa d'un bond et courut vers la porte en remuant la queue. Il y eut une galopade dans l'escalier puis dans le couloir, et Kitty entra dans la chambre comme un poulain, brandissant son éternel panier à deux couvercles. Elle était rouge, excitée, elle revenait une fois de plus de faire une tournée dans les terres, emportant des vivres, des vieux vêtements, des tricots informes qu'elle avait faits elle-même en veillant une partie de ses nuits. Elle choisissait des grosses laines, elle allait vite, ils n'étaient pas beaux mais ils étaient chauds.
 — Griselda ! Ils se sont encore battus cette nuit ! A Capany ! Ils ont attaqué une patrouille ! Il paraît qu'ils ont blessé trois gardes !
 Ardann sautait autour d'elle, tout joyeux à l'odeur du grand air et peut-être aux mots de la bataille. Griselda s'appuya sur un coude et se tourna vers Kitty qui était en train d'ouvrir son panier.
 — Regarde ce que j'ai trouvé près de la ferme de Fergus Farwin !...
 Les yeux de Griselda brillaient. Elle entendait les tambours, les trompettes, elle voyait les drapeaux et les capitaines...
 — Regarde !...
 Kitty tendait vers elle une sorte de loque qu'elle tenait entre deux doigts et qui pendait. C'était un gant de laine gris, un gant de paysan. Le pouce était coupé et déchiré, et tout le reste imbibé d'une matière sombre, raide.

Kitty s'approcha encore du lit et dit d'une voix basse un peu tremblante :
— C'est du sang...

Helen chaussa ses brodequins à grosses semelles et se rendit à son jardin. Chacune des filles en avait un, en des endroits différents de l'île, qu'elles avaient choisi. Helen avait placé le sien à la lisière sud-est de la forêt, au premier regard du soleil levant. Celui de Griselda ne se trouvait nulle part. Elle se faisait envoyer des graines de fleurs inconnues, des Indes, du Continent, d'Amérique, elle les gardait dans un tiroir, mélangées, ne sachant plus qui elles étaient. A n'importe quel moment de l'année elle creusait un trou dans la forêt, dans une clairière, au bord de la mer, n'importe où, y laissait tomber une ou plusieurs graines, les recouvrait, et les abandonnait à leur destin et à leur liberté. Parfois, des choses poussaient, regardaient autour d'elles avec leurs yeux verts, et de se voir si loin de leur pays, mouraient de mélancolie. D'autres prospéraient, et ajoutaient des visages et des parfums nouveaux à la grande foule végétale de St-Albans. Un été précédent, l'if de Waggoo avait été conquis jusqu'à la cime par une plante grimpante d'une vigueur extraordinaire qui se couvrit en août de fleurs violettes en forme de cloches à moutons. Tous les insectes de l'île vinrent s'y gorger du nectar qu'ils trouvaient au fond de leurs coupes. Griselda y goûta. C'était comme du miel de lumière, liquide, et qui lui fit voir, pendant un instant, des soleils partout dans le ciel. L'hiver, la plante mourut et ne repoussa pas à la belle saison. Griselda ne savait plus quelle était la graine qu'elle avait semée. Elle fit des trous partout qu'elle garnit de toutes les sortes de graines qui lui restaient. Mais la plante à cloches ne reparut pas, et Griselda se demanda si c'était bien elle qui l'avait fait pousser, ou si elle était venue avec le vent.

La joie chantait dans le cœur d'Helen. Ambrose ! Ambrose ! Ambrose ! Elle prononçait son nom mille fois dans la journée, muette, et quand elle se trouvait seule comme en cette minute, elle le prononçait même à mi-voix, ce qui lui paraissait d'une audace fabuleuse et brûlante, comme l'évocation des mots interdits qu'elle ne connaissait pas. Ambrose ! Ambrose ! Elle rougissait, des larmes emplissaient ses yeux, le bonheur la gonflait, la rendait légère comme un nuage du matin, elle aurait pu s'envoler, et en même temps ses jambes ne pouvaient plus la porter. Ambrose ! C'était le nom de la beauté et de la joie, c'était le nom du printemps. Quand elle le prononçait le soleil surgissait à la cime de la montagne, les fleurs écartaient les tiges de l'herbe pour mieux l'entendre, et les nuages devenaient bleus. C'était le nom qui changeait tout, le ciel le chantait, la terre le respirait, il n'y avait pas d'autre nom.

Helen jeta sa bêche et se coucha à plat ventre dans le gazon humide. Elle sentit les petites mains mouillées des pâquerettes se poser sur ses joues, sur ses lèvres et sur ses paupières, avec amitié et délicatesse. Une grande oppression lui emplit le cœur, et c'était en même temps une tendresse débordante. Ses larmes se mêlèrent à celles de l'herbe fleurie. Elle désirait quelque chose avec confusion mais de toutes ses forces. Cela l'appelait avec violence et devait être réalisé tout de suite. Elle se leva brusquement, saisit sa bêche et commença à retourner la terre de son jardin avec vigueur et détermination, comme si son avenir en dépendait.

Elle entendait les cris pointus des hirondelles qui piquaient vers la forêt et redressaient leur vol au ras des arbres et, loin, de l'autre côté de la maison, le grincement des roues de la charrette du jardinier, qui remontait de la mer avec un chargement de goémon. Elle entendait le battement de son cœur et le bruit de velours de la bêche qu'elle enfonçait dans la terre grasse. Autour de ces quelques bruits tout était silence, la mer elle-même s'était éloignée à pas de soie. Helen se devinait pourtant entourée d'une vie contenue, secrète, dont la présence lourde et lente peu à peu la calma. Elle avait chaud, elle se sentait bien, en amitié avec les arbres et les nuages et l'air et la terre tiède qu'elle retournait.

Tout à coup, comme elle enfonçait sa bêche, elle entendit un petit tintement joyeux qui semblait à la fois très proche et comme étouffé par une grande distance. Elle lâcha sa bêche qui resta plantée, et le bruit se tut. Elle reprit son travail et le bruit recommença. On eût dit que lorsqu'elle tenait sa bêche enfoncée, quelqu'un, sous la terre, la frappait avec de minuscules cailloux, la faisant résonner avec malice. Et chaque fois cela recommençait, en un signal divers, amical et moqueur. C'était le message de ceux qui ne pouvaient pas être vus ou ne voulaient pas se montrer, de ceux qui existaient dans chaque plante et dans les cailloux immobiles et dans chaque grain de la terre. Helen comprit que cela la concernait et que l'île avait quelque chose à lui dire.

Anxieuse, pleine de peur et d'espoir, elle demanda :
— Ambrose ?
Et elle enfonça la bêche.
Le bruit de la bêche fut comme le rire d'un oiseau.

— Ah ! tu « les » as entendus ! dit Amy.
— Qui ? demanda Helen.
Elle était venue en courant lui raconter l'incident du jardin.
— On ne sait pas, dit Amy. Ou plutôt ils ont tant de noms qu'il vaut mieux n'en dire aucun. Si on prononce mal, si on se trompe, ça les vexe. On n'est jamais sûr...
Il faisait bon dans la cuisine, les casseroles de cuivre ensoleillaient les murs, un ragoût d'agneau qui mijotait sur le grand fourneau mêlait son fumet à un parfum de vanille et de cannelle qui sortait du four. Amy pétrissait la pâte du pain d'avoine qui lèverait jusqu'au lendemain avant d'être mise à cuire.

— Mais qu'est-ce qu'ils voulaient me dire ? demanda Helen, impatiente.
— On ne sait pas, dit Amy. En général, quand ils se font entendre, ça signifie qu'il va y avoir des changements.
— Quels changements ? En bien ? En mal ?
— On ne sait pas, dit Amy. Ce qui est bien, ce qui est mal, pour eux ce n'est pas la même chose que pour nous... Seigneur ! J'espère que cette idiote de Brigid n'a pas laissé ouverte la fenêtre de son écurie à pétrole, hier soir. Ils n'aiment pas cette odeur, ils ne l'aiment pas du tout, quand ils font le tour de la maison la nuit... Ce soir je leur mettrai du miel et du lait devant la porte...

Kirihi, le chat orange, enroulé sur une chaise, ouvrit les yeux au mot « lait » puis fit semblant de se rendormir. Amy frotta l'une contre l'autre ses mains ouvertes pour en faire tomber les fragments de pâte qui s'y attachaient, et regarda Helen bien en face.

— Je sais ce qui te tracasse, ma petite prune, dit-elle. Eux, ça les fait rire...
— Je ne sais pas ce que tu veux dire ! dit Helen.
— Tu rougis comme une petite prune pas mûre ! dit Amy. Eux ça les fait rire... Moi ça me donnerait plutôt envie de pleurer... Souviens-toi de Deirdre, qui a apporté la douleur à toute l'Irlande...
— Oh tu ne connais que des histoires tristes ! dit Helen.

Et elle frappa du pied le sol de la cuisine, pour protester, et attester sa foi dans le bonheur.

Deirdre était la plus belle des filles de l'Ulster. Ses cheveux étaient couleur de nuit et ses yeux couleur de pervenche. Sa peau était blanche comme le lait et rose comme le lever du jour. Quand elle riait elle donnait tant de joie autour d'elle que tous les hommes et les femmes qui l'entendaient se tournaient vers elle pour la voir.

Et elle aimait Naoïse, un des trois neveux du roi Conachur Mac Nessa. Les cheveux de Naoïse avaient la couleur de l'or fin, et ses yeux la couleur des noisettes. Et il aimait Deirdre autant qu'elle l'aimait. Mais un jour le roi, qui n'avait jamais vu Deirdre, la vit, et la voulut pour lui...

— Non ! non ! non ! dit Helen.

Et elle frappa du pied de nouveau. Elle connaissait la suite de l'histoire, et elle ne voulait plus l'entendre. Elle tourna le dos et sortit de la cuisine. Amy hocha la tête, et caressa le chat orange, qui sortit ses griffes de bonheur. Que peut-on faire, chat, que peut-on faire, pour épargner à une fille les peines de l'amour ?

Rien...

Helen n'avait pas besoin de voir Ambrose pour être heureuse. Dans la bibliothèque de son père quand ils y travaillaient tous les trois, elle à sa petite table, et lui en face de Sir John, ou assis au bureau de gauche, elle ne levait presque jamais les yeux vers lui, mais elle sentait sa présence comme celle de la lumière du jour. On ne la regarde pas, elle vous baigne.

Il était beau, il était intelligent, c'était un savant. C'était le génie qui était venu dans l'île pour se manifester à elle, comme elle n'aurait jamais osé l'espérer. Un après-midi, à la demande de son père, elle lui avait fait visiter l'île. Il lui avait parlé, posé des questions. Elle lui avait répondu avec toute la vivacité de son esprit cultivé par Sir John, retenue cependant par l'émotion qui parfois la faisait balbutier ou lui coupait la parole. Ces heureuses maladresses lui firent éviter l'écueil de paraître, aux yeux d'Ambrose, trop intelligente.

Il fut satisfait de trouver chez elle un esprit si peu porté aux futilités, et son évidente admiration le flatta. Elle était bien différente des jeunes filles à marier qu'il avait toujours évitées avec tant de soin. Le séjour dans cette île ne manquait pas d'agrément.

Deirdre et Naoïse s'enfuirent en Ecosse. Les deux frères de Naoïse les accompagnèrent. L'un était brun et l'autre roux.

La colère du roi Conachur fut formidable. Pendant des années il les fit rechercher.

Deirdre et Naoïse son époux, et le frère brun et le frère roux vécurent traqués comme des bêtes sauvages, dans les forêts et dans les landes, vivant de la chasse et de la cueillette des fruits et des champignons et buvant et se baignant aux ruisseaux, heureux malgré tout, de leur amour, de leur amitié, et de la liberté.

Au bout de sept ans, Conachur les retrouva.

Un bruit singulier qui venait des terres s'engagea sur la digue et grandit. Les chiens du jardinier se mirent à hurler, Ardann sauta toutes les marches du perron et courut vers la digue en aboyant avec la même fureur que s'il avait vu un ours. Le bruit grandit encore, s'approcha et devint effrayant. Tous les chevaux se mirent à ruer dans les écuries. Waggoo fila comme un éclair des buissons vers son trou, et se blottit à l'extrême fond. Debout, devant la porte de la maison, dans sa plus belle robe, Griselda attendait.

Le jardin d'Alice était un rectangle de gazon autour de la tombe de saint Albans. En hommage au saint, elle l'entretenait si bien, le tondant au moment propice de la lune que lui indiquait Amy, le débarrassant du moindre brin d'herbe parasite, qu'il était devenu pareil à un velours, sur lequel éclataient de-ci, de-là, les flammes des crocus jaunes dont elle avait enterré les bulbes à l'automne, et qui venaient de percer le gazon et de fleurir.

Elle avait exclu de son zèle la tombe de la femme perdue. L'aventure évoquée par la découverte de ces restes misérables l'emplissait de gêne et d'horreur plus que de compassion. Et d'inquiétude aussi, à cause de tout ce qu'elle ignorait des relations entre hommes et femmes, et qu'elle se refusait à mieux connaître. C'était une zone d'ombre où rampaient les démons. Elle lui tournait le dos, comme à la tombe de l'inconnue. Regardant les signes mystérieux que des mains avaient gravés sur la pierre tombale du saint, et ceux que le temps y avait ajoutés, elle pensait que ces derniers avaient peut-être autant de signification cachée que les autres, et que tout devait être lisible à qui connaissait Dieu. Mais comment Le connaître ? Saint Albans L'avait-il connu de son vivant ? Ou seulement quand son âme immortelle avait été reçue en Son paradis ? Tous ces mots la gênaient. L'âme, qu'est-ce que c'est ? Où est la mienne ? Pourquoi n'en ai-je pas conscience ? Et le paradis ? Comment se le représenter ? Est-il imaginable ? Est-ce une assemblée ? Un lieu ? Une extase éternelle ? Elle avait tendance à le voir sous les apparences d'une île comme St-Albans, mille fois plus grande, environnée par les flots du monde matériel et surgissant de lui, toute fleurie de crocus, de tulipes et de blue-bells.

Mais elle luttait contre cette image facile, se reprochait la grossièreté de son esprit incapable de s'élever à la transparence du pur amour divin. Elle avait besoin d'aide, besoin d'être guidée sur le chemin de la certitude et des adorables mystères. Elle tremblait d'errer sans fin dans le marécage des mensonges et des erreurs. Avec une ferveur angoissée elle demandait à saint Albans de l'éclairer, de lui faire savoir par un signe, par une manifestation qu'elle serait la seule à comprendre, peut-être par une lumière qui s'allumerait en elle, si la nouvelle voie sur laquelle elle était en train de s'engager était la bonne, comme elle voulait le croire de toutes ses forces. Trouverait-elle la porte au bout du chemin ?

Un parfum frais, discret et puissant, tourna autour de sa tête et lui baigna le visage. Elle le reconnut et s'étonna. Cela venait de derrière elle. Lentement, elle fit face à la tombe de la femme et de l'enfant. Dans l'herbe qui la couvrait elle vit tout de suite les feuilles rondes du plant de violettes, et parmi les feuilles une seule violette fleurie. C'était d'elle que venait le parfum. Un champ entier de fleurs n'eût pas embaumé aussi fort, et pourtant il n'y avait que cette fleur unique, et son parfum baignait Alice comme une mer de douceur, de certitude et d'amitié. Alice comprit, ou crut comprendre. Ce qui, parfois, suffit. Ses doutes et ses craintes s'envolèrent. Elle vit clairement sa route devant elle. Elle sut à partir de ce moment ce qu'elle devait faire. Elle entendit arriver le bruit qui grandissait dans l'île. Elle devina de quoi il s'agissait. Abandonnant pour un moment ses tourments mystiques, elle se laissa emporter par la curiosité et fit en courant le tour de la maison.

Un engin stupéfiant montait l'allée en S. C'était une sorte de victoria à deux chevaux, mais dont les chevaux avaient été supprimés et qui continuait malgré cela de se déplacer, comme un canard dont on a coupé la tête et qui court en agitant les ailes.

A part Sir John, dont rien de contemporain ne pouvait détourner l'attention quand il était plongé dans l'univers babylonien, et Ambrose Aungier qui n'avait pas voulu se montrer plus curieux que son hôte, tous les habitants de St-Albans présents dans l'île étaient aux portes et aux fenêtres ou dissimulés au coin des murs ou derrière les arbres, à demi abrités à demi aventurés, pour voir arriver le monstre.

Un nuage de fumée bleue l'enveloppait et s'effilochait derrière lui, un bruit effrayant l'accompagnait, pareil à une fusillade ininterrompue. Ses roues ferrées écrasaient le gravier et faisaient jaillir des cailloux qui rebondissaient sur le gazon. Deux brebis affolées galopaient d'un massif à l'autre, essayant de trouver quelque part un refuge, leurs agneaux perdus bêlant la fin du monde. Un âne gris, bourru comme un goupillon, dressa sa tête raidie et lança un cri de trompette pour alerter le ciel et la terre.

L'engin arriva devant la maison. Un homme assis sur le siège avant tenait à deux mains une sorte de double manivelle de cuivre au sommet d'une tige verticale. Il était enveloppé d'un cache-poussière gris et coiffé d'une casquette noire. De larges lunettes lui emboîtaient les yeux, cachant une partie de son visage. A demi enveloppé de nuées, il fit des gestes magiques, tourna d'un quart de tour la manivelle, déplaça une barre, tira vers lui un levier. On entendit un bruit de sauterelle d'apocalypse faisant craquer ses dents de fer, et l'engin s'arrêta au bas de l'escalier.

Jane se mit à sauter sur place en battant des mains. Elle dit à Griselda : « Dépêche-toi ! », mais on n'entendait que le bruit de la fusillade dont le rythme avait ralenti et le volume augmenté. Le nuage de fumée monta à la rencontre de Griselda qui descendait les marches. Il l'enveloppa de l'odeur bleue de l'essence. Elle s'arrêta, frappée au cœur, ferma les yeux et aspira profondément. C'était l'odeur de l'avenir, de l'aventure. C'était neuf. C'était demain. Sa main droite qui tenait une longue ombrelle fermée tremblait un peu. Le bruit de feu entrait dans ses oreilles et l'emportait. Son visage amaigri devint rose. Elle rouvrit les yeux et franchit les deux dernières marches. Elle ne voyait plus rien de l'île, elle ne voyait que la machine fantastique, et l'homme au visage masqué, qui en était descendu et lui parlait sans qu'elle l'entendît. Il lui présentait, ouvert, un cache-poussière. Elle hésita. Pour cette promenade extraordinaire elle avait mis une robe de flanelle blanche gansée de vert d'eau — du même vert que ses yeux et que la dentelle de son ombrelle. Très moulante devant, la robe rassemblait toute son ampleur sur le derrière, en une architecture cascadante de plis et de relevés. Une voilette nouée sous le menton retenait un canotier de paille blanche perché sur ses cheveux roux. Il lui répugnait de cacher sa robe sous ce vêtement informe. Mais Helen l'encourageait avec de grandes phrases muettes et lui enfilait déjà la première manche. Jane riait d'un rire silencieux, Lady Harriet du haut des marches donnait des conseils inaudibles, la fusillade emplissait l'île, Ardann aboyait en essayant de faire autant de bruit que la bête énorme, Griselda essayait de grimper sur la voiture avec dignité et correction, malgré sa jupe étroite, ses bottines minces comme des petits pains et la hauteur du marchepied. L'homme lui tendit son poing fermé, ganté de cuir. Elle se cramponna à sa manche, Helen la poussa, Jane la maintint, elle se trouva enfin en haut et s'assit à la place qu'il lui avait désignée, sur le siège avant. Il la rejoignit et s'assit à côté d'elle.

Malgré la liberté dont jouissaient ses filles, Lady Harriet n'avait pu laisser Griselda partir en promenade seule avec un homme. Il fallait un chaperon. James Mc Coul Cushin, le cocher, avait refusé de monter sur cette mécanique. Il y aurait perdu la dignité de son métier et offensé ses chevaux. C'était à Paddy O'Rourke, le vieux jardinier, qu'avait finalement échu la charge d'accompagner sa jeune maîtresse. Il s'assit avec méfiance sur le siège arrière, réduit à une surface triangulaire où il eut juste la place de caler ses fesses. Entre ses pieds et le dossier du siège avant, le moteur monocylindrique vertical tremblait, vibrait, tressautait, agitait une énorme tige huileuse à travers un trou du plancher, en projetant dans toutes les directions des jets de graisse fondue. O'Rourke le regarda avec haine, le traita des noms de tous les démons gaéliques et lui cracha dessus. Le moteur lui envoya une giclée d'huile bouillante sur le pied droit. Le chauffeur desserra le frein et écarta un levier. Il y eut un terrible cliquetis de chaîne, le moteur bondit, O'Rourke jura et écarta ses pieds, la voiture se secoua comme un chien mouillé et d'une seule secousse franchit deux mètres. Plaquée contre le dossier, Griselda poussa un cri, le chauffeur inclina la tête vers elle pour s'excuser, la voiture calmée tourna devant le perron et commença à descendre l'allée. Griselda sentait son cœur gambader de joie. Elle se redressa et ouvrit son ombrelle d'un geste vif. Helen se cramponnait au collier d'Ardann qui voulait voler au secours de sa maîtresse, Jane agitait son mouchoir comme si sa sœur fût partie pour le bout du monde, Lady Harriet se demandait, mon Dieu, si elle avait eu raison d'accepter la proposition d'Augusta qui avait offert sa voiture automobile pour distraire Griselda de cette convalescence dont elle ne voulait pas sortir. Sir John n'avait rien entendu. Les yeux des servantes, dans tous les coins, regardaient.

Au moment où la voiture allait atteindre le bas de l'allée et s'engager sur la digue, Waggoo surgit tout à coup de derrière la maison, franchit la pelouse comme un éclair, rattrapa l'automobile, en fit trois fois le tour en galopant follement et en glapissant de joie, rebondit sur la pelouse en une série de sauts et de culbutes et s'enfuit comme il était venu. Amy, jusqu'alors préoccupée, hocha la tête, rassurée, et commença à crier pour renvoyer tout son monde aux tâches quotidiennes.

Le bruit de l'automobile s'éloigna et s'affaiblit mais resta présent à l'horizon qu'il parcourut pendant la moitié d'une heure. Puis il reprit de la force, se rapprocha, et la voiture rentra dans l'île. Derrière elle, monté sur une bicyclette, Ed Laine, son fusil en bandoulière, pédalait dans la fumée.

Le crescendo de la fusillade avait de nouveau garni les fenêtres et le perron. La voiture s'arrêta au bas des marches. Ed Laine mit pied à terre, salua Lady Harriet et interpella le chauffeur qui était en train d'aider Griselda à descendre. Paddy O'Rourke sauta à terre et courut vers les communs en écartant les jambes. Ses deux pieds fumaient comme des poulets bouillis. Griselda chancelait, épuisée d'émotion et de bruit. Helen la soutint par la taille. Ardann bondissait et, tout à coup, on l'entendit aboyer...

Un silence prodigieux venait de s'établir : le moteur s'était arrêté.

Le chauffeur arracha sa casquette et ses lunettes en un geste d'énervement et se dirigea vers le moteur. Avant de l'examiner, il se tourna vers Griselda :

— Lundi prochain, Mademoiselle ?
— Oui... dit Griselda.

Elle entendait à peine sa propre voix, noyée par le silence.

Elle avait regardé le chauffeur pour lui répondre et elle vit son visage pour la première fois, presque étonnée que ce fût un visage ordinaire d'homme. Non, pas ordinaire... Enfin elle ne savait pas... Elle avait vu peu d'hommes, presque point, à part les domestiques et quelques paysans, et ceux qui figuraient dans les illustrations des ouvrages historiques... Il y avait de beaux princes et de gros rois... Quel âge avait-il ? Trente-cinq ans ? Trente ?... Ses yeux très clairs, bien enfoncés sous les sourcils épais, et bordés de cils noirs, semblaient la regarder de très loin. Il continuait de parler, il disait que Lady Augusta avait acheté un autre moteur, qu'il travaillait avec le forgeron de Greenhall à l'ajuster à la voiture, qu'il espérait qu'il serait en place pour le jeudi suivant.

— C'est un trois cylindres, il fera moins de bruit, dit-il.

Elle vit qu'il avait les pommettes hautes, un peu saillantes, et que cela lui donnait une sorte d'air sauvage... Trois cylindres ? Elle ne savait pas ce qu'était un cylindre. C'était rond ?... Non, pas sauvage : farouche... Non, farouche, c'était trop... Réservé ? Non : lointain... Non, il était bien là, présent et solide. Et pourtant c'était vrai, il était loin... C'était le chauffeur... Tout cela n'avait aucune importance. Elle n'en pouvait plus. Elle se laissa conduire par Helen jusqu'à sa chambre, Molly lui ôta sa robe, elle s'allongea sur son lit dans son jupon de linon et de dentelles, s'étira longuement et se détendit. Comme le lit était doux et la température agréable !... Elle sentait la fatigue et l'ennui couler d'elle, s'en aller, il lui semblait qu'elle était posée sur un nuage. Elle ferma les yeux et, sans s'en rendre compte, sourit.

Jane, d'une fenêtre de l'étage, voyait de haut en bas le grand Ed Laine rapetissé, en train de parler avec des gestes au chauffeur penché vers son moteur. Elle vit aussi la bicyclette appuyée contre un arbre. Elle descendit en courant.

— Shawn Arran, disait Ed Laine, ne fais pas semblant de ne pas m'entendre ! Maintenant que ton satané maudit démon de moteur est devenu muet, un être humain a le droit de parler et tu as le devoir de m'écouter !

Le chauffeur approcha du moteur un coton enflammé au bout d'une tige de fer. Il y eut une grande flamme jaune avec un « flop ». Ed Laine fit un saut en arrière.

— Aide-moi ! Vite ! dit Shawn Arran.

Il s'arc-bouta derrière la voiture et se mit à la pousser.

Ed Laine commença un mot pour protester mais le plaisir d'exercer sa force l'emporta. Il referma sa bouche et poussa, la voiture démarra, le moteur éternua, toussa, explosa, la fusillade recommença. Le chauffeur sauta sur son siège et fit un salut d'adieu à Ed Laine. A la gaélique, la main ouverte levée à hauteur de la tête...

Ed Laine courut vers sa bicyclette, mais il trouva Jane campée devant elle en train de la regarder.

— Bonjour lieutenant, dit Jane.

— Je ne suis pas lieutenant, Miss. Je suis...

— Vous avez une bicyclette, maintenant ?

— Oui Mademoiselle, on nous les a données parce que nos chevaux font trop de bruit. La nuit, les rebelles nous entendaient venir et nous ne trouvions jamais personne. Avec les bicyclettes on ne nous entend plus...

— Et vous trouvez les rebelles ?

— Non, Mademoiselle...

Il regardait le petit visage de Jane levé vers lui, lustré, naïf, un peu enfantin, offert comme un bonbon entre ses deux bandeaux de cheveux blonds bien lisses. Il commençait à oublier l'automobile dont le bruit s'éloignait.

— C'est agréable, la bicyclette ? demanda Jane.

— C'est agréable dans les descentes... Mais à la montée ça ne vaut pas un cheval...

— C'est dur de pédaler ?

— Des fois...

— Pourtant vous êtes fort, lieutenant...

— Je ne suis pas lieutenant, Miss, je suis royal constable irlandais de 1re classe.

— Amy disait que vous êtes écossais.

— Je suis écossais mais je suis constable irlandais, Miss.

— C'est drôle...

— C'est normal, c'est le Royaume-Uni...

Au sein du Royaume-Uni un gouvernement anglais, des rebelles irlandais et des policiers écossais. Cela lui paraissait un équilibre évident. Que Dieu protège la Reine...

— C'est ce qu'il nous faudrait pour mes sœurs et moi, dit Jane. Des bicyclettes. Surtout pour Kitty, pour aller voir ses pauvres. Et pour Alice, qui va maintenant tous les jeudis. à Donegal. Ça vient d'Angleterre ?

— Oui Mademoiselle. Mais Eogan Magrath, le maréchal-ferrant de Salvery Street, à Ballintra, en a reçu cette semaine. Il a même des modèles pour dames, je les ai vues. Il y en a une verte et une bleue...
— C'est difficile de monter dessus ?
— C'est délicat. Mais on apprend vite. Et si on tombe, c'est moins haut qu'un cheval.

Il se rendit compte que le bruit de l'automobile était sur le point de quitter l'île. Il ferma sa grosse main sur le guidon de la bicyclette.

— Je vous demande pardon, Miss, mais il faut que je rattrape cette damnée voiture...
— Pourquoi ?... Pourquoi lui pédalez-vous après ?
— Lady Ferrer nous avait promis qu'elle nous préviendrait quand elle s'en servirait. A sa première sortie nous avons cru que c'étaient les fenians qui attaquaient. Nous avons envoyé une estafette à Donegal. Toute la garnison s'est mise en alerte. Lady Ferrer nous a dit qu'elle ne la sortirait plus que les mardis. Les fermiers le savent. Le mardi ils tiennent leurs bêtes enfermées. Aujourd'hui c'est jeudi ! Mary Malone est en train de courir après son cochon !... Il a tellement eu peur, elle m'a dit, qu'il est devenu rouge ! Et il a filé comme s'il volait. Et le cheval de Meechawl Mac Murrin l'a entraîné avec sa charrette au milieu du marais de Tullybrook. Le vieil ivrogne s'est réveillé les pieds dans l'eau.
— Oh, dit Jane avec confusion, il faut excuser ma tante, elle a dû oublier... Elle a proposé des promenades à ma sœur Griselda qui vient d'être malade... Les lundis et les jeudis. C'est la première fois aujourd'hui. Ça a l'air de lui faire du bien... Il serait dommage...

Elle s'arrêta avec modestie, inclina la tête et baissa les paupières.
— Oh ! dit Ed Laine, plein de remords, Lady Ferrer fait ce qu'elle veut : la voiture lui appartient et elle est sur ses terres... Mais je croyais que c'était ce chenapan de Shawn Arran qui avait fait une escapade... Maintenant nous saurons qu'il faut ajouter le jeudi et le lundi au mardi... Merci, Miss. Au revoir, Miss...

Elle ne sut comment formuler sa réponse puisqu'il n'était pas lieutenant. Elle lui fit un petit geste de la tête. Il inclina la bicyclette, l'enjamba et s'assit. La selle écrasée grinça, la machine tout entière parut rapetisser. Jane regarda le dos immense un instant immobile puis qui commençait de s'éloigner. Le fusil le barrait d'un trait sombre, et pointait en oblique vers le ciel.

Quand le roi Conachur Mac Nessa eut retrouvé la trace de Deirdre, il lança contre les fugitifs une armée entière, car les trois frères avaient la réputation d'être invincibles quand ils étaient réunis. Ils se battirent pendant deux jours et deux nuits, et quand ils succombèrent il y avait une muraille de cadavres autour d'eux. Ils furent tués tous les trois.

Ce fut dans la nuit du vendredi au samedi qu'eut lieu au sud de Donegal l'accrochage entre une patrouille de gardes et un groupe de fenians au cours duquel Ed Laine eut la partie supérieure de l'oreille gauche emportée par une balle. A la lueur de la lune, tandis que les grenouilles se rassuraient et recommençaient à pousser leurs cris d'amour, le garde McMullan monta sur une pierre pour lui enrouler un pansement autour de la tête. Il lui dit :

— Il a visé haut, le cochon !

Des petits foyers d'insurrection s'allumaient dans tout le comté. Il semblait bien que cette flambée fût en rapport avec la présence clandestine de Hugh O'Farran, que la police ne parvenait pas à localiser.

C'était aussi une réaction de désespoir après le procès de Parnell. Celui-ci, qui depuis vingt ans essayait d'obtenir par des voies pacifiques la liberté de l'Irlande, venait tout à coup d'être convaincu d'adultère. Il avait une maîtresse ! Une femme mariée ! L'épouse de son propre lieutenant, O'Shea... Le mari trompé avait demandé le divorce et fait condamner Parnell.

Le ministre anglais Gladstone rompit les négociations. L'Angleterre accabla Parnell en ricanant. En Irlande même, son propre parti le rejeta. Les curés qui avaient appelé sur lui la bénédiction de Dieu le vouaient à l'enfer. Adultère ! Fornicateur !

Vingt ans d'efforts étaient réduits à néant.

Parnell luttait pour reconstituer l'unité de son parti coupé en deux à cause de lui. Mais le nombre de ses partisans diminuait chaque jour. Les jeunes se détournaient avec dégoût de la voie des « parlotes », et ressortaient les armes cachées par leurs pères.

Les plus intelligents souhaitaient cependant voir Parnell garder la tête de la lutte pour l'indépendance. Sans lui, l'Irlande n'avait plus de chef. A moins que Hugh O'Farran n'obtienne des succès et ne parvienne à rassembler la révolte. Trois siècles plus tôt, O'Neill et O'Donnell, eux aussi « fils de rois », avaient failli rejeter les Anglais à la mer...

L'insurrection renaissante dans les comtés du Nord ne se manifestait encore que par des actions de nuit, isolées, sporadiques. Les rebelles avaient une longue tradition du terrorisme, mais les Anglais une habitude non moins ancienne de la répression. Des pelotons de constables de Dublin et de Belfast se mirent en marche pour venir renforcer les garnisons du Donegal et des comtés voisins.

St-Albans restait à l'écart des troubles comme l'île était à l'écart des terres. Dans la journée, d'ailleurs, la vie continuait partout normalement. Kitty ne pensa pas un instant à interrompre ses tournées. Et Griselda attendit avec impatience le retour de la voiture de tante Augusta.

Mais le lundi il plut sans arrêt et la voiture ne vint pas.

Le jeudi, le temps était un temps d'Irlande : de vent, de soleil et d'eau, et Griselda se prépara. Elle décida de prendre sa grande cape verte qui lui épargnerait le cache-poussière. Et son capuchon rond la préserverait des ondées. Au-dessous, sa robe de couleur primevère, dont la jupe très ample rendrait plus facile l'ascension du marchepied. Elle fit coiffer par Molly ses cheveux en bandeaux épais sur les oreilles, et les y maintint par une écharpe de soie dont elle s'enveloppa la tête. Elle espérait ainsi se protéger un peu contre le bruit.

Mais l'automobile arriva presque dans un murmure. Shawn Arran avait installé le nouveau moteur.

Lady Harriet, dont l'ouïe n'était plus très bonne, ne l'entendit pas s'approcher. Elle était en train d'essayer de convaincre Paddy O'Rourke d'accompagner encore Miss Griselda dans sa randonnée.

— Que Votre Honneur me pardonne, dit le vieux jardinier, je ne le ferai pas ! J'ai eu les deux pieds cuits comme des pains d'avoine et quand j'ai ôté mes chaussettes j'ai eu au moins trois orteils qui sont venus avec...

— Ne pensez-vous pas que vous exagérez un peu, O'Rourke ?

— Exagérer ? Moi ? Oh !... Oh !...

Et pour convaincre Lady Harriet il se mit à marcher en boitant jusqu'à la porte du salon. Il boitait trois pas d'un pied puis trois pas de l'autre pour bien montrer qu'il avait souffert des deux côtés. Il revint vers Lady Harriet et s'arrêta devant elle :

— Les deux pieds cuits, Milady ! Ça se voit, non ?

— Ça se voit, dit Lady Harriet. Vous avez été très courageux, je vous remercie...

O'Rourke s'en alla en essayant de boiter des deux pieds. Lady Harriet se demanda qui elle pourrait envoyer à sa place. Les servantes avaient du travail... Elle aurait voulu demander conseil à son mari, mais il était en train de travailler. Elle préféra ne pas le déranger. Elle avait pour habitude de le préserver des soucis, non de lui en apporter. Peut-être Roy, le valet d'écurie. Mais James Mc Coul Cushin le cocher voudrait-il s'en séparer ? Qui panserait les chevaux ?

Shawn Arran avait également remplacé les roues ferrées de l'automobile par des roues pneumatiques venues d'Italie. Leurs rayons d'acier étaient à peine plus gros que ceux d'une bicyclette. Ils brillaient en tournant au soleil. On ne voyait d'eux que leur reflet. La voiture montait l'allée en S deux fois plus vite que la fois précédente, et le bruit de fusillade avait fait place à une sorte de vrombissement parfaitement supportable. Une partie des habitants de St-Albans était de nouveau là pour la regarder, et personne ne s'étonna de sa transformation. Un engin aussi fantastique devait pouvoir changer d'apparence à volonté. Peut-être, la semaine suivante, le verrait-on arriver avec des ailes transparentes, prêt à s'envoler.

— On dirait une guêpe ! s'exclama Helen.

Ou un scarabée, brillant de tous ses cuivres. Un insecte rare, précieux et biscornu. Il s'arrêta devant le perron. Le chauffeur appuya sur une poire en caoutchouc noir accrochée à sa gauche, au sommet d'un tuyau de cuivre qui descendait en rampe hélicoïdale et tournait trois fois sur lui-même avant de s'épanouir vers l'avant en un pavillon éblouissant. Un mugissement rauque en jaillit. Ardann sauta en l'air et se mit à hurler. Les servantes furent saisies de stupeur et de crainte. Et leur admiration s'accrut. Griselda, qui était descendue dans l'allée, marcha avec décision vers l'automobile. Les deux lanternes, portées au bout de longs pédoncules, la regardaient s'approcher comme des yeux d'escargots d'or. Elle s'attendit à les voir s'allonger, se diriger vers elle, puis se rétracter après l'avoir reconnue.

Rien ne gênait plus ses mouvements. Habituée à grimper, elle fut assise à sa place avant que le chauffeur fût descendu pour l'aider. La voiture repartit. Elle ne s'était presque pas arrêtée. Griselda se mit à rire doucement, heureuse. Lady Harriet arriva sur le pas de la porte. Elle vit le dos de sa fille à côté du dos de Shawn Arran au sommet de l'étrange insecte qui s'éloignait, brillant et doré. Il disparut derrière les arbres. Lady Harriet se dit qu'après tout le chauffeur n'était qu'une sorte de cocher, c'est-à-dire un domestique ; et qu'un chaperon n'était peut-être pas nécessaire. C'était un souci de moins. Elle fut soulagée.

L'automobile réapparut pour s'engager sur la digue, et s'éloigna. On ne l'entendait déjà plus.

Naoïse, le mari de Deirdre, mourut de la main d'un gentilhomme. Ce fut Eogan Duntracht qui lui ouvrit le cœur de son épée et lui coupa la tête. Quand ses trois défenseurs furent morts, Deirdre fut liée sur un char qui l'emporta vers le roi.

Tout le ciel était rose. L'île était rose, les joues d'Helen et son petit front bombé étaient roses et il y avait un reflet rose sur le bleu profond de ses yeux.

Debout dans le jardin potager, elle regardait la maison, dont la silhouette se découpait sur les nuages du couchant.

Un vol de grues passait très haut au-dessus du toit, longue écharpe grise d'où tombait une rumeur de jacassements répondant à la rumeur de la mer. La marée du soir montait en remuant l'odeur des algues.

Le jour s'éteignait. Les fenêtres s'allumaient. De l'une à l'autre, Helen pouvait se représenter l'itinéraire de Brigid à travers pièces et couloirs, son bougeoir de cuivre à la main, la main haute, courant vers les lampes pour leur donner la flamme.

Enfin la grande baie de la bibliothèque palpita puis s'immobilisa dans le ciel, pleine de lumière dorée. Et Helen le vit. Elle avait honte. Elle ne pouvait pas s'en empêcher. C'était une force énorme, un besoin et une joie fabuleuse, comme de respirer après avoir plongé. Elle porta les jumelles à ses yeux et tout à coup il fut là, à un mètre d'elle, son long visage, sa barbe blonde aux fils d'argent, le fin lorgnon qu'il mettait pour travailler. Les jumelles étaient puissantes, l'image tremblait et se décrochait, Helen la rattrapait, s'y cramponnait. Elle le voyait de face, elle pouvait le regarder, longuement, s'en emplir les yeux, le boire... Dans la bibliothèque elle le voyait de dos, à la salle à manger elle ne pouvait pas garder les yeux fixés sur lui.

Ici elle pouvait tant qu'elle voulait, comme un enfant en rêve dans une pâtisserie sans défense. Il bougeait, il parlait, elle voyait ses lèvres remuer sous sa moustache, elle n'entendait rien. Parfois il semblait la regarder, la découvrir. Elle baissait vivement les jumelles, puis les relevait. Parfois la main de son père, qui répondait en faisant un geste, entrait dans l'image, cachait tout, s'en allait, découvrait de nouveau le visage lumière. Elle ouvrait la bouche pour mieux s'en emplir. Elle gémissait très doucement de bonheur.

— Tiens, c'est donc Miss Helen! dit une voix dans la nuit qui montait.

C'était la voix rêche du vieux Paddy O'Rourke, le jardinier.

— Je me demandais bien qui c'est qui me piétinait nuit après nuit... Si Miss Helen veut regarder passer les grues, elle pourrait peut-être choisir un autre endroit que mes haricots?...

Helen s'enfuit, étouffant ses sanglots et son rire. Les vols de grues se succédaient sans arrêt, emplissaient le ciel rose et mauve. Il y en avait d'interminables au ras de l'horizon, et d'autres tout proches, certains serrés, d'autres éparpillés, cherchant leurs oiseaux perdus, tous criant leurs appels et leurs ordres aux traînards et leur salut aux compagnies, et se soudant les uns aux autres par le bruit doux et sauvage d'un océan d'ailes.

Sir John avait enseigné à Helen le grec et le latin, et lui avait fait lire les philosophes et les théologiens. En bien des domaines elle aurait pu discuter à égalité avec de vieux professeurs. Mais elle ne connaissait rien en dehors de l'île. Elle n'était allée à Donegal que deux fois, et jamais plus loin. Son ignorance du monde, des problèmes sociaux et des rapports humains, n'était guère moins profonde que lorsqu'elle avait cinq ans. Elle pensait que le monde était à l'image de l'île. Elle connaissait la forêt et le cercle de pierres, et le renard à la queue blanche. Et ceux dont on ne dit pas le nom et qui rient avec la bêche. Elle savait que Brigid disait avoir vu la Dame Triste et elle la croyait. Elle-même, comme tous les habitants de St-Albans, avait entendu souffler Farendorn, le vent qui n'existe pas, et qui annonce un malheur. C'était un soir, il s'était mis à rugir autour de la maison. On était allé voir aux fenêtres, aucune feuille ne bougeait. Le lendemain la barque de Fergus Borah', de l'île aux Cloches, s'était retournée, et il s'était noyé avec son fils.

Elle savait qu'au printemps fleurissent les genêts et les rhododendrons, et elle ne doutait pas qu'il y eût partout des jardins et des forêts avec des rhododendrons grands comme des arbres, couverts de fleurs de tous les rouges. Elle aimait la vaste maison blanche, le salon tranquille où sa mère brodait, la grande cuisine pleine d'odeurs, les escaliers et les couloirs où passaient les servantes entre les ancêtres suspendus, le beau grand-père rouge sur son cheval, et par-dessus tout la bibliothèque sereine où tout le savoir du monde avait été réuni par son père. Son père grave, sage, intelligent, clairvoyant, bon, et qui savait tout ce qu'il y avait dans ces livres et bien plus encore. C'était cela l'univers, avec la mer autour pour le préserver, et la brume pour effacer le reste.

Et voilà qu'au sommet de cette colline de certitude et de sécurité était venu se poser Ambrose. Et sa présence était si naturelle, si merveilleuse qu'il semblait à Helen que St-Albans n'avait été créé que pour l'attendre et le recevoir. Il en était l'émanation, l'image, le couronnement. Il ressemblait à son père, il était savant, il était beau, il était tranquille. Il était là avec eux tous. Sur l'île, au milieu du monde.

A sa quatrième sortie, Griselda était déjà transformée. Elle revenait de ses promenades rayonnante de joie de vivre, une joie qu'elle avait perdue avec sa maladie et peut-être avant, dans la vaine attente de l'aventure, du prince, du navire, qui l'emporteraient hors de l'île. Le prince n'était qu'un chauffeur et le navire qu'une voiture, mais une voiture fabuleuse venue de l'avenir et qui la transportait déjà loin de St-Albans, dans un tumulte et des vapeurs de dragon.

A chaque départ elle jouait à croire que c'était un vrai départ, mais elle y prenait d'autant plus de plaisir qu'elle savait qu'il y aurait un retour. Elle partait, mais demeurait attachée à l'asile familial rassurant, avec ses sœurs et ses parents, ses arbres et son rocher, le renard et le chien, et sa merveilleuse enfance encore présente, sur laquelle les désirs d'évasion avaient fleuri comme des fusées d'or sur un genêt bien enraciné.

Le premier jour, le chauffeur lui avait demandé en criant :
— Où voulez-vous aller ?
Elle avait répondu de même :
— Où vous voudrez !...
Si elle avait pu se faire entendre, comment aurait-elle avoué qu'elle ne connaissait pas un chemin hors de l'île ?

Ensuite, il ne lui demanda plus rien. Pour causer le moins de trouble possible dans le pays, il choisissait des itinéraires à travers les endroits les plus déserts de la campagne voisine. L'insecte bleu et or sur ses roues étincelantes les emportait par des routes à peine carrossables à travers les landes et les tourbières, et, le long de la côte, dans le paysage superbe et sauvage où la terre, les rochers et l'eau se disputent l'espace presque coudée par coudée. Les seuls êtres vivants de ces lieux étaient les oiseaux, et, de temps en temps, une vache solitaire, couleur de tourbe, qui, lorsque ses mamelles étaient pleines, regagnait une ferme lointaine pour y trouver le soulagement de la traite, puis repartait vers la liberté.

Le moteur, bien que moins bruyant, rendait la conversation difficile. Griselda n'échangeait que de rares paroles avec le chauffeur. Elle aurait pourtant aimé avoir avec lui des rapports plus familiers. A St-Albans, les domestiques, tout en restant, bien sûr, à leur rang, étaient aussi des amis. Parfois, dans une conversation détendue avec

Amy, Lady Harriet lui en disait plus long sur ses soucis qu'elle n'aurait osé s'en dire dans la solitude. Et si Amy ne lui disait rien d'elle-même, c'est qu'elle n'en avait jamais rien dit à personne. Par contre Griselda savait tout de Molly et lui disait tout. Son intimité avec elle était par certains points plus grande qu'avec ses sœurs, presque aussi grande qu'avec Ardann, et un peu du même ordre : confiance et affection entre deux êtres d'espèces différentes, chacun sachant ce qu'il était, et ce qu'était l'autre.

Mais quand Griselda regardait le chauffeur, par moments, en esquissant un sourire, il restait impassible, les yeux fixés devant lui sur la route. Elle le sentait plein d'une force tranquille mais aussi d'une réserve qui était peut-être de la méfiance.

Quand il arrêtait la voiture pour refroidir le moteur avec un seau d'eau, ou pour déplacer une pierre qui risquait de briser une roue, il lui arrivait, ses lunettes ôtées, de tourner brièvement son regard vers elle. Elle le sentait alors très loin, retranché dans un monde un peu sauvage. Elle se demandait si cette réserve cachait une intelligence contrôlée, ou si c'était la simple marque d'une bêtise ordinaire.

Les pannes étaient courantes. Parfois le moteur se mettait à cracher comme un chat qui rencontre un fox-terrier, tandis que l'huile giclait dans tous les sens, parfois il tremblait jusqu'à ébranler la voiture, parfois la chaîne sautait, parfois tout simplement le moteur s'arrêtait.

Cela leur arriva alors qu'ils franchissaient un petit pont entre deux des lacs innombrables qui prolongeaient vers l'intérieur le royaume de l'eau. La voiture roula encore pendant quelques mètres puis stoppa.

Comme d'habitude, Shawn Arran, sans mot dire, se leva, prit la trousse à outils dans le coffre sous son siège, descendit, quitta son cache-poussière, sa casquette, ses lunettes, sa veste, retroussa les manches de sa chemise et se mit à fourrager dans le moteur qui fumait devant le siège arrière comme un champignon mal frit.

Griselda descendit à son tour, s'engagea dans un sentier près du pont, se trouva en quelques pas au bord du lac, et s'assit sur un rocher. Après le bruit permanent du moteur, c'était un moment merveilleux de douceur et de paix. Les chants des oiseaux semblaient faire partie du silence, comme une broderie bleue sur la nappe bleue du lac déployé. A une centaine de mètres, un couple de cygnes sauvages voguait lentement, en voyage presque immobile. Un groupe de canards bruns et verts tournait autour d'une île minuscule où poussait un seul arbre, plus large qu'elle. Par-dessous le pont, Griselda voyait, de l'autre côté du second lac, au pied d'une colline, un grand château aux fenêtres innombrables, foisonnant de tours carrées de hauteurs inégales et tout festonné de créneaux. Il paraissait neuf et vide. C'était peut-être un château de fées. Il lui semblait qu'il n'était pas là quand elle s'était assise. Elle le regarda fixement, pour le voir partir s'il partait. Le silence devint total, tendu, transparent. Puis tout à coup, dans un buisson à gauche, un oiseau chanta un trille suivi d'une note interminable. Cette note fendit en deux la cuirasse de verre du monde et Griselda sut, en un éclair, qu'elle était entrée à l'intérieur et qu'elle vivait un instant unique, sans avant ni après. Il n'avait pas de durée mais une immensité. Elle en occupait le centre et elle était partout, elle comprenait tout, elle était le lac et le ciel, les cygnes et le château. C'était une sensation absolue, solide et fragile comme un miroir. Elle savait tout et elle pouvait tout. Mais son premier geste allait détruire d'un seul coup sa certitude et son pouvoir. C'était inévitable. Elle savait ce qu'elle allait faire, et elle le fit. Elle prévoyait son mouvement à mesure qu'elle l'accomplissait. Lentement, elle se baissa, ramassa un caillou et le jeta devant elle, tout près, dans le lac.

Au moment où il brisa l'eau, explosa le bruit du moteur réparé. Griselda se mit à rire et leva la tête vers la route. Shawn descendait le sentier, laissant tourner le moteur. Il s'approcha d'elle, lui tendit son bras droit et la pria de bien vouloir relever sa manche qui avait glissé. Ses mains étaient noires de cambouis. Elle roula la manche, puis l'autre, jusqu'au biceps. Le dos de ses doigts effleura la peau tiède et claire. Cela fit naître dans ses propres bras un frisson qui lui remonta jusqu'aux épaules.

Shawn regarda autour de lui, choisit une plante couronnée de fleurs mauve pâle, l'arracha, la broya, et en frotta ses mains trempées dans l'eau. Cela se mit à mousser et eut raison du cambouis.

— Bon, dit-il, maintenant nous pouvons repartir.

Il se séchait avec un grand mouchoir blanc tiré de sa poche, et rabattait ses manches. Sa chemise était de laine fine à grands carreaux bleus et verts, tissée à la main par un paysan.

— On a le temps, dit Griselda. Reposez-vous une minute...

Elle se poussa sur le rocher pour lui faire place, et lui fit signe de s'asseoir.

Il hésita un instant, puis s'assit.

— Vous savez comment ça fonctionne, un moteur ? dit-elle.

— Bien sûr...

— C'est merveilleux !... Moi cela me paraît tellement extraordinaire... Tout ce bruit, et puis que ça pousse la voiture... Où avez-vous appris ?

— En Allemagne.

— Vous avez beaucoup voyagé ? Où êtes-vous allé ?

— En France, en Italie.

Elle lui parlait avec des inflexions douces, un peu affectées, comme à un animal qu'on rencontre pour la première fois et avec qui on veut faire amitié. Il l'écoutait sans la regarder. Il semblait attentif, au-delà des paroles, à un sens caché contenu dans la vibration même des mots. Il répondait après un instant, d'un ton bref.

— L'Italie ! dit-elle. Oh ! J'aimerais tant y aller ! Vous connaissez Florence ? Catherine Sforza y est arrivée à trente-trois ans, pour épouser un Médicis. Elle était très belle. On lui avait assassiné son premier mari. Elle l'avait épousé à quatorze ans. On lui a assassiné aussi son amant... Elle l'a vengé... Vous connaissez Florence ? Ce doit être si beau, avec tous ces palais...

Pour la première fois il se tourna vers elle pour lui répondre. Il lui dit :

— Rien n'est aussi beau que l'Irlande !

Il avait parlé avec une sorte de ferveur sauvage, à peine retenue. Le ton de sa voix balaya en grand coup de vent les décors florentins mal ajustés dans la tête de Griselda. Elle sut qu'il avait raison. Elle vit de nouveau, sans les regarder, les lacs et les collines, et derrière eux les étendues mêlées de terre et d'eau sous le ciel gris mêlé de blanc et bleu. Elle regardait Shawn. Elle répéta à voix basse :

— Rien n'est aussi beau que l'Irlande...

A ce moment elle se sentit si près de lui, sans séparation d'aucune sorte, qu'elle leva la main et lui toucha les cheveux du bout des doigts. Ils étaient noirs, épais, souples. Un peu de soleil qui passait y alluma un reflet de feu. Le feu descendit dans le bras de Griselda jusqu'à l'intérieur de sa poitrine. Brusquement, Shawn lui saisit le poignet.

Tout disparut autour d'elle, dans le noir d'avant la création. Il n'y avait plus au monde que les yeux de Shawn. Ils la brûlaient d'une question muette, ils la pressaient, voulaient entrer dans sa pensée et décider. C'étaient les yeux d'un dieu sauvage, à la fois pleins de douceur et de force et contenant la menace d'un pouvoir. Elle accepta leur douceur et leur lumière, et elle sentit leur force fendre au fond d'elle-même un rocher. Le feu de sa poitrine coula dans tout son corps.

Elle prit peur. Elle se sentit prête à tomber dans un gouffre au fond duquel elle ne savait ce qu'elle trouverait, une joie inimaginable ou un danger aux dents de loup. Elle voulait fuir et ne bougeait pas. Elle était sûre que l'univers qu'elle avait toujours désiré connaître, inquiétant, exaltant et sans limites, était là...

Elle dégagea son poignet d'un geste brusque et se leva. Elle dit d'un ton froid :

— Rentrons...

Le château était toujours là. C'était le château des Kinkeldy. Il avait été détruit par les Anglais au XVIIe siècle, reconstruit, et brûlé par les Irlandais au début du XIXe. Il n'en restait que les murs. La famille Kinkeldy avait pris le bateau pour l'Amérique.

Ils ne dirent pas un mot pendant le retour. Assis côte à côte, raides dans leurs sièges, ils semblaient avoir été pétrifiés par le démon bruyant de la voiture, annexés et incorporés à elle, comme la trompe de cuivre et les yeux d'escargot. Le moteur jubilait et les enveloppait d'une vapeur bleue d'encens de pétrole.

Quand ils arrivèrent à l'entrée de la digue, Griselda redevint mobile, se tourna vers Shawn Arran et lui demanda de s'arrêter. Elle voulait rentrer à pied. Il sauta à terre et lui tendit la main pour l'aider à descendre. Mais elle s'en passa, prenant appui sur l'accoudoir du siège.

Debout, devant lui, le regard baissé, elle voyait les chaussures de gros cuir faire face à la pointe fine de sa bottine gauche, en chevreau glacé, qui montrait juste le bout de son nez sous le bord de sa jupe. Doucement, elle le rentra, leva les yeux vers Shawn et lui sourit.
Elle murmura :
— A lundi !...
Elle eut l'impression qu'il allait s'élancer en avant, vers elle, sur elle... Mais il ne bougea que pour grimper sur son siège, brusquement, sans répondre. Il agita avec violence les leviers et les tiges, tout le fer et le feu firent un bruit de dragon à qui on marche sur la queue, et la voiture démarra comme une folle, en hurlant et crachant des cailloux.

Griselda soupira de bien-être et s'engagea sur la digue. L'après-midi s'achevait dans la douceur et la paix. Le bruit de la voiture s'estompait derrière elle et celui de la mer venait à sa rencontre. La marée était étale, à son plus haut. L'énorme masse océane, en équilibre, s'immobilisait pour un court repos entre son éternel voyage et son retour recommencé. Sa surface lisse était moirée de pourpre, d'aigue-marine et de vert. L'île était là, solide et familière, en voyage de rêve sur les reflets. Ardann dévalait la pente en aboyant, fou de bonheur. Griselda se sentit envahie d'une joie qui lui donnait envie de danser. Ses membres, tout son corps libre, lui paraissaient légers, en accord avec les mouvements de la mer et du ciel. Elle courut à la rencontre du grand chien blanc et roux taché d'ombre. Ils se rejoignirent au bas de la pelouse. Il sauta pour lui lécher le visage. Elle le retint dans ses bras et le serra contre elle, ils roulèrent ensemble sur l'herbe, elle riait, il aboyait, la mer recommençait à descendre en soupirant.

Le dimanche suivant était le troisième du mois, celui où le révérend John Arthur Burton, pasteur de Mulligan, venait déjeuner à St-Albans, après avoir célébré le culte. C'était un grand vieillard mince et chauve, qui avait dû être roux, si l'on en jugeait d'après son teint. Il avait passé une partie de sa vie comme missionnaire en Papouasie. Il en était revenu veuf et boiteux. Les mauvaises langues disaient que sa femme avait été mangée par ses catéchumènes ainsi que le pied qui lui manquait. Si c'était vrai, cela n'avait pas altéré son âme. Il était rose à l'intérieur comme à l'extérieur. Il joignit les mains et dit :
— Invoquons le Seigneur...
Toute la famille était réunie au salon. C'était l'usage : le révérend célébrait un petit culte privé avant qu'on se mît à table. Ce contact mensuel avec la religion constituée épargnait aux fidèles de St-Albans le déplacement dominical jusqu'à Mulligan. Sir John était debout sous Johnatan à cheval. Il avait à sa droite un petit groupe formé de sa femme, d'Ambrose Aungier et de tante Augusta qui était venue ce jour-là parce qu'elle voulait lui parler d'un sujet important. Et à sa gauche le groupe de ses filles. Le révérend leur faisait face, ayant à sa

droite le fauteuil aubergine, à sa gauche le pouf marron à glands, et derrière lui la table basse en if portant le grand vase de Chine couronné de verdure.

Les yeux fermés, le front plissé dans un effort de communication, il disait :

— Seigneur, Tu nous vois une fois de plus réunis pour invoquer Ton nom, Te remercier de Tes dons et implorer Ton indulgence infinie pour nos péchés et nos faiblesses. Tu connais bien cette maison où on T'aime et Te respecte. Veuille continuer, Seigneur, de lui accorder Ta protection et Ta paix. Amen !...

— Amen ! répondit le chœur de la famille.

Mais une petite voix dure, tremblante de colère contenue, s'éleva aussitôt :

— Je me demande, dit-elle, QUI est ce Seigneur que vous invoquez !

C'était la voix d'Alice. Son regard brûlait le révérend stupéfait. Sous sa guimpe de dentelle noire, les artères de son cœur battaient. Ses mains serrées l'une dans l'autre devant sa poitrine plate formaient un petit poing sec, agressif et solide. Elle continuait, indignée, ardente :

— On dirait que vous vous adressez au capitaine de la police ! Et que vous êtes allés à l'école ensemble ! Vous semblez prêt à l'inviter à déjeuner ! Pensez-vous un instant que c'est à Dieu que vous parlez ?

La famille regardait Alice avec des yeux écarquillés. Personne n'était plus capable de bouger un cil ni un doigt.

Elle respira un grand coup. Tout cela n'avait été qu'un prologue, destiné à lui donner du courage pour dire ce qu'elle avait à dire :

— Je dois vous faire savoir que je suis catholique !... J'ai regagné le sein de l'Eglise ! La seule ! catholique, apostolique et romaine !... J'ai été baptisée avant-hier...

La maison tout entière se pétrifia. A la cuisine, Amy lâcha la queue de la poêle et leva la main pour réclamer le silence. Les servantes s'immobilisèrent et se turent. Elles ne pouvaient rien entendre à travers les murs. Mais elles écoutaient...

Alice poursuivit à voix presque basse :

— Et je vais entrer au couvent. Pour le reste de ma vie. Le plus tôt possible...

Soulagée, en paix avec elle-même, elle baissa les yeux, se détourna, et sortit calmement du salon.

— Cette fille est folle ! cria Lady Augusta.

— Seigneur Jésus !... Seigneur Jésus !... répétait le révérend.

— Mon Dieu ! Mon Dieu ! disait Lady Harriet.

— Je... Je ne comprends pas... disait Sir John.

— Désolé... dit Ambrose.

Griselda esquissait un sourire. Elle était un peu étonnée, mais surtout amusée. Jane, rouge d'émotion, se mordait les ongles. Helen, bouleversée par le fait que cela se fût passé devant Ambrose, le regardait pour deviner jusqu'à quel point il était scandalisé. Kitty pensa tout à coup que si Alice avait pris une décision aussi abominable, c'était parce que quelque chose devait la rendre très malheureuse. Elle sortit en courant pour la rejoindre.

Amy, dévorée de curiosité, vint annoncer avec dix minutes d'avance que le déjeuner était servi. Elle essaya de deviner, huma le désarroi et la honte, vit le révérend s'essuyer le front en ouvrant la bouche comme une truite sur l'herbe, entendit Lady Augusta gronder une fureur sans mot, constata l'absence d'Alice et de Kitty, et grimpa à toute allure vers les chambres des filles.

Chez Lady Harriet, l'habitude du calme reprit le dessus. Ce fut avec le sourire aimable des dimanches qu'elle pria ses hôtes de passer à table. Elle refusait pour l'instant d'envisager et même de connaître la folie de sa fille. C'était à son mari de prendre des mesures, et à elle de l'aider. Plus tard. Après le déjeuner.

Sir John se retrouva assis sans avoir conscience de s'être déplacé. Sa tête était pleine d'un brouillard qui débordait devant ses yeux. Alice ! Etait-ce possible ! Qu'avait-elle dit exactement à propos de Dieu ?... Entrer au couvent ?... La malheureuse !... Catholique ! Catholique... Il hochait la tête. Ce n'était pas possible !... Elle était catholique !...

La place d'Alice resta vide. Personne ne prononça son nom. Kitty revint en rajustant ses cheveux. Son père la regarda mais elle ne dit rien. Ambrose mangea avec juste assez de silence pour montrer qu'il compatissait, et assez de paroles pour faire comprendre qu'il n'étendait pas le scandale au reste de la famille. Lady Augusta reprit trois fois de l'agneau bouilli au gingembre. Elle résistait à l'envie d'en broyer les os avec ses dents. La flamme de l'indignation la consumait intérieurement. Elle maigrissait sur place. Elle eût écouté son appétit elle eût mangé les assiettes. Son corset construisait dans son corsage un promontoire vide où flottaient ses seins-étendards.

Cet horrible instrument lui sciait la taille. Elle l'avait mis à cause du pasteur, et de l'hôte de son frère. En semaine, et surtout pour la chasse, elle gardait son corps libre, et disciplinait sa poitrine avec une chemise dure, très serrée, qui la rabattait bien à la verticale et l'empêchait de se promener. Les femmes sont mal construites. La nature les a sacrifiées. Elles ont un ventre pour se faire engrosser et ces mamelles pour nourrir d'autres petites femelles aussi bêtes qu'elles, ou de petits mâles qui deviendront des hommes stupides. C'est bien gênant quand ça ne sert plus à rien. On devrait pouvoir les couper.

Ce n'était pas contre Alice que brûlait sa colère, mais contre John. C'était lui le responsable et le coupable. Ce qui arrivait, elle l'avait prévu. Et ce n'était pas la fin !

Elle le lui dit vertement après s'être isolé avec lui dans le petit salon.

— C'était inévitable ! Je savais ce qui allait se passer !

— Vous étiez au courant des projets d'Alice ?

— Ne dites pas d'insanités ! Comment aurais-je pu être au courant ?

Elle criait presque. Ils étaient debout tous les deux, lui immobile, adossé à la cheminée, elle marchant vers lui, puis s'arrêtant et se détournant et marchant de nouveau vers lui comme pour prendre d'assaut cette dignité, cette sérénité, par lesquelles, sans même y penser, il l'avait toujours maintenue à distance.

— Est-ce que vous avez jamais réfléchi une seconde à la vie que vous faites mener à vos filles ?
— Moi ? Quelle vie ? Elles se sont plaintes à vous ?
— Bien sûr que non !
— Il me semble qu'elles sont heureuses...
— Il s'agit bien d'être heureuses ! Une jeune fille n'est pas faite pour être heureuse ! Elle est faite pour être mariée ! Vous savez ce que c'est une jeune fille, vous qui en avez cinq ?
— Eh bien, il me paraît évident que...
— Ça n'existe pas ! C'est un passage, une crise ! C'est un courant d'air entre l'enfance et le mariage ! Au lendemain du mariage, ça y est, c'est quelque chose, c'est une femme, ça n'est pas forcément plus heureux que ça, mais ça s'habitue, parce que c'est planté quelque part, ça prend racine, dans un pot ou dans un jardin, mais *chez soi*, avec *son* mari, *ses* enfants, *son* budget, *ses* soucis à *soi*. C'est enfin un être humain... Dites-moi, John, comment comptez-vous les marier, vos cinq filles ?
— Eh bien, mais... Quand le jour viendra, je...
— Il est venu, le jour, grand Dieu ! Il est là ! pour toutes les cinq ! Et pour Alice il est là depuis longtemps ! Cette pauvre petite a... Quel âge a-t-elle exactement ? Vingt-sept ? Vingt-huit ?
— Vous déraisonnez ! Alice ?...
— Elle en paraît trente !... Mettons vingt-six...
— Attendez... Elle est née en 64... Elle est dans... dans sa vingt-septième année !... Ce n'est pas croyable !... Vous avez raison...
— Bien sûr, j'ai raison ! Voilà plus de dix ans qu'elle attend vainement, dans sa solitude...
— Sa solitude ? Elle n'a jamais été seule !...
— Une jeune fille est *toujours* seule. Des sœurs, des frères, les parents, ça tourne autour de la solitude, ça ne la garnit pas ! La famille, ce n'est qu'une compagnie, ce n'est pas un compagnon. Ça ne sert qu'à créer la jeune fille, à la préparer et à la soutenir jusqu'au mariage. Et si celui-ci n'arrive pas, sa solitude devient insupportable ! Un seul être peut la faire cesser : un mari ! Je dis bien un *mari*, pas seulement un homme... Ce qu'elle en fera ensuite, et ce qu'il fera d'elle, c'est un autre problème. Mais aucune fille ne se sent vraiment *achevée* tant qu'elle n'est pas mariée... Jusqu'au mariage, ce n'est qu'un têtard !
— Un têtard ?... Vous avez de ces images... Tout cela est peut-être en partie vrai... Mais je...
— Je !... Je !... Assez de Je !... Vous êtes enfermé dans votre égoïsme comme un chat dans sa fourrure ! Vous avez trouvé un gros coussin pour vous y poser : l'île ! Et votre femme et vos filles sont

autant de petits coussins dont vous vous couvrez ! La tiédeur de leur présence vous fait ronronner d'aise ! Vous voulez les garder autour de vous jusqu'à votre mort ? En voilà déjà une qui n'est pas d'accord !

Le mot « mort » fit frémir Sir John. C'était un mot qu'il n'aimait pas, une pensée qu'il ne laissait jamais s'attarder dans sa tête. Il n'était pas tellement sûr des affirmations de la religion concernant une vie future, et la fin de celle-ci lui paraissait une éventualité terrible qu'il ne voulait pas évoquer.

— Vous n'auriez jamais dû quitter Londres, dit Augusta. Où allez-vous trouver des prétendants pour vos filles, ici, sur ce morceau de terre entouré d'eau ? A qui allez-vous les marier ? Au pasteur ? C'est un bon parti : il lui reste un pied.

Elle ricanait de colère, ses lèvres se retroussaient sur ses longues dents jaunes.

— Il y a longtemps que je voulais vous dire tout ça. J'étais venu exprès aujourd'hui... Je me mets à la place de mes nièces, depuis longtemps... J'ai eu trop de peine moi-même à trouver un fiancé convenable et à le conserver après que notre père — que Dieu le garde auprès de lui, et qu'il le garde bien ! — eut gaspillé notre fortune ! Je suis venue vous dire : John vous devez retourner vivre à Londres !

— A Londres ? Vous perdez la raison !

— Si vous restez ici vous ne les marierez jamais ! jamais ! jamais ! Vous avez déjà fait le malheur d'Alice, allez-vous les sacrifier toutes les cinq ?

Les mots « jamais ! jamais ! jamais ! » frappèrent trois coups de marteau sur la tête de Jane. Elle était assise dans l'herbe, dehors, juste sous une fenêtre, avec un agneau dans les bras. Elle ne s'était pas placée là pour écouter, mais tante Augusta parlait si fort qu'elle avait entendu.

Tout de suite après le repas elle s'était sauvée dans la forêt, elle avait aperçu de loin Griselda qui se dirigeait vers le Rocher, elle avait voulu la rejoindre pour parler avec elle de cet événement inouï, mais elle l'avait perdue de vue, elle avait couru vers le Rocher, et Griselda n'y était pas.

Alors elle revint vers l'if et parla avec le renard. C'est-à-dire qu'elle parlait, et le renard faisait de petits bruits de cailloux et de feuilles au fond de son trou, pour montrer qu'il était là et qu'il écoutait. Mais il se montrait rarement à d'autres que Griselda et Amy. Et aujourd'hui il avait senti l'odeur d'Augusta et il écoutait à peine Jane. Il frémissait par moments de peur et de colère.

— Pourquoi a-t-elle fait ça ? demandait Jane. Catholique ! tu entends ?... Elle est catholique ! Et elle veut entrer au couvent ! Elle n'aura jamais d'enfant ! Jamais !...

Cela lui parut si horrible que des larmes lui emplirent les yeux. Elle courut vers la pelouse, elle avait besoin de combattre sa détresse, elle ramassa un agneau malgré les bêlements d'inquiétude de sa mère, et le serra doucement sur sa poitrine. Il bêlait aussi, d'une voix pointue,

puis il se calma quand elle lui donna le bout de son doigt à téter. Elle vint s'asseoir contre le mur de la maison. La brebis la suivit en bêlant. L'agneau s'endormait dans la chaleur et la douceur des bras de Jane et de sa poitrine bien ronde. Jane se réchauffait aussi. Elle aurait de petits agneaux dans ses bras, des enfants à elle, qu'elle nourrirait de son sein... La voix de sa tante entrait dans ses oreilles, elle n'y prêtait pas attention, puis elle l'entendit, puis elle la comprit...
 Jamais ! Jamais ! Jamais !...
 Etait-ce possible ? Elle écarquilla les yeux et les leva au ciel. La vérité lui apparut dans toute son horreur et son évidence. Elle ne se marierait jamais ! Elle n'aurait jamais d'enfants ! Jamais !... La détresse s'empara d'elle de nouveau et la submergea. Elle regarda l'agneau endormi dans la douceur de ses bras arrondis et de ses seins ronds et doux qui ne serviraient à rien. Elle gémit et embrassa la petite tête dure frisée. Elle était la plus jeune, c'était elle qui avait le moins de chances... Elle serait la dernière... Si un fiancé arrivait, il serait d'abord pour les autres... Mon Dieu que de femmes sur cette île ! Rien que des femmes, toujours des femmes ! Et il fallait qu'elle aille aider Molly à ranger le linge de la dernière lessive ! Sa mère voulait qu'elle sache où se trouvait chaque chose, même le moindre mouchoir ! Pourquoi moi ? Toujours moi ? Et préparer les sandwiches pour le thé ! Non, elle n'irait pas !... Non ! Non !
 L'agneau se réveilla brusquement et sauta dans l'herbe. Il s'emmêla les pattes et tomba sur les genoux. Jane se mit à rire, renifla, et essuya une larme au bout de son nez.
 — Qu'est-ce que cette idiote de brebis a à gueuler comme ça ? dit Lady Augusta... J'espère que vous n'allez pas laisser Alice entrer au couvent ?
 — J'ai toujours eu l'intention de laisser mes filles faire ce qu'elles voudraient, dit Sir John.
 — Bien sûr ! Et pour ça vous les enfermez ici ! dans cette prison d'eau !... Je ne suis pas contre une certaine liberté, mais le couvent !... Quand je pense qu'elle est déjà baptisée catholique !... catholique !... Quelle horreur ! Peut-être si on lui trouvait un mari accepterait-elle d'abjurer ?...
 — Je ne le lui demanderai pas ! dit Sir John avec fermeté. Mes filles sont libres de leurs pensées et de leurs sentiments...
 — Voilà ! comme votre père ! Largeur d'esprit ! Amitié avec les catholiques, pendant que leurs tueurs nous guettent dans la nuit ! Remarquez je comprends qu'ils ne soient pas toujours satisfaits de leur sort !... Je conviens qu'il y a parfois des injustices... Mais on peut comprendre les bêtes sans désirer pour autant devenir soi-même un cochon !... Catholique !... Elle est folle !...
 Amy savait. Tous les domestiques, maintenant, savaient. Amy était allée en dire deux mots au jardinier et au cocher, après avoir apaisé les servantes. Pour ces filles, catholiques, la décision d'Alice était une sorte de victoire qui les concernait. Amy ne voulait pas les laisser gagner par la surexcitation.

Tandis qu'elles mangeaient à l'office, s'interpellant à voix retenue et riant dans leur soupe, rouges autour de la grosse table de bois, elle les sermonna.

— Taisez-vous, idiotes ! C'est un grand malheur pour la famille !... Oui, un malheur !... Et je n'approuve pas Miss Alice... Nous devons rester à la place où Dieu nous a mis pour l'adorer... Toutes les places se valent, et Dieu est le même pour tous, même pour ces cochons d'Anglais, que le diable les brûle !

En revenant des écuries elle trouva Jane toute blême, frissonnante, accroupie sous la fenêtre du petit salon.

— Qu'est-ce que tu fais là, toute croupetonnée ? dit Amy. Le froid va te monter dans les reins jusqu'à la tête !

Jane se leva lentement en s'appuyant au mur. Elle se sentait vieille, vieille...

— Quel âge elle a, Alice, dis, Amy ?

— Je ne sais pas, exactement...

— Au moins trente ans ?

— Non ! tu es folle...

— C'est affreux ce qu'elle a fait, dis, Amy.

— Il ne faut jamais juger, mon poussin...

— Je ne la juge pas, je la comprends... A trente ans, et pas encore mariée, qu'est-ce que tu veux qu'elle fasse ?... Tante Augusta dit que nous ne nous marierons jamais !...

— Nous ? Qui ça, nous ?

— Mes sœurs et moi ! Elle dit que nous ne trouverons jamais des maris ici ! Et que nous ne nous marierons pas !

— Lady Augusta, que je respecte, dit Amy, n'est qu'un vieux cheval boiteux, qui n'y connaît rien du tout ! De quoi je me mêle ! Elle t'a dit ça à toi ?

— Non... A papa...

— Elle a bien fait, il serait temps qu'il y pense ! dit Amy. Va t'occuper, ne reste pas à ne rien faire.

— Et moi je suis la plus jeune ! S'il en vient un il ne sera pas pour moi ! Je serai la dernière !

— C'est toujours la plus jeune qui se marie en premier... Tu as le derrière tout mouillé de t'être assise par terre... Va changer de jupe, et ensuite occupe-toi, occupe-toi ! Les futurs maris aiment bien les jeunes filles qui savent s'occuper dans la maison...

— Mais...

— Tais-toi ! Lorsqu'on te dit quelque chose tu dois obéir joyeusement...

— Mais !...

— ... avec douceur et patience ! Autrement, comment veux-tu devenir une jeune fille accomplie ? Tu sais bien que tu dois m'écouter, mon petit bourgeon du printemps, et que tout ce que je te dis est pour ton bien ! Quand tu es née, c'est moi qui t'ai habillée... Tu étais plus petite que la moitié de cet agneau... Va vite mettre ton derrière au sec...

L'agneau était enfoui sous le manteau blanc de sa mère, entre ses quatre pattes noires. Il lui secouait les mamelles avec sa tête pour faire venir le lait, et sa petite queue, qui dépassait, frétillait de joie.

Jane se mit à rire en le regardant.

— Après tout, il se peut qu'il y en ait un qui vienne et qui me veuille, dit-elle. Kitty est vieille, maintenant ! Et Helen aussi ! Et même Griselda a au moins vingt ans... S'il veut quelqu'un de jeune... Mais il ne faudrait pas trop qu'il attende... Moi je dirai oui tout de suite... Je ne serai pas difficile... Pourvu qu'on ait beaucoup d'enfants...

— Oui ma petite idiote ! Va vite te changer et compter les draps ! Et regarde si les serviettes en lin sont bien repassées, les neuves, celles qui sont brodées d'une fleur bleue. Cette brute de Magrath, quand elle a un fer dans la main, elle écrase tout. Avec le lin, il faut être ferme mais délicat. Elle est aussi légère qu'une vache... Va, mon agneau, va, sois bonne lingère, et tu ne resteras pas au bord du chemin...

Lady Augusta était venue à cheval, sur un grand carcan roux et maigre, aussi increvable qu'elle. Quand elle repartit, Waggoo surgit brusquement d'un massif de rhododendrons, et sauta vers elle comme s'il voulait lui mordre un pied. Il sauta trois fois et ses mâchoires claquèrent au ras de la chaussure. Lady Augusta le cravacha et l'injuria, et quand il s'en alla tout à coup, à toute vitesse, au ras de l'herbe, avec sa queue horizontale comme la fumée blanche d'une fusée, elle voulut tourner bride et le poursuivre, mais son cheval refusa, se cabra, hennit et l'emporta au grand galop sur la digue.

Ils passèrent à fond de train devant la plaque que les gens du pays avaient fait apposer sur le mur de la digue à la fin de sa construction. Les lichens commençaient à estomper et combler les lettres gravées dans le marbre. Mais Augusta en connaissait le texte par cœur :

« Cette chaussée témoigne du grand amour mutuel qui existait entre Johnatan Greene et les gens du Donegal, non seulement ses fermiers mais d'autres aussi. Pendant une terrible période de famine et de peste, Johnatan Greene, ni pour la première fois ni pour la dernière fois, s'est interposé entre la mort et eux. Quand la mort se tourna vers lui, le frappant hors de son île, tous, catholiques et protestants, sont venus par centaines avec leur pic, leur pelle et leur brouette, et ont construit cette digue, afin qu'il pût rentrer chez lui rendre son âme à Dieu. »

Le grand cheval maigre ne commença à se calmer que lorsqu'il fut assez loin du rivage pour ne plus sentir les odeurs de la mer et de l'île. Le long rire de Waggoo résonnait dans la forêt.

La forêt cernait entièrement le cercle de pierres, mais s'arrêtait tout autour à trois pas, sans que les jardiniers y fussent pour rien. Amy disait qu'un accord s'était fait ici entre les formes de la vie pour que chacune reste à sa place. Et si Helen, la petite savante, lui objectait que la roche n'est pas vivante, elle répondait que la vie est partout, et que rien de ce qui existe n'est immobile ni inanimé.

Griselda s'était assise à l'extrémité de la pierre couchée. Comme son grand-père Johnatan elle était certaine que la pierre étendue en direction de l'océan désignait quelque chose, peut-être la Terre Nouvelle derrière la grande eau, peut-être l'étoile perdue d'où étaient descendus les ancêtres, peut-être le vent qu'il fallait suivre pour partir... Autour de la pierre couchée, les pierres levées fermaient le cadran du mystère, horloge du ciel, boussole des siècles, mesurant l'espace ou le temps, ou les deux, ou plus encore.

Mais un mystère plus grand occupait l'esprit de Griselda. Toutes les formes de la vie n'avaient plus pour elle qu'une forme. Elle se coucha de tout son long sur la couche minérale, regarda les nuages qui couraient et n'y vit pas ce qu'elle avait envie de voir. Elle ferma les yeux et ne le vit pas davantage. Elle tourna la tête à gauche et à droite sur le dur oreiller, furieuse contre elle-même et sa faiblesse. La violence avec laquelle elle avait envie de revoir Shawn Arran lui faisait peur.

Elle s'abandonna entièrement à la pierre, elle la sentit devenir tiède sous elle et épouser chaque pli de son corps. Elle souhaita de toutes ses forces savoir, elle demanda à la terre et aux arbres, à la mer et à l'air de lui montrer ce qui l'attendait dans les jours à venir. La pierre devint barque et quitta le rivage, l'emportant sur le lent roulis de l'odeur verte et des mille murmures de la forêt. Elle était sur le lac et sur le rocher à la fois. Et Shawn lui tenait le poignet et la regardait. Son regard la brûlait, il ordonnait et demandait. Elle faiblissait, elle avait envie de faiblir plus encore, de n'être plus rien, d'obéir. Et elle ne voulait pas ! Elle voulait rester libre !

Mais en même temps ces yeux gris, ces yeux clairs derrière les cils noirs exprimaient la détresse nue d'un animal farouche blessé et prisonnier. Elle seule pouvait le délivrer. Il était le Prince enchaîné dans la Tour... Demain, lundi, que ferait-elle ?

Mais le lendemain la voiture sembla ne pas vouloir tomber en panne. Elle ne s'arrêtait pas et Shawn restait muet, figé dans sa fonction de chauffeur. Griselda sentait sa présence comme une chaleur qui la menaçait de brûlure. Quand le moteur se mit à tousser, ses mâchoires se crispèrent et son cœur s'accéléra. Mais après quelques minutes de bruits divers, les trois cylindres reprirent leur rythme normal et la voiture poursuivit sa route. Griselda jeta à Shawn un regard de biais. Elle ne vit que la moitié de son visage, de profil, à moitié caché par une moitié de lunette. Il n'exprimait aucune émotion. Il semblait regarder au loin un horizon qu'il était le seul à voir. C'était exaspérant. D'autant plus exaspérant qu'elle devinait qu'il la savait exaspérée. Et elle était certaine que de son côté il cachait sous son calme un flot de forces passionnées qui le poussaient vers elle. Mais elle n'était pas sûre d'être la seule cause du bouillonnement qu'il maîtrisait si bien. Il était aussi dur et aussi secret que la pierre couchée.

Tout à coup le moteur recommença à tousser. Il crachait ses

poumons d'huile, râlait et haletait, essayait de rattraper son souffle par la queue. Des pieds jusqu'à la tête, Griselda partageait son agonie. A chaque seconde elle espérait et craignait qu'il s'arrêtât. Elle en oubliait de respirer. La chaleur lui envahissait le visage et les mains.

Le moteur ne s'arrêta pas... Tant bien que mal, de défaillances en reprises, il les reconduisit jusqu'à l'entrée de la digue. D'un geste, Griselda ordonna à Shawn de stopper. Elle était aussi soulagée d'être arrivée qu'un acrobate qui a traversé un fleuve sur un fil tendu. Et aussi fatiguée.

Elle descendit de la voiture. Shawn était déjà à terre, immobile devant elle, glacé dans une attitude de totale indifférence. Il avait ôté ses lunettes et la regardait, et elle vit de nouveau, fixés sur elle, ses yeux couleur de douleur et de cendres, couleur de la mer au bout de l'horizon. Elle commença à trembler. Il toucha de son index ganté le bout de sa visière et lui parla d'une voix neutre :

— A jeudi, Miss...

Elle s'éveilla comme sous une douche. Elle répondit rapidement, sans réfléchir :

— Je ne sais pas si jeudi j'aurai envie de sortir...

Elle lui tourna le dos et s'éloigna sans un mot de plus. Elle l'avait remis à sa place, celle de chauffeur. Et même pas son chauffeur à elle : un chauffeur prêté !

Elle respira profondément et se sentit délivrée. Mais à mesure qu'elle remontait vers la maison blanche, la façon dont elle venait de se conduire l'emplissait de moins en moins de satisfaction.

Le jeudi matin, il pleuvait à torrents. De sa fenêtre, Griselda, furieuse, regardait le ciel effiloché d'où tombaient des écharpes d'eau. Elle appuya son front et ses deux mains ouvertes sur la vitre, ferma les yeux, s'abandonna, laissa la pluie et le vent entrer en elle et la parcourir comme ils parcouraient l'île. Et quand ils furent devenus son sang et ses nerfs, confondus à elle-même, de toutes ses forces elle les chassa et évoqua le soleil.

Elle souriait en rouvrant les yeux. Elle était certaine de ce qu'elle allait voir : le soleil en train de faire une percée entre deux nuages.

En moins d'un quart d'heure le beau temps s'établit. Cela se produit tous les jours en Irlande...

Mais quand la voiture arriva devant la porte, alors que Griselda l'avait attendue tout le long de chaque minute, elle envoya Molly dire au chauffeur qu'elle ne sortirait pas. Elle venait de décider de ne plus voir Shawn, de se retrancher de nouveau dans sa chambre, et de recommencer à attendre. C'était un roi qui viendrait la chercher, le maître d'un navire ou d'une aventure, et non un chauffeur en casquette...

Sir John n'avait pas vraiment prêté attention aux propos de sa sœur, affirmant qu'il devait retourner vivre à Londres. Les mots avaient seulement fait du bruit dans ses oreilles. Il avait protesté par réflexe, refusant à l'idée l'accès de son cerveau. D'ailleurs comment retourner à Londres ? Il avait vendu leur maison. Il aurait fallu en acheter une autre. Pour cela vendre l'île... C'était à ce niveau que le blocage, instantanément, s'était fait. Il n'en parla même pas à sa femme, il oublia la suggestion d'Augusta, il ne l'avait jamais entendue...

Il était plus difficile d'oublier Alice. Quelque temps qu'il fît, elle partait chaque jour, à l'aube, à bicyclette. Et tout le monde savait que c'était pour aller entendre la messe à Mulligan, ce qui remuait quotidiennement le scandale au sein de chaque famille protestante des environs.

Sir John eut un entretien avec elle. Il lui parla très calmement et elle lui répondit de même. Quand il fut assuré que ses convictions et sa décision étaient solides, il lui dit que cela ne regardait qu'elle et qu'il ne s'y opposerait d'aucune façon. Ayant ainsi apaisé sa conscience, il retrouva son calme total. Ce qui scandalisait les autres le troublait moins lui-même, la fréquentation des âges anciens de l'homme lui ayant appris que les religions passent encore plus vite que les civilisations, qu'elles sont des formes diverses de la même foi ou de la même illusion, et que l'intolérance est, avant tout, stupide.

Quant aux maris pour ses filles, rien ne pressait. Où pourraient-elles être plus heureuses qu'ici ? Il avait la conviction qu'en offrant l'île à leur enfance et leur adolescence il leur avait fait un don incomparable, et que toute leur vie en serait nourrie.

Lady Harriet avait été plus intimement blessée par la décision d'Alice. Mais, comme toujours et en tout, elle s'en remit à son mari et conforma son attitude à la sienne. Apparemment, la paix de l'île n'avait été troublée que le temps d'un dimanche.

Du jeudi au lundi, les jours parurent interminables à Griselda, chacun plus long et plus lourd que le précédent. Elle ne parvenait plus à se réfugier dans cette brume de tristesse vague où elle s'était plongée après sa maladie avec une sorte de contentement morose, comme un enfant qui n'en finit plus de pleurer. Il y avait maintenant en elle quelque chose qui bouillait, qui brûlait, qui s'impatientait, et le lundi, quand la voiture arriva, elle était déjà prête depuis une demi-heure.

Il faisait un temps superbe, avec un ciel mobile à demi bleu à demi blanc, et Griselda grimpa sur son siège en souriant, heureuse, légère, miraculeusement débarrassée de toute anxiété, n'éprouvant rien d'autre que la joie d'être arrivée au bout de cette attente, et de partir de nouveau dans le bruit et le soleil et l'odeur de l'essence sans se poser de question. Shawn prit le chemin des lacs et de la mer. Un velours vert avait poussé sur les trous et les bosses des landes, et tous les buissons de genêt étaient couverts d'or.

L'horizon mobile se composait avec les courbes des collines et les reflets du ciel dans l'eau qui partout se mêlait à la terre, et avec l'or du soleil et des genêts. C'était un grand monde vide et heureux, qui changeait de forme à mesure que la voiture avançait en ronronnant, et qui semblait ne contenir qu'elle et les oiseaux.

Et puis tout à coup il y eut quelque chose d'autre, une grande forme ondulante et joyeuse qui bondissait à côté de la voiture et la dépassa pour revenir vers elle en aboyant.

— Ardann ! cria Griselda.

Le grand chien fou les avait suivis et rattrapés. Il jappait de plaisir en reculant devant la voiture. Sa langue qui pendait hors de sa gueule disait l'effort qu'il avait fourni.

Griselda posa vivement sa main sur la main de Shawn qui tenait la manivelle de direction.

— Arrêtez ! Nous allons l'écraser !...

La voiture stoppa en crachant de la fumée de tous les côtés. Le moteur vexé lâcha une détonation, et s'arrêta.

Ardann bondit à la rencontre de Griselda qui descendait, et faillit la faire tomber. Elle le gronda, le caressa, l'injuria doucement avec amour, lui donna de petits coups de poing dans sa fourrure, lui prit le museau à deux mains, l'embrassa sur le nez, le repoussa et lui ordonna de rentrer à la maison.

Ardann aboyait « Non ! non ! non ! » en secouant la tête et en agitant tout son corps comme un serpent. Griselda lui expliqua qu'il n'y avait pas de place pour lui dans la voiture et que s'il continuait de courir autour il allait se faire écraser. « Non ! non ! non ! » dit Ardann.

Elle se mit en colère, il allait gâcher leur promenade, ils allaient être obligés de rentrer, et de faire attention à lui tout le temps, tu comprends ? « Non ! non ! non ! » dit Ardann. Elle lui montra la direction du retour, le poussa, fit semblant de le frapper et de lui jeter des pierres. Il fit trois pas, s'assit et la regarda, la langue pendante, satisfait.

— Eh bien retournons, dit Griselda d'une voix triste. La prochaine fois je l'attacherai...

Elle revint lentement vers la voiture. Shawn regardait en avant de la route, cherchant des yeux un endroit où il pourrait tourner. Brusquement du fossé jaillit une flamme fauve et blanche qui se jeta en riant sur le chien assis, le bouscula, le fit tomber, le roula, le piétina et repartit à une vitesse folle en direction de l'île.

— C'est Waggoo ! dit Griselda.

Ardann, oubliant tout le reste, partit à toute allure derrière le renard, dans l'intention de lui attraper le bout de la queue et de le mordre.

Griselda riait, Shawn souriait. En quelques instants les deux bêtes furent hors de vue. Dans la cuisine de St-Albans, Amy riait et parlait toute seule en frappant à grands coups de poing sa pâte d'avoine.

— Vieux renard ! vieux chenapan ! vieux malin ! disait-elle.

Griselda, toute sa joie retrouvée, plus légère encore qu'au départ, sauta par-dessus le fossé, se laissa emporter par la pente de la lande, courut comme les deux bêtes ivres, arracha le foulard qui lui couvrait la tête, secoua ses cheveux, dégrafa sa cape verte et la brandit comme une voile déboussolée, mordit le vent en riant, trébucha et s'arrêta à bout de souffle. Elle fit tournoyer sa cape qui tomba, ronde, dans l'herbe, et s'assit au milieu. Ses cheveux de feu et d'ombre coulaient sur ses épaules et sur son dos. Devant elle les nuages dansaient sur un ruisseau, derrière elle un mur de genêt flambait jusqu'au ciel. Tous les oiseaux d'Irlande y chantaient.

Quand elle leva les yeux, Shawn était là. Il tendit vers elle une main nue, la paume ouverte, et se baissa lentement. Elle aurait voulu se jeter à sa rencontre et en même temps se réfugier au fond de la terre. Il s'agenouilla, il s'approcha d'elle, et sa main se posa sur elle, et son autre main aussi. Le cœur de Griselda battait comme les trois cylindres et comme la mer, dans tout son corps et dans sa tête. Sa poitrine était pleine et dure d'un obstacle qui l'étouffait. Il la prit dans ses bras et la serra contre lui à la briser. Elle renversait la tête en arrière et la tournait à droite, à gauche, comme Ardann, et disait comme lui « Non... non... non !... » Il s'allongea avec elle sur la cape ronde, et leurs têtes dépassaient dans l'herbe et les primevères, et le reflet des genêts coulait sur eux et dorait les contours de leurs visages. Avant de fermer les yeux elle vit encore une fois les siens qui la regardaient, immenses et gris de tendresse, et verts comme ceux de la force des bêtes, et elle se referma sur leur image et s'y cramponna de toute sa vie pour recevoir ce qu'elle avait attendu et qui arrivait et qui l'emportait : lui ! le vaisseau et le capitaine et l'étoile retrouvée...

Et tout ce qu'il y a de radieux et de sauvage dans la terre leur fut donné, dans la lumière du printemps et le parfum des genêts. Il voyait tout, il sentait tout, il entendait tout, il savait tout. C'était elle qui était tout.

Elle ne voyait et n'entendait plus rien au monde. Elle ne s'entendait pas elle-même. Et pourtant elle chantait avec les oiseaux.

Deux jours plus tard, au dîner, Ambrose Aungier annonça d'une voix calme qu'il s'en irait le surlendemain.

Helen le regarda, stupéfaite.

Ambrose remerciait Lady Harriet :

— Je vous ai longuement encombrés, dit-il, je m'en excuse... Entre le travail et l'amitié de votre famille, j'avais presque oublié que je n'étais pas chez moi... Quand je vais débarquer en Angleterre, j'aurai l'impression d'arriver à l'étranger...

Lady Harriet trouva le compliment exquis et répondit qu'il leur manquerait beaucoup à tous. C'était un échange de mots en dentelles. Ni l'un ni l'autre ne pensait tout à fait ceux qu'il prononçait et ne croyait vraiment ceux qu'il entendait. C'était parfait et cela n'avait aucune importance, ni pour Ambrose, ni pour Lady Harriet, ni pour aucun de ceux qui écoutaient. Sauf pour Helen. Pour elle, ces mots étaient ceux d'une malédiction abominable, comme en prononcent les prophètes barbus dans la Bible, annonçant la fin du monde et la chute des cieux.

Griselda entendait à peine. A demi souriante, à demi rêveuse, elle n'était pas tout à fait présente, se réchauffant, à l'intérieur d'elle-même, autour du soleil d'or que Shawn y avait allumé, et qui l'inondait de lumière. Tout avait changé en un instant. Quand elle avait rouvert les yeux, le ciel n'était plus le même, ni le visage de Shawn penché vers elle avec inquiétude et bonheur, ni aucun des autres visages ensuite retrouvés. Chaque chose s'était révélée, chaque branche de chaque arbre, chaque brin d'herbe, chaque aile d'oiseau, chaque geste des vivants et la barbe de son père, et la mer et le vent étaient tels qu'ils devaient être, exactement à leur place pour que tout fût en équilibre dans une évidence éclatante : la vie avait un sens, la vie était merveilleuse, la vie était joie.

Sa voix même avait changé, elle était, si l'on y prêtait l'oreille, plus chaude et plus grave. Mais qui l'écoutait puisque Shawn n'était pas là ? Ses gestes étaient un peu plus ronds, un peu plus denses, mais qui les regardait puisque les yeux gris n'étaient pas là ?

— Aurons-nous le plaisir de vous revoir un jour ? demandait Lady Harriet.

— Certainement ! certainement !... répondait Ambrose sur un ton qui signifiait « certainement jamais... ».

Helen sentait la déraison envahir sa tête. C'était un moment de pleine absurdité, qui allait cesser comme il avait commencé.

— Londres est bien loin ! dit Sir John avec un petit sourire sceptique.

— Certes ! certes !... dit Ambrose, répondant avec un autre sourire.

Il allait partir sans rien lui dire ? Elle s'était donc trompée ? Leurs promenades, leurs entretiens, le travail dans la bibliothèque, ce n'était donc pas le commencement ? Il n'avait donc pas compris ? Alors que dans chaque regard elle lui disait « je suis votre élue, votre sœur, votre double... Je connais votre intelligence, je serai à vos côtés, je vous aiderai, nous travaillerons ensemble, nous bâtirons une œuvre sublime, nous éclaircirons les mystères du passé, nous marcherons la main dans la main vers l'avenir, nous sommes prédestinés, c'est le destin qui vous a amené dans l'île pour qu'ait lieu notre rencontre inévitable... ».

— Et j'espère bien vous voir un jour à Londres, disait Ambrose.

Helen regarda autour d'elle avec affolement. Ils étaient tous tranquilles autour de la table, paisibles, comme s'ils n'entendaient pas ces mots effrayants. Tout semblait pareil aux autres soirs, et pourtant tout avait pris un visage horrible. La lumière devenait noire. Un froid insoutenable traversa Helen des épaules aux genoux. Terrifiée, elle se sentit mourir, elle essaya de se retenir du regard à Ambrose, lâcha prise et glissa doucement de sa chaise jusqu'à terre.

Il y eut un instant d'immobilité et de silence stupéfaits, puis tout le monde se mit en mouvement sauf Ambrose qui, ne sachant que faire, lissait alternativement la nappe et sa barbe du bout de ses doigts.

Kitty fut la première à repousser sa chaise et voler au secours de sa sœur. Elle la saisit à pleins bras, la serrant contre sa généreuse poitrine, et la releva. Pendant qu'elle la posait de nouveau sur sa chaise Helen revint à elle, confuse et anxieuse, ne sachant plus très bien où elle était. Le monde tournait et basculait autour d'elle, il était rouge et noir et les voix criaient.

Brigid, qui était en train de régler les lampes, lâcha tout et courut à la cuisine. Elle avait donné un tour de clef de trop à la dernière mèche, la flamme monta jusqu'au milieu du verre, devint jaune, et lança vers le plafond un fil de fumée compacte qui s'éparpilla en mille légers papillons de suie noire et grasse.

— Nous avons trop fait travailler cette enfant, disait Sir John plein de remords.

Lady Harriet pensait sans le dire, car ce n'était pas convenable, qu'Helen n'avait peut-être pas bien digéré le pudding au chocolat du déjeuner.

— Il faut aller t'allonger un instant, dit-elle. Je vais te faire monter une infusion.

Helen, soutenue par sa mère et par Griselda, quitta la salle à manger après avoir lancé un regard de détresse à Ambrose. Jane courut à la lampe à pétrole et régla la flamme. Sir John se rassit, soucieux. Les petits papillons noirs descendaient du plafond et se posaient partout, sur les assiettes, sur les visages, sur les mains.

— Je me demande ce qu'elle a, elle est verte... dit Kitty.

Ambrose commençait à comprendre et essayait de prendre un air détaché et compatissant à la fois.

— Petit pigeon ! petit pigeon ! grondait Amy à la cuisine. Je le lui avais bien dit ! Elle n'est pas au bout de sa peine !...

Lady Harriet revint seule. Griselda était restée auprès de sa sœur.

— Qu'est-ce qu'elle a ? Elle n'est pas malade ? demanda Sir John avec inquiétude.

— Non... non... Elle ne paraît pas malade...

Sir John ne comprenait pas.

— Elle ne revient pas ?

— Il est préférable qu'elle se repose, ce ne sera rien, dit Lady Harriet avec un petit sourire rassurant à tout le monde.

Et en passant près de son mari pour reprendre sa place à table, elle se baissa et lui dit à mi-voix :

— Elle pleure...

Puis elle recommença à sourire et s'assit près d'Ambrose.

— Elle pleure ?... Mais elle n'a aucune raison de pleurer ! balbutiait Sir John dans sa barbe.

Il croyait bien connaître Helen, sa fille favorite, si proche de lui. Sa conduite inattendue le déconcertait. Lady Harriet fit changer les assiettes maculées par la suie, la conversation reprit peu à peu, et il y eut même des rires quand l'un ou l'autre des convives écrasait sur son visage un flocon de suie qui le dotait d'un sourcil au milieu de la joue.

Lady Harriet s'excusa.

— Ah ce pétrole ! C'est bien pratique, mais ça a aussi des inconvénients...

Griselda revint à son tour et se glissa à sa place en silence. Son père lui adressa un regard interrogateur. Elle lui fit un signe de tête rassurant, puis ne put s'empêcher de regarder Ambrose assez longuement, de détailler sa barbe, son lorgnon, ses cheveux bien coiffés, son visage long et régulier. Elle laissait paraître son étonnement, comme devant un phénomène inexplicable. Sous son regard, Ambrose prenait une expression singulière, mi-penaude, mi-triomphante, un peu pareille à celle d'un chien qui a été surpris en train de voler l'os du gigot, avec encore pas mal de viande autour.

Le dîner s'acheva. Quand tout le monde monta se coucher, Griselda s'attarda auprès de son père. Elle voulait lui parler et n'y parvenait pas.

— Mais enfin, dit Sir John, que se passe-t-il ? Qu'est-ce qui arrive à Helen ?

Griselda le lui dit.

L'étonnement de Sir John fut sans bornes.

— Ambrose !... Ce n'est pas vrai ?

— Si, si...

— Mais... mais c'est extravagant ! Qu'est-ce qu'elle lui trouve ? Il est plutôt... enfin je veux dire il n'est pas beau !...

— Il n'est pas laid... Et elle le trouve beau...

— C'est insensé !... Il a presque mon âge !

— Vous exagérez...

— C'est un vieux célibataire tout sec !

— Ça vaut mieux que s'il était marié...

— Ne dis pas d'horreurs... Mais qu'est-ce qu'elle lui trouve, mon Dieu, qu'est-ce qu'elle lui trouve ?

Griselda se le demandait aussi. Regardant son père bouleversé, elle découvrait soudain le charme extraordinaire de Sir John, sa candeur d'enfant que révélait sa fossette, sa fragilité que dissimulaient d'ordinaire ses manières un peu pompeuses, comme sa moustache masquait sa bouche tendre. Elle devinait vaguement qu'Helen avait transféré sur l'étranger l'admiration passionnée qu'elle éprouvait pour ce père adorable. Mais ce n'était qu'une illusion. Ils n'avaient de commun que la barbe.

— Eh bien il n'y a pas lieu de s'inquiéter, dit Sir John, c'est trop bête, et Helen est trop intelligente, ça ne peut pas durer, ce n'est pas sérieux.

— Si, c'est sérieux... dit Griselda.

Et elle ajouta au bout d'un instant :

— Vous le savez bien...

Oui, il le savait. Il l'avait deviné. Il connaissait mal ses filles en tant que filles, leurs réactions féminines le surprenaient, mais il connaissait bien leurs caractères. Il savait que la nature d'Helen, comme celle d'Alice, la portait à se donner en entier, sans réserves. Il soupira. Il dit :

— Je crains que tu n'aies raison... Ta sœur sera longue à guérir... Heureusement Ambrose s'en va... Ce n'est pas que je n'aie pas d'estime pour lui, mais il est absolument incapable de faire le bonheur d'Helen...

— On ne peut jamais savoir... dit doucement Griselda avec une sagesse qui datait de l'avant-veille.

Elle pensa tout à coup à ce qu'elle éprouverait si elle ne devait plus revoir Shawn. Elle blêmit puis devint rouge, et se mit à défendre la cause de sa sœur avec ardeur, presque avec violence : elle serait plus que malheureuse, elle allait devenir folle, ou peut-être mourir !... Il fallait empêcher cette séparation !

Sir John effaré écoutait et regardait Griselda qu'à son tour il ne reconnaissait plus. Il secouait la tête, se cramponnait aux licornes d'argent de sa montre, disait :

— Ce n'est pas possible... Ce n'est pas possible...

Il trouva l'argument massue :

— Il part après-demain !

— Justement ! déclara Griselda avec décision. Il faut que vous lui parliez avant son départ...

— Moi ?... Mais c'est absolument incorrect !... C'est à lui à me parler !... Et s'il ne l'a pas fait c'est qu'il n'a pas l'intention d'épouser Helen !

— Il n'ose peut-être pas ! Il est peut-être timide ! Et il ne se doute sûrement pas de la force des sentiments d'Helen... Vous devez l'éclairer... Helen est très malheureuse... Elle ne guérira pas !...

Sir John commença à lever les bras au ciel, mais il arrêta son geste en chemin et reprit sa dignité.

— Il faut que je réfléchisse, dit-il.

Cela signifiait qu'il n'avait pas du tout envie de prendre une décision, et qu'il espérait que pendant la nuit un miracle se produirait qui le dispenserait d'intervenir. On voit souvent un malade avoir le soir une grosse fièvre et être guéri le lendemain matin, après avoir bien transpiré.

— Avant d'aller te coucher, dit-il, assure-toi qu'Amy lui a bien monté une tisane... Peut-être une bouillotte aux pieds... Hein ?

Il se rendit compte qu'il s'écartait vraiment de la raison, pour s'excuser regarda Griselda avec un petit demi-sourire qui fit fleurir sa fossette, puis redevint grave. Il dévisageait sa fille, il semblait la découvrir. Elle eut chaud et elle eut peur. Qu'était-il en train de deviner ?

— Fais bien attention... dit-il avec une tendresse grave. Helen comme Alice se laissent emporter par leur imagination. Alice croit aller au ciel, Helen croit avoir rencontré dans un même homme Jupiter et Apollon... Toi aussi tu es une imaginative. Heureusement, ton imagination à toi fabrique des rêves... Continue... Fais bien attention... Ne laisse pas tes rêves s'incarner...

Il l'attira vers lui et la baisa au front, ce qui était très inhabituel. Tout à coup embarrassé, il lui tapota le dos, toussota, se détourna et sortit de la pièce.

Griselda le vit s'éloigner un peu tassé, un peu las, un peu blessé.

Elle-même avait reçu un coup au cœur avec sa dernière phrase. Elle restait immobile, debout, elle tremblait par saccades. Mais le soleil qui brûlait en elle la réchauffa rapidement partout. Elle serra ses deux bras sur sa poitrine comme si elle serrait quelqu'un contre son corps. Elle sentit ses joues brûler. Elle savait bien que ce n'était pas un rêve.

Elle monta l'escalier quatre à quatre, se retenant pour ne pas chanter. Elle n'était pas passée par la cuisine. On ne guérit pas l'amour avec une verveine.

Amy était assise au pied de l'if et parlait à Waggoo. Elle vit de loin s'éteindre les dernières fenêtres de l'étage.

— Pauvre Monsieur, dit-elle, il faut se mettre à sa place... Pense que Dieu n'a eu qu'un enfant et c'était un garçon, et pourtant, vois les tourments qu'il lui a causés... S'il avait eu cinq filles !...

— Whoû... oûoû... fit très doucement le renard au fond de son trou.

— Oui, oui, dit Amy, c'est Griselda qui compte, mais Helen, ma pauvre petite biche... J'ai de la peine...

La lune toute ronde était au sommet de l'if.

Dans la chambre de Griselda, tous les miroirs brillaient comme des yeux d'amis. Dans la chambre d'Helen, la grande glace entre les deux fenêtres, bien que frottée tous les jours, avait cet aspect éteint des perles que nul ne porte. Helen se contentait d'habitude de la glace ovale au-dessus de sa coiffeuse. Elle y voyait sa tête et ses épaules. C'était assez pour s'assurer une coiffure nette et un col impeccable. Le reste allait de soi.

Ce matin, pourtant, Helen se regardait des pieds à la tête. Les deux fenêtres s'ouvraient à l'est, vers la terre. Le soleil y entrait à flots et éclairait Helen des deux côtés. Elle regardait dans l'eau sombre du miroir et y distinguait à peine une silhouette mince vêtue de gris. Elle découvrait avec effroi qu'elle était invisible, imperceptible. Elle disparaissait dans le décor. Elle avait passé la nuit à pleurer et à dormir par petits morceaux. Elle se réveillait dans une angoisse affreuse, se demandait pourquoi, et puis se souvenait avec déchirement et recommençait à pleurer.

Au lever du jour elle s'était levée, lavée, peignée, vêtue comme d'habitude, en soupirant et reniflant. Le poids du monde entier pesait sur sa poitrine. Elle s'approcha de la glace et regarda son visage. Il était pâle et elle le trouva sans attrait. Sous ses cheveux châtains, bien lisses, bien tirés, sous son petit front bombé, ses yeux bleus cernés d'ombre paraissaient réfugiés au fond de deux cavernes de désespoir. Et puis il y avait ce petit nez banal, un peu retroussé, cette petite bouche, ce petit menton, ce petit cou rond, et ce petit col blanc amidonné, impeccable. Comme tout cela était petit ! Et le reste n'était qu'un fantôme gris. Qu'avait-elle pour qu'il la regarde ? Quel effort avait-elle fait pour être aimée ?

Mais l'amour n'est-il pas d'abord un accord des âmes et des

intelligences ? Elle le comprenait si bien ! Chaque mot qu'il prononçait résonnait en elle et y éveillait une pensée analogue. Auprès de cela quelle importance peut avoir la forme ou la couleur d'une robe ?

Elle poussa un grand gémissement enfantin et recommença à pleurer. Amy qui arrivait avec le plateau du thé la traita d'idiote, lui couvrit deux toasts de beurre et de confiture mais ne réussit pas à lui faire avaler une bouchée. L'heure était venue pour elle de descendre, comme tous les jours, à la bibliothèque. Mais si elle se retrouvait en face d'Ambrose elle allait s'effondrer... Et elle avait pourtant tellement besoin de le revoir... Elle se versa une nouvelle tasse de thé. Il était devenu froid et âcre. Elle ne s'en aperçut pas. Elle était assise dans un fauteuil, tête basse, elle avait posé par terre les livres qui l'encombraient. Quelqu'un posa sur ses genoux un livre ouvert. C'était Alice qui revenait de la messe, et c'était l'*Imitation de Jésus-Christ*. Alice lui parlait. Elle entendait les mots mais elle ne comprenait pas leur signification. Ils étaient comme des coquilles vides. Griselda vint aussi, l'embrassa et ne lui dit rien. Kitty tourna autour d'elle en grognant des phrases bizarres et en faisant grincer le plancher sous son poids. Jane ouvrit la porte, fit un pas à l'intérieur, la regarda, eut peur et repartit à reculons.

Helen entendit un galop et sursauta. Elle se rendit compte qu'elle s'était endormie dans le fauteuil, la tête penchée, le cou de travers. Elle poussa un petit cri de douleur en redressant la tête. C'était Brigid qui arrivait en courant. Elle bouscula la porte, s'arrêta devant le fauteuil, reprit son souffle et débita d'un trait :

— Miss, c'est Sir John qui vous fait dire, je passais dans la bibliothèque ramasser les lampes, il m'a dit laisse ça, il est enfermé dans la bibliothèque avec M. Ambrose depuis ce matin et ils ont parlé, parlé, parlé, et il m'a dit laisse ces lampes, va dire à Miss Helen de descendre tout de suite ! Voilà !...

— De descendre où ?

Helen s'était dressée, les yeux écarquillés.

— Dans la bibliothèque, Miss. Il vous attend, voilà !...

— Quelle heure est-il ?

— Il doit être autour d'onze heures, Miss. Seumas Mac Roth vient d'apporter le lait... Voilà !

Elle s'en alla en courant, cueillant au passage une lampe sur la table et une lampe au mur. Helen se souvint toute sa vie de la petite odeur de pétrole d'onze heures du matin...

Quand elle entra dans la bibliothèque, les deux hommes, debout côte à côte, la regardaient, tournant le dos aux fenêtres, en contre-jour, ce qui leur donnait un air fatal et sombre. Elle distinguait à peine lequel des deux était l'un ou l'autre. Elle se sentit dépassée, minuscule, emportée comme une plume de mouette sur la mer. Rien ne dépendait d'elle. Elle n'était rien.

Elle vit que l'un d'eux désignait l'autre d'un geste et elle entendit la voix de son père :

— Helen, si tu veux bien l'accepter, voici ton futur mari...

Le monde bascula des ténèbres à la lumière, le soleil se leva au milieu de la pièce, des trompettes d'or éclatèrent aux quatre horizons. Helen se redressa, rougit avec violence puis devint blême. Elle sentit qu'elle allait de nouveau s'évanouir. Elle fit un effort énorme pour se retenir. Des larmes lui emplirent les yeux. Elle s'avança vers Ambrose avec la ferveur, l'orgueil et l'humilité d'une novice venant offrir ses cheveux aux ciseaux. Elle murmura :

— Je jure que je ferai tout pour vous rendre heureux...

Elle lui tendit ses deux mains, les paumes ouvertes. Emu, il les prit. Embarrassé, il ne sut qu'en faire. Il les secoua un peu, mollement, puis les lâcha.

Sir John regardait sa fille bouleversée, continuait à se demander ce qu'elle pouvait bien lui trouver. Il dit à Helen qu'Ambrose ne pouvait pas remettre son départ, mais qu'il reviendrait dans trois mois pour l'épouser.

— Je suppose que vous irez vivre chez lui, à Londres.

— Certainement, dit Ambrose.

L'Angleterre, le bout du monde, n'importe où, Helen était prête à l'accompagner où il voudrait, quand il voudrait. Elle venait, en moins d'un jour, de mourir et de ressusciter. Elle était maintenant au paradis.

Sir John hochait doucement la tête. Il espérait que pendant ces trois mois Helen retrouverait son équilibre et changerait d'avis. Il l'espérait, le souhaitait, mais n'y croyait pas.

Ambrose quitta St-Albans le lendemain, épuisé par ces excès d'émotion.

L'île était un vaisseau chargé de bonheur. La forêt, exaltée par le soleil et les pluies, gonflée par la formidable poussée des sèves du printemps, s'offrait à la main du vent comme un sein de fille amoureuse à qui la joie donne de l'appétit. Il la caressait, l'enveloppait, s'en allait, revenait, la bousculait, la pressait, l'abandonnait pantelante ou dressée, la pointe de l'if perçant sa rondeur dense. Des oiseaux neufs y naissaient tous les jours, écarquillant leur bec au fond des nids pour recevoir les nourritures, des fleurs innombrables naissaient et mouraient, mêlaient leurs parfums aux odeurs des feuilles tendres déchirées par les doigts du vent. Les couleurs éclataient et cheminaient dans le vert comme les veines d'un marbre vivant, sans cesse nouveau.

La fantastique danse du pollen et des insectes forçait toutes les portes végétales, les ovules se refermaient sur le germe mâle capturé, et commençaient en leur substance minuscule la fabuleuse transformation qui en ferait peut-être un arbre.

Alice, tous les matins, recevait dans son corps le corps du Christ, et revenait à travers les campagnes sur sa bicyclette ivre, prête à s'envoler vers les chemins du ciel. Helen pensait aux chemins radieux de la vie et d'Angleterre sur lesquels elle allait s'engager aux côtés d'Ambrose, sa main dans sa main. Sa mère lui préparait son trousseau, les servantes brodaient les draps et les nappes. Griselda découvrait Shawn après avoir découvert l'amour. Ardann, travaillé dans sa chair et son sang, et ne sachant ce qui lui arrivait, partait en courses folles sur la pelouse ou les allées, s'arrêtait pile, se couchait les pattes en l'air, s'agitait pour se raper le dos sur le gravier et parfois, le soir, regardait la lune et hurlait.

Sans les comprendre, Sir John sentait autour de lui ces joies diverses rouler et mêler leurs remous et s'épanouissait au milieu d'elles. Il avait eu raison de ne pas s'inquiéter : après quelques extravagances, St-Albans avait tout naturellement retrouvé son équilibre.

Lady Harriet ne sentait rien. Elle trouvait que Griselda avait meilleure mine, elle était satisfaite pour Helen, elle soupirait en pensant à Alice, mais malgré la honte était rassurée sur son avenir. Tout son souci, elle ne savait pourquoi, allait vers Jane, peut-être parce que c'était la dernière née, la seule dont le visage de bébé fût encore proche dans ses souvenirs, et pas tout à fait effacé dans le visage de jeune fille.

A chaque instant de la journée elle s'informait : « Où est Jane ? Que fait-elle ? » Et elle lui trouvait aussitôt une occupation nouvelle. Avec plus d'application qu'elle ne l'avait fait pour les autres, elle lui enseignait les mille devoirs d'une maîtresse de maison, et comment faire face au prévu et à l'imprévu. Cela ne déplaisait pas à Jane, qui pensait déjà au moment où elle transmettrait à son tour ces traditions à ses filles. Mais quand elle se souvenait de la conversation de tante Augusta avec son père, et qu'elle essayait, en vain, de deviner d'où pourrait bien lui venir un mari, elle prenait des crises de désespoir enfantin, trépignait et se frappait les côtés de la tête avec les poings.

— Ma petite prune, lui disait Amy, va me cueillir des fleurs d'acacia : je te montrerai comment on en fait des beignets. Surtout, choisis-les bien ouvertes, mais pas passées. Ça se choisit avec le nez !

Et Jane, réconfortée, faisait frire les beignets et les mangeait à mesure.

Kitty, ronde et massive, appuyait comme un sapeur sur les pédales et parcourait les routes sous les averses et les coups de soleil, son panier à deux couvercles attaché sur son porte-bagages. Il y avait toujours quelque part quelqu'un qui avait besoin d'elle, et elle arrivait, trempée, suante, perdant ses peignes, rattrapant ses mèches, se souciant peu de son apparence, jamais fatiguée, toujours réconfortante et avisée.

L'insecte de cuivre et de bleu, sur ses roues qui brillaient comme des soleils, emportait en bourdonnant dans son nuage de fumée magique Shawn et Griselda vers des nids secrets entourés de fleurs et d'eaux. Ils y continuaient ensemble le voyage, plus loin que les chemins de la terre, puis, apaisés, revenus dans l'herbe fleurie, ils se regardaient, ils se souriaient, ils se parlaient et s'écoutaient. Shawn ouvrait à Griselda les portes d'un monde réel aussi fabuleux que celui de ses rêves : il lui parlait de l'Italie, de la France, de l'Allemagne, il lui parlait de l'Irlande, qu'elle ne connaissait pas. Elle ne s'étonnait pas de le découvrir passionné, intelligent, supérieur à sa condition. Tout cela elle l'avait déjà vu dans ses yeux. Elle vivait les jours sans lui dans l'attente des jours avec lui. Elle ne pensait pas à l'avenir. Lui n'en parlait pas.

Ainsi, chargée d'oiseaux, de printemps et de filles, l'île poursuivait son voyage vers l'autre bout des temps. La vie d'une abeille, la vie d'un arbre et l'horloge de pierre marquaient son calendrier. Endormi dans son trou entre les racines de l'if, Waggoo, plus léger qu'un pétale, rêvait en rond, la tête sur sa queue.

Dans le creux de sa main, Shawn montrait à Griselda une grenouille couleur d'émeraude, pas plus grande qu'une violette, avec des yeux de perles noires. Griselda avança un long doigt mince pour la caresser, la grenouille sauta, Griselda surprise cria, Shawn se mit à rire et la prit dans ses bras. Mais il la lâcha vite, il la sentait crispée et tendue. Des bras fermés autour d'elle l'étouffaient, provoquaient une réaction immédiate de prisonnière qui veut se libérer. Elle était bien avec lui dans l'amour, peut-être parce qu'alors sa joie était si grande qu'elle oubliait à quel point elle dépendait de lui, elle était bien près de lui à l'écouter, et à le regarder parler, bouger, et rire, mais elle n'aimait pas qu'il posât ses mains sur elle autrement que pour les préliminaires de leur accord physique, qui ne lui apportait pas l'emprisonnement mais la libération hors tout.

Lui aurait aimé, après, avoir sur son épaule sa tête abandonnée, il aurait aimé la sentir tendre et un peu inquiète, comme un enfant qui demande protection. Mais autant elle était détendue et heureuse allongée dans l'herbe à côté de lui, autant elle se crispait et devenait étrangère s'il essayait de nouer un contact physique qui pouvait suggérer une domination. Elle se levait, faisait quelques pas pour lui échapper, tout en souriant et lui parlant, sans hostilité, mais sur la défensive. La licorne peut aimer un compagnon : elle ne supporte pas un cavalier.

Il retrouva la grenouille sur une feuille de chicorée sauvage, il l'effleura de l'ongle pour la faire de nouveau sauter. Elle retomba dans un creux du ruisseau. Il s'y rinça les mains et joua avec l'eau, en sifflant un air lent et rythmé, avec des silences, qui ressemblait à une danse mélancolique. Griselda, allongée, au comble du bien-être, ses cheveux répandus dans l'herbe en longues vagues d'acajou, regardait au-dessus d'elle couler le ciel, et écoutait l'air se défaire et se refaire comme les nuages.

— C'est beau, dit-elle, qu'est-ce que c'est ?
— C'est une ballade gaële..., très ancienne...

Il vint s'asseoir au-delà de sa tête, pour qu'elle ne le vît pas, et se mit à chanter à mi-voix. Sa voix était grave et ressemblait à une plainte qui venait du fond de lui et de la terre. Et pourtant l'air était un air de danse, qui s'arrêtait comme pour laisser le temps aux danseurs de se regarder avant de se tendre la main, puis de s'éloigner, de se tourner le dos, de tourner encore et de se retrouver.

Le rythme et la voix entrèrent dans Griselda et la firent frissonner. Elle murmura :

— C'est très beau... On dirait la danse du monde... Qu'est-ce que ça signifie ?

Il y eut un petit silence, puis Shawn répondit :

— Oh, c'est une simple chanson d'amour...

Après un autre silence il traduisit :

Toi qui es la lune et le vent
Tu me donnes ta lumière
Tes yeux caressent mes yeux
Et sans toi le souffle me manque
Et je meurs...

Mais si je ferme mes bras
Tu glisses et fuis, tu n'es plus là
Je ne peux saisir ta lumière
Elle est sur moi et loin de moi
Tu me regardes et peu t'importe
Qui je suis...

Griselda se retourna brusquement et, à genoux, fit face à Shawn. Ses cheveux dansèrent sur sa poitrine et dans son dos. Elle cria :

— Ce n'est pas vrai !

Shawn la regardait avec une tristesse infiniment douce. Il savait qu'à ce moment où ils étaient si proches il risquait, s'il tendait les bras vers elle, de la faire reculer...

Elle hocha la tête et dit doucement :

— Mais je ne suis pas *à vous*... Je suis *avec* vous...

Il n'eut pas le temps de répondre. Derrière la colline du nord venait d'éclater un aboiement rageur, aigu, puis d'autres plus loin, toute la meute échelonnée.

— Lady Augusta ! dit Shawn.

Il ramassa sa veste et sa casquette, courut vers la voiture, qui attendait sur la route à cent pas de là.

Griselda s'enveloppa dans sa cape verte, rassembla ses cheveux et les dissimula dans sa capuche ronde. Le renard qui arrivait fit un brusque crochet en la voyant, puis reprit sa course vers le sud. Les premiers chiens de la meute sautèrent le ruisseau, les autres continuèrent tout droit. Lady Augusta, en amazone rouge, penchée sur le cou de son canasson roux, criant à ses chiens des insultes et du courage, passa en tornade, apercevant au galop, du coin de l'œil, Shawn outils en mains, penché vers le moteur, et plus loin Griselda, assise près du ruisseau, qui lui faisait un signe et un sourire. Elle pensa :

— Ça a l'air d'aller mieux, la gamine... Cette sale bête va vers le marais ! Je vais la perdre !...

Griselda remonta lentement vers la route. Le moteur démarrait. Elle grimpa à sa place. Ils ne se dirent plus que des paroles banales. L'incident venait de leur montrer à quel point leur situation était aventureuse. Ils le savaient mais n'en avaient jamais parlé.

Le détachement venu de Belfast pour renforcer la police locale avait apporté ses baraquements en pièces détachées. Les constables les montèrent au sommet d'une colline, sur un terrain réquisitionné, à mi-chemin entre Mulligan et Donegal. Il y avait une baraque pour les hommes, une pour le capitaine Mac Millan et trois pour les chevaux et le matériel. Dans la nuit qui suivit la fin de leur installation, les fenians les attaquèrent et les incendièrent. Au cours d'un combat rapide, les policiers, surpris, eurent deux morts et sept blessés. Ils avaient fait certainement des victimes chez les rebelles, mais ceux-ci les avaient emportées en se retirant.

— J'ai rencontré Griselda, dit Lady Augusta, et j'ai raté mon renard...

— Tiens, tiens !... dit son mari.

C'était une expression commode pour ses conversations avec sa femme. Elle lui permettait de donner l'impression qu'il avait écouté, et qu'il manifestait son avis.

Elle jeta sa cravache et son chapeau sur un fauteuil et vint à grands pas vers la petite table ronde où il avait disposé, juste à portée de sa main droite, ses pipes, son tabac et son porto. Il tenait et regardait un numéro de *Punch* du mois dernier, qui venait d'arriver de Londres. Il ne savait pas très bien s'il était en train de le lire ou non. Il n'y trouvait strictement aucun intérêt.

Lady Augusta empoigna la bouteille de porto et retraversa le salon pour aller chercher un verre. Ses grands pieds faisaient craquer le parquet sous le tapis. Elle se versa une lampée, la vida d'un trait, poussa un hennissement de satisfaction et se servit une autre ration.

Sir Lionel tapota délicatement sa pipe sur le bord du cendrier.

— Ne faites pas cet horrible bruit ! dit Lady Augusta... Cette petite a l'air d'aller beaucoup mieux... Grâce à qui ? Grâce à moi ! Si elle n'avait compté que sur ses parents, elle serait encore à moisir dans sa chambre ! Elle serait peut-être morte !... Cette voiture automobile est bien agréable. Vous prendrez encore du porto ?

— Heu, heu... dit Sir Lionel.

Elle fit de nouveau craquer le parquet pour lui rapporter la bouteille.

— Il faudra que vous commandiez des pneumatiques. Ils s'usent vite. Nous n'en avons qu'un jeu de rechange. Hier en allant à Donegal, nous avons crevé, Shawn a mis une demi-heure pour réparer ! Il dit qu'il serait plus pratique d'avoir une roue supplémentaire toute prête, qu'on utiliserait en cas de crevaison. Cela ferait gagner du temps.

— Tiens, tiens ! dit son mari.

Il prit une pipe froide, déjà bourrée, et l'alluma. Il se concentra un instant sur son tirage, en fermant les yeux. Satisfait, il releva les paupières, découvrit sa femme qui le regardait, et s'étonna, comme toujours, de la retrouver pareille et jamais améliorée.

— Hé bien, hé bien ! dit-il... Bon... Savez-vous que le capitaine Mac Millan, qui commande le détachement de la Royal Irish Constabulary qui vient d'arriver de Belfast, est le fils d'un neveu de notre cousin William Mac Millan de Glasgow ?

— *Votre* cousin, rectifia Lady Augusta. Non je ne savais pas... Les fenians leur ont grillé les fesses, cette nuit !...

Elle hennit. Elle trouvait que c'était une bonne plaisanterie.

— Heuh... dit Sir Lionel, le capitaine est venu me voir cet après-midi... Il ne sait où loger ses hommes. Il m'a demandé s'il pourrait les mettre momentanément dans nos deux granges désaffectées.

— Quoi ? Il est fou ! Cela va soulever tout le pays contre nous !

— Je lui ai fait remarquer, dit Sir Lionel, que ces bâtiments étaient vétustes, délabrés et encombrés d'un tas de vieilles choses. Il m'a dit que ses hommes nettoieraient...

— Je n'en veux pas ! cria Lady Augusta. Vous lui direz non !

— Naturellement je n'ai pas dit oui... dit Sir Lionel. C'est vous qui décidez... Mais le capitaine m'a fait remarquer que s'il nous demandait notre accord, c'était en tant que cousin. Sans quoi il aurait tout simplement réquisitionné...

— Maudit Ecossais ! clama Lady Augusta, qu'est-ce qu'il s'imagine ?

— Le gouvernement... heu... naturellement le gouvernement nous paierait le prix de la location... Ce sont de vieilles bâtisses qui ne servent plus à rien... Peut-être seriez-vous satisfaite d'en tirer un petit revenu ?

— Le gouvernement nous paiera dans six ans, et il nous retiendra une taxe !

— Vraisemblablement... Mais je crains que nous ne puissions empêcher le capitaine de s'installer... Vous pourriez peut-être profiter de la présence de la constabulary pour faire expulser votre fermier des Trois Etangs qui ne vous a rien payé depuis dix-huit mois...

— Je lui ai renouvelé son congé avant-hier. Il partira à la Toussaint. Je n'ai pas besoin de la force armée !

— Certainement !... Je ne suis pas assuré que le capitaine tienne compte de votre refus... Bien qu'il ait courtoisement proposé de venir prendre votre réponse dans la journée...

— Eh bien qu'il vienne ! Il l'aura !...

Ce n'était certainement pas un petit officier écossais qui allait lui faire peur. Elle jugea l'incident clos, déclara que ce porto était trop doux et qu'elle préférait le précédent. Et recommanda à Sir Lionel de ne pas oublier les pneumatiques. Elle en revint à son souci, qui était le sort de ses nièces, condamnées à rester vieilles filles ou à faire d'abominables sottises, comme Alice, si elle ne s'en mêlait pas. Elle avait là une occasion d'exercer son autorité familiale et elle n'allait pas s'en priver...

— Leur père est un criminel et Harriet n'a aucune volonté. Ces filles ne savent rien faire et font tout ce qu'elles veulent. Elles n'ont rien appris, pas même le piano !... C'était bien la peine de faire venir ce monument qui est dans leur salon ! Il devait occuper la moitié du bateau...

— Harriet en joue parfois...

— Si l'on peut dire !...

— Hum... Est-ce que notre jeune Henry n'avait pas manifesté quelque intérêt pour l'une d'elles quand il avait quinze ans ?

— Pour Griselda ! Bien sûr !... Il n'avait pas quinze ans : il en avait dix-huit... Elle l'a envoyé promener, par bonheur... L'idiote !... Il est heureusement à l'abri à Oxford... La petite Helen a eu de la chance de trouver ce barbu... Un bal !... Je vais donner un bal, voilà, nous allons donner un bal !...

— Un bal, ma chère ?...

— Quand on a des filles à marier, on donne un bal...

— Ne pensez-vous pas que ce serait plutôt à John et Harriet de... ? Ce ne sont pas précisément nos filles, après tout...

— Si elles étaient nos filles, elles seraient autrement élevées !... J'aurais aimé avoir des filles à élever !... Mais on fait ce qu'on peut !...

De haut en bas, elle adressa à son mari un regard de rancune et de frustration qu'il neutralisa par un nuage de fumée. Elle reprit la bouteille et se servit.

— Nous inviterons tous les garçons à marier du district... Ce sera un désastre pour ceux qui se laisseront piéger !... Tant pis pour eux... Je dois penser à mes nièces d'abord...

Sir Lionel demanda d'un air innocent :

— *Quels* garçons à marier ?

Lady Augusta réfléchit une minute, puis deux, puis trois... elle fit mentalement le tour de ses relations... Ce n'était pas très dense. Le pays était plutôt désert. Et les garçons étaient pris d'avance, convoités dès le berceau par les mères des filles disponibles... Il y avait bien untel et untel... Mais ils étaient en Angleterre, dans leurs universités... Il faudrait attendre les vacances... Mais alors Henry serait là aussi... Ce serait dangereux...

— Il n'est plus idiot, dit Sir Lionel. J'ai parlé avec lui à Noël. Il comprend la politique... Il y a Ross Butterford...

— Le vieux Butter ?... Il a au moins soixante ans !

— Il a deux mille hectares, dit Sir Lionel. Et il est veuf...

Le capitaine vint, mais pas seul. Il chevauchait à la tête de son détachement. Montés sur des chevaux anglais, ses hommes se distinguaient de la constabulary locale par la couleur de leurs casques en forme de moitié d'œuf : ils étaient noirs au lieu d'être bleus.

Le capitaine Mac Millan avait quarante-deux ans, une taille qui le faisait paraître plus important que sa monture et une puissante moustache couleur de carotte.

Lady Augusta lui fit dire par un domestique qu'elle refusait d'héberger sa troupe. Placide, il donna l'ordre à ses hommes de s'installer. Lady Augusta, furieuse, vint elle-même lui dire de s'en aller. Il exhiba un papier qui l'autorisait à réquisitionner, au nom de Sa Majesté, tous bâtiments, terrains, bétail, voitures, chevaux, instruments et personnel qu'il jugeait nécessaires.

Lady Augusta déclara qu'elle allait écrire à la reine. Le capitaine l'assura qu'elle avait raison. L'installation se poursuivit.

De la discussion, Lady Augusta n'avait tiré qu'un élément réconfortant : la constabulary attendait de nouvelles baraques, et, dès qu'elles seraient arrivées, libérerait les granges de Greenhall.

Peut-être le capitaine avait-il pensé qu'on lui offrirait une chambre. L'accueil reçu lui ôta cet espoir. Il aurait pu en obtenir une, au nom de la reine. Il préféra dormir avec ses hommes, sur du foin vieux de plusieurs années, habité par une multitude d'insectes qui lui coururent sur la peau et l'empêchèrent de dormir. A deux heures du matin, il fit lever ses soldats, et vingt minutes plus tard il était déjà en route avec eux. Toute la journée, guidés par les constables locaux, ils fouillèrent les chaumières des paysans et les cachettes des landes et des tourbières. Ils trouvèrent trois blessés, incendièrent les maisons où ils étaient dissimulés, abattirent le bétail et les chiens, et emmenèrent les familles, enfants compris, à la prison de Donegal. Un des trois blessés, Conan Conaroq, mourut en route. Ils le jetèrent au fossé.

Le soir, ils regagnèrent Greenhall, dans le silence de l'horreur.

Exaspéré par les insectes qui lui couraient sur la peau, le capitaine se leva avant ses hommes, galopa jusqu'au lac le plus proche, se déshabilla et se jeta à l'eau. Tandis qu'il nageait, une voix venue d'un bouquet d'arbres lui cria :

— Que Dieu me damne si je tire sur un homme nu ! Sortez de là et habillez-vous !

Se maudissant d'avoir commis une telle imprudence, il rampa sur la berge jusqu'à ses vêtements, saisit son revolver, et tira vers le bouquet d'arbres.

— Vous ressemblez à mon cochon ! cria la voix. Mettez au moins votre pantalon !

Le capitaine rougit de fureur et de honte jusqu'à la plante des pieds. Il posa son revolver, enfila brusquement son pantalon et recommença à tirer.

— Tiens ! c'est pour Conan Conaroq ! dit le bouquet d'arbres.

La balle que reçut le capitaine Mac Millan lui entra, parce qu'il était couché, dans l'épaule gauche et, contrariée par la rencontre de la clavicule, se mit à tournoyer dans le poumon en faisant du hachis et coupant les artères.

Il eut le temps de penser « Oh ! maman... je meurs... », et, effectivement, il mourut.

Ce fut le lieutenant Ferguson, de la constabulary de Donegal, qui vint le remplacer. Il était sur place depuis trois ans, il commençait à connaître le pays. Il mena la répression avec vigueur et brutalité. La prison de Donegal s'emplit. Il trouva deux dépôts d'armes et, averti par un mouchard, il était là pour accueillir une barque qui apportait de Dieu sait où des fusils et des cartouches. Ses occupants furent tués et sa cargaison détruite.

Faute de combattants et de munitions, les fenians se manifestèrent de moins en moins. Les claires nuits d'été redevinrent presque calmes. On chuchotait dans le pays que le chef des insurgés était parti pour l'Amérique, chercher de l'argent et des armes.

Le lierre qui enveloppait les fenêtres des chambres de l'ouest avait été planté en même temps que la maison. Griselda enfant se servait souvent de lui pour descendre directement au jardin, le matin, quand elle s'éveillait et que la maison dormait encore. En chemise de nuit, pieds nus, ses nattes lui battant le dos, elle se servait de ses branches noueuses comme d'une échelle. Elle en connaissait tous les méandres. Elle descendait en trois secondes, allait manger les petits pois nouveau-nés sucrés, puis remontait comme un chat jusqu'à son lit.

Cette nuit-là, elle allait retrouver ses habitudes de fillette pour rejoindre Shawn. Elle enfila une robe noire de servante qu'elle avait chipée à Molly. Elle était un peu trop large et un peu trop courte, mais cela rendrait sa descente plus facile. Ses cheveux, coiffés pour la nuit, se balançaient jusqu'à ses reins en une lourde tresse. Elle la releva, l'enroula et l'épingla sur sa tête, et la serra dans un fichu de laine sombre qui lui dissimulait en même temps une partie du visage. Elle attendit l'arrivée d'un gros nuage, enjamba la fenêtre et descendit comme une ombre.

Shawn l'attendait au bas de l'escalier du Port d'Amérique. La mer montait, mais était encore assez loin. Ils durent marcher dans les algues grasses qui éclataient sous leurs pieds, pour atteindre la barque qu'il avait tirée au sec mais que l'eau venait de rejoindre. Il l'y fit monter, la poussa en pleine eau, y grimpa à son tour, s'éloigna du rivage à la rame, puis hissa un bout de voile biscornu qui ramassa un peu de vent et les tira vers le large.

Alors il vint s'asseoir près d'elle sur le banc mouillé, et lui prit des mains la barre qu'il lui avait confiée. La nuit était très claire, même quand les nuages occultaient la lune pleine. Ils filaient droit vers l'ouest. Dans le goulet entre l'île aux Cloches et l'île au Sel, le courant qui montait faisait leur fit faire presque du surplace. Shawn, qui paraissait être aussi bon marin que mécanicien, parvint à en sortir, et la lune se leva, éclairant devant eux l'immensité de l'eau mouvante, l'océan, nu jusqu'aux terres d'Amérique.

Griselda frissonna. Elle aurait dû prendre sa cape, la jeter sous sa fenêtre avant de descendre. Shawn sembla deviner, ôta sa veste et la lui posa sur les épaules. Griselda avait envie de rire et de pleurer. Ce geste était à la fois celui d'un prince et celui d'un charretier, elle avait rêvé d'un capitaine et d'un navire, et elle était avec un chauffeur dans une barque qui sentait le poisson. Elle semblait vivre la caricature de ses rêves, mais c'était malgré tout l'aventure, et le but de leur voyage lui donnait la dimension du mystère.

Shawn avait obliqué vers le sud et, jouant de la voile et de la gouverne, maintenait le cap vers une sorte de grand fantôme blanc couché sur l'eau. C'était l'île Blanche, la plus avancée vers le large des îles de l'archipel de St-Albans. Amy en avait parlé une fois à Griselda, lui disant que l'île était sortie des eaux, d'un seul coup, comme une femme nue, le jour où la reine Maav, celle qui avait établi la vieille race sur l'Irlande, avait été tuée au combat en repoussant les envahisseurs venus de l'océan.

Son peuple avait bâti son tombeau au sommet de l'île, et depuis elle continuait de veiller, face au large. Et jamais, au cours des siècles, un arbre, une fleur, un brin d'herbe, une mousse, n'avait poussé sur le rocher blanc. Des mouettes volaient constamment en rond au-dessus de l'île, la couronnant de leur blancheur et de leurs cris.

Griselda avait demandé d'autres renseignements à son père. Sir John savait qu'il existait effectivement un cairn important au sommet de l'île. C'était très probablement le tombeau d'un chef. Il datait de l'époque mégalithique, ce qui ne signifiait pas grand-chose au point de vue du temps. Il pouvait avoir aussi bien deux mille ans que quatre mille ou plus. Très vraisemblablement contemporain du cercle de pierres de St-Albans, et dressé par les mêmes mains.

— On n'y a jamais fait de fouilles, c'est bien curieux... Chaque fois que des archéologues s'y sont intéressés, ils ont dû renoncer faute de main-d'œuvre. Personne n'habite l'île, et les pêcheurs des autres îles n'avaient pas le temps, toujours occupés... Curieux, quand on y pense... Ce qu'on sait de la reine Maav ?... Rien, rien du tout... Plusieurs traditions parlent d'une antique reine d'Irlande, mais son histoire varie selon les récits. Et son nom également... Maav... Cela ressemble au nom d'une déesse égyptienne, Maat. Elle était fille du soleil, et symbolisait le souffle de la vie... Cela ressemble plus encore à la reine Maab, qui est la reine des fées de la tradition anglo-saxonne... A moins que ce soit simplement le mot *maw*, de la vieille langue germanique. C'est le nom de la mouette...

Griselda était restée rêveuse quelques instants, puis elle avait dit :

— Les oiseaux de mer..., les fées..., le souffle de la vie..., tout cela se ressemble...

Sir John, après l'avoir regardée avec un peu d'étonnement, avait ajouté en souriant :

— Oui... peut-être... Et il y a bien d'autres correspondances. Un des noms de la reine Maav est Mahiav, et cela fait penser à Maia, qui était la fille d'Atlas, soutien de la Terre. Elle fut aimée par Zeus et en eut un fils : Hermès. Or Hermès était représenté par ses fidèles simplement sous la forme d'un tas de cailloux...

— Un cairn ? Comme sur l'île ?

— Oui... A moins que Mahiav soit la Maya indienne, dont on sait seulement qu'on ne sait pas ce que c'est... Peut-être la Création, peut-être rien du tout. Son nom signifie à peu près que toutes les formes de ce qui existe ne sont qu'une même illusion... Comme les multiples vagues de la même mer. Mahiav, c'est peut-être aussi Maria : la mère, et la mer...

Du rassemblement de la nuit du 7 juillet, c'était Shawn qui avait parlé à Griselda. Celle-ci avait manifesté aussitôt le désir d'y participer. Et c'était vers lui que la barque voguait. Griselda voyait maintenant danser sur la mer, à sa gauche, à sa droite, et devant elle, de petites lumières qui se dirigeaient toutes vers l'île Blanche. En forçant son attention elle distinguait dans le gris les barques qui les portaient. Certaines avaient une voile, d'autres étaient poussées à la rame. La mer était très calme. Le vent léger faisait un bruit de soie dans la grosse toile de la voile. Il semblait naître dans la nuit pour ne souffler que sur elle. Griselda ne le sentait pas sur son visage. Elle entendait la mer s'ouvrir devant la barque et glisser sur ses flancs. Elle y trempa sa main. L'eau était tiède.

A travers les siècles, la tradition s'était transmise de fêter dans la nuit du 7 juillet l'anniversaire de la grande bataille de la reine Maav, de sa victoire et de sa mort. Au début, tout un peuple de guerriers et de paysans se réjouissait et pleurait dans la nuit lumineuse de l'été. Le temps avait passé, d'autres rois avaient régné, d'autres invasions avaient submergé l'Irlande, les religions et les langages avaient changé, mais au milieu de l'année du pays de la terre et de l'eau, sur le rocher de l'île Blanche, des fidèles qui avaient reçu le souvenir à travers mille ancêtres venaient encore célébrer le courage et l'espoir, au-delà de la mort.

Des points lumineux montaient le long des pentes du rocher. Shawn s'engagea avec Griselda sur un des sentiers creusés depuis des millénaires et que des pas innombrables avaient approfondis. En arrivant, chaque porteur d'une lanterne allait la déposer au pied du cairn, face à la mer. Shawn vint y ajouter la sienne. Leur réunion composait un buisson de lumière dont la lueur dorée palpitait sur les pierres les plus basses du monument blêmi par la lune. Les groupes se reconnaissaient, s'interpellaient avec de grosses exclamations joyeuses. Partout, dans la nuit, on riait. On n'était pas venu là pour une célébration morose, mais pour le souvenir, l'amitié et la joie. On se retrouvait après un an ou deux, ou trois si les circonstances avaient empêché tel ou tel de venir les années précédentes. Il n'y avait pas beaucoup de gens du pays. Les groupes venaient de tous les comtés de l'Irlande. Certains avaient voyagé pendant plus d'une semaine.

De peur, cependant, de se trouver tout à coup avec Griselda en face de quelque voisin de St-Albans ou de Greenhall qui aurait pu la reconnaître malgré le fichu noir qui lui dissimulait le visage, Shawn se déplaçait sans cesse avec elle pour rester le plus à l'écart possible et éviter les rencontres. Pour ne pas le perdre, Griselda se cramponnait des deux mains à son bras. La clarté qui venait du ciel était assez forte pour permettre de voir, et assez faible pour tout baigner dans une confusion cendrée. Shawn, heureux de sentir Griselda accrochée à lui, lui fit faire le tour du cairn. Elle sentait sous ses pieds la surface du rocher très lisse, presque polie. L'air avait l'odeur de la pierre chaude et de la mer au grand large, et le bras de Shawn était chaud dans ses mains, et de la foule à demi visible à demi fantôme montait avec les exclamations et les rires la grande chaleur d'une présence familière. Il semblait à Griselda qu'elle connaissait tout le monde depuis toujours, et que tout le monde savait depuis toujours qu'elle était là.

Elle fut étonnée par les dimensions du cairn. Il avait plus de deux cents pas de long et cinquante de large. Du côté de la terre il partait au ras du rocher, et montait en oblique en direction de l'océan jusqu'à la hauteur de trois hommes. Il était fait simplement d'une quantité énorme de pierres amoncelées, dont la taille allait de celle d'une tête d'enfant à celle d'une tête de cheval. Leur entassement qui semblait chaotique avait cependant une forme que le temps ni les éléments n'étaient parvenus à modifier : celle d'une gigantesque pointe de lance dirigée vers la mer.

— Il a fallu apporter tout cela dans des barques..., dit Shawn. Des milliers de barques, des milliers de bâtisseurs... On dit qu'Elle est debout à l'avant, sous les pierres, sa lance à la main, avec ses meilleurs guerriers derrière elle, ceux qui sont morts à la bataille et ceux qui n'ont pas voulu survivre à leur reine...

Au sommet du cairn, face à la mer, une lanterne apparut. Elle était tenue par une femme dont la silhouette se découpait sur la clarté mouvante des nuages. Les voix et les rires se turent. Tous les visages se levèrent vers elle. Griselda voyait un peu partout leurs taches pâles tournées vers le ciel, à des hauteurs variées de la nuit. Des gens étaient debout, d'autres assis. Il était difficile d'évaluer leur nombre. Plusieurs centaines, peut-être un millier. Quand la lune se dégageait, elle éclairait brièvement des visages d'enfants presque lumineux.

La femme en haut du cairn posa sa lanterne devant elle, tendit ses bras écartés et se mit à chanter. Ce n'était pas tout à fait un chant, mais la répétition de quelques sons sur un rythme qui changeait puis recommençait. La voix de la femme était âpre et rude comme si c'était le rocher lui-même qui chantait. Et elle était en même temps poignante, verte, vivante, comme la voix d'une forêt. Griselda ferma les yeux pour l'écouter et elle vit alors à travers ses paupières baissées, à la place du cairn, le cercle de pierres de St-Albans. Les pierres étaient neuves. Elles venaient juste d'être taillées et dressées. La pierre couchée portait en son milieu un signe gravé qui ressemblait à un éclair aux angles arrondis. Et elle touchait de son extrémité l'if debout, l'if d'aujourd'hui, qui s'élevait juste au centre du cercle, avec un renard blanc à la queue rousse endormi et tressé dans ses racines. Un tonnerre éclata aux oreilles de Griselda qui sursauta et rouvrit les yeux. Tout le monde s'était mis à chanter d'un seul coup, à pleine voix, pour répondre à la voix d'en haut. Shawn regardait la femme sur le cairn et chantait.

La femme ouvrait et refermait ses bras comme un oiseau de mer qui bat des ailes, dans une lenteur de rêve. La mer, autour d'elle, c'était le flot mouvant des nuages clairs et sombres, se déformant et se déchirant, toujours emportés dans le même sens. Griselda les regardait couler autour de la femme au sommet du navire de pierres, le vertige peu à peu la prenait, rien n'était plus stable, elle voguait sur les vagues du chant et des nuages, avec la reine et ses guerriers en voyage depuis deux mille ans, emportés par leurs rameurs qui chantaient, vers quelles terres, vers quelles étoiles, vers quelles vies ou quelles morts ?

Un trou s'ouvrit dans les nuages juste au-dessus de l'île, et s'agrandit en rond, plein d'un ciel pâle que la lune parcourait lentement. Dans sa lumière, des milliers de petites voiles blanches, venant de tous les horizons, planantes, palpitantes, glissèrent dans l'air en direction de l'île : les mouettes du rocher blanc se rassemblaient. Elles formèrent un cercle au centre duquel se trouvait la lune dans le cercle du ciel, et se mirent à tourner en criant. Leurs cris tissaient une clameur qui tournait au-dessus du chant de la foule.

La femme leva ses deux bras vers la lune et acheva son chant par une longue note puissante qui grimpa vers l'extrême aigu de l'aigu, et s'y maintint pendant un temps insupportable. La foule et les mouettes s'étaient tues. Il n'y avait que ce cri fabuleux qui montait de la mer et du rocher vers le ciel en soulevant toute la création. Griselda, le ventre crispé, tous ses muscles tendus, ne tenait plus à la terre que par la pointe des pieds et par un doigt posé sur l'épaule de Shawn.

La note s'arrêta brusquement. Il y eut un silence fabuleux où l'on entendit les battements de velours des milliers d'ailes des oiseaux. Puis la foule à son tour, toute d'un coup, cria, des cris de joie, de soulagement, de remerciement, des hourras, des mots, des noms, et des rires.

La lune se cacha de nouveau. La femme en haut des pierres ramassa sa lanterne et s'en fut, descendant la longue pente du cairn.

Shawn regarda Griselda. Elle lui sourit, lui noua ses bras autour des épaules et appuya sa tête contre le haut de sa poitrine. Elle se sentait très proche de lui. Dans les moments qui venaient de s'écouler, ils avaient été réunis peut-être plus que par l'amour, et elle avait la certitude d'avoir appris quelque chose, qui était informulable mais qui rendait les choses, les événements, les êtres, plus compréhensibles, moins séparés. Tout correspondait, l'arbre était la flamme de la pierre, le vent était dur et le rocher fluide, l'enfant avait mille ans et le vieillard venait de naître, l'oiseau était le renard qui le mangeait. Elle demanda :

— C'était un chant gaélique ?

— Non, c'est plus ancien...
— De quelle langue ?
— On ne sait pas...
— Qu'est-ce que ça voulait dire ?
— On ne sait plus... Mais on apprend à le chanter en venant ici dès qu'on sait parler...
Les hommes allaient chercher leur lanterne et revenaient avec elle au milieu de leurs compagnons.
— Maintenant ils vont manger et boire, et puis chanter et danser. Nous, nous devons rentrer...
Le jour déjà recommençait. Les mouettes tournaient toujours au-dessus de l'île. Au moment où le soleil se leva, elles formèrent un tourbillon rapide qui s'allongea et monta vers le ciel. De la barque qui s'éloignait, Griselda vit que l'île Blanche était une licorne couchée sur la mer. Les mouettes lui composaient une corne légère, fine, en rotation, dont le soleil nouveau allumait la pointe.

Dans son lit, Griselda se sentit légère comme une feuille. Elle ne pesait sur rien. Elle glissa dans le sommeil, ou plutôt sur lui, trop légère pour s'enfoncer même dans l'impondérable. Elle rouvrit les yeux pour découvrir sa mère à son chevet.
Inquiète de n'avoir pas encore vu Griselda alors qu'il était près de midi, Lady Harriet avait interrogé Molly qui lui avait répondu :
— Elle dort...
A midi et demi elle monta voir elle-même. Elle avait écarté les rideaux de la fenêtre et, penchée sur sa fille, scrutait son visage qui lui paraissait plutôt aimablement coloré. Quand Griselda s'éveilla sous l'effet de la lumière elle lui demanda avec souci :
— Tu n'es pas de nouveau malade ?
Griselda eut un élan d'amour pour cette mère si futile dont les grands yeux doux ne voyaient rien, qui ne comprenait rien, qui ne voulait surtout ni voir ni comprendre, mais qui sans bruit et presque sans efforts savait si bien rendre la vie facile à tous les siens. Elle se dressa sur les genoux, prit sa mère dans ses bras, la serra contre elle, lui donna un gros baiser de bébé qui fit du bruit et dit d'une voix très forte :
— Maman, je vous aime !
Tout cela était inattendu et inconvenant. Lady Harriet rougit, ce qui était très visible sous ses cheveux blancs, mais en même temps elle sourit, car elle était heureuse, et également rassurée.
— Bon ! Je vois que tu vas bien !... Mais je crains que tu ne doives te passer de déjeuner ! Ton père n'attendra pas !...
Griselda sauta à pieds joints sur le tapis et chanta :

Ça ne fait rien
Ça ne fait rien

J'ai très faim
J'ai très faim
Je déjeunerai à l'office
Je mangerai de la saucisse...

Elle éclata de rire, embrassa de nouveau sa mère et cria :
— Molly ! Molly ! viens m'habiller !
Molly était déjà dans le cabinet de toilette, l'œil malicieux, versant des brocs d'eau chaude dans la baignoire. Lady Harriet hocha la tête et se retira. Elle ne comprenait pas, non, elle ne comprenait pas, mais ça avait l'air d'aller tout à fait bien.
— Non ! dit Griselda à Molly, pas de corset aujourd'hui, pas de corset ! Ma chemise brodée de trèfles, un jupon, rien qu'un jupon, celui à six volants, mon corsage à raies vertes et blanches et ma jupe verte, et mes bas... non ! pas de bas ! pas de bas ! Mes petites bottes de chevreau blanc...
« Pas de bas ! Pas de corset ! Oh Mon Dieu ! » pensait Molly. Elle courait d'une armoire à une commode, elle riait en elle-même, elle ne savait rien mais soupçonnait, devinait et n'osait croire. Les changements de l'humeur de Griselda les jours où elle devait aller en voiture, sa joie, sa lassitude ou son énervement quand elle en revenait, ne pouvaient échapper à sa femme de chambre qui était son ombre vivante. Shawn ? Etait-ce possible ? Molly se disait qu'elle devait se tromper, sûrement. Elle était à la fois scandalisée parce que Shawn était un domestique, réjouie parce qu'ils étaient si beaux tous les deux, et inquiète parce que cela ne pouvait rien donner de bon...

Quand Griselda fut prête, avant toute chose, elle courut dans la forêt jusqu'au cercle de pierres. Elle s'agenouilla près de la pierre couchée, et parce qu'elle savait *où* regarder, elle trouva l'éclair, le signe gravé. Il était usé, rongé par le temps et les lichens, mais il était là, à peine visible et cependant assez net pour qu'elle pût le suivre du doigt en complétant, par son mouvement, ce qui en manquait.

Elle rentra à la maison, dessina le signe sur une feuille de papier et alla le montrer à son père qui fumait un cigare dans le petit salon. Elle lui dit où elle venait de le découvrir.

Très intéressé, Sir John regarda la feuille dans un sens puis dans un autre sens, perpendiculaire.
— Si nous étions dans un pays méditerranéen, je te dirais tout de suite de quoi il s'agit... C'est étonnant... Tu vois : comme ceci, horizontalement, ce pourrait être une lettre égyptienne. Et comme cela, verticalement, c'est une lettre phénicienne. Mais c'est la même lettre dans les deux langues : la lettre m. Et dans les deux langues elle désigne l'eau... Il est vrai que les populations qui ont dressé les grandes pierres dans tous les pays du nord venaient de la Méditerranée... Mais si elles avaient une écriture ce n'était ni l'égyptienne ni la phénicienne... C'est étonnant, étonnant... Mais on est sans cesse étonné quand on étudie les civilisations anciennes...

— La lettre m, dit Griselda, c'est la première lettre de Maav, et de mer...
— Oui... Tu es intéressée par ces problèmes ?... Quand Helen sera mariée — Sir John soupira — veux-tu travailler avec moi ?
— Oh ! non ! non ! non !... dit Griselda en riant.
Elle embrassa son père et sortit vivement. On entendait monter vers la maison le bruit du moteur de la voiture automobile.

Il l'emmena dans une direction qu'ils n'avaient jamais prise, droit vers les terres, le dos à la mer, par un chemin juste assez large pour la voiture et sur lequel elle roulait à cloche-pied.
Après avoir tourné entre deux lacs, le chemin s'enfonçait dans un bois de trembles et s'y évanouissait. Quand Shawn coupa le moteur, les oiseaux qui s'étaient tus plus par curiosité que par peur recommencèrent à bavarder. Un vieux merle ébréché regarda l'automobile d'un œil puis de l'autre et siffla d'admiration. Un oiseau brun aux ailes vertes et au plastron roux lui répondit « Tut ! tut !... » en hochant la queue. Il n'était pas tout à fait d'accord. Il dit encore « Tut ! tut ! », ce qui signifiait cette fois qu'il trouvait que cet oiseau à pattes rondes sentait mauvais. Et il fit une troisième fois « Tut tut » pour demander : « Qu'est-ce que ça mange ? » « Des clous ! » répondit le merle. Effectivement le pneu avant droit venait d'en manger un, un bon clou de cheval à tête carrée. L'âme emprisonnée du pneumatique retourna doucement à son atmosphère originelle pendant que Shawn, prenant Griselda par la main, l'entraînait sur un chemin de mousse, à travers les rameaux légers qui les caressaient au passage.
Ils débouchèrent dans la boucle d'un ruisseau qui était plus qu'un ruisseau sans être tout à fait une rivière. Son eau claire glissait d'un mouvement à peine visible sur un lit de sable pâle et de petits cailloux. Il enfermait dans sa courbe une minuscule prairie d'herbe courte piquée de pâquerettes et parsemée de quelques feuilles de trembles, jaunes, rousses, vert pâle, tombées avant l'automne sans raison, peut-être seulement parce que c'était plus beau ainsi. Trois saules, sur la rive opposée, s'inclinaient vers deux plus anciens sur la rive intérieure. Le plus âgé de tous, bossu, tordu, plein d'énormes verrues, était fendu de haut en bas d'un trou qui avait mangé tout le cœur de son bois. Mais sa chevelure de juillet était aussi vive que celle d'un adolescent.
Ce rond d'herbe fraîche, tiède, fleuri, bien clos d'eau et de feuilles, environné des murmures du vent et des oiseaux, ouvert seulement vers le ciel familier tout proche, était fait pour accueillir la joie, l'entourer, la protéger, et la multiplier. Shawn l'avait découvert un jour et n'y était pas entré, car ce n'était pas un endroit où on entre seul.
Il écarta la dernière branche et poussa doucement Griselda devant lui. Un martin-pêcheur pointu perché en oblique sur la bosse ouest du vieux saule, qui guettait un poisson qui guettait une mouche, plongea

comme une balle, manqua le poisson et rebondit vers le bleu du ciel. Un rayon de soleil paressait de pâquerette en pâquerette, inventant au passage dans une perle d'eau pendue à un brin d'herbe, toutes les couleurs qui éclatent, celles qui sont douces, et celles qu'aucun œil ne peut voir.

— Oh ! dit Griselda, c'est la chambre de Viviane et de Merlin !...
Elle arracha ses bottes et se mit à courir et danser dans l'herbe. Elle en sentait chaque pointe humide et tiède dans le creux de ses pieds.

— Qu'on est bien !

Reconnaissante, elle revint vers Shawn qui n'avait pas bougé et la regardait en souriant, heureux. Elle se serra contre lui, lui donna un baiser léger sur les lèvres, se recula pour le regarder. Elle fit une petite grimace.

— Ta casquette !...

Elle enfonça ses doigts dans les cheveux qui avaient gardé la marque de la coiffure et les aéra et les pétrit dans ses paumes. Ils étaient souples, tièdes et frais comme l'herbe sous ses pieds nus. Un courant de vie passait de la terre à lui à travers elle. Ses doigts se crispèrent un peu et elle eut envie de le mordre. Elle se ressaisit et sourit et lui déboutonna sa veste grise.

— Tu connais l'histoire de Merlin et de Viviane ?

Il fit « non » de la tête.

— Tu sais bien qui est Merlin ?

— C'est l'Enchanteur...

— Oui...

Elle lui ôta sa veste et la jeta dans les branches. Au-dessous, il portait une chemise de lin de couleur capucine.

— ... C'était lui qui emmenait les chevaliers dans les aventures, à travers les batailles et les sortilèges, jusqu'au château du Roi Blessé où se trouvait le Graal...

— Le Graal, qu'est-ce que c'est ?

— C'est ce qu'on cherche... C'est ce qu'il y a de plus beau. On ne sait ce que c'est que lorsqu'on le voit.

Elle lui prit le visage à deux mains et de nouveau lui baisa les lèvres, doucement, se souleva sur la pointe des pieds et lui baisa les yeux l'un après l'autre. Elle aurait voulu baiser le gris de ses yeux qui maintenant était bleu, mais il fermait les paupières et riait, et sous ses lèvres elle sentait la soie douce et dure de ses cils noirs.

Elle défit le premier bouton de la chemise, puis le deuxième.

— Pour voir le Graal, il faut poser une question, une seule. Et les chevaliers ne savaient pas laquelle. Il n'y a que Galaad qui a posé la bonne question. Et il a vu le Graal... On dit qu'il l'a emporté en Egypte. Tu y es allé, en Egypte ?

— Non... Je n'ai pas traversé la Méditerranée... Je n'ai pas fait de grand voyage sur la mer. Mais un jour j'irai...

— Tu as envie d'aller loin ?

— Oui... et de revenir... en Irlande.

— Moi je ne sais pas si je reviendrais... Voyager partout... Tout voir... Comme Merlin... Il allait à Rome voir le pape pour lui donner des conseils, et cinq minutes après il était en Bretagne ou à Constantinople, partout où un chevalier avait besoin de lui. A peine arrivé, il était reparti... Pfuitt !...

Elle écarta les deux côtés de la chemise et en fermant les yeux de bonheur, posa sa joue sur la poitrine lisse et dure. Lui avait posé les mains sur ses épaules, puis sur ses cheveux, et il commençait à lui ôter ses épingles.

Elle murmura :

— Ne les perds pas, surtout ! Ne les perds pas !...

Il sourit. Il les mettait au fur et à mesure dans la poche de son pantalon... Les lourds cheveux coulèrent en flot de lumière sombre. Il y plongea et y baigna ses mains, les releva jusqu'à son visage et les pressa doucement contre ses joues. Ils étaient frais comme l'eau du ruisseau, vivants, rebelles et souples, ils échappaient à ses doigts, se multipliaient et glissaient. Ils formaient un rideau qui la cachait et sous lequel elle blottissait sa tête contre lui. A travers ses cheveux il l'entendait :

— ... un jour il traversait une forêt et il a vu une jeune fille endormie près d'une source. C'était Viviane. Elle avait seize ans...

Ses cheveux étaient une source qui coulait sur elle et sur lui, sur son front et sur ses paupières, ils sentaient la menthe et l'eau fraîche et l'odeur du soleil sur la peau d'une fille qui n'a pas fini de grandir.

— ... Elle était si belle qu'il en est devenu fou d'amour. Il s'est mis debout près d'elle, et son regard l'a réveillée. Elle n'a pas eu peur, il était très beau et il était jeune pour toujours. Elle lui a demandé : « Qui es-tu ? » Il a répondu : « Je suis Merlin. » Et il lui a demandé un baiser. Il aurait pu le prendre et l'empêcher de se défendre, parce qu'il était le fils du Diable, mais il était aussi le fils de Dieu, et il le lui a demandé...

— Donne-moi un baiser, demanda Shawn doucement.

Il inclina son visage vers elle et elle leva son visage vers lui. Ses cheveux coulèrent derrière elle plus bas que sa taille. Il posa ses lèvres à peine entrouvertes sur ses lèvres presque fermées.

Elle soupira et lui baisa la poitrine, y appuya son front, puis inclina la tête en arrière et sourit pour le regarder.

— Elle lui a accordé juste le bout d'un doigt... Et en échange elle lui a demandé le secret de douze enchantements...

— Elle ne l'aimait pas...

— Si... Au contraire... Il les lui a donnés, puis il est reparti parce qu'on avait besoin de lui un peu partout, puis il est revenu, chaque fois qu'il pouvait... Et peu à peu il lui a donné tous ses secrets... Et elle ne lui donnait toujours que ses mains à baiser... Elle a connu tous ses secrets sauf un... C'était justement celui-là qu'elle voulait le plus... S'il lui donnait ce secret elle se donnerait... Et un jour, après que Galaad ait vu le Graal, Merlin a cédé.

— Et elle aussi ?

— On ne sait pas... Parce que ce secret, c'était celui qui lui permettrait de tenir Merlin enfermé pour toujours dans la chambre d'air. Elle l'a pris par la main et elle a fermé la chambre autour d'eux. Ils n'en sont plus jamais sortis. On ne sait pas où elle est. C'est la chambre d'amour.

— La chambre d'amour, dit Shawn, c'est toi... Le Graal, c'est toi...

Il caressa doucement le visage posé contre sa poitrine et demanda :

— Quelle question je dois poser ?

Elle répondit plus doucement encore :

— Ne demande pas... Regarde...

Elle se sépara de lui presque sans bouger, elle glissait et tournait sur l'herbe, ses mouvements étaient courbes comme ceux du vent. Elle ôta son corsage et sa jupe et tira par-dessus sa tête sa chemise légère. Pendant un instant elle ne fut qu'un buste entre deux blancheurs. Il vit ses seins couleur de miel, de rose et de lait, qui semblaient avoir peur et s'émerveiller, comme des enfants qui n'auraient jamais vu le soleil. Et déjà elle avait tourné et ses cheveux coulaient sur son dos. Ses vêtements tombaient autour d'elle et fleurissaient l'herbe. Elle s'immobilisa en face de lui, toute nue dans ses cheveux.

Glorieuse, et inquiète, elle demanda :

— Est-ce que je suis belle ?

Elle savait qu'elle était belle, mais personne encore ne le lui avait dit...

Il ne répondit pas, il la regardait. Il l'avait aimée, mais il ne l'avait jamais vue. Elle recommença à tourner lentement pour sentir partout la chaleur de son regard. Elle soulevait ses cheveux à deux bras au-dessus de sa tête, pour que rien ne lui fût dérobé, mais ils lui échappaient et glissaient et la cachaient à moitié, cachaient son dos ou ses seins dont seules sortaient les pointes de lumière qui accrochaient le soleil. Alors elle écartait à deux mains le rideau des cheveux.

— Est-ce que je suis belle ?

Il vit les douces épaules, et la cambrure du rein, et les deux collines qui le suivent, et qui sont chacune la moitié du monde, il vit le ventre plat avec son œil d'ombre, la courbe des hanches qui est la courbe divine de l'infini, et le court buisson d'or où naît la bouche du mystère.

Il arracha ses propres vêtements et vint vers elle avec ses mains ouvertes.

— Tu es belle... Il n'y a rien de plus beau que toi...

Ces mots entrèrent en elle et l'emplirent de chaleur et de gloire. Elle le regarda venir, beau et nu comme le dieu de la jeune Irlande, Angus Og couronné d'oiseaux. Avec sa poitrine lisse et plate, ses épaules droites, ses hanches minces, ses bras un peu écartés, un peu en avant, ses mains ouvertes pour offrir et pour prendre, et en haut de ses longues cuisses qui marchaient, son amour orgueilleux qui venait vers elle dans sa naïve et belle volonté.

Leurs mains se joignirent, puis leurs corps se touchèrent, sur toute leur surface, de bas en haut. Suffoquée de joie, elle gémit. Elle se délivra en riant, lui échappa et courut vers le ruisseau. Il courut derrière elle, l'eau les éclaboussait jusqu'aux yeux. Ils riaient. Elle se jeta dans l'herbe, s'y roula, il y était avec elle, près d'elle, sur elle, il la caressait à deux mains, il caressait l'herbe, il la caressait elle, il l'embrassait, la quittait, il entra en elle une seconde et repartit, elle cria, le rejoignit, elle mordit une pâquerette et la lui mit dans la bouche, se releva et courut vers le bois, il la rattrapa, la prit, la souleva et l'emporta en courant, il courait le long du ruisseau et des arbres, il courait et tournait en la tenant couchée dans ses bras, pour voir la splendeur de ses cheveux se déployer dans le soleil.

Elle glissa une jambe entre les siennes pour le faire tomber. Ils roulèrent sur l'herbe, séparés.

Alors elle cessa de rire, ferma les yeux, et l'attendit. Et lui non plus ne riait plus. Elle sentit d'abord sa main, légère, se poser sur ses genoux, et elle les lui ouvrit. Puis elle sentit sa poitrine sur sa poitrine et son ventre sur son ventre, il la touchait mais il ne pesait pas, il n'avait aucun poids, elle attendait et c'était une éternité insupportable d'attente merveilleuse, et puis lentement, partout à la fois, il pesa et il fut tout entier sur elle et en elle, tout nu.

Et elle ne sut plus ce qui était l'intérieur et l'extérieur d'elle-même et du monde, ce qui était en elle et ce qui était lui. De longues vagues l'emportaient, chacune recommençant avant que l'autre finisse, en un voyage dont elle désirait la fin à en mourir et voulait qu'il ne finisse jamais. Elle était à la fois l'océan et la barque, elle allait vers le soleil qui s'approchait, qui grandissait, vers lequel chaque vague l'emportait, plus haut, plus près, et puis, dans le déchirement de la naissance du monde, la mer et le ciel se joignirent, toute la mer coulait en elle dans tous les sens, elle était le soleil...

Quand son corps revint autour d'elle elle le sentit répandu comme l'herbe sur la prairie. Il n'avait plus aucune contrainte, nulle part. Il était libre. Elle le sentait présent comme elle ne l'avait jamais senti, mais elle n'avait plus aucune autorité sur lui... Plus aucune force... Plus rien... Dormir...

Shawn s'endormit à son tour en la tenant dans ses bras. Un souffle de vent posa sur eux quelques feuilles de tremble vertes et dorées. Le martin-pêcheur revint et se percha sur une autre bosse du saule, parce que les reflets sur l'eau avaient changé. Toutes à la fois, les primevères commencèrent à se fermer.

Dans les racines de l'if, Waggoo s'inquiéta et gémit.

Alors une averse légère vint les réveiller du bout des doigts.

Elle ne parvenait pas à réunir ses cheveux. Elle n'avait pas l'habitude, elle ne le faisait jamais seule, il y avait toujours Molly pour l'aider, ils glissaient, se dérobaient, jetaient une mèche à gauche ou à droite, elle s'énervait, il était tard, elle frissonnait, elle était lasse. Il avait ôté la roue, le pneu, la chambre à air, il la gonflait avec une

pompe et la plongeait dans le ruisseau pour voir, grâce aux bulles, où se situait le trou. Il avait étalé sur l'herbe un chiffon gras et des outils. Il essuya la chambre, la gratta, l'enduisit de colle, découpa un morceau de caoutchouc, l'enduisit de colle et dit :
— Il faut attendre que ça sèche.
— Attendre !... Tu imagines l'heure qu'il est ?
Il répondit calmement :
— Je sais... Mais je sais aussi qu'il faut que ça sèche...
Elle réussit enfin à enfermer ses cheveux sous son canotier et sa voilette. Il colla la pièce, remonta la chambre et le pneu, et gonfla interminablement le tout. Le moteur refusa de partir, puis éternua et s'emballa. Shawn bondit sur son siège, enfila ses gants sur ses mains noires et remit sa casquette.
— Je n'aime pas cette casquette ! cria Griselda par-dessus le moteur.
Shawn enclencha la marche arrière, manœuvra pour faire demi-tour, calma les trois cylindres, et répondit :
— Moi non plus...
Quand ils furent sortis du bois, il ajouta :
— Tu diras que nous étions en panne, et que je ne parvenais pas à réparer... Avec une voiture automobile, on ne sait jamais quand on arrive...
— Je n'aime pas mentir ! dit Griselda.
— Et que faisons-nous d'autre ? dit Shawn.
Elle le regarda, saisie par cette vérité qu'elle avait jusqu'alors refusé de se formuler.
Le soleil n'était pas encore couché, c'était un long jour d'été, mais on devait être déjà à table à St-Albans.
Ils roulèrent vers un ciel qui devenait rouge, et, au moment où ils commençaient à voir la mer, le pneu avant droit — le même — fut de nouveau à plat.
La première réaction de Griselda fut la colère, mais elle se rendit compte que c'était absurde et elle se mit à rire. Elle descendit sur le chemin, et tandis que Shawn commençait à démonter la roue, elle dit :
— Je crois que je ferais mieux de rentrer à pied...
Sans tourner la tête il répondit :
— Peut-être...
Mais elle ne partait pas. Elle était debout derrière lui et le regardait travailler. Elle recommençait à s'énerver...
— Il y en a pour combien de temps ?... Il va encore falloir attendre que ça sèche ?...
— Oui...
Il était en train de gonfler la chambre à air dégagée. Il n'y avait pas d'eau à proximité. Il cracha sur la pièce récemment collée, étala la salive avec son doigt, et Griselda, avec un haut-le-cœur, vit se gonfler et éclater une bulle.
Il dit :
— Nous n'avons pas assez attendu tout à l'heure... La pièce fuit...

Il l'arracha et en coupa une autre, et recommença le même cérémonial : essuyer, gratter, enduire de colle, attendre... En travaillant il parlait d'une voix sourde, regardant ce qu'il faisait, sans se tourner vers Griselda.

— Les pneus sont usés, Sir Lionel en a commandé d'autres, je ne sais pas quand ils arriveront, je ne sais pas combien de temps nous pourrons rouler avec ceux-là, je ne sais pas combien de temps le moteur tiendra encore sans se casser, je ne sais pas combien de temps nous échapperons à la curiosité des gens, je ne sais pas combien de temps tes parents trouveront normal que tu continues ces promenades...

Il se redressa et lui fit face :

— Ce que je sais, c'est que d'une façon ou de l'autre ça ne durera pas, ça ne peut pas durer, c'est impossible...

— Tais-toi !... Pourquoi dis-tu ça ? Pourquoi dis-tu des choses pareilles ?

— Tu sais bien que c'est vrai... La seule chose au monde qui nous réunit, c'est cette voiture... Qu'un boulon craque et nous ne pourrons plus nous voir...

— Ce n'est pas vrai !

Elle était affolée, elle ne voulait pas l'entendre, elle eut une sorte de sanglot, et elle voulut le prendre dans ses bras, se serrer contre lui pour se rassurer. Il recula, il lui dit :

— Fais attention ! Ici on nous voit de dix kilomètres... et j'ai les mains sales !...

Il se pencha vers la chambre à air, appliqua la nouvelle pièce, et commença à tout remonter. Il parlait de nouveau sans la regarder.

— J'en ai assez de t'aimer comme un voleur. Si tu ne comptais pas pour moi, ça me serait égal, ça dure ce que ça dure, et puis tant pis...

Il se retourna en criant presque :

— Mais j'ai envie que ça dure toujours !

— Toujours ?...

Elle était effarée. Le mot la frappait. Elle n'avait jamais pensé à la durée. Elle était tout entière dans le présent et ne voulait rien savoir d'autre. Elle était heureuse de l'attendre, heureuse de le retrouver et de l'aimer, heureuse de l'attendre encore. C'était un bonheur hors du temps, hors des circonstances, il ne lui semblait pas nécessaire de réfléchir à demain.

— Tu n'es pas heureux maintenant ? Pourquoi te tracasser ? S'il n'y a plus de voiture nous trouverons un autre moyen...

Il ne répondit pas. La roue était remontée. Il remit le moteur en marche. Ils repartirent vers la mer. Le soleil était presque sur l'horizon. Brusquement Shawn dit :

— Je crois que je vais partir...

Pendant une seconde elle n'entendit plus le moteur et ne vit plus rien. Tout s'était arrêté et avait disparu. Elle reprit souffle :

— Qu'est-ce que tu dis ?...

— Je veux partir !...
— Partir ?...
— Oui !...
— Pour aller où ?
— En Amérique...
— En Amérique !... Pas plus loin !... Et pour quoi faire ?...
— Une nouvelle vie...
— Quelle vie ?

Elle était furieuse parce qu'elle avait mal. Il hésita un instant, puis répondit avec une sorte d'angoisse, comme s'il savait qu'il disait des mots absurdes et mortels :

— Une vie ensemble... toi et moi...

La colère de Griselda tomba d'un seul coup. Elle eut le cœur glacé comme lorsqu'il avait dit le mot « toujours ». Lui, maintenant, était plus à l'aise, il s'expliquait, il commençait à croire que c'était possible.

— J'ai un ami à Detroit, il vient de m'écrire, il fabrique des machines agricoles et des bicyclettes, il voudrait commencer à faire des automobiles, il voudrait que je vienne travailler avec lui, ce sera dur au début, mais on peut gagner de l'argent, faire fortune... En Irlande il n'y a presque plus d'espoir. Si Parnell ne regroupe pas ses partisans, tout est perdu...

Il cria :
— Je ne peux tout de même pas t'emmener dans une chambre de domestique chez Lady Augusta ! ou m'installer à St-Albans comme gendre à tout faire !

Elle cria à son tour :
— Mais qui parle de gendre ? Tout de suite les chaînes ! Pour toute la vie ! Tu es fou !...

Glacial, il dit :
— Tu ne m'aimes pas.
— Tu ne comprends rien !... Je t'aime !... Mais, enfin, je n'ai pas encore commencé ma vie ! Tu ne peux pas me demander de m'attacher déjà les pieds et les mains, pour toujours !

Ils étaient arrivés à l'entrée de la digue. Il descendit et la regarda, attendant qu'elle descende à son tour. Son regard la gênait, l'accusait, la plaçait sur la défensive, alors que ce qu'elle éprouvait lui paraissait si clair, bien que contradictoire : il lui apportait un goût de la vie que rien d'autre ne pouvait lui donner, elle ne voulait pas le perdre, elle l'aimait, mais elle suffoquait à l'idée de se lier, de compromettre sa liberté. Elle ne voulait pas être enfermée comme Merlin.

Il lui dit :
— Te voilà devant ta maison... Tu l'aimes plus que moi... Tu veux bien faire l'amour avec moi, mais sans rien quitter...

Elle devint brusquement folle de rage.
— Tu es bête ! bête ! Tu es un homme bête ! Je suis capable de tout quitter, et tu le sais ! Il n'y a qu'une chose que je ne veux pas

perdre, c'est ma liberté ! Maintenant ne me tourmente plus ! Laisse-moi tranquille ! Va-t'en ! Je ne veux plus te voir, jamais !

Shawn devint très calme. D'un seul coup il sembla ne plus être là. Sans un mot, il remonta sur la voiture, remua les tiges et les leviers avec cette sécheresse précise que la colère ou le désespoir donnent aux gestes des hommes. La voiture s'ébranla, vira sur le petit espace devant la digue, et commença à s'éloigner sans que Shawn eût tourné une seule fois son regard vers Griselda.

Celle-ci, immobile, pétrifiée, eut l'abominable impression de le voir disparaître à jamais. Elle avait envie de courir derrière lui et de crier son nom, et son orgueil l'empêchait de faire un geste et de dire un mot. Elle voulait de toutes ses forces qu'il revienne, qu'il la prenne dans ses bras et qu'il lui parle doucement, et s'il était revenu, elle l'aurait frappé avec ses deux poings, elle lui aurait donné des coups de talon sur les pieds, elle l'aurait cassé en morceaux... Et puis elle aurait pleuré et elle l'aurait embrassé...

Pendant que la peine et la fureur tourbillonnaient en elle, la voiture s'éloignait, elle était hors de portée, elle était partie.

Griselda se réfugia dans la colère et s'élança sur la digue. La mer était basse et l'odeur des algues lui sembla être l'odeur de la pourriture, et les cris des mouettes aussi lugubres que les cris des corbeaux.

Ardann vint à sa rencontre jusqu'au milieu de la digue en se tortillant de joie comme un poisson. Elle se baissa pour l'embrasser et le caresser, et en fut réconfortée.

Lady Harriet l'attendait dans le hall, et Griselda mentit tout naturellement. Elle ajouta une panne aux deux crevaisons et répondit à sa mère qui lui proposait un dîner froid :

— Je n'ai pas faim... J'ai bu du lait... Nous nous sommes arrêtés dans une ferme... Le chauffeur — elle n'avait pas pu prononcer le nom de Shawn — avait besoin d'eau pour réparer...

— Il faut de l'eau pour réparer ?

— Oui, à cause des bulles.

— A cause des bulles ! dit Lady Harriet émerveillée. Ces voitures automobiles sont bien mystérieuses !...

Mais au milieu de la nuit Griselda n'y tint plus, descendit à l'office et mangea la moitié d'un poulet. Quand elle eut l'estomac plein, son angoisse se dissipa et elle se demanda ce qui les avait entraînés, elle et Shawn, dans une hostilité aussi incompréhensible. Elle lui avait dit qu'elle ne voulait jamais le revoir, mais il savait bien que ce n'était pas vrai, qu'elle avait besoin de lui. Et elle savait qu'il avait besoin d'elle. Toutes les femmes disent ces mots un jour. Ils signifient exactement le contraire. Tout s'arrangerait lundi quand il viendrait la chercher... S'il ne pleuvait pas... Non ! Il ne pleuvrait pas !... Et elle s'endormit jusqu'au matin.

Au réveil, en prenant son thé dans son lit, elle trouva tout naturellement la solution. Si la voiture venait à faire défaut, elle ferait ses promenades à bicyclette, et rejoindrait Shawn dans la chambre des saules. Elle ferma les yeux de bonheur en se souvenant de la veille et

s'étira entre les draps avec langueur. Molly, qui préparait son bain, la regardait au passage avec de sombres soupçons. En la coiffant pour la nuit, la veille au soir, elle avait trouvé dans ses cheveux — bien emmêlés ! — un brin d'herbe et la moitié d'une feuille...
L'après-midi, Griselda se rendit au Rocher, grimpa dans son siège de pierre et, pendant des heures, regarda changer et se mouvoir la mer. L'Amérique... L'autre bout du monde... Elle qui avait toujours rêvé de partir. Et il était plus beau qu'un roi... Et ils étaient semblables, avec juste assez de différences pour se compléter et s'entendre...
En bas du Rocher, Ardann gémit et aboya pour l'appeler.
Quitter l'île ? Oui... A l'instant ! Elle y était prête !... Mais pour commencer, pas pour finir ! Pour s'épanouir et pour vivre, pas pour s'enchaîner...
Mme Une telle... Vendre des bicyclettes dans une boutique !... Elle secoua la tête, dévala le rocher et courut avec Ardann vers la maison. Elle avait une faim sauvage.

Le mariage d'Helen avait été fixé au troisième samedi du mois d'août. Chaque fin de semaine le facteur lui apportait une lettre d'Ambrose. Il passait au milieu de la matinée, il entrait à l'office où Amy lui offrait un verre de bière. Helen l'attendait. Elle courait donner à son père les journaux et les revues, et les lettres de ses correspondants décorés de timbres de lointains pays du monde, puis s'enfermait à clef dans sa chambre pour lire et relire la lettre de son fiancé et commencer aussitôt à lui répondre.
Ce vendredi, il n'y eut pas au courrier de lettre d'Ambrose, et Helen attendit avec fièvre le lundi matin. Mais le lundi à l'heure habituelle le facteur ne vint pas. Ni un quart d'heure plus tard, ni une demi-heure.
Helen, n'en pouvant plus d'impatience, alla l'attendre au bout de la digue. Elle ne vit rien venir, et il se mit à pleuvoir. Elle dut rentrer, monta dans sa chambre et relut plusieurs fois la lettre de la semaine précédente, y cherchant avec crainte quelque indication qui laissât présager un tel silence. Ambrose lui écrivait qu'il allait bien, qu'il faisait beau ce matin mais qu'il craignait que le temps ne se gâtât dans l'après-midi, que son livre avançait, et qu'il avait déjà écrit plusieurs pages sur la neuvième proposition d'interprétation de la ligne 2 de la tablette sumérienne A-U-917. Il espérait qu'Helen était en bonne santé, et la priait de transmettre ses respects à ses parents et son excellent souvenir à ses sœurs.
Il n'y avait là-dedans rien d'inquiétant, rien de fiévreux qui pût annoncer une crise. Alors pourquoi ?... Et s'il était malade ?... Comment le savoir ? Que faire ? Quand on aime un être, la séparation et la distance sont terribles...
Griselda finissait de s'habiller pour l'après-midi. En pensant à la chambre d'herbe, elle avait choisi une jupe de couleur orangé-un-

peu-rouille qui sur le vert de la prairie aurait l'air d'une fleur, et un corsage de la même teinte mais plus claire, tout festonné de blanc.

Elle vint à la fenêtre, regarda le ciel, près et loin. Elle pensa. « C'est une courte pluie, ça ne va pas durer... » Pour avoir vécu, depuis son enfance, plus souvent hors de la maison que dedans, elle connaissait bien les signes du temps, mais le temps changeait si vite, à la limite de la terre et de l'eau, et les signes étaient si nombreux qu'on pouvait en tirer toutes les prévisions qu'on voulait. Elle appuya son front contre la vitre, ferma les yeux et voulut de toutes ses forces qu'il fît beau. Ou plutôt elle essaya, mais elle ne pouvait plus vouloir, elle ne pouvait que désirer, désirer le moment où elle entendrait le moteur de la voiture, le merveilleux bourdonnement du moteur du bonheur, naître au loin dans la campagne et grandir et venir vers elle. Et même s'il pleuvait il viendrait, et même s'il pleuvait elle partirait avec Shawn sur la voiture ruisselante et fumante. Elle mettrait une fois de plus sa vieille cape verte, ils avaient déjà reçu des averses, si on se laissait arrêter par la pluie on ne vivrait pas.

Alice ne revint de Mulligan qu'un peu avant le déjeuner, trempée, poussant sa bicyclette. Elle avait cassé sa chaîne et avait fait presque tout le trajet à pied, acceptant avec joie cette petite épreuve venue du ciel.

Elle apportait le courrier. Elle avait rencontré le facteur qui le lui avait donné.

Il y avait une lettre d'Ambrose.

Helen monta l'escalier comme un typhon pour aller s'enfermer avec elle dans sa chambre. La lettre était humide, mais la réchauffa jusqu'aux cheveux. Ambrose écrivait qu'il pleuvait ce matin, mais qu'il ferait peut-être soleil dans l'après-midi. Il espérait qu'Helen allait bien. Lui-même était en bonne santé, et il avait commencé l'exposé de la première interprétation possible de la ligne 3.

Helen relut la lettre avec des larmes de bonheur dans les yeux. Elle la porta lentement à ses lèvres et l'embrassa. Elle rougit. Puis elle la replia et la posa sur les autres dans le petit tiroir de son secrétaire, à gauche, en haut, dont elle gardait la clef dans son corsage, au bout d'un ruban.

Il y avait une lettre de Lady Augusta pour Sir John. Il en parla pendant le déjeuner.

— Augusta a une singulière idée, dit-il à sa femme. Elle voudrait organiser un bal à l'occasion du mariage d'Helen. Qu'en pensez-vous ?

— Oh ! Un bal ! s'exclama Jane en battant des mains.

Lady Harriet la regarda puis se tourna vers son mari, hésita un peu, se décida à exprimer une opinion personnelle.

— Cela me semble... Ne croyez-vous pas qu'avec ces troubles..., danser ?... Et puis ces policiers dans ses granges... Ce n'est guère...

— Elle prétend qu'ils seront partis : ils ont reçu l'annonce de l'arrivée de leurs baraques... Quant aux troubles, il y a des semaines qu'il ne s'est rien passé... Un bal de mariage, après tout, c'est une tradition plus qu'une réjouissance...

Il s'arrêta de parler et regarda Helen avec surprise et une tristesse subite. C'était donc vrai ? Et c'était déjà là ? Elle devint rose sous le regard de son père. Elle pensait qu'il était heureux puisqu'elle était heureuse. Il soupira, il dit :

— Je crois que nous devrions donner notre accord... Il y a bien longtemps que nous ne sommes allés à Greenhall. Cela me ferait plaisir de revoir la vieille maison avec un peu de fête à l'intérieur...

— Certainement, dit Lady Harriet. Ah mon Dieu, il va falloir des robes de bal ! Nous n'aurons jamais le temps ! Griselda ! Il faudra que nous en parlions à Molly, qu'elle demande à sa mère de venir nous aider !...

— Ah ! Griselda !... dit Sir John, il y avait un mot pour toi dans la lettre de tante Augusta : plus de promenades automobiles pour l'instant, son chauffeur est parti...

Griselda sentit très nettement son cœur s'arrêter. Puis il repartit, trébucha, et retrouva son rythme, un peu accéléré, comme le moteur lorsque Shawn le cravachait après un caprice...

Lorsque Shawn...

Shawn ! *Shawn !* SHAWN !

Elle aurait voulu se lever, courir, crier son nom, l'appeler vers tous les horizons, crier son nom, son nom... Elle ne put que poser une question automatique, sans espoir...

— Parti ?... Parti où ?...

— Comment le saurais-je ? Il a quitté Greenhall, il est parti... Naturellement ta tante en cherche un autre... Mais ce n'est pas facile à trouver...

— Quel dommage, dit Lady Harriet à Griselda, ça t'avait fait tant de bien !...

Griselda referma la porte de sa chambre et en tourna la clef avec violence. Avant de faire un pas de plus, elle arracha la jupe et le corsage qu'elle avait choisis pour la promenade et les lança loin d'elle comme s'ils étaient des vêtements de feu. Puis elle courut à son lit et s'y jeta à plat ventre, son visage caché dans ses bras. Il était parti ! Il l'avait prise au mot : « Plus jamais ! » Comme si ces mots signifiaient la moindre des choses ! Il n'avait pas cherché à la revoir, à reprendre la discussion, peut-être à réussir, finalement, à la convaincre... L'Amérique ? Pourquoi pas ? Après tout ! Des bicyclettes ? Il y avait peut-être autre chose que des bicyclettes, en Amérique !...

S'il avait eu vraiment de l'amour pour elle il ne serait pas parti ainsi, sans la revoir.

Jusqu'à ce jour elle n'avait jamais douté de la sincérité de Shawn. Elle ne s'était même pas posé la question. Elle avait reconnu en lui la même force, le même élan qui la poussait vers lui. On ne doute pas du vent, de la marée, de la tempête, de la force qui gonfle la forêt au printemps. Elle n'avait douté ni de ses yeux, ni de ses mains, ni de la joie qu'il appelait sur elle et sur lui, et qui était grande et pure comme le ciel et la mer. Il n'y avait pas une autre femme au monde, elle en était sûre, avec laquelle il aurait pu se trouver aussi libre, aussi fort, aussi merveilleusement joyeux qu'il l'avait été avec elle — et elle avec lui — dans la chambre d'herbe, la chambre verte, la chambre d'amour. Ils se comprenaient rien qu'en se regardant et en mettant leurs mains ensemble. Mais ils se comprenaient aussi quand ils se parlaient. Ils riaient de la même façon, en même temps, des mêmes choses. Ou de rien...

Et elle ne pouvait pas imaginer qu'elle aurait pu donner le bout de son doigt à baiser à n'importe quel homme au monde autre que lui. Elle en frissonnait... Elle s'entortilla dans le dessus de lit de dentelle comme dans un étui protecteur, se cacha le visage dans l'oreiller. Nue ! Elle s'était mise nue devant lui ! Pour lui ! Avec lui ! C'était simple, c'était vrai, c'était beau... Devant ses yeux gris qui la regardaient... Ses yeux gris qui devenaient bleus quand le ciel était bleu... Nus, elle avec lui, ensemble, dans le monde nu qui les embrassait...

Parti... Il avait raison : ça ne pouvait pas durer. Elle n'avait pas voulu y penser, elle était bien, elle avait St-Albans et elle avait Shawn, elle était heureuse, elle était à l'abri, tranquille, assise dans la maison comme dans un fauteuil devant le feu. Le feu, c'était Shawn qui la brûlait...

Ce n'est pas vrai que tu ne m'aimes pas ! Tu me regretteras toute ta vie ! Mais moi ? qu'est-ce que je vais devenir ? Je suis coupée en deux ! la moitié de moi est partie ! Je vais mourir.

« Je deviens idiote ! » dit Griselda à voix haute. Elle se leva et se mit à marcher de long en large dans sa chambre, pour retrouver son sang-froid. S'il était parti, eh bien il était parti... Ça simplifiait tout... Elle serait bien tranquille maintenant...

En passant devant la glace de sa coiffeuse elle s'arrêta et se regarda. Elle vit une étrangère, une créature féminine aux yeux vides comme des fenêtres, qui fixaient le vide, et derrière lesquels tout était vide.

Elle courut à son cabinet de toilette, se frotta le visage à l'eau de lavande, respira à fond, s'il était parti tant mieux pour lui et tant mieux pour elle, c'était fini, voilà ! Des bicyclettes ! Madame Machin ! Madame ! La femme de Monsieur ! Qu'est-ce qu'il croyait ?

Des bicyclettes ?... Elle appela, cria de plus en plus fort : « Molly ! Molly ! »

Un quart d'heure plus tard elles franchissaient toutes les deux la digue, sur les bicyclettes d'Alice et de Kitty. Elles n'étaient pas très assurées l'une ni l'autre, elles savaient à peine y monter, mais la bicyclette est un engin simple, ça va ou ça ne va pas, et quand ça va ça va.

— Nous allons demander à ta mère, avait dit Griselda, de venir nous aider à faire les robes du bal...

La mère de Molly saurait peut-être où était Shawn. Il ne faudrait pas le lui demander, bien sûr, mais amener la conversation sur lui, comme ça... Si elle savait quelque chose elle le dirait. Elle savait tout ce qui se passait dans le pays, bien qu'elle fût française.

C'était l'ancienne femme de chambre de Lady Harriet, Ernestine. Tout le monde l'appelait Erny. Un an après l'arrivée de Sir John et de la famille à St-Albans, elle avait rencontré, à la sortie de la messe de Donegal, où elle se rendait tous les dimanches, plus pour se distraire que par conviction, le grand Falloon de Rossnowlagh, dont les poings étaient aussi gros que la tête, les cheveux rouges et les yeux comme des myosotis. C'était un des hommes qui avaient construit la digue et transporté Sir Johnatan dans le berceau de leurs grandes mains pour qu'il puisse mourir chez lui.

Elle l'avait épousé trois mois plus tard, et avait quitté le service de Lady Harriet, avec joie, à cause de cet énorme époux naïf, fort et tendre, et avec peine, à cause de sa maîtresse qu'elle aimait, et de Griselda et Helen, qu'elle avait vues naître.

Falloon l'avait emportée chez lui à Rossnowlagh. C'était un fermage au bord d'un lac, qui dépendait de Greenhall. Et une chaumière aux quatre murs de terre, composée d'une seule pièce, avec une porte et une fenêtre, un toit de foin, une table, un banc et deux tabourets et un lit de planches garni de paille. Falloon était un fermier aisé.

Lady Harriet leur avait donné un vrai lit, des chaises, une armoire, des rideaux pour la fenêtre, et cent bricoles, tout ce qu'Erny désirait. Elle avait vécu cinq ans de bonheur, plongeant avec délices son cœur et son corps dans la terre et l'eau de l'Irlande, entre les grandes mains de l'innocent Falloon. Elle avait planté des fleurs partout autour de la maison dans des pots et dans des boîtes et à même la terre, elle avait fait de la pièce unique un petit paradis douillet, à demi naturel comme l'Irlande, à demi précieux comme Paris, où elle était née. Le grand Falloon n'en croyait pas ses yeux. Il pensait qu'il avait épousé une fée du Continent, quelqu'un de miraculeux, qui avait apporté dans sa maison une tranche du Paradis. Et ses copains et les voisins — le plus proche était à trois quarts d'heure de marche — ôtaient leur casquette quand ils entraient chez lui.

Molly était née un an après le mariage, il y avait eu ensuite un garçon qui était mort à six mois, et puis plus rien, parce que le grand Falloon, un soir d'hiver, ayant bu quelques litres de bière de trop avec de la compagnie dans le pub de Rossnowlagh, en revenant à pied, tout seul, avait trébuché, était tombé la tête la première dans le fossé de la tourbière et s'était noyé dans moins de liquide qu'il n'en avait bu.

Molly avait alors quatre ans. Grâce à elle Erny avait surmonté son chagrin, sans jamais oublier son grand mari aux cheveux rouges et aux yeux fleuris. Elle avait pu rester dans sa maison grâce à Lady Harriet, qui avait obtenu d'Augusta qu'elle la lui laissât en location, avec un pré pour une vache, un demi-acre de terre pour ses légumes, et le droit de découper de la tourbe dans la tourbière à l'est du lac. Et un nouveau fermier avait pris le fermage en main. Il avait bâti sa maison à l'autre bout du domaine. Une maison de fermier en terre et en paille, ça se bâtit vite, ça se démolit encore plus vite, quand les soldats s'en mêlent.

Les premières années c'était Lady Harriet qui avait payé à Augusta le loyer de la maison. Puis Erny avait réussi à s'en tirer toute seule, grâce à ses talents de couturière parisienne. On venait la chercher de partout, elle restait parfois plus d'une semaine dans un château des environs ou une maison bourgeoise de Donegal ou de Ballyshannon. Elle était même allée jusqu'à Sligo. Elle emmenait alors Molly, et lui transmettait peu à peu son habileté et son goût. Pendant ses absences, Bonny Bonnighan, la femme du nouveau fermier, prenait sa vache en pension, et s'occupait de ses poules et de son chat.

Elle n'avait jamais voulu se « placer » de nouveau, pas même à St-Albans. Elle aimait sa liberté et sa petite maison basse au toit de foin, presque à demi enfoncée dans la terre d'Irlande entre les deux collines près du lac de Rossnowlagh, encore toute chaude, malgré les années, du souvenir du grand Falloon aux mains géantes et aux yeux de myosotis. Mais elle avait toujours pensé que sa fille avait besoin d'apprendre plus de choses qu'elle ne pouvait lui en enseigner. Et ces connaissances, elle ne pouvait les acquérir qu'à St-Albans, auprès de Lady Harriet. C'est ainsi qu'à quatorze ans Molly était devenue la femme de chambre de Lady Harriet et de ses filles. Mais peu à peu elle s'était consacrée particulièrement à Griselda, qu'elle aimait, et qui avait juste deux ans de plus qu'elle. Elles avaient continué de grandir ensemble, Molly plus avertie malgré son jeune âge, chacune éprouvant pour l'autre une affection complice, d'enfant et de femme, peut-être plus grande que celle qui existait entre Griselda et ses sœurs, du fait même qu'elles étaient la maîtresse et la servante, sans esprit de domination ni de servilité, mais chacune ayant besoin de l'autre, sachant qu'elle pouvait compter sur elle entièrement, mais aussi que le lien qui les unissait était seulement accepté et pouvait se rompre d'un mot. Et cela donnait à leurs relations de l'intimité mais exigeait aussi, des deux côtés, des égards.

Quand elles arrivèrent au détour de la colline et découvrirent la maison de Rossnowlagh, elles furent surprises de voir, au-dessus de la porte, planté dans le chaume du toit, un drapeau français qui balançait doucement ses couleurs dans la brise irlandaise.

Des couleurs, il y en avait partout autour de la maison. Sa porte et les volets de sa fenêtre étaient peints en bleu, ses murs blanchis à la chaux, et une multitude de pots et des boîtes de toutes tailles contenant chacune une plante fleurie se serraient contre elle et s'épandaient en rond sur l'espace qui l'entourait, grignotant le potager et le pré de la vache. Erny avait aménagé des sentiers dans leur foule dense, pour pouvoir les atteindre partout, les soigner, les tailler, les effeuiller, les arroser quand il restait parfois trois jours sans pleuvoir et surtout les visiter et leur parler. Elle leur parlait en français, elle les connaissait une à une, elle s'adressait affectueusement à chacune et la complimentait, et chacune lui répondait en tendant vers elle ses fleurs qui étaient plus belles que partout ailleurs, et duraient plus longtemps pour rester plus longtemps avec elle.

Elle était en train de travailler derrière sa fenêtre, pédalant sur la machine à coudre que Lady Harriet lui avait offerte, un œil sur son ouvrage et un œil sur le merveilleux paysage de collines vertes et de ciel mouvant, tout bordé en bas par ses fleurs, qu'habitaient seulement le vent et quelques bêtes, vaches solitaires, brebis éparses, points blancs mouvants sur les pentes vertes, ou deux ânes gris ou un poney roux qui piquait tout à coup un galop et s'arrêtait net, sans savoir pourquoi il avait commencé et fini, ou la charrette de Meechawl Mac Murrin, toujours à moitié pleine à moitié vide, transportant n'importe quoi vers n'importe où, et que son grand cheval couleur cerise, cabochard et paresseux, s'arrêtant à chaque touffe d'herbe, n'en finissait plus de faire traverser d'un horizon à l'autre. La voix de Meechawl lui parvenait par-dessus la vallée. Il chantait toujours la même chanson, s'arrêtait pour injurier son cheval, puis recommençait le même refrain :

Oh Mary, Mary, Mary !
Où as-tu mis mes outils ?
Je n'ai plus de marteau pour clouer notre lit,
Je n'ai plus de couteau pour tailler notre pain...

Tous les outils de la création y passaient...

Je n'ai plus de bêche pour creuser notre tombe
Oh Mary, Mary, Mary !
Je n'ai plus que mes mains
Pour toi...

Au degré de puissance et de fermeté de sa voix, on pouvait deviner combien de pintes de bière Meechawl Mac Murrin avait déjà bues depuis le matin. Parfois, le soir, sa charrette traversait le paysage en silence. C'est qu'il était couché dedans, ivre mort.

Il y avait aussi les patrouilles, les constables du pays à bicyclette, par deux ou par quatre, que l'on connaissait, que l'on ne craignait pas trop, et les terribles cavaliers de Belfast, qui ne se déplaçaient qu'en troupe compacte, dans leurs longs manteaux noirs, presque toujours pour aller porter quelque part la peur ou le malheur. C'était à cause d'eux que le drapeau français flottait sur la porte.

Elle vit arriver « ses filles », dès qu'elles débouchèrent de derrière la colline. Elle se leva aussitôt, avec un petit geste de joie de ses bras minces, que personne ne pouvait voir, mais c'était pour elle-même. En deux secondes elle fut à la cheminée, poussa des braises sous le trépied, y ajouta de menues branches, posa la bouilloire dessus, alla à l'armoire, en sortit la théière, la boîte à thé, trois tasses, les cuillères, la boîte à biscuits et la boîte à sucre, et une nappe blanche bien repassée. Le tout fut disposé sur la table avant que les bicyclettes aient fait cinquante mètres de plus. Elle ne perdait pas un instant, elle ne faisait pas un geste inutile, elle était efficace et vive, légère, souriante. Depuis la mort de Falloon, elle avait laissé s'en aller ses formes qui ne servaient plus à personne. Elle était un soupçon de femme sans poids dans une mince robe noire, avec un visage clair surmonté de cheveux gris. Elle était toujours en train de faire quelque chose, à son ménage, à sa vache, à ses poules, à sa machine à coudre, à ses fleurs. Elle dormait peu, se levait vite, pour pouvoir s'affairer. Elle aimait les fleurs et les bêtes et tout ce qu'elle trouvait beau. Elle aimait travailler et rendre service. Elle regrettait de ne pas avoir de voisins, pour les aider. Mais la loi ne permettait pas aux fermiers de construire leurs maisons les unes près des autres.

Elle embrassa les filles et leur servit le thé. Elle n'arrêtait pas de parler, parce qu'elle se rattrapait de ses heures de silence, et parce qu'elle était heureuse de voir Molly et aussi Griselda, et que c'était une façon de le leur dire, en parlant de tout.

Elle leur expliqua le drapeau : les constables à cheval étaient venus, ils avaient voulu fouiller chez elle, pour voir si elle ne cachait pas un rebelle. Elle ne les avait pas laissés entrer. Elle avait dit à leur lieutenant qu'elle était française et qu'il n'avait pas le droit de mettre le pied dans sa maison ! Oh fermement, mais poliment ! Ce n'est pas avec des manières brutales qu'on les arrête, ces gens-là. Qu'est-ce qu'elle aurait pu faire contre eux tous ? Elle avait montré ses papiers à l'officier, elle lui avait même offert un verre de lait. Mais dehors. Il l'avait d'ailleurs refusé. Il avait froncé les sourcils, il avait réfléchi, puis il avait fait un geste à ses hommes et ils étaient partis dans leurs longs manteaux et n'étaient pas revenus. Le jour même elle avait fabriqué ce drapeau avec trois morceaux d'étoffe et son manche à balai, et elle l'avait planté sur sa maison pour que la police sache bien qu'elle n'avait pas le droit d'y entrer, sinon elle écrirait à la reine et au président de la République, et ça ferait un scandale international !...

Griselda profita d'un instant où elle dut s'arrêter de parler pour porter sa tasse à ses lèvres. Rapidement, elle lui dit qu'elle ne faisait plus de promenades en automobile, parce que le chauffeur de sa tante Augusta était parti.

— Je sais, dit Erny. Bonny Bonnighan me l'a dit hier soir en venant chercher mes œufs...

Griselda attendit la suite, anxieuse. Mais il n'y en eut pas. Elle se risqua à insister :

— Je me demande où il espère trouver une autre place de chauffeur, par ici... Il n'y a pas d'autre voiture automobile...

— Oh, dit la mère de Molly, Shawn Arran n'est pas seulement un chauffeur...

Il sembla qu'elle savait quelque chose de plus et qu'elle allait le dire, mais elle s'arrêta, but une gorgée de thé et ajouta :

— C'est aussi un voyageur...

Ce fut tout ce que Griselda put en tirer. Elle rentra seule à St-Albans, laissant Molly près de sa mère. Molly voulait surtout faire un crochet par la ferme des Bonnighan. Bonny avait un fils, Fergan.

Molly et lui se connaissaient depuis leur enfance, et ils avaient envie de se connaître de plus en plus.

A la demande d'Helen, Ambrose s'était fait faire une photographie, qu'il lui envoya. C'était un petit ovale de papier glacé collé sur un carton orné d'une guirlande, avec le nom de l'artiste photographe imprimé en lettres penchées.
Ambrose y figurait debout, le coude droit appuyé sur une colonne. Tenant son fiancé dans ses deux mains un peu tremblantes, Helen le regarda longuement. Son cœur fondait de douceur. Puis elle courut montrer la photographie à toute la famille.
— Il est charmant ! dit Lady Harriet.
— Il est ressemblant... dit Sir John.
— Puisqu'il te plaît... dit Kitty.
— C'est un bel homme ! dit Jane.
— Que Dieu vous bénisse, dit Alice.
— Ma petite biche !... dit Amy.

Griselda ne dit rien, mais embrassa Helen, puis se détourna pour cacher les larmes qui lui montaient aux yeux. Elle, elle n'avait rien. Ni portrait ni lettre, pas un seul mot écrit, pas un cheveu, rien, pas une trace... Shawn était apparu sur sa machine fantastique, puis avait disparu totalement, sans laisser derrière lui aucune preuve de son existence. Et il était en train de disparaître une deuxième fois, car il arrivait par moments à Griselda de ne plus se souvenir de ses traits. Il ne lui restait alors que ses yeux qui la regardaient, à l'ombre de l'horrible casquette — la chère casquette ! — les yeux gris parfois presque verts, parfois presque bleus, qui la regardaient avec désespoir, avec tendresse, avec moquerie, avec toute la joie du monde. Autour d'eux, le visage n'était plus qu'une brume vague aux contours fondus. Parfois, au contraire, elle le revoyait aussi clairement que s'il était là, devant elle, à un pas, avec son regard amusé, lui tendant la main pour l'aider à monter sur la machine enveloppée de fumées...

Et il lui suffisait de se coucher pour sentir sur elle le poids de son corps, si léger, si lourd, et dont l'absence l'écrasait... Elle tâtonnait dans l'obscurité à la recherche des allumettes sur la table de chevet, allumait sa lampe d'une main énervée, rejetait ses couvertures et se mettait à marcher dans sa chambre avec colère, de la porte au grand miroir et du miroir à la porte, en interpellant Shawn d'une voix basse et furieuse :

— Tu es content, maintenant ? Tu es parti pourquoi ? Tu n'étais pas heureux ? Tu es mieux, maintenant que tu as tout cassé ? Tu es bête ! bête ! Où es-tu ?... Mais où es-tu ?

Elle s'arrêtait devant la grande glace, se regardait un instant, puis envoyait voler sa chemise de nuit.

— Regarde-moi ! Ose dire que tu ne m'aimes pas ! Moi je suis là ! Regarde ! Où es-tu ?...

Elle s'attendait à le voir surgir dans le miroir avec son petit sourire, jeter au loin sa casquette et lui tendre les bras. Elle fermait les yeux et voulait, *voulait*, VOULAIT...

Mais en relevant les paupières elle ne retrouvait derrière sa propre image que le gros œil doré de la lampe et le jeu des pénombres où luisaient les arêtes des meubles, les cornes des licornes qui savaient peut-être, les couleurs éteintes des tapis et des coussins, et les coins obscurs que rien n'habitait.

Elle se recouchait en frissonnant, glacée, calmée pour quelques heures.

Molly et sa mère, et trois autres servantes, travaillaient toute la journée à la confection des toilettes de bal, sous la direction de Lady Harriet. Celle-ci faisait sans cesse rechercher Griselda pour lui demander son avis, ou une idée nouvelle. Griselda y trouvait parfois un dérivatif et passait un moment à donner des indications, puis s'en allait en courant.

Elle ne supportait pas de rester enfermée dans la maison. Elle grimpait au Rocher, marchait dans la forêt, essayait de se débarrasser par le mouvement de cette douleur imbécile, comme un serpent se délivre de la vieille peau qui l'enserre en se frottant aux buissons et aux cailloux.

Elle errait le long des allées, passait dix fois aux mêmes endroits, ne voyait plus ni les fleurs ni les feuilles, mais sentait leurs odeurs vivantes qui la réconfortaient.

Ardann la suivait sans comprendre, aussi triste qu'elle, essayant parfois vainement de l'entraîner dans un jeu. Et un peu plus loin venait Waggoo qui glissait à ras de terre, sans se montrer, à gauche ou à droite de l'allée, sous les arbustes, en poussant de tout petits gémissements très courts que lui seul entendait. Il perdait ses poils partout. Sa queue blanche devenait grise...

Avec sa photographie, Ambrose avait envoyé à Helen une liste de questions que la rédaction de son livre l'avait obligé à poser. Il la priait de bien vouloir les examiner avec son père de façon qu'il pût emporter — si c'était possible — les réponses quand il viendrait à St-Albans pour leur mariage.

Le mot « mariage » fit battre le cœur d'Helen. Elle savait bien qu'elle allait se marier, elle ne pensait qu'à cela dès qu'elle se réveillait, mais voir le mot écrit pour elle sur du papier par la main même d'Ambrose l'emplissait de trouble. Elle relisait la lettre, s'attardait sur les autres phrases, mais son regard se décrochait tout à coup et revenait sur ce mot qui semblait flamber au milieu des autres. Mariage... Pourquoi avait-elle chaud, et peur ? Sa mère, une fin d'après-midi de pluie, alors qu'elles se trouvaient seules dans le petit salon, près de la cheminée où brûlait malgré l'été un petit feu familier, avait poussé un grand soupir et lui avait dit :

— Ma chérie, puisque tu vas te marier il faut que tu saches...

Elle s'était tue, elle avait soupiré de nouveau comme pour prendre courage, et elle avait continué :

— Le mariage... c'est...

— Oui, mère, avait dit Helen en levant vers elle le regard foncé de ses yeux bleus, attendant la suite avec innocence et ferveur.

Lady Harriet avait avalé sa salive et rougi, et Brigid était entrée à ce moment en courant, une lampe allumée à la main. Elle avait dit :

— Je m'excuse !

Elle avait accroché la lampe allumée.

— Voilà !

Et elle était repartie en courant, emportant une lampe éteinte.

La conversation n'était pas allée plus loin. Helen savait qu'il se passait quelque chose entre mari et femme le soir du mariage, elle ignorait quoi exactement, elle n'avait pas envie de le savoir, elle espérait que ce serait vite fait, puis que commencerait sa vraie vie auprès d'Ambrose, une vie de compréhension, d'amour et de travail en commun, passionnant.

Un matin Griselda se réveilla avec une illumination. Comment n'y avait-elle pas pensé plus tôt ? Comment avait-elle pu être aussi stupide ? Oh mon Dieu pourvu qu'il ne fût pas trop tard ! Que la pluie ou le vent ne l'eût pas emporté, tandis qu'elle se morfondait stupidement... Un message ! Il lui avait certainement laissé un message ! Il n'avait pas voulu lui écrire à St-Albans, ne sachant pas si sa lettre ne risquait pas d'être interceptée et lue, mais il lui avait certainement laissé un message !... A l'endroit le plus évident !... Dans la chambre douce, la chambre d'herbe et d'amour... Il était même peut-être là-bas lui-même, en train de l'attendre ! Alors qu'elle traînait sur l'île où il ne pouvait pas venir...

Elle s'habilla en hâte, bousculant Molly, sauta sur une bicyclette, et se mit à pédaler vers la chambre verte où peut-être, en ce moment, il l'attendait... Et s'il n'y était pas, dans le trou du vieux saule elle allait trouver une lettre, un mot, quelque chose qu'elle comprendrait et qui expliquerait tout...

Mais quand elle arriva au premier carrefour, trois chemins s'y présentaient et elle ne sut lequel prendre... Elle se rendit compte alors que dès leur première promenade elle avait cessé de s'intéresser à autre chose qu'à lui. Assise près de lui dans la voiture entourée d'un nuage, elle regardait l'horizon vers lequel il l'emportait, ou bien elle le regardait lui, ou bien elle ne regardait rien. Elle ne prêtait aucune attention à la route. Elle ne savait pas où ils passaient. C'était sans importance. L'important c'était d'être près de lui sur ce dragon de fer enveloppé de bruit et de fumées, roulant hors de la vie.

Pendant des jours elle parcourut les routes, cherchant en vain le petit bois de trembles. Un après-midi, elle crut enfin reconnaître le chemin, et le bois dans lequel il s'enfonçait. Mais lorsqu'elle eut pénétré dans son ombre humide il lui présenta un visage étranger. Et il n'y avait ni ruisseau, ni saules, ni tapis d'herbe fleurie. Alors elle comprit qu'elle ne trouverait jamais. La chambre d'herbe s'était refermée et avait disparu, comme celle de Merlin. Avait-elle jamais existé ? Tout l'intérieur de son corps et chaque pouce de sa peau se souvenaient de la joie, mais son esprit n'était plus sûr de rien. Elle renonça. Et elle se demandait qui était cet homme, qui était venu de l'inconnu et reparti sans laisser de traces, comme l'Enchanteur.

Seize prisonniers fenians avaient été transférés de Donegal à Dublin, pour comparaître devant un tribunal militaire. Parmi eux se trouvait Brian O'Mallaghin de Ballymanacross, un des trois blessés arrêtés par le capitaine Mac Millan. Brian O'Mallaghin avait eu un poumon traversé par une balle, le poumon s'était infecté, sa vie déclinait chaque jour, on savait qu'il n'en avait plus que pour quelques semaines. Il comparut devant le tribunal sur une civière, et fut condamné à mort.

Dès le début du procès de Dublin, l'action terroriste recommença dans le comté de Donegal, mais avec plus de courage que d'efficacité. Dans les embuscades qu'ils dressaient contre les patrouilles, les rebelles se battaient avec des moyens primitifs et des munitions de fortune. Ils fabriquaient des bombes avec du salpêtre et du charbon de bois. La plus grande partie de la Royal Constabulary du comté était employée à surveiller les routes et la côte pour empêcher toute arrivée d'armes. Le lieutenant Ferguson fut nommé capitaine.

Le petit salon de St-Albans était transformé en atelier de couture. Sauf pour Helen, qui pourrait paraître au bal avec sa robe de mariée, il fallait deux robes pour chaque fille : une pour le mariage, l'autre pour la danse. Griselda dut se mettre sérieusement à aider sa mère et Erny, et deux servantes supplémentaires furent affectées aux ourlets, surjets, bâtis, ramassages, assemblages, repassages. Nessa, la petite fille, âgée de douze ans, de James Mac Coul Cushin le cocher, qui faisait depuis six mois son apprentissage à la cuisine, fut débarbouillée, récurée, astiquée par Amy, et envoyée dans le petit salon, munie d'un énorme aimant en fer à cheval avec lequel elle ramassait les épingles qui pleuvaient sur les tapis.

Griselda faisait des gestes et des dessins rapides avec n'importe quoi sur des bouts de papier, sur la table, sur les glaces, Erny coupait, Molly ajustait, tout le monde essayait, Griselda critiquait, Erny rectifiait, le bataillon des couseuses cousait, Lady Harriet soupirait, approuvait, s'inquiétait.

— Oh ! c'est très joli !... Oh ! mon Dieu ! nous ne serons jamais prêtes !...

Huit jours avant le grand jour, les robes de Jane et de Kitty et de leur mère étaient pratiquement terminées. La robe de la mariée, dressée sur un mannequin, était le centre d'un tourbillon perpétuel. Des mains ajoutaient, enlevaient, soulevaient, tapotaient, épinglaient, s'en allaient, revenaient avec une dentelle, une ceinture, un galon, tournaient le mannequin vers la fenêtre, vers la glace, vers Griselda, vers Lady Harriet. Jane l'essaya, manqua de la faire craquer et marcha sur l'ourlet.

Elle faillit pleurer.

— Je suis trop petite ! Je suis trop grosse !

Elle se consola en essayant de nouveau les deux siennes, la verte pour le mariage, dans laquelle elle avait l'air d'une noisette, et la blanche pour le bal, qui mettait en valeur ses rondeurs et sa fraîcheur, et la fit sourire de satisfaction.

— Si j'étais un garçon... Mais y aura-t-il des garçons ? Ils ne verront que Griselda !...

Elle n'était pas jalouse de sa sœur, elle l'admirait, elle la trouvait si belle ! Mais elle craignait d'autant plus de passer inaperçue. Quand y aurait-il un autre bal ?

Elle voulut essayer de nouveau la robe de mariée. Le chœur des couturières protesta, elle sortit en courant, emportant un serpent de ruban blanc accroché à sa cheville.

Il y avait des morceaux de tissus et des bouts de fil partout, la table était devenue un établi, chaque dossier de fauteuil servait de reposoir à une robe, un jupon, une doublure, un coupon déroulé.

Alice avait un peu simplifié le travail des femmes en déclarant qu'elle n'irait pas au bal, et qu'elle assisterait au mariage dans sa robe noire des dimanches. Aux protestations de sa mère elle avait répondu doucement que c'était la robe avec laquelle elle allait à la grand-messe, et que ce qui était bon pour Dieu était bon aussi pour sa sœur.

Griselda refit sa robe de bal deux fois. Dans sa colère contre Shawn elle s'était d'abord taillé un décolleté si vertigineux que sa mère en ouvrit des yeux comme des fleurs de tournesol. Elle n'eut pas besoin de protester. Quand Griselda se vit dans le miroir, elle rougit, non de honte mais de la morsure brûlante du regret. Non ! Elle ne montrerait rien de tout cela à personne ! Pas la largeur d'un ongle de ce qu'il avait vu et aimé. Elle se construisit avec des baleines un col de nonne, jusqu'aux oreilles. Toute la maison cria. Elle en revint à une solution moyenne et sage.

Parfois elle s'exaltait à l'idée du bal, des lumières, de la musique, et se réjouissait à l'idée d'y rencontrer peut-être quelqu'un avec qui elle pourrait se venger de l'abandon de Shawn. Ne fût-ce que son cousin Henry. Elle ne l'avait pas revu depuis... combien ?... des années... longtemps... Il courait derrière elle dans les allées de la forêt. Elle s'était engouffrée sous le tunnel et, à la sortie, juste comme elle débouchait dans l'éclat du soleil, elle s'était arrêtée pile. Il l'avait heurtée. Elle s'était blottie contre lui. Il était essoufflé et transpirait. Elle l'avait embrassé, vite. C'était la première fois qu'elle embrassait un garçon. Il n'y en avait pas eu d'autre ensuite, jusqu'à Shawn...

Il avait rougi. Il avait un bouton blanc au coin du nez. Il s'était raclé la gorge et lui avait demandé, hum... si... hum..., elle consentirait plus tard à devenir sa femme... Lui aussi !... Quelle rage ont-ils de vouloir passer des chaînes aux mains qui se tendent ? Elle avait pouffé de rire, de façon plutôt stupide, et offensante, elle s'en rendait compte maintenant. Elle avait recommencé à courir. Lui pas.

Il était intelligent. Il voulait devenir diplomate.

Un diplomate voyage... Il était peut-être devenu beau ? Il ressemblait beaucoup à sa mère, Lady Augusta...

Le simple fait d'évoquer un autre visage masculin faisait surgir des brumes le regard de Shawn, qui se fixait sur elle avec une tristesse infinie. Et Griselda savait aussitôt qu'il n'y avait nulle part au monde un autre regard qui pût lui faire oublier celui-là. Et elle n'avait plus du tout envie d'aller au bal...

Quand une jeune fille va au bal, il est préférable qu'elle sache danser... Aucune des cinq sœurs n'en savait plus que ce que toute fille sait d'instinct, sentir le rythme de la vie, du vent, de la musique, et s'y balancer comme une herbe dans le courant. Mais ce n'est pas cela, bien sûr, danser au bal.

Lady Augusta les avait tirées d'embarras en leur envoyant Simson, son maître d'hôtel, un Londonien cérémonieux, grand et maigre, orné d'une barbe blonde très soignée qui s'épanouissait en soleil rond autour de son visage. Un maître d'hôtel barbu était une originalité que seule pouvait se permettre Lady Augusta. On en parlait dans le nord de l'Irlande. Et même dans le sud. Il connaissait toutes les danses. Il vint deux fois par semaine, et tandis que le petit salon était transformé en atelier, le grand mua en académie. Sir John ne descendait plus au rez-de-chaussée que pour les repas, et remontait même boire son porto et fumer son cigare dans la salle de lecture de l'étage, entre la bibliothèque et les chambres. Le rez-de-chaussée était devenu un royaume féminin gai mais fiévreux, avec des accès d'énervement qui gagnaient les communs et contaminaient parfois même la basse-cour. Quand Sir John descendait il prenait d'abord une grande respiration, caressait ses breloques, et souriait pour faire, d'avance, face aux péripéties.

A peine avait-il quitté l'escalier que l'une ou l'autre ou plusieurs à la fois lui demandaient son jugement, lui montraient un échantillon, lui faisaient tâter un tissu, apprécier une dentelle, le suppliaient d'assister à un essayage, de trancher entre deux avis. Il s'en gardait bien. S'il avait son idée il la conservait pour lui. Il savait qu'il ne devait en aucune façon s'en mêler. Délivrer une femme des déchirements de l'hésitation et du choix, c'est lui ôter ses plus grandes joies, et elle s'en venge en se décidant, au bout du compte, pour ce qui lui va le plus mal. Il disait à chacune « oui, oui... c'est très bien... », et se hâtait de remonter parmi ses livres ou aucune d'entre elles n'eût osé venir lui parler de ces futilités. Mais il sentait sous ses pieds frémir la maison comme de l'eau qui va bouillir. Il était ravi.

Simson, à la fois digne et souple, autoritaire et zélé, fit de son mieux pour communiquer son savoir aux filles de Lady Harriet, celle-ci jouant au piano le quadrille, des valses et des mazurkas. Mais Alice, naturellement, ne voulait pas danser, Kitty n'était pas souvent là et montrait peu de légèreté, Helen pensait à autre chose, et Griselda parfois le faisait s'agiter jusqu'à l'épuiser et parfois s'enfuyait après trois mesures. Sa seule élève appliquée était Jane, toujours présente, toujours prête, impatiente de commencer, patiente pour recommencer et qui, en dansant, ne quittait pas des yeux son visage en forme de soleil, et, parfois, soupirait.

Les baraques de la constabulary, enfin arrivées, étaient en cours de montage du côté de Tullybrook, et Lady Augusta, au grand soulagement de tous, avait obtenu du capitaine Ferguson la promesse que sa troupe aurait quitté Greenhall avant le jour du bal. Dans chaque château des environs et dans quelques demeures bourgeoises de Donegal, de Ballintra, et de Ballyshannon, il y avait des femmes qui cousaient, essayaient avec fièvre, repassaient, et des hommes qui faisaient semblant de se désintéresser complètement de l'invitation de Sir Lionel Ferrer.

On se préparait aussi dans les chaumières, car Lady Augusta avait décidé d'inviter ses fermiers. Ils danseraient sur la pelouse s'il faisait beau, et s'il pleuvait, sous l'immense hangar au toit de chaume qui n'avait pas encore reçu le foin nouveau.

Ambrose arriva deux jours avant la cérémonie. Sir John lui demanda :

— Comment allez-vous ?

Lady Harriet lui dit avec un agréable sourire qu'elle espérait que le voyage ne l'avait pas trop éprouvé.

Et Helen le regarda avec des yeux immenses, bleus comme le soir du ciel. Elle ne sut rien lui dire, et lui tendit ses deux mains jointes, comme une prière et un don. Il les pressa un petit peu entre les siennes, les tapota et dit :

— Je suis heureux de vous voir... Vous avez très bonne mine...

Il avait été décidé que jusqu'au mariage il serait l'hôte de Sir Lionel. Il n'était pas correct qu'il habitât sous le même toit que sa fiancée. Il dînerait ce soir à St-Albans, puis James Mac Coul Cushin le conduirait à Greenhall.

Pour ce dernier repas qui les réunissait avant qu'ils fussent mari et femme, Lady Harriet avait placé encore une fois Ambrose et Helen face à face, et avait disposé entre eux un surtout d'argent en forme de barque avec des anses et des nymphes, que Jane avait garni de fleurs et de dix-sept bougies. Elle aurait dû en mettre dix-neuf — c'était l'âge d'Helen — mais dix-sept c'était le sien, et elle pensait que cela pourrait peut-être influencer la destinée et lui attirer un fiancé.

Helen ne savait pas ce qu'elle mangeait. Elle portait machinalement à ses lèvres sa fourchette, parfois vide, elle ne voyait qu'Ambrose, dont la barbe couleur de soie argentée s'estompait dans la gloire dorée des bougies, et les cheveux couleur de miel se découpaient sur la douceur du soir encore lumineux. Quelques minuscules insectes entraient par les fenêtres ouvertes, tourbillonnaient vers les flammes et devenaient étincelles.

Le repas touchait à sa fin. Dans la cuisine la fièvre s'apaisait. La tarte aux pommes à la cannelle venait de partir vers la salle à manger. Amy s'essuya les mains à un torchon de lin, s'assit sur une chaise et cria :

— Nessa ! Viens ici !...

La fillette quitta la bassine fumante où baignaient les assiettes, frotta ses mains pile et face à sa jupe et vint lentement vers Amy.
— Tu te dépêches ?...
— J'arrive !...
Elle était terrifiée. Elle savait ce qui l'attendait. Depuis deux jours, Amy avait entrepris de lui raconter l'histoire de Deirdre. Elle lui avait dit : « Tu es une Irlandaise ! Tu dois connaître les malheurs de l'Irlande !... »
— Avance encore ! Là ! Tiens-toi droite !...
Nessa s'arrêta au ras des genoux d'Amy qui pointaient sous sa jupe noire. Les bras raides tout droit le long de son corps, les yeux écarquillés, elle osait à peine respirer.
— Alors voilà... dit Amy. Tu te rappelles, au moins ?...
— Oui, oui, fit Nessa de la tête.
— Alors après trois jours et trois nuits de combat, Naoïse, l'époux bien-aimé de Deirdre, et ses deux frères vaillants furent tués, et Deirdre fut mise sur un char et emmenée au roi Conachur qui la voulait pour lui... Tu m'écoutes ?
— Oui, oui, fit la tête de Nessa.
— Ah pauvre Deirdre ! pauvre femme ! pauvre reine !
Peu à peu le travail s'arrêtait dans la cuisine et les servantes, en silence, se rapprochaient et faisaient le cercle autour d'Amy. Elles avaient déjà souvent entendu la tragique histoire, mais ne se lassaient pas de l'entendre encore. Amy la récitait comme elle l'avait entendue de sa mère, qui l'avait entendue de sa grand-mère, qui l'avait entendue de l'aïeule, et c'était une douleur qui venait du fond des temps jusqu'aux oreilles de l'enfant tremblante.
— Tu m'écoutes ?
— Oui ! oui ! faisait la petite tête rousse avec son petit bonnet blanc de travers.
— Car la voilà reine ! Reine du roi Conachur ! Il l'a mise près de lui, il la fait asseoir sur le trône de la reine près de son trône de roi, il la fait mettre dans son lit large comme une maison, tout couvert de peaux de loups. Ah pauvre Deirdre, la voilà reine ! Pendant un an Conachur la tient avec lui, mais pendant tout ce temps elle n'ouvre ni la bouche ni les yeux. Pendant un an elle ne dit mot et ne mange et ne donne signe de vie. On sait seulement qu'elle est vivante parce qu'on l'entend respirer. Dans le trône de la reine ou sur le lit du roi elle reste assise, le dos courbé et la tête posée sur ses genoux, la bouche et les yeux fermés.
« Au bout d'un an, le roi Conachur en a assez. Il lui crie : « Deirdre ! sale bête ! »
— Oh !... oh !... gémissent les servantes.
— Oui ! Oui ! il lui crie : « Deirdre ! sale bête ! Dis-moi qui tu hais le plus au monde ? » Alors elle se redresse et se déplie et ses yeux s'ouvrent et le regardent. Elle est plus belle que jamais, ses cheveux tressés sont comme des serpents de feu, ses yeux étincellent, ses lèvres sont rouges d'amour et de douleur. Conachur est mordu de

rage à la voir si belle. Il répète : « Sale bête ! Dis-moi qui tu hais le plus au monde ! » A la troisième fois, Deirdre lui crie « Toi ! »
— Oui ! oui ! crient les servantes.
— Et alors Deirdre ajoute : « Et après toi l'homme que je hais le plus au monde est Eogan Duntracht, celui qui a percé le cœur et tranché la tête du doux, du vaillant Naoïse, mon époux, mon seul amour. » « Alors, dit le roi Conachur, alors je décide que tu iras vivre un an avec Eogan Duntracht ! »
— Ooooh !... fait la petite fille Nessa, avec des larmes plein les yeux.
— Et le lendemain, dans la ville du roi, voilà qu'on entend un grand bruit : c'est Eogan Duntracht qui arrive sur son char de combat, accompagné de mille hommes d'armes, qui frappent leur bouclier avec leur épée en signe de triomphe. Le roi Conachur donne Deirdre à Eogan Duntracht, et le char se remet en route dans le bruit des épées. Mais Deirdre saute sur le bord du char et de là se précipite sur le sol et se brise la tête, et son sang et sa cervelle se mêlent à la terre d'Irlande...
— Oh ! oh ! pauvre Deirdre ! pauvre Irlande ! gémissent les servantes.
— Et alors tous les soldats d'Eogan se mettent à se battre entre eux, tous les ennemis de Conachur se soulèvent contre lui, et d'autres seigneurs prennent sa défense, il est vaincu et tué et son château royal est brûlé, mais les batailles continuent et continuent, pendant des années, pendant des siècles, et c'est tout le malheur de l'Irlande, à cause du sang de Deirdre qui est mélangé à sa terre...

La fillette fermait sa bouche de toutes ses forces, mais elle ne put tenir sa peine. La peur et le chagrin lui sortirent de la bouche en un long cri : « Bbbbb... boûoûoûoû... » comme le cri d'un chien à la lune... Et au-dehors un long gémissement lui répondit.

Amy le reconnut aussitôt. Elle se dressa et hurla :
— Le Farendorn ! Fermez les fenêtres ! Vite ! Partout ! partout ! Ne le laissez pas entrer dans la maison !...
Le Farendorn ! Le vent immobile, le vent du malheur...
Le cercle des servantes éclata vers toutes les pièces. On entendit leur galopade malgré leurs chaussons de feutre, et les fenêtres qui se rabattaient et les crémones qui tournaient. Et on entendait en même temps le gémissement du Farendorn se transformer en rugissement. Le bruit du vent fantôme tournait sur l'île comme une horde de loups. Sa force, par instants, paraissait telle qu'il eût pu arracher la toiture ou briser les arbres les plus gros de la forêt. Puis sa colère se transformait en plainte, et un gémissement interminable s'enroulait autour de la maison avant de rebondir en un sursaut de galopade en folie.

Dans la salle à manger, les conversations s'étaient arrêtées. Tout le monde s'était tourné vers les trois fenêtres que trois servantes maintenaient comme si le poids du vent avait menacé de les rejeter vers l'intérieur. Mais à travers leurs vitres on voyait les chênes magnifiques de l'allée en S se dessiner dans la dernière lumière du soir. Et pas une de leurs feuilles ne bougeait...

Le bruit mourut en une sorte de sanglot, à la fin duquel on vit les arbres, tous ensemble, frémir de la tête aux pieds. Puis la brise du soir, légère, normale, recommença à les agiter. Les trois servantes se signèrent, rouvrirent les fenêtres et quittèrent la salle à manger.

— Hmm !... fit Sir John en caressant du pouce ses licornes d'argent, mon cher Ambrose, vous venez d'assister à un phénomène particulier à ce lieu géographique... Je reconnais qu'il est impressionnant, et je comprends que des superstitions s'y soient attachées... Il y a longtemps que je lui cherche une explication raisonnable... Je pense que c'est une sorte de mirage sonore... Lorsque certaines conditions sont réunies, nous recevons à St-Albans l'écho d'une tempête lointaine, réfléchi par la surface de la mer. Il s'agit tout simplement d'un...

A ce moment, par les trois fenêtres ouvertes, entra le bruit de la cloche. Sir John s'arrêta net de parler. Il avait déjà entendu ce son une fois, dans son enfance. Il était inoubliable. C'était la voix de la cloche de fer, la cloche des moines, juchée par Sir Johnatan au sommet d'un pilier de pierres de six yards de haut qui s'élevait au bord de la terrasse de la tour, lisse, inaccessible. Et sans aucune corde pour la mettre en branle. D'ailleurs eût-on réussi à l'ébranler que cela n'eût donné aucun résultat : elle n'avait plus de battant...

Elle sonna une deuxième fois. C'était un son rude, net, sans harmoniques, la voix d'une cloche d'alerte, et non de rite. Le guetteur de la tour, il y avait mille ans, la faisait sonner pour signaler aux moines qui travaillaient aux champs l'arrivée des pirates venus de la mer. Alors ils abandonnaient leur bêche et prenaient leur épée.

— Il y a quelqu'un qui... dit Sir John.

Elle sonna une troisième fois. On eût dit qu'on frappait sur un chaudron avec un marteau. Il n'y eut pas de quatrième coup. Mais, de la terre, en face, dans la nuit, la cloche de l'église de Tullybrook lui répondit. Puis celle de Mullanatra, celle de Drumintra, celle de Manfield Abbey, celle de Brookland... Et il y en avait d'autres qui étaient trop loin pour qu'on les entende mais qu'on sentait... Et toutes, avec leurs voix différentes, plus proches ou plus lointaines, lentement, comme coulent les larmes, sonnaient le glas.

Au centre de cette rumeur de bronze naquit un bruit différent, un bourdonnement d'abord presque imperceptible, qui s'enfla, s'approcha, devint rageur et monta vers l'aigu en s'attaquant à la pente de l'allée : le bruit de l'insecte de fer, de la machine automobile. Tous les convives, fascinés, virent ses yeux jaunes monter vers la maison, s'arrêter au bas de l'escalier, entendirent un pas rude grimper les marches, franchir la porte et le hall, s'approcher de la salle à manger...

Griselda, hallucinée, se leva et, raide, fit face à la porte qui s'ouvrait...

C'était Lady Augusta. Elle brandit vers le plafond ses deux bras écartés en V, terminés par ses poings serrés, et cria :

— Ils l'ont pendu !

Au silence stupéfait et interrogatif elle répondit en ajoutant :

— Brian O'Mallaghin ! Il était mourant ! Ils l'ont pendu ! Avec trois autres ! A Dublin ! Les Anglais ! Ces cochons !...

Elle se tut une seconde, puis s'adressa à Ambrose sur un ton un peu moins véhément :

— Monsieur Aungier, je suis anglaise moi aussi... Mais je suis également irlandaise ! Et je saigne deux fois ! De douleur pour l'Irlande ! Et de honte pour l'Angleterre !... John donne-moi à boire !...

Elle se laissa tomber dans un fauteuil qui craqua comme s'il avait reçu une borne de pierre. Lady Harriet sonna et demanda une bouteille de porto à la servante accourue.

— Non !... Du whisky !... dit Lady Augusta. Vous entendez toutes les cloches ? Le pays qui pleure !... Demain ce sont les fusils qui vont parler... Par malheur ou par bonheur ils n'en ont plus... Je ne sais que souhaiter... C'est horrible... Ils vont prendre leurs fourches... Et si ces cochons avaient au moins attendu trois jours de plus ! Ils l'ont fait exprès pour empêcher mon bal ! Qui aura le cœur de danser, maintenant ? Et je ne peux pas annuler les invitations ! Toutes ces femmes qui se sont fait des toilettes ! Il faut qu'elles les montrent, quoi qu'il se passe ! Elles leur resteraient dans la gorge ! Elles me haïraient jusqu'à la fin de leurs jours ! De toute façon il est trop tard...

Elle but son whisky d'un trait.

— Eh bien nous danserons !... Pour nos morts !... Et pour montrer que rien ne peut détruire l'Irlande !... Ni l'Angleterre !... Le bal aura lieu ! C'est ce que je suis venue vous dire... Que Dieu sauve la reine, et envoie ses ministres en enfer !...

Elle se leva brusquement.

— Vous venez, Ambrose ? Je vous emmène !...

Griselda était allée irrésistiblement vers la fenêtre. Elle voyait dans la nuit la silhouette de l'automobile vaguement éclairée par la lumière venue de la maison. Son moteur tournait, tout son bâti tremblait, et sur le siège du conducteur il n'y avait personne. Une nostalgie affreuse serra le cœur de Griselda dont les yeux s'emplirent de larmes. Chère voiture, dragon chéri, insecte, machine, automobile des voyages d'amour et de rêve... Oh Shawn ! Shawn ! Où es-tu ? Elle se raccrocha à un haillon d'espoir impossible, demanda en ne se tournant qu'à demi vers les lumières, pour ne pas montrer ses yeux humides :

— Qui vous a amenée, tante Augusta ? Votre chauffeur est revenu ?

— Penses-tu !... C'est moi qui conduis !... Cet animal de Shawn m'avait un peu montré... Ce n'est pas terrible... Zip ! à gauche ! Zip ! à droite !... Mais si je tombe en panne je suis fichue ! Ambrose, nous coucherons dans le fossé !...

Elle hennit de rire, et continua :

— Je me demande ce qu'il est devenu ! Parti ! Disparu ! Du jour au lendemain ! Il faut bien reconnaître que ces Irlandais ont des têtes de cochons !...

Les six constables restés de garde à la grange regardaient le spectacle du château en fête, en profitant de la douceur de la nuit.

Le capitaine Ferguson avait tenu parole, et fait déménager le gros de sa troupe en partie la veille et en partie le matin même. Mais tout le matériel n'avait pu être emporté, et le capitaine avait laissé une escouade pour veiller sur ce qui restait. Tout s'en irait, c'était promis, demain matin.

La grange qui abritait encore un fourgon, des chevaux et des caisses, se trouvait un peu à l'écart des autres, à environ deux cents yards du château, en retrait du chemin qui menait à celui-ci.

Les gardes, sans se montrer, avaient vu arriver toutes les voitures des invités, ils avaient entendu les violons se joindre aux chants des oiseaux du soir, ils regardaient de loin, par les fenêtres grandes ouvertes du salon du premier étage, les danseurs glisser, sautiller, tourner, s'incliner, se séparer, se rejoindre... Parce que les sons de l'orchestre n'arrivaient pas aussi vite que l'image des danseurs, ceux-ci paraissaient danser à contretemps.

La voiture des mariés était repartie, les emmenant vers quelque refuge plus tranquille, les oiseaux s'étaient tus, l'immense calme du monde endormi refermait son velours noir sur le château, qui semblait peu à peu s'amenuiser comme un bateau illuminé emporté doucement, de plus en plus loin, par la nuit. Les sons qui en provenaient se dissolvaient en partie dans le silence, et ce qui en restait était baigné de mélancolie.

Personne ne dansait sur la pelouse. En signe de deuil et de colère, les fermiers étaient restés chez eux.

L'orchestre commença une valse. Un des constables la connaissait. Quand les premières mesures lui arrivèrent, à demi évanouies, il retira sa pipe de sa bouche et fredonna : « tra-la-la-la, la-la, la-la... ». Il secoua sa pipe contre la souche sur laquelle il était assis, et cela fit plus de bruit que le bal. Un autre constable, debout, adossé au mur de la grange près de la lanterne allumée, bâilla.

Sur le petit balcon devant une des fenêtres du salon, Griselda disait à son cousin Henry :

— Avez-vous jamais vu un ciel pareil ? Regardez !... Regardez !...

La musique de la valse, sortant par la fenêtre, tournait autour d'eux, hésitait, tournait encore, s'en allait dans la nuit. Henry regardait Griselda. Il l'avait retrouvée avec émotion. Peu lui importaient les étoiles. Elle insista :

— Henry ! Regardez !...

Il détacha à regret son regard du beau visage au profil doré par la lumière, et leva la tête. Dans le ciel pur, sombre, sans lune, des milliards d'étoiles brillaient comme des diamants qu'on vient de laver.

Le garde bâilla de nouveau.

— Je crois bien que je vais aller dormir, dit-il. Tu as vu un peu, toutes ces étoiles ?

Il leva la tête, pour mieux les regarder. Il y eut à quelques mètres une détonation, et un gros plomb lui traversa le cou, tandis que d'autres lui déchiraient le visage et brisaient la lanterne. C'était un fusil de chasse. Une gerbe de coups de feu suivit le premier.

Simson portait la livrée de gala de Greenhall : souliers à boucle, bas blancs, culotte de soie verte, gilet de velours de même couleur, et chaîne d'or. Il régnait sur six valets maladroits et avait l'œil à tout. Sa barbe-soleil était constamment visible quelque part au-dessus du flot mouvant des invités. Les trois lustres du salon se composaient chacun de neuf lampes d'opaline blanche reliées au plafond par une cascade courbe de cabochons de cristal.

Leur lumière abondante et douce arrondissait d'une caresse les épaules nues des femmes qui tournaient au son de la valse, et éclairait avec discrétion, à travers les cheveux, les calvities naissantes au sommet des crânes de quelques danseurs. Et plus nombreuses, plus colorées, celles des hommes qui ne dansaient pas, du côté du buffet.

Kitty s'était installée à proximité des pâtisseries et faisait un massacre. Son père, debout à côté d'elle, grignotait un blanc de poulet sur une assiette délicate, blanche et bleue. Il avait bu plusieurs coupes de champagne, il en avait senti le besoin. Grâce à elles un peu d'euphorie vernissait maintenant un chagrin qu'il ne cherchait pas à se cacher...

Il avait ouvert le bal avec Helen, puis l'avait donnée à Ambrose. Ils avaient dansé une seule fois, ils étaient partis discrètement, on s'était dit au revoir avant...

Cette valse... Il la connaissait... Depuis toujours... Tralalala... Vieille comme le monde... lalala... lalala... La dansait-on déjà à Sumer ? Il sourit, se moquant de lui-même, de sa peine, de son travail... Qu'avait-il fait de sa vie, penché sur ces signes inconnus ? Tralala... Quel mystère cherchait-il ? Quelle évasion ?... Il n'était parti nulle part... La bibliothèque était un vaisseau à l'ancre, et l'ancre était rouillée... Tralalala... Il posa son assiette et caressa sa barbe... Le temps avait passé... oui, oui... Qu'avait-il trouvé dans cette foule de signes pointus ? Quelques mots ? Quelques phrases ? Rien de sûr, pas même une lettre, quoi qu'en pensât Ambrose... Helen est partie, oui, elle est partie... A-t-il vécu une vie inutile, dans un rêve ?... Mais qu'est-ce qui est utile ? Et utile à qui ?... Cette foule innombrable des signes qui ne disent mot, qui offrent leur mystère qu'on percera demain, peut-être, ou un autre jour, quelle compagnie amicale, et discrète... Quelle paix... Tralalala... Cette valse, si nous la dansions... Kitty veux-tu danser cette valse ?...

La bouche pleine, confuse, Kitty fit « non non » de la tête. Une mèche s'était échappée de sa coiffure et lui pendait dans le cou.

Sir John reprit une coupe de champagne. Il regarda Kitty, comme il ne l'avait jamais regardée. Un peu forte, la pauvre... Mais de belles épaules, une jolie peau... Et si gentille... Dévouée... Helen est partie... J'espère qu'Ambrose... J'espère mais je crains... Je ne crois pas qu'il soit très intelligent... Il faut être intelligent pour rendre une femme heureuse... Ça ne suffit pas... Mais c'est nécessaire... Harriet est-elle heureuse ?... Où est Harriet ?... Helen... Où est Harriet ?... Harriet !...

Il posa sa coupe vide et partit à la recherche de sa femme, vers qui le poussaient tout à coup une grande tendresse et l'angoisse de sa solitude... Il côtoyait des robes qui tournaient, et qu'il voyait du coin de l'œil, une robe bleu ciel, une robe paille, une robe vert pâle, une robe rose, une robe blanche, une robe blanche, une robe blanche... Tralalala,... lala... lala... Chacune avait son parfum, la musique les brassait doucement et les faisait passer, un parfum puis l'autre, une couleur l'autre, qui tournaient... Tralalala... Il vit sa femme et s'arrêta.

Lady Harriet était assise dans un groupe de dames qui remuaient leurs éventails et papotaient. Elle vit venir son mari et lui fit un petit sourire gentil. Il lui répondit par un petit signe de la main, trois doigts en l'air, comme ça, laissa retomber sa main, caressa ses licornes, fit demi-tour et retourna au buffet.

Jane dansait. Elle était ravie et désolée. Elle avait dansé toutes les danses, mais presque rien qu'avec de vieux messieurs.

Alice avait finalement consenti à venir, dans sa robe noire. Heureuse, paisible, accoudée à la fenêtre d'une petite pièce déserte, elle regardait la nuit et y voyait Dieu. Elle entendait la valse à travers les murs, c'était l'écho de la ronde universelle, la ronde parfaite de la Création. Toute voix est la voix de Dieu.

Lady Augusta traversait vigoureusement le salon en direction de la barbe de Simson. Elle avait entendu quelque chose, par-dessus la musique et les conversations. Ses épaules maigres, solides, sortaient d'une robe de taffetas vert qui faisait à chaque pas le bruit d'une branche secouée par le vent. Son décolleté, malgré le corset, ne parvenait pas à rattraper ses seins.

— Simson ! Que se passe-t-il ? J'avais dit : le feu d'artifice à minuit !

Mais elle savait bien qu'il ne s'agissait pas du feu d'artifice.

Griselda vit les coups de feu avant de les entendre. Puis, après eux, elle entendit les cris des blessés, et les cris des fenians qui couraient vers la grange.

Elle dit : « Oh ! », et serra de toutes ses forces le mince bras d'Henry.

— Ne restez pas là ! dit-il.

Il voulut la tirer à l'intérieur, mais elle se dégagea.

— Laissez-moi !

Elle frémissait d'émotion. C'était extraordinaire, ce qui arrivait ! On entendait encore des cris, des jurons, des grands coups contre la porte de la grange, et encore des coups de feu.

Tous les invités avaient maintenant entendu, et se pressaient vers les fenêtres. L'orchestre, composé d'un piano, trois violons et un violoncelle, continuait de jouer.

La valse sortait par les cinq fenêtres, au-dessus des têtes et des épaules nues, et tournait dans la nuit, valsait vers les cris, les coups de feu et les gémissements. Un seul couple dansait encore sur le parquet brillant, une robe blanche et un habit bleu, Jane aux bras de Sir Ross Butterford. Il avait cinquante-neuf ans et il était veuf. Il était également dur d'oreille. Il regardait Jane et lui parlait. Il dansait comme une planche. Il avait l'impression de tenir dans ses mains un bonbon. Et il avait envie de le manger.

Trois gardes avaient réussi à se retrancher dans la grange, mais les fenians entraient de tous côtés, par la porte de derrière, par celle du poulailler, par la fenêtre du foin. Ils étaient venus en force, ils savaient ce qu'ils allaient trouver : des caisses d'armes et de munitions.

Ils le savaient parce que le capitaine Ferguson l'avait dit, intentionnellement, à Lady Augusta, puis à Sir Lionel, alors que des domestiques irlandais étaient en mesure de l'entendre. Il espérait bien que tous les domestiques le sauraient rapidement et qu'un d'eux au moins était affilié aux fenians et les avertirait.

Les armes et les munitions qui leur manquaient tellement... Gardées par quelques hommes, pendant une seule nuit... Ils ne pouvaient pas manquer d'essayer de s'en emparer.

Le capitaine comptait, à cette occasion, capturer leurs meilleurs combattants, et peut-être leur chef. S'il était encore dans le pays il conduirait sans doute lui-même un coup de main aussi important.

Ferguson savait bien qu'il ne suffisait pas de dire qu'il y avait des munitions dans la grange. Il les montra, en donnant l'ordre aux six hommes de garde de nettoyer les fusils neufs et de graisser les chargeurs, ce qu'ils firent devant la grange, au-dehors, parce que le temps était beau. C'étaient des fusils nouveaux, avec des chargeurs de trois cartouches. Mais il n'y en avait qu'une caisse, les autres caisses étaient vides... Et le capitaine espérait que les rebelles n'auraient pas le temps d'apprendre à se servir de ces armes avant d'être détruits ou capturés. Les six gardes, bien entendu, ne savaient pas qu'ils servaient d'appât. Ils seraient sans doute sacrifiés, et d'autres hommes seraient également perdus, mais à ce prix on pouvait peut-être mettre fin à la rébellion dans le comté de Donegal. Cela en valait la peine. C'est ainsi que calculent les hommes de guerre, pour qui les combattants ne sont que de la grenaille sur l'un ou sur l'autre plateau de la balance. Le capitaine Ferguson avait l'étoffe d'un général.

Il avait bien tendu sa souricière. A peine les fenians avaient-ils pénétré dans la grange que celle-ci était cernée par la compagnie entière de la Royal Constabulary qui tirait de toutes ses armes. Ferguson voulait démontrer aux rebelles qu'ils n'avaient aucune chance de s'en sortir, et les convaincre de se rendre. Il fit cesser le feu et parla aux hommes de la nuit pris au piège entre les quatre murs :

— Au nom de la reine, rendez-vous !

La grange lui répondit à coups de fusils de chasse, pétoires, revolvers, pistolets, mais aussi avec les fusils neufs...

Lady Augusta entra comme une trombe dans le petit fumoir où Sir Lionel dormait. Il avait beaucoup bu tout le long de la journée, il avait reçu ses invités, parlé à chacun, bu avec quelques-uns, mangé un peu, dit une plaisanterie à Ambrose, échangé des propos sur le temps avec Sir John, et s'était senti tout à coup accablé. Il s'était réfugié là pour fumer un bon cigare au fond d'un fauteuil. Mais il s'était endormi avant même de l'avoir allumé.

— Lionel !... cria Lady Augusta.

Il sauta hors du sommeil, effaré.

— ... On se bat chez vous et vous dormez !

Elle avait déjà traversé la pièce et sortait par la porte en face. Il entendit la fusillade. Il se secoua la tête comme un chien mouillé. Qu'est-ce que c'est ? Quoi ? Quoi ?...

Lady Augusta traversa quatre autres pièces et trois couloirs, et revint au salon en étreignant un fusil à sanglier, à deux coups, aux canons énormes. Elle fendit le groupe aggloméré sur le balcon de gauche, celui d'où l'on voyait le mieux la grange, cala ses cuisses contre la rambarde, et épaula son arquebuse.

— Sur qui tirez-vous, Augusta ? lui demanda Sir John qui se trouvait là.

— Je ne sais pas !... Les uns ou les autres !... Qu'ils aillent se battre ailleurs !... Pas chez moi !...

Les deux coups partirent à la fois. Les lustres cliquetèrent. Les femmes crièrent. Sous le choc du recul, l'os de l'épaule de Lady Augusta rougit. La porte de la grange s'ouvrit brusquement. Tiré par quatre chevaux fous, le fourgon en jaillit, crachant le feu de toutes parts. Il vira sur les roues gauches, tangua, sauta hors des ornières, craqua, disparut dans la nuit, poursuivi par les balles. Tous les constables qui faisaient face à la porte s'étaient tournés vers lui et tiraient. Les fenians restés dans la grange en profitèrent pour se glisser dehors et se fondre dans l'obscurité. En partant, ils avaient mis le feu au foin. La grange brûla haut dans le ciel, avec leurs morts et les autres. Le vent arriva, apportant la pluie. Tous les invités de Lady Augusta dormirent à Greenhall, dans les lits, dans les fauteuils, sur les canapés et même sur les tapis. Simson réussit, au petit jour, à servir le thé à tout le monde. Sir Lionel, blême, sous la dictée de sa femme, écrivait à la reine Victoria. On trouva le fourgon abandonné à moins d'un mile. Un cheval était mort, les trois autres, debout sur leurs jambes, tremblaient. Partout où la pluie ne l'avait pas lavé, il y avait du sang.

Ils s'étaient mariés au temple de Mulligan, selon le rite protestant, avec des cantiques et beaucoup de fleurs.

Quand le pasteur les déclara unis, Helen se sentit transformée. Il lui sembla qu'elle était changée tout entière. Elle regarda les fleurs, toutes ces fleurs blanches qui étaient l'image de son bonheur. Il y en avait partout, c'était son chemin nouveau, tout lumineux. Quelques paroles venaient de trancher les liens qui la retenaient au passé, elle était maintenant la femme d'Ambrose, tout commençait. C'était comme une naissance.

Ambrose, lui aussi, lui parut transformé. A mesure que les heures s'écoulaient, il devenait de moins en moins réservé. Il riait même et plaisantait avec Sir Lionel, d'une façon un peu raide et condescendante, en vidant un verre de whisky après l'autre.

Pendant qu'ils dansaient ensemble il lui avait dit quelque chose qu'elle n'avait pas bien compris à cause de la musique, mais elle avait deviné que c'était un compliment. Il lui avait un peu serré le bras et il avait ri.

Et maintenant elle était couchée et elle attendait. Il était en train de se déshabiller dans le cabinet de toilette, il allait venir, et se coucher avec elle. Il y avait une seule lampe allumée, sur la table de chevet. Le reste de la chambre était plongé dans une demi-obscurité où brillaient les cornes et les yeux de verre des trophées rapportés par Sir Lionel d'Europe, d'Afrique, et de l'Inde, et dont il avait décoré ce rendez-vous de chasse. Lady Augusta l'avait mis à leur disposition avec deux domestiques et le cocher qui les y avait emmenés et les conduirait ensuite jusqu'à Belfast, d'où ils prendraient le bateau pour l'Angleterre.

Pour combattre l'humidité le valet avait fait du feu dans la cheminée. De courts reflets dansaient au plafond et sur un tapis en peau de tigre, à travers la grille du pare-feu de cuivre. La bonne odeur du bois brûlé se superposait à l'odeur de la pièce, qui sentait le poivre et la cannelle. Elle était un peu barbare, mais chaude et intime avec des reflets de cuivre dans ses recoins.

Malgré cette tiédeur et les petits craquements familiers des bûches, Helen avait froid. Elle frissonnait par à-coups. Elle essayait de se blottir dans la chemise de nuit de fin linon et de dentelle qu'Erny lui avait faite. Elle se sentait vulnérable à tout dans ce vêtement fragile, qui ne pouvait la protéger, ni contre le froid, ni contre elle ne savait quoi. Elle le serrait contre elle avec ses bras. Elle aurait dû être tranquille et rassurée, elle était avec son mari, avec Ambrose. Elle était avec lui. Seule avec lui. C'était à cause de cela qu'elle avait peur.

Il arriva près du lit dans une longue chemise blanche, et s'immobilisa un court instant. Il lui parut tout à coup affreusement étranger. Une longue mèche lui pendait en travers du front. Tout son aspect correct avait disparu. Il la regardait d'une façon bizarre, un peu fixe et trouble, comme il ne l'avait jamais fait auparavant.

Il se coucha. Elle se mit à trembler sans arrêt. Elle éprouvait, en même temps, un désir passionné de chaleur, de rapprochement, de communion, et le sentiment effrayant qu'elle se trouvait dans le lit d'un homme qu'elle ne connaissait pas. Elle ne savait pas au juste ce qu'elle voulait. Quand il s'approcha, elle eut brusquement très chaud, et dès qu'il posa sa main sur elle elle se raidit et eut envie de lui crier de ne pas la toucher.

Il se redressa pour éteindre la lampe, puis revint vers elle et, sans un mot, la saisit dans ses bras. Il sentait le whisky et le cigare. Tout à coup, elle crut qu'il devenait fou... Ce poids et cette chaleur animale qui s'abattaient sur elle l'emplirent de terreur et la laissèrent sans défense. Elle fut submergée par une humiliation et une répugnance atroces.

Quand il la laissa, elle crut qu'elle allait mourir. Elle devait faire un effort pour respirer, et son cœur battait comme un marteau. Tout l'intérieur d'elle-même était devenu un bloc de glace. Des sanglots secs, qui la déchiraient, de plus en plus violents, se mirent à lui secouer la poitrine. Ambrose, déjà à moitié endormi, lui demanda avec étonnement ce qu'elle avait. Elle ne put répondre. Il se leva, ralluma la lampe et resta debout, regardant sa femme, ne sachant que faire.

Elle lui adressa un petit sourire tremblant, puis ne put supporter de le voir et qu'il la vît à la lumière, et se cacha le visage dans ses mains en se mettant à pleurer. Les larmes lui mouillaient la figure et les doigts. Ambrose la regardait sans dire un mot, sans faire un mouvement. Il ne comprenait pas. Ne s'était-il pas comporté honnêtement ?

Elle continuait de pleurer. Elle se sentait perdue, seule dans un monde atroce, sans recours, sans aide. Tant d'élan, tant d'aspiration passionnée vers Ambrose, vers un bonheur sublime, n'aboutissaient donc qu'à ce dégoût horrible, dont le souvenir et la répétition allaient empoisonner tous les jours et les nuits et les années à venir ?

Ambrose, ennuyé, gêné, se passa la main dans les cheveux, prit une expression conciliante et lui parla comme à un enfant qui vient de tomber :

— C'est cela, pleurez... Cela vous soulagera.

Après une pause, il ajouta :

— Pas trop longtemps, tout de même !

Il s'assit au bord du lit, et réfléchit. Ses pieds nus s'enfonçaient dans les poils blancs et noirs d'une chèvre de l'Himalaya. Il parut arriver à une conclusion, se tourna vers Helen et lui parla avec une profonde gravité :

— Vous ne devez pas vous comporter de façon enfantine. Vous êtes ma femme, maintenant.

Il souleva ses jambes et s'assit dans le lit. Helen fit un gros effort pour se reprendre. Avec ses yeux pleins de larmes elle put enfin regarder son mari. Il était assis, il avait allongé ses jambes sous les couvertures, sa mèche ne pendait plus sur son front. Son air respectable lui était revenu. Peut-être parviendrait-elle à retrouver l'homme qu'elle avait tant admiré ?

Un certain calme revint en elle. Elle hocha la tête lentement. Elle dit :

— Vous avez raison, Ambrose, je vous ai épousé devant Dieu, mon devoir est de vous rendre heureux...

Lady Augusta décida d'aller porter elle-même à la poste de Donegal sa lettre à la reine. Et pour donner plus de solennité à sa démarche, elle s'y rendit avec la voiture automobile. Au retour, le boulon supérieur de la manivelle de direction, qui avait déjà du jeu, se dévissa complètement et, malgré les efforts tourbillonnaires de la conductrice, la voiture quitta la route et s'enfonça à quinze à l'heure dans le petit lac de Tullybrook.

Quand l'eau atteignit le moteur, cela fit un grand bruit d'ébullition, avec des craquements de métal et un nuage de vapeur, et la voiture s'arrêta.

Lady Augusta regagna la rive sans que sa vie fût mise en péril, mais avec de l'eau jusqu'à la poitrine. Furieuse, elle refusa de faire renflouer l'automobile. Celle-ci se laissa solliciter par la pente douce, gagna lentement le milieu du lac, et disparut.

Les fenians avaient réussi à emporter leurs blessés, ceux de la constabulary avaient été soignés à Greenhall et évacués le lendemain. Le capitaine Ferguson fit commencer le ratissage systématique de la campagne environnante. Les constables visitaient toutes les cachettes possibles, entraient dans les fermes et faisaient déshabiller les hommes pour chercher des blessures dissimulées. Cela provoqua une grande colère, et les curés des villages appelèrent la vengeance de Dieu sur ces soudards impudiques. Mais le courage et l'humour irlandais reprirent le dessus, et le jeudi matin, quand les sinistres cavaliers se remirent en campagne, ils ne rencontrèrent partout que des blessés... Tous les hommes, mais aussi les femmes et les enfants, portaient des pansements, et sous les étoffes tachées de sang il y avait effectivement des plaies vives.

Et dans les prairies, les vaches, les poneys et les ânes étaient ornés eux aussi de pansements. Le cheval cerise de Meechawl Mac Murrin portait une énorme étoffe verte autour du cou et Meechawl lui-même s'entailla l'index de la main gauche et l'entortilla d'une poupée blanche qui devint rouge et fut noire dès le premier soir.

Mais au milieu de la deuxième semaine Ferguson avait malgré tout opéré douze arrestations, et la visite des fermes continuait.

Molly, ce soir-là, tremblait en coiffant Griselda. Pour fabriquer Molly, la nature avait choisi la petite stature de sa mère, ses mains fines, ses cheveux et ses yeux couleur de noisette, et les cils épais de son père, son nez un peu retroussé et son teint clair. Et leur joie de vivre à tous les deux, ainsi que leur courage.

Mais le courage de Molly venait de s'effondrer. Elle était en train de brosser pour la nuit les cheveux de Griselda assise devant sa coiffeuse, et qui s'abandonnait à ses soins sans y participer, indifférente et muette. Par les deux fenêtres ouvertes entraient les derniers chants d'oiseaux à demi endormis et le bruit de quelques brusques remous de vent sur les arbres, comme les mouvements d'une bête paisible couchée sur la paille. Le soir rose était devenu gris. Dans les campagnes, les gens savent que les jours d'août, au cœur de l'été, sont déjà mordus par l'hiver prochain qui les ampute d'un bon morceau. A St-Albans où les journées de juin étaient si longues qu'elles se rejoignaient presque, le mois d'août marquait nettement le déclin de la lumière. La nuit revenait.

Griselda se regardait machinalement dans la glace de sa coiffeuse sans éprouver le moindre intérêt pour le visage qu'elle y voyait. Derrière lui les mains blanches de Molly apparaissaient comme des colombes, disparaissaient, revenaient, la brosse entrait dans ses cheveux avec un bruit froissé qu'elle entendait directement à l'intérieur de sa tête, et sa tête lui paraissait vide comme un nid abandonné depuis des saisons.

Après l'excitation des premiers instants, la bataille de Greenhall l'avait emplie d'horreur. Alors que tout le monde autour d'elle s'exclamait, prenait parti, se disputait, elle était devenue silencieuse et immobile, étrangère à cet univers, monde absurde où Shawn n'était plus. Elle l'avait vu d'une distance aussi grande que si elle avait regardé se battre les chiens de sa tante Augusta. Et depuis ce soir-là elle ne parvenait pas à reprendre sa place dans la routine des pensées et des actes de tous les jours. Le monde était devenu un théâtre dont les acteurs, en gesticulant, débitaient un texte inaudible, et dont elle était la seule spectatrice, à l'esprit absent, dans une salle vide.

Molly, le cœur agité par une tempête, ne savait plus très bien ce qu'elle faisait. Ses mains travaillaient sans elle, avec les gestes de tous les soirs. La lourde chevelure, devenue fluide sous la brosse, roulait comme la mer au moindre geste de Griselda, et le reflet des lampes s'y allumait en tons de cuivre sombre. Molly posa la brosse, divisa le fleuve de cheveux en trois rivières et commença à les tresser. Mais l'angoisse lui montait du cœur aux lèvres, elle se mit à renifler, puis à hoqueter, puis franchement à pleurer avec de gros sanglots, mais sans cesser de faire ce qu'elle avait à faire, de mélanger les serpents de cheveux en les serrant bien, pour qu'ils ne se séparent pas pendant la nuit.

— Molly ! Molly ! Mais qu'est-ce qu'il y a ? Qu'est-ce que tu as ? demandait Griselda.

Elle voulait se tourner pour l'interroger, mais Molly lui tenait la tête par les cheveux et continuait sa tâche en pleurant et reniflant, et ce ne fut que lorsqu'elle eut terminé et noué solidement le bout de la tresse avec un lacet et un ruban qu'elle se laissa tomber sur un pouf, se cacha le visage dans les mains et sanglota sans retenue. Au bout de quelques minutes elle se calma et répondit aux questions de Griselda. Il ne lui était plus possible de garder toute cette peur pour elle.

— C'est Fergan, Miss, c'est à cause de Fergan...
— Qui est Fergan ? Qu'est-ce qu'il t'a fait ?
— Il ne m'a rien fait, le pauvre, que Dieu le garde ! Ce sont ces cochons qui lui ont fait à lui !... Ils l'ont blessé à Greenhall le soir de la bataille, et maintenant ils vont le prendre et ils vont le pendre !...

C'est le fils de Conan Bonnighan, vous savez ? Le fermier qui a remplacé mon père... Et une année ou l'autre on se serait mariés...
— Il fait partie des fenians ?
Molly fit « oui » en reniflant.
— Et tu le savais ?
Molly fit « non », et ajouta :
— Il a quitté chez lui, bien sûr... Il est venu se cacher chez ma mère. Il est seulement blessé à l'épaule, ce n'est pas grave, si saint Patrick lui épargne la fièvre... Il pourrait partir, il a des cousins du côté de Sligo, les constables n'iront pas le chercher là... Mais il ne veut pas partir ! Il est là, il attend ! Et un jour les cavaliers viendront, et ils entreront chez ma mère, c'est pas le drapeau français qui les arrêtera ! Et ils l'emmèneront et ils le pendront !
— Pourquoi ne veut-il pas partir ? A cause de toi ? Ce n'est pas malin ! S'il t'aime il doit penser à se garder en vie pour toi...
— Ce n'est pas à cause de moi ! C'est à cause d'un autre !... qui a été blessé en même temps que lui, mais plus gravement, il ne pourrait pas aller loin... Alors Fergan ne veut pas le quitter, il dit que si les constables viennent ils se battront... Ils ont des fusils...
— L'autre est aussi chez ta mère ?
— Oui, Miss...
— Ta mère est folle !
— Oui, Miss...
— Ils la pendront aussi !
Molly poussa un long gémissement puis serra les poings et en frappa ses genoux.
— Je leur jetterai des bombes ! Je prendrai un fusil ! Je les mordrai ! Je... Oh ! Miss ! Qu'est-ce qu'on peut faire ? Qu'est-ce qu'on peut faire pour sauver mon Fergan ?... Si vous lui parliez, vous ? Peut-être il vous écouterait ? Et il partirait chez ses cousins ?... Et l'autre, il pourrait aller se cacher dans la tourbière...
Elle s'essuya les yeux avec le dos de la main, renifla, et ajouta :
— L'autre, c'est quelqu'un que vous connaissez, Miss : c'est l'ancien chauffeur de Lady Augusta, vous savez ? Shawn Arran...
Griselda, qui était penchée vers Molly, se redressa brusquement, commotionnée comme si la foudre avait frappé à un pas devant elle. Elle se sentit prête à tomber. Elle se raidit. Elle ne savait plus où se raccrocher au milieu de la tempête qui la secouait. Elle se jeta dans la colère :
— Il est fou ! Vous êtes fous !... Vous êtes tous fous !... Laisse-moi tranquille ! Laisse-moi seule ! Va-t'en !...

Il était retrouvé, mais en danger de mort... Il l'avait quittée pour aller se faire tuer ! Idiot ! Oh cher idiot !... Ou peut-être faisait-il déjà partie des fenians quand elle l'avait connu... Eh bien, s'il lui plaît de se faire massacrer à coups de fusil et d'être pendu, à son aise ! Qu'est-ce que je peux y faire, moi ?

Elle se tournait et se retournait dans son lit, s'asseyait, se levait, se recouchait, balancée entre le désespoir, l'excitation, la colère, et revenant finalement toujours au même sentiment, incroyable étant données les circonstances : la joie...

Il était en danger de mort, mais il était retrouvé ! Il était là de nouveau, quelque part, elle savait où ! Si elle voulait elle pouvait s'habiller, mettre ses chaussures, monter sur un cheval ou une bicyclette et aller le rejoindre, tout de suite, dans la nuit, le vent et la pluie, le voir de nouveau !

Elle allait le revoir, oui elle allait le revoir ! Et elle allait le sauver...

Elle avait trouvé la solution, une solution folle... Ils étaient tous fous, elle serait folle avec eux...

Elle s'endormait un peu avant l'aube, brusquement, alors qu'elle était assise dans un fauteuil en face d'une fenêtre. Elle se réveilla glacée, éternua, mit trois secondes à retrouver la réalité : la réalité avec Shawn !

Elle se suspendit au ruban brodé de la sonnette qui appelait Molly. Celle-ci arriva avec le thé. Elle avait les yeux rouges et le teint blême. Griselda, qui était déjà en train de s'habiller, lui dit :

— Ne fais pas une tête pareille ! Nous allons nous occuper de ton Fergan... Tu es sûre que si son camarade est à l'abri il partira chez ses cousins ?

— Oh oui, Miss !...

— Bon... Bien... Alors ce... le chauffeur, nous allons le cacher.

— Nous, Miss ? A quel endroit ?

— Ici...

Molly, effarée, regarda autour d'elle dans la chambre, faisant l'inventaire des cachettes possibles : sous le lit, dans l'armoire...

— Pas dans ma chambre, idiote ! dit Griselda. Ici : dans l'île ! Il y a un endroit parfait : l'ancienne chapelle...

Molly se signa.

— Oh sainte Marie ! L'endroit où on voit défiler les moines !...

— Personne ne les a jamais *vraiment* vus...

— Oh si, Miss ! Encore vendredi dernier, Brigid...

— Brigid voit des fantômes partout, même dans sa soupe !

— Mais elle l'a dit, Miss !

— Eh bien laisse-la dire ! Tant mieux ! Et même tu peux dire toi aussi que tu les as vus... Personne ne va volontiers dans ce coin-là, de cette façon personne n'ira plus du tout... On le cachera dans le petit réduit qui est au fond. Les constables ne viendront jamais fouiller l'île.

— Oh non, Miss, Sir John est trop respecté... Mais si jamais il le sait !

— Il ne sera pas content... Mais comment veux-tu qu'il sache ? Il faut que Shawn Arran arrive pendant la nuit...

Brusquement elle se rendit compte qu'elle n'avait même pas pensé à s'inquiéter de sa blessure tellement la joie de le savoir revenu l'avait

emplie d'optimisme. Rien ne pouvait aller mal, lui-même ne pouvait pas aller mal, puisqu'il était là de nouveau... L'angoisse lui vint, quand Molly lui répondit :
— Mais comment il viendra jusqu'ici ? Il peut pas se bouger.
— Il est tellement blessé ? Où est-il blessé ?...
— Je crois à la poitrine, et à la cuisse... Il peut sûrement pas marcher...
— Pas du tout ?
— Peut-être il pourrait un peu, je ne sais pas...
— Ta mère a fait venir le médecin ?
— Oh Miss ! C'est pas possible ! Dès qu'il part avec son cabriolet il a un ou deux cavaliers qui le suivent... Il les a insultés, il leur a jeté des cailloux, mais y a rien à faire... Mais Shawn Arran, ma mère le soigne. Seulement il a beaucoup saigné...
— Oh !... gémit Griselda.
Elle se reprit sous le regard de Molly.
— Tant pis pour lui ! Il n'avait qu'à pas aller se battre !... Ils sont tous enragés !... S'ils veulent se faire tuer, qu'est-ce que nous y pouvons ?... Si ce n'était pas pour toi je ne m'occuperais pas de lui !...
— Certainement, Miss...
— Voilà ce que nous allons faire...
Elle réfléchit un instant.
— Il faut que quelqu'un le transporte jusqu'ici !... Mais qui ?... Et comment ?...
Elle vit juste à ce moment, par la fenêtre, Kitty qui revenait des communs en poussant sa bicyclette dont le porte-bagages était surchargé de paquets maintenus par des ficelles et des courroies. Elle ouvrit vivement la fenêtre et appela :
— Kitty !... Kitty !... Viens !... Monte !...
— Mais, dit Kitty, je m'en vais !...
— Tu t'en iras après ! Viens !...
Kitty essaya encore de protester, mais Griselda avait déjà refermé la fenêtre. Elle alla attendre sa sœur dans le couloir, impatiente, à demi vêtue.
— Presse-toi un peu ! Entre !...
Elle la poussa dans la chambre, referma la porte et lui dit aussitôt, à voix basse :
— Ecoute ! Il y a deux blessés chez Erny ! Deux fenians !
— Je sais, dit tranquillement Kitty.
— Tu le savais ?
— Oui... Je leur ai porté une couverture et un pot de pommade fabriquée par Amy.
— Alors, Amy aussi est au courant ! Tout le monde est au courant, et personne ne me dit rien !...
— Non. Je lui ai dit que c'était pour Padraic O'Grady, qui s'est blessé avec sa bêche.
— Comme elle doit te croire !

— Bien sûr, elle me croit ! C'est vrai qu'O'Grady s'est blessé avec sa bêche...

Griselda éclata :

— Je me moque d'O'Grady ! Tu te rends compte que si ces deux hommes sont pris ils seront pendus !

— Peut-être pas tous les deux...

— Comment, pas tous les deux ?

— Fergan est trop jeune...

— Oh !... Et c'est tout ce que ça te fait ?... Ils pendront aussi Erny !

— Ils ne pendent pas les femmes...

— Ils la mettront en prison pour le reste de sa vie !

— Je n'avais pas pensé à ça, dit Kitty.

Elle hocha la tête, soucieuse. Elle était coiffée d'un vieux canotier blanc qui avait reçu plusieurs pluies, qui était devenu plutôt jaune et dont les bords se gondolaient. Elle avait des joues rondes, roses et fraîches comme son cœur. Elle dit :

— Pauvre Erny !... Où elle s'est fourrée !... Mais comment faire autrement ? Il faut bien les aider...

— C'est ce que je pense, dit Griselda. Ecoute : le petit ami de Molly partira chez ses cousins, à Sligo, si son camarade est en sécurité. Alors, celui-là, nous allons le cacher ici.

— Quoi ? !

Kitty ouvrit des yeux ronds, à la fois stupéfaits et incrédules.

— On le mettra dans la chapelle des Moines, dit Griselda. Personne n'ira le chercher là... En le cachant, nous le sauvons lui, et nous sauvons Fergan et Erny ! C'est un beau coup, non ? Nous le garderons jusqu'à ce qu'il aille assez bien pour s'en aller...

Elle avait ralenti sur les derniers mots. Ils ne voulaient pas sortir de sa bouche. S'en aller ? Partir ? encore ?... Ah on verra bien ! Ne pensons pas si loin ! Le sauver d'abord ! L'amener ici, près de moi...

Elle dit à Kitty qu'il fallait trouver quelqu'un pour le transporter jusqu'à la digue. Ensuite, elle se chargerait de tout. A condition qu'il puisse marcher un peu...

— Est-ce qu'il pourra ?

— Je pense, oui... Il est mal en point, mais il n'a pas d'os cassé... S'il doit marcher il marchera... Ils sont increvables... Oh, à propos tu sais qui c'est ? C'est l'ancien chauffeur de tante Augusta : celui qui...

— Je sais, dit Griselda. Mais comment l'amener jusqu'ici ?

— Je ne vois qu'un moyen, dit Kitty : la voiture de Meechawl Mac Murrin. Elle est toujours en train de rouler sur les routes, les constables l'ont fouillée deux ou trois fois mais ils n'y prêtent plus attention, il les fait plutôt rire... Ecoute, il faut que je m'en aille, j'ai une longue tournée à faire, je vais voir si c'est possible... Ça me paraît difficile... Et surtout c'est déraisonnable... Si jamais on le trouve ici, Mon Dieu ! Qu'est-ce que papa dira ! Ce sera épouvantable !

— Papa ne dira rien ! Parce qu'il ne saura rien ! et on ne le trouvera pas ! dit Griselda énergiquement.

Elle devinait que Kitty commençait à trembler. Elle, au contraire, se sentait de plus en plus dans son élément, pareille aux héroïnes dont elle avait lu les vies superbes.

— Trouve seulement le moyen de le faire transporter jusqu'à la digue, moi je m'occupe du reste. Toi tu ne t'occupes de rien, tu ne sais rien, tu n'entends plus parler de rien !... Naturellement, il faut qu'il arrive quand tout le monde est couché... Mais pas trop tard quand même, pour que la voiture n'attire pas l'attention.

— Bon, bon, je vais voir... dit Kitty. Je ne rentrerai peut-être pas déjeuner... Préviens maman... Je te dirai ce soir ce qu'il en est...

Molly qui avait tout écouté sans rien dire, debout, les mains serrées l'une dans l'autre, se précipita vers elle.

— Oh merci, Miss Kitty ! dit-elle.

Elle se baissa, ramassa une simple épingle à cheveux qui venait de tomber du chignon de Kitty, enroula autour de son doigt une mèche qui pendait, et d'un geste vif la piqua sous le canotier.

Kitty redescendit vers sa bicyclette et s'en fut hors de l'île. Elle se cramponnait au guidon comme à une bouée. Elle était terrifiée. Elle n'avait aucune conscience qu'elle avait déjà beaucoup risqué jusque-là. Les deux blessés réfugiés chez Erny n'étaient pas les seuls qu'elle avait ravitaillés. Cela lui paraissait très ordinaire, comme les services qu'elle avait rendus depuis toujours. C'était de la simple charité banale. Tous les chrétiens étaient capables d'en faire autant. C'était ce qu'elle croyait. Mais un fenian dans l'île ! Griselda ne se rendait pas compte !... C'était pire qu'un baril de poudre sur la table de la salle à manger. S'il était découvert, tout s'écroulerait.

De la vieille chapelle ne subsistaient que des murs en ruine, épais, verts de mousse et de plantes sauvages. Dans l'éboulis intérieur, à la place de l'autel, avait poussé un énorme buisson d'aubépine dont l'éclat, au printemps, jaillissait au-dessus des murs comme le feu d'un soleil blanc.

Au cours d'une des expéditions aventureuses de son enfance, en se faufilant entre les fleurs, les épines et les pierres, Griselda avait découvert dans le mur du fond une porte basse par laquelle elle s'était glissée. Elle avait abouti dans une sorte de réduit voûté dont la forme parfaite, presque circulaire, avait résisté aux siècles. Il mesurait moins de quatre pas dans sa plus grande dimension, et un adulte aurait pu à peine s'y tenir debout. De l'extérieur, son existence était insoupçonnable, car la végétation l'avait submergé et recouvert. Il était éclairé par une petite fenêtre meurtrière qui laissait entrer une faible lumière verdie par les feuilles.

Griselda en avait fait son domaine inaccessible, son château mystérieux, jusqu'au jour où Amy, qui semblait toujours savoir où elle était, comme si elle suivait chacun de ses pas, lui avait dit qu'elle devait cesser de jouer dans la chapelle et dans la « Délivrance ».

— La Délivrance ? Qu'est-ce que c'est ?

— Tu le sais bien !... C'est l'endroit où tu entres par la petite porte. C'est l'endroit où se réunissent tous les moines qui sont morts en état de péché. Là où il y a des moines il ne doit pas y avoir de fille, même en graine !... Tu les gênes. Il ne faut plus y aller... Ils se réunissent là parce qu'ils savent que c'est là qu'ils seront délivrés de leurs péchés. Retournes-y une dernière fois si tu veux et regarde bien : tu verras que ça a la forme d'un vase posé à l'envers, l'ouverture sur la terre. Quand le vase se retournera et s'ouvrira vers le ciel, les moines seront délivrés. Ils le savent, et ils y sont toujours fourrés. Tu les gênes. Va jouer ailleurs...

Griselda n'avait rien compris à tout cela, mais elle s'en souvenait. On se souvient longtemps des paroles reçues pendant l'enfance, et on les comprend quand le moment est venu. Ou jamais.

Suivant le conseil d'Amy, elle y était retournée une dernière fois. Mais elle n'était pas allée jusqu'au bout. C'était un jour d'hiver et de brume, qui s'achevait dans une lumière floue, et en arrivant elle avait vu, ou elle avait peut-être cru voir — c'est ce qu'elle se disait maintenant — une molle et lente procession de moines effilochés entrant dans la chapelle par la grande brèche ruinée qui en avait été autrefois la porte. Elle était repartie à reculons, lentement, sans faire de bruit, osant à peine respirer, tremblante et fascinée.

Ce serait une cachette idéale pour Shawn. Griselda se moquait bien, devant la nécessité, de ses frayeurs d'enfant et des interdictions d'Amy. La crainte des fantômes serait une excellente protection. Et s'il y avait vraiment des moines, eh bien Shawn était catholique, il s'arrangerait avec eux...

Elle y revint le cœur un peu battant, mais ne trouva qu'une ruine ordinaire, encore plus envahie par les plantes. Le buisson d'aubépine avait grandi, mais la porte dissimulée lui sembla avoir rapetissé, ainsi que la Délivrance elle-même. Comment toute une procession pouvait-elle s'y rassembler ? Il est vrai que les fantômes n'ont pas d'épaisseur... Mais Shawn, lui, était bien épais et solide. Comment tiendrait-il ici ? C'était certainement une cachette idéale, mais étroite, humide, inconfortable, et peut-être dangereuse pour un blessé. Griselda faillit renoncer et succomber à la détresse, puis elle se rappela que Shawn risquait d'être pendu, et elle se mit au travail.

Pendant deux jours, elle déblaya, arracha, gratta, nettoya, transporta, sans attirer l'attention, car la chapelle était à une trentaine de mètres en retrait des communs, et orientée selon la tradition, c'est-à-dire à l'image d'un homme couché la tête à l'est, de sorte que sa porte béante s'ouvrait vers la forêt, à l'abri des regards.

Molly fabriqua avec un drap une paillasse que Griselda bourra de foin chipé dans la réserve du jardinier. Il était bien sec et sentait bon. Kitty annonça que Shawn arriverait dans la charrette de Meechawl Mac Murrin jeudi, au commencement de la nuit.

— Jeudi ? C'est demain !
— Oui... Tu es toujours décidée à le cacher ici ?...
— Oui !

— Tu ne te rends pas compte !... On pourrait lui trouver une autre cachette... Ce n'est pas trop tard...
— Où ?
— Je ne sais pas, moi... chez...
— Chez qui ?
— Je ne sais pas, moi... Peut-être...
— Tu vois !... Ne t'inquiète pas et ne t'occupe de rien !... Tout ira bien !...
— Que le Seigneur t'entende !... Et qu'Il nous aide !...

Le jeudi commença pour Griselda bien avant l'aube. Elle profita des dernières heures d'obscurité pour transporter à la chapelle les objets les plus encombrants. Elle avait retrouvé dans le grenier des meubles d'enfants en acajou, qui avaient servi successivement à Helen et à Jane pour jouer « à la dame ». Elle meubla la cachette de deux chaises basses, d'une table minuscule et d'une commode incrustée de cuivre, pas plus haute que le genou. Elle fit le « lit » de Shawn avec un drap de lin et des couvertures de mohair jaune et bleu. Elle suspendit au-dessus de l'étroite fenêtre un morceau de velours bleu qu'il pourrait baisser la nuit pour allumer sa bougie, et à chaque trou, chaque arête du mur, elle accrocha des rubans et des fleurs. Elle mit des fleurs dans un vase sur la commode lilliput, des fleurs autour du bougeoir, des fleurs sur le lit, et quand la nuit fut tombée et tout le monde retiré dans les chambres, elle partit à la rencontre de Shawn avec une rose à la main.

Elle la tenait entre les dents pour descendre de sa fenêtre par le lierre, sans avoir oublié, cette fois, de jeter d'abord en bas sa cape verte, accompagnée, pour Shawn, du cache-poussière qu'il lui avait fait mettre pour leur première promenade. Avec l'aide de Molly, elle l'avait agrémenté d'un grand capuchon pointu qui cacherait le visage du fugitif et pourrait le faire passer dans l'obscurité, si quelqu'un l'apercevait, pour un moine errant...

Griselda descendit l'allée en se dissimulant de tronc d'arbre en tronc d'arbre. Ce n'était peut-être pas nécessaire car le ciel était couvert, et l'épaisseur des nuages à peine éclairée par la lune à son déclin. Elle voyait juste assez clair pour deviner où mettre les pieds, mais l'aventure exige qu'on se dissimule d'arbre en arbre et qu'on prenne soin de ne pas faire de bruit. Son cœur battait vite, ses joues étaient brûlantes, elle respirait l'air frais avec exaltation.

Le cache-poussière sous le bras, la rose à la main, elle traversa rapidement la digue, et choisit un coin particulièrement obscur près du mur du moulin pour se cacher et attendre. Au sommet de la maison blanche, quatre fenêtres étaient encore allumées : celles des chambres de Jane et de Lady Harriet.

Elle commença d'attendre. Elle distinguait, en silhouettes noires sur le ciel à peine moins sombre, les contours de l'île et de la maison, et les cimes des premiers arbres sur la route de la terre. Elle entendait la rumeur toujours pareille de la mer et celle du vent changeant qui jouait avec les branches dans le noir. A chaque instant elle pensait que la minute qui commençait était la dernière de l'interminable séparation, que la voiture arrivait et que Shawn était là. Elle cessait de respirer pour mieux écouter, mais elle n'entendait que les bruits indifférents de la nuit sur la terre et sur la mer. Et d'autres minutes recommençaient et n'en finissaient pas.

Les fenêtres de Jane s'éteignirent. Griselda s'assit sur le banc de pierre adossé au mur du moulin, puis se releva brusquement : elle avait entendu... Non, rien... Les fenêtres de Lady Harriet devinrent rouge sombre : elle venait de tirer ses rideaux. Griselda se rassit et prit la rose entre ses lèvres. Derrière les nuages la lune se coucha. Le ciel devint totalement obscur. La nuit se ferma comme un poing. Il se mit à pleuvoir. Les fenêtres rouge sombre s'éteignirent. La maison et l'île disparurent. Il n'y eut plus partout que le noir absolu.

Griselda se leva, frissonnante. Elle entendait maintenant, derrière le rideau de la pluie, des bruits bizarres, des piétinements et des soupirs, des sanglots noyés qui tournaient autour d'elle. Elle serra très fort sous son bras le cache-poussière de Shawn et fit quelques pas sur la route. Un coup de vent lui mouilla la figure d'un revers de pluie et lui apporta un gémissement dans une odeur d'algues. Elle dut faire un effort pour reconnaître la plainte d'un oiseau de mer. Mais où était la mer ? Dans quelle direction ? Un renard glapit doucement, plaignant son ventre vide. Etait-ce Waggoo ? Ou un renard de la terre ? Où était l'île ? Où était la terre ? Griselda sentit avec ses pieds qu'elle était en train de quitter la route. Elle s'arrêta. Le désespoir et la peur la submergèrent. C'était fini... Elle ne reverrait jamais Shawn... les constables l'avaient pris... Il n'y avait plus que le noir, le vent, la pluie, et la fin de l'espoir...

Une lumière minuscule apparut à la lisière de la nuit, jaune, dansante. Elle disparut, reparut, et la voix de Meechawl Mac Murrin arriva comme portée par une vague à bout de course sur le sable :

Mary, Mary
Qu'as-tu fait de mes outils ?
Mary y y y...

Il se tut et recommença quand il fut plus près :

Je n'ai plus que mes doigts pour peigner tes cheveux
Mary y y y...

D'un seul coup le monde reprit sa place. Griselda sut de nouveau où était chaque chose, et la terre et la mer, et Shawn qui arrivait ! qui était là ! maintenant ! enfin !

Elle entendit les pas du cheval et le bruit des roues sur la route empierrée, puis le grincement de l'essieu à chaque tour, puis la voix de Meechawl Mac Murrin toute proche :

Mary Mary
Je cherche mes outils

*Et je te cherche aussi
Mary y y y...*

Elle se mit à courir, trébucha contre une pierre, faillit tomber, ouvrit la bouche et perdit la rose et n'y pensa plus, courut encore, et la voiture fut là... Une lanterne suspendue à la ridelle éclairait vaguement la silhouette de Meechawl Mac Murrin qui chancelait sur son banc à chaque tour de roues. Il se cramponnait aux guides et à la pluie...
Quand il vit surgir Griselda dans le cercle de lumière il se redressa et injuria son cheval. Celui-ci comprit, s'arrêta.
— Où est... ? cria Griselda.
— Chûûût !... fit Meechawl Mac Murrin en dressant un doigt devant son nez énorme. Moi je chante et je parle à mon cheval... Mais il ne doit pas y avoir de demoiselle dans la nuit... Compris ?...
Il lui cligna de l'œil en souriant. Son bonnet de grosse laine auquel la pluie redonnait quelques couleurs était enfoncé jusqu'à ses sourcils et rabattait ses grandes oreilles. Le pompon du bonnet, les oreilles et le nez étaient du même rouge un peu gris, et la grosse moustache cachait la bouche d'un buisson couleur de maïs moisi.
— Où est-il ? demanda Griselda, à voix basse, impatiente.
Meechawl montra du pouce l'arrière de la charrette.
— Là... sous le foin... Tout va bien... Mais il doit être un peu trempé... Attendez que j'avance jusqu'à la digue... C'est pas la peine de le faire marcher de trop... Vous, restez dans le noir... Hue, vieille bourrique ! Avance, mon amour !...
La charrette enfin arrêtée au plus près, Meechawl descendit de son siège et vint à l'arrière.
— Tu peux sortir, fils, on est arrivé...
Alors Griselda éperdue, tremblante, vit le foin remuer, s'écarter, et apparaître dans la demi-obscurité la forme d'une tête sombre, puis la silhouette d'un buste. Elle voulut s'approcher pour l'aider, mais Meechawl l'en empêcha.
— Bougez pas, Miss, laissez faire... Laisse-toi venir, fiston... Là... Accroche-toi à moi... Fais pas d'effort... Là...
Le charretier était certainement moins ivre qu'il n'avait voulu s'en donner l'air. Il tira Shawn du foin avec force et douceur et lui posa les pieds à terre.
— Ça va fils ?...
— Il faudra... Ma béquille ?
— Elle est là...
Meechawl tira du foin une béquille rustique improvisée avec une branche. Shawn la logea sous son épaule droite et fit deux pas, soutenu par le charretier.
Griselda, immobile, figée, écarquillait les yeux pour regarder Shawn et n'osait pas s'approcher. Il ne s'était pas tourné vers elle, il n'aurait peut-être pas pu la voir, mais il ne l'avait pas cherchée...
Shawn s'arrêta et abandonna l'appui de Meechawl.
— Ça ira, dit-il.

— Maintenant c'est à vous... dit Meechawl. Moi, moins je reste ici mieux ça vaut...

Il laissa Shawn debout au milieu de la route, remonta sur son siège et cria :

— Hue ! bourrique... Hue ! mon amour !...

La charrette s'ébranla, s'éloigna, emportant la petite lumière. Meechawl chantait.

Griselda et Shawn restaient debout dans le noir à quelques pas l'un de l'autre. Ni l'un ni l'autre ne bougeait ni ne parlait. Shawn était tourné vers la vague lueur qui s'éloignait, et Griselda était derrière lui, figée, le cœur serré par ce qu'elle avait eu le temps de voir : un visage creusé, mangé de barbe, des cheveux emmêlés, pendant en mèches mouillées, des trous noirs à la place des yeux... Avant qu'il fût de nouveau avalé par la nuit, elle courut et se trouva près de lui. Elle aurait voulu le prendre dans ses bras et le serrer et le bercer et le plaindre, mais elle ne savait plus comment le toucher, elle ne savait pas où étaient ses blessures, elle avait peur de lui faire mal...

Elle dit, très bas :

— Oh Shawn !... Te voilà !...

Elle chercha sa main libre, la porta à son visage, y appuya sa joue puis ses lèvres, et répéta :

— Te voilà...

Il s'était tourné vers elle et essayait de la voir dans l'obscurité. Mais il ne répondit pas.

Elle lâcha sa main et, à tâtons, lui posa le cache-poussière sur les épaules et le coiffa du capuchon. Elle essaya de parler d'un ton détaché, sans émotion.

— C'est quand même assez loin... Et pour finir ça monte. Tu pourras marcher ?

— Il faudra... Ma cuisse gauche est bonne... Mais je veux d'abord te dire... Je ne savais pas où ils allaient me cacher... Cette vieille bique de Meechawl ne me l'a dit qu'au milieu du trajet... Si j'avais su au début qu'il m'emmenait ici, j'aurais refusé de venir...

— Naturellement !... Tu aurais préféré être pris !...

Elle était furieuse... Il n'avait pas changé ! Toujours aussi têtu et orgueilleux !...

— Tu ne comprends pas, dit Shawn. Tu ne sais pas ce que tu risques...

— Si ! Je le sais !...

— Non ! Tu ne le sais pas ! Mais est-ce que tu sais au moins que tu es folle ?

— Oui, je le sais...

Elle se mit à rire et lui embrassa de nouveau la main.

— Viens !...

Il leur fallut près d'une heure pour arriver à la chapelle. Shawn, très faible, devait s'arrêter fréquemment. Et dans la nuit noire ils ne savaient où le faire reposer. Pendant la traversée de la digue il s'assit sur le garde-fou, mais ensuite il restait debout, immobile, appuyé sur sa jambe gauche, sur sa béquille et sur Griselda, et pendant qu'il reprenait souffle ils entendaient, à travers le bruit interminable de la pluie, la voix de Meechawl Mac Murrin qui s'éloignait, se rapprochait, s'éloignait de plus en plus, au gré des tournants des chemins, allant vers le bout de la nuit à la recherche de Mary et de ses outils perdus.

Elle le fit passer loin de la maison, par le chemin du bas et le jardin. C'était plus long mais plus sûr. Le plus difficile fut la traversée des éboulis de la chapelle. Enfin elle put le guider à travers la porte basse, le débarrassa du cache-poussière, jeta sa cape, se sécha les mains à son jupon, trouva les allumettes dans le trou où elle les avait placées, en frotta une et alluma la bougie.

Shawn vit alors d'un seul coup les murs de pierre grise et les flots de couleurs des rubans et des fleurs, et découvrit les meubles d'enfants, les couvertures, et la chaleur de l'amour qui avait préparé pour lui ce refuge comme un bouquet. Il essaya de rire un peu, mais des larmes lui piquaient les yeux. Il dit :

— Tu es vraiment folle... Complètement folle !...

Elle fit « oui » de la tête. Elle ne pouvait plus parler. Elle avait la gorge nouée. Maintenant, elle le voyait bien, et c'était pire que ce qu'elle avait deviné sur la route. Son visage blême n'était plus que des os et de la barbe, et dans le fond des orbites le gris de ses yeux était pâle comme une fumée sur le point de se dissiper. Il la regardait, il avait une envie folle de la prendre dans ses bras, de la presser sur sa poitrine, mais il ne savait plus s'il avait des bras et une poitrine, il n'était que souffrance et faiblesse. Il parvint, avec ce qui lui restait de courage, à s'agenouiller sur le lit sans tomber, s'allongea et ne sut s'il s'évanouissait ou s'endormait.

Griselda réussit à lui ôter une partie de ses vêtements mouillés, mais n'osa pas toucher aux pansements souillés de sang et d'eau. Elle les changerait demain quand il serait réveillé et pourrait bouger. Elle le bouchonna pour le réchauffer, l'enveloppa dans les couvertures, lui essuya très doucement et tendrement le visage, puis souffla la bougie et s'allongea près de lui, contre lui, pour se reposer quelques minutes avant de regagner sa chambre. Ecrasée par la fatigue, elle s'endormit d'un seul coup.

Quand elle se réveilla il faisait grand jour et Shawn, près d'elle, râlait.

Affolée, tremblante de peur et du froid du matin, Griselda décida d'aller, coûte que coûte, chercher le médecin de Tullybrook. Tandis qu'elle se glissait par la porte basse elle entendait derrière elle la respiration de Shawn qui s'arrêtait, repartait, hésitait, en faisant au passage un bruit affreux. Elle contourna le buisson d'épines et se trouva en face d'Amy qui l'attendait, assise sur un bloc de pierre. Raide, anguleuse dans sa robe noire, elle tenait de la main droite une cuillère d'argent à demi enveloppée dans un linge blanc, et sur ses genoux une théière d'argent ancienne presque usée tant elle avait été frottée, et qui brillait avec un éclat doux.

Avec les années, les cheveux d'Amy étaient devenus aussi blancs que son bonnet, et ses yeux bleus avaient pris la couleur d'un horizon très éloigné, un peu brumeux. Ils regardaient Griselda avec gravité. Elle lui dit :

— Ne cours pas, ma biche. Le temps que tu arrives chez le médecin, il serait mort. Fais-lui boire ça...

Elle lui tendit la théière.

— Attention, c'est chaud... Ce n'est pas du thé. C'est une tisane que j'ai faite avec des herbes que je connais. Je ne peux pas entrer dans la Délivrance, ce n'est pas ma place. Ce n'est pas la tienne non plus, mais il faut bien que tu y ailles... Moi, les moines m'en voudraient parce que je suis au courant de ce qu'ils pensent des femmes, je n'aurais pas d'excuse... Retourne tout de suite le faire boire... Avec cette cuillère. Il doit en boire cinq cuillerées. Compte bien ! S'il en crache, ça ne compte pas ! C'est ce qu'il avale qui compte ! Cinq cuillerées !... Et tu recommenceras dans une heure, et puis encore dans une heure, toutes les heures jusqu'à ce soir... On ne s'inquiétera pas de toi... Je dirai que tu es partie au Rocher, que je t'ai préparé à manger... Tiens, c'est dans ce panier... J'y ai envoyé Ardann, avec Waggoo. Il y restera tant que tu seras ici... Il rentrera avec toi... Tu dois le faire boire avec la cuillère d'argent, avec rien d'autre ! Et quand tu as fini tu n'essuies pas la cuillère, tu l'enveloppes dans son linge, dans rien d'autre !... Dépêche-toi...

Griselda ne douta pas une seconde qu'elle devait obéir à Amy. Depuis son enfance, elle ne l'avait jamais vue se tromper. Elle revint en hâte auprès de Shawn, dont la respiration s'affaiblissait, souleva sa tête inconsciente pareille à un buisson d'hiver, et glissa entre ses lèvres la cuillère pleine d'un liquide couleur d'ambre chaud, qui sentait l'algue et la résine. C'était une tisane terrible, et la cuillère elle-même avait dû subir quelque sauvage préparation. Dès que Shawn reçut le liquide, une secousse l'ébranla jusqu'aux pieds, et il recracha tout le contenu de la cuillère avec de la bave et des bulles. Griselda recommença, compta les cuillerées et les demi-cuillerées, et quand il eut avalé ce qu'il devait, reposa doucement la tête hirsute sur l'oreiller de dentelles qu'elle avait apporté. Puis elle s'assit sur la chaise basse et attendit. Dans le panier d'Amy, avec de la tarte, du poulet et du pain d'avoine, il y avait du linge pour les pansements, et la montre de Griselda, grande comme une pâquerette, au bout de sa longue et fine chaîne d'or.

La tisane fit rapidement son effet. Shawn se mit à transpirer et à trembler. Ses membres s'agitaient en gestes saccadés, sa respiration s'accélérait et de sa bouche commencèrent à sortir des sons qui ressemblaient à des mots concassés et à des phrases coupées comme au ciseau. Il en fut ainsi toutes les heures. Cela durait plusieurs minutes après chaque prise de tisane. Et Griselda comprenait ce langage incompréhensible. Shawn se débattait, se battait contre les constables, il frappait, il était frappé, la mort abattait ses camarades, il fuyait devant les cavaliers noirs et leurs chiens, il se cachait, il baignait dans la haine et le sang.

Amy avait dit :
— Il faut qu'il se délivre de tout le pus de son corps et de son âme...

Trois fois, dans la journée, Griselda changea les pansements et lava le corps brûlant trempé de sueur et d'urine. Car Shawn n'avait plus conscience de lui-même et se mouillait comme un nouveau-né. Ainsi, ce jour-là, en plus de son amour de femme, Griselda reçut le don de cet autre amour, essentiel, qu'inspire à une mère son enfant qui dépend entièrement d'elle pour vivre ou pour mourir.

La blessure de la poitrine était peu profonde. La balle avait coupé les muscles sous le sein gauche et ricoché sur une côte, faisant une longue plaie qui se refermait mais restait enflammée. La cuisse droite était enflée, dure et bleue. Le trou d'entrée de la balle devenait noir.

Griselda dut quitter Shawn pour aller se faire une toilette avant de paraître au dîner. Ardann la rejoignit comme elle sortait de la chapelle. Il la regarda avec des yeux inquiets et gémit un peu en remuant faiblement la queue.

Elle lui caressa la tête et lui dit à voix basse :
— Il va mieux... Il va mieux...

Mais elle n'en était pas sûre, et comme c'était la première fois qu'elle pouvait parler de lui depuis le matin, les larmes lui jaillirent des yeux et elle se mit à sangloter. Elle s'agenouilla, prit Ardann dans ses bras et se laissa submerger par sa peine et l'inquiétude, et aussi par la fatigue. Elle pleurait comme une petite fille, le visage enfoui dans la fourrure du chien qui tremblait.

Molly l'attendait dans sa chambre. Elle lui avait monté un jaune d'œuf battu dans du porto. Elle la baigna et la réconforta. Et elle lui baisait les mains pour la remercier, parce que Fergan était enfin parti se mettre à l'abri chez ses cousins.

Griselda retourna passer la nuit près de Shawn. Et, à l'aube, elle alla, sur les instructions d'Amy, chercher dans la forêt des toiles d'araignées fraîchement tissées, brillantes et emperlées de rosée. Elle les cueillit sur un mouchoir de lin ouvert, et lorsqu'elle en eut superposé cinq, elle courut à la chapelle et appliqua le pansement humide, tout frais, sur la plaie de la cuisse.

Le sixième jour, au contact froid du remède de la forêt, Shawn gémit, se raidit, sa cuisse se tendit, et par le trou verdi la balle glissa au-dehors dans un cortège de pus. La bataille contre la mort était gagnée.

Shawn reprit connaissance. Il avait atteint le fond de la maigreur et de l'épuisement. Mais il se mit à manger avec un appétit d'ogre, et retrouva des forces et des formes à une vitesse incroyable. Amy indiqua à Griselda quelles fleurs elle devait suspendre dans la Délivrance, afin que leurs couleurs et leurs odeurs aident la guérison. Et elle ajouta que les moines l'aideraient aussi, car ils avaient hâte de voir Shawn et Griselda sortir de chez eux et n'y plus revenir.

Griselda ne voulait pas penser à ce jour-là, où il serait guéri et repartirait. Tous les soins qu'elle lui donnait, la nourriture qu'elle lui apportait, tout son amour qui voulait le garder, travaillaient à rapprocher le moment de son départ. Shawn n'en parlait pas. Il passait son temps étendu sur son matelas de foin, lisant les livres qu'elle lui apportait, ou se laissant flotter comme une algue dans cette sorte de grand repos végétal qui suit les efforts absolus.

Il allait de nouveau la quitter, mais il savait que cette fois-ci ce serait seulement un éloignement et non une séparation. Son impuissance devant la mort, son dénuement, sa dépendance, et la soumission de Griselda à la nécessité et l'intimité des soins, avaient fait craquer leurs deux orgueils. Leurs sentiments étaient devenus clairs et simples. Elle était heureuse de revenir auprès de lui. Il était heureux de la voir et de l'aimer.

Dès qu'il put se lever, il supporta mal de rester enfermé dans cette coquille de pierre. Quand la nuit était bien noire, il se glissait par la porte basse, revêtu du cache-poussière et du capuchon, et faisait quelques pas dans la forêt. Entre les hautes branches des arbres, il retrouvait avec une joie profonde le ciel déchiré de l'Irlande, ses nuages toujours courants et ses étoiles sans cesse escamotées et renaissantes. Il put bientôt remplacer la béquille par une canne que Molly chipa au vieux cocher.

Un soir, assis sur son matelas, il regardait en souriant Griselda qui venait de lui apporter son repas et éprouvait quelque difficulté à faire passer des haricots d'un pot à une assiette. Il lui dit :

— Tu travailles comme la femme d'un paysan !...

— C'est ça ! Vante-toi de m'avoir réduite en esclavage ! Tiens, mange ! C'est froid et ce n'est pas bon...

Au lieu de manger, il posa l'assiette sur la couverture et devint grave. Il lui dit :

— Je ne veux et ne voudrai jamais rien de toi qui puisse te paraître un esclavage, ou une abdication... Rien ne vaut rien si ce n'est pas offert de plein gré... Je te dis cela pour maintenant et pour toute notre vie...

Elle le regarda entre ses cils à demi baissés sur lesquels brillait le reflet de la bougie. La barbe de Shawn avait poussé, lui donnant l'air d'un de ces jeunes dieux nus peints sur les vases grecs, dont elle avait vu les reproductions dans la bibliothèque de son père, avec, au bas de leur ventre plat, une virgule pointue.

Elle sut qu'il était sincère, et qu'il ne pèserait jamais sur elle pour essayer de la faire ressembler à une femme à son idée. Il l'acceptait telle qu'elle était. C'était une preuve d'amour et d'intelligence. La laisser vivre dans sa liberté, c'est la seule façon de la garder.

Elle sourit, soudain en paix. Elle leva la main et, du bout des doigts, suivit l'arcade sourcilière du cher visage encore maigre, la tempe et la pommette, le coin de la bouche et les lèvres...

— Attention aux haricots ! dit-il.
Il prit l'assiette et la posa sur le sol, puis avec ses deux mains il attira Griselda contre lui.

Assis à son bureau, Sir John lisait une lettre d'Helen que Jane venait de lui monter avec le courrier. C'était la première depuis son départ. Il avait espéré en recevoir plus tôt.

« Cher père,
Ambrose et moi nous portons bien. Notre maison est confortable, et des fenêtres de l'étage entre deux toits on aperçoit un arbre. Il me semble qu'il pleut davantage qu'à St-Albans. Ambrose travaille beaucoup, et je ne peux guère l'aider car je dois m'occuper de la maison. Nous avons une femme de ménage, qui vient chaque matin. Elle n'est pas propre et elle parle sans arrêt. Elle n'aime pas les Irlandais. Je pense que lorsque je connaîtrai mieux les gens du quartier, je pourrai la renvoyer et en prendre une autre. La chère bibliothèque me manque un peu. Ambrose a aussi beaucoup de livres, mais il y a moins de lumière autour d'eux. Nous habitons une rue bourgeoise où toutes les maisons sont faites sur le même modèle. Les premiers jours, quand je sortais, je ne parvenais pas, en revenant, à reconnaître la nôtre. C'était pourtant simple : il suffit de regarder les rideaux des fenêtres, ils ne sont pas tous pareils.

Je serais heureuse de recevoir des nouvelles de vous tous. Maman pourrait peut-être m'écrire. Ou vous-même, si toutefois cela ne vous distrait pas trop de votre cher travail. Ambrose me prie de vous transmettre l'expression de sa respectueuse amitié. J'y joins toute mon affection. Votre fille lointaine

Helen. »

Phrase après phrase, Sir John sentait son cœur se serrer, et le dernier mot fit trembler la feuille de papier dans sa main. C'était du beau papier anglais, un vergé épais, d'un blanc crémeux. Il le posa sur le bureau où il resta à demi plié, et il redressa la tête vers son visiteur, qui attendait au fond d'un fauteuil.

— Je vous prie de m'excuser... C'était une lettre de ma fille Helen, qui s'est mariée le mois dernier, comme vous savez...
— J'espère qu'elle se porte bien, dit le visiteur.
— Elle se porte bien, merci... Et maintenant je vous écoute...

Le visiteur était Me Samuel Colum, le notaire, un petit homme vêtu de noir, à la face rose. Son front était nu jusqu'au sommet du crâne, ses lèvres rasées et son menton aussi, jusqu'à la pointe. Mais au-dessous poussait une courte barbe blonde qui rejoignait les favoris qui rejoignaient eux-mêmes les cheveux dressés sur la tête, le tout formant autour du visage une sorte de couronne légère et lumineuse. Le centre de cette auréole verticale était un petit nez rond surmonté de lunettes qui brillaient.

— Voilà... dit Mᵉ Colum : je vous ai demandé de me recevoir parce que j'ai été l'objet, de la part d'un de mes confrères, d'une interrogation que j'ai trouvée indiscrète, et qui vous concernait...
— Moi ?...
— Oui... Ou plus exactement... Enfin il aurait aimé savoir quel était le chiffre de la dot que vous étiez éventuellement disposé à accorder à votre fille Jane...
— Jane ?... Mais... mais c'est une enfant !
— Peut-être son client n'en juge-t-il pas ainsi... Pour ma part, je trouve que c'est une jeune fille charmante...
— Son client ?... Quel client ?
— Il n'a pas voulu me le dire, naturellement, mais d'après ce que j'ai pu voir le soir de ce bal magnifique où Lady Ferrer avait bien voulu m'inviter... et qui a si tragiquement fini, hélas..., je me suis hasardé à émettre une hypothèse, et il n'a pas dit non... Je crois que la personne qui souhaiterait devenir votre gendre pourrait être Lord Ross Butterford...

La stupéfaction écarquilla les yeux de Sir John. Ce vieillard congestionné. Et Jane, ce bébé !...

— Mon cher ami, dit-il, vous me voyez un peu scandalisé... C'est comme si vous veniez me demander de donner ma petite fille pour qu'on la serve rôtie à la table d'un ogre... Naturellement il n'en est pas question...

— Je vous comprends, Sir John. Je vous comprends... Mais, cette question étant réglée, puisque je suis ici, m'autorisez-vous à aborder un autre sujet ?

L'autre sujet, c'était sujet d'argent.

Quand Mᵉ Samuel Colum repartit, dans sa voiture d'osier tirée par un poney couleur de miel, il laissait Sir John effondré. Ce que lui avait appris son notaire n'aurait pas dû, pourtant, le surprendre.

Une fois l'île rachetée avec l'héritage de Lord Archibald Bart, il ne s'était pas soucié de faire fructifier ce qui restait du capital. C'était l'époque où l'industrie anglaise débordait sur la côte d'Irlande, à Belfast, Londonderry et aux alentours, et beaucoup de familles riches avaient investi, dans les manufactures de lin ou les chantiers navals, des sommes qui étaient devenues des fortunes. Mais Sir John, sollicité par le notaire, avait refusé d'en faire autant. Bien qu'il se tînt à l'écart des activités du siècle, il savait dans quelles conditions s'édifiait la prospérité de la côte orientale. Les « planteurs [1] » anglais et écossais investissaient, édifiaient, dirigeaient, et la main-d'œuvre irlandaise, hommes, femmes, enfants, fournissait le travail, pour des salaires de famine, avec des horaires interminables et dans des conditions

---

1. Au XVIIᵉ siècle, les comtés de l'Ulster, dépeuplés par la répression anglaise après la révolte d'O'Neill, avaient été l'objet d'une « plantation » de colons anglais et écossais, anglicans et presbytériens. Ce sont leurs descendants, propriétaires des usines, des commerces et des terres, qui s'opposent aujourd'hui, en Irlande du Nord, aux catholiques, qui sont les Irlandais de souche, démunis de biens et de droits.

inhumaines. Plus les dos irlandais maigrissaient, plus les fortunes anglaises grossissaient.

Sir John ne voulait pas gagner de l'argent de cette façon-là. Il l'avait dit à Me Samuel Colum, le père du Me Samuel Colum actuel, qui lui ressemblait non pas comme un fils, mais comme un frère jumeau. Le notaire s'était incliné devant sa décision, mais l'avait averti du danger qu'il y avait à vivre sur son capital qui ne « travaillait » pas assez.

Sir John, qui connaissait l'importance de la somme restante et des intérêts modestes mais sûrs que lui procurait Me Colum, avait fait mentalement une division et avait souri : le danger n'était pas pour demain...

Mais demain, c'est quand ?

Les années avaient passé, les filles grandi, on avait vécu sans gaspillage mais sans précautions, et le nouveau Me Samuel Colum, avec son petit nez rond et son auréole verticale, qui ressemblaient tant au nez et à l'auréole du précédent, et ses lunettes qui étaient peut-être les mêmes, venait de s'asseoir dans le fauteuil d'où son père avait mis Sir John en garde, et vingt ans après, avait établi le bilan.

Le bilan était simple : il ne restait rien. Enfin, presque... Sir John avait donné à Helen une dot assez importante, et avait demandé à cette occasion à Me Colum de réserver une somme égale pour chacune de ses autres filles, constituée en un bien inaliénable, auquel ni lui ni sa femme ne pourrait plus toucher. Il y avait une part même pour Alice. Elle entrait au couvent. Mais elle en sortirait peut-être un jour, si elle retrouvait la raison. Alors elle ne serait pas démunie.

Ce prélèvement effectué, il ne restait plus qu'un fond de soupière. Si on continuait à y puiser à pleine louche, on aurait de quoi se nourrir pendant quelques mois. Si on voulait durer quelques années, il faudrait se servir d'une cuillère à thé...

Sir John reprocha au notaire de ne pas l'avoir prévenu au moment où il lui donnait les instructions pour les dots de ses filles.

— Auriez-vous changé vos dispositions ? demanda Me Colum.

Sir John réfléchit un très court instant puis répondit :

— Non.

Seul, maintenant, dans sa bibliothèque, il considérait l'avenir avec consternation. Son habitude de se tenir à distance du réel l'incitait à ne pas y croire. Un tel désastre ne pouvait pas lui arriver. Mais son intelligence voyait clairement les faits et en déduisait toutes les conséquences : il ne pouvait plus entretenir St-Albans, il devait chercher un emploi, se séparer des domestiques, demander à Lady Harriet de réduire le train de vie de la maison à celui d'une famille pauvre. Ce serait pour elle une épreuve terrible. Et quel travail pouvait-il espérer trouver à son âge ?

L'angoisse lui donna le vertige. Il ferma les yeux, et son réflexe familier le sauva du désespoir : il se détourna des soucis, remit à demain l'examen approfondi de la situation, soupira et sourit en rouvrant les paupières. Chère petite Jane ! Si jeune et déjà demandée en mariage ! Il allait le lui dire, cela lui ferait plaisir...

Quand Jane fut devant lui, il remarqua pour la première fois que ses yeux étaient presque aussi grands que ceux de sa mère. Mais au lieu d'être bleus, ils avaient la couleur de marrons tout neufs. Elle se tenait debout devant le bureau, les joues très roses et le regard éveillé par la curiosité, un peu essoufflée car elle avait monté l'escalier en courant, comme elle faisait toujours. Elle se demandait pourquoi son père l'avait fait appeler. Elle était pareille à une écolière devant le maître qui va la gratifier d'un compliment ou d'un coup de baguette.

Sir John caressa doucement sa barbe. Oui, vraiment, Jane était charmante, et on pouvait comprendre qu'un homme... Mais ce vieux Butter tout moisi !...

— On dirait que tu crains une réprimande, dit-il gentiment. Aurais-tu fait quelque sottise ?

— Oh non ! s'écria Jane.

Tous les deux se mirent à rire de la véhémence avec laquelle elle avait protesté.

— Assieds-toi... Tu as bien cinq minutes ? Tu étais avec Amy ?

— Oui, père, dit Jane.

Elle s'assit dans le fauteuil que venait de quitter le notaire.

— Quels secrets savoureux était-elle en train de te transmettre ?

— J'ai fait un soufflé et une galette, mais quand tout a été cuit c'était le soufflé qui avait l'air d'une galette, et la galette qui avait gonflé !

Elle pouffa d'une manière enfantine. De petits épis de cheveux courts se libéraient de ses bandeaux et brillaient dans le soleil d'après-midi qui entrait par la grande baie de l'ouest. Elle avait une trace de farine sur le lobe de l'oreille gauche. Elle sentait la cannelle et la vanille. Sir John se laissa envahir par le bonheur de rire avec elle. Elle était heureuse, tout le monde était heureux autour de lui, rien n'avait changé, rien ne pouvait changer. Me Colum trouverait bien un moyen d'arranger les choses, un prêt, une hypothèque, n'importe, on y penserait demain...

— J'ai une étonnante nouvelle à t'annoncer, dit-il. Je pense qu'elle va te surprendre encore plus que moi : figure-toi qu'on vient de te demander en mariage !...

Jane se dressa hors du fauteuil comme si tout à coup il était devenu de braise. Elle cria :

— Qui ?...

Sir John la regarda avec stupéfaction. Toute trace de couleur et de gaieté avait disparu de son visage. Et l'enfance avait été emportée comme par une tempête. C'était une femme tragique qui l'interrogeait.

— Mais, dit-il, mais... Je pensais... C'est Lord Butterford, tu sais, ce vieil homme... J'ai refusé, bien sûr... Mais si tu tiens à devenir Lady...

— Voilà ! voilà ! dit-elle d'une voix aiguë, tout ce que je peux espérer trouver comme mari, ici ! Ce vieux débris ! qui ne serait même pas capable de me faire des enfants !

Et brusquement elle éclata en sanglots, se cacha le visage dans les mains et sortit en courant.

« ... pas capable de me faire des enfants... » Sir John bouleversé se demandait comment une jeune fille de dix-sept ans pouvait prononcer une énormité pareille... Il est vrai qu'elle était toujours occupée à l'office ou à la cuisine avec les servantes, qui, elles, sont délurées... Elle avait donc tant envie de se marier ? Déjà ? Elle venait de naître... Tout va-t-il si vite ?

Etonné, inquiet, il regarda autour de lui son monde immuable, pour s'y raccrocher et se rassurer : les quatre murs couverts de livres, les grandes fenêtres claires, la mer, la forêt, le ciel. La forêt était en train de s'enflammer devant l'automne avec la même sage lenteur. Les mêmes arbres s'allumaient de la même façon, du bout des mêmes branches. Et l'if, droit et vert au milieu de la passion des roux et des ors, restait ferme comme un rocher vivant. Les livres alignés, au contact les uns des autres, couverture contre couverture, attendaient toujours et à chaque instant, infiniment patients, la main qui les prendrait et les ouvrirait, reflétant la douce lumière sur leur dos de cuir marrons, blonds, vert prune, dorés, avec leurs mêmes titres et le même savoir dans leurs pages abritées... Et le mystère de Sumer emplissait la pièce, clos depuis six mille ans et aussi lisse et infracturable que la surface d'un œuf de marbre. Rien ne changeait... Si ! la forêt, la forêt peut-être... Elle grandissait, elle avait beaucoup grandi cet été, un été plus chaud que d'habitude, ardent et humide. Cela fait pousser les branches, et gonfler les fruits. Les plus hautes cimes commençaient à boucher l'horizon et à cacher la mer. Faudrait-il se mettre à tailler la forêt ?

Sir Johnatan, en habit rouge sur son cheval blanc, regardait Lady Harriet servir le thé. Sous ses cheveux de neige en douces volutes et bouclettes, son visage lisse n'exprimait aucun autre souci que de bien verser le thé. Ses mains rose pâle, sortant des manches ajustées de sa robe vert nil, bordées au poignet d'un soupçon de dentelle blanche, inclinaient la théière de Chine au-dessus des tasses de porcelaine, couleur gris nuage, si fines qu'on pouvait voir monter à travers leur coquille le liquide transparent. Griselda, assise à proximité de sa mère, dans une robe crème, grignotait un minuscule toast triangulaire couvert d'un pétale de saumon fumé. Ardann, roux et blanc, couché sur un tapis de Perse pareil à un feuillage, allongeait sa truffe vers un doigt de pied rose qui s'agitait doucement entre le bas de la robe de sa maîtresse et une feuille du tapis. Le parfum du thé, l'odeur des toasts et des scones tout frais montaient vers Sir Johnatan, et celui-ci peu à peu retrouvait dans son image plate les émotions de sa chair au souvenir des joies les plus ténues, qui sont les plus inoubliables. Les craquelures de la peinture s'effaçaient, leurs bords se soudaient, l'étoffe de l'habit commençait à devenir étoffe et imperceptiblement se gonflait autour d'une présence.

— Oh Griselda ! dit Lady Harriet, tu aurais pu mettre des chaussures pour venir prendre le thé !

— Je les ai, mère ! Elles sont là...

Le doigt de pied se retira, et le nez minuscule d'une chaussure turquoise apparut à sa place sous le bord de la robe.

Lady Harriet soupira. Elle se demandait ce qui se passait avec ses filles. Elle ne les comprenait plus très bien. Elle reposa la théière à côté d'un gros gâteau glacé de chocolat, et saisit pour le couper une pelle d'argent ouvragée de trèfles et de nénuphars. A côté du gâteau et de la théière, d'un vase bleu outremer jaillissait une gerbe de roses roses et de roses thé qui se reflétaient vaguement dans l'acajou verni de la table. Sir Johnatan eut une envie folle de goûter ce gâteau et de baiser ces roses et de boire ce thé. Il l'avait reconnu à son parfum unique : c'était du darjeeling, venu tout droit des Indes, à deux mille mètres dans l'Himalaya. Mais son désir ne fut pas assez puissant pour lui donner la force de sortir de son tableau. Il redevint tout à fait plat, peint sur son cheval immobile, se recraquela et cessa de penser.

Griselda pensait à Shawn et à la façon dont elle allait subtiliser pour lui une part du gâteau. Lady Harriet pensait que c'était un jour bizarre. Elles n'étaient que trois pour prendre le thé. John n'avait pas voulu descendre. Jane était dans sa chambre avec une migraine, Alice était partie assister à on ne savait quelle messe d'après-midi. Et même Molly ne faisait pas bien son service.

— Griselda, veux-tu sonner Molly ? Elle a oublié le sucrier...

— Non, mère, il est là, près de votre main... Mais vous avez déjà sucré votre thé, mère...

— Oh je deviens distraite... Sonne Molly quand même... Qu'elle monte une part de gâteau à ton père. Je me demande pourquoi il a préféré prendre son thé tout seul. J'espère qu'il n'est pas malade... Avait-il bonne mine à midi ?

— Oui, oui, mère...

— C'est ce qu'il m'a semblé... Ce doit être ce notaire qui lui a donné du souci... Ah ! Molly !... Portez ceci à Monsieur, mon enfant... Et puis vous nous apporterez le sucrier, vous l'avez oublié...

— Oh non, Madame, excusez-moi, il est juste là près de votre main...

— Oh je deviens distraite ! Demandez à Miss Jane si elle n'a besoin de rien...

— Oui, Madame...

Griselda mit une deuxième part de gâteau, énorme, sur l'assiette que Molly allait emporter.

— Pour Jane, lui dit-elle avec un clin d'œil.

— Oh, dit Lady Harriet, je ne sais pas si c'est très bon pour la migraine...

— Si elle n'en veut pas, elle le laissera, dit calmement Griselda.

Molly était déjà dehors. Ardann léchait sa patte gauche sur laquelle était tombée une miette. Kitty, debout près d'une fenêtre, regardait au-dehors avec des yeux exorbités. Elle s'étrangla avec sa tranche de cake et devint violette.

— Kitty ! dit Lady Harriet, si tu restais un peu assise pour prendre ton thé, tu n'avalerais pas de travers... Viens donc t'asseoir !...

Kitty, toussant et les yeux pleins de larmes, vint s'asseoir dans le fauteuil parme, où sa robe grise fit une tache triste. Lady Harriet lui dit, comme elle le lui disait au moins une fois par semaine :

— Quel dommage que tu ne sois pas un peu plus coquette, ma chère Kitty.

Celle-ci se souciait peu d'être ou n'être pas coquette. Elle regardait Griselda avec des yeux égarés, et lui désignait avec insistance la fenêtre par de furtifs mouvements du menton.

— Ce thé est trop sucré, dit Lady Harriet.
— Vous l'avez sucré deux fois, mère, dit Griselda.

Elle s'était levée avec une fausse nonchalance et elle arrivait près de la fenêtre. Elle regarda au-dehors... Elle n'entendit plus du tout ce que disait sa mère. Ni rien d'autre.

A la file indienne, poussant leur bicyclette à la main, quatre constables arrivaient en haut de l'allée et tournaient à gauche pour aller vers les communs. A leur tête marchait Ed Laine, reconnaissable à sa haute taille. Quand il arriva au coin de la maison blanche, le soleil brilla sur son casque et sur son nez.

Griselda bondit, saisit au vol une assiette presque pleine et dit :

— Je vais chercher des toasts ! Il n'y en a plus !
— Voyons Griselda ! dit Lady Harriet, sonne Molly !

Elle avait l'habitude toute naturelle d'appeler une servante même pour un mouchoir tombé à terre. Non, elle ne comprenait vraiment plus ses filles. Ah ! si elle avait eu un garçon... Regret, regret, soupir...

L'œil bleu fixe de Sir Johnatan regardait les deux souliers bleus délicats, abandonnés sur le tapis feuilles-vertes, devant le fauteuil feuille-morte où Griselda avait été assise. Ardann était sorti avec sa maîtresse...

— Encore un peu de thé, Kitty ? demanda Lady Harriet.

Kitty fit « oui ! oui ! » de la tête. A cet instant elle comprenait comment on pouvait avoir besoin de boire du whisky.

Ed Laine était entré seul dans la cuisine, laissant les autres constables dehors. En entrant il avait ôté son casque, peut-être par politesse, peut-être parce qu'il avait peur de heurter les poutres du plafond. Il trouva Magrath et Molly qui épluchaient des pommes de terre en plaisantant, et Amy occupée à faire réduire une concoction fortifiante sur un coin tiède du fourneau. Magrath le vit le premier et se tut brusquement comme un oiseau qui voit un serpent. Molly et Amy se retournèrent. Molly dit :

— Oh mon Dieu !...

Amy laissa sa main droite se crisper sur le manche de sa casserole.

— Ça fait bien longtemps qu'on vous avait vu... dit-elle. Faut pas nous abandonner comme ça... On pouvait plus respirer...

C'est à ce moment que Griselda entra.

— Bonjour, Miss, dit Ed Laine. Je suis content que vous soyez là... C'est surtout vous que je voulais voir... Voilà : nous cherchons Shawn Arran.

Griselda s'assit sur un tabouret pour ne pas tomber, et réussit à faire une sorte de sourire. Mais ne put dire un mot.

— Ce nom ne vous dit peut-être rien, poursuivit Ed Laine. C'était le chauffeur de Lady Ferrer, celui qui conduisait l'automobile et qui vous emmenait en promenade. Vous voyez ? Vous le connaissiez...

— Oui, oui, dit Griselda.

— Maintenant nous savons qui c'est, dit Ed Laine. Son vrai nom est Hugh O'Farran. C'est le chef des rebelles. Son emploi chez Lady Ferrer était un bon camouflage... La nuit, il était libre... Il a dû partir quand il a senti qu'il risquait d'être reconnu... Bien sûr on ne sait pas où il est allé après... On pense qu'il a été blessé le soir du bal... Il doit se cacher quelque part dans un trou... On le cherche partout...

Molly s'était levée et se dirigeait d'un air tranquille vers la porte. Amy l'encouragea d'un hochement de tête. Elle sortit. Brigid entra avec deux lampes allumées qu'elle posa sur la table. Elle regarda Laine avec étonnement et s'en alla aussitôt. Elle n'avait pas le temps de savoir, le jour s'enfuyait, la nuit lui courait après.

— Voilà, Miss... Alors, vous qui l'avez connu, si jamais vous le rencontrez...

— Bien sûr, dit Amy, si nous le rencontrons nous l'empaquetons, nous le ficelons, et nous vous l'apportons pour que vous le pendiez !

— Ce n'est pas ce que je voulais dire... dit Ed Laine avec un sourire innocent. Mais nous prévenons tous ceux qui l'ont connu, c'est tout... Je m'excuse d'être venu si nombreux... On n'a plus le droit de se déplacer tout seul, ni même à deux, à cause des embuscades... Quoique, depuis le bal, ils ne bougent plus... C'est ce qui fait croire que O'Farran est blessé...

« A moins qu'il ne soit mort !... ajouta-t-il avec un grand sourire.

— Dire qu'ils vous ont manqué ! dit Amy. Ils ne vous ont coupé qu'une oreille ! Votre tête est pourtant assez grosse ! Mais la balle a dû ricocher... C'est pas de l'os, c'est un caillou...

— Vous ne m'offririez pas un verre de bière ? dit Laine en souriant.

— Sûrement pas ! Si vous avez soif, la mer est à deux pas...

— Oh Amy ! dit Griselda dont la peur panique commençait à se calmer, donnez à boire à M. Laine...

— Merci, Miss... Merci, Madame Amy... J'ai jamais bu de meilleure bière... C'est vous qui la faites ?

— Qu'elle vous étrangle ! dit Amy.

— Et où le cherche-t-on particulièrement, ce... comment dites-vous ? demanda Griselda.

— O'Farran... Hugh O'Farran... On le cherche partout... On fouille partout... Tous les trous des tourbières... Toutes les fermes... Il finira par se faire prendre... Quoique les gens lui sont dévoués... On dit que c'est le descendant d'un ancien roi du pays... Mais maintenant qu'on sait qui c'est, et qu'on connaît sa figure, ça lui est moins facile d'échapper...

— Eh bien ! merci de nous avoir prévenus, dit Griselda en se levant de son tabouret.

Mais Ed Laine ne semblait pas vouloir s'en aller. Il regardait les portes qui donnaient vers l'office et les appartements, il jetait des coups d'œil vers les fenêtres devenues presque obscures. Il donnait l'impression d'attendre quelque chose ou quelqu'un.

— Me permettez-vous de demander des nouvelles de Sir John, Miss ?

— Il va bien, merci.

— J'espère qu'il ne se fatigue pas trop avec ses livres... C'est fatigant de lire, mais quand on est un savant, il faut bien...

— Bien sûr, dit Griselda, il faut.

Il y eut un bruit du côté de la porte extérieure, et Ed Laine se retourna vivement pour regarder.

Griselda sentit de nouveau son cœur se serrer. Ce policier n'était pas aussi naïf qu'il voulait s'en donner l'air. Il cherchait quelque chose.

— Et Madame votre mère et vos sœurs se portent bien ?

— Elles se portent bien, dit Griselda.

— Vous avez eu des nouvelles de Miss Helen ?... Enfin, je veux dire... Ce n'est plus « Miss », bien sûr...

— Nous avons eu des nouvelles, dit Griselda.

— Et... et...

Il hésitait, Griselda devina qu'il allait maintenant dire ce qu'il avait à dire, il ne pouvait plus différer, on allait savoir. Que savait-il ? Que soupçonnait-il ?

— Et Miss... heu... Miss Jane ?... Je ne l'ai pas aperçue... J'espère qu'elle n'est pas malade ?

Griselda eut l'impression que l'intérieur de son corps, qui était de plomb un instant auparavant, devenait soudain si léger qu'elle allait s'envoler vers le plafond. C'était donc ça !... Ce grand lourdaud innocent n'était venu à St-Albans que dans l'espoir de rencontrer Jane ! Shawn n'était qu'un prétexte ! Il se souciait de l'arrêter comme de ramasser une poignée de tourbe...

— Oh non ! dit-elle. Elle n'est pas malade du tout ! Elle va très bien !

Et elle ajouta, dans l'espoir de voir partir au plus tôt l'escouade policière :

— Elle est même allée se promener de l'autre côté de la digue... Vous allez sûrement la rencontrer en vous en retournant...

— Eh bien Miss, permettez-moi de m'en aller... Je m'excuse de vous avoir dérangée si longtemps !...

Son casque sous le bras, il se dirigeait vers la porte quand celle-ci s'ouvrit, et un autre constable entra, tenant par la main la petite Nessa dont le visage ruisselant de larmes était décomposé par la peur.

— Jésus ! Qu'est-ce que vous avez fait à cette enfant ? cria Amy.

— Rien ! dit le constable interloqué.

Nessa courut vers Amy, l'entoura de ses deux bras, se cacha la tête contre sa robe et se mit à sangloter.

— Mais qu'est-ce qu'il y a, ma belette ? Qu'est-ce qu'il y a ? disait Amy en lui tapotant le dos. Calme-toi ! là ! calme-toi ! c'est fini... fini... Vous, si vous lui avez touché un seul de ses cheveux, je vous fais manger cette casserole !

— Je l'ai pas touchée ! dit le constable. Elle est arrivée d'entre les arbres toute pleurante, et elle s'est mise à pleurer contre le mur. Elle avait l'air qu'elle osait pas entrer, je l'ai prise par la main et voilà...

— Je l'ai vu ! cria tout à coup Nessa.

Et elle se mit à pleurer presque en hurlant.

— Tu as vu qui ? demanda Ed Laine gentiment.

— Ça vous regarde pas ! dit Amy. Vous aviez dit que vous partiez !... Qu'est-ce que vous attendez ?

— Tu as vu qui ? insista Ed Laine.

— J'ai vu... Hou... ou...ouou... J'ai-ai vu lui !...

— Lui qui ?

— Le Moine !... Le revenant de la chapelle !... Il sortait de la chapelle !... Il est entré dans la forêt !... Il a un grand capuchon et une barbe !... Et il boite !...

Amy, vigoureusement, lui administra une paire de gifles.

Griselda s'était de nouveau laissée tomber sur le tabouret.

— Ça t'apprendra à aller vers la chapelle ! Je te l'ai pas défendu ? Tiens ! En voilà encore une paire ! Et tu peux dire que tu as de la chance ! Tu l'as vu mais il t'a sûrement pas vue ! Sans quoi il t'aurait emmenée pour te noyer dans le puits ! Tiens !...

Nessa hurlait, reniflait, ruisselait, claquait des dents.

— Ce n'est pas comme ça qu'on traite une enfant qui a eu peur..., dit Ed Laine. Il faut la rassurer... Comment tu t'appelles ?

— Hou !... hou-ou-ouou !...

— Donne ta main, donne... Tu n'as pas peur de moi ?...

— Hou... ouou !...

— Nous allons aller à la chapelle tous les deux, et tu verras qu'il n'y a pas de fantôme... Tu as dû voir le jardinier... Viens !...

— C'est ça allez-y donc ! dit Amy... Vous en avez entendu parler, des moines de la chapelle ? Ils n'aiment guère les filles, mais alors les protestants !... Quand ils vont vous voir arriver ensemble, ça va être la fête !

— Oui ? Heu... Eh bien je crois que ce qu'il faut surtout à cette enfant, c'est la coucher avec un bol de lait chaud... Bien chaud... Et une pomme, pour la calmer et la faire dormir... Nous irons à la chapelle un autre jour quand j'aurai un peu plus de temps... Au revoir, Miss... Au revoir tout le monde...

La grosse Magrath n'avait pas bougé de son banc et pas dit un mot.

Elle avait écouté, regardé avec des yeux ronds, sans cesser un instant d'éplucher des pommes de terre. Quand les constables furent sortis, elle dit :

— Un moine qui boite, ça c'est nouveau !... On en avait encore jamais entendu parler !...

— Y en a bien d'autres ! dit Amy. Qui boitent ! qui dansent ! qui sautent ! qui rampent par terre !

— Jésus ! Marie ! Saint Patrick ! Protégez-nous ! dit Magrath en se signant.

— Et délivrez-les de leurs tourments ! dit Amy.

— Ainsi soit-il ! dit Griselda.

Elle repartit avec l'assiette de toasts qui étaient devenus mous et froids. Elle retrouva dans le salon tout doré par les lampes sa mère assoupie dans son fauteuil et Kitty qui se rongeait les ongles jusqu'aux poignets. Elle lui fit un grand sourire rassurant. Lady Harriet rouvrit les yeux.

— Finalement, il y avait assez de toasts, dit Griselda.

— C'est bien ce qu'il me semblait, dit Lady Harriet.

Les quatre constables allumèrent les bougies de leur quatre lanternes accrochées au milieu de leur quatre guidons et enfourchèrent leurs bicyclettes pour descendre l'allée en S. Le poids d'un constable est un frein à la montée et une force motrice à la descente. Ils roulaient toujours en file indienne, mais cette fois Ed Laine était le dernier. Jane ne les avait pas vus arriver, car elle était alors occupée à pleurer sur son lit, mais elle les vit repartir dans le crépuscule, avec leurs petites lucioles accrochées à leurs guidons, car elle se trouvait alors à la fenêtre, le front appuyé contre la vitre, regardant le ciel qui devenait de plus en plus sombre, et n'y trouvant aucun réconfort.

Elle reconnut la haute silhouette de Laine, et à peine l'avait-elle reconnu qu'il était déjà à mi-chemin de la digue, car le poids d'un constable sur une pente produit de l'accélération. Et elle se mit à pleurer de plus belle en pensant au large visage qui la regardait de si haut en s'inclinant vers elle, l'autre fois, dans la cuisine. Et sans doute était-il venu de nouveau dans la cuisine et elle ne l'avait pas vu et maintenant il était reparti !

Elle cessa de pleurer quand elle vit la quatrième luciole s'arrêter au milieu de la digue alors que les trois autres continuaient. Il faisait juste encore assez clair pour qu'elle distinguât la silhouette du quatrième constable, qui ne pouvait être que Ed Laine, mettre pied à terre, appuyer sa machine contre le parapet et s'y appuyer lui-même.

Elle saisit un fichu qu'elle se jeta sur la tête et les épaules, et cinq secondes plus tard elle était en bas de l'escalier.

Ed Laine savait qu'il enfreignait gravement les consignes de sécurité en ne suivant pas ses camarades. Il savait aussi que s'il les suivait il avait une chance sur deux de ne pas rencontrer Miss Jane, car il ne pouvait pas savoir si, en arrivant sur la route, au bout de la digue, elle avait tourné à gauche ou à droite. Que devait-il faire ? Rester ou repartir ? L'une comme l'autre décision était grave.

Se penchant par-dessus le parapet, il vit la petite tache blanche d'une mouette endormie posée sur l'eau sombre. La houle de la marée montante la balançait à gauche et à droite. Il décida qu'elle serait l'instrument du destin. Il ramassa un caillou et le laissa tomber dans la direction de l'oiseau oscillant. « S'il tombe à sa droite, avait-il décidé, je m'en vais. S'il tombe à sa gauche, je reste. »

Il tomba au milieu, c'est-à-dire sur la tête et sur le rêve de la mouette, que la houle fit passer juste à cet instant à la verticale du caillou. Elle s'éveilla et s'envola en poussant un cri aigu de protestation.

A quoi rêve une mouette ? Ed Laine ne se le demanda pas. Il se demanda seulement ce qu'avait voulu dire le destin, et il ne trouva pas la réponse. Le réflexe de la discipline entra en jeu, et en soupirant il empoigna sa bicyclette par la selle et le guidon pour monter dessus et poursuivre son chemin. Une voix douce alors le héla.

— Oh bonsoir lieutenant ! Quelle surprise ! Vous êtes donc venu nous voir ?

Le cœur de Laine fondit. Il ne s'étonna pas de voir Jane arriver de ce côté de la digue alors qu'on lui avait dit qu'elle était de l'autre côté. Il ne pensa qu'à rétablir honnêtement la vérité.

— Bonsoir, Miss... Je ne suis pas lieutenant, comme j'ai déjà eu l'occasion de vous le dire...

— Vous avez pourtant un galon, maintenant, dit Jane.

Elle leva très haut la main, et posa le bout d'un doigt enfantin sur quelque chose qui brillait à l'épaule du constable.

— C'est que j'ai été nommé sergent, dit Ed Laine.

— Ah !... Est-ce que c'est mieux ?

La question surprit Ed Laine, et le fit réfléchir. Au bout de quelques secondes il répondit :

— En tout cas, pour moi ce n'est pas plus mal...

— J'en suis heureuse pour vous, comme je suis heureuse de vous avoir rencontré. Je passais justement par là, et la présence d'un policier est bien agréable quand la nuit tombe. Avec ces rebelles...

— A ce propos, dit Laine, j'étais venu vous mettre en garde au sujet de Shawn Arran. Vous savez ? le chauffeur...

Il lui raconta toute l'histoire. Jane l'écoutait avec ravissement, sans prêter une grande attention aux paroles. Un quartier de lune éclairait les grandes mains de Laine posées sur sa bicyclette. Jane ôta son fichu afin qu'elle éclairât aussi son visage et que Ed Laine le vît. Tout en parlant, il souleva sa machine comme un brin de paille et la reposa contre le parapet, bien appuyée. La lenteur et la force de ses mouvements, sa haute taille, sa voix grave enveloppaient Jane d'une force dans laquelle elle se sentait entièrement au chaud et à l'abri. Elle baissa la tête, heureuse, intimidée. Il vit, au-dessous des cheveux relevés, dans la lumière de la lune, la nuque blanche et douce comme

du lait, et eut bien du mal à s'empêcher de poser sa large main sur ce cou fragile qui avait visiblement si grand besoin de protection.
Il était arrivé au bout de l'histoire de Shawn et il se tut. Il y eut un court silence pendant lequel ils entendirent le bruit discret de la mer étale qui caressait de ses mille lèvres le long corps de la digue.
— Oh lieutenant ! dit Jane, heureusement que vous êtes là pour nous défendre !...
— Pas autant que je le voudrais, Miss...
Il renonçait pour l'instant à lui préciser de nouveau son grade. Elle avait relevé la tête et le regardait avec un mélange de confusion et de hardiesse. La lune brillait dans ses yeux. Il se sentit devenir héroïque.
— Il ne faudra pas hésiter à m'appeler si vous avez peur de quelque chose, Miss.
Elle imagina le chauffeur avec ses grosses lunettes rôdant dans la nuit. Elle frissonna avec délices et désira très fortement s'abriter contre le constable, mais elle n'osa pas.
— Si vous avez besoin de moi, faites-moi passer un message par Pat Dolloway, le boucher de Donegal, dit Laine. Quand il vient vous porter la viande, le matin. C'est un ami à moi. Il me le donnera aussitôt. Et je viendrai aussi vite que je pourrai.
Puis il partit. Elle suivit longtemps du regard sa petite lumière. Quand elle eut disparu, elle ferma les yeux pour la voir encore.
Griselda, aussitôt qu'elle l'avait pu, avait rejoint Shawn dans la cachette prévue en cas d'alerte, et où il s'était rendu dès qu'il avait été prévenu par Molly, en effrayant Nessa au passage : c'était la chaise en haut du Rocher. Il s'y était hissé malgré sa jambe douloureuse. Enfoncé dans la roche, enveloppé du cache-poussière qui en avait la couleur, faisant face au large, il ne pouvait être vu par personne de l'île. Et, de la mer, même en plein jour les pêcheurs ne l'auraient pas distingué.
Griselda grimpa à son tour et se serra contre lui dans la cachette étroite. Il passa un bras autour d'elle et l'attira davantage vers lui. Elle inclina la tête et la posa sur son épaule. Ils regardèrent l'horizon, de l'autre côté de l'océan, passer du pourpre au mauve puis au violet profond, tandis que la lune argentait l'eau démesurée. Les odeurs sauvages et la vaste rumeur du monde venaient de partout jusqu'à eux. Après sa grande peur, un bonheur immense réchauffait Griselda. Ce fut à ce moment qu'elle décida de ne plus laisser Shawn partir seul, jamais.
Il fallait qu'elle fût présente au dîner. Elle bougea, tourna la tête vers Shawn, posa ses lèvres sur le coin chaud de sa peau, entre son œil et sa tempe, puis lui chuchota :
— Il paraît que tu es fils de roi ?
Il se mit à rire doucement, et répondit :
— Tous les Irlandais sont fils de rois...

Quand tout le monde fut endormi, Griselda revint chercher Shawn et il grimpa jusqu'à sa chambre, derrière elle, par le lierre. Il ne connaissait pas l'escalier des branches, mais à tâtons il trouva les prises pour ses mains et son pied valide. Le grand lit aux licornes les accueillit tous les deux. Ecrasés de fatigue, ils s'endormirent aussitôt, allongés l'un contre l'autre, nus, se tenant par la main. Recevoir Shawn dans sa maison, dans sa chambre, dans son lit, fut pour Griselda la consécration de leur amour. Il n'y avait pas eu de cérémonie, ni de réception, et les fiancés étaient entrés par la fenêtre mais cette nuit-là, chaste et chaude, qui les réunit dans leur sommeil entre les quatre licornes dressées, fut pour elle la nuit de leurs noces.

Elle s'éveilla avant qu'elle fût achevée, réveilla Shawn, le rabroua parce qu'il était triomphant et voulait la prendre dans ses bras, le fit se rhabiller très vite et, le tenant par la main dans le noir, le conduisit à travers couloirs et escaliers jusqu'au petit grenier, celui où l'on reléguait les objets et les vêtements dont on n'avait absolument plus besoin mais dont on ne voulait absolument pas se séparer.

Molly avait déblayé et aménagé une cachette entre le mur et des malles empilées, et ce fut là, à la lueur dorée d'une bougie aux trois quarts dissimulée, sur un lit de robes de soie, de coupons de velours et de brocart, qu'ils accomplirent leur mariage avec la maison blanche, au plus haut de celle-ci. Ce fut intense mais bref. Griselda devait retourner à la chapelle, pour faire disparaître toute trace de la présence de Shawn, en prévision du cas où il prendrait fantaisie à ce grand constable amoureux de revenir le jour même dans l'espoir de revoir Jane, avec comme prétexte de « rassurer » Nessa en visitant avec elle la chapelle. Avec le soleil, il était capable de trouver, pour cette expédition, le courage qui lui avait manqué au crépuscule.

En arrivant à la chapelle, elle pensait à ce qu'elle allait faire du matelas : répandre ses entrailles de foin dans la forêt, remonter l'enveloppe dans sa chambre, Molly se débrouillerait... Et les « meubles » ? Les transporter sous le tunnel, comme si elle avait voulu « jouer à la fillette » avec cet ensemble conçu pour « jouer à la dame ». Ce serait bien là une fantaisie dans son style. On ne s'en étonnerait pas. Le reste...

Elle s'arrêta net, saisie de stupeur et d'une affreuse peur rétrospective. Elle venait de faire le tour du buisson d'aubépine, et dans les premières lueurs du jour levant elle regardait : le mur du fond s'était écroulé, bouchant la porte basse avec d'énormes blocs de pierre.

Alors qu'elle imaginait avec terreur Shawn pris au piège, muré dans sa cachette, il y eut un bruit sourd et violent, le sol trembla sous ses pieds, et à la place du dôme de verdure qui recouvrait la Délivrance se creusa un cratère en forme de coupe : la voûte venait de s'effondrer, le vase tourné vers la terre s'était retourné vers le ciel... De petites spirales de poussière s'en élevaient et montaient dans l'air encore sombre, légères, lumineuses, comme une procession d'ombres blanches...

A la fois tremblante de peur et éperdue de reconnaissance envers elle ne savait Qui ou Quoi qui les avait éloignés d'un si grand péril par la grâce d'un péril moindre, Griselda revint lentement vers la maison, en essayant de retrouver son sang-froid. Une bougie brûlait derrière une fenêtre de la cuisine. Elle entra et y trouva Amy en train de prier, à genoux sur le sol de pierre. Quand elle se releva, Griselda lui dit :

— Amy ! la Délivrance !...
— Je sais... Ils sont partis... C'est fini pour eux... Peut-être grâce à vous. Il ne leur manquait peut-être que de comprendre l'amour...

Elle lui servit le thé, qu'elles burent ensemble. Tout paraissait à Griselda irréel, et un peu effrayant. Loin de la lueur de la bougie, les murs de la cuisine semblaient s'enfoncer sans limites dans la nuit, le thé si familier avait un parfum de philtre, la fatigue de la peur et de leur amour de l'aube la rendaient elle-même comme impalpable, prête à se dissoudre dans ce qui était vrai ou ne l'était pas. Et le jour qui se levait n'était pas encore le jour et elle n'était pas certaine qu'il le deviendrait jamais. Elle ne savait plus ce qu'elle devait croire, ce qu'elle pouvait toucher sans que son doigt passât au travers.

La voix d'Amy, forte et bien charnelle, l'aida à se retrouver. Amy était vraie comme un arbre. Elle savait ce qu'elle savait, et pour elle ce n'était pas plus mystérieux que la lessive ou les casseroles. Elle lui disait :

— Quand tu es née, je t'ai donné un nom gaël que tu ne connais pas et que je n'ai plus prononcé depuis. Il signifie « celle-qui-ouvre » ou « celle-qui-délivre ». C'est la même chose. Parce que tu es venue au monde blanche comme la lumière. Mais ce n'était pas aux moines que je pensais. Tu as encore à faire, ce n'est pas fini...

— Quel nom ? demanda Griselda.
— Je ne peux pas te le dire... Si c'est vraiment le nom qui te convient, un jour tu le rencontreras... Maintenant, pense à t'en aller... Celui qui est là-haut doit quitter l'Irlande. Il ne voudra pas partir. Il croit que quelque chose le retient sur sa terre. Plus rien ne le retient, il l'apprendra bientôt. Mais n'attends pas. Emmène-le, vite... Le danger peut venir tous les jours. Il suffit qu'il éternue ou que ta mère ait tout à coup envie de revoir une vieille robe... Ou que ce grand abruti de Laine prenne une initiative... Il est fort et bête. Méfie-toi toujours des imbéciles, ils sont plus dangereux que les loups.

Griselda n'attendit pas la nuit pour rejoindre Shawn. Elle ne voulait pas perdre une heure. Elle se montra un peu partout dans la maison, rencontra Kitty prête à partir en tournée et la rassura sans rien lui apprendre, rencontra Alice dont elle entendit avec étonnement que son entrée au couvent était pour la semaine suivante, rencontra Jane rêveuse et rose qui ne la vit pas, salua son père, embrassa sa mère, et disparut avec un panier que Molly lui passa au tournant d'un escalier.

Elle trouva Shawn déjà enragé par l'immobilité, et par l'idée du danger qu'il lui faisait courir. Il lui dit, dès qu'elle entra dans le grenier :

— Je ne peux pas rester ici !... Il faut que je m'en aille !... Je dois aller en Angleterre... Puis je reviendrai en Irlande et tu me rejoindras.

— C'est ça ! Tu arrives, tu disparais, et tu reviens avec des trous partout !... Si je te laisse encore partir seul, quand je te retrouverai, tu auras ta tête sous le bras !... Ne crois pas que tu vas t'en aller comme ça !... Nous partirons *ensemble* !

— Mais...

— Et nous n'irons pas en Angleterre ! Qu'est-ce que tu veux aller faire en Angleterre ?

Il la regarda avec étonnement. Elle était catégorique et décidée. Elle tirait du panier une serviette, un bol, un pot de lait, une tarte coupée en quatre, des pommes, et disposait tout cela sur une malle. Elle continuait :

— Tu voulais m'emmener en Amérique pour vendre des machines agricoles... Tu as changé d'avis ?

Il avait la bouche pleine. Il avala et dit :

— Les choses ont changé... Je voulais aller recueillir des fonds aux Etats-Unis pour les envoyer à Parnell, pour qu'il puisse continuer son action quand on aurait oublié l'ignoble procès qu'ils lui ont fait. Il est le seul espoir de l'Irlande. Je sais bien que nos batailles à nous ne mènent à rien. C'est la voie qu'il a choisie qui est la bonne. Mais il est tombé malade. Il y a eu trop de haines autour de lui, trop de trahisons. Tous ses partisans importants l'ont abandonné. Il n'y a plus que le peuple qui croit en lui. Il a besoin de nous tous. Je ne peux pas l'abandonner à mon tour. Il se soigne à Brighton. Je vais aller le voir, lui demander des instructions, et revenir en Irlande pour préparer son retour.

— Et tu crois qu'en Angleterre on ne connaît pas ton nom ? Et que quand tu reviendras en Irlande les constables t'auront oublié ?

— Je changerai de nom, et je me cacherai...

— Et moi ? Où tu me mettras ?... Et comment tu vas y aller, à Brighton ? A la nage, ou à cloche-pied ?

Il frappa du poing sur la malle.

— Ne commence pas à faire ta tête de mule irlandaise ! dit-il.

Elle remarqua calmement :

— Ton coup de poing, on a dû l'entendre dans toute la maison.

Elle se dressa et fit face à la porte. Il se leva, vint se placer près d'elle et lui prit la main, prêt à tout affronter.

— Je m'excuse, dit-il.

Mais personne ne vint. Griselda avait volontairement exagéré. On ne pouvait entendre les bruits du grenier que dans la pièce au-dessous. C'était la chambre de Lady Harriet. Elle s'y trouvait, en train de s'habiller pour le déjeuner avec l'aide de Molly.

— Vous avez entendu, Molly ? demanda-t-elle.

— Quoi ? répondit Molly d'un air innocent.

Lady Harriet n'insista pas. Déjà, pendant la nuit, il lui avait semblé

entendre au-dessus d'elle des sortes de bruits de pas furtifs. Tout cela faisait partie de ce qui ne devait pas exister, ne devait en aucune façon se produire. Elle décida qu'elle n'avait rien entendu.
— Il faut que Molly prenne contact avec Fergan, dit Shawn. C'est lui qui doit organiser mon voyage. Il me trouvera une voiture ou un bateau pour sortir du Comté. Ensuite je me débrouillerai.
— Je, je, je !... dit Griselda. Toujours « je »...
— Un jour, bientôt, ce sera « nous », dit Shawn.
— Plus tôt que tu ne penses, dit Griselda.
Elle donna des instructions à Molly avec des variantes qu'elle était décidée à laisser ignorer à Shawn jusqu'au dernier moment :
— Il croit qu'il va aller à Brighton. S'il y va il se fera prendre, et nous ne le reverrons jamais ! Jamais, tu entends, Molly ?
— Oui, Miss...
— Alors tu vas dire à Fergan qu'il organise son départ pour l'Amérique. Et je pars avec lui !
— Oh !
De stupeur, Molly mit ses deux poings sur sa bouche. Quelques mois plus tôt, elle aurait trouvé scandaleux que la fille de Sir John s'enfuît avec un domestique. Mais maintenant celui-ci était un héros et un roi, et elle pensa qu'elle et lui se convenaient très bien. En petite paysanne raisonnable, elle attira d'abord l'attention de Griselda sur les inconvénients de son projet, les dangers qu'elle allait courir, et tout ce qu'elle allait abandonner ou perdre. Mais devant ses réponses souriantes, son désintéressement et sa décision, elle ne fut plus qu'à l'excitation de l'aventure, et décida de partir voir Fergan à Sligo à bicyclette.
— Trouvez-moi une raison : c'est loin, je ne pourrai pas revenir avant demain.
— Bon ! Je t'ai envoyée chercher ce satin bleu que nous n'avons pas trouvé à Donegal.
— D'accord ! Je pars tout de suite !...
— Et si tu crèves ? Tu sais réparer ?
— Non ! Comment on fait ?
— On crache dessus...
— Ça suffit ?
— Non, il faut une pièce...
— Je sais coudre !... Oh ! Et puis je trouverai bien une voiture qui va du même côté !...
— De voiture en voiture, tu arriveras dans trois jours ! Tu dois voir Fergan aujourd'hui ! Si tu crèves, vole un cheval !
— Oh ! dit Molly scandalisée, je trouverai bien quelqu'un qui m'en prêtera un !...
Elle revint le lendemain en fin de journée. Elle avait eu deux crevaisons mais trouvé chaque fois quelqu'un qui avait réparé : un aubergiste, et le curé de Cliffony. Elle avait les yeux brillants et les joues rouges. Elle avait, aussi, mal aux mollets et au derrière, mais

elle ne l'avoua pas. Dès qu'elle fut seule avec Griselda elle lui dit, très excitée :

— Ça y est ! Fergan s'en occupe ! Il dit que ça pourrait être possible la semaine prochaine ! Et je pars avec vous ! J'ai décidé Fergan ! Nous partons tous les quatre ! Je ne veux pas vous quitter...

Griselda eut chaud au cœur. Elles se sourirent. Elles s'entendaient bien.

— Pas un mot à Shawn, dit Griselda. Tant qu'on ne sera pas partis, pour lui c'est Brighton !

— Molly ! appela Lady Harriet, mais où es-tu donc ?

Elle l'avait demandée au moins dix fois. Griselda ou Amy, ou quelqu'un d'autre, lui avait répondu à chaque fois qu'elle était en course à Sligo.

— J'étais à Sligo, Madame, dit Molly, chercher le satin bleu pour Miss Griselda.

— Ah ! Montre-le-moi !...

— Y en avait pas, dit Molly.

Griselda se mit à penser à ce qu'elle allait emporter. Ses robes, son linge, ses chapeaux, ses chaussures... Pas question : il y faudrait des malles... Elle ne savait pas comment s'effectuerait le départ, mais il serait forcément clandestin. Elle pourrait peut-être se munir de son petit sac de voyage, ce serait tout. Ses bijoux, oui, bien sûr. Elle avait une bague en émeraudes et brillants, qui avait appartenu à la mère de Sir Johnatan et que Sir John lui avait donnée pour ses seize ans, quand on lui avait relevé les cheveux, deux perles baroques en boucles d'oreilles, son sautoir en or, sa montre, un bracelet d'argent avec une médaille portant d'un côté la licorne et de l'autre le léopard. Chacune des filles avait la même. Elle espérait que ce petit trésor suffirait à payer les passages sur le bateau. Personne ne les transporterait gratuitement... Elle savait que les émeraudes valaient cher, il faudrait se renseigner, ne pas se laisser voler... Naturellement elle n'avait pas d'argent, elle ne payait jamais rien, les marchands envoyaient leurs factures à Sir John, qui les envoyait au notaire... Shawn ne devait pas avoir d'argent non plus. Comment Fergan allait-il se débrouiller ?

Leur départ commençait à lui paraître impossible, un rêve qu'elle avait fait... Et pourtant il fallait que Shawn quittât St-Albans au plus vite : Lady Harriet avait déjà fait allusion aux souris qui couraient dans le grenier. Molly avait aussitôt déclaré qu'elle y porterait le chat roux d'Amy.

Fergan fit savoir par Meechawl Mac Murrin que tout s'annonçait bien et qu'on se tienne prêt. Griselda, soulagée, commença alors à se tourmenter à un autre sujet : comment allait-elle annoncer à Shawn qu'il partait, non pour l'Angleterre mais pour l'Amérique ? Non, ce n'était pas cela qui la tracassait : après tout, il suffisait d'une phrase, et elle avait l'habitude de dire franchement ce qu'elle avait à dire. C'était la réaction de Shawn qui l'inquiétait. Elle pouvait assez bien la prévoir. Il était capable de prendre lui-même la barre du bateau pour le faire virer vers Brighton. Qui avait une tête de mule d'Irlandais ? Eh bien, ce serait à lui de choisir, cette fois : elle ou Parnell. Mais elle savait quel serait son choix, et son cœur se serrait.

Le lendemain fut un jour de grande pluie et Meechawl revint. Il vint sans sa charrette. Il était monté à cru sur son cheval qu'il frappait des talons et qui galopait en montant l'allée. Il ne chantait pas, il avait perdu son bonnet, la pluie et peut-être des larmes coulaient sur son visage tragique.

Griselda, qui le vit arriver, courut à l'office, étreinte par l'angoisse. Elle trouva toutes les servantes debout, immobiles, raides dans leurs robes noires, muettes, regardant Meechawl qui leur faisait face et ruisselait. Elle cria :

— Mais qu'est-ce qu'il y a ? Qu'est-ce qui se passe ?

Amy se tourna vers elle et la regarda de ses yeux pleins de larmes. Puis elle dit à Meechawl :

— Dis-le-lui... Dis-lui ce que tu viens de nous dire... J'ai besoin de l'entendre encore pour y croire... On ne peut pas croire au malheur, même quand on s'y attend...

Meechawl écarta les bras dans un geste de fatalité, s'essuya le visage avec sa manche, renifla, puis dit d'une voix sourde :

— Il est mort... Parnell n'existe plus !... Le père de l'Irlande est mort !... Tous les Irlandais sont orphelins...

Griselda fut étreinte par deux sentiments opposés : cette mort supprimait le conflit qui risquait d'éclater entre Shawn et elle, mais en même temps elle la touchait presque aussi profondément qu'Amy ou Meechawl. Parce qu'elle aimait l'Irlande et parce qu'elle était amoureuse : Parnell avait pu être abattu par ses ennemis à cause de son amour pour une femme.

— C'était un landlord, comme Sir Johnatan, Miss, et un protestant comme vous, disait Meechawl. Mais il y en a pas un de nous, Irlandais, qui était aussi irlandais que lui... C'est pour l'Irlande qu'il est mort. Ils disent qu'il est mort de maladie... C'est bien commode pour eux, les cochons... Pourquoi ils l'ont pas laissé revenir se soigner en Irlande ?... On meurt pas de maladie à quarante-cinq ans, quand on se porte bien...

— Il est mort parce qu'ils lui ont brisé le cœur, dit Amy.

Griselda annonça doucement la nouvelle à Shawn, avec des précautions, comme à un enfant. Il pleura, sans honte, puis il dit doucement :

— Toute l'Irlande pleure, ce soir...

La pluie frappait les tuiles avec un bruit énorme, et on l'entendait couler dans tous les tuyaux de descente.

— Maintenant il n'y a plus rien à faire, pour longtemps... Nous n'avons plus de guide... Il avait failli gagner... Sa mère était américaine. C'est d'elle qu'il tenait sa clairvoyance et son amour de la liberté... C'est là-bas que nous devons aller maintenant, pour réunir de l'argent, des partisans, et trouver un élan nouveau pour libérer l'Irlande. Nous allons partir, tous les deux... Il faut prévenir Fergan que les plans sont changés. Tu vas t'en occuper ? Tout de suite ?

— Oui, mon amour...

Molly décida, le lundi, en allant aux nouvelles auprès de Meechawl, de pousser jusqu'à la maison de sa mère pour lui dire adieu. Si les instructions pour le voyage arrivaient tout à coup, elle risquait de n'avoir plus le temps d'aller la voir. Elle ne lui dit rien de son départ, mais l'embrassa très fort, et la quitta en courant avant de se mettre à pleurer. Erny devina qu'il se passait quelque chose. Elle pensa que sa fille se faisait du souci pour son Fergan. C'était un gentil garçon. Quand tout ça serait calmé on les marierait. On ne peut passer sa vie à se battre.

Griselda guettait le retour de Molly, qui apporterait peut-être du neuf. Lasse de rester debout derrière la fenêtre de sa chambre, elle sortit dans le couloir, écouta si aucun bruit ne venait du côté du grenier, puis descendit lentement vers la salle à manger, en avance sur l'heure du dîner. Elle y trouva Ardann, étendu sur le côté devant la cheminée, offrant son ventre à la douce chaleur du feu de tourbe. Il était si amolli par la tiédeur qu'en la voyant arriver il releva seulement la tête et la queue pour la saluer, puis les laissa retomber, aplaties. Elle vint s'asseoir près de lui dans un fauteuil, prit un livre posé sur la petite table ronde, s'aperçut au bout de quelques minutes qu'elle ne savait même pas quel livre elle lisait, le reposa, se leva brusquement. Elle préférait retourner dans sa chambre. Ardann, croyant à une promenade, sauta sur ses quatre pattes. Griselda se dirigea vers la porte. Celle-ci s'ouvrit devant Molly qui la poussait du genou, portant sur un plateau l'argenterie du dîner. Les yeux illuminés elle dit à Griselda :

— Ça y est !

— Qu'est-ce qui y est ? demanda Jane, qui arrivait à son tour.

— C'est... dit Griselda.

— C'est le satin bleu, dit Molly... Il sera là jeudi !...

Elle répéta en regardant Griselda :

— Jeudi !

— Oh !

Griselda retourna vers la cheminée et se laissa tomber dans le fauteuil.

— Ça vous en fait un effet, ce satin ! dit Jane.

— C'est qu'il est tellement beau ! dit Molly en riant sans bruit.

Elle s'affairait comme une danseuse et un jongleur, sortait les assiettes du vaisselier d'acajou et les posait sans avoir l'air de les toucher, lançait des éclairs avec les couverts d'argent, se trouvait à la fois de tous les côtés de la table. Elle ne pesait plus rien, elle était déjà partie...

Jane s'était approchée de Griselda et de la cheminée. Elle dit d'une voix un peu rêveuse, comme si elle s'adressait aux flammes :

— On est bien isolés, ici... S'il arrivait quelque chose...

Griselda leva la tête vers elle.

— S'il arrivait quoi ? Qu'est-ce que tu veux dire ?

— On ne sait jamais... Avec ce chauffeur... ce terroriste... S'il venait rôder par ici... Après tout, il te connaissait...

Il y eut un bruit d'argent derrière son dos. Molly s'était immobilisée, raide, et avait laissé tomber une fourchette.

— Ce sont des tueurs, ces hommes ! continuait Jane. Et la police ne vient jamais dans l'île... Moi je trouve que papa devrait demander aux constables de venir nous protéger...

Griselda se leva, furieuse.

— Tu es stupide ! Je te défends d'inquiéter nos parents avec tes peurs de gamine ! Tu entends ? Je te l'interdis !

— Oh la la ! C'est entendu !... Ce n'est pas la peine d'en faire une histoire !...

Jane boudeuse restait plantée devant la cheminée, le regard dans les flammes, et Griselda, anxieuse d'obtenir des détails de Molly, bouillait d'impatience. Elle demanda à sa sœur d'un ton sec :

— Tu n'as rien à faire ?

Jane se retourna brusquement vers elle, indignée et prête à pleurer.

— C'est ça ! Je ne suis bonne qu'aux corvées ! Personne ne veut de moi nulle part !

Elle courut vers la porte et sortit en la claquant.

— Jeudi ! chanta Molly, en envoyant une serviette en l'air.

Puis, d'une voix de complot :

— Jeudi à la marée du soir !... C'est vers onze heures... Meechawl viendra nous chercher en barque au Rocher... L'organisation des fenians nous a obtenu passage à bord de l'*Irish Dolphin* ! C'est un cargo américain... Son commandant est irlandais... Il va de Belfast à New York... Meechawl nous conduira à l'île Blanche... Un pêcheur nous y attendra avec son bateau... L'*Irish Dolphin* nous prendra vendredi en pleine mer. C'est pas la première fois qu'il fait ça !...

Et elle ajouta avec un frisson de peur et de plaisir :

— C'est risqué !...

— N'en parle pas à Shawn, dit Griselda.

Le mardi, Griselda rejoignit Kitty dehors, au moment où elle partait pour sa tournée de bienfaisance.

— Je tenais à te remercier pour ce que tu as fait... Je vais encore avoir besoin de toi...

Kitty s'arrêta pile, cramponnant sa bicyclette.

— Il est encore là ?

— Plus pour longtemps, il s'en va jeudi.

— Eh bien ce n'est pas trop tôt !

— Et je pars avec lui...

— Comment ?

— Ne t'évanouis pas !... Nous allons en Amérique. Nous partons par la marée d'onze heures...

— Par la ma... ?

— Non je ne suis pas folle... Avec une barque, bien sûr, puis un bateau plus grand, puis un autre plus grand... Molly part avec nous...

Kitty avait une constitution physique et morale solide. Elle était déjà remise du coup.

— J'espère que tu n'emportes pas aussi Amy... Et Seumas Mac Roth avec sa vache !... Tu te rends compte qu'Alice part aussi jeudi ? Tu as pensé à nos parents ?

— Il leur restera Jane et toi...

— Jane est un courant d'air qui ne demande qu'à glisser sous la porte !...

— De toute façon, il fallait bien que je parte un jour ! Je ne vais pas passer ma vie ici !... J'aurai besoin de toi jeudi... Shawn ne peut sortir de la maison que pendant le dîner...

— Il est dans la maison ?...

— Oui, dans le petit grenier, au-dessus de la chambre de maman...

Cette fois, Kitty dut appuyer la bicyclette contre un arbre, et s'asseoir dessus. Griselda continuait, tranquille.

— Il passera par ma chambre et descendra par le lierre. Mais il faut que je sois avec lui pour faire le guet. Je trouverai un prétexte pour quitter la table. Ce que je te demande, si je suis un peu longue, c'est de veiller à ce qu'on n'envoie personne me chercher...

Kitty rassemblait son souffle et ses mèches.

— Tu es complètement, mais complètement folle !...

— Quelqu'un me l'a déjà dit, dit Griselda.

Elle ne prévint pas encore Shawn ce jour-là. Elle voulait que le temps lui parût long, afin qu'il ne s'étonnât pas de savoir le voyage si vite organisé. On s'expliquerait plus tard.

Le mercredi après-midi, Shawn eut une crise d'impatience.

— Mais qu'est-ce qu'il fait, ce Fergan ! Il aurait dû s'adresser directement à O'Conaire ! On serait déjà partis !... Que c'est long !...

— Tu trouves ?

— Si tu étais à ma place, ici !...

— Oui, dit Griselda.

Il faisait un grand beau temps sans vent. Quand le soleil se coucha, une brume tiède monta de la mer et couvrit peu à peu la pelouse, la forêt, la maison. Brigid fut prise de court par l'obscurité blafarde. Elle galopa dans la maison, une flamme dans chaque main, éperdue, les joues mâchurées de virgules noires, nouant en spirales dans les couloirs et les escaliers son sillage d'odeur de pétrole.

Le dîner commença dans un silence de coton. La brume effaçait la mer et le continent. Sir John ne disait mot. Depuis la visite du notaire il s'était encore davantage enfermé dans son propre univers. Non qu'il se détachât des siens, mais il commençait au contraire à se faire du souci pour eux et ne savait qu'en dire. Et quand Sir John se taisait à table, on n'entendait que le murmure des fourchettes et des lèvres muettes. Molly arriva toute vive avec la cuisse d'agneau bouillie à la menthe et aux navets. Quand elle poussa la porte de la salle à manger, elle perdit sa vivacité et avança comme un fantôme. Elle posa le plat d'argent au milieu de la table, et Lady Harriet soupira.

— Mon ami..., dit-elle en tendant la main vers l'assiette de Sir John.

Elle n'avait jamais pu s'habituer à la nécessité de servir elle-même son mari et ses enfants. Mais on pouvait tout demander à ces servantes irlandaises sauf de servir à table. Elles commençaient par n'importe qui, se trompaient de côté, renversaient les sauces, faisaient des réflexions, c'était impossible.

Au moment où Sir John reposait devant lui son assiette précieuse garnie de trois navets, d'une tranche blême et d'une sauce verte, tout le monde s'immobilisa. Molly, sur le point de sortir, s'arrêta net...

Dans le silence extérieur venait de naître un bruit familier, impossible : le bruit du moteur de la voiture automobile.

On l'entendit, comme on l'avait entendu tant de fois, monter l'allée en hésitant, s'exténuant, éternuant, se reprenant, s'approcher de la maison en grandissant et se stabiliser au sommet du crescendo, immobile, juste devant les fenêtres de la salle à manger.

Sir John reprit le premier ses esprits.

— Tiens, tiens, dit-il, Augusta ?... Je croyais sa voiture... ? Il faut croire qu'elle l'a... Molly, allez donc lui ouvrir...

— Oui, Monsieur, dit Molly.

Elle sortit vivement et revint dix secondes après, verte de peur, les dents en castagnettes.

— Oh Monsieur ! Il n'y a... cla-cla-cla...

— Quoi quoi quoi ? dit Sir John ? Il n'y a quoi ?

— Il n'y a rien, Monsieur !... Il n'y a pas d'automobile !...

Sir John et Lady Harriet et leurs filles regardèrent tous ensemble vers les fenêtres. Ils entendaient le moteur qui continuait de bruire au même endroit, avec des pétarades et des ralentis. Et l'odeur de l'essence brûlée commençait à entrer à travers les fenêtres.

— Hm ! dit Sir John. Molly, le brouillard vous bouche les yeux...

Il n'en était pas tellement sûr. Mais il était Sir John, le chef de la famille, et portait sur ses épaules le poids des réalités de la vie. Il fit ce que sa situation lui imposait de faire : il se leva, marcha jusqu'à la fenêtre la plus proche, et l'ouvrit.

Des lambeaux de brouillard entrèrent dans la salle à manger et y fondirent. Le bruit et l'odeur du moteur envahirent la pièce.

— Eh bien ! Eh bien ! dit Sir John.

De l'autre côté de la fenêtre, devant lui, il y avait un univers de coton gris pâle. Il se racla la gorge, se redressa et cria :

— Augusta ! Voyons ! Que faites-vous ?

Un tourbillon de vent ramassa la brume et l'emporta. Tout le monde put voir, tout à coup, à travers la fenêtre ouverte, le perron et l'escalier dégagés, éclairés par les deux lanternes de la porte, et l'allée vide...

Le bruit du moteur s'accéléra, démarra, s'éloigna vers la gauche, accompagné cette fois par un bruit de galop, le galop de quatre sabots légers, joyeux, claquant sur des pavés, tel que Foulques le Roux l'avait entendu presque mille ans auparavant, de la chapelle du château, un dimanche matin après la messe, quand sa femme avait repris la liberté. Le bruit mécanique s'effaça, et seul le galop continua, par-dessus la pelouse, dans les branches, dans le ciel, faiblit et mourut vers l'horizon invisible, très loin.

Griselda s'était dressée et, les deux mains sur la table, regardait la fenêtre ouverte sur la nuit et sur le monde, et respirait à pleines narines l'odeur de la mer, de la brume, de l'essence évanouie...

— Voyons, demanda Lady Harriet, Augusta est-elle venue à cheval ou avec son automobile ?... Elle est déjà repartie ?

Le jeudi matin, Alice s'en alla. Elle avait demandé à s'en aller seule. Elle ne voulait être accompagnée par personne. La famille tout entière s'était rassemblée au dehors, au bas de l'escalier, pour lui dire adieu. Les visages étaient consternés et incompréhensifs, sauf celui de Griselda. Elle se sentait solidaire d'Alice, sans toutefois pouvoir réaliser ce qui se passait dans sa tête.

La berline attendait devant les marches. James Mc Coul Cushin, le vieux cocher, invisible, entre son carrick marron à triple cape et le haut-de-forme de service apporté de Londres par Lady Harriet, déformé et verdi depuis par mille pluies, avait pour mission de conduire Alice à la diligence de Ballyshannon, qui la conduirait au train de Sligo, qui la conduirait à Dublin. Alice était aussi joyeuse que sa famille était désolée. Dans sa robe noire, n'emportant qu'un petit sac noir qui ne contenait presque rien, elle rayonnait. Elle embrassa Griselda sur les deux joues puis, rapidement, légèrement, comme un oiseau, sur les lèvres. Et elle lui souffla, en souriant : « Je prie pour toi ! » En trois bonds elle fut dans la berline, qui partit, sous les regards affligés de la famille. Au tournant de l'allée des communs, le groupe des servantes vêtues de noir, debout, serré, regardait en silence s'éloigner la voiture. Et brusquement, à pleine gorge, Amy, avec une voix de citerne, se mit à chanter un Alléluia.

Griselda put monter au grenier un court moment avant le déjeuner, et prévint Shawn que leur départ aurait lieu le soir même. Il accueillit la nouvelle avec une grande satisfaction.

— Je dois reconnaître que Fergan a fait vite...

— Toi aussi tu devras faire vite, dit Griselda. Tu ne peux pas sortir du grenier à dix heures ou dix heures et demie. Mes parents ne dorment pas encore et Jane risque de traîner dans les couloirs... Je viendrai te chercher pendant le dîner. Tout le monde est à table, et les servantes sont occupées. Amy et Molly veilleront à ce qu'il n'y ait pas d'anicroches avec elles. Tu descendras par le lierre. Tu iras droit au Rocher. Si tu rencontres le cocher ou le jardinier, tu leur feras « woû ! woû ! » en agitant ton cache-poussière, ils se signeront, fermeront les yeux, et te laisseront passer... A propos, tu as entendu la voiture, hier soir ?

— Quelle voiture ?...

Le déjeuner fut encore plus silencieux que le dîner de la veille. Le souvenir des bruits insolites occupait la pensée de chacun et y faisait la ronde avec les images du départ d'Alice. Dans la tête de Griselda le manège comprenait bien d'autres équipages.

Sir John sentait que tout était en train de changer autour de lui, vite et profondément, plus qu'il n'y paraissait. Des forces qu'il avait voulu ignorer ébranlaient son univers et risquaient de le jeter bas. Des lézardes transparentes commençaient à le fissurer, aboutissant toutes au centre de la famille, comme les cassures d'une boule de verre.

Il se sentit oppressé et posa sa main sur son cœur avec une petite grimace.

— Mon ami ?... s'inquiéta Lady Harriet.

Il lui sourit. Tout allait bien. Il n'avait rien...

Il ne s'attarda pas au salon, et monta se réfugier dans la bibliothèque. Il se mit à réfléchir à sa situation financière, et admit que c'était elle qui lui causait ses angoisses. Il devait lui trouver un remède. Il s'endormit quelques minutes dans son fauteuil. En se réveillant, il décida d'écrire à son beau-frère James Hunt, qui, après la mort de sa sœur Arabella, avait continué de faire des affaires à Dublin, et gagné, disait Augusta, beaucoup d'argent. Il lui demandait un prêt, gagé sur St-Albans.

Dehors, il faisait le même temps radieux que la veille. L'air de l'Irlande, toujours en mouvement, était depuis deux jours anormalement immobile. Griselda fit le tour de l'île, visita tous les coins aimés où elle avait vécu depuis son enfance tant d'aventures imaginaires. Elle s'attarda, les yeux fermés, face au soleil, appuyée au mur moussu de la sortie du tunnel. Elle alla s'allonger sur la pierre couchée, essaya de devenir légère et de partir avec la barque rocheuse vers son avenir pour l'entrevoir ou le deviner. Mais la pierre resta pesante et ne bougea pas.

Dans l'air immobile, le parfum de l'if se concentrait autour de l'arbre et coulait de lui comme un liquide. Griselda prit une branche basse dans ses bras et y posa son visage. Elle respira profondément l'odeur chaude de résine, pareille à un encens vert.

Elle s'agenouilla près du trou et appela à voix basse.

— Waggoo !... Waggoo !... Je m'en vais !... Pour toujours !... Je viens te dire adieu... Adieu Waggoo !...

— Whoû-où whoû-oû, fit doucement la voix des racines. Et il sembla à Griselda que toute l'île lui répondait, whoû-oû... whoû-oû... Adieu... adieu...

Elle se releva les larmes aux yeux et courut vers sa chambre. Il était temps de décider ce qu'elle allait emporter. Elle ouvrit son sac de voyage en cuir fauve, qu'elle avait fait venir de Londres et qui ne lui avait jamais servi, ouvrit ses tiroirs et ses armoires et, prise d'une espèce de frénésie, se mit à jeter sur le tapis tout ce qu'ils contenaient, retenant au passage une chemise, un jupon, une robe, un ruban, des bas jaune d'or, une robe, une autre, des chaussures, un chapeau, et des objets ravissants et inutiles... Une faible partie seulement de ce qu'elle avait retenu tiendrait...

Découragée, elle s'interrompit et s'approcha de la fenêtre. Le soleil, rouge, approchait de l'horizon. La brume, comme la veille, commençait à monter de la mer.

Elle arriva la dernière à la table du dîner. Son arrivée fit sensation : elle avait mis sa plus belle robe, la robe blanche du bal, et tous ses bijoux.

— Oh Griselda ! dit Lady Harriet, quelle tenue !... Le jour où Alice nous quitte !

Elle porta le coin de sa serviette de dentelle au coin de son œil.

— Justement... dit Griselda, gravement. Ce ne doit pas être un jour de tristesse... Je trouve... Vous devez savoir... Si une de vos filles quitte la maison, vous ne devez pas en éprouver du chagrin... Elle s'en va pour vivre sa vie comme elle l'entend... Elle est heureuse... Vous devez l'être aussi... Ce n'est pas un jour de deuil aujourd'hui, c'est un jour de fête !...

Elle se pencha vers son père et sa mère et les embrassa. Lady Harriet se mit à sangloter.

— Voyons, voyons, Harriet, dit Sir John.

Il tapota la main de sa femme qui se calma très vite. Lui-même se sentait à la fois très ému et réconforté par le comportement de Griselda. C'était encore un de ces éléments insolites qui se glissaient jusqu'au cœur de la famille à travers ses fêlures irisées. Le temps changeait, le monde changeait, il était comme à la fin d'un long printemps, les fleurs devenaient transparentes et s'effaçaient, une saison nouvelle s'approchait. Apporterait-elle des fruits ou la longue solitude de l'hiver ?

En s'asseyant, Griselda eut un geste maladroit, fit basculer son assiette et en répandit tout le contenu sur sa robe. Elle poussa un cri, se releva et courut vers la porte pour se changer. Au milieu des exclamations, Kitty restait silencieuse, un peu scandalisée par les talents de Griselda à mélanger l'émotion réelle et la comédie.

Quand elle redescendit, elle était superbe, radieuse. Elle avait mis sa robe orange, la robe de la joie. C'était aussi la plus pratique.

Tout s'était bien passé. Shawn était sorti sans encombre. Le sac de voyage bouclé attendait près de la fenêtre, sous la cape verte. Elle y avait enfermé ses bijoux. Elle avait gardé sa montre. Elle était prête.

La brume monta moins haut que la veille. Elle s'arrêta au-dessous des fenêtres du rez-de-chaussée, étrangement épaisse et immobile. On la voyait par-dessus, comme la surface bosselée d'une mer de crème qui aurait coulé sur le monde. La maison et les cimes de quelques arbres en émergeaient. Tout le reste avait été enseveli sous la douceur moite, silencieuse, figée. La brume devint grise puis de plus en plus foncée à mesure que s'en allait la lumière du jour. A dix heures du soir, le ciel était noir et plein d'étoiles, et la terre enveloppée dans sa couverture restait vaguement lumineuse. Pour une fois, il semblait que c'était elle qui éclairait le ciel.

Kitty avait rejoint Griselda dans sa chambre pour lui dire adieu. Molly avait déjà quitté la maison. Celle-ci était tout à fait calme. Tous les bruits, l'un après l'autre, avaient cessé. Amy avait veillé à expédier le travail de l'office et à faire coucher les servantes. Elle avait embrassé Griselda et lui avait dit :

— Je t'ai vue naître, je te vois partir, je ne te verrai pas revenir, si tu reviens. Ce que tu dois faire, tu le feras. Tu seras heureuse si tu le veux. Le bonheur ne dépend jamais des autres. Et après tout, c'est pas tellement important d'être heureux.

Kitty, énervée, marchait à travers la chambre et poussait de grands soupirs.

Griselda regarda sa montre : dix heures et demie.

— Bon... C'est le moment, dit-elle.

Elle se pencha à la fenêtre. La lanterne qui brûlait toute la nuit à côté de la porte de l'écurie éclairait vaguement la surface de la brume sur l'espace nu qui séparait la maison blanche des communs. Tout paraissait calme et désert. Griselda ne pouvait pas se risquer dans les couloirs avec son sac de voyage. Elle avait fixé à sa poignée l'extrémité d'un ruban de dentelle au point d'Angleterre. Elle fit basculer le sac par-dessus la fenêtre et laissa glisser la dentelle entre ses doigts. Le sac creva la surface de la brume, et arriva au sol. Griselda lâcha la dentelle qui tomba en se rassemblant en une sorte d'écriture. Quel mot ? La brume l'avala. Puis ce fut le tour de la cape qui fit un remous dans le brouillard et disparut à son tour.

Griselda se retourna vers la chambre et s'agenouilla pour embrasser Ardann, qui avait été inquiet toute la journée, et depuis l'après-midi ne la quittait plus d'un pas.

— Sois sage. Tu es beau !... Tu es le plus beau !... Couche-toi... là ! Reste couché... Je vais revenir... peut-être pas tout de suite... mais je reviendrai...

Elle l'embrassa sur les joues et les oreilles, et se releva.

— Tu en prendras soin ? Tu t'occuperas de lui !...

— Tu le sais bien...

— Tu lui parleras de moi ?

— Si tu ne veux pas qu'on t'oublie, tu n'as qu'à rester !

— Ne fais pas cette tête... Adieu Kitty... Tu ne veux pas m'embrasser ?

— Je t'accompagne jusqu'à la barque... Dépêche-toi !...

— Par le lierre ? Tu vas tomber !

— Si un invalide y est passé j'y passerai bien aussi !...

— Un invalide !... Tu...

— Alors ! Tu y vas ?...

Griselda haussa les épaules et se pencha à la fenêtre avant de l'enjamber. Mais elle se rejeta en arrière, vivement...

Au coin de l'allée, un demi-constable lumineux venait d'apparaître. C'était Ed Laine, portant à bout de bras devant lui la lanterne de sa bicyclette. Enfoncé dans la brume jusqu'aux hanches, il semblait glisser sur elle comme un vaisseau. A mesure qu'il montait vers la maison il grandissait. Quand il s'arrêta il avait récupéré ses cuisses et ses genoux.

Sur une mimique impérative de Griselda, Kitty éteignit les lampes et vint la rejoindre à la fenêtre. Elles entendirent la porte de la cuisine s'ouvrir, et Jane surgit, visible à partir des mollets.

— Oh lieutenant ! comme vous êtes bon d'être venu !...

— J'étais de garde, Miss, mais quand j'ai reçu votre message, je me suis arrangé pour me faire remplacer ce soir. Je tenais à venir vous rassurer. Ce n'est pas possible qu'il soit ici...

— Je vous assure qu'il est venu hier avec son automobile !... Tout le monde l'a entendu !...

— Oh ! souffla Griselda, quelle idiote !

— L'automobile est dans le lac, Miss... Je l'ai encore vue jeudi, tout entourée de petits poissons...

— Depuis jeudi, il a bien eu le temps de la sortir...

— Ce n'est pas possible, Miss, elle n'aurait pas fonctionné, elle est mouillée...

— Vous croyez ? dit Jane d'une toute petite voix.

Elle restait immobile devant lui, la tête levée, elle semblait attendre quelque chose. Il ne faisait rien et ne disait rien. Elle toussota, cherchant des mots qui ne voulaient pas sortir.

— Mais qu'est-ce qu'elle attend pour rentrer, maintenant ?

— On n'a qu'à descendre par l'escalier... On ne risque plus de la rencontrer...

— Et mon sac ? Et mes affaires ? S'ils font trois pas ils vont marcher dessus !

Il fallait pourtant y aller...

— On les guettera du coin de l'allée, dit Griselda : Filons !... Cette Jane ! Elle lui a écrit !...

— Ça t'étonne ? Elle n'a du flair que pour les bêtises...

Elles descendirent sans bruit. Kitty avait mis un fichu sur sa tête. Griselda avait épinglé sur ses cheveux un petit chapeau de paille tressée, de même couleur que sa robe mais un peu plus foncé, que surmontait un bouquet de cinq marguerites. Elle venait de le recevoir de Paris. Elle ne l'avait encore jamais mis. Elle l'aimait beaucoup.

Elles firent le tour de la maison. La lune à demi pleine venait de se lever. Elle éclairait d'une lumière pâle la surface de la brume, y révélant une infinité de petites collines et de vallons d'ombre couleur de perle grise. Dans le creux de l'allée précédant le tournant, la brume leur monta aux épaules, puis au cou. Kitty, plus petite, s'y enfonça jusqu'aux joues. Ses yeux, au ras de la surface, voyaient la tête de Griselda, avec son chapeau et ses marguerites, avancer sur une mer de lait. Elles allaient doucement, elles s'arrêtèrent quand elles découvrirent Jane et le constable toujours au même endroit.

Leurs voix arrivaient faibles mais distinctes, glissant sur la brume.

— Vous allez rester encore longtemps dans l'armée, lieutenant ? demandait Jane.

— Cela dépendra des circonstances, Miss, disait Ed Laine. Je peux m'en aller bientôt, si je veux, ou souscrire un nouveau contrat... J'ai une petite ferme en Ecosse, qui me vient de mon père...

Quelque chose de lourd et de mou qui se déplaçait dans le monde invisible vint buter contre les jambes de Kitty. Elle poussa un cri étouffé.

— Qui va là ? cria le constable.

Il leva sa lanterne. Kitty et Griselda s'accroupirent sous la brume. Kitty poussa un second cri. Juste à sa hauteur, dans le brouillard lumineux, un visage noir la regardait. C'était la brebis mérinos de Seumas Mac Roth.

— Restez ici, Miss, dit Ed Laine, je vais aller voir...

— Ne me quittez pas, lieutenant !... Ne me quittez pas !... J'ai peur !... Aaaah !...

Jane s'affaissa mollement, à demi évanouie ou faisant à moitié semblant de l'être, et se retenant juste assez pour que le constable ait le temps de la cueillir avant que la brume l'engloutisse.

Les marguerites de Griselda émergèrent, puis ses yeux curieux. Elle vit Ed Laine soulever Jane et l'emporter dans la cuisine, sans lâcher sa lanterne. Il referma la porte derrière lui avec son pied.

Griselda courut vers la maison, récupéra son sac et sa cape et s'élança vers la forêt. Kitty la rejoignit. Le cœur de Griselda dansait la farandole. Il n'y avait plus d'obstacles. Elle avait envie de chanter, chanter, chanter... A mesure qu'elles descendaient vers la mer elles s'enfonçaient dans la brume qui les recouvrit bientôt entièrement. La lune plus haute l'éclairait davantage et elles avançaient dans un chemin de lumière floue, entre les deux rives sombres des arbres. Griselda endossa sa cape, et, impatiente, se mit à courir sur ce chemin qu'elle connaissait tant. Une branche amie lui vola son chapeau, une autre embrassa ses cheveux qui se dénouèrent et s'épandirent plus bas que sa taille. Lorsqu'elle arriva à la tour du Port d'Amérique, et se retourna vers Kitty, des milliers de gouttes de lumière emperlaient ses cheveux, ses cils et ses joues. Ses yeux verts brillaient, immenses comme la mer.

— Adieu, Kitty ! Adieu !... Adieu...

Elle la serra contre elle, l'embrassa, la lâcha, courut vers la porte de la tour que la silhouette de Shawn emplissait tout entière. Il ouvrit les bras, elle s'y blottit. Il dit doucement :

— Griselda ! Te voilà...

Kitty vit leurs deux ombres qui n'en faisaient plus qu'une tourner lentement et s'enfoncer dans l'ombre plus grise de l'escalier. Et la porte ne fut plus qu'une ombre vide. Kitty se sentit tout à coup affreusement seule, comme si elle venait de voir le soleil se coucher sans être sûre qu'il serait de nouveau là jamais.

Une forme rousse et blanche, haletante, galopante, passa au ras de ses jambes et s'engouffra dans la porte de la tour.

Kitty entendit la voix de Griselda :

— Ardann ! Oh Ardann ! Tu t'es échappé ! Sauvage ! Voyou ! Tu as raison ! Tu viens ! Je t'emmène !...

Puis les voix confuses de Molly et de Meechawl Mac Murrin. Elle se demanda comment ce dernier pourrait les conduire à l'île Blanche dans le brouillard, alors que sur la terre ferme et en plein jour il avait besoin de son cheval cerise pour trouver son chemin. Heureusement il y avait Shawn, et peut-être aussi Fergan... Elle entendit ensuite un clapotis et un bruit de rames étouffé qui s'éloigna dans le gris sans formes et s'y éteignit.

Elle fut alors submergée par une énorme détresse, et se mit à crier :
— Griselda ! Griselda ! Reviens !... Griselda !...

Mais le brouillard prenait son cri au ras de sa bouche, l'enveloppait, et l'avalait.

Elle entendit, comme si elle arrivait du bout du monde, la voix de Meechawl qui chantait :

Mary ! Mary où es-tu ? Mary ?
Oh Mary y y...

Mary ne répondait jamais...

Kitty tourna le dos à la mer et, lentement, remonta vers la maison. La brume n'était plus que du brouillard d'automne, et les arbres de chaque côté étaient des arbres comme tous les arbres, et là-haut, au bout du chemin, il y avait une maison qui n'était qu'une maison, maintenant aux trois quarts vide...

Kitty s'arrêta. Elle avait des larmes au bord des yeux. Elle dit :
— Griselda... O Griselda, tu vas nous manquer...

O Griselda, tu vas nous manquer...
Nous voici obligés d'interrompre cette histoire. Un an environ après la nuit du départ, la mère de Molly, qui était devenue en quelques mois une toute petite vieille au milieu des fleurs, reçut de sa fille une lettre très courte dans laquelle elle ne parlait pas de Griselda ni de Shawn. Mais elle disait que tout le monde allait bien. Et elle avait souligné tout le monde. *Le timbre étrange qui était collé sur la lettre représentait un tigre et portait le nom du Pendjab.*
Comment les quatre voyageurs — si « tout le monde » désignait Griselda et Shawn — partis pour l'Amérique étaient-ils arrivés au Pendjab et qu'y faisaient-ils ? Erny mourut l'année suivante et on ne sut rien de plus.
O Griselda tu nous manques... Jusqu'à maintenant nous ne t'avons pas retrouvée, mais nous te cherchons et te chercherons encore...

La part que j'ai prise à ce récit, je la dédie à l'Irlande, à son courage, à son humour, à sa beauté.
Et je laisse la parole à celle qui l'a racontée avec moi, Olenka de Veer. Elle est l'arrière-petite-fille d'Helen et d'Ambrose.

René B<small>ARJAVEL</small>

Je dédie ma part de ce livre à la mémoire de ma mère, Helen de Veer, petite-fille d'Helen Greene, de St-Albans.
C'est par ma mère que j'ai reçu la tradition et le sang de la licorne, et la nostalgie de l'île. Elle est morte sans avoir jamais vu l'Irlande.
Helen avait quitté Ambrose après deux ans de mariage, emportant le fils qu'elle venait d'avoir de lui, pour venir se fixer à Paris. Son fils John épousa une Française. L'histoire des amours de John fut étrangement mêlée aux aventures de la bande à Bonnot. Une fille en naquit : ma mère.
Celle-ci, par les récits de sa grand-mère Helen, et sa correspondance avec sa tante Kitty, recueillit l'histoire de la famille et me la transmit, avec le regret de l'île. Voici ce qui arriva après le départ de Griselda :
Sir John fut moins affecté qu'on ne l'eût craint. Il reçut le prêt qu'il avait demandé à son beau-frère, James Hunt, et, sur son conseil, l'engagea dans l'achat d'une cargaison de coton sur laquelle il devait faire un gros bénéfice. Mais dans le temps que mit le bateau pour venir des Indes en Angleterre, le cours mondial du coton avait baissé de moitié. James Hunt, l'année suivante, exigea le remboursement de son argent et obtint la saisie de St-Albans.

Quand l'huissier arriva avec ses papiers, il trouva toutes les portes et les fenêtres barricadées avec des planches clouées en travers. Il ne put signifier la saisie. La famille était à l'intérieur, avec Amy et Nessa. Sir John avait congédié tous les autres domestiques, qui étaient partis avec un grand chagrin. Les uns ou les autres des cloîtrés sortaient la nuit, car la saisie ne pouvait être effectuée entre le coucher et le lever du soleil. Une nuit, Ed Laine vint demander « Miss Jane » en mariage. Sir John fut encore une fois surpris, mais, après avoir hésité, céda devant l'emportement de Jane. Elle devint fermière en Ecosse. Elle eut beaucoup d'enfants et beaucoup de moutons.

Le départ de ses filles avait touché Lady Harriet plus que son mari. Elle sombra dans une innocence douce et un peu lasse. Elle croyait que toutes ses filles étaient encore dans la maison. Elle demandait : « Mais où est donc Jane ? Que fait donc Griselda ? Pourquoi Alice n'est-elle pas descendue ? » Et Kitty lui répondait n'importe quoi, qu'elle n'écoutait d'ailleurs pas. Avec l'aide de Kitty et de Nessa elle restait très soignée.

Kitty parvint à convaincre son père que cette vie nocturne ne pouvait pas continuer et n'était pas digne de lui. Il écrivit à ses anciennes relations à Londres, et sa grande réputation lui valut un poste d'aide-conservateur au British Museum. C'était très peu payé, mais il y avait un logement.

Alors, un matin, à grands coups de marteau, Amy arracha les planches, et l'huissier vint. Mais James Hunt, qui convoitait St-Albans depuis si longtemps, fut déçu. Comme après la mort de Sir Johnatan, ce fut le notaire qui l'acheta.

Sir John, Lady Harriet et Kitty partirent pour Londres un lundi après-midi, au mois de juin, dans une berline. Ils emmenaient Nessa qui était presque une jeune fille. Il faisait beau, la mer était douce et tous les rhododendrons en fleur. Amy n'avait pas voulu quitter l'Irlande. Elle était partie la veille au soir, avec un petit balluchon à la main. Kitty, de la fenêtre d'une chambre, l'avait vue s'en aller dans le crépuscule. Au moment où elle mettait le pied sur la digue, une petite flamme rousse et blanche, au ras du sol, l'avait rejointe : Waggoo. Ils s'étaient effacés ensemble dans la nuit qui montait.

Sir John n'était pas excessivement triste : il avait sauvé l'essentiel : ses fiches. Et il allait retrouver les tablettes de Sumer. Pendant l'année qu'avait duré sa vie cloîtrée, il avait pris un peu de ventre, il boutonnait difficilement son gilet. Il avait un peu d'asthme.

Lady Harriet était radieuse. Le jeudi précédent, en montant à sa chambre, elle avait rencontré la Dame, qui pour la première fois descendait l'escalier au lieu de le monter. Et la Dame, en souriant, lui avait donné son enfant nu. C'était un garçon... Elle l'emmenait à Londres. Elle le garda toujours. Elle était la seule à le voir, mais il grandissait.

Kitty, vouée à ne vivre que pour les autres, allait veiller jusqu'à leur dernier jour sur ses deux grands enfants : son père et sa mère.

Le notaire a fermé la maison et a fermé l'île : il a fait construire au bas de l'allée, en travers de la digue, une lourde grille fermée par trois serrures. Mais il a laissé ouverte la porte de la tour, en haut de l'escalier du Port d'Amérique. Sir Johnatan est resté seul sur son cheval, dans le salon. Avec l'île, il s'est mis à attendre.

J'ai été hantée par cette histoire depuis mon enfance. L'île, la maison, Johnatan, Griselda... Devais-je aller en Irlande pour essayer de retrouver leurs traces ? Je risquais de détruire mon rêve... J'ai hésité pendant des années, puis je me suis décidée.

J'ai retrouvé le notaire. L'actuel. Il se nomme toujours Me Colum. Il ressemble d'une façon extraordinaire au portrait de son ancêtre qui est accroché dans son bureau. On dirait qu'il n'a fait que changer de vêtements et de lunettes. Les siennes ont des montures en matière plastique. L'île ne lui appartient plus. Mais il me l'a montrée sur la carte. J'ai trouvé la route et les ruines du moulin. J'ai trouvé la digue. Je m'y suis engagée. J'ai trouvé l'île. La grille est ouverte...

Olenka DE VEER

Paris, 7.7.74

René Barjavel et Olenka de Veer

LES JOURS DU MONDE

L'île était séparée du monde. La mince digue qui la reliait à l'Irlande ne la reliait pas à la réalité. Les cinq filles de Sir John Greene grandirent dans sa maison de lumière, dans sa forêt de fleurs, en compagnie de la licorne invisible, du renard à la queue blanche, des héros des légendes gaëles, et des tablettes de la fabuleuse civilisation de Sumer, auxquelles leur père trouvait un sens nouveau chaque jour. Tout cela, pour elles, c'était le réel. A l'autre bout de la digue commençait un univers inconnu, immense et plein de mystères. Il ne les tenta pas, parce qu'elles étaient heureuses. Jusqu'au moment, qui toujours arrive, où les filles ont besoin de devenir femmes. Une à une, elles franchirent la passerelle, ou s'embarquèrent sur l'océan. Elles partaient vers l'amour, vers Dieu, vers l'aventure, persuadées qu'elles allaient trouver mille fois ce qu'elles avaient connu à St-Albans.

Mais les jours du monde ne ressemblent pas à l'île du matin...

PREMIÈRE PARTIE

Les rotatives du *Matin* s'arrêtèrent. La dernière édition venait de tomber. Elle portait la date du 31 janvier 1907. En première page, sur trois colonnes, le grand quotidien parisien lançait ce qu'il nommait « un défi prodigieux » :
« Y en a-t-il un ou plusieurs qui accepte d'aller cet été de Pékin à Paris en automobile ? »
Les clicheurs et les rotativistes rentraient chez eux, dans la nuit, à bicyclette, en pardessus et chapeau melon. Le chef clicheur, qui était fragile des oreilles, avait mis un passe-montagne. L'hiver était froid.
Thomas dormait en haut de la maison ronde de Passy. Il était le fils d'Helen, elle-même fille de Sir John Greene. Il avait seize ans.
Le soleil se leva au-dessus du Trocadéro. Le grand corbeau blanc qui tournait autour de la maison vira sur l'aile, piqua, et se posa sur le bord de la croisée de l'est.
Il se secoua, puis appela :
— Thomas !... Thomas !...
Il prononçait mal les consonnes. Thomas entendit : « Kô-hâ !... Kô-hâ ! » Il éternua et chercha son mouchoir sous les oreillers. Il avait l'influenza. Le corbeau se mit à cogner aux carreaux à coups de bec. Thomas cria :
— Arrête, Shama, idiot ! J'arrive !...
Il courut vers la fenêtre. Dans la cheminée, le feu de boulets était devenu un paquet de cendres. La lumière du soleil projetait sur les rideaux de tulle l'ombre légère des fleurs de givre étalées sur les vitres. Thomas entrouvrit un battant, le referma et retourna vivement se réfugier dans la chaleur du lit. Shama se posa sur le sol devant la cheminée, regarda le feu éteint, et protesta :
— Krrrouââ !...
Il prononçait très bien les r et les â. C'était un grand freux couleur de neige, à l'œil noir malin, non un albinos, qui aurait eu les yeux rouges, mais un vrai corbeau blanc, la fine fleur blanche des pensionnaires de Léon Altenzimmer, apportée du fond des âges par les mystères de l'hérédité, à travers dix mille corbeaux de ténèbres. De la même façon surgit de temps en temps, dans la portée d'une panthère, parmi ses enfants roux, une panthère noire.
Dans cette maison passaient un jour ou l'autre tous les oiseaux rares, les animaux jamais vus, les tatous et les ornithorynques, aussi bien que les chevaux au large dos sur lesquels dansent les écuyères,

ou les lions mélancoliques qui se rongent les ongles en fermant les yeux.

Les autres passaient, Shama demeurait. Léon avait toujours refusé de le vendre. Il le louait parfois à un artiste. Il savait tirer les cartes, jouer *le Danube bleu* à coup de bec sur des clochettes d'argent, aller se poser sur l'épaule de la plus belle spectatrice, et lui crier dans l'oreille des compliments de hussard qui la faisaient rougir. C'était Léon qui lui avait enseigné son vocabulaire, si bien qu'il parlait français avec l'accent suisse en plus de l'accent corbeau.

D'un coup d'ailes, Shama sauta sur l'édredon, s'y accroupit et s'y creusa un nid en remuant le ventre. Il fit : « Kroââ... », ce qui était un soupir de bonheur. Il avait chaud, il se confondait avec le couvre-édredon en dentelle blanche. Son bec pointait vers la porte. Il savait qu'Helen approchait avec un plateau fumant : deux œufs au plat, un porridge, une énorme bouilloire de thé, dont les vapeurs se mêlèrent en un petit nuage tourbillonnant quand elle entra dans la chambre. Il y avait aussi un flacon de teinture d'iode. Elle en laissa tomber dix gouttes dans une tasse de lait chaud, et la chambre s'emplit tout à coup de l'odeur de la mer. Thomas ne sentait rien. Il but avec résignation la mixture rosâtre. Helen connaissait ce remède par la princesse Kolzinsky, au fils de qui elle donnait des leçons d'anglais. La princesse lui avait affirmé que c'était avec cela que dans la glaciale Russie le comte Léon Tolstoï, qui avait au moins cent ans, s'était guéri d'une influenza qui avait failli l'emporter.

Shama se rapprocha de Thomas. A chaque pas, son pied en étoile s'enfonçait dans l'édredon moelleux. Arrivé à proximité du plateau, il s'assit sur son derrière comme un chat, sa queue étalée derrière lui, et rouvrit un bec à avaler la théière. Thomas y déposa un morceau de pain. Il l'avala d'une secousse et rouvrit le bec.

Helen grattait les cendres de la cheminée. Elle obtint au fond de la grille une douzaine de cœurs de boulets encore rouges. Elle les recouvrit rapidement de boulets neufs d'où monta une fumée jaune. La cheminée tirait bien.

Toute vêtue de noir, mince, ses cheveux cachés par un strict petit chapeau noir, Helen était déjà prête à sortir pour aller donner une leçon place des Etats-Unis, et une autre rue Galilée. Elle était très appréciée des familles, moins de ses élèves à qui elle enseignait avec une raide autorité l'anglais, le latin et le grec.

Le feu commençait à chauffer un peu, en demi-cercle. La chambre sentait la fumée de charbon, l'œuf frit, l'iode et l'eau de lavande. Sur les rideaux de la fenêtre étaient figurés deux anges, l'un jouant de la harpe, l'autre du tambourin. La lumière du soleil qui les traversait restait rose, ce qui indiquait que le froid allait durer. Il y avait des cierges de glace aux fontaines de la Concorde. Dans une mine de la Sarre, un coup de grisou venait de faire deux cents morts. Toute la presse parisienne annonçait que le roi d'Angleterre Edouard VII et la reine Alexandra avaient décidé de venir faire un séjour en France incognito.

Thomas allait avoir ses dix-sept ans fin mars, au septième jour du printemps. Il ressemblait au David de Michel-Ange, avec plus de grâce à cause de son sourire, et moins de puissance à cause de son âge. L'adolescence lui creusait un peu les joues, mais il s'étofferait vite : il faisait des exercices avec Léon dans son gymnase, des anneaux, de la barre fixe, de la boxe française, du saut, et parfois il montait un cheval sans selle, comme au cirque, sur la piste ronde du parc, entre les trois grands platanes qui avaient presque cent ans. Ils avaient été plantés pour la naissance du roi de Rome. De David, Thomas avait l'équilibre et le port qui annoncent la victoire. Ses cheveux étaient fauves et ses yeux noirs. Helen se demandait parfois de quel ancêtre il les avait hérités. Tous les yeux de sa famille, les Greene, étaient verts ou bleus, et ceux de son mari étaient...

... Elle frissonna en se redressant et reposa la pelle dans le seau à charbon. Elle ne voulait plus penser à ce fragment de sa vie, elle ne voulait plus savoir comment son fils avait été engendré. N'aurait-il pas pu naître sans cette chose, sans un père, sans un homme ?...

Un jour elle l'avait pris dans ses bras, il avait un an et deux mois, et elle était partie. Elle avait dû un peu plus tard fuir l'Angleterre, où une femme ayant quitté son mari n'était pas mieux considérée qu'une voleuse ou une prostituée, et se réfugier sur le Continent. A Paris on l'avait laissée vivre, mais elle se considérait elle-même comme coupable et portait le poids de sa faute. Elle paraissait davantage que ses trente-six ans, mais son mince visage lisse, désormais, ne changerait plus.

Le véritable prénom de Thomas était John. Les commerçants parisiens chez qui elle allait faire ses courses, lorsqu'il était un enfant si beau, ne pouvaient s'empêcher de s'exclamer : « Qu'il est gentil, le petit John ! » Ils prononçaient « jaune ». Elle n'avait pu le supporter et lui avait substitué son second prénom. Thomas ne se souvenait pas d'avoir été appelé autrement.

Ambrose avait sans difficultés obtenu le divorce à son profit. Il n'avait pas réclamé son fils. Il ne s'était jamais préoccupé de ce qu'il devenait. Ce mariage avait dérangé sa vie. Elle redevint, ensuite, tranquille. Il était plus âgé qu'Helen. Il était peut-être mort, depuis.

Helen s'approcha de la fenêtre en appelant Shama.

— Allez Shama ! Dehors !

L'oiseau protesta : « Wrouâ !... Wrouâ !... », tourna la tête pour la regarder de l'œil gauche, puis se secoua tout entier comme un chien qui sort de l'eau. Cela voulait dire « non ! ».

— Shama ! dit Helen irritée.

— Laisse, je lui ouvrirai... dit Thomas.

— C'est ça ! Et tu attrapes une pneumonie ! Je t'avais dit de ne pas te lever ! Tu sais bien que c'est dangereux ! Tu crois que je suis tranquille quand je suis loin, de penser que tu es peut-être en train de faire une imprudence ?

Elle continua en anglais. Est-ce qu'il pensait un peu à sa mère, à tout le mal qu'elle se donnait ? Est-ce qu'il se souciait d'elle ? Il ne devait pas se lever ! il devait promettre... Il promit. Elle se tut. Il poussa l'oiseau du bout du doigt :

— Allez, Shama, obéis...

Shama le regarda, regarda le plateau vide, sauta à terre et vint jusqu'à la fenêtre à pied, sans se presser. Il s'assit et regarda Helen de bas en haut, pour lui indiquer qu'il acceptait de lui faire plaisir. Elle ouvrit rapidement un battant. D'un élan, il franchit la fenêtre et devint un planeur rose dans le soleil. De quelques coups d'aile il gagna la cime du peuplier. Il y avait construit un nid qu'il utilisait de temps en temps, en guise d'observatoire plus que de logis. Il préférait coucher dans l'écurie, avec les chevaux, qui chauffent l'air comme de gros poêles vivants. C'était un corbeau frileux.

Thomas écouta le pas d'Helen s'éloigner de la chambre, la porte de l'appartement se refermer, et les marches noires de l'escalier de fer résonner. L'escalier de marbre ne commençait que huit mètres au-dessous.

C'était un immeuble ultra-moderne, un peu en contrebas de la rue Raynouard, dans un parc qui descendait jusqu'au quai de Passy. M. Eiffel en avait dessiné la charpente métallique, autour de laquelle l'architecte avait édifié une maison faite de trois bulbes superposés, comme certaines églises russes, ou ces gâteaux qu'on nomme des religieuses. L'extérieur était revêtu d'une mosaïque de petits carreaux représentant d'immenses tiges d'iris verts fleuris de mauve, sur un fond vert pâle et blanc, et au-dessus, autour du second bulbe, des ibis en vol parmi des nuages. Le troisième bulbe, le plus petit, entièrement bleu ciel, était percé d'une triple couronne de trous. C'était un pigeonnier.

Les pièces du premier bulbe communiquaient entre elles par des couloirs courbes, des dégagements, des défilés cachés, des estrades. Il n'y avait pas à proprement parler d'étages mais des différences de niveau. Aucune pièce n'était à la hauteur de sa voisine. Il fallait descendre ou monter, redescendre, tourner entre deux murs, remonter, pour découvrir une chambre ovale, un boudoir sphérique, un grand salon octogonal, une salle de bains tapissée de glaces de haut en bas et de tous côtés.

Le banquier Edouard Labassère avait fait construire cette merveille pour Irène, une fille qu'il aimait. Il peupla le second bulbe de domestiques et le troisième de colombes puis il y conduisit Irène un matin de printemps, par le grand portail du quai de Passy, dans une calèche légère comme le vent. Irène bouda un peu en traversant le parc. Elle trouvait que ça faisait campagne. Mais quand, après le dernier virage, elle découvrit la maison brillant dans le soleil, pareille à un bouquet joufflu agenouillé pour la recevoir, elle se dressa dans la voiture et poussa un cri de joie en portant sa main gauche à son cœur. Elle ne toucha que son corset, et le maudit. Il lui faisait une taille d'enfant, mais lui remontait l'estomac entre les seins et lui refoulait le ventre dans le derrière. Cet instrument de supplice n'avait qu'un avantage : c'était de faire du déshabillage un moment de bonheur fabuleux. Tout à coup délivrée, décompressée en quelques secondes, la chair tendre et rose s'épanouissait, reprenait toutes ses places, les organes fonctionnaient, le sang affluait vers la peau et les lieux secrets. Envahie de joie et de chaleur, la femme, en soupirant de gratitude, aspirait alors, comme une fleur qui s'ouvre, à la volupté.

Irène voulut entrer seule dans la maison. De l'extérieur, Edouard Labassère l'entendit pousser une exclamation de surprise émerveillée.

Un salon rond occupait tout le rez-de-chaussée. Des feux flambaient dans ses trois cheminées. Un escalier blanc, en marbre de Saint-Béat, s'élevait en volutes du centre de la pièce et s'escamotait dans le plafond.

De lourds rideaux de velours fleur-de-pêcher, pincés à la taille comme des demoiselles, habillaient les six fenêtres, transformant le jour grossier en lumière intime. Il y avait un peu partout des divans, des sofas, des coussins, des tapis, des tables basses et d'immenses bouquets de fleurs dans des vases bleu de Nevers. Une nymphe de bronze à chignon soulevait, d'un gracieux mouvement en vrille, une cruche d'où des vaguelettes de verre coulaient dans une vasque de jade. Aux pieds de la nymphe était posé un fauteuil d'acajou et de velours de Venise, encadré d'une petite balustrade de fer forgé doré. Irène ouvrit la porte minuscule de la pointe de son ombrelle, s'assit dans le fauteuil et appuya sur un bouton d'ivoire. Le sous-sol de la maison poussa un énorme soupir et frissonna, et le fauteuil, la nymphe et la balustrade commencèrent lentement à s'élever, emportant avec eux Irène. C'était un ascenseur exquis et hydraulique, le dernier cri de la perfection.

Irène, folle de joie, appela :

— Edouard ! Edouard ! Venez !

Edouard Labassère entra et vit Irène et la nymphe nue flotter à mi-chemin entre le sol et le plafond dans lequel s'ouvrait un trou rectangulaire bordé de pompons de soie et d'or. Irène y disparut, remplacée par un énorme piston huilé.

Edouard ne la retrouva qu'une demi-heure plus tard. Il avait voulu la rejoindre par l'escalier, il l'avait entendue appeler d'abord avec excitation, puis avec surprise, puis avec terreur. Elle n'était jamais à l'endroit vers lequel il accourait, mais toujours un peu plus haut ou un peu plus bas. Il la rejoignit finalement à l'extérieur, suspendue entre ciel et terre. De l'endroit où l'escalier blanc rejoignait l'escalier de fer des étages domestiques, une passerelle de fils d'acier, longue de trente-sept mètres, reliait la maison à la rue Raynouard, pareille à un pont de lianes sur un torrent de l'Himalaya. Indestructible et légère, au moindre vent elle chantait et se balançait. C'était l'entrée de service.

Aventureuse, Irène s'y était engagée, franchissant l'espace au-dessus des arbres qui ouvraient leurs bourgeons. Le vertige l'avait prise, le vent s'était levé, la passerelle voguait, Irène se cramponnait et criait qu'elle mourait, les colombes volaient autour d'elle, son ombrelle lui échappa, s'ouvrit, et se posa dans un cerisier en fleur.

Trois mois après s'être installée, elle déclara que c'était impossible, c'était trop loin, Passy c'était la province, c'était le Kamtchatka. Ses amies ne venaient plus la voir, quand elle arrivait au théâtre ou au café elle avait l'air de venir de Narbonne. Elle voulait refranchir le Trocadéro et retrouver Paris.

Edouard Labassère, obéissant, lui acheta un hôtel rue La Boétie, à deux pas des Champs-Elysées. C'était un bon placement. Elle trouva la demeure un peu vieillotte et austère, mais Edouard lui dit qu'elle avait appartenu au neveu de Napoléon. Elle en fut très honorée et recommença à aller à la messe.

Le banquier ne sut que faire de la maison ronde. Ce n'était pas le moment de vendre. On commençait à bâtir sérieusement à Passy. Le prix du terrain augmentait. Il décida de louer. La maison, trop moderne, effraya les gens pondérés, et le loyer était trop cher pour un artiste. Il dut baisser ses prix. Il finit par trouver un locataire pour le premier bulbe et le parc : un Suisse dresseur d'animaux, un peu extravagant, dont il tenait le compte. Il ne manquait pas d'argent. C'était Léon Altenzimmer.

Le lendemain du départ d'Irène, les colombes, dès l'aube, se mirent à tourner autour du pigeonnier, puis s'élevèrent en un petit nuage blanc qui piqua vers l'ouest : le bois de Boulogne. Ou peut-être l'océan, l'Amérique. Elles ne revinrent jamais. Des moineaux les avaient remplacées.

Avant de sortir, Helen avait apporté à Thomas son carnet de croquis et ses crayons. Dès qu'il entendit résonner la porte de fer de la passerelle, il se leva et alla chercher le flacon d'encre de Chine et le pinceau. Il n'aimait pas le crayon. Ça n'allait pas assez vite. Ça ne suivait pas l'œil. Le pinceau, c'était immédiat. Bon ou mauvais, mais ça y était. Helen, naturellement, avait peur qu'il ne tachât les draps, l'encre de Chine ne s'en va pas, même à l'eau de Javel.

Par souci pour sa mère, il ne se recoucha pas. Un drap taché était plus grave que l'influenza. Il s'assit devant la cheminée, l'édredon jaune coincé entre son dos et le dossier de la chaise, les pieds nus sur les carreaux brûlants, le flacon d'encre par terre, le grand carnet sur ses genoux. Eternuant et reniflant, s'essuyant le nez de sa manche, il se mit à dessiner de mémoire Shama furieux devant le feu éteint, Shama le bec ouvert près du plateau, Shama regardant Helen de bas en haut... Il avait des piles de cahiers pleins d'animaux, tous les animaux de Léon. Il dessinait à merveille, il voyait le mouvement d'un objet, mobile ou immobile, et le traduisait d'un trait ininterrompu, souple et gras sous le pinceau. Deux ou trois traits plus courts et Shama était là, volant, posé, goguenard, furieux. Ou le lama à l'œil pareil au lac Titicaca, ou le chameau avec son air de vieille fille qui suce son dentier. Ou Helen, le soir, assise près de la lampe et se penchant pour tendre son ouvrage à la lumière, son mince buste sortant du papier blanc comme de la nuit.

Il frissonna, referma son carnet et s'habilla dans le désordre, n'importe quoi par-dessus autre chose, et se coiffa du bonnet tricoté par sa tante Kitty avec de la laine brute de l'île d'Aran. C'était de la laine capable de résister aux tempêtes de l'Atlantique et de protéger les oreilles contre le Jugement dernier. Au sommet de la tête s'épanouissait un pompon coquelicot qui dodelinait de-ci de-là, aux mouvements.

Et il descendit voir Léon. Il ne l'avait pas vu depuis six jours.

— Oh garçon ! gronda Léon. Je croyais que tu étais mort !...

Sa voix semblait sortir d'une caverne. Une barbe de feu s'épanouissait en delta sur sa poitrine et remontait jusqu'à ses cheveux. Tout ce poil roux lui mangeait les yeux et les oreilles, mais ne parvenait pas à cacher la grande joie blanche de son sourire. Il portait un pantalon de velours rouille et un tricot vert poireau qu'il avait fait lui-même, en grosses mailles d'une laine énorme.

Thomas était arrivé par l'escalier de marbre, au centre de l'ancien salon. Léon le saluait du haut de son cheval qui trottait dans la pièce, le long du mur rond. C'était un arabe couleur miel-de-montagne, fin comme une fille, nommé Trente-et-un. Ses pieds nerveux faisaient résonner le parquet en rosace, à travers la piste de paille fraîche.

Ce qui restait du mobilier était rassemblé autour de l'escalier : deux fauteuils, le piano à queue et une table chinoise aux jambes tordues, qui ressemblait à un basset. L'ascenseur s'était coincé à jamais dans un élan pour franchir le plafond. On ne voyait plus que le derrière de la nymphe, qui verdissait.

Léon fit arrêter Trente-et-un près de Thomas et en descendit. Le dos du cheval redevint horizontal.

— Tu ne devrais plus le monter, dit Thomas, un jour tu vas le casser...

— Ça ne risque rien... Ses os sont en acier... Et ça lui fait plaisir : il m'aime... Viens par ici, toi.

Il poussa Thomas vers la cheminée d'ouest, où brûlait un feu de grosses bûches. Il le poussait devant lui d'une main qui lui couvrait l'épaule. Il le dépassait de plus de la tête, et son buste le cachait entièrement. Mais il aurait caché n'importe qui. Ce n'était pas un géant, c'était seulement un tiers de plus qu'un homme ordinaire. Il écarta des paniers installés devant le feu et dans lesquels, sous des chiffons de laine, rêvaient des serpents. Un coffre de marin, clouté de cuivre, dont le couvercle était soulevé, contenait les méandres d'un boa. Sa tête sortait du pli d'une couverture.

Dans une grande corbeille emplie de paille dormait une fillette nue, couchée sur le côté, le visage tourné vers le feu, les jambes pliées, une main fermée sous le menton, l'autre posée sur le bord de la corbeille. Thomas la regarda avec étonnement. Elle devait avoir dix ou onze ans. Sa peau avait la couleur du caramel blond. Ses cheveux courts étaient plus clairs, presque dorés, coupés à la même longueur tout autour de sa tête, en petites mèches à peine ondulées. Ses épaules et ses cuisses étaient fines et rondes. Sur sa poitrine encore plate ses minuscules mamelons pointaient comme des moitiés de grains de blé.

— C'est Dalla, dit Léon. C'est une écuyère. Elle vient de Hongrie. Ses parents me l'ont laissée pour que je la perfectionne pendant leur engagement à Londres. Ils sont antipodistes. Tu sais ce que c'est ?

— Oui... Elle n'a pas froid, comme ça ?

— Elle est habituée... Elle supporte pas d'être habillée. Quand elle fait son numéro, ils lui mettent un truc en paillettes, mais dès qu'elle a fini elle l'arrache... C'est un phénomène !... Assieds-toi là, toi... Je vais te guérir ton influenza...

Dans une vaste casserole de cuivre au cul noir, posée sur un trépied coiffant un tas de braise, frissonnait un lac de vin rouge, à la limite de l'ébullition. Thomas y vit flotter, montant à la surface au hasard d'une bulle, des fragments d'écorce, des feuilles, l'extrémité pointue d'un citron devenue violette, une plante cuite et molle, des grains ronds et des graines ovales, un fragment cubique de quelque chose qui était peut-être de la viande...

Léon saisit la queue de la casserole, se brûla, jura, l'enveloppa d'un chiffon cueilli dans le panier d'un serpent vert et noir, et, à deux mains, versa presque toute la mixture dans une bassine de fer étamé.

Il y ajouta cinq cuillerées de moutarde et un litre de vinaigre, la remua avec une louche, y plongea l'extrémité de son index gros comme un petit pain, la goûta et y ajouta encore de la moutarde pour l'efficacité, et du vin froid pour la température.

— Trempe tes pieds là-dedans...

— Quoi ? Ça va m'enlever la viande des os !

— Ça ne t'enlèvera rien du tout. Obéis, petite mule ! Tu dois m'obéir : je sais tout et tu ne sais rien...

— C'est vrai, dit Thomas.

Il avait enfilé pour descendre de grosses chaussettes de la même laine que son bonnet. Il les ôta, essaya de retrousser son pantalon, mais les jambes en étaient trop étroites.

— Enlève-moi ça ! dit Léon.

Le pantalon quitté s'envola et atterrit sur la cage de Flora, la perroquette bleue. Elle poussa un cri de colère qui ressemblait au bruit d'une boîte en fer dégringolant un escalier. Elle était en train de couver son œuf. Elle en pondait un chaque année. Elle couvait pendant des semaines, avec désespoir, et, ne voyant rien surgir, demandait à Léon :

— Qu'est-ce-qui-y-a ? Qu'est-ce-qui-y-a ?

C'était tout ce qu'elle savait dire.

— Il te faudrait un mari, ma pauvre Flora, répondait Léon.

Il lui en avait trouvé un, qui ne lui avait pas plu, elle l'avait plumé.

Thomas plongea son pied gauche et poussa un cri, puis son pied droit avec un autre cri. Dans la corbeille, Dalla sursauta, ouvrit de grands yeux bleu ciel, ne regarda rien, et les referma aussitôt. Elle se mit à remuer tout son corps pour s'enfoncer dans la paille. Quand elle s'immobilisa on ne la voyait plus. Elle avait enfoui ses mains et son visage, et ses cheveux se confondaient avec la paille dorée.

Trente-et-un, penché vers le fauteuil parme, goûtait du bout des lèvres une brassée de foin posée là pour lui.

Thomas sentait dix mille fourmis fourmillantes lui mordiller chaque millimètre de la peau de ses pieds. Une merveilleuse chaleur lui montait le long des jambes. Léon lui fit boire tout le vin qui restait dans la casserole, additionné par moitié de rhum blanc. Thomas, d'habitude, ne buvait que de l'eau. Il sentit une seconde chaleur naître dans sa poitrine, et descendre à la rencontre de celle qui avait atteint ses genoux. Elles remontèrent ensemble et soufflèrent des flammes dans son nez et ses oreilles. Conscient du danger, Thomas voulut se lever mais ne put pas. Il savait que ses deux pieds s'étaient transformés en ballons, et s'il les sortait de la mer rouge, ils allaient l'emporter la tête en bas. Dans ses narines débouchées entraient les parfums du vin bouilli, des herbes de Provence et des graines d'Orient. Ses poumons emplirent le salon et ses yeux s'ouvrirent. Il vit Léon qui s'était mis au piano et jouait un air de cirque. Ses doigts énormes frappaient deux touches à la fois, il fracassait le clavier et les lois musicales. Thomas l'entendait avec ses yeux, il changeait de couleur du grave à l'aigu, le piano était rouge avec des franges indigo. Trente-et-un était jaune citron, le fauteuil vert et le foin écarlate. Dalla leva la tête, ouvrit les yeux, regarda Thomas et lui sourit. Elle avait deux sourires, un bleu et un bouton-d'or. Elle se dressa et la paille tomba autour d'elle en paillettes rouges. Elle tapa ses mains l'une contre l'autre. Cela fit un bruit énorme qui sentait le rhum et la vanille. Trente-et-un fit un quart de tour et devint vermillon. Il se mit à trotter sur la piste de paille. Dalla courut vers l'endroit où il allait passer, frappa le plancher des deux pieds et sauta en l'air avec un cri sauvage. Elle retomba debout sur le dos du cheval.

Thomas émerveillé se leva, renversa la bassine et tomba. A quatre pattes, laissant derrière lui une trace d'escargot géant mariné, il se dirigea vers la porte de verre du salon, à travers laquelle le soleil coulait à l'intérieur avec des remous et de l'écume. Il s'accrocha aux poignées de la porte, se souleva et ouvrit les deux battants, gonflant sa poitrine dans le torrent de lumière et ouvrant la bouche pour la boire et s'y noyer.

Il eut le temps de voir, d'un seul regard, TOUS les bourgeons du marronnier percer de leurs flèches violettes le ciel orangé. Puis le froid le frappa de la tête aux pieds et le rejeta à l'intérieur. Il tomba entre les jambes de Trente-et-un qui le survola. Léon le ramassa, le mit sur son épaule et monta le coucher dans sa propre chambre. Il y avait deux lits en plus du sien, pour les hôtes de passage, entre les malles et les caisses.

Quand Helen, en rentrant, trouva l'appartement vide, elle descendit comme une furie chercher Thomas et demander des comptes à Léon, qu'elle présumait coupable. Il en avait déjà tellement fait ! Elle aurait bien voulu quitter cette maison et ses hôtes impossibles, mais elle ne payait qu'un loyer très modeste, et il y avait le parc... Après avoir quitté l'île, elle avait beaucoup souffert d'être séparée des arbres. Elle n'avait guère le temps de se promener ici parmi eux, mais elle sentait leur présence amicale, bénéfique, même lorsqu'elle n'avait pas une minute pour les regarder. La nuit, quel que fût le froid, elle laissait sa fenêtre entrouverte pour laisser entrer leurs odeurs et leurs bruits. Quand le vent soufflait de l'ouest en se roulant d'un arbre à l'autre, il lui semblait qu'elle entendait la voix de la forêt de St-Albans répondant au murmure interminable de l'océan.

Léon lui montra Thomas endormi dans un lit de cuivre appuyé contre des sacs d'avoine. Il l'avait recouvert du flot blanc somptueux de la peau de Jeanjean, son ours polaire mort l'hiver dernier. Entre le bord de l'ours et le bonnet d'Aran enfoncé jusqu'aux yeux, on ne voyait de Thomas que son nez écarlate et ses joues sur lesquelles la sueur coulait.

Helen gémit :

— Mon Dieu ! Que lui avez-vous fait ? Qu'est-ce qu'il a ?

— Il n'a plus rien, dit Léon, il est guéri.

Thomas ne dormait pas tout à fait. Il essayait de se rappeler le nombre exact des bourgeons du marronnier. Il s'y prenait mal. Il comptait : « Un, deux, trois... sept... mille... » Ce n'était pas la bonne méthode. Quand il les avait regardés, il avait SU combien ils étaient dans leur totalité. Ensemble. Pas un par un. Il ne savait plus. C'était parti.

— Qu'est-ce qu'il y a là ?

Le doigt d'Helen pointait vers une bosse que faisait la peau d'ours le long de Thomas, à sa gauche.

— C'est rien, dit Léon.

Elle souleva la fourrure et découvrit Dalla toute nue qui dormait, emperlée de tiédeur, collée de profil contre Thomas.

Helen, suffoquée, mit quelques secondes à se rendre compte du sexe de l'enfant. Alors elle cria :

— Une fille !

— Non !... dit Léon. C'est rien, c'est Dalla... Elle cherche toujours un endroit chaud pour dormir. Elle est comme un chat... Dès qu'elle court pas, elle dort...

Sa grande main frappa doucement le petit derrière couleur de pain. Dalla ouvrit ses yeux bleus, s'assit, secoua sa tête d'or et sourit.

— Va avec les chevaux, dit Léon.

Il lui répéta la phrase en langage gitan. Dalla sauta hors du lit et sortit de la chambre en courant.

— Thomas ! cria Helen. Thomas ! remonte tout de suite !

Thomas fronça un peu le nez et remua un coin de sa bouche, mais n'ouvrit pas les yeux.

— Il ne vous entend pas, il dort, dit Léon. Laissez-le tranquille...

Il faut qu'il transpire encore. Je vous le monterai tout à l'heure. Un remède comme je lui ai fait, ça nettoie le sang pour six mois...

Un trou immense avait été creusé place Saint-Michel. Notre-Dame y aurait tenu à moitié, et peut-être entière, en la tassant un peu. Au-dessous de la couche des alluvions, on avait taillé à vif la chair blanche de Paris, sur vingt mètres de profondeur. C'était du calcaire pur, fait de la multitude des squelettes microscopiques des animalcules qui habitaient la mer primordiale. Mille d'entre eux n'auraient pas empli l'œil d'une puce.

Un caisson métallique s'enfonçait jour après jour dans le trou. Il contiendrait la station du Métropolitain qui porterait le nom de Saint-Michel. De là partirait le tunnel qu'on était en train de percer sous la Seine.

On allait trouer le mont Blanc pour y faire passer le chemin de fer. On parlait de creuser aussi un tunnel sous la Manche, de Calais à Douvres. Personne n'y croyait : les Anglais disaient oui, mais on savait bien qu'ils pensaient non.

Quand Helen arriva d'Angleterre, elle prit une chambre dans un hôtel près de la gare Saint-Lazare, et, craignant les voleurs du Continent, voulut déposer immédiatement dans une banque le peu d'argent dont elle disposait. Emmenant son fils, elle se rendit en fiacre à la British Bank, dont le concierge de l'hôtel lui avait donné l'adresse. C'était une petite succursale de la British de Londres, mais qui avait de gros clients. Helen, qui n'était pas encore divorcée, y apprit qu'elle ne pouvait se faire ouvrir un compte ni louer un coffre sans l'autorisation de son mari.

Le directeur de la succursale était Mr Windon, un Anglais à l'esprit large, occasionnellement compagnon du prince de Galles, futur Edouard VII, dans ses escapades parisiennes. Il se faisait un devoir de rendre service à ses compatriotes qui se risquaient dans la capitale française. Il reçut Helen, regarda ses papiers et poussa une exclamation en constatant qu'elle était la fille de Sir John Greene. Il le connaissait ! Il s'était occupé de ses affaires lorsqu'il était à la British de Londres !

Il dit à Helen qu'il espérait qu'elle avait de bonnes nouvelles de ses parents et de ses sœurs. Elle répondit un peu sèchement qu'elle avait d'excellentes nouvelles. Il n'insista pas, il avait pourtant des raisons de le faire.

Il trouva aussitôt le moyen de la tirer d'embarras et de tourner les règlements. Il loua un coffre à son propre nom et lui en donna la clef, avec une procuration.

Helen, réconfortée, lui demanda conseil pour se loger, et sur la possibilité de trouver du travail. Elle connaissait un peu le français et très bien le grec et le latin, et l'archéologie de Sumer.

— Sumer ? Oh yes ! yes... Very interesting ! dit Mr Windon.

Assis derrière son bureau d'acajou venu de Londres, il regardait Helen en caressant son menton lisse et sa moustache taillée fine, à la française. Oui, de toute évidence il devait rester en relations avec la fille de Sir John Greene. Il tourna la manivelle du téléphone et demanda son ami M. Labassère.

Helen se tenait assise raide au bord de sa chaise. Thomas — qui était encore John — très fatigué, avait faim et sommeil. Debout, appuyé contre elle, la tête sur son genou, il geignait un peu en suçant son pouce. Il portait une robe de piqué blanc. Il avait dix-neuf mois. De temps en temps elle le redressait en lui disant : « Keep straight ! » et lui ôtait son pouce de la bouche. Il l'y remettait aussitôt.

Mr Windon avait obtenu M. Labassère. Entre les banques, le téléphone fonctionnait très bien. Mr Windon disait à M. Labassère qu'il croyait se rappeler qu'il avait cette curieuse maison là-bas, où donc, à Passy ? dont il ne savait que faire... Il y restait peut-être quelque chose à louer ?

Il tenait le téléphone de la main gauche et, de la droite, notait : « Ir.choc. » Ce qui voulait dire : envoyer des chocolats à Irène. Pour remercier Labassère.

Ce fut ainsi qu'Helen s'installa dans deux, puis trois chambres de domestiques, dont elle réussit à faire une sorte d'appartement. Ce furent également Mr Windon et M. Labassère qui lui procurèrent ses premiers élèves.

Mr Windon n'avait pas cessé de maintenir avec elle des rapports très cordiaux. Ce n'était pas par amitié.

Thomas dormit et transpira pendant cinq heures, Helen descendit trois fois, de plus en plus inquiète, et la quatrième fois ne remonta pas. Elle s'assit sur un sac d'avoine près du lit et ne quitta plus Thomas des yeux. Quand il se réveilla il la vit et dit « Maman... » Elle se mit à sangloter comme s'il venait d'échapper à la mort.

Malgré les protestations d'Helen, Léon mit Thomas tout nu et le bouchonna comme un cheval avec une poignée de paille tordue. Thomas riait et criait comme si Léon l'écorchait. Helen criait en anglais. Léon riait et frottait. Il enveloppa le garçon dans la peau d'ours et le remonta chez lui, dans ses bras.

Thomas était effectivement guéri, mais la médication l'avait épuisé. Sa mère l'acheva en le forçant à boire une tisane d'herbes envoyées d'Irlande par sa sœur Alice, en religion Mother Mary-of-the-Holy-Spirit. Les herbes avaient été apportées aux religieuses de son couvent par les paysannes du Connemara, qui les cueillent sur les collines, face à l'ouest, dans le vent de mer, au moment voulu de la lune. Elles n'étaient plus très fraîches. De leurs multiples parfums, elles n'avaient transmis à la tisane que le goût du poisson.

Thomas passa le reste de la journée à sommeiller, digérant l'alcool, les épices et les herbes. Au milieu de la nuit, il se leva et dévora tout ce qu'il put trouver dans le garde-manger.

Au premier rayon du soleil, Helen l'entendit chanter et son cœur devint léger. Elle alla préparer le thé.

C'était le vendredi 1er février. *Le Matin* publiait une lettre du marquis de Dion, constructeur d'automobiles.

« Je lis dans *Le Matin* une épreuve défi de Pékin à Paris. Les routes sont abominables et n'existent souvent que sur la carte... Mais j'estime, toutefois, que si une automobile peut passer, la De Dion-Bouton passera !

« C'est du Jules Verne, c'est du Mayne Reid, mais nous le ferons... »

La porte de la passerelle claqua, Helen était partie pour la matinée. Thomas entendit un pas léger grimper vivement l'escalier de fer. La porte de sa chambre s'ouvrit et Dalla toute nue parut. Elle referma la porte derrière elle et sourit. Cette fois-ci, son sourire était blanc. Elle courut vers le lit, se souleva sur la pointe des pieds, et posa un baiser d'oiseau sur les lèvres de Thomas. Une seconde plus tard elle s'était glissée dans les draps et, blottie contre lui, dormait. Il avait reçu ses odeurs au passage : sa bouche avait l'odeur du café qu'elle venait de boire et de la tartine de miel qu'elle avait mangée, et ses cheveux celle de la paille fraîche. Elle était couchée sur le côté, appuyée sur lui ; elle lui avait mis un bras en travers de la poitrine, l'autre était replié, sa petite main fermée sous le menton. Il sentait sa chaleur et presque la douceur lisse de sa peau à travers le calicot de sa chemise. Il n'osait plus bouger. Ce mince bras posé sur lui avec sa main ouverte le bouleversait. C'était comme s'il avait reçu tout à coup la confiance d'une mésange ou d'une alouette qui serait venue dormir dans ses mains.

Il se souvint de la veille. Il revit Dalla endormie dans sa corbeille puis se dressant, courant et sautant, bleue, sur le cheval vermillon. Toute la suite des images lui revint et il se rendit compte alors du miracle qui s'était produit : il avait vu le monde en couleurs, dans ses vraies couleurs, celles qui sont au-dessous de l'apparence et autour d'elle, dans la lumière et dans l'œil qui sait voir.

— Kô-hâ ! Kô-hâ ! appela Shama.

Il venait de se poser au bord de la fenêtre et commençait à cogner du bec à la vitre. Dalla se réveilla, s'assit et se mit à rire. Elle courut ouvrir la fenêtre. Shama entra et vola vers le feu, mais il avait vu Dalla au passage, il vira et vint se poser sur sa tête. Il demanda :

— Kouâ ?... Kouâ ?...

Cela voulait dire : « Qu'est-ce que tu fais là ? »

Elle lui répondit en hongrois. Il comprenait. Elle retourna dans le lit et se rendormit. Shama fit son nid avec son ventre dans l'édredon. Il piqua du bec une miette dans un trou de la dentelle. C'était tout ce qui restait du déjeuner.

Thomas sourit, et le bout de son nez s'inclina un peu vers la gauche. A quatorze ans, au cours d'un assaut de boxe avec Léon, il avait eu le nez cassé par un coup de savate sur lequel il s'était littéralement jeté. Léon cria comme si c'était lui qui avait reçu le coup. Il soigna Thomas avec un emplâtre d'oignon râpé. C'est à ce moment seulement que Thomas se mit à hurler. Il jeta l'emplâtre et monta l'escalier en courant. Quand Helen le vit arriver, le nez tuméfié, saignant, et l'œil droit bouché, dans une odeur d'oignon, elle faillit s'évanouir. Puis elle saisit la première arme qu'elle trouva, c'était un marteau, et elle dévala l'escalier, pour tuer Léon. Léon lui dit :

— Vous avez raison, frappez-moi !

Elle lui donna un grand coup de marteau dans la poitrine, mais ce fut comme si elle frappait un arbre. Elle remonta en pleurant. Thomas ! Son Thomas ! Son bel enfant si beau !...

Léon, monté derrière elle, remplaça l'oignon par des fleurs de souci conservées dans de l'eau-de-vie de prune. Ça s'était très bien arrangé. Ça ne se voyait presque pas. Juste assez pour ôter à peine au nez de Thomas une rectitude qui aurait pu être fade. Depuis, quand il souriait, son nez souriait un peu avec ses yeux, et quand il prenait une de ses colères, rares mais terribles, son visage devenait celui d'un barbare, farouche, prêt à tuer.

A la fin de la semaine, *Le Matin* avait reçu plus de vingt inscriptions pour le raid automobile Pékin-Paris. Le marquis De Dion avait engagé deux voitures, le constructeur Contal trois de ses engins légers à trois roues, les Mototri. *Le Matin* comparait les difficultés de l'aventure à celles de la découverte du pôle. C'était en effet, sur une grande partie du trajet, un voyage en plein inconnu. Les organisateurs se réunirent avec les concurrents présents à Paris pour discuter du règlement. Plus ils discutaient, plus ils se rendaient compte qu'un règlement et peut-être le raid lui-même étaient impossibles. On ne pouvait pas fixer d'itinéraire car on ne savait même pas s'il existait des routes ou des pistes pour traverser la Chine et une partie de la Russie. Il n'y en avait sûrement pas pour franchir le désert de Gobi ni l'Oural.

Finalement, un règlement ultra-simple fut publié, sans doute unique dans l'histoire de la compétition automobile. Il n'y avait ni règles ni formalités. Il était seulement exigé des concurrents qu'ils partent de Pékin en automobile et qu'ils arrivent à Paris...

Mais une caution de deux mille francs fut demandée à chaque candidat. Le versement de cette somme importante avait pour but d'écarter les fantaisistes qui ne s'étaient inscrits que pour faire parler d'eux et n'avaient pas la moindre intention de partir. La mesure fut efficace. Le nombre des engagés tomba à cinq. Un sixième arriva en France trois semaines avant l'embarquement des voitures pour la Chine. Il venait des Indes. Il allait rouler sous le pavillon du maharadjah de Marabanipour. Il était américain et se nommait Clide Sheridan. Sa femme l'accompagnait, ainsi que son fils âgé de douze ans, et son mécanicien et la femme de ce dernier.

Le maharadjah avait ouvert à Sheridan un large crédit à la British de Londres, qui l'avait viré à sa succursale de Paris. Tout le groupe s'installa à l'Hôtel de Paris, près de l'Opéra. La femme de Sheridan était très belle. *Le Matin* et *L'Illustration* la photographièrent assise à côté de son mari, celui-ci en costume indien, au volant de la Cumberland qu'il allait piloter et qu'il venait de recevoir de Londres. C'était le dernier modèle de la marque, puissant et perfectionné, baptisé « Golden Ghost », Fantôme d'or. D'or à cause de la couleur de sa carrosserie, en bois d'if et cuivre jaune, et fantôme parce que, disaient ses constructeurs, elle allait si vite qu'on avait juste le temps de la voir apparaître et disparaître...

Helen ne lisait pas les journaux français. Elle ne vit pas les photographies de Sheridan et de sa femme, mais le mardi 2 avril à trois heures de l'après-midi, s'étant rendue à la British pour y déposer un peu d'argent économisé, elle se trouva en face d'eux dans la salle des guichets de la banque.

L'Américain était vêtu à l'européenne, mais coiffé d'un turban indien d'une blancheur neigeuse qu'ornait, sur le devant, un gros rubis certainement faux. Il portait une petite barbe carrée d'un gris distingué, presque blanc. Sa femme avait eu le temps d'adopter avec goût mais non sans hardiesse la dernière mode parisienne. Sur une robe verte et crème à larges rayures verticales, elle avait posé un surtout d'opossum et cachait ses mains dans un manchon de la même fourrure. Elle était coiffée d'un extraordinaire chapeau fait d'une tempête de velours vert sur les vagues de laquelle se posaient deux mouettes aux ailes déployées.

Mrs Sheridan regardait Helen avec une sorte de stupeur. Elle semblait se demander si ses yeux la trompaient. Helen la regardait avec un mélange atroce de joie et de détresse, à cause de tout le bonheur de sa jeunesse qui lui remontait d'un seul coup dans le cœur. Elle se mit à trembler, poussa un petit cri, puis joignit ses deux mains gantées de fil noir et dit : « Griselda !... »

Elle l'avait reconnue au premier coup d'œil. Griselda ! La plus belle ! La plus libre ! Qui avait quitté l'île un soir pour s'enfoncer dans la brume de l'océan, et dont on n'avait plus jamais entendu parler...

Et son mari, le prétendu Américain, malgré sa barbe et son turban, elle le reconnaissait aussi. C'était Shawn Aran, le chauffeur de tante Augusta, le héros blessé qui avait pris Griselda dans ses bras et l'avait emportée loin des siens, hors de l'île et de l'Irlande.

Mr Windon, directeur de la British de Paris, était avant tout un Anglais. En plus de sa fonction de banquier, il assumait loyalement celle de renseigner le Foreign Office sur tout ce qui venait à sa connaissance dans la capitale française et qui pouvait concerner les intérêts de l'Empire britannique. Et comme il était très utile et, d'autre part, aimait beaucoup Paris, année après année on le maintenait au même poste et il ne protestait pas, alors qu'il aurait pu prétendre à une carrière plus brillante, mais à Londres.

Un des personnages sur lesquels son attention avait été attirée, parce qu'il pouvait passer un jour par Paris, était un chef des révoltés irlandais, un nommé Roq O'Farran, alias Shawn Aran, qui s'était enfui d'Irlande en compagnie d'une des cinq filles de Sir John Greene, et qui continuait à envoyer, de l'extérieur, des instructions et de l'argent aux rebelles. Il était devenu, en quelques années, un ennemi efficace de la Couronne, mais aucun agent du Foreign Office n'avait réussi à connaître sa nouvelle identité, ni l'endroit du monde où il résidait.

Sans l'espérer vraiment, Mr Windon ne repoussait pas la possibilité que la cliente à laquelle il avait rendu service laissât échapper un jour, involontairement, une indication. Il ne négligeait aucune occasion de lui parler et de lui demander des nouvelles de sa famille. Ses employés avaient la consigne de le prévenir lorsqu'elle arrivait.

Il savait que le prénom de la fille perdue de l'honorable landlord était Griselda. Il ouvrait juste la porte de son bureau au moment où Helen prononçait ce nom. Il repoussa doucement la porte, la laissant juste assez ouverte pour voir Mrs Sheridan mettre un doigt sur ses lèvres, et Helen la regarder d'un air étonné et se taire.

Les trois personnages sortirent. L'« Américain » boitait légèrement. Dans le dossier sur Roq O'Farran, Mr Windon avait lu que le chef rebelle avait probablement été blessé à la bataille de Greenhall...

Il adressa le soir même un rapport à son service, à Londres. Deux semaines plus tard il reçut un questionnaire. On lui demandait sur Sheridan-Aran-O'Farran des détails qu'il n'était pas en mesure de fournir. D'ailleurs Sheridan s'était embarqué l'avant-veille à Marseille pour Pékin, avec les autres concurrents et leurs automobiles. Il suffisait maintenant, pour le suivre, de lire les journaux.

Dans le nouveau rapport qu'il envoya à Londres, Mr Windon précisa que Mrs Sheridan était restée à Paris, toujours au même hôtel. Elle lui avait elle-même affirmé qu'elle y attendrait l'arrivée de son mari. Arrivée triomphale, bien entendu.

Le rapport ajoutait que pendant son séjour dans la capitale française, Sheridan, au lieu de retirer de l'argent de la banque, y avait au contraire versé plusieurs fois des sommes très importantes. Mr Windon se permettait de suggérer que, puisque le personnage arrivait de l'Inde, il avait peut-être apporté des pierres fines, qu'il aurait vendues à Paris. Le maharadjah de Marabanipour était connu pour ses fabuleux trésors de perles et de pierres précieuses. Il était peu probable que l'Irlandais ait réussi à lui en voler. Il était plus à craindre que les deux hommes fussent alliés dans leur lutte contre l'Angleterre. Il suffisait de se rappeler que la région de Marabanipour avait été, depuis plusieurs années, un des foyers de troubles en Inde. On n'avait jamais soupçonné le maharadjah, mais peut-être convenait-il de le mieux regarder... Mr Windon se permettait de faire cette suggestion, bien qu'il ne fût pas un spécialiste des affaires indiennes.

Il ajoutait que Sheridan avait retiré tout l'argent figurant à son compte la veille de son départ. Que comptait-il en faire à Pékin ?

Mr Windon se trompait sur la destination des billets en livres anglaises que sa banque avait fournis à son client. Celui-ci n'avait emporté à Pékin que la somme nécessaire pour le raid. La plus grosse partie était restée entre les mains de Griselda, qui savait ce qu'elle devait en faire.

Dalla revint chaque matin. Elle dormait toujours de la même façon, totalement détendue, allongée contre le flanc gauche de Thomas, appuyée, presque couchée sur lui, son bras droit posé sur la poitrine du garçon, où il ne pesait pas plus qu'un rameau. Et avant de se glisser près de lui, chaque matin, elle lui posait sur les lèvres un baiser au parfum de café et de miel, léger comme une abeille. Et parfois elle l'embrassait encore en partant. Elle s'éveillait aussi vivement qu'elle s'endormait, et toujours dans la joie. Ou bien elle s'en allait aussitôt, ou bien elle s'asseyait et racontait à Thomas, en hongrois, une histoire très animée, avec des gestes. Parfois c'était grave et parfois c'était drôle et elle riait.

Un matin elle lui dit quelque chose qui devait être très important et qu'il ne comprit pas plus que le reste. Elle le lui répéta plusieurs fois d'un air très excité, il aurait dû comprendre, c'était si simple ! Elle renonça avec un geste de la tête qui voulait dire : « Comme tu es bête ! », puis elle se mit à rire, l'embrassa et s'en alla en courant. Ses petits pieds nus sur l'escalier de fer faisaient le bruit des pattes d'un gros chien pressé.

Le lendemain, elle ne vint pas. Et Thomas fut d'abord étonné, impatient, puis malheureux. Son bras s'arrondissait autour du vide où elle aurait dû se trouver. Et ce vide pesait sur lui d'un poids énorme.

Il l'attendit une heure, puis enfila un pantalon et un manteau et descendit l'escalier comme un torrent. Le salon était désert.

— Qu'est-ce-qui-y-a ? Qu'est-ce-qui-y-a ? demanda Flora Bleue en s'agitant.

Il cria :

— Où est Dalla ?

Devant le feu, la grande corbeille était vide. Un duvet bleu pâle descendit en tournant et fut aspiré par la cheminée. Thomas courut dehors. Sous le marronnier, Léon essayait une fois de plus de passer des gants de boxe à Talko, son ours brun. Il s'obstinait depuis plusieurs mois à monter avec lui un numéro de pugilat. Et Talko s'obstinait à refuser les gants. Il les jetait au loin et secouait la tête. Et Léon recommençait avec patience en lui promettant un bout de sucre.

— Où est Dalla ? cria Thomas. Elle est malade ?

— Elle est jamais malade, dit Léon. Elle te manque ?

— Oui !

Le ciel était bleu et blanc au-dessus des bourgeons pointus. L'air sentait la fumée de feu de bois.

— Elle est là... dit Léon.

Il se tourna et montra la petite écurie. Thomas y courut, ouvrit le vantail du haut et reçut au visage la grande chaleur chevaline. Il vit tout de suite celle qu'il cherchait. Véronique la jument pommelée avait mis bas la veille, et Dalla nue dormait entre ses jambes, avec son poulain couleur d'argent.

Le 1ᵉʳ mars, le Waï Wou Pou, Grand Conseil de l'Empire, tint séance à Pékin pour examiner le projet de raid Pékin-Paris. On savait dans la capitale chinoise ce qu'était une voiture automobile. Plusieurs ambassades étrangères en possédaient une. Le petit peuple n'en avait plus peur et riait en les voyant passer dans leur puanteur et leur bruit, comme des dragons tenus en laisse. Mais les lettrés n'étaient pas certains que ces bêtes de fer ne fussent pas des démons déguisés qui, en se multipliant, pourraient faire aux hommes beaucoup de mal. Il y eut des voix, au Conseil, pour exprimer la crainte que ce raid ne fût une simple manière d'ouvrir vers l'ouest une nouvelle route d'invasion de l'Empire, déjà entamé de toutes parts par la voracité de l'Occident. Mais le petit nombre de voitures qui devaient y prendre part rassura la majorité des conseillers. Ils étaient d'ailleurs certains qu'aucune d'entre elles ne parviendrait même à la moitié du voyage. Quelques jours plus tard, sur leur avis, l'impératrice Ts'eu-hi accorda son autorisation.

A Paris, l'hiver s'en allait. Dans le parc de la maison ronde, tous les arbres s'ouvraient. Il y avait un peu partout des buissons de fleurs jaunes ou rouges dont Thomas ignorait le nom. Les feuilles du marronnier grandissaient à une vitesse fantastique. Celles des grands platanes osaient à peine se risquer. Quand Thomas les regardait en levant la tête il voyait la lumière du ciel à travers leurs millions d'ailes minuscules.

Dalla ne montait plus dormir près de lui le matin. Dès la première heure de clarté, Léon la faisait travailler, dans le salon s'il pleuvait, dehors les autres jours. Après le départ d'Helen, qui lui traçait son programme d'études pour la journée, Thomas descendait, un livre à la main. Il avait abandonné ses cahiers de croquis. Il n'avait plus envie de copier ce qu'il voyait. Il regardait, ébloui, la beauté des arbres et des bêtes, et Dalla, qui était plus belle que tout.

Pour habituer celle-ci à son vêtement de travail, Léon lui passait autour de la taille une courte jupette faite de quelques chiffons de couleur noués à un élastique. C'était saugrenu et drôle. Elle sautait sur le dos de Véronique, y exécutait un saut périlleux arrière et retombait sur sa croupe, saisissait le harnais et se rétablissait, les pieds en l'air, droite comme un i. La jupette retombait sur sa poitrine et lui découvrait le derrière. Véronique trottait en rond, passant de l'ombre au soleil et du soleil à l'ombre, Dalla retombait sur les pieds ou les mains, sur le gazon ou la jument, courait, bondissait, finissait par arracher les chiffons dérisoires pour retrouver la grâce stricte de son corps poli comme une pierre de torrent fraîchement sortie de l'eau. Elle ne voyait rien, que Véronique qui tournait et tournait de son allure égale et autour de laquelle et sur laquelle elle tournait et voltigeait comme une Lune de flamme autour d'une Terre d'argent. Et les arbres et l'univers tournaient autour d'elles deux, et tous les oiseaux du printemps chantaient. La voix du dieu barbu Léon grondait en hongrois : « Plus vite... C'est bien... Plus haut... Recommence... » Et elle recommençait. Un fouet claquait, amical. Thomas apercevait, au sommet d'une cabriole, l'éclair d'un regard bleu, Véronique hochait la tête, s'arrêtait et venait chercher son morceau de sucre. Dalla sautait à terre, courait embrasser Thomas, embrassait Léon au milieu de sa barbe, embrassait Véronique, et disparaissait entre les buissons de fleurs parmi lesquels ses cheveux dorés, un instant, dansaient. Thomas la retrouvait, endormie en rond, dans un rond de soleil.

Un soir, dans le pavillon près du portail d'entrée, où habitaient le ménage des gardiens et leurs enfants, il y eut une fête avec des chants et des danses et de la lumière hongroise. C'était la famille de Dalla qui revenait de Londres. Thomas ne le sut que le lendemain : Dalla était partie, avec ses parents et ses frères.

Léon comprit la profondeur de sa peine et l'empêcha d'y sombrer. Il le harassa aux agrès, à la boxe, à la course. Les gants aux poings, Thomas se jetait sur lui et frappait à grands coups sa douleur sans remède. Au moment où elle allait se révéler plus forte que lui, Léon, d'un coup de patte, le faisait rouler à terre. La colère le relevait et le sauvait.

Il ne pouvait pas oublier l'inoubliable. Mais Léon trouva les mots qui l'apaisèrent :

— Tu as eu la chance de voir un ange, lui dit-il. Et tu as eu la chance qu'il soit parti. Bientôt il deviendra une fille. Une fille, ce n'est plus un ange...

Un peloton de hussards, vestes bleu ciel et pantalons rouges, sur des alezans dorés brillants comme des guêpes, quittait la place de l'Ecole-Militaire pour l'avenue de La Motte-Picquet en direction des Invalides. Les pieds des chevaux, chaussés à neuf, crépitaient sur les pavés secs. Dans le bruit infernal de ses roues cerclées de fer, un long camion chargé de tonneaux de vin arrivait de l'avenue Bosquet, tiré par quatre ardennais plus blancs que des mariées. Le charretier en velours caramel, son fouet autour du cou, marchait près des chevaux de tête, en leur parlant, et roulant un peu comme un marin.

Helen, noire sur sa bicyclette noire, se glissa entre le camion, un fiacre et un triporteur des postes, et vira derrière les derniers hussards.

Le soleil d'après-midi brillait sur les croupes, sur les poignées des sabres et sur les boutons de cuivre. Une volée de moineaux s'abattit sur un gâteau de crottin, tout frais fumant, et commença de le disperser.

En sortant de la banque, Griselda avait donné rendez-vous à sa sœur aux Invalides, pour le surlendemain. Très rapidement, elle lui avait demandé de ne pas venir la voir à son hôtel. Les yeux brillants d'émotion, elle lui avait serré très fort la main, se retenant de l'embrasser, puis s'était éloignée avec Shawn.

Helen, ne sachant pas exactement quel mystère entourait le couple, s'était abstenue de parler à Thomas de la surprenante retrouvaille. Elle voulait d'abord en savoir plus.

Coiffée d'un jardin de lilas d'où s'envolait une aigrette, vêtue d'un manteau de loutre, Griselda, penchée au-dessus de la balustrade, regardait l'énorme sarcophage de porphyre rouge posé au fond de la crypte, au cœur duquel l'Empereur, couché face à l'autel dans son costume d'officier de chasseurs à cheval, attend que l'histoire passe jusqu'au jour où Dieu prendra dans sa main sa poignée de cendres pour la poser sur la balance.

Arrière-petite-nièce de Wellington, le vainqueur de Waterloo, Griselda avait toujours, dans son enfance, entendu parler de Napoléon comme de l'ennemi du genre humain, heureusement abattu par le héros de la famille. Mais Shawn lui avait appris à le considérer d'une façon différente. Elle essaya d'imaginer la dépouille dérisoire, quelques os en uniforme, tout ce qui restait d'un génie et d'un rêve, détruits par l'obstination anglaise. Elle se sentit solidaire du petit géant foudroyé, elle menait la même lutte contre le même adversaire glacé, et aucun espoir ne se levait à l'horizon. Mais un jour viendrait où l'Irlande serait libre.

Malgré son ascendance anglaise, Griselda se sentait aussi irlandaise que Shawn, peut-être plus, car elle avait à racheter les péchés de son sang, et l'Irlande, pour elle, c'était St-Albans, c'était l'île, une Irlande qu'on pouvait presque prendre dans ses bras et serrer sur son cœur.

L'évocation de l'île lui fit venir des larmes. Elle souleva le bord de sa voilette, se tamponna doucement les yeux et remit son mouchoir dans son manchon. Helen arrivait, toute noire, et Griselda, en la regardant s'approcher, eut l'impression que sa sœur, depuis le temps de leur jeunesse, avait diminué dans toutes les dimensions. Moins grande, plus mince, occupant la moitié moins de place dans l'espace, elle semblait se résorber. Un jour peut-être elle allait disparaître...

Helen s'arrêta devant elle, elles se regardèrent un instant en silence puis Griselda ouvrit ses bras et elles s'étreignirent. Griselda sentait bon, elle était toute tiède et moelleuse de fourrure. Helen était raide et froide, elle sentait les vêtements usagés et l'eau de lavande pour homme.

— Tu es toujours aussi belle ! dit Helen.
— Oh ! dit Griselda, je n'ai jamais été belle !...
Mais elle ne le pensait pas.

Alors elles s'interrogèrent et se racontèrent. Griselda ignorait tout d'Helen, de leurs autres sœurs et de leurs parents, Helen ignorait tout de Griselda. Elles faisaient lentement le tour de la crypte ronde au fond de laquelle attendait l'Empereur. Autour d'elles, les grandes colonnes de pierre blanche s'élançaient vers le dôme. Un peu de soleil entrait par une des verrières et se perdait sur les ors de l'autel. De la chapelle contiguë arriva la voix de l'orgue. Des voix de femmes la suivirent. Une chorale répétait. Helen dit :

— Père est mort le premier. C'était en septembre de... oh quelle année ? Je ne sais plus... Ma mémoire... Parfois je suis si fatiguée... Kitty m'a écrit aussitôt... Tiens je t'ai apporté sa lettre...

Avant de prendre les feuillets épais de papier gris pâle, Griselda ôta ses gants et les mit dans son manchon.

Dans la chapelle, aux voix de femmes se joignirent des voix d'enfants, pures comme le bleu du ciel. Griselda lisait :

« ... il avait pris son déjeuner avec appétit, comme tous les matins, mais au lieu de s'installer ensuite à son bureau il s'est assis dans un fauteuil du salon, et Firecat, le chat roux que nous avions emporté de St-Albans, est venu se coucher sur ses genoux. Quand je dis « le chat roux », il ne l'était plus guère, il était tout blanchi de vieillesse... »

— Firecat ? dit Griselda, mais c'était le chat d'Amy ?

— Oui, dit Helen, sûrement...

— Mais ce n'est pas possible ! Quand je suis partie il était déjà vieux comme le monde !

— Les bêtes d'Amy n'avaient pas d'âge, tu sais bien...

— Et Amy ? Qu'est-elle devenue, Amy ?

— Elle est partie... Tout le monde est parti...

Griselda s'appuya contre la balustrade de la crypte pour continuer sa lecture. L'autel ensoleillé envoyait un peu de lumière dorée sur l'écriture de Kitty.

« ... Père ne disait rien, il regardait la fenêtre en face de lui, il avait l'air d'écouter quelque chose. Je me suis inquiétée, je lui ai demandé s'il était souffrant, il m'a répondu une phrase que je n'ai pas comprise, sans cesser de regarder la fenêtre.

« Alors Firecat a sauté à terre en crachant, complètement hérissé, la queue raide, on aurait dit un tigre, il rugissait en direction de la fenêtre comme s'il faisait face à un chien énorme qui aurait voulu entrer. Père s'est levé, il a marché jusqu'à la fenêtre, il a dit :
« ... La tempête !... »

« Dehors, il y avait du brouillard, on ne voyait rien, et pas un souffle de vent. Mais père semblait l'entendre souffler, il écoutait, et alors moi aussi je l'ai entendu, je te jure, de plus en plus fort, et le bruit de l'océan déchaîné, comme quand on allait écouter la tempête au bout de l'île, sur le rocher. Et j'ai senti la maison trembler sous le coup des vagues, et j'ai entendu l'eau gronder en bas dans les cavernes du rocher, et le vent qui hurlait comme s'il venait d'en bas, du fond de l'eau. Et la maison a basculé, a plongé, je me suis cramponnée à une chaise, Père a écarté les bras puis il a glissé, il s'est affaissé lentement, comme s'il était tiré par les pieds vers quelque chose de profond... »

L'orgue grondait par tous ses registres, couvrant les voix du chœur, faisant trembler les pierres. Griselda et Helen, serrées l'une contre l'autre, entendaient la tempête fracasser les murs et envahir la crypte. L'Empereur, dans son vaisseau rouge, prenait le large...

L'orgue et les voix se turent brusquement. Griselda reprit son souffle, replia lentement la lettre.

— Mère ne lui a survécu que trois semaines, dit Helen à voix basse. — Puis quelques instants après : Kitty est seule maintenant à Londres. Elle m'écrit souvent. Elle s'occupe des pauvres, tu sais comment elle est... Mais toi, qu'as-tu fait pendant tout ce temps ? Où étais-tu ?

Griselda fit un geste vague pour écarter la question :

— Oh ! moi, tu sais...

Elle remit ses gants, tira la peau souple sur ses longs doigts minces. Elle demanda :

— Et Jane, où est-elle ?

— En Ecosse. Elle a épousé le constable, Ed Lane, tu te rappelles ?

— Ed Lane ! Ce n'est pas possible ?

— Si ! si, hélas !... Il l'a emmenée dans son pays. Il lui a fait cinq enfants, ils élèvent des moutons, il boit, il est avare, ils vivent comme des pauvres, il la bat, il la trompe avec les servantes de l'auberge...

— Oh ! Pauvre Jane ! Pauvre Jane !... Mais quelle idée d'épouser un constable !...

— Tu as bien épousé un domestique !... dit Helen, acide.

— Helen !...

— Excuse-moi...

— Domestique ! Il ne l'a jamais été !... C'était un déguisement pour pouvoir se battre !... Et il est fils de roi !

— Je sais... Je te prie de m'excuser. Je suis parfois amère malgré moi... La vie est dure... Si je n'avais pas Thomas... Mais pourquoi n'as-tu jamais écrit ? Jamais un mot ?

— Je ne pouvais pas ! Personne ne doit savoir où est Shawn... La police anglaise le cherche toujours... Tu dois me jurer que tu ne parleras de nous à personne !... Surtout pas à la famille !...

— Même pas à Thomas ?

— Thomas ? Qui est-ce ?

— C'est John !... C'est mon fils !... J'aimerais tant que tu le voies !... Il est si beau !... Il ressemble à grand-père Johnatan sur son portrait dans le salon !... Tu ne viendras pas le voir ?

Le visage de Griselda se ferma.

— Ton mari est anglais !... Qu'est-ce que vous faites à Paris ?

— Rien... C'est-à-dire... On vit... Je donne des leçons... Lui n'est pas là... Je l'ai quitté... Nous avons divorcé...

— Pourquoi ? Que s'est-il passé ?

— Rien... Il ne s'est rien passé... Le mariage, je... Nous ne

nous entendions pas, c'est tout... Tu viendras voir Thomas, dis, tu viendras ?
— Oui, Helen, je viendrai...
— Oh ! ce sera bon !... Nous sommes si loin, toutes !... Alice religieuse, Kitty vieille fille, moi seule avec Thomas, Jane battue, toi qui te caches, toutes dispersées, toutes malheureuses ! Pourquoi avons-nous quitté l'île ? Nous n'aurions jamais dû quitter l'île !...
Elle pinça le bout de son nez entre deux doigts gantés de fil noir. Elle ne voulait pas se mettre à pleurer. Griselda lui dit doucement :
— Je ne suis pas malheureuse, Helen... Je suis heureuse, heureuse...

Helen reprit en sens inverse l'avenue de La Motte-Picquet. Elle voulait s'arrêter rue Cler pour acheter des pommes de terre, qui y étaient moins chères qu'à Passy. Elle réfléchissait en pédalant. Griselda semblait riche. Les deux fois où elle l'avait vue elle portait des vêtements différents, et chers. Elle habitait un des plus grands hôtels de Paris. Tout cet argent, c'était bien mystérieux. Elle lui avait dit peu de chose de sa vie avec Shawn, seulement qu'ils étaient restés très peu de temps aux Etats-Unis. Le maharadjah de Marabanipour avait acheté une automobile construite par Shawn, Shawn était venu la lui livrer, et ils étaient restés en Inde. Il disputait des courses, il voyageait beaucoup, en Amérique et en Europe, et elle l'accompagnait...
Les maharadjah ont des fortunes fabuleuses, on le sait, mais pourquoi celui de Maraba... comment ?... aurait-il donné tant d'argent à Shawn ? Celui-ci n'avait sans doute pas abandonné sa lutte pour l'Irlande. Comme Griselda n'en avait pas parlé, Helen n'avait rien demandé. Griselda avait dit qu'elle était heureuse... Pourvu que ce fût vrai, mon Dieu ! faites que ce soit vrai !... Qu'il y en ait au moins une !... Elle est belle, elle est épanouie, comme une plante qui pousse dans le terrain qui lui convient... Quand on est malheureux, on n'a pas ce teint glorieux, on devient gris...
Helen arriva rue Cler en même temps qu'une giboulée. Elle se réfugia sous le store du marchand de couleurs, sa bicyclette appuyée contre le fût d'un bec de gaz. Il y avait un attroupement devant la boutique de crépins, près de la boucherie chevaline, et l'excitation gagnait toute la rue à travers les gouttes ensoleillées. Les crépins, ce sont les marchandises pour les cordonniers, le cuir, les clous, la poix, le ligneul, les outils. C'est un bon commerce, il y a toujours de l'argent dans le tiroir-caisse : trois millions de Parisiens qui marchent, cela fait six millions de semelles qui s'usent.
On venait de trouver la marchande étendue derrière son comptoir, assommée, et le tiroir vide. Celui qui avait fait le coup avait agi très vite. Personne ne l'avait vu entrer ni sortir.
Deux agents de police arrivèrent en courant du commissariat de la

rue Amélie, leur moustache ramollie par l'averse. Ils entrèrent dans la boutique. Deux autres arrivèrent plus lentement et firent circuler les curieux. Le soleil se réinstallait. La marchande de pommes de terre, courte, ronde, rouge, retira le vieux morceau de bâche bleue qu'elle avait étendu sur la cargaison de sa petite voiture et recommença de crier sa marchandise :

— Voyez ma pomme, ma pomme de tèèèère !...

Elle était debout, en galoches, sur un madrier. L'hiver, il l'isolait du sol, de l'eau et du froid. Et en tout temps il la mettait à la hauteur des plateaux de sa balance.

Helen lui en demanda cinq livres.

— Voilà, ma mignonne... Vous en voulez pas une livre de plus ? Ça vous fera trois kilos, je vous compte deux sous de moins...

— Je veux bien, dit Helen, qui ne s'habituait pas à acheter au kilo.

— Vous avez raison ma belle... Voilà... Ma belle pomme de tèèèère !... Ma belle blonde du Nooooord !... Donnez votre sac ma poulette, tenez-le ouvert... Là... Et cette grosse en plus pour le bon poids ! Ça c'est de la marchandise ! On en mangerait sur du pain !

Outre le bon poids, elle lui donna un bouquet de persil. Helen acheta de la poitrine fumée et du collet de mouton, pour faire un irish-stew. La marchande de crépins reprenait ses esprits, assise sur une chaise dans son arrière-boutique. Un agent lui faisait boire une goutte de marc. Elle put commencer à répondre aux questions. Oui elle l'avait vu... C'était un homme ordinaire... Plutôt jeune... Plutôt beau... Il avait une casquette grise et une moustache queue de vache. Elle ne le connaissait pas.

Elle ne le reconnut que cinq ans plus tard, quand il eut sa photographie dans les journaux. Son nom était Bonnot.

— Naturellement, elle est en retard ! dit Helen.

— Elle n'a peut-être pas trouvé la porte, dit Thomas.

— Penses-tu ! Elle est toujours en retard, elle est comme ça !... A St-Albans, elle arrivait toujours la dernière à table... Père avait beau faire semblant de se fâcher... Mais il était si bon... Parfois même elle oubliait de venir, quand elle était sur son rocher, devant l'océan, en train de rêver, toujours... Mon Dieu, je vais finir par être en retard moi aussi !... Je ne peux plus l'attendre !... Tu l'entendras arriver sur la passerelle, tu iras lui ouvrir en bas... Je serai là dans deux heures à peu près, il me faut le temps de revenir !...

Thomas entendit le pas de sa mère qui s'éloignait sur la passerelle, puis un autre qui venait à sa rencontre. Ils se rejoignirent, il y eut quelques secondes de silence, puis ils recommencèrent, s'éloignant l'un de l'autre.

Thomas descendit l'escalier en trombe et ouvrit d'un coup le battant de fer. Et Griselda le découvrit encadré par la porte, sur le fond sombre du palier, frappé par la lumière de l'extérieur, les yeux brillants de curiosité, la bouche un peu ouverte, ses cheveux fauves coiffant son visage d'une couronne de désordre.

Lui, de ses yeux grands ouverts, voyait une longue silhouette vêtue, chaussée et coiffée de gris, le visage enveloppé d'une voilette grise épaisse comme un brouillard de Londres.

De ce fantôme gris sortit une phrase qui l'emplit de stupeur :

— C'est vrai que tu es beau !...

Il recula en balbutiant quelques syllabes mélangées d'anglais et de français, elle avança sans répondre, il commença à monter l'escalier, se détournant pour la regarder. A la troisième marche elle se déchaussa pour monter plus à son aise.

Il s'effaça pour la laisser entrer dans la petite salle à manger-salon-bureau de travail. Elle alla droit à la table et y posa ses escarpins de chevreau légers comme des feuilles, puis son manchon, ses gants, les longues épingles qui maintenaient son chapeau sur sa tête, enfin le chapeau lui-même avec sa voilette de brume.

Debout près de la cheminée, Thomas, à mesure qu'elle se dépouillait de ses artifices, la découvrait à son tour, fasciné. C'était une transformation à la fois naturelle et magique, semblable à celle par laquelle un marron fait éclater son écorce d'épines et laisse apercevoir, dans les crevasses étroites, son éclat rond et chaud.

Ses cheveux échappaient en tous sens à l'architecture compliquée qu'elle avait essayé de leur imposer. Elle leva ses deux bras, ôta encore de longues épingles, des moyennes, des courtes et des doubles, et secoua la tête. Ses cheveux tombèrent jusqu'à ses hanches en une vague d'or foncé.

Elle poussa un grand soupir de soulagement.

— Ah ! C'est agréable de se mettre à l'aise ! La mode parisienne n'est pas facile, pour les cheveux ! A Marabanipour, je les tresse, et je me les enroule sur la tête, comme ça... Ou bien sur les côtés, comme ça... Il n'y a pas de mode là-bas... Rien que des obligations et des interdictions. Ça a l'air terrible, mais au fond ça simplifie la vie...

Elle sourit, et ajouta :

— Tout ça n'a aucune importance... Mais pour une femme c'est très important !

Elle ôta son manteau de soie qui s'envola jusqu'à la table. Elle vint à la fenêtre et l'ouvrit, regarda le parc et le ciel où couraient les nuages d'avril, murmura « ... printemps... printemps... », referma la fenêtre, se laissa tomber dans le fauteuil à dentelles d'osier, qui l'encadra de volutes et de spirales, releva la tête vers Thomas :

— Parle-moi de toi... Quel âge as-tu ?

Thomas avala sa salive et dit :

— Dix-sept ans... Depuis trois semaines...

— Printemps... printemps... dit Griselda.

Elle se releva et fit le tour des murs de la pièce, s'arrêtant devant une photographie, un portrait, un des cadres grands ou petits qu'Helen avait accrochés partout et qui couvraient presque entièrement le papier peint grenat. Les morceaux du passé emportés dans ses bagages ou reçus de ses sœurs, Helen les avait rapprochés les uns des autres pour reconstituer le puzzle du regret. Griselda se retrouvait à douze ans, à quinze ans... Elle s'exclama devant une miniature :

— Maman ! Comme elle était belle !...

Elle n'éprouvait aucune mélancolie mais semblait au contraire se gonfler de joies retrouvées. Devant une aquarelle où Helen elle-même avait représenté de mémoire le paysage de l'île, avec la maison blanche, elle eut un instant d'immobilité, puis elle leva sa main gauche, posa l'extrémité légère de ses doigts sur l'image et la caressa, doucement. Son index était orné d'une bague dont l'or, en entrelacs compliqués, cernait une énorme émeraude. Thomas ne connaissait pas la valeur des pierres mais il l'estima fabuleuse. Ou bien elle était peut-être fausse, c'était un bijou de conte de fées, le temps de fermer et rouvrir les yeux, elle ne serait plus là, et Griselda peut-être non plus...

Il lui semblait qu'elle regardait non les murs, mais des horizons. L'espace sans bornes était entré avec elle dans le salon minuscule, dont les limites avaient disparu. Elle était un navire gonflé de voiles, en voyage dans le soleil et le vent, ou bien la reine des grands oiseaux aux yeux bleus dont lui parlait parfois Léon, qui vit dans la forêt de l'Amazone, et devant laquelle les arbres s'écartent, quand elle passe.

Elle pivota pour se retourner vers lui.

— C'est vrai que tu ressembles à Johnatan... Mais... Montre-toi... Là... Regarde la fenêtre... Je me demande... je me demande si tu ne ressembles pas surtout à Foulques... Foulques le fondateur... Le premier duc d'Anjou... Celui qui épousa la licorne... Ta mère t'a parlé de lui ?

— Oui, dit Thomas.

— On ne sait pas exactement comment il était... Il n'existe pas de portrait... pas la moindre pierre taillée... Rien que la tradition... Ce que les femmes nées de lui se sont raconté de mère à fille à son propos pendant mille ans... Cinquante générations de femmes amoureuses de leur créateur, se transmettant son image à travers le temps... Je le connais... Je le vois...

« Il est plus grand que les hommes de son époque, et de la nôtre... il a les épaules larges et charnues, la tête ronde, les cheveux rouges... On l'appelle le Roux... Tes cheveux sont plus clairs... Mais on l'appelle aussi le Lion... Tu as des cheveux de lionceau... Si tu lui ressembles aussi de cœur, tu rencontreras peut-être la licorne... Aucun de ses descendants ne l'a vue... Sauf Johnatan, le jour de sa mort, sous la forme d'une fille. Mais il ne l'a pas reconnue, et sa vie a pris fin. Rappelle-toi, petit lion, si tu la rencontres : elle est libre, c'est à cela qu'on la reconnaît... Et rappelle-toi aussi l'exemple de Foulques : tu ne dois pas la laisser s'enfuir, si vite qu'elle coure...

Brusquement, l'image de Dalla déchira en deux le cœur de Thomas. Il l'avait laissé s'enfuir... Non... Elle n'était pas la licorne... Elle était un ange, avait dit Léon... Mais c'était peut-être la même chose...

Non... elle aurait disparu, même si elle était restée : un enfant ne dure pas...
— Tu as quelque chose à me dire ? demanda Griselda.
— Non... Oui... J'ai peut-être... j'ai peut-être rencontré la licorne enfant... Est-ce que ça existe, une licorne enfant ?
— La licorne est toujours jeune, dit Griselda, mais elle n'est jamais enfant... Un enfant a besoin de quelqu'un, la licorne n'a besoin de personne...

— Alors, dit Griselda, on a monté l'automobile sur le dos d'un éléphant. Il n'y avait plus de piste, et le palais était encore à près de cinquante miles... Ça n'a pas été facile : comment faire rouler l'automobile jusque sur le dos de la bête ? Shawn disait : « Il va falloir construire un plan incliné, avec des planches. » Mais où trouver les planches ? Mais en Inde ils ont l'habitude de tout transporter sur les éléphants : ils avaient une sorte de grand filet tressé avec des grosses cordes, ils l'ont étendu par terre, nous avons poussé l'automobile au milieu, ils ont relevé les quatre coins et fait un nœud, un éléphant a soulevé le paquet et l'a posé sur le dos d'un autre qui s'était agenouillé. Shawn était inquiet, il avait peur pour sa machine, mais les Indiens riaient, ils l'ont ficelée, ils ont mis des cordes partout, c'était solide, on est tous montés sur les éléphants et on est partis à la queue leu leu dans la forêt. Il y avait une foule de petits singes qui nous suivaient d'un arbre à l'autre, en poussant des cris...

Thomas, assis sur un pouf, dos à la fenêtre, immobile, pétrifié, regardait et écoutait Griselda. Elle marchait de la porte à la fenêtre, tournait autour de la table ronde, esquissait le décor avec ses mains et toute l'Inde surgissait autour d'elle.

— En sortant de la forêt nous avons découvert le palais. Il était de l'autre côté d'un grand lac calme comme un miroir. C'était la fin du jour et le lac était violet et le ciel était violet, entièrement, violets tous les deux et lisses, immobiles.

« Et de l'autre côté de l'eau et du ciel, sur la ligne où ils se rejoignaient, le palais mince et long était couché, avec ses mille colonnes roses qui paraissaient aussi fines que des aiguilles. Au-dessus des colonnes il y avait des dômes et des coupoles et des toits pointus, en bronze et en or. Le palais se reflétait dans l'eau qui reflétait le ciel. Les deux images se touchaient. Il n'y avait rien derrière. C'était une fine et longue broderie de merveilles qui reliait le ciel d'en haut avec le ciel d'en bas. Tous les Indiens de l'escorte sont descendus des éléphants, se sont agenouillés et se sont prosternés en direction du palais. Je ne sais pas ce qu'ils adoraient, mais moi j'en ai fait autant, parce que c'était si beau qu'il fallait dire merci...

« On a déchargé les éléphants et ils se sont couchés dans le lac et leurs serviteurs les ont lavés, brisant le violet du lac en miettes et en ondes. Il est devenu pourpre puis noir. Nous avons couché sous de grandes tentes avec dix millions de moustiques. Mais les Indiens ont allumé des herbes sous les tentes et les moustiques se sont endormis aussi. Les singes et les tigres ont crié toute la nuit, avec d'autres bêtes qu'on ne voit jamais, on sait seulement qu'elles existent parce qu'on les entend crier la nuit. On ne sait pas si elles marchent ou si elles volent. Le lendemain matin, le lac était bleu, et le ciel était bleu, et entre les deux le palais était blanc comme une dentelle...

... C'était la fin du jour sur Paris et Passy. Le ciel tendre d'un bleu un peu gris devenait un peu rose, avec des petits nuages joufflus, une joue rosée, une joue cendrée, qui se déplaçaient à peine, changeaient lentement de forme, fondaient dans le soir.

— ... Nous avons vu au milieu du lac trois bateaux qui venaient nous chercher. Ils étaient hauts comme des maisons, avec deux rangs de rames de chaque côté. Ils étaient sculptés et peints de toutes couleurs, de fleurs, d'animaux et de personnages. Ils se reflétaient dans l'eau. On aurait dit des jardins qui nageaient.

Une fois de plus, le printemps avait saisi Shama et lui avait donné un ordre impossible. Il était furieux parce qu'il savait que ça ne réussirait pas, mais il devait le faire : un nid. Un nouveau nid. A l'endroit le plus haut. L'endroit le plus haut était le sommet de la maison ronde. Et le sommet de la maison ronde était rond. Ça ne tenait pas. Ça glissait. Il avait déjà essayé au printemps d'avant, et celui d'avant, et celui d'avant, et il essayait de nouveau depuis ce matin. Et chaque fois qu'il décidait de renoncer parce que c'était idiot de continuer, le printemps lui envoyait dans les veines un flot de chaleur qui les faisait bouillir, et il recommençait.

Il s'envola en tenant en travers du bec une brindille de platane d'un demi-mètre de long, bien sèche et un peu en zigzag. Il plana au-dessus de la maison, puis atterrit sur les carreaux de céramique. Il regarda à droite, à gauche, d'un air féroce : qui oserait lui enlever cette brindille ? Il baissa le cou et la posa. Une bouffée de vent tiède la fit tourner et glisser sur la pente. Une autre l'emporta. Shama plongea en poussant un cri horrible, et la rattrapa comme elle passait à la hauteur du petit salon. Il vint battre des ailes devant la fenêtre pour faire comprendre son désarroi à Thomas et recevoir du réconfort.

— Qu'est-ce que c'est ? demanda Griselda.
— C'est Shama...

Il ouvrit la fenêtre. Le grand freux blanc vint se poser sur la barre d'appui. Griselda s'approcha. Shama laissa tomber sa brindille.

— Il sait parler, dit Thomas. Comment vas-tu aujourd'hui, Shama ? Ça va ?

Shama ne répondit pas : il regardait Griselda.

— Tu es très beau, dit Griselda.

Shama gonfla les plumes de son cou. Il répondit :

— Krouhâââh !

Il avait voulu roucouler.
 Il vola jusqu'à la table, s'y posa et baissa la tête, captivé par la vue de quelque chose qui serait merveilleux pour le nid : la voilette. Il poussa un « croâ » de jubilation, la pinça du bec et s'envola en l'emportant. Mais au bout de la voilette, il y avait le chapeau qui le freina et le fit piquer du nez. Il lâcha tout et sortit en injuriant le mois d'avril.
 Griselda riait.
 — Je l'ai dessiné, dit Thomas.
 Il lui montra ses croquis. Elle les trouva réussis, intelligents, justes, expressifs.
 — Tu veux devenir un artiste ?
 — Je ne sais pas. C'est pour mon plaisir... Maman veut me faire entrer dans une banque, pour que je devienne un homme d'affaires, et que je gagne de l'argent pour racheter l'île...
 — Elle est folle !... Il n'y a jamais eu un homme qui ait su gagner de l'argent, dans la famille, ils n'ont su que le dépenser. Mais parfois ils l'ont conquis. Si tu es le lion, tu ne resteras pas enfermé dans la banque. Tu partiras, comme moi...
 La passerelle grinça. Helen rentrait, noire de fatigue et de soucis.
 Elle gronda Thomas parce qu'il n'avait pas offert le thé à sa tante. Elle le fit, rapidement. Ce n'était plus l'heure mais c'est toujours l'heure pour le thé. Pendant que l'eau chauffait, en quelques minutes, elle pendit tous les vêtements que Griselda avait laissés en vrac sur la table, alluma la suspension à pétrole, tira le rideau devant la fenêtre, ouvrit des boîtes, disposa des tasses et des pots et de fins couverts d'argent, et ils se trouvèrent bientôt assis autour d'un vrai thé à l'anglaise, avec plusieurs sortes de petits gâteaux et de confitures, dans le cône de lumière qui descendait de l'abat-jour d'opaline. Celui-ci dispensait une demi-clarté un peu dorée sur les personnages de la famille rassemblés autour d'eux sur les murs, assis ou debout dans leurs cadres ou n'y montrant que leur buste ou leur visage, comme à une fenêtre, curieux, présents, attentifs.
 — Pourquoi n'as-tu pas amené ton fils ? demanda Helen. Nous aurions été heureux de le connaître...
 — J'aurais dû lui donner des explications, lui dire qui vous êtes... Il est trop jeune, il peut bavarder sans le vouloir, c'est dangereux... Il ne sait pas qui il est... Il croit vraiment qu'il se nomme Sheridan... Quand nous lui apprendrons son nom, qui est celui d'un roi, ce sera pour qu'il se prépare à la bataille... Pour l'Irlande...
 Griselda se tourna vers Thomas :
 — Et toi ?... Tu vas être un homme... Tu comptes rester ici, tranquille, sans te soucier de ton pays que les Anglais piétinent depuis huit siècles ?
 Helen l'interrompit, violente :
 — Laisse-le ! Il n'a pas à se mêler de ça !... Son père est anglais !... Et nous aussi nous sommes anglais, tu as l'air de l'oublier !... Nous ne sommes que des Irlandais de raccroc !

— Non... dit doucement Griselda. Nous sommes nés dans l'Irlande... Nous avons joué et grandi sur elle, comme ses enfants !... Nous avons bu son lait, son air, sa lumière... D'être anglais, il ne nous reste que la honte...

— Je n'ai pas honte ! Thomas n'a pas honte !... Nous ne sommes pas responsables de l'histoire !... D'ailleurs lui n'est pas né là-bas !...

Ses deux poings serrés posés sur la table, Helen faisait face avec fureur à l'ombre du danger qui risquait de menacer son fils.

— J'aimerais connaître l'Irlande... dit Thomas.

— Tu n'as pas besoin de te battre, pour ça ! Tu rachèteras l'île, et nous irons y vivre !...

Sa voix s'étrangla et elle ajouta, très bas :

— C'est le paradis...

— Oui, dit Griselda. Oui... c'est vrai...

Griselda revint deux fois à la maison ronde, seule. Elle ne se décidait pas à amener Johnatan.

— C'est malheureux ! dit Helen. Toi c'est un miracle du hasard si je t'ai rencontrée, et ton fils est là à deux pas, c'est le seul de mes neveux que je pourrai peut-être jamais voir, et tu ne veux pas !...

— Le hasard ! dit Griselda. Tu as trouvé : j'irai quelque part avec lui, vous irez au même endroit toi et Thomas, et nous nous rencontrerons par hasard !... Je vous présenterai comme des amis américains que je n'ai pas vus depuis des années, et nous...

— Je n'aime pas ça ! coupa Helen. Des mensonges, c'est pire que tout ! D'ailleurs Thomas ne sait pas mentir...

— Il n'aura qu'à se taire !... C'est comme tu veux : c'est cela ou rien... Et encore il faut trouver un endroit désert et où pourtant ce soit normal qu'il y ait du monde...

— Un musée, proposa Thomas.

— Je déteste les musées, dit Griselda. Tu y vas souvent ?

— Quelquefois...

— Quels peintres tu aimes ?

— Ça dépend... Pas toujours les mêmes...

— C'est bien ! Il ne faut pas avoir d'idée fixe !... Moi je les connais mal... Je ne suis entrée qu'une fois dans un musée, c'était à Rome, j'avais accompagné Shawn qui allait acheter pour le maharadjah une nouvelle voiture italienne, une Fiat douze litres. J'étais seule pour l'après-midi, je suis entrée là, j'ai suffoqué, j'ai eu l'impression de me trouver dans un séchoir à linge. Il y avait des tableaux accrochés partout, les uns contre les autres, il faisait chaud, il y avait un gardien qui dormait sur une chaise, et quatre mouches — quatre ! je les ai comptées ! qui tournaient dans un rayon de soleil, et un homme en noir, en jaquette, son gibus à la main, planté devant un tableau, immobile. Son crâne était chauve et tout blanc, avec des plis, j'attendais qu'une mouche vienne se poser dessus, elles ne sont pas venues. Je commençais à étouffer, j'ai regardé quelques tableaux, je ne me souviens d'aucun, il me semblait que les portraits, les paysages, toutes ces œuvres accumulées, c'était de la vie qu'on avait coupée en tranches, et on les avait passées à la presse, vidées de leur jus et on les avait accrochées aux murs pour qu'elles finissent de sécher tout à fait, jusqu'à la dernière goutte !... Je suis sortie presque en courant ! J'avais l'impression que si je restais encore un peu, j'allais me retrouver pendue quelque part, encadrée et plate !...

Thomas riait. Il pensait en regardant Griselda que cela aurait été bien dommage. Helen elle-même souriait, oubliant ses objections.

— Le musée Victor-Hugo !... dit Thomas. Il n'y a pas de tableaux. Juste quelques dessins fantastiques. C'est pour eux que j'y suis allé. C'est la maison où il habitait. Place des Vosges. Il y a seulement ses meubles, son bureau, ses objets familiers...

— Je vois, dit Griselda : la pipe du maître et ses pantoufles... Et peut-être un chat sur un fauteuil ?... Et un fantôme qui se cache sous un guéridon pendant les heures d'ouverture... Ça me va !...

— Et il n'y a jamais de visiteurs... Sauf des écoliers avec leur maître. Si nous parlons anglais, personne ne nous comprendra...

Avec quelques difficultés, à cause des heures de leçons d'Helen, les deux sœurs se mirent d'accord pour un rendez-vous. Ce serait quatre jours plus tard, à trois heures.

En rentrant à son hôtel, Griselda trouva un télégramme de Shawn, envoyé à l'escale de Bombay du paquebot *Tourane*, sur lequel il voguait avec les autres concurrents et toutes les voitures, en direction de la Chine. Il donnait de ses nouvelles avec des mots affectueux. Tout allait bien. Mais le télégramme signifiait autre chose, et Griselda le savait.

Helen et Thomas prirent un fiacre jusqu'à la Madeleine où ils montèrent dans l'omnibus Madeleine-Bastille qui les conduirait à proximité de la place des Vosges.

Bien que ce ne fût pas très « correct », Thomas convainquit sa mère de monter sur l'impériale, pour mieux voir Paris. Il faisait beau. Les cafés des boulevards avaient ouvert leurs terrasses, et le léger parfum de l'absinthe arrivait jusqu'aux narines de Thomas, mêlé à la forte odeur des deux percherons qui tiraient l'omnibus. Il y avait beaucoup de monde sur la chaussée, avec autant d'animation qu'un dimanche, bien qu'on fût mercredi, et Helen se demandait pourquoi. Ce devait être une de ces fêtes françaises qu'elle ne savait jamais situer. Des femmes en robes simples donnaient la main à un enfant ou le bras à leur mari. Quelques élégantes abritaient leur teint du soleil sous des ombrelles vives. Les fiacres et les voitures particulières se croisaient dans la foule, personne ne semblait pressé, peut-être à cause du printemps.

Quand l'omnibus s'arrêtait, on entendait, pareil à la rumeur d'une mer d'été remuant les galets d'une plage interminable, le long bruit de Paris, fait du crépitement proche ou lointain des fers des milliers de chevaux sans cesse en mouvement dans les rues de la ville, et des roues qu'ils tiraient sautant sur les pavés. Puis l'énorme voiture repartait avec fracas dans une bouffée d'odeur chevaline, et les façades du boulevard défilaient derrière les hautes et minces branches des platanes, endentellées de leurs feuilles nouvelles. Thomas regardait les lumières du ciel et des feuillages répondre aux taches de lumière des trottoirs et de la chaussée. Les couleurs se mêlaient, scintillaient, à gauche, à droite, au-dessus, au-dessous, tournaient dans sa tête. Il eut un mouvement de vertige ébloui, où la séance du vin chaud dans le salon se superposa au boulevard de couleur qui coulait comme un fleuve. L'odeur des épices lui remonta dans l'arrière-gorge et se mêla à celle de l'absinthe, de la poussière et de la sueur des chevaux. Il ferma les yeux, et vit Dalla nue, toute bleue, danser sur le cheval pourpre dans les hautes branches des platanes qui flambaient en jaune. Un bruit de cavalcade le rappela au réel. Des gardes municipaux casqués et cuirassés, trottant en file par deux, dépassaient l'omnibus et fonçaient vers la place de la République. Les piétons s'écartaient vivement de leur chemin. Un homme maigre, assis sur la banquette à la droite de Thomas, se leva et les regarda passer d'un air furieux en mâchonnant des injures. Vêtu d'un long pardessus noir, il était nu-tête, ce qui était presque aussi inconvenant que de sortir sans pantalon. Il paraissait jeune, ses cheveux étaient blonds et bouclés, il portait une petite barbe pointue, pas très propre. Il se rassit, nerveux, se releva, s'assit de nouveau, se releva encore, le regard toujours fixé vers l'extrémité du boulevard, où quelque chose se passait. Thomas se leva aussi et regarda. L'omnibus ralentissait, la circulation se figeait, les piétons s'arrêtaient sur place. Venant de la place de la Bastille, une masse sombre occupait toute la chaussée et avançait dans un bruit sourd où Thomas crut deviner un chant. C'était une mer de costumes sombres, une foule épaisse d'hommes du peuple en costume du dimanche, chapeaux melons et cols de celluloïd, surmontée de quelques drapeaux rouges et de deux drapeaux noirs. Une double rangée d'agents en pèlerines les empêchait de gagner les trottoirs et les vitrines. Une autre troupe d'agents barrait le boulevard à une vingtaine de mètres devant eux, pour leur interdire d'aller plus loin. Les gardes municipaux s'étaient immobilisés, prêts à intervenir.

L'omnibus s'arrêta. Sur l'impériale, tout le monde s'était levé et regardait.

— Mon Dieu, que se passe-t-il ? demanda Helen.

— Ils manifestent ! dit une vieille femme. C'est le 1er mai ! J'aurais jamais dû prendre cet omnibus...

Elle avait de petits yeux marron qui brillaient de colère. Ses cheveux blancs, un peu jaunes, étaient recouverts d'un bonnet de dentelle noire aux brides nouées sous le menton. Ses vieux doigts crevassés serraient l'anse d'un grand panier d'osier recouvert d'un torchon bien repassé, bien propre.

— Vous savez ce qu'ils veulent ? Le repos hebdomadaire ! Un jour de repos par semaine ! Comme si je m'étais jamais reposée un jour de ma vie, moi !... Faut pas rester là... Faut s'en aller... Venez donc !...
Poussant devant elle son panier calé sur son ventre elle essaya de gagner l'escalier de descente. Mais l'omnibus repartait, droit vers la manifestation.
Helen se cramponna au bras de Thomas.
— Il est fou ! Ce cocher est fou ! Il faut faire demi-tour !...
Mais c'était un cocher du Madeleine-Bastille. Il était parti de la Madeleine et il devait rouler vers la Bastille. C'était sa direction, tant qu'il pouvait rouler il roulait. Il arriva dans un conglomérat d'agents et de policiers en civil coiffés des mêmes chapeaux melons que les manifestants. Un sergent de ville saisit le cheval de gauche par la bride et l'immobilisa. Il cria au cocher :
— Tu es pas maboul ? Où c'est que tu crois aller ?
Le défilé s'était immobilisé à dix mètres des agents. Il y eut un bref instant de silence, sans un cri, sans un bruit de sabot, avec seulement la rumeur basse qui était faite de milliers de respirations, de grognements, de phrases courtes dites au voisin, puis le chant naquit de nouveau au loin, très faible, dans la multitude piétinant la place de la République, se rapprocha comme une flamme poussée par le vent, s'élargit, s'enfla, monta, emplit le boulevard, se heurtant aux façades et retombant en vagues rouges :
« *C'est la lu-u-utte fina-a-ale,*
Groupons-nous-z'et demain... »
— Les voyous ! les voyous ! gémit la vieille repasseuse.
« *L'Internationa-a-a-ale...* »
Sous la poussée de la masse accumulée derrière, le premier rang des manifestants se rompit et jaillit vers le bloc des pèlerines. L'officier commandant les gardes municipaux se dressa sur ses étriers et cria « En avant ! » avec un geste du bras. Les poitrails des chevaux entrèrent dans la foule. Les agents cognaient, les melons volaient, venant de la République la masse poussait, les premiers manifestants tombaient et criaient, une vitrine éclata, le verre tomba avec un bruit de rire. Par la rue de Lancry, un groupe d'assaut arriva en courant et criant, ravagea la terrasse du café des Deux-Mers, bombarda la police avec les verres et les bocks de grès, et l'attaqua avec les chaises de fer. D'autres gardes arrivaient au galop. De toutes les fenêtres et des balcons des projectiles se mirent à tomber impartialement sur les policiers et les manifestants, pots de fleurs, casseroles, balais, morceaux de bois, une lampe allumée qui explosa en roux, des chaussures trouées, un corset, des litres vides, un vase avec ses roses, les premiers légumes du printemps. La bagarre enveloppa l'omnibus et tourbillonna autour de lui comme la tempête autour d'un rocher. Un chat jaune hurlant tomba sur l'impériale, tous ses poils hérissés, rebondit de fureur plus haut que les épaules, retomba sur le cocher, sur un cheval, sur le sol, disparut. Thomas tenait sa mère serrée contre

lui. Il sentait contre sa poitrine solide trembler son dos frêle. Il regardait avec passion et dégoût. Il ne comprenait rien, tout cela lui paraissait stupide. L'homme blond allait et venait à grands pas sur l'impériale, en diagonale et en zigzag, en gesticulant et en criant des mots dans une langue sauvage. Il s'immobilisa contre la rambarde, se mit à hurler plus fort, tira un objet noir de sa poche et le brandit en direction d'un garde à cheval. Il y eut un, deux, trois, six coups de feu. Un nuage de pigeons et de moineaux, que rien jusque-là n'avait émus, s'envola des trottoirs, des corniches, des toits. Le garde et son cheval tombèrent. Une légère fumée bleue arriva jusqu'à Thomas avec une odeur de poudre. Les agents assiégeaient l'omnibus, se coinçaient dans l'escalier étroit, l'homme les injuriait en leur cognant sur la tête à coups de talon. Un d'eux lui prit la cheville et le fit tomber. Ils jaillirent sur l'impériale, le saisirent, le frappèrent, l'assommèrent, le jetèrent hors de l'omnibus. Il tomba à plat sur les pavés. Des agents et des policiers en civil le relevèrent et l'emportèrent en continuant de le frapper. La police, qui recevait sans cesse des renforts, commençait à prendre le dessus. Les manifestants refluaient vers la République. Le cocher de l'omnibus remit tout doucement ses chevaux en marche.

— J'avais promis son linge à Mme Breton pour quatre heures, dit la vieille repasseuse, j'y serai jamais avec ces anarchistes !...

Quand Helen et Thomas arrivèrent place des Vosges le musée était fermé. Ils ne virent Griselda nulle part.

Griselda n'était plus à Paris. Helen et Thomas l'apprirent par un pli qu'apporta le facteur. Il contenait un bref message pour Helen, et une petite boîte cylindrique en fer dont l'étiquette disait :

LE ZIDAL

Si, dans votre entourage vous avez un malade atteint soit de neurasthénie, d'anémie, de diabète, d'albuminurie, de rhumatisme, d'épuisement à la suite de chagrins, d'excès ou de fatigue ; soit de maladie d'estomac, des reins ou des nerfs ;
faites-lui prendre ce merveilleux remède :

LE ZIDAL

Il guérit tout, lui seul guérit.

Helen lut ce texte avec étonnement et ouvrit la boîte. Elle était bourrée de coton. Au cœur du coton, un léger fragment de papier de soie enveloppait une lumière verte et dorée : la bague que Griselda portait le soir de sa première visite. Posée sur la table, dans son lit blanc ouvert, entourée des entrelacs compliqués de l'or indien, l'émeraude buvait le soleil qui entrait par la fenêtre et le transformait en un feu vivant couleur de forêt et d'eau profonde. La pierre paraissait encore plus grosse que lorsqu'elle ornait la main de Griselda. La lettre disait :

« Je pars. Je vais à la rencontre de Shawn. Je l'attendrai à Moscou. Je reviendrai peut-être à Paris avec lui ou prendrai peut-être un autre chemin. Je ne sais pas quand je te reverrai, si Dieu veut. Qu'il vous garde tous les deux. Cette bague est pour t'aider un peu. J'aurais préféré te donner des billets, mais l'argent que j'ai ne m'appartient pas. Ne te fais pas voler en la vendant. Cherche un bijoutier honnête. La pierre est vraie, et elle est belle. Ton Thomas est beau. Il sera grand. Il paraît qu'il y a encore de la neige à Moscou. On dit que le tsar va donner un grand bal en l'honneur des concurrents du raid. Ils n'auront sans doute guère envie de danser. Moi, si... Au revoir, adieu peut-être... »

Thomas prit la bague dans le creux de sa main, et celle-ci fut éclairée comme par le reflet du soleil dans un sous-bois. L'émeraude était ronde, proéminente, taillée en forme de coupole, de façon si subtile qu'au lieu de paraître en relief elle donnait l'impression d'être creusée comme une coupe, emplie jusqu'au-delà des bords d'une liqueur de lumière qu'on avait envie de boire.

Il murmura :

— Je me demande combien ça vaut...

— Je ne sais pas, dit Helen.

— Quand tu l'auras vendue, peut-être n'auras-tu plus besoin de travailler...

— La vendre ? Tu es fou ?

Elle prit vivement la bague dans la main de Thomas, avec brusquerie, comme un bien menacé. Elle la tint un instant entre deux doigts qui tremblaient un peu. Elle regardait la pierre... Ronde et verte comme l'île... Ce ne serait pas suffisant pour racheter l'île... Non, pas assez, bien sûr... Mais ce serait le début de la somme nécessaire... Le rêve commençait enfin à se transformer en espoir...

Elle dit :

— Pourquoi la vendre ? Est-ce que quelque chose te manque ? Et moi je m'ennuierais bien si je ne travaillais plus... D'ailleurs tu vas bientôt travailler toi aussi... Il est temps de commencer ta carrière, il est temps !...

Elle remit la bague dans le papier, le papier dans le coton, le coton dans la boîte, et sortit de la pièce. Thomas l'entendit passer de sa chambre à la cuisine, aller, venir, cherchant sans doute une cachette sûre. Elle revint avec le plateau du thé. Elle n'avait plus la boîte. Elle souriait, elle était satisfaite comme un chat qui vient de boire du lait et qui pense que celui-là, au moins, personne ne pourra le boire à sa place.

Le lendemain matin, après le départ de sa mère, Thomas trouva la boîte sans la chercher. Elle était simplement posée sur le rebord de la petite cheminée de la cuisine, entre la boîte de gros sel et la boîte de farine. Il se mit à rire en pensant que sa mère avait sans doute lu « La lettre volée », d'Edgar Poe. La meilleure façon de cacher un objet, c'est de le mettre en évidence. Il prit la boîte pour se réjouir encore les yeux aux feux de l'émeraude. Mais au milieu du coton, dans le papier de soie, il y avait une noisette.

Griselda descendit du train à Berlin, avec ses bagages, son fils et sa servante. Celle-ci, qu'elle appelait Betty, était en réalité sa femme de chambre Molly, partie de St-Albans en même temps qu'elle, et qui ne l'avait plus quittée depuis. Sa servante, son amie, presque sa sœur. Molly était de quelques années plus jeune qu'elle. Elle était entrée à son service avec amour, alors qu'elle était adolescente, dans la maison blanche de l'île, et là avaient commencé leurs aventures communes, avec les combats de 1892, où les deux hommes qu'elles aimaient, Shawn et Fergan, avaient failli perdre la vie. Le mécanicien qui accompagnait Shawn à Pékin était Fergan. Des cinq passagers qui avaient quitté l'île pour s'enfoncer dans la brume de l'océan, un seul n'était plus là : Ardann, le chien colley de Griselda. Il avait, comme les deux couples, fait le voyage jusqu'en Amérique, puis d'Amérique en Inde, dont le climat l'avait accablé. Il avait perdu sa vivacité légère, il se déplaçait lentement le long des murs, puis se laissait tomber dans l'ombre pour de longs sommeils. Il était devenu comme un souvenir. Malgré le climat, ou peut-être à cause de lui, il avait vécu une longue vie de chien. Il mourut dans la gloire des quatre éléments.

Un amoncellement de nuages fantastiques montait lentement à l'horizon du soleil levant. C'était la mousson qui venait de l'est. Elle arriverait dans quelques heures, fidèle au rendez-vous que lui donnait chaque année le maharadjah. Tous les éléments du défilé d'offrandes étaient prêts. Le peuple qui vivait dans le palais et celui qui vivait autour y travaillaient depuis des semaines. La veille, après avoir regardé le soleil, le maharadjah avait dit : « C'est pour demain. » Et toute la nuit, dans les salles du palais, dans les demeures des éléphants, dans les maisons des trois villages, ses sujets, avec leur lente et calme joie habituelle, avaient disposé des fleurs sur le sol, peint les murs, les bêtes et les visages. Et, à l'aube, les nuages étaient là, bouillonnant au ralenti, tout le long de l'horizon, au ras de la forêt.

Shawn vint rapidement se changer et repartit veiller sur ses voitures. Il avait passé des heures à les astiquer, en compagnie de Fergan et de ses aides-mécaniciens indiens. Griselda était assise devant un miroir fleuri, dans sa chambre aux murs de mosaïque bleue et verte. Molly acheva de lui tresser les cheveux, puis l'aida à draper son sari de soie paille lamé d'or et à disposer sur sa tête un voile brodé d'or en carrés, en losanges, en rosaces et en innombrables minuscules fleurs de lotus. Un petit garçon nu, très brun, avec des

yeux immenses et un grand sourire blanc, tirait la corde d'un panka qui remuait l'air chaud. Molly courut se préparer à son tour.
— Viens, Ardann ! dit Griselda en se dirigeant vers la porte.
Mais Ardann ne bougea pas. Il était couché sur le ventre sur un tapis de coton blanc, sa longue tête posée entre ses pattes de devant, son regard levé vers Griselda avec amour et regret. Assis près de lui, Ram poussait de petits cris de désolation. Ram était un singe blond à favoris, haut comme une botte, léger comme une plume, qui était devenu son compagnon depuis son arrivée en Inde. Dès qu'Ardann se levait pour faire ne fût-ce que quelques pas, Ram lui sautait sur le dos et se laissait porter. Quand Ardann se couchait, Ram tournait autour de lui en protestant, puis s'asseyait et lui cherchait des puces qu'il n'avait pas. Il ne le quittait guère que pour aller prendre un fruit dans une coupe. Il revenait le manger avec lui. Il lui en donnait un morceau. Ardann faisait semblant de le mâcher, pour lui faire plaisir.

Griselda vint s'agenouiller près d'Ardann. Le grand chien blanc et feu essaya de remuer la queue et y renonça, épuisé. Et Griselda comprit tout à coup que c'était fini, qu'il allait mourir, que c'était son dernier jour. Elle n'avait jamais voulu penser que ce jour-là arriverait. Ardann était une partie d'elle-même, il lui semblait qu'elle l'avait toujours eu, qu'il était né avec elle, ils ne s'étaient jamais séparés et elle était certaine que s'il avait fait l'effort de vivre si longtemps c'était pour ne pas la quitter. Mais aujourd'hui il ne pouvait plus se retenir au rivage, il fallait partir, c'était fini.

Elle sentit une énorme peine la noyer. Elle eut de la difficulté à parler :
— Oh Ardann !... Ce n'est pas possible !...
Il la regarda avec détresse, il ne comprenait pas très bien ce qui lui arrivait, il se sentait coupable, il aurait dû aller avec elle au défilé, et il ne pouvait pas se lever. Il aurait peut-être pu s'il avait voulu, mais il n'avait plus la force de vouloir.

Griselda lui dit doucement :
— Tu vas venir quand même...
Elle se pencha et le prit dans ses bras. Ram sauta sur son épaule droite. Elle se releva étonnée de sentir à quel point Ardann était devenu léger, comme vidé de toute substance matérielle. Elle sortit en portant les deux bêtes, pour aller à la rencontre de l'eau.

Les serviteurs fermèrent la haute porte de l'ouest, qui faisait face au lac, et ouvrirent celle de l'est, qui restait close toute l'année, sauf ce jour-là. Les grands gongs de bronze retentirent et tous les oiseaux du palais s'envolèrent. La garde du maharadjah sortit, en uniforme écossais, bonnet à poils, veste et bas rouges, kilt à carreaux verts, guêtres blanches. Derrière elle le premier éléphant parut, encadré par des joueurs de tambourin torse nu, en jupe indienne bleu pâle. C'était le plus grand éléphant du palais, il était très âgé, et sage comme un gourou. Sa vaste tête avait été recouverte, de la nuque au bout de la trompe, d'un masque de brocart d'or brodé de fleurs de lotus en perles fines et festonné de dentelle d'argent autour du bord des oreilles.

Deux fenêtres ovales laissaient voir ses yeux fardés de noir. Dans un cercle au-dessus de son œil droit était figuré le soleil, et au-dessus du gauche le Sacré-Cœur de Jésus surmonté d'une croix. Entre ses deux yeux un Vishnou d'argent dansait les trois pas par lesquels il a créé les trois directions de l'espace.

Le grand éléphant avança en se balançant comme le monde. Au moment où les pointes de ses immenses défenses, recouvertes d'étuis d'or, franchirent la porte, le premier grondement du tonnerre atteignit le toit du palais, et les dix mille clochettes d'argent se mirent à tinter. Le vent du lac s'était arrêté, et le vent neuf soufflait de la forêt, apportant l'odeur et le goût des millions d'arbres mouillés.

La foule poussa des clameurs, jeta des fleurs et du riz devant les pieds de l'éléphant qui sortait dans sa robe de pourpre. Il portait sur son dos la première automobile. C'était la Daimler 24 CV reconstruite en Amérique par Shawn, à roues en bois, pneus de caoutchouc et transmission par chaîne extérieure. Elle avait été minutieusement et entièrement recouverte d'or, pneus compris. Shawn était au volant, en peau de bique, casquette et lunettes de chauffeur. Derrière lui était assis le maharadjah, sur un trône en ivoire sculpté, incrusté de sept mille trois cent treize diamants en forme de gouttes d'eau. Son turban blanc et sa robe blanche étaient brodés de perles, et sa barbe était plus blanche que tout le blanc qui l'entourait. Il appuya deux fois sur la poire de la trompe, qui cria d'une voix sonore :

— Pouââh !... Pouââh !...

La foule hurla de joie. Les tambourins et vingt sortes d'instruments retentirent avec des bruits horribles. Le deuxième éléphant sortit. Il était en robe rose, et brodé de jaune. Il portait le fils du maharadjah, noir de poil, vêtu de violet et de rubis, dans une 6 CV De Dion-Bouton monocylindre bleu roi. Derrière lui, sur un éléphant vert et jaune et dans une Oldsmobile bleu et rouge à rayons de bicyclette et capote parisienne, Griselda était assise à côté de Molly, Ardann étendu sur leurs genoux. Ram sautillait sur elles et sur lui, gémissait, tirait les poils d'Ardann, essayait de le faire bouger.

D'autres éléphants portaient d'autres automobiles, qui portaient des dignitaires. Il y avait une ou deux voitures de plus chaque année, que Shawn allait chercher en Europe ou en Amérique. Mais faute de routes carrossables elles ne pouvaient se promener qu'à dos d'éléphant. Derrière elles venaient, sur des montures semblables, des monuments de fleurs, de fruits et de gerbes de riz, des statues des dieux, des coffres contenant les trésors du maharadjah, des bouquets d'adolescents et de danseuses, des groupes d'enfants nus, des vaches et des singes, et le dernier éléphant portait un très vieux tigre aux dents couronnées d'or, dans une cage aux barreaux de bois de santal sculptés.

Toutes ces richesses et ces beautés étaient présentées à la pluie pour la remercier de revenir et pour qu'elle les baigne de sa bienveillance et les rende fécondes.

Le cortège, accompagné par la foule qui chantait, criait et dansait, passa entre les trois villages, et quand il revint vers le palais les nuages le suivirent. Ils occupaient maintenant la moitié du ciel, qui était bleu d'un côté et noir de l'autre. Son côté sombre était traversé sans interruption par un peuple d'éclairs qui le teignait en profondeur de pourpre, de rose et de blanc éclatant. Les tonnerres faisaient un bruit de cent mille tambours et de bombardes entre lesquels on entendait parfois l'énorme piétinement de la pluie sur la forêt.

Ardann haletait. Griselda lui parlait, et il l'entendait malgré les fanfares du ciel. Elle lui disait :

— N'aie pas de peine... Nous ne serons pas séparés longtemps... Tu vas aller au Paradis, et pour ceux qui sont là-haut le temps ne dure pas... Au milieu du Paradis il y a une île... C'est St-Albans, avec la maison blanche, et ses rhododendrons fleuris toute l'année... C'est là que tu m'attendras. Tu y trouveras peut-être déjà Amy et Waggoo le renard, et quand j'arriverai nous recommencerons à courir ensemble sous le ciel d'Irlande si frais et si doux... Et Shawn viendra nous chercher dans sa voiture-libellule, et nous verrons la queue blanche de Waggoo danser derrière les azalées... Oh n'aie pas de peine, Ardann, n'aie pas de peine...

La mousson arriva au palais en même temps que le cortège. Une herse d'éclairs se planta sur les lances des toits. Par des chemins d'argent tressé, les flammes du ciel arrivèrent jusqu'à la terre où elles s'enracinèrent. Et l'eau tomba. Ce fut comme si la mer se renversait. La cloche d'or sans battant, faite des spirales superposées du serpent du temps sur lequel est assis Vishnou, se mit à sonner, et toutes les voûtes et toutes les colonnes du palais chantèrent en résonance avec elle. Une main de vent rabattit la capote de l'Oldsmobile, qui ne fut plus qu'une barque fouettée par des vagues. Le bruit énorme des tonnerres et de l'eau écrasa la terre. Griselda trempée serrait contre son cœur une fourrure vide. Entre le ciel bleu et le ciel noir, Ardann était parti vers l'île dans le ciel vert d'Irlande.

Griselda resta à Berlin trois jours, dans un hôtel où des chambres lui étaient retenues. Dans la journée elle visita la ville avec son fils, mais la première nuit elle reçut la visite de deux hommes qui avaient également leurs chambres à l'hôtel, et la deuxième nuit celle de deux autres. Quand elle reprit le train pour Moscou, la grosse somme que lui avait confiée Shawn n'était plus entre ses mains. Quelques semaines plus tard, un cargo quitta Hambourg avec une cargaison d'armes pour l'armée clandestine irlandaise.

Helen porta l'émeraude dans son coffre de la British Bank, puis, prise de crainte, alla la rechercher. Elle la changeait de cachette presque chaque jour, et elle précisait sur un bout de papier, dans une enveloppe au nom de Thomas, à quel endroit elle l'avait mise, afin qu'il pût la trouver si elle mourait subitement. Son humeur avait changé. Elle avait de courts moments de joie radieuse, suivis d'anxiété. Le rachat de l'île était à portée d'espoir. Dès que Thomas aurait pu gagner assez d'argent pour compléter la somme nécessaire... Et elle ferait revenir Kitty dans la maison blanche avec eux deux, et peut-être aussi Jane avec ses enfants, pourquoi ne quitterait-elle pas son voyou de mari ? Et peut-être un jour Griselda ? Elle n'allait pas passer sa vie à se cacher sous un faux nom ?... Et Shawn était plus âgé qu'elle, un jour elle serait seule...

Son anxiété lui venait de la peur de perdre la pierre ou de se la faire voler.

Elle retourna à la banque demander à son directeur s'il pourrait prendre Thomas dans ses services. Elle vanta ses qualités : il parlait parfaitement l'anglais et le français, et son éducation et sa culture générale valaient celles d'un étudiant d'Oxford de troisième année. Elle y avait veillé elle-même...

Mr Windon n'avait pas besoin de ce plaidoyer. Il était enchanté. Il lui serait plus facile de recueillir des indices d'un adolescent sans expérience que d'une femme méfiante. Il dit à Helen que, si elle le désirait, il pouvait le prendre tout de suite.

Helen revint à la maison ronde en pleine euphorie. Elle voyait déjà Thomas chef de service, puis nommé en Irlande à la direction d'une agence de la British Bank, celle de Donegal de préférence. Ils n'auraient pas besoin d'attendre qu'il soit directeur pour racheter l'île...

Thomas commença de travailler le 3 juin, le 1er étant un samedi. La British faisait la « semaine anglaise ».

Saïd, l'éléphant du Jardin des Plantes, vient de mourir. Dans une crise de folie, il avait tué son gardien, le brigadier Neef. Depuis, il le cherchait partout et refusait toute nourriture. Il est mort de chagrin.

Le cinématographe parlant, 17, boulevard de Strasbourg, matinées jeudis et dimanches, annonce un nouveau programme pour les familles.

Une vive opposition se manifeste contre le projet du gouvernement de M. Georges Clemenceau de créer un impôt sur le revenu.

Aux Etats-Unis, une explosion dans une mine a fait cent morts.

En Russie, le comte Alexis Ignatiev a été assassiné par un anarchiste. Le meurtrier s'est suicidé. Un autre jeune révolutionnaire, fils d'un aristocrate, a tué le général Pavlov. Il a été jugé et pendu.

A Grenoble, un esprit frappeur se fait entendre toutes les nuits dans la maison d'un épicier. Il secoue les portes, donne des coups dans les cloisons et jette les casseroles contre les murs. Interrogé par le commissaire de police, il a répondu en morse qu'il était artilleur.

Après diverses péripéties sur les chemins de fer chinois, les automobiles et les concurrents du raid Pékin-Paris sont bien arrivés à Pékin, mais on ne sait s'ils pourront en repartir. Le Grand Conseil de l'Empire, le Waï Wou Pou, refuse de délivrer les passeports qui permettraient aux équipages de traverser la Mandchourie, pour la raison que la Mandchourie est peuplée de brigands barbares qui, de toute façon, tueront tout le monde. L'ambassadeur de France a adressé à ce sujet un télégramme à son ministre. Il pense que la décision du Waï Wou Pou est seulement une façon pour les vieux Chinois qui le composent de manifester leurs sentiments envers l'impératrice Ts'eu-hi, qui est d'origine mandchoue. Il croit que la situation s'arrangera après la célébration par l'impératrice de la fête du Labourage, à laquelle elle a invité les concurrents. Quant à savoir si la Mandchourie est véritablement peuplée de brigands, l'ambassadeur, bien que ne possédant pas de renseignements précis, n'est pas loin de partager là-dessus l'opinion du Waï Wou Pou. Mais il ne croit pas que cela puisse arrêter les vaillants champions. Ce qui est plus grave c'est que pour aller de Pékin à la Mandchourie, et pour traverser celle-ci il n'y a aucune route praticable.

Shawn et les autres concurrents du raid Pékin-Paris, mêlés aux invités de l'impératrice, se tenaient sur les terrasses de la colline dominant le champ du Labour, près du temple des Premiers Laboureurs. Le champ du Labour était carré, comme la ville. Celle-ci, fondée deux mille ans avant Jésus-Christ, détruite, rasée, brûlée au cours des âges, avait toujours été reconstruite carrée, car elle est le milieu de l'Empire du Milieu, qui est le milieu de la Terre, qui est carrée.

C'était le premier jour de la deuxième période du printemps, et le vent jaune soufflait sur Pékin, apportant la poussière râpée aux plaines de l'ouest depuis le fond des temps innombrables. Elle enveloppait la cérémonie, la colline, le temple, d'une brume desséchante, elle entrait dans les yeux, dans les poumons, dans les poches, elle voilait le soleil qui avait l'air d'un beignet. Shawn la mâchonnait comme un cheval mâche son mors, elle crissait entre ses dents.

Craignant moins ici qu'en Europe d'être identifié, il avait abandonné son accoutrement pseudo-indien et rasé sa barbe qu'il détestait. Elle aurait bien le temps de repousser pendant le raid. Il portait un complet crème et un chapeau de paille souple. Son visage avait pris sous le climat de l'Inde un ton de bois tropical et les années et la volonté de combat y avaient dessiné quelques rides dures. Ses yeux clairs y perçaient deux trous de mystère à l'abri des cils noirs.

Il y eut des exclamations et des cris dans la foule, tandis que naissait une musique aigre et tintinnabulante, accompagnée de chants aigus : l'impératrice, vêtue de jaune, venait de sortir du temple, et avançait dans le champ derrière un bœuf jaune attelé à une charrue jaune dont elle tenait les mancherons. Trois mandarins et neuf princes l'accompagnaient. Un d'eux portait le fouet, un autre la semence, un troisième répandait celle-ci dans le sillon.

— Que croyez-vous qu'ils sèment ? demanda à Shawn l'homme debout près de lui.

C'était un attaché de l'ambassade britannique, qui s'était présenté sous le nom d'Edward Lyons. Haut, large, gros, il parlait autant qu'un Français et transpirait comme un Allemand qui vient de boire trois litres de bière.

— Croyez-vous que ce soit leur horrible soja ?

Shawn répondit par un grognement. L'homme ne le quittait pas d'une semelle. Il essayait de s'en débarrasser en passant d'un groupe à l'autre, mais il réapparaissait aussitôt et recommençait à parler. Son costume blanc devenait jaune sous les bras et dans le dos. Les jambes de son pantalon étaient larges comme des sacs. Il n'avait l'air ni d'un diplomate ni d'un Anglais, sauf par sa moustache rousse et sa prononciation parfaite qui lui faisait parfois tomber le menton jusque sur la poitrine. La poussière en profitait pour lui entrer dans la gorge, il toussait, s'épongeait, riait, et parlait de nouveau.

— De toute façon je ne connais rien en agriculture !... La première fois que j'ai vu une chèvre, sur le Continent, j'ai cru que c'était un âne !... Ha, ha !...

Les terrasses de la colline étaient ornées de statues de tigres et de stèles de pierre de formes diverses. Des paons bleus et des paons blancs, avec quelques paons impérieux, jaunes, très rares, s'y promenaient lentement parmi la foule des invités : des diplomates et des officiers occidentaux avec toutes leurs médailles, des mandarins en robes brodées, debout ou assis sur une chaise à l'abri d'un parapluie-ombrelle-anti-poussière tenu par un domestique, des chefs de province, des chefs des Tribus extérieures, quelques seigneurs de la guerre avec leurs gardes qui sentaient fort.

Le général commandant la garnison française, qui s'entretenait avec le prince Borghese, propriétaire et conducteur de la voiture italienne, s'effaça pour laisser passer un paon bleu entre lui et un mandarin assis. De la manche du mandarin sortit la tête d'un chien pékinois qui se mit à aboyer, furieusement, avec sa voix de fille, à l'adresse de cette énorme poule. Le paon s'arrêta, tourna son cou et sa tête vers le chien et poussa un cri de trompette :

— Hé-Hon !...

Deux, trois, dix paons, puis tous les paons ensemble, sur les huit terrasses de la colline, crièrent :

— Hé-Hon !

Leur fanfare submergea le paysage, fit tourbillonner la poussière, puis se tut.

Le visage peint, verni, sans une ride apparente sous son bonnet-couronne d'où pendaient à l'aplomb des oreilles deux rivières de perles larges comme la main, la vieille impératrice poursuivait son sillon, aussi droit qu'elle-même.

Elle avait reçu, le mois précédent, les vœux et les cadeaux de ses sujets pour son soixante-treizième anniversaire.

— Regardez-la ! dit Lyons : elle est déjà au milieu du terrain ! Si elle pouvait, elle pousserait la charrue, le bœuf ne va pas assez vite pour elle !... Elle a de grands pieds, parce qu'elle est mandchoue !... Savez-vous que les horribles petits pieds des Chinoises, avec leurs orteils repliés sous la plante, sont des objets érotiques pour leurs maris ? Ha ! ha ! ha !... Drôles de goûts... Vous n'aimeriez pas boire un peu de thé ?... Hein ?... Cette poussière ! Combien de litres d'eau emporterez-vous pour traverser le désert ?

Shawn sentait monter en lui à la fois la fureur et l'inquiétude. Il avait cru d'abord que le gros homme n'était qu'un bavard imbécile, mais il se demandait si Lyons ne cherchait pas à le faire parler.

Il devait prendre garde. Il était resté trop peu de temps aux Etats-Unis pour pouvoir vraiment passer pour un Américain, même vivant en Inde. Dès qu'il prononçait quelques phrases, son origine irlandaise crevait les mots.

— Savez-vous pourquoi le bœuf et la charrue sont jaunes et l'impératrice et tout le groupe habillés de jaune ?... C'est la couleur du Soleil !... Vous vous en doutiez, je présume ?... Ha ! Ha !... La vieille dame trace son sillon d'est en ouest, dans le sens du trajet du Soleil. Elle est censée représenter le Soleil en train de féconder la Terre, et lui rappeler ses devoirs !... Elle, une fécondatrice ! Ha ! Ha !... Vieux dragon femelle !... Elle a été concubine de l'empereur à dix-sept ans, au pouvoir à trente-cinq, empoisonneuse à quarante-six, impératrice à quarante-sept, en prison à soixante-quatre... Trois mois plus tard elle était de nouveau sur le trône... Elle est intelligente, impitoyable... L'Empire ne tient que par elle. Quand elle mourra, tout s'écroulera sur son cadavre... Cette automobile française à trois roues, comment la nomment-ils ?... Le Mototri, je crois, non ? C'est une folie, non ? Ou un coup de génie... Elle passera où vous ne pourrez pas passer, mais comment va-t-elle emporter l'essence, l'eau, les provisions ? Il n'y a pas la place ! Qu'est-ce que vous en pensez ? Ce n'est pas un suicide ?

Shawn était maintenant certain que l'homme cherchait à en savoir plus long sur lui. Que soupçonnait-il ? Quelle confirmation désirait-il ?

— Vous gagnerez ! dit Lyons. Votre véhicule est le meilleur !... Je serai à Paris à l'arrivée... Je serai heureux de vous féliciter... Puis-je vous demander à quel hôtel vous comptez descendre ?

Shawn eut envie de lui répondre à l'irlandaise, par un coup de poing sur le nez qui l'enverrait valser parmi les paons et les mandarins. Il ne pouvait s'offrir cette satisfaction. Il se contenta de dire : « Je ne sais pas !... » sur un ton si brutal qu'il excluait tout accent comme toute politesse. Lyons resta silencieux pendant quelques secondes, regarda Shawn avec un petit sourire, lui dit :

— Vous êtes très sympathique...

Puis il hocha deux ou trois fois la tête, tourna le dos et s'éloigna.

Le lendemain, à l'aube, un groupe de cavaliers tatars en robes rouges et bonnets noirs, dont le chef avait assisté à la cérémonie du Labour, quittait Pékin par une des portes nord. Toutes les portes de la ville s'ouvrent en direction du nord, ou du sud, ou de l'ouest, ou de l'est. Car les points cardinaux sont les quatre directions par lesquelles on peut aller du Milieu vers le reste du monde.

Les Tatars montaient des petits chevaux rapides, à la longue queue. Ils faisaient partie d'une tribu de nomades à moitié éleveurs de chevaux et un peu plus qu'à moitié guerriers ou brigands. Leur chef portait un bonnet recouvert de broderies dorées. Il avait rencontré pendant la nuit, dans une maison chinoise du quartier des Légations, Edward Lyons, qui lui avait remis une chose étrange : une photographie, prise par lui-même, de la Golden Ghost. Il lui avait également remis deux bourses. L'une contenait des pièces d'or chinoises, l'autre de ces petits morceaux de plaques d'argent qu'on coupe au couteau et qu'on pèse, et qui servent de monnaie aux Mongols.

Les pièces chinoises étaient rondes, percées au centre d'un trou carré. Elles symbolisaient la Terre, carrée, enfermée dans le Ciel, qui est rond.

Comme l'ambassadeur de France l'avait prévu, le Waï Wou Pou finit par accorder les passeports, rédigés au pinceau, en caractères chinois, sur du papier de bambou. Les Mandchous et les Mongols ne pourraient pas les lire, mais le sceau de l'impératrice leur inspirerait peut-être le respect.

Le départ du raid eut lieu le 10 juin. Il faisait beau, ce fut une grande journée pour la population de la capitale. Le cortège sortit musique en tête du quartier des Légations pour gagner une des portes du nord. Derrière la fanfare militaire qui jouait *Sambre et Meuse*, chevauchait le général commandant la garnison française, puis venaient quatre tirailleurs coloniaux précédés d'un sergent-chef géant qui portait le drapeau tricolore. Derrière eux s'avançaient les automobiles, dans le tonnerre et les pétarades de leurs moteurs. Elles avaient été disposées dans l'ordre des inscriptions, ce qui avait permis de mettre les Français en premier. D'abord les deux De Dion-Bouton puis la Mototri, ensuite la Spyker hollandaise, et l'Itala du prince Borghese. La Golden Ghost, dernière inscrite, fermait la colonne. Shawn et Fergan profitaient ainsi des gaz d'échappement de toute la caravane. Mais l'odeur de l'essence et de l'huile brûlées était pour eux l'odeur virile de l'action. L'arrière de la Golden Ghost était occupé par trois réservoirs contenant 200 litres d'eau et 400 litres de carburant, par une tente, des couvertures, des provisions, des pneus et des pièces de rechange, des cordes, des chaînes, de l'outillage, un palan, des planches anti-enlisement, et divers autres objets jugés par Shawn indispensables, dont deux fusils américains à répétition et deux revolvers, avec des munitions et quelques bâtons d'explosif. Il faudrait, avec tout ce poids, monter à 1 000 mètres pour franchir la Grande Muraille. C'était la seule voiture dont le volant de direction était à droite.

Le Grand Mandarin de Pékin avait eu la très précieuse attention de faire arroser les rues que devaient suivre les automobiles. Sans cette humidité, c'est un nuage jaune qui aurait traversé la ville : le sol des rues était fait de la poussière qui tombait du ciel depuis cent mille ans. Le cheval du général, un étalon nerveux à la robe presque blanche, terrifié par le bruit des moteurs, piaffait des quatre fers. Son cavalier avait grand-peine à demeurer en selle et à l'empêcher de partir au galop, avec ou sans lui.

— Tu as vu le cheval ? cria Shawn à Fergan. C'est un Irlandais ! C'est un poney de Galway !...

— Le malheureux ! Qu'est-ce qu'il fait en Chine ?

— Et nous ? cria Shawn.

Les deux hommes se mirent à rire. Les Chinois faisaient la haie dans les rues, ravis, échangeant à voix aiguë leurs impressions, secouant la tête, ce qui faisait balancer dans leur dos leur longue queue de cheveux tressés. Les démêlés du militaire avec son cheval les amusaient beaucoup. Les automobiles ne les étonnaient guère. Elles n'étaient que des sortes de dragons à pétards comme on en voit aux enterrements et à toutes les fêtes. Le ministre des Provinces avait envoyé des courriers aux mandarins des villes et villages que devaient traverser les concurrents, pour les prévenir qu'ils allaient voir arriver des chars de fer qui avançaient sans chevaux, avec du bruit, de la fumée et de la puanteur, mais que nul ne devait s'en effrayer car ils ne faisaient de mal à personne.

Après quelques rues étroites s'en présenta une plus étroite encore, encaissée entre les façades peintes des maisons où s'ouvraient des boutiques. Le bruit des moteurs se multiplia entre les murailles. Les enseignes de soie des marchands et les lanternes de papier disparurent dans un nuage de fumée bleue qui s'éleva au-dessus de la rue.

Des écailles de peinture tombèrent des façades. Le cheval du général sauta en l'air, se cabra, sauta de nouveau. Les Chinois riaient et s'enfonçaient deux doigts dans les oreilles. La fanfare jouait *En passant par la Lorraine...*

Le général profita d'une fraction de seconde où sa monture avait les pieds par terre pour y mettre également les siens. Le cheval partit au galop, en ruant tous les dix mètres. Le général grimpa dans la De Dion-Bouton de tête. Il n'y trouva pas de place pour s'asseoir. De toute l'histoire militaire du monde, il fut le premier officier à défiler debout dans une voiture automobile.

Le cortège sortit de Pékin à neuf heures du matin par la porte Ten-Chen-Men. Un peloton de cavaliers de la coloniale, coiffés du casque blanc, y attendait les concurrents, pour les accompagner jusqu'à la Grande Muraille. Il y avait aussi un gros homme assis dans un fiacre découvert, un vrai fiacre européen. C'était l'attaché Edward Lyons. Il fit des signes d'amitié à tous les conducteurs, et particulièrement à Shawn. Il transpirait déjà, bien que la matinée ne fût pas chaude. Le vent venait de l'est, traînant de lourds nuages gris qui devaient crever sur les proches montagnes.

La vue du diplomate coupa la bonne humeur de Shawn. Si la police anglaise avait découvert son identité, il lui faudrait abandonner Marabanipour, peut-être retourner en Amérique. A moins qu'il ne décide, comme il en avait envie depuis longtemps, de rentrer en Irlande pour recommencer à se battre. Cette perspective le réconforta. Il aurait voulu soulager ses nerfs en mettant les gaz et en roulant à toute allure, mais il n'en était pas question. La piste était un semis de cailloux coupé de trous et de crevasses. Il fallait zigzaguer, stopper, repartir, escalader une bosse, contourner un rocher qui sortait du sol comme un iceberg. L'allure possible était inférieure à celle d'un piéton.

Le premier obstacle sérieux se présenta sous la forme d'un pont qui enjambait une rivière grossie par les pluies. C'était un pont admirable, construit il y avait plus de deux mille ans, entièrement en marbre, avec des sculptures, des volutes et des statues d'animaux qui ressemblaient à des lions. Sa chaussée même était faite de larges dalles de marbre. Mais ses deux extrémités s'élevaient à près d'un mètre au-dessus du sol. Une cinquantaine de coolies attendaient les concurrents. Il allait falloir soulever les voitures pour les poser sur le pont et, à l'autre bout, les porter pour les en redescendre. Avec les cordes, les palans, les chaînes, les planches, les coolies, on y parvint en quelques heures.

Cette curieuse façon d'édifier les ponts était due à la sagesse d'un très ancien empereur chinois, qui régna juste après l'invention de la roue. Celle-ci avait permis la construction des chariots, grâce auxquels les marchands des villes avaient pu venir dans les campagnes acheter et emporter les récoltes pour les stocker, les raréfier, et les revendre ensuite très cher. Le sage empereur fit détruire les ponts ordinaires et les remplaça par des ponts inaccessibles aux chariots, et fit construire dans les carrefours des villes, et dans les étranglements des pistes qu'on ne pouvait pas contourner, des escaliers de marbre en dos d'âne, ornés de dragons et de génies, qu'il fallait monter et redescendre pour aller plus loin. Ainsi les Chinois durent recommencer à voyager à pied malgré la roue, chacun avec sa seule charge, et cela rendit impossibles l'accaparement et la spéculation.

La première étape se termina au bourg de Nan-Kéou. Les conducteurs et les mécaniciens dormirent à l'auberge, dans le dortoir commun. Les « lits » et les oreillers étaient en briques, sans matelas ni paillasse, mais non sans vermine. Shawn et Fergan préférèrent passer la nuit assis dans la Golden Ghost, parquée dans la cour avec les autres voitures, mais ils ne purent guère fermer l'œil, la cour ayant également accueilli les chameaux et les chameliers d'une caravane. Les chameliers dormaient, mais les chameaux s'appelaient parfois avec des voix d'apocalypse ou soupiraient comme des cavernes.

Après Nan-Kéou il ne fut plus question d'utiliser les moteurs. La piste s'engageait dans la montagne et ressemblait au lit d'un torrent, envahi parfois par la boue, parfois par le ruissellement de l'eau, toujours par les rochers éboulés. Attelés à des cordes, des coolies tirèrent les voitures en chantant et riant, jusqu'à Tchao Tao. Après une nuit éprouvante, à l'aube du troisième jour, devant la porte Pa-Ta-Li qui depuis vingt-trois siècles s'ouvrait dans la Grande Muraille, l'officier commandant le détachement de cavalerie prit congé des concurrents et retourna vers Pékin. Il pleuvait interminablement. C'est dans la boue et tirées par les coolies que les automobiles franchirent le mur historique.

La course, ou tout au moins la rivalité entre les véhicules, n'avait pas encore pu commencer. Shawn restait résolument en queue de la colonne, se faisant remorquer en dernier, ce qui lui permettait plus facilement de s'isoler. Son isolement était d'ailleurs rendu facile par le double fait que seul parmi les autres conducteurs le prince Scipion Borghese parlait anglais, mais qu'il semblait autant que Shawn désireux de rester dans une certaine réserve. La Golden Ghost l'inquiétait sûrement. C'était la seule voiture capable de battre son Itala. Il ne pouvait savoir que Shawn, malgré son tempérament combattant, ne désirait pas attirer l'attention sur lui en arrivant premier à Paris.

Après la descente de la montagne, où les voitures durent être retenues avec des cordes au lieu d'être tirées, les coolies à leur tour retournèrent vers Pékin. On était sur le plat. On allait pouvoir rouler. Il ne restait, avant d'arriver aux frontières de l'Europe, qu'à traverser le désert de Gobi et la Sibérie, et à franchir l'Oural...

Thomas s'assit derrière la petite table recouverte de moleskine vert foncé qui lui avait été attribuée. Il commençait sa deuxième semaine de travail à la banque. Il venait de découvrir l'horreur du lundi.

— Le lundi est le jour maudit, lui avait précisé Léon la veille. C'est le jour de la lune, alors que le dimanche est le jour du soleil...

— Il pleut !...

— Et alors ?... Evidemment, on pense qu'il ne devrait jamais pleuvoir le dimanche. Ça a l'air de prouver qu'il y a quelque chose qui ne tourne pas rond dans l'Univers depuis que Dieu nous a mis à la porte du Paradis. Ça se passait un lundi, naturellement... C'est ce jour-là que Dieu a dit à l'homme « Tu travailleras à la sueur de ton front », et c'est ce jour-là que depuis, dans le monde entier, tous les hommes recommencent à transpirer, de l'école jusqu'au cimetière...

— Tu y crois à cette histoire ? Le Paradis, l'arbre, le serpent ?

— Bien sûr, j'y crois... Toi aussi, tu dois y croire... A toutes les vieilles histoires, même si tu ne comprends pas ce qu'elles signifient. Il y a toujours une vérité au départ, mais à travers le temps on l'a perdue de vue. C'est comme si tu t'éloignes de la cuisine : tu ne reçois plus que l'odeur du gigot, tu ne le vois plus, tu ne peux pas le toucher, mais il existe, et son odeur te donne faim. Alors tu essaies de le retrouver. Pour la plupart, on meurt avant d'y avoir goûté, mais ce n'est pas grave si on l'a cherché... Et sur le chemin, parfois, on a trouvé une feuille de laitue, ou une framboise. Ça n'apaise pas la faim, au contraire, mais ça réjouit... La pluie du dimanche, par exemple, m'a longtemps tracassé. C'est le jour de Dieu et le jour du soleil. Logiquement, Dieu devrait nous donner du soleil ce jour-là. Qu'il fasse pleuvoir pendant que les enfants sont à l'école et les hommes à l'usine, d'accord, mais le dimanche, pourquoi ? Tu sais pourquoi ?

— Pour rien ! Il pleut, c'est tout !

— Non, pas pour rien ! Rien n'est pour rien... Tout ce qui existe est pour quelque chose. La pluie du dimanche aussi... Elle continuera... Les braves travailleurs, avec leurs grèves et leurs défilés, finiront par obtenir le repos hebdomadaire, mais le soleil obligatoire, ceinture !

— Ils n'en demanderont jamais tant !

— Qui sait ?...

Ils étaient assis dans le salon rond du rez-de-chaussée, Léon dans le fauteuil parme, tricotant une genouillère en laine safran, pour Camille, la girafe, qui avait de l'arthrite. Son propriétaire lui avait donné ce nom parce que c'était un mâle, mais même du mâle on dit *la* girafe, et Camille allait aussi bien à *la* qu'à *le*.

Thomas s'était installé avec sa boîte de gouache sur la malle du boa, qu'il avait refermée. Il était descendu pendant que sa mère reprisait un drap avec une patience d'araignée tisserande. Ses reprises, belles et précises comme des broderies, envahissaient peu à peu le mince trousseau qu'elle avait emporté d'Angleterre et auquel le temps donnait de la transparence.

Thomas, un grand carnet sur les genoux, peignait la barbe de Léon submergeant le fauteuil parme, la perroquette Flora emprisonnée dans une forêt de barreaux, le cheval Trente-et-un dormant comme un lac au pied du piano à queue. La pluie tombait droite, solide, pluie de septembre égarée au printemps.

— Et un jour, dit Léon, j'ai compris. Il fallait que je sois idiot pour n'avoir pas compris plus tôt... Quand il pleut le dimanche, c'est pour que les hommes se rendent compte que ce n'est pas seulement le soleil qui est la fête, mais la pluie aussi !... Et le vent, la tempête, le froid, le chaud, tout !... C'est la fête du monde, la fête de la vie... Si tu comprends ça, tu te réjouis au lieu de gémir, et tu es heureux, toujours. Quand j'ai eu compris ça, j'ai compris aussi que tous les jours sont dimanche et qu'il faut les aimer tous, même le maudit.

— Va à ma place à la banque, demain, dit Thomas. Et tu verras si tu aimeras le lundi, et le mardi, et la suite !...

Il y eut du bruit au-dessous de lui. La tête du boa grattait le couvercle de la malle, et ses replis et ses méandres s'étaient mis en mouvement, glissant les uns sur les autres avec des froissements de soie.

Il se leva en montrant du doigt son siège.

— Ça remue là-dedans !

— Il a faim... Il n'a rien mangé depuis la Toussaint. Je vais le lâcher dans l'écurie. Il y a des rats qui viennent chiper l'avoine... Il en avalera quelques-uns, et il fera peur aux autres...

Léon posa son tricot, ouvrit le coffre et se pencha.

— Viens, Siphon, dit-il, viens, mon beau...

Il se releva avec les bras pleins de boa. Il se le disposa sur les épaules et la poitrine, se pencha de nouveau pour en tirer encore qu'il se mit autour des hanches, et puisa une troisième brassée qui remonta autour de lui et lui encercla l'épaule gauche, d'où la queue s'enroula jusqu'à sa main. Avec son chargement de muscles ronds, il marcha lourdement vers la porte.

— A la banque, dit-il, tu y resteras si tu es fait pour elle... Il s'agit de savoir où tu as envie de faire ton nid pour être heureux : dans une cage, comme Flora, ou à la cime du peuplier, comme Shama...

— Shama, dit Thomas, il a construit son nid en haut, mais il couche en bas, au chaud !

— Ça, c'est ce qu'on appelle un compromis. C'est ce que fait un artiste, quand il réussit...

Il ouvrit la porte à deux battants, et l'odeur du parc mouillé entra dans la maison, dominée par celles du cèdre et des genêts.

— La pluie est belle ! Peins la pluie !

Thomas se laissa tomber sur les genoux, posa son carnet sur le sol près de la porte ouverte, et, sur le papier éclaboussé, brossa à traits rapides l'image de l'homme chargé de serpent qui s'enfonçait dans une pluie couleur de safran.

Aujourd'hui, lundi, il était enfermé devant cette table de moleskine, plate et nue et verte comme l'obscurité de la nuit au fond d'une mare, et il ne savait même pas quel temps il faisait dehors, car il tournait le dos à la fenêtre, et la banque était éclairée, d'une façon moderne, quel que fût le temps, par des ampoules électriques.

Il sortit du tiroir de la table une liasse d'imprimés, puis une autre, puis une autre, jusqu'à ce qu'il eût constitué une pile, puis deux tampons encreurs en caoutchouc, puis une boîte humide violette qu'il ouvrit. Les imprimés étaient des bordereaux de chèques qui portaient l'adresse londonienne de la banque.

Il prit le premier bordereau au sommet de la pile, le maintint de la main gauche sur la table, saisit de la main droite le premier tampon, l'encra, et en frappa le bordereau, y inscrivant en violet l'adresse de la succursale parisienne.

Il posa le premier tampon, saisit le second tampon, l'encra, et en frappa le bordereau en haut et à droite, oblitérant le mot *London* et imprimant *Paris le*... et une ligne de pointillés.

Il posa le second tampon, saisit le bordereau, le posa à droite de la table, prit le second bordereau, le maintint de la main gauche, saisit le premier tampon...

Il sentit les pas de M. Parizot, son chef de service, s'arrêter derrière son dos.

Il encra le tampon, frappa le bordereau, posa le tampon, saisit l'autre tampon, frappa le bordereau, posa le tampon, saisit le bordereau...

— Tss ! tss ! tss !... dit M. Parizot.

Thomas suspendit son geste qui allait chercher le troisième bordereau au sommet de la pile.

— Je vous ai déjà dit de ne pas procéder ainsi, monsieur Aungier... Ce n'est pas efficace... Vous perdez du temps... Imprimez d'abord le premier tampon sur tous les bordereaux, puis reprenez la pile et imprimez le second tampon. Cela vous évite de prendre et reposer les deux tampons à chaque bordereau. Et ne faites pas une pile aussi haute... Procédez par fractions de pile... Et n'humectez pas l'extrémité de vos doigts avec votre langue pour saisir les bordereaux... Ce n'est pas hygiénique, ni pour nos clients, ni pour vos collègues qui auront à utiliser ces imprimés...

M. Parizot se pencha vers la table. C'était un petit homme maigre d'une cinquantaine d'années, vêtu d'un pantalon gris et d'un veston noir, avec une cravate grise unie, d'une correction parfaite. Sa moustache et ses cheveux lisses, partagés par une raie au milieu, étaient de la couleur de sa cravate. Il tendit vers le bordereau en cours une main plus grasse que lui, presque dodue, d'une teinte blême.

— Voyez !... dit-il.

Le bout de son index blanchâtre frappa trois fois *Paris, le...* pointillés.

— Votre coup de tampon n'a pas été donné droit, la ligne est oblique, cela fait négligé... Et l'adresse parisienne, ici, doit être juste au-dessous de l'adresse londonienne, à cinq millimètres, et exactement parallèle et non pas en travers !... Faites attention, monsieur Aungier, des bordereaux mal tamponnés perturbent la confiance des clients et ébranlent la réputation de l'établissement...

M. Parizot était parisien. Il prononçait « monsieur Angié ». Thomas n'avait pas l'habitude de s'entendre appeler par son nom. La prononciation de son chef de service le lui rendait encore plus étranger. Il lui semblait que c'était le nom de quelqu'un d'autre, de ce garçon qu'il ne connaissait pas, assis devant une table verte sous une ampoule électrique, en train de se livrer à une occupation absurde, tampon, bordereau, j'humecte, je frappe, j'enlève, je prends, je frappe, j'humecte, main droite, main gauche, main droite, je frappe, ce n'était sans doute même pas un être vivant mais un mannequin mécanique à qui s'adressait un autre mannequin accompagné d'un phonographe caché derrière sa cravate, dans un décor de papier peint collé à la colle de pâte, mannequin, phonographe, carton bouilli, lumière électrique, je frappe, je colle, je lèche, j'humecte, je frappe, monsieur Angié, monsieur Angié...

— ... Je sais, je sais, monsieur Angié, quand on entre dans une banque, à votre âge, c'est évidemment avec l'espoir de devenir un grand financier... Mais croyez-moi, monsieur Angié, vous ne serez jamais un grand financier si vous ne savez pas, à la base, timbrer convenablement un bordereau...

Thomas timbra des bordereaux pendant dix heures le lundi, le mardi, le mercredi... Il en avait déjà timbré tous les jours de la semaine précédente. Le deuxième jeudi, ses gestes étaient enfin devenus automatiques, et les bordereaux étaient parfaits. Ils emplissaient la moitié d'un placard de fer. Ils ne seraient jamais utilisés car tous les guichets de la banque étaient, bien entendu, pourvus d'imprimés en langue française. Mais M. Parizot, en tant que chef de service, était satisfait de pouvoir s'appuyer sur cette réserve de deuxième ligne, inutile mais présente.

Le samedi à midi, il déclara à Thomas :

— Lundi, je vous mettrai au service financier. Bon dimanche, monsieur Angié.

Puis il pinça le bas des jambes de son pantalon avec des pinces métalliques, enfourcha sa bicyclette dont le guidon ressemblait aux cornes d'une vache normande, et pédala en direction de Clichy. Il y habitait une maisonnette avec un jardinet dans lequel, le samedi après-midi et le dimanche, il cultivait des poireaux, des pommes de terre et des carottes, avec un peu de persil et un poirier en espalier. Mme Parizot y disposait d'un rectangle pour ses reines-marguerites et ses glaïeuls.

Le désert ressemblait à une gigantesque tempête pétrifiée. Des vagues de roches rouges de centaines de mètres de haut se succédaient et se bousculaient, cassées, déchiquetées, immobiles, jusqu'à l'horizon qui bouillait dans le soleil. La ligne du télégraphe qui reliait Pékin à la Russie filait comme un trait sur ses poteaux de bois plantés de sommet en sommet. L'idéal, pour les concurrents, eût été de la suivre, mais il eût fallu transformer les voitures en sauterelles. La caravane chargée de faire des dépôts d'essence dans le désert avait déposé les fûts de carburant le long de son chemin habituel, la piste millénaire qui allait de puits en puits à travers les rochers et les sables, sans se préoccuper de la ligne droite. Et les automobiles suivirent l'itinéraire des chameaux.

Dès la première heure, la puissance des moteurs fit la différence. Shawn passa en tête, puis refrénant son tempérament, laissa filer Borghese, mais le regretta, car le nuage de poussière soulevé par la voiture italienne persistait pendant des kilomètres entre les vagues rocheuses. Le chemin émergea enfin sur un plateau nu que la trace fumeuse de l'Itala traversait à perte de vue. Il était ridicule, avec l'immensité autour de soi, de rouler juste dans les déjections du véhicule précédent, sous prétexte que c'était la piste. Shawn souleva ses grosses lunettes, aperçut à l'ouest le pointillé de la ligne télégraphique, et obliqua vers elle. Il pouvait se permettre un crochet, il avait de l'essence pour deux jours.

Le terrain était ferme sous une couche de poussière et de sable. Shawn et Fergan, se relayant au volant, purent maintenir une bonne allure, mais au milieu de l'après-midi le moteur s'arrêta : son réservoir était vide alors qu'il aurait dû contenir un bon tiers d'essence. C'était le fait de l'évaporation due à la chaleur. Nul n'en avait tenu compte dans les prévisions de la consommation. Shawn fit le plein avec les réservoirs de secours et quitta le télégraphe pour revenir vers la piste. Avant qu'il l'eût rejointe le soir tomba. Fergan dressa la tente et ils passèrent leur première nuit dans le désert, sous un ciel chargé de tant d'étoiles qu'il paraissait étonnant qu'il ne s'écroulât pas sous leur poids de lumière.

Fergan, avant de se coucher, le regarda longuement. La tête levée, la bouche ouverte, quelques mèches de ses cheveux roux brillant aux reflets de la lampe-tempête, il paraissait aussi naïf qu'un enfant de dix ans. Et c'était bien ce qu'il était resté, à travers les aventures et les combats.

— O Shawn, dit-il, que c'est beau !... Il y en a dix fois plus que chez nous...

— Il n'y en a pas plus, mais l'air est moins brumeux, on les voit mieux...

— Tu crois qu'un homme pourrait les compter ?

— Je ne sais pas...

— Il faudrait qu'il y passe toutes les nuits de sa vie... Mais par où il commencerait ? Et il en oublierait sûrement...

— Oui, sûrement...

— Mais Dieu, Lui, sait combien il y en a ? Dis, Shawn, Dieu le sait ?

— Oui, Fergan...

— Que Dieu est grand, Shawn !

Ils s'endormirent dans l'immense silence. Brodés sur lui, rôdaient des bruits minuscules, furtifs, proches ou lointains. La voiture craquait en se refroidissant. A l'aube, Fergan se réveilla en sursaut, effaré : il avait entendu chanter le coq de son père et se croyait revenu dans sa ferme irlandaise.

Il s'assit brusquement, se demandant où il était.

— Chûût !... fit la voix de Shawn.

Fergan reconnut l'intérieur de la tente, et la réalité lui revint. Shawn était accroupi près de la fermeture et regardait au-dehors à travers une fente étroite. Fergan écouta. Il y avait à l'extérieur des bruits bizarres, des pas légers et des froissements. Il vit que Shawn tenait son revolver à la main. Il se maudit de n'avoir pas pris le sien. Il l'avait laissé dans l'automobile. Sans bruit, il vint rejoindre Shawn et vit qu'il riait doucement, en silence. Il colla sa tête au-dessus de la sienne et regarda à son tour. La Golden Ghost était en face d'eux, à une dizaine de mètres, ses cuivres dorés par le soleil levant. Et autour d'elle un groupe d'antilopes s'agitaient comme des filles curieuses, humant le véhicule, grattant du sabot les restes du feu, goûtant les emballages du bout des lèvres. Une d'elles était montée sur la voiture, où elle était en train de manger une étoffe verte.

— Ma chemise ! hurla Fergan.

Il jaillit hors de la tente en hurlant des injures gaéliques. Les antilopes sautèrent comme des puces, et leur troupe disparut en direction du sud, dans une traînée de poussière.

Shawn était sorti à son tour et se tenait les côtes, tandis que Fergan furieux déployait sa chemise à laquelle manquait la moitié d'un pan.

— La vache ! dit Fergan. Ma chemise du Donegal ! Qui m'avait suivi partout !

— Te plains pas, dit Shawn, tu as encore de quoi te couvrir une fesse...

De tous côtés sur le plateau caillouteux naissaient de petits nuages de poussière qui filaient vers le sud, laissant derrière eux une traînée. C'était autant de groupes d'antilopes, que l'alerte générale gagnait.

— Moi qui croyais qu'il y avait pas un animal dans le Gobi ! dit Fergan en repliant sa chemise.

— Il ne faut croire que ce qu'on voit, dit Shawn.

Il voyait maintenant l'herbe courte, épineuse, qui poussait par touffes sur le plateau, à demi enfouie dans la poussière, et qui servait de nourriture aux antilopes.

— Ça prouve en tout cas qu'il y a un point d'eau pas loin...

Ils le trouvèrent deux heures plus tard. C'était une mare transparente dans une vallée encaissée, une sorte de faille du plateau rocheux au fond de laquelle l'eau suintait en perles le long d'une paroi protégée du soleil.

La piste des caravanes y passait. Cinq fûts d'essence attendaient à l'ombre. Deux étaient déjà vides. Shawn et Fergan reconnurent les traces des pneus de l'Itala et des deux De Dion-Bouton. Fergan emplit les réservoirs vides, et Shawn décida d'emporter en plus un fût entier. Il ne voulait pas être contraint par l'itinéraire des ravitaillements. Il voulait rouler selon son désir, dans l'espace et la liberté sans limites.

Ils hissèrent le fût sur la voiture au moyen du palan, firent le plein d'eau et reprirent la piste, qui rejoignit bientôt la ligne du télégraphe pour descendre au cœur du Gobi. Ce mot, en mandchou, signifie « creux ». C'est une dépression laissée par une ancienne mer évaporée et dans laquelle règne une chaleur effrayante, concentrée, desséchante, à laquelle nul organisme vivant ne peut résister. Seule la vitesse permettait aux deux hommes de ne pas succomber. Des squelettes de chameaux, de bœufs et de chevaux marquaient le bord de la piste. Au sommet des ondulations, des pyramides de cailloux, érigées par les voyageurs qui suivaient ce chemin depuis des millénaires, surmontées de crânes vides de chevaux ou de bœufs aux cornes écartées, jalonnaient l'espace vers l'horizon qui semblait impossible à atteindre. Les caravanes ne se risquaient dans cette partie du désert que la nuit. Elles devaient traverser la fournaise entre le crépuscule et l'aube. Shawn et Aran virent, dans un creux tapissé de sel, qui brillait sous le soleil comme un miroir à fondre les pierres, les squelettes d'une caravane entière qui n'était pas allée assez vite...

Ils se taisaient. Il n'y avait pas un mot à dire devant l'inhumaine dimension du décor, des éléments et de l'épreuve. Ici, le soleil n'était plus le générateur et le protecteur de la vie, mais un œil de l'enfer qui torréfiait un monde tué de nouveau chaque jour. Le traverser était à la fois effrayant et exaltant. Le cœur de Shawn brûlait comme le désert.

Ils arrivèrent en un lieu où la ligne continuait tout droit, tandis que la piste obliquait vers le nord en descendant dans une dépression tapissée de sel, où l'air semblait bouillonner. Shawn décida de suivre la ligne. Il n'y avait pas trace de chemin mais le sol était plat. Après la roche ils trouvèrent un sable brillant, compact, qui portait bien. Ils suivaient la ligne à quelques encablures pour ne pas avoir dans les yeux le défilé hallucinant des poteaux et la perpétuelle ondulation des fils. Ce filament rectiligne de civilisation, projeté à travers la désolation absolue du monde cuit, rendait celui-ci encore plus irréel. Il n'y avait plus de pyramides de cailloux, plus de squelettes, plus aucune trace d'humain ou de vivant, rien que de la pierre et du sable ocre jusqu'à l'infini, et ce cheveu posé sur des allumettes, qui disparaissait au bout des deux horizons, venant de nulle part et y allant...

Brusquement la Golden Ghost piqua du nez et s'enfonça. Fergan, qui était au volant, freina immédiatement, passa en marche arrière et essaya de reculer, mais les roues patinèrent et la voiture s'enfonça doucement, jusqu'à la caisse, dans du sable fin comme de l'eau.

Sous le soleil torride, utilisant les planches et les pelles, Shawn et Fergan essayèrent de la sortir du piège, sans y parvenir. La chaleur les torturait. Ils sentaient l'eau de leur corps les quitter. Ils buvaient sans arrêt, s'arrosaient la tête et la poitrine, mais c'était comme arroser la sole d'un four. Ils déchargèrent entièrement la voiture pour l'alléger mais après avoir avancé de quelques mètres sur les planches elle s'enlisa de nouveau.

Le soleil se coucha, rouge comme un boulet, et le froid succéda d'un seul coup à la fournaise. Exténués, les deux hommes s'enveloppèrent dans les couvertures et s'endormirent serrés l'un contre l'autre. Ils se réveillèrent sous le regard d'une moitié de lune, qui versait sur le désert une lueur verte et fabuleuse. Ils mangèrent quelques biscuits puis recommencèrent à se battre contre le sable. A la lumière de la lune et de la lampe-tempête, ils déboulonnèrent la voiture, lui enlevant tout ce qui était enlevable : sa carrosserie d'if précieux et tous ses accessoires, et lorsqu'elle fut réduite au moteur, au châssis et aux roues, Shawn s'étant mis au volant et Fergan poussant derrière comme un bœuf, ils réussirent enfin à la sortir de la mare de sable fin et à la stabiliser sur un sol ferme. L'horizon devenait rose, le jour approchait. Ils étendirent une couverture sur le sol, et y déposèrent les pièces fragiles du moteur, qu'ils démontèrent pour les nettoyer et les graisser. Le soleil se leva et commença aussitôt à les brûler alors que l'air restait glacé. Le moteur remonté, ils repartirent en abandonnant tout, sauf l'essence, l'eau, les vivres, les couvertures et les armes. Au bout d'une heure de conduite précautionneuse, ils retrouvèrent un terrain rocheux absolument plat. Le moteur tournait rond avec un bruit merveilleux. La ligne télégraphique semblait la trace d'une flèche plantée dans l'horizon. Le soleil chinois leur brûlait le crâne sous leur casquette. Shawn poussait peu à peu la manette des gaz. Légère comme un criquet, la Golden Ghost bondissait sur le sol ferme dans l'air absolument sec. L'aiguille du compteur dépassa les 50 miles, puis les 60, les 70, puis atteignit les 80 et les dépassa !...

Seule au milieu du monde vide et plat et rond comme une assiette, loin de la foule et des experts, la vaillante voiture était en train de battre tous les records de vitesse jamais atteints par une automobile à essence.

— Hurrah ! cria Fergan. Dire que ce sont ces salauds d'Anglais qui ont construit ce bijou !

Et à pleine gorge il se mit à chanter le chant de bataille des fenians du Donegal. Shawn souriait, heureux. La peau de leur visage craquait. Un aigle des sables, si haut qu'il était invisible, se demandait quel était ce flocon de poussière qui traversait son domaine.

Vers la fin de l'après-midi, au milieu du désert le plus désert du monde, ils trouvèrent une maison.

C'était une maison chinoise, classique, avec un toit de tuiles vernissées, relevé aux quatre coins. Et, naturellement, entourée d'une muraille en carré. Le pointillé des poteaux y arrivait et en repartait. C'était le relais du télégraphe. A l'intérieur de la muraille il y avait un puits, une citerne et un jardinet protégé du soleil par un treillis de bambous tressés comme une dentelle. Et, sous un toit soutenu par quatre piliers de bois rond, un prunier. Et, suspendue dans le prunier, une cage dorée contenant un oiseau rose à la gorge bleue.

Dans la maison il y avait un Chinois avec sa femme, son appareil morse, et son chat. C'était un chat au long poil pâle, léger comme un duvet, couleur de sable. Son museau et ses oreilles étaient brun foncé, et ses yeux, bleus comme le ciel du désert au lever du jour.

Les nouvelles de Pékin arrivaient ici à bout de force, et l'homme les réexpédiait vers la Russie avec une énergie nouvelle. Il recevait de même les nouvelles de la Russie et du monde, qu'il retransmettait à Pékin. Il pédalait deux heures par jour sur une bicyclette fixe reliée à une dynamo, pour fabriquer l'électricité nécessaire à ses accumulateurs. Il était ravitaillé de temps en temps par une caravane, et recevait parfois la visite de nomades mongols. Il accueillit ses visiteurs étrangers avec joie et courtoisie, regarda longuement leur char sans chevaux, et leur donna des nouvelles du raid. C'est ainsi qu'ils apprirent que la Spyker et la Mototri avaient abandonné.

Pour occuper ce poste, l'administration impériale avait dû trouver un lettré qui parlât et écrivît plusieurs langues et n'ignorât pas les sciences, et qui acceptât de se retirer dans le désert. C'était un homme de qualité.

Shawn envoya un télégramme à Griselda, à l'hôtel Metropol, à Moscou. Après l'avoir expédié, le fonctionnaire chinois s'inclina devant lui et le remercia. C'était le premier télégramme qu'il avait l'honneur d'envoyer depuis huit ans qu'il assurait sa fonction.

Quand la nuit tomba, l'oiseau rose dans le prunier se mit à chanter. Son chant ressemblait à celui du rossignol.

Ils repartirent avant l'aube. Sur les conseils de leur hôte, ils abandonnèrent la ligne car elle les eût conduits de nouveau dans les sables. Ils prirent la direction du nord où ils devaient retrouver la piste.

Après des heures monotones sous le soleil accablant ils virent se lever à l'horizon un escarpement formidable. Il leur fallut rouler longtemps encore avant de l'atteindre. C'était une sorte de cercle de rochers gigantesques entassés les uns sur les autres, formant un rempart démesuré qu'ils franchirent par un défilé. A l'intérieur, il y avait une ville.

Shawn freina et immobilisa la voiture. Ils dominaient la ville qui étendait à leurs pieds une foule de petites maisons blanches, autour de quatre temples en forme de dômes coniques entièrement recouverts d'or. C'était la légendaire ville du désert, dont ils avaient entendu parler à Pékin. Nulle femme n'y était jamais entrée. Elle était habitée par des moines bouddhiques, et entièrement consacrée à la méditation. Elle paraissait déserte. Shawn remit la voiture en marche et descendit vers la grande place carrée qui constituait le centre de la ville. Des chiens sortirent des maisons et aboyèrent, puis des moines de tous âges, enveloppés d'une robe jaune, dont ils ramenaient un pan sur leur tête rasée pour la protéger du soleil, apparurent dans les rues et s'approchèrent avec hésitation de la voiture arrêtée au milieu de la place et dont le moteur continuait de ronfler. Leur peur était aussi grande que leur curiosité. Ils faisaient deux pas en avant et un en arrière. Shawn et Fergan leur adressaient des signes amicaux qui les faisaient rire. Fergan se mit au volant, démarra, et accéléra. Les moines s'enfuirent comme des moineaux en poussant des cris, et revinrent aussitôt. Fergan parcourait la place en cercles et en huits, faisant vrombir le moteur et crachant des nuages bleus. Il poussa la voiture à fond en ligne droite et freina pile. Les moines riaient et frappaient leurs mains l'une contre l'autre, les doigts écartés. Un très vieux bonze, dont les yeux bridés laissaient filtrer un regard plein de bienveillance et de sagesse, dit en souriant une phrase que ses voisins répétèrent et qui fit le tour de la foule. Et tous ceux qui la prononçaient ou l'entendaient cessaient de rire pour sourire, hochant la tête et s'en allaient. En quelques minutes, la ville fut de nouveau déserte. La Golden Ghost repartit, franchit le défilé et se remit à rouler à toute allure vers le nord. Le vieux bonze avait dit : « Le cheval le plus rapide du monde, que trouve-t-il au bout de sa course ? Lui-même... »

Ils rejoignirent la piste, firent le plein à un dépôt d'essence, et se restaurèrent. La partie la plus aride du désert était franchie. Ils roulaient maintenant vers le nord-ouest, à travers une savane d'où s'élevaient, de plus en plus nombreuses, des alouettes qui montaient verticalement vers le ciel en chantant. Ils longèrent une sorte de marécage piqueté de hérons et de flamants blancs. Puis ce fut de nouveau la savane. A mesure que la voiture avançait, de chaque côté d'elle s'envolaient des compagnies de perdrix rouges à poitrine blanche. La plaine s'étendait à perte de vue, jusqu'à une chaîne de montagnes qui marquait la fin de la Mongolie.

A mi-chemin, les attendaient les cavaliers tatars.

Le lundi matin, Thomas apporta à la banque un brin de genêt, cueilli la veille dans le parc. Il le posa sur la table verte, dans l'encrier, qu'il était allé vider, rincer, et emplir d'eau au lavabo. Le genêt gardait encore un millième de son parfum, et, sous la lumière électrique, presque toute sa couleur.

Quand M. Parizot vit cette chose futile dans l'encrier et sur la table, ces deux instruments sérieux du travail, il eut un instant de stupéfaction, puis de crainte. Ce brin d'or s'introduisait comme un levier dans ses certitudes et les lézardait. L'instinct de conservation réagit brusquement, lui fit tendre vers la fleur son bras, sa main et son index, rigides, comme un fusil.

— Veuillez ôter cela ! dit-il. Où pensez-vous être ?

Thomas revint du lavabo les mains vides, et le cœur plein de rage et de chagrin. Il avait laissé l'encrier et le genêt près du porte-savon, et tous les employés qui allèrent ce matin-là se laver les mains se demandèrent qui avait eu l'idée saugrenue d'apporter cette chose en cet endroit. Lorsque M. Parizot y vint à son tour, il vida l'encrier et jeta le brin de fleur dans la corbeille à papiers.

— Vous trouverez la bouteille d'encre sur la troisième étagère du placard derrière vous, dit-il en posant l'encrier humide devant Thomas, qui continuait de tamponner les bordereaux. Et vous pouvez ranger ces imprimés. Comme je vous l'avais promis, vous entrez aujourd'hui au service financier. Plus précisément à celui des comptes courants. Après deux semaines seulement dans notre établissement, c'est une promotion rapide, due à l'intérêt que vous porte M. le Directeur. J'espère que vous l'apprécierez...

Il prit dans un casier voisin un haut registre relié de toile noire, le premier de la file, qui portait au dos, sur une étiquette blanche à filets bleus, les lettres A-Bi, écrites à la main en écriture ronde et noire. Le registre suivant portait les lettres Bl-Cr, et ainsi de suite jusqu'à Wo-Zu.

M. Parizot posa à deux bras le registre sur la table de Thomas et l'ouvrit devant lui à la première page, en tête de laquelle était écrit le nom du premier client de la banque par ordre alphabétique : Aalto (Edward).

Au-dessous descendaient une large colonne de lignes d'écriture penchée tracée en noir à la plume sergent-major, et des colonnes étroites de chiffres, le débit, le crédit, et le solde, de quarante-neuf centimètres de haut.

Il s'agissait pour Thomas d'additionner la colonne de crédit et la colonne de débit, de faire la différence, et de voir si celle-ci coïncidait avec le dernier nombre de la colonne « solde ». Puis de reporter la somme du débit et la somme du crédit en haut des colonnes de la page suivante, de recommencer à additionner, à soustraire et à comparer, et de continuer ainsi jusqu'à ce qu'il rencontre le client suivant avec lequel il recommencerait la même chose, jusqu'à la fin du registre, après quoi il prendrait le registre Bl-Cr, puis le Cs-Dr, puis le Du-Fa, etc.

— Voici une plume neuve, dit M. Parizot. Et voici un crayon et une gomme. Je vous conseille de diviser chaque colonne en plusieurs fragments dont vous marquerez l'extrémité par une mince ligne au crayon que vous gommerez ensuite, avec précaution. Surtout n'appuyez pas en traçant votre ligne au crayon ! Léger, léger !... Vous additionnerez chaque fragment et obtiendrez ainsi des résultats partiels que vous totaliserez pour obtenir le résultat complet que vous inscrirez en bas de la colonne, à l'encre, en chiffres penchés et sans rature. Naturellement, vous n'inscrivez pas les résultats partiels sur le registre, mais sur une feuille de votre bloc... Soyez certain de votre résultat complet avant de l'inscrire... Je ne veux absolument pas de rature ! Absolument pas !...

Le « bloc », c'était une liasse de bordereaux, les premiers tamponnés, de travers, par Thomas. Une pince d'acier les maintenait ensemble et leurs dos vierges s'offraient aux calculs, aux brouillons et aux gribouillis.

Thomas s'attaqua à la première page. Au bout d'une heure il avait obtenu vingt résultats différents. Chaque fois qu'il recommençait il trouvait un nombre nouveau, et la colonne « solde » ne coïncidait avec rien. C'était une tâche monstrueuse, sans espoir. Il pourrait continuer pendant l'éternité il ne tomberait jamais juste, ce n'était pas humain, il n'avait jamais imaginé qu'on pût lui demander un tel travail.

Et puis tout à coup ce fut le miracle : la différence entre le trente-deuxième total de la colonne crédit et le quarante-neuvième de la colonne débit donna le nombre 13745,06 qui était exactement celui qui figurait dans la colonne « solde ». Thomas ne parvenait pas à le croire. Il recommença trois fois sa soustraction, et la refit à l'envers, et c'était toujours le fabuleux 13745,06 qui revenait.

Ce fut comme s'il surgissait à la surface après avoir suffoqué dans une mare. Ce treize mille sept cent quarante-cinq, zéro six, c'était le soleil et le ciel bleu, l'air limpide, la vie...

Il fixa la plume sergent-major au bout de son porte-plume, la suça pour la dégraisser afin qu'elle prît bien l'encre, la trempa, la secoua au bord de l'encrier et, de sa belle écriture de dessinateur, écrivit en bas de la première colonne le premier résultat juste et superbe de sa première journée dans le service.

L'angoisse recommença avec la page suivante. Quand la journée s'acheva, il en était à la quatrième. Il enfourcha sa bicyclette pour rentrer à Passy et se mit à rouler dans un monde étrange où chaque trait, chaque individu, chaque silhouette, les arbres, les fiacres, les omnibus, les maisons, étaient composés d'une multitude de chiffres minuscules penchés tracés aux encres de toutes couleurs. Tout était dévoré par ces fourmis multicolores, tout bougeait, grouillait, ondulait, chancelait. Il dut s'arrêter pour ne pas tomber. Il ferma les yeux et respira profondément, un pied sur le trottoir, l'autre sur la pédale.

— Ça va pas, beau gosse ? lui demanda une voix.

Il rouvrit les yeux. C'était une fille sans chapeau qui lui souriait. Elle était rouge, et toute composée de chiffres 7.

A mesure que la Golden Ghost avançait, les vols de perdrix se faisaient plus nombreux et plus denses. Il y eut bientôt, devant, derrière et de chaque côté d'elle, un soulèvement constant d'oiseaux roux à la poitrine blanche qui se reposaient aussitôt dans l'herbe sèche. Les deux hommes avaient l'impression de tracer un sillage dans une mer de perdrix. Fergan prit un fusil et en tira quelques-unes, mais il n'avait que des cartouches à balles, et la danse de la voiture sur les cailloux lui ôtait toute chance de faire mouche.

— Voilà le cirque et le ravin, dit Shawn. Nous sommes sur la bonne route...

La voiture débouchait dans une cuvette sableuse, sans végétation, entourée de rochers noirs, déchiquetés, et dominés par une immense dune de sable aux arêtes aiguës. Son sommet s'avançait en pointe vers la cuvette, comme une étrave en suspens au-dessus d'un creux de vague. De l'autre côté de la cuvette le passage semblait coupé par la ligne sombre d'un effondrement. C'était la vallée à pic dont leur avait parlé l'employé du télégraphe. Il faudrait en suivre le bord en remontant vers le nord pour retrouver la piste.

Après la savane caillouteuse, rouler sur le sable était un plaisir de velours. Fergan soupira de satisfaction. Il y eut une détonation et des oiseaux s'envolèrent en couronne tout autour de la ceinture de rochers.

— Jésus ! dit Fergan, quel drôle de désert ! Il n'y a pas seulement du gibier, il y a aussi des chasseurs !...

Une salve de coups de feu suivit et le pare-brise articulé de la Golden Ghost vola en morceaux.

— Le gibier, c'est nous ! cria Shawn.

En face d'eux, semblant surgir du précipice et des rochers, une troupe de cavaliers en robes rouges, montant de petits chevaux noirs, fonçait vers eux. Ils brandissaient de longs fusils et tiraient en galopant. Leur tir ne pouvait être précis, mais les balles ronflaient autour de la voiture comme des guêpes.

— Ils ont des pétoires à un coup, cria Shawn, il ne faut pas leur laisser le temps de recharger ! Tire à la poitrine !...

Fergan se dressa et, posément, tira les sept balles de son chargeur. Les sept premiers cavaliers tombèrent. Shawn poussa à fond la manette des gaz. La voiture hurlante entra dans la troupe comme une charrue. Les chevaux épouvantés se cabrèrent et ruèrent. Mais les

Tatars étaient des cavaliers superbes, et restaient maîtres de leurs montures. Shawn virait, zigzaguait, fonçait, brisait des jambes, écrasait des sabots, les chevaux tombaient, hennissaient de terreur. Debout à sa gauche, Fergan tirait des deux mains avec les deux pistolets. Le temps passa comme un éclair. Les trois quarts des assaillants étaient abattus. Un des survivants poussa un long cri modulé, et tous ceux qui restaient tournèrent bride et s'enfuirent au galop, enlevant au passage, en voltige, leurs compagnons démontés.

— Tu as vu celui qui a un bonnet doré ? cria Shawn.
— Non !...

La voiture poursuivait les fuyards et Fergan, debout, le fusil à l'épaule, tirait sur les silhouettes qu'il devinait dans la poussière.

— Il était à Pékin, à la cérémonie du Labour... Je suis sûr que c'est ce gros Lyons qui nous l'a envoyé...
— Le porc !... On le retrouvera un jour !...

Une volée de balles ronflantes enveloppa de nouveau l'automobile. Fergan gémit, lâcha le fusil et tomba en avant sur le capot. D'autres cavaliers attaquaient par-derrière, venant du défilé par où la voiture était arrivée.

Shawn, conduisant de la main droite, fit un tête-à-queue et dérapa dans le sable tandis que sa main gauche retenait Fergan. Il ramena son ami sur la banquette et fonça vers les cavaliers. Ceux-ci avaient mis leurs fusils en bandoulière et dégainé leurs larges sabres courbes.

Shawn se dressa, tenant le volant bloqué avec ses cuisses, et, armé du second fusil, tira, rechargea, tira, rechargea, tira. Des cavaliers tombaient, tombaient, les autres arrivaient comme une tempête. Shawn posa son arme, fit un nouveau tête-à-queue et accéléra vers l'autre bout de la cuvette. Il fallait sortir de ce piège. Mais alors qu'il en était à mi-chemin, gagnant de vitesse ses poursuivants, dans le défilé devant lui arriva un nouveau groupe de cavaliers rouges, conduits par l'homme au bonnet brodé.

Il vira à quatre-vingts degrés sur sa droite, maintint le volant avec ses genoux, rechargea les deux pistolets et les deux fusils et amena à sa portée la caisse de dynamite. Les deux bandes de cavaliers convergeaient vers lui. Il leur fit face, roulant à toute vitesse. Fergan s'était écroulé devant le siège, en un tas immobile. Shawn n'avait même pas eu le temps de s'assurer s'il était mort ou vivant. La Golden Ghost entra en rugissant et fumant dans la meute rouge et noire. Un cheval jaillit en l'air avec son cavalier. Les autres défilèrent comme des vagues des deux côtés de la voiture, et chaque cavalier en passant frappait avec son sabre. Le métal résonnait, le moteur hurlait, Shawn tirait de la main droite, faisant avec l'autre zigzaguer la voiture et la jetant contre les chevaux. Il reçut un premier coup de sabre qui lui ouvrit l'épaule droite. Sa main lâcha le pistolet qui tomba à ses pieds. Il ne sentit pas les blessures suivantes. Il percutait les chevaux, la voiture tanguait, se soulevait, retombait sur ses roues, l'air sentait la poudre, l'essence, le sang, et la sueur des bêtes.

Shawn tout à coup n'y vit plus rien. Un coup de sabre lui avait ouvert le front, et le sang lui coulait dans les yeux. Il se dressa en hurlant de rage et tira de la main gauche tout ce qui restait dans les chargeurs, droit devant lui, sans voir et sans savoir. La voiture filait, il s'essuya les yeux, il vit qu'il s'était dégagé et prenait de l'avance sur les cavaliers qui revenaient à la charge derrière lui.

Il se pencha vers la caisse d'explosifs, en sortit deux bâtons à mèche courte, chercha dans sa poche son briquet à amadou. Il eut de la peine à l'embraser, ses doigts étaient poisseux de sang. Il parvint enfin à mettre le feu aux deux mèches, qui jetèrent des étincelles. Il reposa les bâtons dans la caisse, souleva celle-ci avec un grand effort, et la laissa tomber dans le sable. Il eut le temps de voir devant lui le défilé libre. Il braqua dans sa direction, accéléra, puis le sang de nouveau lui cacha tout. Fergan gémit.

— Mon Fergan, dit Shawn, je crois qu'on va s'en sortir encore une fois...

La caisse sauta au milieu des cavaliers qui la dépassaient au galop. La dune géante se souleva et s'écroula, emplissant la cuvette d'un nuage roux tourbillonnant qu'éclairaient des explosions successives. Des morceaux d'hommes et de chevaux volaient en l'air.

Shawn se retrouva en train de rouler droit vers le précipice. Il était sorti du piège. Il vira et s'écarta de la vallée à pic. Il était de nouveau dans la savane. Au loin, les derniers Tatars s'enfuyaient. Ils allaient peut-être revenir. Il fallait s'éloigner au plus vite, mais il fallait aussi, et avant tout, soigner Fergan.

Il stoppa, sans arrêter le moteur. En mettant pied à terre il s'étonna de sentir ses jambes si faibles. Il dut se cramponner de sa main valide au montant tordu du pare-brise, pour ne pas tomber. Il vit alors que du sang coulait du côté gauche de sa poitrine, et aussi de sa cuisse droite, où un coup de sabre avait ouvert le pantalon et la chair. A la poitrine, ce devait être une balle. Son épaule gauche saignait aussi. Son front ne saignait plus. Il toucha la plaie et la suivit jusqu'au sommet du crâne. Il sentit l'arête vive de l'os ouvert. Il devina sa cervelle à la portée de ses doigts, et frémit d'horreur.

Il se mit à parler à Fergan en faisant le tour du capot pour le rejoindre.

— Fergan, il va falloir que tu prennes le volant bientôt... Moi je ne tiendrai pas le coup longtemps...

Fergan, toujours écroulé devant la banquette, gémissait et essayait de répondre. Shawn le tira doucement sur l'herbe avec son bras valide. Quand il l'eut allongé, il vit qu'il était perdu. Il avait reçu une balle dans le dos et elle était sortie par-devant à la hauteur de l'aine en faisant un trou gros comme un écu de cinq francs d'où coulait un sang sale. Le côté droit de son visage était écorché vif, brûlé par la chaleur du capot.

Shawn s'assit dans l'herbe à côté de son ami et reprit souffle doucement. Du sang lui montait dans la bouche. Il le cracha.

— Fergan, mon petit frère, dit-il, ni toi ni moi ne reverrons l'herbe verte du Donegal...

— Shawn... nous... nous allons... mourir ?
— Oui, Fergan...
— Molly !... qu'elle va... devenir ?...
— Griselda prendra soin d'elle... N'aie pas d'inquiétude...
« Griselda, Griselda, je vais te perdre », pensait-il, et son cœur fondait de douleur. « Je ne sais pas où Dieu va me mettre... Même s'Il m'accueille en Son Paradis, loin de toi ce sera le malheur... Dieu veuille nous réunir un jour... J'aurais voulu vivre encore, avec toi, en Irlande... Ou mourir près de toi... O Griselda, tu me manques... »
Fergan eut une plainte déchirante.
— Shaaawn !... Nous allons... mourir sans confession !...
— Non, Fergan... Un chrétien... peut entendre un autre chrétien... en confession. Tu le sais ?...
— Je ne sais pas... si tu le dis... je te crois...
— Fergan... Je vais entendre... ta confession.
Quand il voulut s'agenouiller au chevet de Fergan, le sol bascula et il faillit tomber en arrière. Il se retint sur sa main gauche. Une douleur froide comme une lame de sabre lui traversa le crâne d'une tempe à l'autre.
— Griselda, Griselda, aide-moi... dit-il.
Il parvint à se redresser sur les genoux. A l'endroit où il était assis, il laissait une flaque de sang.
Il se signa.
— Parle, mon Fergan... Maintenant c'est Dieu qui t'écoute...
— Je ne sais pas quoi dire... Shawn aide-moi !...
— Tu es un pécheur, Fergan. Dis : « Mon Dieu j'ai péché. »
— Mon Dieu j'ai péché...
— Est-ce que tu te repens ?
— Oh oui... je me repens !... Mon Dieu... pouvez-vous... me pardonner... tant de péchés... de tous les jours ?... Shawn j'ai peur !... Il ne va pas tout me pardonner !... Il y en a... autant... que les étoiles !...
— Si, Fergan, Il te pardonne... si tu te repens... et si tu as aimé... As-tu aimé, Fergan ?
— Oui mon Dieu... Je Vous aime Vous... et mes parents... et Shawn et Griselda... et Molly ma femme... et l'Irlande plus que tout... et je hais les Anglais... pour le mal qu'ils lui font... depuis toujours...
— Tu dois leur pardonner, Fergan... si tu veux être pardonné...
— ... je ne peux pas...
— Ce sont des hommes comme toi... Ils ne savent pas ce qu'ils font...
— Ce ne sont pas des hommes... Ce sont des Anglais.
— Pardonne, Fergan !... Dépêche-toi, tu vas mourir !...
— Oh, Shawn, aide-moi !...
— Pardonne, Fergan, pardonne !... Du fond de ton cœur, pardonne !
— Je... je leur pardonne...
— Dieu te pardonne à toi, Fergan Bonnigan, irlandais...
Il y eut tout à coup un silence extraordinaire et Shawn entendit le

chant de milliers d'oiseaux : le moteur de la voiture venait de s'arrêter. Elle cessa de trembler et de tressauter, s'immobilisa tout à fait. Elle saignait son essence et son huile par des plaies de sabres et de balles. Elle fumait encore un peu.

Shawn regarda autour de lui. A l'épine d'un buisson bas il vit un flocon de duvet accroché, léger, impalpable, d'un blanc immaculé, grand comme l'ongle d'un pouce. Il fit sur lui le signe de la croix, le prit avec délicatesse et dit à Fergan :

— Reçois la chair du Christ...

Fergan ouvrit la bouche, et Shawn déposa le duvet sur sa langue.

Fergan referma les lèvres. Il eut un sourire de bienheureux et mourut.

Alors Shawn sentit de nouveau sa propre douleur, et sut qu'il allait mourir bientôt. Toutes ses blessures anciennes lui faisaient mal en même temps que celles qu'il venait de recevoir. Il lui restait peu de temps.

Il se pencha sur Fergan, le prit sous son bras gauche et parvint à se relever en le soulevant. Il agissait au-delà de ses forces brisées, il fallait qu'il fasse ce qui lui restait à faire. Il apporta Fergan jusqu'à la voiture, le posa contre elle, monta sur le châssis, tira le corps de son ami vers lui, et le coucha doucement en travers de l'automobile. Puis il entreprit de remettre celle-ci en marche. Ce fut très difficile. La manivelle lui sautait dans la main, et à chaque tour qu'il lui donnait le sang coulait de toutes ses plaies.

— O ma belle, lui dit-il, fais un effort, toi aussi... Courage !...

Le moteur eut un hoquet, puis deux, puis se mit à tourner.

— Merci, dit Shawn.

Il monta au volant, passa la première vitesse et démarra. Il n'y voyait presque plus, tout était rouge. Il devina la ligne droite du ravin au loin sur sa gauche, braqua pour amener la voiture dans cette direction, abandonna le volant et vint se coucher au côté de Fergan. La Golden Ghost poursuivait son chemin à petite vitesse. Une étincelle du tuyau d'échappement mit le feu derrière elle à l'herbe où avait goutté l'essence. Le feu s'étendit en demi-cercle, et suivit la voiture comme la traîne d'un manteau de reine. A l'horizon s'élevait de la poussière : les Tatars revenaient.

— Mon Fergan, j'ai entendu ta confession... Entends la mienne... Entends-moi, Fergan, chrétien, je me confesse...

— ...

— Mon Dieu je me présente à Vous avec tous mes péchés... je n'ai pas le temps de m'en souvenir... Mon Dieu je suis Shawn Arran et je suis Roq O'Farran et je suis Clide Sheridan, mon Dieu Vous me connaissez, je suis le même... Fergan, entends ma confession...

— ...

— Je pardonne à mes ennemis, sauf aux Anglais.

— *Pardonne, Shawn Arran, si tu veux être pardonné, pardonne !...*

— Ce qu'ils m'ont fait à moi, mon Dieu, je le leur pardonne, car je leur en ai fait aussi... Mais ce qu'ils font à mon pays, je ne pardonne pas...

— *Roq O'Farran, roi du Donegal et du Fermanagh, pardonne si tu veux être pardonné... Du fond du cœur pardonne !...*

— Faites de moi ce que Vous voudrez, mon Dieu, je ne pardonne pas...

Il ferma les yeux et se tut. La voiture, suivie de sa robe de feu, approchait du bord de la vallée à pic. Son moteur tournait bien rond, avec un bruit doux, paisible. Le ciel était d'un bleu immense. Au moment où les roues avant franchirent le bord du précipice, Shawn était mort.

Un énorme champignon de flamme et de fumée monta au-dessus du désert. Le bruit de l'explosion jaillit au-dessus des berges et se répandit en rond sur la savane. Et à mesure qu'il arrivait sur eux, tous les oiseaux de l'herbe et des sables et des marécages, les perdrix, et les alouettes, les hérons, les flamants et tous les passereaux s'envolaient et des millions et des millions d'oiseaux s'élevèrent et tourbillonnèrent dans le ciel, cachant le soleil d'un nuage vivant.

Perdu dans le désert des chiffres, Thomas ne retrouvait souffle qu'en quittant la banque et en se lançant à bicyclette dans les rues de Paris baignées par les merveilleux soirs de l'été. Sa vie s'interrompait chaque matin à huit heures moins quelques minutes, quand il poussait la porte de la banque. Derrière son verre dépoli encadré d'une arabesque, régnait l'addition, énorme araignée aux fils innombrables, immortelle bien que tronçonnée, toujours la même, jamais pareille, monstre dont il était l'esclave et la nourriture. Il laissait sa joie de vivre enchaînée dans la cour de l'immeuble avec sa bicyclette et venait se livrer à la toile gluante des plus et des retenues.

... cinquante-six-et-dix-sept-soixante-treize-et-neuf-quatre-vingt-deux-et-quatre-quatre-vingt-six-et-neuf-quatre-vingt-quinze-et sept...

... et sept ?

... sept-et-cinq-font-douze, ajoutés à quatre-vingts : quatre-vingt-douze...

... non, j'avais déjà quatre-vingt-quinze !...

... quatre-vingt-quinze-et-douze...

NON !

Je recommence...

Trois-et-quatre-sept-et-quatronze-et-six-dix-sept...

Peu à peu, cela devenait automatique. Il fallait surtout ne pas réfléchir, laisser les chiffres s'accrocher tout seuls. Une partie du cerveau les rivait les uns aux autres comme les maillons d'une chaîne, le crayon posait le résultat et l'œil en un éclair remontait au sommet de la colonne...

Le reste du cerveau était anesthésié. De temps en temps, un regard vers le cadran rond de la pendule murale, qui additionnait lentement les minutes, sans jamais arriver, semblait-il, au total d'une heure, le maintenait en hibernation, hors de la vie. Et puis, tout à coup, par miracle, il était onze heures et demie, et après une autre éternité midi...

Thomas se levait aussitôt et sortait sans un mot, emportant dans sa tête-ruche le bourdonnement des chiffres que l'air du dehors ne parvenait pas à disperser. La pause du déjeuner n'était qu'une trêve, ce n'était pas la délivrance. Il marchait sans rien regarder, sept-et-huit-quinze-et-neuf-vingt-trois-et-huit-trentéun jusqu'au restaurant *Chez André*, quatre-vingt-seize-et-sept-cent-trois-et-neuf-cendouze, à cent mètres de la banque sur le même trottoir. Il se hâtait, pour pouvoir s'asseoir à la même place, chaque jour, avant qu'elle ne fût prise.

C'était un restaurant à prix fixe, un franc cinquante, vin et café compris. En entrant dans la grande salle rectangulaire, il était frappé par l'odeur puissante du plat du jour, son jeune appétit éclatait, lui emplissait le cœur et la tête, et anéantissait en une seconde les frelons fous qui lui tournaient entre les deux oreilles.

Il aspirait à bouche ouverte le parfum de la nourriture, il souriait, il était de nouveau un être humain.

La cuisine était simple, bonne, abondante, servie dans des assiettes en faïence épaisse d'un demi-centimètre, incassables, par tables de quatre. Les clients s'asseyaient les uns à côté des autres sans se connaître, sauf quelques habitués qui se recherchaient. A midi un quart tout était plein, et les appels des serveurs convergeaient par-dessus les têtes vers les cuisiniers : « J'ai une épaule qui va bien !... Et trois parmentiers qui suivent !... Et cinq toulouses dont deux !... » Les assiettes garnies crépitaient sur le zinc du large guichet de la cuisine. Le reste était fourchette et silence. On mangeait.

Thomas s'asseyait à la place en coin de la table du coin, à droite de l'entrée, le mur à sa droite et la vitre dans le dos. Il ne parlait à personne. Il posait devant lui, entre le flacon d'un quart de vin et le pot de moutarde, le dernier livre qu'il avait acheté chez Brentano's, un Wells ou un Walter Scott et se livrait au double plaisir de la lecture et de la faim qui se satisfait. Le mangeur qui avait pris place à côté de lui cherchait parfois à engager la conversation, jetait un coup d'œil sur le livre ouvert, se rendait compte que c'était une langue étrangère, et se rétractait, avec méfiance et respect.

Le 10 août était un samedi, jour béni du « week-end », comme disaient les Anglais. Ce jour-là, la banque fermait à midi et demi et ne rouvrait que le lundi matin. Les autres banques parisiennes ne reprenaient le travail que le lundi après-midi, mais restaient ouvertes le samedi tout entier et le dimanche jusqu'à midi pour permettre à leurs clients de passer aux guichets en revenant de la messe.

Le 10 août, Thomas prit son repas au restaurant comme les autres jours de la semaine, au lieu de rentrer tout de suite à Passy, car sa mère, prise par une leçon à onze heures et une autre à deux heures, n'aurait pas eu le temps de préparer le déjeuner.

Comme il finissait sa crème caramel, il entendit, venant du dehors, un air de fanfare qui grandissait, et une rumeur de foule. Il sut tout de suite de quoi il s'agissait. Il avait vu, à huit heures moins dix, en passant boulevard Poissonnière, l'immeuble du *Matin* décoré de drapeaux français, chinois et italiens, et des banderoles traversant tout le boulevard. Il fit faire rapidement son addition, donna deux sous de pourboire et sortit en hâte. Il pleuvait. La fanfare, maintenant toute proche, jouait la marche triomphale d'*Aïda*. Les « Pékin-Paris » arrivaient.

    Le Matin avait annoncé, un mois plus tôt, qu'on était sans nouvelles de la Golden Ghost. On avait appris, par le télégraphiste du désert, que l'équipage de la voiture anglaise avait pris un itinéraire différent de celui suivi par les autres concurrents. Mais, depuis son passage dans le poste isolé, on ne savait plus rien du conducteur Sheridan, ni de son mécanicien ni de leur machine. Ils semblaient n'être jamais sortis du Gobi. Plusieurs groupes envoyés à leur recherche n'avaient rien retrouvé. Une tempête avait effacé toutes les traces dans le sable, et un immense incendie de la savane, qui durait depuis des semaines, rendait difficiles les investigations dans une partie du territoire. Avaient-ils été surpris par les flammes ? Ce n'était pas impossible. Peut-être étaient-ils seulement à court de carburant. On continuait de les chercher. Le fait qu'on n'eût trouvé ni l'épave de la voiture, ni les corps de ses occupants, permettait de conserver l'espoir qu'ils étaient seulement perdus ou réfugiés en quelque lieu inconnu de ce qui était la partie la plus mystérieuse de la surface de la Terre.
    Thomas et Helen avaient attendu avec anxiété, jour après jour, des nouvelles rassurantes, soit par *Le Matin*, soit par une lettre de Griselda. Mais voici que le raid se terminait et qu'on ne savait toujours rien.
    En courant vers le boulevard Poissonnière, Thomas se laissait emporter par une image insensée, délirante : il allait voir arriver Shawn et Griselda, premiers, triomphants, sur leur voiture de gloire. La fanfare jouait maintenant *la Marseillaise*, la pluie redoublait, crépitait sur son chapeau de paille, traversait son veston et sa chemise et lui coulait dans le dos. Il se heurta à une foule compacte qui couvrait le trottoir et hurlait des noms. Une voiture pleine de musiciens ruisselants arrivait devant *Le Matin*. L'eau entrait dans les trombones et les trompettes, rejaillissait sous le souffle, les notes gargouillaient, les instruments et les visages luisaient, la foule criait : « Les Pékins ! Itala ! Vive le prince ! »
    Un opérateur du cinématographe installé sur un balcon tournait sa manivelle à l'abri d'une bâche. Il y eut un éclair suivi d'un nuage blanc : un photographe de *L'Illustration* avait réussi à allumer sa poudre de magnésium. Derrière les musiciens, l'Itala arrivait. Le prince Borghese était au volant, à peine souriant, tranquille, entièrement rasé comme un Américain, accompagné de son mécanicien et

du journaliste Barzini, le visage aigu et le cheveu noir comme la nuit. La foule hurla « Vive le prince ! » « Vive Borjèèèse ! ». Elle se referma sur la voiture et la submergea. Un groupe compact de sergents de ville monta à l'assaut pour la dégager. Une deuxième vague de foule recouvrit les policiers. Sur les trottoirs, des marchands de cartes postales criaient : « Le prince ! Qui veut le prince ? Quat'sous le portrait du prince ! Quat'sous le prince ! »

Toute la foule convergeait vers l'emplacement de l'Itala. Elle coulait des trottoirs, arrivait en courant de Sébastopol et de l'Opéra, montait de la Seine, dégringolait du Sacré-Cœur, débouchait de toutes les rues perpendiculaires, jaillissait des portes, se laissait tomber des balcons : des hommes, des enfants, des femmes, des vieux, des sportifs, des infirmes, avec leurs parapluies, leurs chiens, leurs paniers, leurs béquilles. Ils clapotaient dans l'eau, se jetaient vers la voiture invisible qu'ils voulaient voir, en criant : « Les Pékins ! les Pékins ! » Ils grimpaient sur les épaules trempées, marchaient sur les têtes, perdaient pied, tombaient, étaient repoussés, hissés, digérés, recouverts à leur tour.

La masse agglutinée autour de la voiture, grouillante comme un essaim accroché à sa reine, dépassa la hauteur du premier étage. Le photographe fit un deuxième éclair avec nuage et l'essaim brilla comme un soleil mouillé. Il y eut un long craquement et des cris. La montagne humaine s'affaissa. La voiture qui avait franchi tous les obstacles venait de céder sous le poids du succès. Le portier du *Matin*, un géant en uniforme rouge et casquette d'or, plongea dans le magma, en rejeta les fragments à droite et à gauche, fit une trouée, parvint jusqu'au prince, l'arracha et le porta à l'intérieur de l'immeuble du journal.

L'averse devenait déluge. La foule noyée commença à se disperser. Les musiciens avaient disparu. Le bord raide du chapeau canotier de Thomas s'était ramolli, gondolait sur son front et se rabattait sur ses oreilles. Il l'ôta et le jeta. Il reçut la pluie dans les yeux. La main en visière, il regarda vers l'extrémité du boulevard, du côté de l'est. Mais le boulevard luisant était vide. Aucune autre voiture ne suivait celle du vainqueur. Les drapeaux coulaient, les guirlandes pendaient, sur le trottoir maintenant presque désert, un vendeur de cartes postales obstiné proposait d'une voix rouillée aux derniers curieux : « Un sou le portrait du prince ! Le portrait du prince : deux pour un sou ! »

L'Itala, cassée en deux, aplatie, lacérée, gisait au milieu de la chaussée, mille petits morceaux d'elle-même éparpillés autour de sa dépouille. Un agent la gardait. Des filets d'eau coulaient des extrémités de sa moustache.

Le 18 août, *Le Matin* annonça avec un gros titre que Mme Sheridan, l'épouse du concurrent disparu, prenait la tête d'une expédition qui partait à la recherche de son mari. Elle avait gagné Irkoutsk par le chemin de fer transsibérien, et, de là, se dirigeait vers le désert de Gobi avec une importante caravane. Elle était persuadée que son mari et son compagnon étaient vivants et elle était certaine de les retrouver. L'opération était financée par le prince Alexandre T., cousin du tsar, qui accompagnait l'expédition.

C'était un dimanche. Thomas monta dans le pigeonnier dont il avait fait son atelier, nettoya avec sa chemise une partie du mur rond, et y peignit la caravane, avec tous les moyens dont il disposait, huile, aquarelle, charbon, crayons gras, à toute vitesse et à toutes couleurs. En tête, écrasant les autres personnages, figurait Griselda, sur un cheval blanc dessiné à traits roux et bleus, à demi cabré. Griselda était nue. Mais Thomas n'avait vu de femme nue que dans les musées et les squares, et rien de ce qu'il esquissa ne lui plut. Alors il la recouvrit du manteau de flamme de ses cheveux. Puis, du front du cheval il fit partir une flèche de lumière qui en fit une licorne.

Quelques jours plus tard arrivèrent les deux De Dion-Bouton. C'était la fin du raid. On n'en parla plus. On parlait déjà du raid New York-Paris, pour l'hiver suivant, en passant sur les glaces du détroit de Behring.

On ne parlait plus non plus du conducteur disparu, ni de l'expédition partie à sa recherche. On commençait à parler beaucoup de la comète. L'astronome Daniel l'avait découverte le 9 juin dans le ciel américain. Elle était alors minuscule. Elle grandissait chaque jour. Elle était visible à Paris, à l'est pendant la deuxième partie de la nuit, presque au ras de l'horizon. Thomas la regarda, un matin, un peu avant l'aube. Elle était comme une rose blanche traînant derrière elle un fragment de voile de mariée. Ou de communiante. D'où venait-elle ? Qu'était-elle ? C'était l'image fabuleuse et fugitive du mystère. Thomas, exalté, regardait la nuit sans mesure à travers sa lumière. Quand elle eut disparu derrière l'horizon, il la rajouta à sa fresque à la lueur d'une bougie. Blanche, cernée de roux et de bleu, comme le cheval-licorne. Au-dessus de l'épaule droite de Griselda.

Elle se dirigeait à deux cent mille kilomètres à l'heure vers le Soleil. Elle tournerait autour de lui dans quelques jours, se nourrirait de sa puissance, puis, ses forces et son éclat décuplés, repartirait vers le froid et les ténèbres de l'espace. Elle reviendrait dans mille ans. Ou dans cent mille.

DEUXIÈME PARTIE

Le 28 décembre 1908 était un lundi. Un peu après quatre heures du matin, Thomas fut tiré du sommeil par un grand tumulte que Shama menait à sa fenêtre. Inexplicablement réveillé avant le lever du jour, le corbeau blanc cognait du bec aux carreaux, appelait « Ho-hâ ! Ho-hâ... », ne cessait d'appeler que pour cogner, et de cogner que pour appeler.

Thomas tâtonna pour trouver les allumettes sur sa table de nuit, ôta le verre de sa lampe de chevet, alluma et courut ouvrir la fenêtre. Shama entra en poussant un grand cri déchiré et se posa sur la barre de cuivre du pied du lit. Son plumage était hérissé comme le poil d'un chat qui se trouve brusquement en face d'un renard. Il tournait la tête à gauche, à droite, regardant autour de lui le décor familier qu'il semblait ne pas reconnaître. La lampe mettait une petite flamme hallucinée dans le rond de ses yeux.

Thomas s'approcha en lui parlant sur un ton rassurant, mais comme il tendait le bras pour le caresser, Shama lui frappa la main d'un coup de bec, s'envola avec un cri de peur et alla se cogner à la fenêtre refermée.

Il tomba à terre, regarda de nouveau autour de lui, puis sautilla en direction du lit sous lequel il se glissa en rampant comme un chien battu.

Thomas s'accroupit pour l'interroger :
— Eh bien Shama, tu as eu un cauchemar ?

Il le devinait dans l'obscurité, boule vaguement blanche blottie sous le centre du lit, et d'où venait un bruit bizarre qui tenait du grognement et des castagnettes.

Ce fut toute la réponse qu'il obtint. Il se redressa en frissonnant de froid, enfila ses pantoufles et son pardessus avant d'aller rouvrir la fenêtre pour essayer de découvrir au-dehors la cause de la terreur de l'oiseau. Il vit Léon, à demi vêtu, une lampe-tempête à la main, qui courait vers l'écurie des chevaux. Il en montait une rumeur assourdie de hennissements et de coups de sabot contre les bat-flanc. Les chevaux, eux aussi, étaient affolés.

Thomas pensa immédiatement à un incendie, mais ne vit aucune flamme, aucune lueur anormale. Il mit son pantalon et coiffa son bonnet irlandais, saisit sa lampe et sortit. Au moment où il s'engageait dans l'escalier de fer, la porte de la chambre de sa mère s'entrouvrit, et Helen passa sa tête, d'où pendait la queue grise de ses cheveux tressés pour la nuit.

— Thomas où vas-tu ? Que se passe-t-il ?
— Je ne sais pas... Je vais voir !...

En arrivant dans le salon du bas, il eut l'impression de pénétrer dans un autre monde. Tout ce qui lui était si connu avait pris un air étranger. Tout était immobile et tout semblait bouger. Le sol était ferme et solide sous ses pieds et pourtant il le voyait parcouru de lentes vagues molles. Du coin de l'œil il aperçut le piston de l'ascenseur qui tournait en spirale comme un tire-bouchon. Un reflet qui bougeait près de sa cheville droite lui fit comprendre ce qui se passait : les serpents s'étaient mis en mouvement. Il n'aurait jamais pensé qu'il y en eût tant. Il en voyait partout. Il en sortait encore des couvertures, ils glissaient hors des paniers par familles, en gerbes molles. Ils se déplaçaient dans tous les sens sur le parquet, sans arrêt et sans hâte, obéissant, malgré leur sang glacé par l'hiver, à un ordre tout-puissant qui leur interdisait de rester sur place. Siphon, le boa, s'enroulait autour du piston de l'ascenseur, essayant en vain de rejoindre la moitié visible de la nymphe qui avait peut-être, dans l'invisible, des épaules pour s'y reposer. Mais les forces lui manquaient. La perroquette n'était plus qu'un tourbillon bleu dans sa cage, criant sans arrêt la question que se posait Thomas :

— Qu'est-ce-qui-y-a ? Qu'est-ce-qui-y-a ?

A l'écurie, il retrouva Léon que le gardien et ses deux fils aînés avaient rejoint. Ils s'efforçaient de maîtriser les chevaux qui piaffaient et hennissaient de peur. Léon tenait par les naseaux Trente-et-un qui se dégagea et essaya de le mordre, la bave à la bouche, les yeux égarés. Léon lui sauta sur le dos et lui serra les flancs avec ses cuisses puissantes. Tenu par sa longe, écrasé par le poids et les muscles du cavalier, Trente-et-un continuait de se débattre comme s'il était entouré de loups.

— Qu'est-ce qu'ils ont ? Qu'est-ce qui se passe ? cria Thomas.
— Un malheur ! cria Léon, un grand malheur qui arrive !... Seigneur épargne cette maison !...

Il continua de prier, sans cesser de se battre contre le cheval. Sa voix énorme dominait le vacarme et emplissait l'écurie.

— Seigneur épargne mes bêtes et les gens que j'aime !... Epargne les innocents !... Aie pitié d'eux et de nous !... Seigneur aie pitié de nous !

Il poursuivit en allemand, encore plus fort, et les gardiens qui étaient, comme lui, suisses de l'Oberland joignirent leurs voix à la sienne, chacun accroché à un cheval furieux.

Pour Thomas, qui ne connaissait pas cette langue, la prière devenait une rumeur sauvage et fantastique. Le fanal pendu à un pilier et la lampe qu'il tenait à hauteur de son épaule éclairaient d'une lueur jaune les flancs mouillés des bêtes secouées par la tempête, l'écume de paille qui volait, la barbe rouge de Léon qui voguait. L'air, chaud comme sous un tropique, sentait le crottin pilé, la paille hachée, et la sueur des chevaux fous.

Tout à coup, du bâtiment voisin, arriva un colossal coup de sirène, à la fois grave et aigu, interminable, qui fit trembler les murs. C'était la voix de César, l'éléphant-phénomène à trois défenses, que Léon avait pris en pension pour l'hiver.

Les chevaux lui répondirent en trompettes éclatantes puis se calmèrent tous ensemble, en un instant. Léon et les valets se turent. En haut de la maison, sous le lit de Thomas, Shama cessa de grommeler et s'endormit sur place. Les serpents du salon rond s'immobilisèrent là où ils se trouvaient. Siphon glissa en bas du piston et fit une couronne immobile à son pied. Flora tomba sur le parquet de sa cage, l'œil rouge, le bec ouvert, la langue pendante. Des duvets bleus, lentement, neigeaient sur elle.

Ce ne fut que le lendemain soir que Thomas connut la raison de la grande terreur des bêtes.

Mr Windon avait reçu de Londres une simple note lui disant qu'il pouvait fermer le dossier n° 6. Ainsi était-il le seul à Paris, après dix-huit mois, à n'avoir plus aucun doute sur le sort de Clyde Sheridan, le concurrent perdu du raid Pékin-Paris.

En un vague besoin, peut-être, d'apaiser par une compensation sa conscience qui ne le tourmentait guère, il s'était intéressé à Thomas et pris de sympathie pour lui. Jugeant que son éducation de jeune gentleman, même si elle laissait percer parfois un tempérament un peu excessif, pouvait être mieux utilisée dans l'intérêt de la banque qu'à emprisonner dans des registres des foules de signes crochus dont la compagnie s'accordait mal à celle d'un adolescent, il l'avait retiré du service des comptes courants pour l'essayer à celui des relations extérieures. Certains clients importants n'aimaient pas se déranger pour venir chercher de l'argent ou en déposer, ou signer des pièces quelconques. Et Mr Windon répugnait à leur envoyer un simple encaisseur. Il aimait garder avec eux des relations de qualité. C'était le plus ancien employé de la banque, d'excellentes manières mais un peu usé, qui en était chargé. Il commençait à sentir la poussière. Un tremblement distingué agitait ses doigts quand il comptait les billets. Mr Windon décida de lui adjoindre le jeune garçon.

Ce changement intervint à temps. Thomas avait été plusieurs fois sur le point de faire avaler à M. Parizot, son chef de service, la plume sergent-major et le manche du porte-plume, avec l'encrier et le registre. Certains jours, la conscience d'être enfermé, comme la panthère Laura dans la cage du pavillon sous les frênes, le rendait enragé. Il sentait monter en lui une vague brûlante de liberté que la contrainte transformait en sauvagerie prête à éclater. Il avait envie de mordre la table devant laquelle il était obligé de rester assis, d'en faire craquer le bois entre ses dents, de la jeter dans les vitres et de bondir derrière elle en hurlant.

Plusieurs fois il avait dit à sa mère que ce n'était plus possible, qu'il ne pouvait pas continuer, qu'il allait devenir fou ou tomber malade et mourir ! Helen lui demandait de patienter, sa situation allait s'améliorer, son travail deviendrait intéressant, il recevrait un beau traitement, il ferait des affaires, il...

En entendant répéter ce raisonnement qu'il trouvait stupide, Thomas s'emportait et Helen se mettait à pleurer.

Alors il descendait l'escalier en avalanche, faisait sortir Trente-et-un du salon ou de l'écurie, se jetait sur son dos et galopait sous les arbres, sautant les buissons et les branches tombées en poussant des cris de Peau-Rouge. Ou bien il se déshabillait en courant et plongeait tout nu dans le bassin de l'otarie.

Son nouvel emploi le délivra, et sembla donner raison à sa mère. Il fut augmenté. Il toucha cinq francs de plus par mois. Et il passa la plus grande partie de son temps à parcourir Paris en fiacre aux frais de la banque, ou plus exactement de ses clients. Le nez à la fenêtre, il s'emplissait du mouvement et des couleurs des rues. Il prit l'habitude d'emporter dans sa serviette de cuir noir son carnet de croquis. Son besoin de peindre, qui s'était presque éteint, se remit à le brûler. Il y consacrait tous ses dimanches, et dépensait plus pour ses couleurs que pour ses repas.

Le mardi 29 décembre, Mr Windon reçut dans l'après-midi un coup de téléphone de Sir Henry Ferrer, un diplomate anglais en poste à Paris, qui devait prendre le soir même le train pour Rome. Il envoya Thomas lui porter d'urgence de l'argent italien et anglais.

Il sembla à Thomas que le nom de Ferrer avait été prononcé quelquefois par sa mère quand elle lui parlait de l'Irlande et de l'île. Mais il y a beaucoup de Ferrer dans le Royaume-Uni.

Le diplomate habitait le rez-de-chaussée d'un hôtel particulier rue Saint-Guillaume, dans le faubourg Saint-Germain. Pour s'y rendre, Thomas dut traverser la Cité et le Quartier Latin. Son fiacre fut arrêté au carrefour Saint-Michel par un rideau de policiers qui se battaient contre des manifestants moustachus en pardessus gris et chapeaux melons. Une bourrasque de neige commençait à tomber, refroidissant l'agressivité des combattants qu'elle frappait au visage.

Thomas mit la tête à la fenêtre et interrogea le cocher emmitouflé dans une pèlerine à trois collets. Pour protéger ses oreilles du froid, l'homme s'était entortillé la tête, sous son gibus, d'un cache-nez qui ne découvrait que ses yeux, son nez et sa moustache, dans laquelle celui-ci coulait. Il n'entendait rien, Thomas dut crier. Il répondit, en criant lui aussi :

— C'est des étudiants en médecine, M'sieur !... Ça fait trois jours qu'ils se battent !...

— Pourquoi donc ?

— Ils rouspètent, M'sieur...

— Contre quoi ?

— Y paraît qu'y a une réforme de l'enseignement, ça leur plaît pas... Tout ce qu'ils vont faire, c'est d'attraper des bronchites... Ils feraient mieux d'aller apprendre à les soigner !... Comme si c'était déjà facile de circuler !... Allez hue, Basile !...

Il tira sur la rêne de gauche, fit demi-tour jusqu'à la rue Saint-André-des-Arts dans laquelle il voulut s'engager. Mais elle était emplie par un magma de voitures arrêtées, derrière un énorme camion de charbonnier à quatre chevaux dont deux hommes luisants de noir et de neige fondue déchargeaient les sacs de boulets.

Il dut finalement prendre les quais et remonter par la rue des Saints-Pères. La nuit arriva rue Saint-Guillaume en même temps que le fiacre. Alors que Thomas sonnait au portail de l'immeuble, le cocher se secoua pour chasser la neige accrochée à sa pèlerine et descendit allumer ses lanternes.

Le bureau de Sir Henry Ferrer était une pièce en rotonde, de plain-pied avec un petit jardin qu'éclairait mélancoliquement un lampadaire dissimulé dans un massif au feuillage persistant. Thomas aperçut par les deux portes-fenêtres les perles d'un jet d'eau et la pâleur d'une statue de marbre sur laquelle la neige posait du blanc.

A l'intérieur, un lustre électrique et des appliques dispensaient une lumière chaude qui faisait briller les ors des cadres et les cuivres des meubles, et caressait avec amitié le teint rose de Sir Henry Ferrer, ses cheveux et sa barbe bien soignée, couleur de sel et poivre blond.

Assis derrière un bureau Louis XVI, il était en train de ranger des dossiers dans une petite valise à soufflets. Il accueillit Thomas d'une phrase aimable.

Celui-ci, qu'un domestique avait débarrassé de son chapeau et de son pardessus mouillés, chercha avec embarras un endroit où poser sa serviette, mouillée elle aussi. Finalement il l'ouvrit à cheval sur son avant-bras gauche, et en tira les billets anglais et italiens. Mais dans cette position il lui était impossible de les compter...

Le diplomate sourit et lui désigna une chaise de tapisserie :

— Débarrassez-vous ici...

Thomas put alors compter ses billets sur le bureau, et tendre le reçu à signer à Sir Henry Ferrer. Pour lui faire de la place, celui-ci avait légèrement poussé vers la gauche un cadre en dentelle d'argent posé près de l'encrier. Il entourait une photographie couleur sépia que Thomas ne put s'empêcher de voir. Elle représentait une femme d'un certain âge, au long visage, assise en amazone sur un grand cheval clair.

En reprenant le reçu revêtu du paraphe de Sir Henry Ferrer, Thomas interrogea ce dernier avec cette tranquillité que peuvent donner à la fois la jeunesse et la bonne éducation quand celle-ci décide d'être indiscrète. Mais il posa sa question en anglais, ce qui lui parut plus correct.

— Puis-je vous demander, Monsieur, si votre famille n'est pas originaire du Donegal ?

— En effet... dit le diplomate.

— Et si cette photographie ne représente pas Lady Augusta Ferrer ?

— C'est exact !... Vous me surprenez... Comment la connaissez-vous ?

— Nous avons la même photographie à la maison, Monsieur. Lady Augusta est ma tante, ou plutôt ma grand-tante.

— Par exemple ! Lady Augusta est ma mère !... Nous sommes donc cousins ? Mais de quel côté ? Par quelle branche ?

— Ma mère est une fille de Sir John Greene, Monsieur.

Henry Ferrer se leva. Son teint rose avait pâli, sa jeunesse lui remontait au cœur et le bouleversait. Les vacances en Irlande, l'île, les cinq cousines...

— Vous êtes un Greene !... Mais je croyais... qu'il n'y avait pas d'enfants à part ceux d'Ecosse... Seriez-vous... pourriez-vous être... le fils de Griselda ?...

— Non, Monsieur... Le nom de ma mère est Helen.

— Helen ? Ah oui ! Helen, bien sûr... Elle se porte bien ?

— Oui, Monsieur...

Helen ? Laquelle était-ce ? Il n'avait jamais vu que Griselda. Ses sœurs étaient des silhouettes, des fantômes de brume qui bougeaient un peu, vaguement, derrière elle...

— C'est une curieuse chose de se retrouver ainsi ! Vous habitez donc Paris ?

— Ma mère et moi habitons Passy.

— Oh ! Passy... Véritablement ?... C'est un peu loin mais c'est charmant... Il faudra nous rencontrer... Voulez-vous me laisser votre adresse ?...

Pendant que Thomas l'inscrivait sur une feuille de papier, Sir Henry Ferrer serra les billets dans sa mallette qu'il boucla, tout en donnant à son cousin les raisons de son départ hâtif. Il n'en eût rien dit à l'employé de banque. C'était une façon de lui marquer qu'il le considérait vraiment comme son parent. Et c'est ainsi que Thomas connut ce qui avait effrayé les bêtes de Léon.

— Je vais aider à l'organisation des secours... disait Sir Henry. La Home Fleet envoie deux croiseurs. Vous n'êtes pas au courant ? Il y a eu un terrible tremblement de terre hier très tôt en Italie et en Sicile. Palerme et Reggio ont été complètement détruites. Il faisait encore nuit, toute la population était dans les maisons. On craint qu'il n'y ait plus de cent mille morts. Il semble que la terre ait tremblé un peu dans toute l'Europe. Même à Paris, si on en croit l'Observatoire, mais pas de façon sensible...

« Ce sont des phénomènes très effrayants, ajouta-t-il avec calme.

Comme il reconduisait Thomas, celui-ci fut frappé par la vue d'un tableau auquel il avait jusque-là tourné le dos. Dans un cadre aux mille volutes dorées, accroché seul sur un panneau du mur recouvert de toile vert pâle, il représentait le Parlement de Londres, fondu dans une extraordinaire brume de couleurs. Le soleil roux et les tours outremer se dissolvaient dans un brouillard de lumière mauve. Thomas n'avait jamais rien vu de pareil. Il fit « oh ! », et s'arrêta pour regarder.

Le visage de Sir Ferrer s'éclaira.

— Vous vous intéressez à la peinture moderne ?

— C'est-à-dire... Je ne visite guère les expositions... Je ne suis pas très au courant... Mais je peins moi-même... Dès que j'ai le temps... Tant que je peux...

« Je trouve cela très beau... Très beau...

— C'est un Monet, dit Sir Ferrer, satisfait. Décidément, il faudra que nous nous revoyions bientôt !... Je vous ferai signe dès mon retour...

Il lui secoua vigoureusement la main, et, en sonnant le domestique, ajouta d'un air détaché :
— Naturellement, votre... euh... votre tante Griselda, personne ne sait toujours ce qu'elle est devenue ?
— Naturellement, dit Thomas.

Le Matin avait annoncé en quelques lignes que l'expédition de secours dirigée par la femme de Sheridan était arrivée à Pékin après plusieurs mois de recherches, sans avoir trouvé trace de la voiture ni de ses occupants. C'était un mystère de plus qui s'ajoutait à la légende du Gobi engloutisseur de vies. Helen et Thomas avaient espéré en vain un message de Griselda. Où était-elle allée après Pékin ? Avait-elle regagné l'Inde ? S'était-elle établie en quelque autre endroit du monde ? Etait-elle restée en Russie ou en Chine pour continuer d'attendre et de chercher son mari ? Avait-elle encore des ressources ou se trouvait-elle dans le besoin ? Mais Griselda n'avait pas donné le moindre signe d'existence et les journaux n'avaient plus du tout parlé d'elle. L'automobile passait au second plan, la presse était emportée par les progrès fantastiques de l'aviation. En janvier 1908, Farman avait établi le record du monde de distance en parcourant un kilomètre et demi sans toucher le sol. Douze mois plus tard, le 31 décembre, Wilbur Wright, sur le circuit du Mans, emportait la coupe Michelin avec un vol prodigieux de 124 kilomètres.

« Que nous réserve 1909 ? écrivait M. Baudry de Saunier. Prédire est devenu un jeu trop facile depuis que le génie humain réalise les prévisions les plus audacieuses. Mieux vaut se taire et admirer. »

Pour Helen, ce qu'elle attendait de 1909, c'était, enfin, l'envol de Thomas vers les hautes sphères de la banque et des affaires. Sa rencontre avec celui qu'elle nommait tout simplement Henry l'avait emplie de joie. Le fils d'Augusta pouvait, s'il voulait, faire beaucoup pour son jeune cousin. Elle n'hésiterait pas à le lui demander. Elle se souvenait de lui comme d'un étudiant timide, long et maigre, que la vue de Griselda plongeait dans une stupeur muette. Il avait beaucoup changé, d'après la description de Thomas.

— C'est vrai qu'il doit avoir... Ça lui fait... Mon Dieu ! Quarante-cinq ans... Quel poste a-t-il à l'ambassade ?
— Il est chargé d'affaires...
— Qu'est-ce que ça signifie ?
— Je ne sais pas... C'est important...
— Son père est mort... Il a dû hériter toute la fortune des Ferrer, les deux manoirs et les terres du Donegal, et leur hôtel de Londres, et toutes leurs propriétés en Angleterre. Je crois qu'ils en ont aussi en France. C'est un homme très riche, et il doit être très influent.
— Il aime la peinture, dit Thomas.

Ce fut seulement à la fin du mois de mars que Sir Henry donna signe de vie à ses cousins. Par un carton d'invitation accompagné d'une lettre charmante, il priait Helen et son fils à un bal qu'il donnait pour fêter Lady Elisabeth Langford, leur ancêtre commune, qui, « de passage à Paris, lui faisait l'honneur de séjourner en son hôtel, en attendant d'être accrochée aux Tuileries à l'exposition "Cent portraits de femmes du XVIIIe siècle". Elle serait heureuse de les recevoir... »

— C'est la grand-mère de Johnatan ! s'exclama Helen. Elle était dans le grand salon de tante Augusta. C'est Gainsborough qui l'a peinte. Il était venu exprès à Greenhall... Elle porte une robe blanche, ses cheveux sont défaits, comme ça... Oh ! Je serai contente de revoir ce portrait !...

Brusquement, sa joie la quitta.

— Ce n'est pas possible... Nous ne pouvons pas y aller...
— Pourquoi ?
— Il te faudrait un habit... A moi une robe !...
— Tu peux t'en faire une ! Tu as le temps !...

Helen baissa la tête et se regarda. Elle frissonna. La robe noire qu'elle portait, elle l'avait faite d'après un patron acheté dans une mercerie à son arrivée à Paris. Les bonnes s'habillaient ainsi...

— Je serais ridicule... Une robe, je ne sais plus ce que c'est... Je ne l'ai jamais bien su, d'ailleurs... Je n'étais pas très coquette...
— Vends l'émeraude ! Et va chez une couturière chic !
— Tu es fou ! Vendre l'émeraude ! Pour une robe !...
— Ce serait plus utile que de la garder dans un coin, je ne sais où... Où l'as-tu mise ? Tu finiras par la perdre, et nous serons bien avancés ! Alors qu'elle pourrait nous faire une vie un peu plus agréable... Surtout à toi...
— Mais tu sais bien...
— Je sais ! Je sais !... Racheter l'île !... Tu devrais pourtant commencer à te rendre compte : nous n'y retournerons jamais, dans l'île !

Helen regarda son fils comme si celui-ci s'était tout à coup transformé en un monstre à six têtes. Elle ne parvenait pas à croire qu'il venait de prononcer des paroles aussi affreuses. Elle s'assit au bord d'une chaise, de travers, en se tenant à la table. Ses jambes s'évanouissaient sous elle.

— Ce n'est pas possible. Tu ne te rends pas compte... Tu ne te rends pas compte de ce que tu as dit...

Elle se mit à pleurer tout doucement, à courts sanglots désespérés, immobile, toute petite et noire sur sa chaise, ne regardant plus rien, n'entendant plus rien... Thomas s'agenouilla près d'elle, l'enveloppa de ses bras, baisa ses joues mouillées, lui parla doucement comme à un enfant perdu...

— ... Je n'ai rien dit... N'y pense plus... Ce n'est pas vrai... Nous irons dans l'île, je te le promets... Nous irons bientôt... ne pleure plus... Nous aurons une grande barque... tu tiendras le gouvernail... et moi je serai dans la barque, à cheval sur Trente-et-un... Et le vent nous conduira tout droit sur l'île... Tu auras l'émeraude au doigt... Et tout le ciel sera vert... Ne pleure plus...

Elle eut un petit sourire, se tamponna les yeux, se moucha.

— Tu es un enfant... Tu n'es qu'un enfant... Bon... Eh bien il va falloir écrire à Henry pour nous excuser... Lui dire que nous sommes empêchés...

Thomas se leva.

— Moi j'irai. Un habit, ça se loue. J'en louerai un...
— Tout seul ? Tu iras sans moi ?
— Je suis peut-être un enfant, mais je ne suis plus un bébé... Il faut que j'apprenne à danser... Apprends-moi !... Viens !... Viens valser !...

Il la souleva de sa chaise et l'emporta autour de la table ronde en une orbite cascadeuse qui bousculait les chaises les poufs et les tabourets. Il chantait d'une voix superbement fausse les quelques notes qu'il connaissait du *Beau Danube bleu* : « Pan-pan-pan-pan-pan... pan-pan... pan-pan... » Helen riait, poussait de petits cris « Oh !... Oh là !... Tu es fou !... Arrête !... Lâche-moi !... Oh là !... Je vais tomber !... Lâche-moi !... »

Elle n'avait jamais dansé ainsi, même au bal de son mariage.

Quand Thomas eut bu son champagne, une inquiétude le saisit : que devait-il faire de sa coupe ? La garder à la main pour se donner une contenance ou la poser ? Et la poser où ?

Rassuré par le fait évident que personne ne lui prêtait attention, il suivit un officier en grande tenue qui, un verre vide aux doigts, fendait comme un vaisseau rouge et bleu les vagues des épaules nues, des chignons et des torsades, des robes et des fracs. Il posa en même temps que lui sa coupe sur le plateau qu'un valet leur tendait. Le regard de l'officier remonta du bras de Thomas jusqu'à son visage qu'il fixa un instant avec une interrogation si visible qu'elle s'entendait presque. Qui était ce garçon ? Le connaissait-il ? Il y eut un commencement d'anxiété dans son œil, un frémissement au coin de sa bouche, mais tout cela s'éteignit aussitôt. Sa main, remontant d'un seul geste les deux branches de sa moustache, effaça toute trace d'intérêt dans son regard, et il tourna le dos.

On dansait dans le grand salon, on papotait dans le salon bleu, on fumait dans le fumoir et la bibliothèque, on chuchotait dans le jardin d'hiver. Thomas cueillit une nouvelle coupe et fit le tour de toutes les pièces, prenant soin, comme il le lui avait recommandé sa mère, de se tenir bien droit et de ne pas regarder dans les yeux les gens qui ne lui avaient pas été présentés. Comme Sir Henry, qui l'avait accueilli chaleureusement à son arrivée, ne lui avait présenté personne, son regard restait obstinément fixé à la hauteur des mentons et des nuques. Et lui-même avait l'impression d'être devenu transparent. Les bustes, les barbes, les épaules, se déplaçaient les uns vers les autres, se souriaient, se parlaient, passaient autour de lui sans même faire l'effort de l'éviter, les regards glissaient sur lui ou traversaient son visage comme s'il n'existait pas. Quelques regards de femmes s'intéressaient à lui quand il s'offrait de profil, mais devenaient vagues et se détournaient dès qu'il faisait face.

D'abord mal à l'aise, il commença, à sa troisième coupe, à trouver amusant de se promener dans ce monde étranger avec détachement et humour. Il n'avait jamais bu de champagne. Il se sentait grandir et devenir invulnérable. Rien ni personne ne pouvait le blesser. Il voyait les gens au-dessous de lui, baignant dans les flonflons et les lumières comme dans l'eau d'un aquarium. Ils avaient des barbes et des ventres, des calvities et des plumes dans les cheveux, ils étaient englués dans les algues mouvantes des robes et des fracs, ils étaient ridicules, maladroits, touchants. Lui était léger et lucide. Il planait.

Il se laissa tirer par la musique jusqu'au grand salon. L'orchestre, juché sur une estrade en demi-lune entourée de plantes vertes, jouait une valse-hésitation. Les couples tournaient lentement sur le parquet qui brillait, les danseuses pinçant de leur main gauche les amples volants de leurs robes aux couleurs pastel, les danseurs noir-et-blanc les dirigeant d'une main posée au-dessus de leur taille fine, et affectant, l'air blasé, de n'y prendre aucun plaisir. Les parfums précieux se mêlaient à l'odeur un peu grasse des cosmétiques à moustaches et à un vague arôme de cigares arrivant du fumoir. Thomas vit et sentit tout, avec une lucidité instantanée, et composa dans sa tête un tableau immédiat, parfait, qu'il oublia aussitôt.

Sûr de lui, un léger sourire aux lèvres, il se dirigea tranquillement vers l'extrémité du salon pour rendre hommage à la reine du bal, Lady Elisabeth Langford. Elle était accrochée au mur du fond, entre deux philodendrons fleuris venus du Brésil. Thomas s'inclina légèrement devant elle, puis se redressa et la regarda. Son sourire disparut : il se trouvait en face de Griselda... Griselda telle qu'elle devait être en sa jeunesse, ses cheveux roux croulant sur ses épaules, ses yeux vifs rayonnant de l'élan de vivre, son teint éclatant lavé par l'air de l'Irlande dont se dessinaient derrière elle les collines et le ciel déchiré.

— Eh bien, Thomas, vous êtes fasciné par notre aïeule ?... N'est-ce pas, qu'elle est belle ?

C'était Sir Henry qui s'approchait, accompagné d'un couple à qui il désirait montrer le portrait d'Elisabeth.

Thomas répondit sans quitter celle-ci des yeux :

— Oui... Elle est très belle... C'est extraordinaire comme elle ressemble à Griselda...

— Griselda ?

Sir Henry, surpris, regarda plus attentivement le tableau.

— Oh les cheveux, peut-être... Et encore... Ceux de Griselda étaient plus longs... Ils lui tombaient jusqu'à la taille... Et les traits ne

sont pas pareils... Griselda était plus fine... elle avait à la fois plus de... de présence... et plus de mystère... Elle était rayonnante... Elle...
Il se rendit compte qu'il se montrait trop éloquent et s'arrêta net. Il reprit, ayant eu le temps de réfléchir :
— Mais... vous n'avez pas pu la connaître !...
— Bien sûr... non ! dit Thomas, qui rattrapa aussitôt son imprudence. Mais nous avons des photographies d'elle à la maison...
— Evidemment... Voulez-vous me permettre ?...
Il se tourna vers l'homme qui l'accompagnait :
— Paul, voici mon cousin Thomas Aungier... Paul de Rome... sa ravissante fille, Pauline...
Pauline esquissa le commencement d'une révérence, Thomas s'inclina, serra la main du père, que Sir Henry entraînait vers un autre groupe :
— Laissons ces jeunes gens danser...
Thomas regardait Pauline, et Pauline regardait Thomas. Elle le trouvait très beau, il était étonné de la voir si jeune, si frêle, avec cependant un regard solide, qui ne s'effrayait pas devant les gens et les choses. Elle portait une robe blanche, comme Elisabeth, avec un mince rang de perles autour du cou, à peine plus pâle que sa peau. Ses cheveux d'un châtain très clair étaient retenus sur sa tête par une couronne de peignes invisibles ornés de perles.
Il semblait à Thomas que cette pâleur lumineuse était un reflet du portrait d'Elisabeth, qui était lui-même un reflet de Griselda.
La jeune fille, flattée de cette attention silencieuse, trouva qu'elle se prolongeait un peu trop. Elle demanda avec un sourire :
— Nous dansons ?
Il entendit de nouveau la musique, qu'il avait oubliée, écouta, secoua la tête :
— Non !... Je ne sais pas danser... Une valse, peut-être, je me risquerais... Mais ça, je ne sais même pas ce que c'est...
Elle rit.
— C'est une mazurka...
Il fut enchanté de la voir rire. Elle avait de petites dents très belles, brillantes. Il lui dit :
— Blanche !... Vous devriez vous appeler Blanche !... Cela vous irait très bien !... Vous êtes blanche comme une branche d'aubépine... Quel âge avez-vous ?
Elle le frappa légèrement sur l'avant-bras avec son éventail de nacre.
— On ne pose jamais cette question ! J'ai seize ans, et vous ?
— Dix-neuf ans... Nous sommes très vieux... J'aimerais parler un peu avec vous, si vous le voulez bien... Je suis tout seul dans cette forêt, je suis perdu... Si nous allions nous asseoir ?
Elle fit oui de la tête, sans cesser de sourire. Il était grand, il était beau, et il était drôle. Elle sortait souvent avec son père, mais rencontrait rarement quelqu'un d'amusant. En traversant le salon bleu, Thomas prit sur le plateau d'un valet une orangeade pour elle et

encore une coupe pour lui. Ils allèrent s'asseoir dans le jardin d'hiver, dans deux fauteuils abrités par un caoutchouc géant, un palmier nain et un oranger avec ses fruits. Devant eux un court jet d'eau tremblotait dans une vasque de marbre. Par le toit en verrière on apercevait une vague chose ronde qui était la lune.

— Je ne vous ai jamais vu nulle part... Qui êtes-vous ? lui demanda Pauline.

Il se mit à parler, se laissa voguer sur le champagne, raconta la maison ronde, sa mère, les animaux, Léon, la banque, l'île perdue, l'avenir, la fortune faite, l'île retrouvée, les voyages... Il ne lui parla pas de sa peinture. Ça ne pouvait pas se raconter.

Elle lui dit d'elle-même un peu de chose. Elle vivait avec son père, qui était veuf. Il voyageait beaucoup. Parfois il l'emmenait, parfois il la laissait à Paris avec sa gouvernante.

— Que fait-il, votre père ?
— Que voulez-vous dire ?
— Quelle est sa profession ? Que fait-il ?
— Mais... Rien ! naturellement...

Sous les feuillages, elle apparaissait pâle comme la lune. Il aurait voulu lui prendre la main, il n'osait pas. Elle acheva son orangeade, dit :

— Je dois retourner au salon, j'ai promis des danses...
— Nous n'allons pas nous quitter pour toujours ? Moi je ne vais pas dans le monde... Où pourrai-je vous revoir ?
— Quand il fait beau, je vais au Bois vers midi. Allée des Acacias. Vous savez où ?
— Oui...

Il ne savait pas, mais il saurait.

Elle se leva, ils retraversèrent ensemble le salon bleu. Près de la porte du grand salon, un groupe d'hommes debout entourait et cachait en partie une femme assise qui riait. Quand ils passèrent près d'elle, elle appela :

— Pauline !... Venez ici, vous deux !... Pauline, présentez-moi ce beau garçon que vous accaparez...

Thomas entendit vaguement son nom, puis celui de la femme, qu'il ne comprit pas. Elle le regardait de bas en haut, avec un sourire gourmand. Il la regardait de haut en bas, découvrait ses épaules superbes, ses seins glorieux que le corset invisible présentait dans une corbeille de dentelles et de diamants.

— Quel cachottier cet Henry ! Avoir des cousins pareils et ne pas nous les faire connaître !... Colonel levez-vous ! Allez vous battre ! On vous attend à la frontière !...

Elle poussait du dos de la main un officier de hussards assis près d'elle sur le sofa. Quand il se fut levé, elle tapota la place restée vide.

— Venez près de moi, Thomas, que nous fassions connaissance...
— Oui madame... Avec bonheur... Mais permettez-moi d'aller d'abord danser... C'est une valse, et je ne connais rien d'autre...

Il posa ses mains sur Pauline et se lança dans l'aventure.

Ce fut moins périlleux qu'il ne craignait. L'orchestre jouait *Quand l'amour meurt*, Pauline était légère comme un souffle et accompagnait avec grâce et sûreté ses pas les plus hasardeux. Peu à peu il trouvait le rythme exact et tournait, tournait, tenant dans ses mains cet oiseau fragile qui lui était pour un instant confié.

— Vous avez été très impoli avec Irène, dit Pauline.
— Vous croyez ? Mais je voulais danser avec vous...
— C'est ce qu'elle ne vous pardonnera pas... Vous vous êtes fait une ennemie...
— Cela m'est égal, je ne la reverrai jamais... Qui est-ce ?
— Irène Labassère, la femme du banquier. C'est une ancienne... heu... une actrice qui a réussi à se faire épouser. Elle est intelligente, c'est une des plus belles femmes de Paris...
— Ah oui ?
— Vous ne la trouvez pas belle ?
— Je ne sais pas, je ne regarde que vous...

Elle ferma les yeux de plaisir, et quand elle les rouvrit il vit leur vraie couleur pour la première fois. Ils étaient gris pâle, à peine bleus, cernés d'un gris léger qui leur donnait un air pathétique d'enfant qui a longtemps pleuré pour une punition injuste. Elle était menacée, elle était en péril, il devait la protéger, il ne savait contre quoi. Contre tout...

Elle était tiède et un peu palpitante sous ses mains, elle sentait un léger parfum de verveine et un peu l'odeur de l'oranger qu'elle avait prise au jardin d'hiver, il aurait voulu l'attirer contre sa poitrine, la serrer, l'enfermer dans ses bras. Cela ne se faisait pas.

Alors il l'emporta dans la ronde qui les isolait du monde.

Il tournait, tournait, enfermé avec elle dans un vaisseau de musique qui tournait, tournait, elle était dans ses mains dans ses bras qui tournaient... Il tournait encore quand il rentra à Passy à deux heures du matin. La passerelle de fer tournait sous les étoiles, la maison ronde et la lune et le ciel tournaient.

Helen l'avait attendu. Elle voulait tout savoir, tout entendre, qu'il lui raconte tout !

Il lui souhaita seulement bonne nuit et l'embrassa, se déshabilla aux trois quarts et s'enferma sous les couvertures, avec Pauline, dans la nuit, qui tournait...

Quand il raconta sa soirée à sa mère, Thomas ne lui dit pas un mot de Pauline. Il en gardait d'ailleurs un souvenir obsédant mais flou. Il ne se souvenait avec précision que de ses yeux pâles, qui lui semblaient parfois fragiles comme un reflet sur l'eau, parfois solides comme le gris du marbre sous la pluie.

Il colla une nouvelle couche de papier sur toutes celles déjà superposées sur le mur du pigeonnier et essaya de peindre Pauline. Le mur en coupole devint un ciel étoilé de prunelles, auxquelles il essayait vainement d'ajouter un visage ou un corps. Il ne parvenait qu'à esquisser des lignes vagues, des contours de brume. Il avait été hanté de la même façon par l'image imprécise de la comète, après avoir passé des heures, avant l'aube, à regarder sa robe de lumière glisser sur l'horizon.

La comète s'était enfoncée dans les ténèbres de l'espace, mais Pauline était là, quelque part dans Paris, vivante, accessible. Il la retrouverait, la reverrait, la toucherait de nouveau, elle n'était pas une étoile perdue. C'était facile : bois de Boulogne, allée des Acacias, midi.

Ce n'était pas facile. Midi, c'était le moment, à moins qu'il ne fût en course dans Paris, où il sortait de la banque, à cent lieues du Bois. Il sauta sur sa bicyclette, pédala comme un fou, arriva porte d'Auteuil trempé de sueur, ne trouva pas l'allée des Acacias, et eut juste le temps de revenir au bureau pour deux heures, affamé et haletant.

Une semaine plus tard, il profita d'un déplacement aux Champs-Elysées pour prendre la ligne A du Métropolitain, jusqu'à la station Porte Dauphine. Il n'eut plus qu'à suivre le courant des voitures et des cavaliers pour se trouver bientôt dans la fameuse allée, stupéfait d'y trouver tant de monde. Que faisaient là tous ces gens ?

C'était le lieu où on devait se montrer dès qu'il faisait beau, si on était connu et voulait le rester, si on désirait le devenir, ou seulement connaître, même de loin, les gens connus. On venait montrer son nouveau tilbury, son chapeau du jour, sa robe exquise, son bel amant ou son mari cossu. Les chevaux attelés ou montés allaient au pas, on échangeait en se croisant un salut ou un sourire. On se retrouverait ce soir aux Variétés, ou au dîner de la baronne.

Thomas regardait avec étonnement cette parade mondaine, se demandant si Pauline était à cheval ou dans une de ces voitures aux roues fines comme des dentelles. Ou encore dans une automobile, car il y en avait quelques-unes qui osaient se glisser dans ce courant hippique.

Il avait connu Pauline en robe blanche. Instinctivement, c'était une robe blanche qu'il cherchait. Il n'en voyait aucune, ni dans l'allée, ni sous les arbres, où il s'engagea et où il y avait encore plus de monde. On s'y promenait à pied, on s'asseyait sur les chaises de fer, on bavardait avec nonchalance, on se détendait. Dans les taches d'ombre et de soleil, les robes composaient un jardin mouvant multicolore. Les hommes étaient en jaquette et haut-de-forme ou melon gris. Leur seule fantaisie se réfugiait dans les ornements du gilet.

Thomas, qui regardait partout sauf à ses pieds, faillit écraser un chien noir, pas plus gros qu'un rat, au museau de merle et aux pattes de puce. La bestiole, qu'il avait un peu bousculée, poussa un cri suraigu et voulut lui mordre une cheville, mais sa gueule grande ouverte aurait tout juste pu saisir la tige d'un roseau. Son dos minuscule était recouvert d'un manteau à petits carreaux roses, et son cou entouré d'une triple gourmette d'or. Sa maîtresse, qui portait les mêmes carreaux et la même gourmette au poignet, se baissa pour cueillir l'infortuné en jetant au passage un regard de doux reproche à Thomas. Celui-ci grogna une excuse et se détourna.

Une fillette qui jouait au diabolo faillit lui envoyer sa bobine tourbillonnante dans l'œil. Elle avait encore l'âge de montrer la moitié de ses mollets, et déjà celui de porter un chapeau à fleurs. Elle ricanait en ramassant son ustensile. Thomas lui aurait volontiers donné une gifle. Il était furieux, déçu. Il allait devoir repartir, sans avoir vu Pauline.

Mais Pauline le vit. Elle le vit de loin, grand, perdu, effaré, ridicule et beau. Elle laissa sa vieille gouvernante à demi assoupie sur une chaise, s'approcha de lui par-derrière et lui saisit doucement le bras du bout des doigts.

Il se retourna comme si on l'avait mordu, et ne la reconnut qu'au bout d'un millième de seconde. Elle était vêtue d'un tailleur de velours gris pâle, de la couleur de ses yeux, et coiffée d'une toque mauve ornée d'une grappe de lilas. Elle lui souriait, un peu moqueuse et tendre. Il ne sut que dire, il avait envie de la serrer dans ses bras, de ne plus l'en laisser partir, jamais. Son menton tremblait. Il prit dans ses deux mains la petite main posée sur lui, elle était recouverte d'un gant très fin à travers lequel il sentait sa chaleur et sa fragilité. Il put enfin dire :

— C'est vous !...

Elle se mit à rire :

— Eh bien oui !... C'est extraordinaire ?

Il répondit doucement :

— Oui...

C'était déjà le moment, pour lui, de repartir. Il maudit la banque, le monde, les circonstances qui les séparaient. La vie était grotesque. On travaillait ou on paradait, on suait ou on grimaçait, pour quoi faire ? A quoi bon ? Tout cela ne composait qu'un théâtre de pantins vides ! vides ! vides !... Il n'y avait rien de vivant, de vrai, que Pauline...

Pauline... Où était-elle, que faisait-elle, pendant ces jours interminables, séparée de lui par la moitié de Paris et cent millions de convenances ? Il se sentait par moments devenir frère en esprit des étudiants russes qui lançaient des bombes dans les cortèges impériaux. Il aurait voulu faire sauter tout ce qui se dressait entre elle et lui.

Il la revit deux fois, en robe bleu-du-ciel-voilé, puis en tailleur ventre-de-fauvette. Lui portait toujours son même costume marron, qui devenait de plus en plus étroit chaque jour, et son melon noir, posé comme un éteignoir sur sa tête fauve. Il commençait à prendre l'habitude de se passer deux doigts sur la lèvre supérieure où poussait une jeune moustache. Il se moquait de son apparence vestimentaire. Elle, d'ailleurs, aussi. Il était beau, il était grand, il était drôle...

Au moment où il allait la quitter de nouveau, elle lui proposa de l'accompagner le surlendemain au Châtelet. Son père était parti la veille pour Trouville et elle venait de recevoir deux billets envoyés par un décorateur de Diaghilev qu'ils avaient connu à une soirée chez

Gabriel Astruc. Thomas ne connaissait pas les noms de Diaghilev, ni d'Astruc, mais il savait comme tout le monde qu'au Châtelet venait d'éclater une merveille qui faisait courir Paris : un danseur russe de dix-neuf ans, Vaslav Nijinski. Pauline voulait absolument le voir, elle ne pouvait pas y aller seule, encore moins, d'ailleurs, avec Thomas, mais elle dirait qu'elle y allait avec une amie.

Sa gouvernante, le soir, s'endormait à table. Elle ne penserait qu'à aller se coucher. Qu'il vienne l'attendre avec un fiacre, un peu plus loin que la porte...

Il n'avait jamais vu de ballet, il se moquait totalement de Vaslav Nijinski, mais la perspective de passer une soirée avec Pauline, d'être seul avec elle dans un fiacre, l'emplirent d'une joie folle. Il jeta en l'air son melon, trébucha contre un terre-neuve, se courba en deux pour lui présenter ses excuses, retourna à la banque sur une bicyclette qui avait des ailes.

Il dit à sa mère qu'il devait travailler de nuit pour les comptes de fin de mois. Elle le crut. Une aventure sentimentale n'entrait pas dans les projets qu'elle avait bâtis sur lui. Elle ne pouvait même pas imaginer que ce fût possible. Mais que la banque lui fît assez confiance pour le faire travailler le soir à la vérification des comptes la confirmait au contraire dans ses vues d'avenir et la réconfortait : comme elle l'avait prévu, il progressait rapidement...

A la sortie du bureau il alla de nouveau louer un habit et ses accessoires. Il lui fallait aussi un haut-de-forme. Le loueur n'en avait plus à sa taille. Il lui dit avec admiration qu'il avait un tour de tête peu commun, mais cela n'avait pas d'importance, il suffisait qu'il tînt son chapeau à la main, il n'était pas essentiel de se le mettre sur la tête.

Il s'habilla dans le fiacre, mit ses vêtements de jour dans le carton du loueur, noua sa cravate à tâtons et eut l'horrible impression que ses cheveux devaient se dresser dans tous les sens.

Il arriva avenue du Bois à huit heures. C'était là qu'habitait Pauline, dans une grande villa entourée d'arbres. Elle lui avait recommandé de ne pas se montrer à la fenêtre du fiacre. Il attendit. Une minute. Cinq minutes. Une éternité. Enfin la porte de la voiture s'ouvrit, découvrant une apparition radieuse : les reflets du couchant ourlaient de rose et d'or la robe de mousseline blanche de Pauline et son visage de fée-enfant qui souriait. La lumière s'accrochait aux pointes de ses cils, allumait quelques cheveux fous et la plume légère enroulée sur ceux qui restaient sages. Un décolleté discret voilé de tulle laissait deviner que quelque part plus bas, plus loin, dans l'ombre douce, se blottissaient de jeunes trésors. Le tendre adieu du jour se posait sur le dos de la main tendue vers Thomas.

Il reprit souffle et aida Pauline à monter. La porte claqua, le cocher grogna, le fiacre démarra en grinçant.

Thomas avait pensé sans arrêt à cet instant où il se trouverait seul avec elle pour la première fois, où il pourrait enfin la prendre dans ses bras... C'était impossible. Assise sur la banquette en face de lui, ses mains sur ses genoux tenant son petit sac de perles, impeccable, fragile, apprêtée des pieds à la plume, elle était intouchable. C'était un coquelicot blanc, un papillon de nacre et de mousse. Le moindre contact aurait fait des dégâts.

Il la contemplait, la bouche entrouverte, le plastron gondolé, la cravate de travers, les cheveux hérissés. Elle éclata de rire.

— Oh !... Est-ce que vous vous êtes vu ?

Il fit « non » de la tête. Elle prit dans son sac un miroir pas plus grand qu'un écu et le lui tendit. Mais il ne pouvait y voir à la fois qu'une mèche de cheveux ou un bouton de gilet. Alors, très sérieusement, elle entreprit de le civiliser. Elle redressa sa cravate, tira sur le plastron et les pointes du gilet, essaya de le peigner avec un peigne minuscule, le cassa, poussa une exclamation de dépit, et termina avec les deux morceaux. Lui fermait les yeux, heureux comme un chat.

Arrivé au théâtre, il descendit du fiacre avec le carton à vêtements sous un bras et son chapeau dans l'autre main. Il lui aurait fallu une troisième main pour la tendre à Pauline, une quatrième pour payer le cocher. Il posa le carton par terre, faillit mettre le chapeau sur sa tête, s'arrêta à mi-chemin, le posa sur le carton et fit descendre Pauline. Chez celle-ci, l'irritation commençait à submerger l'amusement.

S'étant débarrassé au vestiaire, Thomas retrouva la liberté de ses gestes, passa ses deux mains sur ses cheveux puis sur sa moustache, et ils entrèrent glorieusement dans la salle du Châtelet pleine à craquer et bruyante comme un marché.

Les Ballets russes présentaient leur second programme, et le Tout-Paris que Nijinski avait affolé avec ses premières prouesses était venu le voir se surpasser dans son nouveau spectacle. La soirée était donnée au profit des victimes du tremblement de terre de Messine, qu'on n'avait pas encore tout à fait oubliées. La danse et le malheur c'était une double raison pour les femmes de s'orner de tous leurs bijoux, sur leurs robes flamboyantes, dans les cheveux, au cou, aux oreilles, aux poignets. Le parterre et la corbeille brillaient d'un million de feux, sur le fond mouvant des rondes épaules blanches, des seins épanouis, à demi nus. On bavardait de rang à rang, on se détaillait à la lorgnette, on reconnaissait les arrivants.

— Qui est cette petite niaise tout en blanc comme une bougie ?

— Mais c'est... C'est Pauline ! Avec un homme !

— Pauline de Rome ?... Elle est fiancée ?... Qui est le garçon ?

— Je ne sais pas... Il a l'air d'un lion endimanché...

— Il a l'air d'un paysan...

— Il est beau...

— Elle est bien mince pour lui... Il lui faudrait encore quelques biberons...

Avant de s'asseoir, Thomas regarda la salle, et comme il était de haute taille et nouveau, la salle le regarda. Et chaque femme se dit qu'il serait mieux avec elle qu'avec cette gamine. Et les hommes pensèrent qu'il était habillé comme un sac de prunes.

Et Thomas, mieux qu'au bal ou au Bois, se rendit compte que

c'était cela le monde de Pauline, qu'il ne faisait pas partie de cet univers, et qu'il n'avait pas le moindre désir d'y être admis. Il imagina ce qui se passerait si quelques-uns de ses amis, des gens de son monde à lui, arrivaient tout à coup ici : Trente-et-un piaffant, Camille la girafe avec sa genouillère, César avec ses trois défenses, conduits par Léon-le-considérable en chemise de laine verte, avec Flora, la perroquette bleue, accrochée dans sa barbe de Jupiter, et Shama perché sur sa tête, battant des ailes et criant :

— Ko-Hâ !... Ko-Hâ !...

Cette image le réjouit. Il se mit à rire.

— Asseyez-vous ! lui dit Pauline irritée. Tout le monde vous regarde !... Pourquoi riez-vous ?

— Nous sommes dans une ménagerie, dit-il tranquillement. Mais j'irais n'importe où pour être avec vous.

Il se tut un instant, puis ajouta avec naïveté :

— J'ai beau regarder, vous êtes la plus belle... Vraiment, vous savez, vous êtes très, très belle...

Elle sourit, tout énervement oublié, et pendant un instant éblouissant ce qu'avait dit Thomas fut vrai, car une femme à qui on dit qu'elle est belle le devient.

Il n'aima pas beaucoup le spectacle, sauf les tableaux d'ensemble en costumes russes ou orientaux. Il trouvait ridicules les danseuses qui grignotaient la scène avec la pointe de leurs pieds, et ce danseur prodige qui sautait le plus haut qu'il pouvait afin d'agiter ses jambes. Mais les décors l'éblouirent. D'une extraordinaire hardiesse de couleurs, ils étaient des tableaux en profondeur dans lesquels se déplaçaient des personnages aux costumes inattendus, aussi audacieux et harmonieux que les décors. A la fin d'un pas de trois, Nijinski, en un bond prodigieux, s'envola littéralement hors de la scène. Toute la salle se leva, criant sa joie et applaudissant interminablement. Les poitrines tremblaient, les diamants scintillaient, les hommes noir-et-blanc devenaient rouges. Thomas s'était levé aussi, mais ce qu'il applaudissait, c'était les violets et les pourpres, les verts et les orangés éclatants, les bleus fastueux, les marrons et les ors du décor.

Pauline l'entraîna dans les coulisses où la moitié des spectateurs essayaient d'approcher Nijinski, que défendait un énorme moujik au crâne rasé, dont la barbe n'avait pas été peignée depuis la naissance du premier poil.

Ce n'était pas le danseur qu'elle désirait voir, mais le décorateur Kolsen, qui lui avait envoyé les places. Ils le trouvèrent un peu à l'écart de la cohue, qu'il regardait avec amusement. Il était aussi grand que Thomas, et, curieusement, il lui ressemblait, par les traits, la stature et l'allure. Mais ses cheveux, aussi fournis et aussi rebelles que ceux de Thomas, étaient d'un blond très clair, et ses yeux bleu ciel. Russe d'origine finlandaise, il était riche et suivait la troupe de Diaghilev pour son plaisir. Il se disait décorateur parce qu'il avait peint deux ou trois maquettes que Diaghilev avait refusées avec enthousiasme. Thomas le félicita pour le dernier décor, qu'il avait tant admiré.

— N'est-ce pas qu'il est beau ? dit Kolsen, ravi. Il n'est pas de moi. Il est de Bakst.

Il avait une voix chaleureuse, une voix de chanteur, et il parlait français avec un accent d'opéra, qui évoquait des fastes et des spectacles. Sous une jaquette du même bleu que ses yeux, il portait un gilet noir à boutons d'or taillés, et une cravate nouée vert pâle. Il avait l'air du frère aîné de Thomas recevant son jeune frère de retour de la campagne. Il était plus parisien qu'un Parisien. Juste un peu trop. Juste assez pour le mettre au-dessus ou à côté de l'ordinaire. Il était à sa place au théâtre, mais dans les coulisses. Il était à sa place à Paris, mais venant de Moscou. Il pouvait repartir à l'instant pour Samarcande ou pour Jérimadeth, il y serait chez lui. Peut-être en arrivait-il...

Pauline l'écoutait et le regardait sans mot dire, fascinée. Il la touchait du bout des doigts, comme pour essayer un piano, sa main s'envolait, se posait de nouveau, sur le bras, sur l'épaule. Il lui disait qu'elle était légère comme une danseuse, elle devrait danser, qu'elle revienne le voir, il la présenterait à Diaghilev... Thomas devenait furieux. Un groupe russe, parlant et riant russe avec un fracas de chemin de fer, interpella Kolsen au passage. Il pirouetta, leur fit un geste, fut absorbé, disparut.

Dans le fiacre, Pauline, enchantée de sa soirée, en repassait à haute voix les moments extraordinaires et applaudissait encore et riait. Puis elle s'inquiétait, beaucoup de gens l'avaient vue avec lui, son père le saurait, elle lui dirait ceci, elle lui dirait cela, qu'elle était avec un groupe d'amis, ce garçon, quel garçon ? c'était le cousin d'Yvette, nous étions avec sa mère. D'ailleurs papa ne dira rien, il n'est pas sévère, il me fait confiance, il ne demande qu'une chose c'est que je ne l'embête pas... Thomas l'écoutait sans chercher à comprendre, comme il aurait écouté chanter un rossignol. Il vint s'asseoir à côté d'elle, et tout à coup elle se tut, parce qu'il avait posé sa bouche sur sa bouche. Elle eut un petit sursaut, il la prit dans ses bras, sans plus se préoccuper de sa toilette, et elle-même l'oublia.

C'était la première fois qu'il embrassait une femme, et c'était Pauline... Une chaleur bouleversante lui faisait fondre le cœur. Les lèvres fines, rondes, sous ses lèvres, étaient tièdes et douces nues et fermes, humides, fraîches, vivantes, mouvantes, comme... Il n'y avait pas de « comme »... Il n'y avait rien, il n'y avait jamais rien eu de pareil au monde. C'était le plus grand miraculeux bonheur de la Terre.

Ils restèrent un long moment serrés l'un contre l'autre, joue contre joue, sans rien se dire, puis elle tourna son visage vers lui pour qu'il l'embrassât de nouveau. Elle respirait plus vite, ses petites mains se crispaient sur les bras de Thomas. Lui sentait un émoi l'envahir et un élan le pousser à des gestes inconnus. Ses doigts cherchaient des boutons, tiraient des dentelles, découvraient des coins de peau brûlante. Elle lui mit les bras autour du cou, elle ne quittait plus ses lèvres, elle poussait de petits gémissements. Brusquement le fiacre s'arrêta. Ils étaient arrivés.

Elle descendit dépeignée, dégrafée, haletante, se sauva en courant dans le jardin. Lui repartit brûlant comme une torche. Il dut se déshabiller pour changer de nouveau de costume, et l'air de la nuit qui commençait à devenir frais le calma.

Il rentra par le parc, pour pouvoir cacher le carton du loueur dans le salon du bas. Léon dormait sur la paille, près du feu, un petit singe fiévreux, emmailloté, blotti dans ses bras. Il s'éveilla, regarda passer Thomas, lui cligna de l'œil et se rendormit.

Helen ne l'avait pas attendu. Elle avait disposé sur la table de la salle à manger deux tranches de jambon, deux œufs durs, du fromage de gruyère, une salade, et un demi-pain. Thomas mangea tout et fouilla dans le garde-manger où il trouva un reste de ragoût froid, qu'il fit disparaître, avec une pomme et des noix.

Il ne revit Pauline que six jours plus tard, au Bois, et elle lui annonça qu'elle partait le lendemain avec sa gouvernante rejoindre son père à Trouville. Elle y passerait l'été. Ils se reverraient en septembre...

Elle lui dit cela d'un air dégagé, gentil, elle semblait avoir oublié toute son émotion du retour dans le fiacre. Lui n'avait pas oublié, et il lui fallait un grand courage pour empêcher ses mains de se fermer de nouveau sur elle.

— Je ne pourrai pas rester si longtemps sans vous voir, dit-il, ce n'est pas possible ! Je viendrai à Trouville !...

— Oh quelle bonne idée ! Nous irons nous baigner !

— Nous baigner ?...

— Bien sûr ! Vous avez un costume de bain ?...

— Non...

— Vous en achèterez un là-bas... Nous l'achèterons ensemble !... Je vous le choisirai !... Oh ce sera amusant !...

— Oui, oui, on verra... dit-il.

Acheter, louer, les fiacres, le voyage, dépenser, encore... Il avait dû emprunter un louis à Léon pour finir le mois. Comment faire pour aller à Trouville ?...

Il se souvint d'une vague invitation de courtoisie que lui avait proposée son cousin le soir du bal :

— Que faites-vous cet été, mon cher Thomas ?

— Heu... je...

— Venez donc passer quelques jours à Trouville... Vous venez quand vous voulez, vous n'avez même pas besoin de prévenir, la villa est grande, il y a toujours des amis qui vont et viennent. Vous la trouverez, n'importe quel cocher vous y conduira... Elle se nomme Greenhall...

— Oui... heu... merci... volontiers... je...

En fait, l'été, il travaillerait, comme tous les travailleurs... Mais en faisant état de l'invitation de Sir Henry, il obtint de Mr Windon, bienveillant, un congé de deux jours, entre le dimanche 11 et le mercredi 14 juillet. Ce qui lui ferait quatre jours pleins à passer à Trouville, en prenant le train le samedi après-midi.

Helen fut terrifiée à l'idée de le laisser partir si longtemps loin d'elle. Il ne l'avait jamais quittée. Mais cultiver les relations avec son cousin Henry était très important pour Thomas. Il ne pouvait pas manquer de rencontrer chez lui des diplomates, des banquiers, des hommes d'affaires. Tout ce qui comptait en France et en Angleterre passait par Trouville en juillet et en août. Les invités de Sir Henry Ferrer ne pourraient faire autrement que s'intéresser à un jeune homme plein d'avenir.

La séparation l'inquiétait et la chagrinait, mais elle s'y résigna.

La mer !...

Il venait de pousser les volets de sa chambre et de recevoir le choc de la lumière horizontale étendue jusqu'au fond du ciel.

Il était arrivé de nuit, s'était couché sans aller à la fenêtre et ce matin il venait de l'ouvrir sans se douter de ce qui l'attendait.

La mer... Il l'avait traversée en dormant quand il était enfant et, depuis, n'y avait jamais pensé, ne l'avait jamais désirée. Comment aurait-il pu imaginer cela ?

Il ouvrait les bras, écarquillait les poumons et les yeux... Eau, ciel, lumière, bouillon infini de clartés, la mer !...

Un grand frisson de joie et de fraîcheur le traversa. Il était nu, personne en face de lui, que la mer et le ciel et leurs grands oiseaux blancs. La villa se dressait sur le flanc de la colline, et sa chambre s'ouvrait au dernier étage entre deux tourelles et un clocheton. Il se mit à rire d'un rire sonore qui ressemblait à celui de Léon, se frappa la poitrine, les flancs et les cuisses de ses mains ouvertes, se plongea le visage dans une cuvette d'eau, sauta dans ses vêtements, dégringola l'escalier et la route, sauta sur la plage et courut, courut, dans le sable, les rochers, les flaques, les algues, les moules jusqu'à ce qu'il fût près d'elle, face à face, à quelques centimètres...

Elle se retirait. Elle goûta sa semelle du bout d'une langue ronde plate, la rétracta pour réfléchir, la renvoya vers lui et entoura ses deux pieds avec une petite écume de plaisir, puis recula vivement en sifflant et gargouillant un peu. Il la suivit, se baissa pour la toucher. Elle lui enveloppa le poignet d'un baiser froid piqueté de sable, il y plongea l'autre poignet, se releva, posa ses mains mouillées sur son visage et ferma les yeux. La lumière traversait ses paumes et ses paupières, les mouettes criaient au-dessus de lui, la mer chantait à ses pieds, il était debout, seul, au centre d'un univers ébloui.

Alors seulement, il pensa à Pauline.

Il la rencontra à midi sur les planches, devant l'Eden. Le sort leur venait en aide : Sir Henry et Paul de Rome, avec d'autres curieux et passionnés de l'aviation, étaient partis pour Calais en automobile, dans l'intention d'assister à l'envol de Latham qui allait essayer de traverser la Manche sur son monoplan Antoinette.

Latham et deux autres concurrents, Blériot et de Lambert, étaient déjà installés au bord de la falaise, face à l'Angleterre, mais leur succès dépendait de la direction du vent. Dès que celui-ci serait propice, le plus audacieux s'élancerait. Cela laissait aux deux jeunes gens l'éventualité de plusieurs jours de liberté.

Quand il remonta dans sa chambre, Thomas trouva sur son lit un costume de bain dernier cri : un « maillot » de champion une pièce, à manches courtes et jambes mi-cuisse, bleu marine, traversé de rayures horizontales blanches ondulées. Un valet lui apporta une boîte de peinture, deux toiles et un chevalet, et le maître d'hôtel anglais vint lui-même lui expliquer que Sir Henry l'avait chargé de les remettre à Monsieur si Monsieur venait.

La mer fut haute à trois heures, Pauline n'arriva qu'à cinq. Lui était déjà dans l'eau, pataugeant plus qu'il ne nageait. Léon lui avait appris de bonne heure, mais il n'avait jamais dépassé la longueur du bassin des otaries. Il se montrait cependant un des baigneurs les plus téméraires car il se mouillait entièrement.

Pauline lui avait indiqué l'emplacement de sa cabine. Il ne s'en éloignait pas. Il la vit y entrer en jupe jaune à boléro, capeline de paille ornée de roses jaunes, blouse et ombrelle de dentelle. Elle en ressortit en costume deux pièces de flanelle blanche, mollets nus, chaussée de cothurnes à rubans et coiffée d'un vaste bonnet rose caoutchouté. Il vint au-devant d'elle en lui faisant de grands gestes mais il se rendit compte avec horreur que son maillot mouillé était indécent. Il opéra un demi-tour éclair. C'était inutile : elle ne regardait que le bord de l'eau, qui froufroutait dans la foule des jambes pâles. Elle y mit un pied, puis deux, en s'exclamant beaucoup. Une vaguelette endormie éclaboussa quelques genoux, provoquant un concert de cris ravis et des fuites. Pauline continua d'avancer. Thomas, allongé dans l'eau, l'encourageait. Un trou invisible la fit s'enfoncer jusqu'à mi-cuisse. Elle poussa un cri aigu, chancela, recula, sortit en hâte et courut se rhabiller.

Il l'invita à dîner. Il avait très peu d'argent. On leur indiqua une guinguette, du côté du village de Deauville. Elle était charmante et pleine de couples en escapade. On les servit sur une table en marbre aux pieds de fer, avec une nappe à carreaux. Ils firent une orgie de crevettes et de moules et burent du vin blanc. Ils riaient de tout et de rien, heureux comme des enfants. Il ne redevenait grave que pour la contempler, se perdre dans ses yeux pâles, soulignés d'une ombre mauve légère, et lui dire qu'elle était plus belle que le ciel et la mer.

Il raccompagna Pauline le long de la promenade maintenant déserte. Il ne pouvait se résoudre à la quitter. La mer s'était retirée au loin. Elle n'était plus qu'une bande de clarté pâle dans la nuit, sous l'œil de la lune. Il prit le bras de Pauline dans sa main et lui dit :

— Allons la voir...

Ils marchèrent sans parler. On n'entendait que le murmure de la marée endormie et les petits craquements secs des coquilles qu'ils écrasaient sous leurs pieds. Ils arrivèrent près d'un rocher dont la silhouette avait l'air d'un énorme chameau couché. Ils s'assirent entre ses bosses, mais il était incrusté de coquillages durs. Ils se trouvèrent mieux sur le sable. Pauline ôta sa capeline et tourna vers Thomas son visage tendre et un peu mélancolique. Dans le clair de lune, ses yeux ressemblaient à des fleurs mouillées. Il la prit doucement dans ses bras et l'embrassa. Il sentit son parfum de verveine mêlé à l'odeur de la mer et vit dans l'échancrure de sa blouse une blancheur ronde aussi pâle que la lune. Il défit trois boutons et posa sa main sur le sein fragile et doux comme un pétale. Puis il y posa ses lèvres. Son sang se mit à brûler. Pauline gémit un peu, et lui releva la tête pour embrasser sa bouche. La main de Thomas cherchait déjà plus bas, ailleurs, trouvait mille embarras, s'impatientait. Une force énorme le poussait, il ne savait pas très bien où il allait, mais une montagne ne l'aurait pas arrêté. La même force clouait Pauline sur le sable, la faisait s'accrocher aux épaules de Thomas, s'ouvrir, appeler ce qui arrivait, dans le désir et l'effroi. Elle poussa un cri, puis un autre. Il les entendit à travers le bruit de la mer qui rugissait dans sa tête. Il s'enfonçait dans le ventre brûlant de la Terre, plus loin, toujours plus loin, vers le feu du commencement et de la fin. Il atteignit le cœur des flammes et s'y fondit. Alors tout s'éteignit.

Maintenant, couché sur le dos, il regardait le ciel noir et la lune, et son cœur était triste comme la nuit. Ce n'était rien, rien... Tout cela n'était rien... Pauline n'était rien... La mer n'était rien qu'un tas d'eau sale et les algues sentaient le poisson pourri... Il avait envie de s'en aller très vite. Pauline, blottie contre lui, pleurait doucement.

Il se leva et la fit se lever. Elle lui dit très bas :

— Embrassez-moi...

Il l'embrassa, vite. Ses lèvres étaient sèches et sentaient l'algue. Il partit à grands pas. Elle l'appela avec une voix de détresse :

— Thomas !...

Il s'arrêta et attendit sans répondre. Elle secouait sa jupe pleine de sable, arrangeait en hâte ses cheveux, remettait son chapeau, ramassait son ombrelle, accourait vers lui, lui prenait le bras comme une bouée. Il la raccompagna jusqu'à sa maison sans dire un mot. Avant d'entrer, elle lui demanda à voix basse :

— Demain, au bain ?

Il n'osait pas dire non. Il ne voulait pas dire oui. Il poussa une sorte de petit grognement sourd qui signifiait l'un et l'autre.

Elle le regarda, sembla vouloir dire quelque chose, puis ouvrit vivement la porte et la referma sur elle.

Arrivé dans sa chambre il ferma les volets et, tournant le dos à la fenêtre, s'installa devant son chevalet. Il se mit à peindre à la lumière des ampoules électriques, à grandes touches, en couleurs pures. Un ciel sombre, dont une lune orange et violette éclairait les bords des nuages déchirés, au-dessus d'une mer violette et noire parcourue de blessures rouges, et soulevée de collines qui étaient peut-être des vagues énormes, peut-être des dos de monstres marins se livrant une bataille gigantesque.

Il avait faim. Le jour se levait. Il descendit au rez-de-chaussée, trouva la cuisine, s'attabla. La cuisinière ahurie le trouva en train d'achever un demi-gigot sur lequel elle comptait pour le dîner des domestiques.

Il dormit jusqu'à une heure de l'après-midi, se réveilla transformé. Il ne comprenait rien à ce qui lui était arrivé après qu'ils avaient... Après... Etait-ce toujours comme cela, après ? Cette tristesse, ce dégoût, cette nuit noire sur le monde ? C'était stupide...

Il découvrit le tableau qu'il avait peint, le regarda avec effarement. Pauline, Pauline... Il pensait de nouveau à elle avec émerveillement et tendresse, et maintenant avec gratitude... Avec elle il était devenu un homme. Et il avait fait d'elle une femme. De nouveau il la désirait. Il ne voulait plus qu'elle pleure, mais qu'elle ait de la joie comme lui, une joie grande comme la mer ! Ce soir, de nouveau, il l'emmènerait près du rocher-chameau...

Il fit claquer les volets. La mer étincelait sous le soleil. Des mouettes et des voiles blanches parcouraient le ciel et l'eau. Il se sentit fort, solide, joyeux, vainqueur. Homme. Il prit un solide repas, puis descendit au bain.

Pauline ne vint pas. Il l'attendit en vain jusqu'à ce que la plage fût vide. Il remonta désespéré vers la villa, se coucha sans manger. Il l'avait blessée, humiliée, elle ne voulait plus le voir. Ce n'était pas possible, pas possible, il ne pouvait pas vivre sans elle... Il pensa brusquement que son père était peut-être de retour, et l'avait empêchée de sortir. C'était sûrement cela... Cette pensée le rassura et il put enfin s'endormir.

Le lendemain, il la vit, à midi, sur les planches. Mais sa gouvernante l'accompagnait et lui donnait le bras. Elle avait l'air infiniment triste, et le cerne mauve sous ses yeux s'était agrandi. Elle le regarda quand il la croisa mais ne lui fit aucun signe. Les ailes de son nez palpitèrent un peu, et ses doigts fermés sur le manche de son ombrelle avaient des mouvements nerveux. Elle ne vint pas au bain. Il ne la vit plus de la journée.

Et c'était le dernier jour qui arrivait, le 14 Juillet, la fête tricolore, la ville flamboyante de drapeaux, les fanfares en promenade et les heures qui passaient sans Pauline. La mer fut envahie par une foule venue de Paris dans des trains spéciaux. Des familles débordant d'enfants couvraient le sable et cachaient la mer. Thomas s'installa près de la cabine de Pauline et ne la quitta pas des yeux. Elle ne vint pas. Le train du retour partait à huit heures.

Il se rendit à la gare comme si quelqu'un l'y attendait pour le couper en deux d'un coup de sabre. Mais il apprit qu'il y aurait deux trains supplémentaires dans la nuit pour Paris, un à dix heures et un à minuit. Il laissa son sac de voyage à la consigne et, fou d'espoir, retourna vers la mer. La villa de Pauline était fermée, éteinte. Il regarda à travers les vitres dans les restaurants et les brasseries, s'approchant autant qu'il put du Casino. Il ne la vit nulle part.

Un fracas de musique surgit dans la nuit. C'était la retraite aux flambeaux. Les tambours et clairons ouvraient la marche, suivis des pompiers casqués de cuivre et des enfants du pays portant des lanternes de papier au sommet de perches tenues à deux mains. Les familles et les curieux faisaient la haie de chaque côté, la foule était épaisse et sentait chaud.

Thomas regardait, ne voyait pas celle qu'il cherchait, allait plus loin, regardait partout. Elle n'était nulle part.

Il sentit une petite main se fermer sur le haut de son bras. Il se retourna en éclair, se trouva en face des yeux de Pauline, immenses, pleins de tristesse et d'attente. Il balbutia son nom. Elle ne dit rien. Elle avait enveloppé ses cheveux dans un voile doré, et mis une robe très simple à longues rayures jaunes. Elle le tira doucement hors de la foule, ils descendirent sur la plage, marchèrent, marchèrent vers la mer lointaine assoupie, loin du monde, loin du bruit, se retrouvèrent près du rocher aux grandes bosses de pierre, s'étreignirent et se couchèrent.

Avec émerveillement il découvrit qu'elle n'avait mis aucun sous-vêtement sous sa robe. Il gémit de bonheur en promenant sa main sur la douce peau tiède, si tiède, si douce, soie de bonheur, pétale de vie, tiède et brûlante et fraîche, douce, douce... Quand il entra en elle, elle gémit au lieu de crier, et il la sentit peu à peu monter vers un sommet incroyable vers lequel il la poussait encore et encore et qu'elle allait enfin atteindre...

BANG ! BANG ! Dans le ciel éclataient les bombes précédant le feu d'artifice. Leur bruit de canon s'entendait jusqu'en Angleterre.

Le premier coup, BANG !, horrible, explosa dans la tête de Pauline, tua sa joie comme un oiseau en plein vol. Elle tomba d'une chute brutale dans la nuit et le sable, couchée, écartelée, chevauchée. Elle cria de douleur et de désespoir. BANG ! Elle sanglotait, essayait de se libérer. BANG !

— Laissez-moi ! Non !... Laissez-moi !

Mais Thomas continuait. BANG ! Il fallait qu'il continue, continue, plus vite, plus loin, jusqu'au bout, il ne pouvait pas s'arrêter. BANG ! BANG ! Puis les fusées, le crépitement du ciel embrasé de couleurs. Les sifflements, les cris de la foule. BANG ! Et Thomas continuait, accélérait, la maintenait écrasée de ses cuisses et de ses mains. BANG ! Mille pétarades. Une rouge ! Une bleue ! Un chapelet d'explosions. Enfin il termina et s'aplatit sur elle lentement, avec un soupir, de tout son poids. Elle le repoussa de ses deux mains, glissa, rampa, se dégagea. Elle hoquetait, elle avait du sable dans ses larmes et dans sa bouche. Dès qu'elle fut debout elle s'enfuit en courant.

Il rentra à Paris par le train spécial de minuit, le Train de Plaisir, debout entre deux banquettes de bois surchargées de familles. Les enfants dormaient ou pleuraient sur les genoux des mères exténuées et des pères ronflants dans une odeur de sueur, d'algues et de frites. La fête. La mer...

    Helen fut très déappointée quand Thomas lui apprit qu'il n'avait rencontré ni ambassadeurs ni rois de la finance, ni même son cousin, parti voir des aéroplanes. Latham était tombé à l'eau mais Blériot avait réussi à atteindre l'Angleterre. C'était l'exploit du siècle.
    — Alors qu'as-tu fait pendant tout ce temps-là ?
    Il était resté absent quatre jours. Pour elle, ils avaient duré un siècle.
    — Je me suis baigné...
    — Baigné ?... Dans la mer ?...
    — Evidemment...
    — Tu es fou !... Je ne m'étonne plus que tu aies si mauvaise mine ! Tu as sûrement pris froid ! Fais voir ta langue !...
    — Oh, écoute !...
    — Montre ta langue !
    — Tiens ! Beueuh !...
    — Elle est blanche ! J'en étais sûre ! Tu n'as rien mangé, tu as les yeux jusqu'au milieu de la figure !... Oh God ! Je n'aurais jamais dû te laisser partir seul ! Tu n'es qu'un enfant !... Bois ton thé pendant qu'il est chaud !
    — Il est brûlant !
    — Bois !...
    Au bout de quelques jours il retrouva son appétit et sa bonne mine. Le dernier soir sur la plage devenait peu à peu dans son souvenir un moment fantastique où le feu, la mer et la chair se mêlaient et explosaient ensemble au sommet de son désir. Il peignit une tempête de lumière et d'eau autour de lui en rond sur le mur du pigeonnier. Les étoiles tombaient dans la mer qui montait en vagues de flammes jusqu'au ciel. Un corps de femme apparaissait par-ci par-là, pâle, à demi noyé, sans visage, poisson, sirène, nuage emporté.
    Il se souvenait de Pauline avec ses mains, dans le creux de ses mains où il la sentait encore, si tiède, douce, si douce. Il se souvenait aussi de la chaleur brûlante de l'intérieur de son corps, mais ce n'était pas aussi miraculeux que cette douceur si douce dans ses mains. Pourquoi s'était-elle mise à crier et pleurer à un moment si extraordinaire ? Il ne comprenait pas. C'était stupide. BANG ! Le feu dans le ciel et dans leurs corps réunis. Elle pleurait !...
    Il lui en voulait d'avoir déchiré ce moment. Bêtement. Elle était peut-être bête. Est-ce que toutes les femmes sont bêtes ? Sa mère ?... C'est sa mère, on ne peut pas la juger, on ne sait pas... Griselda ? Non ! Griselda n'est pas bête ! Intelligente... Superbe... Mais il n'aurait pas pu... avec elle...
    Il ne faut pas penser à cela.
    Il en voulait aussi à Pauline d'être absente. Et en même temps il était soulagé. Sa vie avait retrouvé sa simplicité. Les courses dans

Paris, le retour à la maison ronde, Léon, les animaux, les conversations avec Shama, la peinture... Il appréciait de n'avoir plus à créer les occasions compliquées de traverser tout Paris à midi pour une rencontre de dix minutes au milieu de la foule. Il reprit ses habitudes régulières à la table en coin du restaurant. Le 15 août arriva, qui donnait le signal du retour aux Parisiens exilés à Trouville. Puis ce fut septembre. Thomas ne retourna pas au Bois. Les lauriers sont coupés. Ses mains oubliaient Pauline.

Mais son jeune corps avait goûté à un corps de femme et ne l'oubliait pas. Un soir, ayant dit de nouveau à sa mère qu'il travaillait à la banque, il accompagna un collègue plus âgé que lui qui lui avait souvent parlé, avec des petits ricanements gras, d'une « maison » de la rue Godot-de-Mauroy où il se rendait chaque début de mois.

A peine y fut-il entré qu'il eut envie de partir. Ces femmes sans mystère, fatiguées d'avoir déjà passé sous tant de clients, ne cherchant ni à cacher ni à montrer leur corps qui n'était que leur instrument de travail, ne lui donnaient pas plus envie de coucher avec elles qu'avec une machine à coudre ou un de ses registres de la banque.

Tandis que son collègue disparaissait dans l'escalier, précédé d'une brune à demi nue dont il pelotait à deux mains le gros derrière indifférent, il se dirigea vers la porte. Une fille assez belle, blonde, un peu lourde, essaya de le retenir. Elle était en corset noir et bas vert olive, les cuisses à l'air, une légère chemise transparente vert pâle sans manches flottant autour d'elle. Ses cheveux étaient peignés en chignon pointu ramené vers l'avant, afin qu'elle ne fût pas dépeignée chaque fois qu'elle se couchait.

— Tu t'en vas, chéri ?

Elle lui mit les deux bras autour du cou. Son sein gauche sortit du corset, avec un pli.

— Oui, dit-il.

— Tu es mignon... Monte avec moi, je serai gentille...

Sa poudre de riz sentait la poussière et ses cheveux la brillantine grasse.

— Vous êtes gentille... Mais excusez-moi, je dois m'en aller...

— Oh il me dit « vous » le coco !... Viens mon poussin, me laisse pas...

Il y avait une sorte d'appel dans sa voix et de tristesse qui sentait la poussière, comme sa peau. Il dit « Non, non... », en secouant la tête. Elle eut un petit regret, il était beau, elle ouvrit ses bras et le libéra, elle n'y pensait déjà plus, elle alla s'asseoir sur un canapé. Attendre le suivant. Attendre, monter, s'étendre, descendre, attendre, monter sans se décoiffer. Sans abîmer ses bas. Il était gentil... Qui, il ? Il n'est plus là.

Il était en train de pédaler vers Passy dans la nuit tiède. Il ne parvenait pas à se débarrasser de l'odeur de brillantine et de poussière. Une tristesse noire lui embrumait la poitrine. Les femmes et les hommes étaient stupides et laids, et leur vie absurde. A quoi bon travailler, pédaler, manger, vivre ? La nuit après le jour, et le jour après la nuit, et toujours, et encore, et au bout mourir, pourquoi mourir ? pourquoi vivre ? S'asseoir, manger, dormir, se lever, attendre la nuit, attendre le jour, attendre, monter, descendre, attendre, travailler, vivre, pourquoi ? PEINDRE. Pourquoi ? Arracher, déchirer, détruire, tout, inutile.

Il monta dans le pigeonnier, alluma les bougies, déchira la tempête ronde et tout ce qui se trouvait dessous, lacéra ses toiles et fit un tas de tous les débris. Il aurait voulu y mettre le feu. Cela aurait fait flamber la maison. Il ne fallait pas. Il était raisonnable. Il alla se coucher.

Le mardi suivant, il reçut à la banque une lettre de Pauline. Elle voulait le voir.

Il pleuvait. L'allée des Acacias était déserte. Il arriva à bicyclette, trempé. Elle l'attendait dans un fiacre, avec sa gouvernante qui dormait. Il s'appuya au fiacre sans descendre de sa selle. Le visage de Pauline s'encadrait dans la fenêtre, derrière une voilette qui enveloppait un chapeau sombre. Il la distinguait à peine. Elle semblait malade. Elle lui fit signe de s'approcher encore, elle se pencha un peu hors de la fenêtre. Un coup de vent arrachait aux branches des feuilles rouillées et les emportait dans la pluie. Quelques gouttes étoilèrent la voilette. Pauline parlait à voix basse. Il ne comprit pas ce qu'elle disait. Il demanda :

— Que dites-vous ?

Elle lui fit signe de la main : « Plus près, plus près... » Elle lui parla à l'oreille. Elle ne voulait pas réveiller sa gouvernante. Elle dit :

— Je crois que je suis enceinte...

Ils se marièrent à l'église d'Auteuil. Thomas était anglican. Exaspéré, il avait dû, avant d'être baptisé catholique pour pouvoir épouser Pauline, suivre un cours de catéchisme qu'un vicaire zélé l'obligea à réciter par cœur. Helen, suffoquée par les événements, n'avait même plus eu la force de se révolter contre cette conversion. Le mariage religieux ne pouvait se faire sans cela. Il était hors de question que Pauline de Rome, la fille de Paul de Rome, se mariât civilement. Tout Paris l'eût considérée comme vivant en concubinage. Et se marier au temple protestant ne comptait pas. On disait bien, de-ci de-là, qu'elle épousait un pauvre, mais il était le cousin de Sir Henry Ferrer, et allié au roi d'Angleterre et à tous les rois d'Europe par le sang des Plantagenêt. Et il était grand et beau et elle était belle et fragile, et ils étaient très jeunes. Tout cela justifiait cette folie, et en faisait un événement parisien, sans grande importance, mais brillant de son joli feu dans un coin de la saison.

Il y eut une vingtaine de voitures qui stationnèrent sur la petite place d'Auteuil et dans les rues voisines, après avoir déposé leurs occupants devant l'église. Il faisait très froid pour une fin novembre, et les cochers battaient la semelle en discutant de la température, de l'empereur Guillaume qui faisait des siennes, de Mme Steinheil qui venait d'être acquittée. On n'avait pas prouvé qu'elle était coupable ni innocente, sauf qu'on pouvait pas croire qu'elle avait fait ça. C'était peut-être une pute, mais une si jolie femme ne pouvait pas avoir assassiné sa mère, en plus de son mari.

Le témoin de Pauline était Sir Henry Ferrer, et celui de Thomas, Léon. Ce dernier était arrivé dans un petit tilbury d'osier tiré par Trente-et-un. Il emplissait totalement la légère voiture. Quand il en descendit, vêtu d'une pelisse d'ours, coiffé d'un haut-de-forme gris grand comme une lessiveuse, sa barbe rousse lui couvrant la poitrine, les curieux et les voisins, stupéfaits, pensèrent que c'était un boyard, ou un cousin géant du tsar de Bulgarie. Il attacha Trente-et-un à un bec de gaz, l'embrassa sur la joue et lui recommanda de se tenir tranquille. Au-dessous de sa pelisse, il portait son costume de M. Loyal, une queue-de-pie de velours vert, avec un pantalon noir à bande verte, et une énorme cravate rouge qu'on ne voyait pas sous sa barbe.

Le repas eut lieu chez Larue. M. de Rome fit bien les choses, mais pour peu de convives. Il n'y avait que les deux mariés, les deux parents, les deux témoins et les deux meilleurs amis de Paul de Rome et de Sir Henry avec leurs femmes : les banquiers Windon et Labassère. Il y eut huit plats. On commença par du caviar et un saumon de la Baltique et on termina par un saint-honoré traditionnel couronné d'oranger, et des fraises fraîches dans une robe fragile de caramel. C'était exquis et, en cette saison, invraisemblable et raffiné.

La table, ronde, avait été dressée dans un petit salon galant dont on avait ôté le divan et dissimulé en partie les glaces par des plantes vertes. Irène Labassère se trouva placée entre le marié et le père de la mariée. Thomas ne la reconnut pas, mais elle ne l'avait pas oublié. Elle ne lui gardait pas rancune de son attitude au bal de Sir Henry. Elle avait subi des affronts bien plus graves avant de devenir banquière. Et celui-là était venu d'une grande innocence qu'elle avait bien devinée, et qui continuait de l'intéresser. Au cours du repas, sa jambe, sous la robe de soie, se trouva plusieurs fois en contact avec celle de Thomas, mais il ne connaissait pas ce genre d'approche et crut que c'était inadvertance. Il faillit s'excuser. L'autre jambe d'Irène recevait la visite de celle de Paul de Rome et ne se dérobait pas. Elles se connaissaient bien. Il y avait moins de femmes que d'hommes, ce qui mit Sir Henry Ferrer à côté de Léon. Celui-ci, très à l'aise, réclama de la bière pour remplacer le champagne qu'il n'aimait pas, et en but énormément. Il racontait des histoires de bêtes et sentait le cheval. Cela horrifiait Mme Windon sa voisine et ravissait Henry, qui fut étonné de constater que Léon connaissait les poneys du Connemara et toutes leurs qualités. Léon lui donna même quelques conseils pratiques pour son élevage et l'invita à venir le voir à la maison ronde. Sir Henry l'invita à venir pêcher dans le Donegal. Il était enchanté. Il y avait longtemps qu'il n'avait pas rencontré un personnage aussi pittoresque et savoureux. Le banquier Labassère somnolait. Il supportait de moins en moins les bons repas. Helen était un bloc de glace noire.

Elle avait mis par-dessus sa robe la plus neuve une parure de dentelle à points minuscules, que son grand-père Johnatan avait offert à sa jeune épouse quand il l'avait emportée en Irlande. Elle était faite de deux manchettes et d'un grand col qui avait demandé deux ans et demi de travail à une vieille servante, assise au coin de la fenêtre pendant les interminables soirs d'été, ou près du feu de tourbe, à la lueur de la bougie, dans les soirs d'hiver qui commencent si tôt après midi.

Helen l'avait fixée à son corsage par une large broche en émail figurant la licorne blanche sur un fond bleu. Sous la bête cabrée était inscrite en français la devise de la famille : « JE REVIENDRAI », qui avait transporté à travers les siècles l'espoir jamais découragé de Foulques le Roux après le départ de sa femme-fée. Génération après génération, ces deux mots avaient entretenu chez ses descendants la vague nostalgie du retour de quelque chose de différent, de fabuleux, qui surgirait un jour dans la lumière magique de l'Irlande, descendant des montagnes avec le dieu Angus Og à la jeunesse éternelle, ou arrivant sur l'océan avec des voiles déchirées, percées de brume et de soleil.

Pour Helen, la devise avait pris un sens précis, celui de la promesse qu'elle s'était faite à elle-même, pour elle et pour son fils : je reviendrai dans l'île, JE REVIENDRAI ! et l'ostentation qu'elle en faisait aujourd'hui montrait sa détermination de ne se laisser détourner de ce retour par aucun obstacle et par personne.

Elle avait appris tout à la fois, en quelques minutes horribles, que Thomas s'était livré avec une fille aux actes que même le mariage n'excuse pas, et que cette fille était enceinte, et qu'il devait l'épouser. Thomas ! Son petit, si beau, si propre... Ce n'était pas croyable. C'était vrai. Et non seulement c'était dégoûtant, mais encore cela compromettait gravement son avenir. On ne se marie pas à dix-neuf ans quand on veut faire une carrière : Henry le savait bien, lui, qui n'avait pas encore pris femme. Quel âge avait-il ? Au moins quarante ans, peut-être quarante-cinq... Il se marierait un jour puisqu'il était fils unique, et puisqu'il faut passer par là pour assurer la descendance. Mais il prenait son temps... Il avait raison... Et Helen pensait à propos de Thomas : « Il aurait pu attendre que je sois morte... »

Un espoir l'avait ranimée lorsqu'elle avait appris le nom de la jeune fille qui avait détourné son fils, et l'adresse où elle habitait, et la situation mondaine de son père. Il devait être riche. Avec la dot on pourrait... Après tout, ce mariage était peut-être un don du Ciel, si amer qu'en fût le goût.

Mais sa première entrevue avec Paul de Rome, détendu, courtois, lui avait ôté toute illusion. Pauline n'aurait pas de dot. Et pas d'héritage. Il n'avait pas de biens. L'hôtel de l'avenue du Bois lui était prêté par un ami américain (c'était en fait une amie) et la villa de Trouville mise à sa disposition par M. Labassère. Il n'avait même pas de meubles. Pauline emporterait les seuls qui lui appartenaient : une coiffeuse et une chaise Second Empire style simili-chinois en bois noir incrusté de nacre, et un lit Récamier en acajou.

Mr Windon confirma à Helen que le père de Pauline était un homme charmant, plein de qualités, d'une famille excellente, mais disposant de faibles revenus. En fait, s'il n'était pas si souvent invité par ses amis il serait peut-être obligé de travailler...

Paul de Rome se sentait léger, heureux. Assis entre Helen qui ne disait mot et Irène qui essayait de faire parler le marié, il n'avait pas à s'occuper de tenir une conversation et pouvait penser à son avenir enfin dégagé de la présence de sa fille. Il l'aimait bien, mais elle constituait quand même une gêne. Il l'avait fait débuter de bonne heure dans le monde, dans l'espoir qu'elle y trouverait rapidement un mari. Fortuné, bien entendu. Elle était assez belle pour cela et c'était sa seule chance de s'assurer une vie agréable. Il l'avait un peu poussée vers son ami Henry, mais un vieux célibataire anglais est plus difficile à capturer qu'un renard. Et elle avait choisi un pauvre...

Elle n'était pourtant pas bête, mais... Ah ces nuits de juillet !... S'il avait été là, peut-être... Mais il ne pouvait pas tout le temps... C'était la faute des aéroplanes... Après tout, c'était son affaire... Elle s'habituerait...

Lui prenait le train le soir même pour Florence. Il avait des amis tout le long de l'Italie. Il n'aimait pas beaucoup passer l'hiver à Paris. Il aurait juste le temps de faire ses bagages et d'emmener la gouvernante à l'hospice de vieillards de Bicêtre. Il lui avait obtenu son entrée. Il l'y conduirait lui-même. C'était un homme très gentil.

Thomas buvait.

Pauline ne parvenait pas à avaler une bouchée.

Ils se sentaient l'un et l'autre pris dans un piège atroce enrubanné de musique et de bénédictions, garni de feuilles vertes et de nœuds de soie blanche. Mais en acier et emprisonnant leurs chevilles, à jamais.

A chaque coupe il devenait un peu plus pâle. Il essayait de se fabriquer de la joie à la pensée qu'il allait dans quelques heures se retrouver avec elle dans un lit, mais cela évoquait aussitôt ses sanglots, ses cris, et ses petits poings serrés dont elle le frappait et qu'il avait dû maîtriser. Elle, douce, si douce dans ses mains...

Elle si blanche, enveloppée de blanc, presque invisible, ses yeux si pâles, ses mains fines, blanches comme les fleurs du bouquet...

Elle avait mal au cœur. Des nausées. Il ne fallait pas. Elle ne pouvait penser à rien d'autre. Se retenir. Se tenir. C'était son mariage.

Mr Windon essayait de faire bavarder Helen. Mais il ne pouvait lui poser aucune question directe. Il aurait bien aimé savoir si elle avait des nouvelles de sa sœur Griselda. Sur les instructions de Londres, il venait d'ouvrir un dossier la concernant. Elle semblait avoir repris quelque part dans le monde les dangereuses activités de son mari.

Griselda avait lancé en deux ans trois expéditions de recherches dans le Gobi, toutes financées par le prince Alexandre T. Celui-ci l'avait connue à une réception donnée en son honneur à son arrivée à Moscou, et s'était pris pour elle d'une passion que son âge rendait, à son désespoir, désintéressée. Il avait plus d'années qu'on ne peut en dire, il était grand et sec comme un bambou, aussi alerte qu'un adolescent. Ses sourcils blancs lui couvraient les yeux d'une broussaille qui rejoignait sa barbe sur les pommettes. L'hiver, quand il mettait sa pelisse et son bonnet de loup, on ne voyait plus de lui que du poil. Il possédait des terres immenses, sa fortune n'avait pas de bornes, il voyageait sans arrêt, en Russie et ailleurs, accompagné de ses chevaux et de ses meubles favoris, d'un intendant, un trésorier, un médecin, un pope, et de serviteurs qui étaient souvent plus de deux cents et jamais moins de trente.

Après la disparition de la voiture anglaise, dès qu'il apprit l'intention de Mrs Sheridan de partir à la recherche de son mari, il lui offrit son aide et tous les moyens dont il disposait. Il l'accompagnerait, pour veiller sur elle.

Pour la première expédition, il adjoignit à sa suite habituelle un peloton de cosaques, que la chaleur et la sécheresse réduisirent en quelques semaines à un noyau de guerriers capables de résister à tout et de boire des pierres. Pour les deux expéditions suivantes, les rescapés se choisirent eux-mêmes de nouveaux compagnons, hommes et chevaux de fer.

Le prince avait l'habitude de ne manquer de rien, et ce n'était pas le désert qui allait y changer quelque chose. Son interminable caravane transportait assez d'eau pour irriguer et abreuver un village pendant tout un été. Elle transportait aussi son salon Louis XV pour recevoir Griselda, son bureau devant lequel il s'asseyait pour écouter son intendant, et le grand lit victorien d'acajou et de cuivre qu'il avait acheté à Londres. Il y couchait sous une tente rectangulaire de dix mètres de long, en poil de chameau doublé de brocart. On lui faisait cuire tous les jours du pain frais dont il avait pris à Paris le goût et emporté le boulanger. Il rafraîchissait sa vodka dans de la glace qui arrivait de Sibérie dans des coffres en bois, capitonnés de dix épaisseurs de laine et de feutre.

Griselda était tout naturellement abritée par ce confort. Elle disposait d'un lit, d'une coiffeuse et d'une baignoire et d'une tente sous laquelle elle avait tenu que couchât également Molly. Son fils avait sa tente personnelle, avec un couple de serviteurs et deux cosaques pour le protéger.

La présence de ce faste rampant dans le Gobi avait attiré une nuée de nomades qui suivaient la caravane comme des oiseaux pique-bœuf accrochés à un buffle, et se nourrissaient de ses miettes et de tout ce qu'ils pouvaient lui dérober.

Avec l'aide d'un interprète chinois, Griselda interrogeait les nouveaux venus, leur montrait les photos de l'automobile, de Shawn et de Fergan, mais elle n'obtenait que de la curiosité et des rires. La traversée du désert par les chars sans chevaux était déjà en train de se transformer en légende. Tous en avaient entendu parler, quelques-uns prétendaient les avoir vus, mais ils leur ajoutaient des bosses comme aux chameaux, ou des cornes, ou même des ailes et des gueules crachant le feu et ils étaient plus nombreux que tous les doigts de leurs mains et de leurs pieds...

Plusieurs fois, croyant avoir compris une indication presque précise, Griselda engagea la caravane dans des directions sans espoir, puis rebroussa chemin, laissant derrière le long convoi une trace de chameaux et de chevaux crevés, de chariots brisés, de fûts et de caisses vides, mille débris que les nomades nettoyaient à mesure comme des fourmis.

La deuxième expédition, puis la troisième, furent mieux organisées et un peu plus restreintes. Le prince avait encore maigri de l'une à l'autre, mais il s'en réjouissait, y trouvant davantage d'agilité. Il déclarait le climat du Gobi excellent pour sa santé. Il s'y adaptait, effectivement, comme un arbre sec.

Une fois de plus, Griselda choisit, comme point de départ de ses recherches, l'endroit où la Golden Ghost et ses deux occupants avaient passé leur dernière nuit connue : le poste du télégraphe chinois. Elle ne voulut pas dormir sous la tente, elle s'étendit sur des couvertures dans la cour du poste, là où Shawn lui-même avait dormi. Elle écouta le chant de l'oiseau rose dans le prunier tandis que s'allumaient les innombrables étoiles, et à voix basse elle parla à Shawn. Elle lui dit :

— Guide-moi vers toi, Shawn, guide-moi... Où que tu sois, je viens...

L'oiseau dans l'arbre sous le toit de bambous chanta un long trille, puis trois notes espacées par de longs silences, puis se tut.

Le lendemain matin, une fois encore, la caravane repartit dans la direction exacte indiquée par le télégraphiste. Elle mit deux jours pour arriver à la ville du désert, la ville aux temples d'or, interdite aux femmes. Le prince lui-même alla interroger les moines, mais n'obtint pas plus d'indications qu'à leurs précédents passages. C'est-à-dire rien.

Après avoir contourné la ville, le convoi continua dans la direction du nord, mais Griselda, à la rencontre d'une piste à peine marquée, le fit obliquer vers le nord-ouest. C'était à cet endroit que Shawn, lui aussi, avait changé de direction. Et Griselda, sans le savoir, prit exactement sa trace. Un jour et demi plus tard, les cavaliers de l'avant-garde entraient pour la première fois dans le cirque de rochers noirs.

Il n'y restait aucune trace de la bataille. Les Tatars étaient venus ramasser leurs morts, les armes brisées et les flèches perdues, et avaient dépecé et emporté les chevaux tués. Le vent et le sable avaient tissé sur le sang séché un voile neuf d'innocence.

La caravane campa au bord du ravin. Pendant qu'on dressait les tentes, Griselda vint regarder la vallée en contrebas. Elle l'avait en partie explorée, plus au nord. Demain, il faudrait trouver un moyen de descendre ici. Il n'était pas impossible que la voiture y fût tombée à la suite d'un accident.

Un petit groupe de Mongols, composé de trois familles, vint s'installer à proximité. Griselda se rendit auprès d'eux avec le prince et l'interprète chinois. Mais elle les reconnut. Elle les avait déjà rencontrés et interrogés lors de la seconde expédition. Elle leur montra de nouveau les photos, posa de nouveau des questions. Les hommes répondaient en souriant, en écartant leurs mains ouvertes. Ils ne savaient rien... Les femmes allumaient un feu de bouse pour préparer le repas du soir. C'est alors que Griselda vit...

Près de la plus proche tente, deux femmes étaient en train de traire une jument. Et sous le ventre de la jument quelque chose lança un éclair. Une des femmes tirait sur les mamelles de la bête, l'autre recevait le lait mousseux dans un récipient jaune sur lequel le soleil déclinant avait tout à coup étincelé. C'était une sorte de cylindre de cuivre poli et cabossé avec des appendices bizarres et des trous bouchés avec de la terre. Griselda pensa d'abord que c'était un pot de fabrication chinoise, puis brusquement elle sut ce que c'était. Sa main se crispa sur le bras sec du prince. Elle faillit crier : il y avait si longtemps qu'elle attendait et redoutait une telle rencontre... Elle se maîtrisa, respira longuement et parla avec calme.

— Alexandre ! Regardez ce que tient cette femme... Là, sous la jument... Plein de lait... C'est une lanterne !... Une lanterne de la voiture de mon mari !...

— Je vois... dit le prince. Cessez de la regarder... Ne les alertez pas... Je m'en occupe...

Ils avaient parlé en français, selon leur habitude. L'interprète chinois n'y comprenait rien mais ne s'étonna pas. Par contre, il comprit l'ordre que le prince donna aussitôt, en russe, au cosaque qui l'accompagnait. Il s'effara et commença à poser une question tandis que l'homme s'éloignait en courant. Le prince le fit taire d'une phrase :

— Si tu dis un seul mot qui puisse avertir ces gens, je te fais couper le nez, les oreilles et le reste !...

Cela avait été dit tranquillement, avec un sourire, et les Mongols continuaient de sourire aussi, en regardant les photos, se les passant de l'un à l'autre, les rendant à Griselda, les lui reprenant pour discuter encore. Il y eut soudain un mélange sauvage de galops et de cris et en quelques secondes le peloton de cosaques se fermait autour du camp des Mongols comme une coquille. Sur leurs petits chevaux clairs aux longues crinières, ils portaient une longue blouse de toile beige et un bonnet pointu de toile ou de peau, cartouchière en ceinture, fusil en bandoulière et lance à la main. Ils étaient barbus et moustachus comme des hiboux, et les fers de leurs lances se teignaient de rouge dans le soleil couchant. Malgré la terreur qu'ils inspiraient aux

Mongols, ceux-ci continuèrent de prétendre qu'ils ne savaient rien. Ce pot ? Ils ne savaient pas ce que c'était, ils l'avaient trouvé...
— Où ?
— Dans le désert...
— A quel endroit ?
— Je ne sais plus...

Alors le prince se mit calmement en colère. Deux cosaques saisirent un Mongol, lui lièrent les pieds et les mains, et passèrent autour de sa poitrine une corde dont l'extrémité fut attachée à la selle d'un cheval.

Et l'interprète tremblant lui traduisit la phrase du prince :
— Si tu ne dis pas ce que tu sais, le cheval va partir au galop et te traînera jusqu'à ce que tu sois usé comme un tapis.

Ce fut un autre qui parla. Le soleil était tombé derrière l'horizon. Les dents des montagnes lointaines découpaient le bord pourpre du ciel qui était déjà presque noir au zénith. Le feu de bouses brûlait à courtes flammes, répandant dans la nuit une odeur de foin et de fumier chaud. Dans la vallée basse quelques grenouilles appelèrent. D'autres répondirent, puis d'autres, puis une multitude, un peuple innombrable qui chantait l'amour en grinçant. L'homme assis devant le feu parlait en agitant les mains et regardant les flammes. Griselda, debout, tremblait. Le prince s'approcha et la prit dans ses bras pour la réconforter et la réchauffer contre son vieux corps brûlant. L'homme raconta la grande bataille entre les guerriers venus de l'Est et les deux hommes d'Occident sur leur char magique. C'étaient deux hommes de courage, deux héros, et leur char se battait avec eux. Ils avaient tué tous leurs ennemis, puis ils étaient remontés sur leur char et ils avaient roulé droit vers le précipice, et un dragon de feu les avait emportés...

Il se leva et conduisit Griselda et le prince au bord du ravin, deux cents mètres plus au nord. Des cosaques portaient des torches. Elles éclairèrent une sorte de pyramide de pierres, telle qu'ils en avaient vu un peu partout dans le désert, jalonnant les pistes.
— C'est ici qu'ils se sont envolés... dit l'homme.

Quand le jour fut levé, on découvrit un sentier abrupt qui permettait de descendre dans la vallée. A l'endroit de la chute de la voiture, la végétation avait brûlé puis repoussé. Griselda, à genoux, fouilla sous les buissons, se déchirant les mains, et ne trouva que quelques débris de verre et des bouts de ferraille inutilisables. Les nomades avaient dépecé la voiture et tout emporté. Mais il n'y avait aucun reste de corps humain, pas même un de ces os qui demeurent après le repas des hyènes.

Le prince fit raser la broussaille, retourner la terre. On ne trouva rien. Griselda pleura, la main serrée autour d'un éclat du pare-brise.

Quand ils furent remontés, elle envoya chercher son fils et resta seule avec lui à quelques pas du tertre de pierres, au bord du ravin. Elle lui dit :
— Nous allons prier pour ton père, qu'il soit mort ou qu'il soit vivant. Mais il faut d'abord que tu saches qui il est, et qui tu es...

C'est lui qui aurait dû te l'apprendre, mais il faut que tu le saches maintenant, ici.

« Son nom est Roq O'Farran, mais pour moi il est Shawn. C'est le nom sous lequel je l'ai connu, et aimé... Par lui tu descends des rois du Donegal d'Irlande, par moi des ducs d'Anjou et des rois d'Angleterre. Tu nous as souvent entendus parler du long martyre de l'Irlande. Dans tes veines coulent les sangs mélangés des oppresseurs et des opprimés. Mais ma famille était depuis longtemps devenue aussi irlandaise que les Gaëls, et mon grand-père a dépensé tout notre patrimoine pour nourrir les gens de son peuple pendant la grande famine. Ils l'ont adopté et aimé comme un des leurs. Et son prénom est le tien. Tu n'es pas un Sheridan. Tu es Johnatan O'Farran...

« Ton père s'est toujours battu pour la liberté de notre pays, même quand nous étions en Inde ou n'importe où dans le monde. Et j'ai partagé son combat. Il n'y a pas deux façons d'aimer l'Irlande. Je te raconterai comment je l'ai connu, comment je l'ai caché et soigné quand il fut blessé à la bataille de Greenhall, comment nous avons quitté ensemble St-Albans... Je te parlerai de l'île...

« Je ne crois pas qu'il soit mort... Ce n'est pas possible... Il était trop vivant... Il n'a laissé aucune trace... Son chemin s'arrête ici, comme s'il avait été vraiment emporté par un dragon de feu... C'est à nous d'aller plus loin, toi avec moi... Tu as quinze ans dans trois jours... Tu es un homme... Nous allons continuer le combat, pour notre pays et pour le souvenir de Shawn... Si nous avons une chance de le retrouver, c'est sur la route qui mène l'Irlande à la liberté...

Il l'écoutait gravement, les sourcils froncés. Il ressemblait à son père, avec les mêmes yeux clairs enfoncés et protégés par de longs cils noirs. Mais ses cheveux sombres avaient les reflets de feu de ceux de sa mère. Ses joues étaient creuses et son nez un peu courbe comme celui d'un Indien.

Elle le prit par les épaules, l'attira contre elle, leurs deux visages tournés vers le couchant. Elle dit :

— Shawn, voici ton fils Johnatan, qui va continuer ta tâche... Si tu es près de Dieu, guide-le... Si tu es vivant, appelle-le...

Derrière, sur le plateau, la caravane pliait bagage, dans les cris des bêtes et les appels des hommes. C'était la fin des recherches.

Shawn était là, à trois mètres d'eux...

Quand les Tatars étaient revenus, ils avaient remonté du fond de la vallée les corps brûlés de leurs deux adversaires, ils leur avaient creusé une tombe et les y avaient couchés côte à côte, tournés vers leur lointain pays, et avaient dressé sur eux la pyramide de pierres, comme ils faisaient pour leurs propres héros et pour leurs dieux.

De l'autre côté du monde, sous un autre cairn, bâti sur l'île blanche au bord de l'Europe, la reine Maav, depuis deux mille ans, appelait inlassablement au combat pour la liberté ses guerriers morts et vivants.

Dès la disparition de Shawn, Griselda avait soupçonné que le long bras de l'Angleterre y était pour quelque chose. Le récit du Mongol la confirma dans cette opinion. Ce qu'il avait décrit était un guet-apens. En faisant la part de son lyrisme, il restait que toute une tribu avait été envoyée contre deux hommes. Ce n'était pas là un simple épisode de brigandage.

Jusqu'à ce jour, Griselda, aux côtés de Shawn, s'était battue *pour* l'Irlande. Elle allait désormais se battre *contre* l'Angleterre, en femme qui avait une terrible blessure à venger.

Le prince Alexandre possédait le plus grand et plus beau yacht du monde, qui marchait indifféremment à la voile ou à la vapeur. Quand toute sa toile était dehors, il avait l'air d'un grand nuage blanc soufflé sur la mer par le vent de Dieu. Et quand ses machines prenaient la relève, il était plus rapide que les plus rapides navires de guerre anglais ou japonais. Le prince l'avait baptisé *Fédor*. C'était un nom glorieux porté par plusieurs de ses très lointains ancêtres. Il avait brisé lui-même sur son étrave, à Sébastopol, la bouteille de champagne produite par ses vignobles de Crimée, était monté à bord, en avait fait le tour, avait ordonné cent onze modifications, était redescendu et n'y avait plus jamais remis les pieds. Il préférait les déplacements terrestres. Mais le navire le suivait ou le précédait partout, au plus près possible, pour être toujours à portée de son désir. Si le prince allait de Sibérie en Espagne, le *Fédor* voguait de Vladivostok à Gibraltar, mais comme le vieil homme, en général, changeait d'idée en route, lui et son navire ne se rencontraient jamais.

Quand Griselda apprit l'existence de cette merveille, elle comprit combien elle pourrait lui être utile, et manifesta aussitôt le désir de faire un voyage à bord. C'était l'été, au retour de la troisième expédition. Le *Fédor* se trouvait à Saint-Pétersbourg. Le prince fit porter à bord des meubles, des tapis, des tentures, des fourrures, des statues, des tableaux, des chats, des chiens, des musiciens, des danseurs, un jardin de fleurs, des arbres, des biches, et Griselda embarqua dans un conte de fées. Le prince, bien sûr, l'accompagnait.

On commença à voir le grand navire bleu un peu partout dans les ports de l'Empire britannique et même de Grande-Bretagne. Il était à Londres pour les obsèques d'Edouard VII. Il était à Cardiff quand éclata la grève des mineurs gallois.

Le prince Alexandre n'était plus qu'une longue brindille joyeuse autour de laquelle dansaient des vêtements toujours trop grands. Il ne savait plus si Griselda était sa femme, sa fille ou une déesse. C'était une confusion qu'il avait volontairement créée dans son esprit afin de se donner trois raisons de l'aimer, de dire oui à tout ce qu'elle lui demandait, et d'en être heureux. Pour le reste, il gardait entières sa lucidité et son autorité. Il lui demandait parfois, avec une politesse exquise, de l'accueillir dans son lit, comme il le demandait une éternité plus tôt à la princesse Sophie, son épouse. Elle acquiesçait en souriant. Elle lui ouvrait sa porte lorsqu'elle était parée jusqu'aux cheveux de mille dentelles et fanfreluches en blindages successifs. Lui-même arrivait couvert de plusieurs robes de chambre qui allaient du zéphir le plus léger au lamé or et à la peau d'hermine, suivi de domestiques qui portaient des boissons et des nourritures. On se mettait à grignoter en jouant aux cartes. Quand il avait perdu une fortune, il ôtait quelques couches de vêtements, renonçait à ôter les autres de peur de n'avoir plus que les os, se couchait, clignait des yeux pour regarder, au comble de l'extase, Griselda qui commençait à se déshabiller à son tour. Elle posait, de-ci, de-là, sur les meubles, sur les dossiers, un ruban, un voile exquis, un fichu transparent, une ceinture d'argent, il apercevait un poignet, un bras, la blancheur d'une épaule, il dormait.

Elle s'allongeait alors sur le divan. Elle aimait beaucoup le prince. Elle soupirait. Elle pensait à Shawn. Où était-il ? Quand allaient-ils enfin se retrouver ?

Le prince ignorait tout de l'usage que faisait Griselda de l'argent qu'elle lui gagnait ou qu'il la priait d'accepter. Elle savait bien que, parmi les invités qui se succédaient sur le navire, et même dans son équipage russe, devaient se trouver des agents du gouvernement anglais, et elle n'agissait qu'avec une prudence extrême, et la seule aide de Johnatan et de Molly. Elle avait repris les contacts avec le réseau de soutien à l'Irlande que Shawn avait constitué partout dans le monde, et elle finançait les insurgés irlandais ou indiens sans jamais intervenir dans leurs projets ou leur action. La révolte des mineurs gallois la surprit. Le voyage à Cardiff n'avait eu d'autre raison que de passer à proximité d'un bateau de pêche irlandais qui attendait depuis trois jours au large du Bristol Channel. A la demande de Griselda le *Fédor* avait stoppé, le patron pêcheur était monté à bord avec une corbeille de poissons frétillants et était reparti avec presque leur poids de livres sterling cachées sous un lit d'algues. Quand le navire s'amarra au port de Cardiff, la grève des mineurs des vallées de la Rhondda et d'Oberdale venait d'éclater. Pour Griselda, les Gallois étaient des frères de sang des Irlandais. Elle décida de les aider, et ce fut sa première action directe contre l'Angleterre. Molly débarqua sous le prétexte d'aller visiter un parent gallois, et dans les trois jours qui suivirent, les boulangeries de Tonypandy puis des autres bourgs du district en grève furent prises d'une vague d'incroyable générosité : elles affichèrent qu'elles fourniraient du pain gratuit pendant toute la durée de la grève aux familles des mineurs. Cela allait permettre à ces derniers de prolonger leur mouvement sans craindre la famine, et si la grève durait elle ferait peut-être tache d'huile, compromettant la production charbonnière et toute l'économie anglaise. Griselda se souvenait bien des leçons de Shawn.

Mais Molly revint bouleversée...

— Oh Madame ! Savez-vous ce qu'ils ont fait ?

— Qui, ils ?

— Les Anglais !... Ils ont envoyé des policiers de Londres, et les

policiers occupent les carreaux des mines et empêchent les mineurs de descendre dans les puits !...
— Eh bien, c'est parfait...
— Oh Madame ! les mineurs sont sortis des mines, depuis une semaine, mais les chevaux, eux, sont restés au fond !... Et tous les jours, des mineurs descendaient pour les nourrir et les soigner. Maintenant ils ne peuvent plus ! Il y a quatre cents chevaux, en bas, et si la grève dure, ils vont tous crever de faim et de soif !...
— Je vois... murmura Griselda.

Elle devinait ce qui allait se passer, et il en fut bien ainsi : les mineurs exaspérés essayèrent de prendre les carreaux d'assaut. Les bagarres furent les plus violentes qu'ait connues l'Angleterre industrielle. Mais force resta à la police, et les mineurs arrêtèrent leur grève, pour sauver les chevaux.

— Ma chère, que faisons-nous dans ce pays sinistre ? demanda le prince. C'est tout noir, et il pleut...
— Alexandre, vous savez bien que ma femme de chambre voulait voir son cousin...
— L'a-t-elle vu ?
— Elle l'a vu.
— Alors peut-être pourrait-elle nous permettre de repartir ? Il doit faire si beau en France, sur la Côte d'Azur... J'ai acheté à Cannes une grande villa avec quelques collines et une forêt de mimosas. Ils vont être en fleur... Vous ne voulez pas manquer cela ? Et je suis certain que vous aimeriez risquer votre chance à Monte-Carlo...
— Alexandre, vous êtes un ange, mais avez-vous oublié que vous avez promis au prince Rajat d'assister à la fête de la lumière ?
— La lumière ? Elle nous ferait grand plaisir ici... Mais qui est le prince Rajat ?
— Vous l'avez rencontré à Londres, aux obsèques d'Edouard VII. Il est peut-être roi maintenant lui-même, puisque son père est mort le mois dernier...
— Mais roi où, ma reine ?
— Roi de Siam, voyons, Alexandre !
— Le Siam ! Oh mon Dieu, c'est au diable ! Etes-vous sûre que nous devons y aller ?
— Nous ne « devons » pas, mais si vous n'y allez pas, je crains que ce ne soit incorrect...
— Ah !...
— Et puis, Bangkok...
— Le Siam, c'est Bangkok ?
— Oui...
— Vous avez envie de voir Bangkok ?
— Oui, Alexandre...
— Nous y allons !... Mais je commence à prendre ce bateau en horreur ! J'ai envie de la terre ferme ! d'aller à la chasse ! de me coucher dans la poussière ! de grimper aux arbres !
— Vous ferez tout cela à Bangkok, Alexandre !...

— Bien sûr ! Je suis sot !... A Bangkok, ma chère !...

Griselda s'était longuement entretenue à Londres avec le prince Rajat, qui était à demi européen de sang. Elle savait que le Siam faisait grande envie à l'Angleterre, et que sa convoitise n'était arrêtée que par la convoitise égale de la France. Le précédent roi avait déjà dû céder des morceaux de son pays à la Birmanie à l'ouest, c'est-à-dire à l'Angleterre, et à l'Indochine à l'est, c'est-à-dire à la France. Et le prince Rajat ne semblait pas aimer du tout l'Angleterre. Il y avait là une partie à jouer contre Londres...

Ainsi Griselda parcourait-elle le monde comme elle avait rêvé de le faire pendant son adolescence quand, assise dans la niche taillée au sommet du rocher de l'île, elle regardait pendant des heures l'océan d'où viendrait un jour, sur un bateau de gloire, le prince qui l'emporterait.

Mais le prince attendu s'était curieusement partagé en deux êtres. Le premier l'avait enlevée dans une vieille barque, sous un manteau de brume et de mystère, pour l'entraîner dans une vie clandestine mais brûlée par l'amour.

Et voici qu'un autre, maintenant, mettait sous ses pieds le navire du rêve et dans ses mains de l'or. Mais il n'était que le fantôme d'un homme sur un arbre d'os. Oh Shawn, Shawn, où es-tu ? Que fais-tu ? Te trouverai-je à l'autre bout du monde ? Le prince Rajat était beau...

Faute d'argent, faute de temps, Thomas n'avait pu envisager d'emmener Pauline en voyage de noces. Léon lui proposa d'aménager le salon du bas en chambre nuptiale pour que sa première nuit, au moins, avec sa jeune épouse, se passât ailleurs que dans la petite pièce de l'étage, à une épaisseur de briques de sa mère.

Quand les jeunes mariés descendirent dans la salle ronde, Thomas sourit de plaisir. L'escalier de marbre aboutissait à un grand lit de cuivre dont les volutes astiquées reflétaient les flammes qui dansaient dans les trois cheminées. Léon avait ôté la paille, balayé, astiqué, caché les paniers à serpents sous des tulles et des branches vertes, drapé un tapis pourpre autour du piston de l'ascenseur, posé deux grands bouquets près du lit, et un sur le piano, près d'un chandelier d'argent, dont les cinq hautes bougies constituaient, avec les feux, tout l'éclairage de la pièce, intime et chaud.

Une table était dressée près d'une cheminée, avec du vin et des nourritures. Un tub de bois entouré de branches de pin attendait près d'un autre feu sur lequel chantait, dans une énorme marmite de cuivre brillant, un hectolitre d'eau. La perroquette avait été emportée vers d'autres lieux. Léon avait jugé, bien qu'elle fût charmante et jolie, qu'il n'aurait pas été opportun qu'elle se mît à crier à certain moment : « Qu'est-ce-qui-y-a ? Qu'est-ce-qui-y-a ? » Des peaux d'ours et de panthère servaient de couvertures au lit. Les draps entrouverts étaient de satin crème. C'était ceux d'Irène, qu'elle avait négligé d'emporter, avec d'autres trésors.

Pauline s'y glissa, crispée, raide, dans une chemise plus longue qu'elle. Thomas eut quelque peine à la lui faire ôter, et redécouvrit de nouveau la joie ineffable de sa douceur si douce, si tiède, si douce sous ses mains. Il lui parla tendrement, la caressa, la réchauffa, l'aima, mais sans parvenir à lui rendre sa confiance et à lui donner la joie.

Au milieu de la nuit, elle s'éveilla détendue, étonnée d'abord de se trouver là, puis amusée par le décor baroque, et rassurée par la braise des trois feux qui soulignait d'or et de rouge tous les contours. Et à côté d'elle il y avait un homme nu... Son mari... Elle sourit, le toucha, se rapprocha de lui, l'embrassa, le fit surgir de son sommeil... Ils se trouvèrent enfin, et quand il la quitta elle s'endormit aussitôt, comme un enfant nourri. Les peaux de bêtes gisaient au sol, le drap du dessus n'était plus qu'un tas au pied du lit. Pauline reposait sur le dos, une jambe allongée, une un peu fléchie, son bras droit replié sous sa tête. Son bras gauche, posé sur sa poitrine, entourait un sein comme pour le protéger, la main à demi fermée sur l'autre sein, doigts arrondis autour du fruit délicat. La masse de ses cheveux faisait à son image une auréole d'ombre chaude et lui couvrait une épaule. Elle était mince encore, presque enfantine, toute en courbes allongées, exquises, à peine rose, à peine blanche, sur le drap ocré.

Thomas la voyait pour la première fois.

Il se leva, remit des bûches aux trois feux, alluma toutes les lampes électriques et toutes les bougies, et revint, émerveillé, regarder sa femme.

Il n'avait jamais rien vu d'aussi beau. Elle était plus belle qu'un oiseau, plus belle qu'un arbre, plus belle que Trente-et-un, qu'un buisson de genêt éclaté de toutes ses fleurs.

Sans prendre le temps de s'habiller, il monta en courant jusqu'au pigeonnier, chercher des couleurs et des toiles, redescendit en claquant des dents sans sentir qu'il avait froid. Helen, qui n'avait pas fermé l'œil, l'entendit passer, résista à l'envie d'ouvrir sa porte pour lui demander ce qui lui arrivait. Elle espéra follement que Pauline était en train de mourir, puis eut honte et peur de l'horrible pensée qui lui avait éclaté dans le cœur, et pria le Seigneur de lui pardonner et de lui inspirer de l'amour pour sa bru. Sa prière l'endormit.

Thomas peignit une partie de la nuit dans une folie de joie. Chaque fois que Pauline bougeait, changeant de place les merveilles de son corps, il la trouvait plus belle encore et commençait une nouvelle toile.

Enfin il s'arrêta, mangea un demi-poulet, s'allongea près de sa femme, lui baisa tendrement une joue et le bout d'un sein, tira sur eux la peau d'ours, et s'endormit.

Il fut réveillé par des cris horribles. Il se dressa d'un bond, ouvrit les yeux sur le grand jour. Une flamme blanche se tordait dans le salon. C'était Pauline en chemise qui essayait d'arracher une furie plantée dans ses cheveux et qui lui frappait la tête de grands coups de bec.

Shama !...
— SHAMA ! cria Thomas.

Il sauta par-dessus le fauteuil, attrapa l'oiseau par le cou et serra. Il allait le tuer, lui arracher la tête, le réduire en bouillie !... Un réflexe d'amitié le retint. Il jeta dehors le corbeau qui se débattait et lui déchirait le poignet avec ses griffes. Shama essaya de s'envoler et retomba.

Pauline sanglotait, écroulée sur le lit, épouvantée. Thomas la prit dans ses bras. Elle raconta en hoquetant : elle s'était levée, s'était un peu habillée, avait mis des brindilles dans le feu, avait mangé une orange, avait entrouvert la porte pour regarder le brouillard dehors, et cette chose abominable lui était tombée dessus...

Shama... Shama, jaloux, qui guettait...

— Il n'est pas méchant, dit Thomas. C'est un corbeau blanc. Il est apprivoisé... il est drôle... tu verras... Vous deviendrez amis...

— Quelle horreur ! dit Pauline.

Il voulut lui faire l'amour, elle le repoussa, se débattit, glissa hors de ses bras et se leva pour aller prendre son tub. Il y avait près de la cheminée où chauffait la marmite une grande louche de cuivre à long manche pour puiser l'eau. Elle la prit d'une main qui tremblait, la laissa tomber. Quand elle la ramassa, le manche accrocha l'anse d'un panier qui se renversa. Elle poussa un hurlement. Trois serpents coulaient sur ses pieds nus.

Dehors, Shama, le cou tordu, regardait la porte d'un œil rouge. Il essayait de dire quelque chose. Cela fit le bruit d'une branche sèche qui craque. Il secoua la tête, son cou à son tour craqua et se redressa en partie. Il s'ébouriffa, battit des ailes, puis décida de s'en aller à pied. Il traînait un peu la patte gauche. Il se fondit dans le brouillard du matin.

Pauline respirait, mangeait, subsistait, dans une sorte de stupeur. Elle avait bien pensé que son mariage allait changer quelques-unes de ses habitudes, mais elle n'aurait jamais imaginé qu'il fût possible de vivre comme elle vivait maintenant. Elle était tombée brusquement dans un univers dont elle ne soupçonnait même pas l'existence. Comme si les tapis et les parquets précieux de l'hôtel de l'avenue du Bois s'étaient ouverts sous ses pas pour la précipiter dans les sous-sols.

D'un seul coup avait disparu tout ce qui composait les lumières quotidiennes de sa vie : plus de domestiques, plus de voiture, plus de conversations légères, avec un père exquis qui connaissait tout Paris et en parlait avec humour, plus d'occupations agréables et sans importance qui faisaient les journées courtes et les saisons longues, plus de futilités merveilleuses... Plus rien que le nécessaire, raide, sombre, mesuré.

Dans trois pièces étriquées dont une — la chambre d'Helen —

restait toujours fermée à clef, et dont quelques gros meubles occupaient tout l'espace, entre des murs tapissés de visages inconnus qui croisaient leurs regards sur elle comme des épées, elle attendait la fin des jours interminables. Le temps tournait lentement autour d'elle, comme de l'eau morte.

Elle avait parfois envie de hurler, d'arracher les portraits des murs, de s'enfuir en courant... Mais pour aller où ? Elle ne savait pas où était son père, il ne lui avait même pas envoyé une carte postale.

Il ne lui avait pas laissé le moindre argent. Thomas ne lui en donnait pas, cela ne lui venait pas à l'idée. Elle n'avait pas de quoi prendre seulement un fiacre pour aller de Passy à Paris.

Quand elle regardait le parc par la fenêtre de sa chambre, elle ne voyait que les branches noires des arbres d'hiver luisantes sous la pluie. Il pleuvait, il pleuvait, il pleuvait sans arrêt dans ce monde sinistre. Elle n'apercevait pas le sol. Elle savait qu'il était occupé par des bêtes de toutes sortes, horribles, qui lui interdisaient de descendre. Le ciel était un couvercle gris, sans espoir.

Thomas lui apportait son petit déjeuner au lit avant d'aller à son travail. Il était heureux, il riait. Il l'embrassait, remettait des boulets dans la cheminée, s'en allait en chantonnant. Helen partait à son tour. Pauline se retrouvait seule dans le silence de sa chambre, comme une prisonnière dont les geôliers se sont éloignés pour jouer aux cartes, derrière des murs épais.

Elle restait couchée, se pelotonnait dans son coin, s'engourdissait dans une sorte d'absence, ni endormie ni éveillée. Helen, rentrant déjeuner, la trouvait parfois encore au lit, ravalait l'envie furieuse de la secouer, de lui jeter un bol d'eau froide au visage, passait sa colère sur les casseroles qui faisaient dans la cuisine un bruit d'artillerie, lui criait de loin : « Si vous voulez manger, c'est prêt !... »

Un matin, Helen, noire, chapeautée, gantée, prête à partir, posa sur le lit de Pauline effarée une bassine d'émail contenant des pommes de terre et un petit couteau de cuisine pointu.

— Quand vous les aurez épluchées, lui dit-elle, vous les ferez cuire dans la grande casserole pleine d'eau, avec une demi-cuillerée de sel. Je les rajouterai au ragoût en rentrant.

La voix avec laquelle elle s'adressait toujours à elle ne permettait aucune discussion. C'était une voix impersonnelle, absente, qui semblait venir d'un des portraits des murs.

La porte claqua. Pauline s'assit dans son lit, regarda les pommes de terre, les toucha du bout des doigts, se mit à pleurer, d'abord doucement puis à gros sanglots de désespoir.

Quand Helen, de retour, ouvrit la porte de la cuisine, elle reçut au visage un nuage de fumée âcre. Les pommes de terre, carbonisées, commençaient à flamber dans la casserole, sur le réchaud ouvert à grand feu. Elle bondit, ferma le gaz, ouvrit la fenêtre en toussant et en maudissant en anglais cette créature qui non seulement avait débauché son fils et lui faisait supporter le fruit de sa honte, mais n'était même pas capable de faire bouillir des pommes de terre. Il fallait tout de même qu'elle le lui dise ! Elle se retenait toujours, à cause de Thomas, mais cette fois c'était trop... Les pommes de terre gaspillées... Et peut-être la casserole perdue !

Elle ouvrit brusquement, sans frapper, la porte de la chambre, poussa une exclamation et se précipita. Pauline était étendue dans le lit, le visage recouvert par le drap ensanglanté. Le couvre-lit était lui-même taché de sang, la bassine était renversée par terre, et il y avait des épluchures partout sur le sol et sur le lit.

— Pauline !... Oh mon Dieu !...

Helen écarta lentement le drap, glacée par l'image qu'elle allait découvrir.

Pauline se redressa. Elle avait la figure bouffie et les yeux gonflés. Elle leva sa main gauche et tendit vers Helen son pouce entouré d'un mouchoir rouge de sang séché. Elle dit d'une voix de fillette :

— Je me suis coupée...

Helen leva les bras au ciel et retourna à la cuisine. C'était pire que tout ce qu'on pouvait craindre. Du gâchis, rien que du gâchis... Voilà ce qu'elle était venue faire dans leur vie, un affreux gâchis... Elle n'était bonne à rien, à rien, à rien... Ça ne savait pas se servir d'un couteau à éplucher mais c'était quand même capable de se faire faire un enfant par un garçon innocent...

Pour saigner autant, elle avait dû s'entailler jusqu'à l'os, stupide fille...

Elle retourna la soigner. Elle ne lui demanda plus jamais de l'aider.

— Shama, dit Léon, tu t'es mal conduit.
— Brroaxx !... dit le corbeau blanc.
— Et tu continues !... Je t'ai vu encore cogner à la fenêtre, ce matin... Tu sais bien que tu ne dois pas... Tu fais peur à la jeune dame...
— Crrrra... dit Shama.
— Non, pas « Crra », dit Léon. C'est une dame charmante, très jeune, et toi tu es un vieux monsieur qui aurait dû te montrer bien élevé. Puisque tu ne sais pas te conduire, je vais te faire voyager pendant quelque temps. Les trois Franchetti vont partir pour les Etats-Unis, dans la même tournée que Mme Sarah Bernhardt. Tu iras avec eux. Tu connais Paul Franchetti, l'Auguste, tu as déjà travaillé avec lui, vous vous entendez bien... Tu seras une vedette... Tu vas éclipser Sarah !... Mais il faut que tu repasses ton anglais, pour le numéro de la spectatrice... *Beautiful*... Ça suffira... On va travailler... Viens me le dire : *Beautiful !* ...

Léon leva son poing droit fermé, protégé par un gant de cuir.

Shama, qui était perché sur le dossier du fauteuil parme, se gonfla comme un plumeau, se secoua, ouvrit un bec énorme d'où sortit un concassement de protestations.

— Viens !... répéta Léon calmement.
— Krraaô !... dit Shama, ce qui signifiait « non ».

Il s'envola, fit trois fois le tour du salon en battant des ailes, plana, vira autour de l'ascenseur, poussa un long cri d'agonie : « Croâââââ », et vint se poser sur le poing qui l'attendait.
— Tu en fais, des manières... dit Léon. A quoi ça sert ?

Jour après jour, il pleuvait. Le niveau de la Seine montait. Pour Noël, Helen avait fait une dinde aux marrons et un pudding. Ce lui fut un prétexte pour ne pas rentrer à midi pendant une semaine : Pauline avait de quoi déjeuner. Dans le garde-manger du débarras, qui n'était pas chauffé, la nourriture se conservait. Helen emportait dans son sac une pomme, un morceau de pain légèrement frotté de beurre ou de saindoux, qu'elle mangeait assise dans un musée ou un hall de gare ou debout dans un grand magasin, selon le quartier où elle se trouvait.

Cela lui permettait de passer la journée entière loin de la créature qui s'était plantée comme une hache entre elle et Thomas, entre elle et ses espoirs. Et parfois, pendant quelques minutes, en travaillant, en pédalant, en lui tournant le dos, de l'oublier...

Pauline mangea de la dinde froide et du pudding figé pendant cinq jours. Elle aurait mangé n'importe quoi. Elle avait toujours faim. Elle grignotait, avalait tout ce qu'elle pouvait trouver. Toute sa manière habituelle d'exister ayant disparu, elle se laissait aller au naturel le plus fruste. En l'absence d'Helen elle mangeait avec ses doigts, debout devant le placard.

Sortie du lit, elle traînait de chaise en fauteuil, sans se peigner ni s'habiller, regardait de vieux journaux, des livres anglais qu'elle essayait vainement de déchiffrer. Dans sa tête tournaient sans arrêt, courant l'un après l'autre, les deux objets de son ressentiment et de sa peur : Helen, et l'enfant.

Elle posait parfois ses deux mains sur son ventre, qui grossissait à peine... C'était là... ce qui l'avait jetée dans le malheur... C'était installé dans son corps et ça se nourrissait d'elle... Elle ne parvenait pas à l'imaginer sous les traits d'un bébé, garçon ou fille, ni à réaliser qu'elle serait sa mère. Elle n'établissait aucun lien entre elle et cela. Elle avait été victime d'un accident, d'une invasion. Cette chose était entrée dans elle et l'occupait et grossissait, et sortirait en la déchirant, et tiendrait encore plus de place dehors que dedans, l'enchaînant pour toute sa vie. Il lui semblait parfois qu'elle sentait ses mains lui fouiller l'estomac, et elle vomissait.

Vers le milieu de l'après-midi, elle commençait à se préparer pour le retour de Thomas. Helen avait relégué sa coiffeuse, sa chaise précieuse, et son lit Récamier avec ses malles, dans la pièce étroite qui servait de débarras, où pendaient le garde-manger et les vêtements inutilisés. Une fenêtre ronde l'éclairait, mal. Après avoir fait une toilette hâtive à la cuisine, près du réchaud à gaz tous feux allumés pour se donner l'illusion d'avoir chaud, Pauline se couvrait d'écharpes et venait s'asseoir devant sa coiffeuse. Elle allumait les deux triples chandeliers, à sa gauche et à sa droite, regardait le miroir ovale, et souriait de retrouver, dans son cadre d'or amical, quelqu'un qui lui ressemblait... Elle ouvrait les petits tiroirs, en tirait les flacons de cristal, la verveine, la citronnelle, le santal, l'eau de rose, le lait d'iris, le polissoir pour les ongles, les peignes et les brosses, les boules de coton, la crème pour les mains, et celle pour les lèvres, la boîte contenant les papiers poudrés pour le visage, tous les instruments de l'alchimie familière qui allait lui permettre de redevenir elle-même.

Elle brossait longuement ses cheveux, qui retrouvaient leur souplesse et leur vie, ses yeux devenaient brillants, ses joues roses, elle donnait une forme à sa coiffure, se reconnaissait enfin dans le miroir.

Elle n'avait jamais porté de corset. La plupart de ses robes de jeune fille lui allaient encore. Plutôt qu'à la ceinture, c'était à la poitrine qu'elle était gênée. Ses épaules s'arrondissaient, ses seins s'épanouissaient et cherchaient leur aise. Elle la leur procura par quelques coups de ciseaux dans les coutures sous les bras. Elle changeait de toilette tous les soirs pour le retour de Thomas, d'abord parce que cela lui faisait plaisir, et aussi parce qu'elle sentait que cela rendait Helen furieuse.

Thomas la quittait le matin toute tiède dans leur lit, la retrouvait le soir gracieuse et élégante, ne se posait aucune question sur la façon dont elle avait passé les heures entre son départ et son retour. Elle ne se plaignait pas. Elle savait qu'il n'aurait pas compris qu'elle fût malheureuse. Et quand il était là c'était supportable. Il lui était totalement étranger mais beau et gai. Il apportait la vie, la couleur, le rire, dans ce lieu incroyable où elle était tombée. Et elle connaissait parfois, la nuit, pas toujours, des minutes de grand bonheur, grâce à lui. Elle ne lui en voulait pas de l'avoir mise enceinte. C'était un malheur. Cela leur était arrivé comme un malheur arrive. Comme la pluie sur un chapeau d'été. On ne pense qu'au soleil, et voilà l'orage...

Jour après jour, il pleuvait. Les passants commençaient à s'arrêter et se grouper sur les quais de la Seine pour regarder le fleuve. Le flot grisâtre, lourd, puissant, arrivait chaque jour un peu plus près des berges. Il se brisait contre les piles des ponts en tourbillons énormes. Toute navigation était interrompue.

Un dimanche matin, il y eut une éclaircie et un trou de ciel bleu. Thomas proposa à Pauline de prendre un fiacre et d'aller au Bois. Elle poussa une exclamation de joie, puis devint triste, d'un seul coup. Ce n'était pas possible. Elle ne pouvait tout de même pas se montrer aux Acacias avec un manteau de l'hiver dernier...

Thomas éclata de rire. Naturellement, il ne comprenait pas... Il n'insista d'ailleurs pas. Il préférait de beaucoup profiter autrement de cette lumière...

Il alla à la fenêtre, écarta les rideaux qui tamisaient le soleil, bourra la cheminée de boulets, pour que Pauline n'eût pas froid, écarta les couvertures et le drap qui la couvraient, lui ôta sa chemise, planta son chevalet, toujours prêt dans un coin de la chambre, et commença une fois de plus à la peindre. Il était fou de la beauté de son corps, de sa lumière et de ses formes. Elle devenait plus belle de semaine en semaine. Ses courbes s'arrondissaient tout en restant délicates, à cause de son jeune âge, et quelle que fût la façon dont elle bougeait ou restait immobile, c'était toujours avec une grâce dont elle n'avait pas conscience, une perfection innocente de fleur, de gazelle ou de chat. Il était ébloui d'elle, peut-être plus qu'il ne l'aimait.

Elle avait été très curieuse de ses premiers tableaux, étonnée et déçue de ne pas se reconnaître. Il riait, lui disait que la ressemblance n'avait pas d'importance.

Debout, nue, près du tableau auquel il était en train d'apporter quelques retouches, le dos, le derrière et les jambes agréablement chauffés par la cheminée, elle demanda :

— Mais, pourquoi m'as-tu fait le... ça... bleu ?

Elle toucha une partie de son image.

— Le sein ?

Elle devint rose des pieds à la tête. « Sein » était un mot caché, un mot défendu, qu'on ne devait pas prononcer à voix haute. Elle le répéta doucement et devint aussi brûlante devant que derrière...

— Mon sein... pourquoi l'as-tu fait bleu ?... Je n'ai pas les seins bleus !...

Elle les prit dans ses mains et les regarda avec une tendresse secrète, chaude.

— C'est l'ombre !... dit Thomas. L'ombre est bleue...

— Ah ?... Et je n'ai pas l'épaule jaune !...

— Ce n'est pas vraiment jaune !... Il faut voir l'ensemble... Tu comprends, les couleurs éclatent... C'est jaune là parce que là c'est vert...

— Mais le drap n'est pas vert !...

Il renonçait, il l'embrassait, il riait... Elle était belle, toute la beauté du monde rebondissait sur elle... Comment aurait-il pu lui expliquer sa peinture ? Il ne se l'expliquait pas à lui-même. Il peignait...

Au milieu de la nuit, toute la maison fut réveillée par des coups frappés à la porte du bas et par des cris affolés :

— Monsieur Léon ! Monsieur Léon ! L'eau ! La Seine arrive ! L'inondation !...

C'était la famille des gardiens. Leur pavillon, près de la porte du parc, avait déjà un mètre d'eau au rez-de-chaussée.

Thomas sauta à bas du lit, alluma la lampe, et se mit à s'habiller très vite. Pauline était mal réveillée, effrayée.

— Qu'est-ce qu'il y a ? Où vas-tu ?

— L'inondation !... Tu n'as pas entendu ? Je vais aider Léon... Il faut sauver les bêtes...

Elle se mit à genoux dans le lit et cria :

— Ne me laisse pas ! Ne me laisse pas seule !...

— N'aie pas peur... Ici tu ne risques rien...

Helen, une bougie à la main, le regarda descendre, sans dire un mot. On entendait au-dehors la rumeur sourde, très basse, du fleuve énorme.

La Seine était bien maintenue par les quais construits depuis vingt ans d'après les plans de l'architecte Belgrand, mais elle avait trouvé, sur la berge gauche, la ligne du chemin de fer d'Austerlitz, moins bien défendue, s'y était engouffrée et était arrivée tout naturellement à la gare d'Orsay. Le fleuve en rejaillissait en un énorme geyser. Il s'était répandu dans toutes les rues basses, avait découvert le chantier du métro nord-sud, s'y laissait tomber en fracassante cataracte, passait dans le tunnel sous la Seine, faisant ainsi une gracieuse boucle avec lui-même, suivait le métro et en ressortait à la station Saint-Lazare pour inonder tout le quartier et s'engouffrer dans les égouts qui le recrachaient un peu partout. Les quais rive droite étaient noyés de la Concorde à Saint-Denis, et les quartiers bas de la rive gauche sur toute la traversée de Paris.

Les cinq hommes déménagèrent d'abord Laura, la panthère. Ils transportèrent sa cage, sur le chariot, dans l'écurie des chevaux, qui, plus haut dans le parc, était hors d'eau. C'était des chevaux de cirque. La présence du fauve ne leur fit pas plus d'effet que celle d'un tapis.

Léon musela l'ours Talko, le conduisit par le nez dans le salon rond, et l'enchaîna au piston de l'ascenseur. La femme du gardien était en train d'installer ses deux plus jeunes enfants sur de la paille près du feu, entre les serpents.

César, l'éléphant, avait déjà de l'eau à mi-jambe. Il n'y avait nulle part d'autre abri assez grand pour le recevoir. Léon, dans l'eau jusqu'au ventre, le désentrava et le conduisit dans la partie haute du parc, non inondée, où il resta en liberté. Il était vieux et doux, un peu borgne, pas dangereux malgré ses trois défenses.

Il y avait un mètre d'eau au-dessus des bords du bassin des phoques.

— Où est Nakata ? dit Thomas. Elle a filé !

C'était une otarie très rare, charmante, de couleur turquoise.

— Ne t'inquiète pas, elle ne peut pas franchir les grilles, ni les murs... Elle va s'amuser à chasser les poissons entre les arbres, et s'offrir un bon casse-croûte...

Quand le jour se leva, on avait fait face au plus pressé. Thomas remonta trempé, boueux, affamé. Helen le bouchonna et lui fit avaler un litre de thé bouillant avec d'énormes tartines. Il se rhabilla en hâte, embrassa Pauline pelotonnée dans le lit et descendit l'escalier de fer comme une balle. Il avait encore le temps d'arriver à l'heure à la banque.

Il s'arrêta net dès qu'il mit le pied sur la passerelle. Sous la porte de la rue Raynouard, une cascade giclait et se déversait dans le parc.

Il remonta en courant. Helen l'attendait.

— Ça coule dans la rue Raynouard ! Si haut au-dessus de la Seine ! D'où vient cette eau ? Ce n'est pas possible !

— Regarde... dit Helen.

Elle le poussa vers la fenêtre de la salle à manger. Dans le bas du parc, l'eau montait rapidement. Elle avait dépassé l'écurie des chevaux et assiégeait la maison.

— Oh God ! Je ne peux pas aller à la banque...

Il remit ses vêtements mouillés et redescendit aider les hommes.

Ils fabriquèrent une sorte de radeau avec des caisses, des madriers et des troncs abattus qui flottaient, et réussirent à y jucher la cage de Laura qu'ils couvrirent d'une bâche et laissèrent aller au gré de l'eau. Les chevaux furent tous amenés dans le salon. A cause de sa taille, Camille, la girafe, dut rester où elle était. Au moins le toit l'abritait de la pluie. Elle avait de l'eau jusqu'à mi-jambe. Sa genouillère commençait à se mouiller.

— Elle va attraper de l'arthrite partout ! dit Léon. Elle va boiter des quatre pieds !

Il lui enveloppa le cou et le poitrail avec de la paille retenue par un réseau de ficelles, comme un arbre fruitier qu'on protège contre le gel. C'était tout ce qu'il pouvait faire. L'eau entourait maintenant toute la maison, et commençait à lécher la première marche du perron.

Par la passerelle, la voie s'avéra libre. L'eau qui tombait de la porte provenait d'un courant peu important, sorti Dieu savait d'où, et qui dévalait rapidement la pente de la rue Raynouard. L'après-midi, Thomas put aller à la banque. Une partie des employés manquait. Mr Windon l'envoya porter de l'argent à son cousin Sir Henry Ferrer. La rue Saint-Guillaume avait été une des premières inondées. Sir Henry avait quitté son appartement en barque. Il s'était réfugié au Ritz.

Quand Thomas rentra à Passy, l'eau avait cessé de monter. Elle s'était arrêtée à la troisième marche. Pauline, blême, dépeignée, se jeta dans ses bras. Elle était horrifiée. Des étages inférieurs montaient le tapage et les odeurs des bêtes, et les cris des enfants et de leur mère, avec de temps en temps la voix de tonnerre de Léon qui rétablissait le calme pour quelques minutes. Helen n'était pas rentrée, il n'y avait plus de gaz et presque plus de charbon, la provision était dans la cave inondée, avec les pommes de terre. C'était la fin du monde, le naufrage du navire.

Il la consola, il n'y avait rien de terrible, tout allait s'arranger. Helen rentra avec une lampe à alcool et des pâtes. Et elle avait commandé deux sacs de boulets au bougnat de la rue de Passy. Il livrerait demain matin. On les mettrait dans le débarras.

La Seine commença à baisser lentement. Les journaux annoncèrent que c'était sa plus forte crue depuis le XVIIe siècle, en 1658. Louis XIV avait vingt ans.

De temps en temps on apercevait dans l'eau du parc la tête bleue de Nakata l'otarie, qui aboyait vers la maison pour appeler Léon et lui dire qu'elle était très contente. Elle était la seule. Les gros pieds de César s'enfonçaient dans vingt centimètres de boue et il trouvait l'eau trop froide pour son bain. Le salon rond était complètement ravagé.

Shama voguait vers les Amériques.

Sir Henry avait emporté au Ritz quelques-uns de ses tableaux, dont il aimait la compagnie. Il y avait joint, au dernier moment, avant de se confier aux soins des rameurs, une toile qui l'intriguait, l'agaçait, l'intéressait. C'était celle que Thomas avait peinte à Trouville et abandonnée dans sa chambre. Le maître d'hôtel la lui avait descendue avec une grimace à son retour de Calais. Elle l'avait surpris. Il l'avait apportée à Paris et la regardait de temps en temps. Il y avait là quelque chose, quelqu'un... Oui, oui, Thomas était peut-être un peintre... Peut-être pas.

Vers la fin de l'inondation, il reçut place Vendôme la visite de son ami le marchand Thuriez, qui venait lui proposer un petit Seurat. Ils burent le thé, discutèrent en regardant le Seurat. Il était très coloré, un peu hâtif. C'était une étude pour un personnage de « la Grande Jatte », une femme avec une ombrelle rouge, et une petite fille toute blanche. Sir Henry le trouvait beau, mais un peu cher.

Le regard de Thuriez fut tout à coup accroché par la toile de Thomas posée contre le mur entre deux fenêtres. Il se leva, la prit, la tourna vers la lumière, la regarda, demanda :

— Qu'est-ce que c'est que ça ?

Sir Henry sourit.

— Oh, c'est un garçon que je connais...
— Vous avez d'autres toiles de lui ?
— Non...
— Il peint beaucoup ?
— Oui, je crois...
— Vous avez vu ce qu'il fait ?
— Non...
— Vous avez tort. Il faudrait voir...

— Mon amie, dit le prince Alexandre, si vous ne m'emmenez pas bientôt d'ici, vous allez me perdre.

— Ne soyez pas sot, Alexandre, dit Griselda. Rien ne peut vous perdre.

Mais, véritablement, le prince souffrait. Elle et lui étaient debout depuis deux heures dans la foule qui attendait le cortège des demi-funérailles du roi Kalabulong, et, bien qu'on fût en automne, la chaleur lui était plus insupportable que celle du Gobi. Etait-ce à cause de l'humidité, ou parce qu'après tout il commençait à se faire vieux ? Il repoussa cette éventualité déplaisante et invraisemblable. S'il avait dû être vieux, il l'aurait été depuis longtemps. Il souleva son casque colonial trop grand et s'épongea le front. La sueur lui coulait des sourcils dans la barbe. Lui qui n'avait jamais transpiré...

Rien n'avait été prévu pour les personnalités, pas une estrade, pas un siège. Le prince avait dû semer les pièces d'argent dans les mains tendues pour accéder avec Griselda au premier rang d'un peuple fervent qui attendait depuis l'aube de voir passer son roi défunt et son nouveau roi vivant, et qui riait et jacassait comme un peuple de perruches. Un arbre curieux, pareil à un assemblage de grosses houppettes roses au bout de branches lisses les avait un moment abrités, mais ses ombres circulaires se déplaçaient avec le soleil, et à peine en avaient-ils rattrapé une en jouant des coudes qu'elle les quittait tandis qu'une autre leur passait devant le nez.

Le prince soupira :

— Nous serions tellement mieux sur le *Fédor*... Et nous pourrions repartir, peut-être vers la banquise...

— Vous qui ne parliez que de descendre à terre, depuis deux mois, et de vous rouler dans l'herbe !...

— Il n'y a pas d'herbe ni de terre, ici ! Il n'y a que des bambous, et de l'eau partout !... Et c'est de l'eau chaude !... Si vous voulez vraiment voir le roi, je lui ferai dire de venir à bord...

— Patientez un peu, Alexandre, ils arrivent...

On entendait la musique aiguë, les coups de gong et les clochettes de l'orchestre qui précédait le cortège. La foule devint silencieuse. L'air sentait le poivre et la cardamome, et la vase du fleuve et des canaux, avec de chaudes bouffées sucrées venues des arbres fleuris. Dans les houppettes roses, des oiseaux invisibles se chamaillaient et laissaient de temps en temps tomber une crotte blanche.

De l'autre côté de l'avenue, sur la première marche d'un petit temple aux toits superposés et biscornus, un Anglais roux corpulent, caché derrière la foule mais la dominant de la tête, regardait Griselda avec une lorgnette. Elle ne le connaissait pas mais il la connaissait bien. Il l'avait manquée à Londres et à Cardiff, il venait enfin de la rattraper. C'était Edward Lyons, qui s'était mis en travers de la route de Shawn, à Pékin, et qui avait l'intention de barrer ici celle de sa veuve obstinée. Il ruisselait. Son costume de toile était transpercé. Il rêvait au jardin de sa grande maison du Yorkshire, à la bienheureuse pluie froide qui y tombait trois cent soixante jours par an et à la brume glacée qui le couvrait les cinq autres jours. Il tourna sa lorgnette vers le bout de l'avenue. Le cortège arrivait, précédé par la garde royale, en uniformes européens rouge et bleu, recouverts de la légère blouse de deuil en soie blanche flottante.

Griselda guettait le prince Rajat. Ce n'était pas lui qui avait succédé à son père, mais son frère Rajivamudh. Sa place dans le cortège indiquerait quelle influence il aurait dans la cour du nouveau roi et s'il serait raisonnable de compter sur lui.

Après la garde venait une petite foule d'hommes, d'adolescents, et de garçonnets, tous vêtus, même les plus petits, d'uniformes d'officiers, à la mode coloniale anglaise.

— Qu'est-ce que c'est ? demanda Griselda.

Le prince Alexandre s'épongea les sourcils.

— Ce sont sans doute les fils du roi...

— Il en avait tant ?

— Ils ne doivent pas tous être là...

Elle regarda avec anxiété. Aurait-elle le temps de tous les dévisager ? Elle reconnaîtrait certainement Rajat. On ne pouvait pas l'oublier quand on l'avait vu une fois.

Il était né du roi défunt et de la femme d'un haut fonctionnaire du consulat anglais, mort de la variole. Le roi avait fait porter à la veuve, qui était jeune et blonde, ses condoléances avec une corbeille de bijoux. Quelques jours plus tard, prête à regagner l'Angleterre, elle lui demanda audience pour lui rendre ses présents. Elle fut reçue au palais, et elle y resta.

Ce mélange de races avait composé à Rajat une beauté insolite. Il était plus grand que la moyenne des Siamois, et mince comme une adolescente anglaise. Il avait le teint mat, les pommettes hautes et des cheveux noirs, et d'immenses yeux bleus pareils à ceux d'un personnage d'une fresque romane ou byzantine. Ils ouvraient dans son visage brun deux portes de lumière. Le dessin de ses lèvres était tel qu'aux moments les plus graves, et même lorsqu'il dormait, il semblait légèrement sourire. Elevé par sa mère, puis dans des collèges anglais, il paraissait, dans ses manières et par son allure, anglais de la tête aux pieds.

Non... Il ne se trouvait pas parmi les fils du roi, qui portaient l'uniforme européen comme un déguisement... Où pouvait-il être ?...

Le catafalque passait maintenant devant Griselda, porté par des serviteurs. Sur une plate-forme couverte de tapis plus blancs que la neige, les flammes d'un millier de bougies faisaient étinceler les diamants et les pierres précieuses incrustées dans les flancs d'une grande urne d'or. Le roi était à l'intérieur, embaumé et assis. Il se rendait pour la dernière fois dans son palais, d'où il ressortirait dans plusieurs semaines pour être incinéré, au cours d'une cérémonie encore plus grandiose.

Griselda sentit passer la chaleur des bougies et leur odeur de cire mêlée de santal.

— Oh mon Dieu ! dit le prince, ils n'avaient pas assez d'un soleil !...

Un long cortège de très jeunes femmes, belles, gracieuses, toutes vêtues de blanc, suivait le catafalque.

— Il a encore plus de filles que de fils ! dit Griselda. Je me demande combien il y en a !...

Une voix répondit en anglais, derrière elle :

— Il y en a six cents, madame. Mais ce ne sont pas ses filles, ce sont ses veuves...

Elle se retourna. C'était un Européen, avec le teint doré des blonds qui ont beaucoup voyagé. Quelques poils blancs dans sa moustache. L'accent était allemand.

Il s'excusa... Il s'était permis... C'était son métier...

— Gerhart Neumann, de l'Agence de presse de Hambourg... Je vous connais, madame...

Elle fut aussitôt sur ses gardes. Il sembla s'en rendre compte et s'en amuser un peu.

— ... Je veux dire : je sais que vous êtes la femme de Sheridan, le grand automobiliste disparu... Je n'ai malheureusement pas pu aller à Pékin, j'étais au Maroc, pour le débarquement des troupes françaises. Mais je me suis beaucoup intéressé à Sheridan... Beaucoup... Je suis au courant de vos recherches... Mais personne ne sait très bien ce que vous avez trouvé dans le désert... Si vous acceptiez de m'accorder un entretien... Mes lecteurs seraient très heureux...

Ce n'était qu'un importun. Il faudrait s'en débarrasser. Elle ne tenait pas à ce qu'on parle d'elle. Elle se retourna vers le cortège en répondant par quelques mots vagues. Elle ne voulait pas manquer Rajat. Et elle le vit...

Le fleuve blanc des veuves exquises achevait de s'écouler, et derrière lui arrivait le nouveau souverain S.M. Rajivamudh, porté dans un trône qu'escortaient des officiers du palais. Il était suivi par la statue d'une déesse aux seins nus, haute comme une maison. Peinte de couleurs vives, elle portait dans ses douze mains des fleurs et des oiseaux. Entre le trône et la déesse, seul au milieu d'un grand espace, choisi entre tous ses frères, marchait Rajat, vêtu d'un costume de deuil blanc brodé d'or, un léger bonnet d'or posé sur ses cheveux noirs. De ses deux mains il tenait pressé en travers de sa poitrine le sabre du roi, symbole de la défense du royaume. Il marchait avec gravité, avec ferveur, le visage illuminé par ses yeux couleur de ciel et le fin sourire de ses lèvres.

Pour Griselda, ce sourire était un défi à l'Angleterre. Elle connaissait les sentiments du prince. Personne, d'ailleurs, ne les ignorait. C'était la raison pour laquelle elle l'avait contacté à Londres et avait désiré le revoir à Bangkok. Elle avait besoin de l'aide de Rajat dans ce coin du monde. Elle était sûre de l'obtenir. Rajat n'avait jamais oublié l'accueil qui avait été fait à sa mère lorsque, devenue âgée, prise de nostalgie, elle avait voulu quitter le Siam pour retourner dans son pays. Lui était à ce moment-là à Oxford, pour sa dernière année d'études. Il avait toujours été traité à égalité par les étudiants anglais, et souvent invité par eux, dans les meilleures familles. Mais toutes les portes qui s'ouvraient pour lui s'étaient fermées devant sa mère. Lui était prince, mais elle était la concubine d'un roi de couleur, c'est-à-dire rien de plus qu'une prostituée dans le lit d'un nègre... Quand il avait compris cela, au bout de quelques semaines, il avait brutalement abandonné ses études et ramené sa mère « chez eux », emportant une haine brûlante pour l'Angleterre hypocrite et dominatrice. Il s'était réinséré avec bonheur dans la tolérance et la douceur de vivre de son pays natal. Mais sa mère avait mis longtemps à mourir de regret.

La lorgnette d'Edward Lyons s'arrêta une fois de plus sur Griselda et le prince Alexandre. Entre leurs deux têtes s'encadrait, un peu en retrait, celle de Gerhart Neumann. Il parlait à Griselda, elle répondait à peine, il parlait encore... Lyons savait qui il était réellement et pourquoi il était là. Et Neumann n'avait pas besoin de lorgnette pour reconnaître Lyons, de l'autre côté de l'avenue. Et il savait parfaitement quels étaient ses projets.

Les coups de feu éclataient, espacés, puis rapides. Molly entra brusquement et cria, furieuse, en gaélique :

— C'est fini, cette folie ?

Le long couloir blindé était plein de fumée et sentait la poudre. Johnatan, en pantalon blanc et chemise de soie, légèrement penché en avant, dans la position parfaite du tireur, acheva de vider son chargeur puis dit en souriant :

— C'est presque fini...

Il posa sa carabine sur la table de tir : une Winchester américaine à répétition, pour la chasse aux bisons. Sur la table se trouvaient également deux revolvers différents, un fusil Lebel de l'armée française et un Mauser de l'armée allemande, qu'il venait d'utiliser.

Molly continuait de gronder :

— Le professeur t'attend depuis une demi-heure pour ta leçon de je ne sais quoi !... Il n'ose pas entrer ici, il a peur de se faire massacrer ! Allez file !

— Molly ! Molly ! dit gentiment Johnatan, ne t'énerve pas !... Il y a temps pour tout !...

Son sourire était adorable, encore un peu enfantin. Le regard de ses yeux clairs, tendre, rêveur, devint brusquement dur comme pierre quand il prit le troisième revolver que lui tendait le comte V., maître de chasse du prince Alexandre. Il tendit le bras, et tira froidement ses six balles, sur un rythme régulier. Les cibles sonnaient sous les impacts. L'une représentait un ours et l'autre un loup. Un système mécanique les agitait d'une façon irrégulière.

— Well, well, dit le comte. Good, good...

Il ne connaissait pas bien l'anglais, mais c'était un grand tueur de loups.

Molly éternuait, toussait, prise à la gorge par la fumée de la poudre. Elle n'en supportait plus l'odeur ni le bruit, elle n'en supportait plus l'idée...

Johnatan rejoignit « le professeur » dans sa cabine. C'était le pianiste français de l'orchestre du prince, Jean Haux.

Il était en train de jouer du Liszt avec vigueur. Il faisait plus de bruit que Johnatan avec sa carabine. Il accueillit joyeusement son élève, claqua le couvercle du piano et alla tout droit à la bouteille de porto ceinturée de cuivre sur une étagère. Il ne supportait pas la vodka, elle lui brûlait l'estomac. C'était un homme de taille moyenne que la largeur de ses épaules et l'épaisseur de sa poitrine faisaient paraître plus petit. Il avait une ossature et des muscles de lutteur de foire et n'en trouvait jamais l'emploi. C'était son piano qui en pâtissait. Dans son visage de déménageur, d'épaisses lunettes abritaient un regard pointu, ironique, très intelligent. Il emplit deux verres, il en emplissait toujours deux, Johnatan ne buvait pas, il buvait les deux.

Il avait une voix de basse, qu'ensoleillait l'accent de Toulouse.

— Quel pays !... Nous allons nous rafraîchir en nous plongeant dans Virgile...

Il tendit à Johnatan un vieux petit livre relié en veau, une édition du XVIIIe siècle de *l'Enéide*.

Griselda l'avait prié de bien vouloir faire travailler le français à son fils. Comme il semblait avoir des connaissances et une virtuosité universelles, ils avaient peu à peu débordé du français au latin, au russe, à l'allemand, à l'art, à l'histoire, aux mathématiques, à l'astronomie et l'astrologie, à la politique des nations, et même au piano... Johnatan l'aimait beaucoup.

— Tu sens la poudre comme un vieil artilleur ! Tu me dégoûtes !
— Qu'est-ce que c'est, artilleur ?
— C'est un soldat qui tire au canon. Big gun !...
— Moi je tire au carabine...
— A *la* carabine. C'est féminin...
— A la carabine et à la revolver...
— *Le* revolver. C'est masculin... *La* carabine, *le* revolver.
— Pourquoi ? demanda Johnatan étonné.
— Je n'en sais rien, dit le professeur, satisfait. C'est comme ça, c'est le français...
— Dans l'anglais c'est tout pareil, c'est plus facile...
— L'anglais est une langue pour les gens qui ont un tout petit cerveau...
— Avec leurs petits cerveaux, les Anglais gagnent toutes les guerres !...
— Les gens intelligents ne font pas la guerre. On la leur fait, et ils sont battus... C'est comme ça que les Anglais dominent la moitié de la Terre... Pour gagner une guerre, il suffit de comprendre une chose très simple : il faut être deux, là où l'ennemi est un.
— Vous, les Français, vous êtes intelligents ?
— Oui, très...
— Alors vous devrez perdre toutes les guerres ?
— Non... De temps en temps, nous comprenons cette chose simple, et nous gagnons. Napoléon l'avait comprise, jusqu'en Russie. Il n'avait pas pensé à l'hiver. L'hiver compte pour quatre.
— Vous allez faire la guerre avec l'Allemagne ?

— On le dit, on en a peur, on l'espère. Mais cette fois-ci nous la gagnerons parce que nous serons trois contre un : la France, l'Angleterre et la Russie.
— Et si la Russie se met avec l'Allemagne ?
— Alors nous ne ferons pas la guerre, c'est l'Allemagne qui nous la fera, et une fois de plus nous serons les cons.
— Qu'est-ce que c'est, con ?
— C'est une grossièreté. C'est aussi une chose charmante dont tu devras faire usage sans dire son nom.
— Je ne comprends pas...
— C'est pour plus tard... Ouvre le livre à la page quarante-trois. Forty-three... Tu y vas, demain, à cette chasse au tigre ?
— Oui.
— Tu aimes tuer les bêtes ?
— Je ne sais pas... Je n'ai jamais tué... Mais parfois il faut faire ce qu'on n'aime pas.

Les écrivains commettent toujours le même livre, les peintres le même tableau. Les assassins font toujours le même crime. Avec des variantes, comme eux. Quand Edward Lyons apprit que le prince Rajat avait invité Griselda et le prince Alexandre à une chasse au tigre, et que le fils de Griselda et de l'homme tué dans le Gobi y participerait aussi, il se réjouit. C'était l'occasion inespérée de détruire d'un seul coup un nid d'ennemis de son pays. Ce ne serait pas si facile qu'avec deux hommes isolés dans le désert, mais c'était possible. Il faut quelques jours pour organiser une chasse au tigre. Une chasse à l'homme n'en demande pas plus. Edward Lyons fut mis en rapport, par son informateur du palais, avec un correspondant d'Ang Eng. Ce dernier était un petit chef de bande khmer qui s'était affublé du nom d'un très ancien roi guerrier, et qui était descendu des montagnes avec ses hommes depuis quelques mois, vers la plaine des rizières, où le pillage nourrissait mieux.

Gerhart Neumann avait un informateur parmi les marchands chinois qui achètent tout, vendent tout, et savent tout. Après l'avoir écouté, il demanda audience au prince Rajat.

Un ventilateur fonctionnant à l'électricité tournait au plafond de la chambre. Griselda était assise juste au-dessous, vêtue d'une longue chemise sans manches, en coton des Indes plus léger que la moitié d'une plume. Molly la peignait pour la nuit.

Par les hublots ouverts, garnis de moustiquaires, entrait l'odeur des fleurs, des épices, et de la cuisine du village flottant constitué par les centaines de petites embarcations collées les unes aux autres dans le port. Et des rires, des chants, des cris, de la musique. Et l'odeur de la vase. Et le chant des énormes grenouilles des canaux, et des grands oiseaux étranges de la nuit qui plongeaient sur elles pour les manger.

Le cœur du vaisseau cognait doucement, sourdement. C'était la machine à charbon qui marchait sans arrêt pour fabriquer le courant électrique. Et Molly grondait comme un bulldog à qui un mastiff veut dérober son os.

— Vous êtes folle d'emmener cet enfant chez les tigres ! Complètement folle !

— Ce n'est plus un enfant, Molly... Aïe ! Tu tires ! Fais attention !...

— Je vous tire un cheveu et vous criez !... Et si le tigre le mange, ou lui arrache un bras ? Est-ce que vous crieriez plus fort ?

— Tu es idiote ! Nous serons sur des éléphants, et entourés de chasseurs... Le tigre, nous ne le verrons même pas... Tu sais bien que je dois parler avec Rajat !...

— Vous allez lui parler sur un éléphant ? En tirant des coups de fusil ?

— Molly ! Tu fais exprès d'être stupide !... Je le verrai la veille au soir, à la halte à... Comment ça s'appelle ? Je ne sais plus... Leurs noms sont impossibles !...

— Tout ça pour continuer à vous battre contre l'Angleterre !... Vous êtes pourtant anglaise !...

— Je me bats pour l'Irlande !... Et c'est toi qui me le reproches ?...

— A quoi ça nous mène ? Mon Fergan mort ! Monsieur Shawn mort !...

— Ils ne sont pas morts ! cria Griselda.

— Et alors où ils sont ? Dites-le-moi !...

Molly tira un grand coup sur la tresse qu'elle était en train de terminer.

— Aïe ! Laisse-moi ! Va-t'en ! Va te coucher !...

— Non, je n'irai pas me coucher ! Je ne veux pas dormir !... Je ne fais que des cauchemars... La nuit dernière j'ai rêvé que le cairn de la reine Maav brûlait comme une omelette au whisky, et il s'ouvrait en deux, et au milieu il y avait un diable qui avait la figure du damné capitaine Mac Millan, qui a fait pendre Brian O'Mallaghin et qui est mort tout nu comme un cochon, et qui est sûrement en enfer, qu'il y cuise jusqu'à la fin des jours ! et il avait une fourche, il brûlait et il fumait comme un cochon rôti, et il faisait des signes avec sa fourche et il criait : « Viens mon joli ! Viens ! viens ! », et vous savez qui arrivait vers lui en courant ? Johnatan, mon ange du ciel ! Et vous, sa mère, vous couriez derrière en criant : « Vite ! vite ! Dépêchons-nous ! »... Voilà où vous le menez ! Je sais bien que vous voulez qu'il aille se battre en Irlande ! A quoi ça nous mène, depuis que ça dure ? Tous nos hommes y sont restés, fusillés ou pendus, et ça dure et ça dure, depuis les grands-pères de nos grands-pères, et on n'a pas avancé d'un pas !... Rien que des pendus, des pendus !... Et maintenant mon petit Johnatan, mon bébé !...

— Tais-toi, Molly !

— C'est vous qui parlez tout le temps !... J'ai bien le droit de dire ce que je pense, une fois !... Tant que mon Fergan était là j'ai rien dit, c'était un homme, il savait ce qu'il faisait, le malheureux ! Mais mon petit Johnatan, maintenant, c'est pas possible, mon Dieu !... Qu'il aille lui aussi se jeter dans cet enfer !... C'est vous qui l'avez fait, mais c'est moi qui l'ai toujours eu dans mes bras sur mon cœur, et j'ai bien le droit de dire ce que je pense, une fois ! Je veux pas qu'il y aille ! Je veux pas qu'il aille se battre ! Ni contre les tigres ni contre les constables qui sont pires ! Je veux pas ! je veux pas !...

Elle se mit à sangloter, et ses larmes tombaient dans les cheveux de Griselda. Celle-ci se leva, l'embrassa, la fit asseoir, sécha ses larmes, lui parla doucement, tendrement, la rassura.

— Les tigres, il ne risque rien, je te le jure, et ça l'amusera... D'abord ce n'est pas « des » tigres, il n'y en aura qu'un... Un vieux tigre qui n'a plus de dents... Et l'Irlande, nous devons continuer, tu le sais bien, ma Molly, toi et moi, et lui aussi, quand il en aura l'âge. Ce n'est pas le moment d'abandonner. L'Irlande va être libre, ce sont les dernières batailles, Shawn en était sûr...

— Où ça l'a mené, Madame, avec mon pauvre Fergan ? Où ça les a menés, les deux malheureux ? Et vous toujours en train de courir le monde partout, et cet enfant qui n'a jamais vu son pays... Oh Madame, si vous vouliez !... Ça serait simple !... Le prince est si bon !... Et si riche !... Il vous rachèterait l'île... On y retournerait... Avec Johnatan... On ferait revenir vos sœurs... Avec leurs enfants... Et Amy peut-être, elle est sûrement pas morte... Et Waggoo qui reviendrait avec sa queue blanche... On serait si heureux, Madame, on serait si heureux... Et mon Fergan qui reviendrait peut-être avec Monsieur Shawn... Vous avez peut-être raison qu'ils sont pas morts, c'est pas possible qu'ils soient morts, c'est pas possible !...

Elle se remit à pleurer, tassée sur sa chaise, son visage dans ses deux mains. Griselda debout, immobile, regardait droit devant elle, et des larmes coulaient sur ses joues. Dehors, la rumeur de la nuit s'apaisait. On commençait à discerner le clapotis des vagues contre la coque du navire. Une voix d'enfant chantait, frêle et douce. Ou peut-être une voix de femme qui endormait un enfant. Elle se tut, aussi.

Le prince Alexandre resta couché. Il aurait avec grand plaisir tiré un tigre, mais l'idée de s'enfoncer dans la jungle humide lui provoqua des tremblements et de la faiblesse dans les genoux. Griselda promit qu'ils quitteraient Bangkok dès qu'elle reviendrait de la chasse. Elle ne serait pas absente plus d'une semaine. Il fit aussitôt commencer les préparatifs de l'appareillage.

Griselda, Johnatan et le comte V. partirent dans des voitures de bambou tirées par des bœufs bossus qui trottaient comme des chevaux. Une escorte de cavaliers les accompagnait. A la dernière minute, sur l'ordre de Rajat, l'escorte avait été triplée.

Le lieu du rendez-vous était un monastère creusé dans une colline de grès rouge, à la limite de la forêt. Le jour s'achevait quand ils y arrivèrent. Ils furent accueillis avec de grands rires par des moines de tous âges, en robe safran, le crâne rasé. Une foule de singes curieux caquetaient autour d'eux. Les moines conduisirent Griselda, son fils et le comte, dans une petite pièce ronde aux murs ornés de mille scènes minuscules, sculptées directement dans la pierre. Sur le sol étaient disposés des nattes, des jattes de riz fumant et des plateaux de fruits. Des lampes à huile éclairaient, fumaient et parfumaient.

Quand ils eurent mangé on les mena à leurs chambres, de minuscules cellules sans porte, creusées dans le grès. Un moine-enfant vint aussitôt trouver Griselda. Il riait et parlait et faisait des gestes, et riait encore. Elle ne comprit que les gestes. C'était suffisant. Elle le suivit jusqu'à une salle du temple, immense, dont la voûte se perdait dans l'obscurité comme un ciel noir, et qui devait occuper les deux tiers de la colline. Sur le sol était allongé un bouddha géant, taillé sur place. Etendu de profil, la tête sur un oreiller de pierre, une main sous la joue, il semblait dormir dans une paix ineffable. Griselda mit près d'une minute pour longer le dormeur de ses pieds jusqu'à son front. Une quantité d'autres bouddhas, de toutes tailles, debout ou accroupis, semblaient lui constituer une cour lilliputienne. Un peu partout brûlaient des lampes à huile. Des gouttes d'eau tombaient de la voûte sombre. Une statue brillait comme un soleil près de l'énorme tête de pierre. C'était un bouddha recouvert d'or, accroupi. Ses bras posés en corbeille sur ses cuisses débordaient d'une jonchée de fleurs fraîches. Il avait des yeux grands ouverts, faits d'une pierre blanche polie, incrustée d'une calcédoine figurant l'iris, et d'un diamant noir pour la pupille. La lumière des lampes caressait doucement sa poitrine de vieil or et éclatait dans le blanc de ses yeux.

Assis au bord du piédestal, en costume de chasse, Rajat tenait dans ses mains réunies une fleur d'or qu'il avait prise au dieu. Dans la pénombre, ses yeux étaient aussi lumineux que ceux du bouddha.

Ce n'était pas un vieux tigre qui avait été choisi, pour la chasse de Rajat, mais un fauve puissant, installé dans une corne de la forêt qui s'enfonçait comme une presqu'île dans la brousse, en direction des terres cultivées. Il en sortait la nuit pour aller cueillir dans les villages voisins du bétail ou, parfois, un villageois.

Un énorme soleil rouge se leva, illuminant les champs d'eau des rizières. Les rabatteurs allèrent prendre leurs postes parmi les arbres.

Griselda avait longuement parlé avec Rajat. Il lui avait promis son aide, en argent, et en action. Ils avaient déterminé leurs points de contact dans le monde, établi leurs moyens de correspondance.

Elle se retrouvait maintenant avec lui, sur le même éléphant. Ils étaient l'un et l'autre vêtus de blanc, lui en costume siamois au large pantalon, elle en robe longue et grand chapeau de paille garni de choux de tulle, maintenu par une voilette nouée sous le menton.

Johnatan était en bottes, pantalon et blouse russes, rouge des pieds à la tête. Le chef tailleur du *Fédor* lui avait dit, Jean Haux servant de traducteur, que c'était la couleur de la bataille et de la victoire. Le comte V., en stricte tenue grise de chasseur, posté avec lui sur le deuxième éléphant, louchait sur ce rouge qu'il n'aimait guère : il pouvait faire peur au gibier. Mais il ne connaissait pas assez de mots anglais pour expliquer son sentiment.

Quatre autres éléphants portaient chacun deux des meilleurs tireurs de la garde du roi. Et les cavaliers de l'escorte flanquaient les grosses bêtes en une ligne continue, en terrain découvert, face à la pointe de la forêt par où le fauve sortirait.

Comme le voulait l'usage, l'éléphant qui portait Rajat, chef de la chasse, était placé en avant des autres.

C'était beaucoup de fusils pour un seul tigre. Rajat ne les avait pas mobilisés contre lui, mais en raison des informations que lui avait apportées le journaliste allemand. Il l'avait cru sans hésiter. Il ne savait pas de quelle façon les bandits attaqueraient. Il était peu probable qu'ils le fassent devant une troupe en alerte, attendant le gibier fusils en main. Rajat craignait plutôt une embuscade sur le chemin du retour, quand chacun serait détendu et fatigué. Même ici il fallait tout prévoir. Ce fut pourtant l'imprévu qui survint.

Au signal de leur chef, les rabatteurs, qui barraient toute la corne de la forêt, commencèrent leur vacarme et avancèrent en direction de la pointe. Au premier grondement des gongs accompagnés des trompes et des cloches tous les oiseaux de la forêt s'envolèrent en piaillant. Le fauve endormi avait dû sauter en l'air, rugir de fureur, faire face au bruit, puis reculer en crachant et finalement tourner le dos et fuir. Le bruit le suivait et le poussait vers les chasseurs.

Quand ils eurent fait deux cents mètres, les rabatteurs du centre eurent une surprise : ils trouvèrent une piste nouvelle taillée dans la forêt et, au bout de la piste, trois cages faites d'énormes bambous, et dont les portes étaient ouvertes. Le chef des rabatteurs entra dans une des cages, huma les barreaux, regarda le sol, et eut une grimace d'inquiétude. Mais il n'y avait rien d'autre à faire que continuer. Il fit signe à ses hommes les plus proches d'augmenter le vacarme. Le battement des gongs et des tambours, les cris rauques des trompes, les déchirements aigus des cloches à main précipitèrent leur rythme à partir du centre de la ligne jusqu'aux lisières de la forêt.

Les chasseurs entendirent le crescendo du concert des rabatteurs, qui se rapprochait. Et maintenant, au bruit de leurs instruments, les hommes ajoutaient leurs cris perçants modulés, cris de professionnels étudiés pour exaspérer chez le tigre la peur et la colère.

— Le voilà ! dit Rajat.

Le fauve superbe venait de surgir de la forêt comme un soleil.

Il s'arrêta à la vue de la ligne des chasseurs, cracha de fureur, fit mine de retourner dans la forêt, mais le bruit y augmentait encore. Il s'accroupit et se mit à avancer en rampant, prêt à bondir.

— Qu'il est beau ! dit Griselda. Faut-il le tuer ?
— C'est un tueur, dit Rajat. Il a mangé des hommes et des enfants...
Il épaula et suivit la progression de la bête. Il voulait la tirer debout, ou quand elle bondirait... Il avait donné un fusil à Griselda, mais elle l'avait posé à côté d'elle et n'avait pas l'intention de s'en servir. Par sécurité, les deux chasseurs de l'éléphant de gauche, les plus proches du tigre, le visaient aussi. Ils ne tireraient que si Rajat le manquait, ce qui était peu probable, mais toujours possible. Griselda regarda à droite, vers son fils. Il tenait son fusil à la hauteur de la hanche, prêt à intervenir. Elle eut tout à coup peur pour lui. Pourquoi l'avait-elle amené ici ? Elle était folle ! Molly avait raison !... Elle ramassa son fusil et visa le tigre.

Le fauve s'arrêta, se dressa, feula, puis se ramassa, prêt à bondir. Il était à quelques mètres.

Des cris retentirent d'un bout à l'autre de la ligne des chasseurs, les chevaux hennirent et se cabrèrent. Un, deux, trois, six autres tigres venaient de sortir de la forêt, sales, affamés, rageurs. Il y avait parmi eux deux femelles dont les mamelles gonflées, pendant sous leurs flancs maigres, attestaient qu'elles avaient été séparées de leurs petits depuis plusieurs jours. Elles attaquèrent aussitôt, et les mâles suivirent. Au-dessus de la forêt, une foule d'oiseaux disparates, excités, tournoyaient et jacassaient.

Le premier tigre bondit. Griselda tira, reçut un violent coup de crosse à l'épaule et sut qu'elle l'avait manqué. Distrait par les cris, Rajat tira une fraction de seconde trop tard et l'atteignit au ventre. Sous l'impact, la bête pivota en l'air et tomba en travers sur le cornac qu'elle déchira des quatre pieds. Griselda le frappa avec son fusil comme avec un bâton. Il ouvrit vers elle sa gueule énorme. Rajat y enfonça son canon en tirant toutes ses balles. La tête du fauve éclata, la trompe de l'éléphant le saisit et le déposa sous une patte qui le broya. Le cornac glissa à terre, sur une piste de sang. Griselda tirait sur les tigres de droite, du côté de son fils.

La fusillade crépitait de partout. Rajat mit quelques secondes à réaliser qu'on leur tirait dessus. Les hommes d'Ang Eng profitaient du désordre et de la peur créés par les fauves pour attaquer, par l'arrière.

Certains rampaient dans l'herbe de la brousse, d'autres arrivaient au galop. Les cavaliers de l'escorte, sur leurs chevaux affolés, ne pouvaient faire face ni aux fauves ni aux assaillants. Plus de la moitié étaient déjà hors de combat. Seuls, les éléphants-forteresses restaient calmes et permettaient à ceux qui les montaient d'utiliser leurs armes. Quatre tigres étaient morts, mais les autres faisaient des ravages.

Couché sur le cou de son éléphant, qu'il avait fait pivoter, Johnatan, négligeant les fauves, tirait sur les cavaliers qui approchaient, calmement, comme au stand, et faisait mouche à chaque coup. Le comte V. blessé, ou tué, tomba.

Alors, d'un seul coup, le sang-froid de Johnatan le quitta. Il se dressa comme un geyser bouillant, cria des ordres à sa bête ainsi qu'il avait appris à le faire en Inde dès son plus jeune âge, et l'éléphant, exaspéré par les balles qui ricochaient sur sa peau ou y pénétraient plus ou moins, poussa son barrissement de guerre et, la trompe haute, chargea. Johnatan tirait, le cornac rechargeait les fusils, Johnatan hurlait en gaélique sa fureur venue du fond des âges, tirait, criait, tirait, et derrière ce démon rouge les autres éléphants foncèrent, tous leurs chasseurs survivants faisant feu. Les tigres étaient morts, les chevaux calmés, le reste de l'escorte attaqua à son tour. Les assaillants tournèrent bride et s'enfuirent. Ils trouvèrent devant eux la population de deux villages qui arrivait à la rescousse, armée de serpes, de longs couteaux, de fourches, de bâtons, de barres de fer. Les paysans éventraient les chevaux, leur brisaient les jambes, égorgeaient les cavaliers tombés, cherchaient dans la brousse les tireurs cachés, se jetaient sur eux à dix et les laissaient en pièces.

Tout fut rapidement terminé. Les chefs des deux villages amenèrent à Rajat Ang Eng prisonnier. Ang Eng s'agenouilla, s'inclina, puis releva la tête pour recevoir son châtiment. Rajat lui tira une balle dans le front.

Griselda, écœurée, traumatisée par le carnage des hommes et des bêtes, essuyait avec sa voilette déchirée ses mains tachées du sang du tigre et du cornac. Elle jeta son chapeau. Ses cheveux coulèrent sur ses épaules. Son corsage était rouge. Les villageois chantaient.

Dans la voiture légère que tirait le bœuf bossu trottant, Griselda songeait avec angoisse à ce qu'elle venait de vivre. Ce qui l'avait surtout bouleversée était la brusque révélation du tempérament de Johnatan. Par-dessus l'épaule du conducteur, elle le voyait assis dans la voiture qui précédait la sienne, adolescent maintenant tout vêtu de blanc, qui parfois se retournait pour lui adresser son tendre sourire, avec un signe d'affection. C'était ce presque enfant qui s'était montré tout à coup combattant de feu et de fer, plus déterminé que les hommes...

Jusque-là, Griselda avait ignoré les réalités du combat qu'elle avait mené à côté de Shawn, par amour pour lui. Shawn s'était battu. Elle, non. Même la bataille de Greenhall, elle l'avait aperçue du balcon d'un salon, en robe de bal, dans la nuit claire de l'été du Donegal. C'était presque un feu d'artifice... Maintenant, une bataille, elle savait ce que c'était... Elle avait vu son visage de fureur, de chair éclatée et de sang. Elle avait vu Johnatan dressé, exalté, enragé...

C'était cela, se battre... Pour l'Irlande ou pour toute autre cause. Cela qui transformait les hommes en tigres. Qui avait transformé Johnatan... Qui ferait de lui un fauve ou un mort. Il n'était pas possible de continuer à le pousser vers la guerre... Mais était-il possible d'abandonner la mission dont elle savait qu'ils étaient, tous les deux, chargés par Shawn, vivant ou non ?

Tout était remis en question dans son cœur et dans sa tête. Elle devrait y réfléchir, calmement, ioin de tout, dans la grande paix du navire en pleine mer.

Une autre raison lui faisait souhaiter de partir le plus tôt possible. C'était le trouble qu'elle ressentait devant Rajat. Elle se souvenait de ses premières rencontres avec Shawn. C'était la même attirance, et la même peur de perdre sa liberté. Devant Shawn, elle avait finalement succombé, avec joie. Elle ne regrettait rien. Mais elle ne voulait pas recommencer... Elle voulait rester libre dans le monde entier...

Rajat, au soir de la chasse, après le sang et la fureur, alors que la nuit tombait sur la paix du monastère, avait exprimé l'espoir de la revoir avant qu'elle s'éloignât du Siam. Elle avait accepté. Elle était attendue au palais le surlendemain. Elle décida de demander au prince Alexandre de lever l'ancre dès demain.

Quand elle arriva au port, elle vit un attroupement sur le quai. On était en train de hisser hors de l'eau un noyé. Elle lui jeta un regard distrait : c'était un Européen, roux et corpulent, probablement un Anglais. Il lui sembla l'avoir vu lors du défilé des funérailles. Mais pour l'instant elle avait bien autre chose à regarder... Elle avait beau parcourir des yeux toute la rade, elle voyait la multitude des barques et des jonques, deux cargos anglais et un allemand qu'elle connaissait, mais elle ne trouvait nulle part ce qu'elle cherchait : le *Fédor* n'était plus là.

Une heure après le départ de Griselda pour la chasse, le prince Alexandre avait reçu, par l'intermédiaire du consulat de Russie à Bangkok, une lettre qui lui courait après, d'un continent à l'autre, depuis près de six mois. Elle était de son fils aîné Alexandre et l'informait que son arrière-petit-fils Alexandre, étudiant à Moscou, et qui fréquentait, pour le malheur de la famille et de la Sainte Russie, les milieux de l'intelligentsia anarchiste, avait jeté une bombe sur le carrosse du bien-aimé tsar Nicolas II. Il avait, par bonheur, manqué son but, mais trois personnes avaient été tuées. Les officiers qui accompagnaient le carrosse de Sa Majesté avaient abattu sur place le jeune fou. La police n'avait pas révélé son identité à la presse. L'honneur du nom restait sauf, mais c'était une grande honte et un grand chagrin pour toutes les générations vivantes des T., et pour les âmes de leurs morts.

Le prince faillit aller rejoindre ces derniers à la lecture de la lettre. La conscience de son devoir le sauva. Il devait, lui, chef de la famille, sans perdre une minute, aller s'agenouiller devant le tsar et lui demander son pardon. Il avait déjà une demi-année de retard et il lui faudrait encore des semaines avant de se trouver à proximité de son souverain, mais seul comptait le zèle qu'il allait mettre à son retour. Il donna l'ordre de parer au départ, et pendant que l'équipage faisait le nécessaire il écrivit une longue lettre en français à Griselda, lui disant qu'elle avait été et resterait le grand amour de sa vie, s'excusant de ne pouvoir lui expliquer pourquoi il devait partir sans l'attendre, et la priant d'accepter quelques humbles cadeaux.

Ces cadeaux, c'était d'abord un petit palais, de pierre rose, aux toits vernis et biscornus, qu'il fit acheter en une heure et emplir de domestiques. C'était une valise de monnaie siamoise et de livres sterling, une serviette en cuir d'ours de Sibérie contenant des lettres de change payables à Londres, Paris, Berlin et New York et des documents en langue russe portant sa superbe signature. C'était aussi un coffret de bijoux et un convoi de malles pleines de fourrures, d'objets précieux et hétéroclites, de bouteilles de vodka, de souvenirs de leurs voyages, de sabres et de fusils pour son fils. Il fit transporter le tout au palais rose sous la surveillance de Molly et de Jean Haux, ultime cadeau, qui accepta de rester pour continuer l'éducation de son jeune élève, et qu'il paya d'avance pour dix ans.

Mais aucun présent ne pouvait laver son immense incorrection, il en avait conscience, il savait qu'ils ajoutaient encore à la brutale inconvenance de sa conduite, il ne vivrait plus tant qu'il n'aurait pas reçu un message lui disant qu'elle lui pardonnait et qu'il pouvait garder l'espoir qu'elle lui permettrait de la revoir un jour. Il lui baisait les mains, encore, et encore...

Le *Fédor* quitta Bangkok le soir même, glissant sa route parmi les barques fleuries qui faisaient du port un jardin. Il répandit sur elles, en guise d'adieu, un nuage d'escarbilles.

— Tu vas bien ? Tu es sûre ?

Pauline ne répondit pas. Elle haussa un peu les épaules, sans tourner la tête. Elle était assise devant la fenêtre, sur une chaise de paille, elle regardait, à travers les vitres, la pluie tomber sur d'interminables champs plats où les betteraves poussaient leurs premières feuilles. Au bord d'un chemin aux ornières pleines d'eau, un tombereau vide levait ses bras vers le ciel.

Thomas n'avait pas vu sa femme depuis un mois et découvrait avec effarement ce qu'elle était devenue en si peu de temps. Son ventre énorme gonflait la robe grise qu'Helen lui avait taillée et cousue, son visage s'était empâté, ses cheveux pendaient sur ses épaules en deux tresses à moitié défaites. Elle semblait ne s'être pas peignée depuis plusieurs jours.

C'était Helen qui lui avait trouvé cette pension chez des paysans du Pas-de-Calais, par l'intermédiaire d'une agence spécialisée dans la fourniture des nourrices, et qui avait également un répertoire d'adresses où l'on pouvait envoyer « se reposer » les jeunes filles enceintes ou les jeunes mariées aux grossesses trop précoces. Elles revenaient quelques mois plus tard, laissant l'enfant en pension, ou ramenant un nouveau-né d'âge incertain. La honte avait été épargnée à la famille.

Pour Helen, il n'était pas question que la femme de son fils accouchât en avril alors qu'il l'avait épousée en octobre.

Qui l'aurait su, à part Léon et les gardiens ? C'était assez pour la honte...

Elle avait elle-même accompagné et installé Pauline dans cette chambre à l'étage de la ferme, au-dessus de la cuisine. Les murs étaient tapissés d'un papier marron à fleurs jaunes bien alignées dans tous les sens. Il y avait un lit en bois, une armoire, une table de nuit, un seau hygiénique et deux chaises. Tout était propre. C'était la fermière qui faisait le ménage, elle avait un âge incertain, trois enfants et un ventre aussi gros que celui de Pauline, qui ne l'empêchait pas de laver le parquet de la chambre tous les jours. Elle avait la peau rose et les cheveux blonds en chignon. Joviale, elle parlait d'une voix forte habituée à crier après les enfants et les bêtes. Pauline, réfugiée sur le lit, comprenait mal son patois du Nord, et répondait à peine, ce qui n'avait pas l'air de la gêner. Elle lui avait monté toute la bibliothèque de la ferme : *Mignon*, et *Les Pardaillan*.

La sage-femme du village était venue voir Pauline. Elle lui avait dit qu'elle grossissait trop, qu'elle devait se promener. Elle aussi parlait fort et avec bonne humeur. Elle avait des verrues avec des bouquets de poils sur le menton et la joue droite. Les paysans disaient que c'était heureux que les enfants naissent les yeux fermés, sans quoi en la voyant ils seraient rentrés d'où ils venaient plus vite qu'ils en étaient sortis...

Un après-midi de soleil, Pauline se décida à aller faire une promenade, mais elle n'osa pas traverser la cour de la ferme où s'ébattaient des cochons. Elle remonta dans sa chambre et n'en sortit plus. Elle allait de son lit à la fenêtre, de la fenêtre à son lit, regardait les champs plats, lisait une ou deux pages et les oubliait. Elle les recommençait le lendemain. Un livre pourrait lui servir éternellement. Elle n'atteindrait jamais la fin. Elle était hors du temps, hors de toute existence. Elle ne retrouvait un peu d'animation que pour manger, de la soupe, des pommes de terre, de la saucisse, des haricots. Elle avait faim, elle trouvait tout bon, elle attendait les repas, il n'y avait plus rien d'autre dans sa vie.

Après sa chute de l'hôtel de l'avenue du Bois aux trois chambres de bonnes de Passy, cette deuxième étape dans l'abaissement avait achevé de l'accabler. Elle avait résisté au désespoir en s'enfermant dans une sorte de passivité animale. Elle n'était plus qu'un organisme en train de fabriquer un autre organisme, une sorte d'usine à fonctionnement automatique, et qui n'avait pas besoin de penser. Elle repoussait les souvenirs de sa vie antérieure, trop douloureux. Ce qui veillait encore dans son esprit était une flamme grandissante de rancune prête à se transformer en haine. Elle n'en avait pas voulu à Thomas de sa grossesse, mais elle ne lui pardonnait pas cet exil dans la solitude, au bout du monde, au milieu des betteraves et des cochons. Les bagnards de Cayenne n'étaient pas mieux traités. Sa belle-mère l'avait punie du crime de donner à son fils un enfant hors des délais. Et Thomas l'avait laissée faire.

Elle l'avait attendu dimanche après dimanche. Il n'était venu qu'aujourd'hui. C'était trop tard. C'était fini...

Au bout d'une heure, elle ne lui avait pas dit un mot. Il s'expliquait. Pourquoi il n'était pas venu plus tôt. C'était compliqué, il n'y avait pas de train le samedi après-midi, il avait juste le temps d'aller-venir dans la journée du dimanche. C'était bête de tant se déranger pour se voir si peu.

— Mais tu es bien ? Tu vas bien ? Tu es sûre que tu vas bien ?

Elle ne disait rien. Elle regardait le tombereau. La fermière monta, tenant deux assiettes pleines de pommes de terre au lard en équilibre contre son gros ventre. La chatte de la maison la suivait. C'était une chatte blanche, elle aussi enceinte. Son ventre traînait par terre. Thomas regarda les trois énormes créatures avec horreur. Tout cela allait accoucher en même temps... Il ramassa son chapeau et s'en alla.

Pauline le vit s'éloigner sous la pluie, sur sa bicyclette, vers une gare invisible, devenir tout petit, disparaître, au bout des betteraves...

Ce fut ce dimanche-là que Sir Henry choisit pour rendre visite à Thomas et voir sa peinture, sans avoir l'air de venir pour cela. Il trouva Helen seule. Elle fut heureuse de le recevoir, et lui offrit le thé, naturellement. Il lui en fit compliment : en France, le thé est généralement si mauvais...

— Vos enfants ne sont pas là ?

— Non... Thomas est allé voir sa femme qui se repose à la campagne... Voyez-vous... Il se pourrait que... Enfin, que je sois grand-mère dans le courant de l'été...

— Oh oh !... Vraiment !...

— Et comment va tante Augusta ?

— Toujours vaillante !... Elle chasse toujours le renard !... Est-ce que Thomas...

— Et l'île ? Savez-vous qui l'habite, maintenant ?

— Heu... Personne, je crois... La grille est toujours fermée... Je ne saurais vous dire qui en est propriétaire... Est-ce que Thomas continue de peindre ?

Elle fut très étonnée.

— Peindre ?...

Elle pensait : comment un homme occupant sa situation pouvait-il s'intéresser à une chose aussi futile ?

— Il m'avait dit qu'il peignait... J'aurais aimé voir ce qu'il fait... Est-ce que vous pourriez me montrer quelques-unes de ses toiles ?... Les plus récentes ?... Si je ne suis pas indiscret, naturellement...

Elle pensa avec terreur aux portraits de Pauline nue étalés dans le pigeonnier et dans la chambre. Elle dit :

— Il ne peint plus.

— Plus du tout ?
— Plus du tout... Depuis longtemps... Il est bien trop sérieux... Il ne pense qu'à son avenir... Surtout maintenant qu'il va être père... Mon cher Henry, vous qui avez des relations, est-ce que vous ne pourriez pas lui faire obtenir un poste à Londres ? Au siège de la banque ? Vous savez combien il est intelligent... Ce serait un collaborateur précieux pour des directeurs... Et ce n'est qu'à Londres qu'il pourra faire une carrière... Encore un peu de thé ?
— Volontiers, merci.
— Et cela nous rapprocherait de notre pays... Nous y retournerons forcément un jour... Quand je pense à St-Albans, parfois, je vois l'île qui se brise en morceaux, tout à coup, comme sous l'effet d'un cataclysme, et les morceaux qui reviennent et se regroupent pour la reformer...
— Jolie image... Vraiment... Jolie...
— Nous y retournerons, Henry, soyez-en sûr...
— Je n'en doute pas, Helen... Vous n'avez toujours pas de nouvelles de... heu... de Griselda ?
— Personne ne sait où elle est...
— Curieux, vraiment, curieux, dommage... Pour Thomas, je vais voir ce que je peux faire... Vous savez, ces banquiers ne tiennent aucun compte de leurs amitiés... Ce sont de vrais requins !... Ah ! ah !

Elle le regardait rire, se lever, prendre congé. Elle pensait que son père avait raison quand il disait que c'était un garçon brillant mais d'une intelligence très moyenne. Et lui se disait que c'était une triste cousine. Comment le fils d'une femme aussi terne pourrait-il être un peintre ?

Quand il fut sorti, elle imagina avec effroi qu'il pourrait peut-être demander directement à Thomas de lui montrer ses toiles, et que Thomas était capable de lui montrer sa femme nue... Pour un peintre, une femme nue n'est pas nue. Ce n'est que de la peinture...

Elle alla chercher tous les portraits, les coupa en morceaux avec des ciseaux et les brûla dans la cheminée de sa chambre. Il y en avait dix-sept. Ça brûlait bien, avec des cloques et de courtes flammes colorées. Mais ça sentait très mauvais, et ça laissa un magma de cendres raides et noires qu'elle dut piler pour s'en débarrasser. Elle prit une vraie satisfaction à ce nettoyage. Depuis un mois elle vivait de nouveau seule avec son fils, elle avait retrouvé une partie de son bonheur. En brûlant l'image de Pauline, elle eut la sensation de l'écarter encore plus de leur chemin.

Thomas rentra au milieu de la nuit, sombre, bougon. Elle lui servit une grosse omelette et des nouilles. Il avait très faim. Il mangea sans parler.

Debout près de la table, elle le regardait. Elle demanda :
— Comment est-elle ?
— Enorme... Ça ne paraît pas possible qu'on puisse devenir aussi gros...

Il éclata soudain :

— Tu l'as installée dans un endroit affreux !... Moi je n'y serais pas resté une heure !... Pourquoi ne l'avoir pas plantée carrément au milieu d'un tas de fumier ?

Elle répondit sèchement :

— Il y a des endroits plus confortables... Mais il faut pouvoir payer !... Et quand on se met dans la situation où elle s'est mise, il faut savoir en accepter les inconvénients...

Maintenant que son appétit était calmé, son odorat se réveillait. Il reniflait, les sourcils froncés.

— Ça sent drôle, ici. Qu'est-ce qui se passe ? Il y a eu le feu ?

Tranquillement, elle lui dit ce qu'elle avait fait, sans parler de la visite de Sir Henry.

Il se leva. Il tremblait. Avec étonnement, puis avec effroi, elle le vit se décomposer, et une fureur terrible l'envahir.

Il hurla :

— Tu as fait ça ! C'est monstrueux ! Tu ne comprends pas ? Jamais, *jamais*, JAMAIS je ne pourrai les refaire ! Jamais les mêmes ! Jamais ! Vieille folle ! Monstre !

Il brandit une chaise et l'abattit sur la table où elle se brisa. Son visage était ravagé, ses yeux fous, ses cheveux fauves hérissés. Elle crut qu'il allait la tuer.

Il dut se rendre compte qu'il était capable de le faire. Il se maîtrisa, lâcha le morceau de bois qu'il serrait, mais ses mains continuaient de trembler. Il les passa dans ses cheveux et sur ses hanches pour se calmer. Il devint froid comme un glacier. Il alla à la cuisine, prit sur le tablier de la cheminée la boîte d'émail bleu marquée « Riz » où il savait que sa mère rangeait son argent. Il revint à la salle à manger et en vida le contenu sur la table devant Helen. Celle-ci s'était assise, blême. C'était elle qui maintenant tremblait. Elle suivait ses gestes avec stupeur, elle ne comprenait pas sa colère, elle ne comprenait pas ce qu'il faisait. Une dizaine de louis et quelques billets étaient étalés devant elle. Il prit la moitié des uns et des autres et dit :

— Je m'en vais. Je ne te reverrai jamais...

Il partit. Elle entendit résonner l'escalier de fer, puis claquer la porte de la passerelle, puis plus rien.

Elle ne dormit pas une minute de la nuit. Elle écoutait : il allait revenir... Ce n'était pas possible autrement. Il allait... Un fiacre passait rue Raynouard... Il allait s'arrêter !... Non, il ne s'arrêtait pas... La passerelle grinçait : c'était lui !... Non, c'était le vent...

La nuit horrible passa. Avec le jour vint brusquement un nouvel espoir : il avait dû rentrer par le parc, et il avait dormi en bas, chez Léon, il n'avait pas osé monter lui demander pardon.

Elle vint écouter en haut de l'escalier. Elle entendit Léon se lever, descendre dans le salon. Elle ne l'entendit pas parler. Elle pensa : il le laisse dormir, il ne veut pas le réveiller encore, c'est trop tôt...

Elle ne s'était pas dévêtue, elle descendit. Quand elle fut à proximité du rez-de-chaussée elle entendit la voix de Léon, une voix basse, chaude, amicale. Son cœur bondit de joie et elle rougit. Elle franchit rapidement les dernières marches, arriva dans le salon. Léon parlait à ses bêtes...

A neuf heures moins dix elle était en attente sous une porte cochère, presque en face de la banque. Elle vit arriver tous les employés. A neuf heures et demie, Thomas n'était pas encore là. A neuf heures trois quarts elle s'en alla. Elle avait une leçon à dix heures. Quoi qu'il arrive, on doit tenir ses obligations. Elle revint une demi-heure avant la fermeture. Elle vit partir tous les employés, puis le directeur. Puis les lumières s'éteignirent à l'intérieur et l'encaisseur en uniforme sortit à son tour et ferma à clef la serrure et les trois verrous.

Pendant qu'elle l'attendait ici, il était peut-être rentré à la maison !...

Elle pédala à s'en crever le cœur et courut sur la passerelle comme une folle. Les trois pièces étaient vides, froides, et sentaient encore la peinture brûlée.

Elle s'assit dans la salle à manger, sans allumer la lampe. Un reste de lumière grise venait de la fenêtre et dessinait vaguement les choses. Les morceaux de la chaise étaient toujours éparpillés dans la pièce. La boîte « Riz » était toujours sur la table, renversée, avec les louis et les billets répandus devant sa bouche ouverte.

Tassée sur son siège, petite ombre noire immobile dans le gris, Helen, arrivée au bout du malheur, se demandait ce qu'elle avait fait pour mériter tout cela. Cela avait commencé le soir même du départ de St-Albans, avec l'horrible nuit de noces... Elle frissonna. Mais au moins, de cette nuit, ou d'une autre qui avait suivi, était né Thomas... Aujourd'hui, Thomas était parti après l'avoir insultée, et plus rien ne pouvait arriver, plus rien...

La lumière grise s'effaçait. Tout devint noir. Helen ne bougeait pas. Elle dormait, assise, écrasée de fatigue et de détresse, noire dans la nuit.

Pourquoi une telle colère ? Pourquoi était-il parti ? Il était impossible à Helen de comprendre le désespoir d'un créateur devant ses œuvres détruites, chacune étant unique et irremplaçable. Il pouvait les abandonner, mais les laisser derrière lui vivantes. Il pouvait les détruire lui-même si, arrivé plus loin sur le chemin de la création il les jugeait alors mauvaises, insuffisantes. Mais savoir lacérés et brûlés ses tableaux à peine secs, qu'il ne pourrait jamais recréer, car il était, chaque jour, plus mûr, ailleurs, différent, avait causé à Thomas un choc aussi violent que celui éprouvé par une mère qui voit massacrer ses enfants. Encore un artiste créateur est-il à la fois père et mère, père par son esprit qui conçoit son œuvre, mère par ses mains qui la font surgir dans la matière.

Helen ne pouvait imaginer qu'une chose : que Thomas était devenu furieux non à cause de ses tableaux, mais de Pauline, qu'ils représentaient. Elle avait outragé Pauline : c'était cela qu'il ne lui pardonnait pas. Ainsi cette fille abominable avait continué de faire le mal, même de loin, et finalement réussi à le séparer d'elle.

Mais... Mais elle savait maintenant où il était : auprès d'elle ! Il était allé la rejoindre, peut-être allait-il l'emmener ailleurs !... Non ce n'était pas possible, dans l'état où elle se trouvait, elle pouvait accoucher d'un jour à l'autre... Ils étaient là-bas tous les deux, à la ferme, il avait quitté son emploi, gâché son avenir, insulté sa mère, pour cette fille sans honte... Et de quoi allaient-ils vivre quand il n'aurait plus d'argent ? Il était fou... Elle l'avait rendu fou...

Il lui fallut une journée pour annuler ses leçons de la semaine. Elle prit deux sacs de voyage, l'un qu'elle emplit des affaires de Thomas, il n'avait rien emporté, pas une chemise, pas un mouchoir, rien. L'autre, plus petit, était déjà prêt. Il contenait aussi des vêtements de Thomas. Il les avait portés il y avait bien longtemps. Mon Dieu, il lui semblait que c'était hier... Elle l'avait pris et emmené, loin de cet homme, son mari. Elle avait bien fait. Et elle ne laisserait personne le lui reprendre...

C'étaient ses premiers vêtements, adorables, précieux, qu'elle avait faits elle-même en attendant sa venue au monde, avec ce qu'elle avait trouvé de plus beau. Langes de laine mérinos, langes de coton d'Egypte, chemisettes de poupée, d'un linon si fin qu'on voyait au travers les deux petits points roses de sa poitrine, bavettes brodées du trèfle d'Irlande, petits bonnets blancs ornés de dentelles, couches, brassières, et même les épingles de nourrice, qu'elle avait gardées...

Elle allait chercher son fils et son petit-fils et les ramener à la maison. Pauline suivrait, si elle le voulait. Mais il y a des femmes qui meurent en couches, surtout à la campagne...

Elle eut honte de cette pensée, mais elle ne pouvait pas s'en détacher. Elle ne souhaitait pas cela, non elle ne le souhaitait pas... Mais cela pouvait arriver, cela arrivait souvent...

Il y avait sur toute la campagne une couche de brume légère, blanche comme un drap de mariée. Le soleil du printemps l'éclairait par-dessus, et elle illuminait tout ce qu'elle couvrait d'une blancheur radieuse. Même le noir de la robe et du chapeau d'Helen et de sa bicyclette avait quelque chose de lumineux. Il se déplaçait dans la brume non comme du noir, mais comme une ombre du blanc. Les bras levés du tombereau brillaient, et les ferrures de leur extrémité commençaient à étinceler juste au-dessus de la brume que le soleil buvait.

Helen entendit les cris alors qu'elle traversait la cour. Toute femme sait reconnaître ces cris. Et c'était la voix de Pauline, pas celle de la

fermière, elle ne pouvait s'y tromper. Elle arrivait juste au moment. Thomas serait content. Elle en eut chaud au cœur. Dieu l'avait voulu.
Un grand feu brûlait dans la cheminée de la salle du rez-de-chaussée. La fermière était en train d'étaler sur la longue table une couverture pliée, à côté d'une grande cuvette d'émail blanc pleine d'eau tiède. Sur la couverture elle disposa plusieurs serviettes d'une blancheur impeccable, reprisées, bien usées, bien douces pour une peau toute neuve.

Elle accueillit Helen joyeusement. Elle arrivait bien ! Fermez donc la porte !... Elle avait cru que c'était elle qui allait y passer la première, heureusement c'était la dame qui avait commencé. Elle avait envoyé son mari et les gamins chez sa sœur au village. La sage-femme était en haut, ça se présentait bien, ça allait être bientôt fini... C'est pas terrible, mais le premier, ça fait toujours un peu peur... Moi c'est mon quatrième, sans compter ma fausse couche...

Il y eut un cri plus fort, puis le silence.

— Faut que je monte, dit la fermière.

Comme elle mettait le pied sur la première marche, l'enfant pleura.

— Eh ben voilà ! Ça y est ! Il est là !... Vous voilà grand-mère !... Asseyez-vous donc !...

Helen, bouleversée, s'assit près de la table prête. Mais où était donc... ?

— Où est le père ? demanda-t-elle à la fermière qui faisait craquer les marches.

— Le père ?

— Oui ! Mon fils ! Le père de l'enfant...

— Le mari de la dame ?

— Oui !...

— Il est pas par chez nous... Il est venu dimanche, il est reparti aussitôt, il a même pas mangé...

Thomas n'était pas ici ?... Mais alors... ? Où... ?

Elle n'eut pas le temps de se tourmenter et se blesser de nouveau ; la fermière redescendait, tenant entre son ventre et sa chaude poitrine un petit paquet de linge blanc qui pleurait. Helen se leva.

— C'est une fille !... cria la fermière. Elle est superbe !

Elle posa le petit paquet blanc sur le linge de la table et l'ouvrit, découvrant l'enfant rose qui agitait ses courtes jambes et se frottait maladroitement le visage avec ses poings fermés.

Helen sentit ses jambes fondre, et s'assit pour ne pas tomber. C'était John ! Thomas !... Son portrait ! Tel qu'il était sorti d'elle... Pareil !... Le même teint... Le même visage... Et le grain de beauté brun près du nombril... A la même distance, exactement... Mais John l'avait à droite, et elle à gauche...

La fermière la plongea dans la cuvette et la lava doucement, comme sait le faire une mère, en la maintenant d'une main sous la nuque.

— La sage-femme est en train de soigner la petite dame... Elle saigne un peu, c'est rien, ça m'a fait pareil à mon premier... Comment vous allez l'appeler, cette beauté ?

Elle n'y avait pas pensé... Elle était tellement sûre que ce serait un garçon... Dans ce cas, il serait appelé Johnatan, c'était la tradition dans la famille, à John succédait Johnatan, et à Johnatan, John. Mais une fille...

Elle était assise face à la fenêtre. La brume se déchirait à l'appel du soleil, en écharpes de lumière. Le ciel était couleur de lait.

— Je crois qu'on pourrait l'appeler Blanche, dit-elle. Si son père est d'accord...

Venant de la cour, la chatte blanche entra par la chatière de la porte, portant entre ses dents un petit chat nu comme un ver. Les cris l'avaient effrayée, elle était allée mettre bas dans la paille de l'étable. Le calme rétabli, elle revenait. Elle déposa le chaton dans la caisse à chiffons qu'on lui avait préparée, et sortit en chercher un autre.

Helen avait ouvert le sac à layette et aidait la fermière à habiller Blanche. Quand ce fut fini, elle souleva à deux mains la petite chose fragile, lentement, doucement, et lui fit un berceau dans ses deux bras, contre son cœur vêtu de noir.

L'horizon, sur la toile, semblait atteindre le bout de l'espace, et le ciel tourmenté, gris et vert, s'élancer plus haut que le ciel. Sur la mer, toute la lumière s'était réfugiée en une mince ligne déchirée, où éclatait une voile blanche minuscule. Au premier plan s'étalait la plage fauve, avec des groupes de personnages debout encore esquissés, et une fillette couchée à plat ventre, enfoncée à pleins bras dans un tas de sable ocre. En robe lilas, bonnet fouillis de dentelles blanc en forme d'ailes, bas noirs et souliers pointus.

Sir Henry regarda le vrai ciel, où s'accumulait un orage qui allait bientôt exploser, et la plage où il n'y avait personne. Le peintre lui tournait le dos. Il travaillait au premier plan de son tableau, rajoutait du rouge, du jaune, du blanc, du rose clair. Le contraste entre le tragique de la mer et du ciel, et la joie lumineuse du bas de la toile fit grimacer Sir Henry. Cet homme avait du talent mais manquait d'équilibre. Il avait beaucoup à apprendre. Travailler, peindre, peindre... Il était assis sur une caisse, son chevalet planté dans le sable. Il portait un costume de ville, froissé et sale, et une sorte de grand chapeau de paysanne en paille noire, effrangé, déchiré.

Sir Henry fit deux pas à droite pour apercevoir son visage. Il le vit de trois quarts et reconnut Thomas malgré la barbe qui commençait à manger ses traits. Il recula doucement et s'éloigna. Il ne voulait pas intervenir sans avoir réfléchi. Il savait par Mr Windon que Thomas avait quitté la banque sans prévenir, et que sa mère n'avait pas su, ou pas voulu, dire où il était. Le retrouver à Trouville, après tout, n'avait rien d'étonnant. Il y était déjà venu et en avait goûté la lumière. Pour un peintre c'était un appât. Et Thomas était un peintre, malgré ce qu'avait affirmé la cousine Helen, chère vieille créature... Pas si vieille, après tout... Quel âge pouvait-elle avoir ? Aucun...

Où pouvait-il vivre ? Et de quoi ? Malgré la barbe, on voyait qu'il était maigre. Et les couleurs coûtent cher. La saison allait commencer. Sir Henry était venu inspecter sa maison avant d'y recevoir ses amis. Il pourrait rencontrer Thomas par hasard... Lui offrir une chambre... Ne pas se mêler, surtout, de ses histoires !... Il aurait au moins un toit, et à manger... On pourrait lui payer sa toile de l'été dernier... Peut-être lui en acheter une autre, ou deux. Pas cher, bien sûr... Il ne faut pas donner trop d'argent aux peintres, ils croient qu'ils sont arrivés, et ça les stérilise... Et après tout, ça ne valait peut-être rien... Mais c'était une façon d'aider un parent... Intéressant, ce qu'il fait, mais déroutant... Curieux, vraiment curieux...

Deux semaines plus tard, Thomas était installé à la villa. Il n'avait pas voulu la chambre offerte. Il avait préféré une remise inoccupée, surmontée de la mansarde où le cocher ne couchait plus. La petite fenêtre au-dessus de son lit et la grande porte de la remise s'ouvraient sans obstacles sur la lumière du ciel et de la mer.

Il avait fait promettre à son cousin de ne parler de lui à personne, surtout pas à sa mère ni à Mr Windon. Henry avait donné sa parole.

Il passa l'été à peindre, peindre, peindre. Il travaillait devant la remise, face à l'horizon, ou lui tournant le dos, toujours son vieux chapeau de paille sur la tête. Où l'avait-il ramassé ? Les jours de pluie, d'orage, de grand vent, il s'installait à l'intérieur, au ras de la porte et brossait à toute vitesse des toiles où revenait curieusement, au premier plan, la fillette joueuse, en robe rose ou saumon, ou jaune, ou rouge, toujours avec ses bas noirs et ses souliers pointus et son bonnet de dentelle épanoui, pareil à une fleur légère et folle.

Sir Henry l'entretenait en toiles et en couleurs et venait le voir de temps en temps, se gardant de l'interroger sur sa famille, ou sur sa peinture. Il regardait les toiles et restait toujours aussi perplexe, partagé entre l'envie d'aimer ça à la folie et quelque chose qui le choquait, il ne savait dire quoi.

Thomas ne parlait à personne, sauf à son cousin, quelques phrases brèves. Il ne lui demanda jamais ce qu'il pensait de sa peinture. Il ne peignait que pour lui-même, il était un torrent de peinture, un torrent ne se soucie pas de savoir ce que pense de lui le pêcheur de truites.

Il parlait aussi à la cuisinière, il allait manger à n'importe quel moment, n'importe quoi, elle le trouvait si beau ! Elle lui mit de côté d'énormes morceaux de rôti, des moitiés de tarte, elle l'attendait toute la journée, c'était une grosse Normande de cinquante ans, quand elle le voyait arriver elle pensait que c'était le grand chêne du bois Féau qui entrait et qui s'asseyait. Il lui souriait et tout son visage barbu s'illuminait comme un soleil. Il poussait un vaste soupir de satisfaction, d'être là et de se détendre, elle lui servait d'abord un verre de vin, puis il mangeait avec l'appétit qu'aurait eu un arbre, si les arbres mangeaient. Il s'en allait en emportant la bouteille.

Un jour de grand vent d'ouest, la petite fille de la plage sur la toile eut une robe blanche, et les jambes et les pieds nus. Elle était debout sur son tas de sable, et tenait son bonnet de dentelle à la main et l'agitait vers les nuages. Elle avait de courts cheveux d'or ébouriffés par le vent, et du haut de son front s'élevait une petite corne torsadée, de la couleur de sa peau, à peine ivoire. L'orage, la mer, et le sable étaient bleus.

C'était la fin de la saison. Les derniers invités étaient partis. Sir Henry, qui avait passé la semaine à Paris, revint pour prendre les dispositions de fermeture de sa maison. Il ne trouva pas Thomas à la remise-atelier ni dans la petite chambre au-dessus. Le chevalet vide était planté devant la porte. Jetée dans un massif de rosiers qui ne montraient plus que des gratte-cul, Sir Henry ramassa une toile à dominante bleue avec une petite fille-licorne. Au bas de la toile, Thomas avait écrit en lettres blanches capitales, dans une banderole verte, la devise qui était la sienne aussi bien que celle de son cousin : JE REVIENDRAI. Puis il l'avait barrée rageusement, barbouillé toute la couleur fraîche avec le manche de la brosse. On pouvait même voir qu'il avait foulé aux pieds la toile avant de la jeter.

Il était lui-même couché un peu plus bas, dans le potager, entre les dernières laitues montées, une bouteille vide à côté de lui. Il y en avait d'autres dans la remise.

Sir Henry rentra dans la villa, comptant sur la pluie, qui arrivait du large comme un rideau, pour rendre ses esprits à Thomas. Il ne retourna le voir que le lendemain. Thomas était en train de peindre un ascenseur enfoncé dans un plafond avec la moitié d'une nymphe. Un ours embrassait le piston de l'ascenseur. Une petite fille nue était couchée dans une malle pleine de paille, avec un serpent.

Décidément, décidément, il ne saurait jamais que penser de tout cela. Est-ce de la folie ou du génie ? Contrairement aux autres étés, il n'avait pas invité Thuriez à Trouville. Le marchand devait se demander pourquoi, et peut-être s'en douter... Il faudrait pourtant, sans doute, lui montrer Thomas... C'est si difficile, si difficile de juger, de se faire une opinion tout seul...

— Thomas, dit Henry, je ne veux pas être indiscret, mais que comptez-vous faire maintenant ?... Je veux dire... Nous allons fermer la villa... Si vous désirez rester ici, naturellement vous le pouvez, nous vous laisserons la clef... Mais Trouville en automne, vous savez... C'est un peu la pluie anglaise qui déborde jusqu'ici... Ah ! ah !...

Thomas continuait de peindre, sans dire un mot.

— Si vous désirez retourner à Paris, et travailler... Bien sûr, bien sûr, je suppose que la banque ne vous attire guère... Je le comprends très bien... Mais je pense à mon vieil ami M. Montel, le directeur du *Matin illustré*. Vous savez, c'est cette abominable petite chose qui publie chaque semaine les récits des faits divers avec une couverture illustrée en couleur. On y voit une femme égorgée par son mari, la police abattant des malfaiteurs, un chien enragé plein de boue emportant un enfant, enfin rien que des choses charmantes... Ah ! ah !... Mon ami Montel a une équipe de dessinateurs, mais il en cherche toujours de nouveaux, pour ne pas laisser s'affadir le style de ses

petits chefs-d'œuvre... Je suis sûr que si je lui en disais un mot... Ça ne vous amuserait pas ?... Il me semble que ça conviendrait assez bien à votre tempérament dramatique... Courir les faits divers, l'actualité, le journalisme, c'est amusant, non ? Et ça vous laisserait le temps de peindre...
— *Le Matin* ? demanda Thomas, en tournant la tête vers Henry.
— ... *illustré* ! Oui... Et... pardonnez-moi si je me permets... mais enfin nous sommes cousins, Thomas !... Il m'avait semblé comprendre que votre mère m'avait dit il y a quelques mois que vous aviez peut-être une opportunité de devenir père, cet été... L'été est fini... Vous n'avez pas envie de savoir ?... Et de voir ?...
Thomas se leva et jeta violemment à terre la brosse qu'il tenait. Il cria :
— Si ! j'ai envie !... Mais je ne VEUX pas ! C'est tout !... Qu'elles se débrouillent toutes les deux avec ce qui leur est arrivé ! Qu'est-ce que je suis pour ma mère, ou pour ma femme ? Qu'est-ce que c'est un homme, pour les femmes, ce qu'il fait, ce qu'il a envie de faire, ce qu'il a dans la tête ? RIEN ! RIEN ! RIEN ! Eh bien, qu'elles se débrouillent sans moi !...
Il dominait son cousin de la tête, il essuya à ses manches ses mains tachées de peinture et se dirigea vers la remise. Henry le suivit.
— Je vous comprends... Les relations avec les épouses, et les mères... c'est délicat, délicat... Moi-même j'ai une mère... C'est un cheval ! Ah ! ah !... Je l'adore... Parce que je suis toujours loin, naturellement... Il faudra que vous veniez un jour à Greenhall, faire sa connaissance... Tenez, voici la clef de la remise... Si vous décidez de partir... n'importe où... vous pouvez laisser vos toiles ici, elles ne risquent rien, c'est bien sec malgré la pluie... Et vous pouvez revenir quand vous voudrez... Est-ce que vous accepteriez de me vendre la petite fille en mauve ?... Et celle en jaune... Non, celle en rose... Oh mon Dieu, j'ai envie de les prendre toutes les trois !... Si vous me faites un prix, naturellement... Ah ! Ah !...

Thomas rencontra Léon dans le parc, à mi-chemin de la maison. Il fallut deux secondes à Léon pour le reconnaître. Il rugit :
— Barbu !
... et ouvrit ses bras. Ils se donnèrent de grandes tapes dans le dos, et mêlèrent leurs barbes.
Un bruit énorme rebroussa les feuilles des arbres. C'était César qui barissait sa joie et arrivait au petit trot, faisant trembler la terre. Depuis l'inondation, Léon le laissait en liberté. Il prit avec délicatesse le chapeau canotier de Thomas et le mangea. Cela craqua comme du pain grillé. Sa troisième défense était plus courte que les deux autres. Elle avait poussé à la droite de celle de droite, à quarante-cinq degrés vers le ciel.
— Voyou ! dit Thomas. Léon ne te nourrit plus ?

Il lui donna un grand coup de poing sur la trompe. Ravi de cette caresse, César baissa la tête pour se faire gratter l'oreille.

— Ça suffit, dit Léon, va te coucher !

César s'en alla, agitant sa queue, de-ci, de-là, pour feindre l'indifférence. Léon, envahi de bonheur, regardait le grand garçon qu'il venait de retrouver.

— Vagabond ! dit-il. Partir comme ça !... Ça ne fait rien, puisque tu reviens... Mais tu me ressembles ! Avec ta barbe !... Ça ne m'étonne pas : j'ai toujours pensé que j'étais ton père !...

— Bien sûr, tu es mon père !... Je n'ai pas d'autre père que toi !...

— Alors je suis grand-père !... Ahoûoû !... Maintenant j'aurai le droit de l'embrasser, le trésor, la petite merveille !... Elle ne me laisse pas l'approcher, ta vieille taupe de mère, monte vite la voir, elle a été très malheureuse...

— Tu ne sais pas ce qu'elle m'a fait...

— Je ne veux pas le savoir... Elle est ta mère...

— Imagine qu'elle ait coupé en morceaux Trente-et-un et l'ait fait cuire dans ta cheminée ?...

Léon resta interloqué. Thomas entrait dans la maison. Avec l'argent des toiles vendues à Henry, il avait acheté un costume de paysan, en velours marron, le chapeau que César venait de déguster, une chemise à carreaux blancs et rouges, et en guise de cravate — il en fallait une pour se présenter devant sa mère — un lacet noir.

Helen l'avait vu arriver, de sa fenêtre. Ce jour auquel elle ne croyait plus, ce moment, cette minute, était là ! Enfin ! Enfin !...

Elle se mit à tourbillonner dans les trois pièces, prenant sans raison un objet, le posant ailleurs, s'asseyant, se relevant, ouvrant la porte du palier, la refermant, ne sachant que faire... L'attendre en haut de l'escalier ? Dans la salle à manger ? Seule ? Avec Blanche ?

Elle revint à la fenêtre : il n'était plus avec Léon, il entrait dans la maison, il montait...

Affolée, elle se raccrocha à ce qu'elle avait décidé quand elle avait imaginé, mille fois, ce retour : « Je serai glacée... Je ne lui dirai rien... J'attendrai qu'il me fasse des excuses... »

Il arrivait... Il traversait le palier... Il avait de grosses chaussures qui faisaient du bruit. Le bruit s'arrêta...

Elle ouvrit brusquement la porte. Immobiles, ils se regardèrent. Il la voyait mal, en contre-jour. Elle voyait, elle, très bien, son nouveau visage, illuminé par la jeune barbe courte bouclée en tous sens. Elle eut chaud au cœur, il avait bonne mine, ses yeux brillaient... Il avait envie de rire... Il était heureux de revenir !...

Elle dit :

— Tu es drôlement habillé !... Tu vas bien ?

— Ça va... Et toi ?

— Je vais bien...

Elle recula pour le laisser entrer. Il sourit franchement en retrouvant les visages de la famille sur les murs. Son regard en fit le tour et revint à sa mère.

— Où est Pauline ?... Et mon fils ?
— Léon ne t'a pas dit ?...
Il eut une brusque inquiétude, violente.
— Quoi ?...
Elle dit doucement :
— C'est une fille...
— Une fille ?
Il était stupéfait. Il n'avait jamais envisagé cette possibilité.
— Ton portrait ! Quand tu avais son âge !... C'est toi, TOI !... Viens !...
Il la suivit. Elle allait vers sa propre chambre, ouvrait la porte doucement. Dans la pièce presque obscure, surchargée de rideaux et de tentures sombres, un foyer de clarté brillait près de la fenêtre : un petit lit-cage aux volutes de fer peintes en blanc. Et dans le lit blanc un petit être blanc et rose, aux courts cheveux de soie claire qui se mit à gazouiller et à agiter les bras en entendant la voix de sa grand-mère.
— Blanche, ma blanchette... mon rossignol, mon poussin d'or...
Blanche répondait dans son langage d'oiseau, faisait des bulles et souriait à Helen penchée vers elle. Une longue robe en piqué couvrait tous ses vêtements, dépassait largement ses pieds et était fermée par une grosse épingle de nourrice. Suprême rempart contre les courants d'air. Helen souleva l'enfant et le tendit à Thomas, avec orgueil, comme si c'était elle qui le lui avait fait :
— Tiens, voilà ta fille !...
Très embarrassé, Thomas prit le bébé dans ses grandes mains. Cela lui semblait extrêmement fragile. A manipuler avec précaution, ne pas laisser tomber, endroit-envers, haut-bas... Où est le mode d'emploi ? Comme c'est chaud !... Ça sent la lavande et... oui, mon Dieu, un peu... ça sent la... Elle a dû... Elle est mouillée...

C'était très embarrassant, un peu répugnant ! pas à sa place dans des mains d'homme... Si fragile... Il suffisait d'un geste de trop... Appuyer... tordre... Si tendre, ne pouvant rien pour se défendre, et si confiant... Sa fille !...

Envahi par l'émotion, il l'approcha de son visage pour l'embrasser. Elle se mit à hurler comme si on lui avait plongé les pieds dans l'eau bouillante...
— Eh bien !... Eh bien !... Qu'est-ce qu'il y a ?... Qu'est-ce qu'elle a ?
Il la berçait, la secouait, Helen la lui reprit vivement.
— Elle ne te connaît pas !... Tu lui fais peur avec ta barbe de sauvage !... Il faudra te raser !... Je vais la changer... Sa nourrice va arriver... C'est bientôt l'heure... C'est la femme du gardien... Elle a accouché deux semaines plus tard... Heureusement elle a beaucoup de lait... Pauline n'en avait presque pas, elle n'a pas pu la nourrir longtemps...
— Mais où est-elle ?
— Qui ?

— Pauline !...
— Elle est sortie...
— Sortie ?...
— Oui... son père est à Paris en ce moment... Il vient la chercher, souvent...

Le ton de sa voix disait : « Cela n'a aucune importance. Ce que fait Pauline n'a aucune importance... »

A l'heure du dîner, Pauline n'était pas rentrée. Blanche dormait, après avoir avalé en riant et bavant une succulente bouillie de lait et de farine de boulanger. Helen vint s'asseoir à côté de Thomas. Ils mangèrent en n'échangeant que quelques banalités. Ni l'un ni l'autre ne pouvait oublier la scène du départ, et ses raisons. Thomas n'était pas encore vraiment revenu...

Son regard s'arrêta sur une aquarelle à peine plus grande qu'une carte postale, pendue au mur en face de lui, encadrée d'une mince baguette d'ébène. Etonné, il se leva, vint la prendre et s'assit pour mieux la regarder sous la lampe.

— Par exemple !... Quand l'as-tu sortie, celle-là ?
— Elle a toujours été là... Depuis que nous sommes installés... Tu ne t'en souviens pas ?
— Non... non... Pas du tout...

Quel tour lui jouait sa mémoire ? Ce que représentait l'aquarelle, c'était une petite fille en robe lilas, bonnet de dentelle, bas noirs et souliers pointus... Sur une plage minuscule. Devant une grande mer ensoleillée. Dans le coin, en bas, à droite, deux initiales discrètes : HG.

— Qui l'a peinte ?
— Maman... Ta grand-mère... C'est la petite plage de sable de St-Albans, à l'ouest de l'île. On ne pouvait y aller qu'à marée basse... Et pas longtemps...
— Tu sais qu'elle avait beaucoup de talent !... Regarde comme elle a fait tenir une mer immense dans une carte postale...
— C'est l'océan !
— L'océan...

Troublé, inquiet, il continuait de regarder l'enfant qu'il avait peinte si souvent cet été, qu'il avait cru inventer, et qu'il venait de redécouvrir. Elle était debout, les bras levés, rieuse, elle semblait vouloir attraper, ou suivre peut-être, une mouette qui passait. Les ailes de son bonnet blanc volaient, ses mains se fondaient dans le ciel, ses pieds quittaient la terre... Elle était l'image même de l'élan, de la légèreté, de la joie.

— Et la petite fille, qui est-ce ?
— C'est moi, dit Helen.

Ce n'était pas croyable... En une seconde il dut l'admettre. Et mesurer quelle accumulation d'épreuves, quel bain continuel d'amertume, quelle somme de lassitude dans un perpétuel combat solitaire il avait fallu pour transformer cette enfant radieuse en cette femme noire qu'il avait toujours connue.

Il prit la main maigre et dure de sa mère dans ses deux mains et la porta à ses lèvres. Il dit très bas :

— Je voudrais que tu me pardonnes...

Elle dégagea sa main, et la lui posa sur les cheveux.

Pauline rentra à une heure du matin. Helen l'entendit et se souleva sur un coude pour mieux écouter...

« ... Bon... Elle ouvre la porte du débarras... elle pose sa fourrure et son manchon sur son lit Récamier... Non, elle les jette ! comme d'habitude... Elle sort... elle va vers sa chambre...

« Ah !... Elle s'arrête... »

Pauline venait de voir la lumière sous la porte. Un instant d'immobilité. Réflexion, interrogation... Puis elle tendit la main, tourna la poignée, sans bruit, et ouvrit...

Thomas dormait, tout nu, sous un drap à demi rejeté, qui ne lui cachait que les cuisses.

Le premier réflexe de Pauline fut de reculer et d'aller coucher dans le débarras.

Il l'avait fait tomber de son monde dans le sien, il l'avait laissée partir en exil dans la pluie et la boue, il l'avait abandonnée avec son nouveau-né en face d'Helen qui la haïssait... Et maintenant il revenait, tranquille, occuper sa large place dans le lit...

Depuis des mois elle ne pensait à lui qu'avec rancune, le détestant un peu plus chaque jour...

Dieu qu'il était beau !... Il était son mari... Il n'y avait pas eu d'autre homme dans sa vie. Elle referma la porte. Derrière elle. Elle commença à retirer ses gants.

Helen se recoucha. Elle ne voulait plus rien entendre.

Ce fut le parfum qui réveilla Thomas. Ce n'était plus la verveine de l'adolescente, mais un parfum de femme, « Dolce Mia » de Rigaud. Paul de Rome l'avait offert à sa fille cet après-midi. Il s'était épanoui sur elle pendant le dîner avec des amis, et les quelques danses au Pavillon d'Hiver. Il emplissait la chambre de sa chaleur et de celle de Pauline. La respiration de Thomas changea. Il ouvrit les yeux. Il crut qu'il rêvait. Il s'assit brusquement...

Elle portait une robe lilas...

Au bas de la robe on voyait surgir deux petits souliers pointus, noirs... Au-dessus de la robe, un chapeau-fourreau lilas d'où s'échappaient deux ailes de dentelle blanche...

— Pauline !... D'où viens-tu ?

Elle répondit calmement, en ôtant les épingles de son chapeau :

— Et toi ?...

Elle jeta le chapeau sur une chaise, se tourna vers la glace de la cheminée, ôta encore des épingles et secoua sa tête. Ses cheveux coulèrent autour d'elle. Elle commença de défaire sa robe, qui se déboutonnait par-devant. A mesure qu'elle se déshabillait, il oubliait l'apparition lilas qui l'avait tiré du sommeil pour le jeter dans l'irréel. Elle était maintenant toute en blanc et peu à peu quittait le blanc pour devenir rose.

Il la voyait de dos, et son reflet de face. Il vit d'abord apparaître les épaules rondes et pâles, puis les seins superbes, le derrière-lune-de-printemps, les longues cuisses... Il la reconnaissait par morceaux avec bonheur, mais plus belle, plus mûre... Elle n'avait pourtant que dix-huit ans... Et lui vingt et un à peine... Ce n'était pas vrai... Le temps est faux... Il apercevait les lumières du bal de leur première rencontre si loin, au fond d'un siècle...

Tous ses vêtements étaient tombés en corolle autour de ses pieds. Elle se tourna vers lui et resta un instant immobile pour qu'il eût le temps de la voir et de la désirer... Alors elle cacha le bas de son ventre d'une main menue, enjamba ses vêtements et vint vers lui.

Pendant qu'elle se déshabillait elle avait pensé sans arrêt : « Pourvu, mon Dieu, pourvu qu'il ne me fasse pas encore un enfant... » Elle n'y pensait plus.

TROISIÈME PARTIE

Dans l'angle gauche de la salle de rédaction du *Matin*, une grande table était collée à la fenêtre, de façon à recevoir le plus de lumière possible. La nuit, trois lampes électriques l'éclairaient. Elle était réservée aux dessinateurs du *Matin illustré*. C'était là que Thomas passait le plus clair de son temps. Il avait cru, en prenant son nouveau travail, qu'il allait bouger beaucoup, courir le terrain de l'actualité pour y saisir sur le vif les scènes tragiques. Mais il comprit tout de suite qu'il aurait à les inventer. Comment prévoir, en effet, où allait se produire un crime ou un accident ?

Les reporters, eux, interrogeaient après coup les témoins ou les policiers. C'était sans intérêt pour les dessinateurs. Ils restaient assis à leur table, travaillant d'après la copie des journalistes, et des photographies quand il en existait. Ils allaient parfois jeter un coup d'œil sur le décor. Ainsi avait fait Thomas pour Jadin, le « boucher sanglant ». Ce dépeceur au cœur tendre avait, dans une crise de jalousie, tué sa femme assise à la caisse derrière une plante verte, avec le grand couteau qu'il venait d'utiliser pour couper en deux un mouton. Puis il s'était suicidé avec le même ustensile. Tout cela devant une petite vieille dame qui attendait une côtelette et du mou pour son chat.

Quand Thomas arriva sur les lieux, il ne trouva plus que la plante verte dont le ruban rose avait en partie viré au rouge, et le derrière du mouton pendu à un croc, sa courte queue en l'air, comme une virgule à l'envers.

Il en fit les deux éléments principaux de sa composition : au premier plan en haut à droite, le demi-mouton avec ses fesses roses, objet à la fois familier, rassurant et un peu obscène, et la plante verte au fond, devenue presque un arbre. Le drame se déroulait entre les deux. La femme, qu'il avait préféré représenter debout, hors de la caisse, venait d'être poignardée et s'écroulait en portant ses mains à son sein ensanglanté, alors que le boucher, le visage tordu de désespoir, se plongeait déjà, à deux mains, l'énorme coutelas dans la poitrine.

Cette réalisation avait beaucoup plu au patron et aux lecteurs du *Matin illustré*. Sir Henry, amusé, en avait demandé l'original à son ami Montel, qui l'avait remercié de lui avoir envoyé ce garçon.

Les deux autres dessinateurs de l'équipe étaient le gros Fabre, cent dix kilos, toujours agité, tonitruant et transpirant, capable de réaliser une première page en un quart d'heure, et Béto, ainsi nommé parce qu'il ressemblait à un Beethoven fripé et court sur pattes, et que personne ne parvenait à prononcer son nom d'Europe centrale. Il répandait partout les mégots, les couleurs, les encres. Il avait du génie quand il était ivre à point. Un verre de plus, c'était fini : il tremblait. Il buvait n'importe quoi.

Thomas, Fabre, Béto, c'était une bonne équipe. Ils s'entendaient fort bien. Il y en avait toujours un assis à la table, parfois deux. Ils s'arrangeaient entre eux pour assurer la permanence. Montel avait renoncé à savoir sur lequel il pouvait compter. Ils lisaient les articles des reporters, les télégrammes des correspondants, brossaient des projets, les lui soumettaient, achevaient ceux qu'il jugeait intéressants. On ignorait jusqu'au dernier moment lequel serait publié.

Ils ne travaillaient que sur de l'actualité minuscule. Du fait divers saignant, mais petit. Les grands événements n'intéressaient pas les lecteurs du *Matin illustré*. Dans la salle de rédaction, pourtant, le monde entier bouillonnait. En quittant la banque pour le journal, Thomas avait plongé dans le bain de l'histoire vivante, qu'il avait jusqu'alors presque entièrement ignorée. Par les dépêches qui arrivaient sans cesse de partout il découvrait le lourd mouvement des nations et des peuples en marche les uns vers les autres, comme des fleuves de lave qui lentement brûlent les champs et les demeures des hommes. A leur tête s'agitaient les guignols qui croyaient les conduire. Le Kaiser vêtu par courtoisie de l'uniforme de général de la garde russe recevait le tsar coiffé du casque à pointe allemand. Le roi d'Italie se grandissait du bonnet à poil pour rendre visite au roi d'Angleterre qui portait en son honneur le chapeau à plumes des bersaglieri. Les présidents prenaient part au ballet en redingote noire et haut-de-forme. Ils avaient l'air de croque-morts égarés.

Rutilants ou sinistres, tous traînaient derrière eux des chaînes d'alliances, des armées et des flottes de guerre dont le bruit de fer couvrait leurs paroles dérisoires. Des assassins les guettaient à chaque tournant. Un anarchiste italien tirait sur le roi d'Italie et le manquait. Un anarchiste russe tirait sur le tsar et tuait son ministre. Un anarchiste parisien attaquait les banques et tuait les encaisseurs et les policiers. Il se servait pour cela d'une automobile, profitant de l'élan formidable qui poussait en avant toutes les techniques et faisait craquer la vie d'hier.

Il y avait en France près de cinquante marques d'automobiles. Les « meetings » d'aviation remportaient plus de succès que les grands prix hippiques. L'Angleterre et la France venaient de lancer les deux plus grands transatlantiques du monde. On travaillait nuit et jour sur les géants illuminés pour hâter le jour du départ. Le premier qui quitterait l'Europe et atteindrait New York raflerait la clientèle de milliers de voyageurs de luxe qui traverseraient l'Atlantique en valsant sous tous les lustres allumés.

On arrimait à la tour Eiffel une gigantesque antenne en toile d'araignée pour communiquer par télégraphie sans fil peut-être jusqu'à Londres. Les Ballets russes revenaient à Paris pour une nouvelle saison de gloire.

En Angleterre, en France, en Allemagne, au Japon, chaque jour voyait glisser des chantiers vers la mer des engins de guerre nouveaux, sous-marins, cuirassés, torpilleurs, porteurs de moyens de destruction de plus en plus puissants. Les armées s'emparaient de l'aviation naissante. Le premier « observateur » français était assis sur le dossier du siège du pilote. Mais bientôt il eut un siège à lui, et s'arma d'un fusil.

Les avions tombaient, les dirigeables s'écrasaient, les sous-marins coulaient. On jetait des couronnes à la mer, on enterrait dans des drapeaux les morts récupérés, et on construisait de nouveaux engins plus puissants. Le cuirassé *Liberté* explosait en rade de Toulon, projetant dans le ciel des blindages colossaux dans une gerbe de flammes et un fracas qui répandaient la terreur à trente kilomètres à la ronde. Les chantiers navals lançaient deux nouveaux cuirassés, le *Jean-Bart* et le *Courbet*.

On accusa la poudre B, entassée dans la soute du *Liberté*, et dont l'instabilité était bien connue. Mais Gerhart Neumann, le « journaliste » allemand que Griselda avait rencontré à Bangkok, était à Toulon deux semaines avant la catastrophe. Il en était reparti pour faire un reportage à Fez, au Maroc. Des émeutes sanglantes y éclatèrent après son passage.

Au moins deux fois par semaine, on annonçait, dans les pays les plus divers, qu'on avait retrouvé la *Joconde*, volée au Louvre l'été dernier. On se demandait où elle était vraiment, si elle avait quitté la France, et comment.

Thomas s'essaya, grâce à elle, au dessin humoristique. Il mit Mona Lisa aux commandes d'un biplan qui s'engageait sur l'océan. Au loin se dessinait la statue de la Liberté...

Montel lui dit que ce n'était pas très drôle. Il en convint volontiers.

Le boxeur Georges Carpentier devenait champion du monde à dix-huit ans.

En Chine, la révolution gagnait province après province. L'empereur Pou Yi, successeur de la vieille impératrice dure à cuire Ts'euhi, avait sept ans. Ses bourreaux décapitaient au sabre les révoltés alignés à genoux dans les rues de Pékin. L'Italie déclarait la guerre à la Turquie et débarquait en Tripolitaine.

Une nouvelle comète apparut dans le ciel. C'était la troisième en quatre ans.

On essayait un nouvel uniforme pour l'armée française. Veste réséda et pantalon rouge. Le Parlement portait la durée du service militaire à trois ans. Malgré son âge, Thomas n'était pas touché par cette mesure : né en Angleterre de parents anglais, il était de nationalité anglaise. Le service militaire n'existait pas en Grande-Bretagne.

L'explosion du *Liberté* avait fait deux cent cinquante morts. L'officier de garde à bord au moment du désastre était le lieutenant de vaisseau Garnier.

A Paris, l'agent Garnier était abattu par l'anarchiste Garnier en automobile et venait mourir devant le restaurant Garnier.

C'était le fait du jour. Il éclipsait toutes les rencontres d'empereurs. On connaissait maintenant le nom du chef de bande : Bonnot.

Béto était de garde à la table de dessin. Plus exactement il y dormait, la tête dans ses bras, inutilisable. Montel envoya une auto du journal chercher Thomas. Celui-ci était en train d'achever, chez lui, un autre projet de première page : un tailleur avait inventé un parachute destiné à sauver les aviateurs en difficulté. Pour l'essayer, il s'élança du premier étage de la tour Eiffel. Et s'écrasa au sol.

Le dessin de Thomas l'avait pris au vol, en gros plan, le visage crispé de terreur, les bras en arc de cercle, comme s'il essayait de saisir l'air pour s'y cramponner. Au-dessus de lui, la torche blanche du parachute qui ne s'était pas ouvert. Et le nez pointu de la tour, qui piquait le ciel bleu...

Avec le nouvel exploit des bandits en auto, il n'y avait aucune chance pour que le tailleur eût les honneurs de la première page. Thomas sauta dans la voiture et se mit au travail aussitôt arrivé au journal. Il possédait comme éléments une photographie du carrefour Saint-Lazare où avait eu lieu le crime, une de la victime, et le modèle de l'automobile, une Delaunay-Belleville dont des témoins affirmaient qu'elle était bleue et d'autres verte. Un facteur, même, l'avait vue jaune. Il la ferait bleu-vert... On ne connaissait pas les visages des bandits. Il leur mettrait des casquettes, de grosses lunettes et des moustaches...

Il allait faire plusieurs croquis, puis deux ou trois projets, avant qu'un d'eux fût accepté. Ensuite il faudrait le fignoler. Encore une fois il rentrerait tard...

Une dépêche de Londres annonçait la date de départ du grand transatlantique anglais. Il battait le paquebot français de six jours.

Blanche pleurait quand il rentra au milieu de la nuit, Helen la promenait dans ses bras, la berçait et lui parlait doucement pour la calmer.
— Qu'est-ce qu'elle a ?
— Ce n'est rien... Elle fait une dent...
— Pauline aurait pu s'en occuper... Tu dois être fatiguée.
— Tu sais bien qu'elle est sortie...
— Sortie ? Ah, c'est vrai...

Le travail lui avait fait oublier Nijinski. Irène Labassère, l'amie de Pauline, avait loué trois places pour le nouveau spectacle des Ballets russes, et les avait invités. Pour lui, c'était presque un pèlerinage. Il se souvenait de son embarras, de son chapeau trop petit, du merveilleux voyage dans le fiacre. Il avait accepté avec bonheur ce retour aux sources. Il avait embrassé Pauline... Juste au moment où Garnier tirait sur Garnier.

— Son amie est venue la chercher, dit Helen. Tu sais qu'elle est notre propriétaire ? La maison lui appartient, maintenant... Veuve depuis cinq mois... Ça ne la gêne guère pour sortir !...

Ça ne la gênait pas du tout. Elle s'habillait de noir et de diamants.

Elle avait fait arrêter sa Grégoire carrossée par Liotard devant la porte de la rue Raynouard, et envoyé le chauffeur chercher ses invités. Elle fut déçue quand elle vit Pauline arriver sans Thomas. L'auto repartit en grondant sourdement. Elle avait un moteur de course, impatient dans les rues de la ville.

Thomas se réveilla aux premiers rayons du soleil. Il était seul dans le lit. Pauline déjà levée ? Cela ne lui ressemblait guère...

Sortant de sa chambre, il se trouva devant Helen souriante qui mit un doigt sur ses lèvres.

— Chut !... Elle dort... Sa dent est sortie.

Mais c'était à Pauline qu'il pensait.

Elle dormait aussi. Dans le débarras. Il l'aperçut en entrebâillant la porte, sur le lit Récamier, à demi déshabillée, recouverte de manteaux. Sa robe, rouge cyclamen, était jetée sur la chaise de nacre et traînait à terre. La plume de ses cheveux reposait sur la coiffeuse, entre ses souliers.

Il dut attendre le milieu de la matinée pour la voir sortir de son coin, encore à moitié endormie, frissonnante, dépeignée, enveloppée dans son manteau vert.

— Qu'est-ce qui t'a pris ?... Pourquoi as-tu couché là ?
— Je ne voulais pas te réveiller...

Elle bâilla, alla vers la cuisine, pour essayer de trouver un peu de café.

— Tu es bien soucieuse de mon sommeil, tout à coup ! Tu avais peur que je sache à quelle heure tu rentrais, tout simplement !... A quelle heure es-tu rentrée ?

Il commençait à crier.

— Demande-le à ta mère, elle le sait sûrement !... Il n'y a plus de café... Tu veux me moudre un peu de café ?

— Mouds-le toi-même ! Ou bois de l'eau fraîche, ça te réveillera !

Mais il s'assit, coinça le moulin entre ses cuisses, et se mit à tourner rageusement la manivelle, pendant qu'elle posait une casserole sur le gaz et grattait une allumette. Elle dit en toute tranquillité :

— Je suis rentrée à quatre heures...

— Quatre heures et demie ! précisa, du vestibule, la voix d'Helen. La demie venait de sonner à l'Assomption...

— Tu vois, qu'elle le savait !...

— Ne mêle pas ma mère à tes histoires !... Où étais-tu ? Qu'est-ce que tu as fait après le théâtre ?

Il criait de plus en plus fort. Blanche se mit à pleurer.

— Nous avons soupé au Café de Paris, avec des amis...

— Quels amis ?

— Tu ne connais pas...

— Ton père y était ?

— Oui... Non... Qu'est-ce que ça change ? Je ne suis plus une fillette !...

— Tu es ma femme ! Et je ne veux pas que ma femme traîne la nuit !

— Tu étais invité, tu n'avais qu'à venir... Et tu ne t'es guère soucié de ce que je faisais quand tu as disparu, l'année dernière... Donne !

Elle tendait la main.

— Quoi ?

— Le café !... Arrête de tourner la manivelle !

Il se leva et jeta le moulin dans l'évier.

— Le voilà, ton café ! Tu ne sortiras plus, tu entends, PLUS ! sans que je t'y autorise et que je sache où tu es et avec qui !... Je rentre à cinq heures cet après-midi, tâche d'être là !

Il claqua la porte et le silence revint. Blanche cessa de pleurer. Helen entra dans la cuisine, l'enfant dans ses bras. Pauline ramassait avec une cuiller le marc répandu dans l'évier, puis versait de l'eau sur la cafetière.

— Au lieu de courir, dit Helen, vous feriez mieux de vous occuper de votre fille !...

— Vous ne me laissez même pas la toucher !... Vous me la donnez un peu ?

Elle tendit les bras vers Blanche. Helen recula.

— Vous seriez juste bonne à la laisser tomber !...

— Vous voyez !...

— Vous n'êtes ni une mère ni une épouse !... Une femme respectable ne sort pas la nuit sans son mari, et ne rentre pas à l'aube !...

— Je ne vous demande rien ! Laissez-moi tranquille !...

Elle prit sa tasse de café, l'emporta dans le débarras, et s'enferma. Elle sortit avant le déjeuner avec une autre robe rouge. Elle avait de nouveau un choix de toilettes. Thomas avait vendu plusieurs tableaux à un ami de son cousin, un nommé Thuriez, un marchand. Et il était bien payé au *Matin*. Il pouvait donner de l'argent à sa mère et à sa femme. Helen mettait sa part de côté et continuait à donner des leçons. Elle confiait Blanche à sa nourrice pendant ses absences.

Ce que recevait Pauline était loin de suffire à payer ce qu'elle portait. Ses robes provenaient de son amie Irène qui les lui donnait après les avoir mises une fois ou deux, ou pas du tout, et les avoir fait modifier par une de ses couturières.

En cultivant Pauline, Irène avait pu rencontrer plusieurs fois Thomas. Mais l'occasion de le voir seul ne s'était pas encore présentée. L'amabilité qu'elle lui manifestait aurait mis le feu aux poudres de tous les hommes qu'elle connaissait. Sauf lui. Visiblement, il était encore amoureux de sa femme. Comme ils étaient peu faits l'un pour l'autre, pourtant !... Ce garçon ne comprenait rien à cette gamine. Elle avait besoin d'un homme indulgent, un peu paternel... Et brillant... Il était trop fruste pour elle. Et ce n'était pas elle qui pouvait l'affiner... Et l'aider à percer... Henry semblait s'intéresser à sa peinture... Il avait du flair, dear Henry... Est-ce qu'elle savait seulement, cette petite, comme il était beau ?... Quelle chance elle avait ?... Beau, peut-être génial, tout neuf... Petite cruche... Mais elle est gentille...

Pauline fut de retour peu après quatre heures. Thomas ne rentra qu'à huit heures. Dès qu'ils se mirent à table, il recommença à la questionner sur les « amis » avec qui elle avait soupé. Elle lui dit cinq ou six noms qu'il ne connaissait pas. Des hommes et des femmes. Il l'accusa de mentir, s'énerva, cria. Elle se leva et regagna son asile du débarras. Elle y avait fait son lit l'après-midi, et s'était aménagé un petit monde avec ses trois meubles, une fourrure en guise de tapis et ses robes pendues en décor de toutes couleurs. Thomas voulut la rejoindre. Elle s'était enfermée à clef.

Cela continua de la même façon les jours suivants. Quand il s'en allait, elle sortait. Quand il revenait, elle était là. La nuit venue, elle s'enfermait « chez elle ». Un soir, il secoua la porte, arracha la poignée, commença d'enfoncer un panneau. Les hurlements de Blanche l'arrêtèrent. Le lendemain matin, il prit le premier train pour Trouville.

Il y était déjà retourné plusieurs fois, pour quelques jours, quand une fringale de peinture le prenait. Pauline n'avait jamais voulu l'accompagner. Elle gardait de la plage un souvenir qui n'avait pas cessé de la blesser. Thomas ne s'en doutait pas. Pour lui, Trouville était la mer et le ciel, l'infini de lumière.

C'était pendant un de ces séjours qu'il avait fait la connaissance de Thuriez, le marchand de tableaux, amené par Henry. Thuriez lui avait acheté trois toiles et en avait choisi dix autres pour les emporter en Amérique où il organisait une exposition de la jeune peinture française.

Thomas se mit à peindre et à peindre. La villa était vide, Trouville désert. Le vent de mars déchirait la mer et le ciel. Assis devant son chevalet, il se protégeait du froid avec une couverture serrée à la taille par une ficelle. Il descendait, quand il avait faim, manger des moules ou une omelette dans un bistrot de pêcheurs. Il remontait du pain et du vin. De plus en plus de vin. Il maigrissait. Il ne comptait pas les jours. Il oubliait Paris, le journal, Pauline. Blanche, Helen. Quand leur pensée lui revenait, elle lui donnait l'envie de fuir plus loin encore les chaînes de la famille, de l'amour, du travail. Pour être libre totalement. Pour peindre.

Quand sir Henry Ferrer affirmait que sa mère chassait encore le renard, il exagérait beaucoup. Lady Augusta avait quatre-vingt-quatre ans, et ne se risquait plus à cheval. Mais elle conduisait elle-même, à toute allure, ses trois automobiles, sur les routes étroites, construites dans tout le pays par son père le grand Johnatan.
  Elle envoya cependant le chauffeur chercher à la gare ses deux visiteurs. C'était trop loin. Un voyage d'une journée... Ils s'étaient annoncés par télégramme. Leur visite inattendue l'étonnait. Helen et son fils ! Elle n'avait donc plus honte d'être divorcée, cette petite sotte ? Elle aurait dû plutôt avoir honte de s'être mariée à cet imbécile...
  Dans le silence du soir elle entendit la longue Lanchester jaune un quart d'heure avant de la voir arriver. Le chauffeur fit un virage harmonieux, bien rond, et s'arrêta juste devant le perron de Greenhall. Lady Augusta s'était mise au balcon. A son âge, elle n'allait pas descendre tout l'escalier pour cette gamine !...
  Le moteur lâcha un pet bleu, et s'arrêta. Les servantes s'affairaient autour des bagages. Il ne pleuvait pas, par rare bonheur. La capote était baissée, la voiture bourrée de gens et de valises. Lady Augusta qui n'attendait que deux personnes se mit à parler toute seule, excitée.
  — Qu'est-ce que c'est tout ça ? Une caravane !... La femme en gris avec une voilette, c'est Helen... Le beau garçon : son fils... une autre femme... en noir... On dirait une domestique... encore un homme... un costaud !... Helen remariée ? Pourquoi pas ? Elle est assez bête pour ça...
  La femme en gris descendit de voiture, leva la tête vers le balcon, écarta sa voilette et sourit. Lady Augusta la reconnut tout de suite, et son excitation redoubla. C'était cette folle de Griselda !
  — Je ne pouvais pas mettre mon nom sur le télégramme, lui dit Griselda. Je suis certaine que la police me cherche encore...
  — Tu es folle, folle, folle ! J'ai toujours dit à ton père que tu étais folle !...
  Lady Augusta hennissait de joie. Son visage s'était encore allongé avec la maigreur de l'âge. Sous son bonnet de laine jaune, elle avait l'air d'un hippocampe coiffé d'un bouton-d'or.
  Elles étaient assises près de la grande cheminée de la salle à manger. Molly ouvrait les bagages, dans les chambres. Jean Haux

s'était retiré après le dîner pour ne gêner personne. Il connaissait maintenant toute l'histoire de Griselda. Ce qu'il n'avait pas deviné, elle ou Johnatan le lui avaient dit. Joyeusement, il apprenait le gaélique.

A genoux, face au foyer, Johnatan était en train de découvrir avec une émotion profonde le feu de tourbe, le brasier dense aux courtes flammes qui semble être le cœur de la Terre en train de brûler. Il avait vu, le long de la route, les paysans découper la terre en morceaux avec leur longue bêche. C'était elle qui brûlait ici, dans ce feu épais, amical, familier, ardent, c'était bien le cœur de la terre d'Irlande qui brûlait d'amour pour son peuple depuis des milliers d'années. Il regardait et comprenait. Pourquoi il était venu. Ici, chez lui, enfin. Et ce qu'il avait à faire. Pas seulement se battre. Aimer... Les courtes flammes de la tourbe dansaient au fond de ses yeux.

— Il est beau, ton fils, disait Augusta. Quel âge a-t-il ?
— Dix-huit ans...
— Il ressemble à son père... Ton Shawn... C'était un sauvage !... Est-ce qu'il est pareil ?... Il s'est déjà battu ?
— Oui...
— Contre qui ?
— Des tigres...
— Hou là ! Il est pire que son père !... Il vient mettre le feu à l'Irlande ?
— Non... Il voulait voir l'île... Je lui en ai tellement parlé... Depuis six mois il me tire pour que nous venions... J'ai fini par dire oui... A condition de repartir tout de suite...
— Ha, ha, ha ! Tu es folle !... Il ne repartira pas !...

Le grand rire d'Augusta tira Johnatan de son rêve. Il se tourna vers elle et lui sourit, de son sourire clair, innocent, lumineux. Elle en fut suffoquée.

— Eh bien ! dit-elle... Eh bien !... Il ne va pas brûler l'Irlande, il va la faire fondre !... Qu'est-ce que tu veux, beau cœur ? Demande...
— Est-ce que je peux visiter la maison ?
— Maintenant ? A la nuit ?
— Oui...
— Ha, ha, ha ! Il est fou !... Il est comme toi !... Pourquoi pas ? Elle est vide !... Prenez des flambeaux à la cuisine... Griselda, guide-le, tu connais la maison, elle n'a pas changé...

La cuisine était au sous-sol. La partie enterrée du château était la plus ancienne. Tout ce qui dépassait avait été brûlé ou rasé plusieurs fois, mais rien n'avait pu détruire les énormes voûtes dont on disait qu'elles dataient du temps de la conquête par les Plantagenêt, et qui abritaient maintenant les cuisines, les celliers, les caves, les bûchers, et diverses salles mystérieuses, glacées, où personne ne se risquait plus.

Griselda leva son chandelier devant un renfoncement en plein cintre fermé par un mur d'énormes pierres.

— Ici, c'est l'entrée des souterrains. Ils ont été murés il y a longtemps... On ne sait plus où ils allaient...
— Il faudrait les rouvrir, dit Johnatan.
— Augusta ne veut pas. Elle dit qu'il y a trop de fantômes derrière le mur. Viens...

Ils retraversèrent la cuisine que des lampes, des bougies et le feu éclairaient d'une lumière à la fois familière et fantastique. Six servantes à robes noires et bonnets blancs, assises à la longue table, préparaient les pommes de terre, les légumes, le lard, la viande, les herbes, les desserts, pour les repas du lendemain. Une autre, à genoux devant l'immense cheminée, emplissait à la louche les bouillottes de cuivre pour la nuit, avec l'eau qui chauffait sur la tourbe, dans la marmite pendue, grande comme le ventre d'une vache.

Il y avait des trous d'ombre partout, derrière les piliers de la voûte, entre les vastes buffets, vaisseliers et pétrins. Ça sentait le poireau, le poulet écorché, la vanille et le chocolat, le persil et la rhubarbe, odeurs mêlées par les mains des femmes et chauffées par celle de la tourbe. Johnatan les respirait lentement, profondément, et il sentait aussi l'odeur des arbres dans lesquels avaient été taillés les meubles, et l'odeur des pierres des murs, et de la terre derrière elles et sous les dalles du sol. Il s'emplissait les yeux de la lumière et de l'ombre, des visages des servantes, des reflets du feu sur le bataillon de cuivre des bouillottes. Il sentait son cœur grandir. Chez lui... Il était chez lui...

— Viens ! répéta Griselda.

Au moment où ils s'engageaient sur l'escalier, elle s'arrêta brusquement. Quelqu'un venait de l'appeler par son nom.

Par son nom gaélique, celui qui avait été prononcé sur elle par Amy à sa naissance, et qu'elle lui avait répété avant son départ de l'île. Le nom qu'elle-même était seule à connaître depuis la disparition de Shawn...

Elle se retourna lentement, terrifiée, incrédule.

— Amy !

Elle était assise près de la cheminée, sur un siège creusé dans le mur. Elle ne l'avait pas vue parce que la servante aux bouillottes la cachait à moitié, et parce qu'elle était de la couleur de l'ombre, de la pierre et du feu. Un chat roux dormait en rond sur ses genoux.

Griselda vint lentement vers elle, suivie par Johnatan. Elle s'arrêta à un pas devant elle. Elle avait envie de s'agenouiller, de l'embrasser, de pleurer, de poser sa tête sur ses genoux à côté du chat roux, toute son enfance et sa jeunesse lui remontaient au cœur avec le désespoir du temps passé à jamais perdu.

— Amy... Est-ce possible ?...

La vieille femme lui souriait avec mille rides de pierre. Son visage paraissait taillé dans le mur gris un peu ocré par le feu qui le cuisait depuis cent générations. Et il semblait avoir le même âge.

— Je t'avais dit que je ne serais plus là quand tu reviendrais... Et pourtant, tu vois... J'y suis... Tu as peut-être fait plus vite que je pensais... Ou je suis peut-être plus solide qu'on croit...

Elle tourna la tête vers Johnatan.

— Eclaire-le, que je le regarde...

Griselda leva son flambeau. Johnatan, tranquille, regardait Amy. Quand la lumière s'approcha, elle se mit à rire de satisfaction. Elle lui dit :

— C'est bien... Tourne-toi vers les filles... Toi, éclaire-le bien... Regardez-le, les filles ! Son nom est Johnatan... C'est le grand Johnatan qui revient, et c'est le fils de Shawn... C'est le fils de Shawn et c'est le fils de la licorne... Dites-le demain, dites partout qu'il est revenu...

— NON !... cria Griselda.

Toutes les servantes s'étaient levées et se serraient les unes contre les autres et regardaient Johnatan de tous leurs yeux. Elles étaient noires et blanches, et le feu dansait sur leurs joues.

— Non !... Ne dites rien !... Nous allons repartir ! Nous sommes venus seulement parce qu'il voulait voir l'île et nous allons repartir. Il ne faut pas dire qu'il est venu ! Il ne faut rien dire !

— Ce qui doit être su doit être dit, dit Amy. Il ne repartira pas... ne verra pas l'île... Il n'a pas le temps... Il est attendu ailleurs... Toi, tu vas repartir... Tu es attendue sur le grand navire... Tu as fait ce que tu devais. Maintenant c'est à lui... Tu viens de lui montrer les racines de la maison, va lui montrer l'arbre... C'est d'ici qu'est parti le rameau qui a poussé à St-Albans... Montre-lui la chambre des époux, où Johnatan a été conçu et mis au monde... Les deux lits sont revenus... Augusta les a rachetés... Et laisse-le seul... C'est là qu'il doit dormir cette nuit... Va, ma belle, emmène-le...

Alors qu'ils remontaient le grand escalier courbe, Johnatan s'arrêta, passa un bras autour des épaules de sa mère et, doucement, très tendrement, lui répéta son nom gaël qu'il avait retenu et compris.

Et elle, à cause de cette tendresse et de ce bras autour de ses épaules, en comprit enfin la signification. Elle en connaissait le sens : « celle qui ouvre », mais elle s'était toujours demandé quelle porte, quel chemin, elle aurait à ouvrir un jour... Et maintenant elle savait...

Elle avait ouvert le sang de la licorne, le sang anglais d'Irlande, au sang gaël de Shawn, et elle s'était ouverte une deuxième fois pour donner à son pays ce fils des deux sangs confondus. Et voilà qu'elle devait s'ouvrir et se déchirer une troisième fois pour le séparer d'elle et le quitter... Afin qu'il aille libérer et concilier les deux sangs qu'il portait.

Oui, elle allait partir et le laisser. Elle continuerait à le soutenir de loin, mais son rôle était terminé. Son rôle avait été de faire cet enfant, et de le préparer, et maintenant de le quitter.

Amy avait dit « tu es attendue sur le grand navire ». C'était vrai. Rajat l'attendait en Angleterre. Il avait retenu des cabines sur le grand paquebot qui allait partir pour l'Amérique. Une fois de plus elle allait s'embarquer sur le navire de ses rêves. Cette fois c'était le plus beau navire du monde. Et le prince le plus beau. Elle ne lui avait, jusque-là, rien donné d'elle-même. A cause de Johnatan qui la regardait et de Shawn à qui il ressemblait tant. Maintenant, peut-être, elle allait pouvoir vivre.

Le paquebot quitta l'Angleterre et fit escale au Havre pour embarquer des passagers venus de tous les pays d'Europe.

Avec des banquiers, des chefs d'industrie, des hommes d'affaires, de vieilles femmes très riches et de plus jeunes et plus belles qui étaient en train de s'enrichir, avec des curieux et des blasés, des actrices, des danseurs, des journalistes, Gerhart Neumann monta à bord.

Thomas s'était jeté sur son lit, épuisé. Depuis son arrivée, quand la pluie l'empêchait de sortir, il peignait la mer sur le mur ouest du garage. La mer. Sans rivage. Sans ciel. Sans horizon. La mer, seule. Aujourd'hui, il avait voulu en finir. Il peignait avec des pinceaux larges, de peintre en bâtiment, et avec des couleurs en pots qu'il avait achetées chez le droguiste. Des verts et des bleus pour volets de villas, des rouges et des violets d'automobiles. Il les plaquait en traînées pures, les brutalisait avec du noir, les juxtaposait et les superposait en rencontres explosives. Et quand ça coulait, il séchait avec des poignées de cendres.

Et la mer se gonflait sur le mur, primitive, monstrueuse, mère de toutes vies et de tous les désastres. Quand la nuit tomba, il alluma tout ce qu'il put trouver comme lampes et bougies, et continua. La mer tordue, gonflée, pétrie de tourbillons énormes, sortait du mur, envahissait le garage et le monde. Thomas n'avait plus rien à manger, plus rien à boire. Il signa d'un grand T blanc, pareil à une croix. Il était au bout de ses forces. Il monta se coucher. Derrière lui les bougies fondirent, les lampes fumèrent, épuisant leur pétrole. La mer s'éteignit.

Une lumière éveilla Thomas. Il se leva et ouvrit la fenêtre. Le ciel s'était dégagé et ses milliards d'étoiles se reflétaient sur l'eau miraculeusement plus lisse qu'un miroir. Il n'y avait plus de plage, plus de collines, plus de continent, plus rien que des étoiles, dans toutes les dimensions de l'espace, de l'infini jusqu'au ras de la fenêtre. Elles étaient partout. Il suffisait de tendre la main...

Et dans le milieu des constellations glissait un arbre de feu, un arbre couché. Le grand paquebot, ses dix mille fenêtres allumées, voguait vers l'Amérique, posé sur rien, des étoiles au-dessous de lui.

Thomas le regarda passer, et disparaître quelque part plus loin que le monde. Il comprit que le navire, accompagné du ciel et de la mer, était venu exprès pour lui. Il lui avait apporté un message qui ne pouvait se dire, ni même se penser, mais qui était aussi évident que le jour quand le soleil se lève. Il y eut un instant éblouissant où Thomas comprit l'existence de tout, et la ronde des grains de poussière et des univers. Puis la lumière en lui se replia, se blottit et se cacha. Maintenant, il n'avait plus besoin de rester ici. Il pensait de façon différente à Pauline. Il comprenait, il pardonnait, il était empli de tendresse.

Il rentra à Paris, laissant la mer enfermée dans le garage.

Le navire traversa des jours et des nuits. Rajat avait loué deux cabines de luxe, avec salons. Griselda et lui, sans se le dire, avaient placé dans ce voyage l'espoir de commencer ensemble un renouveau, lui s'éloignant des intrigues du palais de Bangkok, elle laissant derrière elle les batailles et leurs blessures. C'était un grand départ symbolique, dans la joie d'une fête en mouvement vers l'avenir.

Mais un soir après l'autre, Griselda remettait au lendemain le mot ou le sourire qui aurait encouragé Rajat à l'accompagner dans sa cabine, et y rentrait seule. Une mélancolie grandissante l'envahissait. Quelque chose d'irremplaçable lui manquait. Quelqu'un...

Le dimanche, le commandant du navire offrit à ses passagers le grand bal de gala de la traversée. Griselda décida que ce serait ce soir-là que tout commencerait de nouveau, et mit une robe blanche, comme une mariée. Rajat, en habit, était étrange et beau. Il avait l'air d'un dieu qui s'était déguisé pour rendre visite aux mortels. Toutes les femmes enviaient Griselda qui tournait dans ses bras, et tous les hommes le haïssaient d'avoir ses mains posées sur elle.

Quand le bal se termina, il ne restait plus que trois couples, dont Rajat et Griselda, qui remettait d'une danse à l'autre le moment de se retirer. Le commandant descendit de la passerelle pour lui demander la dernière valse. Il avait une barbe blanche. C'était son dernier voyage. Avant de le laisser partir à la retraite, sa compagnie lui avait offert cette traversée glorieuse, comme un bouquet. Les accents de l'orchestre, dans le grand salon presque vide, se perdaient entre les tables désertes, se baignaient de nostalgie. Dans un coin du salon, un homme solitaire qui fumait un cigare le posa et s'en fut. C'était Gerhart Neumann. Il ne s'était montré depuis Cherbourg ni à Rajat ni à Griselda. Il voulait les rencontrer juste avant l'arrivée à New York. Il cherchait un moyen de relancer leur activité contre l'Angleterre qui, à son goût, mollissait.

Le dernier tour de la valse déposa, comme une vague, Griselda près de Rajat. Le commandant inclina sa barbe blanche et regagna les devoirs de sa charge. Le salon avait perdu ses murs. Ses glaces se renvoyaient à l'infini les reflets du parquet blond, des dorures et des plantes vertes. Griselda avait le vertige. L'espace sans fin valsait autour d'elle. Les musiciens rangeaient leurs instruments mais la musique continuait en volutes mélancoliques qui s'évanouissaient et resurgissaient des murmures du silence. Griselda prit à deux mains le bras de Rajat et ils commencèrent de marcher ensemble vers les cabines, franchissant des portes et des coursives faites de brume et de lumière. Le sol était doux comme l'herbe du printemps. Quand ils arrivèrent devant la cabine de Rajat, les mains de Griselda lâchèrent son bras et il comprit qu'il devait la laisser continuer seule. Elle marchait tranquillement, légère, tournait à droite, il ne la vit plus. Elle se délivrait à chaque pas du trouble et des regrets qui l'enveloppaient depuis le début du voyage. La brume se dispersait, la lumière devenait claire et chaude, la musique était une seule note, longue, tendre, qui sentait les genêts fleuris. Derrière la porte de son appartement, elle entendit l'aboiement joyeux qui l'accueillait toujours quand elle rentrait chez elle...

— Ardann !...

Elle ouvrit. Le grand chien blanc et feu bondit vers elle. Elle entendit le bruit de ses pattes sur le tapis. Au centre du salon, debout, se tenait Shawn, tel qu'il était quand elle le soignait dans la chapelle de St-Albans, blessé, glorieux et fort. Avec une tache nouvelle de sang sur le front. Elle se souvint des paroles d'Amy : « Tu es attendue sur le grand navire. »

— C'était toi, qui m'attendais !...

Elle s'avança vers lui. La tache de sang s'effaça. Ils se confondirent. La cabine trembla, craqua, s'ouvrit vers le ciel et la mer. Poussé dans la nuit par toute la puissance de ses machines, le *Titanic* venait d'entrer en collision avec un iceberg.

Le 17 avril à midi, deux jours et demi après le naufrage du *Titanic*, une obscurité totale recouvrit Paris. Les véhicules s'arrêtèrent, les piétons cessèrent de marcher, les gens sortirent dans les rues, et tout le monde leva le nez en l'air : une éclipse de soleil balayait l'Europe de sa tache noire.

Sir Henry, qui rentrait chez lui en fiacre, descendit du véhicule et regarda la mince écorce solaire qui commençait à reparaître. Il s'abritait les yeux en tenant son haut-de-forme devant son visage, ce qui était tout à fait illusoire. Le cocher, plus malin, sortit une de ses lanternes de son support et regarda à travers son gros verre arrière, rouge. Sir Henry dut renoncer à son examen. Il baissa la tête et remit son chapeau. Il lui sembla que tous les gens immobiles dans la rue avaient un air bizarre et le visage vert.

— C'est pas bon signe, ça, Monsieur, dit le cocher. La belle-sœur de ma femme, qui sait lire les cartes, elle dit qu'après trois comètes et une éclipse on y coupe pas de la guerre !...

— Ah ah, ce sont des choses qui arrivent... dit Sir Henry.

Il remonta dans le fiacre qui reprit sa route au petit trot des quatre fers, flac-flac sur les pavés, dans la pénombre qui s'éclaircissait.

Il ne connaissait pas le sens caché des cartes, mais arrivait à des conclusions aussi pessimistes en considérant seulement les faits : on chantait *la Marseillaise* dans la Lorraine annexée par l'Allemagne, le Kaiser rencontrait le roi d'Italie dans une gondole à Venise, une escadre italienne bombardait les Dardanelles, on installait des casiers à bombes sur les avions militaires français, la nouvelle mode parisienne permettait aux femmes de montrer leurs chevilles, ce qui était un témoignage caractéristique de la décadence des mœurs qui accompagne toujours les périodes dangereuses de l'histoire. Mais ce qui l'avait le plus frappé comme signe du désordre universel était le naufrage non du *Titanic* mais d'une embarcation plus légère : au cours du 67e match d'aviron Oxford-Cambridge sur la Tamise, le « huit » de Cambridge avait sombré. C'était la fin des temps...

Il soupira d'aise et de regret en s'asseyant derrière son bureau. Il se trouvait si bien, ici... Or il était probable qu'il allait être nommé à Washington. Cela ne lui plaisait pas. Il envisagea une fois de plus de donner sa démission. Il pourrait ainsi partager son temps entre Paris et ses villas de Trouville et de Monte-Carlo. Et un peu aussi, Londres et Greenhall, bien sûr... Oui, c'est sans doute ce qu'il ferait si on le nommait à Washington. Après tout, il y avait assez de diplomates pour embrouiller les choses, sans lui...

Réconforté, il se leva et vint se placer en face de la petite fille en mauve, signée T, qui ornait maintenant le mur vert pâle. Il la regarda longuement et sentit tous ses muscles se décontracter, tous ses soucis se défaire. Oui, c'était de la peinture... Le petit cousin Thomas était un peintre...

C'était un peintre qui ne peignait plus. Il était rentré à Paris transformé, plein d'indulgence, de tolérance et d'amour pour Pauline. Il avait télégraphié pour annoncer son retour. Il trouvait que le train se traînait... Il monterait l'escalier en courant, elle l'entendrait, elle ouvrirait la porte, il ouvrirait les bras, il la couvrirait de baisers, il l'emporterait sur le lit... Sa mère serait partie à ses leçons...

La maison était vide.

Sa mère rentra la première.

Puis sa fille, dans les bras de sa nourrice.

Puis sa femme, à deux heures du matin.

En l'attendant, il avait bu tout ce qu'il avait trouvé dans les bouteilles, le vin, le rhum pour les grogs, du quinquina, l'alcool du bocal de cerises. Il cria si fort que Blanche, hurlante, se noua et se dénoua en une crise de convulsions, et les bêtes se réveillèrent dans les écuries. Les chevaux ruèrent comme la nuit du tremblement de terre et César, couché sous un platane, se leva, dressa sa trompe vers la haute fenêtre allumée et, lui aussi, cria...

Pauline réussit à s'enfermer dans le débarras avant que Thomas eût levé la main sur elle. Des assiettes et des potiches se brisèrent contre sa porte. Il essaya encore une fois de l'enfoncer. Mais les portes étaient en fer, peintes en faux bois. C'était le père Eiffel qui les avait fabriquées.

Helen, épouvantée et satisfaite, ne savait que faire pour calmer Blanche qui se tordait dans ses bras. Elle maudissait la femme par qui tant de malheurs étaient venus, mais elle était contente d'entendre Thomas la traiter enfin comme elle le méritait.

Pauline n'avait plus remis les pieds dans la chambre conjugale. Pendant l'absence de Thomas elle avait peu à peu aménagé le « débarras ». Un beau matin, elle avait décroché le garde-manger et l'avait déposé sur la table de la cuisine. Qu'Helen en fasse ce qu'elle voudra... Elle avait enfermé dans des malles les vêtements pendus, caché les malles sous un plaid. Autour de son lit étroit et de sa coiffeuse, la lumière et l'espace s'étaient agrandis. Thomas avait retrouvé une femme pratiquement séparée de lui, alors qu'il s'imaginait revenir vers une épouse amoureuse, repentante, éplorée. Il est des situations que l'absence n'améliore pas. La présence non plus, d'ailleurs.

Thomas se mit à fréquenter les cafés autour du *Matin*, en compagnie de Béto. Béto buvait des absinthes, l'une après l'autre, devenait rêveur, puis absent, les yeux fixes, pareils à des huîtres. Thomas avait horreur de cette drogue et buvait du vin rouge. Le *Petit Canon* en servait un excellent, en provenance d'un vignoble peu connu à Paris, le Beaujolais.

Montel était furieux d'avoir maintenant deux buveurs dans son équipe. En fait, il en avait trois, mais le gros Fabre pouvait boire n'importe quoi en n'importe quelle quantité sans être troublé. Tout tombait dans la barrique de son ventre, et rien ne lui remontait à la tête.

— Je vais le foutre à la porte, votre petit cousin, dit Montel à Sir Henry. Il s'absente des semaines, et quand il revient, c'est pour se poivrer !

— Vous auriez tort, il a beaucoup de talent... Un jour vous serez fier de l'avoir eu chez vous...

— Oh fier !... Vous savez, j'en ai eu d'autres... Et je préfère un type médiocre qui est là quand j'ai besoin de lui à un génie absent. Le jour du siège de Bonnot, il était cuit ! Lui qui se plaint toujours de ne pas pouvoir saisir les scènes sur le vif, là il avait une sacrée occasion ! Si encore il se tenait tranquille ! mais à un certain degré il devient enragé, on dirait qu'il en veut au monde entier et qu'il va lui apprendre à vivre à coups de pied. Avant-hier, il a flanqué une pile à Rozier, de la rubrique des sports. Remarquez, celui-là avait besoin de tomber sur un bec, avec son « noble art », il se prenait un peu trop pour Carpentier... Mais qu'est-ce qu'il a ce gamin, à être furieux et à boire comme ça ?

— Un artiste, mon cher, allez savoir... Les tourments de la création ?...

— Création, mon œil... C'est une histoire de fesses... Il est heureux en ménage ?

— Sa femme est ravissante... Vous la connaissez : c'est la petite Pauline de Rome, la fille de Paul...

— Ce bijou ? Cette fauvette, avec ce fauve ? Ça ne peut pas coller... Il faut le distraire... Je vais dire au gros Fabre de l'emmener au 32. Je le recommanderai à la patronne. Elle a des filles superbes. Comment il s'appelle, déjà ? Thomas comment ? Je n'arrive jamais à me rappeler son nom...

— Aungier... Thomas Aungier...

— Oh Seigneur ! Avec un nom pareil moi je me saoulerais rien que pour l'oublier !...

— Monsieur Angine, dit Montel, puisque vous nous faites l'honneur d'être parmi nous ce soir avec, semble-t-il, assez de sang-froid pour distinguer un caniche d'un garde municipal, je vous offre l'occasion de vous racheter de votre loupé de Bonnot. La Préfecture vient de me téléphoner : ils ont coincé Garnier à Nogent-sur-Marne. C'est la même histoire qui recommence : il s'est enfermé dans un pavillon avec un autre tueur ; ils sont encerclés, ils ont déjà descendu une demi-douzaine d'inspecteurs... Prenez la Chenard-et-Walker et filez là-bas. Fabre vous y allez aussi, bien entendu... Où est Béto ?

— Là, monsieur...

Montel se baissa pour suivre le geste de Fabre. Béto était étendu sous la table, la tête sur un paquet de journaux, un œil fermé, un œil ouvert.

— Il dort, ou il est mort ?

— Ni l'un ni l'autre, je pense... On le saura mieux demain matin.

Louis, le chauffeur de la Chenard-et-Walker, avait l'adresse sur un bout de papier. Elle était simple : rue du Viaduc. Il suffisait de trouver le viaduc. Il n'eut pas besoin de demander son chemin en arrivant à Nogent. La nuit était noire, le ciel couvert, le viaduc impossible à apercevoir, mais la fusillade crépitait, et de bec de gaz en bec de gaz on voyait des piétons, des voitures, des familles, se hâter vers les coups de feu. Louis suivit la foule. Il dut bientôt ralentir pour n'écraser personne. Il fut dépassé par une compagnie de zouaves qui gagnait le théâtre des opérations au pas de gymnastique, une-deux ! une-deux !... Il traversa l'agglomération et s'arrêta : dans l'obscurité totale la lumière de ses lanternes éclairait un mur compact de dos. Il essaya de s'y ouvrir une brèche à grand bruit de trompe, mais rien ne bougea.

— Ne te fatigue pas la voix, dit Fabre. Vire et attends-nous là.

Il ne put pas virer. Déjà la foule qui arrivait derrière engluait la voiture et montait dessus pour essayer de voir quelque chose. Mais on ne voyait rien. Tout était noir. On entendait des détonations, maintenant proches. Des coups isolés, des séries, des ta-ta-ta-ta.

— Il y a une mitrailleuse, dit Fabre. Qui est-ce qui l'a ? Garnier ou la police ?

— C'est les bandits ! cria une femme. Ils sont au moins vingt dans le pavillon ! Mais on est allé chercher l'artillerie ! On va amener des canons !...

— Il faudrait essayer de voir quelque chose, dit Thomas. On est venu pour voir...

— On y va !... Suis-moi... Ne me lâche pas...

Fabre ouvrit le chemin avec son ventre. Rien ne résistait à son poids. Thomas suivait dans son sillage, indifférent. Tout cela lui paraissait dérisoire, sans importance, et stupide.

Ils arrivèrent à un barrage de gendarmes. Un gradé examina leurs coupe-file avec une allumette et les laissa passer. Ils quittèrent le noir aggloméré pour le vide noir. Quelques éclairs rapides précédèrent des coups de feu. Ils virent le viaduc apparaître et disparaître. Au pied d'une de ses piles, des torches éclairaient un petit groupe. Ils prirent cette direction. Fabre toujours en tête. Il jura, il venait d'être arrêté par une haie épineuse. Il la poussa de son ventre et traversa. Mais derrière la haie une vache dormait. Il bascula sur elle et roula à terre.

— Merde ! Y a un bestiau ! Fais attention ! Où tu es ? Aide-moi à me relever, bon Dieu !

Thomas se pencha, saisit quelque chose, c'était une corne de vache. Un ventre... mamelles... queue... une jambe qui s'agite... un autre ventre... une main... Il tira et souleva Fabre comme une plume. Une explosion secoua le ciel et la terre. La vache sauta sur ses pieds et les fit rouler tous les deux dans l'herbe. Des débris tombaient de l'obscurité verticale.

— Ils ont fait sauter la baraque, comme pour Bonnot, dit Fabre à quatre pattes. On aura encore rien vu...

— Qu'est-ce que tu veux voir, dans le noir ? dit Thomas.

Mais la « baraque » n'avait pas sauté. Seule une partie de son toit avait été dispersée dans la nuit par une grenade que les artilleurs avaient jetée du haut du viaduc. Ils l'apprirent en arrivant au PC des opérations, éclairé par des torches. Les journalistes présents étaient groupés autour d'un camion rouge sur lequel grondait un moteur à essence. A côté du moteur, une sorte d'énorme casserole d'un mètre de diamètre braquait son œil de verre dans l'obscurité. C'était le projecteur des pompiers. Mais il ne projetait rien. Il ne marchait pas. Sans lui on ne pouvait rien faire. On était noyé dans le noir. On ne voyait même pas la maison des bandits.

Le chef de la Sûreté piqua une colère. Le chef des pompiers envoya un cycliste chercher à Paris l'adjudant électricien. En attendant son arrivée, on arrêta le moteur. Les coups de feu redoublèrent, puis se calmèrent. Les policiers abrités derrière des arbres tiraient dans la direction qu'ils jugeaient la bonne. Personne ne ripostait.

La foule commençait à s'étoiler de lumières. Une marchande de frites allumait sa lanterne et enflammait le charbon de bois sous sa bassine d'huile. Sur la plate-forme d'un camion peint en blanc, un homme en blouse blanche réglait les papillons de quatre lampes à acétylène et ouvrait des paquets. Entre les pétarades on entendit de la musique. Quelqu'un jouait de l'accordéon. On fit de la place autour de lui, on dégagea, des couples se mirent à valser. Trois lanternes du 14 Juillet au bout d'une perche se déplaçaient au-dessus des têtes. On s'asseyait par terre autour d'une bougie et d'un litre de rouge pour manger du saucisson. Les Parisiens continuaient d'arriver. La STCRP avait doublé le nombre de ses tramways. Un train complet était venu de la Bastille. Les rues de Nogent étaient bouchées par des files de voitures, de fiacres et d'automobiles. Les familles venaient avec des paniers, des chaises, des jumelles.

Thomas, adossé à un pilier du viaduc, au-dessous d'une torche accrochée, entendait sans écouter, voyait sans regarder. Tout cela lui était absolument étranger, c'était le spectacle d'un autre monde, à mille lieues et mille années de lui. Que faisait-il là ? Qui était fou ? Lui ou eux ? Qui était vivant ou mort ?

Deux officiers du génie commencèrent à ramper à ses pieds, en direction de la nuit. Un d'eux portait, attaché sur son dos, un manche à balai à l'extrémité duquel étaient fixés six bâtons de mélinite. On allait faire sauter les bandits.

Sur le camion blanc, l'homme en blouse, éclairé par l'acétylène, criait :

— Achetez le Manipulse ! Le merveilleux appareil du célèbre Dr Johansen, qui guérit toutes les douleurs en une minute !

Un plein tramway de filles du boulevard Richard-Lenoir était arrivé. En jupes noires et rubans rouges dans les cheveux. Elles prenaient un client dans la foule, l'emmenaient dans l'obscurité, revenaient trois minutes après en chercher un autre. Toutes les sortes de véhicules et de transports en commun continuaient de se vider sur Nogent, qui débordait.

Les deux officiers revinrent en rampant. Le cordeau de Bickford était trop court. Il n'y en avait pas d'autre. On ne pourrait pas faire sauter la maison.

L'adjudant électricien qui venait d'arriver à cheval, au galop, proposa de fixer un fil électrique à la mélinite. Les deux officiers repartirent en rampant chercher leur explosif.

L'adjudant s'affaira sur le projecteur. Un pompier l'éclairait avec une torche. L'adjudant dit : « Ça y est ! » On remit le moteur en marche. L'adjudant abaissa une manette. Le projecteur ne projeta pas. On arrêta le moteur.

Les officiers revinrent avec la mélinite. Le chef des artilleurs déclara qu'il n'y en avait pas assez. Il en rajouta six pains. L'adjudant y mit un fil. Les deux officiers repartirent en rampant.

Il y avait au pied du pilier dans l'ombre une masse ronde plus obscure que l'obscurité. C'était Fabre qui dormait. Une explosion énorme le jeta sur ses pieds. La maison des bandits venait de sauter.

— En avant ! cria le chef de la Sûreté.

Les policiers se précipitèrent, revolver dans un poing une torche dans l'autre. Des tuiles et des briques pleuvaient. La foule hurla, écrasa les barrages, emportant les zouaves et les gendarmes vers l'endroit où il se passait quelque chose, renversant les frites et l'huile bouillante, piétinant les couples au travail dans l'herbe, écrasant les haies, submergeant la vache, emplissant la nuit de sa marée noire. L'adjudant, penché sur le projecteur, travaillait, travaillait.

Thomas, à la crête de la vague, fut poussé dans la maison éventrée, vit une lampe allumée, un homme couché dans un matelas roulé, un homme debout qui tirait, des policiers qui tiraient, des torches, l'homme debout qui tombait, on le ramassait, on l'emportait, on emportait l'homme au matelas, la vague refluait, les gendarmes protégeaient les hommes qui emportaient les morts que la foule voulait tuer. Thomas suivait. Il y avait une odeur de poudre et de poussière et d'herbe écrasée, et des bouffées de sueur et de gras de cheveux. On enfournait les deux bandits morts dans une ambulance, la foule se dispersait, les chauffeurs tournaient les manivelles pour relancer les moteurs.

Tout à coup un éblouissement perfora la nuit : le projecteur fonctionnait ! Son faisceau blanc balaya en zigzag le viaduc, les champs, la maison fumante, les zouaves qui se regroupaient, puis s'immobilisa, le projecteur coincé. Thomas vit, à dix pas de lui, épinglé par le cône de lumière, brillante comme dix soleils, une torpédo nickelée, au radiateur en lame de couteau, aux garde-boue rouges. A l'arrière de la voiture il y avait une robe rouge. C'était Pauline...

Elle était assise à côté d'un homme en cape noire, chapeau haut de forme et écharpe de soie blanche. Ils étaient venus au spectacle de Nogent après le théâtre, ou le souper... Thomas reconnut l'homme. Son œil de peintre n'oubliait jamais les traits d'un visage. C'était Kolsen, le « décorateur » des Ballets russes.

Une rage joyeuse l'envahit. Tout l'aspect d'irréel disparut. Cela, enfin, le concernait ! C'était la vie, *sa* vie ! Et c'était la fin du morne chagrin incertain, des questions en forme de râpe tournant dans sa tête et dans sa poitrine. Il y avait un visage ! Il y avait quelqu'un !

Il sauta sur le marchepied, fit voler le gibus d'un revers de main, attrapa l'écharpe et tira, souleva Kolsen et le fit basculer par-dessus la portière.

— Thomas !

Le cri de Pauline révéla au décorateur le nom de son agresseur qu'il n'avait pas eu le temps de voir. Il était fort et il aimait se battre. Le combat fut terrible. Parfois ils roulaient ensemble hors de la lumière. On entendait les ahanements et les bruits des coups, puis l'un d'eux tombait de nouveau dans le faisceau du projecteur et l'autre lui sautait dessus. Le chauffeur de la torpédo avait voulu venir à l'aide de son maître, mais le ventre de Fabre était sorti de la nuit pour l'en empêcher. Quelques derniers curieux regardaient en passant, ne s'attardaient pas, ils avaient leur compte d'émotions. Le ciel pâlissait. « Meeuh ! » fit la vache, quelque part, sentant gonfler ses mamelles. Thomas, déchiré, saignant, ramassa son adversaire brisé, et vint le jeter dans la voiture, aux pieds de Pauline.

— Tiens !... Va le soigner... Et reste avec lui !...

Pauline le regarda monter dans la voiture du *Matin*, qui s'était approchée. Il ne se retourna pas. La voiture partit. Alors seulement elle se pencha vers le vaincu.

Le projecteur s'éteignit. Un coq chanta. D'autres lui répondirent. Le jour paisible se levait.

Pour la première fois depuis vingt ans, Helen manqua à ses obligations. Elle devait donner à dix heures une leçon d'anglais aux fils jumeaux du baron Hanwiller, avenue Victor-Hugo, elle n'avait aucun moyen de prévenir qu'elle n'irait pas, et il était dix heures et demie et elle n'était pas partie. Habillée, chapeautée, gantée, elle attendait, assise sur une chaise de la cuisine, la porte de la pièce ouverte, les yeux fixés sur le débouché de l'escalier de fer. Thomas n'était pas rentré de la nuit. Pauline non plus.

A huit heures du matin, un petit télégraphiste avait apporté un télégramme adressé à Mr Thomas Aungier. Elle ne l'avait pas ouvert. Il était posé sur la table, près de son coude. Dix fois, vingt fois, elle avait pris le petit pli bleu, prête à déchirer la bande pointillée, d'abord baveuse de colle et qui, depuis, avait séché, et elle l'avait reposé. Elle ne pouvait pas. On n'ouvre pas la correspondance d'autrui. Même d'un proche. Même urgente.

On regrette toujours, d'ailleurs, d'avoir ouvert un télégramme, même adressé à soi. Surtout. Il n'apporte que le malheur, les deuils, les accidents, les annonces d'enterrement. Pour les naissances, on écrit. Pour le bonheur, on se tait.

Elle se dressa comme un ressort quand elle entendit claquer la porte de la passerelle. Thomas ou Pauline ? Thomas... Le poids de son pas sur les premières marches... Mais lent, hésitant, mou... Le malheur ! le malheur ! Que s'était-il passé ?... Elle vit surgir d'abord son visage qui montait, sa joue gauche balafrée, son œil droit à demi bouché, sa bouche enflée... Elle cria et se jeta vers lui...

— Qu'est-ce qu'on t'a fait ?... Qu'est-ce qu'ils t'ont fait ?... Qui est-ce ? Qui ?...

Savoir qui ! Pour le tuer ! Celui qui avait blessé son Thomas...

Il sourit avec difficulté, la souleva à deux mains, si légère, l'embrassa...

— Ce n'est rien... C'est fini... Ne t'inquiète pas... Rien du tout, rien de cassé...

Et il ajouta :

— J'ai faim...

Alors elle fut rassurée.

D'une bourrade il ouvrit la porte de la chambre de Pauline. Vide... Helen hésita, elle avait peur de le blesser encore, il fallait pourtant bien qu'il sache...

— Elle n'est pas rentrée...

Il se tourna vers elle.

— Je sais... Elle ne rentrera plus.

En disant cela il était devenu comme de la pierre. Il resta quelques secondes immobile, il regardait droit devant lui, loin, à travers le mur. Puis il baissa une paupière et demie, frotta doucement ses lèvres tuméfiées, et répéta :

— J'ai faim...

Il alla s'asseoir à la salle à manger.

Elle courut à la cuisine, mit six œufs dans la poêle, apporta le pain, le beurre, les biscuits, la théière, un citron, un bol, retourna chercher l'eau bouillante, le lait, le sucre, la confiture... Elle ne pensa au télégramme que lorsqu'elle le vit alors qu'elle ouvrait le tiroir de la table pour y prendre cuillers et couteaux.

Sa main était ferme quand elle le posa devant Thomas. Elle ne tremblait jamais.

— Il est arrivé cela, pour toi...

Il le regarda avec étonnement, l'ouvrit, le lut. Helen ne respirait plus. Elle essayait de deviner sur son visage, avant qu'il ait eu le temps de parler... Le malheur... Elle vit qu'il subissait un choc, il secoua un peu la tête, leva son regard vers elle comme pour lui poser une question, réfléchit, puis haussa les épaules, froissa le télégramme et le jeta.

— Je m'en fous !...

Elle lui versa le thé. Il but, soupira d'aise.

— Devine où j'étais, cette nuit ?

Il se mit à lui raconter la nuit de Nogent, sans parler de Pauline. Elle courut chercher les œufs. Après l'avoir servi, elle ramassa le télégramme, le défroissa.

— Je peux... ?

— Bien sûr...

Elle lut. Il sourit en voyant son air stupéfait.

— Donne...

Il le reprit, le posa sur la table, à sa gauche, et le relut tout en mangeant.

C'était un câblogramme, de New York : « Exposition grand succès. Votre présence indispensable. Apportez autres toiles. Ai télégraphié Windon British Bank vous verser avance que vous désirerez. A bientôt. Je suis très content. Thuriez. »

— Tu ne vas pas y aller ? cria Helen.

Il regarda, par la porte ouverte, la chambre de Pauline où l'on apercevait le lit défait, une robe jaune par terre, une chaussure sur la chaise de nacre. Il dit :

— Si... J'y vais...

Un immense désastre venait d'être épargné à l'humanité : l'épidémie de peste qui avait détruit les deux tiers de la population de la Mandchourie avait pu être contenue et enfin jugulée. Six mois plus tôt elle menaçait d'envahir le monde. C'était le moment où le *Fédor* quittait Bangkok pour Vladivostok. Au soir de la première journée de mer, le prince Alexandre avait senti son cœur défaillir. Il avait soudain compris qu'il était mortel. Cela ne lui était jamais venu à l'esprit. Il fut saisi par la terreur de disparaître avant d'avoir pu obtenir le pardon de son souverain. A peine le bateau à quai dans le port russe, il gagna le wagon-salon du train spécial qui l'attendait en permanence à l'extrémité du Transsibérien. La locomotive était sous pression. Le convoi partit.

Nulle part, de l'Orient à l'Occident, on n'avait vu depuis mille ans une épidémie pareille à celle qui ravageait la Mandchourie. Partout on brûlait les morts et les demi-morts entassés. Chaque village avait sa colline fumante. La Russie, pour se préserver du fléau, avait coupé tous liens avec ses provinces et ses voisins de l'est, et dressé à leur frontière un cordon sanitaire. C'est-à-dire un rempart de troupes. Et déboulonné en pleine campagne les rails du Transsibérien.

Le convoi du prince s'arrêta, faute de voie. C'était le soir. Le soleil se couchait sur l'immense plaine où un vent glacé commençait à souffler. A l'est, les longues fumées des bûchers se teintaient de rose.

Le prince ne pouvait pas perdre une heure. Il ne pouvait pas s'arrêter. Il décida de continuer à pied. Enveloppé dans sa pelisse, bonnet en tête, il se mit en marche vers Moscou, suivi de ses serviteurs. Les mitrailleuses tirèrent. Il tomba en avant, et ses serviteurs dans tous les sens. Ils furent arrosés ensemble de pétrole, et le vent emporta une fumée de plus.

Trois jours après l'éclipse, le dirigeable militaire français *Clément-Bayard*, 9 000 mètres cubes, 88 mètres de long, 6 hommes d'équipage, atteignit l'altitude de 2 500 mètres. Le chef de bord était le capitaine Néant.

Dans un pub de Dublin dont la façade était peinte en bleu, Johnatan buvait de la bière en compagnie de quelques jeunes Irlandais qu'il venait de rejoindre. Un d'eux se nommait James Connolly et serait fusillé après la révolte de 1916, attaché sur une chaise parce que, blessé et envahi par la gangrène, il ne pouvait pas se tenir debout. Un autre arrivait d'Amérique. Il se nommait Eamon de Valera. Le plus âgé du groupe était le vieux fenian Tom Clarke, qui se battait depuis trente ans.

Pearse se mit à chanter un chant de liberté qu'il avait composé dans la langue ancienne. Il était poète. Il serait pendu. Peu à peu, toutes les voix rejoignirent la sienne. Jean Haux s'assit au piano, fracassa le clavier, et se mit à chanter en gaélique avec l'accent de Toulouse. Au rez-de-chaussée en contrebas d'une maison voisine, Molly préparait une immense soupe.

— Ma-ma-ma-ma-ma, dit Blanche.
Et elle frappa le milieu de son assiette avec sa main ouverte.
La semoule jaillit de tous les côtés.
— Vilaine fille ! dit Helen.
Elle souriait. Elle était ravie.
Pauline était partie et ne reviendrait pas. Blanche lui appartenait...
— Ma-ma-ma-ma-ma...
— Tu n'as pas de maman... Ça ne fait rien... Tu n'en as pas besoin, je suis là... Ouvre la bouche !... Grand !...

Elle saurait bien la défendre. Contre tout. Et d'abord contre les hommes, et contre l'amour, l'abominable amour qui ne créait que des malheurs. Le malheur de Jane que son mari battait et trompait, le malheur de Griselda emportée Dieu sait où, son malheur à elle-même, le malheur de Thomas et, après tout, le malheur de Pauline, peut-être...

— Ne t'inquiète pas, je t'apprendrai... Ouvre !...

Le paquebot *France* entrait dans le port de New York, ayant battu, au cours de son troisième voyage, son propre record de la traversée. Tous les remorqueurs, tous les navires, les garde-côtes, les barques, tout ce qui flottait, se mit à faire hurler ses sirènes, siffler ses sifflets, résonner ses cloches, pour saluer le transatlantique qui glissait lentement entre les gerbes d'eau des bateaux-pompes. C'était un matin de beau temps, et le soleil transformait les bouquets de grands jets d'eau en feux de gloire. Des vols de mouettes affolées tourbillonnaient hors de portée des lances verticales en piaillant pour répondre aux sirènes. Celle du *France*, grave comme la voix d'un mastodonte démesuré, retentit à son tour, faisant trembler les muscles et les os des passagers rassemblés sur le pont pour découvrir l'Amérique.

Thomas était le plus grand de tous. Il regardait s'approcher la ville compacte à laquelle la statue de la Liberté, par son flambeau tendu, semblait donner un élan vers la verticale. Ces gratte-ciel dont on parlait tant... Oui, oui, oui... Ils écorchaient la lumière, l'accrochaient de partout...

Les mouettes criaient, descendaient en tourbillonnant, remontaient à grands coups d'ailes. Une d'elles criait plus fort que les autres, et d'une drôle de voix... Thomas écouta, regarda...

— Shama ! hurla-t-il, arrachant sa casquette et la brandissant vers le ciel...

— Ho-Hââ !... cria le grand corbeau blanc.

Il descendait en planant, parmi les mouettes dont les ailes battaient.

— Shama ! Shama ! Vieux bandit !...

L'oiseau glissa de quelques mètres, freina, et se posa comme une plume sur la tête de Thomas, ses pattes plantées avec précaution dans les cheveux fauves.

Quelques passagers s'exclamèrent, mais la plupart n'avaient d'yeux que pour New York.

— Ha-houah ? Ha-houah ? demanda Shama.

Ce qui voulait dire :

— Ça va ? Ça va ?

— Ça va aller, dit Thomas.

L'air du monde nouveau et de l'océan se mêlaient dans sa poitrine. Il gonflait ses poumons à éclater, serrait ses poings, ouvrait ses yeux, buvait respirait la lumière glorieuse, le ciel, les oiseaux, les nuages emportés, les diamants de la poussière d'eau. Il se dressait comme les hautes tours et la statue couronnée, dans le soleil, au-dessus des toits bas, au-dessus des têtes banales de la foule des passagers. Il tournait le dos à toutes les contraintes, le travail obligé, sa mère étouffante, toute la famille, là-bas, loin, derrière lui... Oui, « ça va aller, ça va aller... »

Pauline...

Pauline... Le bal, Pauline blanche dans le monde qui tournait dans ses bras... le retour du théâtre en fiacre de bonheur... la plage et le murmure infini de la mer sur le sein découvert, fleur et douceur et tiédeur dans sa main dans la nuit, l'élan de son corps dans son corps brûlant sous les étoiles qui éclataient... la nuit des bougies dans le salon rond, Pauline nue endormie éblouissante dans la lumière dorée... Pauline ! Où es-tu ? Qu'as-tu fait ? Qu'es-tu devenue, loin, chassée, perdue ?

Non !... Non... Rien n'était perdu... Il gardait en lui toutes les merveilles, elles vivaient dans lui comme la couleur et la chaleur de son sang... Il les garderait jusqu'à la dernière seconde de sa vie, tant qu'il aurait la force de se souvenir...

Il était ici ! Il arrivait ! Il allait gagner, et peindre et peindre, libre !

Il cria :

— Shama ! Ça va aller ! Ça va !...

Le grand corbeau blanc planté dans ses cheveux de lion battit des ailes comme s'ils allaient ensemble s'envoler. Toutes les sirènes chantaient.

— Ton papa est parti, mais il va revenir, dit Helen. Ta maman ne reviendra pas, mais lui il reviendra... Il va gagner beaucoup d'argent, et nous achèterons l'île et tu seras heureuse... Attends... Je vais te montrer quelque chose de très joli...

Helen ouvrit les premiers boutons de son corsage noir, introduisit ses doigts maigres dans l'ouverture et en tira une fine chaîne d'or qu'elle portait au cou, invisible sous sa guimpe. A l'extrémité de la chaîne pendait, enfilée, la bague de Griselda. Elle ouvrit la chaîne, délivra la bague, la posa au creux de sa main et tendit celle-ci vers sa petite-fille.

— Regarde...

Blanche, émerveillée, leva à la fois ses deux mains ouvertes, comme deux fleurs roses, tous pétales écartés. Ses cheveux, depuis sa naissance, avaient foncé. Ils bouclaient autour de sa tête avec des tons mêlés allant du châtain chaud à l'or. Ses yeux avaient la couleur profonde de l'émeraude vue dans l'ombre.

— Regarde... Comme c'est beau... C'est l'île... Ce sera pour toi...

Blanche poussa un petit cri de ravissement, baissa vivement sa main droite, prit la si jolie chose verte qui brillait, et la trempa dans sa soupe...

POSTFACE

I — LA SURPRISE ET LA GRÂCE

Le merveilleux est un effet littéraire provoquant chez le lecteur une impression mêlée de surprise et d'admiration. Ainsi le veut l'étymologie : déjà le mot latin *mirari* signifie à la fois « s'étonner » et « admirer ». La chose allait de soi pour les anciens : selon eux les dieux étaient consubstantiels au monde, une surprise ne pouvait annoncer qu'un supplément de sens, elle était forcément gratifiante. La stupeur impliquait l'enchantement ; c'était donc la stupeur qui comptait.

Aristote, en sa *Poétique*, emploie trois fois le mot *thaumaston*, qui, en grec, signifie à la fois « étonnant » et « gratifiant ». On l'a donc traduit par *mirabile* (en latin) puis par *meraviglioso* (en italien) et *merveilleux* (en français). En sorte que le merveilleux, depuis les érudits de la Renaissance, n'est plus seulement un mot de tous les jours ; c'est un concept, un outil dont les théoriciens se servent pour penser la chose littéraire.

Or les théologiens de la Renaissance avaient oublié les dieux consubstantiels au monde ; ils ne connaissaient qu'un Dieu, qui avait créé le monde et ne pouvait se confondre avec sa créature ; les plus maussades se disaient même que Dieu est loin des hommes. De là l'idée que la surprise ne pouvait venir que d'un miracle (œuvre de Dieu) ou d'une illusion (artifice du démon). Et la théorie du merveilleux, étrangère à Aristote, était vouée à une dispute sans espoir sur les territoires respectifs de la croyance et de la fiction.

L'impasse était d'autant plus grave que les partisans de la foi se croyaient tenus de ne pas rivaliser de splendeur avec la parole de Dieu. Quant aux défenseurs de la fiction, ils se contraignaient à imiter les anciens, dont ils avaient oublié l'immanentisme ; en sorte qu'ils n'imitaient que des apparences et des simagrées. Des deux côtés, on avait trouvé un moyen sûr de faire de la mauvaise littérature : c'était de produire du merveilleux.

L'humanisme contemporain a changé tout cela. Faute de s'étonner lui-même, l'homme moderne guette ceux qui ont encore le pouvoir de se laisser aller à leur surprise : les enfants (depuis Perrault), puis les primitifs (y compris les anciens) et finalement les fous (y compris les prophètes). Le merveilleux, c'est désormais le merveilleux des autres. Et ce qu'on regarde en eux, c'est de moins en moins leurs yeux ronds, de plus en plus leur sourire. Nostalgie de l'innocence perdue, avec une pointe de jalousie envers ceux qui l'ont gardée et parfois un effort pathétique (les surréalistes) pour la retrouver. C'est l'enchantement qui compte ; il a occulté la stupeur, et l'on dit couramment, aujourd'hui, que les contes de fées ne provoquent aucune surprise.

Et pourtant... la merveille tourne. Elle continue à produire ses deux effets conjoints de surprise et d'admiration. Et nous voudrions justifier cette conjonction en revenant au grand Aristote, auteur entre autres d'un mot à nos yeux définitif sur cette question : « Il est vraisemblable qu'il se produise de l'invraisemblable »[1]. Quand le monde est trop grand, il faut commencer par l'accepter, même si c'est difficile ; quand l'être humain (enfant, sauvage, fou au sens médiéval) est trop faible, il doit d'abord se plier à l'événement ; la disponibilité, la passivité même, permet d'accéder à un état d'indistinction où la joie est proche de la peine, où l'émerveillement parvient à contrôler l'inquiétude. Un état qui ne se confond pas avec la niaiserie : tous ces gens-là savent bien que la guerre de Troie n'est pas une vraie guerre ; c'est une fiction, qui n'inquiète que pour divertir. Si elle stimule les passions, c'est pour mieux les guérir. Le merveilleux, c'est un massage de l'âme. Parfois Homère tape dur, mais le patient fait le gros dos, comptant sur la détente proche ; et, en effet, elle se produit.

Le paradoxe du merveilleux n'est donc pas insoluble, au moins en théorie ; car dans la pratique, il a la propriété de laisser un résidu qui résiste aux meilleurs bricoleurs. Il y a d'un côté une littérature de l'étonnement, ou plutôt de l'étonnement *fort* lié à l'épopée, au surnaturel (un mot que nous n'aimons guère, mais que nous employons ici pour faire vite) et à la prouesse ; et d'un autre côté, une littérature de l'enchantement et de la grâce, qui fait de la lecture non seulement une jouissance, mais une joie. Il y a un merveilleux narratif, qui se manifeste dans des genres littéraires définis comme le mythe, la légende et le conte ; et un merveilleux poétique, susceptible en droit de se manifester partout. Il y a un merveilleux repérable et un merveilleux ineffable.

Le génie de Barjavel, c'est d'avoir cultivé — comme par mégarde, ou en se jouant — toutes ces formes de merveilleux à la fois.

II — LA SIBYLLE

Nous traiterons principalement de trois ouvrages : un conte, *Le Prince blessé* ; un roman légendaire, *Les Dames à la licorne* ; et un roman mythique, *L'Enchanteur*.

Or *Le Prince blessé* est paru pour la première fois, dans le recueil du même nom, en 1974 ; la même année sortaient *Les Dames à la licorne* ; et ce roman contient entre autres un récit du mythe de Merlin qui annonce avec une belle précision *L'Enchanteur*. On pourrait

---

1. *Poétique*, 61 b 15.

presque dire qui si la science-fiction, pour Barjavel, a été le souci d'une vie entière, le merveilleux a été une préoccupation brève mais violente, centrée sur l'année 1974. Et ce n'est pas un hasard.

Nous connaissons bien Olenka de Veer grâce à son livre autobiographique [1], où elle souligne d'entrée de jeu l'importance d'un événement fort : le divorce de ses parents, la garde de l'enfant confiée au père (qui d'ailleurs la met en pension à l'étranger et se remarie), le coup d'éclat de la mère qui enlève l'enfant et la cache dans le Midi. Olenka a environ quinze ans. C'est alors qu'elle commence à se passionner pour l'astrologie.

Le rédacteur du présent texte ne croit pas vraiment à cette discipline ; mais il croit au destin. Il suffit, pour y croire, de voir la répétition à l'œuvre. La grand-mère d'Olenka a été engrossée à dix-sept ans, épousée puis délaissée et plus ou moins prolétarisée. Elle s'est enfuie alors que sa fille allait avoir six mois. Cette fille, en grandissant, s'est sans doute juré qu'elle ne capitulerait jamais de cette façon. C'est pourquoi elle a enlevé, elle, sa propre fille. René Barjavel et Olenka de Veer ont raconté cette histoire dans *Les Jours du monde*[2].

Mais l'historien commence à se frotter les yeux quand il comprend que l'arrière-grand-mère d'Olenka s'est mariée, un peu moins jeune, à un monsieur très bien qui l'a emmenée loin de son île, qu'elle s'est lassée de cet ennuyeux époux et qu'au bout de deux ans elle s'est enfuie à l'étranger avec le fils qu'elle avait eu de lui. Le mari délaissé obtint le divorce et se désintéressa du reste. Le fils, en grandissant, s'est probablement dit qu'on ne le traiterait pas, lui, de la sorte. Et qu'il saurait, lui, remettre sa femme à sa place. Olenka de Veer, sa petite-fille, s'est unie à René Barjavel pour faire le récit de ce malentendu dans *Les Dames à la licorne*[3], en attendant de conter, dans *Les Jours du monde*, la catastrophe qui en est sortie.

Tout cela ressemble fort à une malédiction dynastique doublée d'une partie de quatre coins mettant en jeu trois couples successifs et quatre pays différents. Et la question que nous nous serions posée, si nous avions été la petite Olenka, c'est : « Se peut-il qu'il m'arrive la même chose ? » Elle ne pouvait pas éviter de se la poser, parce que sa mère, depuis son enfance, lui racontait sans se lasser l'histoire de la famille. Elle a cherché la réponse dans les astres ; et malgré notre incroyance, nous n'avons pas le cœur de la juger. Car l'astrologie pose que l'infinie diversité des événements se ramène à un petit nombre de situations possibles, et sur le principe nous ne lui donnons pas tort. Elle pose également qu'on ne peut pas trop tricher avec son destin, et les astrologues ne sont pas les seuls à le dire. Une femme née dans ces conditions peut comprendre qu'elle est vouée à aimer un homme et à le rejeter (ou à être rejetée par lui) et qu'à la rupture

---

1. *Les Charmes secrets de l'astrologie*, Philippe Lebaud, 1985.
2. Presses de la Cité, 1979.
3. Presses de la Cité, 1974.

absolue il n'y a pas d'autre alternative que la réconciliation ou le compromis, en attendant la rupture suivante. Elle peut comprendre aussi qu'elle risque de donner la vie à un enfant qui sera ligoté dans les mêmes chaînes, ou à un livre qui racontera la malédiction et en fera une belle histoire. Elle a choisi d'écrire.

Mais pas tout de suite. Sa mère meurt peu après la guerre, et Olenka met six ans à toucher son héritage bloqué en Angleterre. Aussitôt elle se marie avec un homme qui rêvait de faire un film. *Suspense au Deuxième Bureau*, avec Gil Delamare et André Luguet, est tourné du 25 août au 25 septembre 1959. Le scénario et la mise en scène sont de Christian de Saint-Maurice. Olenka, coproductrice grâce à son héritage, avalise personnellement les traites. O naïveté ! Peu après le tournage, le distributeur qui avait donné sa garantie fait faillite. Elle se débat comme elle peut pour que le film sorte. Le directeur de production, Jules Desurmont, la présente à Barjavel, qui est à la fin de sa carrière de scénariste mais connaît beaucoup de gens dans le cinéma. L'entrevue a lieu en mars 1960. Le grand homme dévoile son manque d'intérêt pour *Suspense au Deuxième Bureau*. Mais il est fort étonné que sa visiteuse prétende faire son thème astral. Olenka reconnaît en lui un « misogyne passionné [1] », ce qui peut étonner les familiers du romancier. Mais Olenka est vouée à souligner le malentendu entre les hommes et les femmes.

Dans l'immédiat, *Suspense au Deuxième Bureau* trouva un distributeur et sortit le 10 août 1960, en pleine morte-saison. Christian de Saint-Maurice ne fit pas d'autre film. Olenka ruinée le planta là et se retira dans le Midi. Les années passèrent. Et tout à coup la prédiction se réalisa : *La Nuit des temps* devint un best-seller, pratiquement à la date prévue par Olenka (décembre 1968) [2].

C'est lui alors qui la remit en selle : elle fit des articles d'astrologie dans la presse, rencontra des gens célèbres et découvrit un monde qui l'avait jusque-là tenue à l'écart. Elle lui raconta l'histoire de sa famille et il lui conseilla d'en tirer un roman. Il jugea sévèrement ses premières tentatives d'écriture et, piqué au jeu, finit par l'aider. Une collaboration des plus fructueuses : après deux romans écrits avec Barjavel, *Les Dames à la licorne* (1974) et *Les Jours du monde* (1977), elle a écrit seule *La Troisième Licorne* (1985) et envisage toujours d'écrire un quatrième volume dont nos lecteurs se feront sans doute une idée. Le premier de ces romans est d'ailleurs devenu un feuilleton en deux parties réalisé pour Antenne 2 par Lazare Iglésis.

Ces années fécondes sont aussi des années agitées. Elle a cru changer le « misogyne » en se changeant elle-même. L'écriture à quatre mains lui révéla les limites de l'entreprise :

« Jusqu'alors, Barjavel avait tendance à mettre toutes les femmes

---

1. *Les Charmes secrets de l'astrologie*, op. cit., p. 45.
2. Voir notre préface aux *Romans extraordinaires* de René Barjavel (Omnibus, 1995).

dans le même panier, ou plutôt dans deux paniers bien définis. A la manière méridionale : les accoucheuses d'une part, et les dévoreuses dont il fallait se méfier de l'autre.

Vlan ! Il commença par m'envoyer mes cinq filles d'Irlande dans le même moule. Vues de l'extérieur par un homme pour qui les femmes sont un danger. Comme il avait l'habitude de le dire :

— Les femmes ne pensent qu'à vous mettre dans le tiroir de la table de nuit et à refermer ensuite le tiroir. Comme ça, elles sont sûres de ne pas vous perdre...

Personnellement, je crois plutôt que ce sont les hommes des pays chauds qui mettent leurs femmes dans des tiroirs utilitaires, fermés à clé, pour ne plus avoir à y penser et pouvoir vaquer à leurs affaires, l'esprit tranquille et le ventre bien rempli.

Enfin, on ne mettra jamais tout le monde d'accord !

Je m'insurgeai avec vigueur contre son point de vue et tins bon. Mes cinq caractères de jeunes filles devaient être nettement définis, avec leur personnalité propre. Surtout l'héroïne principale, l'indomptable Griselda, la plus caractéristique de l'indépendance farouche de cette licorne dont elle descendait.

— Ce n'est pas une femme qui me plairait, me dit Barjavel d'un ton un peu acide.

Pourtant, ce fut Griselda qui provoqua le plus d'intérêt chez les lecteurs du roman.

Barjavel reprit mon texte et mon histoire, lui donna une extension nouvelle, la développa avec toute la richesse de son talent. Nous discutions d'abord en détail de chaque chapitre. Puis je donnais mon avis lorsqu'il avait été rédigé. De cette façon nous arrivâmes, sur une structure de base élaborée à deux, à faire vivre des personnages perçus à la fois d'un point de vue féminin et masculin. Bon équilibre entre la sensibilité et la logique — qui forma des entités réelles et vivantes.

Notre amitié y survécut, car Barjavel est l'un des hommes les plus fidèles que je connaisse, et j'ai moi aussi un fort sens de l'amitié [1]. »

Le cœur y est, mais non les étoiles. Plusieurs fois, « l'indomptable Griselda » (c'est le nom qu'elle se donne à la fin de *La Troisième Licorne*) rompt avec Barjavel et se replie dans le Midi. Mais elle revient toujours. Cette fois, c'est le tout-Paris qui la rappelle. A la télévision, elle commente le thème astral d'acteurs et de chanteurs célèbres. Un *Guide des voyants et des astrologues*, publié chez Philippe Lebaud, la met en vedette et lui procure enfin une clientèle. Elle publie régulièrement des livres d'astrologie.[2] A la mort de

---

[1]. Olenka de Veer, op. cit., p. 109-110.
[2]. Olenka de Veer a publié à ce jour seize livres d'astrologie : *L'Accord secret des plantes et des signes*, Solar, 1975. — *Découvrez votre avenir*, Solar, 1977. — *L'Amour et les astres*, Solar, 1978. — *La Fortune et les astres*, Solar, 1980. — *Faites votre horoscope vous-même*, Solarama, 1981. — *Mieux vivre grâce à l'astrologie*, Solar, 1982. — *La Santé par les plantes selon votre signe*, Solarama, 1983. — *Les Charmes secrets de l'astrologie*, Philippe Lebaud, 1985. — *Votre année 1986*, Solar, 1985. — *Votre année 1987*, Solar, 1986. — *Votre année 1988*, Solar, 1987. — *Votre année*

Barjavel en 1985, beaucoup pensent qu'il a été Pygmalion, elle Galatée. Soit. Mais n'oublions pas la fin du mythe grec : la statue, une fois constituée en œuvre d'art (ou en être d'écriture), rend à son créateur la monnaie de sa pièce : elle lui donne le pouvoir de s'enchanter et d'enchanter.

III — LA COMÉDIENNE

Le calife de Bagdad envoie son jeune fils Ali apprendre la vie (et surtout les femmes) dans le Paris d'aujourd'hui. Un certain Omar est chargé de veiller sur lui. Il remplit si bien sa mission que le garçon reste naïf et innocent. Le calife assouplit ses positions ; le lit de son fils commence à regorger de femmes. Dans cette situation aussi artificielle que la précédente, Ali acquiert un savoir technique, mais la question centrale (qu'est-ce que la relation entre un homme et une femme ?) reste pour lui plus mystérieuse que jamais. Une actrice de dernière catégorie a l'esprit de le rejeter ; il tombe aussitôt amoureux d'elle. Passion sans espoir, qui le mène jusqu'au bout de la déchéance — la dislocation du corps — avant qu'il ne s'avise qu'au fond son désespoir n'est que pitié de lui-même, que cette femme est bien libre et que d'ailleurs sa liberté n'a d'importance que pour elle. La vie vaut la peine d'être vécue, à condition de s'y prendre autrement.

Le Prince blessé, ainsi résumé, donne l'impression d'être une histoire d'apprentissage et une fable humoristique, voire philosophique, plutôt qu'un conte de fées. Le merveilleux existe pourtant, et pas seulement dans la confrontation incongrue entre l'Orient médiéval et l'Occident moderne. Omar, le gardien du prince, est un génie sorti de sa lampe ; il a des pouvoirs immenses, joints à une fidélité sans faille au calife. Pour protéger son jeune maître, il le revêt « d'un scaphandre invisible et magique » qui tient à distance tous les risques — et en même temps la vie. La « misogynie » de Barjavel s'adresse ici, manifestement, à une mère dévorante qui détruit son enfant sous couleur de le bien garder. Et Ali ne fait que mettre en pratique cet enseignement, comme le remarque le calife : « Est-ce cela, aimer ? N'est-ce pas plutôt dévorer ? Et, lorsque la nourriture se sauve, ils croient qu'ils vont mourir d'inanition. Alors qu'il suffit de tendre la main... »

Tout cela ressemble fort à une critique du merveilleux. Le pouvoir extraordinaire est un pouvoir discrétionnaire, voué par essence à faire le malheur de ceux qui en bénéficient. Ce qu'il aurait fallu au prince, c'est une aide, infime peut-être, mais capable de le projeter dans

---

1989, Solar, 1988. — *L'Astrologie et le cerveau*, Rocher, 1990. — *Les Secrets du tarot divinatoire*, Solar, 1992. — *Astrologica 1995*, Solar, 1994. — *Astrologica 1996*, Solar, 1995.

l'aventure de la vie. Un adjuvant, comme disent les spécialistes des contes de fées. Et justement c'est ce qui se produit à l'extrême fin du conte. Le déclic se produit. L'esprit qui en est peut-être la cause n'est pas d'ordre magique, mais religieux (c'est Barjavel qui tient la plume). C'est à la fois la fin de la quête et son commencement : l'histoire d'apprentissage, *in extremis*, se révèle être un récit initiatique.

Même si la comédienne s'appelle Pauline, nous ne croyons pas qu'il y ait quoi que ce soit d'autobiographique dans ce conte, où tous les personnages — sauf le calife — sont des caricatures. Mais Barjavel, cet écrivain réputé pour ses histoires d'amour, s'y révèle le pendant masculin exact d'Olenka de Veer : quelqu'un qui perçoit la passion comme une prison, éventuellement une promesse de désastre, et qui (comme un cheval, dans son corral, respire le grand air du large) essaie plus ou moins adroitement de se frayer un chemin vers l'indépendance.

IV — LA LICORNE

Olenka de Veer, dans son enfance, a appris par sa mère tout ce qu'elle sait de l'histoire de sa famille : des souvenirs personnels, une tradition orale (soutenue par un arbre généalogique) et une légende étiologique, celle de la licorne qui pendant sept ans fut l'épouse de Foulque le Roux, ancêtre des Plantagenêt. C'est le sang de la licorne, mêlé à celui des comtes d'Anjou, qui, de génération en génération, est apparu comme la source de la passion d'indépendance qui n'a cessé de brûler chez toutes ces femmes.

Une licorne [1], au Moyen Age, c'est une sorte de petit cheval (ou de chèvre) avec une longue corne sur le front. A l'époque féodale (XIIe-XIIIe siècle), c'est un symbole masculin, avec deux caractéristiques principales : 1° C'est un animal solitaire, vivant dans des montagnes inaccessibles, à l'écart des autres animaux, et qui ne se laisse pas approcher. 2° Les chasseurs ont pourtant un moyen de s'en rendre maîtres : il suffit d'envoyer une vierge à sa rencontre. Elle vient alors se coucher contre son sein et s'endort. Les chasseurs sont libres de la ligoter (ou de la chevaucher) et de l'emmener au palais du roi, qui réduira sa corne en poudre afin d'en tirer un remède contre le poison. Bref, une créature sauvage qui se laisse enchaîner par un regard, une victime docile de l'amour.

Au XIVe et au XVe siècle, la licorne endormie sur le sein de la vierge devient, par contiguïté, un symbole de la vierge elle-même, une

---

1. Voir entre autres l'article d'A. Strubel dans P. Brunel (éd.), *Dictionnaire des mythes littéraires*, nouv. éd., Rocher, 1994.

réincarnation de la déesse Diane. Dans la célèbre tapisserie de *La Dame à la licorne*, elle est opposée au lion, incarnation du désir masculin et de la force des armes. Cette conjonction est souvent reprise par l'héraldique, notamment dans les armes d'Ecosse, qui l'ont léguée, sous Jacques Ier, aux armes du Royaume-Uni. Pour une femme, se placer sous le signe de la licorne, c'est revendiquer la pureté, la pudeur, la chasteté farouche et intransigeante (mais non la fuite, bonne pour le lièvre). Une famille équilibrée, ce serait une famille où tous les hommes seraient des lions et les femmes des licornes. Ce qui ne veut pas dire que tout s'y passerait bien.

Et nous passons de la légende à l'histoire. Olenka de Veer nous a aimablement fourni une copie de sa généalogie. Nous ne sommes pas en mesure de la vérifier jusque dans les détails, mais nous avons eu l'impression, en la parcourant, de feuilleter quelques pages de l'histoire des Iles Britanniques [1]. La lignée est d'origine royale ; au XIVe et au XVe siècle, elle est mêlée de près à la grande histoire. Elle s'oppose à plusieurs reprises aux Lancastre, et l'ascension de la maison d'York, au temps de la Guerre des Deux Roses, marque l'apogée de sa fortune. L'avènement des Tudor y est sans doute mal vécu ; une cadette de la famille est donnée en mariage au comte de Kildare, qui gouverne l'Irlande yorkiste sous la suzeraineté lointaine du roi d'Angleterre. L'alliance ne mène à rien : en 1537, Henri VIII décime les Kildare, et l'Irlande, refusant la Réforme, entame un long cycle de révoltes et de répressions. La lignée s'installe à Longford, conquise au temps d'Elisabeth, et s'y maintient pendant le XVIIe et le XVIIIe siècle, apparemment fidèle au roi et récompensée par de riches mariages. C'est encore de l'histoire locale. Puis vient l'ère des révolutions. La généalogie suit alors, très brièvement, le destin d'une branche cadette. Noble déclin ? Sans doute. Mais grand passé, sûrement, qui a dû fournir des rêves à d'innombrables êtres humains éparpillés sur vingt-trois générations. La réalité ne dépasse pas la fiction ; elle est fiction. Tout arbre généalogique est un entrelacs de romans, mais celui d'Olenka de Veer était — avouons-le — une bien grande tentation pour les poètes.

Les Dames à la licorne sont le récit d'un rêve héroïque. Sur la côte océane de l'Irlande, Sir Johnatan Greene se fait aménager une demeure dans une île. Son fils, né sur place, aura cinq filles, cinq licornes ivres d'indépendance et de solitude. La famille Greene n'a rien de celtique (il suffit de consulter l'arbre généalogique) mais l'influence du sol, des habitants et de leur culture (histoires de Merlin, de Deirdre ou de la reine Maav, adroitement rattachées à l'axe principal du récit) finit par créer un lien étroit entre la liberté des jeunes filles et la liberté de l'Irlande. La licorne est la créature privilégiée d'une île détachée du monde, et qui n'a d'autre programme

---

1. Voir les tableaux généalogiques à la fin de cette postface.

que de ne laisser s'installer aucune jetée conduisant aux terres voisines.

Mais le moment arrive où les jeunes filles sont prêtes à devenir des femmes. Deux d'entre elles, refusant ce destin, choisissent la réclusion dans un monastère ou les bonnes œuvres. Deux d'entre elles se marient hors d'Irlande : la première (nous savons laquelle) se rebiffera, la seconde oubliera sa condition de licorne et acceptera une longue vie d'humiliations. Une seule choisit de rester libre en se donnant à un homme ; il est vrai que c'est un descendant des rois d'Irlande et qu'il se révélera être un lion. Leur fils — autre lion — est celui que la troisième licorne choisit pour époux dans le roman du même nom. Tout semble indiquer qu'Olenka de Veer aurait aimé l'avoir pour père.

La survivance du sang des licornes et des lions — disons la permanence de la féminité et de la virilité — explique l'immense résonance du passé qui traverse tout le roman. Ce livre merveilleux est aussi un livre fantastique. Les immortels sont partout (cf. le renard à queue blanche), les fantômes aussi ; la scène la plus réussie à cet égard est celle de l'automobile fantôme dont l'odeur d'essence — également fantôme — envahit la demeure à la fin du roman. Pour les légendes, produire des fantômes, c'est une autre manière de survivre ; on peut y croire (comme la jeune Bridget) ou les traiter par le mépris (comme lady Harriet), mais ceux qui font ce dernier choix prennent un gros risque et le lecteur verra qu'ils sont promis au délire. Un style léger, un récit morcelé créent un climat d'indécision et d'impalpable où le fantastique ne demande qu'à s'épanouir. Un fantastique de la ferveur, non de l'inquiétude ; le fantastique de celui qui a retrouvé ses racines et ne les a pas reniées ; un fantastique pouvant servir de détonateur au merveilleux. Il est vrai que la légende est un terreau où s'épanouissent les fantômes.

V — LA FÉE

Déjà, dans *Les Dames à la licorne*, Barjavel a conté à sa manière, en la rattachant fort habilement au thème principal, l'histoire de Merlin. Il en tirera un roman que nous avons qualifié de « mythique », *L'Enchanteur*, et qui, paru peu avant sa mort, apparaît plus ou moins comme son testament. Nous lui donnons ici la parole pour un troisième texte sur le même sujet, paru dans un journal en 1975, recueilli dans *Les Années de l'homme*[1] et qui montrera l'étendue de leur erreur à ceux qui prennent simplement Barjavel comme un bon romancier instinctif. Pour son Merlin, notre écrivain a conçu son

---

1. Presses de la Cité, 1976.

scénario — il faudrait dire : son mythe — longtemps avant de passer à l'écriture. Car le message du roman est exactement — à la virgule près — celui de l'article.

« Dans tous nos lycées et collèges, des heures innombrables sont consacrées aux personnages de l'Antiquité grecque et latine. La télévision et le cinéma prennent ensuite le relais. C'est par Phèdre que les jeunes Français entendent pour la première fois parler d'amour, en attendant de tomber dans le sexe béant d'Emmanuelle. C'est Horace puis le western qui leur enseignent le courage. Mais ils ne connaissent rien de la merveilleuse mythologie française et de ses héros dont l'aventure démesurée a pendant des siècles nourri les rêves et dressé la morale de toute la civilisation blanche. C'est sans doute une revanche du Diable, qui essaie d'effacer totalement ce qu'il avait voulu créer...

Le Diable avait mal encaissé la venue de Jésus-Christ. En envoyant son fils sur la terre, Dieu lui avait joué un tour. La descendance maudite d'Adam et d'Eve, qu'il avait mise dans sa poche avec le coup de la pomme et du serpent, lui échappait et montait droit en Paradis. Que faire ? Il réfléchit. La chaleur de la terre augmenta de trois degrés, les glaciers fondirent, tous les volcans d'Auvergne se mirent à fumer. Il eut une idée géniale. On n'est pas le Diable pour rien. Puisque Dieu avait donné son fils aux hommes pour les sauver, il allait lui aussi leur donner le sien, pour les perdre.

Il lui fallait une vierge très pure. Il la trouva. Mais il lui manquait le Saint-Esprit, même noir. Il devait opérer lui-même. Une nuit où la pucelle s'était endormie en ayant oublié de faire son signe de croix, il s'introduisit dans son lit et la posséda en son sommeil, envoyant à l'assaut de son innocent ovule une légion frétillante de huit cents millions de spermato-démons à la queue fourchue. Et c'est ainsi que Merlin fut conçu.

Le Diable se frotta les mains et éclata de rire. Un autre rire, immense, lui répondit : Dieu riait. Les anges riaient. Les Trônes, les Gloires, les Cohortes et les Dominations riaient. La Création en tremblait. Comment le Malin avait-il pu s'imaginer qu'il allait tromper Dieu ?

Dieu permit à l'enfant de naître mais, par le baptême, le voua à son service.

Merlin grandit. On ne sait pas grand-chose de ses enfances, sauf qu'il sauva sa mère du bûcher. On le trouve tout de suite après au cœur de l'Aventure. Il est jeune, pour toujours. Il est beau, comme peut l'être le fils du Diable, avec la lumière de Dieu dans les yeux. Engendré par le maître de la chair et de la matière, il connaît les secrets du feu, de l'eau, de la terre et de l'air. Et, par la volonté divine, il possède les pouvoirs de l'esprit. Il est le symbole de l'homme total, maître de lui et de ce qui l'entoure. Tout naturellement, il devient le personnage clé de la grande chevauchée de la Table Ronde. C'est lui qui fait brûler le désir du Graal au cœur des chevaliers, lui qui les lance à la quête de la Vérité à travers les forêts et les sortilèges, lui qui fait surgir et disparaître les châteaux ensorcelés, lui qui jette des adversaires formidables dans les pas des héros pour les obliger à se dépasser, mais qui leur vient en aide chaque fois que l'Ennemi risque de les vaincre. Il est le maître des chemins, l'Enchanteur blanc, le premier serviteur du Bien.

Mais s'il peut aider les autres à triompher, parce qu'il porte dans ses veines le sang le plus brûlant, il est appelé lui-même à succomber à la plus grande faiblesse de l'homme...

Un jour, au retour d'une aventure, en traversant la forêt de Brocéliande sous la forme d'un cerf, il découvre une fille de quinze ans endormie près d'une source. Elle dort avec la grâce d'un enfant et d'une femme, son visage est de lait, ses cheveux sont d'or, ses mains sont des fleurs et ses yeux, quand ils s'ouvrent, sont les étoiles qui se lèvent.

Merlin, dès qu'il l'a vue, est redevenu homme, fou d'amour. Dès qu'elle le voit, elle l'aime. Elle est fille de bûcherons. Elle se nomme Niniane, mais la tradition a transformé son nom en celui de Viviane. Viviane et Merlin. Debout près de la source ils se regardent, ils sont beaux et simples comme l'eau et comme l'arbre, ils savent qu'ils devaient se rencontrer et qu'ils sont l'un à l'autre. Merlin ouvre les bras...

Mais Viviane se refuse. Elle ne veut pas être à celui qui va de nouveau partir à la rescousse des chevaliers perdus dans les forêts interminables. Par sa nature et sa mission, Merlin est voué à un mouvement perpétuel, comme le soleil et le vent. Viviane veut un Merlin stable, demeurant à ses côtés, un Merlin à elle. Quelle femme ne la comprendrait ?

Et quand il repart il n'a rien obtenu d'elle, pas même un baiser, pas même le droit de caresser du bout des doigts ses cheveux d'or ou ses mains qui sont des fleurs et des oiseaux.

Il aurait pu la soumettre à lui par un sortilège, mais, même pour un enchanteur, l'amour doit s'obtenir par don, et non par vol.

Après chaque aventure, quittant pour un instant les chevaliers farouches taillés de cicatrices, puants de sueur, accompagnés de gloire et de mouches, innocents, terribles, brutaux, saints, Merlin revient à la source, pour essayer de conquérir Vivane, qu'il trouve chaque fois plus belle, plus amoureuse, mais toujours décidée à résister à sa propre passion et à celle de l'Enchanteur.

Elle est d'ailleurs loin de rester passive. Avec intelligence et obstination elle poursuit son dessein : garder Merlin. A chaque visite de celui-ci, elle obtient qu'il lui livre quelques-uns de ses secrets. Elle apprend à employer la force immense des arbres, la vitesse de la pensée, le poids de la terre, à comprendre les oiseaux, à lire les étoiles et les feuilles, à passer à travers les quatre éléments, à se confondre avec la biche ou le vent. Et sans cesse Merlin arrive et repart sans avoir rien obtenu que le regard, la voix, le parfum, l'espoir...

Il ne peut pas rester, il ne peut même pas s'attarder. Ceux qui l'appellent à grands fracas d'épées et de châteaux rompus se nomment le Roi Arthur, Lancelot, Perceval, Yvain, Gauvain, Galaad... Noms superbes, hommes fabuleux, naïfs et grands comme des montagnes, dont les galops et les combats ébranlent tout le Moyen Age. Dans leur quête obstinée du Graal, c'est-à-dire de la Vérité, ils ont besoin d'un guide, ils ont besoin de Merlin. Brandissant la lance de leur grand désir de lumière, ils affrontent le monde changeant, redoutable, le monde symbolique des sortilèges. Leur lance brisée, ils empoignent l'épée, dont la lame droite, image de leur volonté et de leur force, est commandée par la garde en forme de croix, qui leur rappelle la nécessité de la domination de la matière par l'esprit.

Infatigables, ils ne savent pas très bien où ils vont, mais ils savent qu'il leur suffit de vouloir et de se battre pour ouvrir leur chemin. Et quand ils s'égarent, Merlin surgit pour les remettre sur la route au bout de laquelle le meilleur d'entre eux trouvera la Coupe dans laquelle il verra Dieu.

Visite après visite, Viviane a obtenu de Merlin tous ses secrets sauf un, qu'obstinément il lui refuse. Elle est devenue aussi puissante que lui, et tout l'Occident se souvient encore d'elle sous le nom de la Fée Viviane. Et lui, d'elle n'a toujours rien reçu...

Enfin, après maints combats héroïques ou fantastiques, le chevalier blanc, le plus pur de tous, Galaad, fils de Lancelot, entre au Château Aventureux et pose la question qui doit être posée. Le Roi Blessé, gardien du Graal, lui ouvre la salle de lumière où des anges et des colombes gardent la Coupe qui guérit, qui console et qui nourrit. Galaad la saisit et y boit...

Merlin, témoin et acteur du dernier épisode, retourne en Brocéliande. Le temps du repos est venu. Il n'a plus de raison, et il n'a plus la force de refuser à Viviane le secret en échange duquel elle lui a promis l'accomplissement de leur amour : c'est le mot mystérieux qui lui permet, lorsqu'elle le prononce enfin après une si longue patience, d'enfermer Merlin avec elle dans la chambre d'amour, la chambre d'air, la chambre transparente où nul ne peut les voir, et d'où ils ne sont plus jamais ressortis...

Merlin a disparu, l'Aventure est close, le temps des chevaliers est terminé. Le règne des femmes a commencé avec la victoire de Viviane. Il va prendre fin aujourd'hui où elles exigent de devenir seulement nos égales. Galaad a emporté le Graal vers l'Orient, laissant notre monde tomber peu à peu dans la coupe de la matière, du non-sens et de la fureur. Les nations ont dressé des barrières entre les hommes frères. Les mots ont dressé les frères les uns contre les autres. Le Roi Blessé — c'est-à-dire l'Eglise — accélère son agonie en pansant sa plaie avec de la poussière. Respire-t-il encore ou est-ce un faux-semblant ? Peut-être est-il déjà fantôme. Le Diable souffle le feu sous le chaudron atomique. Toute une jeunesse, refusant la tyrannie de l'argent ou des idées, rêve de recommencer l'Aventure. Mais il n'y a plus de guide pour indiquer les chemins.

Quelqu'un saura-t-il ouvrir la chambre d'air et convaincre Merlin de revenir ?
Si toutefois Viviane y consent... »

Nous avons suggéré la notion de « roman mythique » et l'on pourra en discuter. Le cycle breton, conté par Barjavel, change de sens. Le mouvement qui mène de l'aventure quotidienne à l'aventure suprême, puis à la chute du royaume d'aventure — mouvement doublement mythique —, reste présent, mais il n'est plus l'enjeu principal du récit. Tout est restructuré autour de Merlin, créature du diable utilisée par Dieu, et par Viviane qui, simple femme au départ, parvient à lui arracher tous ses secrets — donc à devenir une puissante fée — sans se donner à lui. Le principe est un peu celui du *Prince blessé* : une grande passion qui se développe sur un malentendu. Mais comme dans l'intervalle Barjavel s'est réconcilié avec lui-même, le dernier secret, celui que Merlin finit par confier *in extremis*, est celui de la chambre d'amour où il sera tout à elle... et elle toute à lui, enfin. Nous apprenons dans *Les Dames à la licorne* que les amants qui accèdent à l'accord parfait se retrouvent toujours dans cette chambre, au moins pour quelques instants. Ce qui ne veut pas dire que Barjavel s'est brusquement converti à un romantisme sans contrepoids. Le « règne des femmes », puisqu'il l'appelle ainsi, se développe dans l'idéal mais aussi dans le banal, comme l'a bien montré *Le Prince blessé*. Au demeurant, ce règne prend fin : les féministes, à l'instar de Viviane, ont une fonction mythique : elles changent les règles du jeu humain établies depuis des millénaires. Et l'éloge de Merlin n'est peut-être qu'un clin d'œil nostalgique à un passé qui disparaît sous les yeux de l'auteur. Pour la deuxième fois, le château secret s'évanouit dans les brumes gaéliques. Les guerrières tuent le roi Arthur. Les femmes assassinent le père.

VI — LA MERVEILLE GÉNÉRALISÉE

Revenons quelque temps sur la notion de merveilleux poétique, sur laquelle nous avions conclu la première étape de notre parcours. Les surréalistes ont peut-être été les premiers à identifier la poésie (au sens qu'on donne aujourd'hui à ce terme) et le merveilleux. Ils ont affirmé — avec beaucoup de vigueur — que le merveilleux n'est pas, comme on l'avait cru, un ornement du récit. Quand il intervient dans la trame narrative, il provoquerait plutôt un effet de rupture, comme des vers d'Homère dans une page de Balzac.

Mais rien ne nous oblige à croire que la trame narrative a besoin d'être bien tricotée quoi qu'il en coûte. Il y a des effets de sens qui apparaissent en creux, et qu'on ne pourrait vraiment maîtriser qu'en faisant le pas au-delà. Barjavel en parle fort bien :

« Qu'est-ce que le Graal ?

— C'est ce qu'on cherche... C'est ce qu'il y a de plus beau. On ne sait ce que c'est que lorsqu'on le voit [1]. »

Mais les désirs sur lesquels on ne sait pas mettre de nom peuvent se réaliser. A un détail près : le projectile tombe à quelques centimètres du but. On croyait être en quête du Graal et l'on trouve tout autre chose.

« Foulques avait trouvé ce jour-là, en cette femme si différente, non seulement la femme qu'il avait perdue et toutes celles qu'il aurait pu perdre, mais aussi la réponse à des questions qu'il ne s'était jamais posées, et qui maintenant lui emplissaient la tête comme le grand bruit de la mer maintenue dans ses rivages [2]. »

La question qu'on ne se posait pas, c'est toujours celle qui se situe aux frontières du sens. Et la réponse à une telle question, c'est toujours un accès au sens longtemps pressenti et un sujet d'allégresse. Même quand le tireur, trop fébrile, fait mouche sur la cible voisine. Il y a, on l'a dit, une splendeur du faux ; ou plutôt une splendeur de cet objet que le moi suppose faux et que l'être humain total vise sans maîtriser son geste. En sorte que tout finit dans l'étonnement et dans la joie.

Ce dévoilement du merveilleux s'opère dans le vertige et dans l'extase. Le sujet, accédant à sa vérité, se révèle tout autre qu'il ne croyait. Et le spectacle qui s'offre à son regard brouillé ne ressemble à rien qu'il ait pu connaître auparavant ; il n'y a pas d'apprentissage du merveilleux :

« Debout vêtu de blanc à la pointe de la barque, il put enfin lever les yeux vers l'île, et son souffle s'arrêta. Il sut que ce qu'il voyait venait d'être à l'instant construit dans le temps et l'espace exprès pour qu'il le vît, et qu'il était le seul à le voir, bien que ce fût visible pour tous. Ce lieu du monde venait de se dévêtir et se montrait à lui dans sa vérité parfaite. Une chance lui était donnée de voir et de comprendre [3]. »

La découverte du Graal, c'est la jouissance, et plus généralement tout ce qui lève les barrières et abolit les limites. Il y a dans l'œuvre de Barjavel maintes descriptions de l'orgasme. Retenons celui-ci, attribué à Griselda :

« Et elle ne sut plus ce qui était l'intérieur et l'extérieur d'elle-même et du monde, ce qui était en elle et ce qui était lui. De longues vagues l'emportaient, chacune recommençant avant que l'autre finisse, en un voyage dont elle désirait la fin à en mourir et voulait qu'il ne finisse jamais. Elle était à la fois l'océan et la barque, elle

---
1. *Les Dames à la licorne.*
2. *Ibid.*
3. *Ibid.*

allait vers le soleil qui s'approchait, qui grandissait, vers lequel chaque vague l'emportait, plus haut, plus près, et puis, dans le déchirement de la naissance du monde, la mer et le ciel se joignirent, toute la mer coulait en elle dans tous les sens, elle était le soleil [1]... »

La naissance du monde : c'est presque une définition du merveilleux. Le chaos où tout se confond et où tout s'apprête à se mettre en place. Et il ne s'agit pas seulement d'orgasme :

« ... Elle avait la certitude d'avoir appris quelque chose, qui était informulable mais qui rendait les choses, les événements, les êtres, plus compréhensibles, moins séparés. Tout correspondait, l'arbre était la flamme de la pierre, le vent était dur et le rocher fluide, l'enfant avait mille ans et le vieillard venait de naître, l'oiseau était le renard qui le mangeait [2]. »

Le grand mélange universel est le creuset d'où sortent les métaphores, et le roman poétique est plus riche en métaphores (« l'île était seule, et attendait [3] ») qu'en surnaturel revendiqué. On pourrait même en donner la recette, au moins pour Barjavel : dans un premier temps, des métaphores qui font chatoyer le texte ; dans un second temps, le raz-de-marée du sublime qui emporte tout sur son passage ; dans un troisième temps, la perte du sublime (Griselda ne retrouve plus la chambre d'herbe et comprend qu'elle ne la retrouvera jamais) et le retour de la banalité quotidienne en vaguelettes régulières ; enfin l'accélération ultime de l'action, incompatible avec le merveilleux, comme dans tous les romans : les personnages n'ont plus le temps.

Ce merveilleux-là se passe du surnaturel et peut surgir au détour de toute œuvre d'art. Barjavel en parsème ses romans réalistes et même son autobiographie. On en trouve dans les récits de voyage et les comédies musicales, jusqu'à plus soif. Les dieux sont immanents.

Jacques Goimard

---

1. *Les Dames à la licorne.*
2. *Ibid.*
3. *Ibid.*

TABLEAUX GÉNÉALOGIQUES

I. Les ascendants d'Olenka de Veer d'après son arbre généalogique

II. La descendance comtale et royale de la licorne

   N.B. — Faute de place, nous avons interrompu ce tableau avant l'époque contemporaine, beaucoup plus largement connue.

III. La lignée des rois angevins de Jérusalem

   N.B. — Ce tableau un peu complexe (et pourtant très simplifié) développe le précédent sur un point particulier. René Barjavel et Olenka de Veer citent dans cette branche une Isabelle et une Marie. Nous représentons ici deux Marie et trois Isabelle. Il y en a eu d'autres, connues ou inconnues.

IV. Principaux personnages des *Dames à la licorne*

Edouard Ier († 1307) roi d'Angleterre
× (2) Marguerite de France

Thomas Plantagenêt dit Brotherton († 1338)
comte de Norfolk & Suffolk, maréchal d'Angleterre

Margaret Plantagenêt, duchesse de Norfolk, unique héritière de Thomas
× John Segrave, Lord Segrave († 1354)

Elisabeth Segrave, unique héritière de John,
× John Mowbray, Lord Mowbray of Axholm († 1369)

Thomas Mowbray († 1400) duc de Norfolk, maréchal d'Angleterre, comte de Nottingham
× Elisabeth, fille de Thomas Fitz-Alan, comte d'Arundel & Surrey

Isabel Mowbray
× (1) Henry Ferrers   × (2) Sir James Berkely Knight
(mort du vivant de son père
William, Lord Ferrers of Groby)

Elisabeth Ferrers, seule héritière de Henry Ferrers
× Edward Grey, Lord of Groby († 1457)

Sir John Grey Knight (tué à la bataille de St Albans, 17. II. 1461)
× Elisabeth, fille de Richard Woodville [remariée au roi Edward IV]

Thomas [frère utérin du roi Edward V] Lord Grey of Groby, marquis de Dorset
× Cecilia, fille et héritière de William, Lord Bonville & Harrington

Elisabeth, marquise de Dorset
× Gerald Fitz-Gerald, 9e comte de Kildare († 12. XII. 1534)

Edward Fitz-Gerald, 2e fils, Esquire
× Mabel, fille et héritière de Sir John Leigh of Stockwell, Knight

Douglas, fille d'Edward Fitz-Gerald
× Sir Francis Aungier Knight, créé Lord Aungier of Longford en Irlande (29. VII. 1621)
(† 8. X. 1632)

Ambrose Aungier D.D., fils cadet († 1654)
× Griselda Bulkely, petite-fille de Lancelot Bulkely, archevêque de Dublin

Alice (sœur de Francis Lord Aungier, vicomte & comte de Longford, mar. 1655 († 1702)
× Sir James Cuffe of Ballinrobe Knight, Maître de l'ordonnance en Irlande, † 1678

Francis Cuffe of Ballinrobe Esq. († 26. XII. 1694)
× Honora, fille de Michael Boyle, archevêque d'Armagh

Michael Cuffe of Ballinrobe Esq. M.P. pour Longford († 17. VII. 1744)
× Frances, fille de Henry Sandford of Castlereagh, County of Roscommon, Esq.
et d'Elisabeth Fitzgerald (sœur de Robert, 19e comte de Kildare, et tante de James Ier duc de Leinster)

Elisabeth, fille unique, créée comtesse de Longford le 5. VII. 1735
× Thomas Pakenham, baron de Longford († 30. IV. 1706)

Edward Michael Pakenham, comte de Longford
× Catherine, fille du Right Honorable Hercules Longford Rowley

Helen, 5e fille († 1806)
× (1798) James Hamilton d'Irlande Esq. († III. 1805)

John Hamilton, Esq. of St Johns College, Cambridge (né 25. VIII. 1800)
× Mary Rose, 2e fille de Hugh Rose, Esq. of Calrossie, Ecosse

Helen, 4e fille
× Gustavus de Veer, D. D. († 1876)

Gustavus Hamilton de Veer (né 18. VIII. 1856)
× Blanche Pauline de Rome

Helen de Veer, fille unique
×

Olenka de Veer, fille unique

Les ascendants d'Olenka de Veer

La descendance comtale et royale de la licorne

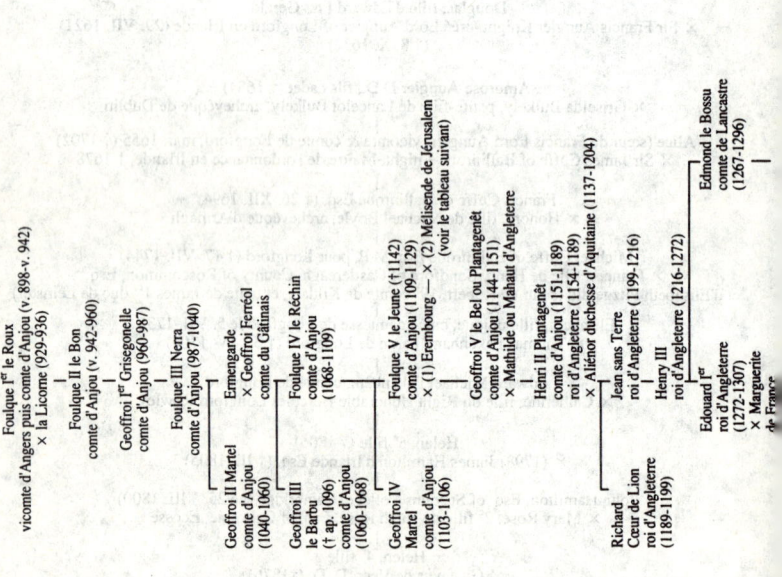

Foulque Ier le Roux
vicomte d'Angers puis comte d'Anjou (v. 898-v. 942)
× la Licorne (929-936)

Foulque II le Bon
comte d'Anjou (v. 942-960)

Geoffroi Ier Grisegonelle
comte d'Anjou (960-987)

Foulque III Nerra
comte d'Anjou (987-1040)

Ermengarde
× Geoffroi Ferréol
comte du Gâtinais

Geoffroi II Martel
comte d'Anjou
(1040-1060)

Foulque IV le Réchin
comte d'Anjou
(1068-1109)

Geoffroi III
le Barbu
comte d'Anjou
(† ap. 1096)
(1060-1068)

Foulque V le Jeune (†1142)
comte d'Anjou (1109-1129)
× (1) Erembourg — × (2) Mélisende de Jérusalem
(voir le tableau suivant)

Geoffroi IV
Martel
comte d'Anjou
(1103-1106)

Geoffroi V le Bel ou Plantagenêt
comte d'Anjou (1144-1151)
× Mathilde ou Mahaut d'Angleterre

Henri II Plantagenêt
comte d'Anjou (1151-1189)
roi d'Angleterre (1154-1189)
× Aliénor duchesse d'Aquitaine (1137-1204)

Richard
Cœur de Lion
roi d'Angleterre
(1189-1199)

Jean sans Terre
roi d'Angleterre (1199-1216)

Henry III
roi d'Angleterre (1216-1272)

Édouard Ier
roi d'Angleterre
(1272-1307)
× Marguerite
de France

Edmond le Bossu
comte de Lancastre
(1267-1296)

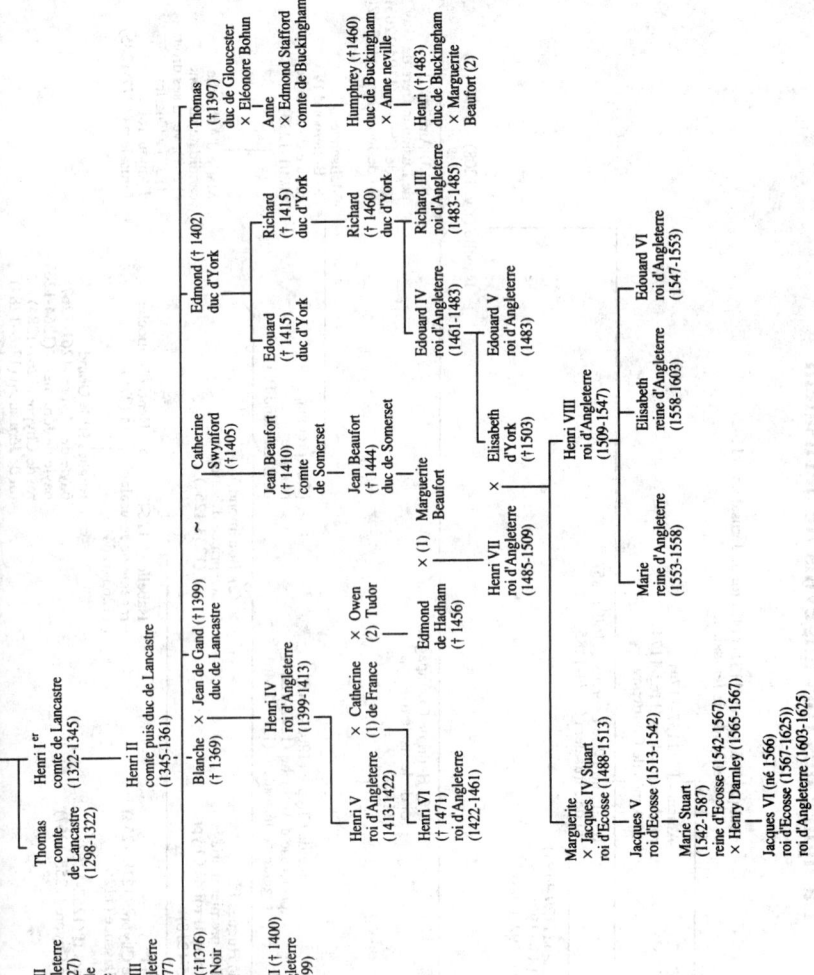

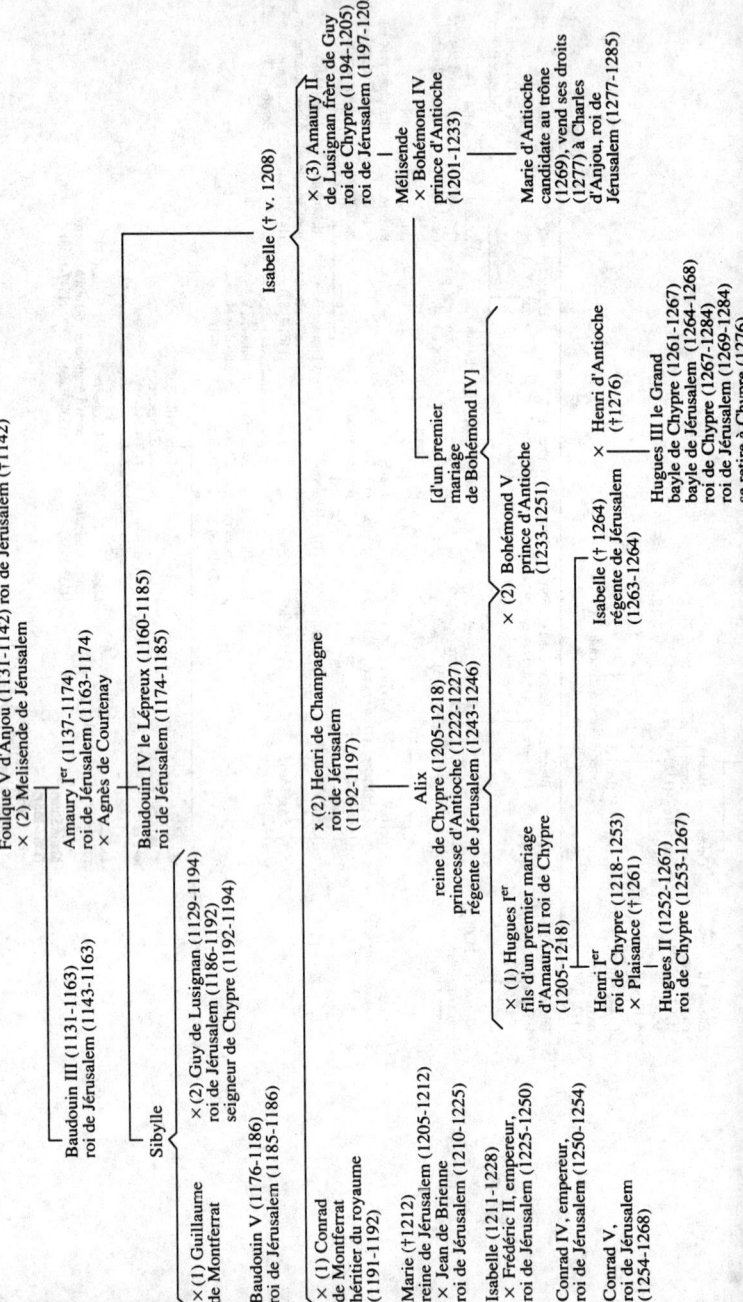

La lignée des rois angevins de Jérusalem

Principaux personnages des *Dames à la Licorne*

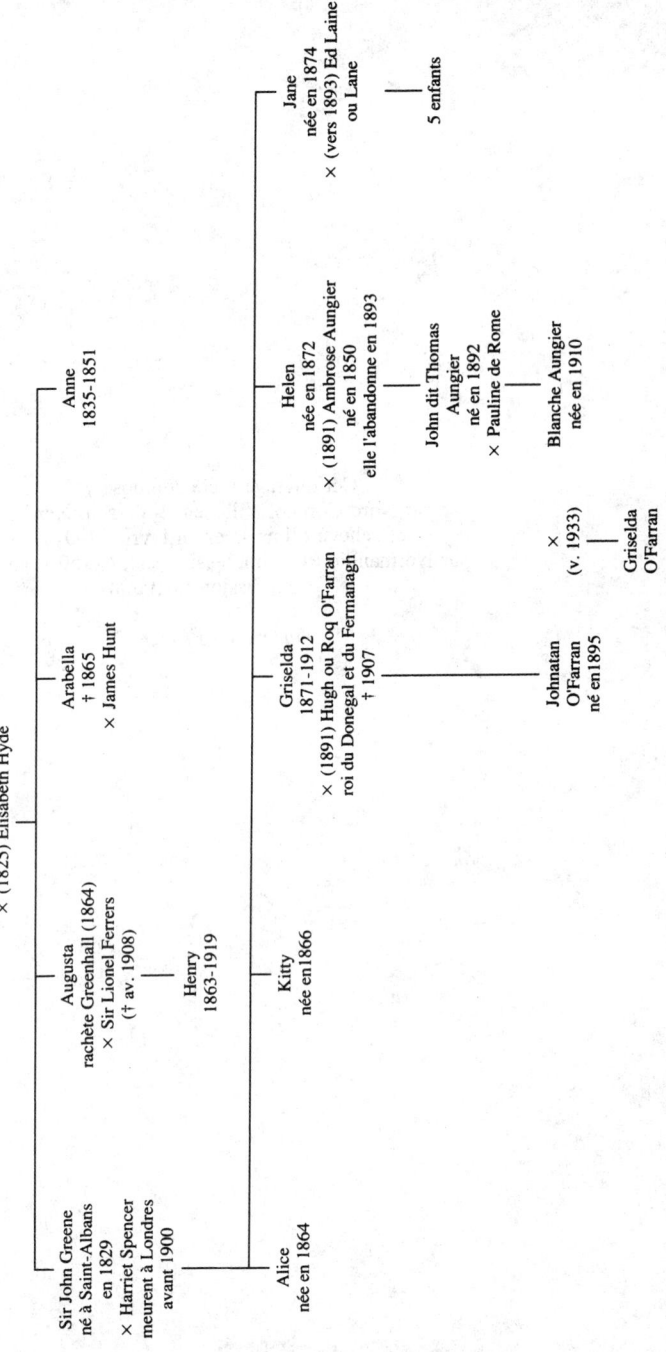

Cet ouvrage a été composé
par Nord Compo, Villeneuve-d'Ascq, Nord
et achevé d'imprimer en février 2001
par Normandie Roto Impression s.a., 61250 Lonrai
N° d'impression : 010308

Imprimé en France